U0106216

三國英雄記（六）

新霸主崛起

南門太守 著

中華書局

# 目錄

# 第一章 時不我待

## 諸葛亮第三次北伐

孫吳黃武八年（229 年）四月，孫權在武昌城南郊稱帝，定國號為吳，建立了孫吳政權。至此，魏、蜀和吳三個政權全部建立，天下被分成了鼎足而立的三個部分。

就在孫權稱帝的這一年春天，蜀漢丞相諸葛亮出人意料地再次由漢中興兵北伐，這已經是他的第三次北伐了。

距離第二次北伐的陳倉之戰其實才過去幾個月，諸葛亮又一次向曹魏主動發起了攻擊，不僅讓對手也讓蜀漢陣營的不少人吃了一驚。

這一次諸葛亮沒有再去攻擊陳倉，也沒有出兵隴右，而是改變了進攻的方向，出擊曹魏控制下的武都郡和陰平郡。

武都郡是漢中郡的西鄰，諸葛亮出兵祁山時，他率領的大軍其實要從這個武都郡經過。武都郡的郡治是下辨，即今甘肅省武南縣，十年前劉備指揮奪取漢中之戰，第一場仗就是在下辨打起來的，當時劉備派吳蘭守下辨，曹洪、曹休率兵來攻，劉備命張飛、馬超增援，曹休那時還年輕，卻是魏軍實際上的指揮官，他機智沉着，不為張飛等人虛張聲勢所動，一舉突襲吳蘭成功，將其斬殺，張飛、馬超退走。

自那時起，武都郡基本上一直在曹魏控制之下。

陰平郡在武威郡的西邊，治所文縣，即今甘肅省文縣，它原是益州的廣漢屬國，曹魏佔領後，在此設陰平郡。

如果攤開地圖看，漢中郡、武都郡、陰平郡由東向西一字排開，

祁山和隴右大約在漢中郡的左上方，所以，從方位上看，攻取武威、陰平二郡不算「北伐」，應該稱「西征」。

這是家門口的兩個郡，雖在曹魏控制之中，但它們與長安相距遙遠，孤懸於外。

前兩次北伐無功，蜀漢上下被失敗的陰影所籠罩，急需一場勝利。把相對易攻取的這兩個郡拿回來，也是對士氣的一次鼓舞，這大概是諸葛亮急於發動第三次北伐的原因。

即使如此，諸葛亮也不敢有絲毫怠慢，而是進行了周密的部署。

諸葛亮派將軍陳式率兵去取武都、陰平二郡。陳式參加過猇亭之戰，在劉備時期就是蜀軍的高級將領，但史書裏沒有專門為他立傳，有關他的事跡我們知道得較少。

但陳式只是諸葛亮派出的誘餌，目的是吸引魏軍的主力。

身在長安的曹真在陳倉勝利的喜悅中過了一個快樂的新年，天氣剛剛轉暖，他根本沒料到諸葛亮還會出擊，加上魏軍主力分散，武都、陰平偏遠，所以被打了個措手不及。

曹真命雍州刺史郭淮組織就近的魏軍前去救援，郭淮領命，帶領人馬朝陳式迎來。

魏軍出動後，諸葛亮立即率領主力包抄過去，他親自率兵攻向建威（亮自出至建威）。

建威即今甘肅省成縣，距曹魏的隴右重鎮上邽僅數十里，幸虧郭淮發現得早，趕緊撤退，否則就將被蜀軍包圍殲滅。

打退了來增援的魏軍，武都、陰平二郡沒費多大力氣就佔領了，自此，這兩個郡納入蜀漢的版圖。以後，蜀漢將武都郡和漢中郡拿出來，正式設立了漢中都督區，其級別與益州相同，吳壹、王平、胡濟等先後擔任過漢中都督。

陰平郡過去是益州的廣漢屬國，回歸後名稱未變，仍歸益州管轄。

第三次北伐規模雖然不大，歷經的時間也不長，但獲得了全勝，意義也不小。武都、陰平二郡，面積都不小於漢中郡，此戰使蜀漢北部邊防區的面積擴大了三倍，並把北部防線連成一體，為以後再出祁山、攻擊隴右掃清了道路。

尤其是收復了陰平，控制了著名的陰平道北面的入口，對於防止魏軍利用這條古道偷襲蜀漢意義十分重大。

漢中北有秦嶺，南有隴山、巴山，北通關中要翻越秦嶺，其間有子午道、儻駱道、褒斜道等古道，南通蜀中要翻越隴山、巴山，中間有陰平道、米倉道等古道。

陰平道北起陰平，由鵠衣壩翻越摩天嶺，經今唐家河、陰平山、馬轉關、靖軍山等地到達江油關，這條古道有 700 里，根據現在的實測約 265 公里，如今一公里約等於當時的 2.66 里，折算一下，大致吻合。

蜀中北大門是劍閣，是一處天然形成的雄關，極難攻取。江油關在劍閣之南，如果走陰平道出江油關，等於繞到了劍閣的身後，雄關天塹便失去了作用，曹魏最終攻破蜀漢，用的就是這個辦法。

現在佔領了陰平郡，等於控制了陰平道，陰平郡收復後，魏軍不能越劍閣去攻蜀漢的北部，也不能繞道去攻打蜀漢的西部，對鞏固蜀漢邊防有重大意義。

諸葛亮在武都等地稍做停留，按照征服南中的成功經驗，對當地的氐族、羌族等少數民族部落首領進行了一番安撫（降集氐、羌，興復二郡），之後率兵回到漢中。

勝利的消息傳到成都，後主立即下詔對諸葛亮予以嘉獎，詔書說：「街亭之敗，原因都在馬謖，但您卻勇於承擔責任，自貶職務（街

亭之役，咎由馬謖，而君引愆，深自貶抑），寡人不願違背您的意願，所以順從了您的意見。

「年前出師，斬殺了敵將王雙，今年再出征，又趕跑了郭淮，招降了一批氐、羌部族，收復武都、陰平二郡，以神威震服了兇暴的敵人，建立了顯赫的功勛。

「如今天下仍戰亂不寧，最大的敵人仍然未除（元惡未梟），您承擔着討伐敵人的大任，是國家的支柱，卻長期貶抑自己，這不利於發揚宏大的偉業。所以，現在恢復您丞相的職務，您務必不要推辭！」

首次北伐失利後，諸葛亮上表自貶三等，目前的職務是右將軍，長此下去確實不利於統一指揮北伐大業，所以後主抓緊時機趕緊恢復了諸葛亮丞相的職務。

對此，諸葛亮也沒有再推辭。


# 孫吳遷都建業

孫吳方面，與蜀漢正式訂立盟約後也有一個重要舉動，那就是主動將國都由武昌遷回建業，孫權以此表明自己無意在西面與蜀漢相爭。

孫吳黃龍元年（229年）九月，孫權下詔正式遷都。建業本來就是孫吳的大本營，屋舍、衙署一應俱全，孫權下令各機構回遷後一律利用原有設施辦公，不再增加新的建設項目（皆因故府，不復增改）。

孫權留太子孫登鎮守武昌，讓陸遜以上大將軍的名義輔佐太子，大將軍諸葛瑾、尚書是儀等協助陸遜。

孫登此時20歲，他的性格與父親完全不同，由於是婢妾所生，母親又早早不在人世，所以他生性有些內向和敏感，同時也很善良，有茂美之德。

孫登有時候出去打獵，一定吩咐人走大路，遠避農田，不能踐踏

莊稼，要休息時也總選擇空地（至所頓息，又擇空閒之地）。

有一次，孫登騎馬外出，忽然有一顆彈丸飛過，左右立即搜尋，發現有一個人剛好手持彈弓，身上還有彈丸（左右求之，有一人操彈佩丸），大家認為剛才那一粒彈丸必然是這個人射的。

太子外出，你躲在一旁打冷槍，說你是刺客一點兒不冤枉，眼看這個人攤上了大事。

這個人喊冤，左右要打他，孫登制止了，他讓左右先去尋找剛才那粒彈丸，竟然找到了，跟這個人身上帶的彈丸進行了比對，發現並不一樣（比之非類），孫登下令將其釋放。

還有一次，孫登有一個鑲着金馬的水盂丟了，抓住了偷盜的人，原來是自己身邊的工作人員。孫登不忍處罰他，把他叫來責備了一番，遣送回家，還專門告訴左右不要把這件事張揚出去（敕親近勿言）。

孫登確實是個好人，善良、謙謹、富有同情心，這樣的人容易贏得百姓的好感，也容易讓身邊的人感恩愛戴，但作為一國之君，似乎還欠缺什麼。

所以孫權也有兩手準備，在讓孫登留守武昌的同時，他還任命建昌侯孫慮為鎮軍大將軍，假節，在半州開府。此地在今江西省九江市以西，位於當時的柴桑附近。

孫慮是孫權的次子，比孫登小四歲，聰明而且很機靈（性聰體達），更得孫權的喜愛。從這項安排裏似乎可以看出，必要的時候孫慮有取代孫登的可能。


孫權回建業途中路過夏口，在此召開了一次軍事會議，研究遷都後的長江防務問題。

孫權雖然基於鞏固與蜀漢聯盟的需要決定遷回建業，但也擔心武昌與建業間 2000 多里的河道，一旦有緊急情況發生來不及救援（慮水

道溯流二千里，一旦有警，不相赴及）。夏口會議在水軍碼頭召開，隨行的百官以及駐守在附近的諸將都參加了會議。

孫權特意告訴大家：「諸位將軍和百官不必拘泥於自己的職守（諸將吏勿拘位任），有對國家有利的建議就暢所欲言。」

大家提了不少建議，有的將領認為應該在夏口附近的江面上建柵欄（諸將或陳宜立柵柵夏口），有的建議可以設幾道鐵索攔住長江（或言宜重設鐵鎖者），這些辦法都沒有被孫權所認可。

揚威將軍孫奐有一個副將叫張梁也參加了會議，但他名氣很小，按說還輪不到他發言，但他也聽得入神，忍不住想發言。

張梁在會議上越席進策道：「我聽說香餌能引來泉水的魚，重金可募得勇士，如今應公開賞罰條款，派兵沿漢水進攻（遣將入沔），形成與敵相攻的態勢，敵人自然不敢輕易進攻了。」

張梁的建議是以進攻換防守。夏口、沔口往上的漢水在魏軍手中，被動防守，不知道敵人何時進攻，警惕性再高也會疏漏，讓敵人鑽了空子。與其想盡辦法加強防守，不如直接進攻，不為奪地，只為形成攻勢，反而好守。

張梁還建議說：「假如武昌有一萬精兵，交給有謀略的人統領，一旦有敵情，就應聲赴援。再修築甘水城，內存數千隻輕艦，所有物資都準備齊備，這樣即使開門請敵人來，敵人也不敢來啊（如此開門延敵，敵自不來矣）！」

孫權認為張梁的辦法最好，就破格提拔了他，張梁後來官至沔中都督。

孫權改夷陵為西陵，命驃騎將軍步騭在那裏駐守。

步騭到任後，給孫權上表，說有一個叫王潛的曹魏降人報告魏軍正在趕製沙袋，打算用這些沙袋填堵長江，如不預先準備，將很難防範。

孫權回覆道：「魏軍兵力不足，必不敢來攻。如果我說得不對，就用 1000 頭牛做東請客（當以牛千頭，為君作主人）！」

諸葛恪等人看到這封奏章，忍不住笑出聲來：「這條大江是自然形成的，與開天闢地同時生成（此江與開闢俱生），用沙袋能堵住嗎？」

## 孫權開疆拓土

孫權稱帝後，不斷拓展勢力範圍，在鞏固佔領區的同時，還陸續派兵向外拓展空間。

早在漢獻帝建安十五年（210 年），孫權給劉備讓出半個南郡的同時，就派步騭率兵進入交州，任命步騭為交州刺史，士燮兄弟願意歸服孫權（奉承節度）。交州各郡中，只有蒼梧郡太守吳巨不服，步騭將其斬殺。

孫權升士燮為左將軍，士燮派兒子士廞來荊州，被孫權任命為武昌郡太守，其實算是人質，士燮以此行動向孫權表明自己絕無異心，孫權還任命士燮、士壹等人的兒子為中郎將。

後來，孫權又升士燮為衛將軍，升士壹為偏將軍。士燮經常遣使進貢，每次來都帶雜香細葛、明珠、大貝、流離、翡翠、玳瑁、犀、象牙等嶺南珍寶，還有奇物異果，包括那時候在內地十分稀罕的香蕉、椰子、龍眼等物（蕉、邪、龍眼之屬），沒有一年空下。

孫吳黃武五年（226 年），士燮病死，終年 90 歲。在漢末三國所有割據群雄中他算是最長壽的人，沒有之一。

士燮生前，交州雖然名義上臣服孫吳，但孫吳的影響力還十分有限，士燮的死給了孫權一個把交州完全納入自己版圖的機會。

夷陵之戰時孫權把步騭調回，另派呂岱接替步騭。孫權決定從交州再分出一個州，稱廣州，合浦郡及其以北歸廣州，交趾郡及其以南

仍歸交州，任命呂岱為廣州刺史，戴良為交州刺史。士燮死後，孫權還任命陳時為交趾郡太守，接替士燮。

這一系列舉動激起士氏家族的嚴重不滿，士燮的兒子士徽自任交趾郡太守，調發軍隊拒絕戴良入境，戴良只得退入合浦郡。

交趾郡人桓鄰是士燮舉薦的官員，他跪求士徽迎請戴良，士徽大怒，將其鞭撻至死。桓鄰的哥哥桓治、兒子桓發召集宗族武裝攻打士徽，士徽閉門死守，二者相持不下。

孫權命令呂岱誅殺士徽，呂岱從廣州出發率兵攻打交趾郡，士徽的哥哥士祗，弟弟士幹、士頌等六人肉袒請降。

呂岱佔領郡政府，請士徽等兄弟相繼進來。呂岱持節宣讀孫權的詔書，歷數士徽的罪惡，左右武士上前將士徽等兄弟全部綁上，立即誅殺，首級用驛車送往武昌。士壹等士氏家族重要成員隨後被遣送出交州，統治嶺南數十年的士氏家族徹底瓦解。

交州、廣州納入了孫吳的版圖，這激發了孫權進一步拓展領土的慾望，他決定出兵夷州和亶州。

這兩個地方那時也稱作州，但並非東漢 13 個州之一，只是個地名。夷州就是台灣，亶州在哪裏歷來有爭論，有的說是呂宋，有的說是琉球，甚至還有的說是日本、美洲。這不是一次征伐，而是一次搜求，孫權希望派人到達這些地方，然後也將它們納入版圖。

孫權除了想求夷、亶二州，還想派兵去朱崖（今海南島）。孫權做出這個決策是在孫吳稱帝後的黃龍二年（230 年），對於這個決策，陸遜、步騭等人予以反對。

陸遜上疏勸諫道：

「愚臣以為四海未定，正需要很多民力以完成政治任務（當須民力，以濟時務）。戰爭已連續多年，士兵不斷減少，陛下為此憂慮，廢

寢忘食。現在要遠征夷州，以成大事，臣反覆思量，這樣做沒有什麼好處（未見其利）。

「萬里襲取，風波難測，士卒水土不服，容易滋生疾疫，驅使大軍入涉不毛之地，想增加士卒卻只會減少，想得利卻只會受害（欲益更損，欲利反害）。還有，朱崖那個地方十分絕險，民眾野蠻，得到他們也成不了大事，沒有他們也沒什麼損失（得其民不足濟事，無其兵不足虧眾）。

「現在靠江東之眾足以謀劃大事（江東見眾，自足圖事），只是要積蓄力量再加以運用罷了。過去孫策將軍創立基業，手下人馬不超過2000，卻成就了大業（昔桓王創基，兵不一旅，而開大業）。陛下承運，拓定江表，臣聽說治亂討逆，要有軍隊顯示其威，以農桑衣食為其本，干戈未息，民有飢寒，愚臣以為應當育養士民，放寬租賦，眾人一心，激發勇力，則河渭可平，九州可一統。」

孫權徵求全琮的意見，全琮說：「以我聖朝之威，何向不克？然而，夷州、朱崖這些殊方異域，隔絕障海，水土氣毒，自古就有，兵入民出必生疾病，再互相傳染，派去的人怕是回不來（轉相污染，往者懼不能反），能得到什麼好處？犧牲那麼多士兵，得到一點點好處，愚臣感到不安。」

陸遜認為出兵夷州等地沒價值，不是當前的重要事情；全琮認為此舉有風險，尤其是容易發生傳染病，損失將很慘重，但孫權不聽，仍然執意派兵。

孫吳黃龍二年（230年）年初，孫權派將軍衞溫、諸葛直率一萬人乘船赴夷州和亶州。

不幸讓全琮言中，大軍雖然到了夷州，卻遇到了瘟疫，一年時間一萬人中有8000多人染病而死（士眾疾疫死者十有八九），最後僅虜獲數千人而還。

夷州在哪裏，還有多遠，甚至都沒有搞清楚。

目的沒達到，又損兵折將，孫權深為後悔，下令將衞溫和諸葛直誅殺，罪名是違詔無功。

孫權派兵赴夷州雖然以失敗而告終，但客觀上加深了台灣地區與大陸的聯繫，數千人遷至大陸，加強了兩岸的交流和往來，從這一點上看，意義是積極和深遠的。

## 五星聚舍再興兵

再說蜀漢，第三次北伐後諸葛亮指揮蜀漢大軍在漢中休整。

漢中的首府是新鄭，諸葛亮率大軍來到漢中，考慮到人馬太多，大本營一直沒有進駐新鄭，而是安紮在陽平關附近一個叫石馬的地方。為了今後長期在漢中駐軍，諸葛亮利用這段相對空閒的時間，命人修築了兩座新城，鞏固漢中的防衞。

一座新城在沔陽縣即今陝西省勉縣附近，稱漢城；一座新城在城固縣即今陝西省城固縣附近，稱樂城。這兩座新城的位置，一個在南鄭的東邊，一個在南鄭的西邊，加強了漢中的防務。

諸葛亮把大本營也遷往南山之下，這裏位於沔陽縣城之南，是一處通往巴中的平原地帶，地勢開闊。

諸葛亮抓緊這段相對平靜的時間，發展漢中的生產，依託新城的修建，擴大屯耕面積，積蓄糧食，加強訓練，為再次北伐做準備。

宋代的一部類書裏保存着諸葛亮發佈的一道軍令，內容是說第三次北伐進攻武都郡的第一天，為砍敵人的鹿角，竟然一口氣用壞了1000把斧子，幸好敵人已經跑了，否則再有敵人來就沒有斧子可用了。這讓諸葛亮很納悶，不知道為什麼斧子這麼不經用。

回到漢中，諸葛亮又讓人製作了幾百把斧子，用了100天還沒有

壞，這才知道先前主管製作刀斧的官員不負責任，應當拘捕治罪（余乃知彼主者無益，宜收治之）。

在諸葛亮看來這不是小事，他對屬下說：「如果再拿那種質量不合格的斧子與敵人交戰，就會破壞整個軍事行動（若臨敵，敗人軍事矣）！」

過了年，來到蜀漢建興八年（230 年）。

曹魏方面進行了一次人事調整，魏明帝還發出詔令，由曹真接替已故大司馬曹休的職務，享受「賜劍履上殿，入朝不趨」的特權，以示尊崇。

曹真空出來了一個大將軍，以往，在大多數時候大將軍相當於全國武裝部隊總司令，現在軍中最有資歷接任這一職務的有三個人：曹真、司馬懿、張郃。

東線總指揮滿寵雖然身居要津、手握重兵，但他是文官出身，在軍界資歷尚淺，帶兵以來雖然立過幾次小的軍功，但還沒有幹出平叛孟達這樣的大事，故不在考慮之列。

張郃與司馬懿，魏明帝內心其實更傾向於張郃。在魏明帝眼裏，作為職業軍人的張郃更加單純和透明，也更容易駕馭，而司馬懿雖然也很順從，從不牴觸，甚至忍讓，但這讓魏明帝反而不放心。按照魏明帝的想法，司馬懿在軍中的勢力不僅不能再增加，反而要給予抑制，或者找機會讓他完全脫離軍界。

只要手裏沒有兵權，無論是文人還是武人，魏明帝覺得都好控制，這大概是帝王們的普遍心態。

然而，若拿張郃與司馬懿做比較，魏明帝發現這個大將軍還只得給司馬懿。張郃不是獨當一面的總指揮，也不是託孤重臣。司馬懿有平息孟達叛亂的特殊功績，如果這個大將軍不給司馬懿，不僅他本人不服，天下人也會認為自己小氣。

曹真成為曹魏群臣之首，但在他看來這並不是什麼值得高興的事，反倒讓他憂心忡忡。

曹真覺得，孫權不足懼，諸葛亮才是一個強大的對手，倒不是因為曹真負責西線戰場，才有此感慨，而是因為孫權滿足於鼎立分治的局面，表面是攻，其實是守。而諸葛亮一心一意北伐，說什麼要興復漢室，又是個極為執着的人，不達目的誓不罷休。

諸葛亮到了漢中，一來就再不走了，兩年中已三次北伐，表面上互有勝負，但考慮到曹魏與蜀漢的實力遠遠不在一個水平上，其實應該算蜀漢勝了。

面對這個頑強又充滿智慧的對手，曹真不敢有絲毫大意，他做了充分的準備，等待對手再出招。

但奇怪的是，諸葛亮第三次北伐後就沒有任何動靜了，這讓曹真反倒坐不住了。

這種心理，就好比你在明處，對手在暗處，你知道對手一定會來攻你，你擺好了姿勢，紮好了馬步，運足了丹田氣，做好了捱對手一擊的所有準備，可惜，對手卻不見了蹤影。

這種懊喪之情裏充滿了恐懼，因為你知道對手是狡猾的，他不來進攻，準憋不出什麼好事。


這一年七月，還發生了一次著名的天文現象：五星聚舍。

「五星」指的是木星、火星、土星、金星和水星，「舍」即星宿，也就是天空中某一區域，通常天空被分為 28 個區域，即二十八宿。所謂「五星聚舍」就是五星同時出現在天空中某一宿這個小範圍之內，這是很罕見的天文現象。

一般認為，五星是五帝之子，上天的使者，當人間有道時運行有序，人間無道時則逆行變亂，並降災難以懲罰人間。根據記載，周取

代商朝時五星聚於房宿，齊桓公稱霸時五星聚於箕宿，離現在較近的一次，五星聚於東井，劉邦當年稱帝。

現在，五星又相聚，對此從朝廷到民間有着各種各樣的說法，曹真經過自己的研究後認為，此兆預示蜀漢將滅亡。

曹真於是上書魏明帝，請求伐蜀。

這是大事，不能輕易下決定，魏明帝專門詔曹真回洛陽商議。

曹真制訂了一個由褒斜道進攻漢中的作戰計劃，應該說這份計劃很周密，如何佈兵，哪裏主攻，哪裏佯攻，後勤如何保障等，考慮得一應俱全。從作戰計劃本身而言，是一份很有把握的軍事行動。

曹真認為，蜀軍連年侵略邊地，魏軍總防守也不是辦法，應該發起進攻，數路共進，可以取得大勝（蜀連出侵邊境，宜遂伐之。數道併入，可大克也）。

曹真的具體計劃是，他率主力由褒斜道進攻，作為主攻方向，再派數路魏軍從其他方向進攻，讓蜀軍無法兼顧，最後在漢中腹地會合，一戰至少可收復漢中。

對於曹真的計劃，魏明帝拿不定主意，畢竟曹魏還有一個對手孫權，是攻是守，需全盤考慮，不能兒戲，魏明帝把曹真的計劃交給另一位託孤大臣司空陳群，想聽聽他的意見。

陳群反對，理由是：「武皇帝過去經陽平關攻張魯，收割了敵人佔領地區大量的豆子、麥子作為軍糧，然而敵人還沒有打敗，糧食就吃光了。如今到敵人那裏搶不到糧食，而且褒斜道地勢險峻，進退困難，運送糧食又容易被敵人抄了後路，如果留下太多的兵力保護運輸通道，又會分散兵力，這些都不得不深思熟慮啊（轉運必見鈔截，多留兵守要，則損戰士，不可不熟慮也）！」

陳群當過一陣鎮軍將軍，但總的來說還是一個文臣，站在政治家的角度，反對主動出擊蜀漢或許是對的，但站在軍事的角度，他的見

解只能說水平一般，因為如果按照他的說法，那漢中永遠都無法收復了，困難始終擺在那裏，總得想出個解決的辦法。

但魏明帝內心裏也不願意主動出兵，所以他贊同陳群的意見。

曹真很執着，修改作戰方案後重新上報，仍要求主動出兵。

曹真的新方案很簡單，主攻的路線由褒斜道改為子午道，其他不變。

陳群反對曹真出兵，恐怕另有考慮，比如當時魏國的整體國力是否做好了與蜀漢決戰的準備，孫權會不會趁機大舉北攻，作為朝廷的重臣，這些都不得不考慮到。

還有一點，陳群也許看出來曹魏軍界目前出現了曹真、司馬懿二雄相爭的局面，他和司馬懿等人當年號稱是曹丕身邊的「太子四友」，關係很密切，他內心裏會更傾向於司馬懿吧，至少他不希望曹真因意氣用事而倉促用兵。

這些理由陳群沒有在反對意見裏明說，只說褒斜道不好走，曹真以為這就是他的全部理由，乾脆換個進攻路線，由褒斜道改為子午道，重新上報。

魏明帝又把曹真的方案給陳群看，陳群仍然反對，並列舉了不宜出兵的具體理由，重點談到了軍費開支問題（群又陳其不便，並言軍事用度之計）。

有一部史書認為，魏明帝再次把陳群的反對意見批轉給曹真，他沒有直接否決曹真的計劃，但傾向性已很明顯，他並不是很積極，可曹真覺得魏明帝已經批准了他的計劃，把陳群的意見轉來只是讓他參閱，於是據此準備行動（真據之遂行）。

其實，魏明帝最後肯定是同意了曹真的計劃，不存在曹真擅自行動的可能。

並且，曹真返回長安時，魏明帝還親自為他送行。

# 李嚴又出新難題

曹魏太和二年也就是蜀漢建興八年（230年）的秋天，由曹魏大司馬曹真精心策劃的漢中之戰開始了。

自曹操征張魯開始，這已經是曹魏第三次征漢中了，這一次曹真志在必得，因為有三路大軍同時出擊漢中。

第一路由他親自率領，由長安以南入子午道，出子午谷後直取漢中的南鄭。

第二路由張郃率領，由郿縣入褒斜道，經斜谷出漢中，向南鄭方向會合。張郃現在已升任車騎將軍一職，是魏軍的第三號人物，目前也在西線戰場，歸曹真調度。

第三路由大將軍司馬懿率領，由新城郡沿漢水溯流而上，水陸並進，向南鄭挺進。司馬懿在荊州時曾打算訓練一支水軍進攻孫吳，現在先用到了這裏。

這三路大軍的總兵力，估計在20萬。

消息傳到漢中，大家都很緊張，諸葛亮馬上採取了三項措施予以應對。

一是派人通知吳帝孫權，告知曹魏的大軍已向漢中方向集結，中線戰場兵力空虛，請孫權在中線、東線兩個戰場上同時採取行動，趁機搶佔曹魏的地盤，至少拖住曹軍主力，讓他們不敢輕易向西線增兵。

二是請前將軍李嚴速從江州抽調兩萬人馬北上，由李嚴親自率領來漢中增援。現在蜀漢方面也只有江州的兵馬可以抽調出來，諸葛亮之前就有過想法，不過被李嚴拒絕了，現在情況危急，不調那裏的兵已經不行了。

三是將漢中地區的蜀中主力集結起來，除分守南鄭、漢城、樂城等要地外，重點佈兵於赤阪，此地位於子午道南出口附近，一旦曹真

的大軍從子午道殺出，這裏必將有一場惡戰。

諸葛亮原本以為，情況如此緊急，李嚴接到命令後會立即執行，但沒想到李嚴仍然打着自己的算盤。

李嚴給諸葛亮寫了一封信，信中提到一件事，說司馬懿以開府做條件來誘降他（司馬懿開府辟召）。

對於這句話，有人理解為李嚴故意向諸葛亮透露司馬懿在祕密拉攏他，司馬懿與李嚴的防區相鄰，說他試圖策反李嚴，倒也不是不可能。李嚴把這個意思透露給諸葛亮，是一種施壓，也是一種威脅，說明我李嚴挺重要，別拿我不當回事。

但這樣理解比較牽強，李嚴固然精於盤算，但他的智商不至於低到鄰家李二嫂的水平，為了彰顯自己，拿如此敏感的東西說事。不說司馬懿是否真有策反他的舉動，即使真有，他也能掂出輕重，要麼密而不報，要麼立即上報，不會在這個節骨眼兒上突然翻出來討價還價。

其實，這句話的真實意思是，李嚴想像司馬懿那樣開府。

之前多次說過，開府就是組建自己的工作機構，沒有開府，你的官再大，也是給人家跑腿的；開了府，你就成了掌櫃的，所以李嚴很在意。

按照漢朝制度，大將軍、三公可以開府，其他人在特批的情況下也可以開府，但這要視具體情況而定，諸葛亮身為丞相，但在劉備生前也不曾開過府。

目前，在蜀漢只有諸葛亮一人開府，李嚴覺得他也是託孤大臣，曹魏的託孤大臣司馬懿能開府，自己也應該傚仿。

接到李嚴的信，諸葛亮一定很生氣，但為了確保他趕緊增兵漢中，諸葛亮不得已奏請後主，升李嚴為全國武裝部隊副總司令（驃騎

將軍），並升其子李豐為江州都督，接替李嚴的位置，仍舊鎮守江州。

李嚴之子李豐年齡和資歷不詳，之前應該沒有做出過太大的貢獻。江州都督是蜀漢設置於邊境地區的四大都督區之一，下轄數郡，行政級別與益州牧相當，是相當重要的角色，為照顧李嚴的情緒，諸葛亮不惜放棄一貫秉持的原則，幾乎是和李嚴做起了交易。

李嚴如果聰明，他應該反而不安起來，但此人一向精於短線操作，看中個人勢力，對於諸葛亮的安排他欣然接受，把兒子安排好，帶着臨時抽調的人馬前往漢中。

李嚴這時突然把名字改成了李平，古人說「行不更名，坐不改姓」，體現了對姓名的尊重，起名字、改名字一般都要有專門的儀式，祭祀完祖先，再行稟告。而改名字的原因，多半是為了避諱，皇帝的名字全國人都要避，這叫國諱；父母、祖父母的名字全家後代人都要避，這叫私諱；以後把孔孟等當聖人，他們的名字也要避開，叫聖諱。

李嚴改名一定有原因，但史書均無記載，可以推測的是，他的改名與國諱、聖諱無關，可能緣於家事。


# 一場「及時雨」

孫吳方面，孫權接到諸葛亮的信後立即行動，他讓江北地區的吳軍向外放出話來，要攻打合肥（揚聲欲至合肥）。

曹魏東線戰場總指揮（都督揚州諸軍事）是征東將軍滿寵，聽到消息，不敢怠慢，立即徵調兗州、豫州各地兵馬向合肥方向集中，以備吳軍來攻。

但吳軍只是做做樣子，沒有真打（賊尋退還），大家以為，這是吳蜀之間玩的老把戲，那邊開打，這邊虛晃一槍目的是牽制，孫權頂多是出工不出力。

魏明帝下詔，讓滿寵把臨時徵調來的人馬退回去。

但滿寵覺得事情沒有這麼簡單，孫吳的真實打算未必只是虛晃這一槍，他們撤退也許是一種心理戰，一定會趁這邊沒有防備之時，殺一個回馬槍（必欲偽退以罷吾兵，而倒還乘虛，掩不備也）。

滿寵上表，要求暫不退兵，魏明帝詔准。

果然，讓滿寵料對了，這一次孫權的打算不僅是幫幫場子，而是要抓住時機真幹一回，他先聲奪人，之後又示弱而退，都是心理戰，目的是讓合肥的守軍放鬆戒備，然後集合大軍突然攻擊合肥。

由於滿寵早有準備，合肥兵力充足，吳軍無法得手，只得退回。

如此一來，魏軍在東線受到了牽制，諸葛亮協同孫吳行動的目的也達到了。

從江州抽兵到合肥攻城，都是諸葛亮所一再堅持的孫劉聯盟所取得的成果，如果孫劉不能同心，反而互相交惡，江州的人馬不僅抽不出來，還得分重兵去把守，孫權也不會在需要的時候出手相助，這些都充分印證了孫劉聯盟路線的正確。


在中線戰場，司馬懿接到詔書，讓他配合曹真攻打漢中。

站在司馬懿的立場看這場戰役，他一定不會像曹真那麼積極，因為此戰獲勝，出名的是曹真，他的威望定然進一步增加；如果此戰失利，損失的是曹魏基業，自己也白忙一趟。

尤其是溯漢水而上的作戰路線，司馬懿肯定更有意見，他有理由懷疑這是一幫參謀對着地圖拍着腦袋擬訂的方案，漢水洶急，一路穿山越嶺，雖有部分河段可通航，但順流而下與逆流而上完全是兩回事，自古征漢中，都是自北向南，或者出大散關，像這樣由東南方向往西北攻的很少，走水路逆流而上根本就沒聽說過。

前兩年自己在荊州治水軍，本意是用在長江上與孫吳的水軍交

戰，用這支船隊在漢水裏往上游攻擊，無功而返不怕，把這點兒家底都搭進去就太心疼了。

但是，司馬懿二話沒說，對詔令立即執行。

司馬懿怕曹真猜疑，也怕魏明帝多心。

司馬懿很快趕到新城郡，由西城出發，水路和陸路同時推進，沿着漢水向漢中方向攻擊。

但他們的進展實在沒法太快，因為這一帶很多地方都沒有路，他們一邊走一邊開路（斫山開道）。


曹真和張部分別率領的另兩支人馬也出發了。

大批魏軍從東西兩個入口進入秦嶺山中，但是曹真的運氣實在太差勁，這時候下起了大雨。

這時是農曆八月，已經是秋天，秦嶺一帶天冷得早，按說即使下雨也不會太大，更不會下個不停，但不知為何，這一場雨下得完全出人意料，不僅雨量很大，而且下得時間超長。

這場雨一共下了 30 多天，伊水、洛水、黃河、漢水都水量暴漲，很多地方沖垮了河堤（大霖雨三十餘日，伊、洛、河、漢皆溢）。

這一下就苦了秦嶺山中行軍的魏軍，本來道路就不好走，現在到處是水，不停地有滑坡、泥石流，沒法休息，冷得要死，吃不好睡不了，簡直如同進入人間地獄。

有人建議撤軍，曹真急了，不許。

消息傳到洛陽，太尉華歆首先上疏建議撤軍：「陛下的聖德堪比成康，即便有吳蜀二賊，也不過苟延殘喘。用兵，不得已而用之，願陛下以治理國家為第一要事，然後再考慮征伐（臣誠原陛下先留心於治道，以征伐為後事）。千里運糧，越險深入，勞而無功。我聽說今年征戰已嚴重影響到生產，為國者以民為基，民以衣食為本，如果天下百

姓沒有飢寒之患，他們也就沒有離土之心，吳蜀二賊，可坐而平定。」

當時大雨可能剛下不久，魏明帝還想等等看，就回覆華歆：「先生考慮得很深，我感到欣慰。但是，賊人憑藉山川之險，武皇帝、文皇帝在世時，也多次未能平定，我何德何能，可以指望不費力就把他們消滅？先試探一下，如果天時未到，再說撤兵不遲（若天時未至，周武還師，乃前事之鑒）。」

又下了幾天，少府卿楊阜沉不住氣了，也上疏道：「現在吳蜀未平，上天頻頻降下凶兆，大軍剛出發，大雨就下個不停。目前大軍已困在山中多日，糧草轉運都靠肩挑背扛，十分費力，《左傳》說『見可而進，知難而退，軍之善政也』，應該趕緊退兵。」

已故重臣王朗的兒子、散騎常侍王肅也上疏說：「古說『千里饋糧，士有飢色，樵蘇後爨，師不宿飽』，這說的還是平途行軍的事，何況現在深入險境，鑿路而前，勞力必百倍。加之現在大雨，山路濕滑，行軍速度很慢，糧草又難以保證，這些都是兵家所忌。」

看到大家一致反對，魏明帝知道不能再堅持了，下詔讓包括曹真在內的各路魏軍撤回。


這場大雨來得真是時候，避免了一場苦戰。

不過，依當時的情況，即使沒有這場雨，曹真可以率一部主力進到漢中，能否打敗蜀軍，也不好說。

三路大軍中，司馬懿表面積極，其實是走走看看，他內心裏既不情願跑這一趟，也不能搶了曹真的風頭，加上這個方向確實不是正路，所以只能作為聲援，關鍵時候未必能出多大的力。

張郃這一路走褒斜道，最後有 100 多里是棧道，張郃大概還不知道，趙雲已經把它燒了。諸葛亮後來出於再次北伐的考慮，正在逐步恢復這些棧道，但可能尚未完工，即使修得差不多了，也可以一把火

再燒了，張郃這一路，也是指望不上。

到時候曹真就成了單打獨鬥，在秦嶺大山裏鑽了一個半月，跑出來還摸不着北，人家已在山口集結重兵以逸待勞，曹真能一戰定漢中，除非出現奇跡。

所以，這場罕見的大雨與其說保佑了蜀漢，不如說挽救了曹真的面子，給他不成熟的進攻計劃一個台階下。

魏軍撤退，諸葛亮覺得這倒是個好機會，果斷命魏延和吳壹率兩支人馬攻擊曹魏控制的隴右。魏延和吳壹越過武都郡，向西攻入曹魏南安郡境內，曹魏後將軍費曜、雍州刺史郭淮率兵來迎，魏延和吳壹打敗了他們，取得了勝利，蜀軍隨後退回。

這次出擊不是以佔領土地為目的，只是為了消滅敵人的有生力量，打擊敵人的氣勢，鼓舞自己的士氣。戰後，諸葛亮把魏延在丞相府裏的職務由丞相司馬提升為丞相前軍師，上報後主，將魏延的爵位由亭侯晉為南鄭縣侯；上報後主，擢升吳壹為左將軍，由亭侯晉爵為高陽鄉侯。

魏延留下的丞相司馬一職，諸葛亮提拔費禕來擔任。

有人把阻擊曹真這一仗，以及魏延、吳壹主動出擊隴右看成單獨的兩次北伐，所以諸葛亮的北伐就有五次和七次兩種說法。

其實這兩仗屬於同一戰役，這場戰役是曹魏一方主動發起的，不能算嚴格意義上的北伐。

還有人把諸葛亮北伐稱為「出祁山」，有「五出祁山」或「七出祁山」的說法，其實北伐是以漢中為基地向曹魏用兵的統稱，並不是每一次都經過祁山，只有第一次和後面要進行的第四次兵出祁山。

沒有打起來的漢中之戰倒也算不上敗仗，可曹真挺鬱悶。

都怪這場雨。說來奇怪，這場雨停下後，當年就再也沒下過雨，

一直到次年，天下大旱。

造化弄人，天不成事。

曹真自撤軍後一直鬱鬱不樂，心情一差、思想負擔一重就很容易出問題，曹真最後就出了問題。

撤軍幾個月後，曹魏太和五年（231年）三月，大司馬曹真病逝。

曹真和曹休，曹魏的兩根中流砥柱，就這麼倒下了。

過程差不多，結果也相似。可以說，死得都有點窩囊。

說到底，還是心理素質不夠好，順風船駛慣了，被人捧慣了，打個小勝仗，眾人爭着誇你是一代名將，當世之孫、吳，你也就當真了，以為真是孫武、吳起再世，以為自己就是戰神。時間一長，就只能接受勝利，無法接受失敗。哪天打個敗仗，就抬不起頭，見不了人，以為一世英名就這樣毀了。

往好裏說，這叫作追求完美。但從心理學的角度看，追求完美的人最終的結局只有一個：放棄。

所以他們都放棄了，放棄得很徹底。

魏明帝下詔，曹真的邵陵侯爵位由長子曹爽繼承。曹真有六個兒子，除長子曹爽外，其他幾個兒子分別是曹羲、曹訓、曹則、曹彥、曹皚，也全部被封為列侯。

這個曹爽，是個典型的富家子弟、官二代，日後把曹魏江山折騰光的就是他。


## 幾個不省心的人

總算打退了魏軍的進攻，諸葛亮鬆了口氣。

但這時從成都傳來消息，留在成都主持丞相府後方日常工作的張裔因病去世。

自五年前來到漢中，諸葛亮一直沒有回過成都，但成都方面的事務一切都井井有條，尤其在向前線提供後援保障方面，更是不遺餘力，這一切，都有張裔的一份貢獻。

　　張裔性格不好，與人經常合不來，諸葛亮曾寫信提醒和批評過他。

　　張裔對諸葛亮極為尊重推崇，他曾經說：「丞相頒發賞賜，再遠的人也不會被遺漏，執行懲罰，再近的人也不會被袒護，沒有功勞的得不到爵位，再有權勢的該受刑罰也免不掉，這就是不論有能力還是沒能力的人都忘我工作的原因（此賢愚之所以僉忘其身者也）。」

　　諸葛亮北駐漢中期間，張裔曾北赴漢中向諸葛亮匯報工作，送行的人多達數百，車輛擁擠於道路。

　　張裔給關係親近的人寫信，開玩笑說：「最近要上路，晝夜都在接待賓客，不得安寧休息，人們尊敬的是丞相府長史，而那個叫張裔的男人依附在這個職務上，累得半死（人自敬丞相長史，男子張君嗣附之，疲倦欲死）。」

　　張裔死後，諸葛亮讓他的兒子張毣繼承他的爵位，張毣後來歷任郡太守、監軍等職。

　　在張裔之前，諸葛亮留在成都的另一位左膀右臂楊洪也去世了。楊洪多次擔任蜀郡太守，治理蜀漢第一大郡，成績很突出。

　　張裔死後，諸葛亮提升蔣琬為留府長史，並且上奏後主，同時拜蔣琬為撫軍將軍，全面負責丞相在後方的日常工作。在這幾年裏，諸葛亮經過觀察，發現蔣琬沒有辜負自己的培養，協助張裔統籌後方事務。

　　在此之前蔣琬擔任過縣長，當過尚書郎，直接到丞相府任東曹掾，沒有軍中任職的經歷，諸葛亮直接授予他高級將領的職務，讓他逐漸熟悉軍中事務，流露出把他作為接班人進行全面培養的打算。蔣琬也不負重託，挑起了留府長史這個重擔，在張裔的基礎上做得更好。

蔣琬字公琰，諸葛亮常對人說：「公琰志向忠正，是和我共同輔助王朝大業的人！」

在人事安排上，諸葛亮一向秉持公正的原則，按照各人的才能和貢獻決定升遷，除了在個別特殊事件中諸葛亮為顧全大局而有所破例外，一般情況下都堅持了自己的原則。

諸葛亮曾說過：「我的心就像一桿秤，不能因人改變賞功罰過的標準（我心如秤，不能為人作輕重）。」

這一年，諸葛亮46歲了，按照曹操當年的說法，這個年齡已開始步入暮年了。整日為國事操勞，一刻也不得停息，他的身體也每況愈下。加之人在戰場，隨時可能有意外，所以諸葛亮特別留心對未來接班人選的培養。

之前的馬良、馬謖、向朗、張裔、楊洪都是諸葛亮看好的人，但他們都不在了，諸葛亮越來越多地把目標鎖定在蔣琬的身上。

但是蔣琬的資歷較淺，這是一個不足。當時比蔣琬資歷高的人大有人在，自荊州起就追隨劉備的廖立就是其中一個。

劉備素來賞識廖立，不到30歲時就提拔他為長沙郡太守，論年齡和資歷當時跟諸葛亮都不差上下。劉備漢中稱王，特意提拔廖立為侍中，後主繼位後，他改任長水校尉。

廖立一向自視很高，認為自己的名氣和才能應當之無愧為諸葛亮第二（自謂才名宜為諸葛亮之貳），就連李嚴他也沒有放在眼裏，但他只有一個長水校尉的職務，所以心裏很不痛快。

就這件事，廖立曾當面質問過諸葛亮：「我應該名列於那些將軍之中，為什麼不表為我九卿，而讓我當校尉（我宜在諸將軍中，不表我為卿，上當在五校）？」

廖立覺得自己是劉備當年的舊人，和別人不太一樣，所以敢這

麼說。

諸葛亮還算給他面子，耐心地解釋道：「任命將軍是要經過嚴格考核的（將軍者，隨大比耳），你現在還是適合做校尉。」

廖立不服氣，懷恨在心。

有人也會為廖立鳴不平，認為諸葛亮未必做到了公正，按照廖立的資歷，又是劉備生前欣賞的人，長水校尉確實有點兒太低了。但其實，諸葛亮對廖立的安排另有隱情。

關羽鎮守荊州期間，廖立擔任長沙郡太守，孫權偷襲荊州時，有一種說法，說廖立丟下城池逃命，一個人回來投奔劉備（立脫身走，自歸先主），這是臨陣脫逃的行為，按律當治罪。但劉備是很感性的人，尤其對自己的老部下，他沒有治廖立的罪，仍然予以任用。

諸葛亮認為，廖立的行為難以服眾，如果對他任重過高，那些浴血奮戰的人一定不服，所以只安排他當長水校尉。廖立應該多自我反省，找到自身的問題，找機會再建功立業，拿業績說話，而不是發牢騷、抱怨。

廖立不僅對自己的事不滿，還議論其他人，挑撥是非。

一次，蔣琬去看廖立，廖立對他說：

「過去先主不去攻奪漢中，反而先與孫吳爭鋒去取荊州南面的三郡，後來怎麼樣，這三個郡還是落入孫吳之手，讓大家徒勞一場，無功而還。後來漢中也沒有拿下，反讓夏侯淵、張郃深入巴郡，益州幾乎淪喪。最後再進兵漢中，又讓關羽身死，劉封又丟掉一方。這些，都是關羽自恃勇猛、治軍無方、隨心所欲、一味蠻幹造成的（是羽怙恃勇名，作軍無法，直以意突耳）。

「向朗、文恭這些人，凡夫俗子罷了（如向朗、文恭，凡俗之人耳）。文恭當治中從事，毫無控制能力；向朗過去吹捧馬良兄弟，把他們比為聖人，現在當長史，做事素來沒主見，隨大流。還有中郎郭演

長，只能跟隨他們，辦不了大事，竟然也能當上中郎？

「現在真是弱世啊，讓他們這三個人擔當重任，這是不行的（今弱世也，欲任此三人，為不然也）。還有一個王連，也是一個隨波逐流的俗人，任意制定一些辦法搜刮老百姓，讓百姓窮困不堪，造成今天這個局面！」

廖立一口氣點評了五個人：關羽、向朗、文恭、郭演長和王連。文恭是益州本地出身的學者，諸葛亮之前寫給杜微的信中曾提到過他，認為他是當代名儒。郭演長是郭攸之的別名，諸葛亮在《出師表》中提過，認為他和董允、費禕等人並列，都是可以重用和信賴的人。

不說關羽，其他幾個都是諸葛亮所倚重的人，在廖立眼裏不是人品不行就是能力平平，反正都看不上眼，言下之意，覺得諸葛亮用人很成問題。

李邵和蔣琬向諸葛亮匯報了廖立的話，諸葛亮覺得事態嚴重，北伐大業在前，不容有人製造混亂，結合之前廖立的種種言行，諸葛亮果斷上表後主，把廖立貶黜為平民，流放到汶山郡。

成都有個廖立讓諸葛亮頭疼，漢中這邊也有人讓諸葛亮不得不為之分心，這個人就是魏延。

魏延是一員猛將，但脾氣不太好，他善於跟士卒打成一片，勇猛超過常人，但為人自負，一般人都儘量迴避他、忍讓他（延既善養士卒，勇猛過人，又性矜高，當時皆避下之）。

向朗去世後，諸葛亮提拔楊儀為丞相府軍前長史。諸葛亮多次北伐，楊儀都參與決策，並負責籌辦糧草，他才思敏捷，能力超強，再困難的事到他這裏，說話之間就能辦妥（儀常規畫分部，籌度糧穀，不稽思慮，斯須便了）。

諸葛亮很信任楊儀，把軍中很多事務都交給他辦理，有些事都由

他來決定（軍戎節度，取辦於儀）。

但是，魏延卻很看不上楊儀，二人關係很僵。

諸葛亮對他們兩個人都很看重，他既愛惜楊儀的才幹，又欣賞魏延的勇猛，對於二人不和，心裏常感憂慮，但平時待二人沒有任何偏頗（常恨二人之不平，不忍有所偏廢也）。

魏延看不順眼的不只楊儀，還有一個劉琰。

劉琰的職位很高，他是蜀漢的車騎將軍。論名義，李嚴、魏延都不如他。諸葛亮擔心劉琰在成都惹出事，就讓他到漢中前線來。劉琰來到漢中，並不直接統兵，諸葛亮交給他 1000 多人馬，他平時也只在諸葛亮身邊做一些諮詢和勸諫方面的事（但領兵千餘，隨丞相亮諷議而已）。

魏延對劉琰瞧不上眼，推測起來，可能是魏延覺得劉琰既沒有能力，又沒有貢獻，卻榮登高位，讓人不服。

魏延屬於那種愛較真的人，懂業務不懂政治。諸葛亮何嘗欣賞劉琰，但對劉琰保持尊重，因為劉琰跟隨劉備的時間非常長，而且都姓劉，經劉備認定他也是劉漢宗親，這一點很重要，因為本朝對外宣誓是劉漢王朝的延續，現在貨真價實的劉漢宗親已經很少了，劉琰算是個標誌性人物。

魏延看不慣的還有劉琰平時的做派。此人很講究，車馬衣服，都很侈靡，身邊的侍婢都通聲樂，沒事時劉琰就在家裏和着音樂吟誦《魯靈光殿賦》，在魏延看來，這就是腐敗，也是顯擺，大家在前方拋頭顱、灑熱血，你卻在這裏吃喝享受，還佔着車騎將軍的高位，因此很恨他。

二人可能發生過正面衝突，諸葛亮當然向着魏延，專門批評過劉琰（亮責讓之）。

劉琰其實也沒什麼，就是個沒落貴族，平時愛擺老資格，愛享受，愛顯示自己儒雅而已，受到丞相的批評，劉琰緊張起來，趕緊給丞相寫了封信，承認錯誤。

劉琰請求不要罷自己的官：

「我這個人生性缺乏高尚品德，操行低劣，加上喝完酒後有胡言亂語的毛病（琰稟性空虛，本薄操行，加有酒荒之病），先帝在世時，大家對我都有議論，我差一點就栽了大跟頭。

「承蒙您看在我一心忠於國家的情分上，對我給予原諒，保全我的官位，一直到今天。最近因為我又頭腦發暈，說了一些錯話，您又慈悲大度地給予寬容忍耐，沒把我送交有關部門審理，讓我得以保全性命。今後我將改正錯誤，嚴格要求自己，以死報效國家，我將在神靈面前起誓。只是如果免掉我的官職，我就沒法保全顏面了（無所用命，則靡寄顏）。」

諸葛亮也沒打算罷他的官，考慮到在漢中和魏延總是低頭不見抬頭見，就讓劉琰回了成都。

劉琰後來被後主處死了，那是在諸葛亮病逝五丈原的那一年。他的妻子胡氏進宮向太后賀新年，太后留胡氏在宮中住了一個月。胡氏長得很漂亮，劉琰懷疑她在宮中這一個月與後主有私情，就讓手下人拷打胡氏，最後把她送走。

胡氏向有關部門檢舉劉琰，劉琰被逮捕下獄。有關部門也沒有審出什麼名堂來，當初手下人毆打胡氏時用鞋子打了胡氏的臉，有關部門最後認為士卒不是用來毆打妻子的人，臉也不是鞋子能打的地方（卒非撾妻之人，面非受履之地），以此為由竟將堂堂的車騎將軍劉琰處死並棄市。為杜絕風言風語，後主下詔：大臣的妻子、母親以後不准再進宮朝賀。

劉琰這個人一向神神道道，經常胡言亂語，懷疑妻子與後主有

染，絕對是無中生有的事，簡直匪夷所思。但這件事已經傳開，對後主的形象產生了極大的負面影響，必須給予嚴懲，但理由又不能說他誣陷後主，最後稀裏糊塗地把他殺了，諸葛亮那時即使在世，想必也救不了他。

## 誰來接替大將軍

走的人瀟灑地走了，卻讓活着的人更添煩惱。

大司馬曹休死後，魏明帝心裏便已在暗暗祈禱，希望大將軍曹真不要再出事，可是怕什麼偏偏來什麼，曹真這位叔叔還是死了。

曹真之死對魏明帝曹叡的打擊更大，有曹休、曹真兩位叔叔在，魏明帝可謂高枕無憂，現在想睡個好覺都難了。

短短幾年之中，張遼死了，于禁死了，徐晃死了，曹休死了，夏侯尚死了，現在曹真也死了，魏明帝想，難道天欲亡大魏不成？

曾經虎將雲集的曹魏，如今竟遭遇到「將荒」，名將紛紛凋落，不要說培養新接班人的工作跟不上，就連找一個合適的人臨時頂上去，也很困難。

千軍易得，一將難求。由誰來接替曹真承擔起西線作戰的重任，是擺在魏明帝面前的一個頭疼問題。

在西線戰場，守將之中資歷最老的無疑是左將軍張郃，自跟隨夏侯淵守漢中起，他一直在西線與蜀漢作戰，經驗豐富，熟悉情況。

除張郃外，在西線還有安西大將軍夏侯楙。他是夏侯惇之子，娶的是自己的姑姑清河長公主，因為與文帝關係要好而受到重用。但幾次下來魏明帝發現這位姑父養尊處優可以，把半壁河山交給他，魏明帝想都不敢想。

魏明帝十分器重張郃，上次出征之前親自為張郃把酒壯行。但

是，魏明帝覺得以張郃的資歷驟然授予大任，恐難服眾。

魏明帝把手下重臣看了一遍，覺得陳群和司馬懿是相對合適的人選。他們是四位託孤之臣中僅剩的兩位，關鍵時刻能壓住陣腳，一個擔任過鎮軍大將軍，一個擔任過撫軍大將軍，有軍事方面的經驗。

若對他們二人的情況進行比較，魏明帝更傾向於陳群。

雖然近年來陳群偏向政務，很少過問軍事，但他精明勤奮，恪盡職守，最關鍵的是他的忠心無可懷疑。而司馬懿，魏明帝對他的認識一直很模糊，此人軍事才幹突出，在軍中的威望與日俱增，對朝廷也小心謹慎，從不逆旨行事。但是，因為一些說不上來的原因，魏明帝一直對他不放心。

用司馬懿，西線可保無虞，但有縱虎成患的危險；用陳群，可以讓自己放心，不會擔心養出個權臣來，而且若陳群勢力壯大，對司馬懿將是一個有力的制衡。但如果陳群當不了大任，曹魏的半壁江山豈不成了賭注？

這幾天，魏明帝特別想找個人商量商量，但眼前這些人，包括劉曄、蔣濟等人在內，顯然都不適合談這個話題。

魏明帝突然想起一個人來——吳質。

當年吳質與陳群、司馬懿皆為「太子四友」之一，也是父皇生前最為信賴的大臣之一，只是這些年來有點沉寂。父皇登基之初，命吳質以中郎將的身份都督河北諸軍事，掌管幽、并二州的軍政大權。但這兩個州面對的是北方少數民族部落，近年來頗多歸順，沒有大的戰事，故而也沒有機會讓吳質一展懷抱。吳質性情孤傲，不與鄉里、朋友來往，聲譽亦不佳，在北方一待就將近十年。最近身體不好，曾上疏希望去職養病。魏明帝一直忙於軍務，也沒有認真想過這件事。

魏明帝於是下詔，改任吳質為侍中，回洛陽養病。

吳質回到洛陽，魏明帝急切召見，與之長談，談話的重點是對陳群和司馬懿二人的看法。就吳質而言，這二位過去都是親密戰友，相當知根知底，而他遠離中樞十年，如今身處閒職，與他們二位已沒有任何利益關聯，魏明帝相信吳質的看法一定會客觀公正。

　　吳質這個人在曹魏歷史上影響不大，生前人們對他就有頗多議論，很多人對他評價不高，甚至有點煩他。其原因在於他的性格。史書上記載了一件事，可以看出吳質身上有着鮮明的性格特點。

　　吳質這個人，是出了名的臭脾氣，不過這樣的人通常也是個直腸子，說話直言快語，不怕得罪人。對於魏明帝的詢問，他沒有耍模棱兩可、罔顧言他，他的觀點很鮮明。

　　吳質對魏明帝說：「大將軍司馬懿忠智至公，社稷之臣也。陳群是一個從容之士，但非國相之才，處重任而不親事。」

　　吳質詳細分析了陳群、司馬懿二人的特長和不足，魏明帝深表同意（甚納之）。

　　可能是吳質的話對魏明帝最終的決定發揮了作用，魏明帝下詔，由司馬懿接替曹真，都督雍、涼二州諸軍事，統率關中、隴右各軍，防守曹魏的西線戰場。

　　魏明帝給司馬懿的詔書中有這樣一句話：「現在西線戰場有了麻煩，只有您去才能擺平（西方有事，非君莫可付者）。」


　　司馬懿接詔後不敢怠慢，交接完荊州的防務後即刻赴長安上任。為避免魏明帝的猜疑，此赴長安除隨行少數貼身衛外，他沒有從荊州帶走什麼人，但有一個人例外，這個人就是牛金。

　　與曹營的眾多名將相比，牛金的名氣實在不大，史書上甚至沒有關於他的單獨的傳記，他的事跡零散地記錄在別人的傳記或者雜史裏。但是，這絕不是一個可有可無的人物。

牛金長期跟隨曹仁，是一員虎將。但不知什麼原因，儘管他戰功卓著，職務卻升得很慢，此時連雜號將軍都不是。

曹仁一直負責曹魏中線戰場，牛金前期基本上活躍在荊州、南陽一帶。司馬懿擔任中線總指揮後，對於人事一直很謹慎，他知道中線大大小小的將領多是長期跟隨曹家、夏侯家出生入死的嫡系，自己初掌軍權，根基不穩，凡事宜靜不宜動，與將領們私下接觸這類敏感事情也越少越好，以免魏明帝疑心。

但經過觀察，司馬懿發現牛金是可以信賴和栽培的人，他性格直爽，沒有多少心眼，敢說敢做也敢得罪人，職務不高，能力卻很強。於是，司馬懿破例對他給予格外關照。

此去長安，吉凶未料，司馬懿決定把牛金帶上。牛金當然樂意前往，從此他便一直追隨司馬懿。


走到半路上，魏明帝又突然派使臣送來詔書，司馬懿吃了一驚，還以為出了什麼大事。

接過詔書一看，卻是一件極微不足道的小事。魏明帝下詔，為了獎掖功臣，以示優寵，特徵召司馬懿的長子司馬師、次子司馬昭為郎。

郎，是皇帝的侍從，在漢魏職官體系中準確地說還不算一種正式的官職，算是實習公務員。不過，他們實習的地方很特殊：皇宮。

雖然在為期不長的實習期間，他們中的絕大多數人只是在皇宮裏站站崗、跑跑腿，但因為他們與天子的距離很近，直接服務於天子本人，所以他們也算是「天子門生」。

太學生畢業大多數先為郎，再任官吏，太學生也就成為郎官最主要的來源。漢魏時期的太學不僅入學考試嚴格，競爭激烈，而且要拿到畢業證也非易事，所以能先入太學再為郎，對開啟自己的仕途來說，無疑是一條最佳道路。除此之外，皇帝也會徵召王公大臣的子弟

為郎，有點「特招」和「保送」的味道，以示優待。

在天下承平年代，入宮為郎一來可以得到歷練，二來有了在皇宮工作的機會，與天子建立某種特殊聯繫，便於日後飛黃騰達。司馬師那年 23 歲，司馬昭 20 歲，他們並不是太學生，現在被直接徵召為郎，不僅體現魏明帝對司馬懿的尊崇，也對他們二人日後走上仕途開了一個好頭。

然而，接到這份詔書，司馬懿內心裏卻充滿了說不出的苦澀。他想到的不是家族的榮耀，也不是兩個兒子的光明前程，而是赤裸裸的兩個字：人質。

如今，自己即將奔赴西線戰場，手中握有曹魏三分之一以上的兵權，其中包括曹魏一半以上最有戰鬥力的軍隊。在這個時候，不早不晚，魏明帝向自己發出了這份詔書，其用意不用細品即可體悟。如果換成文帝發佈這樣的徵召，司馬懿一定會認為那是文帝對自己的眷顧。文帝對自己信任，魏明帝則將信將疑。

司馬懿不敢耽擱，立即上疏謝恩，並即刻命司馬師返回洛陽，囑咐他到家後立即帶上弟弟司馬昭到少府報到。

除此之外，司馬懿並不想再做任何表白。

司馬懿只能用戰績表現自己的能力，用行動表現自己的忠誠。他相信有一天魏明帝會完全信任自己的。

# 諸葛亮第四次北伐

司馬懿日夜兼程，很快到達長安。

他來得十分及時，諸葛亮此時又發起了新一輪北伐。

蜀漢建興九年（231 年）二月，諸葛亮率蜀軍主力再出祁山，和第一次北伐一樣，以搶佔隴右為目標。

此次諸葛亮做了精心準備，其中一項重大調整是，他命令此前一直駐守在江州的李嚴率兩萬人馬來漢中，之後讓他以中都護的身份留守漢中，處理丞相府行營的各項事宜（**命嚴以中都護署府事**），重點保證前線的軍糧供應。

為了製造聲勢和牽制敵人，諸葛亮提前派人聯絡孫權，請他同時向曹魏發起攻擊。諸葛亮每次北伐，孫權都盡可能地給予了配合，這不僅是同盟的義務，而且對孫吳來講，蜀漢的每一次用兵也是他們的機會。

這一回孫權又使出了詐降計，他安排中郎將孫布向曹魏揚州刺史王凌詐降。不久前周魴詐降，曹休被打得大敗，王凌覺得孫權再笨也不會把剛使完的招數又拿出來用吧，所以就相信了。

王凌是漢末名臣王允的姪子，出身於著名的太原王氏家族，年輕時曾在曹操手下任職。曹丕在位時對他很器重，讓他當兗州刺史，又兼建武將軍，是曹魏政壇的新生力量。在石亭之戰中曹休率領的魏軍失利，王凌指揮所部拚死突圍才使曹休得以安全撤退，後任揚州刺史。

王凌有些心高氣傲，把頂頭上司征東將軍兼西線戰場總指揮（**都督揚州諸軍事**）滿寵也不放在眼裏。二人關係較差，王凌不斷讓人寫告狀信，想把滿寵趕走。

對孫布投降這件事，滿寵覺得可疑。王凌認為這是滿寵怕他建功，於是越過滿寵直接向魏明帝報告了情況。王凌對孫布進行了一段時間的接觸和試探，最後徹底相信孫布投降是真的。

但滿寵仍然認為這裏面有陰謀，就以王凌的名義給孫布寫了封信，說自己這邊兵力不夠，讓他再等等，到時機成熟時再行動（**先密計以成本志，臨時節度其宜**）。

這時，魏明帝突然下詔讓滿寵回洛陽商量事情。滿寵一走，王凌就加緊了與孫布「裏應外合」的準備，想在東線戰場創造出一個奇跡

來，這場戲無論怎麼演，都牽動了曹魏東線戰場的注意力。

而在中線戰場的荊州方向，自從司馬懿離開後還沒有明確新的接替人選。這樣一來，形勢對蜀漢就十分有利，在曹魏三大戰場中，西線戰場的總指揮剛剛上任，中線戰場的總指揮還沒有明確的繼任者，東線戰場的總指揮臨時被召回，暫時負責的人又被孫權的反間計所吸引，在歷次北伐中，沒有比這更好的機會了。


孫權的詐降計劃開始還算順利，儘管曹魏東線戰場總指揮滿寵十分警惕，但曹魏的揚州刺史王凌卻始終深信不疑。

滿寵被魏明帝徵召入朝，他深知王凌立功心切，會上敵人的當，臨行前做了專門安排。

滿寵對自己的祕書長（長史）叮嚀說：「你一定要注意，如果王凌提出去迎接孫吳的降人，千萬不要給他派兵（若凌欲往迎，勿與兵也）。」

王凌後來果然要兵，長史按照滿寵的囑咐堅決不給，王凌就讓自己手下一個將領率所部 700 名步騎前去迎接孫布，結果中了孫布的埋伏，孫布趁夜發起攻擊，魏軍人馬死傷過半。

魏明帝召滿寵來洛陽，主要是因為王凌指使人寫的告狀信。王凌一心想把滿寵排擠走，就讓手下心腹寫信詆毀滿寵，說他年紀老邁，辦不好事，不適合擔當大任（凌支黨誣寵疲老悖謬）。魏明帝可能還沒見過滿寵，不知道告狀信上的內容是否屬實，就以召見的名義想親眼看看。魏明帝身邊的給事中郭謀建議：「滿寵當汝南郡太守、豫州刺史前後 20 多年，在東南邊境建立了功勛，吳人都害怕他（及鎮淮南，吳人憚之），現在把他突然召回，如果不像王凌所表，陛下就問問他前線的敵情，問完讓他回去。」

魏明帝也是這個意思，但在詔見中發現滿寵體格健壯、精神飽滿，完全不像王凌說的那樣。

告狀信上還說滿寵不僅年紀大而且經常喝酒誤事，不可留任，魏明帝特意把滿寵留下來請他喝酒，滿寵連喝一石酒，都沒有一點醉意（飲酒至一石不亂），魏明帝更加深信告狀信所言不實。

漢代一石合 20 升，如果滿寵能喝 20 升酒，也就是 40 斤，那他的肚子得有多大啊。但漢代的升比今天小得多，不到今天的 0.3 公升，也就是一頓喝了五公升多的酒，十斤多點兒，當然這也不少，但那時酒的酒精度數都比較低，類似於今天的啤酒或低度米酒。

而正在這時前線也傳來消息，說王凌上了敵人的當，魏明帝於是改變了想法，對滿寵慰勉了一番，又讓他回揚州，仍全面負責東線戰場的指揮。

滿寵則多次上表請求留在京城，魏明帝不許，下詔：「從前廉頗為向使者表示自己身體健康，仍可帶兵打仗，一頓能吃一斗米、十斤肉。馬援 62 歲仍請兵作戰，在馬鞍上可以回頭顧望，以示可用，卿未老而自謂已老，為何與廉頗、馬援相差這麼大呢（何與廉馬之相背邪）？卿要想努力設法保衛邊境，為國效力啊！」

考慮到滿寵與王凌的關係，魏明帝下詔將王凌改任為豫州刺史，滿寵這才回去。


雖然孫權那邊沒有得手，但牽制敵人的任務還算是基本完成了，由於孫權一直在虎視眈眈，曹魏在中線和東線兩個戰場也不敢太大意。

回到隴右，蜀軍主力行動迅速，越過武都郡，把祁山包圍起來。

這時司馬懿已經趕到長安，他以大將軍、都督雍涼二州諸軍事的身份召集車騎將軍張郃、後將軍費曜、征蜀護軍戴凌、雍州刺史郭淮等魏軍重要將領開會，研究如何應對。

張郃認為，隴右很重要，關中更重要，應分兵駐紮在扶風郡的雍縣、郿縣，以防關中出現不測。

司馬懿不同意這樣做，他說：「如果前面的人馬能擋住敵人，將軍這麼說有理；如果擋不住，把人馬分成前後兩部，這就如當年項羽把人馬一分為三，反被黥布打敗的道理一樣（若不能當，而分為前後，此楚之三軍所以為黥布禽也）。」

楚漢相爭時，楚將黥布叛逃，項羽出兵阻截，把楚軍分成三部，想法是其中的一部即使被打敗，後面的兩部也可以增援。結果，黥布擊敗其一軍，其他兩部不戰瓦解。

從兵法上說，分散兵力被各個擊破是大忌。司馬懿不同意分兵，原因是魏軍的戰線拉得很長，他們在人數方面雖然稍佔上風，但如果分兵，這種優勢也就不存在了。諸葛亮對祁山圍而不殲，就是想以逸待勞，與魏軍主力尋求決戰。

司馬懿也想賭一回，賭的是蜀軍除隴右的軍事行動外沒有其他打算。如果從褒斜道或者子午道突然殺出來一支蜀軍主力，那就當是命不好，純屬倒霉。至於真的出現了這種情況該怎麼辦，到時候再說。

司馬懿統率各部魏軍主力前進到隃麋，命費曜、戴凌率四千人馬前往天水郡境內的戰略要地上邽，自己率其餘主力趕往祁山，以解祁山之圍。


司馬懿孤注一擲，大軍西進後，關中空虛，弄不好就得出事。

真的出了事，不過是差一點。

雖然諸葛亮沒有安排一支大軍從秦嶺山中鑽出來抄魏軍的後路，但還是給他們安排了一個特殊的客人——鮮卑族首領軻比能。

北方的少數民族長期以來以匈奴人為主，漢末烏桓人崛起，匈奴人一部遷往漠北，一部南下歸順中央朝廷，後來曹操親自征烏桓，使烏桓的勢力削弱下去，鮮卑人趁機發展起來。

軻比能出身於鮮卑族一個小部落，他十分勇敢，執法公平又不貪

財，被眾人推舉為首領。當時袁紹佔據河北，內地不少人逃奔到軻比能那裏，使他的勢力進一步強大起來。後來，軻比能向曹操控制下的漢朝廷進貢，曹操征馬超的關中之戰期間，軻比能曾率 3000 名騎兵支持曹軍。

再後來，軻比能又與烏桓部落聯合起來與曹軍抗衡，曹操派兒子曹彰率兵征討，大敗鮮卑、烏桓聯軍，軻比能退至塞外。曹丕登基時，軻比能派人向朝廷獻馬，曹丕封軻比能為附義王。

但是，軻比能後來又與魏軍為敵，先後被曹魏大臣田豫、牽招和梁習等人打敗，儘管一再被打敗，但他在鮮卑部族中的影響力一直很大，總能東山再起。在諸葛亮第三次北伐前後，軻比能曾率三萬人馬，在馬城把田豫圍困了七天，後來曹魏新任的幽州刺史王雄對鮮卑實行安撫政策，軻比能再次表示願意歸順。

軻比能的勢力最強時手下有十萬人，諸葛亮知道他與曹魏之間恩恩怨怨糾扯不清，矛盾很難調和，於是祕密聯絡他，在自己北伐的同時，讓軻比能從北方向曹魏發起進攻，目標是曹魏的關中地區，趁着魏軍主力西移，威脅長安。

軻比能響應了諸葛亮的建議，率兵進入北地郡，駐紮於石城。

石城在哪裏已不可考，一種說法就在曹魏北地境內，曹魏時期的北地郡面積不大，郡治泥陽，即今陝西省銅川市耀州區，現在走高速公路到西安北郊只需要 40 分鐘；另一種說法認為石城是筆誤，應為呂城，即今寧夏回族自治區的銀川，按照漢末的行政區劃，這裏在老北地郡（故北地）的轄區內。

鮮卑是草原部落，以騎兵為主，他們的戰鬥力不好評估，有時不堪一擊，但有時又勢如猛虎，銳不可當。即便遠在石城，但如果他們高興，打馬揚鞭，一口氣殺往關中也就是幾天的工夫。當時司馬懿已經把魏軍主力帶到隴右，關中空虛，十分危險。

魏明帝趕緊徵召軻比能的老對手、右中郎將兼雁門郡太守牽招組織人馬前往堵截。

在隴右，諸葛亮聽說司馬懿親率大軍前來，立即調整了部署，讓王平率部屯紮在祁山附近的南圍，繼續攻祁山，自己率魏延、吳班、高翔等部迎戰魏軍。

之後的戰事，史書上有不同的記載。

有一部史書記載，諸葛亮採取圍魏救趙的辦法，不去迎擊司馬懿的主力，而是突然兵出上邽，打敗了郭淮、費曜，將上邽佔領。此時已是農曆四月底，麥子成熟，諸葛亮指揮兵馬收割麥子，而司馬懿率兵趕到後，屯紮在上邽之東，不敢前進，而是依據險要地勢進行防守，諸葛亮求戰不能，由上邽回撤至祁山附近（因大芟刈其麥，與宣王遇於上邽之東，斂兵依險，軍不得交，亮引而還）。

但另一部史書則稱，司馬懿率大軍卸甲輕裝，日夜兼程，在漢陽與諸葛亮相遇，司馬懿派部將牛金率輕騎做誘餌，將諸葛亮打敗，諸葛亮退兵至祁山（使將牛金輕騎餌之，兵才接而亮退，追至祁山）。

後面這部史書忽略了蜀軍佔領上邽、搶收麥子的一系列細節，而所謂的漢陽，指的當是漢陽郡，漢末仍在，只是曹魏早已將其改為天水郡。這次司馬懿轉戰西線戰場，只帶來牛金一名主要將領，剛來沒幾天，人生地不熟，要執行誘敵的任務，費曜、戴凌哪一個似乎都比他合適。

綜合起來看，前一種記載更確切一些。

但是，既然沒有打敗仗，諸葛亮為何退兵呢？

主要是司馬懿這個新對手很老練，儘管手下將領個個躍躍欲試，但他根本不急於進攻，而是採取了拖的辦法，這正中蜀軍的軟肋，因為時間一長更不利於蜀軍，天水郡是曹魏的地盤，曹魏可以從附近幾

個郡以及涼州各地調集糧食和兵源，而蜀軍不能。

對蜀軍來說，求勝的關鍵是速戰速決，所以諸葛亮改變了戰法，先後退一步，賣個破綻，等待敵人進招。

## 名將命喪木門道

諸葛亮率蜀軍主力退往祁山方向，駐紮於鹵城，即今甘肅省甘谷縣一帶，在此紮下大營，司馬懿率魏軍主力隨後趕到。

但是很奇怪，司馬懿只追不擊，蜀軍紮下大營後，他也命令紮營，雙方營壘都紮下後，司馬懿並不着急出戰。

車騎將軍張郃建議：「蜀軍遠道而來迎戰我們，現在他們請戰不成，必然會認為不戰對我們有利，認為我們想用長期對峙的辦法對付他們。現在祁山那邊已經知道我軍主力就在附近，人心已經穩定下來，我們可以屯兵於此，然後派出奇兵抄其背後，不應坐在這裏不敢向前，讓民眾失望啊（不宜進前而不敢偪，坐失民望也）！」

張郃認為，蜀軍已深入隴右地區多日，雖然在上邽收了一些麥子，但糧食始終是他們最大的問題，他們的糧食估計沒有多少了，糧食一旦接續不上，就會有麻煩，至少影響到士氣，而魏軍士氣正旺，不必消極應戰，可以主動出擊。

司馬懿對張郃的建議仍不予採納，繼續他的老辦法：不打。

第一次碰到這樣的對手，諸葛亮也很無奈。的確，糧食是他現在考慮最多的問題，他已不斷派人回漢中，讓李嚴盡一切可能籌辦糧食送到前線來。然而，漢中距離隴右路途遙遠，運送糧食需要時間，途中消耗也很大，長時間拖下去，的確很不利。

這是諸葛亮第一次和司馬懿直接過招，之前聽說他以迅雷一擊解決了孟達，就感到此人不一般，現在直接面對，如果對方繼續採取拖

延戰術，諸葛亮一時還真想不出更好的辦法來。

諸葛亮下令，再往後退。

司馬懿繼續跟進，但不出擊。

就這樣，一直來到祁山附近。司馬懿讓人把大營紮在山上，憑藉高山深谷進行據守，仍然不出戰（既至，又登山掘營，不肯戰）。

魏將紛紛請戰，司馬懿就是不許。魏將賈栩、魏平等人請戰多次，都被司馬懿拒絕。

賈栩、魏平等人最後說：「您畏懼蜀軍就像見到老虎，就不怕天下人恥笑嗎（公畏蜀如虎，奈天下笑何）？」

其實，司馬懿心裏頂着巨大的壓力，他不怕諸葛亮，他的擔心來自內部。自己剛接替曹真，除了從荊州帶來的牛金外，他和這裏的將領們都很陌生，還沒有在將士中間建立起威望，一來就這麼退縮，的確讓人看不起。

一部分將領心裏可能會認為，曹真死後接班的應該是張郃，司馬懿卻橫插一道，因此大家有些不服氣，賈栩、魏平敢那樣說話，就很說明問題。

更讓人擔心的是皇上，自己一味不戰，傳到魏明帝那裏，他會怎麼想？會不會認為自己有苟且之心，戰機在眼前也不去把握，或者是另有企圖？

又過了幾天，魏將沒有一個不請戰的（諸將咸請戰）。不得已，五月十日這一天，司馬懿下令出擊，他命張郃領一支人馬進攻南圍的王平所部，自己率主力進攻諸葛亮。

這正是諸葛亮所盼望的，他已做好了準備。

諸葛亮指揮魏延、吳班、高翔等各部蜀軍迎戰司馬懿。

此戰在祁山附近展開，是諸葛亮和司馬懿之間第一次面對面交

手，此戰的結果是魏軍大敗，被蜀軍斬殺 3000 人，繳獲玄鐵打造的鎧甲 5000 副，弓弩 3100 張，司馬懿趕緊退回營寨。

蜀軍的繳獲很有意思，殺了 3000 人，卻繳獲了 5000 副鎧甲，形象地說明了魏軍被打敗時的慘相：至少有 2000 人為逃命把鎧甲都扔了。

南圍方面，張郃雖然攻勢猛烈，但王平巋然不動，他的手下以著名的無當飛軍為主，所以他現在的軍職除討寇將軍外還有一個無當監，這支隊伍善使弓弩，作風既兇悍又頑強，張郃無法得手（郃不能克）。

此戰之後，魏軍又轉入防守，雙方再現膠着態勢。

轉眼到了夏秋之交，雙方仍對壘於祁山附近，都無法進退。

這時，天下起了連陰雨，諸葛亮對軍糧的擔心更加重了。

《孫子兵法》說「軍無輜重則亡，無糧食則亡，無委積則亡」，又說「善用兵者，役不再籍，糧不三載，取用於國，因糧於敵，故軍食可足也」，現在這一仗正應着《孫子兵法》的論述，拚的已經不是人馬數量，甚至也不是雙方的意志力，而是後勤供應。解決糧食的最好辦法是從敵人那裏奪取，但這一點已很難做到，唯一的途徑是後方運送。天一下雨，運輸更加困難，諸葛亮心裏肯定在暗暗地默念，糧食千萬別出問題。

怕什麼就會來什麼，李嚴手下的參軍狐忠、督軍成藩突然來到前線，向諸葛亮報告說，由於陰雨連綿，糧食無法供應，李嚴已報告後主，後主詔令諸葛亮回師。

諸葛亮儘管心有疑慮，但軍糧供應不上已成事實，除了退兵沒有任何辦法。

諸葛亮下令撤軍。

有一部史書說，看到諸葛亮撤軍，司馬懿指揮人馬出擊，取得大

勝，斬殺蜀軍一萬人（追擊，破之，俘斬萬計）。

如果真有這事，那將是在司馬懿指揮下魏軍取得的一場大勝仗，一戰斃敵一萬，相當於蜀軍總兵力的十分之一，可謂空前大捷。

但這不是事實，不說它完全子虛烏有，至少也是誇大其詞。事實是，司馬懿看到蜀軍撤退，確實派兵去追擊了，但遭受到慘敗，魏軍此戰損失程度堪稱夏侯淵戰敗被殺以來最嚴重的一次。

據另一部史書記載，司馬懿下令追擊的時候，張郃當即提出反對。

張郃的理由是：「兵法說，圍城一定要給個出口，撤退的敵人不要追擊（圍城必開出路，歸軍勿追）。」

張郃說的話，司馬懿當然也很熟悉。它出自《孫子兵法》。《孫子兵法》說過七條基本的作戰原則：佔據高地、背倚丘陵之敵不要做正面仰攻；假裝敗逃之敵不要跟蹤追擊；對敵人的精銳部隊不要強攻；敵人派出來的誘餌，不要貪食；對正向本土撤退的部隊不要去阻截；對被包圍的敵軍，要預留缺口；對陷入絕境的敵人，不要過分逼迫（高陵勿向，背丘勿逆，佯北勿從，銳卒勿攻，餌兵勿食，歸師勿遏，圍師遺闕，窮寇勿迫）。

但是司馬懿不聽，堅持派兵去追，而且點名由張郃率隊。

元人胡三省看到這裏評論說：「司馬懿從內心裏其實很怕諸葛亮，而張郃跟諸葛亮打過仗且打敗過他，張郃名震關外，所以司馬懿不聽他的（懿實畏亮，又以嘗張郃再拒亮，名著關右，不欲從其計）。」

司馬懿怕不怕諸葛亮不清楚，但他對張郃很有成見，且對張郃在西線戰場的巨大影響力深有忌憚，這是不爭的事實。

現在，敵人主動撤軍，全國武裝部隊總司令（大將軍）司馬懿對全國武裝部隊副總司令（車騎將軍）張郃下達了死命令，讓他親自帶隊追擊敵人，必須無條件立即執行。

張郃無奈，作為一名職業軍人，他可以不懂政治，不懂權術，不

懂陽謀也不懂陰謀，但他懂得服從命令，於是領兵追擊。

追到木門道，果然中了蜀軍的埋伏。

木門道，俗稱峽門，現在的位置在甘肅省天水市秦州區西南數十公里的木門村附近，是一條古道經過的地方，東西兩面雄山壁立千仞，中間一線空谷，宛若門戶，稱其為峽谷也沒錯。

在這條峽谷之中，有一條稠泥河自北向南流入漢水，峽谷內有一段 50 多米的極窄處，可謂一將當關，萬夫莫開。

在這樣的地方設埋伏，不用動刀動棍，只需要弓弩招呼就行。弓弩，那是蜀軍的強項。

蜀軍在高處設伏，看見張郃率追兵來到，弓弩齊射，有一部史書說一支箭射中張郃的髀骨（**弓弩亂發，矢中郃髀**），另一部史書說張郃被一隻冷箭射中右膝（**飛矢中郃右膝**）。

還有一部史書說，諸葛亮見張郃追過來，讓蜀軍停下來，把路邊一棵大樹削了皮，上面題寫「張郃死於此樹下」，然後命蜀軍兩側設伏，總共安排了數千張彊弩等着張郃的到來（**豫令兵夾道，以數千彊弩備之**）。

一名弓弩手一秒鐘扣動兩次扳機是綽綽有餘的，也就是說，每一秒鐘會有萬餘支箭飛向擁擠的魏軍，魏軍將士沒有被射成刺蝟的已算運氣好。張郃追到此處，看到樹上寫的字，如飛蝗一般的箭雨也到了，結果被射死。

上面這些記載在細節上有些出入，但這些都不重要，重要的是一代名將張郃就這樣死了！

至此，繼曹洪、曹仁、夏侯淵、夏侯惇、曹休、曹真這些「諸夏侯曹」名將之後，張遼、樂進、于禁、典韋、張郃這些曹軍「五子良將」也全部成為歷史！

# 誰殺死的張郃

張郃的死訊傳回司馬懿大營，他是喜是悲，不得而知。

張郃的死訊傳到洛陽，魏明帝震驚之餘，悲從中來。

臨朝，魏明帝對司空陳群歎道：「蜀國未平，張將軍卻死了，該怎麼辦啊（蜀未平而郃死，將若之何）！」

陳群知道魏明帝此時的悲痛，也能體會他悲痛之中的深意，作為四位託孤重臣之中僅剩的兩人之一，他也想為魏明帝分憂，但他本質上只是一名書生，書生的特點是沒有野心，沒有慾望，但在難事面前也沒有辦法。

陳群不知應該怎樣安慰天子，只好隨口應道：「張將軍確實是一代良將，是國家的依靠啊（郃誠良將，國所依也）！」

一旁的衛尉辛毗卻冒出來，插話道：「司空之言，臣以為不對！」

魏明帝一向不喜歡這位老先生，他總是跟人唱反調。辛毗資格很老，說話一向不中聽，即使在太祖武皇帝以及文皇帝時也從來如此，不加掩飾。

魏明帝對辛毗說：「衛尉有何見教？」

辛毗不管邊上站着的陳群，只顧說道：「車騎將軍之死雖然可惜，然而人已經死了，不應當以此再去動搖陛下的信心，對外更不應當示弱於人（不當內弱主意，而示弱於外也）。建安末年，天下不可一日無武皇帝，但後來武皇帝不在了，文皇帝照樣受命於天；黃初之時，也說天下不可無文皇帝，但文皇帝不在了，而陛下照樣得以龍興。這麼大一個國家，豈能離不了一個張郃呢？」

辛毗這段話的意思是：這個地球離了誰不都還轉，幹嘛傷感？

魏明帝聽完若有所思道：「也是，誠如衛尉之言罷！」

魏明帝下詔，謚張郃為壯侯，爵位由其長子張雄繼承。

張郃的其餘五個兒子中，有四人被封為列侯，一人被封為關內侯。

在張郃之死這件事上，司馬懿歷來受到人們的懷疑，不少人認為是他藉蜀軍之手除掉了張郃。

之所以這麼說，是因為司馬懿下達的那道追擊令很突兀，存在不少疑點。

一是這道命令與司馬懿一貫的應敵指導思想不符。司馬懿在與諸葛亮的歷次交鋒中——包括後來的五丈原之戰，都執行的是「消極進攻，積極防守」的方針，因為他抓住了蜀軍遠師來攻、後勤困難的弱點，這一招很奏效，也百試不爽。

二是這道命令與兵法的基本常識不符，正如張郃所說「歸師勿追」，這是兵法上的一條原則，有人說錯了，不是說「宜將勝勇追窮寇」嗎？但那是「窮寇」，是被打敗的，而蜀軍是主動撤退的，不是「窮寇」。以諸葛亮的縝密，撤退方案裏肯定有阻擊敵人追擊的安排，隴右地勢複雜，可打埋伏的地方很多，比如木門道。

三是這道命令與一般的指揮體制不符，如果司馬懿非要去冒個險，派一般的將軍就行了，派張郃親自去有些不妥，因為張郃此時任車騎將軍，相當於曹魏的全國武裝部隊副總司令，讓他帶隊執行這樣一個冒險任務，除非別有用心，否則不太妥當。

所以，司馬懿難以擺脫借刀殺人的嫌疑。

張郃戰死時的情形也很可疑，按照史書上的說法，無論箭射中的是張郃的膝蓋還是髀骨，都不像咽喉、命門、眼睛、胸口那些要害，一般來說不會一箭致命。

所以，後世有人說張郃受傷後的情景充滿詭異，有許多東西解釋不清（郃中右膝，焉得死，似非實錄），隱含的意思是，張郃其實是被自己人幹掉的。

所有疑點連起來都指向了司馬懿，這不是陰謀，簡直是赤裸裸的「陽謀」了。

那麼，司馬懿為什麼要對張郃下死手呢？

原因很簡單。因為張郃不服司馬懿，對司馬懿的威脅又很大。

司馬懿到西線戰場負責指揮以來，張郃多次反對他，二人意見不一致，而張郃久居西部，對敵人更了解，在西線魏軍中的威望也特別高，著名的街亭之戰，要論功的話跟當時的曹真和現在的司馬懿都沒有半毛錢關係，完全是張郃一手創造的。張郃不僅在自己的陣營裏很有威望，就連對手也很害怕他（自諸葛亮皆憚之）。

張郃還深得魏明帝的信賴，曹真死後魏明帝雖然用司馬懿去主持西線戰事，但多少有些無奈，因為他對司馬懿的信任程度並不高，一邊用一邊防範，所以在任命司馬懿為大將軍的同時又提拔張郃為車騎將軍，用張郃牽制司馬懿，這個用意很明顯。

不服自己，又威脅着自己的地位，這是司馬懿向張郃下手的原因。

問題是，司馬懿就不怕這麼做的後果嗎？他難道不擔心因為此事引起魏明帝更大的猜疑，從而對自己不利嗎？

司馬懿肯定考慮過這些，但他之所以果斷地向張郃下達了追擊的命令，肯定已經把這些事都想明白了。

放在曹魏鼎盛的時期，即使司馬懿已經像今天這麼得勢，但也一定不敢做，因為那時曹魏名將如雲。

放在幾年前他也不大敢，因為當時還有曹真和曹休兩位重量級人物在。

但現在司馬懿敢，「諸夏侯曹」只剩下一位早就靠邊站又行將入土的曹洪，所謂的「五子良將」也只剩下眼前這位張郃。

魏文帝登基以來曹魏「將運」不佳，名將紛紛凋落，凋謝的速

度有些快。生老病死，表面上看都是自然的規律，但背後隱含的則是曹魏用人體制上的落後和遲緩，在新生代的培養方面，曹魏的步伐太慢了。

司馬懿表面低調、隱忍，實際上他無時無刻不在機警地觀察着形勢並伺機而動，抓住機會、奮力一擊是他的拿手好戲，木門道就是他實現自保、自固的一次最佳機會，他抓住了。

張郃死後的次年，曹洪也死了，「諸夏侯曹」「五子良將」全部退出歷史舞台，司馬懿成為曹魏軍界唯一的耀眼明星，要對付諸葛亮，離了司馬懿誰來都不行。

張郃之死損失最大的無疑是魏明帝，明知道裏面有文章卻不敢去追究。同時，對司馬懿的依賴就像嚴重失眠的人與安眠藥的關係一樣：明知有副作用，但離不了。

早知現在，何必當初呢？當初提拔張郃為車騎將軍，為什麼不讓他獨當一面？一個戰區裏同時擠進全國武裝部隊總司令（**大將軍**）和副總司令（**車騎將軍**），這樣的人事安排能不出問題嗎？

但現在，說什麼都晚了。

# 第二章 秋風五丈原

## 君臣「義務勞動」

張郃之死對魏明帝曹叡的打擊確實難以估量，曹叡的雄心壯志也許因為此事而消退了不少。

曹叡原本是個務實的人，繼位以來也有勵精圖治的宏願，但給人的印象卻並非全是正面的，很大程度上與他的一項愛好有關。

曹叡的這項愛好，就是大修宮室，也許少年時代長期幽居在狹小的宮室裏，更渴望空間的廣闊，所以再豪華的居所也滿足不了他的渴求心，就不停地修建更大更華美的宮殿。為此，曹叡甚至達到了自我陶醉的程度，雖遭到眾多朝臣的反對，但依然我行我素。

相較於父祖，曹叡在宮室建設上確實堪稱大手筆。每造一處宮室，往往動用數萬徒工，不惜財力物力，所造宮室也都是超大體量的那種，諸如太極殿、式乾殿、昭陽殿、總章觀、黃龍殿、壽安殿、竹殿、閶闔門等，無不高大壯觀，外表雄武，內部裝修豪奢（皆以金玉妝飾，雕樑畫棟，碧瓦金磚，重重錦繡）。

曹叡還命人引谷水入宮，直達皇家園林芳林園，於此形成一個很大的人工湖，名天淵池，用挖掘天淵池的泥土堆成景陽山，從太行山、穀城山等地運來白石英、紫石英、五彩文石等進行裝飾，園中遍佈松竹花草、奇禽異獸。

為了修建這些宮室，曹叡還命公卿以下的官員們都去參加「義務勞動」，中間還包括太學的學生們，曹叡親自帶頭幹活，到工地上挖土

（躬自掘土以率之）。

苑囿建成後，曹叡經常於此遊宴泛舟，或歌或舞，或登山或暢飲，美得很。

曹叡還嫌玩得不夠，把大發明家馬鈞叫來，讓他給自己設計一些好玩的東西。馬鈞是中國古代最有名的發明家，他發明了著名的指南車、翻車，改進了諸葛連弩和織綾機。他主要精力都用在了提高勞動生產力、改進國防裝備上，平時很忙，但曹叡叫他，他自然不敢怠慢。經過冥思苦想，他發明了一套木偶百戲應付曹叡，曹叡挺喜歡，但覺得這些木偶雖然精美卻不能動，問馬鈞能不能讓這些木偶活動起來。

如果木偶真能自己活動起來，那就是最早的機器人了，還是表演用機器人。如此高難度的要求沒有難倒大發明家，經過反覆改造，馬鈞最終成功地造出了「水轉百戲」，用木頭製成一套複雜的輪動系統，用水力推動，使其旋轉並傳導到木偶上，所有的木偶都可以動起來，或擊鼓，或吹簫，或跳舞、耍劍，變化無窮。

除內宮外，洛陽城也修建得無比壯美。

東漢定都洛陽後，作為天下規模最大的城池，洛陽共有 12 座城門之多，但自董卓一把火焚燬洛陽之始，洛陽城就變得殘破不全了。到了曹叡手裏，他下令不僅要恢復洛陽城的舊貌，而且在城池建設上要全面超越前代。

曹叡下令所有城門上均建起兩層的城樓，城牆上每隔百步修一座望樓，城門外均建起雙闕，在洛陽城的西北方，下令興築金墉城，這是曹叡的創舉，之前從未有人這樣修建過城池。這是三座相連的小城，防禦設施極其完善，目的是以備戰時應急避難之需。

在洛陽郊外有皇家禁地射獵場，高柔在一封奏疏裏說它大小有上

千里（今禁地廣輪且千餘里），這可能有點兒誇張，但面積相當廣大這是事實。高柔還曾做過統計，說這個射獵場中有大小老虎 600 隻，狼 500 隻，狐狸 10000 隻。為了餵食一隻老虎，每三天需一隻鹿，一隻老虎一年要吃掉 120 隻鹿，為了餵食 600 隻老虎，苑中需養 72000 頭鹿才行。

這還不算最奢華的，曹叡還幹過幾件不靠譜的事，其中一件是，他下令把長安的銅駝、銅人、承露盤等拆了運往洛陽。這幾件東西的來歷有點神祕，比較通行的說法是，當年秦始皇收天下兵、聚之咸陽，鑄造了這些東西，它們都很碩大，比如銅人，有的說五丈高，也有的說高達 20 丈，即使只有五丈，估算一下其重量也過千石，約合如今十噸。在沒有重型卡車也沒有吊裝機的情況下，長途運輸這些玩意，運輸成本是一筆驚人的開銷。

銅人實在太重，勉強運到長安東郊的灞城就運不動了，只好扔在了那裏。而承露盤的命運更慘，在搬運過程中損毀，倒下時發出的聲響幾十里範圍內都能聽見（盤折，聲聞數十里）。

只有銅駝勉強運到了洛陽，魏明帝下令把它放置於新修建的閶闔門外大道之上，此條大道於是被命名為「銅駝大街」。

有一個傳說，說銅人沒能運成，是因為它離開長安時心情感傷，流下了「鉛淚」。這當然是無稽之談，但這個傳說流傳甚廣，唐代詩人李賀有一句名詩叫作「天若有情天亦老」，寫的正是這件事。

那時，李賀因病辭職，由長安返回洛陽，走的就是銅人東遷這條道，於是寄其悲於金銅仙人，寫下了「衰蘭送客咸陽道，天若有情天亦老」之句，結果讓魏明帝辦的這件荒唐事更加聲名遠播。

領導如此犯糊塗，下面的人都裝聾作啞不成？

答案是否定的。大家其實並沒有忘記自己的職責，也從不畏懼領

導高不高興，從一開始就對魏明帝的奢靡展開了大規模的、猛烈的反對和抗議。

在此前後，對魏明帝曹叡大興宮室一事提出過勸諫的就有王朗、王肅、高柔、陳群、華歆、蔣濟、王基、鍾毓、楊阜、高堂隆、盧毓、衞臻、衞覬、徐宣、徐邈、司馬芝、王昶等人，幾乎所有的重臣都出現在勸諫的名單中了。

魏明帝對這些人不厭其煩的進諫，基本上用一種態度來對付：聽是不會聽進去的，但也不追究，不責怪，甚至給予表揚（雖不能聽，常優容之）。

這種我行我素、死不認錯的做法居然得到了後世一些歷史學家的肯定。東晉史學家孫盛就此讚揚魏明帝，認為他對大臣們很尊重，是一位肚量大、謙虛、善良的好領導（優禮大臣，開容善直）。

當然，魏明帝也有被惹急的時候。

一次，有個叫董尋的官員也來上書湊熱鬧，用詞頗為激烈，裏面有一段話，說大家都來勸您，但您一概不接受，造成現在君不像君、臣不像臣的局面，以致陰陽失和，災害頻生（使陰陽不和，災害屢降，兇惡之徒，因間而起）。

這位董先生大概屬於東拉西扯派。曹叡大興土木又聽不進勸諫是事實，但把一切災難罪過都歸於此，顯然是上綱上線。但董先生敢說出重話，自然也是有備而來。

董尋在這份上書中最後寫道：「我知道這封奏章上去定然是活不了了，不過既然生而無益，那不如死了算了。現在我一邊給您寫奏章一邊流淚，人雖還有口氣在，但心已死。我有八個兒子，我死之後，這幾個兒子就給您添麻煩了（臣有八子，臣死之後，累陛下矣）！」

從古至今忠臣不少，諍臣也很多，也有為心中的真理而豁出去不

要命的，但這樣給皇帝提意見還是頗有特色。

董尋的這封意見書要是放在魏明帝的爺爺曹操那裏，再難受的頭風估計一下子都能給治好了；要是給魏明帝的父親曹丕看，估計董尋定然活不到明天，就是跑到月亮上也得追回來剁幾刀才解氣。

魏明帝是很能沉住氣的人，這一回也急了眼，咆哮道：「董尋，你就不怕死嗎？」

董尋時任司徒軍議掾，相當於司徒府裏的處長，地位不高。魏明帝周圍的人也看不下去，紛紛建議重處董尋。

可是，氣歸氣，過了一會兒魏明帝就不生氣了，下令不要為難董尋，後來還提拔了董尋擔任貝丘縣令。


但是，批評皇帝的奏章仍然源源不斷地遞上來，似乎慢慢變成了一種時髦，好像誰不就此說幾句誰就是落後分子。

這些批評的奏章各家史書裏多有收錄，有的全文照錄，有的大段引述，簡直可以編一部文集。

在這些奏章裏，儘管不都像董尋那麼直來直去，但大多「夾敍夾議」，有論點也有論據，把魏明帝幹過的那些事通過奏章一一記錄下來。

曹叡本是個有思想、有作為也很勤奮的皇帝，但他在歷史上的形象不佳，與此有極大關係。

曹叡生於憂患，繼位於非常之時，他天資聰慧，沉毅好斷，有一代明君的氣質。非但如此，他做事很細心，記性特別好，尤其是記官員的名字、家庭成員和履歷，即使是左右小臣，對於他們的履歷和家庭情況，一經過目就能記住不忘。他也很勤政，鼓勵吏民士庶直接給他上書反映情況，有時一個月裏就處理數十上百封這樣的信件。

從內政外交看，曹叡也不是沒有作為的皇帝，在吳蜀爭雄中始終

保持優勢，對周邊少數民族部落恩威並施，邊疆保持安定。對內改律法，整頓吏治，推出新的官員選拔考核辦法，駕馭群臣，得心應手。

但鬼使神差，一向做事謹慎的曹叡不知為何對大興土木、廣蓄宮室產生了興趣，論者以為曹魏三代而衰，起點是青龍、景初年間（青龍、景初之際，禍胎已伏），青龍和景初都是魏明帝的年號。

清人王夫之進一步剖析了曹叡未能成為一代名君的原因，認為當時朝廷上下固然有大量的「直諫之士」，卻沒有「憂國之士」。

「直諫之士」可以「極言無諱」，可以不考慮自己的生死，就像董尋那樣，他們是忠臣，也是熱血男兒，有身首不恤之慨，但是他們身上似乎還缺少一種東西。

這種東西就是「憂國之士」須具備的，與皇家同命相理、同氣相求，結成一個命運共同體的精神。除曹氏宗親以及少數幾個大臣，大多數人與曹魏缺少那種一榮俱榮、一損俱損的感情。

看到問題，出於做臣子的責任和儒家一向倡導的良知，大家也會懇諫於君前，但聽不聽由你，聽了固然好，不聽也就那樣。現在天子寶座上坐着的人姓曹，哪天換成姓李的、姓王的人，大家並不會覺得有什麼不妥。

這就是「直諫之士」和「憂國之士」的區別，對於曹氏來講這是很可怕的。如果內心裏的這種疏離感越來越強，有這種疏離感的人越來越多，曹氏被替代將是遲早的事。

## 一群浮華子弟

但是，如果認為魏明帝在政治上很幼稚，那是大錯特錯。

儘管他對一些現象好像熟視無睹，儘管他有時顯得與歷史上那些驕奢淫逸的皇帝有一些共同之處，但他不是弱主，是一個大權始終在

握的君王。

魏明帝的手裏有一個特殊的東西，用它可以隨時掌握外面的情況，這就是校事。

校事是一個職務，它很神祕，因為關於它的歷史記載很少，一般認為它在正式編制序列裏似乎應為「校曹」，屬中書監的下設機構，但這只是推測。不過，可以肯定的是他們是天子身邊最親近的人，他們的權力很大。

因為他們不是祕書，而是特務。

他們的職責是上察官廟、下攝眾官，是天子的耳目。在一般的印象中，校事是曹操首創，曹丕時獲得發展，到了曹叡這裏校事逐漸式微，最後終結於司馬懿手中。其實不然，種種跡象表明，曹叡在位時校事仍然很得勢，他們是曹叡考察大臣、刺探消息最重要的途徑。

曹叡生性內向，不喜歡熱鬧，也不喜歡有事沒事找大臣們閒聊，這種人可以概括為情商比較低。普通人情商低自己往往會吃虧，當皇帝的情商低大家就要跟着倒霉。

那時候，宦官已經成為敏感的職業，曹操作為漢末宦官專政時代的過來人，深知宦官的危害，所以對宦官採取了壓制的政策。曹丕依然如此。曹魏開國以來，宦官們一直很沉寂。

沒有宦官這雙眼睛，魏明帝也不甘成為深入幽宮的聾子和瞎子，他要隨時隨地掌握大臣們和民間的一舉一動，於是繼續重用校事。

光祿大夫衞臻有感於校事權熾，曾向魏明帝上疏道：「古代制定了禁止官吏互相侵犯權利的法令，並不是討厭他們勤奮辦事，實在是因為這樣做得益很少，造成的危害卻很大。我每每觀察校事行事，大致都是如此，臣擔心各部門將因此更加超越職權範圍，致使整個政治逐漸衰敗（臣每察校事，類皆如此，懼群司將遂越職，以至陵遲矣）。」

從管理學的角度看，部門工作效率得以提高須首先明確各部門的職

責，不是幹得越多越好，而是各部門都能認真履行好自己的職責，像校事這種職責說不清楚、權力無邊無界的部門，只能把事情搞亂搞糟。

衛臻上疏後，魏明帝並不理會。

洛陽城內的政治動向自然是魏明帝安排給校事們的重點刺探內容，範圍不僅限於朝廷的那些重臣，一切與政治有關的事都逃脫不了他的眼睛。

在魏明帝太和年間，最重要的政治動向莫過於眾多年青一代活躍起來，他們打着學術的旗號頻繁聚會，隨意臧否人物、指點朝政，這些情況魏明帝都一清二楚，但一開始魏明帝卻沒什麼反應，不支持，也不反對。

到了太和四年（230 年），魏明帝突然頒下一份詔書：「世上樸實有用的文章，都是深受王教的影響。自漢末戰亂以來，儒家經典衰微，年輕人的興趣和追求也不放在經典的學習和研究上，這豈不是官府訓導不力，在官員的選拔任用上不重德行造成的嚴重後果嗎？官吏們只有真正學通一部經典，其才識方可勝任管理百姓的能力。對博學高才者要嚴格考核，從中選拔真正的優秀者立即予以重用，而對那些華而不實的無能之輩，則一律予以罷退（其浮華不務道本者，皆罷退之）。」

在這份詔書裏魏明帝強調了「道本」，也就是王教之本，不服從者皆為不可用分子，皆罷退之。

魏明帝還給這些不可用分子起了個名字：浮華黨。

這是一份重要的詔令，也是魏明帝對「浮華黨」的嚴厲警告。

但是，「浮華黨」似乎錯誤估計了形勢，沒有領會魏明帝的用意，依然按照自己的方式活動，該聚會的照樣聚會，該點評時政的照樣隨意點評時政。

被魏明帝視為「浮華黨」的這一批人，論職位其實都不太高。但魏明帝認為任由他們放縱下去，危害會非常大，因為他們不僅沽名釣譽，還拉幫結派。不僅拉幫結派，還公然以各種各樣的名號互相標榜，相當無視朝廷。

散騎常侍夏侯玄、尚書諸葛誕、鄧颺等人互相吹捧（共相題表），把夏侯玄、田疇等四人稱為「四聰」，諸葛誕等八人稱為「八達」，劉熙、孫密、衛烈三人雖不及他們，但其父官職顯赫，被稱為「三豫」。

「四聰」「八達」「三豫」共有15個人，史書沒有把他們的名字全都列出來，一般認為他們包括以下這些人：何晏、夏侯玄、諸葛誕、鄧颺、荀粲、李勝、丁謐、畢軌、孫密、衛烈、鍾會、司馬師等。

這裏面的一些人之前沒有提到過，這裏再做一介紹。

諸葛誕字公休，是東漢名臣諸葛豐的後人，也是蜀漢丞相諸葛亮的本家，論起來是諸葛亮的堂弟，擔任過曹魏尚書郎、滎陽令等職務，目前的職務是尚書，在「浮華黨」裏論地位算是較高的。

當年魏文帝南征廣陵，諸葛誕已供職於尚書台，與尚書僕射杜畿隨征。杜畿在陶河親自試船，結果遭遇強風，船隻傾覆，諸葛誕和杜畿都掉入水中，虎賁浮河相救，諸葛誕大叫先救杜侯，結果他自己隨河水漂游向下，被沖到岸上，竟然撿回一條命。

鄧颺字玄茂，是東漢開國功臣鄧禹的後人，少年時即得名於京師，先後擔任過尚書郎、洛陽令、中郎等職，目前任職於中書監，職務是中書郎。

丁謐字彥靖，出身於曹氏故鄉沛國譙縣著名的丁氏家族，他的父親叫丁斐，與太祖武皇帝關係親近，也在尚書台供職，地位比諸葛誕稍低，任度支曹郎中，算是個處長。

荀粲字奉倩，是荀彧最小的兒子，史書說他性「簡貴」，不與常人交接，所交皆一時俊傑。他也是曹洪的女婿，曹洪長得什麼模樣史

書沒有記載，不過他有一個女兒長得特別漂亮，荀粲聽說後一定要把她娶到手，結果如願以償。家有美妻，荀粲愛得不行，已經遠非如膠似漆可比擬了。但是，美人多薄命，曹美人得了「熱病」，也就是高燒不退，荀粲親自採取各種措施幫她降燒，但仍然不癒而亡。荀粲痛悼不已，一年後也死了，年僅 29 歲。

李勝字公昭，他的父親叫李豐，也是朝廷的高官。李勝少遊京師，雅有才智，與曹爽的關係最要好。

畢軌字昭先，其父畢子禮曾任典軍校尉。畢軌年輕時就以才氣出名，曹叡為太子時，畢軌任太子屬下的文學掾，算是魏明帝的舊部。曹叡看來對他很喜歡，繼位後不僅加官畢軌為黃門郎，還把自己的女兒嫁給了畢軌之子，畢軌此時擔任并州刺史，在這一群人裏，是職位相當高的。

劉熙的父親叫劉靖，名氣不太大。他的祖父叫劉馥，出身劉漢宗室，是武帝曹操手下的大臣，名氣很大。劉熙從小就繼承了父祖留下的爵位，是一位貴公子。

孫密是權臣孫資的兒子，衛烈是衛臻之子。還有一個鍾會，是名臣鍾繇的兒子。

司馬師是司馬懿的長子，和弟弟司馬昭這時都大約 20 歲的年紀，父親不在身邊，他們在朝廷供職。由於出身權貴之家，又與名士首領夏侯玄有親戚關係，他們也自然而然地參與到了「浮華黨」的活動裏，其中司馬師的表現更為顯眼。

## 老臣們看不下去了

在魏明帝看來，「浮華黨」不是學術沙龍，不是興趣小組，不是學會也不是協會，而是一個徹徹底底的政治集團，這些人攪到一塊懷着

強烈的政治動機，何晏、夏侯玄是他們的領袖。

這兩位，恰恰都是魏明帝不喜歡的人。

之前說過，曹叡的父親曹丕就特別不喜歡何晏，從不呼他的名字，而稱其為「假子」。魏明帝繼承了父親對這個何叔叔的態度，對他實在不怎麼喜歡。魏明帝深為信賴的還是秦朗，所以在魏明帝時代何晏只擔任了閒差（頗為冗官），而秦朗擔任了驍騎將軍，可以經常陪伴於魏明帝左右。

對於夏侯玄，魏明帝不僅不喜歡，而且有點憎恨。

魏明帝的皇后姓毛，長得很漂亮，魏明帝很寵愛她。毛皇后的弟弟，也就是魏明帝的「小舅子」名叫毛曾，因為姐姐的原因也很得寵，夏侯玄有點看不慣。

有一次，參加什麼聚會，夏侯玄與毛曾剛好並排而坐，夏侯玄不太高興（恥之，不悅形之於色）。毛曾到魏明帝跟前告狀，魏明帝心生惱怒。夏侯玄當時擔任的官職是散騎常侍，是皇帝身邊的顧問人員，可以隨時出入宮中，很有身份，魏明帝當即把他改任為羽林監，從身邊調開，眼不見心不煩。

「浮華黨」的骨幹之一李勝，魏明帝也很討厭他，起因是李勝的父親李豐。李豐現在不怎麼出名，但在當時名氣卻很大。李豐原名李安國，雖是世家之子，但官職僅為黃門郎，是一名中下級官吏，他的名氣在於在社會上有活動能量，能結交人，也善於品評人。

一次，孫吳有降人至，魏明帝親自召見，談話中問及江東的情況。魏明帝問曹魏這邊誰在江東知名度最高（聞中國名士為誰），降人答曰「安國」，魏明帝不知「安國」是誰，問左右，左右回答說是李豐。

魏明帝歎道：「李豐的大名竟然傳播到吳、越之地！」

了解魏明帝個性的人都清楚，領導發了這樣的感慨可不是什麼好事。李豐雖馳名一時，但在魏明帝時也沒有大的建樹，李豐父子的崛

起是以後的事了。

魏明帝於太和四年（230年）下詔禁浮華，又過了兩年，浮華沒有禁住，卻有愈演愈烈之勢。

魏明帝仍然忍住了，沒有立即動手，他在等待。

終於，魏明帝等到了。

太和六年（232年），針對浮華未禁，老臣董昭上疏道：

「凡是佔有天下的人，沒有人不崇尚敦厚樸實忠誠守信的人，而對那些虛偽不實的人深惡痛絕。近年發生了一些事，先是魏諷在建安末年被誅殺，後來曹偉在黃初初年被斬首。我注意到聖上前後頒佈的詔令，對浮華虛偽深惡痛絕，想要擊破不正當的結黨，常常使用切齒的言辭；然而那些執法的官吏都畏懼那些人的權勢，沒有人能對他們揭發糾查，這樣就使得風俗敗壞的情況越來越嚴重。

「我看到，當今少年們不再以學問為做人的根本，轉而把四處交遊作為他們的職業；國中傑出的人士不把孝悌和清廉的修養當作首務，竟然把追逐權勢、唯利是圖當作第一位的事情。他們結成一群，相互勾結，形成團體，互相吹捧讚賞，以誹謗和貶低來懲罰和羞辱，以袒護讚譽為封爵賞賜（台黨連群，互相褒歎，以訿訾為罰戮，用黨譽為爵賞），誰依附他們，他們就對誰讚歎不已，誰不依附他們，就成了缺點和罪過。

「我還聽說，有人讓家奴門客書記和有職位的家屬冒用他的名字，出入往來官府禁地，交換流通書信公文，偵探查問。所有這些事情，都是國法所不允許的，也是刑罰所不能赦免的，即使是魏諷、曹偉的罪行，也不會超過這些了！」

在這封重要的上疏裏，作為三代老臣的董昭先從親身經歷的事情說起：建安末年，魏諷蠱惑人心，在鄴縣的年輕貴公子們中間很有影

響，最終竟然發展到趁曹操率大軍在外而謀反，被留守鄴縣的世子曹丕平定，一大批人被株連。曹偉謀反事件發生在魏文帝黃初初年，情形與魏諷事件差不多。

董昭認為，這些「浮華黨」互相吹捧很不正常，更不是件小事，因為發展下去勢必敗壞正常的政治秩序。魏明帝已下禁詔於前，但作用不大，現在仍然存在許多不正常現象，如果不能痛下決心加以嚴治，魏諷、曹偉之事就在眼前。

董昭這番話其實並不只代表自己，他說出了相當一部分大臣的心聲。這些大臣們大多追隨了曹氏至少兩代以上，是通過實踐考驗一步一步上來的，靠的是能力和業績。而「浮華黨」一邊仰仗父輩的功勞，省去了奮鬥的過程，讓人不服。另一邊，他們同氣連枝，結成陣營，任意品題，掌握輿論，讓人擔憂。

後世有學者認為，此時曹魏政治陣營裏有兩大派，一派可稱為「事功派」，就是董昭這樣的人，另一派就是「浮華派」，雙方基礎不同，政治取向也相異，面對權力二者有着不可調和的矛盾，這種矛盾總有一天會徹底暴發。

董昭的上疏可以視為矛盾大暴發的導火索，對魏明帝而言，這當然是好事。

在長達兩年多的時間裏，魏明帝一直隱忍不發，就是想通過「事功派」的手，輕易地擊碎「浮華派」幼稚的政治夢。

對魏明帝來說，董昭這封上疏無疑來得正當其時，而且以董昭的身份提出，更是最恰當不過的了，魏明帝知道動手的條件成熟了。

太和六年（232 年）魏明帝下詔，先是逮捕了諸葛誕、鄧颺、李勝等人，看開始的架勢有點想把他們幾個辦成魏諷、曹偉，隨着案情的擴大，「四聰」「八達」「三豫」無不牽涉其中，喧譁一時的「浮華黨」

全軍覆沒。

但是，魏明帝深知這些人並不是魏諷和曹偉，這些人大都有根有基，不說何晏、夏侯玄，就是後面跟着的這幾位也個個有背景，辦一兩個沒問題，但打擊面太大就不好了。

因此，案情最終沒有向謀反這樣的大罪發展，而是以「浮華」定了調，辦成了「浮華案」。這就好辦了，浮華是思想認識問題和作風問題，看來要加強學習，提高修養，同時嚴格約束自己，這與謀反有着性質上的區別。

對他們的具體處理方式，魏明帝定的是「罷黜」，也就是撤銷職務，不再任用。


# 彈劾託孤大臣

曹魏內部發生的事暫時告一段落，再來看看第四次北伐結束後回到漢中的諸葛亮。

第四次北伐其實算不上失敗，此戰中至少取得三次大勝：一次在上邽，打敗費曜、戴凌；一次在祁山，打敗司馬懿，斬殺魏軍 3000 多人，繳獲大量戰利品；一次在木門道，射殺曹魏的車騎將軍張郃。

不過，就總體形勢而言，蜀漢沒有因為此次北伐取得實質性進展，和第一次北伐被迫退軍一樣，沒有佔領敵人的地盤。

被諸葛亮請來助攻的軻比能聽說蜀漢退軍，加之又遇到了牽招的阻擊，退到了漠北，孫權的詐降計劃也中途夭折了。

諸葛亮回到漢中，這時他最想了解的當然是李嚴說的事，為此他一回來就派人去請李嚴來了解情況，出人意料的是，李嚴卻沒有請來，因為他已請病假離開了漢中。

原來，李嚴一直有事瞞着諸葛亮，他擔心諸葛亮回來後查問，心

中不安（自度奸露，嫌心遂生），聽說諸葛亮馬上就到了，就假稱有病去了沮漳，聽說諸葛亮快到沮漳了，他又去了江陽。

沮漳應指沮水和漳水，但它們不在蜀漢，更不在漢中一帶，而在孫吳的控制區，所以有人懷疑史書上的這個地名有誤，江陽指的是江陽郡，在成都東南方，有人認為這也是筆誤，不是江陽，應該是江州。

後來還是李嚴的參軍狐忠反覆相勸，李嚴才重新回到漢中（平參軍狐忠勤諫乃止）。讓諸葛亮意想不到的是，李嚴回來後對撤軍一事裝作毫不知情。

李嚴一副驚訝的樣子，故意說：「軍糧很充足呀，您為什麼要撤軍呢（軍糧饒足，何以便歸）？」

諸葛亮很納悶，於是讓人回成都調閱了李嚴這段時間上給後主的所有奏章。諸葛亮驚訝地發現，在李嚴給後主的報告裏，竟然寫着「大軍撤退是假的，目的是想引誘敵人一戰（軍偽退，欲以誘賊與戰）」。

諸葛亮這才明白了真相，由於辦事不力，加上確實遇到了連陰雨，李嚴負責籌辦的軍糧出了問題，但他為了掩飾過失，推卸責任，一方面向後主報告，假稱諸葛亮正在實施一次假撤兵，另一方面打着後主的旗號到前線，讓諸葛亮退兵。

事情的原委查清楚了，諸葛亮出具了李嚴前後所寫的信件以及向後主所上的奏章，前後矛盾之處暴露無遺，李嚴無法抵賴，只得承認錯誤，連連叩頭謝罪（平辭窮情竭，首謝罪負）。


事情雖然查清楚了，但是讓諸葛亮大為震動。

李嚴不僅誤事，而且欺瞞皇上和上司，使第四次北伐在一片大好形勢下前功盡棄，這讓諸葛亮很痛心。

更讓諸葛亮痛心的是，同為託孤重臣，平時諸葛亮特別注意與李嚴處好關係，盡量給予包容甚至忍讓，但李嚴不理解他的苦衷，一而

再、再而三地挑戰他的底線。

首次北伐時諸葛亮就想抽調李嚴所屬人馬來漢中，但李嚴卻不理會，反而寫信勸自己加九錫，又提出設巴州，他來當巴州刺史。後來曹真進攻漢中，實在因為漢中的兵力有限，只得再請李嚴增兵，李嚴又提出新條件，得到一定的滿足後才願意來。

就拿此次軍糧事件來說，下雨是一方面，李嚴沒有盡心盡力也是原因之一，以李嚴的能力，如果他想辦，即使有困難他也能辦好，正因為平時有情緒，有牢騷，總覺得自己是託孤大臣，沒有得到相應的實權，心有不滿，影響到工作。

諸葛亮決定不再忍讓，他要彈劾李嚴。

為此，諸葛亮向後主鄭重上表，回顧了近年來李嚴的種種不端行為，然後說李嚴來到漢中後，自己把各種事務都交給了他，群臣都怪他對李嚴太寵愛了（群臣上下皆怪臣待平之厚也），而自己之所以那麼做，是因為北伐大業正在進行，很多事情還沒有頭緒，與其批評李嚴的短處，不如發揮他的長處和優點（伐平之短，莫若褒之）。但李嚴不能理解，竟然犯下了這種不能寬恕的錯誤。

諸葛亮在這份彈劾表裏最後說道：「如果這件事不解決，將會造成更嚴重的後果。這也怪我平時不夠敏感，不能及時發現問題。不再多說了，多說更增加了罪責（言多增咎）。」

除了諸葛亮單獨上的這份奏表外，還有一份諸葛亮與 20 多位蜀漢大臣聯合上的彈劾表，根據表中所註明的官職，這 20 多位大臣包括：車騎將軍劉琰、征西大將軍兼涼州刺史魏延、前將軍袁綝、左將軍兼荊州刺史吳壹、右將軍高翔、後將軍吳班、丞相長史兼綏軍將軍楊儀、揚武將軍鄧芝、征南將軍劉巴、中護軍兼偏將軍費禕、偏將軍許允、篤信中郎將丁咸、偏將軍劉敏、征南將軍姜維、討虜將軍上官雝、昭武中郎將胡濟、建義將軍閻晏、偏將軍爨習、裨將軍杜義、武

略中郎將杜祺、綏戎都尉盛勃、武略中郎將樊岐。

這份名單除了沒有後主身邊的九卿、侍中、尚書等，幾乎囊括了蜀漢當時最重要的官員，上面這些人之前大多已提到過，其中一些人職務很重要，留下的事跡卻很少，比如前將軍袁綝。

通常這種名單都是比較枯燥的，但它卻是了解某一時間點重要人物升遷變化的第一手資料。從這份名單還可以看出，魏延擔任前軍師後，已升任了征西大將軍。同時，姜維已升任征南將軍，他今年還不到 30 歲，來蜀漢也才三年多，可謂進步神速。

但是，上面這份名單裏有兩個征南將軍，這有點兒不符合常規，除姜維外，另一個征南將軍居然是劉巴，前尚書令劉巴早就死了，所以有人認為這個劉巴是另一個同名同姓的人，也有另外的史書說姜維此時升任的是征西將軍，但有人認為征西將軍是魏延而不是姜維，還是這份彈劾表中所列的職務正確。

其實，征西將軍和征西大將軍不一樣，蜀漢可能借鑒了曹魏的做法，在征西將軍裏加了一個「大」字，以提升其級別。征南將軍相重，推斷起來姜維此時擔任征西將軍的可能性更大，如果是這樣的話，那說明姜維在成都以輔漢將軍的身份鍛煉了一段時間後已回到漢中，在前線效力。

在這份由諸葛亮領銜，攜 20 多位重臣所上的彈劾表中，歷數了李嚴的罪行，請求後主解除李嚴所擔任的一切職務，奪去俸祿，收回節傳、印綬、符策，削去都鄉侯的爵位（輒解平任，免官祿、節傳、印綬、符策，削其爵土）。

後主詔准，罷免李嚴的官位，讓他以一個老百姓的身份到梓潼郡居住。

李嚴被罷免是蜀漢立國以來的一件大案，一個託孤重臣彈劾罷免

了另一位託孤重臣，放在其他任何朝代，一定會成為野史和演義熱衷描繪的對象，指不定會挖出什麼所謂的黑幕、權鬥來，但諸葛亮處理的這件事，後世幾乎沒有非議。

原因是諸葛亮完全從原則出發，一心為公，事情的處理公正透明，就連當事人也不能說出來什麼。同時，諸葛亮也沒有投鼠忌器，因為李嚴也是託孤大臣就不敢秉公處理。

李嚴被罷免，卻不恨諸葛亮，他知道最後能理解他的人只有諸葛亮，所以被罷免後心裏還一直懷着希望，期待諸葛亮哪一天能讓他復出。後來諸葛亮死了，李嚴聽到消息深感激憤，他知道以後不可能有人理解他了，不久也得病死了（平聞亮卒，發病死）。

晉代有位史學家就此有一段評論說得很好：「水很平所以人們拿它作為標尺，鏡子裏的人很醜但人看了不會發怒（水至平而邪者取法，鏡至明而醜者無怨），水和鏡子之所以能窮物盡態而人們卻無怨，因為它們是無私的。水和鏡子因為無私，所以能避免別人的誹謗，大人君子心懷好善之心，有寬恕之德，法行於不可不用，刑加於犯罪之人，賜給爵位不因為關係好，誅殺犯罪不因為自己被觸犯，天下哪有不服的？從這件事可以看出，諸葛亮是善於執法的人，自秦漢以來都不曾有過。」

李嚴的兒子李豐擔任着江州都督的要職，不適合繼續留任，但諸葛亮沒搞株連九族那一套，對李豐也來個一擼到底，而是讓他以中郎將的身份到丞相府任參軍。

諸葛亮擔心李豐有心理負擔，專門給他寫信勸慰：

「我和你父親同心協力輔佐漢室，不僅世人知曉，也是神明所知的事。所以，我推薦你父親到漢中任職，委託你在東部要地鎮守，也是不想讓那些議論是非的人有話柄（表都護典漢中，委君於東關者，不與人議也）。我只想實心實意感動於人，始終保持其中的友情，誰又能

想到中途會出變故呢？

「過去楚卿屢受貶絀，最後仍然得以官復原職，心裏有正道就會有好的結果，這也是自然之理。希望你多去寬慰你的父親，使他能深刻檢討自己的過失，現在雖然被解除職務，但家裏奴婢賓客仍有上百人，你以中郎將的身份在丞相府裏任參軍，與同類人家相比，仍然是大家。

「如果你父親能明白自己在某些方面確實有過錯，你和公琰又能推心置腹好好合作，那麼，壞事也會成為好事，失去的還可以追回來。希望你能認真思考我上面說的話，理解我的一番苦心。寫這封信的時候我一邊寫一邊不住歎息，止不住流下淚來（臨書長歎，涕泣而已）。」

這封信寫得很真摯，沒有虛情假意，更沒有以勝利者的姿態高高在上，完全發自一片肺腑，以上級和長輩的身份對李豐進行勸慰和鼓勵，解除他的思想負擔，鼓勵他今後好好幹。

信中仍稱李嚴為「都護」，體現出諸葛亮對李嚴的尊重。公琰是蔣琬的字，諸葛亮鼓勵李豐到丞相府任職後與蔣琬精誠合作。李豐果然不負諸葛亮的一片深情，後來還被提拔為朱提郡太守。


## 木牛與流馬

第四次北伐後，諸葛亮考慮國力需要恢復，已無法立即再次大規模用兵，於是在漢中進行休整，以積蓄力量，再圖北伐。

諸葛亮總結了前幾次北伐失利的教訓，他覺得準備工作不足是最大的問題。而所有準備工作之中，尤其以糧食的準備最為重要。為解決未來北伐糧食供應問題，他從兩方面進行了準備。

一方面是休士勸農，利用不打仗的這段時間，一邊抓緊士兵的訓練，一邊在漢中一帶廣泛墾殖。

蜀軍的糧食供應主要靠益州內地，但長途運輸成本太高，途中損耗也大，算一筆簡單的賬，運一萬斤糧食到 1000 里外的地方，每人運 200 斤已經不算少了，也需要 50 人運，一個人每天消耗兩斤糧食，如果走了 20 天，路途來回就要消耗掉 4000 斤糧食，所以過去有「運一半、吃一半」的說法。

　　如果路途更遠，或者道路不好走、遇到陰雨天，損耗更大，糧食運到前線也就所剩無幾了。

　　所以，如果能在漢中本地解決一部分糧食，那效率將大為提高，因為這裏每增加一斤糧食，相當於內地運來兩斤。

　　漢中有大片空地，經過簡單開墾就可以種糧，諸葛亮在漢中屯墾，其以沔陽縣東南的黃沙一帶面積最大。黃沙是當時漢水的一條支流，發源於雲濛山，在沔陽以東的青陽峽注入漢水。想當初，這一帶可能人跡罕至，但地勢較為平坦，又利於灌溉，所以諸葛亮在此墾耕（休士勸農於黃沙）。

　　李嚴事件發生後，諸葛亮意識到漢中郡太守這個崗位很重要，必須選調一個敬業、幹練的能臣來擔任，經過物色，他最後把巴西郡太守呂乂調來到漢中郡當太守。呂乂為人勤幹務實，除了當太守，還兼管屯墾事務（兼領督農），通過發展生產，積蓄更多的糧食。


　　另一方面，諸葛亮把注意力放在解決糧食的運輸問題上，這比糧食本身還重要。

　　為了提高運糧的效率，諸葛亮在褒斜道中的斜谷修建了糧倉，把糧食儘量往那裏集中，這樣一旦重開戰事，就可以最大程度減少運糧的距離。

　　當然，這都不是根本的辦法，為了運糧，諸葛亮想了很多辦法，用「木牛流馬」進行運輸就是其中之一，根據史書的記載，「木牛流馬」

正是在第四次北伐失利後開始投入使用的。

「木牛流馬」其實是「木牛」和「流馬」兩種不同的東西。按照史書的記載，「木牛」大概是這樣的：腹部是方形的，頭部是彎曲的，每天行程較短，負責較重貨物的運輸，不太適宜運小件東西（宜可大用，不可小使），它單獨行駛時每天能走數十里路，結隊行駛每天至少走 20 里，每一個「木牛」能載一個人一年的糧食。

漢代每人每月的平均口糧是大石一石八斗，一年即 21 石六斗，一石是一斛，約合如今 30 斤，漢代一人一年的平均口糧大約是 650 斤。木牛的這個載重量，無論是肩挑還是背扛，一個人都無法負重，甚至是用牛馬馱運也沒有辦法承受這麼大的重量。

關於「流馬」，史籍中也有它各種部件尺寸的記載，而且十分精確，推測起來，其形制應小於木牛，盛糧食的工具是兩個可拆卸的「方囊」，每個木箱可以盛米二斛三斗。

與「木牛」相比「流馬」的載重量小得多，一次可以載糧食四斛六斗，按照上面的計算方法，約合如今 140 斤，是木牛的四分之一到五分之一，但是它更為精巧，行動速度也更快。

史書對「木牛流馬」的記載都是文字性的描述，沒有圖樣，所以後人無法進行復原，從歷代以至現在，有不少人聲稱按照諸葛亮留下來的文獻造出了木牛和流馬，但無一例外都加進了大量個人的理解和改造，所以造出來的東西五花八門。

在後世的研究中，宋人陳師道的見解影響最大，他提出「木牛流馬」是蜀地的一種小推車，這種車子可以載八石重的東西，前部的形狀如牛頭，還有一種大車，要四個人來推，可以承載十石重的東西。陳師道認為這就是諸葛亮發明的「木牛流馬」。

獨輪車是宋代以後的叫法，在漢代稱為鹿車或轆車，在諸葛亮之前這種車子已經存在且廣泛使用了，史書多次提及它。說「木牛流馬」

只是獨輪車，似乎有點兒簡單，至少夠不上諸葛亮專門搞出來的一項發明。

近代以來，學者們又進行了大量研究，比較一致的看法是，「木牛流馬」是一種人力推動的四輪車，木牛體量較大，流馬算是它的簡裝版，之所以有了木牛後再推出流馬，是因為有些地方道路不好，木牛運行不方便，於是進行了簡化。

既然是一種車子，為什麼起了個「木牛流馬」的名字呢？

現在流行的網絡詞彙裏把「有沒有」稱為「有木有」，推測一下，古人會不會也這麼用過，「木牛」即「沒牛」，也就是不用牛也能拉着跑。可別笑，這不是臆想，有一部20世紀60年代出版的《中國古代農業機械發明史》，裏面就持這樣的觀點。

「流馬」怎麼解釋呢？

按照同樣的思路推測，可能得名於它特有的方囊，這是一個了不起的發明，類似於今天的集裝箱，算是微型集裝箱，屬於模塊化的設計思路，它們尺寸大小都一樣，可以拆卸，路好時推着走，推不動了拆下來挑着走，到前面找一個空車，把方囊安上就可以走。由於方囊連着方囊，像是流動的馬，所以叫流馬。

現在想復原「木牛流馬」的人，千萬不要被牛和馬的外形所迷惑，非要做出像牛像馬的東西，它們其實就是大小不同的四輪人力推車。

製作大批量的木牛流馬也是一項浩大工程，據唐代的一部史籍記載，諸葛亮曾派廖立、杜睿、胡忠等人在景谷縣西南25里的白馬山一帶製作「木牛流馬」，後來白馬山又被稱為木馬山。

宋代的一部史籍則說，蜀漢時江州一帶民間流行用江州車子，就是諸葛亮發明的木牛流馬，之所以叫江州車子，是因為木牛流馬是諸葛亮在江州製造的。

# 淡泊明志，寧靜致遠

諸葛亮此次在漢中休整持續了近三年時間，自蜀漢建興五年（227 年）來到漢中，一晃已經好幾年了，除在外面征戰，諸葛亮一直都在漢中，沒有回過成都。

為國操勞，為興復漢室的理想而戰，諸葛亮沒有什麼可遺憾後悔的，唯一讓他放心不下的家事就是幼子諸葛瞻。

諸葛亮老年得子，養子諸葛喬近年又不幸去世，所以對諸葛瞻格外疼愛，只是這種疼愛之情無法像普通的父親那樣轉化成日常的呵護，只能默默地記念於心中。

諸葛亮是一個日理萬機的丞相，又是蜀漢軍隊的首腦，平時，政事、人事、軍務纏身，不過他仍然儘可能抽出一點時間，通過寫信的形式，給幼子以關愛。

現存諸葛亮寫給兒子的家書有兩封，從中可以看出諸葛亮作為一個父親的拳拳之心和眷眷之情。

其中一封家書中寫道：

「君子的操守，應該以恬靜來完善自身，以儉樸來培養品德。不把眼前的名利看得輕淡就不會有明確的志向，不能平靜而全神貫注地學習就不能實現遠大的目標（非淡泊無以明志，非寧靜無以致遠）。

「學習須靜心，獲得才智必須學習，不學習無法拓廣才智，不立志無法取得學習上的成功（非學無以廣才，非志無以成學）。沉迷滯遲就不能勵精求進，偏狹躁進不能冶煉性情。年年歲歲時日飛馳，意志也隨光陰一天天逝去，漸漸枯零凋落，大多不能融入社會，可悲地守着貧寒的居舍，後悔都來不及啊！」

這封信又名《誡子書》，是一個父親對兒子的諄諄教誨，主要說了兩方面的道理，一是要加強道德修養，二是如何加強學習、增長才智。

關於前者，先賢的論述早已汗牛充棟，諸葛亮這裏深入淺出，根據自己一生的體會，對兒子說了三方面的要點：一是經常靜思反省，也就是現代人說的自我對照檢查，人在靜思之中，才能發現自己思想深處的缺點、錯誤，防止在不知不覺中對自己的放任；二是樹立儉樸節約的好習慣，只有做到清心寡欲才能自己保持清醒，不會沾沾自喜；三是樹立堅定的志向，志向一定要遠大，目標一定要長遠，更重要的是必須堅持。

關於後者，諸葛亮也談了自己四方面的感受：一是在學習中鍛煉自己，知識在書本上，只有通過不懈的學習才能掌握；二是知識是否豐富，是否夠用，要在實踐中去檢驗；三是要有一個正確的學習態度，要持之以恆，無論遇到多大的困難都要堅持下來；四是要善於總結，不斷提高。

一篇原文只有 80 多個字的文章，內涵卻如此豐富和深刻，受到了後人的推崇，也影響了無數代人的成長，其中的名句「非淡泊無以明志，非寧靜無以致遠」更是家喻戶曉，盡人皆知。

在保存下來的另一封家書裏，更能看到身為朝廷第一重臣的諸葛亮，在教育兒子方面是如何細緻和耐心。

諸葛亮在這封家書中寫道：「宴席上喝什麼酒，要合乎禮節又能表達情意，符合身體和性格的需要，禮節盡到了就該退席，這就達到和諧的頂點（禮終而退，此和之至也）。如果主人的情意還未盡，客人也還有餘量，可以飲到酒醉，但也不能醉到喪失理智而胡來。」

這封信雖然沒有前面那封知名度高，但讀起來仍然讓人感動不已。寫信的不是丞相，而是一位普通的父親，宴會上飲酒的禮儀這麼小的事，也一個字一個字地寫來，告訴給兒子，讓他學習，並在以後的生活中加以注意。

如果說前一封家書儘管精彩，但在歷史上還能找出一些類似的家書相媲美的話，這後面的一封家書，相信無可匹敵！

諸葛亮這樣寫，是因為他覺得重要，這些都是他人生經驗的總結，雖不是《將苑》《便宜十六策》那樣的政治智慧和軍事韜略，但一樣讓人感覺到了分量之重，因為這裏面充滿了殷殷之情。

酒桌是個重要的地方，可以聯絡感情，可以發泄情緒，可以說事情，可以定江山，但酒桌之上又最不容易把握，弄不好就傷了感情、誤了事情，有的人就是在這裏掉了腦袋，有的江山就是從這地方開始丟的。遠的不說，就拿諸葛亮最熟悉的先帝劉備，就有多次喝酒失態的事情發生。所以，諸葛亮給兒子寫了那段話。

這兩封家書寫作時間不詳，推測起來應該就在第四次和第五次北伐之間這一段難得的較長時間的休整期，是諸葛亮最有時間和精力寫這一類家書的時候。


除了這兩封寫給兒子的信，諸葛亮還給其他親屬寫過家書，其中一篇寫給外甥的書信也十分有名。

諸葛亮在這封信中寫道：

「人應當有高尚且遠大的志向，仰慕先賢，絕情慾，拋棄阻礙前進的因素（志當存高遠，慕先賢，絕情慾，棄凝滯），讓先賢的志向在自己身上顯著地存留，引起內心裏的深深震撼，要能屈能伸，丟棄瑣碎，廣泛地向他人請教，去除猜疑和吝嗇（去細碎，廣諮詢，除嫌吝）。

「這樣做了，即使受到挫折而滯留，也不會損傷自己的美好志向，不必擔心達不到目的。如果志向不夠剛強堅毅，意氣不夠慷慨激昂，那就會碌碌無為地沉湎在流俗中，默默無聞地被情慾束縛，勢必永遠淪入凡夫俗子之列，免不了成為庸俗的下流之輩！」

這封信針對青年人普遍存在的毛病進行說理，雖是說理，卻不空

洞，就像對面談話，沒有耳提面命式的說教，讓人感到親切而自然。其中一句「志當存高遠」，成為後世無數人的座右銘。

清人曾國藩以善於教育子女出名，他對子女提出「有志、有識、有恆」的教育格言。有志，不甘為下流；有識，知學問無止境，不因一得而自足；有恆，要有恆心和毅力，什麼事都能成功。曾國藩的這些感悟，和諸葛亮寫給外甥的這封家書的主旨完全相同，相信他應該受到過諸葛亮的影響。

諸葛亮有兩個姐姐，他的大姐嫁給了蒯祺，後被孟達所殺，大姐及子女情況不詳；二姐嫁給了龐山民，龐山民入魏做官，他們一家人應該還生活在荊州。這封寫給外甥的家書說明，諸葛亮除了經常跟大哥諸葛瑾通信外，和姐姐還保持着來往。


# 諸葛亮第五次北伐

蜀漢建興十一年（233 年），諸葛亮在斜谷的糧倉（邸閣）裏已儲備了大量糧食，被燒燬的褒斜道棧道也基本修復完成。

次年二月，天氣剛一轉暖，秦嶺山中的積雪剛剛融化，諸葛亮便率大軍出征了，這是他第五次北伐，也是最後一次，行前諸葛亮又給吳帝孫權寫了信，約定共同行動，再次討伐曹魏。

在這封信中，諸葛亮寫道：

「漢室遭遇不幸，朝廷的法紀被廢馳，從曹操篡逆開始，已蔓延到了今天，我們雙方都有剿滅曹賊的想法，但是一直到現在還沒有達成目標（漢室不幸，王綱失紀，曹賊篡逆，蔓延及今，皆思剿滅，未遂同盟）。

「我承蒙昭烈皇帝的重託，不敢不盡忠竭慮。現在大軍已集結於祁山一帶，敵人即將被消滅於渭水之濱（今大兵已會於祁山，狂寇將亡

於渭水）。懇切盼望您按照同盟的約定，命令將領北征，一同平定中原，共扶漢室。書不盡言，萬望明鑒。」

信中說蜀漢大軍集結在祁山，是一個籠統的說法，其實這一次的進軍路線與前四次都不一樣，走的是褒斜道。

前四次北伐，兩次出祁山，一次平定武都、陰平二郡，一次出大散關，諸葛亮用兵的重點基本都在西邊，以奪取隴右為目標，這個戰略是正確的，但是第四次北伐讓諸葛亮意識到，如果曹魏大軍繼續採取司馬懿的拖延戰術，不與你交戰，那事情就不太好辦。

這次兵出褒斜道，就是將主力直接拉到關中，尋找魏軍，讓其不得不決戰。

孫權接到來信後立即進行了部署，蜀漢經過這麼長時間的沉寂再舉北伐，孫權知道這次的力度肯定會超過以往，所以他也想抓住這個機會，在東線和中線兩個戰場同時給曹魏製造出強大的壓力，因而此次的配合行動也超過了以往。

吳軍主力悉數全出，分三路向曹魏發起進攻：

一路由孫權親自率領，總兵力達十萬人，由皖城等地出發，出巢湖，攻擊合肥；

一路由全國武裝部隊總司令（上大將軍）陸遜、副總司令（大將軍）諸葛瑾率領，由江夏郡出發攻擊曹魏南部重鎮襄陽；

一路由鎮北將軍孫韶、奮威將軍張承率領攻入淮水，目標是曹魏的六陵、淮陰。

魏明帝接到報告，感到事態很嚴重，他命負責東線戰場的征東將軍滿寵、負責中線戰場的荊州刺史毌丘儉等加強守備，同時抽調其他州郡的兵馬前去支援。

西線戰場有司馬懿坐鎮，魏明帝倒不擔心，但其他兩個戰場魏明帝心裏沒底，尤其是合肥新城，那是曹魏花了很多心血才建成的，如

果被攻破，曹魏東南半壁江山將不保。

魏明帝決定親自上陣，御駕親征合肥。

儘管兵馬並不富裕，魏明帝仍然抽出兩萬人，由驍騎將軍秦朗率領增援關中，歸司馬懿調度。

秦朗小名阿蘇，是曹操的養子。曹叡幼時藏於深宮，因為母親失寵又被殺，從小嚐盡人生冷暖，性格上與其祖其父很不相同，反倒與這個過繼給曹家的叔父很談得來。

秦朗本是一個公子哥，沒什麼實際才能，也不像何晏那樣成為一個大學者，但魏明帝仍然給他以寵信，每次呼他都叫他「阿蘇」。

秦朗率軍趕到長安時，諸葛亮已帶領蜀漢大軍出了褒斜道進入關中，一場大戰即將開始。


此次北伐，諸葛亮想打對手一個措手不及。

但是，這一點被魏軍西線戰場的主帥司馬懿事先察知了。

諸葛亮第四次北伐結束時，司馬懿手下的謀士和將領認為，第二年麥子成熟之時，諸葛亮必然會再次來攻隴右，隴右糧食短缺，應向這裏提前運糧。

司馬懿不同意這個判斷，他說：「諸葛亮兩次出祁山，一次攻陳倉，都遭遇挫折而撤軍。即使後面再出兵，他也不會攻城，而會謀求野戰，而且地點是隴東而不是隴西（縱其後出，不復攻城，當求野戰，必在隴東，不在西也）。」

司馬懿還說：「諸葛亮每次都恨其糧食太少，這次退兵，必然會積蓄糧食，我料定他不到糧食成熟三季不會再出兵（非三稔不能動矣）。」

那時農業生產技術還不發達，秦嶺南北農業作物都是一年一熟，司馬懿判斷，諸葛亮回去之後，三年之內不會再出兵。

事實都如司馬懿所言，不僅是判斷對了，簡直料事如神。

當然，也正因為太神，對這樣的記載也就不必全當真，史書為了頌揚一個人，往往會虛構一些情節來。

不過，這三年來司馬懿倒是沒閒着，魏明帝讓他仍以大將軍的身份駐守在長安。他一方面加強隴右的建設，上表魏明帝，強行從冀州一帶遷徙農戶到天水郡的上邽，增加那裏的人口；另一方面，在關中地區整修成國渠，修築了臨晉陂等一批水利工程，使關中的灌溉面積增加數千頃，增強了魏國實力。

這一年，諸葛亮54歲，走出隆中時他27歲，此後又經歷了一個27年。

是巧合，還是天命？

現在，擺在諸葛亮面前最大的問題竟然是他的身體情況。

近年來，諸葛亮的身體已經大不如前，經常感覺很疲勞，那時候人的平均壽命比較低，54歲正在逐漸地步入人生的暮年。

所以，此次北伐臨行前，諸葛亮祕密向後主上表：「如果臣出現了不幸，國家大事請託付給蔣琬（臣若不幸，後事宜以付琬）。」

這是諸葛亮第一次正式提出接班人的問題，蔣琬就任丞相長史以來，留守在成都，兢兢業業，辦事沉穩，考慮問題周全，對於北伐大業給予堅定的支持。經過考察，諸葛亮認定他是理想的接班人，所以向後主推薦。只是，這也增加了此次北伐的悲壯。

諸葛亮命征西大將軍魏延為前部，其餘各部隨後，蜀軍總兵力仍然在十萬人左右，這是蜀漢國力所能承受的上限，參加過歷次北伐的蜀軍主要將領，此次都一同出征了，新任征西將軍姜維也參加了這次行動。

根據現在的測量，褒斜道約235公里，其中靠近南口的一段是棧

道。曹操第一次征漢中走的就是這裏，在一個叫石門的地方還題下了「袞雪」兩個字，讓人刻於崖壁上。

不知道諸葛亮路過這裏時，會不會看到曹操留下的這兩個字，但即使看到了，想必他也無心欣賞，因為他知道前面肯定是一場惡戰。

蜀漢的前鋒部隊在魏延率領下先出了褒斜道北谷口，其他人馬也陸續出了山。魏延所部在丞相的中軍大營十多里外紮下營壘。

魏延晚上做了一個夢，夢見自己頭上長出了角。軍中有個叫趙直的人善占夢，魏延就把夢中情景告訴他，也問吉凶。

趙直告訴魏延：「這是吉兆，你看麒麟，長着角但從來沒用它，這是敵人不戰而破的預兆啊（麒麟有角而不用，此不戰而賊欲自破之象也）。」

說得魏延挺高興，但趙直沒有說真話。

趙直下來後祕密地告訴朋友說：「角這個字，上面是刀，下面是用，頭上用刀，看來是凶兆啊（角之為字，刀下用也；頭上用刀，其凶甚矣）！」

當然，所有這些占星占夢多是附會之說，如果真有此事也純屬巧合。

對於蜀漢十萬大軍的這次行動，很奇怪的是，司馬懿沒有組織人馬在褒斜道的北出口處進行伏擊，而得以讓蜀軍主力直接來到關中地區的郿縣境內。

郿縣屬扶風郡，馬超、法正、孟達的祖籍都是這個郡，過去屬司隸校尉部，曹魏設雍州，扶風郡改屬雍州。郿縣的位置剛好在褒斜道的北出口外，所以自曹真起，一直把這裏作為防禦蜀漢北伐的重點。

早年董卓曾在郿縣修築了郿塢，城池異常高大，儲存了無數的糧食在其中，他的想法是天下再亂下去，就退到這座巨無霸式的堡壘裏不出來，冷眼旁觀天下爭鋒。董卓的夢想沒有實現，身首異處於長

安，但給郿縣留下了堅固的防禦工事。

所以，諸葛亮沒有指揮人馬去攻打郿縣城，而是揮兵來到了附近渭河的南原，這裏地勢開闊，諸葛亮命大軍在此紮下營寨。

## 駐兵五丈原

司馬懿率郭淮、胡遵、周當等部隨後也趕到了，也紮下營壘，隔渭河與蜀漢對峙。

雍州刺史郭淮認為，諸葛亮必然會去爭奪北原，應當先佔據（亮必爭北原，宜先據之）。郭淮的意見沒有得到大家的認可，或許大家認為諸葛亮的攻擊重點要麼是郿縣，要麼是長安，反正應該在東邊，不會盲目渡過渭河往西去。

郭淮繼續分析道：「如果諸葛亮渡過渭河佔有北原，就會在北山地區連成一片，從而斷絕關中與隴中的通道，使漢夷各族震動，使我方處於不利的地位。」

司馬懿想了想，認為郭淮說得有理，就命他率所部進屯北原。郭淮率軍趕到，立即開挖壕塹，還沒等挖好，蜀軍的一支主力就趕到了，由於有先到之利，郭淮指揮魏軍將蜀軍擊退。

諸葛亮確實看到了北原的重要性，無奈被郭淮搶先了一步，於是他改變策略，讓一部分蜀軍向西面佯動，繼續做出大舉西進的姿態，而其實想奪取的，是戰略要地陽遂。

陽遂這個地名已失考，「遂」通「燧」，可能是魏軍設在渭河沿線的一處重要營壘，位置應在蜀漢大營的東面。

魏將普遍認為，諸葛亮攻擊的目標是西圍，這個地名也無考，之前諸葛亮第四次出祁山，曾分兵王平讓他佔據南圍，它們意思也許不是固定的地名，是以方位劃分的營壘名稱，相當於魏軍的西大營。

郭淮又不同意這種判斷，他的理由是蜀軍突然製造聲勢說要向西面攻擊（盛兵西行）有點不合常理，可能是佯動，敵人的目標不在西面而是東面，具體說就是陽遂。

郭淮的建議再次得到司馬懿的支持，於是司馬懿命郭淮和胡遵率兵趕赴陽遂。蜀兵果然來攻，由於魏軍早有準備，攻擊無法得手，退去。

初戰不利，給諸葛亮出了道難題，他決定也不往西，也不往東，就地屯兵。

諸葛亮讓人查探哪裏適合十萬大軍紮營，很快就找到了一處合適的地方，這裏距南原不遠，也在渭河的南岸，名叫五丈原。

關中很多地方稱原，如著名的白鹿原，「原」通「塬」，是我國西北黃土高原地區因流水沖刷而形成的一種地貌，呈台狀，四周陡峭，頂上平坦。

這種地勢適合於紮營，因為四面不是深溝就是峭壁，利於防守。不過，在這樣的地方紮營，必須解決好水源問題，一旦斷水，後果不堪設想。

五丈原也是一塊高出周邊的台地，當時屬郿縣以東的武功縣，如今屬陝西省寶雞市岐山縣，現在它的具體位置在縣城以南 20 公里處，算是八百里秦川的最西端，背倚秦嶺大山，面前是渭水。

諸葛亮之所以選擇這裏紮營，不僅因為其南北皆有阻隔，利於防守，而且這個地方東西也有深溝，是天然形成的壕塹。

當地人傳說，當年秦二世胡亥某年秋初的西巡，在此看到一股旋風颳起五丈高，形成奇觀，揮筆寫下「五丈秋風原」，此地因而得名。

不過，還有另外幾種說法。一是說這塊四面皆有阻隔的天然台地平均高度為漢代的 50 丈，所以稱為「五十丈原」，簡稱「五丈原」；二

是說五丈原的形狀如葫蘆，兩頭大，中部窄，其最窄處僅五丈，故稱五丈原；三是說五丈原地形像漢代五銖錢的「五」字，原來叫作五狀原，後誤傳為五丈原。

總之，諸葛亮率大軍駐紮之前，這裏就叫五丈原了。

諸葛亮到達五丈原後，曾寫給孫吳全國武裝部隊副總司令（驃騎大將軍）步騭的一封信，介紹了五丈原的一些情況。

諸葛亮在這封信中寫道：「我不久前把部隊駐紮在五丈原，五丈原在武功縣城以西十里，武功縣城以東十多里是馬塚山，那裏地勢很高，不便攻取，所以就留下來（有高勢，攻之不便，是以留耳）。」

從這封信可以知道，諸葛亮選擇在五丈原紮營，還有一個原因是暫時無法攻下馬塚山。武功縣在郿縣以東，諸葛亮率蜀軍主力離開南原向東面來了。

諸葛亮在軍情如此緊張的情況下給步騭寫信，說明他很重視蜀吳之間的軍事配合，通過信件隨時溝通雙方的情況。相信這樣的信件應該還有不少，只是保存下來的只有寫給步騭的這一封。

陸遜擔任孫吳全國武裝部隊總司令（上大將軍），負責孫吳全境的軍務，他離開江陵後，孫權把防守吳蜀邊境一帶的軍政事務交給了步騭，讓他以驃騎大將軍的身份督師於西陵，與蜀漢距離最近，來往也最密切。諸葛亮給他寫信，也許考慮的是他現在的職守，也許是通過他向孫權報告情況。


蜀軍離開南原時，司馬懿曾分析說：「諸葛亮如果勇猛，就會出武功，沿着南山向東，如果上五丈原，那就沒有什麼可憂慮的了（若西上五丈原，則諸軍無事矣）。」

看來，司馬懿擔心的是諸葛亮率蜀軍主力不管不顧地往東攻擊，如果蜀軍停下來，他倒不擔心。

這時候，秦朗率領的兩萬人馬已經趕到，魏明帝改任秦朗為征蜀護軍，所部受司馬懿節制。秦朗還帶來了魏明帝的諭示，魏明帝認為蜀軍屬於遠途作戰，他們必然希望速戰速決（僑軍遠寇，利在急戰），所以讓司馬懿不要急於求戰，堅守營壘，以挫其鋒，如果敵人不得進，停留太久糧食就會吃完，必然會撤退，等他撤退的時候追擊，這才是十拿九穩的策略（虜略無所獲，則必走；走而追之，全勝之道也）。

這也正是司馬懿一貫堅持的作戰原則，那就是拖，直到把敵人拖垮為止。上一次在祁山，他已經試過蜀軍的戰鬥力，他發現這支部隊人數雖然處下風，騎兵的比重也不多，但訓練相當有素，野戰經驗十分豐富，能攻能守，交起手來一定會吃大虧。

司馬懿完全不擔心拖不過蜀軍，諸葛亮在漢中備戰了三年，這三年裏他在關中也沒閒着，經過長時間的準備，尤其是大修水利，已積蓄下足夠吃的糧食，即使不從關內調糧，他這裏也足夠吃。

司馬懿原先擔心的是，魏軍將領急於求戰，有的人未必理解拖是一種戰術，而視為膽小不敢戰，做他們的工作非常棘手。

秦朗帶來了魏明帝的諭示，這讓司馬懿心裏有底多了。

眾將提出，不如在渭水北岸以逸待勞，等待蜀軍進攻，這一點司馬懿倒不同意，因為武功附近的渭水南岸一帶有大片耕田，人口也較多，如果放手讓蜀軍一一佔領，那蜀軍的糧食就會得到大量補充。

所以，司馬懿對眾將說：「這一帶的百姓都在渭河南岸聚居，這是非爭不可的！」

司馬懿率魏軍主力渡過渭水，來到五丈原附近，背靠渭水也紮下營壘，形成對峙。

不過，司馬懿也有失算的時候。

紮下營壘後，司馬懿對眾將說：「諸葛亮現在果然已經上了五丈

原，下一步他將渡過渭水。」

司馬懿讓部將周當率一部人馬駐紮在陽遂附近，形成誘餌，想等蜀軍來攻時從後面包抄。

但幾天過去了，蜀軍都沒有任何行動，司馬懿自我解圍道：「從這個可以看出，諸葛亮的目標是奪取渭水南岸的原地，而不是陽遂。」

## 激將法無法奏效

雙方陷入對峙，之後發生了一些小規模戰事。

諸葛亮給後主的奏報顯示，渭水在此有一條支流叫武功水。諸葛亮命步兵監孟琰駐紮在武功水以東，司馬懿派人進攻孟琰，諸葛亮命人在武功水上搭建竹質浮橋，過河射殺魏軍（做竹橋越水射之）。

從中可以看出，弓弩是蜀軍的利器，在對付敵人攻營、偷襲以及騎兵衝擊方面效果很好。同時，臨時搭建竹橋是工兵作業，說明蜀軍在兵種配置方面較為細化，關中很少種竹子，搭建竹橋的材料應該是從漢中帶來的，說明在這方面蜀軍早有準備。

蜀魏兩軍每有交戰，司馬懿都很重視，他都穿戴上全副武裝（戎服蒞事），但他不知道諸葛亮穿什麼，就派人出去看。

派去的人回來報告說，諸葛亮坐着一個簡單的小車，頭戴葛巾，手裏拿着羽毛扇，指揮三軍，蜀軍隨他的號令整齊進退（指麾三軍，隨其進止）。

司馬懿聽完，感歎道：「諸葛先生真有名士風采啊（諸葛君可謂名士矣）！」

魏軍方面也發動過主動攻擊，司馬懿曾派部隊突襲蜀軍，斬殺蜀軍 500 多人，俘虜 1000 多人，蜀軍另有 600 多人投降（遣奇兵掎亮之

後，斬五百餘級，獲生口千餘，降者六百餘人）。

當然，史書上的這個記載有虛報戰果的嫌疑，事情本身或許是有的，只是規模不大，戰果也沒有這麼多。

雙方互有勝負，總體上仍是對峙狀態。

長時間對峙對蜀軍來講是一種嚴峻考驗，焦點是糧食供應問題。儘管斜谷有糧倉，又有流馬不停地往這裏運糧，但速度總是有限。如果每人每天消耗兩斤糧食，十萬大軍一天的消耗就是 20 萬斤，是 1000 多個流馬的運輸量。

這是流水作業，因為每天都得吃飯，運糧隊每天都不能停。從漢中運到斜谷，再從斜谷運到五丈原，一趟來回需要 30 天的話，那就必須有近五萬個流馬同時作業才行，這幾乎是不可能的。

諸葛亮也考慮到了這一點，他汲取之前北伐的教訓，在五丈原附近乾脆分兵屯田，做長駐的打算。蜀漢的屯田兵和渭水岸邊的百姓雜居在一起，但大家相處得很好，百姓樂於接受，蜀軍也軍紀嚴明（耕者雜於渭濱居民之間，而百姓安堵，軍無私焉）。

後世對此評價頗高，一支敵人的軍隊入侵，百姓還欣然接受，雙方雜處而相安無事，說明這支軍隊平時一定受到極為嚴格的訓練，這是諸葛亮長期努力的結果。


但是，司馬懿總閉營不出，也不是個事兒。

為了讓司馬懿出來迎戰，諸葛亮想盡了各種辦法。

諸葛亮多次派人到司馬懿那裏下戰書，還送給司馬懿一些女人的服飾，以激怒司馬懿（又致巾幗婦人之飾，以怒宣王）。

激將法有時很管用，楚漢相爭時項羽讓部將曹咎守成皋，那裏是項羽重要的後勤基地，儲存着大量軍需物資。

項羽臨行前特意叮囑曹咎：「只守就行，漢軍再挑戰也不要出戰，

我 15 天必然回軍與你會合。」

　　項羽走後，劉邦率大軍攻成皋，曹咎謹遵項羽命令不出。劉邦
的辦法多，他下令在成皋城邊搭了一座枴子，每天都派一幫嗓門大的
士兵到枴上辱罵楚軍，一連罵了好幾天，曹咎終於沉不住氣，率軍出
戰，結果被打敗，成皋和大量物資落入劉邦之手，曹咎愧見項羽，自
刎而死。

　　但司馬懿顯然比曹咎有水平，他知道諸葛亮的意圖，送衣服就收
下，根本不生氣。

　　只是，司馬懿不生氣不代表其他人沉得住氣，魏軍將領個個肺都
氣炸了，紛紛請戰。

　　這是司馬懿最頭疼的事，他能跟諸葛亮拖，卻不能跟手下將領
們拖。不過，他也有辦法，他告訴大家，陛下讓秦朗將軍來傳達過諭
示，要求堅守，不能主動出擊，現在要出擊，應該先請示陛下再說。

　　司馬懿鄭重其事地向魏明帝寫了一封請戰書，言之激昂，請求出
戰。司馬懿特意讓手下主要將領們一一署上名，他知道魏明帝會明白
自己的心意。


　　魏明帝接到請戰書，知道司馬懿頂不住了，馬上派衛尉辛毗為特
使，前往軍前制止眾將請戰的行為。

　　辛毗是曹魏老臣，被稱為骨鯁之臣，事曹氏父子三代，以耿直著
稱，一旦認定的事就會堅持，誰的面子都不看。

　　曹叡也不太喜歡這個老同志，但今天這個差事派誰都不如派他
去。曹叡命辛毗兼任司馬懿的大將軍軍師，持節，前往關中前線。

　　蜀軍又來挑戰，司馬懿頂不住壓力，表示要出營迎戰，辛毗拿出
魏明帝賜給的節，立於營前，魏軍不能出。

　　姜維回來把這件事告訴了諸葛亮，憂慮地說：「辛毗一來，魏軍不

會再出來交戰了。」

諸葛亮對姜維說：「司馬懿本來就不想出戰，之所以再三向上面請戰，是做給下面的人看的（以示武於其眾耳）。為將的，率大軍在外，君命有所不受，如果他有辦法對付我們，用得着向千里之外請戰嗎？」

## 一代英才隕落

這段相持的時間長達幾個月，在此期間雙方也有一些往來。

有一次，司馬懿會見諸葛亮派來的使者，不問軍中大事，只問諸葛亮的日常生活，問得很詳細（唯問其寢食及其事之煩簡，不問戎事）。

在兩國交戰期間主帥的一切都是軍事機密，包括健康情況、生活規律、個人嗜好等，從這些蛛絲馬跡中可以推測出對方很多有用的信息來，從這一點看司馬懿挺賊。

蜀國的使者顯然警惕性不高，對司馬懿有問必答：「諸葛丞相日夜操勞，睡覺很少，軍中二十杖以上的處罰他都親自過問，飯量也小，每天不過數升（所啖食不過數升）。」

蜀漢使者走後，司馬懿對大家說：「諸葛亮的身體狀況很差，堅持不了太久（亮體斃矣，其能久乎）。」

諸葛亮的身體狀況確實很糟糕。

長年的操勞，正可以用積勞成疾來形容，加上戰事膠着，勞力之外更勞心，諸葛亮真的病倒了。轉眼到了秋天，秋風起，天氣涼，秋風蕭瑟，又容易讓人感傷，諸葛亮的病情竟然嚴重起來。

消息傳到成都，後主劉禪大為驚愕，趕緊派朝廷副祕書長（尚書僕射）李福日夜兼程趕往五丈原，一方面探視丞相的病情，另一方面還有大事相問。李福趕到五丈原時，看到諸葛亮已經病得很重了。

李福在病牀前向丞相詢問對國事方面的交代，聽完後就急忙回成

都覆命。走了幾天，李福突然想起來還有重要的事沒有問，於是又返回來重新面見丞相。諸葛亮已知道了他的來意，對李福說：「我知道你的意思，想說的很多，再說一天也說不完，你想問的，公琰合適（君所問者，公琰其宜也）。」

公琰是蔣琬的字，李福道：「前幾天確實忘了問您這件事，就是您百年之後誰可以接替大任，所以又回來。我還想再問您，蔣琬之後，誰可以接任（乞復請，蔣琬之後，誰可任者）？」

諸葛亮回答：「文偉可以。」

文偉，是費禕的字。李福又問費禕之後誰合適，諸葛亮不再回答（又復問其次，亮不答），他向後主上了一份表章，託付後事：

「我家在成都有 800 株桑樹，有薄田 15 頃，家中子女的衣食，已經很寬裕了。我在外領兵作戰，沒有別的收入和花費，隨身的衣物膳食都依靠國家，不從事其他營生以增加一分一毫的私產（隨身衣食，悉仰於官，不別治生，以長尺寸）。如果我死了，不會使家中有多餘的資產，身外有多餘的錢財，以致辜負陛下對我的恩情。」

諸葛亮給丞相府祕書長（丞相長史）楊儀等人留下遺命，自己死後葬於漢中的定軍山下，藉助山勢作墳，墓塚大小夠容納棺材就行了，斂葬時穿平時的衣服就行，不用陪葬的器物（塚足容棺，斂以時服，不須器物）。

交代完這些事，蜀漢建興十二年（234 年）八月，諸葛亮病逝於五丈原，終年 54 歲。

後世傳說，諸葛亮出生於公元 181 年 4 月 14 日，卒於公元 234 年 8 月 28 日，但史書對此均沒有明確記載。

關於諸葛亮臨終前的一些情況，史書有些記載。

有一部史書說，諸葛亮病逝的那一天有星赤而芒角，自東北向西

南流射，落於蜀軍大營。

還有一部史書說，諸葛亮臨終前不僅飯量很小，而且心情不好。有的史書說他還吐過血（亮糧盡勢窮，憂恚嘔血）。吐血不是咳血，加上飯量不大，容易讓人聯想到消化系統的疾病，有人認為諸葛亮得的病是消化道出血，具體病症是消化道潰瘍或者胃部腫瘤。

還有人推測諸葛亮的病或許與血吸蟲有關。他長期生活在荊州，無論是襄陽的隆中還是南陽的臥龍崗，在當時，都在血吸蟲疫區內，尤其是靠近漢水的襄陽，在那裏血吸蟲病時常大規模發作。諸葛亮有長達十年的躬耕生涯，接觸血吸蟲的可能性是很大的。

另外，引起大量吐血的疾病除消化系統還有可能是呼吸系統的原因。如果患有肺癌或嚴重的肺結核也會大量咳血，此之外脊椎性結核也可以導致吐血，有人認為諸葛亮得的正是這種病。史書記載，諸葛亮作戰時經常坐着小車而不太騎馬，這正是脊椎有問題的表現。

無論是哪一種情況，積勞成疾和精神壓力太大都是諸葛亮病倒以致過早辭世的根本原因。北伐以來，雖經多次努力，但或因為天時或因為地利或因為內部原因，前幾次都未取得成功，這讓諸葛亮很憂心。

諸葛亮覺得對不起先主的託付，又感到長期消耗下去沒法向後主和蜀漢官民交代，這種沉重的壓力和過度的操勞都是常人難以想像的，最終奪去了他的生命。

諸葛亮雖然不在了，但世人對他的紀念和評論從未間斷。

有人做過統計，至今保存的截至清代以前關於諸葛亮的評論、考證等就有 400 多篇，涉及 180 多人，其中包括帝王、學者、詩人和愛國將領，參與評論的人範圍之廣、規格之高在三國歷史人物中首屈一指。

歷代對諸葛亮的評價多持頌揚態度，稱頌的重點在其忠君為國、

興復漢室、矢志不移以及高尚的個人品德等方面。唐代官方設武廟，從歷代軍事家中選出十位傑出軍事家入祀，諸葛亮是整個漢末三國乃至兩晉唯一入選者，宋代官方仍沿襲唐代設武廟的做法，諸葛亮繼續入選。

民間也將諸葛亮視為智慧的化身，認為他無所不能，但考察諸葛亮的一生，他取得過勝利，也多次經歷過失敗，甚至遇到過嚴重的失敗，但這絲毫沒有減少人們對他的崇敬。

在古人看來，諸葛亮具備治國治軍的突出才能，同時又濟世愛民、謙虛謹慎、廉潔奉公，為後世樹立了榜樣。回顧諸葛亮的一生，他的忠貞、濟世、敬業、至公、廉潔、謙虛等都為帝王、將相以及普通百姓所稱頌，人們從不同的角度稱讚他，使他成為帝王心目中理想的人臣、人臣治國理政的榜樣以及普通人平時學習的楷模。

# 第三章 國運浮沉

## 「魏延謀反」事件

　　諸葛亮臨終前做出了撤軍安排，祕密地和丞相長史楊儀、丞相司馬費禕以及護軍姜維等人商量，讓魏延斷後，姜維次之，如果魏延不執行命令，大軍直接出發（若延或不從命，軍便自發）。

　　諸葛亮去世後，論職務應該以魏延最大，他是征西大將軍，但丞相府的日常事務由長史、司馬負責，故而楊儀、費禕執掌軍機。魏延平時跟楊儀關係很僵，一見面就爭論不休，費禕則儘可能居中調解。

　　諸葛亮去世後，按照事先的安排，先祕不發喪，楊儀讓費禕前往魏延的營寨，試探魏延的態度，魏延果然不同意撤軍。

　　魏延對費禕說：「丞相雖然死了，我還在。丞相府的官員護送還葬，我來率領眾軍擊破敵人，怎麼能因為一個人的死廢掉天下大事呢（云何以一人死廢天下之事邪）？再說我魏延是什麼人，應當接受楊儀的指揮，做一個斷後將軍嗎？」

　　魏延把費禕留下來，重新制訂計劃，明確哪些留下來哪些走，逼着費禕和自己共同簽署，向下面的眾將領宣佈。

　　費禕感到事情不妙，哄魏延說：「我現在就去向楊長史解釋，楊長史是個文官，過去很少參與軍事，他一定不會違背您的命令。」

　　魏延相信了，放費禕走。費禕一出營門，便疾馳而去，魏延想想不對勁，想去追趕，已經來不及了。

　　魏延又派人觀察楊儀那邊的動靜，報告說楊儀等人正按丞相生前

的部署按步驟進行撤軍（遣人覘儀等，遂使欲案亮成規，諸營相次引軍還）。

魏延大怒，搶在楊儀等人之前率本部向南撤軍，通過棧道後把棧道燒了（所過燒絕閣道）。

楊儀、費禕、姜維等人率其他蜀軍也沿褒斜道退軍，棧道被魏延燒燬，他們只得重新開闢道路，好不容易趕到褒斜道南口，魏延已將此地佔領，楊儀命王平前去應戰。

王平到南口，斥責魏延的手下說：「丞相剛剛去世，屍骨未寒，你們怎敢如此？」

自己人不打自己人，魏延手下都知道魏延理虧，於是不戰而散。

堂堂征西大將軍，最後只得單人獨騎跟幾個兒子一起逃往南鄭，楊儀派馬岱前往追拿，馬岱把魏延父子斬首，之後將魏延的首級交給楊儀。

楊儀站起來一腳踏上（起自踏之），罵道：「狗奴才，看你還能作惡不？」

諸葛亮病逝的消息以最快的速度傳到成都，後主和群臣深感震驚。

大家還沒從這種震驚中醒過來，更讓人震驚的消息隨後不斷傳來，這些消息分別來自魏延和楊儀，一天好幾撥，各說各的理（延、儀各相表叛逆，一日之中，羽檄交至）。

後主劉禪不知道信誰的，就問侍中董允和留府長史蔣琬，蔣琬、董允都為楊儀擔保，對魏延表示懷疑（咸保儀疑延）。大家商量了一下，命蔣琬率一部禁軍北上接應。

蔣琬剛出發，走了幾十里，楊儀的報告就來了，說魏延已死，蔣琬便領兵回到成都。

以上是史書對諸葛亮死後「魏延謀反」事件的記載，除此之外，

還有其他不同的說法。

有一部史書稱，諸葛亮並非死於軍中，由於糧食已盡，他深感憂慮，結果就嘔了血，趁夜燒燬營寨撤退，進入褒斜道後，死於半路上（亮糧盡勢窮，憂恚歐血，一夕燒營遁走，入谷，道發病卒）。

還有一部史書說，諸葛亮不是死於五丈原，而是死在一個叫郭氏塢的地方。

上面這些記載應該是誤傳，因為蜀軍當時祕不發喪，所以有人並不知道諸葛亮去世的確切地點，以為他死在半路上。

關於魏延和楊儀之間的爭鬥，也有站在魏延一方的。

有一部史書說，諸葛亮臨終前專門對魏延等人說：「我死之後，你們好好守住現在的江山，千萬別到這裏來了（我之死後，但謹自守，慎勿復來也）。」

諸葛亮命令魏延代理自己的職務（令延攝行己事），祕密發喪撤退。魏延按照命令先保密，到了褒口才發喪。楊儀見魏延代理丞相指揮部隊，擔心被他所害，於是揚言說魏延將率眾投降曹魏，帶人來攻魏延。魏延根本無心投敵，所以並不應戰，結果被追上殺了。

但是這個記載歷來被質疑，尤其是諸葛亮臨終說給魏延的話，似乎看出諸葛亮對北伐很後悔。

但它說的有一點是對的，魏延的確沒有投降敵人的打算，作為當時蜀漢軍中僅次於諸葛亮的征西大將軍，魏延開始的想法很簡單，那就是繼續跟曹魏打下去，他有這個雄心，認為自己也有這個能力。


諸葛亮死得很突然，蜀軍又祕而不發，曹魏那邊渾然不知。

首先發現蜀軍有異樣的是五丈原附近的百姓，他們看到大批蜀軍離開軍營撤走（整軍而出），趕緊報告司馬懿，司馬懿這才下令追擊。

蜀軍早有準備，負責斷後的姜維命令蜀軍突然反過頭來，揮舞旗

幟，鳴響戰鼓，做出進攻的架勢。

司馬懿吃不準，擔心這是諸葛亮施的計，於是退回，不敢再追。所以後來百姓中流傳了一則諺語：「死的諸葛亮嚇跑了活的司馬懿（**死諸葛走生仲達**）。」

司馬懿也知道了這個諺語，自我解嘲道：「我可預料到他活着的事，沒辦法預料到他已經死了呀（**吾能料生，不便料死也**）！」

過了一天，魏軍才佔領了蜀漢丟棄的營壘，司馬懿親自過去查看，特意看了看蜀軍留下來的營壘以及諸葛亮生前生活的地方（**行其營壘，觀其遺事**）。

看完，司馬懿不禁歎道：「真是一個天下奇才啊（**天下奇才也**）！」

在蜀軍營寨內，還發現來不及帶走或銷燬的文書檔案，以及大量糧食。當時大家都認為諸葛亮已死，辛毗認為不一定，也許是諸葛亮的一計。

司馬懿不同意這樣的說法：「軍事家所看中的是軍事文書、兵馬糧草，現在這些都不要了，哪裏有人肯把五臟拿出來以求生的道理（**豈有人捐其五藏而可以生乎**）？」

司馬懿下令追擊。褒斜道不好走，關中生長着很多蒺藜，司馬懿命 2000 人穿着軟木平底的木屐背着蒺藜在前面開道，路不好的地方就把蒺藜鋪上，人馬再前行。

魏軍一直追到赤岸，再往前就要到褒口了，這時傳來蜀軍內訌的消息，司馬懿想乘隙進攻漢中，但魏明帝的詔書傳來，讓他撤軍。

魏明帝還沒有做好全面攻擊漢中的準備，當時遼東的公孫淵勢力不斷坐大，魏明帝派人前去清剿，但吃了敗仗，相對於蜀漢，北面的問題也很嚴重。

快追出褒斜道的司馬懿一來擔心中埋伏，蜀軍雖然撤退，但並沒有大敗，他們的拿手好戲是設伏，其弓弩兵的厲害魏軍早就嚐過，司

馬懿不想當第二個張郃。

二來，對於已經成為魏軍一號人物、一向老謀深算的司馬懿來說，蜀漢的繼續存在顯然對進一步鞏固自身勢力更為有利。

## 一派胡言亂語

蜀軍主力撤回漢中後，在楊儀、費禕、姜維等人安排下，按照諸葛亮的遺願，將他的遺骸安葬在漢水旁邊的定軍山下。

古人講究葉落歸根，但諸葛亮的故鄉琅琊國一直在曹魏控制下，歸葬故鄉的願望無法實現。除此之外，他還可以選擇葬於成都，但相比於成都，諸葛亮對漢中這個他生活了八年的地方懷有更深厚的感情，加之歸葬成都路途遙遠，費事費力，按照這種推測，他選擇在漢中安息是情理之中的事。

除了故鄉，除了漢中，諸葛亮還對一個地方有特殊感情，那就是隆中，自 27 年前離開那裏，諸葛亮就再也沒有回去過。隆中在漢水中游，定軍山在漢水上游，選擇在定軍山安葬，恐怕也有這樣的考慮。

出也漢水，歸也漢水；漢水悠悠，漢室情長。

後主劉禪在成都素服發哀三天，並派左中郎將杜瓊為特使前往漢中，宣讀策命。

給諸葛亮的這篇策命中寫道：「您是文武全才，既聰明又睿智，一生忠誠，接受先帝的遺詔輔佐寡人，致力於復興漢室，平息戰亂。您統率大軍，連年征戰，神威顯赫，壓倒八方，為蜀漢建立了卓越的功勞，一生的建樹可以和伊尹、周公相比。人生為何如此不幸？在統一大業即將完成之際，您患病身亡，讓寡人無限悲傷，肝膽欲裂！」

後主在策命中追贈諸葛亮忠武侯的諡號，之前他的爵位是武鄉侯，自此後世尊稱諸葛亮為武侯。

諸葛亮病逝的消息剛傳入成都時，一些在他手下任過職的官員想立即前往漢中奔喪，但這既不符合諸葛亮的遺願，又影響到蜀漢的正常秩序，後主發現後，立即下詔禁止。

但也有跑得快的，《三國志》作者陳壽的老師譙周在諸葛亮手下擔任過勸學從事，他聽到消息沒做停頓直接就走了，等到詔書發出他已走了很遠，結果只有他到了漢中。

舉國一片哀痛之中，也傳出了一些雜音。

之前一再因言惹禍的李邈又出了奇談怪論，他上疏說：「呂祿、霍禹未必有反叛之心，孝宣皇帝也不是喜歡殺大臣的君主，只是因為做臣子的懼於形勢所逼，做君王的畏於臣威震主（**直以臣懼其偪，主畏其威**），所以才萌生了奸計。諸葛亮親自率領大軍，狼顧虎視，違背了『五大不在邊』的祖制，我以前就常常擔心。現在諸葛亮死了，宗族已經得以保全，再也沒有征戰了，大人小孩都應該慶賀才對（**大小為慶**）。」

呂祿是劉邦時呂后的姪子，當時諸呂擅權，打算叛亂，但怯於灌嬰、周勃等大臣而未敢。後周勃讓人遊說呂祿交出兵權，呂祿被說服，把兵權交出，但諸呂仍然計劃入宮作亂，周勃等人平叛，呂祿也被捕斬。

霍禹是西漢重臣霍光之子，由於其父的巨大影響，他和眾兄弟、諸姪都在朝中為顯官，親黨連體，根基很深，後被削去兵權，兄弟親黨逐漸調任外官，日見削黜，最後陰謀反叛，被發覺後腰斬。

李邈把諸葛亮比作呂祿、霍禹一樣的權臣，讓人吃驚。

他說的「五大不在邊」出於《左傳》，意思是有五種人不能執掌重兵在外。至於哪五種人歷來有爭議，一般認為，丞相、三公應劃入「五大」的範圍之內，不到萬不得已，他們不能在外面直接掌握軍隊，

以保持制衡。

但是，到漢末三國，天天都有征戰，這條祖制也早已名存實亡，沒有多少人還關注它。比如曹操，他名義上是漢朝丞相，卻經常帶兵在外征伐，如果有人給他說「五大不在邊」，曹操一定會懷疑其動機。

李邈是書獃子一個，未必有什麼政治動機，也許上次在漢中因為諷刺諸葛亮殺馬謖被趕回成都，心裏還一直有氣，所以用這些話發發牢騷。

但是，李邈沒有認真想過，之前他一再出言不遜，最後都化險為夷，那都是因為諸葛亮對他的寬容和保護，如今諸葛亮不在了，誰還保護他？

後主聽了李邈的話大怒，下令把李邈抓了起來，不久予以誅殺。


自那時至今，諸葛亮一直長眠在陝西省漢中市勉縣城外的定軍山下，這裏是山下的一處平地，周圍群崗懷抱，定軍山疊浪而來，不遠處就是漢水。

走近這裏，可以看到一片漢柏古松，顯出清幽和古樸，其間分佈着許多古建築，現在能看到的大多是明清時所修建的，還有許多歷代歌頌諸葛亮的詩詞和復修墓廟記文的石碑、匾額，十分引人矚目。

這群古建築的主體是一座大殿，在殿中的龕上是諸葛亮塑像，按照長期以來人們所認可的諸葛亮的形象來塑造，着綸巾，手持羽扇，穿鶴氅，神態莊嚴。

大殿之後就是諸葛亮墓，南北向，周長僅 64 米，頭朝北腳朝南，取「北顧中原，南立蜀國」之意。

諸葛亮在這座墓裏安息了近 1800 年，其間從未被打擾過，是一座從未被盜過的古代名人墓，算是奇跡。

諸葛亮在這裏安葬 1000 多年後的清朝嘉慶年間，有個叫松筠的陝

西巡撫來此憑弔，他發現一個問題，諸葛亮遺命中說得很清楚，死後葬於定軍山，藉山勢為墓，不樹不封（因山為墳），但眼前這座武侯墓卻在山下的一塊平地上，而且有墓塚，違背了諸葛亮的遺願。

松筠自作聰明地認為這不是諸葛亮的真墓，諸葛亮另外有埋葬的地點。於是他帶人在附近查看起來，手下有個人為了奉承他，就在距武侯墓 100 多米的山坡上找了個地方，說是諸葛亮的真墓，松筠下令在此立一碑，上書「漢丞相諸葛亮武侯之真墓」。

這應該是文化腐敗的一種吧，但松筠的想當然竟然騙過了嘉慶皇帝。嘉慶皇帝為了祝賀「真武侯墓」被重新發現，在北京親筆御書了一塊匾額，讓沿途驛站以最快的速度送到漢中，一個月後就掛在了武侯祠裏。

其實諸葛亮的墓就是大殿後面的那座。諸葛亮一經安葬在這裏，便受到官員百姓的祭拜和保護，每年清明節還要舉行隆重的祭祀大典，歷朝歷代從未間斷過，所以墓地的位置不會搞錯。

至於未能完全按照他的遺願安葬在定軍山上，那應該是後主以及楊儀、費禕、姜維等人出於對他的尊重和愛戴，自行做主安排的吧。

## 氣性大的楊儀

安葬完諸葛亮，處理完魏延事件，楊儀、姜維等人便率主力回到成都，後主下詔，漢中方面留吳壹鎮守。

吳壹是劉備穆皇后的哥哥，原來的職務是東部戰區司令（左將軍），現被提拔為全國武裝部隊副總司令（車騎將軍），姜維回到成都後改任輔漢將軍，車騎將軍現在是蜀漢此時的最高軍職。

按照諸葛亮的交代，蔣琬被任命為朝廷祕書局局長（尚書令），同時兼益州刺史，又代行總都護一職。都護類似於監軍，總都護相當

於全國軍隊的總監軍。大概考慮到蔣琬只是一介幕僚出身，在軍中毫無建樹，不宜貿然成為全軍統帥，所以沒有直接任命他為全國武裝部隊總司令（大將軍），但後主同時授蔣琬「假節」，讓總都護有了類似於大將軍的職權。

蔣琬集軍政大權於一身了，跟諸葛亮比也只差一個丞相的名義。

這樣的安排符合諸葛亮臨終前的遺囑，大家都沒有什麼意見，但有個人卻憤憤不平，這就是楊儀。

楊儀是個很有才幹的人，所以深得諸葛亮的賞識，凡是諸葛亮交代的事，楊儀不僅幹得很好而且很利索（不稽思慮，斯須便了），諸葛亮十分倚重他，讓他當了丞相府祕書長（丞相長史）。

但此人是出了名的臭脾氣，不僅與魏延不和，之前跟劉巴等人也鬧過很深的矛盾。有能力卻不會團結人，這樣的人不合適負責全面工作，所以諸葛亮生前祕密指定蔣琬做接班人。

提起蔣琬，楊儀更不服氣了，關羽留守荊州期間，楊儀當過關羽的人事處處長（功曹），後到成都在劉備的左將軍府裏當處長（兵部掾），而同時期蔣琬只是一名縣長（廣都長），還因為幹得不好差點兒被劉備砍頭。

劉備在漢中稱王時，劉巴任漢中王府祕書局局長（尚書令），楊儀是祕書局的一名處長（尚書），蔣琬則是一名科長（祕書郎），楊儀連頂頭上司劉巴都看不上，當然不會正眼去瞧蔣琬，在楊儀心裏蔣琬一直是他的下級。

但蔣琬進步得更快，而且顯然更深得諸葛亮的器重，北伐開始後丞相府一分為二，漢中、成都各有一個，諸葛亮讓蔣琬擔任成都留守祕書長（留府長史），讓楊儀來漢中，二人雖然都是諸葛亮的祕書長，但論重要性顯然楊儀比不了蔣琬。

回到成都，蔣琬以諸葛亮繼承者的身份總攬朝政，而楊儀卻被「掛」了起來。

丞相不在了，丞相府也就解散了，楊儀唯一的正式職務是丞相府祕書長（丞相長史），現在被自動解除了。

蔣琬給楊儀安排了一項新的工作：中軍師。

從名號上看，這個職務相當於中軍參謀長一類的角色，但中軍在哪裏楊儀恐怕並不知道，他也沒有下屬，整天閒着（無所統領，從容而已），因此這是一個不知所云的職務。

楊儀當然很不滿，不僅把不滿之情表露無遺，而且一天到晚恨得心顫肝疼（怨憤形於聲色，歎吒之音發於五內）。

楊儀仗着資格老，發牢騷、說怪話也從不避人，一般人都不敢應和他，只有費禕常來勸勸他。

有一天，楊儀越說越激動，說了過頭的話：「丞相去世時我如果舉兵聯合魏延的話，怎麼會落魄到今天這般光景呢？想想真是追悔莫及！」

這是大逆不道之言，儘管是在氣頭上說的，但也得上報。

費禕把這些話上報給後主，後主於是廢楊儀為平民，指定其遷往漢嘉郡居住。

經過這個打擊，按理說楊儀應該有所反省，但他更不服了，上書後主表達不滿，言辭更加激切。後主一生氣，命郡裏將其收捕下獄。

其實，也許只是嚇唬嚇唬他，挫挫他的性子，但楊儀一生高傲剛烈，哪能受此大辱，結果就在獄中自殺了。


## 孫權大為緊張

諸葛亮去世的消息傳到孫吳，孫權感到很緊張。

為配合諸葛亮此次北伐，孫權指揮三路人馬攻擊曹魏，來勢很兇

猛，但最後都無果而終。

在這三路人馬中，攻擊合肥的這一路由孫權親自帶隊，對外號稱十萬人，兵力最強，算起來這是孫權第四次帶隊來攻合肥了。

曹魏負責東線戰場的征東將軍滿寵組織人馬拚死抵抗，戰鬥進行得很激烈，滿寵組織了一支數十人的敢死隊（募壯士數十人），用松枝紮成火炬，又在上面澆上麻油，在順風口放火，燒燬了吳軍的攻城器具。

亂戰中，孫權的姪子孫泰被射死，他的父親孫匡是孫權的親弟弟。這時吳軍中又流行疾病，不少士卒病倒了，孫權又聽說魏明帝親率大軍來援，於是下令撤退。

孫韶率領的另一路是配合攻擊合肥的，同時撤退。

孫權的三路大軍中，只有荊州方向還在繼續，陸遜和諸葛瑾指揮吳軍向襄陽一帶的魏軍發起進攻，其間陸遜派身邊一個叫韓扁的人去給孫權報告軍情，但韓扁在路上被魏軍巡邏隊生擒了，情報落入魏軍手裏。

諸葛瑾一聽相當緊張，趕緊去找陸遜商量對策，見陸遜倒挺輕鬆，還像平時一樣跟屬下下棋、射戲，又催促大家繼續在佔領區種蔓菁、豆子（方催人種荸豆，與諸將弈棋射戲如常）。

諸葛瑾不敢隨便亂說話，等其他人退去，陸遜對他說：「現在敵人肯定已知道主公那邊退兵了，因而沒有什麼顧慮，必然會全力向我們進攻（賊知大駕以旋，無所復戚，得專力於吾）。現在的情況已經很嚴峻，各要害之處恐怕已被敵人佔據，只有巧施計謀才能安全撤退，如果直接撤退的話，敵人知道我們露怯，必會全力相攻，到那時就是必敗之勢。」

陸遜和諸葛瑾密謀，由諸葛瑾率領船隊做好撤退準備，陸遜親自率一部人馬在陸上集結，仍然向襄陽發起攻擊。魏軍聽說陸遜親自前

來，緊張地收縮進城，等待對方來攻城。

利用這個間隙，陸遜和諸葛瑾指揮吳軍迅速撤退了。

攻擊曹魏未果，蜀漢那邊諸葛亮又突然去世了，孫權確實很擔心，他不怕魏軍趁機向孫吳發起進攻，他擔心的是曹魏會不會藉此機會把蜀漢給滅了（慮魏或承衰取蜀）。

考慮到這些，孫權馬上命陸遜、諸葛瑾向蜀吳邊界地區的巴丘增兵，以防不測。與此同時，孫權也接到報告，蜀漢方面也在向他們控制下的白帝城等地增兵。

孫權現在做了兩手準備：如果蜀漢能頂住曹魏的進攻，他就去救援；如果蜀漢頂不住，他就命吳軍攻入蜀地，跟曹魏瓜分蜀漢（一欲以為救援，二欲以事分割也）。

過了一陣，孫權發現曹魏那邊沒有大舉進攻蜀漢的打算，司馬懿也退回到長安，這才鬆了口氣。

蜀漢建興十三年（235 年）四月，後主下詔正式擢升蔣琬為全國武裝部隊總司令（大將軍），同時分管朝廷祕書局的工作（錄尚書事），朝廷祕書局局長（尚書令）一職由費禕接任。

諸葛亮是孫劉聯盟的締造者和堅定維護者，他的去世對孫劉聯盟無疑是個重大打擊，諸葛亮的繼任者蔣琬對孫劉聯盟的態度如何？值不值得信任？孫權對此還沒有太大把握。

蔣琬大概也考慮到孫吳方面的擔憂，於是主動派右中郎將宗預去建業拜見孫權。宗預也算是老資格了，他做過諸葛亮的辦公室主任（丞相主簿）。

到了建業，孫權開門見山地問宗預：「東國和西國就像一家人（東之與西，譬猶一家），但聽說西國增加白帝城的守軍，不知是什麼原因。」

這個問題不好回答，宗預是這麼答的：「我認為東國增加巴丘守軍，西國增加白帝城的守軍，都是當前事態下的自然之舉，都沒有什麼可問的。」

孫權聽完大笑，認為他回答得很誠懇，這次出使進一步鞏固了雙方的聯盟關係，消除了彼此的疑慮和誤解，宗預在建業期間受到孫吳方面的盛情款待。

不久，孫權派侍中是儀回訪，是儀長期在孫權身邊掌管機要，所擔任的侍中一職位同九卿，地位很高，按說派個級別低一些的官員去更合適，但他是蔣琬的姨兄，所以又是最合適的人選。

經過一段時間的往來，吳蜀之間的關係繼續得到了鞏固，因為諸葛亮去世而引發的不安情緒逐步得到了化解。

## 遼東出了狀況

諸葛亮去世後蜀軍撤退，魏明帝下詔不讓司馬懿乘勝追擊，是因為遼東確實出了狀況。

幾十年來，遼東地區名義上歸服於中原王朝，但始終處於獨立狀態，早在曹操時代，就曾以漢獻帝的名義拜公孫康為左將軍，兼任遼東郡太守，公孫康接受這個稱號，但遼東的大小事務都由他說了算。

魏文帝曹丕黃初二年（221 年）公孫康得病死了。公孫康有兩個兒子，分別是公孫晃和公孫淵，他們都年幼，於是由公孫康的弟弟公孫恭繼任，曹丕拜公孫恭為曹魏的全國武裝部隊副總司令（車騎將軍），假節，封平郭侯。

公孫恭身體不好，具體來說可能是生殖方面的問題，由於身體很弱而無法管事（病陰消為閹人，劣弱不能治國），他在位七年，到了魏明帝曹叡繼位後的太和二年（228 年），公孫淵已長大成人，這個公

孫淵有祖父公孫度的氣勢，是一個強人，他脅迫叔父公孫恭退位，成為公孫氏家族中第四位也是最後一位「遼東王」。

魏明帝曹叡下詔拜公孫淵為揚烈將軍、遼東郡太守，承襲爵位。

天下形勢已經變了，曹魏政權逐漸穩固，天下三分已定，對於背後躺着的這隻猛虎，曹魏有識之士紛紛建言予以鏟除或顛覆。

可公孫淵生性不安分，沒等這邊動手，他卻頻頻有了小動作。


從公孫氏幾代人，到陶謙、張楊、張繡、張燕、張魯等，他們都曾經是極具分量的割據軍閥，但最後直接或間接被曹操及其子孫所滅。

但他們的命運是不同的，在強大的對手面前，他們有兩條路可供選擇：順從，或者反抗。從人的本性講，他們都不願意屈服，不願意將自己的命運交由別人來掌握，但面對客觀現實，他們中的一部分人選擇了妥協。

還有像張繡那樣，開始反抗，繼而妥協，復又反抗，最終選擇了順從，一樣得到了善終。

還有「漢中王」張魯，也是幾代人經營一隅，成就了獨立王國，曹操率大軍討伐，知道靠自己的勢力已難以阻擋，於是在稍做抵抗之後便歸順了，子孫被封侯。

當然，像陶謙和公孫瓚這樣老一輩的軍閥，歷史沒有給他們太多的可選項，他們只有抗爭到底，最後也算是雖敗猶榮吧。

所以，對於那些割據者來說，戰略判斷很關鍵，如何選擇很重要，因為這不是自己一個人或者一個家族的事，自己的選擇往往決定了一方百姓得到的是戰爭還是平安。

現在，這個艱難的命題擺到了公孫淵的面前，比那些前輩更有優勢的是，他可以總結和分析前輩們的經驗和教訓，從中找出自己應該走的路。

但是，這不代表他一定能找到最合適的路。

公孫淵是強人、猛人，也是一個很兇的人。

公孫淵的性格裏承繼着祖父的血性，這一點與他的父親有很大不同。當年袁氏兄弟跑到遼東，公孫康很理性地解決了他們，換來了遼東的和平。這件事換成公孫淵，結果就不好說了。

公孫淵掌權後，執行的也是遠交近攻的戰略，但此時曹魏已近在眼前，他的想法是，自己面前曹魏的勢力一天天壯大，把別的棘手問題一一解決之後，對遼東動手是遲早的事。與其坐等被動捱打，不如積極作為，通過與曹魏的對手結盟，對敵人形成戰略上的牽制，挫敗敵人的野心，或者至少遲滯敵人吞併的企圖。

曹魏最大的敵人無疑是江東的孫權和益州的蜀漢，他們已分別另立了朝廷。蜀漢不僅太遠，而且無路可通，與江東雖然中間隔着曹魏，但從海路可以直達，公孫淵於是決定與孫權結盟。

公孫淵派遣校尉宿舒、郎中令孫綜等帶上厚禮南通孫權，上表願意臣服。

孫權沒想到還有這樣的好事，於是欣然接受。

為表示慶賀，孫權特意下詔大赦。孫權準備封公孫淵為燕王，加九錫，派太常卿張彌、執金吾許晏和將軍賀達率領一支上萬人的船隊去遼東，宣佈對公孫淵的任命。

孫權這邊熱血沸騰，但孫吳的大臣們卻反應冷淡，自丞相顧雍以下，群臣幾乎一致反對這麼做，他們都認為公孫淵此人反覆無常，信譽很差，對他不能太輕信，更不能過於厚待。群臣建議，即使接受公孫淵稱臣，頂多派個低級官員和少數人馬就可以了，沒有必要這麼隆重，但孫權仍堅持己見。

這件事成了孫吳上下爭論的熱點。不僅在建業，孫吳在各地的許多重要官員也都參與了討論，他們紛紛建議孫權慎重處理遼東問題。遠在交州的虞翻也聽到了，虞翻之前因得罪孫權被流放到了交州，他也認為這件事不靠譜，想上書勸諫又有點兒害怕（欲諫不敢），不說又不甘心，於是寫了封信，請負責交州事務的呂岱替他轉呈。

賦閒在家的輔吳將軍張昭也跑來勸諫，張昭認為公孫淵稱臣只是權宜之計，這種事最不可靠，按照公孫淵的性格，說不定哪一天又會輕易倒向曹魏一邊，到那時派去的使者都回不來，將被天下恥笑（兩使不反，不亦取笑於天下乎）。孫權還是不聽，反而想盡辦法去說服張昭，張昭也更加堅持自己的觀點（權與相反覆，昭意彌切）。

誰都說服不了誰，孫權急了，手握刀柄，生氣地說：「吳國士人入宮拜我，出宮就拜先生，我敬先生，已經到了極限，但你多次在公開場合頂撞我（而數於眾中折孤），我真怕做出不願意做的事！」

張昭愣住了，望了望孫權（昭熟視權），最後說：「臣雖然知道有些話陛下不會採納，但我仍然竭盡忠心，不敢不說，這是因為太后臨終前呼老臣於牀前，吩咐我輔佐陛下的那些話猶在耳邊啊！」

張昭一邊說一邊涕泗橫流，這讓孫權也大受感動，把刀扔在地上，與張昭對泣，但哭歸哭，孫權仍然一意孤行。


就這樣，孫權派張彌、許晏等人出發了，這兩位「部長級」的特使率領着一支船隊由海路前往遼東，隨行攜帶着大量賞賜給公孫淵的金銀財寶和江東特產，還有冊封公孫淵的詔書以及各項九錫用具，之前介紹過九錫的具體內容，又是車馬、儀仗，又是衣服用具，僅這一套東西估摸着就得裝好幾船。

但到了遼東，果然與張昭預言的一樣，公孫淵反悔了。

聯絡孫權的想法大概是公孫淵一時衝動下做出的，看到孫吳把場

面做得這麼大，又要封他為燕王，公孫淵有些害怕了。冷靜下來想了想，公孫淵覺得孫吳路途遙遠，無法作為依託（恐權遠不可恃），還是跟着曹魏更安全。

結果，公孫淵把張彌、許晏等人殺了，把首級送往洛陽，上表魏明帝報告此事，當然得隱去派人聯絡孫權的這一段，把自己包裝成拒絕孫權拉攏、堅定站在曹魏一邊的形象。魏明帝接到報告後很高興，派傅容、聶夔為使者，拜公孫淵為大司馬，晉封為樂浪公，持節，仍兼任遼東郡太守。

公孫淵的這一手玩得真不錯，孫權的禮物全單收下，魏明帝這邊加官晉爵，如果事情就此了結，這筆買賣就賺大了。然而事情無法了結，因為孫權肯定不幹。

消息傳回建業，孫權如五雷轟頂，咆哮道：「我活了 60 歲，人間的艱難困苦全都嚐過（朕年六十，世事難易，靡所不嘗），現在居然被鼠輩玩弄，要把人氣死！不把這個鼠輩的頭砍下來扔到海裏，就沒臉君臨萬國。即使把國家搞亡了，我也要幹（就令顛沛，不以為恨）！」


## 公孫淵放手一搏

盛怒之下，孫權做出一個讓人吃驚的決定：他要親征遼東！

孫吳群臣都來相勸，但誰都勸不住。

遠在武昌的陸遜聽了大吃一驚，趕緊上表勸諫：「陛下有神武之姿，承天受命，開創基業，破曹操於烏林，敗劉備於夷陵，擒關羽於荊州。這三個人都是當世雄傑，陛下皆摧其鋒。眼下正要掃蕩中原，統一天下，卻不能忍耐小小的氣憤而發霆之怒。陛下乘船跨海遠征，敵人定會抓住這個機會。臣聽說立志行萬里路的人不會中途停步，胸懷四海的人不會因細小的事危害大局（行萬里者不中道而輟

足,圖四海者不懷細以害大)。如果大事告捷,公孫淵不討自服,何必為了遼東的人口馬匹而對江東萬世基業毫不珍惜呢?」

朝廷副祕書長(尚書僕射)薛綜在上疏裏寫道:「水火無情,十分危險,帝王不宜接受(水火之險至危,非帝王所宜涉也)。遼東是一個蠻荒小國,如果陛下決心攻打,一定能把它征服,但遼東地方貧苦寒冷,那裏的人都擅長騎馬,聽說大軍來到,將一哄而散,到時候佔了一塊空地,毫無意義(雖獲空地,守之無益)。」

陸遜的弟弟陸瑁時任尚書台選曹尚書,向孫權上疏道:「曹魏是與我們土地相接的強敵,稍有疏忽,他們就會抓住,所以現在不應該越海求馬,征討公孫淵,應該把重點放在眼前,除腹心之疾。公孫淵老奸巨猾,跟曹魏沒有完全決裂,他們可以脣齒相依,而我們孤立無助,短時間無法把他消滅,到那時山越趁機起事,恐怕不是萬安之策啊!」

勸了不少,但孫權怒氣難消,都不許。

眾人接着勸,陸瑁又上疏道:「現在元兇未滅,邊境上不斷傳來敵情(今兇桀未殄,疆場猶警),不應當把公孫淵作為優先考慮對象。願陛下息怒,暫時停止出兵,然後祕密策劃,等條件成熟再做打算。」

在眾人不懈的努力下,孫權終於冷靜下來,取消了親征遼東的計劃。


公孫淵戲弄了孫權,讓孫權覺得很沒面子。當初眾人幾乎一致反對,是他力排眾議,卻得到了這樣的結果,孫權的憤怒當然無以復加。

不過,憤怒之後,他還是冷靜了下來,正如大家說的那樣,如果此時發兵遼東,勝算沒有多少,可能會引來大禍,所以他還是忍住了。

使者被殺,派去的一萬人馬,以及大量賞賜給公孫淵的金銀財寶都被公孫淵吞沒。公孫淵把這一萬人拆散,分置於各地。

秦旦、張群、杜德、黃強等60餘人被安置在玄菟郡,這裏地廣人

稀，郡治所在地僅有太守王贊統轄的 200 戶人家，秦旦等人被分配住到民家。

過了數十天，秦旦跟張群等人商議道：「我們遠在異邦，無法完成使命，被拋棄於此地，跟死沒有區別。看這裏的形勢，敵人的自衛能力很弱，如果我們同心協力，放火焚燒城郭，擊斬太守，報仇雪恥，然後一死，再無遺恨，總比苟且偷生好得多。」

張群等人同意，於是祕定於八月十九日夜間暴動。

到了八月十九日中午，郡民張松告密，太守王贊集結部隊關閉城門，秦旦、張群等人翻越城牆逃走。張群膝蓋生瘡，不能跟上，杜德仍不拋棄他，攙着他一起逃亡。

山路崎嶇，他們一共跑了 600 多里，張群傷勢加重，不能再走，躺到草地上，大家圍着他痛哭。

張群對大家說：「我不幸身負重創，馬上就會死，你們快逃，希望活着回去。空守在這裏，一齊死於窮山惡水中，有什麼益處？」

杜德不同意，他說：「我們離家萬里，要活一齊活，要死一齊死，怎能忍心拋棄你？」

杜德催秦旦等人先走，自己單獨留下守着張群，每天採野果給他吃。秦旦等人又走了幾天，到達高句麗國的首都丸都，即今吉林省集安市。

秦旦隨機應變，假稱奉東吳皇帝孫權詔書，特來賞賜高句麗國王高位宮和大臣，只是所有賞賜的金銀財寶都被遼東劫奪。

高位宮很高興，派使節隨秦旦一起去接張群，又派 25 名奴僕送秦旦等從海上回江東，上書孫權願意臣服（奉表稱臣），進貢貂皮 1000件，鶡雞皮十件。

秦旦等人晉見孫權，悲喜交集，不能自制，孫權被他們的智勇感動，全部擢升為高級軍官（校尉）。

這件事對孫權打擊很大，事後他進行了反思，又認真看了看群臣

之前的勸諫奏章，當看到虞翻的奏章時，孫權感慨地說：「古時趙簡子在君王面前唯唯諾諾，不如周舍直言諍諫更有利於國家（**昔趙簡子稱諸君之唯唯，不如周舍之諤諤**）。虞翻胸懷坦蕩、耿直，喜歡直言，是我們吳國的周舍。如果虞翻還在，就不會出現這樣的問題。」

孫權下令到交州，如果虞翻還在就派船把他接回，如果虞翻已經去世就為他發喪，讓他的兒子承襲官職。命令到達交州時虞翻剛剛去世，享年 70 歲。


在另一邊，公孫淵與孫權翻臉後立即上表魏明帝，報告此事。

魏明帝當然挺高興，派傅容、聶夔為使者前往遼東，拜公孫淵為大司馬，封樂浪公，持節，領郡如故。

傅容、聶夔事跡不詳，在曹魏公卿表裏查不到他們的名字，想來只是中級官員。本來這是一趟輕鬆的差事，給人家送官帽去了，肯定好吃好喝，臨走送點兒土特產什麼的，但這趟差事最終辦得卻不怎麼樣。

傅容、聶夔到達遼東後被公孫淵安排在學館住宿。公孫淵本應立即前來受拜，卻遲遲不見動靜。

公孫淵真會玩，但玩過了頭就要招禍。

孫權收拾不了他，不意味着就能高枕無憂了。傅容和聶夔奉命出使，又送官又送爵，本應被好吃好喝招待，但這二位也跟孫吳使者一樣，差點回不去。到了遼東，他們被安排在學館裏，一連幾天沒見公孫淵來受拜，情況十分異常。

原來，遼東郡的計吏剛好這時從洛陽回來，他了解洛陽的情況，向公孫淵報告說這些使者都勇力超群，不是一般人（**使皆擇勇力者，非凡人也**）。

計吏還報告說，曹魏使團中有個叫左駿伯的人更是十分了得。言

下之意是，魏明帝派這些人來明為加官授爵，其實是來執行「斬首行動」的，公孫淵向來就多疑，聽完大怒。

公孫淵派了步兵和騎兵把學館重重包圍，之後才進去受拜，完事之後又對二位使臣惡言惡語一番（數對國中賓客出惡言）。傅容、聶夔受此大辱，回去後就向魏明帝告了狀。

魏明帝也生氣了，本來他是向着公孫淵的，多少人勸他解決公孫淵，他都沒聽，公孫淵卻不領情。魏明帝與公孫淵不是盟友而是君臣，他派去的人哪怕職務再低也都是上差，如同他本人親臨，公孫淵羞辱使臣就是打他的臉。

魏明帝下定決心，馬上發兵收拾公孫淵這小子。

公孫淵是否錯聽了計吏之言而招來兵災的呢？這個還真不好說。

長久以來，曹魏有識之士多次進言解決遼東問題，遼東始終是曹魏的心腹大患。但是，限於曹魏面對的整個外部局勢，一直以來其用兵的重點是南面、西面而不是北面，所以在北面採取的是守勢。

不是不想解決，而是時機不成熟。加上遼東與江東結盟，事情就更不好辦了。

幸運的是，「二東之盟」尚未成形即被公孫淵無情葬送，遼東失去有力的外援並與江東結仇，可以不再忌憚其戰略上的互動。所以，藉着受封之機搞點小動作也不是不可能。

既然此計不成，那就只好來硬的了，在這種情況下，魏明帝決定發兵。

此時，曹魏主力由司馬懿率領在西線戰場與蜀漢對壘，無法分身。另一部分主力防範南線戰場的孫吳，也無法抽調，擔任攻擊遼東任務的是幽州刺史毌丘儉所部。

毌丘儉字仲恭，河東郡聞喜人，他的父親是曹魏原武威太守、將

作大匠、高陽鄉侯毌丘興。毌丘興死後，毌丘儉襲父爵，擔任過平原侯文學。魏明帝繼位，毌丘儉擔任尚書郎，後升為羽林監、洛陽典農校尉，很受賞識。

毌丘儉後來被提拔為荊州刺史。孫權三路大軍攻魏，毌丘儉率兵直接抵抗陸遜、諸葛瑾，結果吳軍敗退，算是打了個大勝仗，魏明帝發現毌丘儉是個軍事人才，更加委以重任，決定討伐遼東後，魏明帝把毌丘儉調往幽州，仍任刺史，但加了度遼將軍的頭銜，同時兼任北部邊疆防衛司令（護烏桓校尉），把北方的軍政大權都交給了他，臨事可決斷（持節）。

毌丘儉立即整頓幽州一帶的魏軍，於曹魏青龍四年（236年）率大軍直撲遼東，前鋒進至襄平，幽州以北各少數民族部落首領，包括右北平烏桓單于寇婁敦、遼西烏桓都督串眾王護留以及當年追隨袁尚逃到遼東的殘部合計約5000人都紛紛來降，毌丘儉請求魏明帝封其中的各級渠帥共20多人為侯，並賞賜輿馬繒彩等物。

對毌丘儉來說開局相當不錯，如果此戰徹底解決了遼東問題，毌丘儉無疑將在魏軍中一躍而起，在宿將紛紛凋零的情況下，他將成為無可辯駁的新一代接班人。

但是，平遼東這樣的大事絕非輕易可以做到，一個只有不到兩年「軍齡」的人，既不熟悉軍務，又缺乏足夠威望，控制軍隊的能力本就大打折扣，加上立功心切，輕軍冒進，失敗也就難免了。

公孫淵發兵與魏軍戰於遼隧，魏軍作戰不利，這時天又下起了大雨，一連下了十幾天，遼水大漲，魏軍長途奔襲，輕裝而來，面對洪水一籌莫展，只好撤回右北平。

公孫淵想，既然已經幹了，乾脆就大幹一場。他於是挾勢自立為燕王，置百官如魏朝廷，同時遣使持節，封拜北方各族，命令他們襲擾曹魏。

一向沉寂的曹魏北線戰場，此時形勢瞬間高度緊張起來。

# 都是「演技派」

此時，遠在長安的司馬懿聽到洛陽傳來的消息，說司徒董昭去世了。還是這一年，到了冬天，又傳來消息，司空陳群也去世了。

過了年，魏明帝下令改元為景初，任命朝廷祕書局局長（尚書令）陳矯為司徒，朝廷祕書局副局長（尚書台左僕射）衛臻為司空，任命司馬懿為太尉。與陳矯和衛臻相比，司馬懿的資歷更老，隨着舊臣的紛紛離去，司馬懿熬成了老資格。

此時正是毌丘儉新敗，魏明帝本欲集大兵再伐遼東，以雪大恥，但無奈這一年夏秋之際，北方的冀、兗、徐、豫四州又鬧了水災，連日淫雨，人員死傷和財產損失都很嚴重（沒溺殺人，漂失財產）。

災情之下，社會上又傳出流言，說魏明帝自繼位以來大興宮室，這才引來了災害（妨害農戰，觸情恣欲），這些話傳到魏明帝的耳朵裏，弄得他心情很糟糕。魏明帝下詔遣侍御史巡查災區，統計人員和財產損失，開官倉賑救。

這一年就這樣過去了，讓公孫淵多逍遙了一年。


曹魏景初二年（238 年）正月，魏明帝下詔命司馬懿由長安返回洛陽，商討伐遼東之事。

諸葛亮死後，司馬懿的聲望達到了頂點，這恰是魏明帝所忌諱的。

如果能找到第二個理想的統帥，魏明帝絕不會再徵調司馬懿，但放眼天下，要解決公孫淵估計只有司馬懿了，權衡起來，還是消滅公孫淵更重要。

司馬懿不敢怠慢，即刻回到洛陽。

在御前會議上，司馬懿提出此番征戰遼東至少需要四萬人馬，其他大臣認為遼東偏遠，四萬兵馬後勤補給太困難，有點太多了。

還有人引當年武帝曹操北征烏桓，最後只率 5000 名精騎突入白狼山，也取得了大勝，可見兵不貴多而貴精，對於長途遠征更是如此。

司馬懿聽了肯定會想：你們要麼不懂兵法，要麼就是存心不良，烏桓是什麼實力，公孫淵現在又是什麼實力？烏桓一打就跑，遼東的公孫氏紮根在那裏幾十年了，有可比性嗎？

司馬懿發表自己的意見：「此去遼東有 4000 里之遙，從兵法而言，已無靠出奇制勝的可能，只能靠實力，四萬人馬不能再少！」

魏明帝基本同意了司馬懿的建議，他問司馬懿：「公孫淵若聽說太尉來征，會採取什麼戰略對付太尉？」

司馬懿想了想，回答說：「我要是公孫淵就棄城逃走，這是上計；盤踞在遼東以拒大軍，這是中計；坐守襄平而困守，是下計，必然被擒。」

魏明帝繼續問道：「那公孫淵估計會採取哪一計呢？」

司馬懿回答說：「若能審時度勢，考慮彼我實際，從而有所捨棄，這是高明的做法，但公孫淵做不到。他會想我們長途而來，地勢孤遠，後勤補給困難，加上此前新勝，所以會有僥倖心理，臣料想他會先拒遼水，再守襄平，即自尋下策。」

司馬懿這麼一說，魏明帝心裏有些底了，他又問：「太尉此番往還需要多少天？」

司馬懿算了算，回答道：「去 100 天，攻城 100 天，回師 100 天，再加上 60 天為休息日，算下來大概一年吧！」


魏明帝於是下詔，命司馬懿率領四萬人馬征討遼東。

出發前，散騎常侍何曾提議，此次出征遼東有 4000 多里，為確保萬無一失，不如派一位有能力有威望又忠誠可靠的重臣做司馬太尉的

副手（選大臣名將咸重宿著者為太尉之副佐），萬一有不測的事發生，不致群龍無首。

何曾也是曹魏的「官二代」，他的父親是前太傅何夔，這番意思可做兩種解讀：一是這種超遠距離的作戰的確有所準備，萬一主帥身亡，大軍遠在數千里之外，很容易陷入群龍無首的境地；二是司馬懿以太尉的身份手握重兵，犯了所謂「五大不在邊」之忌，為了制衡，也應該派人在他身邊看着，以防作亂。

魏明帝何嘗沒這麼想過，但他知道這樣一來容易招致司馬懿的不滿和牴觸。畢竟現在征討公孫淵才是頭等大事，所以不僅沒接受何曾的建議，還把他從身邊調離，出任河內郡太守，算是懲戒。

當然，魏明帝這是在演戲，是故意給司馬懿看的。


正月還沒有過完，征遼大軍就出發了。

魏明帝親自送行，車駕一直送到了洛陽西明門。考慮到大軍此去剛好路過司馬懿的老家河內郡溫縣，魏明帝特意讓朝廷祕書局副局長（尚書台右僕射）司馬孚和皇帝高級顧問（散騎常侍）司馬師代表自己把司馬懿再送到溫縣。

司馬孚是司馬懿的弟弟，「司馬八達」中的老三，司馬師是司馬懿的長子，已經 30 歲了，剛剛被任命為散騎常侍。對於這項細緻的安排司馬懿還是挺感動的，自從年輕時離開家鄉到曹丞相身邊任職，屈指算來也 30 年了。

司馬懿到了溫縣老家，河內郡太守、本郡典農校尉率地方各級官員集體前來拜見，他們是接到天子的詔書專程前來的，帶來了天子所賜的穀帛牛酒。司馬懿於是在附近一個叫虢公台的地方設宴招待鄉鄰和故舊，宴會整整持續了一天（見父老故舊，宴飲累日）。

司馬懿是個內斂的人，喜怒較少外流，不是性情中人，但是重返

故鄉，見到了這麼多昔日的親朋故友，也讓他心潮起伏，在宴會上不禁詩興大發，平時很少作詩的他臨場吟出一首詩來：

> 天地開闢，日月重光。
> 遭逢際會，奉辭遐方。
> 將掃逋穢，還過故鄉。
> 蕭清萬里，總齊八荒。
> 告成歸老，待罪舞陽。

這首詩被後世冠名為《譙飲詩》，詩中說我大魏自宏業開創以來，太陽和月亮彷彿重新煥發出燦爛的光芒，天子命我率正義之師討伐遠方的敵人，在率領大軍掃除惡人的途中我回到了故鄉。我要鏟除萬里疆域中的敵人，統一四面八方。大功告成之後，我將待罪於舞陽。

今河南省中南部有舞陽縣，屬漯河市，魏明帝繼位後司馬懿被封為舞陽侯，按照這個意思去理解，就是待我平定遼東後就退休回到封地去養老，言下之意，即使再建平遼的功勳，不要天子再加官晉爵了，守着一個舞陽侯就心滿意足了。

但還有一種解釋，有人認為此處的舞陽不是舞陽縣而是舞陽村，該村屬溫縣孝敬里，司馬懿是這個村裏的人，如果按照這個意思去理解，那就是連封地爵位都不要了，直接回故鄉養老。不過，關於司馬懿的祖籍史書只提到孝敬里，沒有提到舞陽村。

無論哪一種理解，也都是功成名就、掛印回鄉的意思，「待罪」雖是自謙，但退休卻是真的。司馬懿通過這首詩向魏明帝做了一次表白，這次征伐遼東將是他的最後一戰，事成之後他將主動淡出軍界和政界。司馬懿知道肯定會有人把這首詩一字不落地傳遞給魏明帝，他也知道魏明帝看過之後一定會露出欣慰的笑容。

司馬懿也是一名「演技派」大師，幹這事都不用事先打草稿。

# 又下了一場大雨

辭別故鄉，司馬懿一行加快行軍，很快追上大隊人馬。

進入幽州地界後大軍亦未做停息，經孤竹，越碣石，於當年六月到達遼水。

此時的公孫淵並未成驚弓之鳥，也未作鳥獸散。自從打敗了毌丘儉，公孫淵覺得曹魏也沒什麼可怕的，也許魏軍在別處戰鬥力很強，但到了遼東，一律不好使，勞師遠征，道路、後勤補給、氣候、疾病……哪一項都是在幫自己而不是幫敵人，所以，再強大的對手到了這裏戰鬥力也要打折扣。

從當時的大勢來判斷，公孫淵更覺得自己可以高枕無憂。曹魏最主要的敵人依然是江東和蜀漢，在這兩個對手沒有解決掉之前，把主攻方向放到遼東來，是一樁很不划算的生意。

應該說，公孫淵的判斷是有一定道理的，但前提是在這種大勢之下自己沒有出錯。公孫淵本不是曹魏頭號敵人，但他自己通過努力已經坐在了頭號敵人的位置上。

在當前這種形勢下，擁有可靠的盟友對於生存也十分重要，這一點孫吳明白，蜀漢也懂得，所以儘管他們兩家也曾打得水深火熱，但一冷靜下來，又立刻站在一起。這個道理公孫淵偏偏不明白，他輕而易舉地失去了孫權這個盟友。

公孫淵此時已自立為燕王，還自己取了個「紹漢」的年號。關於這件事，史書記載並不多，只是說公孫淵「自立，稱紹漢元年」，這個年號總共用了 13 個月。

不過，當公孫淵聽說此次遠征遼東的是司馬懿，心裏還是有了些緊張。他聽說過司馬懿非同一般，孟達是他殺的，就連諸葛亮那樣的牛人都死在了他的面前。公孫淵一想，還得跟孫吳結盟。

公孫淵於是取消了自立的朝廷，再次向孫吳稱臣，乞求孫權發兵北伐來救自己。

公孫淵的使者到了江東，大家一致認為：拉出去砍了！

只有一個叫羊道的人站出來，一番話救了使者的命：「殺了他們是匹夫之怒，而非霸王之計也。不如因勢利導，答應公孫淵，遣奇兵祕密前往助之。若司馬懿伐公孫淵不克，而我軍遠赴助戰，是恩結遐夷，義蓋萬里；若公孫淵與司馬懿打得難解難分，首尾不得相顧，那我們就趁機奪其傍郡，以報昔日之仇。」

孫權認為有理，於是派兵前往助戰。

孫權對公孫淵派來的使者說：「請你們大王固守待援，我一定按照信中所講出兵，一定跟公孫老弟有福同享、有禍同當（**必與弟同休戚，共存亡**），即使殞命於中原，也在所不惜！」

這是打氣的話，也是客套話，不能當真。

不過，孫權還是說了一句大實話，讓使者帶給公孫淵：「司馬懿向來沒打過敗仗，我真為老弟感到擔心啊（**司馬懿所向無前，深為吾弟憂也**）！」

對於孫吳會不會援救遼東，曹魏內部也有爭論，多數人認為不會，即便孫吳有所行動，也是做做樣子給公孫淵看，一旦公孫淵無法攻克，好讓公孫淵向孫吳臣服，如果公孫淵被攻克，孫吳只會袖手旁觀。

其實孫權決定出兵倒是真的。他確實有兩手打算，如果公孫淵能挺過這一關，就把他拉過來，結成反魏同盟；如果公孫淵挺不住，那也不會毫無收穫，可以趁機搶奪其人員物資（**虜其傍郡，驅略而歸**），也算報了仇。

孫權派往遼東的將領就是羊道，同去的還有將軍鄭胄和孫怡，走

的是海上。史書裏查不到督軍使者這個官職，似乎是個臨時性職務，有點像軍事特派員，地位應該不算太高，史書裏也沒有羊道的傳記。鄭胄和孫怡的事跡也不太清楚，說明孫權此次向遼東用兵的規模應該不太大。

遼東這邊，公孫淵已派大將卑衍、楊祚等率步騎數萬屯兵於遼隧，造圍塹20餘里，擺出決戰架勢。

眾將提議出擊，司馬懿說：「敵人所以圍塹而守，就是想跟我們在此決戰，現在發起攻擊，正中其計。敵人主力在此，其後方必然空虛，眼下可直取襄平，必破之。」

襄平即今遼寧省遼陽市，公孫淵所置平州和遼東郡的治所，是公孫淵的大本營。欲取襄平，渡過遼水後應向北攻擊。

司馬懿為了不過早暴露戰略意圖，命人多帶旗幟，擺出一個渡河後向南進攻的架勢，卑衍等上當，把主力放在了南面。

司馬懿率軍偷偷渡過遼水，與敵營相逼。

司馬懿下令沉舟焚樑，棄賊而向襄平方向攻擊而去。

魏軍眾將不解：「敵人就在面前，消滅其有生力量眼下正是機會，為何不攻呢？」

司馬懿對他們解釋說：「敵人堅營高壘，攻之正中其計，當年王邑不攻昆陽正是此理。古人曰『敵雖高壘，不得不與我戰者，攻其所必救也』。我們現在不管這些當面之敵，只管直驅襄平，敵人懷懼，懼而必求戰，必破之。」

果然，卑衍等率主力尾隨而至。

司馬懿對眾將說：「所以不攻他們的營壘，要的就是這個，現在機不可失！」

魏軍全線出擊，兩軍戰於首山，這場大戰由司馬懿親自指揮，大

破卑衍。

接下來雙方又戰，魏軍三戰三捷，卑衍退保襄平。

司馬懿指揮大軍，把襄平圍了起來。

這時已是七月，進入遼東地區的雨季，連日大雨，平地積水數尺，給魏軍帶來了大麻煩。

有人提出移營，司馬懿不許，下令敢有再言者立斬。

都督令史張靜犯令進言，司馬懿將其斬首。

遼東的將士常居此地，已習慣發大水，又有舟船，所以時不時出城，有的打獵，有的還照樣放牧（樵牧自若），眾將提議攻擊這些出城的敵人，司馬懿仍然不許。

有一個叫陳圭的團長（司馬）說：「昔日攻上庸，八部並進，晝夜不息，所以能在半個月時間裏拔堅城、斬孟達。如今道路更遠，但來了以後攻勢卻更安緩，屬下實在困惑不解。」

陳圭的想法很有代表性，於是司馬懿召集眾將向大家解釋道：

「孟達手下人馬不多，但備下的糧食夠吃一年，當時我們的將士四倍於孟達但存糧不足一個月，以一月圖一年，怎能不速戰速決？而且當時是以四擊一，勝算在握，所以不計死傷，實際是在與存糧賽跑。如今賊眾我寡，賊飢我飽，情況完全相反，不過遇到點雨水罷了，攻守之勢不會改變。

「其實，自京師出發以來，我不擔心敵人來攻，只擔心他們棄城而逃。在敵人糧草殆盡之時，掠其牛馬、抄其樵牧，這是故意要驅趕他們讓他們逃。兵者，詭道，應因事而變。趁着敵人以雨水而自恃、雖飢困卻未至絕境之時，應減少攻勢以安撫他們。」

聽後，有人心中稍解，也有人仍將信將疑。

在洛陽，聽到大軍在遼東遇雨的消息，有不少人跑到魏明帝那

裏，認為雨水暫時無法退去，此役已無全勝的可能，建議魏明帝下詔讓大軍還師。

魏明帝一概不允：「司馬公臨危制變，不日必能生擒公孫淵！」

# 司馬懿平定遼東

這時，雨停了。

司馬懿下令對襄平實施合圍，起土山地道、楯櫓鈎橦，各種攻城的辦法都使上，發起猛攻。

戰鬥中，矢石如雨下，魏軍各位高級將領親自督戰，士卒人人效命，展開晝夜攻城。

就在這時，城裏的遼軍目睹了一次奇特的天文現象。有一顆白色流星，自襄平城西南向東北方向劃去，最後墜於梁水。城中軍民認為此是大凶之兆，深為震懾，士氣大傷。

公孫淵大懼，派自己任命的相國王建以及所謂的「御史大夫」柳甫出城乞降。

司馬懿的回答很乾脆：不許！

司馬懿下令將王建等人斬首。

公孫淵不死心，又派「侍中」衞演等人前來乞降。

司馬懿對衞演說：「現在有五種可能：能戰就戰，不能戰就守，不能守就走，以上是三種，其他兩種是降與死，公孫淵不肯把自己綁了親自來求降，到底想選哪一種呢？」

公孫淵知道遇上硬茬了，他原來還幻想來一場假投降，只要能躲過眼前這一劫怎麼樣都行，待魏軍一撤，他又能在遼東東山再起，現在看來司馬懿已識破了他的心思，絲毫不給自己留後路。

公孫淵無奈，只得冒死突圍，這正是司馬懿希望的。他下令縱兵

追擊，追至梁水把公孫淵擊殺。有史書附會說，殺公孫淵的具體地點就是那顆白色流星墜落的地方。

司馬懿指揮魏軍隨後攻入襄平城，之後展開了一場大屠殺。

有的史書說，司馬懿下令把公孫淵偽朝廷裏任職的所有公卿百官全部誅殺，各級官員以及軍隊裏的將領被殺的有 2000 多人，還有一部史書甚至記載說，城中 15 歲以上的男子都被殺掉了，前後多達 7000 餘人（男子年十五已上七千餘人皆殺之）。

人殺得實在太多，首級集中在一起堆成了一座小山，稱為「京觀」。

公孫淵的叔叔公孫恭仍在世，當初公孫淵把他囚禁起來，奪走了他的權位，司馬懿命人把公孫恭釋放。

公孫淵還有個哥哥叫公孫晃，以人質的身份待在洛陽，公孫晃多次上書魏明帝說公孫淵會造反，請朝廷出兵討伐。公孫淵敗亡後魏明帝不忍將公孫晃斬於市中，下令在獄中把他殺了，廷尉高柔負責審理此案，上疏為公孫晃求情，魏明帝不允，遣使者帶上金屑到獄中，命公孫晃及其妻子、兒子飲下自殺，之後賜他們棺衣殮葬。

魏明帝大概也明白公孫晃跟公孫淵不是一路人，因無罪自然不當死，但為了徹底消除公孫氏在遼東的影響，不得不斬草除根。至於公孫恭，他身體有殘疾，又缺乏治國的能力，因而保住了一條命。

鏟除完公孫氏的勢力，遼東郡以及公孫淵原控制的附近其他各郡國重新納入曹魏版圖，仍歸幽州刺史部管轄。

幽州刺史毌丘儉也參加了此次戰役，事後因功被晉封為安邑侯，食邑高達 3900 戶，毌丘儉之後繼續坐鎮幽州。

平定遼東一仗，打得很漂亮。

春天出發，夏天趕到，秋天把仗打完。

司馬懿基本履行了對魏明帝所做的承諾，經過一段時間休整，此時已經到了冬天，東北地區的冬天異常寒冷，士兵們帶來的衣服難以禦寒，有人建議再給每人多發一件棉衣（時有兵士寒凍，乞襦），在公孫淵的府庫，這樣的東西多得是。

但是，司馬懿不同意這樣做：「這些是國家的財物，我作為人臣無權私自處置（襦者官物，人臣無私施也）。」

大軍回師之前，司馬懿特意向魏明帝上了一道表，請求讓 60 歲以上的軍人復員回家，共涉及 1000 多人，同時為征戰中死去的士兵發喪。

大軍回師，到薊縣，也就是今北京市附近時，遇到魏明帝派來的勞軍使者，魏明帝下詔增加昆陽縣為司馬懿的封地，加上之前的舞陽縣，司馬懿的封地已經有兩個縣。

當個縣侯已算位極人臣，現在是兩個縣的縣侯，那更是極為榮耀了。此前曹魏封爵外姓最高也就是一個普通縣侯，一人食邑兩個縣，是從司馬懿開始的。

魏明帝仍讓司馬懿回長安鎮守，並且專門交代，可以直接回去，不必再繞道洛陽（便道鎮關中）。

# 第四章 權力的毒藥

## 白屋急詔再託孤

接到魏明帝的詔令，司馬懿調整了行軍方向，直接開赴關中。

司馬懿所率遠征遼東的四萬人馬，大多是關中舊部，離開家鄉整整一年了，能馬上回去，自然人人高興。

大軍行進到了一個叫白屋的地方，這裏距洛陽約 400 里。

白屋，因司馬懿此次路過並短暫停留而出名，但要現在看這個地方的具體位置卻很難說清楚。其實「白屋」一詞在古代文獻中出現的頻率頗高，泛指白色的茅屋一類，因不是高樓大廈，為貧寒之士的居所，所以稱「白屋」。曹操寫的詩裏就有「白屋」一詞，不過那並非指的是具體的地名，而是那些有真才實學的人。

司馬懿停留過的這個白屋，不是一個縣也不是一個鄉，而是一些建有白色房子的地方。在這裏，司馬懿又接連接到了魏明帝的詔書，並且三天之中有五次之多（三日之間，詔書五至）。

最後一份詔書為魏明帝親筆所寫，只有十幾個字：「希望趕緊來，越快越好，到了直接入宮與我相見（間側息望到，到便直排閣入，視吾面）！」

司馬懿看到詔書大吃一驚，因為就在幾天前他做過一個奇怪的夢，在夢中，魏明帝枕在他的膝上，對他說的就是「視吾面」這幾個字，但他突然醒了，醒來後覺得特別不安，但也不知道是何意。

司馬懿想起了那個夢，又看了看詔書，他預感到發生了什麼大事。

最快的戰馬一天一夜可行數百里，司馬懿嫌慢，他調來一種更快的交通工具：追鋒車。這種車子很精巧，往往由多匹戰馬拉着在驛道上奔馳，原是驛站送那些緊急文書或人員使用的。

司馬懿坐着追鋒車，只帶少數護衛，連夜動身，只用一夜時間就跑了 400 多里。

司馬懿來到洛陽，直接進了宮，已有人迎候他，引他入嘉福殿。

司馬懿終於見到了魏明帝，魏明帝躺在御牀之上。分手也才一年時間，司馬懿面前的魏明帝竟已病得不成人樣，見到司馬懿，魏明帝流出了眼淚，司馬懿也淚流滿面。

魏明帝顫抖着拉起司馬懿的手，看着司馬懿說：「我留了一口氣，就在等太尉到來（吾忍死待君）。我有後事相託，得相見，無復恨！」

魏明帝叫來兩個孩子，分別是齊王曹芳和秦王曹詢。

魏明帝指着齊王曹芳對司馬懿說：「我死後此子繼大位，您要看仔細，別弄錯了（君諦視之，勿誤也）！」

魏明帝又教齊王上前，抱着司馬懿的脖子，司馬懿已泣不成聲。

魏明帝曹叡便駕崩了。

魏明帝曹叡死時 35 歲，正值壯年，他是得病而死的，具體病因史書未做記載。

曹叡基本上可以排除死於家族遺傳病史，曹叡的爺爺曹操活了 66 歲，在那個年代雖不算長壽，但也遠遠超過了人的平均年齡。

推測起來，孤獨的性格和長年過大的精神壓力或許是造成他健康惡化的原因。登基之前，由於生母被殺，他不僅失去了母愛，而且也沒有安全感，在四周陰冷漆黑的宮殿裏，包圍在身邊的是絲絲寒意，長期生活在這種氛圍裏，形成了他內向且隱忍的性格。

曹叡被立為太子，某種程度上算是僥倖。

曹叡 22 歲登基，在位 13 年，將近父親在位時間的兩倍。歷史對他的評價還不算差，說他是一個勤奮的皇帝，一個有些作為的皇帝。同時，也是一個不錯的詩人。

曹叡主張以權法治國，明察斷獄，命陳群、劉劭等制《新律》，其他還有《州郡令》《尚書官令》《軍中令》等 180 多項，曹魏法治狀況較以往大為改觀。

曹叡還很重視吏治，能體察下情，同時尊儒重學，摒棄浮華，重實求真。在他統治期間，曹魏政局基本穩定，國力處於不斷上升之中。但是，他又大起宮室，廣蓄後宮，在當時便遭到廣泛詬病。

史書稱曹叡為「一時明主」，認為他具備了成為秦始皇、漢武帝那樣的天賦和歷史機遇，但也批評他缺乏秦皇漢武那樣的雄才大略，把精力放在營造宮館這樣的小事上，格調差了一大截，浪費了歷史賦予他的機遇。

總的來說，曹叡的優點和缺點大概各佔一半。優點是善為軍計、明察斷獄、比較能容人直諫，尤其是不殺諫臣，在古代封建君主中是少見的；最大缺點是奢淫過度。


按照一般的觀點，曹叡還有一個嚴重的失誤，那就是繼承人和輔政大臣都沒有選好，這間接地斷送了曹魏的基業。

魏明帝曹叡與漢成帝劉驁有點相似：身邊美女如雲，卻最終沒有親生兒子繼承帝位。

曹叡有過三個兒子，但都早早地死了：長子清河王曹冏，死於黃初七年（226 年）；次子繁陽王曹穆，死於太和三年（229 年）；三子安平哀王曹殷，死於太和六年（232 年）。

也就是說，到曹叡臨終前，他的身邊沒有一個親生兒子。以往朝

代遇到這種情況，一般會在本宗族內擇賢長之人繼正統，首選的是叔父一輩或者祖父的後嗣輩，按照這個條件，曹氏家族目前至少有不少人符合要求，如曹據、曹宇、曹林、曹峻、曹幹、曹彪、曹徽、曹茂等人。

但是，由於太和二年（228 年）曾經發生過風傳迎立曹植的事件，深為曹叡所憚，次年他即下《禁外藩入嗣復顧私親詔》，明確能繼承「大宗」的必須是「支子」，叔父一輩不在其中（王後無嗣，擇建支子以繼大統）。

這份詔書下達時曹叡僅 24 歲，但他對這個很在意，下令寫在金策上，並保存於宗廟之中，還記錄在皇家的檔案裏（書之金策，藏之宗廟，著於令典）。

叔父們不行，同輩人也有的是，其中有他同父異母的兄弟曹霖，叔父曹植的兒子曹志、曹彰的兒子曹楷、曹據的兒子曹琮等，但曹叡絲毫沒有讓他們繼承帝位的想法。

曹叡最後選擇的是養子曹芳，當時僅八歲。

怎麼想的，不知道。

總之，怎麼看這都是個不靠譜的選擇。

曹芳字蘭卿，只知道他是曹魏宗室，比曹叡晚一輩，至於他的父親是誰，大家都不知道（宮省事祕，莫有知其所由來者）。看來曹家人喜歡在子嗣問題上搞點神祕，當初曹叡被搞得神神祕祕的，長到很大了還沒有接觸過外人。

有一部史書猜測，說他可能是曹楷的兒子，而曹楷是曹彰的兒子。

曹叡共收了兩個養子，還有一個叫曹詢，似乎是曹芳的「備份」，曹叡的兒子一個都沒有活下來，收個養子也得弄兩個備着，實在有點怕了。

一個八歲的孩子當然無法領導伐蜀滅吳的大業，也無法掌控曹魏內部門閥林立的政局，曹叡如果連這個都想不到那就是腦子進水了。

所以，曹叡為曹芳安排了一個他認為最可靠的輔政班底。

就在曹叡去世前一個多月，他的健康狀況已經迅速惡化。他感到來日無多，趕緊宣佈立曹芳為太子，同時拜曹宇為全國武裝部隊總司令（**大將軍**），讓他與領軍將軍夏侯獻、武衛將軍曹爽、屯騎校尉曹肇、驍騎將軍秦朗等人共同輔政。

這裏面沒有一個外姓人，包括剛剛在遼東立下赫赫功勛的太尉司馬懿。這五個人都有軍職，不是曹家的人就是夏侯氏後代，唯一的外姓人秦朗也是曹操的養子。

曹宇的輩分很高，因為他是曹操的兒子，他的母親是環夫人，他與傳奇少年曹沖是同父同母的兄弟。曹宇生性謙和，但能力平平。曹叡平時與這位叔父關係最好，感情最深，所以臨終之前讓他領銜輔政班底，其角色就是攝政王。但客觀地說，曹宇不具備當攝政王的才幹、膽識，更沒有那麼大的氣場。

剩下的四個人中，最活躍的是夏侯獻和曹爽。

夏侯獻的來歷不太清楚，史書上只說他是曹操的族人，與夏侯淵、夏侯惇沒有直接親屬關係。領軍將軍是要職，掌握着禁軍，能擔任這個職位，似乎說明他也有一定背景。

曹爽字昭伯，是已故大司馬曹真的長子，從小以宗室身份出入宮中，為人謹慎持重。曹叡當太子時便與他交情甚好，曹叡繼位後任命其為散騎常侍，後升至城門校尉、武衛將軍。

司馬懿回師的路上接到魏明帝詔書，讓他直接回長安鎮守。這道詔書就是在夏侯獻、曹爽等人的鼓搗下，由曹宇以魏明帝名義所下的。此時曹叡已病得很重，無力過問政事了。

按他們幾個人的想法，魏明帝駕崩之後少帝一時難以理政，天下

大事皆出於他們這幾個人。前朝舊臣紛紛辭世，除司馬懿外，其他人都無法構成對他們權力的挑戰和威脅。

至於司馬懿，因為所建功業實在太多又太大，一時不好動他，只能先把他供起來，慢慢奪其兵權，到那時，天下就盡在他們這幾個人的掌握之中了。

當然他們也明白，真有那麼一天的話，也會產生新的問題：他們五個人之中誰又說了算？對於這個傳統命題，他們還來不及思考，到那時再說也不晚吧。

說白了，這是一群小人物，只是權力的玩家，缺乏起碼的政治理想，即使歷史給了他們機會，也甭指望他們能振興曹魏的江山社稷，只不過是另一番弄權、專權直至在權力鬥爭中謝幕罷了。

他們想得很好，但橫路裏又殺出來兩個人，攪了他們設好的局。

## 兩個祕書顯神通

對於突然進入輔政大臣的行列，夏侯獻和曹肇等人沒想到這麼好的事落到自己頭上。

作為曹魏權貴一族，雖然他們不愁吃穿甚至榮華富貴，但權力的誘惑是任何人都無法阻擋的。論能力和功業，他們實在很平平，但又都有不安分的心。如今，大權即將在握，躊躇滿志自不必說。

驟然登上權力巔峰的人，除非長久以來處心積慮，早已做足了思想準備，否則便容易張狂起來，夏侯獻、曹肇等人自不例外。

一天，他們在宮裏碰到了兩個人，一看到他們，夏侯獻和曹肇就有點憤憤不平。

遠處有一隻雞棲於樹上，夏侯獻故意對曹肇說：「你看那幾隻雞，牠們還能蹦躂到哪一天（此亦久矣，其能復幾）？」

說就說吧，你說雞就盯着雞說，他卻瞟着那兩個人。

夏侯獻說話的聲音還挺大，唯恐那兩個人聽不見。

這兩個人確實聽見了，大懼。

這兩個人是誰，為何引起夏侯獻、曹肇等人如此忌恨？

這兩個人可不是一般的人物，他們就是在魏明帝身邊執掌中樞機要的重臣劉放和孫資。

曹操在世時，劉放和孫資擔任祕書郎，這是一個協助曹操處理公文機要的官職，品秩雖然不高，但非常重要。曹丕繼位後，劉放和孫資還是祕書的角色，但職務已上升到祕書左右丞，不久劉放又升任祕書令。曹丕改祕書省為中書省，劉放是首任中書監，孫資任中書令，相當於中書監的一、二把手。

曹丕改祕書為中書是一項重要政治改革，目的是進一步集權，劉放和孫資的地位進一步變得顯要。曹叡繼位後，劉放和孫資更加被重用，成為他的左右手，日常政務和軍事實際上都由他們二人掌管，魏明帝對他們言聽計從，中書省成為曹魏權力最大的機構，其他各部門一聽「中書」之名，都奉行而不敢違背。

老臣蔣濟看不慣，曾上書魏明帝，認為中書省權力太重，每日侍奉皇帝左右，應加以提防，避免出現「惡吏專權」之弊，但魏明帝不聽。

魏明帝下詔，加劉放和孫資散騎常侍，劉放進爵鄉侯，孫資晉爵亭侯，二人沒有任何軍功，單靠一支筆桿子就得到食邑封賞，這在以前是無法想像的事。

司馬懿平定遼東後，劉放和孫資以「參謀之功」又同時晉爵，封本縣，劉放為方城侯，孫資為中都侯，都是縣侯。

在夏侯獻和曹肇看來，這兩個只會寫寫文章的人，卻各封縣侯，

實權和封邑遠在他們之上，心中既忌妒又怨恨。

夏侯獻和曹肇的談論讓劉放和孫資深感震動。

他們知道，這些權貴子弟一旦上台掌權，他們會是什麼下場。

20 年來，他們之所以能執掌中樞，不是他們有多大能耐和實力背景，只不過背後有文帝和明帝撐腰罷了。齊王曹芳只是一個八歲的孩子，不是他們可以棲身的大樹，為了保住身家性命，他們必須有所行動。

恰在此時來了機會，魏明帝任命曹宇為全國武裝部隊總司令（大將軍）的詔書下達後，曹宇上疏謙辭推讓。

其實，這就是謙虛一下，無外乎說自己才疏學淺、天資不足、資歷平平等，待天子駁回之後再上任，不至於落閒話。

但是，不知道是曹宇的奏疏寫得過於真誠，還是曹宇那些謙虛的話本來就是實情，他真的不足以擔當大將軍這樣的重任，總之，魏明帝看完曹宇的奏疏，竟然猶豫起來。

就是這片刻的猶豫，讓劉放和孫資抓住了機會，他們立即進宮面見魏明帝。

魏明帝見劉放和孫資進來，順便問了句：「燕王到底怎麼樣？」

劉放和孫資知道這可能是最後的機會了，於是趕緊回答：「燕王不是謙遜，而是知道自己能力確實不行，所以推讓。」

魏明帝聽完有些發愁了：「燕王不行，那誰能擔此重任？」

對於這個問題劉放和孫資早已商量好了，本來想找機會主動向魏明帝進言，不想魏明帝卻主動問他們。

他們異口同聲地回答：「劭陵侯堪當此任！」

劭陵侯就是曹爽，也是五人輔政團隊的成員。劉放和孫資推薦曹爽，原因只有一個：曹爽是這五個人裏最笨最蠢的一個。

魏明帝於是詔曹爽來見，曹爽聽說讓他當首席輔政大臣，這家伙一點思想準備都沒有，嚇壞了，一時汗流滿面，不知所措。

劉放偷偷踩了他一腳，耳語道：「臣以死奉社稷！」

曹爽趕緊跪下說：「臣以死奉社稷！」

曹爽一走，劉放和孫資又勸魏明帝讓曹爽和司馬懿共同輔政，原因是曹爽畢竟資歷有限，有司馬懿相助，政權方可穩定。

這麼大的事，魏明帝居然當場同意了。


將後世託付給曹爽，這是一個敗筆，不過大家並不覺得驚訝，畢竟曹爽是宗室出身。

但對於後一項提議，也就是增加司馬懿為輔政大臣，後世論者多覺得不可思議。長期以來，魏明帝對司馬懿既重用又防範，用是無可奈何地用，防卻是實實在在地防，怎麼會突然放鬆警惕了呢？

也許，這是因為天不祐曹魏，文帝、明帝以來，曹洪、曹仁、曹真、曹休以及張遼、張郃等高級將領紛紛辭世，司馬懿成為碩果僅存的深具軍功與威望的統帥，他文武兼備，收孟達、拒諸葛亮、平遼東，哪一項單獨拿出來都可謂不世之功。

魏明帝始終面臨着一道難題：不用司馬懿用誰？

同時，魏明帝似乎也找不出來說得過去的理由去貶低司馬懿。司馬懿功勞雖然很大，但他始終沒有居功自傲的行為，甚至沒有流露出來任何不滿，讓幹什麼就幹什麼，沒讓幹的事連打聽都不會去打聽。讓幹的事，再難幹也想辦法幹好。對於這樣的下屬，就是給他個小鞋穿穿，都實在想不出辦法。

對司馬懿的態度，魏明帝常常處於猶豫不定之中，之前他曾就此與孫資進行過一次長談。

那次談話中，魏明帝問孫資：「我年齡稍長些，又歷觀書傳，有一

些想法。為圖江山社稷萬年之計，不如使宗親廣居要職，尤其是任兵之權。今射聲校尉空缺，誰可堪此重任？」

射聲校尉是北軍五營之一，統率的是弓箭兵。

孫資回答說：

「陛下思深慮遠，誠非愚臣所及。書傳所載，都是前人至理之言。以前，假使漢高祖沒有陳平、周勃這樣的人相輔佐，他何以能安劉氏天下？文皇帝當年召曹真回來輔政，親自召臣辦理此事，及至文皇帝晏駕，陛下即登大位。

「當時，曹休也有內外之望，使他們各守其職。以此來看，親臣貴戚，雖應當據勢握兵，也應該分出輕重。如果宗室諸侯典兵，力均勢平，寵齊愛等，那他們會互相不服。

「今五營所領之兵，常不過數百，選授校尉這樣的事好辦，陛下不必為此思慮，對於那些重要職務，應該認真考慮，選出像陳平、周勃、霍光、馬日磾等那樣的人，不必多，有一兩個就行。」

魏明帝聽完，又問道：「你說得不錯，那麼今日在我們曹魏，像陳平、周勃、霍光、馬日磾那樣的人，有誰呢？」

孫資直言不諱地說：「陳平當年初事漢祖，有人誹謗他有受金盜嫂之罪。周勃開始時吹簫是他的特長，事高祖時也未知名。漢高祖注意觀察他們的言行，然後才決定交付給他們大事。霍光任給事中20多年，小心謹慎，才受到親信。馬日磾本是夷狄，因為質直，才被擢用，即使那樣，左右還有人譏曰『妄得一胡兒而重貴』。

「陳平、周勃、霍光雖建大功，但也難免受小人之讒，上官桀、桑弘羊與霍光爭權，幾成禍亂。從這些事可以看出，要做事確實不易，這是為臣之難。不僅如此，還要為陛下所親，為陛下所信，這樣的人，誠非愚臣所能識別。」

孫資這番話，沒有一句是對魏明帝問話的正面回答，但他的觀點

很明確，選人不易，要求不能太高，真正的人才做不到面面俱到，幹事的人難免會受到誹謗和猜疑，君王不必求全責備，用人不能劃圈子。

孫資的這番話應該說很有針對性，他通篇沒提司馬懿一個字，但處處都是在說他，在孫資的眼裏，不是沒有陳平、周勃、霍光那樣的人才，眼前的司馬懿不就是嗎？關鍵你是怎麼看，又準備怎麼用。

魏明帝改了主意，其他人都還不知道，曹肇的弟弟曹纂任大將軍司馬，他先聽到了一些風聲。

曹纂馬上去見曹宇和曹肇等人，對他們說：「聽說皇上正在猶豫不定，你們為何都出來而不在宮裏？趕緊回去！」

但此時天已經黑了，他們到了宮門，劉放和孫資已宣詔宮門守衛，任何人不得進入。

曹肇等人天亮了又去，還不得進。

曹肇平時膽小怕事，他越想越害怕，竟然自己跑到延尉那裏請罪。

你其實也沒幹啥事，沒有犯罪，沒有造反，請的什麼罪？

也只有這點兒出息！

夏侯獻倒是見到了魏明帝，魏明帝對他說：「我已經定了，你出去吧。」

夏侯獻無奈，只得流涕而出。

其實魏明帝的內心也經過了激烈的思想鬥爭，甚至中途又改變過主意。用曹爽還是曹宇輔政他沒有太多意見，但讓不讓司馬懿共同輔政，他內心裏鬥爭了很久。

論軍功、資歷，司馬懿都當之無愧。為了曹氏三代江山，司馬懿不說鞠躬盡瘁、忠心耿耿，至少也是勤勤懇懇、兢兢業業。但是，司馬懿深不可測，不僅執掌重兵，而且威望極高，一旦有二心，曹爽哪裏是對手？

病榻上的魏明帝傳出詔令，停止先前所議。

劉放和孫資聞聽，趕緊再見魏明帝，力主維持原議。

事情就是那麼神奇，魏明帝居然又同意了。

這是決定曹魏命運的一刻，竟然如此兒戲！大概魏明帝久病在牀，一時清醒，一時糊塗，加上長年以來對劉放和孫資二人形成了慣性依賴，此時也想不了那麼多了。

劉放和孫資趁熱打鐵，以防再次生變，於是建議魏明帝立即下詔。

魏明帝對他們說：「我現在疲乏至極，回來再寫吧。」

長期擔任祕書的人，性格往往沉穩有餘而勇毅不足，尤其在重大時刻到來時容易猶豫不決。但劉放的舉動證明了他不是一般的祕書，他是祕書中的極品。

劉放上前就抓住了魏明帝的手，「幫助」魏明帝勉強寫下了詔書，二人立即出宮當眾公佈。

二人還假傳詔書（大言），對外稱：「詔令免除燕王曹宇等人的官職，不得再進入宮省之中。」

在任何朝代，假傳聖旨都是滅九族的大罪，但劉放、孫資知道魏明帝的生命已在飛快地倒計時，沒有人有機會去核實真偽了。

就這樣，曹宇、曹肇、夏侯獻等人被罷了官，像過山車一樣從天上墜落到地下，而他們竟然不知道如何反擊，一個個只有含淚離開。


## 皇帝的禁衛軍


魏明帝景初三年（239 年），八歲的太子曹芳繼位，由於他死時未得帝王廟號，所以史書稱其為少帝，或稱為齊王。

少帝曹芳下詔尊魏明帝的郭皇后為皇太后，稱永寧宮，追封郭太后的父親郭滿為西都定侯，封郭太后的母親杜氏為郃陽君。

少帝曹芳同時下詔給曹爽和司馬懿加侍中銜，假節鉞，均以都督中外諸軍、錄尚書事的身份共同輔政。

這個安排，很有特色。

曹爽論本職是全國武裝部隊總司令（**大將軍**），司馬懿論本職是太尉。從職務上說，大將軍位在三公之上，比司馬懿的地位稍高。但是，早在九年前司馬懿就已經擔任過大將軍，算是曹爽的前任。

大將軍和太尉都屬外朝官，按制度不能隨意出入宮省，因而要加侍中。都督中外諸軍是統率全國武裝部隊，錄尚書事是兼管尚書台的事務，即處理朝廷的日常工作。

也就是說，曹爽和司馬懿二人分攬了內外朝大權以及軍政大權。但是，對二人的安排竟然一樣，這在歷史上絕無僅有。

更有特色的還有，齊王同時詔令曹爽與司馬懿「各統兵三千，更直殿中」。

明帝讓曹爽和司馬懿「共同輔政」，並沒有說他們二人誰主誰次，他們都是全國武裝部隊總司令兼行政院院長，權力一樣大，遇到意見不統一的時候誰來裁判和調解？明帝沒有交代。

一般來說，在這種情況下有兩個人出面最合適：一個是天子，一個是太后。但天子只有八歲，還是個未成年人，大人的事管不了。郭太后倒是很有見地，也很有威望，但曹爽不想讓她過多參與，因為這個女人做事太有主見。

為了表明大家共同輔政，所以宮中禁軍也分別由二人掌管。

這是明帝臨終前的安排，還是曹爽主動提出來的？抑或司馬懿與曹爽鬥爭來的結果？現在不好說了，應該說，能做出這樣的安排，可以說是煞費苦心。

對於「各統兵三千，更直殿中」，有人理解為曹爽和司馬懿各自率領3000名禁衛軍，隔一天由一方輪流守值於宮中。如果這樣理解，

那就錯了。

後宮不算小，但可供居住的面積並不大，3000 人都住進去首先不可能，而一天換防一次就更不可能，那非亂套不可。

魏承漢制，在後宮禁衛制度方面有嚴格規範。

根據制度，宮中的禁衛工作主要由光祿勛負責，光祿勛是九卿之一，由太尉分管。

三公分管九卿這是漢朝舊制，太尉、司徒、司空為三公，太常、光祿勛、衛尉、太僕、廷尉、大鴻臚、宗正、大司農、少府為九卿。九卿是帝國中央政府的各部，在正常情況下，九卿由三公來分管：太尉分管太常、光祿勛、衛尉三卿，司徒分管太僕、廷尉、大鴻臚三卿，司空分管宗正、大司農、少府三卿。

光祿勛，應劭解釋是：「光者，明也。祿者，爵也。勛者，功也。」其職掌如秦代的郎中令，負責宮殿門戶的宿衛，也負責掌管宮廷部分雜務。到了東漢，光祿勛下面編制了七大部門，稱為七署，即五官中郎將、左中郎將、右中郎將、虎賁中郎將、羽林中郎將，還有羽林左監、羽林右監，全部都是武官，正常情況下編制約 3000 人。除此之外，還有謁者、光祿大夫等文職官員，名義上也歸光祿勛管，但有更大的自主性。所以，光祿勛在九卿中是一個重要的部門，因為它掌管着御林軍。

但是，負責首都安全保衛工作的不僅有光祿勛，還有北軍、城門校尉、衛尉、執金吾等，他們的職責有所不同。北軍駐紮在城外，下面編制為五營，不是五個營，而是五個軍種，五營滿編情況下有 4150 人左右；城門校尉負責守衛城門、城牆，編制約為 2000 人；執金吾、衛尉負責城牆以內、宮城之外，編制分別為 750 人和 2700 人左右；光祿勛負責宮城之內、省禁之外，編制已如上述。

洛陽有南、北二宮，規模宏大，基本上佔了城內三分之二的面積。天子在這裏辦公、接見大臣、舉辦重要儀式，還有一些辦事機關如尚書台、國家檔案館、國家圖書館等也設在宮裏，同時後宮的女眷們也生活居住在這裏。男男女女，進進出出，不方便管理，於是宮裏又設了一道崗，劃出「省」來，省內是天子和女眷們的生活區，男人們不得入內，有資格進入的官職前面要加侍中。

總的來說，京師的守衛部隊分屬各個部門掌握，正常情況下編制在 12000 人至 15000 人之間。這些都是帝國的精銳之師，其中防衛位置越靠裏面說明越要害。這些力量，在天子強勢時由天子掌握，宦官當道時由宦官掌握，權臣用事時由權臣掌握。安全保衛工作的這種分工佈局，好處是可以充分制衡，避免所有武裝部隊由一個部門掌握所帶來的危險。

但缺點是各部門之間不好銜接，信息不暢，無法充分配合，當突發事件來臨，往往不知所措，這就給政變分子以可乘之機。東漢末年，宮廷政變頻頻發生，而且成功率很高，與這種防衛機制有關係。

為了改變禁衛軍職責分散的狀況，曹操在丞相府下設中領軍、中護軍二職，其職責是統掌禁軍、主持武官選拔、監督管制諸武將，蜀、吳二國隨後也予以借鑒。中領軍地位稍高，中護軍為其助手。由於其可以典選下級武將，很容易形成忠於自己的軍事勢力，所以此職多由絕對信任的託孤重臣擔當，如孫吳的周瑜、蜀漢的李嚴都曾擔任中護軍之職。

除了上面這些武裝部隊，地方力量也不容忽視。在東漢的行政體系中，洛陽令是非常特殊的一個職務，雖然它只是個縣級領導的編制，品秩才千石，但是當許多重大事件發生時，總會有它的身影。作為地方行政首長，洛陽令手裏掌握着地方治安力量。洛陽令的上級河南尹，河南尹的上級司隸校尉等，雖是政務官，卻也在左右政局方面

有不容小視的能力。

司馬懿身為太尉，按名義直接分管光祿勳和衛尉，掌握着禁衛後宮的主要力量。當然，這是名義上的，漢末至曹魏，三公越來越成為一種榮譽，如果不加侍中，連宮省都不能隨意出入，如果不加都督諸軍和錄尚書事，日常軍事政務也無法插手。

名義上，北軍和南軍由大將軍執掌，但他們距皇宮較遠，中間隔着好多層，從以前歷次宮廷政變的情況看，左右成敗最關鍵的力量是直接守衛皇宮的虎賁、羽林，待政變的消息傳到北軍五營，那基本上大局已定了。

從以上分析可以推斷，所謂「各統兵三千，更直殿中」，意思是守衛皇宮的虎賁、羽林以及衛尉、執金吾這些人馬總共約 6000 人，曹爽和司馬懿各執掌一半，他們本人則輪流在宮中值守。

這樣，權力就可以得到制衡，誰想鬧事都不容易。

## 司馬懿被架空

曹爽年齡不詳，應該與司馬懿的兒子司馬師不相上下，在司馬懿面前算是年輕後輩。

一個 30 來歲的年輕人，驟然榮登一人之下、萬人之上的大將軍一職，又被封為武安侯，食邑 12000 戶，少帝還特許他「劍履上殿、入朝不趨、贊拜不名」，這些是人臣所能達到的極致，這一切都弄得曹爽有點暈，以為是在做夢。

有的人一朝權在手便把令來行，有的人得志便猖狂。初掌權柄的曹爽，以實際行動向世人展示，他絕不是那樣的人。

輔政初期，曹爽特別注意處理好與司馬懿的關係，他把司馬懿當父輩來看，有事一律登門拜訪，從不敢獨斷專行（**常父事之，每事諮**

訪，不敢專行）。

難道史書記錯了？不是，這是真實的，不是瞎編。

曹爽是曹真之子，曹真有個妹妹嫁給了夏侯尚，後被封為德陽鄉主。夏侯尚即夏侯玄之父，夏侯玄有個姐姐叫夏侯徽，正是司馬師之妻。所以，夏侯徽是曹爽的表妹，司馬師是曹爽的表妹夫，從親戚關係上看，司馬懿確實是曹爽的父輩。

更重要的是，曹爽知道司馬懿的厲害，知道自己幾斤幾兩，所以在共同輔政之初相當低調和規矩，對司馬懿表現出來的是誠心誠意地尊敬。

司馬懿對這個晚輩固然談不上多少好感，但他一貫顧大局、識大體，明帝臨終前灑淚相託，他下決心一定把少帝輔佐好。


如果一直這樣做下去，你敬我讓，大家都相安無事，那該多好。

考慮到司馬懿已經 61 歲了，人生暮年，來日無多，曹爽應該忍耐。

曹爽也明白這些道理，他也想忍，忍到可以出頭的那一天。


但是，人們常說忍是心頭一把刀。

刀，扎在肉裏會疼，扎在心裏更會痛苦萬分。

忍耐需要定力，需要境界，而曹爽偏偏不是忍得下的人，事事都請示，天天都得裝出尊重和客氣，曹爽覺得很不爽。

因為有了權，曹爽跟前很快聚集起一幫人，骨幹分子有六個，他們是何晏、夏侯玄、鄧颺、丁謐、李勝、畢軌，如果加上曹爽自己，可以湊一個「七人幫」。

這些人的名字並不陌生，他們都是魏明帝太和年間的「浮華黨」，他們出身貴族，喜歡聚眾交遊、清談玄理，他們打着學術、清談的旗

幟，其實骨子裏對功名利祿無不趨之若鶩。性格內向的魏明帝對他們極為反感，在政治上對他們加以貶抑，最後乾脆給予罷黜。

經過短暫的失意後，這些人終於找到了知音和依靠，那就是曹爽。

何晏等人首先給予曹爽最大的支持，他們都堅決支持曹爽（**共推戴爽**）。他們這些人雖然被免了官，但說話還很有影響力，通過手裏掌握的輿論權，把一個庸庸碌碌的曹爽硬是塑造成年輕有為的政治領袖。

曹爽自從登上權力的巔峰，最怕的也就兩件事：一是從上面突然跌下來，跌得鼻青臉腫，甚至丟了小命；二是雖然在上面待着，卻被下面的人瞧不起，認為他是一個草包。看到有這麼多弟兄幫襯自己，曹爽心裏充滿了感激，也感到了溫暖。

何晏告訴曹爽，大權不能掌握在別人手裏（**重權不可委於人**），何晏指的別人顯然是司馬懿。曹爽年輕，有些事沒有親身經歷過，何晏以老前輩的身份向他回顧了司馬懿的歷史，提醒曹爽，司馬懿此人絕不簡單，不要看他平時不吭不哈、不怨不怒，那是時機不到，武皇帝對此人看得比較透徹，曾提醒文皇帝對他保持警惕，但司馬懿城府很深，居然騙過了文帝，深得文帝的信任。

其實這些話不用何晏等人說曹爽也很明白，他對司馬懿之前雖然沒有太多的交往和認識，但共同輔政以來他已經領教了此人的深不可測。有功不自傲，不擺老資格，無論什麼事，都不跟你爭，不跟你翻臉，說話做事滴水不漏。

這樣的人你說可怕不可怕？

一個鍋裏吃飯哪有勺子不碰鍋沿的？但司馬懿偏偏不碰，能讓的事讓，不能讓的事也讓，縱然你想吵架也找不到機會。

除了何晏，丁謐也跑來勸曹爽：「司馬公有大志而得眾人之心，他的內心深不可測，不能對他太真誠太尊重了（**不得以誠款待之**），必須加以防備！」

曹爽問丁謐有什麼好辦法，丁謐出了個主意，說可以採取明升暗降的辦法，奏請皇上升司馬懿為大司馬或太傅。

太尉是三公之一，大司馬和太傅卻是上公，平時不常設，唯有地位特別崇高之人可為之。尊司馬懿為大司馬或太傅，一來彰顯對司馬懿的尊崇，二來可以逐步解除其實權。

曹爽認為此計可行，於是讓其弟曹羲出面上表，尊司馬懿為大司馬或太傅。

曹羲隨即上了一份表，先追憶了一大堆父親曹真的事，然後突然轉到司馬懿身上，他用德、爵、齒三項標準評價了司馬懿一番。

所謂「德」就是德行，品德，曹羲認為司馬懿在這方面不錯；「爵是」履歷，是過往的功績，這方面司馬懿更沒的說；「齒」是年齡、資歷，在眾人心中的威信，司馬懿也不必說。

總而言之，從各方面看，司馬懿都堪稱德高望重，非大司馬、太傅這樣的崇高職位不足以與其相稱。

廷議時，除了少帝曹芳外，朝臣們心裏自然都知道是怎麼回事，所以沒有人敢站出來提出異議。

司馬懿雖參加了廷議，但作為當事人不便說話，他不能表示反對，也不能表示接受。

曹爽也不吱聲，他在觀察大家的反應。

見沒有人說話，中領軍蔣濟說：「曹休和曹真此前先後任大司馬，但他們都死於非命，大司馬一職實不吉利。」

曹爽抓過話茬，馬上說：「前輩的意思是否可為太傅？」

大家都不吱聲，曹爽宣佈此議通過。

於是，少帝曹芳命中書監劉放擬詔，詔書說：「昔日吳漢輔佐光武皇帝，有征定四方之功，被拜為大司馬，稱名於今。太尉司馬懿體履

正直，功蓋海內，先帝本想以其前後功勛提升他的職位，只是還沒有來得及施行。現在大將軍曹爽薦太尉為大司馬，既合先帝本旨，又進德尚勛，明賢良、辨等列、順長少。即使像呂望那樣的宗師，也比之不為過。朕甚嘉焉。」

詔書裏沒說司馬懿升任太傅以後是否仍都督中外諸軍以及錄尚書事，有一部史書說司馬懿仍「持節統兵都督諸軍事如故」，但即使是這樣，很重要的「錄尚書事」沒有了，與曹爽分別統領禁軍這一條也沒有了。

這意味着，司馬懿被架空了。

## 統統換上自己人

歷史上無數宮廷鬥爭血的事實證明：誰掌管着刀把子，誰就能攥緊印把子。曹爽儘管沒有多少宮廷鬥爭的經驗，但他對這一條深信不疑。

要把刀把子緊緊地攥在自己手裏而不是對手的手裏，只架空一個司馬懿還遠遠不夠，有幾個重要職位必須牢牢抓住，包括光祿勛，還有統衞禁軍的中領軍、中護軍，以及司隸校尉、洛陽令等。除此之外，尚書令和尚書台也是要害的地方，在這些地方都得安插上自己的人。

現在的禁軍主要由護軍將軍蔣濟掌管，但無緣無故要搬開他，卻不是一件容易的事。

蔣濟曾得到曹操的特別賞識，他擔任過曹操的丞相府辦公室主任（主簿）和人事處副處長（西曹屬），恰巧司馬懿也擔任過類似的職務，除擔任過丞相主簿外，還擔任過東曹屬。西曹和東曹都負責人事方面的工作，只是分工有所不同，因為工作的關係，從那時起蔣濟便與司

馬懿有過較多來往。

蔣濟還曾是曹操身邊的重要謀士，史書把曹操手下的謀士排過一個隊，認為荀彧、荀攸叔姪之下至少還有五位謀士最重要，堪稱「世之奇士」，他們是程昱、郭嘉、董昭、劉曄和蔣濟。

魏文帝繼位後蔣濟出任東中郎將，後來看到蔣濟所作的《萬機論》大為賞識，覺得這樣學問淵博又有思想的人應該留在身邊，以便時常請教，於是改任他為散騎常侍，隨侍左右。

蔣濟這個人，不僅足智多謀，很有才華，而且為人剛直不阿，敢說敢做。司馬懿的親家夏侯尚當時為征南將軍，與魏文帝感情深厚。曹丕曾為夏侯尚下過一道詔書，賦予他生殺予奪之權（作威作福，殺人活人）。如果這不是玩笑之舉，便說明魏文帝做皇帝有失嚴謹。

偏偏夏侯尚是個愛顯擺的人，十分得意，動不動就把這份詔書拿出來炫耀一下，有一次也給蔣濟看，蔣濟很反感。後來蔣濟入宮見到魏文帝，魏文帝問他所見天下風俗教化如何。

蔣濟趁機回答道：「沒看到什麼好風俗，只聽到一些亡國之語。」

魏文帝既驚且急，細問何故。

蔣濟於是說：「《尚書》中明確告誡臣子不得作威作福，『天子無戲言』，給臣子下詔應該十分謹慎，望陛下明察！」

魏文帝一下就明白了怎麼回事，不僅沒生蔣濟的氣，而且立即差人到夏侯尚處要回了那件詔書。

曹仁指揮濡須口之戰時，蔣濟在曹仁軍中輔佐，曹仁冒險進攻沙州，蔣濟反對，但曹仁不聽，結果大敗。此戰後曹仁病逝，蔣濟曾以東中郎將的身份暫領曹仁所部，後被征回朝中任尚書。魏文帝黃初六年（225 年）冬天，曹魏南征孫吳，在廣陵郡數千戰船因河道結冰而停滯不前，危急時刻蔣濟出主意使魏軍主力擺脫了困境。魏明帝太和二年（228 年），孫吳鄱陽郡太守周魴詐降曹休，曹休孤軍深入孫吳，

蔣濟曾予以勸阻，但曹休不聽，結果大敗，曹休不久就病死了。通過這些事，魏明帝看出蔣濟不僅有學問，而且更有軍事才幹，於是任命他為中護軍，後升任護軍將軍，成為禁軍統領。

中護軍掌管武官的選任，所以蔣濟的門前整天都有人爭着向他行賄，而蔣濟在廉潔自律方面做得也比較馬虎，誰送都收。

社會上於是流傳起民謠：

> 欲求牙門，當得千疋；
> 五百人督，得五百疋。

意思是，想當牙門將，必須送給蔣濟 1000 疋帛；即使是百人督這種低級軍官，也要送 500 疋帛。

蔣濟不僅和司馬懿很熟，而且關係很好。一次，司馬懿與蔣濟閒聊，以民謠的事相問。

蔣濟語塞，開玩笑道：「洛陽城裏商品價錢貴，少一錢也買不到（洛中市買，一錢不足則不行）。」

說完，二人相對而笑。

正因為與司馬懿關係密切，曹爽等人更要換蔣濟不可。

但是，蔣濟除了愛收禮之外，也沒有特別嚴重的問題，又是三朝老臣，生性耿直，沒有理由就換也不好。曹爽想來想去，也對他搞了一個明升暗降，升蔣濟為領軍將軍，然後派曹羲和夏侯玄去掌管禁軍，其中曹羲任中領軍，夏侯玄任中護軍，把蔣濟也架空了。

曹爽的弟弟曹羲之前也就是一個平民百姓，因為曹爽輔政的原因剛剛被封了侯。

夏侯玄也就是個文人，充其量當個文教局長，現在把他們都安排進軍隊裏，一上來就是禁衛軍的一把手和二把手。

曹爽還有一個弟弟叫曹訓，被任命為武衛將軍，管理北軍五營。

另一個權力要害部門是中書省，這裏一向由劉放、孫資掌管，由於二人在擁戴自己輔政之事上有功，而他們的政治傾向於己無害，所以曹爽並不為難他們，只是不能讓他們再總攬大權了。

曹爽以天子的名義加劉放為右光祿大夫，孫資為左光祿大夫，這都是榮譽性的職務，往往授予那些地位高、威望重的人，同時授予他們二人享受三公的待遇（儀同三司）。

曹爽等人逐漸把權力向尚書台聚攏，尚書台各位尚書中，尤以管人事的尚書最重要，現任管人事的尚書是盧毓，說起來此人出身也不同凡響，因為他的父親是大名鼎鼎的盧植。

盧植是漢末名臣，在與黃巾軍作戰時是名將，同時也是個大學者，他教出來公孫瓚和劉備兩個著名的學生。盧毓本人跟隨曹操也很早，他最早的職務就是魏國的吏部郎，歷文帝、明帝二朝，一直從事人事工作。

盧毓掌管官員選拔，首先看性格品行，其次是口才和才智，他主張有才能是為了行善，只有才能但不去行善，有才不如無才。他秉持公正，用人唯賢唯德，從不徇私情，所以很有威望。

偏偏他也與司馬懿關係不錯，曹爽等人謀密許久，乾脆再來一次明升暗降，升盧毓為朝廷祕書局副局長（尚書僕射），而任命何晏為尚書，接替盧毓負責官員選拔。

不久，曹爽又把鄧颺和丁謐安排進尚書台擔任尚書，尚書台作為處理朝廷日常政務以及負責文官選任的重要機構，完全被曹爽一夥控制了起來。

曹爽這個「七人幫」裏還有兩位，畢軌和李勝，他們也沒閒着，畢軌原任并州刺史，曹爽改任他為司隸校尉，李勝任洛陽令，後又升為洛陽令的上級河南尹。

就這樣，在很短的時間裏，從地位顯赫的禁衛軍到總攬日常政務

的尚書台，再到管理首都洛陽的各級行政長官，全部換成了曹爽一夥的人。

## 「台中有三狗」

曹爽一夥重點經營尚書台，但尚書台的「一把手」還不是曹爽的人。作為尚書台的主管，尚書令是一個關鍵角色，此時的尚書令叫裴潛。

裴潛是曹操平定荊州時就跟隨的三代老臣，當過河南尹、大司農等，德高望重，清正剛直，擔任尚書令多年，忠於職守，為人正直，對於這個人，曹爽沒有把握完全控制。

正在曹爽等人發愁的時候，裴潛的父親死了。漢代以孝治國，父母故去本人要請假三年回去守喪。

這樣，裴潛就離開尚書台回老家了，按照慣例要立即另選尚書令接替，但曹爽不提這事，他分管尚書台的工作（錄尚書事），尚書令一職相當於由他來兼任了。

除尚書令外，尚書台一般還有副職，有一位時叫尚書僕射，有兩位時稱為尚書右僕射、尚書左僕射。上面說過，盧毓原來任吏部曹尚書，被明升暗降為左僕射。

除盧毓外，此時尚書台還有一位副職，曹爽覺得這個人更不好辦。

這個人是司馬懿的三弟司馬孚，他來尚書台其實已經很久了，從魏明帝繼位時就在此供職。

在整個魏文帝一朝，司馬孚的職位都不高，歷任中書郎、給事常侍、河內郡典農校尉、清河郡太守等。魏明帝繼位不久，想找一些幹臣充實尚書台，有關方面向他推薦了司馬孚，魏明帝那時不認識司馬孚。

魏明帝問左右：「這個司馬孚，有沒有他老哥司馬懿的風采（有兄風否）？」

有人回答說：「跟他老兄很像（似兄）。」

魏明帝於是任命司馬孚為度支曹尚書，度支曹掌管國家財政，度支曹尚書雖然品秩不高，但實際職權相當於財政部部長。

在度支曹尚書任內，司馬孚提出不少建議，例如他建議從冀州徵調 5000 名農夫於關中地區的上邽，秋冬訓練，春夏耕田，鞏固關中防務，有效應對蜀漢的進攻，措施實施後，收到了很好的效果。

司馬孚在度支曹尚書的崗位上幹了十來年，後升任尚書右僕射。

雖然與司馬懿是親兄弟，但司馬孚知道政局的險惡，平時儘量不與哥哥多來往，曹爽控制尚書台後，司馬孚便有意不再管事，只避禍（不視庶事，但正身遠害而已）。


在尚書台裏，還有一位名叫孫禮的尚書。

孫禮字德達，涿郡容城縣人，也是一位三朝老臣，早在曹操平定幽州時便開始追隨左右，先後擔任過司空軍謀掾、河間郡丞、滎陽都尉以及山陽、平原、平昌、琅琊、陽平等郡的太守，是一位有着豐富理政經驗的地方官，明帝時進入尚書台擔任尚書。

孫禮擔任尚書期間，看到魏明帝大建宮室，造成百姓很大負擔，於是上疏勸諫，認為節氣不調、糧食歉收等都與此有關，建議免除百姓勞役。對於孫禮的建議，固執的魏明帝竟然部分採納，下詔遣送一部分參與宮室修建的百姓回去從事農業生產。

當時有個叫李惠的官員做監工，想讓這批百姓再留一天，把工程幹完。孫禮直接跑到工地上，在沒有請示的情況下直接把百姓放走了。魏明帝事後得知，認為孫禮做得對，不予追究。

還有一次，魏明帝到大石山狩獵，遇到一隻老虎，危急關頭，孫

禮二話不說，扔掉馬鞭跳下戰馬，拔劍就去斬殺老虎。事後魏明帝有驚無險，但通過這件事看出孫禮此人的忠心。

這樣的人，曹爽覺得待在尚書台實在彆扭，於是改任他為荊州刺史。

就這樣，上有曹爽，下有何晏、丁謐、鄧颺，完全把持了尚書台，什麼事都說一不二。

何晏擔任吏部曹尚書，他所提拔的都是跟他關係好的（其宿與之有舊者，多被拔擢）。

何晏的妻子金鄉公主是位賢惠的人，她曾對母親說：「何晏整天做壞事，將來何以自保啊（晏為惡日甚，將何保身）？」

她的母親倒沒覺得有什麼，笑道：「你是不是妒忌了（汝得無妒晏邪）！」

丁謐之前擔任的是度支郎中，是尚書台度支曹的屬官，官不大，眼睛卻賊亮。當時曹爽擔任武衛將軍，丁謐覺得曹爽有前途，使勁巴結，又利用接觸魏明帝的機會替曹爽說好話（數為帝稱其可大用）。

丁謐這一寶押對了人，曹爽輔政後，馬上重用丁謐，升他為尚書。

丁謐的為人外似疏略，而內心多忌，在尚書台供職期間，不斷有人彈劾他，大家都討厭他（台中患之），但仗着曹爽撐腰，沒人動得了他。曹爽對他很尊敬，什麼都聽他的（敬之，言無不從）。

鄧颺作為「浮華黨」成員，被罷黜不用。「浮華黨」重新抬頭，沒有忘記鄧颺，先復出為潁川郡太守，還未赴任便被曹爽看中，擔任曹爽的祕書長（大將軍府長史），曹爽欲控制尚書台，又把他派來當尚書。

鄧颺喜歡幹受賄索賄的事（好貨），有一個叫許臧艾的人因結交鄧颺而被授以顯官，許臧艾為答謝鄧颺，居然把他父親的一個妾送與

鄧颺。此事在外面傳開後，京師民謠中就有「以官易婦鄧玄茂」的說法，玄茂是鄧颺的字。

曹爽弄了這三個人到尚書台，算是他看錯了人，因為他們跟曹爽一樣，都成事不足，敗事有餘。他們或圖虛名或貪實利，手握重權卻不幹正事，時間長了百姓自然怨聲載道。

當時京城中流傳着一段民謠：

> 台中有三狗，
>
> 二狗崖柴不可當，
>
> 一狗憑默作疽囊。

這幾句民謠的意思是：尚書台裏臥着三條狗，兩條狗張着大口要咬人，這指的是何晏和鄧颺，意思是說他們無顧忌、沒底線、為人張狂；另外一條狗更壞，是毒瘡中的毒瘡，這指的是丁謐；曹爽的小名叫「默」，這些狗憑藉「默」的支持，沒有任何功勞和本事卻受到了重用，把壞事幹盡幹絕。

權力是毒藥，不僅容易上癮，更會把自己送上絕路，曹爽一夥試圖用奪權的辦法打壓司馬懿，不用司馬懿反擊，他們自己就已經把路走得越來越窄了。

可惜的是，曹爽一夥人根本沒有覺察到。


## 沒事瞎折騰


大權在握，沒有人能向自己的權力發出挑戰，曹爽這夥人越來越無法無天了。

曹爽帶着搞腐敗，平時吃的、用的、穿的都跟皇帝一樣（飲食車服，擬於乘輿），平時他尤其喜歡收藏珍貴玩物，搜刮了很多寶貝。曹

爽擁有很多妻妾，甚至還私自從宮裏帶走了魏明帝的七八個才人做自己的妻妾。在曹爽家裏有一支由將吏、師工、鼓吹、良家子女共 33 人組成的伎樂隊，專供其享樂。

曹爽聽說武皇帝曹操生前的宮人們在歌舞方面水平最高，至今無人能超越，為提高自己家伎樂隊的演奏水平，他還偽造詔書，先後派出了 57 個人去鄴縣「進一步深造」。

有個宦官頭目（黃門）叫張當，千方百計巴結曹爽。後宮裏的才人石英能歌善舞，被曹爽看上了，張當便偷偷地把石英以及其他另外十名才人送出宮，獻給了曹爽。此事儘管做得很隱蔽，但最後還是泄露了消息，知道的人無不瞠目結舌。

曹爽不僅自己享樂，還把何晏等人叫上。為此他們專門營建了一處祕密窟室，擅取太樂樂器和武庫御制兵器進行佈置，內部裝修極其豪奢，曹爽多次與何晏一夥人在其中飲酒作樂。

在曹爽的縱容下，何晏把洛陽、野王原來屬於典農校尉管理的數百頃桑田劃為己有。有什麼官家東西只要被何晏看上都直接往家裏搬。何晏還公開向各州郡索賄，由於他手裏掌握着官員升遷大權，沒有人敢說半個不字。

看到這種情景，曹爽的弟弟曹羲十分憂慮，多次提出勸諫，但曹爽不聽，曹羲還寫了三篇文章陳述因過度驕淫奢侈將導致禍患的道理，言語極為懇切，曹爽看了很不高興。


除了驕奢淫逸，曹爽一夥人還喜歡瞎折騰。

夏侯玄自認為是個有抱負的人，他希望自己能在政治上有所作為，在曹爽的支持下，由夏侯玄牽頭曾進行過一場所謂的改革。

首先，改革九品中正制。兩漢本實行察舉徵辟制，這種主要靠推薦的選人用人制度存在很大弊端，推薦的標準重所謂品德而輕才能，

於是造成了各種形式主義和大量庸才的出現。曹操打破了這樣的人才標準，更重才幹而不拘泥於人品如何，取得了成功。之後魏文帝和魏明帝出於對世家大族的拉攏，又逐漸向兩漢舊有的選人制度回歸，重新推行察舉徵辟制，這就是陳群等人創建的九品中正制。

按照這種選人辦法，尚書台的吏部曹是負責選官的機構，但是各州、郡、縣，以及朝廷各官署有成千上萬的官吏要選用、升降和考核，吏部曹不可能忙得過來，這就要把選人用人的職責進行劃分，尤其是將物色、推薦人才方面放給一定的機構或人員。根據九品中正制的設計，專門負責考察幹部人選的叫「中正」。

中正就是選擇一些「賢有識鑒」的朝廷官員兼任其原籍所在的州、郡、縣的中正官，其職責是發現本州、本郡、本縣範圍內的各類人才，通過德才、門第等定出「品」和「狀」，供吏部曹選官參考。「品」是考察人才的品德、門第等，評定出上上、上中、上下、中上、中中、中下、下上、下中、下下九個等級，等於給後備幹部考察打分。「狀」是中正給被考察人最後做出的評語。這種「幹部選拔」制度不僅有考察，考察也有標準，考察的結果既有量化指標也有定性的結論，這種幹部考察機制應該說是很先進的了。但是，按照家世、道德、才能三者並重的標準判斷人才，很容易走向重門第而輕德才的局面，最後造成「上品無寒門，下品無士族」的社會不公。

夏侯玄認為這種制度有很大弊端，由於選拔環節涉及多個部門，造成了一定混亂（**分敘參錯，各失其要**）。中正官、地方行政長官在選人用人上有很大的話語權，但職責不明，使吏部曹在選官上經常處於被動。夏侯玄提出，要明晰尚書台、地方行政長官、中正官三者之間的關係，使其分工更為明確（**明其分敘，不使相涉**），尤其是在中正官和地方行政長官之間形成制衡，誰都不能說了算。

簡單地說，過去中正官和地方行政長官聯合考察人才，他們通過

商量給吏部曹報來一個「品」和「狀」的考察結論，對於這個考察結果吏部曹沒有不接受的理由。在他們商量的過程中就有可能作弊，而現在通過明晰職責，中正官和地方行政長官各拿出一個考察結果，同時報到吏部曹，由吏部曹綜合這兩份結果再進行考察。也就是說，過去是「面對面」，現在改為「背對背」，通過改革，尚書台吏部曹就把選人用人上的主導權從中正官和地方行政長官手裏抓了回來。

其次，改革行政層級。秦漢實行郡縣制，中央以下為郡，郡以下為縣，兩漢實行分封制，郡一級的封國與郡相當，最多時全國有108個郡國，都由中央直接管理，的確有點管不過來。於是兩漢增設了「州」的設置，開始卻不是行政設置，而是為監察郡縣官員所設，長官為刺史，品秩遠低於郡太守。

漢末時局動盪，州刺史權力越來越大，後來刺史改為州牧，州變成了一級行政機構。夏侯玄認為增加了州這一級，造成了機構重疊、官眾事繁，不僅行政資源浪費，而且容易產生結黨營私、用人唯親等弊端。為此，夏侯玄提出應該精簡機構，減少中間層級，具體來說，就是撤銷郡國這一級建制，由州直接管理縣，他認為如果省去郡太守和國相，縣可以直達州，辦事效率將極大提高（**事不擁隔，官無留滯**），同時還可以節省經費，有利於民。

最後，改革官場繁文縟禮。夏侯玄是個玄學家，玄學主張因循自然、抱樸求真，所以他主張革除官場上的形式主義和繁文縟禮。他認為，文和質是兩個不同的概念，它們像一年之中的四季一樣交替出現，君王應效法上天形成的這種規律治理天下百姓，對當時的弊端加以改變和革新。當時代的風俗過於質樸粗陋，就用禮儀來修補；時代的風尚過於奢侈，就用質樸來補救。大魏王朝承繼百代，有秦漢以來留下的影響，總的看社會風氣有點奢侈，應該大力革新風俗習尚。

具體來說，按當時制度規定三公、列侯以下大將軍以上的官員

可以穿凌錦、羅綺、紈素，佩戴金銀雕刻的裝飾品，而大將軍以下的官員，可以穿多種顏色的衣服，雖然根據上下等級也有一定的差別，但朝廷大臣的衣服服飾可以與皇帝相比，玄、黃兩種顏色老百姓也能穿，如此，想讓市場上不賣華麗色彩的奢侈品，商人不經營那些難以得到的珍寶，工匠不做精細雕刻的工藝品，都是不可能做到的。

夏侯玄提出大臣們的車輿服章應遵照古法，禁止奢侈之服，形成樸素之風。對於那種因過分講究而形成的奢華之氣，夏侯玄稱之為「華麗之事」，這一切都應當予以革除。

上面這些改革主張其實倒也談不上有太多的創新，更多的是在復古，改革九品中正制表面看是要打破門閥世襲，但也只不過是換了個選官的形式，是把選人用人的權力換了個機構而已。

撤郡的建議則有些荒唐，秦始皇創郡縣制，因為當時天下只有 36個郡，經過兩漢的發展，郡一級行政機構超過百個，朝廷管理確實吃力，於是增加了州這一級。一個州通常管理十個左右的郡，大的郡有20 多個縣，小的也有七八個，一個州管理的縣平均有 100 多個，用州直接管理縣，在沒有公路鐵路、沒有電話電報、沒有互聯網辦公的情況下是管不過來的，非亂套不可。

改革服制抑制奢華，想法是好的，但這些只是形式主義和表面文章，花那麼大的力氣去做這些事，不知道有什麼必要。

況且這幾件事要真的辦起來也不那麼容易，改革選官制度就不用說了，九品中正制強調中正在選人用人上的話語權，中正是誰？中正是大大小小的朝臣，他們不僅是士人，還是世族，是地方上的大族，經過多年來的耕耘，他們在各自的家鄉擁有着巨大的影響力，擔任中正以後，這種影響力就不僅停留在思想上輿論上，而可以對地方治理、人才更迭產生直接干預。現在削弱或者讓他們淡出這項權力，必然會招來最強烈的反彈，涉及的不是哪一家、哪一族，也不是哪一個

地方，這將是系統性反彈。

撤郡之議也存在這樣的問題，一下子撤掉數十個郡，意味着自郡守以下成百上千個官職和工作崗位將不存在，精減公職人員固然可以為朝廷節省支出，為百姓減輕負擔，但這些被撤下來的人如何安置、如何保證他們不鬧事，就是一個問題。這些被裁撤的人與朝廷的官員、世家大族之間都有千絲萬縷的聯繫，你要砸他們的飯碗，他們就會跟你拚命。

這場改革是如何具體實施的史書沒有太多記載，有人認為這些改革措施只是夏侯玄寫在紙上的一些空想，但在少帝正始八年（247 年）八月蔣濟的一份奏疏裏，卻可以看出這場改革確實發生過，而且受到廣泛的詬病。

當時發生了日食，蔣濟抓住機會上疏天子：「無論是舜還是周公都特別注意不能讓朝臣們結黨營私，現在上天對有些事情不滿，已通過日食發生了某種懲戒，必須立刻警醒。現如今吳、蜀未滅，將士征戰已數十年，社會負擔沉重。在這種情況下，國家法度需有大才來確立和調度，弄了一幫中下之才怎麼有能力做改制這樣的事？不但不能垂名於後世，而且會勞民傷財，有害無益。」

這番話言辭懇切但曹爽等人並不接受（*君臣不悟*），依然我行我素。時人作歌謠諷刺何晏等人這場所謂的改革，其中有「何、鄧、丁，亂京城」的話。


## 還得老將出馬


一開始，曹爽等人還擔心他們的一系列行為會引起司馬懿的反對，甚至遭到司馬懿的激烈抗爭，大概就連他們自己都覺得，現在這麼做有點過分。

可讓他們頗感意外的是，司馬懿並沒有什麼特別的反應，甚至沒有任何反應。

自從改任太傅以來，司馬懿實際上被閒置了起來，一切軍政事務都由曹爽一人掌管，他這個輔政大臣的角色雖然沒有被明確廢除，但實際上已不復存在。

儘管朝野上下有不少人對此有看法，認為曹爽這樣做對司馬懿很不公，但大家基本上也都保持着沉默。在這種情況下，司馬懿知道遠離權力中心，不再過問世事是最明智的選擇。

改任太傅時，詔書也授予司馬懿「入殿不趨，贊拜不名，劍履上殿」的特權，但司馬懿稱病在家，基本不再上朝。

洛陽的司馬氏府裏現在已是人丁興旺，除了夫人張香華外，這些年來司馬懿還先後納了伏氏、柏氏以及另外一個張氏為妾，她們先後為司馬懿生了九個兒子。

張香華除生下了司馬師、司馬昭外，後來還生下了司馬榦，伏氏為他生了司馬亮、司馬伷、司馬京、司馬駿，張氏生了司馬彤，柏氏生了司馬倫。晉朝開國以後，司馬榦以下諸人都被封為王，是晉初「八王之亂」的主要參與者。

不問世事，閉門讀書，教育諸子，倒也享受了難得的天倫之樂。

天子曾給司馬懿的幾個兒子以殊榮，除長子司馬師為散騎常侍外，司馬昭等其他幾個已年長的兒子一律被任命為騎都尉，其中還有三個人被封為列侯，但這些都被司馬懿堅決謝絕了。

司馬氏府裏很少有人公開來拜訪，但也有例外。

孫禮被排擠出尚書台後改任揚州刺史，行前來向太傅辭行，司馬懿雖然不太出門，但司馬師擔任散騎常侍，隨時出入宮中，陪伴天子左右，可以了解很多信息，也知道一些孫禮的事。

司馬懿告訴孫禮，蜀漢自諸葛亮死後，威脅大大降低，據說他們內部爭鬥自己的事都忙不過來，再發動大規模的戰爭看來已力不從心。相反來說，早些年相對平靜的荊、揚地區，未來可能發生大戰。此去揚州，責任十分重大。

孫禮沒想到老太傅雖遭排擠、遠離權力中心，但絲毫不為個人得失有怨憤，心裏裝的還是國家大事、社稷安危，因而十分感動。本來是找太傅發發牢騷排解一下心中的不滿，也不好意思說了。

就揚州的局勢，孫禮對司馬懿說：

「當年我隨曹休大司馬在揚州軍前曾與吳人交過手，吳人不同於蜀漢，他們訓練更為有素，能在人數不佔優的情況下屢屢取勝，加上有大江做屏障，進可攻擊，退可防守，很難對付。這麼多年我們缺少積極作為，而聽說吳人方面卻在厲兵秣馬，弄不好問題會出在那裏呀！」

司馬懿認為孫禮說得對，他說：「孫吳出名將，周瑜、魯肅、陸遜、呂蒙不必說，像董襲、甘寧、凌統、徐盛、潘璋、丁奉等都才堪大用，聽說全琮、朱然、諸葛恪等人近年來也成長得很快。」

司馬懿的意思是，敵人很強大，不要輕敵，如此而已。

但孫禮聞言卻有了自己的發揮：「吳人名將如雲，人才濟濟，反觀我朝，武皇帝南征北戰之時尚有張郃、張遼、徐晃、于禁等一批名將，再往後非曹即夏侯，一代不如一代，讓人深為憂慮！」

司馬懿聞聽默然，不再說話。


過了一陣，揚州方向果然傳來軍情，孫吳派將軍全琮率數萬人馬進犯。

全琮來攻時，揚州刺史部所能掌握的人馬雖然有限，但孫禮早有防備，指揮有方，他親臨戰場，鼓舞士氣，在芍陂與全琮部激戰，從早晨打到晚上，甚為慘烈。孫禮持兵刃與敵人廝殺，戰馬多次負傷，

他換馬再戰，並親自擂鼓，激勵將士，最終把敵人打敗。

消息傳來，朝野振奮，緊張起來的心一下子放鬆了。

曹爽甚至大言不慚地說早看出孫禮是個將才，把他派到揚州就為這一天。何晏、丁謐等一幫人更不失時機地亂拍馬屁，說還是大將軍會識人有先見之明呀。

曹爽以天子的名義下詔慰勞，但是賞賜卻少得可憐，只有 700 疋絹。

孫禮為死難的將士舉行公祭，難掩心中悲傷，痛哭不止，命人將這 700 疋絹全部分給戰死將士的家人。

## 吳軍四路出擊

全琮雖然被擊退，但事情沒完，孫權絕沒有那麼簡單，他不會沒頭沒腦地發動一場進攻，又不言不語地縮回去。

孫權不是能撈着便宜就撈，撈不着便宜就走的人。近十年來，主要的戰事集中在曹魏和蜀漢之間，這為孫吳贏來了難得的發展機遇，孫吳的實力在不斷增長。

曹魏正始二年（241 年），孫吳零陵郡太守殷禮向孫權祕密上疏，提出了一個「四路出擊」的伐魏計劃。

殷禮雄心很足，他向孫權報告說：「曹魏衰敗之象已現，當此龍爭虎鬥之時，竟然讓一個不滿十歲的孩子登上皇帝寶座，看來天欲誅之，必當此時！」

殷禮的具體建議是：將荊州青壯年編入軍隊，老弱者負責後勤，交由諸葛瑾、朱然指揮，直指曹魏的襄陽；陸遜和朱桓以武昌為基地，整頓全部人馬，直指曹魏的壽春；孫權御駕親征，以建業為基地，直指淮河以北，進攻曹魏的青州和徐州。除以上三路外，再約盟友蜀

漢，讓他們以成都為基地，傾全國之力，出隴右、漢中，直逼關中。

殷禮認為，以上四路大軍同時出擊，曹魏必然首尾難顧，大軍壓境，四路之中只要有一路取得突破，曹魏內部必然生變，到時候敵人自會如潰壩般崩壞，我們可以趁機收復中原，完成一統。

這項計劃的核心是同時出擊，並且要傾全部力量於此一役，務求成功。應該說，這項計劃夠毒也夠狠，如果孫權全盤採納，後果不堪設想。

曹魏長年以西線為主戰場，南線和東線本身就比較鬆弛，與當年戰將成百近千、雄兵數十萬的鼎盛期相比，魏軍已風光不再。現在就連孫禮等原本在軍界寂寂無聞的人都在統率一方，加之長年沒有大的戰事，疏於軍備，真打起來，戰鬥力較往昔定然大打折扣。

萬幸的是，孫權看到這份作戰計劃沉吟許久，最終沒有下得了如此大的決心。

不過孫權還是決定一試，他制訂了另一個版本的「四路出擊」作戰計劃。這項計劃也是四路大軍：第一路，以揚武將軍全琮所部進攻淮南；第二路，以威北將軍諸葛恪所部進攻六安；第三路，以車騎將軍朱然所部進攻樊城；第四路，以大將軍諸葛瑾所部進攻柤中。

這個計劃是殷禮之前計劃的「縮水版」，並且沒有蜀漢參與。殷禮的作戰計劃是孤注一擲，是戰略總對決，成功的希望更大些，然而一旦失敗也就沒了回轉的餘地。而現在這套作戰計劃具有很大的靈活性，成功了大撈一把，不成功就退回來。

全琮率所部首先發難，他再次攻擊淮南，開始還算順利，一直打到了芍陂，這裏是曹魏經營多年的糧食主產區。

全琮有點壞，到這裏先把芍陂給決了口，令曹魏軍民損失慘重。後來在揚州刺史孫禮率軍民拚死抵抗下，全琮一路退去。

但是，另外幾路吳軍也分別殺向曹魏。

曹爽享受在行，弄權也在行，但打仗不在行。

不斷接到前方傳來的急報，曹爽慌了，他知道這種事找何晏那幫人商量沒用，趕緊把司馬懿請過來商議。

司馬懿聽說孫吳分多路來攻，主動提出親自到前線迎敵。

曹爽鬆了口氣，趕緊客客氣氣地說：「那就有勞太傅了！」

司馬懿分析了孫吳幾路大軍的情況，荊州刺史胡質、揚州刺史孫禮還是讓人比較放心的，這兩路可以暫時不管，粗中卻是一大麻煩。

粗中是今湖北省南漳縣，這裏是漢人與蠻人聚居區，有十幾萬戶之多，諸葛瑾是孫吳的大將軍，在軍中地位僅次於陸遜，他親自帶兵來攻，壓力不小。

粗中若失，還將影響到近旁的戰略要地樊城，司馬懿決定親自去樊城以解粗中和樊城兩路之急。

司馬懿先寫了兩封信，命人快馬送交在揚州的征東將軍王凌和揚州刺史孫禮，要他們合兵一處共同對付諸葛恪和全琮，能打贏就打，打不贏就拖，敵人的戰術是速勝，不會反覆對攻，就像在芍陂那樣，不能馬上得手定會迅速撤退。同時，司馬懿提醒他們注意收集敵人信息，一旦建業的孫權出動，立即報告。


曹魏正始二年（241年）閏五月，司馬懿率援軍趕到了樊城，但是這一仗卻沒打起來，孫吳進攻的部隊聽說司馬懿親自來了，不戰而退。

魏軍將士們都說，老太傅的威名，令敵人望風而逃啊！

司馬懿卻沒那麼輕鬆，他知道敵人退得這麼快、這麼堅決，絕不是因為他的威名，一定是發生了什麼事。

果然，幾天後從敵營打探來消息：孫吳大將軍諸葛瑾病逝。

司馬懿決定抓住戰機，向吳軍發起進攻。

主帥新喪，軍心不穩，吳軍敗退，司馬懿指揮魏軍一直追擊到了三州口，此地在今湖北省武漢市黃陂區境內，是荊州、揚州、豫州三州的交界之處，因而得名。

此戰魏軍大勝，前後殲敵上萬人。

## 從放牛娃到一代名將

曹魏正始二年（241年）七月，身在荊州的司馬懿接到少帝曹芳的詔書，增加了自己的食邑，新增了兩個縣，為鄖縣和臨潁縣，加上之前的兩縣，司馬懿的封地食邑共四個縣。

同時，司馬氏一族共有11名子弟被封為列侯，這一次司馬懿沒有再推辭。

柤中、樊城之圍化解後，司馬懿認為與孫吳對抗的重點是揚州，可以趁機收復一些近年來被孫吳侵佔的地方，尤其是舒城。

舒城位於巢湖之濱、江淮之間，是名將周瑜的故鄉，目前據守在舒城的是孫吳已故大將軍諸葛瑾的兒子諸葛恪，此時30歲，不僅天賦過人，而且志向極高。

司馬懿提出收復舒城的計劃後，也有人不同意，認為諸葛恪佔據堅城，廣有糧穀，若對其發動進攻，孫吳救兵很快可至，如果不能迅速攻佔舒城便會進退失據。

司馬懿不同意這個說法，他分析道：「吳以水軍見長，現在進攻舒城，可以因勢而變。若敵人用其所長，棄城奔走，這對他們最有利。若敵人固守，待到冬天來臨，巢湖的水變淺，船不得通行，到時候他們只得棄水相救，所長變成所短，對我們則有利。」

司馬懿上報朝廷，提出了收復舒城的計劃，詔令批准。

司馬懿於是前往揚州，到達後，他命令先不急於進攻，而是以

壽春為基地進行充分的戰前準備。經過幾個月的準備，在征東將軍王凌、揚州刺史孫禮等人配合下，進攻的時機成熟了。

司馬懿親自率軍出征舒城。諸葛恪聽說司馬懿率軍來了，敵人數倍於己，乾脆下令焚燒積聚，棄城而走。

沒費太大的勁，就收復了長江北岸被孫吳侵佔的這個戰略要地。


司馬懿進而向朝廷提出建議，為防範孫吳今後大舉進攻，應在揚州廣大地區興修水利、進行屯田。這一政策曾在關中地區推行，效果非常好，既減輕了朝廷的負擔，又充實了地方。

曹爽不關心什麼屯田、水利，司馬懿不在洛陽的這一段時間，他的感覺更好，沒有什麼制約，沒有什麼顧忌，大權獨攬，想幹什麼就幹什麼，他希望這種狀態能一直持續下去。

所以，接到司馬懿的報告，曹爽很高興，以少帝曹芳的名義批准了司馬懿的建議，讓他不急於回朝，就在揚州主持屯田。

江淮之間土地肥沃，水量充足，特別適合發展農業生產。武帝曹操經營揚州期間，曾在此修水利搞屯田。現在暫時沒有大的戰事，司馬懿不顧年事漸高，帶着一些人到處巡察，推行屯田政策。

同時，司馬懿還注意發現人才，尤其是有才識的年輕人，一經聽說就親自與之交談，對那些確屬品才俱佳的人，給予大力拔擢。


一次，有人向司馬懿推薦了一篇名為《濟河論》的文章，是論述屯田的，說寫得很好。

司馬懿只看了一遍就大為讚賞，他覺得能寫出這篇文章的人，必然對江淮一帶的農業水利氣候進行過大量研究，又深入基層做了大量調查，所以言之有物，觀點有說服力，是一篇不可多得的好文章。

司馬懿立即命人把作者找來。

當《濟河論》的作者鄧艾來到司馬懿面前時，司馬懿見他 40 歲出頭，很健壯，穿着很質樸，但眉宇間透着睿智和機敏。對於鄧艾的身世，司馬懿提前做了些了解，知道他出身下層，身世坎坷，歷經磨礪。

鄧艾雖然目前還只是一名下級官員，但來到司馬懿面前並沒有手足無措的慌張，顯得淡定、從容。

看到鄧艾，司馬懿也許會回想起 30 多年前自己初到許昌的那一幕。往事如煙，時光飛逝，令人感歎。

司馬懿圍繞屯田與鄧艾做了一次深入對話。據鄧艾介紹，他寫這篇文章前，剛剛從陳縣、項縣、壽春等地進行了考察，這篇文章就是考察報告。

鄧艾向司馬懿匯報說：「當初武帝平黃巾之時，因為屯田，積穀於許縣以制四方，贏得了戰略上的主動。如今天下其他地方可告初定，戰事今後將集中於淮南，每次大戰一起，後勤補給都是大問題，負責運輸的士兵甚至會超過總兵力的一半，功費巨億。江淮之間有數不盡的田良，在此屯田，不僅可以就地取材，而且也節省了其他各處稻田。」

鄧艾提出兩項重要建議：一是開鑿河渠，興修水利，以便灌溉農田，提高單產，同時疏通漕運，不僅能產出糧食，還能便捷地運往各地；二是在淮北、淮南實行大規模的軍屯，軍屯有其有利之處，民屯雖然省事但在有些地方效果卻不佳，必須以軍屯帶動。

鄧艾說的這兩點司馬懿深為贊同，對於疏通漕運一事，在他最近巡視各地時也深有感觸，糧食有了，有時卻運不了，也等於沒有。運糧最便捷、損耗最少的辦法還是漕運，江淮間河道縱橫，過去也開挖過一些運河，現在進行整體規劃，集中人力進行施工，不出兩三年即可建成四通八達的漕運網。

對於鄧艾說的軍屯，司馬懿更認為必須馬上大力推行，過去軍屯常設於四邊之地，內地多民屯，一方面官不與民爭利，另一方面內地

沒有那麼多的閒置土地可以搞軍屯。就此問題他也問計於鄧艾。

鄧艾認為，揚州過去稱內地，現在其實也是前線，是邊地。軍屯的好處是可軍可民，不僅沿長江北岸一帶，而且在淮河兩岸都應大力發展軍屯，而且刻不容緩。至於土地，據他的調查，這些年來人員流動比較快，江淮間有大量無主的土地，有的雖然有人耕種，但土地所有者並不是現在耕種的這些人，需要重新核實登記。

而且，結合修漕運，可以大興水利，比如被全琮決開的芍陂等水利工程，需要重點修固，水利工程的興建可以產生新的大量良田，過去被拋棄的地方也可能因為有水利灌溉而成為良田。所以，只要下決心辦軍屯，土地不是問題，關鍵是下決心和做好規劃。

司馬懿聽後十分高興。


鄧艾字士載，出身南陽郡鄧氏家族，這個家族曾經十分顯赫，但到他這一輩時已經很沒落了。他從小死了父親，母親領着他為避戰亂遷居到汝南郡，在這裏他們有了一個新身份——屯田戶。

曹操推行屯田制，把無人耕種的土地收歸國有，再把四處流落的難民組織起來，分給他們土地和耕牛，組織他們發展生產，這就是屯田制。不過，屯田戶的生活並不那麼美好，他們要把一半的收成交租稅，在生產力較為低下的漢代，屯田戶的收入就十分微薄了。

鄧艾年齡太小，又有些口吃，就負責放牛。但這個放牛娃很有志向，一邊放牛一邊努力讀書學習，表現出對知識的強烈渴求。12 歲時，他跟隨母親來到與汝南郡相鄰的潁川郡，路過名士陳寔的墓地時，看到墓碑上有「文為世範，行為士則」的句子，他特別欽慕，乾脆給自己改名字叫鄧範，字士則。不過，本族中已有人叫鄧範，他後來改名字為鄧艾，表字不變。

屯田戶的孩子絕大多數都沒有受過教育，能認幾個字就算文化人

了，鄧艾靠自學成才，在屯田戶的年輕人中顯得很突出，被推薦擔任屯田官手下的文吏，但他並沒有很快脫穎而出，而是在最基層一幹就是 20 年，後來總算熬到了典農功曹這個職務，大約相當於一名科長吧，官職仍然不高。

鄧艾是個有心人，又熟悉基層的情況，他寫的《濟河論》，是在對江淮一帶的農業水利氣候進行大量研究又深入基層做了大量調查的基礎上提出的。他還提出了發展農業的一系列具體對策，其中的許多具體主張都在司馬懿屯田揚州時得到了實施。

在此期間，魏國在淮南、淮北廣開河道，北邊以淮水為界，南到鍾離，西至橫石，在這片廣闊的地區裏每五里設一個軍屯營，每營 60 人，一邊屯田一邊戍衛。

為發展農業，司馬懿還下令將淮陽河、百尺河進行了拓寬，把黃河裏的水引入淮水和潁水，有兩萬多頃農田得到了灌溉。幾年下來，從洛陽到壽春，一路兵屯相望、雞犬之聲相聞，出現了一派繁榮富庶的景象。

鄧艾從一名放牛娃成為屯田官，在司馬懿的關照下被提拔為郡太守，受到進一步鍛煉，並最終成為一代名將。

# 第五章 決戰時刻

## 魏軍的悲哀

在司馬懿等人的努力下，荊州、揚州方向漸趨平靜，曹魏又渡過一次難關。

然而，有人高興，也有人不高興；有人慶賀，也有人犯愁。

曹爽不僅不高興，而且感到特別心煩。司馬懿雖然被他邊緣化了，但藉此機會又讓他露了一手，這一手露得還很精彩。大家都看到了，太傅出馬，不用大砍大殺，只去露了露面，敵人就退了。

這是什麼？是氣場，是威望。

曹爽也盼望自己能像司馬懿一樣威風八面，雖然他不缺權力，但缺少在朝野上下的威望。

鄧颺看出來曹爽的煩惱，於是給他出了一個主意：伐蜀。

曹爽剛聽到這個建議嚇了一跳：你不是不知道我的本事，說大話可以，伐蜀那麼艱巨的任務，我幹得了嗎？

鄧颺讓曹爽不要急，他說出了自己的想法：「不要把蜀漢看得多厲害，也許以前厲害，那是有諸葛亮，現在蜀漢沒了諸葛亮，就什麼都不是了。而且，據可靠情報，蜀漢正在搞內鬥，無心也無力對抗曹魏，如果舉重兵討伐，定然一戰可得！」

蜀漢那邊的情況，的確也有不少消息傳來，諸葛亮死後定下蔣琬接班，費禕、姜維等人輔佐，但蔣琬似乎不太能服眾，先是魏延造反，身死名裂，後來又出了一個楊儀，不服費禕，鬧得很厲害，後主

劉禪又是出了名的沒主見，手下鬧矛盾，開始還在和稀泥，後來乾脆不管了，由他們去鬧，鬧來鬧去，蜀漢國力大減。

鄧颺繼續分析說：「現在防守漢中的是蜀將王平、劉敏，這些人過去聽都沒聽說過，跟趙雲、魏延這些名將根本不是一個檔次。蜀中已無大將，這是他們致命之處，不說一鼓作氣收復整個益州，即使能收復漢中也是一件偉功。到那時，大將軍您的威望絲毫不亞於他司馬懿，甚至功勳在司馬懿之上！」

這麼一說，曹爽有些心動了。

夏侯玄聽到了消息，不想讓鄧颺搶了「伐蜀首功」，他也跑來勸曹爽出兵。

夏侯玄這時已擔任中護軍，是魏軍的高級將領，但他本身頂多算個文人，文人投筆從戎不那麼簡單，軍銜高不代表你說話好使，關鍵要看你在軍中有沒有足夠的威望，而威望一方面來自你對官兵的愛護關心，另一方面來自你有沒有野戰之功。軍中崇尚威名，威名是打出來的。

夏侯玄也有自己的盤算，他也想找個機會去建立軍功，以穩固自己在軍中的地位。夏侯玄向曹爽提出，如果伐蜀，他願意當前鋒。

如果曹爽還有一絲清醒，他一定會對夏侯玄這種人保持警惕，但曹爽已被鄧颺弄到了興頭上，滿腦子都是伐蜀大計，夏侯玄又主動請纓，他很高興。

這麼大的事，曹爽一拍腦袋就定了下來。

曹爽以天子的名義改任夏侯玄為西部戰區司令，負責雍州、涼州的軍事事務（征西將軍，都督雍涼諸軍事）。

這無疑是全體魏軍將士的悲哀，這支曾經有着光輝戰績和無數威名的軍隊，當年號稱雄兵百萬、戰將千員，如今卻到了任由一介書生

瞎指揮的地步。

征西將軍相當於西部戰區的元帥，年僅 30 多歲的夏侯玄，此前不過是一介文人，擔任中護軍一職也才三四年光景，沒上真正的戰場打過一仗，驟然就榮登大軍統帥的高位。想想夏侯淵至死也僅是個征西將軍，張郃那樣的名將，打了一輩子仗，名滿天下，至死也都沒有擔任過某一方面的總指揮，而現在，像郭淮那樣在戰場上拚殺了幾十年的宿將，到頭來只能聽夏侯玄這種對軍事不着四六的書生的調遣。

夏侯玄也知道自己的短處，於是拉來了夏侯霸。

此兄是夏侯淵的次子，算起來夏侯玄得叫他一聲叔父，年齡也比夏侯玄長。當年，夏侯淵以征西將軍的身份鎮守漢中，在定軍山之戰中陣亡，夏侯霸經常咬牙切齒，常常發誓要征討蜀漢報仇。

魏文帝在位時夏侯霸便在曹魏軍中任職，最高職務是偏將軍，相當於副軍長。曹真由子午道伐蜀，夏侯霸擔任先鋒，他率前鋒部隊至興勢，被蜀軍圍攻，夏侯霸倒不含糊，親自上陣廝殺，後被援軍解救。

夏侯玄覺得，在同宗之中只有夏侯霸在打仗方面算是個「專業人士」，就勸曹爽任命夏侯霸為右將軍、討蜀護軍，隨大軍行動。

夏侯玄還向曹爽建議，應該把司馬師或者司馬昭拉進來以壯大聲勢。伐蜀固然有與司馬懿分庭抗禮的意味，但多一份力量總會為成功多加一份保障。不管你願不願意接受，現在魏軍之中司馬懿是當仁不讓的第一人，伐蜀這麼大的事如果沒有司馬懿的參與，外人畢竟會議論紛紛。

夏侯玄之所以想到司馬師和司馬昭，除了司馬懿的因素外還有一個原因。那就是，他不僅與司馬師有親戚關係，而且與他們兄弟倆來往也比較多，放下政治上的派系鬥爭不說，他們私下裏還是要好的朋友。

對於司馬懿，夏侯玄與曹爽等人的態度也不完全一樣，站在曹氏和夏侯氏的立場，他也覺得司馬懿的存在是一種威脅，但客觀地評價司馬懿，他又覺得在這個老人身上有很多難能可貴之處，比如居功不傲，比如遇到不公的待遇也能保持忍耐。此次南拒孫吳以及屯田江淮，從中可以看出司馬懿做事多出於公心，在逆境中仍然心繫社稷，關心國家的未來。

夏侯玄對司馬懿不僅有好感，而且充滿了敬意。

曹爽同意了夏侯玄的建議，此時司馬懿還在揚州，曹爽派夏侯玄直接去找司馬師和司馬昭，摸一摸他們兄弟倆的意思。

事情很順利，司馬昭聽說伐蜀的事後比他哥哥態度更積極，要求上前線。夏侯玄報告了曹爽，曹爽挺高興，司馬昭此時的職務是典農中郎將，勉強算是個師長，還是預備役的，曹爽乾脆給他連升兩級，繞過副軍長（偏將軍）直接任命為軍長（征蜀將軍），讓他做夏侯玄的副手。

司馬師時任散騎常侍，是一個較超脫的職務，夏侯玄建議不妨給司馬師也升個職，作為對他們兄弟倆支持伐蜀大業的酬謝。

夏侯玄剛剛卸任了中護軍一職，曹爽乾脆把這個職務給了司馬師，但正是這個不經意的任命，多年後讓曹爽悔得腸子都綠了。

# 兵進儻駱道

曹魏正始五年（244 年）正月，由全國武裝部隊總司令（大將軍）曹爽親自掛帥，出征蜀漢。

伐蜀大計確定後，夏侯玄以西部戰區司令（征西將軍）的身份先到了長安進行準備，待各項準備完成後曹爽才到的長安，曹爽親自來只是象徵性的，主要軍事部署都由夏侯玄操作。

遠在壽春的太傅司馬懿聽到消息立即上表勸阻，但未能奏效，曹爽執意伐蜀（止之，不可）。

曹魏的西線戰場過去由司馬懿指揮，司馬懿走後西線戰場軍職最高的將領是郭淮、牛金和胡遵，郭淮此時的職務是前將軍兼雍州刺史，牛金的職務是後將軍，胡遵此時的職務沒有記載，隨司馬懿平定遼東後他的軍職應與牛金相當，可能是鎮西將軍、平西將軍之類。

這三位將領都久經戰陣，特別能打，但也要看誰來指揮了。郭淮是司馬懿的老部下，可以視為司馬懿的嫡系。牛金多年來一直跟隨司馬懿，由荊州到關中，再到平遼東，他與司馬懿的關係別人更不能比。胡遵也是司馬懿的狂熱崇拜者之一。

若司馬懿來指揮，這三位都沒的說。而面對夏侯玄、夏侯霸之流，他們更多地保持了沉默。

讓幹啥就幹啥，不說，不議論。

曹爽心裏也明白，他不着急，這一仗不僅要打贏，還要打得漂亮，你們幾個不想露這個臉，那剛好。

曹爽從洛陽帶來了幾萬人馬，又從關中駐軍裏挑了幾萬人馬，組成了一支約八萬人的伐蜀兵團。

在夏侯玄的謀劃下，郭淮擔任輔攻，牛金和胡遵負責後援，主攻方向由曹爽、夏侯玄和夏侯霸直接掌握，李勝被夏侯玄聘為自己的祕書長（征西將軍長史），負責出謀劃策，相當於伐蜀兵團的參謀長。

李勝同樣沒打過一天仗，竟然也當了參謀長。

就這樣一支隊伍，也敢直奔漢中！

看來，曹爽、夏侯玄已經瘋了。

不過，他們此刻根本意識不到，他們正被建大功、立大業的激情所刺激着，內心裏充滿了狂熱。

大概是李參謀長出的主意，此次進軍漢中所走的路線也別出心裁，跟前人都不太一樣。

之前多次提到，在關中與漢中之間橫亙着秦嶺山脈，沿中央山脈南北兩側有大大小小的河道，形成了一個又一個山谷，關中通往漢中的主要通道就在這些山谷中，這些道路重要的有三條，自東向西分別是子午道、儻駱道、褒斜道。

前人用兵多走褒斜道，因為相對最好走，開通得也最早，儘管路線有點長，但把握相對最大。

子午道次於褒斜道，它更為險峻，但是出子午道後離長安最近，這條道路適合於由南向北攻，只要能順利地從山谷中殺出來，防守的一方由於沒有戰略縱深，想阻擋就非常困難了。

而儻駱道開通的時間最晚，大概就在東漢末年，這條道路北端是駱谷，南端是儻水，因而得名，全長600里，在三條古道中它的距離最短，而且出南端谷口後，離漢中的中心城市南鄭最近。

按照現在的地名，這條道的大致走向是：由西安向西南，經戶縣至周至縣，從周至西南30里入西駱谷口，越駱谷關，沿陳家河上游南行，越老君嶺、八斗河、大蟒河河谷、黑河至都督門，向西南翻越興隆山，過華陽鎮，折向東南沿酉水經茅坪過八里關，再越貫嶺梁、白草驛，出儻谷口。

但是，這條道卻不適合曹爽、夏侯玄等人走，因為他們不是幾個人，身後帶的也不是一群驢友，他們身後跟着八萬人的一支大軍。

儻駱道的優點是路程短，缺點是既窄又險，人不能並行，更不要說馬和運輸糧草的車輛了。一會兒上山，一會兒下溝，行進困難，行軍速度也很慢，幾乎是蠕動。

還有一點，在三條道路中，數儻駱道沒有水源的路段最長，在秦嶺山中進行大兵團運動，這一點也很致命。

走得慢倒還不要緊，大不了晚幾天到，但逃跑時如果路太窄的話，那麻煩更大。

李參謀長出這個主意，不知是想省時間早點到漢中，早日傳來勝利的捷報，還是想出其不意，偏走那最難走的路，讓敵人猜不着？

搞不清楚，反正就這麼定了。


魏軍八萬將士進入儻駱道，崇山峻嶺，前路茫茫。

但畢竟是八萬人馬，幾乎與蜀漢全國可調動兵員的總數相當，所以消息傳到漢中時引起了一陣恐慌。當時蜀軍在漢中的守軍還不到三萬人，蜀漢的將領們聽說曹魏大軍來犯，無不驚愕（時漢中守兵不滿三萬，諸將大驚）。

此時蜀軍在漢中的最高將領是北部戰區副司令（鎮北將軍）王平，之前已多次說到過他，比如在街亭之戰中。如果再補充幾點的話，關於他還有幾點與眾不同：一是他本不姓王，而姓何，長大後改姓王；二是他當初是曹魏的一員戰將，並且曾是名將徐晃的副將，在魏軍也不算無名之輩；三是作為鎮守一方的大將，他卻是個文盲，平生常在戎旅，所識不超過十個字，但重要文書經他口授即可成文，條理通順，思路清晰（皆有意理）。

王平不識字，卻喜歡聽歷史故事，常讓人讀史書給他聽，尤其喜歡聽漢代以來的名人傳記。

街亭之戰後王平沒有受到處罰，反而晉升為軍長（討寇將軍）。諸葛亮死後蔣琬執政，對王平更加欣賞和倚重，晉升王平為鎮北將軍，總領蜀漢在漢中一帶的軍政事務。

王平召集眾人商議對策，多數將領認為，敵兵有近十萬之眾，漢中人馬僅三萬左右，眾寡懸殊，不可力戰，應固守漢、樂二城，把敵人放進來打（遇賊令入），只要能守住，後方涪陵的援軍就會開到，魏

軍可退。

漢、樂二城，就是諸葛亮當年在漢中時修建的漢城、樂城兩座軍事要塞。

王平不同意這種固守待援的觀點，他認為漢中距涪陵有 1000 里之遙，援軍何時可到，能不能在援軍到達之前守住，這些都是問題。

左護軍、揚威將軍劉敏支持王平的看法，他認為出儻駱谷後即一馬平川，漢、樂二城雖然堅固，但敵軍眾多，像開閘的洪水一樣瞬間湧入漢中，到那時，援軍即使到了也無力回天（**男女佈野，農穀棲畝，若聽敵入，則大事去矣**）。

劉敏在漢中眾將中的地位僅次於王平，得到劉敏的支持，王平堅定了自己的想法。

王平把兩軍交戰的地點選擇在興勢這個地方。興勢即興勢山，距陽平關不遠，位於今陝西省洋縣以北，這裏是魏軍出山的必經之地，也是咽喉要道。

劉敏率所部搶佔興勢，此時魏軍主力尚未到達，為了迷惑敵人，劉敏命人插了很多旗子，綿延 100 多里（**多張旗幟，彌亙百餘里**），擺出了迷魂陣。


## 突然來了場日食

曹魏正始五年（244 年）四月，魏軍主力到達興勢山。

魏軍到達後，立即展開攻擊，但沒有進展。

這其實完全可以理解，鑽了一個月的深山老林，山高林大、密不透風，吃不好、睡不好，有的時候還沒水喝，每走一步都得防野獸和有毒的植物侵擾，快成野人了。眼看勝利在望，卻發現眼前是千軍萬馬、旌旗招展，又是擂鼓，又是吶喊，看那陣勢，聽那聲響，斷然不

是列隊歡迎自己的。

大家心情沮喪的程度，可想而知。

魏軍被阻於興勢，無法前進一步（不得進）。

曹爽沒想到領兵打仗這麼不好玩。面對守敵，他和他的智囊團沒有更好的辦法，只有拚命督促部下展開猛攻，但是仍毫無效果。

如此一來，數萬魏軍的麻煩就來了：後勤補給告急。

一般來說，數萬人馬長途轉進，擔任後勤保障的民伕等也不會少於作戰部隊的人數，曹爽此次伐蜀，後勤方面除依賴關中地方軍民外，還徵調了很多氐人、羌人，這些人本不願意來，又經過一個月的強行軍，吃苦受累不說，運輸用的牲畜也死了很多，這些都是負責運輸的那些人的私人財產，所以大家都很傷心，有些人在路邊大哭（牛馬騾驢多死，民夷號泣道路）。

這讓魏軍後勤保障能力大減，但這還不是最壞的消息。

最壞的消息是：蜀漢方面的援軍就要到了，由蜀漢全國武裝部隊總司令（大將軍）費禕親自率領，有數萬人之多。

消息傳來，蜀軍士氣更旺了。


這一天，魏軍還在攻城，突然發生了奇怪的天文現象：大白天突然暗了下來，瞬時如同黑夜。

其實就是一次普通日食，放到現在就連小學生都知道是怎麼回事。但放在當時，這次異常的天文現象對魏軍將士的心理卻是一個極大震懾，大家認為這是凶兆，是上天對此番貿然出兵漢中的警告，如果不迅速撤兵，大難就會臨頭。

魏軍連最後一絲鬥志也沒有了，大家都勸曹爽退兵。

但曹爽死扛着，誓不言退，他命人前往關中和洛陽搬兵。

大家心裏明白，即使援兵已經準備好了，就是那幾百里的山道，

沒有 20 多天也鑽不過來，而這邊能不能挺過 20 天，很難說。

可曹爽不發話，大家不敢撤。

有一個名叫楊偉的參謀（參軍）向曹爽力陳應該早日撤退，不然後果不堪設想，鄧颺、李勝不同意，在曹爽面前與楊偉爭執起來。

楊偉急了，他也不管那麼多了，直接開罵：「鄧颺、李勝敗國敗家，應該拉出去斬了！」

曹爽聽了，立刻把臉拉了下來。

楊偉字世英，是關中人。魏明帝大修宮室，甚至將老百姓祖墳上的松柏都砍伐了，又毀壞墓道前的碑獸石柱。楊偉大怒，曾向魏明帝上疏，痛陳這是「傷孝子心」的事。


援兵未到，手下還在爭吵。

這時，曹爽接到了一封信，把他氣得夠嗆。

寫信的人是鍾毓，時任散騎常侍，信中寫道：「高明的取勝之道是不動刀兵，天下無敵之師雖興征討，但並非一定通過戰鬥才能取勝。如果可以手持干戚就能使有苗氏臣服，或通過退避三舍的辦法就可以挫其鋒芒，那就用不着辛苦吳漢在江關征戰，或者讓韓信在井陘來往馳騁了。應該在找到時機時進軍，遇到困難時能夠退避，這才是自古以來征戰的道理。希望您能夠深思熟慮！」

人家是好意，勸你快退兵，不然想退都來不及了，但曹爽不聽，他覺得這封信裏似有諷刺挖苦之意，把這個鍾毓着實恨了一回。

鍾毓是曹魏老臣鍾繇之子，司馬師 30 來歲才當上散騎常侍，人家鍾毓 14 歲就當上了。鍾毓為人正直，看不慣就說，皇帝都不在話下，更不要說對權臣。

曹爽不理鍾毓，固執地等待援軍。

夏侯玄這邊也接到一封信，是司馬懿寫來的。

司馬懿得知曹爽大軍遇阻，這本是意料之中的事。但幾萬人馬已成孤軍，如果不立即撤回來，有全軍覆沒的危險。於是，他趕緊寫了封信，命人以最快的速度送往漢中。

在寫給夏侯玄的這封信裏，司馬懿說：「當年武皇帝再入漢中，幾乎大敗，這是你所知道的。興勢山地形險要，蜀人已經搶先攻佔，如果不能迅速取勝就應該馬上撤退，不然就有全軍覆滅的危險（若進不獲戰，退見徽絕，覆軍必矣）！」

在軍事方面夏侯玄還是挺佩服司馬懿的，他把這封信看了又看，不敢隱瞞，還是報告了曹爽（玄懼，言於爽）。

曹爽看完司馬懿的信，兀坐良久，終於下令撤退。


如果進攻是學問，那麼如何撤退就是更大的學問。

撤得好，可以全身而退，把損失降低到最小，撤不好就一敗塗地。但曹爽、夏侯玄不僅不懂得如何進攻，更不懂得如何撤退。

蜀軍充分抓住戰機，要打就把敵人打疼，打得長記性，讓敵人再不敢輕易到這裏來。

費禕、王平已看出魏軍要撤退，提前進行了準備。費禕帶一支人馬繞過興勢，祕密進入山谷，在三嶺設伏。

三嶺其地不詳，儻駱道沿線有西老君嶺、秦嶺梁、財神嶺、興隆嶺、大牛嶺等山梁，三嶺當是某三處嶺的交會之處，地勢肯定險要。

這邊，王平命劉敏、王林等將領夜襲魏軍大營，魏軍士氣更加低落，不戰而亂。

征蜀將軍司馬昭正在軍帳中睡覺，突然被外面喊聲驚醒，敵人已攻至營帳之外，司馬昭睡在那裏一動不動（堅臥不動），反而沒有驚動敵人，直至敵兵退去。

魏軍敗入儻駱谷，試圖原道返回，行至三嶺，遭遇埋伏。

曹爽率殘兵敗將陷入苦戰,付出慘重代價後才得以通過(爭險苦戰,僅乃得過)。此戰魏軍死傷嚴重,尤其是擔任後勤任務的運輸隊伍以及馱運物資的牛馬,幾乎都沒有生還(死失略盡)。

曹爽、夏侯玄、夏侯霸等人最後率殘部勉強跑回了長安。

這一戰大傷了曹魏的元氣。自司馬懿經營關中以來,歷年所有的積纍被這一次給折騰光了(關右悉虛耗矣)。

## 毫無反省之心

這次伐蜀,曹爽算是丟盡了面子和裏子。

如果攤在其他人,不說問罪問斬,至少也得引咎辭職或者像諸葛亮那樣自貶三級吧?但曹爽回到洛陽以後跟沒發生過這事一樣,該幹嘛幹嘛。

夏侯玄的征西將軍倒是不好意思再幹了,原來擔任的中護軍一職已經給了司馬師。司馬師一上任就幹得很起勁,尤其是中護軍負責典選武官的工作,司馬師抓得很緊也很認真,成效也很明顯(為選用之法,舉不越功,吏無私焉),不像有原物奉還的意思。

沒辦法,曹爽讓夏侯玄改任大鴻臚,九卿之一。

夏侯霸倒是藉機留在了長安,身份還是右將軍、討蜀護軍。關中及其以西地區在軍事方面有郭淮和胡遵、牛金,行政方面郭淮兼任雍州刺史,涼州刺史是徐邈,現在橫空插進來一個夏侯霸,又沒有明確節制誰或受誰的節制,為西線戰場的不穩定以及後來夏侯霸叛逃埋下了隱患。

伐蜀結束了,司馬昭的征蜀將軍自然也不存在,朝廷改任司馬昭為參事室參事(議郎),品秩大降,也沒什麼實權。

曹爽還當他的全國武裝部隊總司令並主持朝廷日常工作(大將

軍、錄尚書事），何晏、畢軌一幫人依然圍着他轉，夏侯玄、李勝、鄧颺這幾位敗軍之將依然過得很滋潤。

司馬懿也從壽春回來了，除禮節性地入宮拜見少帝以外，沒人找他請示匯報工作，他也不知道該在哪裏上班，繼續被閒置了起來。司馬懿儘量閉門不出，對外稱年齡大了，身體不好，在家養病。

從表面上看，曹魏的政局又恢復到伐蜀之前的狀態。


即便如此，曹爽也感到有些氣不順。

有一件事讓他一想起來就窩火，那就是出兵漢中時有不少朝臣沒跟他站在一條戰線上，都紛紛勸諫要撤兵。

一天，曹爽無意中看到鍾毓寫的勸退兵的信，覺得都是這封信寫得晦氣，一生氣把鍾毓的散騎常侍給免了，外派到魏郡當太守。鍾毓的父親鍾繇死於魏明帝太和四年（230年），距今已十多年了，所以曹爽敢發威。

其實曹爽不知道，鍾毓對此根本無所謂，既然敢寫就想好了後果，讓當郡太守就去，到了魏郡，他幹得還挺不錯。

鍾繇死時，他最小的兒子才五歲，到了正始五年（244年），這個小兒子虛歲已經20歲了。按照朝廷不成文的規定，三代舊臣的子弟朝廷都會給予一些特殊照顧，這個小兒子就被徵召為祕書郎，從而開始了他的政治生涯。

這就是日後鼎鼎大名的鍾會，他是鍾毓最小的弟弟。


正始年間，是曹魏社會最為激盪的時代，除了打仗，政壇風雲、社會思潮、政治變革也此起彼伏。

然而，翻看各種史料尤其是正史，對這一期間的記載卻非常少。

有些事發生了，卻沒有記下來；有些事，原本記下來了卻又被人

為地讓它看不見了；還有些事，留下來的未必就是真實的，而是經過修飾的。

正始年間，就是這樣一個混亂無序的時代。

這本是一個變革的時代，卻沒有產生出秦皇漢武那樣的歷史偉人，曹爽作為這一時期曹魏的「掌門人」，歷史給了他機遇，但他的能力和品德都無法把握這個時代，甚至無法真正掌控時局。

然而，曹爽絲毫沒意識到危機，他的感覺很好，效忠他、奉承他的人越來越多，他的人越來越佔據了要職，造成了一種人多勢眾的錯覺。

無所不能的人，往往無所不做，或者說無惡不作。

之前那些作威作福、為非為歹的事已經幹了不少，雖然經歷了伐蜀之戰的驚嚇，但事後看了看其實也沒什麼了不起，曹爽和身邊的那夥人又重新神氣活現起來。

曹爽一夥的作為不僅為正直的士人、官員所氣憤，就連自己本家人也站出來表達了強烈憤慨。

曹氏宗親曹冏寫了一篇《六代論》，藉着向曹爽提出政治改革建議的由頭來表達對他們這夥人的不滿。曹叡有個兒子也叫曹冏，但他很早就去世了，這個曹冏是另外一個人，有的史書把他們二人當成一個人，結果造成了很多混亂。

這個曹冏字元首，他的曾祖父叫曹叔興，是曹操祖父曹騰之兄，這樣算起來，曹冏的父親就是曹操的從祖兄弟，曹冏是曹操的姪子輩，長了當今皇帝曹芳兩輩，在所有仍在世的曹氏宗親裏輩分算是很高的。

曹冏很有文采，他寫的這篇《六代論》被完整地保存了下來。在這篇文章中，曹冏指出魏文帝、魏明帝以至曹爽等人不重用曹魏宗室，結果造成了大權逐漸旁落外姓，通過分析夏、商、周、秦、漢、

魏六代的興亡，建議分封宗室子弟並授以軍政實權，從而抑制異姓權臣。

曹冏認為，古之王者在處理同姓宗親和異姓大臣方面往往不會偏頗於哪一方，但現今不然，曹魏宗室要麼不予重用，要麼乾脆就不用（或任而不重，或釋而不任），如此一來，一旦國家有事就會出現大問題。

曹冏所言，似乎透露出對異姓權臣的不信任，這裏指的倒未必是司馬懿，或者不僅指司馬懿，曹爽的跟前大都是異姓權臣，在曹冏看來，他們統統靠不住。

如果這就是《六代論》的中心思想和主要論點，那這篇文章的價值也就僅此而已。曹冏沒有只表達不滿，而是反思了歷史，他認為秦之敗因，最重要的是廢五等爵制，結果造成了宗室子弟無尺寸之封，國家外無諸侯以為藩衞。

曹冏寫道，秦朝敗亡之象於今歷歷在目，觀者為之寒心。大魏之興到現在 24 年，這麼多年來曹魏宗室處於空置狀態，沒有參與朝廷政治（不聞邦國之政），這是很危險的，他建議曹爽重新考慮分封之制，夯實曹魏的根基。

這篇文章代表了相當一部分曹氏宗室在政治上對曹爽的不滿意和不支持，文中雖然有情緒也有偏頗，但也道出不重用宗室這個曹魏江山不穩定的一大主因，也有說得對的地方。

但是，重用宗室又是一把雙刃劍，魏文帝對宗室嚴格防範，魏明帝繼續文帝的做法，必然有他們的原因。曹爽覺得，大權還是獨享的好，弄一幫宗室到朝廷裏來，地方上再封若干個有職有權的王公，待這些宗室一個個坐大，他這個輔政大臣豈不也被架空了嗎？

對曹冏花了好多心血寫成的這篇文章，曹爽置之不理。

# 不能忍，也得忍

也有敢於當面斥責曹爽一夥的，雖然只是極少數。

曹魏正始八年（247年）八月，洛陽一帶也發生了一次日食，太尉蔣濟抓住機會上疏皇帝，對夏侯玄、丁謐、鄧颺等人提出批評。

蔣濟認為，無論是大舜還是周公都特別注意不能讓朝臣們結黨營私，現在上天對有些事情不滿，已通過日食發出了某種懲戒（塞變應天，乃實人事），必須立刻警醒。

這些話無疑很大膽，也只有蔣濟這樣的老臣才敢說。

蔣濟建議，文武百官各自按照過去的制度辦事就行，嚴守崗位，按部就班，天下自會清平，祥瑞自會呈現。

蔣濟的話很刻薄，也很尖銳，代表了相當一批朝臣和世族的心聲。在他們看來，夏侯玄這些人能力平庸，卻竊取高位，作威作福也就罷了，又在亂折騰，讓天下永無清寧。

曹爽知道，像蔣濟這樣的資歷老又脾氣倔的老臣還是別去硬碰硬的好，乾脆來個不理，你說你的，我幹我的。


曹爽最大的苦惱還不是這些，他最頭疼的是，他的「輔政」工作按理應該有終結的時候，少帝曹芳八歲登基，這是要他輔政的理由，但八年之後曹芳就16歲了，按古制可以行加冠禮，也就是意味着成年了。

這才是曹爽不得不面對的問題：皇帝成年，就可以親政了。

當然，也並不是一到16歲輔政大臣必須歸政於皇帝，秦始皇和漢武帝都是22歲才親政的，但那都有特殊原因，因為當時都有權臣不肯放權。

曹爽儘管文化程度一般，也不怎麼愛學習，但史書也讀過幾本，

他知道，秦始皇和漢武帝沒能按時親政，結果在親政之後都發起了對權臣們的清算，曹爽每想起這件事都很頭疼。

何晏替他寬心，說不用擔心，據他觀察少帝曹芳只是個玩主，喜歡東玩西玩，只要好玩的東西他都有興趣，就是對國家大事沒興趣，只要弄一幫人陪他玩就行，只要少帝自己不鬧着親政，其他人愛怎麼議論就讓他們議論去。

何晏提醒曹爽，真正該頭疼的不是天子，而是太后。

魏明帝的郭皇后在少帝曹芳登基後被尊為皇太后，一直住在宮中。她雖不是少帝曹芳的親生母親，但從小照顧少帝，形同母子，二人感情很好。對於曹爽等人，郭太后似乎不那麼熱情，一向不冷也不熱，不親也不疏。

何晏提到了郭太后，曹爽不太理解其中的意思：「太后不過一個婦人，如果擔心她會影響天子，就讓她少去見天子不就行了，她還能翻起多大的浪！」

何晏解釋說：「並非如此，一旦國家有急事，天子無法下達詔書，太后的詔書就形同天子詔書，甚至可以憑太后的一紙詔書廢立天子！這種事在前代多有發生，所以不得不防。」

曹爽一聽急了，他聽說郭太后對司馬懿一向評價很高，郭家和司馬家也走得很近，兩家甚至有聯姻的傳言，如果郭太后被司馬懿藉用，或者二人聯手，那情況的確不妙。

不管怎麼說，必須提前採取措施預防。在何晏的建議下，曹魏正始八年（247 年），曹爽將郭太后遷往永寧宮居住，在那裏過着類似於軟禁的生活。

詔書是以少帝曹芳的名義下達的，但最傷心的也是曹芳，在他心中郭太后就是自己的母親，分別之時，母子二人相對涕泣。

曹爽等人的所作所為在朝臣中產生了越來越多的牴觸情緒，除了太尉蔣濟，這一時期擔任過三公的高柔、衛臻和趙儼等人都對曹爽一夥看不慣。

比三公地位略低的是劉放和孫資兩位重臣，他們對曹爽也心存不滿。曹爽為了拉攏二人，將劉放任命為驃騎將軍，將孫資任命為衛將軍，這兩個軍職都可以看作全國武裝部隊的副總司令，同時二人仍分別兼任中書監、中書令，還封二人各一子為亭侯，但劉放、孫資均以各種理由推辭，他們不願意居高位而無實權，寧願稱疾讓位。

還有九卿中的少府卿王觀以及黃門侍郎傅嘏等人，也都看不慣曹爽，曹爽等人則利用職權對他們進行打壓。

一天，荊州刺史孫禮因為戰功被提升為冀州牧，行前來拜見司馬懿。

見面閒聊，不說朝政。

不過司馬懿還是想起一件事，對孫禮說：「你馬上要去冀州了，冀州的清河、平原二郡因為地界劃分爭了八年，前後兩任刺史都沒能解決，這種事必須有理有法，公正分明，當年虞國和芮國爭奪地界最後由周文王出來進行決斷。你此去冀州，當處理好這件事。」

孫禮也是個認真的人，這件事他知道：「清河郡和平原郡地界這種爭端，只有憑藉列祖當年受封平原國的地圖來決斷，如今地圖就收藏於朝廷府庫中，調出來可以此為憑。」

孫禮不僅認真，還是個直性子，他真的跑到朝廷的檔案庫，居然找出了當初漢代平原王受封的地圖，根據地圖上所載，有爭議的地區應當屬於平原郡。

這本是一件很正常的公務，曹爽卻插手過問，因為曹爽偏向清河郡。

曹爽讓人直接給冀州下達公文：「地圖不算數，應當到實地進行勘查。」

孫禮很不滿，立即上疏：「我作為冀州牧，敬捧聖朝明晰的地圖，驗別二郡分界，郡界已清晰可辨。今平原、清河二郡爭界八年，就是靠着有力的證據才得以解決，現在不顧證據，全部予以推翻，令人慨歎惋惜，也讓人哭笑不得。要是這樣的話，那恕我能力有限，還有什麼臉面再居高位食俸祿而不理事！」

孫禮束好腰帶，穿好鞋子，駕上車，坐等上面來宣佈對他的解職（輒束帶着屨，駕車待放）。

曹爽大怒，馬上指使人彈劾孫禮對朝廷不滿，判處其有期徒刑五年（結刑五歲）。

朝中有不少人同情孫禮的遭遇，包括司馬懿在內都替孫禮說話，孫禮最後沒有去服刑，在家裏待了一段時間，後被任命為城門校尉。

這時匈奴王劉靖軍隊兵強馬壯，勢力強大，而鮮卑族又屢屢侵擾邊境，需要選一名能幹的官員去并州當刺史，選來選去，發現孫禮最合適。

臨去并州上任，孫禮又去拜見司馬懿。

與上次不同，這次見到司馬懿，孫禮氣鼓鼓地坐在那裏不說話（忿色無言）。

司馬懿安慰他說：「這次能去并州已經很不錯了，為什麼還有怨言？是不是還在為之前冀州受到的不公而不平？如今遠別，重任在肩，國事為重，要振作精神呀！」

聽到這些，孫禮長久以來憋在心裏的怨氣一下子爆發出來：「太傅您為什麼這樣說？我再沒有什麼德行，難道還會把官位和往事放在心上？我憂心的是，如今國家已處於危難之中，天下動盪不安，這是我

不高興的原因啊！」

孫禮說完，大哭不止（因涕泣橫流）。

司馬懿明白孫禮的心跡，但在眼前這種情勢下，他也不好說什麼。

司馬懿只告訴孫禮一句話：「不要哭了，不能忍，也要忍（且止，忍不可忍）！」


## 丟掉幻想，準備戰鬥

曹爽遷郭太后於永寧宮，這件事表面看來似乎也沒有什麼，前代這樣的事不知發生過多少回。

然而，這一次卻暗中傷了很多朝臣的心。

許多忠於曹魏的大臣原本寄希望於少帝曹芳成年後親政，到那時曹爽一夥的勢力將得到抑制，但是按照曹爽現在的做法，根本沒有還政於天子的打算。有的史書提出，郭太后事件正是引發司馬懿下決心與曹爽等人決裂的導火索。

這是個理由，但還有比這個更嚴重的事。在此之前曹爽下令將中壘營、中堅營的編制撤銷，人馬另歸中領軍曹羲（曹爽毀中壘中堅營，以兵屬其弟中領軍羲），這件事其實更非同小可。

中壘營、中堅營屬中護軍也就是目前的司馬師所管轄，曹爽無端將其併入中領軍曹羲，這件事很要命。司馬懿不顧一向能忍則忍、能讓則讓的處事原則，他拿出先帝舊制與曹爽相爭（以先帝舊制禁之不可），但大權為曹爽所握，爭也沒用。

曹爽大概後悔當初把中護軍交給了司馬師，只好採取一點點蠶食的辦法來削弱司馬師的權力，這是一種公然的攤牌行為。應該說，從這件事起，司馬懿父子已不再有與曹爽和平相處的想法，對於將來會發生的所有可能，都有了思想準備。

但是，面對曹爽一夥的咄咄逼人，司馬懿父子處於明顯的下風，如果立即和曹爽等人攤牌，等待他們的將是暴風驟雨般的迫害，而兩個輔政大臣之間的對決一旦形成，司馬懿沒有絲毫把握站在自己一邊的人會更多，甚至不敢保證有沒有人會公開地站在自己的一邊。

儘管大家的心裏都充滿了怨憤，但面對屠刀，大多數人會本能地選擇沉默。

司馬懿不僅要學會沉默，而且不能被敵人看出馬腳，他必須裝得很像，必須讓對手們放心。


除了忍耐，當然要做好必要的準備，只有這樣，最壞的結局出現時才不至於束手無策，更不至於束手就擒。

但史書關於這方面留下的記載非常少，給人的感覺是，司馬懿一直在忍耐，不停地忍耐，只是在忍耐。

但一味的忍耐不是忍耐，而是忍受。忍受是把苦難、痛苦、不幸承受下來，原因也許和忍耐相同，可忍的目的並不清楚，前途也一片渺茫。

忍耐不一樣，知道為何而忍，心中也充滿了希望，為了未來，現在暫時放低姿態，承受痛苦，甚至做出偽裝，一旦時機成熟則立即爆發，迎來光明。

司馬懿父子在此期間暗中進行的一些活動，畢竟不是在陽光下進行的，所以相關材料未能保存下來，史書只是說司馬師偷偷地養了3000名死士，讓他們散佈於民間，需要用的時候馬上就能集合起來（初，帝陰養死士三千，散在人間，至是一朝而集）。

司馬師一直擔任中護軍一職，這是朝廷給他的官職，而他自己還幹着私活：陰養死士。

死士，指敢死之士，多指江湖人士，為了自己的榮華富貴，或者

為了報恩，肯於以死而盡忠。

司馬師雖為中護軍，承擔着選拔武官的重任，但組織這樣的人顯然不是出於職責所在，而是一種祕密行為。


但是，上面這條記載裏有明顯的漏洞。

春秋戰國時期，諸侯王及其所謂的貴公子們紛紛招攬各路人才，將他們收攏到自己手下，稱食客、門客，也就是死士。著名的有孟嘗君，門下有食客 3000 人，為一時之盛。

但司馬師不是孟嘗君，漢魏時代更不是春秋爭霸之時。孟嘗君之所以能延攬 3000 名食客於門下，主要是當時國與家的概念相對模糊，人事制度還不健全，官署如何設置以及如何選人用人還缺少細化的規章制度。

到曹魏一朝，社會管理已趨嚴格，官員選拔逐漸形成定例，又不是諸侯割據各自佔山為王，從哪裏找來這 3000 人就是一個大問題，因為你不可能登招聘啟事，也不能到處打廣告，甚至不能公開地說這事，即使有心投奔也無從得到這些信息，這種祕密行動極大地限制了選人的來源。

再者，即使有了 3000 名死士，怎麼隱藏也是一個大問題。史書上說他們散落在民間，讓他們一個個化身和偽裝，成為「地下工作者」，這也許能做到，但隱藏得太深又如何有效管理呢？一旦有事，怎麼在最短的時間裏做到一呼百應呢？

而且，無數失敗的政變和起義告訴人們，參加的人越多越不是好事，準備的時間越長越容易出問題，拉 3000 人跟你一塊從事推翻現政權的祕密活動，那還有什麼祕密可言？

可能的情況是，司馬師在父親的默許甚至授意下，應該很早便開始了應對未來不時之需的各項準備工作，這 3000 名死士在數量上或許

有些誇張，但他們是存在的。

司馬師擔任着中護軍一職，之前說過這是一個極為重要的職務，因為它負責武官的典選。司馬師一上任就幹得很不錯，工作很積極，說明他希望迅速掌權。通過一段時間的努力，司馬師已基本控制住了這個機構。

中護軍負責選拔武官，重點是禁軍中的中下級軍官。司馬師處於這個有利位置，有機會廣泛接觸到很多人，可以對他看上的人進行爭取，也不排除有一部分人自願投靠。


司馬師還有一些幫手，司馬昭不必說，其他有可能參與的人包括鄧艾、何曾、石苞、胡奮、鍾會等人，這些人有遠有疏，有的參與得比較深，有的在外圍活動，但都是司馬氏父子的死黨。

鄧艾被司馬懿賞識，先被司馬懿徵辟為太尉府副處長（掾屬），又轉任尚書台的科長（尚書郎）。在洛陽期間，鄧艾與司馬懿的來往很密切，他有着天生的軍事才幹，對司馬師有很大幫助。

何曾與司馬懿關係密切，之前司馬懿征遼東時何曾曾經有過一次上疏。魏明帝後來下派他為河內郡太守，不久又拜為侍中，回到洛陽。這時，何曾的母親去世，按照制度他要去官守孝三年。這段時間，正是他比較閒的時候，他從外圍策應司馬師的可能性比較大。

石苞的情況最特別，他與司馬懿父子的關係也最密切，而他的兒子更為著名，就是晉朝那個與王愷鬥富的美男子石崇。

石苞字仲容，渤海郡南皮縣，早年曾為本縣小吏。據說有一個叫郭玄信的宮中官員要某位典農司馬推薦可以做皇帝近侍的人選，這位不知名的典農司馬推薦了兩個人，一個是還未出名的鄧艾，另一位就是石苞。最後，郭玄信或許因為鄧艾有口吃的毛病，不適合侍衛於天子近旁，於是看中了石苞，把他帶到了鄴縣。

但不知道什麼原因，此次推薦並沒有取得最後成功，到鄴縣後石苞的任職一直沒有着落，為了生計，只好以賣鐵為生。

魏明帝青龍年間，石苞前往長安賣鐵，坐鎮長安的司馬懿偶然中發現了石苞，深為賞識。在司馬懿的提攜下，石苞其後也擔任了尚書台的科長（尚書郎），與鄧艾成了同事。

石苞後來還擔任過鄴縣的典農中郎將。曹魏宗室諸王有不少在鄴縣居住，鄴縣很不好管，其中丁謐當時權傾一時，他在鄴縣的親戚中違法犯罪的不少，石苞敢於上奏他們的所作所為，受到讚許。

司馬師擔任中護軍，就把石苞調來當他手下的司馬，成為司馬師的左右手，石苞後來被調到鄴縣擔任典農校尉。

胡奮是司馬懿老部下胡遵的兒子，司馬懿很喜歡他，征遼東時讓他以布衣身份隨征，立下功勞，回來後被朝廷任命為師長（校尉）。

由於哥哥鍾毓的緣故，鍾會與司馬師、司馬昭兄弟走得比較近。正始年間，鍾會先在中書省當科長（祕書郎），後來也到了尚書台擔任科長（尚書郎），一直生活在洛陽。

以上這幾個人裏，何曾、鄧艾的年齡稍長幾歲，其他人都比司馬師年齡小，最小的鍾會才 20 歲剛出頭，晉朝立國後他們都是重臣。

這些年輕人雖然此時都還寂寂無聞，但他們已經自覺或不自覺地聚攏在司馬師兄弟的周圍，暗中積蓄力量，準備與曹爽一夥展開決戰。


## 一個不祥之夢

人家已經在暗中準備了，曹爽等人還在醉生夢死中。

一天，何晏做了個夢，夢見數十隻青蠅集於鼻子上，驅之不去。何晏也算是個大學問家，對術數也有一定研究，熟悉《易經》，但他對於這個夢做何解，仍百思不得要領。

何晏偏偏又是個心事重的人，他總覺得做這個夢很不好，就想找個高人來指點指點。

何晏整日跟鄧颺在一塊，他把這件事告訴了鄧颺，鄧颺建議他找管輅解解夢。

管輅字公明，冀州刺史部平原郡人，三國時期名氣最大的術士。他容貌粗醜，無威儀，嗜酒，喜歡嘻嘻哈哈，沒有正形，人們都很喜歡他，在他面前又很隨便（故人多愛之而不敬也）。

何晏也聽說過管輅的大名，就想趕緊把他請來。管輅這個人行蹤不定，經常雲遊四方，何晏派人一打聽，說管輅這一陣在魏郡太守鍾毓處做客。

鍾會的大哥鍾毓也是個有家學且愛鑽研的人，他也聽說過管輅的大名，就把他請來切磋學問。

何晏派去請管輅的人到了魏郡，在太守府卻撲了個空，原來管輅又被鄴縣典農校尉石苞請去了。石苞也聽說過管輅的大名，把他請來，因為他也想請教一個問題。

石苞問管輅：「我聽說在先生的家鄉平原郡有一個叫翟文耀的人，這個人很神奇，可以隱形，先生是否聽過？這種事是否可信？」

石苞的心裏正裝着司馬師等人的祕密事業，對於各路奇人奇事尤其是那些有特異功能的人，他自然格外留意。如果真有人有隱形的本事，那用處就大了，這大概是他特意請管輅來的原因。

管輅回答道：「這沒什麼，這是陰陽蔽匿之數，一旦掌握，四嶽可藏、河海可逃，隱七尺之形，不足為難。」

石苞聽完大感興趣：「願聽先生說說其中奧妙！」

管輅進一步解釋說：「所謂物不精不為神、數不妙不為術，精者神之所合，妙者智之所遇，精與神二者相通，雖然很難做到，但一旦做到，就不得了。所以魯班不說其手，離朱不說其目，不是言之難，而

是如孔子所說『書不盡言』『言不盡意』，意思是精微之妙，言語無法傳達。」

一番話說得石苞如墜雲霧，不得要領，不過還是很認真地在聽。

管輅繼續說：「白日登天，運景萬里，無物不照，及其入地，一炭之光，不可得見。三五盈月，清耀燭夜，可以遠望，及其在晝，明不如鏡。

「這些神奇現象，就是我剛才說的道理。日月必陰陽之數，陰陽之數通於萬類，鳥獸猶能變化無窮，何況人呢？只要得陰陽之妙、神靈之氣，不僅生者有驗，死也可以預知，所謂生者能出亦能入，死者能顯亦能幽，這些都是物之精氣、化之遊魂，人鬼相感，陰陽使然罷了。」

這通話估計沒有幾個人能聽懂，但大師說的話就是這樣，不懂可以裝懂，如果非說不懂，只能被人譏為智商不夠。石苞雖然沒聽懂，但也不敢說有沒有隱形這樣的事。

石苞向管輅問了一個自以為高明的問題：「能參透陰陽之理的，天下都超不過先生，先生你何以不能隱形？」

石苞大概在想：要是光說不練，你也是個棒槌！

誰知道人家管輅是見過大場面的，不慌不忙地說：「陵虛之鳥愛其清高，不願做那江、漢之魚；淵沼之魚樂其濡濕，不願做那騰風之鳥，這些都是性情所致。在下只想正身明道，直己親義，對於這些特異功能見而不以為奇，也沒有時間琢磨這些。」

何晏最後還是把管輅請來了，二人談話時鄧颺也在座。

何晏先沒有切入正題，而是先提出了關於《易經》的九個問題向管輅請教，管輅一一作答，說得非常清楚明白（九事皆明）。

聽完，何晏讚歎道：「您談論陰陽，今世無雙！」

鄧颺這時插話說：「您以善解《易經》而著稱，為何從您剛才的談話裏很少聽到直接談論《易經》的內容（*君見謂善易，而語初不及易中辭義，何故也*）？」

管輅回答說：「精通《易經》的，不願意提到《易經》。」

這符合玄學的理念，何晏含笑讚道：「先生的回答，可謂要言不煩啊！」

何晏又問了一個問題：「我聽說先生精通諸爻神妙，能否做一卦，看看我能不能當上三公？」

管輅說話很直：「過去周公輔佐周王，以和惠謙恭而享有多福，這些都不是通過卜筮所能言明的。如今君侯位尊勢重，聽說對君侯心存敬重的少，畏君侯之威的多，這可不是什麼好事。」

這番話說得何晏臉上有點掛不住，鄧颺趕緊打圓場，讓管輅解一解何晏做的那個夢。

管輅問清夢的情況，解道：「鼻乃天中之山，高而不危，所以守貴。現在青蠅以臭惡集之，意味着位高者將被顛覆，輕豪者將要敗亡，做了這樣的夢，不可不想想盈虛之數、盛衰之道。山在地中曰謙，雷在天上曰壯，謙則哀多益寡，壯則非禮不履。願君侯上追文王六爻之旨，下思仲尼彖象之義，然後青蠅可驅啊！」

這番話更不好聽了，好像譴責何晏一貫為非作歹必須認真反省似的，何晏的臉徹底陰了下來。

管輅是鄧颺建議請來的，鄧颺懊悔不已，對管輅說：「你說的這些，也都是老生常談罷了。」

管輅不服，回了一句：「老生者見不生，常談者見不談！」

何晏已經沒心思跟管輅對話了，對他說：「好吧，先生的話我當認真想想，與先生相約，明年此時定與先生再相見！」

管輅回到館舍，他有個舅舅正好在洛陽，二人在館舍見了面。管

輅把見何晏、鄧颺的事說了一遍，舅舅認為他說錯話了。

誰知這位預言大師竟說出一句驚人的話：「跟死人說話，怕他做什麼（與死人語，何所畏邪）？」

在管輅看來，何晏、鄧颺雖然還能與他說話，但他們其實已經死了，他是在跟死人說話。

這是一個聽着令人毛骨悚然的預言。


## 又一次裝病

對曹爽等人來說，曹芳一天天長大，這總是個事兒。

曹芳雖然胸無大志，整天與後宮裏一幫近侍瞎混，典型的一個玩主，但他不管怎麼說都是天子，16 歲不還政於他，20 歲呢？再往後呢？如果一直拖着不還政的話，壓力就大了。

為此，何晏出了個主意：把天子廢掉。

曹爽、何晏等人向外放出話來，說少帝曹芳病了，而且病得不輕（爽、晏謂帝疾篤）。這其實是在為謀害曹芳做鋪墊，他們與宦官頭目張當展開了密謀，準備實施弒帝的計劃（與當密謀，圖危社稷）。

他們的想法也許是：把少帝廢掉或殺了，之後立個小皇帝，可以繼續輔政，小皇帝長大，到還政的年齡時再廢掉，立個更小的，如此循環往復，還政的事不也就那麼回事了。

這套把戲兩漢以來不斷上演過，或權臣，或外戚，或宦官，要獨攬大權就不斷行廢立之事，立一個年幼甚至剛滿月的孩子坐上皇帝寶座，說話管用的自然是他們，小孩子長大成人得好多年，日子可以慢慢混着，混不下去了再說。

如此來看，曹操待漢獻帝還是相當不錯的，雖然無法還政於他，但至少在自己生前沒有把他從皇位上趕下去。

可是，對曹爽、何晏等人來說廢掉或殺掉少帝後誰來登上大位又是個問題，史書沒有這方面的記載，可以推斷有兩種情況：一種是在曹家後人裏找個小孩當皇帝；另一種情況，乾脆直接由曹爽當皇帝。

人要昏了頭，什麼都敢做。

但這畢竟是忤逆的大事，也是一件極其冒險的事，搞不好將身敗名裂，眼前已有的榮華富貴也成為泡影。

所以，即使在曹爽身邊的這個小團體裏，這件事也很機密，只有幾個人知道。


有人雖然不知道，卻能猜出來，比如桓範。

曹爽這個小團夥裏大部分人在後世的評價都不高，非但人品不怎麼樣，智商也被鑒定為很差勁，但有一個人除外，就是這個桓範。

桓範字元則，世族出身，大概在建安末年進入曹操的丞相府。魏文帝曹丕時擔任過羽林左監，很有學問，曾與王象等人編輯著名的《皇覽》。魏明帝時，桓範擔任過中領軍、征虜將軍、東中郎將，他是個脾氣有點暴躁的人，曾持節都督青、徐二州諸軍事，在此期間因故與徐州刺史鄭岐相爭，其實也不是什麼大不了的事，為的是一處房產。

這本是私人恩怨，鄭岐又是桓範的下屬，但桓範牛勁一來，祭出了「尚方寶劍」要殺鄭岐（引節欲斬岐）。

最後的結果是，人沒殺成，桓範反被鄭岐告了一狀，說他濫用職權，結果被免了官。過了一段時間，桓範重新被任命為兗州刺吏，但一直快快不樂，覺得很不得志。

後來朝廷有意提拔桓範當冀州牧，這是一件好事，但桓範仍不高興，因為冀州牧在北部戰區副司令（鎮北將軍）之下，歸其調遣，而時任鎮北將軍呂昭資歷不如桓範。

桓範回到家，對妻子抱怨道：「我寧可當朝官，向三公行長跪禮，

也不願意屈從於呂昭！」

桓範的妻子勸他：「你在徐州那會兒，因為一點小事就要殺徐州刺史，現在又以事奉呂昭為屈，這不是別人的過錯，你應該從自身找找原因。」

人緣不好，跟領導同事鬧彆扭，換一個領導或同事吧，還是不行，再換依然如此，到這種時候就應該反躬自省了，不是路不平，而是腳不行，是你的毛病太多，桓範就是這樣的人。

妻子的一句話說到了桓範的痛處，桓範不僅不反省，反而大怒，順手抄起一把刀打向妻子，刀環撞到妻子的腹部，他的妻子正在懷孕，竟然墮胎而死。

這一下令桓範大悔，甚至不再赴冀州上任。

不過，桓範這個人除了脾氣暴一點，長處也不少，最大的長處是善於分析事情、能出主意（號為曉事），是個智囊型人才。

大概汲取了之前的教訓，桓範後來比較注意自己的言行，他與曹爽等人關係密切，主要有兩個原因：一來桓範祖籍沛國，與「諸夏侯曹」是同鄉；二來桓範與蔣濟交惡，而蔣濟為曹爽等人所煩，一來二去，就到了一起。

但說到底，桓範與曹爽等人畢竟不是一路人，經歷不同，也沒有共同的志向和愛好，曹爽表面上厚待桓範，也經常向他諮詢事情，但跟他並不真正親近（於九卿中特敬之，然不甚親也）。

對於朝野動態以及司馬懿父子的一舉一動，桓範比曹爽等人警覺得多，經常提醒曹爽。

司馬懿已經抱病不出，客人來了也很少接見，桓範告訴曹爽，這裏面可能有詐，應該找個機會去試探試探。

這時候，他們一夥人裏的河南尹李勝升任荊州刺史，按照規矩，

應該向太傅及三公辭行，桓範建議讓李勝以此為由前去探視，對司馬懿做近距離觀察。

李勝來到太傅府，說明來意，家人把他讓到客廳，過了好半天，司馬懿才被兩名婢女攙扶着進來。

李勝有一陣沒有見過司馬懿了，一看嚇了一跳，覺得司馬懿一下子老了很多，人瘦了，背也徹底彎了，目光呆滯，不說話都氣喘吁吁。

司馬懿披着件衣服，想伸出手扶一下衣服，結果反而把衣服弄掉到地上。

坐下後，司馬懿似乎說不出話來，指口言渴，婢女拿來粥讓他喝，司馬懿拿不動碗，靠婢女餵，結果粥灑了一身（粥皆流出沾胸）。

看到這種情形，李勝說道：「聽說太傅只是舊病發作，不想尊體竟然如此！」

司馬懿好像這時才打量了李勝一下，連喘帶咳地說：「我已老了……疾病纏身，死在旦夕。你屈尊去并州上任……并州與胡人……很近，平時當妥善準備。今天一別，恐怕今後難以見面了……今以犬子司馬師、司馬昭兩兄弟相託，請為照顧！」

李勝糾正說：「我要去荊州，不是并州。」

司馬懿好像仍未聽明白，反問道：「你才到并州？」

李勝大聲地說：「我要去的是荊州！」

司馬懿這才不好意思地說：「年老意荒，沒聽清你的話，這次你回歸本州，願早建功勛！」

李勝見狀，只好告退。

李勝回來，向曹爽等人報告說司馬懿雖然還活着，但已經離死不遠了，人已毫無精神，完全不用顧忌（已屍居餘氣，形神已離，不足為慮），曹爽聽完，一塊石頭像是落了地。

李勝後來還對別人說：「太傅的身體已不可回轉，令人愴然！」

曹爽等人心中大寬，對司馬懿不再防備（不復設備）。

其實李勝看到的都是假象，他不知道司馬懿是史上最有名的裝病高手，年輕時尚能一裝幾年，現在老了，更錘煉到了爐火純青、出神入化的境界。

司馬懿當然知道平常從不登門的李勝此來是典型的不速之客，登門拜訪的原因不問自明，所以就給他演了齣戲，偏偏李勝又很容易騙。


# 大風颳起來了

這時，時間不到曹魏正始十年（249 年）的新年。

這一年冬天特別冷，風也特別大，西北風使勁颳個不停，掀翻了屋上的茅草，颳倒了大樹，四處都是昏塵（西北大風，發屋折樹木，昏塵蔽天）。

管輅看到這麼大的風，悄悄對朋友說：「這是要殺哪位大臣的徵兆，深為當政的人感到憂慮啊（此為時刑大臣，執政之憂也）！」

古人認為一切奇異的自然現象之所以發生，最終原因都與人事、政治、社會生活相關聯。上天要預示或警示什麼，就會通過地震、冰雹或大雨大風來表現。現在政治黑暗，小人當道，上天颳大風不僅是警示，而且要誅殺作惡的大臣。

但曹爽等人毫無察覺，新年一過，他們就籌劃着去洛陽以東的高平陵拜謁。一來這是每年例行的大典，二來在洛陽城裏待膩了，也想出去玩玩。

高平陵是魏明帝曹叡的陵寢，在洛水南岸的大石山，距洛陽 90 里，其具體位置在今河南省洛陽市東南，當時屬汝陽縣管轄。

大石山也稱萬安石，古時此地樹木繁茂，適合遊獵，魏文帝曹丕常來此打獵，那次途中遇虎、孫禮拔劍斬虎就發生在這裏，還有曹丕

與曹叡打獵時見子母鹿，曹叡不忍射殺，也是在這裏。

雖然距離不算太遠，但由於是謁陵，所以儀式不可少，少帝曹芳親自帶隊，大將軍曹爽是總負責人，宦官、宮人、散騎、宮廷祕書、羽林、虎賁、武衞營，一出動也有好幾百人。

今年的隊伍更加龐大，曹爽的幾個弟弟中領軍曹羲、武衞將軍曹訓、散騎常侍曹彥全部參加。

散心是好事，還可以順道打打獵，你去、我去、他也想去。

曹爽說，那就都去吧，因為他覺得這很正常。

可有人覺得這不太正常，桓範提醒曹爽：「你們兄弟執掌軍機及禁兵，不應該同時外出，如果有人趁機關閉城門造反，還怎麼能回來（若有閉城門，誰復內入者）？」

這是一個重要的提醒，但曹爽認為誇大其詞了。

曹爽眼一瞪：「誰敢？！」

曹爽下令，仍按原計劃出行。


就在曹爽說「誰敢」的時候，太傅府裏已開始了緊張的謀劃。

司馬懿敏銳地意識到機會來了，重要的是，這恐怕也是最後的機會了，勝負在此一念之間，成王敗寇就在眼前。

司馬懿先叫來司馬師商量，司馬師已掌握了少帝一行出發的準確時間、路線，還有此行的詳細日程安排。這些情報不難得到，因為他在謁陵的隊伍裏有一個重要的內線，此人是鍾會，擔任中書省的科長（中書郎），也隨大隊人馬謁陵。

司馬懿覺得司馬昭心理還不夠沉穩，所以暫時沒有告訴他。

經過父子二人的深謀密劃，司馬懿與司馬師制訂了反擊方案，這個方案就是要趁曹爽兄弟全部離開洛陽的間隙，以霹靂手段控制洛陽，然後以太后的名義發佈諭旨，罷免曹爽一黨，奪取政權。

但是，朝廷上下、洛陽內外遍佈曹爽等人的心腹和死黨，經過近十年的經營，曹爽等人的勢力已非常強大。儘管民間充滿了對他們的怨憤，朝臣中也有相當多的人對他們不滿，但要通過一擊之力徹底而迅速地解決掉他們，也是一項幾乎無法完成的事。

　　最大的難點在於，既要嚴格保密，又要組織好、協調好這次行動。

　　為此，必要的冒險是值得的。


　　司馬師手裏雖然掌握着不少「死士」，但僅靠他們還遠遠不夠，還需要有一定影響力、號召力的人加入自己的陣營，關鍵時刻登高一呼即可降敵，司馬懿迅速列出了他心目中的幾位最佳人選。

　　首先是蔣濟，他是禁軍的元老，雖然被曹爽等人奪了軍權，但在崇尚個人威望的禁軍中他始終是一面旗幟。蔣濟深受曹家三代人的眷顧，對曹氏有一定感情，讓他站出來推翻曹魏政權那是很難辦到的。不過，只要維持現有天子的地位，只是罷免曹爽等人的職務，蔣濟一定會贊同。

　　其次是高柔，他是現任司徒，三公之一，威望不用說，對曹爽等人一向沒有好感。高柔為人耿直，看不慣就說，又與曹植關係較近，曹丕繼位後，一直想找機會整他，但高柔做事秉正，又深得朝臣們的敬重，所以曹丕一直找不到藉口。到魏明帝繼位，高柔的行事風格不改，當時校事橫行，高柔不懼安危，多次上疏反對校事制度，為這項制度最終壽終正寢出了大力。司馬懿與高柔交往較多，明白他的心跡，相對於蔣濟，高柔對曹氏祖孫幾代人的感情較淡，更不要說罷免曹爽等人了。

　　如果再選，那就當數王觀，他現在已改任太僕卿，是九卿之一，不僅有一定影響力，而且他與曹爽等人鬥爭最為徹底。在擔任少府卿時，王觀因多次反對曹爽等人侵佔國家財物而被曹爽貶斥，王觀曾是

司馬懿手下的從事中郎，對司馬懿一向敬重。

幹這種事，也不是人越多越好，司馬懿覺得有上面這三位重臣，再加上自己的三弟、擔任朝廷祕書局副局長（尚書僕射）的司馬孚，以及司馬師、司馬昭，人手就基本夠用了。

## 看準機會就動手

曹魏正始十年（249 年）正月初二晚上，剛剛睡下的司馬昭被父親和哥哥叫醒。

來到密室，司馬昭才得知整個計劃，他覺得既興奮又緊張。

司馬師簡單地告訴他，明天一早謁陵的隊伍將離開洛陽，中午時分即開始行動，現在人手緊張，只能抽出來 500 人交給他指揮，任務是監視南宮與北宮，不要攻打兩宮，只保證裏面的人不出不進就行。

領受完任務，司馬懿讓司馬昭回去睡覺。

司馬昭還不知道的是，就在這個晚上，司馬師已經調動了自己的心腹，用最隱祕穩妥的辦法，把蔣濟、高柔、王觀等人以及三叔司馬孚先後接到府裏，先是通報了情況，幾位一聽沒有任何猶豫都表示願聽調遣。然後司馬懿給他們分別佈置了任務。

除司馬昭率 500 人監視兩宮外，司馬懿將其他有把握控制的人馬逐一進行了分配，雖然人數還比較有限，但只要行動同時進行，又突然迅速，打擊並控制敵人的要害，成功還是很有希望的。

洛陽城內外的戰略要點有以下幾個地方：城裏的武庫、皇宮、司馬門、武衞將軍營以及城外的大將軍營。除此之外，曹爽的府邸也是敵人重要的據點。

司馬懿帶少數人馬佔領武庫。武庫是儲存兵器的地方，洛陽城內有武庫，位置在外城以內、宮城以外東南城角附近。洛陽城中各路禁

衛人馬較多，為防止他們中有人突然作亂，平時對兵器有嚴格的管理制度，巡邏、侍衛時可帶兵器，其他情況下要把兵器交給武庫保管。所以，城裏曹爽手下的人再多，把武庫佔了，他們當中的大多數人也就喪失了戰鬥力。

武庫很重要，必須首先佔領，但司馬懿認為執行這項任務的人手不必太多，他相信只要自己能出現在那裏，就勝過千軍萬馬。

司馬孚和司馬師率主力守衛司馬門。史書經常提及司馬門，其實它並不是一個特定的地方，而是有很多門都被稱為司馬門。皇宮通常規模宏大，進入皇宮要經過數重門，門與門之間還有一定的空間，皇宮的外門、入宮後的大門以及宮裏的一些門都稱司馬門，而最為重要的是皇宮的外門，在此門與皇宮之間是非常重要的地方，因為這裏通常屯紮着重兵，司馬孚和司馬師負責的就是這裏。

高柔的任務是帶人赴曹爽大將軍營，出示皇太后的詔書，以代理大將軍的身份臨時接管大將軍營，端掉曹爽的老巢。

曹羲的武衛將軍營是另一處要點，這裏交給了王觀，同樣出示皇太后的詔書，以代理中領軍的身份坐鎮那裏，防止曹爽、曹羲手下死黨鬧事。

如果一切進展順利，城內得到有效控制，司馬懿將與蔣濟一起率兵出城，佔領洛水之上的浮橋，防備得到消息後的曹爽等人向洛陽發起反撲。


佈置完了，但還有一個重要環節要落實：太后的詔書。

郭太后已遷居永寧宮，實際上被軟禁在那裏，要想事先得到太后的詔書非常困難，還容易提前泄密。

但是，沒有這個東西，一切行動都屬非法。

最高權力者是皇帝，罷免曹爽等人需要的是皇帝的詔書，這當然

是不可能的。但在非常情況下，太后的詔書同樣管用，因為太后的詔書甚至可以廢掉皇帝。

在此次行動中郭太后有沒有參與預謀？事先有沒有準備好有關詔書？這些沒有明確的史料記載，但從後來行動迅疾之狀來看，事先已獲得太后的詔書有很大可能，而如果能提前拿到太后的詔書，蔣濟、高柔、王觀等人參與行動的態度會更加堅決。

事實上，司馬懿在這個問題上早有佈局，他很早就注意與郭太后一家拉近關係。郭太后的叔父郭立任宣德將軍，他有個兒子叫郭德，司馬懿讓司馬師把一個女兒嫁給郭德為妻，此女短命早死，司馬懿又讓司馬昭把一個女兒嫁給郭德為繼室。

冷廟反而要多燒香。沒有預料到今天這一步的話，就不會做出如此精心的安排。

所以，郭太后早已暗中站在了司馬懿一邊，加上曹爽一夥對她的排擠和迫害，她也願意把這夥人除掉，為此冒些風險也都情願，有了她的全力配合，詔書自然會想辦法送到司馬懿手中。

郭太后的支持對司馬懿來說非常關鍵，這增加了此次行動的合法性，不致讓人詬病為謀篡。


次日，正月初三，謁陵的隊伍如期出發了。

浩浩蕩蕩，吹吹打打，很威風，很排場。

走了，洛陽城突然靜了下來，靜得出奇，靜得讓人不安。

午後，行動開始，各路人馬按照事先制訂的計劃同時動手，居然一切順利，各處都得手了。

中間也發生了一段驚險。

司馬懿的目標是武庫，他住的府邸在洛陽城內的永安裏，具體位置是東門內附近，曹爽的府邸恰在司馬懿府邸以北，而武庫的位置在

曹爽府邸以北，也就是說，司馬懿從家裏帶人去武庫，必須在曹爽府邸前經過。

在他們進攻的目標裏竟然沒有曹爽的府邸，不是這裏不重要，可以不控制，而是他們沒有那麼多的人，只能先去解決更重要的目標，把這裏先放放。

問題也就來了，當司馬懿一行人路過曹爽府邸時引起了曹爽家人的注意，並且引起了恐慌。守衛曹府的家兵甚至想出來阻擋，但他們不明就裏，看到一行人中還有司馬太傅本人，有點猶豫。

如果在這裏發生激戰，那將誤了大事。

這時，曹爽的妻子劉氏驚恐萬分，但她還算是個有見識的女人，意識到太傅要發動政變。危急關頭，她來到廳前，把負責守衛曹府的帳下守督叫來。

劉氏對這位守督說：「大將軍不在，請你發兵，阻止太傅等人的叛亂，怎麼樣？」

這位守督答道：「遵命，夫人勿憂！」

守督立即登上門樓，看到司馬懿還停在大門前，他馬上拿來弓弩，注滿箭，對準司馬懿就準備射。

弩是一種半自動兵器，注滿可連射幾發至十幾發，在那種情況下，如果這一弩射了出去，司馬懿非死即傷，此次政變結果極有可能改寫，整個歷史進程也許就會改寫。

但已在弦上的箭卻沒有射出去。守督後面站了個人，是他的手下，名叫孫謙，扯了扯守督的衣服，勸守督不要這樣做。

孫謙小聲地說了句：「天下的事情，現在還看不出分曉啊（天下事未可知）！」

是呀，誰成誰敗還不好說呢，幹嘛把自己的身家性命都搭給曹爽一夥？守督猶豫了，箭沒射，但還在弦上。

孫謙又說了兩次（如此者三），守督的弩終於垂了下來，司馬懿最終順利通過。


　　這時，司馬懿等人已經控制住了洛陽城內的局勢，司馬懿按照原來的計劃，親自帶着一部分兵馬來到洛水的浮橋。

　　司馬懿拿出準備好的奏疏，以當眾宣讀的形式進行上奏：

　　「當初老臣從遼東回師，先帝詔當今陛下、秦王以及臣升御牀，把臣臂，深以後事相託。老臣對先帝說『武帝、文帝二祖也曾囑臣以後事，根據臣對當今陛下的觀察，社稷一定會繼續興旺；如果萬一有不如意之處，臣當以死奉明詔』。這些話，當時的黃門令董箕以及諸位才人等在邊上侍疾，他們都應當聽到。

　　「如今，大將軍曹爽背棄顧命，敗亂國典，對內僭越，對外專權；破壞祖制，盡領禁兵，群官要職皆授予身邊所親之人；殿中宿衛的舊人盡被斥出，全部用他自己的新人。同時，又與黃門張當等狼狽為奸，離間二宮，傷害骨肉。天下洶洶，人懷危懼，陛下已形同擺設，豈得久安！這並非先帝詔陛下以及臣升御牀時相託之本意啊。

　　「臣雖朽邁，怎敢枉言？昔趙高專權，秦氏滅絕；呂后、霍光專斷，漢祚不永。這些都應成為陛下之大鑒。太尉蔣濟、尚書令司馬孚等人，都認為曹爽有無君之心，他們兄弟不宜執掌禁衛，臣與他們把上述想法上奏永寧宮，皇太后敕臣如奏施行。臣已經令有關部門以及黃門令罷曹爽、曹羲、曹訓的兵權，以侯爵的身份待在家中，不得在外隨意逗留，如有稽留便以軍法從事。臣已將兵屯洛水浮橋，以應非常之需。」

　　這份奏疏明確罷免曹爽、曹羲、曹訓的兵權，暫不涉及其他人，除此之外也沒有對三人做出其他的處罰，讓他們以侯爵的身份待在家裏進行反省。

這樣做是對的，因為曹爽等人並不在洛陽，仍在控制範圍之外。在洛陽倒是有不少曹爽等人的死黨和擁護者，比如夏侯玄、何晏、鄧颺等人，但他們失去武力的庇護，頂多是手無縛雞之力的一介文人，派人看起來限制居住即可，不必現在就開始清算。

總之，在洛陽外圍局勢完全控制之前，洛陽城內的動靜越小越好。

# 「駑馬戀棧豆」

司馬懿起兵時，桓範就在城內。

在司馬懿看來，桓範與曹爽等人不同，因為他比較明白事理，是一個人才。

司馬懿稱他為「智囊」，控制住洛陽的局勢後，司馬懿專門派人去請桓範，甚至為桓範想好了擬任職務：中領軍。

這說明桓範在司馬懿心中的分量，或者說明在司馬懿看來桓範在曹爽一夥中很有分量，爭取到桓範的支持對於肅清曹爽等人的影響很重要。

按理說桓範不會去應召，因為雙方已勢同水火，形同陌路。

但是桓範卻動心了，想去（欲應召）。

桓範的兒子勸他說，天子在外，應該想辦法逃出去投奔天子。桓範思考了很久，有點拿不定主意了（疑有頃），可見「智囊」也有軟肋。

桓範的兒子再三催促，他這才下定決心出逃。他擔任大司農卿一職，屬下們聽說後都來制止他，但桓範沒聽，一口氣跑到了洛陽的平昌門，想從此門出城。

桓範雖然跑得有些狼狽，但仍不忘隨身帶一樣東西：大司農卿的官印。

城門早已關閉，眼看沒有辦法出城了，桓範突然發現門將很眼

熟，細看，原來是自己曾經舉薦過的故吏司蕃。

桓範趕緊喊他，並舉着手裏的笏板給他看。

桓範對司蕃假稱：「陛下有詔召我，你幫我快把城門叫開！」

司蕃見是恩人，有心開城門，但心裏又不踏實，向桓範要天子的詔書來看看（欲求見詔書）。

桓範哪裏有詔書？假裝生氣道：「你還是不是我的故吏，竟敢如此？」

司蕃礙於情面，就讓人打開城門。

換成一般人，既然天無絕人之路，就悄悄溜吧，好歹撿一條命。但桓範不一樣，自己出了城，還惦記着司蕃的安危，一邊打馬快跑，一邊回頭衝司蕃高聲喊話。

桓範喊道：「太傅叛亂，你快隨我跑吧！」

司蕃這才明白過來，但是想跑，哪跑得了呢？

有人把桓範逃跑的消息報告給了司馬懿，當時他正與蔣濟在一起。

蔣濟歎了口氣，說道：「智囊走了！」

司馬懿卻說：「桓範雖然是智囊，然而駑馬戀棧豆，曹爽必不能用他的計謀。」

「駑馬戀棧豆」的意思是，劣馬的眼睛也就只能盯着馬廄裏的那一點兒豆料，說的是平庸之人目光短淺，只會貪戀眼前的那一丁點兒利益。

司馬懿的話雖然有點刻薄，卻是實情。


跑出城的不僅有桓範，還有辛敞和魯芝。

辛敞是老臣辛毗之子，辛毗就是當年奉旨勞軍，立於司馬懿軍營前不讓貿然向諸葛亮大軍進攻的那個人。辛敞此時是大將軍府參軍，是曹爽手下的高級參謀，此次未與曹爽同行。

大將軍府司馬魯芝見司馬懿父子起兵，也想逃出城去報信，作為

同在大將軍府任職的同事，魯芝招呼辛敞一塊逃。辛參謀面對如此突發情況，驚懼萬分，一時拿不定主意，急忙找姐姐商量。

辛毗的名聲不算小，辛敞也並非默默無聞，但相對於他們家裏的一個女人，他們的名氣就顯得小多了。

這個女人就是辛敞的姐姐、辛毗的女兒辛憲英。古時，常以辛憲英的智、曹娥的孝、花木蘭的貞、曹令女的節、蘇若蘭的才和孟姜的烈並稱，可見其名氣之大。

辛憲英一家都是名人，她的父親和弟弟不用說，她的丈夫叫羊耽，出身於著名的泰山羊氏家族，曾擔任過九卿之一的太常卿。他們的兒子羊琇是西晉名臣，女兒羊姬是同時代少有的經學大家。羊耽有個姪子叫羊祜，就不用說了，就是那個家喻戶曉最後滅掉孫吳的一代名將。

只能說辛家和羊家的人智商都特別高，人家又來了個「強強結合」，就更不得了。

辛敞對姐姐說：「天子不在城裏，司馬懿卻下令關閉城門，現在都在傳說他要造反，不知是不是真的？」

辛憲英分析說：「據我看來，司馬懿此舉不是造反，只不過要殺曹爽罷了。」

辛敞接着問姐姐：「那他能否成功？」

辛憲英回答說：「司馬懿想幹就不可能不成功，因為曹爽根本不是他的對手。」

辛敞一聽急了，說：「既然如此，那我就不應該再出城了？」

誰知姐姐給出了不同的答案：「怎能不出城？恪盡職守、盡忠盡力，這些都是人之大義，普通人尚能做到，何況你是我們辛家的後人？不過，雖然同為盡忠盡義，情況也有不同，一般的屬下盡到該盡的責任就行，那些至親至信的屬下就要獻出自己的生命。你跟着大家

做就行了。」

在忠、義、智、理之間，處於辛敞這樣的地位，的確很難取捨。辛憲英被人視為智慧的楷模，從這件事上便能看出來；發生了這麼大的事，自己沒有任何行動和表示是不忠不義，但反應過度則是缺乏智慧的表現。

辛敞接受姐姐的勸告，也設法逃出城外。

後來，司馬懿認為辛敞的行動是各為其主的表現，沒有加害於他。辛敞不僅化解了危機，而且保住了性命。

辛敞這才歎息說：「要不是跟姐姐商量，可能大義就有虧了。」

在高平陵，曹爽接到了洛陽城裏傳來的消息，一下子矇了。

對於突然發生的變故，曹爽腦子裏一片空白，又急又怕，不知道該做什麼（迫窘不知所為）。

可以想像出他此時的狼狽樣：面色蒼白，四肢無力，頭暈眼花，悲痛欲絕……

此時此地，恐怕想哭都哭不出聲來。

第一感覺告訴曹爽：大勢已去！

再細一想：性命堪憂！

越想越可怕，越想越不敢想。雖然大權在握，雖然司馬懿在他眼裏早已是風燭殘年，但他一下子就明白過來，司馬懿的忍讓和虛弱都是裝出來的，他現在動手了，要清算了，自己已無計可施。

接到洛陽城中有變的消息的這一段最為寶貴的時刻，就這樣被曹爽在胡思亂想中浪費掉了，直到桓範到來。

桓範到後，給曹爽獻上一個計劃：曹爽以大將軍的身份護送少帝車駕去許昌，那裏距此處不遠，是曹魏五都之一、曹氏的大本營，擁戴曹家的人很多。站住腳，召集各路人馬，以平叛的名義討伐司馬懿。

應該說桓範的主意不錯，洛陽雖為司馬懿控制，但各地的人馬並不都聽令於司馬懿，有些州郡還控制在曹氏和夏侯氏及其追隨者手裏，更多的地方是在觀察，看哪一方佔優就會支持哪一方。

曹爽手裏還有一張「摳底王牌」，那就是天子。天子在手，誰反對自己就是造反，誰支持自己就是勤王之師，這是司馬懿所不具備的。

如果真按照桓範的計劃實施，儘管不敢保證一定能取勝，但各自五成的把握應該有。

事已至此，曹爽應該拚死一試。

但是，曹爽猶豫不決。

## 「大眼哥」錯傳情報

桓範看見曹爽被嚇傻了，趕緊去找曹羲，對他說：「現在的形勢很明朗，你還看不明白嗎，那麼多書都白讀了？像你們這樣的門戶，再想求貧賤都不可能了！匹夫尚且有求生的慾望，你與天子相隨，如今號令於天下，誰敢不應？」

曹羲比起其兄算是智商高的，此時竟也默然無語。

桓範又接着說：「你麾下有一別營離此很近，洛陽典農校尉所部都在城外，他們都能聽你的召喚。現在去許昌，用不了太多時間，許昌有軍需倉庫，還有糧庫裏的穀食，大司農的印章就在我身上帶着，要取就取，要拿隨意。」

別看曹羲平時看問題還算清醒，但面對這麼大的變故，也不知如何是好，對於桓範的建議也未能接受（猶不能納）。

曹爽、曹羲肯定心裏惦記着洛陽城裏的家眷、財產，現在落入叛軍之手，還不知道會怎麼樣。想到那些金玉珍寶，想到妻妾兒女，他們的心亂了，你要讓他們拚命，他們卻失了底氣。

反觀當年的各路群雄，比如劉備，經常被人攆着打，也經常被人端了老巢，妻兒常做俘虜，但這些都不會影響他們緊要關頭做出判斷。

　　幹大事的，不能兒女情長，不能婆婆媽媽。

　　而且，只有想出了破解危局的辦法，你才能在保證自己安全的前提下使家人獲得安全，在你死我活的較量面前，實力才是砝碼，乞求沒有出路。

　　但是，曹爽不是劉備，主張拚死一搏的正確建議沒被採納，如此一來主張投降的人就有了機會。隨行的侍中許允、尚書陳泰等人一塊跑去勸曹爽早日歸罪，如此則至少能保住性命。

　　曹爽此時的想法很簡單，就是保命。經許允、陳泰等人一說，彷彿看到了一線希望，於是派許允、陳泰回洛陽面見司馬懿，表示願意認罪。

　　在洛水河邊，司馬懿見到了許允、陳泰，聽他們二人如此一說，進一步看出了曹爽內心的虛弱。

　　不戰而屈人之兵，上之上者也。

　　司馬懿讓許允、陳泰再回曹爽那裏，向他保證不會害他性命，只要曹爽不再掌權，榮華富貴仍可盡享。為了讓曹爽更加相信，司馬懿特意讓深為曹爽信賴的一個叫高陽的侍中一同前往，傳達司馬懿的意思。

　　許允、陳泰把話捎到，曹爽大喜，一線光明變成了一片光明。

　　這時，蔣濟寫給曹爽的信也送到了，蔣濟在信中說，司馬懿只想罷曹爽的官，只要他交出權力，可以保他們兄弟的爵位以及富貴。

　　蔣濟寫這封信也許是司馬懿授意的，如此一來蔣濟等於做了保證人，如果失信，蔣濟首先將名譽受損。

　　這時，曹爽對於司馬懿已經有了九分的信任，他覺得司馬懿也不

能不顧忌曹家在天下的號召力，不至於把事做絕。

恰在此時，又一個人的到來，把曹爽心中的九分信任變成了十分。

這個人的名字叫尹大目，應該是個綽號，說明他的眼睛大。

這個「大眼哥」任殿中校尉，是禁衛軍中的中級武官，什麼來由不詳，只說他是曹爽平日最信任的人之一。曹爽一貫認為誰都可以騙他，但這個「大眼哥」永遠不會騙他。

「大眼哥」也是從洛陽城裏出來的，卻不是逃出來的，而是司馬懿派來的，司馬懿知道他與曹爽的關係，所以也讓他捎話來了。

據「大眼哥」說，太傅對他當面保證絕不會為難曹爽，對曹爽只免官而已。並且「大眼哥」說，在他親眼見證下，司馬懿指着洛水發下了誓言（以洛水為誓）。

這一下，曹爽完全信了。

應該不是「大眼哥」說謊，也不是被司馬懿策反了，而是司馬懿確實那樣說過，也對着洛水確實發了誓，唯其如此，說的人和聽的人才會那麼投入。

桓範還在那邊指揮人伐木做鹿角，又徵調了附近數千屯田兵前來護駕，已在洛水以南擺開了陣勢。

桓範準備打，但曹爽卻把他叫來，讓他把兵撤了，桓範大驚。

桓範問曹爽罷兵的原因，曹爽說：「我不想當大將軍了，當個富家翁吧（我不失作富家翁）。」

桓範被曹爽的智商給氣哭了：「曹子丹英雄一生，竟然生了你們這幫兄弟，簡直豬都不如！就等着看你們滅族吧！」

曹爽不管，派人告訴司馬懿，說少帝已經下詔將他自己免官，他將陪少帝返回洛陽皇宮，之後回家。

司馬懿聞訊大喜。

桓範很失望，但他沒有跑，也隨少帝回了洛陽。

桓範隨隊伍行至洛水浮橋以北，看見司馬懿站在那裏，桓範主動下車，跪在地上只會叩頭而說不出話來（下車叩頭而無言）。

司馬懿對他說：「桓先生何必如此？」

桓範心裏應該很矛盾，當初太傅如此看中自己，但自己還是義無反顧地選擇了曹爽，他其實也清楚，曹爽未必肯聽他的建議，但他還是去了。短短幾天，物是人非，天地反轉，再想回到過去，已不可能。

桓範做好了被殺頭的準備。

然而，出乎他的意料，車駕進宮，詔書下達，桓範仍復位為大司農卿，桓範跑到宮門前拜謝。

這是司馬懿安排的，在他眼裏桓範是個人才，而且不壞，想放條生路給他。可是，當初放桓範出城的司蕃跑來畏罪自首，交代出桓範臨出城對他喊的話，也就是那句「太傅造反」。

司馬懿大怒，說什麼都可以，怎能說我造反？

司馬懿問執法部門：「誣告別人造反，應該如何處置？」

執法部門回答：「按律，應反受其罪。」

也就是說，你告別人犯什麼罪，經查實為誣告的，就相當於你犯了這個罪。誣告人家造反，人家沒有造反，那就要按照造反追究你了。

馬上派人去抓桓範，抓捕的人動作有些粗魯。

桓範對他們說：「輕點兒，我也是個義士！」

於是，桓範被送交廷尉看管審理。


## 恭喜你，答對了

洛陽城內，昔日門庭若市的大將軍府前，此刻冷清得像墳場。

曹爽以及曹羲、曹訓、曹彥等兄弟都被要求集中到曹爽的大將軍

府，這樣看管起來比較容易，他們被要求不得出大門半步。

直到這時，曹爽的心中才生出了新的不祥感覺：司馬懿這個老家伙如果食言怎麼辦？看來當一名富家翁的夢想有點不妙了。

人最寶貴的東西不是權力，也不是財富，而是自由。失去自由的曹爽感到了恐懼和冷漠，在不安的揣測中度日如年。

這種恐懼且冷漠的日子並沒有過幾天，突然，府門外人聲鼎沸，嘈雜之聲在府裏都能聽見。曹爽幾乎崩潰，以為人家要對他動手了，急忙派人出去察看，回來報告說，府邸四周突然來了不少人，看起來都是鄉下人打扮，把府邸圍住，不知是何用意。

是啊，要抓要殺應該是廷尉的事，來一幫草民何意？

曹爽不解，讓人繼續觀察，隨時報告。

半天工夫，家人又來報告說這些人在府邸四角各建了一個高樓，有人到高樓之上不斷向府裏瞭望。

這是什麼招數？曹爽覺得可怕。

如此一來，大將軍府裏的一舉一動盡在人家掌握之中，這是一種公開的騷擾，是一種破壞他人隱私的行為。但這些話，曹爽已經沒處去講了。


就這樣，大將軍府一直被圍困着，曹爽連門都不敢出，吃喝都讓人送進來。

一連過了多日，實在煩悶，曹爽試着溜了出來。

曹爽有一個小愛好：用彈弓打鳥。

曹爽實在悶得發慌，就抄起彈弓，到後花園裏想打鳥解悶。

誰知道剛出來，角樓上便有人喊：「原大將軍要向東南方向去（故大將軍東南行）！」

嚇得曹爽趕緊返回，不敢輕易出門。

曹爽和兄弟幾個共議，大家都不知道司馬懿葫蘆裏賣的是什麼藥。要說殺吧，動手就是，幹嘛弄這些動靜？要說不殺吧，也得給個痛快話，讓人踏踏實實過日子。

即使發落到外地也好，只要能活命，怎麼都成，曹爽他們現在的要求一點兒都不高。這樣不死不活地待着，又整幾百號來路不明的人在外面日夜騷擾，就是不死，也得被逼瘋。

曹爽和兄弟們一商量，當下得趕緊弄清司馬懿的真實想法。曹羲出了個主意，讓曹爽給司馬懿寫封信，就說被困日久，家裏斷糧了，請求給一些糧食。如果司馬懿給了，說明他不打算殺人；如果司馬懿不給或者置之不理，那就凶多吉少。

大家認為有道理，曹爽趕緊寫信。

曹爽在對司馬懿的信中寫道：「賤子曹爽我現在哀惶恐怖，自感罪孽深重，甘願受屠滅之刑。前幾天派家人出去弄糧食，至今未返，現在家裏已經快沒有吃的了，懇請給些糧食，以繼旦夕。」

不久，曹爽得到了司馬懿的親筆回信：「真不知府裏已經缺糧，實在不好意思。已令撥給米 100 斛，以及肉脯、鹽豉、大豆等，隨後送到。」

果然，東西很快送來了。

曹爽兄弟大喜，看來司馬懿還不打算趕盡殺絕。


在另一邊，何晏、鄧颺、丁謐、畢軌等人情況也差不多，他們都被限制在各自家裏不得隨便出入，但如何發落，一直沒有準信。

他們的心裏也都懷有僥倖，覺得司馬懿意在奪權，現在目的達到，或許不會要他們的命。

但是，他們想錯了，曹爽兄弟們統統都想錯了。

宦官張當私自選 11 名才人給曹爽的事被人揭露，事實清楚，證人證言都在，有關部門呈報少帝，司馬懿以少帝的名義詔廷尉將張當收

監，查清事實。

張當知道廷尉是什麼地方，為了少受苦，也為了抱一線生的希望，有的沒有的說了一大堆。

張當交代說：「曹爽與尚書何晏、鄧颺、丁謐，還有司隸校尉畢軌、荊州刺史李勝等人陰謀反逆，計劃都已制訂好了，時間是三月。」

張當的話也許可信，曹爽等人正在密謀廢立天子，或許就定在當年三月執行。當然，也許根本沒這回事，是張當編的。

但既然有人招供，又是造反這樣的重罪，有關部門不敢怠慢，立即呈報，請求將所涉嫌疑人全部抓捕審訊，少帝批准。

過去只是行為不檢點，司馬懿控訴曹爽等人的奏章裏也沒提及有人造反的事，現在由於張當的證言，性質就不一樣了。

曹爽、曹羲、曹訓、何晏、鄧颺、丁謐、畢軌、李勝等人都被抓了起來，經過審理，事實確鑿，他們確實有謀反的計劃，於是以大逆不道之罪，將以上諸人誅殺，並夷三族。

還有早前已入獄的桓範，被控與他們是一夥，也被殺，夷三族。

揭發謀反的張當亦未倖免，同時被殺，夷三族。

這一干人，風風火火了近十年，就這樣以極其乾淨徹底的方式同時退出了歷史的舞台。


一開始，這份名單裏沒有何晏的名字，為辦這件大案，司馬懿專門挑何晏來主審。

司馬懿向何晏暗示，要他至少抄滅八家。

何晏當然不想死，抓住這根救命稻草，不管三七二十一，向昔日的戰友們一通猛追猛查。

何晏特別想戴罪立功，所以查得很仔細很徹底，手段也很殘酷，把大家折騰得夠嗆。

大家曾經是一夥的，何晏也沒少參與過密室之謀，誰幹了哪些違法犯罪的事何晏都很清楚，查起來也自然順利。

何晏終於把這件大案辦完，但報上來的名單上只有曹爽、曹羲、曹訓、鄧颺、丁謐、畢軌、李勝七個人。

司馬懿搖了搖頭：「不夠，還得再查。」

何晏本來就是個白臉，此時臉色更白了，白得像張紙。

何晏哆哆嗦嗦地問：「莫非還有我？」

司馬懿微微一笑：「是的（是也）！」

恭喜你，答對了。

何晏於是一同被殺，夷滅三族。


被殺的人裏沒有夏侯玄，按理說他也應該出現在名單上，他僥倖躲過一劫，可能是因為他雖然宣佈改任民族事務部部長（大鴻臚卿），但還沒有辦完交接，那時還在長安。

政變後，司馬懿以朝廷的名義詔夏侯玄回京，西線戰場總指揮已由郭淮接替（召玄詣京師，以雍州刺史郭淮代之）。

夏侯霸也在長安，他一向跟郭淮不和，認為夏侯玄走後自己必定凶多吉少，就勸夏侯玄跟他一起逃跑，夏侯玄不敢。

夏侯玄回到洛陽，從此被解除了兵權，在朝廷擔任了個掛名的部長，但由於政變前他不在洛陽，好歹暫時保住了一條命。

夏侯霸逃往了蜀漢，走的是陰平道，一路很狼狽，因為不熟悉地理環境，在山中迷了路，糧食吃盡，只得殺馬步行，腳也扭傷了，實在走不動，最後躺在巖石下休息。絕望之際遇到了蜀漢那邊的人，把他接到了成都。

之前曾提及，張飛的夫人夏侯氏是夏侯淵的姪女，論起來就是夏侯霸的本家妹妹，夏侯氏為張飛生了個女兒，現在正是後主劉禪的皇

后，夏侯霸見到後主劉禪還得被喊一聲表叔。

劉禪還真認這門親，不僅厚待表叔夏侯霸，還反覆向他解釋：「你爹，也就是我表爺爺他老人家死在亂軍之中，可不是我老爸親手殺的啊（卿父自遇害於行間耳，非我先人之手刃也）！」

劉禪還把兒子叫來與表舅爺相見，指着兒子對夏侯霸說：「這是夏侯氏的外甥！」

夏侯霸的家眷還在洛陽，念及他們是夏侯淵的後人，司馬懿沒殺他們，而是流放到樂浪郡。

夏侯霸有個女婿很不簡單，名叫羊祜，是三國後期有名的軍事家之一，此時 30 歲左右，本應受株連，但因為他的姐姐羊徽瑜嫁給了司馬師，兩家關係密切，司馬氏父子都有心栽培他，所以沒受太大影響。

曹爽等人被夷三族是一個標誌性事件。曹操、曹丕和曹叡三代數十年建立起來的輝煌至此黯淡下來，坐在皇帝寶座上的雖然還是曹氏後人，但已是徹底的傀儡而已。

曹氏和夏侯氏的後人要麼受連累被殺被流放，要麼從此夾着尾巴做人，不敢以宗室或皇親國戚的身份顯耀。

不過，對於其他人司馬懿沒有繼續大開殺戒，他知道有數不清的各級官員曾經與曹爽等人走得很近，如果細細查下去，定會人人自危，應該適時收手了。

曹爽有個堂弟叫曹文叔，他的妻子名叫夏侯令。曹文叔死得早，二人膝下無子，夏侯令的父親夏侯文寧打算讓她再嫁，夏侯令不願，自己用刀割掉了兩耳以明志，後來夏侯令就生活在曹爽府上。

曹爽被夷三族，夏侯令以其節烈之舉被破例免死。家人把她接回家，要她聲明與曹氏斷絕關係，並且打算讓她改嫁。這一次，夏侯令又用刀把自己的鼻子割掉。

家人既震驚又傷心，苦苦勸她：「人生在世只不過是一粒微塵，何必如此苛責於自己？你丈夫家已經被滅族，你又為誰守節？」

夏侯令說：「正因為曹家現在衰敗了，我更應當守節，否則與禽獸之行何異？」

司馬懿聽說了這件事，頓起敬意，命她領養一個兒子，作為曹文叔的後代。

發生在曹魏正始十年（249 年）正月裏的這場政變，就這樣以迅雷不及掩耳之勢開始，又以風捲殘雲的速度結束了。

對於這場政治事件歷來有不同的評論和看法。一般認為，司馬懿父子以敏銳的眼光準確把握住了稍縱即逝的機會，經過精心謀劃和準備，一舉消滅了曹爽及其同夥的勢力，開創了司馬氏掌權的新時代，為 16 年後晉朝的建立奠定了基礎。

在這場政變中，充分體現了司馬懿的深謀遠慮和籌劃能力，也體現了他長期以來韜光養晦所積纍下來的人脈資源和影響力，這場政變之所以順利成功，也與曹爽等人執政以來不得人心有關。

這樣看，是沒錯的。

但僅這樣看，卻是不全面的。

在總結歷史經驗的同時，也要看到這場政變並不像文字描述的那樣容易和簡單。由於政變的發生存在一定偶然性，儘管之前做了大量準備工作，但仍然屬於倉促起事，所以在政變中頻發意外，司馬懿以近 70 歲的高齡還必須衝殺在第一線，甚至險些被人射殺。

對司馬懿父子來說，其實並沒有百分之百的勝算，只能說是放手一搏。如果沒有成功，被夷三族甚至九族的就是他們了。

但幸運的是，司馬氏父子成功了。

# 第六章 抵抗者聯盟

## 慶幸中的惶恐

曹魏內部突然發生政變的消息傳到吳蜀兩國，大家都深感震驚，簡直不敢相信。尤其是蜀國，還以此為話題展開了一次激烈的辯論。

組織這場辯論的是蜀漢全國武裝部隊總司令（大將軍）費禕，他讓大家就司馬懿該不該殺曹爽為題進行討論，居然爭論得很激烈，最終形成了兩個截然不同的觀點。

一種觀點認為，曹爽兄弟幾個都是平庸無能之輩，僅僅因為是曹氏宗親就榮登高位，得到了主上的重託，但他們的作為有負所託，平時驕奢淫逸，拉幫結派，樹立私黨，危害國家，陰謀叛亂。在這種情況下，司馬懿一舉將他們消滅，盡到了自己的職責，也符合民意。

持這種觀點的人都認為司馬懿做得及時也很應該，在那種情況下必須這麼做，因為曹叡臨終前以少帝相託，這是他應盡的責任。

但另一種觀點認為，司馬懿與曹爽之爭屬於政治分歧，是由於雙方政治觀點不同造成的，作為一場政治鬥爭，司馬懿現在一下子把政敵們全殺死了，而且還夷三族，這難道是安邦定國者應該幹的嗎？

持這種觀點的人認為，如果曹爽有大逆不道之罪，他又怎麼敢回來束手就擒？至於司馬懿認為曹爽驕奢淫逸、濫用權勢，確實如此的話可以罷免他，也可以加刑於他，但把他們這八家人連帶三族男女老幼全殺了，實屬不仁。

上面兩種觀點應該說也代表了天下百姓的普遍看法，有的贊同司

馬懿，說曹爽該殺。有的未必贊同，覺得司馬懿把政治鬥爭上升到了一場大殺戮，有點過分。

民意的這種去向，似乎也應引起司馬懿父子的深思。

確實，成功後的司馬懿不得不面對政變後出現在大家思想上的混亂和分歧，從而重新審視下一步的行動。

按照一般的做法，局面完全控制後，就應該迅速取代舊的王朝，挾天子固然可以有進有退，但其中也蘊含着巨大的風險，並且不利於新事業的開創。

就像當年，曹操得以挾天子以令諸侯，大家都說這一步棋走對了，但曹操背着天子這個大包袱，也經常受其拖累，其奸雄形象如此根深蒂固，也與他控制天子又不稱帝長達 20 多年有關。

從歷史上看，挾天子的幾乎都沒落下好名聲，要麼說你是權臣，要麼說你篡奪政權，總之是非奸即篡，挾持的時間越長，自己的名聲越壞，洗都洗不白。

所以，藉着現在這股勢頭，乾脆把姓曹的皇帝換成姓司馬的，這或許是上策。但在司馬懿看來，放眼天下局勢，似乎並不如想像的那麼樂觀。

曹爽等人固然不得人心，但曹氏的基業經過三代人數十年的奮鬥，在各地仍然紮根很深。

要改朝換代，司馬懿覺得時機遠遠未到。

現在，在司馬懿看來另立新的朝廷顯然不是當務之急，要辦的是盡快穩定人心，進而穩定天下的局勢。

曹魏正始十年（249 年）正月十八，司馬懿以少帝的名義下詔大赦天下。

這一點很重要也很及時，面對人心不穩定的局面，大赦令的發佈就是一份安民告示，告訴大家後面就不會再大開殺戒了，讓許多懸着的心放到肚子裏。

各州的情況更為棘手一些，司馬懿逐步把自己信得過的人派下去當刺史或州牧，其中司隸校尉部在各州中最重要，原司隸校尉畢軌被殺了，司馬懿把并州刺史孫禮調回來改任司隸校尉。

孫禮空出的并州刺史一職，司馬懿走了步險棋，把曹爽原來的部下魯芝派去接任。高平陵之變中魯芝不僅自己跑出了洛陽城，還拉出去不少部下投奔曹爽，他們騎馬砍開洛陽西邊的津門硬闖而出，與曹爽會合。

當時曹爽決意投降，魯芝跟曹爽的辦公室主任（大將軍主簿）楊綜一起勸曹爽別降，曹爽不聽。魯芝和楊綜後來都被抓了起來，審查中，有關方面查清了他們的罪行，一個是奪門而去，一個是勸曹爽反抗到底，都犯了大罪。

有關部門請示司馬懿如何治罪，司馬懿卻說：「他們也都是各為其主，放了吧。」

不久，司馬懿還提拔魯芝為御史中丞，楊綜為尚書郎。大概司馬懿覺得魯芝是個忠義之士，所以這次又委以重用。

揚州刺史部的問題最嚴重，在這裏坐鎮的是全國武裝部隊副總司令（車騎將軍）王淩，這個人很有能力，在當地也有很大影響，但並不可靠，必須把此人調離。

剛好司空徐邈去世了，司馬懿以少帝的名義征王淩為司空，先調虎離山再說。王淩走後的繼任者，司馬懿選擇了諸葛誕。

諸葛誕與蜀漢的諸葛亮、孫吳的諸葛瑾同族，都是漢代名臣諸葛豐之後。諸葛誕在曹魏先後任尚書郎、滎陽令、吏部曹尚書郎、御史中丞等職，魏明帝當年辦「浮華案」，諸葛誕也在其中，被免官。曹爽

等人當政後「浮華黨」強勢復出，加上諸葛誕與夏侯玄關係很好，諸葛誕復職任尚書。

這樣一個「政治不可靠」的人，司馬懿為何予以重任呢？

想來其中一定存在交易，王凌解職前或許提出了條件，繼任者必須由他來選，否則不接受，司馬懿只好答應了，但這也為日後埋下了隱患。

原荊州刺史李勝也被殺了，他空出的荊州刺史一職司馬懿交給了王基，他覺得這個人最合適。

王基字伯輿，青州刺史部東萊郡人，出身貧寒，自幼喪父，17歲時到本郡擔任府吏，後來王凌擔任青州刺史，聽說王基很有才幹，提拔他為副州長（別駕）。朝廷發現王基是個人才，召他為祕書郎，但王凌不放人，時任司徒的王朗再征王基，王凌還不放，遭到王朗的彈劾，一時間鬧得很僵。

司馬懿當時還在擔任着大將軍，就征王基來大將軍府任職，王凌這才放人。可見這個王基絕對是個人才，是個被重臣們爭來爭去的人。

王凌對王基有知遇之恩，但從感情上講王基最敬重的還是司馬懿，王基後來還擔任過中書侍郎、安平郡太守、安豐郡太守等職，他目睹曹爽等人專制奢侈，天下風化大壞，曾憤然撰《時要論》，譏諷時事。

正是基於這一點，王基受到了司馬懿的格外關注。

## 拒絕當丞相

曹魏正始十年（249年）四月八日，少帝曹芳下詔改元嘉平。

本月，太尉蔣濟也去世了，享年61歲。

作為高平陵之變的重要參與者，蔣濟為政變成功立下大功，正

月初三那天蔣濟與司馬懿共同屯兵於洛水浮橋，很多城裏的禁軍正是看到了蔣濟本人，才堅定了脫離曹爽的決心。後來，蔣濟又寫信給曹爽，向他打了保票，又堅定了曹爽主動投降的決心。

蔣濟很看重自己對曹爽等人做出的保證，他反對曹爽等人的做法，但內心裏仍然忠誠於曹魏，對於司馬懿將曹爽等人夷三族的行為，他堅決反對。

所以，政變結束後，當司馬懿以少帝的名義進封蔣濟為都鄉侯、食邑增至700戶時，蔣濟立即上疏予以謝絕。

沒過幾天，蔣濟就去世了。

在曹魏一幫老臣之中，蔣濟的威望不在陳群之下，他在高平陵之變中的態度代表了一些曹魏老臣的共同看法。這幫老臣一般都事曹氏三代，在漢魏禪代過程中他們都無條件站在了曹氏一方，渴望開闢新的王朝，統一國家，繼而開創百年興盛的事業，以曹魏為正統的觀念已深深刻在他們的心中，在有生之年若要再做一次改弦更張，已經很難再說服自己。

曹爽被殺，皇帝雖然沒換，但在蔣濟等人看來，「篡弒」的實際後果已經形成，他心裏有些後悔。

蔣濟去世後，三公也要做出相應調整。

原來的三公是：太尉蔣濟，司徒高柔，司空王淩。蔣濟留下的空缺需補充新人，司馬懿覺得無論是威望還是在自己心目中的分量，這個位置應該給孫禮。

這是孫禮在不到一年時間裏擔任的第三個職務，他由司隸校尉改任司空，尚未到任的司空王淩改任太尉。而孫禮空出來的司隸校尉一職，司馬懿交給了他一直刻意栽培和關照的何曾。

尚書台是核心部門，司馬懿的三弟司馬孚已升任尚書令，尚書台裏的那些尚書變化很大，何晏、鄧颺、丁謐被殺了，司馬懿陸續把盧

毓、袁侃等人調了過去。

盧毓的情況之前已有交代。袁侃字公然，是曹魏舊臣袁渙的長子，袁渙曾在呂布手下供職，曹操殺呂布後袁渙轉到曹操手下。他是三國時代著名的藏書家，很有行政才幹，以為官清廉著稱，深得曹操賞識。袁侃有其父的遺風，為人有原則也有方法（柔而不犯，善與人交）。

司馬懿仍擔任太傅，曹爽被殺後大將軍一職空缺，司馬懿曾擔任過此職，再由太傅回任顯得不太合適，但把這個職位直接交給司馬師，司馬師的資歷又顯得不夠。

司馬懿於是以少帝的名義任命中護軍司馬師為衛將軍，這個職位比大將軍、驃騎將軍、車騎將軍低，但比四方將軍高，目前已經沒有大將軍、驃騎將軍和車騎將軍了，司馬師的這個職務相當於代理全國武裝部隊總司令。


這時，少帝曹芳突然自作主張，下詔擢升司馬懿為丞相。

曹芳已經年滿 18 歲了。一個 18 歲的少年，在此之前還有幾分青澀，也有幾分頑劣，雖然沒有秦皇漢武在這個年齡所表現出來的雄才大略，也沒有曹魏三位先帝的政治才能和理國才幹，但曹芳還不是一個白癡，也算不上個昏君。

曹爽在時，國家大事都由曹爽等人打理，他插不上嘴，也不想操那份心，整天跟後宮一幫會玩的宦官開心玩耍。

突然之間發生的變故讓這個少年清醒了不少，也成熟了不少。現在，他的身邊已經沒有可以信賴的人了，最近不斷有新人到他身邊來，而他過去熟悉的人一個接一個莫名其妙地消失了，他知道新來的人都是司馬懿安插在他身邊的耳目，自己的一舉一動，跟什麼人見過面，談過什麼話，包括何時何地唉聲歎氣一回司馬懿都會以最快的速度知道。

他清楚自己的處境，估計比漢獻帝劉協還不如，劉協最後落了個山陽公的封號頤養天年，自己還有那麼好的運氣嗎？

曹芳越想越害怕，就想出了他自認為聰明的一個辦法：給司馬懿升官，並且為司馬懿加九錫。九錫，之前多次提到過，是一些無比榮耀的特權。

但司馬懿卻沒領曹芳這個情，上疏固辭。

對司馬懿來說，朝野內外和天下各州仍處於未穩之時，只要曹魏的旗號還得打，丞相也罷，九錫也罷，加到身上都是一種累贅。作為一個務實派，司馬懿大概想學習武皇帝曹操，當年孫權勸曹操稱帝，曹操說這是想把我放到火爐上烤啊！

非不為也，也非不能也，而是不想啊。


## 魏軍重現輝煌

曹爽等人被誅，朝政百廢待舉，司馬懿以少帝的名義下詔，請大家都來談談時政和得失，提出一些建議（博問大臣得失）。

在收到的眾多奏疏中，有一份引起了司馬懿的注意。它是王昶寫的，司馬懿看完後就決定派他到荊州去，負責那裏的軍事。

王基去荊州當刺史，他的行政才幹沒有任何問題，但在軍事方面卻是個弱項，畢竟王基之前沒有帶兵的經歷，統一指揮南線戰場，他還需要一些歷練才行。司馬懿另派王昶擔任南部戰區司令（征南將軍），負責整個南線戰場。

王昶字文舒，祖籍太原郡晉陽縣。太原王氏是有名的大族，漢末名臣王允就出自太原王氏家族，王凌就是王允的姪子。

王昶雖然祖籍太原，卻不與王允、王凌同族，王昶與王凌少年時便俱知名於本郡，王凌比王昶年齡大，王昶便把他看作兄長。曹丕還

是太子時，選王昶為太子文學，又升任中庶子，即太子府的總管。

王昶也是曹丕身邊「小圈子」裏的人，當時司馬懿是「太子四友」之一，所以與王昶交往很多，對他的為人及能力也有較深了解。

曹丕稱帝後，王昶先後擔任過散騎侍郎、洛陽典農都尉、兗州刺史，在屯田、農政等方面積累了豐富的實踐經驗，他勤於治政，愛護百姓，深受百姓好評。

魏明帝繼位後王昶轉入軍界，由王省長變成了王軍長，賜爵關內侯，在外領兵。

魏明帝青龍四年（236 年），朝廷下詔卿校以上的官員向朝廷推薦人才，只要求有能力，沒有年齡和級別的限制（**無限年齒，勿拘貴賤**），每名官員可以舉薦一個人，司馬懿時任太尉，他推薦的就是王昶。

王昶雖在外任職，但心繫朝廷，經常上疏論政，他認為魏承秦、漢之弊，法制苛碎，如果不大力釐改國典以振先王之風，希望治化復興則不可能。為此，在軍務之餘他進行了思考和研究，依據古制又結合實際情況寫出了 20 多篇政論。

王昶還精於兵法，著有兵法十多篇，尤其對兵法中的「奇正之用」深有研究，這些政論和兵法著作，王昶都上疏呈給魏明帝審閱。

王昶很有才能，為人卻很低調，從一件小事就能看出來。

王昶的哥哥請他為兒子起名，王昶給兩個姪子一個取名王默、字處靜，一個取名王沈、字處道，從名字看就一律很低調。王昶給自己的孩子起名也如此，一個叫王渾、字玄沖，一個叫王深、字道沖，一個叫王湛，字處沖。

名字很低調，事業幹得卻很高調。王渾後來做了晉朝的司徒，位至三公。王沈是有名的歷史學家，與阮籍等人合著過《魏書》。

王昶此次上疏，談到了五件改革方案，涉及當前的教育、政治、吏治和經濟等方面：

　　其一，崇道篤學，抑絕浮華，大力發展太學和各地方的官學，發展教育事業；

　　其二，強調考試對官員選拔的重要性，廢黜空論；

　　其三，加強對各級官員的考核，按考核情況兌現職務升降和獎懲；

　　其四，加強對各級官員的約束，不使之與百姓爭利；

　　其五，提倡節儉的社會風氣，移風易俗。

　　司馬懿很贊成這些建議，他知道王昶是個一邊實踐一邊思考的有心人，就以少帝的名義頒詔書對王昶給予褒讚，同時責成有關部門落實官員考核辦法（撰百官考課事）。

　　司馬懿與王昶進行了一次長談，話題圍繞着如何治國理政，以及如何對孫吳用兵。

　　王昶認為，軍隊戰鬥力再強也不能保證百戰百勝，必須加強平時的訓練，時刻備戰，而國力是軍事的後盾，必須大力發展農業，開墾土地，做到倉穀盈積，戰事來了，自然有備無患。

　　對於與孫吳作戰，王昶認為關鍵在於水軍：「沒有水軍，其他軍力再強也難以征服孫吳，三位先帝屢次南征，無不因孫吳恃長江天險而無功，所以我建議在新野建立基地，於此操練水軍，待到水軍強大到足以與孫吳水軍一戰時，伐吳大業可成！」

　　司馬懿認為王昶所說很有見地，尤其是發展水軍一事與他之前的看法不謀而合。司馬懿在荊州時就制訂過類似的計劃，也着手進行過水軍的訓練，後來曹真伐蜀，非要他率水軍逆漢水而上，當時水軍戰力尚未形成，而且當時的水軍也不適合於討伐漢中，但司馬懿不好拒絕，還是去了。司馬懿後來離開荊州去了關中，訓練荊州水軍的事也就不了了之。

現在，王昶提出的這些戰略方針正是自己所想，於是司馬懿以少帝的名義升王昶為征南將軍，假節，負責荊州和豫州的軍事（督荊豫諸軍事）。

王昶到了荊州後，果然不負重託，在荊州刺史王基等人的支持下大力發展經濟，加強軍隊訓練，又在新野建水軍，曹魏在南線戰場的實力大增。

第二年，王昶祕密上報，計劃發動一次對孫吳的作戰，主攻方向為孫吳軍事要地江陵。

近年來，孫吳趁曹魏內亂，在南線戰場一直採取攻勢，氣勢咄咄逼人，不斷侵佔蠶食曹魏土地，適時發動一次反攻，一來可振奮士氣，二來可以試試魏軍的戰力。

司馬懿批准了這項計劃。

王昶命新城郡太守州泰率部從秭歸、房陵等處發起攻擊，荊州刺史王基率部從夷陵發起攻擊，這兩個方向主要是吸引吳軍主力，真正的作戰方向在江陵，王昶親自率部向這裏的敵人發起猛攻。

戰鬥開始，王昶命人以竹絙做橋，渡水擊敵，吳軍逃至南岸，經過休整後開鑿出七條山路發起反撲，王昶早已命人攜弓弩在地勢險要處設伏，吳軍不能前進。

吳軍守將是施績，連夜撤入江陵城，王昶率軍直追，斬敵數百。

江陵城下，兩軍相持數日，王昶為引吳軍出戰，分成五路，沿大道做撤退狀，同時用馬和車把繳獲的物資載着圍着江陵城馳騁。

這是一種挑釁行為，施績大怒，遣兵出城追擊，結果中了王昶的埋伏。江陵隨之攻克，此戰斬吳將鍾離茂、許旻，繳獲戰具珍寶無數，王昶振旅而還。

司馬懿很高興，讓少帝升任王昶為征南大將軍，中間多了一個

「大」字，提高了征南將軍的等級，同時讓他享受三公的待遇（儀同三司），還晉爵為京陵侯。

王基在夷陵方向也順利得手，他發現孫吳有一處軍需基地在雄父，於是分兵去襲，繳獲大量軍需物資，僅米就有 30 多萬斛，還俘虜了孫吳的北部戰區副司令（安北將軍）譚正，納降數千口。

少帝下詔賜王基關內侯，同時在新攻取的土地上移民，置夷陵縣。

南線戰場大捷，是魏軍很長時間以來少有的大勝仗，極大地振奮了魏軍的士氣，曹爽等人伐蜀慘敗所留下的陰影逐漸退去了。

## 王司空不敢上任

三大戰場之中，西線戰場由經驗豐富又十分可靠的宿將郭淮坐鎮，南線派去的王昶、王基等人一去就幹得風生水起。

然而，東線戰場仍然讓司馬懿感到焦慮。

王凌由車騎將軍改任為司空、太尉，對於這項任命他顯然持不歡迎態度，找了各種藉口，一直拖着不回洛陽上任。

王凌不就任，司馬懿也不好硬來，對於這位比自己還年長、資歷比自己也差不了太多的老臣，除非最後攤牌，否則硬來是不行的。

王凌與王昶不同，他內心裏忠於曹魏，對司馬懿殺曹爽等人的做法感到震驚，他覺得司馬懿這個人很可怕，回到洛陽自己就進入了牢籠，生命無法保障。

共同的想法也出現在王凌的外甥、兗州刺史令狐愚的心頭，作為另一位「擁曹派」的地方大員，令狐愚也意識到司馬懿將會採取措施對付自己，舅舅將是第一個，第二個將是自己。

令狐愚很早便顯露出遠大的志向（常有高志），眾人都認為令狐愚必將使令狐家得以發揚光大，但令狐愚同族的叔父令狐邵認為他不

是那塊料，令狐愚知道後心中不平。後來令狐邵到虎賁任職，令狐愚已在仕途上混跡多年，有了一定名氣和地位。

令狐愚路上碰到令狐邵，故意說道：「以前聽說大人認為我不行，我現在還像您以前說的那樣嗎？」

令狐邵盯着他看了半天，不語。

令狐邵回到家，偷偷對妻子說：「令狐愚的性情還是那個樣，我看他終究會敗滅。不知道我會不會因此受牽連，到時候就連你們也得跟着遭殃！」


王凌遣心腹祕密前往兗州，與外甥商議如何應對。

令狐愚提出了一個驚天計劃：以揚州和兗州為基地另立新帝，與洛陽分庭抗禮，即使取代不了司馬懿掌控下的洛陽朝廷，也可以自成一方，把三國鼎立變成四國鼎立。

王凌心裏雖然沒有太大勝算，但事已至此只能一試，總比束手就擒好。

要另立新帝，必須在曹氏宗親裏物色一位合適人選，令狐愚推薦了楚王曹彪。

曹彪字朱虎，是曹操的兒子，仍在世的曹氏宗親裏他的輩分算是高者之一。魏文帝黃初年間他被封為白馬王，曹植有一首很出名的詩《贈白馬王彪》，就是寫給他的。

魏明帝時曹彪改封楚王，其間他曾違禁來朝，被有關部門檢舉，被削去一部分封地，減食邑 1500 戶。

令狐愚之所以想到曹彪，至少有以下原因：一是曹彪輩分高，令狐愚還聽說他有想法也有些本事（有智勇），打出他的旗幟，影響力大；二是曹彪與曹植、曹彰的經歷很相似，長期以來過着被監視、限制的生活，雖為宗室，卻沒有太大自由，而曹彪生性不是逆來順受之

人;三是曹彪目前的封地就在兗州境內,是令狐愚控制的地盤,聯絡方便,不會引人關注。

還有一個原因,與一個傳說和一首民謠有關。

令狐愚聽說東郡一帶有傳言,白馬河裏出了妖馬,夜裏經過官家牧場時鳴呼,眾馬皆應,天亮時看見這匹馬的蹄跡大如斛,一直連續數里,沒入河中。

所以,當時流傳起這樣的民謠:

白馬素羈西南馳,

其誰乘者朱虎騎。

曹彪的表字是「朱虎」,又是白馬王,結合以上傳說和民謠,令狐愚堅信擁立曹彪定會成事。

令狐愚派親信張式前去密會曹彪,曹彪果然表示接受。

曹彪對張式說:「請向令狐刺史轉達謝意,我已經知道了他的厚意(謝使君,知厚意也)!」

著名術士朱建平有一次為曹丕看相,說曹丕能活到80歲,那一次朱建平也給曹彪看了,說他57歲時有刀兵之災,需要妥善預防。

這一年曹彪剛好56歲,不知道他還記不記得朱建平說過的話?

有了曹彪的默許,令狐愚大喜,立即通報給王凌。

這時王凌的兒子王廣還在洛陽,這是王凌起事前最頭痛的事。王凌派一個叫勞精的心腹祕密到洛陽,轉告兒子他們正在謀劃擁立楚王曹彪的事,讓王廣有所準備,一旦起事就設法脫身,誰知王廣聽後卻十分反對。

王廣寫了一封信讓勞精轉交給父親,信中說:

「凡舉大事,應考慮民心。曹爽因為驕奢失民心,何晏虛而不治,

丁、畢、桓、鄧諸人專權於世，又強變朝典，數改政令，民習於舊，所以眾莫從之。從他們的這些教訓可以看出，即使勢傾四海、聲震天下，一旦失去民心，也會同日斬戮、名士減半。

「司馬懿內心雖然難以捉摸，但也沒有做過大逆之事，現在他能擢賢用能，廣樹政績，修先朝之政令以應眾心所求，對於曹爽犯下的過錯，全部予以改正，政令莫不以體恤百姓為先。況且，司馬懿父子兄弟並握兵要，不是那麼容易打倒的。」

細品王廣說的這些話，應該在理，司馬懿父子發動政變奪權以來，幹得的確不錯，很得人心，現在起兵與他們對抗，方方面面都不佔優，沒有成功的可能。

然而，這封信沒有起到任何作用，王凌與令狐愚已下定決心，準備放手一搏。

# 司馬懿引蛇出洞

正當王凌和令狐愚摩拳擦掌、躍躍欲試的時候，發生了一件事，使另立新君的計劃不得不暫時中止。

令狐愚突然病死了，真所謂人算不如天算！

這項計劃的總發起人是王凌，但具體工作尤其是與楚王曹彪的聯絡事宜都是令狐愚去辦的，令狐愚的突然去世讓王凌措手不及，失去了兗州這個重要盟友和楚王曹彪的參與，王凌更沒了勝算。

就在王凌為下一步如何行動傷神的時候，兗州這邊的情況進一步惡化，令狐愚的一個心腹叛變了。

這個人名叫楊康，是令狐愚手下的治中從事，他知曉令狐愚的整個行動計劃。

令狐愚有兩個重要心腹，一個是楊康，另一個名叫單固。史書對

楊康的記載不多，對單固的記載倒稍微多一些，說他為人誠實，令狐愚與單固的父親單伯龍關係很好，於是徵辟單固，想讓他當兗州副州長（別駕），但單固不喜歡做官，以身體有病相辭，令狐愚堅持禮聘，單固仍不肯答應。

單固的母親夏侯氏對單固說：「令狐使君與你父親關係很好，所以他才不停地征你去，你還是應該去。」

單固聽了母親的話，就去了，與楊康一起成為令狐愚的左膀右臂。

令狐愚之死事發突然，楊康也毫無準備。當時楊康正在洛陽，他是應司徒之命來談公事的。

此時的司徒是高柔，在高平陵之變中堅定地支持司馬懿。楊康來洛陽應高柔所召，這次召見是例行公務還是有專門的用意，不得而知。


對楊康而言，令狐愚之死意味着另立新君的計劃已提前失敗，經過一番思想鬥爭，楊康決定主動坦白揭發。

楊康先找到高柔，把令狐愚與王凌準備另立楚王曹彪為帝的驚天祕密報告給了高柔，高柔不敢怠慢，帶着他去見司馬懿。

司馬懿知道王凌和令狐愚存有二心，遲早是個麻煩，但對於他們已經開始密謀另立朝廷的事還是感到很吃驚。司馬懿的第一個反應是迅速發兵兗州和揚州，趁着令狐愚新死、王凌正在慌亂之時發起攻擊，把叛亂消滅於萌芽之中。

但司馬懿很快冷靜了下來，現在不能這麼做。

一方面，兗州和揚州地域廣大，王凌和令狐愚在此經營多年，既然敢於叛亂，自然也有相當的準備，兵事一起，勢必一場血戰，取勝不成問題，但對國家將是一次重創，所以武力非萬不得已不可擅用。

另一方面，王凌、令狐愚謀反的事目前僅有楊康的一面之詞，他與令狐愚是什麼關係？有沒有誣告的可能？他的話裏有沒有虛張聲勢

的成份？這些還不好馬上判斷。

即使楊康所言不虛，但僅憑他的證言就能請少帝頒詔討伐三公嗎？天下人能否信服？

基於以上這些考慮，司馬懿決定先隱而不發，觀察一下再說。

司馬懿告訴楊康，此事不要再提，讓楊康仍回兗州，不要引起別人的懷疑。


表面上看，一切風平浪靜。

令狐愚死後，朝廷派了一個叫黃華的人前去接任。黃華事跡不詳，但可以肯定，他是司馬懿信得過的人，他去兗州執行的是特殊使命。

令狐愚死後，對王凌來說還要不要繼續原先的計劃成為一個問題，王凌一度有所猶豫，但他從占星師那裏得知一個消息，說熒惑星的運行發生異常，預示着有王者要崛起（熒惑入南斗，當有王者興）。

熒惑即火星，它是夜空中很亮的星之一，但它的亮度時常發生變化，在天空中的運動軌跡也不定，令人捉摸不透。在星象學家看來，火星又是凶星，火星的紅色預示着死亡、戰亂和流血。

王凌平時很迷信，對星象深信不疑，他認為這是上天督促他去完成大業的吉兆，他決心繼續幹下去。

對黃華的到來，王凌並沒有足夠的警惕，因為他並不知道楊康已經叛變，司馬懿對他們的事也了如指掌。王凌甚至派人前去聯絡黃華，約黃華共同起事。

這件事相當匪夷所思，不是王凌智商太低，就是黃華智商太高，綜合來看，後者的可能性更大。

楊康已成告密者，但王凌只知道楊康和單固是外甥的心腹，楊康知道他們的計劃，如果楊康有別的想法，他們的計劃早就暴露了。現

在，他自己平安無事，就說明祕密仍然被保守着，也就說明楊康一直是可靠的人。

王凌的邏輯沒有錯，錯的是他不知道祕密之外還有另外的祕密。

令狐愚死後揚州與兗州是如何「互動」的，史書沒有留下什麼記載，只能根據常理去推測，那就是，在司馬懿的導演下，一場圍繞着獵殺王凌的大戲正在悄悄上演，楊康和黃華都是戲的主角，他們的任務就是取得王凌的信任。

在楊康的「撮合」下，黃華想得到王凌的信任並不難，他要讓王凌覺得兗州仍然可靠，如果王凌想有所行動，兗州仍然是堅定的盟友。

這一招，就是典型的引蛇出洞。

在司馬懿看來，如果揚州是個膿包，就早點把它擠破吧，別讓它爛到了肉裏。

但對王凌來說，形勢彷彿正朝着樂觀的方向發展，就差上天給他一個起兵的契機了。


# 第一次淮南之叛

到了曹魏嘉平二年（250年）十二月，王凌還沒有赴洛陽上任，仍待在揚州刺史部治所壽春。

司馬懿也沒有行動，他也許仍希望王凌抓住最後的機會來洛陽上任，如果王凌今後能安守本分，就當一切沒有發生過。

司馬懿等了整整一年，王凌那裏都沒有動靜。

又過了幾個月，到了嘉平三年（251年），王凌再不去赴任已經沒有藉口了。這一年四月十七日，曹魏統治的中原地區發生了地震，王凌覺得機會似乎來了。

王凌立即上奏，稱得到確切情報，孫吳利用塗水上漲的機會將要

由水路向揚州發起進攻，他向朝廷申請調兵的虎符，以便就近調動各路魏軍向孫吳發起反擊。

這一招，當然騙不過司馬懿。

少帝的詔書很快下達到壽春：不准。

王凌多少有點兒意外，他不知道司馬懿一年前便掌握了他們另立新君的計劃，隱而不發其實是在等他的行動。

王凌馬上派手下將軍楊弘前往兗州，找黃華商議起兵的事。

黃華把楊弘留下，之後跟他攤了牌，對他曉以利害，楊弘見王凌的陰謀已敗露，後面的事勝算太小，於是倒戈。

楊弘和黃華立即聯名上書，把王凌的整個計劃和盤託出。

司馬懿知道，擠破膿包的時候到了。


司馬懿決定親自率兵赴淮南，討伐王凌。

當時黃河、淮南和長江之間水系和航運都較為發達，由洛陽可以乘船經過若干水道轉運抵達王凌在揚州的基地壽春，司馬懿就是乘戰船前往的，陸路的幾支大軍隨同行動，直逼淮南。

司馬懿料定王凌一定很驚慌，在大軍南下的同時，他還做了兩件事。

一件事是以少帝的名義下詔，對王凌謀叛行為進行揭露。有楊弘的密報，王凌所有的計劃包括行動細節都不再是祕密，對此王凌想抵賴都不能。但詔書同時回顧了王凌的功績，說明他也是一時糊塗犯了錯誤，只要迷途知返，仍然可以原諒，只要王凌主動投降，可以既往不咎。

另一件事是親自給王凌寫了封私信，信中言辭懇切，對此次淮南之行進行了解釋，對王凌進行安慰，並保證不會傷害王凌及家人的性命。

司馬懿寫給王凌的信至少有兩封，王凌給司馬懿也寫了回信。

從王凌給司馬懿寫的回信看，他已經失去了抵抗的信心。司馬懿大軍快抵達時，王凌方寸大亂，曾幾次派人下書，希望與司馬懿對話，但都沒有獲得回應。

後來，王凌接到了司馬懿的回信，約他去一個叫丘頭的地方相見。

這次相見的時間和地點應該是與司馬懿信中約定的，王凌早上從蒲口出發，剛準備出門就接到了赦免自己的詔書以及司馬懿的第二封信，這更加堅定了王凌投降的決心。

王凌又給司馬懿寫了封回信，說自己統重兵在外，執掌一方，卻心懷不義，有負朝廷，今後別無所求，只希望與妻子兒女同在一處，子孫後代平平安安地生活就行了。

王凌對司馬懿流露出乞憐狀，甚至說：「生我的是我的父母，能讓我活下去的是您啊（生我者父母，活我者子也）！」

王凌並不知道曹爽當初也面臨了同樣的境遇，大兵壓境之下給你安慰和保證，讓你在拚命與投降之間搖擺不定。

王凌不是曹爽，但他與曹爽做出了相同的決定。

王凌聽說司馬懿本人率主力已到達百尺，此地屬今安徽省淮陽縣，距壽春有400多里，便隻身乘一艘小船，逆水而上，前去迎接。

王凌走前，交代手下王彧把自己的印信、符節等物都帶上，由陸路先行去拜見太傅請罪。

司馬懿到達百尺後沒有停留，繼續前進，到了他與王凌約定的見面地點丘頭，此地在今河南省沈丘縣境內。

這時王凌也到了，他把自己綁了來見司馬懿，完全認罪。

司馬懿派自己的辦公室主任（主簿）上前替王凌解了繩索，王凌心中升起了更大的希望。他天真地以為皇帝既有詔書赦免自己的罪

行，司馬懿也向他做過保證，看來事情不會那麼糟糕。

但是，當他的小船靠近司馬懿的水軍艦船時，卻被攔住了。

此處是淮河之上，司馬懿率領的水軍戰船雲集，高大威猛，浩浩蕩蕩。王凌乘一葉小舟，形單影隻，孤苦伶仃，任人驅使。

王凌乘坐的小船被牽引着慢慢靠近司馬懿乘坐的戰船，相距十多丈時，船停下來。當王凌看到了戰船上坐着的司馬懿，他忽然意識到自己有點兒樂觀了。

王凌向司馬懿喊道：「接到您的信我就來了，您為什麼還帶這麼多軍隊？」

司馬懿高聲答道：「那是因為你不是寫幾個字就能叫來的人。」

王凌絕望，又悲又憤：「你欺騙了我！」

司馬懿冷冰冰地回答：「我寧可騙你，也不能有負國家！」


王凌被抓捕，司馬懿命步騎 600 人押解他由陸路返回洛陽。

一路之上王凌心潮起伏，他想到自己年逾 70 歲，死不足惜，但他的家人，還有那些跟了他多年的屬下，都要因此遭殃，到時候司馬懿肯定會大開殺戒，想到這裏他感到痛苦萬分。

王凌更後悔輕信了司馬懿，曹爽出事時他不在洛陽，但有些事也聽說過一些。他知道曹爽當時不束手就擒或許還有一條生路，曹爽也是輕信了司馬懿，結果那麼多家庭被夷滅三族。看來司馬懿此人對待對手比較狠毒，對那些能威脅到自己的人絕不會留情。

王凌不知道還有沒有一線生機，為此，他向押解自己的軍士要了幾個釘子，問做什麼用，王凌說用來釘棺材，王凌請他們務必向司馬懿報告一下。

司馬懿明白王凌的心思，就讓人把釘子給他。

王凌絕望，走到項縣時，看到穀水岸邊有一座祠堂，細觀，發現

是賈逵的祠堂，王淩的情緒徹底崩潰了。

賈逵是曹魏舊臣，他死於魏明帝時。賈逵一生最突出之處就是對曹魏無比忠誠。他曾在豫州等地為官，豫州官民為追思他專門刻石立祠，也就是王淩眼前的這個祠堂。青龍年間魏明帝東征，曾乘輦進入這座祠堂拜祭。

觸景生情，王淩越來越傷悲，他與賈逵一樣也以曹魏忠臣自詡，但自己的結局竟如此，讓他情何以堪。

看到賈逵的碑像，王淩大呼：「王淩我一生盡忠魏室，賈逵你的在天神明可知？」

當天夜裏，王淩把隨他而來的幾個揚州舊部叫到跟前，對他們說：「我戎馬一生，年近八旬，卻落到身敗名裂的下場！」

說完，服毒自殺。


淮南第一次叛亂就這樣落下了帷幕，嚴格說來，司馬懿此行算不上一次真正意義上的平叛，因為基本上沒有動刀動槍。

王淩敗得有點窩囊，按說他的智商比曹爽要高得多，但過程和結局幾乎與曹爽如出一轍。如果他拒絕投降，或許還有其他選擇，比如與孫吳聯手，或許可與司馬懿一拚。

現在這樣落幕，總有點不甘。

造成王淩失敗的原因是多方面的，最重要的一點就是拖的時間太長，從嘉平元年到嘉平三年，兩年時間裏王淩等人一直在密謀這件事，不夠堅決果斷。

造反這種事，說幹就幹，不能拖泥帶水，否則夜長夢多。時間拖得太長，知道的人也會越來越多，楊康、黃華、楊弘等人都是知情者，指望他們全都嚴守祕密是困難的事，只要一個人提前走漏了消息，整個計劃也就失敗了。

# 又是一場大清算

解決了王凌，司馬懿沒有立即回洛陽，他下令船隊繼續前進，到達壽春。

在這裏，司馬懿主持了大規模的清算行動，王凌的舊部張式等人紛紛自首，經過審訊，根據張式以及之前楊康、楊弘等人的口供，掌握了大量參與王凌密謀人員的名單，司馬懿下令，凡涉及的人全部夷三族。

當年曹操四處征戰，也遇到過後方反叛的事，平息之後，基本上都採取了寬容的處理方式，即使首謀重犯，能不殺的也都不殺，一些跟從的人後來還得到繼續使用。現在司馬懿不僅大開殺戒，僅憑有關人員的口供就判定一個個死刑，可謂寧枉勿縱，而且要夷其三族，這就是極度高壓下採取威嚇的心理戰了。

今後，看誰還敢有造反的念頭？

王凌雖然自殺，令狐愚雖然一年多前就死了，但他們二人罪惡最為深重，司馬懿讓有關部門研究如何發落。

有關部門經過商議，主張處置王凌一案應以《春秋》為典。漢代決獄，有時不根據法律法令，或者法律法令也有不曾明載的事，這些都可以在《春秋》一書中尋找依據。經過查閱《春秋》，發現春秋時齊國處理崔杼、鄭國處理歸生兩案可供參考。

崔杼是春秋時齊國大臣，曾擁立齊莊公、齊景公，是個權臣，齊莊公私通崔杼之妻，被崔杼發現後殺死。後來，崔杼家族發生內亂，崔杼被殺。死後，齊國重新改葬齊莊公，把崔杼的墳墓挖開，戮屍示眾。

歸生是鄭國的大夫，曾殺害國君鄭靈公，歸生死後，鄭人掘開他的墳墓，曝屍示眾，同時驅逐其家族。

有關部門建議按照以上兩個典故對令狐愚和王凌治罪，司馬懿同意，於是下令將令狐愚開棺剖屍，與王凌的屍體一起在野外曝曬三天示眾。

之後，下令就地掩埋，不必棺殮。

有個叫馬隆的人，曾是兗州刺史部的武官，是令狐愚的老部下，他用自己的資財悄悄為令狐愚安葬，並為其守喪三年。


王凌在洛陽的兒子王廣也被殺了，死時 40 多歲。

王廣還有兩個弟弟，分別叫王飛梟、王金虎，他們都有才學，且武藝過人，應該全部被殺了。

王廣自己有個小兒子，不知何名，只知道他字明山，擅長書法，在當時便已很出名，很多人都把他的字拿來當字帖。

王凌事敗，明山逃脫了，他向太原老家逃去，追捕的人緊追不捨，眼看快追上了，前面有棵桑樹，上面聚集了很多鳥，正好壓彎了樹枝，明山便躺在其後。追捕之人放箭射他，他佯裝中箭，追捕的人以為他被射死，就返回了。

明山沒有死，不過他最終仍未逃過一死。他回到老家，到一個親戚家裏要吃的，結果被親戚告發，被抓起來殺了。

唯一僥倖生還的人是王凌的妹妹，因為她有一個特殊的身份：名將郭淮的妻子。

郭淮是司馬懿最信賴和倚重的將領，有郭淮坐鎮關中，司馬懿完全可以放心，但郭淮偏偏娶了王凌的妹妹。

王凌被誅的消息傳到長安，郭淮的妻子應當從坐，御史前往收捕，但郭淮的妻子很賢惠，也很得人心，郭淮手下的督將以及羌、胡渠帥數千人叩頭請郭淮上表留下妻子，郭淮不從。

妻子上路，眾人莫不流涕，人人扼腕，有人甚至想把她搶回來

（劫留之）。郭淮與妻子所生的五個兒子都叩頭流血，請父親救母親一命，郭淮不忍看，他的內心在忠於司馬懿還是忠於親情之間苦苦掙紮，最後命人把妻子追回。

事後郭淮給司馬懿寫了一封信，信中說：「我的五個兒子都哀求放過他們的母親，不惜為此犧牲自己的性命（主五子哀母，不惜其身），如果沒有母親，也就沒有了兒子，沒有這五個兒子，也就沒有我郭淮了。現在我把人追了回來，知道不合律法，請求任何處罰！」

司馬懿接到郭淮的信，看了良久，同意給予特赦。

但郭淮在司馬懿心中的分量大減，兩年後郭淮病故。


楊康雖然揭發有功，但他仍然沒落下好下場。

司馬懿在壽春親自審訊了單固，根據楊康的舉報，原兗州別駕單固不僅知道令狐愚反叛的事，還參與其中。

司馬懿命人把單固抓來，問他：「你知道把你叫來為何事嗎？」

單固回答說不知道。

司馬懿對單固說：「先把這些事放一放，我問你，令狐愚是否有謀反之舉（且置近事。問卿，令狐反乎）？」

單固回答說沒有。

但楊康再三肯定，說令狐愚的全部謀反計劃單固樣樣都知曉，司馬懿於是下令收捕單固家屬，全都押往廷尉。

對單固拷打審訊了數十次，單固都堅持說沒有，司馬懿讓楊康與單固對質。

單固見到楊康，大罵：「你個老東西，你既已有負於令狐使君，現在又來禍害我全家，但願你能好好活着！」

口供錄完，上報之前廷尉念單固是條漢子，就讓他與母親、妻子見上最後一面。

單固在母親面前不敢抬頭相看，母親叫着他的表字說：「恭夏，你本來不想應州郡之召為官，是我勉強你去的。你身為人吏，這樣做都是應當的。自此單家門戶衰敗，也沒有什麼可怨恨的。」

單固始終無法抬起頭來面對母親。

楊康自以為告發了令狐愚和單固，一定會得到賞賜甚至封拜，但有關部門認為他在與單固對質的過程中言辭錯亂，有很多事沒說清楚，於是建議一併問斬。

臨刑之前單固又看到了楊康，罵道：「老奴才，你死是咎由自取，如果被你害死的人地下有知，你又有何面目見他們？」

還有一個人，就是楚王曹彪，自然難逃一劫。

少帝命侍御史奉旨持節前往曹彪的封地賜給他璽書，上面說：「你身為楚王，是宗室至親，卻不能遵守國家法令，為宗室做出榜樣，你與奸佞之徒勾結，和太尉王凌、兗州刺史令狐愚等人密謀造反，妄圖推翻朝廷。這種有背叛之心、無忠孝之義的行為，有何臉面去見父兄亡靈？」

璽書以少帝曹芳的口吻繼續教訓這位長輩：「有關部門要將你送交大理行刑，我念及咱們都是同宗，不忍心看你暴屍街頭，因此派御史賜你璽書，這些都是你自作自受，怨不得他人。漢代燕王謀反，最後被賜死，這個辦法對你來說已經夠寬容的了，你好自為之吧！」

曹彪無奈，只得自殺。

詔書同時貶曹彪的妃嬪及兒子們為庶人，流放到平原郡。沒有被滅三族，算是格外開恩了。

對曹彪的屬下卻沒那麼寬大，曹彪的所有屬下以及朝廷派來監視曹彪的官員，都因犯了知情卻不及時勸阻或報告的罪過，全部處死。曹彪的封地也被收回，淮南國改為淮南郡。

從曹彪事件中，司馬懿發現了把曹魏宗室分散於各地的風險。司

馬懿想了個辦法，把曹魏的王公全部集中於某地，派人看管起來，名義上是集中居住，其實是軟禁，便於控制。

不能把他們都弄到洛陽來，那樣目標太大，且不好控制。想了一下，司馬懿覺得鄴縣是個好地方，曹魏的發祥地，武帝曹操身故之後還有不少妃嬪、宮人在那裏居住。

於是，司馬懿讓少帝下詔，將曹魏所有的王和公全部集中到鄴縣居住，派有關人員負責監督管理，平時不允許他們與外人交往（**盡錄諸王公置鄴，使有司察之，不得與人交關**）。

但不知是何故，曹彪這一支卻沒有消散，相反很快便得到了重興。僅在三年後，皇帝又下詔封曹彪的兒子曹嘉為常山真定王，食邑達到 2500 戶。西晉開國，曹嘉還被封為高邑公，先後擔任過國子博士、東莞郡太守。

在曹氏後裔裏，曹嘉是為數不多的幾個改朝換代之後仍然「混」得不錯的，作為曹操的孫子，他得了祖上的遺傳，也很會寫詩。

曹嘉有個要好的朋友，他就是石苞的兒子、晉朝有名的大富豪石崇。石崇後來擔任征虜將軍，負責青州、徐州的軍事，算是曹太守的直接上級。

曹嘉曾寫詩誇石崇：

> 文武應時用，兼才在明哲。
> 嗟嗟我石生，為國之俊傑。
> 入侍於皇闥，出則登九列。
> 威檢肅青徐，風發宜吳裔。
> 疇昔謬同位，情至過魯衛。
> 分離逾十載，思遠心增結。
> 願子鑒斯誠，寒暑不逾契。

這種馬屁詩當然比不上其叔祖「三曹」，但作為曹氏宗親，父親又背着反叛的罪名，曹嘉不僅在晉朝官場上站住了腳，而且能與晉朝的這些達官貴人相往來，說明他適應時代變化的能力很強，很會來事。

石崇收到曹嘉寫的詩，還專門寫詩相和：

> 昔常接羽儀，俱遊青雲中。
>
> 敦道訓冑子，儒化渙以融。
>
> 同聲無異響，故使恩愛隆。
>
> 豈惟敦初好，款分在令終。
>
> 孔不陋九夷，老氏適西戎。
>
> 逍遙滄海隅，可以保王躬。
>
> 世事非所務，周公不足夢。
>
> 玄寂令神王，是以守至沖。

曹嘉的朋友挺多，口碑不錯，他當了多年郡太守，職務一直沒有升遷，為此有吏部官員還專門上疏替他說話。


## 司馬懿病逝洛陽

壽春的事告一段落，司馬懿決定率大軍返程。

大軍走到五池的時候，遇到侍中韋誕一行，他們是奉少帝之命前來勞軍的。又行進至甘城，遇到了太僕卿庾嶷一行，他們除了勞軍，還肩負着一項重要使命。

庾嶷帶來了少帝曹芳的詔書，內容是對司馬懿加官晉爵，之前司馬懿已堅辭了一次，但看來曹芳很執着，而且這一次封拜得更高：拜司馬懿為相國，晉爵安平郡公，食邑增至五萬戶，子弟 19 人全部封侯。

曹操當年為晉爵魏公費了好大的勁，背地裏招來多少唾沫。現在公爵之位主動送上門來，不要都不行。

但是，司馬懿仍不同意。

司馬懿寫了一封奏疏請瘐竇帶回去，其中寫道：「臣受託孤之命，憂深責重，憑賴天威才摧毀奸兇，功不足論。現今三公之位俱齊備，要違反先朝聖典，重走秦漢之路，這是極不恰當的。我如果不堅決推辭，天下百姓將怎麼議論我呢？」

奏疏送達少帝，可少帝依然執着，再派人來下詔，相國和郡公不要，又提出加九錫。

司馬懿只得又上疏回覆說：「太祖有大功大德，漢氏崇重，故加九錫，這是歷朝歷代都不容易遇到的事，不是後代君臣可以隨便傚仿的。」

對於九錫，司馬懿也堅決不接受。


這時已經是曹魏嘉平三年（251 年）六月，司馬懿已是 70 多歲的老人，年事已高，加上最近幾個月不僅勞心費神，而且隨大軍行動，一路顛簸，司馬懿病倒了。

這一回，司馬懿不是裝的，是真病了。

如果是現在，70 來歲算不上高壽，但在古代，能活到這個年齡那是絕對「夠本」，想活到 70 歲以上，不僅需要好身板，還需要好運氣。

司馬懿的身體不錯，這似乎得益於家族的遺傳，他的父親司馬防以及弟弟司馬孚等人都挺長壽，他的大哥司馬朗英年早逝，但那是得了傳染病去世的，是因公殉職。

七月，司馬懿抱病回到洛陽，病情加重。

司馬懿知道這次已來日無多了，於是立下遺囑，交代後事。

司馬懿的遺囑共有四條內容：

一是葬於京城東北 80 里的首陽山，不墳不樹，保持原地形不變；

二是陪葬時用一些平時穿的衣服就行，不設明器；

三是日後家族的死者不管是誰都不得與其合葬；

四是子孫們以後也不要來祭陵。

首陽山在洛陽東北不遠，屬今河南省偃師市邙嶺鄉，是邙山在偃師境內的最高處，因太陽光先照到而得名。首陽山最早出名與伯夷、叔齊兩位著名隱士有關，他們恥食周粟，隱居於首陽山，採薇而食，死後葬於首陽山。魏文帝、明帝的陵墓也在這一帶，司馬懿早為自己看好了陵墓的位置，他死後也葬於此。

漢魏之際兵荒馬亂，盜墓盛行，所以司馬懿想到不墳不樹，也不要用值錢的東西陪葬，一方面出於節儉的考慮，另一方面也是為了不招來盜墓賊。

做完這些交代，曹魏少帝嘉平三年（251 年）八月五日，司馬懿病逝於洛陽太傅府，享年 73 歲。


回顧司馬懿的一生，可謂波瀾起伏，蔚為壯闊。

司馬懿 22 歲第一次踏入仕途，後因故離職，直到 29 歲才第二次出來做事，來到曹操手下。

司馬懿 41 歲時曹操去世，曹丕繼位，他的人生翻開了新的一頁。43 歲時被封為鄉侯，擔任朝廷尚書僕射的要職，46 歲時擔任了撫軍大將軍，開始領兵，這是他人生中的又一次重要轉折，第二年文帝駕崩，他成為三名輔政大臣之一。

司馬懿從 47 歲到 60 歲一直在曹氏第三代君王魏明帝駕下為臣，其間平孟達、抗諸葛亮、討伐公孫淵，建立了不世功勳和巨大的個人威望，職務也升至大將軍、太尉，幾近人臣的頂點。

司馬懿也試圖成為曹魏的忠臣，至少在第二次託孤之前他從未有

過謀叛的念頭。但是，事情的發展不由他來操控，在人生的最後十多年裏，他大部分時間都處在被排擠、受打壓的狀態，這對一個為曹魏社稷傾心竭力、建立了豐功偉績的四代老臣來說，是多麼不公。

在最後幾年，司馬懿的生命反而再一次燃放，他以垂暮之年先是發起政變，絕地反擊，掌握了政權，繼而以霹靂手段鎮壓其他人的叛亂，為子孫的基業再添一把火。為此，他大開殺戒，因為他知道有些人他不去殺就要留給子孫殺，與其讓子孫的霸業一開始就背上濫殺的包袱，不如就讓他這個快死的人來做惡人吧。

後世有人批評司馬懿父子欺負曹魏後繼無人，以欺騙的手段奪取了政權（欺他孤兒寡婦，狐媚以取天下也），這個評價非常不公平。

曹爽等人專權期間，曹魏內部失和，政治混亂，國力不斷下降，其間也曾出兵伐蜀，但一場大雨就讓其不了了之，反映出曹魏軍隊戰鬥力的衰減。雖然「一強對二弱」的總體格局未變，但強弱之間的差距如果逐漸減小的話，就會達到一種「恐怖平衡」，意味着誰都無法消滅對方，如果真是那樣的話，三國分裂的局面可能不止數十年而會更長，也許會提前出現南北朝那樣的大分裂時期。

司馬懿父子發動政變，無論出於怎樣的動機，從結果看其實產生了為北方政權「止損」的作用，制止了「恐怖平衡」的出現，最終使國家很快實現了統一，這是司馬懿對歷史發展的貢獻。


# 遭遇東興之敗

曹魏少帝嘉平三年（251 年）九月，司馬懿被安葬於首陽山，少帝下詔授其諡號為「文貞」，追封相國、郡公。

司馬懿的兒子司馬師後來被封為晉王時，追封司馬懿為宣王。司馬懿的孫子司馬炎後來接受曹魏禪讓稱晉朝皇帝，又加司馬懿的尊號

為宣皇帝，稱其陵墓為高陵，廟號晉高祖。

現在，曹魏少帝曹芳下詔，命司馬師以撫軍大將軍的身份輔政。

就像當年文皇帝曹丕剛接班時那樣，新官都喜歡「上任三把火」，司馬師掌權後也立即推出了多項舉措。

這些舉措包括：舉賢才，明少長，恤窮獨，理廢滯。

舉賢才就是命百官推舉賢能之士，經過曹爽、王凌等事件，朝廷和地方都缺人，不愁官位，愁的是有官位找不到合適的人，在九品中正制的日常選人用人機制之外，司馬師讓百官積極為朝廷推薦人才，既為朝廷提供了人才資源，也進一步拉攏了百官，一舉兩得。

明少長就是尊崇法制和禮儀，在社會不安定之時，更要倡導尊卑有序，明禮知恥，主張孝道，像竹林七賢中有幾位那樣，特立獨行、我行我素，就不符合朝廷所提倡的方向。

恤窮獨就是體恤扶助下層人，尤其是那些在戰爭中致傷致殘的人，那些死去將士的親屬，都是重點照顧的對象。這一點很重要，它不僅為的是收買人心，而且是保持社會生產力、提高軍隊戰鬥力的重要措施。

理廢滯就是要整治吏治，改變官吏的作風，淘汰冗員，改變官員精神面貌，讓大家勤於理政。

這幾條措施推行後，立刻收到了很好的效果，受到上下一片稱讚（四海傾注，朝野肅然）。


這時，有人提出要「改易制度」，也就是改朝換代。

司馬師認為不可：「『不識不知，順帝之則』，這是詩裏面的美好人間啊！三祖典制仍應遵奉，除了軍事方面的事項，其他的現在都不宜改變（自非軍事，不得妄有改革）。」

司馬師說的「不識不知，順帝之則」出自上古時一首叫《康衢謠》

的兒歌，說的是堯治理天下 50 年後的一天，微服私訪至一個叫康衢的地方，聽見一群小孩在唱這首民歌：

> 立我烝民，莫匪爾極。
> 不識不知，順帝之則。

大意是，讓咱們百姓有衣有食，莫不是得益於你的英明政策，讓大家不投機、不取巧，這些都順乎自然的法則。堯聽到後很高興，覺得自己可以功成身退了，於是召來舜，禪讓天下。

「三祖典制」指的魏武帝、魏文帝和魏明帝留下的制度典章，在經歷了曹爽、令狐愚、王凌等一連串事件後，司馬師仍然高舉着曹魏的旗幟。父親臨終前把罵名儘可能替他背了，他在這方面的包袱比較少，掌權伊始就強調「三祖」，這是高明之處。

從司馬師的一生看，他並不是一個保守派，反對一切改革。相反，他是一個最能適應變化的人，他不願意改革和改變，不是認為不需要改，也不是不想改，而是他看清現在不能改、不宜改。

原因很簡單，現在朝野上下最需要的是穩定，穩定人心、穩定政局，先穩住這一切，其他的事慢慢再說。

次年正月，司馬師升任全國武裝部隊總司令（大將軍），加侍中、持節、都督中外諸軍事、錄尚書事，全面掌握了軍政大權。

兩個月後，從孫吳方面傳來消息，孫吳皇帝孫權駕崩，關於這件事，放到後面再去細說。

消息傳到洛陽，不少人認為這是討伐孫吳的天賜良機，趁其幼主登基未穩之時將江東一舉蕩平，剩下的蜀漢小國可不攻自破。

征南大將軍王昶、征東將軍胡遵、鎮南將軍毌丘儉等人都紛紛上表，請求征吳，他們提出的具體作戰計劃各不相同（三征計異）。

傅嘏此時已轉任尚書，深為司馬師器重，司馬師將三個人所上的作戰計劃都交給傅嘏看，讓他參謀一下。

傅嘏看完這三份作戰計劃，回了一篇很長的奏疏，認為從三份計劃的內容看都是討賊的常計。傅嘏個人認為，現在應該實行大規模屯田，採取不斷向前推進，通過穩紮穩打來相機而動。

傅嘏的意見最後未被採納，司馬師採納的是諸葛誕提出的方案：由王昶率部攻打南郡，由毌丘儉率部攻打武昌，由諸葛誕和胡遵率部攻打東興。

三路大軍之中，前兩路為策應，真正的作戰目標是軍事要地東興。


作戰行動隨後展開，司馬師想讓司馬昭鍛煉一下，就讓他以東戰區副司令（安東將軍）的身份擔任監軍。

但司馬師還是低估了孫吳的實力，孫吳方面此時由諸葛恪主持軍事，他很快判斷出魏軍攻擊的重點方向，親自率四萬大軍馳援東興。

之前魏吳東線戰場中，沿長江的最重要的攻防要點是濡須口，曹操與孫權多次在此交手，東興據濡須口不遠，在今安徽省含山縣境內。

東興之戰就此拉開序幕，雙方的主將是諸葛誕和諸葛恪，他們與諸葛亮一樣，都來自同一個家族。

諸葛恪命老將丁奉率呂據、留贊、唐咨等部緣山西進，但是山路狹窄，進展緩慢，丁奉於是親率 3000 人輕裝前進，出山後改坐船順水而下，搶先一步佔領軍事要地徐塘。

這時已是冬天，長江一帶天降大雪，胡遵等人以為吳軍還在遠處，絲毫沒有防備，都在喝酒。丁奉率這 3000 人馬突然對魏軍營壘發起攻擊，戰鬥進行得很激烈，魏軍人數雖然佔優，但吳軍作戰勇猛，以一當十，雙方陷入膠着。

就在吳軍漸漸不支之際，呂據等部也到了，魏軍士氣大挫，自發

向後撤退。

魏軍後退需經過一座浮橋，結果因爭渡浮橋而使橋斷，落水及互相踐踏而死的有上萬人，包括將軍韓綜、樂安郡太守桓嘉等人。

東興之戰就這樣未等大規模展開便在序戰階段結束了，王昶和毋丘儉等另外兩路聽說東興戰敗，也燒營而退，被吳軍繳獲了大量軍用物資。

東興大敗的消息傳到洛陽，朝臣們紛紛提出應追究將領們的責任（朝議欲貶黜諸將），司馬師不同意。

司馬師做了自我檢討，對大家說：「我當初沒有聽傅嘏的建議才至於此，這是我的過錯，諸將無罪。」

但總得有人承擔點責任吧，否則實在交代不過去。司馬昭在此戰中擔任監軍，司馬師是於以皇帝的名義下詔，削去司馬昭的爵位以示懲戒。

東興之戰幫了諸葛恪的忙，孫權死後他是首席輔政大臣，主政之初便打了這麼大一個漂亮仗。

但這一場勝仗來得也有點太容易了，對諸葛恪來說倒不見得是什麼好事情。

# 夏侯玄和李豐

對司馬師來說，外面不順，內部又起了波瀾，這一回的主角是夏侯玄。

曹爽等人被誅殺，夏侯玄僥倖逃過一劫，但他從此鬱鬱不得志，整天提心吊膽地活着。

此時夏侯玄有40多歲，像他這樣的人，一般還不甘於默默無聞地

度過餘生。但司馬懿死後兩個兒子卻依然強悍，不僅牢牢地控制了整個局勢，而且與永寧宮的郭太后建立了更加緊密的同盟關係。

照這個勢頭發展下去，司馬師兄弟不僅不會倒台，而且遲早要取代曹家的皇帝，夏侯玄覺得簡直看不到光明。

但天無絕人之路，尤其是對那些愛觀察又勤於思考的人。

正當夏侯玄鬱鬱寡歡的時候，據他觀察，有一個人也和他一樣情緒低落，這個人雖然沒有顯赫的身世，手裏也不掌握重權，卻是一個很有能量的人。

這個人就是李豐，他的父親叫李義，曾任曹魏衞尉。李豐的特長是善於識人、品評人，因此引起大家的關注（識別人物，海內注意）。

一般來說，這樣的人社會活動能力都很強，比如當年的魏諷，後來的李偉，他們都有一個共同特點：朋友多，氣場足，無論在朝在野都是人物，想不引人矚目都難。

曹爽執政時期，李豐因兒子李勝的緣故跟曹爽等人走得比較近，曹爽給他了一個重要職務：永寧太僕。這個職務相當於永寧宮的總管，而永寧宮是軟禁郭太后的地方。郭太后似乎對給她派來的這個總管不感冒，平時挺煩他（以名過其實，能用少也）。

李豐後來改任朝廷祕書局副局長（尚書僕射），曹爽與司馬懿鬥爭最激烈的時期，民間流行着幾句歌謠：

> 曹爽之勢熱如湯，
> 太傅父子冷如漿，
> 李豐兄弟如遊光。

小小一個尚書僕射，能與兩大巨頭並列而論，說明了李豐的不同凡響之處。「李豐兄弟如遊光」，是說李豐和他的弟弟李翼能八面玲

瓏，遊走於各方之間，李翼後來當了州刺史。

李豐到尚書台任職後工作態度比較消極，經常請病假，而且一請就是好長時間。當時制度規定，官員連續請病假滿百日將解職。李豐總是在快滿百日時回到尚書台上幾天班，然後再請病假。

司馬懿誅殺曹爽後，剛好在路上遇到李豐，司馬懿親口將消息告訴他，李豐大怖，一下子癱到地上站不起來。

李豐為何害怕？因為他覺得自己與曹爽等人關係密切，司馬懿辦完曹爽定會接着辦他。但是李豐卻平安無事，關鍵原因是他與司馬師的關係也很好，事後他仍然擔任尚書僕射，後來要選一個中書令，司馬師還推薦了他。

在魏明帝時中書令曾是絕對的顯職，執掌機要，影響政局走向，地位甚至高過尚書令，但那是在皇帝本人直接掌權的情況下。此時大權集中於司馬師，他以大將軍的身份掌握軍權，以錄尚書事的身份掌管行政權力，司馬師親自分管的尚書台才是權力核心，中書令實際上是個閒差。

但是，擔任中書令這個職務可以隨時接觸皇帝，李豐到任後經常與少帝曹芳密談，他們談論的內容外人一概不知。李豐雖然很「遊光」，但他內心裏是傾向曹魏的，他的另一個兒子李韜娶了魏明帝曹叡的女兒齊長公主，他與曹氏有姻親關係。

曹芳已經 20 多歲了，儘管榮登大位以來就不知道行使皇權是什麼滋味，但他也是個有些想法的人，他與李豐密談的內容肯定與權力有關，為了實現他們密談的目標，李豐開始悄悄地展開了聯絡工作。

李豐與夏侯玄有着共同的擔憂，也有共同的理想，所以二人自然而然地走到了一起。

根據李豐的計劃，將通過發動政變推翻司馬師兄弟，擁立夏侯

玄執政。除了夏侯玄外，李豐聯絡上的人還有光祿大夫張緝、黃門監蘇鑠、永寧署令樂敦、冗從僕射劉寶賢等人。其中張緝是曹魏舊臣、涼州刺史張既的兒子，他還是少帝曹芳的岳父，現任張皇后是他的女兒。

李豐的弟弟李翼此時任兗州刺史，李豐計劃讓李翼找個藉口帶兵入朝，之後起兵內外相合，一舉將司馬師誅殺，然後以夏侯玄為全國武裝部隊總司令（大將軍），以張緝為全國武裝部隊副總司令（驃騎將軍）。

李豐雖然智商和情商都不算低，但搞政變他還缺乏經驗，把希望寄託在李翼能順利帶兵入朝上，說明這個計劃從一開始就不靠譜。

果然，李翼的請求未獲批准。

李豐等人便鋌而走險，想利用二月裏百官入朝參拜貴人的機會，在某處密藏心腹，待司馬師經過時將其誅殺。但是消息提前泄露了。

司馬師得知後，驚訝之餘十分憤慨，當場下令派重兵去捉拿李豐等人。

舍人王羕建議說：「李豐如果不知道事情已敗露，他就會來，只有知道事情敗露了他才會挾眾自衛。派這麼多人去不如讓我一個人先去會會他。」

司馬師就命王羕帶上車輛去請李豐。

李豐見狀，已猜到了一半，書生就是書生，聽人家一句話就能嚇得癱軟，此時除了驚懼，沒有任何應變之策，只得隨王羕去見司馬師。

司馬師一見到李豐，就大聲指責他。

李豐雖是文人，但也算是條漢子，他回道：「你們父子心懷奸謀，社稷將傾，可惜我能力有限，不能把你們擒滅！」

司馬師大怒，抄起旁邊武士身上的刀對着李豐攔腰砍去，李豐被當場誅殺。

李豐死了，但是有一個問題：即使他犯了叛逆的大罪，也應該先審理再行刑，司馬師一怒之下將其誅殺，結果就帶來了麻煩。

李豐的屍體連夜送到廷尉監獄，廷尉鍾毓表示不能接收，原因是李豐沒有經過審判，他還不是犯人。有關人員趕緊報告司馬師，司馬師又請來詔書，鍾毓才算勉強收下。

消息傳到宮裏，少帝曹芳大怒，追問李豐是怎麼死的。

曹芳為什麼這樣着急？因為整個事件的主謀是他，李豐是執行他的意旨，現在李豐不明不白地死了，曹芳不幹了，這一回豁了出去，在宮裏大吵大鬧。

這讓司馬師頭痛不已，他還沒有做好廢掉曹芳的準備，而且李豐確實死得說不清楚，司馬師只好再到永寧宮搬救兵。

最後由郭太后出面，才算平息了曹芳這頭。

夏侯玄隨後被抓捕，關進廷尉監獄，鍾毓和夏侯玄恰恰是好朋友，他親自審理，下令不准動刑，不准逼供。

鍾毓流着淚為夏侯玄寫訟詞。為審夏侯玄案，朝廷專門派黃門郎鍾會參與審理，實際上就是監督鍾毓是否徇私情。鍾會是鍾毓的弟弟，現在已經是司馬師和司馬昭的絕對心腹。

最後，夏侯玄以及參與此次未遂政變的張緝、李翼、蘇鑠、樂敦、劉寶賢等人全部被殺，夷滅三族。

## 不聽話，就換了你

對於此次政變，儘管清算得很徹底，也很嚴厲，但仍然有人漏網了，這個人名叫許允。

許允字士宗，原任侍中，高平陵之變時曾在司馬懿和曹爽之間傳過話，也許因為那次考驗贏得了司馬懿的信任，所以許允後來改任尚

書，中領軍出缺，許允竟然被任命為這個甚為重要的禁衛統領。

但許允不是「司馬黨」，他是「曹黨」。司馬師不知道的是，許允與夏侯玄和李豐的關係都很密切。

司馬懿死時，許允曾對夏侯玄說：「今後沒有什麼可憂慮的了。」

夏侯玄歎道：「士宗，你難道看不到嗎，此人尚能以通家年少看待我，而子元、子上不容我呀！」

夏侯玄所謂的「此人」，是指司馬懿。

許允聽說李豐等人被抓，第一個想法是想面見司馬師，替李豐等人求情。他出了門，但又有些猶豫（已出門，回遑不定），走到半道，又要回去取衣服。許允從家裏再出來時，得到消息說李豐等人已經被抓起來了，他便回去了。

但這件事還是讓司馬師知道了，對許允漸漸有了看法。北部戰區副司令（鎮北將軍）劉靜去世，司馬師讓許允轉任鎮北將軍，品秩雖然高了，但重要性和受信任的程度大不如前，且魏軍主力一向在西、南、東三大戰場，鎮北將軍較為次要。

許允內心頗失落，司馬師行前與他談話，對他進行了一番安慰，許允心內稍安，一高興，趕緊把司馬師說的話告知台中同僚。

少帝曹芳聽說許允將赴外任，專門召會群臣，等群臣到了，曹芳特意拉着許允說了一番悄悄話（引允以自近）。

許允與少帝分別時，涕泣不已。


這一年秋天，在許允還沒有赴鎮北將軍任上的時候，蜀漢方面有了動作。姜維率兵攻打隴右，當時司馬昭以安東將軍的身份鎮守許昌，少帝詔令他率部增援隴右，行前先回洛陽。

按照安排，少帝曹芳將在平樂觀舉行閱兵式，為司馬昭壯行。

許允還沒走，他找幾個心腹一商量，認為機會來了。

許允悄悄去見曹芳，建議在司馬昭上前辭行時抓住機會把他殺了，然後控制他手下的人馬，以此脅迫司馬師讓權（勒其眾以退大將軍）。

如此冒險且根本不靠譜的行動居然打動了曹芳，他同意並命人書寫詔書。正寫着，司馬昭進來了，曹芳當時正一邊吃栗子一邊看優人表演。

一個叫雲午的優人唱道：

青頭雞，青頭雞。

青頭雞就是鴨子，這位名叫雲午的演員大概是在提醒曹芳不要輕舉妄動，曹芳領會，詔書寫好了也不敢發。

司馬師讓人敦促許允速去上任，許允剛一動身，有關部門便舉報許允之前有經濟犯罪行為，於是把他逮捕，交廷尉審訊，後來死罪雖免，但仍然被流放邊地。

許允事件是李豐、夏侯玄案的延續，曹芳身邊為數不多的幾個能信任和依賴的人，就這樣一個一個被司馬師和郭太后聯手除掉了。

明眼人都能看出來，下一個將是誰。

這一年九月裏的一天，群臣接到皇太后的詔書，讓大家進宮議事。

進到宮中，卻不見皇太后，也沒有皇帝，只有大將軍司馬師。

司馬師對眾人說，當今天子荒淫無度，褻近倡優，不可以承天緒，建議將其廢黜。

群臣聽得目瞪口呆，但都不敢反對。

於是，以百官的名義共同向太后上奏，收少帝曹芳的璽綬，仍為齊王，歸藩於封地。

但還有一部史書說，廢曹芳之事司馬師事先並不知情，接到太后的詔書召公卿大臣商議，群臣聞聽失色。

司馬師流涕對大家說：「皇太后詔令如此，諸君說說該怎麼辦？」

眾臣都說：「昔日伊尹流放太甲以使殷朝安寧，霍光廢昌邑以使漢朝穩固，權定社稷以濟四海，有以上兩個先例，今日之事，明公應遵命。」

司馬師顯得有些無奈地說：「既然諸君對我如此看重，我怎敢逃避？」

於是，太尉司馬孚、大將軍司馬師、司徒高柔、司空鄭沖等人領銜百官，向永寧宮上奏廢曹芳。


司馬師讓太后的叔父、宣德將軍郭芝赴永寧宮向郭太后報告，郭芝見到郭太后時，郭太后正與曹芳對坐。

郭芝直截了當地對曹芳說：「大將軍要廢陛下，立彭城王曹據。」

曹芳聽完，不作聲，走了。

郭太后聽了卻很不高興，郭芝看了出來，還以為姪女護着曹芳。

郭芝勸郭太后說：「如今大將軍主意已定，應該順他意而行，不要多說什麼了。」

郭芝顯然不了解郭太后的心思，郭太后說：「我要見大將軍，有話要講。」

郭芝仍然勸道：「還是算了吧，趕緊把璽綬取來。」

郭太后讓人取來皇帝的璽綬，郭芝拿着回去覆命。司馬師很高興，讓人把齊王的印綬找出來，讓曹芳從宮裏搬出去，仍當他的齊王。

曹芳從太極殿前經過時，群臣來送行的有數十人，大家心懷悲戚，其中以司馬孚最難受，流涕不止。

有人認為司馬孚是作秀，其實倒也不見得，在對待曹氏的感情上，司馬孚與哥哥和姪子們並不一樣。


郭太后不高興，其實另有原因。

曹芳不是郭太后親生的，但郭太后以前還比較喜歡他，跟他的感情很好。隨着曹芳逐漸長大，他慢慢有了自己的想法，不那麼聽話和便於控制了，郭太后才開始不太喜歡曹芳。經過最近一系列未遂的謀反事件，郭太后的想法跟司馬師一樣，覺得還是早點換人的好。

郭太后不高興的原因是，郭芝說司馬師想立曹據為帝。

郭太后還是見到了司馬師，她說：「彭城王曹據按輩分是我叔叔，他要當了皇上，我往哪裏擺？」

是啊，皇太后得管皇帝叫叔叔，聽着就有些彆扭。

對於這個親家，司馬師必須拉攏，他發現自己的考慮的確不周，就問親家立誰合適。

郭太后早有人選，她說：「高貴鄉公曹髦是文帝的長孫，明帝弟弟的兒子，根據祖宗禮法，小宗有繼大宗之說，我覺得他合適。」

郭太后說的曹髦，是曹丕之子海定王曹霖的兒子，此時 14 歲，被封為高貴鄉公，封地在東武陽。

司馬師同意，命太常卿王肅持節前往迎接。

在這支迎接新皇帝的隊伍裏有一個特殊人物，他只有 18 歲，卻已經擔任了散騎常侍，他就是司馬昭的長子司馬炎。

作為未來晉朝的開國皇帝，此時的司馬炎還很青澀，第一次出遠門，可能還有點興奮，可能一路都在想能早一點見到那位比自己還小四歲的皇帝。


其實曹髦不在封地，他和其他曹氏宗親一起被集中在鄴縣居住。王肅到了鄴縣，將這位毫無思想準備的 14 歲少年接到洛陽。

這一年十月四日，曹髦抵達洛陽，進城前先在洛陽以北的玄武館住了一晚。次日曹髦進洛陽城，文武百官在宮城的西掖門前集體參拜，曹髦下車答拜。

有人提醒說天子不必答拜，可曹髦說：「我現在仍是臣屬，而非天子。」

答拜完畢，繼續行進至止車門，曹髦命令停車，要步行入宮，有人勸阻說按照制度天子可乘車進宮。

曹髦仍然反對：「我只是接到太后的徵召，並不知道來做什麼呀！」

聽到這些話，人們無不佩服，小小年紀腦子卻這麼清楚，做事這麼有章法，只是不知道對他本人來說，這是幸還是不幸。

車駕來到太極殿東堂，郭太后親自在此等候，她本不用來，但不來又不放心。曹髦是她的姪子，小時候見過，她要親自看一看馬上要當皇帝的人是不是曹髦。

見了面，確認無誤，郭太后才放心。

# 第七章 最後的英雄

## 中書典校郎

一直在說曹魏的事，在曹魏忙於內部事務的時候，吳、蜀兩國的情況怎麼樣呢？

先來說說孫權吧，現在他也步入了晚年。

晚年的孫權對外的進取心大減，他的精力都被內部的紛爭所佔據了。之前由他背後主導的人事改革在一片反對聲中失敗了，孫權並不甘心，其後又推動了新一輪改革。

這一次手段更嚴厲，被孫權推向改革前台的人名叫呂壹。

呂壹本是孫吳政壇的一個小人物，他的職務不高，是中書郎。

之前說過，漢以前大權集中於尚書台，相當於朝廷的祕書局，尚書台之外還有一個中書台並存，設中書令，與尚書令品秩相當，但權力小得多，管一些來往文書。曹丕在位時提高了中書台的職權，設中書監，逐漸取代尚書台，成為朝廷新的祕書局，是新的權力核心。

中書監下面有一個部門叫通事部，負責人就是中書郎，相當於朝廷祕書局下面的祕書處處長。孫吳建國，沒有像曹魏那樣設中書監，卻設了中書郎，任用的就是呂壹。

中書郎的全稱是中書典校郎，又稱典校事、校郎、校事。在這些名稱中校事的名氣最大，提起它，大家想到的往往是特務。

呂壹，就是孫權身邊的高級祕書，也是孫吳的特務頭子。

暨豔改革失敗後，孫權開始重用呂壹，給了他非常大的特權。中

書郎本來的職責是典校各官府以及州郡的文書，孫權還讓他刺探臣民的言行，舉罪糾奸，這一下呂壹手中的權力大了。

要對文武百官和臣民進行監視，人手少了不行，呂壹手下一下子增加了很多人。孫權視呂壹等人為心腹爪牙，對他們有求必應，要人給人，要錢給錢。呂壹等人也很賣力，通過監視百官士民發現不少線索，尤其是大臣們的把柄，問題一經落實，有人就會被治罪。

暨艷事件後，世族們自以為取得了勝利，這時才發現高興得實在太早，孫權這一招很厲害，把大家治得服服帖帖的。

可是，問題隨之而來，開始呂壹等人還比較小心謹慎，時間一長，手中的特權不斷增加，孫權又越來越信任，這些人便驕傲起來，也不再約束自己的行為。

為了多出成績，以便到孫權那裏邀功，呂壹等人抓住小問題不放，誇大事實，把小案辦成大案（摘抉細微，吹毛求疵，重案深誣），更有甚者，為了取得案件突破，他們經常搞刑訊逼供，不管地位高低，一到他們手裏就大刑伺候。

這激起了大臣們的反感，太子孫登帶頭反對，他向孫權進諫，認為呂壹等人生性嚴苛、手段殘忍（壹性苛慘，用法深刻），要求廢止。孫登連諫多次，孫權不接受。

丞相有匡扶天子過失的職責，顧雍不敢沉默，也向孫權進諫，孫權仍然不聽。不僅如此，顧雍還受到了孫權的嚴厲批評（用被譴讓）。

太子和丞相都碰了釘子，大家只得閉口（大臣由是莫敢言）。

大家看明白了，呂壹的後台老闆是皇上，反對呂壹就是跟皇上過不去，暨艷搞的人事制度改革雖然失敗，但皇上心裏一直耿耿於懷。

沒有人敢公開反對，呂壹等人更加囂張，他們的手越伸越長，看誰不順眼就收拾誰，不少無辜者受到了冤枉（譖短大臣，排陷無辜）。

呂壹手下人違法，被建安郡太守鄭胄所殺，呂壹非常憤恨，於是中傷鄭胄。孫權立刻把鄭胄抓起來要嚴辦，幸虧潘濬、陳表等人竭力上言，鄭胄才被釋放。

　　呂壹指控前江夏郡太守刁嘉誹謗朝廷，孫權大怒，把刁嘉逮捕審訊，被傳訊作證的人迫於校事的淫威，都說刁嘉確實說過那些話，只有侍中是儀堅持正義，說沒有聽到。

　　是儀長期在孫權身邊從事機要工作，深得孫權的信任，侍中的品秩是 2000 石，與朝廷九卿相當，但在呂壹眼裏只不過小菜一碟。案子由審刁嘉變成了審是儀，呂壹主持審問，結果可想而知，對是儀不利的信息不斷傳向孫權，孫權多次下詔責問，口氣十分嚴厲，群臣聞聽大氣都不敢喘（見窮詰累日，詔旨轉屬，群臣為之屏息）。

　　在這種情況下是儀仍然堅持原則，他給孫權上疏說：「現在刀已架到臣的脖子上，臣怎敢包庇刁嘉，自取滅族之禍，成為不忠之鬼？我只是把知道的原原本本據實回答（願以聞知當有本末）。」

　　是儀堅持不改口供，孫權這才感到或許真如是儀所言，於是下令不再審問，是儀和刁嘉才得以身免。

　　呂壹等人不僅把手伸向太守、侍中這些「省部級」高官，孫權的女婿、身居左將軍高位的朱據也不能身免。

　　朱據手下有個叫王遂的人，冒領了三萬錢公款，呂壹懷疑朱據是背後指使，錢最終到了朱據那裏，於是逮捕朱據手下的一名主管，嚴刑逼供，這個主管禁不住酷刑，被打死了。

　　朱據哀憐他死得冤，找了一口好棺材為他安葬，這進一步引起了呂壹等人的懷疑，他們認為這正是朱據貪污公款的鐵證，上報孫權。孫權多次當面嚴厲質問朱據，朱據無法證明自己的清白，從家裏搬出來睡到草垛上等候處罰（藉草待罪）。

　　丞相顧雍也被呂壹盯上了，他曾告過呂壹的狀，呂壹當然懷恨在

心。呂壹祕密檢舉顧雍的過失，孫權大怒，當面嚴厲質問顧雍。

呂壹告的是什麼狀史書沒有記載，作為丞相，顧雍的職責範圍很廣，要打他的小報告也不是難事，經過呂壹等人添油加醋，孫權對顧雍有了意見，甚至打算換人。

## 孫權的「白狐論」

這時候，一個人的出現，保住了顧雍丞相的位子。

這個人名叫謝宏，並不算特別顯要的人物，他只是一名黃門侍郎。這個職位可以經常接觸天子，所以了解許多內幕，看到顧雍的相位搖搖欲墜，他想幫顧雍一把。

謝宏找到呂壹，故意問：「顧公的事情怎麼樣了？」

呂壹順口答道：「不怎麼樂觀啊（不能佳）。」

謝宏又問：「如果顧公被免，誰能代替他？」

呂壹還沒回答，謝宏搶答道：「會不會是潘太常？」

呂壹想了大半天說（良久曰）：「你說得差不多（君語近之也）。」

潘太常就是潘濬，呂壹誰都不怕，卻特別害怕此人。之前說過，孫權留潘濬在武昌，協助陸遜負責荊州方面的事務。校事專權的事傳到武昌，陸遜和潘濬深為憂慮，感到長此下去國家將陷入混亂，每次談到這個問題，他們二人都忍不住流淚（同心憂之，言至流涕）。

潘濬請求還朝，來到建業，多次向孫權進諫，孫權仍不聽。潘濬是個能文能武又有血性的人，他想了一辦法，要徹底解決呂壹。

潘濬設宴，大會郡僚，他想在宴會上親手將呂壹殺了（欲因會手刃殺壹），以一己之身為國除患。然而呂壹耳目眾多，消息被他偵知，呂壹嚇得稱病不敢去。

軟的怕硬的，硬的怕不要命的，潘濬一心跟他同歸於盡，讓呂壹

十分忌憚。

　　謝宏身在中樞，當然知道這些，他提潘浚的名字是故意的。謝宏說：「潘太常提到您的名字無不咬牙切齒（常切齒於君），只是他身在武昌，路太遠沒有機會罷了，今天如果取代顧公，恐怕明天就要打擊您！」

　　呂壹大懼，於是主動幫顧雍化解。

　　潘浚後來只要有機會見孫權，無不陳述呂壹的奸惡，說得次數多了，引起了孫權的警醒，對呂壹的寵信有所鬆動（由此壹寵漸衰）。

　　被呂壹誣告過的重臣除顧雍、朱據外，還有陸遜、諸葛瑾等人，看到這些重臣們被校事打壓，群臣不敢出聲，激怒了全國武裝部隊副總司令（驃騎將軍）步騭。

　　步騭此時不在建業，他以驃騎將軍的身份在西陵負責長江上游防務，西陵即夷陵，孫吳改的名。經過深入思考，步騭向孫權上了一篇長疏，痛陳校事「四宗罪」：一是輕忽人命，已招來舉國稱怨；二是政令有失，導致陰陽失和，近期連續發生兩次地震，天地示變，人主當警醒；三是離間股肱之臣，有損社稷；四是校事之設，造成更多民煩，成為弊政。

　　步騭的上疏讓孫權冷靜了不少。孫吳的武將，陸遜為首，諸葛瑾為次，以下就是步騭、朱據，這些人如果都陷於校事之爭，將來誰為自己打仗？

　　朱據的案子這時還沒有結論，朱據每天還睡在草垛上待罪。典軍吏劉助發現了案情的真相，把呂壹陷害朱據的過程祕密報告了孫權，孫權才知道自己的女婿竟遭到如此下場。

　　孫權震驚之餘陷入深刻反思：「就連朱據都會被陷害，何況其他官民（朱據見枉，況吏民乎）？」

　　孫權下令，賞賜劉助 100 萬錢，逮捕呂壹，嚴加審問。

呂壹被收付廷尉，負責審理的是他的老對頭丞相顧雍。

呂壹已是階下囚，但顧雍仍然和顏悅色，心平氣和地問他口供。

問完，顧雍臨走還特別對呂壹說：「你有什麼要申訴的沒有（君意得無欲有所道）？」

辦案子，這才叫專業，呂壹羞愧無言，唯有叩頭。

尚書郎懷敘大概也深受校事之害，當面羞辱呂壹，顧雍斥責道：「朝廷有法律，怎麼能這樣（官有正法，何至於此）？」

案件審結，有關部門報告，擬對呂壹執行焚如、車裂之刑。

焚如是王莽首創，用火把人活活燒死，車裂是傳統酷刑，用車駕從不同方向把人撕成碎片，看來呂壹這些年真把大家禍害得不淺，大家覺得不用這些刑法不足以解氣。

可能孫權覺得太血腥，畢竟呂壹為自己賣命，沒有批准這麼做，將呂壹處斬。

呂壹死後，接任中書郎的是袁禮，孫權派他向受呂壹等人誣陷的文武大臣們道歉，並詢問對時局革新的意見。

袁禮跑了一大圈，先後赴各地拜見了陸遜、諸葛瑾、步騭、朱然、呂岱、潘濬等人，呂壹倒了台，這個姓袁的會不會是下一個呂壹，大家心有忌憚，不肯多說。

袁禮向諸葛瑾、朱然、呂岱徵求對時局和政治的意見，他們都說自己只懂軍旅，不知道政治，不肯提（各自以不掌民事，不肯便有所陳），把提意見的任務推給陸遜、潘濬。袁禮去見陸遜、潘濬，這二位乾脆聲淚俱下，涕泣不止（泣涕懇惻）。

袁禮回來如實稟報，孫權大為驚慮，他知道陸遜等人內心裏仍有恐懼，對自己無法完全信任，這讓孫權感到可怕。孫權於是寫了一封長信，分別派人送給以上重臣。

在信中，孫權一一以諸人的字相稱，口氣十分親切。孫權說，天

下只有聖人才能不犯錯誤，只有聰明絕頂的人才能看清自己（**夫惟聖人能無過行，明者能自見耳**），一般人哪能做到那麼周全呢，一定是他有什麼地方傷害了大家，他又疏忽沒有察覺，所以大家才有顧忌。

孫權說，他隨先父起兵以來已經 50 年了，和諸君相處，從年輕到年長頭髮已經白了一半，總以為已經做到了完全了解，做到了推誠相見，於公於私，都結為一體。那些穿布衣、繫皮帶的平民百姓結成友誼，尚能經歷磨難不變心（**布衣韋帶，相與交結，分成好合，尚污垢不異**），而與諸君共事，大義上是君臣，私情上其實說是骨肉都不為過。

孫權說，榮華富貴、歡喜憂愁，願意和大家一起分享，希望大家能竭盡忠誠不隱瞞，貢獻智慧不保留。船開到河中間，還能在河裏把誰換一下嗎（**同船濟水，將誰與易**）？齊桓公是霸主，做得好管仲就讚揚，有過失管仲就指出來，意見沒被接受勸諫就不停止。希望聽到大家的見解，以改正自己的不周之處。

這封信寫得言辭懇切，可以說發自肺腑，也可以看作經歷呂壹一事後孫權向大家做出的檢討。

孫權在信裏還有這樣幾句話：「天下沒有純白色的狐狸，但是有純白色的皮衣，這是眾人用純白色的狐皮積攢出來的（**天下無粹白之狐，而有粹白之裘，眾人之積也**）。能用各種顏色的狐皮縫製一件純色的皮衣，所以只要能調動起眾人的力量，就能無敵於天下，只要能利用眾人的智慧，就不怕比不上聖人。」

雖然錯了，但仍能自我反省，孫權還沒有「老糊塗」。

## 又陷奪嫡魔咒

但更讓孫權煩惱的事在後面，太子廢立讓孫權耗盡了精力。

孫吳赤烏元年（238 年），孫權最寵愛的步夫人去世了。孫權第

一位夫人謝氏死得較早，後來陸續娶了徐氏、袁氏、王氏、步氏、潘氏等，在這些人裏孫權最寵愛的是步氏。步氏得寵，一是長得很美；二是性格很好，不妒忌；三是為孫權生了兩個可愛的女兒，號為大虎、小虎。

孫權當上吳王時想立步氏為王后，群臣認為應該立太子孫登的養母徐夫人，結果孫權誰都沒立，使王后之位空缺。孫權稱帝後舊議重提，群臣意見仍然立徐夫人，孫權乾脆不再提這個話題。

現在步夫人死了，孫權還是不甘心，他授意臣下上書，為步夫人追贈皇后名號（臣下緣權指，請追正名號）。

太子孫登此時不在武昌，也不在建業，幾年前孫權曾出兵新城，將其佔領，派孫登到那裏，總理一切事務（權征新城，使登居守，總知留事）。當時年穀不豐，盜賊橫起，孫登上表奏定律令，加強防備，有力地打擊了犯罪活動（甚得止奸之要）。

然而，孫吳赤烏四年（241 年），年僅 33 歲的太子孫登卻突然患了病，這場病很重，他竟然去世了。

臨終前，孫登向父皇上疏，希望立弟弟孫和為太子。

孫權十分悲痛，下詔謚孫登為宣太子，於次年立孫登之弟孫和為太子，為了新太子的確立，孫權下令將吳郡的禾興縣改名為嘉興縣，即今浙江省嘉興市。

孫登去世受影響最大的是太子府裏任職的諸人，孫權為培養孫登，為他配備了豪華的班底，囊括了諸葛恪、張休、顧譚、謝景、范慎、華融、刁玄、裴欽等俊才，孫登如果繼位，他們今後的仕途都將不可限量，現在太子是孫和，身邊用的是闞澤、薛綜、蔡穎、張純、封俌、嚴維等人。

孫登大概也想到了這一點，所以在給父皇的臨終上疏中對原來在身邊工作過的諸葛恪等人進行了推薦，一一指出他們的特長，希望父

皇重用他們。

孫和時年19歲，生母是孫權的王夫人。孫和從小就很聰明，孫權特別喜愛他，常把他帶在身邊，孫和得到的珍寶珠玩衣物等賞賜在各皇子裏最多。孫和愛好文學，善騎射，不僅聰明還善於思考，尊敬老師，愛護人才。

孫和曾向孫權上疏，認為當時各官府只是依照官樣文書處理事情，奸猾之人會按照自己的想法篡改公文（奸妄之人，將因事錯意），所以要求杜絕此類現象。

有兩位官員不合，互相揭發，孫和對他們說：「能居文武官位的人有多少呢，你們互相仇恨，圖謀陷害，怎能得福？」

這兩位官員因此和好，從此友善交往。

孫權的兒子們雖然沒有曹操的兒子曹植、曹丕、曹沖、曹彰那樣顯名，但也都很優秀，可不知道為什麼，從孫慮到孫登，都在青年階段而病故，讓孫權一次又一次以白髮人送黑髮人。

所以，對新太子孫和，孫權抱有極大的期望。


孫吳赤烏六年（243年），孫吳第二任丞相顧雍去世。這一次再也沒有人議論張昭會不會接任，因為張昭早在七年前去世了。

當初孫權決意派張彌、許晏等人出使遼東，張昭力諫，孫權不聽，張昭一生氣稱病不再上朝。孫權也來了氣，下令把張公館的大門用土堵住，張昭也火了，讓人從裏面再起一堵牆，徹底把大門封起來（權恨之，土塞其門，昭又於內以土封之）。

後來，果然如張昭所料，公孫淵殺了張彌、許晏，孫權知道自己錯了，多次派人慰問張昭，張昭還是不來上朝。

一次，孫權路過張公館，大概這時候大門還被堵着，孫權站在外面親自喊張昭，張昭還是以有病相推辭（權因出過其門呼昭，昭辭疾

篤）。孫權令人在張公館大門口點火，想嚇唬嚇唬他（權燒其門，欲以恐之），把老同志從家裏逼出來。老同志腿腳不一定好，但骨頭卻是硬的，任你怎麼燒，就是不出來，弄得孫權只得下令趕緊滅火。

孫權沒招了，但又不能走，就在張公館門口一直待着（住門良久），張昭的兒子們看不下去了，一齊上前扶着父親出來與孫權相見，孫權把張昭讓到自己的車上，一同回宮，之後做了深刻檢討（深自克責），張昭這才參加朝會。

張昭去世時81歲，其子張承、張休以及姪子張奮等人繼續活躍在孫吳政壇。

在這幾年裏，先後去世的還有諸葛瑾、潘濬等重臣，雖然步騭、全琮等一批武將仍在，但具備政治家頭腦又有很深資歷的大臣已經不多了，陸遜幾乎成為繼任丞相的唯一人選。

孫權下詔，拜陸遜為丞相，不再擔任上大將軍一職，但仍兼任荊州牧、右都護，統領武昌一切事宜（領武昌事）。

陸遜和顧雍一樣都出身於吳郡世族，這是孫權當年重用提拔他的重要原因。孫吳政壇由兩大勢力構成：一是祖籍在江北地區的所謂外地人，其中以徐州、豫州以及揚州的廬江郡、九江郡為最多，有人稱其為淮泗集團，代表人物有張昭、張紘、周瑜、魯肅、諸葛瑾、步騭等；一是祖籍吳郡的世族，其中以顧、陸、朱、張四姓為首。吳郡以外的江東世族也有不少人物，但實力相對較弱。

孫權深得帝王之術，在治人攏心方面頗有手段，從本意上講他更傾心於淮泗集團，因為他們是外來戶，為自己所用又不會構成威脅。但僅靠他們又難以鞏固江東，所以對以吳郡四姓為代表的江東世族也加以延攬。

在一些大政方針上，本土派和外來戶的考慮往往不同，比如對外用兵，本土派一般謹慎，他們考慮更多的是自身安危、利益，反抗外

敵入侵態度堅決，但對不必要的征伐則持保留意見，孫權出兵遼東、夷州、亶州陸遜均堅決反對，就是這個道理。

赤烏年間，孫權已 60 歲左右，身體大不如前，開始生病（嘗寢疾）。

人一旦意識到自己身體出了問題就容易多想，孫權也不例外，他知道自己終將老去，於是不得不思考孫吳的未來。曹魏一代不如一代，出現了司馬懿那樣的權臣；蜀漢的接班人也差強人意，大權長期被諸葛亮獨攬，這是孫權不願意看到的情況。

孫吳的下一代君主應該像他一樣強勢而掌控一切，不能出現任何權臣，這些問題孫權之前也許沒有認真想過，但現在不得不想了，一細想，卻讓孫權難以心安。

問題出在丞相陸遜身上。在孫權眼裏，不是陸遜做丞相能力不夠、威望不足，不稱職，而是陸遜能力太強、威望太高，在長期的軍旅生涯中陸遜創造了一個又一個輝煌的戰績，在吳軍中享有絕對威望，這樣的人既是忠臣，也是下一個權臣。

孫權又看看太子孫和，這個兒子身上有許多普通人的優點，比如善良、好學、待人誠懇、能體諒別人等，可是作為孫吳未來的皇帝，他缺少帝王的霸氣，根本駕馭不了陸遜這樣的大臣。

孫權陷入深深的憂慮，他覺得自己臨終之前這件事必須處理好，否則閉不上眼。或許正是基於這樣的考慮，就在孫和被立為太子後不久，孫權突然下詔，封孫和的弟弟孫霸為魯王，並對他特別地寵愛（寵愛崇特）。

太子初立，理應維護太子，樹立其權威，而立孫霸為魯王又特加寵愛，無疑給人以太子地位不穩的暗示。

皇家無私事，帝王的家事就是國事，江山易代之際正是政治風雲變幻之時，有人沉，有人浮，所以眾人無不時刻在關注着帝王家的一

舉一動，一部分嗅覺靈敏的投機者看出了玄機，在孫霸周圍漸成一股勢力。

孫霸生年不詳，哥哥孫和被立為太子時他不過十幾歲，不可能主動發起一場爭太子的戰鬥，說到底他是被一部分人所利用，這一部分人的核心是孫霸的姐姐孫魯班。

孫和、孫霸都是孫魯班的弟弟，她支持孫霸反對孫和，動機最初不是來自爭權，而是爭氣。

孫魯班和孫魯育是已故步夫人的女兒，步夫人雖得孫權寵愛，卻一直沒有機會被冊封為皇后，直到死後才被追封，這成為孫魯班的心病。史書記載，孫魯班跟孫和的母親王夫人不和，孫魯班對王夫人十分不滿（素憎夫人），所以對孫和當太子持反對態度。

史書沒有揭示孫魯班與王夫人構惡的原因，推測起來，可能早在步夫人在世時二位夫人就開始爭寵。孫權之前最寵愛的是步夫人，但王夫人也差不了太多（寵次步氏），根據宮鬥戲的情節推測，這樣的局面想保持一團和氣很難。

但那時孫權的後宮相對平靜，因為步夫人生性和善不喜爭鬥（性不妒忌），她處處忍讓，使矛盾未加激化。其中內情外人雖不知，但做女兒的孫魯班應該清楚，所以對王夫人積攢下怨氣。

讓孫魯班不忿的是，王夫人母以子貴，孫權準備冊封她為皇后（權將立夫人為后），母親生前未能達成的心願，對手輕易就將實現，孫魯班對王夫人的怨恨更多了。

可怕的是，父皇一旦駕崩，孫和繼位，王夫人成為皇太后，如果秋後算賬，自己已經沒有保護傘，處境將十分兇險，所以孫魯班認為，無論如何要扳倒太子，讓王夫人的美夢破產。

孫魯班姐倆一向深受孫權的寵愛，孫魯班的話對孫權有相當大的

影響力，她便經常在孫權面前說太子和王夫人的壞話。

如果認為只說說壞話就能完成一場政變那就太幼稚了，孫魯班不是一個人在戰鬥，她的身後逐漸聚集起一個團隊。

孫魯班初嫁周瑜的兒子周循，周循死後改嫁全琮。全氏也是江東大族，全琮是孫權深為信賴的將領之一，剛剛由衛將軍升為大司馬，是僅次於陸遜的重臣，在孫魯班的影響下，全琮也義無反顧地站在孫霸的一邊。

還有驃騎將軍步騭，他是孫魯班生母的同族，因為有孫魯班的母親，步騭才有了今天，所以步騭也支持孫霸。其他還有鎮南將軍呂岱、呂岱之子蕩魏將軍呂據、中書令孫弘等人，他們結成了一個勢力很大的集團。

這樣，孫吳的大臣們便分成了兩派：一派支持太子，一派支持魯王，太子居南宮，這場政治鬥爭也被稱為「南魯之爭」。


## 陸遜憂憤而死

一些人看得很清楚，孫霸和孫魯班之所以能挑戰太子，背後是孫權的縱容和默許，所以兩派之外還有不少內心裏其實支持太子的朝臣卻不敢公開表態。

太子一派裏只有丞相陸遜、太常卿顧譚、太子太傅吾粲、左將軍朱據、威北將軍諸葛恪、會稽郡太守滕胤、平魏將軍施績、尚書丁密等人態度鮮明，他們建議孫權堅持長幼之分，繼續擁立太子。

顧譚是顧雍的孫子，諸葛恪是諸葛瑾的兒子，施績是名將朱然之子，朱然本姓施，過繼給朱治後改姓，朱然死後施績重新改姓為施。

孫霸年紀雖然不大，但在孫魯班等人的策劃下也有意識主動結交

知名人士。史書上記載孫霸曾親臨施績的官署，為了表示親近，孫霸主動坐在施績的近旁，施績立即從座位上站起來（下地住立），表示自己不敢承當。

顧譚多次上書孫權建議對孫和太子之位再次予以明確，以絕孫霸爭位之心。吾粲也上書，不僅建議申明孫和的地位，更建議讓孫霸出駐夏口，把孫霸的心腹楊竺等調離建業。

全琮曾給陸遜寫信，說太子府、魯王府裏有不少空缺，朝臣們爭着把子弟送到那裏當差，自己也想這麼辦。全琮作為孫魯班的丈夫，政治態度早已不言而喻，他寫這封信，實際上是想對陸遜進行試探和拉攏。

陸遜給全琮回了信，信中說：「子弟們如果有才能不愁沒地方當差，不必通過走後門的方式謀取榮華富貴；如果沒有才，必然取禍。」陸遜還說：「聽說二宮已成對立，將來必然出現厚此薄彼的情況，這是古人所忌之事（聞二宮勢敵，必有彼此，此古人之厚忌也）。」

後來，全琮的兒子全寄竭力支持魯王，陸遜又給全琮寫信勸告：「您不效法金日磾，卻把全寄留在魯王府中（卿不師日磾，而宿留阿寄），終歸要給您的家族惹來大禍啊！」

金日磾是漢武帝身邊的寵臣，後與霍光共同輔政，其子在宮中長大，與宮女嬉戲，被金日磾殺死。全琮爭取陸遜，陸遜反過來爭取全琮，二人最終因意見不合而生隙。

陸遜也向孫權上疏：「太子是正統，地位應如磐石之固，魯王是藩臣，寵秩應當有差別，這樣上下才得安定，我在此叩着頭流着血向您稟報（謹叩頭流血以聞）！」

陸遜前後多次上疏孫權，都沒有得到孫權的回應。陸遜請求回建業，想當面與孫權論嫡庶之分，以匡得失，孫權下詔，不許陸遜來建業。

一次，孫權與魯王黨重要分子楊竺單獨談話，涉及二宮優劣。楊竺抓住機會竭力誇讚魯王的才能，適合當太子，孫權當場表示贊同。

但是，這場談話並非沒有第三者在場，有個到孫權這裏送東西的小吏躲在牀下，把他們說的話全聽到了（有給使伏於牀下，具聞之）。

這是一件很詭異的事，這個小吏如此大膽，竟然冒着滅族的危險偷聽皇帝的祕密談話，他的動機是什麼？如果不是此人腦子進水，答案就只有一個，此人是太子黨或太子的同情者，他知道楊竺單獨面見孫權必然有不利於太子的話，所以特意偷聽。

這個小吏趕緊報告了孫和，孫和十分緊張，他想向陸遜求援。當時陸氏有個宗族子弟叫陸胤，在尚書台擔任選曹郎，他正要去武昌有公務，孫和換了便服偷偷去見他，二人在一輛車上密議，決定由陸胤告訴陸遜，讓陸遜上表勸諫。

陸遜上表後，孫權震怒，他懷疑楊竺泄露了消息。

但楊竺矢口否認，孫權也知道楊竺是魯王的死忠分子，也不可能把消息告訴陸遜，其中一定有隱情，就讓楊竺調查。

楊竺後來懷疑到陸胤，他告訴孫權陸胤剛好去過武昌，陸遜的上表緊接着就來了，消息一定是陸胤泄露的，孫權下令把陸胤抓起來拷問，陸胤為掩護太子，就說是楊竺告訴他的，孫權下令把楊竺也抓了起來。

楊竺經不起拷打，只得承認是自己說出去的，孫權把楊竺殺了，陸胤反而保住了一命，孫權死後，陸胤成為孫吳的高級將領，擔任過西陵都督等重要軍職。


對陸遜等人的堅決反對，孫權決定反擊。

這時發生了芍陂論功事件，給孫權打擊太子一黨提供了機會。

孫吳赤烏四年（241 年）發生了芍陂之戰。顧譚的弟弟顧承、張

昭的兒子張休等隨全琮父子參戰，吳軍獲勝。本來這件事早已過去，論功行賞都已經結束了，但全琮父子突然舊事重提，向孫權揭發行賞不公，背後有問題。

全琮父子認為此戰他們功勞最大，但張休、顧承等人得到的賞賜反而更多，原因是張休、顧承與典軍陳恂有私下往來，因此得到了更多的獎賞，孫權接到舉報後命令有關部門予以調查。

這是一椿未必能說清楚的事情，但孫權辦得很認真，處罰更為嚴厲。結果顧承、顧譚獲罪，被流放到交州，最後都死在了那裏。

一件說大不大的事竟然讓孫權下了狠手，這是有原因的，孫權這麼做是衝着陸遜來的。顧譚、顧承不僅是顧雍的孫子，還是陸遜的外甥，孫權對陸遜已到了忍無可忍的程度，藉此事向陸遜表達強烈的不滿。

不久，太子太傅吾粲受孫霸、楊竺等人的陷害，被孫權處死，吾粲曾多次寫信給陸遜，通報建業的情況。

孫權又抓住這個把柄，派人到武昌責讓陸遜，63歲的陸遜大為憂憤，竟然去世了。

陸遜死後，孫權進行了一次人事調整，擢升步騭當丞相，全琮升為右大司馬，魯王黨看樣子已大獲全勝。在這次人事調整中，諸葛瑾的兒子諸葛恪異軍突起，被任命為大將軍，這是他父親生前擔任的職務。


陸遜死後，孫魯班加緊了對太子的陷害。

孫權生了一次病，孫和到孫策廟裏祈禱，希望父親的病早點兒好。孫和的妃子張氏是張休的姪女，張休的府邸剛好在孫策廟附近，孫和祈禱完，張休邀請他到府中坐坐。孫魯班一直派人跟蹤太子，知道了這件事，覺得可以做文章。

孫魯班跑到孫權那裏告狀，說太子根本沒去廟裏，而是跑到張休那裏商量大事去了（專就妃家計議）。孫魯班還說，太子的母親王夫人聽說皇上有病，不憂反喜。

孫權對孫魯班一向寵信，聽後大發雷霆。消息傳到王夫人那裏，王夫人恐懼，竟然憂愁而死，孫權對孫和更加失望。

芍陂論功事件也牽扯到張休，中書令孫弘等人進讒，張休的處罰比顧譚、顧承還重，居然被賜死了。

現在只要再向前一步，太子孫和就將被廢。孫霸一旦立為太子，魯王黨就可以慶賀勝利了，但孫權的這一步遲遲沒有邁出。

孫權曾與侍中孫峻有過一次談話，孫峻的父親孫恭是孫暠的三子，孫暠是孫堅弟弟孫靜的長子，孫峻是孫權的姪孫。在孫氏的後代中，孫峻比較突出，他驍勇果敢，精明強幹，膽大剛決，深得孫權的喜歡。孫權讓他擔任武衛都尉，是禁軍的高級將領，同時擔任侍中。

孫權對孫峻說：「子弟不和，臣下分成兩派，將導致袁氏之敗，被天下人恥笑。太子只能立一個人，怎能不引起爭鬥（一人立者，安得不亂）？」

從這些話裏可以看出孫權的憂慮，改立太子是他初始的想法，扳倒陸遜也是他的目標，但是看到由此產生的巨大副作用時，孫權的內心開始了猶豫，下一步是不是立即廢掉太子，孫權覺得不必太急。

孫權擔心袁紹立嗣的悲劇在自己身上重演，裴松之就此評價說他其實還不如袁紹、劉表，袁紹、劉表認為袁尚、劉琮更賢能，所以立他們為嗣，並不願意改變，而孫權既立孫和，又寵信孫霸，釀成混亂，自構家禍，孫權比起袁紹、劉表來要昏聵不明智得多（方之袁、劉，昏悖甚矣）。

猶豫了一年後，孫權下令將太子孫和軟禁於宮中，但仍沒有廢掉他。

驃騎將軍朱據上書孫權予以爭辯：「太子是國之根本，他為人雅性仁教，天下歸心，現在猝然責罰他，將引發滿朝疑慮。當年晉獻公偏信驪姬而害申生，漢武帝聽信江充而讓戾太子冤死，臣擔心太子不堪其憂而身亡，到時候再想建思子宮也無法使太子復生了！」

漢武帝時太子劉據因巫蠱事而自殺，漢武帝後來醒悟，思念劉據，修建了思子宮和歸來望思台。朱據提醒孫權，不要犯前人的錯誤。朱據言辭懇切，為了能使孫權轉意，寧願一死，但孫權置之不理。

在「南魯之爭」中孫權的小女兒孫魯育沒有公開表態，但她的丈夫朱據顯然支持太子。朱據急了，聯絡了朝廷祕書局副局長（尚書僕射）屈晃等一批朝臣跑到宮外為太子請願，他們把自己綁起來，叩頭觸地（泥頭自縛）。孫權登上宮裏的白爵觀看到朱據他們，十分厭惡。

孫權下詔，斥責朱據、屈晃等人沒事找事（無事匆匆）。但畢竟涉及朝臣較多，又在外界產生了廣泛影響，孫權沒開殺戒，而是把朱據降為新都郡丞，把屈晃斥歸田裏。

朱據曾得罪過中書令孫弘，他還沒有到達新的任所，孫弘便私自冒用孫權的名義下發詔書，把堂堂的前驃騎將軍、皇帝的女婿殺了。事後孫弘並未被追究，有人認為其實這是孫權本人的旨意。


# 馬茂謀反事件

但是，魯王黨顯然高興得有點兒早，因為孫權已厭煩了二宮爭鬥，面對鬥爭後的慘景，孫權對魯王及其一黨也失去了好感和信任，孫權決定另立他人。

孫霸下面還有三個弟弟，一個是孫奮，一個是孫休，一個是孫亮。孫亮年齡最小，年勢已高的孫權對他格外疼愛，他的母親潘夫人近年來也最受孫權寵愛，孫權有立孫亮為太子的打算。

最早看出端倪的還是孫魯班，她察覺到孫權對魯王已不感興趣，轉而全力支持孫亮，她不斷在孫權面前稱頌孫亮，並把丈夫全琮姪子全尚的女兒嫁給孫亮，魯王被拋棄。

孫吳赤烏十三年（250 年），孫權下詔正式罷黜孫和，貶為平民，放逐到故鄣，即今浙江省長興縣。同時，立皇子孫亮為太子，孫亮這時才七歲。

孫權還下詔將魯王孫霸賜死，全寄、吳安、孫奇等孫霸身邊親近的人全部誅殺。但仍有人對孫權另立太子的做法表示反對，無難督陳正、五營督陳象上書，援引戰國時晉文公殺太子申生另立奚齊從而導致晉國混亂的事進行勸諫，陳正、陳象還提出為朱據、屈晃平反。

孫權大怒，朝廷上下已被弄得千瘡百孔，眼下亟須安定，還要折騰，沒完沒了。孫權下令誅殺陳正、陳象三族。

這場實際上由孫權背後挑起的南魯之爭以雙方最終的慘敗而結束。此事牽涉的範圍之廣、官員之多，在漢末三國時期歷次政治鬥爭中都首屈一指，對孫吳政權的打擊也相當巨大，在整個赤烏年間，孫吳上下一直忙着這些事，十幾年裏沒有對曹魏有過像樣的軍事行動。

此事也極大地損傷了孫權的威望，陸遜、朱據等重臣受株連致死，傷害了一大批吳郡世族的感情，為孫吳政權的短命埋下了伏筆。

從孫登到孫和再到孫亮，孫權三易太子，最後選定的是只有七歲的孫亮。此時孫權已經 60 多歲，來日無多，經過一場政治洗禮，朝廷上下一片黯淡，大家互相設防，不敢輕信任何人。一旦孫權不在，年幼的孫亮如何接好這個班，更讓孫權頭疼。

孫吳赤烏八年（245 年），也就是陸遜死的那一年，孫吳還發生了征西將軍馬茂謀反事件，直接威脅到孫權本人的安全。

馬茂是曹魏人，在曹魏的淮南郡鍾離縣當一名小吏。當時曹魏的

揚州刺史是王凌，馬茂不知為何得罪了王凌，從曹魏逃到了孫吳。他很有能力，在孫吳當上了太守，被封了侯，手下有 1000 多人馬，最後居然位至征西將軍。

但馬茂心懷二心，一心想等待機會謀反。這讓人不可思議，馬茂是從曹魏那邊逃過來的，在這裏開創了自己的事業，得到了榮華富貴，還有什麼不滿的呢？要說在孫吳這些年裏他重新改變了政治信仰，估計也沒有人相信。

馬茂在孫吳站穩腳跟後便着手制訂謀反計劃。他確實太有本事了，不僅掌握了一定的兵權，還發展了幾個同志，包括符節令史朱貞、無難督虞欽、牙門將朱志等人，他們官職並不顯赫，但個個都是要害人物。

符節令史負責保管孫權的印信、符節等物，關鍵時刻拿出來就能頂大用；孫吳禁軍設無難營，是近身護衛孫權安全的部隊之一，負責人就是無難督；牙門將負責守衛中軍大營，如果孫權出了宮，出來進去都繞不開他。看來馬茂發展他們為下線是經過周密考慮的，這幾個人互相配合，關鍵時刻出手真能幹出驚天動地的大事來。

孫權雖然已 60 多歲，但為了顯示自己還不老，還保留着射獵的習慣。根據安排，孫權將出宮與公卿們舉辦一次射獵活動，馬茂等人認為機會來了。

他們計劃等孫權出了皇宮來到行營而公卿諸將還沒有進行營之時，由朱貞偷偷把孫權的符節拿到，向公卿諸將宣佈有詔書到，之後把他們都捆起來，由馬茂率兵闖進孫權的行宮襲殺孫權，得手後再攻佔皇宮和石頭塢，並派人聯絡曹魏。

如果馬茂真是曹魏派來的臥底，這就是一次曹魏制定的針對孫權的斬首行動。這個計劃看似不可能，但如果孫吳有關部門疏忽大意，這個計劃完全可能成功。屆時，孫權非死即俘，長江北岸的曹魏軍如

果來得快些，建業將失守，群龍無首的孫吳瞬間便會瓦解，曹魏幾代人辛苦奮鬥、拚死廝殺也未能實現的理想，被鍾離縣的一名小吏辦到了。

可惜，歷史沒給馬茂成名的機會，他們的計劃在付諸實施前走漏了消息，有關部門迅速抓捕，主幹分子全部落網，孫權下令將他們全部滅族（事覺，皆族之）。


孫吳赤烏十年（247 年），有關部門報告，說建業宮建成已久，需要大修一下，孫權同意，命人把武昌宮的一部分宮殿拆除，把木料磚瓦運過來，作為修繕建業宮之用（徙武昌宮材瓦，更繕治之）。

有關部門上報，說武昌宮修建於 28 年前，木料磚瓦已不堪用，應該下令出產木材的郡縣重新砍伐木料.

孫權不同意，對大家說：「當年大禹認為簡陋的宮殿才是好的（大禹以卑宮為美），現在戰事未平，各地賦役已經很重了，如果再砍伐木材就會耽誤農時，把武昌宮的木料運來可以用。」

這一年孫權暫時搬到南宮居住，對吳宮的主要宮室太初宮進行改建，一部分材料想必就是武昌運來的，各州郡長官以及諸將都參加過義務勞動（改作太初宮，諸將及州郡皆義作）。太初宮改建後十分輝煌壯麗，有神龍、臨海、赤烏等殿宇，東西膠葛，南北崢嶸，宮闕相連。

孫權拆舊宮修新殿的舉動常被後人提及，被認為是愛惜民力、不鋪張浪費的典範。但客觀地說，用了 28 年的舊料還能不能再用的確是個問題，即使可用，一兩千里的長途運輸，沒有火車，沒有汽車，運費恐怕比磚瓦木料本身的價值大得多，是節約還是浪費真不好說。

孫權雖老，但還會算賬，明顯不划算的事他也不會堅持，他執意這麼做，顯然不是作秀，而有深層次考慮。

武昌宮曾經是孫權的正宮，所在地勢險要，周邊環境也很好，孫

權一度對那裏十分滿意，但出於戰略上的考慮，孫權主動退回建業，固守江東的核心地帶，如果今後戰略上沒有大的調整，武昌宮作為皇宮的價值已經不存在了。

孫權離開武昌後，故太子孫和曾在那裏留守多年，現在孫和和陸遜都不在了，在孫權眼裏武昌只是一處戰略要地，而不是孫吳的首都。留一座現成的皇宮在那裏，不僅浪費，更是一件危險的事。一旦自己不在人世，有人造反，無論是另立新君還是在孫吳的地盤上割據稱雄，武昌宮都是給人家留下來的一份大禮，孫權考慮還是把它拆了吧，修建建業宮剛好是個藉口。近人盧弼就此評論說，武昌宮的拆除，主要顯示出孫權已經年邁，沒有更大的志向了（權老而無遠志）。

其後幾年間，全琮、步騭、朱然等一批老臣紛紛辭世，孫權不僅感到了悲傷，更感到了孤獨。尤其到朱然去世時，孫權環顧隨他打江山的舊人中已經再沒有幾個了，所以特別難過。

朱然還是孫權少年時代的同學，君臣二人一生中保持了深厚的情誼（結恩愛），步騭、全琮去世後，朱然作為左大司馬，是孫吳軍職最高的人。

朱然生病兩年不能起牀，後來病情逐漸加重，孫權為此吃不好、睡不好（畫為減膳，夜為不寐），宮中往朱府送醫送藥的人絡繹不絕。朱然為了不讓孫權擔心，定期派人到宮中報告病情，每次孫權都親自接見，親自詢問，連朱然派來的人都給予酒宴款待，走時還賜給布帛等物（權輒召見，口自問訊，入賜酒食，出送布帛）。

孫吳赤烏十二年（249 年），朱然去世，享年 68 歲。孫權素服舉哀，哭得很厲害（為之感慟）。

這一年，按虛歲算，孫權也正好 68 歲。

# 孫權也死了

次年，即孫吳赤烏十三年（250 年），孫權宣佈接到神人所授書冊，建議改元，立皇后。

這件事有些詭異，什麼樣的神人、書冊上都寫了什麼，史書都沒有記載。對於一個近 70 歲的老人來講，詭異也許不是迷信，而是信仰。

孫權本來就信巫卜，人老了就更深信不疑，推測起來，神人和書冊不大可能是孫權胡編亂造的，一定是下面的人針對孫權的喜好弄出來的，目的是討孫權的歡心。

每有重大自然災害和靈異事件發生，都被認為是異兆，地震、洪水是異兆中的凶兆，而發現黃龍、鳳凰、麒麟這些東西則被認為是異兆中的吉兆。

在整個孫吳赤烏年間，史書關於孫吳各地出現各種吉兆的記錄突然增加，赤烏十一年（248 年）雲陽郡發現黃龍、鄱陽郡發現白虎，赤烏十二年（249 年）臨平湖發現寶鼎，章安郡發現白鳩。這種事就像 UFO 一樣，一部分是錯覺或誤認，一部分則是人為捏造，上有所好，下有所圖。

孫權對神人書冊很重視，孫吳赤烏十四年（251 年）五月下詔改年號為太元，冊立太子孫亮的母親潘夫人為皇后，這是孫權第一位也是唯一的在任皇后。

潘皇后是會稽郡人，父親是一名縣吏，犯罪被判處死刑，按法律潘皇后和她的姐姐都被罰為官家奴婢，在宮裏的織室做苦工。一次偶然的機會孫權看到她，把她召進後宮，又生下了孫亮，從而徹底改變了命運。

史書對孫權這位唯一的皇后評價不高，認為她為人陰險、妒忌，

又特別會討孫權歡心（性險妒容媚）。步夫人死後，孫權最喜歡的人其實不是她，而是袁術的女兒袁夫人，袁夫人有節行，但沒有生下兒子，孫權想立她為皇后，袁夫人因為自己沒有兒子而固辭。

潘夫人被立為皇后，對袁夫人等加以譖害，在宮中積怨很大。

還是這一年，孫權聽說臨海郡的羅陽縣出了一位神人，名叫王表，這個人在民間被傳得神乎其神，說他言談飲食雖然與常人沒有區別，但有本事讓人看不到他的身體（語言飲食，與人無異，然不見其形），是一位隱形人。

孫權於是派中書郎李崇去把這個人迎進宮中，帶去的有輔國將軍、羅陽王的印綬，準備把這兩項官職授予王表。張昭為孫氏三代人辛苦了一輩子，臨死才是輔吳將軍，一個江湖騙子輕鬆就能登此高位，張昭地下有知，情何以堪？

王表隨李崇出來，還帶着一個叫紡績的婢女，一路之上與各地郡縣長官交談，沒有能難倒王表的，每過高山大河，王表都讓婢女鼓搗一些神祕儀式，說是與山神河神互通消息（所歷山川，輒遣婢與其神相聞）。

王表到建業後，孫權在皇宮東門蒼龍門外為他建起府邸，經常派大臣前去請王表預測水旱災害，往往都能應驗，孫權對王表深信不疑。


孫吳太元元年（251 年）八月，吳地多處突遭大風襲擊，江海湧溢，有的地方平地水深八尺，從曲阿傳來消息，孫權父親孫堅的高陵松柏全被大風吹倒，吳郡郡治所在地南城門居然被大風吹起，又落到地上。

太子、丞相不得善終，大臣廣受株連，又發生了嚴重的謀反事件，孫吳的國運就像孫權的身體狀況一樣，一天不如一天了。

孫權下詔大赦天下，此前他以中原尚未一統為由不同意郊祭，現在下詔在南郊進行祭祀。

這時已經到了冬天，從南郊祭祀回來孫權就病倒了，受了風寒。

孫權意識到大限已至，不得不認真考慮身後的事，新太子年幼，看來也得傚仿魏蜀來一次託孤了。孫權跟大家商議可向誰託付後事，朝中文武一致認為非諸葛恪莫屬（朝臣咸皆注意於恪）。

諸葛恪是孫吳政壇新生代的領軍人物，目前擔任大將軍，陸遜死後代替他統領荊州事務。孫權雖然喜歡這個年輕人，這些年對他也刻意栽培，而諸葛恪在平息山越、與曹魏交戰中立下不少戰功，顯示出一定才幹，但孫權認為諸葛恪有剛愎自用的毛病，心中猶豫。

孫峻上書孫權，認為諸葛恪足以輔國，朝中官員沒有人比得上他的才幹，力保諸葛恪（峻以當今朝臣皆莫及，遂固保之）。孫峻是孫權晚年最信任的本家子弟，他的話還是有相當分量的，孫權於是下了決心，下詔徵諸葛恪回建業。

在病牀前，孫權向諸葛恪託孤，在場的還有中書令孫弘、太常卿滕胤、將軍呂據、侍中孫峻等人。滕胤是孫權堂弟孫奐的女婿，時任會稽郡太守，不久前被孫權召回擔任太常卿。呂據是呂範之子，目前擔任蕩寇將軍。

孫權對諸葛恪等人說：「我病得不輕，恐怕不能跟你們再相見了，國事就託付給你們了（吾疾困矣，恐不復相見，諸事一以相委）。」

諸葛恪流着淚道：「我和眾大臣身受陛下大恩，當不惜獻出生命以執行您的詔令（臣等皆受厚恩，當以死奉詔），希望陛下安定心情，減少憂慮，不要把身外之事掛在心上。」

孫權升諸葛恪為太子太傅，朝廷的日常工作由諸葛恪主持，只有殺人的大事需要事先稟報（詔有司諸事一統於恪，惟殺生大事然後以聞）。孫權還升孫弘為太子少傅，仍兼任中書令；升孫峻為武衛將軍，仍掌管禁軍；升呂據為太子右都督，負責軍事。

這樣就形成了以諸葛恪為首，以孫弘、滕胤、呂據、孫峻為輔

的輔政班子，這種結構想必是孫權精心設計的。劉備託孤於諸葛亮，曹丕託孤於曹真、曹休、司馬懿、陳群，曹叡託孤於曹爽、司馬懿，在孫權看來都不算成功。託孤給一個人，容易形成權臣，帝王反成傀儡；託孤給多人，不容易形成核心，大家互相設防，效率低下；託孤給兩個人，就更不可取，不內鬥都不由人。

孫權以諸葛恪為首輔，讓他發揮才幹，放手輔佐幼帝振興孫吳，但又給他安排了一個助手團隊，裏面有宗室，有親屬，有近臣，也有老將後代，他們分別掌管軍政事務和禁軍，是助手也是監督者，諸葛恪如果有異心，無法一手遮天。

諸葛恪上任後盡心盡力，對於國家法令中有不合時宜的，都逐條列舉向孫權稟報，孫權對他的意見均表示同意。


又熬過了一年，過了太元二年（252年）的新年，病榻上的孫權下詔，冊立太子以外的其他幾個兒子為王。

孫權共有七個兒子，長子孫登、次子孫慮、四子孫霸已死，在世的除最小的兒子太子孫亮外，還有三個。

三子孫和被廢為庶人，過起了提心吊膽的日子，突然接到詔令被封為南陽王，駐守在長沙；五子孫奮被封為齊王，駐守武昌；六子孫休被封為琅琊王，駐守在虎林，此地在今安徽省池州市貴池區附近。

做出這樣的安排，同樣也是為鞏固太子繼位後的政權所考慮，孫權希望孫亮執政後，有三個哥哥在外為依託，皇位坐得更穩當。想得當然不錯，但會不會那樣，就是另一回事了。

有人對孫權確定的輔政方案有不同想法，這個人是潘皇后。她剛當上皇后沒幾天，野心卻異常膨脹，潘皇后派人找到中書令孫弘，向他詢問呂皇稱制的情況。

漢高祖劉邦死後，皇后呂雉之子劉盈繼位，政權實際上由呂后掌

管，劉盈後來死了，呂后乾脆臨朝稱制，成為事實上的皇帝，分封呂氏子弟為王侯，掌管軍權，又任命親信審食其為丞相，掌握朝政。

按照潘皇后的想法，她兒子一旦登上天子之位，就不勞諸葛恪等人輔政了，她可以包辦。

可潘皇后沒有成為第二個呂后，在伺奉孫權期間由於過度勞累，她病倒了（侍疾疲勞，因以羸疾）。宮人們趁其昏睡，一起動手，把她縊殺，之後假稱是被惡鬼所害（託言中惡）。

潘皇后一向人緣極差，宮人們大概受夠了，趁着孫權已不能理事，乾脆把她解決了，出一口惡氣。

當然還有一種可能，潘皇后的死與她流露出來的政治野心有關，不想讓她臨朝稱制的人指使宮人們把她幹掉了。

紙裏包不住火，這件事還是泄露出去了，有好幾個人被殺。

這是正月裏的事，到了二月，孫權再次下詔改年號為神鳳，太元這個年號用了不到一年。

孫權病情加重，眾人多次請王表為孫權請福，王大師承受不住巨大壓力，溜了。

孫吳神鳳元年（252 年）四月二十六日，孫權駕崩，享年 71 歲。

32 年前，曹操去世了。

29 年前，劉備去世了。

18 年前，諸葛亮去世了。

就在去年，司馬懿也去世了……

孫權成為漢末三國時代「頂級群雄」中最後一位離世的，他臨終前的一刻，不知有沒有想到昔日裏的這些對手和戰友？

孫權的一生可謂轟轟烈烈，18 歲就接手了孫吳的事業，在艱難困苦之中卻幹得風生水起，最終建立了孫吳政權，與曹魏和蜀漢鼎足三分。

孫權的身上無疑有着許多過人的才能和氣魄，周瑜稱讚他是「神武雄才」，魯肅稱讚他是「神武命世」，陸遜稱讚他有「神武之姿」，如果這些都是臣下們的讚美而有過譽之嫌的話，曹操一句「生子當如孫仲謀」成為對孫權的最高褒揚。

孫權很會帶隊伍，他善於識人，對部下很愛護，能以情動人，將領們都對他忠心耿耿，除了孫權晚年圍繞太子之位發生的那場政治鬥爭，孫吳的內部總體上看是團結的，這與孫權的努力密不可分。

對部下愛護只是獲得擁戴的一個原因，作為最高統帥，不僅要了解臣下的所思所想，關心他們、愛護他們，更要信任他們，在這方面孫權做得很不錯。

史書評價孫權是勾踐那樣的奇才，是一代英豪（有句踐之奇英，人之傑矣），他繼承父兄的事業，獨據江南，與魏、蜀形成三足鼎立之勢，成就了一番大業。但陳壽也指出，孫權性格好犯忌，喜殺戮，到了晚年，這些缺點更加明顯（暨臻末年，彌以滋甚）。

有史學家認為，孫權廢棄毫無過失的太子，為國家大亂埋下了禍根。不過，孫吳最終滅亡，更主要的原因還是繼任者的暴虐無道。

孫權死後，太子孫亮繼位，謚孫權為大皇帝，即史書所稱的吳大帝。在古代 300 多位帝王中，獲得大皇帝、大帝謚號的僅孫權一人。

建業附近有鍾山，因孫權祖父名孫鍾，為避諱孫權改其名為蔣山，孫權的陵寢就在蔣山之下，稱蔣陵，今天的具體位置在南京市東郊的鍾山南麓，隨葬的還有步夫人和潘皇后。

# 不一樣的天子

再把目光拉回到曹魏，看看少帝曹芳被廢後的政局。

曹魏嘉平六年（254 年）十月五日，曹髦正式在太極殿登基。

新皇帝下詔大赦天下，同時改元為正元。與曹芳一樣，由於最終沒有得到廟號，史書上仍稱曹髦為高貴鄉公。

新皇帝還下詔：

「本朝三位先帝神武聖德，順天命而受帝位。齊王曹芳肆意妄行，不循禮法，失去了君王應有的仁德。皇太后以國家為重，接受朝臣們的建議，把我召來京都取代失德於天下的齊王。我年紀輕輕便置身於王公朝臣之上，深感不安，唯恐自己不能守好祖先開創的江山社稷，中興魏室，統一天下。

「每念及此，我都戰戰兢兢，如臨深淵。幸好有朝中諸臣作為我的肱股，鎮守四方的將帥給我有力扶持，憑仗先祖、先父留下的有德之臣，一定能實現國家的長治久安，天下太平。

「聖賢說，作為一國之主應德厚如同天地，恩澤遍及四海，對億萬臣民以慈愛為本，示之以好惡，天子百官為百姓做好榜樣，使他們懂得如何守禮法、行大義。我雖無太多仁德，也不能深悟這些道理，但我願與天下賢者共同為此努力。」

曹髦隨後命削減天子車馬服飾以及後宮費用，停止尚方御府等處製作那些華麗卻無實用價值的東西。

幾天後，曹髦又下詔分派侍中到各地，持節，觀察各郡縣風俗，代他慰勞軍民，訪查民間冤情和失職官員。

曹髦還下詔，假大將軍司馬師黃鉞，允許其享受「入朝不趨，奏事不名，劍履上殿」的特權。

賞賜完司馬師，曹髦下詔讓有關部門評定此次廢立定策之功，對於有功及有關人員，一律封爵、增邑、進位，眾臣自然歡喜。


與曹芳整日愁眉苦臉、悲悲慼慼不同，曹髦的精力似乎很充沛，興趣愛好也很廣泛。一個十幾歲的孩子，在現代也就是高中生水平，

卻經常召集一些素以飽學著稱的大臣講述經典、議論前代得失。

一次，曹髦在太極殿東堂宴請侍中荀顗，尚書崔贊、袁亮、鍾毓，中書令虞松等人，他們都是一些有學問的大臣，曹髦和他們邊吃邊聊，聊的主題是評述歷代帝王的優劣。

曹髦很推崇夏代的少康，他分別聽取了眾臣對少康的評述，之後做了總結發言。他的總結與眾臣的看法不盡相同，卻很有見地，這些飽學之士聽完都表示佩服（咸悅服）。

曹髦卻很謙虛地說：「我學習的東西還很有限，知識面也不寬廣（吾學不博，所聞淺狹），只是隨便議論議論，都很膚淺。」

曹髦又跑到太學，與太學的大儒們探討《周易》《尚書》《禮記》，這都是最難懂的古書，曹髦與專家學者們討論起來卻頭頭是道，眾臣驚呼他們遠遠達不到天子的水平（非臣愚見所能逮及）。

即使大家說的是些馬屁話，曹髦的見地未必超過這些學者，但能參與進去一塊討論，就已經不容易了。


但在司馬師眼裏，曹髦不過是另一個曹芳，聽話就把他擺在那裏，不聽話隨時把他廢了另立他人。

在曹魏大旗還不能不打的時候，不管誰坐在皇帝的寶座上，都要清楚自己的定位。

但是，看到這個好學、內斂、謙虛的新皇帝，司馬師內心感到了困惑。從曹髦登基前後短短幾天裏的行為來看，他似乎不大像甘做傀儡的樣子，言行和智商都不像十幾歲的孩子。司馬師懷疑曹髦的身邊有高人在指點，甚至懷疑郭太后堅決反對立曹據而要立這個曹髦是另有深意。

總之，司馬師有點犯迷糊，也有點後悔。

但現在再言後悔為時已晚，只能嚴加控制，繼續觀察了。

一次罷朝，司馬師悄悄問鍾會：「據你看來，當今皇帝如何？」

鍾會沒有領會他的意思，答道：「才華堪比陳思王，武略類似武皇帝（才同陳思，武類太祖）。」

文如曹植，武比曹操，這個評價極高，讓司馬師心裏更加不安。

但司馬師沒有流露出來，他對鍾會說：「如果像你說的這樣，真是社稷之福呀！」


# 司馬師的眼科手術

司馬師擅謀廢立，惹惱了兩個人，他們決定討伐司馬師，重新擁戴曹芳再登皇位。

這兩個膽量非凡的人，一個是毌丘儉，一個是文欽。

毌丘儉之前曾經提到過，在曹爽執政時期，他以幽州刺史的身份率部攻打過遼東的公孫淵，當時無功而返。他是曹爽器重的人，官位一口氣升至左將軍，假節，都督豫州諸軍事，後改任豫州刺史，又轉任南部戰區副司令（鎮南將軍）。

司馬懿父子先後掌權，他們對毌丘儉都不放心，但當時出了令狐愚、王淩謀反事件，打擊面不能過大，所以毌丘儉仍然掌軍權。王淩事件平息後，司馬師讓毌丘儉與鎮東將軍諸葛誕互換防區，毌丘儉改任為東部戰區副司令（鎮東將軍），都督揚州諸軍事。

文欽時任揚州刺史，他是曹操手下部將文稷之子，祖籍沛國譙縣，因為與曹爽是一個縣的人，加之驍勇威猛、數有戰功，也深得曹爽器重。

因為曾經都是曹爽的人，所以毌丘儉與文欽關係密切，現在毌丘儉任鎮東將軍，文欽任揚州刺史，二人又成了上下級關係。

毌丘儉和諸葛誕互換防區，讓毌丘儉非常疑慮，他懷疑司馬師

繼王凌之後下一個要對付的就是自己，與其坐而待斃，不如自己拯救自己。

毌丘儉把想法跟文欽一說，文欽表示支持。

毌丘儉還想到了諸葛誕，如果有他的參與把握會更大，諸葛誕並不是司馬氏的嫡系，面臨的處境跟自己也差不多。

但是，諸葛誕經過慎重考慮，拒絕了。


曹魏正元二年（255 年）正月，有彗星數十丈出現在西北方向，起於吳、楚之地。毌丘儉和文欽大喜，認為是吉兆，二人於是在壽春起兵，此時距離曹芳被廢僅半年時間不到。

毌丘儉和文欽假稱得到了郭太后的密詔，要他們起兵討伐司馬師。在上書皇帝曹髦的公開奏疏裏他們列舉了司馬師的種種罪狀，竟有 11 項之多。

其一，齊王曹芳因為司馬懿有輔己大功，所以讓司馬師承統司馬懿之業，委以大事。而司馬師以盛年在職，經常無疾託病，坐擁強兵，無視君臣之禮，引起朝臣非議，義士譏之，天下所聞。

其二，司馬懿每次興師伐敵，都做好充足準備，所以均不日而克，反觀司馬師，無論是作為名臣後裔還是臣子，都應掃除國難、完成父業，但他卻偃旗息鼓，為臣不忠，為子不孝。

其三，東興之戰時吳軍已退，但司馬師仍堅持攻擊，結果造成慘敗。天下為之騷動，百姓流離死傷。

其四，後來孫吳又發兵 50 萬來攻壽春，進而意圖洛陽，太尉司馬孚與我等謀劃，堅守要塞，不與爭鋒，加固新城。淮南將士衝鋒履刃，晝夜相守，苦戰長達百日，死者塗地，魏軍自建軍以來論難與苦莫過於此戰，但司馬師無動於衷，事後也不論封賞。

其五，故中書令李豐等人，以司馬師不守臣節，共議彈劾他。司

馬師獲悉此事，設計將李豐誘殺，暴屍荒野，李豐等人身為大臣，也是皇帝的腹心，對他們卻擅加酷暴，死無罪名，說明司馬師目無皇上。

其六，司馬懿經常稱讚齊王，說他是聖明之君。齊王奉事15載，司馬懿計劃歸政，然而到了司馬師卻心藏奸謀，圖謀不軌，假藉太后詔書廢君主，加之以罪，就連司馬師的叔父司馬孚都看不下去，灑淚追送齊王，群臣更是敢怒不敢言。

其七，故光祿大夫張緝無罪被誅，夷其妻子兒女，又追及皇后，司馬師不顧尊卑，將皇后處死，天下人莫不哀愕傷痛，但司馬師反而歡喜稱慶。

其八，陛下踐阼，聰明神武，崇尚節約，天下已共知，莫不歡慶。但司馬師不自改悔，不去修復君臣之禮，反而四方募兵，為自己私建軍隊。陛下剛登基時，司馬師假稱有病不朝覲，陛下親自去探視，連見都不見，有違臣子法度。

其九，不久前中領軍許允任鎮北將軍，司馬師以他廚錢私自贈予下屬這麼一點小事，羅織罪名，施以重刑，導致他在流放途中死去。天下之人聽到莫不哀傷。

其十，如今天下三分，魏居其一，國家武備有待修整。司馬師卻選精兵以自用，導致五營將士不夠使用，只得增補。這些都是天下人所聞，人人懷憤，司馬師卻編造謊言，欺騙世人。

其十一，司馬師憑藉武力，挾持朝廷，以逞奸心，他還正在謀劃將曹魏藩王聚於一處，然後全部誅殺，進而謀奪大統，篡魏自立。

歷數以上11項罪名之後，二人在奏疏中憤而疾呼：「上天不助長邪惡，要把天下人的眼睛都矇上，這辦不到（天不長惡，使目腫不成）！」

毌丘儉和文欽很講鬥爭策略，先不把司馬氏家族全部打倒，對於司馬懿給予完全肯定，對司馬孚也多有讚揚，矛頭只對準司馬師一個人。

二人在奏疏裏還寫道：「前太傅司馬懿忠貞為國，建立功勛，理應

寬恕他們後代的罪責，所以請求撤銷司馬師的職務，以侯爵的身份回家居住，他的職務由弟弟司馬昭接任。而太尉司馬孚忠孝勤謹，護軍司馬望奉公守法，理應賦予更大的職務。」

裏面提到的司馬望，是司馬孚的兒子。

上完奏疏，毌丘儉和文欽便集中五萬人馬渡過淮河向西攻擊，前鋒到達項縣。

此時在洛陽的司馬師正痛不欲生，不是因為淮南再次發生了叛亂，而是他剛剛做了一次大手術。

司馬師患有眼疾，眼睛裏生了瘤子，大夫為他動了外科手術，在醫療條件較差的時代，這是一個大手術，即使手術順利完成，後期調養階段也始終處於高風險之中。

根據文獻記載，司馬師是中國歷史上第一位做眼瘤手術的病人，有的史籍說為司馬師動手術的是名醫華佗，這當然是不可能的，華佗早在幾十年前就死了。

司馬師強忍病痛，向大家詢問破敵良策。

河南尹王肅認為：「當年關羽威震華夏，一朝失敗即土崩瓦解，很大一個原因是部下將士的家屬都在後方，而後方已被吳軍所佔，將士們必然心慌意亂，哪裏還有戰鬥力？現在毌丘儉和文欽也如此，淮南叛軍相當一部分人的家屬也在內地，只要一面出兵阻擊叛軍，一面看護住淮南將士的家屬，過不了多久，就會出現關羽式的土崩瓦解。」

司馬師認為有道理，決定親征淮南。

許多人都勸他說，剛動完手術，不宜過於勞神，建議太尉司馬孚帶兵前往即可，司馬師猶豫不決。

王肅、傅嘏、鍾會等人認為司馬師應當親征，傅嘏說：「淮南將士一向戰鬥力很強，現在他們已長驅直入到達項縣，如果前方稍有差池，

敵人就會勢如破竹，我們連翻盤的機會都沒有，瞬時會全盤皆輸！」

司馬師聞言，驚出一身冷汗：「我躺在車子上也要去！」

## 第二次淮南之叛

司馬師讓司馬昭為中領軍，留守洛陽，自己親征淮南。

司馬師徵召附近州郡的兵馬，約定在陳國、許昌之間會師。

之後，司馬師任命荊州刺史王基代理監軍之職，統率已集結於許昌的各路兵馬。

王基認為，淮南叛軍到達項縣多日，卻不見繼續前進，說明其內部已經不穩定，應抓住機會，火速攻擊。王基建議應立即佔領南頓這個地方，因為那裏有大量軍需物資，司馬師同意。

司馬師、王基由許昌過石梁河，剛佔領南頓，淮南叛軍將領史招、李續就先後投降了，毌丘儉和文欽本想奪回南頓，見王基所部已將南頓完全控制，於是撤回項縣。

眾將建議司馬師立即向項縣發起攻擊，司馬師認為可以再等等，待徵調的各路大軍準備好以後再發起總攻。

各路大軍先後到達指定地點，司馬師命諸葛誕統率豫州的人馬，從安風向淮南的大本營壽春發起攻擊，命征東將軍胡遵統率青州、徐州的人馬，由譙縣、睢陽之間向前攻擊，切斷叛軍的退路，以防叛軍四處逃散。

在各路大軍合圍之下，毌丘儉和文欽無計可施，退回壽春。走投無路之際，他們派人向兗州刺史求救，希望兗州方向與他們聯合。

新任兗州刺史不是別人，而是鄧艾，他在西線戰場當了好幾年郡太守，現在被調過來當兗州刺史。作為司馬懿親自相中並刻意栽培的一匹千里馬，鄧艾如何肯與叛軍聯手？

鄧艾殺了叛軍的使臣，集合起一萬人馬，到達樂嘉城，在那裏等候司馬師的到來。

銅牆鐵壁，四面合圍，毌丘儉和文欽看來只有等死了。

然而困獸猶鬥，何況是人？

文欽看到四處是朝廷重兵，驚慌失措，不知如何是好。

但他有一個不得了的兒子，名叫文鴦，今年才 18 歲，勇猛過人、膽大心細。文鴦建議父親趁司馬師新到立足未穩之際發起突然襲擊，如果能趁亂將司馬師殺死，勝負尚未可知。

文欽同意兒子提出的斬首行動，於是組織起兩支敢死隊，文鴦親率一隊，趁夜殺入司馬師的大營，魏軍沒料到一群等死的人還有這一招，倉促應戰，混亂不堪。

司馬師受驚不小，剛動過手術那隻眼睛的傷口突然崩裂，眼珠崩出。為了不影響士氣，司馬師強忍劇痛指揮反擊，他用牙咬住被子，把被子都咬破了。

文鴦畢竟寡不敵眾，又沒找到司馬師，只得含恨而還。

魏軍緊追不捨，文鴦大怒，率十餘騎返身殺回，深入敵陣，風馳電掣，摧枯拉朽，無人可擋，魏軍追擊稍停，文鴦也撤出戰鬥。

司馬師命左長史司馬班率 8000 名精銳騎兵再追，文鴦不懼，又殺了回來，瞬間便斬敵 100 多人，在魏軍錯愕之際揚長而去。

18 歲的牛人文鴦就這樣一去一返殺了多個來回，比當年傳說中長阪坡上的趙雲還有過之而無不及。

文欽所部敗退，向項縣撤去，想與毌丘儉會合。

誰知毌丘儉聽說文欽潰敗的消息，大驚，已從項縣撤出。文欽父子率殘部到達項縣時，這裏已是一座空城。

文欽想去壽春，得到消息說，壽春已被諸葛誕佔領。

不得已，文欽決定投奔孫吳。而孫吳方面一直密切關注着淮南的事態發展，孫吳這邊不久前實現了權力交替，目前掌握實權的是新任丞相孫綝，他親自率軍抵達東興，得知文欽來降，立即前往接應。

這樣，文欽就投降了孫吳。

毌丘儉逃亡的方向是北面，他在幽州當過多年刺史，與北方少數民族部落很熟，他試圖逃到那裏去，結果逃亡路上左右親隨越來越少，到達安風渡口時，被當地類似於民團的地方武裝發現，將其擊斬，首級送往洛陽。

第二次淮南之叛，就這樣結束了。


首先進入叛軍大本營壽春的是鎮南將軍諸葛誕，當時壽春是座繁華的大城市，有居民十多萬人，當初王凌兵敗，朝廷軍隊已經在此平叛過一次，僅時隔四年，這一幕又重演了。

諸葛誕將毌丘儉的同黨等700多人統統抓了起來，朝廷派來主持審查的是侍御史杜友，他建議只將其中重要的十多人處死，其餘的都免除死刑。

奏疏呈上，朝廷批准。

曹魏少帝下詔，晉升諸葛誕為東部戰區司令（鎮東大將軍），本來應該是副司令，因為這個職務低於四方將軍和四征將軍，但現在中間多了一個「大」字，等級高了一層，就不一樣了。諸葛誕同時享受三公的待遇（儀同三司），負責揚州刺史部的軍事（都督揚州諸軍事）。

作為非嫡系的地方將領，在此次叛亂中站穩了立場，又第一個進入叛軍大本營，諸葛誕理當嘉勉。

司馬師本人並沒有前往壽春，文鴦發起突襲的當夜，他的眼傷崩裂，雖然沒有立即致命，但傷勢十分嚴重。

司馬師在眾人護送下由前線立即返回洛陽，走到許昌時，病情進一步加重，於是決定先不走了，在此養傷。

司馬師命人把此時身在洛陽的弟弟司馬昭叫來，同時命擔任參軍的賈充統一指揮許昌的各支軍隊。

之前說過，賈充是曹魏舊臣賈逵之子，是司馬師比較看中的新生代之一。

## 第三次淮南之叛

司馬昭負責留守洛陽，接到哥哥的命令大吃一驚，星夜趕往許昌。

見到哥哥時司馬昭更加驚懼，才幾天沒見，哥哥已完全變成了另外一個人，由於眼睛嚴重受傷，整個臉都被包紮着，看不清面目。

司馬師見到弟弟後算是放下心來，他宣佈自己辭去全國武裝部隊總司令（大將軍）一職，由弟弟司馬昭即日接任。司馬師告訴弟弟必須立即率大軍返回洛陽，不得停留。

曹魏正元二年（255 年）正月二十八日，司馬師病逝於許昌，時年 47 歲。司馬昭顧不上哀痛，準備率大軍護送哥哥的靈柩返回洛陽。

但是，大軍未動，卻接到皇帝下達的詔書，詔書中說東南方面連續發生叛亂，剛剛平息，局勢尚且不穩定，讓司馬昭就地在許昌駐守，不必返回洛陽了。

後世有史學家們看到此處不禁發出驚歎：這真是致命的一招！

司馬師新喪，司馬昭不在洛陽，司馬氏兄弟所掌握的主力軍隊也不在洛陽，如果要推翻司馬氏，還有比這更好的時機嗎？可惜王淩、夏侯玄、李豐、張緝這些人都不在了，否則司馬昭將有去無回。

這不是危言聳聽，也不是無端揣測，而是完全有可能。

但是，如果司馬昭此時強硬回師洛陽，勢必被冠以公開抗旨的罪

名，把與皇帝的矛盾公開化，這讓司馬昭很頭痛。

不過，曹髦的詔書有一個破綻：它沒有直接下達給司馬昭，也不是向天下發通告的那種詔書，不知為何，詔書下給了隨軍出征的尚書傅嘏。

也許傅嘏此行的主要任務就是傳達少帝與大將軍之間的公文，把詔書先發給傅嘏，然後由他轉呈也符合公文流轉的程序。

但不管怎麼說，這個小瑕疵給了司馬昭既不用公開抗旨也不用被動無奈的一個機會，發現這一點的是鍾會。

鍾會此次以中書侍郎的職務隨司馬師出征，實際身份是司馬師的機要祕書兼參謀，當初正是他與傅嘏等幾個人力勸司馬師親征的，目的是達到了，但嚴重的風險也發生了，正如當初眾人所言，司馬師根本經不起這樣的折騰，把命都搭了進去，對此，鍾會等人懊悔不已。

對於如何應對曹髦的詔書，鍾會認為既然詔書下給了傅嘏，可以先以傅嘏的名義給曹髦上一份奏章，闡明司馬昭必須回師洛陽的重要性。這樣，奏章等於沒有經過傅嘏的手轉給司馬昭，因而也不存在抗旨的問題。當傅嘏的奏章發出後，司馬昭即率大軍回師，回到洛陽後，如果曹髦不再提此事就裝個糊塗，如果要提就說沒看到詔書，詔書還在傅嘏處。

司馬昭認為不錯，於是照行。

幾天後，司馬昭率大軍到達洛陽城外的洛水南岸。

還沒進城，曹髦新的詔書又到了，正式擢升司馬昭為全國武裝部隊總司令（大將軍），同時都督中外諸軍事、錄尚書事，全面接管軍政大權。

看來前一封詔書的事雙方都可以不提了，避免了一次尷尬。

但是，這件事讓司馬昭產生了警覺。他覺得這個曹髦別看比前任曹芳年齡小，但心眼更多，更不服管，也更難對付，必須早做打算才行。

論心智和機謀，司馬昭不及他的哥哥司馬師，更無法與他的父親司馬懿相比。但是，他也有父兄所不具備的優勢：掌權時內外部已基本打好了紮實的基礎。

經過司馬懿和司馬師長期經營，曹氏幾代人纍積起的江山社稷只餘下一具外殼，內在的東西已經被層層剝空。這正是所謂高人謀事的至高境界：在別人的局中做出自己的局。現在，放眼朝野內外，局面與哥哥司馬師當初從父親手裏接到大權時的情形已有明顯不同。

近年來，連續發生了兩次大規模叛亂和一次謀反事件，經過平叛和鏟除謀反，一批對司馬氏不滿的人紛紛退出了歷史舞台，現在哥哥交到自己手裏的，是一個更加純粹、更加牢固的政權。

一批新生代力量的崛起是鞏固新權力的另一塊重要基石。這批新生代人物有着共同的特徵：他們都不出身於曹氏或夏侯氏，從成長道路上看，也基本上與曹氏或夏侯氏沒有太多關聯，反而對這些年「諸夏侯曹」把持軍政大權的做法從內心裏充滿牴觸。他們或為舊臣的後代，或出身於草根，大多從基層幹起，年富力強，有智慧，有理想，渴望建功立業，更重要的是，他們都是司馬氏父子兄弟堅強的支持者。他們的代表人物有鄧艾、鍾會、石苞、胡奮、傅嘏、傅玄、盧毓、鍾毓、賈充等。


但是，這也不意味着擁曹勢力完全消亡了。

曹魏正元三年（256 年）五月，鄴縣以及上谷等地都報告發現了甘露。所謂甘露，是一種凝結於樹葉上的甘甜液體，在古人看來是吉祥之兆。

六月初一，少帝曹髦下詔改元甘露，這也是魏文帝建立曹魏政權

使用黃初年號以來的第八個年號，本年自六月以後為甘露元年。

這一年八月，少帝下詔為大將軍司馬昭加號大都督，享受「奏事不名」的特權，假黃鉞。任命司馬孚為太傅，空出來的太尉由高柔接任，高柔的司徒一職，由司空鄭沖接任，擢升尚書左僕射盧毓為司空。

朝廷已被牢牢掌控，但在司馬昭看來，有一個地方仍然讓他不能放心，還是淮南。

諸葛誕這時升任東部戰區司令（征東大將軍），都督揚州諸軍事，作為魏明帝時期「浮華黨」的成員，諸葛誕與夏侯玄、何晏、鄧颺等人交往深厚，看着他們一個個覆滅，他的內心現在是一個怎樣的態度，這讓司馬昭心裏沒底。

但要說諸葛誕一定會造反，司馬昭也不敢下這樣的斷定，因為在毌丘儉和文欽叛亂中，諸葛誕並沒有跟他們站在一起，如果有叛亂之心，那時正是最好的時機。

司馬昭跟賈充商量此事，賈充出了個主意，可以派親信前往諸葛誕駐地進行視察，在視察中試探他的反應。

司馬昭同意，乾脆就派賈充前去。

賈充以大將軍府祕書長（長史）的身份到達壽春，這裏是揚州刺史部的治所，也是征東大將軍的治所，諸葛誕按正常禮儀接待了賈充，晚上，賈充主動提出還要拜見諸葛誕。

諸葛誕知道賈充是司馬昭身邊最重要的心腹之一，但不知道他找自己談什麼。

閒聊幾句，賈充突然直奔主題：「洛陽朝野上下都在談論，希望皇帝陛下把大位禪讓給大將軍，不知明公以為如何？」

諸葛誕聞聽，勃然大怒：「聽說你是賈逵的兒子，你們世受國恩，怎出此言？這事我堅決反對，如果洛陽再發生政變，我諸葛誕願以命

相報！」

話不投機，趕緊告辭。

賈充說的那些話只是虛晃一槍，為的是摸一下諸葛誕的政治態度，如果諸葛誕願意忠於司馬氏，今天就是一個表白的機會，可惜諸葛誕不願意。

既然如此，司馬昭決定對諸葛誕動手，以免夜長夢多。

這時，新任司空盧毓病逝了，司馬昭立即讓少帝曹髦下詔改任諸葛誕為司空，表面上看，過去只是享受三公待遇（儀同三司），現在直接就任三公，升官了。

如果你肯來，就解除你的兵權，把你軟禁在洛陽，掛個司空名號養老去吧；如果你不肯來，進一步說明你心裏有鬼，抗旨不遵，那就別怪我不客氣了。

詔書下達到壽春，諸葛誕果然驚恐，聯繫到賈充不久前的壽春之行，他自然能看出司馬昭的用意。

諸葛誕思考半晌，決定起兵造反。

諸葛誕汲取了王淩和毌丘儉前兩次起事失敗的教訓，認為要想成功僅靠淮南自身的力量遠遠不夠，必須與孫吳聯手。

諸葛誕派自己的心腹、擔任長史的吳綱帶上他的兒子諸葛靚前往孫吳，向孫吳稱臣，請求支援。

之後諸葛誕正式在壽春起兵，他一向懷疑新任揚州刺史樂綝是司馬昭派來監視他的，就先把樂綝殺了，然後整合起各路人馬以及淮南各郡縣的部隊共十多萬人。諸葛誕擔心這些人馬還不夠，於是在控制區內又緊急招兵，很快得到人馬近五萬。

這是第三次淮南之叛，就叛軍總兵力而言也是最多的，超過前兩次的總和。

# 帶上皇帝去遠征

司馬昭接到報告，立即整頓人馬討伐淮南。

這次他採取了一個非常舉動：讓郭太后和曹髦隨大軍行動。

上次在許昌，曹髦的一個動作竟然差點把他逼到牆角，事後回想起來也確實可怕，幸虧曹髦並沒有後續的行動相配合，否則在自己離開洛陽的時候再發生一次類似高平陵之變的事也沒有什麼不可能。

為防止有人利用郭太后和曹髦做文章，司馬昭乾脆把他們都帶在身邊。

司馬昭率一部人馬到達項縣，六月下旬，由各地徵召來的人馬也雲集於此，總兵力達到 26 萬，幾乎是叛軍的一倍。司馬昭宣佈諸葛誕的鎮東大將軍即刻作廢，命王基代行鎮東將軍一職，負責揚州地區的軍事（都督揚州諸軍事），會同安東將軍陳騫包圍壽春。

等王基、陳騫指揮人馬向壽春合圍時，孫吳方面支援諸葛誕的人馬也到了，孫吳派了全懌、全端、唐咨、王祚等將領，還有之前逃到孫吳的文欽，趁魏軍還未對壽春完成合圍之際，這些人馬從壽春城東北方向進入城中。

另外，孫吳還派了名將朱異率三萬人馬推進到安豐，與壽春遙相呼應，形成牽制。

王基接到命令，要他們發起猛攻。

但王基認為，目前包圍圈已經形成，叛軍和孫吳援軍在城裏只要衝不出來，就不必理他們，這麼多人馬在城中，時間一長必然陷於慌亂。

王基的建議上報後，得到批准。

王基命人深挖壕溝，堅守營壘，絕不輕易攻城。

果然，城裏的人急了，文欽親自率部發起衝擊，都被王基指揮圍城的魏軍擋了回去。

孫吳這次也拿出了看家本錢，孫吳新任全國武裝部隊總司令（大將軍）孫綝親率吳軍主力推進到鑊里，此處在今巢湖以東，距壽春已不太遠。

關於這段時間孫吳的政局，這裏也介紹一下：孫權死後太子孫亮即位，諸葛恪、孫弘、孫峻等人輔政，諸葛恪與孫弘素有矛盾，孫弘想殺掉諸葛恪，但事情敗露，反被諸葛恪所殺。可是東興之敗後諸葛恪威望大損，孫峻尋機又殺了諸葛恪。之後孫峻病死了，實權落入他的從弟孫綝手中，孫綝廢孫亮為會稽王，改立孫權的第六子孫休為帝。

現在的孫吳，孫休當皇帝，實權掌握在全國武裝部隊總司令（大將軍）孫綝的手中。

孫綝命朱異、丁奉、黎斐等將領率部前去壽春解圍，朱異下令將輜重留下，部隊輕裝快進，前鋒抵達黎漿。

司馬昭派石苞、州泰率部打援，二人將朱異所部成功擊退。

曹魏泰山郡太守胡烈也參加了此次會戰，他率所部5000人出擊朱異存放輜重的都陸，成功得手。

作為援軍的朱異無法前進，只得退往孫綝的大營，由於沒有輜重，後勤補給十分困難，他們一路靠摘食樹葉果腹，狼狽不堪。可到達孫綝大本營後，孫綝大怒，讓他們立即返回，馳援壽春。朱異認為將士們已極度疲乏，無法執行命令。

孫綝惱了，將名將朱異當場誅殺。

既然如此，孫綝就應該立即親自率本部向前進攻，去解壽春之圍。可他卻下達了一個奇怪的命令：撤回江東。

可憐壽春城裏的諸葛誕以及文欽、全懌等人，對外面的事還渾不知情，都在眼巴巴盼着援軍的到來。

司馬昭認為這是快速擊破壽春之敵的好機會，就讓人散佈謠言說孫吳大將軍孫綝親率大軍即將殺到，壽春之圍很快將解除。

之所以這麼說，為的是讓城裏的人誤以為勝利就在眼前，從而對有限的糧草不加特別控制。

壽春城池堅固，攻破是很困難的，能守多長時間，更多地取決於城裏有多少糧食。

諸葛誕等人果然上當，糧食消耗有點快，等明白過來，後悔已晚。

眼見糧食供應即將成為問題，城裏的將領們分成了兩派，一派主張繼續固守待援，一派主張主動出擊，絕處逢生。諸葛誕的部將蔣班、焦彝屬於主戰派，而文欽和孫吳派來的援軍屬於固守派。

文欽對諸葛誕說：「我們以及孫吳將士的家屬都在江東，即使孫綝不打算來救，皇上和孫吳將士的這些家屬豈能願意？所以，援軍到達是遲早的事，為何要冒險？」

但蔣班和焦彝堅持主動出擊，雙方吵得很兇。諸葛誕同意文欽的看法，他也不打算冒險，但勸服不了蔣班等人，諸葛誕一生氣，打算把他們二人殺了。

消息泄露，蔣班和焦彝翻越城牆而出，向城外投降。

城裏算是清靜了，只要同心合力堅守壽春，勝負也未可知。

就這樣，又守了幾個月，一直到這一年年底，壽春城仍然未攻破。

再這樣下去，反倒有利於守城的人，攻城耗時費力，消耗很大，孫吳的援軍遲早還會到來。如果在這個節骨眼上蜀漢那邊再來點動靜，壽春能不能繼續圍下去已成為問題。

城裏的人似乎看到了光明，可就在這個時候，又出了事。

在孫吳派來的援軍裏，全懌、全端是本家，全懌的姪子全靖，以及全端的弟弟全翩、全緝等都在援軍之中，全懌還有兩個姪子叫全輝、全儀，前些年因為家族糾紛帶着母親以及本族數十家人逃到曹魏避難。鍾會向司馬昭建議，暗中模仿全輝、全儀的筆跡給城裏的全懌、全端等寫一封信，由他們雙方都信得過的人祕密送去，勸全懌和

全端率本族人馬投降。

此計居然成功，全懌率本族數千人打開城門，投降了魏軍。司馬昭以少帝的名義任命全懌為平東將軍，封臨湘侯，全端等以下人員也都有封賞。

城裏震動，士氣大損。

到了曹魏甘露三年（258 年）正月，攻守之勢仍未有眉目，諸葛誕和文欽一商量，乾脆出城一戰。

雙方激戰了幾天，難分勝負，壽春方面死傷慘重，只好退回城裏。

壽春城裏糧草更加緊張，文欽建議把老百姓放出城去，以減少糧食供應。諸葛誕不同意，他認為有老百姓在可以協防城池，老百姓一走，守城力量更加薄弱。

二人產生了分歧，爭吵加劇，諸葛誕竟然把文欽殺了。

文欽的兒子文鴦和文虎見父親被殺，拚死突出城去，投降魏軍。

當初文鴦讓司馬師吃過大苦頭，造成司馬師眼傷崩裂的罪魁禍首就是文鴦，有人建議正好報仇，把文氏兄弟殺了以祭前大將軍，司馬昭不同意。

司馬昭上書保舉文鴦和文虎為軍長（將軍），讓人往城裏喊話，說就連文鴦和文虎這樣的投降後都既往不咎，還拜了將軍，你們還害怕什麼？

司馬昭親自到城外轉了一圈，他發現城上的守軍手裏握着弓箭，但看見他卻並沒有人要射的意思。

司馬昭認為時機成熟了，命令向壽春城發起總攻。

二月二十日，壽春城被攻破，諸葛誕向外突圍，正好遇到胡奮，被胡奮擊殺。

淮南第三次，也是最後一次大規模叛亂也結束了。

# 第八章 三國歸晉

## 憤怒的青年

曹髦如果不是皇帝，他一定是個學者，而且是個大學者。

曹髦有過人的天賦，聰明、睿智、博學，他經常到太學與那些學術界的名宿討論學問，或者到辟雍徵集群臣作詩。

一次，曹髦與中護軍司馬望、侍中王沈、散騎常侍裴秀、黃門侍郎鍾會等在東堂講宴，一邊吃喝，一邊議論學問（並屬文論），儼然文人雅集。

曹髦一時高興，把裴秀稱為儒林丈人，把王沈稱為文籍先生，從中可以看出來他率性的一面。

曹髦似乎挺喜歡司馬孚的次子司馬望，經常召見他。但司馬望擔任中護軍的要職，經常在外面忙公務，曹髦偏偏又特別性急，乾脆賜給司馬望一部追鋒車及虎賁五人，有聚會的時候，可以用最快的速度趕來（每有集會，輒奔馳而至）。

還有一次，曹髦到辟雍與群臣賦詩，侍中和逌、尚書陳騫等人寫得有點慢（作詩稽留），沒在皇帝規定的時間裏寫完，這倒不是什麼事，但較起真來就是事，是對皇帝的不敬。

有關部門事後上了一道奏章，要將二人免官。

曹髦在奏章上批覆道：「我愛好詩賦，目的是從中知得失，沒有其他問題，所以要原諒和逌、陳騫。」

如果能一直沉浸在詩賦經籍之中，也不失為解脫，但曹髦是一個

有個性的人，作為曹氏後裔，看到司馬昭專權，他心中不平。

　　曹魏甘露三年（258 年）五月，在司馬昭的授意下有人不斷進言，要封司馬昭為公爵。

　　曹髦無奈，拜司馬昭為相國，封晉公，食邑八個郡，加九錫。

　　這待遇，離皇帝只剩下半步了。

　　曹髦又忍了兩年，到曹魏甘露五年（260 年），曹髦見司馬昭威權日盛，不勝其忿，於是找來幾個自認為是心腹的人商議，這幾個「心腹」有侍中王沈、尚書王經、散騎常侍王業等。

　　被曹髦找來的這幾個人裏沒有司馬望，因為他這時已不在朝廷任職。司馬望受到曹髦的「親待」，但這讓司馬望感到很不安，他夾在中間不好處，於是請求外任。這時名將郭淮故去，朝廷拜司馬望為西部戰區司令（征西將軍），持節，負責雍州和涼州的軍事（都督雍涼二州諸軍事）。

　　被曹髦稱為「文籍先生」的王沈是王昶的姪子，史學家，與阮籍等人共同著《魏書》。王經出身寒門，曾得名士崔林的賞識，擔任過雍州刺史，在西線戰場因作戰不利被召回任尚書。王業是武陵郡人，此時任散騎常侍。曹髦平時喜歡與這幾位討論經典，覺得他們人都不錯，就把他們一塊叫過來。

　　見到他們，曹髦一出口就說了句千古名言：「司馬昭這個人心裏是怎麼想的，路人都很清楚啊（司馬昭之心，路人所知也）！」

　　曹髦接着說：「他遲早要把我廢掉，我不能坐而受廢，我想與卿等討伐他！」

　　這幾個文人估計都嚇傻了，王經趕緊勸道：「當年魯昭公不能忍受季氏專權，討伐失敗而出走，最終丟掉了國家，被天下人恥笑。如今大權在司馬昭之手已經掌握了很久，朝廷之內以及四方之臣都為他

效命，這也不是一天兩天了，而宮中宿衛空缺，兵力弱小，陛下憑藉什麼討伐他？您要這樣做，不是想除去疾病卻反而讓病害得更厲害嗎（無乃欲除疾而更深之邪）？禍患難測，願陛下好好想想。」

王經是好意，你不想受委屈這個能理解，但你也得看看形勢，看看有沒有把握，一旦不成功，你想過後果沒有？

但曹髦不聽，從懷裏掏出一塊玉板摔到地上，憤言：「我意已定，即使一死又有何懼，何況也不一定會死！」

悲憤難抑的曹髦看來已失去理智，因為他接着要做一件奇怪的事：報告郭太后（入白太后）。

造反就造反，幹嘛先去報告太后？太后會支持你嗎？

還沒等去，就在他轉身的工夫，王沈和王業已經溜了，曹髦明白，他們一定是向司馬昭告密去了。

曹髦豁出去了，帶着身邊的幾百個人連喊帶叫地衝了出去（僮僕數百，鼓譟而出），這些人大概是一些宦官、隨從甚至宮女，領頭的有冗從僕射李昭、黃門從官焦伯等，能一下子拉出來幾百人，說明曹髦還真不是吃素的。

這時天下起了雨，一行人在雨中悲憤前行。

司馬昭的弟弟司馬伷任屯騎校尉，首先在東止車門遇到曹髦等人，曹髦邊上的人一頓呵斥，居然把司馬伷帶着的人都呵斥跑了。

走到南闕下，遇到中護軍賈充帶來的人前來阻擋。

曹髦不管賈充是誰，親自揮着劍往前衝。

大家從未見過這陣勢，平時神祕而高高在上的天子，現在跟瘋了一樣，手握兵器，又喊又叫，嚇得人紛紛後退。

賈充也不知如何應對，太子舍人成濟問：「事已緊急，怎麼辦？」

賈充對成濟說：「養兵千日，用兵一時，今日之事，還問什麼？」

成濟立即率手下人往前衝，一邊衝一邊回頭問：「是要死的，還是活的？」

賈充高喊：「要死的（殺之）！」

衝到跟前，曹髦厲聲喝道：「把武器放下！」

曹髦本是要死之人，但就他這一句話，居然有人把武器扔到地上。

成濟不管，立即上前，用矛刺向曹髦，從背部刺透（刃出於背），曹髦立即倒地。


皇帝被殺，這是驚天大事。

第一個聞訊趕到現場的是太傅司馬孚，他到時，看到曹髦已倒在血泊中。司馬孚跑過去，他也站不住了，倒在地上，枕着曹髦的腿大哭（枕帝股而哭，哀甚）。

司馬孚大喊道：「陛下被殺，臣之罪！」

司馬昭聽到消息後也吃了一驚，手裏的東西都掉到了地上。

司馬昭憂心地說：「天下人該怎麼說我？」

有人說司馬孚在演戲，也有人說司馬昭心裏挺樂，嘴上故意那麼說。但其實，他們第一時間的反應應該是真實的。

司馬孚的確很難過。

司馬昭的確很害怕。

不為別的，就為一個在位的皇帝，無論出於什麼原因，就這樣血淋淋地倒下了，從古至今這樣的事也沒發生過幾遭。

對於這場極為罕見的事故，必須給個說法，必須做出交代。


司馬昭不敢怠慢，立即召集百官商議如何處置。

眾人面面相覷，既驚又懼，說不出所以然來。

司馬昭最想聽聽朝廷祕書局副局長（尚書僕射）陳泰的看法，瞅

了半天，卻沒見陳泰，就派陳泰的舅舅荀顗帶着車去請。

陳泰到了，司馬昭把他請到另一間房裏，對他說：「玄伯，我該怎麼辦？」

陳泰對司馬昭說：「只有腰斬賈充，以謝天下。」

司馬昭沉吟半天：「先生，還有沒有更好的辦法？」

陳泰兩手一攤：「沒有了！」

司馬昭還是捨不得殺賈充，但不殺賈充如何給這件事做了結？

想到最後，他把罪責歸到成濟的頭上，上報郭太后，郭太后同意，將成濟斬首，夷三族。

可憐成濟，關鍵時刻挺身而出替主人立下大功，卻招來滅門之禍。

## 曹魏的末代皇帝

殺了成濟，仍難平震盪，除了司馬昭備感壓力，郭太后那邊壓力也不小。

當初司馬師想立曹據，郭太后不幹，非要弄來個曹髦。現在事情已經發生了，郭太后下了一份詔書，重點是歷數曹髦的罪狀，為自己多少做些開脫。

郭太后在這份詔書中說：

「我當初援立東海王之子曹髦，考慮他是明帝的後嗣，又見其喜好書疏文章，以為他能成為大才。不想他性情暴戾，而且越來越厲害。我曾多次呵責他，致使他對我產生怨憤，聽信了一些大逆不道的誣謗之言，從此兩宮隔絕。

「曹髦平時所言所行不可忍聽，承擔不了天下重任。我曾祕密地告訴大將軍，此子如果奉宗廟，恐顛覆社稷，我們死後無顏面對先帝。大將軍認為他還小，可以改正，應該給他機會。但是，此兒忿戾成

性，越來越甚。曾舉弩向着我住的永寧宮遙射，嘴裏唸唸有詞，說什麼最好射中我的脖子，後來有支箭墜落在我的面前。

「我把這件事告訴了大將軍，認為不可不廢了他，前前後後說過數十次。此兒聽到後自知罪重，便圖為弒逆，拉攏賄賂我身邊的人，偷偷給我下毒，後事情敗露，便糾集人想到這邊來殺我，同時到外面再殺大將軍，呼侍中王沈、散騎常侍王業、尚書王經，拿出事先寫好的黃素詔，告訴他們即日施行。

「我既老且寡，豈在乎多活少活？只是感傷於先帝的遺志得不到貫徹，以社稷顛覆為痛！幸賴宗廟之靈，王沈、王業立即奔告大將軍，得以先做準備，此兒將左右出雲龍門，擂戰鼓，親持兵器，混在左右人群之中，結果混亂中被害。

「此兒行悖逆之道，又自陷大禍，讓我傷心不已。昔日漢昌邑王因罪被廢為庶人，此兒也只配用庶民之禮安葬，以使天下人都知道他犯的過錯。尚書王經兇逆無狀，把他及家屬皆交廷尉審訊。」

這份詔書有點通告天下的意味，描述了事件的整個過程，也歷數了之前曹髦犯下的罪惡，包括用弩射郭太后、買通左右給郭太后下毒等駭人聽聞的事。

只是當事人已死，事情的真偽無從考證。

詔書下達後，太傅司馬孚、大將軍司馬昭、太尉高柔、司徒鄭沖等人又領銜給郭太后上疏，請求以厚禮安葬曹髦。

這份群臣的上疏說：「看到您發佈的中令，因高貴鄉公悖逆不道，依漢昌邑王因罪被廢的故事，以平民之禮安葬。臣等不能匡救禍亂，深感痛心！今高貴鄉公肆行不軌，幾危社稷，自取傾覆，人神所絕，以民禮葬之，也符合舊典。然而，臣等深感您仁慈之心，雖說有春秋大義，但仍然哀矜傷悲，故懇請加恩以王禮葬之。」

太后應允，於是把曹髦以安葬王者的禮儀葬於洛陽西北 30 里的瀍

潤之濱。出葬那天，僅有車數乘，不設旌旗，十分低調，但仍然引來附近百姓的圍觀。

大家紛紛議論：「這就是前天所殺的天子啊！」

有人掩面而泣，悲不自勝。

現在必須馬上考慮的是，由誰來接任曹髦。

這一次，郭太后不再發表意見了，交由司馬昭與公卿商議。經過大家的討論，覺得燕王曹宇之子常道鄉公曹奐比較合適。

曹奐出生於曹魏正始七年（246 年），現在 14 歲，也就是說，少帝曹芳在位七年後他才出生的，但他的輩分卻不低，他的父親燕王曹宇是魏武帝曹操的兒子，他是曹家的第三代，現在被封為常道鄉公。

曹宇是曹操與夫人環氏所生，環夫人還生下了著名的神童曹沖，魏文帝和魏明帝時曹宇深受寵愛，封爵至燕王。魏明帝曹叡特別和這個叔叔談得來，病危時本欲立曹宇為大將軍，讓他輔政，後由於劉放、孫資的杯葛而作罷，曹爽和司馬懿共同輔政後，曹宇被免官回家。

曹魏甘露五年（260 年）六月的一天，曹奐來到洛陽，拜見皇太后，當日便在太極前殿繼位。

之後大赦，賞賜百官，改年號為景元。

就在當月，新帝下詔進大將軍司馬昭為相國，封晉公，增加兩郡的封地，使封地總數達到十個郡，加九錫，司馬氏眾子弟未有侯爵的都封為亭侯，賜錢千萬，帛萬疋。

與曹髦相比，曹奐要安靜得多，他既不去太學、辟雍找人探討學問、吟詩作賦，也不與郭太后鬧彆扭，整日就待在深宮裏，過一天是一天。

曹奐雖然還不知道他是最後一個坐在皇帝寶座上的曹氏成員，但他知道自己的責任就是盡可能把這個名義上的曹魏社稷往後延續。至於能延續到哪一天，他也不知道。

司馬昭全面掌權後，一方面鞏固權力基礎，消滅政治對手，另一方面繼續擴充軍力，積極準備統一天下之戰。

面前蜀漢和孫吳兩個對手，不能同時消滅他們，那麼先滅哪一個呢？

司馬昭經過認真考慮，認為應該先滅亡蜀漢。

曹魏景元四年（263年）夏天，司馬昭召集群臣說：

「自從壽春平叛以來已經六年沒有戰事了，這幾年裏我們集中精力製造兵器、修繕盔甲，準備對付吳蜀二虜。如果滅吳的話，我大致計算過，造戰船、開水道總共得用去1000多萬個工日，也就是說十萬人得忙100多天才能完成（當用千餘萬功，此十萬人百數十日事也）。另外南方地勢低下、氣候潮濕，必然會遇到疾疫。所以應當先取蜀，滅蜀三年之後，藉巴蜀可以順流而下的有利地勢，水陸並進去滅吳，就像歷史上晉滅虞定虢、秦吞韓併魏那樣，是很容易的。據報告蜀國有九萬軍隊，駐守在成都及守備後方的大約四萬，餘下五萬是機動部隊。如今姜維被拖滯在沓中不能東顧，我們的大軍可以直指駱谷，趁其空虛襲擊漢中。

「蜀軍如果各自據城守險，必然兵力分散，首尾不能相顧，我們就可以調集大軍破其城池，派遣機動部隊佔據其村野，敵人雖有劍閣卻無以為守，雖有雄關卻無力自保，以劉禪的昏庸，在邊城陷落、內部士民驚慌的情況下，蜀國的滅亡一定指日可待！」

司馬昭伐蜀決心已下，但西部戰區司令（征西將軍）兼西線戰場總指揮鄧艾對此有不同意見，他認為最好的出征時機是蜀國內部出現禍亂時，而目前看這個條件還沒有到來，所以得等一等，為此他多次陳述了相關看法（屢陳異議）。

但司馬昭不想再等了，他做出了兩項安排。

一項安排是派自己身邊的祕書長（主簿）師纂去擔任鄧艾的軍司

馬。之前介紹過，軍司馬相當於武職的長史，等於讓師纂這位全國武裝部隊總司令部的祕書長（大將軍長史府）降格為西部戰區司令部的祕書長（征西長史），用意當然是傳達和執行司馬昭伐蜀的作戰意圖和方案。

另一項安排是提拔鍾會擔任鎮西將軍，四征將軍高於四鎮將軍，如果鄧艾是西部戰區司令（征西將軍）的話，鍾會就是西部戰區的副司令（鎮西將軍），其意圖也是督促鄧艾抓緊行動。

鄧艾只得執行司馬昭的命令，積極籌備伐蜀事宜。

## 姜維與費禕

大兵即將壓境，蜀漢這邊的情況怎麼樣呢？

總體來看，諸葛亮去世之後的蜀漢較為沉寂，天下發生的大事多與他們無關，但其實諸葛亮生前指定的幾位繼任者一直沒有忘記身上的職責，也做了不少事。

其中尤其是姜維，做的事情最多。夏侯霸逃到蜀漢後被任命為全國武裝部隊副總司令（車騎將軍），此時蔣琬已經去世，蜀軍的總司令（大將軍）由費禕接任，這是諸葛亮生前做出的安排。姜維擔任衛將軍，名義上還在夏侯霸之後，但姜維不計較這些，他對夏侯霸挺重視，專門跑來向他請教曹魏方面的事。

姜維問夏侯霸：「司馬懿現已奪取了權力，他有沒有對外征伐的意思？」

夏侯霸回答說：「司馬懿現在最重要的是鞏固權力，目前尚沒有餘力對外攻伐。不過那邊有個叫鍾會的人，雖然現在還年輕，但有朝一日得到重用的話，將成為蜀、吳兩國的大患。」

姜維向夏侯霸打聽曹魏的情況，是因為他正在準備北伐。

就在司馬懿發動高平陵政變的這一年秋天，在姜維指揮下，蜀漢發起了一次北伐，路線還是祁山方向，主攻曹魏治下的雍州刺史部，姜維讓夏侯霸一同隨征。

蜀軍很快越過了祁山，繼續向西，攻佔了麴山附近的麴城，麴山即今岷山，麴城位於今甘肅省岷縣以東。姜維做出穩紮穩打的態勢，下令在麴城附近修築了兩處要塞，讓句安、李歆等人把守，以此為中心不斷向曹魏的隴右地區擴張。

姜維就是這一帶的人，對這裏的情況十分了解，蜀軍動作很快，擴張勢頭很猛。當時的曹魏西部戰區司令（征西將軍）郭淮與雍州刺史陳泰商量對策，陳泰是已故重臣陳群的兒子，幾個月前還是朝廷祕書局的一名處長（尚書），因為父親的關係，司馬懿本就對陳泰有好感，又因為陳泰勸曹爽投降而進一步對陳泰更加親近，掌權後立即任命陳泰為雍州刺史。

但這不是為了投桃報李，因為陳泰確實有能力，尤其在處理邊疆事務方面很有經驗。陳泰曾任并州刺史，同時兼任北部邊防軍司令（護匈奴中郎將），所轄地區及周圍一帶民族眾多，陳泰很注意對當地各少數民族採取懷柔政策，在少數民族中威信很高。當時京城裏的權貴們經常託他在邊地購買奴婢，為此送來很多禮物，陳泰把禮物都掛在牆上，從不打開（皆掛之於壁，不發其封），他當了九年的刺史，調回京城時把所收到的禮物全部退還。所以陳泰不是一般的「官二代」，他是個幹才。

面對蜀軍的進攻，陳泰向郭淮建議：「麴城雖然堅固，但離蜀國的控制區太遠，所有糧草供應都要長途運輸，姜維只能大量徵調羌人、夷人去運，他們苦於勞役，未必肯屈從。現在只要把敵人圍起來，不用進攻就可兵不血刃地將其攻破。蜀軍即便舉兵來救這裏，山道險阻，他們想取勝並不容易。」

圍而不攻、拖而不打是司馬懿對付諸葛亮的制勝法寶，看來陳泰也領悟到了其中的真諦。的確，蜀軍每次北伐都會為糧草接濟不上而困惑，魏軍以逸待勞，以己所長擊敵所短，這才是用兵的正道，郭淮長期征戰在西線戰場，對這個道理自然也懂，於是同意了陳泰的建議。

郭淮命陳泰去指揮圍攻麴城的蜀軍，所部包括討蜀護軍徐質和南安郡太守鄧艾等。鄧艾也是司馬懿重點栽培的對象，他先在司馬懿的太尉府當過一段時間的副處長（太尉掾屬），之後到尚書台當科長（尚書郎），再到夏侯玄的西部戰區司令部當參謀（參征西軍事），經過這些鍛煉後被派到下面當郡太守。

陳泰等人指揮魏軍把麴城圍了起來，此時姜維不在麴城，魏軍把城裏的運輸通道和水源阻斷，只圍不攻。蜀將句安挑戰，魏軍不應，時間一長蜀軍受不了，只得把有限的糧食分給兵士，每天算着日子節省着吃，沒有水就化雪水去喝（分糧聚雪以稽日月），姜維果然率兵來救，蜀軍兵出牛頭山。

陳泰率魏軍與蜀漢援軍相對，陳泰對眾將說：「兵法貴在不戰而屈人之兵，現在可以斷絕牛頭山的歸路，讓姜維無法返回，可將其生擒！」

陳泰讓眾將堅壘不戰，然後派人去見郭淮，提出由他率部南渡白水河，沿河向東，而請郭淮率軍進逼洮水，兩路大軍齊進，目的是切斷姜維的後路，郭淮認為這個作戰方案可行，於是向洮水移動。

姜維察覺情況有異，只得撤退，麴城的蜀軍於是投降。


以上這場戰事是姜維第一次主持北伐，以後他主持的北伐還有十次之多，他的主要對手就是郭淮、陳泰、鄧艾這些人。

姜維首次北伐未果，暴露出蜀軍兵力不足的問題，以往諸葛亮每次興兵都幾乎傾盡蜀國的全部兵力而出，通常在十萬人上下，這是因為要長途作戰，對手是曹魏這樣強大的敵人，總兵力至少要與對方不

差上下才有取勝的可能，而姜維此次進取麴城，兵力居然只有一萬人左右，失敗也就不可避免了。

姜維與費禕共同輔政，姜維認為自己熟悉隴右的情況，又能策動西北的羌人、胡人各部族為羽翼，所以在曹魏的側翼發起進攻將其一舉奪下相當有把握（自隴以西可斷而有之）。但費禕對此並不支持，當然他也不能公開反對北伐，因為這是諸葛丞相生前制定的國策，於是就在暗地裏做手腳，利用職權阻撓姜維調兵，姜維能調動的人馬十分有限（常裁制不從，與其兵不過萬人）。

費禕態度消極，還對姜維說：「咱們這些人比丞相差遠了，丞相尚且不能北定中原，何況我等？咱們不如保國治民、敬守社稷，至於統一天下的功業，乾脆等待日後出現有能力的人再去做吧，不要期望着僥倖決戰而一舉成功，如果不然，悔之不及啊！」

面對不思進取的費禕，姜維也很無奈。

不過，費禕說的那些，他並不敢公開地講，他還得做出北伐的樣子，先進駐漢中，後又移駐梓潼郡的漢壽縣，梓潼郡是蜀漢在北部增設的一個郡，下轄梓潼、漢壽、白水、涪城、漢德五個縣，其中漢壽縣在今四川省廣元市的西南。漢中如果是蜀漢北部第一道防線，梓潼就是第二道，費禕在這裏開府治事，朝中所有大事都要先徵求他的意見才能施行（慶賞刑威，皆遙先諮斷）。

蜀漢延熙十六年（253 年），費禕在漢壽舉辦歲首大會。駐漢壽的文武官員都參加了，費禕在宴會上喝得很高興，酩酊大醉（歡飲沉醉），結果竟然被一名刺客瞅準機會給殺了。

這不是一名普通的刺客，他叫郭修，是蜀漢的左將軍，在軍中的地位幾乎與姜維相當。

郭修是隴右人，原來是曹魏的一名師長（中郎將），後被姜維俘虜，投降了蜀漢，大概他在隴右一帶也有很大的影響力，所以被提拔

為左將軍。

看來蜀漢一向重視降將，馬超來投，一開始被任命為平西將軍，地位在關羽、張飛等人之上，後又擔任全國武裝部隊副總司令（車騎將軍）；姜維來投，年紀輕輕就被任命為軍長（奉義將軍），後成為征西將軍、衛將軍；夏侯霸來投，被直接任命為全國武裝部隊副總司令（車騎將軍）。

如此厚待降將，而像張嶷這樣一直忠心耿耿、屢立戰功的將領，奮鬥了幾十年也不過是個軍長（蕩寇將軍），所以夏侯霸剛來蜀漢時主動跟張嶷交朋友，張嶷才那麼冷淡。

郭修雖然投降了蜀漢，但內心裏卻不願意當蜀臣，他想找機會刺殺後主劉禪，想利用向劉禪道賀的時機，一邊拜賀一邊趨前，希望接近劉禪，但總被旁邊的人阻隔無法行動（欲刺禪而不得親近，每因慶賀，且拜且前，為禪左右所遏）。

郭修於是另找行刺目標，費禕舉辦歲首大會，郭修也在座。費禕是蜀漢的二號人物，乾脆就朝他下手，郭修親手刺殺了費禕，自己也被蜀人所殺。

曹魏這邊得到消息，認為郭修是烈士，朝廷下詔褒獎郭修，說他的行為是殺身成仁、捨生取義，論勇猛賽過戰國時的著名刺客聶政，論功勞超過西漢初年的刺客傅介子（勇過聶政，功逾介子），追封其為長樂鄉侯，食邑 1000 戶，爵位由郭修留在曹魏的兒子繼承。

費禕死後，姜維負責全國的軍事（都督中外諸軍事），不久又正式繼任全國武裝部隊總司令（大將軍），他可以全力準備北伐了。

但在朝政方面姜維介入得還較少，從諸葛亮到蔣琬、費禕，實際上是一種攝政的狀態，後主並無多少實權，隨着費禕的死去，這種局面得到了改變。

姜維是費禕之死的最大受益者，考慮到郭修和姜維都是隴右人，

郭修又是姜維收降的，於是有人大膽推測，認為郭修之所以刺殺費禕並非出於對曹魏的忠誠，而是姜維暗中的指使，但這種看法沒有任何依據，只能算一種推測。

費禕之死改變了蜀漢的政治格局，由於歷史原因，蜀漢內部一向存在派系之爭，劉備、諸葛亮可以充分平衡各派的力量，蔣琬、費禕也基本能做到表面無事，而姜維缺乏相應的資歷和基礎，後主也無法完全掌控一切，自此之後蜀漢內部的鬥爭變得複雜化。

從蜀漢後主延熙元年（238 年）到景耀五年（262 年），姜維先後主持過的北伐共有 11 次之多，具體戰績是：大勝兩次，小勝三次，相拒不克四次，小敗一次，大敗一次。

僅從戰績看似乎勝多敗少，但這說明不了什麼問題，因為曹魏在西線戰場向來堅持防禦作戰的原則，能拖就拖、能避就避，不求一城一地得失，更看中大局，這個辦法雖然使魏軍打了更多的敗仗，但以較小的代價維持住了西線戰場的總體格局，盤點下來，蜀漢在西線戰場並沒有太多的實質性進展。

而蜀漢頻繁用兵，極大地消耗了財力和國力，最後到了兵困民疲的程度，各種反對用兵的聲音也多了起來，姜維面對的壓力越來越大。

蜀漢內部的情況更讓姜維煩心，費禕、董允先後去世，陳祗以侍中的身份兼任朝廷祕書局局長（尚書令），成為處理內政的主要負責人，他對姜維北伐還是比較支持的，但相對於蔣琬、費禕和董允，陳祗卻有一個致命的缺點：結交宦官。

蜀漢後期宦官逐漸得勢，代表人物是黃皓，他善於阿諛獻媚，處心積慮地一心往上爬（便辟佞慧，欲自容入），被後主劉禪所寵信。董允生前還能約束黃皓，經常勸諫劉禪遠離黃皓，對黃皓也常常加以責備，黃皓畏懼董允，尚不敢過分胡來，到董允死時黃皓也擔任黃門

丞，算是宦官中的中級職務。

董允死後黃皓失去了約束，陳祗作為董允的繼任者，不僅不能抑制黃皓，還有意跟他結交，黃皓很快升至中常侍，又兼任奉車都尉，成為宦官的首領。

黃皓的手越伸越長，開始干預朝政。

蜀漢景耀元年（258 年）陳祗病逝，黃皓進一步把持了朝政，大肆培植自己的勢力，打擊那些不肯順從自己的人。後主的弟弟劉永一向看不慣黃皓，黃皓不斷在後主面前詆譭劉永，後主對劉永逐漸疏遠，以致劉永竟有十多年不能見到劉禪（後主稍疏外永，至不得朝見者十餘年）。劉永尚且如此，其他不順從黃皓的人會落個什麼結果，可想而知。

黃皓還插手軍隊，永安防務區司令（永安都督）閻宇巴結討好黃皓，黃皓提拔他當上了右將軍，用以牽制姜維。

蜀漢景耀五年（262 年），姜維奏請後主劉禪，要將黃皓處死，但劉禪不同意，對姜維說黃皓只不過是個小人物，不必太在意。劉禪還讓黃皓去向姜維謝罪，當然這只是裝裝樣子罷了。

姜維見黃皓在朝中枝連葉附，上面又有後主的庇護，不僅感到憂慮，甚至有些恐懼，他奏請後主，自己願常駐沓中。該地是位於岷山、迭山中的一處小型盆地，在今甘肅省舟曲縣境內，在隴西郡、天水郡的正南方，距成都十分遙遠。

不用兵時姜維就在沓中屯田種麥，很長時間都不敢再回成都（求沓中種麥，以避內逼）。


# 發起滅蜀之戰

曹魏景元四年（263 年）八月，司馬昭調集的各路大軍集結完畢，開始行動。

司馬昭一共部署了三路征蜀大軍：

一路由征西將軍鄧艾指揮，從狄道進攻沓中的姜維，拖住姜維所率領的蜀軍主力，讓其不得東顧，這路人馬約三萬人；

一路由雍州刺史諸葛緒率領，從祁山方向進攻武街的蜀軍，目的是斷絕姜維的退路，這路人馬也在三萬人左右；

一路由鎮西將軍鍾會指揮，分別從斜谷和駱谷進攻漢中，這路人馬在十萬人左右。

從以上部署看，鍾會這一路是主力，其他兩路屬於配合作戰。

征蜀大軍有一部分是從洛陽出發調往西線戰場的，大軍離開洛陽前有個叫鄧敦的將領力諫不可伐蜀，司馬昭大怒，下令斬了，為征蜀大軍祭旗。

九月，鄧艾率天水郡太守王頎等部攻打姜維的沓中大營，同時指揮隴西郡太守牽弘在一旁進行牽制，又讓金城郡太守楊欣進攻甘松，多路出擊，令姜維四處招架。

鍾會率領的一路大軍從秦嶺棧道進兵，由於兵力充足，可以同時由褒斜道和儻駱道齊進，讓蜀軍更難防範。鍾會命牙門將許儀在前面開路，自己率領大軍緊隨其後，在經過一座剛修好的橋樑時，鍾會坐騎的馬蹄陷入坑中，鍾會大怒，下令將許儀斬首。

許儀的父親是已故名將許褚，鍾會一翻臉誰都不認，魏軍將士無不驚駭。鍾會在軍中資歷有限，來西線戰場也只有幾個月時間，但許儀的一顆人頭就為他樹立起了足夠的權威。

進入關中平原後，鍾會發現蜀軍主動退至各個據點不出來交戰，於是命魏將荀愷、李輔等各率一部人馬包圍了漢城、樂城等要點，自己西出陽安口。

在路過定軍山時，聽說諸葛亮埋在這裏，鍾會特意派人前往祭拜，並下令軍士不得在諸葛亮墓附近牧馬砍柴。

姜維率領的蜀軍主力在沓中無法抽身，看到漢中情況危急，於是指揮眾軍拚死回援。鄧艾命王頎率部緊追，姜維率張翼、廖化等各軍集結於劍閣，之所以沒有向漢中馳援，是因為戰事發展得太快，鍾會已奪取了漢中。

這一年十月，鍾會由漢中揮師南下，到達劍閣。

劍閣是蜀漢北部的第二道防線，劍閣如果有失，成都平原將無險可守，情勢危急。

後主劉禪趕緊向孫吳求救，孫吳派老將丁奉進攻曹魏的壽春，派將軍留平、施績進攻南郡，派將軍丁封、孫異進攻沔中，也是三路出擊，在曹魏的中線和東線兩個戰場同時發起進攻。

司馬昭對此早有預料，他命令這兩個方向的魏軍採取守勢，只要頂住敵人的進攻就行，魏軍仍傾盡全力在西線戰場進行決戰。

西線戰場，劍閣地勢險要，易守難攻，鍾會一時無法得手。

鄧艾這一路推進到了陰平道的北口，當年夏侯霸逃亡蜀國就走的是這條路，這條路可以避開劍閣進入成都平原，但其險峻程度超過了秦嶺中的棧道，加上現在正值隆冬，要從陰平道進攻蜀漢有些不可思議。

但鄧艾決定冒險，他簡選精銳，並命令諸葛緒率本部人馬前來會合，之後過陰平道，從江油進攻成都。但諸葛緒不同意，他認為從陰平道進攻蜀國不符合既定的作戰計劃（西行非本詔），於是率領本部的三萬人馬向東行進，與鍾會合軍。

三路征蜀大軍變成了兩路，諸葛緒和鍾會在此次戰役中理論上處於平級地位，二人無法相互指揮。鍾會想獨掌軍權，他密告諸葛緒畏懦不進，司馬昭以少帝曹奐的名義發來詔書，讓鍾會用囚車押諸葛緒回去受審，諸葛緒的人馬就這樣歸了鍾會指揮。

鍾會繼續率兵進攻劍閣，仍不能攻克，這時魏軍後勤保障出了問題，糧食眼看就要吃完了，而糧道險遠，補給困難，鍾會提出撤軍。

　　鄧艾不同意，他寫信向司馬昭建議說：「敵人已經疲憊不堪，現在正應該乘勢加強攻擊。可以從陰平道進軍，沿着山中小路經德陽亭奔赴涪城，這裏距劍閣以西有百餘里，距成都只有 300 多里，從這裏可以派一支精悍的部隊直接攻擊敵人的心臟（奇兵衝其腹心）。到那時，姜維一定得引兵救援涪城，鍾會正好乘虛而入；如果姜維死守劍閣而不救涪城，那麼涪城兵力很少，按照兵法所說『攻其不備，出其不意』，一定能打敗敵人！」

　　司馬昭批准了鄧艾的計劃，於是鄧艾率本部人馬進入 700 里長的陰平道，一路上鑿山通道、攀木緣崖，大軍魚貫而進，歷盡了艱險，在最危險的地方，鄧艾親自裹着毯子從山上往下滾（以氈自裹，推轉而下）。

　　鄧艾的冒險取得了成功，蜀軍壓根沒料到陰平道裏會殺出一支奇兵，等鄧艾所率人馬出了陰平道直達江油關時，守關的蜀將馬邈投降。

　　江油關失陷，下一個目標就是涪城，後主劉禪急令諸葛瞻率尚書張遵、尚書郎黃崇、羽林右部督李球等前往涪城阻擊鄧艾。

　　諸葛瞻是諸葛亮的兒子，此時 36 歲，是蜀漢的衛將軍，與輔國大將軍董厥共同主持朝政（錄尚書事），張遵是張飛的孫子，黃崇是黃權的兒子，李球是李恢的姪子。

　　諸葛瞻率部到達涪城後一直不敢向前，黃崇勸他迅速出擊，搶佔險要地勢，不讓敵人輕易進入平原地帶。但諸葛瞻猶豫不決，擔心分兵之後涪城更難防守。魏軍在鄧艾的率領下由江油關長驅直入，蜀軍被打敗，涪城丟失，諸葛瞻率蜀軍主力退守到成都北部重鎮綿竹。

　　鄧艾派使者給諸葛瞻送信誘降，表示如果諸葛瞻肯投降，可保舉

他為琅琊王，諸葛瞻大怒，斬了鄧艾的使者，率軍出戰。

這一仗打得很激烈，鄧艾派他的兒子鄧忠從右翼包抄，派師纂從左翼包抄，結果二人均進攻不利，報告說敵人難以擊破。鄧艾一聽急了，也不管是不是自己的兒子，下令斬殺二人：「生死存亡在此一舉，有什麼不能攻克的！」

二人只得再次出戰，指揮所部人馬拚死進攻，最終蜀軍被擊破，諸葛瞻、張遵等人戰死，諸葛瞻的兒子諸葛尚也在軍中，聽說父親戰死，也衝入敵陣而死。


涪城、綿竹相繼失守，成都城內一片驚慌。

後主劉禪召集群臣商議，有人建議逃往孫吳，有人建議逃往南中，光祿大夫譙周等人建議投降曹魏，大家議來議去，最後大多數人贊成譙周的意見（眾人皆從周議）。

這麼多的意見裏，為什麼沒有一個人建議打下去呢？

當然，實力是一個問題，前面也打了，但都打敗了，諸葛瞻父子戰死，大家沒有信心再打下去了。

但這不是根本理由，關鍵問題在於，大多數人都不想打了。

漢末三國時期，所有的本土派都不想打仗，不僅蜀漢如此，其他地方也一樣，冀州的沮授、田豐，兗州的陳宮，荊州的蒯越、蔡瑁，江東眾多的投降分子，他們的想法都差不多，自己的家鄉最好自己能做主人，如果不行，誰來當領導他們都沒意見，但拒絕打仗。

劉禪是早期追隨劉備的元老派和隨劉備入益州的荊襄派所支持的，在劉備、諸葛亮時代這兩派佔絕對支配地位。但隨着元老派的關羽、張飛和荊襄派的諸葛亮、蔣琬等人先後離世，劉禪只剩下了一個空架子，而益州本土派現在已經「滿血復活」了。

但劉禪仍狐疑不決，他想逃往南方，譙周勸道：「南方是遠夷之

地，一向不願意順從，多次反叛，是諸葛丞相以兵威相逼，他們才願意服從。以現在的情況，去了那裏對外需要抵禦強敵，對內朝廷需要大量供需，只能加倍地從夷人那裏索取，到時候他們必然會反叛。」

劉禪默然無語，他承認譙周說得有理，不過也有人擔心鄧艾率領的魏軍已經殺到跟前，他要是不願意接受投降怎麼辦？

譙周認為不會，他的理由是：「現在對曹魏來說，除我們以外孫吳也未臣服，在這種情況下他們一定會接受投降，並且以禮相待。如果陛下降魏，魏不裂土以封陛下，譙周願隻身前往洛陽為陛下去爭！」

最後，劉禪派侍中張紹等人奉璽綬向鄧艾請降，張紹一行走到雒縣時遇到鄧艾，鄧艾大喜，當場表示接納。劉禪另派太僕卿蔣顯赴劍閣向姜維宣佈敕書，要他就地向鍾會投降。

鄧艾隨後到達成都城外，劉禪率領太子、諸王以及群臣等 60 多人綁住自己、抬着棺材出城拜見，鄧艾手執魏帝頒發的符節，上前為劉禪解開綁繩，又令人焚燒了棺材，接受投降。

鄧艾宣佈，承曹魏皇帝的旨意拜劉禪為代理全國武裝部隊副總司令（行驃騎將軍），劉禪的太子劉璿被任命為奉車都尉，劉禪的其他兒子被任命為駙馬都尉，原蜀漢百官也各拜了新官職，同時任命師纂代理益州刺史，隴西郡太守牽弘等人任蜀中各郡的太守。

至此，42 年前由劉備一手創建的蜀漢政權滅亡了，根據劉禪投降時向鄧艾所獻的士民籍簿，蜀漢滅亡時的人口共 28 萬戶、94 萬口，甲士共 10.2 萬人，官吏四萬人。

劉禪的兒子劉諶被封為北地王，劉禪採納譙周之策要投降時，劉諶堅決主張不降，決心一戰（同死社稷，以見先帝可也），但劉禪不聽。

劉禪出城投降的當天，劉諶跑到劉備的昭烈廟痛哭。之後，先殺了妻子兒女，然後自殺，目睹的人無不流淚。

# 成都發生叛亂

劉禪投降後表面上受到一定禮遇，但總體上是屈辱的。魏軍進入成都後，鄧艾下令把蜀漢後宮裏的宮人們賞給魏軍將士中那些還沒有結婚的人（**魏以蜀宮人賜諸將之無妻者**），劉備如果地下有知，情何以堪？

這些被賞賜出去的宮人中包括劉禪的妃嬪，除張皇后外，劉禪其餘的妃嬪都要下嫁魏軍將士為妻。

有位李昭儀大憤，找到劉禪說：「我不能接二連三地受到侮辱（**我不能二三屈辱**）！」

劉禪很難受，卻也無奈，李昭儀自殺身亡。

劉禪開城投降的消息傳到劍閣，正在與鍾會對峙的姜維聞訊驚愕不已。此時益州諸郡縣都收到了劉禪罷兵投降的赦書，姜維無奈，只得投降鍾會。

鍾會見到姜維，故意問他：「你為何來得這麼晚呀（**來何遲也**）？」

姜維眼裏含着淚水，但一臉正色：「今天能來，已經算早的了（**今日見此為速矣**）！」

鍾會對姜維肅然起敬，不敢再予輕慢，他讓姜維仍統率蜀軍原有的人馬。

消息傳到洛陽，朝野歡慶。

司馬昭以少帝曹奐的名義下詔：拜鄧艾為太尉，增加其封邑兩萬戶，鄧艾的兩個兒子都封為亭侯，各得封邑 1000 戶；拜鍾會為司徒，鍾會原來只是個亭侯，直接晉封為縣侯，食邑增至一萬戶。

消滅了蜀漢，鄧艾自認為功勞主要是他的。

鄧艾越來越自信和傲慢，與鍾會的矛盾也越來越深。滅蜀後，鄧

艾一心籌劃滅吳的計劃，但他不知道的是，鍾會在背後搞起了各種小動作，要置他於死地。

鍾會修改了鄧艾與司馬昭之間的通信，把鄧艾的上表也進行了修改，使人讀起來覺得鄧艾相當傲慢無禮，司馬昭對鄧艾產生了反感和戒心。

鍾會向司馬昭誣告說鄧艾要謀反，司馬昭以少帝曹奐的名義發來詔書，要鍾會把鄧艾抓起來送往洛陽審問。鍾會此時還沒有進入成都，他派衛瓘帶人到成都收擒鄧艾。

衛瓘字伯玉，是曹魏名臣衛覬的兒子，曾任曹魏司法部部長（廷尉），他師從著名書法家張芝，工草書，也是當代著名的書法家，此時以征蜀大軍監軍的身份在鍾會處。鍾會讓他去成都抓人，是打算藉鄧艾之手把他殺了，之後把鄧艾的謀反罪坐大坐實（欲令艾殺瓘，因加艾罪）。

衛瓘知道鍾會的陰謀，但又不能抗命不遵，只得帶着 1000 多人去了成都。到了以後，他向鄧艾手下的將領們下達了通知，說自己奉詔捕拿鄧艾，其他的人一概予予追究，如果按時到自己這裏報到，爵位和賞賜一切如舊；如果不肯露面，就誅滅他三族。

次日雞鳴時分，鄧艾的部將們紛紛趕到衛瓘軍營報到，只有鄧艾沒來，衛瓘於是乘坐着使者的專車趕往鄧艾的住所，鄧艾還在睡夢中，結果父子一起被擒。

鄧艾沒料到會是這樣的結局，仰天長歎道：「我是忠臣啊，居然到了這種地步，白起的悲劇今日重現！」


曹魏少帝景元五年（264 年）正月十五日，鍾會進入成都。

鍾會派人送走了鄧艾，此時他大權在握，麾下的魏軍以及投降的蜀軍加在一起有 20 多萬，這讓鍾會有了更大的野心。

但這時也傳來了讓鍾會不安的消息，就在他進入成都的同時，司馬昭親率十萬大軍趕到了長安，中護軍賈充又率一萬步騎進入漢中，駐紮在樂城。

鍾會覺得司馬昭對他也起了疑心，對心腹說：「如果為了抓一個鄧艾，相國應該知道我就能做到，他率領大軍前來一定是發現了異狀，我們應當先動手，如果順利的話，就可以得到天下（事成，可得天下）。如果不順利，就退回蜀地，學劉備偏安於一隅。自從淮南之戰以來我從未失策，已天下聞名，像我這樣功高名盛的人哪能有好歸宿呢？」

說幹就幹，上個月郭太后在洛陽去世了，鍾會把在成都的魏軍將領和重要官員都集中到蜀漢原來的宮殿裏，名義上為太后發喪，人到齊之後，鍾會突然出示了一份所謂的太后遺詔，說是要他討伐司馬昭（起兵廢文王）。鍾會強迫眾人在遺詔上寫下同意的字樣作為憑據（使下議訖，書版署置）。

之後，鍾會委派親信將領去掌握各路軍隊，對於不服從的將領，鍾會把他們關了起來，派兵嚴加看守。

老將胡遵的兒子胡烈也在被看押者之列，他編造謊言說鍾會已經挖好了一個大坑，要把將官們一個個打死埋在坑裏，這個消息一傳開，被關押的人驚恐悲憤。

正月十八日中午，胡烈率兒子胡淵等一部分人從被看押的地方擂鼓吶喊而出，魏軍各營的官兵為救本部將領也都先後擁來，反對和支持鍾會的人於是在成都城裏展開了一場混戰，最終前者佔了上風，鍾會、姜維以及原蜀漢太子劉璿等人被殺。

成都群龍無首，監軍衛瓘出來收拾殘局，鍾會謀反讓他陷入尷尬。因為不久前他還跟鍾會一起聯名誣諂鄧艾，如果鄧艾到洛陽後東山再起，後果不堪設想。

此時鄧艾還在路上，衛瓘於是派護軍田續帶人去追趕，田續曾是

鄧艾的部下，當初在江油關因懼戰不前差點兒被鄧艾殺了。

田續追上鄧艾，惡狠狠地說：「終於可以報江油之辱了！」

一代名將鄧艾及其兒子，就這樣被誅殺了。


在這場魏軍的內亂中，姜維也被殺了。

姜維隨鍾會來到成都後，一開始就看出了鍾會的謀反之心，那時鍾會還沒有挑明要反叛，姜維想慫恿他一下。

鍾會挺信任姜維，姜維試探地問他：「聽說您從淮南帶兵以來，算無遺策，司馬氏有今天的權勢，都是您的功勞。現在平定了蜀國，威德振世，連老百姓都知道您的功勞很大，但主上也因此會忌憚，怎能平平安安地過一世？」

姜維還對鍾會說：「當初韓信不肯背叛漢室，最終還是被猜忌而死，漢高祖劉邦是昏君嗎？不是，這是利害關係所造成的。現在您已立下奇功，何不效法當年的范蠡棄官而去，以保全身而退？」

鍾會不同意姜維的看法：「你說得太遠了，我不能棄官而去，而且從現在的局勢看，或許還沒有到這一步。」

姜維藉勢慫恿說：「剛才說的那些不是全部，剩下該怎麼做其實您都清楚，不需要我多說什麼。」

二人的心裏達成了某種默契，姜維打算鼓動鍾會謀反，讓魏軍將領們展開內鬥，之後再藉機殺了鍾會，坑殺魏軍將士，之後恢復蜀漢政權（盡坑魏兵，還復蜀祚）。

姜維還給後主劉禪寫了密信，信中說：「願陛下再忍受幾天屈辱，臣要讓社稷危而復安，讓日月幽而復明！」

鍾會起事後，準備給姜維五萬人馬，讓他作為前鋒去與曹魏交戰，但鍾會失敗，姜維復國的願望也未能實現，與妻子、兒女一起都死在亂軍之中。

# 「此間樂，不思蜀」

成都城內連續惡鬥，結果是鄧艾死了，鍾會也死了，最大的受益者無疑是司馬昭。

曹魏景元五年（264 年）三月，少帝曹奐下詔改元為咸熙，同時封司馬昭為晉王，增加十個郡作為封地，加上之前的十個郡，司馬昭的封地達到了空前絕後的 20 個郡。

曹奐同時下詔追封舞陽侯司馬懿為晉宣王，追封忠武侯司馬師為晉景王。

曹奐還詔令劉禪前來洛陽居住，封其為安樂縣公。劉禪只得離開成都前往洛陽，過起了被軟禁的生活。

一次，司馬昭設宴，劉禪在座，司馬昭故意讓人演奏蜀樂，在座的蜀漢舊臣們皆掩面而泣，然而劉禪卻顯得怡然自得，毫不傷悲。

司馬昭故意問他：「安樂公思念蜀國不？」

「這裏如此快樂，不想蜀國了（此間樂，不思蜀也）！」

在沒人的地方，蜀漢舊臣郤正對劉禪說：「陛下，司馬昭若再問這樣的話，您就閉目沉思片刻，說『先人的墳墓還在蜀地，我沒有一天不想念』，這樣司馬昭就會讓陛下回到蜀國了。」

司馬昭又設酒宴，果然再提同樣的問題，劉禪按郤正教他的說了。

司馬昭驚訝地說：「這些話怎麼有點像郤正說的？」

劉禪也驚訝地說：「你怎麼知道的？」

司馬昭及左右大笑起來。

對此有兩種解讀，一種看法是劉禪確實是個扶不起的阿斗，讓人又哀又恨，哀其結局不幸，又恨其不爭；另一種看法是，劉禪其實很高明，他只有裝得如此老實忠懇且平庸無能才能打消司馬氏的懷疑，從而保全餘生。

蜀漢滅亡，對孫吳來說無疑是最悲慘的消息。

然而，此時的孫吳君臣們似乎還無法去認真思考這件事將會給自己帶來的影響，這些年他們一直都陷在越來越嚴重的內訌中。

孫吳的大權被孫綝掌控了多年，之前在諸葛誕之叛中孫綝親自率軍去接應，非但沒有救出諸葛誕等人，反而把將軍朱異殺了，引起朝野的一致怨憤（自戮名將，莫不怨之）。

孫綝回到建業，這時少帝孫亮已開始親政，他派人責問孫綝為何救援不成而誅殺大將，孫綝無法回答，乾脆稱病不再上朝。為保住權力，孫綝在建業的朱雀橋附近修建屋宇供自己居住，命弟弟威遠將軍孫據宿衞宮禁，另外的幾個弟弟，包括武衞將軍孫恩、偏將軍孫干、長水校尉孫闓等分別率軍駐守在各處要點。

隨着孫亮對掌權的渴望越來越強，孫亮與孫綝之間的矛盾也越來越激化。孫亮突然提出要追查他的姐姐孫魯育被殺事件。孫魯育是被孫峻殺死的，孫亮下詔怒責虎林督朱熊、外部督朱損等人當年沒有勸阻孫峻以致姐姐被殺。朱熊、朱損都是孫綝的親信，孫亮此舉其實劍指孫綝，孫綝為二人求情，孫亮不許，命左將軍丁奉殺了朱熊和朱損。

孫亮和大姐孫魯班、太常卿全尚、將軍劉承等人密謀欲除掉孫綝，但事情被孫亮的一個妃子知道了，這個妃子是孫綝的從外甥女，她向孫綝密報了此事。孫綝連夜帶兵捉拿全尚，派孫恩去殺了劉承，之後舉兵包圍皇宮。

孫綝命光祿勛卿孟宗到宗廟祭祀先帝，之後召集群臣，宣佈廢黜孫亮，群臣無不震驚，但也沒人敢違抗。孫綝派中書郎李崇到孫亮處收回皇帝的玉璽，然後以詔書的形式向全國公佈了孫亮的所謂罪狀，將孫亮貶為會稽王。

孫亮被廢後，孫綝立孫權的第六個兒子琅邪王孫休為皇帝。孫休下詔拜孫綝為丞相、大將軍兼領荊州牧，任命孫恩為御史大夫、衞將

軍，孫據為右將軍，孫干為將軍，孫綝和幾個弟弟都被封為侯爵，他們手中掌握着軍隊，權勢達到了頂峰。

但孫休不甘於做個傀儡，後來在張休、張布和老將軍丁奉等人的協助下將孫綝誅殺，並夷滅其三族。孫休認為與孫峻、孫綝這樣的人同族簡直是恥辱，特將二人從族譜中除名，把他們的名字改為故峻、故綝，之前受過他們迫害的人，包括諸葛恪、滕胤、呂據等都給予平反。

就在這一年，孫吳的皇帝孫休也得病死了，孫吳的權臣濮陽興、張布、萬彧等人擁立孫權的孫子孫皓為皇帝。

孫皓是已故太子孫和的兒子，孫權生前很喜歡這個孫子，給他起了個小名叫彭祖。孫和在「南魯之爭」中失勢，遭到廢黜，後又被封為南陽王。孫峻殺諸葛恪時，由於諸葛恪是孫和的妻舅，孫和也受到了株連，被賜死，孫和的正妃張妃殉情自殺，孫皓的生母何姬說，都死了誰來養遺孤呢？於是堅強地活了下來，撫養孫皓和孫和的其他三個兒子。

孫休繼位後改變了對孫和等人的態度，認為他們是被孫峻迫害的，於是封孫皓為烏程侯。

孫休死時本來有兒子，但這時蜀漢剛剛滅國，加上南方的交趾郡發生了叛亂，孫吳國內深感震驚，大家都認為應該立一位年長些的君主。權臣萬彧之前擔任過烏程縣令，即孫皓封地所在的那個縣，與孫皓關係很好，就向掌握實權的丞相濮陽興、左將軍張布等人推薦了孫皓，孫皓這才當上的皇帝。

孫皓繼位之初勵志革新，撫恤人民、開倉振貧，使孫吳呈現出一定起色。濮陽興、張布等人一看有些後悔，就在孫皓繼位的當年，他們密謀要除掉孫皓，但有人提前報告給了孫皓，孫皓將濮陽興、張布等人誅殺。

還是在這一年，司馬昭派孫吳降人徐劭、孫彧回到江東，把滅蜀的過程向孫皓做了通報（喻孫皓以平蜀之事），等於是來提醒和警告的。孫皓於次年派使者紀陟去洛陽，向曹魏皇帝貢獻方物。

## 一代魏臣入《晉書》

消滅了蜀漢，震懾了孫吳，對曹魏來說這是幾代人的夢想，這一切幾乎發生在一年之內，不過主持這件事的人姓司馬而不姓曹了。

曹魏咸熙二年（265 年）二月，太行山發行了地震，人們議論紛紛，以為曹魏的氣數這一回算是到頭了。

五月，晉王司馬昭立長子司馬炎為王太子，幾個月前司馬炎已被任命為副相國（副貳相國）、撫軍大將軍。司馬昭大約覺得自己身體出現了異樣，所以加快向兒子交班的步伐。

這一年司馬昭 55 歲，司馬炎 29 歲。

八月的一天，司馬昭病逝，司馬炎立即繼晉王位，任命曹魏的司徒何曾擔任晉國丞相，這時曹魏仍實行三公制，晉國是曹魏的「國中之國」，依照當年曹操當魏王時設相國的舊例，晉國設丞相一職。

司馬炎指派一些心腹到少帝曹奐處遊說，要曹奐學習當年漢獻帝禪讓的故事把皇位讓給司馬炎，曹奐巴不得早點兒解脫。

十二月，少帝曹奐下詔給司馬炎：「晉王，你們家世代輔佐皇帝，功勛蓋天、四海蒙恩，上天要我把皇位讓給你，請順應天命，不要推辭！」

當年曹丕接受禪讓，讓來讓去有近 20 個來回，司馬炎倒沒有那麼多的講究，象徵性地客氣一下就「笑納」了。

曹奐於是從皇宮搬了出來，暫時居住於金墉城。

離開時，太傅司馬孚前來拜辭，拉着曹奐的手流淚不止。

當月，司馬炎在洛陽繼皇帝位，定國號為晉，後世稱他為晉武

帝,同時追尊晉宣王司馬懿為宣皇帝,晉景王司馬師為景皇帝,晉文王司馬昭為文皇帝。

晉武帝司馬炎下詔,改年號為泰始。

泰始,如泰山般穩固的基業就從今天開始!

這樣,繼蜀漢之後曹魏政權也滅亡了,這一天發生在曹魏咸熙二年(265年)農曆十二月,對應公曆則是公元266年一月,曹魏建立於220年,算起來前後存在了46年。

司馬炎又下詔,奉魏帝曹奐為陳留王,命其遷往鄴縣居住,各項禮節參照當年曹魏優待漢獻帝的做法執行(皆仿魏初故事),同樣被集中在鄴縣居住的原曹氏諸王、公一律降侯。

從曹操到曹丕、曹叡,奮鬥了幾十年,皇位沒了,只剩下最後一個象徵性的陳留王,而司馬氏一族卻一夜之間誕生出一大批王來:晉武帝的叔祖父司馬孚為安平王,叔父司馬榦為平原王、司馬亮為扶風王、司馬伷為東莞王、司馬駿為汝陰王、司馬彤為梁王、司馬倫為琅琊王,弟弟司馬攸為齊王、司馬鑒為樂安王、司馬機為燕王,加上堂兄弟、堂伯父、堂叔父,司馬氏一族共有27個人被封王。

晉武帝任命石苞為大司馬、鄭沖為太傅、王祥為太保、何曾為太尉,任命安平王司馬孚為太宰並指揮全國軍隊(都督中外諸軍事),任命賈充為車騎將軍,任命王沈為全國武裝部隊副總司令(驃騎將軍)。

上面這些人曾經都是曹魏的臣子,但他們中絕大多數人的傳記不是出現在《三國志》裏的《魏書》中,而是出現在專門為晉朝作史的《晉書》中。

一代魏臣入《晉書》,這是多麼無奈!

司馬炎登基之初還是很有作為的,他制定了許多政策,核心是休養生息、愛護百姓、發展生產等,他還下詔釋放奴婢,把他們組織

起來代替士兵軍屯，同時整治軍隊貪腐、要求百官廉潔、減少賦役課丁、推崇節儉等。

由於政策得力，司馬炎在位的前期晉朝國力大增，農業生產上升，國家賦稅充裕，人口增加，司馬炎後來有個年號叫太康，人們把這一時期稱為「太康盛世」。

在內政上司馬炎也有一套，他總結前代治政的得失，在中央不斷加強尚書台的建設，在尚書台內設置了吏部、三公、客曹、駕部、度支、屯田六個部，以後又改為吏部、殿中、五兵、田曹、度支、左民等部，讓它們分別執掌 35 個曹，部裏設尚書，曹裏設郎中，各有職守，掌握各項實權，九卿及地方官員均奉尚書台之命行事，太宰、太傅、太保、太尉、司徒、司空以及大司馬、大將軍被稱為「八公」，卻漸漸成為尊崇虛銜，司馬炎通過掌握尚書台直接控制着權力。

除尚書台外還加強了中書台和門下省的建設，中書台掌管詔令、文書的撰定，負責參議政事，地位較之前有很大提高；門下省是在原侍中、散騎常侍等顧問類職務的基礎上設置的，負責向皇帝提供政策諮詢和決策參考，同時獲得審查尚書台文案的職權。上面這三個部門逐漸發展成尚書省、中書省、門下省，是日後「三省六部制」的基礎。

司馬炎登基的第三年，即西晉泰始三年（267 年），朝廷下詔頒佈了一份經過多年編定而完成的法律，後世稱《泰始律》，這是中國封建社會第一部儒家化的法典，分為 20 篇、620 條，涉及刑名、盜律、賊律、詐偽、請賕、告劾、捕律、繫訊、斷獄、雜律、戶律、擅興、毀亡、衞宮、水火、廏律、關市、違制以及諸侯律等各方面，與前代律令相比，其刑罰部分均有所減輕，起到緩和社會矛盾的作用。

蜀漢滅亡後，司馬炎從原蜀漢官員中選拔出一批人繼續在晉朝為官，曾在蜀漢任職的《三國志》作者陳壽就是這一時期來到晉朝為官的，入晉後陳壽歷任著作郎、長廣郡太守、治書侍御史、太子中庶子等職。

# 最能折騰的皇帝

北方的政權晉朝建立後國力進一步強盛，而南方的政權孫吳卻更加衰落了。

孫吳少帝孫皓登基時已有 20 多歲，一開始，他也想幹一番事業。

孫皓下詔書優待士卒、體恤百姓和士人，又打開官府的倉庫，拿出糧食賑濟窮人。他還下令遣散宮女，讓她們出去結婚成家，還把皇家苑林裏的禽獸放生。

這些舉動受到大家的稱讚，當時不少人認為他是一位明主。

但孫皓的雄才大略比他的爺爺孫權差得很遠，在處理一些事情上更缺乏政治智慧，即位不久就在立皇太后一事上暴露出他的短見。

孫皓繼承的是孫休的皇位，孫休是他的父親孫和的弟弟，也就是他的叔父。按照禮制孫皓屬於嗣位，理應立孫休的皇后朱氏為皇太后。有關部門依照慣例把太后的印璽、綬帶都準備好了，只等孫皓來宣佈，可孫皓卻突然追認自己已故的父親孫和為文皇帝。

如此一來再立朱氏為太后就成了笑話，這正是孫皓耍的小聰明，他的目的是立自己仍在世的生母何姬為皇太后。

打破既有制度往往會造成混亂，不利於政治上的穩定，真正的明主絕不會在這些小問題上橫生枝節，更不會為一己私利而任意破壞現有制度。當時有不少大臣勸諫，希望孫皓不要這麼做，但孫皓不理。

最後孫皓如願以償，將自己的生母何姬立為皇太后，將朱氏貶為景皇后。何姬的丈夫孫和跟朱氏的丈夫孫休是兄弟關係，她們二人俗稱「妯娌」，是平輩，現在卻一個成了皇太后，一個是皇后，有些不倫不類。

難免有人議論此事，孫皓聽到了心裏很不舒服，他乾脆逼着朱皇后自殺。朱皇后自殺後，按照禮制應當厚葬，孫皓發話說不能用皇后

的禮儀治喪，找個荒涼偏僻的地方隨便埋掉就行。

孫休還有四個兒子在世，孫皓下令把他們遣送到一座小城，派人嚴加看管。走到半路上，孫皓想想不對勁，又派人把其中兩個年齡稍大些的殺掉，以免有人把他們接回來取代自己。

這件事暴露出孫皓缺乏最起碼的政治智慧，剛剛當上皇帝，支持者本來就有限，這時應該千方百計團結眾人，讓官員、百姓信任和支持自己，而不是給自己樹立敵人。

這件事更暴露出孫皓性格上的殘忍和任性，朱皇后是他的嬸子，孫休的兒子跟他是同族兄弟關係，連這樣的親人都不放過，讓人寒心。

但不久大家發現，這些只是剛剛開了個頭。


孫皓擔心自己幹的事被史官們記錄到史書中，於是威脅他們按照自己的意思去寫，對於父親孫和當年被殺的前前後後，孫皓也要求史官們將已有的記錄加以篡改。

古代有很多朝代都設史官，最著名的如司馬遷，他們大多有秉筆直書的傳統，寫史時既不隱瞞、也不誇大，真實地反映歷史事實，寧可被殺頭也不弄虛作假。

孫吳就有一位司馬遷式的史官，他的名字叫韋曜，是一位歷史學家，也是一個敢於堅持原則的人。

孫皓知道史官很重要，所以竭力拉攏韋曜。

孫皓喜歡喝酒，也經常強迫他人喝，孫皓在酒桌上有個規矩，一次必須喝夠七升，否則就認為你心意不誠。韋曜的酒量不行，頂多能喝兩升，孫皓格外照顧他，暗中讓人用茶水替代酒水讓韋曜過關。這就是人們經常說的「以茶代酒」這個典故的由來。

孫皓把韋曜叫去，讓他為父親孫和作「紀」。在史書中只有帝王的傳記才能稱「紀」，一般人的傳記稱「列傳」，韋曜認為孫和沒有正

式登基，不是皇帝，所以不能作「紀」，只能作「列傳」。

為了這件小事，孫皓不斷向韋曜施壓。韋曜堅決不屈服，孫皓很生氣，多次責罵韋曜。韋曜深感憂慮，以年老體弱為由請求辭職，將編修國史的工作交給他人完成，孫皓不答應。

孫皓堅持要求韋曜按自己的意思寫，韋曜堅決不答應，孫皓便以不接受皇帝詔命、不盡忠主上為由將韋曜拘捕下獄。

在獄中，孫皓繼續向韋曜施壓，但韋曜始終不為所動，最後孫皓下令把韋曜殺了，把他的家屬全部流放。

說起殺人，孫皓恐怕是三國時代帝王裏最殘暴的一個。

有一個郡，有一年遭遇了旱災，百姓無力繳納賦稅，郡太守不敢說不徵收，只是上疏請求延期，孫皓大怒，認為這個郡太守要「樹私恩」，也就是拿朝廷的利益換取個人的好名聲，於是派人將他斬殺。

孫皓身邊有一個大臣看到他不斷濫殺無辜，婉轉地勸諫了一次，孫皓怒火中燒，把這個大臣殘忍殺害，這個人死時已體無完膚。

還有一次，孫皓看到有兩個大臣交頭接耳說什麼事，他認為這兩個人是在私下議論自己，於是下令將他們流放到交州，這還沒完，他又密令交州的地方官員將他們處死。

這兩個大臣中有一個被處死了，另一個卻沒有，原因是他得了中風，喪失了語言功能，孫皓懷疑這個人是裝啞巴，派人毒打，最後還是把他殺了。

當初提議讓孫皓當皇帝的兩位大臣看到孫皓這副模樣，感到深深後悔，覺得對不起孫吳百姓，他們私下裏狠勁扇自己耳光：真是瞎了眼，當初怎麼就看上這麼一個人，讓他當皇帝！

不料這件事被人密報給了孫皓，孫皓大怒，立即派人把這兩位大臣殺了，還不解氣，又命人把他們的屍體扔到河裏餵魚，他們的家屬

也全部被殺掉。

孫皓不僅殺人上癮，而且手段極其殘忍。孫皓有位愛妾，她身邊的近侍有一次到集市上搶東西，被司市中郎將陳聲看到，司市中郎將是專門維護市場秩序的官員，陳聲於是下令把這個人殺了。孫皓得知後不僅不支持陳聲，反而命人把陳聲抓了起來。

孫皓認為陳聲「打狗不看主人」，是故意給自己難堪，就令人給陳聲上酷刑。最後用燒紅的鐵鋸把陳聲的頭割下來，把屍體扔到山下。

孫皓每次在宮裏殺了人，就命人把屍體扔到水溝裏沖走，或者下令把人剝去面皮、挖掉眼睛，簡直到了神經錯亂的程度。


孫皓當初把宮女遣散出宮只是一個假象，其實他是個極為驕奢淫逸的皇帝。

孫皓下詔在孫吳轄下的各州郡選美，女子到了 15 歲就要登記備案，沒有被選中的才能出嫁，就連大臣們的女兒也不例外。很快，孫皓後宮裏的嬪妃、宮女就有近萬人，孫皓縱容寵愛的妃嬪派人到宮外搶東西，稍遇反抗孫皓就大開殺戒。

孫皓還大修宮殿，他命令文武百官都去參加「義務勞動」，還故意安排大臣們幹一些類似進山採木、採石的重活，有的官員年老體弱，實在幹不動，孫皓知道後就會馬上把他們抓起來。

孫皓還是個酒鬼，動不動就聚眾狂飲，大臣們誰不喝酒就是不給他面子，他派了不少侍從「監酒」，苦壞了那些酒量實在不行的大臣。

孫皓灌大家酒是有用意的，他趁着大臣們喝醉之際觀察他們的言行，讓侍從們記下來，大到謀反叛逆、小到閒言碎語他都喜歡收集，抓住把柄就立即治罪。

大臣們一聽說赴宴就如同末日來臨，出門時都要跟夫人孩子含淚做一番「臨終告別」。

# 三國，成為歷史

孫皓如此折騰，孫吳朝野上下一時間黑白顛倒、忠奸不分，一些人為博取孫皓的信任，就在他面前巴結奉承，編織謊言以示討好，有的不惜賣友求榮，通過告密博取孫皓的好感。

有個叫刁玄的人出使蜀國，回來給孫皓編了一個謊話：「黃旗紫蓋將出現在東南方向，最終能統一天下的是荊州、揚州一帶的君主嗎（終有天下者，荊、揚之君乎）？」

也就是說，「真命天子」將現身孫吳，言下之意其他人都不是正統，這本是奉承孫皓的話，是說了讓他高興的，但孫皓深信不疑。

恰在這時從北方的曹魏有歸降江東的人，說壽春一帶流傳童謠，其中有「吳天子當上」的話，也就是孫吳的天子要成為全天下的皇帝。

這更是無稽之談，估計這個童謠也不可靠，故意傳這個話的人也是在討孫皓的歡心，但孫皓大喜過望，認為這些都是「天命」。

一高興，再加上一衝動，孫皓做出了一個讓人瞠目結舌的決定：組織一支龐大的隊伍，中間有他的母親和寵信的妃嬪、孩子，一行人從孫吳出發，準備一路直奔洛陽「以順天命」。

洛陽當時是曹魏的首都，孫吳的實力比曹魏差了很多，如果真去，那肯定是自投羅網。

然而更加不可思議的一幕出現了：面對如此危險、如此荒唐的事，竟然沒有一個大臣上前阻攔！

這是因為孫吳的所有大臣都被孫皓整怕了，都害怕一句話沒說好會丟腦袋。皇上願意玩就讓他玩吧，最好玩死算了，所以大家都默不作聲。

隊伍是冬天出發的，走了一陣就遇到大雪，道路難行，士兵們穿著盔甲、拿著武器，行動很困難，經常需要上百人才能勉強拉動一輛車。

士卒們氣憤地說:「如果遇到敵人,咱們就倒戈!」

話傳到孫皓的耳朵裏,他還算沒有真的瘋掉,一下子清醒了,下令撤回。

孫吳的國力本來就不如曹魏,經過孫皓的折騰,雙方的差距越來越大。

孫吳天紀三年(279年)冬天,已取代曹魏的晉朝派出六路大軍進攻江東,孫吳各地的守軍節節敗退,很多地方不戰而降。

天紀四年(280年)三月,晉朝大將王濬率舟船率先抵達孫吳的都城建業,孫皓無力反抗,讓人綁上自己的雙手,又抬上一口棺材到晉軍營門前投降。

王濬接受了孫皓的投降,派人把孫皓一家送到晉朝的都城洛陽,由孫權一手創建的孫吳政權就此滅亡了。

孫皓到洛陽後被賜號為歸命侯,其後的命運跟另一位「難兄難弟」蜀漢後主劉禪差不多,都過着寄人籬下的生活。

一次,晉武帝司馬炎跟人下棋,孫皓在一旁觀戰。

有個叫王濟的大臣故意問孫皓:「聽說你在吳國時幹過剝人臉、砍人足的事,有這回事嗎?」

孫皓聽了不知如何回答,只得支支吾吾把話岔開。

還有一次,司馬炎在宴會上問孫皓熟悉不熟悉江南一帶的流行小曲《爾汝歌》,孫皓立即舉起酒杯,獻上了自己即席作的一首「爾汝歌」:

> 昔與汝為鄰,今與汝為臣。
> 上汝一杯酒,令汝壽萬春!

孫皓使勁地表現出巴結奉承之意,完全是一副諂媚之態。

晉武帝太康五年（284 年）孫皓死在洛陽，時年 42 歲，距離投降只不過四年，想必在洛陽的那些日子並不怎麼好過吧！

從孫權建國到孫皓投降，一共經歷了 51 年。

據史料記載，孫吳滅國時共有 53 萬戶、230 萬人，官吏 32000 人、軍隊 23 萬人。


如果從漢靈帝中平元年（184 年）黃巾起義算起，到晉武帝咸寧六年（280 年）三國歸晉，歷史走過了將近 100 年。

一個特殊的「百年中國」，其間國家一直處在分裂割據的狀態，幾乎每天都在打仗，人民遭受痛苦，國家遭受磨難，統一的格局遭受挑戰，這是一個黑暗的時代。

但是，生活在這個時代的人們沒有因為割據、戰亂、天災等各種不幸而消沉，他們身處分裂的現實，卻不承認分裂的結果。曹操、劉備一生征戰 30 年以上，諸葛亮五次北伐，姜維主持的北伐更多達 11 次，孫權也一次次北上用兵，他們的目標都是統一天下。

在人們思想深處，天下本來就是統一的，這種觀念已牢不可破，不會因為暫時的分裂而產生動搖。

重溫漢末三國這段百年史，令人印象最深刻的不是那些鬥智鬥勇，不是那一場場戰爭場面，而是在戰亂中人們的心中仍懷着那種堅定不移的家國情懷。

在最容易產生分裂的年代，渴望統一反而成為時代的最強音，這種「分久必合」的堅定信念，不僅是當時許多人奮鬥犧牲的精神支柱，也是激勵後世人們可貴的精神品格。

浪花淘盡了塵沙，卻淘不盡英雄們的情懷。

歷史隨風而逝，留下的餘溫卻仍能被感知。

# 三國英雄記：新霸主崛起

南門太守　著

責任編輯　黃嗣朝
裝幀設計　譚一清
排　　版　黎　浪
印　　務　劉漢舉

出版　　中華書局（香港）有限公司
　　　　香港北角英皇道 499 號北角工業大廈一樓 B
　　　　電話：（852）2137 2338　傳真：（852）2713 8202
　　　　電子郵件：info@chunghwabook.com.hk
　　　　網址：http://www.chunghwabook.com.hk

發行　　香港聯合書刊物流有限公司
　　　　香港新界荃灣德士古道 220-248 號
　　　　荃灣工業中心 16 樓
　　　　電話：（852）2150 2100　傳真：（852）2407 3062
　　　　電子郵件：info@suplogistics.com.hk

印刷　　美雅印刷製本有限公司
　　　　香港觀塘榮業街 6 號海濱工業大廈 4 樓 A 室

版次　　2022 年 1 月初版
　　　　© 2022 中華書局（香港）有限公司

規格　　16 開（230mm×150mm）

ISBN　　978-988-8760-44-2

本書繁體字版由華文出版社授權出版

三國英雄記（四）

王者的征途

南門太守 著

中華書局

# 目錄

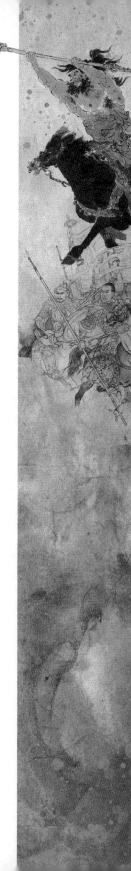

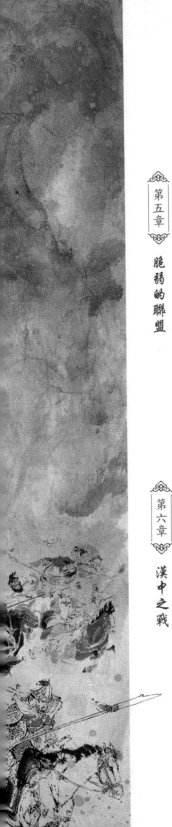

# 第一章 鄴城歲月

## 皖西大「剿匪」

一場赤壁之戰，使曹操統一天下的雄心遭受重創。

赤壁之戰後，曹操於漢獻帝建安十四年（209年）年初由荊州返回北方，與半年前南下時順風順水、一路所向披靡相比，曹操的返程顯得很壓抑。他甚至沒有在襄陽停留，直接由南陽郡境撤到了許縣。

曹操也沒有在許縣停留，當時合肥城外仍處於膠着狀態，曹操決定親自去解圍，會一會孫權。

這一年三月，曹操率主力向揚州刺史部轉進，這時接到了合肥前線的戰報，說孫權已經撤軍了。既然戰事不那麼着急，曹操決定在老家譙縣一帶對部隊進行休整。

曹操很認真地在譙縣一帶練起了兵。譙縣位於渦河邊上，這條河通船運，而且可以直通淮河。曹操這次練兵，重點操練了水軍，他在此設立了臨時造船基地，加緊打造戰船，當然渦河比不得淮河，更比不得長江，曹操這時候可以造出來的，也只能是排水量較小的戰船（軍至譙，作輕舟，治水軍）。

曹操認為，水軍是自己的一個弱項，是赤壁之戰導致全敗的主因，要戰勝孫權，重新奪回荊州，必須建設一支強大的水軍。

這一年秋天，曹操在譙縣練兵也有三四個月了，從四面徵調以及新打造的各式戰船也有了相當數量，曹操決定率領包括水軍在內的主力前往合肥前線，讓水軍在實戰環境下接受考驗。

他們走的路線是：由渦水進入淮水，再由淮水進入淝水，直達合肥城外。

曹操一到合肥，就發佈了一道軍令：「近來大軍多次出征，遇到疾病蔓延，讓許多官兵死在了外面，造成夫妻不能團聚，百姓流離失所，有仁愛之心的人難道願意這樣嗎（而仁者豈樂之哉）？這實在是不得已呀！死者家裏凡是沒有產業來養活自己的人，政府不得停發其口糧（其令死者家無基業不能自存者，縣官勿絕廩），地方行政長官要經常撫恤慰問，以了我的心願（以稱吾意）。」

曹操親自坐鎮合肥，在這裏調整充實了揚州刺史部以及各郡縣的官吏（置揚州郡縣長吏），並大興水利工程，推行屯田建設。

曹操在此前後逗留了好幾個月，親自主持重修了芍陂等水利工程。芍陂又叫安豐塘、期思陂，最早由春秋時期楚國著名宰相孫叔敖主持修築，是一個人工水庫，被譽為「世界塘中之冠」，與都江堰、漳河渠、鄭國渠並稱中國古代四大水利工程。

芍陂的位置在今天安徽省壽縣南，處於淮河眾多支流的包圍之中，周圍又是廣闊的良田，地理位置十分優越。曹操重修芍陂，發揮它的灌溉、航運作用，配合周邊地區的屯田，使這裏成為重要的糧食基地，這對進一步鞏固合肥的戰略地位十分重要。

在揚州刺史溫恢、州政府別駕蔣濟、綏集都尉倉慈等人的領導下，曹操在揚州的勢力得到一定程度的鞏固，合肥作為戰略要地的作用進一步加強，今後這裏將成為曹魏和孫吳爭奪的焦點，雙方多次在此展開攻防戰。


這一年年底，曹操重返譙縣。

可是，他一走這裏又出事了。

赤壁之戰後，曹操與孫權、劉備之間的對抗暫成均勢，曹仁從江

陵撤退，孫權則被擊退於合肥。中線的襄陽、東線的合肥成為曹軍的前沿基地，形成了兩大戰場，這種對峙格局將持續相當長一段時間。

曹操對合肥很重視，除了任命溫恢、蔣濟、倉慈等人管理經濟、政務、屯田事務外，還從其他戰場上抽調了樂進、張遼、李典等率部移防過來，鞏固東線戰場。

但是，各部還沒有完成佈防，內部卻出現了叛亂。

叛亂發生在屬於「曹統區」的九江郡六縣和潛縣，這裏是現在的皖西地區，位於大別山區的北部，自古以來這裏民風強悍，加上地處山區，適合打遊擊，在古代這一代經常是強人出沒的地方。

早在官渡之戰前後，這一帶就有許多變民，規模比較大的有陳蘭、梅乾、雷緒幾股。當時曹操與袁紹相持於官渡，無力東顧，派劉馥擔任揚州刺史維持局面。劉馥很有本事，他雖然是光杆司令一個，但很快打開了局面，使「曹統區」的面積一點點擴大，又重修了合肥城，給曹操現在與孫權對抗創造了條件。

劉馥開拓揚州有一項重要措施是招安變民，梅乾、陳蘭、雷緒都先後被劉馥招安了，從漢獻帝建安五年（200 年）前後一直到漢獻帝建安十四年（209 年），這些人倒也挺老實，一直沒有鬧出過什麼事。

這其中劉馥個人的威信作用不可低估，可是漢獻帝建安十三年（208 年）劉馥去世，緊接着曹軍與孫權打了好幾個月的仗，給當地百姓帶來了一定負擔，曹操雖然緊接着推行了一系列恢復生產、促進社會發展的措施，但民心不穩已成現實。

叛亂影響到剛有點規模的合肥基地的安全，看到這種情況，已經身在譙縣的曹操立即調兵遣將，鎮壓叛亂。

這時大的叛亂仍然是陳蘭等三股，他們活動的主要地區是九江郡的六縣、潛縣，具體人數不詳，但從接下來曹操的軍事部署裏可以看

到，這次叛亂的規模相當大。

曹操下令成立臨時「剿匪司令部」，由夏侯淵代理總指揮（行領軍），下轄于禁、臧霸、張遼、樂進等部，歸張遼指揮的，還有張部、牛蓋等部，曹軍的精銳和頂尖將領一多半參加了此次行動。

如此興師動眾，一來說明陳蘭等人來勢很猛，力量小了解決不了問題；二來說明曹操對合肥基地的重視，赤壁之戰後曹操不能再輸了，即使是變民，他也不敢大意。

夏侯淵沒有直接參與赤壁之戰，他的任務是負責後勤保障。但是在兩年前，即漢獻帝建安十二年（207 年），濟南國、樂安國發生了黃巾餘部徐和、司馬俱等人的叛亂，劉氏宗族裏的濟南王劉贇甚至被殺，身為典軍校尉的夏侯淵負責鎮壓民變，斬殺了徐和，收復諸縣，積累了豐富的平亂經驗，所以這一次把他調了過來。

夏侯淵除擔任總指揮外，還直接負責對付雷緒這一股。梅成這一股，由于禁和臧霸對付。張遼率領張部和牛蓋所部對付陳蘭。

曹操後院起火，剛從合肥退兵的孫權也沒閒着，他跟陳蘭暗中建立聯繫，派韓當率部支援陳蘭。臧霸接到命令，率所部開到皖縣一帶阻擋韓當，使吳兵不得通過。

雙方先後戰於逢龍、夾石，曹軍均獲勝，臧霸接到情報，說孫權派了數萬人乘船進入舒縣支援陳蘭，於是移師舒縣堵截，孫權的軍隊聞風撤退。

臧霸不幹，下令連夜追擊，一夜狂追了 100 多里，於天亮時分終於將敵人追上，雙方展開一場激戰，曹軍大勝。

陳蘭沒等來外援，在張遼、張部等人的進攻下漸漸招架不住。正在這時，他卻意外地等來了其他援兵。

其實這也算不上援兵，而是梅成那一股。

梅成開始向于禁投降，于禁沒有察覺有異，就接受了。

誰知不久，梅成重新與陳蘭勾結，他們聯兵一處逃入潛山。


潛山山脈裏有一個天柱山，山高道狹，陳蘭憑險據守。

張遼想發起進攻，手下將校勸道：「咱們兵少，道路又險惡，難以深入。」

張遼不同意，他認為：「現在正是狹路相逢勇者勝啊（此所謂一與一，勇者得前耳）！」

張遼下令強攻，一舉斬殺了陳蘭和梅成。

此次皖西作戰張遼立功最大，事後曹操論功行賞，張遼增食邑200戶，加上此前的1000戶，達到1200戶，並且獲得了持節的殊榮。

曹操在給張遼的頒獎令中說：「登天山，履峻險，斬殺陳蘭、梅成，這都是蕩寇將軍立下的功勞啊！」


這兩股民變被徹底鎮壓後，夏侯淵對付的雷緒那一股也進展順利，將雷緒擊破。此戰接近了尾聲，此時并州一帶又發生了民變，變民首領商曜等人攻佔了太原城，曹操下令改任夏侯淵為「西部剿匪總指揮」（征西護軍），到并州平亂。從濟南國到皖西再到并州，夏侯淵成了「剿匪專業戶」。

樂進也增加了500戶食邑，達到1200戶。于禁增加了200戶，達到1200戶。

民變平息後，曹操下令樂進、張遼留在合肥，加上接到命令剛剛到達的李典所部，由他們三人共同守衛合肥，其他各部人馬撤離。

在這次民變中，有人舉報說蔣濟與叛軍勾結，參與叛亂活動。有關部門報告到曹操那裏，曹操壓根不信。

曹操當着于禁等人的面說：「蔣濟怎麼會幹這種事（濟寧有此事）？如果真有此事，說明我不會識人。這肯定是假的。」

後來經過查實，確實是誣告。

曹操看來對 20 多歲的蔣濟特別欣賞，後來乾脆改任他為丞相府人事處副處長（丞相西曹屬）、丞相府辦公室主任（丞相主簿）。

曹操曾對經營好淮南一度失去了信心，甚至想把淮南民眾遷到北方去，以避開戰亂，曹操就此徵求蔣濟的意見。

蔣濟表示反對，曹操對蔣濟說：「當年我與袁紹在官渡相持，整體遷移過燕縣、白馬縣的民眾，似乎並非不可行。」

蔣濟這個年輕人很熟悉當地的情況，他回答：「那個時候我弱敵強，不遷走必然被敵人佔去。現在情況完全不一樣，我們的勢力足夠強大，民眾不會有其他想法。同時，老百姓都有懷土情結，不願意遷徙，如果硬力推行，大家必然心中不安。」

曹操經過考慮，最後沒有採納蔣濟的建議，下令從江淮之間進行大規模人口遷移。

此令一下，果然引起民眾的恐慌，有 10 多萬人跑到孫吳控制區，曹操趕緊下令停止了移民活動，再次見到蔣濟時，曹操向蔣濟當面做過自我檢討。

## 頒佈《求才令》

從漢獻帝建安十四年（209 年）年底到漢獻帝建安十五年（210 年）三月，曹操一直在譙縣。

跟隨在曹操身邊的還有曹丕，23 年前曹丕就出生在這裏，但他很小便離開了故鄉，對譙縣的印象已經比較模糊了。

曹丕在一篇文章裏記錄了這次重回譙縣的經歷，他寫道：「自從董卓之亂以來，天下各地城池損毀嚴重（喪亂以來，天下城郭丘墟），譙縣城內只有從太僕的宅子還完好。南征荊州，回來時到達鄉裏就住在

這裏。於是在庭院中種了幾棵甘蔗（**乃種諸蔗於中庭**），經過夏天到達秋天，甘蔗開始茂盛，之後衰敗，從中我悟出了興廢的無常，慨然而歎，於是寫了這篇賦。」

經過連年戰亂，故鄉譙縣也是滿目瘡痍，城池荒廢了，曹丕住在從太僕的舊宅中，從是姓，太僕是官職，相當於交通部部長。從姓很少見，史書裏記錄了一個叫從錢的人，有人懷疑就是曹丕所說的從部長。

看來曹丕心情還不錯，除了感歎人生無常之外，還有閒情逸致在庭院裏種幾株甘蔗。

「建安七子」之一的劉楨也在軍中，作為詩人的他常與曹丕等人宴飲賦詩，他在一首詩中寫道：

> 昔我從元后，整駕至南鄉。
> 過彼豐沛都，與君共翔翔。
> 四節相推斥，季冬風且涼。
> 眾賓會廣坐，明鐙熺炎光。
> 清歌製妙聲，萬舞在中堂。
> 金罍含甘醴，羽觴行無方。
> 長夜忘歸來，聊且為太康。
> 四牡向路馳，歡悅誠未央。

詩中的「豐沛都」即譙縣，詩中描寫的季節是冬天，與此次駐軍譙縣時間吻合。雖然是寒冬季節，但一點都不影響輕歌曼舞，以至於長夜忘歸。

劉楨字公幹，比曹丕大一歲，此時 24 歲，曹丕、曹植都跟他關係很好，在「建安七子」中他的成就屬於比較高的，後世把他與曹丕並列稱為「曹劉」。他的母親出身於名門，從小對他教育嚴格，以至於劉

楨小的時候就被稱為神童。劉楨被曹操徵辟，此時在丞相府擔任副處長（丞相掾屬）。

漢獻帝建安十五年（210年）三月，曹操返回鄴縣。

剛一回來，曹操就遇到了件比較煩惱的事，這就是田疇讓封事件。

在北征烏桓之戰中田疇立下大功，由於他率部投奔曹操，並給曹軍指路，曹軍才取得北征烏桓的勝利。當時曹操就曾上表為田疇請封，擬封他為亭侯，食邑500戶。

但是田疇拒絕受封，他認為當初只是為了避難，所以率眾逃入山中隱居，立志不問仕祿（志義不立），如果因此而得利，將不是他的本意，所以反覆推讓。曹操也理解田疇的志向，不再勉強。

後來，田疇把自己的家屬以及宗族300多人都遷到了鄴縣居住，曹操賜給田疇車馬穀帛，田疇都分給宗族、朋友。

赤壁之戰後曹操又想起了田疇，有點後悔前面答應田疇讓封的事（太祖追念疇功殊美，恨前聽疇之讓），曹操認為：這雖然成就了一個人的志向，但是於國法而言是不合適的（是成一人之志，而虧王法大制也）。

曹操於是舊事重提，再次要給田疇封爵，為此頒佈了命令：「蓨縣縣令田疇，至節高尚，家鄉遭遇變亂，隱身於深山，研習處世之道，百姓從之，最終發展成一個都邑。袁紹強盛時，請他出來被他拒絕，他慷慨守志，以待明主。等到我奉詔征定河北，田疇欣然受命，陳述攻破胡虜的計策，率令所部山民開山引路，提供後勤保障，出其不意斬殺蹋頓於白狼山，直搗柳城，田疇立下了大功。大軍回師，根據他的功績，表封他為亭侯，食邑500戶，但田疇懇切推辭，前後多次。如今三年過去了，每次賞賜都推辭，此事固然成就了一個人的高潔，卻與國家法度不符。應該按照前面所封，不要再推辭下去了（宜從表

封，無久留吾過）。」

命令下達，田疇繼續上疏陳述心志，表示拒絕，甚至以死自誓。

曹操也任性起來，不許田疇辭讓，甚至想強迫田疇來接受封賞，但是嘗試了四次都沒有成功（至於數四，終不受）。


如此一來，事情就變質了。

面對榮譽推辭是一種美德，但推辭到了這種程度，似乎就變成了一種固執，或者心裏另有什麼想法。有關部門認為田疇的做法很有問題，屬於以自己的小名節來對抗公理（狷介違道，苟立小節），建議免除田疇的一切職務，追究刑事責任（宜免官加刑）。

曹操對這件事很重視，但如何處理遲遲不能決定，就把它交給曹丕讓他與大臣們討論。

曹丕認為田疇的舉動跟當初子文辭祿、申胥逃賞相同，應該予以鼓勵而不是強奪他的志願，曹丕的觀點得到了尚書令荀彧、司隸校尉鍾繇的支持。

子文是春秋時期楚國的大臣，他曾擔任令尹，為了減輕民眾負擔堅持不接受俸祿；申胥即申包胥，他也是楚國的大臣，曾經立下大功，楚王要獎賞他，他就逃跑不接受。

事已至此，也就拉倒了。

可一向開明的曹操偏偏在這件事上就是轉不過彎，仍然要給田疇封侯（太祖猶欲侯之）。

曹操心裏其實已經有些不快了，這不僅是面子問題，而是擔心田疇的舉動將在社會上產生什麼樣的影響，實在難以預料。田疇一向跟夏侯惇關係不錯，曹操就讓夏侯惇去做田疇的工作，並且叮囑夏侯惇說：「你去以情曉喻他，但你別說這是我教你的（無告吾意也）。」

夏侯惇覺得這件事不太好辦，所以找個藉口索性住在田疇家裏，

想跟他來個長談,你不答應我就不走。

田疇知道夏侯惇的來意,任憑你怎麼說,就是一言不發。

夏侯惇沒招,臨走時拍着田疇的背說:「老兄,主公情誼殷切,能不能給點面子呀(主意殷勤,曾不能顧乎)!」

話都說到這個份兒上了,田疇仍然不鬆口:「為何說得這麼過分呢!我田疇只是個負義逃竄的人罷了,幸蒙主公恩典才得以活下來,已經很幸運了,難道是通過出賣盧龍塞來交換賞祿嗎?即使國家照顧我,我也於心中有愧(縱國私疇,疇獨不愧於心乎)。將軍你是一向了解我的(將軍雅知疇者),居然也這樣說。實在不行的話,我就求自刎於將軍面前吧!」

田疇一邊說,一邊涕泣橫流。

夏侯惇看確實毫無餘地,據實報告了曹操。

曹操慨歎無語,此事只好作罷。

不久後,曹操以獻帝的名義徵調田疇擔任朝廷參事室參事(議郎),五年後田疇去世,死時 46 歲。

田疇或許確實是個不慕功名利祿的人,所以一再讓封。田疇舉動的背後,沒有對曹操或者朝廷的不滿,相反田疇一再懇切表示,自己對現狀已經很滿足,對曹操充滿了感激之情。

對於田疇的忠誠曹操未必會多想,但是這件事讓他有了另外的想法。

他想到的是,田疇是一個影響力很大的名士,如果有才能的人都效仿他,乾脆連出來做事也不屑於做,那問題可就大了。

曹操一向認為,人才是決定事業成敗的關鍵,尤其是當前諸雄對峙仍然存在的情況下,人才流動的方向就是霸業的走向。

為了消除田疇事件帶來的不利影響,曹操於漢獻帝建安十五年

（210年）春天專門發佈了一道《求才令》：「自古以來受命於天之王或者中興之君，何嘗不想得到賢才君子來一塊治理天下呢？那時他們得到這些賢才都不用走出閭巷，這難道是有幸相遇嗎（及其得賢也，曾不出閭巷，豈幸相遇哉）？這是上面的人不去主動徵求他們呀。如今天下尚未平定，正是求賢若渴之時（此特求賢之急時也）。『孟公綽做趙氏和魏氏的家臣適合，但當不了滕國、薛國的大夫。』如果一定是高潔之士才能用，那麼齊桓公如何能成霸業呢？現在天下真的沒有穿着粗布衣服、懷有大才在渭水之濱垂釣的人嗎？或者沒有像陳平那樣私通嫂子、接受賄賂而無人推薦的人？你們要替我發現那些出身卑微的賢才，只要有才能就加以引薦，以便給予任用。」

這道命令很重要，提出了「唯才是舉」的著名觀點，是曹操人才觀的集中體現。為了闡述什麼是「唯才是舉」，他舉了四個古人做例子，他們分別是孟公綽、管仲、呂尚和陳平。

孟公綽是春秋時期魯國大夫，令文中關於孟公綽的那兩句話是孔子說的，原意是以孟公綽的才能當個家臣可以，當大夫則能力就不夠了。但曹操引這兩句話是反着說的，意思是人各有所長，不要求全。

如果只有高潔之士才能重用，那麼齊桓公成就不了霸業，這是因為促成齊桓公成就霸業的關鍵人物是管仲，管仲這個人很有能力，是個改革家，但他也有缺點，早年與朋友合夥經商時不誠實經常欺騙對方。呂尚就是姜子牙的原形，以平民之身垂釣於渭水，終於被周文王發現，受到重用，輔佐周文王一舉滅掉了商王朝建立了周朝。

陳平是劉邦手下的能人，是西漢的開國功臣，擔任漢朝的丞相，但史書卻記載着他陳平接受賄賂、與嫂子私通等劣跡。

曹操用他們的故事想說的是，人不能求全，不能求其出身，也不能苛求道德品質的完美，只要他有才能，就可以加以任用，只有這樣才能建立不凡的功業。

曹操要求有關部門發現孟公綽、管仲、呂尚和陳平這樣的人才時，一定要及時舉薦，不要讓人才埋沒和流失了。

曹操的人才觀在那個時代是與時俱進的，是進步的。漢代以來，對品評人才最看重的是名節，所謂孝與廉，還有忠與義等，強調的都是思想品質，以至於選拔人才專門有孝廉這樣的科目，靠着一般人做不出來的孝行或者表現出異乎尋常的廉潔，很多人不僅獲得了聲譽，而且走上了仕途。

先不說這樣的選拔是否科學，是否給那些沽名釣譽、善於作秀的人提供了機會，就是真正孝與廉的人，也未必都是人才，僅思想品質好卻沒有工作能力、幹不出業績的人，古往今來都是白搭。

尤其在諸雄爭霸中，庸才不僅幹不成事，還會誤事，這時最需要的是確實有能力的人。才能應該成為選拔人才的首要標準，至於其他方面，能兼有更好，如果不能兼有，則不必求全。

這條命令的發佈產生了深遠影響，以後曹操又先後兩次發佈了類似的求才令，使曹魏在人才爭奪戰中進一步佔據了優勢地位。


## 一篇難得的「自傳」

但是，田疇讓封事件還是讓曹操有所不安。

曹操大概會想到，會不會有一部分人對自己有看法，不明着說，而用不合作、不入仕、不受封來表達？

曹操有點心裏沒底，這件事又發生在赤壁之戰失敗之後，時機相當微妙。

漢獻帝建安十五年（210 年）沒有發生大的戰事，曹操一直在鄴縣度過。雖然不打仗了，但他心裏一點都不輕鬆。

他心裏在打仗，但不太清楚那是一些什麼樣的敵人。

曹操相當苦惱，《求才令》頒佈後這種苦惱的心境仍然沒有得到排解，這倒不完全由田疇事件所引起，而是在相當長一段時間裏，曹操內心裏都存在着一種複雜而微妙的關係，在此時集中爆發了。

事情的核心，實際上是一個人，如何處理與這個人的關係，如何擺正自己與這個人的位置，下一步如何繼續相處，這些都像纏繞不清的枯藤一樣，糾結在曹操的內心深處。

有誰會讓曹操如此上心和傷神？這個人今年 28 歲，自身沒有任何實力，頂多算一介文士吧，但足以讓曹操感到頭痛和不安，因為他是當今天子，獻帝劉協。

曹操把劉協迎接到許縣已有 10 年了，眼看着劉協由一個十幾歲的少年長到快 30 歲了。作為名義上的國家元首，劉協才是這個帝國發號施令的人，曹操是帝國的丞相，劉協是他的頂頭上司。

但這又是不可能的，先不說劉協有沒有這樣的能力、曹操有沒有這樣的意願，即使劉協敢幹、曹操願意，曹操手下眾多文臣武將也不會答應。跟着領導奔事業，領導的事業也就是大家的事業，同在一條船上就是命運共同體。韓馥的悲劇告訴人們，無論領導還是部屬，保守和退卻都是自殺行為。

但是，如果長期不能還政於天子，總會有人多想，而且種種跡象表明，有這樣想法的人正在一天天增多，有的出於忠君的習慣認識，有的出於因為對曹操的不了解而產生的不理解，有的則別有用心。

自從南征張繡前曹操到過許縣最後一次拜見天子，曹操再也沒有見過天子的面，他以天子的名義發佈命令時，都交給荀彧辦了，而最近，曹操交給荀彧辦的具體事項也越來越少，更多地由御史中丞郗慮出面辦理，御史中丞被稱為「副丞相」，既是曹操的助手，又是朝官的領袖之一，名義上更是荀彧的上級，由他出面辦理朝廷事務，也沒什麼不妥。

曹操把丞相府放在鄴縣，並安排梁習、董昭等人調集北方各州郡的人力、物力對鄴縣進行大規模改建，擺出了一副長期紮根在此的架勢。但是，大家仍然會認為，丞相應該跟天子在一塊，曹操如果另起爐灶明顯缺乏先例，即使情況特殊，也必須給出一個說法來。

　　漢獻帝建安十五年（210 年）冬天，天子下詔增加曹操的食邑。
　　曹操目前的封爵是武平侯，武平是豫州刺史部陳國所屬的一個縣，這個縣侯是 15 年前獻帝剛到許縣時下詔封賞的，當時的食邑是 1 萬戶。
　　15 年來，在曹操主持下不少人先後封侯，有的一再增加食邑，而曹操的武平侯卻一直沒有變過。在目前的爵位分封制度裏，除劉姓以外的人到了縣侯一級也就沒有了，如果再增加的話，就只能增加食邑數，按說以曹操的資歷和實力，增加食邑是正常的。
　　不知是出於荀彧的想法還是郗慮等人的主意，或者是獻帝本人的意思，獻帝下詔在曹操原有武平縣 1 萬戶食邑的基礎上再增加陽夏縣、柘縣和苦縣三個縣各 1 萬戶作為曹操的食邑，使曹操總食邑數達到 4 萬戶。
　　這三個縣都屬於豫州刺史部的陳國，與武平縣相鄰，地理位置大體在如今的豫東地區，介於太康、柘城、鹿邑等幾個縣之間，其中苦縣是老子李耳的故鄉，與曹操的老家譙縣相距僅幾十里。
　　食邑 1 萬戶即所謂的萬戶侯，幾乎是人臣享有此項特權的極致，4 萬戶的食邑規模在本朝歷史上屬於空前的。
　　面對這項榮譽，曹操卻不打算接受。
　　15 年來，他從未考慮過這方面的事，曹操非常看重實際，對於這種沒有什麼特別意義、反倒容易被人抓住把柄進行攻擊的事，他當然不會做。

曹操讓手下的祕書們擬了一份上表進行推辭。

這一點都不難，田疇為這些事剛剛上過好幾道表，有陳琳等大筆桿子在，這份例行公事的上表一定會一揮而就。

但是，上表寫出來後曹操看了並不滿意，他不想總說那些冠冕堂皇的大話，他想換個寫法。

曹操本人就是優秀的文學家，他的文章和詩歌水平都很高，在曹操本人親自主持下，或者乾脆就是由他親自動的筆，寫下了一篇著名的《讓縣自明本志令》：

「我開始被舉為孝廉，那時候還年輕，自認為不是隱居深山獲得名望的人（自以本非巖穴知名之士），只是擔心被天下人當成無能之輩，最大的理想是當一名郡太守，建立政績，獲得聲譽，讓天下知名人士都知道我（使世士明知之）。所以我在濟南除殘去穢，整頓官場。不過，也因此得罪了宦官，又被當地強豪所恨，我害怕給家族招來禍患，於是稱病辭官。

「辭官之後我年紀還不大，環顧一同被舉為孝廉的人中，有人已經年滿五十了，還不覺得自己老，我自己心裏暗想，再過上二十年，等天下清平了，我才跟他們年齡相仿（待天下清，乃與同歲中始舉者等耳）。所以我回到故鄉，在譙縣以東五十里的地方築精舍，想秋夏讀書，冬春射獵，在低窪之地，用泥土封住四面的牆以自閉（求底下之地，欲以泥水自蔽），斷絕與外界的來往。但是，這也不能如願。

「後應徵為都尉，又升為典軍校尉，想為國家在討伐黃巾軍的過程中立功，最大的理想是封侯、被拜為征西將軍，死後墓碑上刻着『漢故征西將軍曹侯之墓』，也就是這樣的志向了。然而遇到了董卓之亂，各地都大舉義兵，當時我可以招募到更多人馬，不過我常常提醒自己，不願意多招（是時合兵能多得耳，然常自損，不欲多之）。之所以這樣做，是因為兵多了必然驕縱，與強敵相爭容易招來災難。所以，

汴水之戰我有數千人，後來到揚州募兵，也不過三千人，這是因為我本身的志向有限呀（此其本志有限也）。

「後來當了兗州牧，破降黃巾三十多萬。袁術在九江郡僭號，他手下人都稱臣，城門改名為建號門，袁術穿的衣服都按天子形制，兩個老婆爭當皇后（兩婦預爭為皇后）。準備工作做得差不多了，有人勸袁術即帝位，並公告天下。袁術回答『曹公還在，不敢這樣呀』。後來我討伐他，俘虜了他四個部將和不少人馬，讓袁術走投無路，最後病死。到了袁紹盤踞河北，兵勢強盛，我自己考慮敵不過他，但為國家考慮，決心以義滅身，留取後世的英名。所幸打敗了袁紹，誅殺了他的兩個兒子。還有劉表，自認為是宗室，包藏奸心，搖擺不定（乍前乍卻），佔有荊州坐視天下，我又消滅了他，天下於是基本平定。作為宰相，人臣所能達到的對我來說已經到頂了，已經超過了我之前所有的理想！

「今天我說這些，好像很自大，實是想消除人們的非議，所以才無所隱諱罷了。假使國家沒有我，還不知道會有多少人稱帝，多少人稱霸呢（設使國家無有孤，不知當幾人稱帝，幾人稱王）！可能有的人看到我的勢力強大，又生性不相信天命事，恐怕會私下議論，說我有奪取帝位的野心，這種胡亂猜測，常使我心中不得安寧。齊桓公、晉文公所以名聲被傳頌至今日，是因為他們的兵勢強大，仍能夠尊重周朝天子啊。

「《論語》說『周文王雖已取得了三分之二的天下，但仍能尊奉殷王朝，他的道德可說是最崇高的了』，因為他能以強大的諸侯來侍奉弱小的天子啊。從前燕國的樂毅投奔趙國，趙王想與他圖謀攻打燕國。樂毅跪在地上哭泣，回答說『我侍奉燕昭王，就像侍奉大王您，我如果獲罪，被放逐到別國，直到死了為止，也不會忍心謀害趙國的普通百姓，何況是燕國的後代呢』，秦二世胡亥要殺蒙恬的時候，蒙恬說『從我的祖父、父親到我，長期受到秦國的信用，已經三代了。現在我領兵三十多萬，按勢力足夠可以背叛朝廷，但是我自知就是死也要恪

守君臣之義，不敢辱沒先輩的教誨，而忘記先王的恩德」。我每次閱讀有關這兩個人的書，沒有不感動得悲傷流淚的。從我的祖父、父親直到我，都是擔任皇帝的親信和重臣，可以說是被信任的，到了曹丕兄弟，已經超過三代了。

「我不僅是對諸位來訴說這些，還常常將這些告訴妻妾，讓她們都深知我的心意（常以語妻妾，皆令深知此意）。我告訴她們說『待到我死去之後，你們都應當改嫁，希望要傳述我的心願，使人們都知道』。我這些話都是出自肺腑的至要之言。我之所以這樣敍說這些心腹話，是看到周公有《金縢》之書可以表明自己的心跡，恐怕別人不相信的緣故。但要我就此放棄所統率的軍隊，把軍權交還朝廷，回到武平侯的封地去，這實在是不行的啊。

「為什麼呢？實在是怕放棄了兵權會遭到別人的謀害（誠恐己離兵為人所禍也）。這既是為子孫打算，也是考慮到自己垮台，國家將有顛覆的危險。因此不能貪圖虛名而使自己遭受實際的禍害。這是不能幹的啊。先前，朝廷恩封我的三個兒子為侯，我堅決推辭不接受，現在我改變主意打算接受它。這不是想再以此為榮，而是想以他們作為外援，從確保朝廷和自己的絕對安全着想（今更欲受之，非欲復以為榮，欲以為外援，為萬安計）。

「每當我讀到介子推逃避晉文公的封爵、申包胥逃避楚昭王的賞賜，沒有不是放下書本而感歎，以此用來反省自己的。我仰仗着國家的威望，代表天子出征，以弱勝強，以小勝大。想要辦到的事，做起來無不如意，心裏有所考慮的事，實行時無不成功。就這樣掃平了天下，沒有辜負君主的使命。這可說是上天在扶助漢家皇室，不是人力所能企及的啊！

「然而我的封地佔有四個縣，享受三萬戶的賦稅，我有什麼功德配得上它呢！現在天下還未安定，我不能讓位。至於封地，可以辭退一

些。現在我把陽夏、柘、苦這三個縣的兩萬戶賦稅交還給朝廷，只享受武平縣的一萬戶。姑且以此來平息誹謗和議論，稍稍減少別人對我的指責吧！」

這篇文章很長，上面基本上全文引錄了，這是因為它太重要了，也寫得太好了。

這篇文章，相當於曹操寫的「自傳」。曹操從回顧自己的奮鬥歷史開始寫起，邊敘邊議，有點像口述自傳，把參加工作、當太守、參軍、起兵反董卓、消滅袁紹等群雄這些事一一道來，像一份品述自傳，他回顧歷史不虛飾，也不迴避內心每一個真實想法，所以讀來真誠可信。

這篇文章雖是由讓封引起的，但曹操最想表達的是自己對權力的看法，他說自己並不是貪慕權貴，而是情不由己。

曹操發佈這篇命令，藉讓封三縣之名表明自己的志向，回擊那些謗議。單從文章本身來說，也是相當的精彩，體現出曹操的一貫文風。

青年時期的毛澤東曾登臨許昌城外的漢魏故城遺址，在毓秀台上與羅章龍聯句「橫槊賦詩意飛揚，自明本志好文章。蕭條異代西田墓，銅雀荒淪落夕陽」。

魯迅評價曹操是一個「改造文章的祖師」，認為可惜曹操的文章流傳下來的很少，曹操膽子很大，文章從通脫得力不少，做文章時又沒有顧忌，想寫便寫出來。

# 銅雀台竣工了

曹操頒佈《求賢令》和《讓縣自明本志令》前後，即漢獻帝建安十五年（210年）冬天，位於鄴縣城內的銅雀台竣工了。

這是一座史無前例的巨大建築，僅台基就高達 10 丈，台上又建了 5 層高的樓，最高一層距地面居然多達 27 丈。

漢代 1 尺約合今 23.5 厘米，折算下來有 63 米高，相當於現在 20 層的大樓。如今在一般城市裏 20 來層的大樓早已不算什麼了，但在 1800 年前，3 層以上的建築都很少見到，20 層絕對是讓人震撼和恐怖的高度。

在樓頂上還有一隻銅雀，有 1.5 丈高，展翅若飛，神態逼真，這也就是銅雀台得名的來歷。

銅雀台不僅高，而且體量碩大，因為它既不是一個細高的大煙筒，也不是一個崗樓，而是人工堆起的一座小山，上面能建 100 多間殿宇，台上建築物即使按 5 層高度來算，每層也要建有 20 多間，怎麼說也得有大半個足球場那麼大吧？

銅雀台建在鄴縣的西南角，台基本身成為城牆的一部分。銅雀台竣工後，鄴縣的百姓們吃驚地發現，在他們頭頂上高懸起一座巍然的龐大建築，上面建有宮殿，影影綽綽有人在上面走動，一到晚上燈火閃閃，遇到台上舉行飲宴活動或者歌舞演出，悠揚的樂聲就會縹緲而至，眼中的一切恍若天宮。

如果站在台上往下看，那視覺效果就更有衝擊力，全城盡收眼底自不必說，西邊的太行山，腳下的漳河水，以及附近數十里內的村莊、道路全部盡收眼底。

這的確是一個天才的創意，是建築史上的大手筆，公孫瓚的易京和董卓的郿塢都堪稱史無前例的巨製，但在銅雀台面前，無疑都相形見絀了。

這座高台是銅雀園的組成部分之一，以後在它前後還各建了一座姊妹台，稱為金虎台和冰井台，合稱「銅雀三台」。

銅雀園相當於曹操的後花園，它向東連着新修建完工的大批官署

和府宅，是曹操及其重要文臣武將們在鄴縣城內辦公和居住的地方。

三台建成後，鞏固了鄴城作為曹操大本營的地位。

冀州刺史部魏郡的治所鄴縣，歷史上習慣於稱為鄴城，因為它不是一個普遍的縣城，曾經先後有曹魏、後趙、冉魏、前燕、東魏、北齊六個王朝在這裏建都，也算是「六朝古都」了，而這一切，都是肇始於曹操大規模修建鄴城。

鄴城的具體位置在如今河北省臨漳縣的三台村，村子在縣城西南方向，距縣城約 30 里，地理位置十分優越，向西越過目前的京珠高速公路和京九鐵路，再往前就是太行山，東面是華北平原，它的附近有漳河、滏陽河，是齊魯地區進入西北，以及由中原地區進入幽燕的必經之地，被稱為河北的咽喉。

管仲輔佐齊桓公成就霸業的時候，就建議在此地築城以衛國土，以後魏國的西門豹、史起先後在此築城、修建水利工程、發展經濟，使鄴城很早便成為軍事重鎮。

到了東漢末年，韓馥統治冀州時期曾把州治定在鄴城，袁紹奪取了冀州，仍然把鄴城作為其基地，袁紹在鄴城曾考慮過以此作為都城，把天子遷到這裏來，所以開始修建宮殿等建築（袁紹據鄴，始營宮室）。

袁紹修了哪些宮殿，是否已初具規模，已不可考了，但這給曹操進一步營建鄴縣縣辦了好事。

曹操攻佔鄴城後即徵調并州、冀州等地的建築材料運到鄴城，對鄴城進行了整體重建。重建規模很大，不僅先後修建了規模空前的「銅雀三台」，而且重新修築了城牆，規劃了城內的街道，修建了一批辦公區和高檔居住區，對一般百姓居住的里坊也進行了規整。

全城建有七座城門，南面有永陽門、廣陽門、鳳陽門三門，東面

只有一座建春門，北面有廣德門和廄門兩門，西面有金明門一座城門。

東西城門間是一條橫貫東西的大街，這條街將全城一分為二，北面是官署和貴族居住區，曹操建魏國後在此修建了宮殿，在宮殿區附近的是各種辦事機構，再往兩邊是包括銅雀園在內的花園，以及名字叫戚里的貴族居住區。

里就是街坊，是居住小區，在東西大道的南面，規劃了四個很大的居住小區，分別叫思忠里、永平里、吉陽里和長壽里，這是一般百姓居住的地方。

鄴城的規劃歷來受到推崇，作為這個規劃的主要決策者，曹操雖然不是建築設計師，但他在城市規劃方面是一個有心人，他注意吸收長安、洛陽等大都市規劃方面的長處，同時對它們的缺陷進行了改造，首次在城市規劃中提出了中軸線的概念，以中軸線為界，更加合理地劃分功能區域分佈，讓宮殿官署更為集中，普通百姓的居住區面積更大，突出了整齊、實用的特點，這些都對以後各代城市規劃產生了深遠影響。


花錢費事搞了一座超級建築，又大興土木重建鄴城，曹操絕對不是在搞形象工程，也不是錢多了花不完鬧着玩，而是有深謀遠慮的。

從政治上講，作為帝國目前的丞相，曹操不打算回許縣辦公了，他想把根紮在鄴縣，不說與獻帝分庭抗禮，起碼在事實上也要另起爐灶。所以，他不惜血本大力修建鄴城。

至於修建銅雀台，出發點跟公孫瓚修易京、董卓修郿塢倒也差不多，主要出於安全方面的考慮。

公孫瓚的易京曾將強大的袁紹集團拒於門外長達數年之久，曹操北征烏桓路過易水河畔時，一定會去參觀一下那些傑出的建築，從而留下深刻的印象。事實上，「台」這種建築形式在秦漢時期得到了最大

的發展，在火藥沒有普遍使用，攻城技術還很原始的情況下，高大的城堡仍然是最安全的地方。

至此，鄴縣的重要地位進一步抬升，帝國名義上的首都洛陽，以及現在的臨時首都許縣都難以與鄴縣相匹敵。

由於經濟發達，商品豐富，教育水平高，鄴縣也成為達官貴人們嚮往的居住地，張燕、臧霸等非嫡系將領，以及北匈奴、烏桓等少數民族部落首領，都主動把家眷送到鄴縣居住，一來是向曹操表達忠心，二來也是為了享受最現代、最時尚的生活。


# 千萬別惹楊縣長

像鄴縣這樣的地方，通常也是最難管理的。

曹操在譙縣練兵期間，聽說鄴縣一帶治安情況不好，特權人物太多，不尊重法律法規（會太祖出征在譙，聞鄴下頗不奉科禁）。曹操琢磨必須給鄴縣派個夠狠的角色去，好好整頓整頓。

20多年前，剛參加工作的曹操擔任洛陽北部地區公安局局長（洛陽北部尉），當時的情況大體與鄴縣很相似，特權人物不把法律法規放在眼裏，曹操看着很惱火，以霹靂手段整治社會治安，給人留下了深刻印象。在這方面，曹操既不缺膽量，也不缺經驗。

但是現在這些事曹操不可能親自上手，最有效的辦法就是給鄴縣找一個合適的父母官，於是他命令有關部門物色合適人選（乃發教選鄴令）。

有關部門很快把人選報了上來，卻是一名正在服刑的犯人，名叫楊沛。

楊沛字孔渠，關中人。曹操知道他，因為有兩件事讓曹操對他印象很深刻。

一件事是楊沛當新鄭縣長時，遇到大饑荒，前面說過當時有一年桑葚連熟兩次，正是這一年楊沛要老百姓多收集桑葚並曬成乾，積攢起來以備不時之需，最後攢下了1000多斛藏在庫房中。這時曹操率軍前往洛陽迎接天子，路過新鄭縣，部隊正為沒吃的發愁，楊沛主動前去拜見，並獻上這1000多斛桑葚乾，曹操大為高興。

另一件事是，曹操後來任命楊沛當長社縣令。曹洪有個賓客當時在長社，仗着曹洪的勢不遵紀守法。楊沛不管那一套，把他抓起來先打頓板子，把腳都打折了，最後還下令殺了。

曹操就喜歡這樣不畏權勢、執法嚴峻的官吏，因為年輕時他就是這樣做的。當他聽說楊沛的作為時，對他給予了充分肯定（太祖以為能）。

楊沛後來升為九江郡太守、東平國相、樂安郡太守，政績突出。但是，他與當地駐軍將軍因為什麼事發生了矛盾，以至於產生爭鬥，有關部門立案調查，楊沛被判處五年有期徒刑（髡刑五歲）。

楊沛被推薦到曹操面前時仍在服刑之中，曹操對這個人選表示滿意，下令任命他為鄴縣縣令。

這時曹操大概還在譙縣沒回來，就在那裏專程召見了楊沛。

曹操問他用什麼辦法治理鄴縣，楊沛回答：「竭忠盡力，遵守並宣揚法律，按法律辦事（竭盡心力，奉宣科法）。」

曹操聽完很高興，回頭對跟前的人說：「諸位看清楚了，楊縣長可不是好惹的呀（諸君，此可畏也）！」

曹操下令賜給楊沛奴婢10人（生口十人），絹100疋，一來回報他當初獻上桑葚乾的功勞，二來用這一舉動對楊沛即將上任表示支持。

聽說楊沛要到鄴縣當縣令，曹洪、劉勳等人趕緊派家人騎上快馬回去給家裏人傳信，要他們收斂點兒，千萬別犯到楊縣長手裏（軍中豪右曹洪、劉勳等畏沛名，遣家騎馳告子弟，使各自檢敕）。

劉勳早年跟曹操便相識，後來到袁術手下任職，袁術任命他為廬

江郡太守，袁術死後，孫策謀取廬江郡，劉勛不是對手，投奔老朋友曹操。因為跟曹操「有舊」，劉勛被封了侯，頗有權勢，但他仗着這層關係，傲慢不守法，說話又不注意，最後被人告發治罪。

楊沛的事，還可以再多說一點。

楊沛當鄴縣縣令多年，因為政績卓著，後被改任軍職，被提拔為旅長（校尉）。

曹操有一次帶隊西征，楊師長所部負責黃河上重要渡口孟津渡的守衞工作，曹操已經過了河，身邊有個工作人員（中黃門）忘了拿一件重要東西，過了河又想回去取，於是向楊沛手下索取船隻渡河。

楊沛手下人不答應，雙方發生了爭執，楊沛過來問這個人：「有沒有通行證（有疏邪）？」

這個人回答說沒有，楊師長大怒：「那我怎麼知道你不是臨陣逃跑呢（何知汝不欲逃邪）？」

然後招呼手下要揍這位老兄，把這位仁兄嚇了個夠嗆。

後來楊師長還算給面子，沒有下手狠揍，但把這位老兄的衣服都給弄破了。

這個人見到曹操當面訴苦，曹操問明情況後笑道：「你碰上楊師長，沒死已經算是萬幸了（汝不死為幸矣）！」

這件事傳出去，楊沛名氣更大了，曹操後來提拔他擔任相當於郡太守的長安特別市市長（京兆尹）。

然而，曹丕繼位後在用人方略上有所變化，不太看重實際工作能力，更注重出身和名聲，楊沛這樣從基層一步步上來的實幹型人才不受重用，最後給了個閒職無所事事。

楊沛這個人做事情不考慮個人利益，不去逢迎達官貴人，從「領導崗位上下來」以後就沒人待見了，經濟上也陷入了困境。家裏沒有

用人，房子是跟姪子借的，後來勉強在洛陽附近一個叫幾陽亭的地方弄了兩頃荒田，蓋起個簡易房居住，弄得妻子兒女跟着捱凍受餓，死後靠同鄉好友和一些老部下才得以安葬。

楊沛的結局有點可惜。只能說世道變了，像他這樣剛正廉潔的人在曹操時代很受推崇，而之後由於世風的演變，九品中正制的施行，選官政策更傾向於豪門世族，更注重虛名。他就只好坐冷板凳了。

更可惜的是，像這樣有工作能力、敬業肯幹、剛直不阿、廉潔從政的好幹部，在正史裏居然連一個傳都沒有，現在看到的關於他的事情，都是從別人的傳記裏轉述或轉引的。

## 鄴城的文人生活

鄴城除了是政治中心、經濟中心，還是文化中心。

在鄴城，除了居住着來自全國各地最有權勢、最富有的一批人外，還居住着一批最有才華的人。唐代有「燕許大手筆」之稱的宰相文學家張說曾寫過一首題為《鄴都引》的詩，描寫曹魏時期鄴都的生活，詩中寫道：

> 君不見魏武草創爭天祿，群雄睚眦相馳逐。
> 畫攜壯士破堅陣，夜接詞人賦華屋。
> 都邑繚繞西山陽，桑榆漫漫漳河曲。
> 城郭為墟人代改，但見西園明月在。
> 鄴旁高家多貴臣，蛾眉曼睩共灰塵。
> 試上銅台歌舞處，唯有秋風愁殺人。

大意是，魏武帝曹操開創霸業的年代，正是群雄爭鬥最激烈的時候。魏武帝父子常常白天率領壯士衝鋒陷陣，晚上把文人們接來舉辦雅

會。鄴城以外有漳河等彎曲環繞，農桑林木沿河岸層層密佈。如今再到這裏，城池廢棄，朝代更迭，只有當年普照銅雀園的明月沒有變。曹魏時代的貴臣們已入土作古，魏武帝的眾多姬妾、歌伎也化為煙塵。登上銅雀台那曾經載歌載舞的地方，只看見秋風吹起，讓人憂傷。

「晝攜壯士破堅陣，夜接詞人賦華屋」，這兩句概括了曹操一生的文治和武功。曹操一生的武功自不必多說。在文治方面，除了是一個大詩人、大文學家之外，他還是文學運動的積極倡導者，在他和他的兩個兒子曹丕和曹植的帶動下，以鄴城為中心，曾經出現過一個文學的高峰。

鄴城初具規模後，一大批有才情的文人陸續集中到這裏。核心人物是曹操、曹丕和曹植，在文學史上他們被稱為「三曹」，其次是王粲、劉楨、徐幹、陳琳、阮瑀、應瑒瑒，他們六個人都是曹操的下屬，加上此前被曹操殺掉的孔融，他們被稱為「建安七子」。

孔融、王粲、陳琳、劉楨前面說過，徐幹、阮瑀和應瑒三個人還不太熟悉，下面做一簡單介紹。

徐幹字偉長，青州刺史部北海國人，非常有才華，但對做官沒有興趣，只想當個文人。被曹操徵辟後，擔任司空府軍謀祭酒，後來轉到曹丕手下任職。曹操很欣賞他，曾經想讓他當縣長，但被不喜歡當官的徐幹以生病為由拒絕了。

應瑒字德璉，豫州刺史部汝南郡南頓縣人，也很有才華，被曹操任命為丞相府副處長（丞相掾屬），後來到曹丕手下任職，又轉到曹植的手下。

阮瑀字元瑜，豫州刺史部陳留郡尉氏縣人，這個縣緊鄰着陳留郡的圉縣，即今河南省杞縣圉鎮，是大學者蔡邕的故鄉。阮瑀早年曾師從於蔡邕，曹仁聽說他很有才華，想聘他當自己的祕書（記室），

阮瑀看不上，稱病不出。後來曹操徵辟他，讓他與陳琳一起負責文字工作，他才出來。曹操寫給別人的很多書信，以及發佈的命令、檄文等，大多都由阮瑀和陳琳二人代筆。

有一次，曹操交代阮瑀給涼州軍閥韓遂寫封信。當時是在外面，阮瑀在馬上一揮而就，呈交給曹操審閱。曹操想修改修改，看了半天居然找不到可改動的地方。

他們幾個人，除了王粲的地位稍高些外，其他人官職都不太高，大體都相當於處長、副處長甚至更低一些的職務。這是因為純粹的文士在曹魏陣營中實際地位就是如此，總體來說，他們只是文人，主要職責就是寫寫文章，間或在聚會時寫唱和之詞，他們既不帶兵打仗，也不參與政治。

但是，相對同時代的其他文人，他們又是幸運的，因為他們能生活在鄴縣這個文化勃興的大都市，有一個良好的創作環境，他們最後名列「建安七子」之中，從而名垂青史。

除「建安七子」外，活躍在鄴城的文人還有很多，著名的有蔡琰、邯鄲淳、路粹、楊修、應璩、吳質、蘇林、鄭袤、繁欽、王昶、鄭衝、司馬孚、潘勖、蔣濟、劉劭、繆襲、王觀、王象等人，他們之中，有的擔任着重要的官職，有的在某一方面有特長，有的喜歡參加文人間的交遊活動，從而形成了一個燦若星河般豪華的文人陣容。

那時候沒有作家協會，如果有的話，曹操是理所當然的作協主席人選，但他政務、軍務繁忙，抽不出太多時間來參加文學活動，可以當個名譽主席。而主席一職，最適合的人選一定是曹丕，曹植是稱職的祕書長。

在曹操的倡導下，在曹丕、曹植兄弟倆的具體組織下，鄴下文人們的聚會、郊遊和飲宴等活動開展得很活躍，這就是被後世文人們所

經常垂涎的鄴下生活。

翻開「建安七子」的詩文集，除了死得比較早、與鄴下生活無關的孔融外，其他幾個人都寫過題名叫《公宴》的詩。

王粲在詩中寫道：

> 高會君子堂，並坐蔭華榱。
> 嘉肴充圓方，旨酒盈金罍。
> 管弦發徽音，曲度清且悲。
> 合作同所樂，但愬杯行遲。
> 常聞詩人語，不醉且無歸。
> 今日不極歡，含情欲待誰？

從詩中描寫的情景看，每次文人們聚會，都有美酒佳肴，有音樂伴和，大家相坐高堂，無高低長幼之分，天地同樂，不醉不歸。

應瑒寫過「公子敬愛客，樂飲不知疲」，阮瑀寫過「上堂相娛樂，中外奉時珍」，劉楨寫過「永日行遊戲，歡樂猶未央」，所有這些，記錄的都是遊樂、宴飲的歡暢以及聚會的盛況，的確讓人神往。

從現存鄴下文人們的詩賦作品來看，題目相同的作品很多，這可能是聚會中經常同題唱和的原因，好比是命題詩賦比賽，互相評點切磋，看誰寫得好。

作為文士們的核心，曹丕和曹植雖然貴為公子，但絲毫沒有架子，與文人們平等相待，結下了深刻友誼。「建安七子」之中應瑒去世較早，曹丕既感傷應瑒之死，也擔憂應瑒妻兒今後的生活，他寫了《寡婦》《送應氏》等詩，王粲等人有同題唱和。

曹丕與王粲等人關係的親密，可以從一件事情上反映出來。王粲有個特殊的愛好：喜歡聽驢叫。王粲死後，曹丕親自前往墓前祭拜，為了懷念王粲，曹丕讓大家都學驢叫。

# 一群神奇人物

在鄴城這座當時全國最重要、最現代、最時尚的城市裏，除了達官貴人、巨商富豪、文人雅士之外，還有一批人頗為引人矚目，他們在民間的知名度甚至超過前面這些人，儼然像明星一樣，引發一次次的「追星潮」。

這些人是一批方士，也就是掌握方術的人。

所謂方士就是有方術的道士，所謂方術是古代用自然的變異現象和陰陽五行之說來推測、解釋人和國家的吉凶禍福、氣數命運的醫卜星相、遁甲、堪輿和神仙之術等的總稱。

秦始皇和漢武帝都是方術的愛好者和狂熱追求者，在他們的倡導下，方術有了極大的發展。到了東漢末年，方術頗為盛行，在民間擁有很大的號召力，太平道、五斗米教等民間組織也利用方術吸引徒眾。

史書裏方技列傳，對漢末三國的方士重點介紹的是華佗、杜夔、朱建平、周宣、管輅等人，每個人的記錄都很詳盡，有關管輅的傳記內容多達 1.3 萬字，僅次於曹操和孫權傳記的內容，篇幅甚至超過劉備。

上面提到的這五個術士，華佗算是醫學家，當年歸為方術一類，如今應該屬於自然科學的範疇；杜夔是音樂家，如今算是藝術工作者。朱建平、周宣和管輅才是真正的方士，其中朱建平擅長相面，與算命先生差不多；周宣擅長解夢；管輅擅長的內容比較龐雜，有時候像算命先生，有時候像魔術師。

朱建平是曹操老家沛國人，擅長相術，這種方術具體如何操作不詳，但跟算命先生打卦原理相似，朱建平常在閭巷之間給大家算一卦，事後往往能得到驗證（效驗非一），知名度逐漸上升。

朱建平最著名的一卦是給曹丕算的，有一次曹丕主持聚會，夏侯

威、應璩、曹彪等 30 餘人在座，曹丕讓朱建平給自己算算能活多少歲（問己年壽），同時又讓朱建平給大家都算算。

朱建平把大家都觀察了一遍，之後說：「將軍您能活到 80 歲，但 40 歲時會出點小問題，請您注意（四十時當有小厄，原謹護之）。」

朱建平又對夏侯威說：「你 49 歲時當州牧，但會遇到一個坎，如順利過去，可以活到 70 歲，位至三公（而當有厄，厄若得過，可年至七十，致位公輔）。」

又對應璩說：「你 62 歲時官至侍中，但會有大難，在此前一年，你會看見一隻白狗，只有你能看見，別人都看不見。」

又對曹彪說：「你是親王，到 57 歲時遇到兵災，請小心謹慎加以預防。」

曹丕登基後的第七年正好 40 歲，得了一場大病，不久就駕崩了。

夏侯威後來當了兗州刺史，49 歲那年十二月上旬也得了病，想起朱建平之前說的話，知道必死無疑，於是寫了遺書，又準備了後事，就等着一死。但誰承想病卻一點點好轉，到三十日下午，夏侯威以為年一過這個坎就過去了，十分高興。

夏侯威設宴招待眾人，席間對大家說：「我的病快好了，明天雞一叫我就 50 歲了，朱建平告誡的看來有點誇張（建平之戒，真必過矣）。」

送走客人，天黑時夏侯威開始發病，半夜裏就死了。

應璩 61 歲確實當了侍中，在宮內有一次他果真看見了一隻白狗，問其他人，大家都說沒有看見，到 63 歲時他死了。

曹彪後來被封為楚王，57 歲時被揭發參與王凌等人的造反，賜死。

以上這些雖然都寫在史書裏，但應該屬於傳說和附會。不過，當時朱建平的名氣確實很大，活躍在上流社會，他給很多人都看過相，和荀攸、鍾繇等人還是好朋友，被他算準的事多不勝數（凡說此輩，

無不如言，不能具詳）。

周宣字孔和，樂安國人，當過郡吏，最拿手的是解夢，曹丕經常向他諮詢問題。周宣解夢，往往十中八九，和朱建平的相術並駕齊驅。

在鄴城的方士中，知名度最大、活躍時間最長的無疑是管輅。

管輅字公明，青州刺史部平原國人。他生得相貌粗醜，沒有什麼威儀，嗜酒如命，喜歡嘻嘻哈哈，無拘無束，大家都很喜愛他（飲食言戲，不擇非類，故人多愛之而不敬也）。

管輅八九歲時就喜歡仰視星辰，見到人就問這顆星那顆星叫什麼名字，癡迷到夜裏都不想睡覺，父母干預他也不能阻止。管略認為，家雞野鵠都知道時令氣候的變化，何況人呢？他跟小夥伴們玩耍，在地上畫的也是天文以及日月星辰的圖樣，逐漸到說話做事都不尋常，被人稱為大異之才。長大後，精通《周易》，對仰觀、風角、占卜、相術等無不精通。

除了這幾位，有名的人還有不少，先後被曹操請到鄴縣的還有王真、封君達、甘始、魯女生、華佗、東郭延年、唐霅、冷壽光、卜式、張貂、薊子訓、費長房、鮮奴辜、趙聖卿、郗儉、左慈16人。其中的一些人，光看名字就能感覺出來他們有異於常人。

這些人個個都有絕活。

傳說冷壽光與華佗是同時期的人，活了156歲，鬚髮盡白，而面色如三四十歲。魯女生曾在嵩山採藥，得到一個女道士的祕訣，練成長生術，絕穀80多年，面如桃花，每天能走300里。東郭延年是山陽郡人，從小好方術，喜歡服靈飛散，結果練成了好眼神，夜裏能看書。封君達是隴西人，常騎青牛往來，被稱為「青牛道士」。趙聖卿是洛陽人，擅長丹書符劾，能驅神使鬼。王真是上黨郡人，好道術，甚得其法。費長房是汝南郡人，曾當過市場管理員（市掾），後跟一老者

入山學道，相傳學會了一種騎着竹杖騰空行走的能力。薊子訓有神異道術，很有名氣。

當然，這些也都是傳說，事實未必如此。

郗儉好像是個氣功師，他會辟穀，最多可以連續百日不吃不喝，曹植聽說後不太相信，就親自驗證，跟郗儉同住一室，走到哪兒跟到哪兒（躬與之寢處，行步起居自若也）。

曹植最後的結論是，一個人七天不吃飯就得死，郗儉卻是例外，這樣做不一定能延年益壽，但對治療疾病卻是有益的。

左慈擅長房中術，曹植認為這樣可以延壽天年，但他同時認為如果不是專心致志地學習，是無法學會的（自非有志至精，莫能行也）。

甘始年紀雖老卻有童顏（老而有少容），在術士中很有威望和號召力，很多術士都歸於他的門下。曹植出於好奇，曾單獨把甘始叫到跟前，和顏悅色地誘導他說出實情（溫顏以誘之，美辭以導之）。在曹植的誘導下，甘始說了很多術士這一行鮮為人知的內幕。

甘始說自己的師父名叫韓世雄，他曾跟隨師父在南海學習點石成金之法，為了學成，先後把幾萬斤金子都扔到海裏去了。又說曾見過西域人帶來的寶刀，可以切玉，後悔沒有要來。還說有一種藥丸，塞進魚嘴裏，再取一尾魚，同時放入沸水中煮，沒有含藥丸的魚不多會兒就熟了，而含了藥丸的魚卻暢遊自如。

這些雲山霧罩的話讓曹植大為驚異，對於魚嘴裏那種神奇的藥丸他提出來很想試試，但是甘始說這東西在萬里之外的邊塞，要想得到必須本人親自前往。曹植認為這些都是不靠譜的事（言不盡於此，頗難悉載，故粗取其巨怪者）。

曹植同時認為，這些人都不得了，如果放在秦始皇、漢武帝時期，他們就是徐市、欒大一樣的人物。徐市就是徐福，是秦朝著名術士，欒大是漢武帝時的術士。

方術盛行必將成為社會不安定因素，太平道和五斗米教的教訓就在眼前。現在曹操佔有了廣大的北方，必須站在統治者的角度考慮如何治理這個社會，對於方術問題，是禁絕還是容忍，都存在有利有弊的一面。

　　如果禁絕，可以保持社會的穩定。但經驗表明，完全禁絕是不大可能的，往往你越是大力禁絕，民間就越是發展得更快。而如果採取容忍不管的態度，那又將加速其蔓延，最終會發展到不可遏制的地步。

　　曹操認為這是一個大問題，必須認真對待，最後他採取的政策是，既不禁絕也沒有不管，而是把這些術士都請到鄴縣來，集中起來加以管理。

　　關於這項重要的政策措施記錄在曹植寫的《辯道論》裏。曹植說，對社會上存在的術士，曹操下令都召集起來，原因是怕這些人及其門徒勾結社會上的不法分子，為非作歹欺壓百姓，以妖惡之事蠱惑人心，把他們集中起來的目的是加以阻止（誠恐此人之徒接奸詭以欺眾，行妖惡以惑民，故聚則禁之也）。

　　曹植可能還有些話沒有明寫，妖言惑眾固然可怕，但更可怕的是他們奔走聯絡，發展組織，最後形成像太平道那樣的燎原大火。

　　曹操把這些人弄到鄴縣來，並不是抓來的，也沒有軟禁或者判刑，而是「請」來的，這是曹操高明的地方。

　　曹操請他們來，都給安排了工作，大多數擔任「軍吏」，即下級軍官或者基層官吏，一些實用型人才，如杜夔、朱建平等人，職務稍高一些，但也只是參謀、主任科員（郎）之類的閒職，目的是把他們養起來，放在眼皮底下便於掌握控制。

　　曹操自己雖不像秦始皇、漢武帝那樣對方術極其熱衷和追求，但對方術也有過研習。他喜歡養生之法，對方藥也有所了解，平時喜歡生吃野葛，有時也喝點兒鴆酒（又習啖野葛至一尺，亦得少多飲鴆酒）。

野葛又名鈎吻、胡蔓草、斷腸草等，是一種有毒的植物，但是吃法得當又可以抗炎、鎮痛。鴆是一種鳥，羽毛有毒，用酒泡過即是鴆酒，足以致命，但掌握飲用量，也有藥用。曹操有頭風的老毛病，吃野葛、喝鴆酒或許與此有關，但這些都是玩命的事，稍有不慎命就沒了，曹操吃野葛、喝鴆酒離不開深諳此道的術士們的指導。

甘始、左慈、東郭延年等人都深通房中術，曹操向他們求教，並且效果不錯（問行其術，亦得其驗）。還有一個術士叫劉景，不在前面所列 16 名術士名單之內，他擅長煉丹藥，煉成了雲母九子丸，曹操曾經吃過，也說效果不錯。

雲母是一種礦石，是層狀結構鋁硅酸鹽的總稱，很早以來便被術士們作為煉丹藥的重要原料，雲母與其他礦石合煉，會達到各種不同的效用。

曹操還向封君達的學生皇甫隆寫信請教長壽的祕訣：「聽說先生已經活到 100 歲了，可體力並不衰老，耳聰目明，氣色不錯，這真是了不起呀！先生平時吃什麼藥，進行怎樣的鍛煉，能說一說嗎？如果有的話，請放在信封裏祕密告訴我（若有可傳，想可密示封內）。」

皇甫隆曾經當過曹魏的太守，對於曹操的請求，想必他一定儘量給予滿足吧。

由於曹操本人對方術、特別是與養生相關的方術採取一種借鑒吸收的態度，方術在鄴縣非但沒有禁絕，而且有一定的市場。

擅長辟穀的郗儉喜歡吃茯苓，他到了鄴縣後，馬上掀起一股「茯苓熱」，市場上茯苓的價格立即漲了好幾倍。有個叫李覃的議郎也跟着學辟穀、吃茯苓，結果方法不當，差點丟了命。

甘始會氣功（善行氣），他到鄴縣來，又掀起一股不小的「氣功熱」，大家見了面個個都像鴟鳥一樣看東西，像狼一樣扭脖子（鴟視狼顧，呼吸吐納）。有個叫董芬的軍謀祭酒，練習氣功走火入魔，結果氣

閉不通，半天才甦醒過來。

左慈擅長「補導之術」，即房中術，結果鄴縣又掀起一股「房中術熱」，就連有個叫嚴峻的前宦官也跑來要學習房中術，成為笑談（人之逐聲）。

這些人在民間儼然成了明星，受到追捧，擁有大量粉絲。這雖然不是什麼好事，但他們所能推動的也就是養生、健身、長壽一類的活動，相比於讓他們散落民間，發動大家再搞出個太平道來，已經是很不錯了。

可以想見，那時候的鄴縣是何等熱鬧，經濟發達、物質豐富、城市設施先進、文人會集，還有不少術士引導全民不時弄出個養生方面的熱潮，在那個戰爭年代裏，生活在這裏，倒也感受不到寂寞。

# 第二章 潼關之戰

## 關中出問題了

自從己吾起兵以來，曹操年年都在打仗，算起來只有漢獻帝建安十五年（210年）這一年裏還算平靜。

曹操在新建成的銅雀台上過了一個相對輕鬆的新年，但是第二年春天就傳來了緊急軍情。

這一次既不是荊州方向，也不是合肥方向，而是西邊，朝廷任命的副軍長（偏將）馬超挑動關中諸將造反了。

南面是荊州戰區，東南面是合肥戰區，如果西面的關中開打，圍繞「曹統區」的三大戰場就湊齊了。

赤壁之戰前，曹操把馬騰弄到朝廷任職，擔任皇城警備司令（衛尉），聽着挺唬人，但此時這一職務沒有任何實權，也指揮不了一兵一卒，馬騰實際上被掛起來了。

馬騰當初願意離開關中，對外的理由是說自己年齡大了，不想太折騰了（騰自見年老，遂入宿衛），但這不像是馬騰的為人，作為老資格的軍閥，他比誰都明白實力決定一切的道理，可以要他的錢，可以要他的命，但不能動他手裏的武裝，這一點對軍閥們來講大體都如此。

而主要的原因，是馬騰跟老夥計韓遂鬧了矛盾，想迴避一下（與韓遂不和，求還京畿）。作為涼州出身的老牌軍閥，馬騰的名字始終跟韓遂聯繫在一起，他們也有失和的時候，並且曾刀兵相見過，但他們都明白彼此不是敵人，而是脣齒相依、兔死狐悲的血肉關係，說他們

有矛盾是可能的，說矛盾已經到了不是你走就是我留的程度，則不大可信。

當然，還有一個重要的原因，就是曹操開出了交換條件，那就是讓馬騰的長子馬超繼續統率馬騰的人馬（領騰部曲），朝廷封馬超為都亭侯，提拔他為副軍長（偏將），以馬超的年齡和資歷，這個職務也不算太低。

朝廷同時拜馬騰另外兩個兒子馬休和馬鐵分別為奉車都尉和騎都尉，看着都是帶兵的職務，至少也是個旅長、師長，但手下不會有一兵一卒，只是個名譽罷了。

馬騰擔任的衛尉以及馬休擔任的奉車都尉都是天子的近臣，理應在許縣上班，但曹操沒讓他們去許縣，而是把馬氏家族的全體成員都留在鄴縣居住（徙其家屬皆詣鄴，惟超獨留）。

這一招非常狠，馬超雖然仍重兵在握，但他從此不敢輕舉妄動了，因為人家手裏掌握了幾十口人當人質。

曹操大概也是這麼想的，所以他覺得關中問題不大。但他顯然對馬超缺乏全面了解，正像董卓當年對袁紹缺乏全面了解一樣。


不過，曹操的這一招居然收到了意料之外的效果。

馬騰一家遷居鄴縣不久，馬騰的老夥計韓遂把兒子也送到了鄴縣，這並不是在曹操逼迫下做出的決定，韓遂這麼做完全是自願的，原因是孤掌難鳴，不如主動服軟。

赤壁之戰後的一年即漢獻帝建安十四年（209 年）冬天，韓遂派出密使訪問鄴縣，這個密使的名字叫閻行，是個不簡單的人。

閻行字彥明，涼州刺史部金城郡人，是韓遂手下部將，在漢獻帝建安初年。馬騰曾經跟韓遂鬧翻過，雙方鬥得很厲害。閻行跟馬超在戰場上有過正面交手的記錄，他也是夠狠的角色，差點把馬超殺死。

在政治傾向上，閻行更偏向曹操，韓遂派他當密使，給他接近曹操提供了一個機會。

果然，閻行在鄴縣悄悄向曹操表示忠誠，曹操以朝廷的名義任命他為犍為郡太守，這個郡屬益州刺史部，是劉璋的地盤，給了閻行也就只能是個名譽，解決「級別」問題，想到益州上任，人家劉璋肯定不答應。

曹操讓閻行回去做韓遂的工作，讓韓遂忠於朝廷。

閻行返回時曹操親筆給韓遂寫了一封信，曹操表示當初韓遂曾經反對過朝廷，但那都是被逼無奈之舉，希望韓遂能早點歸來，共同匡輔國政（當早來，共匡輔國朝）。

看曹操的意思，也想把韓遂請到許縣或鄴縣來，以解後顧之憂。閻行回來後，果然力勸韓遂真心與曹操合作，閻行甚至表示，自己打算把父母送到鄴縣去，以向曹操表達忠誠，希望韓遂能把兒子也送去。

韓遂猶豫不決，有點不太情願，開始推說兒子太小，過上幾年再說，後來禁不住閻行反覆勸說，還是讓兒子跟隨閻行的父母一塊到鄴縣去了。


漢獻帝建安十六年（211 年）春天，曹操命令駐守在長安的司隸校尉鍾繇對漢中的張魯發動攻擊。

同時，派在并州平息民變的夏侯淵率部進入與關中相鄰的河東郡（公使淵等出河東與繇會），對鍾繇予以支援。

漢中地處秦嶺和大巴山之間的谷地，是關中與益州之間的緩衝帶，由於地理位置的原因，漢中自古以來往往自成一體，受外界影響小，在中原、關中一帶戰事不斷的情況下，也有不少人跑到漢中來避難，推動了當地社會經濟的發展。

張魯曾是劉璋的屬下，相傳張魯的母親和劉璋的父親劉焉關係曖

昧，但這些年來，隨着實力的不斷擴大，張魯更重視獨立發展，受劉璋的影響越來越小。

曹操突然想起漢中的張魯來，有點不好理解。

漢中之所以經常自成一體，說明它的地理位置確實優越，不是那麼容易攻佔的。而從曹操目前勢力範圍來看，關中雖然已名義上歸曹操所有，但馬超、韓遂以及諸多割據勢力擁有很強的獨立性，關中這塊地方說變天就會變天。

而從整個天下版圖審視，曹操的正南面是劉備和孫權，東南面是孫權，西南面是劉璋，背後還有割據遼東的公孫氏，這些勢力都虎視眈眈，尋找每一個機會與曹操叫板。在這種情況下，漢中的張魯似乎還沒有達到優先解決的程度。

唯一可以解釋的是，曹操想打益州的主意了。

益州的劉璋生性軟弱，遲早要落入他人之手，孫權、劉備都不假掩飾地表示過對益州的興趣。對此，曹操也不會坐視不管，攻佔漢中，進而圖謀益州，在當前形勢下倒是一個可以理解的戰略佈局。

但是，如果真是這樣的想法，派鍾繇、夏侯淵去就有些草率了，這場戰役絲毫不亞於南征荊州之戰，它將是一場陸地上的赤壁之戰，曹操應該親自指揮才對。

而且，大軍進攻漢中，必須先考慮關中是否穩定，只有在確保後方萬無一失的情況下，才能實施漢中戰役，這是常識。

就連在曹操手下從事司法工作的高柔都看出了問題，高柔聽說曹操派遣鍾繇、夏侯淵討伐張魯趕緊進諫，認為如此大規模用兵，韓遂、馬超等人不會坐視不管，一定會有所動作（謂為己舉，將相煽動作逆），應該先徹底平定關中再說漢中的事。

曾在關中協助鍾繇工作的書法家衛覬，此時已奉詔回許縣擔任尚書，成為荀彧的助手，他對關中的事務很熟悉，他通過荀彧也向曹操

提出了不宜驚動關中諸將的建議，衛覬認為關中諸將沒有太大的政治野心，對於目前的割據現狀已經很知足，如果讓他們產生猜疑，最後聯手反叛，事情就不好收拾了。

但是，曹操對此似乎沒有太多考慮，仍堅持既定的軍事行動。

夏侯淵所部開進與關中相鄰的河東郡，果然引起了馬超、韓遂等人的疑慮，他們聯絡楊秋、李堪、成宜等其他各路割據勢力，公開打出了反叛的旗幟。

## 會來事的兒媳婦

叛軍推舉韓遂為首領，他們自己起的名號叫「都督」。

但是，這場叛亂的核心人物並不是韓遂而是馬超，馬超積極聯絡各部人馬，事情差不多時請韓遂出來挑頭。

馬超這樣做，考慮的是自己年輕，資歷尚淺，所以抬出了父親的這位結義兄弟。

為了進一步拉攏韓遂，馬超對韓遂說：「告訴你一個祕密，以前鍾繇這小子讓我對您下黑手，這種事我哪能幹？現在我捨棄了生身之父，以後就拿您當我的父親看待。希望將軍您也捨棄自己的兒子，今後就拿我馬超當您的兒子看待（今超棄父，以將軍為父，將軍亦當棄子，以超為子）。」

可見，馬超是明白的，一旦公開反叛，包括老父親在內的自己家幾十口人就沒命了，他為反叛捨棄了家人，希望韓遂也這麼做，韓遂有兒子也在鄴縣，馬超怕他在這個關鍵時刻動搖。

但是韓遂比較猶豫，因為他的反叛意志比馬超差得遠。

閻行這個時候也勸韓遂不要跟着馬超幹，但是韓遂考慮再三，還是決定與馬超聯手。

韓遂對閻行說：「現在關中諸將能不約而同地聯合在一起，正好說明這是上天的安排（今諸將不謀而同，似有天數）。」

除馬超、韓遂外，參與此次叛亂的關中將領還有侯選、程銀、李堪、張橫、梁興、成宜、馬玩、楊秋八個人，合在一起共有十路人馬，總兵力約十萬。

馬超還想聯絡益州的劉璋一塊行動，可劉璋拿不定主意。

劉璋手下的蜀郡太守王商勸道：「馬超這個人有勇力卻不講仁義（超勇而不仁），見利忘義，不可以作為盟友。老子說『國之利器，不可以示人』，如今益州物華天寶，人傑地靈，不懷好意的人無時無刻不想傾覆它，馬超之所以把眼睛往這裏看，打的主意就是這樣的。如果跟他聯合，形同於養虎成患。」

劉璋想了想，認為王商說得有理，就拒絕了馬超。


現在看來，曹操似乎失算了。

曹操也許自信地認為馬超無論如何不會造反，因為鄴縣還住着父親兄弟一族幾十口人，有這麼多人質在，造反就變得很沉重。

但馬超還是反了，而且有點被逼迫造反的意思，在輿論上甚至可以獲得同情。

馬超真的豁出去了，作為雜牌軍，反正遲早要被收拾掉，乾脆造反算了，至於鄴縣的人質，你就看着辦吧，如果真的全部被殺，也正好打出悲情牌。

從這件事上可以看出馬超這個人夠狠也夠黑，這一年他 35 歲。

馬超、韓遂以及楊秋等關中諸將打出反叛的大旗後，迅速出兵佔據了軍事要地潼關，擺出一副憑險據守的架勢。

馬超等仗着人馬眾多，從長安到潼關之間擺出了列營陣，即營寨一個連一個，從長安一直到潼關。

之前一直在長安的司隸校尉鍾繇大概此時已經被迫退到潼關以外的河東郡，與在那裏的夏侯淵會合。此時曹操還在鄴縣，他先派曹仁率部增援。

臨行前，曹操特意交代曹仁說：「關西兵戰斗力很強，到了以後做好防守，千萬不要和他們交戰（關西兵精悍，堅壁勿與戰）。」

曹操手下的智囊們普遍認為關西兵很強悍，習慣用長矛，不派出精銳部隊難以與之抗衡（非精選前鋒，則不可以當也）。

在大家看來，馬超、韓遂的隊伍是最不好對付的敵人，他們大都出身於涼州，繼承了自董卓以來涼州兵身上剽悍、野蠻的特點，打起仗來不要命，以前中原地區的隊伍與涼州軍有過多次交手的經歷，但能完勝的戰例很少。除非涼州軍內訌，否則這將是一些很難戰勝的對手。

但曹操似乎胸有成竹，對大家說：「戰鬥的主動權在我，不在敵人。他們雖然習慣用長矛，但是我有辦法讓他們沒有用武之地，諸位不信就看着吧（使不得以刺，諸君但觀之耳）！」

看到丞相胸有成竹的架勢，是想拿馬超當案例給大家上上戰役課，大家雖然信心不是很足，但鑒於對丞相出神入化的用兵韜略多有領教，所以大家相信這次戰役雖然難打，但有丞相在，一定沒問題。

經過短時間準備，曹操親率大軍出發了。

參加此次西征的主要將領，除先期抵達的曹仁、夏侯淵外，還有徐晃、張郃、朱靈、許褚等部，賈詡等謀士隨征。

自徐他謀刺事件發生後，曹操出入都帶着許褚（出入同行，不離左右），許褚目前指揮近衛部隊，出征在外時負責保護曹操的總指揮部。

徐晃的祖籍是河東郡楊縣，此次隨軍出征屯駐在河東郡的汾陰，

離老家很近。細心的曹操沒忘記專門賜給徐晃牛和酒，讓他到先人墓前祭拜（賜牛酒，令上先人墓）。

除了這些將軍和智囊，隨同出征的還有曹操的夫人卞氏和兒子曹植。

卞氏之前不怎麼隨軍出征，這次曹操帶上她，可能是想營造一個輕鬆的氣氛，讓手下將士們面對關西聯軍時不要太緊張。

但是卞夫人此時身體不是很好（體小不安），到了黃河上的渡口孟津便留了下來。

這段時間，曹丕的夫人甄氏跟婆婆卞氏的關係處得相當不錯，卞氏對這個二婚但美貌的媳婦也越來越接納。甄氏是個有心人，從曹沖死後她趕緊讓娘家一個剛剛死去的姑娘跟曹沖主動結成冥婚之事上就能看出來。

甄氏不僅是美人，而且特別會來事。這可以理解，像她這樣的出身，以及曾經做過袁紹兒媳婦的經歷，不活道一點兒很難自保。

聽說婆婆身體欠安，甄氏因為不能每天向婆婆請安而備感難過，白天晚上不住地哭泣（后不得定省，憂怖，晝夜泣涕），她於是派人騎上快馬前去問候。

派去的人回來報告說卞夫人病情已好轉，甄氏不相信：「夫人在家的時候每次犯病都得有一段時間，這次怎麼會好得如此快？你們一定是在安慰我！」

甄氏反而更加憂心了，後來卞夫人親筆給她寫了信，說病已經完全好了，甄氏才高興起來（武宣皇后還書，說疾已平復，后乃懽悅）。

後來卞夫人回到鄴縣，甄氏看見婆婆後表現出一副既悲又喜的樣子，讓人感動（望幄座悲喜，感動左右）。

卞夫人也哭了，對甄氏說：「你問我的病是不是還像以前那樣常犯，我只是有點小毛病，十幾天就好了，不信你看我的臉色！」

卞夫人還感歎道：「真是一個孝順的好媳婦呀！」

曹植本年正好 20 歲，也參加了西征，在路上寫了《送應氏》詩兩首，應氏即應瑒之妻，應瑒之死前面做過介紹。在這兩首詩的序言裏，曹植交代了此次西征的路線，由鄴縣向西，經過洛陽，然後進入弘農郡。

曹丕沒有隨征，曹操命他留守鄴縣。

此時曹丕的身份已經發生了變化，他剛剛被任命為五官中郎將。這個職務的品秩是 2000 石，相當於郡太守，比九卿略低，本應守衛在天子身邊。但曹操不會讓曹丕去許縣給獻帝當警衛員，曹丕擔任這個職務也是解決「級別」問題。

曹操培養曹丕做接班人的意思十分明顯。

這次大軍西征，曹操讓曹丕留守鄴縣，交給了他一副重擔，培養之外也兼帶考察。為穩妥起見，曹操讓崔琰等人輔佐曹丕，並特意把持重、有威望的程昱留下協助曹丕處理軍事方面的事務（參知軍事）。

曹操叮嚀曹丕，除了他們以外，有事還要多向另外兩個人請教，一個是張範，一個是邴原（舉動必咨此二人），曹丕於是把他們都當成長輩看待（世子執子孫禮）。

對於鄴縣、許縣的守衛工作，曹操也做了較為細緻的部署，為了統一協調留在鄴縣一帶的各路人馬，曹操決定選一個護軍協助聯合指揮，曹操最後選的這個人是徐宣。

徐宣字寶堅，徐州刺史部廣陵郡人，陳登任廣陵郡太守開拓東南時徐宣是他的助手，後來被曹操調到司空府工作，曹操對他很賞識，派他到外地任太守，又調回來當了一段時間的丞相府人事處處長（丞相東曹掾），目前的職務是丞相府對外聯絡處處長（門下督）。

臨行前，曹操發佈命令說：「現在大軍要遠征，但後方也沒有完全

平定，為了解除後顧之憂，應該選派一個清正、公平有威望的人統率留守的各部（得清公大德以鎮統之）。」

於是正式任命徐宣為留守部隊聯席參謀長（左護軍）。

## 兵臨潼關天險

曹操率領的大軍繼續向潼關方向開進，很快進入弘農郡。

弘農郡位於如今黃河以南的豫西、陝南一帶，與潼關相鄰，現在算是前線。

曹操認為這裏很重要（此西道之要），於是調賈逵過來擔任郡太守。

在高幹反叛過程中，郭援聯合弘農郡的張琰共同發動叛亂，賈逵在平叛過程中立下大功。叛亂平息後曹操本要重用賈逵，但賈逵的父親此時病逝，按禮制他要在家裏守孝三年。

守孝結束後，賈逵先是被司徒府聘為處長（司徒掾），這只是個閒差，當時有本事的人都在司空府裏當差。可能一直沒有找到適合賈逵的職務，目前僅以議郎的身份擔任司隸校尉鍾繇的軍事參謀（以議郎參司隸軍事）。

賈逵在曹操眼裏是個有本事的人，他又是河東郡人，在弘農郡參加過平叛，對這裏的情況很熟悉，所以委以重任。

曹操在弘農郡召見賈逵，詢問如何治理地方（召見計事），賈逵如何回答的沒有記載，但曹操聽完之後非常高興（大悅之），說明賈逵的回答讓他很滿意。

曹操甚至對左右說：「假如我們的省部級官員都像賈逵那樣，我還有什麼可憂慮的呢（使天下二千石悉如賈逵，吾何憂）？」

賈逵在曹魏眾臣裏享有很高聲譽，大家認為他政績突出，為人剛

正不阿。但他的兒子賈充卻不怎麼樣，受到世人的詬病，還有他的孫女、賈充的女兒賈南風，更是一個出了名的惡女人。不過，現在賈充還沒有出生，賈南風來到人世也是 40 多年以後的事了。

啟用賈逵為弘農郡太守，曹操對與敵人相鄰的弘農、河東這兩個郡稍稍放下心來，因為河東郡太守杜畿也是個很能幹的人。

馬超反叛後，河東郡雖然與敵人相鄰，但沒有人響應叛軍（雖與賊接，民無異心）。大軍開到前線，賈逵那邊剛剛上任，還不能打開工作局面，後勤保障大多由河東郡供應。

杜畿的確是個能臣，他把這一切安排得井井有條，到此戰結束時，非但沒有造成物資上的虧空，反而節餘了 20 多萬斛糧食，曹操專門下令對杜畿進行表彰，並提高了他的品秩。


現在，曹操率大軍趕到了潼關城外。

雙方以潼關為攻防焦點展開佈防（夾關而軍）。

潼關是著名的古關口，地處關中平原的最東端，是如今陝西、山西、河南三省的交界處。黃河自北向南流來，在此突然折向東，形成一個直角，潼關即在黃河的拐彎處。

潼關的得名與黃河水有關，黃河向南流來突然變向，河水撞擊關山，「潼浪洶洶」，所以命名這裏為潼關。

潼關的地勢很險峻，它南面是秦嶺，北面是黃河天塹，東面的塬地居高臨下，中間有禁溝、原望溝、滿洛川等橫斷東西的天然防線，形成了「關門扼九州，飛鳥不能踰」的險地。

但是，通常所說的關中、關東、關西指的並不是潼關，而是東距潼關約 150 里的函谷關。

函谷關位於如今河南省靈寶市北面的王垛村一帶，東距河南省三門峽市約 150 里，西距陝西省潼關縣也是約 150 里，它緊靠黃河，關

口建在峽谷中，這道峽谷名叫函谷，因深險如函而得名，它的長度也是 150 里左右，函谷關在它的東出口，潼關位於它的西出口。

在東漢以前所提到的都還是函谷關，歷史上開始設潼關的居然是曹操。

早在漢獻帝建安元年（196 年），曹操為預防關西兵亂，下令在函谷的西出口建關，這就是潼關（漢獻帝建安時改山路於河濱，當路設關，始有潼關）。

自那時起到現在，函谷關逐漸湮沒無聞，而潼關的戰略位置日益顯要。

曹操率領人馬就駐紮於潼關以東，而他下令為預防關西兵亂所修建的潼關此時正在馬超、韓遂等關中聯軍控制中。

一場大戰眼看就要勢不可當地爆發了。


關中聯軍依仗潼關天險與曹操的大軍對峙，佔據了地利上的優勢。

曹軍強攻，但無法得手。曹操手下將領們認為，應該避其鋒芒，沿黃河北上，從河東郡攻擊敵軍佔領的馮翊郡，在那裏開闢第二戰場。

但是曹丞相仍然不着急，還是一副胸有成竹的樣子。

就這樣，雙方對峙了一段時間。

在當前情況下相持，對曹軍無疑有諸多不利，一方面敵人可以趁機完成集結，另一方面相持太久自己一方後勤保障的壓力就會增大，運糧通道一旦出了問題，糧草接濟不上的局面隨時可能出現。

事實上每天都有各部敵軍開到，這方面的情報不斷呈報到曹操這邊來。聽到這樣的報告，曹操不僅不發愁，反而喜上眉梢（賊每一部到，公輒有喜色）。這場戰役結束後，手下將領曾問曹操當初為何聽到敵兵紛紛開到時反而那麼高興。

對於這個問題，曹操回答說：「關中地域廣闊，如果各路敵兵依

險據守，我們要征討的話沒有一兩年不能完成。現在他們自己集中起來，人雖多，但缺少統一指揮，我們趁機一舉殲滅，那不就容易多了，所以我感到高興（為功差易，吾是以喜）。」

眾將領才恍然大悟，敢情丞相考慮的不僅是打贏眼前這一仗，他想得更長遠。

如果曹操說這段話確如其事，那麼站在這個角度看這場戰役，似乎可以看到戰爭表象後面的更深一層的含義來。

表面看，曹操當初派鍾繇出擊張魯，派曹仁移師河東郡增援鍾繇，意外地導致了馬超等人的反叛。但另一種可能性也十分明顯，那就是曹操當初派鍾繇出擊張魯根本就是虛晃一槍，目的就是逼着關中諸將造反，從而徹底解決關中地區的歷史遺留問題。

所以，當眾將們提出在河東郡開闢第二戰場時，曹操顯得並不是太着急。

大家考慮的是戰役的勝負，曹操考慮的則是戰略問題。

但是從戰役勝負的角度看，開闢第二戰場無疑是化解目前被動局面的唯一方法，曹操最後也接受了這個方案。

曹操下令不要大張旗鼓地進行，悄悄派一支 4000 人的隊伍到達黃河上的渡口蒲阪津，率領這支隊伍的是河東郡本地人徐晃以及朱靈。

潼關的位置大體在黃河拐彎處的南岸，要機動到蒲阪津，必須先從黃河南岸渡到黃河北岸，之後沿黃河東岸向北，行進三四十里就到了蒲阪縣，此地位於今山西省永濟市一帶。

徐晃、朱靈所部也許本身就駐紮在河東郡，這樣他們的行動更帶有突然性，關中聯軍居然沒有在此設防。

徐晃、朱靈率部順利過了黃河，在黃河西岸紮下營寨，策應大部

隊的行動。

其實，馬超已經看出曹軍分兵渡河的企圖，他跟韓遂商量想分兵拒敵，在渭河北岸阻擊敵人。馬超認為只要與曹軍實現對峙，不出 20 天曹軍後勤供應必然出現困難，就會不戰而自退（宜於渭北拒之，不過二十日，河東穀盡，彼必走矣）。

對關中聯軍來說，這個戰略是正確的。

作為一支遠征軍，曹軍後勤保障始終是薄弱環節，雖然不至於連 20 天的軍糧都供應不上，但要對峙到幾個月甚至更長，曹軍確實會不戰而退。

後來曹操聽說馬超的這個主意，吃驚不小，感慨道：「馬超這小子如果不死，我將死無葬身之地呀（馬兒不死，吾無葬地也）！」

可是韓遂不同意馬超的意見，他認為應該速戰速決，放手讓曹軍渡河，等到曹軍渡到一半時，再發起反擊，讓敵人首尾不能相顧（可聽令渡，蹙於河中，顧不快耶）。

吳起的兵書《吳子》裏有一句「軍半渡可擊」，也就是待敵人渡河剛一半時，是最佳攻擊時機。其道理似乎誰都能理解。但是戰場上的事往往變幻莫測，絕不能教條地看待問題，韓遂成為軍事將領後一定惡補了不少兵書，但對於將教科書上的內容融會貫通於實踐中，火候還很不夠。

韓遂打定主意在潼關這裏等曹軍「半渡」，結果讓徐晃、朱靈鑽了空子，當他們在黃河西岸站住了腳，曹操便突然率主力由潼關向北移動，也要北渡黃河。

接到報告，馬超這一回真急了，他不再跟韓遂商量，帶着自己的人馬火速追擊過來。

這時候，曹軍大部分人馬已經渡過了黃河，還有一小部分在河的這面，情況異常危急。

# 歷史差點兒改寫

馬超帶來的這支人馬，是關中聯軍中戰鬥力最強的一支，其總兵力大約一萬人。

說這支人馬戰鬥力很強，是因為他們擅長使長矛，不僅把長矛作為手持武器使用，必要時還可以把長矛像標槍一樣拋出，殺傷力巨大。

這種戰法有點像古羅馬軍隊的戰法。古代羅馬軍團擅長的是長標和魚鱗陣，使用加重加大的盾牌做護衛。馬超部隊的前身是涼州軍，他們活躍於西域地區。據考證，大約在公元前53年，即我國西漢時期，歐洲的帕提亞草原發生了一場混戰，古羅馬將軍克拉蘇遠征波斯，結果戰死沙場。他部下的第二軍以及第三軍殘部敗回羅馬，而第一軍被波斯軍隊切斷，只能在克拉蘇兒子浦克琉率領下向東方撤退。

這支羅馬軍隊最後輾轉流落到漢朝的西域地區，成為匈奴人的僱傭軍，總兵力約有6000人。再後來，匈奴人被漢朝軍隊打敗，這支羅馬軍隊投降漢朝廷，在河西走廊上的一個叫犁軒的地方居住。20世紀80年代，在犁軒舊城遺址上出土了許多與羅馬駐軍有關的文物，從而揭開了這支神祕軍隊的面紗。

犁軒後來被荒廢了，但東漢末年距古羅馬人到犁軒定居時間還不算太長，而犁軒舊城也是馬超手下軍隊的核心活動區。所以，近年有研究者認為，馬超是一位「古羅馬化的將軍」，並不是說他有歐洲血統，而是說他的部隊深受古羅馬戰法的影響。

這種戰法的特點是速度和力量，使用的是重量級武器和重甲，在戰場上的殺傷力很大。


現在，馬超率部突然殺到。

曹操當時正在黃河邊上，坐在一個行軍用的馬紮（胡牀）上看部

隊過河，身邊只有張郃、許褚等少數將領和不太多的隊伍。

馬超的人馬速度極快，瞬間就殺到了跟前。

曹操還在馬紮上坐着呢，情況十分危急。

張郃和許褚二人在曹操身邊，他們見情況不妙，趕緊招呼人架上曹操就走，試圖登船（張郃等見事急，共引公入船）。

曹操手下有個旅長（校尉）叫丁斐，大概是負責後勤的，照管着一些牛和馬沒有渡河，見到情況危急，趕緊把牛和馬趕出來以製造混亂，掩護丞相逃命。馬超手下紛紛跑去捉牛捉馬（賊亂取牛馬），曹操等人才得以登船。

在曹操的部屬裏，丁斐是個很特別的人物。

丁斐字文侯，祖籍也是沛國譙縣，很可能出於譙縣的丁氏家族，曹操的母親以及第一任妻子都出自這個家族，這個家族裏先後出過丁宮、丁沖、丁儀、丁廙等人，但丁斐跟他們是什麼關係不詳。

大概因為同鄉兼親戚的關係，曹操對丁斐一直很照顧（以斐鄉里，特饒愛之）。但這個丁斐比較貪財，幾次犯事都是曹操把他保下了。曹操後來征孫權的時候丁斐隨征，大概也是搞後勤工作，他用自己家很差的牛把公家的好牛偷偷替換了，被人檢舉揭發治罪，後來被撤銷職務（奪官）。

待部下一向嚴厲的曹操似乎對丁斐總是例外，他對丁斐真的不錯。一次，曹操見到被撤職的丁斐，跟他開玩笑說：「文侯，你的印綬到哪裏去了？」

丁斐知道曹操跟他開玩笑，回答說：「拿去換大餅了（以易餅耳）！」

曹操大笑，回頭對左右說：「有關部門多次檢舉他，讓我治他的重罪，我不是不知道他的毛病，但是他也有特長。我之有丁斐，就好像一般人家裏養的會偷吃的狗（盜狗），雖然有小損失，但盜狗善於捕鼠，能保證我糧倉的安全。」

後來，丁斐居然又官復原職。

曹操在用人上很有一套，其中一條就是執法公平，像對待丁斐這樣的情況很少發生。一種可能是，丁斐跟曹家的親戚關係很深，是曹操母親或者前妻的至親；另一種可能是，他對丁斐確實了解得很透，知道他的缺點，也知道他的長處，按照唯才是舉的原則，盡可能讓他施展長處。

丁斐大概死於曹操之前，他有一個兒子叫丁謐，在曹操族孫曹爽執政時代是一個風雲人物，後來在司馬懿發動的奪權政變中被殺。

現在，沒有渡過黃河的曹軍士兵都向船擁去。

危急關頭，逃生是人的本能，大家也不管丞相是不是在船上，都往上擠，把船都快弄沉了（賊戰急，軍爭濟，船重欲沒）。

當年獻帝大逃亡時的狼狽一幕又重演了，並且都是在黃河上。

許褚急了，揮刀就剁，這時南岸馬超的人馬開始向船上放箭，膀大力猛的許褚關鍵時刻發揮了自己的特長，他一邊砍人，一邊舉起馬鞍替曹操擋箭（褚斬攀船者，左手舉馬鞍蔽太祖）。

潼關一帶的黃河水流湍急，船隻往北岸使勁劃，但被水沖着老往東走，一直走了四五里路。馬超的軍隊見狀順着河岸往前追，一邊追一邊放箭。

看到這種情形，已經渡過黃河的曹軍將士都嚇傻了。

偏在這時，船工被亂箭射死，船順着河水使勁往下漂流，許褚一手舉着馬鞍子，一手划船，費盡九牛二虎之力，總算到達了對岸。

北岸的曹軍見丞相坐的船順水而下，敵人不斷放箭，船上不斷有人倒下，都惶懼不已。

後來，看見曹操平安歸來，大家悲喜交集，很多人情不自禁流下了眼淚（至見，乃悲喜，或流涕）。

曹操雖然受了驚嚇，但看起來仍然滿不在乎，笑道：「今天差一點讓馬超這小子給算計了（今日幾為小賊所困乎）！」

經歷生死險境後獲得平安，一般人會有驚魂未定的感覺，想一想那些可怕的事還會沉浸在後怕之中。但曹操每到這時，總會展露出一種輕鬆的樣子，有時不忘開幾句玩笑。這看似很隨意，卻有良苦用心，因為這樣可以撫慰部下們心中的緊張和不安，讓大家重新獲得信心。

現在，渡過黃河的曹軍主力暫時擺脫了敵兵的追擊，可以從容來到蒲阪津，在這裏西渡黃河，從側面向潼關守敵包抄過去。

## 巧施離間計

徐晃、朱靈到達黃河西岸後，鞏固了黃河上重要渡口蒲阪津，保證了曹操率主力到達此處後能順利渡河。

這時，雲集在此的曹軍多達數萬人，但發現此地有一個較為致命的問題，那就是道路狀況很差，很難滿足這麼多士兵、馬匹、後勤運輸車輛來回調動的需要。

時至今日，黃河兩側的陝西、山西一帶仍然存在交通不暢的問題，原因是黃河及其眾多支流把這一帶劈成了溝壑縱橫的模樣。

複雜的地理環境，為關中聯軍派出小分隊不斷襲擾曹軍創造了條件，尤其是曹軍的運輸隊最容易遭到襲擊。

為了解決這個問題，曹操命人短時間內在黃河西岸一側築起一條甬道來。所謂甬道，就是在路的兩邊築起牆來保護道路的安全，是一種全封閉的道路。

甬道本來是皇帝的特權，是保證皇帝出行安全用的，但也有運用於戰爭的先例。楚漢相爭期間曾激戰於滎陽附近，劉邦為了保證能源

源不斷從敖倉運出糧食，專門修了一條甬道。

　　但是現在軍情緊急，築牆肯定來不及了，曹操下令修建的這條甬道用的不是垣牆，而是各式車輛，中間用樹枝做成連續不斷的柵欄（連車樹柵以扞兩面），也算是對「甬道戰」的一種創造性運用吧。

　　這一招還真管用，抵擋了敵人的襲擊，最後大軍順利推進到渭口，即渭河與黃河交匯處。

　　曹軍主力在渭河北岸，馬超等關中聯軍在渭河南岸。曹操率軍繞了一個大圈，費盡九牛二虎之力又繞回原處，但這一回情形完全不同了，他們繞到了潼關的後面，關中聯軍控制的天險已經派不上用場了。

　　兩軍隔渭河而對，曹操派人乘船渡渭河，並在渭河上架起浮橋（潛以舟載兵入渭，為浮橋）。

　　一天夜裏，通過浮橋運兵過河，分兵在渭河南岸紮起營寨。

　　關中聯軍在失掉潼關天險之後，又失去了渭河防線。


　　馬超一看急了，趕緊組織反擊。

　　關中聯軍夜裏攻營，但曹軍早有準備，將敵人擊潰，曹操趁勢將全部人馬拉到渭河南岸，與關中聯軍對壘。

　　在曹軍渡河過程中，馬超指揮人馬拚命阻擊，剛渡過河的曹軍甚至來不及紮營。這一帶地處渭河入黃河口，渭河帶來的泥沙長年堆積，使這裏的土質特別疏鬆，多沙地，不利於就地築營。

　　這時是農曆九月，天氣很寒冷，曹操採納謀士婁圭的建議，用沙土築城，一邊堆沙一邊澆水，水結冰再澆水堆沙，一夜之間堆出一座座「冰營」來。

　　對於這個記載有人表示懷疑，因為農曆九月似乎還不能滴水成冰。這種懷疑忽略了漢獻帝建安十六年（211年）閏八月這個細節，這一年有兩個八月，農曆九月相當於平常時候的十月，滴水成冰是完全

可能的。

曹軍渡過渭河後，馬超多次前來挑戰，曹操不理，為的是挫一下馬超的銳氣。

果然，馬超拿「冰營」沒辦法，於是請求割地求和，同時願意送兒子做人質，以表忠心（求送任子）。

但是，這已經晚了。


現在，曹操已經完成了對關中聯軍的攻擊部署，大軍壓境，關中聯軍一方人心惶惶，此時要麼一戰，要麼無條件投降，任憑曹操發落，馬超已經沒有了談判的本錢了。

但是，賈詡向曹操建議，不如假裝答應他們（詡以為可偽許之）。

曹操問賈詡：「答應之後怎麼辦呢？」

賈詡只說了四個字：「離之而已。」

聰明人話不需要多，曹操一聽立刻就明白了。

所謂「離之」就是離間他們，賈詡和曹操都看到了馬超、韓遂之間的不合，決定就從這裏做文章。

雙方同意見面詳談，聯軍一方只有馬超和韓遂，曹軍一方由曹操率許褚前往，約好都不帶隨從。

馬超認為這是個機會，他是有名的虎將，想憑藉勇力突然襲擊曹操（超負其力，陰欲前突太祖），但當他準備動手時，突然發現曹操背後有一個大漢，正直勾勾地盯着他看，目光逼人，充滿殺氣。

馬超不禁吃了一驚，他早就聽說曹操身邊有個叫許褚的人，力大無比，勇猛異常，難道是他（超素聞褚勇，疑從騎是褚）？

馬超於是問曹操：「聽說您手下有個虎侯，不知道現在何處？」

曹操回頭一指許褚，說：「這就是我的虎侯。」

馬超想了想，再沒有輕舉妄動。

許褚勇冠三軍，比已經戰死的典韋有過之而無不及，軍中給許褚起了個外號，叫作「虎癡」，許褚被封為關內侯，因此又有「虎侯」的美譽。

在這次見面後，雙方又進行了一次陣前交談，不知何故這次只有韓遂前往，沒有馬超。

馬騰是伐木工出身，而韓遂比他的出身高得多，韓遂的父親跟曹操是同一年舉的孝廉，有點類似後世同一年中進士的被稱為「同年之誼」，當時全國一年被推舉的孝廉最多也不過幾十個人，這也算一種緣分。韓遂本人是朝廷正式任命過的征西將軍，跟曹操算是同僚關係（公與遂父同歲孝廉，又與遂同時儕輩），因為這個原因，雙方會談的氣氛相當融洽。

曹操跟韓遂越走越近，兩匹馬不知不覺中走到了一塊，兩人聊了很久（交馬語移時），他們的談話沒有切入正題，而是敘了些舊事家常，說到高興處，還拍手歡笑。

為保證曹操的安全，曹軍士兵在兩人談話的區域之外放置了很多木頭做的障礙物（木行馬），這樣其他人只能在很遠的地方看他們而聽不到他們具體說些什麼，但能看出來他們談得很投機。

那時天下沒人不知道曹操的大名，包括從涼州來的少數民族士兵也是一樣，但見過曹操的卻很少，他們都想近距離看看曹操長得什麼樣。

看到這種情形，曹操高聲對關中聯軍將士開玩笑道：「大家想看我曹操嗎？我也是人呀，沒有四隻眼睛兩張嘴，只不過智慧多一些罷了（汝欲觀曹公邪？亦猶人也，非有四目兩口，但多智耳）！」

現場大樂，不像是來準備廝殺的，倒像是明星來開演唱會。

韓遂不知道這正是曹操的計謀，而這個計謀的發明人還是他自己。

16 年前，大體上也是在關中地區，韓遂用陣前拉家常這一招讓李

催和樊稠翻臉，從而導致樊稠被殺，當前的那一幕，有個人一直在陣前觀看。

這個人就是賈詡，他向曹操提出離間計的時候，腦子裏肯定閃過的是這一幕。

現在，曹操好比是韓遂，馬超和韓遂好比是當年的李催和樊稠，招數不在於是否新鮮，實用就行，以賈詡的機敏，臨時克隆了這一招，反過來給韓遂用上，而韓遂還被蒙在鼓裏。

果然，馬超中計了。

韓遂一回來，馬超就追問跟曹操在陣前談了些什麼，韓遂想了半天，實在想不出來談過什麼正經事，於是老實回答說沒談什麼，但這讓馬超更起了疑心。

曹操又不失時機地加了一把火，給韓遂寫了封信，故意在信上塗塗改改，讓人看了像是韓遂改的（多所點竄，如遂改定者），曹操又故意讓這封信落入馬超手中，馬超看了疑上加疑。

通過這幾招，把關中聯軍內部搞得互不信任，草木皆兵，從而沒有信心再與曹軍決戰了。

曹操感覺火候差不多了，於是下達了總攻擊令。

總攻開始前，曹軍先以小股部隊進行襲擾，反覆衝擊，使敵人疲於應對（先以輕兵挑之，戰良久）。

之後，以虎豹騎為主力，突然縱兵殺出，將敵人打敗。

成宜、李堪等人被斬於陣前，韓遂、馬超率殘部逃到涼州，楊秋逃到安定，程銀、侯選逃到漢中，後來曹操征張魯，漢中攻破後程銀、侯選投降。

至此，關中宣告平定。

此戰是曹操高超軍事指揮藝術的集中體現，表明此時的曹操在用

兵上已達到爐火純青的境界。

戰役初期，曹操從戰略層面考慮，先放慢攻擊節奏，故意讓敵人集結，以達到一戰全殲的效果；之後巧用疑兵，又及時分兵，關鍵時候上演了離間計的好戲，讓敵人節節退縮，從內部開始瓦解；到決戰時，敵人實際上已經喪失了拚死抵抗的決心。

## 趁勢向西攻擊

漢獻帝建安十六年（211 年）十月，曹操在渭河南岸一舉擊敗了馬超、韓遂領導的關中聯軍，之後進入長安。

曹操暫不打算撤軍，他想把關中乃至整個涼州都平定了。這雖然是一項很困難的事，但目前無疑是最好的機會。

馬超、韓遂逃到涼州，其他參與叛亂的諸將，有的被殺，有的找個地方暫時躲了起來，其中楊秋率殘部逃到安定郡，這是涼州刺史部最東邊的一個郡，大體範圍相當於今天寧夏大部和隴東的一小部，固原、平涼以及六盤山都在其內，治所臨涇縣，在現在的甘肅鎮原附近。

如今，從關中到寧夏去一般有兩條路可供選擇，一條走陝北，到延安後折向西，經過安塞、定邊等進入寧夏；另一條是走陝西的乾縣、彬縣折向西，進入隴東，過平涼至固原，然後由青銅峽過黃河。

後面這條路不太好走，東漢末年這一帶還是人煙相對稀少的地方，但它處在關中通往涼州主幹道的側面，今後要順暢地進入涼州，打通西域大通道，必須先解決這個側翼的威脅。

曹操在長安幾乎沒有停留，即刻親自率兵征討安定郡的楊秋，把楊秋包圍在安定郡的治所臨涇。

楊秋此人來歷不詳，可能是趁亂起事的地方實力派，早年在一片亂哄哄的時局中被涼州軍閥控制的朝廷收編過。楊秋自知不是曹操的

對手，於是投降。

曹操保留楊秋的官職，讓他繼續率部留在安定郡。

曹操看人很獨到，他看出來楊秋與馬超、韓遂有本質區別，可以拉攏過來為自己所用，於是大膽決定讓楊秋留在原地為自己效力。

沒有讓曹操看錯，楊秋從此忠心耿耿效忠曹魏，曹丕繼位後，封楊秋為冠軍將軍，楊秋後來配合張郃、郭淮鎮撫涼州，立下了不少功勞，再後來楊秋被晉升為討寇將軍，封為臨涇侯，成為參加潼關之戰的關中諸將裏結局最好的一個。

涼州刺史部最東邊有三個郡，分別是安定郡、漢陽郡和武都郡，它們自北向南並列排開，是涼州東面的門戶。

此時的涼州刺史是韋康，他是前涼州牧韋端之子，擔任涼州刺史多年，由於長期以來涼州實際上被大大小小的各路軍閥所控制，韋康這個刺史基本上有名無實，控制範圍僅限於漢陽郡一帶。

曹操平定安定郡後，仍然由韋康擔任涼州刺史。

這樣，曹操輕易地打開了涼州刺史部的東大門。


曹操在安定郡稍做休整，準備即刻進軍馬超、韓遂退守的涼州腹地，也就是金城郡一帶。但就在此時，曹操接到了緊急情報，說鄴縣那邊出了問題，有人發動叛亂，曹操大吃一驚，下令撤軍。

後來才知道，鄴縣附近的河間國爆發了田銀、蘇伯領導的民變，勢頭很猛，整個幽州、冀州都受到了震動（幽、冀扇動）。

當時曹丕想親自出征，在五官中郎將府人事處長（五官將功曹）常林的勸說下才打消了念頭，改派部將賈信率兵征討。

這場農民起義很快就被撲滅了，率兵圍剿起義軍的賈信也名不見經傳，在史書中他只有兩次出場機會，除這次外，還有一次是漢獻帝建安八年（203 年）受曹操指派駐軍黎陽監視袁氏兄弟。

但是，綜合分析起來這場起義規模應該很大，所以曹操不得不從西征軍裏抽調出相當一部分人馬參加平叛，總兵力多達七個軍，也就是七萬人以上，由西征軍主將之一的曹仁代理驍騎將軍，擔任總指揮（以仁行驍騎將軍，都督七軍討銀等）。

這是一場被史書淡化了的農民大起義，它說明「曹統區」的局勢仍不穩定。

由於連年征戰，「曹統區」的人民承受了巨大的經濟負擔，雖然曹操手下像杜畿那樣的行政人才有不少，但也無法平息人民的不滿。

這件事讓曹操暫時放棄了一舉平定整個涼州的計劃。


就在曹操決定從安定郡撤離時，有個人聽到消息趕緊求見曹操，建議他不要倉促撤軍。

這個人就是楊阜，之前說過，韋康的父親韋端擔任涼州刺史時楊阜在其手下任職（涼州從事），官渡之戰前夕韋端吃不準應該站在哪一邊，就派楊阜到許縣觀察情況，楊阜被朝廷任命為安定郡政府祕書長（安定長史）。

楊阜回來後，大家都關心地問袁紹和曹操誰勝誰敗。楊阜使勁替曹操說話，韋端在官渡之戰中雖然沒有公開站在曹操一邊，但也沒有倒向袁紹，基本處於中立狀態，楊阜在其中立了功。

楊阜不喜歡當郡政府的祕書長，於是辭職（長史非其好，遂去官）。後來，韋端被朝廷徵為交通部部長（太僕），他的兒子韋康成為涼州刺史，韋康聘任楊阜為副州長（別駕），曹操也聽說過楊阜這個人，曾經想徵他到丞相府任職，但韋康上表請求讓楊阜繼續留在涼州。

韋康的涼州刺史府此時應該在漢陽郡冀縣，也就是今甘肅省天水市以西，楊阜就是這個縣的人，他剛好受韋康之命到安定郡拜見曹操，聽說曹操即將撤軍，趕緊求見。

楊阜對曹操說：「馬超有韓信、黥布之勇，很得羌、胡之心，西部州郡都害怕他，如果大軍撤回，不做周密準備，隴上諸郡恐怕將落入他的手中。」

曹操雖然認為楊阜說得有理，但後方的事也很緊急，不容他在此做太多停留。

就這樣，曹操於漢獻帝建安十六年（211 年）十二月從安定郡回到長安。

關中地區的大部分此時已在曹軍掌握之中，曹操把夏侯淵留下來主持關中軍務，同時任命張既為京兆尹，這個職務相當於長安特別市市長，郡太守一級，處理長安一帶的地方政務。

張既在關中地區當過縣令，是鍾繇的得力助手，在調馬騰入京就任衛尉一事上他處理果斷，調度得當，最終讓馬騰不得不就範，受到曹操的讚賞。

做了這些安排後，曹操即刻由長安返回，於次年正月回到鄴縣。

在曹仁、賈信等人鎮壓下，田銀、蘇伯起義已被撲滅。曹操一回到鄴縣，就聽取了曹丕、曹仁、程昱等人的情況彙報。曹操聽說除了戰場上被誅殺的人以外還抓了不少人等待處理，曹操問大家是什麼意見，鄭玄的學生、此時擔任冀州政府祕書長（長史）的國淵建議，懲治首惡就行，其他人應予以寬大處理（淵以為非首惡，請不行刑）。

曹操接受了這個建議，被國淵一句話救了命的有 1000 多人。

每次戰後，各地方、各部門都要上報戰果，過去經常出現虛報多報的事情，曹操讓有關部門查了一下，發現國淵上報的數目最真實。

曹操問國淵是怎麼考慮的，國淵回答說：「征討敵人虛報戰功的，只是想把自己的功勞誇大些，河間國在冀州轄區內，田銀等叛逆雖被剿滅亡，但作為地方官我深以為恥（克捷有功，淵竊恥之）。」

曹操最喜歡老實人，聽了國淵的話感到很高興，後來提拔他做魏郡太守。

當初賈信等人進攻田銀、蘇伯，起義軍裏有1000多人請求投降，曹丕讓大家討論，大家都認為應該遵守制度，即圍城之前投降可以接受，一旦圍城即使投降也要誅殺。

程昱不同意，他說：「誅降發生在天下擾攘之時，圍而後降的不赦，用來示威於天下。現在是和平時期，又發生在自己的轄區內，面對必降之賊，殺了無法立威，已經與先前誅降的用意不同了（非前日誅降之意）。所以，我認為不能誅殺，即使要誅殺，也應該先報告丞相。」

但是，有人卻說：「五官將有臨事獨斷的專權，不用再請示，可以誅殺（軍事有專，無請）。」

程昱聽了，沒有吱聲。

曹丕起身，專門詢問程昱還有什麼意見，程昱說：「所謂臨機專斷是遇着臨時之急，瞬間發生的事來不及請示才可以用（凡專命者，謂有臨時之急，呼吸之間者耳）。現在賊人已被賈信將軍控制，不會有朝夕之變，所以老臣我不想讓將軍按臨事專權辦理。」

曹丕認為有道理：「將軍考慮得很周全。」

曹操回來後，曹丕專門報告了這件事。

曹操很高興，對程昱說：「你不但明曉於軍計，還很善於處理我們父子之間的關係（又善處人父子之間）。」


## 螞蟻揪翻大象

曹操大軍撤回後，眼看涼州方向也暫時無法再有大的進展了。可是沒過兩年，涼州的局勢卻峰回路轉，韓遂兵敗被殺，馬超無法立足逃到漢中，涼州大部分地區納入曹操的勢力範圍。

在此過程中，曹軍的主力被吸引到東線的合肥作戰，還要承受中線荊州方向的壓力，並沒有力量大規模用兵於西線。曹操之所以仍然取得了如此重大的收穫，與兩個人的特殊貢獻密不可分，他們就是楊阜和閻行。

曹操從安定郡撤兵時楊阜曾經力諫不要中止在涼州的軍事行動，曹操雖然認為他說得有理，但後方出現叛亂又讓他又不得不撤軍。

曹操率大軍撤離後，雖然留下夏侯淵駐守長安，但對涼州鞭長莫及，參加過上一次叛亂的涼州各路軍閥在馬超的鼓動下又蠢蠢欲動，馬超還聯絡了在興國的羌族首領阿貴、在白項的氐王千萬等部族勢力，再次起兵，他們攻打效忠於朝廷的郡縣，即使有不願意跟着起事的，由於害怕馬超的攻打，也都應和他們（**超率諸戎渠帥以擊隴上郡縣，隴上郡縣皆應之**），只有漢陽郡公開與馬超對抗。

涼州刺史韋康就在漢陽郡的冀縣，在楊阜的竭力勸說下，韋康決定率全城軍民拚死抵抗，等待朝廷援軍的到來。

馬超率一萬多人將冀縣圍了起來，張魯也從漢中派大將楊昂前來助戰，冀縣保衛戰開始了。

這場戰役名氣不大卻很重要，從漢獻帝建安十八年（213 年）正月一直打到八月，打得極為慘烈。

守城的人很少，僅有 1000 多人，他們在楊阜的率領下拚死抵抗。楊阜是冀縣本地人，楊氏宗族子弟全部上了城牆，楊阜的堂弟楊岳在城牆上還修築了一個「偃月營」，跟馬超死拚。

根據一部唐代的兵書，所謂「偃月營」就是像彎月一樣的營壘，其特點是背山岡、面陂澤，依據山勢而建，特別適合在地窄山狹之所築營。楊阜、楊岳等人在城牆上築營，這裏地方狹小，倒有可能採取這種方法。

這種陣法很奏效，馬超、楊昂打了好幾個月，居然拿冀縣沒辦法。

但是，城裏也漸漸支撐不住了，韋康、楊阜商量後，派州政府別駕閻溫冒死出城搬救兵。前面多次說過，別駕的角色介於副州長和州政府祕書長之間，是刺史最重要的助手。

冀縣附近有一條河，就是渭水。閻溫趁夜從水中潛出城，天亮的時候，敵兵發現水跡，然後派人來追，一直追到顯親縣境內，把閻溫追上了。顯親縣位於冀縣以北，看來閻溫打算先逃到安定郡，在那裏找到楊秋，再設法向長安的夏侯淵報信。

馬超見了閻溫，趕緊替他解綁繩：「今成敗可見，足下為孤城請救兵而被抓，想行大義又如何做到？如果聽我的，你對城裏說外面沒有救兵，應當是轉禍為福的計策。不然，現在就殺了你。」

閻溫假裝答應，馬超命人把閻溫帶到城下。

閻溫卻突然對城上大聲呼喊：「大軍不過三日就到，大家要堅持呀！」

城中一聽群情激昂，有人高喊萬歲。

馬超聽了，大怒：「你不想活命了嗎（足下不為命計邪）？」

閻溫不理他，馬超開始倒沒想殺閻溫，還想誘降他，但每次都遭到閻溫的譴責。

閻溫最後還是被殺了，他臨死前說：「事君就要死無二心，讓我說不義之言，我豈能苟且偷生？」


閻溫對城裏說大軍三天就到，這只是激勵大家的話，事實上他也不知道大軍什麼時候到。

城裏又守了幾天，實在沒法守下去了，包括刺史韋康在內，都有了投降的打算（於是刺史、太守失色，始有降超之計）。

楊阜竭力勸說，甚至流下眼淚：「楊阜等率父兄子弟以義氣相激勵，至死也沒有二心，當年田單守城也不過如此。現在放棄馬上就能得到的功勞，陷於不義的名聲，我寧願以死相守！」

楊阜說到激動處，不禁大哭起來。

但是，韋康等人還是決定投降，他們打開城門，迎接馬超入城。馬超於是在冀縣建立了基地，自稱征西將軍，兼任并州牧，負責處理涼州一切軍政事務（督涼州軍事）。

馬超讓楊昂把韋康等人殺了，把楊阜的堂弟楊岳抓了起來，但奇怪的是，對於楊阜卻沒有深究，這為楊阜展開復仇行動創造了條件。

楊阜想報仇卻沒有機會（阜內有報超之志，而未得其便）。後來，楊阜的妻子去世，他以喪假為由離開冀縣。楊阜有個表兄叫姜敘屯兵在歷城，此地位於冀縣以南，前往武都郡的方向。

楊阜在歷城與姜敘相見，並拜會了姜敘的母親。楊阜就把此前在冀縣的事跟表兄說了，言談之中很是悲切（說前在冀中時事，歔欷悲甚）。姜敘的母親聽到了他們的談話，被楊阜的義氣所感染，支持兒子參加楊阜的計劃。

這樣，楊阜牽頭，姜敘又找來同鄉姜隱、趙昂、尹奉、姚瓊、孔信等人，以及武都郡人李俊、王靈等結謀，約好共同討伐馬超。

姜敘還派堂弟姜謨悄悄潛進冀縣，設法聯絡上仍在關押之中的楊岳，還聯絡了梁寬、趙衢、龐恭等人，在冀縣城內祕密結盟。

漢獻帝建安十七年（212年）九月，楊阜和姜敘在歷城與冀縣之間的鹵城起兵，馬超聽說後親自率兵討伐，這正是楊阜、姜敘想看到的結果。

馬超一走，趙衢、梁寬等人立即把楊岳解救出來，利用楊岳在冀縣的影響力，很快控制了縣城，楊岳下令關閉冀縣城門，殺了馬超的妻子兒女。

事情好像很容易，其實這是長期準備的結果，而關鍵人物是趙昂以及他的妻子王氏。

趙昂就是楊阜、姜敍找來的結盟人中間的一個，他當過縣令，後來是刺史的軍事參謀（參轉軍事），他的妻子叫王異，當時夫妻倆居住在冀縣。馬超攻打冀縣，趙昂積極守城，妻子王異也力所能及地參加了守城。韋康想投降，趙昂也進行苦勸，但韋康不聽，冀縣為馬超所佔。

馬超想拉攏趙昂為己所用，但又不完全信任（欲要昂以為己用，然心未甚信）。馬超的妻子楊氏聽說王異不一般，就主動請來相見，王異知道丈夫已祕密參加了圖謀馬超的行動，為了贏得馬超的信任，她與楊氏也主動接近，最終獲得了楊氏的信任，通過馬超的妻子楊氏這層關係趙昂也得到了馬超的信任（昂所以得信於超，全功免禍者，異之力也）。

馬超攻打鹵城，遭到楊阜、姜敍的抵抗，楊阜親臨一線，身上先後負了五處傷，本族子弟也有七個人戰死。在他們的拚死抵抗下，馬超無法得手。

馬超想回兵，但冀縣已經易主。

馬超走投無路轉而偷襲歷城，歷城的人居然認為他們是姜敍等人回兵，沒有任何防備，馬超輕鬆地將歷城佔領，抓到了姜敍的母親，馬超想用姜敍的母親做籌碼與楊阜、姜敍談判。

姜母很有氣節，痛斥馬超：「你這個背棄父親的逆子，殺害守君的賊人，天地豈能容你，不早點去死，還有什麼面目活着？」

姜母故意要激怒馬超，然後求得一死。

馬超大怒，把她殺了。

馬超無可奈何，下令一把火燒了歷城，之後由武都郡進入漢中，向張魯求救去了。


漢獻帝建安十七年（212 年）春天，馬超從張魯那裏借了一些人

馬，重新殺回來，試圖奪回涼州。

姜敘迅速向長安的夏侯淵求救，有人建議夏侯淵先向鄴縣彙報後再做行動，但夏侯淵認為長安到鄴縣來回 4000 里，等接到命令，姜敘那邊肯定堅持不住了（比報，敘等必敗，非攻急也）。

夏侯淵說得沒錯，但這個想法為何不出現在一年前？去年春天，馬超圍攻冀縣，前後長達八個月之久，夏侯淵居然沒有任何反應，這是一個很令人費解的迷。

但這一次夏侯淵行動很快，他讓張部率 5000 人先出發，從陳倉入涼州，他自己督運糧草緊跟其後。

張部過了陳倉，在渭水上游遇到馬超所部，馬超率領由氐人和羌人組成的聯合兵團共數千人來攻張部，但僅剛一接觸，馬超就敗了下來，等夏侯淵大軍開到，原來表示效忠馬超的涼州西部各縣全部投降。

馬超無奈，只得再次逃往漢中，從此不再做反攻涼州的打算。

至此，包括漢陽郡、武都郡、安定郡、隴右郡等在內的涼州大部宣告平定，對曹操來說，這是一個意外收穫，為表彰此戰有功人員，曹操以朝廷的名義連封 11 個人為侯，作為第一功臣，楊阜自然在封侯之列，曹操準備封他為關內侯，但楊阜卻上表辭讓。

曹操不允許，親自給楊阜寫信要他接受。楊阜後來擔任過益州刺史、金城郡太守、武都郡太守等職，曹丕繼位後到朝廷任職，擔任過將作大匠、少府卿等職。


# 涼州全境平定

馬超跑了，但韓遂還在，涼州還不算完全平定。

馬超第二次起事的過程中，自始至終沒有看到韓遂的影子，他是不是不在涼州呢？

其實，直到漢獻帝建安十九年（214年），韓遂一直都在涼州。渭南大敗後，韓遂也逃到了涼州，在金城郡附近活動，和馬超相比，他的鬥志不那麼強，還始終抱着有朝一日與曹操和解的幻想，但又覺得不那麼切合實際，在馬超積極活動進行反攻的時候，韓遂雖然沒有反對，但態度一點都不積極。

大約在馬超第二次起事之後，已身在鄴縣的曹操終於忍無可忍，下令將衛尉馬騰以及包括馬騰兩個兒子在內的全家數十口全部誅殺，一同被殺的，還有韓遂的兒子。

曹操沒殺閻行的父親，只是把他關了起來。

曹操親筆給閻行寫了一封信，信中說：「我看韓遂的所作所為，十分可笑（觀文約所為，使人笑來）。我前前後後給他寫了不少信，信中無話不講，到了這種地步還如何忍耐？你的父親知曉大義，目前很平安（卿父諫議，自平安也）。即便如此，牢獄那種地方不是贍養父母的場所，況且我也不能為你長期贍養老人呀。」

曹操給閻行說得很明白，他的父親不會有生命危險，但不能等得太久。

韓遂見曹操不殺閻行的父親，擔心閻行有二心，於是強迫閻行娶了自己的女兒（以一其心，乃強以少女妻行）。

韓遂還讓閻行擔任西平郡太守，讓閻行在那裏發展勢力。閻行卻趁機向韓遂發起進攻，但是沒有取勝，最後帶領家人逃往東方，後來見到了曹操，曹操封其為列侯。


閻行向韓遂發起攻擊時，韓遂徹底傷心了。

韓遂對另一個叫成公英的心腹說：「大丈夫遇到危難，禍患的根源居然從婚姻開始！如今連親戚都要背叛我，人馬又少，看來只能從羌中向西南去投奔蜀地了。」

成公英勸韓遂：「將軍興兵數十年，現在雖然遇到挫折，哪能放棄自己的門戶投靠他人？」

　　韓遂心灰意冷，對成公英說：「我年紀大了，你有什麼辦法教我（吾年老矣，子欲何施）？」

　　成公英想了想，對他說：「曹操不可能親自從遠方趕來，這兒也就是姓夏侯的主事而已。夏侯的人馬無法追趕上我們，又不能在這裏久待。我們暫時在羌中休養休養，等待他離去，然後聚集以前的人馬，我們還會有所作為的。」

　　韓遂接受成公英的建議，帶隨從男女數千人到羌人那裏，由於他向來對羌人很好，羌人願意保護他。

　　這時大約正是馬超自漢中殺回、夏侯淵率軍救援姜敍的前後，後來馬超再次敗走，而夏侯淵大老遠來了一趟，什麼都沒幹，有點不甘心，想順便把韓遂收拾了。

　　當時韓遂駐紮在漢陽郡冀縣以北的顯親，夏侯淵發起攻擊，韓遂不敵逃走，夏侯淵繳獲了不少韓遂的輜重糧草，同時展開追擊，一直追到略陽城，此地在顯親縣東北方向不遠。

　　對於下一步行動，夏侯淵手下諸將有不同意見，有的認為應該攻擊略陽，有的認為應該攻擊興國的氐王。

　　夏侯淵認為韓遂人馬雖然不多，卻都是精兵，而興國城池堅固，不能立即得手，所以應該攻擊長離一帶的羌人。

　　夏侯淵的判斷是，直接攻打略陽不劃算，而韓遂部下與長離諸羌關係密切，有很多人的家眷都在長離，攻擊那裏韓遂必救無疑，在運動中可以找到消滅敵人的機會（救長離則官兵得與野戰，可必虜也）。

　　夏侯淵留下人守護輜重，自己率輕兵直趨長離，韓遂果然率部來救。這時，敵眾我寡，諸將看見有點擔心（諸將見遂眾，惡之），想結營與敵人打持久戰。

夏侯淵認為不必，他說：「我們轉鬥千里，士兵們已經很累了，再修築營壘，士兵會更疲憊。敵人雖然很多，沒有什麼可怕的（賊雖眾，易與耳）。」

夏侯淵下達攻擊令，為了鼓舞士氣，他親自擂鼓，曹軍將士個個用命，最後大敗韓遂軍，繳獲了敵人的指揮旗，之後得勝而回，又將略陽攻克。

長離和略陽得手後，夏侯淵又率軍進攻興國，一直駐紮在興國的氐王千萬逃奔馬超。夏侯淵又轉擊高平的屠各族首領，把他們打敗，繳獲不少糧穀牛馬。

隴西郡有一個地方叫枹罕，位置大約在今天甘肅省臨洮以西，這裏有個叫宋建的人，趁着涼州大亂，自稱「河首平漢王」，任命了丞相等官員，像袁術那樣做起了土皇上，已割據長達30餘年。曹操下令夏侯淵趁着連克馬超、韓遂以及眾氐王、羌王、屠各王的聲威，遠擊枹罕。

夏侯淵率張部深入隴西郡，滅掉了宋建的獨立王國，同時渡過黃河上游，進入小湟中一帶，黃河西岸各羌族部落全部投降，隴西也宣告平定。

曹操專門向夏侯淵發來了嘉獎令，其中說：「宋建作亂三十多年，夏侯淵將軍一舉滅之，虎步關右，所向無敵，正如孔子所說的『吾與爾不如也』。」

到這個時候，涼州全境可以說基本平定了，馬超投奔張魯之後的事後面再說，韓遂的下落則不知所終，只有一部史書說，就在略陽之戰結束不久韓遂就死了，是死於戰鬥還是死於疾病不得而知。

總之，韓遂這個縱橫西部多年的老牌軍閥消失於歷史的舞台上了。至此，博大而神奇的涼州已經掌握在曹操的手中。

自漢獻帝建安十六年（211年）到漢獻帝建安十九年（214年），曹操用了三年多的時間，在沒有付出特別大代價的情況下，平定了關中，得到了涼州，收穫十分巨大。

曹操命令夏侯淵仍撤回迴長安，授予他「假節」的特權，統籌西部地區的軍務。同時下令撤銷涼州建制，改設雍州，剛剛就任長安特別市市長的張既被任命為雍州的首任刺史，統一管理關中以西地區的政務。

張既臨上任前專程赴鄴縣聽取曹操的指示，曹操知道他是馮翊郡高陵人，也在雍州轄區內。張既能在家鄉當父母官，說明漢末的「三互法」已不再起約束的作用了。

曹操笑着對張既說：「你這次回到家鄉，算得上衣錦還鄉了吧（還君本州，可謂衣繡晝行矣）。」

看起來，平定了涼州，曹操心情很不錯。

# 第三章 奪取益州

## 諸葛亮秘訪江東

曹操在西線突飛猛進，勢力範圍直抵漢中外圍，讓割據在漢中的張魯以及益州的劉璋都深受震動。

張魯知道，關中既平，曹操的下一個目標一定是他。

劉璋知道，張魯若敗，曹操一定會從漢中進攻益州。

張魯和劉璋都知道，憑藉他們本身的力量要做到自保根本不可能，為求生存，他們都在努力地找辦法、找出路。

只是，他們二人的想法並不一樣。張魯傾向於投降，劉璋傾向於抵抗。

投降當然好辦，而要抵抗就沒那麼容易了。

但無論投降還是抵抗，也都不是他們自己的事，因為旁邊還有劉備和孫權，這兩個都並非局外人，他們都有染指益州的打算。

在曹操發動潼關之戰進而平定涼州的這段時間裏，劉備抓住機會不斷在荊州拓展勢力，取得豐碩成果，與孫權之間的關係也保持得不錯。

在諸葛亮以中郎將身份駐防臨烝期間，劉備曾派他到孫吳去了一趟，這次出訪是在祕密情況下進行的，一般史書都未予記載，但它的過程記錄在晉人所著的一部地方志中。

根據這部地方志的記述，諸葛亮去的地方不是京口，而是孫權新的大本營秣陵，也就是今天的江蘇省南京市，諸葛亮曾登山遊覽，對

秣陵的山勢環境讚歎不已。

諸葛亮讚歎道：「紫金山山勢險峻，像一條盤龍環繞着建業，石頭城很威武，像老虎蹲踞着，這真是帝王建都的好地方（鍾山龍盤，石頭虎踞，此帝王之宅）！」

如今，一提起虎踞龍盤世人皆知是南京，而這個典故的由來，正是這裏。

漢獻帝建安十六年（211 年），孫權接受張紘等人的建議遷治於秣陵，孫權在此建石頭城，其故址在今南京市清涼山一帶。

秣陵最早為戰國時楚武王所置，當時就叫金陵，後秦始皇東巡會稽曾經此地，望氣者對秦始皇說從金陵地形看有王者之氣，秦始皇於是下令掘斷連岡，破壞其風水，並改稱金陵為秣陵。

與上次出使柴桑不同，對於諸葛亮此次出使秣陵的背景史書沒有留下太多的線索，這事件之所以記錄在地方志中，是因為地方志以記載山川風物、人情逸聞為主，無意識中留下了這條記錄。


關於這件事，考察其他史料也能看出蛛絲馬跡來。

一部史書中，有孫權想勸諸葛亮跳槽的記載，他想請人當說客，這個人不是張昭，而是諸葛瑾。

孫權對諸葛瑾說：「你與孔明同父同母（卿與孔明同產），弟隨兄才於義為順，為什麼不勸說孔明留下來？孔明若願意留下來，我可以給劉玄德寫信解釋。」

諸葛瑾回答孫權說：「我弟弟在劉備手下，他已將身心相託，與劉備之間情分已定，在道義上不存在二心。他不會留下，就像我不會去劉備那裏一樣（弟之不留，猶瑾之不往也）。」

諸葛亮親自出使江東，如果加上秣陵的這一回也只有兩次。上次在柴桑，諸葛瑾並不在那裏，孫權對諸葛瑾說這些話，只能發生在後

面的這次。

然而，由於史料缺失，諸葛亮為何出使以及出使的結果如何都已不得而知。推斷起來，這次密使江東，原因可能有兩個。

一是協調江南三郡與孫吳的關係，長沙、桂陽二郡東鄰江東的豫章郡，雖然有舊制，但戰亂以來，有些地方的邊界已不甚清晰，豫章郡也是孫權重點經營的地區，雙方為鄰，難免時有衝突，需要做好這方面的協調工作，而地方上的太守和駐軍將領顯然不如諸葛亮更有經驗。

二是處理剛剛發生的廬江郡雷緒事件，雷緒是廬江郡人，早在袁術佔領揚州期間雷緒已擁兵數萬，後周旋於袁術、曹操、孫權之間，成為一股相對獨立的地方勢力，劉備拓展江南期間，雷緒率部曲數萬人表示歸順。

廬江郡屬揚州，目前是孫權的勢力範圍，是孫權賴以與曹操在東線抗衡的主要支點，與荊州江夏郡相鄰，三分荊州後，江夏郡也為孫權所有。

雷緒願意投奔劉備，看起來是件好事，卻給劉備出了個大難題。因為劉備與雷緒之間還隔着孫權，如果接納雷緒，形同支持反叛孫權的武裝在背後鬧事，無疑是對孫劉聯盟的嚴重破壞。

史書僅記載了雷緒願意投降劉備的內容，至於劉備是否接受了投降、接受以後如何又做出了什麼安排都沒有記載，推測起來，劉備應該沒有接受。

不過，史書還是記載了雷緒的結局，漢獻帝建安十六年（211年），曹操從東線征孫權，派夏侯淵督諸將攻擊雷緒，雷緒被擊破，下落不明。

這說明，劉備沒有接受雷緒的歸順，雷緒仍活躍於廬江郡一帶，最後敗於曹軍之手。

然而，雷緒事件發生後需要與孫權方面就此事進行溝通，至少要表明雷緒提出歸順是他自己的選擇，絕非出於劉備方面的策動，以打消孫權的疑慮。

想必這次出使是成功的，所以公事之餘諸葛亮才有心情登山賞景，說了那樣一通讚歎秣陵的話。


## 劉備要披髮入山

曹操在將關中和涼州平定後，打破了原有的戰略格局，孫權想起周瑜臨終前當面向自己提出的建議，覺得現在進軍益州正是個好機會。孫權於是舊話重提，派出使者到公安，給劉備送去一封信。

孫權在信中說：「張魯據有巴郡、漢中郡為王，為曹操做耳目，妄圖吞併益州，劉璋不武，無法自守，如果曹操佔據蜀地，則荊州危矣。現在我想先攻取劉璋，之後進討張魯，使首尾相連，一統吳、楚。如此，即使有十個曹操來，也沒什麼可擔心的了（雖有十操，無所憂也）。」

在信中孫權只說統一吳楚以對抗曹操，沒有說誰去統一、統一之後怎麼辦。對劉備來說，對付曹操當然很重要。但這個新大舅哥也絕不是善類，這種借道伐蜀的事當然不能答應，誰敢保證孫權不會來個「摟草打兔子」？更何況，益州早已成為劉備的必取目標，又怎會拱手讓給別人？

孫權的用心劉備當然心知肚明，他還是想借道伐蜀的事，這種要求哪能答應？劉備接信後急召諸葛亮回公安，就此事進行商議。之後給孫權寫了回信。

劉備在信中寫道：

「益州百姓富強，土地險阻，劉璋雖弱，足以自守。張魯為人虛

偽，未必肯忠於曹操。現在如果驟然用兵，人馬軍需將運轉於萬里之間，要取得成功，吳起、孫武在世也不敢保證（此吳起不能定其規，孫武不能善其事也）。

「曹操雖有無君之心，但是有奉主之名，聽說曹操失利於赤壁，現在已無遠志。如今天下三分，曹操據其二，他的想法是飲馬於滄海、觀兵於吳會，怎麼肯去攻打漢中、益州？我們之間不應互相猜疑、攻伐，那樣就會讓曹操有機可乘，非長久之計。」

劉備不同意孫權的提議，不僅不同意，還把孫權惡心了一把。說什麼益州也罷，漢中也罷都不是那麼好打的，吳起、孫武在世都未必能辦成，你孫仲謀更沒辦法，你別惦記漢中和益州了，人家曹操正盯着你的江東呢，還是好好想想該怎麼自保吧！

劉備就差直接說：我要是你，愁都愁死了，還顧得上打別人？

接到劉備的回信，孫權氣得夠嗆，這個妹夫看來真是大家說的那樣，表面忠厚其實奸詐得很。不答應算了，還說那麼多？孫權有些後悔，當初不該把南郡讓出來，如果南郡還在自己控制之中，就不存在借道的問題了。

盛怒之下，孫權決定用武力解決問題。


孫權下令，讓孫瑜率水軍集中於夏口，擺出一副溯江而上的陣式，之後再次正式知會劉備，江東水軍要經過荊州去攻打益州。

此時，魯肅是江東在荊州方面的總負責人。孫權沒讓魯肅負責西進行動，是不是對他不信任呢？

其實不是，進軍益州是大事，不是依靠荊州的力量就能完成的，必須調動整個江東的人馬，孫瑜是孫堅弟弟孫靜的次子，孫權的堂兄，此時的軍職是奮威將軍，而魯肅還只是偏將軍。由孫瑜統一指揮西進行動，更符合當時的實際情況。

照會發出，劉備不理。

想硬闖，那就來吧，由夏口溯江而上去益州，中間要經過公安、江陵、夷陵、秭歸這些長江上的要塞，它們全部掌握在我的手中，我不同意，你以為你過得去？

孫瑜也是江東的鷹派，他做出非過不可的姿態。

眼看兩個盟友就得在當年赤壁之戰的那一段長江上打起來。

劉備給孫瑜寫了封信，信裏發下狠話：「我劉備與劉璋同為宗室，憑藉先人的英靈匡扶漢朝。今天劉璋得罪大家，我深感竦懼，不敢聽聞，希望閣下對他能加以寬貸。你如果強行通過攻取蜀地，我就披髮入山，決不在天下人面前失去信義（汝欲取蜀，吾當被髮入山，不失信於天下也）！」

表面看，劉備是在拿忠義做擋箭牌，讓孫權、孫瑜無話可說，其實是劉備的翅膀已經硬了，敢攤牌了，所謂披髮入山，其實就是不惜一戰的意思。

劉備滿嘴仁義，把孫權弄得沒話說，最終只得放棄了攻打益州的計劃。

不過，後來劉備卻搶先率兵入蜀。孫權聞聽後大怒：「這小子竟然敢對我使詐（猾虜乃敢挾詐）！」

劉備的確做着開戰的準備，最終讓孫權放棄想法的不是劉備的幾句話，而是實力。

劉備與諸葛亮商量後，決定迅速調整軍事部署，加強沿江一帶的軍事力量，讓關羽屯江陵，張飛屯秭歸，諸葛亮屯南郡，劉備自己駐紮在孱陵，一字排開，佈下重重防線，防備江東的人馬硬闖。

諸葛亮就不再回臨烝了，他以中郎將的身份率一部人馬守備在南郡。與江陵、秭歸、孱陵不同，南郡並不是一座具體的城池，而是一

個郡的名稱，推測起來，諸葛亮率軍駐紮的地點應該是南郡下轄的公安。公安是劉備的大本營，劉備親自駐防屏陵後，公安也得有人看守。

與在臨烝主要的工作是徵調賦稅、協調關係不同，這次諸葛亮完全是以軍事將領的身份統兵一方，這對他來說又是一個新的鍛煉。

孫權儘管氣得要命，但硬拚並無把握，即使獲勝，也將使曹操坐收漁利，那是最壞的結果。

孫權看到劉備這邊嚴陣以待，知道益州沒法去了，只好命孫瑜回來。

# 益州有個小幫派

劉備和孫權差點兒為益州打起來，顯然都沒把益州現在的真正主人劉璋放在眼裏。

益州刺史劉璋現在很矛盾也很頭疼，如果沒有劉琮的前車之鑒，劉璋也許會選擇投降曹操。但曹操對劉琮的安排讓劉璋感到寒心，他深感投降沒有出路。

不降就得打，劉璋掂量一下，覺得他老爸劉焉即使還活着，父子倆加在一起都不是曹操的對手。

劉璋的矛盾心理被一個人看在眼裏，這個人就是之前出使過荊州、見過曹操的那位張松，他是益州副州長（別駕），劉璋的主要助手。張松的祖籍是益州刺史部蜀郡，他和哥哥廣漢郡太守張肅都是益州本地實力派人物。

張松覺得劉璋這個官二代確實沒有能力領導益州走出危局，為了讓益州百姓少受災難，劉璋應該投降。只是張松比較討厭曹操，他喜歡劉備，希望由劉備來主持益州的大局。

張松政治傾向的形成是有原因的，這主要是赤壁之戰前那次與曹

操的見面，張松對曹操印象極差，轉而傾心於劉備。不過，赤壁之戰後益州面臨的外部壓力一度降低，這個話題也就暫時不提了。

現在，當來自曹操的威脅突然加大，張松又勸說劉璋，認為只有邀請劉備來益州才能增加益州的防衛力量，既可以打敗張魯，搶在曹操之前拿下漢中，又能對抗曹操，讓曹操不敢窺視益州。

張松其實並不是一個人在戰鬥，在益州他還有幾個堅定的支持者，他們主要有法正、孟達、射援、上官勝等人，這幾個人的祖籍剛好都是關中地區的扶風郡，有人也稱他們為「扶風派」。

益州的政治格局比較複雜，有益州本土派，還有隨劉璋父子來益州的所謂「東州派」，而在這兩大派系之外，還有一些人既不出身於本土，也和劉璋父子沒有太深淵源，比如扶風這一派。

劉璋父子的策略是依靠東州派對本土派進行打壓，維持政治上的平衡，對「扶風派」這些人基本沒放在眼中。「扶風派」人單力薄，歷來不受重視，但他們個個都是人才，很有能力也很有想法。

可以想像，在對待是否引入劉備這件事上，本土派肯定是反對的。他們在益州本來過得挺好的，來了個劉焉、劉璋，已經把他們搞得很不爽了，再來個劉備，豈不是再無出頭之日了？

至於「東州派」，可能還沒有拿定主意。不過本土派如果勢頭上升，他們這些人可能會傾向於有外人來幫幫忙，既能對付曹操，也能彈壓本土派。

「扶風派」則很堅決，他們強烈希望改變現狀。張松是益州人，本來屬於本土派，但他和法正、孟達關係一向很好，政治觀點接近，成為「扶風派」的堅定支持者和盟友。

張松在劉璋跟前有一定的影響力，加上法正、孟達等人的策劃，劉璋的態度逐漸明確，最後下決心請劉備來益州。

劉璋想先派人去聯絡一下，張松順勢推薦了法正。

法正這時 35 歲左右，他的祖父名叫法真，有清節高名，活了 89 歲，知名於世，號稱玄德先生，其號與劉備的表字相同。法正的父親叫法衍，在朝廷當過官。

漢獻帝建安初年，長安陷入空前的動盪，加上饑荒，百姓生活艱難，大量逃往漢中、益州等地避難。法正和同郡好友孟達一起來到益州，他們都很有才能，但劉璋不善用人，法正最後才當了個新都縣令，常遭當地人的排擠誹謗，十分苦惱。

法正受張松推薦，為了不引起劉璋的疑心，他假模假樣地推辭了一番（正辭讓，不得已而往），之後受命出使。

消息傳出，益州內部炸了鍋。劉璋的辦公室主任（主簿）黃權勸劉璋說一國不容二君，希望劉璋慎重考慮。

有個叫王累的官員更絕，這位王兄為勸說劉璋，不惜自刎於州政府大門外，來了個屍諫。

之前逃到交州的劉巴此時也在益州，他先到了交州，改姓張，想重新開始自己的人生，無奈與交趾郡太守士燮不合，於是經牂牁道來到益州。

劉巴的父親劉祥當太守時曾舉劉璋的父親劉焉為孝廉，因為這層關係，劉璋對劉巴挺尊重，每有大事都向他徵詢意見。劉巴也認為劉備不是能屈居於人下的人，把他弄來必然是引狼入室（備，雄人也，入必為害，不可納也）。

但是劉璋主意已定，誰勸都不聽。


法正一行沿行而下，走了近 2000 里路，在屏陵見到了劉備。

當着眾人的面，法正辦完公事，待沒人時，法正立即向劉備把話挑明，道出了奪取益州的具體計劃（正既宣旨，陰獻策於先主）。

法正對劉備說：「以將軍的英才，應該趁劉璋的懦弱而有所作為。張松在益州是個重要人物，他可以從裏面響應您（張松州之股肱，以響應於內），得手之後就擁有了益州的殷富以及天府之國在地理上的險阻，以此成就大業易如反掌！」

劉備正為益州的事犯愁，面對孫權的咄咄逼人，劉備雖然扛過一時，但他知道並非長久之計。但現在就去攻打益州，劉備還沒有把握。

法正的到來，讓劉備信心大增。

法正隨後回了成都，就荊州之行的情況與張松又進行了密謀，張松雖竭力稱頌劉備，但其實他並沒有見過劉備，法正回來後對張松說劉備既有雄才又有大略（為松稱說先主有雄略），他們迎請劉備的決心更加堅定了。

但這時劉璋的態度卻出現了鬆動，原因是曹操收復關中後沒有立即發動漢中之戰，劉璋感到危機還沒那麼迫切，加上以本土派為主反對請劉備來益州的人在他面前不斷進言，劉璋有所猶豫。

「扶風派」的政治理想只開了個頭就要夭折，張松、法正等人哪能放棄？

張松勸劉璋說：「現在益州龐羲、李異等人都自恃有功、十分傲慢，他們心裏各有想法。如果不請劉豫州來，到時候就會出現敵人攻於外、自己人攻於內的情況，必然失敗。」

張松的一番話可謂對症下藥，直指劉璋的心結。

龐羲屬「東州派」，他原來在朝廷當議郎，和劉璋的父親劉焉有通家之好。劉焉的長子劉範在長安朝廷做人質，劉焉曾密令劉範私通馬騰襲取長安，事敗被殺，龐羲招募勇士解救了滯留在長安的劉範的幾個兒子，後把他們帶到益州，受到劉焉的感激和器重。

劉焉讓龐羲率兵攻打張魯，龐羲勢力因此逐漸坐大，後被任命為巴西郡太守。劉璋繼位後，龐羲表面服從但漸露驕橫，本土派的趙韙

曾反叛，有人說龐羲也參與其中，但沒有證據，劉璋對龐羲疑心很重。

張松的話觸動了劉璋，劉璋不再猶豫。

劉璋下令，派法正率領4000人去正式迎請劉備，並給劉備帶去了大批軍費（前後略遺以巨億計）。

劉璋的想法是，讓劉備來益州後，趁曹操沒有南下漢中，幫助自己打敗張魯，佔領漢中，之後共同抵抗曹操。

隨法正一起去的還有扶風派的另一員幹將孟達，劉璋讓他當法正的副手，4000人馬中他們二人各領2000人（劉璋遣扶風孟達副法正，各將兵二千人，使迎先主）。

有一部史書說，法正、孟達再次見到劉備，這一回他們還給劉備帶來一份大禮。劉備之前和張松、法正談得很投機，對於他們二人的建議，劉備都傾心接納，雙方都很滿意（備前見張松，後得法正，皆厚以恩意接納，盡其殷勤之歡），在與他們談話中劉備多次詢問蜀中情況，尤其關心軍事部署及山川地理情況，張松等一一做了回答。

這次，張松、法正乾脆畫了地圖，標示出各種重要事項，將益州的虛實全部列出，獻給劉備。

有人認為上面這條記載不可靠，因為張松和劉備還沒見過面，張松之前曾出使過荊州，但他見到的是曹操，那時候劉備已逃至夏口，不可能見面。

其實這並不重要，張松、法正、孟達等人已經私心於劉備，他們所掌握的情報對劉備一定會毫無保留，以法正和孟達的地位，平時接觸的重要情報不會太多，張松不一樣，作為益州副州長（別駕），他知道的事情肯定很多，把一些重要內容寫成書面材料或畫成圖，讓法正、孟達帶去獻給劉備，是完全可能的。

所謂「張松獻地圖」，如果不考慮是否由張松本人親自獻給劉備

的話，也是完全說得通的。

劉備決定帶步卒數萬入益州，這已佔了他所能集合起來人馬的一大半。益州廣闊，情況複雜，此行任務艱巨，不是三五個月就能辦完的，人馬帶少了不行。

但是，對於關羽、張飛、趙雲等將領，劉備決定一個都不帶，之所以做出這樣的安排，劉備有他自己的考慮。

一來，荊州是大本營，不能有絲毫閃失，曹操不可怕，他近來的戰略重心是東面的合肥和西面的關中，連續幾場大仗下來，從荊州方向發起大規模攻擊的可能性小。

但盟友孫權必須時刻提防，自從上次孫瑜借道伐蜀未成，孫權對他這個妹夫已有怨氣。如果聽到他搶先一步帶兵入蜀，孫權肯定更為惱火，說不定會做出什麼過激之事來，留下關羽眾人在，不怕江東生變。

二來，此次入益州打的是助戰的旗號，奪取益州只能相機行事，時機不到不能輕舉妄動，在此之前一切應該低調，不能引起劉璋和益州士人們的疑心。世人皆知關羽、張飛等是出了名的猛將，也是他的左膀右臂，沒帶他們來，說明沒有別的想法。

關羽、張飛、趙雲雖然英勇，但智謀尚欠缺，自己走後，一旦突發大事，益州、荊州之間千里阻隔，難以及時通達信息，如果處理不當，勢必會誤大事。

考慮到這些，劉備決定把諸葛亮也留下。諸葛亮處理問題周到細密，雖然年輕但臨危不亂，赤壁之戰他立了關鍵一功，戰後這兩三年裏他前後奔忙，為拓展和鞏固荊州發揮了重要作用，他又和江東方面關係不錯，尤其是和江東負責荊州方向防備的總指揮魯肅私交甚好，把他留在荊州，劉備才能放心。

至於益州那邊，劉備倒也不擔心，因為臥龍去不了還有鳳雛。劉備把龐統帶在身邊，幫助出謀劃策。

龐統上次主動提出攻取益州的建議，正符合劉備的心意，對於益州他也多有研究，此去有他在身邊，正好彌補諸葛亮不在的遺憾。

劉備提拔龐統為軍師中郎將，所任職務與諸葛亮相同，讓他隨軍聽命。除龐統外，劉備還帶上了簡雍、黃忠、魏延、廖立等人。

安排好這一切，劉備一行就在法正、孟達的陪伴下，率領大軍，浩浩蕩蕩地沿長江西進了。


# 先喝了場大酒

漢獻帝建安十六年（211 年）十二月，劉備留諸葛亮、關羽、張飛、趙雲等人守荊州，自己率數萬人馬沿長江而上，進軍益州。

劉備走後諸葛亮成為荊州事務的實際負責人，諸葛亮的職務雖然只是師長（中郎將），比關羽、張飛至少低兩級，但他的排名已到了關羽等人之前（先主留諸葛亮、關羽等據荊州）。

劉備的做法跟孫權有點兒像，不論資排輩，按照實際能力用人，在根據實際情況做出的各種臨時性安排中，常常以下制上。

劉備特意任命趙雲為後方警備司令（留營司馬），讓他協助諸葛亮負責大本營的日常事務。之所以做出這項安排，劉備考慮的是他走之後還有一件麻煩事，那就是他的新夫人。

孫妹妹一向無法無天，劉備在時尚驕橫不法，如果劉備不在跟前，恐怕沒人能夠約束，還不知道會鬧出什麼事來。劉備認為趙雲平時比較威嚴，壓得了陣，所以讓他掌管內務（先主以雲嚴重，必能整齊，特任掌內事）。

幸虧有這個安排，不然真要出大事了。

孫權聽說劉備西征益州，覺得自己被耍弄，劉備前面說的那些大話都是騙人的。盛怒之下，孫權決定把妹妹接回江東。

孫權直接派大船來公安接人，孫妹妹要回娘家，誰也攔不住，大家也不好說去請示完劉備再放行，只得讓她走。可是，孫妹妹不僅自己走，還要把劉備的幼子劉禪一起帶走（夫人內欲將後主還吳）。

劉禪此時4歲，他的生母甘夫人不久前病故，平時就由年輕的繼母孫妹妹帶着。誰也沒料到孫妹妹會有這一手，倉促之間劉禪竟然被她抱到了船上。

孫妹妹要帶劉禪回江東，也許出於感情上無法割捨，畢竟帶了孩子一段時間，產生了感情，所以想讓他跟着自己一起走。但更有可能的是，這是孫權的主意，把目前劉備唯一的兒子帶走，讓他成為人質，待劉備真的拿下益州後，再用劉禪跟劉備討價還價。

幸好趙雲和張飛得到了消息，立即帶兵從陸路趕到前面，勒兵截江，把劉禪搶了回來。


有法正、孟達一路相伴，劉備率領的大軍行進得很順利。

大軍應該是乘船溯長江而上的，越過益州最東面的門戶魚復就進入劉璋的地盤，之後過朐忍、臨江、平都、枳縣等地，到了益州東部最重要的城池江州。

江州今稱重慶，是益州刺史部巴郡的治所。巴郡太守名叫嚴顏，是益州本地人，反對劉備入益州。

聽說劉備真的來了，嚴顏不禁捶胸長歎：「這是獨坐窮山、放虎自衛啊！」

獨自坐在沒有出路的山裏，把老虎放出來保衛自己，在嚴顏看來，這就是引劉備來益州的後果，無異於飲鴆止渴。但大政方針已定，嚴顏不能不執行，只得放劉備過去。

劉備率部沒去成都，而是去了成都北面的重鎮涪城。涪城今稱綿陽，距成都 120 公里，是成都北面的門戶。劉璋聽說劉備如約而至，還帶來數萬精兵，很高興。

更讓他感到欣慰的是，劉備手下的重要將領關羽、張飛等一個都沒來，說明劉備此行是幫忙的，而不是搶他的地盤的，劉璋於是親自赴涪城與劉備相會。

劉璋盛情歡迎劉備的到來，他是率領三萬多步騎去的涪城，一路上車乘帳幔，精光耀日，十分威風和熱鬧。

到了涪城，劉璋與劉備相見，無比親近，劉璋下令擺下盛宴，給劉備以及手下將士們接風洗塵。


這場酒喝了 100 多天，參加的人數多達數萬，不知道是否能創造一項紀錄，劉璋不僅跟劉備喝，還和劉備手下的將士喝，喝得很高興（先主所將將士，更相之適，歡飲百餘日）。

一片熱烈友好的氣氛中發生了一件小插曲。

酒桌上，劉備酒喝多了，發現劉璋旁邊坐着一個人。這個人長得比較有特點，鬍子特別多（其人饒鬚）。

劉備喝得高興，就拿他開起了玩笑：「過去我在家鄉涿縣，那裏有很多人姓毛，東西南北都有，縣令說哪來這麼多毛環繞着涿縣（諸毛繞涿居乎）？」

聽領導講笑話是個學問，會聽的人，領導的笑話好笑不好笑都笑，不會聽的人會犯傻地問人家笑點在哪裏。不過，即使犯傻的人，在領導講笑話的時候也不會抬槓。被劉備調侃的這位仁兄大概屬於傻得不透氣的那種人，他沒有笑，沒有抬槓，卻順手回贈給劉備一個笑話。

此人一本正經地對劉備說：「過去有個人在上黨郡潞縣當縣長（昔

有作上黨潞長），後來升了官，當上了涿縣令，該縣令辭官回家，別人給他寫信，就稱他為『潞涿君』。」

潞與露諧音，涿與啄音同，啄是嘴的意思，露啄即露嘴，也就是沒鬍鬚，根據史書的記載，劉備恰好沒鬍鬚。

劉備拿人家鬍子多開涮，此人就回敬他嘴上沒毛。

嘴上沒毛，辦事不牢。劉備心胸算是比較開闊，但也記在了心上。後來一打聽，說此人名叫張裕，是劉璋身邊的參事（從事），劉備暗暗地把這個名字記住了。


劉璋回成都前，下令撥給劉備一批物資，包括 20 萬斛米，1000匹馬，1000 乘戰車，以及繒絮錦帛等，作為替自己攻打張魯的酬勞。

劉璋還以益州牧的身份表奏劉備代理大司馬、兼任司隸校尉（行大司馬、領司隸校尉）。此前劉備已有左將軍、荊州牧的頭銜，一個是朝廷給的，一個是孫權表奏的，現在這個大司馬比三公的地位還高。目前，曹操已廢三公設丞相，在朝廷的正式序列裏大司馬已不復存在，劉璋不管那一套。

司隸校尉相當於州牧，所轄範圍從長安到洛陽，都是十分重要的地區，目前基本處於曹操的控制之中。劉璋表奏劉備擔任司隸校尉，潛台詞是支持劉備向那裏發展，是對曹操的公然挑釁。

作為回報，劉備也表奏劉璋為鎮西將軍，兼任益州牧。

張松沒有來涪城，他讓法正悄悄轉告劉備，可以藉此大會之機，一舉將劉璋拿下，大事可成，對這個建議，劉備拒絕了。

劉備的解釋是：「這是大事，不能太倉促（此大事也，不可倉卒）。」

龐統也提出了和法正一樣的建議，龐統覺得現在時機正好，可以一舉拿下劉璋，奪取益州。

龐統進一步建議說：「藉着這個機會，正好把劉璋抓起來（今因此

會，便可執之），那就免去用兵之勞而可坐擁一州了！」

劉備一樣拒絕了：「才入益州，恩信未立，不能這麼做。」

同樣是拒絕，劉備給法正和張松的理由比較籠統，而說給龐統的才道出了他的心裏話。

相對於地盤，劉備更在意的是人心。人們都知道他是受邀而來的，劉璋又如此盛情厚誼，他對益州沒有任何建樹，卻趁機發動政變，即使得手，也會讓益州官民心寒。張松、法正以及龐統考慮的是戰術層面的勝利，而劉備考慮的是戰略層面的成功。

經過 20 多年的磨礪，劉備已經成長為一名成熟的政治家。

## 起兵白水關

在荊州方面，這一段時間局勢相對平靜。

諸葛亮和關羽等人絲毫不敢大意，時刻關注着北面曹操和東面孫權的一舉一動，防備他們藉劉備分兵於益州之際來進攻荊州。

讓諸葛亮頗為欣慰的是，曹操這段時間把用兵的重點放在了關中地區，那一帶一直由十多路割據勢力所分治，被稱為關中諸將。在關中諸將的後面，還有涼州的馬超和韓遂，曹操想解決他們。

這是一場戰役，一旦開始沒有一年半載便無法結束，看來曹操暫時無力南下。

對孫權這邊主要是搞好關係，鞏固同盟。孫權接妹妹回江東事件發生後，雙方鬧出了不愉快，但也沒有因此撕破臉。江東在荊州方向的總指揮是駐紮在陸口的魯肅，他也是諸葛亮的老朋友，是孫劉聯盟的堅定支持者，在他們的共同努力下，孫劉雙方關係處得還算好。

這段時間裏，諸葛亮與魯肅、孫權都保持了經常性的書信往來，孫權曾給諸葛亮寫信，詢問誰在劉備跟前出謀劃策。

孫權大概覺得劉備入益州應該把諸葛亮帶上，諸葛亮竟然沒有去，別人他就不熟悉了，因而詢問。

諸葛亮寫信告訴孫權現在劉備身邊出謀劃策的主要是龐統和廖立，他們二位都是楚地的俊才，有能力輔佐劉備復興漢室大業（龐統、廖立，楚之良才，當贊興世業者也）。

這封信表明，劉備雖然搶在孫權的前面去了益州，惹得孫權不高興，但孫權也只好默許了，他只能繼續維持着孫劉同盟的存在。

在這種情況下，江東對荊州的威脅暫可以不作為考慮的重點，可以讓劉備在益州放手大幹一番了。


涪城歡娛百餘日，劉璋回了成都。

按雙方約定，劉備將率所部加上劉璋增撥的兵馬向北進攻漢中。有史書稱此時劉備的總兵力超過三萬人（先主并軍三萬餘人），不過。但是，結合前文分析，劉備來益州時自己就帶了「數萬人」，法正、張松又帶「數千人」給他，劉璋又為劉備增兵，其兵力遠遠不止這三萬。

手握重兵，如果現在向成都殺個回馬槍，劉備仍有勝算，但他仍不着急。

劉備率部由涪城向北進發，一直到了葭萌，才不走了。

葭萌是益州刺史部廣漢郡的一個縣，在古白水之上，位置介於今四川省劍閣與廣元之間。其境內的白水關是益州在北面的最後一道防線，劉璋在此設白水軍督，相當於邊防軍區，所轄各部稱白水軍，指揮官（白水軍督）名叫楊懷，副手叫高沛，劉璋命令他們都歸劉備指揮（令督白水軍）。

劉璋很着急，恨不得劉備馬上出擊漢中，但劉備卻不着急，一到葭萌就住了下來，這時是漢獻帝建安十六年（211 年）與十七年（212年）之交，劉備離開時是漢獻帝建安十七年（212 年）年底，也就是說

他在這裏住了將近一年。

在此期間，劉備沒有向張魯用過一次兵，他在這裏到處做好人好事，收買人心，樹立個人威望（厚樹恩德，以收眾心）。

但龐統認為葭萌不可久留，如果不趕緊行動，必然會出現大麻煩（若沉吟不去，將致大困）。

為此，龐統制訂了三個方案供劉備參考：

第一個方案是悄悄選派精兵，晝夜兼行，直接襲取成都，劉璋實力不強，防備力量不足，如果突然發起攻擊，可一舉將其拿下（璋既不武，又素無預備，大軍卒至，一舉便定）；

第二個方案是告訴楊懷、高沛說荊州那邊有事，要回荊州救急，之後做出要回去的樣子（並使裝束，外作歸形），這二人既憚於將軍的威名，又高興將軍現在離去，必然會輕騎來見，到時候一舉將其擒拿，進而攻取成都；

第三個方案是暫不用兵，退回白帝城，與荊州相連，益州之事徐圖緩進。

上、中、下這三策擺在了劉備面前，經過思考，劉備一定覺得出其不意地攻取成都，在軍事上是勝算最大也是最有效的方案，但和之前的顧慮一樣，不明不白地突然反戈一擊，勢必造成極大震動，為治理益州留下後患。至於下策，等於這一年白忙活了，基本上也不在考慮範圍之內，劉備最終選擇了中策。

其實這大概正是龐統預料之中的，他也知道上策雖好，劉備不會採納。至於下策，說出來也只是做個陪襯，龐統的真實意圖，大概就是中策。

給領導提建議、做方案，要會揣摩領導的心思，把自己的真實意圖不露痕跡地隱藏起來，引導領導自己去選擇，所有聰明的下屬都會

這一手。幾個方案一塊提出來，領導便有了選擇的過程，選擇是思考也是創造，比被動接受更容易獲得成就感。目的達到了，又讓領導享受了創造的過程，這才是高明的下屬。

恰在這時，機會也來了。

漢獻帝建安十七年（212年）十月，曹操率部征討孫權，攻擊目標是孫權在長江北岸的要塞濡須口，孫權有點兒扛不住，向劉備求援。

劉備並不關心孫權的死活，他關心自己的機會。

接到孫權的求救信，劉備馬上給劉璋寫信：「曹操征吳，孫權那邊快頂不住了（曹以征吳，吳憂危急）。我和孫權是聯盟，脣齒相依。而且，曹操還派樂進在青泥進攻關羽，如不相救，關羽也危險了，樂進必然大舉進攻荊州。張魯雖然要打，但現在荊州那邊更危險（其憂有甚於魯）。張魯畢竟是守在那裏的敵人，不足為慮。」

樂進和關羽是否真有一場青泥之戰，沒有其他史料做旁證，但並不證明這條信息是劉備瞎編的。為配合曹操東線戰場的行動，防守在襄陽的樂進此時主動向關羽發起進攻，可能性是存在的，不過有諸葛亮、關羽、張飛等人嚴密防守，樂進不可能突然總攻荊州，那是劉備誇大其詞。

劉備向劉璋提出，請求增加一萬人馬以及相應的軍需物資（從璋求萬兵及資實），供自己回荊州救急。劉備的意思是，客人是你請的，車票就得給買成往返，負責接來，也要負責送走。

接到劉備的來信，劉璋的憤懣可想而知。等了整整一年，好吃好喝好招待，又給人又給錢，血本都投進去了，沒有得到任何回報，現在竟然要走人！

但後悔沒用，一氣之下和劉備翻臉，劉璋沒有這個勇氣，更重要的是他沒有這個把握。劉備現在擁數萬之眾，又在一定程度上贏得了

百姓的好感，動起手來，劉璋認為自己未必是對手。

劉璋又氣、又急、又犯愁，想了半天，給劉備回了封信，信中同意劉備先回荊州去救急，只是 1 萬人馬太多，只能湊齊 4000 人，其他軍需物資，按照劉備所列清單一律減半供給（璋但許兵四千，其餘皆給半）。

應該說劉璋還算是個厚道人，儘管心裏氣不過，面子上還過得去。


張松此時在劉璋的身邊，他並不知道劉備、龐統的計謀，還以為劉備真的要走。

張松趕緊給劉備和法正寫了密信，信中說：「眼看大事將成，為何要放棄目標回去（今大事垂可立，如何釋此去乎）？」

張松的哥哥張肅不知怎麼得到了消息，大吃一驚，害怕連累自己，就向劉璋告發了。

劉璋接到報告，才知道劉備在自己身邊安插了這麼大一個臥底，壓抑很久的氣憤瞬間爆發，下令把張松殺了，同時密令各地，今後重要文書不再知會劉備（敕關戍諸將文書勿復關通先主）。

劉備聽說張松被殺，無比憤怒，也無比痛惜。

劉備竟然脫口而出道：「你殺了我的內應啊（君矯殺吾內主乎）！」

雙方徹底撕破了臉，漢獻帝建安十七年（212 年）十二月，劉備在葭萌正式起兵，反擊劉璋。

行動前，劉備按照龐統的計策，設計殺了白水軍正副總指揮楊懷、高沛。

楊懷一直對請劉備來這件事不滿，多次向劉璋進諫，劉備知道後，請楊懷來喝酒。酒酣之際，劉備見楊懷身上佩帶一把匕首，就從自己身上也掏出一把來。

劉備對楊懷說：「將軍的匕首不錯，我也有，把你的那把給我看看。」

楊懷把匕首交給劉備，劉備拿着楊懷的匕首說：「你這個小人，怎敢離間我和劉益州之間的兄弟感情（何敢間我兄弟之好耶）？」

楊懷知道要壞事，對劉備破口大罵，罵聲未絕，劉備即下令把他斬殺。

劉備命黃忠、卓膺、魏延等率兵向成都方向攻擊，劉備留霍峻守葭萌城。黃忠現在至少是副軍長（裨將），魏延的軍職稍低，這裏提到的卓膺，情況不詳，後面也再無有關他的記載。霍峻是荊州刺史部南郡人，他的哥哥叫霍篤，在鄉里聚合部曲數百人，霍篤死後霍峻投歸劉表，以後又率眾歸順劉備，劉備任命他為師長（中郎將）。

劉備親自到白水關，把那裏接收了，為防備他們生亂，劉備下令把守關將士的妻子兒女作為人質（質諸將並士卒妻子），之後率部與黃忠、卓膺等人會合。

劉備在白水關還發表了戰前動員講話，激勵眾將士：「我替劉益州征強敵，辛辛苦苦，一刻不得安息（師徒勤瘁，不遑寧居）。如今劉益州府庫裏堆滿了大批財物卻不願意賞賜那些有功之士，還奢望有人替他賣命，怎麼可能？」

劉備這個話多少有些站不住腳，他來益州一年了，什麼都沒幹，談不上「師徒勤瘁」。

但是，要翻臉總得有個說法。


## 都是性情中人

劉備率大軍南下到了梓潼，沒想到首戰即不順利。

梓潼是個縣，縣令名叫王連，他固城堅守，劉備一時無法得手。幾萬大軍，準備了這麼長時間，居然攻不下一個小小的縣城，換成別人肯定會氣餒，但劉備很有經驗，下令留一部人馬接着攻城，其餘主

力繼續南下，向益州北部重鎮涪城發起攻擊。

涪城是成都的北部屏障，劉璋急了，派劉璝、冷苞、張任、鄧賢等將領率各部人馬向涪城增援。僅僅一年之前，涪城大會，酒酣耳熱，觥籌交錯，現在卻刀兵相見了。

益州軍戰鬥力很弱，劉備指揮人馬一舉將其各部先後擊敗，攻克涪城，劉璝、張任等人率殘兵退保綿竹。

劉備率部攻克進入涪城，一年前劉備和部下們在這裏喝過一場大酒，此次以勝利者的身份重返，劉備命令再擺一場酒宴進行慶賀。

這頓酒喝得挺高興，不過又發生了一件小插曲。離開荊州一年多了，能不能實行既定戰略目標奪取益州？這讓大家的心一直懸着。涪城之戰獲勝，心裏的懸念基本解除，所以大家喝得都比較放鬆。

一放鬆，話就容易多，酒宴進行間，劉備突然對龐統說：「今天在這裏聚會，真是快樂極了（今日之會，可謂樂矣）！」

劉備的酒量如何不知道，可能他已經喝得差不多了。領導在下屬面前一般都是正襟危坐，只有在酒桌上喝高了才會露出原生態。其實領導也是人，讓他找個機會發泄發泄挺好，來到益州一年多了，夠鬱悶的。

龐統沒喝多，看見領導失語加失態，很嚴肅地說：「跑到這裏來攻打別人的地盤，還覺得挺高興，這算不上仁義之師（伐人之國而以為歡，非仁者之兵也）。」

劉備一向待人和藹，但今天喝多了，所以有點兒生氣。

劉備很不高興地對龐統說：「武王伐紂時也是前歌後舞，難道武王不仁義？先生此言不當，請出去（卿言不當，宜速起出）！」

龐統還從沒見劉備如此生氣憤怒，想走又不敢走，不走又不行，遲疑再三，還是走了（統遂逡巡引退）。

劉備到底不是一般的領導，酒要喝，事情還是拎得清的，腦子很

快就清醒下來，想起剛才之言十分後悔，趕緊命人把龐統請來，仍然坐回原位。

這種情況下總得有人先有個姿態，主動回個話，不然還是下不了台。通常情況下，不管領導對與不對，主動回話的都應該是下級。可是龐統不管，只顧吃喝，也不向劉備道歉（初不顧謝，飲食自若）。

劉備終於沉不住氣了，對龐統說：「剛才咱們的爭論，你說誰對誰錯（向者之論，阿誰為失）？」

龐統答道：「咱們都有錯（君臣俱失）。」

劉備大笑，宴樂如初。

這件小事本來無關宏旨，卻惹來後世史學家的一番宏論。

有的史學家認為，成就霸王之業首要是的是仁義為本、信順為宗，若做不到這些，即使成就了霸王之業也無益。劉備襲奪他人的土地，即使為的是成就個人霸業，但也信違情，於德義有虧，打了個小勝仗，何樂之有？龐統擔心他說的話傳到外面，才匡正其失誤，可謂達於大體。如果不說，反而是惜其小失而廢其大益。

還有史學家說，謀襲劉璋的建議出於龐統，畢竟這有違公義，龐統內心必感內疚，沒法高興起來，聽到劉備那麼說，可能觸動了他的心事。問題在於，劉備宴酣失語，道出了他的心機，那就是他自比武王而毫無愧色，這才是問題的根本。


劉備命令大軍在涪城進行休整，到了五月才繼續南下，攻取成都。

涪城大敗讓劉璋亂了陣腳，不知該如何應對。

劉璋手下有個叫鄭度的人建議：「劉備現在孤軍深入，其前鋒不足萬人，士氣不齊，糧草不足，為今之計不如把巴西郡、梓潼郡的百姓全部遷到涪城以西，把田野裏正在長的和倉庫裏存的穀物全部燒毀（倉廩野穀，一皆燒除），之後築起高壘，開挖深溝，靜而待之。劉備

來請戰，不跟他打，時間長了，他們缺少後勤保障，不出百日，自己必然退走。待他撤退時發起攻擊，定可將劉備擒獲。」

鄭度在劉璋手下擔任州政府處長（從事），他是廣漢郡人。看來再熊的領導手下也有倆能人，劉璋算是草包一個，但他手下人才倒不少，法正、孟達不必說，就是這個叫鄭度的也挺有兩下子。

鄭度這個辦法，拿到現在就叫堅壁清野，對付強敵入侵這個辦法最好使。打不過他不要緊，把該藏的全藏起來，不跟你打，餓死你，困死你，你熬不下去想抽身，我再狠狠地揍你。

在當時的情況下，這對劉璋來說無疑是最正確的方案，劉備的軟肋就是不能拖，如果劉璋不跟他打，還真不好應付。

鄭度的建議被劉備偵知，劉備急了（聞而惡之），問法正該怎麼應對。

這說明劉備的消息很靈，除了張松，他可能在劉璋身邊還安插了其他人，也可能是劉璋的手下不斷有人在投靠劉備。法正此時應該已經公開追隨劉備行動，他很了解劉璋，針對鄭度的建議，他給劉備出的對策很簡單——不用理。

法正對劉備說：「別擔心，鄭度的建議劉璋不會採用。」

讓法正料對了，劉璋聽到鄭度的建議對大家說：「我只聽說拒敵以安民，從沒有聽說把人藏起來避敵取勝的（吾聞拒敵以安民，未聞動民以避敵也）。」

不僅不用鄭度之計，還免了他的職。


但劉璋仍決定主動出擊，他制定了一個兩路夾擊的戰略。

一方面，派扶禁、向存等率一萬多人馬由閬水北上圍攻葭萌。

另一方面，派劉璝、冷苞、張任、吳懿、鄧賢、李嚴、費觀等率各部在成都以北的廣闊地區阻擊劉備。

霍峻駐守葭萌，他的兵力很有限，不到敵人的十分之一，劉備此時正全力向南進攻，無法分兵去救霍峻，只能靠他們自救。霍峻很頑強也很有經驗，他堅守葭萌不出，扶禁、向存無法得手。

霍峻一口氣守了一年，其間還伺機出擊，選精銳向敵人發起突襲，把敵將向存斬殺，劉璋兩面夾擊的計劃落空。

在成都以北的會戰中，劉璋手下眾將皆敗，師長（中郎將）吳懿率先投降，被劉備當即提升為軍長（討逆將軍），連升了兩級。榜樣的力量無窮大，劉璋的護軍將軍李嚴、參軍費觀在綿竹也率部投降，都被劉備任命為副軍長（裨將）。

也有寧死不降的，一次在雒城外雁橋交戰中，劉備將張任生擒。劉備素聞張任在益州軍中威望很高，希望能勸說他投降。

張任慷慨激昂，高呼：「老臣終不會事奉二主！」

劉備無奈，把他殺了。

劉璋仍然做拚死一搏，他下令由兒子劉循統一指揮殘部退守雒城，此地在今四川省廣元以北。

若再下雒城，成都將不攻自破，劉備率重兵將其團團圍住。


在這次戰鬥中，年僅36歲的龐統中了冷箭，竟然不治身亡！

事情來得太意外了，劉備簡直不敢相信。

劉備痛失股肱，悲傷不已，一連幾天只要一說話就流淚（言則流涕）。

有個叫張存的人，以荊州政府處長（從事）的身份隨劉備入蜀，此人估計也有些才學，但最不服龐統。

張存在一旁故意說起了風涼話：「龐士元雖說盡忠可惜，不過卻有違大雅之義（統雖盡忠可惜，然違大雅之義）。」

張存說的「大雅之義」推測起來可能有兩個意思，一是暗諷龐統

以軍師中郎將的身份跑到最前沿攻城，死得不值；另一個是說龐統出謀劃策襲取劉璋，生得光榮，死得卻不偉大。

劉備勃然大怒：「龐統已殺身成仁，你還在說什麼風涼話（統殺身成仁，更為非也）？」

劉備當即下令罷了張存的官，張存嚇得夠嗆，不久便得病死了。

劉備對龐統的家人給予了格外優待，表奏龐統的父親為議郎，以後又升為諫議大夫。龐統的弟弟龐林、兒子龐宏後來都在蜀漢擔任過郡太守。

龐統去世的消息傳到荊州，諸葛亮也悲痛不已，龐統不僅是他的好友也是他的親戚，諸葛亮親自到龐家祭拜（親為之拜）。

龐統一死，戰局似乎也有點發生轉折，劉備指揮人馬繼續圍攻雒城，但頻頻受阻，使盡了各種辦法，仍未攻克。

這樣一來就危險了，正如鄭度說的那樣，只要劉璋堅守不出，來他個堅壁清野，劉備難以支撐長久。益州的家底畢竟還在，東部的巴西郡、巴東郡和巴郡號稱「三巴」，其綜合實力不容小覷，劉備在此還寸土未佔。

南部還有幾個郡，包括漢昌郡、益州郡、越巂郡等，他們現在多持觀望態度，表面服從劉璋，實則保持中立。一旦久攻雒城不下，被劉璋趁機反攻得手，這些人肯定會一哄而上，等到那樣的局面出現就無力回天了。

劉備着急了，趕緊寫信給諸葛亮，讓他火速率兵增援。


## 張飛義釋嚴顏


諸葛亮接到劉備來信是在漢獻帝建安十九年（214 年）五月，劉備信中做了大致的安排，諸葛亮走後荊州交由關羽鎮守，諸葛亮率張

飛、趙雲等率部迅速開赴益州。

接到劉備的命令，諸葛亮立即進行了部署，他命張飛率一部人馬先行，趙雲率部與自己在後面跟進，兩支人馬約定在江州會合。

諸葛亮留下馬良、糜竺、糜芳、廖化等人協助關羽鎮守荊州，之後隨趙雲所部一起沿長江而上，向益州進發。

這是諸葛亮第一次單獨指揮數萬人馬的軍事行動，這一年他34歲，正式職務僅是軍師中郎將。

論年齡趙雲、張飛都比他大；論職務，趙雲和張飛也比諸葛亮高。但是劉備仍然把這支大軍的指揮權交給了諸葛亮，這既是對他能力的充分肯定，也是對他的信任。

諸葛亮還把劉備的養子劉封帶上，這一年劉封20歲左右。

張飛率軍西進，在前面開路，首戰於巴東郡，將其攻克，之後繼續向前推進，來到巴郡，將郡治江州包圍。

巴郡太守嚴顏組織抵抗，雙方展開了激戰，最終張飛獲勝。

再往前，一路順利，直抵巴郡的郡治江州，卻遇到了頑強抵抗。

之前說過江州即今重慶市，是益州東部重鎮，劉璋的巴郡太守是嚴顏，他一向反對引劉備入益州。

經過一番激戰，張飛攻破了江州，並將嚴顏生擒。

嚴顏被帶到了張飛跟前，張飛抓住了嚴顏，斥責道：「我大軍已至，你怎敢不投降而拒戰？」

嚴顏毫不畏懼，回答道：「是你們不講理，侵佔我們的土地（卿等無狀，侵奪我州）。我州只有斷頭將軍，沒有投降將軍！」

張飛聽了很生氣，大怒，命左右將嚴顏拉下去砍頭。

嚴顏臉色不變，對張飛道：「砍頭就砍頭，發什麼火（斫頭便斫頭，何為怒邪）？」

張飛被嚴顏凜然之氣所感動，下令把他釋放，尊為賓客。

這是此次大軍西進中的一段佳話，如果嚴顏被抓後主動求降，如果張飛把嚴顏真的殺了，這段佳話也就沒有了。嚴顏被俘後表現出的氣節、張飛釋放嚴顏表現出的仁義共同成就了這段佳話。

有人認為張飛繼續讓嚴顏當巴郡太守，直到嚴顏最終病逝於此。這個說法沒有依據，推測起來可能性也不大。史書記載很明確，嚴顏被釋放後的身份是「賓客」，並不是太守，出於戰略安全的考慮，巴西郡這個重地被攻克後，劉備、諸葛亮肯定會安排更可靠的人去管理。

嚴顏的事後來沒有記載了，他應該得到了善終。至今巴蜀地區共有三座他的墳墓，一座在重慶市忠縣，一座在四川省巴中市，一座在四川省蓬安縣。一人三墓，說明後人很推崇他的忠義形象。不過，嚴顏這個人物也存在一些爭議。

宋時蘇軾曾路過嚴顏墓，寫下一首詩：

> 先主反劉璋，兵意頗不義。
> 孔明古豪傑，何乃為此事。
> 劉璋固庸主，誰為死不二。
> 嚴子獨何賢，談笑傲碪几。
> 國亡君已執，嗟子死誰為。
> 何人刻山石，使我空涕淚。
> 籲嗟斷頭將，千古為病悸。

從這首《嚴顏碑》來看，蘇軾對劉備入蜀的正義性有所質疑，對嚴顏也不乏微詞。不過他的弟弟蘇轍就不這麼看，他在路過嚴顏的墓地時也寫了一首詩：

> 古碑殘缺不可讀，遠人愛惜未忍磨。
> 相傳昔者嚴太守，刻石千歲字已訛。

嚴顏平生吾不記，獨憶城破節最高。

被擒不辱古亦有，吾愛善折張飛豪。

軍中生死何足怪，乘勝使氣可若何。

斫頭徐死子無怒，我豈畏死如兒曹！

匹夫受戮或不避，所重壯氣吞黃河。

臨危閒暇有如此，覽碑慷慨思橫戈。

為什麼對嚴顏的評價會有這麼大的反差？

因為嚴顏是一位戰敗後沒有殺身成仁的將領，這與傳統節義觀似乎並不一致。他在後世能受到推崇，實屬不易。


張飛攻克江州不久，諸葛亮攜趙雲一行隨後也趕到了。

諸葛亮下令，大軍在這裏稍做休整。

江州附近有一山，高 3 里，合今約 1000 米，諸葛亮、張飛、趙雲等入蜀至此，分定諸縣，百姓用牛、酒犒勞大軍，諸葛亮於是下令在此大會將士，此地由此得名為會軍堂山。

之後，諸葛亮決定分兵三路向益州腹地進發。

第一路由張飛率領，由墊江向北，收服巴西郡，之後折向西南，去德陽等待會合。第二路由趙雲率領，繼續沿長江而上，攻佔江陽、犍為等戰略要地，之後迂迴至成都東南方向。第三路由自己率領，由江州直接西進，攻佔德陽，與張飛會合後直赴成都。

巴西郡的郡治是閬中，即今四川省閬中；江陽即今四川省瀘州，犍為是益州的一個郡，郡治武陽，即今四川省彭山；德陽屬廣漢郡，即今四川省遂寧。

這些地方都是益州的戰略要地，諸葛亮的戰略是不急於去雒城支援劉備，而是先肅清成都外圍，從南、北、東三個方向包圍成都。

制訂這樣的作戰計劃，考慮的是劉璋的主力已被劉備吸引至雒城方向，撤不能撤，打不敢打，現在只要繼續保持對雒城的壓力，就可以騰出手來一一將其收服，到那時即使雒城仍不破，劉璋也無計可施。

　　雒城不破，緣於城池高大，易守難攻，而不在於攻城部隊的多寡，現在幾路人馬即使全部雲集於雒城，也未必能馬上將其攻破。而且，即使攻破了雒城，益州各地的戰略要地也要一一去佔領，不如先做這些事。

　　諸葛亮還有一層考慮，那就是奪取成都的方式。如果成都是第二個雒城，麻煩就大了。雒城無關大局，成都卻舉足輕重，如果劉璋不肯投降，再圍成都數月，攻守相還，死屍遍地，把城池打爛，有人逼急了再給城裏放幾把火，那成都即使拿下，也廢了。

　　殺人總是凶事，攻城之日，如果死傷巨大，終不吉祥。

　　按照諸葛亮替劉備做出的規劃，今後將以益州為根本，成都就是成就王業的基礎，此城不能硬攻，最好讓劉璋出城投降。現在三路分擊的方案正是斷絕劉璋的後路和希望，迫使他出降。


　　三路大軍分頭行動，進展都很順利。

　　張飛一路進軍巴西郡，嚴顏給了很大幫助，巴西郡功曹龔諶投降，巴西郡很快被佔領。張飛按照之前與諸葛亮的約定，留下一部分人馬防守，自己率部前往德陽與諸葛亮會合。

　　趙雲也順利地平定了江陽、武陽等地，之後向成都方向進軍。

　　諸葛亮率部攻擊德陽，遇到的抵抗最大。劉璋帳下司馬張裔頑強抵抗，與諸葛亮戰於德陽附近的柏下，經過激戰，張裔被打敗，退回成都。

　　張裔字君嗣，是成都本地人。他也是一名學者，長於春秋，博涉史籍，受到大名士許靖的讚賞。劉璋舉薦他為孝廉，讓他當縣長，又

任命他為帳下司馬。這是個能文能武的人才，雖然被打敗卻給諸葛亮留下了深刻印象，張裔隨劉璋投降後，諸葛亮對他刻意培養和重用。

## 來得正是時候

諸葛亮率領的三路大軍到達成都，益州的局勢基本明朗了，劉璋原指望劉備知難而退，現在已經不可能了。

但劉璋還在猶豫，他實在不想投降。

這時，法正給他寫了封信，信挺長，大意如下。

「今國事已危，禍害在即，我雖身在外，內心一直在替將軍着想。將軍的本心我其實知道，您也不想與劉左將軍交惡，之所以造成今天的局面，全是您手下那些不了解何為英雄之道的人造成的（卒至於是者，左右不達英雄從事之道）。

「事情已如此，不要以為劉左將軍的人馬是遠道而來，糧穀不多，而設想以多擊少，曠日相持。從葭萌一路而來，所歷輒破，雒城雖有萬兵，也都不再有戰鬥力，雙方實力對比，已不相當。

「如果您手下有人想，再守百日，敵兵必然無糧而退，那就是一個錯誤的判斷。現在這邊營守已固，穀米已積，反觀將軍城池一個個被攻破，再守下去也是空守而已。張益德率數萬之眾，已定巴東，入犍為界，分平資中、德陽，三路大軍齊進，將軍還有什麼資本？

「現在，通往荊州的道路已被打通，增援部隊還會源源不斷而來，孫權將軍又派他的弟弟以及李異、甘寧等將領作為後續部隊（孫車騎遣弟及李異、甘寧等為其後繼）。現在巴東、廣漢、犍為各郡，一大半已不是您的了，巴西全郡也不為將軍所有。堅城皆下，諸軍並破，兵將俱盡，已入腹心，將軍只能坐守成都、雒城，存亡之勢，昭然可見。

「法正我雖然已蒙不忠的名聲（正雖獲不忠之謗），然而心裏還

恬念着您的情義，為您現在的處境而痛心。劉左將軍考慮到和您是本家，他對您的友好之情未曾改變（從本舉來，舊心依依），實在沒有別的意思，我認為可以想想如何變通，化解現在的危局，以使您的家族得以保全。」

法正在信中替劉璋分析了目前的形勢，說明劉備在益州已站穩了腳跟，退回去是不可能的，益州大半土地已失，雒城、成都都將不保，失敗是遲早的事。通過這封信，劉備藉法正之口向劉璋表明了態度，也就是他現在若肯投降，可以保全其家族，希望劉璋三思。

法正勸劉璋考慮一下。主人和客人的位置現在已經變了，用投降來換取家族的安全，是目前最後的機會了。

這封信極大地動搖了劉璋頑抗到底的決心。但他內心裏還抱着一絲希望，希望奇跡出現，他還不想馬上投降。

可見人都有一種本能，這與求生的本能類似，是對權力的渴望。直到這時，劉璋才更加清醒地意識到，權力是個多麼寶貴的東西，而他即將失去這一切。

更可怕的是，劉備會怎麼處置自己，劉璋不知道。是像袁紹對待韓馥那樣，還是像曹操對待劉琮那樣？人家還都是主動讓權的，自己弄成了現在這樣，結局肯定不如他們。

劉璋越想越害怕，索性豁出去，乾脆來個閉門不戰也不降。

正在這時，突然來了個人投奔劉備，極大地振奮了劉備所部的士氣，成為壓垮劉璋集團最後一點鬥志的最後一根稻草。

這個人，就是叱咤風雲的名將馬超。


馬超不是在漢中嗎？他為什麼會來投奔劉備呢？

馬超被趕出了涼州後確實一直待在張魯那裏，因為馬超在涼州一帶很有影響力，所以張魯一開始對他還挺重視，任命張超為都講祭酒。

張魯在漢中以五斗米教治國，官職都帶有宗教色彩，最高職務是大祭酒，由張魯本人擔任，有人認為都講祭酒僅次於大祭酒，但缺乏史料依據。

張魯對馬超還是相當不錯的，甚至還想把女兒嫁給馬超（欲妻之以女），但這樣一來就讓張魯手下原來的一些實權人物感到了威脅。

有人不希望馬超過於得勢，勸張魯說：「如果連自己的親人都不愛，怎能去愛別人？」

因為馬超起兵反曹，曹操把他父親馬騰以及全家上百口人都殺了，但在當時很多人看來，這不是曹操的殘暴，反而是馬超不孝，因為是他先起兵的，做這件事前就沒有考慮到後果。

另外，由於馬超做事不周，還致使妻子楊氏及兒女都死在了涼州，所以有人提醒張魯，跟着馬超沒有好結果。

張魯想了想，覺得有道理，就打消了收馬超為婿的念頭。

總之，馬超在漢中的處境並不好。張魯手下最得勢的人是楊昂，他擔心馬超威脅自己的地位，所以對馬超非常不友好。還有一個將領楊白，也嫉妒馬超的才能，想害他。

在漢中期間，馬超的身邊幾乎沒有什麼親人，每次想起親人都倍加痛心。馬超有個姓種的妾，這個妾有個弟弟留在關中，後也來到漢中投奔他，過年時別人都在家中團圓，馬超身邊只有這個妻弟陪他。

妻弟為他祝酒，馬超悲從中來，捶胸痛哭，以致吐血。

馬超對妻弟說：「一家上百口人全部死於同一天，僅剩咱們兩個，還有什麼可賀的啊（闔門百口，一旦同命，今二人相賀邪）？」

馬超後來不敢在漢中待下去，找了個機會跑到了漢中西邊的武都郡，又從那裏逃回氐中。但西北地區已盡成曹魏的控制區，馬超根本無法立足。

這時，劉備正在與劉璋爭奪益州，馬超覺得只有劉備有收留自己

的可能，便悄悄派人給劉備送信，表示願意歸順（密書請降）。劉備自然很高興，就這樣馬超輾轉到了益州，投奔劉備。

史書上還有一種說法，認為馬超來投是劉備派人祕密聯絡策動的。被派去的人名叫李恢，是益州本地大族出身，被推薦到州裡任職，路上聽到劉備與劉璋交戰的消息，他知道劉璋必敗，就不去成都上任，而是跑去拜見劉備。

劉備與李恢交談後，對他的才能很賞識，便派他到漢中聯絡馬超，在李恢的聯絡下，馬超最後才投奔了劉備。


## 成都「和平解放」

不管是怎麼來的，總之馬超來得很是時候，這時劉備、諸葛亮雖然集合了多路大軍將成都團團包圍，但劉璋沒有投降，如果強攻，將造成巨大破壞，對劉備未來在益州收攏人心十分不利。

馬超在關鍵時刻到來讓劉備大喜過望。他高興地說：「我就要拿下益州啦！」

馬超此行應該沒帶多少人馬，他在漢中新納的妻子董氏、兒子馬秋以及始終跟隨他的部將龐德都沒有來。總之他來得很匆忙，或者說有點狼狽。

對劉備來說，這些都無所謂。只要有馬超的名氣就夠了。

劉備悄悄給馬超增兵，對外說是馬超帶來的，讓他們屯駐於成都城北，然後宣稱馬超帶着涼州兵前來助戰。

成都城內此時尚有精兵三萬，物資儲備充足，糧食吃兩年都沒問題（穀支二年），而且大家都願意死戰（吏民咸欲死戰）。

但馬超率涼州軍到來的消息瓦解了城內的鬥志，劉璋想再打下去，可有人已經不想再堅持了。就連劉璋父子一向十分敬重的名士許

靖都想早點兒投降。

許靖在益州的職務是蜀郡太守。該郡是益州第一郡，成都就在其管轄之下。這位成都的「父母官」雖然是個知識分子，但為了逃生也有驚人的勇氣和體力，他逃跑的方式很勇敢，就是翻城牆逃出去投降劉備（將踰城降）。

不料行動中被發覺，許靖被抓了起來。

劉璋倒沒有難為許靖，因為換成他，也許也會這麼做。

劉璋終於也想到了投降。他對左右說：「我們父子在益州二十多年，對百姓沒什麼恩德，卻給大家帶來三年的戰亂（父子在州二十餘年，無恩德以加百姓，百姓攻戰三年），百姓饑荒露宿，死於道途，這些都是因我而起，讓我何以心安？」

劉璋最後下了決心，投降。

劉璋派張裔出城，作為自己的談判代表去見劉備。劉璋的條件很簡單，只要保證自己及一家人的安全，他願意和平讓出成都。

張裔就是在柏下與諸葛亮有過一戰的那個人，諸葛亮在城外第一次見到了張裔。之前柏下一戰，讓諸葛亮記住了他的名字，對於如何發現和培養益州本地人才，在諸葛亮的腦海裏已經作為一項重要任務而存在了。

劉備見了張裔很高興，強攻只能把成都打爛，屍橫遍野只能在士民中增加仇恨，他更看中益州的未來，對於劉璋提出的條件他都答應。

劉備向張裔表示，只要劉璋出城投降，一定會對他充分尊重並做出適當安排（禮其君而安其人）。

為表示誠意，劉備命簡雍隨張裔一道進城，向劉璋當面重申自己的承諾。簡雍在劉備手下，對重大決策發揮的作用一般，但他風度翩翩，談吐不凡，很適合擔任大使這一類的角色。

劉璋見到簡雍，懸着的心放下了一半，他下令即刻出城，向劉備請降。劉璋請簡雍與自己同乘一車出城（璋遂與雍同輿而載）。劉璋的手下們見此情景，不禁流下淚來（群下莫不流涕）。

事後劉備也確實兌現了自己的承諾，把劉璋及其家人遷往南郡的公安居住，歸還其財物，其中包括振威將軍的印綬。

振威將軍是曹操以漢獻帝名義任命劉璋的職務。劉備歸還其印綬，意思是承認他仍然掛着振威將軍的頭銜，當然這只是個虛名。

劉璋有兩個兒子，長子劉循，次子劉闡。劉璋曾多次命劉循率兵抗拒劉備。劉循又是龐義的女婿，龐義在益州勢力很大，劉備佔有益州，也得與他合作。故而劉璋把劉循留了下來，只帶劉闡去了公安。劉備後來繼續重用龐義，並任命劉循為奉車中郎將。

劉璋帶着小兒子劉闡到公安過起了寓公生活。雖然沒有自由，倒也生活得平靜。不料以後孫劉多次交惡，劉璋父子的平靜生活還要被打破，他們的政治生命還未完結。

後來，孫權襲取荊州，殺關羽，劉璋因此落入孫權之手。孫權為對付劉備，任命劉璋為益州牧，駐地在秭歸。不久，劉璋便死在了那裏。

再後來，南中豪族雍闓等人佔據益州郡，歸附孫吳，孫權又命劉闡為益州刺史，駐紮在交州與益州的交界處。諸葛亮平定南中，劉闡回到江東，被孫權任命為御史中丞。

劉璋的才能和謀略還不如父親劉焉，只是由於生在豪門才在史冊中留下了一筆，在亂世爭雄中他不過是個失敗者。

當年還遠在隆中小山村躬耕的諸葛亮對劉璋治理下的益州有着深刻的剖析。他對劉璋的評價是「暗弱」，這裏有兩個意思：一是不明事理，二是軟弱。如果說後者是與生俱來的性格，那前者則說明劉璋的

後天努力也不足。他的失敗並不是起點不夠高，也不是遇到了無法克服的困難，而是自身的努力不夠。

論起點，劉備其實跟劉璋根本沒法比。劉備的成功和劉璋的失敗說明了起點不重要，實力大小也不重要，重要的是智慧、進取心和行動。

人都不願意聽從別人的驅遣。劉璋費盡心思與曹操、劉備周旋，目的也是自保，但他選錯了人、用錯了方法。在與對手的競爭中，只有靠自己的努力才能帶來安全，依靠別人，把自己的安全建立在別人身上，最終只能把主動權交在別人的手中，讓自己陷入被動。

有一個成語叫「倒持干戈」，刀、戟都有柄有刃，正常的狀態應該是手握刀柄而將刀刃向着敵人，如果倒着拿，握着刀刃而把刀柄對着敵人，這該多麼愚蠢，又多麼難受？

道理每個人都明白，但一到關鍵時刻總會有人犯糊塗。

# 第四章 高處不勝寒

## 一場「金融危機」

自漢獻帝建安十六年（211年）年底進入益州，到漢獻帝建安十九年（214年）夏天將成都攻破，歷時近三年，劉備終於如願以償地得到了益州。

劉備的大軍進了城，有人歡喜有人憂。

歡喜的如許靖，投誠被發現，雖然暫時保住了一條命，但誰知道後面的結局呢。現在好了，劉備來了，自己的性命算是無憂了。

那些本來就親劉備的人，或者與法正、孟達等人一向交好的，也都盼着劉備早點進城。

還有一部分人抱着無所謂的心態。老闆隨時換，幹活還得他們這些人，誰來掌管益州，對他們來說其實無所謂。

也有嚇得要命的，比如那些說過劉備壞話的，或者在與劉備交戰中比較賣力的，都擔心劉備會秋後算賬，這其中，劉巴就是最緊張的一個。

他曾經也是劉備賞識的人，也被諸葛亮所看好，但他一次次拒絕了劉備、諸葛亮的盛情，又在劉璋面前再三說劉備的壞話。現在劉備來了，劉巴很緊張。

劉備大軍進城，劉巴對外宣稱自己有病，閉門不出（閉門稱疾）。

劉備和諸葛亮也沒有忘記這個老朋友，劉備專門向軍中下達命令，誰都不得找劉巴的麻煩，有違抗的誅其三族（有害巴者，誅及三族）。

劉巴最後還是見了劉備，劉備很高興。


這一年，劉備已經 53 歲了。

起兵近 30 年來，劉備幾乎年年都在打仗，過着刀尖上行走的日子，其間歷經坎坷和挫折，幾次瀕臨絕境。

自從七年前在隆中與諸葛亮一番晤談後，竟神奇般地改變了自己的命運。先是與孫權聯手戰勝了曹操，繼而佔據了荊州大部，第一次擁有了親手打下的一塊地盤，之後發展勢頭不減，與曹操、孫權有了平起平坐的資格。

奪取益州雖然歷經波折，但目的最終還是達到了。不僅略了地，而且收了人心。劉備憑着耐心的等待，一點點分化和瓦解敵人，初步樹立了自己的威信，為下一步治理益州奠定了一個好基礎。

在圍攻成都時，劉備與眾人約定，如果成都攻破，府庫裏面的東西都歸大家，他自己不要（*若事定，府庫百物，孤無預焉*）。這條命令造成了混亂，進城之後，正在需要大家各司其職做好各項工作時，許多人卻找不到了。將士們都放下武器，奔向各個官府倉庫，自行拿取那裏的財物（*士眾皆捨干戈，赴諸藏，競取寶物*），幾天後這種混亂才結束。

益州十分富有，劉備下令辦置酒大會，犒勞三軍將士。劉備拿出城中大批金銀頒賜給將士，把穀物布帛還給百姓（*取蜀城中民金銀頒賜將士，還其穀帛*）。

劉備的這次賞賜出手十分闊綽，賞賜按功勞大小分成不同等級。享受到最高一檔的有 4 個人，分別是諸葛亮、法正、張飛和關羽，賞賜的標準是黃金 500 斤，白銀 1000 斤，錢 5000 萬，錦緞 1000 疋。折算一下，不算錦緞，也合 6000 萬錢以上。

漢桓帝時 1 石米價格是 50 錢，6000 萬錢可以買 120 萬石米，漢

代 1 石合現在的 60 斤，120 萬石米相當於現在的 7200 萬斤。按照現在的市價，以 1 斤米 2.5 元計算，相當於劉備給每人賞賜了 1.8 億元。

除了諸葛亮等 4 位「億萬富翁」，其他人也都受到了不等的賞賜（其餘頒賜各有差）。跟隨劉備一路披荊斬棘的將士們個個興高采烈，這些年他們吃夠了苦，受夠了累，現在總算有了回報。

可有個別人還嫌不過癮，提出了更宏大的想法。

有人向劉備建議，說成都城裏還有不少官家的房產地產，城外還有許多公家的園地桑田等，不如把這些也分賜給諸將（欲以成都中屋舍及城外園地桑田分賜諸將）。

分了錢，還要分房、分地，可見富貴如毒藥，容易上癮。但這樣的提議一般都會受到大家的強烈歡迎，誰反對誰就是跟大家過不去。

趙雲不管這些，表示反對：「霍去病當初說匈奴未滅、無用家為，現在的國賊何止是匈奴，還沒有到求安穩享樂的時候。只有到天下平定的那一天，大家各返故鄉，再談享受才合適（須天下都定，各反桑梓，歸耕本土，乃其宜耳）。益州士民初罹兵革，遭受戰亂之痛，田宅都應歸還其主人，令其安居復業，然後制定差役、賦稅政策，這樣才能讓大家安心。」

劉備當然不傻，知道趙雲說得很對，採納了他的建議。


劉備出手這麼大方，他的底氣或許來自對益州這個「天府之國」的認識。

成都周圍地形舒緩，東部是廣闊平原，西部眾山拱衛，河流縱橫，沃野千里，氣候濕潤，「水旱從人，不知饑饉」，糧食素來旱澇保收、穩產高產，稻米經常外運。漢末，中原地區畝產 10 斛即為良田，而當時益州的綿竹、雒縣一帶畝產稻穀 30 斛，更有高達 50 斛的。

中原混亂，益州在劉璋父子治下相對平靜。東漢益州下轄 12 個郡

國、118 個縣，漢順帝永和五年（140 年），益州總戶數 151.73 萬戶，總人口 720.05 萬人，對照一下，曹魏後期其轄區內的總人口一度下降到 400 多萬，益州的繁盛就可想而知了。

但是，突然間一大筆財富賞賜出去，造成了嚴重的金融問題。這些錢原本藏在府庫之中，不拿出來用即相當於貨幣儲備，一投放到消費市場，將士們或用來買房置地，或改善生活，直接抬高了物價。

更嚴重的後果是，大量財富轉移到私人手中，政府財政出現了困難，甚至影響到軍隊建設，造成了軍用不足。

當時曹操的勢力很強大，孫權的綜合實力也強於劉備。劉備遠道伐蜀，最擔心的是失去民心，所以他剛到益州時遲遲不敢動手，怕操之過急，現在經濟形勢突然惡化，問題如果不能迅速解決，之前的努力將付諸東流，益州有得而復失的危險。


劉備搞政治行，打仗也還行，但抓經濟是外行。劉備問諸葛亮該怎麼辦，諸葛亮趁機向他推薦了劉巴。

劉備進入成都後對劉巴很優待，本意還是想讓劉巴出來做事。但劉巴這個人清高慣了，不太搭理人，劉備對他更加不滿。

有一次，劉巴跟張飛在一起，整個過程中劉巴一直保持沉默，不搭理張飛（不與語），張飛特別生氣。這件事讓諸葛亮知道後，諸葛亮專門找劉巴談心。

諸葛亮對劉巴說：「張飛雖是武人，但他一向敬慕先生。主公現在聚合文武精英，共謀大業，先生雖然天性清高，但也應稍稍注意一下自己的態度（足下雖天素高亮，宜少降意也）。」

說歸說，劉巴仍然不改。

劉備曾生氣地對諸葛亮說：「我欲平定天下，但這小子是專門來搗亂的（而子初專亂之）。他心裏的真實想法還是想去北方投奔曹操，不

過是借道這裏罷了，哪裏是幫我成就事業啊！」

不搭理人，是態度問題，在劉備眼裏這又升級成了政治立場問題，要被劉備這麼定了性，劉巴就危險了。

諸葛亮趕緊替劉巴解釋：「要論運籌於帷幄之中，我遠遠比不上劉巴（運籌策於帷幄之中，吾不如子初遠矣）！如果論提槌擂鼓、集會軍門、召集百姓這些事，那就另當別論了。」

幹事情需要人才，幹大事需要頂尖人才。在諸葛亮眼裏，無論戰略還是智慧，劉巴都是最頂尖的人才，是現在正需要的人。只要他有本事，就別介意那些瑣事，對劉巴這樣的人，該尊重的還是要尊重，該忍耐的還是要忍耐。

劉備見諸葛亮如此堅持，也不好再說什麼。

不過，他對其他人說：「劉巴這個人，確實才智絕倫，不過也只有遇到我才能用他，如果不是我，他難以獲得任用（非孤者難獨任也）。」


在諸葛亮推薦下，劉備把劉巴請來商量如何破解當前遇到的經濟難題，這是劉巴的強項，加上他來益州的時間較長，對本地情況比較了解。

面對問題，劉巴只說了兩個字：易耳！

但劉備要的不是決心和態度，他要具體辦法。

於是劉巴給出了四個字的建議：平諸物賈。

物賈即物價，平諸物賈就是平抑物價。在劉巴看來，當時益州經濟受到的是暫時性破壞。物價飛漲，百姓怨氣很大，要收回人心，就要先平抑物價。劉巴提出的具體措施也很簡單，就是鑄造一種新的貨幣，1枚新幣等同目前市場上流通的100錢（當鑄直百錢），然後以行政手段強制推行（令吏為官市）。

印鈔票誰不會，這是什麼好辦法？

但是，在劉巴看來，以當時益州的具體情況來看，這正是對症下藥的唯一辦法。物價上漲，問題不完全是供應不足，錢不夠用也是一大難題，尤其是官府，出現了財政危機。在此情況下，默認貨幣貶值，通過增加貨幣投放建立起新的物價秩序，雖然不能解決根本問題，但可以用最迅速的方式渡過眼前的金融危機，為從根本上解決問題贏得時間。

劉備採納了劉巴的建議，下令由官府專斷發行大面值貨幣，增加貨幣供應量。劉備下令將鑄造的新錢稱為蜀錢，形制有三種：一種是 4 銖重、面值 100 錢；一種是 8 銖重、面值 150 錢；還有一種是 5 銖重、面值 100 錢。為推行貨幣新政，劉備下令收集舊錢和銅鑄造新錢。他自己身體力行，連睡覺牀上掛帳子用的銅鈎都捐了出來（取帳鈎銅鑄錢，以充國用）。

貨幣貶值的直接後果是現有財富的縮水，這其實是一種變相的財富掠奪。但由於有強力的軍政手段做後盾，這一措施收效甚快，貨幣新政推行後，幾個月時間，財政狀況就得到了好轉（數月之間，府庫充實）。

當然這只能解燃眉之急。在諸葛亮的協助和具體組織下，劉備同時大力發展益州經濟，加強農業生產，推行鹽鐵官營，發展蜀錦等特色經濟，加強商業和邊境貿易。蜀漢的國力不斷上升。


## 文武兩套班子

解決完經濟問題，劉備專心去理順自己的「領導體制」。

劉備一路走來，獲得過的頭銜已經有不少了，其中有漢獻帝正式任命的左將軍、豫州牧，有群下推舉的荊州牧，有劉璋表奏的大司馬、司隸校尉。

但上面所有這些職務，只有左將軍是實的，其他都沒有什麼用。劉備的這個左將軍，相當於戰區司令，論軍銜比四征將軍還要高，按照朝廷制度可以開府治事，組建自己的辦事機構，相當於戰區司令部。

進入益州前，劉備的主要精力在於搶地盤，也沒有太多時間考慮組建一個司令部，現在地盤已經足夠大了，手下的兵馬也足夠多，是該考慮一下軍隊的指揮體系問題了。

按照漢朝的官儀，左將軍府中可以設長史、司馬各一人。長史主行政，相當於祕書長；司馬主軍事；品秩都是 1000 石。再往下，設掾屬 29 人，另有從事祭酒、從事中郎等。掾相當於各處的處長，掾屬是掾的副手，相當於各處的副處長。

這是司令部內的部門設置，下面還可以管轄各將軍及部曲、校尉，相當於軍長、師長、旅長。

之前，在劉備以下已有蕩寇將軍關羽、征虜將軍張飛兩位有名號的將軍。黃忠、趙雲、魏延等人的軍銜介於偏將軍、裨將軍、校尉等之間，諸葛亮的軍銜是軍師中郎將。

劉備對他們的軍銜重新進行了一番調整。馬超雖然是新附，但其在軍中的資歷、影響力都遠遠高於關羽、張飛等人，劉備拜其為平西將軍。這是四平將軍之一，低於四方將軍的左將軍。劉備如果是戰區司令的話，馬超的身份相當於戰區副司令，是武將之首。

次於馬超的是關羽、張飛，他們的軍職未變，仍是雜號將軍，相當於軍長。

除了他們二人，趙雲被提升為翊軍將軍，也相當於軍長，黃忠之前是副軍長（裨將軍），此次被提升為討虜將軍，也成為軍長。魏延之前的身份是「部曲」，由於入蜀後作戰勇敢，被提拔為牙門將軍。

諸葛亮此前是軍師中郎將，劉備升其為軍師將軍，由師長也升為

軍長，這是一次越級提拔。此次進入益州作戰，諸葛亮獨當一面，指揮張飛、趙雲等部，但他的軍銜並不高，經過越級提拔，在名號上諸葛亮已與關羽、張飛等人同列。

左將軍府的日常事務，劉備交給諸葛亮來處理（署左將軍府事）。在諸葛亮建議下，劉備任命許靖為左將軍府長史。在目前的益州，論知名度無人出許靖之右，把他請出來到左將軍府任職，還不是閒差，可以為劉備樹立一個求賢若渴的好榜樣。

擔任左將軍司馬的是龐羲，這個人很不簡單，是絕對的地方實力派，是個連劉璋也忌憚三分的人物，因為護送劉焉的孫子入蜀有功，龐羲深得劉焉的信賴，手握重權，是劉焉的「託孤重臣」之一。龐羲的女兒嫁給了劉焉的長子劉循，他們還是兒女親家。

龐羲此人一向驕功自重，劉璋上來後對他並不信任，但也拿他沒辦法。劉備徵龐羲為司馬是一着好棋，既解除了龐羲的兵權，又利用了龐羲在益州的影響力。龐羲自到劉備手下後便偃旗息鼓，不再生事。

左將軍府下設各處（諸曹），西曹因職掌人事而最重要，劉備任命劉巴為西曹掾，相當於左將軍府人事處處長。這項任命一來出於對劉巴為化解經濟危機立下功勞的回報，二來可能出於諸葛亮的大力推薦。

劉備儘管承認劉巴是人才，但內心裏還是不怎麼喜歡他。不過，劉巴脾氣不好也不盡是壞事，對於人事工作來講，不願意得罪人很難幹好，請劉巴負責人事，倒也正符合他的個性。

其他擔任左將軍府掾的無法細考了，只知道有一個是馬良。

左將軍府還設從事祭酒、從事，類似於高參、顧問的角色，初期擔任過此職的有何宗、秦宓、伊籍等。

何宗字彥英，是益州蜀郡人，漢朝司空何武之後。少時拜益州本

地人任安為師學習《詩》《書》以及圖讖、天文推步之術，劉璋時曾任犍為郡太守。劉備任命他為從事祭酒，相當於參謀處長。

秦宓字子敕，益州廣漢郡人，少有才學，州郡徵辟皆稱病不去，劉備聽說他的名聲，又加上當地太守的推薦，任命他為從事。

伊籍字機伯，他既不是益州人，也不是荊州人，他的祖籍在兗州的山陽國，早前追隨劉表，後依附於劉備，被視為麋竺、簡雍一類的人物，現在擔任從事。

總的來說，劉備以左將軍的身份統一領導軍務，稍下是軍職略低一些、更多在於名義的馬超，再下是關羽、張飛、趙雲、黃忠、諸葛亮等一批有名號的將軍。

劉備的軍事指揮機構是左將軍府，平時的日常事務由諸葛亮負責。許靖、劉巴、馬良、何宗、伊籍、秦宓等人是諸葛亮的助手。

以上是軍隊指揮體系。隨着左將軍府的建設而一步步走向正規化，除此之外，行政體系也是很重要的方面。

東漢益州有 12 個郡國，在選擇郡太守、國相方面劉備動了一番腦子，不僅選派一批有行政才幹的人才到地方任職，也留任或提拔了一批本地的人才。

益州最重要的有兩個郡：蜀郡和益州郡。蜀郡太守任命了法正，一來法正很有才幹，此次奪取益州他又立下首功，二來他對益州的情況很熟，交給他比較放心。

法正還有一個身份叫揚武將軍，除了讓他當太守，也讓他領兵，說明法正此時已得到劉備的完全信任。

益州郡太守任命的是諸葛亮，該郡名為益州郡，位置其實很偏，郡治在滇池縣，即今雲南省滇池東南，轄區主要位於今雲南省的東部，距成都上千里。

劉備可能覺得，諸葛亮雖以軍師中郎將的身份鍛煉了幾年，畢竟還沒有擔任過地方行政負責人，所以安排他兼任益州郡太守，算是彌補這方面的不足。

諸葛亮負責左將軍府的日常事務，不可能遠赴益州郡上任，擔任這個職務只是一個掛名，或者頂多定期抽時間去益州郡一趟，處理一下太守的事務。

其他相對重的郡國裏，張飛兼任巴西郡太守，費觀為巴郡太守，李嚴兼任犍為郡太守，江陽郡太守是劉邕，朱提郡太守是鄧方。

李嚴之前已提及，字正方，荊州南陽郡人，很有行政才幹。劉表曾任命他為秭歸縣令，秭歸是荊州的西大門，反過來也是益州的東大門，曹操南下，秭歸有一段時間沒人管，李嚴棄官跑到益州投奔了劉璋，劉璋覺得他是人才，任命他為成都縣令，在任上李嚴獲得了能幹的名聲。

劉璋後來讓李嚴任護軍，在綿竹一帶拒劉備，李嚴投降，被劉備任命為裨將軍，這件事之前已經說過。

劉備覺得李嚴的特長還是在行政方面，他在益州又有名望，便任命他為犍為郡太守。

年輕時就與諸葛亮關係密切的向朗，被任命為牂牁郡太守。霍峻守葭萌有功，劉備乾脆任命他為位於益州北部的梓潼郡的太守。還有早年便跟隨劉備的劉琰，被任命為固陵郡太守。

劉備入主益州後，對益州的行政區劃不斷做出調整，郡國的數目持續增加，最多時增加到了 27 個，有更多的人有機會擔任郡太守。跟隨劉備從荊州過來的人中，陳震擔任過汶山郡太守，廖化擔任過宜都郡太守，馬謖擔任過越巂郡太守，鄧芝擔任過廣漢郡太守。

馬謖是馬良的弟弟，他年輕有為，剛入成都時，劉備任命他為成都縣令，成都是益州的首府，在此任縣令可謂重任在肩，馬謖不負重

託，取得了良好的業績，被提拔為太守。

從郡太守的任命來看，有一大半是隨劉備從荊州過來的人，而益州府衙的主要官員則多是本地人。

州牧的主要屬官有別駕、治中從事、功曹等，別駕相當於副州長，治中從事相當於高級參議，功曹相當於人事處長。

劉備請王謀來當別駕。王謀字元泰，益州漢嘉郡人，是益州本地大族，史稱其有容止、重品行，劉璋時任巴郡太守、治中從事，是益州官場上的重量級人物。

擔任益州治中從事的有黃權、彭羕等人。

黃權字公衡，益州巴西郡人，年輕時為郡吏，後任劉璋的主簿，相當於辦公室主任，之前說過，他曾勸諫劉璋不要迎請劉備，因此被劉璋降職為縣長。劉璋失敗後，黃權投降劉備，由於他在益州也有相當影響力，被劉備任命為治中從事，同時還被拜為偏將軍。

彭羕字永年，益州廣漢郡人，身高八尺，容貌魁偉，但性格高傲，對一般人多輕視不睬。這樣的性格，很難在官場上吃得開，彭羕在益州之前只不過做了個書佐一類的小官，但也被人在劉璋面前所誹謗，劉璋罰他做苦役。

適逢劉備入益州，彭羕主動去拜訪劉備，先見他的是龐統。龐統與他無舊交，當時有其他賓客在座，就沒怎麼理他，彭羕徑直到龐統坐榻邊躺下，對龐統說等客人走後，再好好聊。客人走了，龐統再找彭羕聊，彭羕不聊，要龐統先跟他一起吃好東西，再談話。吃完，時間也晚了，當晚彭羕便留宿在龐統那裏，二人談了一夜，次日又談了一天。龐統大為高興，認為彭羕有才。法正之前也很了解彭羕，他也向劉備推薦，這樣劉備對彭羕便格外看中。

州府的功曹品秩雖不高，卻是個重要的位置。劉備任命了益州本地人李恢。劉備曾派李恢去聯絡馬超，促成了馬超來投，立下大功。

# 化解派系紛爭

劉備進入成都後的人事安排看似輕鬆，實際上並不簡單。

益州向來存在「本土派」與「外來派」之爭，派系問題很嚴重，現在又多了劉備帶來的這支力量，情況更加複雜，如果沒有高超的政治智慧，把「統戰工作」做好，那麼打下了益州也未必坐得住。

劉焉、劉璋父子治蜀，深知本土勢力的強大，所以不得不跟他們合作。劉備來到益州，也面臨着如何對待本土勢力的問題，益州舊部們都在拭目以待。

在劉焉父子的舊人中，許靖的影響力無疑最大，遠在中原的一些名士，如王朗、華歆、鍾繇、陳群等人，還時常給許靖寫信，向他問候致意。

劉備開始並沒有打算重用許靖，原因是成都破城前，許靖曾試圖投降，劉備認為許靖在氣節方面有虧欠。

法正認為不妥，他勸劉備：「天下往往有一些人，有虛名但無其實，許靖就是這樣的人。不過，主公始創大業，有些道理不可能挨家挨戶去向大家說明（天下之人不可戶說），許靖的浮名早已播流四海，如果不能以禮待之，天下之人就會認為主公不尊重人才。對許靖應當敬重，顯示給遠近之人，就像燕王當年對待郭隗那樣。」

當年，燕昭王重用謀士郭隗，給了他很高的地位和待遇，從而吸引到樂毅、鄒衍、劇辛等大批人才的到來。

劉備認為有理，厚待許靖。

諸葛亮對許靖更尊重。許靖的主要職務是左將軍府長史，與諸葛亮日常來往頗多。許靖當時已 70 多歲，諸葛亮每次見到他，都向他施大禮（皆為之拜）。

諸葛亮還提拔了許靖的族孫陳祗。陳祗是許靖哥哥的外孫，從小

父母雙亡，在許靖家長大，許靖對他十分疼愛。陳祇很有才氣，嚴謹而有風度，又很有本事（矜厲有威容，多技藝）。諸葛亮對他有意識地觀察和培養，使他成為日後蜀漢政壇的風雲人物。

除了尊重和重用許靖，前面提到，劉備還重用了李嚴、黃權等一批有影響力的益州舊人，也算是對本土勢力的回應。


但劉備知道，只重用幾個人還遠遠不能拉攏住本土勢力。

除了左將軍府和益州牧府之外，劉備還有一個頭銜，就是劉璋所表的大司馬。這雖是個很虛的機構，但劉備也沒有撤銷。諸葛亮建議劉備，不如給大司馬也保留一個名義，挑選一位在益州德高望重的人士署理該府事宜。

劉備請諸葛亮物色這樣的人選，諸葛亮推薦了董和。

董和字幼宰，祖上為益州巴郡人，早年在劉璋手下任牛鞞縣長、江原縣長，後被劉璋任命為成都縣令。當時蜀地富裕豐實，難免滋生奢侈浪費的流俗，尤其是那些大商巨賈，流行穿公侯貴族服飾、吃珍奇美食，成都作為益州首府，是達官顯貴、豪商大賈聚集地，董和作為父母官，大力推行儉樸風氣，他帶頭節儉，穿粗衣、吃粗食，令社會風氣明顯改善，受到百姓的愛戴和敬畏。董和離任時，官民數千人相攜而出乞留，劉璋破例準董和留任兩年。

董和後升任益州郡太守，該地遠離成都，屬中所謂的南中地區，漢夷雜居，民風彪悍，董和清廉簡約，與當地的少數民族和睦相處，以誠相待，受到當地人的愛戴和信任。

在諸葛亮看來，董和不僅有才幹，而且為人正直，為官清廉，深得民望，重用他可以為益州官場樹立榜樣。劉備於是任命董和為掌軍中郎將，讓他署理大司馬府事務。

董和在任七年後去世，作為諸葛亮治政的主要助手之一，董和積

極建言獻策，提出合理化建議。諸葛亮日後向群下頒佈過一篇教文，提倡大家充分發表不同意見，舉的例子就是董和。諸葛亮說，董和在任七年間，遇到不同看法可以往返十次闡述自己的意見（董幼宰參署七年，事有不至，至於十反，來相啟告）。

諸葛亮與董和還建立了深厚的友誼，對董和的兒子董允非常器重，以後多次授他以重任。

除了上面這幾個人，受到重用的益州「舊人」還有費觀、吳壹等。

巴郡太守費觀是劉璋的女婿，也是劉璋舊部中有影響的人物，他字賓伯，祖籍荊州江夏郡，是當地大族。費氏家族與劉焉家族世代交好，劉焉的正妻是費觀的族姑，劉焉把女兒又嫁給了費觀，他們是雙重的親戚關係。

費觀深具文才武略，辦事精明強幹，為官條理清晰，為人剛直，善於辯論，常以錢財資助他人。講義氣又有原則，受到大家的尊敬與愛戴。

費觀曾作為李嚴的參軍，與李嚴據守綿竹，後隨李嚴一起投降。劉備先任命費觀為裨將軍，後升任巴郡太守、振威將軍。

費觀有一個族子名叫費禕，也深得諸葛亮的信賴，和董允一起列名於諸葛亮的《出師表》中，是蜀漢後期的又一位風雲人物。

還有吳壹，算起來也和劉璋有親戚關係。

吳壹字子遠，族父是何進當年的部將吳匡，吳匡與劉焉有舊交，因為這層關係吳壹來到益州，在劉焉父子手下效力。

吳壹的妹妹嫁給了劉焉的兒子劉瑁。之前說過，劉瑁有精神病（狂疾），是個廢人，說起來這門婚姻也非常不幸，但因為有這層關係，吳壹深得劉璋的信任，被劉璋任命為中郎將，率兵在涪陵一帶抗拒劉備，後投降。

當初，劉焉為兒子娶吳壹的妹妹，是聽了相面人的話，說她面相很好，日後必有大貴。大約在劉備進入成都前，劉瑁就死了，吳氏一直寡居。

此時，劉備的甘夫人已經去世，孫夫人回了江東，眾人便勸劉備聘吳氏為妻（群下勸先主聘後）。

劉備開始還有點兒猶豫，不是因為吳氏是寡婦，而是覺得自己跟吳氏的前夫劉瑁都姓劉，怕人說閒話（先主疑與瑁同族）。

法正一句話解除了劉備的疑慮：「要論親疏，怎比得了晉文公和子圉的關係呢（論其親疏，何與晉文之於子圉乎）？」

子圉是晉文公的親姪子，他在秦國做人質，在那裏娶妻，後單獨逃回晉國，秦國又把他的妻子嫁給了晉文公。

劉備聽後，便納吳氏為夫人，即劉備後來的穆皇后。吳壹也因此被任命為護軍、討逆將軍等要職，最後升任蜀漢的車騎將軍。吳壹的從弟吳班，也就是吳匡之子，也在蜀漢軍中任職，與吳壹不差上下，最終官至驃騎將軍。

宋代以後理學盛行，按照理學家的標準，劉備的這樁婚姻很有問題。一來娶了寡婦，二來娶的是同族的孀妻，因而受到了批評。他們不僅批評了劉備和法正，還順便批評了諸葛亮，認為諸葛亮應該在此事上對劉備進行提醒和勸阻，但他沒有盡到責任（諸葛亮亦不匡正，何也）。

按理說，劉備續正室可選的人應該很多，不至於非娶同族的寡婦，而他最後之所以選了吳氏，其中的原因或許有三：一是吳氏長得很漂亮，劉備自己先看上了；二是吳氏的面相確實太好了，誰娶誰富貴，為了今後事業興旺，大家確實希望劉備娶她；三是按照當時的倫理觀，寡婦再嫁也是一件平常事，至於劉備和劉瑁同族，那已是300年前的事了，不必太計較。

除了這些上層人士，劉備也注意在劉璋舊部裏的中下級官員中廣泛發掘人才，對他們刻意培養。

前面提到過的何宗、秦宓、李恢、王謀、彭羕等人，都是劉備、諸葛亮重用的一類人才，除此之外還有張裔、楊洪等人。

之前說過，張裔曾受劉璋之命在德陽拒諸葛亮、張飛，雖然被打敗，卻給諸葛亮留下了深刻印象。張裔隨劉璋投降後，被任命為巴郡太守。

楊洪字季休，益州犍為郡人，曾在劉璋手下的多個郡中任職。劉備任命李嚴為犍為郡太守，李嚴聘楊洪為功曹。後來，李嚴推薦他到蜀郡太守法正那裏任從事，楊洪便從家鄉來到了成都，有機會接觸到諸葛亮。

諸葛亮發現楊洪對基層事務很了解，遇到一些具體問題經常向他請教。後來，法正離任，諸葛亮乾脆向劉備建議，任命楊洪為蜀郡太守。

在用人方面，總的來說劉備進入成都後很好地注意了各派勢力的平衡，並不是只重用隨他從荆州來的人而貶抑益州本地的人才。

簡雍、麋竺、孫乾等人長期追隨劉備，來到成都後簡雍任昭德將軍，麋竺任安漢將軍，孫乾任秉忠將軍。史書稱他們所任的將軍都是空銜，他們享受着很高的禮遇，平時主要工作是向劉備進行諷諫而已（皆雍容風議，見禮於世）。

諸葛亮在臨烝期間十分看好的人才蔣琬一開始只不過擔任廣都縣長，並沒有「飛黃騰達」。

一次，劉備到廣都視察，發現蔣琬眾事不理，又愛喝酒，不禁大怒，準備治蔣琬的罪，甚至準備殺他。

諸葛亮替蔣琬求情：「蔣琬是社稷之器，非百里之才。他為政以安民為本，不搞面子工程、形象工程（不以修飾為先），請主公再考察考

察他。」

劉備一向尊重諸葛亮（先主雅敬亮），就沒有治蔣琬的罪，但是免了他的官。

蔣琬回去之後做了個夢，夢見一牛頭在門前流血不止，醒來心裏不舒服，就去找一個叫趙直的占夢師占夢。

趙直說：「所謂見血，表示事情已經分明。牛角和鼻子，像一個『公』字，你將來官位將至三公，此夢是大吉之兆。」

後來，蔣琬果然重新復出，但也只是被任命為什邡縣令。

## 名將的新煩惱

這一時期，諸葛亮作為劉備的主要助手，參與了入主益州後的人事安排，諸葛亮的許多建議都得到了劉備的支持和採納。

正因為此，諸葛亮也不得不面對許多頭痛的事，需要他用智慧去處理和化解。

這樣做最大程度保證了政治上的和諧和平衡，有利於穩定益州的形勢，收到的效果也是比較明顯的，益州原來存在的派系鬥爭尖銳、地方勢力坐大等問題逐漸得到了消除。

但也有煩惱的事，經常會涉及內部團結問題，每當這時諸葛亮就充當了調停者的角色。

馬超被拜為平西將軍，成為劉備集團在軍中的「二把手」，別人倒也說不出什麼來，卻惹惱了遠在荊州的關羽。

關羽被稱為「萬人敵」，是「虎臣」，但據史書記載，他在性格上存在明顯的缺陷，即剛愎自用、自高自大（剛而自矜）。諸葛亮離開荊州後，關羽以蕩寇將軍、董督荊州事的身份坐鎮荊州，在這一輪人事調整中，大多數人升了職，而關羽、張飛的職務未變。

關羽不快，但他不敢直接向劉備表達不滿，而是給諸葛亮寫了封信，信中故意問馬超是個什麼樣的人，可以與誰相比（問超人才可誰比類）。

如果說關羽不知道世上有馬超，那是不可能的。作為那個時代最知名的猛將之一，馬超成名很早，潼關一戰雖然大敗而歸，但也曾打得曹操狼狽不堪。要論在天下的知名度，關羽未必比得上馬超，諸葛亮明白關羽不喜歡別人比他強（亮知羽護前）。

諸葛亮於是給關羽回了封信，信中寫道：「馬超文武雙全，雄烈過人，是一世之傑，屬於黥布、彭越一類的人物（孟起兼資文武，雄烈過人，一世之傑，黥、彭之徒），可以與益德不差上下，要論起與美髯公比起來，還差那麼一點。」

關羽留着一副大鬍子，看起來很漂亮（羽美鬚髯），諸葛亮在信中所以稱呼他為「美髯公」。

諸葛亮算是用心良苦，為了讓關羽心情好，不惜貶低馬超，還順便讓張飛躺着中槍。諸葛亮明白，關羽不一定非要爭職位高低，但心裏無法咽下不如人的這口氣，所以他給自己寫信，而沒有直接去問劉備。

關羽寫信，某種程度上也有責備諸葛亮的意思，因為關羽知道益州的人事安排諸葛亮是主要的參與者。所以對關羽的不滿諸葛亮不能置之不理，又不能太認真，只能哄着他。

諸葛亮的回信讓關羽很滿意，他還把這封信給周圍的人看（省書大悅，以示賓客）。

諸葛亮是想讓關羽自己看了氣順就行，沒想到關羽把信公之於眾。他倒是心情舒暢了，但這事傳到馬超和張飛那裏，諸葛亮又該落埋怨了。

這還好辦，還有更頭疼的事，涉及的人是法正。

法正此時深得劉備的信任，是劉備的「謀主」。他以蜀郡太守、揚武將軍的身份手握重權，地位與諸葛亮相當。但是法正也有個缺點，就是氣量太小，睚眥必報。

誰要是對法正不滿，或者做出不利於法正的事，法正就利用手中的權力給予打擊，有多名詆毀法正的人都被他殺了（擅殺毀傷己者數人）。

有人向諸葛亮報告此事，說法正在蜀郡太過驕橫，請他向劉備彙報，對法正作威作福的行為予以抵制（抑其威福）。

問題擺到了諸葛亮面前，諸葛亮很為難。

諸葛亮最後回答大家：「想想不久之前主公還在公安，北有強敵曹操，東有孫權之逼，近又有孫夫人隨時生變於肘腋之下，局勢可以說進退不得。正是有法孝直為主公的輔翼，才使主公翩然翱翔，開創了現在的局面，對於法正不應該進行限制。」

這段話在後世為諸葛亮招來了批評，有史學家認為諸葛亮的這番話實在有違於法律（諸葛氏之言，於是乎失政刑矣）。其實，讓諸葛亮阻止法正的不法行為有點難為他了，諸葛亮的身份是軍師將軍、益州郡太守，法正與他平起平坐，並不歸諸葛亮管。

讓諸葛亮向劉備去彙報，也是難為諸葛亮的事。諸葛亮深知劉備特別信任法正（亮又知先主雅愛信正），對法正言聽計從，如果由他出面說法正的壞話，一定會引起劉備的猜疑，認為諸葛亮是嫉妒。

所以考慮再三，諸葛亮只能違心地說了那番話，表面上是為法正開脫，其實是他內心無奈的反映。


除了關羽、法正這些最重要的人物，益州政壇素來為派系所困擾，不僅存在本土和外來的派系之爭，各派內部也時互有不服。

益州有兩位著名的學者，一個叫許慈，一個叫胡潛，當時學術荒

廢，劉備就命他們收集典籍，整理學術文化，建設文化事業。但文人相輕，這二位互相不服，見面就掐，互相誹謗。

許慈和胡潛都認為自己是學術上的老大，不肯向對方屈服，不僅遇到問題爭得臉紅脖子粗，而且工作中互不配合。想互相借本書看都做不到，還時不時拎根小棍互相打來打去（書籍有無，不相通借，時尋楚撻，以相震攇）。

劉備知道他們都是文人，鬥來鬥去也就是一個面子，但又不能不平息他們這種無休無止的爭鬥，就想了一個辦法。

一次，劉備大宴群下，許慈、胡潛二人也在場，酒酣耳熱之時，劉備命伶人扮成他們倆，模仿他們平時爭吵鬥毆的樣子，先以言辭互相刁難，後以刀杖讓對方屈服，演得活靈活現，以此助樂。

為了調和矛盾，讓大家保持團結，劉備已經辛苦到自己親自當導演、排小品給大家看的程度了。


但接下來，發生了一件更嚴重的事。

這就是彭羕事件。馬超都被牽涉其中，此事也成為震動成都政壇的一椿大事。

彭羕本是劉備和諸葛亮都看好的本土人才。劉備提拔他擔任治中從事。彭羕此人白手起家，一朝大權在握，頗為自得，說話做事流露出囂然之態，諸葛亮經過觀察，發現彭羕此人不可重用，於是向劉備進言，說彭羕心大志高，放在重要崗位難保會做出什麼不好的事來。

在人事安排上，劉備主要聽取的是諸葛亮的意見，於是決定把彭羕調任為江陽郡太守。

彭羕聽說自己要被遠調，很不高興，私下裏跑去見了馬超。

彭羕是如何與馬超相熟的不得而知，對於彭羕的遭遇，估計馬超頂多也只能客氣地安慰他幾句。

誰知彭羕心裏的氣越來越不順，最後竟然對劉備破口大罵：「這個老東西做事無理，跟他有什麼好說的（老革荒悖，可復道邪）？」

馬超聞聽吃了一驚，不敢再說話。

彭羕沒完，繼續道：「你在外，我居內，天下怎能不定（卿為其外，我為其內，天下不足定也）？」

前面還是發發牢騷，現在就要造反了，性質變了，馬超內心翻騰不已。

馬超自來到益州，日子也並不好過，行事一直小心謹慎（羈旅歸國，常懷危懼）。

馬超開始跟劉備還挺自然，他也是朝廷正式拜過的高級將領，算起來跟劉備是同僚，所以見劉備一般直接玄德玄德地叫（與備言，常呼備字），劉備沒覺得什麼，關羽聽着不舒服，認為不敬，建議劉備殺了他。

劉備不同意，對張飛說：「人家沒有出路來投奔我，你們就以呼我的字這點兒事殺他，何以服天下？」

張飛說：「那就教教他如何懂禮法（示之以禮）。」

某日大會，馬超進來發現沒有關羽、張飛的座席，回頭一看，關羽、張飛杖刀直立於劉備身後，馬超大驚，從此不敢再直呼劉備的字了。

對史書上的這條記載大家多認為不可靠，因為關羽一直鎮守荊州，從未來過成都。不過，出現這樣的記載，加上之前關羽給諸葛亮寫信詢問馬超是何人，說明馬超在益州的日子並不好過。

一個小小的彭羕能推倒劉備？馬超的腦子裏就是進滿了水也不會相信。

馬超是個經歷過各種複雜鬥爭的人，他知道今天的事不能裝聾作

啞，於是把情況寫下來，向劉備書面舉報了彭羕。

劉備大怒，讓有關部門把彭羕抓起來。

到了監獄裏，彭羕才認真反省了自己，為了保住性命，他給諸葛亮寫了一封長信，表示反省悔過，又說自己之所以脫口而出「老革」那樣的話，是酒喝多了（頗以被酒）。

彭羕還辯解說，他給馬超說「卿為其外」的話，本意是促請主公重新起用馬超，讓他到北方建功立業（欲使孟起立功北州，戮力主公，共討曹操耳）。

彭羕是龐統生前看好的人，他知道諸葛亮與龐統關係很好，於是在信中還回憶起他與龐統的交往，希望以此打動諸葛亮。

這封信到了諸葛亮手上。他思考再三，站在惜才角度也想保彭羕一命，但仔細想了想，覺得彭羕不能留。

因為彭羕辱罵的不是一般人，而是劉備，這就是很嚴重的事，有當事人的舉報，彭羕自己也承認，儘管有辯解，但那比較蒼白。

最關鍵的是，他拉攏馬超，試圖造反，此事觸碰了劉備的紅線。於是諸葛亮建議劉備將彭羕處死，以儆效尤。

彭羕死時，僅 37 歲。

看來益州這個地方很不簡單，別看打下了地盤，弄不好就得翻船。幸好劉備一向善於帶隊伍，加上諸葛亮居中協調，益州的局面總算慢慢穩定了下來。

## 蒲元造「神刀」

人事穩定下來後，劉備、諸葛亮又在經濟方面下功夫，讓益州這個「天府之國」重新煥發活力，為爭雄天下提供物力保障。

劉巴提出鑄造大面值新幣的辦法僅是權宜之計，不能解決經濟發

展中的根本問題。益州要想長期穩定繁榮，國力要保持強盛，還得從基礎做起。在此用兵之時，也必須有強大的經濟實力做後盾，在這方面劉備的體會最深。

整個三國時代，或割據，或紛戰，靠的是手裏的兵馬，兵強馬壯才能勝出。而要兵強馬壯，需要有充足的糧食，有大量的錢財。有些時候，有錢就能拉起隊伍，有吃的就能招來人為你去打仗，劉備深知其中的道理。

在這方面，諸葛亮做的工作更多一些，他也有這方面的經驗。

諸葛亮經過對益州民情的深入考察，又與益州本地一些熟悉實際情況又有才幹的人士深入交談，首先決定在鹽、鐵兩項重要物資的經營上做文章（較鹽鐵之利）。

這項政府的核心，通俗地說就是實施鹽鐵官營。生活中誰都離不開鹽，在古代，鹽不是佐料，而是一項大宗商品，是財富的重要來源。

蜀地盛產井鹽，古代蜀地東起雲陽、西至邛崍、北到汶川、南至西昌的廣大地區，分佈着豐富的井鹽產區，秦朝在蜀地設立鹽官，全面管理井鹽生產和交易。修建都江堰的蜀郡太守李冰，曾修建了廣都的鹽井和許多製鹽的陂池。西漢有個叫王孫的人，以冶鐵煮鹽而致富，家財數千萬，家中有僮僕上千人。

由於官方的介入，鹽業生產技術也以蜀地領先。當時一般是一灶五鍋，而蜀地可以達到一灶十四鍋，當時還有兩灶二十八鍋的，一天一夜，可以生產鹽四石，色白如霜，質量上乘，是優質產品。

臨邛縣有一口「火井」，夜裏此井能發光，照亮周圍，人們要想得到這種光，先以火投入其中，過一會兒，下面會發出雷聲，火焰便出，能照耀數十里。有人甚至用竹筒把井裏面噴出的東西盛起來，可拿着走而終日不滅。火井旁邊還有一口有水的井，取井火煮井水，一斛水可得五斗鹽。不過，要是用普通的火去煮，就得不到多少鹽了

（家火煮之，得無幾也）。

　　所謂火井、井火，就是天然氣，蜀地不僅遍佈鹽井，還有豐富的天然氣資源。煮井水用井火，一斛水可以煮出四五斗鹽，用普通火煮，只能得二三斗。

　　至於冶鐵，是與製鹽業並重的另一項重要產業。蜀地有豐富的礦產資源，冶鐵也是蜀地的一項傳統產業。西漢時蜀地卓氏、程鄭在臨邛冶鑄，成為億萬富翁。漢文帝時把蜀地嚴道的銅山賜給鄧通，鄧通便專門經營鑄造業，成為富翁。

　　鐵不僅是生產資料，更是冷兵器時代最重要的戰略物資。兵器最早的材料是青銅，但這種材料比較軟，不夠堅韌，鐵和鋼的出現，提高了兵器的技術含量。

　　漢武帝以後蜀地鹽鐵主要還是官營，至東漢中後期，官營漸解，東漢和帝時撤銷了鹽鐵官營鼓勵民營資本進入煮鹽和冶鐵（罷鹽鐵之禁縱民煮鑄）。這兩項重要的產業逐漸被一些大地主、大商人所壟斷，他們個個富可敵國，生活奢侈，政府反倒財政吃緊。


　　在諸葛亮建議下，劉備下令把鹽鐵兩項收歸官營，設立司鹽校尉、司金中郎將兩職負責鹽鐵事務。

　　這是兩個非常重要的職務，必須選熟悉基層情況又懂經濟的人去擔任，諸葛亮向劉備推薦的司鹽校尉是王連。

　　之前提到，劉備在葭萌起事，進軍梓潼，縣令王連閉城不降，劉備無奈繞城而走。劉璋投降後，王連也歸順了劉備，被任命為什邡縣令，又轉任廣都縣令，皆有政績（所居有績）。

　　劉備升王連為司鹽校尉，此是武職，說明其管轄權不在州郡，而歸軍方的左將軍府。司鹽校尉下面設有典曹都尉等職，校尉的品秩通常為 2000 石，與郡太守同級，都尉的品秩稍低，也有比 2000 石，這

說明司鹽校尉是一個很大的官。

王連推薦了呂乂、杜祺、劉幹等人為典曹都尉，在各地推行鹽業專營。這些人都很能幹，取得了豐厚利潤，極大地改善了益州的財政狀況（利入甚多，有裨國用）。

在鹽業官營中諸葛亮也發現了一批人才。王連、呂乂、杜祺、劉幹等人由於政績突出，後來都受到了諸葛亮的重用（終皆至大官）。

王連後來擔任蜀郡太守、興業將軍，但仍然兼管鹽政（領鹽府如故）。諸葛亮擔任丞相後，調王連為丞相府祕書長（丞相長史）。

呂乂後來升任巴西郡太守、漢中郡太守等職。他長於經濟事務，善於做保障後勤工作，是諸葛亮北伐期間負責軍需糧草供應的主要官員之一，受到諸葛亮的稱讚。


司金中郎將一職，諸葛亮推薦的人是張裔。

柏下一戰，張裔確實給諸葛亮留下了太好的印象，此時的張裔已被諸葛亮推薦為巴郡太守，諸葛亮覺得司金中郎將一職需要派一個幹才去擔任，張裔是非常合適的人選，就建議改任他為此職。

郡太守的品秩為 2000 石，中郎將的品秩為比 2000 石，由太守改任司金中郎將品秩等於降低了，但張裔愉快地接受了任命。

張裔的任務是負責經營製作農用和軍用的器具（典家戰之器），其實是把冶鑄業全部納入官營，任何私自鑄造都屬於違法，政府不僅可以由此獲利，而且控制了民間武器的製造。

在諸葛亮領導下，蜀漢的冶鑄業非常發達，史書雖然沒有這方面的系統記述，但從許多零星史料裏可能看出當時的冶鑄規模和水平。

諸葛亮曾率軍渡瀘水西去，在魚通鑄造兵器，有一個名叫郭達的匠人，一夜打箭 3000 支，稱為「神手」。

成都以南 10 多里的地方有條鐵溪河，流入白水河，諸葛亮曾在此

冶鐵。始建縣東南 70 里有一座鐵山，出鐵礦，諸葛亮取之為兵器，其鐵質剛利，可用作貢品。崇寧縣以西 6 里有鐵鑽山，諸葛亮曾鑄鐵於此，以造兵器。蒲亭縣有鐵山，諸葛亮取之以鑄刀劍，封宇文度為鐵山侯。

在這些記載中，所提到的每件事情未必都是由諸葛亮親自去組織實施的，但這項工作他抓得很緊，並且經常親力親為，所以記載才會如此多而具體。

一些史籍裏，還記載着諸葛亮請蒲元為軍中打造武器的事。蒲元是蜀地一名精通鑄造的高手，他曾在成都為劉備造刀 5000 口，每口刀都刻有「七十二煉」的字樣。

所謂「七十二煉」，就是鋼鐵被反覆錘打 72 道。蒲元曾為諸葛亮製刀 3000 口。據說蒲元在冶煉金屬、製造刀具方面的做法與常人不同，鋼刀製成後，為檢驗鋼刀的鋒利程度，他在竹筒中裝滿鐵珠，舉刀猛劈，結果竹筒豁然斷成兩截，而筒內的鐵珠也被一分為二。

蒲元的製刀技藝稱絕當世，他所製的鋼刀稱為「神刀」。

蒲元鑄刀，鋼鐵錘鍛至白亮時，按理需要馬上淬火，他沒有用近旁的漢水，而專門派人去成都取蜀江水。

大家感到驚訝，蒲元解釋道：「漢水弱，不合適淬火；蜀江水爽烈，適合淬刀。」

派人將水從成都取回，蒲元一試便說：「此水中摻雜了涪水，不能用。」

取水的人想抵賴，說沒有摻雜其他水。

蒲元當即用刀在水中劃了兩下，說道：「此水中摻進了八升清水，還敢說沒有？」

取水的人趕忙叩頭認罪，道出實情。

原來，當他從成都返回行至清津渡口時，不小心摔倒，把水灑出去一些，他挺害怕，情急之中取了八升清水摻在其中，怎麼也想不到被蒲元識破了。

故事有點玄虛，但蒲元在淬火工藝方面的豐富經驗確實已經到了爐火純青的地步，不同水質對淬火的影響，也被那時的人們所掌握。

還有一次，蒲元在一農戶家發現一把很獨特的廢劍，蒲元認出，這把劍是用一種從沒有見過的材料製成的，經過協商，蒲元以一件經過 48 道工序才製成的元胚交換了那柄廢劍。

除鹽鐵之外，諸葛亮還大力提倡發展蜀錦，把它提高到戰勝敵人的重要產業（*決敵之資*）來看待。

錦是中國古代的一種絲織品，代表了絲織物的最高水平。蜀地農業與蠶桑業十分發達，種植和應用天然色素植物的歷史悠久，形成了一套自成特色的染織工藝體系。蜀錦多用染色的熟絲線織成，用經線起花，運用彩條起彩或彩條添花，用幾何圖案組織和紋飾相結合的方法織成。

秦滅蜀後，便在成都夷里橋南岸設錦官城，置錦官管理織錦刺繡。到了漢朝，成都蜀錦織造業已經十分發達，朝廷在成都設有專管織錦的官員，成都自那時被稱為錦官城，簡稱錦城；環繞成都的錦江也因有眾多織工在其中洗濯蜀錦而得名。

諸葛亮建議充分發揮益州在織錦方面的優勢，大力發展織錦業。劉備在成都設立了錦官，負責組織和管理蜀錦的生產，使蜀錦業在這一時期有了突飛猛進的發展。

晉人左思在《蜀都賦》中描繪道：「專門生產蜀錦的人家，常常有多達上百間織錦房，織機之聲交響應和（*技巧之家，百室離房，機杼相和*）。」

南朝李膺在《益州記》中也記述道：「成都南有錦城，在笮橋以東，流江的南岸，這裏是蜀漢時故錦官所在地，號錦裏，城牆現在還在。」

蜀錦生產改善了蜀漢的經濟和財政狀況，它成為益州的特產和專有產品，魏吳兩國都跑來購買（魏則市於蜀，吳亦資西道），這無疑改善了益州百姓的生活，也進一步鞏固了劉備在益州的統治。

## 「生子當如孫仲謀」

劉備奪取了益州，通過內外治理，使益州重現生機，劉備手下現在人才濟濟，成都周圍經濟繁榮，劉備的實力快速增長。

在劉備攻入成都的前後，曹操、孫權都在做什麼呢？

他們也在打仗，打得還挺激烈。

孫權遷都建業，雖然更方便靠前指揮，但由此也對江防造成了很大壓力。建業的位置離曹軍控制區更近，為保衛大本營的安全，孫權必須對長江防線做出調整，孫吳的濡須口防衛要塞就是在這種背景下提出修建的。

從曹軍江北基地合肥南下長江，中間隔着巢湖，當時這片水域比現在還要廣闊，合肥有一條叫施水的河流與巢湖相連，在巢湖與長江之間也有一條河，名叫濡須河，它發源於巢湖，流入長江。

江東的戰船由長江出發，經濡須水、巢湖、施水就可以輕鬆到達合肥，反之亦然。可以說，在合肥與長江之間存在一條黃金水道，是雙方必爭的一條戰略要道。

濡須口是濡須河的入江口，在長江北岸，孫權開始提出在此修建軍事要塞時，大部分將領卻持反對意見，他們的理由是江東在長江上一直是防禦性的，所以建設的重點應該放在江南，在長江對岸修工事

沒有必要，孫吳擅長遊擊戰，上岸殺敵，轉身上船，有沒有固定的碼頭無所謂（上岸擊賊，洗足入船，何用塢為）。

只有呂蒙認為修建這個軍用碼頭十分重要，他認為：「打仗有勝就有敗，誰也做不到百戰百勝，如果打了敗仗，敵人的騎兵來追，倉促之間哪還來得及上船（不暇及水，其得入船乎）？」

於是孫權下決心修築濡須塢，作為秣陵上游最重要的軍事基地。濡須口兩邊是山，孫權依託它們夾水築城，下了很大功夫，把濡須塢修築得很堅固，同時儲存大量軍用物資，來抵禦曹軍的進攻（夾水口立塢，所以備禦甚精）。

濡須塢就像一把鎖，牢牢地鎖住了曹軍入江的門戶，在這裏駐守重兵，也是向廬江郡、九江郡方向拓展勢力的戰略支撐點，無形中把雙方共有的長江天險變成了自家獨有，在戰略上完全處於主動。


這時曹操已經打完了潼關之戰，重新把目光投向東南。

曹操突然發現孫權已在長江中下游構築起一條近 3000 里的長江防線，這讓他很不舒服，他給孫權去了一封長信，發泄了心中的不滿。

這封信由「建安七子」之一的阮瑀代筆。信的開頭先敍舊，說自己沒有一天不惦記着孫權，因為雙方有姻親之好（無一日而忘前好，亦猶姻媾之義），表明自己是重情重義之人。接着，為自己的赤壁之敗辯護，說那是因為遇到了瘟疫，自己下令把船燒了撤的軍（昔赤壁之役，遭離疫氣，燒舡自還，以避惡地）。

曹操向孫權表示，他無意奪取荊州，願意把那裏讓給孫權（荊土本非已分，我盡與君）。表面看曹操挺大方，但荊州現在是劉備的地盤，曹操這麼說等於是讓孫權打劉備。當然這些都是虛的，曹操緊接着話題一轉，不加掩飾地表明自己現在實力很強大，孫權割江表於一域，勢力無法遠伸，長江雖險，也擋不住王師，從歷史經驗看，像江東這樣

以一地而對抗王師的如劉安、隗囂、彭寵等人，最終都沒有好下場。

曹操給孫權指了兩條路：一條路是把張昭、劉備殺了，表明自己的忠心（內取子布，外擊劉備，以效赤心），曹操會原諒孫權犯下的過錯，重新和好，並把江東一帶交給孫權長期治理，到那時可以享受高官厚爵；另一條路是，如果不忍心殺張昭，把劉備殺了，也算數（但擒劉備，亦足為效）。

曹操恨劉備，可以理解，但如此恨張昭就不好理解了。也許曹操知道張昭在江東德高望重，是孫權手下最重要的人物，所以才那麼說。總之一句話，要打你是打不過，要投降，你得拿出點兒實際行動來。

但孫權向來不吃嚇，對此置之不理。


漢獻帝建安十七年（212 年）十月，也就是孫權剛搬到建業的次月，曹操親率大軍到了合肥，要與孫權爭奪長江天險。

這一仗規模不小，是赤壁之戰後孫曹之間最大的一仗，有的史書甚至說曹操此行帶來了 40 萬人馬，很快打到了長江岸邊，與孫權對峙（曹公出濡須，號步騎四十萬，臨江飲馬）。

40 萬顯然有點誇張，或者是曹操又在故意虛張聲勢，但人馬肯定不少，應該與赤壁之戰時差不多。孫權得到報告不敢怠慢，立即率領 7 萬人馬應戰，這個數字如果是真的，那基本上就是孫權能拿出的全部家底了。

孫權派折衝將軍甘寧率 3000 人為前鋒，並給甘寧下達祕密指令，讓他一到前線就發起攻擊，打曹軍一個措手不及。這是吳軍慣用的手段，人數既然不佔優勢，就得先發制人，先取得小勝，鼓舞士氣。

甘寧挑選了 100 多名勇士組成敢死隊。孫權賜給大家米酒和飲食，吃完，甘寧用銀碗盛酒，自己先喝了兩碗，然後再斟滿交給敢死

隊隊長（都督）喝，這個隊長可能有點緊張，伏在地上不能起來，甘寧火了，拔刀橫在隊長的膝上，對他進行呵斥，隊長見他神情嚴厲，趕緊接過酒喝了，後面的敢死隊員每人也都喝了一銀碗的酒。

二更時分，甘寧率敢死隊悄悄出發（啣枚出斫敵），殺往敵營。他們拔掉曹營的鹿角，潛入營壘，殺了幾十名曹兵，曹營一片混亂，不知道有多少敵人攻進來了，亂了好大一陣，等到慢慢平靜下來，甘寧等人已順利返回自己的大營。

甘寧連夜拜見孫權，孫權高興地說：「這下子一定嚇着曹操這老家伙了吧，讓他也看看我們甘寧的膽量（足以驚駭老子否？聊以觀卿膽耳）。」

孫權還對大家說：「孟德有張遼，我有興霸，足以匹敵！」


濡須口附近的長江中有一個叫中洲的沙洲，曹操看到可以利用，於是命人乘油船率兵趁夜渡到洲上。哪知此舉被孫權偵察到，立即調集水軍前來圍攻。曹軍不是孫吳水軍的對手，僅被俘虜的就有3000人。

曹軍兩戰皆負，吳軍士氣大振，反而主動到曹營外發起挑戰，曹操下令堅守不出，孫權親自來挑戰，乘輕船從濡須口前往曹軍營寨。

曹軍將領要發起攻擊，曹操說：「這是孫權前來觀陣，後面沒準有陰謀。」

曹操於是下令軍中整齊軍容，嚴陣以待，弓弩不得妄發。孫權又向前行進了五六里才回去，在船上吹吹打打，故意氣曹軍（權行五六里，回還作鼓吹）。

還有一次，孫權又來挑戰。這一次孫權是乘大船來的，曹操倒不客氣，下令射箭，弓弩亂發，箭射到船身上，射中得太多，把船都壓偏了，孫權下令掉轉船頭，讓另一面受箭，等船隻保持平衡後下令回去（船偏重將覆，權因回船，復以一面受箭，箭均船平，乃還），這大

概才是真實版的「草船借箭」。

對曹操來說，這一仗打得實在窩囊，整體實力雖然佔優，但在場面上卻處於劣勢，以至於孫權頻頻挑戰而不敢應。曹操任命的青州刺史孫觀也參加了這次濡須口會戰，在戰鬥中被流矢射中左腳，但他仍然堅持戰鬥，事後曹操對他進行了嘉獎和慰問，把他由偏將軍升為振威將軍。但孫觀也夠倒霉的，本來只是被冷箭射中了腳，但傷勢卻越來越重，居然死在軍中。

此戰再次暴露出曹軍不善水戰的弱點，隨着春季到來，江水漸漲，孫權的水軍優勢將進一步發揮，形勢對曹軍更加不利。

吳軍也有損失，有一艘五樓船在暴風下傾覆。樓船就是甲板上建築物比較高大的戰船，外形似樓，五樓船即甲板上的建築物有 5 層，這在當時可能是體積最龐大的戰船了，可以盛載很多士卒。孫權後來建造了一艘長安號樓船，載員多達 3000 人。

在征討黃祖中立下大功的偏將軍董襲當時奉命在五樓船上指揮，夜裏暴風突然來襲，五樓船馬上就將被吹翻，大家驚慌失措，趕緊放救生艇逃生（左右散走舸）。

有人勸董襲快走，董襲怒道：「我受孫將軍的命令在此迎敵，怎麼能私自逃走？有再言此者斬！」

大家於是不敢再出聲，當夜船覆，董襲遇難。孫權換上喪服為董襲出殯，對董襲的後人給予優厚待遇。

但總的來說，魏軍始終處於被動態勢，尤其在水軍方面，更不如吳軍。

曹操在江上看到孫吳舟船整齊，感歎道：「生個兒子就應該像孫權這樣，劉表的那幾個兒子跟他比起來都如豬狗一樣（生子當如孫仲謀，劉景升兒子若豚犬耳）！」

曹操與孫權的父親孫堅出生於同一年，比孫權大了 23 歲，說這個

話沒有佔孫權便宜的意思，曹操確實很喜歡這個年輕的對手。

孫權大概也洞悉了曹操此時的無奈心理，給曹操寫信說：「春水馬上就要漲起來了，您應該趕緊撤退（春水方生，公宜速去）。」

在這封信裏孫權另外夾了一張字條，上面只寫了八個字：「足下不死，孤不得安。」

曹操接到孫權的信後，對將領們說：「孫權沒有騙我（孫權不欺孤）。」

曹操下令撤退，首戰濡須，曹軍以失敗告終。

曹軍撤退後，孫權指揮人馬趁機攻佔了江北的許多地方。

曹操擔心沿江的各郡縣被孫權佔領，下令官民內遷，這一下造成大面積恐慌，沿江的廬江郡、九江郡以及蘄春、廣陵等地有十多萬戶渡江逃到孫吳。

經過此戰，濡須口的重要性進一步顯現，當初花大力氣修築濡須塢看來是英明的。曹操撤走後，孫權決定留一部分人馬在此守備，其他各部撤回。

留下的是周泰、朱然、徐盛所部，這幾支人馬戰鬥力都很強，論年齡和資歷也都不差上下，讓誰在這裏總負責就成為一個問題。孫權最後決定提拔周泰為平虜將軍，留督濡須口。考慮到朱然和徐盛不一定服氣，孫權臨走前專門做了一次特殊安排。

孫權在濡須塢設宴，大會諸將，打了大勝仗，大家喝得都挺高興。喝得差不多了，孫權突然走到周泰的席前，讓周泰解開衣服，周泰及眾人皆不知何意。

待周泰把衣服解開，身上露出累累傷痕。孫權指着每一道傷痕，分別問它們的來歷，周泰就按照過去戰鬥負傷的經過一一做報告（權手自指其創痕，問以所起。泰輒記昔戰鬥處以對）。問完之後，孫權讓周泰穿好衣服，重新喝酒，歡飲到半夜。

第二天，孫權又派人給周泰送來自己車駕上的傘蓋（明日，遣使者授以御蓋）。

從天子到百官，層級不同乘車的規格也不一樣，不按規定乘車就是違制。過去的車子不按價格和排氣量分等級，看的是拉車用了多少匹馬、車上配什麼規格和顏色的傘蓋，孫權把自己的傘蓋送給周泰，是破例超標給他配好車，目的是樹立周泰的權威。不過孫權還不是皇帝，沒有御用的車蓋。

孫權對周泰如此厚愛，除了周泰作戰勇敢，屢立戰功外，還因為孫權始終不忘周泰當年捨身救命之恩。有孫權親自出面為周泰樹威，徐盛、朱然也就心服了。

## 一次政治試探

濡須口之戰後，曹操回到北方，暫時沒再有什麼動作。

曹操要忙一些內部的事。上次恢復九州制半途而廢，曹操的心裏總耿耿於懷。

後來曹操殺了孔融，算是出了口氣，但想推進的政治改革卻毫無進展。一直到了漢獻帝建安十七年（212 年），曹操率軍西征，取得潼關大捷，為表彰曹操討伐馬超和關中諸將的業績，漢獻帝劉協在許縣下詔賜給曹操三項特權——贊拜不名、入朝不趨、劍履上殿，它們的具體內容之前已做過介紹，都是一些形式主義的東西。

曹操要的不是這個，他更看中實際。

不久，獻帝又下詔，割河內郡的蕩陰、朝歌、林慮 3 個縣，東郡的衛國、頓丘、東武陽、發干 4 個縣，鉅鹿郡的癭陶、曲周、南和 3 個縣，廣平國的任城縣，趙郡的襄國、邯鄲、易陽 3 個縣，以上共 14 個縣，都劃歸魏郡管轄（以益魏郡）。

魏郡屬冀州刺史部，鄴縣就在該郡，它原來轄有 15 個縣，已經是大郡了，現在又從附近幾個郡國劃出 14 個縣歸魏郡，讓魏郡成了一個超級郡。熟悉政治的人都知道，這絕不是一次普通的行政區劃改革，後面必然有文章。

　　果然，這一年十月又是董昭提出建議，恢復古代五等爵制。

　　所謂五等爵，指的是公、侯、伯、子、男這五種爵位，其中公爵最高，男爵最低。五等爵制與世襲的宗法、分封等制度互為表裏，當時沒有皇帝，公以上就是王，周朝時指的是周天子；公是周天子身邊的重臣，歷史上有名的有周公、召公、毛公等；侯通常是指被封到各地的國君，他們中有的被周天子晉爵一級，如齊桓公；伯是比侯更小的國君，或者是侯國內的封君；子、男也是爵位，由於史料缺乏，詳細情況所知較少。

　　五等爵制盛行於奴隸社會時代，最大的特點是世襲，有爵位的人就是貴族，世世代代都可享受特權，這種制度存在着顯而易見的弊端。秦統一之前率先對這套制度進行了改革，在商鞅變法中推出了獎勵軍功的二十等爵，把五種爵位擴充為二十種，包括公士、上造、簪嫋、不更、大夫、官大夫、公大夫、公乘、五大夫、左庶長、右庶長、左更、中更、右更、少上造、大上造、駟車庶長、大庶長、關內侯、徹侯，其中關內侯、徹侯才可以享受食租稅或食邑，其他十八種爵位只擔任普遍職務（則如吏職）。

　　爵位可層層遞升，所依據的是軍功，這樣就實現了獎勤罰懶，打破了「大鍋飯」。要想取得政治地位，只有在戰場上拚命殺敵，這極大地提高了秦軍的戰鬥力。秦國最終以一國之力滅亡了其他六國，靠的就是這種先進制度。

　　漢朝取代秦朝後，爵位制裏沒有「公」這一級，而有了「王」，「王」之下是二十等軍功爵位。漢武帝劉徹時為避諱改「徹侯」為「列

侯」，又將其分為三個等級：亭侯、鄉侯和縣侯。

漢朝的「王」開始異姓也可以當，劉邦就封了不少異姓王，如楚王韓信、趙王張敖、韓王信、梁王彭越、淮南王黥布、燕王盧綰、長沙王吳芮等，但好景不長，除長沙王吳芮外，其他人都先後攪進叛亂而被殺。劉邦後來明白了，敢情打江山需要眾人拾柴火焰高，而坐江山卻有強烈的排他性，於是在晚年搞了個「白馬盟誓」，約定「不是劉家的人不得封王，沒有功勞的人不得封侯。誰不遵守這個盟約，天下人共同征伐他（非劉氏而王者，若無功，上所不置而侯者，天下共誅之）」。

也就是說，作為異姓臣子，無論有多大功勞，無論你實力多強、群眾呼聲多高，在爵位上最多只能達到縣侯這一級，再往上就沒了。


董昭提出恢復五等爵制，等於推翻高祖劉邦定下的「白馬盟誓」，這是一件政治生活中的大事，讓人想起了王莽。

西漢末年，王莽當上了「一人之下、萬人之上」的大司馬，他也想在政治上有所突破，面對爵位上的限制，王莽提出的也是恢復古制，當上了所謂的「安漢公」，繼而廢除了劉氏皇帝，自己當了皇帝。

所以，在許多人看來，所謂恢復古制只是一個幌子，篡漢自立才是實質，這與董昭早年提出的恢復九州制還有所不同，所以相當敏感。除此之外，董昭還提出恢復另一套制度——九錫制，更讓人把曹操與王莽聯繫在了一起。

「錫」通「賜」，所謂「九錫」指就是天子賞賜給臣下的九種物品。根據《周禮》的解釋，這些物品包括：

車馬，含金車大輅和兵車戎輅，分別由八匹黑馬（玄牡
二駟）駕駛；

衣服，含袞冕之服以及配套的赤烏鞋；

樂則，是一些定音、校音的樂器；

朱戶，紅漆的大門；

納陛，登殿時特鑿的陛級，使登升者不露身，猶如走在
貴賓通道；

虎賁，天子專用的衛士，通常賞賜 300 人；

弓矢，含天子專用的彤弓矢 100 副、玄弓矢 1000 副，
可討伐不義；

斧鉞，用以誅伐有罪之人；

秬鬯，一種祭禮上用的香酒，以黑黍和鬱金草釀成。


這些東西都是天子的御用之物，擁有它不僅是一種榮譽，更是一
種特別授權，可以征討叛逆，也可以誅殺不法之人，等於有先斬後奏
的特權。這套制度雖然見諸早期的文獻，但哪些人享受過、因何享受
不得而知，史書有詳細記載的同樣始於王莽。

有意思的是，王莽所推行的政治革新打的旗號也是復古。為了復
古，王莽做得更徹底，不僅恢復了爵位制和古代的行政區劃，而且把
官名、地名統統改成過去的名字，一部《周禮》和《春秋》成為王莽
的「改革指南」。

董昭提出恢復五等爵制、九錫制，加上他以前提出過的恢復九州
制，這些重大改革主張都是以復古為旗號，至於復的是商周的古還是
王莽的古，不同的人或許會有不同的解讀，而且董昭提出這些想法前
似乎沒有向曹操彙報過。

曹操知道後曾表示了反對：「恢復五等爵制是大事，只有聖人才能

完成，不是人臣可以辦到的（又非人臣所制），這讓我如何面對？」

董昭堅持自己的想法，他勸曹操說：

「自古以來人臣輔佐君主，從來沒有明公您現在這樣的功業（人臣匡世，未有今日之功）。有建立了這樣功業的，就不會久處人臣之位。現在明公不願意在這些事上有所不安，希望為保名節而不願意承擔更大責任，品德超過了伊尹、周公。

「然而，如今的百姓更難教化，處於大臣之位，讓別人在大事上猜疑自己，這確實得好好考慮一下。明公雖然品行高尚，又明以法術，可如果不在此時明確根基，為子孫萬世考慮考慮，還是沒有做到位呀。所謂明確根基，是指土地和人民，應該從這兩方面有所建樹，以便保護自己（以自藩衞）。」

董昭認為不要為眼前的所謂名節所拖累，應該放眼長遠，尤其要為兒孫考慮，在政治上不能過於因循守舊，要根據形勢的發展有所革新和突破。

史書沒有記載曹操聽完這番話後的反應，但董昭後面繼續在為這件事奔走，說明曹操被說服了，或者默許了董昭的做法。

當然，這只是一種理解。史書經常為尊者諱，畢竟這是一件大是大非的事，需要為曹操打個圓場。恢復五等爵制和九錫制，這種動搖「國本」的大事，董昭事先得不到曹操的授意或暗示也不大可能貿然提出。

更何況，魏郡的行政規劃都調整完了，後面的事早已呼之欲出，之所以沒有直接宣佈，而是由董昭提出，說明這是一次政治試探，先看看大家的反應，如果大家一邊倒地反對，這件事也只能像恢復九州制一樣作罷了。

但是，曹操不相信還會出現這樣的事。

孔融已經被殺了，還有人不怕死嗎？

# 一個不妥協的人

但是，還真有人不怕，而且這個人足以讓曹操感到頭疼，因為此人是荀彧。

為恢復五等爵制，董昭曾祕訪荀彧以爭取支持，遭到了荀彧的明確反對。

荀彧認為，曹操興義兵的目的是匡扶朝政，懷持的是一顆對漢朝的忠貞之心，故而董昭等人的提議不合適（君子愛人以德，不宜如此）。

荀彧的觀點很快被曹操知道，曹操相當不高興（太祖由是心不能平）。

董昭還想做荀彧的工作，他給荀彧寫信說：

「過去周公、呂望在世，正當姬氏強盛，有周文王、周武王開創的大業，輔助幼小的成王，功勳與曹公現在差不多（功勳若彼），他們仍然接受了很高的爵位，賜土開疆。到田單在世時，率領強大齊國的軍隊，為報仇進攻燕國，攻下了七十座城，迎立齊襄王，齊襄王加賞田單，東邊有掖邑的封地，西邊有菑上的良田。前世對待功臣，都是如此厚賞。

「現在曹公面對海內傾覆，漢室宗廟焚滅，他親自披堅執銳（躬擐甲胄），四處征伐，櫛風沐雨，已經有三十年，他掃滅群凶，為百姓除害，使漢室復存，劉氏得以被天下人所奉祀。前面提到的那些人，與曹公相比就像高山與土丘，無法相提並論。可如今曹公只是與諸位將軍同列，封侯也只能給一縣的封邑，這難道是天下之所望嗎？」

董昭說的並不虛，以曹操的地位和身份，在爵位上只能跟張遼、于禁這些人相等，這是制度設計上的缺陷，應該改一改。

但荀彧就是不鬆口，仍然堅持己見。

荀彧當然知道董昭代表的是曹操，也知道他的意見很快就會被曹

操得知，但為了心中的信念，他不肯做出一點兒讓步。

不過，與之前反對九州制時的形勢相比，現在的情況已經發生了改變，當初荀彧的意見還能得到曹操的重視，而現在，一方面曹操的耐心被消耗得差不多了，另一方面曹操對時局的把控能力也與之前不太一樣，當初他對汝潁士人的依賴度還很高，荀彧是汝潁士人的代表，曹操因而有所顧忌，而現在他不打算再那麼做。

所以，曹操決定對荀彧進行反擊。


在董昭提出恢復五等爵制後不久的漢獻帝建安十七年（212 年）十月，曹操親自指揮大軍遠征孫權，這一仗就是前面說過的首次濡須口之戰。

要補充的是，當參戰的部隊先後於譙縣集結時，曹操專門請獻帝派尚書令荀彧代表朝廷到譙縣來慰問。

天子派大臣到前線勞軍是慣例，但由主持朝廷日常工作的荀彧親自前來，是以前沒有過的。包括荀彧本人在內，許多人都注意到了這個細節，感覺將有什麼事發生。

果然，曹操隨後就以獻帝的名義發佈詔令改任荀彧為光祿大夫，不再擔任尚書令一職，以侍中、光祿大夫的名義代表天子（持節）繼續留在軍中，並擔任曹操的軍事顧問（參丞相軍事）。

這是一項不同尋常的任命，光祿大夫的品秩是比 2000 石，品秩 2000 石可以看作正部長級，比 2000 石略低於 2000 石，可以視為副部長級。荀彧擔任了 10 多年的尚書令一職，品秩只有 1000 石，算是個司局級，看起來他升官了，可尚書台是朝廷的祕書局和機要局，實際權力要大得多，遠遠超過了一般部長，尤其在當前的局勢下，尚書令處理朝廷日常工作，是曹操在許縣的代言人。

在一部分士人的心目中，荀彧就是他們的領袖，當個部長都屈

才，就連曹操都認為荀彧的地位應該更高，一度曾經想讓他擔任三公之一的太尉，被荀彧本人拒絕了。

現在，再笨的人都明白，荀彧的尚書令變成了光祿大夫絕不是升官，而意味着他失寵了。曹操讓荀彧擔任軍事顧問，把荀彧變成了自己的直接下屬。

荀彧鬱悶至極，病了。

當時曹操率大軍推進到長江邊上的濡須口一帶，隨軍行動的荀彧因病留在了壽春，在這裏，他的健康狀況迅速惡化，最終病逝於壽春。這一年他正好 50 歲。

關於荀彧死前的情況，曹丕在一篇文章中有所記錄。曹丕也參加了這次遠征，他在文章中記錄了荀彧來軍中慰問的事，從當時的情況看，荀彧的精神狀態還挺好。

根據曹丕的記述，他隨同大軍駐紮在曲蠡，即今河南省臨穎縣，荀彧曾來軍中慰問，他們進行過閒談，當時荀彧興致頗高。

二人聊了很多事，荀彧對曹丕說：「聽說你能左右開弓射箭，這實在不簡單。」

曹丕對荀彧說：「是啊，您還沒見過我在馬上昂首大呼，俯視馬蹄、仰射月支的時候吧？」

荀彧回答說：「那是呀（乃爾）！」

曹丕於是給荀彧進行了詳細介紹：「箭靶放在固定的地方，即使百發百中，也沒有什麼了不起的（的有常所，雖每發輒中，非至妙也）。如果在平原上騎馬疾馳，腳下是豐美的草地，追逐野獸，截殺飛禽，箭不虛發，射中獵物必須洞穿它，這才算高妙。」

曹丕所在部隊的參謀長（軍祭酒）張京也在座。從這段記述裏似乎看不出荀彧心事重重，反而讓人覺得他來軍中慰問挺高興。

不過，曲蠡這個地方還在許縣附近，荀彧這時還沒有到譙縣，尚不知曹操把他留下不讓走，所以曹丕寫他的職務時還說是「尚書令」。荀彧或許想這只是一次簡單的慰問活動，結束後即可返回許縣。

從上面這段記述情況看，荀彧臨死前的情況一切正常，心情也是不錯的。他的去世純屬意外事件。

不過還有一種可能，那就是曹丕故意這樣寫的。

因為荀彧死後，關於他的死因問題有種種猜測，曹丕寫的這篇文章是談論文藝和哲學問題的學術著作，專門把跟荀彧閒談這樣的事寫進來多少有點刻意之嫌。曹丕也許想告訴大家，荀彧確實是生病死的，關於他死因的種種傳聞都不可靠。

有的史書說荀彧的死因主要是有病，而心情鬱悶也是原因之一（以憂薨）。也有史書說荀彧是自殺，說曹操這時饋贈給荀彧一些吃的東西，荀彧打開後發現裏面是空的，荀彧感到這是曹操在暗示自己什麼，於是喝毒藥自殺了（太祖饋彧食，發之乃空器也，於是飲藥而卒）。

還有史書記載，荀彧臨死前曾把與自己有關的重要文件都燒了，因而他曾經提出過的許多奇策密謀都不為人知（故奇策密謀不得盡聞也）。

以上這些多是猜測，荀彧究竟是怎麼死的，沒有定論。

這並不奇怪，正值壯年的荀彧在沒有任何徵兆的情況下死於軍中，又是在恢復五等爵制爭論的關鍵時刻，不能不引起朝野內外和民間的廣泛猜測。

有部史書提到了另外一件事，或許可以作為荀彧死因的另一種解釋。

根據這個記載，荀彧的死或許與伏皇后事件有關。

官渡之戰前，獻帝的董貴人及其父董承被殺，伏皇后悲憤不已，

寫了一封言辭激烈的信給自己的父親伏完，讓伏完聯絡一些人除掉曹操。伏完決心反抗曹操，他竟然在背後也搞起了聯絡工作，而聯絡的人裏，竟然有荀彧。

伏完拿出皇后的信給荀彧看，荀彧看後意識到問題很嚴重，但他沒有做任何表示。以他的政治經驗不難判斷伏完父女的行動等於自殺，但他也沒有向曹操報告（完得書以示彧，彧惡之，久隱而不言）。

伏完聯絡的人裏還有他的妻弟樊普，樊普害怕事後被株連，就把這封信交給了曹操，曹操心裏有了防備，但沒有立即挑明。荀彧後來感覺事情已經泄露了，擔心曹操追究，想給自己解套，於是主動跑到鄴縣，勸曹操廢掉伏皇后，另立曹操的女兒為皇后。

曹操聽完十分吃驚：「現在朝廷有伏皇后，我的女兒能配給皇上，只是因為我那一點微不足道的功勞而已，怎能有更進一步的奢望？」

荀彧解釋說：「伏皇后沒有兒子，性情兇險惡毒，以前還給她父親寫信，說了些大逆不道的話，所以應該廢掉她（往常與父書，言辭醜惡，可因此廢也）。」

荀彧想輕描淡寫地把那件事掩飾過去，但曹操很認真：「這件事以前怎麼沒聽你說過？」

荀彧也假裝驚訝地說：「我前面向您報告過了呀（昔已嘗為公言也）。」

可惜曹操仍然很認真，不給荀彧留任何機會：「這難道是小事嗎，我怎會忘記？」

荀彧裝着又想了想說：「確實沒有報告過，可能是當初您在官渡與袁紹相拒，不想打擾您，所以沒有說。」

曹操大概已經明白了荀彧是在為自己圓場，放在以前他一定裝糊塗混過去，看透別說透，還能做朋友，不給對方台階下一般也不是曹操的風格。

但這一回曹操較真到底了，繼續追問：「官渡之戰以後為什麼不報告（官渡事後何以不言）？」

荀彧終於無言以對，只是不停地檢討自己（或無對，謝闕而已）。這件事成為曹操與荀彧二人關係的轉折點，此後曹操心裏對荀彧產生了嚴重不滿，只是表面上包容他而已（外含容之，故世莫得知）。

董昭提出恢復五等爵制，荀彧反對，他想當面向曹操陳述，正好這時讓他到軍前慰問，慰問活動結束後，是荀彧自己要求要留下來的，目的是找機會跟曹操當面談談（及齎璽書犒軍，飲饗禮畢，或留請間）。

但是曹操知道荀彧要談什麼事，不給他機會，荀彧於是在抑鬱中死於壽春。


荀彧之死在社會上產生了廣泛影響，什麼樣的傳聞都有，有的甚至說，曹操逼荀彧殺伏皇后，荀彧不幹，於是自殺。

壽春逃到江東的人告訴了孫權這種議論，孫權深信不疑，他以告示（露佈）的形式廣泛宣傳。

消息又傳到了成都，劉備知道後痛惜不已：「曹操這個老東西如果不死，天下就沒有安寧的時候了（老賊不死，禍亂不已）！」

客觀地說，曹操這時雖然不喜歡荀彧，但還不至於殺他或者逼他自殺。荀彧跟隨曹操20多年，為他做出了巨大貢獻，曹操對荀彧也是充分信任和尊重的。儘管近年來，荀彧對自己的態度有了微妙的變化，但那都集中在如何對待漢室這個問題上。觀點雖然不同，但曹操深信荀彧不是董承和伏完，他不會謀反。

在曹操眼裏，荀彧一直是一個士人，有自己的政治理想，不容易輕易讓他改變，但也不用過於防範他，因為他沒有太大的威脅。所以，曹操不會在即將與孫權展開大戰的前夕把具有很大影響力的荀彧

殺掉，這完全不符合曹操的利益。

荀彧之死可能是巧合。精神壓力的增大影響到荀彧的健康，剛好在這個敏感時刻病逝，這是完全可能的。當然也有可能是自殺。感到前途悲觀，不想過着言不由衷的生活，同時害怕身後給家人、朋友帶來災難，巨大壓力下的荀彧用自殺的手段一了百了，也是有可能的。

但是，在官方發佈的通告裏不會說他是自殺，只會說他因病去世。曹操以天子的名義追贈荀彧為敬侯，以表達對他的敬意。爵位由荀彧的長子、同時也是曹操自己的女婿荀惲繼承。

荀惲娶的是曹操的女兒陽安公主，後來他擔任過虎賁中郎將，在曹丕與曹植爭奪繼承權的鬥爭中，他因為站在曹植的一邊而被曹丕忌恨，從而不得志，死得比較早。

荀彧還有其他幾個兒子，荀俁後來擔任過御史中丞；荀詵任過級別不太高的軍職；荀顗較為有名，是個學者，到晉朝時做過大官。還有一個荀粲，是曹洪的女婿，崇尚道教，是玄學早期的倡導者，他與妻子很恩愛，29歲時因妻子去世，悲痛而死。

荀彧對曹魏的作用，不亞於諸葛亮在蜀漢，他不僅有傑出的才能，在曹操早期的事業開拓中屢立奇功，還在士人中有很高的號召力，一大批汝穎士人正是在他的影響下加入曹魏陣營。

但他名義上的地位一直高，一方面緣於他為人謙遜，一再辭讓封爵和官位；另一方面是他在晚年時與曹操在政治立場上產生了分歧，作為漢室忠誠的擁護者，他事實上成了最大的「保皇派」，對於曹操試圖突破朝廷體制甚至取而代之的做法，他表示不滿和反對。

宋人蘇軾不僅是一流的文學家和書法家，同時也是一流的歷史學家，他對荀彧內心的矛盾做過深入分析：「漢末大亂，豪傑並起。荀文若是聖人之徒，開始認為非曹操不能平定海內，故而輔佐他。之所以替曹操出謀劃策，他認為這些也是漢家之事，荀文若怎麼能教曹

操造反呢？以仁義救天下，天下既平，該有的自然會有，不該拿的就不拿，這是周文王的做法，也是荀文若所認同的。但是曹操卻要加九錫，所以荀文若以死反對他。所以我說荀文若是聖人之徒，他的才華似張良，品德似伯夷。」

## 建立「國中之國」

荀彧一死，曹操可以放心地推進他的政治改革了。

在董昭等人的操作下，政治改革迅速邁出了第一步——恢復醞釀已久的九州制。

這項改革的主要內容是：撤銷幽州刺史部和并州刺史部的建制，將其所轄郡國併入冀州刺史部；撤銷司隸校尉部、涼州刺史部，將其所轄郡國併入剛剛成立的雍州刺史部；撤銷交州刺史部，將其所轄郡國分別併入荊州刺史部和益州刺史部。

東漢原來有 13 個州刺史部，本次行政區劃調整後只剩下了 9 個州刺史部，即兗州、豫州、青州、徐州、荊州、揚州、冀州、益州和雍州，與「禹貢九州」相比差別只在益州刺史部一地，「禹貢九州」沒有益州而有梁州，而這兩個州指的是一個地方。

按照新的行政區劃，目前「曹統區」的範圍包括冀州、兗州、豫州、青州的全部，以及雍州、徐州的大部，荊州、揚州的一小部，孫權擁有揚州的大部以及荊州的一小部，劉備擁有荊州的一部分，劉璋擁有益州，另外現屬於冀州刺史部的遼東一帶有公孫氏的割據勢力，而原交州刺史部的大部分地區也處於割據狀態。

當然，曹操搞的這套行政區劃改革也只能在自己實際控制區內施行，孫權、劉備對這套把戲並無興趣，他們根據自己的需要在各自控制區內增設郡國，在遼東的公孫氏政權甚至搞出過新的州一級的建制。

這項改制完成後，邁出的第二步是恢復五等爵制。

漢獻帝建安十八年（213年）五月，獻帝派御史中丞郗慮代表自己（持節）前來鄴縣，拜曹操為魏公，這是繼王莽的安漢公之後兩漢又一次有了「公」這一爵位。

公爵也有封地，獻帝劃給魏公曹操的食邑是空前的，不是幾個縣，也不是1個郡，而是10個郡國！

這10個郡國包括：魏郡、河東郡、河內郡、趙國、中山國、常山國、鉅鹿國、安平國、甘陵國和平原國。其中，魏郡的轄區在之前已經進行過調整，轄有29個縣，堪稱天下第一大郡，其他9個郡都在魏郡周邊，幽州和并州撤銷後，它們目前都隸屬於冀州刺史部。

以上這10個郡就是「國中之國」，姑且稱之為「魏公國」。

郗慮一行帶來了獻帝為冊封曹操而發佈的長篇詔令，這篇詔令文辭華美，相傳為供職於尚書台的陳留郡中牟縣人潘勗所作，他是有名的碑頌高手，詔令說道：

「我缺少德行，從小又歷經災難（朕以不德，少遭湣凶），開始流亡到長安，又輾轉到唐國、衛國的故地。當時我就像旗幟上的飄帶一樣任人擺佈，宗廟無法祭祀，董卓等人野心勃勃想分裂國家，各地百姓我也無法統治，由高祖皇帝奠定的基業眼看將要不保，我內心憂慮無法安眠。於是我暗中祈禱，希望上天憐憫。終於我的祈禱感動了上天，於是誕生和出現了丞相您（誕育丞相），護衛漢家皇朝，拯救苦難中的百姓，這一切都依賴您啊！

「現在，我授給您典章裏規定的物品，請您聽我的策命。之前董卓作亂，各地州刺史、郡太守們不顧安危以謀王室，您招募士兵向董卓發起進攻，為各路軍隊起到了帶頭作用（君則攝進，首啟戎行），這正是您忠於本朝的見證啊！後來黃巾起事，侵我北方三州，禍及平民，您又剪除他們以使東方安寧，這是您為朝廷立下的一大功勞。韓

暹、楊奉專用威命，您進行討伐，避免了朝廷的災難，後來遷都到許縣，造我京畿，設官祭祀，不失舊物，天地鬼神得以安定，這又是您的功勞。

「袁術僭逆，肆虐於淮南，但他畏懼您的神威不敢過於張揚，您巧用計謀，蘄陽一役將橋蕤斬首，之後揮兵向南，逼迫袁術發病而亡，這還是您的功勞。之後您回戈東征，呂布就戮、張楊殂斃、眭固伏罪、張繡稽服，這些都是您的大功。袁紹逆亂天常，危及社稷，憑恃其眾，稱兵天下，此時王師寡弱，是您秉持大節，奮起武威，運用神策，在官渡將他打敗，使國家免於滅亡，這還是您的功勞。

「後來您拓定北方四州，袁譚、高幹梟首，海盜奔逃，黑山軍歸順，這全您的功勞。烏桓人崇亂於北方，袁尚往投，逼據塞北，您束馬懸車，一征而滅，這又是您的大功。劉表背誕，不供貢職，您率領王師南征，威風先至，荊州的 8 個郡、100 多個縣不戰而降（百城八郡，交臂屈膝），這還是您的功勞。馬超、成宜等人同惡相濟，佔據河、潼之地，您施展謀略將其平定，又撫和戎狄，鮮卑、丁零紛紛內附，這些都是您的功勞。

「您有安定天下的豐功偉績，又有高尚的德行，您還整頓社會風俗，旁施勤教，恤用刑獄，所以吏無苛政、民無怨聲。您尊重我皇族（敦崇帝族），使我皇族不至於絕世。您的功績即使伊尹、周公也無法相比！」

敍述完曹操的以上功績，獻帝在詔書中頒佈了建立「魏公國」的命令，同時明確曹操以魏公的身份仍兼任丞相和冀州牧（其以丞相領冀州牧如故）。

在漢獻帝所頒的詔書裏還提到為曹操加九錫，這可以視為此次改革的第三步。

曹操所享受的九錫，內容與王莽的九錫大致相同，也有所區別，具體包括：大輅、戎輅各一副，黑色的公馬八匹；魏公的袞冕之服，配赤舄鞋；軒縣之樂，六佾之舞；朱戶；納陛；虎賁士三百人；斧鉞各一；彤弓一張、彤矢一百枚，玄弓十張、玄矢一千枚；秬鬯美酒一尊，配玉珪和舀酒的玉勺。

九錫作為一項重要的政治制度又一次被延續，這項制度從周公開始，到王莽再到隋唐時期的李淵，在歷史上大約有十個人曾經享受過，其中包括孫權、司馬昭以及東晉的桓玄、南朝的李裕、隋唐時期的王世充等人，他們大都接受了前朝的九錫，轉眼又成了舊王朝的掘墓人，從而讓這項制度的名聲一落千丈，李淵和王世充之後再也沒人嘗試過了。

恢復九州制、五等爵制、加九錫，一連串的政治舉措密集推出，足以令人震撼，但由於前期做了大量鋪墊工作，大家已經有了充分的思想準備，加上荀彧已死，所以這一次並沒有聽到什麼反對之聲。

但曹操本人卻表示辭讓，他接到獻帝的詔書後說：「接受九錫，建立國家，這是周公這樣的偉人才能完成的，漢初八個異姓王都跟漢高祖在當老百姓的時候就共同起事（漢之異姓八王者，與高祖俱起布衣），建立王業，功勞巨大，我怎麼有資格跟他們相比？」

當然這只是客氣客氣，費了那麼大的勁，又是改行政區劃，又是四處做工作，哪有不接受的道理？

看到曹操辭讓，群下們於是開始了勸進活動。

史書裏記載着其中一份勸進者的名單，裏面有 30 多人，包括中軍師陵樹亭侯荀攸、前軍師東武亭侯鍾繇、左軍師涼茂、右軍師毛玠、平虜將軍華鄉侯劉勳、建武將軍清苑亭侯劉若、伏波將軍高安侯夏侯惇、揚武將軍都亭侯王忠、奮威將軍樂鄉侯劉展、建忠將軍昌鄉亭侯鮮于輔、奮武將軍安國亭侯程昱、太中大夫都鄉侯賈詡、軍師祭酒千

秋亭侯董昭、都亭侯薛洪、南鄉亭侯董蒙，關內侯王粲、傅巽，祭酒王選、袁渙、王朗、張承、任籓、杜襲，中護軍國明亭侯曹洪、中領軍萬歲亭侯韓浩、行驍騎將軍安平亭侯曹仁、領護軍將軍王圖，以及長史萬潛、謝奐、袁霸等。

這份名單冗長枯燥，之所以對它也加以介紹，是因為它保留着此時每個人所擔任的職務，這種任職情況的記載往往比其他史料更精確。

同時，在這份名單上還有劉若、劉展、董蒙、王圖、袁霸這些名字，他們在後世的名氣並不大，有的已完全湮沒無聞了，但能躋身於勸進者的行列，說明當年他們也都不是等閒之輩。

經過一番勸進，曹操終於接受了魏公和九錫，但曹操又給大家出了新難題，「魏公國」的範圍只接受魏郡，不接受其他九個郡（於是公敕外為章，但受魏郡）。

荀攸等人於是再次勸進，言辭更加懇切：

「這次要建立魏國，朝廷先把想法向群臣徵求過意見，之後才發的詔書（稽謀群僚，然後策命）。您違抗朝廷的詔令，長時間不肯接受，現在接受了又辭去多的，只接受少的，這樣做仍然讓朝廷的詔令無法施行。

「從前，齊魯受封擁有整個東海，有 400 萬戶賦稅。基業廣大才容易建立功勛，如今魏國雖然有十個郡，但仍然比當年的魯國小，從戶數看更連一半都比不上。聖上看到秦朝因為沒有輔佐拱衛而招致滅亡，所以才把這個重任託付給您，希望您接受聖上的詔命，不要再拒絕！」

經過一番辭讓和勸進，曹操最後接受了詔命，上書拜謝受封，這篇文章也保存在史書裏，雖然文字工整，文筆不錯，但一看就是祕書們的代筆，上面都是客套的虛話，不在這裏引述了。

漢獻帝建安十八年（213 年）七月，曹操在鄴縣修建魏公國的社稷、宗廟，這種待遇與在位的漢天子基本相同。

九月，曹操下令在銅雀台的邊上修築了金虎台。

十一月，根據獻帝的詔書並參考漢朝初年的制度，「魏公國」內設置了尚書、侍中、六卿等官職，曹操任命荀攸為「魏公國」的祕書局局長（尚書令），涼茂為其副手（尚書僕射），毛玠、崔琰、常林、徐奕、何夔為尚書，王粲、杜襲、衛覬、和洽為侍中。

組建這些機構並不難，人員都是現成的，從丞相府裏抽調就行，曹操的丞相府已經是一個無比龐大的機構，什麼樣的人才都有，曹操雖然晉爵為魏公，但丞相一職仍在兼着。

第二年正月，曹操按照舊時制度在「魏公國」耕種籍田。所謂籍田，就是在春耕之前天子率諸侯親自耕田，有祈求豐收之意。其具體的儀式是，當天一大早，以太牢之禮祭祀先農神，之後來到國都南面專門闢出來的千畝田地裏，天子親自執犂，來回耕作三次。

三月，獻帝下詔明確魏公的地位在所有劉姓諸侯王之上，改授金質印璽、紅色綬帶，授予遠遊冠，獻帝派左中郎將楊宣、亭侯裴茂專程送來這些東西。

就在這一年，「銅雀三台」中的最後一座竣工，取名「冰井台」，上面不僅有米窖和鹽窖，還修了數口冰井，從台上垂直伸向地下，利用井內的低溫儲藏冰塊，讓台上的人即使在天氣較熱的時候也能喝上冰鎮的飲料，吃上冰鎮的瓜果。

冰井台上還儲藏有煤炭（石墨），說明曹魏「銅雀三台」上已大量使用煤炭做燃料，據考證這也是中國貯藏煤炭最早的地方。

# 後宮來了新皇后

漢獻帝建安十九年（214 年），也就是劉備攻入成都的這一年，曹操這邊還發生了一件大事，就是伏皇后被殺事件。

早在荀彧去世前伏皇后事件已經暴露，但曹操一直引而不發，因為政治改革才是當時的頭等大事。漢獻帝建安十九年（214 年）十一月，各項政治改革順利完成，曹操覺得公開這件事的時候到了。

獻帝劉協的正妻伏皇后多年前寫的一封信被公佈，在這封信裏伏皇后以激烈的語言表達了對曹操的不滿，並請自己的父親、時任屯騎校尉伏完設法除掉曹操。絕大多數人對此事並不知情，這封信一公佈就在政壇激起了巨大波瀾，十多年前董承事件讓人記憶猶新，而伏皇后的地位和影響遠大於董承的女兒董貴人。

伏皇后名叫伏壽，比天子大一歲，今年 35 歲，她是豫州刺史部琅琊郡東武縣人。東武縣即今山東省諸城市，本地的伏氏是漢代著名的經學世家，名門望族，歷代多有顯官達宦。伏壽的父親伏完是前大司徒伏湛的八世孫，世襲不其侯的爵位，後來娶了桓帝劉志的女兒陽安公主劉華為妻，是桓帝的女婿。

早在初平元年（190 年）伏壽就被選進皇宮，開始是貴人，興平二年（195 年）被立為皇后，那一年她才 16 歲。她陪伴獻帝度過了在長安那段最痛苦難熬的時光，又在東歸途中吃盡了苦頭。

有一次，獻帝東歸的隊伍被李傕的軍隊追擊，身邊的人四處逃散，只有伏皇后等少數幾個人，他們被逼到一條河邊，獻帝受到驚嚇不敢過河，伏皇后背着獻帝蹚水過河，才到了河對岸。過了河又碰到亂兵，這幫人舉刀就要亂砍，關鍵時刻伏皇后爬到獻帝身上大喊：「這是萬歲陛下！」

正是伏皇后的勇敢才讓獻帝免於一死，獻帝的腳卻受了傷，伏皇后把衣服撕了為他擦血、包紮傷口。所以伏皇后和獻帝算是一對患難夫妻，他們歷經了兵亂、饑荒和逃亡，到了許縣才慢慢穩定下來。

伏皇后的父親伏完開始被拜為輔國將軍，享受三公的待遇（儀比三司），但與董貴人的父親董承相比，他手中並沒有什麼實權，因而也

避免了董承的下場。伏完對自己的處境很清楚，於是主動提出辭去軍職，被改任為中散大夫，後來又改任屯騎校尉。屯騎校尉是北軍五營之一的指揮官，原來也是一個舉足輕重的角色，但此時許縣的防衛工作都由曹操派來的嫡系部隊掌管，伏完的這個職務也只能是掛名。

伏皇后對曹操極度反感，這可能是由於她曾目睹董貴人在懷有身孕的情況下仍然被殺。這使她深受刺激，在恐懼、憤懣之下她給父親寫了那封密信。

漢獻帝建安十四年（209年）伏完去世了，他世襲的不其侯爵位由兒子伏典繼承。按說伏完一死這件事也就帶到墳墓裏去了，只要伏皇后自己不說，也就不會有人知道。但是，五年後曹操卻神祕地拿出了伏皇后寫的那封信，把這樁舊事端了出來。

曹操之所以能得到這封信，與伏完的妻弟樊普告密有關。樊普其人不詳，伏完的妻子是漢桓帝劉志的女兒，這個樊普不可能是劉志的兒子，但有可能是伏完某一個妾的弟弟，或者是漢桓帝的另一個女婿。

曹操翻出這件舊案，強迫獻帝下詔廢除伏皇后。

獻帝不得已，只得違心下詔：「皇后伏壽出身卑賤，登顯尊之位身處後宮，既沒有賢良美德，又沒有美好才華，卻私下裏懷有妒忌之想，包藏禍心，不能承天命，奉祖宗。」

曹操命令御史大夫郗慮拿着皇帝的信物以及詔書到後宮向伏壽宣佈決定，收繳伏壽的印綬，強行將她遷出中宮，移到別的宮室居住（退避中宮，遷於它館）。

荀彧被免去朝廷的尚書令一職後繼任者是華歆，郗慮去抓伏皇后，華歆是副手，他帶兵直接進入宮中搜捕。獻帝把伏皇后藏在夾壁牆中，但被華歆發現，華歆命人把牆砸開，把伏皇后弄了出來（歆壞戶發壁，牽后出）。

獻帝正跟郗慮坐着說話，伏皇后披頭散髮、光着腳被人拉了過來（后被髮徒跣過）。

伏皇后悲慟欲絕，但她還不想死，拽着獻帝的手說：「就不能想辦法讓我不死嗎（不能復相活邪）？」

獻帝也悲憤難當，對伏皇后說：「我都不知道自己能活到什麼時候（我亦不自知命在何時也）。」

說到這裏，獻帝轉過頭來對郗慮說：「郗公，天下難道有這樣的事嗎（天下寧有是邪）？」

伏皇后被關進宮廷的監獄裏，最後幽禁至死（遂將后下暴室，以幽崩）。伏皇后與獻帝所生的兩個皇子也都被鴆殺。

伏氏一門遭受嚴厲打擊，全族男性全部被殺，多達 100 多人，女性中有 19 人被流放到幽州。


在處理董貴人、伏皇后事件上，曹操表現得非常冷酷和殘忍，與他較為寬宏大度的一面形成反差。

曹操可以接受戰場上的降將，可以原諒背叛過自己的人，但不能容忍有人在身邊搞陰謀。通過伏皇后事件，曹操再次向世人表達了他的政治觀，那就是凡涉及政治問題、政權問題他都不會有半點讓步，無論是天子還是皇后，凡在政治上向他發起挑戰的，都將受到無情打擊。

不過，有人認為曹操此舉是為自己的女兒當皇后掃清道路。

就在伏皇后被殺的一年多前，即漢獻帝建安十八年（213 年）七月，曹操有三個女兒同時被封為貴人，她們的名字分別是曹憲、曹節和曹華。

曹操有 25 個兒子，如果按照男女出生比例大致相當的算法，他的女兒也為數不少，但留下名字的只有這三個。其他知道名號的還有清

河公主、金鄉公主、安陽公主、高城公主等少數幾個。其中，清河公主是曹操的長女，嫁給了夏侯惇之子夏侯楙，安陽公主嫁給了荀彧之子荀惲；金鄉公主嫁給了曹操自己的養子何晏。

在進宮成為貴人的這三個女兒中，除曹憲年齡較長外，曹節和曹華年齡還小，她們暫時留在家中（少者待年於國）。第二年春天，獻帝派太常卿王邑、宗正卿劉艾持節前往魏公國迎接其餘二女入宮。

儀式相當隆重，王邑、劉艾帶着五位副手（介者五人），以及黃門侍郎、掖庭丞、中常侍各二人，攜帶了「束帛駟馬」等聘禮前來「魏公國」迎接，在魏公宗廟前授給兩位貴人印綬，隨後兩位貴人到鄴縣城內的延秋門拜別父親曹操，並在此登車（詣魏公宮延秋門，迎貴人升車）。

曹操派魏公國的郎中令、少府、博士、御府乘、黃廄令以及丞相府的有關人員侍送貴人。兩位貴人到達許縣附近的洧倉，暫時在此下榻。

許縣城東有條河叫洧水，棗祇當年許下屯田在此築有儲糧基地，也就是洧倉城，為了迎接新人，許縣東郊的洧水河畔臨時建起了朝廷的高級賓館（祇閣），兩位貴人入宮前暫時在此下榻。

之後，獻帝派人迎接入宮中，御史大夫郗慮及以下全體高級官員在宮中集會，招待魏公國使者在殿中飲宴。

也就是說，伏皇后事件發生前，許縣的皇宮裏剛剛有曹操三個女兒當貴人，所以伏皇后被廢不由得不讓人產生聯想，這是不是一場策劃好的陰謀？

跟荀彧死後社會上立即謠言四起一樣，關於伏皇后被殺背後的「陰謀論」一時間也讓眾人議論紛紛。對於這些議論，曹操乾脆用行動予以還擊。

漢獻帝建安二十年（215年）正月，伏皇后被殺幾個月後，曹操

讓獻帝下詔策立曹節為新皇后。曹節，就是曹操進宮的三個女兒中年齡排在中間的一個。

這位曹節，竟然與曹操曾祖父同名，曹操的爺爺叫曹騰，據史書說，曹騰的父親就叫曹節。

當然，這是不可能的。唯一可能的是，二人中間有一個人的名字在史書傳抄中被抄錯了，比如「節」與「萌」很相近，也許其中一人的名字應該是曹萌。

如果是這樣的話，曹操的這位女兒叫曹萌的可能性更大。

曹操雖然當上了魏公，但許縣那邊還有一位不安分的青年人，這就是 30 多歲的漢獻帝劉協。

在漢獻帝的身邊如果再出一個董承、伏完那樣的人，不知道會弄出什麼事來，所以曹操要加強對漢室皇宮的控制，最保險的辦法，就是把女兒派過去。

擔心外戚謀反，索性讓自己成為唯一的外戚。


# 再向前邁出一步

當上了位於劉氏諸侯王之上的魏公，享受着「贊拜不名」以及「九錫」這些超規格待遇，女兒也貴為皇后，曹操的地位早已無以復加，如果不想自己當皇帝，這些似乎已經到頂了。

自己當皇帝的可能性已經被曹操親自否決，自從《讓縣自明本志令》發佈後，大多數人相信在曹操手裏不會出現朝代更替的事。然而，到了漢獻帝建安二十一年（216 年）四月，獻帝下詔，進曹操的爵位為魏王。

史書在記載這件事時用了耐人尋味的一句話：「二十一年夏四月甲午，曹操自進號魏王。」

「自進號」就是自封，也就是非法的。這實在多此一舉，誰都知道無論是丞相還是魏公、魏王，都不是出於天子的本意。不過能在史書中捎上一筆，惡心曹操一下，對擁漢派的史學家來說也算出了口氣。

漢獻帝劉協照例頒發了一份詔書，這份詔書有五分之四的篇幅是廢話，但最後有幾句話頗為重要：「今進君爵為魏王，使使持節行御史大夫、宗正劉艾奉策璽玄土之社，苴以白茅，金虎符第一至第五，竹使符第一至第十。君其正王位，以丞相領冀州牧如故。」

從這段話裏知道獻帝派到鄴縣的使者是御史大夫、宗正劉艾，他本身也是劉氏宗親，由他來當使者，增強了這項冊封的合法性。劉艾帶來的不僅有詔書，還有兩份重要禮物，即金虎符和竹使符。

調動軍隊歷來都是一件大事，必須有皇帝頒發的信物，否則就是謀反。漢代用於調兵的信物大致有虎符、節、羽檄、詔書等，其中最鄭重的是虎符，有銅質的也有金質的，這次送來的金虎符是金質的，它一共有五枚。

竹使符與虎符作用大約類似，不同的是它是竹質的，根據應劭的記載，其形似箭，每枚長五寸，上面用篆書寫有「一、二、三、四、五」等字樣，它在使用上與虎符有何區別以及如何使用，由於史料欠缺，已經不得而知。推測起來，也許跟調兵的規模有關。小規模的調兵用竹使符，較大規模的調兵用虎符吧。

竹使符沒有出土過，但陝西省鳳翔縣曾出土過金虎符，這讓我們能直觀地了解這件神祕東西的面貌。它體形很小，高僅兩厘米多，長不到五厘米，呈臥虎狀，中間一分為二，一半在天子手裏，一半在帶兵的將領手裏，使用時要看這兩件東西能否完全合上。

獻帝頒發這兩件東西給曹操，是因為曹操作為魏王在名義上也擁有調兵的權力，即魏國擁有獨立的軍事權，這一點又在劉氏諸侯王之上。漢武帝劉徹之後，劉氏藩國已經不再掌兵了。

當然，現在就連漢室朝廷其實也不掌握任何軍隊，曹操每次調兵也不大可能先到許縣申請虎符，那樣既不現實也耽誤事，獻帝頒發金虎符和竹使符給曹操也只是一種象徵意義。

這份詔書傳達出來的另一個信息是，曹操擔任魏王以後，原擔任的丞相、冀州牧兩個職務保持不變，這樣曹操身邊就有三套班子同時運行：魏王府、丞相府和冀州的州政府。

這三套班子都挺重要，現在曹操身邊不缺少職位，只缺人才。

先說魏王府，它是從魏公府直接轉化而來，但魏王府升格之後，內設機構不斷增加，人員也大量增加，成為曹操掌握權力最重要的部門。

之前說過，曹操受封為魏公時開始設置尚書、侍中和六卿，可能因為是公國，所以沒有像漢室朝廷那樣設置九卿而只設了六卿。這是哪六卿目前已無法確知，有史學家認為與漢室相比，這六卿裏沒有廷尉卿、宗正卿、少府卿，有太常卿、光祿勳卿、衛尉、太僕卿、大鴻臚卿、大司農卿，都相當於魏公國政府的部長。

但從史書記載看，魏公國曾出現了郎中令、中尉、大理等九卿中沒有的部長級官職，說明魏公國建國時進行一次機構改革，沒有完全因襲漢室制度，王修、王朗、袁渙、國淵、鍾繇等人分別擔任過魏公國部長級官員。

以上這些人加上在魏公國尚書台供職的荀攸、涼茂、毛玠、崔琰、杜襲、和洽、王粲等人，組成了強大的工作班子，這說明曹操沒有把魏公國的內設機構當成擺設，它擔負着重要的職能。

魏公國升格為魏王國後，把六卿增加為九卿，並任命鍾繇為相國，類似於丞相，魏王國下設的辦事機構進一步加強。

此時魏王國的範圍至少有北方的十個郡，僅行政管理的任務就很

繁重，而從魏王國下設機構的人員配備看，曹操不僅讓他們管理魏王國，還把整個「曹統區」都納入管理範圍中。

如此一來，它與丞相府的職能便出現了交叉。從大批原丞相府人員已轉入魏王府任職的情況看，此時丞相府的規模在不斷縮小，但與軍事有關的部門沒有削弱反而在加強。

魏王府和丞相府逐漸明確了自己的職能範圍，魏王府偏重於行政管理，包括王室事務，而丞相府重點負責軍事，包括軍隊將領的選拔任用、軍隊調動、軍事後勤以及戰略謀劃、戰役參謀等。

至於冀州的州政府主要定位於管理冀州的事務，幽州、并州撤銷後，冀州的管轄範圍增加了一倍以上，人口和實力都居九州之首，管理這麼大的一個州，想必人員也有所加強。

這段時間，行政區劃大調整。魏公府和魏王府設立，都需要大量人才，曹魏陣營出現了人才大流動現象，人才不夠用是一個很重要的問題。

所以在漢獻帝建安十五年（210 年）頒佈了第一份《求才令》後，漢獻帝建安十九年（214 年）和漢獻帝建安二十二年（217 年）曹操又先後兩次頒佈《求才令》，廣泛徵集人才，史稱「求才三令」。


作為「魏王國」的「王都」，鄴縣在「銅雀三台」等工程完工後，又修建了許多宮殿和官署，目前大規模的城市建設已暫告一段落，呈現在世人面前的是一個較幾年前更新也更壯觀的大都市。

整個城內被一條東西大街分成兩個部分，宮室和官署都集中在北邊，「魏王國」王宮的大殿叫文昌殿，是魏國舉行重大活動、典禮的地方，而魏王曹操處理日常公務多是在其右側不遠處的聽政殿，聽政殿門外是一條長長的甬道，其上列置有聽政門、升賢門、宣明門、顯陽門、司馬門等。

聽政殿門前分佈着尚書台以及丞相府下的各個機構，屬於機要部門，再向外，一直到東西大街的北側，分佈着魏王府下的部分九卿等辦事機構。

銅雀台在鄴縣城西北角上，與其對應的城東地區是一個叫「戚里」的地方，這是貴族集中居住區，九卿中的郎中令府、大理寺、太僕寺、中尉寺分別在戚里南北兩邊，如果在這些部門辦公在戚里居住，那是相當方便的。

曹操成為魏王後，烏桓單于普富盧率領其下的各位侯王，南匈奴單于呼廚泉率領其下的各名王，先後來到鄴縣朝賀，魏王曹操以禮相待，最後把呼廚泉留下來長住鄴縣，讓他手下的右賢王去卑回國主持工作（遂留魏，使右賢王去卑監其國）。

與千里之外許縣的冷清場面相比，鄴縣處處呈現出生機勃勃的景象，這裏才是整個北方的中心，也可以說是天下的中心。

不過，曹操再次晉爵也招致一部分人的不滿。

一些人原本相信曹操在《讓縣自明本志令》中的那些表白，他們認為曹操在政治上是克制的，不會做太出格的事，但現在看來不是那回事，曹操的做法分明是步步進逼，漢室已經退無可退。

在這種猜疑、不安和擔憂心理的驅使下，一些有極端想法的人試圖鋌而走險，他們暗中聯絡那些因為其他原因對曹操不滿的人共同發難。

漢獻帝建安二十一年（216年），也就是曹操登上王位的當年，在鄴縣發生了一次很嚴重的叛亂事件，叛亂的發起者名叫嚴才。

關於嚴才的情況知之甚少，他擔任的職務、聯絡了哪些人、有多大的把握取勝都不得而知，只知道他當時在鄴縣突然起事，率領徒屬數十人攻擊位於鄴縣城內的魏王宮門。徒屬的意思是門徒和部下，說

明嚴才既教有學生還擔任着某種職務。

　　僅以區區數十人的力量就直接攻擊魏王宮門無異於自殺，沒有某種堅定的政治信念不可能做出這樣的事，嚴才的行為可能就是為了表明一種政治態度，為了操守死而無憾，正是一部分儒學之士的最高追求，而還有那麼多的人追隨他，說明他們的政治信念並非沒有影從者。


　　嚴才突然發難，直取魏王宮，也不能完全說不具有威脅性。

　　事件發生時，曹操本人正在銅雀台上，他居高臨下地看到了整個過程。曹操發現有一些人迅速趕過來與叛亂分子展開了搏鬥，不過離得太遠看不清楚。

　　曹操對身邊的人說那一定是王修（彼來者必王叔治也）。長期擔任司金中郎將的王修此時任郎中令，他最先得到消息，來不及調動人馬，就率領正在官署值班的屬下們步行趕到宮門，保衛王宮的安全。

　　郎中令是秦朝官名，漢代改為光祿勳卿，魏國建立後又改回郎中令，宮室的安全保衛是其主要職責之一。

　　這場叛亂很快平息了，事後檢討功過得失，擔任魏國相國的鍾繇雖然認為王修有功，但也認為其行為於制度不符：「過去京城一旦發生變故，九卿應各居其府不得出來。」

　　在沒有任何預警的情況下發生叛亂，外面的情況不明，閉門不出首先是一項制度要求，到處亂哄哄的，弄不清誰跟誰，你跑出來究竟給誰幫忙？而無論以後誰得手，你都容易引起猜疑，所以閉門不出也是自保的做法。鍾繇是王修的上級，他的話也不完全是責難，更多的是一種提醒。

　　對此，王修回答說：「食其祿怎能避其難？待在府裏不出雖然符合制度，卻不符合共赴國難的大義（居府雖舊，非赴難之義）！」

曹操沒有追究王修的責任，仍讓王修擔任郎中令，負責魏王宮的安全保衛工作。

這場叛亂剛剛平息，第二年又發生了一場謀反事件。

參加這場謀反的有太醫令吉本、少府耿紀、司直韋晃、關中人金禕以及吉本的兩個兒子吉邈、吉穆等人，這場謀反規模很大。

太醫令隸屬於少府卿，負責皇宮內的醫療保健工作，是司局級幹部，吉本情況不詳。少府卿是太醫令的頂頭上司，九卿之一，正部長級，負責宮內事務，相當於清代的內務府，耿紀原來在丞相府當過處長（丞相掾），得到曹操的賞識，提拔他擔任了侍中、少府聊。

司直這個官名不常見，但相當了得。這是部長級高官，最初是漢武帝時期設置的，輔佐丞相檢舉百官的不法行為，算是紀檢工作，後來撤銷，漢獻帝建安八年（208 年）又重新設置，職責是督察、檢舉朝中的百官（督中都官）。

金禕父子職務不詳，但他們不是普通平民，他們出身於關中的京兆尹金氏家族，這個家族出過跟袁紹一家有親戚關係的金日磾等名臣。金禕與曹操的心腹近臣王必關係很好。王必此時擔任丞相府的祕書長（丞相長史），但不在鄴縣供職，而是受曹操派遣領兵負責許縣的守衛工作（典兵督許中事），是掌握許縣局勢的關鍵人物。

這幾個人看到漢室衰微，不禁感慨，同時也想亂中奪權（睹漢祚將移，謂可季興，乃喟然發憤）。他們的具體計劃是，利用金禕與王必的私人關係，想辦法藉機控制王必，或者把王必殺了，之後挾持天子佔領許縣，然後引當時坐鎮荊州的關羽為後援，伺機成事。

金禕先派人設法潛入王必的軍營做內應，因為平時關係不錯，王必並無防備。夜裏，吉邈等糾集了門人、家僮共 1000 多人突然火燒王必的營門，金禕的人在裏面做內應。事發突然，王必倉促應戰，結果

被射傷了肩膀。王必不知道是誰挑起的叛亂，帶傷逃了出來，因為平時與金禕關係最好，就投奔到金禕處。

搞笑的是，金禕不知道來的是王必，還以為是吉邈等人回來了。

金禕讓人在黑暗中對王必喊道：「王祕書長是不是死了？咱們的大事看來要成了（王長史已死乎？卿曹事立矣）！」

王必一聽嚇壞了，趕緊改投他處，王必後來在負責潁川郡屯田工作的中郎將嚴匡的幫助下，將叛亂平息。但是王必傷勢很重，十多天後不治身亡。參與此次叛亂的耿紀、韋晃等人全部被抓，曹操下令全部就地處死。

臨刑之前，耿紀喊着曹操的名字叫道：「曹操，只恨我做事不周，被這幫小子給誤了事！」

韋晃一邊跺腳一邊抽自己的臉，表示心有不甘（頓首搏頰，以至於死）。

有一部史書記載說，曹操聽到王必的死訊大怒。王必的地位雖不是很高，卻是曹操絕對的心腹，他很早就跟隨曹操，類似於家臣的角色，當年通使長安的重任就是他去完成的。

曹操命令在許縣的漢室百官全部到鄴縣來接受審查，讓當晚參與救火的站在左邊，沒有救火的站在右邊（令救火者左，不救火者右）。

大家還以為凡參加救火的人不會有罪，於是大部分人都往左邊擠。哪知曹操的思路剛好相反，他認為半夜沒有跑出來參加救火是正常反應，跑出來的人恐怕都是想參加叛亂的，於是把站在左邊的人都殺了。

上面這個記載很有名，也最能反映曹操的奸詐和殘忍。但細想一下卻不大可能。儘管在漢室名義下的百官此時已所剩餘無幾，但他們在社會上的影響力仍然不能被低估，曹操如此輕率地說殺就殺，實在不大可能。藉着審理這樁案件深挖幕後指使，將案件擴大化，藉機清

除那些平時有不滿情緒的人，倒是有可能。

　　從嚴才叛亂到金禕等人發動的謀反，對曹操的現實打擊很有限，但它們的影響卻是深遠的。

　　這說明，曹操雖然登上了王者之路，但也有不少人對他的行為感到不滿，即便在曹操的眼皮子底下，也有人敢於公開跟他叫板。這種感覺，對曹操來說，想必是很不舒服的吧。

# 第五章 脆弱的聯盟

## 沒打起來的一仗

就在曹操處理內部事務的前後，劉備在益州已經大打出手了。

按理說，處理完內部的事，曹操應該把關注的目光投向西南方向，但他仍然在與孫權交戰。曹操未必想跟孫權打，但孫權這邊攻勢正勁，曹操不得不積極應對。

早在漢獻帝建安十八年（213年），曹操任命了朱光為廬江郡太守。朱光到皖城上任，他在廬江郡廣開稻田，發展農業，吸引來大量逃難的人口，曹操認為這個辦法很好，又任命謝奇為蘄春典農都尉，在蘄春屯田。

皖城即今安徽省安慶市，自古以來都是軍事重鎮，漢末這裏是揚州刺史部廬江郡的治所。孫策、孫權以前分別在此打敗過劉勳和李術，長期把它控制在自己手裏，首次濡須口會戰後不久，皖城卻落入曹軍手中，其過程史書均未記載。

皖城落入曹軍之手，對孫吳的長江防線極為不利。孫權這邊兼任尋陽縣令的呂蒙認為曹操的這一手比較毒，這是穩紮穩打的節奏。來年水稻豐收，曹軍的勢力必然倍增，再發展幾年就更難收拾，呂蒙建議出擊皖城，消滅朱光和謝奇（若一收熟，彼眾必增，如時數歲，操態見矣，宜早除之）。

孫權接受了這個建議，漢獻帝建安十九年（214年）五月，也就是諸葛亮率軍西進益州的同時，孫權發起了皖城戰役。

孫權手下將領們認為應該堆積攻城的土山，準備攻城器具才能拿下皖城。當時連續多天大雨，呂蒙認為大雨有助攻城，做土山有點來不及，且容易被水沖垮，應該舉三軍的銳氣，從不同的方向同時猛攻，不用太久必可將城攻破（以三軍銳氣，四面並攻，不移時可拔）。

呂蒙推薦甘寧任攻城總指揮（升城督）。甘寧手握繩索親自攀城，呂蒙在後面支援，親自擂鼓助陣，攻城戰從半夜裏展開，到拂曉時分便將城攻破（侵晨進攻，食時破之），俘獲廬江郡太守朱光和曹操派到廬江郡的聯絡員（參員）董和等以下男女數萬人。

張遼從合肥率援軍向這裏趕來，但城破得太快了，才到達夾石就接到皖城被攻佔的消息，於是又撤回合肥。


曹操聽說皖城丟了，第一反應是要把它奪回來。

曹操立即下令出兵奪回皖城，這個命令下得有些倉促了。

曹操現在應該冷靜一下盤點盤點天下的總體態勢，劉備坐擁益州已經成為事實，下一步必將奪取漢中，直接與曹魏的雍州、關中一線對接上，相比一個小小的皖城，漢中的爭奪才更為迫切。

而且現在出兵東南也不是好時候，這時已經是農曆七月，馬上就要進入江淮的秋雨季節，連陰雨經常一下十多天，行軍打仗最怕這個。

前方傳來報告，雨已經下起來了，道路泥濘，行軍困難，將士們普遍不願意去（太祖欲征吳而大霖雨，三軍多不願行）。曹操這一回不知怎麼了，進兵的態度極為堅決，要求大軍馬上出發。

曹操的固執更多地恐怕來自鬥氣，皖城確實也很重要，它是合肥的戰略緩衝區。但更重要的是，上次在濡須口打了敗仗，如果讓孫權再勝，就更沒有面子了。

曹操剛剛搞了一系列政治改革，也急需要一場勝利為自己助威，所以才非得奪回皖城不可，誰勸都不行。

為防止有人勸諫，曹操專門發佈了一道教令：「現在不再接受進諫，都別問要去哪裏，有進諫的一定處死（今孤戒嚴，未知所之，有諫者死）。」

賈逵時任丞相府辦公室主任（主簿），他長期在揚州刺史部任職，非常熟悉那裏的情況，他反對此時用兵，看到這道命令，更覺得有問題。

賈逵對其他三位主簿說（謂其同寮三主簿曰）：「現在確實不宜出兵，雖教令如此，也不能不諫啊！」

看來丞相府裏有多位辦公室主任，大概根據工作內容各管一攤。這幾個人挺不錯，看到問題也不迴避，他們同意賈逵的看法，由賈逵起草了進諫稿，三個人把名字一一署上，呈給丞相。

曹操看了大怒，把賈逵等人抓了起來，問是誰出的主意，賈逵說是自己，之後逕直前往監獄。

獄吏一看是賈主任，就不給他上刑具（獄吏以逵主簿也，不即著械），賈逵催促獄吏趕緊給自己戴上。後來曹操的怒氣消了些，把賈逵等人放了，但出兵的決定不改。

丞相府高級參謀（參軍）傅幹接着又向曹操進諫：

「治理天下有兩種途徑 —— 文治和武治。明公用武已十平其九，現在沒有遵從王命的只有吳與蜀，吳有長江之險，蜀有崇山之阻，難以威服，應該採取德治。我認為現在應該按甲寢兵，息軍養士，分土定封，論功行賞，以此穩固內外之心，然後興學校，教導百姓崇尚節義。

「以明公的神武，再修以文德，那麼普天之下就沒有不服從的了。現在舉十萬之兵於長江之濱，如果敵人負險深藏，就不能立刻取勝，就會挫傷自己的銳氣，敵人也不能心服。總之，明公應該多想想虞舜休兵養息之義，全威養德，以道制勝。」

曹操仍然不聽，不過也沒再難為傅幹。

七月，曹操命曹植留守鄴縣，自己親率大軍前往合肥。

這本是一場重要的軍事行動，但史書上卻找不到關於這一仗的任何記載，到這一年十月曹操又出現在了鄴縣。

當時天下着大雨，道路不好，行軍速度不會很快，一個單趟就得走一個多月，也就是說雙方在合肥前線基本上沒交過手，皖城此後仍在孫權手中，孫權任命呂蒙擔任盧江郡太守。

下了這麼大的決心，非打不可的一仗，竟然在史書上毫無記載，是曹操後來改變了主意嗎？

從後面的情況看，這確實是唯一的解釋。


就在這個時候，曹操接到了益州方面傳來的確切情報，劉備已經攻佔了成都，這讓曹操非常吃驚。

劉備到益州三年了，之前一直和劉璋呈對攻狀態，諸葛亮領兵才進益州不過幾個月，益州竟然就要被劉備拿下了。

此時曹操已經在行軍的路上了，他迅速調整部署，立即轉換戰場，不再與孫權爭奪皖城了。

曹操決定提前發起漢中戰役，為了更有把握，曹操決定儘可能集中起兵力到西線，東南戰場上的人馬保持在最低水平，其中留下守合肥的只有 7000 人。

曹操把張遼、樂進、李典三個人留在了合肥，同時薛悌為各軍聯席參謀長（護軍），臨行前祕密把薛悌找來交給他一封信函，告訴他等到孫權來進攻的時候再打開看（賊至乃發）。

就這樣，這一年十月，曹操就回到了鄴縣。


此次不了了之的南征，半路上也發生了讓曹操心疼的事。

在這次行軍的路上，曹操的心腹智囊荀攸得了重病，不治而逝，

時年 58 歲。

在曹操先後幾位「謀主」裏，荀彧後來專司朝廷事務，郭嘉病死，現在荀攸又不在了，曹操損失很大。在荀攸生病期間，曹操派隨軍的曹丕前去探視，曹丕獨拜於荀攸的牀下。荀攸死後，曹操很傷心，一說到荀攸就忍不住流淚（言則流涕）。

曹操曾對人說：「我和公達交往二十多年，在他身上沒有一絲一毫可以指責的地方（孤與荀公達周遊二十餘年，無毫毛可非者）。」

曹操對荀攸的評價非常高，他還說過：「對於正確的意見，公達總是堅持進諫，不達目的不罷休；對於錯誤的意見，總是堅持反對，不達目的也不罷休（荀軍師之去惡，不去不止）。」

荀攸參與許多重大機密的籌劃（常謀謨帷幄），但他為人嚴謹，對機密大事一向守口如瓶，就連最親近的人也不知道他出過哪些計謀。

荀攸姑姑的兒子辛韜曾向他打聽平定冀州的事，荀攸說：「關於這件事，我只知道辛毗替袁譚來乞降，曹公親自率兵前往平定。其他的，我哪裏知道？」

辛韜再也不敢向他打聽軍國大事了。

荀攸與鍾繇關係最好，荀攸向曹操前後提出過重大決策建議 12 條（前後凡畫奇策十二），只有鍾繇知道。鍾繇想把這些整理出來傳之後人，但這項工作直到鍾繇去世仍未完成。所以，荀攸的智慧和謀略世人知道得很少。


# 兵出大散關

曹操回到鄴縣，沒做太多停留，即率主力向關中進發。

漢獻帝建安十九年（214 年）十二月，曹操到達黃河上的渡口孟津。

次年三月，曹操率主力到達長安。

曹操這麼着急，一般人很難理解，所以有不少人上書反對。

擔任黃門侍郎的劉廙在上書中說：

「自明公起兵已來，三十多年攻無不破，強敵無不順服。如今孫權恃險於吳，劉備不服於蜀，但論他們的勢力和影響，未必比袁紹更強大，孫權、劉備未臣服，不是我們的智慧、武力不如以前了，而是形勢有了新變化。

「周文王當年伐崇國，打了三十天都沒打下（文王伐崇，三駕不下），之後勤修德政，崇國表示臣服。秦國還是諸侯的時候，征戰無不取勝，但稱帝之後，幾個人登高一呼社稷就完了，這是用武力於外，對內不能體恤民眾造成的。

「我擔心吳、蜀的力量雖然比不上六國，但當世卻不乏陳勝、吳廣那樣的人才，這一點不得不考慮呀。於今之計，不如據四方之險，選擇要害處把守，這樣明公就可以高枕無憂，專心考慮如何治國，廣種農桑，推行節約，不出十年，定會國富民強。」

要是孔融那樣的人這麼說，曹操一定會把他叫過來問問是啥意思，這麼說抱着什麼動機，但曹操知道劉廙對自己一向忠誠，他也尊重劉廙。

劉廙字恭嗣，和劉虞、劉表、劉馥、劉曄等人一樣都是漢室宗親，說起來他跟諸葛亮、龐統等人還是同學，因為他也是司馬徽的學生，只不過他可能是司馬徽在中原時教的學生，而諸葛亮、龐統等人是司馬徽避難荊州以後所教。劉廙小時候比較調皮，常在司馬徽的課堂上玩耍。有一次，司馬老師走過去摸着他的頭說：「小家伙，『有道德就懂義理』，難道你不知道嗎（孺子，『黃中通理』，寧自知不）？」

劉廙和哥哥劉望之都很有名氣，曹操後聘劉廙到丞相府任職，後改任黃門侍郎。劉廙的想法有一定代表性，但這些想法曹操並不贊

成，曹操認為這樣的想法不合時宜，以教化征服敵人只能是紙上談兵。

於是，曹操以公開信的形式答覆劉廙，闡述了此次用兵的重要性。

在信的末尾，曹操還寫道：「不僅君王應當理解臣下，臣下也應當了解君王（非但君當知臣，臣亦當知君），現在讓我遵行周文王的仁德，恐怕並不符合實際。」

也就是說，你們這些讀書人啊，思想應該跟上形勢才行！

曹操在長安稍做休整，隨後又馬上進軍漢中。

由關中到漢中必須越過秦嶺，最便捷的通道是穿越其中的幾條棧道，著名的棧道有三條，自東向西分別是子午道、儻駱道、褒斜道。這些道路穿行於大山之間，雖然路途最近，但崎嶇難行，又容易遭遇伏擊，在準備倉促的情況下曹操決定放棄。

那就只有一條路了，就是繞行大散關。

大散關是關中四關之一，位於今陝西省寶雞市南面的大散嶺上，是由陝西進入四川的要道，號稱「川陝咽喉」，當年劉邦「明修棧道、暗度陳倉」就是走的這裏，現在曹軍進攻的方向剛好相反。

漢獻帝建安二十年（215 年）四月，曹操率軍抵達大散關，到了一看，路也很難走，行軍相當艱辛。

曹操在此寫了一首《秋胡行》，詩中寫道：

> 晨上散關山，此道當何難！
> 晨上散關山，此道當何難！
> 牛頓不起，車墮谷間。
> 坐磐石之上，彈五弦之琴。
> 作為清角韻，意中迷煩。
> 歌以言志，晨上散關山。

有何三老公，卒來在我傍。

有何三老公，卒來在我傍。

負揜被裘，似非恆人。

謂卿雲何困苦以自怨，

徨徨所欲，來到此間？

歌以言志，有何三老公。

我居崑崙山，所謂者真人。

我居崑崙山，所謂者真人。

道深有可得。名山歷觀，

遨遊八極，枕石漱流飲泉。

沈吟不決，遂上升天。

歌以言志，我居崑崙山。

去去不可追，長恨相牽攀。

去去不可追，長恨相牽攀。

夜夜安得寐，惆悵以自憐。

正而不謫，辭賦依因。

經傳所過，西來所傳。

歌以言志，去去不可追。

　　詩中所寫大意是：清晨登上了大散關，關山路險，牛都累得僵
臥不起，有些車輛墜落到山澗。坐在大圓石上，彈一曲五弦琴，但心
情仍然煩亂。這時有三位仙人來了，問我有什麼困苦，為什麼艱難跋
涉來到這裏？我想住在崑崙之巔，我想成為得道之仙，我想訪問名山
大川，我想暢遊八方，以石為枕，喝着清涼的山泉。然而，我還沒有
來得及回答，仙人就飛走了，從此我將繼續與俗事相連，從此夜夜難
眠，只能惆悵自憐。

詩中寫了大散關的險峻和道路難行，也寫了自己渴望求仙得道的思想。幻想着遇到仙人，讓無法擺脫俗事的困擾隨仙人而去，既悲涼又惆悵。

這讓我們又一次看到了詩人曹操的風采和他真實的內心，看到了此刻他的追求和渴望，他的孤獨與苦悶。那些永遠無法訴說也無人能理解的，只能在這些詩文中窺視一二。

看來，已經 61 歲的曹操真覺得有點累了。


此行不僅路途艱難，還遇到了氐人發起的叛亂。

曹魏新置的雍州刺史部轄下有不少氐人，曹操率軍南下漢中時氐王竇茂突然起兵反叛，他們聚集一萬多人，佔據漢中以西的武都郡一帶峙險不服，曹軍如果繼續南下，氐王就如同頂在背後的一把刀，這不是小事。

曹軍不得不停下進軍的步伐先解決氐人問題，他派張郃、朱靈率所部在雍州刺史張既的配合下攻打氐王，竇茂退守河池，即今甘肅省徽縣一帶。

曹操下令猛攻，於這一年五月將河池攻破，曹操下令屠城。

消滅了竇茂，對雍州刺史部其餘仍在割據中的各路勢力形成了威懾。有一部史書說，也就在這時候，盤踞在西平、金城一帶的麴演、蔣石等人斬殺韓遂，並送來了首級。如果這個記載可靠，那老牌軍閥韓遂起兵就有 30 多年了，死時已 70 多歲。

除了氐人之外，曹操還解決了佔據於此的劉鳴雄部。

這個劉鳴雄是關中地區的藍田人，郭汜、李傕作亂關中時隱入山中，很多人跑來依附他，馬超叛亂時也來拉攏他，但他沒有參加，曹操入大散關路過此地。

劉鳴雄前來拜見，曹操很高興，對他說：「我剛進關，就夢到一個

神人，該不會就是你吧？」

於是拜他為將軍，讓他召集部眾，隨同大軍行動。

劉鳴雄的手下卻不願意歸降曹操，他們劫持劉鳴雄造反。有很多人前來依附，達到數千人之多，他們佔據武關道口。曹操派夏侯淵前往討伐，劉鳴雄等人逃入漢中。

解決了這些問題，曹操南下再無後顧之憂。在武都郡曹操召見了太守蘇則，對他的工作表示滿意，讓他帶人擔任大部隊的向導（太祖征張魯，過其郡，見則悅之，使為軍導）。

這時麥子已經成熟。張既、蘇則等人組織民眾就地收穫小麥，加上從關中調來的糧食，軍糧供應不成問題。這也是曹操從合肥撤軍急着發兵漢中的原因，他要趕上小麥成熟的季節，以保證軍糧供應。

但軍糧運輸的難度很大，為此曹操命令河東郡太守杜畿徵調一支5000人的運輸隊負責前線運輸，杜畿治理河東郡有方，受到過曹操的嘉獎，上次潼關會戰杜畿在後勤保障方面已經做出過重大貢獻，這次長途跋涉遠離家鄉，大家依舊士氣很高。

5000人竟無一人逃亡，眾人都互相勉勵：「人都有一死，寧死也不能對不起咱們的杜太守（人生有一死，不可負我府君）。」

除了杜畿外，曹操任命的長安特別市市長（京兆尹）鄭渾也參加到支援前線的工作中，事後也受到曹操的表彰。

## 純屬意外收穫

曹軍繼續行進，曹操命令張郃率5000步兵在前面開道，於漢獻帝建安二十年（215年）七月到達陽平關前。

陽平關是漢中平原的東大門，它位於今陝西省勉縣境內，是一處險要關口。陽平關的北面是秦嶺，南臨漢水和巴山，處於陳倉故道

和金牛道的交會處，這兩條古道一條是關中南下漢中的必經之路，一條是漢中入川的必經之路，陽平關處於其接合部，可見地理位置之重要。

現在寶雞到成都有一條寶成鐵路，寶成鐵路到陝南向右有一條支線，通往漢中、安康，這兩條鐵路的交會處就是陽平關火車站。

還在武都郡的時候，曹操曾向當地人詢問過陽平關一帶的地形，有人告訴他陽平關地勢一點都不險要，關前的南北兩山相距很遠，不容易守住，但到了陽平關一看，完全不是那麼回事。

曹操是一個認真的人，他感歎道：「別人轉述的，未必都是真實情況呀（他人商度，少如人意）。」

聽說曹操親率大軍到達陽平關，張魯自知不是對手，準備投降，但是遭到其弟張衞的反對。張魯於是派張衞以及楊昂等人率兵數萬，在陽平關前橫着築石城十多里，攔住曹軍的進攻。

曹軍總兵力大約有 10 萬人，而張魯的人馬大約只有 3 萬，按理說打贏這一仗問題不大，但在陽平關這種特殊地理條件下，人多並不是最有利的因素。

地勢險要，易守難攻，曹軍死傷慘重，曹操又歎道：「打了三十年的仗，還從來沒有像今天這樣，把主動權讓給對手，自己如此被動，怎麼辦呢（作軍三十年，一朝持與人，如何）？」

長期對峙下去，後勤補給就會出問題，到那時人多也不管用，弄不好就會全線崩潰，別說打贏這一仗，能不能從漢中全身而退都不好說了。

想到這裏，曹操決定撤兵。

曹操在下達的撤軍命令裏說：「這真是一個鬼地方（此妖妄之國耳），還能做些什麼呢？我們糧食供應困難，不如趕緊撤退。」

曹操命令丞相府辦公室主任（**主簿**）劉曄監督後面的各路人馬，使之按順序撤出，夏侯惇指揮山上的曹軍撤退時，有一支曹軍誤闖了張衞的營寨，當時是夜裏，營中士兵大驚四散。

劉曄派人騎着快馬報告曹操：「不如撤回前面的命令，全力發起進攻（**不如致攻**）！」

曹操於是下令進兵，多派弓弩手射擊敵人的營寨，結果大勝。張衞不敵退走。

還有一個記載，說當時不知從哪裏躥出來數千隻麋鹿衝入張衞大營，張衞軍營夜驚（**夜有野麋數千突壞衞營，軍大驚**），曹操手下的高祚等部離此不遠，高祚吹響鼓角，召集其他友軍，張衞大懼，以為這都是曹軍預謀好的攻營戰術，於是投降。

陽平關就這樣稀裏糊塗地被攻下了。


陽平關一失，南鄭已無險可守，張魯還想投降。

張魯手下的人事處長（**功曹**）閻圃認為投降可以，但不要這麼輕易就降。

閻圃對張魯說：「現在就這麼投降了，必然沒有什麼分量（**今以迫往，功必輕**）；不如先投奔杜濩、朴胡，然後看情況再說，到那時再投降功勞也大些。」

張魯真是個善於傾聽部下意見的好領導，對閻圃的建議他也接納了，於是帶領一部分人南入巴中。

巴中地區屬益州刺史部，益州目前雖然被劉備佔領，但各地正處在新舊交接中，像巴中這些地方目前還比較亂，在當地勢力比較大的是杜濩、朴胡這些部族首領。

臨走前有人建議搞一些破壞，把倉庫等設施燒毀。

但這一次張魯沒有同意，他說：「本來打算歸順朝廷，現在離開是

暫避鋒芒，沒有惡意，倉庫裏的東西都歸朝廷所有。」

張魯讓人在府庫上一一貼上封條，之後才走。

曹操到了南鄭，對張魯的做法很高興，他得知張魯有歸降的本意，就派人到巴中地區尋找張魯，勸他投降。

九月，巴中地區的部族首領朴胡、杜濩率部出降，曹操下令分巴郡為巴西郡和巴東郡，任命朴胡為巴東郡太守，杜濩為巴西郡太守，都封為列侯。

十一月，張魯率家屬從大巴山出來投降，曹操以天子的名義拜張魯為鎮南將軍，封閬中侯，食邑一萬戶，封張魯的五個兒子以及閻圃等人為列侯。

馬超逃往益州時沒來得及帶上妻子董氏以及兒子馬秋，現在董氏和馬秋都到了曹操手上，曹操把董氏賜給閻圃為妻，把馬秋交給張魯處理，張魯親手把馬秋殺了。

張魯此舉並不僅僅因為痛恨馬超，而是藉此向曹操表示忠心，說明他與馬超已成不共戴天的仇人，讓曹操放心。

馬超的部將龐德也在張魯處，現在也投降了曹操，曹操早就聽說龐德作戰勇猛，任命他為軍長（立義將軍），封關門亭侯，食邑300戶，龐德從此忠心耿耿地追隨曹操，至死不渝。

五年前與馬超一同在關中叛亂的程銀、侯選等人各率1000多人在漢中，他們也出來投降，曹操既往不咎，仍然恢復了他們的職務。還有那個劉鳴雄，漢中平定後沒有辦法只好再次投降，曹操看到劉鳴雄，上去一把拽住他的鬍子：「老家伙，這回又抓到你了（老賊，真得汝矣）！」

說歸說，曹操並沒有為難他，恢復了他的職務。只不過，漢中不能讓他再待了，說不定哪一天他還作亂，曹操下令把他和部下遷到冀州刺史部渤海郡。

曹操對張魯等人封賞都很重，原因不在於閻圃說的那樣，而是曹操考慮到張魯祖孫三代在漢中統治時間很長，又有一套「五斗米教」相輔助，在漢中影響很大。只有尊崇張魯，才能得到漢中的人心，鞏固漢中的統治，為進圖益州做長遠規劃。

在漢末三國的割據群雄中，張魯的結局是比較好的。曹操從漢中回師後，將張魯和家屬帶回到鄴縣，替兒子曹宇娶了張魯女兒為妻，雙方成為親家。

有一部史書說張魯死於漢獻帝建安二十一年（216 年），死後葬於鄴城以東，但也有史書說他又多活了 30 多年。

張魯死後被追諡為原侯，爵位由兒子張富繼承。張富在曹魏先後擔任過丞相掾、黃門侍郎，還回到漢中當過郡太守。張魯的另一個兒子張永先後擔任過曹魏的奉車都尉、議郎。張魯還有一個兒子叫張溢，歷任牙門將軍、駙馬都尉、討寇將軍，也擔任過郡太守，還被封為閬中侯。

與袁術、公孫瓚相比，張魯得到了善終；與劉備、孫權相比，張魯雖然沒有稱王稱帝，但子孫也都過得挺好，也可以算光耀門楣了。

之所以如此，一方面因為張魯是個識時務的人，也許在別人的慫恿下也有過稱王的想法，但經手下人一勸，他也就明白了自己的實力和地位，放棄了想法。同時，張魯也知道自己不是曹操的對手，所以早就想投降，逃出漢中時不破壞府庫，這一舉動贏得了曹操的好感。

另一方面，張魯沒有作過什麼惡，他在漢中採取政教合一的辦法治理地方，雖然也是割據稱雄，但沒有「權力的任性」，更沒有胡作非為，治理政策雖然帶有宗教色彩，有些地方不一定合理，甚至有些愚昧，但總體來說張魯的治理是寬惠的，基本上得到了百姓的擁護（民夷便樂之）。這使張魯在漢中享有了很高的威望（流移寄在其地者，不敢不奉）。

正因為如此，曹操才肯接納並厚待他。如果他在漢中不得人心，或者做出過大奸大惡的事，想必曹操也不會容他。

## 「既得隴，復望蜀邪」

曹操得到了漢中郡，又任命了巴西郡和巴東郡的兩位太守，這三個郡都是益州刺史部的地盤，對於剛剛自領了益州牧的劉備來說，這是一個嚴重挑戰。

剛進入成都時，黃權就曾向劉備提出建議：「如果失去漢中，則巴郡不可保，等於失去了益州的一條臂膀。」

當時張魯出逃巴中，劉備於是任命黃權為護軍，督率就近的各軍前往巴中迎接張魯，可是晚了一步。張魯後來投降了曹操。

黃權就率軍攻擊曹操新任命的太守朴胡、杜濩等人，曹操命張郃率部趕往支援。這時，劉備剛佔領成都不久，益州並不穩固，無法傾全力去與曹操爭鋒，只能派張飛去支援黃權。

劉備任命張飛兼任巴西郡太守，張飛隨後率兵進至閬中。

張飛進攻張郃所在的宕渠，此地在今四川省渠縣東北，張郃率兵迎擊，雙方勢均力敵，相持了 50 多天。

為打破僵局，張飛認真觀察了周圍的地形，最後設計將張郃的主力引誘至一處山道很狹窄的地方，將敵人分割為不能相救的若干部分，然後分別擊破。張郃最後只帶着十多人逃出山裏，回到漢中。之後張飛率兵佔領了巴西郡和巴郡。

這一仗十分關鍵，如果這一仗打敗了，讓張郃將這兩個郡佔領，那局面完全是另一個樣子，張郃的勝利有可能直接導致劉備失去益州（張郃深入於巴，幾喪一州）。

史書對這場關鍵之戰記載很少，沒有明確指出張飛打敗張郃的具

體地點在哪裏，一些地方志認為其在瓦口關，即今四川省閬中市東北的雙山埡一帶。

對巴西之戰的失利，曹操並沒有太在意。

曹操意外取得漢中，其實已經心滿意足了。

但曹操手下的謀士們認為不應該就此止步，此時擔任着丞相府辦公室主任（主簿）的司馬懿和劉曄都認為應當趁勢攻取益州。

司馬懿向曹操建議道：「劉備以騙術取得益州，蜀人未必肯服，此時他們與孫權為荊州的事相爭於江陵，這是一個機會。如今攻克漢中，益州震動，進兵攻之，益州必然瓦解。聖人說過，做事不違背天命，但也不能失去時機呀。」

劉曄也提出了類似建議，他認為：「攻克漢中後益州震動，對手正在恐懼之中，如果發起進攻，敵人會不攻自破（今破漢中，蜀人震恐，其勢自傾）。如果失去這個機會，必然給今後留下難題。」

司馬懿和劉曄的建議並非沒有道理。劉備得益州後，孫權趁機索要借出去的南郡等地，孫劉聯盟出現了裂痕，這倒是一個機會。

但是曹操遲疑不決，漢中之得有很大偶然性，如果不是天佑曹魏，說不定此次也是無功而返，這次行動的目標是漢中，既然目標已經實現，就應該退兵了。

曹操沒有接受他們的建議，而是說了一句很有名的話：「人最怕的就是不知足，既然已經得了隴地，為什麼還要再去想蜀地呢（人苦無足，既得隴，復望蜀邪）！」

這裏說的「得隴望蜀」是一個典故，說的是東漢初年有兩個反對漢光武帝劉秀的地方勢力，一個是割據巴蜀的公孫述，另一個是稱霸隴西的隗囂。公元 32 年，名將岑彭隨光武帝親征隴西隗囂，將隗囂圍困在西域，把公孫述的援兵也包圍了起來。不過城池堅固，一時無法

攻克，光武帝就給岑彭留下一份詔書，自己先回京城去了。

岑彭接到詔書一看，上面寫着：「如果攻佔了隴地兩城，便可率軍攻打蜀地的公孫述。人總是不知足的，我也一樣，已經得到隴地，又希望得到蜀地（人苦不知足，既平隴，復望蜀）。」

但曹操這裏是對劉秀意思的反用，意思是不要既得隴又想得蜀，不要貪心不足，而後世「得隴望蜀」這個成語的含義，也與曹操所說的意思相同。

不過，有的史書說曹操很快後悔了，他意識到失去了一次進軍益州的好機會。

佔領漢中不久，有從益州那邊投降過來的人報告說，聽到曹軍攻佔了漢中，蜀中「一日數十驚」，劉備連殺了不少人都不能讓局面安定（備雖斬之而不能安也），這時候曹操動了南下益州的念頭。

曹操問劉曄是否可行，劉曄回答：「時機已經錯過，現在那裏的局面必已經初步安定，不能再進攻了（今已小定，未可擊也）。」

但這個記載值得懷疑，戰機雖然稍縱即逝，但進攻益州這樣的大會戰不是突襲，戰機不會在幾天之間就發生太大的逆轉，即使前面曹操決定用兵，殺到成都耗時也得數月，怎麼可能剛過幾天就變化得這麼快？

而從張郃和張飛在巴中地區交戰的情況看，曹軍如果即刻南下，在局面上未必佔優，先不說漢中、巴中初定，人心不穩，單就戰爭準備、熟悉道路等方面，也不是倉促就能完成的。

應該說，曹操沒有採納司馬懿和劉曄的建議是明智的，如果倉促決定從漢中直接進軍益州，那就將是赤壁之戰的重演。

當年曹操南下荊州，本來只是想奪取荊州，開局實在太順，結果在沒有站穩腳的情況下，就從江陵直接發兵去攻打夏口，招致赤壁大

敗，現在的形勢還不如當初在荊州，只能一步一個腳印地走，先穩住漢中再說。

曹操於是任命夏侯淵為總指揮（都護將軍），率領張郃、徐晃所部留守漢中，派丞相府祕書長（丞相長史）杜襲以駙馬都尉負責處理漢中的政務。

漢中郡之前已被劉焉改為漢寧郡，曹操下令恢復漢中郡，將漢中郡的安陽、西城等縣分出來設置西城郡，將錫縣、上庸縣等分出來設置上庸郡，分別任命了郡太守。

西城縣就是今陝西省安康市，上庸縣在今湖北省竹山縣附近。由漢中郡西去，經西城郡、上庸郡可抵達荊州的襄陽，只是道路十分難走。

安排完這些事，曹操就從漢中撤軍了。


# 呂蒙智取零陵

從漢獻帝建安十九年（214 年）年底到漢獻帝建安二十年（215 年）年底，整整一年時間曹操都在忙漢中的事，對孫權和劉備來說，這是一個機會。

如果孫劉聯盟還像赤壁之戰時那樣暢通和高效，這個時候他們可以聯起手來，從荊州和合肥方向同時向曹魏發起攻擊，曹操抽調 10 萬人馬去了漢中，後方空虛，結果可想而知。

可惜孫權和劉備沒能把握住這次難得的機會，他們不僅沒有聯手進攻曹魏，反而差點兒打了起來。

起因是，孫權看到劉備奪取了益州，心裏很不平衡了，因為他也想要益州，但現在說什麼也晚了，孫權不高興，於是再次向劉備提出歸還荊州的事。

所謂「借荊州」，其實之前已經說過，劉備從孫權手裏借到的只不過是半個南郡而已，不過劉備現在不能把這半個郡還給孫權，因為這半個南郡目前是劉備在荊州的核心部分，江陵、公安都在其內。

　　劉備對付孫權已相當有經驗，他很正經地回覆道：「先別急，等我取得了涼州，然後必將荊州歸還（須得涼州，當以荊州相與）。」

　　這簡直是在欺負孫權的智商，涼州在曹操手裏，如今連名字都不存在了，曹操把它改成了雍州，你劉備何時能搶過來？即使能搶來，你又該拿關中說事了。你直接說等生擒曹操後再還荊州得了。

　　一再被劉備耍弄，孫權不禁大怒：「劉備這個狡猾的家伙，敢跟我玩陰的（猾虜乃敢挾詐）？」

　　還是孫權太天真。群雄相爭，除了拚武力，剩下的可不就是玩陰的嗎，又有什麼好驚訝的呢？

　　孫權盛怒之下，決定對劉備還以顏色。

　　孫權單方面對荊州的地盤進行了重新劃分，將劉備控制下的長沙、零陵、桂陽等三個郡劃歸自己，之後任命了這三個郡的官吏，讓他們去「接收地盤」。

　　這就是孫權不講道理了，「好借好還，再借不難」是對的，但借多少還多少也是基本道理，借了半個郡，你現在要人家還你三個郡，即便想收點兒利息，也沒有這麼個收法。

　　結果，這些被派去的官員被關羽拒絕，關羽還算客氣，沒有殺他們，只是把他們趕了回去。

　　孫權更惱怒了，命呂蒙率兵兩萬人馬去搶三郡。


　　周瑜去世後，孫權手下資歷最老的將領還是老將軍程普，他任江夏郡太守，並升任蕩寇將軍，但他很快也去世了。

　　有一次，轄內發生叛亂，程普平叛，殺了幾百名叛亂者，把他

們的屍體投入火中燒了，結果當天晚上程普就病倒了，100多天後去世。孫權稱讚他生前立下的功勞，封他的兒子為亭侯。

孫權在荊州用兵，按說主將應該首先選擇荊州地區的總負責人魯肅，但孫權知道魯肅一向主張與劉備聯盟，擔心他在關鍵時刻下不了決心，所以派來呂蒙。

呂蒙不僅一向對劉備強硬，而且很會打仗，不久前剛剛就任盧江郡太守，孫權重新奪回盧江郡後，郡裏局勢不穩，多次發生叛亂，孫權派人去剿，無法取勝，把呂蒙派去，幾下就平息了。

呂蒙還很有頭腦，只殺了帶頭叛亂的人，其他人不予追究。

孫權對此很滿意，誇讚呂蒙說：「一百隻鷙鳥都比不上一隻大雕啊（鷙鳥累百，不如一鶚）！」

魯肅剛接替周瑜時，要到陸口上任，當時呂蒙以副軍長（偏將軍）的身份兼任尋陽縣令。魯肅路過呂蒙的防區，按禮節，地位低的一方應該主動拜訪地位高的一方。魯肅是荊州方面的負責人，實際地位高於呂蒙，但論軍職魯肅剛剛被提拔為師長（奮武校尉），而呂蒙已經是副軍長（偏將軍）。

這二人的情況有點兒特殊，誰先去拜訪好像也都說得通。

魯肅一直在孫權身邊工作，對孫吳的將領們尤其是像呂蒙這樣近年來迅速成長起來的將領並非都熟悉，他也沒打算主動去拜訪（肅意尚輕蒙）。

這時，有人提醒魯肅說：「呂將軍功名日顯，不能故意不理他（不可以故意待也），您應當主動拜訪他。」

魯肅聽從了勸告，主動拜訪呂蒙。

呂蒙設酒款待魯肅，喝得差不多時問魯肅：「您擔當重任，今後將和關羽為鄰，打算用什麼辦法防備不測事件的發生呢（將何計略，以備不虞）？」

魯肅只顧喝酒，沒有多想，順口答道：「到時候再說（臨時施宜）。」

呂蒙一聽，很鄭重地說道：「現在我們跟劉備雖然是一家人，但是關羽其實是熊虎之人，怎能不預先想好對策呢？」

呂蒙於是提出了自己的想法，非常全面和系統，各種預案就有五項之多。魯肅聽罷吃驚不小，再也不敢輕視呂蒙，他激動得越過座席跳到呂蒙那邊。

魯肅拍着呂蒙的背說：「子明，我還不知道自己的才略原來比你差得這麼多（呂子明，吾不知卿才略所及乃至於此也）！」

魯肅於是跟呂蒙結為摯友，並拜見了呂蒙的母親。

魯肅主動要求拜見呂蒙的母親，這是一個很高的禮節，魯肅和呂蒙自此成為摯友。

呂蒙對時局有這麼深刻的見解，緣於他平時認真思考，其實他過去並不怎麼喜歡讀書。有一次孫權對他和另一個青年將領蔣欽說應該多讀讀書，這樣有好處，呂蒙回答說軍中事務繁忙，根本沒有時間讀書（在軍中常苦多務，恐不容復讀書）。孫權於是耐心地給呂蒙上了一課，從自己的讀書體會講起，說明勤學的重要。

這次談話打動了呂蒙，改變了他對讀書的看法，於是開始發憤向學、手不釋卷，經過長期堅持和積累，學問居然超過了一些文人。

魯肅跟呂蒙熟悉後，對他的進步感到不可思議，開玩笑說你的學識這麼好，既有武力又有謀略，再也不是吳下阿蒙了。

呂蒙回答說：「一個人，你跟他哪怕只有三天不見面，就應該對他另眼相看了（士別三日，即更刮目相待）。」

這也就是「士別三日，當刮目相看」典故的出處。


漢獻帝建安二十年（215 年）五月，呂蒙突然率兵渡過湘水，來到零陵、長沙、桂陽三郡。這時曹操還在過大散關的艱苦行軍路上。

劉備的主力部隊都調往益州了，負責留守的關羽將防衛重點也都放在了荊州的北部，江南各郡兵力薄弱。呂蒙輕鬆得手，長沙、桂陽兩郡投降，只有零陵郡太守郝普堅守不降。

丟了江南的兩個郡，劉備急了，親自從成都趕到荊州的公安坐鎮指揮，劉備派關羽率兵與呂蒙展開爭奪。孫權當仁不讓，由建業前往荊州的陸口，孫劉大戰眼看一觸即發。

呂蒙這時還在攻打零陵郡，呂蒙知道郝普是個講忠義的人，更是個非常孝順的人。他的老母親已有百歲高齡，在當時是一個奇跡，郝普可以不考慮自己的死活，但不會忍心置老母親於不顧。呂蒙聽說南陽人鄧玄之跟郝普關係很好，就把鄧玄之找來。

呂蒙編了一些虛假信息，對鄧玄之說：「郝普知道世間存有忠義，也想行忠義之事，但他不知道現在的局勢。左將軍劉備在漢中被夏侯淵圍困住，關羽還在南郡，而今我們主上已親自抵達南郡，已攻破樊城關羽的大營，這些都是近期發生的事。」

那時候信息極不發達，千里之外發生的事往往需要十幾天甚至幾個月才會慢慢知道，何況呂蒙說的都是軍事方面的機密，鄧玄之聽了都信以為真。

呂蒙裝着關心郝普的樣子，繼續說：

「現在，關羽各部首尾各處一方，自救都來不及，哪有餘力再營救零陵郡？現在我士卒精銳人人都想為國立功，主上正調遣大軍在開來的路上，眼下郝普性命朝夕難保，但他還在等待那些毫無希望的救援，這就像在牛腳印那麼小的小坑面的魚，還希望用江、漢的水來活命，根本就是毫無指望啊（猶牛蹄中魚，冀賴江漢，其不可恃亦明矣）！

「如果郝普能夠將士齊心，堅守孤城，尚能苟延殘喘一些日子，等待後來有所投靠，這也算可行。如今我已做好了安排，馬上就要攻

城，用不了一天就會將城攻破，郝普自己死了不算什麼，而讓百歲的老母親滿頭白髮受人誅殺，豈不痛心（而今百歲老母，戴白受誅，豈不痛哉）？我猜想他是得不到外面的信息，還以為有外援依靠，故此才頑固到今天這個地步。」

呂蒙讓鄧玄之進城向郝普陳述利害。鄧玄之出於對好朋友安危的關心，於是入城見了郝普，轉達了呂蒙的意思。郝普思慮再三，表示願意投降。

鄧玄之出城報告呂蒙說郝普一會兒就到，呂蒙馬上做出佈置，讓手下四名頭領各領 100 人在四個城門外做好準備，郝普剛出城，這些人馬上搶入，守住各個城門（蒙豫敕四將，各選百人，普出，便入守城門）。

這時，呂蒙才迎上去拉住郝普的手跟他寒暄，之後拿出孫權的緊急公文給郝普看，拍手大笑。

郝普接過公文，才知道劉備已經到了公安，而關羽已到離此不遠的益陽，這才知道中了呂蒙的計，

郝羞愧不已，恨不得找個地縫鑽進去（慚恨入地）。

呂蒙留下孫河守零陵郡，自己率軍趕赴益陽。


## 湘水劃界分荊州

益陽是長沙郡下面的一個縣，即今湖南省益陽市，它位於江南這幾個郡的中心位置。

長沙郡投降後，孫吳的軍隊迅速佔領了這個戰略要地，魯肅也親自率兵趕到了益陽，搶在關羽之前進了城。

關羽帶來 3 萬人馬搶奪益陽，孫吳兵力不足，呂蒙到達之前，軍長（折衝將軍）甘寧也率領一支人馬趕來支援，不過這支人馬很少，

只有 300 人。

益陽城外 10 里有一條急流淺灘，關羽有 5000 名精兵在此駐紮，甘寧獲得情報這支人馬將在夜裏發動進攻，決定先下手。

甘寧對魯肅說：「請再給我 500 人，我去對付他，我保證關羽一聽到我咳唾之聲就不敢渡河，如果他真敢渡過來，我保證將他擒獲（保羽聞吾欬唾，不敢涉水，涉水即是吾禽）！」

魯肅當下選了 1000 人給他，甘寧連夜趕到河的上游設防。關羽聽說甘寧來了，看到對方有了準備，便放棄了渡河計劃，而在岸上臨時將柴木捆紮起來結成軍營（住不渡，而結柴營）。

後人把此地稱為關羽瀨，「瀨」指的是激流之處。


雖然到了劍拔弩張的地步，但魯肅仍沒有放棄和平解決分歧的希望，因為他知道雙方一旦真的開戰，後果將不堪設想，那將是曹操做夢都想看到的結果。

魯肅還想做更多努力，他想面見關羽當面陳述利害，甘寧等眾將都認為太危險，勸他不要去（魯肅欲與關羽會語，諸將疑恐有變，議不可往）。

魯肅堅持要去，他對大家說：「今日之事已到了關鍵時刻，劉備明顯理虧，在是非未定之時，關羽也不敢輕舉妄動吧（劉備負國，是非未決，羽亦何敢重欲干命）！」

魯肅邀請關羽見面，雙方約定兵馬都停在百步之外，只有魯肅和關羽兩個人各佩單刀上前相見。

關羽是一流的猛將，但魯肅也不是文弱書生。之前說過，有一次敵人的騎兵追擊他，他厲聲呵斥敵人，把盾牌立在地上，遠遠地彎弓怒射，每一箭都把盾牌射穿了，敵人被嚇退。

魯肅一見面就斥責關羽：「我們把土地借給你們，當初是因為你們

敗軍遠來，無所依託。現在已經得了益州，卻沒有奉還之意，只求三個郡，又不接受。」

魯肅的話還沒說完，關羽身後有一人高聲喊道：「土地這個東西，誰有德誰佔有，何人能永遠擁有（土地者，惟德所在耳，何常之有）！」

魯肅厲聲呵斥這個人，聲色嚴厲。

關羽理虧，操起刀對身後說話的那個人道：「這是國家大事，不要隨便議論（此自國家事，是人何知）！」

關羽又瞪了此人一眼，直到這個人離開。

關羽還想再爭一爭，他說：「烏林之役時劉將軍親臨前線，寢不脫甲，勠力破曹，最後豈能只落得個徒勞，而無一塊土地安身，足下是來收回土地的嗎？」

面對質問，魯肅回答道：「不對吧，開始我與劉將軍相會於長阪坡，劉將軍的人馬不過千把人（豫州之眾不當一校），走投無路，士氣低落，還打算逃往遠方（圖欲遠竄）。我們主上有感於劉將軍無處安身，給了他土地和人民，讓他渡過難關。」

魯肅說這些話讓人無可爭辯，因為他是締結孫劉聯盟的直接當事人，當時的情況數他最清楚。

關羽半天無語，魯肅接着說：「劉將軍隱藏自己的野心，違背道義和準則，破壞雙方聯盟。如今劉將軍既已得到益州，卻還想全部佔有荊州，這是普通百姓都不會做的不義之事，何況像劉將軍這樣的英雄呢？我聽說禍患起於貪婪和背信棄義，關將軍如今身負重任，難道不能辨別是非嗎？反而要憑藉弱旅與我們抗爭，你們能不失敗嗎？」

這一番話，讓關羽無言以對。

結果，關羽與魯肅當場達成和解協議，雙方以湘水為界，湘水以東歸孫吳，湘水以西歸劉備，一場危機以和平手段化解。

從結果看，孫權取得了勝利。原因是劉備現在心裏比孫權更着

急，曹操在漢中得手，益州更加危險，不得不向孫權讓步（劉備懼失益州，使使求和於權）。

雙方在益陽罷兵後，劉備趕緊返回成都，準備對漢中作戰事宜，孫權怕他再耍賴，馬上派諸葛瑾到成都商談湘水分界的具體安排。

諸葛瑾到了成都，見到了離別 20 年的弟弟諸葛亮，但他們只談公務，不談私事，私下裏也從不會面（退無私面）。

之後雙方達成正式協議，以湘水為界將荊州一分為二，湘水以東的長沙郡、江夏郡、桂陽郡歸孫權，湘水以西的南郡、零陵郡、武陵郡歸劉備。

當初孫權讓出的地盤僅是半個南郡而已，如今卻拿回來差不多三個郡，孫權如果要表達謝意的話，有個人一定應當感謝，那就是曹操。

曹操不幫忙，劉備怎能讓步？

# 第六章 漢中之戰

## 孫權遇險逍遙津

荊州問題告一段落，孫權這才抽出身來考慮進攻合肥的事。

對孫權來說，奪取曹魏的皖城只是北進戰略的第一步，能攻下合肥才是一個重大勝利。

擁有合肥也就擁了整個揚州，以此為基地可以進圖徐州、兗州和豫州，不斷蠶食曹操的地盤。

漢獻帝建安二十年（215年）八月，孫權調集10萬人馬，由自己親自率領進攻合肥，這時曹操剛剛攻入漢中的南鄭。

此戰孫權志在必得，所以幾乎帶來了吳軍的全部精銳，呂蒙、甘寧、蔣欽、凌統、陳武、徐盛、賀齊、潘璋等，最能打的都來了，而曹操留在合肥的守軍只有7000人。

10萬對7000，這個仗看起來真沒法打，但這一仗卻打得很激烈，也很精彩。

之前說過，曹操其實考慮到孫權會趁自己遠征漢中之機前來進攻，他已想好了對策，但沒有公開，而是寫在一封密函裏，交給留守部隊的聯席參謀長（護軍）薛悌。

曹操走後，薛悌謹遵指示，沒有打開過那個密函，直到孫權率10萬人馬向合肥殺來，薛參謀長想時候應該到了，趕緊當着張遼、樂進、李典諸將的面打開來看。

大家還以為丞相留下了什麼祕密武器，期望值挺高。

誰知，只看到上面寫了這樣幾句話：「如果孫權來了，讓張遼和李典二位將軍出戰，樂進將軍留守，薛參謀長不得參戰（若孫權至者，張、李將軍出戰，樂將軍守，護軍勿得與戰）。」

大家有點失望，當前明顯寡不敵眾，宜採取守勢，等待援軍的到來，如果主動出擊，能否取得勝利實在很令人懷疑。

只有張遼認為曹丞相的指示是正確的，他說：「曹公遠征在外，如果我們坐等待援，敵人必然會擊破我們。所以曹公命令我們趁敵人沒有集齊之時發起攻擊，挫傷他們的銳氣，以安定軍心，然後才能守住。」

樂進、李典等人還有些猶豫，張遼有些生氣：「成敗之機，在此一戰。諸君如果還要懷疑，我張遼願意單獨一戰！」

李典跟張遼平時有矛盾，此時慨然說道：「這是國家大事，我不能以私心而忘記公義，請讓我跟隨你前進！」

張遼於是連夜招募敢死隊，共選了 800 人，給他們殺牛饗食，飽餐一頓，到了天亮，張遼親自披甲持戟，率領這 800 名勇士殺入敵營。

對於敵人的這一手，吳軍沒有任何思想準備，面對十多倍於己的對手，腦子只要還正常，就會選擇死守待援，能多撐一天就多一份生的希望，主動發起挑戰無異於自殺。

哪知敵人不僅殺了出來，而且士氣很高昂。

張遼一邊殺，一邊大呼自己的名字，他們連殺數十名敵人，其中還包括兩員將領，他們衝鋒的速度極快，轉眼殺到孫權的指揮部（衝壘入至權麾下）。

孫權幾乎來不及反應，跟前有一個土堆，可能是一處墳堆（高塚），孫權顧不了那麼多，抱着一把長戟就上了土堆。

張遼站在土堆下，高喊讓孫權下來一戰，孫權不敢動，這時孫吳的眾將們殺了過來，將張遼圍住，張遼率身邊數十人又往外面殺。

剛殺出重圍，聽見後面有人求救：「將軍，您要拋棄我們嗎（將軍棄我乎）？」

張遼回頭一看，見是自己帶來的人有些被孫吳的士兵圍住不能脫身。張遼於是又往回殺，敵兵人馬披靡，沒人敢擋，張遼順利將被圍的士兵解救出來。

這一戰從早晨一直打到中午，張遼就用這 800 人在孫權大營裏連衝帶殺，孫吳軍隊居然無奈，看着他們殺進殺出，孫吳士氣大損。


孫權指揮人馬將合肥圍住，發起猛烈進攻。

但孫吳軍隊攻了十多天，都被士氣高昂的曹軍擋在城下無法得手，孫權決定撤兵。

吳軍接到命令陸續撤退，孫權和呂蒙、甘寧、凌統、蔣欽、陳武、潘璋等將領留在後面督陣。合肥城外有條淝水，淝水上有一個渡口叫逍遙津，孫權等人正在逍遙津以北等待過河，被遠眺敵情的張遼恰好發現。

張遼再次率兵突然殺出，目標直指孫權。

這一擊實在太突然了，孫權等人毫無防備，呂蒙和甘寧拚死保護孫權，凌統指揮身邊的人架着孫權就走（甘寧與呂蒙等力戰扞敵，凌統率親近扶權出圍）。凌統把孫權轉移到安全地帶，返回來又與曹軍交戰，身邊的人一個個戰死，他也多處受傷，估計孫權已經脫險，才撤離戰場。

呂蒙、甘寧、蔣欽等人死戰張遼以掩護孫權。甘寧勇猛異常，不停地引弓射敵，負責鼓吹的士兵已傷亡得差不多了，甘寧發現自己一方的軍樂隊突然沒了聲響，還厲聲詢問（寧屬聲問鼓吹何以不作），壯

氣毅然。凌統這時也過來,掩護孫權撤退後重新殺回,他跟甘寧默契配合,抵擋住了曹軍的猛攻。

此戰打得很慘烈,偏將軍陳武力戰而死,宋謙、徐盛、甘寧等人負傷。徐盛受傷後長矛都弄丟了,賀齊過來救了徐盛一命,撿回徐盛的長矛(徐盛被創失矛,齊引兵拒擊,得盛所失)。

陳武自孫策時代便追隨左右,孫權讓他率領中軍(督五校),負責保衛孫權的安全。他力戰而死,算是盡到了職守。對陳武的死,孫權很傷心,後來親自參加了陳武的安葬儀式。陳武有個愛妾,孫權下令讓她給陳武殉葬(命以其愛妾殉葬),陳武的兒子陳修日後也成長為孫吳的高級將領。

孫權對於心愛的部將常給予格外關照和尊崇,讓部下感動和感激,但他命陳武愛妾殉葬一事遭到了後世不少批評。後世有史學家甚至認為孫吳國運不長,正是用生人殉死人這件事受到的報應(權仗計任術,以生從死,世祚之促,不亦宜乎)。

也許並不存在什麼報應,但不管怎麼說,活人殉葬這種極為殘忍的陋習在此之前的 700 多年以前就已被禁止了,孫權重新拿來,不管出於什麼理由,都是極其不人道的,理應給予批評。


現在,陳武戰死,徐盛等人受傷,他們手下不少士卒紛紛後退,情況異常危急。幸虧潘璋及時趕到,斬殺了兩名後退者,才穩住了陣腳(橫馬斬兵走者二人,兵皆還戰)。

混戰中,張遼遇到一個紫色鬍鬚的吳將,上身長、下身短,在馬上很善射。張遼問孫吳的降卒這個人是誰,降卒回答是孫權,張遼懊悔不已,趕緊跟樂進急追。

孫權騎馬到了逍遙津渡口上的一座橋,這座橋年久失修,橋面已壞,有一丈多寬的地方沒有橋板,此時只有他的衛士長(親近監)谷

利在身邊，谷利讓孫權握住馬鞍穩住身體，他在後面揮鞭以助馬勢，馬使勁騰越，最後跳過了斷橋。

谷利立下大功，後來被封為都亭侯。

孫權僥倖逃過肥水，遇上賀齊率 3000 人前來接應，孫權才得脫險。

賀齊把孫權迎入大船，擺上酒宴為孫權壓驚。

席間賀齊落下眼淚，對孫權說：「人主的安危是大事，今天我們幾乎釀成大禍。群臣震怖，像沒有天沒有地了一樣，我將把今天這件事作為終生之誡！」

孫權也走下座席，過去替賀齊擦乾眼淚（權自前收其淚）。

甘寧等人隨後突圍而回，其中凌統受傷最重，到肥水邊時，橋已被曹軍破壞，凌統穿着甲冑潛水渡河，到了孫權的大船上，孫權見了又驚又喜，把凌統留在自己的船上。

孫權親自為凌統換了衣服，拿出珍藏的卓氏良藥為凌統療傷，凌統才幸而不死（其創賴得卓氏良藥，故得不死）。


逍遙津一戰，曹軍以 7000 人打退孫吳 10 萬人的進攻，兩次陷孫權於危難，打得吳軍損兵折將，創造了戰場神話。

此戰是張遼軍事生涯的頂峰，經此戰張遼名氣更大了，自那時起張遼的名字便與逍遙津聯繫在了一起。

此戰也是孫權一生中最大的一次失敗，人多勢眾，猛將如雲，卻被打得難以招架，士氣大傷。

後人評論此戰的勝利，一方面歸功於張遼等人作戰勇敢，面對強敵敢於主動出擊，以不足十分之一的力量對比，打得敵人節節退縮。另一方面，對於曹操知人善任也給予高度評價。

曹操在留下的封函裏彷彿已經預知了一年後發生的情況，對於

如何用兵給出了清楚的指示，他知道張遼、樂進、李典等人互相不服氣，平時都不買對方的賬，所以把拒敵方案暫時祕而不宣。他相信關鍵時候張遼等人能以大局為重，且互相激勵，一定能出奇致勝。

之所以讓張遼擔任主攻，是因為曹操了解他的性格，張遼作戰勇猛，有狠勁。

除這兩方面原因外，還有一個重要原因被忽視了。那就是孫吳軍隊中正流行瘟疫，戰鬥力被大大削弱。

有部史書說，當時碰上了瘟疫，孫吳軍隊大部分撤出了發病區（會疫疾，軍旅皆已引出）。瘟疫的威力在赤壁之戰中表現得很突出，吳軍此次在合肥失利，也與瘟疫有關。


# 一場大瘟疫

這場瘟疫持續的時間非常長，波及的地區也非常廣。

漢獻帝建安二十一年（216 年）二月，曹操從漢中返回鄴縣，他現在必須親自去處理一下合肥方面的問題。

十月，曹操從鄴縣起兵，這次打仗曹操把夫人卞氏和長子曹丕都帶上了。曹丕 12 歲的長子曹叡以及女兒東鄉公主也由祖母卞氏帶着隨征。

大軍到達合肥後進行了短暫休整，曹操聽張遼等人彙報了合肥之戰的經過，專門查看了張遼大敗孫權的逍遙津，並在此歎息很久（循行遼戰處，歎息者良久）。

之後，曹操給張遼所部增加了人馬，讓他移屯於居巢。

居巢在今安徽省桐城市南，這裏在濡須口的上游，距濡須口只有100 多里，距皖城也近在咫尺。

次年正月，曹操也到達居巢。

曹操的想法是不急於攻打濡須口，先奪回皖城，之後採取穩紮穩打的辦法，徹底拔掉濡須口這顆釘子。

但不湊巧的是，此時瘟疫非但沒有結束，而且蔓延的範圍很廣。曹操任命的兗州刺史、司馬懿的大哥司馬朗親自到軍中慰問得病的士卒，問醫送藥（軍士大疫，朗躬巡視，致醫藥），結果自己不幸染病，不治身亡。

這些瘟疫遲滯了曹軍的行動。

這場大瘟疫最終波及包括整個北方以及長江流域，死了成千上萬的人。

曹植在一篇文章中寫道：「建安二十二年瘟疫流行，家家都有失去親人之痛，有的全家死光，有的整族滅絕。有人認為瘟疫是鬼神在興風作浪，但是罹患此難的，多是穿粗布衣服、吃草食的人家的孩子，而身居高庭大院，整天錦衣肉食之家，死的卻比較少。這是自然陰陽二氣失調而發生的瘟疫，哪裏是什麼鬼神，愚昧的人插起桃符來驅鬼，真的可笑。」

徐幹、陳琳、應瑒、劉楨等著名文人都死於這場瘟疫，王粲則死於這次行軍途中，據推測也與這場瘟疫有關。

「建安七子」幾乎同時死去了五個，這場大瘟疫在對曹操的大軍進行重創的同時，也給文學事業造成了無法彌補的損失。

因為有上次赤壁之戰的教訓，曹操深知軍中流行疾病會對部隊的戰鬥力造成很大傷害，所以不敢掉以輕心，有了撤兵的想法。

這一年，曹操已經 62 歲了。

這個年齡放到現在不算什麼，但在平均壽命極低的古代，這是地道的「烈士暮年」。

據考證，我國歷代人口平均壽命如下：夏、商時期不超過 18 歲，周、秦大約為 20 歲，漢代 22 歲，唐代 27 歲，宋代 30 歲，清代 33 歲。

　　這個結果可能會讓人嚇一跳，但這是事實。

　　造成這一結果的原因，一是疾病和醫療水平低下，二是戰爭造成大量非正常死亡。如果剔除這兩方面因素，就一個人的正常情況而言，活過 60 歲也應該稱為長壽了。

　　曹操的兒子曹丕活了 40 歲，孫子曹叡活了 35 歲。郭嘉活了 37 歲，孫吳方面的周瑜活了 36 歲，呂蒙 41 歲。蜀漢方面的劉備活了 63 歲，劉備的兒子劉禪活了 64 歲，諸葛亮 53 歲，趙雲 61 歲，馬超 47 歲，法正 46 歲。

　　孫權最後活了 71 歲，算是壽星。

　　司馬懿比孫權還牛，他活了 72 歲。

　　當然還有更牛的。比如，賈詡活了 76 歲，張昭活了 81 歲，但那真是鳳毛麟角。

　　曹操年輕時意氣風發，敢冒險，不言輸，但人一老意志就消退了，就有了守成的想法。面對孫權這種打不垮、拖不死的難纏對手，即便沒有這場瘟疫，曹操也會感到頭疼。


　　孫權其實也不想再跟曹操打了，赤壁之戰後他把主要用兵方向都放在了合肥、濡須一線，但收效並不大。孫權覺得把曹操作為對手也許是錯的。

　　呂蒙等人多次提醒孫權，就目前形勢看關羽的威脅遠遠大於曹操，應該早有防範，不能把注意力只放在合肥方向。

　　孫權經過一番思考，做出了一個令人意想不到的決定：派人去曹操那裏求和。

孫權派去的人名叫徐詳，字子明，吳郡人，是一名旅長（都尉）。徐詳見到曹操，曹操也正想與孫權談談，就接見了他。

曹操還想威嚇一下，對徐詳說：「我過去最大的心願就是越過長江，與孫將軍一起暢遊姑蘇城，在江心的長洲苑裏打打獵（孤比者願越橫江之津，與孫將軍遊姑蘇之上，獵長洲之苑），如果能實現這個願望，我也就沒有什麼遺憾的了！」

徐詳是帶兵的將領，但口才不錯，對曹操說：「大王您奉天子以召集群雄，如果真的越橫江而遊姑蘇，走的也只是亡秦和夫差走過的路，恐怕天下之事要有變數了啊！」

曹操聽了沒生氣，反而笑道：「徐先生該不會是在耍詐吧（徐生得無逆詐耶）？」


剛剛與劉備重修舊好，現在又向曹操求和，孫權的戰略調整未免幅度太大，而且曹操會不會接受尚未可知，如果曹操不接受，自己一方士氣勢必受損傷。

但孫權這麼做是經過計算的，他知道曹操已無心在合肥戀戰，相對於自己，劉備對曹操的威脅更大。

果然，曹操接住孫權遞過來的梯子，下令回師。

二月來，三月走，和上次南下合肥一樣，曹操又虎頭蛇尾了一次，不是孫權本事大，而是劉備幫了忙。

對孫權來說，能不打就不打。不付出任何實質性代價，一句軟話就把曹操哄得心情愉快地走了。

在三國時代，都說呂布最善變、劉備最務實，但從這件事上可以看出孫權其實比劉備還務實。孫權善於調整自己的姿態，在關鍵時刻往往幹出許多出人意料的事來。所以有人總結說，曹操擅長玩軍事，劉備擅長玩政治，孫權擅長玩外交。

曹操留下夏侯惇、曹仁、張遼等各部共 26 個軍屯紮在居巢一帶（使惇都督二十六軍，留居巢），按一個軍 1 萬人左右計算，在此區域駐紮的部隊達 20 多萬人，這些部隊由夏侯惇任總指揮。

這大概是曹操為避免出現上次撤離時只留下 7000 人守合肥的驚險，索性在這裏長住不走了。

## 劉備不信預言

曹操願意與孫權妥協，還有一個重要原因，也是因為劉備。

劉備之前在荊州對孫權做出讓步，是因為他覺得漢中比荊州在江南的那幾個郡更重要，漢中既是益州與關中的中間地帶，也是抗拒曹操攻擊的緩衝區，漢中被曹操佔領，對益州來說相當於腦門上被人頂了一把刀；而如果能掌握在自己手中，又好比給自己戴了一頂頭盔。

對剛剛在益州站住腳的劉備來說，這頂頭盔很重要。早在曹操沒有佔領漢中的時候，諸葛亮就建議劉備主動聯絡張魯，諸葛亮為此還給張魯寫過信，這些信都沒能記載下來，只保存了其中一封信裏的幾句話：「神仙養身益壽，還要節制餐松飲霞，而你卻追求享受，哪裏還能尊崇道規呢（靈仙養命，猶節松霞，而享身嗜味，奚能尚道）？」

看諸葛亮信中的意思，對張魯似有指責之意，由於信的其他內容已佚失，不了解其背景，故不好推測諸葛亮為何這麼說。

從這封信可以看出，劉備、諸葛亮已經與張魯那邊建立了聯繫，如果能說服張魯歸順，不戰而拿下漢中，那自然是上策中的上策。但現在已經晚了，漢中已經成了曹操的地盤。

法正認為應當馬上發起漢中之戰，他分析說：

「曹操一舉收服張魯，佔有漢中，沒有藉此勢頭進圖巴、蜀，只是留下夏侯淵、張郃屯守，自己率軍北還，這並不是他戰略目光短淺，也不是他力量有所不及，必然是他的內部出現了問題（此非其智不逮而力不足也，必將內有憂逼故耳）。

「現在看，以夏侯淵、張郃的才略還無法勝任帥才，如果率大軍前往征討，必能攻克。攻克漢中後，在那裏發展農業，積蓄糧穀，然後尋找機會，上可以徹底打敗敵人，重振漢室；中可以蠶食曹魏的雍州、涼州，廣泛開拓境土；下可以固守於要害，與敵人展開持久戰。這正是機不可失，時不再來呀！」

諸葛亮和法正現在既是劉備的左膀右臂，又是劉備的主要智囊。諸葛亮更多的精力用在處理政務方面，而法正在戰略層面的思考更多些。法正就漢中問題提出的上、中、下三策，與諸葛亮隆中對策中的核心思想是一脈相承的，只是根據現在的局勢，把它更加系統化、具體化了。

按照法正的構想，此時曹操的精力主要放在處理內部事務上，這正是天賜良機。進攻漢中比較有把握，一旦得手，進可以攻，退可以守，即使出現了下策裏說的情況，也是得分的。

但是，法正沒有說明一個問題，那就是一旦進攻漢中，曹操本人親率大軍增援，到那時還有幾成勝算？大概法正認為，曹操已被內部事務所纏身，又顧忌東線戰場的孫權，不會來救漢中吧。但這樣的假設，未免過於大膽。

劉備大概看到了這個問題，他跟曹操打了半輩子交道，深知一着不慎滿盤皆輸的道理。在攻取漢中的大方向上，他與諸葛亮、法正的想法一致，但現在是不是進攻漢中的最好時機，他有些猶豫。

曹操肯定也接到了相關情報，知道劉備下面會在漢中方向有所動作，所以也不願意跟孫權再打下去。

不過，劉備還有一層擔心，那就是益州內部是否就此能達成統一。益州新定，人心思安，尤其是益州本土出身的人，也許會有不同意見。

　　果然，有兩個人這時候跑來勸劉備千萬不要進攻漢中，一個叫周群，一個是張裕，他們都算是預言家。

　　周群字仲直，益州巴西郡人，他的父親周舒年輕時向益州著名的方術師楊厚、董扶、任安等學習方術，當時有一句叫「代漢者當塗高」的讖語，大家都不知何意，周舒認為塗高就是魏，這句預言的意思是替代漢室的將是曹魏。

　　周舒要在曹操手下，曹操一定厚賞他，但他在益州，說這樣的話是很冒險的。

　　周群從小跟父親學習方術，他擅長占星，在院裏造了一座小樓，家裏的奴僕輪流在上面值班，發現有異常就通知周群，周群再親自登樓觀望。這相當於私人出資辦的天文台，不知道算不算歷史上的頭一個，據說他根據星象變化得出的很多預言大都應驗了。

　　劉璋挺相信周群，召他為師友從事，相當於私人顧問，凡有重大決策都事先向他詢問。劉備入主成都後，看中周群在社會上的影響力，任命他為儒林校尉。

　　儒林校尉看起來像是武職，但管的是文事，類似於文聯或文化局，這是劉備發明的一個官職，從中可以推測劉備把大大小小的事都盡可能集中在左將軍府中，以左將軍的總名號統領軍事、行政、財政以及文化事業。

　　劉備聽說周群善卜，就是否出兵漢中祕密向周群詢問。

　　周群回覆劉備說：「本來應該攻取漢中之地，但無法得到漢中的百姓。如果非要出師不可，必然不利，還是應謹慎行事（若出偏軍，必不利，當戒慎之）！」

劉備聽了周群的預言，有點泄氣，心裏也有點不舒服。

這時張裕也來勸劉備不要出兵，之前說過，張裕曾在劉璋、劉備的涪陵大會上當面給過劉備難堪，但此人也精通方術，水平比周群還高（天才過群）。

張裕勸劉備不要出兵漢中，他的話更絕：「千萬不能出兵漢中，否則必定不吉利（不可爭漢中，軍必不利）！」

在劉備看來，周群的話還算委婉，而張裕就有點兒別有用心了，他的話分明就是詛咒。劉備想起涪陵大會上的事，對張裕來了氣。

有關部門又祕密報告說，張裕向人傳播謠言，胡說什麼「庚子年天下將換新主人，劉氏王朝將終結，劉備取得益州也不能長久，九年後他就死了（歲在庚子，天下當易代，劉氏祚盡矣。主公得益州，九年之後，寅卯之間當失之）」。庚子年是漢獻帝建安二十五年（220年），事實證明，一切都如張裕所預言的那樣，這一年曹丕通過禪讓建立魏朝，漢室滅亡；劉備攻入成都是在漢獻帝建安十九年（214年），九年後劉備駕崩於白帝城，那一年的干支也正好是癸卯。

有沒有那麼神？不知道，反正史書是這樣記載的。

劉備接到報告，大怒，下令處死張裕。

周群、張裕反對出兵漢中，這並非他們個人的意見，應該代表了相當一部分益州本土人士的想法。

一般說來，本土出身的人都希望保境安民，不希望出去惹事，能不能興復漢室、統一天下對他們來說實在微不足道。然而一旦對外用兵，即使能打贏，也需要耗費巨大的人力物力，為保障前線供應，必然在各地加稅徵兵，苦不堪言。

周群、張裕作為益州本地有影響力的人物，反對向漢中出兵是

可以理解的，或者說他們只是代言人，是大家推舉他們二位向劉備進言的。

諸葛亮覺得，益州新定，對外用兵固然重要，保證內部安定也是大事，對於張裕這樣有一定影響力的人，可以懲戒，但不宜處死，於是向劉備書面請求減免其罪過。

對諸葛亮提出的事，無論是人事安排還是軍政民政事務，劉備一向言聽計從，但這一次劉備是真生了氣，他沒有答應。

劉備對諸葛亮說：「芳香的蘭花要是生在大門口，也不得不鋤掉它（芳蘭生門，不得不鋤）！」

諸葛亮明白，劉備不喜歡張裕是一方面，更重要的是他想藉張裕的人頭，想徹底堵住反對出兵漢中的那些人的嘴，於是也不好再說什麼。

劉備下令把張裕處死，且公開進行（棄市）。


## 曹家的後起之秀

漢獻帝建安二十三年（218 年）春天，劉備正式出兵漢中。

劉備命諸葛亮留守成都，負責後勤供應和補充兵員，自己率主力北上。劉備身邊的「謀主」仍然是法正，說明法正的謀略被劉備所賞識，法正又對攻取漢中有過深入的思考，有一套系統的方案，所以要帶在身邊。

這是否意味着劉備對法正的信任程度超過諸葛亮呢？其實不是，這是由諸葛亮和法正二人在劉備身邊不同的角色定位所決定的。

劉備入主成都後，對諸葛亮的定位是「股肱」，對法正的定位是「謀主」，而對關羽、張飛、馬超等人的定位是「爪牙」。股是大腿，肱是胳膊，股肱就是大腿和胳膊，也就是最重要的助手，而謀主是智

囊，是參謀。

此次遠征，後方的事也很重要，要隨時保證大軍的糧草、武器供應，還要及時徵調補充兵員，更重要的是，不能讓人趁主力遠征之際在後方興風作浪，能完成這些艱巨任務的人，只有才幹不行，還要有魄力，必要時可以臨機決斷；還要有威望，鎮得住局面；還要對自己絕對忠誠，不然成都這一大攤子交出去也不放心。

劉備認為全部符合這些條件的只有諸葛亮。張飛夠忠誠也有膽識，但缺乏智謀；馬超有聲望也有魄力，但忠誠度不能讓劉備放心；讓法正留下來，他的弱點更多，比如他在荊州來的這些人裏缺乏威望和領導力，群眾基礎遠遠不夠。

所以，劉備沒帶諸葛亮去漢中說明他對諸葛亮更為重視，不存在厚待法正而輕視諸葛亮的問題。


劉備把大軍分成東、西兩路：東路由自己親自率領，包括法正、趙雲、黃忠、魏延等部，由成都北上直取漢中；西路由張飛率領，包括吳蘭、雷銅等部，向西攻擊漢中的側翼，目標是曹軍在漢中以西的重鎮下辯。

吳蘭、雷銅是劉備的部將，但有關二人的史料很少，更多情況不得而知，也許是劉璋的舊部。

下辯即今甘肅省成縣一帶，是漢中郡的西鄰，現在屬曹魏武都郡，那一帶羌族人聚居，考慮到馬超在羌人中有很大影響力，劉備讓馬超隨張飛行動。

負責鎮守漢中的夏侯淵得知消息後，趕緊向遠在鄴城的曹操報告，曹操不敢怠慢，立即派出了援軍。

這支援軍由老將曹洪率領，他是曹軍中公認的福將，言外之意此人能力一般，只靠運氣好才打過一些勝仗。

曹操也考慮到了這一層，所以給他派了個能打的助手曹休。

曹洪是曹操的兄弟輩，曹休是曹操的子姪輩，隨着曹休、曹真、曹彰、曹純等曹家新生代將領的崛起，曹軍正在面臨着一輪新舊交替。到了後期，史書上多次提到曹洪一家如何富貴、如何有錢，在曹操眼裏曹洪已經不是原先那個曹子廉了，但他在曹軍中的資歷很高，讓他領兵可以服眾，而讓曹休掌握實際指揮權，可以鍛煉這個被看好的晚輩。

曹休之前一直在虎豹騎任職，此次被任命的職務不過是個騎都尉，相當於騎兵師長，曹操命他擔任曹洪的軍事參謀（參洪軍事）。

不過，臨出發前曹操私下對曹休說：「你名義上是參謀，實際上是統帥（汝雖參軍，其實帥也）。」

這不大像是曹操說的，但確實記錄在史書裏。

曹洪也知道了曹操的想法，乾脆把指揮權都交給了曹休（洪聞此令，亦委事於休）。

曹操對曹休也不敢完全放心，派老成持重的辛毗前去輔助。

曹操專門給辛毗下達了命令：「過去漢高祖劉邦貪財好色，所以張良、陳平匡正他的過失，現在你跟曹休的擔子也不輕呀！」


曹操命曹洪、曹休增援下辯，此時劉備西路軍已攻入下辯，佔領下辯的是張飛手下的吳蘭、雷銅。

曹洪、曹休率軍趕到，把他們圍了起來。

劉備、法正及時調整作戰方案，讓張飛親自率兵屯駐於固山，這個位置在下辯的北方，揚言要斷曹洪和曹休的後路。

曹洪召集眾人商議，大家爭論不休，有人主張放棄下辯回師，否則有被包抄的可能。

曹休不同意，他認為：「敵人如果真想斷我方後路，肯定會悄悄進

行，現在這麼大張旗鼓，中間肯定有文章。我們應該別管這個，趁他們人馬沒有集齊之際抓緊攻打吳蘭，吳蘭一破，張飛定會撤兵。」

曹洪已經把軍權交給了曹休，就由曹休去安排。

結果，曹軍不僅不撤，反而猛攻下辯，吳蘭、雷銅均被打敗，二人逃出下辯後被氐人部落首領抓住殺了，將首級送到了曹營。

張飛、馬超見狀退到了漢中郡境內，西路軍發起的武都戰役以失敗而告終。

## 黃忠揚名定軍山

西路軍雖然進攻遇阻，卻沒有動搖劉備進攻漢中的決心。

此時劉備以法正為軍師，率黃忠、趙雲、魏延等部已經到達陽平關，這裏是漢中谷地的最西端，劉備與張飛、馬超等在此會合，做出攻打漢中郡的態勢。

夏侯淵不敢大意，一邊與張郃、徐晃等移軍陽平關一帶阻擋劉備的進攻，一邊再次向曹操報告，要求進一步增援。

這一年七月，曹操調集兵馬，親自增援漢中。

曹操覺得自己老了，所以臨出發前專門頒佈了《遺令》，對後事進行了交代。以前每次出征，曹操總想方設法鼓舞大家的士氣，而這次卻發佈了自己的遺書，是一次特殊的戰前動員，表明自己誓死取勝的決心，還是冥冥之中感應到了什麼？

漢中那邊，夏侯淵指揮張郃、徐晃等部擋住劉備的猛攻，讓劉備沒有太大進展。劉備派部將陳式等去斷絕馬鳴閣道，夏侯淵派徐晃阻擊，把陳式打敗。劉備又從廣石發動進攻，張郃堅守廣石，劉備攻之不克。

從武都戰役失敗到廣石不利，劉備沒有打過一場勝仗。這一次

雖然帶着張飛、趙雲、黃忠、馬超等組成的超豪華陣容，卻也連嘗敗績。劉備心有不甘，急忙寫信給留守在成都的諸葛亮，要求想辦法補充兵員。

劉備把能帶的兵馬基本上都帶來了，諸葛亮手裏其實沒什麼富餘的。

而且，劉備率主力北上後，益州境內也不平靜，馬秦、高勝等人聚眾數萬人在郪縣叛亂，幸虧犍為郡太守李嚴憑藉 5000 名民團（郡士）把他們打敗，斬殺了馬秦、高勝。事情剛平定，越巂郡的夷人又圍攻新道縣，李嚴馳往救援，又把他們打敗。

劉備還有一部分精銳部隊，但此時在荊州，不可能調過來，剩下的幾乎都去打漢中了，劉備要諸葛亮繼續增兵，使諸葛亮備感壓力。

劉備和法正都不在，諸葛亮成了益州的大管家，所有大小事務都裝在他的腦子裏。他現在最重要的工作，就是想盡一切辦法既保持局面穩定，又及時徵調糧草，做好前線的後勤供應。

幸好諸葛亮手下也有一批能幹的人，協助他把事情處理得井井有條，剛提拔的益州從事楊洪逐漸引起了諸葛亮的注意，遇到問題諸葛亮喜歡找他來商量。

接到劉備的來信，諸葛亮找楊洪徵求意見，楊洪說：「漢中是益州的咽喉、存亡的關鍵，如果沒有漢中也就沒有益州了，不用多考慮！」

諸葛亮當機立斷，代表劉備任命楊洪為蜀郡太守，負責辦理徵兵及後勤供應事宜，支援漢中前線。

蜀郡太守是法正，法正去了漢中，無法履職，任命有豐富實踐經驗的楊洪擔任此職，可以更好地調動當地資源，迅速完成劉備交給的補充兵員、保障後勤供應的重任。

此前楊洪是李嚴的部下，李嚴當郡太守時楊洪是他的人事處長（郡功曹），現在李嚴還是郡太守，而楊洪已升為蜀郡太守，與老領導平起平坐。

楊洪當郡太守後有個叫何祗的祕書（門下書佐），很有才幹，楊洪把他推薦給諸葛亮，何祗升得更快，楊洪還在當蜀郡太守的時候，何祗已升為廣漢郡太守了。

這些不拘一格選人用人的事例，都是後方主持工作的諸葛亮主導進行的，益州當地官民對此深表敬佩（西土咸服諸葛亮能盡時人之器用也）。

此時益州全州都進入了臨戰狀態，砸鍋賣鐵、傾盡全部物力和人力支援漢中前線，有了這樣的支持，劉備下定決心不拿下漢中不撤兵。


而曹操那邊，也正在向漢中方向增援。

對曹魏來說，這是短短三年間的第二次漢中之戰，前一次的對手是張魯，這一次的對手是劉備。

對這次軍事行動曹操顯然沒有太多的思想準備，所以僅部隊調集就用了很長時間，夏侯淵求援是這一年三月間，而曹操把人馬調集完畢由鄴縣出發已是這一年七月了。

這一下麻煩大了，夏侯淵那邊更加被動。

這還不算，曹魏大軍一路走走停停，到達長安已是九月。

路過弘農郡的時候，曹操聽說漢獻帝劉協的哥哥、弘農王劉辯死後埋在這裏，想到墳前弔唁。

弘農郡本地人、擔任黃門侍郎的董遇進諫道：「根據《春秋》大義，即位不滿一年就死去的國君還不能稱為君，弘農王在位時間很短，又被暴臣董卓挾持，最後降位為藩王，不應該拜謁。」

曹操認為說得有理，於是作罷。

看來曹操的心情並不急切，這有些奇怪。

更奇怪的是，曹操一到長安就不走了，在那裏又住了兩個多月，時令已到了隆冬。

這讓人費解不已：一向高瞻遠矚、雷厲風行的曹操，此時為何變得如此奇怪？一路上似乎心事重重，走又不想走，完全不顧及前方吃緊的軍情。

更加奇怪的還在後面，在此期間曹操突然發佈了一篇《終令》，雖不是正式遺囑，但也主要是為安排「後事」而發。

這篇《終令》主要內容如下：「古代埋葬人，一定選擇貧瘠的土地。現在，規劃出西門豹祠西邊的高地作為壽陵，利用當地較高的地勢作為墓基，不堆土，不種樹（因高為基，不封不樹）。《周禮》記載由塚人掌管公爵陵墓的土地，凡是諸侯都埋葬在皇帝左右靠前的位置，卿大夫在後，漢制也稱為陪陵。現在規定，凡是公卿大臣以及列將中有功的，都可以陪葬在壽陵，要擴大陵園的範圍，使之能容納下足夠的逝者（其廣為兆域，使足相容）。」

天子或王公生前為自己確定死後埋葬的地方，這是習慣也是古制，本來沒有問題，但這篇《終令》的發佈還是讓很多人覺得不安。

畢竟現在不是考慮後事的時候，當務之急是迅速進軍到漢中，解救在那裏的數萬曹軍。


正是在這兩個多月裏，前線的形勢發生了重大變化。

劉備在陽平關一線做出多次嘗試性攻擊沒有進展後，諸葛亮送來的援軍陸續到達，這些大多數是剛剛招募的新兵，基本上沒什麼作戰經驗，但大批生力軍的到來，使蜀軍士氣大振。

過了年，到了漢獻帝建安二十四年（219 年）正月，劉備終於有了收穫，前鋒越過陽平關，沿着漢水河谷向前推進了一段距離，到達

定軍山下。

陽平關是這塊盆地的西大門，從陽平關沿着漢中往前可以到達漢中郡的郡治南鄭，但在到達那裏之前還會遇到一處屏障，就是定軍山。

定軍山位於漢水南岸，今陝西省勉縣城南 10 餘里處，屬大巴山脈，與漢中盆地周邊的深山大川相比，它的海拔並不很高，主脈是由 12 座東西綿延的山峰組成，總長 20 多里，其最高處海拔 800 多米，由此再往東，就是一馬平川。

也就是說，定軍山雖然是一道屏障，但不是特別險要，劉備率軍攻到這裏，曹軍就危險了。


夏侯淵一看定軍山被佔，急忙來搶，雙方展開了激戰。

劉備發動夜襲，燒了曹營的鹿角，這時候夏侯淵駐守在西邊的營寨，張部駐守東邊的營寨，劉備集中力量攻擊張部，張部有點頂不住，夏侯淵把自己這邊的守軍分出一半增援張部，結果出了大事。

夏侯淵是親自率兵來增援張部的，法正看到後，覺得機不可失，建議劉備不惜一切代價猛攻，目標直取夏侯淵。

劉備命黃忠擔任主攻，咬住夏侯淵的增援部隊不放，一陣猛打猛衝，曹軍大敗。曹魏的征西將軍、博昌侯夏侯淵居然戰死沙場，一同戰死的，還有曹操任命的益州刺史趙顒。

曹操以前經常告誡夏侯淵：「做大將也有示弱的時候，不能一味恃強鬥狠（為將當有怯弱時，不可但恃勇也）。為將者應該以勇為本，以智取勝，有勇無謀只不過是一介匹夫罷了。」

夏侯淵的戰死，正好印證了曹操上面的話。

根據曹操事後頒佈的一篇策令，當時的戰鬥情形是這樣的：敵人燒毀了曹軍的鹿角，但這些鹿角離大營有 15 里，夏侯淵居然獨自帶着

400 名士兵去修補鹿角，敵人在山上看到了，於是從山谷中殺出，夏侯淵親自參加戰鬥，最後戰死。

曹操認為夏侯淵在此戰中犯了指揮上的錯誤，像夏侯淵這樣擔負整個戰場指揮重任的大將，不應該親自參與戰鬥，更別說去幹修補鹿角這樣的小事，曹操把這件事寫進策命向全軍通報，可見他對定軍山之敗很介意。

在這篇策令裏，曹操甚至說出了重話，稱夏侯淵本來不擅長帶兵，軍中呼之為「白地將軍」（淵本非能用兵也，軍中呼為「白地將軍」）。

所謂「白地」，指的是那些沒有種植開墾的土地，拿現在的話說應該叫作「處女地」。拿這個作為夏侯淵的外號，是說他作為大將連最基本的作戰常識都沒有。

回顧夏侯淵一生的戰績，其實他也打過很多勝仗，這個評價未免太偏頗。這說明，定軍山的慘敗後果實在太嚴重了，雖然夏侯淵已死，但曹操仍不能原諒他。

定軍山之戰讓黃忠得以揚名後世，就像說起逍遙津人們馬上會想到張遼一樣，後世人們提到定軍山的時候，也自然會想起黃忠來。

定軍山一戰也讓法正揚名，曹操後來聽說了定軍山之戰的全過程後，就記住了法正的名字。曹操之前就認為，老對手劉備沒有這兩下子，一定是有高手在旁邊輔助（吾故知玄德不辦有此，必為人所教也）。

看來在曹操的心目中，劉備還是那個在走投無路時投靠在他的門下，又多次被他打得落荒而逃的人。但那是老眼光了，劉備顯然已今非昔比，他已經從寄人籬下、看人眼色的流浪者，迅速成長為一路諸侯。

# 趙雲的「空營計」

夏侯淵是曹魏在漢中的總負責人，他猝然戰死，曹軍上下無不震撼恐怖（三軍皆失色），大家惶恐不已，不知道該怎麼辦。

曹操的丞相府祕書長（丞相長史）杜襲此時在漢中任督軍，曾在曹丕身邊任過職的郭淮此時在夏侯淵軍中當司馬，二人收斂散卒，商議對策。在漢中的曹軍將領中，張郃和徐晃目前都是軍長，張郃是蕩寇將軍，徐晃是平寇將軍，但徐晃目前正在馬鳴閣與蜀軍作戰，該地在今四川省廣元市一帶，距漢中有數百里。

所以杜襲和郭淮決定共推張郃為臨時統帥，號令全軍說：「張郃將軍是國之名將，劉備也有所忌憚，現在事情很緊急，非張將軍不能主持大事。」

危急關頭，張郃不再推辭，他立即重新調整了部署，安好營寨，大家才稍稍安定下來。

劉備想趁夏侯淵戰死之機一鼓作氣拿下漢中，第二天指揮人馬渡過漢水來攻營，曹軍這邊大部分人認為此時敵眾我寡，士氣也不如對手，不如在漢水邊修築工事抵擋，不讓敵人渡河。

郭淮不同意這種看法，他認為：「這是向敵人示弱的做法，無法挫敗敵人。不如在離漢水遠一點的地方列陣，誘使敵兵渡河，等他們渡過一半再突然發起攻擊（半濟而後擊之），劉備必然可破。」

張郃採納郭淮的建議，遠遠地列陣於漢水北側，劉備看到生疑，不敢渡河。在張郃的主持下，曹軍暫時穩住了陣腳，避免全線潰敗。他們堅守在漢水北岸，等待援軍的到來。

曹操意識到漢中已危在旦夕，立即從長安出發趕往漢中。

為節省時間，這次他改走褒斜道，這是他第二次走這條路，上次

由漢中返回長安時曹操走的就是這裏，可能是他想親自體會一下這著名通道的實際情況，曹操得出的結論是南鄭是「天獄」，而褒斜道是500里長的石頭洞穴（五百里石穴耳），說明這條道路在當時狹窄、深險並且路程漫長。

這條道路南端有一個隧道，位於今陝西省漢中市褒城鎮境內，雖然只有16米長，卻是在堅硬的石頭上鑿出來的，被認為是世界上最早的人工隧道，該地於是被稱為石門。

石門附近有一處摩崖石刻，內容是東漢漢中郡太守王升表彰楊孟文等人開鑿石門隧道的功績，這篇石刻就是在書法史上堪稱國寶的《石門頌》，後因修建石門水庫而將其移至漢中博物館。曹操一生曾三次經過褒斜道，想必作為書法家的他也曾在《石門頌》前流連過吧。

漢中博物館還保存有一通石碑，上面書有「袞雪」兩個隸體字，相傳為曹操此次路過石門時親筆所寫，如果屬實，它就是迄今能看到的曹操唯一的手跡。

這兩字原來也刻於石門附近的崖石上，據說曹操當時題完這兩個字，有人不解其意，等字刻好後大家發現，山崖邊上就是滾滾的褒河水，山澗間滿佈大大小小的石頭，經流水長年沖刷一個個都圓圓的且很光亮，遠看像堆雪一般。

至於「袞」字，本來應該寫成「滾」，但有褒河水在邊上，等於添了個「氵」字旁，所以曹操把它省了。

漢獻帝建安二十四年（219年）三月，曹操終於出了褒斜道，到達漢中，由於來晚了，現在就得由防守變成進攻。

對劉備來說，新獲定軍山大捷，現在可以採取先不與其爭鋒的對策（斂眾拒險，終不交鋒）。

劉備信心十足，對左右說：「曹操雖然親自前來，必然會無功而返，我一定能拿下漢中！」

曹軍的運糧隊從北山下經過，隊伍很長，黃忠認為可以襲擊一下，把糧食劫過來。漢中是個不大的地方，突然間雲集了雙方這麼多軍隊，軍糧供應將會是個大問題，如果能把對方的軍糧劫過來，那對敵人將是雙倍打擊。

劉備派牙門將軍趙雲跟隨黃忠一塊劫糧，黃忠先出發，趙雲在後，但到了約定時間黃忠仍然未歸，趙雲率幾十名騎兵出了營寨，去接應黃忠。

趙雲剛出來就遇到曹軍主力，雙方展開激戰，趙雲身邊只有幾十個人，且戰且退，奮力殺出重圍。這時趙雲發現部將張著負傷被圍，又折返回去，殺入重圍把張著救了出來，之後殺回自己的營寨。

趙雲的營寨已被曹操原先任命的沔陽縣長張翼帶人佔領，張翼閉門拒守，趙雲殺了進去，將營寨重新佔領，之後把營門打開，偃旗息鼓。

曹軍到後，看到這種情況懷疑營內有伏兵，不敢攻營，於是撤退。趙雲不幹，雷鼓震天，用弓弩射擊曹軍，曹軍驚駭不已，自相踐踏，還有不少人墜入漢水中淹死，這一仗被認為是三國時期真正的空城計，可以稱為趙雲版的「空營計」。

第二天，劉備親自到趙雲營中視察，看到前一天的戰場，不禁替趙雲捏了把汗。

劉備讚歎道：「子龍一身都是膽啊！」

當天，劉備下令在營中擺酒慶賀，一直喝到晚上（作樂飲宴至暝），劉備軍中稱趙雲為虎威將軍。

雙方在漢中一帶展開了周旋，有一次劉備形勢不利，應該趕緊撤退，可劉備不肯，沒有人敢勸。此時矢如雨下，法正急了，一下子擋

在劉備身前。

劉備喊着法正的字叫道：「孝直避箭！」

法正不避，對劉備說：「主公您都在親自用身體擋箭石（明公親當矢石），何況小人我呢？」

劉備才冷靜下來，下令撤退。

還有一次，劉備棲於山上，派養子劉封下來挑戰。

曹操大怒，罵道：「一個賣鞋子的小子，居然用養子抗拒你家主人（賣履舍兒，長使假子拒汝公乎）？待喚我家黃鬚兒來收拾你！」


## 曹操的「雞肋」

曹操不是說說而已，他真的派人去叫「黃鬚兒」來戰劉封。

黃鬚兒就是曹操的兒子曹彰，曹操從鄴縣出發前，派曹彰領兵征服代郡烏桓，當時代郡的烏桓人造反，曹操讓曹彰以北中郎將的身份代理驍騎將軍，領兵鎮壓叛亂。

在曹操眼中，曹彰是最有軍事才幹的一個。曹操告誡他：「在家裏你我是父子，領受任務以後咱們就是君臣（居家為父子，受事為君臣），做什麼事都要按王法來辦，你要小心謹慎呀！」

但是曹彰壓根不用父親擔心，這一仗他打得很漂亮。

曹彰帶兵進入涿郡境內，這時叛軍有數千騎兵殺到，而自己一方人馬並未聚集起來。曹彰身邊只有步兵1000來人，騎兵只有數百名。面對危險，曹彰很冷靜，他沒有硬打硬殺，而是採取田豫的計策，固守要隘，敵人進攻無果後退去。

這時增援部隊也陸續趕到，曹彰下令追擊，他身先士卒，衝殺在最前面。他不斷射箭，敵兵應聲而落。激戰半日，曹彰鎧甲上也中了數箭，但他仍然意氣風發，指揮人馬一直追到桑乾縣，這裏距代郡只

有 200 來里的路程了。

曹彰的手下們都認為長驅直入，人馬勞頓，應該暫停攻擊，休息一下再說。但曹彰認為，敵人逃得還不遠，停下來就喪失了戰機，於是上馬，又追擊一日一夜，終於追上了敵人，斬殺及俘虜敵兵數千。

為了鼓勵將士，曹彰下令按照平常標準的一倍賞賜將士，大家雖然很勞累，但又很欣喜（彰乃倍常科大賜將士，將士無不悅喜）。

此戰，鮮卑部族首領軻比能受烏桓人邀請前來助戰，但他沒有立即參戰，而是率數萬人在一旁觀察，當他看到曹彰如此生猛，於是向曹操請服，北方的局勢重新得以安定。

代郡建邊的事已經完結了，曹操讓人去喚曹彰來漢中前線，曹彰接到命令後晝夜西行往這裏趕來。

但他還沒有趕到漢中，這邊的戰事就結束了。


曹操與劉備相持了一個多月，劉備據險死守，跟曹操拚消耗。

這樣一來，曹軍的後勤就成了問題，由於吃不飽飯，曹軍士兵有不少逃跑開小差（操與備相守積月，魏軍士多亡），還有些投降到敵人那裏，讓曹操很苦惱。

蜀漢後來有一個挺有名的將領叫王平，多次隨諸葛亮北伐，他原來是曹軍的將領，就是在這個時候投降劉備的。

王平字子均，巴西郡宕渠縣人，當時巴中部族首領杜濩、朴胡等人投降了曹操，到洛陽拜謁，王平跟着他們一塊去，被曹操提拔為師長（校尉）。曹操此次再征漢中，王平隨軍，但是又投降了劉備，被劉備提拔為副軍長（裨將軍）。

眼看短時間內無法取勝，曹操萌生了放棄漢中的打算。

一天，有人請示當夜的口令，曹操順口說了一個「雞肋」，大家

不知道是什麼意思，隨征的丞相府辦公室主任（主簿）楊修聽到後就開始收拾行李（便自嚴裝）。

大家很驚訝，問何故，楊修說：「雞肋這個東西，扔了怪可惜，吃吧又沒什麼味道（棄之如可惜，食之無所得），這正好比是現在的漢中，我因此知道魏王想撤軍了。」

楊修的理解是正確的，曹操實在不想把主力部隊長期集中在漢中這個大山中的小盆地裏，合肥一線的孫權，襄陽一線的關羽，還有北方的公孫氏和烏桓人，哪一個都不讓他省心。

近兩年來，各地又頻頻發生叛亂活動，曹操已經有了心力交瘁之感，於是下令從漢中全線撤退。


漢獻帝建安二十四年（219 年）五月，曹軍正式撤往關中。

漢中再次易手，這塊戰略要地在曹操手裏前後才不到三年。

曹操和劉備幾乎打了一輩子仗，在以往的交鋒中總是曹操佔上風，漢中之戰是他們直接面對面的最後一次交手，這一次劉備卻贏了，而且贏得很徹底。

曹操到長安後，考慮到漢中已失，其左翼的武都郡必然難保。他擔心的是劉備與武都郡氐人部落首領聯合起來，以氐人為先鋒進攻關中，那樣一來整個雍州的安全都將受到威脅，為此他召來雍州刺史張既商議對策。

張既建議，可以把武都郡的氐人遷到天水和關中一帶居住，告訴他們先遷出來的有重賞，到那時候大家都會爭先恐後出來。曹操採納了這個建議，先後從武都郡遷出五萬餘戶氐人，讓他們居住在扶風郡、天水郡等地。

張既長期在西部任職，對這裏的情況很熟悉，在他的努力下，曹魏在雍州暫時沒有大的威脅。

但是，漢中郡的右翼問題卻比較嚴重，劉備不僅拿下了漢中郡，其東邊的房陵郡、西城郡和上庸郡三個郡也都收入了囊中。

劉備佔領漢中後，立即派人攻取這三郡，法正推薦了孟達。

劉備於是任命孟達為宜都郡太守，讓他率部從秭歸出發，進攻房陵郡。孟達是個能幹的人，一鼓作氣拿下了房陵郡，順便把郡太守蒯祺殺了。

這位蒯祺不是別人，他是諸葛亮的姐夫。不知道是孟達不了解這個情況，還是雖然知道仍然這麼做的。

劉備派養子劉封從漢中出發，沿漢水南下與孟達會合，劉備特別明確了一下，劉封到了房陵後可以領導孟達（統達軍）。

劉備的這項決定看來很有問題，因為劉封此時的軍職不過是師長（副軍中郎將），孟達作為郡太守無論是年齡、地位還是功勞都遠高於劉封，所以孟達對劉封很不服氣，為日後矛盾的爆發埋下了伏筆。

有的史書認為，劉備擔心難以控制孟達（先主陰恐達難獨任），才派劉封與他會合。劉備一定會把此去的真正意圖告訴劉封，所以劉封才一直不把孟達當回事。

劉封指揮孟達繼續攻打上庸郡，上庸郡太守申耽投降，為籠絡申耽，劉備拜他為征北將軍，也許史書的這個記載不太準確，因為這一軍職甚至超過了目前的平西將軍馬超，是僅次於劉備左將軍的第二軍職。

但也有可能是真的，劉備豪爽慣了，既然要籠絡人，不妨價碼給得更高些，反正這些也都是形式。劉備同時讓申耽兼任上庸郡太守，還任命申耽的弟弟申儀為軍長（建信將軍），兼任西城郡太守。

不過，這也使上庸三郡日後在管理上更加不順，劉封這位年輕的師長既要管「省部級幹部」孟達，還要管北部戰區司令（征北將軍）申耽和軍長（建信將軍）申儀，很難處理各方面關係。

# 稱王漢水濱

漢中大捷是劉備軍事生涯的頂點。

開拓荊州，佔有益州，吞併漢中及上庸三郡，這些都發生在短短幾年之中。想當初，劉備只要一聽說曹操來了就會立即逃竄，如今也敢跟曹操硬拚死磕一把，還把曹操弄得很狼狽。

此戰後，劉備一下子得到了漢中等四個郡，勢力版圖也空前擴張。論地盤和實力，劉備已絲毫不遜色於孫權了，至此，說「三分天下」才實至名歸。

經此一役，劉備的個人聲望也達到了空前的高度，論地盤、實力以及個人聲望，大家都認為劉備比曹操已經不差什麼。三年前曹操已經稱王，現在不少人認為劉備也應該稱王，與曹操平起平坐。

盤點一下劉備目前擁有的地盤，大概已有 30 個郡國了，雖然比不上曹操，但比孫權多。

而且，曹操姓曹，劉備卻姓劉，劉備一向打着興復漢室的旗號，所以他要稱王困難小得多。

劉備綜合了各種考慮後，決定稱王。


在曹操從漢中撤走兩個月後，即漢獻帝建安二十四年（219 年）七月，劉備在漢中稱漢中王。這項新職務不同於之前的益州牧，既不能表奏，也不能遙拜，當然也無法像曹操那樣由漢獻帝下詔冊封，劉備的方法是「勸進」。

在漢中，劉備手下 120 名重要官員聯名向遠在許縣的漢獻帝劉協上了一份奏表，報告漢獻帝大家一致推舉劉備為漢中王，仍兼任大司馬。

這份勸進的名單很長，史書提到的有平西將軍都亭侯馬超，左

將軍長史鎮軍將軍許靖，營司馬龐羲，議曹從事中郎、軍議中郎將射援，軍師將軍諸葛亮，蕩寇將軍漢壽亭侯關羽，征虜將軍新亭侯張飛，征西將軍黃忠，鎮遠將軍賴恭，揚武將軍法正，興業將軍李嚴等。

這些人都是劉備手下最重要的人物，只有射援大家還比較陌生。其實他也很有來頭，他是曹操進入軍界後第一個上司、名將皇甫嵩的女婿。

射援字文雄，關中扶風郡人，跟法正、孟達、馬超是同鄉，也屬於扶風派。他年輕時就有不小的名氣（少有名行），後來避難來到益州，在劉璋手下任職。根據此表，他目前在劉備手下任議曹從事中郎、軍議中郎將，是高級參謀一類的職務。

馬超是前衛尉馬騰的兒子，朝廷正式任命過的高級將領，許靖、李嚴、射援是劉璋舊部，龐羲不僅是劉璋舊部還是劉璋的親戚，所以把他們排在這份名單的前面，用以說明劉備擁有廣泛的支持。

這篇奏表共 600 多字，寫得很有氣勢，是一篇被忽視的好文章，清代有學者認為此文在整個東漢都少見，在西漢也不可多得，推測這篇文章經過諸葛亮的潤色（疑諸葛公潤色也）。

這篇奏表大意如下：

「過去唐堯堪稱至聖但仍有四凶在朝，周成王堪稱仁賢但有四國作難，高祖時呂后稱制所以諸呂竊取國柄，昭帝時因為年幼所以上官桀謀反。上面所列的這些作亂者都是憑藉恩寵，踐踏國家權力，窮凶極亂，以致社稷危難。如果沒有大舜、周公、劉章、霍光這樣的人出現，肯定無法將這些人處死流放，使國家恢復安定。

「陛下天姿英惠，統理萬邦，但是也遭到厄運。董卓首先發難，蕩覆京畿，曹操利用禍亂，竊取君權。皇后和太子被他們鴆殺迫害，他們禍亂天下、殘毀民眾，讓陛下蒙塵憂厄，獨處於虛邑。真是人神

無主，王命難通。曹操還有更大的野心，他想竊取皇位（欲盜神器）。

「左將軍、領司隸校尉、豫荊益三州牧、宜城亭侯劉備，接受朝廷爵位俸祿，一直念念不忘為朝廷貢獻自己的力量，為平定國難不惜犧牲自己的生命（念在輸力，以殉國難）。他當年看到了曹操要謀反的徵兆，憤然採取行動，和車騎將軍董承等謀誅曹操，以安定國家，使陛下還歸舊都。可惜董承做事不夠機密，讓曹操保住了性命，繼續作惡天下。我們常常擔憂，朝廷仍會有大小災禍，所以日夜感到不安啊（夙夜惴惴，戰栗累息）！

「《虞書》上說，要以寬厚的態度對待同族（敦序九族），周朝學習夏、商二朝，分封同姓宗族，《詩經》裏進一步說明這樣做才使周朝保持長久。漢初，也分出領土分封子弟為王，所以眾人合力才挫敗了諸呂作亂的陰謀，成就了漢朝興盛之基。我們大家認為，劉備是皇室宗親，也是朝廷的屏障（肺腑枝葉，宗子藩翰），他心存國家，不忘消除國家的災亂。現在又大敗曹操於漢中，海內英雄望風蟻附，但是他的爵號卻不顯貴，未加九錫，這樣難以鎮衛社稷，光昭萬世。

「我們受命於外，與朝廷斷絕了聯繫（奉辭在外，禮命斷絕）。過去河西郡太守梁統等一心振興漢室，也是限於和朝廷無法溝通，而大家的官位差不多，不方便統率部下（位同權均，不能相率），所以共同推舉竇融為元帥，最終建立功績，摧毀了隗囂。今社稷有難，比當初的情況還着急。曹操外吞天下，內殘群僚，朝廷有蕭牆之危，而抵禦外侮的力量卻未形成，讓人寒心！

「我們想依照舊典，請陛下封劉備為漢中王，拜為大司馬，統一指揮大軍，聚合同盟，掃滅凶逆。以漢中郡、巴郡、蜀郡、廣漢郡、犍為郡為其封國，所設機構官職參照漢初對諸侯王的規定。這也是沒有辦法的辦法，但對天下卻有利，特事特辦也是可以的（夫權宜之

制，苟利社稷，專之可也）。等到大功告成，我們願意承擔罪責，雖死無恨！」

通常勸進一類的文書都空洞晦澀，而這篇表奏卻寫得邏輯嚴密、言之有物、氣勢磅礴，的確與《諸葛亮集》中的很多文章有神似之處。

表文先首先回顧歷史，說明歷朝歷代都有奸人惡人陰謀家，也都有挽社稷於即倒、扶大廈於將傾的忠臣。接着罵董卓、罵曹操，說他們竊取國家權柄，殺害皇后太子，禍害天下百姓，追述劉備與曹操鬥爭的歷史，誰奸誰忠，一目了然。

表文闡述了分封同姓的重大意義和迫切性，因為這是劉備的優勢，所以說得比較透徹，異姓的曹操都能稱王，劉備就更有合法性了。但是考慮到目前的實際情況，按照正常程序和合法手段辦理分封也是不可能的，所以只好懇請陛下允許臣下們特事特辦一回。

表文還說了漢中王官署設置的原則和封邑的具體範圍，劉備將嚴格遵循漢初以來諸侯王設置官署的規定，其封國範圍是漢中等五個郡。

之後，劉備下令在漢中郡沔陽縣做壇，該地屬今陝西省勉縣。

壇成，陳兵列陣，舉辦了稱王儀式，劉備手下重要人物大部分都在漢中，共同見證了這一重要時刻。

儀式上，宣讀了準備送呈漢獻帝的表奏，之後劉備登壇，拜受漢中王璽綬，戴上王冠。

隨後，劉備又以漢中王的身份向漢獻帝上了一份奏表，在後面這篇表文裏，劉備重申了群下奏表中的內容，強調了自己憂國效忠的想法。兩篇奏表都派人送往許縣，一同送去的還有當年曹操以漢獻帝名義拜劉備為左將軍、宜亭侯的印綬。

# 魏延氣壯山河

辦完這些事，劉備在漢中對群下的職務進行了一次調整。

劉備現在的身份已經是諸侯王，可以立王后和太子。劉備下詔，立穆夫人為王后，立劉禪為王太子。

穆夫人即吳氏，劉焉的前兒媳、吳壹的妹妹。穆夫人與劉備成婚時間雖不長，卻很快為劉備生下了一個兒子，取名劉永。劉備深知立嗣問題異常重大，稍有不慎就有滅國之災，前車之鑒已多不可數，所以直接明確了長子劉禪的接班人地位。

劉禪這時 12 歲，他的母親甘氏已去世多年。劉備任命董允為太子舍人，負責輔導和輔佐劉禪，這個官職雖然品秩不高，但地位重要。

劉備還可以任命「漢中國」的文武百官，包括三公九卿以及侍中、尚書令等。曹操稱魏王後沒設三公，只設了一個相國，相當於王國的丞相。劉備既沒有恢復三公，也沒有設置丞相或相國，而是設立了一個太傅，這是一個榮譽性職務，劉備任命的是許靖，論名望和資歷也只有他能勝任此職了。

下面的九卿，能考證的只有太常卿賴恭、光祿勛卿黃柱和少府卿王謀，除王謀外他們的事跡都很少，應該跟許靖類似，都是一些有名望卻不掌實權的人。

侍中與九卿品秩相同，都屬於「部長級」，擔任此職務能考證的只有廖立。尚書令品秩雖低於九卿和侍中，但權力很大，相當於「漢中國」的祕書長，劉備任命了法正。

上面是文官，有制度可以參考，也有曹操的先例可借鑒，倒好辦，而武官方面就麻煩一些。

這是因為天下的軍隊都掌握在朝廷手中，如果按照諸侯王國的體例就不應該設立武官。曹操稱魏王，也沒有用這個名義任命手下的將軍，那些將軍仍然是朝廷任命的。

這給劉備出了道難題，左將軍的印綬已經送還，如何理順他的武官體系，看來需要創新。好在權力在手，這也不是問題。

劉備以漢中王的身份任命關羽為前將軍，張飛為右將軍，馬超為左將軍，黃忠為後將軍。前、後、左、右所謂四方將軍在軍中地位很高，僅次於大將軍、車騎將軍、驃騎將軍和衛將軍，高於四征、四鎮將軍，相當於大軍區司令。

在醞釀這項人事安排時諸葛亮曾有不同意見，他對劉備說：「黃忠的名望一向不如關羽、馬超，現在和他們同列，馬超、張飛在跟前還好辦，目睹了黃忠的功績，尚可以理解（馬張在近，親見其功，尚可喻指）；而關羽不在跟前，他聽說了，恐怕不會高興（羽遙聞之，恐必不悅），是不是再慎重考慮一下？」

上次關羽不服馬超已經給諸葛亮提了醒，所以他建議劉備考慮得更周全些，要照顧關羽的感受。還有一種可能，在諸葛亮的心目中或許黃忠之外還有更合適的後將軍人選，這個人最有可能是趙雲，由於四方將軍裏沒有趙雲，諸葛亮認為不妥。

劉備一向尊重諸葛亮的建議，但這次他堅持自己的看法。

劉備對諸葛亮說：「關羽那邊，我自會去做他的工作（吾自當解之）。」

除以上四個人外，其他武將的官職是否有提升或變動，沒有記載，推測一下應該沒有，原因不是劉備沒考慮到，而是後面的事情發展得太快，沒有來得及。

這樣，劉備的武官體系中既有極少數經朝廷合法任命過的將領，也有自己以左將軍的身份表奏的，還有現在以漢中王的身份直接任命的。亂是亂了點，但只要官職的等級、品秩保持一致，倒也不會有問題。

不過也有不順的地方，諸葛亮作為劉備抓軍隊建設的主要助手（署左將軍府事），現在這個左將軍已經變成了馬超，諸葛亮怎麼可能到馬超府裏去辦公？

這個問題需要解決，只是需要一個過程，畢竟漢中剛剛稱王，先發佈一些重要的人事任命，把漢中王府的框架搭起來，其他的事情慢慢去理順，這些都是為了政治形勢的需要。

此輪人事任命沒有涉及諸葛亮，他現在的主要職務仍然是軍師將軍、益州郡太守。而他實際負擔的職責比這兩個職務大得多，他要負責益州全境的行政事務，還繼續協助劉備抓軍隊建設。

至於劉備是否在諸葛亮和法正之間有意無意地進行制衡和牽制，以不讓諸葛亮過於大權在握，這種可能不一定有，但如果有也是可以理解的。

劉備是老資格的政治家，他明白所謂帝業也罷、王業也罷，首要的是抓隊伍，沒有一支絕對忠於自己的隊伍就什麼都不是。抓隊伍就是抓住人，首先是攏心，讓大家願意跟自己走，這一點劉備做得很好；其次是治人，要有一套手腕，有方法，讓大家在自己設定的規範內自覺有秩序地跟着自己走，這是領導藝術。

劉備的領導藝術相當高超，平衡各方面的關係是他的強項，在劉備領導下，部屬較少出現大的派系衝突，儘管由於歷史原因，劉備到了益州後手下不可避免地有所謂的派系存在，但總體保持着相安無事。

用法正對諸葛亮進行制約或平衡，也許是劉備存在私心的一面，但這也無可指責，對諸葛亮或者法正來講，這也是領導對他們的一種考驗。

辦完這些事後，劉備決定返回成都。

誰留下來鎮守漢中，大家議論頗多。漢中雖然是一個郡，但在大家的心目中跟荊州不差上下，漢中與荊州如同益州的兩個臂膀，按照諸葛亮為劉備設計的方案，它們未來是出擊曹魏的兩隻鐵拳，必須挑選一個與關羽旗鼓相當的人鎮守這裏。

眾人議論較多的人選是張飛，就連張飛自己都這麼認為（飛亦以心自許）。

但是，當劉備把留守漢中的正式人選公佈後，所有人都大吃一驚，劉備選的人不是張飛，也不是黃忠或趙雲，他選的是魏延，這個任命太出人意料，軍中上下一片驚訝（一軍盡驚）。

魏延此時的軍職是牙門將軍，劉備下令改任他為鎮遠將軍，兼任漢中郡太守，負責漢中一帶的軍政事務。

劉備也深知，重用魏延有人心裏肯定不服。

劉備有意力挺魏延，離開漢中前劉備搞了個群臣聚會，會上專門把魏延叫到跟前。

劉備故意當着大家的面問魏延：「如今委你重任，你有什麼打算（今委卿以重任，卿居之欲云何）？」

魏延氣壯山河地回答：「如果曹操傾天下之兵而來，我替大王擋住他；如果曹操只派一般將領帶十萬人馬前來，我替大王吞了他（若曹操舉天下而來，請為大王拒之；偏將十萬之眾至，請為大王吞之）！」

劉備立即表示讚許，大家也被魏延的豪言壯語所感染（眾咸壯其言）。

劉備提拔魏延確實讓人覺得意外。曹操用人一向講究程序，越級提拔是孫權常幹的事，現在劉備也出人意料地幹了一回。

劉備做出這個重要決定的深意，歷來也備受猜測。有人認為這表明劉備不僅防範諸葛亮，連關羽、張飛都防範，提拔新人，是在培養

和強化絕對聽從於自己的勢力。

這樣理解或許有一定道理，畢竟這一決定完全出自劉備自己的想法，又是那麼讓人不可思議。

作為一位強勢領導，一般不允許出現除自己之外的權力集中。最高明的老大不是懂得如何防範和算計老二，而是根本不允許存在老二，從權力平衡的角度看，劉備用魏延，大概是出於此意吧。

當然也許沒有這麼複雜，漢中確實太重要了，劉備善於識人，他了解每個部下的優點和缺點，張飛雖然資歷老、威望高，對自己的忠誠更沒有問題，但現在要的不是將而是帥，有的人永遠是將才而非帥才，同樣都很勇敢，同樣能打硬仗，張飛或許顯得頭腦有些簡單，而魏延就靈活得多。有人也許不同意這樣的看法，因為張飛不行，還有趙雲，還有黃忠。

趙雲不合適，不是劉備不信任他，而是劉備暫時離不開他。

趙雲追隨劉備的時間很長，僅次於關羽和張飛，立下的功勞也很多，不亞於關張二人。此次被黃忠超越，在一部分人看來似乎也不可理解，聯繫到剛攻入成都後趙雲曾對一些做法發表過不同意見，有人認為劉備對趙雲其實並不信任。

但這僅是片面之言，漢中之戰論首功當屬黃忠，尤其是他將夏侯淵斬殺，這是震動天下的大事，劉備重賞黃忠是在情理之中的事。

趙雲在劉備身邊從擔任主騎開始，負責的都相當於劉備中軍的角色，長阪坡之戰中有人認為趙雲已投敵，被劉備當場嚴厲呵斥，因為劉備深知趙雲對自己忠心耿耿。關羽在外，張飛鎮守另一處要地三巴，作為相對機動的兵團，趙雲所部是益州的總預備隊。

至於讓黃忠鎮守漢中，那倒不太合適，黃忠和魏延雖然都是降將出身，但魏延追隨劉備時地位低下，個人事業可以看作是從劉備這裏開始的，而黃忠是以曹操所授高級將領（裨將軍）的身份投降的，

這其中有着微妙的不同。劉備即使不介意，他也得考慮別人是否會多心。

還有一點，黃忠此時年紀有些大，雖然黃忠的年齡不詳，但劉備稱帝一年後他就因病去世了，推測起來他的年紀已經不小了。

做完這些安排，劉備感到很安心。

現在，他不僅擁有益州這個「天府之國」，還擁有荊州的大部分和漢中，連接荊州與漢中的上庸三郡也在掌握之中。

此時的劉備，不知是否會常常想起故鄉那棵像樓一樣高的大桑樹？

# 第七章 魏宮奪嫡

## 曹操的兒子們

草之精秀者為英，獸之特群者為雄。

這就是英雄，在三國時代指那些文武卓異之人，他們與眾不同，要麼安邦定國、建立功業，要麼揚名疆場、除暴安良，要麼運籌帷幄、決勝千里之外，總之他們都是在普通人中間有超出常人能力的人。

但英雄也是人，也有老邁的時候。經過近 30 年的疆場廝殺，曹操也越來越感到自己老了，不得不考慮接班人的事了。

早在漢獻帝建安十六年（211 年）的時候，漢獻帝劉協想增加曹操的食邑數，從 1 萬戶增加到 4 萬戶，曹操推辭不受，獻帝於是從曹操辭讓的 3 萬戶食邑中拿出 15000 戶，分別轉封給曹操的三個兒子，每人食邑 5000 戶。

曹操的這三個兒子分別是曹植、曹據和曹豹，其中曹植被封為平原侯，曹據為范陽侯，曹豹為饒陽侯，這是曹操的兒子們第一次受封爵位。

如果以年齡論，曹操在世的兒子中，當時已 25 歲的曹丕最大，其次是曹彰，年齡介於 21 歲到 24 歲，20 歲的曹植排第三。他們三個再加上曹熊，都是卞氏所生。

曹操的長子叫曹昂，是劉氏所生，隨同曹操征張繡時戰死於南陽郡。曹操最喜歡的兒子曹沖，是環夫人所生，赤壁之戰那年因病而死。

曹操共有 25 個兒子，除了卞氏所生的幾個兒子外，其他的兒子分別是：

劉氏所生的曹鑠，早殤；

環氏所生的曹據、曹宇；

杜氏所生的曹林、曹袞；

秦氏所生的曹玹、曹峻；

尹氏所生的曹矩；

王氏所生的曹幹；

孫氏所生的曹上、曹彪、曹勤，曹上、曹勤早殤；

李氏所生的曹乘、曹整、曹京，曹乘、曹京早殤；

周氏所生的曹均；

劉氏（不是曹昂的母親，是另一個劉氏）所生的曹棘；

宋氏所生的曹徽；

趙氏所生的曹茂。

看來曹操的妻妾很多，並不只有人們所熟知的卞氏人。愛江山更愛美人，這句話用在曹操身上很合適。

其實，曹操的妻妾比上面列的還要多，史書之所以提到上面這些妻妾的名字，是因為她們都為曹操生了至少一個兒子，那些沒有孩子或者生的都是女兒的妻妾，史書並未提及。

曹操稱魏王後，參照漢室制度可以建立「後宮」，曹操冊立卞氏為王后，相當於正妻，王后以下則分為五個等級（**太祖建國，始命王后，其下五等**），分別是夫人、昭儀、婕妤、容華和美人，可見這個「後宮」的規模十分龐大。


除曹丕、曹彰、曹植以及早殤的曹鑠、曹上、曹勤、曹乘、曹京外，曹操的其他兒子年齡大都不詳，但曹植等人初次封侯的這一年他們應該都不超過20歲，年齡稍大的還有曹據、曹宇、曹林、曹玹等幾個。

曹操很重視對兒子們的早期教育,根據曹丕寫的回憶文章,他8歲的時候就能寫文章(年八歲,能屬文),博覽經傳典籍及諸子百家,體育方面也很突出,善於騎射,尤其喜歡擊劍運動。

曹丕還回憶說,5歲的時候曹操就教他射箭,學習了一年就掌握了射箭的基本要領,6歲開始學騎術,8歲的時候就能自己騎馬了。後來曹操征戰,曹丕常常跟隨(以時之多難,故每征,余常從)。

曹植、曹據、曹宇等兄弟們從小受到的教育大體也是這樣的,從中可以看出曹操對兒子們的教育不僅重學問,而且重體能和軍事素質,希望他們日後都能成為文武全才。

到了許縣後,生活逐漸安定下來,加上四方才學之士匯集而來,曹操有條件給兒子們提供最好的教育條件。

除了曹氏兄弟外,夏侯淵、夏侯惇的兒子們也跟他們一塊學習和生活。這一代人裏的夏侯楙是夏侯惇之子、曹操大女兒清河公主的丈夫,清河公主跟曹操的長子曹昂都是劉氏所生,清河公主年齡不詳,很可能比曹丕、曹植都要大,所以夏侯楙應該是他們的姐夫。

夏侯淵有七個兒子,分別是夏侯衡、夏侯霸、夏侯稱、夏侯威、夏侯榮、夏侯惠、夏侯和,他們與曹氏兄弟來往也比較多。夏侯淵還有一個姪子叫夏侯尚,尤其跟曹丕要好。

當時曹操與袁紹之間的競爭正趨激烈,袁紹的幾個兒子個個都很突出,年紀輕輕已經能分別執掌一州大權,曹操想自己的兒子們無論如何不能輸給了袁紹。


## 養子也很出色

除了親生的兒子,曹操還有兩位養子,一個叫秦朗,一個叫何晏,也都特別出名,得說一說。

秦朗的母親是杜氏，她原是呂布手下部將秦宜祿的妻子。之前說過，她長得很美，關羽曾向曹操請求將她賞給自己，後來曹操自己留下了。

秦朗隨母親來到曹家，他平時言行謹慎低調（性謹慎），曹操比較喜歡他。

曹操曾對賓客開玩笑地說：「世上有人像我這樣疼愛繼子的嗎（世有人愛假子如孤者乎）？」

相對於秦朗，曹操的另一個養子何晏行事較為張揚（無所顧憚），他的父親叫何咸，事跡無考，但何咸的父親不同凡響，他就是已故大將軍何進。

當年何進謀除宦官，結果被宦官所殺，結束了一個時代。何進被殺時，弟弟何苗也被殺，雖然沒有關於何氏一家被滅族的記載，但這個南陽屠戶出身的家族頃刻間土崩瓦解了。

當時的天子是何進的外甥劉辯，但在隨後的政治鬥爭中，董卓支持劉協上台，廢掉了劉辯，殺死了劉辯的母親何太后，按照政治鬥爭的慣例，在何太后被殺的同時，何氏一族更是凶多吉少。

何晏的父親何咸大概死在這個時候，他死時未必看到了他的這個兒子，何晏有可能是何咸的遺腹子，一般認為他生於那場大動亂的次年，即漢獻帝初平元年（190年）。

何咸死後，他的妻子尹氏不知流落到了哪裏，漢獻帝建安初年曹操擔任司空後，她來到了許縣，被曹操納為妾，何晏一同到了曹家（太祖為司空時，納晏母並收養晏），當時何晏只有六七歲。

何晏小的時候很惹人喜愛，尤其是曹操，愛得不行，甚至超過了自己的親生兒子曹丕、曹植諸兄弟。何晏討人喜歡的原因主要有兩點，一是長得可愛，另一個是特別聰明。

史書說何晏是個美男子（美姿儀），想必小時候也是個英俊少年。曹操自己長得不行，受他的基因影響，曹丕、曹植眾位兄弟長相上估計比較一般，曹彰生下來更是一頭黃毛，被曹操稱為「黃鬚兒」，在這個環境中，英俊少年何晏一定比較耀眼。

除此之外，何晏很小便展露出過人的才能。曹操讀兵書時，遇到未解之處，試着問何晏，何晏小小年紀居然能針對曹操的問題分析得頭頭是道（分散所疑，無不冰釋）。

曹操對這個孩子簡直喜歡得不行，他想讓何晏乾脆改姓曹，哪知何晏根本不幹。何晏在地上畫了個圈兒，自己待在裏面誰叫都不肯出來。

大家問他為什麼，何晏答道：「這裏是何家的房子（此何氏廬也）。」

曹操知道了，就不再提改姓這件事。


姓沒有改成，但曹操還是喜歡何晏，吃的、用的、穿的都與曹丕兄弟們沒有任何區別（服飾擬於太子）。曹丕看到這種情況特別不舒服，每次見到何晏不叫名字，而是喚他為「假子」。

在曹操生前，何晏一直很受寵愛，後來曹操把自己的女兒金鄉公主嫁給了何晏，何晏既是曹操的養子，又成了曹操的女婿。何晏的岳母、金鄉公主的母親就是秦朗的生母杜氏。曹操的這兩個養子又成了妻哥與妹夫的關係。


何晏長得美，主要因為他長得很白。

這個白，不是李白的白，也不是白居易的白，人家是真的白，是特別白、超級白，沒有抹粉就好像抹了粉似的，大家給他起了個外號，叫「粉面郎君」。

曹丕的長子曹叡生於漢獻帝建安九年（204 年），應該比何晏小

15 歲左右。曹叡當皇帝時何晏應該快 40 歲了，他不太相信這個叔叔會有那麼白，他懷疑何晏是抹了粉，於是想了一個辦法，要親自驗證一下真假。

一天，曹叡請何叔叔請飯，特意吃火鍋（肉絲湯餅），一邊吃，火一邊烤着，不多時何晏就開始冒汗了。何晏不時撩起衣襟擦汗，曹叡在一旁仔細觀察，發現何叔叔臉上一點搽過粉的痕跡都沒有。

曹叡有點兒失望地說：「看來真是個粉面郎君呀！」

何晏為什麼這麼白呢？原因大概有兩個。一是人家何家的基因就是這樣的，要不然他的姨奶奶何皇后能受寵於靈帝劉宏嗎？另一個原因是何晏長年堅持服藥，這個白是一種藥物反應。


何晏服的藥名叫「五石散」，是以五種石頭為主要原料調製的藥物，這五種石頭是石鐘乳、紫石英、白石英、赤石脂、石硫磺，這幾種原料如何調製在一起，方法已經失傳。

何晏吃了「五石散」後效果不錯。同時期的大醫學家、針灸的發明人皇甫謐就曾經說，是何晏最開始吃這種藥的，吃了之後，心神開朗，體力轉強。

但後世也有學者認為「五石散」是一種毒藥。何晏有錢，他吃起來，大家也都跟着吃，所以何晏又被稱為「吃藥的祖師爺」。

這些東西吃了真能強身健體、延年益壽嗎？實在不太清楚，但是應該會有一些立竿見影的效果，不然不會有那麼多人效仿。吃這種藥或許跟吃興奮劑一樣，有的人甚至認為跟吸毒差不多。何晏長年服藥，他的臉色跟這個有很大關係，其實是一種病態。

何晏的名氣不完全是他的臉白，也不完全是他會吃藥，他還有一個名號，被稱為「玄談的祖師爺」。何晏的名氣是從這裏來的。

魏晉以後產生了一個新的哲學門派：玄學。何晏就是玄學公認的

代表人物之一，其他還有王弼、夏侯玄、鍾會、荀粲等人。

王弼是王粲的族孫，夏侯玄是夏侯淵的族孫，鍾會是鍾繇的兒子，荀粲是荀彧的兒子。

這幾位有一個共同身份：高幹子弟。

他們的父輩和祖輩在前面打江山，他們在後方沒有什麼事幹，於是經常搞聚會，搞得多了也很無聊，於是每次確定個題目大家辯論，有點像大專辯論會。

他們辯論的題目讓人常常感覺到浮虛而玄遠，如聖人有情無情、本末有無、聲無哀樂、言意的關係，等等。辯得多了，影響也越來越大，終於辯出了名堂。

這慢慢成為一種新的風氣，到魏末晉初時竟然成為新的社會潮流，那個時候的小資們通常都有一個好口才，這都是在辯論會上練出來的。

## 曹丕與曹植

兒子很多，養子也很優秀，但接班人只有一個。

曹操開始考慮接班人的問題時，他有些猶豫不決。

一般認為，在所有兒子裏曹操最喜歡的是曹沖，儘管他不是長子，也不是嫡子，但曹操對他的喜愛遠超其他兒子。

不幸的是，曹沖早早就去世了，這對曹操是一個重大打擊，當時曹操難過至極。

曹沖死時曹丕已經 22 歲了，但曹操絲毫沒有確定他為繼承人的意思。曹丕其實並不是曹操的長子，曹丕的生母卞氏也不是最早進曹家門的媳婦。

之前說過，曹操最早的正妻是丁氏，丁氏沒有孩子，後來因為感

情不合又被曹操休了。丁氏之後進入曹家的是劉氏，所生的兒子曹昂是曹操的長子，按理說這個繼承人應該是他，但他卻戰死在沙場。

劉氏還有一個兒子叫曹鑠，未成年就死了，後來劉氏也死了。

丁氏被休，劉氏去世，卞氏才被正式確定為繼室，如果從法律意義上說，曹丕此時倒也應「升級」為嫡長子，具有繼承曹操事業的優先條件。

但曹操一直沒有明確曹丕的繼承人地位，一個可能是，曹操覺得自己兒子眾多，可以再觀察一下，看看有沒有像曹沖那樣出色的。

杜夫人所生的兒子曹袞從小喜歡學習，十來歲就能寫出好文章。這是一個特別知道用功的少年，一學習起來就忘了吃飯睡覺。跟前的人常怕把他累病了，不斷提醒、制止，但曹袞就是喜歡學習，誰都勸不住（性所樂，不能廢也）。

兄弟們在一起玩，曹袞常常走神，因為腦子裏還想着剛剛看過的典籍（每兄弟遊娛，袞獨覃思經典）。

不過，這個曹袞生性膽小怕事（戒慎），身邊的工作人員有感於他的良好品行，聯名寫了封表揚信（遂共表稱陳袞美）。

曹袞聽了，害怕得不得了，把工作人員責備了半天。

總之，這是一個聽話懂事的好孩子，但幹不了大事。

其他如曹據、曹宇、曹彪等人，雖然年齡相差不太多，但關於他們青少年時期的情況沒有留下記載，想必較為平常。

曹操想讓何晏改姓曹，有人揣測，說曹操動了傳位於他的念頭。但這種可能性極小，從血緣關係上說何晏是何進的孫子，曹操不可能把費了幾十年勁開創的事業再交給前外戚。

從這個意義上說，秦朗也不可能。

但曹丕還不能樂觀，因為他還有更強勁的對手。

曹操稱曹彰為「黃鬚兒」，這是一個昵稱，曹操對這個兒子相當滿意，也非常喜歡。

只不過，作為曹氏霸業的繼承人，曹彰還顯得不足，那就是他有武略卻沒有文韜，他是一員猛將。當此天下未定之時，他也不乏有成長為衛青、霍去病那樣的一代名將的機會，但讓他統領四方，駕馭全局，能力就差了不少。

相比較而言，曹植的素質要全面得多，對曹丕最有競爭力。

曹植比曹丕小五歲，從小就表現出文學方面的天賦，十多歲時，就能背誦詩論以及辭賦數十萬言，擅長寫文章。曹操看到他寫的文章，覺得不太像出自這個年齡的孩子之筆。

曹操曾經問曹植：「你這是請人代寫的吧（汝倩人邪）？」

曹植跪下回答道：「我能出言為論，下筆成章，父親可以當面考我，就知道不是請人代寫的了。」

銅雀台剛落成的時候，曹操把所有已經開始讀書、能寫文章的孩子都叫到台上，現場搞了次寫作比賽，曹植最先完稿，寫得也最好（植援筆立成，可觀），曹操大為驚奇。

這篇當場交卷的「命題作文」寫得確實不錯，其中寫道：

從明后而嬉游兮，登層台以娛情。

見太府之廣開兮，觀聖德之所營。

建高門之嵯峨兮，浮雙闕乎太清。

立中天之華觀兮，連飛閣乎西城。

臨漳水之長流兮，望園果之滋榮。

仰春風之和穆兮，聽百鳥之悲鳴。

天雲垣其既立兮，家願得而獲逞。

揚仁化於宇內兮，盡肅恭於上京。

惟桓文之為盛兮，豈足方乎聖明！

休矣美矣！惠澤遠揚。

翼佐我皇家兮，寧彼四方。

同天地之規量兮，齊日月之暉光。

永貴尊而無極兮，等年壽於東王。

這篇賦文的大意是：

跟隨我的丞相父親遊春觀景，登上了銅雀台，歡娛之情油然而生。仰望長天，天空無比開闊；低頭看地，地上記載着父親的豐功偉績。

這真是一座雄偉高大的建築，兩邊的高台好似飄浮在太空，美麗的飛閣高接雲天，遠遠地連着西城。可以看到漳河的水曲彎流長，可看到座座花園鬱鬱青青。

左右還有另兩座高台，台上有金玉的龍鳳雕像。而東西兩側還有兩座高橋，如同空中彩虹。低頭可看到王都的宏大壯麗，抬頭可以看到雲霞輕慢浮動。

在高台上，眾多才子爭相薈萃，好似周文王夢見飛熊而得太公望。享受春風的溫暖輕柔，聞聽春天裏百鳥宛如幼嬰哭泣般的嚶嚶鳴叫。

直達天雲的高台既然已經立起來了，那麼父親的宏願必定能實現！對天下施仁政，使人們對王都倍加恭敬。有人說只有齊桓公、晉文公的時代才算盛世，這樣說其實根本不知道到底何為聖明？

現在已經很好了，恩澤已經遠揚天下了！成功輔佐皇帝，使四方得到安定。順天應時而行，輝煌的光芒如同日月！

希望父親永遠尊貴、沒有終老的一天，希望父親的地位會和東皇太一一樣，希望父親也會和東皇太一一樣長壽，拿着龍旗遨遊天地，

駕着鸞車周遊太空。

恩德廣佈五湖四海，美好的事物越來越多，百姓也安康。希望這高台永遠牢固，希望快樂的心情永遠都不會結束！

這篇賦文寫得文采華美，在有限的時間裏一揮而就，沒有紮實的文學功底難以做到。

曹植平時性情隨和，為人坦率，沒有架子，坐的車子、穿的衣服都不講究。每次遇到曹操提出問題，他都能快速反應，這讓曹操對他很喜歡（每進見難問，應聲而對，特見寵愛）。

## 曹丕的「小圈子」

現在有個說法，說一個人想成就大事智商固然重要，但更重要的是情商。衡量情商高低有一個重要標準，就是他看社會交往能力怎麼樣，交的朋友多不多。

如果從這個角度觀察曹丕，他絕對是個情商很高的人。

大哥曹昂死後，曹丕作為曹家的長子與弟弟們關係處得如何沒有明確記載，但也不會太差。與曹丕關係更密切的是曹真、曹休以及夏侯氏兄弟。

曹真是曹操子姪輩，有個說法是他本姓秦，他的父親秦劭為支持曹操的事業而死。當時曹真年齡還小，曹操把他收為養子，讓他跟曹丕一塊生活和學習，二人因此結下了深厚友情。曹真後來成為虎豹騎的將領，曹丕繼位後，任命他為上軍大將軍，手握重兵。

曹休是曹操的子姪輩，長大後也加入虎豹騎，作戰英勇，屢立戰功，在曹操生前他憑藉戰功已經升任中領軍，這是一個很重要的軍職。

夏侯淵、夏侯惇的子姪輩中與曹丕關係不一般的也有好幾個，主

要是夏侯尚、夏侯威、夏侯楙等人。

與曹丕關係最好的是夏侯尚。曹丕稱帝後，曾任命夏侯尚為征南大將軍，負責整個荊州方面的軍務。夏侯尚的正妻也是曹家的姑娘，但具體是誰已不得而知，夏侯尚升為征南大將軍後，寵愛另外一個妾，曹家姑娘受到冷落，已經身為皇帝的曹丕派人絞殺了這個愛妾。這件事做得太損，但也說明在曹丕眼裏夏侯尚從來都不是外人。

夏侯威是夏侯淵的四子，他一身俠氣，自己不是文人但喜歡讀書人，他發現了泰山郡人羊祜，覺得羊祜博學多才，善於談論，於是做主將他二哥夏侯霸的一個女兒嫁給羊祜為妻。後來羊祜成為一代名將。

夏侯威跟曹丕的關係很好，但他跟曹植的關係也好，可能正是由於這個原因，他後來只做到了州刺史，49歲的時候去世。

夏侯楙是夏侯惇的兒子，也是曹丕的姐夫，曹丕與夏侯楙關係親近，曹丕稱帝後夏侯楙也受到重用，被任命為安西將軍，主持關中及以西地區軍務，身負重任。但夏侯楙才能有限，平時最喜歡的是如何養生（性無武略，而好治生），蜀國大將魏延乾脆評價他怯而無謀，曹丕的兒子曹叡繼位後，把這個姨父從長安調回來任了個閒職。

總之，在自家和與之親近的夏侯氏一幫兄弟中間，曹丕的人緣相當不錯。


此外，曹丕身邊還有不少心腹，「太子四友」就是其代表，他們分別是司馬懿、陳群、吳質和朱鑠。

司馬懿之前已有較詳細的介紹，他出身於河內郡溫縣司馬氏家族，他的父親司馬防是曹操在洛陽時代的老領導，他們一家也是英才輩出，司馬懿的大哥司馬朗、三弟司馬孚都在曹操手下任職。

司馬懿來到曹操身邊後，一開始擔任文學掾，相當於丞相府文化處處長，也可能是由於之前不願意出仕弄出來的不愉快，曹操一開始

對司馬懿不太滿意，甚至心存戒心。

史書裏說了兩件事。

一件事情是，司馬懿據說有所謂的「狼顧相」，就是能像狼一樣在不轉動身體的情況下把頭擰到後面來，這樣的動作除非天生特異功能，一般人是做不了的。司馬懿就有這本事，一般說來但凡有這個功能的人，都屬於天生「反骨」的那一類，曹操不僅聽說過還親自驗證過。

另一件事情是，曹操做了一個夢，夢見三匹馬在同一個食槽裏吃食（嘗夢三馬同食一槽），曹操認為「三馬」指的是司馬懿以及他的兩個兒子司馬師、司馬昭，「槽」與「曹」同音，指的是他們曹家。

曹操心裏很煩，曾對曹丕說：「司馬懿不是一個肯做人臣的人，他將來必然會干預你們的身事（司馬懿非人臣也，必預汝家事）。」

這些雖然記錄在正史裏，但又近乎八卦，目的大概是宣揚「曹馬之爭」早已有之，宣揚司馬懿其實一直受到迫害和打擊，為他日後背叛曹魏尋找藉口。

曹操大概真的不太喜歡司馬懿，但不太喜歡不意味着一點都不欣賞，更不意味着憎惡並欲除之而後快。曹操不想重用司馬懿，其實是一種心結。這個心結就是司馬懿世家大族的出身，對於孔融、荀彧、崔琰這些名頭很大的世族出身的名士，曹操已經越來越不喜歡。可以用但不可以推心置腹，隨着曹魏事業一天天壯大，曹操與他們之間的矛盾也日益加深。

但是，曹操對司馬懿的態度最終發生了改變。促成這種改變的，一來是曹丕的幫助，司馬懿主動接近曹丕，並發展成曹丕的心腹，曹丕事事都替他打圓場（太子素與帝善，每相全佑，故免）。二來是司馬懿平時工作非常認真，幹工作經常加班加點，自己分內的工作，哪怕事情再小，也都親自去安排、落實（勤於吏職，夜以

忘寢，至於芻牧之間，悉皆臨履）。時間長了，曹操慢慢改變了對司馬懿的看法。

其實，曹操對司馬懿儘管不完全放心，但也沒有「迫害」他，更談不上處處防範他，因為此時的司馬懿還只是一個小角色，算不上曹操父子的對手。

曹操從來都不是那麼好哄的，「政審」不過關那就一概免談，再勤懇敬業也沒用。能讓曹操對司馬懿改變看法的，恐怕是司馬懿受到猜疑時所保持的那份誠惶誠恐的謹慎吧。

陳群之前也做過介紹，他與司馬懿的出身差不多，是潁川郡陳氏家族的成員，他當過劉備的下屬，劉備戰敗後作為俘虜被曹操發掘和任用。

陳群擔任過基層行政官員，也擔任過人事、司法、監察方面的工作，有相當的才幹，以後著名的「九品官人法」就是他提出來的。

在曹操生前，司馬懿和陳群還不屬於核心層成員，也沒有兵權，但他們看準了曹丕日後必能成繼大位，所以傾心攀附，深得曹丕的信任，為日後飛黃騰達鋪好了路。

吳質的情況之前也介紹過，他追隨曹操的時間較早，大概在曹操擔任兗州牧時期就投身曹營，但地位一直不高，一方面他的出身並非像司馬懿、陳群那樣的名門大族，另一方面是他的脾氣不好，人品又差，前途較為渺茫。

吳質比曹丕大了整整 10 歲，他是一個喜歡交結權勢的人，經過努力他終於引起了曹丕的重視，引以為智囊。曹丕遇到難事時經常找他出主意。

「太子四友」之中朱鑠的情況所知最少，只知道他是曹操的老家沛國人，長得比較瘦，性子比較急，跟曹丕等人關係很好。曹操征袁譚

佔領南皮後的那場「南皮之游」裏就有吳質和朱鑠。

　　曹丕的這些交往曹操不可能不知道，曹丕跟曹家、夏侯家兄弟們怎麼來往曹操都不會反對，但對於他結交司馬懿、陳群這些人，曹操心有顧忌。

　　這得從曹操與士家大族之間的關係說起。東漢是士家大族進一步崛起的時代，朝政和各地政權都被若干家大族所掌控，劉表之所以能在荊州立足，劉焉之所以能在益州站住腳，以及孫氏在江東之所以能快速打開局面，背後都是當地豪族們在撐腰。

　　某種程度上，劉表也罷，劉焉、孫權也罷，都是豪族勢力的代言人。曹操非常明白這一點，所以他在開創基業的過程中始終注意與豪門士族的合作，這一點在他倚重荀彧上最能看出來。與其說他欣賞荀彧的個人才能，不如說他更需要通過荀彧與以潁川郡荀氏、陳氏、鍾氏等為代表的整個士族集團建立良好的合作關係。

　　然而，曹操自身不是士族，他出身於宦官家庭，從自己算起富貴也不過才三代，以他為中心的核心利益集團成員，如曹洪、曹仁以及夏侯氏兄弟等人，也都不是士族。但他們現在掌握着最大的權力。

　　由此就出現了一對矛盾，過去常把它歸納為士族和庶族的矛盾，也就是老牌的大地主階層與新的暴發戶之間的矛盾。不管這樣分有沒有道理，但至少這種矛盾是存在的。

　　曹操依靠士族階層，但又提防和抑制他們，比如佔領冀州後就頒佈了抑制士族豪強進一步兼併的法令，他與荀彧之間越來越深的矛盾，表面上看是某些政治理念的不同，深層次的問題仍然是兩種不同階層之間的矛盾。

　　儘管司馬懿和陳群的才幹都很突出，但曹操生前並不很重用他們，曹丕與這樣的人打得火熱，能讓曹操放心地把權力交給他嗎？

# 五官中郎將

曹操的諸子中，第一批被封為侯爵的竟然沒有曹丕，之後曹操又有三個兒子被封為侯爵，分別是環氏所生的曹宇、秦氏所生的曹玹、杜氏所生的曹林。

曹宇被封為都鄉侯，曹林被封為饒陽侯，曹玹被封為西鄉侯，都鄉和西鄉不是鄉而是縣，這幾個都是縣侯。他們三個人受封的食邑不詳，如果跟曹植他們一樣，那也都應該是 5000 戶。

至此，曹丕已有六個兄弟被封為侯爵，而他這個當大哥的還沒有，但這也並不意味着曹丕失寵，因為在曹植被封為平原侯的同時，曹丕被任命為五官中郎將。

五官中郎將隸屬九卿之一的光祿勛卿，品秩是比 2000 石，即較真正的 2000 石要低，東漢品秩達到 2000 石是一個重要台階，說明已經進入高級官員行列，是「省部級」乾部，比 2000 石可以視為「副部級」。

本來這並不是一個很顯重的職位，但由於曹丕的特殊身份以及專門為曹丕做出的兩項規定，讓這項人事安排顯得很不一般。

漢代的中郎將比較多，帶兵的中郎將一般來說比偏將、裨將還低，但比都尉高，相當於準將。但中郎將也並非都帶兵，五官中郎將就是不帶兵的中郎將，他帶的是郎官。

漢代的郎官是指宮內的低層級辦事人員，通常擔任天子的護衛陪從、在宮內官署值班等任務，宮裏的郎官大都歸光祿勛卿管理，分為五官郎、左中郎、右中郎，也稱為「三署郎」。東漢規定 50 歲以上的郎官屬五官中郎將管理，五官中郎將下還有五官中郎、五官侍郎、五官郎中等，品秩從 300 石到 600 石不等。

所以，一般情況下五官中郎將就是光祿勛卿屬下的老幹部管理處

處長，管理一大群年齡 50 歲以上的辦事員。

　　25 歲的曹丕擔任這個通常由老同志擔任的職務只是個名義而已，他不用到許縣朝廷上班，下面也沒有五六十歲甚至年齡更高的老幹部們讓他管，他幹的活與這項職務原來的職責完全不挨邊。

　　曹丕擔任的這個職務權力很重，天子在他的任命詔書上做了兩項特別說明：允許他組建辦事機構，同時明確他是副丞相（置官屬，為丞相副）。

　　漢代允許官級官員組建辦事機構叫「開府」，這個府一般稱為「幕府」，一旦有資格開府，就能自行聘用屬吏，但這項特權通常只有三公、大將軍這樣的高級官員才享有，其他人若享受這個特遇，就叫「開府儀同三司」。到漢末，開府的條件逐漸放寬，李傕、郭汜、樊稠等人身為各種名號的將軍，也有開府的特權。

　　但是，五官中郎將這種副部級官員也開府，曹丕肯定開了先河，尤其把五官中郎將定位為副丞相，更是前無古人。


　　曹操擔任的丞相，在設置上與東漢實行的三公制完全不同，它借用的是西漢初年曾短暫實行過的政治體制，當時也有三公，是指丞相、御史大夫、太尉，與東漢司空、司徒、太尉互相平等不同，設丞相的三公制以丞相為首，丞相容易坐大，對皇權形成威脅，所以後來不再設丞相了。

　　與丞相同為三公之一的御史大夫一度被認為是「副丞相」，協助丞相處理有關事務，權限很大。把五官中郎將作為副丞相完全沒有先例可循，而且雙方品秩上的差距巨大，但這並沒有出乎大家的意料，因為擔任五官中郎將的是曹丕。

　　此舉似乎可以解讀為曹操在繼承權確立方面的一種暗示。

　　但曹丕還沒有來得及高興，緊接着曹操又頒佈了另一項命令讓他

不安起來，曹操在讓曹丕設置自己官署的同時，也允許其他被封侯的兒子都設置官署，為此他還頒佈了一份《高選諸子掾屬令》，對給兒子們選屬吏十分重視，要求的標準很嚴。

設置官署就是「開府」，以前五官中郎將沒有這個特權，諸侯也沒有，曹操讓幾個兒子都「開府」，不是想替兒子攬權，明眼人一看就知道這是鍛煉他們的才幹，同時對他們進行考察。

這一下熱鬧了，加上五官中郎將府，曹操共有七個兒子開府，不僅激烈競爭的態勢形成，大大降低了五官中郎將開府的開創性和權威性，而且造成了人才的短缺。

好在這七個「府」裏，也就五官中郎將府和平原侯府比較正規，其他的也就是個名義。

對於人才來說，這一段倒是一生中難得的黃金時期，求才若渴的領導，到處挖人的說客，足可以讓自己待價而沽，尤其是那些有一定影響力的人，曹丕和曹植都爭相與之結交（爭與交好）。

# 兄弟競相「開府」

在正常的辦公機構之外，突然增加了七個臨時性機構，它們分別負責什麼，現在已不得而知，但曹操不會讓他們只掛牌子不幹事，應該分別交付給他們一定的職責。

這些府裏，曹丕的五官中郎將府和曹植的平原侯府無疑是最重要的。大家都知道他們二位才是這場戲的主角，其他兄弟只是陪練。

先後在五官中郎將府任職的有涼茂、邴原、蘇林、徐幹、盧毓、劉廙、郭淮等人，從這份名單上也可以看出曹丕以及兄弟們開的這些「府」都是有所執守的，因為上面這些人可都不是吃閒飯的。

邴原是知名的大儒，徐幹、應瑒、劉楨同為「建安七子」之一，

盧毓是大學者盧植的兒子、著名的法律專家，涼茂、蘇林、劉廙也都知名於當世，司馬孚是司馬懿的三弟，郭淮和毌丘儉日後都是曹魏的著名將領，郭淮長期在西部執掌兵權，毌丘儉在淮南手握重兵。

邴原早年曾逃難到遼東，他在那裏講學，名重一時，回到內地後被曹操聘為司空府處長（司空掾），後轉入丞相府任職。

曹操很敬重邴原，認為他學問好、人品也好。之前說過曹沖去世後曹操曾向邴原提出兩家剛剛逝去的一對兒女合葬，但遭到邴原的拒絕，曹操非但不生氣，反而對邴原這種不慕權勢的品行更加稱讚。

曹操每次征伐常把邴原和張範留下，讓他們輔佐曹丕，同時叮囑曹丕多向他們二人請教。

一次，曹丕留守期間宴客，酒席桌前提出一道難題：「當君王和父親都生命垂危之時，只有一丸藥可以救命，是救君王呢還是救父親（君父各有篤疾，為藥一丸，當救君邪？父邪）？」

這道題有些刁鑽，如同「親媽和女友落水先救哪個」一樣容易成為怎麼答都不討好的悖論。其實，站在法律和倫理的角度是有答案的：應該先救親媽，因為每個人對自己的親媽都有贍養的義務，見死不救不僅有悖人倫，而且犯法。

但當曹丕提出這個問題後，很多人為了討好他都說應該救君王，曹丕看了看，發現只有邴原沉默不語。曹丕追問邴原，邴原說應該救父親，曹丕不得不佩服他的正直。

五官中郎將府最重要的職務是祕書長（長史），擔任過該職務的除邴原外，還有一個名叫涼茂。

涼茂也曾是司空府處長（司空掾）出身，他很有實幹才能，在官員考核中名列前茅（舉高第），被提拔為侍御史，又外派為幾個地方的

郡太守，很有政績。

涼茂先給曹丕當祕書長（長史），曹操後來把他調到「魏公國」給荀攸當助手，擔任尚書台的副長官（尚書僕射）。這段經歷讓曹丕對涼茂有了深入了解，曹丕正式成為太子後涼茂擔任了太子太傅，受到曹丕的禮遇。

盧毓擔任的職務是五官中郎將府治安處處長（門下賊曹），傳統的賊曹執掌水火、盜賊、詞訟、罪法，也就是管公安、司法、消防這些工作，五官中郎將府設置這樣的部門說明它的職權範圍很寬。不過丞相府裏也有賊曹，他們之間如何區分職權範圍，不太清楚。

曹操兼任冀州牧，但日常工作一般由崔琰主持。當時正值天下草創，軍隊中經常發生士兵逃亡的事，因此對逃亡士兵懲罰也很重，妻子兒女都要受到株連。崔琰曾判過一個案子，有個逃亡士兵的妻子白氏，剛嫁到丈夫家沒幾天，還沒有來得及跟丈夫見上面，就被執法部門判處死刑並棄市。

對這個判決，盧毓發表了不同看法：

「女子只有在跟丈夫接觸後才能產生感情和恩愛，成為妻子後感情才會親密。所以《詩經》說『未見君子，我心傷悲；亦既見止，我心則夷』。還有《禮記》也說『女未廟見而死，歸葬於女氏之黨，示未成婦也』。

「現在，白氏還沒有跟丈夫見上面，執法部門就要判她死刑，如果這樣，要是他們正式完婚的話，不知道還會怎麼判？《禮記》上有『附從輕』的話，就是說對可輕可重的判決，還是按從輕處罰。《尚書》也有『與其殺不辜，寧失不經』的話，就是怕判決容易太重。如果白氏已經接受丈夫家的禮聘，進了丈夫家的門，判上幾年徒刑就可以了，殺了她實在也太重了。」

爭論上報了曹操那裏，曹操認為盧毓的意見很正確。

以後盧毓在曹魏大部分時間都從事司法方面的工作，官至曹魏司法部部長（廷尉）。

擔任過五官將門下賊曹的還有郭淮，他後來到丞相府任職，升得很快，之前說過他隨同曹操遠征漢中，被曹操留在了那裏，從此在西部帶兵。

蘇林字孝友，陳留郡人，是一名學者，學問很深，凡書傳文字有危疑他都能一一訓釋。蘇林擔任的職務是五官將文學，不是搞文藝創作，而是主管文化教育事業，可見曹丕管的不僅有司法，還有文教工作。

名列「建安七子」的徐幹擔任的也是五官將文學一職，他由司空府參謀處副處長（司空軍謀祭酒掾屬）轉任而來，他在曹丕手下幹的時間比較長，前後達五六年，後來因為有病辭職回家休養。

出身於劉氏宗親的劉廙也擔任五官將文學，曹丕對他格外器重，讓他處理日常文書，接到任命時劉廙曾上書給曹丕：

「尊卑有序是禮儀所定的，我常常固守着禮節而不敢輕易下筆。接到您的任命，我深深懂得了辛勞謙和的本意，知道您不看重出身高貴與否，看重的是清廉有識之士。

「如果能像郭隗不為燕昭王所輕視、獻九九小術的人不被齊桓公忽略（郭隗不輕於燕，九九不忽於齊），那麼樂毅那樣的人才自然會投奔而來，霸業自然會成就。損失一個普通人的節操，建立偉大的事業，我雖然愚鈍，又豈敢推諉？」


另一邊，先後在曹植平原侯府任職的有上面提到的邢顒以及劉楨、應瑒、毌丘儉、司馬孚等人，論分量絲毫不比五官中郎將府輕。

邢顒字子昂，冀州刺史部河間國人，舉過孝廉，被司徒府徵辟過，但他不肯應命，隨田疇在北方遊歷。曹操平定冀州後徵邢顒為冀

州從事，後任廣宗縣縣長，因舊部去世而棄官弔喪（以故將喪棄官）。

父母去世可守喪，沒有聽說老部下死了也要守喪的，所以監察部門就向曹操報告了這件事，意思是要追究邢顒的責任，但曹操認為邢顒對故人很忠實，值得肯定，所以沒問罪。

後來邢顒屢次受到重用，擔任過司空府裏的處長（司空掾），丞相府成立後任門下督，相當於處長，後被提拔為左馮翊太守，平原侯府成立後，曹操讓他擔任府裏的總管（家丞）。

從選用邴原和邢顒可以看出，曹操在兒子們的屬官選拔上很注重道德品質，希望他們以忠誠、正直輔佐和影響兒子，也算用心良苦。

劉楨擔任的職務是平原侯庶子，這個職務有些特別，類似於長史，與家丞的分工可能有所不同，一個相當於祕書長，一個相當於辦公室主任吧。

應瑒、毌丘儉、司馬孚在平原侯府裏也擔任文學一職，劉楨、應瑒、司馬孚之前已提及，毌丘儉還比較陌生，他是日後的一個重要人物，這裏做個介紹。

毌丘儉字仲恭，司隸校尉部河東郡人，他的父親名叫毌丘興，在曹操手下擔任過武威郡太守，還獲得過高陽鄉侯的爵位，毌丘儉繼承了父親的爵位，擔任平原侯文學一職。到魏明帝時毌丘儉擔任了幽州刺史，率兵征討過遼東，後官至左將軍。司馬懿父子掌權後，他因為效忠曹魏而舉兵反抗。

總之，曹操不僅讓兒子們「開府」，而且選調的多是品才兼優之士，真正做到了「高選」，看來這次「開府」確實用意深遠，就連一般人恐怕都能看出來他意在鍛煉和選拔接班人。曹丕的兒子曹叡日後當了皇帝，對爺爺曹操為叔父們設官署、選才任能之事印象深刻。

曹叡就此評論說：「自太祖受命創業以來，他深刻地感受到治亂之源，明察存亡之機，所以初封諸侯時，訓誡大家要恭敬、謹慎，並安

排天下正直之士輔佐他們，常常拿馬援的遺誡提醒大家，嚴格限制諸侯與賓客們的交往，如果犯了錯誤與一般人同樣處罰。這難道是不重骨肉之情嗎？只是不想讓子弟們犯過失呀。」

## 上演「搶人大戰」

突然間新增了那麼多機構，意味着也增加了很多職位，這吸引了各路人才，許多人都嚮往着到曹公子的府裏任職，曹丕兄弟們的府第前一時間熱鬧起來（天下向慕，賓客如雲）。

但在當時，最稀缺的資源就是人才了，那段時間也是魏國初創之時，同樣需要大量人才，曹操一再發佈《求才令》仍然滿足不了對人才的需求，尤其是那種各方面都比較突出的優秀人才，更是大家爭搶的對象。

在這種情況下，人才爭奪戰就不可避免了。

司馬懿的三弟司馬孚本來被先派到平原侯府擔任文教處處長（文學掾）。史書上說司馬孚覺得曹植年輕氣盛、不把別人放在眼裏（負才陵物），多次向他提出勸諫，曹植不聽，司馬孚一氣之下轉到曹丕那裏。

這件事確實是發生過，結果沒問題，但過程有問題。

認為曹植「負才陵物」，這樣的記載似乎只有這一處，在其他史料中曹植倒是一個為人通脫、不拘小節的人，應該沒這麼差勁，況且因為對領導不滿意就想換單位，放到現在可能不是件太大的事，但在那時是絕對很難辦到的，背後必須有強有力的支持才能成功。

其實，司馬孚不安心在平原侯府工作應該與司馬懿有關。

司馬懿在政治上已投靠曹丕，在未來可以預期的一場政治鬥爭中，他已拿定主意站在曹丕一邊。政治鬥爭是殘酷的，也是嚴肅的，

更是旗幟鮮明的，左右搖擺、兩邊下注不適合搞政治，有朝一日自己成為曹丕的心腹，但弟弟卻在對手的陣營裏任職，這讓曹丕怎麼想？

司馬懿覺得這不是小事，因為曹丕不是自己一個人的選擇，關係到整個家族的命運，自然也包括三弟司馬孚。必須讓三弟從平原侯府中脫身，但又必須做得很自然，不能讓人看出任何端倪。

司馬孚大概也認為曹丕更有前途，經過兄弟倆的祕密商量，終於找了個藉口離開了平原侯府，並且轉任於五官中郎將府。司馬孚成功轉任，一定是經過密謀之後、與曹植好說好散之下才得以實現的。

司馬孚不僅自己走了，還動員好朋友、「建安七子」之一的應瑒一起離開了平原侯府，轉到五官中郎將府任職。

應瑒來到曹丕身邊，心情應該不錯。他有一首《公宴詩》，記錄了五官中郎將曹丕召集的一次聚會：

> 巍巍主人德。佳會被四方。
> 開館延群士。置酒於斯堂。
> 辯論釋鬱結。援筆興文章。
> 穆穆眾君子。好合同歡康。
> 促坐褰重帷。傳滿騰羽觴。

但曹丕也不是想要誰就有誰，他也有不如意的時候。

曹丕聽說書法家邯鄲淳很有名氣，想把他延攬到自己門下，但曹植也想得到邯鄲淳，二人互不相讓，最後驚動了曹操。曹操出面協調，讓邯鄲淳到曹植那裏工作。

邯鄲淳小時候有「神童」的美譽，他第一次拜見曹植，就對曹植印象深刻。

那天，曹植聽說大書法家邯鄲淳到他這裏來了，十分高興，但在邯鄲淳拜見曹植後，曹植卻不講話。此時正是炎夏，天氣酷熱，曹植

不打招呼，徑直起身洗澡去了。

過了一會兒，曹植洗完澡，披着頭髮、光着膀子就回來了，之後暢談不止，激動處一會兒擊劍，一會兒吟誦詩文，一口氣吟誦數千言不帶歇氣的。

等搞得差不多了，曹植才漫不經心地問：「邯鄲先生，你做什麼來着？」

之後曹植更換了服裝，整頓儀容，跟邯鄲淳一起談天說地，縱論古今，從三皇五帝說到歷代賢君名臣的優劣，從古今文章的得失說到如何當官用兵，中間還不忘呼人添酒加菜，席上的人都默然無語，原因是根本插不上話（坐席默然，無與伉者）。

邯鄲淳讚歎不已，下來後連連對人說曹植是一位「天人」。

「天人」通常指才情、智商超一流的人，但有時也指那些相對簡單的人，城府不那麼深，屬於智商高於情商的那一類人。


此外，曹丕對荀彧一向很恭敬（曲禮事彧）。但荀彧的兒子荀惲卻看不上曹丕，反而與曹植關係很好，惹得曹丕很不高興。

荀惲代表了相當一部分人的看法，這些人要麼真的不喜歡曹丕而喜歡曹植，要麼對他們兄弟二人無所謂喜歡與不喜歡，只不過更看好曹植的前途，於是站在了曹植的一邊，也算是一種政治上的投機，在這部分人裏最典型的是丁儀、丁廙。

丁儀和丁廙是兄弟倆，他們出身於沛國譙縣的丁氏家族，不僅跟曹操是地道的老鄉，而且兩家素有淵源。曹操的母親姓丁，第一任妻子也姓丁，都是這個家族的成員，丁氏家族出過丁宮、丁沖這些人，丁沖就是丁儀和丁廙的父親。

曹操跟丁沖年輕時就很要好，之前說過，丁沖在朝廷任職，獻帝東遷過程中丁沖一路相隨，回到洛陽後丁沖給曹操寫信，讓他前來迎

駕，所以丁沖是迎接獻帝遷都許縣的功臣之一。

後來曹操任命丁沖為司隸校尉，對他很重用，但丁沖有個愛好，特別喜歡喝酒，一見美酒就控制不住，結果酒醉爛腸而死。曹操念及舊情，對丁儀、丁廙很照顧。

曹操早就聽說丁儀很有才，但一直沒見過，不知道丁儀長得怎麼樣，他想把大女兒清河公主嫁給丁儀，就此徵求曹丕的意見。曹丕卻不喜歡丁儀，原因或許是丁儀已經跟曹植已經走得太近，也許有其他原因，總之不想促成這件事。

曹丕對曹操說：「女人很在意男人的相貌，丁儀眼睛不好（正禮目不便），我怕姐姐不會喜歡他，不如選伏波將軍之子夏侯楙。」

曹操聽了曹丕的意見把清河公主嫁給了夏侯楙，後來曹操讓丁儀在自己身邊當處長（闢儀為掾），與丁儀交談後對他的才能很欣賞。

曹操有些遺憾地說：「丁處長真是個人才啊（丁掾，好士也）！即使雙目失明也應該把女兒嫁給他，更何況只是一隻眼睛有問題，都是我兒子誤了事。」

丁儀沒當上曹操的女婿，一定對曹丕很有意見，所以更加跟曹植親近起來。丁儀的弟弟丁廙也很有才學，同樣得到曹操的欣賞，他們兄弟倆成為能在曹操面前說上話的人，一有機會就誇讚曹植，成為曹植的鐵桿粉絲。


同樣選擇了曹植的人裏，還有一個楊修。

曹丕倒沒得罪過楊修，反而想方設法跟他結交，但他始終堅定不移地站在曹植一邊。

楊修字德祖，是前太尉楊彪的兒子。華山腳下的弘家郡楊氏是漢末著名的政治世家，從楊震到楊秉、楊賜、楊彪，幾代人一直活躍在政壇。楊修也很有才幹，被選調進丞相府任職，他處理各類事務得體

周到，曹操十分滿意（修總知外內，事皆稱意）。

楊修出身名門，又有才氣，所以名氣很大。一向什麼都看不慣的孔融和一向恃才傲物的禰衡都給楊修面子，但在曹丕和曹植之間，楊修卻不假掩飾地喜歡曹植，曹植也相當尊崇楊修。

曹植曾給楊修寫過一封長信，一開頭就說：「幾天不見，對先生就思念成疾，想必先生也是如此吧（數日不見，思子為勞，想同之也）。」

楊修接到這封信，立即回信說：「與君交往才數日，就好像已經有多年了（不侍數日，若彌年載），難道僅僅出於您對我的厚愛和照顧，使我對您產生敬仰之情嗎？」

兩個大男人，寫得如此肉麻，只能說明他們之間確實親密無間。


## 機關算盡比聰明

丁儀、丁廙和楊修等人雖然沒在平原侯府任職，但他們不加掩飾地支持曹植，成為曹植的智囊團。

而且，他們如今又都是曹操身邊的紅人，被曹操所欣賞，這說明他們也很有才幹，絕不是耍嘴皮子的。在他們的鼎力協助下，曹植的風頭竟然慢慢蓋過了曹丕。

在這個關鍵時刻，曹丕陣營又蒙受一個重大損失：曹操下令把吳質調到朝歌當縣長。

吳質一向喜歡結交權貴，從不跟鄉里百姓往來，在家鄉名聲不佳，但這也許不是他被調離鄴縣政治中心的原因。最大的可能是，丁氏兄弟和楊修在曹操面前進了讒言，曹操對曹丕及其身邊的幾個人有了看法，調走吳質算是一次警告。

在「太子四友」中，吳質的鬼點子最多，但曹丕今後再想讓他出主意就難了。按照制度地方官不經允許不得擅離任職所在地，曹丕最

重要的黨羽就這樣被對手塵封了起來。

對曹丕而言，陳群和司馬懿的智慧適於打「正規戰」，玩陰謀、耍詭計還得吳質這樣凡事不設底線的人。

有一次，曹丕寫信給吳質，讓他悄悄溜回鄴縣。吳質偷偷離開朝歌問題不大，但要瞞住所有人進入鄴縣城以及五官中郎將府卻很難。曹丕計劃把他裝在一個竹筐裏用車運進來。

但這件事讓楊修知道了。可見楊修這幫人不僅是智囊，還兼搞情報工作，有自己的特務組織。楊修得到這個情報後就報告給了曹操，但是他沒有料到曹丕也會搞情報，知道楊修在曹操面前把他黑了。

曹丕還不夠老辣，一下子被嚇住了。

此時吳質已經進了五官中郎將府，曹丕問吳質怎麼辦。

吳質略一思索，對曹丕說：「這沒什麼，明天還用車裝上竹筐，裏面塞些綿帛來迷惑他，如果查驗，與楊修說的不符，他必然獲罪。」

曹丕照辦，第二天果然有人檢查，但沒發現什麼異常。

經過這件事，曹操對楊修有了懷疑，曹丕算是扳回了一局。


但此時，還有一項人事任命似乎也可以說明二子相鬥的風向：一直擔任司馬懿副手的楊修，突然被提拔為丞相府辦公室任（主簿）。

這意味着，楊修幾乎天天能見到曹操，對曹操的行動及所思所想都一清二楚。那時司馬懿還沒有擔任這項職務，曹丕陣營不具備這樣的便利，這又是個糟糕的信號。

楊修這個人鬼得很，他善於揣摩曹丞相的心思，根據平時的觀察和分析，他事先準備了幾十條曹丞相可能提出的問題及時交給曹植。等曹操的問題剛一提出，曹植那邊就有了對策，不僅反應迅捷，而且回答得恰到好處，讓曹操驚奇不已。

曹丕探知了其中原委，卻不知道如何破解。吳質不在跟前，他

就找司馬懿商量，司馬懿告訴曹丕如果能抓住一件事，就直接向曹操舉報。

曹丕於是向父親告了狀，曹操一追查，居然是事實，這一次楊修算是聰明反被聰明誤。

有一個故事，說曹操派曹丕和曹植從鄴縣不同的城門出城，但事先告訴守門人員不予放行，以此觀察曹丕和曹植有何反應。

楊修知道曹操的用意，悄悄告訴曹植說：「如果有人不讓你出城，你就把他殺了，因為你執行的是丞相的命令。」

曹植照做了，而曹丕被人阻擋後就老老實實回來了。曹操正是要通過這件事檢驗他們兄弟的膽識，看誰有王者之氣，曹植的表現讓他滿意。

還有一個故事，說曹操某次帶兵出征，曹丕、曹植兄弟及眾人送行。曹植說了不少歌功頌德的話，辭藻華美，很有感染力，吸引了大家的注意。曹丕口才不如弟弟好，有點鬱悶。

當時吳質還在，他悄悄對曹丕說：「不用渲染自己，只要裝出悲傷的樣子就行。」

曹丕依計而行。大家一看，原來還是曹丕做事得體，曹植有點矯情。

上面講到的這些故事雖然都記錄在史書裏，但有後人附會演繹的可能，不過它們反映出來的情況卻是真實的，曹丕和曹植之間的明爭暗鬥逐漸升級，他們身邊各有一幫人暗中相助，非要較量出個結果來。

兩人都希望得到還沒有明確下來的繼承權。無數血的事實告訴他們，最後的勝利者只有一個，作為失敗者往往連一條活路都沒有。所以這場鬥爭一旦拉開，就無法讓它停止。

即便曹丕、曹植本人，也不是想停就能停下來的，因為他們現在做的都不是單單為了自己，在他們的身後分別站着一批人。

# 賈詡的一句話

漢獻帝建安十八年（213 年）五月，曹操晉爵魏公。當時曹丕已經 27 歲了，曹植也已 22 歲，但曹操仍然沒有宣佈繼承人的意思。

對曹丕而言，形勢更為不妙，因為立他本是正常，沒有立他說明反常，說明弟弟曹植機會越來越大。

就在這一年，曹植被改封為臨菑侯，他之前受封的是平原侯，這個平原指的不是平原郡，而是平原郡下面的平原縣，曹植改封後，雖然沒有增加食邑，而且仍然是縣侯，但臨菑作為古代齊國國都，是青州刺史部的重鎮，不是平原縣所可以比的。

而且，這次改封只涉及曹植一個人，背後有沒有其他更深的用意，讓大家不由得要進行一番猜測。

第二年，曹操遠征孫權，按慣例應該由曹丕留守鄴縣，曹植等兄弟隨征，但這一次曹操決定由曹植留守，曹丕隨征。

這個信號就更明顯了，聽到消息的那一刻，估計曹丕的心跳都加速了。

曹操還在考察，仍然猶豫不決。為此，曹操私下裏徵詢了很多人的意見，但大家對他們二人的看法同樣分歧嚴重。


稱讚和支持曹植的人有不少。

丁儀多次在曹操面前稱讚曹植是奇才，當他看出來曹操也有立曹植為太子的意思後，不僅不斷給曹植出謀劃策，還一再在曹操面前稱讚曹植（太祖既有意欲立植，而儀又共讚之）。

丁儀的弟弟丁廙也在曹操面前使勁捧曹植：「臨菑侯天性仁孝，為人坦蕩，而且聰明過人，將來一定能成為傑出人物。他還博學淵識，文章絕倫，當今天下的賢才君子，不問少長，都願意跟隨他甚至為他

而死（皆願從其遊而為之死），這實在是天佑我大魏，所以才賜給大魏這麼好的接班人！」

曹操被說得心動，曾對丁廙說：「我確實很喜歡曹植（植，吾愛之），這個不用你來說。」

丁廙聽完大喜，自然更加毫不掩飾地支持曹植，甚至表明自己願意以死來保薦曹植（廙不避斧鉞之誅，敢不盡言）。丁儀、丁廙的這些話對曹操產生了很大影響（太祖深納之）。

被曹操殺了的名士邊讓有個學生叫楊俊，當過丞相府的處長（丞相掾），又在外地當過郡太守，他素來善於品識人物，曾經在奴僕之中提攜王象這樣的人才，曹操當時正為選嗣問題祕密徵求大家的意見（密訪群司），也問到了楊俊。

楊俊雖然分別講了曹丕和曹植的優點，沒有明確說誰是繼承人，但稱讚曹植更多（稱臨菑尤美）。

作為曹植的粉絲，書法家邯鄲淳自然也支持曹植，邯鄲淳多次在曹操面前誇獎曹植（屢稱植才），引得曹丕很不高興。

還有一個叫孔桂的，原來是關中軍閥楊秋的手下，曾奉楊秋之命拜見曹操，曹操覺得他是個人才，就把他留了下來，任命他為騎都尉，讓他常在自己左右。孔桂跟曹植親近，對曹丕有所怠慢（親附臨菑侯而簡於五官將）。


但也有不少是支持曹丕的，而且更有分量。

擔任過丞相府處長（丞相掾）、趙郡太守的桓階勸曹操不要打破長幼順序，應該立曹丕為太子，桓階不僅祕密勸諫，還多次公開發表自己的意見（數陳文帝德優齒長）。

長期擔任魏國尚書台副長官（尚書僕射）的毛玠也勸曹操立曹丕，理由跟桓階差不多。

看到曹植很受寵，毛玠密諫曹操說：「袁紹因為沒有處理好兒子的事，以至於國破家亡（近者袁紹以嫡庶不分，覆宗滅國），廢立這樣的大事，還是應該採取慎之又慎的態度。」

毛玠是「奉天子以令不臣」的最早發起者，被曹操讚為當世的「周昌」。他一向為人正直，清正廉潔，毛玠的話對曹操也有很大影響。

還有邢顒，他本來被任命為平原侯府的屬官，但他處處以禮法嚴格約束曹植，又得理不讓人，曹植不喜歡他，後來轉到丞相府工作，擔任丞相府軍事參謀（參丞相軍事）。

邢顒勸曹操說：「廢長立幼是前世所忌諱的事，希望您能慎重處理。」

曹操早年事業上的堅定支持者和好朋友衛茲的兒子衛臻也支持曹丕，丁儀曾跑過去做他的工作，要他支持曹植，被衛臻嚴詞拒絕。

曹操曾用密函向大家詢問該立曹丕還是立曹植（以函令密訪於外），說明這件事對他來說確實太糾結了。別人都以密信的形式回答，只有崔琰用的是公開信（露板）。

崔琰公開了自己的觀點：「按照《春秋》之義，立子應該以長，五官中郎將仁孝聰明，應該繼承正統，我願以死堅持這樣的看法（琰以死守之）！」

崔琰之所以這麼做，是因為他還有一個特殊身份：曹植的妻子是他的姪女。崔琰不想讓人背後誤解自己，所以公開了自己支持曹丕的觀點。

魏王後宮的女主人是卞氏，曹丕和曹植都是她的親生兒子，偏誰不偏誰都不好說，所以卞氏一直保持沉默。如果非要她表個態的話，恐怕她內心裏更喜歡曹植一些。

但曹丕顯然更聰明，知道除了自己的母親還要注意做魏王其他姬妾的工作。曹丕經過與陳群、司馬懿等人祕密分析，把工作重點放在

了父親的侍妾王氏身上。

王氏是曹幹的母親，曹操比較寵愛王氏，曹丕與曹幹關係一直不錯，經過做工作，王氏願意替曹丕說話，她的「枕邊風」為曹丕加分不少。

曹丕自己的侍妾裏有一個郭氏，雖是個女人，但也很有謀略，也幫忙出了不少主意。這個郭氏後來成為曹丕的首任皇后。

曹丕和曹植的這場奪嫡之爭延續了好幾年，加入其中的人除了上面提到的這些外想必還有很多。他們有的是主動加入的，有的是被動被裹挾進了這場政治紛爭中。

看到下面的意見這麼不統一，曹操有點拿不定主意了，他最後問到了一向足智多謀的賈詡。

曹操曾屏退左右，單獨問賈詡的看法，但賈詡卻不作聲。

曹操急了，對賈詡說：「我有事問你呢，你不說話是什麼意思呀（與卿言而不答，何也）？」

賈詡裝着在沉思，說：「屬下剛好想起一些事，所以沒有立即回答（屬適有所思，故不即對耳）。」

曹操問他想到了什麼，賈詡回答：「想到了袁紹父子和劉表父子。」

曹操明白了賈詡的意思，每逢關鍵時刻賈詡的話總是不多，分量卻總是十足。

正是賈詡的這句話堅定了曹操的想法，他不再猶豫了。


# 又一個名士死了

曹操內心裏打定了立曹丕為接班人的決心，只是他沒有立即宣佈，他在等待機會。

或者說，他要為未來的接班人創造更好的接班條件，掃清接班之路上存在的所有障礙。

　　曹操稱魏王時發生了一個「楊訓事件」，它的突然出現攪動了政局。楊訓的其他事跡不詳，只知道他是冀州人，雖然才能一般，但品行還不錯，崔琰主持冀州政府工作期間，把他作為人才向曹操推薦，曹操對楊訓進行了禮辟。

　　拿流行的觀點來說，這個楊訓是「崔琰的人」。

　　曹操稱魏王前曾有一次大規模的勸進潮，這個楊訓可能因為職級較低，沒有出現在勸進者的名單中，但他也像許多人一樣，上表對曹操進行讚美，歌功頌德。

　　這也沒啥，楊訓的行為算是隨大流吧，本無可厚非。

　　然而，也許是楊先生拍馬心切，也許是他文采太好，總之這篇文章寫得很不一般，成為眾多讚頌文章中的翹楚。不過，隨後便有人議論起來，認為楊訓的文章寫得太過了，有人譏笑他肉麻。

　　這又有什麼呢，肉麻就肉麻唄，不就是一篇文章嗎？

　　但是，崔琰聽到這件事後心裏不安起來。

　　楊訓是「自己的人」，對於政治上有潔癖的人來說，不光要管好自己，還想管好每一個身邊的人。崔琰此時已不在冀州刺史部任職而改任魏國的尚書，已經不再是楊訓的領導，但他仍然專門找來楊訓寫的奏表看了看，發現並不像大家說的那麼嚴重。

　　崔琰於是給楊訓寫了封信，信中有一句話：「省表，事佳耳！時乎時乎，會當有變時。」

　　這幾句話說得實在有點含糊，可以解讀成不同的意思，正是緣於此，崔琰的麻煩來了。

　　如果只從文字的角度去看，「省表」的意思是「看過了所上的表」，「事佳耳」的意思是「這是件好事呀」，「時乎時乎」的意思是「時勢啊

時勢」，這幾句都沒有什麼問題。

關鍵是最後一句「會當有變時」，字面理解是「應當有變化的時候」，但崔琰這幾句話說得也太簡約、太含糊了，尤其是「會當有變時」給人感覺他盼着變天。

不幸的是，楊訓不僅是個書獸子，也是個馬大哈。

而且，他一點政治敏銳性都沒有。崔琰寫給他的信讓他順手就當垃圾扔了。那時候紙還是個挺寶貝的東西，即使是廢紙也不隨便浪費。

撿到崔琰這封信的是個手藝人，雖然不知道寫的是什麼，但覺得它有用，這個人是做蒸籠的，便用這張紙包裹籠蓋。

有個人恰巧在路上看到了這個籠蓋和這封信，他剛好跟崔琰有矛盾，於是跟蹤上去，得到了這封信，並報告了曹操。

曹操看了崔琰寫的信，認為他似乎心存不滿。於是下令剃光他的頭髮和鬍鬚，罰他到建築工地做苦工（於是罰琰為徒隸）。

苦役結束後，過了幾天，曹操派人前去探視，看看崔琰有什麼反應。

回來報告說崔琰在家裏仍然每天待客，門庭若市（而通賓客，門若市人），還看到他常常用手捲着鬍鬚，怒目而視，好像憤憤不平的樣子。

曹操大怒，想殺崔琰，將其下獄。

崔琰是冀州名士，曹操不想公開殺他，就派人到獄中轉達自己的意思，希望崔琰自己了斷，可是崔琰並沒有領會。

過了幾天，曹操得知崔琰還活着，怒道：「崔琰一定要讓我動刀子嗎（崔琰必欲使孤行刀鋸乎）？」

曹操命令獄吏將這句話帶給崔琰，崔琰說：「我真笨，不知道曹公原來是這個意思！」

崔琰於是在獄中自殺。

在曹魏的政治陣營裏，冀州派雖不如汝潁集團和沛譙集團那麼顯要，但也人才輩出，包括崔琰、邢顒、崔林等，楊俊、王象、司馬懿以及仲長統、司馬朗等人雖不屬冀州人士，但與他們關係密切，是事實上的「冀州派」。

長期以來，曹操對崔琰的才幹和人品都相當欣賞，在很多方面對他很倚重。崔琰熟悉冀州事務，曹操讓他擔任冀州副州長（別駕），曹操外出征伐，留下曹丕守鄴縣，都讓崔琰輔佐。崔琰後來轉入人事工作，他在這個崗位上幹了十年左右，很多官吏都是經他之手選拔的，由於他清廉忠正，朝廷因而提高了聲望，大家都稱讚他的公平。

崔琰是個正直敢言的人，他曾經屬色勸諫過曹操，也當面批評過曹丕，他的這些特點，讓曹操對他十分欣賞，二人的關係曾經很親密。

一次，匈奴使者來拜見曹操，曹操這個人長得不好看，個子矮，長相沒有威儀，而崔琰身材高大，濃眉重目，還有四尺長的鬍鬚，很有氣質（眉目疏朗，鬚長四尺，甚有威重），曹操就讓崔琰假扮自己，而他捉刀立於一旁。

會見完畢，曹操派人問匈奴使者，讓他談談對魏王的印象。

使者回答說：「魏王風度不一般，但旁邊捉刀的那個人更有英雄氣。」

曹操聽說後，趕緊派人追殺了這個匈奴使者。

這就是「捉刀」這個典故的來歷，這件事並不是小說家之言，也記錄在一部史書裏，從中可以看出，崔琰曾是曹操身邊的一個重要人物。

但這樣一位極具影響又很才幹的人，還是被曹操殺了。在一般人看來，曹操或許不再信任崔琰，或許把他打入冷宮，但不會把他殺掉。

現在唯一的理由是，曹操殺崔琰另有考慮，而這個考慮不僅與

奪嫡之爭有關，而且與兩家之間的特殊關係有關。崔琰公開過自己支持曹丕的觀點，大概也是想避免出現這樣的結局，但曹操仍然不肯放過。

不管怎麼說，曹植是崔琰的姪女婿，要扶植曹丕，就必須削弱曹植的力量。而崔琰在冀州擁有的巨大影響力，是曹操不得不忌憚的。

崔琰死後，曹操處理崔琰的姪女、自己的兒媳也很果斷：處死。

當然，處死她不能以崔琰被殺作為理由。

一天，曹操登上銅雀台遠眺，看見曹植的妻子、崔琰的姪女崔氏穿得很華麗。曹操一向要求身邊的人勤儉節約，於是很生氣，就因為這個把她賜死了。

欲加之罪，何患無辭？

國事如此，家事成國事時，亦如此。

曹植至少有兩位妻子，前妻即崔氏，繼任妻子姓氏不詳。曹植的兒子有兩位，長子曹苗死得很早（早夭）。次子較知名，即曹志，他活得非常久，曾在晉朝為官，史書曾說他不是嫡出。

曹志如果是庶出，是否暗示曹苗是嫡出，也就是崔氏所生。曹操的這個孫子最終是個「早夭」的結局，是否會引起某種聯想和猜疑呢？


崔琰之死歷來都被認為是冤案，即使在當時，也有為崔琰抱不平的，毛玠就是其中一位。

毛玠也長期在曹操手下從事人事工作，由於工作關係，他跟崔琰來往比較多，人們對他的評價也跟對崔琰的差不多，都是清廉正直，所以二人平時互相敬重。

毛玠見崔琰莫名其妙地被殺，心中不悅。

有人到曹操跟前打毛玠的小報告，說毛玠外出看見被判了刑、妻

子兒女被罰為官奴的人，藉題發揮說「讓老天爺都不肯下雨的大概就是這些事吧（使天不雨者蓋此也）」，含沙射影地給崔琰鳴不平。

曹操得報大怒，把毛玠關進監獄。

曹操處罰毛玠，是因為他對崔琰的事不滿。曹操自己也知道崔琰事件很難服眾，所以要採取高壓手段，毛玠就這樣稀裏糊塗地被曹操當成反面教材抓了起來。

後來，在桓階、和洽等人的營救下，曹操才免毛玠一死，但不再用他。毛玠後來死於家中。

除了崔琰和毛玠，「建安七子」之一的劉楨也因一件小事被判刑，原因同樣與曹植有關。

劉楨很有才華，深得曹氏兄弟們的喜愛，他之前在平原侯府任職，後轉到五官中郎將府。有一次曹丕請客，酒席宴前把妻子甄氏叫出來與大家相見，按照禮法，這時候大家應該低下頭，不能正視甄氏，可唯獨劉楨沒有低頭，而是直接看了過去（平視）。

曹操知道後把劉楨下獄判刑，刑期滿後重新安排工作（楨以不敬被刑，刑竟署吏）。

崔琰以及曹植的妻子崔氏成為曹氏兄弟奪嫡鬥爭的第一批犧牲品，毛玠、劉楨等人跟着也受到了牽連。


## 終於塵埃落定

漢獻帝建安二十二年（217 年）十月，一個讓大家久久期待的問題終於有了答案：曹操發佈《立太子令》，明確以五官中郎將曹丕為魏國太子，正式確定了繼承人。

曹丕聽到這個消息，簡直欣喜異常，直到此前他仍然沒有取勝的把握，不知道父親究竟做何打算。

現在，曹丕心裏充滿了喜悅。

曹丕聽到這個消息的時候剛好丞相府祕書長（長史）辛毗在場，曹丕激動得抱住辛毗。

曹丕高興地說：「辛先生，您知道嗎，我今天好高興啊！」

辛毗回到家把這件事告訴了自己的女兒辛憲英。與張春華一樣，辛憲英也是三國正史中僅有的幾位有名有姓的女性之一，她的名氣更大，古代常把她與孟姜女、花木蘭、蘇若蘭等人並稱。如果評三國十大傑出女性，她和張春華肯定榜上有名；如果評中國古代十大傑出女性，張春華將落榜，而辛憲英仍然會位列其中。

辛憲英的名氣不是因為她的父親是辛毗，也不是因為她的丈夫很有名，她的丈夫名叫羊耽，最大的職務只是郡太守。辛憲英的知名度來自她的睿智，對世事、政治的驚人洞察和每言必中的判斷力。

比如這一次，聽父親說起曹丕激動的情形，她歎息道：「太子的責任是代君主主持宗廟、管理國家，代替君主不可以不憂慮責任重大，管理國家不可以不擔心治理困難。現在正是應該胸懷憂感、謹慎小心的時候，反而大喜若狂，何以長久？魏國國運恐怕難以興隆啊（宜戚而喜，何以能久！魏其不昌乎）！」

如果對照歷史發展的軌跡，不由得不佩服辛憲英這個家庭婦女能把世事看得那麼透徹。

與此同時，有人把這個好消息報告給了卞氏，並且向她討賞錢。

卞氏聽後很平靜，她說：「魏王只不過因為曹丕年齡最長而把他立為繼承人，我只要沒有教子無方就萬幸了，怎麼還能大發賞錢呢？」

有人把卞氏的話報告了曹操，曹操相當滿意。曹操對卞氏的評價是怒不變容、喜不失節。

在兩個兒子爭奪繼承權的鬥爭中，卞氏沒有發表自己的看法，不管哪個兒子最終勝利，都將意味着另一個兒子的失敗，也意味着殘酷

的清算活動即將開始。作為母親，她的心裏又能好受到哪裏去？

這場奪嫡之爭就此塵埃落定，但它已經大傷曹魏的元氣。面對正在不斷崛起的孫權、劉備等集團，曹魏花了太大的精力和代價搞內耗，放慢了對外擴張的節奏。

在生命中的最後幾年，曹操多次領兵出征，但收穫甚微，僅有的戰績也是靠運氣和敵人的失誤得來的，與漢獻帝建安初年縱橫天下、所向披靡、戰無不勝的情況完全不同。究其原因，內部不穩定是最重要的方面。

曹操是個很精明的人，又有袁紹、劉表現成的教訓擺在那邊，本來不應該在繼承人的問題上犯糊塗，但偏偏就出了問題。某種意義上，這場鬥爭是由他引起的，如果一開始他的態度就旗幟鮮明，下面即使有人想興風作浪也形成不了氣候。

曹操的另一個失誤在判斷繼承人的標準上，他喜歡曹植很大程度上緣於曹植的文采，以及反應敏捷，但是選曹魏的接班人不是選作協主席，其標準應該更加全面。以曹植的性格、才能和作為來判斷，他未必能成為曹魏帝國稱職的領袖。

所以，假如曹操從一開始就指定曹丕為接班人，曹植以及擁戴曹植的人也就沒有了想法，內部無從鬥起，可以專心對外，無論對曹魏，對曹丕還是曹植，這都是最好的結果。可惜歷史並未按照這一步驟前行。

驚心動魄的奪嫡之戰以曹丕的最終勝出宣告結束。對於曹植及其一黨來說，這是一場慘敗，但對於曹丕來說，這又何嘗不是一場慘勝。而受傷最深的，還是剛剛建立起來的曹魏帝國。

一個集團內部，任何時候都有派系的存在，當派系鬥爭發展成大面積的刀光劍影、你死我活的鬥爭，就是一種內傷了。曹操開始大概

沒有預料到這種內傷的嚴重程度，他自信地以為所有的事都在他控制之中，當越來越多的情報顯示曹丕和曹植這兩派的鬥爭越來越激烈、手段越來越狠時，他趕緊收手，毅然中止了這場流血遊戲，而被他看好的曹植只能成為犧牲品。

這件事由曹操本人引起，曹丕和曹植配合演出，眾多大臣推波助瀾。整個曹魏陣營都被攪動，陷入空前的內部危機之中。讓曹操略感慶幸的是，在奪嫡鬥爭中表現最活躍的是一幫士人，他手下的主要將領們基本上沒有摻和進來，不然的話局面就更複雜了。

曹操終於明白，政治就是政治，不以個人好惡為前提，他偏愛曹植是私，立曹丕為繼承人卻是公，公私必須分明。

所以曹丕一派勝出後，無論曹操是否願意，培養這個接班人，讓他順利接好班，就是不得不考慮的問題。

## 曹丕的清算行動

對曹植來講，他知道自己失去的不僅僅是繼承權，一旦父親不在人世，他以及支持他的人都將面臨災難。

可能曹操也意識到了這個問題，他選擇了曹丕，但不想看到兒子之間出現骨肉相殘的事。為了安慰曹植，他增加曹植的食邑 5000 戶，連同之前的 5000 戶，在曹操諸子中第一個成為「萬戶侯」。

曹操的想法大概是，這件事就此告一段落，該接班的接班，該封侯的封侯，都是自己的兒子，都是自己的左右手。

然而，就連老謀深算的曹操也無法控制後續事態的發展。政治鬥爭的戰車一旦開動，想突然把車剎住那是很難的。曹丕和他周圍的人顯然不想就此剎車，因為當前是肅清對手的最好時機。

曹植自從知道自己繼承無望的消息就一蹶不振，與之前的活躍和

外露相比，就像換了一個人。幽怨、沉淪、悲傷、擔憂……這讓曹操不免有些失望。

不久發生了「司馬門事件」，讓曹操由失望變成了生氣。

一天，曹操接到報告，說曹植在只有天子以及魏王專用的馳道上縱車飛奔，又私自打開一般人禁止通行的司馬門。

這可不是違反交通規則或者酒駕那樣的小事，這件事可以上升為大逆不道。曹操震怒，下令處死負責王室及諸侯出行的公車令，並且對兒子們嚴加管教。經過此事，曹操對曹植的寵愛日漸衰退。

「司馬門事件」的確有點詭異，據說曹植那天確實喝多了，喝多了就不適合到外面瞎逛，更不能駕車。但曹植有些失控，還拉上楊修，也不管什麼馳道和司馬門，一路縱馳，很多人都看到了。

但是，這件事仍然存在疑點：是誰請他喝的酒？誰剛好為他準備了車？司馬門是他自己打開的嗎？這些都是疑問。公車令被殺，疑團更無從解開。

但案件本身不重要，重要的是結果已產生，影響極惡劣，即使是對手佈下的局，也只有認了。

隨後，曹魏政權內部又進行了一番人事的大調整。

過去曹操手下最重要的機構是丞相府，魏王府組建後，這兩個機構之間便有了職能上的側重，魏王府偏重於行政管理，包括王室事務，而丞相府重點負責軍事，包括軍隊將領的選拔任用、軍隊調動、軍事後勤以及戰略謀劃、戰役參謀等。

曹操殺崔琰、廢毛玠還有一個深層用意，他們二人長期負責人事工作，很多人都是經他們的手而受到提拔的，在新的政治格局下，曹操需要對重要的人事安排進行梳理。

經過調整後，魏王國的相國是鍾繇，王修、王朗、袁渙、國淵等人分別擔任各部部長（九卿），在魏王國祕書局（尚書台）供職的有荀攸、涼茂、杜襲、和洽、王粲等，而在丞相府裏，此時的核心人物有董昭、賈詡、程昱、劉曄、陳群、司馬懿等。

從以上這兩份名單可以清楚地看到，這些核心人物不是曹丕的死黨就是明確支持曹丕的，最少也是未公開涉足奪嫡之爭的人，而曹植一派的人物已紛紛退出了前台，有的永遠消失了。

曹丕被立為太子後，楊修、丁儀、丁廙等人立刻感到情況不妙。

楊修馬上跟曹植疏遠了關係，轉而向曹丕靠近，但曹植仍像以前一樣跟他來往，楊修也不敢完全拒絕曹植。楊修有一把由著名鑄劍師王髦所鑄造的寶劍，是楊家的傳家寶，楊修知道曹丕特別喜歡刀劍，曾命人專門打製過自己設計的劍，也酷愛收藏名劍。為討曹丕歡心，楊修把這把劍獻給了曹丕，曹丕非常喜歡，經常佩帶。但是四年後楊修還是被曹操藉故殺了。

曹丕稱帝後，有一次從洛陽宮殿裏出來，剛好佩帶着楊修送的這把劍，又想起了楊修。

曹丕對左右說：「這就是楊德祖說的王髦所鑄造的寶劍，也不知道王髦還在不在了？」

最後居然找到了王髦，曹丕親自召見，賞賜了不少東西。

曹操殺了楊修，卻沒有對二丁下手，因為畢竟有親戚關係，曹操與二丁的長輩丁宮、丁沖感情很好。

但曹操死後，曹丕就沒有其父的開闊心胸，把反對過自己的人都記在心裏，並找機會報復。最早遭到報復的就是丁儀。

曹丕想收拾丁儀，就讓他當情報處副處長（右刺奸掾），搞特務工作固然很威風，但也很容易出差錯，曹丕的想法是找個理由就治他

的罪。不過按照曹丕的想法，丁儀最好自己識相自裁，但丁儀還想活下去。

丁儀跟夏侯尚關係不錯，夏侯尚跟曹丕關係密切，丁儀找到夏侯尚，給他叩頭求他救自己，夏侯尚跑到曹丕那裏求情，懇切地流淚不止，但曹丕不能原諒丁儀，後來還是找個藉口把他殺了。丁儀的弟弟丁廙也同樣死於曹丕之手，丁氏兄弟家中男子全部被殺。

相對於曹丕的「太子四友」，楊修、丁儀、丁廙、邯鄲淳可以稱為「平原侯四友」，他們中兩個被殺，一個先失勢、後被殺，最後一個邯鄲淳，因為他的背景相對簡單，加上他會寫字，又善於講幽默的「段子」，心態又極好，又一大把年紀，所以沒被清算，保住了一條命，但也只能謀個閒差。

曹丕稱帝後讓邯鄲淳到太學當博士給事中，也就是大學教授，他倒落得清閒，活到 94 歲才死。

被劃為曹植一派的其他人物，如荀惲、孔桂、楊俊等也都受到了牽連，有的直接被曹丕找個藉口殺了，有的仕途或多或少受到了影響。

荀惲不僅不擁戴曹丕，而且最看不慣夏侯尚。曹丕很恨他，只不過荀惲死得比較早，加上他是荀彧的兒子，曹丕倒沒怎麼難為他。

孔桂就沒那麼幸運，由於他公開支持曹植，曹丕把他盯上了。曹操死後，孔桂任駙馬都尉。這時有人舉報孔桂接受西域那邊什麼人的賄賂，答應幫人家跑官，曹丕下令徹查，後來把他殺了。

楊俊後來到南陽郡當太守，曹丕稱帝後的第三年到南陽郡視察，說當地市場不繁榮，就用這個藉口把楊俊抓了起來。楊俊是河內郡人，司馬懿、王象、荀緯等人都為他求情，叩頭直到頭破血流，曹丕都不答應。楊俊知道這是曹丕報復他，為了不連累家人，在獄中自殺。

還有更多沒有載入史籍的人和事，因為牽涉進這場鬥爭而受到影

響。有的因為支持曹丕而升官發財，有的因為支持曹植而飽受株連，曹魏的政局因此攪動不安。

有一些事，在曹操的眼皮底下發生。曹操默許了這些政治報復，因為他清楚，涉及繼承權這樣的大事從來沒有誰對誰錯，有的只是誰最合適，既然曹丕最合適，就要扶持他。

經過這番強力整頓，曹丕的勢力更加強大，曹植一派迅速淡出了政治核心，這是必然的結果。對於曹魏帝國來說，也是必需的過程。

# 第八章 風雲再起

## 該「鷹派」登場了

曹操和劉備連打兩場大仗，這讓孫權輕鬆了不少。

但孫權也有損失，就在漢獻帝建安二十二年（217年），橫江將軍兼漢昌郡太守魯肅病逝了，年僅46歲，這讓孫權悲傷不已。孫權親臨魯肅的葬禮，遠在成都的諸葛亮也派人前來弔唁。

在三國時期湧現的眾多謀士中，魯肅是為數不多的可以稱為戰略家的人。戰略是相對於戰術而言的：戰略講的是全局、宏觀，戰術講的是局部、微觀；戰略偏重於規劃中長期目標，戰術更着眼於當前的具體戰役；戰略往往更講求通過軍事手段達成政治目標，戰術更多地關注每一戰的輸贏。

曹魏方面，荀彧是一位戰略家，他很早的時候就為曹操規劃了未來的發展藍圖，並為這個藍圖的實現付出努力；蜀漢方面，諸葛亮是一位戰略家，他與劉備初次見面就提出了著名的「隆中對」，成為此後劉備集團發展的指導綱領；孫吳方面，魯肅就是荀彧、諸葛亮這樣的人物，孫劉聯盟是他戰略規劃的最重要成果，為維護這個聯盟他奮鬥到了最後。

戰術可以靈活多變，但戰略卻不能隨意搖擺，戰略一旦制定就應該努力去維護、去追求。在這一點上，魯肅看得也比別人更遠。

但不管怎麼說，對帝王來說找到一位高水平的「戰術家」較為容易，而要找到一位真正的戰略家卻比較困難，這正是魯肅存在於孫吳

的意義和價值。

魯肅為人方嚴，內外節儉，治軍整頓禁令必行，善談論，屬文辭，思度弘遠，有過人之明，大家都認為周瑜死後江東人物魯肅是魁首（周瑜之後，肅為之冠）。他主持荊州事務以來竭力維持與劉備的同盟關係，基本保證了江東的西邊相安無事，他的去世是孫權一大損失。

周瑜臨終前推薦魯肅給孫權，但魯肅在臨終前卻沒有向孫權推薦繼任者，大概魯肅覺得自己的威望不足以與周瑜相比，或者他心目中還沒有合適的人選。

在眾人眼中，這時候最合適的人當數呂蒙。魯肅與呂蒙關係也非常好，但魯肅並沒有推薦他，這也許並非無意疏忽，而是二人在戰略理念上有很大的不同。

魯肅如果是孫吳的「鴿派」，呂蒙就是孫吳的「鷹派」，這大概是魯肅不推薦呂蒙的主要原因。

魯肅死後，孫權起初確定接替他的是一個叫嚴畯的人。

嚴畯字曼才，徐州刺史部彭城人，喜歡學習，精於詩、書、禮。他文章寫得好，避亂江東，和諸葛瑾、步騭這些一塊來江東避難的北方人士關係很好。他的性格質直純厚，是個老實人，被張昭推薦給孫權，先後在孫權手下擔任騎都尉、從事中郎。

聽說孫權交給自己這麼大一副擔子，嚴畯傻眼了，他知道自己的能力和特長，根本帶不了兵。

眾人向嚴畯道喜，他卻苦笑着說：「在下不過一介書生，根本不懂軍事，沒有這兩下子勉強去，必然會後悔（非才而據，咎悔必至）。」

嚴畯說的時候很真誠，以至流下了眼淚（發言慷慨，至於流涕），但孫權還不放棄，堅持讓他幹。

孫權想試試嚴畯的武功，就讓他騎馬，結果嚴畯一上馬就掉了下來（權又試畯騎，上馬墮鞍）。

孫權這才收回成命。後來嚴畯一直擔任文職，孫權稱帝後，嚴畯做過朝廷的祕書長（尚書令）。

嚴畯不行，孫權這才改用呂蒙，任命呂蒙接任魯肅的漢昌郡太守一職，屯駐於陸口，除呂蒙原來所部人馬外，還有魯肅這些年積攢下來的一萬多人。


魯肅是孫劉聯盟的堅定支持者，無論多麼困難，魯肅都在維繫着聯盟不破裂，但呂蒙的想法截然相反。

在接替魯肅之前，呂蒙就曾向孫權祕密建言：「可以讓征虜將軍孫皎守南郡，潘璋守白帝城，蔣欽率一萬人沿長江作為機動，我率兵佔據襄陽，這樣一來我們既不必憂慮於曹操，也不必看關羽的臉色了（如此，何憂於操，何賴於羽）。」

呂蒙還闡述了謀取荊州的緊迫性：「劉備、關羽虛偽狡詐，反覆無常，絕不能信任他們。現在關羽之所以沒有進攻孫吳，只是因為陛下的英明，我們這些將領還在。如果不在我們強壯時謀取荊州，一旦我們死了，還有成功的可能嗎（一旦僵仆，欲復陳力，其可得邪）？」

呂蒙的這些話讓孫權深受觸動，認為說得很對（深納其策）。但是，馬上與劉備刀兵相見，孫權還有猶豫，他提出是不是可以先取徐州再取荊州。

呂蒙認為這個戰略不妥，他的理由是：「現在曹操遠在河北，被內部事務所牽制，暫時無力東顧，徐州的守兵雖然不足慮，可以一鼓作氣拿下（往自可克），但那一帶地勢開闊，交通方便，適合於騎兵作戰，我們拿下徐州，曹操沒幾天就會殺來，還得派重兵去守。不如先

取關羽，佔據整個長江防線，到那時我們進退就自如了。」

呂蒙的這番見解同樣打動了孫權。

呂蒙接替了魯肅，以漢昌郡太守的身份進駐陸口，這裏與關羽的防區相鄰，儘管呂蒙已定下襲取荊州的決心，但他到任後表面上仍不露聲色，反而與關羽更加親熱（外倍修恩厚，與羽結好）。

呂蒙時刻在觀察着荊州的變化，尋找發起進攻的時機。

# 關羽「刮骨療毒」

在蜀漢方面，最近上上下下一直沉浸在喜悅的氣氛中，劉備在漢中稱王後浩浩蕩蕩回到成都，一路風光無限。

留守成都的諸葛亮組織了盛大的儀式，迎接漢中王的歸來，儀式的起點是成都腹地最北面的關隘白水關，自那裏到成都之間數百里，一律大起館舍，修築亭障，沿途設置的接待點多達 400 多個（起館舍、築亭障，從成都至白水關，四百餘區）。

不過，劉備心裏還惦記着對諸葛亮說過的話，覺得關羽那邊確實需要安撫，所以在離開漢中前就派益州前部司馬費詩前去荊州的公安，授給關羽前將軍的印綬。

前將軍在四方將軍中地位最高，關羽成為武將之首，他很滿意，認為自己實至名歸。但是，正如諸葛亮預料的那樣，當關羽聽說就連黃忠都擔任了後將軍時，立刻就火了，不肯受拜。

關羽直言不諱地對費詩說：「我不願意跟一介老兵同列（大丈夫終不與老兵同列）！」

費詩在諸葛亮栽培下日後成長為出色的外交家，多次出使孫吳，以能言善辯著稱。遇到這種情況，放在一般人就傻眼了，但費詩胸有成竹。

費詩不慌不忙地對關羽說：

「建立王業需要各種人才，不只要某一種（夫立王業者，所用非一）。當年蕭何、曹參跟劉邦從小相熟，而陳平、韓信是投降過來的人，但後來他們的地位韓信最高，沒有聽說蕭何、曹參為此發過牢騷。

「如今漢中王因為一時之功對黃忠將軍給予厚遇，但他在漢中王心裏真正的分量怎麼能與君侯您相比呢？漢中王和君侯您早已結為一體，福禍同享，我認為君侯您不必計較官號的高低和爵祿的多少。在下只不過一介使臣，銜命之人，君侯您如果不肯受拜，我也就回去交差了，不過我替君侯着想，擔心您會後悔呀（惜此舉動，恐有後悔耳）！」

費詩這番話充分展露出他作為外交家的風采。面對關羽的無理耍橫，他沒有害怕，沒有為討好關羽而亂拍馬屁，但也沒有跟關羽叫板，而是通過不軟不硬的一通話讓關羽自己去掂量。由於話說得在理，關羽也不是聽不明白話的人，所以趕緊受拜。

關羽有點小驕傲，不過他是有理由的，他不僅跟劉備關係鐵，自己也真有兩下子，尤其現在坐鎮荊州，事業正如火如荼。

儘管在後世充滿了爭論，但關羽仍然是漢末三國時代一流的猛將，拋開民間傳說、演義附會不說，歷史上的關羽也深受包括敵方陣營在內的同時代人高度評價，郭嘉、程昱曾說他是「萬人敵」，周瑜說他是「熊虎之將」，劉曄說他「勇冠三軍」。這些評價表明，關羽作為武將是相當傑出的。

劉備、諸葛亮等人先後進入益州，把荊州的軍政事務都交給了關羽，無論是對付曹魏還是對付孫權、周瑜、魯肅，關羽的態度都很強硬，處處維護劉備集團的利益。

這說明，在守土拓疆方面，關羽還算是稱職的。

關羽坐鎮荊州期間曾經至少負過兩次傷，一次是龐德射傷的，這個龐德，就是馬超之前的部將。馬超投奔成都，沒有來得及帶上龐德，龐德歸降了曹操，被曹操派到樊城歸于禁指揮。由於龐德跟馬超有特殊情誼，曹軍中有人對他的忠誠表示懷疑。

但龐德做人光明磊落，他對人說：「我既受國恩，只有報效一死，就在今年之內我將誓殺關羽，如果我不殺他，就是他殺我（今年我不殺羽，羽當殺我）！」

龐德常騎一匹白馬，關羽軍中呼他為白馬將軍。後來龐德真與關羽面對面撕殺了一次，並且一箭射中關羽的面頰。

關羽另一次負傷，傷的是胳膊，留下了神醫華佗為其「刮骨療毒」的故事，這件事雖然不是小說家完全杜撰出來的，但歷史真相與傳說故事卻有很多出入。

先說故事版的「刮骨療毒」。說的是，關羽在一次戰鬥中被曹軍一名弓弩手射中了右臂，回營拔出箭，發現右臂已青腫，原來箭頭有毒，毒已入骨，情況很嚴重。這時神醫華佗恰好趕到，判斷箭頭上有「烏頭之藥」，已「直透入骨」，如果不早治，這條胳膊就得殘廢。

關羽問怎麼辦，華佗提出用尖刀割開皮肉，直至於骨，刮去骨上箭毒，用藥敷上，再用線縫合傷口，於是關羽與馬良弈棋，伸出右臂讓華佗去割。

華佗下刀，割開皮肉，直至於骨，骨上已青。華佗用刀刮骨，悉悉有聲，帳上帳下看到的人都掩面失色，但關羽飲酒食肉，談笑弈棋，全無痛苦之色。須臾，血水流了滿滿一盆，華佗刮盡其毒，敷上藥，以線縫上，關羽大笑而起。

華佗看了很吃驚，歎道：「我當了一輩子醫生，沒有見過這麼英勇的人，君侯真是天神啊！」

這個故事很精彩，既表現了華佗醫術的神奇高超，又展現了關羽的堅毅。這件事並非小說家杜撰的，史書也有提及，只不過與故事傳說略有細節上的一些不同。

一是關羽中箭的部位，史書明確說是左臂而非右臂，也許不是無心之錯，而是有意為之，一般認為關羽善使刀，右臂如果不能動，比左臂受傷情況更嚴重，把右臂改為左臂增加了情節的緊張度。

二是關羽所中之毒，史書並沒有具體指出是什麼毒，故事傳說裏的「烏頭之毒」指的是一種主要產於南方的中藥，可散經絡之寒而止痛，適用於風濕、類風濕性關節炎等病症的治療，也可使人躁動不安、肢體發硬、肌肉強直、抽搐，但箭頭上很少的劑量能否致使關羽的胳膊無法動彈值得懷疑。史書上說關羽中箭後創傷其實已被治癒，只是每到陰雨天骨頭感到疼痛，說明該毒的藥性並不大。

三是為關羽「刮骨療毒」的醫生，故事中說的是神醫華佗，但史書沒有明確記載。之前說過，漢獻帝建安十三年（208 年）華佗就被曹操殺了，而那時劉備還沒有取得荊州，這就與史實嚴重不符了，給關羽做過治療的，應該是一位沒有留姓名的外科醫生。

四是治療的方法，如果關羽因為中箭而中毒，能通過「刮骨」的辦法去治療嗎？一般來說，骨頭上如果沾染上毒素，在沒有抗毒血清的情況下，治療方法應該是結紮傷口，防止毒素擴散，然後對傷口進行清洗和消炎，同時內服驅散和解毒的中藥，讓所中之毒慢慢消散，一般來說，毒素一旦進入身體，不可能只停留在某一個部位，而其傳播出去後再用「刮骨」的辦法其實無法根除。

這樣看來，刮骨治療箭毒的事並不靠譜，可史書又確實記載了這件事，該如何解釋呢？

按照史書的記載，關羽的箭傷其實已經基本痊癒了，只是每到陰雨天骨頭常感疼痛，根據這個症狀判斷，關羽的身上已不存在箭毒，

但中箭後遺留了骨傷。

這可能是外傷性骨髓炎，中醫稱附骨疽，民間稱鐵骨瘤，最常見的情況是外傷所引起的骨骼感染和破壞，時間長了會在原創面附近生出一些「死骨」，產生疼痛，通過手術的辦法把「死骨」取出是治療這類疾病的好辦法。

所謂「刮骨療毒」，指的大概是這個吧。

## 關羽突然北伐

關羽送走費詩，已經是漢獻帝建安二十四年（219年）八月，這是長江流域最容易發生汛情的季節，這一年江漢一帶又下起了大雨。

這場雨下得很大，不僅連下數天，而且雨量充足，漢水暴漲。曹軍在前線的主要據點襄陽和樊城都在漢水邊上，一個是漢水南岸，一個是漢水北岸，漢水發了大水，水勢很猛（平地數丈），城池及軍營都被淹了。

曹軍在中線戰場的總指揮是南部戰區司令（征南將軍）曹仁，他下轄于禁、徐晃等部，曹仁讓徐晃守宛縣，作為第二道防線；命令左將軍于禁率立義將軍龐德等屯兵樊城外，與樊城成掎角之勢；曹仁自己守樊城。

現在，突然下起的大雨引起了關羽的沉思，他覺得這是一個發動北伐的好機會，去年也曾經有過一次這樣的機會，可惜沒能把握住，關羽至少耿耿於懷。

去年十月，曹魏方面負責守衛宛縣的部將侯音發動叛亂，當時「曹統區」內賦稅徭役很重，人民普遍不滿。侯音利用社會上的這種反叛情緒，與駐守在荊州的關羽暗中聯合，把曹操任命的南陽郡太守東里袞劫持了，帶領南陽郡官民造反。

這件事如果成功，曹操的麻煩就大了，關羽和侯音來個南北夾擊，曹魏的襄陽、樊城就丟了。

東里袞手下的郡政府人事處處長（郡功曹）叫宗子卿，他不想投靠關羽，就想辦法阻止。

宗子卿前去勸說侯音道：「將軍順應民心以舉大事，大家無不跟隨，不過將軍把太守抓起來沒有絲毫用處，反倒落個壞名聲，不如把他放了（逆而無益，何不遣之）。我和將軍您齊心協力共守宛縣，等曹操援軍到時關羽將軍的大軍也會到來。」

侯音想想有道理，就把東里袞給放了，哪知這是宗子卿的計策，東里袞脫險後宗子卿也逃出宛縣與其會合，集合忠誠於曹魏的官民與侯音對抗，等待曹軍到來。

侯音派騎兵追趕，追了 10 里地追上了，侯音的人開始射箭，宗子卿身中七箭（被七創），被追兵圍住。

宗子卿對追兵說：「侯音大逆不道，曹公的大軍馬上就到了，大家都是善良的人，平時也沒有作過惡，應該好好想想，還應該不應該跟着侯音走（當思反善，何為受其指揮）？我現在死了，是忠君為國，不會有任何遺憾！」

宗子卿越說越激動，仰天號哭，血淚俱下。

這些追兵過去也都是曹營軍官，跟東里太守、宗處長很熟，現在看到宗處長如此壯烈，無不感動，於是把東里太守放了。沒有多久，宗子卿因傷勢過重而死。

這時，曹操派來的援軍也趕到了，帶兵的是曹仁，還有曹操從漢中收降的立義將軍龐德，他們攻破了宛城，侯音被斬首，這場叛亂失敗了。

這次機會沒能把握住，關羽一直感到很後悔。

從這件事上，關羽看出「曹統區」內部並不穩定，如果再發生點

兒別的什麼事，一舉將其佔領並非不可能。

現在，看到這場從天而降的大雨，關羽決定馬上發起北伐。行前，關羽命令南郡太守糜芳守江陵，將軍傅士仁守公安，其他主力隨他一同北上，其中包括一支在江陵訓練了很久的水軍。

這一仗對關羽來說天時、地利、人和俱備，所以打得有點過於順手，對手沒料到，自己沒敢想，遠在益州的劉備、諸葛亮也都沒想到。

關羽一路北上，繞過襄陽，把主攻目標鎖定在樊城。

樊城外面有曹軍的大營，負責守衛的是于禁和龐德，他們手裏共七軍，也就是七個軍，以每軍正常編制一萬人左右計算，兵力總共有七八萬人，由於漢中水位大漲，他們受淹情況嚴重。

北方將士對於發洪水沒有太多概念，面對突如其來的情況也毫無準備，不知道怎麼辦。于禁等人倉皇避到高處，這時卻發現有人乘着大船向他們襲來。

來的正是關羽，他有水軍而曹軍沒有，所以這個仗簡直沒法打，于禁等人只能坐以待斃。最後，無奈之下于禁向關羽投降。

但是立義將軍龐德卻堅持不降，他在一個土堤上，披甲持弓，向敵人不斷放箭，箭無虛發，從早晨一直戰鬥到中午，箭用盡了，就短兵相搏，越戰越勇。

這時，曹軍投降的人越來越多，龐德下面的將領董衡、董超也要投降，被龐德殺了。

龐德對身邊的人說：「我聽說良將不應該懼怕死，烈士也不會毀節偷生，今天就是我的死期！」

然而水勢越來越高，龐德身邊最後只剩下兩三個人，他們找到一條小船，打算乘船回樊城找曹仁，但水勢很猛，船一下子翻了，龐德手裏的弓也丟了，他扒着船在水中，最後被俘虜。

龐德被帶到關羽面前，關羽下意識摸了摸自己的臉頰。

關羽見龐德立而不跪，對他說：「你哥哥在漢中，我想拜你為將，為什麼還不投降？」

龐德大罵關羽：「小子，我不知道什麼叫投降！魏王帶甲百萬，威震天下，劉備只不過一個庸才罷了，怎能與魏王匹敵？我寧做朝廷的鬼，也不做賊人的將！」

關羽無奈，下令把龐德殺了。


這時曹操還在由長安返回的路上，聽到消息，加快了行軍的速度，倉促趕到了洛陽。

曹操聽說于禁投降、龐德力戰而死，很感慨。

曹操流着淚對身邊的人說：「我和于禁相識三十年，為什麼到臨危受難之時，反而不如龐德呢？」

曹操下令封龐德的兩個兒子為列侯。

關羽殺了龐德，從此龐、關兩家也結下了仇。後來龐德之子龐會隨鍾會平蜀，龐會找到關羽的後人，把他們全殺了，給父親報了仇。

這時，樊城外面的曹軍主力已經全軍覆沒，還在樊城內堅守的曹仁岌岌可危。

關羽猛烈攻城，城裏到處是水，房屋大量崩壞，大家都很害怕。有人向曹仁建議，趁關羽還沒把樊城全部圍住，乘小船趁夜逃走。此時也在樊城的汝南郡太守滿寵認為不可。滿寵是曹操挑選的第一任許縣縣令，有很強的行政才幹，被曹操提拔為汝南郡太守，此時來到樊城，可能是親自督運軍糧來的。

滿寵提出了自己的看法：「洪水來得快，走得也快（山水速疾，冀其不久）。現在關羽派人已經打到了潁川郡郟縣，許縣以南人心惶惶，但關羽還不敢輕舉妄動，原因是我們在他的後面。如果我們現在逃走，關羽就將向北面大舉進攻了，希望將軍認真考慮。」

曹仁一聽有道理，的確不能撤退。於是讓人找來一匹白馬，效仿當年劉邦白馬盟誓，把白馬殺了，也領着大家宣誓，決心同心固守。

此時樊城內僅有數千人，城裏沒有被水淹的地方很少，關羽率部乘船而來，把樊城圍了好幾重，城內與城外斷絕消息，情況已經到了最危險的地步。

駐守在襄陽的曹軍是呂常部，關羽派人把襄陽也圍了起來。襄陽和樊城成為大水浸泡下的兩座孤城，周邊的駐軍和官民紛紛投降了關羽，包括曹操任命的荊州刺史胡修、南陽郡太守傅方等高級官員。

許縣以南的梁縣、郟縣、陸渾縣等地變民紛紛起事，他們殺害曹魏任命的地方官員，接受關羽任命的職務和印綬，與關羽遙相呼應，關羽的個人聲望達到頂峰（羽威震華夏）。


關羽突然北伐，是一次重大軍事行動，無論成與敗它都將打破孫權、劉備和曹操三家的勢力佈局。

對於這次行動是如何決策的，歷來有不同說法。

一種流行的說法認為這是關羽在未經請示劉備，也沒有知會諸葛亮的情況下發動的，劉備漢中得手，上庸三郡成片，使得襄陽、樊城地位變得孤立，曹操新敗於漢中，曹軍士氣低落，攻取襄陽、樊城的條件成熟了。

關羽被任命為前將軍成為劉備集團武將之首，以關羽的性格，對外即便不張揚，內心還是很喜悅的，新官上任一般會有所表示，關羽決定打一場大仗來表示一下。當時劉備遠在漢中，諸葛亮在成都或者也在漢中，而戰機稍縱即逝，關羽來不及請示，就自己決策了。

還有一種說法認為，關羽是請示了劉備並經劉備同意的，理由是這麼大的事關羽無權決策，成都、漢中雖遠，但溝通肯定是暢通的。

但這也僅是推測，沒有史料作為依據。

其實，翻開史書關於此事的其他記述，或許會有另外的認識。

根據史書記載，曹操兵敗漢中，退到了長安，在那裏他向襄陽的曹仁下達了一道命令，讓他率兵討伐關羽，又派于禁率部增援曹仁。曹操還命令徐晃增援曹仁，讓他屯兵於南陽郡的宛縣。也就是說，這場仗也許不是關羽發起的，而是曹軍主動進攻。

曹操剛吃了大敗仗，為何突然在荊州主動出擊呢？推測起來有兩種可能。

一是減輕關中方向的壓力，漢中已失，曹操擔心引起連鎖反應，所以在荊州故意挑戰，提醒劉備別不管不顧。

二是減輕合肥方向的壓力，曹操還沒退到長安時，這一年七月孫權又來了一次趁火打劫，在合肥方向動手，當時曹操在合肥的兵力不到一萬人，曹操知道荊州不僅是劉備的地盤，也有一小半歸孫權，他想在荊州製造事端，把孫、劉的眼光都吸引過來。

這時候，荊州上空已戰雲密佈，就連遠離戰場的人都看得很清楚。曹操手下的揚州刺史溫恢跟兗州刺史裴潛偶爾遇到一起，二人聊起當前的形勢，聊的重點就是荊州。

溫恢不無憂慮地說：「這裏雖然有敵人，但不足為慮，曹仁將軍守襄陽、樊城，勢單力薄，關羽驍勇狡猾，恐怕南面會有變故呀！」

接下來發生的事完全如溫恢所料，可惜他們或許沒有把談話內容以書面方式呈報給曹操。

綜合以上分析，關羽之所以突然北伐也許是這樣的：曹操退到長安，命曹仁在荊州方向發動一輪軍事攻勢，以緩解其他兩個戰場的壓力，作為董督荊州軍事的關羽當機立斷，在來不及請示的情況下，率兵北上迎敵。

# 屋漏偏逢連陰雨

曹操是在漢獻帝建安二十四年（219年）十月趕到洛陽的，他沒有回鄴縣，當然這與南面的軍情有關，但還有另外一個重要原因。

就在上個月，鄴縣發生了一次重大謀反事件。與上一次嚴才謀反不同，這次規模更大、涉及的人更多。鍾繇、張繡、王粲、劉廙、繁欽、楊俊等曹操身邊的這些重要人物要麼因此事被免官、降級，要麼就是有親屬受到牽連。

剛在漢中打了大敗仗，荊州方向又軍情緊急，現在大本營鄴縣還極不穩定，真可謂「屋漏偏逢連陰雨」。

發生在鄴縣的這次謀反事件，是由一個名叫魏諷的人挑起的。魏諷字子京，是曹操老家豫州刺史部沛國人，很有口才，具備煽動眾人的能力（惑眾才），在鄴縣很有名氣。鄴縣不是一般的地方，那裏什麼能人都有，能在社交場所頻頻亮相並獲得追捧，必然是精英中的精英，魏諷就屬於這樣的人。

擔任魏國相國的鍾繇也受其蒙蔽，舉薦了他，魏諷居然當上鍾繇手下負責人事工作的處長（西曹掾）。魏諷利用職務便利，與鄴縣一批上層人士子弟拉上了關係，其中包括張繡的兒子張泉，王粲的兩個兒子，劉廙的弟弟劉偉以及曹操的老鄉、曹魏後期的風雲人物但在這時還是一名小青年的文欽等人。

有人看出來魏諷有問題。王昶、傅巽、劉曄都對朋友或家人說過魏諷肯定會造反。劉廙也勸誡弟弟劉偉，說魏諷這個人不修德行，整天編織關係網，為人華而不實，喜歡沽名釣譽，必將擾亂社會，讓劉偉小心些，不要再跟魏諷來往（卿其慎之，勿復與通）。但是劉偉聽不進去。

要麼是魏諷魅力太大，蠱惑能力太強，要麼是這些高幹子弟缺少

人生歷練，又喜歡出風頭，交朋友，稀裏糊塗地捲了進去。他們之中的大多數人都不會有謀反的動機，有的人事後雖然被追究甚至被殺，但多是因為與魏諷來往太密切招致的。

魏諷的主要支持者是長樂衛尉陳禕，他手裏有兵權。衛尉負責宮室的守衛工作，長樂衛尉負責長樂宮的安全保衛，鄴縣沒有長樂宮，長樂宮通常指太后的寢宮，然而無論是漢室還是魏國，此時都沒有太后或王太后，陳禕的這個長樂衛尉不知所司何職，不過他手裏應該掌握一定兵權，所以魏諷把他作為重點拉攏對象。

陳禕的其他事跡不詳，魏諷跟他約好準備起事，恰在這時曹操率大軍西征劉備未歸，曹丕留守鄴縣，正好是個機會。

但是，陳禕臨到舉事時卻產生了恐懼心理，他將謀反的事向曹丕告發。曹丕當機立斷實施抓捕行動，魏諷下獄後被誅，經過對案件的審理，又有一批人被捕，包括上面提到的那幾位高幹子弟。

曹丕不等曹操回來，先把魏諷誅殺，還殺了包括王粲兩個兒子在內的其他一些人，有數十人之多。曹操聽到魏諷事件的報告時還在漢中，這時王粲已經故去，曹操聽到王粲兩個兒子受株連被殺，感到很惋惜。

曹操歎息道：「如果我在，不會讓仲宣絕了後。」

這一案件波及不少人，魏國相國鍾繇被免職，在家中反省（就家），當然這只是暫時的，曹操對鍾繇的信任沒有改變，不久之後鍾繇還會出來擔任要職。

直接負責鄴縣安全工作的中尉楊俊被降級，通過對這一事件的反思，曹操認為魏諷等人之所以敢生叛亂之心，是因為要害部門工作不力，不能做到防患於未然（以吾爪牙之臣無過好防謀者故也）。

曹操發出了哪裏能找到諸葛豐那樣的人才來代替楊俊的感歎（安得如諸葛豐者，使代俊乎），諸葛豐即諸葛亮的先祖，他曾在西漢初年

擔任過司隸校尉，工作十分出色。

此時負責魏國人事工作的是尚書桓階，他向曹操推薦了徐奕，徐奕擔任過首任雍州刺史，後來改任魏郡太守，魏國建立後擔任尚書，後來被提拔為尚書令，正是桓階的頂頭上司。

張繡死後被追封為定侯，由兒子張泉繼承，食邑 2000 戶，張泉被殺後這一封爵取消。多年前曹操的長子曹昂就死於張繡之手，有人認為曹丕這麼利索地殺了張泉，收回封爵，是為大哥報仇。

劉廙受到弟弟劉偉的株連也下了獄，本來要連坐處死，但是劉廙之前勸劉偉不要與魏諷來往，再加上劉廙的好朋友陳群竭力向曹操求情，曹操下令免劉廙死刑，並且恢復原來的職務。

文欽被關在監獄裏，先挨了幾百板子，吃盡了苦頭，但判決下來仍然是死刑。曹操聽到後，考慮到他的父親文稷曾經立下戰功，就饒了文欽一命。

文欽後來成長為一員猛將，曹魏後期擔任過前將軍、揚州刺史，他對曹魏感情很深，對司馬氏專權十分不滿，他與毌丘儉聯兵討伐司馬師，兵敗之後逃到吳國，被吳國封為鎮北大將軍，但由於他跟諸葛亮的姪子、當時在吳國掌握兵權的諸葛誕意見不合，為後者所殺。不過那是 40 多年後的事了。

魏諷事件想必引起了曹操痛切的反思，這些年輕的高幹子弟居然站到了自己的對立面，想想真可怕。


## 徐晃的破湯罐

關羽在襄陽、樊城一帶頻頻得手，對曹軍來說形勢異常危急，身在洛陽的曹操深感焦慮，他現在最擔心的是許縣的安全。

如果曹仁等人擋不住關羽的進攻，關羽就將趁勢北上，南陽郡境

內已經有很多地方歸順了關羽，要想守住宛縣也十分困難，如果宛縣再不保，許縣以南再無屏障，許縣原本只是個縣城，雖然經過一定的營造擴建，但規模總的來說很有限，難以抵抗敵人的長期進攻。

丟失宛縣、許縣也許並不可怕，但獻帝落入關羽之手將是一場政治災難，劉備集團的士氣會空前高漲，孫權的態度也會發生改變，這將成為一個標誌性事件，自己辛辛苦苦建立起來的「魏王國」在敵人的進攻下將節節退縮，最後敗得一塌糊塗。

所以許縣可以丟，獻帝不能丟。

想到這裏，曹操打算把獻帝轉移到別的地方去以避開關羽的鋒芒，他把這個想法提出來讓智囊們討論（議徙許都以避其銳）。

郭嘉、荀攸、荀彧等人相繼故去，賈詡、程昱年事已高，他們通常留守在後方輔佐曹丕或曹植，在外征戰時曹操目前身邊的主要智囊有劉曄、蔣濟、司馬懿等人，他們都在丞相府任職，其中劉曄先任物資管理處處長（倉曹掾）後任辦公室主任（主簿），蔣濟任人事處副處長（西曹屬），司馬懿先任文教處處長（文學掾）後也任辦公室主任（主簿）。

蔣濟和司馬懿都認為不能遷都，他們建議：「于禁等人是因為發大水才全軍覆沒，不是打不過關羽，現在的局面還沒那麼危險。劉備和孫權之間外親內疏，關羽突然得志，孫權看了必然不舒服，可以派人勸孫權從關羽後面動手，事成之後答應把整個江南割給孫權（許江南以封權），如此一來樊城之圍必解。」

不久前孫權主動請和，這是一個信號，說明孫權跟劉備之間的聯盟關係並不牢固，在當前情況下孫權對關羽的擔憂一點兒都不比曹操少，利用孫權遏制關羽是可行的。

曹操一面命令徐晃增援曹仁，一面派人去聯絡孫權。

徐晃駐守在宛縣，是曹軍在中路的第二道防線。

徐晃接到曹操的命令，立即率部前往襄陽和樊城增援。徐晃所部大部分是新兵（所將多新卒），考慮到這個因素，徐晃覺得不能直接與關羽爭鋒，就將營寨安紮在樊城北邊的陽陵陂，關羽有一部人馬駐守在偃城，兩軍相對。

偃城位於樊城的北邊，距樊城僅三里，陽陵陂在偃城西北方五里處，這兩個地方都與樊城近在咫尺，如果徐晃不能取勝，危在旦夕的樊城勢必不保。

為了保險起見，曹操給徐晃下達命令：「必須等到後續人馬到齊後才能進攻（須兵馬集至，乃俱前）。」

曹操調集附近的人馬，由徐商、呂建等將領帶着前來陽陵陂統一聽從徐晃的號令。等人馬到得差不多了，徐晃下達進攻的命令。

關羽在樊城外有三處主要營壘，分別是偃城、圍頭和四塚，這是一種常用的三角形佈局，敵人攻其一，另外兩部可馳援，曹軍如果正面進攻偃城，就容易打成攻防戰，將對曹軍不利。因為關羽不必求勝，只要守住偃城即可，一旦陷入對峙，樊城之圍就無法化解了。

徐晃命人繞到偃城的南面，不展開攻城，而是讓人挖掘大壕溝（作都塹），對外揚言要斷偃城守軍的後路。負責守偃城的將領不知何人，但肯定不是關羽本人，居然被曹軍的詭計嚇着了，燒了營壘，主動撤軍（燒屯走）。

徐晃佔據偃城，命人修築營壘，並把營壘修得十分靠前，最前面的地方距離敵人的包圍圈僅三丈遠（去賊圍三丈所），但是徐晃沒有下令攻擊。

曹軍的整體實力仍不如敵人，徐晃在等待更多援軍的到來，然而各位將領解圍心切，對徐晃多有指責（諸將呼責晃，促救仁）。

以議郎身份任曹仁軍事參謀的趙儼也在場，他勸眾將：「現在敵

人圍得很緊，而大水還沒有退，我軍勢單力薄，與曹仁將軍又不通音信，不能統一行動，不如慢慢靠前，設法與城內聯絡上，讓城裏知道我們來了，激勵士氣。我軍的後續部隊不過十來天就可到達，想必城內還能堅守，到那時內外齊發，必可破敵。」

趙儼並且表示，將來如果追究救援遲緩的責任，由他一個人承擔（如有緩救之戮，余為諸君當之）。

大家聽後，不再說什麼了。


曹操也看到了前線嚴峻的形勢，他想親率大軍增援曹仁、徐晃。侍中桓階有不同的看法。

桓階先問曹操說：「大王認為曹仁等人能不能控制當前的局勢？」

曹操想了想，回答：「可以。」

桓階於是又問：「大王是不是懷疑他們不盡力（大王恐二人遺力邪）？」

曹操說：「那倒不是。」

桓階反問道：「那為什麼還要親自前往呢？」

曹操說出了自己的憂慮：「我擔心敵兵太多，而徐晃等人力量不夠。」

桓階認為這個擔心是多餘的：「曹仁等人身處重圍仍然死守沒有二心，是因為有大王在外面作為聲援。居萬死之地必有死爭之心，內懷死爭，外有強援，大王只需坐觀就行，何必因為擔心失敗而要親自前往？」

曹操於是打消了親自南下的計劃，而是火速就近調集人馬增援前線。曹操突然產生了一個想法，想讓曹植以南中郎將的身份代理征虜將軍之職，率兵前往解圍。

曹丕的太子之位已經穩固，曹操的這個打算不代表他又有了新想法，只是想給曹植一個鍛煉的機會，不想讓他沉淪下去。命令已經下

達，行前曹操召曹植來有話叮嚀，卻到處找不到曹植。

後來終於找到了曹植，發現他喝得大醉，無法受命，曹操大怒，撤銷了命令。曹操剛剛藉故殺了楊修，曹植的內心既悲傷又恐懼，常常用喝酒來麻醉自己。不過有一部史書講，曹植這次之所以喝醉是因為曹丕做了手腳，曹丕知道父親要召見曹植，故意把曹植拉去喝酒，強迫他喝酒，把他灌醉（偪而醉之）。

在很短時間裏曹操還是調集了殷署、朱蓋等 12 個營的人馬到前線歸徐晃指揮，按照每營 5000 人計算，僅援軍總數就達到了六七萬人，可以和關羽決戰了。

徐晃讓人對外宣稱要強攻圍頭，其實真正攻擊的方向是四塚（揚場當攻圍頭屯，而密攻四塚）。

這是一個很聰明的戰法，曹軍雖勝一陣，但敵人仍然強大，偃城是對手主動放棄的，敵人在這裏並沒有折損有生力量，如果敵人守住圍頭、四塚兩處營壘不戰，短時間裏解樊城之圍仍然無望。

徐晃是來救人的，這是第一任務，為此就不能跟敵人糾纏，採取聲東擊西的辦法把敵人從營壘裏調出來尋機攻擊，不失為上策。

關羽果然中計，看到四塚有危險，親自率領 5000 人馬增援，結果被徐晃找到了機會，在半路進行伏擊。關羽退走，徐晃指揮人馬趁機殺入敵人的包圍圈（遂追陷與俱入圍），關羽所部大敗，不少士卒甚至自投漢水而死（或自投沔水死）。

之前曾經提過，關羽跟徐晃的關係不錯，當初他們都從敵方陣營投奔曹操，在曹操手下共事一段事，比較談得來。在此戰中二人又再次相見了，並且在陣前有過一次交談，他們不說公事，只嘮家常（但說平生，不及軍事）。

聊得興致正高，徐晃突然回頭向本營將士大喊：「誰能取關雲長的

首級，重賞黃金千斤（得關雲長頭，賞千金）！」

關羽大吃一驚，對徐晃說：「哥們，你這是什麼話（大兄，是何言邪）？」

徐晃一臉正色，對關羽道：「剛才咱們聊的是私事，現在是國事（此國之事也）！」


徐晃指揮的增援樊城一仗打得很精彩，用很小的代價在極短時間內就解了樊城之圍，就連十分精通兵法的曹操對此也讚賞有加。

曹操特地發佈了一道軍令，對徐晃予以表彰：「敵人建立了層層包圍圈，壕溝、鹿角多達 10 重，而徐將軍最終獲得了全勝，打破了敵人的包圍圈，殺死了大量敵人。我用兵三十年，所看到的加上聽到古人善用兵的戰例，還沒有長驅直入攻進敵人包圍圈最後取勝的（未有長驅徑入敵圍者也）。而且，樊城、襄陽的形勢比當年莒、即墨之圍還嚴峻，徐將軍的戰績勝過了孫武、穰苴！」

輕易不說過頭話的曹操對徐晃的讚揚超過了以往任何武將，這是因為此戰實在太重要了，而徐晃打得堪稱完美，關鍵時刻穩住了曹軍的局勢和軍心。

徐晃也打過不少勝仗，但這一次可謂他的巔峰之作，從戰役謀劃到臨場指揮一氣呵成，尤其是與關羽臨陣交談時關於私事、國事的一番話，更顯示出他心中的情和義，為後人樂道。

徐晃為將，對人對己要求都很嚴，打了勝仗從不邀功請賞，平時練兵和打仗都不惜力，有時讓大家感到吃不消（驅使將士，不得閒息），軍中流傳起「不得閒，屬徐晃」的話，意思是跟着他打仗，想清閒片刻都做不到。

這話傳到徐晃耳朵裏，他也不生氣，跟部下開玩笑說：「再說，小心我捶你的破湯罐（我挺破汝鎬鏑哉）！」

破湯罐，指的是腦袋。

## 背後舉起了刀

荊州突變的形勢既考驗着曹操，也考驗着孫權。

歷史就是這樣，重大關頭機遇稍縱即逝，如果不能立即抓住，機遇不會再來。

關羽北上後，呂蒙立即建議孫權：「關羽的主力部隊都在樊城前線，但後方也留了不少人馬，主要是擔心我們從他背後發起攻擊。我一直有病，現在以治病為由回建業，關羽聽到就會放心地把人馬調往襄陽前線。我們找準機會，突然發動進攻，如此南郡可以拿下，關羽可以生擒！」

孫權批准了呂蒙的計劃，不過讓呂蒙先不露聲色，而是設法穩住關羽，為軍事部署贏得時間。

關羽發起樊城戰役時，孫權主動派人來見關羽，請求助戰（權遣使求助之）。關羽挺高興，允許孫吳的人馬聯合作戰，但關羽不知道孫權的計謀已經開始了。

孫權派出了聯合作戰部隊，暗中命令他們進軍速度不要太快，這惹得關羽很不高興。關羽已經俘虜了于禁等人，氣勢如虹，並不把孫權放在眼裏。

關羽生氣地對孫權的聯絡官說：「你們這幫畜生敢這麼對我（貉子敢爾）？等我拿下樊城，看我怎麼滅了你們！」

孫權得到報告，知道已經把關羽激怒了，但他覺得還不夠，又親筆寫了封信給關羽表示賠罪，同時答應關羽自己將親自率兵前往助戰（許以自往）。

另一方面，呂蒙對外宣稱自己病了，而且病得挺重（遂稱病篤），孫權召呂蒙回建業。

主將發生異動，本來是件機密的事，但孫權唯恐大家不知道，召回呂蒙用的方式是公開命令（露檄）。

呂蒙由陸口返回建業，路過蕪湖，守衛這裏的是師長（定威校尉）陸遜，就像當年魯肅路過尋陽與他長談一樣，呂蒙與陸遜在蕪湖也做了一番長談，正是這次談話，呂蒙發現這個比自己小五歲的年輕將領才堪大用。

在這次談話中，陸遜對呂蒙說：「關羽大軍壓境，您怎麼此時離開，難道不擔心嗎？」

因為涉及最高軍事機密，呂蒙沒打算告訴陸遜真相，他說：「你說得有道理，但是我確實病得很厲害。」

陸遜不以為然，對呂蒙說：「關羽此時正在氣盛之時，一心北進，對我們沒有防備（但務北進，未嫌於我）。又聽說您病了，更沒了戒備心。如果現在出其不意，必將一戰可擒。您見到主公時，應該提出這樣的建議。」

呂蒙吃了一驚，輪到他對陸遜刮目相看了。

但呂蒙還不想把話挑明，而是對陸遜說：「關羽一向勇猛，而且勢力越來越大，氣勢正盛，不是那麼好對付的。」

孫權手下的主要將領中，「鷹派」看來已佔據絕對上風，除了呂蒙和陸遜，孫權的女婿、師長（奮威校尉）全琮也跟陸遜有共同看法，他向孫權祕密建議抓住機會突襲關羽。

此時，孫權與呂蒙已經定下了偷襲關羽的大計，但恐怕洩密，對全琮的建議不做答覆。

呂蒙回到了建業，孫權問他誰可以替他負責荊州事務，呂蒙當即

推薦了陸遜。

一方面，陸遜的遠見卓識讓呂蒙欣賞，而以陸遜代替自己也有另外的好處，那就是陸遜雖然很有能力但名氣並不大，不會引起關羽的注意。呂蒙認為，陸遜如果前去接任，讓他對外隱藏鋒芒（令外自韜隱），對內則加緊備戰，一定可以成功。

另一方面，呂蒙還有更深的想法，陸遜是孫權的姪女婿，孫權把哥哥孫策的女兒許配給了陸遜，因為這層關係，孫權必然對陸遜完全放心，推薦陸遜便沒有任何顧慮。

孫權於是提拔陸遜為副軍長（偏將軍），同時擔任前敵副總（右部督），代替呂蒙任總指揮，進駐陸口。

陸遜由蕪湖前進到陸口，一到陸口就給關羽寫了封信，對關羽一通猛誇，表達自己的景仰之情，態度十分謙卑。

陸遜在這封信裏寫道：「我不過是一介書生，為人粗疏遲鈍，沒有能力擔負現在的重任，幸而與將軍這樣德高望重的人為鄰。現在願意把心裏的真實想法都說出來，不一定對，提供您作為參考。承蒙將軍關注，並望多加指教（儻明注仰，有以察之）。」

從這些話裏，關羽可能會品出這個小夥子有意向自己效忠，以求有個好前程的意思來。陸遜之前是幹嗎的關羽恐怕都不太清楚，但面對陸遜異乎尋常的謙卑，關羽果然上當了。

在關羽看來，孫吳自周瑜、魯肅以後就數呂蒙還有兩下子，呂蒙現在生病回了建業，其他人都不是他的對手。對於這個小自己 20 多歲的陸遜，關羽自然沒有放在眼裏。

身在襄樊前線正為戰事不順而煩惱的關羽，現在對後方的事已完全放下心來（大安），他下令把留駐在南郡、公安等地的人馬又調了一部分到樊城、襄陽前線。

陸遜密報孫權，認為時機差不多了，可以動手。

孫權也下了決心，但他覺得孫劉聯盟已為天下人所知，自己先翻臉必然在政治上被動，最好有一個藉口。

恰在此時發生了湘關搶米事件，給了孫權一個動手的理由。

當年孫劉兩家以湘水為界重新劃分了江南各郡的勢力範圍，湘水以西歸劉備，湘水以東歸孫權。湘水成了雙方的界河，為了便於貿易和人員往來，在湘水上設了不少關口。

關羽在樊城外一下子俘虜了于禁所部好幾萬人，軍糧供應不上，關羽命令後方人員擅自渡過湘水搶了孫吳的米。孫權聽到報告，向關羽開戰。

孫權想任命孫皎和呂蒙為正副總指揮（左右部大督），全面負責對關羽之戰。孫皎此時任征虜將軍，是孫權的堂弟，他的父親是孫靜。

對於這樣的安排，呂蒙有不同意見，他說：「如果主公認為征虜將軍行就用他，認為我行就用我。當初周瑜、程普分任左右部督，雖決斷權在周瑜，但程普自恃資格老，又都是都督，因此不團結，差點壞了國家大事，這是前車之鑒呀。」

呂蒙不僅有才，看來也挺有個性。領導派自家人當一把手圖的是個放心，呂蒙非要推薦自己，如果換成別人，肯定會有想法，但孫權就欣賞呂蒙這樣的，馬上改任呂蒙為唯一的總指揮，讓孫皎負責後勤保障。

## 白衣渡江奪荊州

此時，樊城外仍然處於膠着狀態，徐晃雖然打退了關羽的進攻，但關羽的實力仍然很強大，尤其是水軍力量仍然完整，曹軍在這方面不佔優勢。

關羽的水軍控制着漢水，曹軍被分割在漢水兩岸的襄陽、樊城，互相不通。曹操調集的各路大軍還在路上，曹操本人正在從洛陽往襄陽以北幾百里的摩陂趕。

正在曹操着急萬分的時候，突然接到孫權派人送來的一封信。在信中，孫權通報曹操自己將討伐關羽，但同時請求曹操不要泄露這個機密，以免關羽有所準備（及乞不漏，令羽有備）。

自上次居巢講和後，孫、曹儼然成為「一家人」，這麼大的軍事行動，面對的又是一個共同的敵人，當然得知會曹操一下。

曹操徵詢眾人意見，大家都覺得孫權如果從背後動手是一件大好事，為了保證孫權順利得手，應該替孫權保密。

只有董昭看法不同，他認為：「用兵在於謀變，以追求最大利益為目標（軍事尚權，期於合宜）。可以許諾孫權替他保密，但不妨把這個情報透露出去，有意讓關羽知道。關羽如果退兵自衛，樊城之圍頓解，之後讓孫權、關羽二賊相鬥，我們可收漁利。」

曹操認為董昭的分析有理，命令徐晃把孫權的信抄了若干份，故意射落到關羽營裏，同時也射到樊城內。

樊城的守軍看到信頓時士氣百倍，而關羽看到信後猶豫不決，想相信又害怕是曹操的挑撥離間，不相信又怕是真的。


正在關羽遲疑之際，大約在漢獻帝建安二十四年（219 年）十月底至十一月初之間，呂蒙悄悄抵達柴桑以西的尋陽。他在此組織精兵和船隻，把士兵藏在船艙裏，讓老百姓划船，外面的人扮作商人，晝夜不停地逆流而上。

長江沿岸有關羽佈置的不少哨兵（屯候），呂蒙把他們全都抓起來，所以關羽還不知道背後發生的情況。

關羽留在後方負責軍政事務的是南郡太守麋芳和將軍傅士仁，關

羽向來心高氣傲，一直瞧不起這兩個人。此次出兵，糜芳、傅士仁負責後勤保障，中間難免有供應不及時的地方，關羽很生氣，威脅說回來後要收拾他們（還，當治之）。

關羽這個人做事不講情面，糜芳和傅士仁知道他說到就會做到，因此感到憂心忡忡。呂蒙了解到其中情況，派虞翻前去勸說傅士仁投降。

虞翻怎麼會跟呂蒙在一起呢？原來，虞翻已改任旅長（都尉），他不僅本事大，脾氣也大，說話很直，跟大家處不好關係（性不協俗），多次犯顏諫爭孫權，讓孫權下不了台。前一陣孫權下令把他關在丹陽郡的涇縣思過。

呂蒙很欣賞虞翻的才能，在建業養病期間，他知道虞翻懂醫術，就向孫權請求把虞翻放出來給自己看病，後來又讓他一同來到荊州前線。

呂蒙給傅士仁寫了封信，陳說利害，派虞翻送去。虞翻口才一向很好，之前曾說服王朗和華歆投降，這一次傅士仁也被他說降了。虞翻建議把傅士仁一塊帶往江陵，南郡太守糜芳看到傅士仁投降了，於是也開城出降。

呂蒙就這樣不費勁地得到了南郡。江陵是關羽的後方基地，將士們的家屬多在此地，呂蒙進入江陵，釋放了囚禁在此的于禁等人，俘虜了關羽及其將士的家屬，但不為難他們，給予撫慰。

呂蒙同時下令：「不得騷擾百姓，不得隨便拿別人的東西。」

呂蒙有個手下是他的同鄉，擅自拿了老百姓家一頂斗笠用來蓋鎧甲。呂蒙認為鎧甲雖然是公家的東西，但也觸犯了剛頒佈的命令，為嚴肅軍紀，呂蒙流着淚將其斬首。於是軍中震動，江陵城出現了道不拾遺的景象。

呂蒙派左右不停地慰問撫恤地方長者，詢問他們有什麼需求，對

於生病的百姓及時送醫送藥，對飢寒中的人及時發給食物，關羽存在江陵的錢財寶物，呂蒙都下令貼上封條，等候孫權來處理。

呂蒙這些措施很快收到效果，他迅速控制了南郡的局勢。

關羽聽說南郡丟了，大吃一驚，立即下令撤軍。

曹仁本想追擊，但趙儼不同意：「孫權利用關羽出兵的機會發難抄了關羽的後路，關羽必然回擊。孫權擔心的是我們趁他與關羽互鬥而從中取利，所以才謙卑地表示順從效忠。如果我們攻擊過急，孫權說不定就把對付關羽的手段轉為對付我們（若深入追北，權則改虞於彼）。關羽如今撤回，我們應該留着他，讓他與孫權互鬥。」

曹仁認為有理，下令不追擊。而關羽撤退的消息傳到摩陂，曹操也特別擔心曹仁等人追擊，趕緊加急傳令，內容跟趙儼說的完全一樣。

三方角力，不同於雙方對壘，仗怎麼打，得動腦筋。

關羽為救江陵的將士家眷，連派多名使者來見呂蒙。

呂蒙又大玩心理戰，他厚待來使，讓他們在城裏到處走動，挨家問候，有的家人還寫信讓使者帶回去。這些使者回去，把城裏情況給大家一說，眾將士知道家人無恙，江陵城的情況比平時還好，一個個都沒有再打下去的鬥志了。

這時，孫權親自趕到了江陵，劉備屬下的荊州各級官吏紛紛投降。孫權任命呂蒙為南郡太守，封孱陵侯，賜錢 1 億，黃金 500 斤。

劉備任命的宜都郡太守樊友望風而逃，郡中官吏及少數民族部落首領都向陸遜投降，陸遜部將李異、謝旌等率 3000 人馬分守要塞，切斷與益州方向的聯絡。

但是在秭歸遇到了麻煩，當地大族文布、鄧凱等人聯合夷兵數千人聲稱仍效忠蜀漢。陸遜命謝旌前往討伐，文布、鄧凱不敵逃走，陸遜派人前往招降，二人率眾投降。

在不長的時間裏，陸遜指揮所部斬獲和招降蜀軍達數萬人（前後斬獲招納，凡數萬計），成功地佔領荊州西部地區。當然這一數字並非全是士卒，還包括蜀漢任命的各級官吏，這一系列行動顯示出陸遜傑出的軍事指揮才能。

在公安，孫權得到了一個重要人才，他的名字叫潘濬。

潘濬字承明，荊州西南部的武陵郡人，曾拜名師宋仲子為師，王粲寓居荊州期間對他評價很高，他由此知名，擔任了郡裏的人事處長（功曹），不到 30 歲時又被荊州牧劉表任命為荊州部江夏從事。州政府裏對各郡分別設一個部門進行管理，部江夏從事就是專管江夏郡那個部門的負責人，經常要到分管的郡裏檢查指導工作。

潘濬在任上幹了一件事讓他的名氣更大了。

一次，他到沙羨縣檢查，發現縣長貪贓枉法，潘濬直接將其誅殺，一郡震竦。劉表後來改任潘濬為湘鄉縣令，很有政績。劉備佔領荊州後，任命潘濬為州政府祕書處處長（治中從事），劉備入蜀後，留潘濬協助關羽處理州中事務（留典州事）。

孫權佔有荊州，劉備任命的將吏紛紛歸附，唯獨潘濬稱病不見。孫權派人送去一張牀，並且派車去接他（遣人以牀就家輿致之），潘濬趴在席上不肯起，涕泣交橫，哀不能勝。

孫權親自前來看望，叫着他的字說：「承明，過去有個觀丁父，是被俘虜的鄀人，楚武王任命他為軍帥；還有個彭仲爽，是被俘虜的申國人，楚文王任命他為令尹。這兩個人都是先生您老家荊州的先賢，開始雖然被囚禁，但後來都得到了重用，成為楚之名臣。您偏偏跟他們不一樣，不肯投降，這不是說我沒有古人的度量嗎？」

孫權一邊說，一邊讓隨從用手巾為潘濬擦拭眼淚（使親近以手巾拭其面），潘濬大為感動，起身下拜，孫權當即任命潘濬為治中，凡是荊州事務都跟他商議（荊州諸軍事一以諮之）。

孫權為什麼格外器重潘濬？

因為潘濬不僅有才能，而且是荊州本地人，長期在郡、州兩府任職，熟悉當地情況，歷經劉表、劉備時代，有相當大的影響力，穩定荊州政局，治理荊州事務，孫權最需要這樣的人。

果然，不久潘濬就發揮了重要作用。州政府負責武陵郡事務負責人（武陵部從事）樊伷暗中勾結武陵郡少數民族部落首領，妄圖佔領武陵郡後聯絡劉備（圖以武陵屬劉備），事情發生後，大家認為應該派一員大將率萬人前去才能討平。

孫權就此聽取潘濬的意見，潘濬說：「派 5000 人馬就足以捉拿樊伷。」

「先生對樊伷為何這麼輕視？」

「樊伷是南陽郡的土豪，善於撥弄是非，但無實際才能。我之所以知道，是因為過去樊伷曾請州裏同事吃飯，到中午還沒吃上，十幾個人只好走了。這就好比侏儒，看到他身上的一部分就知道他的模樣了（此亦侏儒觀一節之驗也）。」

孫權大笑，接受潘濬的建議。

孫權乾脆就派潘濬去，讓他兼任師長（輔軍中郎將），結果潘濬果然把叛亂平息，把樊伷斬首。孫權於是升任潘濬為軍長（奮威將軍），封常遷亭侯。

孫權對潘濬一直很信任，潘濬後來成為孫吳的重臣之一。


## 關羽敗走麥城

關羽這邊，孫權連派多路人馬展開合圍，雖然戰事進展得很順利，但能不能抓住或者殺了關羽才是關鍵。關羽雖然謀略不足，但此人治軍有一套，敢做敢幹，如果讓他有了喘息之機，今後荊州仍然不穩。

孫權知道虞翻精通占卜，就把他叫來，讓他占一卦，看看能不能抓住關羽。虞翻卜了卦，結果是「兌下坎上」，合在一起就是《易經》裏的節卦，到第五爻的時候又變成臨卦，虞翻解卦說不出兩天關羽必然被捉。

關羽敗退至麥城，此地在今湖北省當陽市境內，當年的長阪坡之戰就發生在附近，孫權派人勸說關羽投降，關羽表示願意投降。

當時吳範正好在孫權身邊，他也精通占卜，孫權就讓他趕緊占一卦，看看關羽是不是真降，吳範占了一卦，認為關羽有詐（彼有走氣，言降詐耳）。

孫權於是命令提前做好準備，繼續安排人對關羽進行堵截。

關羽果然是詐降，他命人在城頭遍插旗幟，又弄了不少草人迷惑敵人，之後逃出麥城。

消息傳來，孫權問吳範怎麼辦，吳範說關羽肯定逃不了，並且說明天中午前必可擒住關羽。孫權馬上讓人搬來個沙漏在那裏看時間，驗證吳範說得準不準。

次日，已近中午，還沒有消息。

孫權急了，催問吳範，吳範說：「現在還沒有到正午。」

過了一會兒，風吹帷帳，吳範拍着手說：「關羽抓住了！」

話音剛落，外面有人高呼萬歲。

消息傳來，關羽被抓住了。


孫權派遣副軍長（偏將軍）潘璋和老將軍朱治的養子朱然負責阻截關羽。這一年十二月，潘璋部下一個叫馬忠的團長（司馬）在章鄉活捉了關羽以及他的兒子關平、部將趙累等人。

其實要抓關羽不用費這麼大勁，因為跟着他逃出來的也就只有幾十個人而已。關羽應該向西逃，設法回到益州去，但孫權已經給他佈

下了口袋陣，不管他往哪個方向，都逃不出去了

　　如何安置關羽呢？孫權想了想，居然有了一個天真的想法，孫權打算把關羽招降，用他對付劉備和曹操。

　　但是，手下都勸孫權：「狼子不可養，以後必為害。曹操當初不殺他，結果自取大患，以至於到了要遷都的地步，現在怎能不殺他？」

　　孫權於是下令將關羽父子斬殺於南郡境內一個叫臨沮的地方，此地在今湖北省遠安縣。

　　關羽當初興兵北伐時曾經做過一個夢，夢到有豬啃食自己的腳，醒來後覺得這個夢很不吉利。關羽對兒子關平說他有點力不從心了，恐怕不能活着回來了（吾今年衰矣，然不得還），結果夢果真應驗了。

　　關羽去世後被民間尊為「關公」，歷代朝廷對他也多次褒揚、追封，被崇為「武聖」，與「文聖」孔子齊名。但從軍事的角度看，關羽一生的真實戰績卻並不佳，這一點與文藝作品中的描述很不一致。

　　比如，梳理一下小說《三國演義》中關羽參加過的戰役和戰鬥，可以發現有 32 次之多，總體戰績是 23 勝、5 平、4 敗，剔除平局因素勝率高達 85%，不僅在三國時期，放在整個中國古代戰爭史上都是相當值得驕傲的。

　　但根據對史書的梳理，關羽親自參加的戰役和戰鬥大約有 17 次，總體戰績是 4 勝、1 平、12 敗，剔除平局因素勝率僅為 25%，獲勝的 4 次中曹操指揮的有 2 次、周瑜指揮的有 1 次，在戰敗的 12 次中關羽有 2 次被俘虜。

　　這其實並不奇怪，因為關羽一生大部分時間追隨劉備，事業起伏波動很大，經常處在逃命之中，打敗仗情有可原，這並不影響關羽成為一代名將。

　　關羽被後世尊為「武聖」顯然與他真實的戰績無關，而更多的是

他的勇敢以及他忠義的精神，比如他能在萬馬軍中毫不畏懼地衝向敵陣，將敵人的主將斬於馬下，再比如他一生堅定地追隨劉備，無論遇到什麼樣的險惡處境都不改初心，當年在許縣他受到曹操的厚遇仍不忘劉備，冒着風險去追尋。正是因為這種勇敢與忠義，關羽才受到後人的推崇和稱道。

現在，孫權佔領了劉備在荊州的基地公安。

孫權用侯爵的禮儀就地安葬了關羽，同時把關羽的首級送到曹操那裏。孫權的用意很明顯，人是我殺的，但我請示過你，你是同意的，至少也是咱倆合夥。他想把禍事往曹操身上引，劉備要報仇也拉上曹操一塊扛。

曹操當然明白，下令用沉香木雕刻了關羽的身軀，跟首級一起以王侯之禮厚葬於洛陽城南，此處即現在著名的洛陽關林，後來也就有了關羽「頭定洛陽，身困當陽」的說法。

現在關羽死了，劉備在荊州的勢力全部被趕了出去，荊州戰事暫告一段落，不僅孫權覺得痛快，遠在摩陂的曹操也終於鬆了口氣。

孫權在公安見到了被劉備從益州趕出來的劉璋，覺得劉璋仍有利用價值，把他遷到秭歸，在那裏設立自己控制下的益州「流亡州政府」，劉璋任益州牧。後來劉璋死了，孫權改任劉璋之子劉闡為益州刺史，成為對付劉備的一張牌。

孫權在公安置酒進行慶賀。

席間，孫權專門來到全琮的面前，對他說：「你當初提的建議我雖然沒有回答，但今天取得的大捷也有你的功勞！」

孫權下令提升全琮為副軍長（偏將軍），封陽華亭侯。

在這次慶賀會上卻沒有奪取荊州的第一功臣呂蒙的身影，他病

了，病得很厲害。呂蒙之前就有病，由於這段時間的操勞，舊病復發，孫權趕緊把他接到自己在公安的住所裏休養，用各種藥方為他治病，廣求名醫進行診療。

孫權下令，有能治好呂蒙的賞賜千金。

呂蒙要紮針，孫權每次看到心裏都難受，想常去探望，又怕呂蒙為此勞神，所以經常隔着牆探望（常穿壁瞻之），看見呂蒙稍微能吃點東西就很高興，回頭就跟左右有說有笑，反之則歎息，睡不着覺。

呂蒙的病曾一度好轉，孫權為此專門下令大赦以示慶賀，眾人也來向孫權慶賀（病中瘳，為下赦令，群臣畢賀）。

但是，這些都沒有用，呂蒙仍然病逝了。臨終前，孫權親往探視，又命道士在星辰下為之請命。

呂蒙死時42歲，孫權悲痛異常。

呂蒙臨終前，孫權曾向詢問誰能接替他，呂蒙推薦的並不是陸遜，而是朱然。

呂蒙對孫權說：「朱然的膽識和智謀都足夠，我認為他可以接任（朱然膽守有餘，愚以為可任）。」

論資歷，朱然比陸遜要老得多，他是孫權的同學，二人關係親密，但孫權考慮再三，還是覺得選擇陸遜更合適。

孫權最後升陸遜為右護軍、鎮西將軍，拜為婁侯。鎮西將軍在各類雜號將軍之上，相當於孫吳的西部軍區司令，陸遜代呂蒙去陸口時才被破格提拔為副軍長（偏將軍），一年多時間裏先後兩次被破格提拔。

孫權升朱然為軍長（昭武將軍），封西安鄉侯，命他鎮守江陵。奪取荊州的另一位功臣潘璋也被提升為軍長（振武將軍）。

呂蒙留下遺言，所得金寶等賞賜都封於庫中，交代有關人員待自己死後上交，自己的喪事務必從簡（敕主者命絕之日皆上還，喪事務約）。

孫權聽到這些，更加傷悲。

呂蒙是孫權最喜歡也是最器重的將領之一，孫權喜歡他，是因為他的身上有太多的優點，首先他是一員猛將，敢打敢衝，在兩軍激戰中能親自取敵方主將的首級，又多次衝當先鋒，冒死拚殺，毫無懼色。

呂蒙還是一員智將，他喜歡學習，注意不斷地提高自己，在作戰中肯動腦筋，經常有不凡的見解，對戰略問題也有自己的思考，能指揮大兵團作戰。

不僅如此，孫權更喜歡他的恐怕還是他的人品。孫權曾誇獎呂蒙輕視財富、崇尚道義，這種精神值得人效仿，那些才能出眾的人應該都像他那樣（所行可跡，並作國士，不亦休乎）。

孫吳實行領兵制，將領死後兵權可由子弟們繼承，呂蒙與成當、宋定、徐顧屯駐的地方很近，這三位將領死後他們的子弟都很小，無法繼承軍權，孫權把他們的人馬都併入呂蒙所部，呂蒙堅決推辭，向孫權上書陳情，認為成當等人生前為國效命，他們的子弟雖然還小，但繼承兵權的制度不應荒廢。呂蒙連續向孫權書上了三次書，孫權才取消了命令。呂蒙為這幾位將領的子弟們請了老師，悉心輔導他們，等他們成長起來後繼續去帶兵。

有一位郡太守對呂蒙有意見，曾挖苦過呂蒙，但呂蒙毫不記恨。後來有個職位空缺，孫權問呂蒙誰能接任，呂蒙推薦了那位郡太守，對呂蒙這種寬廣的胸懷，孫權給予表揚。


## 打擊還在繼續

從關羽北上攻擊樊城到被殺，不過短短三四個月時間，對劉備來說，所有的事都來得過於突然。

從此役一開始，遠在成都的劉備和諸葛亮實際上已失去了對戰事的控制，只能由關羽來主導，當時襄陽、樊城已處燔灼之勢，由益州派兵去支援都來不及。

關羽出現危機後，有一支人馬倒是離他挺近，可以過來支援一下，這就是在上庸、西城、房陵三郡的劉封、孟達所部。這三個郡是劉備攻取漢中後新設的，處在陝南與鄂西北之間、襄陽的西北方向，距離襄陽只有數百里，如果他們及時出兵，雖然未必能挽回敗局，但救出關羽是有可能的。

事實上關羽也關注過這支人馬，他多次向劉封、孟達發出命令，讓他們率兵增援（連呼封、達，令發兵自助），但令人不解的是，二人根本沒有接受。他們還給關羽陳述了理由，說上庸等三郡剛剛歸附，還不夠穩定，所以不能接受命令（山郡初附，未可動搖，不承羽命）。

一般認為這是二人的藉口，他們出於自身安全的考慮不願意出手相救。從「陰謀論」的角度看更是如此，劉封是劉備的養子，如果劉備有意除掉關羽，劉封就更不可能去救了。

其實不然，上庸等三郡的確剛剛建立，這是實情，此地被稱為「山郡」，秦嶺、巴山橫亙其間，長期控制該地區的是申氏等大戶，雖然臣服劉備，但難免不生二心。

關羽前期打得一直很順手，大概也沒想過要劉封、孟達增援，後來徐晃援軍開到，關羽這才要劉封來，但時間已經來不及了。上庸距襄陽雖然只有數百里，但都是山路和水路，大軍事行動又都有一個準備過程，部隊集結、糧草準備、行動路線規劃都需要時間，劉封和孟達即使願意出兵，等他們準備好，又在崇山峻嶺間急行軍多日，趕到樊城時恐怕也找不着關羽了。

所以不能怪劉封和孟達，只能怪關羽自己。如果關羽事先考慮到

兵力不足的問題，就會在行動前做好協調和溝通。與上庸三郡來個南北夾擊，那將是另一個局面。

關羽太自信，原想一個人包打天下，結果遇到了問題，這時候再去催，誰能保證呼之即來呢？

然而，軍人以服從命令為天職，無論客觀情形如何，關羽既然下達了命令，劉封和孟達就應該無條件執行，不執行就是抗命。

劉封和孟達算不算抗命呢？仔細分析一下，還真不算，因為這裏有一個重要問題，劉封和孟達其實並不歸關羽直接指揮，他們不是關羽的部下而是友軍，關羽要讓他們參戰，只能由劉備下命令。

上庸等三郡是從漢中郡等地分出來的，傳統上屬於漢中郡，漢中郡歸益州刺史部管轄，而非荊州刺史部，劉備讓關羽負責荊州的軍事（董督荊州軍事），上庸等三郡不在他的管轄範圍內。

劉備取漢中後對行政管轄問題也進行過調整，設立了漢中都督，相當於一個邊防區，與州刺史部平級，上庸等三郡歸漢中都督管轄，這項行政區劃調整的具體時間不詳，但上庸等三郡從未歸荊州方面管理是確定的。

關羽不能以「董督荊州軍事」的身份直接給劉封下命令，那能不能以前將軍的身份指揮他們呢？也不能。前將軍不同於大將軍、車騎將軍，理論上只是某方面軍的總指揮或某大軍區司令，是不能以這個身份調動所有人馬的，關羽要調動劉封和孟達，只能按照正常的程序向成都方面提出請求，由劉備下達命令。

劉封和孟達突然接到關羽的求救要求，想必他們考慮最多的並不是個人得失，而是困惑：如果執行，多少有些不順，事後會不會被追究？如果不執行，真的造成了嚴重後果，又如何交代？

在這種矛盾心理下，劉封和孟達能做的大概就是先找個理由應

付着，表明對關羽的要求他們並不反對，只是情況特殊不能成行，同時他們一定會向成都方面報告，等待進一步指示。令劉封和孟達沒想到的是，荊州前線的戰事竟然急轉直下，關羽迅速失敗，他們這才着急了。

劉封着急，不知道該怎麼向義父交代；孟達着急，他擔心這一回自己恐怕在劫難逃。

孟達為什麼這麼緊張呢？

這段時間孟達感覺一直都不好，上庸三郡本來是他平定的，劉備非要派個義子來督陣，擺明了是對自己的不信任，現在關羽死了，劉備肯定會要個說法，劉封是劉備的養子，不至於怎麼樣，而自己無根無基，關羽被殺、荊州丟失的這個黑鍋看來得自己一個人背了。

劉封到三郡以後對孟達不夠尊重，二人常有內鬥，劉封還曾經侵奪過孟達的儀仗隊（封與達忿爭不和，封尋奪達鼓吹）。孟達進行了激烈的思想鬥爭，對外他怕劉備追究，對內他又憤恨於劉封的侵凌（達既懼罪，又忿恚封），於是決定投降曹魏。

孟達先給劉備寫了封信，說明了自己的無奈，然後率手下4000餘人投降。曹魏方面立即任命孟達為散騎常侍、建武將軍，封平陽亭侯。此時，上庸和西城還在劉封手中，曹魏方面派夏侯尚、徐晃率軍幫助孟達進攻他們。

孟達給劉封寫了封長信，對劉封進行招降：「人，一旦涉及權勢和利益，親人都會成為仇人，更何況還不是親人呢？現在你和漢中王只是普通的關係，沒有骨肉之親，自從在漢中宣佈阿斗為太子以來，大家都為你鳴不平，感到寒心（自立阿斗為太子已來，有識之人相為寒心）。從前如果申生聽取了子輿的勸告，必定會像太伯一樣開闢出新的天地；衛伋如果聽了弟弟的建議，也不會讓他的父親遭受天下之譏。

公子小白逃出本國，後來卻回國建立了霸業；重耳跳牆逃到外國避難，結果也恢復了君主的位子，這類事情自古都有啊！」

為了說服劉封，孟達查了不少書，引用了好幾個典故來說明人在這時應該識時務，尤其是公子小白和重耳的故事更有誘惑力，他們都在本國遇到災禍時逃到他國避難，最後又東山再起，分別成為齊桓公和晉文公，孟達勸劉封效仿他們，先投降再說，今後的事慢慢來。

在信中，孟達還為劉封分析道：「近觀禍亂之興，很多與廢立之事有關。現在，漢中王對你可能已經產生了懷疑，擔心你會起兵造反。而你平時在人情世故方面不注意，由此結下不少私怨，我擔心漢中王的左右會對你進行離間。現在你遠在他方，還能有一絲苟且，如果我們大軍前進，你只能逃回益州，到那時就危險了。」

孟達勸劉封，如果以他的才幹棄身東來，不僅能繼嗣寇氏羅侯爵（繼統羅國），而且會得到更大的封地，讓劉封三思。劉封本姓寇，他的父親曾被封為羅侯，孟達所以這麼說。

劉封不聽孟達之言，還想一戰，但申儀投降，劉封敗走。

曹魏下令把房陵、上庸、西城三郡合併為新城郡，以孟達兼任新城郡太守，把曹魏整個西南方向的事務都交由孟達負責（委以西南之任）。

這樣，劉備失去荊州之後又失去了上庸等三郡。


劉封逃回成都，劉備十分生氣。

劉備不僅怨恨劉封沒有出兵救關羽，更怨他與孟達沒有處理好關係，激起孟達反叛（先主責封之侵陵達，又不救羽）。

前一條劉封實在冤枉，但後面一條他的確有責任，他年輕氣盛，又是劉備的養子，禮賢下士方面還沒有養成習慣，平時喜歡桀驁，不把降將孟達放在眼裏，結果釀成大禍。

如何處置劉封，劉備徵求了諸葛亮的意見，一向做事謹慎的諸葛

亮卻向劉備提出了一個激進的建議：把劉封殺掉。

　　諸葛亮之所以這麼想，主要考慮是劉禪剛被立為王太子，劉備登基稱帝的準備工作已經展開，劉禪就是將來的皇太子，劉備駕崩之後劉禪將繼任。而劉封性格剛烈勇猛（剛猛），這樣的人容易衝動，什麼事都會幹出來。諸葛亮考慮到劉禪繼位之後很難駕馭劉封，故而建議劉備把劉封殺掉（易世之後終難制御，勸先主因此除之）。

　　劉備接受了諸葛亮的建議，賜劉封死。

　　這一結果完全如孟達所料，臨死前劉封歎息道：「真後悔沒聽孟達的話（恨不用孟子度之言）！」

　　對於劉封的死，劉備還是很難過（為之流涕）。畢竟是自己的養子，而且一度曾想過讓他來繼承自己的一切。不過賜死和處斬雖然判的都是死刑，但結局不一樣。賜死算是自盡，死後不追究其他人的責任，不沒收家產。劉封有個兒子叫劉林，後來還擔任過蜀漢的牙門將。

　　在荊州投降孫權的糜芳給家人帶來了大麻煩，他的哥哥糜竺讓人把自己綁起來，到劉備那裏請罪。劉備對他進行了安慰，說弟弟犯罪不能追究到哥哥（先主慰諭以兄弟罪不相及），對他仍然信任如初。

　　但糜竺很羞愧，得了病，一年後去世。

## 有沒有「借刀殺人」

　　關羽被殺、孟達投降，荊州和上庸三郡先後丟失，對剛剛稱漢中王的劉備無疑造成了沉重打擊，應該說造成這樣的局面既有必然也有偶然。

　　從必然方面說，隨着劉備勢力近年來的急速膨脹，孫權和曹操都不會坐視不理，尤其是孫權，心態會更為複雜。劉備一直不如他，一

度形同於他的附庸，卻一再得勢，先益州，後漢中，勢頭如日中天，又在曹操之後第二個稱王，趕在了他的前面。孫權的心裏既有焦躁和妒忌，也有不安。在這種情況下，如果有機會削弱劉備的勢力，孫權一定不會遲疑。

劉備並沒有對曹操發動全面進攻的思想準備，漢中雖勝，但並不能改變敵強我弱的總體局面，諸葛亮隆中對策中漢中、荊州兩路北攻的基礎條件雖然初步具備，但根基還不穩，還需要一定時間的準備。更何況，隆中對策中明確了發起軍事進攻還有一個重要的前提條件，那就是敵人內部出現重大問題（待天下有變），也就是要等待時機。所以，從劉備到諸葛亮，對於荊州戰役並沒有做好充分的思想準備。

從偶然方面說，關羽藉雨季發動樊城戰役，居然一舉給曹軍以重創，氣勢如虹，在這種情況下，儘管沒有做出充分準備，劉備和諸葛亮也無法突然叫停關羽的行動，更何況益州和荊州之間遠隔千山萬水，情報和軍令傳達不及時，而戰場形勢又瞬息萬變，所以一切都只能交給關羽臨機決斷。

關羽是將才而非帥才，面對後方突然生變的局面，當即亂了陣腳。在那種情況下，回師等於承認失敗，應該棄後方於不顧，拚命向正面之敵進行攻擊，勝算尚有一半。關羽回軍，從此一敗再敗。

總的來說，這是一場突然發起的戰役，在曹操和孫權臨時聯手，而劉備和諸葛亮又無法掌控戰場局面的情況下，關羽的失敗是情理之中的事。

但史書對這場決定三方勢力消長的重要戰役記載得其實並不詳細，尤其是成都方面如何看待這場戰役、如何支援和策應關羽的軍事行動缺乏記載，因此留下了很多讓人想像的空間。

比如，關羽臨死前為什麼突然向西北方向運動？他興兵北上，劉備事先知情嗎？關羽遇困，劉備為何不派人馬來援救？辛辛苦苦打下的荊州眼看就易手了，劉備為什麼不發起反擊？

一連串的謎團的確讓人費解，由此也產生了所謂的「陰謀論」，有人認為馬超曾見死不救，也有人認為劉備坐視關羽被消滅是故意的，因為關羽勢力膨脹，時常露出驕傲之色，不太服管，所以劉備和諸葛亮借孫權之手除掉了關羽。

對於這些疑問，需要仔細地去梳理史實進行解答釐清。

比如，關於馬超「見死不救」的問題，其實是來自史書的一個誤記。

關羽從襄陽前線退到麥城，後來又命喪於臨沮，臨沮在荊州的西北部，離劉備控制下的上庸等三郡很近。關羽原來打算南下，奪取江陵和公安，後來發現不現實，所以改往西北方向的臨沮，一個合理的解釋是，臨沮這裏還有蜀兵據守，關羽是來與他們會合的。

那麼，負責防守這裏的蜀軍將領是誰呢？這是一個容易被忽略的問題，臨沮屬南郡，此前一直是劉備的地盤，吳軍雖已奪取了長江沿岸一些重鎮，但臨沮此時應當還在蜀軍手中。如果細心一些的話，會發現史書上有一條記載，說馬超擔任平西將軍後，駐紮的地點就是臨沮（以超為平西將軍，督臨沮）。

蜀漢在邊境以及有關重要地區設立了若干個「都督區」，如漢中都督區、永安都督區、庲降都督區等，相當於邊防區或前敵指揮部，按這樣去理解馬超「督臨沮」就相當於「臨沮前敵指揮部總指揮」。

馬超死於蜀漢章武二年（222 年），也就是關羽死後兩年。關羽死於臨沮時他仍健在，如果真是這樣，那這就是一個「重大發現」：關羽臨死之前原來是投奔馬超去的，而我們竟然沒有看到馬超救援關羽的任何記載！

但再仔細去分析，發現又不是這樣的。

馬超是在走投無路的情況下投奔劉備的（以窮歸備），而劉備當時也只想利用他的名氣對劉璋集團打心理戰，所以不可能讓馬超馬上離開益州到遙遠的荊州去。

臨沮屬荊州，荊州已由關羽鎮守，馬超來投後很快被劉備拜為平西將軍，相當於西部戰區司令，而關羽僅為蕩寇將軍，相當於軍長，以關羽的性情，二人不在一起尚內心不忿，如果把他們安排到一起共事誰又領導誰呢？劉備怎會做出這樣的人事安排？

馬超投奔劉備後還發生了許多事，包括之前提的彭羕事件，說明他其實一直在成都沒有遠離，根本不可能到臨沮當「前敵總指揮」，不僅關羽兵敗被殺時不可能，即便剛來投奔時也不可能。

那麼，「督臨沮」該做何解呢？

這的確很費解，推測起來也許是史書的筆誤，比如此處應為「督臨邛」，臨邛在成都近側，位於成都西南不遠，劉備那時還不可能設個「臨邛都督區」，馬超從漢中大約也帶了少數人來，劉備讓他「督臨邛」，其實只是讓他在那裏駐留一段時間。


馬超「見死不救」的問題搞清楚了，但還有另一個疑問。

在關羽發動戰役的幾個月時間內，劉備和諸葛亮並沒有任何作為，既沒有派一兵一卒前來支援，也沒有下達過什麼命令，如果還原到當時緊張激烈的氣氛之中，這是難以想像和不合常理的，除非有一種可能，那就是這是劉備和諸葛亮故意的。

問題是，如果真有這種可能，他們為什麼會這麼做？

有人認為其中存在陰謀，諸葛亮是在借刀殺人（諸葛氏假手於吳人，以隕關羽之命），關羽是公認的所謂虎臣，易代之後無法控制，但他功勞多而沒有什麼罪狀，如果除掉他不足以讓人心服，所以不惜以

荊州做代價來除掉關羽。

這種觀點未免過於大膽，雖然只是猜測，卻影響深遠，被後來許多人所相信和採用。按照這個說法，諸葛亮不僅陰險，而且可怕，為了保證易代之後政局順暢，不惜犧牲荊州為代價將關羽清除。

但這個說法沒有多少道理，先不說諸葛亮會不會產生除掉關羽的瘋狂念頭，退一步說，即使真有這樣的想法，他也做不到，因為諸葛亮既不能私自調動關羽發起那麼大一場戰役，更無法指使孫權在關鍵時刻做出配合，這場荊州爭奪戰不是諸葛亮可以左右的。

而且，在諸葛亮的心目中，荊州有着重要的地位。在隆中對策中諸葛亮早已明確指出，荊州是未來光復漢室大業的兩個支點之一，要取得統一中原的勝利，必須在聯合孫權的情況下，從漢中和荊州兩個方向同時發起進攻，只有這樣才能打敗曹魏。失去荊州，隆中對策就失敗了一半，諸葛亮即使擔心關羽的存在對未來不利，也不可能拿整個荊州做交易。

況且，還有重要一點，諸葛亮由荊州隨劉備入蜀，一同追隨的還有大量荊州人士，這些人世代居住在荊州各地，親屬、祖業都在此，荊州丟失，對他們來說意味着將承擔巨大的犧牲和痛苦，對此諸葛亮怎能不感同身受？如果這一切出自諸葛亮的設計，為一個關羽放棄整個荊州，那諸葛亮在眾人心目中將是一個什麼形象？

所以根本不存在借刀殺人，諸葛亮不曾有，劉備也不曾有。

至於戰役從開始到結束這幾個月時間裏成都方面沒有大的動作，大概有以下原因。

一是因為益州和荊州間道路阻隔，聯繫不便，關羽北上後，戰場又移向長江以北幾百里的襄陽、樊城一帶，信息交換一來一去最快也得十天半個月。

二是如前所述，關羽發動此役事先並沒有跟劉備、諸葛亮認真商

量研究，沒有形成戰役的整體方案和規劃。關羽倉促起事，初期劉備又在由漢中回成都的路上，所以反應不夠及時。

三是戰役雖然於七月發動，但轉折點出現在十月以後，開始關羽一路高歌猛進，氣勢壓倒對手，不存在緊急救援的問題。

四是戰役成敗的關鍵是孫權的背後一擊，當時孫權是聯盟，曹操是敵人，孫權的一舉一動在荊州的關羽最清楚，而遠在益州的劉備和諸葛亮卻很難把握和預料。

正是由於以上原因，造成了成都方面救援不及時的問題，這都是客觀原因造成的，而沒有主觀故意。

但不管怎麼說，荊州丟失、關羽被殺，對正在鼎盛時期的劉備集團而言，是一個沉重打擊。

## 孫權送來「火爐」

關羽死時，增援襄陽的各路曹軍仍在不斷開來，有的已經到達了前線，有的還在途中，曹操本人率總指揮部駐紮於摩陂。

摩陂位於郟縣的西北，也就是紫雲山北麓一帶，許縣與南陽郡之間。「陂」指的是古時的人工水庫，這個水庫長和寬各 15 里（縱廣可一十五里），不算小，曹魏當年廣開屯田，曾在這裏屯田並建立軍事基地。

此時，曹操身邊的主力是夏侯惇部。夏侯淵死後，曹操對夏侯惇格外親近。夏侯惇追隨曹操 30 年，出生入死，曹操視其為手足兄弟。曹操經常讓夏侯惇與他同乘一輛車（召惇常與同載），特見親重，諸將都無法與之相比。曹操還上表獻帝拜夏侯惇為前將軍。

到了漢獻帝建安二十四年（219 年）年底，徐晃由襄陽回師宛縣，途中路過摩陂，曹操親自迎出七里，並下令置酒，曹操親自舉杯為徐

晃勸酒（舉卮酒勸晃）。

隨後，由合肥前線的居巢趕來增援的張遼也到達荊州，曹操命張遼率部也趕到摩陂。張遼快到時，曹操乘輦出營迎接。

參加荊州會戰的其他各部人馬陸續趕到，都集中在摩陂附近（時諸軍皆集）。眾將領發現，他們的魏王已 65 歲了，行動已經開始遲緩，目光也不像先前那麼犀利有神，經過連續不斷的打擊和日夜操勞，已經徹底成了個老頭子。

曹操到各營慰問的時候，有很多新加入曹營的將士還從來沒有見過魏王，故而都想一睹他的風采。對那個時代的軍人來說，曹操不僅是丞相，是魏王，更是一個神話，一個傳說，一個巨星。

曹操理解大家的心情，儘管很勞累，身體已經有點吃不消，但仍然微笑着從一列列隊伍前騎馬走過，腰板儘量挺得筆直。有時候實在騎不動馬，就坐在車子上視察隊伍。每當他走過，隊伍裏總是發出排山倒海般的歡呼聲。


在摩陂，曹操召集大家研究關羽死後荊州的局勢。

經過一連串的動盪，曹魏在南陽郡、南郡北部原有勢力範圍已經變得滿目瘡痍、民生凋敝，很難在短時期內恢復生機，有人提出建議，把這一帶的老百姓以及在漢水兩岸屯田的軍士遷到內地去。曹操有點動心。

司馬懿認為不妥，他認為：「荊楚地區向來局勢不穩，關羽剛剛戰敗，那些想作惡的人正在觀望，如果把那些一般的百姓全遷走，既傷了百姓的心，也使這一地區的局勢更難收拾，原來逃走現在想回來的人也不敢回來了。」

荊楚之地不可丟，在此局勢錯綜複雜之際，即使那些想作惡的人也只是在觀望之中，如果現在採取退守的辦法，既會讓那些忠於曹魏

的百姓寒心，也會讓那些想趁機作惡的人有機會，那樣將讓局勢更難以收拾，今後再想回來也難了。

曹操認為有理，於是停止了遷移計劃，逃到外地的人陸續回來了不少。

把劉備擠出荊州，今後在這裏打交道的就是孫權了。對於這個老對手，曹操頗感頭疼，現在孫吳士氣正盛，外又有劉備牽制，現在不是攤牌的時候。

曹操於是上表獻帝，拜孫權為全國武裝部隊副總司令（驃騎將軍），假節，兼任荊州牧，封南昌侯。

孫權接受了這一任命，派師長（校尉）梁寓帶着貢品前往許縣進貢，除例行的答拜公文，孫權還給身在摩陂的曹操寫了一封信，信中孫權勸曹操直接當皇帝，並表示願意效忠（稱臣於操，稱說天命）。

這是孫權的謀略，他知道在荊州佔了大便宜，但也惹了大麻煩，劉備不會坐視不理，眼見得一場大規模的復仇行動將在孫劉之間展開，他必須把曹操拉過來，站在自己一邊。

曹操把孫權的信給大家看，說：「這小子是想讓我坐到火爐上烤呀（是兒欲踞吾著爐火上邪）！」

但侍中陳群以及新任尚書桓階等認為此建議可行：「漢祚已終，也不是今天才開始的。殿下功德巍巍，天下矚望，所以孫權都自願稱臣。此天人之應，異氣齊聲，殿下應該正大位，還有什麼可猶豫的呀！」

他們的觀點代表當時相當一部分人的看法，在他們看來漢朝氣數已盡，曹魏完全有資格代替它，這是天人之應，就連孫權都自願稱臣，不必再猶豫。

夏侯惇等將領也認為，自古以來能除民害為百姓所歸的即是天下主人，魏王從戎 30 多年，功德著於黎庶，為天下所歸。

夏侯惇等將領也建議曹操應天順民，登基稱帝：「天下人都知道漢室壽命已盡，異代方起。自古以來，能除民害為百姓所歸的，即是天下的主人（即民主也）。殿下從戎三十多年，功德著於黎庶，為天下所歸，應天順民，不要再猶豫了！」

　　曹操此時想取漢帝而代之，自然易如反掌，但曹操並不願意稱帝，一來出於之前在《讓縣自明本志令》中向天下人做出的政治承諾，二來稱不稱帝只是個形式，在孫權、劉備未滅的情況下，稱帝只會在政治上陷入被動，給對手以口實，而沒有任何意義。

　　曹操告訴屬下們說：「如果上天真有此意，我也只願當周文王啊（若天命在吾，吾為周文王矣）！」

　　曹操一生不止一次提到周文王。周文王名叫姬昌，是商代貴族，他遵從先人之法，繼承祖先的業績，禮賢下士，日益強盛。當時殷紂王執政，殘虐無道，他害怕姬昌，把他囚禁起來，但是姬昌設法重獲自由，之後勵精圖治，發展自己的力量，為討伐商紂王做準備。後來姬昌死了，他的兒子姬發繼位，也就是周武王，最後完成了父親周文王討伐商紂的遺願。

　　曹操再次重申，他今生此世不想稱帝，但同時他也暗示，如果曹氏有代替劉氏承祚天下的那一天，可以在他兒孫輩手裏完成。


# 「非常之人」長逝

　　曹操在摩陂渡過了他生命中最後一個新年，隨後下令回師鄴城，他沒有在許縣停留，可能還是不願意見到獻帝吧，不過他繞道去了洛陽。

　　漢獻帝建安二十五年（220 年）正月裏，魏王曹操一行抵達洛陽。幾個月前，曹操從漢中率大軍回來時也在洛陽做過停留，他在這座城

市生活過多年，20 歲走上仕途也是從洛陽開始。多麼美好的歲月呀，雖然只是一個小小的洛陽北部尉，卻讓那時的生命如此充滿激情，也充滿期望。

眼下，洛陽已殘破不堪，經過戰爭的洗禮，尤其是經歷了董卓縱火的摧殘，洛陽幾乎成為廢墟，包括曹家舊宅在內的大部分建築都成為一堆堆瓦礫，但曹操對這裏仍然充滿了感情。曹操命令有關部門對原洛陽北部尉官署進行了復原，並特別強調修得比原來還要氣派。

這再一次證明曹操確實老了，只有老人才更留戀和回味自己的過去。

這一次由摩陂來到洛陽，曹操打算在此住一段時間，他下令在洛陽修建宮殿，宮殿的名字都起好了，叫建始殿，但是在施工過程中，卻接連發生了不祥之事。

為修建始殿，工匠砍伐濯龍祠裏的樹木，但是奇怪的事發生了，樹被刀砍之後卻流出了鮮血（起建始殿，伐濯龍祠而樹出血）。

曹操命令工程負責人蘇越把一棵梨樹遷走，在挖樹根的時候樹也流出了鮮血。蘇越把情況報告給曹操，曹操親自前去查看，果然見到樹根出血，心裏很厭惡，認為這是不吉之兆。

曹操一下子病倒了。

漢獻帝建安二十五年（220 年）正月二十三日，魏王曹操病逝於洛陽，按中國習慣的虛歲計算，曹操死時 66 歲。

曹操 20 歲出仕，30 歲時趕上黃巾起義，在鎮壓黃巾軍的過程中一步步走進歷史舞台。59 歲時曹操晉爵為魏公，62 歲時晉爵為魏王，他的一生大部分時間都在南征北戰中度過，較之西漢初年的劉邦和東漢初年的劉秀，曹操可能都會有生不逢時之歎。劉邦只用 6 年就取得了天下，劉秀用的時間更是不到 4 年，而曹操打了 30 多年的仗，直到

臨終前還在四處征戰。

曹操的一生波瀾壯闊，功業卓著，他被稱為一位不同尋常的人物（非常之人），是一個超越了那個時代的人（超世之傑）。

曹操是一個偉大的軍事家，被稱為那個時代的孫武、吳起；他也是偉大的文學家，被稱為「詩史」；他也是著名的書法家，可以與同時代大書法家張芝、張昶等相提並論；他也是一個音樂家，能與當時著名的音樂家桓譚、蔡邕相比；他也是圍棋高手，與當時著名的棋手山道子、王九真、郭凱等不相上下。

總之，曹操是一個有文治武功，也充滿個人魅力的人，他是那個時代造就的，他用自己豐富的人生也輝映了那個時代。


魏王駕崩十分突然，如何料理後事令人措手不及。

此時王后卞氏以及太子曹丕都遠在鄴縣，曹丕的另外兩個同母弟弟曹彰和曹植一個在長安，一個同在鄴縣。

在洛陽的大臣們經過商議之後，共推諫議大夫賈逵主持喪事。曹操駕崩的消息對各方面震動都很大，有人認為應該祕不發喪，賈逵認為不可，而是立即公開發喪，並讓大家前來瞻弔魏王遺容（令中外皆入臨），之後命令大家各返崗位不得擅動。

只有青州兵不聽指揮，他們擅自擊鼓離去，有人認為應該命令他們不得妄動，如果不從就派兵征討。賈逵知道這支最早改編自黃巾軍的隊伍，一向軍紀最差，獨立性最強，除魏王之外，只有于禁能鎮住局面，現在魏王駕崩，于禁身陷孫權，沒有人能管住他們。

賈逵認為對青州兵應該安撫，他寫了一篇很長的檄文，告誡青州兵自我約束，同時命人繼續給青州兵發放給養，局勢才穩定下來。青州兵的騷動給大家提了醒，有人建議把各地的郡太守、縣長都撤換成沛國或者譙縣的人。

對於這個愚蠢的建議，魏郡太守徐宣給予嚴厲駁斥：「如今大家同舟共濟，每一個人都懷有忠義之心，如果全用沛譙人士，將會讓那些忠臣心寒！」

曹魏已遠近一統，內部並無派系和親疏，只有沛國或譙縣人無異於製造對立，徐宣的看法是對的。這條提議最終沒有實行，避免了曹魏內部可能出現的一場大動盪。

沒幾天，鄢陵侯曹彰從長安趕到洛陽，他一到就向賈逵詢問魏王的印信放在什麼地方。

賈逵一臉嚴肅地說：「魏國有指定的繼承人，魏王的印信不是你該問的。」

有一部史書說，曹操臨死之前曾急召曹彰來，但曹彰未到曹操已經駕崩，曹彰認為父親肯定有什麼大事要向自己交代，所以很關心父親印信的去向，對於父親要向自己交代哪些事，曹彰認為是有關繼承權的大事。

曹彰來到洛陽，見到曹植後說：「先王召我，是想立你為接班人。」

曹植趕忙說：「不可，沒見袁氏兄弟嗎？」

如果這個記載是真的，說明曹植還算清醒，袁氏兄弟的教訓倒在其次，關鍵是他的哥哥曹丕在這一兩年裏已經基本完成了對異己勢力的清除。

曹植明白，縱使父親臨死前把他本人找到跟前，親手把印信交到他的手上，這個班他也接不了。

在賈逵等人主持下，魏王的靈柩運回鄴縣。


魏王突然駕崩的消息傳到鄴縣時，太子曹丕及文武官員無比悲痛，曹丕號哭不止，無心過問任何事。

擔任太子府總管（太子中庶子）的司馬孚勸道：「大王剛剛去世，

正有許多國家大事需要料理，不能效法普通百姓們的孝行。」

曹丕才止了哭泣，但臣屬們也聚到一起放聲痛哭，正常的辦公秩序完全被打亂。

司馬孚呵斥大家：「大王去世，天下震動，你們應該趕緊拜見太子，安定人心，難道只會在一塊哭？」

大家才停下，趕緊忙正事。

在司馬孚等人主持下，在魏王靈柩沒有到達前，鄴縣已經開始籌備喪事。對於太子何時繼位，大家有了爭論，有人認為太子繼位應該先有天子的詔書，也有人認為可以提前繼位。

尚書陳矯認為：「大王在外面駕崩，現在人心惶惶，太子應該立刻即位，以安天下之心。」

陳矯更直言不諱地說，曹彰就在魏王的靈柩前，隨時可能有變。曹丕於是決定提前繼位，只用了一天時間就做完了各項準備（具官備禮，一日皆辦）。

第二天早上，魏王宮宣佈了由王后卞氏發佈的詔令，命太子曹丕繼承王位，大赦天下。

沒過幾天，獻帝的詔書也來了，御史大夫華歆親自送來丞相和魏王的印信，詔令新魏王仍兼任冀州牧，尊王后卞氏為王太后。

為了向新魏王表達祝願，漢獻帝下令改元為延康，使用了 25 年的漢獻帝建安年號結束。這樣，公元 220 年現在便有了兩個年號，正月是漢獻帝建安二十五年，正月以後是延康元年。

漢獻帝延康元年（220 年）二月一日發生了日食，是上天哀悼已故魏王的離世，還是魏國新政權的不祥之兆？每個人都做着不同的解讀。

二月二十一日，曹操被安葬在他生前指定的壽陵，在去年發佈的

《終令》裏，他對陵寢的位置已經進行過詳細交代，即鄴縣城西西門豹祠西邊的高崗上，那時候地方確定後，曹丕等人就開始修建陵墓，現在可以使用了。

曹操的後事均按照他臨終前的遺囑辦理。除了一年前曹操正式頒佈的《終令》外，曹操臨死前還留下了遺囑，這篇文獻正史沒有提及，它保存在南朝時編纂的一部文選中。

曹操在這篇臨終前的遺囑中對後事做了具體交代：

「半夜裏我覺得稍微有點不舒服，天明時喝粥出了點兒汗，服用了當歸湯。我在軍中堅持依法辦事，這是對的，至於因為一時之怒而造成大的過失，這些不應當學（小忿怒，大過失，不當效也）。

「天下還沒有完全安定，古代的葬儀不必完全遵守。我有頭痛的毛病，很早就開始戴頭巾，我死後，喪服跟平時穿的一樣就行，這個別忘了（勿遺）。

「文武百官來弔孝的話，只要哭十五聲就行（百官臨殿中者，十五舉音）。葬禮完畢即脫去喪服。駐守在各地的將士都不要離開駐地，各級官員要認真履行職責。入殮時不必再換衣服，不要用金玉寶器來陪葬。

「把我葬在鄴城西邊的高崗上，與西門豹祠緊鄰（葬於鄴之西崗，上與西門豹祠相近），我身邊的婢妾、歌伎等，都讓她們住在銅雀台上，好好對待她們。在台上安放一張六尺長的牀，掛上帷幔，一早一晚供上祭物，每個月的初一、十五，從早到晚向着帷幔歌舞。

「你們要經常登上銅雀台，遠望我西面的陵園。我留下的香料可以分給各位夫人，不要用香料來祭祀。宮人們如果無事可做，可以學着紡織絲帶、做些鞋子賣。我一生為官所得的各種綬帶都存放在庫房裏，我留下來的衣物可存放在另外一個庫房，不行的話你們兄弟就分掉吧。」

這篇遺囑很不完整，中間可能佚失了不少內容。從語氣上看，它是寫給曹丕兄弟們的，中間既有自己人生經驗的總結，也有如何安排後事的具體交代，有些地方說得很細，有點婆婆媽媽，讓人跟雄霸天下的曹操無法聯繫起來。

人之將死，其言也哀、也善、也真。後世對曹操頗有爭議，但對他之前發佈的《讓縣自明本志令》以及這篇臨終遺囑，都不約而同地給予了高度評價，認為這是一個男人真性情的流露，是曹操本色的體現。

## 留下「遺塚」之謎

曹操死後葬於高陵，其位置在鄴縣城西的高崗上。

然而，以後朝代幾經更迭，鄴縣興而復衰，又過了 200 多年，北周大象二年（580 年）楊堅將鄴城徹底摧毀，並再也沒有重建。再加上其地臨近漳河，隨着漳河不斷改道，城池及主要標誌物蕩然無存。

今天再到曹魏鄴城舊址，唯一明顯的地面遺跡是一座土台，它就是三台之一的金鳳台，千百年來的風吹雨淋使其高度和規制已遠不如從前，當年空中樓閣的盛景已被一個再普通不過的小土丘所代替，上面也不可能再現上百間屋宇的輝煌。

曹操的高陵更是如此，隨着地表建築的徹底消失，到今天我們已經無法確認它的具體位置。

其實也不只是今天，至少在 800 年前，人們似乎已經找不到曹操墓的位置了，北宋改革家、文學家王安石有一首詩叫《將次相州》，其中提到了「曹操疑塚」。

這首詩寫道：

青山如浪入漳州，

銅雀台西八九丘。

螻蟻往還空壟畝，

騏驎埋沒幾春秋。

功名蓋世知誰是，

氣力回天到此休。

何必地中餘故物，

魏公諸子分衣裘。

　　王安石把曹操比喻為「騏驎」，這是一個很新鮮的說法。詩中「八九丘」為何意，他沒有交代。南宋詩人李壁給王安石詩做過註釋，他在「八九丘」一詞下做注，認為它指的就是「曹操疑塚」。

　　也許這是「曹操疑塚」第一次被提出，此時距曹操去世已將近1000年。此後，「曹操疑塚」的說法影響越來越廣，南宋詩人范成大奉旨出使金國，路過漳河也寫了一首懷古的詩，題目叫《七十二塚》，所指更為具體。

　　這首詩寫道：

一棺何用塚如林，

誰復如公負此心。

聞說北人為封土，

世間隨事有知音。

　　范成大擔心大家看不明白，專門給這首詩作了一個注：「七十二塚在講武城外，就是曹操疑塚。森然彌望，北方金人經常來這裏掃墓添土（北人比常增封之）。」

　　這說明，到范成大時期，關於「曹操疑塚」已經越傳越廣，而且

基本形成共識其數量為 72 個。

此後，關於「曹操疑塚」的故事傳播得更廣泛，不僅民間傳說、戲劇曲藝中經常提及，在文人墨客的憑弔懷古之作裏，大多也都將其視為正史加以評伐或歌詠。

「曹操疑塚」也被清人蒲松齡寫進《聊齋志異》中，該書有一篇《曹操塚》，講了這樣一個故事：許城外有河水洶湧，近崖深暗。盛夏時有人在河裏洗澡，忽然像被刀斧砍了一樣，屍斷浮出；後來又有一個人也是這樣。大家都很驚訝。地方官聽到，派人把上游的閘關上，讓河水流乾，這才看見崖下有個深洞，中間有轉輪，輪上排列利刃如霜。拿掉輪子，中有塊小石碑，都是漢代篆字。仔細看，是曹孟德的墓。後來破棺散骨，殉葬的金銀財寶也都被大家拿走了。

這大概是關於「曹操疑塚」最離奇的故事了，說曹操把墓設計在了流水之下。

蒲松齡還以「異史氏」的名義發表了評論，他說：「有人寫詩『盡掘七十二疑塚，必有一塚葬君屍』，可又怎麼知道曹操的屍身是不是在這七十二個墓裏？曹操真是奸詐啊，然而千餘年後腐朽的骨頭不保，使這些詐術又有什麼用呢？唉，曹操的智慧，正是曹操的愚蠢啊（嗚呼，瞞之智正瞞之愚也）！」

蒲松齡不是歷史學家，想必他也只是把這件事看成民間傳說來看待，《聊齋志異》記錄的大都是蒲松齡從社會上收集來的傳說故事，這則故事說明關於「曹操疑塚」的說法，到明清時期已經家喻戶曉，結合當時的一些戲曲以及文人筆記小說來看，關於「曹操疑塚」也有了各種各樣不同的版本。

關於「曹操疑塚」的存在，似乎可以成為定論了。

然而，有一個基本事實無法忽視：關於「曹操疑塚」的說法只是

宋代以後才被提起，宋代以前的人們從沒懷疑過曹操墓的真假。

　　作為曹操政治遺產的繼承人，曹丕也是曹操喪事的主要辦理者，他曾寫了哀策文，其中寫道：

> 卜葬既從，大隧既通。
>
> 漫漫長夜，窈窈玄宮。
>
> 有晦無明，曷有所窮。
>
> 鹵簿既整，三官駢羅。
>
> 前驅建旗，方相執戈。
>
> 棄此宮庭，陟彼山阿。

　　意思是：在正式下葬之前進行了卜筮，寬闊的墓道通向墓室。墓室裏如漫漫長夜，又如幽幽深宮，沒有光明，沒有盡頭，多麼令人悲傷呀！參加喪儀的人們已整齊站好，天、地、水三官也排列整齊，前面是高高舉起的旗幟，中間還有人手執長戈。從現在起，先王將離開宮廷，到達被安葬的山崗。

　　也參加了曹操安葬儀式的曹植寫過一篇誄文，相當於悼詞，在這篇長達 600 多字的祭文中，曹植更為詳細地記錄了曹操安葬的情況，其中寫道：

> 既即梓宮，躬御綴衣。
>
> 璽不存身，唯紼是荷。
>
> 明器無飾，陶素是嘉。
>
> 既次西陵，幽閨啟路。
>
> 群臣奉迎，我王安厝。
>
> 窈窕玄宇，三光不晰。
>
> 幽闥一局，尊靈永蟄。

意思是：將要入葬時，穿的還是平時的衣服，印信沒有帶到身上，只帶了印章上的絲帶。陪葬用品也沒有什麼華美的，最值錢的只是素色的陶器。靈柩到達西陵，墓門慢慢打開，群臣送迎，我王就這樣安葬了。在幽暗的墓室裏，沒有日月星辰之光，墓門落下來了，至尊的魏王將永遠生活在裏面。

從曹丕和曹植這兩位親歷者的記述來看，曹操的安葬活動是公開的，也是盛大的，曹丕和曹植不僅知道曹操被安葬的確切位置，他們都曾親自到墓室裏查看過。


親眼看見過曹操遺囑原件的晉人陸機生於曹操去世後 40 年，他的弟弟陸雲親自到鄴縣參觀過銅雀三台，他寫給哥哥陸機的兩封信至今仍保存着，其中談到此次鄴縣之行所見所聞。

陸雲在一封信中寫道，他登上了三台，發現上面的房屋正在毀壞，其中一個台上還有曹操當年儲藏的 10 萬斤煤（石墨），陸雲臨走還拿了點，並送給陸機一些做紀念。

這時候距離曹操去世已 80 多年，曹魏政權已灰飛煙滅，銅雀三台尚在，但遊人已經能隨便上去參觀了。陸雲沒有提到他是否瞻仰過曹操的高陵，但如果高陵位置是個謎的話，想必他也會多說幾句吧。

又過了 100 多年，南朝詩人謝朓來參觀過鄴城故址及曹操的高陵，寫下了幾首弔懷詩，其中寫道「鬱鬱西陵樹，詎聞歌吹聲」，那時候曹操墓的位置應該是眾所周知的。其後，還有不少學者、詩人先後來到這裏參觀、瞻仰，留下了一些詩文。

唐太宗貞觀十九年（645 年），即曹操去世 420 多年後，另一位歷史偉人李世民親征高麗，大軍路過鄴城故址，一向對曹操推崇備至的李世民親自撰寫了祭文在曹操墓前祭奠，這篇祭文至今保存着。

其後，宋之問、王勃、張說、高適、劉長卿、李白、岑參、劉禹

錫、李賀、李商隱、溫庭筠、羅隱、陸龜蒙等唐代詩人，或者親自來過鄴都舊址，或者寫過與銅雀台、曹操墓有關的詩作，但沒有一個人提到過「曹操疑塚」問題。

可見，這個問題本來是不存在的，是宋代以後人們虛擬出來的，原因與歷史上對曹操評價的變化有關。

在宋代以前，曹操的形象基本上是正面的。提到曹操，人們首先想到的是一個英雄，公開崇拜曹操也不會被大家非議。

但是到了宋代，尤其是南宋以後，曹操的形象突然發生逆轉。有人認為這與南宋偏安於江南的政治格局不無關係，涉及誰是歷史正統的問題，曹操在大家心目中的形象變了，由英雄成了奸雄，「曹操疑塚」也就出現了。

所以，「曹操疑塚」是一個文化現象、歷史現象，而不是一個考古學上的問題。

現在的鄴城故址以西漳河沿岸不知從何時起確實出現過一片古墓群，也為宋元之後來此憑弔的文人就「曹操疑塚」的聯想增加了證據。但考古證實，這些被認為是「曹操疑塚」的陵墓只是東魏、北齊皇室與貴族的墓葬群，1956 年河北省公佈省級文物保護單位時將它們冠以「曹操七十二疑塚」，1992 年國務院公佈全國重點文物保護單位時將其正式更名為「北朝墓群」。

總的來說，曹操墓就是一個普通的帝王陵墓，曹操生前並沒想把它搞得那麼神祕，他死後的長達數百年時間裏這個問題也都是清楚的。曹操墓最終成為一個「疑案」，一方面緣於歷史的變遷，原址地貌的巨大變化，另一方面緣於曹操歷史形象的變化，是人們通過各種傳說、臆斷、演繹的結果。

不過，類似「曹操疑塚」這樣的疑案只是歷史長河中的一朵浪花，

對於歷史之河的走向，它無關緊要。

曹操死了，一個時代結束了，這才是重要的。

從曹操丟失漢中到劉備丟失荊州，再到曹操之死，這些大事一件接一件發生，令人目不暇接。

尤其是荊州事件不斷升級，最終以關羽被殺收場，標誌着以往傳統意義上的孫劉聯盟看起來已無法繼續下去了。過去「二弱」聯合起來尚能抗「一強」，現在孫權似乎變得越來越強了，而且站在了曹操一邊，這讓劉備瞬間跌入深淵。

對劉備而言，「一弱」能否對「二強」呢？

面對如此嚴峻的形勢，劉備究竟該怎麼辦……

# 三國英雄記：王者的征途

南門太守　著

責任編輯　蕭　健
裝幀設計　譚一清
排　　版　黎　浪
印　　務　劉漢舉

出版　　中華書局（香港）有限公司
　　　　香港北角英皇道 499 號北角工業大廈一樓 B
　　　　電話：（852）2137 2338　傳真：（852）2713 8202
　　　　電子郵件：info@chunghwabook.com.hk
　　　　網址：http://www.chunghwabook.com.hk

發行　　香港聯合書刊物流有限公司
　　　　香港新界荃灣德士古道 220-248 號
　　　　荃灣工業中心 16 樓
　　　　電話：（852）2150 2100　傳真：（852）2407 3062
　　　　電子郵件：info@suplogistics.com.hk

印刷　　美雅印刷製本有限公司
　　　　香港觀塘榮業街 6 號海濱工業大廈 4 樓 A 室

版次　　2022 年 1 月初版
　　　　© 2022 中華書局（香港）有限公司

規格　　16 開（230mm×150mm）

ISBN　　978-988-8760-44-2

本書繁體字版由華文出版社授權出版

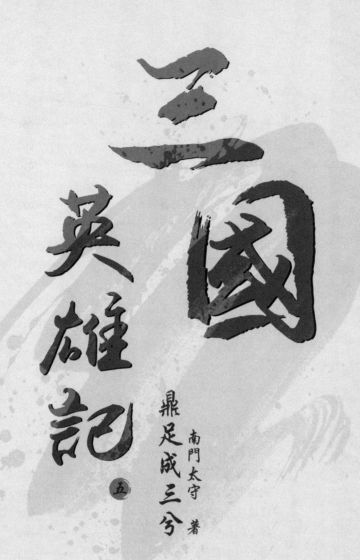

三國
英雄記（五）

鼎足成三分

南門太守 著

中華書局

# 目錄

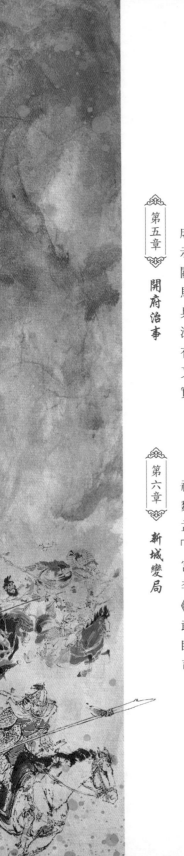

# 第一章 漢魏禪代

## 魏王繼位三把火

漢獻帝建安二十五年（220年）正月二十三日，漢末時代最具傳奇性和影響的人物曹操病逝於洛陽。

次月，曹操的兒子曹丕繼位為魏王，一個新的時代開始了。

曹丕上任後，立即展示出與父親曹操的治理內政上的許多不同，在文治與武功方面，曹操大概更側重於後者，而曹丕想改變這種狀況。

就在曹丕繼位魏王的當月，他頒佈命令降低稅賦，這是一項重要的經濟舉措。之前，在漢獻帝建安初年曹操曾在所頒佈的《屯田令》中規定，如果用官家的牛耕田，收成官家得60%，百姓得40%（持官牛者，官得六分，百姓得四分）；如果用的是私家的牛，收成雙方對半分，這種租稅的比例是比較高的，是在當時特殊條件下做出的規定，其後曹魏方面不斷降低稅賦徵收標準，但對百姓而言負擔仍然沉重。

曹丕在繼位後頒佈的首份賦稅徵收令中規定：「關口、津道是用來通商旅的，池塘、苑囿是用來抵禦災荒的，設置禁規、加重稅收都不是便民的辦法，現在要清除有關禁令，減輕關津稅收，稅率一律定為10%（皆復什一）。」

漢初曾實行過「三十稅一」，後來把「十五稅一」作為長期執行的徵稅標準，現在的「什一」也就是「十稅一」雖然較之有所提高，但與漢獻帝建安初年的標準相比也大為降低了。

連年戰亂，經濟受到極大破壞，為支持戰爭，各地又加重了稅

賦，適當地降低稅率、減輕百姓負擔不僅能贏得民心，而且有利於經濟的恢復和發展。

減賦稅惠及的是百姓，對於官員，曹丕也有安撫措施，他下令對諸侯王將相以下百官進行賞賜，最多的達到 10000 斛糧食、1000 匹帛，還有大量金銀，按品秩不同人人有份（各有差等）。

如同當年劉備攻入成都後大賞群下一樣，曹丕的這次賞賜也算得上大手筆，不僅賞賜給大家許多金錢，更有數量很大的實物，這比錢更實惠。

這項措施惠及各級公務人員，自然皆大歡喜。

那些已經不在了的文臣和將領，無法享受這樣的賞賜，曹丕也沒有忘記他們。故去的那些老臣，名氣大一些、生前地位較高的人自不必說，像荀彧等人的子弟都得到了很好的照顧，甚至那些名氣和影響小一些的老臣，家屬子弟難免照顧不周，但對此曹丕都有相應的安排。

曹丕下令表彰已故老臣們的功績，包括尚書僕射毛玠、奉常王修、涼茂、郎中令袁渙、少府謝奐、萬潛、中尉徐奕、國淵，等等。曹丕下令表彰他們忠直在朝、履蹈仁義，徵召他們的子弟擔任公職（其皆拜子男為郎中）。

這項措施也深得人心，讓大家感到曹丕是一個重情重義的人，跟着他幹，沒有什麼後顧之憂。

以上兩項措施分別贏得了民心和官心，曹丕在政治上還進行了一些改革，主要是針對宦官的。

20 多年前，一群大宦官被消滅了，宦官干政的痼疾被清除，但那次消滅的是宦官篡權而不是宦官制度本身，有帝王就有內宮，有內宮就少不了宦官，從漢室到魏宮，其實一直都有宦官的存在。

為避免宦官重新崛起，曹丕下令宦官擔任的最高職務不得超過諸署令，諸署指的是後宮裏負責服務的太官、御府、尚方、中藏府等機構，諸署令是他們的負責人，這些部門的日常工作只是打掃打掃衛生、保管保管東西、負責飲食起居這些事，不涉及政務和軍務。

為把這項政策傳之後世子孫永遠銘記，曹丕命人把它刻在金屬板上，藏在保管重要檔案圖冊的石室裏（為金策著令，藏之石室）。

除了推出這些重要改革措施，曹丕還加緊了自己的人事佈局。

在軍隊方面，曹丕主要依賴的還是「諸夏侯曹」，其中夏侯惇擔任全國武裝部隊總司令（大將軍），曹仁為全國武裝部隊副總司令（車騎將軍），在他們之下，曹洪擔任衛將軍，曹真擔任鎮西將軍，曹休擔任鎮南將軍。

此外還有一個驃騎將軍，介於大將軍和車騎將軍之間，也可以算全國武裝部隊的副總司令，曹操生前已給了孫權。

在這次任命裏，曹洪的地位似乎有所降低，論資歷和戰功他應該在夏侯惇和曹仁之上，但曹丕很不喜歡他。

幾年前，還在曹丕剛被冊立為太子時，因為手下的人一下子多了，平時想給大家發點兒福利，手頭上就有些緊，曹操管得很嚴，曹丕只得另想別的辦法，曹洪很富有，有一次曹丕開口向這位叔叔借幾百匹絹（嘗從洪貸絹百匹），但曹洪卻不給。

曹丕是個記仇的人，這件事就記在了心裏（常恨之），所以曹洪只當上了掛虛銜的衛將軍，即便如此，曹丕的氣仍然沒有消。

後來，曹洪的門客犯法，曹洪因為連帶責任被抓入獄，曹丕抓住機會竟然要判曹洪死刑（下獄當死）。大家覺得曹洪有點兒冤，但曹丕意志很堅決，群臣嚇得不敢說話。

曹真跟曹洪的關係也不好，曹真有些顧慮地對曹丕說：「您今天要

殺曹洪，他肯定會認為是我陷害的。」

曹丕讓他不要擔心：「我自然會處理好，你不必多慮。」

眼看曹洪命將不保，卞太后急了，找到曹丕一頓怒斥：「沒有曹子廉，咱們能有今天嗎？」

但曹丕仍不肯放過曹洪，還是想殺他。

這時曹丕的皇后是郭氏，曹丕對她很寵愛，從來言聽計從。

卞太后把郭皇后找來，嚇唬她：「曹洪今天要是死了，我明天就讓皇帝廢了你這個皇后！」

郭氏害怕了，多次為曹洪求情。

這樣曹洪才保住一條命，改為免官削爵，衛將軍當不成了。


「魏王國」的文官系列，首先應該是三公，與漢朝的三公設置有所不同，「魏王國」的三公指的是太尉、相國和御史大夫。

曹丕任命太中大夫賈詡為魏國太尉，御史大夫華歆為魏國相國，大理王朗為魏國御史大夫。

華歆、王朗一向被認為是大名士，與田疇、邴原那樣的名士相比，他們的政治熱情更高，在一系列重要事件中他們都「經受住了考驗」，對曹魏的忠誠可以放心。至於賈詡，雖然有過往的恩恩怨怨，但他是個聰明人，居高位卻從不介入任何政治紛爭，以腿疾為由平時也很少外出，也是可以讓人放心的人。更為重要的是，在曹丕被冊立為太子的過程中，賈詡曾出過大力。

荀彧、崔琰、荀攸以及郭嘉等人已離開人世，目前資格比較老的還有程昱，這次他沒有步入魏國「三公」的行列，與早年在兗州期間他曾以人肉幹（人脯）充當軍糧有關，這被認為觸動了人倫的底線，受到輿論的詬病。以程昱的資歷和貢獻，按理說應超過上面這幾個人，卻只能擔任衛尉這樣低一級的職務。

至於陳群、司馬懿、吳質等人，雖然他們與曹丕關係更為親密，是曹丕身邊的核心智囊，但他們的資歷還淺，需要進一步培養。

經過這一系列仁政和內部調整，曹丕受到了各方面的歡迎。

曹丕初即位魏王，濊貊、扶余單于、焉耆、于闐王等少數民族部落便紛紛遣使奉獻，曹丕特別高興。到了五月，叛亂的鮮卑部族首領，關中地區馮翊一帶的山賊鄭甘、王照，以及盧水地區的胡人首領等紛紛率眾投降。

曹丕高興地拿着降書示於眾人道：「前面有人建議我討伐鮮卑，我沒聽，鮮卑不戰而降；又有人建議我在今年秋天討伐盧水的胡人，我也沒聽，胡人現在也投降了。當年魏武侯一謀應驗，有自得之色，李悝因此譏笑他。我今天說這個並不是自以為得意，而是說坐在這裏等他們歸降，功勞遠遠大於動刀動兵啊（徒以為坐而降之，其功大於動兵革也）！」

曹丕不僅高興，而且有點自矜。

豈不知，現在的局面，一半靠運氣，一半還是吃父親的老本。曹操在世時，一面逐鹿中原，一面重視邊疆地區的開拓，或懷柔，或武力，使西部、北部大多數少數民族部落都臣服。

曹丕下令，對投降的山賊和部族首領皆封為列侯。

萬國來朝，眾叛歸降，不僅解決了實際問題，而且都預示着好兆頭。


## 劉備也來示好

孟達投降後，曹丕聽說他是個人才，很想見見他，就下令讓新城郡太守孟達來洛陽相見。

這也是一次考驗，如果對曹魏不忠，就不敢來。

孟達來了，與曹丕相見，曹丕跟他聊了聊，發現他不僅一表人才，而且說話辦事有法有度，十分喜歡，讓他跟自己同乘一輛車出行（甚器愛之，引與同輦）。

有人對這個孟達卻不怎麼看好，劉曄對司馬懿說：「我覺得孟達此人喜好反覆，不值得信任！」

司馬懿也挺討厭孟達，他認為：「新城郡西接蜀漢，東連孫吳，是我曹魏前沿要地，交給孟達確實不妥。」

二人一商量，覺得這不是小事，就一同面見曹丕，陳述利害，希望另派大將前往。

但是，孟達給曹丕留下的印象實在太好，曹丕壓根不相信孟達將來會反。曹丕認為孟達在上庸一帶經營多年，如果輕易換將，反而不利於穩定，新城郡雖為要衝，但背面即為魏國大軍，應該不會生變。

曹丕是個愛恨分明的人，恨誰就會恨得要死，一旦被他盯上就算完了，但他要是喜歡一個人也會喜歡得要命，給予無條件的信任，找機會就提拔，孟達是曹丕喜歡的人。

陳群、司馬懿仍不斷向曹丕進言，認為孟達並不可靠，這倒不能全歸於陳群、司馬懿心眼小，想想也是，孟達跟劉璋又叛劉璋，跟劉備又叛劉備，短短不過幾年已經換了三個東家。

職場裏把愛跳槽的人稱為「跳蚤」，不管你本事再大、學歷再高，你平均一兩年就換一家公司，那對你的第一印象就會大打折扣，大概在陳群和司馬懿的眼裏孟達就是一隻「跳蚤」。

但曹丕不這麼看，他認為孟達很有本事，而且「政治可靠」。

曹丕聽了很多質疑孟達的聲音，仍堅定地說：「我敢擔保孟達沒有問題（吾保其無他）！」

魏王親自為一個人擔保，誰還能再說什麼？曹丕擔心這些議論會

讓孟達不安，還專門給孟達寫過一封信讓他不要介意。

在這封信中，曹丕寫道：

「過去伊尹離開商朝歸順周朝，百里奚離開虞國來到秦國，樂毅有感於皮囊裝屍之故從燕國脫身到了趙國，還有漢朝的王遵，他也很理解得失進退的選擇，知道成功和失敗的道理。上面這些人都留於丹青、史冊。你姿容、才貌出眾，才氣、度量超群（卿姿度純茂，器量優絕），也一定能在史冊上留下美名！

「現在你願意像魚一樣在水中自由地生活，我感到欣慰快樂，我常向西邊眺望，思念之情如同對老朋友那樣（虛心西望，依依若舊），提起筆來給你寫信，歡悅之情也隨之而來。

「之前，虞卿到了趙國很快就得到了相位，陳平歸順漢朝一見面就與皇帝同乘一車，我和你的感情超過了這些（孤今於卿，情過於往）。現在我讓人給你送去御用的馬匹，以表明我對你的敬重和喜歡！」

曹丕是寫文章的高手，但把信寫到這種程度，也不能說他只是矯情，他真的很欣賞孟達，認為他是不可多得的人才。

曹丕對孟達的評價是元帥級的人物（將帥之才），還是做丞相的料（卿相之器）。上面的信中他提到了虞卿，此人名叫虞慶，是戰國時的一名游說之士，受到趙孝成王的器重，一到趙國就被授予上卿之位，佩相印。曹丕似乎暗示孟達，他在曹魏還會有更大的發展。

既然孟達這麼有才能，劉備和諸葛亮怎麼就沒有發現從而更加重用呢？

其實，孟達的才幹很多只是表面的，他這個人很有氣場，尤其有辯才（進見閑雅，才辯過人），劉曄乾脆評價他只不過是憑藉一些小聰明、愛玩心計罷了（恃才好術）。

這樣的評價或許有些苛刻，但大體沒錯。

結果，曹丕讓孟達回了新城郡，繼續在那裏坐鎮。

曹丕的自信，很大程度上源於對形勢的判斷。最近以來，劉備可謂連走背運，荊州丟了，三郡也丟了，劉備可控制的地盤大幅縮水，實力已不如孫權，更無法與大魏相比，曹丕覺得孟達不會看不到這一點。

確實，待在成都的劉備近來心情確實很低落，不僅地盤接連丟失，而且身邊的重要幹部也有多人相繼離去：不僅關羽死了、劉封被殺、孟達和糜芳、傅士仁等人投降，而且「漢中國」祕書長（尚書令）法正、後將軍黃忠也在這個時候先後去世。

黃忠是漢中之戰的頭號功臣，他的死讓劉備剛剛拜封的「四方將軍」頓時少了一半，而法正的死給劉備的打擊更大，甚至不亞於關羽。

龐統死後劉備視法正為首席智囊（謀主），言聽計從，信賴有加，漢中之役充分展示了法正的奇謀，但天妒英才，法正居然這麼早就死了。

法正是如何死的史書記載不詳，應該是健康方面出了問題，不過有一件事對法正可能會造成一定打擊，那就是孟達的投降。大家都知道他和孟達之間的特殊關係，而孟達赴任也是他力薦的結果，現在出了這麼大的事，法正心裏肯定在難過之外還有許多愧疚。

法正死後劉備得重新為自己選一個祕書長，最後他選的是劉巴。儘管他不太喜歡這個人，但劉巴在解決益州金融危機中的出色表現讓劉備見識了他治政理財方面的才幹，打仗靠猛將，過日子就得靠這樣會理家的能人，所以劉備還是選擇了他。

劉巴平時清廉節儉，不貪財（躬履清儉，不治產業），又因為自己在劉備陣營裏沒有根基，擔心受到猜疑，所以說話做事都很謹慎，喜歡清靜，平時沒有私交，和大家在一起不是公事不說（退無私交，非公事不言）。

有能力，又不多事，這是老闆最喜歡的職業經理人。

諸葛亮就喜歡這樣的人，所以他對劉巴一向很欣賞，劉備任命劉巴做尚書令，想必也有諸葛亮大力舉薦的原因，劉巴上任後，事實上成為諸葛亮最重要的助手。

這時，從洛陽傳來消息，說曹操死了。

劉備跟曹操鬥了幾乎半輩子，雖然是敵人，但也算是老朋友了，劉備覺得還是應該有所表示。

同時，劉備現在跟孫權已徹底翻臉，下一步還要鬥爭下去，曹魏的態度就至關重要了。劉備不喜歡過去的老曹，跟現在的小曹既沒有交情也沒有感情，但還是想跟他套套近乎。

劉備派人帶上自己的書信和喪禮前去弔唁，有一部史書記載，劉備派的這個人叫韓冉，職務是劉備手下的一名處長（掾），但是他卻未能完成使命。

韓冉走到荊州，進入曹魏控制的地盤就被曹魏的荊州刺史扣了下來，刺史請示曹丕如何處置，曹丕回覆很乾脆：不要來了，也別讓他回去，殺了。

兩國交兵不斬來使，何況是來弔喪的？曹丕不僅不厚道，簡直不地道。而且，曹丕此舉明顯缺乏政治遠見，荊州出現變局後三方正處在微妙時刻，孫權得了便宜惴惴不安，劉備咬牙切齒勢在復仇，在戰略上對曹魏來說正是最有利的時機，聰明的做法是繼續激化孫劉兩家的矛盾，他們來示好一律歡迎，讓雙方都覺得自己是他們的朋友，這樣他們之間打起來的可能性就更大了。

劉備派特使前來弔唁，分明是在試探新魏王的態度，現在特使被殺了，於情、於理、於戰略利益都不符，如果真是這樣的，曹丕的政治智商就差得太遠了。

史書上還有另一種記載，說韓冉的職務是軍謀掾，相當於參謀處長，劉備送去的喪禮裏有益州的特產蜀錦（並貢錦布），韓冉領命後沒有走荊州，走的是上庸這條路線，但韓冉到上庸，就藉口有病不走了，住在了上庸。

此時的上庸已是曹魏的地盤，不過負責人還是孟達，想必韓冉過去也認識，後來韓冉在孟達派人保護下到了洛陽，呈上了劉備的信和禮物。

曹丕接見了韓冉，並對劉備派人來弔唁表示感謝（有詔報答以引致之），韓冉回去覆命，帶回了曹丕的回信（備得報書）。

對比以上兩種完全不同的記載，後一種或許更靠譜。


## 給孫權來個下馬威

關羽死後，對曹魏來說，襄陽、樊城的危機表面上已化解，但曹魏在整個荊州以及南陽郡一帶的基礎被徹底破壞，曹魏這邊有許多人認為樊城、襄陽缺少後援支持，無法在此長期據守（樊、襄陽無穀，不可以禦寇）。

得出這樣的結論，與上次關羽突然北伐致使曹軍大潰有關。在一部分曹軍將領看來，襄陽、樊城的後援補給線太長，如果敵人突然動手，援軍以及糧食補給都很遲緩，很有可能再次導致「水淹七軍」的慘敗。

負責鎮守襄陽的曹仁便持這種意見，他多次請求放棄襄陽和樊城，將戰線收縮到南陽郡內的宛縣一帶。

對此，司馬懿等人認為不可：「孫權剛剛擊破關羽，現在是他急於向我們結好的時候（此其欲自結之時也），必然不敢與我們為敵。襄陽處在水陸之衝，是禦敵的要害之地，不可放棄。」

曹丕雖然覺得司馬懿等人說得不無道理，但曹仁那邊回撤的意願也很強。曹丕與父親曹操不一樣，他得管曹仁叫叔父，儘管內心裏不太情願，曹丕還是尊重了曹仁的想法，下令回撤。

曹仁於是對樊城、襄陽兩座城池搞了次大破壞（遂焚棄二城），之後主動將主力後撤幾百里，回到宛縣，也就是現在的河南省南陽市一帶。

但奇怪的事發生了，曹軍主力雖然後撤，孫權的人馬卻不來佔領這些唾手可得的地盤。誠如司馬懿等人分析的那樣，孫權不敢兩面開戰，不敢在此時得罪曹魏，襄陽、樊城即使白給他也不要。

然而襄陽、樊城已遭曹仁等人毀滅性破壞，再移防回去已不可能。曹操花了十幾年時間苦心經營的荊州防線就這樣白白拋棄了，曹丕沒聽司馬懿等人的建議，非常後悔（悔之）。


這個時候，對曹魏來說的確是戰略上最主動的時期。

曹魏的綜合實力本來就比孫權、劉備強，是一強對二弱的局面。在這種情況下，「二弱」還不能搞好團結，自己先打起來，「一強」豈不更強了？

出於戰略上的考慮，曹丕應該抓住這個難得的機會，可以對孫權和劉備都有所放緩，接受他們的示好，讓他們對自己這一邊都放下心來，這樣他們就會打起來。

但曹丕似乎沒有這樣的打算，也許開局太順利，在曹丕的眼中大概不必如此複雜，繼魏王位後不久，曹丕發佈過一份親筆手令，裏面寫道「以此而推論，西南萬里之域，劉備和孫權有誰會死守呢（西南將萬里無外，權、備將與誰守死乎）」，看意思他並沒有把劉備、孫權放在眼裏，準備把二人一塊收拾了。

所以，儘管孫權這邊頻頻示好，曹丕仍然認為要給他點兒顏色看

看，漢獻帝延康元年（220 年）六月，曹丕下令調集軍隊，準備南征孫權。

之所以先打孫權，可能在曹丕看來孫權更強大，所以要優先「照顧」，先把孫權解決了，或者孫權帶頭服軟，那劉備更不在話下了。

出征前，曹丕在鄴縣城以東舉行了一次閱兵儀式（治兵於東郊），魏王國公卿大臣全部參加，曹丕坐着華蓋車檢閱部隊，之後還舉行了軍事演習，一切都按照戰場環境鳴金擊鼓操行。

但有人認為不妥，度支中郎將霍性勸諫說此時不可用兵，他提出，現在這種情況下應柔道自守，外不與人爭，對內修好自己（且當委重本朝而守其雌），時機成熟時自然抗威虎臥、功業可成。

霍性其人不詳，只知道他是關中人，此時站出來反對用兵，或許跟他的職責所在有關。霍性擔任度支中郎將，「度支」指的是財賦的統計和支配，這個職務是管財政稅收的，在曹魏是經濟部部長（大司農）的屬官。

不久前，曹丕接連推出多項措施，惠及百姓及百官，卻苦了搞經濟工作的官員，降稅免賦，財政收入大減，又大發獎金，魏國的國庫恐怕已經吃不消了，而這時大舉興兵，經濟壓力可想而知，所以霍性反對。

但曹丕不那麼想，我去打孫權，你跳出來阻撓，什麼意思？難道你是孫權派來的臥底？不管是不是，曹丕盛怒之下命情報部門把霍性抓起來審查（遣刺奸就考），後來竟然把霍性殺了。

殺諫臣歷來是帝王忌諱的事，霍性的意見可以採納，也可以不採納，如果只是因為提意見而被殺，剛繼位的曹丕將給文武官員和天下百姓一個什麼觀感呢？

大概想到了這些，曹丕後悔了，下令釋放霍性，但晚了一步，霍

性已經被殺。

為了消除此事件的負面影響，曹丕馬上發佈了一道命令：「過去軒轅設明台議政，放勛設衢室用於徵問，這都是廣泛徵求意見的具體措施。今後百官以及各有關部門都要按照職守極盡規諫之責，無論將領率陣軍法還是朝士明達制度、牧守審理政事、縉紳統考六藝，所有意見我都將認真審察考慮（吾將兼覽焉）。」

軒轅是黃帝，他設有明台；放勛是堯帝，他設有衢室。除此之外還有舜帝設立的旌旗、大禹在城中建鼓、商湯設刑庭，這些都是聽取意見、廣為納諫的舉措。

曹丕的意思是希望大家多提意見，多批評，但霍性的人頭已經在那裏了，誰還敢多說什麼？

曹丕率大軍南下，但剛剛就任全國武裝部隊總司令（大將軍）幾個月的夏侯惇此時卻病逝了。

這不僅有些不吉利，對曹丕來說更是一大損失，曹丕以獻帝的名義諡夏侯惇為忠侯，由他的兒子夏侯充繼嗣。

曹丕與夏侯惇的幾個兒子關係都很好，想讓他們都有爵位（欲使子孫畢侯），於是從夏侯惇的食邑中分出 1000 戶賜給其他子孫，夏侯惇的 7 個兒子和 2 個孫子都成為關內侯，夏侯惇的弟弟夏侯廉及其子夏侯楙也被封為列侯。

夏侯惇生前以大將軍的身份鎮守壽春，是曹魏東線戰場的統帥，他死後曹丕命曹休接替。

曹休升任東部戰區司令（征東將軍），兼任揚州刺史，進封安陽鄉侯。

之後大軍繼續前進，於漢獻帝延康元年（220 年）七月到達譙縣。

譙縣是曹操、曹丕的老家，自曹操以來似乎已形成一個習慣，那就

是每次南征江東都要路過譙縣，並在此停留一下，之前曹丕也曾隨南征的大軍在譙縣住過一段時間，他還在譙縣的一所舊居裏種過幾株甘蔗。

這一次對曹丕來說有所不同，這是他第一次以魏王的身份重返故鄉，曹丕下令宴請六軍將士及父老百姓，這場規模盛大的宴會在譙縣城東舉行，宴會上還有樂隊演奏以及百戲表演。

喝得高興時，曹丕還下了道命令：「先王都喜愛所生之地，因為禮不忘其本。譙縣是霸王之邦，帝王從此而出（**真人本出**），現在免除譙縣兩年的租稅。」

譙縣百姓大悅，地方三老以及官民代表一齊為曹丕上壽，宴會一直到晚上才結束。

次日，曹丕又親自到譙縣城外的曹氏宗族墓祭祀。

曹丕看來也是個性情中人，喜歡殺伐，也喜歡大封大賞。負責財政的官員已經上疏勸諫，此時國家財政已經面臨一些困難，在此情況下大吃大喝就不說了，免除譙縣兩年租稅的做法也顯得太隨意。

在江東這邊，孫權聽說曹丕興師問罪來了，很緊張。

孫權正忙着對付劉備，現在他萬不能開闢新的戰場，孫權這時候大概也反思了一下，發現自己也許犯了一個致命的錯誤。

曹操在世時他派過梁寓去表示自己的臣服，曹操還以朝廷的名義升他為驃騎將軍，又讓他兼任了荊州牧，他以為與北方的關係暫時沒問題了，但是他錯了，因為那時老曹當家，現在主事的是小曹。

孫權大概才突然發現，自從小曹上位後他還沒有過什麼表示，人家能不給你臉色嗎？孫權不敢再怠慢，馬上派人帶着東西向曹丕奉獻（**孫權遣使奉獻**），這一次派的是誰、送去哪些東西史書未做記載。

曹丕其實並不想真打，他只想給孫權一個下馬威，既然孫權服軟，曹丕滿意了，下令撤軍。

# 又一則神祕預言

降服了孫權，魏王曹丕的個人威望又提高了一層。

有人覺得，新魏王在很多方面的確顯示出不一般，在他的領導下，天下統一指日可待。

於是，有人希望曹丕不僅僅是個魏王，地位也要如同威望一樣更進一步，成為一位真龍天子，在這種強烈的氛圍「感召」下，漢獻帝延康元年（220年）三月，沛國譙縣報告說，有人發現了「黃龍」。

龍是古人出於對自然的敬畏、對神力的崇拜而創造出的能呼風喚雨又法力無邊的神異生物，它其實是不存在的。但古人卻不這樣認為，他們不僅堅定地認為龍的存在，而且賦予其一些特殊的含義，其中黃龍的寓意更不一般。

傳說，當年鯀治水失敗後死不瞑目，屍身三年不腐。堯擔心鯀的屍身會異變，於是派勇士用鋒利的吳刀把鯀的屍身剖開，但沒料到鯀的怨氣蘊積在腹中，化成一條黃色的龍。這條黃龍後來又變形為人，這就是鯀的兒子禹（鯀死，三歲入腐，剖之以吳刀，化為黃龍）。

據史書記載，如果哪裏發現了龍，一般只有目擊報告，從來沒有捕獲過。通常情況下這種目擊會讓地方官員嚇得要命，因為人間的龍已經有一位了，就住在皇宮裏，是當今天子。你這裏又出現一條龍，是要來搶天下的嗎？

但譙縣發現黃龍的事卻被逐級報了上來，大家覺得這不是壞事而是好事。開始這件事倒沒有引起曹丕的注意，過了幾天有個人來求見，才把這件事重新提起。

這個人名叫殷登，事跡不詳，只知道他是魏郡人。

殷登求見，是來報告一件事。45年前，即漢靈帝熹平五年（176年），譙縣也發現過「黃龍」，時任光祿大夫橋玄問太史令單揚這是

什麼徵兆。單揚說這個地方以後會有王者出現，50 年之內此地還會有「黃龍」再現。

殷登說，橋玄和單揚說這些話時他正好在場，心裏默默記下了這件事。現在不到 50 年「黃龍」果然再現於譙縣，這是天命即將應驗，他認為事關重大，不能不報告。


這是一件說不清楚的事，因為當事人只剩下了殷登，他說有，別人不好反駁什麼。

有與沒有，其實並不取決於當事人，而取決於最高統治者的態度。擱在曹操，聽到這些沒有憑據的話肯定會置之不理，如果再折騰就會讓有關部門對當事人來個誡勉談話什麼的。

可曹丕好這口，一聽說就來了興趣，不僅親自召見了殷登，而且對他進行了誇獎，稱殷登為篤老，說他對占卜之術很有研究，能深諳天命之道（服膺占術，記識天道），最後還賞賜他 300 斛糧食。

這件事傳了出去，在社會上引起了強烈反響，聰明人看到了其中的暗示，投機分子則看到了巨大的商機。

一個月後，冀州刺史部渤海郡饒安縣也報告說發現了不一樣的東西，這次不是黃龍，而是白色的野雞（白雉）。

野雞多為赤銅色或深綠色，白色野雞非常罕見。從現代生物學的觀點看，白色的野雞稱白羽山雞，是久負盛名的珍禽，只分佈於喜馬拉雅山和中國西部一些地方，在人很難接近、多山的地區繁衍。由於比較罕見，所以古代以白雉為祥瑞，古人認為在位的帝王很有德行，受到四方愛戴，白雉就會出現（王者德流四表，則白雉見），周公攝政六年，制禮作樂、天下和平，越裳曾獻白雉以賀。

與黃龍不同，白色的野雞雖然難得，但也興許會真的捉到，這一次饒安縣那邊估計真的捉住了白雉，所以曹丕特別高興，下令免除饒

安縣全縣一年的田租，又賜給白雉發現地的 100 戶人家牛肉和酒，讓大家痛飲三天。

消息傳出，各地的熱情被調動起來，一時間各種類似的報告紛至遝來，有的說發現了大蟲，有的說發現了麒麟，等等。

這些東西古人稱為「祥瑞」，就是吉祥的徵兆，被認為是表達天意、對人有益的自然現象。古代「祥瑞」種類很多，大體分為五個等級，嘉瑞最高，其次是大瑞、上瑞、中瑞、下瑞。

黃龍、麒麟屬於嘉瑞層級，白雉為上瑞，它們平時是不大出現的，現在不僅出現了，還大量湧現。

作為這方面的權威人士，太史丞許芝馬上寫了一篇 2000 多字的長文，從「理論」上對這些現象進行了總結。許芝的這份上書讀起來雖然枯燥，卻下了十足的功夫，單就查閱典籍史料這一點來說，沒有深厚的學術背景和吃苦的精神也是難以做到的。

許芝從《易傳》中找出以下幾句話：

> 聖人受命而王，黃龍以戊己日見。
>
> 初六，履霜，陰始凝也。
>
> 厥應麒麟以戊己日至，厥應聖人受命。
>
> 聖人清淨行中正，賢人福至民從命，厥應麒麟來。

這些話都比較難懂，大意是用來解釋當時報告上來的黃龍、大蟲、麒麟等異象的，是說這些異象都是上天所降新帝王將要產生的強烈徵兆（此帝王受命之符瑞最著明者也）。

有人或許認為許芝在「學術造假」，哪能這麼巧，《易傳》裏剛好就有這些如此「切題」的話？其實不然，許芝儘管想拍馬屁，但也不敢臨時捏造，這些話絕對出現在《易傳》裏。

《易傳》不是《易經》，它是為《易經》做的註釋解讀，指的不是某一部書，而是一類書。這種書在當時多如牛毛，要找出幾句剛好能用上的話也不難，只是得做大量的資料查閱工作，在沒有計算機輔助搜索的情況下，這項工作確實非常耗費精力。

　　經過許芝的「理論總結」，可以初步得出結論：現在已經到了改朝換代的時候了！

　　但許芝的工作並沒有完結，雖然天將易世，為什麼一定是曹魏呢？許芝還要繼續從「理論」上進行闡釋。

　　許芝通過查閱古籍，在浩如煙海的典籍裏又找出幾句話：

> 漢以魏，魏以徵。
> 代赤者魏公子。
> 漢以許昌失天下。

　　這幾句話無疑更有分量了，直接點了題。

　　漢朝將被魏朝取代，新的天子是「魏公子」，漢朝將在許昌這個地方終結，這些話的意思，就不用再去做解釋了。

　　這些話也不是許芝的捏造，在海量的讖緯書籍中，這些話只是文字上的巧合，通過斷章取義拿來一用罷了。


　　然而，要形成定論只有這些還不夠。

　　作為當時最著名的關於易代的預言，「代漢者，當塗高」這句更有影響力，當年袁術稱帝就用它來作為依據，由於它的影響力太大，要取代劉漢，不能繞過它。

　　這句話的出處一般公認的是《春秋讖》，這部書早已失傳，這是一部什麼樣的書？作者是誰、成書於何時？這些都已經不得而知了，不過單從書名就可以判斷出這部書的性質：它屬於「讖書」這一類，

是用來為《春秋》做讖的，應該成書於讖緯這類書興盛的秦至漢初。

這句神祕預言第一次被正史提及是漢武帝時期。一次，漢武帝劉徹臨行黃河和汾河，興致一起，命人在船上設宴，君臣一邊賞河景一邊開懷痛飲，漢武帝上過太學，被稱為「文化程度」最高的皇帝之一，他現場作了一首《秋風辭》。辭成，當場奏唱，大家聽了挺高興，說領導你寫得真好、真棒，一片讚美之聲。

這時漢武帝突然話題一轉，對大家說：「漢有六七之厄，法應再受命，宗室子孫誰當應此者？六七四十二代漢者，當塗高也。」

這句話的意思是：別看咱們現在挺樂呵，可我們漢朝也有「六七之厄」，到 42 代的時候江山就不在了，那時候「代漢者，當塗高」。

也就是說，早在漢武帝時就已經有了這句神祕預言，把它與「六七之厄」相提並論，一般對這類負面信息帝王身邊人都儘可能予以屏蔽，不讓領導聽到、看到而煩心，漢武帝熟知這句預言，這說明它在當時已經相當流行了。

見領導不高興，群臣紛紛進言相勸，漢武帝也覺得這話跟眼下的風景不太協調，於是說自己喝多了（吾醉言耳）。


漢武帝一直到死都沒能弄清楚這句預言的具體所指，一直到西漢滅亡，王莽建立了所謂的新朝，這句預言仍然是個謎。

王莽走的是禪讓的路子，他上過太學，文化程度很高，同時還是讖緯學的愛好者，為了代漢他也搞了一堆讖緯當作依據。但奇怪的是卻沒有提到這句話，也許是他研究了半天發現自己跟這句話無論怎樣都扯不上關係吧。

如果王莽成功，新朝得以延續，「代漢者，當塗高」就會成為一句過氣的預言或一個笑話被大家遺忘。但王莽失敗了，漢朝宗室劉秀建立的新朝廷仍稱漢朝，王莽的新朝不被世人承認，漢朝仍然繼續，這

反而成為「代漢者，當塗高」這句預言的反向註腳，大家對它更加堅信了。

王莽派到蜀地當太守的公孫述是個大野心家，他也對讖緯學深信不疑，他翻了不少讖緯書，找到了「廢昌帝，立公孫」「帝軒轅受命，公孫氏握」等幾句話，還認為自己的手相與眾不同，有龍興之瑞，所以動了做皇帝的念頭。

公孫述很搞笑，他覺得自己找到的這些依據雖然「鐵證如山」，但更希望大家都支持他，所以多次給劉秀這邊寫信，希望說服眾人擁立他為皇帝。

對於公孫述發起的這些「讖緯戰」劉秀很反感，決定予以回擊。劉秀給公孫述寫了封回信，說你說的那些不對，「廢昌帝，立公孫」指的是人家漢宣帝；至於你說的手相問題，據我所知王莽的手相更好，他為何失敗？你說的不行，我給你說一個，「代漢者，當塗高」聽說過沒？

公孫述當然聽說過，但他搞不清其含意，於是虛心向劉秀請教。劉秀說，據我的研究，這句話說的是有資格取代漢室的是個姓當塗、個子很高的人，你小子長得那嬝樣，個兒高嗎？

劉秀還挺客氣，在給公孫述的信封上寫着「公孫皇帝」，但公孫述拒不答覆，他索性直接稱帝，後被東漢朝廷消滅。

在東漢一朝，開始還比較消停，大家幾乎把這句神祕預言忘了，但天下一有動盪的徵兆，這句預言便會再次被提及。

董卓死的時候，有個女巫找到董卓的舊部李催，對他說「塗高」就是他，這個女巫的理解是，「當塗」是在路上，在路上又特別高的自然是闕了，「闕」與「催」同音，「當塗高」指的就是李催。

這個解釋當然比較勉強，加上李催還算聰明，知道自己有幾斤幾兩，聽聽也就拉倒了。

不過，有人相信這個解釋，之前提到過的下邳人闕宣就是這麼理解的，他認為「當塗」就指的是他姓的「闕」，既然天命所歸，索性大幹一場博個富貴。初平四年（193 年），闕宣在徐州聚眾數千人自稱天子，要和劉漢王朝爭天下，後這個偽皇帝被陶謙殺了。

　　至於袁術，之前已經說過，認為他的表字「公路」與「當塗」意思相同，「代漢者」指的是他。

　　現在，許芝必須向世人說清楚「當塗高」與曹丕之間是什麼關係，好在讖緯學也是許芝的強項，他提出了新的解釋。

　　許芝首先從朝廷檔案裏翻出一份上書，是前白馬縣令李雲所上，裏面有一句「許昌氣見於當塗高，當塗高者當昌於許」，在沒有前後文的情況下看這句話有點兒不知所云，但又似乎暗示許縣與「塗高」有關。

　　李雲上這份書是在漢桓帝時，距今已經好幾十年了，當時朝廷還沒有遷都到許縣，許縣只是個普普通通的縣城，誰也看不出它會成為天下政治的中心。說未來的帝王將昌盛於許縣，許縣有漢獻帝，但說的肯定不是他，那麼只有曹魏了，是曹魏幫助漢獻帝在許縣立的足。

　　接着許芝對「塗高」的字意進行了解釋，他認為宮殿祠廟前面通常都建有兩個高大的台子，台上有樓觀，在兩台之間留有空缺的地方，所以這種建築稱「雙闕」，它們都很高大，而「魏」字的意思就是高大，《周禮》有「乃縣治象之法於象魏」，《淮南子》有「魏闕之高」，可見道路兩邊高大的東西就是魏（當道而高大者魏）。

　　至此，許芝完成了這次艱難考證，結語是曹魏將取代漢室（魏當代漢）。他的說法充滿了牽強附會，但大家都認為在對「當塗高」所做的各種解釋裏，許芝的這個版本水平最高。

# 二十次勸，十九次讓

　　儘管有「理論界」的權威人士出面進行解釋，但仍然不夠完美，如果再有更具分量的人物出來說話，那就更好了。

　　這個人隨後也有了，竟然是曾割據漢中的一方諸侯張魯。

　　張魯的分量當然夠，但他自從歸附曹魏後便在史書上銷聲匿跡了，多數人認為他死於漢獻帝建安二十一年（216年），他於此時「現身說法」，是通過左中郎將李伏轉述的。

　　李伏事跡不詳，只知道他曾在漢中供過職，曾是張魯的手下。李伏上書說，當年在漢中他認識了涼州人姜合，當時他客居漢中，此人精通讖緯之學，在關西一帶很有聲望。

　　有一次，姜合對李伏說：「你將來一定要拜魏公，因為未來能安定天下的是魏公子曹丕曹子桓（定天下者，魏公子桓），這是神靈的囑命，順應天時，也與讖言相符。」

　　李伏把這些話告訴了張魯，張魯又把姜合叫來，向他詢問這些話的出處，姜合說出自孔子留下的神祕預言書《玉版》，該書專講帝王的興衰更替，可以預知百代之多（天子曆數，雖百世可知），張魯聽完深信不疑。

　　張魯雖然沉湎於道術，但從來不敢有易世自代的想法，原因與此有很大關係。劉備進入益州後張魯與部下討論未來出路，一部分人認為應該追隨劉備，張魯不同意。

　　張魯生氣地對手下人說：「寧願做魏公的奴隸，也不做劉備的賓客（寧為魏公奴，不為劉備上客也）！」

　　李伏在上書中說，張魯說這番話時他就在場，據他觀察張魯說的時候言辭懇切，完全發自內心（言發惻痛，誠有由然），說明他對姜合的話完全信服。

漢中內附後姜合到了鄴縣居住，可惜已經病故。李伏說他曾把姜合的預言跟一些親近的人多次講過，只是時機未到，怕不合時宜，所以沒有公開，現在看到祥瑞頻現，日月已至，上天有命，故而講了出來。

張魯死了，姜合死了，當事人只剩下李伏，這又是一件查無可查的事，但李伏的上書也引起了曹丕的注意。

曹丕下令把李伏的上書予以公佈，讚揚說：「德行淺薄的人體會不了這麼深、這麼細緻。只是說的這些我不敢當啊（未敢當也），所有這一切都是先王的神明所致，並非凡人所能達到的啊！」

顯然，曹丕對易代的個人態度已經昭然若揭，連這個都看不出來的話智商真的有問題，圍繞改朝換代所做的輿論宣傳達到了最高潮。


漢獻帝延康元年（220年）十月，曹丕來到曲蠡。

曲蠡在許縣東南，離許縣不遠，但曹丕沒有去許縣的打算，而是在那裏住了下來。

在許縣的漢獻帝劉協知道，人家這是親自逼上門來了。

漢獻帝在許縣召集群臣公卿討論，認為眾望已歸曹魏，願意以禪位的方式把皇位讓給曹丕。此時他的身邊已經沒有荀彧、孔融那樣的漢臣，聽說他願意讓位，不少人估計頓感輕鬆，作為這個傀儡朝廷的官員，他們一直過着兩邊不討好的日子，現在終於要結束了。

看到沒人反對，漢獻帝劉協只好下詔：「我在位已經32年了，正遇天下動盪之時，幸賴祖宗之靈才危而復存。然而我仰瞻天文、俯察民心，無不看到劉氏的氣數已盡，天命將歸於曹氏（炎精之數既終，行運在乎曹氏）。前魏王已經樹起了神武之績，現魏王又光曜明德以應天下期待，這是曆數的昭顯和明證，應該相信。大道的運行天下為公，要選賢才與能人，唐堯沒有傳位給他的親生兒子因而名播無窮，

我對此十分羨慕，現追繼堯典，禪位給魏王。」

漢獻帝來到高廟，祭祀之後派御史大夫張音持節，奉皇帝的玉璽前往曲蠡，要求禪位。但曹丕表示推辭，認為自己是個薄德的人，難以承繼大位。

漢獻帝再次派人前來提出請求，曹丕再次推辭。

前後去了三次，被曹丕推辭了三次。

無論是「魏王國」官員，還是漢朝廷的大臣，對曹丕的做法都心知肚明，知道魏王這是要看看外面如何議論以及群臣的反應。

於是，大家像約好了一般，紛紛上書，勸說曹丕接受獻帝的禪讓，但是上一次，就被曹丕推讓一次。

這些上書通常由幾個或十幾個大臣聯名所上，中心思想只有一個，就是勸曹丕接受禪讓，但寫法上又不能雷同，所以大家都絞盡了腦汁，使用了最華美的辭藻，篇幅一般都比較長，引經據典、言辭一個比一個懇切。對於這些枯燥的文章曹丕卻看得很認真，很仔細，每一道上書都親自回覆。

在一份回覆裏曹丕說，初聽禪讓之事，我的心感到了顫抖，手也發抖，連筆都拿不動（心栗手悼，書不成字）。

在另一份回覆裏曹丕說，現在百姓簞瓢屢空，面有菜色，連粗布的衣服也穿不完整。他們如此受難，都是我德行薄、能力差所致，哪裏還敢再稱帝？

曹丕甚至還說過一些狠話：「三軍可奪帥，匹夫不可奪志，我的志向已定，是大家無法奪去的（吾之斯志，豈可奪哉）？」

無論「民意」如何強大，曹丕就是不答應。勸進表累計遞進去了19次，被曹丕駁回了19次。

大家急了，這是怎麼回事啊？

看戲的不累，演戲的人累啊，再好看的戲也得謝幕，真要把演戲的人累死不成？

有人找足智多謀的賈詡出主意，賈詡建議由獻帝下令築一座受禪台，準備好相應典儀，到時候逼魏王就範，大家認為這個辦法好，獻帝也同意。

受禪台選在離許縣不遠的一個名叫繁陽的小鎮，選這裏也許與它的名字有關，繁陽寓意着興旺。此地位於今河南省許昌市西南，為漯河市臨潁縣的繁城鎮。

受禪台很快建成，台高 3 層，每層 27 級，總高 3 丈多，雖算不上高大巍峨，但在一馬平川的許縣近郊也是很顯眼的建築了。


漢獻帝延康元年（220 年）十月二十八日，受禪儀式在受禪台舉行，這一次曹丕沒有再拒絕。

漢獻帝劉協、魏王曹丕以及文武公卿 400 多人齊集繁陽鎮，另外還有匈奴、單于、東夷、西戎、南蠻、北狄等各國的使節以及 10 多萬將士，大家在這裏共同見證一個歷史時刻的到來。

受禪儀式上，曹丕登台拜謝漢獻帝，之後接受臣民及使節的朝賀。

再後，曹丕以新天子的身份祭天地、五嶽、四瀆，改國號為魏，更年號為黃初。

曹丕是魏朝的首任皇帝，他死後廟號為文帝，為便於閱讀，本書在以下直接稱之為魏文帝。

綿延 400 餘年的大漢王朝終於結束了，它不僅在中間被分為兩段，而且在最後的數十年裏陷入分崩離析，皇帝長期成為傀儡，政權成為擺設，這一次改朝易代確實是「天命所歸」。

魏文帝曹丕下詔改繁陽鎮為繁昌縣，並刻石立碑來紀念這場禪讓

的盛事。碑石共刻了兩塊，一塊是「公卿將軍上尊號奏碑」，一塊是「受禪表碑」。「受禪表碑」碑文 22 行，每行 49 字，「公卿將軍上尊號奏碑」正面 22 行，背面 10 行，每行也是 49 字。兩碑記述了漢獻帝劉協禪位於魏文帝曹丕的經過，歌頌了禪讓的千古美德，頌揚了曹丕齊光日月、材兼三級，有堯舜之姿、伯禹之勞、殷湯之略、周武之明，特別強調了曹丕是在公卿將士們多次請求之下，經過回思千慮、一再推讓才接受禪讓的。

這兩塊碑石十分有名，據唐代劉禹錫考證，該碑由王朗撰文、梁鵠書寫、鍾繇刻字。王朗時任御史大夫，他撰寫的碑文文采非凡、氣勢磅礴，增一字顯多、去一字則損，是蔡邕之後名氣最大的碑銘高手。梁鵠的書法連曹操都愛不釋手，他的字凝重遒勁、氣度雍容。鍾繇不僅是書法家和曹魏重臣，也是刻碑名家。以上三位頂尖高手聯袂出場，使這兩塊石碑被認為文表絕、書法絕、鐫刻絕，稱「三絕碑」。

更為難得的是，經歷 1800 多年的風風雨雨，「三絕碑」仍得以保存。它們如今存放於河南省臨潁縣繁城鎮的漢獻帝廟內。

## 失意者的背影

公元 220 年注定是個多事之秋，曹操死於這一年，曹丕在這一年裏先成為魏王，後成為魏朝的皇帝。

這一年有了建安、延康、黃初三個年號，其中十一月之後就屬於黃初元年了。

魏文帝曹丕下詔追尊祖父曹嵩為太皇帝，追尊父親曹操為武皇帝，尊母親卞氏為皇太后，同時以洛陽為正式國都，於十二月初營建皇宮，當月便駕臨洛陽宮。

對於退位的漢獻帝劉協，魏文帝曹丕下詔分河內郡山陽縣一萬戶

奉邑給他，封他為山陽公，劉協的四個兒子被封為列侯。漢室所有的諸侯王一律降為崇德侯，宗室原被封為列侯的一律降為關中侯。

這個安排還算過得去，是對劉協主動禪讓的回報，也是對內心裏仍然忠於漢室的那些人的一些安慰。

曹丕還規定，山陽公在封地內可以使用漢朝的正朔，也就是不必採用黃初的年號以及相應的曆法，所以建安作為年號並沒有完全消失，劉協在山陽又用了 14 年。

除此之外，山陽公還享受一些其他特權，比如上書言事可以不稱「臣」，可以在封地內用天子的禮儀郊祭天地，京城舉行重大祭祀儀式時可以分到祭肉（致胙），這個意思是指今後仍可以參加曹魏朝廷舉行的重大祭祀活動。

曹操的次女曹節當了獻帝七年的皇后，此次被降為山陽公夫人，與曹憲、曹華兩個妹妹一同隨劉協去了山陽縣。

臨行前，曹丕派人去要皇后的玉璽，曹節很生氣，不給。前後去了多次，曹節最後把來人喚進親自斥責，又把玉璽扔在地上（以璽抵軒下）。

曹節流着淚說：「老天不會保佑你的（天不祚爾）！」

山陽公劉協死於曹魏青龍二年（234 年），時年 54 歲，這一年諸葛亮去世，也是 54 歲。

劉協去世後仍以漢朝天子的禮儀安葬，陵墓稱禪陵，位於今河南省修武縣方莊鎮古漢村，距雲台山風景區不遠。東漢皇帝的陵墓都在洛陽附近，只有劉協的陵墓孤零零地位於豫北。河南省許昌市張潘鄉有一座潀陵，也稱漢獻帝陵，其實是衣冠塚。劉協在許昌前後待了 25 年，這是本地人為紀念他而修建的。

山陽公夫人曹節又過了 27 年才去世，她的另外兩個妹妹情況不詳。

曹節的那些哥哥和弟弟的情況也不樂觀，曹丕當了皇帝，對其他的兄弟來說並不是什麼好事。

曹丕下詔，將曹植、曹彰等這些兄弟分散遣送到各地，理由是他們都有各自的封地，現在應該到那裏去（就國）。為了加強對這些兄弟的控制，曹丕還專門給每個人派去一名特別員（監國謁者），負責監督封國的情況，發現問題可以直接向曹丕報告。

此時的曹植已完全失去了政治上的野心，他已徹底臣服，別人上勸進表，他也上了一份，曹丕讓他們就國，他乖乖去了自己的封地平原國。

曹植是曹丕重點監控的人，派去監督曹植的人名叫灌均，此人為迎合曹丕，對曹植一直嚴密控制。

灌均後來曾上表密奏，說曹植酒後行為不端，還劫持威脅朝廷特派員（醉酒悖慢，劫威使者）。有關部門隨即上報請求治曹植的罪，曹丕本想給予嚴懲，後在太后的干預下僅做貶爵為安鄉侯的處罰。

為防止被天下人議論，曹丕還特意下詔說：「曹植是我一母同胞的兄弟，我對天下都無所不容，何況曹植呢？骨肉之親哪裏捨得殺害？所以予以改封。」


兄弟二人的關係顯然已經惡化到很嚴重的程度，在野史裏記載了一件事，說曹丕稱帝後對曹植仍心懷忌恨，有一次命曹植在七步之內寫出一首詩，如作不出來就將行大法處死。

但曹植不等其話音落下，便應聲而出：

> 煮豆持作羹，漉菽以為汁。
>
> 萁在釜下燃，豆在釜中泣。
>
> 本自同根生，相煎何太急？

這首詩又被小說家演化為只有四句的《七步詩》，知名度很高。不過，考慮史實會發現，曹丕稱帝後他們兄弟二人見面次數極為有限，曹丕拿作詩這種小把戲為難詩才橫溢的弟弟，於情、於理、於客觀情況都不大可能。

被貶後曹植很快又被改封為鄄城侯、鄄城王，一直過着心驚膽戰的日子，遇事無不小心謹慎。

有一次，曹植奉詔入京，快走到洛陽時突然內心裏感到了無名的驚懼，就丟下隨行人員騎馬微行入京，他偷偷地去見了大姐清河長公主，想讓她帶着自己到哥哥面前請罪。

曹植不見了，關吏不敢怠慢馬上報告，曹丕派人沿着來京的路線搜尋，沒有找到。太后聽說後認為曹植自殺了，在曹丕面前痛哭。過了一陣曹植散着頭髮、光着腳並且自行背負刑具來了（科頭鉄，徒跣詣闕下），太后才轉悲為喜。

曹植後來又被改封為雍丘王、東阿王，不僅有人監管，而且封地也變來變去，日子很不好過。


曹丕另一個弟弟曹彰情況也好不到哪裏去。

曹植是個文人，而曹彰是個武將，曹丕對曹彰的防範和忌憚更甚。曹操在時封曹彰為鄢陵侯，曹丕稱帝後晉升他為公爵，這個爵位在曹植等人之上。

曹彰本以為自己與其他兄弟不同，他帶過兵，對國家有用，所以應該另有安排，但詔書下來他也跟兄弟們一樣就國（當隨例），曹彰很不高興。

鄢陵這個地方也不好，屬經濟落後地區（鄢陵瘠薄），曹彰想改為中牟，這裏不僅經濟發達而且離洛陽不遠，曹丕答應了，封他為中牟王，但不久就改封為任城王。曹植奉詔入京的那一次曹彰大概也來

了，但他卻莫名其妙地暴死在洛陽。

有野史說，曹丕邀曹彰在卞太后那裏下棋，一邊下一邊吃棗，曹丕把毒藥弄在棗蒂中，自己只吃沒毒的，曹彰不知道結果中毒。卞太后拿水想救他，曹丕早已密令左右把瓶罐都毀了，卞太后急得只能光着腳跑到井邊想去取水（**太后徒跣趨井**），可水還是沒打上來，過了一會兒曹彰就死了。

這個記載也不足信，曹彰是不是曹丕殺的先不論，即使是，曹丕殺個人也不必費這麼大的事，更不會當着母親的面，這個記載與《七步詩》一樣都屬於杜撰。

不過，曹丕稱帝後，曹彰、曹植以及其他幾位宗室的處境確實很不好，遣散出京、一再遷封，內部又有人監視，這日子連普通人都不如。

曹丕刻意打壓曹氏宗室，源於那場奪嫡之爭給他留下的心理陰影，也是對所謂歷史經驗教訓的總結反思，只是這樣的防範有矯枉過正的一面。

宗室的作用其實有兩面性，既是政治上的潛在對手，但他們也是皇權的有力維護者，關鍵在於如何處置和把握，應在有效控制的前提下充分發揮他們的作用，趨利避害才是上策。

曹丕對宗室採取一味防範和打壓的辦法，視他們為洪水猛獸，固然規避了因此可能產生的風險，但也浪費了這一筆政治資源。

## 曹丕的權力班底

但總的來說，魏朝初建時還是一派萬象更新的局面。

魏文帝曹丕也花了很多精力來進行他的人事佈局，這也是一項大工程，讓曹丕忙了好幾個月。

「曹統區」原來大體有三套機構並存：許縣的漢朝廷，鄴縣的魏王府和丞相府。劉漢朝廷此時已不復存在，在遷都許縣的初期，朝廷的三公、九卿雖為備員，但人員尚滿，張儉、楊彪、趙岐、孔融、陳紀、趙溫等人列名其中，他們或者海內宿儒，或為「幾世幾公」的世族大家。荀彧長期擔任尚書令，他兢兢業業，居間調停於許縣和鄴縣之間，讓朝廷各項禮儀典制得以保全。但上面這一批人或病死，或被殺，或免官，曹操擔任丞相後三公即不再設，九卿也只剩下一兩個人。

魏王府和丞相府則人才濟濟，他們大都跟隨曹操治國理家，南征北戰，奠定了大魏的基業。但是，魏朝建立之後這兩個機構也隨之消失，新的朝廷要建立，需要把魏王府和丞相府裏的數百名品秩百石以上的各級各類官員重新進行定位。

魏文帝決定，撤銷丞相恢復三公，朝廷內外朝機構的設立延續東漢體制辦理。丞相本因人而設，是對抗皇權的需要，新朝廷不再設丞相，這並不讓人意外。

東漢的三公指的是太尉、司徒和司空，三公之上還可設太傅、大司徒等，這些是非正式名號，大都屬榮譽性職務，暫可不考慮。

三公是群臣的領袖，必須眾望所歸，人選須恰當。論名望，目前在世士人之中第一個當數楊彪了，曹丕派人去請楊彪出任三公，但楊彪此時正因兒子楊修被殺之事而心有餘悸。

楊彪不想再出來做事，推辭道：「我曾為漢室三公，未建尺寸之功，如果再為魏臣，於國而言並不是什麼可稱道的事。」

楊彪辭意堅決，曹丕雖然遺憾，但知道無法勉強，於是改拜楊彪為光祿大夫，這是個臨時設立的榮譽職務，品秩 2000 石，與九卿相當。

曹丕還賜給楊彪延年杖、馮幾，特許他上朝時可以穿單衣、戴皮弁帽，站位僅次於三公，並於楊府門前設行馬，置吏卒警衛，以示優崇。

楊彪後來於 84 歲時病逝。

楊彪以下，名望不差上下的倒有好幾位，適合擔任三公的至少有五個人：鍾繇、程昱、華歆、王朗、賈詡。

這五位，不僅名望高，而且久隨曹魏，政治上完全靠得住。其中鍾繇、程昱追隨曹操時間最長，他們屢建奇功，是能武又能文的重臣；華歆、王朗在社會上聲望頗高，也是先世名臣；賈詡智慧過人，是為數不多的幾個深為曹操所佩服的人，在曹丕立太子的過程中發揮了重要作用。

三公之中太尉最重要，主兵事，華歆、王朗是純粹的文臣，太尉一職只能從鍾繇、程昱和賈詡三人中產生。論資歷、威望，鍾繇是太尉的不二人選，但是前幾年發生了一次謀反事件，影響頗大，時任魏國相國鍾繇因瀆職而坐免，曹丕即王位時才復起為魏國大理寺卿，這對他出任三公很不利。

賈詡屢出奇策，立下偉功，對曹家亦忠心耿耿，但他畢竟出身於涼州軍閥，當年董卓被殺，涼州軍人驚慌失措即將一哄而散，是他的一策讓大家重新聚合，使獻帝再次蒙難，又一次千里大逃亡，險些丟了性命。這件事至今時有人提起，對賈詡詬病頗多，賈詡自己也明白這一點。他又是極聰明的人，知道自己非曹家舊臣，雖為曹家父子所重，但行事極為低調，平時闔門自守，退無私交，男女嫁娶不結高門。

只剩下一個程昱，但還是之前的「人脯」事件，在儒家看來這無異於禽獸，程昱長期受到詬病，出任三公有損魏朝形象。平衡再三，魏文帝下詔以賈詡為太尉，以華歆為司徒，以王朗為司空。

魏文帝對三公的人選格外滿意，一次罷朝後對左右說：「這三位，都是一代之偉人，後世恐怕再難找出來了！」

程昱出任九卿之一的衛尉，負責保衛工作，他 80 歲時去世，是曹

魏的壽星之一。他生前終未能位列三公，死後追贈車騎將軍。

鍾繇還繼續發揮他的特長，任九卿之一的廷尉，負責司法工作。這位大書法家也以高壽去世，死時 79 歲，死後被追贈為太傅。

除程昱、鍾繇外，魏文帝又以董昭、和洽等人為九卿，組成了強大的朝廷班底。

魏朝的政治新秀司馬懿、陳群等人沒有出現在三公、九卿的名單之中，這並不奇怪，因為他們的資歷還不夠。

資歷不夠，不影響他們擔當大任，也絲毫不影響他們在新朝廷中的影響力。其實，上面這些三公和九卿都不是曹丕人事佈局中的重點，他的重點是尚書台。

尚書台為漢武帝所首創，其名義上是九卿之一少府卿屬下的一個機構，長官稱為尚書令，副長官稱為尚書左、右僕射，下設尚書若干，尚書令的品秩僅 1000 石，僅介於縣令和太守之間，而尚書僕射、尚書的品秩更低。

但這個機構直接服務於皇帝本人，權力很大，是朝廷的祕書處，尚書令相當於朝廷的祕書長。所以，有人把三公、九卿稱為「外朝」，把尚書台稱為「內朝」。

這才是魏文帝各項重大決策以及執行的核心機構，魏文帝詔令，桓階任尚書令，陳群、邢顒為左、右僕射，司馬懿、陳矯、衛覬、崔林、杜畿五人為尚書。

論工作能力，這班子人足夠強大，陳群、司馬懿不必說，其他幾位也都是幹臣。他們有的長期在中樞任職，熟悉各項事務，有的曾在地方任太守、國相，久經歷練。

桓階是曹操生前十分信任和器重的人，在奪嫡之爭中他堅定地站在曹丕一邊，曹丕對此深為感激，所以委以重任。

但桓階身體不好，上任的第二年便去世了，陳群接任了尚書令，邢顒升任左僕射，司馬懿升任右僕射。又過了一年，邢顒改任司隸校尉，司馬懿升任左僕射，杜畿升任右僕射。

這段時間，陳群和司馬懿一直主持着魏文帝身邊的辦事機構。因尚書台官署在宮禁之內，尚書台亦被稱為台閣，其機構也越來越龐大，人員也越來越多，魏朝的一切行政事務、人事管理皆出尚書台，作為朝廷的正、副祕書長，陳群和司馬懿雖然品秩不高，但權力極大。

在武將方面，曹仁以全國武裝部隊副總司令（車騎將軍）的身份為武將之首，這個職務原來是漢朝的，現在自然過渡到魏朝，軍職不變。

曹洪仍居其下，為衛將軍，但他只是掛個名。

以下是四方將軍，即前、後、左、右將軍，魏文帝右分別任命了張遼、張郃、徐晃、朱靈。他們四位隨便拉出來一個都是響當當的一代名將，為曹魏大業連年征戰，肝腦塗地，屢建殊功。

典韋、許褚戰死了，不然輪不到朱靈，還有一位本應是四方將軍中的第一位，但兵敗降敵，關羽被殺後，又被「接管」到了孫吳，他就是于禁。

此外，「諸夏侯曹」中的第二代也成長得很快，曹真、曹休以及夏侯淵的兒子夏侯霸、夏侯威，姪子夏侯尚，還有夏侯惇的兒子夏侯楙等一批年輕將領紛紛脫穎而出，迅速走向前台，即將從父輩們手中接過曹魏的兵權。

曹真此時擔任西部戰區副司令（鎮西將軍），坐鎮關中一帶，他隨後成為曹魏西線作戰的總指揮。

曹休此時擔任領軍將軍一職，是禁軍的統領，不久之後晉升為南部戰區副司令（鎮南將軍），成為曹魏中線作戰的總指揮。

幾位夏侯氏兄弟中，曹丕與夏侯尚關係最好。夏侯尚曾在五官中郎將府任過職，此時他擔任中領軍將軍，是禁軍的首領之一，很快就將晉升為南部戰區司令（征南將軍），成為進步最快的一個。

而夏侯楙以後擔任過西部戰區副司令（安西將軍），夏侯霸和夏侯威擔任過右將軍，他們都迅速成長為魏朝的高級將領。

通過以上人事佈局，曹丕完成了對權力的全面掌控，文的主要在朝廷祕書局（尚書台），那裏有陳群、司馬懿等人；武的主要依靠「諸夏侯曹」的第二代，包括曹真、曹休、夏侯尚、夏侯楙、夏侯霸、夏侯威等人。

## 名將羞愧而死

曹丕代漢自立，雖在各方面的意料之中，但真正邁出了這一步，又帶來許多新問題。

比如，對孫權來說就面臨今後如何定位的問題。之前他是全國武裝部隊副總司令（驃騎將軍）兼荊州牧，這是漢獻帝任命的，孫權一直按照這個職務進行內部機構設置和管理，現在漢朝突然沒了，意味着孫權及其手下所有人的官職都不再合法了。

這雖然只是個名義問題，在孫權控制區內一切都得照常運行，但也必須儘快給個新說法。

好在對曹丕稱帝自立，孫權的態度是完全擁護的，這省去了很多麻煩。孫權汲取了曹丕繼魏王時沒及時表態和祝賀的教訓，一聽說曹丕稱了帝，不敢怠慢，馬上遣使稱臣，態度極為誠懇謙卑（卑辭奉章）。

為表示忠心，孫權還下令把于禁送回北方。

最近一段時間發生的大事太多，人們幾乎把于禁忘了。

于禁還活着，他投降後被關羽送到了江陵，吳軍攻克江陵後于禁

又被孫權控制。孫權沒有把于禁當成俘虜看，對他倒不錯，還親自和他相見，但也沒有放他回去。

曹丕稱帝前孫權為向他示好，曾釋放了朱光、董和等人，他們是在魏吳交戰中被俘的，那次也沒有放于禁，也許孫權覺得于禁更重要，可以派上更大的用場。

于禁在孫吳這邊，除了沒有人身自由其他方面都還挺好，吃的喝的都挺優厚，孫權還時常邀他一同外出。

有一次，孫權和于禁騎馬並行，被虞翻看到了。

虞翻口才很好，但他的脾氣比較臭，攔住于禁大罵：「你不過是個投降過來的俘虜，怎麼敢跟我家主人並排騎馬（何敢與吾君齊馬首乎）？」

不光罵，虞翻揮鞭還要打，如果不是被孫權呵斥住，一代名將于禁就得挨江東名士虞翻的一頓鞭子。

還有一次，孫權在樓船上宴飲群臣，邀于禁出席。席間有人奏樂，樂聲勾起于禁的思鄉之情，不由得流下淚來，這一幕又讓虞翻看到了。

虞翻當場教訓于禁說：「哭什麼？你以為裝可憐就能免除一死嗎（汝欲以偽求免邪）？」

虞翻智商是一流的，但情商明顯不足，屬於又愣又硬的書獃子一類，兩次向一名階下囚發難，不是他生性爭強鬥狠、以強欺弱，也不是他跟于禁有什麼個人恩怨，而是他內心裏儒家的節義思想太深，看見于禁這樣的人就來氣。

但孫權對外一直把于禁當客人，侮辱于禁就是不給孫權面子，所以孫權對虞翻的做法很不滿（權悵然不平），後來虞翻被孫權遠放交州，與此有很大關係。

孫權不僅釋放了于禁，還釋放了被關羽俘虜的徐州刺史浩周、于禁手下的司馬東里袞，孫權請他們給曹丕帶上一封信，信中孫權的態度十分恭敬，表明自己世受魏國恩寵，情深義厚，名分也很明確，他發誓對魏國永遠一心一意（今日之事，永執一心），請求曹丕保護和關照自己。

于禁回到洛陽，曹丕接見了他。此時于禁已經鬚髮皓白、面容憔悴，見到曹丕，于禁很羞愧，不停地流涕叩首。曹丕倒沒責怪他什麼，還任命他為軍長（安遠將軍）。

于禁之前是左將軍，現在降為軍長，連降好幾級，不過對于禁來說這已是不敢想的事了，打敗仗沒啥，當降將就太不光彩了，給他軍長的名義，等於還保留了一些尊嚴。

曹丕還以荀林父、孟明視的事安慰于禁，讓他不要有思想包袱。荀林父是晉國將軍，曾率軍與楚軍交戰，大敗，回來後晉景公依然重用他，三年後他又率兵出征，打了大勝仗；孟明視是秦國將軍，在攻打鄭國回軍時被晉軍俘虜，不久被釋放回國，秦穆公仍然信任他，讓他繼續帶兵，後來他率軍擊敗了晉軍。曹丕以他們二人為例，說明打了敗仗被俘虜不算什麼。

在任命于禁為安遠將軍的詔令中，曹丕特別強調：「樊城之敗，主要原因是遭到了水災，漢水暴漲，不是作戰不利造成的，所以恢復于禁等人的職務。」

如果于禁的結局真是這樣的，曹丕的胸懷就讓人欽佩，讓人看到了又一個曹操。但曹丕的胸懷其實與父親差得遠，他一邊安慰、厚待于禁，一邊卻在背後搞起了小動作。

曹丕下詔，讓于禁出使江東（欲遣使吳）。

這個安排就夠讓人尷尬了，畢竟于禁剛從那邊回來，那裏是他的

傷心之地，曹丕還在行前特意安排于禁到鄴縣敬謁曹操的高陵。

這又是一個尷尬，不過于禁還是去了。

在高陵的一間屋子，于禁發現掛著幾幅畫，畫的是樊城之戰的經過，包括關羽大勝、龐德壯烈殉國、于禁乞降等內容，于禁看完大愧。

不久，于禁憂病而死。

這還沒完，曹丕又賜給于禁一個厲侯的諡號。「厲」在諡法上有暴慢無親、殺戮無辜之意，屬於「醜諡」。

看來于禁死了曹丕仍在跟他計較，所以後世有學者評論說，于禁率數萬人敗不能死，可以把他殺了，也可以從此不用他，但用這種辦法羞辱他，並不是為君之道（廢之可也，殺之可也，乃畫陵屋以辱之，斯為不君矣）。

在曹操手下的著名將領中，于禁的身上光環最多：每有大仗不是前鋒就是負責斷後，體現了曹操的絕對信任；所有硬仗、惡仗都難不住他，所向無敵，關鍵時刻屢立大功；不徇私情、敢於從嚴治軍，又不貪慕財富，個人品質為曹操所重。

曹操在世時于禁已被授予左將軍的高位，成為曹魏一顆耀眼的將星，但一場失敗改變了一切，于禁的完美形象頃刻坍塌，曹操不解、對手羞辱，自己也羞愧異常。在重視名節甚於重視生命的時代，被俘的于禁似乎只有一死才配得上良將的稱號。

但這又是講不通的，漢末三國時代被俘求生的名將其實有許多，不僅張遼、張郃、徐晃是降將，被曹操稱讚的龐德也曾是降將，還有關羽、姜維等人，甚至劉備也有多次被迫投降的經歷，至於名氣小一些的將領那就更多了。

群雄相爭、各為其主，在三國那個特定的時代，投降如同「跳槽」，有的因為原來的主人失敗了，有的因為要尋找更好的「明主」，無論主動與被動，其實都無關民族大義，一般都是可以理解的，歷史

似乎獨對于禁更苛刻。

　　于禁的不同之處大概在於，他投降後沒能效忠於蜀漢或者孫吳，而又回到了原來效命的主國曹魏，無論是對曹魏還是對于禁本人，這都成了尷尬的事。

　　再遇到一個心胸狹窄的曹丕，于禁只能以徹底的悲劇結束自己的一生。

## 關處長的拆字遊戲

　　隨于禁一塊回來的還有浩周和東里袞，浩周之前擔任過曹魏的徐州刺史，東里袞擔任過于禁的軍司馬，他們和于禁一樣都被關羽俘虜，後轉到孫權那裏。

　　對於他們，曹丕倒不想再去追究，他們二人在孫權那邊待過一段時間，曹丕還特意召他們來談話，聽聽他們對孫權的看法。

　　曹丕不知道孫權是真稱臣還是假裝的，向二人詢問。

　　浩周認為孫權的態度是誠懇的，他一定會臣服魏國，東里袞認為不一定（周以為權必臣服，而東里袞謂其不可必服），二人爭論起來。

　　這位浩周不知道是不是拿過孫權什麼好處，反正一再為孫權說話，甚至願意用全家百餘口人的性命替孫權擔保。浩周對曹丕說，孫權不僅態度很真誠，還會把兒子送來當人質。孫權讓他們捎給曹丕一封信，但在這封信裏並沒有提出送質子的事，這件事也許是孫權讓浩周口頭傳達的。

　　曹丕最後相信了浩周，相信孫權的誠意。

　　侍中劉曄勸曹丕不要接受孫權稱臣，他認為當前正是亡吳的大好機會，應和劉備共同討伐孫權。吳亡之後蜀也就難以單獨存在，天下可以很快一統。

對劉曄的建議，曹丕有些狐疑：「人家主動稱臣你卻討伐他，這會讓天下那些想來投奔的人喪失信任（疑天下欲來者心），他們必然會產生恐懼，不能這麼做。何不先接受孫權投降，之後一塊去伐劉備呢？」

曹丕的看法其實不對，在群雄爭霸初期，如果說殺一降者寒了想歸順人的心那還說得通，曹操當年不殺張繡、不殺劉備都是這樣的道理，但時勢變化，格局已定，現在已經沒有多少還在擇主的英雄了，反之應該抓住每一次機遇，不讓它白白錯過。

劉曄不同意曹丕的看法，他認為：「蜀地遠，吳地近，劉備如果聽說討伐他，一定會回軍，我們也沒有辦法。現在劉備必欲滅吳，如果聽說我們也伐吳，他會高興地前來。」

但曹丕已經深受浩周的影響，認定孫權稱臣是真心的，所以決定接受，並打算封孫權為吳王。

聽到這個消息，劉曄又竭力勸阻：「即使不得已接受孫權稱臣，可以增加將軍的名號，封他個十萬戶侯都行，但不能封王。王位離天子只差一個台階，穿的、坐的以及禮制容易混亂（夫王位，去天子一階耳，其禮秩服御相亂也）。如果只是侯爵，江南士民不會生出君臣之義。現在給他這麼尊崇的名號，讓他在吳國擁有君臣之禮，這等於為虎添翼。」

劉曄的見解很深刻，也很務實。很多老百姓並不太懂什麼是帝什麼是王，孫權堂而皇之地穿着跟皇帝差不多的衣服、用着差不多的儀仗，大家就認為他是合法的皇帝；將來打退了蜀兵，你想去消滅他，他就會告訴下面的臣民說魏朝無故伐他，目的是滅亡他們的國家，俘虜他們的子女當僮隸僕妾，這樣吳人就會相信他的話，必然更加上下同心，再攻打他們難度就大得多了。

劉曄看得還是比較准的，孫權確實不願真心臣服。

孫權剛聽到曹丕稱帝的消息時，曾問過群下：「曹丕以盛年即位，我恐怕比不上他，大家認為如何？」

孫權的意思是曹丕比他年輕，活得比他長，國運自然也長。對於突然冒出這樣的話，大家一時不知如何作答（群臣未對）。

孫權驃騎將軍府的人事處處長（西曹掾）闞澤說：「主公不必擔心，因為用不了十年曹丕就沒了（不及十年，丕其沒矣）。」

這真是語出驚人，不過孫權看闞澤並不像開玩笑，說得一本正經，就好奇地問他是怎麼推算出來的。

誰知闞處長一本正經地回答說：「通過猜字得出的（以字言之），不、十加在一塊就是丕字，所以知道。」

闞處長要麼是在講笑話，目的是緩解一下當時尷尬的氣氛，要麼他就是朱建平那樣的高人，因為真讓他言中了：沒到十年，僅七年後曹丕就死了。

孫權其實只比曹丕大五歲，發出那番感慨似乎有些矯情，但他的確很關心孫氏基業的未來，當年曹操率數十萬大軍壓境都沒能動搖過他的意志，現在怎麼會甘心做一名曹魏的臣子？

這段時間孫權又做出了一項重大戰略調整，他把大本營從建業搬到了荊州，具體地點在江夏郡的鄂縣，孫權將其改名為武昌，這是準備與劉備展開決戰的一項準備。

這個武昌並非現在武漢三鎮的武昌，而是今湖北省鄂州市，也在長江邊上，位於武漢的下游，兩地相距 120 公里，約合漢代 350 里。


# 吳王的質子危機

魏文帝黃初二年（221 年）八月，曹丕策命孫權為吳王。

十一月，曹丕派太常卿邢貞來武昌，宣達冊封孫權為吳王的詔命。

邢貞的職務是太常卿，九卿之一，他帶來的策書挺長，上面除了一大堆空話套話外至少還有四項重要內容。

　　一是不僅冊封孫權為吳王，而且隨璽綬和策書授予孫權調兵用的金虎符第一至第五、左竹使符第一至第十。這是對照當年曹魏被封魏王的待遇而做的，軍權由天子掌握，但既然人家實際上也擁有軍隊，那就乾脆務實些，轉授一部分軍權，否則孫權今後用兵皆屬非法，令雙方尷尬。

　　二是撤銷孫權驃騎將軍一職升任大將軍。夏侯惇空出的這個職務終於派上了用場，雖然是名義上的，但畢竟這是全國武裝部隊的總司令，這個名義夠大夠體面。

　　三是命孫權繼續持節督交州，同時仍兼任荊州牧，這是給他劃定勢力範圍，進一步承認孫權對荊州刺史部的佔領。交州刺史部在荊州刺史部以南，魏朝的勢力暫時難以達到，就由孫權來代管。有意思的是孫權的主要勢力範圍在揚州刺史部，而無論是曹操還是曹丕，從來沒有承認孫權是揚州牧或揚州刺史，曹魏那邊一直都有自己任命的揚州刺史。

　　四是給孫權加九錫。具體內容前面已經講過，這個待遇曹操享受過，那是漢朝的，魏朝的九錫孫權是第一個享受的，擁有這些特權，與真皇帝確實只有「一階之差」了。

　　總之，曹丕給足了面子，希望打動孫權、感動孫權，希望孫權真的俯首稱臣，從而魏、吳聯成一體，共同對付劉備。


　　可是，對曹丕的盛情厚意孫吳的文武官員們並不領情。

　　孫權手下有人認為不應該接受曹魏的封王，大將軍也不算什麼，孫權應該自稱上將軍、九州總管（九州伯）。

　　孫權明白大家的心意，乾脆在小範圍內把話挑明：「你們說的這個

九州伯，聽都沒聽說過，還是算了。當年沛公也曾被項羽拜為漢王，只不過是一些權宜之計，既然這樣還計較什麼多與少呢（**此蓋時宜耳，復何損邪**）？」

但大家還是氣不順，邢貞到了武昌，孫權親自到都亭迎候，邢貞露出驕色，在孫權身邊排隊迎接的張昭、徐盛等人感到憤怒。

徐盛回過頭跟隊列中的其他人說：「我徐盛不能和大家挺身而出佔領許縣、洛陽，吞併巴蜀，卻讓我們的君王跟邢貞這樣的人盟會，這不是我們的恥辱嗎（**今吾君與貞盟，不亦辱乎**）！」

徐盛當場涕泣橫流，一下子驚動了邢貞。

邢貞悄悄地對隨行的人說：「江東文武志氣如此，肯定不會久居人下！」

邢貞進了門，不知是故意還是無意，沒有立即下車。

張昭走過去對邢貞說：「有禮儀才有法制，你妄自尊大，難道欺負江東人少力弱沒有方寸之刃嗎？」

邢貞聽罷趕緊下車。


與邢貞一同來武昌的還有浩周，孫權單獨請浩周喝酒。

席間，浩周對孫權說：「我們陛下不相信您把兒子送去當侍衞，我以全家百餘口人的性命為您做的擔保（**陛下未信王遺子入侍也，周以闔門百口明之**）。」

孫權聽後很感動，流涕沾巾，浩周字孔異，孫權對他說：「浩孔異，先生以舉家百保我，我還有什麼話說？」

臨別時，孫權又與浩周指天為誓，一定送兒子過去。

孫權的長子名叫孫登，已經長大，把他送到洛陽，名義上由曹丕給個天子侍衞的官職，實際上就是人質。但送與不送，這個之前在江東已多次爭論過，這次孫權壓根沒打算那麼做。

孫權後來給浩周寫信，以孫登還未成家為由拖延，並假稱想與夏

侯氏攀親，請浩周做媒人，如果可以，就派孫劭陪孫登前往，交上聘禮，成不成都看浩周了（奉行禮聘，成之在君）。

在另一封信中，孫權說他將派張昭陪孫登一塊來，時間最遲不過當年十二月。

但一直到雙方徹底翻臉孫權也沒把兒子送來，曹丕雖然沒有要浩周全家的命，可終生不再重用他。

正如劉曄所說，封王和封侯有本質的區別，被封為吳王後，孫權理直氣壯地開始了「政權建設」。

受封吳王後可以設太子，孫權立長子孫登為王太子，孫登時年13歲。孫權還想立最寵愛的步夫人為王后，但百官的意見是立徐夫人（而群臣議在徐氏），孫權猶豫不決，立后之事一直擱置。

孫登的母親地位低賤（登所生庶賤），死得很早，沒有留下姓氏，孫登由徐夫人養大，孫登視徐夫人為生母。但徐夫人後來不被孫權寵愛，被送往吳郡居住。

步夫人送給孫登東西，孫登不敢推辭，但僅拜受而已。如果是徐夫人派人送東西來，孫登必先沐浴再去接受。

孫權立孫登為太子時，孫登推辭道：「本立才有道生，要立太子，請先立后。」

孫權問孫登：「那你說說你母親現在在哪裏（卿母安在）？」

孫登毫不猶豫地回答：「在吳郡。」

孫權聽罷，默然。

在幾個兒子裏，孫權其實更喜歡王夫人生的三兒子孫和，王夫人受寵愛的程度僅次於步夫人。

孫登雖然是孫和的哥哥，但很親敬孫和，常有把太子之位讓給孫和的想法（待之如兄，常有欲讓之心）。

# 打虎英雄孫權

孫權當上吳王，參照曹操為魏王的做法，還可以設百官。

孫權設立了丞相，眾人認為，既然設了這個職位，那就非張昭莫屬了（眾議歸昭），結果卻讓眾人大吃一驚——孫權任命孫邵為丞相。

在正史裏居然查不到這位孫吳第一任丞相的列傳，可見他的知名度和影響力相當低。在其他史書裏有孫邵的記載，他是青州刺史部北海國人，當年孔融在北海國當國相，任命孫邵為人事處處長（功曹），後來跟隨劉繇到了江東，劉繇死後，依附於孫策。

孫權掌權後，孫邵提出過不少好建議，得到孫權的賞識，後被任命為廬江郡太守，孫權組建車騎將軍府，選全柔為祕書長（長史），全柔死後，調孫邵接任。

現在，孫祕書長直接成了孫總理，眾人的吃驚程度可想而知。孫權在任命孫邵為丞相的同時，還任命他為威遠將軍，封陽羨侯。

孫權知道大家的疑慮，解釋說：「如今是多事之秋，丞相的職責繁重，讓張昭當丞相並不是對他好（方今多事，職統者責重，非所以優之也）。」

這當然不是理由，只算個說法，張昭不信，大家不信，孫權自己也不會信。


在大家私下裏看來，張公的確太耿直，經常批評孫權，讓孫權下不了台，所以孫權有意疏遠他。

孫權像他哥哥一樣也喜歡打獵，曾經發生過騎馬射虎時老虎突前攀持馬鞍的危險情況。

張昭曾就此變色進諫：「將軍何必這樣做？為人君者善於駕馭英雄豪傑，而不是在原野上跟猛獸比試勇氣（豈謂馳逐於原野，校勇於猛

獸者乎），一旦發生不測，豈不被天下人恥笑？」

孫權趕緊賠不是：「我年少慮事不周，愧對先生厚望。」

但說歸說，孫權依然不改，尤其酷愛打虎。

孫權為此還讓人發明了一種射虎車，這種車設有方孔，沒有車蓋，一個人駕馭，坐在車中射虎（方目，間不置蓋，一人為御，自於中射之）。這當然很危險，有離群的野獸常往車上撲，孫權就用手與它們搏擊，以此為樂（時有逸群之獸，輒復犯車，而權每手擊以為樂）。

對於這個「打虎英雄」，張昭一點兒不留面子，他多次諫爭，孫權乾脆來個笑而不答。


孫權不僅喜歡打獵，而且喜歡喝酒，打了大勝仗或者遇到其他高興的事就設宴痛飲。

一次，孫權在武昌的釣台上設宴，告訴大家：「今日酣飲，只有醉後落入水中才可停止。」

張昭聽完正色不言，站起來就出去，坐在外面的車中。

孫權趕緊派人請張昭回來，對他說：「大家一起高興，您又何必發怒？」

張昭毫不客氣地回答說：「以前紂王做糟丘酒池一夜宴飲，當時也以為只是高興而已，不認為有什麼不對。」

孫權聽後再次默然，十分慚愧，於是罷酒。

在大家看來，孫權不喜歡張昭，不讓他當丞相，大概就是由於他這種過於耿直的性格吧。

然而，這僅是問題的一個方面。

孫權是一個集權的君王，所以需要一位相對較弱的丞相。

孫權任命張昭為綏遠將軍，封由拳侯，讓張昭和孫紹、滕胤、鄭禮等人參照周、漢兩朝的做法撰定本朝禮儀。

丞相以下最重要的職位是尚書令，相當於王國的祕書長，孫權選了顧雍，同時任命他為大理奉常，這是九卿之一，相當於部長。

九卿裏其他幾位部長無法考全，也可能孫權沒有全設，能考證的還有衛尉和大農，那位不敢接替呂蒙的嚴畯被任命為衛尉，大農是劉基。

這位劉基不是大名鼎鼎的劉伯溫，他字敬輿，是劉繇的長子，劉繇死時他才14歲，孫權很欣賞他，把他留在身邊任職，擔任過輔義校尉、建忠中郎將等。孫權提拔他為九卿，既出於對他的欣賞，同時也出於平衡各種關係的需要。

孫權讓是儀、胡綜、徐詳等人掌管機要，這幾人都被封為亭侯。

之前也有人因功被封為侯爵，但那都是個例，現在孫權有了吳王的身份，又有九錫等特權，為部下封侯就有了依據，所以這一次受封侯爵的人不少，孫權手下重要將領及有功人員多受封，這是對大家多年以來追隨孫氏的褒獎。


有一個人，原來也在封侯的名單上，詔書快要下達了，孫權又把他的名字刪了，這個人是吳範。

之前說過，這是一位術士，有未卜先知的特異功能。

孫權還是討逆將軍時，善於占卜觀氣的吳範曾對他說，江南有王氣，亥子年將有大喜事。

孫權聽了很高興，順口道：「如果真的應驗，就封你為侯爵。」

孫權當上吳王，讓吳範以騎都尉的身份兼任太史令，孫權設宴慶賀。

席間吳範瞅機會對孫權說：「當初在吳中我曾對大王說過此事，大王還記得嗎？」

孫權回答說：「記得。」

孫權馬上叫人取侯爵的綬帶要給吳範戴上，吳範知道孫權不一定出於情願，於是推而不受。

吳範經常料事如神，孫權很想知道他的預測方法，曾多次向他請教（數從訪問，欲知其決）。但吳範不把最重要的東西告訴孫權，讓孫權很不高興。


在這次慶賀宴會上，還發生了一件事讓孫權不痛快。

宴會快結束時，孫權起身為眾人敬酒，走到虞翻跟前，這位仁兄突然倒地，像是喝多了，不去接酒（伏地陽醉，不持）。

孫權剛離開，他又坐了起來。

孫權大怒，這時候他也喝得有點多，拔劍就要殺虞翻，在座的莫不大驚失色，大農劉基離得最近，一下子抱住孫權。

劉基為虞翻求情道：「大王喝多了就親手殺善士，虞翻即使有罪，但天下人誰知道（大王以三爵之後手殺善士，雖翻有罪，天下孰知之）？大王以能容賢服眾，所以海內望風，現在放棄這些，行嗎？」

孫權酒勁還沒下去：「曹孟德還殺過孔文舉，我殺個虞翻又有什麼呢？」

劉基說：「曹孟德輕害士人，已招來天下非之。大王躬行德義，欲與堯、舜比隆，如果這樣怎能和他們相比？」

好說歹說，總算保了虞翻一命。

孫權徹底酒醒後，回想起當時的情況自覺不妥，告訴身邊的人，今後凡是他酒後下令殺人，都不得執行（因敕左右，自今酒後言殺，皆不得殺）。

孫權曾跟張昭在一起談論神仙，虞翻當時也在座。

虞翻突然指着張昭對孫權說：「他自己都是死人，還談什麼神仙，世上哪有神仙（彼皆死人，而語神仙，世豈有仙人）？」

虞翻這些怪誕行為讓人費解,按說他是個極聰明的人,也不是禰衡那種為耍酷而耍酷的二貨青年,他一再招惹孫權,確實難猜其意。史書對此解釋說,這是因為虞翻生性耿直,而且容易酒後失禮(翻性疏直,數有酒失)。

酒品重要,看來酒量也很重要,虞翻其實沒有什麼問題,他不反對孫權,不然當初就跟王朗、華歆一樣應曹操召喚跑到許縣任職去了。他既不是孔融那樣的老憤青也不是禰衡那樣的小憤青,他是一個有真才實學也樂意建功立業的人,但就因為臭脾氣和一次次酒後失言,斷送了自己的前程。

虞翻屢次在公開場合對孫權進行冒犯,如不懲戒,怎能維護領導的權威?孫權最後下令把虞翻流放交州,除諸葛瑾外,其他人都不敢替虞翻求情。

# 第二章 夷陵之戰

## 劉備的艱難時刻

曹丕廢漢獻帝自立，對劉備來說同樣是一道政治難題。

作為漢中王，劉備原來尊奉的是漢朝天子，現在天子是魏朝的曹丕，這個漢中王就變得很尷尬。劉備也可以效法孫權向曹丕稱臣，以換取戰略上的主動，但即便劉備願意，也不能這麼做。

長期以來，劉備一直告訴擁戴他的官民，曹操是漢室的敵人，他是漢室的維護者，這種觀念已深入人心，成為一種意識形態，如果突然轉向，一定會讓大家無所適從，思想上產生混亂。

而且，漢中之役，搶了人家的地盤，殺了夏侯淵，這裏面的複雜性遠非孫權能比。

諸葛亮等人分析了當前面臨的嚴峻形勢，提出了一個破解危局的辦法，那就是也稱帝，但不是建立新的王朝，而是把劉漢的旗幟在成都重新樹起來，劉協下去了，還有劉備。

這的確是一着妙棋，能解決當前面臨的政治問題和意識形態問題，但劉備卻顧慮重重，不同意這麼幹（先主未許）。

諸葛亮對劉備進行了勸說：

「過去吳漢、耿弇等人勸光武帝劉秀即帝位，光武帝辭讓，前後多達四次，耿純最後進言：『天下英雄仰慕期盼着您登上帝位，大家跟着榮華富貴。如果您不答應，大家就各自尋找新主人，不跟您了（士大夫各歸求主，無為從公也）。』光武帝深感耿純之言，終於答應。

「現在曹氏篡漢，天下無主，大王您是劉氏苗裔，理應代漢而起，現在即帝位正合時宜。眾人跟隨您這麼久，吃了這麼多苦，想法跟耿純其實是一樣的（士大夫隨大王久勤苦者，亦欲望尺寸之功如純言耳）。」

諸葛亮借耿純之口向劉備說出了一個道理：稱不稱帝不僅是您個人的事，也是大家的事，如果執意不肯，就是傷了大家的心。

在共同的事業中，領導和下屬其實是一個命運的共同體，大家休戚與共、榮辱共擔，有成就一同分享，有困難共同克服。領導的一切都會對下屬產生巨大的影響，所以在做出事關個人進退的決定時，假如有選擇的可能，一定要想想這件事對下屬們會帶來什麼後果。

劉備聞聽此言，跟劉秀一樣，也幡然醒悟，同意稱帝。

但劉備認為事關重大，需要妥善籌備，不可操之過急。


其實，漢獻帝退位的消息在益州傳開後，大多數人都認為，劉備應該迅速稱帝，率先向劉備上言稱帝的是張裔、黃權、楊洪、何宗等人。

這些人紛紛上言道：

「我們查了一下《洛書甄曜度》，其中說『赤三日德昌，九世會備，合為帝際』，又查到《洛書寶號命》中說『天度帝道備稱皇，以統握契，百成不敗』，還有《洛書錄運期》中說『九侯七傑爭命民炊骸，道路籍籍履人頭，誰使主者玄且來』，又《孝經勾命決錄》中說『帝三建九會備』。

「周群在世時多次說過西南方向屢屢出現黃氣，立起來有幾丈高，不止一次出現，並伴以祥雲清風，這是一種非同尋常的瑞兆。漢獻帝建安二十二年又多次出現一種像彩旗一樣的雲彩，自西向東在天空中移動，查對《河圖》《洛書》，上面都提到必定有天子出現在雲氣所起

的方位。

「上述情況出現，預示聖主將興起於益州，當時天子在許縣，所以我等不便說出去，最近火星追隨木星，出現三宿合一的天象，根據《星經》說，這預示着各種邪惡將會消亡。我等還聽說，聖王行事有時先於天時，但不會違背天道；有時後於天時，也會奉行天道。願漢中王順應天意和民心，立即登上帝位，以安定天下。」

上面提到的《洛書》《河圖》《星經》等都是上古神祕預言書，所列舉的那些話當不是杜撰，而確實出現在這些著作中，只不過所有預言都有神祕、抽象的特點，這些話所言何物可以有很多種解釋，而大家挑這些話出來的原因，只是裏面出現了「玄」「備」這些字眼，想說明這些預言將應驗於劉備身上。

如同許芝所做的工作一樣，在沒有電腦、不能全文查找和機器檢索的情況下，大家為找出這些話得一篇一篇地翻閱查對，想起來也是費了勁了。

上面提到的周群，就是之前勸劉備不要進兵漢中的那位，現在已經死了。周群善於占卜，尤其擅長占星。周群的占卜術得來很神祕，說他有一次遇到白猿，周群用書刀投向白猿，白猿卻化成一老翁，教了周群方術。

其實，這份上言並無新意，無非是把一些神祕預言和所謂的瑞兆結合起來，用以論證劉備應當稱帝的合法性和合理性。這份上言的看點在具名的人，他們是議郎陽泉侯劉豹，青衣侯向舉，偏將軍張裔、黃權，大司馬屬殷純，益州別駕從事趙莋，治中從事楊洪，從事祭酒何宗，議曹從事杜瓊，勸學從事張爽、尹默、譙周。

張裔、黃權、楊洪、何宗、尹默都是益州本地出身的官員，其中尹默還是司馬徽的學生，論起來與諸葛亮有同窗之誼。劉豹、向舉、殷純、趙莋、張爽情況不詳，只知道他們也都是益州本地出身，與張

裔等人情況應當差不多。

這裏面值得多說幾句的是譙周。譙周字允南，益州巴西郡人，是著名的學者，被稱為「蜀中孔子」，他博學廣識，著書育人，《三國志》的作者陳壽就是他的學生。他在蜀漢滅亡後降晉，在晉朝當過散騎常侍。

由出身於益州的劉璋舊部打頭陣，目的是為劉備登基預熱。

但是，此言一出，卻沒有出現眾口一詞、萬眾齊呼的場面，一些不同意見卻不斷傳來。

時任益州前部司馬費詩上言，認為曹操父子逼迫漢主退位，當務之急應當是聚集力量、討伐叛逆（糾合士眾，將以討賊），現在大敵在前，而先自立為帝，恐怕會招致大家的猜疑。

費詩的話還相當激烈，他說：「過去劉邦、項羽等人相約，先破秦者為王。後來劉邦攻破咸陽，俘獲子嬰，仍然謙讓不為王。現在您還沒有邁出去討伐敵人，卻在此謀求自立（況今殿下未出門庭，便欲自立邪），愚臣認為不可取！」

費詩是益州本地出身的官員，劉備和諸葛亮對他相當器重，先任命他為牂牁郡太守，又調他回益州府任前部司馬，前不久還派他前往荊州宣佈對關羽的任命，沒想到在稱帝這個問題上他卻持強烈反對的態度。

費詩言猶在耳，又有人進言不能稱帝，這個人竟然是劉巴。

作為新任的「漢中國」祕書長（尚書令），劉備和諸葛亮對劉巴的信任和期待可以說相當高，劉巴是一名業務幹部，又一向行事謹慎，按說不該在這個時候發表不合時宜的言論，可劉巴偏偏認為不說不行。

劉巴聽說劉備真的要稱帝，認為現在這麼做時機不成熟，應當緩

一緩再說（巴以為如此示天下不廣，且欲緩之）。劉巴還拉上主簿雍茂一起去勸諫劉備。

劉巴可能真是為劉備好，沒有別的想法，但他不是戰略家，只看到其一沒看到其二，這就是所謂知小處卻不識大體，沒有看到劉備現在稱帝絕不是滿足個人野心那麼簡單，而是爭霸大業的迫切需要。

## 稱帝武擔山

嘴上說不想當皇帝，但這並不是心裏話。

想當皇帝，卻有這麼多人反對，劉備心裏很煩悶。

不管怎麼說，劉巴並無惡意，所以劉備沒把他怎麼樣。但是，為防止反對稱帝的人一哄而上，劉備恢復了梟雄的面目，祭出了狠招，劉巴不能動，就找了個藉口把雍茂殺了。

劉巴保住了腦袋，卻嚇得夠嗆，不再多言。

劉備還下令，將費詩貶到永昌郡任從事，一直到諸葛亮死後蔣琬主政，費詩才回到成都任諫議大夫。

總算壓住了反對聲浪，上書擁護劉備稱帝的人多起來，群下單獨或聯合上書的多達 800 多人。

最後，諸葛亮和許靖、糜竺以及太常卿賴恭、光祿勛卿黃柱、少府卿王謀等重臣做了總結性上書，勸劉備順應民意。

在這份上書中，諸葛亮等人回顧總結了眾人勸進所列舉的預言和祥瑞情況，又做了一些補充，說關羽圍樊城、襄陽期間，襄陽有兩個叫張嘉、張休的男子曾獻上一方玉璽，說是從漢水裏挖出來的。玉璽潛於漢水之中，重見神光，預示大王將重振漢室。

除了這些祥瑞，大家認為劉備非當今天子莫屬，因為他姓劉，出身於漢室宗親，而且他具備的品德和才能足以繼承起劉邦、劉秀開創

的事業。

　　諸葛亮等人報告劉備，他們已經着手進行登基的相關準備，和博士許慈、議郎孟光等正在彩排登基典禮，只等着選擇吉日，就可以登基了（擇令辰，上尊號）。

　　劉備說，好吧，那就從了大家吧。


　　諸葛亮迅速着手新帝登基的各項準備，他讓劉巴做自己的主要助手，劉巴雖然剛剛碰了一鼻子灰，但幹起工作來仍然是一把好手，據記載，涉及登基所用的各項詔命文書全部出自他的手（凡諸文誥策命，皆巴所作也）。

　　登基的地點選在成都西北郊的武擔山，據說，武都郡有個男子不知何故突然變身為女人，長得很漂亮，蜀王娶她為妻，由於不服水土，又思念家鄉，沒多久就死了。蜀王很悲傷，命士卒涉長途去武都郡擔土，把此女葬於成都附近，其高有十丈，稱為武擔。

　　魏文帝黃初二年（221年）四月，劉備率文武百官來到武擔山，殺黑色公牛祭祀，宣讀了由劉巴起草的祭天文誥，宣佈承續漢祚，受皇帝璽綬。

　　之後，新皇帝宣佈建元為章武，大赦天下。

　　此前，劉備在蜀中一直沿用漢獻帝年號，本年年初漢獻帝的年號還是建安，曹操死後改為延康，後又被曹丕改為黃初，自現在起，劉備用章武這個年號。

　　雖然新朝廷一直自稱是劉漢王朝的延續，但歷史上還是習慣於稱它為蜀漢。

　　之後，劉備策命新夫人吳氏為皇后，策命劉禪為皇太子。

　　劉禪此時14歲，為了加強對他的教育，劉備選派了強大的輔導班子，任命董允、費禕、霍弋為太子舍人，任命來敏為太子家令，任命

尹默為太子僕。

霍弋是霍峻之子，霍峻已經去世，劉備念霍峻當初守葭萌功不可沒，命其還葬成都，劉備親率群僚弔祭，並留宿於墓上。

劉備還命太子劉禪納張飛的長女為妻，策命為太子妃。

劉備納吳氏後又有了劉永、劉理兩個兒子，劉備冊封劉永為魯王，劉理為梁王。

據南朝時一部專門記述名刀名劍的著作記載，為紀念登基盛典，劉備命令人用金牛山所產的鐵鑄造八柄鐵劍，劉備自己留一柄，其餘分別賜給太子、梁王、魯王、諸葛亮、關羽、張飛、趙雲。

劉備登基時關羽已不在人世，此處要麼記載有誤，要麼是把劍賜給了關羽的家人。

這些劍上都刻有諸葛亮所題的六個字的銘文：「書作風角處所。」風角是占候之語，鑄這幾把劍，除了留作登基盛典的紀念外，還有趨吉避凶的意思。


作為一個新朝廷，最重要的是採取什麼樣的領導機制。東漢實行的是三公制，曹操後來廢三公改丞相，曹丕稱帝後又改回三公制。

三公制和丞相制，說形象點兒就是集體領導和集中領導，通常強勢的皇帝都不喜歡丞相制，寧願將丞相的權力分給三公，劉備不算不強勢，但他仍然決定採取丞相制。

這個位子，劉備是專門為諸葛亮留的，諸葛亮的才幹已經深得劉備的認可，劉備覺得諸葛亮只是三公中的一位實在太委屈他了，而他也非常需要諸葛亮這位得力助手的輔佐。

任命諸葛亮為丞相的策文說：「我遇到了家族不幸，在此情況下繼承了大業，我兢兢業業，不敢有半點懶惰，一心想的是讓百姓過上安定的生活，擔心的是做不到這些。啊，丞相諸葛亮要充分理解朕的這

份心意，幫助朕彌補缺失，以重新發揚大漢王朝的光輝，使之照亮天下，希望你自勉！」

這一年，諸葛亮剛好 40 歲。

隨後，劉備還任命許靖為司徒。

司徒屬三公之一，曹操設丞相時已廢三公，司徒早已不存在了，但劉備覺得之前已任命許靖為漢中王下的太傅，此時不宜再降為九卿一級，於是改任其為司徒，但三公中的司空、太尉，劉備沒有再設。

這個體制看起來有些奇怪，屬於「因人設崗」。許靖此時已經 70 多歲了，基本管不了什麼事了，每天只和一幫仰慕他的人高談闊論（清談不倦）。

但許靖的名氣很大，尤其在曹魏那邊還有一幫老朋友，時不時寫信過來問長問短，許靖也算是劉備手裏的一個招牌。

# 重返武將之首

劉備此時的心思全在為關羽報仇上，但既然建立了新朝廷，也不得不花一些心思來安排人事問題。

丞相之下有九卿，劉備的九卿基本保留了漢中王時期的設置，太常卿賴恭、光祿勛卿黃柱、少府卿王謀，此外只增加了個大鴻臚卿，任命的是何宗。

何宗也是益州地方出身的官員，之前擔任劉備的從事祭酒，相當於顧問組組長，在此次勸進中又表現積極，受到劉備的肯定，九卿中的其他幾個仍然空缺。

與九卿品秩相當的侍中一職，漢中王時有廖立，此次保留，又增加了一個馬良。

馬良此前一直擔任左將軍掾，是劉備左將軍府下面的一個處長，

諸葛亮署左將軍府事，馬良是其主要助手。馬良與諸葛亮情投意切，其工作作風踏實，做事勤奮，為人正直，深得劉備和諸葛亮的信任，所以提拔他為侍中。

再往下，任命宗瑋為太中大夫。

太中大夫掌議論，類似於諫議大夫，但地位稍低。宗瑋其人不詳。

朝廷常設的職務還有議郎，相當於參事室參事，此次一共任命了四位，分別是許慈、孟光、劉豹、向舉。

朝廷最核心的權力部門其實是尚書台，「漢中國」原任尚書令劉巴依舊擔任這個職務。

劉備在任命諸葛亮為丞相時有一個附帶說明，即分管尚書台的工作（錄尚書事）。丞相雖然權力很大，但如果沒有這項任命，等於尚書台的事管不了，權力大打折扣。

尚書台相當於朝廷的祕書長，下面設若干名尚書，相當於處長。此時在尚書台供職的各位尚書情況不太清楚，能明確考證的只有楊儀。

出身於荊州「七大家族」的楊儀跟諸葛亮關係密切，但楊儀開始沒有隨劉備來益州，他先在曹操任命的荊州刺史傅群手下當辦公室主任（主簿），後投奔了關羽（背群而詣襄陽太守關羽），被關羽任命為荊州人事處處長（功曹）。

關羽經常派人到成都向劉備匯報工作。有一次，關羽派楊儀來成都匯報，劉備在跟楊儀談話時發現他對軍國大事、政治得失都很有見解，十分高興，就把他留在了身邊。

楊儀確實有很才幹，不過他有個致命缺點：脾氣不好。

楊儀平時不怎麼合群，經常跟人鬧矛盾，不管是上司還是同僚，動不動就發生衝突，到尚書台供職後跟頂頭上司劉巴關係不和，影響安定團結。

後來，楊儀被劉備改任為弘農郡太守。弘農郡在中原地區，目前是曹魏的地盤，這個任命相當於給個空頭銜在家休息，楊儀被打入冷宮。

尚書台裏還有一位牛人，這就是蔣琬。

蔣琬開始在尚書台的職務是尚書郎，這個職務是尚書的屬下，如果尚書相當於處長，尚書郎就只是科長。

蔣科長是諸葛亮在臨烝時發現的人才，來益州後被任命為廣都縣縣長，因為不太勤政，被到下面視察工作的劉備碰上了，免了官，現被重新起用。

楊儀不僅與上司劉巴不和，與比他職務低的蔣琬也不太對付，這段共事的經歷造成了多年後的一段紛爭。


在武將方面，此次人事調整變動較大。

主要原因是，關羽不在了。他之前是武將之首，現在需要重新選擇一位，按理說張飛是不二人選，但劉備最後選擇的是馬超。

劉備下詔拜馬超為驃騎將軍，拜張飛為車騎將軍，他們都相當於全國武裝部隊副總司令，但驃騎將軍地位高於車騎將軍，馬超在名義上又回到武將之首的位置。

劉備考慮的也許是要利用馬超的影響為新朝廷助力，所以在任命馬超為驃騎將軍的同時，還讓他兼任涼州牧，晉爵為犛鄉侯。

張飛則兼任司隸校尉，晉爵為西鄉侯。

司隸校尉相當於州牧，也算是個行政職務，但這一職務與一般州牧不同，他還負責糾察百官。

司隸校尉糾察的範圍很大，包括皇太子、三公以及朝中百官，也包括與之相鄰的各州郡官員，都在其範圍之內（糾皇太子、三公以下，及旁州郡國，無不統），論職權，相當於最高人民檢察院檢察長。

劉備除了讓張飛統領各部兵馬，還讓他負責官員的監督糾舉，這是關羽死後劉備在人事佈局上的一項重大安排。

馬超、張飛以下，原來還有一位黃忠，不久前去世了。論軍事的實際地位，「三號人物」非魏延莫屬，但他目前的軍職僅是一名軍長（鎮遠將軍），與實際地位不符，劉備於是提拔魏延為北部戰區司令（鎮北將軍），統率包括漢中在內的益州北部地區的蜀軍，同時仍然兼任漢中郡太守。

有一個人，如果還在蜀漢的話，魏延的這個司令前就得加個「副」字，這個人是申耽。劉備之前任命申耽為征北將軍，四征將軍高於四鎮將軍，設在同一個戰區裏，就是正司令和副司令的區別，但現在申耽已隨孟達投降了曹魏。

軍中還有一些重要的將領，如吳壹，他是新皇后吳氏的哥哥，之前是軍長（討逆將軍），劉備任命他為護軍兼關中都督，統領中央禁衛軍。

都督是劉備在官職設置上的另一項借用，劉備雖然立國，但僅轄益州，未免侷促，除了讓張飛、馬超等人遙領各州外，還設都督一職，級別上相當於州牧或州刺史。

不過，關中也在曹魏佔領區，吳壹的這個都督如同馬超、張飛擔任的涼州牧、司隸校尉一樣，都只是掛名。

再往下，軍長一級的將領還有：輔漢將軍李嚴、翊軍將軍趙雲、安漢將軍糜竺、昭德將軍簡雍、秉忠將軍孫乾、安遠將軍鄧方等。

在這些人裏，李嚴越來越受到劉備的信任。

李嚴除軍職外，還擔任犍為郡太守，很有治政才能。劉備率主力奪取漢中期間，犍為郡盜賊馬秦、高勝等人起兵，招集隊伍數萬人，佔領資中縣，李嚴不待上面發兵，率本郡人馬就將其討滅，斬殺馬秦、高勝。

後來，相鄰的越嶲郡少數民族部落首領高定率軍圍攻新道縣，李嚴前往解圍，高定被擊敗後逃走。李嚴的才幹深得劉備器重，所以他在劉璋舊部中脫穎而出，此次拜他為輔漢將軍，仍兼任犍為郡太守。

麋竺、簡雍、孫乾等人是跟隨劉備多年的老部下，他們資歷很老，但能力並不突出，雖然都名為將軍，但只是掛個名，享受待遇，不親自領兵。

新任命的安遠將軍鄧方是南郡人，以荊州從事的身份隨劉備入蜀，後被任命為犍為屬國都尉、朱提郡太守，他的主要職責是守衛南部大片廣闊區域，這裏地廣人稀，分佈着許多少數民族部落，蜀漢的統治相對薄弱。鄧方到任後以少禦多，指揮果斷，夷漢皆服。

在此次將領的職務調整中，趙雲仍留任翊軍將軍，他擔任這一職務已經八年了，其間在漢中還立下大功，卻沒有得到提拔。

也許劉備考慮的是，魏延因鎮守漢中而地位特殊，升他為鎮北將軍，魏延以下其他將領的軍職都暫時不要再超越這個標準。

或者，劉備此時一心只想復仇，其他事考慮得就沒那麼細了。


## 劉備力排眾議

劉備稱帝後，心裏只惦記着一件事，那就是為關羽報仇，重新奪回被孫權佔有的荊州。

近來，劉備的心思其實並不在登基大典上，他一直密切觀察着孫權的一舉一動。佔領荊州後，孫權對曹魏一味獻媚示好，曹丕稱帝後孫權不僅沒有任何反對的表示，而且立即上書稱臣，接受了曹丕吳王的封號。

而另一方面，孫權對益州卻擺出了強硬姿態，在指揮侵佔荊州的戰役期間，孫權一直在公安，身臨一線指揮。荊州戰役結束後孫權也

沒有回建業，而是宣佈遷都於武昌。孫權已是吳王，所遷是王都。當時的武昌即今湖北省鄂州市，孫權營建的武昌城在長江南岸。

蜀漢章武元年（221年）八月，就在劉備武擔山登基的四個月後，武昌新城築就，孫權正式入駐。

孫權隨即向全軍下達命令：

「存不忘亡，安必慮危，這是古人的教誨。從前雋不疑是漢朝的名臣，在太平年代也刀劍不離身，可見君子對於武備不能停止。

「現在咱們大家處於險境，和豺狼一樣的敵人在打交道（況今處身疆畔，豺狼交接），怎能輕易地疏忽而不考慮突然發生的變故？近來聽說眾將都崇尚謙虛節儉，出入不帶隨從衛兵，這不是防患於未然的舉動。

「保護好自己，才能安慰君王、父母，這與遭遇危險不測哪個結果更壞、哪個結果更好呢（夫保己遺名，以安君親，孰與危辱）？大家應好好引以為戒，謹慎小心，務必從大局出發，以不辜負我的一片心意。」

看這架勢，孫權賴在荊州不打算走了，劉備的怒火徹底爆發。

從孫權下達給將士的命令裏可以看出，孫權是想與自己為敵到底，把自己比作豺狼，讓大家時刻保持臨戰狀態，這是擺出了要大打一仗的準備。劉備怒不可遏，他一刻都不想再等下去了，決定馬上東征，奪回荊州！

這將是一場國力的對決，或成或敗都將改寫歷史。劉備此意一出，立即在蜀漢陣營引起了爭論，有人表示堅決支持，也有不少人表示反對（群臣多諫）。

但劉備意志已決，對於任何反對意見，一概不聽（一不從）。

反對最堅決的人是趙雲。趙雲勸劉備，當前最大的敵人是曹魏而不是孫權，應該先滅曹魏，到那時孫吳不用打自會臣服。

趙雲進一步建議道：「當前應當進圖關中，佔據黃河、渭河的上游，從那裏征討曹魏，關東義士必將響應。千萬不能把曹魏擱置起來去伐吳，一旦與孫吳交兵，不能馬上見分曉啊（兵勢一交，不得卒解也）。」

趙雲的見解和諸葛亮隆中對策的指導思想一致，那就是把北征中原作為統一天下的第一步。為實現這個目標，諸葛亮提出聯合孫權，在現在的情形下趙雲知道聯合孫權不合時宜，所以沒有再提。

還有一些話趙雲大概沒有明說，那就是能不能打敗孫權奪回荊州呢？在趙雲看來，這恐怕是沒把握的事，只是他說得很委婉。

與關羽、張飛不同，趙雲遇事一向有自己的見解，很謹慎也很冷靜，不唯命是從，在關鍵時刻他多次勸諫劉備，不管劉備是否愛聽，事實證明，趙雲的這些重要意見都有先見之明。

應該說，劉備是信任趙雲的，但確實有點兒不太喜歡他的這些話，這從趙雲現在只是個翊軍將軍這一點也多少能看出來，畢竟唱反調總比唱讚歌容易招人煩。

劉備不聽趙雲的勸諫，但礙於趙雲的資歷和在軍中的影響，沒有說什麼。


偏將軍黃權也堅決反對伐吳，他說：「吳人戰鬥力很強，現在伐吳是順流而下，進攻容易撤退很難，請派我為先驅，先嘗試進攻，陛下隨後接應（臣請為先驅以嘗寇，陛下宜為後鎮）。」

在黃權看來此戰也並無多少勝算，與其傾舉國之力去賭，不如先嘗試一下再說。

這些話要是換個人說，劉備肯定得翻臉，但黃權是他較為器重的將領之一，尤其是漢中之戰黃權出力不少，劉備一直在刻意栽培他，所以不接受他的建議，也沒有說什麼。

可是勸的人實在太多，讓劉備不厭其煩。劉備乾脆來了個殺一儆

百，中了這個「大獎」的人是秦宓。

秦宓此時的職務是益州從事祭酒，相當於益州的參事室主任，他素來以博學著稱，又通占卜讖緯，據他看來，此時伐吳並不吉利（宓陳天時必無其利）。

劉備下令把秦宓抓起來，沒有審判，先關着（下獄幽閉）。

秦宓在監獄裏蹲了兩年多，劉備死後，諸葛亮主政，把他放出來擔任益州副州長（別駕），委以重任。

秦宓被抓，反對伐吳的人只得閉口。


劉備也不算剛愎自用的人，在對待伐吳這件事上他為何如此堅決以至於近乎偏執呢？

想來恐怕有兩個原因：一是過於悲憤，二是有點兒自信。

孫權反目，關羽被殺，荊州全失，劉備認為這場大敗不是敗於戰場，而是敗於陰謀和背叛，這樣的恨會讓人欲罷不能。孫權得手後的一系列舉動，更被劉備認為是挑釁，劉備不能咽下這口氣。

何況，荊州是未來攻取北方、統一天下的基礎，如果不能把荊州奪回來，他只能退縮在益州一地，戰略上失去了主動，這也是劉備不願意看到的。

討伐孫權是否有勝算？劉備的看法與趙雲、黃權不同，他認為曹操都不是對手，孫權更不在話下。

佔領益州、漢中後，劉備的軍事實力確實增長很快，雖然荊州丟了，但整體軍力應該高於孫權。孫權雖然遷都武昌，但在荊州他還只屬於立足未穩，自己在荊州畢竟經營了多年，只要自己率大軍一到，那些暫時投降了孫權的各郡縣必然響應支持，民心應該在自己這一邊。

太憤怒和太高興的時候都不要輕易做決定，因為這種時候頭腦最不冷靜。

在這個事關蜀漢生死存亡的重大問題上，作為丞相的諸葛亮在做什麼呢？他是什麼態度？

清代乾隆皇帝也曾發出這樣的疑問，他寫下這樣一段話：「諸葛亮在隆中對策時說過孫吳可以作為外援而不能討伐，為何現在東征孫吳，而他卻不出來制止（何此日東伐，竟不能止帝），以至於事後去追思法正呢？」

乾隆皇帝的不解也是後世很多人共同的疑問，那就是以諸葛亮的智慧，伐吳這樣顯而易見的戰略錯誤，就連趙雲都能洞若觀火，諸葛亮怎麼可能看不到呢？為什麼沒有看到關於他阻止這件事的任何記載？乾隆所說事後追思法正一事，是說在這次大規模東征孫吳失敗後，諸葛亮也做過一些反思。

那次，諸葛亮說過一段頗為耐人尋味的話：「法正如果還活着的話，就能制止主上伐吳的行動（法孝直若在，則能制主上），即使制止不了，也不會敗得如此徹底。」

從上面這些話裏，似乎可以看到諸葛亮在討伐孫吳之事上有難言之隱，這會是什麼呢？

表面看，諸葛亮好像說自己沒有能力勸阻劉備，劉備更信任法正，如果法正去勸，結果肯定不一樣。這有兩種可能，一種是諸葛亮也勸了，劉備沒聽，所以有這樣的感慨；一種是諸葛亮考慮到他去勸劉備也不會聽，所以就沒有勸。

但是，這兩種情況都是說不通的。說諸葛亮也勸過劉備，那應該留下記載，劉備即使不聽，也會有解釋，因為諸葛亮不是一般的人，他是蜀漢的「二把手」。如果是後一種情況，那就更不應該了，這麼重大的事，事關生死存亡，怎能以一己之私而廢公呢，這不是諸葛亮的風格。

其實，如果放在那個時候設身處地站在諸葛亮的角度看的話，也

許會理解他內心裏的苦衷。在聯合孫權一事上，他是堅定的支持者，不管有多少人反對，也不管劉備心裏是不是產生過動搖，他都堅定不移地支持倡導與孫權和平相處。

所以，當孫權背叛了同盟陰謀奪取荊州後，諸葛亮面對了很大的尷尬和壓力，劉備雖然不會就此質問他，但朝野上下對於聯吳戰略是否正確肯定有一些閒話，在這種情況下諸葛亮還要大張旗鼓地堅持原來的看法，就有點不合時宜。

更為重要的一點，這在之前也提到過，隨劉備從荊州來到益州的有一大批人，荊州是他們的老家，荊州有他們的親人、故舊和家產，對他們來講，一定要打回老家去，孫權不僅是他們的國恨，更是他們的家仇。

可以想見，除了趙雲這樣的有識之士外，勸劉備不要討伐孫吳的應該多是益州本地人，黃權、秦宓就是他們的代表，而踴躍出兵的多是荊州人，這從劉備此次東征大軍的組成上也能看出來。

## 孫權並不想打

眼看大戰在即，孫權的想法還是最好別打。

孫權為此做了最後一次努力，他做出一項人事調整，任命諸葛瑾為綏南將軍，代替呂蒙兼任南郡太守，駐紮於公安，負責面對蜀漢第一前線的軍政事務。

諸葛亮成為蜀漢的丞相，無論是曹魏還是孫吳，在很多人看來還是顯得有些突然，諸葛亮雖然才能突出，但畢竟年輕，在劉備陣營中的地位也不是最重要的，所以還是引起了不小的轟動。作為諸葛亮的哥哥，諸葛瑾沒沾上什麼光，反而落下不少猜疑。

諸葛瑾到了南郡，有人向孫權告密，說他有問題（人有密讒瑾

者)。這些風言風語傳到了陸遜那裏,陸遜有點兒着急,他向孫權寫了份報告,力保諸葛瑾沒問題,並且請求採取什麼方式給予辟謠(表保明瑾無此,宜以散其意)。

孫權接到陸遜的報告回覆道:「子瑜與我共事已經很多年了,恩如骨肉,我對他了解很深(深相明究),他這個人沒有道義的事不做,不仁義的話從不講。我和子瑜可謂神交,不是幾句話就離間得了的。」

孫權把前面的那些告狀信封好,讓人送給諸葛瑾,並且親筆給諸葛瑾寫信安慰他。接到陸遜的信後,孫權也把陸遜的來信一併轉給諸葛瑾,讓他知道陸遜的心意(輒封來表,以示子瑜,使知卿意)。

三國群雄之中,孫權的過人之處是識人,無論是對周瑜、魯肅還是對呂蒙、陸遜,都做到了知人善任,也做到了用人不疑,跟着這樣的領導打江山,心裏更踏實。

吳、蜀未來如果真的交戰,南郡就是前線,孫權讓諸葛瑾到這裏來,還有一項任務。孫權知道劉備一定要報仇,但他實在不願意跟這個妹夫打,所以讓諸葛瑾給劉備寫信勸和。

諸葛瑾給劉備寫了信,信中道:「如果您認為吳王奪取荊州又危害到關羽,因而怨深禍大,不願意求和,這只能說是在意了小的方面,卻未留意大的方向啊(此用心於小,未留意於大者也)。我想替陛下您着想,陛下如果能壓抑憤怒暫且聽我一句話,那麼計謀可立即決定,不必再反覆向群臣諮詢。陛下試想,您與關羽親還是與先帝親?荊州大還是天下大(陛下以關羽之親何如先帝?荊州大小孰與海內)?哪個大哪個小,哪個輕哪個重,誰應當在先,誰應當在後?弄清這些,什麼事不就易如反掌嗎?」

諸葛瑾所說的先帝是指剛剛被廢的獻帝劉協,當時吳蜀兩地紛紛流傳,說他已為曹丕所害,諸葛瑾知道劉備立國打的是劉漢王朝的牌子,所以不僅稱劉備為陛下,還稱劉協為先帝。

諸葛瑾提醒劉備：關羽親還是先帝親？荊州大還是天下大？是啊，這是簡單的道理，不用多想劉備應該知道答案。

但是劉備的態度異常堅決，不理諸葛瑾的來信。

劉備也並非不識數，他也知道孫、劉翻臉所帶來的後果，但他內心裏除了復仇的怒火，還有僥倖的心理，因為在他看來與風險相比，勝算更大。

只是這樣一來，諸葛亮就更不好公開反對伐吳了。

蜀漢章武元年（221年）七月，劉備整合各路人馬，正式出兵伐吳。

具體的部署是：劉備親自率四萬人馬由成都出發東進，任命吳班、馮習為左右領軍，相當於前敵正副總指揮，任命張南為前鋒，偏將軍黃權以及趙融、廖淳、傅彤、杜路、劉寧、陳式等分別統領各部；車騎將軍張飛率所部一萬人馬由巴西郡的閬中南下，兩支人馬相會於江州，即今重慶市。

吳班是國舅吳壹的族弟，也深得劉備信任。馮習是南郡人，追隨劉備由荊州來的益州，當初的地位與魏延差不多，現在進步也很快。趙融等人都是帶兵的將領，但事跡不多，在後世的名氣也不大。

看着上面的陣容，不禁讓人想起關羽、黃忠這些名將，由於他們紛紛凋零，讓蜀漢的將星也不再像以往那麼閃耀了。

馬超仍然在世，但可能他的身體不好，因而沒有出現在東征的隊伍裏，根據史書記載馬超在劉備登基一年後就去世了。

趙雲也不在東征之列，有人認為這進一步說明劉備對趙雲不信任，尤其是此次東征趙雲又提反對意見，劉備有意疏遠他；另一種看法認為，蜀漢能獨當一面的大將目前看只有張飛、趙雲、魏延幾人，張飛隨征、魏延守漢中，益州也要有大將留守，所以趙雲沒有參加東征。

相比較而言，後一種看法更靠譜，因為劉備隨後命趙雲留守江州，這個任務也很重要。

此次隨劉備出征的還有：尚書令劉巴，侍中馬良，太常卿賴恭，光祿勳卿黃柱，少府卿王謀，大鴻臚卿何宗，太中大夫宗瑋，從事祭酒程畿，從事王甫等。

賴恭等人身為九卿，是蜀漢朝廷的部長，他們是文官，一般都留在後方，現在多位九卿以及相同級別的文官隨征，這種情況還較少發生，是蜀漢人才不足，還是劉備要顯示征吳的決心？已經不太好揣摩了。

只是，讓這些很少上戰場的文官親臨第一線，一旦遇到險情更容易產生損失。


## 閬中起兵變

劉備雖然很有信心，但還是有點不安。

大軍出發前劉備還讓人算了一卦。蜀郡當時有個奇人叫李意其，這個人很神，大家都不知道他到底年齡有多大，傳言他已經活了幾生幾世（傳世見之），而這個李意其也故弄玄虛，說自己是漢文帝時候的人。漢文帝是西漢第二位皇帝，距漢末已有 400 年，這位李兄還真敢吹。

劉備聽說他很神，是一位大師，就把他請來，對他尊敬禮遇，讓他算一算此次討伐孫吳的結果（先主禮敬之，問以吉凶）。

李大師果然神祕，不說話，而是要來紙筆，畫了幾十張兵馬軍器儀仗之類的東西，畫完一一撕了，又畫了一個大人，挖了個坑埋於地下。

弄完這些，李大師仍不說話，在眾人目瞪口呆之際揚長而去。劉

備不解何意，但心裏有點兒不舒服，一種不祥之感向他湧來。

劉備正要出發，突然接到報告，說閬中方面有人來緊急報告情況。

劉備大吃一驚，順口說了句：「啊，難道是張飛不在了（噫！飛死矣）？！」

讓劉備猜中了，確實是張飛的死訊。

張飛接到劉備的命令，立即整頓所部人馬準備開赴江州與劉備會合，但是臨出發前發生了叛亂，手下部將張達、范強二人把張飛殺了，持其首級逃到了孫權那裏。

關羽善待士卒，看不起讀書人；張飛和他相反，尊敬讀書人卻不愛惜士卒（羽善待卒伍而驕於士大夫，飛愛敬君子而不恤小人），二人的性情有所不同。

劉備曾就此提醒張飛：「你待手下過於嚴厲，對下面的人整天責罰鞭打，又讓他們在你左右，弄不好就會出事。」

張飛聽了，但還是改不了。

此次叛殺事件，可能與此有關。

但是，這次叛殺的時間這麼巧，不由得令人懷疑背後是否還有別的內幕，如果有的話，一定是孫權方面派人祕密策反的結果。當然這僅是推測，沒有任何史料依據。

張飛是蜀漢武將之首，也是劉備的親家，大戰在即，先損大將，劉備在悲痛之餘，心中的不祥之感更濃重了，復仇之心又多了幾分急切。

劉備下詔，追諡張飛為桓侯，這是劉備稱帝以來首次賜予大臣諡號。張飛的長子張苞死得比較早（早夭），由次子張紹承嗣張飛的爵位。

劉備同時下詔，將張飛原來兼任的司隸校尉一職改由諸葛亮兼

任。之所以在這樣緊張的氣氛下還不忘下達這樣一個詔令，是因為如之前分析的那樣，司隸校尉不僅是一州之長，更對百官有監察糾舉的職責。

史書裏多次提到張飛是「萬人敵」，也就是特別勇猛。

其實張飛還有「內秀」的一面。張飛早年讓匠人用赤山鐵專門打造了一口刀，他親自在上面刻下銘文「新亭侯，蜀大將也」，後來張飛遇害，范強刺殺張飛後得到這把刀，把它獻給孫吳。

所以，一般認為張飛也擅長書法。元代有位畫家曾對張飛的書法成就進行過評價，認為他的造詣很高，甚至說三國時代公認的著名書法家鍾繇、皇象都比不上張飛。

明代有一部遊記記述道，順慶府渠縣有個八濛山，在山下看到一塊石頭，上面題有「漢將張飛率精卒萬人大破賊首張郃，立馬勒石」兩行隸書大字。渠縣即當年瓦口關之戰的所在地，這個記載也有一定的可信度。

明代有一部論述書畫的著作，說張飛最擅長的是草書。還有一部書記載，說四川涪陵一帶自古流傳下來一種刁斗，上面有銘文，就是張飛所寫的。

雖然張飛所寫的書法真跡現在已經看不到了，但有這麼多的記載說他擅長書法，應該不全是杜撰的。

當然，張飛在後世的影響並不是因為書法，只是受小說、戲劇和一些影視作品的影響，張飛的形象早已在人們心中定格了：粗獷、豪爽、火暴的脾氣；作戰異常勇猛，攻無不克、戰無不勝，敵人聞風喪膽；一身忠義之氣，至死不改本色。

但史書還評價張飛「有國士之風」，這主要指的是他義釋嚴顏，說明他雖然是一員猛將，卻不是那種目空一切、剛愎自用的人，他有

頭腦、有智慧，知道爭取對手，也知道尊重士人。

總的來說，張飛是三國時代少有的猛將，能打硬仗、險仗，關鍵時刻不僅能臨危不懼，而且能動腦子，江州之戰、巴西之戰都是他的成功傑作。

但同時，張飛又脾氣暴躁，對待手下的人比較嚴厲，不知道愛護手下，帶隊伍的經驗不足，造成了當年徐州的失守和最後的閬中兵變。


# 曹丕坐山觀虎鬥

孫權知道，劉備真的要跟他拚命了。

說再多也已無益，為今之計只剩下迎擊了。孫權馬上做出部署來迎擊蜀軍，任命 38 歲的鎮西將軍、右護軍陸遜為總指揮（大都督），假節，統一指揮在荊州的各部人馬拒敵。

這些人馬大約有五萬人，包括朱然、潘璋、宋謙、韓當、徐盛、諸葛瑾、步騭、鮮于丹、孫桓等部，他們沿長江由西向東擺下了層層防線。

在最西邊的是振威將軍潘璋，他負責守固陵郡。這個郡是孫權私設的，包括巫、秭歸、興、信陵、沙渠五個縣，與益州接壤，是荊州的西大門，構成第一道防線，潘璋兼任固陵郡太守，統一指揮本郡防務。郡內幾處重要據點也都分兵把守，其中陸議守巫縣，李異守巴山，劉阿守興山。

如果這道防線被突破，下一道防線是夷陵，這裏由陸遜本人防守，陸遜命宋謙督水軍駐守於枝江，命安東中郎將孫桓守夷道，與夷陵互為外援。

由夷陵沿長江再往下是江陵，也就是南郡郡治，由虎威將軍朱然防守在這裏，朱然自己坐鎮於江陵，偏將軍韓當兼任永昌郡太守，輔

助朱然，成為夷陵的後援。

由江陵沿長江往下就是劉備、關羽之前在荊州的大本營公安，由綏南將軍諸葛瑾負責防守。諸葛瑾這時還兼任着南郡太守，協助他守公安的是周瑜的次子、興業都尉周胤。在公安附近還有建忠中郎將駱統率領的 3000 人馬守在屏陵，歸諸葛瑾指揮，構成第四道防線。

為防備蜀軍由長江北岸發起迂迴進攻，命建威將軍徐盛駐守當陽，徐盛同時還兼任着廬江郡太守。為防備蜀軍由長江南岸偷襲，任命鮮于丹為武陵郡都尉，守備在武陵郡，又命平武將軍步騭率萬人屯駐在長沙郡，以防不測。

從陸遜的部署看，夷陵是此次防衞作戰的重點，圍繞着夷陵，在其以西、以東分別組建了若干道防線，佈防的層次很清晰。

孫吳的人馬並不算多，但佔據了有利地勢，再加上指揮得當，抵擋住劉備大軍的進攻還是有把握的。


這時，劉備率領的大軍已經進入三峽地區，來到了蜀漢控制的最前沿白帝城，劉備在此設立總指揮部。

劉備命前鋒張南以及吳班、馮習等部繼續進軍。雙方的軍隊最終在巫縣、秭歸一帶相遇，此戰蜀漢軍隊獲勝，吳班、馮習在此擊破吳軍的陸議、李異、李阿所部，分別佔領了一些地方。

蜀漢章武二年（222 年）正月，劉備率總指揮部前進至秭歸，這時他除了考慮對面的吳軍外，還擔心曹魏趁自己與孫權交戰之際從江北發起突襲。

由三峽地區向北，很快可以抵達上庸三郡，目前這裏是曹魏新設的新城郡，如果孟達不降，劉備此次征討荊州就可以從西面和西北兩個方向進兵了，而現在反倒要分兵來防備這個方向的敵人。

根據史書的記載，劉備升任偏將軍黃權為鎮北將軍，讓他督率江

北各路人馬以防魏軍（以權為鎮北將軍，督江北軍以防魏師）。這個記載也許有些問題：一來劉備剛剛任命魏延為鎮北將軍，魏延被任命後職務未發生變動，此時不可能又任命黃權擔任該職；二來黃權僅是副軍長（偏將軍），在未立新功的情況下驟然提升為戰區司令一級的鎮北將軍，有些不合常理。

不過，黃權確實分兵去了江北，在那裏組建阻擊防線，主要是防備曹魏可能發起的進攻。


劉備的擔心並不多餘，吳蜀這邊大動干戈，曹丕自然不會不管不問，他也在緊張地注視着他們雙方的一舉一動。

劉備出兵之前，曹丕就曾召集謀臣討論劉備會不會給關羽報仇，大多數人認為蜀國是個小國，名將只有關羽，關羽死後蜀國憂懼，無力惹起戰端。

侍中劉曄不同意這個看法，他說：「蜀雖小國，但劉備這個人生性威武自強，勢必興師動眾以顯示他的力量。況且關羽和劉備，於公是君臣，於私形同於父子（且關羽與備，義為君臣，恩猶父子）。關羽死了不能為他興軍報仇，在情分上始終說不過去。」

後來，劉備果然出兵，孫權只得傾全國之力應對，對曹魏遣使稱藩。孫權的使臣來到洛陽，朝臣皆賀。

劉曄這時提出了一個頗為大膽的建議：「孫吳以江、漢為天險，向來無內臣之心。陛下雖然功德蓋天，但像孫權這樣的人也無法讓他感動改變。孫權因難求臣，不能相信他。孫權現在內外交困，所以才派使者前來，可見其情況之窘迫。現在正是時候，可以突然向他發起襲擊（可因其窮，襲而取之）。一旦縱敵，數世之患，不可不察！」

劉曄的這一招絕對夠狠，從孫權本人到他手下的精兵強將此刻都在大氣不敢喘地盯着蜀漢，後方十分空虛，如果曹魏從合肥方向突然

出擊，孫吳的長江天險就很容易攻破，三國之中孫吳十之八九先被滅了，三國鼎立的局面可能提前結束。

但不知為何，劉曄的建議提出後，遲遲未見曹丕的反應。

劉曄不甘心，他又替曹丕分析了形勢，說當時天下雖然三分，然而曹魏獨佔其八，吳蜀各保其一，它們現在還相互攻伐，正是天欲亡之。

劉曄建議趁着孫吳將重兵集結於夷陵一線的時機，渡江攻擊孫吳的後方，孫吳外有蜀漢的進攻，內有我方的襲擊，快則十天，慢則一個月，必然滅亡（蜀攻其外，我襲其內，吳之亡不出旬月矣）。

劉曄認為，孫吳滅亡蜀漢就孤單了，劉備即使趁機也侵佔了孫吳的一些地盤，但他們必然不能長久，何況即便孫吳被一分為二，蜀漢得到的也是其外圍，我們得到的才是核心（蜀得其外，我得其內）。

曹丕想了想，認為這個方案不可行：「人家稱臣願降，而我們要討伐他，這會讓那些也想來投降的人失去信任（疑天下欲來者心）。這個實在不可，我們為何不接受孫吳的投降，而去襲擊蜀國的後方呢？」

曹丕的思路剛好相反，乾脆聯合孫吳，一塊收拾蜀漢，效果不是一樣嗎？

劉曄不同意，他的理由是：「蜀漢遠而孫吳近，如果聽說我們興兵討伐，他自然會回軍，我們的目的難以達到。現在劉備已經憤怒，聽說我們也去攻打孫吳，知道孫吳必亡，一定會更加積極攻擊而與我們爭奪孫吳的地盤，不會改變原來的打算，這是必然的。」

劉曄看得很清楚，你要打劉備，是倉促間打不着的，因為益州北有秦嶺、漢中，東有長江上的重重關隘，你要打他就會縮回去，你毫無辦法。而孫權卻是現成的一盤菜，如果下決心，他必定玩完。

曹丕還是沒有接受這個建議，但也沒有按照他說的藉機攻打蜀

漢，如果他這時出兵漢中，或者由上庸三郡向蜀漢的三巴地區攻擊，雖然不是劉曄說的上策，但最少也是中策，結果怎麼樣很難說。

曹丕沒有接受劉曄的建議，是因為他缺少戰略眼光嗎？

那倒不一定。

曹丕雖比其父差點勁，但絕不是庸才，更不是蠢材，他之所以沒有採取斷然措施在吳蜀爭鬥中攪一下局，是因為他才登基，沒有絕對把握的事不能做，現在作壁上觀不失為一步穩棋。

## 戰事陷入膠着

江北的曹魏沒有趁火打劫，讓劉備的壓力輕了不少。

而在江南方面，劉備還獲得了意外收穫——武陵郡的五溪蠻主動前來歸順。

所謂五溪蠻，是分佈於沅水上游若干少數民族的總稱，因他們主要居住於雄溪、樠溪、辰溪、酉溪、武溪五條溪流間而得名，其部落首領稱君長。劉備治理荊州期間，曾在這一帶設置黔安郡，對當地百姓有恩澤，各君長聽說老領導劉備回來了，都遣使到軍中請命，願意充當攻打吳軍的前鋒。

劉備大為高興，命令侍中馬良前往武陵郡招納五溪蠻，分別授予各君長以官職，各部落都很滿意（蠻夷渠帥皆受印號，咸如意指）。

劉備原來想，征討孫吳必然是場惡戰，沒想到開局如此順利，於是命令吳班和馮習繼續向夷陵進軍，如果攻下此城，就叩開了荊州的大門，徹底打敗吳軍的勝算就至少有一半了。

在秭歸，劉備還遇到了曾做過關羽辦公室主任（主簿）的廖化，劉備十分高興。

廖化字元儉，荊州襄陽人，關羽擔任前將軍後，任用他為主簿。

關羽兵敗，廖化被吳軍俘虜，後來他裝死，逃了出來。廖化一心回到益州，帶着母親晝夜兼程西行，走到秭歸遇上了劉備。

劉備肯定詳細詢問了關羽臨死前的情況，廖化一一向劉備進行了匯報。廖化對荊州的事務很熟，劉備任命他為宜都郡太守，隨軍行動。

廖化後來長期在諸葛亮身邊擔任參謀（參軍），是蜀漢後期最重要的將領之一，官至車騎將軍。

這一年二月，在秭歸稍做停歇後劉備命吳班、陳式所部開始向夷陵發起攻擊。

陸遜閉城不出，雙方陷入對峙。

劉備命吳班以數千人平地立營，在夷陵城外發起挑戰。吳將看到吳班人馬不多，紛紛建議出擊，陸遜認為劉備此舉必然有詐，不能盲目出擊，只能再觀察一下（此必有譎，且觀之）。

眾將還是請戰，陸遜耐着心對大家說：「劉備舉軍東下，銳氣正盛，且居高守險，難以立即攻破，即使發起進攻可以把他們打退，也難以全殲（攻之縱下，猶難盡克），而稍有不利，則損我大局。現在應告誡將士，靜觀其變。此地如果是平原曠野，靜觀恐怕會遭受敵人突然襲擊，而蜀軍一直緣山行軍，兵力難以展開，我們可以抓住這個弱點慢慢將其拖垮（自當罷於木石之間，徐制其弊耳）。」

陸遜的意思是打持久戰，不要幻想一戰退敵。

但這些話並沒有說服大家，眾人都認為陸遜膽小懼戰，心裏憤憤不平（諸將不解，以為遜畏之，各懷憤恨）。

這確實是劉備的一個計策，眼見陸遜閉城不出，劉備很着急，故意讓吳班示弱於吳軍，引誘吳軍出城交戰。他已在山谷間埋伏了重兵，準備打吳軍的伏擊。

看到陸遜不上當，劉備下令把埋伏於山谷間的 8000 人馬撤出，這

時候吳軍將領們才知道陸遜的判斷是正確的。


　　夷陵即今湖北省宜昌市一帶，當時是荊州刺史部宜都郡下面的一個縣，它素有「三峽門戶」之稱，是長江上游與中游的分界處，也是鄂西山區向江漢平原的過渡地帶，它地扼渝鄂咽喉，上控巴夔、下引荊襄，戰略位置十分重要。

　　夷陵也是孫吳此次防衛反擊作戰的核心，雖然處在第二道防線上，卻是一處不能丟失的城池，所以陸遜親自在此防守。夷陵城池堅固，城內物資儲備充足，非一朝一夕可以攻破。

　　劉備誘敵計劃失敗後改變了思路，命張南率一部人馬攻打夷陵附近的另一處戰略要地夷道，此地即今湖北省宜都市。

　　劉備為什麼打這裏呢？因為他已打聽清楚，防守夷道的是吳軍師長（安東中郎將）孫桓，他的父親名叫孫河，是孫堅的族子，早年追隨孫堅四方征討，深得孫堅信賴。

　　孫桓是孫權的姪子，由於這層關係，劉備覺得猛攻夷道的話，陸遜就不能不來救援了，這同樣是誘敵出城出戰的一招。

　　張南率兵把夷道圍住，孫桓不支，果然向陸遜求救。

　　如今宜都市與宜昌市相距約50公里，這個距離不算遠也不算太近，陸遜如果去救援，必然冒着很大風險，所以他不同意支援夷道。

　　眾將領急了，紛紛勸陸遜說：「孫桓可不是一般的人（孫安東公族），眼見他被圍困，怎能不救？」

　　陸遜向大家解釋說：「孫桓平時深得將士之心，夷道城內糧食充足，沒什麼可擔憂的，等我運用計謀，夷道之圍不救自解。」

　　陸遜雖然是總指揮，但手下這些將領多是孫策時代的舊將，有的是公室宗親，有的是江東大族，他們依仗資歷或者地位，向來驕傲自大，不大聽話（諸將軍或是孫策時舊將，或公室貴戚，各自矜恃，不

相聽從）。

將領們認為陸遜有點兒怯戰，所以不滿情緒日增，有時會當面表現出來，在陸遜面前說些風涼話。

有一次，陸遜發火了，對眾將說：「劉備天下知名，曹操都有所忌憚，現在就在我們的對面，他是很強大的（今在境界，此強對也）。諸君並受國恩，擔當重任，應當和睦同力，共殲此敵。我雖是一介書生，但受命於主上（僕雖書生，受命主上），之所以讓諸君屈尊而聽命於我，是因為主上覺得大小事件我能把握分寸，又能忍辱負重，大家各自都有承擔的任務，希望不要推阻！」

說到這裏，陸遜一按佩劍，厲聲道：「軍令就在那裏擺着，請別冒犯（軍令有常，不可犯矣）！」

陸遜強壓了大家的不滿，但這苦了孫桓。聽說陸遜不發兵來救，孫桓十分怨懟。


## 火燒七百里連營

劉備把夷陵圍起來猛攻，但圍了六個月仍然不見進展，在冷兵器時代，這種情況並不算反常。

只要城池堅固，城裏的糧食足夠多，守上一兩年的情況也都出現過，陸遜用死守的辦法跟劉備拼消耗、拼耐心，這讓劉備沒了主意。

但劉備不想就這樣退兵，不僅心不甘，還有個面子問題，勞師遠征，又是在力排眾議的情況下來的，如果灰溜溜地回去了，他這個新登基的皇帝面子往哪兒擱？

劉備調整部署，命令各路蜀軍分頭佔據附近的要地，就地紮營。自秭歸沿長江而下，蜀軍各部人馬先後紮下了 50 多處營盤，連綿不絕，有數百里，最東端抵達了猇亭。

猇亭目前是湖北省宜昌市所轄的一個區，在其周圍分佈着葛洲壩、三峽等重要水利樞紐。在三國時代這裏還是一個小地方，位於長江岸邊，地勢險要，懸崖峭壁，江水湍急，暗礁叢生。

聽說這個消息，遠在洛陽的曹丕評論說：「劉備看來太不懂軍事，豈有營寨連綿700餘里而可拒敵的？『苞原隰險阻而為軍者為敵所禽』，劉備犯了兵家大忌，孫吳的捷報不日可至！」

曹丕在這裏引用了一句現在已失傳的古代兵法，其大意是，在雜草叢生、地勢平坦、潮濕低窪、艱險阻塞等處安營的軍隊，一定會被敵人打敗擒獲。


夷陵城內，陸遜觀察敵情後做出判斷：反攻的時候到了。

陸遜說出想法後，眾將領都感到不理解：「要進攻也應該在當初，現在蜀軍已深入近600里，雙方相持好幾個月了，各處要地都被他們佔領固守（其諸要害皆以固守），發起攻擊必無法得利。」

對於大家的這個疑惑，陸遜解釋道：「劉備是個狡猾的敵人，他經歷過的事情很多，剛開始集結，他用心專一，此時不能進攻。現在他已經在這裏很久了，不能取勝，士氣受挫，又沒有新的計策，夾擊此敵，正是現在（犄角此寇，正在今日）！」

陸遜命令攻擊蜀軍其中的一營，但是未能取勝。

眾將更不滿了，抱怨道：「這是讓士卒白白送死啊（空殺兵耳）！」

要是換成別的主帥，現在該崩潰了，但陸遜的內心足夠強大，他對取得勝利充滿了信心。

陸遜胸有成竹地對眾將領說：「我已經找到破敵的辦法了（吾已曉破之之術）！」

陸遜命令再次發起攻擊，這回每個士卒手裏拿一束幹茅草，用火攻的辦法對付蜀軍，結果收到了奇效。

這一年的農曆六月是個閏月。此時正是夏末，長江中游一帶氣候乾燥，有時還會刮起大風，這些都利於火攻。

蜀軍夾山築營，地勢狹隘，一旦起火，施救困難。各地兵營同時燃起大火。

《孫子兵法》說：「用火輔助進攻，必然會收到奇效；用水來輔助進攻，攻勢必能增強（以火佐攻者明，以水佐攻者強）。」算起來，這已是十幾年來長江沿岸燃起的第二把著名的大火了。就兵法而言，不必非得創新，那些好使的招數，照搬照學就行。

吳軍趁勢發起全面反擊，蜀軍被連破 40 多座營寨，蜀將張南、馮習及助戰的胡王沙摩柯等戰死，杜路、劉寧等被迫投降。

劉備倉皇逃出兵營，退入馬鞍山，趕緊部署兵力自衛（備升馬鞍山，陳兵自繞）。現在叫馬鞍山的地方有 20 多處，此馬鞍山不在安徽省，而在湖北省宜昌市西南。

此時，除陸遜督本部猛攻外，韓當、朱然、諸葛瑾等也同時督率所部進擊，蜀軍士氣瓦解。


在馬鞍山，劉備知道敵人一旦完成合圍自己就無路可逃了，於是連夜突圍。

山路崎嶇，騎馬很危險，劉備是被驛人抬着闖出的重圍，為了逃命，驛人們焚燒了身邊像鐃、鎧甲這樣的東西，才阻住了敵人的追擊（備因夜遁，驛人自擔，燒鐃鎧斷後）。

哪來的驛人呢？原來，劉備發兵夷陵，沿路設置許多驛站，從夷陵直到白帝城，一路都有，劉備成功突圍，最後依賴的是這些驛站裏的人。鐃是一種樂器，驛人們燒的可能是它的木柄。

有一部地理志記載，驛人燒鐃鎧之處名叫石門，在秭歸縣以西。還有另一部史籍記載，巴東縣有石門山，是劉備「燒鐃斷道」之處。

劉備一路狼狽而逃，一口氣跑了幾百里，一路上看到的全是慘象。蜀軍的舟船軍械、水軍步軍的物資損失殆盡，數不盡的士兵屍體漂流在江面上……劉備打了一輩子仗，什麼都經歷過，但此情此景仍然讓他驚駭悲憤。

劉備不由得大呼道：「我居然被陸遜打敗和羞辱，難道這是天意嗎（吾乃為遜所折辱，豈非天邪）！？」

一行人倉皇逃至上夔道，發現前面有一支吳軍攔截，帶隊的將領正是曾被蜀軍圍困於夷道的25歲年輕吳將孫桓。

劉備當年去過京口，在那兒見過孫桓，那時孫桓還只有十幾歲。劉備是孫權的妹夫，孫桓是孫權的姪子，孫桓當初見劉備的時候大概還喊過「表姑父」。

孫桓擋住路不讓走，劉備憤憤地說：「我在京口，孫桓還是小兒，沒想到他今天也會逼迫我至此啊！」

劉備只得放棄大路，從山裏面翻越險隘才通過。

跑到了白帝城，也就是此次東征的起點，劉備不走了，在這裏住了下來。

## 幾乎全軍覆沒

這場打了幾個月的戰役以夷陵的爭奪為核心，戰事的轉折點也發生在夷陵附近，所以被稱為夷陵之戰。

有的史書說蜀軍死了幾萬人，還有的說得更具體，說蜀軍被殺的超過8萬人（殺其兵八萬餘人，備僅以身免）。

夷陵之戰蜀軍戰死的人數肯定沒有8萬人那麼多，劉備帶來的人馬之前說是4萬，加上張飛的1萬也不過5萬，再加上其他部隊，總兵力也僅在「數萬」這個層面上，「被殺8萬人」的說法有點誇張了。

但無論如何，蜀軍的損失極為慘重。

劉備在白帝城陸續收到了各部傳來的消息，張南、吳班、馮習等將領均戰死，其他戰死的重要官員還有多人。

別督傅肜為掩護劉備撤退而負責殿後，所部作戰十分勇敢，傅肜身邊的士卒一個個倒下，最後只剩下他一個，但傅肜依然鬥志不減。

吳軍勸他投降，傅肜罵道：「吳狗，我大漢將軍哪有投降的？」

傅肜最後戰死。

從事祭酒程畿乘船溯流而退，吳兵快要追到了。

左右都勸程畿：「敵人馬上就來了，快棄大船乘小舟逃命吧（後追將至，宜解舫輕行）！」

程畿雖然是文官，但一樣英勇，他答道：「我在軍中，從來不習慣在敵人面前逃命！」

程畿結果也戰死了。


在長江沿線各部蜀軍被擊潰的同時，劉備派往江北的這一路人馬也遭遇險境。

黃權率領的這支人馬在江北負責警戒曹魏方向，由於夷陵兵敗突然，黃權毫無準備，想跑都來不及了。

在陸遜指揮各路人馬圍攻劉備的同時，黃權被吳將陸議率部圍困，由於道路隔絕，黃權所部成為孤軍。

黃權不想投降孫吳，最後不得已投降了曹魏。

曹丕很高興，拜為黃權為南部戰區副司令（鎮南將軍），把他召到洛陽，給予很高禮遇，就像對待孟達那樣，曹丕也很喜歡黃權，親自在洛陽召見他。

曹丕對黃權說：「將軍捨逆效順，是效仿陳平、韓信嗎？」

黃權回答說：「臣受劉主殊遇，降吳不能，還蜀無路，所以才來歸

命。敗軍之將只求免死，何來效仿古人啊？」

這時候從蜀地傳來消息，說黃權投降後，其妻子兒女均被誅殺，黃權不信，所以不發喪。曹丕親自過問此事，專門下詔要黃權發喪。

黃權對曹丕說：「我和劉主以及諸葛亮推誠以待，互相信任（臣與劉、葛推誠相信），他們二人知道我的心志，這件事還有很多疑問，請觀察一下再說。」

果然如黃權所料，劉備並沒有為難他的家屬，確實有人建議把黃權的妻子兒女抓起來，劉備不同意。

劉備大概想起了黃權當初勸他的話，後悔自己太輕敵了。

劉備對大家說：「是我辜負了黃權，黃權沒有辜負我。」

除了江北這一路黃權降魏，劉備安排在江南的一路也未能保全，侍中馬良遇害。

馬良奉劉備之命糾合武陵郡的五蠻溪等少數民族部落，本意是想助攻孫吳，結果陸遜在夷陵動手的同時，駐防長沙郡的吳將步騭也突然出擊，馬良所部兵力懸殊，戰死。


劉備雖然到了白帝城，但這裏蜀軍並不多，依然危險重重，大家都勸劉備快走。

但是劉備很執着，不走。

損失巨大，慘不忍睹，悲傷難忍，死就死在這裏吧！

幸好，這時有兩支蜀軍人馬迅速靠近白帝城，眾人才稍稍安心。

一支是由牙門將向寵率領的隊伍，當時蜀軍各營幾乎全部損失，只有向寵的軍營得以保全。向寵，是諸葛亮的同學向朗的姪子。

另一支人馬是由益州方向趕來的，巴西郡太守閻芝聽說前線吃緊，緊急徵兵，加上本郡原有人馬，湊齊了 5000 人，命漢昌縣縣長馬忠率領趕到白帝城護駕。

馬忠字德信，是巴西本郡人，少為郡吏，後被舉為孝廉，任漢昌縣縣長。

劉備和馬忠談話，對他大為讚賞，對身邊的尚書令劉巴說，馬忠是與黃權不相上下的人才。

這時，吳將李異、劉阿等率部跟蹤而至，前鋒已達白帝城外的南山。

劉備在白帝城給陸遜寫了封信，信中說：「聽說曹魏大軍已經進逼江陵，而我也要重新東進（賊今已在江陵，吾將復東），將軍認為有沒有這樣的可能呢？」

陸遜接到劉備的來信，知道劉備的用意，回覆說：「貴軍剛剛大敗，元氣大傷，現在請求和好是為自己考慮，哪還能再勉強用兵？如果還有其他打算，定會全軍覆沒，一個都跑不了（遠送以來者，無所逃命）。」

不過，陸遜倒是認為，與蜀漢的戰事可以告一段落了，現在戰略重點已經發生了轉移。這時孫權也親自趕到了夷陵前線，見到陸遜。

孫權了解到在戰事關鍵時刻有人不聽指揮，就問陸遜：「當初怎麼沒有聽你報告過將領不聽你指揮的事啊（君何以初不啟諸將違節度者邪）？」

陸遜回答道：「我受主上器重，擔任了超過我才能的職務（任過其才）。各位將領要麼是朝廷的親信，要麼是有功之臣，都是國家的棟梁。我才能雖然低劣，也知道古時有藺相如、寇恂等人相互謙讓、以國家大事為重的道理。」

孫權十分高興，加拜陸遜為輔國將軍，兼任荊州牧，改封為江陵侯。

吳將徐盛、潘璋、宋謙等紛紛向孫權建議，認為一鼓作氣猛攻白帝城，定可將劉備活捉（各競表言備必可擒）。

孫權就此徵詢陸遜的意見，陸遜認為劉備已敗，當務之急是防備曹魏背後突襲，主力應迅速回防，不宜再追擊劉備，朱然、駱統等人支持陸遜的意見。

　　而正在此時，留守在江州的翊軍將軍趙雲星夜馳援，率大部人馬趕到了白帝城，劉備不擔心了。

　　孫權見狀，命李異、劉阿等從白帝城外撤回，將前鋒駐紮於秭歸。

　　為了繼續對蜀漢保持主動出擊的態勢，孫權請出一個人來，讓他住在秭歸，專門對付劉備。

　　這個人就是前益州牧劉璋，劉備奪取益州，以振威將軍的名義遷劉璋於公安，讓關羽對其進行監視。關羽被殺，劉璋就到了孫權手裏，孫權於是重新表奏劉璋為益州牧，讓他移住於秭歸，與在白帝城的劉備對峙。

　　這一招實際效果有限，但可以充分地惡心人，因為劉璋的存在可以時刻對劉備進行提醒和鞭撻，告訴他你滿嘴的仁義其實是假的。

　　孫權希望劉備趕緊走人，徹底退回成都，但劉備不理。

　　白帝城是魚復縣的治所，魚復這個名字有點彆扭，有點像「魚腹」，劉備下詔改魚復縣為永安縣，並在白帝城建行宮，準備在此長駐下去。


## 孫權的意外舉動

　　就在雙方擺開陣式，要繼續打下去的時候，孫權突然做出了令人震驚的一件事。

　　孫權派出使者來到白帝城向劉備請和（孫權聞先主住白帝，甚懼，遣使請和）。這件事確實匪夷所思，作為戰勝者，孫權此時正兵強馬壯，士氣也正旺，而劉備是敗軍之將，手下能打的武將死的死、降

的降，哪有力量實施反擊，在這種情況下孫權怎會主動求和呢？

而且，幾個月前還殺得人家屍橫遍野，對方的眼裏現在沒有別的什麼，都是仇恨，可能談和嗎？

但孫權就是孫權，他認為不僅完全可行，而且勢在必行。

在對外事務方面，孫權常有驚人之舉。比如為了對付曹操他主動聯合比自己弱小得多的劉備，比如為了搶奪荊州他突然放棄孫劉聯盟轉而與曹魏結盟，再比如他突然向曹魏稱臣，這些需要的不僅是勇氣，更是對局勢和時機的精準把握，而每一次他都收到了奇效。

孫權認為雖然跟劉備結下了深仇大恨，但對於自己的求和劉備還得接受。這是因為從情感上說，劉備當然不願意，也不能接受；但理智考慮的話，劉備一定會覺得接受比不接受更為有利。


孫權派往白帝城的使者是太中大夫鄭泉，此人不太出名，但是一個頗有性格的人。

鄭泉字文淵，北方人，博學有奇志，最大的特點是愛喝酒。

還沒有出來做事時，鄭泉對人說：「希望有一隻裝載着 500 斛美酒的船，船頭船尾放着四季的水果（以四時甘脆置兩頭），暢快飲酒，困乏了就吃美味，酒少了就添滿，那該多痛快！」

鄭泉開始在孫權手下當郎中，是一名中下級官員，他性直好諫，經常當面給孫權提意見。

孫權曾對他說：「你喜歡當眾面諫，有時還失禮，就不擔心觸犯我嗎？」

鄭泉毫無畏懼：「我聽說有聖賢的君主才有賢明的臣下，現在上下都能以誠相見，仰慕的是您的宏恩，所以我不擔心觸怒您。」

鄭泉的回答讓孫權很滿意，但也想捉弄他一下。

有一次，孫權命鄭泉隨侍宴會，故意嚇唬他說要把他提交有關部

門治罪，鄭泉被帶出時，頻頻回頭張望（臨出屢顧）。

孫權把他叫回來，笑着說：「先生說過不怕觸怒我，為何頻頻回頭？」

哪知鄭泉回答道：「我承蒙您的恩德和保護，知道自己沒有死罪，只是臨出門的時候，感受到了您的威靈，所以不由自主回頭罷了（感惟威靈，不能不顧耳）。」

鄭泉剛才肯定是受到驚嚇了，回頭張望哪裏是因為孫權的威靈，分明是求生的渴望，但人家能迅速平復心情，馬上找出最恰當的回答，這樣的人才當然適合搞外交。


對於孫權主動派人出使劉備求和一事，史書上還有另外的說法，據說在鄭泉出使之前是劉備先給孫權寫的信，信中深刻反省了自己的錯誤，要求復好（已深引咎，求復舊好），劉備在信中還對自己稱漢中王之事進行了解釋。

這個說法似乎也得到了其他史料記載的印證，有一部史書曾記載說劉備當初在漢中稱王時曾寫信給孫權，請孫權給予承認和支持，但孫權沒有回信，劉備現在再次寫信談及此事，目的是想贏得孫權的支持。

但孫權沒有把劉備的信拿給大家看，只是口頭上說了說，並說現在漢帝已經不存在，劉備稱王可以接受。不過，劉備現在早已不是漢中王，而是蜀漢的皇帝，在孫吳面臨敵軍全面壓境的情況下，說他主動寫信要求復和可能性似乎不大；劉備來信一事，也有可能是孫權捏造出來的，畢竟與蜀漢復和一下子還讓很多人轉不過來彎，需要有個台階。

不過，這些都不影響鄭泉順利出使並在白帝城見到劉備，劉備在白帝城接見了鄭泉，見面後不提雙方如何復和，而先提舊事。

劉備問鄭泉：「吳王當初為何不給我回信，是不是認為我不配稱漢中王（吳王何以不答吾書，得無以吾正名不宜乎）？」

對此問題想必鄭特使已早有準備，他不慌不忙地回答：「曹操父子侵凌漢室，最終奪取了大位。殿下既然身為宗室，有維城之責，沒有率先在海內興兵討伐亂子，反而自己稱王，有違天下輿論，所以我們吳王才沒有回覆。」

話不中聽，卻擊中了劉備的要害，要面子的人容易臉紅，劉備居然被鄭泉問得滿臉愧容（甚慚恧）。

鄭泉出使還是很成功的，劉備經過反思，認同了孫權關於吳蜀復和的看法，派太中大夫中宗瑋回訪。完成了這件重要任務的鄭泉，其他事跡史書再無更多記載。

只知道，鄭泉臨死前曾對好友說：「我死了一定要葬在製陶窯場的旁邊，希望百歲之後能化成泥土，最好被做成酒壺，那就讓我心滿意足了！」


孫權為什麼在此時求和呢？原因是他跟曹丕鬧翻了。

孫權向曹丕稱臣後，曹丕多次讓他把兒子送到洛陽當人質，孫權不願意，一直拖着不辦。等打敗了劉備，曹丕又派人來催，孫權乾脆不理，曹丕大怒，認為自己上當了。

一氣之下曹丕決定討伐孫權，劉曄知道後趕緊來勸，認為現在時機已過，孫吳剛剛獲得大勝，上下一心，無法倉促之間將其制服，但曹丕不信。

魏文帝黃初三年（222年）九月，曹丕派征東大將軍曹休出洞口、大將軍曹仁出濡須口、上軍大將軍曹真包圍南郡，三路大軍齊發，孫權的壓力巨大。孫權一面組織力量反擊，一面向劉備求和，希望劉備不要乘人之危，從背後再給自己一刀。

別說一刀，就是捅他三刀五刀都不解劉備心中的惡氣，但是劉備無奈，因為他現在實在沒那個力氣了。

這年冬天，備受打擊的劉備病倒了。

劉備已經 62 歲了，在那個時候這個年齡已屬「烈士暮年」。一生戎馬，幾起幾伏，晚年遭受一生中最大的挫折，對劉備的打擊實在太大了。

劉備是憂思成疾的，看樣子短時間內成都更回不去了。

## 益州風雨飄搖

夷陵兵敗的消息在益州產生了極大的震動。

留守在成都的丞相諸葛亮震驚之餘感到了從未有過的危機正在悄悄降臨。客觀地說，諸葛亮並不認為此次出兵孫吳一定會遭到失敗，所以他沒有堅決地阻攔。大軍行動後，他協助太子留守後方，晝夜不停地組織後援工作，給前方提供保障。

戰爭的勝負有必然也有意外，此次夷陵交鋒的結果恐怕意外的成分更多一些，至少敗得如此迅疾，是誰也沒有料到的。大批蜀將戰死沙場，讓諸葛亮痛心不已，他知道這讓剛剛立國不久的蜀漢元氣大傷。

在殉難的將領中，最讓諸葛亮痛心的是馬良。他是諸葛亮引為知己的朋友，他們二人經常在一起論事，可以知無不言，情同手足。因為這層原因，諸葛亮看到馬良的弟弟馬謖時便覺得格外的親切，而馬謖的才幹也讓諸葛亮感到滿意。

不幸的消息還沒有結束，就在章武二年（222 年）一年裏。蜀國又接連損失了三位重量級人物：一個是司徒許靖，一個是驃騎將軍馬超，一個是尚書令劉巴。

許靖去世時已 70 多歲，在那時算是高壽了。馬超去世時僅 47

歲，可謂英年早逝，自關羽開始，張飛、黃忠、馬超在短短幾年裏先後離開了人間，看來蜀漢武運實在不佳。劉備不在成都，他們的後事都是由諸葛亮主持料理的。

劉巴一直隨劉備出征，應該死在永安。他的死對諸葛亮打擊不小，諸葛亮一直器重看好劉巴，把他作為自己的左右手。劉巴的去世還帶來一個現實問題——由誰來接任尚書令一職。已身為丞相的諸葛亮此時兼管尚書台的事務，如果從諸葛亮自己的角度來考慮，這個人選最好是他熟悉的，以便於配合，其能力必須十分突出，又善於協調各方面的關係，還得有相當的資歷才行。

在當時符合這些條件的也許有幾個，如果馬良不死，當然最合適不過了。而要讓諸葛亮去挑選，推測起來他屬意的人可能會是張裔、楊洪或者楊儀，但這是個極為重要的職位，人選的確定只能取決於劉備本人。

這段時間，益州天天都籠罩在悲傷的氣氛中。

那些失去親人的家庭，上自將軍，下至普通百姓，無不充滿哀傷。讓諸葛亮感到欣慰的是，儘管遭受到一連串打擊，劉備仍然不失其英雄的本色，用自己的實際行動穩定着蜀漢的大局。

對劉備堅持長駐永安的做法，諸葛亮深表贊同和敬佩。這是因為，夷陵大敗的消息傳到益州，除了悲傷，還造成了極大的惶恐和震動，而這時劉備仍然在前線，說明蜀國雖然打了敗仗，但並未傷及根本，成為安定眾人不安情緒的象徵。此時如果劉備倉促回到了成都，那謠言定然無法止住，益州南方一帶的郡縣本來就充滿了動盪，叛亂時常發生，到那時還指不定會怎麼樣呢。

為了讓身在白帝城的劉備安心，諸葛亮派從事中郎射援前往白帝城，匯報益州的情況，之前說過射援是漢末名將皇甫嵩的女婿。

諸葛亮讓射援向劉備匯報時別忘報告一下太子的情況，劉備遠征，太子劉禪監國，諸葛亮不僅盡心輔助，而且關心太子的教育和成長，親自為太子挑選閱讀書籍，重點是《申子》《韓非子》《管子》和《六韜》等著作。

為了強化太子對這些經典著作的學習，諸葛亮在百忙之中把它們親自抄了一遍給太子。僅《韓非子》一書就有十多萬字，諸葛亮日理萬機，卻能完整地抄一遍，可見他對這些著作的重視，也體現出他希望劉禪儘早成才的殷切之情。

諸葛亮讓射援向劉備匯報，說太子的智慧和度量成長得很快，超乎了期望（智量甚大，增修過於所望）。

劉備聽到這些匯報，心情有所好轉，但病卻一直沒好。

過了年，到了章武三年（223 年）二月，劉備的病情加重了，於是派人去成都，請諸葛亮來永安一趟。

接到劉備的命令，諸葛亮即刻動身，不敢有半點耽誤。

但是，有一件事讓諸葛亮放心不下，最近一段時間漢嘉郡太守黃元表現得很異常，有情報顯示此人可能會發生叛亂。

但白帝城那邊更為緊要，諸葛亮只好把此事交代給了益州治中從事楊洪。楊洪在諸葛亮的推薦下，繼法正之後擔任了蜀郡太守。他出色的行政才幹得到諸葛亮的賞識，所以又被調任為益州治中從事，協助諸葛亮處理益州的日常事務。

諸葛亮剛走，黃元那邊果然扯起了反叛的大旗。黃元認為諸葛亮一向不看中自己，現在劉備有病，萬一劉備不在了，諸葛亮勢必掌握大權，到那時會對自己不利（黃元素為諸葛亮所不善，聞先主疾病，懼有後患），於是舉郡造反。

漢嘉郡是劉備劃出蜀郡和蜀郡屬國的漢嘉、徙、嚴道、旄牛等縣

新設的一個郡，位於成都的南面，距成都很近。黃元縱兵向北攻擊，放火焚燒臨邛城，此地在成都的西南方，距成都不足百里，情況十分危急。

楊洪立即啟奏太子劉禪，之前諸葛亮在成都南北郊建有兩座兵營，儲備了一定人馬，所以平叛有了基礎。得到劉禪的同意，楊洪便按照諸葛亮臨行前的囑咐，派將軍陳曶、鄭綽等出兵討伐黃元，使成都的局勢很快得到了控制。

大家認為黃元如果無法攻取成都，一定會由越巂郡到南中去，楊洪認為黃元這個人生性兇暴，在南中並無恩信，他不敢去。黃元現在可能會乘水東下，到永安面見皇上，求得免死，如果不行，也能投奔孫吳求得活命。

楊洪於是請太子敕命陳曶、鄭綽率兵駐紮於南安峽口，等黃元到來。果然如楊洪所言，在此將黃元擒獲，送至成都，太子下令將其處斬。


## 君臣相知之情

處斬黃元大約是在蜀漢章武三年（223 年）三月，這時候諸葛亮已經趕到了永安。

剛到這裏，諸葛亮就得知了一個消息，尚書令一職已經有了人選，這個人有點出乎諸葛亮的意料，是李嚴。

李嚴此時的職務是輔漢將軍兼犍為郡太守，劉備任命他為尚書令後，已命人通知李嚴星夜趕來。

諸葛亮來不及細想，趕緊去拜見劉備。見了面之後，諸葛亮大吃一驚，沒想到劉備病得如此嚴重。

劉備確實病得不輕，開始是得了痢疾，其後越來越嚴重，引發了

其他疾病（轉雜他病），一世英雄現在竟然已經到了油盡燈枯的地步。大概是因為沒有見到諸葛亮和李嚴，他不放心，所以一直頑強地堅持着。

劉備見到諸葛亮，開始安排後事。

劉備對諸葛亮說出那段著名的話：「你的才能比曹丕高出十倍，必能安邦定國，可以成就大事。如果嗣子值得輔佐，你就輔佐他；如果他不是那塊料，你可以自取（如其不才，君可自取）。」

從字面上看，「君可自取」這四個字的意思是「你可以自己幹」，也就是把帝位讓給諸葛亮。

諸葛亮聞言涕泣不已，立即向劉備表明心跡：「我一定竭盡全力，忠心輔佐，至死都不會改變（臣敢竭股肱之力，效忠貞之節，繼之以死）！」

劉備於是宣佈詔令，託孤於諸葛亮，以李嚴為副。

太子遠在成都，劉備給太子頒佈了一份遺詔。

在這份遺詔裏，劉備首先說了自己的病情，說明生老病死是人之常情，讓他們兄弟不要悲傷。接着說射援來後，報告了劉禪的情況，他十分高興。

劉備還說，你父親德行淺薄，不要效仿他（汝父德薄，勿效之），平時要多讀一些書，詔令中除了提到諸葛亮為劉禪手抄過的四部書外，還增加了《漢書》《禮記》和《商君書》三部書，劉備要求劉禪多讀。

在這份不太長的遺詔裏，劉備留下了一句名言：「不要以為是小惡就去做，不要以為是小善就不去做，只有具備了賢能和德才，才能夠服人（勿以惡小而為之，勿以善小而不為。惟賢惟德，能服於人）。」

辦完這些事，劉備稍覺安心，本來他已氣若游絲，現在精神卻有所好轉，還與諸葛亮談了一些其他事，其中談到了馬謖。馬謖的哥哥侍中馬良剛剛殉國，劉備知道諸葛亮與他們兄弟二人感情很好，但對

馬謖不放心。

劉備對諸葛亮說：「馬謖這個人說得多，實際才能達不到（言過其實），不能委以重用，你要明察！」

眾所周知，馬謖後來果然被劉備言中，大家都認為劉備看人很准。

這個談話說明，劉備臨終前跟諸葛亮就今後的國事和人事安排有過很多交流，談到了馬謖，自然也會談到其他人。

回光返照之後的劉備終於走到了人生盡頭，彌留之際他對魯王劉永說：「我死之後，你們兄弟要把丞相當作父親一樣看待，你們和丞相只是共事而已（吾亡之後，汝兄弟父事丞相，令卿與丞相共事而已）。」

魯王劉永和梁王劉理此時都在永安宮，劉備只叫來劉永而沒有叫劉理，可能是劉理年紀太小。劉備此時 63 歲，劉禪 17 歲，劉永、劉理大約都是劉備到益州後才出生的，所以年齡比劉禪小得多。

老來得子，舐犢之情更重。想到自己將不久於人世，劉備心裏一定十分難過，江山社稷、復興漢室的大業固然重要，但親情恐怕更是他割捨不下的東西。

劉備還給太子劉禪頒佈了另外一份詔令，讓他今後要好好地和丞相諸葛亮一塊共事，要待諸葛亮像父親一樣（汝與丞相從事，事之如父）。

劉備在留給兒子們的遺言中，一再強調他們以後跟諸葛亮的關係是共事、從事，這在帝王的遺囑中是少見的。劉備之所以這麼說，是基於他對兒子們的了解，知道靠他們的才能不足以延續蜀漢的基業，同時劉備更了解諸葛亮，深知他的才能和人品，說這樣的話正是對諸葛亮的無限信任，這是一個父親的拳拳之心和眷眷之情。

安排完這些事，劉備終於閉上了眼睛。

這一天，是蜀漢章武三年（223 年）四月二十四日。

劉備走完了自己的人生道路，把後事留給了太子，也留給了諸葛亮。

在古代歷史上，帝王臨終託孤的事發生過數十次，但沒有任何一次託孤事件比發生在白帝城永安宮裏的這一次更有名，也更有爭議。

說它更有名，是因為它已家喻戶曉，婦孺皆知。

說它存在爭議，緣於劉備臨終前說的四個字：「君可自取。」

站在不同的角度，對此會有不同的解讀，自那時開始，這就成為有爭議的話題。

有的史學家認為，劉備此言出於至公之心，說明他內心裏沒有任何私心雜念（心神無貳），是真心想以國相付，而諸葛亮的回答也表明了諸葛亮內心的忠貞，這次託孤事件反映出君臣二人內心的純正無私，是一件值得稱讚的盛舉（誠君臣之至公，古今之盛軌也）。

也有史學家持相反意見，認為劉備對諸葛亮的遺命實在太糊塗（備之命亮，亂孰甚焉），因為如果所託的人是忠臣賢良，就不用給他說這些話；如果所託的人有篡逆之心，就不應該託付給他。劉備這些話，屬於欺詐之詞（詭偽之辭）。幸好劉禪昏弱，而諸葛亮沒有二心，不然的話一定會引起內部的猜疑和混亂。

但也有史學家認為此言並無不妥，因為他說的時候沒有疑心，諸葛亮聽的時候也沒有愧色，他們君臣二人的相知和情分值得稱讚。

還有的史學家說劉備對諸葛亮十分了解，他這樣說是因為他了解當時的形勢，也了解諸葛亮，他說這些話不僅沒有猜疑之心，而且體現了他的胸懷坦蕩。自先秦到宋代，還沒有哪些君臣能像劉備、諸葛亮那樣肝膽相照的（自古託孤之主，無如昭烈之明白洞達者）。

上面是史學家們的觀點，如果也是帝王，會如何理解劉備的話呢？清代康熙皇帝的看法可能有一定的代表性。

康熙皇帝在披閱史籍時說，劉備這番話是猜疑之語，既然已託孤

於諸葛亮，就不應該再說自取的話，其目的無非是讓諸葛亮公開表態效忠之心。康熙皇帝甚至就此引發感歎，認為整個三國時代的風尚就是譎詐，這是十分讓人不齒的事（三國人以譎詐相尚，鄙哉）。

康熙皇帝的觀點看似有點兒偏激，影響卻很深遠。在一部分人看來，劉備表面仁義，其實一生不離權術，否則也不會被稱為梟雄了。劉備臨死前也不忘記權術，對諸葛亮說的那番話，是一種試探，也是一種警告。結合劉備臨終前突然任命李嚴為尚書令，持這一觀點的人更有理由相信劉備對諸葛亮的信任是有限度的。

進入益州以來，劉備在人事安排上無外乎用了三類人：早期追隨自己的舊部，由荊襄隨同入益州的人士，益州的本土派。第一類人屬於元老，人數已不多，他們地位尊崇，但除了關羽、張飛等人外多無實權。益州本土派人才濟濟，但至今仍鮮有進入核心決策層面的。而最得實權和重用的，是荊襄派。

這種派系分野無論有無明指，但在蜀漢政治格局中已事實形成並存在，如果按照這個標準劃分，諸葛亮就是荊襄派的領袖。劉備突然重用本土派李嚴，從政治權力結構上看，是平衡荊襄派的手段。

這種說法有沒有道理，不得而知。劉備已駕鶴西去，也帶走了他內心裏最隱祕的那些東西。


不過，也許沒有那麼複雜。

劉備與諸葛亮相識相知十多年，對諸葛亮是充分了解和信任的，這一點毋庸置疑。如果劉備不信任諸葛亮，就不會任命他為丞相，甚至可以不考慮設置丞相。而臨終之時，即使他心裏有種種放心不下的地方，以劉備的睿智，也不會說一些實際上沒用又容易引起猜測不安的話來。

但劉備確實說了「君可自取」這樣的話，如何解釋呢？

除了上面的那些觀點，會不會還有一種可能，那就是大家對這四個字其實誤讀了。這幾個字的本意不是「你可以自己幹」，而應該是「你可以另外找人幹」，也就是說劉備的原意是，劉禪是那塊料你就輔佐他，如果他不是，你可以另外安排別人做這個皇帝。

　　另外安排誰？自然是劉永和劉理。作為劉禪的弟弟，他們也都有資格做蜀漢的皇帝。

　　如果是這個意思，劉備需要專門對諸葛亮交代一下嗎？當然需要了，這等於是一個授權，有了這個授權，諸葛亮日後行廢立之事就是合法的，如果沒有這個授權，諸葛亮敢廢劉禪等於謀逆。

　　看來，劉備不是對諸葛亮不放心，而是對劉禪不放心。大概劉備深知這個兒子生性暗弱，才能有限，與曹丕差得實在太遠，本想親自教導培養，卻再也無法實現，只好交代給諸葛亮，要他今後視情況來定了。

　　在臨終之前，劉備所思所想所說的一切，都是為了這打拼一輩子才辛辛苦苦得來的蜀漢基業。

　　這樣理解，就簡單多了。

# 第三章 修復聯盟

## 後主的身世

劉備駕崩後，諸葛亮顧不上悲傷，立即上言太子劉禪，除了向劉禪報告劉備已不在人世的消息外，還匯報了劉備臨終前親自做出的喪事安排。

諸葛亮報告劉禪，先帝生前專門交代，凡事要以國事為重，因為一舉一動都會影響大局，所以喪事一律從簡。大行皇帝叮囑喪期不能超過三天（百寮發哀，滿三日除服），三天之後一切都要恢復常態，各郡國的太守，國相、都尉以及縣令長，也照此執行。

這些確實是劉備生前交代的，之所以強調三日服喪，是因為古制有服喪三年的說法，後來雖然服不了三年的喪，但對喪事也會看得極重，程序煩瑣，時間拖得很長，影響到正常的生產和生活。曹操臨終前留下遺詔，要求葬禮結束便脫去喪服（葬畢除服），喪期縮得更短。

李嚴此時已到了永安，諸葛亮跟他商量後，由李嚴出任中都護，留鎮永安，諸葛亮即刻返回成都。

東漢光武帝設護軍，是軍事統領，其中中護軍掌禁軍，也掌武官的選拔，其他各護軍對軍隊實施監督。中都護可以理解為總護軍，相當於孫吳的大都督，總領內外諸軍事。

但是，此中都護與大將軍、車騎將軍還不太一樣，因為他不直接帶兵，因而還不能稱為全國武裝部隊的總司令，非要類比一下的話，

說他像總政治部主任或許更合適。

這是一項重要的人事安排，可能是劉備生前就做出的，也可能是兩位託孤大臣商量後決定的，根據這項安排，諸葛亮今後將側重於內政和外交，李嚴側重於軍事。

在當前孫吳仍大軍壓境、曹魏又蠢蠢欲動的情況下，確保益州東部門戶的安全非常重要，因而永安的駐軍不能撤，由李嚴以託孤大臣、中都護的身份坐鎮於此，是十分必要的。


安排完這些事，諸葛亮即火速先行返回。

蜀漢章武三年（223 年）五月，諸葛亮回到成都。

當時的成都正處於動盪不安之中，尤其是剛剛發生的黃元叛亂事件，一度攻擊到了離成都僅百餘里的地方，人心擾攘，謠言紛紛。太子登基之事已刻不容緩，諸葛亮拜見太子後，以託孤大臣的身份立刻安排登基典禮。

就在這個月，太子劉禪在成都繼皇帝位，後人習慣地將劉備稱為先主，而將劉禪稱為後主。

後主劉禪下詔，尊吳皇后為皇太后。大赦，改年號為建興，劉備的靈柩這時也運到了成都，三個月後安葬於惠陵。

吳太后並非劉禪的生母，劉禪的生母甘夫人早已在荊州去世，並安葬於南郡。就在去年，劉備下詔追諡甘夫人為皇思夫人，遷葬成都，她的靈柩還未運到劉備就駕崩了（未至而先主殂隕）。

諸葛亮上言，建議追諡皇思夫人為昭烈皇后。按照《詩經》裏「穀則異室，死則同穴」說法，將昭烈皇后與大行皇帝合葬，同時昭告天下（佈露天下）。

後主劉禪詔准。

現在一般認為，惠陵的位置在今成都市武侯祠內西南側，此處除

安葬着劉備和甘皇后外，吳皇后死後也葬在了這裏，是劉備夫妻三人的合葬墓。

但是，也有史學家認為劉備死在氣溫極高的夏天，當時交通很不方便，從奉節到成都逆水而上至少也要 30 天時間，以當時的技術條件，屍體肯定會腐壞。他認為劉備就地安葬於奉節的可能性較大。有人還推測成都惠陵只是弓劍墓，而不是劉備的真墓。

這些說法有一定的合理性，諸葛亮和李嚴肯定會考慮到天氣對運送劉備回成都的不利因素，如果因地制宜，把劉備就地安葬，之後在成都另立衣冠塚或者弓劍塚作為紀念，也是可以理解的。


現在，來看看蜀漢的新皇帝。

劉禪字公嗣，本年 17 歲，今後諸葛亮將輔佐他一直到死。

在中國古代 300 多位皇帝裏，劉禪在民間的知名度可以排進前十位，他是家喻戶曉的那個阿斗，是扶不上牆的庸人；他是那個樂不思蜀的亡國之君，被後人恥笑。

但是，他一共在位 42 年，在位時間不僅遠遠超過其父，而且至少是魏文帝曹丕的六倍，是魏明帝曹叡的三倍，就連長壽冠軍、老江湖孫權也比他少了十來年。所以有人說他大智若愚，有人說他忍辱負重，有人說他其實是個深藏不露的高人。

關於他的身世，還有一段傳奇故事。

有一部史書說，劉備曾被曹操追逼，倉皇間再次把妻兒弄丟，其中就包括劉禪（遑遽棄家屬）。劉備去了荊州，劉禪卻輾轉被人販子販到了漢中（隨人西入漢中，為人所賣）。

漢獻帝建安十六年（211 年），關中動亂，一個叫劉括的扶風郡人避亂到了漢中，見有人賣小孩，就把劉禪買來。這時候劉禪才幾歲，劉括問了問他的出身，知道他是良家子弟，就收他為養子，後來還給

他娶了媳婦，生有一子。

劉禪與劉備失散時年齡太小，只知道自己的父親字玄德（識其父字玄德）。劉備後來到了益州，手下有一個姓簡的將軍被派往漢中公幹，住在郡公館（舍都邸）。劉禪知道後，跑去見這位簡將軍。簡將軍了解劉備失子這段事，詳細問了劉禪的情況，劉禪所說各種事情都與劉備失散的兒子相符（簡相檢訊，事皆符驗）。

當時漢中還在張魯手中，簡將軍大喜，告訴了張魯，張魯就給劉禪洗沐更衣，護送到了益州，劉備的愛子這才失而復得，後被立為太子。

這則故事雖然被廣泛引用，但其中也有漏洞。

劉備血戰長阪之時，劉禪在趙雲的保護下得以生還；孫夫人返回江東時，曾試圖將劉禪帶走，挾為人質，又是趙雲、張飛截江相攔，把劉禪搶回，可以說劉禪的身世並無懸念。

當然，也許還有什麼隱祕，只是已無法猜知。

劉禪還有兩個同父異母的弟弟，即魯王劉永和梁王劉理，劉禪繼位後不久，諸葛亮主持鑄造了兩座鼎，分別給了劉理和劉永。

這兩隻鼎都高三尺，上面各有諸葛亮親自書寫的六個隸書大字。

給魯王劉理的鼎上，諸葛亮寫的是：「富貴昌，宜侯王。」

給梁王劉永的鼎上，諸葛亮寫的是：「大吉祥，宜公王。」

從字面上看，給兩個人的內容有所不同，一個「宜侯王」，一個「宜公王」，看來不是一般的祈福吉祥之語，而像是某種約定和安排，但其背景和含義也無法推知了。

不過從這件事上可以看出，在新帝登基前後，作為朝廷丞相和託孤大臣的諸葛亮，雖然相當忙碌，但考慮問題十分細緻，許多事都親力親為，這也正是他一貫的做事風格。

# 危機與隱忍

後主登基後，封諸葛亮為武鄉侯。

在此之前諸葛亮並無爵位，武鄉侯從字面上看好像是鄉侯，也就是亭侯與縣侯之間的一檔，歷代學者多從此說，但也有人不同意。

有人認為，南鄭縣有個武鄉谷，在其縣東北 31 里，這就是諸葛亮受封之地。按照這個說法，武鄉侯就是個鄉侯。但以諸葛亮現在的身份和地位，封鄉侯似乎有點低了。

所以有人不同意武鄉侯是鄉侯的觀點，認為三國時期封爵食邑多在本郡，南鄭縣屬漢中郡，現在歸魏延管，不大可能把諸葛亮封到那裏。

經過考證，諸葛亮故鄉琅琊國有一個武鄉縣，後來被撤掉了，但是漢獻帝建安年間有個叫嚴幹的人被封為武鄉侯，說明此時武鄉縣又恢復了（武鄉侯雖省改於中興，而實復置於漢末矣）。

推測起來後一種觀點可能性更大，武鄉侯是諸葛亮生前的最高爵位，所以他被後世稱為武侯。如果說剛剛擔任丞相時只被封為鄉侯還勉強說得過去的話，而到臨終前這個爵位仍然未變，就有點奇怪了，因為到那個時候，諸葛亮手下有很多人都被封為鄉侯了，比諸葛亮地位低的人裏縣侯也有好幾個。

所以，諸葛亮的武鄉侯應該是侯爵的最高一等，縣侯。

不久，後主劉禪又下詔，命諸葛亮兼任益州牧，這是諸葛亮繼丞相、司隸校尉以外的第三個重要職務。


另一位託孤大臣李嚴被封為都鄉侯，和諸葛亮一樣都假節，仍然擔任中都護，駐紮在永安，同時兼任九卿之一的光祿勛卿。

趙雲升任為南部戰區司令（征南將軍），兼任中護軍，掌管中央

禁軍，此前禁軍一直由吳太后的哥哥吳壹掌握，同時封趙雲為永昌亭侯。

向寵擔任中部督，協助趙雲典宿衛兵，被封為都亭侯。

北部戰區副司令（鎮北將軍）魏延職務未變，只是封爵位為都亭侯。

封固陵郡太守劉琰為都鄉侯，升任九卿之一的衛尉，班位僅次於李嚴。這個劉琰，在後世名氣並不大，但在當時絕對值得一說。他是劉備擔任豫州刺史時就開始追隨的老人，有他這樣資歷的人已經不多了，因為和劉備同姓，經劉備親自考證還是同宗，所以格外親待，他最擅長的本領是談論。

在平息黃元叛亂中楊洪立下大功，被賜爵為關內侯，任命為忠節將軍，關內侯的爵位比列侯低一級。同時，鑒於楊洪的才幹，為加強蜀郡的管理，重新讓他兼任蜀郡太守。

在蜀漢此輪人事調整中，職務有變動的還有：向朗升任步兵校尉，尹默、杜瓊被拜為諫議大夫，杜瓊後來還擔任大鴻臚卿、太常卿，來敏擔任虎賁中郎將。

諸葛亮的想法可能是先保持政治上的穩定，因為先帝駕崩之後，蜀漢內外的環境一點都不容樂觀，當務之急還是處理好這些麻煩事，人事安排儘量往後放一放。

從內部來說，當時最大的麻煩來自益州南部幾個郡的叛亂。

益州南部是一片廣闊的區域，其中的牂牁郡、益州郡、越巂郡和永昌郡又稱南中，這四個郡範圍很大，大體相當於今雲南、貴州兩省以及四川省西南的一部分，這裏遠離成都，遍佈高山大河，雜居着各少數民族部落，統治相對薄弱。

劉備在時，曾派鄧方前往南中，任命他為安遠將軍，力圖鞏固那

裏的統治基礎。鄧方很有本事，他以少禦多，震攝有方，確保了南中一帶沒有發生大的禍亂。

蜀漢章武二年（222年）鄧方去世。劉備問時任益州別駕李恢誰可以接任鄧方，李恢自告奮勇，毛遂自薦，劉備嘉許，派他接任鄧方。當時，夷陵之戰已經開打，劉備無力增兵南中，全靠李恢維持。李恢也很有本事，雖然兵力單薄，境內也發生了幾次小規模的叛亂，但都被他平定了。

劉備兵敗駕崩的消息傳來，南中沸騰，平時就有二心的人紛紛躍躍欲試。先是越嶲郡叟人頭領高定元起兵反叛，殺了蜀漢任命的郡將焦璜，舉郡稱王。

緊接着，益州郡有人鬧事，殺了太守正昂，公然反叛。

諸葛亮接到報告後十分憂慮，現在大規模用兵南中條件並不成熟，因為南中問題由來已久，而且問題十分複雜，如果不做好準備倉促用兵，要麼失利，要麼雖有小勝卻不能解決根本問題。

司金中郎將張裔對益州本地事務很熟悉，遇到棘手的事情諸葛亮常徵詢他的意見。對益州郡的叛亂張裔也認為應該安撫，諸葛亮便上報後主同意，任命張裔為益州郡太守，去南中穩定局勢。

正昂被殺後，益州郡的大姓（耆帥）雍闓在當地很有勢力和威望，益州郡的事務都由他在周旋。張裔到達後，不知道雍闓其實已暗中投靠了孫吳，還找他協助自己。

雍闓把張裔抓了起來，送到孫吳，公開叛蜀。

對於送上門來的這椿好事孫權自然高興地接着，他任命雍闓為永昌郡太守，在南中一帶擴充親吳的勢力。

孫權還嫌不夠，乾脆自己也設了個益州刺史，治所就定在南中一帶的交州、益州交界處，這時候劉璋已經死了，孫權就任命劉璋的兒子劉闡為益州刺史。

雍闓為報答孫權，果然十分賣力，在南中一帶拉攏地方勢力，益州郡的另外一個大姓孟獲就受到了他的挑唆。

同時，雍闓還編造謠言，攻擊蜀漢朝廷。

雍闓一夥編造謠言說，朝廷向南中徵要貢品，其中有烏黑的狗300隻，連胸前的毛都得是黑的；蟒蛇的腦汁3斗；長3丈以上的斫木3000根。

純黑色的狗還能辦好，蟒蛇的腦袋一向很小，3斗腦汁得多少條蛇？斫木很少有能長到2丈高的，3丈的木頭極罕見，要3000根哪裏弄去？

這些謠言水平並不高，但很有煽動性，南中到處人心惶惶。就在這焦頭爛額之際，又發生了越雋郡太守朱褒舉郡響應雍闓的事件。

益州從事常房按規定到下面檢查工作（行部），常房早就聽說朱褒將有異志，就把朱褒的辦公室主任（主簿）抓起來審問，後來把他殺了。朱褒大怒，攻殺常房，誣其謀反。

諸葛亮當然知道誰是誰非，但常房做事也太魯莽，不看現在是什麼氣氛，激起了朱褒的反叛。為了安撫朱褒，諸葛亮不惜下令誅殺常房之子，並把他的四個弟弟流放到越雋郡。

後世有史學家對諸葛亮的做法很有意見，認為常房是冤枉的，諸葛亮應有所覺察，哪裏有妄殺無辜來安撫奸人的道理（安有妄殺不辜以悅奸慝）？

發發議論是容易的，但鑒於當時的局勢，諸葛亮需要的是隱忍。

諸葛亮知道李嚴長期擔任犍為郡太守，了解南中的情況，在當地也有一定威望，就請他給雍闓寫信，希望雍闓回頭是岸。

李嚴前後給雍闓寫了六封信，曉之以利害，雍闓只回覆了一封信。

雍闓在信中說：「聽說天上沒有兩個太陽，地上沒有兩個君王，現在可好，稱帝的就有三家（正朔有三），所以我們這些遠在偏僻之地的

人心裏充滿了惶惑，也不知道該怎麼辦。」

話裏充滿了挑釁和傲慢。


眼看整個南中都將喪失，幸好還有人頑強抵抗和堅守。

雍闓等人進攻永昌郡時，太守呂凱和郡丞王伉堅決抵抗，雍闓無法得手。

呂凱字季平，永昌郡本地人。永昌郡住着一批姓呂的人，他們是呂不韋的後代。當年秦始皇殺呂不韋，徙其子弟宗族到蜀漢，後漢武帝在西南夷置郡縣，又把這些呂氏後人遷居於此，當地甚至還有一個不韋縣。

呂凱和王伉發動本地士民堅決抵抗雍闓一夥的進攻，把他們拒於境外。雍闓多次寫信給呂凱勸降，被呂凱嚴詞拒絕。

呂凱在本郡頗有威恩，大家同心協力，雍闓這個孫權任命的永昌郡太守竟然無法踏入永昌郡一步。

呂凱獨保永昌，讓諸葛亮松了口氣，只要呂凱能堅持一年半載，就能為他贏得寶貴的時間，只有做好了充分準備，才能發起南中之戰。

現在，還得經歷一番痛苦的忍耐。


## 發起勸降攻勢

劉備的死是大事，曹魏和孫吳都在密切地關注着。

孫權那邊，手下們聽說劉備死了，紛紛勸孫權稱帝，但孫權沒有答應（權群臣勸即尊號，權不許）。

孫權不願意稱帝，對外說的理由是漢室湮沒，不能前去相救，又怎能忍心與之相爭呢（漢家堙替，不能存救，亦何心而競乎）？

孫吳的群臣沒有放棄，弄出許多所謂的天命符瑞，再次勸孫權，

孫權仍然沒有答應，不過說出了自己的心裏話。

孫權對眾人說：「過去因為劉備稱雄於西邊，所以我命陸遜率兵防備他。而北邊的曹魏有可能幫助我，我擔心其挾天子以令天下，如果不接受封拜，就會促使他們對我下手，到時候西邊、北邊的敵人一齊來，兩處受敵，所以我努力克制，接受封王。我俯首稱臣的本意，諸君可能還不理解，所以今天向你們來解釋解釋（低屈之趣，諸君似未之盡，今故以此相解耳）。」

孫權這番話的意思是，登基稱帝那是好事，但火候沒到。

一個高明的政治家不會把名義和形式看得太重，做一件事更要着眼於利弊得失，不劃算的事即使再風光也不要去做，在這方面曹操給大家做出過表率，其次就是孫權了。

孫權表面稱臣於曹魏，但他太明白不過了，跟曹魏翻臉動手是遲早的事，因為曹丕提出的有些條件他能答應，有些條件他答應不了，一旦談不攏，只有動手。

所以，對蜀漢那邊也得保持靈活，孫權派人去成都，名義上是弔喪，其實是觀察那邊的情況。

孫權派來的特使名叫馮熙，職務是立信都尉。三國時代湧現出一批出色的外交家，馮熙可以算是其中的一位。

劉備稱帝孫權一直沒有公開承認，此次派人來弔孝，又趕上新皇帝登基，說明他對蜀漢朝廷至少默認了。孫權此舉釋放出一個重要信號，那就是他想重新修復吳蜀兩國的關係。

可惜的是，馮熙趕到成都時正值蜀漢國喪，又有後主登基的大典，到處忙忙碌碌，丞相諸葛亮根本無暇與他深入交談。馮熙完成了一次禮節性的出訪後，就回到了孫吳。孫權大概很看重馮熙的外交才能，於是改任他為中大夫，緊接着派他出使曹魏。

馮熙出使蜀漢的事曹丕也已偵知。曹丕很不痛快，見了馮熙的面劈頭就問：「吳王如果打算重修舊好，應當在江關佈下重兵，進軍巴蜀，聽說他反倒遣使與蜀漢通好，是不是有什麼變故？」

馮熙倒也不否認，回答說：「我聽說出使蜀漢那邊也只是通個音信，而且是為了觀察那邊的虛實，並非與之有什麼密謀。」

曹丕帶有挑釁地問：「聽說吳國連年旱災，人力物力損失嚴重（比年災旱，人物彫損），以馮大夫的精明，能看出吳國國力如何？」

潛台詞是，你們要跟蜀漢有什麼小動作，先看看你有多少家當，小心我收拾你。

馮熙不慌不忙地回答道：「吳王聰明而有氣度，善於用人，賦政施役都諮詢臣下的意見，親賢愛士，臣下皆感恩懷德，一片忠心。吳國帶甲百萬，穀帛如山，稻田沃野，民無饑歲，即所謂金城湯池、強富之國。說到國力，據臣下觀察，應該與曹魏不差上下（以臣觀之，輕重之分，未可量也）。」

曹丕聽了相當不悅。

曹丕聽說馮熙是潁川郡人，跟陳群是老鄉，就派陳群私下聯絡馮熙，許以高官厚利，但馮熙不為所動。

曹丕只得讓馮熙回去，走到摩陂，又傳來命令讓他返回洛陽。馮熙擔心有變，害怕回去後受辱，於是引刀自殺，但被駕車的人發現，沒死成。

馮熙後被曹魏一直扣留到死，孫權聽說後流淚不已，稱他為「當世蘇武」。

劉備的死，在曹魏那邊也引起了很大反響。

劉備的死訊傳到洛陽，群臣都來向曹丕致賀。

曹丕專門觀察了一下，有個人沒有來，這個人就是黃權。

曹丕常有惡搞的習慣，他知道黃權的心意，但有意嚇唬嚇唬他。曹丕派人召黃權進見，黃權還沒有到，曹丕一次次派人去催，給人感覺很着急，黃權的侍從下人聞訊無不震嚇，認為曹丕發怒了，一定會出大事，但黃權鎮定自若。

當然，曹丕只是惡搞，他很欣賞黃權的才能和為人。

曹丕聽說孫權設了一個益州刺史，覺得這個辦法挺好，就利用黃權的影響力，讓他當益州刺史，治所設在南郡境內，黃權雖然去上任了，但也沒有什麼大動作。

後來魏明帝繼位，曾問黃權：「現在天下三分，應該以哪個為正統？」

這麼刁鑽的問題黃權也不願說違心話，他回答：「應該以天文為正統。」


在曹丕看來，劉備的死是一個契機，比蜀漢更厲害的孫吳都已俯首稱臣了，蜀漢那邊不僅沒有了劉備，關羽、張飛、馬超等人也都不在人世，勸說他們效仿孫吳稱臣，也不是沒可能。

於是曹丕發起了一輪輿論攻勢。

之前曹魏的司空王朗就寫信給許靖，讓他勸諸葛亮等人去掉不該有的帝號，接受大魏的封賞（**去非常之偽號，事受命之大魏**）。

後主登基後，諸葛亮也密集地收到了曹魏司徒華歆、司空王朗、尚書令陳群、太史令許芝、謁者僕射諸葛璋等一批人的書信，這些信都是寫給他的，信的內容只有一個，勸說蜀漢向曹魏稱臣（**陳天命人事，欲使舉國稱藩**）。

曹丕讓這幾個人給諸葛亮寫信是有講究的：華歆、王朗不僅是曹魏的重臣，而且是天下名士，很有影響力；陳群是曹魏的實權派，他曾經在徐州做過劉備的下屬，也算是與蜀漢有舊誼；許芝是太史令，既然拿天命說事，自然少不了他；諸葛璋的職務不高，也讓他出面給諸葛亮寫信，推測起來，他很可能是諸葛亮的本家。

這些信擺在諸葛亮的案頭，讓他陷入了沉思。

他可以置之不理，但又覺得這正是一次向外界特別是曹魏表明立場的機會，這個立場既是他自己的，也代表了蜀漢。

諸葛亮沒有給他們一一回信，而是在深思熟慮之後寫了一篇文章，作為對他們的回答。

這篇文章，題目叫作《正議》。

根據文風看應該是諸葛亮親自執的筆，其中寫道：

「當年西楚霸王項羽不用仁德對待百姓，即使他的力量很強大，有帝王的威勢，最終還是身敗名裂，成為千古遺恨。如今魏國不汲取項羽滅亡的教訓反而效仿，即使曹操不死，他的後代子孫也必然滅亡。那些寫信勸降於我的人，他們也都有一大把年紀了（而二三子各以耆艾之齒），卻順從賊子之意，就像當年陳崇、張竦稱讚王莽篡漢一樣，討好盜賊，卻還是被盜賊逼迫而死。

「光武帝創業時只帶領幾千人就在昆陽郊外一舉擊潰敵軍 40 萬，足見用正道討伐淫邪，勝敗不在人數（據道討淫，不在眾寡）。曹操一向詭詐，糾集十萬人來戰先帝，妄圖救張郃於陽平，卻只落得狼狽逃竄，不但辱沒了精銳之師，還丟掉了漢中，此時他才知道，國家是不能隨便竊取的，沒等他退軍回到家，就已染病身亡。

「曹丕驕奢淫逸，篡奪帝位。即便你們幾個像張儀、蘇秦那麼能詭辯，說得天花亂墜、滔滔不絕，也不可能詆毀堯、舜，白白浪費筆墨而已。正人君子絕不會這麼做。《軍誡》中說：『如果一萬名士卒，抱著必死的決心，那就可以天下無敵了（萬人必死，橫行天下）。』昔日軒轅黃帝只率領幾萬士卒，就能擊敗四位帝王，平定天下。何況我們有幾十萬兵馬，是在替天行道、討伐有罪的人，誰能夠與我們匹敵呢！」

諸葛亮在這篇文章中先把曹操比作項羽，把華歆、王朗諸人比作幫助王莽篡漢的陳崇、張竦，都直接切中了要害，因為曹魏篡漢本就是個有爭議的話題，自己的事還沒有整明白，就來勸別人，這是對勸降者的有力反擊。

　　接着，諸葛亮舉光武帝劉秀的事例說明，討伐邪惡，維護正義，不在兵力多寡，蜀漢雖然不夠強大，但比起昔日的光武帝還是綽綽有餘，當年的漢中之戰就是最好的例證。

　　諸葛亮寫這篇文章，既是對曹魏那些勸降者的一個公開回覆，也是統一內部思想的一個重要舉措，面對朝野上下的動盪不安，諸葛亮希望用這篇文章鼓舞大家的士氣，向外鄭重表明蜀漢絕不可能投降，先主所制定和追求的興復漢室、統一天下的目標不會放棄，只要上下團結一心，一定能取得勝利。

　　這篇文章寫得義正詞嚴，不僅有力度，而且不空洞，文字不多，卻深沉有力，是一篇足以與《隆中對》《出師表》相媲美的出色的政論文。

## 實在賴不下去了

　　招降蜀漢沒有成功，曹丕有些氣餒。

　　但是，更讓曹丕不高興的還是孫權。

　　夷陵之戰剛結束的時候，孫權曾以吳王的身份向魏明帝曹丕上了一道表，報告了夷陵之戰的經過，包括斬獲敵軍首級、所得土地的有關情況，呈上繳獲的印綬，同時報告了此戰中將士立功情況，有希望給予獎賞加爵的意思（並表將吏功勤宜加爵賞之意）。

　　孫權當然有理由要求獎賞，因為劉備稱帝後對曹魏而言就是叛逆，替你討伐敵人，取得勝利，理應得到表彰獎勵。

曹丕下詔褒獎，派特使前往慰問，並贈送給孫權貂子裘、明光鎧、騑馬等物；曹丕寫過一部《典論》，自己很得意，他在白色帛絹上又親筆抄了一份，也送與孫權。

曹丕在詔書中要求孫權再接再厲，不讓劉備有喘息之機，一舉將敵人全殲（今討此虜，正似其事，將軍勉建方略，務全獨克）。

孫權已將前鋒後撤，自然不會聽曹丕的安排。

詔書沒有涉及如何論功行賞的事，孫權其實也沒有真的拿這個當回事，他最擔心曹丕再提質子的事。這件事可以拖到初一，但沒法拖到十五，此事沒有結果曹丕自然不會善罷甘休，尤其是如今打了大勝仗，曹丕防範的心理就會更強了。

詔書雖然沒有說這件事，但曹丕派特使來一趟，肯定會舊話重提，孫權的主意早已定了，他不會答應，要麼再拖，要麼乾脆拒絕。


孫權如此三番五次地抵賴，曹丕感到了憤怒。

曹魏的大臣們更不幹了，有人對封孫權為吳王一事本來就有意見，現在更認為孫權的行為是對曹魏朝廷的一種羞辱，華歆、王朗、鍾繇三公聯名上奏，歷數孫權的罪狀，要求討伐：

「吳王孫權不過一幼豎小子，無尺寸之功，遭遇兵亂之際，因父兄餘緒少時即受朝廷恩惠，長大了反而有反逆之性，背棄天地，罪惡越來越大。當初關羽覘伺，于禁敗於水災，為了討伐關羽，所以才委事孫權。先帝委裘下席，但孫權並不盡心，又趁着我朝大喪，意欲不軌。

「後來，孫權沒有報告並取得批准就擅攻襄陽（未得報許，擅取襄陽），失利後改變了態度，以邪辟之態行蒙蔽之實，巧言如流。我聖朝寬宏大量，不忍追究，反而優待他，讓他在南面稱王，兼官累位，禮備九命，名馬百駟，讓他光寵顯赫，古今無二。然而孫權看起來像個喜羊羊，實際上卻是個灰太狼（權為犬羊之姿，橫被虎豹之文），根本

不思對朝廷如何效力，以報無量不世之恩。

「臣等對照孫權的言行，按照《周禮》九伐之法進行考對，結論是孫權這個人既兇又惡，叛逆朝廷，各種不法行為累積起來的大罪多達15項（平權兇惡，逆節萌生，見罪十五）。昔日九黎亂德，黃帝加以誅伐；項羽犯下 10 條罪狀，高祖皇帝對其討伐不止。孫權所犯罪狀，一項一項清楚明白，已經不是靠仁恩所能打動的，也不是宇宙所能包容的。臣等奏請免除孫權的一切官職，削去爵位、收回封地，之後逮捕治罪。孫權膽敢不從，就移兵進討，以正國典！」

這份奏疏寫得很有氣勢和力度，雖然沒有細說孫權犯了哪 15 條罪狀，但項羽當年也不過只有 10 條，孫權的罪惡看來更大。這份奏疏由三公共同署名，執筆的人是華歆，當初他是從江東到朝廷去的，當時孫權如果執意不放行，華歆也就沒有現在了。華歆臨走前當面向孫權做過保證，自己到北方後還將繼續為孫氏效力（使僕得為將軍效心），但這麼多年來沒有過一次實際行動，從這份慷慨激昂的奏疏來看，華歆早把當年的事忘得一幹二淨了。

曹丕對孫權徹底失去了耐心，他派侍中辛毗、尚書桓階為特使，給孫權最後一次機會，要求孫權盟誓，並送質子，孫權這次乾脆拒絕（辭讓不受）。

曹丕大怒，決定討伐。


魏文帝黃初三年（222 年）九月，也就是夷陵之戰剛結束一個月，曹丕調集三路大軍向孫吳發起了進攻。

第一路在東線戰場，主攻目標是洞口，該地位於今安徽省和縣境內，也在長江的邊上，在濡須口沿江而下 200 里左右的地方。這裏距建業更近，是孫吳新建的一處水軍基地，進攻這裏對孫吳後方的威脅更大。這一路魏軍由曹休指揮，他已由鎮南將軍升任征東大將軍，所

部包括前將軍張遼、鎮東將軍臧霸等。

第二路也在東線戰場，主攻目標是濡須口，由曹仁指揮。孫權的全國武裝部隊總司令（大將軍）一職已被解除，曹丕任命曹仁升任此職。曹仁率領的這一路與曹休等人互相配合，趁孫權主力多在荊州一線之機攻擊孫權的大後方。

第三路在中線戰場，主攻目標是荊州的南郡，由曹真率領。不久前曹真的軍職也被提升，由鎮西將軍升至上軍大將軍。這一路包括征南大將軍夏侯尚、左將軍張郃、右將軍徐晃等。曹休的征東大將軍、曹真的上軍大將軍、夏侯尚的征南大將軍都是之前沒有的，它們雖然低於大將軍，但高於四征將軍、四方將軍。

曹丕御駕親征，於十一月到達南陽郡郡治宛縣。曹丕看來動了真格的，舉全國之精銳要與孫吳來一場總決戰。


看來曹丕的架勢，孫權有點緊張，趕緊做出相應部署以應對曹軍的攻擊。孫權和陸遜居中指揮，針對曹丕的三路大軍，也分出三路人馬相拒：

第一路，命建威將軍呂範指揮五個軍（督五軍），其中相當一部分是水軍，在洞口一帶迎擊曹休；

第二路，負責濡須口防衛的周泰已去世，任命裨將軍朱桓為濡須口前線總指揮（濡須督），率濡須口諸軍迎擊曹仁；

第三路，諸葛瑾此時已升任左將軍，潘璋已升任平北將軍，孫權命他們以及將軍楊粲等部去救南郡。

儘管做出了部署，孫權仍極不情願打這一仗，夷陵之戰剛結束，各部人馬尚未完全歸位，將疲兵勞，能不打就不打，現在能不打儘量晚點兒打。

經過一番思考，孫權決定向曹丕再說一次軟話，希望化解這一

戰。孫權以極為謙卑的口氣向曹丕上書，要求給個機會悔改（卑辭上書，求自改厲）。

孫權在上書中說，如果曹丕不肯原諒他的過錯，他願意奉還土地人民，然後前往交州居住，以保終年（當奉還土地民人，乞寄命交州，以終餘年）。

鑒於孫權謙卑的態度，曹丕也願意化干戈為玉帛，只是這次他學聰明了，沒有輕易相信孫權的話。

曹丕給孫權回了封長信，信中寫道：

「你生於天下擾攘之際，本有縱橫之志，能克制這些而降身奉國，這才享受了現在的地位。自從你被冊封為吳王以來，能效忠朝廷，向朝廷貢獻的使者充盈道路，又建立了討伐劉備之功，朝廷對你也多有仰仗（討備之功，國朝仰成）。

「然而，把東西埋在地裏又再挖出來，古人也以此為恥，所以《國語》說『貍埋之，貍掘之，是以無成功』。我與你，在名分上早已確定（朕之與君，大義已定），我怎樂意勞師遠臨江漢？自古以來朝廷的決議並非君王一個人所能專斷，三公上疏指責我的過失。我雖不夠英明，但在眾人異口同聲批評你的時候仍然希望這一切都不是真的，所以前不久先派使者去犒勞，又派尚書、侍中踐修前言，以定質子之事，可你又找出理由不送質子，大家對你就更不滿了。

「還有，浩周勸你送質子，這其實是朝臣們共同出的主意，目的是以此來檢驗你的忠誠（以此卜君），結果你果然藉口推辭，先是引用隗囂送質子最後仍然造了反，後來又引用竇融沒送質子卻忠誠守信，以此來表白自己，說明世殊時異、人各有心。浩周回來後不斷替你說好話，語言不足以表達還加上手勢（口陳指麾），這反而讓批評你的人更不相信了。

「所以我按照群臣的意見率大軍南下，不過看了你的上書，又被你

的誠意深深打動（今省上事，款誠深至），你的上書用心慨然、淒愴動容，我決定馬上下詔，命令諸軍只做深溝高壘，先不進攻。如果你要表明你的忠節以打消大家對你的疑義，你趕緊把兒子送來。你的兒子孫登早上到，朝廷的大軍晚上就回去，這個話我說到做到，其誠如同長江（登身朝到，夕召兵還，此言之誠，有如大江）！」

曹丕在信中提到了浩周的事和三公上書的事，這些都是實情，孫權無法再辯解什麼了。

所有的問題又繞回到那個問題上：送不送兒子當人質。

## 結果出人意料

孫權知道，除了一戰已經沒有退路了。

孫權做出一個決定：棄用曹魏的年號黃初，自行改建年號為黃武。孫權不是皇帝，作為曹魏所封的吳王應該行曹魏的正朔，他自創年號並無法理依據。

孫權不管，通過改年號表示已與曹魏徹底決裂。

之後，孫權、陸遜指揮三路大軍迎擊曹魏的軍隊。

這三路大軍中，最東邊的洞口戰況最為激烈。曹休督率的張遼等各路大軍，加上州郡兵，參加洞口之戰的魏軍達 20 多個軍（督張遼等及諸州郡二十餘軍），也就是 20 多萬人，呂範指揮的吳軍推測起來連四分之一都不到，明顯處於劣勢。

張遼是魏軍宿將，最近身體不好，在生病，但想起逍遙津，孫權對他仍心懷忌憚。

孫權專門敕書諸將：「張遼雖然有病，但其仍銳不可當，大家一定要謹慎啊（張遼雖病，不可當也，慎之）！」

吳軍的洞口基地在江北，幾乎沒有太多懸念，曹軍到此將吳軍殺

得大敗。這時是農曆十一月，江面上刮起大風，吳軍戰船的纜繩多被吹斷，船沒有依靠在江面上亂漂，有的刮到岸邊被魏軍捕獲，有的被刮翻沉沒（諸船綆線斷絕，漂沒著岸，為魏軍所獲，或覆沒沉溺）。

吳軍紛紛落水，一些沒有被吹翻的大船成為眾人求生的希望，在水中掙扎的人拚命呼號，一些人想辦法想攀上大船，船上的人擔心船被弄翻，於是用戈矛擊打水裏的人，不讓他們上來（比以戈矛撞擊不受）。

只有將軍吾粲和黃淵下令讓水裏的人上自己的船上來，有人勸吾粲人太多船容易沉沒。

吾粲不管，對大家說：「船沉了大不了一塊死，他們已走投無路，怎麼能棄之不管（船敗，當俱死耳。人窮，奈何棄之）？」

呂範指揮餘部撤往江南的徐陵，曹休命臧霸準備 500 條快船，載上萬名敢死隊員（敢死萬人），強行渡江，圍攻徐陵。

呂範指揮全琮、徐盛等部守衛徐陵，燒毀魏軍的攻城車，把魏軍打退，在追擊中全琮將魏將盧尹梟首，魏軍才退到江北。

有史書說，此次洞口之戰魏軍斬首四萬，俘獲各類船隻一萬艘，當然這有些誇張，但吳軍損失慘重是事實。

孫權的弟弟孫匡此時是一名師長（定武中郎將），也參加了洞口之戰。他違抗呂範的命令讓人放火，不慎燒了柴草，致使吳軍軍需匱乏，呂範命人將孫匡羈押，送回吳郡。孫權很生氣，不準他以及族人再姓孫，改姓丁，終身禁錮。


最東邊一路打了敗仗，但好歹保住了長江防線。

在中間的濡須口這一路，曹仁率數萬人馬來攻，他採取聲東擊西的辦法，揚言要進攻濡須口以東的要地羨溪，吳軍總指揮朱桓分兵去救。

這時，朱桓突然接到情報，說曹仁親率魏軍主力出現在濡須口附

近，距此不過 70 里。朱桓趕緊派人去追增援羨溪的部隊，但已來不及了。朱桓手下此時僅有 5000 人，大家非常害怕（諸將業業，各有懼心）。

朱桓是吳郡人，跟祖籍丹陽郡的朱治、朱然並非一族，他的功績雖然沒有朱然突出，但在將星雲集的孫吳，孫權能讓他獨當一面，說明他是有兩下子的。

朱桓給大家鼓氣：「兩軍交鋒，勝負在將，不在人馬多寡。魏軍遠道而來，千里跋涉，士卒疲憊，曹仁也算不上什麼名將。我們佔據高城，南臨大江，北背山陵，以逸待勞，這是百戰百勝的局面，即使曹丕親自來尚不足懼，何況曹仁？」

朱桓下令偃旗息鼓，示弱於敵，誘使曹仁主動出擊。

曹仁命其子曹泰進攻濡須城，命將軍常雕率諸葛虔、王雙乘油船攻擊長江上一個叫中洲的小島，自己率一萬多人駐紮在濡須口以西的橐皋，做曹泰的總後援。

中洲是吳軍的基地，吳軍將士的家眷都在這個小島上，曹仁下令向這裏發起進攻，認為吳軍必救，可以分散吳軍的力量，更為順利地奪下濡須城。

朱桓派一部分人去保衛中洲，自己坐鎮濡須城，他率部燒毀了曹泰的軍營，曹泰退軍。

中洲保衛戰也進展得很順利，常雕被梟首，王雙被俘獲，魏軍被消滅 1000 多人，朱桓派人把王雙送往武昌。

此戰曹軍大敗，吳軍大勝，曹仁不久後竟抑鬱而終。


最西邊的南郡這一路，打得時間最長。

負責守南郡郡治江陵的是朱然，曹真率夏侯尚、張郃等部依仗人多，紮起多處營壘對江陵實施圍城。

孫權派孫盛率萬人在一處江洲上立圍塢，作為朱然的外援，但張

部隨後來攻，孫盛不敵，退走，江洲被魏軍佔領，江陵城與外界隔絕。

孫權又分別派潘璋、楊粲等率部增援，但魏軍實在強大，圍不能解。此時，江陵城內情況十分嚴峻，由於缺少吃的，不少士卒出現身體浮腫，一下子減員了 5000 人（兵多腫病，堪戰者裁五千人）。

曹真起土山，鑿地道，立樓櫓，把攻城的方法都使上，勢將江陵攻破。

江陵若丟失，孫吳的西線江防將不存在，夷陵、秭歸等地不攻自破，江陵以下的公安、陸口等也暴露在敵人的刀鋒之下，辛辛苦苦好幾年，一下回到解放前。對孫權來說，那樣的話，荊州的局勢將恢復到赤壁之戰前的狀況。

孫權已把大本營由建業遷至武昌，江陵如易手，還得灰頭土臉地遷回建業。

要守住江陵，攻破敵軍在江洲中的營壘十分重要，此處有夏侯尚率領的三萬人馬，為便於跟陸上交通，夏侯尚在此架起了浮橋。

諸葛瑾、楊粲又來解圍，但無法擊破敵人。潘璋想出一個辦法，他帶人馬到上游 50 里處，在此大量收割已乾枯的蘆葦，紮成許多大筏，想順江放筏，點燃蘆葦，去燒浮橋。

潘璋的火攻計還沒有開始，江洲上的魏軍突然撤得一幹二淨了。原來，夏侯尚在搭建浮橋屯兵江洲時，曹操時代的著名謀士、時任大鴻臚卿董昭向曹丕進言，認為浮橋很危險，現在江水較淺，馬上是春天，春水一旦上漲，浮橋將難保，浮橋一斷，數萬魏軍的性命堪憂。

曹丕接受建議，下令夏侯尚撤出江洲，魏軍嚴密封鎖消息，所以全部安全撤回，十天之後，江水果然漲。

江陵前後圍了六個多月，由於朱然率部頑強守城，魏軍無法得手，加上江洲撤軍後江陵可以恢復與外界的聯繫，曹丕於是下令放棄圍城。

魏文帝黃初四年（223 年）初春，曹丕急帶親隨到江邊觀看。

看着茫茫大江，文帝也一籌莫展。

曹丕對身邊的司馬懿說：「仲達，莫不是天命啊？」

司馬懿回答說：「勝敗尚未可料，陛下不必心憂。」

不過，當司馬懿看了一眼江水立即鄭重起來：「陛下快看這水！」

曹丕看了看，也說：「水線好像有點往上升？」

長江的大水在夏季，但春季上游降雨增加，也會漲水，今年長江的春水似乎來得有點早。春水來到，水漲船高，江面更加寬闊，對孫吳水軍來說是個好消息。

正在這時，下面報告說軍中開始流行疾病。

15 年前，正是這個季節，正在這個地方，太祖武皇帝親率數十萬大軍，千艦齊發，直撲江東，卻因為北軍不服水土，疾病流行而吃了大敗仗。

司馬懿等人勸曹丕撤兵，曹丕不肯。

大家苦勸，曹丕還是不肯。

這時又傳來情報說，孫劉兩家已重新聯手，曹丕這才坐不住了，漲水、瘟疫、聯盟，這些多麼熟悉！赤壁之敗的一幕將驚人重現，到那時再言撤退就退不利索了。

看來荊州這個地方妖氣甚重，於曹魏流年不利，趕緊走。

文帝於是下詔撤兵。


此次南征，算是曹丕登基以來親自指揮的第一次大戰役，結果讓人出乎意料。

魏軍在實力、氣勢上都明顯佔有上風，但三路大軍一勝兩敗，吳軍反而在總體上取得了勝利。

曹軍的噩運還不止於此，此戰之後不久曹魏的大將軍曹仁去世

了。曹仁時年 56 歲，年齡也不算太大，他突然去世可能與打了敗仗有關，臨終前曹丕升他為大司馬，這是一個榮譽性職務。曹仁死後，曹丕賜給他諡號忠侯，他有三個兒子，分別是曹泰、曹楷、曹範，其中長子曹泰較為突出，日後曾任曹魏的鎮東將軍。

曹仁去世不久，前將軍張遼也去世了。

在曹操時代的老將中，曹丕對張遼格外看中。曹丕繼位後升張遼為前將軍，張遼赴洛陽朝拜，曹丕在建始殿接見了張遼，專門向他詢問當年在逍遙津大敗吳軍的情況。

聽了張遼的述說後，曹丕對左右的人歎息道：「張將軍就是古代的召虎啊！」

召虎是東周時期的大將，又稱召公，與方叔、尹吉甫、秦仲等齊名，有平淮夷之功，曹丕故此比喻。

曹丕下令在洛陽為張遼建造屋舍，為張遼的母親專門修建了堂室，當年跟隨張遼在逍遙津一役中臨時應募的那 800 名勇士中活着的一律加虎賁頭銜。

為了保證合肥的安全，曹丕特意讓張遼屯駐在那裏。曹丕還賜輿車給張遼的母親，並破例派兵馬護送其家人到張遼駐軍的地方團聚，事先專門告示沿途各地，命地方及駐軍官員出迎。張遼家人每過之處軍士將吏都列隊迎候，看到此景的人無不認為這是莫大的榮耀。

後來，曹丕命張遼屯兵在雍丘，張遼在駐地病倒了，曹丕聽到後專門派侍中劉曄帶着太醫前往慰問視疾。按照漢朝的禮制，三公生病了皇帝也只派黃門問病，魏、晉時又降為黃門郎。張遼不是三公，曹丕派部長級的侍中去慰問，又派虎賁傳送病況，是十分破格的尊崇。

雍丘在今河南省開封市附近，為了及時了解張遼的病情，曹丕專門派虎賁士往來傳達病況，由於曹丕催得急，派出去的虎賁士很多，以至在今天洛陽到開封這一段路上他們常常可以碰到。

張遼久未痊癒痊癒，曹丕便命人把他接到自己的行營。曹丕親自探望，握着張遼的手加以慰問，又賜給張遼御衣，還每天派宮裏的人送來御膳，令張遼深為感動。

洞口之戰結束時，張遼的病情加重，病逝於江都，曹丕為之流涕，賜他諡號剛侯，由其子張虎承嗣。

張遼的一生較好地詮釋了職業軍人的定義，他對曹魏的政治不摻合、不干預，也不拉幫結派，任何時候都公私分明，這讓曹操和曹丕對他始終放心。

當然，張遼取得成功離不開他身後的伯樂，也就是曹操。張遼曾先後追隨過丁原、董卓、呂布等人，在此期間幾乎默默無聞，真正讓他大放異彩的是歸附曹操之後。

曹操一向知人善任，了解手下將領的優點與不足，對他們合理使用，讓他們充分發揮自己的特長，張遼的能力才得以更大地發揮。

## 蜀漢來的「大使」

危機雖暫時渡過，威脅卻仍然存在，面對已經徹底翻臉的曹魏，孫權不得不就其對外戰略重新做出調整。

孫權明白，所謂聯盟只適合他與劉備之間，與曹魏這樣的強國不存在所謂的盟友關係，他只能服從，只能送質子，為了對抗曹魏，他必須也只能與蜀漢再次攜手。

恰在這時，蜀漢方面派人來到了武昌。

在孫權思考如何恢復孫劉聯盟的時候，諸葛亮也在思考着這個問題。聯合孫吳對抗曹魏是諸葛亮始終堅持的戰略，他也是孫劉聯盟的締造者之一。但由於荊州之變，孫劉由聯盟成為對手，接連兩場大仗下來，雙方積蓄起來的已不是不信任，而是仇恨。

讓諸葛亮略感欣慰的是，先主劉備生前重新認識到聯合孫吳的重要性，對孫吳採取了和緩的政策，有了馮熙等人的互訪，雖然還是淺層次的交往，未曾打破橫亙在雙方之間的堅冰，卻為下面要做的事開闢出一條路徑。

　　如果劉備對孫吳的看法不改變，那擺在諸葛亮面前的將是巨大的障礙，單就如何統一內部認識就得花費大量的精力，弄不好會被認為是背離先主的遺志。

　　諸葛亮也認為，與孫吳復交的事不能拖下去了，必須馬上派人到孫權那裏去聯絡，只是派誰去他還沒有物色好。

　　這個人很關鍵，不僅口才要好，而且思路要特別清晰，善於應對各種突發的情況以臨機決斷。最重要的是，他必須是孫劉聯盟這項國策的堅定支持者，無論遇到什麼困難都不能有絲毫動搖。

　　正在這時，有個人主動找諸葛亮也談論此事，讓諸葛亮眼前一亮。


　　這個人是尚書鄧芝。這位出身於倉庫管理員（邸閣督）的外交家，是東漢開國功臣鄧禹的後人，在劉備和諸葛亮的提拔下，他後來升任廣漢郡太守，因為有才幹和政績，又被任命為尚書。

　　鄧芝也看到孫劉聯盟的重要性，於是建議說：「現在主上年幼，又是剛剛登基，應當派遣使者到孫吳，重新締結雙方的友好（宜遣大使重申吳好）。」

　　鄧芝特意強調須派一位「大使」，意思不是說派領事不行非得大使，他的意思是重量級使者，因為他也覺得此行任務艱難，又必須辦好。

　　諸葛亮回答：「這件事我也想了好久了，只是一直不知道派誰去合適，今天才有了最佳人選（吾思之久矣，未得其人耳，今日始得之）。」

　　鄧芝問這個人是誰，諸葛亮指着他說：「就是你呀！」

諸葛亮改任鄧芝為中郎將，派他作為特使出使孫吳，時間是蜀漢建興元年（223 年）十一月，正是曹丕發起南征的時間。

孫權當時在武昌，鄧芝帶着禮品趕到武昌，等待孫權的接見。

鄧芝帶的禮物包括馬 200 匹、蜀錦 1000 匹以及其他蜀地的土特產。

人家主動上門，理應熱情接待，但孫權是一位更成熟的外交家，他知道有些事需要拿一把，不能顯露出自己的着急。

鄧芝看出孫權的心思，主動給孫權寫了封信，信中說：「我此次來吳國面見大王，為的不單單是蜀國（臣今來亦欲為吳，非但為蜀也）。」

孫權接到信後，很快召見了鄧芝。

孫權見了鄧芝，開門見山地說：「我也想跟蜀漢和好，但是擔心蜀主年幼軟弱，加上蜀漢國小力薄，在曹魏的攻擊下尚無法自保，所以為此而猶豫。」

鄧芝回答道：「吳國和蜀國加起來佔有四個州的土地，大王您是一代豪傑，諸葛亮是一時的英才（大王命世之英，諸葛亮亦一時之傑也）。蜀漢有重重天險，吳國有三江之阻，如果把兩家的長處結合起來，互為脣齒，進可以兼併天下，退可以鼎足而立，這是很清楚的道理。大王如果委身於曹魏，今後曹魏上可以命大王您入朝朝拜，下可以命大王您輸送人質，如果不從，就會奉辭伐叛，到那時如果蜀國再順流而下，那江南可就不是大王的了。」

一番話看似波瀾不驚，在孫權聽來卻如驚雷過耳，以至於半天答不上話來（默然良久）。

鄧芝這段話厲害在什麼地方呢？

他向孫權揭示了這樣一個道理：向曹魏稱臣不可行，連權宜之計都不是，一旦稱臣，你就得任人擺佈，現在還只是讓你送人質，如果

你送了，馬上讓你親自到洛陽朝拜，你去不去？敢不去，就會以違命討伐你，你吃虧還說不出來，這哪是聰明人的做法，這是吃了虧還說不出來的愚蠢。

鄧芝的話還綿裏藏針，你眼下跟曹魏打了幾仗，看似敵人沒有得手，你以為是長江天險或者孫吳將士勇猛嗎？那是蜀國沒有落井下石。千萬別以為今後可以高枕無憂，不說曹魏今後加大打擊力度，就是蜀國哪天趁曹魏打你的時候插上一手，你還行嗎？

鄧芝的話把孫權打回了原形，原來孫劉聯盟是如此的重要！

孫權沉默半天，對鄧芝說：「你說得很對（君言是也）。」

於是，孫權決定徹底與曹魏決裂，不再做和緩的幻想，重新與蜀漢聯合（遂自絕魏，與蜀連和）。


孫權隨即安排人回訪蜀漢，進一步商談雙方聯合的細節。

鄧芝完成了任務，準備回去覆命，孫權讓他帶回不少吳國的特產給後主，以回報厚意（以答其厚意焉）。

鄧芝此行圓滿完成了任務，返回成都前他還向孫權提出一個請求，這是臨來時諸葛丞相專門交代的一項重要任務，是向孫權要一個人。

這個人就是之前被南中叛軍押解到孫吳的張裔。

自從到了吳國，張裔一直過着四處流徙的生活，但孫權竟然還不知道張裔是誰，於是痛快地答應了。

孫權也是個愛才的人，他想到這個張裔能讓諸葛亮如此費心地要回去，那一定是不一般的人才，於是在鄧芝一行臨返回前單獨召見了張裔，和張裔聊了不少。

為了試探張裔的才能，孫權故意說：「聽說你們蜀漢有個姓卓的寡婦和司馬相如私奔，貴地風俗都是這樣的嗎？」

孫權所說的姓卓的寡婦就是卓文君。她貌美有才，是西漢時益州臨邛大富商卓王孫的女兒，喪夫後寡居。後來她看中了還是窮書生的司馬相如，於是大膽追求，寫下了「願得一人心，白首不分離」的名句，後來和司馬相如私奔，成為著名的愛情佳話。

但在漢代人看來，私奔畢竟是很不光彩的事，孫權拿此事挪揄張裔，目的是考驗他如何作答。

張裔不緊不慢，回了句：「依在下看，卓氏寡女跟朱買臣之妻一樣。」

朱買臣是漢武帝時的名臣，早年家貧，妻子不堪忍受，離家另嫁他人。張裔之所以提朱買臣，因為朱買臣是吳縣人。張裔的意思是說，別挖苦我們蜀國人，你們吳國人也一樣。

對於張裔的機智回答，孫權十分滿意，與張裔越談越投機。

孫權對張裔說：「先生回去之後必然會被重用，你何以回報我？」

張裔回答：「我負罪而歸，回去之後將聽從有關部門的處置（將委命有司）。如果蒙聖恩不被處死，我 58 歲之前的性命是父母給的，58 歲之後的性命就是大王給的（五十八以前父母之年也，自此已後大王之賜也）。」

張裔此時 58 歲，孫權聞聽十分高興，對他有了器重之意。

張裔出城後，回想起跟孫權的對話，有所後悔，他覺得當時應當裝傻充愣，而不應該表現出自己的機警（裔出閣，深悔不能陽愚）。所以，他立即登船，加快速度往回返。

果然，孫權派來追他的人已經出發，追到邊境時，張裔剛好進入蜀漢管轄的永安縣境內，追者只得回去覆命復命。

諸葛亮見到張裔特別高興，立即任命他為丞相府高級參謀（參軍），同時兼任益州副祕書長（治中從事），成為自己在政務和軍務兩方面的主要助手之一。

# 諸葛亮的姪子

此後，吳蜀之間使臣來往越來越頻繁。

就在鄧芝來訪的第二年夏天，孫權派輔義中郎將張溫又回訪成都。

行前，孫權專門找張溫談話：「本來不想讓你出遠門，只是諸葛孔明不知道我們與曹魏交往的真正用意（恐諸葛孔明不知吾所以與曹氏通意），所以委屈你走一趟。如果山越人的威脅消除了，我們將與蜀漢聯盟，跟曹丕大幹一場。此行就是這個原則，具體說什麼你見機行事就行（行人之義，受命不受辭也）。」

張溫出身於江東大族，也是一個有分量的人物，他回答：「諸葛亮一向深謀遠慮（達見計數），他一定會理解您委曲求全之意，見到他後，觀察他的態度就會知道他是怎麼想的。」

對孫吳特使的回訪諸葛亮十分重視，安排沿途盛情接待，這讓張溫十分感動。這次出使圓滿成功，張溫向後主、諸葛亮等蜀漢高層當面解釋了孫吳委身於曹魏的苦衷，雙方協商，將繼續派使者商談合作的細節問題。

張溫此訪取得了圓滿成功，訪問中也有花絮。


張溫在成都期間享受了崇高禮遇，臨返回孫吳前，諸葛亮親自率百官送行。送行宴上，眾人都準時來到，只有秦宓沒到，諸葛亮多次派人去催他（眾人皆集而宓未往，亮累遣使促之）。

秦宓前一陣擔任益州副州長（別駕），此時已改任中郎將。

張溫見諸葛亮如此重視這個人，便好奇地問：「這是什麼人？」

諸葛亮回答：「益州的一個學士。」

張溫想，能讓諸葛亮這麼看中，可見這個學者學問不一般。張溫也是有大才的人，當初孫權慕名初次與他交談，張溫文辭占對無所不

通，口才極佳，讓在場的人無不傾倒。現在聽說蜀漢也有才能出眾之輩，勾起了張溫喜歡與人論辯的癮。

等秦宓來到，張溫首先發問：「先生讀書嗎（*君學乎*）？」

秦宓回答說：「五尺童子都讀書，何況在下！」

張溫於是問：「那你說說，天有沒有頭？」

秦宓回答：「有。」

張溫接着問：「天的頭在哪個方向？」

秦宓隨口說道：「在西方。《詩經》裏說『乃眷西顧』，按照這個推測，天的頭在西方。」

天有沒有頭，這是個無聊的問題，即使古人天文知識相對匱乏，也知道它沒有答案。這是個腦筋急轉彎問題，考的不是知識而是機智。如果秦宓說不知道，張溫就算贏了；如果秦宓反問，張溫可以回答說我知道就是不告訴你，那也贏了。

這就是詭辯術，只是秦宓也深諳其道，他善於把無聊的問題當有聊來考證，一本正經地弄出個《詩經》的典故，你說不對，那就是挑戰《詩經》。

張溫不服氣，接着問：「那你說說天有耳朵嗎？」

冒碰一回，不信你還能從《詩經》裏找出答案。

結果還真讓秦宓找着了：「天有耳朵，《詩經》裏說『鶴鳴於九皋，聲聞於天』，如果沒有耳朵，怎麼去聽？」

張溫簡直崩潰，還是繼續追問道：「天有沒有腳呢？」

秦宓回答：「有。《詩經》裏說『天步艱難，之子不猶』，如果沒有腳，怎麼走路？」

張溫徹底崩潰，最後問：「那你說說天有沒有姓？」

看來張溫已經被幾個腦筋急轉彎的回答給弄暈了，這個問題也太好回答了。

秦宓張口就來：「有呀，天姓劉。」

張溫一下子沒明白怎麼回事：「你是怎麼知道的？」

秦宓自豪地回答：「天子姓劉，所以知道天也姓劉。」

開始還只是娛樂，現在扯出政治了，如果不趕緊扳回一局，這個特使就太沒面子了。

張溫也算是江東名嘴，急中生智道：「太陽是出升於東邊的吧（日生於東乎）？」

張溫的意思是，你說天姓劉，我看應該姓孫才對，因為太陽在我們孫吳那邊。

哪知秦宓答道：「即使出生於東邊，最後還是落於西邊！」

張溫一點便宜沒佔到，整個論辯秦宓不假思索，張口即出，聲音洪亮（答問如響，應聲而出），張溫深為敬服。


隨後，蜀漢方面派鄧芝再次出使過孫吳，還先後派了丁宏、陰化、費禕等人出使。

在蜀漢的這些使臣裏，史書對費禕訪吳的記載最多。費禕很聰明，反應也很機靈，最適合當外交家。

孫權為人幽默，喜歡開玩笑（權性既滑稽，嘲啁無方）。他手下有幾個特別有名的辯才，張溫算一個，諸葛亮大哥諸葛瑾的長子諸葛恪也算一個，還有一個叫羊道的，都極其善辯。跟他們在一塊談論，費禕都毫不吃虧，每次都能據理以答，不被難倒。

孫權有點不甘心，便拿出好酒來讓費禕喝，看費禕已醉，突然以國事相問，又與他談論天下時事，提出的問題一個比一個難（辭難累至）。開始費禕以酒醉相推辭，後來針對孫權提出的問題一一書面作答，條理清楚，沒有遺漏。

還有一次，孫權宴請費禕，事先故意叮囑大家：「使者來後，你們

都低頭吃東西，不要起身（使至，伏食勿起）。」

費禕趕到，孫權停下筷子，但群下故意不起。

費禕於是臨場作了一首打油詩：

> 鳳皇來翔，麒麟吐哺；
> 驢騾無知，伏食如故。

意思是：鳳凰翩翩飛來，麒麟吐出食物，驢兒騾兒無知，低頭吃食如故。

聽着話有些不對勁，孫吳方面的人都有點來氣，諸葛恪也在場，他以機敏著稱，順口回道：

> 爰植梧桐，以待鳳皇。
> 有何燕雀，自稱來翔？
> 何不彈射，使還故鄉。

意思是：栽種梧桐大樹，一心等待鳳凰，等來一隻麻雀，自稱鳳鳥來翔，何不用彈子射它，讓它飛回故鄉。

費禕挺驚訝，他正在吃餅，於是停下來，索筆作了一篇《麥賦》，諸葛恪當仁不讓，也索筆作了一篇《磨賦》。你是麻雀我射你，你是麥子我磨你，反正不吃虧。他們的這兩篇賦大家看了，都覺得寫得棒（咸稱善焉）。

這些算是外交活動中的花絮，說明這一階段雙方通使的氣氛是熱烈而友好的，關係是融洽的。


諸葛亮的姪子諸葛恪字元遜，出生在赤壁之戰前，是諸葛亮、諸葛瑾家族下一輩中的長男。

諸葛恪繼承了諸葛氏家族的優秀遺傳基因，史書稱他身高七尺六

寸，接近今天的 1.8 米，大口高聲，從小便很有才思，尤其善於辯論，很少有人能辯過他。

史書記載了一件有趣的事，說諸葛瑾長得不如弟弟諸葛亮排場，他長着一張大長臉（面長似驢）。

一次，孫權大會群臣，讓下人牽了一頭驢進來，故意量了一下驢的臉，寫上「諸葛子瑜」。諸葛恪那時還小，看到有人拿父親開涮，不急不鬧也不哭。

諸葛恪走上前跪倒，對孫權說：「請給我一支筆。」

孫權不知道這位小朋友要筆幹什麼，就給了他，諸葛恪拿着筆，不慌不忙來到那頭驢前，在「諸葛子瑜」字下添上「之驢」兩個字，這一舉動贏來舉座歡笑，孫權就把驢賜給了諸葛恪。

還有一次，孫權見到諸葛恪，故意問他：「你父親和你叔父誰更有才能（卿父與叔父孰賢）？」

諸葛恪想都沒想，回答道：「我父親更優。」

孫權問他為什麼，諸葛恪回答：「我父親懂得事奉什麼樣的人，我叔父卻不懂，所以我父親更優（臣父知所事，叔父不知，以是為優）。」

小小年紀就如此機敏，而且知道抓住時機狠拍馬屁，孫權聽後大笑。孫權覺得諸葛恪很好玩，挺喜歡他，有宴會就讓諸葛瑾把他帶來。

一次宴會上，孫權命諸葛恪勸酒，諸葛恪走到張昭面前勸酒，張昭酒量可能有限，這時已經喝得差不多了（有酒色）。

張昭不肯再喝，對諸葛恪說：「這樣勸酒不符合尊老的禮節（此非養老之禮也）。」

孫權想看熱鬧，對諸葛恪說：「你能不能說服張公，讓他飲下此杯？」

諸葛恪於是對張昭說：「姜太公當年 90 歲了，仍能高舉白旄指揮軍隊，他不認為自己老。軍旅之事您總在後面，吃飯喝酒把您放在前面，怎麼還說我不尊老呢（軍旅之事，將軍在後，酒食之事，將軍在

先，何謂不養老也）？」

張昭被小朋友弄了個臉紅，只得把酒一飲而盡。

諸葛恪還有一次跟張昭鬥嘴，當時有許多白頭鳥飛到大殿之前，孫權問是什麼鳥。

諸葛恪搶先回答說：「是白頭翁。」

張昭在座，他年齡最大，懷疑諸葛恪這小子又沒安好心，是故意挖苦他。

張昭於是對孫權說：「諸葛恪是在戲弄您，哪來的白頭翁這種鳥，不信讓諸葛恪找出一個白頭母來。」

諸葛恪立即答道：「鳥兒的名字從來不是相對的，有一種鳥叫鸚母，請張先生找出一個叫鸚父的來。」

在座的人樂得笑個不停。

還有一次，蜀國使臣來孫吳，孫權設宴款待，諸葛恪也參加了。

孫權對蜀國使臣開玩笑道：「這位諸葛恪先生喜歡騎馬，請回去告訴你們諸葛丞相，給他姪子送匹好馬來（此諸葛恪雅使至騎乘，還告丞相，為致好馬）。」

諸葛恪趕緊拜謝，孫權說：「馬還沒有來，為何感謝？」

諸葛恪回答說：「現在蜀國就是陛下您的馬廄，您已發話，馬肯定會送來（夫蜀者陛下之外廄，今有恩詔，馬必至也），安敢不謝？」

拍馬屁的最高境界除了抓住時機，還要做到春風化雨、潤物無聲，諸葛恪這個馬屁拍得可謂機警和無孔不入，他從小就是這方面的行家。

孫權的長子孫登比諸葛恪小五歲，他們從小關係就挺好，有一次他們玩的時候紅了臉。

孫登罵諸葛恪：「諸葛恪應該吃馬糞（諸葛元遜可食馬矢）！」

諸葛恪立即回道：「那你就去吃雞蛋！」

孫權聽說後很好奇，就問諸葛恪：「人家讓你吃糞，你為什麼讓人家吃雞蛋？」

諸葛恪回答道：「這兩種東西都是從一個地方出來的（所出同耳）。」

逗得孫權開懷大笑。

總體來說，吳蜀之間不僅恢復了之前盟友的關係，而且通過頻繁派人互訪，雙方關係更進了一步。

費禕因多次訪吳而受到孫權的器重，孫權曾對他說：「你才能和美德都具備，必定成為蜀漢的股肱之臣，只恐怕今後不能經常來了。」

孫權的意思是今後費禕勢必受到重用，出使這樣的事不會再派他執行了。孫權看人一向很准，費禕果然成為蜀漢政壇的新星，在諸葛亮的不斷栽培下，費禕職務一路高升，成為後諸葛亮時代主持蜀漢政事的大臣之一。

孫權曾把經常佩帶的寶刀贈給費禕，費禕推辭道：「在下不才，怎能接受如此貴重的禮物？寶刀是用來討伐叛逆的，只願大王建立功業，共扶漢室，在下雖然愚弱，也終不辜負出使吳國之行了。」

有一次，孫權喝多了，和費禕把話題談到了蜀漢內部的人事上，按理說這不是他們應該討論的事。

孫權對費禕說：「楊儀和魏延二人不過是放牛娃（牧豎小人）罷了，雖然有點兒苦勞，但也不過如此，現在二人受到重用，如果諸葛亮哪天不在了，他們必定是禍根。你們太糊塗了，還看不到這一點。」

費禕再機敏果斷，也未料到孫權會出此一言，被驚得目瞪口呆，不知如何回話。

隨同出訪的郎中董恢悄悄把費禕拉到一邊說：「快告訴他，就說楊儀、魏延二人不和是因為個人恩怨，並不像韓信、彭越那樣有無法駕馭的野心。現在正是用人之際，如果有人才不用，說是防其後患，其

實等於害怕風浪而不乘舟船一樣，不是好主意。」

費禕照此給孫權說了，孫權大笑。

孫權也許並未喝醉，話是故意說的，笑得也很有城府。但畢竟這是人家的內部事務，點到為止而已。費禕回到成都，不敢隱瞞，把孫權說過的話如實報告給諸葛亮，受到諸葛亮的肯定。

隨着吳蜀之間使者往來頻繁，雙方在邊境地區的交往也不斷增多，在對蜀國事務方面，孫權很重視陸遜的意見。

陸遜以輔國將軍的身份兼任孫吳的荊州牧，駐紮在江陵，孫權每次有給後主劉禪以及諸葛亮的信，都先送到江陵讓陸遜看，讓陸遜把握輕重，如有不妥，就地修改後再送出。

陸遜真要有什麼修改，得先送到武昌讓孫權再次過目後才能重新抄寫蓋章，再送回就耽誤時間了。為了方便，孫權專門讓人刻了一枚自己的印放在陸遜處，陸遜改完就可以蓋章送往蜀漢（便令改定，以印封行之）。

# 第四章 任性的皇帝

## 被迫戰略收縮

魏文帝曹丕登基後，開局一度不錯，但後來幾腳卻越踢越不怎麼樣了，反而讓孫吳方面佔了上風。

相對蜀漢和孫吳，曹魏的攤子確實比較大，大有大的好處，但也有難處。仗打得實在太久了，官渡之戰那時候出生的人到魏文帝黃初年間都早已娶妻生子了，戰爭對一切都產生了嚴重的破壞力，人口銳減，經濟狀況更是一塌糊塗。

小戶人家消耗不起，大戶人家過起日子更難，曹魏佔的地盤大，包袱也更重，曹丕要當好這個家，其實也夠頭疼的。

曹丕稱帝後的第二年，下令改許縣為許昌，立長安、譙縣、許昌、鄴縣、洛陽為「五都」。對一個國家來說，同時有兩個首都尚且諸多不便，五個首都同時存在，這在古今中外都是罕見的。

所以，有人認為曹魏真正的首都是洛陽，其他四個地方類似於「陪都」。的確，曹丕稱帝後多次臨倖譙縣、許昌等地，但都是短暫居住或停留，大部分時間其實還在洛陽。

那麼，洛陽之外設行宮即可，為什麼特別明確「五都」呢？這在另一項詔令裏或許可以找到答案。

曹丕在明確「五都」的同時，還在另外五個地方立下了石表，分別是：西邊的宜陽，北邊的太行，東北邊的陽平，南面的魯陽，東面的郯縣。這五個地方如果連接起來，剛好在曹魏的控制區裏構成了一

個核心區。

宜陽在弘農郡，位於洛陽以西今豫陝交界一帶；太行即今太行山，古人認為此山居天下之中，秦漢時常以此山為地理坐標，有山南、山北、山東、山西之說；陽平不是漢中的陽平關，而是不久前剛剛設立的陽平郡，曹丕大概覺得鄴縣所在的魏郡太大了，就把該郡的東部分出設為陽平郡，治所在館陶，即今河北省館陶縣，把西部分出設為廣平郡，治所在曲梁，即今河北省邯鄲市的東北；魯陽是南陽郡的魯陽縣，袁術在南陽時長期以此地為大本營；郯縣在徐州刺史部，當年在此發生過著名的郯城保衛戰。

曹丕下詔，該核心區稱為「中都之地」，是朝廷建設和防衛的重點地區，核心區以外的人如果想內遷給予鼓勵，各郡縣都不得阻攔，該項政策為期五年，五年期滿後又有增加（令天下聽內徙，復五年，後又增其復）。

其實，這是一項收縮戰略，原因是各地人口都在銳減，人力資源已經出現了嚴重短缺，攤子鋪得太大不如集中起來。

不過，按照這個戰略，宛縣、襄陽、合肥等戰略要點都不在核心區域內，曹魏的攻勢有向守勢轉化的趨向。

洛陽是曹丕建設的重點，曹丕調新成立的陽平郡太守司馬芝為河南尹，專門負責洛陽重建工作。

司馬芝字子華，他也是河內郡溫縣人，但不在「司馬八達」之列，跟司馬懿雖同族，論起來卻比司馬懿長一輩。在曹魏官場上司馬芝的資歷也比司馬懿老得多，他早年曾攜母親避難荊州，曹操平定荊州後發現他是個人才，就讓他當了縣令，他為人正直、難於碰硬、不畏強勢，曹操在世時就擔任了魏國大理正，負責司法方面的工作。

司馬芝就任首都地區的行政長官，繼續發揚他愛民、務實、耿

直、廉潔的作風，抑制豪強、扶持貧弱，地方治理有一定起色。司馬芝還不徇私情，他娶的是名臣董昭的姪女，宮裏有人想找司馬芝辦事，聽說他不好說話就托董昭幫忙，但董昭也不敢向司馬芝開口。

然而，重建洛陽的困難遠比想像的還要大，最大的問題是人口，當時洛陽周邊十室九空，堂堂曹魏的京城不能建在「無人區」吧？曹丕決定從冀州富庶之地先遷十萬戶到洛陽周圍地區。

之前鼓勵大家向核心區遷移，前提是自願，強制遷移的政策一般很少使用，離鄉背井、前途充滿未知，即使白給首都戶口也沒有什麼吸引力，政策頒佈後果然沒多少人願意來。

曹丕下令強制執行，各有關部門都認為不可，因為這樣容易引起民變。

曹丕不聽，仍然強令推行，侍中辛毗覺得此事很嚴重，跑過來勸諫。曹丕知道他的來意，故意拉個臉，想讓他張不開嘴（作色以見）。

辛毗不管，問曹丕：「聽說陛下要大批遷移人口，不知道是怎麼考慮的？」

曹丕不正面回答，反問道：「先生認為此事不妥嗎？」

辛毗說：「確實不妥。」

曹丕不想跟這位老先生打嘴仗：「這個嘛，我不想跟你說（吾不與卿共議也）。」

但辛毗仍不依不饒：「陛下如果認為臣無能，可以把這件事交給有關部門，讓大家都來議議。臣所言非私事，是為社稷考慮，怎能遷怒於我？」

曹丕說不過他，站起來就走。

想溜？那不行，辛毗跟着就過去了，一把拽住了曹丕的衣服（隨而引其裾）。

曹丕都被氣樂了：「佐治，你把我抓得也太緊了吧？」

辛毗不管，抓住不放：「怕你跑了，強制遷移人口有失民心，望陛下收回成命！」

爭來爭去，最後君臣各讓一步，遷十萬戶改為五萬戶。

曹丕大部分時間還是在洛陽處理朝政。在他稱帝前，洛陽的名字其實不叫洛陽，而叫雒陽，是曹丕下令改回來的。

劉秀建立的東漢王朝定都洛陽，在五行中漢屬火德，忌水，所以劉秀把「洛」字去「水」而加「佳」，改稱雒陽。曹魏定五德，認為自己是土德，尚黃色，在水與土的關係上，水有土的依托才能流動，土因為有水才會更加柔和（水得土乃流，土得水而柔），所以曹丕又把「雒陽」改回為「洛陽」。

曹丕稱帝當年即開始營造洛陽宮，漢代的洛陽南、北二宮破壞殆盡，恢復重建是一項特別浩大的工程，這項工作只能慢慢來。曹丕平時居住在北宮，漢朝南宮的崇德殿早已廢棄，曹丕就在父親生前修建的建始殿裏接見群臣（是時帝居北宮，以建始殿朝群臣），人們所熟知的曹魏太極、昭陽諸殿，都是後來魏明帝修的。

建始殿除了處理軍國大事還有一項重要職能，就是在此祭祀已故的武皇帝。天子與百姓家祀不同，天子祭祀先祖在郊廟，普通百姓無廟，祭祀就在家裏。像曹丕這樣的情況，父親生前不是天子，自己是天子，祭祀父親也用天子的禮儀（父為士，子為天子，祭以天子），曹丕在建始殿祭祀父親，實屬無奈。

除了「家祀」還有「國祭」，主要指的是祭祀五方天地，包括東方青帝靈威仰、南方赤帝赤熛怒、中央黃帝含樞紐、西方白帝白招拒、北方黑帝汁光紀，祭祀的地點在明堂，是一處專門修建的祭祀之所，在洛陽城南門外，曹丕稱帝的第二年這項制度也重新建立了起來。還

有祭祀太陽，一般在都城的東郊，也同時恢復了。

被恢復的還有推舉孝廉的制度，這是漢代實行的一項最重要的選官制度，由於戰亂這項制度也變得支離破碎，曹魏承漢制，仍實行這項制度，曹丕詔令人口滿十萬的郡國每年都可以推舉一名孝廉，對於特別優秀的人才也可不侷限於名額的限制（其有秀異，無拘戶口）。

除了孝廉，曹丕還很重視各地上計吏的選拔，特別下詔：「現在的上計吏、孝廉，等於是古代各地方向朝廷進獻的人才，一個只有十戶人家的小城也會有忠貞誠實的人，如果限定年齡來選拔他們，年老如呂尚、年幼如周太子晉這樣的人才都沒有出頭之日，所以特令各郡國推薦人才時不要受年齡大小的限制，儒生只要精通經學、辦事人員只要熟悉文書法令（儒通經術、吏達文法）都可以試用。」

曹丕還下詔繼續尊崇孔子，下令在魯郡重修孔子舊廟，設 100 戶士家負責守衛，在孔廟附近還修建了許多屋舍供學者使用，朝廷封孔子的第 21 世孫孔羨為宗聖侯，食邑 100 戶。

漢末以來時局動盪，朝廷傾危，許多禮制要麼有名無實，要麼連最基本的名都沒有了，曹丕稱帝後實行的一系列恢復禮法的措施，使朝廷秩序重新規範起來，這些制度大多是對前代制度的繼承或照搬。

與其他開國皇帝不同，擺在曹丕面前的是一個尚未統一的江山，他的首要任務還是在軍事上，他是一個「戰時皇帝」。

## 高陵與首陽陵

曹丕 34 歲繼位，正是幹事業的年齡。

但是，魏文帝黃初三年（222 年）冬天，曹丕突然下了一份詔書，給自己指定了壽陵。

曹丕選的壽陵在首陽山的東邊，首陽山位於洛陽以北，為邙山的最高處，該山因「日出之初，光必先及」而得名，北枕邙山、南望伊水和洛水，山前是一片開闊的平地，是墓葬的風水寶地，伯夷、叔齊當年恥食周粟隱居在此山采薇而食，死後也葬於此。

　　這一年曹丕才 36 歲，這麼早就指定壽陵似有不祥之意。不僅如此，曹丕還另下了一份詔書，對自己的後事進行了詳細安排。

　　這份詔書仿照曹操當年的做法，稱為《終制》：

　　「根據禮制，君王活着的時候就要準備好自己的壽棺，即活着不忘記死亡。從前堯葬於谷林，入葬後把墓穴填平，上面種上樹；禹葬於會稽，附近的農民不用遷移到別處，埋葬在山林之中，與山林合為一體。所以，封樹之制不是上古之禮，我不會採取那種辦法。我的壽陵要因山為體，不封不樹，也不立寢殿，不造園邑，不通神道。

　　「葬，其實就是藏，也就是讓別人看不見。人死了，骨頭無痛癢之知，墓塚也不是棲神之宅，禮儀規定不到墓前致祭，就是不想打擾死者。棺槨的厚度能保持到骨頭腐朽就行了，穿的蓋的也都是這個道理。所以，我把壽陵選在這個不能耕種的荒山上，將來改朝換代後也就沒人知道我埋葬的地點了（故吾營此丘墟不食之地，欲使易代之後不知其處）。

　　「下葬後不要放葦炭，不要藏金銀銅鐵，陪葬一律用瓦器，以及符合古時的泥車、草人、草馬這些東西就行。棺材只需在合縫的地方漆上三遍（棺但漆際會三過），嘴裏也不要含珠玉，更不要穿什麼玉質的衣服，這都是那些無知的俗人幹的事。」

　　曹丕在詔書中還回顧了歷史上關於厚葬和薄葬的往事，認為現在保存比較好的帝王陵墓都是因為薄葬，這份詔書還說道：

　　「自古迄今沒有不亡之國，也沒有不被盜掘之墓。天下喪亂以來，漢氏諸陵無不被發掘，有的被燒取玉匣金縷、骸骨並盡，簡直如同受

了火刑，豈不痛哉！其災禍的根源，無不與厚葬封樹有關。

「魂若有靈，沒有不能去的地方，一澗之間算不遠。上面說的這些如果有人違背，妄加改變，那就等於讓我在地下被戮屍，不僅被殘害，而且一再殘害，等於死了一遍又一遍（戮而重戮，死而重死）。如果是這樣，臣僚、兒子就背棄了君父，是不忠和不孝，假如死者有知，將不會保佑你們（使死者有知，將不福汝）。我命令，把這道詔書藏在宗廟中，並製作若干份副本，分別藏於尚書台、祕書署以及三公府（副在尚書、祕書、三府）。」

這份《終制》口氣之重異乎尋常，甚至多次用了詛咒的話，看來曹丕相當重視。

現在就安排後事，在大多數人看來肯定是太早了。

這裏面也許另有隱情，至於是什麼也許只有曹丕本人最清楚。雖然朱建平預測過他會活到 80 歲，但曹丕也許並沒有這個信心，一場奪嫡之爭驚心動魄，中間幾經反覆，險些前功盡棄，讓曹丕一次次感受到了大喜與大悲。

凡是有過這樣經歷的人無不養成了多疑的性格，看什麼都像陰謀詭計，看誰都不像好人，曹丕其實心很累。心累，活得就累，太累的人容易折壽，這大概是曹丕不為人知的隱曲吧。


曹操的壽陵是高陵，在鄴縣附近，曹操以魏王的身份，參照漢朝的陪陵制度要求公卿大臣以及列將中有功的都可以陪葬在自己的壽陵，為此曹操要求儘可能擴大陵園範圍，使之能容納下足夠的逝者。

相關要求是明確的，規定是具體的，沒有半點含糊的地方，考慮到該命令頒佈的時間在緊張的漢中之戰打響前夕，更說明曹操是嚴肅認真的。

按理說，曹操的接班人曹丕應該執行曹操的這道命令，在鄴縣附

近應該有一個龐大的陵園區，不僅埋葬着曹操本人，還有一大批文武官員埋葬在此，但結果並不是這樣。

據最新的考古發掘，尚未明確高陵附近發現有曹操手下文武官員墓葬群的存在。其實即便再下一些功夫去找，也未必能找到，因為曹操手下的一些重要人物葬在各地的都有。

下面是曹魏一些重要人物的埋葬之所：

賈詡墓，河南省許昌市北尚集鄉崗王村東；

荀彧墓，一般認為在安徽省壽縣，曾出土過荀令君的殘碑；

郭嘉墓，一般認為在河南省許昌市襄城縣范湖鄉城上村；

荀攸墓，安徽省淮南市壽縣境內；

陳琳墓，江蘇省鹽城市鹽都區西郊射陽湖鎮趙家村；

華歆墓，山東省高唐縣城東涸河鎮大華村；

鍾繇墓，河南省長葛市增福廟鄉孟莊村；

毛玠墓，河南省許昌市東五女店鎮毛王村金龜崗；

郗慮墓，河南省許昌市東張潘鄉郗莊；

張遼墓，安徽省合肥市逍遙津公園內，一般認為是衣冠塚；

徐晃墓，河南省許昌市東張潘鎮城角徐村；

李典墓，山東省巨野縣昌邑鄉；

典韋墓，一般認為在河南省鄧州市汲灘鎮；

夏侯淵墓，河南省許昌市城西河街鄉賀莊北；

夏侯惇墓，河南省許昌市城西河街鄉賀莊北；

……

這些人都是曹操的「老部下」，大概也是曹操最想讓來陪陵的人，事實上他們都葬在了別處。

當然，他們有些人的身份不太符合曹操《終令》裏所說的「公卿大臣列將」，因為有的人嚴格來說是「漢臣」而非魏王麾下之臣，但曹操讓人擴大陵園，顯然也主要是給這些「老戰友」「老部下」準備的。

他們中一些人死在了曹操之前，比如典韋，限於當時的條件，可能就近安葬了，但後來條件成熟，如果想移陵也是可能的。他們為什麼沒有安葬在曹操的高陵的陵園區呢？

對曹操高陵的最新考古發掘還發現，雖然高陵當初有龐大的地面建築群，但在考古現場幾乎沒有發現建築的殘存，除了南部發現一塊較大的繩紋板瓦殘片之外，僅在部分柱洞中發現有少量碎小的繩紋板瓦和筒瓦殘片，這說明曹操高陵原有的地面建築被「有計劃地拆除了」。

這其實與史書的記載相一致，根據史書記載，魏文帝黃初三年（222 年），曹丕下詔要求把高陵地面上的建築有計劃地拆除（高陵上殿屋皆毀壞），曹丕給出的理由是遵循先帝崇尚節儉的心願（以從先帝儉德之志）。這次詔書發佈的時間，應該就在曹丕《終制》頒佈的前後。

曹丕為什麼要這麼幹呢？顯然遵循父親曹操的遺志並不是關鍵理由，如果按照曹操的遺志去辦的話，高陵龐大的陵園區不僅不能拆除，還應該大大地擴建，以容納更多曹操的「老戰友」和「老部下」在此安葬。

曹丕當然也不可能對父親有大不敬舉動，真的會來一場「毀陵行動」，他的舉動或許與現實中的尷尬有關。

曹丕通過漢魏禪代當上曹魏的皇帝，按理說他是曹魏「開國皇帝」，父親曹操的武帝身份是追認的，曹操生前是漢朝的魏王，屬於

「漢臣」，釐清這些關係，就會發現問題。

如果以魏武帝的身份為曹操營建壽陵，鄴城附近就不合適了，曹魏的國都定在了洛陽，即便要搞陪陵，也應該重新規劃，重新開始。

如果以魏王的身份為曹操營建壽陵，那讓文武大臣們都來陪陵就更不合適了，朝代雖然換了，但人其實還是那撥人，都去了鄴城，曹丕死後誰來給他陪陵呢？

所以曹丕要壓縮曹操高陵的規模，陪陵的事也沒有再去執行，之後他把曹魏陵園建設的重點放在了洛陽附近，給自己先選定了首陽陵的位置，並早早開始營建。

## 再次徒勞無功

壽陵的事只是一個插曲，曹丕真正要辦的大事還是統一天下，完成不了這項任務，把陵墓修得再闊氣也白搭。

上一次南征失敗，曹丕有點想不通，他召集劉曄、司馬懿、陳群、陳矯、辛毗等幾位尚書、侍中進行研討，分析失敗的原因，為下一次南征找到方法。

上次南征之前，曹丕曾專門問計於已故太尉賈詡，讓這位智多星說說要統一天下，吳國和蜀國應該先攻取哪個（欲取天下，吳、蜀何先）。

賈詡拖着病體，答道：「攻取者先兵權，建本者尚德化。陛下應期受禪，撫臨率土，若綏之以文德而俟其變，則平之不難矣。吳、蜀雖蕞爾小國，依山阻水，但劉備有雄才，諸葛亮善治國；孫權識虛實，陸遜見兵勢，據險守要，泛舟江湖，皆難卒謀也。用兵之道，先勝後戰，量敵論將；故舉無遺策。臣竊料群臣無備、權對，雖以天威臨之，未見萬全之勢也。昔舜舞幹戚而有苗服，臣以為當今宜先文後武。」

賈詡提出「先文後武」說，對於一心想大展宏圖的曹丕來說，這

劑藥也太性溫了，他要的是猛藥，能立竿見影。

不幸的是，似乎被賈詡又一次言中了。但曹丕是個不認輸也不信邪的人，他決定再次動員全國力量伐吳。

侍中辛毗反對，他認為：「現在上上下下稍稍安定，此時用兵，毫無裨益。先帝調集精兵南征，每次到達長江都停下腳步。如今人馬還是那麼多，沒有任何增加，讓他們再次伐吳，不是一件容易的事。為今之計，應該讓人民休養生息，開墾田畝，十年之後，可以一舉平定，不需要再出兵。」

養民屯田都沒錯，做好充分準備也是對的，但準備工作做十年？曹丕心想你要急死我了！

曹丕問辛毗：「按卿的意思，應當把孫劉這些匪虜留給子孫嗎？」

哪知辛毗聽不出來曹丕的語氣不對，繼續說：「昔日周文王把殷紂王留給了周武王，也不知道得用多少時間呀！」

周文王是太祖武皇帝最敬重也刻意效法的君王，曹丕自己也知道，要是能做個周武王那樣的革故鼎新、撥亂反正的君王，自然會名留青史，萬世影從，所以暗暗裏把周武王作為自己的榜樣。辛毗說話雖直，但也知道一點說話的藝術，他知道曹丕是個「武王控」，就專拿文王、武王說事，只圖說服文帝。

但曹丕不買賬，認為辛毗此言大謬。

司馬懿想了想，說道：「此次南征未獲全功，但也談不上敗績，頂多說雙方交了個平手。不是我軍部署有問題，更不是我軍將士不用命，而是人算沒有勝過天算。誰也沒有料到今年長江春水來得這麼早，也沒料到建安十三年的荊州大疫今年又捲土重來。如果沒有這兩件事的影響，我軍此時已打過長江，蕩平孫吳，將那孫權擒來洛陽了！」

興師動眾，勞而無功，明明是個敗仗，卻說是平手。明明戰略部署有問題，卻推給了不以意志為轉移的天氣、疾病，作為此次征南戰

役的總指揮，曹丕打心裏喜歡司馬懿這些話。

侍中劉曄這時插話道：「此戰也給我們一些啟示，在選擇主攻方向上，此次雖然三面同時出擊，南郡卻是重點，此地處於孫、劉夾擊之中，極易形成敵人的聯手，加之江陵地理險要，荊州一段江水左曲右彎，水急礁險，變幻莫測，不易取勝。如果再伐孫吳，可以把主攻方向放在最東邊，只打孫權，不管劉禪，先破一敵再說。」

曹丕聽了挺高興，命令重新制訂征南戰役計劃。


魏文帝黃初五年（224 年）八月，距上一次南征僅一年多一點，曹丕下令由東線攻吳，水軍自蔡河、潁河入淮河，由淮河到達壽春，即今安徽省壽縣。

曹丕意氣風發，誓雪前恥，親御龍舟，一路浩浩蕩蕩。

當月，大軍即抵達廣陵，即今江蘇省揚州市。

孫吳安東將軍徐盛建議沿長江南岸搭建木架，外裹蘆草，像拍電影搭的佈景一樣，弄出許多假城牆、假城樓，孫權認為此計甚好，於是全國動員，沿長江南岸搭起了佈景，從今天的南京一直到儀征，幾百里竟日而成。

同時，孫吳調集各地船艦前來支援，長江之上孫吳的船艦一時蔚為大觀。

曹丕親自登船察看，看得有點傻眼了，孫吳的水軍和城防也太強大了吧，怎麼跟情報顯示的不太一樣呢？

曹丕不禁歎道：「大魏雖有武騎千群，無所用啊！」

恰在此時，一陣大風吹斷了文帝御舟上的錨鏈，御舟失去控制，幾乎傾覆，嚇了曹丕和群臣一大跳。

此兆看來不好，曹丕尚在猶豫之中，上游的曹休派人來報，說從孫吳降卒那裏了解到，孫權已到濡須口。

聽到這個情報，曹丕更加遲疑起來，也許這是敵人的疑兵之計，故意放出來的風聲，孫權就在他的對面。

但是，孫權此人一向老奸巨猾，突然出現在濡須口也許並非不可能。孫權這個人連太祖武皇帝都拿他沒辦法，他不會老老實實等着跟自己過招。

如果孫權已在距此幾百里的上游濡須口，說明孫權的主攻方向不在這裏，這裏一旦發起攻擊，孫權可以棄東線不顧，從濡須口猛攻，抄了魏軍後路不說，直搗許昌、洛陽也很難說。

想到這些，曹丕於是下令撤退。

這一次南征還不如上一回，還沒過上一招就回來了。


魏軍撤了，孫權松了口氣，不過他還不放心。

孫權讓趙達算一算此事，趙達占卜一番對孫權說：「曹丕真撤了，即使如此，孫吳到庚子年也會衰敗（吳衰庚子歲）。」

孫權聽了挺高興，對趙達說：「具體說，還有多少年？」

趙達又「算了算」，對孫權說：「還有 58 年。」

孫權聽了大為舒暢：「我只擔心眼前的危險，考慮不了那麼長遠，那都是子孫的事（今日之憂，不暇及遠，此子孫事也）。」

58 年後孫吳的確滅亡了，不是趙達有這麼神，而多半是因為史書經常在這種事情上搞一些附會之說，以故弄玄虛。


# 一項重要突破

又一次伐吳無果，曹丕仍不死心。

到了第二年，也就是魏文帝黃初六年（225 年）春天，曹丕又謀劃伐吳大計，在出兵之前突然做出了兩項重要人事任命：以陳群為鎮

軍大將軍，錄行尚書事，隨車駕董督眾軍；以司馬懿為撫軍大將軍，留守許昌，督後台文書。

可以說，這是兩項極為重要的決定，它影響到了以後近 30 年裏曹魏政局的走向。

同時，這也是兩項出人意料的決定，因為在曹魏政壇和軍界，自太祖武皇帝開始，這樣的任命都沒有先例可循。連當事者陳群和司馬懿也深感驚訝。

曹魏陣營一直以來遵循着嚴格的文臣、武將兩條路徑，文臣從不帶兵，而武將中雖有個別人短時間內兼任過太守一類的行政官員，但極少有向三公、九卿方向發展的先例。

文人就是文人，武人就是武人，這是兩個不同的集團。在曹魏的陣營裏，有人概括出這兩個集團分別各有一個核心，文人的核心是汝潁集團，武人的核心是譙沛集團。曹魏的主要文臣中荀彧、荀攸、郭嘉、鍾繇、杜襲、辛毗以及後起之秀陳群等人都是潁川郡或汝南郡人，這裏自古多奇士，世家大族輩出，故稱汝潁集團。而譙沛集團，是因為曹氏父子乃沛國譙縣人，沛譙集團其實就是「諸夏侯曹」集團。

文臣中最優秀者，如荀彧、郭嘉、荀攸和崔琰等，一生從未擔任過軍職，這既是因各人特長而造就的不同分工，也暗含着某種權力格局的制衡。有人負責決策，有人負責執行。決策的人不管執行，執行的人不考慮決策。

由「武人」而入「文人」者有一個特例，那就是程昱。前文已述，他本來是一員武將，後來成為曹魏陣營的核心謀士。程昱的成功轉型是僅有的一例，而且是由「武」入「文」，而非由「文」入「武」。

兵權，這是曹魏最核心的權力，三公可以讓，九卿可以給，但兵權輕易不會給你。曹魏掌兵者不超過三種情況：一是如「諸夏侯曹」，或宗族或姻親；二是如張遼、張郃、徐晃等人，是職業軍人，為打仗

而生，為打仗而死，絕對效忠於曹氏父子；三是臧霸、張燕、張繡那樣曾經的地方實力派，被曹魏接收後暫時帶兵，最終兵權也被稀釋或整合。

陳群和司馬懿不屬於以上任何一種情況，他們出身士族，走的是荀彧或崔琰的道路。儘管他們已身處權力核心，深得皇帝的倚重和依賴，但他們從未奢望過染指兵權。現在，兵權卻自己來了。

而且，這次任命給二人的軍職名稱也相當特別，鎮軍大將軍、撫軍大將軍的名號之前沒有過。

曹魏軍制雖然延續了秦漢以來南軍、北軍的體制，但因為隨時都在作戰，四面都是戰場，所以軍制自然與和平年代的南軍、北軍有所不同。

曹魏的嫡系部隊可以分為地方主力軍團和中央軍團兩大部分，中央軍團除中領軍、中護軍這些禁衛軍外，還有一部分守衛其他幾個都城。中領軍、中護軍簡稱「中軍」，天子到哪裏他們就守備於哪裏，其他的中央軍被編為鎮軍、撫軍等兵團，由鎮軍大將軍、撫軍大將軍指揮。

所以，陳群、司馬懿擔任的這個軍職從名號看屬於「雜號將軍」的範疇，但因為獨特的地位和職責，重要性遠在「雜號將軍」之上，在軍銜序列裏次於驃騎將軍、車騎將軍、衛將軍，與四征、四安、四鎮將軍大致相當，也就是相當於兵團或大軍區司令。從品秩上說，低於三公，而略高於品秩2000石的九卿。

陳群和司馬懿之前的身份僅是品秩千石左右的尚書令、尚書僕射，品秩驟升。在執掌兵權的同時，他們仍然負責尚書台，陳群以鎮軍大將軍的身份「錄行尚書事」，也就是仍兼任朝廷祕書長，司馬懿沒有明確是否仍兼任尚書僕射這個副祕書長，但命他「督後台文書」說

明他仍然兼職於尚書台。

曹丕命他們掌兵，也可以看作給尚書台加上了兵權，尚書台也可涉兵事，但直接帶兵，這個恐怕連尚書台的締造者漢武帝也沒有這麼做過。

任命詔書專門講到了陳群和司馬懿的分工：

「過去軒轅黃帝建四面之號，周武王稱『予有亂臣十人』，先賢們之所以能治國理民，都是多任用賢人的緣故。現在內有公卿鎮守京城，外有州牧掌管四方，遇到有軍情需要出征，軍中應該有柱石一般的賢帥，輜重所在之處也應該有重臣鎮守，那麼御駕出征就可以周行天下，而沒有什麼可顧慮的了。

「現在，任命尚書令、穎鄉侯陳群為鎮軍大將軍，尚書僕射、西鄉侯司馬懿為撫軍大將軍，如果我親征討伐南方的敵人（若吾臨江授諸將方略），就留撫軍大將軍守許昌，督後方諸軍，處理後台文書諸事；由鎮軍大將軍隨車駕，董督眾軍，代理朝廷祕書長（錄行尚書事）。他們都給予假節、鼓吹，並調撥給中軍騎兵 600 人。」

也就是說，曹丕如果上前線，司馬懿就以撫軍大將軍的身份留守許昌，而陳群以鎮軍大將軍的身份隨車駕，陳群、司馬懿成了集軍、政大權於一身的重臣。

為了樹立二人的權威，曹丕詔令賜給二人假節，又頒給鼓吹，還給予中軍兵騎 600 人。「節」是皇帝的符信，持此者如皇帝本人親臨，類似於後世所說的「尚方寶劍」；「鼓吹」是皇帝的儀仗隊；「中軍」是護衛皇帝的御林軍，此三種皆皇帝的特權，一旦賜予人臣，則意味着人臣具有皇帝的代表或特使的身份，是極度崇高的禮儀。

這些不僅是一種形式，還意味着權力。看後漢三國史書，經常有臣子假節、持節、假節鉞、假黃鉞的說法，大體是說「尚方寶劍」的不同等級，也就是授權範圍，授權到哪一級，就可以殺或免哪一級的

官員。曹魏此前也有過這種授權，不過一般多授給「諸夏侯曹」，異姓將領中只有張遼等少數宿將才擁有。

給予如此特殊的待遇，陳群、司馬懿內心肯定是狂喜的，因為這一刻對他們來說是多麼重要！

曹操生前殺掉或逼死的重量級人士，從孔融、荀彧到崔琰、楊修、婁圭、毛玠等，都有一個共同特點：他們都是文人。

武將之中，將軍以上的，曹操從未殺過一個。

也就是說，在曹魏陣營裏，最危險的是文人，最安全的是武人。這符合權力的邏輯和遊戲規則，文人靠一張嘴，沒有實力做支撐，殺也罷，用也罷，全憑君王的心情。而每個武人的背後都是一支隊伍，君王即使不滿，也會投鼠忌器，用別的方法解決權力問題。

像張繡那樣手上有曹家血債的人，還有像臧霸那樣的土匪，曹氏父子只得一忍再忍，找機會一點點把兵權收回來，而像荀彧、崔琰那樣忠心耿耿、為曹魏做出過重大貢獻的人，一句話就能要命。

這不是君王冷酷，這是權力規則。文人的智慧是君王所需要的，但那是軟實力。手握兵權，才是硬實力。但兵權又是那樣遙不可及。

詔令下達之初，陳群、司馬懿上書辭讓。

文帝下詔安撫他們說，這不是加官晉爵，也談不上什麼榮耀，而是讓他們多做工作，替自己分憂（**此非以為榮，乃分憂耳**），如此一來二人就不再說什麼了

上任之始，陳群和司馬懿又接到文帝的詔書：「我常常因為後方的事感到擔憂，所以把重任交給你們。曹參雖有戰功，但論封行賞時蕭何最重（**曹參雖有戰功，而蕭何為重**），讓我沒有西顧之憂，不知道行不行？」

在曹丕眼裏善於理政的蕭何更重要，他想讓陳群、司馬懿做蕭何。

尤其是司馬懿，曹丕格外看中，按當時的兵制，掌兵將領所帶兵馬的員額以及具體所屬相對固定，司馬懿就任撫軍大將軍，人馬數量是 5000 人，雖不夠一軍編制，但這是司馬懿的起家本錢。

這種無以復加的信賴仍然繼續着，後來曹丕還下詔：「我在東方，撫軍大將軍全權處理西方的事務；我在西方，撫軍大將軍全權處理東方的事務（吾東，撫軍當總西事；吾西，撫軍當總東事）。」

這是何等的器重，司馬懿手捧詔書一定會感動得熱淚盈眶吧。

安排完這些事，曹丕又一次御駕親征伐吳。

魏文帝黃初六年（225 年）三月，伐吳命令發佈，這一次辛毗還沒說啥，又有一個人跳出來反對，這個人是宮正鮑勛。

鮑勛反對出兵的理由是：「王師屢次遠征未能有所攻克，我認為主要原因是吳、蜀脣齒相依，又有山水憑阻，難以攻拔。前年龍舟蕩覆，受隔在長江南岸，聖上遇險，大臣們嚇得不輕（聖躬蹈危，臣下破膽），如果聖上有不測，宗廟將傾覆，這當引為百世之戒。現在又勞兵襲遠，日費千金，給國家造成巨大虛耗，只能讓敵人展示他們的威風，臣以為不可！」

曹魏改前朝御史中丞為宮正，曹操擔任漢丞相期間，御史中丞曾被視為三公之一，是監察官的首領，地位顯赫。

鮑勛出任該職並非出於曹丕對他的器重，原因有兩個：一來他是曹操已故摯友和早年重要支持者鮑照的兒子；二來出於陳群、司馬懿等人的力薦，曹丕給他們的面子。

但曹丕一向不喜歡鮑勛，因為他說話比較直，比如上面這段話，鮑勛比辛毗說得還直接，意思是根本打不過人家，幹嗎還要逞能？換個人曹丕就得直接下令拉出去砍了，但這位是「烈士後代」，曹丕僅做降職處罰，鮑勛被降為治書執法，「正部級」成了「副部級」。

兩個月後，曹丕率大軍抵達老家譙縣，在此進行修整準備。

　　這一年八月，大軍自譙縣出發南下，針對上一次望江興歎，此次伐吳曹丕帶來了很多水軍，他們從渦水進入淮水。

　　十月，大軍抵達廣陵故城，即今江蘇省揚州市，後世有人寫詩「京口瓜州一水間」，京口即鎮江，瓜州屬揚州，出廣陵故城，可隔江眺望孫吳昔日的大本營京口，曹丕再一次調整攻擊重點，還是想無論如何在長江上撕出一道口子來。

　　魏軍雲集於此的總兵力有十幾萬，人數絕對佔優，江北岸魏軍的旌旗招搖數百里，大有吞沒長江之志。但是魏軍對這裏的水文、氣象情況均不熟悉，結果吃了大虧。農曆十月長江下游也天寒地凍，這一年江水還結上了冰，曹魏準備了好久的水軍竟然無法進入長江！

　　見此情形，曹丕再一次發出了感歎：「天哪，注定要分隔成南北嗎（嗟乎，固天所以隔南北也）！」

　　曹丕只得再次下令撤軍，但這一回吳軍不想讓他輕易就走。

　　孫吳的揚威將軍孫韶派部屬高壽率 500 人敢死隊渡江，在曹丕的歸途上突然發起襲擊，直取曹丕的御營，曹丕大驚，在眾人護駕下倉皇逃命，高壽等人奪得曹丕的御車，魏軍不明敵情，一片大亂。

　　魏軍來時有數千艘戰船，氣勢挺足，但一亂起來人多船多就成了包袱，眾多船隻擁擠在狹小的水道之中無法前進。有人向曹丕建議，乾脆留下那些走不了的船隻和軍隊在此開荒種地，蔣濟反對，認為這裏太容易受到敵人的攻擊，不宜屯田。

　　曹丕棄船先走，把排了幾百里的船隊留給蔣濟處理，蔣濟指揮人連挖了數道運河才把這些船弄進淮河。

　　敗仗可以打，但這樣的敗法，如此艱難的撤退，甚至需要動用工兵作業，被實力懸殊於自己的對手弄得如此狼狽不堪，可以說御駕親征的文帝出盡了洋相。

這是曹丕最後一次南征，他在位六年，發起三次大規模的征吳之戰，每次都親自指揮，不可謂不重視，也不可謂決心不夠大，但每次都無功而返，且一次不如一次。

浩渺長江，擋住了文帝的雄心壯志，也使他在後世落下「有文才而無武略」的名聲。

有人說，以那個時代的戰爭手段，長江實在太難以逾越了，長江是孫吳最堅固的防線，庇佑孫吳平安無事。這種觀點無疑誇大了長江的作用，長江其實沒有那麼可怕，至少沒到不可逾越的程度。

水性好的，游都能游過去。水性不好的，抱塊門板什麼的，也不至於淹死在江裏餵魚。事實上，曹軍有多次偷渡過江的經歷，但是，有幾個人過去了不等於大軍過去了，更不等於突破了長江防線。

長江最大的作用不是防火牆，不讓一個木馬滲透。長江的作用，是遲滯敵人的進攻節奏，尤其是後續支援和後勤補給，如果跟不上，越過長江就等於進入墳墓。

好在曹丕不是個瘋狂的人，站在江邊感慨感慨，也就知難而退了。在當時的情況下，攻擊敵人的最好辦法是穩紮穩打，做足準備，等待時機。

所謂時機，一是自己的力量足夠強大，二是敵人內部生變。而曹丕只想一舉拿下孫吳，在戰機的把握上應該有問題，他頻繁出兵，無功而返，浪費人力物力不說，士氣也備受打擊。

從這一點說，曹丕的三次南征實在得不償失。


## 聽不進去諫言

又打了敗仗，曹丕很鬱悶。

他是個心胸不夠開闊的人，誰惹了他，一定會報復。

曹丕想起了出征前鮑勛的勸諫，按理說他應該向鮑勛認錯、恢復他的職務才是，但曹丕不那麼想。

曹丕把鮑勛降為治書執法，此次出征鮑勛作為軍法官隨征。回師途中路過陳留郡，該郡太守孫邕前來拜見曹丕。他大概跟鮑勛也熟，所以拜見完之後順道探望鮑勛。

當時營壘還沒建成，只樹立了營標（但立標埒）。孫邕是地方幹部，大概不太了解軍營裏的規定，他走了側路而沒走大路，被鮑勛手下軍營令史劉曜發現並檢舉他違反軍令。鮑勛認為壕塹營壘還沒建成，不必過於認真，於是調解了這件事情而沒有舉報。

但不久後劉曜犯了罪，鮑勛上奏要把他廢黜遣派，劉曜為自保，也為了報復鮑勛，就祕密上表揭發鮑勛私下解脫孫邕一事。

這本不是什麼大事，即使違反了規定，批評教育一下就行了，但因為涉及鮑勛，曹丕覺得終於抓住了此人的把柄，於是下詔把鮑勛逮捕，交廷尉嚴審。

廷尉進行了審查，認為依據法令應判鮑勛有期徒刑五年，並處剃發戴枷的刑罰（治罪刑罰，剃發戴枷作勞役五年）。按照規定，廷尉對鮑勛這一級官員的審判結果須經三公會簽後才能上報御前，三公把廷尉的報告直接駁回，認為刑罰太重，依照律條只需要交兩斤金子作為罰金即可。

廷尉重新遞交報告，曹丕大怒：「鮑勛這個人根本沒有活命的資格了，你們竟敢寬縱他！再有人敢包庇就一塊抓起來審問，讓你們十鼠同穴、一網打盡！」

鍾繇、華歆、陳群等重臣以及廷尉高柔等人一同表奏，認為鮑勛的父親鮑信在太祖時有功勞，請求赦免鮑勛，曹丕不許。

鮑勛被殺影響很大，他的父親鮑信跟曹操是生死之交，在曹操最困難的時候舉全部家財給予支持，後來又為曹操的事業死在了戰場

上。這樣的人曹丕說殺就殺，理由又不足以服眾，讓人看了有些心寒。

不知道地下的曹操知道了這件事會做何感想，又如何去向老戰友交代。


曹丕不是一位聽得進諫言的皇帝，他比較任性。

同時，他還是一位愛玩的皇帝，與漢靈帝劉宏整天瞎折騰不同，曹丕喜歡的是打獵。

論才情，在古代所有帝王裏曹丕都是出類拔萃的，不僅詩文上乘，而且愛好體育，射箭、投壺以及圍棋樣樣精通，深得父親的遺傳。

曹丕當太子時就喜歡打獵。棧潛曾勸諫過他，曹丕不聽，一有空照去。當了皇帝，約束少了，曹丕更是經常出去打獵。

打獵本來是件好事，可以鍛煉身體，練練騎馬、射箭，但缺點是浪費時間。這不像打高爾夫，有半天空閒就能玩一次，打獵得去獵場，得安排佈置，一趟下來少則幾天，多則十幾天，朝廷每天都有無數大事小事需要皇帝拍板，你跑去打獵了，一時還聯繫不上，肯定耽誤事。

打獵還有一個壞處，那就是危險。

騎馬、射箭類似軍事演習，萬一馬受驚或者道路崎嶇險峻，容易釀成事故。那時候山林間兇猛的野獸也比較多，像老虎這類動物在各地都有，突然來個近距離接觸，就麻煩了。即使遇不着老虎，埋伏個刺客什麼的也很危險，孫策不就是這麼死的？

曹丕不管這些，不僅自己打獵，還把同志們都叫上。

領導看到大家平時都挺辛苦，安排個活動讓同志們放鬆放鬆，這是多好的事？可是領導喜歡的大家不一定都喜歡，領導在享受，同志們卻在受罪。

有一次，曹丕帶着大家去打獵，射中一隻野雞，高興地說：「射了

一隻野雞，好高興啊（射雉樂哉）！」

擔任侍中的辛毗不失時機地給領導上了一次眼藥：「陛下覺得高興，可我們覺得好辛苦（於陛下甚樂，而於群下甚苦）！」

曹丕一聽很不爽，當場不便發作，但以後再出來就很少帶辛毗了（遂為之稀出）。不帶辛毗，其他人也會上眼藥。鮑勛那時還沒死，他也擔任侍中，也對此很反對。

鮑勛直接上疏勸諫：「我聽說五帝三皇莫不明本立教，以孝治天下。陛下仁聖惻隱，有同古烈。臣希望陛下能繼蹤前代，令萬世可則，而不是修馳騁之事，整天忙於射獵！臣冒死以聞，請陛下明察。」

看到鮑勛的奏摺，曹丕大怒，當場把奏摺撕了（手毀其表）。不讓幹我偏偏幹，曹丕不僅照舊射獵，還專門把鮑勛叫上。

有一次中途休息，曹丕故意問鮑勛：「射獵之樂，與八音之樂哪一個更樂？」

侍中劉曄一向會來事，馬上搶答：「射獵比八音之樂更好（獵勝於樂）。」

鮑勛實在看不慣，反駁道：「此言差矣！音樂上通神明、下和人理，隆治致化、萬邦咸儀，所以移風易俗莫善於樂。游獵在原野中暴露帝王的車蓋，損傷生息化育的至高原理，迎風冒雨，有違天地自然的規律。過去魯隱公到棠地觀看捕魚《春秋》諷刺了他，陛下雖然把游獵當作急務，卻是臣下所不希望的（雖陛下以為射獵之樂，但愚臣認為非也）。」

鮑勛還當場批評劉曄：「劉曄佞諛不忠，陛下只是一句玩笑話，劉曄立即附和（阿順陛下過戲之言），就像當年梁丘據取媚於遄台，請有關部門治其罪以清皇廟！」

曹丕實在忍不住了，獵不打了，直接回去（帝怒作色，罷還），回來就把鮑勛降了職。

辛毗和鮑勛都擔任侍中一職，這是一個之前經常提到過的職務。「侍中」的意思是「侍衛於中」，「中」即「省」，也就是宮中。侍中的本意為侍衛於皇帝近前，其職責與尚書相近，但品秩比尚書高得多。

　　侍中最早也是九卿之一的少府卿下的屬官，後直接由皇帝指派，雖是散職卻因為隨時能接近皇帝而顯貴。侍中有專職的，也有兼職的，兼職即為加官，文武大臣有「加侍中」一職的，說明可以隨時入禁中受事。本朝侍中品秩 2000 石，與九卿相同。以後侍中地位更高，魏晉以後侍中一職經常成為事實上的宰相，直到元朝以後廢止。

　　也就是說，辛毗也罷，鮑勛也罷，他們給領導提建議是沒錯的，因為這是他們的分內職責。領導不高興，要麼出來不再帶上，要麼把人家從身邊調走，這是很不妥的。

　　曹丕不管那麼多，他是個任性的人，這麼多人出來反對絲毫沒影響他的射獵之興。

　　一次，曹丕又出去打獵，玩得晚了，半夜才回宮，這件事讓司徒王朗知道了。

　　王朗也加入討伐陣營裏，上疏勸諫：「帝王的居所外面有守衛，裏面設禁門，每次出行沿途必須先安排人馬保衛才能出發，身邊做警衛工作才能登台階，打開旗子才能登車，清掃好道路才能引導御駕，佈置好住處才能下車休息，所有這一切，都為的是顯示帝王的尊貴，要求帝王的行動務必小心謹慎，並以此作為制度永垂千古（*務戒慎，垂法教也*）。聽說最近御駕親出捕虎，日出而行，天黑才回來，這違反了帝王出入的常規，不是帝王戒慎的做法。」

　　王朗的名頭比辛毗、鮑勛大得多，又是三公，這份上疏曹丕不敢撕，不僅不敢還得親筆做出批示。

　　曹丕為自己射獵找了個說辭：「看了您上的表，知道您說的意思。

有些事您可能不太清楚，之所以射獵是因為方今天下還不太平，孫、劉二寇未定，四處還有征伐，射獵嘛，其實是軍事演習（將帥遠征，故時入原野以習戎備）。至於夜裏回來太晚存在安全隱患問題，還真沒考慮那麼細緻，幸虧您提醒，我已命令有關部門今後務必注意。」

人家建議你「戒慎」，是個委婉的說法，意思是別再去打獵了，你還真客氣，表示再出去時一定會注意，不知道王老先生看到這個批示時做何感想。

曹丕挺鬱悶，這麼大一點兒事沒完沒了了，這時長水校尉戴陵也上疏勸諫射獵，曹丕乾脆抓個典型，殺雞儆猴，直接下令把戴陵處死。

大家趕緊救人，苦勸死勸戴陵總算保住一條命，減死罪一等，但其他處罰不能省。不過戴陵還不算命背，魏明帝時代他又復出，長期擔任張部的副將，是曹魏後期的著名將領之一。


## 魏宮深處的隱事

曹丕稱帝後沒有立即冊立皇后，這也挺奇怪。

曹丕的正妻是甄宓，曹丕曾經很愛她，甄宓也很會來事，尤其跟婆婆卞夫人的關係處得非常好，但時間久了曹丕對甄宓的寵愛逐漸減淡。

曹丕稱帝後甄宓仍一直在鄴縣居住，沒有跟曹丕在一起。這時，曹丕後宮裏寵愛的妃嬪很多，包括為曹丕奪嫡立下很多功勞的郭氏，以及李貴人、陰貴人等，除了她們，被降為山陽公的劉協還主動向曹丕奉上兩個女兒為嬪，她們一併受到了寵愛（山陽公奉二女以嬪於魏，郭后、李、陰貴人並愛幸）。

劉協曾納曹操的三個女兒為妃，跟曹丕算同輩，劉協的女兒應該是曹丕的姪女，曹丕以姪女為妃，似乎有違人倫。郭氏大約在曹操稱

魏公時嫁給了曹丕，曹丕繼王位後立為夫人，稱帝之後升為貴嬪。李貴人、陰貴人的情況不詳，還有一個柴貴人，也很受恩寵。

看來曹丕的後宮很熱鬧，早就把留在鄴縣的甄宓忘了。有史書記載，甄宓感到了失落，有所抱怨（后愈失意，有怨言），曹丕大怒，於稱帝後的第二年即魏文帝黃初二年（221年）六月派人到鄴縣將甄宓賜死，之後就地安葬。

有史書記載，曹丕下詔賜死甄宓時，術士周宣正在身旁。周宣以善解夢著稱，曹丕想起昨晚做過的一個夢，問周宣：「我夢見殿屋之上有兩瓦墮地，化為雙鴛鴦，此夢何解？」

周宣給出的解釋是：「按此夢提示，後宮當有暴死者。」

周宣並不知道甄宓的事，這樣說讓曹丕吃了一驚，忙改口：「我沒有做過這樣的夢，是瞎編的（吾詐卿耳）。」

周宣似乎理解曹丕的心情，繼續說：「夢者意耳，苟以形言，便占吉凶。」

說得曹丕沉默不語，過了一會兒又問：「我昨夜夢見青氣自地衝天。」

周宣的解釋是：「此夢意為天下當有貴女子冤死。」

賜甄宓死的璽書已發出，曹丕聽了周宣的話有些後悔，派人趕緊去追，但已來不及（遣人追使者不及）。這個故事雖然記在史書裏，但也許僅是一個傳說吧。


不過，也有史書記載甄宓是病故的。

根據這個記載，曹丕稱帝後有關部門建議營建長秋宮，也就是皇后的居所，曹丕同意，派人帶上皇后的玉璽和策書來迎請甄宓。

但是，甄宓上表推辭：「妾聽聞，先代之興並饗國久長、垂祚後嗣，都與后妃是否賢明不無關係。所以皇后的選擇應該慎重，以便使後宮形成良好風氣（故必審選其人，以興內教）。現在陛下剛剛登基，

應該選一位更好、更賢淑的人為皇后以統領六宮。妾自省愚陋，無法承擔此重任，加上身體有病（加以寢疾），怎敢前往啊？」

按照後面的這個記載，甄宓確實已經病了，這大概是她不願意去洛陽接受皇后之位的主要原因。但曹丕不同意，又讓人送到璽書，甄宓再推辭，送了三次推了三次（璽書三至而后三讓）。

此時正值盛暑，曹丕大概覺得天太熱，長途遠行比較辛苦，就想等到秋涼時再去迎請，哪知甄宓在夏天就病逝了，曹丕無比哀傷，常常為之歎息（帝傷哀痛咨嗟）。

史書關於甄宓的死因有了兩種截然不同的說法，對此大多數人更傾向於前者，甄宓先被冷落繼而被賜死符合曹丕多情善變又刻薄寡恩的性格。


甄宓死後，郭氏更加得寵。

魏文帝黃初三年（222 年）曹丕打算立郭氏為皇后，但遭到一些大臣的反對。

郎中棧潛上疏說：「聖哲慎立元妃，要立也必取於世族之家，擇其令淑以統領六宮、虔奉宗廟。所以《易經》說『家道正而天下定』，由家庭延伸到整個天下，這是歷代聖君的傳統。《春秋》裏有譽夏說的『沒有把妾當成正妻的禮儀（無以妾為夫人之禮）』，齊桓公誓命於葵丘，也說『無以妾為妻』。今後宮專寵僅亞於陛下，如果僅因寵愛而登后位，就會使貧賤的人暴貴，臣擔心到了後世就會出現下面的人欺壓上面的人、擾亂法令的現象（下陵上替，開張非度），混亂也就從此開始了啊！」

棧潛是任城人，曹操在時當過縣令。曹丕當太子時就喜歡打獵，棧潛進行過規勸。郎中即郎中令，就是漢時六卿之一的光祿勳卿。

曹丕不聽，郭氏成為曹丕的首位皇后。

甄宓被殺，有一個重要人物應該發言，但沒有這方面的記載，這個人就是曹丕的母親卞太后。

曹丕稱帝后幾乎無人能夠約束他，唯一例外的是卞太后，在解救曹洪、保護曹植和曹彰等事件中卞太后都發揮了重要作用。

卞太后追隨曹操40多年，一路同甘共苦、風雨與共，深得曹操的信任，曹操稱讚她「怒不變容，喜不失節」，她也在曹魏陣營裏擁有崇高威望，有人也習慣地向她匯報一些事情，卞太后又時而對曹丕的言行提出一些批評，這些讓曹丕十分不悅。

有一部算是野史的書竟然還記錄了這樣的事：曹操駕崩後，曹丕把父親昔日身邊的宮人都召來服侍自己（**文帝悉取武帝宮人自侍**）。有一次曹丕病了，卞太后去看他，一進大門，看見立侍着的宮人認識，是曹操當年寵倖過的。卞太后問她什麼時間來的，宮人回答說是先帝「正伏魄時」過來的。

人快死時要拿他平時穿的衣服到門外招魂，讓魂魄回來，這叫復魄或伏魄，「正伏魄時」指曹操將死未死時。卞太后一聽大怒，不去探病了，罵了句「狗和老鼠都不會吃你吃剩的東西（**狗鼠不食汝餘**），死了才好」。

魏文帝黃初三年（222年）九月，曹丕突然下達一份詔書：「婦人干政是禍亂的根源，從今以後群臣不得向太后奏事，后族之家也不得當輔政之任，不准隨意加封爵位（**又不得橫受茅土之爵**），以此詔傳之後世，若有違背，天下共誅之！」

詔書的內容直接針對卞太后，口氣異常嚴厲。

可以想像，卞太后除了憤懣之外也沒有別的辦法。她一向為人謙和、善良，生性節儉，每次見到娘家人都訓誡他們好好約束自己，告訴他們要是犯了不法之罪，她知道了不僅不會保護，而且會讓他們罪加一等，更別指望她會給予接濟恩待（**有犯科禁者，吾且能加罪一等**

耳，莫望錢米恩貸也）。

卞太后的父母早已不在，主要親人是她的哥哥卞秉。卞秉雖是「王親」，但曹操在時官位僅至軍隊裏的一名團長（別部司馬）。

## 《洛神賦》的傳說

關於甄宓的死還有一種說法，沒有記載在史書裏，而是在後世的一些野史和文藝作品中有所提及，認為甄宓被賜死與曹植有關，暗示他們之間的「曖昧」關係導致曹丕殺了甄宓。

魏文帝黃初四年（223 年）四月，曹植被改封為鄄城王，食邑由 800 戶增至 2500 戶，按禮制他得前往京城洛陽，向皇兄當面謝恩。

洛陽，大概是曹植最想去又最不願意去的地方了，這種矛盾的心境也許只有他自己能懂。他渴望見到母親、姐姐，除親情外，還希望能從她們那裏得到某種幫助。但洛陽這個傷心之地，發生過太多他不想回憶的事，他更不想與哥哥曹丕面對面。

但是，一切都不由他決定。

關於曹植的這次洛陽行，正史一筆帶過，完全是禮節性的，而野史則饒有興趣地記載下許多細節。編輯於唐代的一部文集提到，曹植在洛陽期間，曹丕曾請他吃飯，在場的還有曹丕的長子曹叡。按照這部文集的說法，曹植看到曹叡，不由得想起了他曾愛戀過的甄宓，也就是曹叡的母親，心裏頓感酸楚。

飯後，曹丕把甄宓生前用過的一件玉鏤金帶枕賜給了曹植，曹植見到後當場流下了眼淚。

玉枕是私密之物，曹丕為何把這樣的東西送給曹植呢？按照唐代這部文集的說法，甄宓是被人用讒言害死的。所謂讒言，就是說她與曹植這個小叔子有私情，而曹丕大概相信了那些讒言，「意亦尋悟」，

也就是故意試探曹植。

總之，這是一次不愉快的旅程。

不過，曹植總算有驚無險地度過了，完成朝覲，他要回到封地鄄城，於是背着伊闕，越過轘轅，途經通谷，又登上景山，一路向東行進。

這一天，曹植一行來到洛水邊。日已西下，車困馬乏，曹植看到洛水岸邊有樹林，地上長滿了杜衡草和芝草，於是命隨從卸了車，一方面稍事休息，另一方面可以在草地上餵餵馬。

漫步於夕陽下的林間，縱目眺望水波浩渺的洛水，曹植突然覺得精神恍惚起來，思緒也隨之飄散。一抬頭，曹植發現有一位絕妙佳人站在不遠處的山巖旁，曹植大吃一驚。

曹植拉住身邊一位車伕說：「你看見那邊的美人嗎？是什麼人，竟如此美麗！」

車伕回答：「聽說河洛之神的名字叫宓妃，您所看見的莫非就是她？只是我看不見，她到底長得什麼樣，您能不能給我描繪一下？」

曹植於是描繪起他所看到的女神的模樣：

其形也，
翩若驚鴻，婉若游龍。
榮曜秋菊，華茂春松。
髣髴兮若輕雲之蔽月，
飄颻兮若流風之回雪。
遠而望之，皎若太陽升朝霞。
迫而察之，灼若芙蕖出淥波。
穠纖得衷，修短合度。

肩若削成，腰如約素。

延頸秀項，皓質呈露。

芳澤無加，鉛華弗御。

雲髻峨峨，修眉聯娟。

丹脣外朗，皓齒內鮮。

明眸善睞，靨輔承權。

瑰姿豔逸，儀靜體閒。

⋯⋯

　　世間用來形容美麗與美貌的最好的語言幾乎都被曹植用在了這裏，因而他所描繪出的是無與倫比的美麗，足以征服任何人。但是，那畢竟只是神靈，是飄忽和難以捉摸的。曹植捨低登高，不斷移動腳步，只為多看她一會兒，但女神不久就消失了。

　　曹植久久不願離去，希望她能再次出現。為了再次看到她，曹植甚至想不顧一切地駕着輕舟逆流而上，但女神終究沒有出現。當夜，曹植心緒難平，無法入睡，身上沾滿了濃霜，直至天明。

　　曹植不得已命僕夫備馬登車踏上返程，當他手執馬韁，舉鞭欲揮時，又一次悵然若失，以至徘徊依戀，無法離去⋯⋯


　　人們說，情到深處人孤獨。

　　曹植的心緒難解，於是就寫下一篇深情的賦文，記述了這場奇幻的邂逅，唐代的這部文集收錄這篇文章時，說賦文最早的名字叫《感甄賦》，曹植由洛神宓妃想到了自己熱戀過的嫂子甄宓，於是才寫下這個題目。後來被曹叡看到了，認為極其不妥，改為《洛神賦》。

　　的確，凡讀過這篇賦文的人都會深信不疑這樣的說法，因為曹植對洛神宓妃的感情是如此熱烈和真摯，若非真愛一場，哪能如此感人

至深。而且「宓」作為人名並不常見，「宓妃」這兩個字不就說明一切了嗎？

然而，這些都是訛傳和誤讀。

之前說過，曹丕娶甄宓那年才 18 歲，曹植只有 13 歲，而甄宓已經 23 歲了。13 歲的小叔暗戀 23 歲的嫂子？似乎於情理不通。

更重要的是，《洛神賦》寫到的宓妃與甄宓沒有任何關聯，因為「甄宓」這個名字最早並不存在！

唐朝之前，所有史書中都沒有提到過「甄宓」，包括各類野史、文集都也沒有提到過，凡說起曹丕第一個正妻和曹叡的生母，一律稱「甄氏」「甄逸女」「甄后」「后」，人們把她稱為「甄宓」，正是在唐代這部文集講完「叔嫂戀」的故事之後。

也就是說，不是因為有甄宓才有「洛神故事」，而是「洛神故事」硬生生地製造出了一個「甄宓」！

那麼，曹植寫《洛神賦》究竟想表達什麼呢？

這要從宓妃的傳說說起。相傳她是伏羲的女兒，因為迷戀洛河美景來到人間。那時洛河兩岸住着洛氏，宓妃教他們結網捕魚、狩獵養畜，還在勞作之餘為他們彈奏七弦琴。

優美的琴聲被黃河河伯聽到了，他潛入洛河，看到了宓妃，被她的美貌深深吸引，就化成一條白龍在洛河裏掀波作浪，最後把宓妃吞走。

宓妃被帶至河伯的水府深宮，她終日寡歡，只能用七弦琴排解愁苦。后羿聽到琴聲來到宓妃身邊，聽宓妃講完不幸遭遇，后羿很氣憤，就將宓妃救出，重新回到洛氏族中，並與宓妃產生了愛情。

河伯大怒，再次化身白龍潛入洛河，吞沒大片良田、村莊。后羿於是大戰河伯，射中河伯的眼睛，河伯逃走，來到天庭告狀，但天帝知曉人間一切，河伯沒能得逞。

后羿於是同宓妃在洛水一帶住下來，過上了幸福生活，天帝封后羿為宗布神，封宓妃為洛神。

對於因受人誣告而身處逆境、孤立無援的曹植而言，后羿的無私幫助，以及天帝的明察秋毫、秉公裁斷才是他最需要、最渴望的，他渴望得到公正的對待，更渴望未來不用擔驚受怕、能過上美好生活。

相對於兒女私情，這大概才是曹植此刻的所思所想。

# 陵雲台下故事多

曹丕是個多情又善變的皇帝，除正史裏提到他先後寵愛過甄妃、郭皇后、李貴人、陰貴人和柴貴人外，野史筆記關於他這方面的故事還有不少。

自晉朝開始曹丕就是宮闈祕事一類野史小說關注的重點，這些故事雖未必全部可信，但它們創作的時間大都與曹魏時代十分接近。這些故事在社會上也流傳甚廣，即使說它捕風捉影，想必也多少有一些「影」吧？所以不妨介紹一下。

這些故事，可以先從陵雲台說起。

陵雲台是曹丕稱帝后下令修築的一處台閣，正史裏雖有記載，但也僅提到一下而已，關於它的詳細情況有不同的見解。

一種看法認為陵雲台即凌雲台，該台位於曹丕的行宮凌雲宮內，具體位置在今河南省郾城區新店鄉台王村。這個村很有名，漢末著名的潁川郡陳氏家族祖籍就在這裏，曹丕的重要助手陳群就出自該家族。該地至今仍有一個高出地面數米的土台，被認為是凌雲台的故址。

曹丕為何在遠離京城也遠離其他四都的地方修建這處行宮呢？因為這裏距繁陽的受禪台很近，只有 30 里，漢獻帝建安二十五年（220年）十月曹丕受禪，所以修了座行宮以臨時駐留。

至今當地還有一個傳說，曹丕在受禪台接受玉璽時突然有一隻鳳凰從台後凌空而起，圍台旋飛後翩然南翔，落向受禪台的遠方。曹丕派人查看，在距離受禪台 30 里的一口淺井裏發現了一塊四方形的青石，青石已裂開，似乎是鳳凰從此石重飛所至，井旁隆起一處土台，曹丕認為這是吉兆，所以下令在土台邊建造了行宮，並在土台的基礎上修築了凌雲台。

　　另一種看法認為，陵雲台其實在洛陽的魏宮裏，位於千秋門內御道北面的西遊園內。這座高台為全木結構，以設計機巧著稱，建造之前先稱過所有木材的輕重，然後才築台（先稱平眾木輕重，然後造構），所以它保持了最大的平衡性，高台的四面重量不差分毫，雖然高峻，甚至常隨風搖擺（常隨風搖動），可始終不倒。

　　據說到魏明帝時這座高台仍在。魏明帝有一次登上陵雲台，看到它顫顫巍巍的樣子，害怕它倒了，就讓人用大木頭支撐它，但這一下樓台反而倒了，原因是本來四面保持平衡的重量出現了偏差（論者謂輕重力偏故也）。

　　把父親修的高台弄倒了，魏明帝大概覺得過意不去，就下令重修此台。台成，最後一道工序是掛牌匾，工匠一時疏忽，匾上還沒題字就掛了上去（誤先釘榜，未題署）。大概此匾太重，台太高，摘下來重掛比較危險，魏明帝想了個辦法，讓人把書法家韋誕放在一隻籠子裏，用轆轤和長繩牽引着靠近牌匾（以籠盛誕，轆轤長絙引上），讓他在空中題寫。

　　韋誕是當時著名的書法家，尤善大字榜書，鄴縣宮室的匾額大多是他題寫的。他被懸掛在離地 25 丈的高空，感到十分恐懼。寫完，把他弄下來，大家一看都驚呆了，因為上去時韋誕的頭髮還是黑的，下來時已經全白了。韋誕回家後立即告誡子孫，今後絕不再練什麼榜書了（誕危懼，戒子孫，絕此楷法）。

也許陵雲台與淩雲台是兩座不同的高台，一個在洛陽，一個在鄴城。根據史書記載，洛陽魏宮裏的陵雲台建成於魏文帝黃初二年（221年），這有些奇怪，因為當時條件簡陋，曹丕祭祀父親尚在與官員議事的建始殿內，哪能先花費巨大人力與物力修建一座至少25丈的高台呢？

史書對此沒有進一步說明，這件事成為野史小說關照的對象，據晉朝一部野史記載，曹丕修這座高台與一個女人有關。

這個女人名叫薛靈芸，冀州刺史部常山郡人，父親名叫薛業，是一名亭長。薛靈芸出身貧寒，到17歲時已出落為一位容貌異常美麗的姑娘。她經常陪母親與其他婦女一起紡紗，閭中少年多有暗慕的，經常趁夜色潛進她家裏偷窺她。

常山郡太守谷習聽說薛靈芸的美貌，就用千金聘走薛靈芸（以千金寶賂聘之），之後把她獻給了曹丕。薛靈芸不想走入深宮，但也無奈，她與父母告別時淚沾衣襟，一路上也流淚不止。薛靈芸用玉唾壺盛淚，淚水在壺中化成了紅色（壺中之淚凝如血色矣），由此留下了一個「紅淚」的典故。

離洛陽還有數十里，曹丕派了十輛雕花的車來迎接，為了不耽誤時間，曹丕讓車隊連夜趕路，命人在沿路點起膏燭照亮，經久不熄（靈芸未至京師，數十里膏燭之光，相續不滅），車子所過之處塵土遮蔽了星月，時人稱為塵霄。

到了洛陽，曹丕對薛靈芸異常寵愛，為博得她的歡心，在洛陽皇宮裏用赤土做基修築了一座30丈高的台閣，列膏燭於台下，名叫燭台，遠遠望去，如流星墜地，當時有人作詩道：

青槐夾道多塵埃，龍樓鳳闕望崔嵬。
清風細雨雜香來，土上出金火照台。

薛靈芸趁夜而來，於是有了一個雅稱叫「夜來」。曹丕對她百般寵愛，異邦進獻的火珠龍鸞釵很漂亮，曹丕賜給她，但又問她是不是覺得龍鸞釵太重，細心如此。薛靈芸從小幹家務，縫製衣服的針在她手裏出神入化，夜裏不用點燈也可運用自如，凡不是薛靈芸縫製的衣服曹丕一律不穿（非夜來所縫製，帝不服也），後世於是又稱薛靈芸為「針神」。

唐代一部筆記小說裏寫到，一天晚上曹丕在燈下詠詩，室內擺着一件七尺長的水晶屏風，薛靈芸來了，由於有些急，不小心臉碰在了水晶屏風上，沒有大傷，但碰紅了。紅色的臉頰如朝霞將散未散之狀，更覺得美麗無比（傷處如曉霞將散），宮人們於是紛紛用胭脂仿畫這種紅狀，稱「曉霞妝」。

「紅淚」「夜來」「針神」「曉霞妝」，這些雅稱和典故都集於這位出身貧寒的女孩一身，薛靈芸真可以稱得上三國時代的「第一灰姑娘」。在這些野史小說看來，陵雲台其實是「靈芸台」，是為薛靈芸而修的。

自晉朝以來關於薛靈芸的故事便在各類書籍裏多有提及，有關典故影響很廣，唐人李商隱寫過「一夜芙蓉紅淚多」的詩，宋人賀鑄寫過「畫樓芳酒，紅淚清歌，頓成輕別。已是經年，杳杳音塵都絕。欲知方寸，共有幾許清愁」的詞，《紅樓夢》裏講眾人玩象牙籌，牙籌的一面刻有古往今來的美人，薛寶釵抽中的就是薛靈芸。


但薛靈芸還不是曹丕的最愛。在晉朝的一部野史裏，還有一個叫莫瓊樹的女人後來居上，曹丕更寵愛她。

莫瓊樹長得特別美豔，而且很會打扮，她發明了一種與眾不同的新髮型，將面頰兩旁貼近耳朵的頭髮梳成薄而翹起的形狀，遠遠望去好像蟬的雙翼（望之縹緲如蟬翼），如絲如緞，如天女下凡，宮人們也爭相效仿她的髮型。

曹丕又喜歡上了莫瓊樹，這倒未必是莫瓊樹比薛靈芸更美麗，而

是曹丕對女人審美疲勞的毛病,任何美女在他眼裏頂多新鮮一陣,過後就不喜歡了。除了以上提到過甄妃、郭皇后、薛靈芸、莫瓊樹等幾位,在野史小說中被曹丕寵愛過的妃嬪還有陳尚衣、段巧笑等人。

陳尚衣在有的書裏也叫田尚衣,她的拿手本領是能歌善舞,冠絕於世,自比漢宮飛燕。段巧笑也精通化裝,她發明了一種新脂粉,裏面有米粉和胡粉,還有葵花子汁。

曹丕專寵莫瓊樹後引起了薛靈芸、陳尚衣、段巧笑等人的嫉妒,她們聯手戲弄了莫瓊樹一把。

一次,她們假裝幫莫瓊樹梳妝打扮,趁她不注意時在她的頭髮裏抹了香油。時值盛夏,曹丕與莫瓊樹攜手賞花,結果香油被太陽照射後引來蒼蠅、蚊子紛至,這件事被曹丕查出了真相,薛靈芸等人被罰跪地一天不許吃飯。

漢魏時代取名常用單字,尤其是後漢和三國,有人認為這是王莽改制時的一項「硬性規定」,雖沒有確論,但整個三國時代除複姓外名字超過三個字的很少,薛靈芸、莫瓊樹、陳尚衣、段巧笑這些名字都不太符合當時的時代特徵。

但也不絕對,比如司馬懿的夫人叫張春華,這個正史裏就有記載。而且即使上面這些人都是後來虛構的,她們的故事也多少有一些現實的藍本吧,比如關於曹丕身邊的「宮鬥」,除了郭皇后與甄妃這一件事,史書還提到過郭皇后與柴貴人之爭。

看來曹丕這位多情皇帝平時夠忙的。


## 終於不折騰了

魏文帝黃初七年(226 年)正月,曹丕決定到許昌巡視。

鎮守許昌的是撫軍大將軍司馬懿,他把曹丕接進城裏。在入城的

時候發生了一件奇怪的事，一向堅固的許昌城南門竟然無故崩塌了。曹丕想到了幾年前父親在洛陽也遇到過同樣的事，他覺得這是極為嚴重的事件，是一個凶兆，心裏不安，決定不進城了（心惡之，遂不入）。

正值壯年的曹丕竟然因此有了心事，並且突然感到身體有些不舒服了，於是回到了洛陽，從此一病不起。

四月，曹丕接到報告說征南大將軍夏侯尚病逝了，這讓他十分悲痛，他與夏侯尚最為要好，情同手足。

曹丕感到身體不行了，病得越來越嚴重，他產生了安排後事的想法。壽陵定下來了，就連棺材怎麼漆都交代了，卻還有一件更大的事沒有明確，那就是太子。

曹丕先後共有九個兒子，分別是：

曹叡，甄妃所生；
曹協，李貴人所生；
曹蕤，潘淑妃所生；
曹鑒，朱淑媛所生；
曹霖，仇昭儀所生；
曹禮，徐姬所生；
曹邕，蘇姬所生；
曹貢，張姬所生；
曹儼，宋姬所生。

曹丕的以上諸子中，曹協、曹貢、曹鑒、曹儼四個兒子先後早逝，目前有五個兒子在世。

曹叡是曹丕的嫡長子，小時候就很聰明，曹操生前最喜歡這個孫子。曹叡特別好學習，尤其專心於法理規章（特留意於法理），用現在的話說就是特別喜歡行政管理專業。這樣的身世和天賦，無疑是接班

的最佳人選，但曹丕對曹叡卻很忌諱，原因是不喜歡他的母親，所以登基時並沒有立他為太子，甄宓死後曹丕的這個心結就更重了。

在剩下的四個兒子中，曹丕最喜歡的是徐姬所生的京兆王曹禮，一度有過立他為太子的想法（有意欲以他姬子京兆王為嗣）。另外仇昭儀生的曹霖也深得曹丕喜歡。

但是，要不要立他們為太子，曹丕還拿不定主意。

如果郭皇后有兒子，那曹叡也罷，曹禮、曹霖也罷，都將與太子無緣了，可偏偏郭皇后沒有兒子，這讓曹丕很煩惱。

郭皇后登上皇后之位後倒也知道自矜持重，對永壽宮的卞太后也盡量恭順，後宮裏的各位貴人有什麼過失，郭皇后還在曹丕面前替她們開脫說話，慢慢地得到了大家的好評，跟卞太后的關係處得也不錯。

郭皇后無子，曹叡的生母已故，曹丕就讓曹叡認郭皇后為養母（詔使子養帝）。曹叡生於漢獻帝建安九年（204 年），生母死時他已經16 歲了，很多事情瞞不過他，對於母親的死曹叡心裏常悵然不平。

但曹叡深知自己的處境，所以對郭皇后竭力侍奉，一早一晚都要去郭皇后那裏問安（旦夕因長御問起居），這讓郭皇后很滿意。

曹丕的心裏還是有立曹叡為太子的想法，主要是廢長立幼這樣的事把大家弄怕了，前車之鑒太多，讓曹丕不敢做出那樣的決定，曹丕自己能接班也與長幼之序沒有打亂有關。史書還提到一件事，說是它最後堅定了曹丕立曹叡為太子的決心。

有一次，曹叡隨父親去射獵，看見了一隻母鹿，曹丕將其射殺，這時又見一隻小鹿，曹丕讓曹叡射殺它。

曹叡不忍動手，對父親說：「陛下已經射殺了它的母親，我不忍心再殺它的兒子。」

曹叡邊說邊哭，曹丕深為觸動，於是放下了弓箭。這件事讓曹丕

重新打量了一番曹叡，覺得這個兒子才能更突出，於是堅定了自己的想法（以此深奇之，而樹立之意定）。

魏文帝黃初七年（226年）五月，曹丕正式下詔冊立曹叡為太子，這時候，曹丕已經病得不行了。

五月十六日，曹丕把曹真、陳群、司馬懿叫到病牀前，向他們托付後事。

曹丕還把曹叡叫來，指着曹叡對大家說：「眾位，請看清我的這個兒子，我死後由他繼位，望眾愛卿盡心輔佐！」

曹丕又指着他們三個人對曹叡說：「有人如果在你面前對他們挑撥離間，一定不要輕易相信（有間此三公者，慎勿疑之）！」

完了，還專門對後宮的事做了交代，命令後宮妃嬪中淑媛、昭儀以下的都遣送回家（遣後宮淑媛、昭儀已下歸其家）。

就在這一天魏文帝曹丕駕崩，享年40歲。

曹丕是三國時代最傑出的詩人之一，現存詩作約40首，他寫的五言詩和樂府詩清綺動人，《燕歌行》是中國現存最早的文人七言詩。

除了詩歌，曹丕還留下各類文體的散文有170多篇，其中的佳作很多，他的散文題材豐富、感情充沛，除具有文情並茂的特點外，文采、辭法也受到廣泛稱譽。

曹丕在文藝理論方面也有特殊貢獻，他寫的《典論·論文》是中國最早的文學理論與批評著作，該文評價了孔融、陳琳、王粲、徐幹、阮瑀、應瑒、劉楨的創作得失，後人便將他們稱為「建安七子」，文中還肯定了文學的歷史價值，認為文學是「經國之大業，不朽之盛事」。

相對於文學成就，曹丕作為一代帝王在政治上的成就反而很平淡，他似乎缺少父親曹操那樣的雄才大略，在位不到七年，沒有什麼大的建樹，三征孫吳，兩次「望江興歎」，留下了未竟的事業，也留下

了很多遺憾。

曹丕在軍事上一再受挫，表面看各有原因，其實最根本的仍與國力有關。曹丕在位期間孫吳也正處在發展的鼎盛期，蜀漢在諸葛亮的治理下也蒸蒸日上，曹魏的實力不足以一舉將它們消滅。

除此之外，曹丕的性格也影響了他的成就。曹丕生性褊狹，容易情緒化，愛憎過於分明，報恩報怨一目了然，沒有父親曹操的胸懷和氣魄。

曹魏的一場奪嫡之爭可謂驚心魂魄，中間幾經反覆，曹丕險些前功盡棄，這讓他一次次感受到了大喜與大悲。凡是有過這樣經歷的人無不養成了多疑的性格，看什麼都像陰謀詭計，這大概是曹丕不為人知的隱曲吧。

這場奪嫡之爭對曹魏政權產生了很大的殺傷力，假如曹操從一開始就指定曹丕為接班人，曹植以及擁戴曹植的人也就沒了想法，沒有了內部爭鬥，那樣就可以專心對外，也許就是另外一個結局了。

# 第五章 開府治事

## 成都的丞相府

現在，目光再回到蜀漢。

後主繼位後，諸葛亮以託孤大臣的身份主持蜀漢朝政，擺在他面前的任務如此艱巨，先不說繼承先主遺志完成復興漢室的大業，就說如何解決南部諸郡發生的叛亂，就是一副千鈞重擔。

凡事都要從一點一滴做起，紮紮實實，不能有半點馬虎和偷懶，對於已經開府治事的諸葛亮來說，尤其如此。

所謂開府，就是組建官署。諸葛亮雖身為丞相，但在先主劉備在世時，其實沒有組建單獨的官衙，他的角色是執行者，所有重大事情都由劉備親自決策，諸葛亮只負責建議和執行。

現在，諸葛亮既是執行者又是決策者，他必須儘快建立起一套精幹高效的工作機構，也就是丞相府。

之前，大事都由劉備做主，諸葛亮負責執行落實，所以當時沒有必要組建一個丞相府，或者說即使有一個丞相府，也只是為諸葛亮履行職責服務的一個小的工作班子，而不是蜀漢政權的核心。

現在情況不同了，諸葛亮要組建一個完整的、規模龐大的丞相府，這個丞相府將成為蜀漢的權力中心。

參照曹操組建的丞相府，其基本結構是：

> 丞相以下設長史，類似於祕書長；

再設主簿，類似於辦公室主任；

再往下設若干曹，類似於一個個處，各曹的處長稱掾，
副處長稱掾屬。

漢代丞相府的標準編制是 13 個曹、382 人，比曹操丞相府的人
數少很多。各曹中西曹和東曹最為重要，西曹負責丞相府內的吏員任
用，東曹負責天下 2000 石官員的升降，包括軍中的武將在內，2000
石相當於部長級，在地方上是太守一級，在軍隊裏相當於將軍，所以
這個曹權力極大。

其他還有負責祭祀、農桑的戶曹，負責管理朝廷章奏的奏曹，負
責民事法律訴訟的訴曹，負責交通以及郵驛等的法曹，負責運輸的尉
曹，負責偵辦盜賊的賊曹，負責刑事審判的決曹，負責兵役的兵曹，
負責管理貨幣、鹽鐵的金曹，負責管理國家糧庫的倉曹，以及類似於
丞相府總務處的黃曹。

從這些執掌看，丞相府的職權涵蓋了行政、司法、經濟等方方面
面，還有許多與軍事有關的部門和人員，如軍謀祭酒、軍謀掾、軍祭
酒等，執掌軍權。

在丞相府裏長史最重要，是丞相的第一助手，這個人必須很得
力，諸葛亮物色的人是王連。王連此前擔任司鹽校尉，多年從事的是
與鹽務有關的經濟工作，這是項苦差使，在常人看來也是個不容易建
功立業的崗位，但王連幹得很好，很有成績。

益州政壇向來有派系之爭，本土派和外來勢力一直暗中較量，王
連是荊州刺史部南陽郡人，不屬於益州本土派，但他又不是跟隨劉備
來益州的，他來得比較早，算是劉璋的舊部，所以也不屬於荊襄派。
但反過來說，以上兩派或許又都認為王連是他們的人。

諸葛亮請後主封王連為平陽亭侯，並兼任屯騎校尉。屯騎是北軍

五營之一，屯騎校尉是中央禁衛軍裏的高級將領，王連有了這個身份也方便與軍方打交道。

次於長史的是主簿，諸葛亮選的是擔任過巴郡太守的楊顒，這也是個實幹型人才，諸葛亮認識他比較早，對他的才能比較了解。本來楊顒的同宗楊儀或許更適合這個崗位，但之前楊儀由於和尚書令劉巴鬧矛盾，被劉備用弘農郡太守的名義給掛了起來。

各曹負責人中，諸葛亮選的東曹掾是他一直以來都十分看好的蔣琬。劉備對蔣琬似乎很有成見，甚至曾要將其處死，幸虧諸葛亮求情蔣琬才得以保全。蔣琬目前擔任尚書郎，在尚書台相當於科長這一級的低層級官員。

由蔣科長提拔為蔣處長，表面看只升了一兩級，但東曹掾的分量和實權甚至比朝廷的九卿還大，由科長直接提拔成部長，體現了諸葛亮在用人方面的魄力。

東曹負責人是荊襄人士，西曹的負責人諸葛亮就選了益州本土出身的李邵。李邵字永南，益州刺史部廣漢郡人，劉備在時他擔任益州府內的書佐部從事，大約是祕書或祕書處長一類的職務。任用他為西曹掾，也是破格提拔，並且大出很多人的意料。

李邵的其他情況史書記載得不多，他哥哥李邈卻特別出名，可以稱為蜀漢的頭號書獃子，也在丞相府任職。

李邈字漢南，在劉璋手下擔任過牛鞞縣長，劉備來益州後提拔他當了州府的從事。有一次正旦節，按禮制這是有些類似團拜的賀歲活動，李邈得以見到劉備。大過年的，人家都是祝領導身體健康、萬壽無疆之類，這個李邈卻說了一大堆讓劉備不爽的話。

李邈對劉備說：「劉璋將軍因為你們同是宗室，所以拜托你來替他討賊，什麼功勞都沒立，你卻把他滅了。在下認為，將軍你取益州，十分不合適（邈以將軍之取鄙州，甚為不宜也）。」

好在劉備臉皮還算厚，又是過年，沒有和他計較，而是開玩笑說：「你既然知道我不對，為何不幫劉璋來打我？」

領導很有風度，李邈卻不夠幽默，他認真地說：「不是不敢打你，是打不過你。」

劉備脾氣再好，也有點兒惱了，讓有關部門把李邈抓起來要殺他。最後諸葛亮出面求情才把他放了。李嚴卸任犍為郡太守時諸葛亮專門推薦李邈接任，應該說對他是相當器重的。諸葛亮開府治事後把李邈調過來擔任丞相參軍，相當於丞相府高級參謀，但是這個李邈以後還犯過更大的傻勁。

李邈、李邵兄弟可能出身於廣漢郡的大族，對於益州本地這樣的家族，只要他們之中有可用的人才諸葛亮總是格外關注，他希望通過重用他們達到團結益州本土人士的目的。

跟李邈一同擔任丞相參軍的還有馬謖，此前他一直擔任越巂郡太守，但諸葛亮發現他的特長在軍事方面，雖然劉備臨終前專門交代對馬謖不可重用，但諸葛亮覺得讓馬謖當太守也是對人才的浪費，何況擔任參軍只是出謀劃策，算不上重用，所以就把他調了過來。

諸葛亮在丞相府裏還設了一個門下督，任命的是馬忠。門下督是一個不常設的職位，具體職責不太清楚，根據與之類似的職務進行比較，從事的可能是巡察、巡視兼保衛方面的工作。這個職務也不低，「建安七子」之一的陳琳曾任曹操的門下督，他是由軍師祭酒轉任的，軍師祭酒相當於參謀長，所以這個職務不比各曹掾低。

馬忠此前只是巴西郡下面一個縣的縣長，永安救駕給劉備留下了深刻印象，把他看作益州出身人士中黃權一類的人才。劉備臨終前給諸葛亮交代過不少人事方面的事情，馬忠可能就是劉備交代給諸葛亮的可用人才，所以受到重用。

諸葛亮開府治蜀後不久，後主下詔由諸葛亮兼任益州牧。

丟失荊州後，蜀漢的地盤其實僅限於益州一地了，所以在治理地方方面益州牧府也很重要。州政府裏最重要的職位是別駕，相當於副州長，諸葛亮選的是秦宓。

這項任命多少有些出人意料，不是因為秦宓名氣太小、能力不強，而是之前說過劉備伐吳前擔任從事祭酒的秦宓苦勸，惹得劉備大怒要殺他，也是諸葛亮求情才免一死。秦宓此刻還是帶罪之身，沒有任何職務，直接提拔為萬眾矚目的副州長，的確讓人吃驚。

州政府裏次於別駕的是功曹，相當於人事處長，諸葛亮任命的是五梁。五梁字德山，益州刺史部犍為郡人，益州本地名儒，有深厚的儒學才識，個人品德也比較突出，劉璋在時就是座上客，劉備稱帝后擔任議郎。這是一個德高望重的人物，又是本土出身，讓他負責人事工作，別人不好說什麼。

五梁有個同學叫杜微，也是本地出身的名儒，諸葛亮請他做州政府辦公室主任（主簿），但這一次卻碰了個釘子。

杜微字國輔，益州梓潼郡人，和五梁都受教於廣漢郡大學者任安。劉璋時任命他為從事，因病去官。劉備來益州，杜微也稱病不出。諸葛亮請杜微出來做事，杜微一再推辭，後來諸葛亮專門派車去才把他請來（輿而致之）。見了面，諸葛亮發現杜微耳朵有些聾，聽不清別人說話，就在座中寫了一段話給杜微，希望杜微能因天順民、輔佐明主。

雖然是現場隨手寫的，但這段話還是保存了下來：

「常聽說您的道德品行，早就想拜會您，但因為清流、濁流不相來往，所以沒有機會當面請教（清濁異流，無緣咨覯）。王元泰、李伯仁、王文儀、楊季休、丁君幹、李永南兄弟和文仲寶等人經常讚歎您的高尚志趣，我沒有什麼才學，受命統領本州，德行淺薄、責任重

大，常感憂慮。

「後主今年剛剛 18 歲，仁愛聰敏，愛惜有德行的人，謙恭地對待賢良之士，人們紛紛追慕漢室，這裏想請您遵循天意、順應民心，輔佐當今的明主，以建創復興漢室功業，功勳將被寫在竹帛上。我也知道，因為賢者與愚者不在一起共事，所以您過去謝絕劉璋，只在家中勞動，是不想屈辱自己。」

諸葛亮提到了清流、濁流，漢末品評人物常以此分野，諸葛亮言下之意杜微是清流而自己是濁流，確有抬高對方之意，但這應該看成是自謙而不是自貶，說的是在朝與在野的區分。諸葛亮提到的那些人，指的是王謀、王連、楊洪、李邵、丁厷、文恭等人。

諸葛亮如此謙恭讓杜微無法再推辭，只好勉強答應下來，但不久又請病假回家養老（自乞老病求歸）。諸葛亮還是想把他留下，給他又寫了一封信，告訴他這個職務就是掛個名，不必朝九晚五，杜微不好再說什麼，就留了下來。

《三國志》的作者陳壽的老師譙周是蜀漢後期最知名的學者，他也是此時進入諸葛亮領導的益州州府任職的，職務是勸學從事，負責文化教育方面的工作。

譙周字允南，益州巴西郡人，幼年喪父，和母親以及兄長一起生活，家境清貧，但耽古篤學，誦讀典籍，廢寢忘食。陳壽是這樣描繪老師的：身材很高，個子跟諸葛亮有一比（身長八尺），長相看起來很純樸，不喜歡修飾自己（體貌素樸，性推誠不飾）。

這是陳壽對老師長相的委婉描寫，其實譙周的外貌很有特點。有一部史書記載，諸葛亮初次召見譙周，左右的人看到這個有點憨又有點萌的大個子都忍不住笑起來。諸葛亮一向對左右要求很嚴，譙周走後，有關人員向諸葛亮舉報剛才有人發笑（有司請推笑者），諸葛亮擺擺手說：「算了算了，我尚且差點忍不住，何況大家呢（孤尚不能忍，

況左右乎）？」

有人看到這裏會說諸葛亮怎麼能自稱孤呢？其實是可以的，稱孤不是為了炫耀，而是謙稱。除帝王外，侯爵也可以自稱孤，諸葛亮此時已有了侯爵，是可以稱自己為孤的。

## 示範帶頭作用

諸葛亮一句「鞠躬盡瘁，死而後已」激勵了無數後人，在人們的心目中他一直是勤政的典範，事實也確實如此。

開府治蜀後，丞相府和益州牧府兩套工作機構在諸葛亮的領導下開始了有序而高效率的運轉，不久後這兩個衙署的官員們對丞相的工作作風就有了深刻的認識。

大家發現丞相的工作責任心很強，對大家要求也很嚴格，他的心非常細，重要文書都親自過目，向他匯報工作不能有絲毫馬虎，為了減少差錯他甚至親自校訂一些重要文件和統計報表（自校簿書）。

丞相府辦公室主任（主簿）楊顒看到這種情況，勸諸葛亮說：

「大家工作職責有分工，上上下下不宜互相交叉（為治有區分，則上下不可相侵）。現在拿一家之主打個比方：有一個人，讓奴僕耕田，婢女做飯，雄雞報曉，狗咬盜賊，以牛拉車，以馬代步，家裏的事無一曠廢，要求都能達到，他也悠然自得，高枕無憂，只是吃飯飲酒而已。

「忽然有一天所有的事他都要親自做，不用奴婢、雞狗、牛馬，結果勞累了自己的身體，讓自己陷於瑣碎事務中，弄得疲憊不堪，精神萎靡，卻什麼都做不好。是他的才能不及奴婢和雞狗嗎？不是，而是因為他忘記了作為一家之主的職責。古人說『坐着討論問題做出決定的是王公，執行命令親身去做事的是士大夫（坐而論道謂之三公，作

而行之謂之卿大夫）』。

「所以，丙吉不過問路上殺人的事情，卻擔心耕牛天熱氣喘；陳平不去了解國家的錢、糧收入，而說這些自有具體負責的人知道，他們都懂得各司其職的道理。如今您管理全國政務，卻親自校訂文書，終日汗流浹背，不是太勞累了嗎？」

上面這段話裏舉了陳平和丙吉的例子，他們都是漢代的丞相。

陳平是幫助劉邦建立漢朝的功臣之一，漢文帝時的左丞相。漢文帝有一次問右丞相周勃全國一年中判決的案件有多少，周勃是軍人出身，有些事他不在行，只得回答不知道；漢文帝又問他全國一年中錢糧開支收入有多少，周勃謝罪說不知道，急得汗流浹背。

漢文帝於是問陳平，陳平回答：「這些事有主管的人負責。」

漢文帝又問：「主管的人是誰？」

陳平仍沒有正面回答：「陛下如果想知道判決案件的情況，可以詢問廷尉；如果想知道錢糧收支的情況，可詢問治粟內史。」

漢文帝一聽，有些不高興了：「如果各自有主管的人，那麼你主管什麼事呢？」

陳平解釋道：「丞相一職，對上輔佐天子調理陰陽，順應四時，對下養育萬物適時生長，對外鎮撫四夷和諸侯，對內愛護團結百姓，使公卿大夫各自能夠勝任他們的職責。」

漢文帝聽罷，稱讚陳平回答得好。

周勃很慚愧，退朝後埋怨陳平怎麼不在平時教他對答這些話，陳平笑着說身居相位就應該知道丞相的職責，陛下如果再問起長安城中盜賊的數目，難道還要數完了再去報告嗎？

周勃才知道自己的才能比陳平差遠了，不久便托病請求免去右丞相一職，讓陳平獨自擔任丞相的職務。

丙吉是漢武帝的丞相，有一次他帶着掾史出行，路上遇到了有人打群架，死傷橫道，丙吉看到了卻不過問，掾史覺得很奇怪，不過也沒敢說什麼。

又前行，遇到有人追趕一頭牛，牛邊跑邊喘氣，還吐出了舌頭，丙吉站住，讓人過去問追牛的人已經趕了幾里。

掾史覺得丞相不問人命關天的事卻去過問追牛，有點不恰當，丙吉解釋說打群架有長安令、京兆尹管，他們自會緝拿追捕，而丞相的責任是年終考核奏請賞罰。至於問牛，是因為現在天還不很熱，牛如果跑不遠就因暑熱而喘息，意味着當下的氣候不合節令，三公的職責是調和陰陽，所以過問。掾史聽後十分佩服，認為丙吉能識大體。

楊主任一口氣說了這麼多，看來為給領導提這個意見他也動了不少腦子，做了充分的準備，而他的這段建議說起來應該算是一種批評，因為聽完之後給人的印象是：你現在的工作方法就是吃力不討好，你應該學學人家丙吉和陳平。

領導也是人，不順耳的話也都不愛聽，所以聰明的下屬即使想給領導提點意見也會繞上一個大圈，先猛表揚一通，再委婉地提那麼一點點，楊顒向諸葛亮提的這段意見卻很直接，很嚴厲。

楊顒說的這段話看起來似乎是有道理的，從管理學上講，一個機構要實現高效運轉並有條不紊，首先要做到各部門權責分明，職責不能互相重疊，更不能互相牽扯，否則就會導致效率低下，建立組織分工制度就是防止互相扯皮、提高工作效率的手段。所以一個組織通常會建立起三個層次的分工：上層負責從組織整體利益出發，對整個組織實行統一指揮和綜合管理，制定組織目標以及實現目標的大政方針；中層負責各部分目標的制定，確定實現計劃的步驟和程序，協調下級的活動；基層負責按照計劃和程序，完成各項工作任務。

諸葛亮聽後卻沒有生氣，反而很感動，向他表示感謝（亮謝之），對楊主任的工作仍然信任有加。

後來楊顒去世，諸葛亮十分傷心，一連三天流淚不已（及顒死，亮垂泣三日）。

然而，楊顒看到了事情的一方面，卻沒有看到另外的一面。

從管理學上職責是應該那麼分工，但要看在什麼樣的具體環境之下。諸葛亮開府治事之時許多工作剛剛起步，新組建的丞相府和調整過的益州牧府都需要磨合，各級官員的工作作風也需要培養和鍛煉，諸葛亮從細節入手，親力親為，拿現在的話講就是狠抓工作作風建設，以此來帶動工作質量和效力的提高。這是一個扭轉作風、糾正錯誤的時候，領導必須帶頭。

在諸葛亮的嚴格要求下，各級官署的工作作風大為改觀，一些雖然沒有背景卻有能力、肯幹事的人得到了重用，何祗就是一個例子。

何祗字君肅，少時家貧，為人通達寬厚，有才能，但喜歡嘻嘻哈哈，沒有正形（不持節儉），當時大家對他並不看好。深為諸葛亮器重的楊洪此時擔任蜀郡太守，諸葛亮讓他向自己推薦人才。何祗是楊洪的祕書（門下書佐），在楊洪的推薦下，諸葛亮讓何祗當督軍從事，負責管理一處監獄。

有一次，諸葛亮巡察到何祗管理的監獄，詢問何祗監獄和所押犯人的情況，何祗回答得頭頭是道，流暢自如，讓諸葛亮很驚異。後來成都縣令空缺，諸葛亮讓何祗接任。

成都是蜀漢的首都，達官貴人聚集，這樣的地方通常都很難管，犯罪案件也多。何祗到任後，打擊犯罪，抓獲不少作惡奸詐之徒，使犯罪案件大幅度減少。附近郫縣縣令空缺，諸葛亮乾脆讓何祗把這個縣令也兼任起來。

再後來位於成都西北方向的汶山郡少數部族出現不安定問題，隨時可能發生叛亂，諸葛亮便把何祗派過去擔任太守。何祗去後很見效果，汶山郡很快安定下來，當地各族百姓都很信服他（民夷服信）。

何祗又轉任廣漢郡太守，他走後，汶山郡又出現了不穩定局面，此時再派何祗回任太守有點不太合適，諸葛亮索性從何祗家族裏選了一位有才能的人去當太守，結果一去之後大家居然就不鬧事了。

諸葛亮還要求下屬敢於直言，敢於講真話，看到問題或者有好的建議要及時提出來。在《諸葛亮集》中保存了兩篇《與群下教》，類似於兩篇對下屬的公開信，內容都是鼓勵大家暢所欲言的。

在第一篇《與群下教》中諸葛亮要求：

「各級官員參與處理政務，要集中眾人的智慧，廣泛採納各種有利於國家建設的意見（夫參署者，集眾思廣忠益也）。如果擔心受到猜疑而不願意反覆磋商、研究，就會使國家蒙受損失，反覆研究、磋商就能找出解決問題的好辦法，這就好比丟掉了破草鞋而得到了珠玉（猶棄敝蹻而獲珠玉）。

「人的內心都苦於不能言盡，只有徐元直在這方面沒有顧慮，還有董幼宰，他參與處理政事七年，遇到不同意見，他會往返十次對我說（事有不至，至於十反，來相啟告）。如果大家能做到徐元直的一點，能像董幼宰那麼勤勉，一齊為國效力，那我就可以減少過錯了。」

有個常用的成語叫集思廣益，說的是集中群眾的智慧、廣泛吸收有益的意見，其出處就是諸葛亮給下屬的這篇教文。

這篇教文中說到的徐元直，就是諸葛亮早年的摯友徐庶，在與諸葛亮交往時，他能做到有話直說，知無不言。董幼宰就是董和，益州本土出身的名士，諸葛亮一向對他很尊重，請他協助自己做了很多工作，董和也很盡心，受到諸葛亮的肯定，諸葛亮後來還專門提出過要

求，讓大家向董和學習。

在另一篇《與群下教》中，諸葛亮繼續鼓勵各級官員，直言：「我之前接觸崔州平，多次聽他指出我的得失；後來接觸徐元直，又經常受到他的啟發和教誨；我與董幼宰共事，他每次發表見解都必須把話說完；後來又與胡偉度共事，他曾多次對我進行勸阻。我天資不高，不一定完全接受他們的所有意見，但我同他們始終都是好朋友，這說明我對任何直率的意見都不會猜疑（足以明其不疑於直言也）。」

崔州平即諸葛亮早年的好朋友崔鈞，胡偉度名叫胡濟，在諸葛亮手下任職，以後還做過他的主簿，諸葛亮要大家不必擔心因為說真話而受到猜疑。

以身作則、言傳身教，在諸葛亮的帶動下蜀漢政壇面貌一新，務實肯幹、敢於直言成為官場新風，蜀漢也因此逐漸走出被失敗所籠罩的陰影，看到了新的曙光。

# 關起門來搞建設

諸葛亮治蜀的另一項重要使命是發展經濟，使蜀漢強大起來。此前諸葛亮就已經協助劉備做了大量這方面的工作，如鹽鐵專營、發展蜀錦等，使益州的經濟得到了一定恢復。

開府治事後身擔丞相和益州牧兩副重擔，諸葛亮更是把發展經濟、提高國力作為頭等大事來抓。

劉備在世時，諸葛亮協助劉備在經濟方面主要抓了幾樣東西：一是製鹽，二是冶鐵，三是蜀錦。

蜀地盛產井鹽，古時東起雲陽、西至邛崍、北到汶川、南至西昌的廣大地區分佈着豐富的井鹽產區，秦朝在蜀地設立鹽官，全面管理井鹽生產和交易；西漢有個叫王孫的人，以冶鐵煮鹽而致富，家財數

千萬，家中有僮僕上千人。由於官方的介入，鹽業生產技術也以蜀地領先。當時一般是「一灶五鍋」，而蜀地可以達到「一灶十四鍋」，甚至出現了「兩灶二十八鍋」的，一天一夜可以生產四石，色白如霜、質量上乘，是優質產品。

據史書記載，臨邛縣有一口「火井」，夜裏此井能發光，照亮周圍，人們要想得到這種光，先以火投入其中，過一會兒，下面會發出雷聲，火焰便出，能照耀數十里。

有人甚至用竹筒把井裏面噴出的東西盛起來，可拿着走而終日不滅。火井旁邊還有一口有水的井，取井火煮井水，一斛水可得五斗鹽。不過，要是用普通的火去煮，就得不到多少鹽了（家火煮之，得無幾也）。

所謂火井、井火，就是天然氣，蜀地不僅遍佈鹽井，還有豐富的天然氣資源。用井火剛好可以煮井水，史書記載一斛水可以煮出五斗鹽，用普通火煮，只能得兩到三斗。

冶鐵是與製鹽業並重的另一項重要產業，蜀地有豐富的礦產資源，冶鐵也是蜀地的一項傳統產業。西漢時蜀地卓氏、程鄭在臨邛冶鑄，成為億萬富翁；漢文帝時把蜀地嚴道的銅山賜給鄧通，鄧通便專門經營鑄造業，成為富翁。

鐵不僅是生產資料，更是冷兵器時代最重要的戰略物資。兵器最早的材料是青銅，但這種材料比較軟，不夠堅韌，鐵和鋼的出現，提高了兵器的技術含量。漢武帝以後蜀地鹽鐵主要還是官營，至東漢中後期官營漸解，東漢和帝時撤銷了鹽鐵官營，鼓勵民營資本進入煮鹽和冶鐵（罷鹽鐵之禁縱民煮鑄），這兩項重要的產業逐漸被一些大地主、大商人所壟斷，他們個個富可敵國，生活奢侈，政府反倒財政吃緊。

蜀漢把鹽鐵兩項收歸官營，設立司鹽校尉、司金中郎將兩職負責

鹽鐵事務。諸葛亮丞相府的首任祕書長王連長期擔任司鹽校尉一職，他很能幹，又推薦了呂乂、杜祺、劉幹等人為典曹都尉，在各地推行鹽業專營。這些人也都很能幹，取得了豐厚利潤，極大地改善了益州的財政狀況（利入甚多，有裨國用）。

一直很受諸葛亮賞識的張裔擔任過司金中郎將，負責經營製作農用和軍用的器具（典家戰之器），把冶鑄業納入官營，規定任何私自鑄造都屬於違法，政府不僅可以由此獲利，而且控制了民間武器的製造。

蜀錦是益州的特產，蜀地農業與蠶桑業十分發達，種植和應用天然色素植物的歷史悠久，形成了一套自成特色的染織工藝體系。蜀錦多用染色的熟絲線織成，用經線起花，運用彩條起彩或彩條添花，用幾何圖案組織和紋飾相結合的方法織成。

秦滅蜀後便在成都夷裏橋南岸設錦官城，置錦官管理織錦刺繡。到了漢朝，成都蜀錦織造業已經十分發達，朝廷在成都設有專管織錦的官員，成都自那時被稱為錦官城，簡稱錦城；環繞成都的錦江也因有眾多織工在其中洗濯蜀錦而得名。

蜀漢設立了錦官，負責組織和管理蜀錦的生產，使蜀錦業在這一時期有了突飛猛進的發展，晉人左思在《蜀都賦》中描繪說專門生產蜀錦的人家，常常有多達上百間織錦房，織機之聲交響應和（技巧之家，百室離房，機杼相和）。蜀錦生產改善了蜀漢的經濟和財政狀況，蜀錦成為益州的特產和專有產品，魏吳兩國都跑來購買（魏則市於蜀，吳亦資西道）。


後主登基後蜀漢百廢待興，在諸葛亮主持下蜀漢制定了「務農殖穀、閉關息民」的基本國策。

務農殖穀就是繼續發展農業，搞好經濟建設。諸葛亮是從鄉村走出來的布衣丞相，對農業生產很熟悉，在他寫的文章裏多次談到農業

生產的重要性。諸葛亮認為治國必須找到立國的根本，這個根本就在農耕、山林、川澤之中，如果農業生產不正常，就會導致國運的衰敗（地失其常，則有枯敗）。

諸葛亮還談到，漢末以來各地動亂不已，加上自然災害不斷，土地兼併的傾向又越來越嚴重，耕地的人越來越少，不耕作的人越來越多，造成了民生凋敝，社會不穩定。

為解決這些問題，諸葛亮想出了很多辦法。益州雖是天府之國，但經過幾年的戰爭，大量土地無人耕種（股膏草野），而另一方面又有許多外地避難的人來到益州沒有地種，通過把土地集中起來統一分配，可以安撫流亡，達到安民復業的目的。

諸葛亮還談到管理社會、管理人就像種莊稼一樣（治人猶如養苗），要想禾苗茁壯成長，必須除去其中的雜草（先去其穢），對於專權恣肆的豪強權貴，不僅要從法律上加以限制和打擊，在經濟上也要加以抑制，通過打擊豪強，釋放生產活力。

在賦稅政策方面，諸葛亮認為應當輕徭薄役，不能讓百姓承擔的負擔過重（唯薄賦斂，無盡民財），因為人吃不飽肚子就會造反（人有饑乏之變，則生亂逆），所以蜀漢實行了較低的稅賦。還有史料表明，諸葛亮在蜀漢也組織兵士屯田，增加軍糧收入，減輕百姓負擔。

在大家印象中，諸葛亮是一個喜歡用兵的人，蜀漢國力有限，但他年年用兵，使軍事方面的負擔超過了國力所能承受的範圍。其實，這是嚴重的誤解。根據史書記載，諸葛亮注意減兵省將，把兵員控制在一定範圍之內，一般情況下全國常備兵員不超過八萬人，且實行輪換制（十二更下，在者八萬），保證有充足的勞動力從事生產。

苛捐雜稅歷來是激起民眾反抗的直接導火索，史書說諸葛亮治蜀雖然嚴於執法但國人都心悅誠服，百姓承擔一定負擔但從不抱怨（行法嚴而國人悅服，用民盡其力而下不怨）。

有人做過統計，三國時期曹魏控制區內共發生民變 24 次，孫吳 23 次，而蜀漢僅有 3 次，這從側面反映了諸葛亮主持下制定和推行的賦稅政策是較為合理和成功的。

重修都江堰是諸葛亮發展經濟的另一項重要舉措。

都江堰坐落在成都西部的岷江上，由秦朝蜀郡太守李冰創修，因為其附近的玉壘山在秦漢以前叫湔山，而那時都江堰周圍的主要居民是氐羌人，他們把堰叫作埛，所以都江堰就叫湔埛。漢末在都江堰地區設置了都安縣，因縣得名，都江堰開始稱為都安堰，同時又叫金堤。

都江堰設計巧妙，建成後灌溉面積之廣和效率之高都堪稱古代水利工程之最。都江堰發揮了調節水利的重大作用，旱時引水灌溉，澇時蓄水保田，建成後蜀地就變成了沃野千里，號稱「陸海」。

益州面積雖大，但經濟最具活力的地區主要集中在成都平原，也就是都江堰的灌溉區，所以諸葛亮對都江堰的重要性有充分認識，他曾說過，都江堰是發展蜀漢農業的重中之重，是國力提升的基礎（此堰農本，國之所資）。

都江堰也存在着一定的薄弱之處，那就是它必須經常性地進行維護，當初修建此堰是就地取材，沒有鋼筋、水泥，所以有些地方常被洪水沖壞，如不及時維護，就會影響使用，甚至可能有崩壩的危險。

諸葛亮下令在此設置堰官，徵調 1200 人專門養護都江堰，這是一項創舉，自都江堰建成以來，還從沒有設置專門機構和人員進行管理維護。此舉有力地保障了都江堰的安全運行，使都江堰的效能進一步發揮，極大地促進了成都平原農業的發展。

除都江堰外，諸葛亮還下令修建過其他水利工程。成都西北部有一塊地勢低窪的地帶，容易形成水澇，諸葛亮下令在此修建九里長的大堤，以防止水澇，稱為九里堤。為便於灌溉，諸葛亮下令在

金齒指揮使司城南 15 里處修建了兩座水壩，後人稱為大諸葛堰、小諸葛堰。

左思為創作《蜀都賦》曾親自跑到巴蜀大地體驗采風，他去的時候距諸葛亮擔任蜀漢丞相時並不遠，所以他的文章也可以當成史料進行參考。

《蜀都賦》裏寫到的成都平原是這樣的：

> 其封域之內，
> 則有原隰墳衍，通望彌博。
> 演以潛、沫，浸以綿、雒。
> 溝洫脈散，疆里綺錯。
> 黍稷油油，秔稻莫莫。
> 指渠口以為雲門，灑滮池而為陸澤。
> 雖星畢之滂遝，尚未齊其膏液。

這段賦文的大意是：整個疆域之內，從平原到水邊遠近都是一望無際的良田，潛水、沫水、綿水、雒水四條河流滋潤着這片土地，其間溝渠散佈如同人身上的血管那般稠密，莊稼如同錦緞上的花紋錯綜排列，黃米、高粱、大米都長得光鮮茂盛，都江堰如同興雲降雨的門，保證土地不受幹旱之苦。即使下起滂沱大雨，也不會泛濫成災。

蜀漢的另一項國策是「閉關息民」，意思不是閉關鎖國、自我封閉，而是關閉邊關，讓百姓休養生息，這其實是個形象的說法，意思是不打仗了。

當時正是需要用兵之時，首要的是南中，那裏的動盪已經很嚴重了；其次是曹魏，曹丕上台後一直想有所作為，曾討論過伐吳、伐蜀哪一個優先，雖然最後決定以吳國為優先對象，但蜀漢的最大危機肯

定來自這裏；還有孫吳，荊州之敗、夷陵之敗，已結下不共戴天的仇恨，有人主張必須對其報仇雪恨。

但現在還不能主動用兵，不是不用，而是用不起。打仗靠的是經濟支撐，拼的是綜合國力，只有先埋頭發展自己、讓自己壯大起來才是正道，所以諸葛亮於後主登基的次年便把「閉關息民」提了出來，作為基本國策請後主用詔書予以頒佈。

為了更長遠的目標，有時必須做出一定的犧牲，這種犧牲有時非常痛苦，但除了忍耐沒有別的辦法。

因為沒有實力的憤怒毫無意義，古今同理。


# 馬謖的攻心策

經過一段時間的閉關息民，蜀漢內外部的環境呈現出好的景象，先帝駕崩後的嚴峻時期總算過去了。

此時與孫吳方面的關係也得到了恢復，魏吳兩方又不斷開戰，對蜀漢來說這是一個難得的處理內部事務的好機會，諸葛亮抓緊時機把征討南中的事提上了議事日程。

這是一次重大的軍事行動，只能成功，不能失敗。所謂成功，也不是佔幾處地方、殺幾名叛亂首領那麼簡單，必須從根本上解決南中的問題。正因為如此，諸葛亮才沒有輕易用兵，但眼下的局勢又不能一拖再拖。

後主建興三年（225 年）二月，魏文帝曹丕又一次親征孫吳，諸葛亮認為機不可失，於是上表後主，建議集合大軍進軍南中。

丞相府祕書長（長史）王連向諸葛亮進諫道：「南中是不毛之地、癘疫之鄉，不應當由丞相親自討伐，做這樣的冒險之舉（不宜以一國之望，冒險而行）。」

諸葛亮明白王連的意思，此次進軍南中情況複雜，打勝了還好說，如果打敗了或者無功而返，他的威望將受到極大的挫傷，必須考慮到這個風險。

　　諸葛亮當然知道對他個人來講這是件極其冒險的事，但是如果自己不親自去，而是另派一個將領，取得全勝的可能性就會進一步降低，於國家更為不利。

　　不能因為避免讓自己冒險而讓整個國家去冒險，諸葛亮雖然知道王連的話很懇切，但仍然決定自己親自南征。


　　大軍未發，王連卻病逝了。

　　諸葛亮一向看好並重點培養的人主要有張裔、楊洪、向朗、蔣琬、楊儀以及費禕、董允、馬謖、鄧芝等幾位，要在他們中間找一個人接替王連。

　　張裔身兼軍政兩端，既了解自己的想法，又熟悉益州本地情況，起着別人無法替代的作用，此時不宜調動；楊洪復任蜀郡太守，掌管成都的安危，地方一旦出現什麼情況，還得靠他穩定局面，也不宜變動；蔣琬倒是合適的人才，但他剛剛由尚書郎升任丞相東曹掾，資歷有點淺。與他們相比，費禕、董允、馬謖、鄧芝幾位資歷和威望更淺一些，擔任丞相長史還不太合適。

　　較為合適的人選只有楊儀和向朗。說起來諸葛亮更傾向於選楊儀，但是一來楊儀曾是被劉備親自貶降過的人，二來孫權對楊儀有過負面評價，這些畢竟都會影響到諸葛亮的安排。最後，諸葛亮決定選時任步兵校尉向朗代理長史職務。

　　諸葛亮同時任命楊儀為丞相府高級參謀（參軍），隨同自己一起行動。楊儀已經在家賦閒好幾年了，他的職務是弘農郡太守，弘農郡遠在黃河邊上，是曹魏的地盤，他這個太守只是個空銜。

蜀漢建興三年（225 年）春天，後主詔准丞相諸葛亮率眾南征，後主賜給諸葛亮金鐵鉞一具，曲蓋一副，前後羽葆鼓吹各一部，虎賁60 人。

鐵鉞、曲蓋、羽葆、虎賁都屬皇帝專用，曲蓋、羽葆屬於出行的車輛儀帳，虎賁是皇家警衛，而金鐵鉞不僅好看，而且象徵皇帝的授權，比假節、持節級別更高，持此如皇帝本人親臨，可以任意誅殺大臣而不必事先請示。

百官一直把諸葛亮送到郊外，大家回去了。

但有一個人沒有走，而是一直跟着諸葛亮前行。諸葛亮知道此人一定有話想說，但也沒問，繼續走。

一直走了數十里，諸葛亮忍不住了，對此人說：「咱們在一塊共事多年，希望你能多提些良謀妙策。」

到了這時，此人才說道：

「南中依仗險遠，長期以來不服我朝，即使現在把它攻破，後面還會繼續反叛。將來明公如果傾國家之力去對付強賊曹魏，他們知道我們後方空虛，叛亂會來得更快。

「如果把他們全部殺了以絕後患，那又不符合仁義，而且這不是倉促間可以做到的事（若珍盡遺類以除後患，既非仁者之情，且又不可倉卒也）。用兵之道，攻心為上、攻城為下，心戰為上、兵戰為下，希望明公能讓他們心服！」

一番話正中諸葛亮下懷，此人提出心戰為上的原則，正是諸葛亮這段時間考慮最多的。為徹底解決南中問題，使蜀漢今後沒有後顧之憂，不能一味用武，而應當攻心，讓南中各部族從心底裏願意臣服。

這個人，就是丞相府高級參謀（參軍）馬謖。作為已故侍中馬良的弟弟、「馬氏五常」之一，馬謖一直深得諸葛亮的器重，諸葛亮認為他很有才幹，對問題有獨到見解，所以常常跟他一起交談，他們有時

從白天一直談到深夜（每引見談論，自晝達夜）。

馬謖的建議進一步堅定了諸葛亮的想法，他於是在行軍的路上起草頒佈了一份《南中教》，作為此次南征的戰略指導文件。《南中教》大部分已佚失，史籍中只保留着幾句話。

這幾句就是馬謖說給他的原話：

用兵之道，

攻心為上，攻城為下；

心戰為上，兵戰為下。

馬謖的話其實並非原創，他借鑒的是戰國時代有人說給趙王的一番話，原話是：「凡伐國之道，攻心為上，攻城為下；心勝為上，兵勝為下。是故聖人之伐國、攻敵也，務在先服其心。」

《孫子兵法》中也有「三軍可奪氣，將軍可奪心」「兵不頓可利可全」「不戰而屈人之兵」以及「上兵伐謀」等論述，都強調的是人心向背，強調要設法贏得民心，因為只有這樣，治國才可長治久安，治軍才可無往不勝。

## 兵分三路進南中

南中之戰在這一年夏天開始打響。

對於這次重要的戰役，史書記載得都非常簡略，《三國志·後主》傳只有 51 個字的記載，《諸葛亮傳》更是少到只有 20 個字，一向以翔實著稱的裴松之注，也只有不到 300 字的記述。在其他各人的傳記中，雖然也有隻言片語的記載，但都比較零星，難以看出這場重要戰役的全貌。

記述南中之戰比較詳細的唯有晉人常璩撰寫的《華陽國志》，此

書寫作時間距諸葛亮南征不到 100 年，當時可以看到更多的史料，所以可信度非常高，通過這部書能大致還原出南中之戰的整個過程。

綜合各處記載，諸葛亮此次征討南中做了大量準備工作，整個南征大軍有十萬人左右，不過推測一下，這個人數可能並非全部作戰部隊，還包括後勤保障人員在內。

當時盤踞在南中的叛軍大致分為三路：

西路，主要是所謂的夷王高定元，他據守在越嶲郡，是實力最大的一股；

中路，主要是叛亂中最活躍的雍闓，他佔據着益州郡，被孫權任命為漢昌太守，但由於呂凱等人的死守，雍闓未能侵入漢昌郡，在益州郡與雍闓合盟的還有夷人首領孟獲；

東路，主要是已經反叛的原牂牁郡太守朱褒，他的大本營是牂牁郡的治所且蘭一帶。

在今天的金沙江和岷江匯合處有一座美麗的古城宜賓，三國時金沙江的名字叫瀘水，宜賓叫僰道。諸葛亮率大軍由成都出發來到僰道附近，再往前就是叛軍控制的南中地區了。

諸葛亮在僰道附近把大軍也分為三路：第一路，由丞相府門下督馬忠率領向西進軍，直取牂牁郡的且蘭，討伐朱褒，是為東路軍；第二路，由庲降都督李恢率領，由朱提郡向南直取益州郡，討伐雍闓、孟獲，是為中路軍；第三路，由諸葛亮親自率領，由安上沿瀘水南下，討伐越嶲郡的高定元。

庲降都督是蜀漢設置的官職，是管理南中地區事務的最高行政長官，管理南中各郡，李恢被叛軍圍困，這段時間一直艱難地在南中一帶堅持着，直到諸葛亮率大軍到來。

最早，益州作為東漢 13 個州之一，下面設 12 個郡國。蜀漢立國前後，隨着機構的不斷調整，郡國的數目大為增加，最多時達到了 27 個。

在這種情況下，除益州外，蜀漢還先後設置了庲降都督、江州都督、永安都督、漢中都督四個鎮守邊境的行政機構，從級別上說與益州相同，下面分別管轄着數目不等的郡國。

漢中都督管的郡最少，只有漢中郡和以後設置的武都郡兩個；永安都督是李嚴鎮守永安後設置的，下面管着巴東郡以及後設的建平、固陵兩個郡；江州都督下面管的是巴郡以及後設的黔安郡、涪陵郡；庲降都督下面所管理的郡較多，南中地區各郡都在它管轄範圍內。

第一任庲降都督是鄧方，之前說過他已經去世了。李恢是第二任庲降都督，由劉備親自任命，劉備還命他兼任交州刺史，當然也只是遙領，此時交州已成為孫吳的地盤。李恢平時駐紮在平夷縣，即今貴州省畢節。

諸葛亮任命原犍為郡太守王士為益州郡太守，協助李恢行動。

三路叛軍中，高定元實力最強，所以諸葛亮親自征討，他還任了一個叫龔祿的人為越嶲郡太守，隨自己一同行動。

# 深入不毛之地

各路大軍分頭行動，先說西路由諸葛亮親自率領的這一支。

西路大軍的對手是高定元，越嶲郡是他的老巢，在越嶲郡的後面是永昌郡，目前也在高定元的控制範圍內。

越嶲郡的範圍相當於今四川省的西南部，郡治邛都，即今天的四川省西昌。永昌郡的範圍相當於今雲南省的大部分地區和緬甸的一小部，郡治不韋，即今雲南省保安。

現在從成都去西昌，最便捷的路線是走京昆高速和 108 國道，距離有 500 多公里，車開得快點，一上午也就到了。而三國時由成都去西昌，必須走旄牛道。

這條道路早在秦漢之前就已開通，秦時在邛崍山設有邛筰關，由此往西翻過飛越嶺，下大渡河，渡河，過雪門坎，進入大雪山西邊的旄牛，此地在今四川省漢源一帶。這是當年通往西南最重要的商路，商品主要有布帛、鐵器輸出和土特產輸入等。這條古道的走向基本上是由今四川省西昌直接北上，一直通達成都。

這條道路翻山過河，十分難行，高定元佔據越巂郡以後，便將這條道路毀壞，現在要去邛都，沒辦法再走這條路。

西路軍選擇的是水路，由僰道沿瀘水南下，過安上，再往下，就到了瀘水上的一條支流卑水。

卑水今稱美姑河，自西向東注入金沙江。諸葛亮率大軍到達卑水後，沒有急於進兵，在這裏原地集結休整。

高定元聽說諸葛亮親自前來，十分緊張，他控制的地盤很大，但這也成了他的包袱，為了集中兵力，他把人馬從永昌郡全部撤至越巂郡，分兵把守在旄牛、定筰、卑水等幾處要地，修建了許多防禦營壘（多為壘守）。

旄牛的位置在越巂郡的北部，這裏並沒有蜀漢大軍，高定元為何在此佈下重兵防守？因為他並不清楚諸葛亮的軍事部署，旄牛是他的北大門，他必須防守。

鹽井是高定元的命根子，它們分佈於越巂郡各處，高定元四處設營壘，也與保衛這些鹽井有關，所以他不斷地集結人馬，做好防止敵人進攻的準備，這正中了諸葛亮的下懷。

夷人善野戰，不善守城，像高定元這個弄法，形同尋死。

正確的做法是放棄各戰略要地，分散到大山之中，蜀漢軍隊可以佔領越巂、永昌兩郡，但其主力不敢在此停留太久，主力一撤，再出來作戰。所以，諸葛亮不擔心敵人聚集在一塊，擔心的是敵人過於分散（不患其大聚，只患其分散）。

大概高定元被下面的人捧為所謂的夷王，心理比較膨脹，敵進我退的事覺得沒面子，還想恃險固守博上一把吧。

看到敵兵的部署，諸葛亮決定在卑水按兵不動，敵人完成集結後，來個一窩端（俟定元軍集合，並討之）。

蜀軍不動，高定元沉不住氣了。

他的本意是拼死一戰，是勝是敗賭上一把，現在人家不理你，就好比好鬥的拳手上了拳台，又喊又叫又蹦，但對手始終沒出現，自己的體力和士氣先耗掉了不少。

高定元自忖不是諸葛亮的對手，於是派人向他東面的雍闓、孟獲求援。

雍闓待在益州郡日子也不好過，蜀漢的中路大軍已向他逼近，眼看也是朝不保夕，高定元曾經給過他不少幫助，他平時一向尊重甚至服從高定元，但現在這個局面，讓他猶豫不決起來。

不見雍闓的援軍，高定元十分生氣，逐漸與雍闓生隙。

諸葛亮得知這一情況後，馬上派隨同李恢行動的益州郡太守王士前往雍闓處，對雍闓進行策反。

王士的策反工作有了積極進展，但這時高定元也察覺了雍闓將要生變，於是派部曲襲殺雍闓，同時遇害的還有王士。

還有一種說法，雍闓增援了高定元，他從益州郡發兵想去越巂郡，但諸葛亮已派兵沿瀘水一線進行佈防，雍闓未能通過，只得退回益州郡，結果又被蜀軍打敗，逃到了高定元那裏。高定元的手下們對雍闓很不滿，認為他沒盡力，結果把他殺了。

不管怎麼說，雍闓一死，高定元失去了一個重要的外援，如果是高定元主動突襲的益州郡，那他的兵力勢必也有所分散，諸葛亮認為發起攻擊的時機到了。

諸葛亮下令由卑水進兵，直取高定元的老巢邛都。

此戰沒有懸念，一方是裝備優良、準備充分、紀律嚴明的正規軍，一方是由各少數部族拼湊起來的不大聽從調令的烏合之眾（**以裝備堅實節制之師，對烏合蠻夷無節制之眾**），蜀軍很快佔領了邛都，俘獲了高定元的妻子兒女，高定元僅以身免。

這是此戰結束後諸葛亮向後主呈報的戰況報告，根據這份報告，諸葛亮覺得高定元已經道窮計盡，他應該俯首投降求得一條生路。但是高定元仍不知死活，又糾合起 2000 多人，歃血結盟，準備死戰到底，結果被陣斬。

至此，西路軍圓滿完成了任務，收復了越巂、永昌二郡。


東路軍在馬忠的率領下進展也很順利，馬忠很快擊殺了朱褒，佔領了牂牁郡。

諸葛亮任命馬忠為牂牁郡太守，招納叛降，撫恤民眾，恢復那裏的秩序。

馬忠「為人寬濟有度量，但詼啁大笑，忿怒不形於色。然處事能斷，恩威並立」，牂牁郡一帶的少數部族既害怕他又尊重他（**蠻夷畏而愛之**）。

馬忠擔任牂牁郡太守五年，一直到建興八年（230 年）才調離，在南中地區樹立了較高的威望。馬忠死後，南中少數部族首領自行前去弔喪，流涕盡哀，並給他在南中地區立廟。


三路大軍之中，只有中路軍的進展不太順利。

王士策反失敗，雍闓被殺，孟獲成為益州郡少數部族的首領。

孟獲在南中很有威望，夷人漢人對他都很敬重（**為夷、漢所服**），推測起來他應該出自益州郡的大姓，在當地很有勢力，所以雍闓要與

他合作。

　　兩漢治南中，郡守多由上面派遣，所謂鐵打的衙門流水的兵，這些人來到這裏，並沒有紮根的打算，幹個三年五載就回去，諸事全托付仰仗本地大姓。

　　除此之外，還有一個重要原因是語言，上面來的人不通當地語言，也只能由大姓們從中溝通，所以大姓們在南中勢力很大。當朝廷強勢時，對南中掌控力量強，大姓們也都比較順從；一旦朝廷力量衰弱，這些大姓便趁機而起，左右地方，雍闓、孟獲、朱褒都是這樣的人。

　　孟獲的號召力看來很強，他接手後，叛軍的勢力不降反升。

　　李恢兵力有限，一度被孟獲的叛軍包圍在今天的滇池附近，與諸葛亮失去了聯繫。

　　此時叛軍數倍於李恢，為了打破困局，李恢騙叛軍道：「糧食吃完了，打算退回去，我離開鄉里已有很長時間，現在才回來，不想再去朝廷效力了，想回來與你們共同對付朝廷，這都是真心話（欲還與汝等同計謀，故以誠相告）。」

　　李恢是本地人，他的老家在建寧郡，也屬南中地區。李恢這封信其實是詐降信，表示願意投降叛軍。

　　叛軍相信了，放鬆了圍城，李恢趁勢出擊，擺脫了包圍，之後集結力量，接連打了幾個勝仗，控制區南到槃江，東到牂牁郡，使三路大軍連成一片（聲勢相連）。

## 有沒有「七擒七縱」

　　高定元死了，雍闓死了，朱褒死了，南中叛亂的幾個重要首領都死了，只用了兩個多月的時間。

勝利來得比預想的快，諸葛亮決定抓住機會，向最後的叛軍發起總攻。

建興三年（225年）五月，諸葛亮率部由邛都等地出發，越過人煙稀少的山區，在一個叫三疑的地方渡過瀘水，經過青嶺，進入益州郡，與中路軍李恢部會合，對孟獲展開圍殲，這就是諸葛亮「五月渡瀘」的由來。

這是一次極為艱苦的行軍，一來瀘水兩岸山勢陡峭，崎嶇難行，蜀軍經過處多是無人區；二來是季節，農曆五月天氣很熱了，在亞熱帶叢林裏行軍，可不是一件好差事。

瀘水一帶一年四季氣溫都偏高，即使是冬天，爬山路的人都會熱得脫掉衣服渾身流汗（雖方冬，行過者皆袒衣流汗）。

更為可怕的是，瀘水一帶還多瘴氣，聞到這種有毒氣體，嚴重時人就會死，不幸染上瘴氣的，十個人之中五個都得死。

熱帶和亞熱帶原始森林中，植物腐爛或無人處理的動物屍體在氣溫過高的情況下會產生毒氣，被稱為瘴氣。兩廣地區瘴氣最盛，其中廣西又被稱為瘴鄉。

根據有關描述，瘴氣一般有兩種形態，一種有形，一種無形。有形的狀如雲霞，或如濃霧；無形的如腥風四射，有時則異香襲人。還有一種，初時見叢林灌木之中燦燦泛金光，忽然從半空墜落，小的如彈丸，大的如車輪，非虹非霞，五色遍野，香氣逼人。

人聞到這種氣味立刻就會有不良反應，嚴重時會立即發作，直至失去性命。山裏居民對付瘴氣也積累了一定的經驗，比如曉起行路，行前飽食，或者飲幾杯酒，以抵抗瘴氣。夏天再熱，揮汗如雨，也別解開衣衫取涼，夜裏睡覺要密閉門戶，以防瘴氣入侵。

有一個傳說，諸葛亮率大軍過瀘水時遇到瘴氣，這種瘴氣正是四五月最盛，當地人建議拿人頭祭祀才能免瘴氣之困。過去都是殺一

些蠻人俘虜活祭，諸葛亮不肯，命人用麵粉和面裹上肉餡做成人頭狀代替人頭祭祀，這種東西後來便流傳了下來。由於它代替的是蠻人的頭，所以稱蠻頭，最後演變成了現在的饅頭。

這個傳說在史書上沒有記錄，是否真實不知道，但流傳這樣的故事本身反映出諸葛亮南征是在遭遇瘴氣等極艱苦條件下作戰的。

諸葛亮指揮各路大軍將孟獲所部圍困於南盤江上游一帶，將孟獲擒獲，諸葛亮沒有殺他，還請他參觀軍營。

參觀完，諸葛亮問孟獲：「這樣的軍隊怎麼樣？」

孟獲回答道：「前面不知道你們的虛實，所以失敗。今蒙賜觀營陣，也不過如此，如要再戰定可輕易取勝！」

諸葛亮笑了笑，把孟獲放了，讓他再戰，抓了他七次又放了七次。

孟獲不走了，對諸葛亮說：「明公有天威，南人不再反叛了！」

這就是「七擒七縱」典故的由來，諸葛亮按照心戰為上的作戰方針，為了讓孟獲等南人心服口服，不惜一再釋放被俘的孟獲，直到他不願意再打了為止。

《華陽國志》分析說，諸葛亮當時把戰略重點放在北方（**方務在北**），擔心南中容易叛亂，所以想到敵人如果有不軌的想法就讓他們都使出來（**宜窮其詐**），於是赦免孟獲，讓他聚集人馬再戰，就這樣總共七次俘虜又七次赦免，孟獲等人最終心服，參與叛亂的夷、漢各族都願意真心歸順。

還有一部史籍說諸葛亮之所以釋放孟獲，是擔心沒有全部殲滅叛軍，故意讓他去糾集殘部再來交戰，偏偏遇上孟獲這個死心眼兒，配合得很好，居然前後七次集結又被全殲，按照這個進度，估計孟獲最後也找不來什麼人了，只得投降。

有人認為，軍事行動豈能是兒戲，當時諸葛亮也沒有那麼從容的時間去做這樣的遊戲，他此時考慮的應該是儘早平定南中，好準備下面的北伐。與南中相比，北伐才是諸葛亮更關心的大業，諸葛亮不會只是為了讓夷人心服就在此無限期地耽誤時日。

這種說法比較有代表性，有些近現代學者在談到這段歷史時，往往強調「七擒七縱」屬民間故事的範疇，不是正史。

但是仔細考察，可以看出僅把該事件當成民間故事、傳說是不夠的，《華陽國志》等史料不必說，一向治史嚴謹的司馬光在《資治通鑑》中也照錄了這件事。司馬光在主編《資治通鑑》時對裴松之注引的很多史料都未予採納，但對這件事反而採納了，因為他認為完全確切。

清代有一部地方志，不僅確信「七擒七縱」的真實性，而且進行了實地考察，最後歸納出「七擒孟獲」的地點：一擒於白崖，二擒於豪豬洞，三擒於佛光塞，四擒於治渠山，五擒於愛甸，六擒於怒江邊，七擒於蟠蛇谷。

這部地方志所言或許有傳說的成分，因為與諸葛亮七擒孟獲有關的故事在雲南、廣西一帶廣為流傳，有很多傳說屬於後人的附會，但這麼多傳說故事的出現也反映出事件本身不會子虛烏有。

當然，把孟獲這樣的部族首領放七次再抓七次，的確有兒戲的嫌疑，不僅動機方面不好理解，某種程度上也存在着操作上的複雜性。

放一次、糾合人馬、進行準備、發起進攻、交戰、被抓、再被放，這一套流程下來最快也得個把月吧？實際上，一個月能完成一回那已是相當快了，不可能今天被釋放，明天就領幾十個人原路殺回，除非孟獲有意惡搞，或者精神已經失常，否則一捉一放的時間不會太短。

而且每次捉與放的地點肯定不會完全一樣，按照清代那部地方志的說法，每次其實都不一樣，而且跨度相當大，看起來有眼花繚亂之

感，不說認真組織實施戰役，就是去這幾個地方徒步旅遊一遍，沒有一年半載也不好完成。

總之，捉七次再放七次，如果主角都是諸葛亮和孟獲，而整個流程都是單線程的，沒有半年到一年的時間是完成不了的。諸葛亮即使不忙，時間很充裕，他也得考慮考慮成本，十萬大軍要吃要喝要後勤保障，得耗費多少錢？諸葛亮不會不算這些賬。

其實，換一種思路看，當年諸葛亮的確釋放過孟獲，孟獲也的確再次打上門來，只是諸葛亮把他本人抓了又放的未必真有七次，所謂七次，會不會是把孟獲領導的其他各支叛軍加上計算出來的呢？

「七擒」是存在的，不會用那麼長的時間，否則就難以說通。可能的解釋就是，每次擒住的不一定都是孟獲，而是「孟獲集團」裏的人，是把他手下的其他主要頭目也都算進去了。


## 又一支王牌勁旅

漢末有幾支著名的軍隊，它們都有驚人的戰鬥力，取得過驕人的戰績，有人把它們稱為漢末「四大主力」。其中的三支前面已經提到過，分別是公孫瓚的白馬義從、呂布的陷陣營和曹操的虎豹騎。

現在第四支主力也要登場了，這支人馬被稱為「無當飛軍」，是諸葛亮平定南中之後組建的。

當時南中雖然已經平定了，但正如開始大家擔心的那樣，如何把這裏守好才是更大的挑戰，蜀漢的主力不可能長期待在這裏，主力走後南中還能長治久安嗎？所以有人認為應當留下足夠的軍隊鎮守在這裏，並且所有重要職位都應由朝廷派人來擔任。

諸葛亮認為這樣做很不妥，他說：「留下外人在這裏就得留下軍隊，留下軍隊，軍糧供應就困難，這是第一個不易；夷人新破，父兄

死喪，留外人如果不留下足夠的軍隊，必將釀成禍患，這是第二個不易；夷人過去多有叛殺朝廷官員之舉，內心裏感到罪責深重（自嫌釁重），如果留下外人，難以做到互相信任，這是第三個不易。」

諸葛亮認為，不在這裏留兵就不必給這裏運送糧食，待這裏的政法綱紀大致確定下來，夷、漢兩族大體相安無事就行（而綱紀粗定，夷、漢粗安故耳）。

所以諸葛亮繼續任用那些夷人來做地方首領（渠率），除留下李恢、馬忠、呂凱、王伉等幾名主要官員外，其餘的郡縣以及其下面的官員都使用了本地人。

這是「心戰」思想的延續，是符合當時南中特定情況的。兩漢幾百年裏對南中少數族的政策容易走兩端，力有不逮時就和親，一旦強大就清剿。西漢末年益州郡夷人起兵殺郡守，王莽派廉丹自成都發兵十萬討伐，雖然殺傷眾多卻不能攻克。漢光武帝時派劉尚率大軍深入南中的不韋，斬渠帥 70 餘人，漢安帝時益州刺史張喬率重兵清剿南中，斬殺三萬多人。

但是軍事上的強勢手段並未換來長治久安的局面，一味用強只能使各族間的積怨越來越深，在此次南中之戰前，諸葛亮就已經在思考這個問題，他覺得必須改變策略。

在南中，能左右局勢的有兩種人：一是漢人中所謂的大姓，二是所謂的夷王、夷帥，即少數部族的首領。

漢人中的大姓主要有五個，分別是雍、婁、爨、孟、毛，雍闓、孟獲就出自他們中間。諸葛亮任用他們當中一些有影響、有能力的人擔任各級官職，同時把其中的上層分子還帶到成都去做官。

孟獲投降後被任命為蜀漢朝廷的御史中丞，孟獲的族人孟琰被任命為輔漢將軍，以後還擔任過虎步監，多次參加諸葛亮主持的北伐。

爨姓中的代表人物是爨習，他也到了朝廷做官，官至領軍將軍。

諸葛亮大膽使用少數民族中的夷王、夷帥，只要他們服從朝廷，不鬧事，就承認他們在本部族的權力。如夷人首領龍佑那被拜封為酋長，並賜姓張，牂牁郡的夷人首領火濟協助朝廷軍隊攻打孟獲，因功被拜封為羅甸國王，為了讓這些部族首領安心，諸葛亮還給他們頒發了鐵券，承諾世代相襲，永不改變。

夷人多信巫鬼，好盟誓，諸葛亮就按照當地風俗和他們搞好關係。根據史書的記載，諸葛亮和夷人首領也舉行過詛咒發誓的儀式。為了使這些部族的人懂得禮教、綱常，諸葛亮還讓人畫了很多圖譜，先畫天地、日月、君長、城府，反映原始的宇宙觀和上下尊卑；再畫神龍、牛、馬，反映這些部族流傳着的神話故事，以示尊重他們的祖先；最後畫郡縣官員巡視出行以及部族牽牛擔酒攜寶進貢，讓大家明白接受統治和納賦進貢的道理。諸葛亮把這些畫譜贈送給夷王、夷帥們，他們都接受並認真遵守（甚重之）。

諸葛亮認為南中各部族民風一向剽悍，戰士個個英勇善戰、不怕犧牲，結合他們的特點正好可以推行部曲制，於是以五大姓為基礎，徵調一萬餘家遷往蜀中，從其中抽出青壯年組建一支人馬，一姓一部，分成五部，史稱這支軍隊在作戰中任何敵人都無法阻擋（所當無前），號為飛軍，就這是「無當飛軍」名稱的由來。

諸葛亮為無當飛軍挑選的指揮官是王平，他最早是曹操的部將，在漢中之戰中投降了劉備。根據史料記載，無當飛軍人人披鐵甲，擅長山地作戰，善使弓弩和毒箭，在諸葛亮幾次北伐中均屢立戰功，直到蜀漢滅亡這支隊伍才消失。

諸葛亮組建無當飛軍收到了一箭雙雕的效果，一來為蜀漢增添了一支百戰百勝的勁旅，二來穩定了後方。

當時南中一帶人口本來就稀少，像牂牁郡只有兩萬戶，建寧郡只

有一萬戶，朱提郡才 8000 戶，一次把能征慣戰的一萬戶移民，使這裏的地方實力派基本上沒有力量再挑戰蜀漢政權了。

## 實現長治久安

在此基礎上，諸葛亮又重新調整了南中的行政區劃。

南中地區之前主要由四個郡構成，即益州郡、越巂郡、牂牁郡和永昌郡。這幾個郡地盤都很大，一個郡相當於內地數郡，不便於管理，也容易形成郡太守權力過大。

根據新的調整方案，改益州郡為建寧郡，分建寧郡、牂牁郡的一部新設興古郡，又分建寧郡、越巂郡、永昌郡的一部新設雲南郡，同時把朱提郡也納入南中行政管轄範圍。這樣，南中的四個郡就變成了七個郡。

隨着郡數目的增加，縣的數目也大為增加，能考證出來的，有朱提郡新設的南昌縣，越巂郡新設的安上、馬湖縣，建寧郡新設的修雲、新定、存邑、冷邱縣，永昌郡新設的永壽、雍鄉、南涪縣，牂牁郡新設的廣談縣，興古郡新設的漢興縣，至少新增加了 12 個縣。

郡縣數目的增加，使行政管理進一步細化，統治基礎進一步增強。

南中七郡仍由庲降都督進行管理，行政上與益州同一級別。原庲降都督李恢在此次平叛中表現出色，加上他又是南中本地人，更容易為南中夷漢兩族所接受，所以由他繼續擔任庲降都督一職，把都督治所移至建寧郡味縣，即今雲南省曲靖，其正好處在南中七郡的中央，便於同各郡聯絡。

李恢除擔任庲降都督外，還兼任建寧郡太守，仍遙領交州刺史。雲南郡太守由呂凱擔任，在南中平叛之前呂凱已擔任太守，一直堅守在南中，為此次平叛的勝利做出了重要貢獻。牂牁郡太守已任命了馬

忠，他率所部是此次南中平叛三路大軍之一，出色地完成了預定任務，諸葛亮乾脆把他從丞相府調過來，留在南中，協助李恢做好南中的治理。永昌郡太守任命的是王伉，他原是呂凱的下屬，協助呂凱堅守南中，也建立了功勛。

越嶲郡太守之前任命的是龔祿，已經戰死，加上朱提郡、興古郡，這三個郡的太守是誰無法考證，推測起來諸葛亮任用的可能是當地漢人大姓或夷人首領。

南中地區一向落後，諸葛亮十分重視發展南中的經濟。

諸葛亮命人在南中地區推行從成都平原傳過來的先進農業技術。當時南中一帶還是刀耕火種，諸葛亮命人引進牛耕，使生產者從繁重的體力勞動下得到解脫，受到強烈歡迎（夷眾咸悅）。

水利是提高農業生產效率的最有效手段，諸葛亮注意在南中一帶有條件的地方興修水利，增加灌溉面積，提高糧食產量。在雲南省保安一帶，至今還有三個能灌溉的叫諸葛堰的水利工程，傳說都是當時修建的。

有人認為在南征期間諸葛亮從未到過保安，諸葛堰是後人附會的，不是那時所修。其實諸葛亮雖然沒有親自來過保安，但他下令修建是完全可能的，後人為紀念他一樣可稱之為諸葛堰。

諸葛亮把鹽鐵官營的政策也在南中進行推廣，他把這裏的鹽井和鐵礦山收歸官有，設立鹽官、鐵官進行統一管理經營。除鹽鐵外，銅、錫、黃金、丹漆、蘭幹細布等南中的土特產也大量輸往成都，永昌郡所產的一種橦花布銷往成都後還很受歡迎，這些都繁榮了地方經濟。

建興三年（225 年）十二月，諸葛亮率大軍回到了成都。算起來整個南徵用時不到一年，諸葛亮果斷決策、正確指揮，以霹靂手段迅

速解決了南中問題，尤其是推行了和撫的治理政策，保持了南中總體上的長期穩定，一直到諸葛亮去世，南中地區再也不敢反叛（終亮之世，南方不敢復叛）。

諸葛亮在南中各族中也享有了很高威望，有許多關於他的民間故事至今仍然在西南地區各少數民族中流傳。如傣族說他們蓋房時大殿的頂子是依照諸葛亮帽子的式樣設計的，佤族說他們的祖先會蓋房子、編竹筐，都是諸葛亮教的，種水稻的種子也是諸葛亮給的。西南少數民族中廣泛使用銅鼓做樂器，有不少地方都把銅鼓稱為諸葛鼓。

到了近代，西方傳教士到傈傈族那裏傳教，發現當地人更信奉諸葛亮。為了讓大家信奉基督，傳教士編造說上帝有兩個兒子，大兒子叫孔明，小兒子叫耶穌，過去由大兒子管事，現在由小兒子接替了。

# 第六章 新城變局

## 神祕新天子

魏文帝黃初七年（226 年）五月，曹丕駕崩於洛陽崇華殿，臨終前向曹真、陳群和司馬懿三位重臣託孤，但一般說起此次託孤，公認受托大臣是四位，還有一位曹休。

儘管有的史書裏提到曹休，有的沒提，但說曹丕指定曹休為託孤大臣之一，既合情，也合理。曹休沒來崇華殿，是因為他此時身在揚州，來不了。

按照曹丕的遺願，曹叡有這四位大臣輔佐，基業可保長青。這四個人都是他所信賴的。曹真、曹休不用說，他們與文帝同宗同輩，在戰火中成長起來，不僅軍事才幹突出，而且在軍中具有不容置疑的影響力。只要有他們二位保駕，政局便不會出現大的震動。

但他們畢竟是武人，治國安邦除武力還要理政，在這方面曹真、曹休能力就不及了。而陳群和司馬懿作為世族才俊，政治和經濟才幹突出，跟隨自己多年，是君臣亦是朋友，自會兢兢業業輔佐幼主。

在曹丕眼裏，這是一個理想的團隊，也是一個豪華陣容，更是曹丕根據當時朝中大臣的具體情況認真斟酌的結果。

下面，看看曹丕臨終時曹魏主要文武官員的構成情況：

太尉：鍾繇

司徒：華歆

司空：王朗

中軍大將軍：曹真

征東大將軍：曹休

鎮軍大將軍：陳群

撫軍大將軍：司馬懿

前將軍：滿寵

左將軍：張郃

右將軍：徐晃

後將軍：文聘

尚書令：陳矯

以上這份名單中沒有曹仁、曹洪和賈詡。

曹仁擔任過大將軍、大司馬，已故。

曹洪擔任過僅次於大將軍的驃騎將軍，因故已被貶為庶人。

賈詡是曹丕登基後的首任太尉，也已故去。

如果從這份名單論，當時曹魏地位最高的人應該是三公，這三個人曹丕都很敬重，但他們不是經國之臣，手裏也沒有什麼實權，難當託孤大任。在軍中威望最高的人是曹真和曹休，在朝臣中最有才幹的人是陳群和司馬懿，他們兩個人主文、兩個人主武，兩個是親密近臣、兩個是宗室虎將，有他們保駕，曹魏的基業一定長盛不衰。

陳群、司馬懿由尚書台升任現職還是去年的事，直到這時大家才發現，原來曹丕在那時就開始了佈局，如果沒有這一步，陳群、司馬懿直接進入託孤大臣的行列勢必有些突兀。

曹丕駕崩的當月，曹叡即在洛陽繼皇帝位，時年 23 歲。

曹叡即後世所稱的魏明帝，為方便起見以下直接以魏明帝相稱。

魏明帝曹叡登基後即下詔，本年仍用黃初的年號，次年改年號為太和。

曹叡從被立為太子到登基，其實只有一個月時間，朝臣們對他並不熟悉。此前他一向深居宮中，不問政治，只專心讀書，也不交結朝臣（與朝士素不接）。

新朝初立，大臣們都想一睹新天子的容顏，但曹叡仿佛仍沉浸在喪父的巨大悲痛中，一連幾天都不召見大家。

過了一陣，曹叡單獨召見侍中劉曄，跟他談論了整整一天。知道消息的文武百官都在外面等着，因為大家都想知道新天子是什麼樣的人。等了好半天劉曄才從宮裏出來，眾人紛紛前來詢問。

劉曄對大家說：「當今天子可與秦始皇、漢武帝相比，只是氣場稍微弱一些（乃秦始皇、漢武帝之儔，只是器宇稍弱）。」

劉曄說話一向謹慎，或者說圓滑，他的話值得玩味，似乎不完全是對新聖上的讚頌褒揚。曹叡是個有天賦的人，在個人經歷方面與漢武帝還真的有些相仿，只是漢武帝一直有生母陪伴，而曹叡沒有。

能專心地長年讀書思考，讓這個年輕人具備了豐富的學識，但在危如累卵的深宮中，他又不得不謹小慎微地事奉在父親和養母跟前，做事更加嚴謹和沉穩，懂得如何忍耐，但也因此少了君王那種捨我其誰的霸氣和自信。

一般來說，新天子登基後除了一些例行要做的事，一定還會宣佈新的人事調整，但曹叡絲毫沒有這方面的動作。

改元之後是大赦，這都是舊例，同時還下詔尊皇太后為太皇太后，尊皇后為太后。

這些，也都沒有什麼可說的。

緊接着，曹叡提出尊生母甄宓為父親的文昭皇后，這讓大家略微有些吃驚。因為文帝的郭皇后剛剛被尊奉為皇太后，現在馬上出來一

位「文昭皇太后」，指向性有些明顯。

但這也算人之常情，大家沒法反對。甄宓葬於鄴縣，曹叡特派司空王朗持節奉策前去致祭，用的是太牢之禮，另外修建了專門用於祭祀的神廟（又別立寢廟）。

有一部史書記載，甄宓死後曹丕先讓李夫人帶過曹叡一段時間。李夫人後來偷偷告訴曹叡，他的母親是被誣陷致死的，下葬時沒有大斂，披散着頭髮蓋着臉（被髮覆面），曹叡聽了十分悲傷。

還有一部史書說，甄宓下葬時不僅披髮遮臉，而且嘴裏還被人填滿了穀糠（以糠塞口），狀況非常淒慘。曹叡知道這些後心裏很難平靜，登基後多次向郭太后詢問母親的死狀。

郭太后被逼無奈，對他說：「那些都是先帝的詔令，你為什麼要來責問我？你作為人子，怎能向死去的父親追仇？又怎麼能為前母而枉殺後母呢？」

曹叡的心結仍然難解，以後又不斷追問，讓郭太后心懷憂懼，九年後郭太后去世，根據曹丕的遺囑，陪葬於首陽陵。


## 魏軍「三巨頭」

到了魏文帝黃初七年（226年）八月，曹叡繼位已經有三個月了，內政外交方面仍沒有太多動作。

孫權忍不住了，抓住機會，發動了一次江夏戰役。

孫吳此時的江夏郡太守是孫皎的弟弟孫奐，孫皎已於漢獻帝建安二十四年（219年）因病去世，孫奐統領其眾。孫奐時年32歲，性格沉穩，表面有些遲鈍，但處事機敏，喜歡讀書人，重用孫皎的舊部和江夏郡當地人，受到眾人擁護。

這次江夏戰役規模不大，參戰的主力部隊就是孫奐所部。孫奐

派部將鮮于丹率 5000 人阻斷淮道，自己率吳碩、張梁等 5000 人進攻高城。

曹叡這才召集朝臣商議對策，大家都建議應該發兵去救援，曹叡認為沒有這個必要：「孫吳熟悉的是水戰，如今敢下船改為陸戰，是寄希望於出奇制勝罷了（幾掩不備也）。只需命江夏郡太守文聘固守就行，兵法上說攻守勢倍，孫權不敢久戰。」

但不久傳來消息，高城被吳軍攻克，魏軍有三名將領被俘，曹叡似乎被「打臉」。

正在眾人遲疑要不要向前線增兵的時候，傳來了新的戰報，魏軍又取得了大勝。攻克高城後，孫權又組織人馬進攻另一處要地石陽，此地在今湖北省漢川市，但是石陽之戰打得卻不順手，孫權下令撤軍。

原來，曹魏巡察專員（治書侍御史）荀禹當時正在南方一帶視察，剛好碰上孫吳大軍來攻。這位荀專員作為文官卻很有膽略，強敵突然壓境他一點也不驚慌，既沒逃跑，也沒有盲目拚命，他立即發動附近各縣軍民上千人，趁夜舉火造勢。吳軍以為魏軍早有防備，偷襲無法成功，隨後撤回。

曹魏的大臣們這才發現，新天子的見解果然不凡。

其實，孫權也沒有打大仗的想法，由於去年剛剛結束與曹丕在廣陵郡的交鋒，軍隊需要休整，這一次江夏戰役也只是一次嘗試性進攻。

戰事結束後，孫權親自到前線慰問將士，來到孫奐的軍中，看到該部軍容整齊，士氣高昂，孫權很高興。

孫權對眾人說：「開始我還擔心他性格太緩，帶不了兵，現在看他整治軍隊的樣子，諸將中很難有人趕得上，我再不用擔心了。」

孫奐原來的軍職是師長（揚武中郎將），孫權破格提拔他為軍長（揚威將軍），封沙羨侯。作為孫氏宗族裏冉冉升起的一顆新星，孫權對他寄託着很多期望，但他在幾年後也因病去世了。

到了這一年十二月，曹魏這邊期待已久也議論已久的人事任命頒佈了。

根據魏明帝曹叡的詔令，朝廷新設了太傅、大司馬二職，分別由鍾繇、曹休升任，他們的地位均高於三公。

鍾繇空出的太尉一職由華歆擔任，華歆空出的司徒一職由王朗擔任，王朗空出的司空一職由陳群升任，陳群同時還負責尚書台的日常工作（錄尚書事）。

魏明帝還詔令升任曹真為全國武裝部隊總司令（大將軍），升任司馬懿為全國武裝部隊副總司令（驃騎大將軍）。

如果按照上面這份名單，僅從地位上來看，鍾繇、曹休排前兩位，以下依次是曹真、華歆、王朗、陳群、司馬懿。這七個人是曹魏帝國新的權力核心，其中受命託孤的曹休、曹真、陳群和司馬懿是「核心中的核心」。

詔書下達，華歆辭讓太尉一職，願意讓給他的好朋友名士管寧。早年管寧與華歆、邴原並稱「一龍」，天下大亂後管寧到了遼東，從此滯留在那裏。曹操曾慕名徵召他，被公孫度有意阻攔，曹丕登基後華歆就推薦過管寧，管寧因此回到內地，被授予太中大夫的榮譽職務，平時居住在家鄉青州刺史部北海郡。

魏明帝不許華歆辭讓，同時另任命管寧為九卿之一的光祿勳，命青州地方官員派車去接。管寧自稱是草莽之人，上書辭讓。

管寧是漢末三國隱士的代表，他是真正的隱士，自從回到中原後平時就坐在一隻木榻上很少外出活動，這種習慣保持了 50 多年（自越海及歸，常坐一木榻，積五十餘年）。

當時大家喜歡席地而坐，坐在木榻上就要屈膝，如果腿上蓋着被褥，膝蓋就會把被褥頂起，史書說管寧蓋腿的被褥與膝蓋接觸的地方都磨穿了（其榻上當膝處皆穿）。

魏明帝以後又多次徵召過管寧，管寧都沒有應徵，魏明帝只得作罷，但每年八月都會賜給管寧牛和酒。

後將軍文聘恰在此時病故了，魏明帝想起了曹洪，任命他為後將軍。曹洪被曹丕削籍貶為庶人後有不少議論，大家都覺得曹洪是曹魏的功臣，沒有犯下大錯卻受到這麼嚴重的懲處有些不公平（洪先帝功臣，時人多為觸望），曹叡此舉有安撫老臣的意圖。

在上述人事佈局中對司馬懿的安排最引人矚目，他擔任的驃騎大將軍一職在軍中僅次於曹真的大將軍，一個基本上沒打過仗的文職官員一躍成為全國武裝部隊的副總司令，反超張郃、徐晃等名將之上。

司馬懿擔任撫軍大將軍後常鎮守在許昌，手下有一支人馬，但僅有 5000 人，遠遠算不上「手握兵權」。現在的情況不同了，他不僅在軍中地位崇高，而且魏明帝還把中線戰場的指揮權交給了他（加督荊、豫二州諸軍事）。中線戰場一向由征南大將軍夏侯尚負責，他在曹丕駕崩前剛剛故去。

曹真一向負責西線戰場，即關中方向，曹休一向負責東線戰場，即合肥方向，司馬懿接替夏侯尚成為中線戰場的總指揮，從此移駐於南陽郡的宛縣，包括襄陽在內的重要據點都在他的管轄之內。

與曹真、曹休並駕齊驅，這是司馬懿受命託孤的最大收穫。根據制度，驃騎大將軍按慣例可以開府，也就是擁有自己的辦事機構，相關人事安排可以自行決定，這就名正言順地為培養自己的勢力提供了條件。

三國時期，各國內部多實行類似於世襲的兵制，一名將軍所帶之兵通常情況下會一直跟隨他，直到其死後手下的人馬才會重新被整編。司馬懿利用擔任撫軍大將軍、驃騎大將軍的機會可以迅速建立自己的隊伍。張遼、徐晃、曹仁等生前掌有重兵，司馬懿新建隊伍中很

多都來自他們的舊部。

魏明帝下詔司馬懿「加督荊、豫二州諸軍事」，這項任命也很厲害，而且更為實惠，因為它徹底鞏固了司馬懿在軍中的地位。

「督某州諸軍事」是文帝首創的，當時「曹統區」面積很大，防務極為繁重，東面青、徐、揚、荊各州與孫吳毗鄰，西面雍、涼二州和蜀漢交界，北面的幽州、冀州還要防禦烏桓、鮮卑，對於各地的軍務，除朝廷統一調度指揮外需要派重臣駐守於一州或兩州，統轄和指揮本轄區內的各種軍隊，也就是所謂的「都督」，類似於大軍區司令。

魏文帝黃初二年（221 年），文帝詔令自己的心腹、「太子四友」之一的吳質為「都督河北諸軍事」，職務相當於「河北戰區司令員」，是為「都督諸州軍事」制度的開始。

此後，曹仁、曹真、曹休以及張遼等人外出領兵，一般都加以「都督某州諸軍事」的名號，有的加以「持節」的授權。有這種名號和授權的將軍，權力非常之大，可以調兵，也可以懲治轄區內某一級別的官員，好比後世的欽差大臣。

曹魏的「都督諸州軍事」後來慢慢固定化了，北線一般為「都督河北軍事」，主要職責是防禦北部少數民族部落，轄區面積不小，但一直沒打過大仗，重要性稍差。

西線一般為「都督雍、涼二州諸軍事」或「都督隴右諸軍事」，主要職責是防禦蜀漢，通常由征西將軍或鎮西將軍兼任。

中線一般為「都督荊州諸軍事」或「都督荊、豫二州諸軍事」，主要職責是兼防蜀漢和孫吳，通常由征南將軍兼任。

東線一般為「都督揚州諸軍事」或「都督青州、揚州諸軍事」，主要職責也是防禦孫吳，通常由征東將軍或鎮東將軍兼任。

成為定例後，這些「都督諸州軍事」便形成了一個個相對獨立的

戰區，而以西線、中線和東線這三個戰區最為重要。一般來說，曹真和曹休通常一個在西線、一個在東線，一個對蜀漢、一個對孫吳，形成了相對固定的格局。

而中線戰區一直以來沒有固定人選，司馬懿「都督荊、豫二州諸軍事」的任命，正式明確了他作為中線戰區總指揮的地位，治下不僅有荊州，還包括曹魏最重要的經濟區豫州，使司馬懿成為與曹真、曹休並駕齊驅的軍中「三巨頭」之一。

## 孟達進退兩難

蜀漢建興三年（225 年）十二月，南中之戰已經結束，諸葛亮率大軍返回成都。

途中，走到朱提郡下屬的漢陽縣時，有一個神祕人物已在此等候諸葛亮多時，這個人一定要見到諸葛亮，他的名字叫李鴻。

之所以說李鴻是個神祕人物，是因為他本是魏國人，而且剛從新城郡過來。新城郡是曹魏新設的一個郡，是由原來的上庸、西城、房陵三個郡合併而成的。

提到新城郡，諸葛亮心裏一動，馬上安排接見李鴻，參加這次會見的還有費詩和蔣琬。蔣琬是以丞相府人事處處長（東曹掾）的身份隨軍南征的，費詩之前因為勸阻劉備稱帝被貶為永昌郡從事。費詩的老家就在南中北面的鍵為郡，諸葛亮此次南征，專門把費詩找來跟隨自己左右，正在考慮重新起用他。

李鴻的其他事跡不清楚，不知道他原來在曹魏擔任什麼官職，也不知道因為什麼原因脫離曹魏來到蜀漢。

李鴻見到諸葛亮，對他說：「最近我在新城郡，見到王沖了。」

王沖是益州刺史部廣漢郡人，李嚴的老部下，以前的職務是牙

門將軍，也算是蜀漢的高級將領。李嚴此時已兼任着蜀漢四大都督區之一的江州都督，他平時最不喜歡王沖，王沖心裏緊張，就投降了曹魏，被曹魏任命為樂陵郡太守。

諸葛亮很警覺，追問道：「王沖都說了些什麼？」

李鴻如實回答說：「王沖說孟達投降魏國後，您特別憤恨（明公切齒），一定要誅殺孟達的妻子兒女，最後先主不聽，所以沒有那麼做。王沖說完，孟達不相信。」

王沖的說法也不奇怪，孟達曾殺了曹魏任命的房陵郡太守蒯祺，那是諸葛亮的大姐夫，所以有人猜測諸葛亮對孟達格外不滿。

諸葛亮問李鴻：「怎麼，孟達也在場嗎？」

李鴻回答說：「對，孟達也在場，但孟達根本不信王沖的話，他說您很了解他投降曹魏的前因後果，絕不會像王沖說的那樣（諸葛亮見顧有本末，終不爾也）。孟達一點兒都不相信王沖說的話，可以看出他非常敬慕您，只是再也回不到蜀漢了（委仰明公，無復已已）。」

李鴻走後，諸葛亮陷入深思。

諸葛亮對蔣琬和費詩說：「回到成都之後，應當給孟達寫封信（還都當有書與子度相聞）。」

孟達字子度，從諸葛亮的口氣看他提起孟達仍十分親切。

費詩提醒諸葛亮：「孟達是個小人，先前侍奉劉璋就不忠誠，後來又背叛先主，這樣反覆無常的小人，還值得給他寫信嗎？」

諸葛亮聽完，沉默不語。

回到成都，諸葛亮拜見後主，匯報了此次南征的詳細過程，對有功人員進行獎賞。

在忙這些事的同時，諸葛亮立即讓人收集曹魏方面的情況，尤其關注新城郡最近有無異常。李鴻當面向他報告的這個重要情況，說

明孟達對蜀漢仍然掛念着，這一方面可能出於他的本性，當年投降曹魏確實有不得已之處，而且妻子兒女仍在益州，這些都會讓孟達無法釋懷。

另一方面，也不排除孟達此時心裏起了波動，他在曹魏根基不穩，如果受到某種猜忌，心裏也會產生不安，也會流露出思念蜀漢的情緒。

如果是後一種情況，那就是一個機會。

各方面的情況很快匯總過來，進一步證實了諸葛亮的推測。

孟達投降曹魏後深得魏文帝曹丕的信任，曹丕讓他重新回到原駐地，並將上庸三郡合為新城郡，繼續讓孟達當郡太守，把曹魏整個西南方的防衞重任都交給了他。

但是，反對孟達的聲音也一直未曾停止，大家認為曹丕待孟達過於親熱，不應該委孟達以重任（時眾臣或以為待之太猥，又不宜委以方任）。

反對的理由其實很充分，孟達這個人生性原則性差，之前已經有過兩次改換門庭的記錄，這種人往往不可信。

現在公司選人，有經驗的人事經理拿到求職者的履歷表先看的不是學歷，不是籍貫，也不是社會背景什麼的，看的是工作經歷，你跳過幾次槽，換過幾個老闆，每次間隔多久，這些都很重要，不僅反映出你的個性，也折射出你的優缺點。對於那些短時期內頻繁跳槽的人，本事再大，一般都會給予警惕。

在相當一部分人看來孟達就是這樣的人。之前有個呂布，改換門庭的速度之快可以創造紀錄，被稱為反覆小人。曹魏內部相當一部分人認為，可以接受孟達的投降，但不應該再委以重用。比如可以把他徵召到洛陽來，放在眼皮底下多考察考察總沒錯吧？

但魏文帝對孟達確實有好感，跟他言談甚為投機，不僅在洛陽親

自召見了孟達，外出時讓孟達與自己同乘一車，信賴無以復加，而且為孟達的忠誠擔保。

曹丕親自出面作保的恐怕只有孟達一個人，能迅速把老闆搞定，這樣的人一定不簡單，光有智商是不夠的，情商必須很發達。孟達看來就是智商、情商兼而有之且商值都特別高的人，他不僅迅速跟魏文帝拉近了距離，而且很注意結交曹魏朝中的實權派。

孟達在洛陽那段有限的時間裏，迅速結交到兩個特別要好的朋友，一個是曾任曹魏朝廷祕書長（尚書令）的桓階，另一個是時任曹魏南部戰區司令（征南大將軍）夏侯尚。

桓階在曹魏陣營裏名氣不是特別大，但他資歷相當老，是魏文帝任命的首任尚書令，那時候陳群和司馬懿都是他的副手，可見此人在魏文帝心中的分量。

夏侯尚更不用說，是曹丕的「髮小」、鐵哥們，和曹魏實權人物司馬懿還是親家，此時擔任征南大將軍一職，正好管着新城郡，是孟達的直接領導。

應該說孟達很聰明，也很有本事，他獲得了魏文帝的信任，在朝中又有堅強的後援，地位是穩固的，前景似乎也不錯。

可是孟達仍感到不安，他深知樹大招風的道理，坐鎮西南看似風光，但也時時招來嫉妒和猜疑，所以他一直小心翼翼，平時儘可能低調，做事很謹慎，不敢出半點差錯。

孟達的不安不斷加劇，他賴以為依靠的兩個好朋友桓階和夏侯尚突然先後因病死了，孟達感到自己失去了倚靠。

了解到這些情況後，諸葛亮給孟達寫了封信，信中寫道：

「去年南征，年底才返回，在漢陽縣正好遇到了李鴻，從他那裏知道了你的一些情況。你的感歎表明你仍心存大志，說明你不是只圖虛

名、只知道背主叛國的那種人（豈徒空托名榮，貴為乖離乎）。

「孟君啊（嗚呼孟子），過去都是因為劉封侵犯了你，損傷了先主的待士之義。另外，王沖編造謊言，而你卻能明了我的心跡（王沖造作虛語，云足下量度吾心），不被王沖的謊言所惑。我重溫你說過的那些話，想起往日的友誼，不禁依依東望，所以給你寫了這封信。」

諸葛亮在信中再三表明當年孟達反叛全是受劉封欺凌的結果，現在劉封被殺了，先帝也不在了，別有什麼顧慮了，還是回來吧！

信送去之後，諸葛亮又派人去永安，向李嚴說明情況，請李嚴也給孟達寫信相勸。李嚴和孟達都是劉璋時期的舊人，二人相互了解，李嚴按照諸葛亮的要求給孟達寫了信。

這封信的全文已不可知，只保留有幾句話：「我和孔明都受託孤之重，深感責任重大，常常思念有良才相助（吾與孔明俱受寄託，憂深責重，思得良伴）。」

信寫得言真意切，意思也只有一個，勸孟達回歸。

諸葛亮和李嚴的信被祕密送到新城郡，孟達接信後深思良久。

也就是在這個時候，傳來了更讓孟達心驚肉跳的噩耗：魏文帝曹丕駕崩了！

孟達知道，他最後的靠山也倒了。


## 「出師一表千載無」

曹丕駕崩的消息傳到成都時，諸葛亮立即敏感地意識到，蜀漢正面臨着一個重大的戰略機遇。

諸葛亮早年提出的隆中對策可以歸納為三項要點：一是率益州方面的主力由漢中出關中（將益州之眾出秦川），二是率荊州方面主力北上直搗宛縣、洛陽（命一上將將荊州之軍以向宛、洛），三是等待曹魏

內部出現問題（待天下有變）。諸葛亮認為，如果這三項條件同時具備，霸業一定可成，漢室一定可興。

現在，上述三個條件中的第二條暫時無法實現了，但這並不意味着統一大業不能成功，只是增加了成功的困難而已。

在這三個條件中，諸葛亮其實更看中第三條，也就是曹魏內部發生變化。所謂發生變化，可以是曹魏統治區發生了大規模叛亂，或者發生了宮廷政變，那時可以趁亂出擊，自然事半功倍。

當然，這樣的機遇可遇不可求，曹操、曹丕父子在治政和馭人方面很有手段和手腕，發生大規模叛亂和宮廷政變的可能性很小。

平定南中極大地增加了諸葛亮的個人威望，那些曾經懷疑過他的人也不得不佩服諸葛亮的才能，不僅有文韜，而且有武略。諸葛亮也一直牢記先帝臨終前的囑托，南征歸來後一刻都不敢停歇，已經着手準備下面的軍事行動（治戎講武，以俟大舉）。

曹魏國喪，諸葛亮認定這是難得的一次機遇，正所謂機不可失，失不再來，必須抓住。


經過近一年的準備，到蜀漢建興五年（227年）年初，諸葛亮北伐曹魏的準備工作基本完成，於是上表後主劉禪，決定出兵。

諸葛亮所上的這份奏表就是《出師表》，也稱《前出師表》。

這份著名的奏表寫道：

> 先帝開創的事業還沒進行到一半，就中途去世了。現在天下分裂成三個國家，就數蜀漢民力最為困乏，實在到了形勢危急、決定生死存亡的關鍵時刻！宮廷裏侍奉守衛的臣子不敢片刻懈怠，疆場上忠誠有志的將士捨身忘死作戰，都是在追懷先帝對大家的恩遇，想要報答於陛下啊！

陛下應該廣開言路聽取群臣的意見，發揚光大先帝遺留下的美德，振奮鼓舞仁人志士們的勇氣，不要隨便看輕自己，說出不恰當的話（**不宜妄自菲薄，引喻失義**），以至於堵塞了忠臣勸諫的道路。

宮裏、丞相府裏本是一體，獎懲功過、好壞不應該執行不同的標準，有做壞事違犯法紀的，或盡忠心做善事的，應該交給主管部門判定他們受罰或受賞，以顯示陛下公正嚴明的治理，切不應私心偏袒，使宮廷內外施法不同。

侍中、侍郎郭攸之、費禕、董允等，都是品德良善誠實、志向忠貞純正的人，所以先帝才選拔來給陛下。我認為宮內的事情無論大小，應當徵詢他們的意見，然後去施行。彌補缺點和疏漏之處，得到更多成效。將軍向寵性情平和公正，通曉軍事，過去先帝在時稱讚說他能很幹，所以大家商議推舉他為中部督。我認為軍營裏的事情，事情無論大小，都要徵詢他的意見，就一定能夠使軍隊團結和睦，好的壞的各得其所。

親近賢臣、遠離小人，這是前漢所以能夠興盛的原因；親近小人，遠避賢臣，這是後漢所以衰敗的原因。先帝在世時，每次跟我談論起這些事，對桓帝、靈帝莫不痛心遺憾。侍中郭攸之、費禕，尚書陳震，長史張裔，參軍蔣琬，這些人都堅貞可靠，能以死報國，願陛下能親近他們、信任他們，這樣漢室興盛，時間就不遠了。

我本是個平民，在南陽郡務農耕田，在亂世裏只求保全性命，不求被諸侯們知道而獲得顯貴。先帝不介意我出身低微，見識短淺，而是自降身份接連三次到草廬看望我，徵詢我對時局大事的意見，我深為感激，答應為先帝驅遣效力。

後來正遇危亡關頭，在戰事失敗的時候我接受了任命，在危機患難間我受到委任（受任於敗軍之際，奉命於危難之間），至今已 21 年了。

先帝深知我做事謹慎，所以臨終前把國家大事托付給我。接受遺命以來，我日夜擔憂興歎，唯恐托付給我的大事做得沒有成效，損害先帝的明察。所以我五月裏率兵南渡瀘水，深入荒蕪之地。如今南方已經平定，武庫充足，應當勉勵三軍，北伐中原，我希望竭盡自己低下的才能，鏟除奸邪兇惡的敵人，復興漢朝王室，遷還舊都，這是我用來報答先帝、忠心於陛下的事（此臣所以報先帝而忠陛下之職分也）。至於面對問題制定適當措施，毫無保留地進獻忠言，那是郭攸之、費禕、董允他們的責任。

希望陛下把討伐曹魏的任務交給我，如果不成功，那就懲治我失職的罪過，用來告慰先帝的神靈。如果沒有發揚聖德忠言，那就責備郭攸之、費禕、董允等人的怠慢，揭示他們的過失。陛下也應該自行謀劃，詢問治國的好道理，識別採納正確的言論，追念先帝遺願，我就受恩、感激不盡了。如今正當離朝遠征，面對着奏章我已眼淚滴落，不知道說了什麼（今當遠離，臨表涕零，不知所言）。


在這份奏表裏，諸葛亮首先闡述了北伐的動機和意義，他提出北伐是先帝的遺志，是先帝未竟的事業，作為繼承者和後來者必須堅決完成，蜀漢上下，無論文臣武將大家也有這個決心和意志。

作為自己離開成都後的重要安排，諸葛亮特別向後主推薦了幾個人，包括政務方面的郭攸之、費禕、董允，軍務方面的向寵，諸葛

亮告訴後主遇到問題可以多向他們徵詢意見。諸葛亮請後主要親賢遠佞，他說郭攸之、費禕以及尚書陳震、長史張裔、參軍蔣琬等人都堅貞可靠，是可以信賴的人。

上面提到的這些人之前大都已講過，只有郭攸之還比較陌生。郭攸之字演長，荊州刺史部南陽郡人，以器識才學知名於時，歷任黃門侍郎、侍中。

最後諸葛亮還表明了自己的心跡，說自己誓將先主遺志完成到底。出師北伐不像平定南中那麼簡單，無疑將要冒着極大的風險，諸葛亮不顧這些堅持勞師遠征，沒有強大的精神力量為支撐是無法辦到的。

諸葛亮的精神力量來自對先帝遺志的繼承。為完成劉備臨終前的囑托，諸葛亮不計個人得失，不辭辛勞、一往無前。作為託孤大臣他深知自己肩上的重擔，除了立志北伐、完成興復漢室的大業外，他還不避閒言，用了大量篇幅對後主進行勸諫，曉之以理、動之以情，沒有矯飾、沒有虛偽，忠心可鑒。

這封奏表最早由《三國志》的作者陳壽收錄進《諸葛亮集》，當時的題目是《北出》。南梁蕭統編《文選》，收集了截至當時所有最著名和最優美的文章，他認為諸葛亮的這篇文章無疑有資格入選，於是收錄書中，並改名為《出師表》。

雖然只是一篇公文，篇幅也不到 700 字，但裏面的內容卻很豐富，寫得深沉、誠摯、親切而流暢，既是一篇不可多得的優秀文章，也是諸葛亮政治理想和政治理念的集中表達，深為後世的推崇。

在有限的篇幅裏諸葛亮先後 13 次提到「先帝」，7 次提到「陛下」，「報先帝」「忠陛下」貫穿全文，處處不忘先帝「遺德」「遺詔」，處處為後主着想，期望他成就先帝未竟的大業，沒有華麗的辭藻，沒有深奧的典故，所言既不失臣子的身份，也切合長輩的口吻，平實中

見忠貞，平淡中見真情。

這篇文章寫得率直而質樸，語言凝練、一氣呵成、充滿氣勢，文中有不少詞彙經諸葛亮提煉成為成語，比如「妄自菲薄」「引喻失義」「作奸犯科」「苟全性命」「斟酌損益」「感激涕零」「不知所云」等，幾百字的一篇小文章竟產生出這麼多被後世廣泛使用的成語，在這方面沒有任何一篇文章能與之相比了，可謂字字珠璣。

後人對《出師表》推崇備至，給了很多的高度評價，其中最推崇的當數宋代的兩個人。一個是名將岳飛，他以諸葛亮興復漢室的精神為動力，畢生致力於抗金大業，據說由他親手書寫的《出師表》至今仍然能看到。

另一個是詩人陸游，他每讀一次《出師表》都有新的感受和發現，一生中先後寫出了「出師一表真名世，千載誰堪伯仲間」「出師一表通古今，夜半挑燈更細看」「出師一表千載無」「一表何人繼出師」「凜然出師表，一字不可刪」等詩句。

## 宮中和府中

在《出師表》中，諸葛亮還針對後主年輕、主政經驗可能不足提出了一些勸諫，對自己率軍離開成都後的一些具體事項進行了必要的安排。

諸葛亮特意談到了「宮中」和「府中」，這是一個敏感問題，涉及「皇權」和「相權」。諸葛亮沒有迴避，作為託孤大臣他沒有因為別人的議論而縮手縮腳、遮遮掩掩，而是正面提出了如何處理好二者的關係。

宮中，指的是後主的皇宮及其下面的九卿等辦事機構；府中，指的是諸葛亮自己的丞相府。諸葛亮「開府治事」，蜀漢大權基本出於

「府中」，對這一點諸葛亮並不諱言。

後世也有人說劉禪接班後成了傀儡皇帝，成為諸葛亮的影子，還有人說諸葛亮的野心很大，利用劉禪的軟弱和無能不斷培植自己的勢力，逐漸把劉禪架空了。

有這些看法很大程度上是因為不了解當時的具體情況。在當時的情況下，弱國蜀漢需要的是一位強勢領導人，只有在強人的帶領下才能自保和發展。

諸葛亮用權、集權是事實，但用權不等於篡權、奪權，集權也不等於霸權，權力本身無所謂正當與否，關鍵要看用權力來做什麼。

如果諸葛亮的着眼點只是權力本身，他就不會拿權力來冒險，征南中也就用不着親自去，更不必着急北伐。他甚至在接到曹魏的「勸降」後可以考慮跟他們談談條件，像孫權受領曹魏吳王那樣去領一頂「蜀王」的王冠，既避免勞師遠征的艱辛，又不必擔心失敗帶給個人的風險。諸葛亮沒有這麼做，因為他集權的目的是完成先帝的遺願。

無論是征南中還是北伐，都需要傾盡蜀漢全部國力才行，必須上下一心，思想上、行動上保持高度一致，必須形成一個強有力的權力核心，在權力結構上不可能既強化丞相府又保證皇宮的傳統權力，那樣勢必導致兩個核心的出現。

所以「宮中」「府中」必須成為一體，尤其在諸葛亮離開成都後，也必須保證這種格局的穩定，這是北伐成功的最大前提。

為此，諸葛亮還做了一系列人事安排。

諸葛亮不在成都期間，留守成都的各個機構裏，最核心的職務應該是丞相府祕書長（長史）一職，征南中時該職曾由向朗臨時代理。

諸葛亮對向朗還是很滿意的，他們是同學，感情自然比別人近一些，更重要的是向朗的行政能力很突出，是個不可多得的幹才（以吏

能見稱），諸葛亮決定讓向朗隨他出征。

諸葛亮走後，留守在成都的丞相府需要再選一位祕書長（長史），他看好的人是張裔。諸葛亮知道忠節將軍兼蜀郡太守楊洪與張裔很早就有交往，對他比較了解，就向楊洪徵詢意見。

張裔和楊洪都是益州本地出身的官員，他們二人之前的關係一向很好，但後來卻產生了矛盾。張裔是蜀郡人，楊洪擔任蜀郡太守，張裔有段時間被拘禁在孫吳，他的兒子張鬱在楊洪手下為郡吏，曾因一些不大的過失而受到處罰，有人去說情楊洪也不許（微過受罰，不特原假）。張裔回來後知道了這件事，心裏有些不滿。

對諸葛亮的徵詢，楊洪表達了反對意見：「張裔的天賦確實很高，洞察事物的能力也很強，尤其長於處理複雜的事務，才能確實勝任這一職務，但是他為人不夠公正（才誠堪之，然性不公平），恐怕不適合單獨承擔重任，不如還讓向朗擔任此職。向朗性情上的缺點少一些，可以讓張裔在您身邊施展才華，這也是兩全其美。」

楊洪的意見是，丞相府如果要選兩個祕書長，乾脆讓向朗留守，讓張裔隨軍，張裔是個不好合作的人，待在丞相身邊倒做不出來什麼出格的事。楊洪下來後又想了想，擔心日後張裔知道這件事而產生更大的誤解，於是主動到張裔那裏把他跟丞相說的話都講了。

張裔一聽很不痛快，對楊洪說：「丞相已決定把我留下，你根本無法阻止（公留我了矣，明府不能止）！」

張裔能力的確很強，又十分熟悉益州的情況，是諸葛亮不可多得的助手，但他的性格確實有些問題，不大容人。張裔離任司鹽校尉一職時諸葛亮打算由岑述接替他，但張裔表示反對，以至於他跟岑述的關係鬧得很僵（至於忿恨）。

但是，考慮到留守成都還是需要一個能力非常強的人才行，諸葛亮最後選擇了張裔，而讓向朗隨自己北伐。針對張裔性格上的缺陷，

諸葛亮特意給他寫了封信加以提醒。

諸葛亮在信中寫道：「你當初在柏下軍營被攻破，我就想用你，所以擔心你的安危，以致食不知味；後來你流落到孫吳，我又時常悲歎，以致寢不安席；等到你回來，我委付你大任，一同報效朝廷，我自認為跟你有古人所說的金石之交了。所謂金石之交，就是可以推舉仇人以輔助國家，割捨骨肉之情以表明無私（舉讎以相益，割骨肉以相明），做到這些尚且不能推辭，何況我僅僅信任於元儉，你竟然無法容忍嗎？」

元儉，是岑述的字。

僅有提醒還不夠，諸葛亮又命丞相府人事處處長（東曹掾）蔣琬協助張裔處理留守成都期間的丞相府日常工作（琬與長史張裔統留府事），算是個臨時副祕書長，讓他來協助和監督張裔，避免張裔頭腦發熱。


# 李嚴的來信

諸葛亮臨行前，還做了兩項重要人事調整：一項是侍中費禕改任丞相府高級參謀（參軍），隨自己北伐；另一項是費禕空出的侍中一職由董允升任，董允同時兼任虎賁中郎將，掌管禁軍。

費禕與前益州牧劉璋有親戚關係，劉璋的母親是費禕族父的姑母，費禕在益州與許多名士都有交往，與董和的兒子董允齊名。

諸葛亮很看重費禕，這次征南中回師，百官遠出數十里相迎，他們年齡和地位大多比費禕高，但諸葛亮專門讓費禕與他同乘一輛車，讓大家刮目相看（亮特命禕同載，由是眾人莫不易觀），把費禕從後主身邊調來，是為了進一步發揮他的才幹，同時有繼續培養的意思。

董允也是諸葛亮刻意培養的人才，後主被立為太子時董允便擔任

了太子舍人、洗馬，後主繼位後董允擔任黃門侍郎，一直都在後主身邊任職。侍中是侍奉於皇帝身邊的近臣，品秩相當於九卿，再兼任禁軍統領，等於事實上的「大內總管」。

哪知，這兩項任命一出竟然引起了風波。

董允接替的虎賁中郎一職原由來敏擔任，來敏也是劉璋的親戚，他的妹夫黃琬是劉璋祖母的姪子，同時他還是個學者，精研《春秋》，擅長訓詁。劉備在時任命他為典學校尉，從事的是文化方面的工作，劉禪被立為太子時來敏任太子家令，可能因為這個原因，後主繼位後來敏被任命為虎賁中郎將，掌管禁軍。

來敏此時年齡已經很大了，加上又是個文人，所以諸葛亮讓他改任輔漢將軍、丞相府首席參謀（軍祭酒），把禁軍交給董允。輔漢將軍地位比虎賁中郎將高，但重要性不如後者。

來敏大概覺得自己被明升暗降了，發起了牢騷：「新提拔的人有什麼功德，竟然剝奪我的榮譽和地位？大家都討厭我，為什麼（諸人共憎我，何故如是）？」

來敏認為先主在時對自己一向器重，諸葛亮主政後對他不夠重視，懷疑諸葛亮對他有成見。

這些話傳到諸葛亮那裏，諸葛亮很生氣。當初剛入成都時就有人說來敏此人性情有問題，容易製造不和諧，甚至認為他就是蜀漢的孔融（議者以為來敏亂群，過於孔文舉）。

諸葛亮對來敏一向包容，但不服從人事安排已經不是小事了，諸葛亮果斷奏請後主將來敏撤職，讓他在家裏閉門思過（表退職，使閉門思愆）。

來敏從此成為布衣之身。直到諸葛亮去世後，劉禪才把他重新召回，給予了重用。

諸葛亮臨行前向後主提到不少人，但似乎缺少最重要的一個：李嚴，另一位託孤大臣。

　　論地位，李嚴理應遠在除諸葛亮之外的眾人之上，可諸葛亮在《出師表》中一個字都沒有提到過他，有人說他被諸葛亮排擠了。

　　這其實是誤解，劉備生前任命李嚴為朝廷祕書長（尚書令），但李嚴隨後一直以前將軍的身份鎮守永安，守衞着蜀漢的東大門，無法履行這項職務。

　　後來，李嚴由尚書令改任品秩更高的九卿之一的光祿勳，當然也因為他遠在永安而只是榮譽性職務。不久前後主已詔命尚書陳震升任朝廷祕書長（尚書令）。陳震早年隨劉備來益州，長期擔任郡太守，劉備駕崩後進入尚書台任職，他和李嚴是南陽郡的老鄉。

　　江州都督區成立後李嚴又以前將軍的身份兼任江州都督，之前說過，江州都督區在行政上與益州刺史部相等，江州都督的分量相當於諸葛亮兼任的益州牧。

　　所以沒有提到李嚴並不是他不重要，相反他在蜀漢的地位仍很重要，關羽、張飛、黃忠、馬超等人相繼亡故後，他擔任的前將軍一職目前是蜀漢最高軍職，地位在鎮北將軍魏延之上，也在征南將軍、後改任鎮東將軍的趙雲之上。

　　諸葛亮決定北伐後請李嚴移駐江州，也就是今重慶市，命護軍陳到駐紮在永安，歸李嚴指揮。陳到是追隨劉備時間較長的將領，經常與趙雲一併被提及。


　　諸葛亮正準備動身，李嚴卻從江州給他寫來一封信，信中提到的事讓諸葛亮吃了一驚。

　　在這封信裏李嚴說的不是軍國大事，而是勸諸葛亮接受九錫，晉爵稱王。

此議來得相當突兀，從另一位託孤大臣那裏說出來更不簡單。當前北伐在即，正需要全國上下齊心協力，李嚴卻提出這種不合時宜的建議，動機實在不好猜測。

也許諸葛亮主政以來李嚴認為自己一直處於被邊緣化的狀態，實權與託孤大臣的名分不符，多少有些不滿，所以故意出此舉，他知道諸葛亮不會接受，只是說出來故意刺激一下對方。但也有另一種可能，李嚴看到諸葛亮主政後外交、內政處理得井井有條，尤其是南征，更讓諸葛亮獲得了極高的聲望，在此情況下為表示和諸葛亮並無二心所以才有此舉。

不管是哪種情況，諸葛亮還是有點兒生氣，給李嚴回信道：

「我和你相處的時間也不算短，可你為什麼一點兒都不了解我？你勸我不必拘泥禮數，因此我不能沉默了。我本是東方一個普遍人（東方下士），被先帝誤用，地位已經很高了，而且賞賜給我的錢財上億。

「現在，討伐曹魏還沒有成功，你卻不明白我的志向，把我比作齊桓公、晉文公，這實在不對。如果能滅掉曹魏、斬殺曹叡，讓陛下還歸故都，我與諸位一齊升遷，即使十命都可以接受，何況九錫呢？」

所謂「十命」，就是九錫之外再加一物，諸葛亮的意思是說，待到大功告成，賞賜九種也罷、十種也罷，到那時再說吧。

不知道李嚴接到諸葛亮這封回信時是何心情，但顯然不會特別舒服，二人不知不覺間已經生出了心結。

## 《為後帝伐魏詔》

蜀漢建興五年（227 年）三月，諸葛亮率蜀漢主力到達漢中。

就在大軍出發前的上年年底，諸葛亮的家庭出現了一個變化：他的長子出生了。

諸葛亮與黃氏結婚後一直沒有兒子，大哥諸葛瑾有三個兒子，分別是諸葛恪、諸葛喬和諸葛融。諸葛亮向哥哥請求把諸葛喬過繼給他做養子，諸葛瑾就此事專門稟告了孫權，在孫權批准下諸葛喬來到蜀漢。諸葛亮把諸葛喬當作自己的嫡子，給他改了表字。諸葛喬現在已經22歲了，擔任駙馬都尉一職。

現在，諸葛亮自己的兒子出生了，他為兒子取名諸葛瞻，「瞻」的意思是向遠處或高處看，諸葛亮希望自己的兒子將來是一個胸懷寬廣的人。

諸葛亮到達漢中後，與鎮北將軍魏延會合。

魏延的駐地在南鄭，諸葛亮沒有入駐南鄭，而是將主力屯紮在漢水北岸的陽平關、石馬山一帶。

諸葛亮一到漢中便做出一項人事安排，任命魏延為丞相司馬兼涼州刺史。

表面看這是一個奇怪的任命，因為魏延已官至鎮北將軍，品秩介於三公與九卿之間，是大軍區司令，相當於上將軍銜，而丞相司馬的品秩只有千石，又是屬吏，算是個大校吧。丞相府設長史，相當於祕書長，但他只掌文不管武事，與長史對應的武職就是司馬。

上將幹了大校的活，有人認為諸葛亮把魏延降級了。

其實這是誤解，司馬一職雖然品秩不高，但職責很重要，負責協調丞相府裏與軍事有關的所有事務，也可以說是丞相府內所有武職的總牽頭人，是諸葛亮在軍事方面的第一助手。諸葛亮覺得這個崗位只有魏延擔任最合適，這是對魏延的器重和信任。

而且，也不存在貶降的問題，因為任命魏延為丞相司馬後，並沒有免除他鎮北將軍職務的記載，兼任涼州刺史後，也沒有免除他原任的漢中郡太守一職，魏延的丞相司馬、涼州刺史都是兼職（領丞相司馬、涼州刺史）。

諸葛亮之所以任命魏延為涼州刺史，考慮的是下一步要把奪取和經營涼州作為戰略重點之一。

　　安頓好後，諸葛亮以後主的名義發佈了伐魏詔書。

　　這篇日後被命名為《為後帝伐魏詔》的文章寫得很有氣勢，論重要性不亞於《出師表》。

　　這篇詔文寫道：

　　「天地間禍福不斷轉化，富貴由仁德中來，災禍由邪惡中生，多做好事可以強盛，壞事做多了就會滅亡，這些都是古今不變的道理。成湯、周武王因為施行仁德而被天下人擁戴為聖王，夏桀、商紂王因為殘暴而導致滅亡。

　　「漢朝中途衰敗，董卓趁機發難，造成京師一片混亂。曹操操縱朝政，殘害天下百姓。他的兒子曹丕接着製造禍端，竊取帝位，更改國名，像其父一樣兇殘（盜據神器，更姓改物，世濟其兇）。當此之時，皇權淪落，天下如果沒有人主宰，那麼漢室江山將會傾覆。

　　「先帝順應歷史潮流（應乾坤之運），親率大軍平息國難，百姓歡迎，萬民擁戴。先帝奉順符讖，建立帝號，存復漢室祖業，使皇綱不墜於地，只可惜在此萬國未靜之時，他卻過早地去世了。

　　「我承繼治國大業、復興漢室的殷切之情，自繼位以來，後主夙興夜寐，勤儉持政，發展生產，增加財富，任用智能之士，欲奮劍長驅，討伐兇逆，但朱旗未舉，曹丕卻突然殞喪，正所謂不等我舉薪他卻自焚了（斯所謂不然我薪而自焚也）。

　　「但是曹氏的餘醜曹叡又在製造更大的災難，恣肆於河、洛，不斷地挑起兵端（阻兵未弭）。諸葛丞相弘毅忠壯，忘身憂國，先帝托以天下，來輔佐我。

　　「現在，授給諸葛丞相旄鉞之重和專命之權，請他統領步騎 20

萬，上天伐命，除患寧亂，克復舊都。從前項羽率領一支大軍，跨州兼土，勢力不可說不大，然而猝然敗於垓下，死於東城，宗族滅絕，為笑千載，這都是他不行仁義、侵辱君王、虐待百姓的緣故。

「如今曹魏奸賊卻要效仿，引起上天和百姓的憤恨。我們正是抓住這個機會，迅速行動，憑藉祖宗神靈相助，所向必克！吳王孫權同恤災患，已決定祕密出兵，與蜀漢形成掎角之勢。涼州諸國已遣月支、康居胡侯支富、康植等 20 餘人接受我們的調度，現在可以說已得天時、地利、人和之便（天命既集，人事又至），大軍一出，必然無敵。

「對於能拋棄邪惡、歸順正義的，按照我朝法度都將給予不同品位的封賞，曹魏宗族或旁系（魏之宗族、支葉、中外）中有辨明利害、認清順逆形勢來投降的，都可以得到寬恕並授予官職。如果迷沉不返，繼續助紂為虐，將戮其妻室，永不寬赦。

「除本詔令外，如果還有其他詔書、律令，由諸葛丞相視情況向全國發佈，只需符合我的心意就行（他如詔書律令，丞相其露佈天下，使稱朕意焉）。」

這篇詔令其實就是一篇檄文，是三國時期著名的檄文之一，除了聲討敵人、發動百姓外，這篇詔令還透露出許多重要信息。

關於諸葛亮此次出征帶來了多少人馬，這篇詔令中明確指出是 20 萬人，這個數字顯然有所誇張。

諸葛亮為恢復國力、發展生產，實行的是輪流募兵體制，全國常備兵員為八萬人左右，這些人馬包括駐紮在成都周邊的中央禁衛軍，防守在永安、江州、南中、漢中等各戰略要地的常備部隊，可以抽調出來進行野戰的，有一半就算不少了。

為了此次北伐，諸葛亮也會臨時擴充兵力，以當時蜀漢的國力，專門增加幾萬人馬是有條件的，諸葛亮可以把他們全部帶到前線來。

所以，推測起來除漢中本地的守軍外，諸葛亮帶到漢中來的有十萬人左右，也就是詔令裏說的一半。

這是戰鬥部隊，除了他們還得調動大批人員負責軍糧等物資的供應運輸。漢中與成都之間隔着巴山，道路崎嶇難行，運輸更是個大問題。為此次北伐諸葛亮組建了龐大的運輸隊伍，除了徵調百姓參與外，還要求官員子弟帶頭參加，其中就包括諸葛亮的養子諸葛喬。

到漢中後諸葛亮曾給哥哥諸葛瑾寫過信，信中透露諸葛喬就在這次北伐後勤運輸隊中。諸葛亮讓他率領一支數百人的運輸隊，和其他官員子弟一樣在漢中與成都間運送糧草（今使喬督五六百兵與諸子弟傳於谷中）。

可惜，就在出師漢中的第二年諸葛喬就因病去世了，死時年僅25歲。


上面這篇詔文還透露，孫權將配合此次行動。

曹丕死後孫權動手更早，這就是之前說過的江夏戰役，雖然沒有成功，但也牽制了魏軍的行動，之後孫權又命諸葛瑾攻擊襄陽，對曹魏一直保持着攻勢。

就在此次北伐之前，諸葛亮又派費禕出訪孫吳，除增進雙方友好之外不排除協商雙方聯合軍事行動的可能。諸葛亮進駐漢中後，孫權又繼續派兵襲擾曹魏南線、東線兩個戰場，孫權手下的將領周魴在一次行動中還生擒了曹魏的將領彭綺。這些都讓曹魏不能抽調出太多的兵馬到西線戰場來，孫權的行動確實支援了諸葛亮北伐。

這篇詔文透露的另一個信息是，涼州諸國也派兵相助，並很具體地說有20多個部落首領參戰。

所謂涼州諸國，指的是涼州一帶的羌族各部落，曹魏統治涼州、雍州以來與這些部落經常發生矛盾，反抗事件時有發生；加上蜀漢已

故驃騎將軍馬超在羌族中名望很高,如果說他們中有一部分人支持蜀漢,派兵參與了此次北伐,也是有可能的。

蜀漢一直竭力向曹魏的涼州滲透,與漢中相鄰的武都郡曾被蜀軍佔領過,蜀漢在此有一定基礎。諸葛亮下一步的進攻目標雖然是關中,但位於側翼的涼州地位顯然也很重要。

## 敢罵太后是「賤人」

大軍就位,檄文發出,但諸葛亮隨後並沒有立即展開行動,他在等待。

轉眼就到了這一年的下半年,諸葛亮等待的事仍沒有發生。

這一年秋天,北方地區連降大雨,許多人因水災而死,又多閃電,異於常時,一向比人更靈敏的鳥雀也有被閃電擊中而死的(數大雨,多暴卒,雷電非常,至殺鳥雀)。

新帝初立,社稷不穩,雖然面臨弱國的挑戰,但曹魏上下仍然有一種緊張和不安。

如何應對蜀漢方面的進攻?曹魏的朝臣們存在着爭論。

大部分人認為應該主動發起進攻,將主力部隊派往西線,討伐諸葛亮(時議者以為可因發大兵,就討之),曹叡開始也傾向於這個意見,但遭到了另外一些人的反對。

反對者中以中書令孫資為代表,他認為:

「過年武皇帝在世時征南鄭、取張魯,陽平關一戰陷入了危境,後來憑藉運氣才成功。後來,武皇帝又親自去漢中救援夏侯淵,談到那一次的經歷,武皇帝不止一次說過『南鄭真是上天為人間設立的地獄,褒斜道就是500里長的一個石穴啊(南鄭直為天獄中,斜谷道為五百里石穴耳)』,說的是漢中地理形勢的兇險。

「武皇帝一向用兵如神，他深知蜀漢的賊人擅長在崇山峻嶺中棲身，孫吳的匪徒擅長在江河湖間中流竄，所以對他們儘量避開和容忍（察蜀賊棲於山巖，視吳虜竄於江湖，皆撓而避之），從不責令將士們必須傾盡全力對付他們，也從不爭一朝一夕之憤，見勝則戰、知難而退。

「如果現在舉大軍深入南鄭討伐諸葛亮，不僅道路險阻，而且要從防守孫吳的部隊中抽調大批人員參戰，那天下將陷入一種不可知的狀態，所需要的費用也會大為增加，陛下必須深思熟慮。一般來說，進攻一方必須是守軍的三倍（夫守戰之力，力役三倍），所以不如用現有的部隊讓他們分兵把守在各險要關卡，這樣就足以使強敵恐懼，即使我方將士在虎帳中倒頭大睡，我們的百姓也不會受到傷害（將士虎睡，百姓無事）。我們越來越強盛，蜀、吳就會自然衰落。」

孫資認為，進攻的代價太大且有風險，所以攻不如守，這個看法有避戰、怯戰的嫌疑，但具體到當時的情況，尤其是曹魏必須獨自面對吳、蜀兩方同時進攻的戰略格局，這種判斷無疑是正確的。

而且，漢中與關中、中原之間的地理形勢也支持這個觀點。秦嶺是漢中的屏障，所以進攻漢中並不容易；反過來，秦嶺也可以屏障於關中，蜀軍出秦嶺來攻關中更不容易。與其讓這個屏障阻礙我方的進攻，不如讓它成為我方防守的盾牌。


孫資這個人之前曾經提到過，他是曹操當年平定冀州後招募的人才，跟他同時期進入曹魏陣營的還有常林、王象、楊俊、王淩、仲長統、劉放以及司馬懿、司馬朗等北方人士。

曹操在世時，孫資、劉放成為他的機要祕書（祕書郎），品秩不高但位置重要。曹丕稱帝後對機要部門進行了一次改革，設置了中書，比尚書台更接近皇帝，成為核心中的核心，分別由中書監、中書令管

理，相當於朝廷機要局局長、副局長，其中擔任中書監的是劉放，擔任中書令的就是孫資。

曹叡繼位後，劉放、孫資的實際地位進一步上升，成為每天侍奉於曹叡身邊的心腹智囊，相當於曹丕身邊的陳群、司馬懿。陳群、司馬懿作為先帝託孤重臣，一個位列三公，一個以全國武裝部隊副總司令（驃騎大將軍）的身份出鎮宛縣，已經無法常伴君王左右了。

曹叡需要培植自己的嫡系和親信。軍隊裏他倒還算放心，有曹真、曹休兩位叔叔，軍權不至於旁落，而對朝中事務的控制很大程度上就依賴於劉、孫二人。

所以孫資的話對曹叡很有影響，加上曹叡本人也很聰明，無論是從戰術層面還是從戰略層面，只要細細考慮一下，還是防守更有道理。

曹叡於是下令，東線、中線和西線三個戰場的各路人馬仍原地不動，依托各自地勢和關隘加強防守，不得隨意進攻。

在曹魏中線和東線兩個戰場，孫權本來也採取了攻勢，但是江夏戰役的失敗讓這個進攻受到了挫折。為了繼續配合諸葛亮北伐，孫權隨後命左將軍諸葛瑾攻擊曹魏的襄陽，但這時司馬懿已經就位，諸葛瑾進攻無果，吳將張霸在戰鬥中被斬殺。

這樣，西線戰場暫時風平浪靜，而中線、東線也暫時相安無事了，這更加堅定了曹叡立足於防守的想法。


曹叡放下心來，他這時甚至還有心情辦了一件事：給自己冊立了皇后。

曹叡當太子時娶河內郡人虞氏為妃，曹叡當了皇帝，照例太子妃應該「轉正」為皇后，但曹叡卻沒有這麼做，把這件事擱置了起來。

曹叡不立即冊立皇后，可能有三個原因：一是父皇登基後也沒有馬上冊立皇后，這是「先例」；二是繼位之初，曹叡馬上過問生母是怎

麼死的，又派人建廟祭祀，等於辦了一次「國喪」，這樣冊立皇后的事就放緩了；三是曹叡對虞氏有所不滿，至少不是很寵愛。

相對於虞氏，同為河內郡人的毛氏更得曹叡的寵倖，曹叡出來進去經常讓毛氏跟自己坐同一輛車（出入與同輿輦），這讓身為正妻的虞氏很不滿。

看來曹操的子孫在感情問題上多不平靜，這讓太皇太后卞氏操碎了心。卞太后發現虞氏有牢騷，就去安慰這個孫媳婦幾句。

哪知虞氏仍然怒氣未消：「曹家有個傳統，都喜歡賤貨（曹氏自好立賤）！從來不尊重正派世家，皇后的責任是使後宮安定，君王的責任是讓朝廷運轉，相輔相成。沒有好的開端哪來好的結局？看着吧，國家可能由此破滅，祭廟可能因此摧毀（殆必由此亡國喪祀矣）！」

這哪裏是一般的牢騷，簡直是詛咒了。

更要命的是，虞氏憤不擇言，把好心安慰她的祖母也給罵了。太皇太后卞氏出身於民間歌舞表演藝人之家（倡家），在當時的地位恐怕比毛氏還低，虞氏一竹竿下去，把卞太后也給打到了水裏。

虞氏的命運由此可知，被罷黜妃子之位後遣送至鄴縣居住。

曹叡順勢冊立毛氏為皇后。毛氏的父親毛嘉本是宮中製造車輛的一名工匠（典虞車工），女兒成為皇后，他直接被任命為奉車都尉，寵賜頗多，後又被封為博平鄉侯，得了個光祿大夫的頭銜。

毛氏一族突然富貴，但他們與世家大族仍格格不入，大家與他們也來往很少。曹叡乾脆下了道命令，讓朝臣去毛家宴飲，結果毛嘉經常有不得體的舉止，受到大家的恥笑。

比如，當時士大夫交談時為表自謙，常稱自己為「僕身」，毛嘉認為他有侯爵，所以跟人說話常稱自己為「侯身」，不倫不類。

曹操以倡家出身的卞氏為王妃，曹丕以平民出身的郭氏為皇后，曹叡又冊立了車工的女兒毛氏，曹氏三代人的婚姻觀在當時顯得頗為

另類（三后之升，起於幽賤），這與漢代后妃多選於勛臣世家的做法有很大不同。

有人認為這種喜好出於偶然和巧合，出於曹氏父子的思想解放（尚通脫），但仔細分析一下也許他們另有考慮。

後漢中期以來，皇權屢被宦官、外戚兩股勢力襲擾，皇帝時常成為傀儡，造成了政治上惡鬥不止。有鑒於此，曹魏立國後便從制度上禁絕宦官、外戚的干政，宦官雖然仍然存在，但已無緣接觸政治；外戚雖然仍然富貴，但對他們干政的制約也有很多。

所以，不在世家大族中選立皇后並非偶然，而是刻意為之的。


# 瞻前顧後害死人

伐魏詔書下達，諸葛亮卻沒有急於行動，從蜀漢建興五年（227年）三月到次年年初，諸葛亮一直駐紮在陽平關。

這段時間，諸葛亮一方面進一步做好北伐的準備，另一方面是在等一個人的行動。這個人就是孟達。

之前諸葛亮、李嚴先後給孟達寫信，希望他回歸，孟達當時就動了心，尤其是李嚴信中有一句「思得良伴」，讓孟達覺得諸葛亮、李嚴不僅希望他回來，而且會委他以重任。

孟達是文官出身，心思縝密，慮事周全，但往往也失於果斷。那時如果他當即反叛曹魏，肯定能夠成功，因為曹魏當時正忙着國喪，國喪結束新帝又要安排新的人事佈局，司馬懿一時半會兒還來不了荊州，沒有人關心他。

文人帶兵容易想得太多，每一步都想走穩。孟達接到李嚴的信，看了半天，覺得是他理解的意思，但又不能確認，於是寫信向諸葛亮求證。

諸葛亮再次給孟達去信，信中說：「李嚴的性格你知道，他處理事情乾淨利索，就像流水一樣，進退人物絕不猶豫含糊（部分如流，趨捨罔滯，正方性也）。」

諸葛亮等於告訴孟達，李嚴說的沒問題，都算數，只等你趕緊回來。但是，孟達接到信後仍然猶豫不決。

這期間，為爭取孟達，雙方書信來往頻繁，諸葛亮決定出師北伐後，更希望孟達抓住時機起事，那將是對北伐行動最有力的配合和支援。

可孟達仍然不着急，要說他不想起事，但他一直保持與蜀漢方面的聯絡，有一次孟達還隨信送給諸葛亮一頂綸帽、一副玉玦。

綸帽是絲綢做的帽子，表明他對諸葛亮的敬仰。

玉表示堅貞，「玦」與「決」諧音，暗示自己決心已下。

但其實沒有那麼難，是孟達把事搞複雜了。

或者說，孟達其實並沒有下定決心，他還在猶豫，非到萬不得已，他還不想馬上起事。


魏興郡太守申儀是原上庸一帶的地方實力派，他先後依附於劉表、劉備和曹魏，對孟達早有不滿。魏興郡是曹魏新設的一個郡，與孟達的新城郡相鄰，孟達比申儀地位高，又假節，申儀得聽從他的調遣。

孟達和蜀漢祕信往來頻繁，被申儀察覺了，申儀向朝廷告發，但是魏明帝曹叡不相信（密表達與蜀潛通，帝未之信也）。

魏明帝把這件事交給司馬懿處理，司馬懿負責整個南線戰場的事務，孟達的事歸他管。他目前駐紮在宛縣，也就是今河南省南陽市。

司馬懿對孟達本來就沒有好感，接到魏明帝的命令，馬上派參軍梁幾到新城郡訪查情況，經過祕密調查，申儀的舉報被證實。

司馬懿向魏明帝提出建議，徵孟達入朝，如果他沒有事，自然肯來；如果有事，必不敢來。

孟達聽到風聲，深感驚懼，決定馬上起兵。

應該說，這就是事情的來龍去脈。孟達一拖再拖，把有利時機耽誤了，曹魏很簡單的一個動作就可以驗證他的真偽——召你去洛陽，敢不敢來？

但是，史書上還有另外一個完全不同的說法。

有的史書說，諸葛亮為了儘早促成孟達反叛，派一個叫郭模的人詐降，郭模路過申儀的防區，故意把孟達反叛的事泄露給申儀。這件事恰好又被孟達知道了，他感到密謀已泄，決定舉兵。

這時候司馬懿還沒有準備好，大軍調動還需要一些時間，為避免孟達馬上反叛，司馬懿專門給孟達寫了一封信。

司馬懿在信中寫道：「將軍當初背離劉備，以身托付我曹魏，朝廷委將軍以封疆重任，讓將軍圖謀伐蜀之事，這一切，都像日月一樣讓大家可以看到。蜀人無不切齒於將軍，諸葛亮想讓咱們自相殘殺，只苦於沒有辦法（諸葛亮欲相破，惟苦無路耳）。郭模說的那些話，都不是小事，諸葛亮怎會輕易地告訴他並讓他泄露出去呢？想想其中的道理，就應該明白了。」

如果按照司馬懿的說法去推測，諸葛亮策反孟達還另有文章。包括諸葛亮在內的蜀漢大多數人心底比較厭惡孟達，諸葛亮的戰略意圖其實是利用孟達和新城郡最大限度地牽制魏軍中線戰場的主力，讓他們無法支援西線戰場，如果孟達反叛成功，頂多為蜀漢增加了一些地盤而已，曹魏那邊完全可以不理，伺機再予奪回。

在諸葛亮眼裏最佳的局面是，孟達反叛，曹魏派大軍鎮壓，孟達被消滅，曹魏付出代價的同時也受到最大牽制，而要達到這個目標，

既要策動孟達真反，同時又要巧妙地將孟達造反的消息傳遞給曹魏那邊，所以才有了郭模詐降。

按照這部史書的說法，司馬懿識破了諸葛亮的陰謀，並且用一封信穩住了孟達（達得書大喜，猶與不決）。

同一件事，兩個完全不同的說法，一個是陽謀，一個是陰謀。

但不管哪一種說法是正確的，擺在孟達面前只有一條路了，那就是起事。

只是，現在已經有些晚了。

如果不認真走路，就會有人讓你無路可走。孟達錯過了最佳的機會，因為現在起事已經有些倉促。


## 司馬懿千里突襲

但孟達仍比較樂觀，他認為自己還有把握，原因在於新城郡所處的地理位置。

司馬懿所在的宛縣位於新城郡之東，二者相距 1200 里。

漢代的 1 里是 300 步，1 步合 5 尺，而漢代的 1 尺只有 23.5 厘米，所以漢代的 1 里只有今天的 0.7 里。宛縣與新城郡的距離，約合如今的 420 公里，如果有高速公路，早上從宛縣出發，中午可在新城郡吃飯。

可那時沒有高速公路，也沒有公路，甚至沒有像樣的路，其間還有山路阻隔，著名的山峰包括武當山。要走完這一段路，需要相當長時間。

當時的行軍速度一天 60 里左右，這還算是比較快的，即使晝夜兼程，至多也就 100 里。夏侯淵曾創造過「三日五百、六日一千」的行軍速度，但那是特種兵的急行軍，且不在山區。曹操赤壁之戰前追擊

劉備，率虎豹騎創造了一晝夜 300 里的驚人速度，但那是虎豹騎，精銳中的精銳。

要執行一次戰役僅靠輕騎兵、特種兵是不行的，各兵種包括後勤輜重在內都要跟進，這就是大兵團的集體行動，邊走邊修路架橋，速度更快不了。按照孟達的計算，由宛縣到新城郡的這 1200 里，最快沒有半個月魏軍無法到達。

而且孟達熟悉魏軍調兵的機制，魏軍要展開這麼大的行動，必須待身在洛陽的魏明帝批准方可進行，由宛縣到洛陽又是 800 里，一來一回至少半個月。也就是說，曹魏那邊即使接到了自己反叛的消息，人馬要殺到新城郡至少得一個月。

孟達已向蜀漢那邊求援，一個月時間，那邊的援軍怎麼說都到了，一旦援軍到達，司馬懿想一口吃下新城郡，就不那麼容易了。


可惜，孟達把時間算錯了，因為他根本不了解司馬懿的辦事風格。

司馬懿在宛縣接到申儀的密報後立即向洛陽報告。報告歸報告，司馬懿不指望朝廷馬上有什麼指示下來，不是他不相信朝廷，而是他認為時間來不及。

司馬懿決定不待魏明帝詔書到達，立即起兵到新城郡平叛。

手下眾將都認為，沒有魏明帝的詔令就出兵不妥，建議還是等等再說。

眾將當然知道兵貴神速的道理，但大家更擔心誰來負責任。打贏好說，成功的案例誰來總結都是好案例，可一旦失手，就得追究責任，就得有人背黑鍋，該請示的沒請示、該匯報的沒匯報，這就是黑鍋，是大忌。

可要都這麼想，那就別幹事了，四平八穩，沒有風險，不會犯錯，這樣的官當然好當，但絕幹不成大事。司馬懿年輕時就被曹操

關注，後又受到曹丕的器重，最後以國事相托，原因就是他不是一個平常人，在危險或者機遇面前，他首先考慮的不是自己，不是進退得失，而是大局。

不過，司馬懿剛到荊州，還要慢慢樹立威望，所以沒有武斷地做出決定。

司馬懿耐心地向大家解釋道：「現在的形勢已刻不容緩，必須趁孟達猶豫不定之機將其一舉消滅，如果等蜀漢援軍趕到，再奪下新城郡就難了！」

司馬懿緊急調動駐宛縣附近的軍隊，倍道兼行，直奔新城郡。1200里路程他們只用了八天。

孟達當時在上庸城，接到報告，已經晚了。司馬懿率大軍已殺至城外。

上庸城三面阻水，孟達命人在城外修築了很多木柵以自固。司馬懿指揮魏軍渡水，破其柵，直至城下，從四面向上庸城發起猛攻。

說起來孟達也不是飯桶，真拼了命也是好樣的，司馬懿猛攻了半個月，未攻破上庸城。

到第16天，孟達的外甥鄧賢、部將李輔等開門投降。

司馬懿率軍進城，抓到孟達，將其斬首，將首級呈報京師。此戰共俘獲一萬餘人，取得大捷。

司馬懿此行不僅消滅了孟達，還順便解決了在這一地區盤桓了數十年的申氏家族的勢力。

申耽當初隨孟達投降曹魏後，魏文帝發現他並不可靠，就改任他為懷集將軍，這只是一個掛名，他和家人被遷徙往南陽郡，在那裏閒居，後終老於家。

魏文帝轉封申耽的弟弟申儀為員鄉侯，任魏興郡太守。申儀勢力

壯大後，也露出尾大不掉的勢頭，由於在地方上勢力太大，所以他表面順從，內心裏不太聽從召喚。申儀認為這裏天高皇帝遠，所以多有不法，甚至私自授官（承制刻印，多所假授）。

司馬懿表面沉穩，其實是個有霹靂手段的人，他認為既然來了一趟，乾脆新舊問題一齊清算。消滅孟達後，荆州各地郡守都奉禮來賀，申儀獨不見來，司馬懿讓人專程去提醒他（使人諷儀）。申儀想了半天，還是來了。

司馬懿立即下令把申儀抓起來，質問他偽造朝廷命令私自授官的情況（問承制狀），之後把他押解到洛陽。魏明帝倒沒有治他的罪，給他了一個樓船將軍的名號，讓他閒居於洛陽，最後他也死在了那裏。

為了徹底肅清孟達以及申氏兄弟在西城郡、魏興郡一帶的殘存勢力，在司馬懿建議下，魏明帝下令將當地 7000 多戶人家遷往幽州。

新城之戰以司馬懿的全勝而結束，創造了閃擊戰的經典案例，孟達的首級傳到洛陽，魏明帝命焚其於洛陽交通要道上。

此時正值諸葛亮率大軍北伐，曹魏上下人心浮動，新城大捷的消息多少平復了大家心中的不安。同時，新上任的驃騎大將軍由於首次用兵就打了一個漂亮仗，而給大家留下了深刻的印象。

# 第七章 第一次北伐

## 引起爭論的計劃

孟達起事失敗，讓蜀漢錯過了一次機會。

但這是沒有辦法的事，諸葛亮等人也盡了力，關鍵在於孟達的心並不堅決，總是猶猶豫豫，結果讓自己喪命。

這件事讓諸葛亮在傷感之餘也記住了司馬懿的名字。之前曹魏那邊的武將無外乎曹氏、夏侯氏的幾位重要將領，以及張遼、張郃、徐晃、于禁幾個名將，文臣方面有荀彧、荀攸、郭嘉、陳群等人，在過去的幾次交鋒中，他們是主要對手。

荀彧、荀攸、郭嘉已先後故去，看來這個司馬懿已經快速崛起，他打破了曹魏文臣不帶兵的傳統，成為文武兼備的一方統帥。這件事後，諸葛亮一定會讓人收集關於司馬懿的一切情報。諸葛亮很清楚，司馬懿目前對付的主要是孫權，但未來這個人勢必會成為自己的主要對手。

這時，已到蜀漢建興六年（228 年）春天。

來漢中已經大半年了，這段時間裏雖然沒有興兵攻打曹魏，但諸葛亮也做了許多準備工作，北伐非同尋常，對手也很強大，為了北伐的勝利，必須儘可能做好各方面準備。

關中與漢中之間橫亙着秦嶺，中間雖有數條小道通行，但道路崎嶇，山勢險峻，在最近幾十年中，由關中攻擊漢中的戰役至少發生過兩次，但由漢中攻擊關中還不曾有過。

關中與漢中中間穿行在秦嶺山中的幾條古道,最東邊的叫子午道,與長安直線距離較近,出北面的午口即是關中平原,長安就在眼前,但此道最險;西邊還有一條叫褒斜道,出南面的斜口之後是郿縣,即董卓當年築郿塢之處,此道路途較遠,但路況相對較好。

　　子午道和褒斜道之間還有一條儻駱道,因南口稱儻、北口稱駱而得名,此道幾乎荒廢,無法通行。

　　進攻關中,大家首先想到的是從這幾條古道出擊,但具體走哪一條路線,不同的方案各有利弊。

　　在曹魏三大戰場中,此時在長安坐鎮的是曹魏西部戰區副司令(安西將軍)夏侯楙,他總體負責雍州和涼州的軍事事務(都督雍涼諸軍事)。

　　夏侯楙是夏侯惇的兒子,他的妻子是曹操的清河公主,清河公主是曹操的大女兒,與曹操的長子曹昂都是劉夫人所生,從年齡上看她比曹丕可能還要大,所以夏侯楙應該是曹丕的姐夫,曹叡得叫姑父。

　　曹丕跟夏侯楙從小一起長大,二人關係很好,曹丕繼位時就任命夏侯楙為安西將軍。但夏侯楙沒什麼軍事才幹,對養生卻很有研究(性無武略,而好治生),而且他比較好色,身邊養了很多伎妾,清河公主因此與他感情不和。

　　草包誤大事,但這是父皇生前的安排,又是自己的長輩,所以魏明帝一直沒有變動夏侯楙的職務,這無疑成了曹魏陣營比較薄弱的一環。

　　魏延看到了這種情況,於是提出了一個大膽的作戰方案:

　　「曹魏在長安的守將是夏侯楙,是曹家的女婿,此人怯而無謀。現在給我5000名精兵,再派5000人專門負責運糧食(今假延精兵五千,負糧五千),由褒中出發,沿秦嶺向東,走子午道北行,不用十

天就可以到達長安。夏侯楙聽說我突然殺到，必然乘船而逃（楙聞延奮至，必乘船逃走）。

「夏侯楙一走，長安只剩下御史、京兆尹這些官員，長安附近有橫門邸閣的糧倉，加上百姓手中的散糧，足可以供人馬食用，曹魏關外人馬聚合好殺到長安，最少得 20 天，而丞相您率領大軍從斜谷出來，絕對能趕到，這樣就可以一舉拿下咸陽以西的地盤！」

魏延的計劃簡單地說就是兩路出擊，一路走子午道，一路走褒斜道，只不過褒斜道開始做佯攻，主攻方向放在子午道，出其不意地拿下長安，之後兩路大軍會合，佔領曹魏的整個關中地區。

這個作戰計劃即歷史上有名的「子午谷計劃」，圍繞着它歷來爭論頗多。

支持者認為，魏延久居漢中，對當地情況十分了解，在蜀、魏軍力不對等的狀況下，弱小的一方應出奇制勝，魏延的計劃正可以達到這樣的目的。

反對者認為，子午谷計劃過於冒險，其要點是出其不意，但上萬人、十多天的軍事行動不讓敵人察覺是不可能的，曹魏一定會在沿途派出很多偵察兵，一旦知曉蜀軍動向，一方面會在山中依托險要地勢進行襲擾和阻擊，另一方面會調集重兵把守午口，使蜀軍不得進入關中。

即使費盡千難萬險、做出重大犧牲後殺到長安城下，面對這個千年古都，能否立即得手希望也很渺茫。所以，魏延的子午谷計劃不是出奇制勝，而是純粹的軍事冒險。

看起來反對魏延子午谷計劃的理由更充分，但從那時到現在，支持這項計劃的一方反而佔據了上風，這是因為諸葛亮沒有採取魏延的作戰計劃，而他的北伐也沒有取得最後的成功，所以有人認為假如採

納了魏延的計劃，沒准就成功了。

這個邏輯其實有些問題，北伐沒有成功不一定全由進攻路線的選擇所造成，而即使諸葛亮最終選擇的路線有問題，也不能說明走子午谷就一定正確。

兵法有奇正之分，孫子兵法說：「凡戰者，以正合，以奇勝。」常規戰法為正，出其不意為奇，二者必須結合起來，脫離常規戰法的基礎，一味出奇則未必制勝。

說魏延的計劃是冒險，因為這項計劃的核心是長途奔襲，僅以5000名能戰之兵去攻長安，雖是奇兵，但缺少常規戰法作為基礎就成為孤軍。

夏侯楙雖然不是名將，但也不會看到屈屈幾千人就棄城而逃，一旦夏侯楙不逃，魏延的計劃就輸掉了一大半。

在冷兵器時代，兵家怕的不是野戰，不是守城，而是攻城，即使一座孤城，久攻不下的戰例也不勝枚舉，魏延想率5000人攻進長安，幾乎等於靠買彩票發財。

正所謂勇則勇矣、智則未也，諸葛亮認為魏延的計劃將致蜀軍孤懸於外（亮以為此懸危），作為蜀漢的丞相，他不能去賭，所以沒有採納。


## 聲東擊西出祁山


諸葛亮最後決定不走秦嶺山中的棧道，而是出兵隴右，由左翼向曹魏發起進攻。

具體作戰部署是：由鎮東將軍趙雲率一路人馬兵出褒斜道，做出攻擊關中的姿態，吸引魏軍的主力，是為佯攻；由諸葛亮自己率大軍由漢中向西攻擊，佔領戰略要地祁山，進而攻佔曹魏控制下的隴右地

區，是為主攻。

佯攻的這一路，除趙雲外只有中監軍鄧芝。鄧芝不僅具備出色的外交才能，而且性格剛強、質樸，做事謹慎、清廉，深得諸葛亮的器重，不久前被提拔為軍長（*揚武將軍*）。如果趙雲是這一路人馬的司令，鄧芝的角色類似於政委。

其餘蜀將基本都隨諸葛亮出兵隴右了，這些將領包括劉琰、吳壹、王平、張翼、馬岱、劉琰、馬忠、廖化等，參謀人員有楊儀、爨習、馬謖、向朗等。這些人大部分之前都介紹過，只有張翼、馬岱還比較陌生。

張翼字伯恭，益州犍為郡人，參加過劉備指揮的漢中之戰，當過梓潼等郡的太守。此次北伐後，張翼被諸葛亮派往南中，成為繼鄧方、李恢後第三任庲降都督。

馬岱字什麼不詳，是蜀漢已故驃騎將軍馬超的從弟，隨馬超征戰，後一同歸服蜀漢，此時在軍中的職務史書也沒有記載，只說他的最高職務是平北將軍，那一定是很久以後的事了。

至於把劉琰排在吳壹等人之前，是因為他的資歷、地位都比眾人高，後主繼位後已升任後將軍，在名義上僅次於前將軍李嚴。

劉琰生性風流、善談論，好車服飲食，被人視為侈靡，缺乏實際才能，同時他脾氣不好，雖居高位卻經常跟人鬧意見，其中跟魏延尤其關係不和。


兩路大軍同時行動，只是一路比較高調，走的時候旌旗飄揚、吹吹打打，而另一路悄聲且疾速地行軍。

前一路是趙雲、鄧芝率領的隊伍，他們除擔任佯攻外，還要確保漢中這個後方基地的安全。

這一路人馬很快進入秦嶺山中的褒斜道，繼續大造聲勢，給人以

殺入關中、直取長安的感覺，而這時諸葛亮率領的蜀軍主力已悄悄開往此戰的首攻目標祁山。

祁山是漢水上游一條連綿50餘里的小山脈，位於今甘肅省禮縣以東，西起北岈，東至鹵城，漢水從其南面流過。過去這裏的風景很不錯，這條山脈裏的每一座山峰都很秀美、挺拔，諸峰相對（連山秀舉，羅峰競峙）。

祁山不算太大，但因為諸葛亮的北伐而聲名遠揚。

諸葛亮到達祁山後，曾向後主上表談到了祁山：「祁山距離沮縣500里，有一萬戶居民，站在山頂遠望，可以看出這個地方確實很富有（矚其丘墟，信為殷矣）。」

從諸葛亮的記述中可知，祁山之中有一座城堡，裏面有上萬戶居民。一萬戶現在不算多，但在當時絕對是大數目，尤其在偏僻的涼州。那時候，祁山是個人口稠密、地域寬廣、很富庶的地方。


關於祁山名稱的來歷，一般有兩種說法：

一種說，遠眺祁山，見其山峰高聳，山勢逶迤，起伏的山峰就像一面風中飄動的旌旗（石壁峻嶒，飄舒如旗狀），大概開始稱旗山，叫着叫着就變成了祁山；

另一種說，「祁」的意思是宏大，祁山體勢雄偉挺拔，在周圍群山之中獨顯其高大，因此稱祁山。

不過，史籍上所稱祁山有廣義和狹義之分，廣義泛指上面講的祁山地區，狹義是指祁山中的祁山堡，至少在三國時期，人們就在祁山築城，該城極其堅固。

諸葛亮之所以把首戰的目標定在祁山，是因為它獨特的地理位置。祁山往西北可通南安、隴西二郡，東北通天水郡，往南以及西南方向可通達漢中郡以及漢中通往益州的咽喉陰平，祁山因為扼蜀隴咽

喉、控攻守要衝而成為兵家必爭之地。

無論是從益州還是從漢中，要去隴右必須過祁山，而佔領了祁山，也就打開了通往曹魏涼州地區的道路。

涼州是曹魏的西部屏障，由於歷史原因，曹魏在這裏的控制相對薄弱，攻取的難度最小。如果能佔領涼州，就可以居高臨下，向東直取雍州，諸葛亮認為這是攻取曹魏比較保險的做法。

還有一點，涼州雖然地廣人稀，但也有精華所在，就是它的隴右地區。這裏人口相對集中，河水豐沛，灌溉便利，自古便是糧食的重要產區。蜀漢國力有限，得到隴右可以增強國力，在與曹魏的對抗中增加勝算。

隴右和涼州還盛產好馬，對於以步兵為主的蜀軍來說，這更是寶貴資源。


## 三郡望風而降

諸葛亮率蜀軍主力突然到達祁山，結果不費太大力氣就佔領了祁山堡，繼而佔領了距祁山僅20多里遠的西縣。

這個西縣，就是後來傳說發生過空城計的地方。

諸葛亮沒有把大本營設在祁山堡，因為這裏畢竟有點小，他進駐到西縣，在此指揮整個隴右戰役。

隴右地區主要有曹魏的三個郡，分別是南安郡、天水郡、安定郡，蜀軍主力來到祁山後，曹魏任命的這三個郡的官員紛紛不戰而降（南安、天水、安定三郡反應亮）。

究其原因，是因為這一帶並沒有曹魏的主力，曹魏的主力都在關中，即使接到報告，一來一往沒有一個月時間也很難到達，大家一看，還是先投降吧。

常說隴右，其實不是一個行政概念，古人以東為左、以西為右，所以江東又稱江左，而隴右即指隴山以西。隴山主要指的是今甘寧分界的六盤山，漢末三國時的隴右地區主要包括曹魏治下的南安、天水、安定等郡。

現在這裏紛紛投降了蜀漢，問題相當嚴重，它的西面是涼州，有金城、武威、張掖、西平、敦煌五個郡。隴右如果全丟了，就切斷了涼州與關中的聯繫，涼州也將不保。


消息傳到洛陽，魏明帝有些發蒙。

因為就在前幾天，他剛接到長安來的報告，說諸葛亮率主力從褒斜道方向進攻關中。

經過分析很快得出結論：褒斜道的蜀軍只是佯攻，隴右才是主戰場。

看來這是一場精心預謀的大戰，過去大家只知道蜀中有劉備（**國家以蜀中惟有劉備**），劉備已經死了，這幾年蜀漢那邊寂然無聲，所以也沒有戰爭的準備，現在聽說諸葛亮以如此大的手筆發動舉國戰爭，曹魏朝野上下在震驚之餘充滿了恐慌（**卒聞亮出，朝野恐懼**）。

之前就有人跟魏明帝說過夏侯楙才不堪大用（**人有白楙者**），但是夏侯楙是他的姑父，又從小跟他父親曹丕關係極好，所以一直讓他留任。

現在，魏明帝知道讓夏侯楙對陣諸葛亮一定會完敗，所以趕緊把曹真派過去坐鎮。

曹真原來就是西線戰場的總指揮，他是曹操的族子，跟夏侯楙算是平輩，但他自曹操起兵時便追隨左右，一直在軍中，勇猛善戰，軍事經驗豐富，在軍中威望也高。

而且，曹真曾是曹魏勁旅虎豹騎的主要將領，夏侯淵戰死漢中

後，曹操命曹真屯關中，負責過一段時間的西線戰事。

受命託孤後，曹真目前的身份是曹魏全國武裝部隊總司令（**大將軍、都督中外諸軍事**），接命後他不敢怠慢，立即趕赴關中。

到了長安，他沒有留在那裏，而是率一部主力駐紮在郿縣，這裏是董卓當年經營關中的據點，董卓在此修建了巨無霸型城堡郿塢，該處距褒斜道北出口不遠。

雖然褒斜道這一路蜀軍不是主力，但也不敢大意，守住這裏同時也守住了長安西面的門戶。


魏明帝臨陣「走馬換將」，但派曹真去也只是先救救場，如果沒有後續行動，西線戰場的危機仍無法解除。

魏明帝緊急召集大家商議對策，朝臣們一時竟拿不出什麼好辦法來（**朝臣未知計所出**）。

魏明帝只得給大家打氣道：「諸葛亮只會以山勢為依托（**阻山為固**），今天他這是自投羅網，正合兵法上說的『致人之術』，肯定能擊破他！」

「致人之術」是什麼？不太清楚。曹叡估計也只是這麼一說，為的是不讓大家失去信心。

為進一步安撫人心，魏明帝決定御駕西征。

有人反對，皇帝高級侍從（**散騎侍郎**）鍾毓諫道：「最好的辦法應該是在朝堂上戰勝敵人（**夫策貴廟勝**），國君不離宮殿卻能在千里之外贏得勝利。陛下應當坐鎮京師，以為各個方向的威勢源泉。陛下親率大軍西征，對壯大前線軍威固然有很大作用，但因此消耗的資源錢財也會更大。而且在炎熱的暑期用兵應當慎重，現在還沒到您萬尊之軀出動的時候。」

鍾毓，是名臣鍾繇的兒子。

但鍾毓的建議未被採納，魏明帝仍決定親征長安，他下令迅速組建一支五萬人的先頭部隊，由右將軍張郃率領支援西線戰場。

張郃此時駐軍在荊州刺史部，歸全國武裝部隊副總司令（驃騎大將軍）司馬懿節制，但他曾長期協助夏侯淵駐守漢中，對西線戰場的情況更熟悉，所以派他去。

現在，兩邊就是在比時間了。

曹真遠在關中，而且不能亂動，曹叡、張郃還在路上，到達前線需要一定時間，蜀軍如果能在魏軍主力到達前徹底平定隴右地區，進而將涼州攻佔，那此次北伐就算大功告成了。

曹魏在雍州、涼州現場指揮應敵的最高長官是兩位州刺史，其中雍州刺史是郭淮，涼州刺史先是孟建，後是徐邈。

郭淮曾是曹丕當太子時的屬官，後轉任征西將軍夏侯淵的司馬，他在夏侯淵戰死的情況下維持軍中穩定，立下大功。曹丕繼位後派郭淮到西部任職，先任鎮西將軍長史，後被提拔為雍州刺史。

孟建不是別人，正是諸葛亮一直念念不忘的青年時代的摯友孟公威，當年他仕魏後，果然如諸葛亮所預言，因為才幹官職逐步擢升，於魏文帝黃初四年（223年）接替原刺史溫恢擔任涼州刺史一職，至今已五年，政績不錯（有治名）。

就在諸葛亮出兵祁山的這一年，孟建被解職了。是不是因為他與諸葛亮有過一段特殊關係不得而知，分析起來，這種可能性非常大。

不過即使是因為這層原因被調離，孟建以後的仕途也沒有受到太大影響，此後他一直升至曹魏的征東將軍。

接替孟建的徐邈字景山，幽州人，當過曹操的丞相府參謀處長（軍謀掾），後出任隴西郡、南安郡太守，對西部情況很熟悉，被調回內地又擔任過郡太守、典農中郎將等職務，其間還曾在司馬懿手下任

職，擔任過時任撫軍大將軍司馬懿的軍師。

與孟建相比，徐邈的軍事才能更突出，仕曹氏三代，魏明帝完全信得過。魏明帝任命徐邈為涼州刺史，兼任護羌校尉。

經過一段時間的混亂，郭淮、徐邈迅速穩定了下來，他們趕緊組織兩州的有限人馬進行反擊。

這些反擊，取得了一定成效，遲滯了蜀軍進攻的步伐，為主力前來救援贏得了時間。


在西邊，諸葛亮派兵攻擊隴西郡，卻遇到了頑強抵抗。

隴西郡太守叫游楚，面對蜀漢大軍，他召集吏民說：「我素無恩德給大家，今蜀國大軍已至，其他幾個郡已經叛降，我看這是諸位取得富貴的好機會（此亦諸卿富貴之秋也）。我為朝廷守郡，義在必死，諸位可以拿我的人頭去換富貴。」

大家聞聽皆流淚，都說：「願與明府同生死，絕無二心！」

游楚於是對大家說：「既然如此，我有一個想法。現在我們東面的兩個郡已經丟了，敵人馬上就來，我們在此堅守，如果朝廷的救兵到了，蜀兵必退去，到時候咱們一郡之人都堅守了大義，人人都將獲得獎賞（一郡守義，人人獲爵寵）。如果救兵沒來，而蜀軍攻勢又急，你們可以取我的人頭去投降，到時候也不算晚！」

於是，大家都去守城。

蜀兵到了，游楚派遣郡長史馬顒出門設陣。

之後，游楚站在城上對蜀將說：「你們能斷絕秦隴大道，讓東來的援軍無法到達，只需要一個月，隴西郡的百姓不攻自降，如果做不到，你們只會白費力氣（卿若不能，虛自疲弊耳）！」

游楚命馬顒鳴鼓出擊，魏兵士氣高昂，將蜀軍打敗。

游楚在這場隴右保衛戰中立下大功，魏明帝後來聽說了他的事

跡，專門召他到洛陽相見。作為邊地的一名郡太守，如無特殊機緣一般很少能來到京城御前見駕，那是游楚生平第一次上朝。

游楚長得身材短小，但嗓門挺大，按照朝儀他將由侍中引導到御前，侍中呼完「隴西太守前」，游楚應回答「唯」，但游楚一緊張，老大嗓門地回一聲「諾」，把魏明帝和周圍的人都惹笑了。

游楚來到洛陽後，發現這裏真不錯，不是雍涼僻壤可比的，於是上表乞求留在京師為官。魏明帝看在他立過大功的分上特別詔准，任命他為駙馬都尉。

游楚好游獵、音樂，畜養歌者，整日樗蒲、投壺，歡欣自娛，在洛陽過起了快活日子，直到 70 多歲才死。


## 「涼州上士」姜維

蜀軍在隴西郡遇到了麻煩，再來說說東邊。

在東邊，諸葛亮指揮蜀軍佔領天水郡時，該郡的太守馬遵正陪同曹魏雍州刺史郭淮一行在洛門視察工作（隨雍州刺史郭淮偶自西至洛門案行）。

雍州刺史管理的地盤很大，除了關中地區的馮翊郡、京兆尹、扶風郡、北地郡，還有隴右地區的南安、天水、隴西以及廣魏、安定等郡，除此之外，在其南部還有武都、陰平兩個郡，目前都在曹魏控制之中。

郭刺史平時工作很繁忙，大戰當前，他仍然深入在基層。

要麼曹魏的情報工作做得很差，敵人這麼大的軍事行動事先竟然毫不知覺，主要長官還在下面視察；要麼正因為敵情嚴重，郭淮才專門來天水郡檢查防守工作，但沒想到敵人來得太快。

郭淮等人接到報告，說天水郡郡治冀縣可能已被蜀軍佔領，現在

無法回去。

郭淮對馬遵說：「看來諸葛亮來者不善！」

渭水的上游流經天水郡，冀縣就在渭水邊，洛門在冀縣的西邊，今甘肅省天水市那時稱上邽，是隴右地區一處軍事重鎮，位置在冀縣沿渭河往東。郭淮判斷上邽仍在魏軍手中，於是決定繞過冀縣，連夜回上邽。

馬遵擔心天水郡已亂，局面無法收拾，於是也想去上邽，卻遭到了隨同郭刺史視察的一名官員的反對。

這名官員對馬遵說：「明府應當回冀縣。」

生死關頭，馬遵急了：「我不信任你們，你們已經通敵叛國。」

雙方不歡而散，馬太守跑到上邽避難去了。

上邽成為天水郡境內魏軍集結的一處重地，諸葛亮後來派兵進擊上邽，但在郭淮等人的防守下，上邽無法攻克。


勸馬太守回冀縣的這個人，就是日後大名鼎鼎的姜維。

姜維字伯約，他動員馬太守回冀縣，因為他就是冀縣人，此時他的職務是郭淮手下的雍州從事。

姜維的父親曾擔任過本郡功曹，在平息羌戎叛亂中戰死於沙場，姜維因此被授予中郎。這是天子身邊的屬官，承擔宿衛天子的任務，姜維被授予此官，只是一種榮譽，他本人並沒有到洛陽任職。

姜維平時很好學，尤其喜歡鄭氏學，也就是當代大學者鄭玄開創的學問。但他不想當一名學者，他有志於功名，好結交江湖朋友，不想過普通老百姓的日子（陰養死士，不修布衣之業）。

姜維曾擔任本郡上計掾，又被任命為州裏的從事，相當於刺史的高級參議、顧問這一類的角色，因為有中郎的頭銜，他還參與本郡的軍事事務（參本郡軍事）。

姜維開始並沒有回冀縣，而是跟其他幾位官員一起追趕馬太守，馬太守跑得太快，姜維他們一直追到上邽，城門已閉，他們叫門，裏面的人不給開。

城裏的人不開門，擔心的是姜維等人也參加了叛亂（疑維等皆有異心），姜維等人無奈，這才回到冀縣。

接下來，史書有兩種不同的說法。

一部史書說，姜維到了冀縣才發現，這裏尚未被蜀軍佔領，他們去叫城門，城裏也不應，原因與上面一樣，懷疑他們已投降了蜀軍。

姜維走投無路，只好投奔了諸葛亮。

還有一部史書說，冀縣城裏的官民見姜維回來，很高興，不僅把他迎進城，還推舉他去見諸葛亮，諸葛亮見到姜維，很高興，讓他去安撫冀縣百姓。

但在這時，魏軍增援部隊趕來了，姜維無法回到冀縣，從此與母親及妻兒分離。

不管哪一種說法是正確的，結果都是一樣的。

姜維時年 27 歲，諸葛亮見到他時，會不會想到自己正是 27 歲那年走出隆中，開始了另一種人生？

諸葛亮跟姜維交談後大為驚異，認為他是不可多得的人才。諸葛亮在寫給留府長史張裔、參軍蔣琬的信中，還專門提到了姜維。

諸葛亮對姜維的評價是：「姜伯約此人忠於職守，勤於理事，思慮周密，這些都是他的長處，永南、季常等人都不如他，堪稱涼州一帶的一流人才（其人，涼州上士也）。」

永南是李邵，曾擔任諸葛亮的丞相西曹掾，季常即馬謖的大哥馬良。在諸葛亮眼中，姜維是不可多得的人才。

諸葛亮任命姜維為丞相府倉曹掾，主管府倉穀事，但很快便升其

為奉義將軍，並奏請後主，封他為當陽亭侯。

倉曹掾品秩不過幾百石，算是個處長，奉義將軍是高級將領，品秩與九卿相當，是「省軍級」高官，又封侯爵，一向用人講求法度的諸葛亮，在姜維身上一再破例。

還不止於此，諸葛亮不久便派姜維回了成都，對於他的工作諸葛亮也進行了細心安排。

諸葛亮再次給張裔、蔣琬寫信：「可以把虎步監的兵士五六千人交給他帶領，姜伯約很有軍事才幹，他膽略過人，又深通兵法（既有膽義，深解兵意），心存漢室，才能超過眾人，等他全面掌握了軍事本領後，就讓他進宮朝見主上。」


這一系列的安排說明，諸葛亮沒有把姜維當作一名普通的降人看待，誰都能看出來諸葛亮對姜維寄予了很大的期望。

選賢任能是執政者日常考慮最多的事，諸葛亮作為託孤大臣，肩負着為蜀漢拔擢後進俊才、培養接班人的重任。在人才方面蜀漢與曹魏無法相比，甚至比不上孫吳，所以更要刻意去發掘人才。近年來，在行政、經濟乃至外交方面蜀漢都湧現出一批良才，如張裔、蔣琬、費禕、楊洪、鄧芝等，但軍事方面的「後備幹部」卻有些不足。

蜀漢本來也曾將星雲集，後世所謂的「五虎上將」個個都是當時享譽天下的一流將領。但近年來蜀漢似乎武運不濟，名將紛紛凋零，知名的將領僅有趙雲、魏延等人，名氣要遜色很多的王平、陳到等人目前都挑起了大梁。

蜀漢高級將領面臨青黃不接的局面，對軍事人才的培養更加刻不容緩，一些文職出身的官員，如果他們身上也有軍事方面的才幹，諸葛亮都會不遺餘力地加以鍛煉，希望從中發現軍事方面的人才甚至是未來的軍事統帥。

諸葛亮在寫給張裔、蔣琬的信中特別強調姜維精通軍事，是一流的人才，又說他忠心漢室，這些都與諸葛亮一貫追求的政治理想相符，也與目前的現實需要相契合。

姜維還有一個特殊之處，他出身於隴右，對這裏的情況比較熟悉，在地方上也有一定影響力。在諸葛亮看來，與曹魏的戰爭將是一場持久戰，佔領隴右、徐圖東進是他既定的作戰方針，姜維的出身有利於未來軍事鬥爭的需要。

姜維是個新人，這是他的不足卻也是他的優勢，他與蜀漢政壇和軍界素無瓜葛，所以不需要考慮太多的平衡因素，重用姜維各方面都更容易接受。

所以諸葛亮一見到姜維就下定了重點培養的決心，但這並不等於說隴右初次相見就已經明確了姜維日後軍事接班人的地位，這不符合諸葛亮的做事風格。諸葛亮對姜維也有一個了解和考察的過程，通過觀察才逐漸堅定了對姜維的認識，從而大膽使用、破格提拔。

姜維投身蜀漢陣營後便與母親失散。他是個孝子，曹魏方面後來想通過他母親動員他回歸，讓母親給他寫信勸降，隨信還給姜維捎來了中藥當歸，喻指應當歸還之意（送當歸以譬之）。

姜維很思念母親，但他更堅定在蜀漢的事業，對諸葛亮的知遇之恩更覺得無以回報，所以他給母親回信道：「良田百頃，不在一畝，但有遠志，不在當歸。」

## 為什麼派馬謖

曹魏的一些州郡武裝力量被組織起來後，蜀軍的進攻就沒有那麼順利了，隴右戰局眼看就要陷入僵持。

這讓諸葛亮很着急，他原來認為西取隴右是出其不意的一招，避

免了軍事上的冒險，是非常有把握的一件事（安從坦道，可以平取隴右，十全必克而無虞），現在看來這種判斷多少有些樂觀了。

以蜀軍的實力，全部平定隴右繼而拿下涼州肯定不是問題，但時間卻拖不起，如果陷入對峙，曹魏援軍開到，那西取隴右的計劃也就失敗了。

問題不僅如此，後方也傳來了讓諸葛亮不安的消息。

大軍遠征，後勤保障始終是薄弱環節，為了支持前線作戰，蜀漢建立了龐大的運輸隊伍，運輸線不斷拉長，安全就成了問題。廣漢郡一帶發生了山賊襲擾運輸隊、盜搶軍用物資事件，他們在一個叫張慕的人帶領下不斷劫掠吏民。

廣漢郡處在成都與漢中之間，是運輸線上的重要一環，如果不能迅速平定事態、剿滅山賊，後果將十分嚴重。但蜀軍主力都在前線，從其他地方也抽調不出來更多人馬，只能依靠當地官民自己去清剿了。

郡裏也有一定武裝，相當於民團，由民團司令（郡都尉）率領，幸好廣漢郡都尉是個很能幹的人，憑一郡之力硬是把事情解決了。

這個都尉名叫張嶷，益州刺史部巴郡人，出身貧寒，早年當過縣吏，遇強盜寇犯縣裏，縣長逃亡，張嶷攜縣長夫人冒死突圍，忠義之名由此大震，後來擔任了廣漢郡都尉。

張嶷率領郡兵討伐山賊張慕，張慕打不過，散入山林，張嶷騙他出來和親（乃詐與和親）。張嶷置辦了酒席，張慕赴宴，席間趁張慕酒醉之際將其以及部下 50 多人全部斬殺，又清剿了其他山賊，所有山賊頭目悉數斬殺。

張嶷家境貧寒，雖然立了大功，得了病卻沒錢醫治。張嶷拖着病體去郡太守何祗府上請求幫助，何祗這才得知幫助自己平定叛亂的英雄竟然病重難醫，於是傾盡家財給張嶷治病。

張嶷後來被提拔為牙門將，派往南中地區清剿那裏的山匪，之後

留在那裏當了一名郡太守。

這時，在隴右的諸葛亮接到情報，說曹魏右將軍張郃正率五萬大軍星夜馳援而來。

情況十分緊急，諸葛亮決定立即派出一支人馬前去堵截，為隴右戰役的最後勝利贏得時間，魏軍必經之路上的街亭是阻擊敵人的最佳地點。

這個任務非常重要，只能成功，不能失敗。在眾人看來，能擔當如此重要任務的至少有兩位合適人選，一位是魏延，一位是吳壹。魏延自不必說，鎮北將軍兼涼州刺史，早就獨當一面。吳壹是劉備吳皇后的哥哥，討逆將軍兼關中都督，在軍中的威望也很高，然而諸葛亮派的卻是時任丞相府高級參謀（參軍）的馬謖。

馬謖是諸葛亮身邊的高級軍事參謀，從他的資歷來看，當過縣令、郡太守，但在軍隊裏的履歷只是參謀，沒有獨立帶過兵，能執行如此重要的任務嗎？

大家都在懷疑，但丞相已經做出了決定，也沒人說什麼。

結果大家也都知道了：馬謖此去一敗塗地，損兵折將，更為重要的是打亂了諸葛亮隴右戰役的部署，諸葛亮被迫倉促撤軍。

諸葛亮用馬謖守街亭，的確不太好理解。

有一種看法是，這是馬謖自己主動要求去的，他信心十足，保證守住街亭，為此還立下了軍令狀，諸葛亮雖然猶豫還是派他去了，但這個說法沒有史料依據，只是小說演義之言。

守街亭這麼重要的事，如果諸葛亮心裏真的猶豫不決，馬謖說得再天花亂墜估計也沒用，派馬謖去，一定是諸葛亮覺得他合適。

對馬謖這個人劉備生前有不同的看法，他在臨終前曾專門對諸葛

亮說馬謖言過其實，不能大用，希望諸葛亮好好觀察他，但諸葛亮並不這麼看（亮猶謂不然）。

此前征南中時馬謖提出的心戰思想讓諸葛亮印象深刻，所以對他很器重。諸葛亮讓馬謖當他的高級參謀，經常與他談論問題，有時常常忘記吃飯睡覺（每引見談論，自畫達夜），如果馬謖只是紙上談兵的趙括，估計諸葛亮不會這麼重視他。

所以，另一種看法是諸葛亮對馬謖有刻意培養之意，馬謖在諸葛亮心目中的地位現在遠遠超過姜維，或許在諸葛亮心中馬謖就是未來軍事上的接班人，為馬謖創造鍛煉的機會符合諸葛亮的初衷。

馬謖的哥哥馬良與諸葛亮情同兄弟，在蜀漢政治格局中諸葛亮是荊襄派的代表，得到了馬氏、楊氏、習氏等荊襄人士的支持，所以對他們也格外照顧，楊儀、馬謖等人就是在這種背景下受到重用的。

後面這種看法似乎有一些道理，但說服力卻不強。

諸葛亮重用了馬謖、楊儀、蔣琬等荊襄人士，但他也重視張裔、楊洪、費禕、董允等益州本地出身或在益州長期生活的士人，作為執掌蜀漢朝政的大臣，他在用人方面一直兼容並蓄，說他因為派系鬥爭的需要而力排眾議使用某一個人，是站不住腳的。


然而，這一次確實派了沒有帶兵經驗的馬謖去守街亭，又該如何理解呢？

的確不好理解，也許當時有很多具體的情況，諸葛亮派馬謖去必定有他的考慮，只是這些已無法得知了。

有一部史書曾提到，此次諸葛亮率大軍西出祁山時要確定先鋒的人選，當時軍中有宿將魏延、吳壹等人，大家都認為他們最適合擔任先鋒，但諸葛亮最後讓馬謖當了先鋒，讓他統率眾兵在前（亮出軍向祁山，時有宿將魏延、吳壹等，論者皆言以為宜令為先鋒，而亮違眾

拔谡，統大眾在前）。

完整地看一下這個記載，可以有兩種理解：

一是諸葛亮此次西出祁山，出發前就確定了全軍先鋒的人選，這個人就是馬謖，馬謖督率先頭部隊首先深入隴右地區，前面不少仗都是他指揮打的，魏軍的先鋒張郃來了，作為蜀軍先鋒馬謖去堵截是理所當然的；

二是隴右戰役打響，張郃率軍馳援，蜀軍主力必須迎戰，當時蜀軍尚未完成隴右戰役，只得先派一支先頭部隊去堵截，馬謖這個「先鋒」指的是這支先頭部隊的指揮官。

兩種理解都有道理，但對照史書原文看，似乎前一種理解更通順。

也就是說，馬謖其實早就擔任了蜀軍的先鋒，他去堵截張郃其實是一件順理成章的事。

# 街亭發生了什麼

當時蜀軍分佈於隴右各處，諸葛亮能給馬謖的人馬並不多，具體人數史書沒有記載，有人說是十萬人，那肯定是不確切的，諸葛亮能帶到隴右的全部人馬也未必有十萬人。

而且，如果真的能抽出十萬人馬給馬謖，諸葛亮也就不着急了，把張郃的五萬人馬放進來慢慢打都行。正因為實力不足，才要搶佔街亭打伏擊。

推測起來，諸葛亮交給馬謖的應該在一萬人上下。

諸葛亮命王平以副將的身份一同行動，王平現在的軍職是副軍長（裨將），諸葛亮把從南中夷人子弟中選調出來的「無當飛軍」交給王平統領，這說明參加街亭戰役的就有這支人馬。

無當飛軍善使弓弩，是騎兵的克星。

除了王平，參與街亭阻擊戰的還有張休、李盛、黃襲等，他們的軍職應該與王平相當或稍低。

馬謖帶着這一萬左右的人馬以急行軍的速度趕到街亭，幸好他們先到了，馬謖立即觀察周圍的地形地勢，搶佔有利位置，做好伏擊準備。

來之前，諸葛亮交給馬謖的任務是佔據街亭要塞，堵住敵人，不讓他們通過，把他們拖在這裏一段時間就算勝利。

可馬謖到了街亭，看完地形，決定對諸葛亮的部署進行修改，具體地說，就是捨棄下面的要塞上山。

街亭在山谷中，兩側的山都很高大，其中一側被稱為南山的，頂部平緩，向下三面皆陡峭，馬謖決定把人馬拉到南山上，待敵人前來攻打，居高臨下，把敵人打敗。

王平是一位很有經驗的將領，他一眼就看出了這項作戰有致命的缺點，趕緊勸阻馬謖，但馬謖不聽（平連規諫謖，謖不能用）。

馬謖指揮蜀軍上了南山，不久，張郃率領的大軍也到了。

張郃一輩子都在打仗，馬謖還是個小朋友的時候他已經是袁紹手下的高級將領了，他的作戰經驗十分豐富。他看到蜀軍不佔大道上的要塞反而上了山，立即猜出了蜀軍的意圖，下令不急於攻山，而是斷了山上取水的道路（絕其汲道）。

山上有上萬名蜀軍將士，還有馬匹，隨時需要大量用水，時間短了還能忍忍，時間一長就麻煩了。

馬謖這才吃驚地發現，原來水道是他的軟肋，眼看不能久拖，馬謖只好硬着頭皮下令從山上向下面出擊。

結果可想而知，蜀軍大敗（眾盡星散）。

只有王平率領的一支人馬，臨戰不慌，他們不斷敲擊戰鼓（鳴鼓

自持），張部以為有伏兵，所以沒敢猛追。

一萬人馬，最後只剩下王平帶回來的 1000 多人。

以上是正史記載的街亭之戰的全過程。

僅憑這些記載，不免會在為蜀漢、為諸葛亮扼腕歎息之餘也產生許多百思不解的困惑：

街亭地處整個隴西地區的北部，在當時並非蜀軍與魏軍爭奪的核心地區，更遠離蜀軍的大本營祁山堡，雙方為什麼會在這裏打一仗？

馬謖為何固執地認為上山更好？馬謖雖然沒有帶兵的經驗，但應該也是位出色的參謀，否則諸葛亮不會重用他，在顯而易見的事實面前，他為何仍然固執己見？

王平從哪些方面看出來上山不利，他有沒有告訴馬謖？

蜀軍畢竟也有上萬人，何以敗得如此迅速和徹底呢？

……

馬謖除非是曹魏派來的臥底，否則他的指揮怎麼看都讓人匪夷所思。

而這一切，又都真實地發生了。

隴右地區告急，張部率大軍從關中馳援，最近的路線應該是今寶雞至天水一線，也就是沿渭河谷地來救，為什麼繞了一大圈？

按照張部的行軍路線，既然要過街亭，那就意味着一路向西，不會立即掉頭南下去尋找蜀軍主力決戰，街亭一帶的道路是由河谷走向決定的，如果準備南下就不會到街亭來，而會在街亭以東就改變方向。

那麼，張部這是準備去哪裏呢？

要解答這些困惑，只憑史書的有限記載恐怕還無法找到答案，只能結合街亭的實際地理狀況進行考察，同時還要對當時雙方主將心態

的推測來進行。

一般公認的街亭古戰場，位於今甘肅省天水市秦安縣隴城鎮，由天水市區出發，先沿 310 國道行駛一段，之後上 207 省道至秦安縣，再上 304 省道至蓮花鎮，之後折向東到達隴城鎮，由秦安縣城至隴城鎮約 45 公里。

在蜀魏相爭的三國時代，街亭是略陽縣下轄的一個亭，相當於今天的鄉鎮，但它又不是普通的鄉鎮，因為它不久前也是一座縣城。

略陽是史書經常提到的隴西古縣，但它究竟在哪裏至今沒有定論，史書提到隴城鎮一帶曾置街泉縣，後撤縣為亭，即街泉亭，簡稱街亭，歸略陽縣管轄。

是縣城，就有城，就縣城來說規模一般不會太大，但如果防守工作準備得好也很難打下。而且，它是關隴大道上的一個重要節點，所以歷來都受到重視。

關隴大道是由關中通往隴西的最重要道路，其主路的大體走向是：由今天的隴縣過固關鎮，翻越隴阪，到達今張家川縣馬鹿鄉東北的老爺嶺，沿此經馬鹿、閆家店、張川鎮、龍山鎮等到達隴城鎮，再西行到秦安縣。

關中通隴西還有其他幾條路，如隴坻道、雞頭道、瓦亭道，但當時軍情緊急，曹魏所置的隴西三郡盡落蜀軍之手，張郃率隊馳援以騎兵為主，只能走最易行的一條路，也就是關隴大道。

街亭這座舊縣城就是諸葛亮派馬謖此行的原因：佔據該城，憑險拒敵。如果馬謖能在此阻擊魏軍 20 天以上，就將為諸葛亮在整個隴西地區佈局贏得時間，馬謖也就像郝昭一樣創造了軍事奇跡。

現在如果來到街亭，可以看到這一帶的川道相當開闊，中間的寬度有數公里，如果有一支隊伍自東向西開來，它可以浩浩蕩蕩地從中間的大道上穿過，兩邊的土山上即使埋伏有千軍萬馬，只要不下山也

都等於不存在。

因為箭射不着，滾木、礌石統統用不上，打阻擊只能下來。


現在，可以這樣設想一下：馬謖確實是奔着街泉亭這個古鎮來的，看中的是它原有的舊縣城，想以此為依托遲滯魏軍，但到後才發現由於「撤縣設亭」，這座縣城已經荒廢了，短時間內沒有修復的可能。

川道裏無險可守，所以馬謖提出上山，有人反對，認為舊縣城雖破也可勉強一用，但馬謖仍決定上山。

馬謖所上的那座山應該不是隴城鎮近前的南山，因為這裏的地勢過於開闊，不利於伏擊，但馬謖可以率領這支上萬人的隊伍沿着川道向前再推進一段，選一處最佳的伏擊地點，這個地方只要仍在關隴大道上就行。

這樣的地方不難找，但馬謖為什麼最後失敗了呢？

史書提到的唯一理由是水道，因為魏軍斷絕了山上蜀軍的水道，引起蜀軍的恐慌，之後蜀軍被迫盲目出擊，導致大敗。

這也許是理由之一，但最根本的理由是實力相差懸殊，蜀軍約有一萬人，魏軍約五萬人，無論上不上山，無論有沒有水，在缺少堅固城池依托的情況下蜀軍根本無法取勝。

對魏軍來說，除因行軍的需要必須走關隴大道外可能還有其他想法，張部只是先頭部隊，關中的曹真在擊敗蜀軍負責佯攻的趙雲部後，可以騰出手來全力進擊隴西。

張部所部雖然看起來脫離了主戰場，但他們突破街亭後可以直插隴右的左翼，這時曹真率領的大軍再從陳倉、故道一線發起攻擊，蜀軍將面臨被左右夾擊的局面。

魏明帝可能沒指望憑張部一戰就解決隴右問題，他想跟諸葛亮在隴右打一場大戰役。

具體來說，就是不着眼於消滅街亭的這支蜀軍，也不只是要把諸葛亮率領的蜀軍主力趕出隴右，而是要通過迂迴包抄的辦法把隴右地區的蜀軍全圍起來，讓其全部有來無回！

## 不存在的「空城計」

現在，輪到諸葛亮震驚了。

街亭大敗的消息傳到西縣，諸葛亮在氣憤、震驚的同時，深感事態的嚴重，他大概也揣測出了魏明帝的意圖，所以趕緊調整部署，迅速指揮大軍撤回漢中。

就這樣撤了雖然很沒有面子，但此刻必須高度理性，不能有絲毫僥倖或猶豫。

當然，撤退的時間還是有的，張部雖然突破了街亭防線，但他也算一支孤軍，所以進入隴右後也小心翼翼，生怕中了埋伏。

諸葛亮安排好各路人馬的撤退路線，自己從容地撤出了西縣。離開時，還隨隊帶走了西縣的 1000 多戶人家，把他們遷到漢中（**乃拔西縣千餘家還漢中**）。

傳說諸葛亮在西縣擺下了空城計，嚇退曹魏主帥司馬懿，這值得懷疑。因為司馬懿此時是曹魏南線戰場的總指揮，並沒有參加隴右會戰，他駐紮在宛縣，距此有 2000 多里。

即使司馬懿真的能來，率傳說中的十萬大軍圍住西縣縣城，諸葛亮有可能擺出空城計嗎？

當然不可能，如果堅持認為可能，那就是沒見過真正的古代城池是什麼樣。

可以看一下北京西南郊的宛平城，這也是個縣城，大體上是古代縣城的標準版。該城有四門，城中的主要街道其實只有兩條，也

就是連接四門的街道，站在任意一處城牆上，都可以把城內情況一覽無餘。

一個縣城，不用十萬，不用數萬，只用一萬人馬就能把它圍成鐵桶，城裏即使有伏兵，又能藏多少？肯定先圍起來再說。所以，面對敵人數萬之眾，諸葛亮只能快跑，不可能坐在城頭上從容彈琴。

不過，關於空城計的傳說也並非完全杜撰，在史書上也有一定蹤跡。有一部晉人撰寫的史書說，晉初扶風王司馬駿守關中，他手下有幾位中下級官員在一起議論諸葛亮的功過，大家對諸葛亮多持譏評，認為他托身蜀漢不當，力量小卻想辦大事（**力小謀大**）。

這時，有一個叫郭沖的人站出來為諸葛亮鳴不平，說了諸葛亮的五件事，把這幾位官員說住了，司馬駿聽說後十分感慨，稱讚郭沖說得對。

郭沖說的五件事中的第三件就是關於「空城計」的。

按照郭沖的說法，諸葛亮屯兵於陽平關期間，派魏延率主力東進，他只留 1 萬人守城。司馬懿這時率 20 萬大軍前來，和魏延率領的主力錯道而行，蜀軍因此沒有發現，等諸葛亮知道情況時，敵人距此只有 60 里了（**徑至前，當亮六十里所**）。

偵察兵（**偵候**）向司馬懿匯報說諸葛亮在城中兵少力弱，諸葛亮也知道司馬懿馬上就要到，他想去通知魏延，但相去已遠，魏延即便回軍也來不及了。

城中將士皆失色，諸葛亮卻神色坦然，鎮定自若，下令軍中偃旗息鼓，不准隨便走出營帳，又下令大開城門，並派人灑掃街道（**救軍中皆臥旗息鼓，不得妄出菴幔，又令大開四城門，埽地卻灑**）。

司馬懿知道諸葛亮一向持重，而今卻擺出如此虛弱無力的樣子來，很是奇怪，懷疑諸葛亮有伏兵，於是率領人馬向北上了山。

第二天吃飯的時候，諸葛亮對左右人拍手大笑道：「司馬懿必然認定我裝出膽怯，一定會有伏兵，所以遁山而走。」偵察兵回來報告，確實如諸葛亮所說。

司馬懿後來也知道了這件事，後悔不已。

郭沖說的這件事本身倒是漏洞百出，比如說司馬懿與諸葛亮交戰於陽平關，這查無實據，司馬懿一次領兵 20 萬也不太可能。

司馬駿是司馬懿的兒子，郭沖作為司馬駿的下屬，膽敢在兒子面前非議他老子，可能性也不大。

不過，郭沖說的這件事細節逼真，過程齊全，又由不得人不相信。或許這件事有其他的來歷，只是把時間和地點弄錯了。

# 魏明帝的反擊

諸葛亮率領的蜀軍主力還算是較為順利地回到了漢中。

另一路由趙雲和鄧芝率領的蜀軍也打了敗仗，他們在褒斜道中的箕谷與曹真率領的大軍相遇，由於寡不敵眾，被魏軍打敗。

箕谷是褒斜道的南口，附近有蜀軍的重要軍需倉庫赤岸，如果從褒斜道出擊曹魏，赤岸是最近的後勤補給基地。趙雲讓鄧芝守赤岸，自己由箕谷北上，經過一段棧道，深入褒斜道深處。

由箕谷北行的這段棧道有近百里，非常險峻，一端懸於崖壁之上，一端凌空，棧道之下全靠立柱支撐。登過華山的人應該有體會，站在這種凌空棧道之上，有恐高症的人一定嚇得不敢動彈。

趙雲本是佯攻，任務是吸引曹真大軍的注意力，讓他不得不在褒斜道的北口重兵駐防。沒想到的是，曹真主動出擊，沿着褒斜道殺了進來，趙雲所部兵力有限，不敢在秦嶺山中與魏軍過多糾纏，於是後退。

一直退到箕谷，才奮力打退了敵人的進攻。但當時的情況十分嚴重，如果曹真再攻，箕谷無法守住，魏軍將長驅直入，漢中就將丟失。危急關頭，趙雲來不及請示，果斷下令把棧道燒了，曹真這才退去。

火燒棧道，雖然保住了漢中，卻使蜀漢蒙受了巨大損失，今後如果再想從褒斜道出擊，必須先修好這條棧道。

所幸的是，趙雲、鄧芝指揮人馬得以從容撤下來，損失不大。

諸葛亮回到漢中後聽說此事，對鄧芝說：「街亭失敗後，各部兵將都失散了，兵不知將，將不見兵，而箕谷退軍時，卻能做到將不離兵，兵不離將，是什麼原因呢（箕谷軍退，兵將初不相失，何故）？」

鄧芝回答說：「趙將軍親自斷後掩護撤退，所有軍資裝備一點兒都沒有丟棄，兵和將也沒有分離。」

這就是老將和新手的區別，同樣是兵敗，馬謖嚇傻了眼，而趙雲卻能鎮定從容，這靠的是膽識，是身經百戰所積攢出來的經驗，更是長年累月和將士們形成的默契和相互信賴。

當時趙雲軍中有不少富餘的絹帛（雲有軍資餘絹），諸葛亮讓趙雲拿出來分賜給部下。

趙雲不同意，他說：「仗沒有打好，還要什麼賞賜？所有的物資請全部存入赤岸的府庫中，等到冬天發給大家過冬吧。」

諸葛亮對趙雲更加讚賞。

蜀軍撤離隴西後，魏軍趁機把這些地方全部收回。

除張部所部外，曹真率領的人馬也陸續抵達了隴西。隴西各郡有不少投降蜀漢的人，最大的一支是安定郡的楊條，他率眾劫持官員據

守月支城響應諸葛亮，曹真率大軍一進入安定郡，楊條便自縛出降。

　　街亭之戰發生時魏明帝還在趕往長安的路上，雖然前面傳來報告說危情已解除，但魏明帝仍決定繼續前行，於曹魏太和二年（228年）二月到達長安。

　　魏明帝下令對隴西會戰進行檢討，該罰的罰、該獎的獎。隴西各郡的地方官員，除隴西郡太守游楚等因守城有功被封賞、升職外，其他大部分人都受到了懲處，其中南安、天水兩郡的太守還獲重刑。

　　本次會戰左將軍張郃立了大功，魏明帝下詔給予嘉獎：「賊人諸葛亮率巴、蜀烏合之眾，遇上了猛虎一樣的我軍將士，將軍您披肩甲、執銳器，攻無不克、戰無不勝，特嘉獎您的大功。」

　　魏明帝下詔給張郃增加食邑1000戶，連同之前的食邑共4300戶。之後命張郃率本部仍回防荊州，繼續接受司馬懿的指揮。

　　雍州刺史郭淮、涼州刺史徐邈也受到了表彰。諸葛亮派馬謖守街亭的同時，還派蜀將高祥駐守列柳城，郭淮攻擊高祥，取勝，之後還率部在枹罕攻破隴西著名羌人首領唐氾，魏明帝下詔加郭淮建威將軍的頭銜。徐邈指揮部屬積極開展防守，也打了勝仗，被封為都亭侯，食邑300戶，也加建威將軍的頭銜。

　　全國武裝部隊總司令（大將軍）曹真沒有受到封賞，作為整個西線戰場的總指揮，畢竟一開始由於他的判斷出現了失誤，把防禦重點放在了關中，結果在隴西措手不及，大部分城鎮一度陷落，曹真應對此負責。後期曹真積極補救，重新收復了失地，但損失和影響已經造成，功過相抵，不予懲罰也不予表彰。

　　為進一步提振士氣，魏明帝向天下發出公告，並特意指示必須公告到益州（帝露佈天下並班告益州）。

　　在這份公告裏，魏明帝把諸葛亮狠狠批駁了一通：

劉備背恩忘德，逃竄至巴蜀。諸葛亮背棄父母之國，事奉奸賊之黨，神人蒙受毒害，罪惡積身。諸葛亮表面上有託孤之名，而內心裏貪權專擅，劉禪兄弟守空城罷了。諸葛亮又侮辱益州之土，虐待百姓，利狼、宕渠、高定、青羌等部族遭受瓦解，成為他的仇敵。

諸葛亮不知輕重，就像反穿着皮衣去背負柴薪，結果弄得裏盡毛殫；又如同削足適履，結果弄得肉也割了、骨頭也傷了（**反裘負薪，裏盡毛殫，刖趾適履，刻肌傷骨**），他自認為很能，不過是在井底行軍、在牛蹄間移步罷了（**行兵於井底，游步於牛蹄**）。自朕繼位，邊境無事，我哀憐天下數遭兵革，只想養四海之耆老，安撫孤幼，移風於禮樂，講武於農閒，把諸葛亮並沒當回事（**置亮畫外，未以為虞**）。

諸葛亮卻心懷異志，驅掠吏民，盜攻祁山。我王師雄振，膽氣衝天，馬謖、高祥這些蜀將望我魏軍大旗而奔逃。我虎臣又逐師北進，蹈屍涉血，諸葛亮這個小人居然也敢驚動我朝大軍（**亮也小子，震驚朕師**）。我軍所到之處，荊棘叢生，目的是不讓千室之邑中的忠信貞良，與那些淫昏之徒共受塗炭。

這裏先公告天下，警告那些國賊，好好想想，是不是仍然頑固不化。巴蜀被諸葛亮脅迫的將吏士民，公卿以下的只要停下反抗，都不予追究。

這份公告之所以着重連貶帶損地把諸葛亮說得一無是處，是因為之前諸葛亮曾代劉禪頒佈過伐魏詔，這算是對他的回擊。

為慶祝此次大捷，魏明帝還下詔大赦天下。

# 馬謖該不該殺

諸葛亮回到漢中時，有些人不認為首次出兵北伐打了敗仗，他們覺得此戰中隴西等郡應時而降，又圍天水、拔冀城，俘獲姜維，最後還遣數千人還蜀，是一場勝仗，所以大家都來向諸葛亮道賀（人皆賀亮）。

但諸葛亮是個冷靜客觀的人，他很清楚這是一次挫敗。

諸葛亮滿臉憂色地對向他道賀的人說：「普天之下，莫非漢民，國家威力不顯，讓百姓落入豺狼之口。即便只死了一個人，也都是我諸葛亮的罪過（一夫有死，皆亮之罪），你們來向我道賀，怎能不讓我慚愧？」

諸葛亮回到漢中後，立即着手檢討此戰失敗的原因，追究有關人員的責任。這時大家才發現，街亭慘敗的第一責任人馬謖卻找不着了。

街亭之敗確實是一幅慘象，只有王平等人收集了 1000 多人馬回來，卻找不到馬謖的影子，原來他潛逃了。

馬謖深知這個禍闖大了，又悔又怕，沒敢回去見諸葛亮。

不過，後來馬謖還是回來了。至於是自己跑回來的還是被抓回來的，史書沒有說。

諸葛亮命令把馬謖下獄審查，根據街亭失敗的前後情況，決定把馬謖處死。

馬謖的哥哥馬良是諸葛亮青年時代就相識的摯交，可以說情同手足。馬良為國盡忠後，諸葛亮視馬謖為自己的親弟弟，感情很深。加上馬謖確實有才華，很得諸葛亮的欣賞。

但人情歸人情，事情歸事情，感情不能替代國法軍規，一向執法嚴明的諸葛亮，不會徇任何私情。

馬謖也知道罪責深重，臨死前給諸葛亮寫信道：「明公待我如子，

我視明公如父，願您能體察舜殺了鯀卻能起用禹的大義，使我二人平生之交不因此事而虧損，我雖死了，也無恨於黃泉！」

昔時洪水滔天，舜命鯀治水，但無功，舜殺鯀於羽郊，禹是鯀的兒子，舜後又命禹治水。馬謖說此典故，一來說明街亭之敗罪不容赦，但不是自己刻意為之，就像鯀治水無功，是天命使然；二來藉此向諸葛亮托付後事，希望諸葛亮能一如既往善待其家人。

這時，蔣琬由成都來漢中，他勸諸葛亮：「當年晉楚相急，楚王殺了成得臣，可以想到晉王是多麼高興。現在天下未定，卻殺才智之士，豈不可惜？」

春秋時楚國和晉國在城濮會戰，楚軍大敗，大家都來向晉文公道賀，晉文公憂心地說楚軍主帥成得臣還在，我們的災難恐怕還沒結束。不久，楚王因打了敗仗而斬成得臣，晉文公如釋重負，喜不自勝，比打了勝仗還高興。

諸葛亮聞聽流下了眼淚，對蔣琬說：「孫武之所以能決勝於天下，在於他用法嚴明。所以昔日揚幹亂法，魏絳殺其僕人。現在天下分裂，兵爭正起，如果不講法紀，拿什麼討伐賊人呢（若復廢法，何用討賊邪）？」

晉國另一位國君晉悼公時，他的弟弟揚幹犯法，大夫魏絳處斬了揚幹的僕人，晉悼公認為魏絳做得好，命魏絳主持晉國軍隊。

除了蔣琬，還有人來勸諸葛亮，就是那位出了名的書獃子李邈。當初他因出言不遜觸怒劉備，險些喪命，是諸葛亮為他求情才躲過一劫。諸葛亮還是很器重他，聘他為丞相參軍，並授他以安漢將軍的高官。但書獃子就是書獃子，不知道他是因為一貫不會說話還是別有用心，這次又犯了糊塗。

李邈為馬謖求情，說：「秦穆公赦免了孟明視，所以稱了霸；楚王殺了名將子玉，所以很快滅亡。」

李邈引用的典故有沒有道理不說，單說他這個口吻，那就讓人聽着很不舒服，好像如果殺了馬謖，蜀漢就得滅亡似的。放在平時，諸葛亮也許不在意，但現在是什麼時候，諸葛亮要殺馬謖，心裏也很痛苦，加上兵敗隴右，心情更不好，所以這一回李邈撞在槍口上了。

換成其他人，李邈又得丟命，但諸葛亮畢竟有很強的克制力，他只是把李邈趕回了成都（失亮意，還蜀）。

諸葛亮還是把馬謖殺了，蜀軍將士聽說馬謖被殺，無不為之流淚（於時十萬之眾為之垂涕）。

諸葛亮親自為他祭奠，後來待馬謖的遺孤如自己的親生孩子一樣。


就諸葛亮殺馬謖一事，歷來有不同的看法。

有的史學家認為，蜀國居於偏僻之地，優秀人才本來就少，現在殺俊才，只能退收庸才（殺其俊傑，退收駑下之用），雖說是明法，卻害了人才，還要成就大業，該多麼難？

按照這種看法，馬謖是個人才，而且罪不當死。

的確，勝敗乃兵家常事，如果說臨場指揮有誤，那也是將在外軍令可以不受。打了敗仗就要殺頭，諸葛亮的處罰似乎有點過分。有人甚至認為，諸葛亮之所以把馬謖殺了，其實是在為自己開脫，把黑鍋都由馬謖一人背。

其實，馬謖的罪責是夠殺頭的，殺他的理由不僅是兵敗誤事，更主要的是兵敗之後他潛逃，那就非殺不可了。

除了馬謖，參加街亭戰役的幾位將領也受到了處罰，其中張休、李盛與馬謖一同被殺，另一位將領黃襲被奪去了兵權。

沒有被追責的只有王平，因為他曾力諫馬謖，兵敗後又能組織有效撤退，減少損失，所以不僅沒有受罰，而且由裨將軍進位為討逆將軍，封亭侯。

趙雲雖然組織撤退有功，但畢竟箕谷還是打了敗仗，諸葛亮奏請後主，將趙雲的鎮東將軍降為鎮軍將軍，相當於由兵團司令降職為軍長。

受處分的還有隨軍行動的丞相府祕書長（長史）向朗。

本來這件事跟他沒關係，但他和馬謖一向關係要好，馬謖潛逃，他知情未報，因而受到連累。

早年在荊州，向氏和馬氏都是襄陽附近的大族，馬氏兄弟與諸葛亮是摯友，向朗師從司馬徽，跟諸葛亮是同學。到了益州後，向朗與馬良、馬謖繼續保持着友誼，但向朗因此觸犯了法律。

諸葛亮二話不說，把向朗一擼到底（免官還成都）。

向朗的仕途本來一直看好，在諸葛亮着意培養的人中，向朗是最有前途的人之一，資歷、地位都遠在蔣琬、費禕等人之上，但此事嚴重影響了他的發展，雖然數年後他重新復出，但也只是在朝廷裏擔任了光祿勛的閒職。

馬謖手下有一位姓陳的參軍，也因為此事受到處罰，被諸葛亮處以髡刑，即剃去頭髮的一種有期徒刑。

此人有一個兒子，特別好學，後來拜蜀中大學者譙周為師，他就是《三國志》的作者陳壽。

有的史書認為，陳壽的父親因馬謖之累受罰。諸葛亮死後，陳壽又被諸葛亮的兒子諸葛瞻所輕視，這些都影響到他著史的忠實性。在《三國志》裏，陳壽對諸葛亮和他兒子諸葛瞻的某些評價就不太客觀。

對陳壽的這種批評有點過於嚴厲。陳壽對諸葛亮是極為推崇的，諸葛亮的第一部文集就是陳壽編著的，諸葛亮許多作品因而得以保存下來。在《三國志》裏陳壽對諸葛亮有大量的讚頌，並不存在有意詆毀。

該殺的殺了，該罰的罰了，諸葛亮認為對此事的追責還沒有結束，有一個人也要受到懲罰，這個人就是他自己。

　　為此，諸葛亮向後主上表，主動承擔責任：「我以淺薄的才能，佔據着不能勝任的職位，執掌軍權，督率全軍，卻不能按照規章，嚴明法紀，面臨大事而不慎重。發生了馬謖在街亭違抗軍令的錯誤以及趙雲在箕谷戒備不嚴的過失，都是我用人不當造成的。我對下屬不了解，考慮問題不周全，按照《春秋》裏提出處罰主帥的原則，我應當受到處罰。請將我的官職降低三級，以懲罰這個罪過（**請自貶三等，以督厥咎**）。」

　　這次打敗仗諸葛亮的確負有責任，正如這篇自貶奏疏中所說，他的責任在於用人不當，錯用了馬謖，造成了無可挽回的損失。

　　但是，誰沒打過敗仗呢，誰又沒走過麥城？曹操一生打過多少敗仗？孫權也打過，劉備也打過，有勝就有敗，普通將領兵敗受罰，但對於大軍統帥，還沒怎麼聽說過打敗仗受懲罰的，諸葛亮自己不提，不會有人去追究他的責任。

　　然而，諸葛亮一向執法嚴明。馬謖有錯，他不包庇，趙雲、向朗他本可以睜一隻眼閉一隻眼，但也不馬虎，輪到自己，更是帶頭執法。

　　後主劉禪在成都接到奏疏，按照諸葛亮的意見，下詔將他由丞相降為右將軍，但仍代行丞相職權。

　　第一次北伐之戰，就這樣結束了。

# 第八章 孫權稱帝

## 寂寞的曹植

曹魏太和二年（228年）四月，魏明帝曹叡從長安回到了洛陽，之所以匆忙從長安趕回來，是因為內部出了問題，情況還相當嚴重。

就在魏明帝御駕親征長安期間，洛陽到處流傳着一個謠言，說魏明帝在外駕崩了，曹魏的大臣們正在商議迎請雍丘王曹植繼位（是時訛言，云帝已崩，從駕群臣迎立雍丘王植）。

這當然經不起推敲，但它來得十分突兀，因為曹植已經有很多年淡出了人們的視線，現在把他抬出來，背後一定有文章。

這個謠言不可能是曹植或他手下人散佈的，那毫無意義，反而給自己找麻煩。製造和散佈這個謠言的無外乎是兩種人：一是曹魏內部的反對派，他們或反對曹魏政權，或只反對魏明帝，總之希望曹魏混亂或分裂，之後趁亂起事，渾水摸魚；二是曹魏的對手，最有可能的當然是蜀漢，孫吳也不能排除。

利用謠言打擊對手屬於輿論戰，也是作戰的一種形式，魏、蜀、吳三方都互派有不少間諜人員，收集情報、搞暗殺等活動之外也負責製造謠言，從內部擾亂對手。這次洛陽突然冒出來這樣一個謠言，諸葛亮的嫌疑最大。

這個謠言流傳甚廣，弄得人心惶惶，曹魏的大臣們以及太皇太后卞氏都十分害怕（京師自卞太后群公盡懼），在這種情況下魏明帝自然不敢在長安多待，趕緊回駕洛陽。

看到孫子平安回來，太皇太后悲喜交加，心裏的一塊石頭才算落了地，她主張追查誰編造了這個謠言（欲推始言者）。

但魏明帝不同意，他說：「天下人都這麼說，追查誰呢（天下皆言，將何所推）？」

在這件事情上似乎可以看出魏明帝有一些無奈。

謠言當然是可惡的，但謠言之所以能流行，被大家樂於傳播，還是因為人心有所指向，看來大家對自己繼位以來的作為多少有所不滿，所以才希望皇權易位。對魏明帝來說這是一種傷痛，不願意追查下去就是希望這種痛到此為止。

同時，這件事牽扯叔叔曹植，也是一件敏感的事。由於早年的特殊經歷，魏明帝對曹氏宗親在情感上與父親有所不同，父親的這些兄弟、自己的叔叔們處境都不怎麼好，魏明帝更能理解和同情他們，但要改變父親苛禁宗室的政策，魏明帝還下不了那樣的決心。

所以，魏明帝繼位以來曹植等人處境雖有所改善，但總體上依然遠離着政治，在各自的封地過着看似逍遙實則形同被軟禁的生活。

曹植這些年先後被封為平原王、鄄城王和雍丘王，封地一改再改，也是對他的一種提防。曹丕駕崩前一年，即魏文帝黃初六年（225年），曹丕在東征途中專門去了趟雍丘，與曹植有過一次長談，談話的內容不得而知，但氣氛應該不錯，曹丕走時下詔為曹植增加封邑500戶。

魏明帝繼位後曹植一度被改封為浚儀王，次年又復為雍丘王。姪子繼位，燃起了曹植心中本已泯滅了的抱負，他覺得自己懷抱着利器而無所作為（植常自憤怨，抱利器而無所施），於是向魏明帝上疏要求出來做一些事。

這份上疏在《曹植集》中被稱為《求自試表》。開篇先提出士人

生於世，在家裏應該事奉父親，在外面應該效力於君王（入則事父，出則事君），不能坐吃等死、無所事事，像《詩經》裏所說的「素餐」那樣。

接着，曹植說自己蒙受國家的重恩已歷三世，現在國家正處於升平之際，沐浴聖澤，潛潤德教，而自己只能竊位東藩，雖然爵在上列、爵重祿厚，但無德可述、無功可記，恐怕被人譏諷。

曹植舉了很多古人的例子，說明人生在世需要建功立業，而不是安於享受。比如霍去病，漢武帝要給他建造府邸，霍去病說「匈奴沒有消滅，我怎麼能先營造自己的家呢」，曹植用霍去病的話傳達出自己的心聲。

曹植說自己隨先武皇帝多次征伐，曾南到赤岸、東臨滄海、西望玉門、北出玄塞，希望能發揮自己的「錐刀」之力，或者把自己編入大將軍曹真的隊伍中充當一名校官，或者讓自己到大司馬曹休的手下去率領一支水軍（使得西屬大將軍，當一校之隊，若東屬大司馬，統偏舟之任），自己一定會乘危蹈險、突刃觸鋒，需要的時候一定會沖在最前頭。

這份奏疏寫得挺長，看來曹植不僅動了心，也動了真感情。

這份奏疏正好寫於太和二年（228 年），不清楚是不是這一年年初，如果是的話，或許與春天裏洛陽出現的那個謠言多少有些關聯。


但是，曹植的滿腔熱情卻沒有下文。

當然也不能說完全沒有任何反響，就在這份上疏發出的第二年曹植再次改封，這一次的地點是東阿。

雍丘屬豫州刺史部陳留郡，即今河南省開封市杞縣，大學者蔡邕、才女蔡文姬的故鄉，當年曹操曾在此親自指揮過雍丘之戰。這裏相對比較貧瘠，曹植被封為雍丘王五年，為改變這裏的面貌，親自組

織大家種植果樹，迄今累計種植了五萬多株。

東阿縣屬兗州刺史部東郡，在當時自然條件要好得多，所以這次改封與前幾次不同，是從貧瘠的土地遷往肥沃的土地（轉居沃土）。據說這次改封是太皇太后提議的，她說雍丘低窪潮濕，所以把曹植改封到東阿，還特意強調先派人去問問曹植的意思，如果同意再改封（可遣人按行，知中居不）。

曹植於是離開了居住了五年的雍丘來到東阿，魏明帝還曾下詔從國家倉庫裏撥出 5000 斛糧食補助他。

處境雖然改善了不少，但曹植試圖在政治上有所作為的理想卻一直未能實現，曹植仍然在他的封地過着寂寞的日子。

# 孫權的「長安」號

這段時間，蜀漢和曹魏在西線戰場死磕，讓孫權輕鬆了不少。

為配合諸葛亮第一次北伐，孫權也發動了一次江夏戰役，雖然成效不大，但卻形成了在荊州戰場上的攻勢局面，戰略上更加主動。

武昌作為孫吳新大本營的地位更為鞏固，這裏的自然條件非常好，其三面環山，一面臨水，其東南方的幕阜山餘脈，山勢險峻，是天然的軍事屏障。

武昌臨近江邊的西山景色十分秀美，環城繞郭有洋瀾湖和三山湖，讓古武昌城顯得景色宜人，適於居住。附近的西山還自古出鐵，離武昌不遠的汀祖、碧石和大冶的銅錄山一帶銅礦豐富，冶煉業在這裏早有一定規模。

武昌城西 90 里處有樊川，可停泊水軍船隻，與樊川相連的有長達百里的梁子湖，湖面很寬，水量足，終年不枯，是操練水軍的理想處所。由樊川還可輕鬆進入長江，其交匯處就是三國時期著名的軍事要

塞樊口，這裏已經成為孫吳水軍最重要的基地之一。

要與強大的魏軍爭衡，水軍是吳軍的制勝法寶，孫權一向重視水軍建設，大本營遷到武昌後，孫權命人在這裏大量造船，其中有一艘最大的戰船取名為「長安」（於武昌新裝大船，名為長安）。

船造好後，孫權下令在釣台圻試航，他親自登船參加首航。


試航的這一天，天氣很不好。

船行至江上突遇大風，親近監谷利下令船工駛回樊口。

孫權生性喜歡冒險，大風大浪根本嚇不住他，反而激起他挑戰自然的慾望。

孫權轉身向船工下令道：「揚帆駛往羅州（當張頭取羅州）！」

船工當然得聽孫權的，準備加速前行。

谷利急了，拔刀對船工道：「不去樊口者斬！」

船工只得掉頭回樊口，風果然越來越猛，幾乎無法行進。

谷利本是一名奴人，為人忠果剛烈，從來不會虛意逢迎（言不苟且），因而受到孫權的喜愛。孫權把他留在身邊，平時呼他作「阿利」。之前在逍遙津那次也是谷利幫孫權脫的險。

試航歸來，孫權對谷利說：「阿利，你怎麼這麼怕水（阿利畏水何怯也）？」

谷利跪着回稟道：「大王是萬乘之主，不能輕於不測之淵，戲於猛浪之中，船樓很高，容易顛覆，一旦出了意外，社稷怎麼辦？所以我才以死相爭。」

孫權聽完更加器重他，以後連「阿利」也不叫了，常叫他「谷」（自此後不復名之，常呼曰谷）。


應該說，孫權在戰略上比劉備主動得多，劉備當年佔據益州後就

把大本營從荊州遷到了成都，雖然更安全了，但也從此失去了主動。

三國爭雄，長江就是一個主戰場，很多戰事發生在長江之上或兩岸，而荊州是長江防線的核心，劉備的退守與孫權不斷西進形成了鮮明對比，當年關羽失荊州，表面看是一系列偶然事件所造成的，但仔細想想裏面其實有着戰略上的必然。

孫權十分重視對荊州的經營，連年戰事，對荊州地區的經濟也造成了嚴重破壞，為了保持供養軍隊，百姓的稅賦負擔接近了極限。

孫權看到這種情況，頒佈命令：「戰爭已經進行了很久，百姓流離失所，農業鬆馳，父子夫婦之間也不能相互關照，想到這些我心裏很難受。現在北方的敵人已經退去，境內已無戰事，各州郡可以減輕百姓賦稅（其下州郡，有以寬息）。」

減輕賦稅當然受到上上下下的歡迎，但如何彌補由此帶來的收入虧空也是一個問題。輔國將軍兼荊州牧陸遜建議軍隊增加屯田（表令諸將增廣農畝）以解決軍需不足的問題，孫權認為很好，下令推廣。

屯田在曹操時期就早已推行，屯田戶平時務農、戰時為兵，兩方面都能兼顧，曹魏通過大量實施屯田渡過了經濟難關，但這項制度在孫吳還沒有大面積展開。為推廣屯田，孫權本人帶頭參加耕作，他還以自己和兒子們的名義領種了公田，申請了八頭牛和四張犁（車中八牛以為四耦）。

孫權對大家說：「這樣做雖然比不上古人，但我願意與大家分享種田的辛苦（雖未及古人，亦欲與眾均等其勞也）。」


江夏戰役結束後，陸遜再度上奏對時局進行了分析，認為魏明帝繼位後曹魏境內造反的人減少，中原恢復平靜，魏明帝選拔了一批忠良之臣，寬鬆刑罰，廣施恩惠，減輕賦稅，取悅民心，以此看來，孫吳所面對的敵人比曹操在時還強大（其患更深於操時）。陸遜建議除減

輕賦稅外還要進一步施行仁德，減輕刑罰（施德緩刑，寬賦息調）。

在這份上奏中，陸遜還專門寫了這樣幾句話：「有許多忠言不能一一陳述，只有那些苟且容身的小人才頻頻以營營小事向您奏報（忠謹之言，不能極陳，求容小臣，數以利聞）。」

這也許只是一些客套話，但也許有所指，所以引起了孫權的深思和警惕。他從陸遜的信中似乎看出了需要進一步廣開言路、除舊革新的意味，於是給陸遜回了一封很長的信，表示陸遜提出的刑罰、賦稅過重的問題將交有關部門討論研究，鼓勵大家多提盡規之諫，千萬不要心裏有話藏着不說（不能極陳）。

在給陸遜的這封回信裏，孫權也專門寫了幾句話：「我和你在名分上雖有君臣之分，但休戚榮辱是一樣的，你表中所說不敢隨流苟安，這正是我對你的衷心希望啊（來表云不敢隨眾容身苟免，此實甘心所望於君也）！」

孫權讓有關部門把現行法律政策逐條開列，派中郎將褚逢送交陸遜和諸葛瑾，讓他們增刪認為不妥當的地方（使郎中褚逢齎以就遜及諸葛瑾，意所不安，令損益之）。

但是，孫權對陸遜說的曹魏現在更強大的觀點並不認同。孫權與諸葛瑾曾有過一次談話，孫權詳細分析了曹操、曹丕和曹叡三代的用人特點，認為曹叡現在重用的陳群、曹真等人，要麼是文人儒生，要麼是宗室子弟、皇親國戚，無法擔當起治理天下的重任。

在這次談話中孫權認為，曹丕達不到曹操的萬分之一，而曹叡還不如曹丕，其差距就像曹丕與曹操一樣（今叡之不如丕，猶丕不如操也）。孫權還認為，曹丕臨死前做出的輔政安排很有問題，曹叡幼弱，不像曹丕繼位時已是成年人，曹真等人勢必結黨營私，形成各自的幫派（阿黨比周，各助所附），到那時曹魏必奸讒並起，互相猜怨，而幼主不能統御。自古至今，哪裏有讓四五個人把持着朝政而不讓他們互

相傾軋仇殺的（安有四五人把持刑柄，而不離刺轉相蹄齧者也）？

孫權的眼光應該說很毒辣，曹魏後來日漸式微，有人認為正是始於文帝、明帝接班之時，表面風光強大，但正如孫權分析的那樣，權力核心未能鞏固，從而慢慢走向衰亡。

但就眼前的情況看，陸遜的擔憂卻不無道理。

就在曹魏應對諸葛亮第一次北伐的前後，孫吳接連發生了多起叛降事件，說明問題的嚴重性，也極大地挫傷了士氣。

江夏戰役發生前，昭武將軍韓當因病去世，他的兒子韓綜承襲爵位並統率部曲。因為有孝在身，孫權沒有讓韓綜參加江夏戰役，而是讓他留守武昌。在此期間，韓綜幹出了淫亂不軌的事，被孫權發覺，感到壓力很大。

韓綜具體幹了什麼事史書沒有明確記載，孫權考慮到他是老將之後，並沒有追究他的責任，可韓綜仍然感到懼怕，動了叛降的念頭。

韓綜怕左右不從，就暗中使人搶劫，之後又表示寬恕搶劫的人，結果鼓勵了大家，讓大家紛紛效法。韓綜突然詐稱接到孫權的命令，要嚴厲追究搶劫者的責任，造成了將士們的恐慌。

一個人已下水，自認為最安全的辦法就是拉更多的人下水，韓綜這時召集大家商量，孫吳軍紀很嚴，對犯罪的懲處也很重，眾人一致認為只有投降曹魏一條路可走。

為進一步拉攏部下，韓綜以安葬父親為由召集族人，把族人和親戚中的女人嫁給自己的部將，甚至把自己寵愛的婢妾也給了出去（盡呼親戚姑姊，悉以嫁將吏，所幸婢妾，皆賜與親近）。

黃武六年（227年）十二月，韓綜和大家殺牛飲酒歃血，共同盟誓，之後載着父親的靈柩，攜數千人逃往曹魏。韓綜是孫吳名將之後，一下子又帶來了數千人，受到曹魏的歡迎和重視，魏明帝任命韓

綜為將軍，又重新封了侯爵。

韓綜投靠曹魏後很賣力，不斷襲攏孫吳邊境，殺害孫吳人民，孫權對此痛恨不已。但直到孫權去世，韓綜過得都很逍遙自在，最後還是諸葛瑾的兒子諸葛恪發動東興之戰，把韓綜打死，首級送到孫吳太廟祭祀孫權。

除了這次叛降事件，還有吳將翟丹的叛降。翟丹其人其事不詳，可能是犯了什麼錯，感到恐懼，因而叛降。

一連串的叛降事件讓孫權深為反思，他認為或許是之前的刑罰過重才迫使大家叛降，故此發佈了一道命令：「今後將領們只有犯了三項重罪，才能交有關部門議處（自今諸將有重罪三，然後議）。」

史書沒有記載孫權具體指的是哪三項重罪，這道命令實際上是減緩刑罰的一部分，對於制止不斷發生的叛亂起到了重要作用。


# 孫吳「暨豔事件」

這一時期，孫權的主要精力都在應對曹魏的進攻上，利用劉備死後吳蜀關係出現的轉機，重新修復與蜀漢的關係，以此對抗曹魏。

與此同時，孫權在內部也推行了一次重要的改革，這場改革常被人忽視，因為孫權並沒有大張旗鼓地進行，他的改革動機十分隱祕，一直到最後都沒有公開示人。

這場頗有些神祕的改革，在前台的主持者名叫暨豔，說起來他的地位並不高，名氣也不算太大。

暨豔字子休，吳郡人，個性耿直、剛正不阿，喜歡以儒家的倫理道德為依據臧否人物（性狷介，好為清議），深受同郡人張溫的欣賞和器重。

這個張溫，就是曾出使蜀漢的那個太子太傅、輔義中郎將，他是

吳郡的大族，顧雍、劉基等人曾在孫權面前極力誇獎過他，那次出使蜀漢歸來，張溫的名義更大了。

張溫任太子太傅前也曾任選曹尚書，這個職位品秩不高，只有600石，與縣長、縣令相當，但論權力，這個職位卻遠不如「縣處級」，它掌管官員選拔和考核，相當於孫吳的人事部部長。

暨豔在張溫的引薦下進入尚書台後，不久便擔任了這個重要的官職。他上任後，很快發現人事方面存在着一些嚴重的問題。

孫權靠江東豪門世族打天下，他一向重情誼，忘過記恩，對世族子弟廣加延用，每每給以高官重位。一些世族子弟能力平平，靠着父祖輩的影響力而青雲直上，從而堵塞了有能力但沒有背景的寒門子弟晉身之階。

漢末兩晉門閥制度盛行，孫吳人事方面存在的這些問題只是門閥制度的一個縮影，這是政治體制使然，要打破它還需要相當長的時間。

但暨豔不想等，他既然身為人事部部長，改革人事制度、完善官員考核是他的分內職責，為此他大刀闊斧地幹了起來，改革的重點是郎官的選拔和考核。

郎官是朝廷中下級官員的骨幹，漢時最多達5000人，分議郎、中郎、侍郎、郎中四等，由五官將署、左中郎將署、右中郎將署三個部門統管，故也稱為三署郎，他們以在天子身邊守衛門戶、出充車騎為主責，除議郎外均須執戟宿衛殿門，輪流當值。

郎官品秩不高，但在天子身邊工作，號稱「天子門生」，經常有出任地方長吏的機會，被人視為出仕的重要途徑。又因為朝廷各要害部門的往來流轉實際上由他們把持，為辦事方便，人們不得不賄以行貨，漢朝人稱這些郎官為「山郎」。

放眼孫吳朝廷上下，庸庸碌碌的郎官比比皆是，大多不符合任職

要求（郎署混濁淆雜，多非其人）。在自己的副手（選曹郎）徐彪等人的支持下，暨豔開始了大規模的官員考核，根據考核結果重新確定郎官人選（核選三署），他制定的標準十分嚴格，被考核者壓力很大。

徐彪事跡不詳，只知道他是廣陵郡人，字仲虞。

考核結果出來了，只有十分之一的人合格，繼續留在原位（其守故者十未能其一）。

對於考核不合格的暨豔一律給予降職，有的被連降好幾級（貶高就下，降損數等）。

在考核中發現有問題的人，則全部貶為軍吏，很多人遭到了這種處分，以至於朝廷設置了專門的營府來管理他們（置營府以處之）。

暨豔倡導的人事制度改革力度空前，措施相當嚴厲，自然觸動了不少人的切身利益，推出這種改革，顯然不是 600 石官員能決定的。

有人認為張溫是暨豔等人的後台，這其實並不可能。張溫不是尚書令，他由太子太傅改任中郎將後職務再未明確，雖然他有一定影響力，但種種跡象顯示孫權對張溫相當不滿意。

孫權不欣賞張溫有兩點原因：一是出使蜀漢歸來，張溫多次稱頌讚讚美蜀漢（溫稱美蜀政），引起孫權的猜忌；二是張溫出身吳郡大族，在社會上名聲很大，有一幫鐵杆粉絲，孫權認為這樣的人只會惹禍，難以為自己所用（又嫌其聲名大盛，眾庶炫惑，恐終不為己用）。

所以張溫不僅不是孫權的心腹，而且已招致孫權的不滿，孫權一直在找機會收拾他（思有以中傷之）。

而張溫即便是暨豔的上司尚書令，也無法獨自推出如此重大的舉措，這是一場涉及成百上千人仕途的改革，就是丞相恐怕也難以有這麼大的魄力。

如果說暨豔、徐彪等人有後台，這個後台只能是孫權本人。

這種推測是合理的。孫權雖然重用世族子弟，但也知道什麼人能用，什麼人不能用。他肯定不希望朝堂上下充斥着碌碌庸人，來一場改革，肅清朝堂，整頓吏治，這正是孫權所需要的。

但孫權是一個重情義的人，讓他直接出面與世族們交鋒，他拉不下這個臉。這些人大都隨他們父子兄弟征戰多年，一輩接一輩出生入死，用血汗換來了今日的榮耀，把他們的子弟掃地出門，孫權張不開這個嘴。

但是在江山社稷和人情面前孫權最終選擇了前者，他暗中支持暨豔等人搞改革，希望自己不出面也能達到目的，大家要埋怨只能怨暨豔等人。

但是，接下來發生的事讓孫權很吃驚，隨着大批官員被貶斥，世族們開始反擊，他們爭相指責暨豔、徐彪等人主持考核沒有出於公心，只講私人感情（**專用私情，愛憎不由公理**）。

客觀地說，任何一場有實質內容的改革都會觸及一些人的利益，而改革的過程中因為改革者自身的不足也會出現一些問題，暨豔等人在對官員考核中，揭發了一些人的隱私和短處，以炫耀自己的彈劾之功（**頗揚人闇昧之失，以顯其謫**），陸遜的弟弟陸瑁曾給暨豔寫信讓他不要這麼做，但暨豔不聽。

對暨豔改革的反擊之聲一浪高過一浪，其中充滿了埋怨和憤慨，一些很有殺傷力的傳言也在滋長（**怨憤之聲積，浸潤之譖行矣**），遠遠超出了暨豔、徐彪等人的掌控能力，連後台老闆孫權也大吃一驚。

為了安撫眾人，孫權下令對暨豔、徐彪進行審查。

孫吳黃武三年（224 年），暨豔、徐彪在獄中自殺。

這成了一樁歷史懸案，真實情況至今仍撲朔迷離。

暨豔、徐彪也許因激起眾怒而恐懼，在絕望中自殺。也許另有隱

情。如果孫權真是暨豔等人的幕後指使，在民怨已起的情況下，他們被罷官、審查顯然不能解決全部問題，在審查中如果暨豔等人交代了一切，說了一些不該說的話，那孫權就太尷尬了。

所以暨豔、徐彪必須死，這間接證明了孫權才是這場改革的真正主角。

暨豔、徐彪死後，孫權可以放手追查，並將事件引向對自己有利的方向。在審查中發現張溫和暨豔、徐彪有過許多書信往來，孫權下令有關部門把張溫抓了起來（幽之有司）。

接下來，由審查暨豔、徐彪變成了審查張溫，經過周密調查，孫權給張溫定了罪，決定撤銷其一切職務，遣回本郡充當雜役（斥還本郡，以給廝吏）。

孫權給張溫定的罪有四項：一是舉薦暨豔，二是在都督豫章三郡期間不聽調遣，三是誤信殷禮，四是在人事問題上謀取私利。

張溫出使蜀漢歸來，孫權曾派他到豫章、廬陵、鄱陽三郡圍剿逃入山中的殘兵、奴客，為此孫權從身邊撥出 5000 人馬給張溫，後來曹丕南征，形勢吃緊，孫權命令把這 5000 人馬調回，但張溫已經把他們派到深山裏，無法調回來。孫權認為幸虧曹丕主動撤兵，否則張溫就誤了大事。

張溫出使蜀漢時殷禮以郎中的身份隨同出使，受到包括諸葛亮在內的蜀漢人士的廣泛好評，殷禮回來後理應續任郎中，但在張溫引薦下他升任了代理戶曹尚書，孫權認為這麼重大的事張溫一個人就包辦了。

在審查中還發現，張溫私下對人封官許願，他對一個叫賈原的人說，要舉薦他當御史；又告訴一個叫蔣康的人說，讓他接替賈原的職務。孫權認為張溫的所作所為都是在為自己謀私利。

孫權在給張溫定罪的命令裏說，張溫所犯下的罪行本應處死示眾

（暴於市朝），他不忍心那麼做，才從輕發落。

本來審查暨豔、徐彪，讓孫權輕易轉移了話題，世族們的反擊打在了棉花上，又白白搭上自己一夥的張溫，孫權此舉不僅轉移了人們對暨豔事件的關注，而且還世族以顏色。

駱統等人上書為張溫申辯，儘管駱統是孫權的姪女婿，孫權一向對他的意見很重視，但對於他為張溫的申辯，孫權不予採納。

張溫於是被撤職遣送回吳郡，於六年後病故。他的弟弟張祗、張白也很有才能，名氣都不小，也受張溫的牽連而被廢黜。

# 大司馬被氣死了

這時，諸葛亮發動的第一次北伐結束了。

魏軍大捷的消息傳到合肥，鼓舞的同時也鞭策着曹魏負責東線戰場指揮的大司馬曹休，讓他也躍躍欲試起來。

在曹休看來，目前曹真負責的西線戰場取得大捷，司馬懿負責的中線戰場保持均勢，而他負責的東線戰場卻顯得有些被動。

武皇帝曹操在時，魏吳雙方幾次在長江邊上的濡須口交戰，互有勝負。文皇帝曹丕在時，戰場移到了東面的廣陵郡一帶，也在長江邊上。但是，近年來孫吳趁曹魏政權交替之際不斷向北蠶食，魏吳實際控制線已經向江北深入了很遠，最北面離巢湖都不太遠了。孫吳以江北的皖城、濡須為基地，還在不斷拓展勢力，孫權把這些地方納入新設的鄱陽郡管轄。

作為曹魏品秩最高的朝臣，曹休覺得如此被動的局面讓他很沒面子，所以一直想找機會反擊，想至少把孫吳的勢力全部趕到長江以南。

恰在這時，機會突然來了。

孫吳鄱陽郡太守周魴派人祕密前來聯絡，表示願意投降，舉全郡獻於曹魏。

曹休當然不傻，未予輕信，而是派人祕密潛入鄱陽郡調查。

查探之下，曹休發現周魴的投降居然是真的，因為就在不久前，孫權派人到鄱陽郡檢查工作，大概查出周魴不少問題，周魴嚇壞了，自行剃光頭髮（自處髡刑）到郡政府門口請求寬恕。

曹休接到報告，對周魴不再懷疑，立即擬訂出一份作戰方案呈報魏明帝。

魏明帝也很高興，西線戰場剛剛大勝，如果東線戰場再勝一局，顯然是錦上添花，自己雖然繼位不久，但文治武功已經遠超父皇了。

魏明帝同意曹休的作戰計劃，為了配合曹休的行動，魏明帝命令司馬懿在中線戰場同時用兵，攻擊孫吳控制下的江陵，命令建威將軍賈逵率兵攻擊濡須口，三路大軍同時行動，讓孫吳應接不暇。

但是魏明帝和曹休都不知道，這是陷阱。

有些事，不怕笨，就怕太聰明。

有些事，不怕性子緩，就怕太着急。


曹休急於建功的心理被孫權及時捕捉，於是給他下了一個大餌。周魴詐降是孫權安排的，所謂派人檢查工作、周魴請罪都是演的戲。

孫權開始設計的方案是，讓周魴祕密尋找鄱陽郡的那些被清剿過，又為曹魏那邊熟知的部族首領，說服他們為孫吳效力，之後讓他們去詐降曹休（密求山中舊族名帥為北敵所聞知者，令譎挑魏大司馬揚州牧曹休），但周魴認為這個辦法不夠穩妥，因為這些部族首領讓人信不過，所以建議由自己直接去詐降。

周魴給曹休寫了一封密信，信中說他對孫吳原本忠貞不貳，無奈受到了陷害自身難保，現在已禍在眉睫，所以願意歸順曹魏。信中故

意透露，近期孫權正在祕密籌劃一次對曹魏的大行動，擬派呂範、孫韶進攻淮河方向，派全琮、朱桓進攻合肥，派諸葛瑾、步騭、朱然進攻襄陽，派陸議、潘璋征討梅敷，孫權本人將舉武昌一帶的主力進攻石陽，如此一來武昌就將空虛，屆時守城的兵力不足 3000 人（江邊諸將無復在者，才留三千所兵守武昌耳）。

信中說，鄱陽郡的百姓雖然愚昧，但都是一根筋，上面徵發賦役沒人搭理，你招呼大家造反保准一呼百應（帥之赴役，未即應人，倡之為變，聞聲響抃）。前鄱陽郡太守王靖就想投降曹魏，只可惜事情敗露而被殺。鄱陽郡及其周邊幾個郡的百姓都曾舉過事，他們都羨慕曹魏的老百姓，如果聽說要投奔曹魏，誰不爭先恐後呢（思詠之民，誰不企踵）？

周魴為曹休勾畫了一幅更加誘人的藍圖：只要曹休派大軍前來，他將去曆口進行接應，大軍過江後鄱陽郡及周邊各郡就將聞風而動，孫權的軍事部署就會被打亂，曹魏可趁武昌空虛之際將其一舉奪下。

周魴派去祕密聯絡的人是他的心腹董岑、邵南，為把戲演得更逼真，周魴在信中反覆說此二人跟隨他多年，情誼深厚，自己待二人如兒子一般（親之信之，有如兒子），所以請求務必做好保密工作，以免二人的家眷有殺身之禍。

周魴同時開出了此次叛降的價碼：請曹魏為他的手下頒發侯印、將軍印各 50 枚，郎將印 100 枚，校尉、都尉印各 200 枚（乞請將軍、侯印各五十紐，郎將印百紐，校尉、都尉印各二百紐），以激勵士眾。

50 個軍長、200 個師長，這個要價太離譜了，至於侯爵，曹操當年平定荊州後為獎勵荊襄士人也只給了十幾個而已，一口氣要 50 個侯爵，簡直瘋了。

但是，看起來越不講理就越像是真的，曹休不怕對方要價高，怕的是對方給他玩陰的，只要事情順利，什麼條件都可以先答應下來，

至於將來，那還不是一切由自己說了算。

周魴把這封信送出前，專門抄寫了一份給孫權祕密送去，請孫權過目、核准，孫權批准。


孫吳黃武七年（228 年）八月，孫權和陸遜祕密過江來到皖城，孫權任命陸遜為總指揮（大都督），任命朱桓、全琮為副總指揮（左右督）。

孫權親手將誅殺部屬用的黃鉞交給陸遜，命陸遜代行王事，統領包括孫權自己的禁衛部隊在內的所有吳軍，孫權親自為陸遜執鞭，眾將全部參拜陸遜（主上執鞭，百司屈膝）。

陸遜立即做出佈置，只等曹休送上門來，而直到此時，曹休還渾然不知，率魏軍主力浩浩蕩蕩南下。

越過吳魏實際控制線後，曹休繼續前進，目標是皖城。這一帶都是山區，有一段數百里的山路，山路的北口叫夾石，南口叫石亭，其間山勢險峻，很容易被伏擊。有人提醒曹休注意，曹休認為自己兵力足夠強大，吳軍即便有埋伏，也不足為懼。

好不容易走過了這段死亡地帶，到了石亭，就算出山了，皖城就在眼前，大功即將告成。

曹休還沒來得及高興，陸遜親自指揮的伏擊戰就開始了。孫權、陸遜為殲滅曹休祕密調來了六萬精兵，這些情況曹休並不知情，結果在石亭被吳軍殺得大敗。


戰鬥打響前，吳軍副總指揮（右都督）朱桓認為，曹休如果被打敗，必然沿原路返回，夾石是他必經之地，朱桓主動請纓，率一萬人馬埋伏於夾石，待曹休回頭將其殲滅。

孫權不知道這個計劃是否可行，向陸遜詢問，陸遜認為不行，否

決了這個計劃。

曹休敗回，果然走的是夾石，如果在這裏突然有一萬吳軍殺出，那將是什麼效果？顯然，曹休是回不去的。

不過不必後悔，陸遜是對的。

一萬吳軍深入數百里插到敵後，再隱蔽也會弄出動靜。如果在夾石就被曹休發現了，把這一萬人馬就地吃掉事小，孫權、陸遜精心策劃了幾個月的作戰方案也就毀了，不能因小失大。

此戰，孫吳斬殺和生擒魏軍一萬多人。曹休大軍遠襲，隨行帶着大量車輛輜重，逃命時自然顧不上，全部成為吳軍的戰利品。

大獲全勝，孫權下令在皖城擺下酒宴慶賀。

席間孫權專門來到周魴面前，對他說：「你為了大義而削去頭髮，這才成就了孤的大事（君下髮載義，成孤大事），你的功名一定被記入史冊！」

孫權升周魴為副軍長（裨將軍），賜爵關內侯。

酒席宴上，孫權提議讓此戰的總指揮陸遜跳舞，陸遜跳時孫權上前與陸遜對舞。舞畢，孫權脫下所穿的白鼯子裘贈予陸遜（酒酣，命遜舞，解所着白鼯子裘賜之），又脫下鈎絡帶親自給陸遜戴上。

陸遜要回西陵，孫權又贈送自己的翠羽車蓋給他，命陸遜假黃鉞，這是一種授權，比「假節」「持節」級別更高，孫權還親自為陸遜執鞭。

這麼高的榮耀對陸遜來說也是應該得到的，他成為吳軍高級將領以來參與了奪取荊州之戰，指揮了夷陵、石亭兩大戰役，全部取得大捷，對孫吳事業的貢獻無人可比。

敗軍之將曹休退回合肥，上表請求治罪。

魏明帝下詔，不予追究。

但曹休是個要面子的人，又愧又氣。

曹休認為，自己雖然姓曹卻不是官二代，他今天的地位是一仗一仗打出來的，以前都是他追着別人打，很少被人修理成這樣。

曹休越想越難受，背上竟然長了一個瘡，這種因心情鬱結而長的背瘡叫背疽，弄不好會要命。而這一次真的要了曹休的命，沒出一個月，曹休就死了，年僅40來歲。

四位託孤大臣裏沒出兩年就死去一位，而且是曹魏政壇的頭號人物，對魏明帝而言，西線戰場大勝之後緊接着就遇到了東線戰場的大敗。

魏明帝趕緊任命前將軍滿寵接替曹休擔任東線戰場的總指揮（都督揚州諸事軍），過去這一類職務非曹即夏侯，司馬懿算是唯一的另類，現在「諸夏侯曹」紛紛謝幕，唯有曹真碩果僅存，不用外人不行了。

這場石亭之戰，對曹魏明帝來說可謂損失巨大，倒不是那一萬多人馬，而是曹休的離世。

## 八陣圖與諸葛弩

魏吳石亭之戰落幕了，現在看看蜀漢的情況。

第一次北伐失利後，諸葛亮採取了很多措施恢復蜀軍實力，為下一次北伐做準備。

諸葛亮仍然長駐於漢中，一邊總結反思，一邊厲兵講武。

諸葛亮不僅是一流的戰略家，他還是高明的戰術家，在軍事訓練、將領選拔、武器革新、軍事後勤等方面都有很具體的思想和創新。

蜀地缺少好馬，蜀軍以步兵為主，在與以騎兵為主的魏軍對抗時，為彌補這一缺陷，諸葛亮親自鑽研了陣法。他推演兵法，製作了

八陣圖，提高了蜀軍的戰鬥力。

八陣圖雖然記錄於正史中，但缺少對它詳細的記載，所以歷來有不少爭論。但綜合來說，類似於八陣圖這樣的練兵、作戰的陣法是存在的，它不僅用於兩軍對壘，還應用於行軍、宿營、訓練等各方面，也許它的基本陣形為八個方陣，或者縱橫各八行，因此叫八陣圖。

在敵眾我寡的情況下，可以通過嚴密的陣法和各兵種間的配合提高戰鬥力，這是八陣圖的基本指導思想。

八陣圖雖然不知其具體內容，但這絕不是傳說，著名古代地理著作《水經注》中也記載着定軍山下有諸葛亮所佈八陣圖的遺蹟。

《水經注》是這樣記述的：「沔水向東流到武侯壘以南，又向東流入沔陽縣故城，它南面對着定軍山，定軍山的東邊有一個地方叫高平，是諸葛亮宿營之處，營東有八陣圖（南對定軍山，山東名高平，是亮宿營處，營東即八陣圖）。」

《水經注》成書於諸葛亮死後 200 多年，所記載的內容有一定可信度。

沔水即漢水，此處八陣圖應該是諸葛亮在漢中屬兵講武的一處遺址，但這不是最有名的八陣圖，《水經注》裏還記載白帝城下還有一處八陣圖，遺蹟由許多石塊組成，石塊呈八行，行間距為兩丈。

但也有另外一種意見認為，八陣非實指，而是陣法的總稱，這種說法看起來更為合理。

《孫臏兵法》中有「八陣篇」，講如何根據敵情配備兵力，而非一種具體的陣法。《孫臏兵法》曾失傳很久，1972 年在山東省銀雀山西漢墓中才得以重見天日，但在諸葛亮時代，這部兵書仍然存世，喜歡讀兵家著作的諸葛亮一定重點看過這部著作，對「八陣篇」也有過深入的學習和思考，他後來所研創的八陣圖，應該是佈陣方法的彙編。

在街亭古戰場所在地附近，曾發現過一把鑄有「蜀」字的弩機，後被稱為「諸葛弩」，這是諸葛亮革新兵器的一項重要發明。

對於這種兵器，有一部東晉的史書做過記載：「諸葛亮對連弩進行了改革創新，稱之為戎。用鐵製作箭矢，每支長八寸，一弩可以裝填十支矢，可以一次齊發（矢長八寸，一弩十矢俱發）。」

街亭發現的諸葛弩從外形看還不是這種連弩，當時制弩沿用秦漢工藝，弩機以青銅製成，一弩一矢，經過諸葛亮的改造，箭矢改用鐵質，增加了殺傷力，尤其是一弩十矢的設計，使單發變成了連發。

十支箭是否一次性射出？對這個問題還有不同理解。明代的一部科技著作對諸葛亮弩的製作有詳細描述，根據它的記載，諸葛弩的工作原理如下：弩機上刻直槽，有一個函，裏面裝十支矢，另安裝一個機木，在手扳弦的上面，發去一矢，槽中又落下一矢，則再扳木上弦而發。

如果是這樣的工作原理，那就是諸葛亮在原有的弩機上增加了一個箭槽，這一裝置可以放入十支短箭，扣動一次扳機就發出一矢，箭槽中就掉下一矢，這樣反覆扣動扳機，實現連續發射。

即便不是十矢齊射，這種手動變半自動的射擊方式，也極大地提高了發射頻率。弓弩是對付敵人騎兵的利器，要提高殺傷力，除增加射程和力度之外，更重要的是提高速度，面對敵人的騎兵，射擊速度是致勝關鍵。無論是手拉的弓箭還是弩機，一次一發，弓弩手再怎麼訓練，速度也難以提高，改成一弩十發後，速度增加了數倍。

曹魏軍隊裏也有連發的弓弩，但它達不到一次連發十矢，魏明帝曹叡寫過一首詩，裏面有「長戟十萬隊，幽冀百石弩，發機若雷訊，一發連四五」的詩句，可見它的發射效率只是諸葛弩的一半。

千萬不要小看這種速度上的提高，那將是敵人騎兵的噩夢，可以想像一下，面對鋪天蓋地如蝗般的飛矢，再厲害的騎兵也會膽寒。蜀

軍以步兵戰騎兵，靠的就是這種殺器。

為進一步提高弩的效率，諸葛亮在連弩的基礎上還進一步做了改進，一種方法是通過在箭頭上塗上毒藥提高殺傷力。明代一部武學著作中提到，諸葛弩雖然很輕，但鐵鏃上塗有毒藥，這種毒藥可以射殺老虎，人馬見血立斃，持這種弩，就連懦夫婦女也可以守城。

另一種方法是增加了瞄準器。1964 年曾在成都附近出土過一把諸葛弩，弩機上有一個裝置叫望山，是用來瞄準的，這在當時也是一項重大創新，可以大大提高射擊的準確性。

諸葛亮訓練了不少專門的弓弩手，把他們按照一定比例配屬到各部隊中，臨戰時專門負責阻擊敵人的進攻，效果非常明顯。這種弓弩兵的配備數量有時是驚人的，有一次諸葛亮從涪陵一地就徵召了 3000 人，全部訓練成連弩士。


在治軍、選將方面，諸葛亮也花了不少心血。

諸葛亮在治政、司法方面以嚴厲而著稱，在治軍方面更是如此。在他留下來的著作中，有大量這方面的論述。

諸葛亮認為只有紀律嚴明才能提高戰鬥力，他曾指出：「如果賞罰不明，法令沒有威信，聽到鳴金不停止，聽到鼓聲不前進，即使有百萬雄師，也毫無用處（金之不止，鼓之不進，雖有百萬之師，無益於用）。」

所以，諸葛亮說「軍令不可犯，犯令者斬」。在加強軍事訓練方面，諸葛亮主張平時嚴格訓練，戰時才能保持嚴明的紀律。

諸葛亮還認為：「有組織有紀律的部隊，即使被沒能力的將領帶着，也能打勝仗（有制之兵，無能之將，不可以敗）；沒有組織沒有紀律的部隊，即使被有能力的將領帶着，也打不了勝仗。」

諸葛亮很重視選將用人方面，他留下的著作《將苑》就是全面探

討如何成為一名出色將領的，全書 50 篇，可以分為八個主題，包括：好將領應有什麼樣的素質，應有什麼樣的氣度，應具備什麼樣的機變權謀，如何振奮士氣、提高軍隊戰鬥力，如何肅軍容、揚軍威，如何發揮幕僚的作用，什麼是將領的軟肋，什麼是不合格的將領。

諸葛亮根據自己的實踐經驗，對以上問題一一做出解答，論述全面，見解獨到，又淺顯易懂，樸實無華，受到後世的重視。

# 諸葛亮第二次北伐

石亭之戰牽動了曹魏中線和東線兩大戰場的兵力部署，司馬懿攻擊江陵，雖然沒有得手，但短時間內也無法脫身。

曹魏在長江沿線的另一支主力部隊在賈逵率領下先是攻擊濡須口，後來為策應曹休突圍，不得不急行軍趕赴夾石，拼死擋住吳軍的進攻。

有情報顯示，魏軍已悄悄從西線戰場調兵去中線和東線，在街亭打敗蜀軍的張部，此時已率部分關中魏軍主力趕到荊州，受司馬懿節制（司馬宣王治水軍於荊州，欲順沔入江伐吳，詔郃督關中諸軍往受節度）。

魏軍在關中的兵力不足，此時出擊，打一個時間差，完全有取勝的可能。諸葛亮感到這又是一次難得的機會，不能放棄，於是決意二次北伐。

但是，年初剛從隴西敗回，不到一年又要北伐，勢必會有一些人不理解。為了統一思想、堅定決心，諸葛亮再向後主劉禪上了一份奏表，重申北伐的意義，向後主同時也向蜀漢民眾解釋又要北伐的原因。

這就是《後出師表》，在這份奏表中諸葛亮首先申明了先帝的遺志，表明不北伐沒有出路的道理，否定那種「王業偏安」的思想，認

為不征伐曹賊，先帝所創建的事業就會丟掉，與其坐着等待滅亡，不如去討伐敵人（坐而待亡，孰與伐之）。

之後，諸葛亮寫道：

「我接受遺命後，睡不安穩，吃飯不香。為了征伐北方之敵，先去南方平定了各郡，所以五月渡過瀘水，深入不毛之地，兩天才吃得下一天的飯。不是不愛惜自己，只不過想到蜀漢的王業絕不能夠偏安在蜀地，所以我冒着艱難危險來奉行先帝的遺志。

「可是，有些發議論的人卻說這樣做不是上策，如今曹賊剛剛在西方顯出疲困，又竭盡全力在東方與孫吳作戰，兵法上說趁敵軍疲勞之時向其發起進攻，現在正是進兵的時候。所以我恭敬地把一些情況向陛下陳述。」

諸葛亮要陳述的事情有六項，都是古時和近世的事情，諸葛亮由這些具體事例闡述了絕不能妥協偏安、必須以戰求安的思想，這六件事情具體是：

第一件，漢高祖劉邦聖明如日月，手下的謀臣們智謀深遠，也是歷經艱險，受過挫敗，遭遇危難最後才得以安定。現在陛下還趕不上漢高祖，謀臣也遠不如張良、陳平，想採取長期相持的策略來奪取勝利，平定天下，這是不可能的。

第二件，曹魏前期的劉繇、王朗各佔州郡，在考慮如何才能安定時，動不動引用聖賢的話，滿腹疑問，今年不戰，明年又不出征，使得孫策強大起來，於是吞併了江東。

第三件，曹操智慧計謀遠超常人，用兵如孫臏、吳起，可是他卻曾在南陽受困，在烏巢面臨險境，在祁連山上遭遇危險，在黎陽被逼，幾乎在北山失敗，差一點死在潼關，後來才表面上穩定了一段時間，打算不經歷危險來安定天下是不可能的。

第四件，曹操五次攻打昌霸都沒有獲勝，四次渡過巢湖沒有成

功，任用李服，李服卻圖謀殺死他；委任夏侯淵，夏侯淵卻戰敗身亡。先帝常稱讚曹操是個有才能的人，他還有這些失誤。

第五件，來漢中才一年，其間失去了趙雲、陽群、馬玉、閻芝、丁立、白壽、劉郃、鄧銅等人，加上部曲中的首領、屯兵中的將官共70多人，各族將士以及散騎、武騎等騎兵1000多人，這都是幾十年來從四處聚集起的力量，不是一州所能具有的。再過幾年，就將損失全軍的三分之二，那時拿什麼兵力去消滅敵人呢？

第六件，現在百姓窮困、兵士疲憊，可戰爭不能停。戰爭不停，軍隊駐紮下來和去攻打敵人，所付出的辛勞和費用是相等的，既是這樣，不如趁現在的時機攻取北方，而不是用一州之地和曹賊長期相持。

以上這些都是人所共知的，諸葛亮引用這些事例說明勝利不是等來的，逆水行舟或者原地不動都等於後退，不抓住機遇就會被淘汰，同時他也闡明失敗是正常的，不能因為一次失敗就喪失鬥志。

說完這些，諸葛亮接着寫道：「天下的事很難評論斷定，從前先帝在楚地打了敗仗，曹操拍手稱快，認為天下已被他平定。後來先帝東聯孫吳，西攻巴蜀，又向北征討，殺了夏侯淵，曹操根本無法料到這些。復興漢室的大業眼看要成功了，但孫吳改變了態度，違背了盟約，關羽兵敗被殺，先帝在秭歸被打敗，曹丕稱帝，所有這些事，都很難預料（凡事如是，難可逆見）。」

在這份奏表的最後，諸葛亮說出了那句著名的話：「我將小心謹慎地為國家奉獻出我的一切，直到死為止（臣鞠躬盡瘁，死而後已）。至於事業是成功還是失敗，是順利還是不順利，那就不是我的智慧所能夠預見的了！」

前一份奏表讀起來激昂熱烈，與之相比後面這一份奏表或許更重

說理，因而顯得氣勢不如之前，言語之中也多了許多悲壯。

這是因為，首次北伐遇挫對諸葛亮的心理勢必產生不小的影響，他更清楚地看到敵我之間力量對比上的差距，所以《後出師表》強調了困難，強調了完成先帝遺志的艱巨性，但是決心未變，理想未變，勝利的信心也未變。

仔細品讀《後出師表》，看到的是一個更加真實的諸葛亮。這份奏表中多次談到曹操一生遭遇過的失敗，似乎隱約透露出諸葛亮此時面臨的處境，雖然不會有人公開談論他的過失，但第一次北伐就以失敗而告終，他面臨着很大的壓力。諸葛亮希望大家理解失敗是正常的，尤其是對手那麼強大。

但是這份奏表中也有一處明顯的錯誤，致使大家懷疑它的真實性。在這份奏表裏諸葛亮提到趙雲已死，而《三國志》記載趙雲死於蜀漢建興七年（229 年），諸葛亮上這道奏表時趙雲仍然健在。

所以《三國志》收錄了《出師表》而未收錄《後出師表》，《後出師表》最早記錄在張儼的《默記》裏，張儼幾乎是諸葛亮同時代人，在孫吳做官，於是有人懷疑這篇奏表是張儼的偽托之作。但這也說不通，表中對孫策、孫權都有不敬之語，張儼不可能做此語。

有一點是肯定的，即使有人偽托，這篇文章寫作的時間也很早，必須在三國那個時代，從《後出師表》的思想、氣勢以及語言習慣來看都符合諸葛亮的風格，文中的內容正與諸葛亮那時的心境相吻合，是諸葛亮作品的可能性更大，所以裴松之、司馬光都予以轉錄。

如果是諸葛亮所作，為什麼說趙雲已經故去？這確實無法解釋，有一種看法是，《三國志》關於趙雲的卒年記載不準確，趙雲是死於蜀漢建興六年而非建興七年。

這種觀點也並非毫無理由，因為參加完首次北伐後，在後續的幾次北伐中都沒有關於趙雲的任何記載了。

# 郝昭一戰成名

諸葛亮率蜀軍主力離開漢中，時間是蜀漢建興六年（228年）秋天，也就是曹休剛剛兵敗石亭的時候。

這一次諸葛亮沒有出兵祁山再攻隴右，而選擇了另一條進攻路線，具體說就是出大散關，直插關中西部的門戶陳倉。

陳倉，即今陝西省寶雞，現在也是西部重鎮之一，隴海鐵路和寶成鐵路在此交會，往西通甘肅、青海，南下通四川。

此次之所以沒有再出祁山，可能考慮兩方面：

一是蜀軍在隴右新敗，時間還比較短，再去那裏大家心裏會有障礙，而隴右三郡降而復叛，也算是一番折騰，親近蜀漢的勢力都被曹魏清理了，如果再去，不會受到之前那樣的歡迎；

二是此時北伐，重要的是抓住戰機，趁曹魏在其他戰場被拖住，關中兵力相對薄弱之際發起突然襲擊，能否得手要看進軍的速度，出隴右過於緩慢。

如果按照這樣的理解，走秦嶺山中的棧道似乎更具有突然性，但可惜的是，現在無法依托棧道了。儻駱道久無人跡，基本無法通行；子午道過於險要，北出口就在長安城南，出山即遭曹魏重兵圍堵。唯一相對可行的是褒斜道，已在上次北伐失利後讓趙雲、鄧芝放火焚燒了。

走棧道，增加了行動的突然性，但也太冒險。經過對效率和風險的權衡，諸葛亮選擇了相對不用冒險，又能快速推進關中的大散關。

可惜的是，諸葛亮的這一計劃對手事先就想到了。

曹真接手西線戰場後，知道諸葛亮必然還會再舉北伐，而且判斷出蜀軍若再來，一定會走陳倉這條路線（真以亮懲於祁山，後出必從

陳倉）。

曹真命魏將郝昭、王生守陳倉，加緊修整守城工事（治其城）。

郝昭字伯道，并州刺史部太原郡人，過去一提到他就會想起這次陳倉守衛戰。在大家的印象中，此人之前寂寂無聞，可謂微不足道，突然橫空而出，不知道哪裏交的狗屎運，居然有機會獨自抵擋諸葛亮率領的蜀漢大軍，在人數極為懸殊的情況下，硬是堅守住了孤城，打退了諸葛亮，從此名垂史冊，成為一代名將。

這樣理解也不算錯。在將星雲集的魏軍裏，郝昭的確不算一流大將，他的名氣確實與這次出色的守城有關。

但是，如果說他只是魏軍中的無名小卒而不值一提，那就有失偏頗。史書記載，郝昭為人雄壯，年輕時就加入軍籍，多次立有戰功，先為部曲督，後來一步一步升為雜號將軍，要知道諸葛亮34歲時才達到這樣的軍職，而且是多次破格提拔的結果。

所以說，郝昭並非無名小卒。

在曹丕稱帝前後，涼州一帶發生了叛亂，曹魏的武威郡太守毌丘興向金城郡太守蘇則求援，蘇則率兵相救，郝昭當時就領兵駐紮在金城，但他接到的命令是原地駐防，不得西渡。

蘇則認為叛軍雖然氣勢很旺，但人心不齊，如乘機進攻，叛軍內部必然發生分裂。郝昭等人支持了蘇則的建議，違令救援武威郡，結果把叛軍打敗。叛軍後來又多次起事，郝昭帶兵把他們鎮壓。郝昭鎮守河西地區十多年，當地漢人和外族都表示順服（遂鎮守河西十餘年，民夷畏服）。

郝昭之前名氣不大，與他在河西地區長期服役有關，因為時間太長，所以內地的人知道得不多。

但郝照是一名職業軍人，久在軍旅，經驗豐富，他敢打敢拼，又深得帶兵之道，關鍵時刻將士用命，是打仗的一把好手。也許正因為

他能力強、名氣小，曹真才專門把他安排在陳倉這個要地，目的是迷惑對手。

郝昭駐防後，立即準備守城的器具，冷兵器時代攻堅戰最難打，對守城的一方來說，困難不在於敵眾我寡，而在於糧草是否充分，守城用的弓矢等器具是否足夠，如果這些都很富裕，加上城池完整，城內沒有敵人內應，那就夠攻城的人忙活的了，守上幾個月都不算時間長的，一年半載攻不下來也常有。

諸葛亮率大軍到來前，郝昭已經完成了這些準備工作，所以陳倉雖小，已經成了一根吞不下去的硬骨頭。


諸葛亮率大軍到達陳倉城下，總兵力有數萬，也有人說接近 10 萬，而陳倉城內郝昭只有 1000 多人。

1000 對 10 萬，這個仗沒法打。

但應該說，這個賬也不能那麼算。陳倉是個縣城，城池的規模並不大，10 萬人不可能都跑來圍城攻城，諸葛亮有 10 萬大軍也沒有都用到這裏來。城裏人馬不多未必是安排上的疏漏，就那麼一點兒大的地方，城裏都是守軍，反而增加糧食的消耗。

蜀軍開始沒有介意，想一戰而下，或者敵人乾脆望風而逃。

諸葛亮找到一個叫靳詳的人，他跟郝昭是太原郡老鄉，諸葛亮讓靳詳去城下勸降。

郝昭在城樓上對靳詳說：「魏朝的法律先生都熟悉，我的為人，先生你也都清楚（魏家科法，卿所練也；我之為人，卿所知也）。我受到的國恩很重，而家族的人口也多，你就別再說了，我只求一死。請回去轉達我對諸葛亮的謝意，請他直接來攻城吧（卿還謝諸葛，便可攻也）！」

靳詳回來稟報諸葛亮，諸葛亮還是不想放棄，讓靳詳再去勸說，告

訴郝昭實力無法匹敵，不要做無謂犧牲（言人兵不敵，無為空自破滅）。

郝昭對靳詳說：「前面已經都說完了，我認識先生，箭卻不認識你。」

靳詳只得退去。

勸降不成，諸葛亮下令攻城。

然而，攻了幾下，卻發現不是那麼回事，根本攻不下來。

蜀軍動用了雲梯、衝車等先進的攻城設備，郝昭早有準備，用燃着火的箭逆射雲梯，雲梯着火，梯上的人都被燒死。郝昭又用繩拴上石磨去砸衝車，衝車被砸折。

諸葛亮下令立起百尺高的敵樓，站在上面向城裏射箭，又把護城河填平，想直接攀城，郝昭不斷加固城牆，這一招無法奏效。

蜀軍簡直無奈，最後使出最笨的辦法，派工兵向城裏挖地道，但這也不行，郝昭從城裏也挖地道，他橫向挖，將攻城的地道阻截（又為地突，欲踊出於城裏，昭又於城內穿地橫截之）。

具體什麼情形，可以參考電影《墨攻》，雖然說的不是一回事，但內容都差不多。

蜀軍攻城 20 多天，陳倉仍未拿下。

這時候傳來消息，說曹魏的援軍到了。

其實，陳倉告急，鎮守在長安的曹真早就應該趕來增援，他在哪裏呢？

張郃移防荊州後，關中的兵力確實有限，曹真知道陳倉被圍，他也很着急，但不敢貿然行動，因為他手中有限的兵力還要防守長安。

曹真擔心的是，陳倉如果是諸葛亮的佯攻，給他來個調虎離山，待他去陳倉，秦嶺山中突然殺出奇兵來，局面就不好收拾了。

所以，曹真只得讓郝昭死守，同時向洛陽報告。

魏明帝急調駐紮在方城的張郃部，命他率領原來從關中調出的人馬回援陳倉。

這支人馬有三萬人，張郃率軍回師，路過洛陽時，魏明帝特意在洛陽城南設宴為張郃洗塵。

在曹軍高級將領中，非「諸夏侯曹」出身的名將數張遼、徐晃、樂進、于禁、張郃等人最有名，除張郃外，其餘幾人已先後辭世，所以魏明帝對張郃格外看中。

席間，魏明帝問張郃援軍到達後，諸葛亮會不會從陳倉撤軍。

張郃根據自己的分析回答說：「諸葛亮孤軍遠征，糧草困難，臣料不等援軍到，諸葛亮已經撤退了。」

果然，諸葛亮聽說張郃率援軍來了，下令撤軍。

諸葛亮的第二次北伐匆匆結束了，因為一個小小的陳倉而受阻，唯一的收穫是在回師途中，將追擊的魏將王雙斬殺。

陳倉一戰讓郝昭名氣大震，魏明帝下詔賜郝昭列侯，並親自召見。


# 為何不再自貶

陳倉一戰讓剛剛失去大司馬曹休的魏明帝又深受鼓舞，在名將紛紛凋謝的時候，魏明帝發現了郝昭，像發現了一顆明日之星。

見到郝昭時，魏明帝高興地對身邊的中書令孫資說：「你們太原郡有郝將軍這樣的人才，朕還有何憂愁？」

郝昭是太原郡人，孫資也是。

但讓魏明帝失望的是，郝昭不久便因病去世了。

郝昭臨終對兒子郝凱說：「我為將，深知為將的不易，我幾次挖掘別人的墳墓，用棺材板做攻戰用具（吾數發塚，取其木以為攻戰具），知道死後厚葬對死者沒有用。所以，一定在我死後下葬時用普

通的儀式就行了。人啊，活着的時候有處所，死了要那些有什麼用呢？把我葬在離本族的墓地遠一些的地方，不管東西南北，你自己安排就行了。」

所以後來就有了傳說，說郝昭守陳倉時，情急之中挖墳掘墓取棺材板做守城之用，從而折了陽壽。

求才若渴的魏明帝對郝昭之死深表痛惜不已，悲傷之情超過對普遍大臣的禮制，為此飯量較平時減去不少，想來其悲傷之情全部發自肺腑。


在另一邊，陳倉之戰成為諸葛亮軍事生涯中的低谷，有人非議諸葛亮的軍事才能，常以此為例。

幾萬人費了九牛二虎之力，打不下一個小小的縣城，在冷兵器時代這原本也是平常的事，但因為攻城的主帥是諸葛亮，所以對這件事便有了說法。

有人認為陳倉之敗緣於諸葛亮指揮有誤。清人曾國藩說：「孫權攻合肥，被張遼打敗；諸葛亮攻陳倉，被郝昭打敗。這都是開始勢頭太猛，銳氣過後而衰竭（皆初氣過銳，漸就衰竭之故）。」

元人胡三省的看法相對較為客觀，他認為：「攻城很困難，守城相對容易（攻則不足，守則有餘）。如果評論攻城和守城誰更優，基本上都會傾向於守城的一方，不是能守城的人的才能優於攻城的人，而是由主客位置所決定的，所以從用兵上看，攻城是最難的事。」

《孫子兵法》有「守則不足，攻則有餘」的說法，曹操曾為之註解，認為孫子的本意是說「我們之所以要守，是因為能力不夠；之所以攻，是因為能力有餘（吾所以守者，力不足也；所以攻者，力有餘也）」。胡三省反用孫子的話，說的是攻守之戰，難度不可同日而語，不能因此判定誰優誰劣。

胡三省的看法有一定道理，冷兵器時代攻城的艱巨性已被無數戰例所印證，袁紹、曹操等人都有面對孤城久攻不下的記錄。

　　漢靈帝中平五年（188 年）十一月，涼州人王國舉兵起事，率重兵包圍陳倉，結果攻打了 80 多天，城也未破，王國只得退去，說明陳倉作為兵家必爭之地，經過多少年的反覆修建，的確易守難攻。

　　諸葛亮所攻的陳倉還不是王國曾攻打的那座，是新陳倉城，它比舊陳倉城更為難攻。據唐朝的一部地理著作記載，陳倉故城在今寶雞市以東，有兩座城池相連，上城是秦文公所築，下城是曹魏時期郝昭所築（上城秦文公築，下城魏將郝昭築）。經過考古發掘得知，這條記載是準確的，的確有兩座城池，二者相距 1000 多米。據清人編撰的一部地方志記載，陳倉下城建在一塊台地上，它後倚原麓，前橫高岸，依勢所築，地險而城堅。

　　所以，諸葛亮花了 20 多天時間沒有攻下陳倉，是正常的，不能因此否定諸葛亮的軍事才能。


　　如果再給諸葛亮一定時間，能不能攻克陳倉呢？

　　當然是可以的，因為堅固的城池說它難以攻破，是相對於時間而言的，有足夠的時間，城池堅固這個因素在攻防利弊轉換中就會被淡化，重新回歸到雙方整體實力的對決。袁紹攻打東武陽、曹操攻打雍丘，雖然也都遇到了頑強抵抗，但他們非攻下此城不可，分別用了將近一年的時間去攻城，雖然很費勁，但還是攻破了，只要意志堅定，實力佔優，完全可以辦到。

　　但這只是戰術層面的推演，放在戰略層面上，單純的攻防戰其實沒有太大的意義，必須放到整個戰局中去考察。以陳倉為例，對手是不會讓你放開來攻城的，陳倉是孤城也不是孤城，雙方的對壘首先要站在戰略層面上考慮。

所以，張郃率三萬大軍回援時，諸葛亮未等敵人的援軍到達就回師了，撤得比較從容，安排也很周密，所以能將追擊而來的魏將王雙斬殺。

蜀軍不下數萬，三萬敵軍增援，似乎可以一戰。諸葛亮卻選擇了退兵，退得很乾脆。

看來，以諸葛亮的謹慎，他事先已考慮出兩種方案：能快速攻下陳倉，就進兵關中；如不能快速攻下，就撤回來。

如果是第二種可能，那麼這次北伐就變成了試探性攻擊，這當然不是不可以，但成本似乎有點大。

總之，這裏面存在一些疑問。


當看到諸葛亮寫給哥哥諸葛瑾的一封信時，似乎找到了這些疑問的答案。

這封信正史均未予記載，它收錄在北魏晚期的一部地理名著中，信談到了此次陳倉之戰的一些情況。

諸葛亮在信中對諸葛瑾說：「有一個叫綏陽的山谷，山崖險要，溪水縱橫，行軍困難。以前偵察兵（邏候）在那一帶往來，都走的是險要的小道。現在我命令先頭部隊砍伐樹木，修建道路，以便通往陳倉，足以牽制敵人，讓他們不能分兵去進攻孫吳（**足以扳連賊勢，使不得分兵東行者也**）。」

諸葛亮寫這封信的時間是陳倉攻城戰打響前，根據這封信的內容，可以說明幾個問題：

一是在大戰即將拉開帷幕的時候，諸葛亮還在與遠在孫吳的哥哥通信，保持着信息上的溝通；

二是此次北伐諸葛亮也做了大量準備工作，派出偵察人員前往陳倉一帶做過偵察；

三是信中特意講到蜀軍的行動可以起到牽制魏軍的效果，讓他們不能分兵攻打孫吳。

尤其是第三點，似乎隱約透露出，蜀軍此次軍事行動的目的就是配合孫吳，這樣解釋就容易理解在大戰將至的緊張時刻諸葛亮還有精力給哥哥寫家書，因為這不是普通的家書，而是通過哥哥向盟軍通報情況的重要信函。

吳蜀重新交好以來，在軍事上雙方多有配合，首次北伐期間孫權也出兵牽制了曹魏，這種配合應該是雙方面的，既有孫吳配合蜀漢，也應該有蜀漢配合孫吳。

可以推測，孫權、陸遜策劃了對付曹休的石亭之戰，因為高度機密事先不大可能通報蜀漢，但戰事一開，為保證勝算，孫權必然會立即通報蜀漢，請這邊出兵攻打曹魏的西線，減輕孫吳的壓力。

蜀軍立即行動，效果十分明顯，不僅牽制了西線魏軍不敢亂動，而且調動中線戰場的張郃率部回援。

在曹魏的中線戰場，司馬懿配合東線作戰，策劃了攻擊孫吳在荊州重鎮江陵的軍事行動，由於一部分兵力被臨時抽走，所以最後也沒有太大收穫。

這就是從戰略層面對諸葛亮二次北伐的分析。從戰術層面看，陳倉失利，二次北伐無功而返；從戰略層面看，它調動了魏軍主力，配合了盟友的行動，實現了部分預定目標，所以沒有戀戰，迅速回防。

張郃大概也看到了諸葛亮的戰略考慮，所以他還在洛陽就判定諸葛亮會迅速回師，因為那時孫吳在東線的戰事已全部結束。

以上的分析並非臆斷，因為如果這又是一次大敗而歸，一向嚴於律己的諸葛亮一定會再次做出反省或自罰，但這一次並沒有。

# 孫權武昌稱帝

石亭之戰影響深遠。在孫吳的許多人看來，這是魏吳實力此消彼長的重要節點，經此一役，徹底鞏固了長江防線，曹魏再想從東線發動大規模入侵就很難了。

在此情況下，勸孫權稱帝的呼聲又高漲起來。石亭之戰後的次年春天，孫吳公卿百官齊勸孫權正尊號。所謂正尊號而不說登基，是因為在孫吳公卿百官看來孫權早就是皇帝，現在只是正名而已。

此前，孫吳各地紛紛報告了黃龍、鳳凰等出現，預示一個新紀元就要開始了。與此同時，興平年間在吳縣一帶流傳過的一首童謠也在社會上重新流行起來。

這首童謠唱道：

> 黃金車，班蘭耳；
>
> 闓昌門，出天子。

這幾句歌謠的意思是：車上黃金放光，擋泥板顏色閃亮，打開西邊昌門，出來一位皇上。

昌門是吳縣的西城門，為戰國時吳王夫差所築。這首童謠流行的時間正是孫策開拓江東的時候，現在這首童謠重新流傳，說明孫權稱帝的民意基礎已經具備。

這時曹魏和蜀漢分別立國八年，各自經歷了兩代人，孫權也應該稱帝了。


孫吳黃武八年（229年）四月，孫權在武昌城南郊稱帝，定國號為吳，定國都為武昌。

孫權建立的這個政權史稱「孫吳」或「東吳」，它與曹魏、蜀漢

兩個政權並存，共同構成了歷史上的三國時代。

孫權向天下發佈了稱帝文告，大意是：「漢朝享國 24 世，經歷了 434 年，最後行氣數終，祿祚運盡，天下率土分崩，以致讓孽臣曹丕竊取了神器，曹叡接著作亂。我孫權生於東南，志在平世，奉辭行罰，以安天下。群臣將相、州郡百姓都認為漢氏已絕於天，皇帝位目前虛置，郊祀無主，根據上天的旨意，將這些祥瑞加於我，我畏天命，不得不從。希望上天保佑我吳國，永終天祿。」

按照孫權的看法，自劉邦建立漢朝迄今共 434 年，而根據曹魏方面的看法漢朝在 8 年前已經不存在了，所以曹丕的登基文告裏說漢朝國運是 426 年，雙方統計上的差異反映出孫權並不承認曹魏是漢室的繼承者，這 8 年漢朝仍然存在，只是帝位空置。

這篇文告集中抨擊了曹魏篡奪漢室政權的違法行為，但對於蜀漢卻隻字未提。蜀漢一直認為自己是漢室的延續，孫吳下一步如何處理與蜀漢的關係，這是一個棘手的問題，不提蜀漢，就是把這個問題先擱置起來，以為後面留有餘地。


孫權稱帝後，下詔改年號黃龍，大赦天下。

孫權還下詔追尊父親孫堅為武烈皇帝，母親吳氏為武烈皇后，哥哥孫策為長沙桓王。

孫權立長子孫登為皇太子．按照孫權的想法，連皇后一塊明確，他目前最寵愛的是步夫人，但孫權知道如果他提出此議，百官們會一致反對，又將重提立徐夫人，所以孫權乾脆作罷，讓皇后位子空在那裏。

為了紀念黃龍現身，孫權命人製作了一面黃龍大旗，立於中軍帳，作為指揮各軍的旗幟（諸軍進退，視其所向），命老同學也是自己的筆桿子胡綜作《黃龍大牙賦》，昭示天下。

接着，在武昌舉行了建號稱帝大典。

孫權以皇帝的身份首次會見百官，在這個重要時刻，孫權內心百感交集。

孫權首先想到了周瑜，對百官說：「如果沒有周公瑾，我稱不了帝啊（孤非周公瑾，不帝矣）！」

孫權還想到了魯肅，他說：「當年魯肅曾向我提到過建號稱帝的事，他真可稱得上明了時勢的人啊（昔魯子敬嘗道此，可謂明於事勢矣）！」

站在下面的百官們聽到這些話肯定也會百感交集，有人會回憶起一道走來的披荊斬棘的歲月，也有人會在心裏默默反省，比如張昭。

孫權為吳王時，沒有任命眾望所歸的張昭為丞相，任命了資歷、名望都差得遠的孫邵，張昭心裏很不是滋味，知道孫權心裏對自己的不滿已經無法改變。

按照慣例，大臣們在這個大典上應當稱頌帝王的功德，等張昭跪在那裏舉笏板要開口說話時，孫權突然沉下臉來。

孫權對張昭說：「如果當初聽了張公的話，現在該去要飯了吧（如張公之計，今已乞食矣）？」

張昭慚愧萬分，伏地流汗不止。

不久，張昭便以老病為由辭去一切職務，孫權念其是三代老臣，拜他為輔吳將軍，改封為婁侯，食邑萬戶，朝會時的班位僅次於三公（班亞三司）。

張昭徹底離開了政壇，待在家裏沒事，開始讀書著述。


# 孫吳「太子四友」

此時，丞相孫邵已經去世，孫權提拔顧雍接替他。

孫權對顧雍相當器重，顧雍不喜歡飲酒，也不愛多說話，舉止行

為都很恰當。

孫權曾感慨地對人說：「顧先生不輕易說話，一說話就會切中要害（顧君不言，言必有中）。」

孫邵去世時顧雍擔任九卿之一的大理奉常，同時兼任吳王祕書長（尚書令）。就任丞相後，顧雍把母親接過來，孫權知道後親自前來道賀，並在庭院裏向顧雍的母親施禮，公卿大臣們和太子隨後也來祝賀，此舉大大地提高了顧雍這位新丞相的威望。

孫權經常派高級祕書（中書郎）去見顧雍，就決策事項向他詢問得失。如果事情符合顧雍的想法，認為可以施行，顧雍就會和來人反覆研究，之後設宴款待，反之顧雍就會板起臉不發一言，也沒有任何款待的表示（如不合意，雍即正色改容，默然不言，無所施設）。

孫權也知道顧雍的這個規律，對人說：「如果顧先生高興，這件事就可以辦；如果他不說話，說明這件事不成熟，我得重新考慮一下（其不言者，是事未平也，孤當重思之）。」

孫權對顧雍信任到了這樣的程度。

孫權還把姪女嫁給顧家子弟，婚禮上邀請了顧雍和他的孫子顧譚，顧譚時任選曹尚書，相當於朝廷祕書局人事處處長，負責全國範圍內官員的選拔，以處長的身份幹的是部長的活，是一個位高權重的職務。

與顧雍不同，顧譚性格外向，喜歡喝酒。

有一天，孫權很高興，大家都喝多了。顧譚喝得大醉，起身跳舞，前後三次，自己都不知道停下（三起舞，舞不知止）。顧雍看了很生氣。

次日，顧雍把顧譚叫起來，把他狠狠地訓了一頓，訓完面對牆壁躺下。

顧處長平時被人追捧，前呼後擁，但這時大氣都不敢喘，也不敢

動，足足被罰站一個時辰。

除丞相外，孫權稱帝後還做出其他一系列人事任命，多年來跟隨自己征戰的文武百官，職務和爵位大多得到了提升。

陸遜時任輔國將軍兼荊州牧，孫權提升他為上大將軍兼長江防線下段總指揮（右都護），仍兼任荊州牧。

孫權把荊州地區的長江防線分為兩段，由左、右都護分別任總指揮，左都護治所公安，右都護治所武昌。

諸葛瑾時任左將軍，孫權提升他為大將軍兼長江防線上段總指揮（左都護），同時兼任豫州牧。

上大將軍是孫權發明的職務，過去軍職最高的是大將軍，孫權設上大將軍，高於大將軍。

大將軍以下是驃騎將軍、車騎將軍，孫權分別任命了步騭和朱然，同時讓步騭兼任冀州牧，讓朱然兼任兗州牧。

再以下，全綜被授予衛將軍，兼任徐州牧；朱桓被授予前將軍，兼任青州牧；潘璋被授予右將軍，兼任襄陽郡太守；呂岱被授予鎮南將軍，兼任交州刺史；孫韶被授予鎮北將軍。

諸葛瑾等人兼任了北方各州的州牧，這叫遙領，這些地方還不在孫吳手裏，孫權此舉意在說明，他不承認曹魏的統治，並誓將這些地方奪歸己有。

程普、黃蓋、韓當、甘寧、朱治、賀齊等人已經去世，老將裏還有一個呂範，深得孫權的器重。孫權曾把魯肅比作鄧禹，把呂範比作吳漢，孫權本來想讓他擔任大司馬，該職務掌四方軍事，位在三公之上，可與丞相相匹，官印和綬帶還沒有發下來呂範就因病去世了（印綬未下，疾卒）。

後來，孫權曾路過呂範的墓地，大呼：「子衡！」

孫權淚如雨下，設牛羊祭祀。

在文官方面，孫權任命潘濬為九卿之一的太常卿，作為劉備的舊部，潘濬在孫吳政壇可算另類，他沒有根基，但能力很強，為人很直，經常直言不諱地勸諫孫權，孫權對他不僅不反感，而且相當欣賞和重視。

孫權喜歡打野雞，潘濬勸阻，孫權說：「偶爾出去玩玩，不像過去那麼經常打了（時時蹔出耳，不復如往日之時也）。」

潘濬正色道：「天下還沒有平定，要辦的事很多，打野雞不是什麼急事，萬一弓弦斷了，箭尾破損，還會傷人，請您為臣下着想，把打野雞的事放一放。」

孫權接受，潘濬告退後，孫權看到用野雞毛製成的舞具還放在那裏，就親手把它扯壞，以此約束自己，從此也不再出去打野雞了。

奮武中郎將芮玄去世，孫權命令將其所部劃歸潘濬指揮，增加潘濬的影響力。孫權還為兒子孫慮娶潘濬之女，結成兒女親家。

九卿中的另一項職務光祿勛卿，孫權任命了劉繇的兒子劉基。孫權為兒子孫霸娶劉基之女，也結成兒女親家。

孫吳重武輕文，九卿無法全考，要麼史書未記載，要麼孫權未全設。與九卿地位相當的文官還有侍中，相當於皇帝的高級祕書兼顧問，孫權分別任命了徐詳、胡綜，深為孫權信賴的是儀擔任尚書，他們仍然在孫權身邊掌管文祕、機要。

孫登被立為皇太子後，孫權為他擇選老師授業，同時選拔一些才能出眾的子弟陪孫登讀書，諸葛瑾的長子諸葛恪、張昭的次子張休、顧雍的孫子顧譚、陳武的庶子陳表等人入選。

諸葛恪擔任太子左輔，張休擔任太子右弼，顧譚擔任輔正，陳表

擔任翼正都尉，他們號稱「太子四友」，日後都成為孫吳政壇的重臣。

除此之外，在太子府任職的還有謝景、范慎、刁玄、羊衜等人，一時間太子府被視為人才濟濟之地（於是東宮號為多士）。

孫權讓孫登重點學習漢朝歷史，熟悉當代的事情（欲登讀漢書，習知近代之事），因為張昭在這方面很有研究，就讓張休先從張昭那裏學習，之後由張休轉授給孫登。

孫登曾請胡綜作《賓友目》評價他們，其中說：

> 英才卓越，超逾倫匹，則諸葛恪。
> 精識時機，達幽究微，則顧譚。
> 凝辨宏達，言能釋結，則謝景。
> 究學甄微，游夏同科，則范慎。

意思是：諸葛恪英才卓絕，無與倫比；顧譚善於把握時機，通曉大義；謝景善於辯論，解難釋疑；范慎探究學問的奧妙，廣結中原的才士。

這些人，組成了孫吳未來政壇的「新生代」，他們之中最突出的是諸葛瑾的兒子諸葛恪。

諸葛恪擔任的太子左輔，是太子府裏的最高屬官。早在孫權剛當吳王的時候，曾想任命諸葛恪為節度官，掌管軍糧，諸葛亮聽說此事，覺得不妥。

諸葛亮給陸遜寫信，信中說：「家兄年事已高，諸葛恪生性疏忽，現在讓他主管軍糧，而軍糧是軍隊最重要的東西，我雖人在遠方，但聽說後一直不安，請轉告吳王，為諸葛恪調換一下職務（足下特為啟至尊轉之）。」

節度官是孫權創設的官職，品秩不詳，但是它的首任徐詳，是由偏將軍轉任的，所以這是一個相當於副部級的高官。諸葛亮認為諸葛

恪不合適，一種可能是覺得這個官職太高，諸葛恪年輕，資歷尚淺，還需要鍛煉，另一種可能是這個職務很重要，責任重大，又與經濟有關，諸葛恪沒有這方面的才幹。

陸遜將此事報告了孫權，孫權還真給諸葛亮面子，沒讓諸葛恪當節度官，而是讓他去帶兵，先當了一段時間旅長（都尉）。

## 一篇文章解難題

孫權稱帝，給蜀漢出了一道難題。

孫權稱帝后派出使臣來到蜀漢，告知孫權稱帝的情況，並表示今後將繼續維護孫劉聯盟，同時尊吳、蜀兩位皇帝（孫權稱尊號，其群臣以並尊二帝來告）。

孫權的想法是相互承認、和平共處、再續聯盟，但孔子說過「天無二日，地無二王」，之前曹魏有皇帝，蜀漢從未承認，視之為逆賊，興兵討伐。現在如果承認孫權稱帝，等於承認天下有兩個主人。

而且，在當時大多數人看來，現在的孫吳與當初的孫吳已經不一樣了，當初他們不僅與曹魏交惡而且交兵，陷於戰事，內外皆不穩定，孫權不得已與蜀漢結盟，孫吳向曹魏用兵的確間接地幫助過蜀漢。但現在孫權佔領的地盤逐漸鞏固，當了皇帝后，鼎立三分的局面形成，他的心願滿足，今後就不會再主動向曹魏出兵。

所以，大多數人認為和孫吳繼續交往下去已沒有太大好處，而且名分上面極為不順，應該表明立場，公開和孫吳斷絕盟友關係（議者咸以為交之無益，而名體弗順，宜顯明正義，絕其盟好）。

這種想法在蜀漢內部佔據了主流。

關羽被殺、先帝兵敗，蜀漢與孫吳之間結下了太多恩怨，大家憋

着的情緒一直需要找個發泄口，孫權稱帝正好給了大家一個機會。

但政治和外交不是情緒的宣泄，從大局出發，孫劉聯盟應該強化而不是斷絕，這一點諸葛亮比誰都清楚。曹魏十分強大，單靠蜀漢自己的力量很難完成滅魏大業，只能聯合孫吳，利用吳魏之間的矛盾推動北伐事業的完成。

為了回答大家的疑問，統一思想認識，諸葛亮寫下《絕盟好議》一文，闡述與孫吳斷絕盟好的損害。

在這篇文章中，諸葛亮寫道：

「孫權有稱帝的野心已經很久了，我國之所以不追究他的挑釁之舉，原因是要求得到他的支持，在對魏作戰中形成掎角之勢（權有僭逆之心久矣，國家所以略其釁情者，求掎角之援也）。如果現在公開斷絕交往，孫吳必然深恨我們，我們必須把大軍調往東邊，先向東討伐，才能進兵中原。

「孫權手下有才能的人很多，將相之間團結和睦，不是一朝一夕可以打敗的。如果舉大軍與他們交鋒，長年累月地對峙（頓兵相持，坐而須老），讓北面的魏賊得利，這不是上策。從前孝文帝以謙卑之詞與匈奴交好，先帝也以優厚的條件與孫吳結盟，都是適應形勢變化、着眼於長遠利益的考慮，而並非一般人的感情用事（皆應權通變，弘思遠益，非匹夫之為分者也）。

「現在有人認為孫吳滿足於三足鼎立的局面，今後不會再與我們同心協力，他的願望已經實現，不會再渡過長江。這種說法表面看有道理，其實不對，為什麼呢？因為孫權心有餘但力量不足，因而只能限江自保，孫權不能越過長江，就像曹魏不再渡過漢水一樣，都不是力量有餘而見利不取。

「如果我們的大軍征討曹魏，孫權採取上策是出兵魏國，分割他們的土地，然而做進一步打算；採取下策也會趁機掠奪魏國的人口，擴

張自己的國土，炫耀自己的武力。總之，他們是不會坐而不動的。即使他們真的按兵不動，只要同我們睦鄰友好，我們北伐就沒有東顧之憂，曹魏黃河以南的軍隊就不能全調過來對付我們，我們得到的好處很大。因此，對孫權稱帝的僭越之舉，不能公開討伐（權僭之罪，未宜明也）。」

諸葛亮在這篇文章中沒有太多探討名分方面的事情，因為這是扯不清的話題，話匣子一旦打開，那就會爭論起來沒完沒了，所以乾脆也把孫權稱帝定性為僭越之舉，避免大家爭議不休。

諸葛亮重點回答大家對孫吳的疑慮，也就是稱帝之後他們會不會繼續積極進取，與蜀漢一道對付曹魏，根據他的判斷，孫吳今後還會在討伐曹魏的大業中發揮作用。

統一了內部認識後，諸葛亮決定派人回訪孫吳，對孫權稱帝予以承認，進一步深化和鞏固雙方的聯盟。

此次出使意義非同尋常，使臣的人選十分重要，本來鄧芝是合適人選，他與孫權不僅多次見過面，而且私交很好，孫權對他很認可。但鄧芝此時在漢中前線，任揚威將軍一職，作為趙雲的副手帶領一支人馬，趙雲剛剛去世，鄧芝離不開。

費禕也是人選之一，此次北伐他以侍中的身份改任丞相府參軍，在軍前效力，作為諸葛亮着力培養的「後備幹部」，最近諸葛亮準備改任他為中護軍，回到成都協助張裔、蔣琬的工作。

最後諸葛亮決定由尚書令陳震出使孫吳，為了表示此行的隆重，諸葛亮奏請後主，升陳震為九卿之一的衛尉。

行前，陳震專程趕到漢中，當面聽取諸葛亮的指示，諸葛亮向陳震交代了此次孫吳之行應堅持的原則和注意事項。

除了出使的事，陳震自然會藉此機會向丞相報告成都方面的情

況，陳震說了一件事，讓諸葛亮十分警惕。

陳震突然向諸葛亮提到了李嚴，他說：「李嚴腹有鱗甲，大家都認為他不可接近（正方腹中有鱗甲，鄉黨以為不可近）。」

李嚴身為託孤大臣，才幹非常突出，但史書稱他氣量很小，看問題只從自己的利益去考慮（用性深刻，苟利其身），很難與人合作。蜀地當時有民諺說「難可狎，李鱗甲」，意思是李嚴這個人，身上長滿了鱗甲，根本碰不得。

李嚴是荊州南陽郡人，陳震的祖籍也是南陽郡，作為老鄉，他對李嚴的了解應該更多一些。諸葛亮基於對陳震品性的了解和對李嚴的長期觀察，並不認為陳震是在打小報告挑撥離間，他也認為李嚴有問題。

有一件事諸葛亮一直覺得不快，但牽涉李嚴他一直保密。在出兵漢中前，李嚴以前將軍的身份轉駐江州，為加強北伐力量，諸葛亮給李嚴寫信，想調一部分他手下的兵馬來漢中（欲得平兵以鎮漢中）。

沒想到李嚴不願意派兵支援前線（無有來意），但他不提此事，而是向諸葛亮提出了一個要求，想把江州周邊的五個郡劃出來，成立巴州郡，自己擔任太守。

看來民間對李嚴的傳說並非沒有根據，他只看中自己的勢力，什麼事都敢拿出來做交易，如果答應他的條件，他就同意調兵。諸葛亮很生氣，沒有答應他的要求，調兵的事也就作罷。

兵力不足始終困擾着諸葛亮，如果換成其他任何人，諸葛亮必然會予以追究，但李嚴非常特殊，不僅是朝廷的前將軍，坐鎮一方，而且與自己同為託孤大臣，諸葛亮不想讓人說自己心胸狹窄，排擠他人。

這件事諸葛亮沒有上報後主，也沒有告訴任何人，而是壓在了心底。陳震的話再次提醒了諸葛亮，讓他對李嚴更加警惕，但當前還談不上去應對，只能慢慢觀察。

當務之急是保證陳震出使的成功，諸葛亮為此專門給大哥諸葛瑾寫了封信，讓陳震帶上。

陳震字孝起，諸葛亮在信中說：「孝起這個人，為人忠誠質樸，經過時間的磨煉而更加堅定（孝起忠純之性，老而益篤），讓他奉命敬賀吳主稱帝，溝通吳蜀雙方的關係，使雙方保持友好往來，和睦相處，對聯盟有可貴之處。」

# 吳蜀「分天下」

陳震率使團進入吳國邊界，過去蜀漢多次出使孫吳，但這一次不同，因為對方也有了正式的國號和皇帝，現在是兩國之間的交往，都說外交無小事，如何確定雙方的稱呼和交往中的禮儀，都需要謹慎對待。

陳震為此專門給沿途的吳國守將寫信，信中說：

「東國與我西國之間驛使來往不斷，雙方之間的友好關係一天天加強（申盟初好，日新其事）。相信東尊一定能保持基業長久，分疆裂土，四方響應。在這個時候，只要我們雙方同心討賊，何患賊人不滅！

「我西國的君臣，為此感到歡欣鼓舞，充滿期待（西朝君臣，引領欣賴），陳震我不才，擔任下使，奉命結好，很高興來到貴地。當年獻子到了魯國，不小心觸犯了魯國的法令，《春秋》因此譏笑他。請一定把有關注意事項通知我們，讓使團安心。我會舉行儀式，把需要注意的事告訴大家，讓大家自我約束。

「我們將順江而下，速度會比較快，兩個國家制度有所不同，擔心不注意而因此觸犯，希望把需要注意的事都告訴我們，明確指出哪些能做哪些不能做（幸必斟誨，示其所宜）。」

陳震稱蜀漢為西國，稱孫吳為東國，稱孫權為東尊，這些外交辭令都是反覆斟酌的結果，既合乎外交禮儀，又不讓自己一方尷尬，可謂用心良苦。

諸葛瑾以孫吳大將軍的身份駐紮在公安，陳震一行路過公安時，一定會將諸葛亮的信轉呈，諸葛瑾也會對他們的行程給予關照。


陳震一行順利抵達武昌，對於他們的到來，孫權給予了熱情歡迎。

在此之前，蜀漢方面對自己稱帝是否承認，孫權心裏也沒有底，蜀漢使團的到來，讓孫權心裏的一塊石頭落了地。

陳震首先以蜀漢特使的身份祝賀孫權登基（賀權踐位），接着根據行前諸葛丞相交代的原則與孫吳方面就下一步的合作進行商談。

雙方認為，擺在面前最大的問題是，經過合作一旦滅掉了曹魏，曹魏的領土如何劃分。當時，曹魏佔領的北方領土主要有九個州，即豫州、青州、徐州、幽州、兗州、冀州、并州、涼州以及司隸校尉部。雙方達成一致意見，將這九個州一分為二，雙方各執其一。

這項「分天下」的方案，具體內容是：

豫州、青州、徐州、幽州歸孫吳；

兗州、冀州、并州、涼州歸蜀漢；

司隸校尉部以函谷關為界，西邊為蜀漢，東邊歸孫吳。

這個方案有點望梅止渴、畫餅充飢的意味。先不說最終能不能消滅曹魏，即使有這種可能，到時候大家會不會和平地坐下來對着一張地圖分土地，很難說。孫權心裏更相信鄧芝當初對他說的話，天無二日、土無二王，滅魏以後，君各茂其德，臣各盡其忠，到那時才提枹鼓、戰爭方始。

但那是軍事，而且是將來的事，現在談的是政治和外交，是眼前的事，先把曹魏的國土提前分了，把雙方藏在心裏想說但沒說的話都

說出來，以後聯手就好辦了，至於具體的分法，倒不重要，可能也就是站在地圖前揮手一劃拉就定了，沒有經過認真研究，否則不會把并州、冀州給蜀漢，而把它北面的幽州給了孫吳，要真是那樣，幽州就成了孫吳的一塊「飛地」。

總而言之，這件事談妥了，孫權十分高興，他覺得還應該搞一個隆重儀式，重新誓盟，紀念雙方的合作，順便造一造勢。

之後，孫權下令起誓壇，他親自登壇與蜀漢特使陳震歃血盟誓。

根據古人的記載，歃血盟誓的具體儀式是，把盟誓詞事先寫好，殺牲取血，把血塗在嘴脣上，念誓詞，之後把誓詞和所殺之牲一齊埋掉。

侍中胡綜是江東有名的筆桿子，誓詞由他撰寫。

這篇重要誓詞寫得慷慨激昂，很有氣勢，內容如下：

「上天降下喪亂，漢室失去統治，逆賊趁機作惡，竊取了國家政權，這一切，始於董卓，終於曹操，他們窮兇極惡，顛覆天下，讓九州分裂，天下不再統一，百姓和神靈無不痛恨，其痛恨的程度沒有止境（民神痛怨，靡所戾止）。

「到了曹操的兒子曹丕，不過是逆賊留下的醜類（桀逆遺醜），接連做出奸惡的事，竟然竊取了天子的位子。曹丕的兒子曹叡，更是一個渺小的家伙（而叡麼麼），沿着曹丕的道路繼續作亂，憑藉武力掠奪國土，至今還沒有得到懲罰。

「過去，共工作亂高辛討伐他，三苗作亂虞舜征討他。現在要滅掉曹叡，將其餘黨一網打盡，不是漢國和吳國，誰還能擔負這項重任（今日滅叡，禽其徒黨，非漢與吳，將復誰任）？討惡剪暴，必須公開其罪責，事先瓜分其領土，讓大家知道這些土地應當歸誰，春秋時晉文公伐衞，先把衞國的土地分了給宋國，就是這個道理。

「古人辦大事，必先訂立盟誓，所以周禮有專管盟誓的官員，《尚書》中有專門盟誓的篇章，漢國和吳國，雖然信義都發自內心，然而分割土地這樣的大事，最好還是有盟約。諸葛丞相德威遠著，他輔佐本國，統兵在外，信義和忠誠感動日月，誠意打動天地（諸葛丞相德威遠著，翼戴本國，典戎在外，信感陰陽，誠動天地），他派人來重新結盟，訂立誓約，使東、西兩國官民都知道。

「因此，立壇殺牲，昭告神明，雙方歃血後再在誓約上簽字，把誓約的副本藏在朝廷檔案館中（歃血加書，副之天府）。上天再高也能聽到下面的聲音，並且會用神威幫助有誠心的人，願主管盟誓的天神以及受到祭祀的所有神靈，都降臨到這個祭壇之上吧（司慎司盟，群神群祀，莫不臨之）！

「今日盟誓之後，漢國和吳國將勠力同心，同討魏賊，救危恤難，共同分擔災禍，共同分享勝利（分災共慶），絕對沒有二心。如果有人危害漢國，吳國討伐它；如果有人危害吳國，漢國討伐它！

「兩國各守其土，不相侵犯。這種友好關係還將傳之後代，有始有終。條約的具體內容都寫在文書上了，誠信的話語不必修飾，只要內容好就行了。有人違背此盟，先製造混亂，懷有二心，造成不和睦，怠慢上天的旨意，神靈和天帝就會討伐他，山神河神就會處死他，讓他喪失民眾，上天不再賜福他的國家。偉大的神啊，請明察這一切吧（於爾大神，其明鑒之）！」

這篇誓約正式明確了雙方軍事同盟的關係，當一方受到別國攻擊時，另一方有義務出兵相助。

盟約中還有兩點值得注意。

一是孫吳稱自己為吳國，稱蜀漢為漢國，這是對現實的尊重。蜀漢是後人的稱呼，在當時他們自認為是劉漢王朝的延續，是正宗的漢

朝，這當然也為孫權出了道難題。出於合作的大局考慮，孫權也稱他們為漢國。

二是盟約中有一段文字對蜀漢丞相諸葛亮進行了讚揚，這在兩國外交中是少見的，這反映出孫權對諸葛亮一貫力主孫吳聯盟的感激。

為了表示對盟約的尊重，孫權做出重大舉措，將國都由武昌遷回建業，以表明自己無意在西面與蜀漢相爭的誠意。

此前，孫權命步騭遙領冀州牧，朱然遙領兗州牧，根據雙方盟約，冀州和兗州在掃平曹魏後將歸蜀漢，孫權下令解除步騭和朱然的這兩項兼職。

諸葛亮也迅速做出回應，他上奏後主，把魯王劉永的封號改為甘陵王，把梁王劉理的封號改為安平王，原因是魯國、梁國都在未來孫吳的轄區內。

雖然目標遙不可及，但雙方都展現出認真的姿態。

經過一番波折，又經過一番努力，孫劉聯盟終於恢復了。

天下的格局又回到「一強」對「二弱」的狀態，有人說這樣的局面實際上是一種「恐怖平衡」，誰也拿誰沒辦法，誰也一口吞不下誰。

如果真是這樣，那將是歷史的不幸，是生活在這個時代的人們共同的不幸。

難道，這種分裂的局面只能長久持續下去嗎？

# 三國英雄記：鼎足成三分

南門太守　著

責任編輯　王春永

裝幀設計　譚一清

排　　版　黎　浪

印　　務　劉漢舉

出版　　　中華書局（香港）有限公司
　　　　　香港北角英皇道 499 號北角工業大廈一樓 B
　　　　　電話：（852）2137 2338　傳真：（852）2713 8202
　　　　　電子郵件：info@chunghwabook.com.hk
　　　　　網址：http://www.chunghwabook.com.hk

發行　　　香港聯合書刊物流有限公司
　　　　　香港新界荃灣德士古道 220-248 號
　　　　　荃灣工業中心 16 樓
　　　　　電話：（852）2150 2100　傳真：（852）2407 3062
　　　　　電子郵件：info@suplogistics.com.hk

印刷　　　美雅印刷製本有限公司
　　　　　香港觀塘榮業街 6 號海濱工業大廈 4 樓 A 室

版次　　　2022 年 1 月初版
　　　　　© 2022 中華書局（香港）有限公司

規格　　　16 開（230mm×150mm）

ISBN　　　978-988-8760-44-2

本書繁體字版由華文出版社授權出版

三國
英雄記 ㈢

燃燒的江河

南門太守 著

中華書局

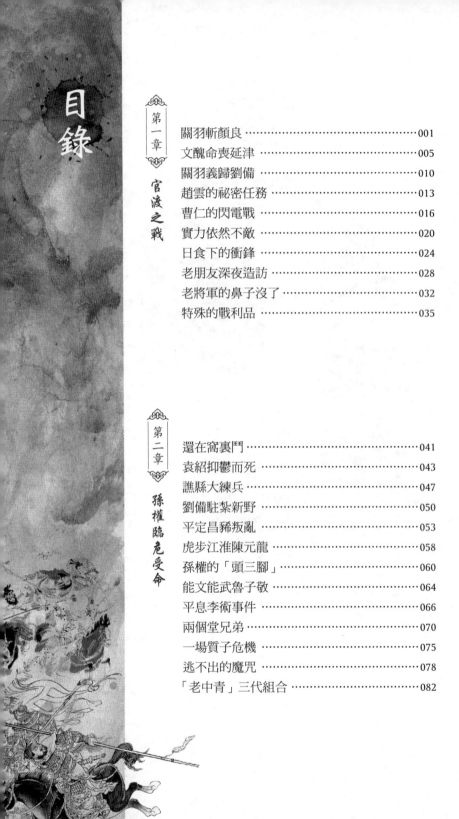

# 目錄

# 第一章 官渡之戰

## 關羽斬顏良

漢獻帝建安五年（200年），全天下人的目光都聚焦在了袁紹和曹操兩個人身上，他們之間即將發生一場決戰。

這場戰爭不僅會改變他們二人的命運，也會影響未來天下的格局，誰能打贏這一仗誰就是割據群雄中的第一人。

這一仗被稱為官渡之戰，發生在以官渡為中心的這個地區。

當時，袁紹的腦子裏肯定壓根沒有這樣一個地名，他要打的是滅曹之戰，他從自己的大本營鄴縣出發，目標不是什麼官渡，而是曹操的老巢大本營許縣。

袁紹要進攻許縣，必須越過黃河、汴水等河流，並且要攻克黎陽、白馬、延津、官渡等戰略要地。

作為守勢的一方，曹操為迎擊袁軍，在自己的控制區裏組織起了三道防線：

第一道，黃河以北的黎陽，今河南省浚縣；

第二道，黃河南岸的白馬、延津，今河南省滑縣到延津縣一帶；

第三道，就是官渡，今河南省中牟縣境內。

曹操在第一道防線上只放了一小部分人馬，這裏在黃河以北，放再多的人馬在那裏也守不住。

在第二道防線上，曹操安排于禁和東郡太守劉延防守，不過也只給了于禁2000人，劉延的人馬也不多。

前兩道防線都不是重點，曹操也並非要去死守，目的只是遲滯敵人的進攻，挫敗其銳氣。

漢獻帝建安五年（200 年）二月，袁軍進攻黎陽。

不出意料的是，曹軍很快敗下陣來，不過他們更多地像是主動撤退，因而損失不大。

佔領黎陽後，袁紹肅清了黃河以北的所有曹軍，並決定在此休整一段時間，準備進一步集結部隊後再渡過黃河發起總攻。

在大部隊行動前，袁紹讓顏良率一部分人馬先渡河，去進攻黃河南岸的軍事要地白馬。

沮授對這項決定表示反對，他認為：「顏良這個人生性偏激狹隘，雖然很勇猛，但不能獨立擔當大任（良性促狹，雖驍勇不可獨任）。」

顏良在當時很有威名，在軍中的地位和名望遠遠超過關羽、張飛等人。袁紹曾經對沮授很倚重，幾乎言聽計從，可這次卻不接受沮授的建議。

這是因為，沮授、田豐等本土派對此次南征不怎麼支持，此前田豐反對南征，袁紹一怒之下將他下獄，而沮授對南征也較為消極。

出征前，沮授把本族的人招到一塊，做了一個令人不解的行動：把家財全部給大家分了。

沮授對族人們說：「袁公如果在官渡能取勝，我們就會威無不加（夫勢在則威無不加），但如果不能取勝呢？那我們就難以保全一身，悲哀呀！」

族人們不理解，一個族弟說：「曹操怎麼能是袁公的對手，您何必擔憂？」

沮授搖了搖頭，說：「以曹操的謀略，加上挾天子作為後盾，而我們剛剛打敗公孫瓚，士兵疲敝，主將驕縱，成敗已經很明顯了！」

沮授現在以奮威將軍的名義任監軍，相當於袁紹的軍長兼兵團司令，論軍職是袁軍中最高的，但仗還沒打起來，身居要職的沮授已經到處散播「亡國論」，袁紹十分厭惡。

　　沮授在冀州的影響力讓袁紹不至於立即有所發難，但對沮授的信任大為降低，所以，當沮授反對派顏良率兵渡河作戰時，袁紹沒有聽從他的意見，這多少有賭氣的成分。

　　不僅如此，袁紹一生氣還做出了一項決定，把沮授的監軍之權一分為三，分別由沮授、郭圖和老將淳于瓊擔任，這是一項重要的人事調整，和臨陣換帥差不多，是兵家大忌。


　　本土派反對袁紹南征，這一點並不奇怪，這與之前張邈、陳宮背叛曹操的道理差不多，之後赤壁之戰時張昭主張投降，也是這個原因。

　　作為本土派，他們想得更多的是個人得失、家鄉父老的利益，他們只想關起門來踏踏實實過自己的日子，不想沾人家的光，但也不想吃虧。

　　袁紹發起與曹操的決戰，如果獲勝，對冀州本土派來說也多不了什麼，因為江山還是人家的，但為此要付出巨大的人員、物資方面的代價，犧牲的是自家子弟，承受的是額外的賦稅。

　　如果不能獲勝，那就更麻煩了，為什麼平白無故地要去冒這個險呢？立場不同，所以觀點不一樣，這是袁紹與沮授、田豐等人矛盾之所在。

　　對於袁紹來說，眼界當然不侷限於一個冀州，他的視野不是那一畝三分地，他的視野更宏大。

　　這一年四月，顏良率部渡過黃河，兵指白馬，身在官渡的曹操看到這種情況，決定親自去解救白馬之圍。

副參謀長（軍師）荀攸提出了不同意見：「現在我們兵力不足，敵不過袁紹，只有分散他們的兵力才能取勝（分其勢乃可）。您到延津，做出要渡過黃河襲擊他們的樣子，袁紹必然調集重兵前來應戰，然後我們再輕兵疾進去取白馬，掩其不備，顏良可擒！」

救白馬，可以曲線去救，這是荀攸意見的核心。

具體來說，就是先不管白馬，而把主力開赴延津，延津是黃河上最重要的渡口之一，曹軍在延津集結，給袁紹造成一種假象，以為曹軍要在此渡河，向袁紹目前所在的黎陽發起反攻，如此一來袁紹就不得不調集周邊的人馬加強黎陽的防衛，待袁軍被調動後，再迅速出擊白馬。

這是一着妙棋，但它也具有很大的冒險性：

一來，如果袁紹看破了曹軍聲東擊西的企圖，仍按原來的部署用兵，不調集人馬向黎陽方向集中，這個計謀就失敗了；

二來，即便袁紹上當，將兵力主要集中於黎陽方向，但袁軍的兵力足夠多，既能在延津附近與曹軍交戰，又能抽出人馬去增援白馬，這個計謀依然不能奏效。

曹操認真考慮了荀攸的建議，最後還是接納了，不是他對可能出現的風險評估後得出可行的結論，而是他沒有太好的對策。敵強我弱是個現實，在這種情況下如果中規中矩地跟敵人打正面戰，肯定會處於下風。

於是，曹操不去救援白馬，而是親自率領一支人馬向延津方向開來，而袁紹果然中計，不僅顧不上加強白馬方向的力量，還將進攻白馬的一部分人馬調往延津。

看到計策成功，曹操決定閃擊白馬的顏良。

曹操命張遼為主將，率一支輕騎兵疾馳白馬，張遼領命後向曹操提出一個請求，想讓關羽同行，曹操同意。

顏良毫無思想準備，他得到的情報是曹軍主力已開赴黃河岸邊的延津，那裏距此至少有百里的路程，正常情況下沒有兩三天時間不能到這裏，沒想到眼前突然殺出一支勁旅。

在白馬的顏良所部其實已經成了孤軍，被張遼、關羽兩員猛將率領的隊伍攻擊，結果打了敗仗。

關羽更是大顯神威，於萬馬軍中親手將顏良斬殺，之後割下顏良的首級，縱馬而還（策馬刺良於萬眾之中，斬其首還）。

漢末三國時代的戰爭，一般是陣法、計謀的較量，主將之間一對一「單挑」其實很少發生，關羽這種親自斬殺敵方主將的行為，是不常見的。

這是了不起的戰績，關羽在後世揚名，與此戰關係很大。

## 文醜命喪延津

雖然解了白馬之圍，但袁紹的大軍想必隨後就會殺向這裏，曹操決定從白馬撤軍。

在黎陽，袁紹聽到顏良陣亡、所部全軍覆沒的消息，果然既痛又怒，立即指揮主力渡河，沮授又表示了不同的看法。

沮授建議，現在不應該去考慮什麼白馬，而應先拿下已經唾手可得的延津，憑藉這裏的渡口優勢，將主力源源不斷運過黃河，之後鞏固延津，使其作為一個戰略支撐點，進可以直取許縣，退可以從容撤回黃河以北。

沮授建議穩紮穩打，不要被對手激怒，但袁紹特別不愛聽這樣的話，袁紹丟了面子，必須馬上找回來，而且「哪裏跌倒，一定要在哪裏爬起來」，並且此行壓根沒有戰敗撤回這樣的選項。袁紹執意進攻白馬，找回失去的面子。

沮授無奈，站在黃河邊上歎息說：「黃河啊黃河，我知道這一去就回不來了（悠悠黃河，吾其不反乎）！」

沮授以身體原因請辭，袁紹更生氣了，馬上批准，把沮授所部交由郭圖來統率。


袁紹的執着與任性，曹操是比較了解的，他們是多年的好朋友了，曹操料定袁紹會命主力來攻白馬。

曹操下令白馬軍民全部隨軍撤離，但向哪個方向撤退卻頗費思量。白馬屬兗州刺史部的東郡，沿黃河向東不遠就是另一個軍事要地濮陽，此時還在曹軍手中，再往東就是曹操在兗州刺史部的中心城市鄄城。

防守鄄城的是程昱，他手下只有 700 人，當初為了保證中路的安全，曹軍分散在各地的人馬已經儘可能地都抽調到中線，戰役開始前曹操想給鄄城增派 2000 人，程昱不同意。

程昱認為增兵弊大於利，理由是：「袁紹手裏有 10 萬人，自以為所向無前。他如果看見這裏兵少，不會輕易來攻。如果增加了士兵，就必然會來進攻（若益昱兵，過則不可攻）。」

程昱建議不要管鄄城，曹操接受了這個建議，袁紹聽說鄄城沒有多少人馬，果然放棄對這裏的進攻，曹操對程昱的膽識和準確判斷大加讚賞，認為程昱膽識過人。

程昱的建議似乎沒錯，從保全鄄城來看，示弱也是一種戰術，類似於空城計，鄄城得以保全，多虧了沒有增兵。

但從全局戰略考慮，袁紹如果分兵來攻鄄城，也會減輕中路主戰場的壓力，通常攻城的一方會數倍於守城的一方，袁紹不攻鄄城，更可以集中優勢兵力決戰於主戰場，程昱的想法也算有得有失吧。

現在，鑒於東部防守的薄弱，曹操不可能向東撤退。

但也不能輕易撤往官渡的第三道防線，那樣就太被動了。

曹操做出了一個大膽的決定：沿黃河向西撤，並且帶上白馬的所有輜重和百姓。

沿黃河向西就是延津，這裏被袁紹剛剛佔領，曹操向西撤退，出乎袁紹的意料。

袁紹此時的戰略應該是棄曹操於不顧，直接向南進攻，這裏才是中心戰場，但袁紹急於找着曹操本人打一仗，找回失去的面子，於是命令已渡過黃河的主力部隊，一部分由郭圖率領守白馬，一部人由文醜率領順着曹軍撤退的方向追擊。

劉備也參加了追擊曹操的行動，雖然他的軍職很高，但他仍然是配合文醜的行動，這是因為劉備現在手裏的人馬不會太多。

這是劉備投奔袁紹後的首次行動，袁紹可能鑒於劉備和曹操打過很多交道，對曹操比較了解，所以做出這樣的安排，也可能是劉備主動請纓。

關羽在陣前親斬顏良，這個情況瞞不住任何人，這讓劉備又喜又驚，喜的是知道了關羽的下落，驚的是此舉恐怕將加深袁紹對自己的疑慮，所以他主動請戰，表明自己和曹操勢不兩立的態度，打消袁紹的疑慮。

文醜、劉備率部追到延津之南，在這裏遇到了曹操親自率領的部隊，此時袁軍的兵力大約有 6000 人，而曹操只有 600 人（騎不滿六百），形勢十分危險。

但即使這樣，曹操仍然打了一場漂亮的勝仗。

看到袁軍殺來，曹操不慌不忙，下令紮營。

曹操讓人登上高處偵察，不一會兒偵察兵報告：「敵兵來了，有

五六百人！」

曹操沒有動，讓繼續偵察。

過了一會兒，偵察兵又報告：「騎兵更多了，步兵不計其數。」

曹操並不着急，只是說了聲：「知道了，不用再報告了（勿復白）！」

面對 10 倍於己的敵人，曹操沒有下令撤退，反而下達了一個奇怪的命令，他讓大家出營解鞍下馬，同時把從白馬帶來的輜重擺在道路上。

隨行的將領們都認為敵人騎兵多，不如退到營寨裏堅守，待援軍到來，面對眾人的疑問，曹操把目光移向他的副參謀長荀攸。

荀攸會意，微微一笑說：「這正可以作為誘餌，怎麼能撤呢？」

荀攸說出了曹操心裏的祕密。

敵兵眼看快到了，諸將都說該上馬了。

曹操仍然不慌不忙，對眾將說：「別急！」

又過了一會兒，敵人的騎兵越來越多，看到路上的輜重，有一部分人開始忙着清理這些戰利品。

曹操對大家說：「可以了！」

曹軍全部上馬，縱兵殺出，袁軍沒有防備，大敗。

此戰文醜被殺，沒有戰死的也全部成了俘虜。


僅以區區 600 人能一舉打敗 6000 人，並斬敵方主將於陣前，讓人不解。

表面上看，是曹操以輜重為誘餌先使敵軍大亂再趁亂出擊所以取勝，但這只是一方面，它改變不了敵我兵力懸殊的態勢。

即使敵兵開始有些慌亂，但對一支訓練有素的勁旅而言，臨陣應變是基本能力，他們很快便可以組織起有效反擊，到那時兵力眾寡才是勝負的決定因素。

袁軍是追擊而來，人數還在不斷增加，也許6000人並不是它的全部，曹軍的600人退到營寨裏打敗敵人的幾次進攻尚可以理解，將敵兵全殲，並將沒有打死的敵兵全部俘虜那就不可思議了。

　　分析一下，有幾個問題需要注意：一是曹操為什麼非要向已被敵兵佔領的延津撤退？二是為什麼曹操身邊只有600人？三是隨曹操撤退的輜重都在，而老百姓上哪裏去了？

　　如果把這些問題聯繫在一起考慮，似乎可以看出曹操撤向延津是一個精心構思的計劃，帶上輜重和老百姓也是特意安排，袁軍看到輜重下來搶佔而沒有提防後面的曹軍，是因為輜重裏混着大量老百姓，場面很混亂，像是趕大集。做誘餌的不僅是這些輜重，還有老百姓。

　　曹操向延津撤退的路上應該有時間進行兵力部署，調集周圍的部隊向預設的戰場機動。曹軍趁袁軍搶佔輜重突然發起進攻時，投入的兵力絕不是600人，而要多得多，如果短時間內能全殲袁軍，人數至少比袁軍還要多。

　　史書之所以沒有這些方面的詳細記載，是因為它不便回答隨軍行進的老百姓在此戰中的作用，所以炮製出600人全殲6000人，並且臨陣斬殺名將文醜的神話。

　　當然，曹操此計有很大的風險，那就是袁紹變得聰明起來，他不向西追，而直接進軍正前方的官渡。

　　但曹操對袁紹太了解了，他們自青年時代便相識、相惜，如今在戰場上相見，曹操知道袁紹首戰挫敗後急於報復的心情，所以只帶600人親自當誘餌，把袁軍主力吸引到延津一帶，集中優勢兵力迅速將其殲滅。

　　顏良、文醜都是名將，短短幾天內被曹軍打敗並戰死，這極大地鼓舞了曹軍士氣，也深深震撼了袁軍士兵（良、醜皆紹名將也，紹軍大震）。

不過，袁紹依然強大，所以曹操不敢冒進，而是命令張遼、關羽等部迅速回防，準備迎接袁軍的下一輪進攻。

而袁紹再一次被激怒了，他親自率主力推進到陽武縣，此地在今河南原陽縣東南。

曹操率主力由第二道防線迅速回撤，退守到官渡。

## 關羽義歸劉備

白馬之戰讓關羽聲名大震，曹操立即以天子的名義拜關羽為漢壽亭侯。

這是關羽首次封爵，是個亭侯，即侯爵中的第三等。

對於「漢壽亭」的具體所指，有兩種不同解釋：一是指「漢壽縣的亭侯」，該縣在荊州刺史部武陵郡；二是指「漢壽亭的侯」，亭是縣以下的行政單位，但該亭在何處無考。

關羽自從與劉備失散後，一直在曹操手下，曹操提拔他為副軍長（偏將軍），對他非常禮遇優待（禮之甚厚）。

曹操為什麼格外喜歡關羽呢？有人認為曹操愛才，關羽是人才，不僅是人才，而且是一流的人才，特別能打，這樣的人，曹操見一個愛一個。

但這個解釋還不夠，劉備被呂布擊破丟失徐州的時候曹操就見到了關羽，但當時還沒有曹操對關羽一見如故、格外器重欣賞的記載。

曹操厚待關羽，原因其實與張遼差不多。張遼是呂布集團的舊將，曹操殺呂布後需要有人來統領、整合呂布的舊部，以不使這些舊部一哄而散，而能繼續為自己效力。

張遼也不負厚望，很快成為曹軍中戰鬥力最強的將領之一，張遼手下的人馬不是曹操專為他從別的將領那裏劃撥的，也不全是新招募

的，而應該就是呂布的舊部。

于禁、徐晃也屬類似情況，于禁對應的是鮑信，徐晃對應的是楊奉，他們因不同原因別舊主、歸新主，統轄的也都以舊主的人馬為主體，但也都很能打，曹操應該會覺得這種處置辦法最有利。

劉備在徐州失敗前手下有不少人馬，一度多達數萬人（**郡縣多叛曹公為先主，眾數萬人**），雖然並非全為精兵強將，但僅就數量而言也是非常可觀的。

劉備失敗後，曹操將這些人馬全部歸為己有（**盡收其眾**），這部分人馬不說有數萬，即使只有數千，對曹操來說也是一股重要力量。

曹操需要有人去整合統領這支部隊，將他們打散編入其他部隊並非最佳方案，派新人去統領也有弊端，因為這兩種方法都會使劉備的舊部失去安全感，從而不斷逃亡。

從劉備舊將中選拔一人去統領無疑是最佳方案，這才是曹操對關羽格外器重的原因。


曹操做這些，都是想讓關羽能永遠留在自己身邊，他特別怕關羽離他而去。

不久前，曹操曾密派與關羽交好的張遼去摸底，看看關羽願不願意長期待在他這裏。

張遼說明意圖，關羽歎息道：「我知道曹公厚待我，然而我受劉將軍厚恩，我們在一塊起過誓，要同生共死，我不可能背叛他（**誓以共死，不可背之**）。我不會永遠留在這裏，但我會報答曹公以後再走。」

關羽向張遼說完那番話後，張遼心裏犯了嘀咕，原話轉告，怕曹操生氣殺了關羽；不如實轉告，又覺得對不起曹操對自己的信任。最後，張遼還是如實說了。曹操沒生氣，反而覺得關羽很仗義（**遼以羽言報曹公，曹公義之**）。

關羽力斬顏良，兌現了當初的承諾，曹操預感關羽有可能走，立即對關羽給予厚賞，想留住他。但關羽去意已定，他把曹操賞賜給自己的東西全部封存起來，留下一封信，前往袁軍大營找劉備去了（奔先主於袁軍）。

有人想追，曹操制止了，對大家說：「他也是各為其主，不要追了（彼各為其主，勿追也）。」

關羽受到後世的追捧，被稱為武聖，其實不是他的勇猛無人能比，而是他為人做事方面很到位，他不為利所動，所有的事都以義為先，做事很講究，即使離開也讓人挑不出禮來。

曹操對這件事的處理也得到後世的高度評價，他明知關羽去心已定，仍然激賞其志向，等關羽離開時也不去追趕，以成全其忠義，這種胸襟沒有相當氣度無法做到（自非有王霸之度，孰能至於此乎）。

關羽受到曹操的厚遇仍不忘劉備，曹操得關羽而不殺，都可以稱為賢，然而這種賢戰國時的士、君也能做到，關羽報效曹操、封還所賜、拜書而辭，顯示出關羽的從容不迫，這才是戰國的士們難做到的。曹操能平其心氣，不以敵我劃界，成就關羽的忠義，更顯示出他有古時先王的遺風。

人很容易做善事，但不做惡事比較難。能做善事，可以守好一個國家；但因為沒法不做惡事，所以很難贏得天下。

劉備此時應該在陽武或者黎陽，關羽此時應該在官渡附近，關羽要找劉備不必太費周折。有的小說描寫，關羽此行很不容易，是連闖曹軍若干關隘、連殺若干曹軍守將才得以通過的，先過東嶺關殺孔秀，再過洛陽城殺韓福、孟坦，過氾水關殺卞喜，過滎陽殺王植，過黃河渡口時殺秦琪，這就是「過五關，斬六將」的由來。

其實，這些地名所勾勒的是一條較為混亂的軌跡，甚至還包括距官渡前線數百里遠的洛陽，已遠遠脫離了當時的主戰場。劉備那時就

在對面的袁軍大營，關羽要找劉備不需要「過五關，斬六將」，只要事先把路線搞清楚，一天就能到。

關羽不僅自己走了，還帶上了劉備的兩位夫人甘氏和糜氏，可見他事先做了精心準備。由於曹軍奉曹操之令沒追，所以關羽一行順利來到袁軍控制的地區。

關羽剛殺了袁紹的大將，這邊恐怕正在給顏良開追悼會呢，這時候關羽送上門來，袁紹想必是既愛又恨，但也不好說什麼，如果追究關羽殺顏良之事，把他殺了，不僅逼着劉備造反，而且得讓曹操笑掉大牙。

劉備見到關羽以及失散的兩位夫人，自然喜出望外。

## 趙雲的祕密任務

在關羽回歸之前，趙雲也回到了劉備的身邊。

關於趙雲，之前沒有做太多介紹，相對於一直跟隨劉備的關羽和張飛，趙雲的經歷有些特殊。

趙雲字子龍，冀州刺史部常山國真定縣人，個子很高（身長八尺），約合現在的 1.8 米，儀表堂堂。

漢末軍閥混戰，趙雲的家鄉常山國成為袁紹的地盤，但有一部分人不滿袁紹，他們聚集起來準備投奔袁紹的老對頭公孫瓚，這些人推舉趙雲為首領，他們一起來到了公孫瓚佔據下的幽州刺史部。對趙雲等人的到來公孫瓚很高興，他原本擔心冀州百姓都歸附了袁紹。

公孫瓚跟趙雲開玩笑道：「聽說你們家鄉的人都投靠了袁氏（聞貴州人皆願袁氏），你怎麼偏偏回心轉意跑到這裏來呢？」

趙雲很鄭重地回答說：「現在天下大亂，也沒人知道誰對誰錯（天下訩訩，未知孰是），只知道老百姓正忍受倒懸之難。我們那裏的老百姓都議論，看誰能施行仁政，倒不是對袁公有成見而私心於您。」

趙雲從此跟隨公孫瓚四處征伐，史書沒有記載趙雲在公孫瓚那裏擔任了什麼軍職，只知道趙雲與劉備、關羽、張飛等人是同時期來到公孫瓚這裏的，他們互相接觸後，雙方印象都很好，很投脾氣。

劉備後來被公孫瓚派往青州刺史部擔任平原國相，趙雲也被派去協助劉備，趙去的任務是「主騎」，一種理解是負責統領劉備手下的騎兵，另一種理解認為「主騎」是一個職務，相當於劉備的衛隊長，不管怎樣，趙雲與劉備的關係又近了一步。

但是，在平原國期間趙雲就離開了劉備。

不是他與劉備有了矛盾，而是他家裏出了變故，趙雲的哥哥去世了，古人很重親情和孝道，按禮俗趙雲應回家奔喪，於是他向公孫瓚請了假，回常山國老家奔喪。

常山國是袁紹的勢力範圍，趙雲此去還能不能回來難以預料，劉備依依不捨，拉着趙雲的手和他告別。

趙雲也深為感動，他告訴劉備：「我永遠不會辜負您的情義（終不背德也）！」


趙雲回家鄉後，在很多年裏都與劉備失去了聯繫，直到官渡之戰前他們又相聚在了一起。

趙雲沒有忘記他向劉備臨別時做出的承諾，這麼多年來一直在打聽劉備的情況，聽說劉備來到冀州投奔了袁紹，趙雲立即動身去相見。

他們重逢的地點是袁紹的大本營鄴縣（先主就袁紹，雲見於鄴），對於趙雲的回歸，劉備特別高興，一刻都捨不得離開趙雲，特別怕他再走，以至於晚上睡覺都在一張牀上（先主與雲同牀眠臥）。

劉備交給趙雲一項任務，讓他招募人馬。劉備現在最頭疼的是手下沒人，袁紹很賊，尊你敬你但不給你一兵一卒，如果劉備自己出面募兵，袁紹必然會有警覺和疑慮，趙雲是個新人，目標不大，悄悄做

這項工作很合適。

趙雲做得很好，沒用多長時間就招募到幾百人，趙雲私下告訴他們是劉備將軍在招人，他們都是劉將軍的手下（合募得數百人，皆稱劉左將軍部曲）。也許是趙雲保密工作做得好，也許是袁紹太忙顧不過來，袁紹對這些事一概不知（紹不能知）。

這是劉備東山再起的希望，劉備在袁紹這裏待的時間不長，但已切實感受到了袁紹集團內部的緊張氣氛，派系林立，兄弟不和，鈎心鬥角，互相拆台，四周都是挖坑的人，哪天一不小心就得掉進陷阱裏，這樣惡劣的生存環境，還不如當初在許縣。

劉備不得不給自己留一手。


現在，袁紹真有些急了。

連輸兩陣後，袁紹揮師南下，力圖尋找曹軍主力與之決戰，他們很快推進到鴻溝附近，在官渡與曹軍形成了對峙局面。

對曹操來說，雖然連殺袁紹兩員大將，但戰爭總體態勢仍未改變，前兩道防線雖然遲滯了袁軍的進攻，通過連贏兩陣提振了士氣，但也只能向後撤退，對於許縣最後的這一道戰略屏障，他只能死守，已無路可走。

在力量懸殊的形勢面前一部分人產生了動搖，還有一小部分人甚至暗中與袁紹聯絡，隨時有叛亂的可能。

更為不利的是，就在雙方對峙於官渡的時候，許縣後方的汝南郡一帶出了問題。

汝南郡是袁紹的老家，袁家在這裏很有根基，之前曹操率軍由兗州進入洛陽的時候曾路過這裏，當時汝南郡以及相鄰的潁川郡黃巾軍很興盛，首領分別有何儀、劉辟、黃邵、何曼等人。

曹操指揮人馬打敗了他們，劉辟、黃邵為于禁所斬，何儀等人投

降。汝南郡的黃巾軍雖然暫時歸順了曹操，但看到眼前局面對曹操不利，他們馬上活躍起來，在汝南郡起兵叛亂，公開響應袁紹。

有一部史書說，這次叛亂的領頭人是劉辟，這與前面所記相矛盾，因為之前曾說劉辟已被于禁殺了，要麼前一次劉辟未死，要麼這個劉辟另有其人。

總之，他們的聲勢很猛，汝南郡雖然有李通、趙儼等人據守，但沒有力量剿滅這夥黃巾軍。

# 曹仁的閃電戰

袁紹得知這一情況大喜過望，他決定派人前去支援劉辟，給曹操來個前後開花。

要是那樣，冬天之前就有望拿下許縣，結束戰鬥。

袁紹的想法沒有錯，但他卻做了一個讓人不太好理解的決定：讓劉備帶隊前往。

劉備此時隨袁紹大軍開進到官渡附近，隨着趙雲、關羽先後歸隊，劉備的思路又活躍了起來，但他思考的不是如何幫助袁紹打敗曹操，而是曹操被打敗後自己何去何從。

劉備明白，目前因為有曹操所以他是安全的，而曹操一旦被消滅，他也就長久不了了。

袁氏父子雖然待劉備為上賓，尊禮有加，但劉備知道他們都不是善類，當年以韓馥讓位之功在冀州尚無立足之地，他就更不用說了。

所以，劉備一心考慮的是如何儘快脫離袁紹，至於脫離之後如何發展，那就走一步看一步了。

正在這時，袁紹想增援汝南郡的劉辟，劉備一看機不可失，立即向袁紹竭力請戰。

劉備雖然在別人那裏做客，但他的信息卻一向很靈，當初在許縣也是這樣的情況，由於及時把握了一次機會才得以離開曹操。

袁紹連損顏良、文醜兩員大將，能獨當一面的高級將領還真不多，劉備積極性這麼高，袁紹雖然不是完全放心，但還是同意了劉備的請求。

於是，劉備率部離開官渡繞行陳留郡、陳國到達汝南郡，此行關羽、張飛、趙雲以及麋竺、孫乾等人應該跟隨。

他們到達汝南郡，與劉辟等人會合，力量大增，於是在劉備的指揮下自南向北攻擊許縣，前鋒一度到達汝南郡的強縣，這裏距許縣僅50多里，已經是許縣的南郊了。

留守許縣的是荀彧、王必、滿寵等人，主力部隊都抽調到了官渡前線，防衛力量很薄弱。

荀彧一方面加緊備戰，另一方面派人火速前往官渡前線，向曹操報告情況。

曹操在官渡已經很吃力，他面臨的困難是根本無兵可抽、無將可派。為了此事，曹操感到很憂慮。

曹仁看到後，向曹操建議道：「南面情勢危急，不能不救。劉備手下大都是新從袁紹那裏撥來的兵，他剛帶這些兵指揮起來未必順手，劉辟等人向來見風使舵，不會苦戰。所以，如果快速出擊，一定能很快將他們擊破。」

曹仁現在正式的職務是朝廷參事室參事（議郎）兼廣陽郡太守，但曹操給他的實際任務是訓練和指揮騎兵（以議郎督騎）。

這支騎兵，是曹軍嫡系中的嫡系、主力中的主力。

它有一個響亮的名字：虎豹騎。

有人認為漢末三國有四大王牌部隊，分別是公孫瓚的白馬義從、

呂布的陷陣營、曹操的虎豹騎和劉備的無當飛軍，白馬義從、陷陣營前面介紹過，他們已隨公孫瓚和呂布而消失，無當飛軍縱橫沙場還是多年以後的事，當下能被稱為第一勁旅的，只有這支虎豹騎。

曹操本人對騎兵作戰一向十分偏愛，在之前與陶謙、呂布、袁術等人的作戰中可以看出，他擅長使用騎兵，關鍵時刻往往收到出奇制勝的效果，所以他組建了這支戰鬥力超強的虎豹騎。

虎豹騎也是曹操的近衛部隊之一，先後由曹仁、曹純等人指揮，曹休、曹真等曹家下一代青年將領曾在這支軍隊服役。這支人馬數量不多，大約在 5000 人，但個個都是千挑萬選，每有一個缺員，就從上百人裏挑選一個補上（皆天下驍銳，或從百人將補之）。

曹仁的建議讓曹操有了一個想法，在無力抽調正面戰場兵力的情況下，可以讓曹仁率一支騎兵快速出擊，得手後迅速回師，在袁紹沒有弄清情況之前解決問題，打一個時間差。

這又是一次冒險，如果曹仁此行不順利，不能很快結束戰鬥，如果袁紹得到消息趁機發起正面強攻，後果不堪設想。

但曹操還是向曹仁下達了奔赴汝南郡的作戰命令，原因是捨此他沒有更好的辦法。

曹仁沒有讓曹操失望，他挑選了一支人數不多但很精悍的騎兵，不帶輜重，只帶少量乾糧，從官渡前線悄悄撤下，之後直撲汝南郡。

由官渡到汝南郡也就是 200 多里路程，按照騎兵的強行軍速度，一天一夜即可到達。面對這樣一支快速機動部隊，劉備即使在沿途安排偵察人員也毫無作用，因為這些便衣偵察員未必能跑過這些騎兵。

所以，當曹仁的騎兵出現在劉備面前時，劉備又吃了一驚，他沒有想到來的是曹軍主力，也沒有想到曹操手下最重要的將領之一曹仁能親自來。

劉備知道自己手下雖然有關羽、張飛、趙雲這樣的勇將，但兵卒多是袁紹的人，劉辟等人更不堪重用，更重要的是，他也沒有為袁紹的事業犧牲自己的打算，所以他指揮的人馬一觸即退。

劉備並沒有直接南下荊州投劉表，汝南郡失利後他率部回到袁紹那裏，即官渡前線。

但劉備去意已決，後來汝南郡黃巾軍又在龔都率領下響應袁紹，劉備再次請戰，又南下與龔都會合，曹操派兵鎮壓，劉備這一次打了勝仗，殺了曹軍將領蔡陽，那時官渡戰事發生了戲劇性變化，曹操打敗了袁紹。劉備再攻許縣已無意義，這才南投劉表。


曹仁得手後不敢停留，立即由汝南郡回師。

他沒有走東路，而是繞道西邊，推測起來，可能有意從許縣附近經過一下，展示一下曹軍的鐵騎，讓後方惶惶不安的人心有所穩定。

許縣以西有很多山地，如陘山、雞洛山、梅山等，曹仁率部路過雞洛山，此山在今河南省密縣境內，在這裏曹仁與一隊袁軍突然遭遇，曹仁指揮人馬將其擊敗。

曹仁不知道的是，這是袁紹派出來包抄曹軍後路的。

原來，劉備南下後，有人建議袁紹不要把希望全放在劉備、劉辟身上，還應該再派一支奇兵南下與劉表聯絡，使南北夾擊曹操的計劃更有把握。

袁紹開始不同意這個計劃，他的人馬雖然佔優勢，但正面作戰的部隊也不是特別多，他的想法還是保證正面。但禁不住沮授反覆建議，袁紹抱着試試看的想法派遣部將韓荀率一支人馬從西面向許縣後方迂迴，目的地是南陽郡，到那裏與劉表配合，組成聯軍夾擊曹操。

韓荀的名氣不如顏良、文醜、張郃等人那麼大，事跡也不詳，但在當時也是與顏良等人齊名的冀州名將。韓荀巧遇曹仁，誤以為在

這偏僻的山區也有曹軍的重兵把守，於是不敢戀戰，趕緊撤回袁軍大營，向袁紹報告情況。

袁紹後悔不已，此後不再提分兵出擊的事了。


## 實力依然不敵

漢獻帝建安五年（200 年）八月，袁軍主力又向前推進了一些，到達官渡的正面。

袁紹下令用沙土堆成土丘，在曹營前面呈東西方向展開，長達數十里，以此為依託構築營寨。為了對抗袁軍，曹操也分兵築營，但如此一來，兵力不足的問題更加突出了。

有的史書認為此時在官渡前線對陣的雙方兵力，袁紹有十多萬人，曹操不足一萬，曹軍中的傷兵佔到十分之二三。

這顯然不準確，袁軍人數估計得差不多，但曹軍人數明顯低估了。

曹操現在手下有多少人馬？有的史書進行過分析，認為曹操起兵的時候有 5000 人，以後大小各戰勝多負少，勝率在百分之七八十（敗者十二三而已矣），僅破黃巾一役就收降卒 30 多萬，即使在戰鬥中不斷有損耗，也不會如此少，用數千之眾對抗十多萬敵軍，斷然沒有取勝的可能。

這個分析是對的，官渡前線的曹軍不可能只有一萬人，理由至少有三條：

一是袁紹構築的屯營東西達數十里，而曹操能分營相守，說明曹軍兵力雖少，但不至於只有數千人；

二是假如袁軍是曹軍的十多倍，袁紹應該採取取圍攻的辦法，而不是現在這樣兩軍對壘，讓曹軍進退自由，屢屢得手；

三是後來袁紹失敗，很多史料都記載曹軍曾坑殺袁軍 8 萬人，以

8000 之眾完成坑殺 8 萬人的事是不可能的。

不僅如此，袁曹兩軍的總兵力與他們投到官渡前線的兵力也是兩回事。

算袁軍的兵力不能只算他們在官渡前線的兵力，袁紹諸子袁譚、袁熙、袁尚以及外甥高幹統率的人馬還有不少，不在十一二萬這個範圍內。

而算曹軍官渡前線的兵力不能把在各地的兵力都算進來，曹軍總兵力假如有 10 萬人左右，他們能用到官渡前線的有三分之一就不錯了，「曹統區」還有數十個郡國、數百個縣需要防守。曹操收黃巾降卒 30 萬，如前所述這僅是個虛數，實際能編入戰鬥部隊的頂多十分之一。

總之，曹軍在正面作戰的兵力被明顯低估了，曹軍在此的兵力應該在 3 萬人左右，甚至更多一些。

上面說的是兵力，是比較懸殊的；論雙方控制的地盤，曹操的劣勢就沒有那麼明顯了。

此時袁紹佔有冀州刺史部的全部，幽州刺史部、并州刺史部的大部以及青州刺史部的一部，此外還有兗州刺史部的東郡在黃河以北的地區，統計起來有 30 多個郡國、300 多個縣。曹操實際控制着司隸校尉部、徐州刺史部、豫州刺史部、兗州刺史部的大部，以及青州刺史部、揚州刺史部、荊州刺史部的各一小部分，郡縣數與袁紹相當甚至還略多。

但曹操對這些地區的控制力不如袁紹，地盤雖大，老的根據地不多，相當一部分是新佔的地方，有的如汝南郡、關中地區、徐州刺史部等還很不穩定。地盤分散且面積很大是曹操的不利之處，他必須分兵把守，使兵力更不夠用，在正面主戰場就明顯處於下風。

袁紹此次南下是經過一段時間精心準備的，他從「袁統區」各地抽調人馬重新編組和訓練，組成了一支強大的南下軍團，總兵力的確

是十一二萬人，其中步兵十萬人，騎兵一萬多人，還有北方少數民族僱傭兵近萬人。

袁軍不僅數量佔優，而且組織嚴密，兵種齊全，從史料中可以查到的此時在袁紹手下擔任旅長（校尉）一級高級將領的有馬延（步兵校尉）、韓定（越騎校尉）、王摩（越騎校尉）、眭元進（步兵校尉）、韓莒子（屯騎校尉）、趙叡（越騎校尉）、蔣奇（步兵校尉）、荀諶（長水校尉）、高覽（步兵校尉）、張郃（屯騎校尉）、韓荀（越騎校尉）、呂曠（射聲校尉）、張覬（步兵校尉）。

沮授、郭圖、逢紀、顏良、文醜、淳于瓊、蔣義渠等人職務是監軍或將軍，類似於兵團司令或軍長。辛評、許攸、蘇由等人是袁紹的高級參謀。

從上面的名目看，袁軍不僅有步兵、騎兵，還有射聲校尉營即弓箭兵部隊。而騎兵又分屯騎和越騎，屯騎是重裝騎兵，人着盔甲，馬披重鎧，士兵用長槍和馬刀，承擔衝鋒陷陣的任務，也稱突騎。越騎是輕騎兵，士兵穿薄甲，配弓箭，承擔遠途奔襲、追擊、搜索以及警戒的任務。

還有長水校尉，擔負水上作戰任務，同時負責架設橋梁、開闢道路以及攻城相關的土木作業等，類似於水軍和工兵的混合部隊。

相比之下，曹軍的情況差得多。

由於準備的時間不足、地理分散等原因，曹軍的正規化程度不如袁軍。曹軍主力部隊包括步兵約三個軍，屯騎和越騎各一個軍，長水和射聲各不足一個軍。各軍內部的編制也不滿員，能投入到官渡正面戰場的總兵力不足袁軍的一半。

夏侯惇、曹洪、曹仁的軍職已經升任為軍長（將軍），加上張繡，曹操手下的軍長至少有四個人，其餘將領目前的軍職是副軍長（偏

將、裨將）、師長（中郎將）、旅長（校尉）等。

劉辟等人在汝南郡叛亂以及袁紹先後派劉備、韓荀等人南下包抄許縣等事件發生後，曹操不得不重新考慮加強後方的軍事部署，曹洪、曹仁、樂進、李典等人先後被抽調到後方。

目前，曹軍在官渡前線以及各地的總體兵力部署是：

軍長（建武將軍）兼河南尹夏侯惇率步兵 5000 人守敖倉，並派其中一部分人守黃河之上的渡口孟津；

旅長（平虜校尉）于禁率步兵 4000 人守原武，並派其中一部分人守獲嘉和黃河上的另一個渡口延津；

東郡太守劉延率步兵 1000 多人守白馬，目前已撤退至官渡；

東平國相程昱率步兵 700 人守兗州刺史部目前的治所鄄城；

曹操親自率副軍長（偏將）徐晃、副軍長（裨將）張遼以及警衛部隊指揮官許褚等步騎混合部隊 1 萬多人守官渡，大本營的主要參謀人員有郭嘉、荀攸、賈詡、董昭、毛玠等人；

軍長（揚武將軍）張繡率本部約 5000 人轉戰到兗州刺史部，與程昱一道防守陳留郡一帶；

琅琊國相臧霸等泰山幫成員防守徐州、青州，掩護右翼，兵力約有 1 萬人，但不是曹軍嫡系；

軍長（屬鋒將軍）曹洪率 1 萬人左右守衛南陽郡的宛縣，防備劉表來襲；

軍長（越騎將軍）兼廣陽郡太守曹仁率數千人守衛潁川郡一帶，保證許縣的安全；

朝廷祕書局局長（尚書令）荀彧總攬許縣事務，旅長（討虜校尉）樂進、師長（中郎將）李典等率步騎數千人協助荀彧；

司隸校尉鍾繇坐鎮關中，負責督運關中的糧草；

潁川郡太守夏侯淵負責督運徐州、兗州、豫州三地的糧草；

農屯師師長（典農中郎將）任峻負責督造兵器，並負責各類軍用物資的運輸。

這場大戰最終耗時數月，雙方直接調用的兵力達十幾萬人，間接調動的更是多達幾十萬人，這是近年來少有的時間跨度長、兵力異地調動規模大的一次戰役，如此複雜繁重的後勤保障是雙方此前都沒有遇到過的問題。

兵強馬壯的袁紹在後勤保障方面也有軟肋，隨着戰事越拖越久，這個問題逐漸暴露出來，雖然他也下了不少功夫，但始終沒有解決好。

曹操在後勤方面投入的人力更多，荀彧、鍾繇、夏侯淵、任峻等人專司其職，在極其艱難的情況下保證着前線的需要。

鍾繇不僅儘可能將關中的糧草運往前線，還徵集到 2000 多匹馬，對前線的支援作用非常大。

有了糧草，運輸也是難事，劫敵軍的糧道往往是出奇制勝的手段之一，沮授就建議袁紹專劫曹軍的糧道，使敵人因糧食供應不上而軍心動搖，不戰取勝。除了敵軍外，四處盛行的流寇也經常打劫軍糧。

任峻負責糧草運輸時就深為流寇襲擾而頭疼，最後他總結出經驗，運糧時必須集中上千輛運輸車才能成行，並且加派兵力予以保護，土匪看到想劫糧也不敢動手。

## 日食下的衝鋒

劣勢之下的曹軍不得不選擇主動進攻，以求出奇制勝。

但是，兩軍對峙完成後曹操指揮人馬多次出擊都未成功（合戰不利）。

九月的一天，發生了日食。

日食作為異常的天文現象在古代被視為凶兆，也被看作上天對人

類的一種警告。發生日食後，在許縣的漢獻帝劉協照例下詔，要求公卿就朝政得失寫出專題報告（上封事），可以知無不言（靡有所諱）。劉協同時下詔中央和地方薦舉人才，標準是孝行突出的人（至孝之人），三公每人薦舉兩人，九卿以及郡國守相、校尉等各薦舉一人。

劉協的這項舉措未必出自曹操的授意，一來在官渡前線的曹操此時應該無心考慮這些事，二來在人才觀上曹操主張以才為先，以後又提出了唯才是舉的用人理念，與以孝為先的傳統用人觀不太一樣。

距許縣不到 200 里的官渡前線也看到了這次日食。對於戰爭而言，日食也預示着不吉利，通常情況下發生日食的時候交戰雙方都要停下來，因而日食有時候還起到意想不到的休戰作用。

最著名的事例發生在公元前 6 世紀的伊朗高原，當時米底王國和呂底亞王國在哈呂斯河一帶激烈交戰，戰事曠日持久，連打了五年還沒有完。有一天，兩軍正在廝殺，忽然發生了日全食，頃刻間太陽全被吞沒，仿佛夜幕降臨，士兵們被眼前的景象驚呆了，停止了廝殺。儘管不久之後太陽重新出來，一切恢復到正常，但交戰雙方都認為這是上天不滿戰爭而發出的警告，於是決定不再打下去了，一場打了五年的戰爭因為偶遇一次日食而終結。

曹操看到了這次日食，但他決定反其道而行之，利用敵人認為日食不宜作戰的心理向袁軍發起突然攻擊。

曹軍出擊，卻無法攻破袁軍堆起的土丘，不勝而還。

雙方陷入艱苦的對峙之中，為了取勝，都想了不少辦法。

袁紹下令在曹軍營外堆起土山，支起高高的瞭望樓（高櫓），憑藉制空權向曹營射箭。曹營暴露在敵人弓箭手的射程之內，營裏的人想來回走動，只能蒙着盾牌慢慢走。

為了對付高處的弓箭手，曹軍將攻城用的拋石車進行了改良，使之射程更遠，力量更大，號稱霹靂車，拋擲石塊，專打袁軍瞭望樓和

土山上的弓箭手，瞭望樓紛紛被打倒，袁軍的弓箭手也輕易不敢到土山上來。

袁紹見弓箭兵沒有發揮威力，又調來了工兵，向着曹營方向開始隧道作業。幹這活袁紹很在行，最終打敗公孫瓚攻克易京用的就是地道戰，但他不知道曹操也很在行，當初在張繡的安眾防線面前差點全軍覆沒，最後也是由工兵們突擊開挖出一條隧道才得脫險。

所以，曹操對袁軍的拿手好戲早有防備，他們的對策是以地道對地道，在營中橫向開挖出又長又深的壕塹，袁軍的地道挖到這裏時就暴露了出來。

雙方都使出了渾身招數，打得異常艱苦。


陷入長時間對峙，對曹操來說更為不利。

這是因為，官渡更靠近曹操的核心區，壓縮了曹操的戰略縱深，為曹操的後勤補給製造了更大的困難。

曹軍的糧食眼看接濟不上了，這個問題相當嚴重，一旦不能給士兵開飯，即使思想政治工作做得再好，部隊也沒有戰鬥力，更何況曹軍這邊士氣本來就成問題，士卒叛逃事件時有發生，如果再沒有飯吃，定會不戰而敗。

雙方一邊在前線相持，一邊都睜大眼睛盯着對方的運糧隊，袁紹三番五次派人打劫曹軍的運輸線，讓曹操苦不堪言。

曹操也抓住一次機會，給袁紹的運糧隊一次痛擊。曹操得到情報，說袁紹有一支運輸隊在部將韓猛帶領下正向前線開來，運糧車有數千輛之多。曹操問副參謀長（軍師）荀攸誰能擔負突襲袁軍運糧隊的任務，荀攸說副軍長（偏將）徐晃可以。

徐晃脫離楊奉進入曹營後屢立戰功，在攻打呂布以及東征劉備的戰鬥中表現突出，在不久前進行的白馬之戰和延津之戰中也充當主

力。徐晃的臨陣謀略和戰鬥力讓曹操很欣賞，深入敵後攻擊袁軍的糧道是一項難度很大的任務，僅有勇力不行，還要隨機應變，果斷處置各種突發事件，在這一點上徐晃完全勝任。

曹操命令徐晃率隊出發，同時派史渙為副將隨行，這個安排體現了曹操對這項任務的高度重視。

史渙日後的名氣雖然不如張遼、于禁、徐晃等人那麼大，但曹操對史渙的信任卻超過一般人，不僅因為史渙是他的老鄉，從己吾起兵就追隨他，更主要的是史渙做事穩當，對曹操忠貞不貳，曹操以後多次派史渙為監軍。

徐晃和史渙率部出擊，劫了袁軍的運輸隊，可惜的是，繳獲的糧食雖然很多，卻無法運回，只能燒了。

前線缺糧，辛苦的不僅是陣前廝殺的部隊，負責運糧的人也同樣很難，為了保證供應，不分晝夜地從後方緊急運糧上前線。

為了給他們鼓勁，曹操專門向他們訓話：「再過15天我就給你們打敗袁紹，到時候就不再煩勞你們了（十五日為汝破紹，不復勞汝矣）！」

曹操說這話的時候心裏未必有把握，為了穩定軍心，他必須裝出勝券在握的樣子。

曹操的壓力實在太大了，加上頭疼，弄得他常常睡不着覺。現在他滿腦子裝的都是糧食問題，整天愁眉不展，雖然誇下15天破敵的海口，但他知道除非奇跡發生，否則那是不可能的。

面對這種嚴峻形勢，曹操產生了退兵回許縣的想法，為此他給後方的荀彧寫了封信，徵求他的意見。

荀彧很快回信，不贊成曹操的想法，荀彧分析道：「現在軍糧雖然很少，但還沒有到楚漢在滎陽、成皋爭勝時那樣，當時劉邦和項羽都很艱難，但都不肯先退，因為先退的一方氣勢必然會受到打擊。現在

我們用很少的人阻擋袁軍的進攻，扼其咽喉使其不能前進，已經好幾個月了，現在正是關鍵時刻，形勢必將發生變化，一定能等來出奇制勝的機會。」

曹操認為荀彧說得有理，他又問計於賈詡，賈詡認為：「曹公您賢明勝於袁紹，勇力勝於袁紹，用人勝於袁紹，決斷勝於袁紹，有此四勝然而將近半年之久仍不能決勝，是考慮問題太求萬全而造成的，應該抓住機會奮力一擊，大局必然可定。」

荀彧和賈詡都不主張撤退，認為局勢已經到了關鍵時刻，現在需要的是一次出奇制勝的機會。

正在這時，曹營裏出現了一位神祕來客，仿佛上天專門安排的那樣，給曹操帶來了那望眼欲穿的決勝機會。

## 老朋友深夜造訪

官渡前線，曹操還在苦思冥想。

這天晚上，曹操正在帳中洗腳，準備不去想那些煩心事，先睡覺再說，衛士進來稟報，說外面有個自稱是他老朋友的人要見他，來人自報名字叫許攸。

許攸是曹操的老朋友了，已經多年不見，他目前是袁紹的高級參謀，怎會深夜至此？不過曹操在驚訝之餘馬上也明白了大概，知道好事來了。

聽了衛士的稟報，曹操不禁脫口而出道：「子遠來了，我的大事要成功了（吾事濟矣）！」

曹操來不及擦腳穿鞋，竟然光着腳（跣足）跑了出來迎接許攸。

雙方相見，顧不上寒暄，因為這不是寒暄的地方，更沒有寒暄的時間。既然是老朋友，多餘的話也就不說了，談話直奔主題。

許攸開門見山地問曹操：「袁紹強盛，您如何破他？還有沒有軍糧？」

果然是老江湖，一開口就擊中要害。

曹操也正想談談糧食問題，但他對許攸此行的目的還沒有把握，是獻計來了還是摸底來了搞不清楚。

曹操於是含含糊糊地說：「大概還可以吃一年吧（尚可支一歲）。」

許攸一聽，毫不客氣地說：「不對，請重新回答（無是，更言之）！」

曹操見瞞不過，只得說：「可以吃半年。」

這還是在玩虛的，許攸有點兒不高興了：「您不想破袁紹嗎？為什麼不據實回答呢？」

曹操這才笑道：「剛才是開個玩笑，其實糧食只夠吃一個月的了，怎麼辦呢（向言戲之耳。其實可一月，為之奈何）？」

其實這也是虛數，曹操之前說 15 天可以破敵的時候已經傳達出了實情，他的糧食不是可以吃 1 年或半年，甚至也不是 1 個月，而只有 10 多天了。

許攸替曹操分析道：「您孤軍獨守，外無救援而糧草將盡，這是非常危險的。現在袁紹一萬多車輜重糧草在故市、烏巢一帶，守衛的士兵警備不足，如果以一支奇兵發起突然襲擊，出其不意把糧草燒了，用不了三天，袁紹必然大敗！」

曹操一聽大喜過望，打敗袁紹的機會來了！


曹操很清楚，許攸提供的情報非常重要。

現在沒有什麼比糧食更重要的了，而許攸提供的恰恰是袁紹儲存糧食的後勤基地的位置以及防守情況，烏巢位於今河南省延津縣境內，故市地名不詳，也應該在這附近，這裏位於黃河之南、官渡以北，在袁紹軍營的背後。

也就是說，這兩個地方其實並不遠，如果能出其不意地偷襲一

下，一把火把袁紹的糧食都燒了，短時間內袁軍後勤將接續不上，軍心必然動搖。

這是一招制勝的絕好機會，曹操立即連夜主持召開軍事會議，與諸將以及各位高級參謀商議此事。

但出乎曹操的意料，大多數人反對去劫糧，不是摧毀袁紹的後勤基地不重要，而是大家不約而同提出了一個問題：許攸為什麼此時來投？

是啊，在袁紹那兒幹得好好的，為什麼偏偏這個時候叛逃呢？會不會是袁紹使的反間計？弄清這些問題很重要，如果是袁紹使的一計，那後果就太嚴重了。

眾人不知道的是，許攸確實是真心來投的，他目前在袁營的處境很困難。

不久前，許攸向袁紹建議分兵進攻曹軍，具體方案是，以主力的一部在正面吸引曹軍主力，然後分另一部主力悄悄繞到曹軍背後直接進攻許縣，把漢獻帝掌握在自己手中，奉迎天子反過來討伐曹操，曹操即使不潰敗，也會首尾難顧。

許攸的這項建議本來也很有價值，但劉備、韓荀已經兩次分兵出擊都以失敗而告終，所以袁紹不再考慮類似方案，就沒有聽從。

按說這也沒啥，更不會因此跟領導反目成仇，但恰在此時許攸家裏出了點事，讓他動了叛逃的念頭。

袁紹手下文武失合是一個公開的祕密，許攸一向說話口氣大、脾氣臭，不注意團結同事，平時人際關係一般，他跟審配不僅有矛盾，而且矛盾很深。

田豐、沮授失勢後，審配現在是袁紹身邊的頭號紅人，審配一旦得勢就想找機會收拾許攸。許攸家裏的什麼人這時候犯了法，審配把他抓了起來，並且揚言要挖後台，許攸又氣又怕，乾脆叛逃到曹營。

曹軍將領們不知道這些，即便許攸主動講了，大家仍然會覺得可

疑，寧可信其有，不可信其無，萬一是陷阱該怎麼辦？

但許攸帶來的這個情報太有價值，太具有誘惑性了。

作為弱勢的一方，打正規戰看來取勝的希望越來越小了，只能利用機會出奇制勝，打對手一個冷不防。出擊袁軍的後勤基地，的確是目前的最佳作戰方案。

機會來了，關鍵是能不能抓住。

能不能抓住，關鍵是敢不敢去抓。

在不可能詳細核實情報真偽的情況下，只有荀攸、賈詡認為許攸的情報可信，應該抓住機會，畢其功於一役，徹底扭轉戰局。

有他們的支持，曹操最終拍了板，決定抓住這個稍縱即逝的機會偷襲烏巢。

不是曹操喜歡冒險，而是他對許攸很了解。

作為 20 多年的老朋友，他知道許攸的秉性，這位仁兄的確智謀過人，但一向唯我獨尊，不太合群，跟郭圖勢不兩立的情況也早有耳聞。而且，許攸生性自私自利，做事情處處替自己着想，冒死跑到敵人那裏獻上一條讓人生疑的假情報，這種事許攸幹不了。

曹操決定親自帶隊完成這項任務，眾人大吃一驚，都以為聽錯了。

一場大會戰，雙方的主帥無疑是萬眾矚目的焦點，主帥的安危不僅是個人的事，更關係到決戰的成敗和數萬名將士的未來，所以凡有重大戰事，主帥的周圍必然有重重的護衛，中軍、近衛軍、貼身衛隊，層層設防，為的都是保證主帥的萬無一失。

而現在，曹操要脫離大營，率軍深入敵後，把自己置於危險之中，這不是有沒有膽量的問題，而是純粹的賭博和冒險，所以大家都不贊成。

但曹操意志很堅決，他既然決定了偷襲的計劃，就必須保證此行

的成功，他可以派其他將領去，但是又不放心。

虎豹騎已經從南陽郡回到官渡前線，曹操把大營臨時交由曹洪負責，由荀攸協助曹洪，曹操率 5000 人馬趁夜悄悄出發了。

這支人馬裏有張遼、徐晃所部，肯定還會有虎豹騎的一部分，都是曹軍精銳。

## 老將軍的鼻子沒了

烏巢的具體位置在袁軍大營東北方約 40 里處，曹軍此去必須經過袁軍的防地。

為順利通過，曹操讓人準備了袁軍的旗幟，在馬嘴裏銜上小木棍，用布縛住馬口（啣枚縛馬口），以防夜行途中馬匹發出聲響暴露行蹤。曹操命令士兵還抱了很多柴火，這些都是有專門用途的。

路上遇到袁軍，但他們根本沒有料到這是敵人。

袁軍詢問是哪部分的，曹軍士兵回答：「袁公擔心曹軍包抄後路（袁公恐曹操鈔略後軍），派我們增加防備。」

一路上多次遇到這種情況，居然都順利通過。

袁軍士兵戒備心如此之差嗎？那倒未必，一切緣於許攸送來的絕密情報中最有價值的部分除了袁軍囤糧的位置之外，應該還有袁軍的暗語口令等行軍機密，所以曹軍才能一路暢行無阻。

甚至可以推測許攸也一路同行，有他這個袁軍的高級參謀在，行軍路線、敵軍守備情況、敵將姓名、暗語口令等都不成問題，所以曹軍在夜裏很快便推進到烏巢附近。

袁軍在烏巢的指揮官是淳于瓊。

淳于瓊和曹操、袁紹是老同事，當年同為「西園八校尉」之一，

他的祖籍是潁川郡，跟荀彧一個縣。袁紹逃出洛陽，淳于瓊跟着來到渤海郡，此後一直追隨袁紹，深得袁紹的信任。袁紹解除沮授的兵權，沮授的身份原來類似於兵團司令，結果所部分成了三個軍，分別由沮授、郭圖和淳于瓊任軍長。

淳于瓊這個軍有一萬多人，袁紹交給他的任務是負責囤糧基地烏巢的安全，這批糧食是袁紹剛從後方調運來的，由袁譚親自送來，有了這批糧食，袁紹料定曹操必敗無疑。

曹軍出其不意地出現在烏巢袁軍營外，曹操下達攻擊命令，將士們奮力拚殺，袁軍沒有防備，頓時陷入慌亂。

曹軍攻入袁軍大營，帶來的柴火派上了用場，他們四處點火，袁軍大營頃刻間變成火海。

如果放在平時，曹軍未必能得手，但此時是夜裏，袁軍士兵毫無防備，大部分人還在睡覺，被驚醒後根本摸不清情況，也不知道敵人有多少，只見各處都在起火，到處都是喊殺聲，哪裏還有戰鬥力。

袁軍為什麼如此麻痺大意？因為他們遠在後方，前面全是友軍，根本沒有料到曹軍大隊人馬能從天而降。

但老將淳于瓊畢竟很有經驗，加上袁軍的總人數是曹軍的一倍以上，在短暫的慌亂之後迅速組織反擊，雙方展開了激戰。

淳于瓊同時派人向大本營求救。


在袁紹那邊，許攸突然不見了，這本應是一個嚴重的事件，袁紹應該馬上警覺起來。

袁紹應該想到，許攸負氣出走，最有可能去的地方就是曹營，許攸是高級參謀，掌握這邊很多軍事機密，他如果反水，後果十分嚴重，但袁紹沒有過於在意，直到接到了淳于瓊的求救才意識到問題有些嚴重。

袁紹立即召集兒子袁譚以及審配、張郃、高覽等人商議對策，大

家還沒提出什麼意見來，袁紹先入為主地認為曹操攻擊烏巢，他的大本營必然空虛，此時不如置烏巢於不顧，直接進攻官渡正面的曹軍，讓曹操有去無回，所以袁紹下令張郃和高覽率所部立即對曹軍大營發起攻擊，但張郃卻認為這個安排十分不妥：「曹操敢攻烏巢，率領的必然都是精兵，淳于瓊將軍肯定會被攻破，如果是那樣的話就大勢已去了，不如先去救他。」

張郃的意見遭到郭圖的反對，他支持袁紹的想法，堅持要張郃先攻曹營。

張郃跟郭圖當場辯論起來：「曹營很堅固，之前已經打了很久也沒有攻破，現在倉促之間能不能拿下實在沒有把握。而淳于瓊將軍如果被曹操俘虜，我們也都得當俘虜啊（若瓊等見禽，吾屬盡為虜矣）！」

按理說，袁紹此時真應該慎重考慮一下了，要麼重新部署讓張郃等人先救烏巢，要麼繼續堅持他的方案，但最好派別人執行這項任務，因為作為主將的張郃思想已經不統一。

可是袁紹仍然堅持讓張郃發起正面進攻，而只以少部分輕騎馳援烏巢，這一下就壞了。


烏巢這邊，戰鬥還在繼續。

雙方打得都很艱苦，曹操親自督戰，張遼、徐晃等人率部拚命廝殺，但始終未能攻破淳于瓊的指揮部。

正在這時，偵察兵報告說袁紹的援軍快到了，左右趕緊向曹操建議：「敵兵很近了，請分兵以拒！」

曹操頭也不回地說：「敵人到了背後，再來報告（賊在背後乃白）！」

曹軍將士拚死殊戰，終於在敵人援軍到來前的一刻將淳于瓊的指揮部攻破，俘虜了包括淳于瓊在內的袁軍1000多人。

之後曹操組織人馬回擊袁軍的援兵，將其打退。

曹軍臨陣斬殺的袁軍將領有眭元進、韓莒子、呂威璜、趙叡等人，這些人可能是淳于瓊手下的師長、旅長級將領，而淳于瓊本人則是被活捉的。曹操為了震懾敵兵，下令把俘虜的鼻子割去，把牛馬的脣舌也割了，拿出來展覽（以示紹軍）。

這種殘忍的辦法是一種心理戰，目的是讓敵人害怕。果然，凡是看到過這一堆戰利品的袁軍士兵無不驚恐萬分（將士皆怛懼）。

在這些被割去鼻子的俘虜裏居然也包括淳于瓊，這未必是曹操的命令，可能是亂軍之中老將軍被抓，大家不認識他，跟其他俘虜一樣捱了刀。

淳于瓊被帶到老朋友曹操面前時已經血流滿面了，他字仲簡，曹操吃驚地說：「仲簡，怎麼會到這個地步啊（何為如是）？」

淳于瓊忍着痛回答道：「勝負自有天意，還有什麼好問的！」

曹操念及都是老朋友，有點不想殺他，一旁的許攸插話說：「明天他若照着鏡子看，一定不會忘了這件事。」

許攸看到老同事遇難，不來搭把手就算了，還在背後補上一刀，看來袁紹真沒有把隊伍帶好，手下都是落井下石之輩。

曹操想了想許攸說的話也有道理，還是下令把淳于瓊殺了。

烏巢一仗曹軍艱難取勝，成為扭轉全局的關鍵點。

袁軍的大潰敗開始了。


## 特殊的戰利品

官渡曹軍大營，袁軍急攻，卻未能得手。

張郃、高覽也都是宿將，打仗很有兩下子，但也沒能攻破曹營。袁紹這才清醒過來，沒有聽張郃的建議全力增援烏巢是多麼失策。

即使曹軍的一部分主力離開大營，但一定會留下足夠的人馬防

守，並且會做好充分準備，曹軍大營已連攻數月而不下，現在想幾個時辰就攻破談何容易。

袁紹的指揮水平看來不怎麼樣，而郭圖那樣的「高參」也空有其名。郭圖竭力勸袁紹發起正面進攻，看到自己判斷錯誤，於是開始亂找理由給自己開脫，他向袁紹報告說：「進攻曹營失利，張郃反而很高興（郃快軍敗）。」

郭圖的潛台詞是張郃對自己判斷正確而沾沾自喜。明智的領導一定會從失敗中總結教訓，勇於承認錯誤，不會掩飾決策失誤而會想辦法進行彌補。可惜袁紹不是那樣的好領導，他就愛吃郭圖這一套。

郭圖這個人看來有些本事，當初是他憑藉三寸不爛之舌忽悠韓馥讓了位，給袁紹立了大功。但他本質上是一名策士，在袁紹集團內部既不屬於田豐、沮授那樣的本土實力派，也不是顏良、張郃那樣帶兵出身的將領。他要往上爬，必須有一些特別手段。

郭圖的特別手段就是踩着別人的肩膀往上走，他攻擊沮授，混上了帶兵權，又攻擊許攸，趕跑了一個強勁的對手，現在又攻擊張郃，也不考慮是什麼時候了，會不會把張郃逼反。

消息傳出來，張郃又恨又怕（忿懼）。

張郃跟高覽一商量，乾脆臨陣起義得了，於是焚燒攻城器具，來到曹營前投降。

張郃看來很有經驗，他可能考慮到了對方是否接受他的投降，於是先燒毀了攻城的器具，在當時那種情況下，這一點很重要。

這時曹操還沒回來，負責守營的曹洪居然不敢相信張郃是真投降（不敢受），荀攸對他說：「張郃的計策不被採納，生氣來投奔，不用懷疑！」

這也許是史家之言。張郃的計策是什麼，袁紹有沒有採納，以及張郃為什麼生氣這些情況，當時的荀攸是來不及掌握的，但荀攸仍然能判斷出張郃是真降還是假降，因為張郃把攻城的器具全都燒了。

曹洪、荀攸於是接受張郃、高覽投降。

張郃和高覽都是袁紹手下最重要的將領之一，民間有個說法，稱袁紹手下有「河北四庭柱」，包括已故的顏良、文醜以及張郃、高覽，認為他們是「袁統區」的四根柱子，可見分量不一般。

袁紹手下原來還有一位更有名的大將，就是在界橋之戰中大敗公孫瓚白馬義從的麴義，但他沒有出現在官渡之戰中，據說麴義立下大功後有點功高震主，不服袁紹的領導，被袁紹藉故處死了。

四根柱子，兩根折了，兩根罷工了，袁紹的大廈瞬間崩塌。

曹操回到大營，見到張郃特別高興，把張郃比作殷商時的微子、楚漢時的韓信，任命他為副軍長（偏將），以天子的名義封他為都亭侯。

不過，如果從實力上看，袁紹手裏仍然有十分強大的力量，他的三個兒子和一個外甥手裏都握有重兵，只要安全撤回冀州，仍舊可以發起有效反擊。

可是，這一切來得太突然了。

對於袁軍將士而言，這一天簡直是噩夢連連。

先是傳說囤糧基地遭劫，糧食被燒光，老將淳于瓊等人被殺，後來看到一些手捂鼻子從烏巢跑回來的士兵，一個個慘不忍睹，大家都驚駭不已。

緊接着，聽說張郃和高覽二位將軍率領所部集體投降了曹軍，大家根本不敢相信，但看到剛剛投降過去如今殺了回馬槍的弟兄們時大家都明白了。

趕緊跑吧，跑慢了也沒有鼻子了！

袁軍不再抵抗，而是慌不擇路地大逃亡。袁紹和兒子袁譚來不及

穿戴整齊，倉皇出逃，帶了 800 名騎兵一口氣跑到黃河邊才甩掉了曹軍的追兵，渡過河去。

沒有跑掉的就做了俘虜，事後統計曹軍光俘虜就抓了好幾萬。郭圖打仗不行，跑路比較有眼色，此時緊跟領導不掉隊，僥倖保住了一命。

而沮授沒有那麼幸運，做了曹軍的俘虜。

沮授以前跟曹操相識，他被人綁了來見曹操。

沮授一路大呼大叫：「我不投降，我是被抓的！」

見到曹操，曹操想招降他，對他說：「袁本初無謀，不聽先生你的計謀，所以失敗。如今國家未定，希望咱們一塊來謀劃。」

沮授堅決不降：「我的叔父、母親和兄弟都在冀州，如果你念及舊情，就請從速把我處死！」

這是沮授的悲哀，生未逢明主，身處絕境時也只有選擇死，所以他在路上要大呼大叫，為的是別讓大家誤以為他投降了，袁紹要知道他投降，他在冀州的親人們必然遭難。

但曹操很欣賞他，還是不想殺他，在曹操眼裏，沮授是荀彧、賈詡那樣的人才，能力和人品都是一流的。

曹操歎息道：「如果早些得到你，天下何足為慮呀！」

曹操厚待沮授，但沮授只想一死。他公開逃跑，曹操無奈，只好把他殺了。


這場官渡之戰，就這樣結束了。

此戰中曹軍究竟俘虜了袁軍多少人？這一點從曹操事後向漢獻帝上的一份奏疏中可以看出來，這份奏疏不僅詳細報告了官渡之戰的戰果，還回顧了以往的一些歷史，透露出許多有趣的信息。

這份重要的史料是這樣總結官渡之戰的：

「大將軍鄴侯袁紹之前與冀州牧韓馥謀立故大司馬劉虞，刻製了金

璽，派遣原任縣縣長畢瑜到劉虞那裏勸進。後來，袁紹又給我寫信，說『可以把都城遷到鄄城，然後考慮另立他人（當有所立）』。袁紹擅自鑄造金銀印章，儼然天子一樣，孝廉、計吏都前往拜見他。

「他的從弟濟陰郡太守袁敘給袁紹寫信說：『如今海內喪敗，天意在我袁家，神靈有徵，登大位者當在尊兄您。南兄的臣下欲使之即位，南兄說論年紀北兄更長，應該把大位讓給北兄，想把御璽送來，結果卻讓曹操斷了道。』

「袁紹宗族累世受國之重恩，卻凶逆無道，諸如此類的事不可勝數。所以我整合兵馬，與之戰於官渡，乘聖朝之威，最後斬殺其大將淳于瓊等八人，使之大敗，袁紹和他兒子袁譚僅率少部分人逃走，共斬首七萬多級，輜重財物以億數。」

上面說的南兄是袁術，北兄指的是袁紹。

曹操所言斬袁紹八員大將應該是：顏良、文醜、韓猛、淳于瓊、睦元進、韓莒子、呂威璜、趙叡。至於其他戰果，這裏說得很明確，斬殺七萬多人。

還有的史書說，袁紹和袁譚不是率 800 人逃跑的，只有父子倆（紹與譚單騎退渡河）。袁紹手下其他的人詐降，後來被發現，結果都被坑殺了，總人數多達八萬人（殺袁紹士共計八萬人）。

曹操坑殺降卒是有可能的，因為他們詐降，但按理說只有參與詐降的士卒才會被坑殺，張部、高覽所部戰場起義和真心投降的肯定不在此列，8 萬多人全部詐降怎麼可能？

動輒活埋數萬名降卒的事不僅不合乎人性和倫理，也不合乎曹操此時作為朝廷司空的身份，更重要的是，不合乎勝利一方的利益。人力資源是此時最稀缺的資源，曹操未必是一個不殺生的善人，但他沒有必要浪費資源，使用降將降卒一向是曹操的政策，曹操沒有見到降卒就殺的習慣。

或許曹操坑殺了不少降卒，因為他們詐降，一怒之下活埋他們是可能的，但這應該是一小部分人。而曹操戰報裏說的斬殺 7 萬多人應該是官渡之戰的全部戰果，包括白馬之戰、延津之戰、汝南郡之戰、烏巢之戰以及徐晃、史渙擊敗韓猛之戰等。

　　除此之外，還有很多戰利品。

　　這些戰利品中除了大量的軍用物資外，還有兩類特別的東西，一類是袁紹隨軍帶來的圖書、珍寶，之前說過這是袁紹刻意帶來的，把鄭玄老先生請出來隨軍也是同樣的想法，袁紹想的是一口氣拿下許縣建立新朝廷，朝廷的體制、禮儀、官制等都要來個新面貌，所以帶來了不少圖書資料，還有擺在未來皇宮裏的用具等，現在都成了曹操的戰利品。

　　還有一類是袁軍的公文、書信等檔案資料，其中不乏絕密級檔案，袁紹敗得很突然，來不及帶走也來不及銷毀，全落到曹軍手中。

　　袁紹強大時，「曹統區」有些地方官員、許縣朝廷以及曹軍中有不少人跟袁紹暗送秋波，寫了很多信，這些都是通敵的罪證，曹操平生最恨的就是誰跟他玩潛伏，現在有了確鑿證據，正好秋後算賬。

　　可是，曹操卻當着眾人的面一把火把這些書信都燒了。

　　燒之前曹操甚至看都沒有看一眼，他對大家說：「當初袁紹那麼強大，我尚且感到不保，何況大家呢（當紹之強，孤猶不能自保，而況眾人乎）？」

　　此舉讓很多揪着起的心又放下了，大家不得不佩服曹操心胸博大，再也沒有其他想法了。

　　發生在漢獻帝建安五年（200 年）的官渡之戰以曹操集團的突然勝利而告終，這場大戰影響深遠。

　　戰後，全國的局勢為此也發生了巨變。

# 第二章 孫權臨危受命

## 還在窩裏鬥

袁紹輸掉了老本，也輸掉了銳氣。

官渡之戰這一年，袁紹大約 57 歲，曹操 47 歲。

袁紹父子倉皇渡過黃河，到了黎陽，他的部將蔣義渠在這裏駐守。袁紹直到進了蔣義渠的大營，恐懼之情仍然難以平靜。蔣義渠趕緊整頓人馬加緊防衛，以備曹軍趁勝渡河。

好在曹軍沒有立即渡河，曹操那邊正忙着打掃戰場，袁紹父子這才有了喘息之機。

回到鄴縣，袁紹應該開會反省一下這次慘敗的原因，研究研究下一步如何報仇雪恥，但這些他都沒做，而是先把關在監獄裏的田豐殺了。

田豐當初勸袁紹不要急於出兵，認為要擊敗曹操應該穩紮穩打，不能急於求成，盲目出擊會將穩贏的局面變成一場勝負難料的對決，通常這對弱勢的一方更有利。袁紹沒有聽從他的勸告，而田豐偏偏又是個不達目的決不罷休的人，非要勸袁紹收回成命不可。袁紹大怒，認為大軍未出之時，田豐的言論挫傷了士氣，於是把他關了起來。

田豐字元皓，精通權略，是個奇才，年輕時也曾在京師的太尉府等機構供職，曹操早就聽說過他的大名，也許以前見過面。

曹操聽說田豐沒跟袁紹一塊南下，高興得拍起了手：「袁紹必然要失敗呀！」

後來袁紹逃遁，曹操感歎道：「假如田豐在這兒，袁紹何至於此！」

現在袁紹敗軍而還，看押田豐的獄卒高興地對田豐說：「田先生，這一下好了，您要重新被重用了！」

誰知道田豐並不高興，他的看法正好相反：「如果大軍得勢，我的下場還好，現在大軍失敗，我就要死了！」

田豐太了解袁紹了，更了解袁紹身邊的人。袁紹身邊落井下石的一號人物是郭圖，二號人物是逢紀，之前逢紀多次向袁紹進過讒言誣陷田豐，這次乾脆抓住機會，置田豐於死地。

袁軍大敗後，軍中紛紛議論：「假如田豐在，我們怎麼會敗得這麼慘？」

袁紹開始也挺慚愧，他對逢紀等人說：「當初只有田豐勸我不要急着出兵，現在見到他我都很慚愧。」

袁紹的慚愧是真的，但逢紀看出了慚愧背後還隱藏着別的什麼東西，他感到機會來了。

逢紀知道眼前的這位領導不僅志大才疏，而且死要面子，他表面謙和，很有氣度，喜怒不形於色，但內在裏氣量很小。有這樣特點的領導通常都比較好忽悠，你只要揀他最舒服的話說，挑他最有面子的事做就行了，逢紀看出來袁紹的慚愧是真，惱羞成怒也是真。

逢紀於是向袁紹打小報告說：「田豐聽到您撤軍回來，拍手大笑，得意於被他說中了（豐聞將軍之退，拊手大笑，喜其言之中也）。」

都到了這個時候，袁紹的手下仍不忘窩裏鬥。

袁紹果然氣惱，動了殺機（於是有害豐之意）。

後來，袁紹就把田豐殺了。


曹操沒有立即制訂渡河作戰的計劃，最主要的原因仍然是後勤保障問題。

過了年，即漢獻帝建安六年（201年）春天，曹操率一部分人馬來到兗州刺史部東平國，駐紮在安民，此行的目的是徵調兗州刺史部、徐州刺史部一帶的糧食，為後面的戰事做準備。

曹操在東平召開了軍事會議，研究下一步行動計劃。按照曹操的想法，袁紹新敗，暫時無力南下，趁這個機會應該先解決劉表。

這次會議很重要，就連一向留守在許縣的荀彧也參加了。

荀彧在會上反對這個計劃，他認為：「袁紹新敗，其眾離心，應該繼續對他保持高壓，直到完全打敗他。如果我們遠征江漢，袁紹趁機收拾殘眾，從我們後面發起攻擊，後果不堪設想。」

曹操認為荀彧說得有理，於是重新將主力部署到黃河沿岸。

四月，曹操親自趕到東郡，在黃河岸邊指揮了倉亭之戰，再次將袁軍擊潰，袁紹所部完全退到冀州境內。

這時曹操有了一次渡河作戰的機會，他可以由東郡渡河，東郡境內的濮陽是戰略要地，一直在曹軍掌握之中，東郡在黃河以北的地區曾經是曹操的地盤，他在這裏多少有一定基礎，先以此為基地，可以趁袁紹再敗之機徐圖冀州。

但是曹操卻下令撤兵，並且一直撤回到了許縣，原因是許縣那邊又出現了危機，這次危機的製造者還是劉備。


## 袁紹抑鬱而死

在汝南郡被曹仁率領的虎豹騎打敗後，劉備又回到了袁紹那裏，他沒有遠走高飛的原因，一來是暫時沒有更好的地方可去，二來可能也認為袁紹的勝率更高，所以先回去再說。

面對當時陷入僵局的戰事，劉備向袁紹提出一個建議，即向南再次去聯合劉表，這個建議並無新意，之前也嘗試過，但這次袁紹卻同意了。

這是因為，官渡正面戰打響以來，袁紹越來越感到吃驚，他原以為這場戰鬥容易得多，他有絕對優勢，對付曹操這個小兄弟和曾經的部下，他認為自己沒問題，曹操要麼知趣投降，要麼被一舉蕩平，可結果大出意外。

對峙時間太久，袁紹確實煩了，在陣地戰不能馬上取勝的情況下，劉備的建議顯示了價值，袁紹命劉備再次深入敵後，去南陽郡一帶聯絡劉表。

袁紹仍然沒有給劉備調撥人馬，只是讓他率本部（將本兵）前往，大概袁紹也考慮到了，劉備此行有一去不返的可能，加之這次的任務很明確，是去聯絡劉表，也就是個聯絡員的角色，人馬多少關係不大。

這時劉備手裏已經沒有多少人了，好在骨幹成員都還在，接到袁紹的命令，劉備立即率部再次繞行深入曹軍之後。

劉備把能帶的人都帶上了，包括自己的家眷，勢頭不妙的話，也確實不打算再回來了。


聯絡劉表，應該去南陽郡。

南陽郡是荊州刺史部最北面的一個郡，一部分地盤掌握在劉表手中，一部分掌握在已歸附了曹操的張繡手中。

劉備卻沒去那裏，走到汝南郡時，停下了。

劉辟被打散後，黃巾餘部在龔都的帶領下繼續起事，已經發展到數千人，對於亟須擴充實力的劉備來說，如果能收編這支隊伍，那就再好不過了。

由於跟黃巾軍有過良好合作，劉備這次也沒費太大的事，龔都等人表示願意聽從他的指揮，劉備的勢力一下子壯大起來。

劉備學聰明了，不急於進攻許縣，先站穩再說。

曹操聽說後挺着急，但這時官渡之戰還沒有結束，他已派不出

人馬來支援汝南郡了，曹操命令一個叫蔡陽的部將組織地方武裝進攻劉備。

蔡陽情況不詳，不在曹軍一流將領行列，一戰下來，蔡陽大敗被殺。

還沒等劉備思考下一步應如何行動，從官渡前線傳來了一個讓人不敢相信的消息，袁紹的 10 萬大軍幾乎在一夜之間被曹軍打敗，袁紹率殘兵敗將已經逃回了冀州。

儘管也有這樣的思想準備，但對劉備來說這個消息仍然有點兒太具戲劇性了，袁紹被打敗似乎也算不上新奇，但這種敗法卻讓人驚愕萬分，也讓人措手不及。

劉備不知道該怎麼辦了，待在汝南郡考慮着出路問題。

現在，聽說曹操要親自來收拾他，劉備急了，沒等跟曹操照面，先跑了。

劉備去了荊州，真的投奔劉表去了。


時間到了漢獻帝建安六年（201 年）下半年。

這段時間，曹操這邊基本上沒有什麼大的戰事，經過官渡大戰後，部隊需要休整以恢復元氣，各地也需要平息流寇、發展生產，曹操想先把當年的莊稼收好，把明年的糧穀種上，為下面更大的戰事積蓄力量。

袁紹也沒有發起進攻，一來他的實力大損，官兵士氣低落，內部紛爭不斷，沒有力量重新組織進攻，二來袁紹自官渡大敗以後好像換了個人，過去向來是意氣風發、藐視一切，現在卻灰心失望、毫無鬥志，整天唉聲歎氣。

年近 60 的袁紹又憂又氣，健康狀況每況愈下，住在鄴縣城裏不再出來。曾經號令天下、威名遠揚的袁本初，居然落到這般模樣。

到了第二年，曹操準備好了糧草，將士也得到了充分休養，準備發起夏季攻勢。曹操剛把各項部署安排好了，就等着發起進攻了，卻傳來消息說袁紹死了。

漢獻帝建安七年（202 年）五月，抑鬱中的袁紹發病嘔血而死，享年約 58 歲。

袁紹死於何病史書均未做記載，但他的死跟弟弟袁術很相像，都是在心情極差的情況下染病的，死前都有吐血的症狀。

從醫學上講，吐血分咯血和嘔血兩種，咯血一般是咽喉以下呼吸系統出了問題，而嘔血通常是消化系統的問題。袁術和袁紹都屬於嘔血，袁術更是嘔吐了一斗多的血，說明他們得的都是消化系統的疾病，比如消化性潰瘍，或者肝硬化引起的食管、胃底靜脈曲張破裂，以及急性胃黏膜病變等，從他們兄弟二人相似的症狀看，他們得的這種病可能有家族遺傳史。

現在袁紹死了，雖然龐大的袁氏帝國仍未結束，但袁紹自己的時代結束了。

在漢末歷史舞台上，袁紹有機會成為一代偉人，但也許命運不濟，讓他壯志未酬身先死。也許生不逢時，讓他偏偏跟曹操處在同一個時代。也許他本來就沒有撥亂反正、革故鼎新的能力。

總之，他帶着遺憾走了。

史書對袁紹的評價不高，稱他外寬內忌、好謀無決，有才不能用，聞善而不能納。還說他好強鬥狠而不注意團結，一意孤行而逞能好勝，輕視嫡子而看重庶子，這都是滅亡的徵兆（很剛而不和，愎過而好勝，嫡子輕而庶子重，斯之謂亡徵）。

這些評價都還不夠到位，跟他相識相知數十年的老朋友曹操對他的評價更深刻，曹操說他色厲膽薄、好謀無斷、幹大事而惜身、見小利而忘命。

今河北省滄州市在東漢末年屬冀州刺史部渤海郡，其境內的滄縣高川鄉前高龍華村東北有一處古墓，封土高大，佔地約 1500 平方米，這座墓相傳為袁紹墓。此地為平原，其北不遠處有滹沱河故道東西穿過。

袁紹的故鄉是豫州刺史部的汝南郡，現在是敵人的地盤，死後無法回故鄉安葬，這也可以理解。袁紹的封地在鄴縣，也是他的行政中心，他沒有安葬在這裏，而是安葬在了他曾經工作過的渤海郡，這是不是出於他的臨終遺囑，已不得而知。

這些已經不重要了，重要的是袁紹死了。

# 譙縣大練兵

漢獻帝建安七年（202 年）新年剛過，曹操決定回故鄉譙縣一趟，自從 33 歲那年結束在譙縣的隱居生活回到洛陽，曹操已經 15 年沒有回過老家了，其間有幾次帶兵路過老家附近，但出於各種考慮他沒有回去，這次曹操決定在故鄉多住一陣。

50 年前，當時在位的還是漢桓帝劉志，有一天他在夢裏看到黃星停留於古楚國、宋國所對應的天宇，醒來後大惑不解，詢問星象學家殷馗。

所謂黃星就是土星，在五行中土對應的顏色是黃色，同時土星又被稱為帝王之星，據此殷馗認為 50 年後在古楚國、宋國也就是如今的梁國、沛國一帶將有真人出現，其勢頭無法阻擋（其鋒不可當）。

這件事不是瞎說，它被記錄在皇家祕密檔案裏，並在朝野間悄悄流傳。

曹操之前也聽到過這個說法，不過在他看來這即使不是無稽之談，也跟自己毫無關係。但屈指算來現在正好過了 50 年，自己這個沛

國人擊破了袁紹，已經顯露出獨步天下的跡象，於是曹操又不經意間想起了關於桓帝那個夢的傳說。莫非這是在說自己？

回想漢靈帝中平六年（189年）在己吾起兵，當時自己只有35歲，算是個青年，如今13年過去了，自己也48歲了，已經過了壯年。

在人生中最年富力強的十多年時光裏，曹操幾乎每天都在戰鬥，好幾次身陷絕境，如果想到這些曹操肯定會不由得生出許多感慨。

現在，曹操又回到了故鄉，這不是普通的休假，也不是一般人的衣錦還鄉，作為朝廷的實際控制者、當今天下最有權勢的人，曹操的回鄉之旅不僅隆重，還有軍事上的意義。

曹操是帶領一支主力部隊浩浩蕩蕩開到譙縣的，他想一邊回鄉省親，一邊把部隊帶到沛國、梁國一帶搞搞拉練。

在今安徽省亳州市至今還流傳着許多曹操練兵的傳說，保留着運兵道等當年的軍事設施以及觀稼台、鬥武巷、馬場街等與當年歷史有關的地名。在《曹操集》裏保存了一篇軍令，也是曹操這時候在譙縣發佈的。

在這篇《軍譙令》裏，曹操說他起兵為天下鏟除暴亂以來，故鄉一帶的人民深受災難，人幾乎都死光了（舊土人民，死喪略盡），曹操說他此次回來，不管走到哪裏，都很難見到一個熟人，不由得使他感到傷悲（使吾淒愴傷懷）。

在譙縣練兵期間，曹操對戰死將士後代的撫恤問題進行了安排，發佈命令要求尋找死去將士的子女，找不到的就找他們的親屬作為後代，由國家分給田地，地方官府配給耕牛，設立學校，請老師教他們的子女讀書。曹操還下令給死亡將士建立祠堂，讓將士的後人們有地方祭祀他們的祖先。

曹操滿懷深情地說：「如果死者地下有知的話，等我將來要死的時候，也就沒有什麼遺憾了（魂而有靈，吾百年之後何恨哉）！」

這次回到譙縣，曹操還順便看望了他的原配夫人丁氏。

丁氏也是譙縣人，前兩年因故被曹操遣送回了娘家，現在就在譙縣居住。

丁氏嫁給曹操後一直沒有生育，在卞氏之前曹操還娶了劉夫人，劉夫人生下了曹操的長子曹昂以及長女清河長公主，可劉氏死得早，曹昂便由丁氏撫養，丁氏對他愛護有加。

曹操第一次南征張繡期間，由於自己的疏失導致張繡反叛，曹昂陣亡，這件事丁氏難以接受，她經常痛哭。

丁氏還經常埋怨丈夫曹操說：「你把我兒子殺了，你還跟沒事人一樣（將我兒殺之，都不復念）！」

說得多了，曹操有點生氣，前兩年把她遣送回娘家，想讓她消消氣。

曹操這次回來主動到老丈人家看望丁氏，當時丁氏正在織布，有人趕緊通報說曹公來了，但丁氏跟沒聽見一樣（踞機如故），沒有起身相迎的意思。

曹操過去，拍着丁氏的背說：「回頭看看我嘛，跟我一塊回去吧（顧我共載歸乎）！」

哪知丁氏頭也不回，也不回答。

曹操無奈，只好悻悻而出，走到門外，又說：「難道還讓我求你嗎（得無尚可邪）！」

丁氏仍不應，曹操歎息道：「看來真的情意已絕了！」

曹操只好把丁氏休了，希望丁氏娘家人把她再改嫁。可誰敢娶曹操的前妻？即使有膽大敢娶的，丁家人也不敢嫁。

丁氏出身於譙縣有名的大家族，這個家族裏產生了丁宮、丁沖以及丁儀、丁廙等人物。丁氏進曹家後是正妻，對倡家出身的卞氏不放在眼裏。丁氏被休後，卞氏對她很照顧，經常派人給她送東西，還趁

曹操不在家的時候偷偷把她接到府裏來,仍然讓她坐在上座,對此丁氏十分感激。後來丁氏去世了,卞氏又向曹操求情,讓她不要葬在娘家而是送到許縣安葬。

曹操對丁氏以及死去的長子曹昂還是很有感情的,曹操臨死的時候回憶了自己的一生,又想起了他們。

臨終前,曹操說過這樣的話:「我這一輩子沒有做過什麼虧心事,只是倘若死後有靈,見到子修,他問我母親怎麼樣了,我將無言以對!」

子修,是曹昂的表字。

## 劉備駐紮新野

曹操在譙縣大練兵是為即將開始的北伐做準備的,在以譙縣為中心的沛國、陳國、梁國以及陳留郡一帶,曹操一方面加緊部隊的休整和訓練,另一方面籌集糧草等物資,積極備戰。

曹操還動員軍民開挖了睢陽渠,這是一條主要以軍事運輸為目的的人工運河,東起陳留郡的浚儀,西至官渡,官渡以上利用原鴻溝水溝通黃河,浚儀以下疏拓睢水河牀,可以直達睢陽或者由狼蕩渠南下直達陳國、汝南郡,與淮河水系相連。

這一帶原有的人工運河眾多,睢陽渠的主要工程在官渡至浚儀一段,其餘都是利用原來的運河,睢陽渠修成後,黃河、淮河兩大水系連接更為通暢,「曹統區」的豫州刺史部、徐州刺史部北部以及兗州刺史部一帶水運能力大為提高。

與陸路運輸相比,由水路運輸軍糧更便捷、更安全,損耗也最小。曹操下令大修睢陽渠,為的是提高軍隊的後勤保障能力,他的眼睛時刻盯着黃河以北。

為了保證工程順利進行,曹操親自到浚儀視察,由譙縣到浚儀途

中要路過梁國，這裏是曹操的忘年交——已故太尉橋玄的故鄉，橋玄死後就葬在這裏。

橋玄字公祖，跟江東二喬的父親喬玄完全是兩個人。曹操還沒有出道的時候，橋玄慧眼識珠，稱讚曹操是難得的人才，並給予大力扶持，對於這段恩情，曹操自然無法忘懷，曹操派人以太牢之禮祭祀橋玄。

所謂太牢之禮就是用牛來祭祀，這個稱呼來自西周，當時把祭祀分成三等：諸侯之祭用牛，叫作太牢；大夫之祭用羊，叫作少牢；士之祭用豬，叫作饋食。

牛現在是很普通的家畜，但在周朝初建時，牛是剛從雅利安人那裏引進的新鮮物種，十分珍貴，用作祭品時表示最高禮節。羊在當時也是剛從藏族人那裏引進的，數目也比較少，所以次之；豬是華夏人民自己馴養的家畜，等級較為普通。

橋玄從基層幹部一直幹到朝廷三公，是個實幹型官員，他對自己要求很嚴，去世時家裏沒有產業，喪事不用殯禮，受到當時人們的稱讚。橋玄官雖然做得很大，但沒有受封過侯爵，曹操用太牢之禮祭祀他，超過了普通規格。

曹操還親自撰寫了一篇祭文，這篇祭文寫得很生動，不同於一般的客套文章，一看就是曹操自己的手筆，不僅因為這篇文章有鮮明的曹氏風格，而且在文中除了表達對橋玄的讚頌和懷念外，還講述了一件曹操與橋玄之間的往事：「當年您跟我有過約定：『我死後要是你路過我的墓前，不用一斗酒一隻雞祭祀我的話，車過三步必叫你肚子疼，到時候不要怪我啊！』這雖然是開玩笑的話，但如果不是至親好友，又怎麼能說出來呢？現在祭祀您，不是怕您生氣使我生病，而是思念以前的舊情，心中悲傷啊（懷舊惟顧，念之淒愴）！」

曹操的目光盯着北方，南方的劉表卻在獨自歎息。

官渡之戰突然結束，劉表同樣感到錯愕，這個結果多少出乎了他的意料，他突然覺得好像失去了什麼。

袁紹當初派人到荊州聯絡他，希望結成同盟共同對付曹操，劉表口頭上答應袁紹，但沒有實際行動。袁紹敗得這麼迅速和徹底，讓劉表感到吃驚，他才看清了北方的局勢，看來很難抵擋曹操前進的步伐了。

劉表最希望看到的局面是，袁曹能多鬥一陣，最好你死我活地打上幾年，讓他坐收漁利，但這個局面並沒有出現。

更讓劉表心驚的是，官渡之戰剛結束，曹操立即揮師南下，表面看是討伐汝南郡的劉備，但劉表比劉備還緊張，擔心曹操來個摟草打兔子，順道來攻荊州。

就在這時，劉表接到報告，說劉備派人來見他，來的人是麋竺和孫乾，已經到了荊州。

荊州現在的治所是南郡的襄陽，即今湖北省襄陽市，麋竺和孫乾在這裏見到劉表，表達了劉備想歸附的想法。

劉表很高興，對劉備一行的到來表示歡迎。

劉表早就知道劉備的名字，這個跟公孫瓚同過學、跟陶謙共過事、跟呂布搭過夥、跟袁術交過手、跟曹操喝過酒、跟袁紹結過盟的人，早已不是一般人物，頭上有左將軍、豫州牧的頭銜，手下有關羽、張飛幾員猛將，雖然現在人馬不多，但誰也不敢小瞧他。

曹操遲早要南下，在用人之際，單就劉備的名望，就很值錢。

麋竺和孫乾回去覆命，劉備正在走投無路，聽到報告，他一刻不敢耽誤地率部趕往荊州。

為了表示熱情，劉表親自到襄陽郊外相迎。

如何安排劉備，劉表做了認真思考，不知是不是受到陶謙的啟

發，劉表也給劉備找了一個好去處——新野。

新野是個縣，隸屬於荊州刺史部南陽郡，此時南陽郡的治所宛縣已在曹軍控制之中，新野剛好處在宛縣與襄陽中間，是敵我對攻的要衝。

劉表給劉備增加了人馬（益其兵），讓他駐紮在新野。

如今的新野正如當年的小沛，都是當盾牌用的，劉備折騰了這麼多年，又一次被人作為鋼盔套在頭上。

但劉備別無選擇，這次的情況連上一回還不如，沒人，沒錢，沒地盤，沒前途，已屬走投無路。劉表能收留他已是很不錯了，地盤雖然小點但總算有個立足的地方，不能挑挑揀揀了。

新野北距宛縣 50 來里，南距襄陽不足 100 里，實際上每天都生活在敵人的鼻子尖底下，形勢一緊張，睡覺都不敢脫衣服。

劉表給劉備增了兵，讓他來指揮這些人馬，看起來很大方，其實除了增加防衛力量外，這些人還有一項重要任務就是監視他，到關鍵時候，他的話對這些人並不好使。

情況如此複雜，換成別人說不定得愁死。

但對劉備來說這點事算不了什麼，他經歷過的事實在太多了，不用東奔西跑已經很滿足了。


# 平定昌豨叛亂

官渡大戰後的第二年，藉着向東面調兵以及給部隊搞拉練的機會，曹操在徐州曾有一次小規模的用兵，對手是東海郡太守昌豨。

之前說過，昌豨也可以算作泰山幫的成員，與臧霸等人關係密切，在漢末三國時代他雖然名氣不算太大，卻是讓曹操吃過敗仗最多的人之一。

有人統計過，曹操一生親自指揮的戰役和戰鬥共 51 次，其中勝 43 次，負 8 次，勝率超過 80%，在漢末三國時代，這是一份驚人的成績單。

打敗曹操的這 8 次，分別是由徐榮、呂布、張繡、孫權、劉備等人指揮，馬超、袁紹也分別小勝過一次，還有一次即孫劉聯軍在赤壁大敗曹操。

這份戰績表雖然收錄了曹操一生 50 多次征戰，但仍然存在很多遺漏，尤其是漏掉了一些雖然曹操沒有親自臨陣卻直接指揮的戰役，在這些戰役中，曹操的勝率明顯沒有那麼高了。

最早對曹操一生軍事成就做過系統性點評的也許是諸葛亮，他在《後出師表》一文中指出：「曹操的智慧計謀遠遠地超過一般人，他用起兵來就好像孫臏、吳起一樣，可是他卻曾在南陽受困，在烏巢處於險境，在祁連山上遭到危險，在黎陽被逼，幾乎在北山失敗，差一點死在潼關，後來才在表面上穩定了一段時間……曹操五次攻打昌霸沒有獲勝，四次渡過巢湖沒有獲得成功（五攻昌霸不下，四越巢湖不成），任用李服，可是李服卻圖謀殺死他，委任夏侯淵，可是夏侯淵卻戰敗身亡。先帝常常稱讚曹操是個有才能的人，但他還有這些失誤的地方……」

就是在這篇文章裏，諸葛亮說出了「臣鞠躬盡瘁，死而後已」那句名言。按照諸葛亮的評價，曹操雖然是當代的孫臏、吳起，但也有打敗仗的時候。諸葛亮舉了一些例子，尤其說到了五次攻昌霸不下、四次越巢湖不成，按照這個說法，曹操僅在這兩個地方就吃了九次敗仗。

諸葛亮此處並非貶低曹操，他想說的是現實中沒有常勝將軍，像曹操那麼厲害的人，也有打不贏的時候。

具體情況雖然還有爭論，不過這些事也是有來歷的。昌霸雖然

不像呂布、劉備、袁紹那樣知名，但對曹操來說卻更麻煩，官渡之戰後，曹操一度分出了不少精力來對付他。

一般認為，昌霸即之前說過的泰山幫成員昌豨。

和臧霸不同，昌豨的忠誠度很低，曾隨劉備在徐州起兵反叛。劉備後來投奔袁紹，昌豨也就散了，不過很快又在東海郡東山再起。

官渡大戰後的第二年，曹操派夏侯淵分兵攻打昌豨，派張遼為副將，曹軍將昌豨的大本營三公山圍了起來，昌豨依託有利地形堅守。

現在叫三公山的地方有很多處，昌豨守的三公山在哪裏已經不詳，應該位於蘇北、魯南一帶。當年曹操征陶謙曾圍攻這一帶的郯縣，陶謙在外援劉備的幫助下打了一個漂亮的郯縣保衛戰，曹軍攻城無果被迫撤軍。如今曹軍又在昌豨面前一籌莫展，圍著三公山數月，居然沒有打下來，曹軍準備的糧食眼看要吃完了。

夏侯淵考慮撤軍，但張遼不同意，他認為：「最近我發現敵軍的箭和流石越來越少，大概這是昌豨心裏猶豫不定，不想力戰，我想試試能否把他招降。」

夏侯淵沒有更好的辦法，就說那試試吧。

張遼來到三公山下，讓軍士朝上面喊話：「曹公有令，讓我來傳達！」

昌豨聽到後，果然從山上下來跟張遼對話。張遼力勸昌豨投降，昌豨居然聽勸，表示願意投降。張遼為了取得昌豨的信任，主動提出一個人隨昌豨上山。

張遼到了昌豨的家，像老朋友一樣拜訪昌豨的家人。張遼的真誠打動了昌豨，昌豨隨張遼下了山，後來又一同拜見曹操。曹操對昌豨既往不咎，仍然讓他擔任東海郡太守。

曹操聽了張遼的敘述，想到張遼上三公山也有可能遇到危險，有點替張遼感到後怕。

曹操責怪張遼說：「這可不是大將能做的呀（此非大將法也）！」

張遼很有信心，對曹操說：「明公您的威信著於四海，張遼奉命而行，昌豨必然不敢加害！」

昌豨的這次反叛雖然平定了，但青、徐一帶仍然是曹軍的軟肋，冀州形勢未定，曹操不可能在此過多停留，對於青、徐事務，曹操除了繼續依靠臧霸、昌豨等人外，也想了一些辦法，他先後派出一批人到地方上任職，培養嫡系勢力，何夔和呂虔就是其中的代表。

何夔字叔龍，豫州刺史部陳國人，以孝行著稱，他也是名門之後，跟袁術有親戚關係，袁術表兄袁遺的母親是何夔的姑媽。何夔避亂淮南期間曾被袁術徵召，但他對袁術十分不看好，為逃避袁術一度跑到山裏躲了起來。袁術很不高興，但由於是親戚，也沒有過於為難他。

何夔後來潛回家鄉，曹操擔任司空後聽說何夔的名氣，就徵召他為司空府下面的一名副處長（掾屬）。

曹操治下很嚴，對於犯錯的辦事人員，動不動就施以杖刑，何夔身上常揣着毒藥，打算遇到這種情況誓死也不受辱。

曹操開拓青州刺史部，在山東半島一帶設了一個長廣郡，下轄六個縣，治所在今山東省萊陽附近，這裏遠離「曹統區」，在當時近乎孤島，曹操想物色一個能幹的人到那裏任職，他看中了何夔。

當時長廣郡一帶海盜盛行，其中以管承、王營等海盜頭目勢力最大，何夔到任後大力平息海盜，發展生產，在那裏站穩了腳。

針對曹操剛剛頒佈的一些新法令及租稅徵收政策，何夔認為長廣郡新建，又緊鄰敵佔區，不宜於立即推行這些新法，就上書曹操建議緩行，同時認為管理郡國應該分遠近新舊實行不同的標準，對於一些小事，可以由地方官權宜處理。

何夔的建議在現代管理學上就是分類管理、差異化經營，以及一級法人下的分級授權管理，對於長廣郡這樣成立時間不長、敵情又相當複雜的偏遠郡國來說，這些都相當重要，曹操接受了何夔的建議。

何夔經營長廣郡，為曹操在遙遠的山東半島打下了一根堅實的樁基，對於爭奪青州、穩定整個東面的形勢意義都十分重大。


除了何夔，呂虔也很能幹。

呂虔字子恪，兗州刺史部任城國人，曹操擔任兗州牧時便招呂虔為州政府屬吏，看到他有勇有謀，便派他帶兵駐紮在湖陸縣，昌豨在東海郡反叛後，東海郡的襄賁縣炅母等人響應昌豨，襄賁縣公安局局長（縣都尉）杜松無力平叛，曹操覺得呂虔有能力，就讓他代替杜松擔任襄賁都尉。

呂虔到任後展示出傑出的謀略和果敢，他設計誘使炅母等幾十個叛亂頭目來喝酒，派壯士隱祕於周圍，等這些人喝醉之後，伏兵盡出，全部誅殺，形勢穩定了下來。

曹操發現呂虔確實有才能，於是委派他擔任了更重要的職務，到青州刺史部泰山郡當太守。泰山郡以出精兵而與江南的丹陽郡齊名，此地民風強悍，黃巾軍餘部活動頻繁，在其頭目徐和等人帶領下攻城佔地，勢力很大。呂虔上任後，在夏侯淵所部配合下對徐和進行清剿，很快平定了泰山郡。

曹操下令表彰呂虔的功績，表彰令說：「有了志向就去完成它，這是烈士不惜犧牲所追求的。你到泰山郡以來，擒奸除暴，百姓得以安居樂業。作戰中你親冒箭石，每次出征必獲勝利。過去寇恂治理汝南郡、潁川郡出了名，耿弇在青州、兗州一帶建立了功業，古今如此。」

曹操後來還讓人舉薦呂虔為茂才，加授他為騎都尉，讓他在泰山繼續當太守。呂虔前後在泰山郡任職十多年，為曹操鞏固青州立下了大功。

# 虎步江淮陳元龍

官渡之戰後不久，曹操任命的廣陵郡太守陳登因病去世了。對曹操來說，這是一個沉重的打擊。

徐州本土出身的陳登是地方實力派人物，先後輔佐過陶謙、劉備，後又跟隨呂布，這些人都對陳登很倚重，因為他在徐州很有影響力。

官渡之戰前，曹操抽不出力量支持東南方向，他把這裏的事都交給了陳登，他原來只希望陳登能看住東南面的大門就行，沒有更多奢求，但陳登幹得很出色，遠遠超出了曹操的期望。

陳登到廣陵郡後首先抓幹部隊伍建設，他明賞罰、重威治，使各級官員的精神面貌為之一新，也贏得了百姓的信賴。有了良好的群眾基礎，他進一步安撫民眾，發展生產，很快便把地方治理得欣欣向榮，陳登也樹立起崇高威望（甚得江淮間歡心）。陳登還收編了郡內的流寇武裝，建立起自己的軍事力量。

之前說過，孫權剛出道獨立領兵就被陳登兩次打敗。孫策為對付陳登親自出戰，結果反遭意外。

陳登簡直成了孫氏兄弟的克星。

陳登任太守的廣陵郡位置太靠近長江，曹操考慮防守此地成本太大，於是收縮防線，在揚州和徐州之間已佔的地區新成立一個東城郡，由陳登仍以軍長（伏波將軍）的身份兼任郡太守。

以陳登的軍政才能及個人志向，本應該在此大展身手，但他卻英年早逝了，死時年僅39歲。

但奇怪的是，史書裏卻查不出為陳登單獨立的傳，只是在其他人的傳記裏順便對他進行了介紹。

通常這意味着陳登有問題，要麼是叛徒，要麼因罪被殺，但在所

有史料裏都找不到這方面的證據。

所以也有分析認為陳登並非真心依附曹操，他是地方實力派，有點像臧霸，甚至比臧霸還自由。陳登一直揚言要吞併江南，未必是想給曹操打天下，陳登也想建立自己的事業，成為曹操、孫權這樣的一方諸侯。

這樣的分析只是推測而已，找不到直接證據。

不過陳登的死因在史書裏卻記載得很詳細，陳登確實是得病死的。有一陣陳登突然感到胸悶，面色發紅，吃不下飯，就請老朋友、名醫華佗來診斷。

華佗字元化，跟曹操同是沛國譙縣人，當時已經是享譽天下的名醫，他喜歡四處行醫，不分地位尊卑對病人一視同仁。陳登的父親陳珪當過沛國相，其間舉薦華佗為孝廉，因為這個原因，陳登和華佗是故交。

華佗對陳登進行了一番診斷，認為陳登吃海鮮水產品等生腥的東西太多，在胃裏生了大量寄生蟲，已經鬱結難化。華佗煎了兩升湯藥，讓陳登先服一半，隔一會兒再喝另一半。

陳登按照醫囑服下湯藥，不到一頓飯工夫，即嘔吐出了三升多長相奇怪的蟲子，病也馬上好了。

華佗臨走前叮囑陳登說：「這個病三年後還會復發，遇上好醫生才有救。」

三年後，就在陳登剛調任東城郡太守不久，他的病果然復發。可惜華佗這時不在他身邊，陳登只好眼睜睜地不治而死。

陳登死後，曹操亟須物色一個能幹的人應對東南方面的事，他選的是在司徒府裏當處長（司徒掾）的劉馥。

劉馥字符穎，豫州刺史部沛國人，是劉氏宗親，但枝節已經很漫遠了，曹操剛到許縣時，劉馥說服袁術的部將戚寄、秦翊投誠，曹操很高興，讓司徒趙溫徵辟劉馥為掾。

漢獻帝建安初年在荀彧推薦給曹操的人才裏有一個人叫嚴象，是關中人，博學機智，曹操對他寄予厚望，袁術死後派他擔任揚州刺史。曹操陣營的揚州刺史象徵意義更多，他調動不了名義上是其下屬的孫策、孫權等人，要地盤必須自己去打。

到了漢獻帝建安五年（200年），孫權手下的盧江郡太守李術突然發難攻擊嚴象，把嚴象殺了，嚴象死時38歲。曹操把劉馥從司徒府處長的閒職上調過來，破格提拔他為揚州刺史，派他到九江郡、盧江郡一帶跟孫權搶地盤。

當時揚州的江北二郡除孫權、曹操各有一部分勢力外，還有梅乾、雷緒、陳蘭等流寇，劉馥很能幹，接受任命後單人匹馬來到九江郡的合肥縣，在這裏建立州治，然後招降了雷緒等人。

合肥也從之前的一個普通縣城，成為揚州刺史部的中心城市，越來越發揮着重要的作用。

在此後幾年中，劉馥積極開展地方治理，發展生產，招納流民，開展大規模屯田，興修和治理了芍陂、茹陂、七門、吳塘等水利工程。他加緊城防建設，大修合肥城，平時讓人準備了大量的守城用具，使合肥成為重要的軍事基地，以後一次次抵擋了孫吳的進攻，數十年間魏吳勢力此消彼長，但孫吳從來沒能越過合肥一線，這與劉馥的貢獻密不可分。

劉馥主政揚州，阻擋了孫氏勢力向北面的進一步發展，為曹操騰出手來統一北方爭取了時間。


## 孫權的「頭三腳」

官渡之戰後，對曹操來說，其他方面都很順利，唯一不足的是，看到江東孫氏集團進一步崛起，他卻無能為力。

孫策的死一度使孫氏集團陷入危機，但隨着年僅 18 歲的孫權成為新的接班人，危機也慢慢消除了。

孫策的死對孫權來說過於突然，那一刻，孫權除了悲痛還是悲痛，腦子裏根本想不起別的事。哥哥臨終前讓他來挑起重擔，但他的心裏只有哀傷，連覺都睡不着（哭未及息）。

當時的形勢十分嚴峻。孫策的死訊尚未對外公佈，但如果陳登、黃祖這些敵人知道這裏發生了變故，定會趁勢偷襲。還有那些雖已臣服但一直不穩定的地區，如果感到孫策死後群龍無首，也一定會蠢蠢欲動。作為孫策臨終前寄予重望的「託孤重臣」，張昭看在眼裏急在心裏。

張昭對孫權說：「孝廉，這是哭的時候嗎（孝廉，此寧哭時邪）？現在是奸宄競逐，豺狼滿道，請先把禮制放到一邊，節哀振作精神。」

孫權曾被舉過孝廉，所以張昭這樣稱呼他。

但孫權還是振作不起來，張昭不管，硬是讓人給孫權換了衣服，扶着他上馬，親自陪着孫權出巡各軍，形勢才稍稍安定。

孫策平時最信賴的人有四位，分別是張昭、程普、周瑜、張紘。張昭負責文事，程普在武將中資格最老，周瑜當時的身份是中護軍，同時兼任江夏郡太守，江夏郡還是黃祖的地盤，周瑜最重要的任務是繼續攻打黃祖，他駐軍在巴丘，即今江西省峽江縣，距離孫策去世的地方有上千里，孫權讓人送信給周瑜，讓他火速前來。

還有一位張紘，就是向孫策提出「江都對」的那位，目前離得最遠，在許縣。

孫策去世前一年，派張紘出使許縣，結果被曹操留了下來，曹操看中張紘的才幹，以朝廷的名義任命他為侍御史，還讓張紘兼任九江郡太守，但不讓他赴任，希望他留下來幫自己，被張紘以身體有病拒絕。

在江東內部，對孫權質疑的聲音也不少，主要是他太年輕，之前也沒有幹出過什麼業績。對於他能不能領導整個江東，很多人都在觀望。

孫堅和孫策實行強人統治，手下固然有不少精兵強將，但大家都以他們二人為核心，一旦風雲有變，核心沒了，這支隊伍就有瞬間分崩離析的可能。孫堅死後數萬人馬頃刻間被袁術輕易吞併，就是例證。

江東各郡縣雖然初步平定，但很多地方的統治並不穩固，州郡遍佈英豪，個個不是省油的燈，一部分已經歸順的人此刻也在思量着另起爐灶，和孫權並沒有形成穩固的君臣關係（未有君臣之固）。

孫策給孫權留下的地盤是五個郡，分別是會稽郡、吳郡、丹陽郡、豫章郡、廬陵郡，前四個郡原來就有，廬陵郡是從豫章郡中分出一部分新成立的郡。會稽郡太守由孫權兼任，丹陽郡太守是孫權的舅舅吳景，豫章郡太守是孫權的堂兄孫賁，廬陵郡太守是孫權的堂兄弟孫輔。

此外，還有一個郡目前也在孫氏集團控制內。這就是江北的廬江郡，孫策生前發動了皖城之戰，取勝後任命李術為太守。

吳景、孫賁還好，對孫堅、孫策一直很忠誠。孫輔就不太好說了，他對孫權並不太服氣；還有李術，這個人野心很大。

論地盤，確實現在已經不小了，但孫策依靠武力手段平定江東，殺伐無數，被殺者中不乏地方大族、豪強，這些人也有相當大的影響力，他們的支持者有的隱沒於民間，暫不發聲，但復仇之心未死；有的表面合作，可內心並不情願。孫策遭遇意外雖然有一定偶然性，但樹敵太多也隱含着這個意外其實出必然。

外部形勢就更不用說了，曹操、陳登、劉表、黃祖等外部強敵此時也無不想趁隙相攻，曹操雖然無法分身，但他不會毫無作為，只要這邊有一線機會，曹操就會抓住大做文章。劉表、黃祖的總體實力不

亞於曹操，如果主動發難，江東的西面將面臨巨大壓力。

現在，不管是外部還是江東的內部，不少人都在盯着孫權看。如果頭幾腳踢不好，恐怕江東就有失去控制的危險。

按照朝廷詔書的要求，辦完兄長的喪事孫權便留在吳縣。周瑜等人也先後到了這裏，周瑜不僅自己來了，還帶來了所部人馬（將兵赴喪）。

張昭和周瑜給了孫權極大的幫助，作為孫策臨終前指定的「輔臣」，他們二人都真心實意地願意幫助孫權渡過難關（委心而服）。

張昭以討逆將軍府祕書長（長史）的身份向各郡下發文告，要求大家奉令行事，不得妄動，維護地方的穩定。張昭年紀比孫權大得多，孫策生前以師友之禮待之，孫權就把張昭看成自己的師傅，稱呼他為張公。

周瑜以中護軍的身份留在了吳縣，他手下有一支從巴丘帶來的人馬，在當前的形勢下，這一點顯得格外重要。

在張昭、周瑜的傾力相助下，各郡縣基本保持了平靜，沒有發生大的動亂，孫權開頭幾腳踢得不錯。

這時，張紘也主動要求回到了江東，回來後成為孫權最重要的助手。張紘回來後，有些人勸孫權說他曾經接受過曹操的任命，不一定可靠（或以紘本受北任，嫌其志趣不止於此），可孫權對此毫不介懷。

張紘的職務是會稽郡東部尉，上任不久便被孫權召回，孫權認為會稽郡東部沒有多少事，張紘在那裏純屬浪費，於是讓他回來協助自己處理軍政事務，會稽郡東部事務採取取遠程辦公的方式解決（遙領所職）。

孫權剛剛接班，年齡還小，而外方多難，母親吳夫人感到很憂心，她多次以謙遜、感激的言辭囑咐張紘對孫權盡心輔佐（數有優令辭謝），張紘每次都以書面形式給予答謝回覆，並不斷反省自己。

張紘參與孫權的重要決策，遇到特殊事情和祕密決議，需要章表信函，或者與四方人士交結，孫權都讓張紘和張昭來撰寫。

孫權稱張昭為張公，稱部下其他人都呼其字，對張紘則是另一個例外，每次稱呼他都叫東部，顯示出親切和尊重。

## 能文能武魯子敬

現在，孫權感到最重要的事是聚攏人才，尤其是一流人才。周瑜給孫權推薦了一個人，讓孫權大為滿意。

這個人，就是魯肅。

魯肅字子敬，史書上說他是臨淮東城人，東漢沒有臨淮郡或臨淮國，此處的臨淮不知何指，不過卻有東城縣，屬徐州刺史部廣陵郡，一般認為此地在今安徽省定遠縣附近。

魯肅小的時候父親去世，由祖母養大，他們家很富有，是當地有名的大財主。

魯肅樂善好施，經常大散家財，甚至把地賣了來賑濟窮人，他好結交朋友，在地方上很有影響力。

史書記載魯肅身材魁梧，相貌出眾（體貌魁奇），精於奇謀，又擅長騎馬射箭，經常召集一幫年輕人到山中狩獵，其實是搞軍事操練，借狩獵演兵習陣，這與一般印象中魯肅的形象有很大不同。

周瑜剛被孫策任命為居巢縣長時，有一次帶數百人遠赴九江郡一帶執行任務，軍糧成了問題，聽說魯肅家富有，於是來找魯肅，要求支援點糧食。

魯肅家有兩個大糧倉，每個糧倉存米 3000 斛，合 3 萬斗，是一個大數目。魯肅隨便指着其中一個送給了周瑜，周瑜大為驚奇，和他結成好友。

當時袁術聽說魯肅的大名，想任命他為東城縣長，魯肅看到袁術成不了大事，予以拒絕。他知道袁術不會善罷甘休，於是組織本族人以及跟他平日相好的年輕人共 300 多人到居巢找周瑜。

為防止袁術的人找麻煩，魯肅讓老弱者走在前面，讓強壯的人走在後面，他們剛出發，袁術的人就追來了。

魯肅讓人在遠處立了個盾牌，自己拉滿弓，對追兵說：「現在天下大亂，有功不能賞，不追也不會受罰，你們都是大丈夫，難道看不清這些？為何還要苦苦相追？（天下兵亂，有功弗賞，不追無罰，何為相逼乎？）」

說着，魯肅衝着盾牌射出一箭，箭杆射穿盾牌而過，把追兵震住了，於是不再追趕。

這時正逢孫權剛剛掌權，周瑜便把魯肅推薦給孫權。

孫權在一次宴會上見到魯肅，與他交談後十分高興，認為他是難得的人才。宴會散去，賓客們都走了，魯肅也要告辭，孫權卻把他留下，引至密室，面對面進行交談。

這次談話也十分著名，其重要性不亞於當年孫策和張紘在江都的對話。

在談話中，孫權問魯肅：「如今漢室傾危，四方紛擾，我繼承父兄餘業，想建立像齊桓公、晉文公那樣的功勳，先生既然惠顧於我，如何來幫助我呢（君既惠顧，何以佐之）？」

魯肅想了想，回答道：「當年漢高祖劉邦想尊崇義帝卻不能夠，因為有項羽。現在的曹操就像當年的項羽，將軍為什麼還要當齊桓公和晉文公呢？據我看來漢室不可復興，曹操不可能馬上滅亡，為將軍考慮，只有鼎足於江東，以觀天下之變。這樣的計劃是現實可行的，因為北方多事（北方誠多務也），趁着多事，我們剿除黃祖，進伐劉表，佔據整個長江流域（竟長江所極，據而有之），然後建號稱帝以圖天

下，這是漢高祖的事業呀，豈是齊桓晉文所可比的？」

魯肅的這番談話與後來諸葛亮《隆中對》中提出的天下三分異曲同工，曹操如果大敗袁紹，中原局勢將漸趨明朗，在魯肅、諸葛亮等有識之士看來，「漢室不可復興，曹操不可卒除」成為一種共同看法，不與曹操爭鋒是他們立論的基點，故此分別提出了三國鼎立的構想，事後證明都是很有遠見的。

這番話讓孫權心裏豁然開朗，更加清晰了下一步的發展戰略。

孫權高興地對魯肅說：「現在傾盡我們全部力量，也只能輔佐漢室罷了，您所說的，還遠遠達不到啊！（今盡力一方，冀以輔漢耳，此言非所及也！）」

這當然不是孫權的真心話，也許他剛剛認識魯肅，還不能把心裏的話全部說出來罷了，在這一點上，可以看出孫權和劉備性格上的不同。

孫權沒有馬上任命魯肅職務，而是以賓友的身份讓魯肅在自己身邊出謀劃策。孫權對魯肅的重視多少讓張昭有些不滿，張昭經常責怪魯肅不能謙讓下士，對他非議很多，認為魯肅年輕、經驗不足，不能重用（昭非肅謙下不足，頗訾毀之），但孫權不聽，對魯肅更加倚重。

魯肅過去是富豪，現在帶着母親和族人來江東，捨棄了家財，孫權就送給他母親不少衣服帷帳，以及平時使用的東西，讓他們的生活不比過去差（賜肅母衣服幃帳，居處雜物，富擬其舊）。


# 平息李術事件

孫權接班剛剛幾個月，官渡之戰就結束了，曹操大勝，袁紹大敗。

經過此戰，曹軍不僅沒被削弱，而且俘虜了大批袁軍，充實了自己的力量。

打了大勝仗，放眼天下已無人能與自己爭鋒，曹操說話硬氣多了，他以天子的名義向孫權要幾個人。

這幾個人裏有華歆、王朗，還有虞翻，這幾位都是名士，都身在江東。

作為朝廷任命的官員，王朗在孫策平江東時成為階下囚，被軟禁在吳縣，華歆因為和平讓出豫章郡，情況比王朗好得多，孫策生前待為貴賓。虞翻是江東本地的名士，目前擔任富春縣長。

曹操要這幾個人，因為他們名氣比較大，許縣朝廷需要這樣的人裝點門面。

孫權不想讓華歆走，華歆想走，對孫權說：「將軍遵奉皇帝之命，這才能與曹公結下友情，但這份情還不牢固。讓我去那邊為您加深，豈不更好（使僕得為將軍效心，豈不有益乎）？要是把我留下來，對您也是無用之物。」

孫權聽了挺高興，就答應放華歆。

華歆的名氣確實不小，臨別時來送行的人多達千人（賓客舊人送之者千餘人），不少人都給他送了禮，華歆一一收下，只是偷偷記下各人所送的禮物。

走的那天，華歆把所有禮物放在一起，對大家說：「在下只想單車遠行，現在把這些東西退還大家，請原諒。」

華歆到了許縣，被曹操任命為朝廷參事室參事（議郎），後來職務不斷升遷，擔任過朝廷祕書局局長（尚書令），最後位至三公，但是當年給孫權說的那些話基本忘乾淨了，多少年裏也沒有辦過什麼對江東有利的事。

王朗是從曲阿出發去許縣的，不知何故，竟然走了整整一年才到（積年乃至），被曹操任命為諫議大夫，後來也位至三公。

但虞翻不想去，曹操本來想讓虞翻當侍御史，後來聽說他的才能

很突出，和王朗、華歆這類純知識分子還不是一類人才，就想讓他到自己的司空府裏做事。

虞翻表示拒絕，他對人說：「這是盜蹠想用他盜來的剩餘財物引誘我，玷污我的清名（盜蹠欲以餘財污良家邪）！」

這也不奇怪，王朗和華歆願意應召，因為他們都是北方人，又是曾經有實力有影響的人，在現在的情況下待在江東已沒有任何前途，弄不好還有危險。

虞翻不同，虞氏是會稽郡的大族，在地方有很大影響力，孫策一向對虞翻很尊重，虞翻只想在家鄉發展，不想當「北漂」。


這時發生了李術反叛事件，考驗着孫權的智慧和手段。

李術是孫策任命的廬江郡太守，孫策攻下皖城，給李術3000人馬讓他在此防守，孫策死後李術開始蠢蠢欲動。

之前，李術殺了曹操任命的揚州刺史嚴象。從名義上說，孫權這個會稽郡太守也在嚴象的管轄之下，嚴象一上任就以刺史的身份舉薦孫權為茂才。李術是廬江郡太守，嚴象也是他的上級，李術殺嚴象顯得很蹊蹺，有人認為這是孫權指使的，但這不太符合孫權目前的處境。

孫權沒有實力跟朝廷和曹操公開決裂，所以他老老實實地待在吳縣，對朝廷表現得十分恭敬，他下令李術去殺嚴象，並不可能。

而且，李術不僅殺了嚴象，還不聽孫權的召喚（不肯事權）。這時江東有一些人發生了叛逃，有不少人逃到了李術那裏，李術把他們都收留起來。

孫權寫信讓他把人交出來，李術回覆說：「你要有德行大家自然會回去，你要沒德行大家就會反叛，不應該把這些人交出（有德見歸，無德見叛，不應復還）。」

孫權大怒，這是對自己的藐視，如果不能收拾李術，他這個江東

的新主人就再無權威可言。

盛怒之下，孫權並沒有立即發兵問罪，而是先向曹操進行了稟報。

孫權給曹操寫信，信中說：「嚴刺史是您任命的，又是州中推舉的將領，李術悍然違反制度，殘害州官，應該趕緊把他誅殺，以警告其他不法之徒（宜速誅滅，以懲醜類）。」

孫權還報告曹操，說他將率兵討伐李術，為朝廷掃除奸惡，李術一定會跑去用假話欺騙您（術必懼誅，復詭說求救），請務必不要相信。

打過招呼，孫權動手了。

漢獻帝建安五年（200年）年底，孫權舉兵攻打皖城。李術自知實力不夠，閉門自守，並向曹操求援，因為孫權之前已向曹操打了招呼，而李術殺嚴象確是事實，因而曹操不救。

在沒有外援的情況下，李術的皖城保衛戰也打得很頑強，城中沒了糧食，女人們餓得太厲害，就吞下泥丸充飢（糧食乏盡，婦女或丸泥而吞之）。

最後，皖城還是被打下來，孫權下令屠城，將李術梟首，把他部下三萬多人遷往別處。

李術叛亂事件是孫權接班後處理的第一件大事，在張昭、周瑜等人的輔佐和支持下，他成功地化解了危機，尤其是提前做好與曹操的溝通，避免了曹操的干預和藉機對江東的滲透，李術被殺，提高了孫權的威信。

不過，這件事還存在着許多謎團。

李術既然對孫氏談不上忠心，為何孫策當年把如此重要的職務交給他？李術又有什麼把握，居然敢向曹操派來的刺史下手，難道沒有考慮過後果嗎？

也許李術是陳登那樣的人物，眼界很高，志向很大，他至少擁有三萬多部曲，說明在孫氏集團中他已經不是一般的人物，看到孫權年輕，剛剛接手，江東面臨着動盪不安，他錯誤判斷了形勢，也想來個「併吞江東」，率先發難也未可知。只是他的判斷有問題，不具備跟孫權叫板的實力，或者運氣不佳，打了敗仗。

當然，還存在另一種可能，那就是孫權接班後發現李術不聽指揮，但李術也就是依仗有一定實力在孫權面前擺個譜罷了，並沒有造反的打算。孫權欲除之，就祕密地命他攻擊嚴象。

李術沒有多想就執行了，結果嚴象被殺，斷絕了他投靠曹操的可能，孫權興兵，李術滅亡。

這麼推斷也是有理由的，因為如果李術存心反叛，他攻擊嚴象的行為就難以解釋，除非他瘋了，想同時給自己樹起兩個強敵。

孫權征李術，所率的主力是同族人孫河所部。

孫河字伯海，是孫堅的族子，與孫權同輩，年輕時就隨孫堅征討四方，此次以威寇中郎將的身份統兵討伐李術。

孫權重新收復皖城，就讓孫河兼任廬江郡太守。

此戰也給孫權帶來一個間接損失，前面提到過嚴象死後曹操派來一個能幹的人當揚州刺史，就是新任揚州刺史劉馥，之前已經說過，這是一把好手，給孫權今後製造出不少麻煩。


# 兩個堂兄弟

在一部分人眼裏，孫權並不是接孫策班的唯一人選，甚至也不是最佳人選。

當時，比孫權更有人氣的是他的三弟孫翊。

孫翊原名叫孫儼，個性最像孫策。孫策傷重期間，張昭等人原本

以為要讓孫翊來接班，沒想到孫策最終選擇的是孫權（張昭等謂策當以兵屬儼，而策呼權）。

史書的這條記載看似輕描淡寫，卻隱含了不少信息，起碼說明張昭等一部分重臣開始並不看好孫權，論起在孫氏集團中的影響力，孫權還不如三弟。

孫翊字叔弼，比孫權小兩歲，孫策死時16歲，他的性格很突出，驍勇、彪悍、果斷、剛烈（驍悍果烈）。

張昭等人不看好孫權，除了性格上的原因，應該還與孫權獨立領兵後打的這幾場敗仗有關，尤其是被陳登所敗的兩次，損失實在太大。

不過，最終孫策還是選擇了孫權，除了孫權在諸弟中年齡最大這層因素外，恰恰也緣於性格。孫策病重期間一定反思了自己所走過的路，所以才有那番臨終前給孫權的教誨，孫策讓孫權一定要舉賢任能、各得其心，認為這是自己之前不足的地方，而孫權能把這些做好。

孫權掌權後，對孫翊給予了重用，孫翊被任命為副軍長（偏將），當時孫氏集團的主要將領多是師長（中郎將）和旅長（校尉），有的還僅是團長（司馬），孫翊的軍職是僅次於孫權的少數幾個人之一。

孫權還有兩個弟弟，一個是四弟孫匡，他繼承了孫堅的烏程侯爵位，不過影響不大，20歲時死了。另一個最小的弟弟叫孫朗，也叫孫仁，名字只在個別史書裏提到過，事跡不詳。

孫堅最小的弟弟孫靜有五個兒子，老大名叫孫暠，算起來是孫權的堂兄弟，擔任師長（定武中郎將），孫策死時他屯紮在孫堅的封地烏程，聽說接班的是孫權，有點不服氣，打算擁兵自立。

孫暠下達了命令，準備攻打附近的會稽郡（整帥吏士，欲取會稽）。

虞翻在富春當縣長，聽說孫暠的舉動趕緊跑去相勸：「討逆將軍英年早逝，部屬已由將軍的弟弟孫權統攝，重兵已圍城固守，我和郡

中吏士們準備以命相搏，為新主公除害。你自己權衡利害吧（惟執事圖之）！」

孫暠想了想，發現自己還真沒有多大把握，於是退回。

這是孫權掌權後發生的一次未遂叛亂，孫暠敢叫板孫權，可能看到了自己尚有一定實力，而且自家兄弟多，想亂中取勝，可惜他似乎既缺雄才又無大略，被虞翻幾句話就給嚇住了。

這件事後孫暠的事跡再無記載，想必孫權後來對他採取取了措施，剝奪了他的兵權。不過，也許看在叔父的面子上，對孫暠也沒有深究，孫暠有兩個孫子，一個叫孫綝，一個叫孫峻，都是孫吳後期的權臣。

孫暠沒挑事，但孫氏家族裏還是有人把事挑了起來。

這個人是孫輔，孫賁的弟弟，也是孫權的堂兄弟。

孫輔字國儀，以旅長（揚武校尉）的身份追隨孫策征戰，在平定丹陽郡之戰、皖城之戰以及討伐袁術等戰鬥中立下戰功，他很能打，經常身先士卒。

孫策佔有豫章郡後，看到這個郡太大，便從中分出一個廬陵郡，大體位置在今江西省南部，孫輔就當了第一任廬陵郡太守。

孫輔在廬陵郡幹得挺出色，不久升任平南將軍，兼任交州刺史，還假節（遷平南將軍，假節領交州刺史）。

看到這個記載第一感覺是寫錯了，因為平南將軍地位很高，平東將軍、平南將軍、平西將軍、平北將軍是所謂四平將軍之一，高於普通的雜號將軍，如果雜號將軍是軍長，他就是兵團司令或軍區司令員。

孫權現在只不過是個討虜將軍，也就是所謂雜號將軍，相當於軍長，而他手下的孫輔卻已經是兵團司令、軍區司令了，這是不可能的。況且，孫輔還兼任交州刺史，更不可能。

但是，如果往下看，孫輔有這樣的頭銜似乎並不奇怪。

推測起來孫輔的年齡比孫策大，比孫權更大得多。孫輔從小跟着哥哥孫賁作戰，在孫策開拓江東的過程中，孫輔和孫賁都堅定地支持孫策。孫輔的心思跟孫賁差不多，對孫策他們很服氣，對於孫權，他們有點不服氣。

孫輔決定與孫權分庭抗禮，為了增加成功的把握，他要拉個外援來做後盾，這個外援就是曹操。

孫輔偷偷給曹操寫了封信。這封信的內容不詳，目的是想請曹操來（齎書呼曹公），也就是向曹操要援兵。一旦自己跟孫權翻臉，請曹操站在自己這邊。

孫輔認為曹操一定會答應，因為對曹操來說這是一個千載難逢的好機會，可以分化瓦解孫氏集團。但曹操最終卻沒能看到這封信，原因是行人報告了孫權，正在外面作戰的孫權回兵了（行人以告，權乃還）。

「行人」不是行路之人，也不是隨便一個什麼人，而是使者的別稱。孫輔派去給曹操送信的人反水，把信交給了孫權，孫權趕緊回來。他與張昭商議對策，佈局停當後，佯裝不知，把孫輔召來，跟張昭一塊見孫輔。

兄弟倆說了些無關緊要的話，正談論間孫權突然發問：「兄弟間鬧點不愉快，幹嘛要呼外人來（兄厭樂邪，何為呼他人）？」

孫輔知道事情敗露，無言以對。

為了維護孫氏集團的團結，孫權沒有處死孫輔，但把他身邊的幕僚親信全部殺了，把孫輔所部重新整編，分散到其他隊伍中，之後將孫輔軟禁了起來。

表面看起來曹操似乎對於整個事件毫不知情，其實未必。孫輔暗中勾結曹操是件大事，不會只寫過一封信，暗中或許進行過多次溝

通，孫輔突然得到了平南將軍、交州刺史的高位，也許是曹操拉攏孫輔的手段，或者是交易條件。

表奏和遙拜泛濫後，大家可以替朝廷隨意任命官職，不過一般來說，所任命的官職不能超過表奏人的本職。你是個太守，就不適合再任命別人當刺史；你只是個縣長，也不大可能表奏別人當太守，那只會引起世人的笑話。孫權的軍職是雜號將軍，行政職務是太守，他不會表奏孫輔為平南將軍、交州刺史。

孫輔不僅得到了頭銜，還得到了一項特權，就是假節。

節是皇帝的信物，假節就是擁有了皇帝的特別授權，擁有此節就相當於天子本人親臨，根據持節、假節等不同等級其授權的具體內容也有不同，獲得此授權的不僅是重臣，還要執行某種重要使命才行。孫權不可能讓孫輔假節，因為職務或許可以空口一說，而節則是個實實在在的東西，孫權拿不出來。

所以，孫輔的新職務可能是有的，但與孫權無關，整個事件的背後都有曹操的影子，孫輔沒有成功，緣於他的實力不夠，同時他所在的廬陵郡位置偏南，要到達長江以北的曹操勢力範圍必須經過豫章郡，所以孫權有機會把他的信件截獲。

從李術到孫暠再到孫輔，孫權剛剛掌權就一再遇到挑戰，不過這些都被他依靠智謀和霹靂的手段一一化解了，這些也顯示出與他年齡不相符的沉着和老練。

當然，能處理好這幾次危機，也有賴於張昭、周瑜、程普等人的堅定支持。張昭雖然開始並沒有看好孫權，但孫策臨終相託，讓他迅速調整了方向，對孫權全力輔佐。

經過這幾次危機，孫權的威望迅速提升，到孫輔事件為止，本集團內部已經沒有人再敢向他叫板了。

# 一場質子危機

無論孫輔發動的未遂政變是不是曹操挑唆的，曹操對孫權一直放心不下都是事實，尤其看到孫權一上來頭幾腳踢得有聲有色，他更坐不住了。

作為時下已無人能再與之相匹敵的強人，曹操不允許有人悄悄地發展壯大，未來某一天跳出來挑戰他的權威。

曹操不擔心荊州的劉表，也不擔心益州的劉璋，雖然論實力他們現在都比孫權還要穩固和強大，但是他們是守成的割據者，發展潛力有限，不像孫權那樣充滿了強烈的擴張慾望。

可惜的是，曹操還騰不出手來對付孫權，他現在的主要精力還是在肅清袁紹北方四州的勢力方面，這個進程並不如想像的那麼順利，袁紹的三個兒子和一個外甥個個都有相當的實力，靠武力討伐得付出巨大代價。曹操採納郭嘉等人的計謀，巧妙利用他們之間的矛盾，有打有拉，各個擊破。

但是，這需要時間。對江東方面，除了讓新任命的揚州刺史劉馥進行有限度的防禦性周旋外，暫時沒有其他更好的辦法。

不過曹操並不甘心，他想了一個辦法，逼迫孫權向自己表忠心。


漢獻帝建安七年（202 年），曹操突然以天子的名義下詔批評孫權，讓他送質子（下書責權質任子）。

質子就是人質，一方向另一方臣服，表明自己忠心的最好辦法就是把兒子送過去當人質，歷史上最著名的質子是秦始皇的父親，在稱王前他就被送到外地當了很久的人質。

曹操讓孫權送質子也不過分，朝廷改刺史為州牧時向下面派了一些地方大員，像益州牧劉焉、幽州牧劉虞等人，為了加強對他們的控

制，就讓他們把兒子留在朝廷，名義上給個職務，實際上就是人質，現在主事益州的劉璋當初就是以質子的身份被扣留在朝廷的。

孫權不是州牧，但現在是討虜將軍兼會稽郡太守，事實上掌握了揚州的絕大部分地區，按照當年州牧的標準讓他送質子，也是說得通的。

唯一的問題是孫權現在還沒有兒子，他的長子孫登出生在七年之後，要送質子，只能在孫權的弟弟中挑選，最有可能的是孫匡，他是吳夫人最小的兒子，又是烏程侯的合法繼承人。

但是，對孫權來說，這又是極不願意接受的事。

一旦送質子入朝，就多了一層考慮，今後在戰略決策上就受到了限制，若因為雙方攤牌而引起質子喪命，就會背上不仁不義的名聲。三國時期有兩個人在這方面頗受詬病，一個是袁紹，一個是馬超。

袁紹當初反董卓，自己逃出了洛陽，叔父袁隗等家族50多口人還留在董卓手裏，董卓認為袁紹不會造反，因為他手裏有這50多條人命做人質，結果袁紹還是反了，董卓屠刀一揮，袁家人頭滾滾。有人譴責董卓的殘忍，但也有人埋怨袁紹，覺得是他不顧家人安危而起事，是間接的兇手。

馬超一家被殺是多年後的事，那時候馬超在外帶兵，曹操怕控制不了，把馬超的父親馬騰弄到朝廷擔任衛尉，其實是高級人質。結果馬超還是反了，馬騰等100多口人被殺，有人罵曹操，更多的人則罵馬超。

但是，不送人質又難過曹操這一關，現在公然與曹操決裂，顯然還沒到時候。

孫權心裏沒底，就召集大家討論，張昭等人意見不能統一（猶豫不能決），只有周瑜態度鮮明地反對送質子。

最後孫權帶着周瑜來到母親吳夫人那裏商議，周瑜說：

「過去楚國開始受封於荊山之側，地不滿百里，但是他的繼承人很賢能，廣土開境，立基於郢，遂據荊揚，以至南海，傳業延祚 900 多年。現在將軍承父兄之業，兼有六郡之眾，兵精糧多，將士用命，鑄山為銅，煮海為鹽，境內富饒，人不思亂，駕起舟帆清晨出發傍晚即可到達（泛舟舉帆，朝發夕到），士風勁勇，所向無敵，有什麼必要送人質？

「人質送過去，就不得不聽從於曹操（質一入，不得不與曹氏相首尾），以後有召命，就不得不去，受制於人。到那時，大不了給一個侯印，派十來個僕人，幾輛車，幾匹馬，怎能與在南面稱王稱帝同日而語呢？

「不如不送，徐觀其變。如果姓曹的能行正義而統一天下，到那時將軍再事之也不算晚（若曹氏能率義以正天下，將軍事之未晚）。如果他行暴亂，那兵事如同火一樣，不成就會自焚。將軍暫且收斂起威力，等待時機到來，現在沒有必要送質子。」

周瑜的一番話說到了孫權的心坎裏，也打動了吳夫人。

吳夫人最後拍板，不送質子。吳夫人對孫權說：「公瑾和你哥哥同年，只小一個月，我把他看成自己的兒子，你以後要待他如兄長。」

由於吳夫人在孫氏集團中的崇高威望，她發了話，送質子一事就有了定論，大家不再議論，這實際上為孫權撐了腰。

這件事沒有結果，不過曹操那邊也沒了下文，也許送質子也只是個試探，見江東方面很強硬，他也沒法深究，雙方仍然保持表面上的合作。不幸的是，就在這一年，吳夫人因病去世了。

吳夫人對孫權給予了大力支持，幫助他治軍治政，使孫權收穫不小（及權少年統業，夫人助治軍國，甚有補益）。臨終前，吳夫人召張

昭等人，囑託後事。

吳夫人死後，孫權將母親歸葬於曲阿，與父親同葬。

母親的死除了讓孫權悲痛以外，也讓他受到了巨大損失。母親不僅是自己事業上的堅定支持者，利用威望幫助自己渡過難關、化解危機，而且在孫氏家族內部她也發揮着別人無法取代的調和、溝通作用。從現在的情況看，孫權的掌權之路並不平坦，對於挑戰和挑釁，有的可以用強力加以平息，有的只能通過內部的溝通和妥協解決。母親在時，遇到這種情況都好辦；如今母親不在了，這些事需要孫權直接出面來解決。

吳夫人的弟弟——孫權的舅舅吳景對他的支持也很大，早在孫堅四方征戰期間，吳景便擔任丹陽郡太守，王受命出使江東拜孫策為明漢將軍時，吳景被拜為揚武將軍，名義上的軍職與孫策相當。有舅舅在，孫權心裏要有底得多。

更不幸的是，舅舅吳景也於次年病逝了。孫權讓舅舅的兒子吳奮繼續領兵，吳奮後來在江東做過都督。

不過，對於吳夫人死於何時還有不同意見，有人認為吳夫人死得沒有這麼早，後來孫權把妹妹許配給劉備，婚事就是吳夫人做的主，但這沒有根據。

的確，有個別史書記載說吳夫人並非死於漢獻帝建安七年（202年），而是死於漢獻帝建安十二年（207年），但即使是那樣，她也趕不上女兒出嫁。

## 逃不出的魔咒

就在這時，江東又發生了孫翊、孫河接連在丹陽郡被殺事件，震動江東。

舅舅吳景死後，孫權讓弟弟孫翊繼任丹陽郡太守一職。丹陽郡是江東最重要的郡之一，治所在宛陵縣，即今安徽省宣城，所轄大體包括現在的皖南、蘇南的一部和浙江西部，今天的南京、銅陵、蕪湖。該郡北依長江，擁有江東最長的一段江防，西起今安徽省安慶市，東至江蘇省鎮江市。

論實力，江東諸郡中以吳郡最強，其次是會稽郡，但若論戰略地位，丹陽郡則排在首位，一方面它處在長江防線的最前沿，另一方面這個郡自古出精兵，是孫吳最重要的兵源地。

丹陽郡多山地，黃山就在該郡中，長期生活在這裏的山民身體強健，好武習戰，秦漢以來，丹陽兵幾乎成為一個專有名詞，長期以來揚名疆場。

孫翊繼任丹陽郡太守，這一年他才 20 歲。

孫翊的性格最像孫策，在戰場上衝鋒陷陣是一把好手，但治理地方卻明顯經驗不足，對於地方事務的複雜性缺乏足夠的警惕，結果到任不久就被人殺害了。孫翊死後，孫權派廬江郡太守孫河緊急前往丹陽郡以防不測，不料孫河也在那裏遇害了。

這兩件事來得很突然，它的來龍去脈是，孫策曾殺了前吳郡太守盛憲，盛憲有兩個手下，一個叫媯覽，一個叫戴員，他們逃到山裏躲了起來。孫翊到丹陽郡後，把他們二人找出來，任用他們。孫翊遇害後，孫河來到丹陽郡，孫河責怪二人沒有保護好孫翊，二人感到害怕，就殺死了孫河，派人到江北迎請曹操任命的揚州刺史劉馥，但二人又被孫翊的部下徐元、孫高、傅嬰等人殺了。

這件事情中涉及一個重要人物——前吳郡太守盛憲。

盛憲字孝章，曾在朝廷尚書台供過職，後來被朝廷任命為吳郡太守，孫策平定吳郡時盛憲已因病離任。孫策對地方豪傑和朝廷任命的

刺史、太守多有誅殺，盛憲有一定名氣，孫策把他抓了起來。前面曾說過，在許縣的孔融想救他，寫信給曹操，懇請曹操出面以朝廷的名義徵召盛憲到許縣任職，曹操便拜盛憲為騎都尉，文告送到江東時，盛憲已被殺。

作為盛憲的手下，媯覽、戴員一心為盛憲報仇，現在被孫翊重用，假意逢迎，暗中做着謀反的打算。他們二人拉攏了孫翊身邊一個叫邊洪的部將，準備伺機動手。

這時，丹陽郡所轄各縣的縣令、縣長都來宛陵拜見孫翊，孫翊準備宴請大家一次，然後讓他們回去。

孫翊的妻子徐氏精於卜卦，她算了一卦，認為不太吉利，勸孫翊另選時間宴請大家（卦不能佳，可須異日）。孫翊覺得各縣的主官出來已經時間不短了，不想再讓大家等，仍決定如期舉行宴會。

孫翊打仗勇猛，但警惕性卻不高，宴會上喝多了，平時他刀不離身，但一喝多就把刀扔在一邊，宴會結束後空着手送大家。

邊洪一看時機來了，從身後將孫翊砍倒，孫翊沒有立即被砍死，但他一倒下，場面大亂，沒有人來救他，邊洪上去補了幾下，孫權的三弟孫翊就這樣當場喪命。


邊洪殺死孫翊，逃入山中。

徐氏忍住悲痛，派人追捕邊洪，於次日夜裏將邊洪緝獲。這時媯覽、戴員出面了，他們把罪責都推給邊洪，來了個殺人滅口。

之後，媯覽、戴員趁機作亂，媯覽住進孫翊的府中，把孫翊的嬪妾侍從都佔為己有，並試圖霸佔徐氏。

徐氏很有頭腦，她沒有做無謂的反抗。

徐氏假意答應下來，騙媯覽說：「請等到月末時，擺好貢品祭奠孫翊的亡靈，之後我脫下喪服再答應你（乞須晦日設祭除服）。」

媯覽信以為真，不再逼迫。

　　徐氏悄悄派心腹去聯絡孫翊的部將孫高、傅嬰等人，請他們搭救。

　　孫高和傅嬰哭着說：「我們都受過孫翊將軍的厚恩，當時之所以沒有拚上一死，是因為死而無益。我們也正在想辦法，只是辦法還沒想出來，故而沒有稟告夫人。夫人所託之事，正是我們想做的！」

　　孫高、傅嬰找來效忠於孫翊的20多個人，一同盟誓。到月末時，設立祭壇，徐氏痛哭祭奠，之後除去喪服，熏香沐浴，樣子看不出傷悲，解除了媯覽的懷疑。

　　徐氏私下裏卻喚來孫高、傅嬰等人藏在房中。

　　徐氏請媯覽，媯覽高興地前來，徐氏呼道：「二位將軍可以出來了（二君可起）！」

　　孫高、傅嬰等人立即現身，殺死媯覽，之後又找到戴員，將他殺死。

　　徐氏重新換上喪服，帶着媯覽、戴員的人頭到孫翊墓前祭奠。

　　這時，孫權親自趕到了丹陽郡，把媯覽、戴員的餘黨全部誅族，提拔孫高、傅嬰為牙門將，對其他有功人員也都給予獎賞（皆加賜金帛，殊其門戶）。

　　孫翊和孫河相繼遇害，孫權一下子少了兩個郡太守，他後來任命的丹陽郡太守是孫靜的次子、孫權的堂兄孫瑜。

　　從孫堅到孫策，再到孫翊、孫河，要麼死於意外事件，要麼死於暗殺，孫氏家族似乎總走不出這個怪圈。這些偶然事件的背後，也許藏着一些必然的原因，有他們性格方面的，也有做事手段上的。

　　從性格上說，孫堅、孫策父子都有輕佻暴躁的一面，使他們在英勇之餘缺少相應的謹慎，所以能讓暗中潛藏的對手輕易得手；從做事手段上看，孫堅和孫策都好殺戮。尤其是孫策，對江東大族動不動誅族，積蓄了很多仇恨，從許貢的手下，到盛憲的舊部，他們立誓報

仇，寧願犧牲自己也要達到目的，這種仇恨是相當可怕的。

對孫權來說，這些事情相繼發生，勢必會引起他的反思，結合兄長臨終前的交代，他肯定認識到要在江東站穩腳跟，必須化解這種仇恨，而要做到這一點，肯定需要一個比較漫長的過程。

孫權處理完丹陽郡的事就返回了吳縣，途中路過孫河姪子孫韶的軍營。孫權想檢查一下孫韶所部的備戰情況，於是讓人假扮敵軍攻城。孫韶所部響應快速，調度得當，士卒個個奮勇爭先，孫權很滿意，讓人告以實情，孫韶部下迅速平靜下來。

次日，孫權見到孫韶，對這個 17 歲的族人很賞識，當場提拔他為旅長（隨烈校尉），統領他叔父孫河的部下。孫韶後來長期在孫吳軍中任職，官至鎮北將軍。

## 「老中青」三代組合

經過一系列事件的錘煉和考驗，沒有人再懷疑孫權這個新掌門人是否有能力帶領江東走向新的輝煌，從外部對手到內部的人，都對他的能力和發展潛力深信不疑。

由孫堅締造、孫策發揚壯大的江東孫氏集團已經人才濟濟，形成了老、中、青三代搭配的最佳陣容。

這裏的老、中、青三代，可以不從年齡的角度去理解，而從他們加入孫氏集團的時間來區分，在孫堅時代便加入的人可看作「老一代」，孫策時代加入的視為「中一代」，而孫權接手後培養、提拔的為「青一代」。

「老一代」包括程普、吳景、孫賁、孫河、徐琨、黃蓋、韓當、朱治等，吳景、孫河已經去世，孫賁、朱治前面多有涉及，這裏介紹一下程普、徐琨、黃蓋、韓當等幾位的情況。

程普不僅是孫堅手下最著名的武將之一，在孫策討伐祖郎之戰中是他拚死相救孫策才逃過了一次危機，孫策死時程普的職務是師長（盪寇中郎將），孫權掌權後，派程普鎮守地方，先後兼任零陵郡、江夏郡太守，這兩個郡均非孫吳實際控制，但與江東交界，程普兼任，是把這些地方作為下一步的進攻目標。

　　徐琨是孫堅的外甥，但孫權又娶了他的女兒為夫人，他成為孫權的岳父，所以職務較高，已經當上了軍長（平虜將軍），軍職跟孫權一樣，高出程普等人。

　　黃蓋的名氣比較大，但軍職不太高，孫策死時大約只是團長（司馬），到赤壁之戰後他才升為師長（中郎將）。韓當的軍職高一些，孫權接班時已經是旅長（先登校尉）了。

　　程普、徐琨、黃蓋、韓當這些「老一代」將領在軍中的威望都很高，孫權很尊重他們，但他們擔任的實際職務高低有別，以徐琨最高，程普次之，韓當再次，黃蓋最低。

　　從孫策到孫權，軍中都不另設統帥，孫策以明漢將軍、討逆將軍的身份親自指揮所部兵馬，到了孫權，軍職改為討虜將軍，他的將軍府便成了孫吳的總指揮部，手下的偏將、中郎將、校尉、都尉等均歸討虜將軍府指揮。

　　遇到不能親自指揮，又需要多部人馬配合的戰役，孫權往往指定一名將領作為負責人，稱為都督，被選為都督的人不一定軍職最高，可以用旅長（校尉）指揮師長（中郎將），用師長（中郎將）指揮副軍長（偏將），這就是孫吳前期的都督制，都督因事而設，事畢即撤銷。

　　程普雖然不是孫權部下軍職最高的將領，但他年齡最長，資歷最高，大家都尊稱其為程公（先出諸將，普最年長，時人皆呼程公），是軍中的靈魂式人物。

再說說孫策時代加入的「中一代」。

孫策時代加入的人包括張昭、張紘、周瑜、蔣欽、周泰、陳武、董襲、呂範、凌操、太史慈、賀齊等，其中張昭、張紘是文士，周瑜、周泰、太史慈前面已有提及。

蔣欽字公奕，九江郡人，孫策討伐袁術時加入，孫策東渡後，升為別部司馬，參加平定諸郡的戰役，豫章郡歸附後，蔣欽擔任縣尉、縣長等職，後升為豫章郡西部都尉。

陳武字子烈，廬江郡人。孫策在壽春時，18歲的陳武前往拜見，追隨孫策渡江，征討有功，升為別部司馬。孫策破劉勳，得到不少廬江郡人，因為陳武出自該郡，就整編為一支精銳由陳武率領。陳武為人仁厚好施，鄉里及遠方客人多來依附，他也深得孫權的喜愛，孫權曾數次到他家裏。孫權命陳武督五校，這是特別設立的五支人馬，相當於孫權的中軍，平時負責孫權和大本營的安全。

董襲字元代，會稽郡人，身材高大，武力過人。孫策攻下會稽郡後，在高遷亭見到董襲，孫策很喜歡他，讓他到郡裏的門下賊曹任職，後拜為獨立團團長（別部司馬），又升為旅長（揚武都尉），參加過攻皖城之戰和征討黃祖的戰鬥。

孫權剛掌權時，吳夫人曾問董襲江東能否保平安，董襲說：「江東地勢有山川之固，討逆將軍恩德在民，討虜將軍承其基業，上下用命，張昭秉眾事，我等為爪牙，此正是地利人和之時，萬無所憂！」

大家聽了董襲的話，都感到很振奮（眾皆壯其言）。

孫權掌權後董襲的軍職升得較快，先是旅長（越威校尉），後來升為副軍長（偏將）。

呂範字子衡，豫州刺史部汝南郡人，年輕時當過縣吏，後避亂壽春，結識孫策，率賓客百人追隨孫策。孫策征戰時身邊總是不離兩個人，一個是孫河，一個就是呂範。呂範跋涉辛苦、危難不避，孫策把

他當成親戚一樣看待。孫策死時呂範任師長（征虜中郎將），是孫吳軍中的實力派人物。

凌操表字不詳，輕俠有膽氣，孫策起兵後跟隨征伐，經常衝殺在最前面（常冠軍履鋒），擔任過縣長，孫策死時任旅長（破賊校尉）。

賀齊字公苗，會稽郡人，年輕時也當過郡吏，後升為剡縣縣長。這時，孫策佔領會稽郡，賀齊以縣長的身份追隨孫策，被孫策舉為孝廉，又升他為會稽郡南部都尉。孫權掌權後，會稽郡南部一些縣反叛，孫權派賀齊前往征討，後升任師長（中郎將）。

蔣欽、陳武、董襲、呂範、凌操、賀齊等人，加上之前提到過的周泰、太史慈，是孫策重新起兵後追隨的將領，他們多是猛將，作戰勇敢，有的參加了孫策平定江東諸郡的戰役，有的長期任職於地方，平復叛亂，屢立戰功，目前的軍職普遍為中郎將、都尉這一級，是江東軍隊的中堅力量。


除了重用父兄時代的舊部，孫權更注意發現和培養新人。

除之前提到過的魯肅外，還有呂岱、呂蒙、徐盛、潘璋、駱統、朱然、是儀、胡綜、朱桓、步騭、陸績、陸遜等，他們以最快的速度和最密集的陣容迅速崛起，成為孫吳事業的骨幹力量。

呂岱字定公，廣陵郡人，作為「新人」其實他的年齡並不小，只比孫堅小幾歲，年輕時做過郡吏，為避戰亂南渡長江。孫權掌權後四處招募人才，呂岱這時前來應徵，被孫權任命為吳縣副縣長（吳縣丞）。

孫權很重視基層政權建設，有時還對他們的工作親自檢查。一次，孫權把各縣的縣長、縣丞都召來，讓他們匯報本縣倉庫、監獄等重要部門的管理情況（親斷諸縣倉庫及囚繫，長丞皆見）。呂岱的匯報最讓孫權滿意，於是把他調到身邊工作，成為幕僚。

孫權後來發現呂岱的實幹經驗豐富，就讓他出任餘姚縣長。呂岱到任後，招募精壯男子1000多人，把他們組織起來進行訓練，這時會稽郡東冶等5個縣發生叛亂，孫權就任命呂岱為旅長（督軍校尉），讓他配合蔣欽前往征討，將叛軍首領擒獲，孫權升呂岱為師長（昭信中郎將），他在新人中軍職提升速度相當快。

呂蒙字子明，豫州刺史部汝南郡人，他有個姐夫叫鄧當，是孫策的部將。呂蒙南下，依附於姐夫。當時呂蒙十五六歲，鄧當經常參加討伐江東境內山越的戰鬥。呂蒙悄悄混在士卒之中，在戰鬥中勇敢殺敵，鄧當看見大驚，呵斥他但不能阻止。

有個人平時看不起呂蒙，有一天見到呂蒙，他又嘲諷呂蒙，呂蒙大怒，拔刀就把此人殺了。呂蒙闖下大禍，逃到同鄉鄭長家裏躲避。

躲了一陣，呂蒙覺得不是辦法，就跑到一個叫袁雄的校尉那裏自首，袁雄很欣賞呂蒙，就千方百計替呂蒙在孫策面前求情，孫策召見呂蒙，發現他的確是個人才，就留在自己左右。呂蒙後來參加了討伐丹陽郡的叛亂，因功升為旅長（平北都尉），還兼任縣長。

徐盛字文嚮，徐州刺史部琅琊國人，遭亂客居江東，以勇氣相聞，孫權統事後給他500人，任命他為獨立團團長（別部司馬），讓他代理柴桑縣長。

柴桑緊鄰荊州，是西拒黃祖的最前線，黃祖曾派兒子黃射率數千人來攻徐盛，徐盛當時手下可用的人馬不到200人，與敵相拒，用弓箭射殺敵人1000多人，又抓住戰機，打開城門，主動出擊，大敗黃射。

孫權提拔徐盛為旅長（校尉），徐盛後來征討臨城山賊有功，再升為師長（中郎將），孫權讓他負責軍隊訓練（督校兵）。

潘璋之前已做過介紹，他是孫權格外厚愛的將領之一。孫權先讓他在豫章郡的西安縣當縣長，鄰縣建昌縣賊寇橫行，孫權讓他過去兼

任那裏的縣令。潘璋很有手段，僅用一個月就將叛亂平息，被孫權任命為旅長（武威校尉）。

駱統字公緒，會稽郡人。駱統的父親叫駱俊，當過陳國相，袁術向其徵糧，駱俊不給，袁術派人刺殺了駱俊。

駱統的母親後來改嫁給華歆當了妾（為華歆小妻），當時駱統只有 8 歲。母親改嫁後，駱統就要被送回老家。孫權兼任會稽郡太守時，駱統 20 歲。孫權讓他擔任烏程縣令，他把烏程治理得井然有序，被孫權徵為郡政府人事處處長（功曹），又代理旅長（騎都尉），參與軍事。

孫權對駱統的能力和為人十分欣賞，就出面把從兄孫輔的女兒嫁給了駱統，駱統成為孫權的心腹之一。

還有孫權的同學朱然在孫權統事後進步也很快，不久就升為旅長（折衝校尉），孫權後來從丹陽郡分出一個臨川郡，讓朱然到那裏當太守。

是儀字子羽，青州刺史部北海國人，他本來姓氏，當過縣吏，後來任職於郡政府。當時孔融當北海國相，開玩笑說「氏」字是「民」無上，可改為「是」，是儀於是改姓。

是儀後來依附劉繇，避亂江東。劉繇軍敗，是儀遷居會稽郡。孫權徵召名士，優待文人，就徵用了是儀。孫權對他的才學很欣賞，讓他負責機要事務（專典機密），還讓他兼任旅長（騎都尉）。

孫權的另一個同學胡綜進步不如朱然快，一直擔任金曹從事，大概相當於孫權討虜將軍府裏的一個處長，後來跟隨孫權討伐黃祖，被任命為鄂縣縣長。

朱桓字休穆，吳郡吳縣人，孫權任討虜將軍，朱桓來到他的身邊任幕僚（給事幕府），後來外任為餘姚縣長。

朱桓到任後遇到疾病流行，糧食也出現饑荒。朱桓帶着部下親自

處理醫治病人的事情，解決他們的吃飯問題，受到民眾感戴。孫權升他為旅長（盪寇校尉），派他在吳郡、會稽郡整合遺散的士卒，一年之後，士卒多達萬人。

在孫權親自發現、選拔的新人中，出自吳郡陸氏的陸遜、陸績頗為引人矚目。

吳郡有「四大家族」之說，分別是朱、張、顧、陸。其中陸家世居會稽郡和吳郡一帶，最早可追溯到光武帝時的尚書令陸閎，陸閎之孫陸續涉中國最早的佛教徒楚王劉英謀反案被朝廷勒令還鄉，禁錮終身。

陸續有個孫子叫陸康，之前曾提過他是漢末三國時代的一個風雲人物，當過廬江郡太守，他有個姪子當宜春縣長，被變民所攻，派人求救於孫堅，孫堅出兵相救，和陸氏建立起良好關係。

孫堅死後，孫策初依附於袁術，袁術殺揚州刺史陳溫佔據淮南，又向廬江郡太守陸康借米 3 萬斛，陸康不給，袁術派孫策攻陸康。這一仗打的時間非常長，前後達 2 年，最後城陷，陸康發病而死，時年已 70 歲。孫氏和陸氏雖同出吳郡，但自此結下仇恨。

陸遜是陸康的姪孫，他的祖父是陸康的兄弟陸紆，當過朝廷的城門校尉，也算是「省部級」高官，父親叫陸駿，在九江郡當過都尉。陸遜 10 歲喪父，跟着陸康一起生活（少孤，隨從祖廬江太守康在官）。孫策圍城前，陸康預感到不妙，於是讓族人帶着陸遜回到吳郡。

陸遜回吳郡時只有 12 歲，但陸康的兒子陸績年齡更小，陸遜便承擔起支撐陸氏家族門戶的重任（遜年長於康子績數歲，為之綱紀門戶）。

孫權掌事，組建討虜將軍府，徵陸遜到府中任職，從事人事工作（東曹和西曹令史），當時陸遜 21 歲。陸績後來也被孫權徵召，從事將軍府文祕方面的工作（奏曹掾）。

陸康被殺後，孫氏和陸氏結了仇，孫權為何還要聘陸遜、陸績？這應該緣於孫策臨終前的反思，他教誨孫權要注重選賢任能，收服人心，不要像他一樣一味殺戮。孫權按照孫策的遺囑改變了只重武力的政策，注意化解矛盾，尤其是與那些世家大族的矛盾，徵聘陸遜、陸績，就是出於這樣的考慮。

　　為了進一步讓陸遜歸心，孫權出面把孫策的女兒——自己的姪女許配給陸遜為妻，孫策是陸氏的仇人，陸遜沒有因此而拒絕，孫權感到滿意。

　　論顯赫，「四大家族」裏除了陸氏要數顧氏，在漢末三國時期其代表人物是顧雍。

　　顧雍字元歎，也是吳縣人，他的曾祖父顧奉當過潁川郡太守。當年，天下最知名的大學者蔡邕被宦官迫害避難到吳地，顧雍曾向其學琴，受到蔡邕的讚歎，顧雍字元歎，意思就是被蔡邕所歎。

　　由於出身世家，顧雍弱冠後即被徵召為合肥縣長，又轉到曲阿等地當縣長，所過皆有治績。孫權兼任會稽郡太守，但他長年駐紮在吳郡的吳縣，不能到會稽郡赴任，就任命顧雍為郡丞，代理太守（行太守事）。

　　顧雍也幹得很好，討除寇賊，郡界平靜，吏民歸服。

# 第三章 再戰黃河北

## 兄弟鬩於牆

漢獻帝建安七年（202年）五月，一代風雲人物袁紹因病去世，他留下了未竟的事業，留下了深深的遺憾。

更重要的是，他留下了一個爛攤子。

倒不是說袁紹此時的家業不夠大，實力不夠強。相反，雖然經過官渡之戰的慘敗，但他所一手締造的袁氏集團仍然保持了強大的實力，只是直到臨死前他都沒有解決好內部的紛爭問題，隨着他的死去這個集團便開始了嚴重的內訌。

袁紹的妻子姓劉，不是他的髮妻，而是續弦，能嫁入「四世三公」的袁家，說明她的家世也相當不凡，她與前兗州刺史劉岱是親戚，劉岱和當過揚州刺史的劉繇是兄弟倆，他們是正宗的漢室宗親，推測起來，袁紹的這個妻子竟然出身於皇族。

關鍵是，這位劉氏是個極厲害的女人，在很多方面都能當袁紹的家。在袁紹的三個兒子中，劉氏喜歡小兒子袁尚，經常在袁紹面前說他的好話（*數稱於紹*），而對老大袁譚抱有成見。

推測起來也許作為長子的袁譚不是劉氏所生，而是袁紹原配的兒子，但這一點沒有史料依據，只是猜測。

家和萬事興，家不和則外人欺。袁紹遲遲不明確繼承人的問題，官渡之戰前夕又分別委派三個兒子和外甥高幹為四個州的刺史，無異於向世人宣告他們家庭內部出現了分歧。

沮授、田豐這樣有責任感的人看到後會向袁紹苦諫，而逢紀、審配、辛評、郭圖這些投機分子則看到了機會。於是，逢紀、審配依附於袁尚，辛評、郭圖依附於袁譚，形成了兩大派。

　　逢紀和審配原來並不和，但官渡之戰後二人關係發生了戲劇性改變。袁紹官渡之敗，審配應該負重大責任，後來有人向袁紹說審配的壞話，袁紹問逢紀，逢紀使勁幫審配打圓場，弄得袁紹很奇怪。放在以前，這正是逢紀求之不得落井下石的好機會。

　　袁紹於是問逢紀原因，逢紀這小子居然冠冕堂皇地說：「以前我們鬧矛盾是私人恩怨，現在可是國家大事。」

　　其實他們眼裏的私人恩怨從來都重於國家大事，過去如此，現在依然這樣。逢紀之所以護着審配，是因為郭圖、辛評已經團結在一起，他沒有人可聯絡，只能團結審配。為了共同的目標，這一對互為眼中釘的對手走到了一起。

　　袁紹大概沒想到他會死得那麼早，一直到閉眼的那一刻都沒有給大家一個明確的政治交代。


　　袁紹死後，大多數人認為袁譚是老大，應該推舉他做接班人。但此時袁譚在外地，逢紀、審配等人在劉氏的幫助下掌握了先機，偽造袁紹的遺囑，搶先讓袁尚接班。

　　劉氏生性嫉妒，為人兇殘，袁紹剛死還未來得及入殮，她就把袁紹生前寵愛的五個小老婆全部殺死。劉氏又很迷信，她怕這幾個人到陰間見到袁紹告狀，於是把她們的頭髮剃了，用墨塗黑她們的臉（髡頭墨面），把她們全部毀容。她心愛的小兒子袁尚倒也挺孝順，幫助老媽把她們的家人也全部殺光。

　　史書對袁譚的評價較袁尚好，認為袁譚頗為仁愛聰慧，而袁尚僅僅是長得英俊而已。袁譚此前擔任青州刺史，雖然說不上有什麼特別

建樹，倒也基本稱職，在實踐中鍛煉了才幹。

袁紹吐血而死的時候袁譚估計在青州，他聽到消息趕到鄴縣時，袁尚已經宣佈繼位，大勢已去。他於是與辛評、郭圖等人移駐到黃河邊上的戰略要地黎陽，自稱車騎將軍。

開始，他們二人還沒有完全翻臉，逢紀、審配擁戴袁尚是「代紹位」，即代替袁紹的職位，袁紹死前是大將軍，袁尚繼承的應該是這個職位，雖然這個職位應該由朝廷任命，但現在的實際情況已經不可能，袁尚比較方便的做法就是把朝廷頒給他老爹的印綬拿過來自己用就行，反正上面也沒刻名字。袁譚自稱車騎將軍，這是大將軍的副手，說明他名義上仍服從袁尚的領導。

黎陽是與曹軍對峙的前線，袁譚替兄弟袁尚看大門，可袁尚卻不給支援（少與之兵），還把逢紀派過去監視他的行動。袁譚請求增兵，審配鼓動袁尚不答應，袁譚忍無可忍，把逢紀殺了，兄弟倆正式翻臉。

曹操得到報告後認為這是個機會，於是在建安七年（202 年）九月渡過黃河，進攻黎陽的袁譚，袁譚告急，再次向袁尚求援。

「兄弟鬩於牆，外禦其侮」是《詩經》裏的句子，袁尚再笨，也知道什麼是敵我矛盾，什麼是內部矛盾。在曹軍的進攻面前，他決定親自率兵支援大哥。

袁尚之所以親自來，不是出於對敵情的重視，而是害怕派別人來鎮不住大哥，讓袁譚趁機把他的人給奪去了（恐譚遂奪其眾）。袁尚讓審配守鄴縣，自己率部到達黎陽。

事實證明，袁紹即使死了，他留下來的軍隊仍然有很強的戰鬥力，從建安七年（202 年）九月一直到次年二月，曹操親自指揮圍攻黎陽，居然沒能打下來。

後來，袁譚、袁尚估計實在守不住了，突然率部趁夜逃出黎陽，退還鄴縣。曹操率軍追擊，袁尚終於找着了露臉的機會，在路上打了

曹軍一個埋伏，曹軍敗退。

之後，曹軍竟然放棄追擊，直接退回黃河南岸了。

曹操此舉讓人不解，但這是明智的。

或許曹操也想到了《詩經》裏的那句話，對於隨時會反目成仇的袁氏兄弟來說，加強進攻只能讓他們更團結，而一旦外界壓力減輕他們就會陷入內鬥。

事實果然如此，曹軍撤退後袁譚對袁尚說：「我部鎧甲不精，所以前面讓曹操打敗了。現在曹操退兵，將士都盼着回家，等他們還沒有渡過黃河時，突然發起進攻，可以讓他們大敗，這個好機會千萬不能錯過呀！」

袁譚自願為前部，請求更換將士鎧甲並派兵進行支援。

對於袁譚的建議袁尚猶豫不決，既不增兵，也不給袁譚換裝備，袁譚大怒。

郭圖、辛評趁機對袁譚說：「當初挑撥你們父子兄弟關係的是審配，都是這小子進的讒言（皆是審配之所構也）。」

袁譚相信，於是率兵攻打袁尚，雙方交戰於鄴縣城外。此戰袁譚失利，退到了渤海郡的南皮。

## 劉表坐不住了

這正是曹操想看到的結果，也是他主動撤兵的目的。

但是有人看了卻很揪心，這就是劉表。

袁紹死後，劉表突然發現自己變成了曹操的頭號敵人，本着脣亡齒寒的道理，他格外關心袁氏兄弟的情況，希望他們不要被曹操消滅。看到袁譚和袁尚不和，劉表十分擔憂，派人分別給這兄弟倆送信勸和。

劉表在給袁譚的信中寫道：「你弟弟雖然做得有些不對，但事已至此，仁義之士應該忍辱負重。劉氏雖然不喜歡你，但還沒有到春秋時期的鄭莊公與馮姜氏那樣的程度，你們兄弟倆之間的關係也沒有舜與象那樣尖銳，鄭莊公尚且能築地道與母親團聚，舜也能把象分封到有鼻這個地方，你們更應該和好。」

鄭莊公和舜的典故說的都是一家人之間如何拋棄舊仇重新和好，劉表為了勸袁譚看來是查了不少資料，下了很多功夫。

劉表寫給袁尚的信也一樣，引用大量典故，勸他以事業為重，先與兄長合作把曹操消滅了再來論誰是誰非。

劉表在這封信裏寫道：「如果兄弟能和好，袁家和漢室就都有指望了。如果不是那樣，同盟也就永遠完了（如其否也，則同盟永無望矣）！」

但是，劉表這個人一向只喜歡動嘴不喜歡動手，有想法卻從沒有行動。當初袁曹在官渡相峙，他要麼支持袁紹，堅定不移、結結實實地在曹操背後捅上一刀，幫助袁紹打天下，事後當個竇融那樣的開國功臣也行；要麼像張繡那樣歸順曹操，受到朝廷的嘉獎也行。這兩種道路都不失為一種明智的選擇，可他卻猶豫觀望，只想坐山觀虎鬥，沒有任何動作。

現在劉表着急，也僅限於心裏着急，實際行動也只是引經據典寫了兩封信。他又錯過了時機。

對於機遇，有一句話叫「機不可失，失不再來」，機遇對大家有時候是公平的，前面給你留了機會你沒能抓住，後面再想要的時候可能就沒有了。當擺在劉表面前的機會被他自己浪費完的時候，也就是他徹底失敗的時候。

現在，當劉表飽含深情、下了很多功夫寫成的這兩封長信分別送到袁譚和袁尚手中時，這二人看都沒有看一下，因為他們已經殺紅了眼，只想接着打。

論實力，袁譚處於下風。袁尚被立為繼承人後，袁紹的大部分政治遺產和軍隊都讓袁尚得去了，袁熙和高幹在他們的爭鬥中雖然還沒有明確表態支持袁尚，但他們都想觀望，更不會表態支持袁譚。

袁譚退到南皮後，處境更加不利。

袁尚親自率軍來攻，袁譚再次大敗，退到嬰城。

袁尚又圍攻嬰城，袁譚逃往青州刺史部的平原郡。

袁譚一路敗退的時候，他在青州刺史部的副州長（別駕）王修專門跑來幫忙。

王修字叔治，青州刺史部北海國人。孔融在北海國當過領導，他徵召王修當他的辦公室主任（主簿）。袁譚到了青州，改任王修為副州長（別駕）。王修很重情義，看到老領導遇到困難，趕緊來了。

王修是個有遠見的人，他勸袁譚：「兄弟就像左右手，有人打架先把自己的右手砍斷，而對人家說我必贏，這可能嗎？現在的問題是有奸人在其中搞鬼，請您不要聽他們的，可以殺上幾個佞臣，然後兄弟和睦，則可以橫行天下！」

但王修的建議袁譚聽不進去，即使能聽進去，袁尚也未必肯合作。

這時，郭圖給袁譚出了個主意，把袁譚嚇了一跳。

郭圖出的這個主意竟然想拉曹操為聯盟：「如今將軍地盤小、人馬少，糧食匱乏，顯甫若再來攻，時間長了我們無法抵擋。我以為可以聯絡曹操來對抗拒顯甫。曹操到，必先攻擊鄴縣，顯甫回救，將軍再率兵出擊，如此鄴縣以北的地區都可以歸將軍。如果顯甫不是曹操的對手而失敗，他必然奔亡，將軍可以收留他以拒曹操。曹軍遠道而來，糧餉不繼，打上一陣必然退去，到那時，整個燕趙之地盡歸我們所有，足以與曹操相抗衡！」

顯甫，是袁尚的字。

這個主意實在太過卑下了，袁譚一開始想都不願意想。不過事到如今，不聽看來也不行了。袁譚問郭圖誰可以出使曹操，郭圖推薦了辛評的弟弟辛毗。

辛毗字佐治，豫州刺史部潁川郡人，跟荀彧、郭嘉等人既是同鄉又是熟人，曹操剛當上司空時四處搜羅人才，經荀彧推薦曾打算徵辟辛毗，但是辛毗當時在袁紹手下而未能成行。

既然辛毗跟曹操身邊的人熟，這件事只能他去辦。

## 找郭參謀長走後門

曹操攻克黎陽後，一部分人認為應該趁機擴大戰果，迅速出擊北方各州，將其佔領。

參謀長（軍謀祭酒）郭嘉認為時機不成熟，他說：「袁紹對這兩個兒子，不知道讓誰繼位好，讓郭圖、逢紀等人做他們的謀士，他們必然會爭權奪利。現在，如果進攻太急他們就會團結在一起，進攻稍緩他們就會內訌，不如做出南征劉表的樣子，讓他們內訌，然後趁機出擊，一舉攻佔河北。」

曹操認為這個意見很好，於是回師黃河以南。就在袁氏兄弟鬧內訌的這段時間裏他親自帶隊到汝南郡的西平一帶，做出一副遠征荊州的姿態。

辛毗到許縣沒找着曹操，於是南下西平，在這裏見到了曹操，轉達袁譚的問候（毗見太祖致譚意），曹操十分高興。

不戰而屈人之兵，坐收漁人之利，而且是對方主動送上門來的，哪有這麼好的事？

曹操召集內部會議研究對策，但出乎意料的是，大多數人認為劉表勢力強大，應該先平定劉表，袁譚和袁尚反正已經內鬥，不用有什

麼顧慮，別管他們，抓緊時間把劉表解決掉。

表面來看也是這樣，河北那邊兩位小袁內鬥，曹操正好騰出手來解決南面的老劉。但是，這只看到了眼看的一步，而沒有看到下一步。

荀攸就持不同意見，他認為：「現在四方都有戰事，而劉表坐擁江漢之間沒有什麼作為，說明他缺乏雄才大智。袁氏仍然有四個州的地盤，十萬之眾，在河北一帶有一定群眾基礎，如果他們兄弟二人聯合起來，那是很難攻破的，現在他們內鬥，正是各個擊破的難得機會，這個機會千萬不能錯過。」

曹操認為荀攸說的也有道理，但從另外一方面來看，現在也正是解決荊州問題的最佳時機，到底先解決哪一邊，曹操有點舉棋不定。他也很想抓住現在的時機把南面的問題先解決了，至於黃河以北的事，既然二袁相攻正急，不妨讓他們多打一陣再說（欲先平荊州，使譚、尚自相弊）。

　　　　.

這時，辛毗來到了許縣，他此行肩負着重要使命，那就是務必搬到救兵，看到曹操這邊並不着急解決北方問題，辛毗急了。

辛毗想了半天，最後找到了郭嘉，當年他們都在韓馥手下共過事，因此也很熟。辛毗更熟悉的是荀彧，但他也許知道如今荀彧已轉為處理朝廷的日常事務，平時為曹操出謀劃策的主要是郭嘉，所以就直接找了郭嘉。

辛毗向郭嘉求助，經過郭嘉從中幫忙，曹操才認真考慮了袁譚的請求。

曹操再次召見辛毗，問他：「袁譚可靠嗎？袁尚是否一定能被打敗？」

辛毗回答說：「明公其實不用管袁譚可靠還是不可靠，只需要分析現在的形勢就行了。袁氏兄弟相伐，是他們自願的，也不是誰能從中

間挑撥得了的，這就是天命。現在袁譚能向明公求救，明公就應該知道這裏面的事情了。二袁眼光不能長遠而自相殘殺，弄得河北士者無食、行者無糧，確實已經到了滅亡的地步。四方之難莫大於河北，河北平則天下震動啊！」

辛毗這番話提醒了曹操，現在袁尚強而袁譚弱，如果坐視袁譚滅亡，袁尚的力量便會迅速強大起來，這顯然不符合曹操的戰略利益。

曹操決定率軍北上，去救袁譚。

漢獻帝建安八年（203 年）十月，曹操率軍北渡黃河，再次來到黎陽，這一次他做了較為充分的準備，專門派程昱跟李典運送軍糧，做長期遠征的打算。

程昱和李典主要的運糧道是黃河，袁尚派他任命的魏郡太守高蕃在黃河岸邊屯紮，斷絕了河道。

曹操給程昱、李典發佈作戰命令：「如果船不能通過，就改行陸路。」

李典分析了實際情況，認為攻擊高蕃重新打通水道才是正確選擇：「高蕃所部善習水戰，士卒盔甲較少，而且缺少鬥志，擊之必克。只要有利於國家，暫時違命我認為是可以的（苟利國家，專之可也）。」

李典的想法得到了程昱的支持，於是他們違反曹操下達的作戰命令，北渡黃河，攻擊高蕃，果然將高蕃攻破，水道得以恢復。

此時，曹操擺出了大打一仗的架勢，袁尚正率主力在平原國圍攻袁譚，聽到消息，立刻回師鄴縣。袁尚的部將呂曠、呂翔二人對前途灰心失望，投奔曹操。

平原之圍解除，袁譚暫時化解了危機，他悄悄拉攏呂曠和呂翔，刻了將軍的大印給他們送去。

這不是挖袁尚的牆腳，而是在挖曹操的牆腳了，曹操知道了這件

事，但他沒有聲張，看到袁譚暫時不會被消滅，他決定回師。

能在高處隨心所欲地走鋼絲的人，必須有時刻保持兩邊力量均衡的本領，要做到這一點，除了藝高膽大之外，手中還要有一根木杆，以此調節平衡。當這個木杆要向一邊落下時，及時出手把它抬起來，一旦恢復了平衡，就可以悠閒地在一邊看熱鬧了。

曹操明白這個道理，所以他決定收手。

為了穩住袁譚，讓他堅定不移地跟袁尚打到底，曹操主動提出跟袁譚結成了兒女親家，讓兒子曹整娶了袁譚之女。

曹整是李姬所生，李姬納於何時不詳，她一共生了三個兒子，分別是曹乘、曹整和曹京，除曹整外其他兩個兒子都早殤。曹整的年齡不詳，應不超過 10 歲，這椿婚事不僅是政治婚姻，而且屬於典型的早婚。曹整後來被封為郿侯，比曹操早死了兩年，死後被追封為戴公。

這門親事很有意思，曹操的兒子娶了袁紹的孫女，意味着曹操自願比袁紹降低了一輩。後來曹操的兒子曹丕又娶了袁紹的兒媳婦，曹操又跟袁紹變成了同輩。

辦完這些事，曹操主動撤軍。

外部威脅解除，袁尚那邊果然又行動起來。漢獻帝建安九年（204年）二月，袁尚讓審配、蘇由守鄴縣，自己再次率大軍攻打平原國的袁譚。

袁尚走後，留守鄴縣的蘇由就打起了戰場起義的主意，他悄悄跟曹軍聯絡，準備殺了審配獻出鄴縣，結果情報泄露，審配發覺，雙方戰於城中。

此時袁尚的主力在洹水附近，距鄴縣並不太遠，只有 50 來里，蘇由不敵，闖出鄴縣投奔曹軍。

蘇由只出場這一次，此前和此後的情況均不詳。

曹操得到蘇由為內應的情報後，立即率軍向鄴縣殺來，但晚了一

步，蘇由已經敗逃出鄴縣。

但是，既然已經來了，曹操索性改變了戰略部署，把鄴縣圍了起來。

漢獻帝建安九年（204 年）二月，鄴縣攻防戰正式展開。

對曹軍來說這又是一次艱難的攻城作戰，曹軍堆土山、挖地道，把什麼攻城的辦法都使上了，就是遲遲攻不下來。

鄴縣拿下，整個黃河以北的大局可定，所以這次曹操下了決心，圍則必打，打則必勝。但鄴縣在袁紹手裏經營了多年，城防堅固，曹軍一時無法得手。

曹操看到這種情況，於是決定從肅清外圍之敵入手，打起了持久戰。

并州刺史部是袁軍目前最重要的後勤供應來源，其後援基地主要集中在上黨郡一帶。由上黨郡到鄴縣必須經過太行山區的毛城，袁尚的部下武安縣長尹楷駐紮在此。

漢獻帝建安九年（204 年）四月，曹操留曹洪主持進攻鄴縣的事務，自己親自率軍攻打毛城的尹楷，將其擊破而還。

此後，曹操又率軍擊破了袁尚駐守在邯鄲的部將沮鵠，攻佔了邯鄲。袁尚任命的易陽縣令韓範、涉縣縣長梁岐見勢舉縣投降。

徐晃向曹操提出建議：「二袁未破，他們手下其他諸城都在觀望，應該重賞這兩個縣給大家看。」

曹操認為有理，將韓範、梁岐這兩個縣長直接賜爵為關內侯。

這一招果然奏效，引起了多米諾骨牌效應，不僅又有多位袁尚任命的地方官員投降，還招來一位重量級人物。

這個人是個老牌的實力派，黑山軍首領張燕。

張燕一直是袁紹的勁敵，多年以來也是袁氏集團揮之不去的夢

魘。在袁紹與公孫瓚的對抗中張燕堅定地支持公孫瓚，公孫瓚失敗後張燕被袁紹打散，後來趁着袁紹忙於官渡之戰的機會，張燕慢慢恢復了元氣，又捲土重來。

張燕看到曹軍勢大，於是主動聯絡要求投降曹操。在此前的戰史中，張燕跟曹操雖然在大多數情況下是戰略上的敵人，他們彼此分屬於不同陣營，但他們之間卻很少有直接交手的記錄。

張燕的投奔進一步鼓舞了曹軍的士氣，加速了袁氏集團的滅亡。

## 是小人，也是硬漢

但是，直到這一年五月，鄴縣仍然未能攻下。

曹操改變了打法，祭出了祕密武器。

這一天，站在鄴縣城牆上的審配看到曹軍的工兵們圍着城牆開始挖戰壕，整個戰壕連接起來長達 40 里，但是又淺又窄，一使勁都能跨過去（示若可越）。

審配看到後微微一笑，心想這樣的東西是沒有任何實際作用的，他也不派人出擊搞破壞，曹軍有勁沒處使就讓他們挖吧。

豈料，入夜之後曹操下令全體將士都投入挖戰壕的工作中，大家排着隊，前面的人挖累了後面的人趕緊替換，人歇活不歇。

經過高強度的工兵作業，一夜之間這條 40 里長的戰壕全部擴充到 2 丈深、2 丈寬，這一回審配不笑了，他大為吃驚，但一時間鬧不清曹操搞出這種超級工事做什麼用。

審配的好奇心馬上就有了答案，這些戰壕裏神奇般地灌滿了水，這些水藉着設計好的地勢一路前奔，直撲城內。原來，曹軍挖的不是戰壕，而是人工運河，把附近漳河裏的水引來灌城。

河北省臨漳縣的三台遺址據說並不是銅雀台，而是它附近的金鳳

台，真正的銅雀台已被改道的漳河給沖毀了。金鳳台遺址在一個鎮子邊上，鎮子的另一側就是漳河，現在大多數時候河裏都沒有什麼水，站在橋上就可以看到金鳳台。

所以，漳河就在鄴縣跟前，雖然方便了生活和生產，但也暴露出一個隱患，那就是鄴縣很容易被水攻。

城裏本來都快撐不住了，現在又泡在了水中，更是雪上加霜。好在是夏天，要是換成冬天，不知道情況會怎樣。

即便如此，城裏的人也餓死了一半以上。

但是，袁軍仍拚命死守，看來其戰鬥力並非不堪一擊。

轉眼到了秋天，形勢對城內的袁軍越來越不利，在冀州北部一帶活動的袁尚也拚了，率領一萬多人馬前來救援。

袁尚想最好城裏和城外能聯絡起來，以便統一行動，這樣就得有人冒死入城傳遞消息。但此時曹軍圍城很嚴，要想順利進城，之後再順利從裏面出來，幾乎不可能。

袁尚跟他的辦公室主任（主簿）李孚商議，李孚想了想，說派個一般的人去也不頂事，不如讓我去吧。

李孚雖然不是什麼大人物，但他憑着智慧和膽量順利地到已被曹軍圍得像鐵桶似的鄴縣走了一趟，不僅出色完成了任務，而且自己以及隨行的人都毫髮無損。

李孚字子憲，幽州刺史部鉅鹿郡人，他自告奮勇冒死進城。

袁尚問他需要準備些什麼，李孚說：「聽說曹軍圍得很嚴，人多了反而容易被察覺。我帶 3 名騎兵就行了。」

李孚挑選了 3 名騎兵，備好乾糧，騎上快馬，卻不攜帶武器，他們先來到鄴縣北面一個叫梁淇的地方，砍了 30 多根問事杖捆好了放到馬上。

問事杖是軍中執法官所持之杖，大概是用來懲罰犯錯士卒的。李孚他們又在着裝上打扮了一下，裝得像個曹軍的人，之後趁着夜色來到鄴縣城外曹軍大營附近。

到了晚上 8 點左右（一更半），天已經黑透，李孚他們就大模大樣出來，自稱是執法官（都督），進到曹營，又大模大樣地在曹營裏逛來逛去，每到一處都大聲呵斥曹軍士卒，有的還用問事杖就地處罰。

李孚他們甚至摸到了曹操大帳的附近（遂歷太祖營前），仍然沒被識破。他們再向南走，從南面又向西，最後來到營門前，又故技重演，對守門的士卒一頓訓斥，還把他們綁了起來，之後打開營門，上馬疾馳，一口氣奔至鄴縣城下，大聲呼喊。

城上有認識李孚的，趕緊吊下繩索，把他們拉了上去。

城裏的人見到李孚等人歡聲雷動，李孚迅速與審配交換了情報，約好了下一步共同行動的信號。

城裏的人被困了幾個月之久，此時終於盼到了援軍，不禁悲喜交集。

曹軍士兵發現有人闖營而過，立即報告曹操，曹操說：「他們不僅要進去，肯定還要出來。」

李孚把事情辦完確實要出城，因為他得把城裏的情況報告袁尚。但外面圍得很緊，進來已不容易，想出去更難。

李孚想了一個計策，對審配說：「現在城裏糧食少，老弱之人在城裏沒有什麼用，不如把他們放出城以節省糧食。」

審配同意，於是在城裏集中起來好幾千老弱的人，讓他們都手持白幡，從三個城門同時出城。

打出白幡通常意味着投降，守城的曹軍一看那麼多老百姓從城裏擁出來投降，紛紛上來查看情況。在這幾千人裏就隱藏着李孚等人，他們隨着大家出了城，又趁亂向西北方向突圍而去。

有人又報告了曹操，曹操笑道：「看看，讓我說對了吧？」

曹操明白，那幾個進城又出城的人是袁尚派來的聯絡員，現在他們已經約好了行動方案，馬上就會有所行動。必須密切關注城內外敵軍的動態。

李孚見到袁尚，報告了城內的情況，袁尚決定立即行動，向鄴縣進軍。

聽說袁尚大軍朝鄴縣方向開來，曹軍大部分將領認為不如放過他們，避開鋒芒，然後再尋找機會殲滅。

這樣的想法是有依據的，《孫子兵法》裏說「歸師勿遏」，意思是說正在撤退回來的敵人不要去攔阻，因為這些人回家心切，個個都會死戰。

曹操對《孫子兵法》更熟悉，他說：「那倒也未必，這要看袁尚從哪裏來，如果是從北面的大道而來，應當避開他；如果是從西面的山道而來，我料定可以擒獲他了（若循西山來者，此成禽耳）。」

曹操說得挺有把握，根本不像說着玩，弄得大家一頭霧水。

曹操派出多路偵察兵（候者）在這兩個方向隨時打探情況，後來接到報告，說敵人走的是西邊的山道，大部隊已經到了邯鄲一帶。

曹操大喜，對眾將說：「我已經得到冀州了，諸君知道不知道？」

大夥不知道領導賣的是什麼關子，都說不知道，曹操說：

「諸君馬上就能看到了（方見不久也）！」

曹操並不會算卦，他依據的是心理戰的原理。

袁尚如果是從北面的大道而來，說明他們沒有給自己留退路，來了就會決一死戰。袁尚之所以專程繞到西面再向這裏進攻，說明他想的是打得贏就打，打不贏就退到太行山裏打游擊，有了這種心理，曹操料定袁尚必敗。

袁尚的主力進到了鄴縣以西 70 里的陽平亭，在滏水邊紮營。

夜裏，袁尚派人向鄴縣城裏舉火報信，城裏也舉火回應，這是李孚與審配約定的共同行動信號。

審配率兵從城裏殺出，想跟袁尚會合。

曹操早有準備，在兩個方向都派出阻擊部隊，城裏和城外兩路敵兵均被擊敗，審配退回城裏，袁尚被曹軍順勢圍在了漳河邊。

袁尚實在沒有信心打下去了，向曹操請求投降。

現在才想起來投降，可見袁尚沒有他哥哥機靈，但此時曹操已經不需要他投降了，曹操只想儘快消滅他們。

袁尚無奈，趁夜突圍，還不錯，逃了出去，到達附近的太行山中。袁尚的部將馬延、張顗等人臨陣投降，袁尚在太行山裏也待不下去了，只好逃往中山國。

曹軍繳獲了大量輜重，還繳獲了袁尚的印綬、節鉞、衣物等，曹操命人拿着這些東西到鄴縣外面搞展覽，故意讓城裏的人看，城內守軍看到，信心和鬥志完全瓦解（城中崩沮）。


即使到了這種程度，鄴縣仍未被攻克。

看來審配這個人不光會耍嘴皮子，也是有兩下子的。

審配下令堅守死戰，並不斷給大家打氣：「曹軍也疲憊不堪了，二公子袁熙就要來救我們了（幽州方至）！」

但是有人撐不住了。守城的部將馮禮打算叛變，他打開城門放曹軍進城。曹軍一下子擁進來 300 多人，但被審配及時發覺，在城上指揮人扔下大石塊堵門，門被堵住（從城上以大石擊門，門下），衝進城裏的 300 多名曹兵全部被殺。

還有一次，曹操在城外巡視，讓審配看見了，命令弓箭手悄悄埋伏，找到機會突然放箭，差點射中曹操（伏弩射之，幾中）。

不過審配再死撐也挽救不了鄴縣內無糧草、外無救兵的絕境。對於袁軍的處境,城裏有些將領看得很清楚,他們不想跟審配一塊送死,這其中就包括審配的姪子、東城門守將審榮。

八月二日夜裏,審榮打開鄴縣東門迎接曹軍入城,審配雖然組織人在城裏繼續巷戰,但已無力回天。鄴縣很快被曹軍佔領,審配成了俘虜。

至此,打了六個月之久的鄴縣攻防戰以曹軍最後勝利而告終,曹操終於能騎着馬走進這個他做夢都想佔有的當時北方最重要的城市了。

鄴縣被攻破時,有個人特別着急要進城,他就是袁譚的特使,此時正在曹營做客的辛毗。

辛毗之所以心急火燎地想在城破的第一時間衝進去,是因為哥哥辛評一家人還被審配關在牢裏,他怕審配在最後時刻下毒手。

當初袁譚離開鄴縣時只帶走了辛毗、郭圖的家眷,而沒能把辛評的家眷帶走,結果辛評的家眷都被審配抓了起來。審榮打開東門的時候,審配正在東南城角上,他看到曹軍進城,知道大勢已去,出於對辛評等人的憤恨,他雖然要逃命,但仍不忘派人趕到監獄裏把辛評一家全殺了。辛毗晚了一步。

人的生命大於一切,超越了求生本能的,是仇恨。審配這一耽誤,更錯過了逃生的時間,他被活捉了。

有一種說法是,他在城裏指揮巷戰,不敵,躲進一口水井裏,曹軍士兵是從井裏把他抓住的。

曹操命人把審配押到自己的軍帳裏,剛走到帳外,正遇到痛苦萬分的辛毗。

仇人相見分外眼紅,辛毗一見審配就急了。

辛毗用馬鞭敲着審配的腦袋罵道:「狗奴才,你今天要死了!」

審配卻不害怕，回過頭來跟辛毗對罵：「你這個狗東西，都是你們這些人把冀州毀了，真恨不得殺了你！你今天能殺我嗎（且汝今日能殺我邪）？」

這樣的情景令人感慨。袁紹雖然死了，但他把一支隊伍竟然帶成了這樣，同僚相見，一個恨不得吃了另一個，即使他們個個都是人物，但這樣的隊伍怎麼能打勝仗？

沒有能人辦不成事，能人太多、都太能了，也誤事。

審配被押到曹操面前，曹操知道他很有能力，加上防守鄴縣期間表現出的堅定意志和不屈不撓，都讓曹操有些喜歡。

曹操有點兒不想殺他，問審配：「你知道是誰打開的城門嗎？」

審配一直忙着打巷戰了，還真的被蒙在鼓裏：「不知道。」

曹操直言相告：「是你的姪子審榮。」

審配聽完歎息道：「這小子不足為用，才弄到今天這地步！」

曹操又問審配，語氣倒很輕鬆：「那天你用弓箭射我，幹嘛射了那麼多？」

審配不領情，把眼睛一瞪：「只恨太少了！」

這讓曹操更喜歡審配了，曹操說：「你呀，忠於袁氏父子，這也都是不得不做的。」

曹操不想殺審配，但審配始終擺出一副慷慨就義的樣子，根本不求饒。

在旁邊，辛毗哭個不停，要求曹操殺了審配，給哥哥一家報仇。

曹操無奈，只好下令把審配殺了。

審配被押着往外走，又遇到一個熟人，這個人名叫張子謙，以前他們都在袁紹手下供職，前不久這個張子謙投降了曹操。張子謙跟審配關係也不好，看到審配落難就過來嘲笑他，發洩以往的怨恨。

審配字正南，張子謙說：「正南啊，你看看現在咱們倆比怎麼樣？」

審配怒斥張子謙說：「你是投降的俘虜，我是忠誠的臣子，即使我死了，也比你苟且偷生強！」

審配上了刑場，死前他不忘特意面向北，因為主人袁尚此時在北邊。

審配雖然在前面壞了不少袁家的事，袁紹在時他瞎出主意，排擠許攸、張郃等人，官渡慘敗他要負首要責任。後來又帶頭搞分裂，害得袁氏兄弟骨肉相殘，以至於落到現在的地步，這些審配都難辭其咎。

但在最後時刻，他堅守鄴縣半年，城破後堅持戰鬥，在曹操面前表現得大義凜然，也不失為一條漢子。

## 曹氏父子的緋聞

在第一批衝進鄴縣的曹軍中，有個年輕人的身份很特別。

他就是曹操目前年齡最大的兒子曹丕，本年他 18 歲，雖然古人 20 歲舉行過弱冠之禮後才算成年，但 18 歲也是大小夥子了，這個年齡一般可以娶妻生子了。

曹操對待他的兒子們，包括死去的曹昂，從小就開始在文武兩方面加強訓練，到了十六七歲時，就把他們放到隊伍裏鍛煉。曹丕也參加了鄴縣之戰，他是首批進城的曹軍將士之一。

當然，曹丕不可能像普通士兵一樣廝殺，他身邊應該有不少衛士，他們進了城就直奔袁府。

袁紹生前，這裏想必極盡奢華，藏着大量珍寶錢物。現在袁紹死了，他的三個兒子都在外面，逢此戰亂，府裏的衛兵雜役能跑的早就跑了，袁府裏冷冷清清。

曹丕進了袁府，有人報告說發現了袁紹的老婆劉氏，曹丕就過來看。

劉氏就是那個心腸特別歹毒的女人，此時早已嚇得魂飛魄散，為

了求活命，還把自己捆了起來（兩手自縛）。

不過她倒沒怎麼引起曹丕的注意，倒是她身後一個蓬頭垢面的女人引起了曹丕的強烈興趣。這個女人低着頭，渾身髒兮兮的，好像嚇得不輕，不停地哭。但是，儘管這樣也難掩她的姿容。

曹丕問劉氏她是誰，劉氏回答說是二兒媳婦，也就是袁熙的妻子。

劉氏很有經驗，發現曹丕不停地盯着兒媳婦看，心裏明白了大概。她給兒媳婦整理了一下頭髮，又用手巾擦了擦臉（顧攬髮髻，以巾拭面），曹丕這才看清了她長的樣子，果真美麗無比（顏色非凡）。

曹丕沒說什麼，點了點頭就走了。

曹丕走後，劉氏激動地對兒媳婦說：「這下好了，我們不用死了（不憂死矣）！」


這個女子確實是袁熙的妻子，一般人認為她名叫甄宓。

其實，至少在唐代以前的所有書籍都不知道她的名字叫什麼，提到她時通常稱「甄氏」「甄后」，她的祖籍是冀州刺史部中山國，由於父親名叫甄逸，她還被稱為「甄逸女」。

甄宓的名字是從哪裏來的呢？這個說來話就長了，還是放在以後再講吧，這裏姑且也稱她為甄宓。甄宓本年23歲。

甄逸當過縣令，家裏有三男五女。

這是個有些不簡單的女子，在她很小的時候，家人發現她睡覺時好像有人把一件玉衣蓋在了她的身上，大家對此都很奇怪（家中仿佛見如有人持玉衣覆其上者）。

甄宓3歲時父親去世了，甄宓哭得很傷心，大家都覺得這個孩子有孝心。一個叫劉良的術士給甄家的幾個孩子都看過相，劉良被甄宓的面相驚到了。

劉良指着甄宓對她的母親說：「你家的這個女孩，真的貴不可言！」

甄宓 8 歲時院外有耍雜技的人（外有立騎馬戲者），姐姐們都上閣樓觀看，只有甄宓沒去。

姐姐們覺得奇怪，甄宓說：「這難道是女人該看的嗎？」

甄宓喜歡讀書，9 歲時已經可以做到過目不忘，她還經常用哥哥的筆硯寫字。

哥哥不以為然，對她說：「你應該學習女紅，讀書學習，還想當女博士呀？」

甄宓很嚴肅地對哥哥說：「聽說古時候賢惠的女子都學習前人的經驗，用來借鑒。不讀書，拿什麼借鑒呢？」

總之，這是個有見地、愛讀書的女孩，在那個時代，這樣的女孩算是另類。

甄家的家境還算不錯，當時天下大亂，又逢災荒，百姓為糊口紛紛賣掉家中值錢的東西換糧食。甄家積存了大量糧食，趁機用這些糧食換回很多金銀寶物（時后家大有儲穀，頗以買之）。

甄宓當時十幾歲，看到這種情形，對母親說：「亂世不可求寶，因為一個人本來沒罪，可能會因為擁有一件珍寶便被定罪，這就是人們常說的因財喪身。現在百姓都在飢餓之中，不如把家裏的穀物開倉賑濟給鄉鄰，這才是惠及眾人的德行。」

全家人都認為她說得有理，於是把家裏的糧食無償分給鄰里鄉親。

甄宓的二哥名叫甄儼，在甄宓 14 歲時去世了，二嫂很悲傷，平時又要操持家務事，十分辛苦。但甄母很嚴屬，對兒媳婦不太好。

甄宓多次相勸，對母親說：「二哥不幸死得早，二嫂年紀輕輕就守寡，又要照顧孩子，按道理您對待她就要像對待自己的女兒一樣。」

母親聽後慚愧地流下了淚，對待二嫂的生活起居就像對待甄宓一樣。

有文化、長得漂亮、有愛心、出身清白，甄宓被袁家人看上了，由袁紹做主把她娶為袁熙的妻子，不過不是正妻，袁熙的正妻是吳氏，甄宓只是側室。

後來袁熙擔任幽州刺史，甄宓就留在鄴縣侍奉婆婆劉夫人。

曹丕對甄宓一見鍾情，離開袁府馬上去見了父親，說明心意。

曹操一向開明，作為父親也尊重兒子的選擇，就同意了曹丕的請求，並很快把這件婚事辦了。

曹丕娶了個美貌的妻子，也算這場艱難攻城戰所取得的戰果之一吧。

可這件事並不那麼簡單，這件事以後隱隱約約時常被人議論，並最終演變為一場緋聞。


南北朝有一部著名的野史，經常編排一些八卦新聞。這部書說，曹操早就知道甄宓很漂亮，一心想佔為己有，鄴縣攻破後，急忙命人把甄宓找來。

但是，手下人向曹操報告：「您去晚了，五官中郎將已經搶先一步。」

五官中郎將是曹丕後來擔任的官職，這裏指的就是曹丕。

曹操聽後，歎了口氣：「唉，打了這麼久，算是給這個小奴才打的（今年破賊正為奴）！」

意思是，父子倆都好色，兒子搶了老子的女人。

野史不僅編排父子，還編排兄弟，把曹丕的弟弟曹植也拉了進來。

唐朝編了一部文集，收錄了曹植寫的一篇文章，到唐代有人給這篇文章作注，順便又提起曹丕娶甄宓的事，按照這裏面的說法，說愛上甄宓的還有曹植，他也向父親提出要娶甄宓，但是沒有成功，曹操把甄宓給了曹丕。曹植為此心緒難平，吃不下睡不着，還害了相思病。

後面這件事影響更大，很多人都相信哥哥搶了弟弟的夢中情人。但是，鄴縣被攻破時曹植才13歲，說他參加了鄴縣之戰都有點勉強。再說了，他與18歲的哥哥去爭一名23歲的女人，就顯得更不靠譜了。

有些年頭的、能流傳下來的書我們都稱為古籍，但古籍不等於嚴肅書籍，更不等於真實歷史。古代也有人喜歡編八卦、傳八卦，不能一看到古籍就深信不疑，還要看這是司馬遷寫的還是古代的小報娛記們寫的。

八卦新聞的生命力不在於是否靠譜，而在於能否成為焦點，現在是這樣，古代也如此。要成為焦點就得傍上曹操父子這樣的名人或者他們寫的名作，有緋聞不奇怪，關鍵是把它當成街談巷議看，還是當成史實看。

如果當年這類新聞已經在社會上傳開的話，估計傳到曹操耳朵裏他也會一笑了之。因為曹操是一個不拘小節的人，就是史書中說的「通脫」的人，他不會被流言困擾，也不會被流言激怒。

這件事，只當是緊張戰事中的一個小小的花絮吧。

# 崔副州長潑冷水

袁紹的妻子劉氏及全家都保住一條命，曹操不僅沒殺他們，而且還歸還了他們的財產（全尚母妻子，還其財寶）。

其實，即使不是因為甄宓，曹操也不大會對老朋友的家人下毒手。他不喜歡袁紹，但不至於恨之入骨，作為相識多年的朋友，曹操對袁紹一直有着複雜的感情，不是一個愛或恨就可以概括的。

安頓下來後，曹操決定到老朋友的墓前親自去祭奠。

現在一般認為，袁紹的墓位於如今河北省滄州市，即袁紹當過太守的渤海郡境內。曹操不可能從鄴縣跑到千里之外的渤海郡祭奠

袁紹，只有一種可能，袁紹開始是葬在鄴縣附近的，後來才遷葬到渤海郡。

遷葬在那時很普遍，而給袁紹遷葬的可能是袁家的人，也可能是曹操。

曹操到了袁紹墓前禁不住流下了淚，這些眼淚不是作秀，而是發自內心的。曹操是性情中人，所以他能成為一位優秀的詩人。睹物思人，見景生情，是詩人的本性，而眼前這堆黃土裏埋葬的是那個再熟悉不過的身影。

在這一刻，仇恨敵不過生死，恩怨敵不過感傷，斯人已逝，再多的恩怨情仇也都隨風而散了。

應該相信，曹操哭得很真誠。

但是，也有史學家認為曹操此舉並不明智，因為此時仍然是敵我鬥爭異常激烈的時期，統一本集團內部的意志比抒發個人感情更重要。袁紹作為敵人，理應得到仇恨、詛咒和懲罰，只有這樣才能激發起自己人的鬥志，統一起本集團內部的思想，所以曹操祭奠袁紹考慮得不夠周全（百慮之一失）。

這種看法也有一定道理，決定軍隊戰鬥力的因素除了訓練、後勤等方面，還體現在思想工作和政治發動上，只有具備明確的目標、清晰的敵人和準確的打擊方向，一支軍隊才能真正稱得上強大。

但曹操就是曹操，他沒有想那麼多，此時此刻他只是想看看老朋友，感懷一下過去的時光而已。


做完這件事，曹操不忘給漢獻帝上了一份奏章，報告此次征討袁尚、佔領鄴縣的情況。

曹操在這份奏章中寫道：「袁尚要回鄴縣，我激勵着大軍前去征討。袁尚軍心動搖，丟掉陣地逃跑，我立刻進軍，擺下陣勢，士卒們

披堅執銳，勇士們呐喊，旌旗飄揚，殺聲震天，讓敵人聞風喪膽，扔了武器，丟棄盔甲，迅速崩潰。袁尚單人匹馬逃走（尚單騎迸走），丟掉了節鉞以及大將軍和邟鄉侯的印信各 1 枚，頭盔 19620 頂，還有矛、盾、弓、戟等武器不計其數。」

曹操派人回許縣遞上這份奏疏，同時還有兩項新的人事調整請漢獻帝發佈。

漢獻帝劉協這個月剛剛在許縣北郊操演了迎冬大禮，又恢復了一種叫八佾舞的宮廷舞蹈，在孔融等一幫朝廷舊臣的擁戴下，劉協慢慢消除了董承事件在心裏留下的陰影，這一陣子曹操出征在外，總理後方事務的荀彧處理問題又十分周到，讓劉協稍覺放鬆了一些。

曹操又打了大勝仗，漢獻帝說不上高興也說不上不高興，他能做的就是照例下詔對曹操嘉勉一番，同時批准了曹操提出的人事任命事項。

第一項是任命賈詡為太中大夫。太中大夫是九卿之一光祿勛卿的屬官，品秩不算太高，通常為 1000 石，是個司局級幹部，職能是「掌議論」，多數情況下屬於顧問、高級研究員一類的角色，是個閒差。

曹操為何此時突然想起來給賈詡安排這麼個差事？這與後一項人事任命有關，後一項是任命曹操為新的冀州牧。冀州刺史部長期是敵佔區，冀州牧只剩下了象徵意義，此前董昭擔任過冀州牧，後來他改任徐州牧，冀州牧讓曹操給了剛加入本陣營的賈詡。

如今冀州刺史部的大部分地區已被佔領，冀州牧也成了實職，曹操決定親自擔任這一職務，所以先給賈詡安排了個新職務，但賈詡不用到許縣上班，仍然跟隨自己左右，對於這個聞名天下的智囊，曹操一直都寄予着厚望。

曹操在鄴縣正式以司空兼冀州牧的身份處理公務，他首先給自己

找了一個得力的助手，名叫崔琰，讓他擔任副州長（別駕）。

崔琰到位後，曹操讓他把冀州刺史部的戶籍、土地等方面的檔案材料找出來，整整看了一個晚上，看完之後大為興奮。

第二天，曹操對崔琰說：「昨天晚上我查看了冀州的戶籍，按照我的推算這裏可以徵調 30 萬甲士（昨案戶籍，可得三十萬眾），真不愧是個大州呀！」

冀州刺史部確實是個大州，下轄 9 個郡國、約 100 個縣，根據東漢最後一次人口普查的結果，不說魏郡、渤海郡這樣的人口大郡，就連安平國、河間國、清河郡這樣的中等郡國，人口也都在 60 萬以上。

領導心花怒放，崔副州長卻毫不客氣地潑了盆冷水：「現在天下分崩，九州割裂，袁氏兄弟大動干戈，冀州百姓生靈塗炭，您領着大軍而來，不見您先施行仁政，整頓風俗，救民於水火，反而計算甲兵多少，這豈是冀州百姓對您的期望嗎？」

旁邊的人聽到崔副州長這番話都嚇傻了，領導剛上任你就這麼不給面子？大家在等着崔琰會受到什麼處罰，但沒想到的是，曹操立刻收斂起笑容，以一臉嚴肅的樣子鄭重向崔琰道歉（改容謝之）。

曹操這樣做不是裝樣子，他的長處就是大多數情況下都能虛心接受批評，只要你批評得對，也不存在當面接受批評，背後給人穿小鞋的地方。

此後，曹操更喜歡崔琰了，不僅冀州刺史部的事務更加依賴他，後來還跟他結成了親家，這個崔副州長以後成為曹植的老丈人。

崔琰是冀州本地的名士，字季珪，清河郡人，年輕時尚武，23 歲才開始發憤讀書，29 歲拜鄭玄為師，跟劉備手下的孫乾是同學，他們隨鄭老師到如今山東省即墨市附近的不其山裏一邊避難，一邊研習學問，當時黃巾軍鬧得很厲害，鄭老師無法給學生們提供伙食，大家只好散了。

崔琰在外面漂泊了四年才回到家鄉，袁紹聽說他是鄭大師的弟子，於是徵他為下屬。當時袁紹部隊的軍紀很差，特別喜歡幹盜墓的勾當，崔琰對此有過勸諫，袁紹也能多少聽進去一些。袁紹發現崔琰不僅能文而且能武，就委任了一個騎兵旅旅長（騎都尉）給他，讓他在黃河邊上的黎陽、延津一帶訓練部隊。

袁紹南下官渡與曹軍決戰，崔琰也曾勸袁紹不要發兵，以避免與朝廷公開宣戰，袁紹不聽。

袁紹死後，袁譚、袁尚都拉攏崔琰，但崔琰對袁氏徹底失望，稱病不出來，因此獲罪，被關進了監獄，幸虧陰夔、陳琳等人相救才保住一條命。


佔領鄴縣後，郭嘉等人建議曹操大量徵辟本地知名人士出來工作，增強自身力量，同時儘快在冀州站穩腳跟。

曹操採納了這個建議，除崔琰外，還任用了陳琳、牽招、崔林、高柔等人。

陳琳是曹操的老朋友了，十幾年前在洛陽他們就相識，陳琳當時是大將軍何進的辦公室主任（主簿）。後來陳琳隨袁紹來到冀州，繼續發揮特長，成為袁紹身邊的筆桿子（使典文章）。

陳琳最出名的一篇文章就是替袁紹草擬的討伐曹操的檄文，曹操當時正犯頭疼病，疼得不輕，即使那時候有止疼片估計吃了也沒用，但一看到陳琳的檄文他馬上就不疼了，脊背上直冒冷汗，因為陳琳罵人的本事太強悍了。

鄴縣攻破後陳琳也做了俘虜，曹操又見到了這個老朋友。曹操沒有怪罪他，不過對那篇文章還是有點念念不忘。

見了面，曹操跟老朋友開玩笑說：「你當初替袁紹寫罵我的文章，列舉我一個人的罪狀也就夠了，幹嘛還加上我的祖父和父親（何乃上

及父祖邪）？」

陳琳趕緊賠罪。

曹操也欣賞陳琳的文采，讓他繼續發揮特長，在司空府主辦來往公文。後來，在曹操司空府裏慢慢匯聚了阮瑀、應瑒、劉楨等文人，他們和陳琳一起都成為著名的文學團體「建安七子」的成員。

牽招之前也提到過，他是冀州刺史部安平國人，曾在何進的弟弟車騎將軍何苗府裏任職，因為有這個經歷，可能那個時候就認識了袁紹和曹操。袁紹生前任命他為烏桓騎兵（烏桓突騎）指揮官。袁紹死後，牽招跟着袁尚負責上黨郡與鄴縣之間的後勤運輸工作。

袁尚逃到中山國後，牽招一度到了并州刺史部投奔高幹，牽招勸高幹把袁尚接過來，依託太行山區的有利地形以及黃河天險繼續與曹軍抗衡，但此時高幹正謀劃投降曹操的事，不僅沒聽牽招的建議，而且準備加害他。

牽招一看不妙，趕緊逃了出來，想追隨袁尚，但道路不通，無奈之下又到了鄴縣，最後投奔了曹操。牽招長期跟烏桓人打交道，以後在曹操北征烏桓的戰鬥中立下了大功。

崔林字德儒，冀州刺史部清河郡人，他是崔琰的堂弟，是個大器晚成的人，一般人不知道他的才能，只有崔琰知道。曹操啟用崔琰後又徵召崔林擔任縣長，此後崔林長期擔任地方行政官，職務不斷上升，很有政績。

高柔字文惠，他不是冀州刺史部本地人，而是豫州刺史部陳留郡人，跟大學者蔡邕是一個縣的，但他有一個特殊身份，他是高幹的堂弟，也是袁紹的外甥。

高幹先到袁紹身邊任職，後來被袁紹委以重任，高幹讓人捎話給在家鄉的高柔讓他到冀州來。就在這時曹操佔領了冀州，覺得高柔也是個人才，雖然跟袁紹有親戚關係，也任命他當了一名縣長。高柔工

作很敬業，尤其擅長司法工作，後來長期擔任曹魏司法系統的負責人。

得了地盤，得了人才，曹操獲得了大豐收。

但是，北方還有三個州不在自己手裏，分別是袁譚所在的青州刺史部、袁熙和袁尚所在的幽州刺史部以及高幹所在的并州刺史部。

問題是，先從哪裏下手呢？

## 虎豹騎再次揚威

漢獻帝建安九年（204 年），袁紹任命的并州刺史高幹投降，曹操接受其投降，以漢獻帝的名義仍命其為并州刺史。

這樣一來，西面就可以暫放一下。對於北面的袁熙和袁尚，以及東面的袁譚，曹操決定先打東面。

在曹操忙於圍攻鄴縣的時候，袁譚趁機行動，勢力迅速擴張，先後攻佔了魏郡以東的甘陵國、安平國、渤海郡、河間國的一些地方。甘陵國即清河郡，桓帝建和二年將清河郡改為甘陵國，治所移到甘陵縣，即今山東省高唐縣，到後年即漢獻帝建安十一年（206 年），曹操又將其恢復為清河郡。

袁譚的行動無異於向世人表明他又重新背叛了曹操。不僅如此，袁譚還向袁尚下手，在袁尚從鄴縣逃到中山國後，袁譚向其進攻，袁尚被打敗，逃到袁熙那裏。袁譚收兵，將主力移駐於龍湊這個地方。

龍湊位於哪裏不詳，但 12 年前袁紹曾在這裏與公孫瓚有過一場激戰，結果公孫瓚大敗。

袁譚之叛剛好給了曹操一個藉口，曹操可以光明正大地發兵攻打他。在出師前，曹操先給這個親家寫了一封信，責備他負約，宣佈解除雙方的婚約，並把袁譚的女兒遣送回家。

之後，曹操親率大軍向龍湊開來。

袁譚自知不是對手，主動撤退，將主力部隊收縮到渤海郡境內，堅守渤海郡的治所南皮。

「南皮」的意思是「南面的皮革城」，這個名字起源於春秋時期，當時北方少數民族山戎攻打燕國，燕國向齊國求救，齊桓公出兵援燕經過現在的滄州，為了保證軍事供應，找了一塊地方築起一座城，專門從事皮革加工，這座城便被稱為皮城。由於它北面的章武縣有一座「北皮亭」，所以就把這個皮城稱為「南皮」，袁紹擔任過渤海郡太守，這裏是他的老根據地。

袁譚退守南皮後，曹操於漢獻帝建安九年（204年）底先攻入渤海郡南面的平原郡，肅清了那裏的袁軍，於第二年初將主力部隊開到南皮城外。

曹操對南皮之戰很重視，不僅帶上了張遼、曹仁、樂進、于禁等名將出征，還帶上了虎豹騎。

曹操每次征戰，一般都由中軍擔任保衞總指揮部的任務，曹操的中軍也被稱為武衞營，這是曹軍主力中的核心，而虎豹騎又是武衞營的核心，曹仁以及他的弟弟曹純都是這支部隊的統領，曹真、曹休等曹家年青一代也在這支隊伍裏。

曹純此前被任命為議郎，這實在不是他喜歡和擅長的工作，曹操便讓他以議郎的身份參與司空府的軍事工作（參司空軍事），成為一名高級軍事參謀。

另外，剛剛當了新郎官的曹丕也參加了南皮之戰，他雖不是虎豹騎的成員，但在戰鬥間隙經常跟曹真、曹休在一起，這些情況在保存下來的曹丕私人信件裏都有記載。

除了曹真和曹休外，曹丕還有兩個好朋友，一個是夏侯淵的姪子夏侯尚，此時在曹軍中擔任團長（軍司馬）一級的軍官；另一個叫吳

質，字季重，年齡約比曹丕大十歲，是兗州刺史部濟陰郡人，曹操在兗州主政時期就投奔了曹營，但一直默默無聞。曹丕對他很欣賞，認為他才學過人，見解獨到，而且擅長交際，所以引為至交。

吳質就成了曹丕的智囊，他始終追隨曹丕，成為影響曹丕一生的重要人物之一。此次南皮之戰，夏侯尚和吳質也都來了。


這一仗，本來應該沒有懸念。

曹軍名將雲集、兵強馬壯，對手是困守孤城、沒有外援的袁軍，應該一戰可勝。但讓人覺得意外的是，戰局開始卻並不順利，曹軍攻城艱難，付出了重大傷亡代價仍沒有多大進展。

一方面，南皮城防堅固，城內的袁軍自知沒有退路，所以拚死抵抗；另一方面，現在是正月，華北平原正值嚴寒季節，城上滴水成冰，對防守的一方有利。

在這種情況下曹操想先退兵，等天氣轉暖之後再說，諸位將領對此也都沒有什麼意見，只是有個人不幹。

他就是虎豹騎的指揮曹純，他勸曹操：「我們孤軍遠征，如果撤退必然會影響士氣，現在敵人在攻防戰中佔優，必然會滋生驕傲思想，我們只要再堅持一下，一定能將敵人打敗！」

曹操覺得曹純說的也有道理，這一趟如果不能順利解決袁譚，那麼袁熙、袁尚以及高幹這些問題的解決都得往後拖延，夜長則夢多，最好還是把南皮拿下，為此多付出一些犧牲也是值得的。

曹操下定了決心，無論如何也要攻下南皮。

曹操親臨前線指揮，他還親自擂鼓助戰，曹軍將士無不奮勇爭先，守城的袁軍漸漸不支。

樂進率部第一個突進到城下，首先把東門攻破，殺進城裏，袁軍開始潰逃。

袁譚騎馬在衛隊的保護下逃出了南皮，倒黴的是，他一出城就遇到了負責堵截的曹軍，而且偏偏是摩拳擦掌的虎豹騎。

攻城不是騎兵的長項，曹純率領虎豹騎在外圍堵截潰逃的袁軍，結果堵住了袁譚。

虎豹騎上去一頓猛揍，袁譚及其衛隊哪裏是對手，被殺了個丟盔卸甲。虎豹騎打起來有點收不住，一個衝鋒居然把袁譚殺死了，沒有抓到活的。

曹操聽到袁譚被殺的消息，高興壞了，在馬上又吹又唱、手舞足蹈起來（於馬上舞）。

曹操確實是太高興了，大概在他看來，此戰結束，北方將再無大的戰事。

虎豹騎力斬袁譚，再次打出了聲威。之後這支勁旅跟隨曹操征戰，除擔任保衛曹操的任務外，還在北征烏桓之戰中立下戰功，斬殺了烏桓單于蹋頓。在長阪坡之戰中閃電出擊，大敗劉備。在潼關大戰中，大破以馬超為首的涼州兵團。

南皮被攻破，城裏的百姓驚恐萬分，大家都傳說曹軍一向兇殘，在鄴縣曾實施過屠城，於是紛紛外逃，來不及逃跑的，也都驚恐不已，城裏一片混亂。

這時有個人請求面見曹操，曹操召見來人，他自稱名叫李孚，是前冀州政府的辦公室主任（主簿）。

一個前州政府裏的屬官不會引起曹操的注意，但李孚這個名字曹操不陌生。他佔領鄴縣後大概打聽過那個給鄴縣送信、從曹營裏一進一出的傳奇人物，有人會告訴他那個人名叫李孚。曹操自然對他刮目相看。

來的確實是李孚，他在袁譚軍中也被打散，現在局面已經亂了

套，他想必須儘快結束這種局面，可以少死一些人。

曹操問明了李孚的想法，又問他該如何做，李孚說：「現在應該恢復正常秩序，制止搶掠行為。但如今城裏人心混亂，有人趁火打劫，應該派一個城裏的人信得過的人，前去給大家講明情況，以安民心。」

曹操認為有理，於是下令不得在城裏搶劫燒殺，有趁火打劫的一律格殺勿論，同時委派李孚向城內的官民宣講政策，穩定人心。

經過努力，局面慢慢穩定了下來，曹操下令在南皮進行休整，曹丕等人也進了城。

戰事稍停，這幫年輕人就流露出天性，他們在南皮時常聚會，放鬆身心。參加聚會的包括曹丕、曹休、曹真和吳質等人，在後來曹丕、吳質的私人信件中，不止一次提到此次南皮之遊。

其中一次，曹丕寫道：「每想到當年的南皮之遊，實在難以忘懷。當時大家一會兒沉浸在經籍學問裏，一會兒又玩玩彈棋遊戲，下幾盤圍棋決勝負，彈奏一曲古箏。或者投身大自然懷抱到城北郊遊，或者在城南飯館裏聚餐（馳騖北場，旅食南館）。甜瓜浸在泉水裏隨時取用，紅紅的李子放在冰塊裏消渴解暑（浮甘瓜於清泉，沈朱李於寒冰）。這樣的遊樂夜以繼日，最後大家坐着車子暢遊後園，夜風徐徐，胡笳低昂，怎不令人樂極而哀，愴然傷懷！」

曹丕還寫道，此情此景讓人激動，他在車上回頭對這些年輕的夥伴說：「這樣的快樂，可是不常有的呀（斯樂難常）！」


## 整頓社會風俗

袁譚被殺後，曹操命令將其梟首示眾，同時下令誰要敢為他哭，就把哭者連同他的妻子、兒女一塊殺了（敢哭之者戮及妻子）。

但偏偏有人不怕死，跑過來向曹操求情，要收殮袁譚，這個人就

是袁譚在青州刺史部的屬下，副州長（別駕）王修。

王修曾勸袁譚兄弟和睦相處，共同對付曹操，袁譚不聽。袁譚被殺時王修並不在南皮，而在高密，他有機會逃命，但聽說主人已死，主動跑來弔喪。

王修一下馬，就哭着喊道：「沒有主人了，還能到哪裏去（無君焉歸）？」

曹操認為他是個義士，接見了王修，王修對曹操說：「我受袁氏的恩德，如果能殮葬舊主，自己然後就戮，也無所恨。」

曹操深為王修的大義所感動，同意了他的請求。

曹操對王修原本就有好感，南皮攻破之後，他帶人在城內巡視，曾到過一個官員的家裏，看到所有的家產只有不滿十斛糧食、幾百卷書而已，聯繫到鄴縣攻破時查抄審配等人家產數以萬計的情形，當時就對這個官員留下了深刻印象，曹操一打聽，這個官員就是王修。

曹操隨後禮聘王修到他的司空府工作，擔任處長（司空掾），後來又兼任冶金部隊司令（司金中郎將），這個職務主要負責礦山開採、冶煉以及兵器、農具的鑄造，雖不是一個顯要部門，卻掌管着大部分「軍工企業」，有着重要的地位。

王修幹得很稱職，一幹就是七年，其間他有很多次升遷的機會，但因曹操實在找不出來比王修更合適的人接替他而作罷。曹操有點過意不去，專門給王修寫了一封長信，表明司金中郎將一職的重要性和對王修工作的肯定。

到後來，王修終於改任魏郡太守，在地方治理方面卓有成績。

南皮所在的渤海郡是袁氏父子經營多年的基地，他們影響這一地區長達十多年，曹操需要儘快在這裏樹立起自己的權威。

在南皮駐軍後，曹操以司空和冀州牧的身份頒佈了一系列命令，

恢復冀州地區的生產和生活，整頓社會秩序，這些命令包括《蠲河北租賦令》《抑兼併令》《赦袁氏同惡令》《整齊風俗令》等。

在《蠲河北租賦令》中，曹操下令免除冀州刺史部漢獻帝建安九年（204 年）全年的田租和賦稅，以恢復和發展生產，這道命令的頒佈，受到了百姓的擁護。

袁紹統治冀州刺史部期間，政治和軍事上依靠豪強地主，使得這些人的政治和經濟勢力迅速膨脹。長期以來，曹操一直在思考東漢政權在機制上的弊端，他認為豪強勢力發展太快是造成政權衰弱的主要原因，所以對如何抑制豪強勢力的問題十分關注。曹操認為如果這個問題解決得不好，即使得到政權也不會穩固，在關鍵時候還會被豪強勢力左右。

基於這些長期的思考和對現實情況的分析，曹操頒佈了《抑兼併令》，他強調一個社會不患寡而患不均、不患貧而患不安，任由貧富差距拉大，必然會帶來嚴重後果。他說，像審配這樣的家族，不僅經濟實力很強大，而且成為窩藏罪犯的據點，是黑惡勢力的保護傘，老百姓怎麼能擁護這樣的政權？

曹操借民意向豪強勢力開刀是經過深思遠慮的，他不願意在自己統治的地區有豪門經濟繼而出現豪門政治。作為抑制豪門的一個重要步驟，在《抑兼併令》中他明確規定，每畝地收租的標準是 4 升，每戶另收 2 匹絹、2 斤絲，除此之外一律不再收取其他賦稅。他要求各郡縣要嚴格檢查，看看有沒有豪強地主搭順車額外收取其他稅費的現象，同時禁止弱勢群體替那些豪強交賦稅。

攻佔南皮後，冀州刺史部全境成為「曹統區」，那些曾在袁氏政權及軍隊裏任職的各級官員，有的仍舊被錄用，有的則心懷不安，害怕有朝一日會清算他們。針對這種情況，曹操在南皮頒佈了《赦袁氏同惡令》，明確表示跟袁氏做過壞事的人，允許他們改惡從善（與袁氏

同惡者，與之更始）。

　　袁氏政權之所以失敗，一個重要原因是內部結黨營私、鉤心鬥角很嚴重，這種風氣由社會上層傳達到社會的各個層面，成為一種不良風氣。

　　在過去的「袁統區」，不僅官員、豪強們操縱輿論、排斥異己、顛倒黑白，而且在一般老百姓裏也存在是非不分、缺乏社會正義感、歪門邪道盛行等現象。

　　針對這些問題，曹操在南皮又下達了《整齊風俗令》。「結黨營私是古代聖賢所痛恨的。聽說冀州這個地方，父子也會分成兩派，互相中傷爭鬥。以前直不疑沒有哥哥，大家卻說他與嫂子私通；第五倫三次娶的都是孤女，有人卻說他虐待岳父；王鳳獨斷專行，谷永卻吹捧他為周代的申伯；王商忠誠，張匡說他搞旁門左道。這些都是顛倒黑白、欺君罔上的例子，整頓社會風氣，以上現象不根除，我認為那是恥辱。」

　　曹操舉的這些例子雖發生於前代，卻都是有所指的。拉幫結派到了很嚴重的程度，就連父子兄弟也分成兩派進行文攻武鬥，而鼓動者正是袁氏父子，他們沒能給社會做出好的表率，以至於民風民俗迅速惡化，不僅敗壞了社會風氣，也影響到社會穩定和生產發展。曹操花大力氣整頓社會風俗，有很強的現實意義和迫切性。

　　經濟上免除租稅、抑制豪強兼併，政治上化解新舊勢力的衝突，繼而又從整頓社會風氣入手，恢復社會秩序，曹操一系列政策的出台，很快使冀州的社會面貌得到改觀，生產得到了恢復和發展。


　　現在，曹操已基本佔據了冀州刺史部和青州刺史部的全境，北面的幽州刺史部除遼東地區被公孫氏佔據外，其餘大部分地方還在袁熙、袁尚控制之下，要不要乘勝出兵將其佔領？曹操還沒有做出最後決定。

就在這時，幽州不戰而降。

袁熙的部將焦觸和張南看到袁氏集團即將覆滅，於是發動兵變，將袁熙、袁尚趕出了幽州刺史部，二袁只得投奔遼西的烏桓首領蹋頓。蹋頓以前娶了袁家的姑娘為妻，跟袁家有姻親關係，如今在遼西一帶勢力很大。

焦觸自稱幽州刺史，率全州各郡縣長官歸降曹操。曹操大為高興，幽州不戰而勝，省去了遠征的麻煩，他以朝廷的名義承認焦觸為幽州刺史，將焦觸、張南都封為列侯。

在此之前，一直活躍在幽州刺史部北部的鮮于輔和閻柔已經加入曹操陣營，鮮于輔在官渡之戰前率部歸附曹操，被曹操任命為北部邊防軍副司令（左度遼將軍），封為亭侯，讓他鎮守在幽州，成為牽制袁氏集團的一股力量。

官渡之戰時鮮于輔親自率軍到前線助戰，袁紹敗走，曹操聽到報告欣喜異常。

當時鮮于輔剛好就在旁邊，曹操對他說：「年初的時候袁本初送來公孫瓚的人頭，我看了都覺得眩暈（孤自視忽然耳），不想今天把他打敗了，這既是天意，也是大家努力的結果啊！」

後來，鮮于輔也參加了南皮之戰。

鮮于輔的戰友和同盟閻柔在北方少數民族中素有聲望，鮮于輔曾經聯合他以及劉虞的兒子劉和等人一直與公孫瓚作戰。公孫瓚死後，閻柔也站在了曹操的一邊，被曹操任命為抗烏桓軍司令（護烏桓校尉）。南皮之戰後，閻柔又說動一部分烏桓、鮮卑等少數民族首領歸附，獻上名馬，閻柔被封為關內侯。

閻柔的具體年齡不詳，但應該比曹操小得多。

曹操很喜歡閻柔，曾對他說：「我把你當成兒子一樣，你也要把我當成父親呀（視卿如子，亦欲卿視我如父也）。」

閻柔於是跟曹丕等處得像兄弟一般。

有鮮于輔和閻柔，如今又有焦觸、張南的歸順，幽州刺史部的問題可以說初步解決了。

但是沒多久，幽州刺史部涿郡人趙犢、霍奴起兵，殺死了刺史焦觸以及涿郡太守，在袁熙、袁尚的鼓動下，蹋頓也趁機出動，在幽州刺史部漁陽郡北部的獷平一帶進攻鮮于輔，在這種情況下，曹操率主力離開了南皮，進軍幽州。

此次北征比較順利，在涿郡斬殺了趙犢、霍奴，曹操隨即率軍渡過潞河救援獷平，蹋頓所部未做抵抗，撤到了塞外。

一般說的北方四州，指的是幽州、青州、冀州和并州，前三個州現在基本沒有什麼問題了，讓曹操有些放心不下的只有并州。

## 轉戰太行山

漢獻帝建安十年（205 年）十月，曹操回到了鄴縣。

并州刺史部此前已在刺史高幹的率領下投降了曹操，高幹是袁紹的外甥，曹操仍讓他擔任并州刺史，但曹操對他並不放心，擔心他遲早會反叛。

曹操的擔心成了現實，曹操剛回到鄴縣，并州刺史高幹就公開反叛。這種做法實在不好理解，當初袁氏勢力尚在時高幹主動投降，現在袁氏勢力已基本被消滅，他卻要叛亂，不知道他是怎麼打算的。

可以肯定的是，高幹並不傻，他之所以這樣做也許裏面有什麼隱情，比如他投降曹操時會不會有約定，要曹操保證袁氏兄弟的安全，曹操殺了袁譚，趕跑了袁熙和袁尚，還把袁熙的妻子給了自己兒子，所有這些，讓高幹無法忍受。

所以，在時機選擇上高幹也沒有太多考慮，他如果早有預謀，就

不會選擇在漢獻帝建安十年（205年）十月起兵，因為這時曹操率主力已經回師到鄴縣。真想大幹一場的話，應該在曹軍主力激戰於南皮時動手，或者最少也應該比現在提前兩三個月，在曹操率主力打到現如今的北京市密雲水庫一帶時動手。

把叛亂的時間定在這個時候，注定不會有什麼奇蹟發生。

并州刺史部的範圍約相當於今山西省大部、陝西省北部地區以及內蒙古自治區的河套一帶，現在的太原、大同、呼和浩特、包頭、榆林、延安都在其內，治所是太原郡的晉陽縣，即今山西省太原市。由太原郡向東是上黨郡，上黨郡與鄴縣所在的冀州刺史部魏郡之間只隔着一座太行山。

上黨郡太守是曹操的人，高幹把他抓了起來，之後進軍並佔領了太行山中的軍事要塞壺關，妄圖以太行山為依託抵擋曹軍的進攻。

壺關是太行山裏的一個山口，也稱壺關口或壺口關，位於今山西省壺關縣，屬長治市，北有百穀山，南有雙龍山，兩山夾峙，中間空斷，山形像一把壺，所以稱為壺關。

這裏地勢極其險要，易守難攻。

漢獻帝建安十一年（206年）正月，曹操率樂進、李典等部進擊壺關，將其圍住。

如果高幹下決心死守，這一仗的結果恐怕還很難說，但高幹明顯信心不足，他留下部將夏昭、鄧升守城，自己前往南匈奴單于那裏求救。

除了烏桓人，袁紹在時還有一個傳統少數民族盟友，這就是南匈奴人，南匈奴單于於扶羅跟袁紹關係密切，官渡之戰時南匈奴也派兵為袁紹助戰，現在於扶羅已經死了，他的兄弟呼廚泉繼位。

然而，呼廚泉看到曹操勢力日益強大，不敢與他為敵，對於高幹

的請求，呼廚泉不予理睬。高幹無奈，只得帶着幾名隨從前往荊州刺史部，要找劉表搬救兵，但路上被一支地方武裝截住，高幹就這樣被殺了。

這支類似於民兵或民團的武裝組織首領叫王琰，是上洛都尉。上洛是哪裏不詳，或許與洛陽有關，因為高幹由并州南下荊州有可能路過河洛一帶，而都尉相當於縣公安局局長。

王琰把高幹的首級呈送給曹操，立即被封了侯，受到大家的羨慕。只有一個人高興不起來，整天待在屋裏哭，她就是王琰的妻子。

因為王琰從此將要富貴，就會娶更多的小妾，從而會奪走對自己的愛（將更娶妾媵而奪己愛故也）。

高幹死了，應該說壺關的這場仗就不用打了。

但結果卻不是，守將夏昭、鄧升很頑強，加上壺關城很堅固，曹軍久攻不下。

曹操火了，發佈軍令：「城池攻破後，把他們全部活埋！」

但是，又打了三個月，還是沒有攻下。

這就是冷兵器時代的攻城戰，易守難攻，從之前的郯城、雍丘到東武陽、下邳、鄄縣，以及之後的陳倉之戰，都是在力量懸殊的情況下卻打得曠日持久，常常幾個月甚至一年都攻不下來。

曹仁看出了問題，他向曹操建議：「圍城的時候最好讓城裏的人看到他們還有活路，現在要是讓他們感覺只有死路一條，他們必然會奮力抵抗，加上敵人城固而糧多，我們硬攻必然會有很大傷亡。位於堅固的城池下，去攻打必死的敵人，不是上策（以攻必死之虜，非良計也）。」

曹操接受了曹仁的建議，城內的敵兵很快投降了，曹仁因此被封為都亭侯。

曹仁的建議裏應該還有更具體的攻城方案，不然城裏的敵兵也不

會輕易投降，這個方案是什麼沒有記載，應該是更改之前的命令，給城裏的人留出一條活路，誘使敵兵投降吧。

至此，這次西征就結束了。

這次西征是曹軍主力在連續一年作戰後還沒有得到充分休整的情況下進行的，加之此次多為山地作戰，對擅長平原突襲的曹軍來說又是一個新的挑戰。勝負雖然沒有大的懸念，卻打得異常艱苦。

回師的路上要越過太行山，曹操寫了一首《苦寒行》的詩，記錄了行軍的艱辛和自己不得已用兵的感慨，詩中寫道：

> 北上太行山，艱哉何巍巍！
> 羊腸阪詰屈，車輪為之摧。
> 樹木何蕭瑟，北風聲正悲！
> 熊羆對我蹲，虎豹夾路啼。
> 溪谷少人民，雪落何霏霏！
> 延頸長歎息，遠行多所懷。
> 我心何怫鬱？思欲一東歸。
> 水深橋梁絕，中路正徘徊。
> 迷惑失故路，薄暮無宿棲。
> 行行日已遠，人馬同時飢。
> 擔囊行取薪，斧冰持作糜。
> 悲彼東山詩，悠悠令我哀。

詩中描繪的情景是：太行山上山高路險，車輪都能被顛壞。樹林蕭條，北風呼嘯，熊和虎豹時常出沒，山谷裏人煙稀少。大雪紛飛，抬頭仰望怎能不長長歎息。此情此景，令我心感惆悵，甚至想到了回師，為此在路上不斷徘徊。路已經迷失，到了晚上還沒有找到露營之

處，人和馬都飢寒交迫了，背負行囊砍柴燒火，鑿開冰凌煮粥做飯，想起了那首叫《東山》的詩，又勾起了我深深的哀傷。

詩中提到的《東山》是《詩經》中的一篇，相傳為周公東征時三年沒有回過家的戰士們吟出的思念家鄉的詩。

從這首《苦寒行》裏依稀可以體會到古代作戰的艱辛，這些不是地圖上的幾個點，也不是史書上的幾行字，甚至不是血和淚就能說完道盡的，那種艱苦卓絕，那種百轉千腸，讓人忽然明白，所謂戰爭其實不簡單是拚武力，也不僅僅是拚智謀、拚經濟基礎，也拚的是人性和毅力，是對人的極限的挑戰。

# 第四章 北方多才俊

## 并州有幾位能臣

解決了高幹，攻佔了壺關，也就解決了并州刺史部的主要問題。并州刺史部的北部還有自西向東一字排開的四個郡，分別是朔方郡、五原郡、雲中郡和雁門郡，儘管地盤很廣大，但都不用發兵，基本上傳檄可定。

但今後如何治理好并州，仍然是曹操需要操心的事。

并州刺史部的戰略位置很重要，不說庇護着中原的北部邊防，就說河洛與關中的聯絡，它也佔着中間要害的一段，所以并州刺史部的問題如果不能徹底解決，也讓人不踏實。

必須找一個能幹的人來當并州刺史，曹操最後選了一個能人，他的名字叫梁習。

梁習字子虞，不是并州人，祖籍在豫州刺史部陳國。他原來是陳國的一名官吏，由於很有行政管理才幹（為郡綱紀），引起了曹操的注意。漢獻帝遷都許縣後，曹操選拔梁習當縣長，梁習幹得很不錯，尤其在治亂理政方面顯示出卓越的才能，曹操每遇到問題比較多的縣要治理總是想到他。

這樣，梁習當了好幾年「救火隊長」的角色，先後擔任過四個縣的縣長，最遠的地方是徐州刺史部的海西縣，也就是當年劉備被袁術、呂布聯手欺負流落到那裏差一點下海當漁民的地方。

曹操後來把當梁習調回司空府，在人事部門工作（西曹令屬），

相當於司空府人事處副處長，這個職務權力很大，管着各地官員的選任，實際上相當於「曹統區」的吏部。平定并州刺史部後，誰來擔任并州刺史都將令人矚目，按資歷來說，梁習在曹營還淺，根本排不上他，但曹操決定破格提拔，讓梁習由一名副處長（西曹令史）直接下去管理一州。

從中可以看出曹操用人的長處和魄力。袁紹擁有北方四州，任命的四個州刺史，三個是自己的兒子，一個是自己的外甥。手下有能力的人再多他也不用，立過再大的功勞他也裝作沒看見，這樣的領導越跟越寒心。

曹操用人可謂不拘一格，打下了地盤，既沒有交給曹洪、曹仁這些曹家兄弟，也沒有在內部搞論資排輩，誰有能力誰就上，誰最適合交給誰。

而梁習也沒有讓曹操失望。

當時的并州刺史部雖然已經平定，但境內各種勢力錯綜複雜，手裏有兵權的人還有一批，南匈奴雖然歸附，但並不能保證他們真的沒有反叛之心，并州刺史部北部與烏桓人控制區相鄰，烏桓人一直蠢蠢欲動。

可以說，雖然地盤打下來了，但仍然到處充滿着對峙，經過長期戰亂，并州刺史部正處在社會動盪、民生凋敝、豪強為害鄉里之中。

梁習到任後首先四處招降納叛，削弱敵對勢力的力量，對於有些豪族，先徵召他們到州政府來任職，然後以朝廷徵兵為由，將他們控制的青壯年男子陸續抽走。通過一系列手段，地方勢力得到極大抑制。

局面穩定後，對於不肯服從的梁習就興兵討伐，并州刺史部境內很快整肅起來。

政局穩定後，梁習便大力發展農業生產，提倡農耕蠶織，與北方少數民族開展邊境貿易，使并州刺史部的社會經濟得到恢復和發展，

從而受到曹操的嘉獎。

地方父老對梁習也十分擁戴，認為在并州擔任過刺史的人裏沒有能超過梁習的（以為自所聞識，刺史未有及習者）。

并州刺史部的南面是隸屬於司隸校尉部的河東郡、弘農郡，這裏一直處在動亂之中，能不能把這些地方也治理好，影響到并州刺史部的穩定。

就在高幹起兵的同時，河東郡的張晟聚眾上萬人響應高幹，弘農郡的張琰也加入進來，他們活躍於崤關、澠池一帶，勢力逐漸壯大。

河東郡、弘農郡是通往關中的必由之路，如果這裏不在控制之中，關中就成為孤島，這讓曹操很頭痛。

曹操任命的河東郡太守名叫王邑，這個人或者能力不怎麼樣，或者不太可靠，他的上司司隸校尉鍾繇想奏免他。

但王邑在河東郡有一定勢力，郡政府屬官衛固和地方駐軍負責人（中郎將）范先是他的盟友，當時王邑的調任詔書已經下達，但衛固和范先趁機生事，他們趕到長安面見鍾繇，以民意為藉口要求王邑留任。

當時高幹還沒有死，衛固、范先表面上為民請願，實際上是想把局面弄亂，好與高幹暗中相通（外以請邑為名，而內實與高幹通牒）。

河東郡的嚴峻形勢讓曹操憂心，他寫信給在許縣的荀彧：「關西諸將表面臣服而心懷二心（外服內貳），張晟作亂於殽、澠，南面與劉表相通，衛固等人又響應他，眼看將釀成大亂。河東郡是天下要地，請先生為我舉薦一個像蕭何、寇恂那樣的賢才去鎮守。」

荀彧接到曹操的信，很快回覆：「西平郡太守杜畿勇足以當難，智足以應變，正是明公需要的那個人。」

曹操於是任命杜畿為河東郡太守。

杜畿字伯侯，關中人，是西漢名臣杜延的後代，20多歲時在家鄉

當過縣長,後避亂於荊州。漢獻帝建安初年曹操在許縣招攬人才,經荀彧推薦到司空府任職,後外派為護羌校尉,兼任涼州刺史部西平郡太守。

杜畿不是潁川郡人,跟荀彧也沒有什麼交往,他為荀彧所注意純屬偶然。

杜畿剛從荊州回到許縣時,跟皇帝高級顧問(侍中)耿紀認識,兩個人經常在耿紀家裏深夜閒聊。荀彧跟耿紀是鄰居,一天夜裏,荀彧聽到他們的談話,認為杜畿這個人才識出眾。

第二天,荀彧對耿紀說:「身邊有這麼才識出眾的人不向天子推薦,豈不是白拿了朝廷的俸祿?」

荀彧於是主動邀請杜畿相見,傾談之下更是覺得自己判斷得不錯,於是把他推薦給了曹操。

荀彧擔任的是尚書令,相當於朝廷祕書局局長,侍中相當於皇帝的顧問或隨身祕書,論品秩侍中比尚書令高。兩個朝廷重臣互為鄰居,夜裏居然能聽到對方家裏的談話,說明朝廷剛遷到許縣時住房多麼緊張。

另外,幸好杜畿和耿紀沒有在背後談論什麼陰謀,而荀彧也不是喜歡打小報告的人,否則在這樣的住房條件下深夜閒談將是一件危險的事。


杜畿走馬上任時壺關之戰還沒有結束,這時能抽調出來隨杜畿進入河東郡的人馬有限,杜畿索性只帶少數隨從前往。

衛固等人知道後,派出幾千人佔領了黃河上的重要渡口陝津,這個地方位於今河南省三門峽市附近。

杜畿無法渡河,曹操於是派夏侯惇率部前來增援。

但是,大軍開到還需要一定時間,杜畿認為河東郡百姓並非想作

亂，而衛固等人也沒到公開違抗曹操命令的地步，應該先穩住他們。

杜畿於是繞到黃河上的另一個渡口茅津，這個地方在今山西省芮城縣東南，他從那裏過了河，來見叛軍首領。

對於杜畿的到來衛固和范先產生了分歧，范先想殺掉杜畿，為了給杜畿一個下馬威，范先在城門外綁了幾十個原郡政府的屬官，從辦公室主任（主簿）開始殺起，一口氣殺了 30 多個，但杜畿居然神態自若。

杜畿超強的心理素質鎮住了本來就不想殺害他的衛固，衛固是個不想把什麼事都做絕的人，他認為對杜畿殺之無益，徒有惡名，反正他人少勢孤，難有作為，於是表面上仍然尊杜畿為太守。

杜畿耐住性子與衛固、范先等人周旋，並悄悄發展自己的勢力，分化瓦解敵人，後來他抓住機會，與衛固、范先決裂，雙方激戰於張辟。

正在此時壺關戰役結束了，曹操派出的大軍也開到了，殺了衛固、范先以及張晟等人，平定了河東郡。

杜畿擔任河東郡太守前後達 16 年之久，在任期間，他減輕刑罰，教化百姓，發展生產，開設學校，還親自為學生上課，使河東郡得到很好的治理，成為「曹統區」裏的模範區，對於鞏固并州刺史部以及關中地區的局勢發揮了重要作用。

杜畿和梁習是「曹統區」眾多地方行政官員的代表，曹操每佔領一個地方，都精心挑選適合於出任地方行政官的能臣，全力支持他們的工作，使這些地區恢復和發展得很快。

這些能臣雖然不上陣廝殺，平時處理的也都是些具體而瑣碎的事務，但他們的努力也十分重要，為鞏固「曹統區」的統治、支持前線戰事發揮了重要作用。

# 也該論功行賞了

官渡之戰結束後曹操又用了幾乎六年的時間才把北方四州基本納入勢力範圍，除幽州刺史部北面一部分仍在公孫氏手中外，曹操基本完成了北方的統一。

這幾年裏，遼東的公孫氏趁內地連年混戰也在遼東半島及東北地區大肆擴張勢力，公孫度把原遼東郡分成了遼西郡和中遼郡，加上原來的遼東屬國、玄菟郡、樂浪郡，地盤也有了相當規模。

公孫度覺得再當個太守沒什麼意思了，乾脆創設了一個新的州，名叫平州刺史部，自己擔任平州牧，同時自稱遼東侯。

公孫度還派人越過渤海到達山東半島，佔領了一部分地區，在那裏也設置了一個新的州，叫作營州刺史部，任命了營州刺史。

不過，這兩個州並沒有得到官方認可，東漢的行政建制仍然是 13 個州。公孫度成了「東北王」，如果按照朝廷的律法，他每天幹的都是大逆不道的勾當。

但是曹操現在並沒有發兵討伐公孫度的打算，因為在曹操的對手名單裏，像公孫度這種遠在天邊的割據軍閥，可以放心地往後排。

還在漢獻帝建安九年（204 年）的時候，曹操以漢獻帝的名義任命當時已 55 歲的公孫度為武威將軍，封永寧鄉侯。公孫度接受了曹操的任命，對外不再提他的平州和營州，但實際控制區不變。

公孫度有兩個兒子，分別叫公孫康和公孫恭，就在曹操任命公孫度為武威將軍的當年，公孫度死了，他的兒子公孫康繼位，朝廷任命公孫康為遼東郡太守，實際控制着公孫度留下的地盤。

所以，現在的「東北王」已經是公孫康了，儘管朝廷管不着，但表面上還是服從朝廷的。

到漢獻帝建安十一年（206 年），天下的總體格局是，整個黃河以

北地區除了塞外少數民族部族外，已全部納入「曹統區」版圖。長江上游的益州刺史部一帶由劉璋佔領，黃河與長江之間的地區分別由曹操、劉表、孫權以及劉備佔領，而長江以南的地區，分別由劉表和孫權等人佔領。

與 10 年前相比，現在的局勢更為清晰簡單，在這 10 年裏，陶謙、公孫瓚、袁術、孫策、袁紹等人先後消失了，弱者淘汰，強者更強。

對曹操來說，這是手下將士們奮死拚殺的結果。

自從己吾起兵以來，幾乎每一天都有戰鬥，每一仗都有成百上千的人流血犧牲，勝利來之不易，功勞應該歸大家。

所以，在北方大勢初定後，曹操下令對死去將士們的家屬、遺孤給予撫恤，對有功的將士們給予封賞。

曹操開始起兵時的身份是奮武將軍，勉強算個雜牌軍的軍長，當時的骨幹只有曹仁、曹洪以及夏侯淵、夏侯惇等幾個，他們的身份是奮武將軍屬下的司馬或別部司馬，類似於團長。後來，隨着軍隊規模越來越大，加入的將領越來越多，曹軍的組織體系也發生了很大變化。

到官渡之戰時，夏侯惇他們已經升為軍長一級的各種名號將軍，或者師長一級的中郎將、旅長一級校尉。而曹操手下的一批「異姓將軍」，進步更快。

官渡之戰前後，于禁等人已經晉升為軍長（將軍）或副軍長（偏將、裨將）了，其中于禁、樂進是副軍長（偏將），軍長有李典（捕虜將軍）、程昱（振威將軍）等人，張遼、張郃、徐晃也都是副軍長（裨將、偏將），許褚的軍職稍低些，是旅長（校尉）這一級。

這說明，在曹軍中曹氏和夏侯氏兄弟的地位並不是最高的，起碼現在仍是這樣，他們晉升的速度並不比其他異姓將領更快，甚至還稍稍有些落後。

曹操的用人方略歷來受到後人的推崇，其中一條就是獎罰分明，平時有嚴格的軍功考核、登記制度，該獎的時候必獎，不該獎的時候絕不濫獎，避免了獎懲和職務晉升的隨意性。

漢獻帝建安十一年（206 年）曹操從壺關回師後，立即着手考評各位將領的功勞，考評的最後結果，于禁、樂進和張遼三個人的功勞最大，曹操於是上表漢獻帝，對他們三個人予以表彰。

在這份表彰令中，曹操說：「樂進、于禁、張遼武力高強，謀劃周密，品質專一忠誠，有節操和大義，每次臨敵交戰都身先士卒（*每臨戰攻，常為率督*），有時親自擂鼓助戰，沒有他們攻不破的堅陣。每次派他們出征，都堅決執行命令，安撫士卒，遇事當機立斷，從未有過任何疏失。」

於是提拔他們全部升任軍長，其中于禁為虎威將軍，樂進為折衝將軍，張遼為盪寇將軍。

在他們幾個中，于禁更是表現突出，官渡之戰前于禁只是名師長（平虜校尉），面對強敵，于禁多次主動請纓為「先登」，曹操給他 2000 人馬防守戰略要地延津，其間曹操不得不臨時抽身東征劉備，袁紹趁機急攻延津，由於于禁防守嚴密，袁紹未能得逞。于禁隨後與樂進率 5000 步騎反攻，擊破袁軍多處營壘，從延津到汲縣、獲嘉沿黃河一線共焚毀袁軍的營壘 30 多處，斬首及俘虜敵人各數千人，招降了袁紹的部屬何茂、王摩等 20 多人，取得了赫赫戰績。

曹操隨後命于禁領兵進駐原武，攻擊附近由袁軍控制的黃河渡口杜氏津，于禁將其攻破，由於戰功累累，曹操臨陣升于禁為副軍長（裨將軍）。

完成任務後于禁回到官渡，曹軍與袁軍在此展開百日苦戰，雙方各起土山相對，袁軍在土山上向曹營射箭，曹軍士卒死傷很多，于禁親自督守土山，力戰，鼓舞了士氣，最終將袁軍擊垮。

現在論功行賞，于禁雖然之前單獨升過一級，但由於戰功實在太多，又被曹操升了一級，成為軍長（虎威將軍）。

于禁參加曹操陣營相對較晚，他擔任團長（司馬）時曹軍許多將領已是旅長（都尉）、師長（校尉），于禁的起點明顯偏低。但由於于禁作戰勇猛，善打硬仗、險仗，且戰無不勝，取得了驕人的戰績，所以于禁很快成長為與樂進、張遼、張郃、徐晃等名將同級或略高的將領。

除了武將，謀士們也功不可沒，功勞最大的自然是荀彧。

早在漢獻帝建安八年（203 年），曹操就根據荀彧前後所立的功勞，上書漢獻帝表荀彧為萬歲亭侯。

當時曹操在這份奏章中寫道：「侍中兼尚書令荀彧，積德累行，從少到長均無過失（少長無悔），遭遇紛擾的亂世，卻懷抱忠誠，想念太平。我始舉義兵，四處征伐，與荀彧勠力同心，幫助朝廷謀劃，他所提出的建議，付諸實踐後沒有不成功的（發言授策，無施不效）。有荀彧的功業，我才得以成功，如同撥去浮雲，才顯出日月的光明。陛下到許縣後，荀彧在陛下身邊處理機要，他忠誠盡職，如履薄冰，不管處理什麼事務都準確而精當。現在天下平定，是荀彧的功勞呀，應該授予他很高爵位，以表彰他建立的功勛（宜享高爵，以彰元勛）。」

但荀彧堅決推辭，他是朝廷的祕書局局長（尚書令），有關文件需要從他這裏傳遞，荀彧自作決定將其扣下不發（不通太祖表）。

曹操只好專門給荀彧寫信說：「與君共事以來，建立朝廷是先生你從中輔助，你幫着提建議，出謀劃策，建立的功勛已經很多了，請不要推辭。」

曹操反覆勸說，最後荀彧才肯接受。

不久，曹操又表奏荀攸的功勞：「軍師荀攸開始輔佐我以來，無征

不從，前後克敵，都是荀攸出的主意。」

於是封荀攸為陵樹亭侯。

荀彧之所以堅決辭讓，是因為封侯通常需要有軍功，在戰場上殺敵是最直接的條件，而文士封侯是很難的。一般來說，封侯不以職務和地位高低為取捨，職務高的人即使位至三公，沒有特別的功績也難以封侯，職務很低，如果有特殊貢獻的，也可以封侯。荀彧認為自己沒有野戰之功，不配封侯。

曹營的武將中封侯比較早的是樂進，在破張超的雍丘之戰中他第一個攀上城頭（先登），因此被封為廣昌亭侯。

後來，于禁在征張繡之戰中功勞顯著，被封為益壽亭侯。張郃在官渡前線臨陣倒戈，加速了袁紹的滅亡，被封為都亭侯。

而曹氏和夏侯氏兄弟裏只有夏侯惇一個人較早被封侯，那是在漢獻帝剛到許縣時被封的高安鄉侯。

還有一個人的情況特殊，就是徐晃。

徐晃原來是楊奉的部下，漢獻帝東歸路過安邑時楊奉護駕有功，手下人也跟着沾光，封了不少官職和爵位，徐晃在那時被封為都亭侯。

除了上面提到的這幾個人，張遼以及曹氏、夏侯氏其他兄弟還都沒有被封侯。


除了升官，爵位也得加封或晉升。

漢獻帝建安十二年（207年）二月，曹操在鄴縣表奏漢獻帝，大封功臣20多人，全部封為列侯，其餘的也都評出等級予以封賞。

曹操在給將士們的通令中說：「以前趙奢、竇嬰為大將，得到千金重賞，一天之內就全部分給了部下，所以他們能夠成就大事，永世留聲。我讀到這樣的文章，無不對他們產生敬慕。我和諸將、士大夫共同征戰，依靠大家不吝其謀、不遺餘力，才夷險平亂，得到了朝

廷的重賞。這時，讓我追思竇嬰散金之義，所以我要把封地的租稅拿出來分給將士們，以酬謝大家的功勞。對死亡將士的遺孤，也要評定等級，分給租穀，如果年成好，國力充足，租稅全部收齊，當盡其所有，與大家共同分享。」

這次受封的20多個人名單不詳，只知道曹純的高陵亭侯、張遼的都亭侯等都是這次受封的，想必其他戰功顯赫的武將也都封了侯。除了武將，謀士裏至少郭嘉在這次也得到了封侯，他受封的是洧陽亭侯。

荀彧當初被封為萬歲亭侯時食邑是1000千戶，此次又加封1000戶，共計2000戶，在亭侯裏算是很多的了。

曹操在上漢獻帝的奏章裏又一次追述了荀彧的功勞，說他在官渡之戰時鼓勵自己堅持，官渡之戰後自己想先征劉表，還是在荀彧的正確分析和判斷下才決定北征冀州。曹操認為，如果當時不聽荀彧的這兩條重要建議，局面將完全不可想像，荀彧的建議起到了以亡為存、以禍致福的效果，是自己所不及的。

荀彧再次謙讓，曹操又多次寫信給他，讓他不要推辭。

曹操甚至想讓荀彧擔任三公，荀彧不好當面拒絕領導的美意，就讓荀攸出面替自己謝絕，前後達十多次，曹操最終才放棄了這個想法。

在這次大封中，已經被封為高安鄉侯的夏侯惇根據新立的功勞，被增封食邑1800戶，合計達到2500戶。已經被封為陵樹亭侯的荀攸，再增食邑400戶，合計為700戶。


# 九州制風波

其實，最該獎賞的人應該是曹操。

曹操從理論上說也是漢室的一名臣子，也需要「加官晉爵」，曹操目前的職務是三公之一的司空，他曾經代理過一段時間全國武裝部

隊副總司令（車騎將軍），但這一職務後來被免去了。

袁紹死後全國武將部隊總司令（大將軍）一職也空了出來，還有車騎將軍，之前由漢獻帝的老丈人董承擔任，董承因謀反被殺，這個職務也空了出來。

這時，朝廷的三公除曹操外還有司徒趙溫，而太尉一職空缺，曹操曾有意讓荀彧擔任三公，指的可能就是太尉，但被荀彧堅決拒絕了。

曹操還擔任了冀州牧一職，除此之外還有一個頭銜，是初到洛陽迎駕時被授予的，叫作主持朝廷日常工作（錄尚書事），算是個兼職。

朝廷的九卿裏，趙岐、陳紀、張儉、桓典等人因為年事已高這些年先後去世，對於空出來的職位，暫時無人替補，漢獻帝身邊的人越來越少，目前比較活躍的是孔融等幾個人。

曹操這些年來重點加強了司空府的建設，使其機構逐漸龐大，內設部門不僅涵蓋了經濟、民政、司法、人事等，還設置了軍師、軍師祭酒、參司空軍事、軍謀掾等軍職，以服務戰爭的需要。

雖然曹操沒有再擔任大將軍或車騎將軍，但他的司空府實際上行使了軍政合一的職能，成為事實上的最高軍事決策機構，先後不同時期裏投奔曹操的主要文士，除荀彧等極少數人外，都在司空府任職或曾經在司空府任職。


曹操攻佔鄴縣後兼任冀州牧，當時有人建議他恢復古代的九州制（有說操宜復置九州者），原因是在古代九州裏，冀州的面積最大，曹操現在擔任冀州牧。那樣一來勢力範圍更大，更容易為天下信服（所統既廣，則天下易服）。

對於這個建議，曹操有點動心。佔領冀州後，他一直在思考如何處理與許縣朝廷的關係，如果把大本營還放在許縣，將會有許多不便，不管怎麼樣，劉協都是天下人公認的皇帝，自己作為三公之一，

理應履行做臣子的本分，比如按時上朝、有事上報、天子隨召隨到等，這又是曹操不可能做到的。

想起那次南征張繡前，天子的虎賁衛士把冰涼的鐵戟架到自己的脖子上，曹操就覺得脊背嗖嗖發涼。他已經打定主意跟許縣的天子「分開過」了，但那樣一來，必須找出一個合理的理由和一個恰當的操作模式。而且，傳統概念上的司空府也不掌兵，以司空府來統領天下的軍政大權，時間長了也容易被人說三道四。

在這種情況下，有人提出恢復古代九州制的時候，曹操認為這倒是個好主意，可以破解當前的政治難題。冀州在古代九州裏面積最大，曹操擔任冀州牧，從而可以更好地號令天下。


「九州」是對古代中國的另一個稱呼，這是它的虛指；它還有一個實指，指的是九個州，即九大行政區。但是，這九大行政區指的都是哪些，卻有不同版本。

最早提出九州概念的是《周禮》，但它說得比較含糊，是根據大方位確定的地理概念：東南叫揚州，正南叫荊州，黃河以南叫豫州，正東叫青州，河東叫兗州，正西叫雍州，東北叫幽州，河內叫冀州，正北叫并州。但周朝屬於諸侯聯邦的形式，九州並不是行政區劃。

《呂氏春秋》認為，河、漢之間為豫州，是周天子之地；兩河之間為冀州，是晉國；河、濟之間為兗州，是衛國；東方為青州，是齊國；泗上為徐州，是魯國；東南為揚州，是越國；南方為荊州，是楚國；西方為雍州，是秦國；北方為幽州，是燕國。但在春秋爭霸的局勢下，這個九州也只是一個說法，不是行政區劃。

最通行的「九州說」出自《尚書》裏的「禹貢」篇，九州的名字是冀州、兗州、青州、徐州、揚州、荊州、豫州、梁州、雍州。它是以山川河流為界線劃出的地理分野，也不是行政區劃。

以「州」為單位的行政區劃始自漢朝，但已經不是九個州，而有十來個州，陸續增加了幽州、并州、益州、交州等新的州。目前，天下共有 13 個州，「梁州」的名字改為「涼州」，未設雍州，增加了一個司隸校尉部，管轄兩京地區，被視為一個州。

也就是說，九州制作為行政概念從來沒有施行過，現在要恢復它，依據是什麼呢？

而且，僅僅為了增加冀州的面積，似乎又有點過於興師動眾了。畢竟，行政區劃的調整歷來都不是一件小事，涉及各方面的技術困難和各派勢力的利益衝突，更何況有些地區還不在「曹統區」，能否推行下去都是一個問題。

果然，身在許縣的荀彧聽說後，立即寫信給曹操說：「現在如果依古制，那麼冀州的管轄範圍將包括現在的河東郡、馮翊郡、扶風郡、西河以及幽州、并州的全部，這些地方本來人心就不穩，讓他們歸屬冀州，將會使大家更加不自安。如果因此引起叛亂，那麼天下大業就不好說了（若一旦生變，天下未可圖也）。」

荀彧建議曹操先平定黃河以北的地區，修復舊都洛陽，之後南下荊州，討伐劉表、劉璋等不肯朝貢的軍閥（責王貢之不入），讓天下人都知道這些想法，從而人人自安。等到天下大定之後，再來議古制。

荀彧的這番表態，讓曹操吃了一驚。

其實曹操堅持恢復九州制的真實原因倒不是增加冀州地盤這麼簡單，其背後還有玄機，可惜荀彧沒有看到。

九州制是一個地理概念，或者說是一個規劃中的行政概念，但它是整個古制中的一個組成部分，只有把它與整個古制聯繫起來看才能洞悉曹操的心理。恢復地理或行政區劃上的九州制不是曹操想法的全部，甚至也不是主要部分，借恢復九州制進而恢復已經廢除的其他一

些政治制度才是要害。

現行政治制度大都因襲於漢初，這一套制度由高祖劉邦初創，經過漢武帝和漢光武帝等君王不斷改造，與最初的形制已經有了很大不同。比如目前推行的三公制與最早的丞相制就區別很大，三公分了丞相的權力，有了制衡卻喪失了效率，東漢三公又長期被尚書台等內朝官分權，有時竟形同虛設。

在曹操看來，即使高祖劉邦定下的制度有些也值得商榷，比如封爵制度，以前是五等爵制，即公、侯、伯、子、男，劉邦非要來一個白馬盟誓，稱「非劉氏不得封王」，斷了一般人的封王之路，異姓的臣子功勞再高，封到縣侯也就到頂了，逼得王莽這樣的人只好另立朝廷單幹。

曹操想恢復九州制，行政區劃調整才是第一步，後面還會陸續推行以恢復古制為重點的政治體制改革，目的是進一步加強自身集權，同時在爵位分封等方面有所突破。

但第一步還沒有邁出去，便遭到了荀彧乾脆利索的反對。


繼荀彧之後，皇家事務部部長（少府）孔融又提出了一個問題：九州制是古制，王畿制也是古制，恢復九州制，王畿制要不要也恢復？

所謂王畿制出自《周禮》，指的是以首都為中心，方圓 1000 里以內的是王畿，方圓 500 里之內的是侯畿（**方千里曰國畿，其外方五百里曰侯畿**）。「畿」的意思是直屬管轄區，孔融認為按照這個制度，以許縣為中心，千里之內的地區都應該劃入天子直接管轄區裏。

這就包括了豫州、兗州和司隸校尉部的大部分地區，也包括冀州、并州、荊州的一部分地區，孔融端出王畿制來，顯然是跟九州制對着幹，讓你弄不成。

孔融最近以來一反初到許縣時的良好合作態度，在很多事情上都

喜歡跟曹操唱反調。就孔融的這番談論曹操完全可以不理，也可以追究他的責任，問問他的動機是什麼。但現在的問題比較複雜，中間還夾着荀彧。

荀彧的表態讓曹操不能不認真對待，荀彧不僅是自己事業上的第一功臣，而且在士人中很有號召力，自己手下的相當一批官員都來自荀彧的推薦。

或許荀彧沒有看出來自己的真實動機，就行政區劃調整本身發表的意見，因為僅就此而言，費那麼大的勁確實有點不值當，荀彧及時提出建議是他一貫責任心強的表現。

但是，也有一種可能是他看到了自己的心思而執意反對，如果是那樣就麻煩了。這表明，荀彧在一些原則性問題上與自己的想法出現了分歧，這種分歧將是一個十分危險的信號。

不管是哪一種情況，恢復九州制的提議都不能再進行下去了，曹操下令終止關於恢復九州制的討論（遂寢九州議）。

曹操還寫信給荀彧說：「不是先生及時提出反對意見，我要失去的可能更多了！（微足下之相難，所失多矣！）」


# 奇才仲長統

基本統一北方之後，曹操需要大量人才去治理，曹操覺得招攬人才比搶地盤更重要。

曹操讓州刺史們多向他推薦人才，於是常林、王象、楊俊、王凌、仲長統、荀緯等人先後來到曹操身邊，曹操全部任命他們當縣長，這些人後來幹得都不錯。

常林字伯槐，小的時候家裏很窮，但他很好學，一邊耕田，一邊堅持研習經學（帶經耕鋤），雖然是個鄉間農民，卻處處以士人的風範

要求自己，與妻子相敬如賓。

河內郡太守王匡起兵討董卓時，常林的叔父因為發表了一些對時局不滿的話被王匡抓了起來，族人們都很害怕，不敢相救。當時本縣在外面做大官的人裏有一個叫胡母彪的，常林跑去見他，說服他出面將叔父救出。

常林看到河內郡沒法待下去，就跑去依附河間郡太守陳延壁。軍閥張楊貪慕河間郡的財物，派兵來攻打，常林輔佐陳延壁拒敵，堅守60多天，令張楊無計可施，常林由此出名。高幹想請他幫忙，給了一個騎都尉的官職，但常林不答應。

梁習聽說他是個人才，就推薦給曹操，曹操任命他為南和縣縣長。常林工作很出色，後來升為博陵郡太守、幽州刺史。

楊俊字季才，他是被曹操殺掉的名士邊讓的學生。楊俊跟司馬朗、司馬懿兄弟倆同郡，在司馬懿十幾歲時楊俊就認識他們，當時司馬朗已經有點名聲，而司馬懿還默默無聞，楊俊認為司馬懿將來更不得了，成就將超過司馬朗。

楊俊識人賞才的眼光還不止此一例。

本郡人王象從小是個孤兒，給人當奴僕，地位很低下，但他發憤刻苦，一邊放羊一邊堅持自學，楊俊看出他是個人才，就把王象贖出來，接到自己家裏，還幫他娶妻成家，王象後來果然取得了不俗的成就。本郡的審固、陳留郡的衛恂都是當兵的出身，被楊俊發現後給予資助扶持，後來審固成為郡太守，衛恂成為御史。曹操任命楊俊擔任曲梁縣長，後來楊俊還擔任過南陽郡太守等職。

荀緯字公高，以後跟楊修、丁儀等人來往密切，死於曹丕執政後的第四年。他是河內郡人，跟荀彧、荀攸不是一個家族。

王淩有個特殊身份，他是前司徒王允的姪子，王允被殺時他也在長安，當時年齡很小，為了逃命他和哥哥王晨居然從高大的長安城牆

上翻了出來。在曹魏後期，司馬懿專權，王凌是少數幾個手握重兵又心繫曹氏的舊臣之一，後來他發動兵變反抗司馬懿，失敗後自殺。

在這些人才裏，仲長統是較為特殊的一位。

仲長統字公理，此時約 20 歲，豫州刺史部山陽郡人，是個大哲學家、政論家。他從小聰穎好學，博覽群書，後遊學於北方各州郡。他性情倜儻，不拘小節，時人稱為「狂生」。

在遊學期間，他結識了高幹，高幹很厚待他，並且向他請教時事。仲長統以敢於直言著稱，在這方面恐怕跟禰衡有一拚。

他不怎麼看得上高幹，對他說：「你有雄志而無雄才，好士而不能擇人，在這些方面應當深以為戒。」

話說得這麼直白，誰都不會愛聽，好在高幹修養還行，只是不再理他。高幹死後仲長統滯留在并州，荀彧知道他是個人才，推薦他到許縣朝廷工作，擔任尚書台的一名科長（尚書郎），後來還曾被曹操調到身邊擔任軍事參謀。

仲長統不喜歡刻板的生活，他與曹操同年而死，很少有他生前參與曹操軍事、政治事務方面的記載，他的精力都用在研究學問上了，整天都在思考政治和哲學，著有《昌言》一書。這本書濃縮了他思想的精華，是古代哲學史和思想史上里程碑式的著作。

在《昌言》中，仲長統發揮了他始終如一的直言風格，對社會政治進行了廣泛深刻的批判，矛頭指向政治、經濟、社會風氣等各方面，從外戚和宦官專權，到貪慾昏瞶的天子，他都大膽予以抨擊。

按說仲長統這樣的言行和脾氣簡直就是禰衡第二，但他卻活得挺滋潤。原因可能是他比禰衡更有真才實學，不僅有一定名氣，還有一定的人緣，荀彧等人對他頗為賞識。

同時，曹操殺了邊讓以後引起了連鎖的副作用，對於邊讓這種類

型的名士，曹操可能認為他們也就耍耍嘴皮子而已，對他們舞刀弄槍反而成全了他們名垂青史的理想，索性睜一隻眼閉一隻眼。

還有一點也許更為重要，在仲長統的政治主張裏，對現行的三公制很有意見，認為應當恢復漢初的丞相制，他曾建議：「由一個人集權才能更好地發揮權力的效力，多人共同執政容易互相依賴；集權反而容易和諧，相互依賴則容易出問題（任一人則政專，任數人則相倚；政專則和諧，相倚則違戾）。」

這恰好與曹操眼下的政治主張不謀而合。


這一階段較為活躍的人才還有兩個不得不提，一個是賈逵，一個是張既，他們後來都是曹魏的重臣。

官渡之戰前後，鍾繇坐鎮關中，賈逵那時擔任絳邑縣長。袁尚派袁氏任命的河東郡太守郭援南下，在高幹和南匈奴單于的配合下從曹軍的左路出擊，勢頭很猛，所過之縣均被攻佔，到絳邑縣時卻被賈逵擋住。

但終究實力懸殊，賈逵後來被俘，他大義凜然，斥責郭援，郭援想殺他。

但是，全縣官民聽到消息後一起站在城上喊：「要殺我們的賢君，我們願意一同死（殺我賢君，寧俱死耳）！」

郭援怕生變，沒敢殺賈逵，而是把他關了起來，後來把他放了。

高幹反叛的時候，弘農郡張琰起兵響應，這個時候賈逵正好在張琰那裏，賈逵聽說張琰叛亂，他不動聲色，仍然幫張琰謀劃，取得張琰的信任。後來賈逵以城池不夠堅固為由建議張琰修城，然後伺機掌握兵權與張琰相拒，曹操大軍趕到，將張琰殺了。

賈逵當初被囚禁於壺關，關在一個土窖中，上面用車輪蓋住窖口，有人把守。有個姓祝的看守深感賈逵的節義，夜裏把他偷偷放走了。

賈逵在河東郡時有個朋友叫孫資，在郡政府擔任駐京辦主任（計吏），孫資經常到許縣出差，他向曹操推薦了賈逵，於是曹操任命賈逵擔任澠池縣令。

賈逵後來成為曹魏的重臣，多次臨危受命，成為重要的軍事將領，曹丕稱帝時他與曹休共同主持與孫吳的戰事。

張既前面提到過，他當新豐縣令的時候，鍾繇派他勸說馬騰，為韓遂、馬騰陳說禍福，使他們二人遣子入朝，為打敗郭援等人的聯合進攻立下了功勞。

高幹反叛後，張晟、衛固、張琰等人響應，佔領了長安與洛陽之間的弘農郡、河東郡很多地方，曹操任命張既以議郎的身份協助鍾繇處理軍務（參繇軍事），張既憑藉他與韓遂、馬騰的關係，說服他們出兵協助攻打張晟、衛固等人。

後來，張既擔任了京兆尹，作為關中地區的主要行政長官，他積極發展生產，鞏固統治，為曹軍歷次用兵漢中做好後勤支援。魏國初建時，在西北地區新設了雍州，他是第一任刺史，後改任涼州刺史，一直任職於曹魏西部地區，很有政績。

## 曹操的兩位祕書

除了上面介紹的這些人，曹操佔領北方後吸納的大量當地人才中比較有名氣的還有王思、郗嘉、司馬朗、劉放、孫資等人。

王思、郗嘉以及薛悌在史書裏一同被列入《苛吏傳》，他們兩個人出身都很低微，後來做的官也差不多，王思開始與梁習都在司空府人事部門供職，後來都被提拔為刺史，又做到九卿。

薛悌是在兗州時期就跟隨曹操的舊部，張邈叛亂時協助程昱守鄄城三地，受到曹操重用，後來擔任過郡太守，他最出名的一段經歷

是，作為護軍與張遼、樂進、李典等人守合肥。郤嘉情況不詳，既然被列入《苛吏傳》，應該做過郡太守或刺史。

司馬朗字伯達，司隸校尉部河內郡人，曹操的老上司、前河南尹司馬防之子。司馬防有八個兒子，分別是司馬朗、司馬懿、司馬孚、司馬旭、司馬恂、司馬進、司馬通、司馬敏，個個都很出色，時人稱為「八達」，意思是司馬家的八個達人。

現在常說的「達人」一詞據說是從日文和韓文演變而來，指的是經過長年鍛煉積累了豐富經驗，從而在某個領域裏頂尖的人，是某方面、某領域裏最牛、最猛的人。在古籍中，達人的意思是智能通達之人，除了這個意思外，達人在古代還有顯貴的人、豁達豪放的人等意思，反正都是褒義詞。

董卓脅迫漢獻帝遷都長安的時候司馬防擔任天子身邊負責辦理文件的機要祕書（治書御史），有感於天下即將大亂，他讓長子司馬朗帶上家眷回溫縣老家。司馬朗不負父親囑託，帶着家人輾轉回到了溫縣，召集宗族，替父親教導諸弟。

漢獻帝建安七年（202 年），司馬朗的家鄉河內郡已成為「曹統區」，這一年他 32 歲。曹操感念於老領導當年的關照，徵辟司馬朗到司空府工作，後來又任命他為成皋縣令、堂陽縣長、元城縣令，後來曹操擔任了丞相，調他到丞相府擔任辦公室主任（丞相主簿）。


劉放和孫資對曹魏政權影響更深遠，他們也是這一時期加入曹操陣營的。

劉放字子棄，冀州刺史部涿郡人，是劉氏宗親，不知道跟同是涿郡的劉氏宗親劉備有沒有一點兒關係。劉放舉過孝廉，天下大亂後，幽州刺史部漁陽郡的王松據地稱雄，劉放去依附他。

曹操平定冀州後，劉放勸王松歸順曹操，王松接受，讓劉放以自

己的名義給曹操寫了封信，這件事讓曹操很高興，而這封信因為文采飛揚更給曹操留下了深刻印象。

南皮之戰期間，王松率雍奴、泉州、安次等縣歸附曹操，曹操聽說劉放有勸王松歸附之功，而且王松那封信又是他代筆的，於是對劉放刮目相看，招入司空府從事祕書方面的工作（主簿記室），後來又下派到邰陽等地當縣令。

孫資字彥龍，并州刺史部太原郡人，小的時候就很聰慧，3歲時失去雙親，由兄嫂撫養。王允也是太原郡人，對他很欣賞。曹操擔任司空後，曾經徵辟他，但由於孫資的個人原因，一直未能成行。孫資也是賈逵的好朋友，賈逵後來勸孫資出來做事，曹操任命他為縣令。

一般總會把劉放和孫資聯繫在一起，因為他們都有一項特長——做祕書工作。

後來，曹操建立了魏國，選他們為機要祕書（祕書郎），曹丕繼位後改祕書為中書，權力很大，劉放為中書監，孫資為中書令，成為機要部門的主管，是皇帝身邊的近臣，掌握了很大的權力，曹魏的江山甚至一度被他們二人左右。

曹操不僅在軍事上不斷取得成功，在人才大戰中也總能搶佔先機，他是漢末三國人力資源戰略的最大受益者。

一方面，這得益於他最懂得人才的價值，能夠尊重人才、重用人才、關心人才。另一方面，也得益於手裏有天子這個得天獨厚的招牌。

# 「病人」司馬懿

但是，不是所有人對求才若渴的曹操都報以積極的回應，也有人不肯買他的賬，司馬氏「八達」中的司馬懿就是其中的一個。

司馬懿在家裏排行第二，卻比他兄長司馬朗小了8歲，跟仲長統

同年，比曹操小 24 歲，算起來差了一代人都不止。

河內郡溫縣是司馬氏的故里，他們是名門望族，自楚漢相爭時的名將司馬卬開始，歷經八世，到東漢安帝時這個家族出了個征西將軍司馬鈞，司馬鈞有個兒子叫司馬量，做過豫章郡太守；司馬量有個兒子叫司馬俊，做過潁川郡太守；司馬俊即曹操老上司司馬防的父親，也是司馬懿的爺爺。

董卓進洛陽的時候司馬懿才 10 歲，他的哥哥司馬朗 18 歲，如果他那時已經有了幾個弟弟，年齡會更小，所以司馬防才叮囑司馬朗讓他帶弟弟們回家鄉躲難。到曹操迎天子來許縣時司馬懿 17 歲，官渡之戰時他 21 歲。

司馬懿從小有奇志，聰明過人，有雄心大略，同時博聞強識，對儒學有很深造詣（少有奇節，聰明多大略，博學洽聞，伏膺儒教）。面對亂世，他常常心懷感歎，以天下為憂。楊俊、崔琰等北方名士對司馬懿早有賞識，對他有很高評價。

楊俊早年見過司馬懿，那時司馬朗已經出來工作且小有名氣，而司馬懿還無人知曉，楊俊對司馬懿評價很高，認為遠遠超過其兄。崔琰跟司馬朗關係很好，他也有相同看法。

崔琰曾對司馬朗說：「你兄弟聰明、智慧，處事允當，並且剛斷有謀，你是比不了的（非子所及也）。」

漢獻帝建安六年（201 年），司馬懿的家鄉河內郡已經成為「曹統區」，22 歲的司馬懿參加了工作，被推舉為郡政府駐京辦主任的隨從（上計掾），相當於郡政府駐京辦主任，每年都要去首都許縣出差。這時曹操正四處網羅人才，他聽說司馬懿有點小名氣，於是派人召見他，想讓他到司空府任職。

由地方抽調到中央，而且工作在曹操的身邊，前途自然不可限量，這是別人打着燈籠也不好找的美事，卻被司馬主任拒絕了。

據說，司馬懿拒絕曹操徵辟的理由是看到漢朝國運衰微，自己不肯屈事曹操（帝知漢運方微，不欲屈節曹氏）。

這個理由很含糊，似乎是想說司馬懿看到漢室不振，大權在曹操手中掌握，因而心中不平。但這種想法未必是當時的主流思想，即便如荀彧、孔融那樣內心裏十分忠誠於漢室的人，此刻不也在許縣為官嗎？

史書裏還有一個記載，說司馬懿以自己患風痹生活不能自理為由拒絕曹操的徵辟。曹操有點懷疑，認為這小子可能有詐，就派人夜裏到司馬懿家看看，結果發現司馬懿果然躺在那裏一動不動，於是就信以為真，不再強迫他應徵了。

司馬懿騙過了曹操的密探，但從此就命苦了，因為必須裝下去了。

一天，他們家在院子裏曬書，突然來了暴雨，司馬懿一着急，忘了自己在裝病人，起身跑過去收書，這件事恰巧被家裏的一個婢女看到了。這可怎麼辦？一旦被告密，司馬懿將有殺身之禍。關鍵時刻，司馬懿的妻子出手了。

司馬懿的妻子名叫張春華，是個很厲害的女人，她不僅親手把這個婢女殺了滅口，之後還親自執爨。

爨的意思是燒火做飯，表面看來似乎是說婢女被殺之後，家裏沒人做飯，張春華親自做飯。但這有什麼好寫的呢？

司馬懿那時候是個 20 多歲沒有工作的小青年，在外人眼裏還是個重病在身不能動的殘疾人，老婆下廚房做個飯也值得寫進史書裏嗎？仔細看看，這幾個字裏恐怕隱藏着令人恐怖的事情。

爨的意思還有燒和煮，張春華把人殺了，怎麼藏屍滅跡呢？乾脆把人弄到鍋裏煮了，她親自燒火。

這種事別的女人未必能幹出來，但司馬懿的老婆張春華絕對可以。她也是河內郡人，父親是個縣令，母親姓山，是「竹林七賢」之

一山濤的姑奶奶。張春華生下了司馬師、司馬昭兄弟倆，她追隨司馬懿一生，幫了司馬懿不少忙，但也絕對是一個悍婦，把司馬懿治得服服帖帖。

司馬懿後來寵倖一個姓柏的小老婆，弄得張春華想見他一面都很難，張春華於是使出撒手鐧——絕食。

張春華想自殺司馬懿倒不怕，關鍵是張春華發動了兒子司馬師、司馬昭一塊絕食，司馬懿害怕了，趕緊賠禮道歉。

不過，司馬懿挺嘴硬，在外面對人說：「這個老太婆死了不要緊，關鍵是毀了我的好兒子啊（老物不足惜，慮困我好兒耳）！」

司馬懿的這一番做派確實顯眼，為了不出來做曹操的官，不惜裝病殺人，看來意志是夠堅定的。如果以後漢室復興了，追記誰曾經跟奸臣曹操做過堅決鬥爭，這些無疑會成為光輝業績。

可惜，上面這些故事漏洞百出，經不起推敲。

一個 22 歲的郡政府上計掾的隨員，即使出身名門且有點小名氣，至於讓曹操花這麼大的心思非把他弄出來工作不可嗎？而司馬懿與眾不同且堅定無比的政治信念來自哪裏呢？他的行為缺少說服力。

司馬懿的哥哥司馬朗、弟弟司馬孚都在曹營做事，且事業一帆風順，他卻特立獨行，非要耍點酷，讓人有些不解。

而且司馬懿並沒有酷到底，他還是出來做事了。

曹操後來再次徵司馬懿，不過不是很客氣，命令說：「再要嚄瑟，就抓起來（若復盤桓，便收之）！」

司馬懿害怕了，乖乖出來就職。

這個故事顯然是為司馬懿最終出仕打圓場的，當初不出來，現在一嚇唬就出來了，這不是承認這麼多年來一直在欺騙領導嗎？司馬懿難道現在不害怕了？

司馬懿再次來到曹操身邊，不是去許縣，而是直接來到鄴縣，他工作幹得倒是挺出色，一來他確實有些本事，工作也努力，二來他迅速給自己找了個好靠山，即後來當了世子的曹丕。

這說明，司馬懿不是死讀書、認死理的人，不會只拉車不看路，先前關於漢室衰微、不肯屈事曹氏的話也都是假的。

## 傲慢的代價

這段日子，也有人日子更不好過。

一個是袁紹的外甥、高幹的堂弟高柔，另一個是曹操的老朋友、在官渡之戰中立下大功的許攸。

不過，他們的結局很不一樣。

因為跟袁紹、高幹的關係，高幹叛亂後曹操對高柔產生了成見，高柔本來當縣長，曹操下令把他調回來，任命他為刺奸令史。

刺奸是執法官，最早設在軍中，後來地方上也有。令史是令的屬吏。刺奸令史這個官職，可以理解為基層法院的院長。曹操讓高柔擔任這個職務，不是想栽培他，而是想找個碴把他殺了，因為法官每天都要斷案，在斷過的案子裏找出幾個冤假錯案來還是不難的，到那時可以找個證據把他殺了（太祖欲因事誅之）。

但是，高柔沒有讓曹操找到機會，因為他判案允當，所管理的監獄裏也沒有積壓留滯的犯人，曹操對高柔慢慢有了好感。

讓曹操徹底改變想法的是一件小事。

高柔平時工作很敬業，經常加班加點到深夜。有一次曹操夜裏出巡，到高柔所在部門時，發現他坐在那裏抱着文書睡着了（擁膝抱文書而寢），曹操大為感動，解下自己身上的裘衣蓋在高柔身上悄悄離開了。

曹操後來把高柔調到司空府任倉曹屬，類似於糧食處副處長。

但曹操發現，高柔在司法方面經驗更豐富。後來曹操擔任了丞相，就把高柔調來當丞相府司法處處長（法曹掾）。曹丕當了皇帝後，任命高柔被任命為司法部部長（廷尉）。

曹操平定冀州後，許攸自恃有功，又與曹操是故交，所以常擺老資格，說話口氣很大，不把一般人放在眼裏。

如果僅此而已也就算了，估計也沒多少人會跟他較勁，但他連曹操也相當輕慢，經常當眾跟領導拍肩頭，開領導玩笑（時與太祖相戲）。

許攸有時還呼曹操的小名，經常說：「阿瞞呀，要是沒有我，你就得不到冀州。」

曹操聽完，笑笑說：「你說得對。」

但是，曹操心裏相當反感他（內嫌之）。

一次，許攸從鄴縣東城門經過，回頭對左右的人說：「曹家人要不是我，都進不了這個門。」

有人把這句話報告給了曹操，曹操忍無可忍，把許攸抓起來殺了。

曹操能容忍敵人，容忍仇人，容忍背叛自己的人，但即使像這樣心胸已經夠寬闊的人，也有忍不下去的時候。

禰衡那樣的人，雖然他們很狂傲，也很無禮，但曹操不會殺他們。但這一回卻殺了許攸。

老朋友，還立過大功。曹操為何就不能容忍？

因為許攸不僅挑戰了曹操的面子，更挑戰了曹操的權威。

領導的權威有那麼重要嗎？當然重要。如果你說無所謂，那你一定沒有當過領導。許攸大概就沒有當過像樣的領導，他可能長期都是智囊這種角色，所以不懂曹操的心理。掉了腦袋，恐怕都不知道為了啥。

劉邦是一個比較隨和的皇帝，因為他出身草根，端着架子能走路，不端架子也能走，尤其是在跟他一塊打江山的那幫老哥們面前，劉邦更是無拘無束。但是，當他坐在皇帝寶座上往下面打量這些老戰友的時候，發現他們還是那麼跟他不見外，開會時亂講話，張口直呼他的小名，走到路上隨便勾他的肩頭。此時，他才發現這些習慣原來是那麼讓人不爽。

於是劉邦重用了儒生，當初他拿人家的帽子當尿壺，現在卻發現這些人是必不可少的，因為他們能制定禮儀規範，幫助領導樹立權威，這是當了皇帝的劉邦所急需的。

許攸跟曹操很熟，那時候一張嘴可能就直呼「阿瞞」，顯得很親切。但是，很多年過去了，許攸還是那個許攸，頂多是立了點兒功勞，而曹操已經不是那個阿瞞了，起碼在大庭廣眾之下不能這麼叫。

對那些職位甚高，凡人見了都敬畏有加哆哆嗦嗦喊聲「首長」的人，你敢當眾喊他一聲「老張」或「老王」，旁邊的人必然會對你刮目相看，只那一句話，就能代表你的資歷、你的地位、你的分量。

然而，這通常是不能隨便喊的，除非你跟他確實夠鐵，他也沒把你當外人。否則，往輕了說，領導會不悅，往重了說，你就得付出代價。

許攸付出的代價是他的腦袋。

有本事也肯服我，我提拔；沒本事但肯服我，我培養；沒本事也不服我，可以留下，但絕不重用；有本事但不服我，請你走人。

曹操用許攸的一顆人頭大概表達了自己想說的話，對於有功之臣，一定會給予獎賞，但給不給、什麼時候給、給多少，那不是你操心的事。不管你資格多老，不管你功勞多大，不管你本事多牛，平時都得服從領導，團結同事，不能把尾巴翹得那麼高。

# 北方大都會

漢獻帝建安十一年（206年）的壺關之戰結束後，河北地區暫時沒有大的戰事了。

曹操是在這一年三月率軍回師鄴縣的，在此休整了好幾個月，對於習慣於戎馬倥傯生活的曹操來說，沒有大仗可打，反倒有些不適應。

這段時間，他在鄴縣主要做的是命人開始整修漳河。如前所述，漳河緊貼鄴縣而過，方便了農業生產和人民生活，但也帶來了水患，一旦鄴縣被敵人圍攻，漳河水又成了攻城的武器，在軍事上十分不利。

曹操看中了鄴縣這個地方，決定把自己的大本營安頓在這裏，所以開始思考漳河治理問題。北方戰事暫告一個段落後，恢復和發展生產也成為當務之急。

另一方面，戰爭造成了大量流民，袁軍被打散的士卒也有相當多的人散落到民間，這些流民和散卒人數眾多，他們脫離了原有的土地，聚集在社會上成為流民，如果不妥善加以安置，這些人就是下一撥黃巾軍或黑山軍。

曹操的司空府辦公室主任（主簿）司馬朗建議：「現在是大戰之後，民眾失散，土地無主，都成了公田，恢復生產正是時候。」

郭嘉、荀攸、董昭等謀士也都勸曹操把已經取得良好效果的屯田制引入新佔領區，並大興水利工程建設，既發展生產，又安置了流民，一舉兩得。

對漳河的治理由來已久，戰國時鄴縣縣令西門豹主持興建了著名的引漳十二渠，這些人工水利工程對於灌溉農田和水患治理發揮了很大作用，但由於年代久遠，加之漳河頻繁改道，這些工程毀壞殆盡。曹操下令組織流民，對這些水利工程進行重修。

這是一項浩大的系統工程，前後持續了十多年時間甚至更長，動用的軍民也有數十萬，但主要史籍對此均無正面記載，只能從一些零星史料中窺視這項工程的全貌。

據記載，曹操下令在漳河上修建了一個大壩，名叫天井堰。有了這道大壩，漳河水被攔出一座水庫，這座水庫名叫堰陵澤。這樣一來，水流下泄便可以實現調節，枯水時多放水，有水患時利用大壩對洪水進行調節，其原理與如今的大型水庫沒有什麼不同。

天井堰以下 20 里內又修了 12 個墱（墱，級次，泄水之處，言有十二也），每個墱相隔 300 步。由天井堰下來的水被這 12 個墱分出 12 條水流，每個墱口都修有水閘，控制水流的出入（一源分為十二流，皆懸水門）。

所謂墱就是人工灌溉渠，天井堰圍出了堰陵澤這個大水庫，保證了漳河水流的相對穩定，使這些灌溉渠道有了水源保證，即使在枯水期也可以發揮灌溉作用。

先進的水利工程，使鄴縣周圍乃至魏郡的廣大地區農業得到極大發展。數十年後出生的晉代著名文學家左思寫過一篇賦，對鄴縣農業發展情況有過具體描述，其中提到，豐富的水利資源使這裏盛產一種叫芒種的作物，芒種就是水稻和麥子，當時的農民一般在地勢較低的地方引水種水稻，在地勢高的地方種麥子等穀物。

關於鄴縣當時廣種水稻的事，在曹丕的文章裏也得到了印證。

距這些水利工程建設晚十多年後出生的著名學者傅玄在一篇文章裏介紹了水利工程對魏郡地區糧食產量提高所做的貢獻，他說可以灌溉的旱田畝產達到了十多斛，而水田更可以收穀數十斛。當時一般土地畝產高的也就是十斛左右，低的也就只有三四斛，由此可見漳河上的這些水利工程對農業發展起到了多麼大的促進作用。

這些從漳河引出來的水，有一股被引到了鄴縣城內。

曹操下令在鄴縣修了一條暗渠，名叫長明溝，由漳河引來的水從城西引入，進入暗渠向東流（伏流入城東注），這條暗渠在城裏繞了一個圈，先向南流，之後從東門出城。

從這條暗渠上還有不少小的水渠引出去，通向城裏的各個地方（溝水南北夾道，枝流引灌）。這條渠出了鄴縣後，曹操還下令在其上修了一個稍小點的水壩，名叫石竇堰，進一步控制水流。

可見，此時的鄴縣便已經擁有了一套相當複雜和先進的城市供水系統。水不僅是生活必需品，而且關係到城市的文明程度，漳河水的引入，使鄴縣一躍成為那個時代最現代化、最為時尚的城市之一。

也就是從此時開始，曹操下令對鄴縣進行了新的大規模擴建，這項工程更為龐大，而且充滿創新精神，對後世城市建設，尤其是都城的建設影響深遠。

像長安、洛陽這些大城市，其城垣長度與寬度都有制度規定，不能隨意突破。在城垣之內，其大部分區域是宮城，它一般位於城市正中或者偏南，洛陽城裏有北宮和南宮，面積相加佔城內總面積的三分之二以上，其他政府辦事機構、達官貴人的府第、交易市場等又佔了一部分，真正的城市平民能擠到城裏居住的很少。

現在人們所熟悉的都城之內中軸線設計、對稱佈局、集中規劃裏坊等，在曹操擴建鄴縣之前是沒有的，它們都始於曹操的首創，這些規制影響到唐代長安的城市佈局，一直影響到明清，日本早期的都城如藤原京、平城京、難波京以及後來的京都等也全部借鑒了這種佈局方法。

修建房舍需要大量木材，并州刺史部上黨郡的大山裏盛產上等木材，這裏離鄴縣很近，免去了運輸之苦。并州刺史梁習從上黨郡督選木料運到鄴縣，為大規模的城市建設源源不斷地提供建設用材。

鄴縣的擴建是曠日持久的工程，後來曹操在鄴縣城西北角修建了銅雀台、金虎台、冰井台，使這場擴建活動達到了高潮，讓鄴縣不僅超越了已經破敗的洛陽、長安，也超越了天子所在的許縣，以及襄陽、成都、臨淄等當時一流的大城市，成為一座嶄新的、規模巨大、經濟發達、文化氣息濃厚的都市。

有了這座超級堡壘，曹操就有了穩固的後方，可以把重要將領、官員的家眷從各地接到鄴縣來，免除大家的後顧之憂，以便更安心地打仗或工作。

對那些手握兵權但又不是嫡系的將領來說，把家眷送到鄴縣去，不僅可以享受更好的生活條件和教育條件，而且可以打消曹操對自己的顧慮，所以張繡、張燕、臧霸等人先後主動要求把家眷送到鄴縣來。

## 向北延伸的運河

漢獻帝建安十一年（206 年）八月，位於山東半島新置的青州刺史部長廣郡傳來了海賊鬧事的消息，曹操決定親征。

長廣郡位於山東半島的前端，此地原來有東萊郡，曹操佔領其一部後設置了長廣郡，今天的蓬萊、威海、青島都包含在其中，曹操任命何夔為郡太守。

長廣郡三面環海，很多人以出海打魚為生。長廣縣人管承聚集了徒眾 3000 多戶成為流寇。這夥人在岸上能打就打，不能打就下海，官府沒有海軍，拿他們沒辦法。

曹操收到何夔的匪情報告，率張部、樂進、李典等部揮師東進，親自討伐這夥海賊。

由鄴縣到長廣郡，中間要穿越兗州刺史部的東郡、濟北國、泰山郡，以及徐州刺史部的琅琊國、青州刺史部的北海國等地，屬於長途

行軍。為對付這幾千名海賊，應該不至於如此興師動眾，更不至於讓曹操親自出征。

但曹操還是親自帶兵來了，他率大軍進抵北海國境內的淳于，即今山東省安丘市，在此建立前線指揮部。

之後，命樂進、李典進軍長廣郡進剿管承。

管承沒想到自己連一個地方割據勢力都還算不上，充其量只是一夥黑惡勢力而已，居然招來了曹操的親自遠征，還有張郃、樂進、李典這樣的名將聯袂來打他。他知道該怎麼做，於是象徵性地抵抗一下給自己保存一點面子，以便日後還能在這一帶混，之後便退到海裏的一些島嶼上。

這時，大家都認為應該派兵到這些島嶼上進行清剿（議者欲舉兵攻之）。

對當地情況非常了解的何夔有不同見解：「管承這些人並非生性喜歡作亂，他們只是缺少教化，所以不知道回到善的道路上來（未被德教，故不知反善）。如今逼迫太急，他們害怕被剿滅，必然死戰，即使能夠取勝，但也要付出很大代價，不如曉喻以恩德，讓他們自悔，可以不用兵而平定。」

曹操接納了何夔的建議。確實，打海戰曹軍沒有一點經驗，管承這些人長期生活在海上，一旦入海就是他們的世界，可以以一當十、以一當百，打起來結果如何還真難說。現在管承所部退到海島上，據險而守，不易清剿，如果能招撫應當是上策。

長廣郡副太守（長廣郡丞）黃珍有勇有謀，何夔推薦他前往島上完成招撫的使命。黃珍到海島上找到管承，向他陳述利害，表明招撫的意願，管承接受招撫。

漢獻帝建安十一年（206年）秋天，東征管承之戰便這樣不疼不

癢地結束了。對曹操來說，費了這麼大的勁居然沒有打起來，雖然也高興，但總覺得不夠盡興，打慣了仗的人總是閒不下來，老想找機會打一仗。

不過，曹操想打仗的話下面還有足夠的仗讓他打。這次之所以領兵出來，解決管承是一方面，為下一步的軍事行動做準備才是重要目的。

八月解決了管承問題，但曹操回到鄴縣已是次年二月，在這幾個月時間裏，曹操對北方各州郡進行了視察，重點考察了各地已開工的水利工程建設進展情況。

鄴縣附近的漳河治理工程開工後，董昭向他提出了一個規模更大的水利工程建設計劃，建議趁着北方各州郡已經平定的機會，以現有河流為依託，大修人工運河。

這項計劃很龐大，它由一系列人工運河組成，用運河聯結華北地區的若干條河流，從而編織出一個縱橫交錯、互相可通可聯的河網。

這些運河主要由白溝、平虜渠、泉州渠、新河等組成。曹操批准了這一計劃，並命熟悉北方事務的董昭負責督建。

白溝動工最早，在漢獻帝建安九年（204 年）正月便開始修建。白溝原來是黃河改道南下後留下的故道，又叫宿胥瀆，由於缺乏水源，不能通航。曹操下令把附近淇河的水引來，充實白溝的水量。具體做法是，在淇河入黃河的淇水口通過打樁的辦法修建河堰，阻攔淇河水入黃河，然後在堰北修築人工運河，將水導入白溝。為了控制淇河水的走勢，又在頓丘縣境內修築石堰，攔阻可能重新進入黃河的水流。

白溝通航後，可以由鄴縣直達內黃，在此與洹水匯合，由此可以到達館陶、廣宗等地，最後連通滹沱河，成為華北平原上一條新的重要水道。

漢獻帝建安十一年（206 年），在董昭主持下又開鑿了平虜渠，

目的是由滹沱河繼續北上，將白溝聯結起來的水網繼續向北延伸。為此，在滹沱河與泒水之間修建了人工運河，將二者聯結起來，使華北平原的人工河網進一步到達更北的地方。

當初的平虜渠北端大約在今天津市靜海區的獨流鎮，南端大約在今山東省青縣一帶，這一段也就是後來的京杭大運河南運河的北段。所以，學者們一般認為京杭大運河北段的主體工程最早是由曹操下令修建的。

泉州渠也動工於漢獻帝建安十一年（206年），當平虜渠將滹沱河與泒水連通後，泉州渠的開建使河網再次向北延伸，到達潞河，即今天津地區的海河流域，其最北之處可達幽州刺史部的雍奴縣，即今天津市武清區以北。

潞水下游水流湍急，不利於航行，後來又修築了泉州渠二期工程，即從鮑丘水修築運河通濡水，也就是新河，解決船到潞河後無法繼續向北的問題。

新河的大體流向是，出鹽關口，穿過庚水、巨梁水、封大水、緩虛水、素河等眾多河道，最後在樂安縣境內與濡水匯合。

平虜渠、泉州渠、新河這三條人工運河的修建，互相接力，使可以通航的河網不斷向北延伸。這些地區大體相當於今天的山東省北部、河北省西部、天津市和北京市等地區，在當時尚屬欠發達地區，這裏地勢低窪，容易積水，道路難行，交通困難。發達的水運系統建成後，極大地改善了這裏的交通狀況。

新的運河體系完工後，由鄴縣出發的船隻可以從漳水、淇水到達白溝，然後經平虜渠、泒水、潞水、泉州渠、新河等不斷向北轉運，一直抵達幽州刺史部。

這一系列水利工程是前無古人的浩大工程，曹操下決心修建這些工程，絕不只是改善北方交通那麼簡單，顯然他有更大的動機。

# 第五章 北征烏桓之戰

## 爭議下的北征

費勁修運河，這是個苦差事，說明曹操的想法是要徹底解決北方的問題，因為此時幽州刺史部境內還有反曹勢力存在。

南皮之戰後，袁熙和袁尚倉皇逃出，擺在他們面前可供選擇的路並不多，他們不能冒險南下，越過重重曹軍佔領區去投奔荊州的劉表或益州的劉璋，這條路一點都不可行，因為他們的表兄高幹就這麼丟了命。

所以，他們只能向北邊逃。北邊有兩個地方可以去，一個是活躍在幽州刺史部以北的少數民族部落，一個是活躍於遼東半島至朝鮮半島一帶的公孫氏集團。論實力後者更強大，但他們之間素來沒有太深的交往，把握不大。

於是袁熙和袁尚只好向少數部族首領求助，袁紹當年為了籠絡蹋頓，曾經學了回西漢的皇帝，在袁氏家族裏找了個長得漂亮的姑娘收為義女，把她嫁給了蹋頓。

烏桓是遊牧民族，走到哪兒搶到哪兒，沒有穩定的根據地，他們目前活躍於幽州刺史部以北的廣大草原地區。

雖然不大清楚袁熙和袁尚還認不認這門親，但目前已走投無路，只好硬着頭皮試試了。沒想到蹋頓對袁家很有感情，把袁熙和袁尚還當自家兄弟看，眼見他們落難，立即慷慨地伸出援手，把他們接到自己的地盤上。

袁熙和袁尚並非空着手去投蹋頓的，他們走的時候裹脅了 10 萬

多戶幽州、冀州的軍民，強迫他們遷往烏桓控制區。這可是一份厚禮，也是他們今後在烏桓人那裏說話的本錢。這些年來，蹋頓每次南下侵掠內地，都要劫持內地的軍民到草原上來，前後累計也有 10 萬多戶。

有了這 20 多萬戶內地軍民，烏桓人的勢力大增，加上袁氏兄弟在幽州一帶仍然有一定影響力，烏桓族的蹋頓部落有慢慢坐大的勢頭。

曹操一邊清剿高幹和海賊，一邊擴建鄴縣，大修運河，但他始終還有一隻眼睛警惕地盯着北面的袁氏兄弟。曹操深知袁氏在北方經營多年，與少數部族首領有很深的交往，說他們隨時會捲土重來，一點都不是杞人憂天。

袁熙和袁尚的年齡不詳，曹操比他們的父親袁紹小了大約 10 歲，這個年齡差距可以視為同代人，也可以視為兩代人，曹操主動與袁譚結為兒女親家，可見在他的心目中更傾向把袁熙和袁尚視為同代人。他們現在都處在最為成熟、精力也最充沛的時期，必然不甘心一輩子待在草原上當個牧馬人。

但並非所有人都看到了這一點。當袁氏兄逃到烏桓人那裏時，曹操身邊的大多數人都鬆了口氣，認為北方的戰事可以告一段落了。持這種觀點的人不在少數，包括曹操身邊的一些武將和謀士在內，都認為袁熙和袁尚不可能再掀起什麼大浪來。

可曹操本人並不這樣看，曹操覺得北面還有仗要打，並且是大仗、惡仗。對此，他絲毫沒有掉以輕心。

為了籌劃這一仗，他甚至拿出了迄今為止最大的耐心，在華北平原上大修運河，讓可以通航的河網一點點向北延伸，最後延伸到漁陽郡的雍奴等地，這裏已經接近與烏桓人對壘的前線了。

這就是曹操費如此大的代價拚命修運河的原因。


漢獻帝建安十二年（207 年）二月，曹操自淳于返回鄴縣。

最近幾個月來，他一直在思考北征的計劃，回到鄴縣後，曹操認為時機已經成熟，便把北征計劃提了出來，讓部下們討論。

果然不出所料，大多數人對此時大舉北征持反對意見。哪些人反對史書並未詳細記載，只是說很多人都這麼認為（諸將皆日），看來人數不少，並且以武將為主。

持這種觀點的人認為，袁尚只是個亡虜而已，烏桓人貪而不親，袁尚在那裏不會得到什麼發展。如果現在遠征，劉表必然趁機襲擊許縣，要真是那樣的話，後悔都來不及了（萬一為變，事不可悔）。

大家提出與其北征不如南征，趁着兵強馬壯，揮師直驅荊州，征服劉表，而北方二袁及蹋頓、公孫度之流要麼主動投降，要麼自生自滅，根本不用理它。

只有郭嘉、史渙等少數人持不同意見，他們贊成此時北征。

其中，參謀長（軍謀祭酒）郭嘉的態度最堅決：「曹公雖然威震天下，但烏桓人必定自恃偏遠，不會防範。如果突然發起攻擊，一定能消滅他們。袁紹當年在北方一帶影響很大，袁熙和袁尚還在，我們在北方四州立足時間尚短，還沒有來得及施以恩德，如果此時南征劉表，袁尚等人必然有所行動，到那時北方的漢人難免會響應，從而助長蹋頓的野心，到時候幽州、青州恐怕就不是我們的了。」

郭嘉同時認為，劉表不過是一個喜歡坐着空談的人而已，他知道自己不如劉備，跟劉備之間雖然有合作，但關係很微妙，對於他們不必過於擔心。即使現在舉全國之兵遠征烏桓，也可確保無事（雖虛國遠征，公無憂矣）。

這場討論雖然在祕密狀態下進行，討論進行得異常激烈。參與討論的除了曹操身邊的核心幕僚及心腹將領外，像韓浩、史渙這樣的一般將領也都參與了。

史渙一開始反對北征，他想拉韓浩一塊勸說曹操，沒想到韓浩卻

贊成北征。

韓浩對史渙說：「現在我們兵力強大，凡是征戰無不處處得手，如果不趁此有利時機解決烏桓問題，必然會給將來留下後患。以曹公的神勇，做什麼事都會考慮得很周到，在這個時候不應該反對他，干擾他的決策。」

史渙聽了覺得有理，於是轉而支持北征。

這場大討論最後形成的結論是應該北征，但這並不是少數人說服了多數人，而是曹操親自拍的板。

曹操從一開始就傾向於把北征放到解決荊州問題之前完成，所以他才會花那麼長時間在北方地區大修運河。至於劉表，他贊成郭嘉的分析，這是一個魄力不足的人，就像當年的袁紹，在稍縱即逝的戰機面前往往猶豫不決，等到能完全看清楚的時候，機會也沒有了。


什麼人最珍惜機會？是那些最渴望獲得機會的人。

什麼人最渴望獲得機會？是那些處於劣勢，急於改變處境的人。

袁紹也罷，劉表也罷，小日子過得挺好，這反而成了包袱，當機遇來臨時，他們便猶豫了，彷徨了，害怕那是冒險，把眼前的榮華富貴都弄丟了。

說起來袁紹和劉表都算是個人物，他們也曾經有冒險精神和拚搏的勇氣，但當他們過上富貴奢華的生活時，就變了另外一個人，由進取變得保守。

退一步說，即使劉表這一回判斷準確，反應快速，與劉備一起舉兵北上，也沒有到不可收拾的地步。以曹軍現有的實力，可以留下相當數量的人馬防守南線，對付劉表。

再退一步說，假如許縣守不住，也沒有關係，可以把漢獻帝撤到黃河以北來，憑藉黃河進行抵擋，為大軍回師贏得時間。

所以，因為擔心劉表而反對北征雖然也有道理，但卻有點反應過度。危險處處存在，關鍵是如何準確判斷危險的程度，既不縮小，也不誇大。

想好這些後，曹操下令組成北征軍團，親自領軍，即刻揮師北上，目標直指幽州刺史部以北的烏桓人和袁氏兄弟。

這次北征在曹操一生征戰史中是準備時間最長的一次，也是出征前內部意見最為分歧的一次。事後證明，它也是打得最為艱苦的一次，雖然最後以曹軍的全勝而結束，但也留下了許多爭論。

## 組建快速縱隊

漢獻帝建安十二年（207 年）春天，曹操率大軍從鄴縣出發遠征烏桓。

此時的烏桓人活躍於幽州刺史部以北的廣大地區，大本營叫柳城，這是一個有爭論的地方，一般認為它位於今遼寧省朝陽市西南。

這是一場精心準備也勢在必得的遠征，雖然沒有虛國而出，但曹軍中最有戰鬥力的幾支部隊悉數出動，其中包括張遼、徐晃、張郃、曹仁、張繡所部，以及曹純統率的虎豹騎，韓浩、史渙等人也隨軍出征，統領中軍，參謀人員以郭嘉為首。

曹操手下目前最熟悉北方事務的有三個人，分別是鮮于輔、閻柔和牽招，前面對他們都有過介紹，此次北征烏桓自然少不了他們。

曹操至少還帶着兩個兒子，分別是曹植和曹彰。曹丕沒有隨征，而是留守鄴縣，這跟上次曹操西征并州時的安排一樣，可以看出來曹操對已經 21 歲的曹丕正在刻意鍛煉和培養。

曹彰字子文，是卞氏所生的第二個兒子，年齡不詳，介於 21 歲的曹丕和 16 歲的曹植之間。在曹操諸子中，曹彰是最與眾不同的一個，

單從外表就能看出來，他生着一頭黃髮，被曹操稱為「黃鬚兒」。

他愛武不愛文，從小善於騎馬射箭，臂力過人，膽子特別大，敢徒手與猛獸搏鬥，在此之前已經多次隨父親出征。與相對文氣的弟弟曹植不同，曹彰平時一開口就是打打殺殺。

曹操經常教育曹彰說：「你這孩子不讀聖賢之書，不慕聖賢之道，只喜歡騎馬擊劍，這是匹夫之勇罷了，算不上什麼（此一夫之用，何足貴也）！」

曹彰當面不敢頂撞父親，但背地裏仍然把衛青、霍去病作為心中偶像。

曹操曾經問兒子們將來想做什麼。曹彰說：「我喜歡當將軍。」

曹操挺高興，又問：「當了將軍想怎麼樣？」

曹彰滿臉豪氣地說：「披堅執銳，危險面前頭都不回（臨難不顧），身先士卒，賞必行，罰必信！」

曹操聽他說得像模像樣，又意氣風發，不禁哈哈大笑。


大軍向北進發，開始比較順利。

由於做了較為充分的準備，從行軍路線到後勤供應都有精心安排，大軍很快就推進到了幽州刺史部境內。

路過涿郡時，曹操想起一個人來，倒不是涿郡人劉備，而是劉備的老師名將盧植。這裏也是盧植的家鄉，曹操專門派人到盧植墓前進行祭祀。

曹操在所寫的祭文中說：「已故的北中郎將盧植，海內所聞名，在學術上又是一代儒宗，是士人的楷模、國家的棟梁。特派人前去掃墓，撫恤其子孫，致上薄酒，以彰顯其美德。」

曹操還向涿郡地方官員詢問盧植有沒有後人，地方官報告說盧植有三個兒子，兩個都死於戰亂，最小的一個名叫盧毓，字子家，盧植

死的時候他才 19 歲。盧植雖然教出了公孫瓚、劉備這些大人物，但在連年饑荒中，日子並不好過。盧毓長大後，奉養寡嫂以及子姪們，同時繼承父親的遺志，專心學問。

曹操聽了很高興，把盧毓找來安排了工作。

盧毓後來也成為曹魏名臣，曹丕當世子時徵盧毓到身邊從事司法方面的工作。盧毓和高柔一樣，是曹魏司法方面的專家。

過了易水，曹操特意考察了公孫瓚當年在這裏修築的那些超級城堡。

儘管現在這些龐大的建築早已荒敗，但依稀能看見當年這些工程是如何堅固。

這時，郭嘉向曹操提出建議：「兵貴神速，如今要赴千里之外襲擊敵人，輜重太多不利於機動，時間長了敵人會知道，早做防備。不如把輜重留下，輕兵兼程，快速推進，以掩其不備。」

曹操接受了郭嘉的建議，從各部抽選出精兵，全部騎馬，加上虎豹騎組成快速縱隊向北進發，其他部隊留在幽州刺史部一帶作為後援。


## 兵出盧龍塞

有一位猛將沒有出現在快速縱隊裏，他突然病逝於軍中。

這個人是張繡，關於他的死，還有一些說法，其中一個說法是，張繡因為欠下了曹家人的血債，一直心存不安。

據說，曹丕對此就念念不忘，多次當面質問張繡：「你殺了我哥哥，還有什麼面目出來見人（君殺吾兄，何忍持面視人邪）？」

張繡承受不了巨大的心理壓力，於是自殺。

這種可能性當然存在，張繡進入曹營以後確實面對很大的精神壓力，這是可以理解的，但沒有任何跡象表明曹操找過張繡的麻煩，相

反跟他又結成親家，又授予很高的職務，幾次重要戰事張繡都領兵參加，可見也沒有奪去他的兵權。此次北征，是一次重要的軍事行動，曹操把張繡也帶上，說明張繡並沒有面臨災禍和風險。

如果曹操想殺了或逼死張繡，沒有必要讓他隨征，張繡更有可能是意外或因病而死。

現在，曹操親自率領快速縱隊向北疾進。

快到無終縣也就是今天津市薊州區時，曹操找來一個人，給他交代了一項特別任務。

這個人是田豫，他是這一帶的人，老家在漁陽郡，曾經跟隨過劉備，劉備後來到徐州、豫州一帶發展，田豫因母親年邁，只得跟劉備分手，二人離別時還動情落淚。

在曹操手下，現在至少有兩個人跟劉備關係非同一般，一個是袁渙，一個是田豫。

鮮于輔起兵反抗公孫瓚時自稱漁陽郡太守，把田豫找來當郡政府祕書長（長史），後來鮮于輔歸順曹操，很大程度上是田豫從中做的工作，所以曹操對田豫印象很好。

曹操交代給田豫的任務是讓他先行一步，到無終聯絡在那裏的田疇。

公孫瓚殺劉虞的時候田疇曾冒險為劉虞哭喪，公孫瓚差點殺了他，但田疇的義舉深得人心，公孫瓚想了想還是把他放了。田疇後來對時事徹底失望，帶領本族的人以及自願隨行的鄉親們共數百人，進入老家無終縣北部的無終山裏，想避開亂世，開闢另外一種與世無爭的生活。

他們在山裏選了一處相對平坦的地方建屋舍，然後開墾土地，發展生產，過上了自給自足的日子。雖然比較清苦，但沒有戰亂的煩

擾，倒也自在。這種生活比後世幻想中的桃花源還早了數百年，吸引越來越多的人進入山裏，隨他們定居，最後發展到了 5000 多戶，在當時相當於規模挺大的一個縣城。

在這個世外之城裏，大家推舉田疇為首領，他們自訂鄉約開展自治，制定了簡單的法律和婚嫁之禮，開辦學校，各項事業發展得十分興旺，民風淳樸，道不拾遺。

無終山處在烏桓人控制區與內地交界處，烏桓人經常侵入內地，搶一把就走，無終山也很難倖免，田疇很生氣，立志找機會痛擊烏桓。他把年輕人組織起來，開展軍事訓練，打擊入侵者。

袁紹滅掉公孫瓚，也算是了卻了田疇的一個心願。袁紹派人送來了將軍的印綬，想收編田疇並請他出來做事，但被田疇婉拒。

袁紹死了，袁熙、袁尚逃到北方一帶，又派人來試圖徵召田疇，給出的條件更優厚，但田疇仍然不為所動。在大家看來，田疇已經打定主意在這山裏過一輩子了。

田疇是漁陽郡無終縣人，田豫是漁陽郡雍奴縣人，兩地相鄰不遠，而且都姓田，雖然沒有關於他們之間是否有親戚關係的記載，但這種可能性很大，至少他們以前就認識。曹操派田豫去找田疇，希望他出來效力。

曹操沒有明確給田疇一個什麼樣的職務，相對於當年袁紹父子送來的將軍印綬，曹操的這次徵召缺乏吸引力。然而田疇一聽說曹操召喚，完全變了一個態度，立刻動身趕來了。

對田疇態度的轉變，身邊的人有點不理解，問他：「過去袁紹父子仰慕您，三番五次派人來請，您都不答應。曹公的使者只來了一次您就爽快答應，並且那麼主動，一副爭先恐後的樣子（曹公使一來而君若恐弗及），為什麼呢？」

田疇聽完笑了笑，神祕地說：「這些不是你們能理解的呀（*此非君所識也*）！」

田疇的家在北部邊疆，經常受到烏桓、鮮卑、匈奴人的侵擾，在他的內心裏保土守疆的使命感很強。他早年傾心於劉虞，就是因為劉虞在處理北部少數民族問題上做得很好，維護了邊疆地區的安寧。他對袁紹父子沒有好感，是因為袁紹父子與烏桓人走得很近，互相利用，這讓田疇無法苟同。

田疇之前沒有跟曹操接觸過，也沒有跟曹軍打過仗，他對曹操的了解是比較有限的，但曹操帶大軍是來打烏桓人的，僅這一點對田疇就很有吸引力，至於官位高低，對於田疇這樣對功名利祿毫無興趣的人來說，是沒有什麼意義的。

田疇於是隨田豫來見曹操，之後被曹操任命為司空府民政處處長（*司空戶曹掾*）。曹操還與田疇進行了一番長談，這次談話看來讓曹操很滿意，因為田疇這個處長只當了一天。

第二天，田疇就接到改任的命令，命令中有一句話：「田疇先生不是我可以任以為吏的呀（*田子泰非吾所宜吏者*）！」

古時官和吏是有明確區分的，丞相府的處長權力再大，也是吏的身份，是丞相聘任的屬官。曹操覺得對於田疇這樣有大德的人，自己聘任他為屬吏不夠尊敬，於是讓幽州刺史推舉田疇為茂才，取得了成為朝廷正式官員的資格，然後拜田疇為蓨縣縣令。

曹操命田疇不用去赴任，而隨軍行動。

快速縱隊隨即進抵無終縣，再往北就是烏桓人的活動區了。

這時正是夏天，下起了大雨，一連下了好長時間，結果壞事了。

自古以來由薊縣、無終縣一帶進入東北地區只有兩條路可走，一條是所謂的濱海道，穿越幽州刺史部的遼西郡境內，即今遼西走廊。

這條路現在還是交通要道，在這條路上有薊縣、唐山、山海關、錦西、錦州等重要城市。

但是，攤開東漢的地圖，卻發現遼西郡所屬的 14 個縣都不在這條線上。

這說明，當時這裏很荒僻，因為這一帶當初地勢比現在還低，一下大雨容易積水，變成一片澤國。說水淺吧它無法通車馬，說水深吧又不能通舟船（淺不通車馬，深不載舟船），阻斷了南北交通。

另一條道路在西側，由徐無過盧龍塞直驅柳城，也就是從今天的喜峰口到冷口一線。西漢時期與匈奴人作戰頻繁，這條道路主要為保障戰事需要而開闢，但東漢以後隨着戰事轉向西北地區，這裏逐漸被廢棄了，最後變成人跡罕至之地。

這條道路不僅艱險，而且出了山以後要面臨 500 多里的不毛之地，直到越過白檀、平岡才好走一點兒。這條路真正走過的人少之又少。

田疇建議曹操說：「現在蹋頓認為大軍到達無終以後，面對道路泥濘難行的情況只好不進而退，必然防備鬆懈。如果我們表面上說回軍，暗地裏越過盧龍、白檀等險地，出其不意，蹋頓一定可以不戰而擒！」

曹操大喜，採納了田疇的建議，佯裝要回師，還在路邊立了個大木牌（署大木表於水側路傍），上面寫着：「如今是暑夏，道路不通，暫且等到秋天再來進軍。」

蹋頓派出的偵察兵看到了，以為曹軍真的要回家避暑去了，迅速向蹋頓報告。

曹操命令田疇及其手下人為向導，悄悄開進如今遼西走廊西側的燕山山脈中，當時它被稱為徐無山，沿着西漢時期開闢出的小路直抵盧龍塞。

盧龍塞即今長城沿線著名的要塞喜峰口，位於徐無山脈的最東

面，坐落在梅山和雲山之間，這裏周圍是一片低山丘陵，由南向北地勢迅速抬升，形成突兀的地形，從而成為一處險地。

灤河那時候稱濡水，穿徐無山而出，形成了天然的河谷，成為南北往來的通道，盧龍塞扼守着進出的咽喉，是兵家重地。

由於有田疇及其部下做向導，曹軍順利越過了已經荒廢的盧龍塞，再往前道路更不好走了，曹操帶來的都是騎兵，曹操命令他們暫時改成工兵，一邊逢山開路，一邊艱難前行。就這樣，終於越過了平岡、白檀，到達了白狼山附近，伸入了烏桓人的腹地。

直到這時，蹋頓居然還沒有發覺，以為曹軍正在撤退途中。

一場大戰即將爆發了！

## 白狼山下斬蹋頓

現在的遼寧省喀左縣境內有一座大陽山，其海拔僅為 800 多米，卻給人以高聳入天的感覺，這是因為其周邊一帶地勢都不高，映襯出它的奇偉高大。

山上有一個白石砬子，砬子是方言，也就是大石頭。這塊大石頭樣子像一隻羊，也像一隻狼，所以在漢代這座山也叫白狼山。

春秋時，伯夷和叔齊二人因為不食周粟而隱居於首陽山，最後餓死在那裏。據學者們考證，這個首陽山即白狼山。白狼山下有白狼水流過，也就是現在的大凌河，河岸有一處軍事重鎮叫白狼城。

越過白檀、平岡，曹操率軍接近了白狼城，距此東北方向 200 里就是烏桓人的大本營柳城了。這時烏桓人才發現曹軍主力已經到了跟前，立即疾告蹋頓。

蹋頓大吃一驚，倉促間集合兵馬，迅速趕往白狼城迎敵。

隨蹋頓一塊來的還有袁熙、袁尚，以及遼西郡烏桓單于樓班、右

北平郡烏桓單于能臣抵之等部，總兵力多達數萬人，基本上都是騎兵。

漢獻帝建安十二年（207年）八月，曹軍快速縱隊與烏桓聯軍相遇。

曹操親率先頭部隊搶佔了白狼山，佔據了有利地形，隨後數萬烏桓騎兵也殺到了，氣勢很強大。

這時曹軍的後續部隊還沒有跟上，曹操身邊只有張遼所部和曹純率領的一部分虎豹騎，由於是急行軍而來，大部分人都沒有披戴鎧甲（披甲者少）。

面對數倍於己的烏桓騎兵，有些人感到了害怕。

曹操讓大家不要驚慌，他登上白狼山遠望，發現敵人陣形不整，曹操看出他們也是遠道而來，疲憊不堪，如果此時發起攻擊正是時候。

多年以後，蜀漢將領馬謖奉諸葛亮之命扼守軍事要地街亭，面對曹魏名將張郃的進攻，為了保險起見馬謖下令退守兩側的山上，試圖憑險據守形成對峙，達到阻攔曹魏軍隊的目的，當時馬謖接到的任務是把敵人攔住就行，為諸葛亮在隴右一帶的軍事行動爭取時間。馬謖拒險而守，敵人要經過必須仰攻，難度可想而知。

但張郃很老練，他沒有硬攻，而是找到了山上蜀漢軍隊的弱點——水源。斷了山上的水源，逼得馬謖主動進攻，結果往下衝的蜀軍成了曹魏弓箭手的移動靶，蜀軍大敗。

曹操如果此時不下令出擊，結局必然會跟馬謖一樣，他們甚至不如馬謖，因為他們已伸入烏桓腹地，後續部隊即使到達加在一起的人數也僅是正面之敵的幾分之一，隨着時間的推移，烏桓的大部隊還會源源不斷地到達。

現在若有遲疑，錯過了稍縱即逝的取勝機會，待敵人整頓好隊形，擺好陣勢，一部分人圍住白狼山，一部分人設伏打援，曹軍就只能坐以待斃了。

曹軍來得很急，沒有帶多少水和糧食，在白狼山上難以堅持太久。

可最終，曹軍沒有成為街亭的蜀軍，因為曹操不是馬謖。


站在白狼山上的曹操只向山下的烏桓人看了幾眼，就斷然決定不待後續部隊趕到，趁敵人陣形未穩之機立即發起猛攻。

曹操的想法與張遼不謀而合，張遼意氣風發，主動請戰，曹操把手裏的指揮旗授予張遼（以所持麾授遼），命他全權指揮曹軍，組織對敵人的進攻。

當初曹操決定北征烏桓，張遼也是反對者之一。張遼勸曹操說許縣是天下要地，絕不能輕易丟掉，應該防備劉表的偷襲。曹操最後還是決定北征，張遼不因自己的意見未被領導採納就鬧情緒，作為北征的先頭部隊，他堅決執行命令，面對危險，他敢打敢上，這正是做大將應有的素質。

張遼整頓所部人馬在前，曹純督率虎豹騎在後，直衝烏桓騎兵，結果烏桓人大敗，曹軍以懸殊的兵力獲得大勝。

虎豹騎更是露足了臉，一舉將蹋頓斬於馬下！


其實，烏桓人是挺有戰鬥力的。

如果認為烏桓人本來就不堪一擊那就大錯特錯了，烏桓人能長期馳騁於北方，絕不是吹出來的，尤其是蹋頓，有勇有謀，在烏桓人中很有號召力。

烏桓人之所以大敗，一方面是張遼、曹純所部盡是曹軍中最能打的精銳，他們作戰勇敢，如今身處險地，誓死一搏。

另一方面，也是最重要的，是曹操抓住了戰機，敵人遠道而來，人困馬乏，陣形不整，互相聯絡不暢，本想停下來紮住營寨再跟曹軍真刀真槍地過過招，沒想到曹軍沒給他們這樣的機會，一上來就打了

個衝鋒，讓他們措手不及。

此戰，虎豹騎表現得確實生猛，這支在南皮城外立斬袁譚的勁旅，此番又找到了疆場揚名的機會，他們殺了蹋頓，使烏桓人的抵抗迅速瓦解。烏桓人沒有統一的指揮，很快四分五散。

曹操見狀高興異常，他讓人把蹋頓的首級拿來觀看，看完親自繫在自己的馬鞍上，就像上次斬殺袁譚之後那樣，又手舞足蹈地在馬上舞了起來（繫馬鞍於馬抃舞）。

樓班、能臣抵之以及袁熙、袁尚等人不敢戀戰，糾合在一起有數千人，他們沒有退回柳城，而是向東南方向逃去，投奔遼東太守公孫康去了。


曹操率軍趁勢直搗柳城，在此未遇到大的抵抗。

但在這裏又留下來一個屠城的爭論。有的史書說，曹軍在柳城斬殺蹋頓以及有名號的烏桓各王以下投降的胡人、漢人共計 20 多萬人（斬蹋頓及名王以下胡漢降者二十餘萬口）。

對於在北方草原上生活的民族來講，20 萬絕對是一個極大的數字，意味着數座乃至數十座聚居地的毀滅或一個部族的滅絕。

但是，這句話也有另一解。就是在原文中間加一個標點符號，意思就變成了斬殺蹋頓以及有名號的烏桓各王以下，投降的胡人、漢人共計 20 多萬人（斬蹋頓及名王以下，胡漢降者二十餘萬口）。

也就是說，只殺了一小部分部族首領而已，20 多萬胡人、漢人投降了。胡人是對當時烏桓、鮮卑、匈奴等北方各族的統稱。

有沒有這個逗號看來差別很大，意味着 20 多萬條生命是死還是活，也意味着曹操有沒有屠城。翻開現在出版的大部分版本的史書，中間都有這個逗號，也就是說大部分人傾向於曹操沒有在這裏幹屠城的事。

但也有人認為中間不該有這個逗號，曹操在柳城又殺了 20 多萬

人，所以在後來的各種文獻中「屠柳城」的記載也經常可見。

曹操手下有個文人叫繆襲，由於出生較晚，沒有列入「建安七子」之列，但與他們齊名。曹丕稱帝後繆襲用漢代短簫鐃歌之樂的舊曲 12 支，改成新名字重新填詞譜曲，其中有《楚之平》《戰滎陽》《獲呂布》《克官渡》《定武功》《屠柳城》《平南荊》等，以記曹魏之功。

其中《屠柳城》一曲唱道：

> 屠柳城，功誠難。
> 越度隴塞，路漫漫。
> 北逾平岡，但聞北風正酸。
> 蹋頓授首，遂登白狼山。
> 神武熱海外，永無北顧患。

連自己人都不避諱屠過柳城，這更增加了屠柳城的真實性。

其實，這肯定是誤解。

對曹操而言，利用烏桓人比滅絕烏桓人更符合自身的戰略利益。白狼山之戰後，曹操命令在烏桓人中有一定影響的閻柔整合烏桓各部。閻柔將幽州、并州一帶的烏桓部落統領起來，多達 1 萬多個部落。

曹操命閻柔逐步把他們內遷，並抽調青壯年組成少數民族兵團，仍由烏桓各級部族首領統率，隨同曹操南征北戰。烏桓軍隊打出了名氣，成為曹軍中的一支勁旅（由是三郡烏桓為天下名騎）。

假如曹操下令屠柳城，與他後來的政策就嚴重不符。而且，假如他平白無故欠下了烏桓 20 多萬條人命，即使閻柔再能幹，想把 1 萬多個烏桓部落整合起來，還心甘情願地跟隨曹操打仗，那也是不可能的事。

至於繆襲的曲子，除非他腦子進了水，敢拿大屠殺當豐功偉績歌頌，否則不可能取名叫作《屠柳城》。

看他寫的這首詩，主要內容只是表達北征的艱難，以及取得的功

業，沒有渲染屠殺的意思。

所以只有一種可能，這首曲子的題目被人篡改過。

## 公孫康別無選擇

曹操在柳城待了一個月，在此進行了簡單休整，補充給養。

曹操下令清理烏桓控制區的人口，對於那些從內地被烏桓人和袁氏兄弟挾持來的漢人，徵求他們自己的意見，願意回去的就一塊帶回，結果絕大多數漢人都願意回去，人數多達十餘萬。

這再次證明了，曹操在柳城大搞屠城是不存在的。

一舉戰勝烏桓讓曹軍士氣大振，隨行的將領們都躍躍欲試，想再次請戰，不着急回師，乾脆直撲遼東，把公孫康以及袁氏兄弟解決了，省得再來一趟。

但是，正當大家信心滿懷準備殺往遼東的時候，曹操卻下令班師回冀州，這讓大家很不解。

從北征烏桓這件事上，大家都覺得若論敢想敢幹，一般人真比不上曹公，怎麼現在大家的積極性被調動起來了，曹公反而不敢幹了？

面對士氣如虹的將領們，曹操笑了笑說：「我正在讓公孫康把袁尚、袁熙的頭砍了送來，不勞大家辛苦了（吾方使康斬送尚、熙首，不煩兵矣）！」

大家更是一頭霧水，轉而去問參謀長（軍祭酒）郭嘉，希望他出面再勸勸曹公。哪知郭參謀長神祕地笑而不答，那意思是你們就等着看好戲吧。

北征大勝，作為此次軍事行動的堅定支持者和首席謀士，郭嘉一直跟隨大軍行動，打了大勝仗，他本應感到很高興，但此時他卻高興不起來。

因為郭嘉病了。

郭嘉得的什麼病沒有記載，也許是過於操勞，也許是深入北方少數民族地區後水土不服，這次他病得很重，身體一天比一天差，曹操為此很憂心，命人好好照料他，並且準備盡快回師。

漢獻帝建安十二年（207年）九月，曹操率軍從柳城回師。

剛上路不久，遼東郡太守公孫康的使者就追來了，送來了袁尚、袁熙以及遼東郡烏桓單于速僕丸的首級。

將領們一看簡直神了，原來曹公早已胸有成竹，料事如神，不戰而勝。

大家不知道他究竟用了什麼樣的高招，把向來恃遠不服的公孫康都調動了，於是都過來問。

曹操笑了笑，對大家說：「公孫康對袁氏父子素來畏懼且忌憚，我們如果追之過急，他們就會聯合起來對抗我們，如果緩一些，他們就會自相殘殺（急之則並力，緩之出自相圖），就是這個簡單的道理而已。」

大家聽了，不得不佩服。

原來，袁氏兄弟逃往遼東投奔公孫康，公孫康不敢收留他們，把他們殺了。

袁紹父子跟遼東公孫氏沒有什麼交往，正如曹操分析的那樣，公孫康只想自保，他不像蹋頓那樣娶過袁家的姑娘，因而不會為袁尚、袁熙得罪曹操，為自己引來殺身之禍。

況且，袁尚、袁熙也不是隻身前來的，他們身後還有幾千人馬，這讓公孫康更加不安。這倆小子目前已經走投無路了，說不定會鋌而走險來搶自己的地盤。公孫康決定先下手為強，把他們幹掉，解除心腹之患，同時賣給曹操一個人情。

公孫康設宴招待袁氏兄弟，預先在馬廄裏埋伏下精兵，只等二袁

一到就動手。

公孫康玩陰的，袁氏兄弟也沒閒着。正如公孫康所料，袁尚、袁熙也正在密謀對付公孫康，並且也選擇在這次宴會上動手。

袁尚為人勇猛好鬥，對袁熙說：「在這次宴會上必然能與公孫康相見，我想跟哥哥你聯手擊之，那麼遼東就是我們的了！」

袁尚、袁熙做了佈置，比如宴席上舞劍、摔杯為號等，但他們卻沒有得到表演的機會，因為他們剛進宴會廳就讓公孫康埋伏的人給綁了，公孫康下令把他們扔到院子裏。

此時是農曆十月，東北地區已經天寒地凍了，把袁尚、袁熙凍壞了。

袁尚招架不住，想求一個席子鋪在地上好受一些。

袁熙對弟弟說：「一會兒腦袋都要搬家了，還要什麼破席子（頭顱方行萬里，何席之為）？」

公孫康下令將袁尚、袁熙斬首。

袁紹的三個兒子，長子袁譚、次子袁熙、三子袁尚至此全部死了，袁氏的勢力徹底灰飛煙滅。

袁譚字顯思，袁熙字顯奕，袁尚字顯甫，有的史書上說袁紹還有一個兒子名叫袁買，跟袁尚、袁熙一起到了遼東，被公孫康一塊殺了。還有其他史書也提到過袁買這個人，但認為袁買不是袁紹的兒子，而是袁紹的孫子，是袁譚或袁熙的兒子、袁尚的姪子。

袁氏兄弟的首級送到曹操面前時，曹操還在回師的路上。為了表彰公孫康，同時繼續穩住這個「東北王」，曹操以漢獻帝的名義任命公孫康為左將軍，封襄平侯。這是個縣侯，公孫康此前的軍職是從他父親公孫度那裏繼承來的武威將軍，爵位是永寧鄉侯，現在軍職和爵位都晉升了一級。

公孫康的行政職務未變，仍然是遼東郡太守。

曹操率軍繼續前進，他們回師走的是哪條道沒有明確記載，但與來時相比，回程一樣不輕鬆，甚至更加艱難。

這時候天氣又寒又旱，200里之內找不到水源，軍糧也成了問題。曹操下令殺馬充飢，前後共殺了幾千匹戰馬，這讓曹操心疼壞了。可憐一部分虎豹騎的兄弟現在也只能暫時改當步兵了。

曹操命人就地鑿井取水，挖了30多丈，再往下挖就要把遼河油田提前給挖出來了，這才勉強打出了點兒水。

這一仗打得慘烈，行軍的景象也慘烈，去的時候慘烈，得勝歸來也慘烈，曹軍從來沒有打過這樣的仗。

郭嘉已經無法騎馬，只能躺在車上。

曹操惦記着郭嘉的病情，一路上不停地詢問，經常到郭嘉跟前探望，但郭嘉的病情絲毫沒有好轉的跡象，這讓曹操心情很沉重。

在這次回師的路上也有令人高興的事，大軍行進到易水時，代郡烏桓單于普富盧、上郡烏桓單于那樓等人親率部族首領前來祝賀曹軍大捷，並表示願意歸降。

這件事再一次證明曹操在柳城屠城的不可能。

回師途中還有一件有趣的事，在曹軍隊伍裏有一輛大車，車上有個大鐵籠，裏面關着一件稀罕物——一隻獅子。

在白狼山上曹軍遇到了一隻獅子，派人格殺，但獅子很兇，傷了不少人。曹操親自率領數百人圍攻它。獅子怒吼，嚇得左右皆驚。

曹操忽然發現從林子裏跑出一個東西，像是狸子，它躥到曹操所乘車子的車把上，獅子過來攻擊，這個像狸子一樣的東西跳起來躥到獅子頭上，獅子一下子趴到地上不敢起來了，大家於是上去把獅子殺了。

白狼山上遇到的獅子不止一隻，曹操指揮人居然還活捉了一隻，於是弄個籠子裝到車上拉回去。

快到鄴縣時，這頭雄獅大吼了一聲，30里之內的雞狗聞聽此聲，

嚇得都不敢叫喚（三十里雞犬皆伏，無鳴吠）。

## 東臨碣石有遺篇

儘管歸途如此艱辛，儘管心腹謀士郭嘉身染重病，但仍然未能擋住曹操的詩人情懷，在回師途中，他寫下了那首著名的《觀滄海》。

這首詩是《步出夏門行》組詩中的一首。《步出夏門行》是漢樂府的曲牌，沒有實質性含義。夏門原是漢代洛陽城北門之一，步出夏門行最早的意思是緩步經過洛陽北城門時所吟的詩句。

曹操借這個樂府曲牌一口氣寫了五首詩，分別是《豔辭》《觀滄海》《冬十月》《土不同》《龜雖壽》，其中《觀滄海》和《龜雖壽》兩首最為有名。

《觀滄海》一詩寫道：

> 東臨碣石，以觀滄海。
>
> 水何澹澹，山島竦峙。
>
> 樹木叢生，百草豐茂。
>
> 秋風蕭瑟，洪波湧起。
>
> 日月之行，若出其中。
>
> 星漢燦爛，若出其裏。
>
> 幸甚至哉，歌以詠志。

其大意是，向東走去，面對碣石山觀看大海。大海如此浩渺，碣石山聳立於海邊。山上樹木叢生，草木繁茂。這時，秋風颯颯刮起，海上湧起波濤。日月運轉，好像是從這浩渺的海水中生出來的。星河燦爛，也好像是從這浩渺的海水裏所產生。想想真是幸運極了，可以用詩歌來表達自己的思想感情。

想像一下當時的情景，從戰場歸來的曹操，看到了思慕已久的碣石山，面對大海，他思潮起伏。此時他不是一個「晝攜甲士破堅陣」的大軍統帥，也不是一個「治世能臣」，他只是滄海邊佇立的一個生命個體，一個純粹的詩人。

於是，他看到了海水、島嶼、草木、秋風，聯想到了日月星河，這些景物在詩人眼裏是如此壯闊，如此博大，從眼前的波濤、海浪，詩人看到了日月運行的規律，並為能夠站在這裏抒發情懷而感到激動。

此時，海邊站立着的是一個詩人曹操，一個凡人曹操，一個孤獨的吟者。

這首詩寫了秋天的大海，但一洗悲秋的傳統情調，寫得沉雄有力，意境高遠。這樣的詩一般人是寫不出來的，曹操身邊的筆桿子們更無法代筆，只有像曹操這樣既深得傳統文化的熏陶，又歷經百戰，積累了豐厚的閱歷，對生榮死哀有過深刻思索的人才能寫出來。因而，這首詩受到歷代的推崇，在文學史上有着很高的地位。


詩是好詩，但由此也引發了熱烈的爭論。

焦點是詩中所描寫的碣石山到底在哪裏，現在至少有三個省的專家都說曹操寫的碣石山在他們那裏。

碣石山不是普通的山，根據記載，秦始皇、漢武帝以及後來的唐太宗等人都曾親臨碣石山，他們也在此登高遠眺過，還舉行過祭祀儀式，祈求長生不老。相傳，秦始皇命徐福遠涉瀛海尋找仙丹，也是從這裏出發的。登碣石山跟泰山封禪一樣，成為帝王們彰顯文治武功的盛典。

但這個引得秦皇漢武趨之若鶩的碣石山到底在什麼地方，歷來卻爭論不絕。《禹貢》裏只有一句「夾右碣石入於河」的記載，這句話實在太簡約了，說的究竟是什麼意思？從漢代直到宋代經過很多注疏家的討論和研究，花了幾百年才弄清楚，大意是說，東北少數民族鳥夷

人入貢，坐船沿遼東灣西岸向南航行，然後向西航行至渤海北岸，最後入河，碣石山正在河口處。

古書中凡單獨提到「河」一般指的都是黃河，按說這是比較明確的，只管在黃河入海口附近找就行了。但千百年來黃河頻頻改道，曾經的入海口從南到北有不少，碣石山究竟在哪裏於是又成了一個謎，自古以來各種觀點不下十種，影響較大的有三種。

毛澤東曾填詞一首，寫道「秦皇島外打魚船」「魏武揮鞭」，所以在一般人的印象中，曹操登臨過的碣石山應該離秦皇島不遠，贊成這個說法的人進一步認為，碣石山應該在今河北省昌黎縣境內。

但是，這個觀點存在許多疑問。

曹操征烏桓去的時候走的是盧龍道，即從今河北省承德市方向經喜峰口繞內蒙古境內，最後到達柳城，返回時的具體路線不詳，也許是原路返回，也許走的是濱海道，因為此時已是冬天，大雨早應該停了。如果是那樣的話，歸途中正好路過秦皇島附近的昌黎。

但是，曹軍在回來的路上遭遇大旱的記載似乎又推翻了這個結論，濱海道到處都是水，夏天剛剛經過長時間大雨的浸泡，現在很快旱到打幾十丈都掘不出水來的程度，有點說不通。

於是有人提出曹操登過的碣石山不在河北省，而在遼寧省境內，具體說就是遼寧省綏中縣西南的海濱。然而，這種觀點與上一種說法一樣，季節不對。

曹操詩裏說得很明白，秋風蕭瑟，洪波湧起。說明時令應該是秋天。而根據曹操此次北征的行程推斷，他到達這一帶時最早也是農曆十月底，是寒冬季節。

所以，曹操即使來過這兩個地方，但是他既看不到「秋風蕭瑟」，更看不到「百草豐茂」。作為一位著名的現實主義詩人，曹操沒有必要放着眼前的冬景不寫，虛擬秋天的景象。

碣石山在遼寧省或者在河北省都受到了質疑，在這種情況下，又出現了第三種觀點，認為曹操登過的碣石山其實在山東省境內，具體說就是山東省無棣縣的馬谷山，在古代它就是碣石山。

持這種觀點的人認為，《觀滄海》根本不是漢獻帝建安十二年（207年）冬天曹操由柳城回師途中所作，而作於漢獻帝建安十一年（206年）八月。

一年前的秋天，曹操確實在山東省一帶活動，他當時親自率兵征討海賊管承，面對實力有限的海賊，他倒是有心情也有時間跑到這座碣石山看一看。

其實，碣石山到底在哪裏並不重要。

與曹操的足跡相比，更重要的是他的情懷。漢獻帝建安十二年（207年）曹操已經 52 歲了，距他 20 歲出仕已經 32 年，距己吾起兵也有近 20 年了。

近十年來，他親身經歷了大小數十次戰鬥，在亂世中奮起和拚爭，品嚐了失敗的痛苦以及失去親人的哀傷。

但是，他也在這種刀與火的日子裏得到了錘煉，這樣的機會不是每個人都會有的。曹操熟悉前代歷史，他曾經渴望成為國家的棟梁，無論是在疆場還是在治理國家的崗位上，他都渴望建功立業，青史揚名。

然而，十多年來親身經歷的事實對他原有的理想進行了一次又一次的修正。官渡之戰後，他又用七年時間統一了北方，之後冒險遠征，掃滅了北方少數民族反對勢力，使其他各部族紛紛表示效忠，這怎不讓他熱血沸騰？

整天面臨生與死的考驗，還要思考未來，現在得勝歸來，心情放鬆，又能登高遠眺，曹操的心中不禁充滿了俯瞰人間萬象的情懷。這不僅僅是一種君臨天下的得意之情，也不僅僅是發思古之幽情般地傲

視古人的情懷，這是政治家、軍事家與文學家的綜合氣質在此時此地的交融。

在《步出夏門行》組詩裏還有一篇《龜雖壽》，詩中寫道：

神龜雖壽，猶有竟時。

騰蛇乘霧，終為土灰。

老驥伏櫪，志在千里。

烈士暮年，壯心不已。

盈縮之期，不但在天。

養怡之福，可得永年。

幸甚至哉，歌以詠志。

這首詩的大意是，神龜的壽命雖然長久，但仍然有終結的一刻。騰蛇儘管可以乘霧飛行，但終究要化為灰燼。衰老的戰馬伏在馬棚裏，但它的雄心壯志仍然想日馳千里。有遠大志向的人雖然到了晚年，但奮發進取的雄心不會停止。人的壽命長短，不只是由上天所決定的。只要自己好好養護，也可以益壽延年。真是幸運呀，可以用詩歌來表達自己的思想感情！

這首詩與《觀滄海》同樣有名。

「盈縮之期，不但在天」，說明曹操很自信，正如人無法決定生命的長度卻可以決定生命的厚度一樣，站在海邊極目遠眺的曹操，想必也想到了與天奮鬥、與人奮鬥的激情與樂趣吧。

## 獎勵反對者

漢獻帝建安十三年（208 年）正月，曹操率軍回到鄴縣。

北定烏桓，打了最艱難也最充滿懸念的一仗，所有的人都鬆了口

氣，鄴縣到處是一片喜慶的氣氛，但曹操的心情卻放鬆不下來，他甚至有些傷悲。

在歸師的隊伍裏沒有看見北征軍參謀長（軍師祭酒）郭嘉的身影，因為就在前幾天，還在歸師的途中，年僅 38 歲的郭嘉因病去世了。

算起來，郭嘉追隨曹操前後 11 年，但時間仿佛眨眼間就過去了。

郭嘉這次是抱病隨征，得的是什麼病不得而知，總之回來的時候就越來越重了，曹操一直很擔心他，確信郭嘉已不在人世時，曹操無比悲傷。

此前，曹操在戰場上失去過兒子和姪子，失去過典韋這樣的心腹愛將，也失去過鮑信那樣的戰友，每一次他都很悲痛，但都沒有這一次這麼傷心。

曹操親自參加了郭嘉的追悼會，哀痛異常（臨其喪，哀甚）。

荀攸當時也在場，曹操對荀攸說：「你們的年齡跟我差不多是一輩的（諸君年皆孤輩也），只有奉孝年紀最小。等天下平定了，本想把後事託付給他，不想卻中年夭折，這難道是命運嗎？」

說完，曹操連聲呼喚道：

哀哉奉孝！

痛哉奉孝！

惜哉奉孝！

在身邊的所有謀士裏，曹操最喜歡和信賴的就是郭嘉。這個年輕人不僅精通深奧的知識，而且通曉各方面的事情（通有算略，達於事情）。

曹操曾經對人說：「只有奉孝最知道和了解我的想法。」

現在，這個被曹操寄予厚望的年輕人居然早早地離開了人世，曹操如何不悲傷？

曹操上書漢獻帝，追記郭嘉的功勞，其中說道：

「已故軍祭酒郭嘉，忠良淵淑，通曉事理，足智多謀。每次討論國家大事，他都能充分發表自己的意見，提出最恰當的建議，他的計謀從來沒有失算的（每有大議，發言盈庭，執中處理，動無遺策）。

「他在軍中已有十多年，我們出門就同騎乘，回來就共坐一張席子，東擒呂布，西取眭固，斬袁譚之首，平河朔之眾，越過艱險，蕩定烏桓，威震遼東，取袁尚之首，這些功績，雖然憑藉的是天子的神威，但具體到執行，都是郭嘉的功勞。正準備表彰他，他卻短命而終。

「我現在上為朝廷失去良臣而悲傷，下為自己失去得力助手而難過，請求增加郭嘉的封地，加上以前的封地追加到 1000 戶。」

此前郭嘉被封為洧陽亭侯，食邑 200 戶，此次追加了 800 戶，爵位由郭嘉的兒子郭奕繼承。

郭奕字伯益，像他父親郭嘉一樣通達事理。

郭奕的兒子叫郭敞，字泰中，有才識，在曹魏後期當過天子身邊的顧問（散騎常侍）。


曹操對郭嘉的死在心中久久不能放下，郭嘉是荀彧推薦來的，曹操給荀彧寫了封信，懷念郭嘉的功勞。

曹操在這封信中寫道：「奉孝不到 40 歲就死了，我們一塊共事 11 年，艱難險阻都共同經歷了。現在突然死了，真讓人難過（猝爾失之，悲痛傷心）。天下相知的人本來就少，現在又失去了一個，該怎麼辦呢（奈何奈何）？」

過了一段時間，曹操仍然忘不了郭嘉，他又給荀彧去了一封信，說的還是郭嘉。

曹操在後面這封信裏又寫道：「追悼奉孝，所有的想法都不能從心裏抹去。奉孝對時事、軍事的見解，超過任何一個人（其人見時事兵事，過絕於人）。」

還沒有哪個人的死能讓曹操如此傷心，如此念念不忘，看來曹操動了真感情。如果論智謀、見識和兵法，能超過曹操的人本來就不多，曹操唯獨對這個小他10多歲的年輕人讚賞有加，可見郭嘉確實能力超群。

的確，郭嘉料事如神的能力有時到了令人恐怖的程度。

曹操與袁紹相持於官渡時，孫策趁勢來攻，大家都感到擔心，郭嘉說孫策不足為慮，因為此人幹什麼事拍板都很快，喜歡激動，但準備工作卻做得很差（輕而無備）。郭嘉認為孫策即使有百萬之眾，也無異於一個人獨行於中原，沒有什麼可擔心的。

如果這還是泛泛之論的話，那下面的話則讓人不可思議：「如果刺客出現，一個人就能把孫策搞定（若刺客伏起，一人之敵耳）。讓我看，此人必死於匹夫之手。」

結果大家都知道了，不久之後孫策即被許貢的門客刺殺。

類似的事還有，比如這次北征，大家都建議乘勝追擊一舉討伐公孫康，郭嘉聽後笑而不言，不久公孫康就把二袁的首級送到了。

這些讓人不可思議的事，有時候會讓人以為是寫史的人編出來的，只為突出郭嘉的判斷力而已。因為世界上根本沒有未卜先知的人。

但仔細想想，也許有另外的可能，郭嘉確實有未卜先知的能力，只是這不是來自他的特異功能，而是來自另一項基本功，那就是情報工作。

郭嘉自20歲時就隱姓埋名，祕密結交天下英豪，不與俗人交往，以至於大多數人並不了解他。這樣的作風非同一般，只有幹祕密工作的人才會把自己埋得那麼深。

也許可以這樣推斷，郭嘉負責曹軍的情報部隊，所以他得到的信息最多、最快，因而判斷也最準。古代軍隊裏有專門負責情報、偵察工作的士兵，叫作斥候。也許曹軍中就設有這樣獨立成軍的組織，而

負責人就是郭嘉，除了收集情報外，也經常深入敵後，搞一些策反、暗殺、破壞方面的工作。雖然沒有直接的史料作為證據，但在鬥勇又鬥智的群雄爭奪戰中，這種情況肯定存在。

二袁逃往遼東，曹操、郭嘉也許派人祕密前往遼東，與公孫康私下達成了某種協議，所以曹操才會在二袁仍在的情況下就放心回師。

當然，這只是猜測。

回到鄴縣，曹操第一件事就是召開軍事會議，總結此戰得失。

這已經成了曹操的一個習慣，戰前充分討論，戰後認真總結。在這樣的總結會上，任何人都可以暢所欲言，分析得失，為後面的作戰積累經驗。

參加這次總結會的大多數人都感到有些壓力，因為當初他們都反對北征，如今事實證明北征是正確的，蹋頓被斬首，二袁被消滅，烏桓各部順服，公孫康明確表態服從朝廷領導，不僅北方四州，就連塞外不毛之地也成了勢力範圍，哪還有比這更好的結果？

曹操似乎知道大家的心思，總結會一開始就問當初誰贊成北征，誰又反對北征，問得大家很緊張，以為曹公要處罰當初反對北征的人。

誰知曹操卻下令厚賞反對北征的人，他說：「這次北征是冒着生命危險僥倖取勝的，雖然成功了，但實在是老天保佑，所以不能總這麼幹（故不可以為常）。諸君前面勸諫，是比較穩妥的建議，所以給予嘉獎，今後再遇到那種情況不要以為就不敢多言了。」

北征雖然獲勝，但曹操的頭腦還是很清醒的，想想一路上歷盡的艱辛，想想戰場上瞬間就可能轉勝為敗的經歷，他想必有點後怕。對於這次軍事行動，他覺得確實冒險了。

即使不考慮軍事冒險這個戰術因素，從戰略層面看，此次北征似乎也有值得商榷之處。表面看，曹操率軍從建安十二年（207 年）五月

出發，次年正月即回到了鄴縣，用了大半年時間，取得如此豐碩的戰果，應該不算是失策。

但此戰準備的時間很長，僅運河就修了上千里，耗費了大量的人力、物力。這是一場付出巨大代價的戰爭，這場戰爭把曹操的注意力和曹軍主力長時間吸引在北方，從而無暇考慮南面的敵人。

這給了劉表、孫權和劉璋等人一個發展自己的有利時機。尤其是孫權，趁勢快速地壯大自己，積蓄了將來跟曹操過招的力量。如果從這一點上說，北征到底是利多還是弊大，也許還得再爭論下去。

## 當上了曹丞相

緊接着，東漢帝國的政治生活中發生了一件大事。

北征一回來，曹操就廢除了三公制，恢復丞相制，自己擔任丞相。

這是幾年前恢復九州制構想的延續，雖然那一次曹操做出了妥協，但他一直思考着這件事，北征取得的巨大成功，也許鼓舞了曹操，所以回師後就把這件事提了出來。

漢代一直實行三公九卿制，但西漢和東漢在具體內容上有所不同。

西漢因襲秦制，三公分別指丞相、太尉、御史大夫，相互不統屬，但有制約，都直接向皇帝負責。九卿分別指掌管宗廟禮儀的奉常、掌管皇宮保衛的衛尉、掌管宮廷警衛的郎中令、掌管宮廷車馬的太僕、掌管少數民族事務和外交的典客、掌管司法的廷尉、掌管財政稅收的治粟內史、掌管皇室事務的宗正以及掌管山河湖海稅收和手工業的少府。

東漢的三公指太尉、司徒、司空，九卿指掌管典禮的太常、掌管宮廷事務的光祿勛、掌管宮省禁衛的衛尉、掌管皇室車馬的太僕、掌管司法的廷尉、掌管接待諸侯與少數民族的大鴻臚、掌管皇族事務的

宗正、掌管國家財政收支的大司農、掌管皇帝器用服飾的少府。

三公向皇帝負責，並分管九卿，每人分管三個。

所以，東漢不設丞相，只有西漢設置。西漢的三公雖然互不隸屬，但丞相的地位顯然高於御史大夫以及太尉，與東漢三公相比，丞相的權力更大，這從它的內設機構及編制上就可以看出來。

西漢的丞相府裏下設十三曹，相當於13個處，標準的編制多達382人。這些主要的部門有：西曹，負責丞相府內的吏員任用；東曹，負責天下2000石官員的升降，包括軍中的武將在內，2000石相當於部長級，在地方上就是郡太守一級，在軍隊裏相當於將軍，這個處的權力極大；戶曹，負責祭祀、農桑；奏曹，負責管理政府的一切章奏，相當於唐代的樞密院、明代的通政司；詞曹，負責民事法律訴訟；法曹，負責交通以及郵驛等；尉曹，負責運輸，像清代的漕運總督；賊曹，負責偵辦盜賊；決曹，負責刑事審判；兵曹，負責兵役；金曹，負責管理貨幣、鹽鐵；倉曹，負責管理國家糧庫；黃曹，相當於丞相府總務處。

從這些內設部門可以看出，丞相府實際上就是一個標準的小內閣，人事、行政、經濟、交通、司法、外交、軍事無所不管。正因為它的權力太大，所以漢武帝重視尚書台，把權力從丞相手中逐步收到自己身邊的一群祕書手裏，削弱丞相的權力。到了東漢，乾脆設新的三公，把丞相的權力一分為三，互相制衡。

從西漢到東漢，一直在圍繞着皇權與相權展開鬥爭，天子是否強勢，成為鬥爭的焦點。而到了東漢中後期，政治鬥爭中夾進來外戚、宦官，形勢更加複雜化。三公在現實政治格局中已經完全被邊緣化，這種局面的改變，是在曹操擔任司空以後。

現在，曹操提出恢復丞相制，倒沒有遇到太大的阻力。

對於曹操成為丞相，大家已經有了足夠的心理準備，叫什麼只是

個名分而已，實質內容並沒有大的改變。

這場政治改革有一個小小的由頭，這一年年初，曹操還沒有回到鄴縣，司徒趙溫突然徵辟曹丕，也就是徵調曹丕到司徒府工作。因為曹丕的特殊地位，趙溫的這項提議在外人和曹操自己看來並不是有意討好，反而有點惡搞，因而觸怒了曹操，趙溫因此被免官。

作為名義上唯一與曹操地位相當的在職官員，趙溫的日子並不好過，他時刻擔心會做錯什麼事，或者犯了曹操什麼忌，從而惹來殺身之禍。這種樹大招風的心理一直左右着士大夫出身的趙溫。

因而，為一件不大不小也算不上丟人的事被免官，對於趙溫來說與其是不幸，不如說是幸運。

所以有人認為是趙溫有意而為之的，目的是全身而退。

趙溫被免官之後，三公只剩下曹操一人，此時恢復丞相，曹操更是理所當然地成為唯一候選人。


漢獻帝建安十三年（208 年）六月，漢獻帝命太常卿徐璆拿着天子的符節前往鄴縣，拜曹操為丞相。徐璆就是那個從袁術手下逃脫，並將傳國玉璽歸還漢室的功臣。

曹操對這項任命也做了禮節性的推辭，甚至要把丞相讓給徐璆當。徐璆再弱智或者再官迷心竅也斷然不敢應承這種事，予以堅決拒絕（操以相讓璆，璆不敢當）。

於是，曹操正式就任丞相，同時任命郗慮為御史大夫。

西漢的三公除丞相外，還有御史大夫和太尉，曹操此次恢復丞相制，沒有恢復太尉，只恢復了丞相和御史大夫。有人認為御史大夫很重要，相當於副丞相，曹操把如此令人矚目的職務給了名不見經傳的郗慮，確實讓人大出意外。

郗慮字鴻豫，兗州刺史部山陽國人，跟劉表一個縣。他進入曹操

陣營比較晚，之前提到過，他有一個特殊的身份，是鄭玄的學生，這讓他沾了不少光。以鄭玄在當時文化界無人匹敵的地位，他的學生崔琰、國淵、王基等人在社會上也享有很高的知名度，加入曹操陣營後都很受重用。

郗慮從小就受教於鄭玄，漢獻帝建安初年來到許縣，在曹操的推薦下直接做了部長級的皇帝高級顧問（侍中），後來又以侍中的身份兼任九卿之一光祿勛。

但是，對郗慮這個人漢獻帝卻不大喜歡。

漢獻帝曾當着郗慮的面問少府孔融：「郗先生有什麼特點和長處（鴻豫何所優長？）」

孔融對郗慮也不感冒，一點不考慮當事人就在旁邊，順口說：「可以打發他到路邊站崗，不能讓他掌權（可與適道，未可與權）。」

打人不打臉，傷人不揭短，這是赤裸裸的羞辱。

郗慮十分惱怒，反駁孔融說：「你當年主政北海國，政治疏失，人民流散，你的能力在哪裏？」

從此以後，郗慮認準孔融是自己的仇人，非要找機會整治他不可。

趙溫的免職通知就是郗慮奉命傳達的（慮持節奉策免溫官），郗慮資歷淺，與孔融等老牌士大夫們關係惡劣，加上他為人尖刻，報復心強，這些正是曹操所需要的，把郗慮提拔為高於九卿的御史大夫，雖然在外人眼裏很意外，卻十分符合曹操的想法。


曹操擔任丞相後，立即着手推動丞相府的各項建設，選調各類人員。

原司空府的人員全部轉到丞相府來，同時還根據丞相府內設機構增加的需要，選調了一些新人。

對於從司空府轉入丞相府工作的所有人來說，工作性質可能變

化不太大，但收入卻可以增加不少。舉例子來說，司空府裏的處長（掾）一級官吏，品秩是 300 石到 400 石，月俸是 30 斛到 40 斛，副處長（掾屬）的品秩是 200 石，月俸大約 20 斛，而轉到丞相府後，處長（掾）的品秩升為 400 石到 600 石，月俸提高到 45 斛到 70 斛，副處長（掾屬）的品秩雖然仍為 200 石，但月俸可以提高到 30 斛以上。

這段日子，大家都沉浸在加薪的喜悅中。

丞相府各個處（曹）中，西曹、東曹兩個部門管人事，負責典選從地方到軍隊的高級官員，地位最為重要。曹操把冀州副州長（別駕）崔琰調過來，任西曹的處長（西曹掾），把毛玠調來任東曹的處長（東曹掾），由他們二人負責十分重要的人事工作。

早在兩年前，曹操西征并州時，留下曹丕守鄴縣，崔琰以冀州別駕的身份輔佐曹丕。在此期間，曹丕迷上了遊獵活動，不太專心工作，崔琰沒有因為他是世子就睜一隻眼閉一隻眼，他給曹丕寫了封措辭很尖銳的信，讓曹丕認真思考一下袁紹父子是如何失敗的，規勸他遵循正道，端正行為，把心思用到正事上來。

面對敢於直言的崔琰，曹丕也只得服服帖帖，對崔琰說：「昨天看到了先生寫下的諄諄教誨，要我燒掉射獵的用具，扔掉打獵的服裝，現在用具已燒毀，獵裝也扔了。以後再有類似的錯誤，還請先生及時對我教誨（後有此比，蒙復誨諸）。」

曹丕表現的態度相當誠懇，曹操知道此事後，對崔琰也十分讚賞。

曹操任命崔琰為東曹掾時專門對他說：「先生你有伯夷一樣的風範、史魚一樣的正直，貪婪的人聽到你的名字就會變得清廉，壯士聽到你的名字就會更加英勇（貪夫慕名而清，壯士尚稱而厲），先生可以稱為時代的表率，所以任命你為東曹掾。」

毛玠在司空府就從事人事工作。他以清廉公正著稱，沒有私欲，不貪心，沒有不良嗜好，不拉幫結派，沒有小圈子，敢於得罪人，這

些正是做人事工作所必備的條件。曹操把典選官吏的大權交給了他。

西曹與東曹都管人事，但分工有所不同，打個比方，一個好比是組織部，一個好比是人事部，崔琰和毛玠兩個人幹得都很出色。

丞相府其他 11 個處（曹）先後擔任過處長（掾）和副處長（掾屬）的還有司馬懿、高柔、劉曄、裴潛、傅幹、楊修、王觀、楊俊、徐邈、辛毗、溫恢、薛夏、王凌等人，他們中的大部分人之前都已做過介紹。

丞相府裏還有兩個職務，地位和作用高於一般的處長，一個是主簿，類似於辦公室主任；一個是長史，職責與主簿差不多，地位比主簿還要高些，類似於丞相府裏的祕書長。曹操當丞相後，首任主簿是司馬懿的大哥司馬朗，司馬懿後來也擔任過這個職務。擔任過丞相府長史的有杜襲、徐奕、辛毗、王必、楊修等人。

除此之外，「掛靠」在丞相府內的還有一些相對獨立的部門，主要是與軍事有關的部門，包括曹操的各類軍事參謀人員。說他們是「掛靠」，是因為傳統的丞相府裏並沒有他們的編制。

在曹操的丞相府裏，他們人數眾多，稱呼也有好幾種：

一種是軍師，荀攸、鍾繇、華歆、涼茂、毛玠、成公英等人先後擔任過；

一種是軍祭酒，董昭、王朗、王粲、杜襲、劉放、孫資等人先後擔任過；

一種是軍謀掾，徐邈、田豫、牽招、高堂隆、賈洪、薛夏、隗禧、韓宣、令狐劭等人先後擔任過；

一種是丞相軍事，何夔、賈詡、華歆、王朗、裴潛、劉放、孫資、邢顒、陳群、張範、張承、仲長統、陳群、衛臻等人先後擔任過。

上面這些人，組成了曹操的總參謀部，他們的職務分別類似於總參謀長、副總參謀長、高級參謀、參謀處長、參謀等，組成了強大的

參謀班子，服務於曹操的軍事行動。

可以說，丞相府吸納了當時最優秀的一批人才，他們在曹操身邊工作，實際上承擔着管理整個「曹統區」的任務。曹操喜歡把一些優秀人才先安排在自己身邊工作，之後下派到地方上任刺史、郡太守、縣令或屯田官等，丞相府於是成為一個高級人才的培訓基地，一時間天下俊才們都以能到丞相府工作為榮。

# 天才少年之死

還是這一年，曹操在痛失心愛的謀士後不久，又遭受到一次打擊，他 13 歲的兒子曹沖死了。

曹沖是環夫人所生，環夫人就生了這一個兒子。曹沖出生於漢獻帝建安元年，即曹操迎漢獻帝至許縣的前後。曹沖的年齡比曹丕、曹彰、曹植都要小。

有的史書說曹沖字倉舒，這是不準確的，古人到弱冠之年也就是 20 歲以後才有字，曹沖 13 歲就死了，還沒有來得及有字。

曹操的長子曹昂字子修，曹丕字子桓，曹植字子建，此外還有子整、子勤、子乘、子京、子安等，曹操兒子中凡是知道表字的，都是「子字輩」，曹沖不可能字倉舒。

倉舒應該是曹沖的小名。黃帝的孫子——五帝之一的顓頊帝高陽氏有八個兒子，號為「八愷」，其長子名字叫倉舒。曹操給曹沖起這個名字，有望子成龍的意思。

在所有兒子裏曹操確實最喜歡曹沖，這個孩子從小就討人喜愛，特別聰明（聰察岐嶷），從小智商就高，是個神童。

這方面最廣為人知的故事是曹沖稱象。這個故事是真實的，發生在曹沖五六歲時，那時他的智力水平已經跟成人差不多了。孫權從江東送

來一頭大象，這是個稀罕物，曹操出於好奇，想看看這頭象有多重。

曹沖五六歲時正值漢獻帝建安五年至漢獻帝建安六年，官渡之戰剛打完，孫權剛接班，對朝廷表面臣服，送大象等物表示忠心是可能的。

一頭大象的重量通常在兩三噸，折合漢代的度量接近一萬斤，那裏沒有地秤，還沒有什麼東西能稱出它的重量來。這種龐然大物在北方很少見，曹操想弄清楚這頭象到底有多重，卻難倒了身邊的謀士們（訪之群下，咸莫能出其理）。

這時候，年齡只相當於幼兒園大班小朋友的曹沖走過來說：「我可以稱出它的重量！」

大家驚訝壞了，都以為這個小孩說着玩呢。

誰知曹沖一本正經地說出了他的方法：「把象放到大船上，在船幫的水痕處做個記號，然後再換成其他可以分次稱重量的東西再稱，比較一下它們的刻度就行了。」

具體來說，曹沖的方法就是利用了浮力原理。現在，如果給我們一頭大象我們也會稱，但方法基本上都是小時候聽這個曹沖稱象的故事得來的。

曹操大為高興，馬上照辦，稱出了大象的重量。

曹沖果然很聰明，要知道他只有五六歲而已。


還有一個故事，是說曹沖小小年紀就充滿了愛心。

曹操管理部下一向很嚴，對違反制度的人處罰相當重。曹操的馬鞍子存放在庫房裏，結果讓老鼠給咬了，倉庫主任（庫吏）嚇壞了，想主動向曹操自首，爭取寬大處理，但也害怕曹操不能原諒。

曹沖知道這件事後，對倉庫主任說：「先別急，等三天再說。」

曹沖用刀子劃破了自己的衣服，弄成老鼠咬過的樣子。然後他小臉上故意表露出一副愁容來見父親。

曹操很奇怪，問他怎麼了，曹沖回答：「大家都認為老鼠把衣服咬了是一件不吉利的事，現在我的衣服就被老鼠咬了，不知道會有什麼不好的事發生，因此不高興。」

曹操聽完，笑了，說：「這些都是胡說八道，不必在乎。」

過了一會兒，倉庫主任來報告，說馬鞍子被老鼠咬了，曹操沒有生氣，說：「我兒子的衣服放在身邊都讓老鼠咬了，更何況倉庫裏的馬鞍呢？」

於是不再追究。

類似這樣的事還有很多，曹沖以他的仁愛之心和機智，先後挽救過幾十個人的生命（賴以濟宥者，前後數十）。

曹操太喜歡曹沖了，經常在手下人面前誇他，甚至想立他為接班人（數對群臣稱述，有欲傳後意）。

但是，天不如人願，曹沖還是得病死了。

曹沖生病期間，曹操親自主持祈福儀式，為他請命。曹沖死後，曹操非常難過。曹丕等人過來勸慰曹操，曹操歎道：「這是我的不幸，卻是你們兄弟們之幸啊！」

曹操的意思是說，倉舒若在，今後接班就沒有你們什麼事了。

有一本史書記載，有個叫周不疑的孩子，比曹沖大三四歲，也屬於神童一類的人才，聰明絕頂（有異才），曹操很喜歡他，認為他跟曹沖不相上下。曹操甚至想把周不疑招為女婿，但周不疑很有主見，沒有答應。

曹沖死後，曹操密令想把周不疑殺了，曹丕知道後趕緊來勸父親，認為不可這麼做，曹操說：「此人將來不是你駕馭得了的。」

還是派人把周不疑殺了。

記載這件事的這部史書喜歡記錄一些聳人聽聞的事，算不上嚴謹的史書，上面這件事只出現在這部書裏，只當是道聽途說吧。

曹沖未成年而死，曹操想找個合適的亡女跟他合葬，算是冥婚。

剛巧，從遼東歸來的名士邴原死了女兒，曹操派人向邴家表達合葬的意願。雖然兒女都不在人世，但冥婚也形同於正式婚姻關係，如此一來就跟曹操成了兒女親家，這麼好的事換成別人一定高興壞了，但邴原卻一口拒絕。

之前說過，邴原與管寧、華歆三個人並列知名於當世，號稱「一條龍」。

曹操碰了個釘子，面子大損，但他仍然善待邴原，一如既往地尊重他。

曹操以朝廷的名義追贈愛子曹沖為騎都尉，頒發了印綬，後來還讓兒子曹據之子曹琮過繼為曹沖之後。魏明帝曹叡繼位後，追封自己的這個叔父為鄧哀王，歷史上便以鄧哀王稱呼曹沖。

在曹沖之死這件事上，曹丕確實成了最大的受益者，曹操說的那些話一點都沒錯。後來曹操在選擇繼承人的問題上一直猶猶豫豫，如果曹沖不死，結果如何還真難說。

這件事還有一個受益者，那就是曹丕的夫人甄氏一家。

甄宓聽說邴原拒絕了冥婚的請求，覺得是個機會，她娘家剛好死了個女兒，輩分和年齡正合適，於是主動提出合葬請求。

甄宓是曹沖的嫂子，要與曹沖合葬，必然是甄宓的姐妹。而且甄宓比曹丕年齡還大，合葬的應該是甄宓的妹妹。甄宓共有兄弟姐妹八人，其中姐妹五人，與曹沖合葬的究竟是哪一個，無法考證。

甄家主動提出合葬的事讓曹操很滿意，這個本來地位岌岌可危的家族逐漸有了安全感。

讓甄家有安全感的還有另一件事，那是在三年前，即漢獻帝建安十年（205 年），甄宓為曹丕生下了一個兒子，取名曹叡，也就是後來

的魏明帝，曹操的長孫。

不過，根據史書記載，曹叡死於景初三年（239年）正月，死的時候36歲（時年三十六），據此推算，曹叡應該出生於漢獻帝建安九年（204年）。

如果真是這樣的話，麻煩就大了。

這是因為，漢獻帝建安九年（204年）八月鄴縣才被攻破，身為袁熙之妻的甄宓成了俘虜，被曹丕看上納為正妻。如果曹叡出生於這一年，那豈不是說他不是曹丕的兒子，他的父親應該是袁熙。

六和五在筆畫上有明顯區別，不可能在編書和出版的過程中不小心被抄錯。這個玩笑開得有些大，把曹操的孫子寫成了袁紹的孫子。

但有不少人相信這是真的，他們認為對曹操不滿的史家在此使用了曲筆，不敢明說曹叡的身世，只好委婉曲折地表達，他們的理由是曹丕生前遲遲不立曹叡為嗣，直到最後才立曹叡，而甄宓被曹丕突然賜死，凡此種種，說明裏面有不可告人的內幕。

也有人持不同觀點，認為史書上說的36歲是虛歲，周歲應為35歲，曹叡應該生於漢獻帝建安十年（205年）。

分析起來，後一種說法更有道理。

曹叡出生後，曹操對這個長孫很喜愛，經常把他帶在身邊（常令在左右）。曹叡是不是曹丕的兒子別人不清楚，當爺爺的曹操不可能不清楚，如果甄氏嫁給曹丕時已經懷有身孕，曹操可能就不會答應曹丕納其為妻。曹叡15歲的時候就跟他的叔父們一起被封了侯，是曹操子孫中封侯最早的一批。

這些跡象表明，曹叡不可能是袁氏後代。

曹叡的年齡關係到曹家的名譽，更關係到曹魏的江山到底姓曹還是姓袁。假如曹操奮鬥了一生，結果卻為袁氏子孫們打下了江山，那豈不太黑色幽默了？

要麼是歷史學家不夠嚴謹，要麼是他們故意埋了一個坑。

# 名醫華佗之死

對於曹操來說，漢獻帝建安十三年（208 年）成了一個傷心的年份。

郭嘉死了，倉舒死了，生命之花不斷凋落，難道曹操的身邊沒有好醫生嗎？

好醫生有，而且有最頂尖的醫生，不僅放在那個時代是最好的，放在整個古代歷史長河中，他們也列身最好的醫生之間。

漢獻帝建安年間是多災多難的時代，頻繁的戰爭，橫行的瘟疫，給生活在那個時代的人們帶來痛苦和災難。這樣的時代通常也是名醫輩出的時代，其中以董奉、張仲景和華佗最有名。

董奉雖然聽起來有點陌生，但說起「杏林」這個詞大家想必都知道，現在它已經成了醫生、醫學界的代名詞，而這個典故就有董奉有關。

董奉長年在廬山一帶行醫，他不僅醫術高明，而且看病從不收錢，病治好以後，他就讓病人家屬在山坡上種五棵杏樹。

治好的病人越來越多，山坡上的杏樹也越種越多，最後多達十多萬株。董奉不是想當果農，他把杏賣了換成糧食，用來賑濟窮苦百姓和飢民。

為了懷念董奉的醫術和醫德，後世便用杏林指代醫生，如果說哪個大夫不僅醫術高超而且醫德高尚，就說他「譽滿杏林」。

張仲景被稱為「醫聖」，他是南陽郡人，跟「奔走之友」裏的何顒是同鄉，擅長識人的何顒看到張仲景喜歡讀醫書，肯於鑽研，就鼓勵他走醫學的道路，不必非要當個名相或名將，當一個名醫也可以青

史留名。

張仲景後來專心研究醫術，在醫學實踐和理論方面都有傑出造詣。他刻苦研究《黃帝內經》，收集整理各類藥方，寫出了《傷寒雜病論》，成為中醫方劑學中的高峰。他提出的辨證施治原則，至今仍是中醫臨牀的基本原則。

與他們二人相比，華佗在後世的名氣更大。


華佗的事之前提到過，他曾經給陳登看過病，目前他在曹操身邊當專職醫生。

華佗生年不詳，推測起來大約出生在漢沖帝永嘉元年（145 年），比曹操大 10 歲左右。

與當時大多數讀書人一樣，華佗年輕時專心於經學，曾到徐州一帶求學，能同時通曉幾門經書，類似於現在同時拿到了幾個文憑。陳登的父親陳珪當沛國相時推舉他為孝廉，太尉黃琬曾徵辟他做官，都被華佗謝絕了。

華佗此時已專心於醫學，無意仕途。這個轉變過程至今是個謎，一般認為這是出於華佗對醫學的熱愛，出於對窮苦人民的同情。但也有不同見解，認為華佗從醫實屬無奈，從內心來講他也是鍾情於仕途的。

華佗的傑出貢獻在臨牀醫學方面，同時在外科學、養生學和針灸學方面造詣很高，他發明的「麻沸散」是早期的麻醉藥，有了它可以對病人實施外科手術。

史書中記錄了華佗的不少故事，說明他醫術如何高超。

有一個姓頓的督郵，就是郡政府下派到各地的工作督導組組長，得了病並且自覺病已治癒，但華佗認為沒那麼簡單。

華佗給他把了脈，告誡他：「你的病雖然好了，可元氣沒有恢復，應當靜養等待完全康復，不然就會有性命之憂。」

但是頓組長沒有聽，有些勞累，很快就病發而死。

還有一位姓徐的病人，因為胃病臥病在牀，對華佗說：「昨天請了個大夫用針灸扎胃管，扎後就咳嗽不止，心煩意亂。」

華佗診斷後，對他說：「那是扎錯了，針灸扎得不準，沒有扎到胃，反而扎到了肝，如果下面你每天飯量越來越少的話，五天後就會有不測。」

果然，這個人飯量越來越少，五天後就死了。

所以，大家都覺得華佗很神，簡直能料知生死。

為了救人一命，華佗有時會用一些特殊的手段。有個郡太守得了疑難雜症，找了不少大夫都沒有看好，就把華佗請來看看。華佗看了看他的病情，不說怎麼治病，也不開方子，而是態度很傲慢，索要巨額醫藥費，之後還留下一封信，無緣無故就把郡太守罵了一通。

郡太守早已不悅，現在簡直忍無可忍，一怒之下派人去幹掉華佗，但根本找不到人，郡太守越想越氣，氣得吐血數升，血全是黑的。沒想到，病居然好了。

原來，這是華佗特意採取取的一種治療方法，通過激怒郡太守，讓他體內已無法循環的瘀血得以排出來，華佗用的這一手，算是心理療法吧。

有些人病得雖然屬害，治療起來卻不一定要花太多的錢去買很貴的藥，華佗經常給沒有錢的老百姓看病，在這方面他進行了很多探索。

有一次，華佗在行醫的路上發現一個病得很重的人，他咽喉部位好像堵了個東西，吃不下飯，樣子很痛苦。華佗上去看了看，讓他到路邊的小飯館裏要了點醋，弄些水草搗成末（萍蘁），用醋調一下喝了。結果這個人吐出來一條像蛇一樣的寄生蟲，病也就好了。後來病人家屬到華佗住處表示感謝，發現牆上掛了幾十條這樣的蟲子。

找華佗治過病的名人也不少，最廣為人知的是他給關羽刮骨療毒的故事，但在正史裏卻沒有這個記載。有記載找他看過病的名人除曹操外還有兩位，一個是陳登，一個是周泰。

陳登找華佗看病的事前面已經說過了，發生在陳登當廣陵郡太守的時候。周泰是孫吳的戰將，有一次他受了重傷，華佗把他治好了，這件事影響很大，連曹操都知道了。

由於長期的心理壓力加上勞累，曹操患上了頭風的毛病，發作起來疼痛難忍，身邊很多醫生都看過，因效果不佳，更不用說除根了，有人便把華佗介紹給了曹操。

曹操見到華佗，一來因為是自己的老鄉，二來是聽說他的名氣很大，所以很敬重。

華佗給曹操看了病，決定用針灸的辦法治療，他從曹操胸椎部的膈俞穴進針，不用多大工夫，曹操就感到腦清目明，頭也不疼了，大為高興。

可是，華佗卻對曹操說：「您的病是腦部的頑疾，短時間內難以除根，必須長期治療，慢慢見效，以求延長壽命。」

華佗說的可能是實情，但曹操聽了有些不悅，他還以為華佗在他面前故弄玄虛，能很快治好他的病卻不那樣做，目的是邀功請賞。不過，為了下次頭疼的時候有人能治，曹操就把華佗留在身邊，成為自己的專職醫生。

開始的時候，除了給自己看病曹操還允許華佗給老百姓看，曹操擔任丞相後，要求華佗專心為自己看病，不再為其他人服務。作為一個有抱負的醫生，不能經常接觸患者便無法提高醫術，對華佗來說這是一件很苦惱的事，華佗有點鬧情緒。

華佗找了個藉口，說接到家裏來信，說妻子有病，要回家看看，曹操准假，但華佗一去遲遲不歸，曹操幾次寫信去催，又派地方官員

前去看望，華佗仍然沒有動身回來的意思。

曹操大怒，派人前去核實，交代說如果華佗的妻子真的有病，對華佗不予追究，並且賞賜給小豆40斛，寬延其假期。如果有假，就把他抓起來。

去了一看，華佗的妻子沒有病，華佗想當個體行醫者，不想當領導的專職醫生，於是撒了謊。

曹操最恨騙他的人，華佗於是被抓了回來，關到許縣的監獄裏。

荀彧聽說後向曹操求情：「華佗是個老實人，本領很大，還請從寬處理。」

誰知曹操的怒氣未消，不僅不肯原諒，而且大罵華佗是鼠輩，下令將華佗處死。


曹操因一件看似不大的事殺了華佗，對曹操、對華佗、對醫學發展都是一件可惜的事。

曹操一向「唯才是舉」，又很能容人，為何容不下一名對自己很重要的醫生呢？分析一下，原因大概有以下幾點。

首先，可以從法理上分析。

曹操帶隊伍一向法令很嚴，華佗來到曹操的身邊就是曹操的屬下，有令必行、有徵必應這是基本紀律，無論你是名將還是名醫，找個藉口不執行命令是不允許的，如果可以例外，今後還怎麼要求別人？

曹操對紀律一向很看重，在紀律面前向無例外，包括曹操本人在內也如此。大家或許以為「割髮代首」的故事是小說裏杜撰的，其實在史書裏也有記載，說曹操行軍經過一處麥地，他給士卒下令不得損壞百姓的莊稼，否則處死（士卒無敗麥，犯者死）。騎士們紛紛下馬慢行，這時曹操騎的馬突然竄進麥地裏，損壞了不少麥子，曹操讓辦公室主任（主簿）議罪，辦公室主任認為按照春秋之義，刑罰不加於

尊者，曹操不同意，認為制定法律而帶頭去違反，何以統率部下？不過，作為三軍統帥，他不能自殺，於是用劍割去自己的頭髮代替受刑（因援劍割髮以置地）。

曹操認為華佗犯了罪，把他押回許縣審問，華佗認了罪，具體罪名雖不詳，但應該是「不應召」「大不敬」這些當時通行的罪款。

其次，可以從曹操的性格上分析。

曹操的性格有兩面性，一方面很能容人，不管是對手還是仇人，只要有了共同的目標，願意走到一起，都不計前嫌，不僅任用，而且信任。徐晃、張遼都是降將，張繡、賈詡是欠下曹家血債的仇人，他們日後在曹營都發展得很好，還有劉備、關羽等人，曹操都曾真誠接納過，在這方面基本上都是別人負曹操而曹操很少負別人。

但在另一方面，曹操又特別痛恨欺騙自己的人，在這方面他眼裏揉不得沙子。華佗請假久不歸，曹操多次寫信叫他回來，已經給了華佗機會，但華佗仍不歸，這讓曹操極為不快。曹操派人去探視，意在查明真相，如果華佗說的屬實，曹操還會原諒他；如果不屬實，自然會把違紀和欺騙兩項罪責一併處罰。

最後，可以從曹操的人才觀上分析。

華佗的醫術曹操很認可，但曹操不認為華佗是天下唯一的好醫生，正如曹操自己所說的那樣，他不擔心再也找不來這樣的醫生。

在曹操後來發佈的《求賢令》中，他一再強調唯才是舉，但緊接着還有一句無論什麼樣的人才，只有能為我所用才是真正的人才（吾得而用之），不為我所用又有什麼意義？

從某種意義上講，不能為我所用的人才本事越大越有害，因為他們不為我所用就有可能為對手所用，對這樣的人只能除掉。

所以華佗的名氣和能力不僅救不了他的命，而且會讓曹操堅定處死他的決心。

華佗臨死前，拿出一卷書給獄吏，說這上面的東西可救活人的命，但這個獄吏膽小，不敢要，華佗也不勉強，在獄裏把它燒了。

華佗留下了很多故事傳說，卻沒有留下一部醫學著作。如果這個獄吏冒險收下華佗的書並傳之後人，沒準又是一部《傷寒雜病論》。

華佗死後，每次頭風又犯曹操都很痛苦，但曹操還比較嘴硬：「華佗雖然能治這個病，但這個人不好好治，慢慢拖着，想以此自重，我不殺他，他也不會為我斷病根。」

但曹沖生病時曹操不再嘴硬了，歎息道：「真後悔殺了華佗，讓我兒活活病死了啊！」

華佗死後，沒有回故鄉譙縣安葬，就埋在了許縣，這可能緣於他死前的身份是個囚犯。但華佗墓卻保留了下來，位於今河南省許昌市城北蘇橋村的南石梁河西岸，現在的墓前還立有石碑一通，上書「漢神醫華公墓」。

華佗在譙縣的故里位於今亳州市東北 20 多公里處的華佗村，村裏原來有個華佗廟，後被毀，村民在其舊址上蓋房，無意中發現一種很好看的粉紅色花朵，這花開得很旺盛。這種花名叫曼陀羅，有鎮痛、麻醉的作用，當年華佗製作「麻沸散」，其主要成分裏就有曼陀羅。

據說華佗村現在到處都種上了曼陀羅，看到這些花，不禁把人們的思緒又拉回到 1000 多年前，從而對這個偉大的醫學家多了一份懷念之情。


## 一代才女歸來

還是這一年，發生了一件文化上的盛事，一代才女蔡文姬回來了。

蔡文姬是蔡邕的女兒，圍繞着她的身世有許多待解之謎，如她的生年，被匈奴擄走的時間、地點，以及在匈奴人那裏的身份等，這些

問題曾經引起過一場激烈的討論。

但可以明確的是，蔡文姬是在漢獻帝建安十三年（208 年）被曹操贖回的。

蔡文姬當年嫁給了河東郡名族衞家，丈夫叫衞仲道，嫁過去之後不久丈夫就死了，沒有孩子，於是回到娘家。

蔡文姬的娘家在兗州刺史部陳留郡圉縣，此地是今河南省杞縣圉鎮，雖然只是個鎮子，在漢代卻一連出了多位名人，漢光武帝時被稱為「強項令」的董宣，至漢末的蔡邕、蔡文姬，還有袁紹的外甥高幹、高柔都是這個鎮裏的。

據史料記載，漢獻帝興平年間天下大亂，蔡文姬在一片兵荒馬亂中被「胡騎」所擄，輾轉到了匈奴人那裏，被迫改嫁，在胡人中生活了 12 年，並生下兩個兒子。

這個記載不僅簡單，而且與其他史料有互相牴觸之處。

興平年間蔡文姬的父親蔡邕還在人世，並且是董卓的座上客，他不應該讓女兒待在老家陳留郡，最後被亂兵所擄。所以，既是大文學家又是歷史學家的蘇軾就認為，蔡文姬是在長安被胡人所擄的，時間比興平年間晚一些。

她是個少有的才女，卻也有着非同尋常的悲慘命運。

她的父親雖然是名滿天下的大學者，而且是一名朝廷官員，但是還在幼年時代她的「幹部子女」身份就沒有了，因為她的父親招惹了宦官而被流放。在那個年代，被流放的人身份就是奴隸，其命運可想而知。後來靈帝駕崩，宦官被滅，董卓上台，慕蔡邕之名重新起用他，父女二人的命運才有了轉機。這時候，蔡文姬十二三歲。

據推測，她十四五歲的時候嫁給了衞仲道，丈夫是個讀書人，對她也很好，丈夫一家在當地也是望族，一切看來都很好，她應該開始幸福的生活了，但不幸的是，剛過門不久丈夫就因病死了。她背上了

克夫的惡名，加上沒有孩子，被迫回到了娘家。

河東郡大致範圍是山西南部、河南西北部一帶，這兒離長安更近，離開夫家的蔡文姬應該到長安找父親去。這似乎更合於情理，所以蘇軾等人堅持認為她到了長安。

如果蔡文姬來到了長安，等待她的將是更大的不幸。

沒有多久，董卓被除，在王允等人眼裏蔡邕是董卓的爪牙，必欲除之而後快。因為一聲歎息，父親身首異處。

蔡文姬從此又無依無靠了，就在她不知何去何從之際，長安陷入了更大的動盪。董卓的舊部重新殺了回來，長安成了人間地獄。

作為一個普通老百姓，蔡文姬沒能躲過這一劫，她被涼州軍中的胡騎虜獲，成了這些異族的戰利品。

古人一般把北方各少數民族統稱為胡人，俘獲蔡文姬的是匈奴人。

在東漢，匈奴分成了北匈奴和南匈奴兩個部分，南匈奴親漢，北匈奴被打敗，但其地盤被後來崛起的烏桓、鮮卑等部族瓜分，南匈奴的活動範圍越來越小，一度只有南北 350 里、東西 250 里的有限區域。

南匈奴也在分化，一部分居住於河東郡平陽，即今山西省臨汾附近；另一部分居住於所謂的西河美稷。關於後一個地方至今存在爭論，有人認為它是內蒙古自治區的鄂爾多斯市，也有人認為它在山西省的離石。

史書記載蔡文姬落入了左賢王的部落中，南匈奴的首領稱單于，有呼廚泉、於扶羅等著名的南匈奴單于，左賢王是他們手下的部族首領，有的記載說他是於扶羅的兒子，有的說他的名字叫劉豹，但蔡文姬到底生活在平陽還是生活在西河美稷，已無法考證。

所以，蔡文姬落於匈奴人之手後，有可能生活在內蒙古大草原，也有可能生活在今山西省的北部，甚至生活在山西省西南部的臨汾市

一帶，而且後面兩種可能性很大，這與一般印象中的情形會有所不同。

與一般印象有所不同的，還有蔡文姬在南匈奴人那裏的身份。

通常認為蔡文姬是左賢王的妃子（閼氏），甚至有人說她是左賢王最寵愛的妻子，但這於史料並無記載。史書中只說她「沒於左賢王」，並未提及她與左賢王本人的關係。

北方少數民族有殺到哪兒搶到哪兒的習慣，不僅搶金銀財寶，搶糧食牲畜，也搶婦女和孩子，孩子將來就是戰士或奴隸，婦女可以生孩子。

被搶的婦女地位是很低的，與奴隸沒有什麼區別。也不排除因為貌美而被匈奴人首領看中從而改變處境的可能，但圍繞着蔡文姬卻找不到這方面的記載。

蔡文姬到南匈奴人那裏又嫁人了，而且生下了兩個兒子，但她嫁的人不大可能是左賢王，她的兒子也不是王子。

所以，曹操才可能把她贖回來。


曹操跟蔡邕是忘年之交，曹操擔任議郎的時候蔡邕也擔任相同的職務，他們二人曾經是同事。蔡文姬當時頂多五歲，而曹操已經20多歲了，說曹操跟蔡文姬從小青梅竹馬純屬無稽之談。

曹操很敬重蔡邕，對於蔡邕的死，他一定會覺得很可惜。如果蔡邕有兒子，他一定會設法找到，加以培養。

但蔡邕沒有兒子，只有女兒，蔡文姬小的時候曹操可能見過她，對她有一定印象。

在那個兵荒馬亂的年代，蔡文姬流落到匈奴人那裏並不是一件多麼重大的事，也許沒有太多的人知道。曹操之所以又得到了蔡文姬的消息，可能與一個人有關。

這個人是衛覬，他曾受曹操之命協助鍾繇處理關中事務，目前是

鍾繇的得力助手。

衛覬字伯儒，著名的法律專家、書法家，河東郡人，也出自河東郡衛氏家族。他叫衛伯儒，蔡文姬的丈夫叫衛仲道，他們之間極大可能存在聯繫。

漢末取名基本上都是單字，衛仲道的名字叫什麼不知道了，仲道是他的字。古人取字常以「伯、仲、叔、季」來區分長幼，衛覬跟衛仲道極可能是兄弟，衛覬是老大，衛仲道排行第二。

衛覬長年在關中一帶工作，離南匈奴人很近，他可能也在打聽弟妹蔡文姬的下落，經過不懈努力，終於打聽到了。他將這個消息報告給了曹操，並請求把蔡文姬接回來。

當時南匈奴人已經歸順朝廷，如果直接去要人會讓南匈奴人很沒有面子，影響民族團結。於是曹操想出了一個辦法——把人贖回來。

這揭示出兩個事實，一是蔡文姬不可能是左賢王的妻子，要是那樣估計曹操會打消把蔡文姬接回來的念頭；另一個是蔡文姬可以「贖」，說明了她的身份，在南匈奴人內部，她可能連正式身份都沒有，身份與奴隸差不多。

曹操派周近為使者前往南匈奴，用大量黃金加上一對玉璧去贖蔡文姬。給了這麼多錢，南匈奴人覺得面子很足了，於是同意放人，但兒子不能帶走。

蔡文姬離開南匈奴時的心情，既有即將得到自由、回到故鄉的喜悅，更有與親生骨肉就此分離的痛苦。

但是，蔡文姬還是毅然回來了。


蔡文姬回來後曹操親自接見了她，應該是在北征烏桓歸來後到赤壁之戰前這一段時間。

對這個很有名氣的才女，大家都想一睹她的芳容，但是對蔡文姬

而言，坎坷的人生際遇和剛剛經歷的骨肉分離之痛，讓她什麼都不再想了，只求安安穩穩地度過餘生。

在她的請求下，曹操把她安置在她的故鄉陳留郡。

蔡文姬35歲時，在曹操的安排下，嫁給了屯田校尉董祀，這是蔡文姬的第三次婚姻。

現在似乎總算安頓下來了，可以好好過自己的日子了，但命運似乎還沒有把蔡文姬捉弄夠，她又遇到了災禍。結婚第二年丈夫董祀就犯了法，按律當死。這一回蔡文姬真急了，她跑到鄴縣面見曹操求情。

當時鄴縣的銅雀台剛剛修好，曹操在這裏大會賓客，有人報告說蔡文姬求見。

曹操聽了很高興，對大家說：「蔡伯喈先生的女兒就在外面，諸位想必早已聽說過她的才名，今天就讓你們見見她！」

這是一個冬天，外面十分寒冷，蔡文姬走進來時，所有人都大吃一驚，她光着腳，蓬頭垢面，一進來就跪在曹操面前，聲淚俱下，為丈夫求情。

這讓曹操很為難。曹操執法很嚴，他講求執法公平，董祀的罪行確鑿，判決文書都已經發出去了，怎能輕易更改？

曹操為難地說：「按說的確值得同情，可公文已經發出，又怎麼辦呢？」

蔡文姬叩頭不已，請求道：「明公馬廄裏好馬有萬匹，虎士如林，為何憐惜累着一匹馬，而不救人一條命呢？」

曹操想到蔡文姬這一生確實可憐，就破例下令免除對董祀的處罰，派出快馬將已送出的文書追回。

曹操讓人給蔡文姬準備了頭巾鞋襪讓她穿上，又問了她一些事。

蔡文姬的父親蔡邕是著名的藏書家，曹操問：「聽說你們家原來有很多書，不知道你還有多少印象？」

蔡文姬回答道:「先父給我留下了 4000 多卷書,流離塗炭,已經沒有保存下來的了。根據我自己的記憶,也只能保留 400 來篇。」

曹操很驚訝,果然是個才女,記憶力也如此驚人,曹操說:「我給你派 10 個助手,你來默背,讓他們抄寫出來。」

蔡文姬回答道:「男女之別,於禮有所不便。請賜我紙筆,我自己來寫。」

蔡文姬硬是憑藉着記憶,把數百篇文章默寫了出來。

蔡文姬和董祀生下了一兒一女,有人說他們的女兒嫁給了司馬懿的兒子司馬師,這其實不對。

司馬師確實娶了蔡邕的外孫女,但不是蔡文姬所生。據考證,蔡邕有兩個女兒,蔡文姬還有一個姐姐或妹妹,她嫁入了著名的泰山郡羊氏家族,丈夫叫羊衜,在曹魏時期當過上黨郡太守,他們的女兒嫁給了司馬師,即後來西晉的景獻皇后。

他們還有一個兒子更厲害,就是日後大名鼎鼎的軍事家羊祜。

在司馬氏掌權的時代,羊祜負責統籌對孫吳的戰事,他發現並重用一代名將杜預,最終完成了滅吳的大任。

羊祜的妻子是夏侯淵次子夏侯霸的女兒,夏侯霸有個堂妹嫁給了張飛,張飛的女兒又嫁給了劉備的兒子劉禪,並被封為蜀漢的皇后。

蔡邕死得很孤單,他絕不會想到他的後人跟這麼多名門都能扯上關係。

蔡文姬留世的作品有《悲憤詩》和《胡笳十八拍》,在文學史上有很高的地位。

蔡文姬死於何年不詳,但願她有一個安詳的晚年吧。

# 第六章 時不我待

## 劉備髀肉之歎

自漢獻帝建安六年（201年）開始，劉備在新野駐紮了六年多，時間不算短。由於曹操專注於北方，荊州方面總體還算平靜，但其間也發生了一次規模較大的戰鬥。

趁曹操率主力北上之際，劉表也想做點事，他派劉備率部向北攻擊。劉備率兵一直攻打到南陽郡最北面的葉縣，曹操派夏侯惇率軍迎擊，派于禁、李典為夏侯惇的副將。

劉表的戰略是正確的，機不可失、失不再來，如果不趁曹操的多事之秋主動有所作為，待曹操騰出手來，再想做點兒什麼已經晚了。可惜，劉表骨子裏一味守成，動作雖有，但只能算小動作，他怕損傷嫡系，只派劉備去執行北征的任務，效果就大打折扣了。

劉備並不想替劉表打到許縣去，即使有這個能力，他也不會那麼做，他知道自己的定位，不會給劉表真賣命，之所以發起此次進攻，多半是為了應付劉表，以此向劉表多要些糧草裝備。

所以，當劉備聽說夏侯惇、于禁、李典這幾位曹軍中最能打的將領聯袂而來時，立即下令燒掉自己的營寨撤退（一旦自燒屯偽遁）。

夏侯惇下令追擊，副將李典認為不可，說：「敵人無故退兵，很可能有埋伏。往南面去的道路狹窄，草木很深，不能追啊！」

獨眼將軍夏侯惇不聽，只想擴大戰果，於是攜于禁追擊，留李典守營。

劉備很生氣，面子已經歸你，還這麼不依不饒？

劉備畢竟是個經驗豐富的老軍人，他迅速給夏侯惇和于禁準備了一個口袋，打了他們一場埋伏，地點是葉縣與宛縣之間的博望，劉備所部依託有利地形發起攻擊，曹軍形勢很不利，作戰中趙雲十分英勇，生擒了夏侯惇的部將夏侯蘭。

這個夏侯蘭與譙縣夏侯氏無關，他的祖籍是冀州刺史部常山郡，跟趙雲是老鄉，趙雲以前就認識夏侯蘭，所以向劉備求情，沒有殺他，因為夏侯蘭精通法律，還推薦他當了軍中的執法官（軍正）。


打敗曹軍，劉備仍回到新野駐紮。他想招募人馬、廣攬人才，不斷壯大自己的實力，但是在當時的情況下，劉備做這些事比較困難。

不是他的名望不夠，沒人願意來，相反，劉備當時已經有了很高的知名度，慕名而來的英雄豪傑不少（荊州豪傑歸先主者日益多）。劉備苦惱和不安的是，他是寄寓在荊州，在別人的地盤上招兵買馬是一件很忌諱的事，加上有劉表這樣疑心重的人，劉備怕招來的人太多，引起劉表的猜忌。

劉備還沒有大張旗鼓去做，劉表這邊已經起了疑心，對劉備更加防範（表疑其心，陰禦之），這讓劉備很苦悶。

一次，劉備應邀到劉表那裏喝酒，地點應該是襄陽，席間劉備去上廁所，寬衣解帶，突然看到大腿內側的肉長了起來，不禁慨然流涕（嘗於表坐起至廁，見髀裏肉生，慨然流涕）。

返回座位，劉表見劉備悶悶不樂就詢問原因，劉備說：「我常常身不離鞍，所以大腿內側的肉都沒了（髀肉皆消）。現在好久不騎馬，這裏的肉又生了出來。時光流水，日月如梭（日月若馳），我眼看快老了，卻沒有什麼功業，所以悲傷啊。」

劉備屯駐在新野是在他 40 歲到 47 歲這一段時間，人生壯年，正

是大幹一番事業的好時候，自己卻窩在一個小縣城裏，過着擔驚受怕的日子。想想走過的路，也可謂波瀾壯闊，但看看前途，卻一片渺茫。

劉備看到髀肉頓生感慨，這很容易理解。

與當初幽居於許縣相比，此時的劉備不僅更容易感傷，而且內心裏的英雄之氣也正在一天天消散，甚至失去了許縣種菜時的智慧和機警。

髀肉之歎，歎給關羽、張飛都沒問題，歎給糜氏、甘氏二位夫人也可以，但歎給劉表，只會讓劉表更加提防。這明顯失策。

有人因此懷疑史書上的這個記載。其實這並非不可能，劉備是英雄，也是一個凡人，酒喝多了，話就說了，即使後悔，也只能那樣了。


還有一次，劉表請劉備喝酒，這場酒差點兒成了鴻門宴。

劉表知道劉備是個英雄，所以對他很怕，跟他無法交心（憚其為人，不甚信用）。劉備當時駐紮在與襄陽一河之隔的樊城，劉表請他喝酒，劉表的親信蒯越、蔡瑁等人力勸劉表在席間殺了劉備（蒯越、蔡瑁欲因會取備）。

對於這項建議，劉表同意了。

這件事讓劉備察覺了出來，面對危險，他不露聲色，在劉表動手之前假裝要上廁所，之後悄悄逃走（偽如廁，潛遁出）。

劉備乘馬逃到襄陽城西一條叫檀溪的小河前，後有追兵，前有河水，劉備急了。

危難時刻，劉備的坐騎出了力。

這匹馬的名字叫的盧，劉備對它說：「的盧啊的盧，現在很危險，努力啊（的盧，今日厄矣，可努力）！」

的盧似乎能聽懂主人的話，它應聲而跳，一躍就有三丈多高，跳過了檀溪，劉備才保住一命。

漢末有幾匹名馬，呂布的赤兔，曹操的白鵠和絕影，加上劉備的這匹的盧，都記在史書裏，留名於後世。

襄陽附近確實有條檀溪，它是漢水的一條支流。

根據史料的記載，劉備投奔曹操時曹操要贈給他馬，讓劉備自己到馬廄中挑。曹操的馬廄裏盡是名馬，有好幾百匹，但劉備沒有中意的。劉備來到下廄，看到了這匹的盧馬，只見這匹馬既沒精神也不威武，又瘦得骨頭一根根可見（委棄莫視，瘦瘠骨立），劉備撫摸這匹馬，最後就選了它，眾人莫不笑劉備，直到檀溪上演了驚心一跳，這匹馬奔如閃電，誰都追不上，人們才服，認為劉備慧眼識馬。

根據相馬經，所謂的盧不是馬的名字，而是對某一類馬的稱呼，這種馬又稱榆雁，其特點是額前有一片白色的毛，一直長至嘴邊，與馬齒相連，但這種馬是凶馬，誰騎誰死（奴乘客死，主騎棄市）。

但也有人懷疑劉表是否有過想殺害劉備的舉動，因為直到劉表臨終前一直都與劉備保持正常來往。雖然劉表對劉備心存猜忌，但表面的關係還相處得比較正常，劉表最後甚至要把荊州託付給劉備，這是後話。

真的有馬跳檀溪的話，二人當時就得鬧翻，哪裏還有後話？

這段日子劉備經常跟劉表閒談，有一次，參加他們談話的還有襄陽的名士許汜。

許汜不是平常之輩，他最早做過曹操的下屬，那還是在兗州刺史部期間，後來隨陳宮、呂布叛亂，又成了呂布的手下。呂布失敗前派去袁術那裏搬救兵的人裏就有他，後來他又輾轉回到了荊州。

許汜可謂見多識廣，算是許多重大歷史事件的見證者了。

這一次，他們談話的主題是共論天下之士，議論的焦點人物是陳登，當時陳登還沒死，正在揚州一帶幹得熱火朝天。

許汜對陳登的評價不太高，他認為：「陳元龍乃湖海之士，驕狂之氣至今猶在。」

陳登曾經做過劉備的屬下，劉備對他也很熟悉，對許汜的看法他不太同意，不過沒有立即反駁，而是轉問劉表：「您覺得許先生剛才的話對不對（許君論是非）？」

即使朋友之間的閒聊，劉表仍然表現出他一貫的滑頭：「如果說不對，但許君是個好人，不會隨便說別人假話；要說對，陳元龍又確實盛名滿天下。」

劉表的說話藝術就是這麼爐火純青，劉備又問許汜：「您認為陳元龍很狂，有根據嗎（君言豪，寧有事邪）？」

許汜想了想，回答說：「我曾路過下邳，見過陳元龍。當時他毫無客主之禮，半天不搭理我，自顧自地在一張大牀上高臥着，而讓客人們坐在下牀。」

哪知這件事的內情劉備是知道的，當初許汜去見陳登是私人有所求，所以陳登怠慢他。

劉備不客氣地對許汜說：「先生素有國士之風，天下大亂，天子流離失所，元龍希望您憂國忘家，匡扶漢室，可您卻向元龍提出田宅屋舍等要求，言談之中也說不出什麼新意，這當然是元龍所討厭的，又有什麼理由要求元龍和您說話？假如是我，我肯定會上百尺樓上高臥，而讓你們睡在地下，哪裏只有區區上下牀的區別呢（何但上下牀之間邪）？」

劉備為人一向溫和，一般不會當面折誰的面子，這一回是少有的讓人下不了台，許汜肯定一臉尷尬，劉表趕緊出來打圓場。

劉備說完還不夠，他還深情地說：「像陳元龍這樣文武足備、膽志超群的俊傑，只能在古代去找了，當今芸芸眾生，恐怕很難有人望其項背！」

# 拼人才的時代

到漢獻帝建安十二年（207年），劉備寄寓荊州已經是第七個年頭了。

這一年曹操力排眾議率主力北征烏桓，劉備認為這是一次絕佳的機會，建議劉表趁機襲擊許縣，但劉表沒有採納（說表襲許，表不能用）。

劉表的優柔寡斷再次壞了自己的事，時局每天都在發生不同的變化，強者善於抓住機遇，而更強者，沒有機遇都要去製造機遇，像劉表這樣讓機遇一次又一次白白錯失的人，只有被淘汰的命運。

想一想也不是劉表沒有戰略眼光，或許他有自己的苦衷。劉表雖然不願意投降曹操，但他手下幾乎全是親曹派，如果此時舉兵北伐，手下又將是一片反對聲，勉強為之，恐怕也沒有什麼好效果。

等到曹操北征得勝而歸，劉表有些後悔了，對劉備說：「沒有聽你的，白白失去了一次大好機會（不用君言，故為失此大會）！」

劉備聽了不以為然，對劉表說：「現在天下分崩，每天都在打仗，機會隨時還會來，哪能就沒有了（事會之來，豈有終極乎）？如果今後能抓住機會，現在也沒什麼可後悔的。」

順境不喜，逆境不憂，不憤不怨，保持良好樂觀的心態，這是劉備的過人之處。

就在這一年，劉備迎來了人生中的一件大喜事，他有兒子了。

之前說過，劉備好像生育能力方面也有問題，40多歲了，先後娶了幾位夫人，之前都沒有生下一個兒子。劉備在新野期間曾收養了一個姓寇的男孩做養子，這個男孩的舅舅也姓劉，是長沙郡人，劉備收養寇氏的這個男孩後，給他改名叫劉封。

劉備都打算將來以劉封為嗣了，但沒想到在自己46歲時，甘氏突

然為他生下一個兒子。

　　兒子的降生讓劉備喜出望外，劉備給他取了個小名叫阿斗，大名叫劉禪。


　　劉備之所以在議論陳登時發出那一番感歎，是因為他的內心裏對人才有着深深的渴望。

　　這是一個「拚」的年代，既拚出身和起點，也就是「拚爹」；更拚實力、毅力和運氣；再有就是拚人才。在群雄爭霸的情況下，人才是決定事業成敗的關鍵，人才流動的方向就是霸業的走向。

　　人才也分高低，普通的人才固然也需要，但對劉備來說現在更需要的是最好的、最頂尖的人才。在武將方面，劉備已擁有了關羽、張飛、趙雲、陳到等人，經過大大小小戰鬥的考驗，他們已經成長和成熟起來，現在急缺的是替自己出謀劃策的人，像曹操手下的荀彧、郭嘉、荀攸那樣的人才，劉備認為曹操之所以不斷取得成功，與這些人的貢獻密不可分。

　　劉備的身邊也有簡雍、孫乾、糜竺、劉琰等人，但他們都還不是劉備心目中的那個人，遇到重要決策，往往還是劉備自己去拿主意，他急需能與荀彧、郭嘉匹敵的高級智囊。

　　劉備在新野招兵買馬，特別留心這方面的人才，還真的有所收穫，來了一位很有水平的人，名叫徐庶。

　　徐庶原名叫徐福，祖籍在豫州刺史部潁川郡，原來是俠客一類的人。

　　徐庶年輕時曾經替人報仇，完事後為逃避追捕，用白土塗在臉上，披散着頭髮逃亡（白堊突面，被髮而走）；但還是被官吏抓住。官吏問徐庶叫什麼名字，徐庶閉口不言，官吏把徐庶綁在柱子上，擊鼓下令周圍的人出來辨認，但沒人敢說認識他。

後來，徐庶的黨羽一起過來把他救走了，這件事對徐庶很觸動，覺得打打殺殺沒有前途。於是不再舞槍弄棒，換了平常人的打扮，開始虛心求學（更疏巾單衣，折節學問）。

徐庶一向是出來混的角色，突然到學校讀書，其他學生都不願意跟他接近（諸生聞其前作賊，不肯與共止）。徐庶態度很謙卑，每天都比別人早起，一個人打掃衛生，小心謹慎，刻苦學習，對經書義理的理解也很快，慢慢改變了大家的看法。

汝潁自古多奇士，徐庶由一個「帶頭大哥」成為一名文人，為避戰亂，他與同郡好友石韜南下到荊州居住，聽說劉備在新野招募人才，徐庶前來投奔，劉備見到徐庶後非常器重他。

劉備讓徐庶再為自己推薦一些人，徐庶於是向他鄭重地推薦了一個人，名叫諸葛亮，人稱臥龍。


徐庶提到的臥龍，劉備已經不陌生。

劉備不久前曾拜訪了名士司馬徽，司馬徽也向他推薦過這個名叫諸葛亮、被人稱為臥龍的人。

司馬徽也是豫州刺史部潁川郡人，避難來到了荊州，他是一位大學者，與襄陽本地名士龐德公交好，被龐德公稱為水鏡先生。

還在中原時司馬徽就已經成名了，當時有人慕名前去請他，被他堅決拒絕，還有人想讓他幫忙出謀劃策，或者向他請教問題，他一律說「好」，這也好、那也好。

司馬徽的妻子忍不住說他：「人家問你事，你怎麼一律都說『好』呢？」

司馬徽聽了，很認真地說：「你這樣說，也很好（如卿之言，亦大好）！」

這就是「好好先生」典故的由來，司馬徽其實不是糊塗，而是裝糊塗，他和龐德公一樣都不願意介入世事紛爭。

到荊州後，司馬徽以開館授徒為生，學生中除諸葛亮外，還有龐

統、向朗、尹默等人。

劉備聽說司馬徽的大名，向他諮詢世事，司馬徽這次倒也沒有再用「好、好」來應付他，跟劉備聊了不少事。在談話中，司馬徽很自謙，說自己是儒生俗士，水平有限，要說識天下識務的，現在有兩個人自己無法相比，他們分別是伏龍和鳳雛。

劉備急忙問伏龍是誰，鳳雛是誰。

司馬徽告訴他，一個是諸葛亮，一個是龐統。

徐庶稱諸葛亮為臥龍，司馬徽稱諸葛亮為伏龍，用詞儘管不太一樣，意思相同，都是說此人的能力不可限量，非世間凡夫俗子可比，只是目前還處在蟄伏階段。

如果真是這樣，那他正是劉備要找的人，劉備的心裏對諸葛亮產生了強烈的好奇，渴望馬上見到他。

劉備對徐庶說：「那就有勞先生把他請來吧。」

徐庶聽了搖搖頭，對劉備說：「這個人只能您親自去請，不能硬讓他來，將軍最好枉駕到諸葛亮的住處走一趟。」

徐庶和諸葛亮是好朋友，對諸葛亮的情況非常了解，他告訴劉備諸葛亮正隱居在隆中。

劉備於是親自跑到隆中去請諸葛亮，前後去了三次才見到了諸葛亮（凡三往，乃見）。


## 臥龍諸葛亮

現在，正式認識一下諸葛亮這個人。

諸葛亮字孔明，徐州刺史部琅邪國陽都縣人，生於漢靈帝光和四年（181 年）。

這一年曹操已經 27 歲了，擔任朝廷的參事室參事（議郎），司馬

懿剛出生兩年，孫權還沒有出生。

漢末三國的著名人物中，年齡稍長的像陶謙，出生於公元 2 世紀 30 年代；劉表、袁紹出生於 40 年代，曹操出生於 50 年代，劉備、呂布出生於 60 年代，司馬懿、周瑜出生於 70 年代，而孫權、諸葛亮、曹丕出生於 80 年代。

如果以公元 2 世紀來論，陶謙就是 30 後，劉表、袁紹是 40 後，曹操是 50 後，劉備、呂布是 60 後，司馬懿、周瑜是 70 後，而諸葛亮跟孫權、曹丕一樣，是 80 後。

世事紛紜，人生際會，現在 80 後也到了紛紛要出場的時候了。

諸葛亮的祖上可以追溯到東漢初年的司隸校尉諸葛豐，他的父親名叫諸葛珪，當過泰山郡副郡長（郡丞）。諸葛亮有一個比他大 8 歲的哥哥名叫諸葛瑾，少年時代曾到洛陽遊學。還有兩個姐姐和一個弟弟，姐姐名字、年齡不詳，弟弟名叫諸葛均，比諸葛亮小 3 歲。

諸葛亮很小的時候母親就去世了，為了照顧他們姐弟的生活，遠在泰山郡任職的父親續了弦，這位繼母姓氏不詳，但孩子們對她都很孝順，尤其是諸葛瑾，因為孝順繼母而為人稱道（事繼母恭謹，甚得人子之道）。

不幸的是，諸葛亮 8 歲時父親也離開了人世。

原本幸福的一家接連遭到如此多的打擊，這些都深深烙在了少年諸葛亮的心中，不可避免地影響到他性格的形成。

家庭出現了重大變故，諸葛亮所能依靠的是兄長諸葛瑾，諸葛瑾從洛陽回到故鄉，挑起了家庭的重擔。

諸葛亮 9 歲時靈帝駕崩，董卓篡政；11 歲時董卓挾漢獻帝劉協遷都到了長安；13 歲時曹操擔任了與琅琊國相鄰的兗州刺史部的州牧，隨即發生了一家數十口人被劫殺事件。

曹操征徐州，其中一次正好從諸葛亮的家鄉經過．那次戰火，給

少年諸葛亮的內心留下了難以磨滅的印象。

原本平靜的家鄉已不再平靜，每天都有大量民眾外逃。

作為長子的諸葛瑾看着繼母和兩個弟弟、兩個妹妹，不得不思考未來的出路問題。好在，諸葛亮還有一個叔父，關鍵時刻給他們提供了幫助。

這個叔父名叫諸葛玄，是個有本事的人。

諸葛玄早年在洛陽為官，具體擔任什麼職務不詳，應該不是特別高級的官職，因為史書沒有關於他在朝廷為官的具體記載。但也不會地位特別低，這一點從他在洛陽的交遊情況可以看出來，因為他那時接觸到了不少上層人士。

他應該是個中級官吏，當他在朝為官時正值宦官爭鬥、董卓亂政，就連朝廷裏三公九卿一級的高級官員也說殺就殺，朝不保夕，更何況他們這些人。

考慮到這些情況，加上諸葛珪病故，諸葛玄回到了家鄉。

在洛陽期間諸葛玄交了兩個好朋友，一個是劉表，一個是袁術。諸葛玄跟他們非親非故，也不是同鄉，但關係處得很好。這說明諸葛玄在朝中雖非高官，但地位也不會太低，同時也說明諸葛玄身上有着山東人所特有的崇信重義、好結交朋友的特點。

諸葛玄回到家鄉時，劉表和袁術的事業各自有了很大發展，都成為天下響當當的人物。

袁術當時已經來到了揚州刺史部的壽春，他一面派孫策到江東發展，一面還把目光盯上了江南的豫章郡，恰在這時豫章郡太守周術死了，袁術覺得這是個機會，他想起了諸葛玄，便讓人捎信給在陽都縣的老朋友，說自己想表奏他為豫章郡太守，問諸葛玄是否有意。

袁術想到諸葛玄，說明他們的關係確實很好，而且此前諸葛玄

的官位不至於太低，也是個有能力的人，袁術覺得把這件事交給他沒問題。

諸葛玄接到袁術的信，沒有多想就答應了下來。雖然前途未知，但看着曹操的大軍很快又要捲土重來，琅琊國將再陷滅頂之災，為了一家人逃命要緊，他決定冒一次險。

諸葛玄與諸葛瑾、諸葛亮哥倆商量後，決定分成兩路，自己先帶領諸葛亮、諸葛均以及他們的兩位姐姐去豫章郡上任，諸葛瑾留在家鄉照顧繼母，照看家中的產業。

就這樣，大約在漢獻帝興平元年（194年），諸葛亮隨叔父諸葛玄一起離開生活了14年的故鄉陽都，開始了新的未知旅程。

之前說過，豫章郡是個大郡，郡治在南昌縣，即今江西省南昌市，全郡的管轄範圍也與今天江西全省大致相當。

諸葛玄帶着姪子、姪女們來到這裏，但情況發生了變化，朝廷任命了一個叫朱皓的人來當豫章郡太守，而袁術除了給自己一紙任命之外，難以提供實質性的支持，面對這種情況，諸葛玄決定放棄。

諸葛玄沒回老家，也沒有到袁術那裏，而是想到了另一位老朋友劉表，便去了荊州，依附於劉表（玄素與荊州牧劉表有舊，往依之）。

這是一種說法，還有另外一種說法，說諸葛玄沒打算走，朱皓就從揚州刺史劉繇那裏借來兵攻打諸葛玄，諸葛玄不敵，退守到西城，結果西城發生了民變，變民殺了諸葛玄，把首級送給了劉繇。

不管是哪一種說法，反正諸葛亮姐弟們在豫章郡沒法再待下去了，無論是叔父親自帶他們去了荊州，還是臨終前交代他們去的荊州，總之在漢獻帝建安元年（196年）前後，諸葛亮姐弟到了荊州。

見到劉表，劉表還算念舊，安排他們在襄陽居住。

如果這時諸葛玄沒死，也來到了荊州，但他也不能繼續照顧姪子

和姪女了，因為他也很快去世了。

對諸葛亮來說，下一步何去何從，成為新的人生難題。

值得慶幸的是，他的兩位姐姐很快都分別完成了婚事，她們所嫁的對象都是荊州赫赫有名的大族。

荊州當時有七大家族，分別是蒯氏、蔡氏、龐氏、黃氏、馬氏、習氏和楊氏，這七個家族也是劉表佔有並穩定荊州所依賴的主要對象，諸葛亮的兩位姐姐所嫁的都是七大家族裏的成員。

諸葛亮的大姐嫁給了蒯祺，他出身於襄陽附近中盧縣的蒯氏家族，也有的說他和蒯越是兄弟關係，但正史缺乏明確記載，而他們屬於同一個家族是肯定的。劉表佔有荊州蒯越出力最大，蒯家成員多在劉表手下任職，蒯祺後來擔任了劉表任命的房陵郡太守。

諸葛亮的二姐嫁給了龐山民，他出身於襄陽本地的龐家，他的父親就是跟司馬徽關係特別要好的名士龐德公。


接下來，17 歲的諸葛亮可以有不同的人生選擇。

他可以和弟弟一起依附兩個姐姐生活，以隨便哪一位姐夫家的實力，他們的生活肯定都不會差。或者，也可以利用姐夫家的影響力到劉表手下謀一份職，以諸葛亮的年齡，也可以出來做事了。

襄陽城南有一所學業堂，據考證其遺址在今襄陽市南湖賓館一帶，當時這裏北靠城牆，南面是西南諸峰，山、水、城相圍繞，是個讀書的好去處。諸葛亮隨叔父來到襄陽，便在學業堂讀書。

經過認真思考諸葛亮做出了決定，他既沒有隨姐姐去過榮華富貴的生活，也沒有到劉表手下謀一份差使，他決定繼續完成學業。

為了更安靜地讀書學習，諸葛亮決定從襄陽城搬出去，另尋一處住所。

諸葛亮心中的這個地方應該是一處幽靜的所在，山清水秀，不被

外人打擾，便於讀書學習，最好還有田地可以耕種，以便在讀書之餘參加勞動，既自食其力，又鍛煉身體和心智。

這個地方還要離襄陽城不能太遠，雖然不必天天再到學業堂去學習，但那裏應該集中了最好的老師，隨時可以去向先生們請教。

按照這些條件，諸葛亮在襄陽城西北 20 里處找到了一個理想的地方，此地叫隆中。

這是一處山村，山的名字叫萬山，不高，岡巒起伏，其間風景優美，四季松柏常青，鳥語花香，水聲潺潺，周邊山環水繞，勢若盤龍，登臨高處可以遠眺漢水，在這裏讀書耕種，是再好不過了。

在當時這裏還有點偏僻，襄陽城裏的權貴或大戶人家習慣把別墅蓋到城南順着漢水往宜城的方向，那裏被稱為冠蓋里，這個襄陽以西的偏僻小山村，平時人煙比較稀少。

這正是諸葛亮所需要的，他不想到冠蓋里那種地方湊熱鬧，他喜歡這裏的安靜。

於是，諸葛亮與弟弟諸葛均二人來到隆中，在這裏修建了一處簡單的草廬，整理出十多畝地，住了下來。

隆中距襄陽城西門只有 20 里，漢代 1 里合今 0.7 里，20 里僅相當於 7 公里。

現在，從北京西二環的復興門出發，向西 7 公里大約是萬壽路，剛到西四環，坐地鐵 5 站，打車 20 元，所以隆中充其量就是襄陽城的西郊。

然而在當時這裏卻不隸屬於襄陽管轄，甚至也不屬襄陽所在的南郡，它屬於南陽郡的鄧縣。

這就有點兒複雜了，說隆中歸南陽郡，它又離襄陽城只有幾站路；說隆中歸襄陽，它又不是。

諸葛亮自己曾明確地說，他當年耕讀的地方在南陽郡，這個說法

是沒錯的。有人據此認為這個地方是今河南省南陽市，那就錯了，因為南陽市和南陽郡並不是一個概念。

現在，諸葛亮和弟弟諸葛均在隆中住了下來，開始了耕讀生活。

在漢末隱而不仕也是士人的一種風尚，得時則行，不得時則退而息意，面對社會動盪和人身無法保全，一部分士人自動退居山林，過起了與世隔絕的生活。

但諸葛亮顯然不是一名純粹的隱士，他也無意於成為隱士，他來隆中只是看中了這裏幽靜的環境，可以靜下心來讀書學習。他沒有用這個小環境來封閉自己，相反，在躬耕隆中的這段時間，他積極與外界溝通，隨時掌握外部世界的變化。

與全國其他地方不同，當時的荊州刺史部可以說經濟發展、社會穩定，劉表本人又特別重視文化教育事業，他興建學校，援引名師，博求儒術，培養人才。

當時洛陽殘敗，太學被廢，劉表在襄陽設立的學業堂無疑是全國最好的官辦學府，吸引了各方有志青年前來求學，荊州也集中了當時最著名學者宋忠、龐德公、穎容等人，他們多年致力於延續文化和學術，形成了一個有名的荊州學派。

一心致力於求學的諸葛亮，哪能放棄向他們學習的機會？

但是，一個不到 20 歲的青年，毫無知名度，要接近這些學者也不那麼容易，諸葛亮首先得到了貴人的幫助。

## 諸葛亮的「醜媳婦」

高人開悟，貴人相助，通常是快速成長的捷徑。

諸葛亮人生中的第一位貴人就是他二姐夫龐山民的父親龐德公，他的家在襄陽城南的峴山一帶，由於他是本地知名的學者，劉表多次

請他出來做事，他都沒答應。

龐德公不出來做官，還有自己的理論，他曾說：「鴻鵠築巢於高林之上，暮而得所棲，黿龜築穴於深淵之下，夕而得所宿。趨捨行止不過是人的巢穴罷了，應該各得其棲宿。」

劉表不死心，親自去請，龐德公正和夫人耕田，見到劉表就停下耕作，站在田壟上，而他的妻子繼續耕耘。

劉表指着龐德公的妻子說：「先生苦居畎畝不肯官祿，拿什麼東西留給後世子孫？」

龐德公回答說：「世人留給子孫的是貪圖享受、好逸惡勞的毛病，我留給子孫的是耕讀傳家、安居樂業的生活，怎能說沒留？只是所留不同罷了。」

劉表歎息而去。

諸葛亮仰慕龐德公的學問和人品，經常借探望二姐的機會到龐家，每次都要去拜見龐德公，對龐德公十分尊敬，每次都行大拜之禮（獨拜牀下）。

龐德公逐漸對這個晚輩產生了好感，通過交談發現諸葛亮不僅天資聰慧，而且身上有許多難能可貴的個人品質，他志存高遠，又踏實勤奮。

經過龐德公的介紹，諸葛亮又拜著名學者司馬徽為師，進一步開闊了眼界。

龐德公與司馬徽志趣相投，關係非常好。司馬徽比龐德公小 10 歲，稱之為兄。

一次，司馬徽去看龐德公，恰巧龐德公到漢水對面為先人掃墓去了，司馬徽徑直來到內室。

司馬徽叫來龐德公的妻子、兒女，告訴他們：「徐庶說今天有重要客人來找我和兄長交談，你們準備準備。」

龐德公的妻子和兒女們一個個出來跟司馬徽見禮（皆羅列拜於堂下），之後奔走忙碌，準備飯菜。龐德公回家，還跑到司馬徽跟前問候，都鬧不清誰是主人誰是客人了（不知何者是客也）。

龐德公把諸葛亮推薦給司馬徽，一來敬佩司馬徽的學識，二來司馬徽辦有私學，諸葛亮除了在學業堂學習外，還可以在司馬徽的私學裏得到更多的學習機會。

在龐老師的私學裏，諸葛亮結識了龐德公的姪子龐統，還有向朗、尹默等人。

龐統字士元，年齡應該和諸葛亮不相上下，小時候為人樸實，看上去並不聰明。龐統去拜見司馬徽時，司馬徽正好爬到一株桑樹上採桑，龐統就坐在樹下，二人樹上樹下隨意交談，談了一陣，司馬徽覺得他很不簡單，一口氣竟然談到天黑，司馬徽對龐統大為驚異，說荊州士子沒有人可以與龐統相比（南州士之冠冕）。

大家認為司馬徽不僅學問大，而且善於知人，他對龐統的評價一傳出，龐統逐漸被世人所知。

有龐德公的指點，加上司馬徽的進一步教導，諸葛亮學業進步很快，由於沒有官學程式化的教育束縛，諸葛亮學習的內容和方法都很靈活，除當時讀書人必不可少的經學外，諸葛亮還廣泛涉獵了諸子百家，其中對於法家和兵家的著作更是格外留心。

諸葛亮讀書的方法也與眾不同，別人讀書務求精通、熟練，而諸葛亮只注重大的方面（獨觀其大略）。諸葛亮顯然不希望自己刻苦讀書只是為了成為一名尋章摘句的儒生，他讀書為的是積累和思考。

平時除了能得到名師的指點外，諸葛亮也交了很多志同道合的朋友。

除了龐統、向朗、尹默這幾位同學以及徐庶外，諸葛亮還有幾位

摯友，分別是崔州平、石韜、孟建。

崔州平是北方人，是前太尉崔烈的兒子，崔烈死於長安之亂，崔州平來到荊州定居。石韜字廣元，潁川郡人；孟建字公威，汝南郡人。他們二人也是從北方來荊州避難的。

他們經常在一起聚會，互相引為知己。至於將來的打算，諸葛亮似乎並不着急。朋友們在一起交談，大家的話題逐漸放到如何選擇未來的出路上，每到這時，諸葛亮都微笑不語。

在諸葛亮的同學、好友中，龐統是最早出去做事的，他到了襄陽郡任職，很快便擔任了郡政府人事處處長（功曹），龐統雖然年輕，但幹得卻不錯。

龐統的性格跟諸葛亮不大一樣，他喜歡熱鬧，喜歡結交各類朋友，擔任功曹後，着力發現和推薦人才（性好人倫，勤於長養），他本來已小有名氣，現在的知名度更大了。

但是，人們發現龐統從事人事工作也有一個問題，那就是他所推薦和稱許的人才，往往有點言過其實，有人問他是怎麼回事，龐統並不迴避。

龐統有自己的道理：「現在天下大亂，世風敗壞，壞人太多，好人太少，正是興風俗、長道業之時，對於好人就應該大力表彰他的長處，讓社會都來效仿。我選拔了十個，即使用錯了五個，那另外的五個也是好的呀！」

龐統就職的地方在襄陽城內，是諸葛亮經常來的地方，諸葛亮每次進城，總有機會見到龐統，或者聽別人議論這位年輕的功曹如何有魄力有能力，聽到這些議論，如果心裏沒有足夠定力，內心一定會湧出波瀾。

但諸葛亮很平靜，這些事絲毫不會影響他的內心。

很快，諸葛亮也成婚了，像他的兩位姐夫一樣，他的妻子也很有來頭。

諸葛亮的妻子姓黃，是襄陽本地名士黃承彥的女兒，有人說她叫黃月英，但這只是傳說，史書上沒有她名字的記載。

黃承彥不僅是名士，黃家也是荊州七大家族之一。七大家族中最有影響力的是蒯家，其次是蔡家，蔡家最有名氣的是蔡瑁，他有兩個妹妹，一個嫁給了劉表，一個就嫁給了黃承彥。

這麼論下來，劉表就是諸葛亮妻子的姨父。

黃承彥跟龐德公、司馬徽一樣都無意官場，通過龐德公，黃承彥知道了諸葛亮，對這個志向遠大、學識一流又為人沉穩的年輕人抱有深深好感。

黃承彥有個女兒還沒有出嫁，以黃家的實力和地位自然並不愁嫁，可黃承彥看好諸葛亮。一般這樣的事最好通過第三方來傳達，以免對方不同意帶來尷尬。而且，最好由男方首先提出，這才符合禮節。

但黃承彥覺得沒必要，自己直截了當地向諸葛亮說了這件事：「聽說你還沒有成家，我有一個醜女，黃頭髮、黑皮膚，但是才能和品格與你相配（黃頭黑色，而才堪相配）。」

諸葛亮一聽就答應了，並且很快成了親（即載送之）。

諸葛亮身高接近 1.9 米（身長八尺），是個美男子，又年輕有為，前途無量，卻娶了個醜媳婦，這件事傳開後大家經常拿來逗樂，還編了個鄉諺：

> 莫作孔明擇婦，
> 正得阿承醜女！

其實，說黃氏是位醜女倒未必，黃承彥的話多出於自謙，女兒可能不漂亮，但未必那麼醜。至於鄉諺，可能是後人根據黃承彥的話演

繹來的。

婚後諸葛亮仍然住在隆中，他還是那個清心寡欲、志向遠大的布衣諸葛亮。一次，諸葛亮與孟建、崔州平、徐庶聚談，又說起了未來的打算。

諸葛亮有感而發道：「你們三個人將來至少都能當上州刺史、郡太守。」

三人問諸葛亮自己能做到什麼官，諸葛亮只是笑笑，沒有多說。

很少有人理解諸葛亮內心的真實志向，他顯然不滿足於像龐統那樣當個循吏能臣，也不會像老師司馬徽、龐德公那樣，成為地方上的一介名士，他希望自己是管仲、樂毅那樣的人。

諸葛亮大概覺得，當此亂世，缺少的正是管仲、樂毅這樣的人，而他對自己的定位，也正是這種能安邦定國的人。所以，當孟建他們問將來他能做什麼時，諸葛亮才笑而不言。

## 諸葛亮的「頂層設計」

劉備去三次才見到諸葛亮，有人認為這是諸葛亮故意試探劉備的誠意，也有人認為諸葛亮其實並沒有做好出山的打算，更沒有想好要輔佐劉備，所以還在猶豫。

但這些都是推測，諸葛亮此時 26 歲，儘管有些名氣，但還沒有任何官職，也沒有建立起任何功業。年齡幾乎長自己一倍、早已天下聞名的左將軍劉備來訪，說他故意不見，以試探對方，似乎可信度不高。而如果說諸葛亮並沒有做好人生的規劃，僅被劉備的誠意打動，也不符合他對待事情的態度。

去了三次才見上，可能是碰巧了，在信息交流不發達的情況下，無法提前預約，諸葛亮又經常出門遊學交友，劉備撲了兩次空是可以

理解的。

關於這次相見，史書也有完全不同的記載。

有的史書認為，劉備第一次見到諸葛亮不是在隆中，而是在樊城，並且是諸葛亮主動找上門來的。

根據這種記載，曹操平定河北後，眼光一向敏銳的諸葛亮預感到曹操的下一個打擊目標就是荊州，但劉表性情遲緩，不懂軍事，諸葛亮就跑到樊城去見劉備。

劉備當時已離開了新野，移防到新野以南數十里的樊城。

劉備當時正四處招人，每天來拜訪的儒生很多，他並沒有聽說過這個叫諸葛亮的年輕人。看看他年紀也不大，就把他當成一般儒生接待（以其年少，以諸生意待之）。

當時劉備對儒生是集體接見，大家坐在一塊扯了一陣，眾人就走了，但諸葛亮卻沒有走，還想跟劉備多聊一會兒。

劉備大概沒有想跟諸葛亮單獨交流一下的打算，他喜歡編織，剛好有人送給他一條犛牛尾巴，儒生們走後劉備覺得無聊，也不管諸葛亮還在跟前，就一個人編了起來。

劉備正陶醉在做手工的樂趣中，諸葛亮上前說：「將軍您應該樹立遠大志向，整天弄個牛尾巴編算怎麼回事（明將軍當復有遠志，但結犛而已邪）？」

劉備這才打量了這個年輕人，見他身材魁偉，談吐鎮定，氣宇不凡，趕緊把手裏的東西扔了，說：「這怎麼說呢，我也是藉此打發心中的憂愁罷了。」

這是諸葛亮跟劉備的初次對話，主題是眼下如何對抗曹操。

諸葛亮問劉備：「您以為劉表將軍與曹操相比如何？」

這不難回答，劉備說：「劉表不如曹操。」

諸葛亮話鋒一轉，問劉備：「將軍您自認為比曹操如何呢？」

劉備一向謙虛，說道：「也不如曹操。」

諸葛亮提出了問題：「你們都比不上曹操，而將軍您手裏只有幾千人馬，靠這點力量如何能抵擋曹操呢？」

劉備歎了口氣，如實說道：「我也正為這犯愁呢，那你說該怎麼辦？」

諸葛亮說出了自己的辦法：「荊州的人口本不少，只是登記在冊的人很少，您可以建議劉表將軍，把流動人口管理起來，重新登記戶籍，照此調兵。」

劉備採納了諸葛亮的建議，結果實力大增，從而對諸葛亮以上賓之禮看待。


上面的也是一種說法，雖然也有合理性，但不如三顧茅廬的故事更有影響。

根據三顧茅廬的故事，劉備第三次來到隆中時終於見到了比他整整小 20 歲的諸葛亮。

見面後，屏退眾人，劉備直接問：「漢室衰敗，董卓、曹操又先後專權，皇室奔難。我不顧德行和實力能否達到，想為天下人伸張正義，然而智謀淺短、辦法很少，連遭失敗，以至於今天。然而我的志向沒有罷休，您告訴我有沒有什麼好辦法？」

對這個問題，諸葛亮顯然已經做過深入的思考，於是一口氣說出了下面一段很有名的話：

「自董卓之亂以來，豪傑在各地同時並起，佔州據郡，稱霸一方，多得已數不過來。曹操與袁紹比，名氣差，實力弱，然而曹操竟然打敗了袁紹，由弱變強，其原因不僅是時機好，而且在於謀劃得當。

「現在，曹操擁有百萬大軍，挾天子以令諸侯，確實不宜和他爭雄。孫權佔據江東，經過了三世，那裏地勢險要，民眾歸附，又任用

有才能之人，孫權以之為外援，也不可謀取。荊州北靠漢水、沔水，南達沿海，東面和吳、會相連，西邊和巴、蜀相通，這正是用兵之地，但是劉表沒能力守住它，這是上天拿來要資助將軍的，將軍是否有意奪取它？

「益州地勢險要，有廣闊而肥沃的土地，是個天府之國，高祖劉邦憑藉此地建立了帝業。如今劉璋昏庸懦弱，張魯又在北面威脅，那裏人多物豐，劉璋不知道愛惜。有才能的人都渴望得到賢君。

「將軍是皇室後代，聲望聞於天下，羅致英雄，思慕賢才，如能佔據荊、益兩州，守住險要的地方，和西邊、南邊的少數民族部落和好，對外聯合孫權，對內革新政治，一旦天下形勢發生變化，就派一員上將率領荊州的軍隊殺向宛、洛，將軍您親自率領益州的軍隊打出關中，百姓怎能不拿着飯食、酒水來歡迎您呢？如果真這樣，那麼霸業可成，漢室可以復興。」


這段談話，就是著名的隆中對策。

諸葛亮先通過對時局的分析，總結出興亡成敗的規律，那就是要成大事不僅依賴天時，更要有人謀，也就是說，要想成事，必須重視人才，而只要有不懈努力，客觀上的不利條件也是可以改變的。

久處下風的劉備很願意聽到這樣的話，如果一切都由命運所決定，那麼個人再努力也都無濟於事了，劉備是個不服輸的人，他認為諸葛亮說得有理。

更為重要的是，諸葛亮就目前天下時局和各路豪強此消彼長的變化進行了具體分析，為劉備規劃出一個清晰的戰略藍圖，那就是盡可能避開強大的曹操，想辦法與正在快速成長的江東孫氏結盟，佔據荊州，進而徐圖益州，尋求三足鼎立之勢。

這是諸葛亮為劉備做出的頂層設計，所謂最頂尖的人才，就是站

得最高，看得最遠，提出的方案無須繁複，卻能一語中的。

聽完諸葛亮的話，劉備感到豁然開朗，心中久積的抑鬱一掃而空。諸葛亮進一步提出佔據荊州和益州之後等待天下變化，到時候兵發兩路，一路由荊州北上宛縣、洛陽，另一路由益州攻擊秦川，到那時天下可定，漢室可興，更讓劉備大為興奮。

在劉備的邀請下諸葛亮離開了隆中，開始了輔佐劉備建功立業的生涯。

劉備得到諸葛亮後非常高興，感情日益加深（與亮情好日密），讓關羽、張飛都忌妒了。

劉備發現了這個問題，對他們說：「我有了孔明，就像魚兒有了水一樣（孤之有孔明，猶魚之有水也）。你們可別再說什麼了！」

關羽、張飛這才不再說什麼。


## 孫權一征黃祖

說完劉表和劉備，先不忙說曹操南征荊州的事，因為還有一個人在近幾年的發展需要做一交代，這就是孫權。

孫權 18 歲接班，用了短短 3 年時間，就讓江東的面貌煥然一新，那些對他掌權並不看好的人，無論這些人是敵還是友，現在都不再懷疑他的能力。

孫策留下的地盤不僅沒有縮水，而且不斷擴大，人馬快速增加，內部也進一步理順，沒有人再膽敢從內部向他發起挑戰，一批新人迅速成長起來。

從外部情況看，也都朝着有利於江東的方向發展。近年來，曹操忙着北方的事，劉表胸無大志，一心守成，給江東製造了難得的戰略機遇。

所謂戰略機遇，就是別人有事的時候你沒事，別人忙自己的事時你可以不忙別人的事，一心辦你的事。

孫權始終記得魯肅向他提出的規劃，待內部安定之後，他決心立刻向西擴張，打敗黃祖、劉表，繼而佔領荊州。

孫權知道曹操也是這麼想的，只是曹操目前還顧不上，孫權必須跟曹操，也跟時間賽跑。

當然，劉表、黃祖也會這麼想，所以對於荊州東線的防務進行了周密部署。黃祖當時以江夏郡太守的身份駐守西陵，即今湖北省武漢市新洲區。為了把黃祖牢牢拉住，劉表新設了一個章陵郡，任命黃祖的兒子黃射為太守，駐紮在沙羨，此處位於今湖北省武漢市以上的長江邊上，黃射以沙羨為基地，控制着從沙羨到柴桑這一段江防。

為了支持黃祖父子，劉表還讓姪子劉磐率兵駐紮在彭蠡以西的地區，彭蠡即今鄱陽湖，這裏是豫章郡的轄區，總體上是孫吳的勢力範圍，劉磐東進至此，與江夏郡的黃祖、章陵郡的黃射形成三角之勢，江東出兵攻擊其中一部，另外兩部可以策應和增援。

為了打破敵人的三角形防禦體系，孫權也做了一番準備，他讓周瑜以中護軍、江夏郡太守的身份率一部主力進駐宮亭，此地詳細位置已不可考，只知道它在鄱陽湖一帶。同時，命徐盛以柴桑縣長的身份駐柴桑，即今江西省九江市。

為了對付劉磐，孫權讓太史慈以建昌都尉的身份駐紮在海昏，此處在鄱陽湖西南面，今江西省永修縣一帶。

做完這些部署，孫權一直等待着發起進攻的機會。

機會很快來了。

漢獻帝建安八年（203 年）八月，曹操曾親自帶兵南下征劉表，那一次雖然是佯攻，但造的聲勢很大，曹操駐軍西平，即今河南省中

南部的西平縣。

曹操此次虛晃一槍的目的是對劉表施壓，他當時雖然一直忙北方的事，但對荊州心裏並不踏實，總擔心劉表趁機在他背後來一下，但分重兵佈防南線他又做不到。作為出色的《孫子兵法》研究專家，曹操當然明白最好的防禦就是進攻，所以他主動出擊，讓劉表更加不敢進犯。

劉表嚇壞了，趕緊調集人馬向襄陽及其北部一帶佈防，對孫權來說，這當然是西征的最好機會。

這一年十月，孫權集中江東精銳人馬西進至揚州和荊州交界的宮亭、柴桑一帶，開始了第一次西征黃祖之戰。

參加此戰的除先期駐紮在那裏的周瑜、徐盛以及駐紮在海昏的太史慈外，還有盪寇中郎將程普、討虜中郎將呂範以及凌操、黃蓋、韓當、周泰、呂蒙等部。

江東精銳盡出，孫權志在必得。

開始進展得比較順利，孫權率各部突入江夏郡，由柴桑沿江一路西上，一直抵達了章陵郡的沙羡。

那時候漢水匯入長江的地方還沒有武漢這樣的重鎮，武昌建城以及武漢三鎮崛起都是以後的事，其上游不遠的沙羡重要性相當於今天的武漢市，是一座重鎮。

沙羡如果攻破，劉表的江夏郡和章陵郡將盡入孫吳，荊州將失去整個西部防線。為此，黃祖父子十分着急，組織人馬拚死守城。

沙羡攻防戰打得很激烈，孫權親自指揮，城池仍久攻不下。黃祖本人也親自率兵增援，雙方在城裏城外展開了激烈爭奪。

有一次黃祖被打敗，孫權領兵追擊，黃祖眼看凶多吉少，這時黃祖負責斷後的隊伍裏有人射出一箭，正中孫權手下旅長（破賊校尉）凌操，凌操被射身亡，黃祖趁勢得以脫身。

凌操戰死是此次西征黃祖之戰孫吳軍隊遭受的最重大損失，凌操的兒子凌統時年 15 歲，孫權任命他為獨立團團長（別部司馬），代理旅長（破賊都尉），統領他父親的人馬。

孫權後來得知，射死凌操的那個人名叫甘寧，是一員虎將。

沙羡之戰至為關鍵，黃祖父子為了守住此城已拚盡了力氣，按理說不下此城孫權不會收兵。

然而，孫權很快下令撤軍了，原因是後方出了問題，各郡的山越趁孫吳主力西進之機同時起事（惟城未克，而山寇復動）。

山越問題始終困擾着孫吳，孫策使用武力手段對付他們，孫權繼承孫策的做法，哪裏有人挑起叛亂，就立即派兵前去鎮壓，孫吳的一線將領幾乎每人都有與山越作戰的經歷。

但是，軍事討伐解決不了根本問題，一伺有機可乘，各地的山越總會起來作亂，總也殺不完滅不淨。

這次山越同時起事，範圍非常大，涵蓋了豫章、丹陽、廬陵、吳、會稽等郡，來勢異常兇猛，孫權不得不下達回師命令。

孫權先回到了豫章郡，在那裏做出軍事部署，派呂範到鄱陽，派程普到樂安，派太史慈仍然在海昏，派韓當、周泰、呂蒙等分赴其他鬧事厲害的郡縣，全面開展平定山越的戰鬥。

眾人領兵分赴各地，進展倒也順利，程普很快平定了樂安境內的山越，之後又赴海昏支援太史慈；呂範在鄱陽一帶也取得了勝利，山越不敢再生事；周泰兼任宜春縣長，也取得了勝利，當地的稅賦徵收得不錯，足以保障本地駐軍的需要（所地皆食其徵賦）。

除此之外，董襲、凌統、步騭、蔣欽、潘璋等人也都參加了這次平定山越的戰鬥。鄱陽一帶有個叫彭虎的，聚集起數萬人，董襲前往追剿，彭虎被打敗，望風而逃；才十幾歲的小將凌統隨孫權行動，作

戰中非常勇敢，帶着敢死隊衝在最前面，不顧飛石流矢（率屬士卒，身當矢石），勇猛異常；山越在建昌起事，潘璋在附近的西安縣當縣長，孫權命他改任建昌縣長，同時提拔他為旅長（武猛校尉），在建昌縣鎮撫山越，十來天就使局勢平靜（旬月盡平）。

除了豫章郡、丹陽郡的叛亂活動外，遠在吳郡、會稽郡也有山越人反叛，在吳郡，山越人還打起了黃巾軍的旗號，領頭的有陳敗、萬秉等人，孫權命吳郡太守朱治就地征討，朱治將陳敗、萬秉擒獲。

最大規模的山越叛亂發生在會稽郡的建安、漢興、南平等地，其中洪明、洪進、苑御、吳免、華當 5 人各糾集萬戶作亂。孫權下令在建安設立旅級指揮所（都尉府），讓永寧縣長賀齊代理旅長（都尉），讓每縣各發兵 5000 名，由縣長帶領統一交賀齊指揮（皆受齊節度）。

按漢朝制度，縣裏的長官多於 1 萬戶的縣叫縣令，少於 1 萬戶叫縣長，所以當時一個縣也就 1 萬戶左右，每縣出 5000 名士兵，相當於每 2 戶出 1 個人，徵兵的比例相當高。不過，往建安調兵的應該不是會稽郡所有的縣，可能是附近山越人鬧事比較兇的那幾個縣。

賀齊發兵討漢興，經過餘汗，他認為敵人多而討伐的軍隊人少，如果過於深入十分危險，就讓松陽縣長丁蕃留守在餘汗。

丁縣長和賀縣長轄區相鄰，過去大家是同級，現在丁縣長要聽賀縣長的，一時還不適應，又聽說讓自己留守，更不太願意（恥見部伍，辭不肯留）。

一般人遇到這種情況肯定沒招了，你不過是個縣長，我也是，你能把我怎麼樣？

可賀縣長不是一般人，見丁縣長這個態度，沒請示也沒匯報，二話不說，上來就把丁縣長斬了。這一下鎮住了全軍，大家都不敢再違命（於是軍中震慄，無不用命）。

賀齊分兵留守，其餘各部進剿，連續取勝，將洪明斬殺，其他4個人全部投降，前後共斬首6000人，重新恢復了政權，徵調來的各縣人馬陸續回去，賀齊一清點，剩下來的竟多出1萬人（料出兵萬人）。

孫權對賀齊的臨機決斷和戰績非常欣賞，本來已經讓賀齊代理旅長（都尉），現在立了功，孫權直接委任他為平東校尉。

這場波及面很大、參與將領眾多的戰鬥持續了很長時間，一直到漢獻帝建安十年（205年），豫章郡的上饒一帶還發生着叛亂，孫權調集駐紮在外地的平東校尉賀齊、討越中郎將蔣欽前來才把這裏平定，事後孫權分上饒的一部新成立了建平縣。

## 「黑道大哥」甘寧

漢獻帝建安十一年（206年），孫權命周瑜指揮孫瑜等部進行了一場規模較大的軍事行動，目的地是麻、保二屯。

周瑜此時的職務是中護軍、江夏郡太守，有人認為孫權主事後周瑜就是軍中的統帥，其實這與事實有很大出入。

中護軍、中領軍掌管禁軍，有的也兼主持選拔武官、監督諸武將，但絕不是軍隊的總司令。曹操手下長期擔任中護軍的人是韓浩，他曾是袁術的舊部，在曹軍中論名氣和地位根本排不上號。

周瑜在擔任中護軍之前的軍職是建威中郎將，中護軍與中郎將相比哪個軍職更高不好說，中護軍應當與中郎將相同或略高，也就是個師長。比較起來，孫瑜的軍職就比周瑜高得多，孫瑜被任命為丹陽郡太守後軍職提升為綏遠將軍，是孫吳目前極少數擁有將軍頭銜的人之一，綏遠將軍與孫權的討虜將軍一樣都是雜號將軍，相當於軍長。

孫瑜的軍職高，按理說應該讓他來指揮周瑜，但孫權命令孫瑜聽周瑜的指揮，之前說過，這就是孫吳兵制上的一大特色。

從孫策到孫權，孫吳一般不設固定統帥，要有統帥那就是孫權一人，只要是獨立統兵的將領，無論是將軍還是中郎將、校尉、都尉，都直接受孫權指揮，如果孫權忙不過來，就臨時指定一位總指揮。

確定臨時總指揮時，孫權不看年齡、資歷和職務，只看能力和水平，經常出現下級指揮上級的情況。

麻、保二屯是兩處營壘，位於今湖北省嘉魚縣境內，在沙羨以上的長江邊上。沙羨之戰孫吳並未取勝，城池目前還在黃祖父子手中，繞過沙羨遠擊麻、保二屯，似乎有點不好理解。

其實，這裏駐紮的不是黃祖父子的人馬，也不是劉表的部下，而是和山越一樣的變民或者地方武裝。周瑜和孫瑜由宮亭西進數百里，快速出擊，將這兩處地方的渠帥斬殺，俘虜了一萬多人，之後快速回師宮亭（梟其渠帥，囚俘萬餘口，還備宮亭）。

所以，這次軍事行動的目的就一個——搶人。

到處在打仗，人員傷亡慘重，需要及時補充，需要人。同時，發展生產、保障軍隊後勤供應也需要人，人成為戰爭年代的稀缺資源，聽說麻、保二屯有人聚集，孫權認為這是個到敵人地盤上搶奪人力資源的好機會，所以不惜來一次長途遠征。

黃祖吃了虧，也不甘示弱，派部將鄧龍率數千人進入柴桑，要麼是追擊來了，要麼也想搶點兒人回去，但被周瑜打敗生擒。


在此前後，名將太史慈病逝了，成為孫吳一大損失。

在史書中太史慈的傳記沒有和程普、韓當等將領在一塊，而與劉繇、士燮二人合為一傳。劉繇是朝廷任命的揚州刺史，士燮長期割據在交州，他們都不是孫氏的部屬。

太史慈雖然歸附孫吳，但在一部分史學家看來他與孫權手下的其他將領仍有不同，在江東以外有比較廣泛的知名度。

曹操也聽說過太史慈的大名，希望他能回到北方效命於自己。曹操曾給太史慈寫過一封信，用木函封着，打開一看，信裏什麼都沒說，但是隨信放着一些中藥當歸（發省無所道，而但貯當歸）。

曹操是一個愛玩文字遊戲的人，他要告訴太史慈的話不用多猜就很清楚。

太史慈，你應當歸來了！

但太史慈沒有回去，漢獻帝建安十一年（206年）太史慈病逝於建昌都尉的任上，年僅41歲。

太史慈臨終前歎息道：「大丈夫處世，應當帶七尺之劍來到天子面前（以升天子之階）。今所志未成，怎麼就死了呢？」

看太史慈的意思，只有他親眼看到了孫權稱帝的那一天才死而無憾。

孫權聽到太史慈的死訊，十分悲痛，也很惋惜（甚悼惜之）。

海昏是鄱陽湖以西的戰略要地，孫權命程普繼太史慈後駐守此處。


# 孫權二征黃祖

解決完境內的山越問題，孫權又在謀劃西征黃祖的事，這時候甘寧突然前來投奔，增加了打敗黃祖的把握。

甘寧就是射死凌操的那個人，一個傳奇人物。

甘寧字興霸，是益州刺史部巴郡人，他年輕時就有一把子力氣，好遊俠，身邊圍着一幫年輕人，甘寧是他們的頭兒，這幫人出來進去都聚在一起，每人都攜帶弓弩，甘寧自己還帶着一種耗帶鈴，老百姓一聽見鈴聲，就知道他來了。

甘寧年輕時其實就是一個問題青年兼黑社會成員，在當時靠這個混飯吃的人很多，有的人還混進了政府。甘寧也在郡政府為吏，後來

還升任蜀郡丞，相當於副太守，諸葛亮的父親諸葛珪幹了一輩子，到死時才幹到這個位子上，這已經不算低了。

甘寧一邊當差，一邊繼續混黑社會，有點像宋江，只是比宋江膽子還大，輕俠殺人，藏舍亡命，聞名於郡中。每次出門，乘車有車隊，乘船船相連（其出入，步則陳車騎，水則連輕舟）。所有跟班的穿着絲繡的衣服，把道路都能照亮（從被文繡，所如光道路）。常以錦緞繫船，走的時候用刀砍斷不要，以此告訴大家「我是土豪」。

大家都逢迎他，不敢惹他，就連本地的長官也不例外，對於那些熱情接待的人，甘寧就跟他交朋友，態度不好的就讓人去搶他們。甘寧一夥過着一種無法無天沒人管的快活日子，前後達 20 多年。

突然有一天，甘寧感到厭倦了，停止了胡作非為，專心讀起書來，經過對人生與時局的思考，甘寧大概覺得再這樣下去沒有意思也沒有前途，更重要的是，他的作為不是沒人管，而是時候不到，時候一到，自然有人出面算他的賬。考慮到這些，甘寧決定帶着手下人出去找個出路。

甘寧沒有去成都找劉璋，畢竟在人家的地盤上折騰了那麼多年，欠的債太多。甘寧去了荊州，想依附劉表，跟隨他一同前去的有 800 多人。

劉表讓甘寧等人住在南陽郡，對他並不重用。

劉表把甘寧只當成利用的工具，時時都在防範。劉備那時也被安排在南陽郡境內，劉表讓他們在那裏駐紮，其實是給自己當一面擋箭牌，對甘寧也是一樣，曹操率軍南下必過南陽郡，正好可以為自己擋槍。

甘寧看透了劉表的意圖，他不願意替劉表做無謂犧牲。於是另找出路，經過一番輾轉，他投到黃祖門下，但黃祖也不重用他，視他為平常之輩（後轉託黃祖，祖又以凡人畜之）。

甘寧通過觀察發現劉表是個儒人，不懂軍事，必然無法成事，而荊州一旦生亂，自己就要受牽連，他想走，想去的地方是孫吳（欲東入吳）。後來之所以投到黃祖門下，是因為黃祖控制着江夏郡，甘寧走到這裏過不去，只得投黃祖。

　　甘寧在黃祖這裏待了三年，黃祖也不重用他，甚至對他也不大尊重（祖不禮之）。孫權上次討黃祖，甘寧射殺凌操，替黃祖解了圍。對於這種救命之恩，黃祖仍視而不見，還拿之前的態度對待甘寧（軍罷還營，待寧如初）。

　　黃祖手下有一個重要將領叫蘇飛，很欣賞甘寧，多次在黃祖面前推薦甘寧，黃祖不聽，反而派人祕密聯絡甘寧的部下，試圖分化瓦解他們。

　　在這種情況下甘寧只有再走，但又擔心黃祖不讓，心裏悶悶不樂。

　　蘇飛看出他的心思，想再幫幫他。

　　一次，蘇飛請甘寧喝酒，喝得差不多了，蘇飛對甘寧說：「我多次推薦你，但上面不肯用，日月如梭，人生幾何，你還是遠走他鄉吧，或許能遇到知己（宜自遠圖，庶遇知己）。」

　　甘寧想了一會兒，說：「我雖然有這個想法，可不知道該怎麼辦（雖有其志，未知所由）。」

　　蘇飛對甘寧說：「我想辦法推薦你當邾縣縣長，你去那裏上任，那地方是邊境，到任後誰還能攔住你？」

　　甘寧一聽大喜：「太好了！」

　　蘇飛去做黃祖的工作，黃祖果然任命甘寧當了邾縣縣長，甘寧於是召集那些想跟他一起走的人，有數百人，投奔到了孫吳。

　　主持前線事務的是周瑜，見到甘寧，認為甘寧是員猛將，又了解黃祖那邊的情況，是個不可多得的人才，就推薦給了孫權。

孫權親自接見甘寧，對他格外優待，把他當成老臣一樣看待（孫權加異，同於舊臣）。

　　甘寧在劉表和黃祖手下都做過事，孫權最想聽的就是他對於荊州問題的見解。

　　甘寧對孫權說：

　　「如今漢室日益衰敗，曹操越來越強大，他終將篡漢自立。荊州山川丘陵多佈，江川流通，確實應該向西發展（誠是國之西勢也）。我觀察劉表，他缺乏遠慮，兒子也非大器，不是能繼承基業的人。

　　「您應當早做規劃，不能落在曹操的後面（至尊當早規之，不可後操）。要圖荊州，應先取黃祖。黃祖現在老了，十分昏聵，財政和糧草都短缺，左右都欺騙愚弄他，以他的名義索要財貨，損害官兵利益，部下士卒心生怨憤，舟船戰具都頹廢不修，農民也怠於耕作，軍紀散漫。

　　「您如果現在攻打，必然可以把他擊破。擊破黃祖，一鼓作氣向西挺進，佔據楚關，勢力範圍更加寬廣，可以慢慢制訂攻取巴蜀的計劃。」

　　甘寧先在益州，後附劉表，再依黃祖，對巴蜀、益州以及江夏郡的社會風物以及劉璋、劉表和黃祖的個人品性都有很深了解，他上面這番話絕不是紙上空談，而是根據長時間觀察得出的結論，孫權對他的這番話深表贊同。


　　但是，也有人反對。

　　甘寧向孫權陳述對荊州問題的看法時張昭也在座，張昭不同意甘寧的看法。

　　張昭提出了質疑：「吳國現在尚未穩定，如果西進，國內恐怕會出現混亂（吳下業業，若軍果行，恐必致亂）。」

　　甘寧雖然知道這個老同志是誰，但仍不客氣地反駁道：「國家交給

您蕭何那樣的重任，但您卻只想過太平日子，害怕國家動亂，難道您只會羨慕古人並效仿他們過太平日子嗎（君居守而憂亂，奚以希慕古人乎）？」

孫權不理會張昭，當場舉起酒杯向甘寧敬酒道：「興霸，今年西進討伐的事，就像這杯酒一樣，我全權交給你了。你只管努力出謀劃策，一定要打敗黃祖，這是你的功勞。不必在意張祕書長怎麼說（何嫌張長史之言乎）。」

張昭對孫權西征黃祖、劉表的計劃不大支持，至少態度有點消極，這是他第一次就重大戰略問題和孫權發生分歧。

說到底，張昭並不了解孫權的雄心壯志，亂世激流，強者為王，要想生存只能自強，寄人籬下形同等死，這一點張昭還不是完全懂。

孫權不客氣，當面對張昭進行了駁斥，毫不留情面。

這就是孫權，可以尊你敬你，但在核心利益上一旦發生分歧，他不會有絲毫遷就，也不會抹稀泥。


漢獻帝建安十二年（207年），孫權第二次西征黃祖。

所帶的人馬還是上次西征時的部將，不過，對於這次西征，史書記載極為簡略，只是說孫權虜獲不少人口就回來了（權西征黃祖，虜其人民而還）。

這有點兒奇怪。

此次出征前，孫權曾問卜於術士吳範。

吳範字文則，會稽郡人，以治曆數、知風氣聞於郡中，被推薦到朝廷任職，但因為兵荒馬亂不能成行。孫權起事後吳範前來效力，每有吉凶吳範都進行推演預言，而他的預言往往應驗（每有災祥，輒推數言狀，其術多效）。吳範於是聲名遠揚。

對這次征黃祖，吳範推演後認為：「現在出兵沒有多少好處，不如

等到明年（今茲少利，不如明年）。明年是戊子年，劉表將身死國亡。」

孫權對吳範的預言一直深信，但此次征黃祖他的決心很大，也不想再等一年，於是不聽吳範的勸告繼續西征，結果未能成功。

不過，對於二征黃祖的草率結束，有一種意見認為可能因為孫權的母親此時去世了。

雖然有的史書記載孫權的母親吳夫人死於漢獻帝建安七年（202年），但有的史書說吳夫人死於漢獻帝建安十二年（207年），認為孫權第二次征討黃祖時吳夫人病危，召見張昭等人囑託後事，之後病逝（權母吳氏疾篤，引見張昭等，屬以後事而卒）。

按照這個說法，孫權聽說母親病危，立即撤軍。

孫權匆忙往吳郡趕，但也沒能見上母親最後一面。


# 孫權三征黃祖

漢獻帝建安十三年（208年）春天，孫權發動了第三次西征黃祖戰役。

這次距上一次西征才不過幾個月時間，之所以如此着急，與北方局勢有關。

去年，就在孫權二征黃祖的同時，曹操冒險親征烏桓，獲得大勝，徹底統一了北方。

孫權知道，曹操下一步將揮師南下，最有可能的是先解決劉表，之後再解決自己和劉璋。對孫權來說，與曹操直接對決的一天遲早會到來，現在能做的就是在決戰之前儘可能壯大自己的力量，打敗黃祖父子，佔有荊州西部的江夏郡、章陵郡，就是要給江東建立起一道抵擋曹操的屏障。

孫權命張昭和呂範留守吳縣，其他能帶的人馬都盡數帶上，此次

出征，更是志在必得。

為了表示出征的決心，孫權還專門做了兩隻木匣，要用它們分別裝黃祖和蘇飛的首級（先做兩函，欲以盛祖及蘇飛首）。

孫權想起上次西征前吳範的勸告，就把他也帶上。

孫權乘船沿長江西進，過了柴桑，行至尋陽段，吳範觀察天象，立即跑到孫權的戰船上道賀，催促大軍加快進兵速度（因詣船賀，催兵急行）。

孫權任命周瑜為前敵總指揮（前部大督），命偏將董襲、平北都尉呂蒙、代理破賊都尉凌統為前鋒，自己親率其餘各部隨後跟進。

這是一場硬仗，打頭陣的人孫權用的全是年輕將領，而沒有用程普、韓當等老將，對孫權來說這需要有些魄力才行。

尤其是凌統，今年不到 20 歲，而且前不久還犯下大錯，按說應予嚴誡。

凌統之前參加了麻保戰役，他跟一個叫陳勤的將領編在一起。陳勤此人打仗很勇敢，但也很傲慢。凌統和陳勤等人一塊喝酒，陳勤當「酒司令」，他不按規矩行酒，誰喝誰不喝都由他說了算（因督祭酒，陵轢一坐，舉罰不以其道）。

凌統年輕氣盛，當面頂撞陳勤，陳勤氣惱，大罵凌統，連凌統的父親凌操也罵了，罵得凌統當眾流下了眼淚（勤怒詈統，及其父操，統流涕不答）。

眾人離去，陳勤藉着酒勁還在罵，罵了一路，凌統無法忍受，揮刀就砍，陳勤受重傷，數日後死去。

戰鬥隨後開始了，凌統對部下說：「我只有一死才能謝罪。」

於是奮勇當先，衝在最前面，身當矢石，立下首功。

回來後，凌統把自己捆起來到負責軍紀的軍正那裏自首，孫權知道後，考慮到事出有因，凌統又立了大功，所以沒有嚴懲，讓他戴罪立功。

孫權三征黃祖這一仗打得異常激烈。

對黃祖父子來說這是保命之戰，所以使盡了所有力氣拚死抵抗。而吳軍更勇猛，連下蘄春、鄂縣、邾縣等要地，沿長江一直打到了沔口。

漢水也稱沔水，沔口即漢水入長江之口，也就是今天武漢三鎮一帶，由此上溯不到百里，就是荊州西部重鎮沙羨，黃祖父子在沔口佈下了一道堅固防線。

黃祖父子命人在沔口的江面上橫着兩隻大船，然後用棕櫚大繩繫石為碇，把船固定在江中（橫兩蒙衝挾守沔口，以栟閭大絏繫石為碇）。在這兩隻船上有上千人，他們手持弓弩，飛矢雨下，吳軍不得近前。

前鋒董襲和凌統各率 100 人的敢死隊，每人穿兩副鎧甲，乘船突至敵人的大船下。

董襲親自揮刀砍斷了繫船用的兩根大繩（襲身以刀斷兩絏），敵船不穩，在江中橫擺，讓開了江面，吳軍趁勢突破了沔口防線。

在其他方面吳軍也取得大勝。黃祖命部將陳就抵擋吳軍的另一路前鋒呂蒙，呂蒙與其激戰，親自將陳就梟首。

凌統還率數十名健兒乘坐一條船深入敵後數十里偵察情況，路遇黃祖的部將張碩，凌統將其斬首，其他敵兵連船帶人全部俘獲。凌統回來把情況報告了孫權，引導大軍繼續前進。


孫權報仇心切，他只想抓到殺父仇人黃祖。

吳軍各路齊進，兵至沔口城下，孫權原本想這裏會和上次在沙羨那樣再打一場攻堅戰，但結果輕鬆得多，沒費多大事就把城攻破了，黃祖父子棄城而逃。

孫權有些失望，下令追捕，不惜一切代價，一定要抓到黃祖。

孫權太想把仇人捉住了，他問卜於吳範，吳範又看了看天象，向他報告說：「黃祖還沒有跑遠，必能生擒（未遠，必生禽祖）。」

還沒過一天，好消息便傳來，黃祖在逃亡途中被呂蒙手下一個叫馮則的騎士遇到，將其梟首。

黃祖兒子黃射的下落史書未予記載，想必也一同死於此戰。

這樣，第三次西征黃祖孫權取得了全勝，報了殺父之仇，這一業績無疑徹底鞏固了孫權在江東的地位。

更為重要的是，攻佔沔口後，孫吳的勢力由柴桑西進了數百里，打開了荊州西面的門戶，使周瑜這個江夏郡太守實至名歸。儘管黃祖死後劉表派長子劉琦繼任江夏郡太守，但劉琦的勢力僅限於江北地區，沔口以下的長江各要塞都掌握在吳軍手中。


黃祖被殺後的第二天，孫權下令召開慶祝大會，設宴招待有功將士。

宴會上，孫權舉杯對董襲說：「能有今天這個大會，是你砍斷棕繩之功啊（今日之會，斷縄之功也）！」

孫權又對呂蒙說：「此次打敗黃祖，是從陳就被擒開始的（事之克，由陳就先獲也）！」

戴罪立功的凌統此次作戰勇敢，又立下大功，孫權正式任命他為承烈都尉，前面犯下的殺人罪算是一筆勾銷了。

孫權當然不會忘記甘寧的功勞，此戰雖然甘寧沒有擔任前鋒，但沒有他的建議和情報，也不會打得那麼順利。

但是，還沒等孫權表揚甘寧，甘寧卻來到孫權的面前叩頭流淚，頭都磕出了血來（寧下席叩頭，血涕交流）。

孫權有些驚訝，等甘寧一說，才明白是怎麼回事。

原來，孫權沒有生擒黃祖，卻活捉了黃祖手下最重要的部將蘇

飛。在孫權心目中，黃祖是首犯，蘇飛就是次犯，所以也給他專門準備了一隻木匣用來盛蘇飛的首級。

蘇飛曾有恩於甘寧，被捉後，想辦法通知了甘寧，讓甘寧救自己。

甘寧對來人說：「蘇飛不說，難道我能忘了嗎（若不言，吾豈忘之）？」

慶祝會上，甘寧趁孫權高興，出來叩首為蘇飛謝罪。

甘寧跪在地上，對孫權說：「蘇飛對我有大恩，如果不是蘇飛我早已葬身溝壑，哪能來到您的麾下效力？現在蘇飛罪當夷戮，但我還是想請您留他一命！」

孫權聽後很感動，對甘寧說：「我現在把他交給你，如果他跑了怎麼辦（今為君致之，若走去何）？」

甘寧回答說：「蘇飛如果能免除身首異處之刑，得再生之恩，趕他他都不會走，怎會逃亡？如果他真的逃跑，甘寧願把自己的頭放在那個木匣裏（若爾，寧頭當代入函）！」

孫權於是下令赦免了蘇飛。


甘寧是凌統的殺父仇人，凌統一心想報仇。甘寧也知道這些，所以平常總防備着凌統，儘可能不跟他碰面（寧常備統，不與相見）。孫權也叮囑凌統不要為難甘寧。

但還是有見面的時候，有一次呂蒙設宴，甘寧、凌統都在座，喝得有點多，凌統起身揮刀而舞，心裏可能沒打好主意，大概想瞅機會一刀殺了甘寧，然後就說自己喝多了。

甘寧看透了凌統的心思，於是也起身相舞，二人劍拔弩張，隨時有血光之災。呂蒙見狀，一手拿刀，一手拿盾，也加入進來，用身體把他們分開（以身分之）。

這件事讓孫權知道了，他讓甘寧率部駐守在半州，儘量離凌統遠一些。

甘寧的身份特殊，孫權對他特別留意，有誰如果再刁難甘寧，他都會予以干預。甘寧有一陣歸孫瑜的弟弟孫皎統領，也是在喝酒的時候甘寧為一點小事跟孫皎發生了矛盾。

有人勸甘寧主動賠罪，甘寧不肯，說：「孫皎雖為公子，但作為臣下我們都是一樣的，他也不能專幹欺侮人的事吧？我生逢明主，只知道效力盡職，以報上天給我的機遇，實在不能忍受別人的擺佈。」

甘寧認為孫皎是有意欺侮他，一生氣就向孫權打報告，要求歸呂蒙統領。

孫權馬上寫信給孫皎給予訓誡，信上的話說得很嚴厲，孫皎看後大悔，上書認錯，並主動和甘寧結為好朋友。

## 老憤青孔融

孫權實力增長之快讓曹操吃驚，儘管北征歸來後事情一件接着一件，他還是不敢再怠慢，必須把南征的大事提到議事日程。

早在漢獻帝建安十三年（208 年）正月，也就是剛返回鄴縣時，曹操就下令在鄴縣修築一個人工湖，叫作玄武池，用來訓練水軍。只為了征討襄陽的劉表，似乎還用不着太多的水軍，看來此番曹操是想連江東的孫權一塊辦了。

六月，當上丞相。

七月，便下令南征。

北征烏桓歷時近一年，但準備工作做了不止三年。此次南征的對手如果把劉表和孫權一塊算上，實力將何止是烏桓人的若干倍，所以這一仗很有挑戰性。

曹操親自率主力由鄴縣南下，直指襄陽的劉表。

這一趟南下應該路過了許縣，曹操在這裏做短暫停留，由於在這

裏有過不愉快的經歷，曹操不想去拜見漢獻帝劉協，董承事件後，他與天子的關係就相當冷淡，據他的情報，漢獻帝經常跟身邊幾個人嘀嘀咕咕的，雖然大多數情況下是研究學問，但誰知道他在談經論道之餘會不會有什麼圖謀。

根據報告，跟漢獻帝最談得來的有兩個人，一個是荀悅，是荀彧的堂兄，擔任漢獻帝的高級祕書（侍中），是個書獃子，跟天子所談的話題主要集中在經學和本朝歷史上，他曾經受漢獻帝之命續寫本朝的史書《漢紀》。

另一個人是孔融，擔任皇家事務部部長（少府），這個人讓曹操越來越感到討厭，他跟漢獻帝也很談得來，但他們談的可不都是學術話題。

曹操廢三公後郗慮被任命為御史大夫，成為許縣地位最高的朝臣，曹操常駐鄴縣，許縣的一舉一動就交給郗慮來監控，重點就是像孔融這樣跟漢獻帝走得比較近的人。

路過許縣，曹操自然要把郗慮祕密召來問問情況，郗慮剛受到孔融的嘲諷，正要報復一下，於是說了孔融一堆壞話。

曹操讓郗慮整理個材料報上來，等候處理。

郗慮真快，馬上就把材料整理出來了，他不愧是鄭玄的高足，把孔融所謂的劣跡和黑史整理得很到位，但凡能給孔融判上十年八年的地方一個沒漏，中間還添油加醋，煽風點火，欲置孔融於死地。


郗慮整理出來的材料總結了孔融的四條罪狀：

第一條是說孔融過去在北海國看到漢獻帝遇難，就招募徒眾，意欲不軌，他曾經說「我是聖人之後，即使君臨天下也沒有什麼不可以的，何必卯金刀」，「卯金刀」是繁體的「劉」字，根據這段話的意思，是說孔融那時就有想造反的意思；

第二條是說後來孔融與孫權的使者暗中來往，對朝廷進行誹謗（與孫權使語，謗訕朝廷）；

第三條是說孔融身為朝廷部長級官員（身為九列），不遵照朝廷禮儀，經常戴個禿巾，穿着很隨便的衣服在宮廷裏走來走去（禿巾微行，唐突宮掖）；

第四條是說孔融跟狂士禰衡在一塊胡說八道（跌盪於言），說什麼「父之於子，有什麼親情可言？只不過是情慾的產物而已；子之於母，也是一樣，就像一件東西放在筐子裏，拿出來以後就沒有關係了」，孔融與禰衡互相吹捧，禰衡說孔融是「仲尼不死」，孔融吹禰衡為「顏回復生」。

上面這四條罪狀，都很勉強。

第一條估計沒有多少人會相信，孔融沒有那麼大的抱負，他連北海國相都當不好，哪敢謀反？所以這一條根本已無從查證，推斷起來恐怕是子虛烏有。

第二條是個說不清的問題，從官渡之戰後到赤壁之戰前，孫權一直表面上臣服於朝廷，經常派使者到許縣來，孔融倒是有很多機會跟孫權的使者接觸，但有沒有上述問題，不能靠推測，得靠證據說話。

第三條說的情況或許有，孔融有大名士的做派，別人開會穿正裝打領帶，他偏偏愛穿夾克和牛仔褲，但屬於小問題，批評教育即可，用不着大做文章。

第四條可大可小，孔融跟禰衡的關係盡人皆知，曹操不喜歡禰衡，但並沒有治他的罪，孔融跟他交往在法律上是沒有問題的，至於人家喜歡互相表揚一下，似乎也不關別人的事。

然而，漢魏時代重倫理，重小節，有些事可以上升到律法層面，比如最後一條，既可以批評教育、下不為例，也可以罰工資、扣獎金，也可以判個三年五年，甚至十年八年，但不幸的是，也可以判處死刑。

朝廷的律法就是這樣，遇到模糊的東西更有模糊的處理辦法，司法的量裁區間大得要命，就看你怎麼認識了。

也就是說，孔融如果犯了上面所列的部分錯誤，處理起來既可以給他來個誡勉談話，讓他以後注意；也可以直接砍他的頭，讓他想注意都沒有機會了。

在郗慮看來，孔融的上述種種罪狀實在罪大惡極，建議判處重刑，立即誅殺（宜極重誅）。

曹操正忙着南下，沒有工夫細看細審，直接替漢獻帝做主，進行了批示。

判處孔融死刑，立即執行（書奏，下獄棄市）。


漢獻帝建安十三年（208 年）八月，孔子的第 20 世孫——朝廷九卿之一的孔融因郗慮的告發而下獄被殺，死時 56 歲。

其實，曹操早就想殺孔融，因為孔融得罪他不是一天兩天了。而另一方面，孔融對曹操也早就心生不滿，有意跟他對着幹。

一個大權在握，礙於對方的名望一忍再忍。

一個大名遠揚，仗着自己人氣很高無所顧忌。

曹操曾頒佈過禁酒令，目的是節約有限的糧食，保證戰爭所需，孔融給曹操寫信非要爭論一番，從堯舜到先賢，到他的祖上孔子，再到劉邦、樊噲、袁盎引了一大堆古人，其中不乏有名的酒鬼，說明飲酒的必要性和重要性，純粹是想攪局。

孔融是名士，曹操還不能不回答，曹操耐着性子給孔先生回了封信，闡明禁酒的現實意義。哪知孔融不理，一連給曹操回了好幾封信，語氣越來越不友好（頻書爭之，多侮慢之辭）。

曹操與袁紹相爭於官渡，孔融不出來幫忙也就算了，他還說風涼話，大談什麼和平主義，勸曹操不要興兵。

前面提到曹操想恢復古代的九州制，孔融馬上對着幹，提出要恢復古制就要把所有古制一塊恢復，比如古制中的王畿制，以天子為中心，千里之內應由天子直接管理，不能再封給別人，導致九州制泡湯，曹操的不滿可想而知。

最讓曹操不能容忍的是孔融也搞人身攻擊，曹操娶兒媳婦孔融也不放過，要嘲諷一番。曹丕娶甄宓，孔融聽說後馬上給曹操寫來一封信，卻不是來賀喜的。

孔融在信裏陰陽怪氣地寫道：「武王伐紂，以妲己賜周公。」

這一句出自何典，又是何意，連飽讀詩書的曹操也搞得一頭霧水，後來曹操見到孔融還當面請教過這出自哪個典故。

誰知，孔融竟然回答：「是根據當時的事情，順手現編的（*以今度之，想當然耳*）。」

周公是武王的弟弟，妲己是殷紂王的愛妾，武王並沒有把妲己賜給周公，所以曹操翻遍史書也找不出來這是什麼典故，原來是孔融現編的，是把曹操比作武王，曹丕比作周公，甄宓比作妲己。

武王跟周公是兄弟，曹操跟曹丕卻是父子，這裏面似乎隱含着曖昧之意，似乎暗示甄宓原是曹操所愛，後來給了兒子，在這件事上曹操和曹丕父子不像父子，兄弟不是兄弟。

而妲己更不是什麼好女人，早已惡名遠揚，用她來比甄宓，這種話也只有孔融一個人敢說。


孔融確實敢說敢幹，自始至終都是一個標準的老「憤青」。

而他終於為此付出了慘重的代價，跟他一塊被殺的，還有他的妻子和子女。

孔融有兩個孩子，兒子 9 歲，女兒 7 歲。孔融被殺的消息傳來，他的兒子、女兒正在下棋，聽說父親被害的消息，這兩個孩子表現出

成人都少有的風度，一動不動，繼續下棋，就好像沒有這件事一樣。

別人急了，說你們兩個傻孩子，老爸都被殺了，你們還不趕快跑？

這兩個孩子說了一句很有名的話：「鳥巢都毀了，鳥蛋哪有不破的呢（安有巢毀而卵不破乎）？」

他們是在別人家下棋，那家人有肉湯，哥哥想喝，妹妹說：「有今日之禍，還能多活多久，還能知道肉的味道嗎？」

臨死之前，妹妹對哥哥說：「如果死後有知，我們就能馬上見到父母了，這豈不是我們所願！」

兄妹二人從容就刑，面不改色心不跳。

還有個說法，說曹操本不想把事做得那麼絕，想免這兩個孩子不死。

不過，曹操後來聽人報告說這兩個孩子在家裏突遭大難的情況下如何鎮定自如，又說出了「安有巢毀而卵不破乎」這樣的話，曹操覺得太可怕了，還是把他們殺了。

孔融被判的不僅是死刑，而且是在市場上人多的地方公開處斬，之後屍體進行展覽（棄市），不許收屍，不許悼念。

這時有個人跑來抱着孔融的屍體大哭，一邊哭一邊說：「文舉你捨我而去，我活着還有什麼意思？」

這個人是孔融的好朋友脂習，此時擔任太醫令。脂習與孔融素來關係很好，他看孔融越來越跟曹操對着幹，曾勸他收斂一些，但孔融不聽，終於被殺。

曹操大怒，把脂習關了起來。但過了兩天怒氣就消了，覺得脂習很講義氣，很正直。曹操一向欣賞這樣的人，於是原諒了他，不過罷了他的官，讓他遷到許縣東土橋一帶居住，算是懲罰。

脂習後來還見過曹操，曹操稱他為慷慨之士，詢問他的生活情

況，當得知脂習生活困難時，曹操吩咐給他安排新的住所，還進行了賞賜。曹丕稱帝後給了脂習一個中散大夫的閒職，讓他在家休養，脂習 80 多歲時死去。

殺了孔融，曹操總算出了一口氣。

孔融死的時候，曹操已經率大軍逼向了荊州。

這又是一場大仗，不亞於官渡決戰，自然吸引了全天下的目光。這一仗如果贏了，天下統一就指日可待了。

# 第七章 兵臨城下

## 大軍南下荊州

漢獻帝建安十三年（208年）七月，曹操下令南征荊州。

大軍浩浩蕩蕩地南下了，這是一場關係未來天下格局的大戰，關注這場戰事的不僅是當事人，有實力的割據勢力無不焦急地把目光盯住荊州，首先坐不住的，是益州、關中和遼東的實力派們。

先說益州方面，劉璋已經開始頻頻向曹操示好。

14年前，曹操的父親曹嵩被人殺死，那一年劉璋的父親劉焉也死了，劉璋成了益州刺史。14年來，作為益州的實際控制者，劉璋的日子相對滋潤，沒有遇到大的戰事，天府之土，民殷國富，兵精糧足，成了四川的土皇上。

劉璋本可以成就一番霸業，但他的能力很一般（才非人傑），不是個可以成大事的人，白白浪費了機會。益州的劉璋判斷劉表根本不是曹操的對手，於是派手下人陰溥前來向曹操表達敬意（致敬於曹公）。

陰溥這個人沒有太多記載，只知道他是河內郡人，是劉璋手下的師長（中郎將）這一級的軍官。

曹操應該在前往荊州的路上見到的陰溥，他很高興，以漢獻帝的名義任命劉璋為振威將軍，任命劉璋的三哥劉瑁為平寇將軍。

陰溥回去覆命，劉璋也很高興，覺得曹操看得起他，現在曹操那邊有事，自己總得表示表示，於是派手下人張肅率300名叟兵攜帶一批軍事物資送往荊州前線，以示對曹軍的支持。

之前介紹過叟兵，王允、呂布守長安時他們曾臨陣倒戈。劉璋送300叟兵給曹操是動了一番腦筋的，送得太多容易引起曹操的猜忌，你是幫場子來的還是想趁火打劫？反正只是個象徵意義，表明自己的政治立場而已。

曹操當然樂意接納，曹軍陣營裏應該有匈奴人、烏桓人甚至鮮卑人，現在又多了一支叟兵，更像一支聯合部隊，給對手製造的心理壓力更大了。

曹操把叟兵留下，以朝廷的名義任命張肅為益州刺史部廣漢郡太守。

張肅有個弟弟叫張松，以後會重點說到。


再說關中方面，目前實力最強的馬騰面臨抉擇。

曹操在并州刺史部征高幹，馬騰和兒子馬超站在了曹操一邊，立下功勞，馬騰當時被拜為前將軍，封為槐里侯，槐里即今陝西省興平市。

馬騰父子在槐里前後駐守了十多年，根基很深，曹操總覺得不踏實，在南下荊州之前以朝廷的名義徵召馬騰到朝廷做官，讓他把軍權交給兒子馬超。

曹操此舉是想試探一下馬騰的態度，如果馬騰沒有異心就會來朝廷報到，如果有其他想法，也得表明立場。

詔書下達，馬騰十分猶豫，但還是答應了。

曹操在關中地區的總負責人是司隸校尉鍾繇，他擔心馬騰變卦，讓張既通知周圍各縣儲備糧食物資，以備不測，同時發動在關中地區品秩2000石以上的官員前往迎送，弄得馬騰沒有辦法，只得入朝，被朝廷任命為皇城警備司令（衛尉），雖然屬部長級的高官，但顯然只是個名分而已。

不僅如此，馬騰在許縣上班，家眷卻被送到了鄴縣，過起了兩地分居的日子。一家老小成了曹操手中的人質，這樣一來就不怕馬超鬧事了。

最後說遼東方面，公孫康竟然想趁亂撈一把。

當初，公孫康大義凜然地殺了袁熙、袁尚，從而避免了直接與曹軍刀兵相見，作為回報，曹操以漢獻帝的名義拜他為左將軍，地位與馬騰大致相當。

公孫康比劉璋有野心，聽說曹軍主力南下荊州，公孫康甚至覺得這是個機會，於是召集手下人討論，看看有沒有趁機做點兒什麼的可能。

沒想到，公孫康手下盡是一群好戰分子，在沒有仔細評估自身實力的情況下，紛紛叫嚷要趁機給曹操後面來一刀，端了曹操的老巢鄴縣。

一片群情激昂聲中只有一個人面帶冷笑，表現出十分不屑。

公孫康問他是怎麼想的，這個人回答：「現在海內大亂，社稷將傾，將軍您擁有十萬之眾卻沒有什麼作為，為人臣的怎麼能這樣呢？曹公憂國家之危敗，慮百姓之苦難，率義兵為天下誅殘賊，功高德廣，天下無雙，他沒有來問您的罪，您反而要舉兵西向，這個事怎麼樣，將軍您好自為之吧！」

一番話擲地有聲，把大家驚醒了（皆震動），半天沒人吱聲。

過了一會兒，公孫康悻悻地說：「先生你說得對呀。」

於是放棄了在背後偷襲的打算。

說這話的人名叫涼茂，字伯方，既不是遼東人，也不是公孫康的手下，他是曹操司空府裏的一名處長（司空掾），曹操派他以侍御史的身份出任泰山郡太守，後被曹操調到樂浪郡當太守。

樂浪郡這個地方位於今朝鮮半島，當時是公孫康的實際控制區。涼茂要去樂浪郡就得路過遼東，公孫康把涼茂扣下，不讓他上任。公孫康用各種辦法給涼茂做工作，想讓他主動臣服自己，但涼茂始終不為所屈。

曹操的本意是派涼茂到公孫康的地盤上「摻沙子」，發現公孫康護得很嚴，無從下手，後來還是找了個機會又把涼茂調回來擔任魏郡太守。

## 劉表憂懼而死

曹操率大軍繼續南下，對付劉表這樣的對手，曹操不敢大意，主力幾乎傾巢而出。

荊州最北面南陽郡的北部早已是曹軍佔領區，曹操便以宛縣為基地，將各路大軍在此集結，之後順南方大道一路南下，直撲襄陽。

每次重大軍事行動前曹操都習慣召開軍事會議進行研究，聽取各方面意見，一般來說，每次既有贊同意見，也會有反對意見，曹操注意傾聽大家的看法，最後才表態。

但是，對於這次南征荊州，曹操身邊主要的參謀們卻一致性地給予了支持。此戰後來敗得很慘，有人說是曹操不聽勸阻一意孤行造成的，這不公平。

曹操最主要的智囊荀彧沒有跟隨大軍行動，但曹操也徵求了他的意見，荀彧對此次南征是同意的。

荀彧還提出一些具體建議：「如今北方大部分地區都已平定（華夏已平），荊州那邊肯定有危機感了（南土知困矣）。可以從大道大張旗鼓地南下，然後從宛縣、葉縣間的小道祕密疾進，以出其不意。」

這個觀點其實是曹操手下智囊們的共識。

有人會不同意，認為賈詡曾反對過南征，但這是誤讀，賈詡反對的是曹操在得到荊州後順江東下進攻孫權，而不是反對南征荊州。

統一了北方，劍指荊州，那是順理成章的事。

但這次軍事行動的目標只是征服荊州，出發前曹操並沒有制訂連續作戰再下江東的計劃，問題就出在了這兒。


襄陽城裏，此時已風聲鶴唳，草木皆兵。

聽說曹操親率大軍打上門來，劉表睡不着了。

看到曹軍主力越來越接近自己的地盤，劉表病了。

這一年劉表67歲，他來荊州已經近20年了。他曾經是一個黨人，算是文人，也小有名氣，但他一點都不文弱，頗有膽識和謀略，依靠老同事蒯越以及荊州的蔡氏、馬氏等大族的支持，迅速在荊州站住了腳。

劉表治理政務、發展經濟都有一套，是個實幹家，這些年把荊州治理得不錯，在一片紛亂擾攘的時局中，荊州一度成為中原人避亂的最佳地點，人才的大量擁入，又進一步推動了荊州經濟和社會的發展。

與曹操相比劉表沒有打過什麼像樣的大仗，大部分時間是在和平的環境中度過的，舒舒服服過了20年的太平日子。

這是幸運，同時也是不幸。

如今，身經百戰的曹操攜統一北方的雄威率大軍向自己殺來的時候，劉表才明白和平是美好的，但和平得太久了也害人。

劉表手下軍隊的人數應該超過10萬，而且在水軍方面優於曹軍。但劉表心裏明白，這是一支在和平年代成長起來的軍隊，豈是能征慣戰的曹軍的對手？

雖然明白了，但是有點晚了。劉表或許想過投降，那是很沒有面

子的事，但要硬着頭皮打一仗，他又實在抖擻不起精神來，也沒有任何取勝的把握。

在這種情況下，劉表病了，一病不起。

意識到自己來日無多，劉表不得不考慮自己的後事，此時的劉表還不如當年的陶謙，因為他心裏還有不少牽掛。

與陶謙不同，劉表想把事業傳給兒子。他有兩個兒子，長子劉琦，次子劉琮。劉表開始比較喜歡劉琦，原因是劉琦長得像自己（初以琦貌類於己，甚愛之）。作為長子的劉琦深得父親的喜愛，在嫡長子繼承制的體制下，接班是遲早的事。

但是，卻出現了插曲。

劉表的前妻死了，後妻蔡氏出自荊州大族蔡家。蔡氏有個弟弟叫蔡瑁，蔡瑁有個外甥叫張允，二人掌握着劉表的水軍，是劉表也不敢小視的人物。

劉表喜歡劉琦，蔡氏卻喜歡劉琮，原因是劉琮娶了蔡氏的姪女，成了親上加親。蔡氏為了抬高劉琮，不斷在劉表面前詆毀劉琦，次數多了，劉表居然慢慢相信，於是對劉琦逐漸疏遠。

表面上看劉表有些糊塗，犯了廢長立幼的大忌。袁紹之敗就在眼前，他居然沒有吸取教訓，重蹈覆轍，實在不明智。

但是，劉琮背後有蔡氏集團的支持，而劉琦沒有後盾，如果劉表不顧實力強大的蔡氏集團的反對執意讓劉琦接班，不用想他都能猜到，在他死後荊州必然是一場內亂。

所以，劉表主動疏遠了劉琦，並且把劉琦派到外地任職，以安撫蔡氏集團。

劉琦所任的職務是江夏郡太守，這是他本人向劉表提出的請求，出這個主意的是剛剛來到劉備手下的諸葛亮。

原來，面對危局劉琦心中不安，但又無計可施，聽說劉備新招募的謀士諸葛亮計謀過人，於是請他幫忙出個主意。

但是，諸葛亮似乎對涉足劉表的家事很謹慎，原因是他與蔡家也有親戚關係，諸葛亮的岳母也姓蔡，她跟劉表的妻子蔡氏是親姐妹，諸葛亮得管劉表叫姨父，所以任憑劉琦再三懇求，諸葛亮就是不接話茬。

一天，劉琦邀請諸葛亮到一處樓上喝茶聊天，然後悄悄命人除去樓梯。

四下裏無人，劉琦懇切地對諸葛亮說：「現在只有咱們兩個人，上面不達於天，下面不達於地，話從先生嘴裏出，只到我的耳朵裏，如此這樣能不能說說呢？」

諸葛亮無奈，同時也看到在劉表集團裏唯有劉琦可以結交，日後或許能成為劉備的同盟，所以決定幫他一下。

諸葛亮點撥劉琦說：「你沒見申生在內而危，重耳居外而安嗎？」

申生和重耳都是春秋時期晉獻公的兒子，晉獻公的寵妃驪姬為了讓自己的兒子奚齊繼位，設計謀害了太子申生，申生的弟弟重耳為了躲避禍害流亡出走，經過19年的奮鬥回國做了國君，也就是春秋五霸之一的晉文公。

諸葛亮一番話點醒了劉琦，開始籌劃脫身之計。恰在這時，江夏郡太守黃祖被孫權所殺，劉琦於是請求接任。

應該說，劉表喜歡劉琦是真，喜歡劉琮有點迫不得已。劉琦不僅長得像父親劉表，而且頗有能力。劉表批准了劉琦的請求，讓他擔任江夏郡太守，率領一支軍隊駐紮在江夏郡。

劉表的病情不斷加重，劉琦聽說後，急忙從江夏郡趕回襄陽探望。劉琦是個孝子（素慈孝），劉表對劉琦也十分喜愛，鑒於此，蔡

瑁姐弟倆認為待他們父子二人相見，劉表很難說不會突然託後事於劉琦，於是千方百計阻止他們父子相見。

蔡瑁出面會見了劉琦，對他說：「你父親命令你鎮守江夏郡，這個擔子很重呀。你現在放下眾人擅自前來，你父親見到你必然生氣，影響你們父子的親情，還會增添他的病痛，這不是孝道（傷親之歡，重增其疾，非孝敬之道也）。」

蔡氏姐弟連門都不讓劉琦進（遂遏於戶外）。

劉琦無奈，流涕而去，看到這個場景的人無不傷心。


漢獻帝建安十三年（208 年）八月，劉表病逝。

劉表死於背疽，現代醫學稱為背部急性化膿性蜂窩織炎，其外因是外感風熱、火毒，濕熱蘊結所引起，內因是七情鬱結，臟腑蘊熱而發。

所以，劉表是憂愁而死的。

作為統治荊州長達 20 年的重要人物，後世對劉表也頗多評價，既認為他不是「霸王之才」，同時也認為他是「仁義之主」。

劉表死時長子劉琦不在跟前，在劉表妻子蔡氏以及荊州主要將領蔡瑁、張允等人主持下，劉表的次子劉琮繼位。

史書上還有一種說法，認為劉表臨死前留下了政治遺囑，指定的接班人既不是劉琮，也不是劉琦，而是劉備。根據這個說法，劉表在病中曾向漢獻帝上表，推薦劉備代理荊州刺史。

劉表還把劉備叫到病牀前，對他說：「我的兒子們都不是大才，而手下將領們也沒有特別突出的（我兒不才，而諸將並零落）。我死之後，你來統領荊州。」

對劉備來說，這已經是第二次有人以國相託了，上一次是陶謙，這一次是劉表，看來劉備不僅是個合格的小商販，會籠絡人，而且有

着過人的才幹和人格魅力，否則以陶謙的孤傲、劉表的叱咤不羈，不可能把他抬舉得那麼高。

跟上次一樣，劉備不了解劉表此話的虛實，只是應道：「將軍您的兒子們都很賢能，您不必為此煩心。」

劉備對劉表的好意堅決地拒絕了，有人勸劉備接受，劉備說：「劉景升一向厚待於我，今天如果接受這件事，大家必定認為我薄情，我不忍心這樣做呀！」

上面這個記載遭到了後世很多史學家的否定，但仔細分析一下劉表當時的處境和心理，如果他在病重期間真的見到過劉備，這種可能性也是完全存在的。

不僅因為他們都姓劉，而且因為劉表心中的苦衷除了劉備恐怕已無人能理解。人在重病中，尤其即將不久於人世時，會想得很多，有些過去的想法也會改變。劉表知道荊州的覆亡難以避免，他最不願意看到的是，他死後劉琦和劉琮兄弟相爭。袁紹死後兒子們鬥得你死我活，劉表都看在眼裏，還寫長信給他們進行調解，這是劉表所憂慮的。

思來想去，劉表覺得只有把荊州託付給外人才能避免這種情況的出現。和陶謙臨終前的想法一樣，劉表心中最合適的人選莫過於劉備。

但劉備是個老江湖，不然他也活不到現在。

荊州雖然是他做夢都渴望得到的，但現在卻不屬於他。劉表的話即便是真的，但對劉備來說卻毫無用處。原因很簡單，此時的荊州已經不在劉表的掌握之下了。

當初陶謙讓徐州，劉備倒是敢接，因為那時徐州的地方實力派大多數擁護他，現在他不敢接荊州，理由剛好相反。面對劉表的託付，如果劉備貿然接招，荊州必定掀起新的亂局，以自己目前有限的實力無法收拾這種局面。

沒有一點兒把握的事，劉備不敢做。

# 劉備差點當俘虜

劉表去世後，劉琮接任荊州牧、鎮南將軍。為安撫劉琦，劉琮命人把朝廷授給劉表的侯印送了過去，意思是官位他繼承了，爵位由劉琦繼承，劉琦不幹，將印扔在地上（琮以侯印授琦，琦怒，投之地），準備借奔喪之機發難。

但曹操的速度更快，沒等劉家兄弟大打出手，他的前鋒已經到達新野。大概在此之前，就在劉表病逝前夕，劉表對荊州北部防務進行了調整，劉備移防到了樊城，整個北部防衛由劉表手下的將領文聘負責。

曹操打到了荊州的門口，文聘卻率部投降了，襄陽以北無險可守，樊城首當其衝。

劉備頓感緊張，大戰在即，荊州易主，劉備對新上任的劉琮並不像劉琦那麼熟悉，劉琮現在凡事都聽蔡瑁、蒯越等人的，這些人一向對劉備懷有敵意，說不定會使什麼壞呢。

劉備不斷派人到襄陽了解情況，那邊似乎對劉備封鎖消息，劉備不得要領。

劉備不怕跟曹操打一仗，即使打輸了，荊州地盤那麼大，很容易找到立足之地，不行就到長江以南打游擊去。劉備現在擔心的是劉琮不戰而降，那樣劉備想跑都來不及了。


襄陽城內，劉琮召集緊急會議研究對策。

荊州的主要人物都參加了，只是有意不通知劉備。

眾人的意見驚人的一致：投降。

這是要換老闆的意思，劉琮雖然沒有他哥哥聰明，但道理還是明白的，這些人只替自己着想，沒有站在他的立場上想問題，員工換老

闆，原來的老闆怎麼辦？不用翻史書，就知道結局往往很兇險。

但劉琮還有些不甘心：「現在我們據有整個荊州，守着先君之業，又有劉備相助，即使投降，也再觀望一陣子難道不行嗎？」

投降派們不接受，鎮南將軍府人事處處長（東曹掾）傅巽出面做劉琮的思想工作。傅巽出身於北地郡傅氏家族，這個家族在漢魏時代很有名，還出了傅幹、傅變、傅嘏等人，他很有見識，曾任朝廷祕書局的一名科長（尚書郎），後到荊州避難，劉表聘他為鎮南將軍府人事處處長（東曹掾）。

傅巽很有口才，他先問劉琮：「逆順有大體，強弱有定勢。以人臣而拒人主，是大逆之道；以小小的楚地對抗中原，是自不量力；以劉備抗擊曹公，是很不恰當。以上三方面我們都不佔優，必然滅亡呀！將軍自己考慮一下，您與劉備相比如何？」

劉琮想了想，真比不過劉老前輩：「我確實不如（吾不若也）。」

傅巽接着說：「以劉備之雄尚不足抵禦曹公，荊州怎能自保？假如有奇跡發生，劉備能夠抵禦曹公，他又怎能甘居將軍之下？就是這個簡單道理，希望將軍不要多疑！」

這次勸降工作聲勢很浩大，就連在荊州做客的王粲都參與了勸降，他當年從長安逃往荊州，因為與劉表是同鄉，加上才氣很高，被劉表視為「文膽」，長沙郡太守張羨舉長沙等三郡之兵背叛劉表時，劉表發兵討伐，曾命王粲執筆寫了一篇《三輔論》，以示師出有名。袁紹病死後兒子袁譚、袁尚相攻，劉表分別給他們寫的勸和信也是王粲執的筆，信寫得曉之以理，又動之以情，甚有文采。

但這個小個子詩人是個有英雄情結的人，更是曹操的瘋狂粉絲，他對曹操的評價是「雄才大略在當世排第一，智謀超越整個時代（雄略冠時，智謀出世）」，王粲勸劉琮不要做無謂抵抗，只有投降才能保全宗族，安享幸福生活，這些話已經是赤裸裸的威脅了。

被眾人輪番轟炸，劉琮無可奈何，同意投降。

這時，曹操親自率領大軍已經逼近襄陽。

曹操在襄陽城外見到了劉琮的使者，使者帶着朝廷賜給劉表的符節，遞上降書，但曹操手下也有人表示懷疑，擔心劉琮使詐。

就連曹操自己都吃不準，他手下有個人對荊州的情況很熟悉，曹操把這個人叫來聽聽他的看法。

這個人名叫婁圭，字子伯，祖籍地不詳，年輕時跟曹操有交情。初平年間，他在南陽郡一帶聚集了一些部眾，依附劉表，曾奉劉表之命迎接北方流亡避難的人。當時王忠也在這支隊伍中，王忠不想去荊州，於是率一部分流亡的人襲擊婁圭，奪走婁圭手下的人馬投奔了曹操。

這件事讓婁圭很擔心，於是也投降了曹操，曹操讓他參與謀劃，不讓他帶兵。

就劉琮是不是真投降的問題，婁圭說：「天下紛亂，各人想的都是如何自保。現在劉琮讓人拿着符節來歸順，一定是真誠（今以節來，是必至誠）。」

曹公聽完才下了決心，決定接受劉琮的投降。

這時劉備還在樊城，他得不到任何消息，曹軍壓境，他本可率部一走了之，但又怕打亂了劉琮的整個部署，所以每天都在焦急地等待着。劉琮可以投降，劉備卻不能降，今非昔比，現在的曹操已容不下他劉備。

如今緊要關頭，襄陽方面卻毫無動靜，劉備察覺不對，就派人到襄陽追問劉琮，劉琮無法再隱瞞，派著名學者宋忠到劉備那裏傳達命令，說準備投降。

劉備又驚又駭，對宋忠說：「你們這幫人如此做事，又不早點相告，事到臨頭才通知我，是不是做得有點太過分了（不早相語，今禍至方告我，不亦太劇乎）！」

劉備越說越氣，抽出刀來架在宋忠脖子上，說：「現在就是殺了你都不解氣（今斷卿頭，不足以解忿）！」

劉備的氣話也只能說說，劉琮料定劉備會生氣，所以派了個劉備不敢殺的人來傳達命令。作為荊州本地最著名的學者，荊州學派的創始人之一，鄭玄死後宋忠便是全國文化界公認的頭號人物，這樣的人劉備如果一怒之下殺了，那他整天說的仁義也就白喊了。

劉備確實很生氣，因為如果等曹軍進了襄陽城他才知道消息，那他再想跑就沒有路了，就得成為曹操的俘虜。

劉備自知不是曹操的對手，趕緊率眾撤出樊城，路過襄陽的時候，諸葛亮勸劉備趁曹軍未進襄陽之機進攻劉琮（諸葛亮說先主攻琮）。

劉備拒絕了，他的說法是：「我不忍心這麼幹啊！」

劉備在襄陽城外呼劉琮出來對話，劉琮不敢出來。

劉備跑到劉表墓前祭拜一番，涕泣而去。

這時有人勸劉備劫持劉琮以及荊州官民南下江陵，依託那裏的水軍以及豐厚的軍用物資再做打算。

劉備同樣拒絕了：「劉荊州臨亡前對我有託付（劉荊州臨亡託我以孤遺），背信自救的事我做不來，死後有何面目去見劉荊州啊！」

劉備於是率眾人南下。


## 身陷重重險境

曹軍推動迅速，襄陽以北大部分地方都被曹軍佔領，劉表父子所任命的地方官員紛紛投降。

劉備不同意搶佔襄陽，但他接受了進軍江陵的建議，於是率部向南面的江陵進發。

這麼多年來劉備一直苦心經營，花了很大代價攢出了一支水軍，雖然無法和江陵水軍相提並論，但也有各式戰船數百艘，劉備讓關羽率領這支水軍從漢水南下，前往夏口與劉琦會合。

劉備自己去佔江陵，夏口有劉琦、關羽，如果一切如願，就控制了上千里的長江防線，以長江為依託，可以和曹操周旋一陣，甚至打退曹操的進攻也是有可能的。

聽說劉備向江陵方向去了，正籌備襄陽城入城儀式的曹操吃了一驚，立即決定暫不進襄陽城，迅速南下追擊劉備，務必趕在劉備之前佔領江陵。

江陵即今湖北省荊州市沙市區，前身是楚國國都郢，從春秋戰國到五代十國，先後有 34 代帝王在此建都，歷時 515 年。在漢代，它曾長期作為荊州刺史部的治所，劉表把治所遷往襄陽後，江陵的地位才有所下降。

江陵位於江漢平原西部，南臨長江，北依漢水，西控巴蜀，南通湘粵，古稱「七省通衢」。劉表的水軍基地設在這裏，囤積着大量軍用物資。曹操擔心劉備一旦江陵得手，依賴這支水軍和軍用物資可以迅速壯大，再去征討，難度大為增加。


一場追擊戰就此展開，劉備雖然早點出發，但他也跑不過曹操，因為曹操有虎豹騎。

曹操親自率領以虎豹騎為主的 5000 名騎兵去追劉備，他們是以急行軍的速度展開追擊的，行軍速度是一天一夜 300 多里（一日一夜行三百餘里），在當時這是行軍速度的極限。

曹操此舉有點兒冒險，因為劉琮雖然表示要投降，但襄陽以南還

沒有交接，一派兵荒馬亂的景象，虎豹騎不過數千人，再能打，也是孤軍深入，一旦有人挑頭發起圍攻，將處於絕地。

這不是空想，還真有人給劉琮出過這樣的主意。

劉琮手下有個叫王威的人，看到曹操輕軍冒進，祕密建議：「曹操認為將軍已經投降，劉備逃走，必然鬆懈無備，現在又輕行單進，如果以奇兵數千，在險要處埋伏（徼之於險），定可將曹操擒獲。那樣一來將威震天下，中原可傳檄而定。這是難遇之機，切不可失去呀！」

史書沒有對王威這個人做太多記載，不過從他建議可以看出此人眼光很毒，如果劉琮放手幹一把，曹操當年在清水河畔被張繡打得潰不成軍的一幕將重演，劉琮只要敢挑頭，劉備、劉琦，加上江陵的水軍以及正悄悄向荊州靠近的孫權，大夥一起動手，正好把曹操圍在中央，結局很難預料。

但是，這種事劉備敢幹，呂布敢幹，孫策和孫權都敢幹，劉琮卻不敢幹，一個生來就錦衣玉食的公子哥，典型的富二代，殺人都手顫，讓他拿出賭命的勁頭鬧上一出，他根本雄起不了。

王威建議無果，類似的事也就不再提了。


相比於虎豹騎的行軍速度，劉備所部行進得相當緩慢。

造成這個問題的原因，是一路上不斷有向南逃避兵災的荊州百姓加入，人數很快達 10 多萬。

可惜這是一支沒有戰鬥力的隊伍，有點像黃巾軍遠征，家屬、百姓、逃亡的地方官吏，什麼人都有，夾雜着各式各樣的車輛，有數千輛之多，這樣的隊伍行進起來只能用蠕動來形容，一天頂多走十多里（眾十餘萬，輜重數千輛，日行十餘里）。

有人看到這種情況，向劉備建議：「現在我們人數雖多但能戰鬥的人少，如果曹軍殺到，如何迎敵？應該加快行軍速度儘快趕往江陵。」

這個建議有一定道理，如果要搶在曹操之前到達江陵，就不能再帶上眼前這些官民百姓。

但是，劉備仍不能接受這樣的建議：「成就大事必須以人為本，現在大家自願追隨我，我怎麼能忍心拋棄（夫濟大事必以人為本，今人歸吾，吾何忍棄去）？」

「以人為本」這幾個字如今已耳熟能詳了，據說最早就是劉備在這種危急情況下說的。

劉備很重視仁和義，他一向這麼說，也儘量這麼做，不接受劉表相託緣於仁義，不奪取襄陽也緣於仁義，對百姓不拋棄不放棄也緣於此。

可是，仁義是旗幟，卻不是武器。

劉備難道不知道虎豹騎正急速向這裏靠近嗎？

劉備當然知道，他並不傻，他可能有自己的想法，但不便明說。

多年前，他親身經歷過的延津之戰也許給當下的緊急情況以啟發，他知道這十多萬百姓也許能幫助自己躲過一劫。

劉備大概想過，既然曹操拚命來追，即使自己率幾千人搶先一步趕到江陵，也未必能得手，江陵水軍的總兵力應該在三萬人左右，還不包括一定數量的步兵和騎兵，他們效忠於劉琮和蔡氏集團，讓他們在自己和曹操中間做選擇，他們肯定不會給自己當墊背。

江陵就算了，能過眼下這一關已經算命大。


## 激戰長版坡

走到南郡所轄的當陽縣，曹軍追上來了。

當陽縣即今湖北省當陽市，取名當陽指的是荊山之陽，荊山在其西北一帶，向東南方向逐漸緩降為丘陵和平原，因而有許多面積很大

的山坡，其中一個山坡名叫長阪坡。

當年的長阪坡一帶長着茂密的樹木，其中以櫟樹為多，所以自古以來此地又被稱為櫟林長阪。這是一處險地，因為它的東面是漢水，西面是沮水和漳水，北面是山地，有著名的虎牙關，南面是長湖，被堵到這個地方，想逃跑相當吃力。

不幸的是，劉備一行正是在這裏被曹操親自率領的虎豹騎追上的，一場激戰就此展開，結果毫無懸念，劉備敗得一塌糊塗。

有的史書認為此戰曹操本人沒參加，帶隊的是虎豹騎指揮官曹純和荊州降將文聘。但是以曹操的性格和他對騎兵作戰的偏愛，親自率隊追上來的可能性更大，被追的人裏有老對手劉備，曹操更不會輕視，如果給劉備來個迅雷一擊，把他殺了或者活捉，荊州的問題就算徹底解決了。

這樣說有一個間接證據，那就是此戰結束後曹操很快現身江陵，說明他正是沿着這條路線下來的。


雙方遭遇後，劉備一方馬上被衝散，可以用一觸即潰來形容。

劉備找不到妻子甘氏和 2 歲的兒子阿斗，這娘倆被劉備丟棄了（先主棄妻子），劉備與諸葛亮、張飛等數十騎敗走，曹操把隨同劉備一同南下的 10 多萬官民百姓以及輜重等全部俘獲。

但是，趙雲十分英勇，拚命保護甘氏和劉禪，當時劉備已經往南跑了，趙雲抱着劉禪，保護着甘氏，居然殺出重圍，最後免於一難。

張飛當時率領 20 多名騎兵負責斷後，他把守在一座橋上。

張飛瞋目橫矛，對追來的曹軍大喝道：「我是張益德，可以過來決一生死！（身是張益德也，可來共決死！）」

居然把曹軍震住，一時間沒人敢靠近。

劉備脫險後清點人數，發現諸葛亮、張飛都在，老婆孩子不在，

趙雲也不在。劉備身邊有人說趙雲已經投降曹操了（有人言雲已北去者），劉備聽了很生氣。

劉備用手戟敲打說話的那個人（以手戟擿之）：「子龍絕不會棄我而去！」

過了一會兒趙雲回來了，還帶回來甘氏和劉禪，劉備大為高興。

劉備臨陣提升趙雲為牙門將軍。

關羽、張飛此時都有正式軍職，關羽是副軍長（偏將），張飛是師長（中郎將），趙雲此前的職務還不太高，直接提拔為軍長一級的牙門將軍，似乎不合理。

從字面上看，牙門將軍屬雜號將軍，比偏將、裨將都要高，趙雲如果直接升任此職，說明他後來居上，已超過了關羽和張飛，這就不好理解了。

其實，這裏的「牙門將軍」應該是「牙門將」之誤。

古代君王、將帥的大旗旗杆常以象牙做飾物，故其大旗常被稱為牙旗，其營門也稱牙門，到南北朝時牙門從軍隊用到了地方上，後來演變出「衙門」一詞。牙門將就是守營門之將，並非有將軍的軍銜。赤壁之戰後趙雲被派到荊州南部的桂陽郡當太守，那時的軍職才剛被提升為偏將。

劉備在趙雲、張飛等人的拚死保護下暫時脫險，給他幫了忙的並不是長阪坡附近茂密的樹林，而是那 10 多萬百姓。

可以想像一下當時的情形，5000 多曹軍騎兵殺到，但一下子都傻眼了，因為他們看到的全是人。

推測一下，劉備的兵力不過三四千人，他們混在 10 多萬百姓中間，曹軍想馬上找到攻擊目標，比較困難。

曹操幹過幾次屠城的事，那都是攻城作戰後為震懾敵人、打垮敵

軍鬥志而進行的，曹操沒有喪失理智，沒殘暴到見着老百姓就殺的地步，所以虎豹騎縱然彪悍，也不敢縱馬亂衝。劉備等人才藉機脫險。

追隨劉備南下的官民基本上都成了曹軍的俘虜，他們之所以一路追隨劉備，多半因為他們是劉備部屬的家眷以及劉備屬下的官員，擔心被曹操迫害才逃離襄樊一帶的。

徐庶的母親就在其中，她被曹軍俘虜，儘管徐庶已經隨劉備成功突圍，但他是個孝子，得知母親被俘，他向劉備提出請求離開。

徐庶辭別劉備時，指着自己的心口說（指其心曰）：「本來想跟隨將軍共圖王霸之業，憑藉的是此方寸之地。如今老母親被俘，方寸已亂，已無益於事，咱們從此作別吧！」

徐庶至孝，劉備至仁，儘管不捨，還是放徐庶走了。

徐庶到了曹操那裏，後來官至右中郎將、御史中丞，諸葛亮的另一位好友石韜後來也在曹操手下供職，曹丕稱帝後擔任過郡太守、典農校尉等職。


現在，再往江陵去已無意義，劉備收拾殘部改向東走，目標是漢水上的渡口（斜趨漢津）。

曹操的目標還是江陵，所以不追劉備，繼續南下，前去佔領江陵。

幸運的是，劉備率張飛、趙雲、諸葛亮等到達漢水上的渡口時，正好遇到指揮水軍沿漢水南下的關羽，於是合兵一處，乘船去夏口，與在那裏的江夏郡太守劉琦會合。

如果曹操能預知後面發生的事，他或許會後悔當時的決定，從戰略全局看，江陵重要，劉備比江陵更重要。

曹操應該繼續追擊劉備，利用虎豹騎擅長機動作戰的特點，一定能在劉備到達漢水與關羽會合前把他追上，將劉備就地消滅，之後再去江陵也不遲。

曹操如果徹底消滅了劉備，劉琦只能選擇投降，孫權則孤掌難鳴，為求自保，只得退回江東，曹操佔有荊州，穩紮穩打，經過兩三年的準備即可西攻劉璋，東擊孫權，一定能在有生之年看到天下的統一。

一念之間，改變了歷史的走向。

歷史無法假設，也無法要求曹操對所有的事情都能料事如神。而且，從當時的情況判斷，曹操不去追擊劉備，也有他的道理。

曹操率 5000 騎兵已離開襄陽數百里，目前身處河流縱橫、湖澤遍地的荊江地區。對曹軍來說，這裏地況複雜，充滿了陌生，騎兵的優勢已無法發揮，孤軍在外，如果荊州的降軍有異動，曹軍也很危險。

如果向漢水方向追擊，有可能遭遇劉備、劉琦的聯軍，虎豹騎長途奔襲，已很疲憊，如果劉備、劉琦聯手死戰，曹操並沒有取勝的把握。

相比而言，去江陵接收劉表的舊部，然後以此為基地鞏固荊州，似乎更穩妥。

曹操精於《孫子兵法》，深諳奇正之道，他經常出奇兵、走險棋，但那都是在正面作戰難以突破和奏效的情況下進行的，有更好、更安全的選擇，曹操也不會刻意冒險。


## 大賞有功之臣

曹操率虎豹騎趕到江陵，在這裏並未發生戰鬥。

劉表手下的將領蔡瑁、張允接受劉琮的命令率部投降，曹操於是決定暫不回襄陽，在此休整。曹軍的後續部隊源源不斷開來，這裏成了南下曹軍的臨時基地。

劉表的水軍經營多年，有大小艦船數千艘，水軍主力三萬人以

上，如今全部納入曹軍的編制，曹操想起年初在玄武池練習水軍的艱辛，面對浩瀚無垠的大江和威武不凡的各式艦船，肯定會感慨萬千。

曹操下令仍由蔡瑁、張允統率水軍，一來出於對荊州降將們的信任，讓他們不要猜疑，二來曹操手下熟悉水軍的將領還真不多。

這時已經是漢獻帝建安十三年（208 年）深秋，在北方的鄴城已經過了秋高氣爽的季節，天氣慢慢轉涼了。

曹操在江陵開始處理荊州的事務，他發佈的第一道命令是，任命劉琮為青州刺史，封為列侯。

如何處置劉琮，原荊州舊部們都在觀望，必須儘快做出交代。

曹操的想法是，劉氏父子在荊州時間太長，影響力深遠，即使劉琮自己沒有別的想法，難免什麼時候冒出來個王威那樣的人，拉劉琮做大旗叛亂。所以，最好的辦法是把劉琮從荊州弄走。

當然，這個青州刺史只是虛職，劉琮也不會擁有什麼實權，由荊州刺史改為青州刺史，只是名義上更順一些而已。

曹操以為劉琮會接受，但劉琮對到青州赴任沒有興趣，更主要的是沒有安全感，他寧願待在曹操身邊，當不當官無所謂。於是劉琮給曹操寫了一封信表達自己的想法，曹操下令改任劉琮為諫議大夫。

此時的諫議大夫更是一個閒差，不過它比州刺史品秩要高。

劉琮任職發生了變化，曹操還專門為此發佈了一道命令，把其中的原因告示荊州軍民。

劉琮空出來的荊州刺史一職地位很重要，理論上擔任這個職務的應該是曹操的舊部，此人最好是文官出身，但又對軍政事務很熟悉，同時深得曹操信賴，本人也得有相當的資歷。

目前，曹操身邊符合這些條件的人有好幾個，董昭就是理想人選之一。但曹操選定的荊州刺史卻名不見經傳，他的名字叫李立，史書上只能查出他是涿郡人，字建賢，其餘事跡一概不知。

回想之前被曹操任命為徐州刺史的車冑、單經等人，也都很不起眼。可能在曹操眼裏刺史並不是個重要角色吧。

然而，此次任命李立仍然讓許多人吃驚，外面有人編了首民謠，裏面有「不意李立為貴人」的話。


曹操隨後以漢獻帝的名義封蒯越等 15 人為侯爵，表彰他們在荊州「和平解放」事業中所立的功勞。這 15 個人具體名單不詳，除蒯越外，推測起來蔡瑁、張允、韓嵩、文聘、張羲等人都應在其中。

荊州本土派實力人物蒯越不僅被封侯，還被徵召到朝廷任職，擔任光祿勳，成為帝國的部長之一。

曹操在給荀彧寫的信裏說：「得到荊州算不上最高興，最高興的是得到了蒯異度啊（不喜得荊州，喜得蒯異度耳）！」

異度是蒯越的字，蒯越死於 11 年後，應該死在部長任上，臨終前曾向曹操託付家事。

另一位「擁曹派」重要人物韓嵩目前身體狀況不太好，仍然被曹操任命為大鴻臚，與蒯越一樣成為帝國新的部長之一。

被徵召到朝廷擔任要職的還有張羲，擔任的是侍中，也算是部長級。還有一位是劉先，字始宗，原來擔任劉表的副州長（荊州別駕），之前曾出使過許縣，給曹操留下過深刻印象。

那一次曹操正大會賓客，劉先應邀出席，曹操問劉先：「劉牧君是怎樣郊祭天地的？」

劉先很鄭重地回答說：「劉牧君作為漢室重臣，處在牧伯之位，在王道未平、群凶塞路之時，抱着玉帛不知道該向何處朝貢，寫好章表卻送達不到天子手中，所以自行郊天祀地，以自己的赤誠昭告天下。」

劉先話裏帶出了「群凶」這樣的詞，挑動了曹操的神經。

果然，曹操追問道：「群凶都是誰？」

這個問題很敏感，回答不好就得掉腦袋，劉先說：「舉目皆是。」

曹操又問：「我現在有熊羆之士，步騎 10 萬，奉辭伐罪，還有誰敢不服？」

劉先回答說：「漢道凌遲，民生憔悴，沒有忠義之士擁戴天子、平定海內，卻個個擁兵自重，恐怕是蚩尤、智伯又現於今日了。」

劉先的意思是反正我也不怕死，就把你罵了，你怎麼着吧？

面對這樣的硬骨頭，曹操居然無言以對，從而對此人刮目相看。

荊州平定後，曹操還記得這個人，讓人把他找來，讓他擔任尚書，在曹操的眼裏劉先是個不可多得的人才。

曹操下令任命文聘為江夏郡太守，仍然統領其舊部，文聘從此進入曹軍重要將領的行列。

還有一個人叫鄧義，當初劉表暗中聯結袁紹，鄧義勸說不聽，鄧義一氣之下藉口有病辭職不幹了，曹操把鄧義請出來，請他擔任朝廷的侍中。


曹操還記得一件事，在官渡相持最緊張的時候，劉表背後曾燒起一把火，張羨等人在長沙郡一帶起兵反抗劉表，從而讓劉表無暇北望。

曹操聽說桓階是這件事的背後主謀，就讓人把桓階找了出來，任命他為丞相府辦公室主任（主簿）。

王粲也被徵召到丞相府工作，任命為丞相府裏的處長（丞相掾）。

與其他人不太一樣，王粲投身曹氏陣營不是為形勢所迫，也不是政治投機，他是打從心底裏仰慕曹操，他本質上是一個詩人，有詩人的氣質和熱情，此前的王粲一直在失意中度日，自從到了曹操身邊，就像撥開烏雲見到了青天，他熱情地為曹魏的事業鼓與吹，自己的命運也有了很大的改變。

在隨後短短三五年時間裏，王粲的職務一升再升，最後成為「建

安七子」中政治地位最高的人，也是唯一被封侯的。

荊州有個名士叫劉巴，字子徹，零陵郡人，從小就有才名，祖父劉曜、父親劉祥都擔任過荊州地區的郡太守，劉表多次召劉巴出來做官，但他都予以拒絕，劉巴此時卻主動跑來跟曹操要官當。

曹操也任命劉巴為丞相府處長（丞相掾），因為他是江南人，在當地有些影響，曹操便派他去招撫江南各郡。

被曹操徵召的荊州人士還有隗禧、韓暨、劉廙等人，曹操聽說已故名臣竇武的孫子竇輔也在荊州，就派人把他找出來，安排到丞相府工作。

除了這些行政人才，曹操還徵召了幾位藝術家，包括著名書法家邯鄲淳、梁鵠，著名音樂家杜夔等人。

邯鄲淳字子叔，是那個時代最有名的書法家之一，進入曹氏陣營後深得曹丕、曹植兄弟們的喜愛。

杜夔字公良，擅長音樂，擔任過宮廷樂師（雅樂郎），後避亂到荊州，劉表讓他跟另一個音樂家孟曜製作雅樂，曹操任命他為軍謀祭酒，後來命他創製雅樂。

另一位著名書法家梁鵠此時也在荊州，曹操跟他不僅同是當初洛陽書法沙龍的成員，而且還有一段淵源，曹操太學畢業後想當洛陽令，當時梁鵠是尚書台專管幹部選拔任用的尚書，手中握有大權，他沒有照顧曹操，僅給了曹操一個洛陽北部尉。

曹操聽說梁鵠也在這裏，派人到處找他，梁鵠有點害怕，還以為曹操要找他的麻煩，就自己捆着上門來謝罪。曹操其實只是想念老朋友了，並不想治他的罪，於是把他留在身邊從事祕書一類的工作，仍然發揮他的特長。

曹操以後行軍打仗的間歇，常把梁鵠的字掛在帳中欣賞，後來鄴縣建起了很多宮殿，殿名都是梁鵠題寫的。

此次來到荊州曹操最掛念的其實是一個故友，曹操一直在尋找他，這個人就是王俊。

董卓之亂後，曹操逃出洛陽去陳留郡一帶發展，從此與王俊失去了聯繫。後來曹操聽人說王俊到荊州的武陵郡避難，漢獻帝遷都許縣後，他以天子的名義徵召王俊來朝廷擔任議郎，但是沒有結果。

官渡之戰前夕，劉表悄悄結交袁紹，王俊曾經勸劉表，認為曹操才是真正的英雄，一定能興霸王之道，但劉表沒有聽。

後來王俊病逝於武陵郡，死時 64 歲，根據這個情況判斷他比曹操大 10 多歲，看來他與曹操還是忘年之交。

曹操對這個老朋友一直念念不忘，到了荊州就打聽王俊的下落，最後得知他已去世，十分難過（公聞而哀傷）。

曹操派人把王俊移葬於江陵，親自迎喪，並且上表授給王俊先賢的稱號。

## 聯盟由誰發起

劉備突圍趕到夏口，即漢水匯入長江之地，現在這裏是繁華的武漢三鎮，而當時只是一個小縣城。

夏口是之前孫權征討黃祖的地方，孫權攻破夏口後，大概考慮到此處距他能控制的地方有點兒遠，所以又退到柴桑，即今江西省九江市一帶，劉表的長子劉琦目前在這裏據守。

劉備在夏口與劉琦會合，劉琦當時手下有一萬多人，而劉備方面加上關羽的水軍在內，至多一萬人，用這點兒力量對付曹操，差得實在太遠，諸葛亮認為現在只有聯絡孫權才能對抗曹操。

一到夏口，諸葛亮就對劉備說：「事情很緊急了，請讓我向孫權將軍求救（請奉命求救於孫將軍）。」

劉備於是派諸葛亮沿江而下，去尋找江東的人馬，聯絡孫權共同對抗曹操。

　　按照上面的記載，未來的孫劉聯盟是由劉備、諸葛亮率先發起的，但史書上還有另外一種記載。

　　根據這個記載，同樣深具戰略眼光的魯肅，也認識到了聯合劉備共同抵抗曹操的重要性，不過，一開始他還不能確定孫權是怎麼想的，決定先試探一下。

　　魯肅故意對孫權說：「曹操是個強敵，剛滅了袁紹，兵馬甚精，乘戰勝之威，伐劉氏父子的喪亂之國，勝利是必然的。不如遣兵助曹操，並送家眷到鄴縣（且送將軍家詣鄴），不然的話，就危險了！」

　　孫權聽完大怒，要殺魯肅（權大怒，欲斬肅）。

　　魯肅經過這樣一激，摸清了孫權的真實想法，於是說：「現在的情況很嚴重了，既然不想這麼做，不如遣兵助劉備。」

　　對於這個方案是否可行，魯肅進行了詳細分析：

　　「荊楚和我們相鄰，水流順北，外有長江和漢水，內有山嶺阻隔，城池堅固，沃野萬里，士民殷富，如果據而有之，可以成就帝王之業。現在劉表死了，兩個兒子向來不和，軍中諸將各懷心事。另外，劉備是天下梟雄，和曹操有矛盾，寄寓於劉表，劉表忌諱他有能力所以不能重用。

　　「如果劉備與荊州同心協力，上下一致，那我們應該採取取撫慰的策略，與之結盟；如果他們各有異心，互不合作，我們就另想辦法謀取荊州，以成就大業（如有離違，宜別圖之，以濟大事）。

　　「我請求奉命到荊州弔唁，慰問劉表的兩個兒子和軍事上主事的人（肅請得奉命弔表二子，並慰勞其軍中用事者）。同時說服劉備讓他安撫劉表的部屬，同心同德，共同對付曹操，劉備一定樂意這麼做。如果能夠成功，天下就可以平定了。現在必須儘快前往，否則就會讓曹

操搶先一步。」

孫權於是派魯肅以弔喪的名義前往荊州，真實目的是觀察荊州的動向，尋機與劉備建立聯繫（並令與備相結）。

魯肅由柴桑出發去襄陽，但荊州形勢變化得太快，魯肅還沒有到襄陽劉備已出逃，魯肅便改變方向，在劉備的必經之地等他，雙方最後相遇於當陽。

魯肅向劉備轉達了孫權的想法（因宣權旨），和劉備共論天下大勢。

魯肅問劉備：「劉豫州下一步想往哪裏去？」

劉備想了想，回答說：「我和蒼梧郡太守吳巨有些交情，想到那裏投靠他。」

蒼梧郡屬交州刺史部，管轄範圍大體相當於今廣西一帶，治所在今廣西壯族自治區梧州市，當時這一帶屬特別偏僻荒涼的地方。吳巨其人不詳，只知道他是劉表的舊部，所以劉備倒是真有可能認識他並和他有一定交情。

劉備這番話當然是試探，他並沒有真去蒼梧郡的打算。

魯肅對此也不以為然，說：「孫權將軍聰明仁惠，敬賢禮士，江東英豪都歸附他，目前已據有六郡，兵精糧多，足以成就大事。現在為君計議，不如派心腹之人出使江東，雙方聯合起來共創大業。而吳巨不過是凡人一個，又地處偏遠，馬上就會被人吞併，怎麼可以以身相託呢？」

劉備聽完魯肅的話大喜，於是前進至鄂縣，此處距夏口很近。在這裏，劉備派諸葛亮同魯肅一起去見孫權，完成結盟任務。

史書上出現了兩種看似不同的記載，它的核心是，誰才是孫劉聯盟的發起方。

分析起來，雙方可能同時想到了與對方聯合，而後來蜀漢、孫吳

寫歷史的人又都想搶功，所以才出現了不同的記載，類似情形在相關史書裏經常遇到，造成了史料記載上的混亂。

魯肅也在這時與諸葛亮成為好朋友，他們有過一次私下談話，在這次談話裏魯肅告訴諸葛亮，他是子瑜的朋友（我子瑜友也）。

子瑜就是諸葛亮的大哥諸葛瑾。

諸葛亮隨叔父離開老家後，諸葛瑾在家鄉實在沒法待下去，於是攜繼母一起來到江東避難，開始沒有受到重用，生活上也很清貧，後來經孫權姐姐的女婿弘咨的推薦，諸葛瑾引起了孫權的重視，後來擔任了孫權的祕書長（長史）。


諸葛亮隨魯肅去了柴桑，自他一走，劉備的心就懸了起來。江陵方面傳來的消息一天比一天急迫，時間雖然已經到了深秋，但曹軍備戰的氣息很濃，曹操很有可能就在冬天裏發起進攻。

劉備聽說孫權只有 26 歲，比諸葛亮還小 1 歲，關於這個年輕人的事劉備聽說了不少，他知道孫權很有本事，在江東很得人心，無論老將還是新人，都緊緊團結在他的周圍，更為難能可貴的是，他不甘心投降曹操，志向很遠大。

劉備不擔心孫權，但對孫權的手下如何看待戰與降的問題深感擔憂。和劉琮的手下一樣，如果從自己切身利益考慮，投降無疑是最保險最劃算的，曹操在江陵連封十幾個侯爵，給出去好幾個部長級的官位，也是給孫權手下們看的。

要打，你得想好是不是對手；要降，高官厚祿，榮華富貴。

所以，諸葛亮能不能完成聯合孫權的使命，劉備心裏沒底。

大約半個月過去了，還是沒有消息，劉備派了不少偵察兵不停地打探長江下游的情況，看有沒有江東水軍到來（日遣邏吏於水次候望權軍）。

# 諸葛亮智激孫權

的確，在柴桑圍繞着降曹還是抗曹展開了激烈爭論。

諸葛亮到達柴桑時，孫權迎來了一件喜事：他的長子出生了。

孫權已娶謝氏、袁氏、徐氏為妻，但她們都還沒有為孫權生下兒子，為孫權生下這個兒子的女人地位不高（所生庶賤），以至於沒有留下姓名，而且不久後就死了。

孫權為長子取名孫登，把他交給目前最寵愛的徐氏撫養。

但諸葛亮不是來道喜的，見到孫權顧不上客套，直接說：「天下大亂，將軍起兵於江東，劉豫州擁兵於漢南，都在與曹操並爭天下。現在曹操佔領荊州，威震四海。根據眼下的局勢，我為將軍考慮，無外乎兩條出路：如果能以吳、越之眾與曹操抗衡，不如早下決心；如果不能，何不按兵束甲，向曹操投降（北面而事之）。」

孫權還不太了解諸葛亮，沒聽出來這是諸葛亮說的反話，所以很不痛快。

孫權於是反問諸葛亮：「如果真如先生所說，劉備為什麼不投降（苟如君言，劉豫州何不遂事之乎）？」

諸葛亮裝得很認真地說：「田橫是齊國的壯士，尚且能守義不辱。劉豫州是王室之冑，英才蓋世，眾士仰慕。如果成不了大事，那是命運不濟（若事之不濟，此乃天也），怎麼能幹投降敵人的事？」

孫權聽了更不爽，生氣地說：「我不能舉全吳之地，十萬之眾，反而受制於人。我意已決，不是只有劉豫州能抵擋曹操，劉豫州失敗了，還有我！」

諸葛亮的試探取得了成功，於是說：「劉豫州雖然敗於長阪坡，但手下人馬加上關羽將軍統率的水軍還有萬人之多，劉琦所率的江夏郡人馬也不下萬人。曹軍遠道而來，所謂『強弩之末勢不能穿魯縞』。而

且北方之人，不習水戰，荊州投降過去的軍民又未必心服。將軍如果能命猛將統兵數萬，與劉豫州協規同力，必然能打敗曹操！」

孫權聽了很高興（大悅），立即召集會議進行研究。

孫權在柴桑召開了軍事會議，除周瑜在鄱陽湖一帶訓練水軍暫時趕不過來外，孫吳最重要的謀士和將領都參加了會議。

讓孫權感到意外的是，大家在會上討論出的意見一邊倒：投降。

這讓孫權始料未及，他的心裏很不痛快。

在主張投降的人中張昭最積極，他認為：「曹操是虎狼之輩，挾天子以征四方，動不動就拿朝廷說事（動以朝廷為辭），現在要抵抗他不一定有把握。我們過去可以賴以抗拒曹操的是長江，如今曹操得到荊州，獲得了劉表經營的水軍，各式各樣的戰船有幾千艘。曹軍水陸俱下，長江之險已經和我們共有了，實力相差懸殊，我認為不如投降（而勢力眾寡又不可論。愚謂大計不如迎之）。」

張昭的觀點受到大家的附和，他們的心理與蒯越、韓嵩等人並無太大不同，他們主張投降，倒不是對孫權不忠誠，而是覺得投降也沒什麼了不起，就像當初曹操逼迫送質子一樣，送就送唄，曹操又能怎麼樣？

這是一種政治上的短視，因為亂世出頭沒有退路，從來只能迎難而上。就像當初周瑜說的那樣，今天讓你送質子你送了，明天他讓你到許縣去一趟，你去不去？去了還能回來嗎？

但投降論在當時很盛行，就在前不久，有人甚至已經悄悄地想自己幹了。這就是孫權的從兄，豫章郡太守孫賁。他的女兒嫁給了曹操的兒子，覺得有層關係、不管孫權降不降，他可以先投降（貪畏懼，欲遣子入質）。朱治聽說後，趕緊去見孫賁。

朱治為孫賁陳說利害：「破虜將軍當初率義兵討伐董卓，聲冠華

夏，義士壯之。討逆將軍繼承他的遺志，廓定六郡，因為跟君侯你是骨肉至親，所以上表朝廷，把一個郡委託給你，又交給你兵權，讓你得以榮冠宗室，為遠近所瞻。

「現在，討虜將軍聰明神武，繼承大業，延攬英雄，賙濟世務，軍眾日盛，事業日隆，必克成王業，興盛於東南。所以劉玄德大老遠派心腹人前來求救，這是天下共知的事。前一陣我在東邊聽說將軍你有別的想法，想想真不應該啊（前在東聞道路之言，云將軍有異趣，良用憮然）！

「如今曹操擁兵，欲傾覆漢室，幼帝流離，百姓不知所歸。中原蕭條，或百里無煙，城邑空虛，道殣相望，士歡於外，婦怨於內，又興師旅，以此觀察，他哪有力量越過長江與我們爭雄？在這個重要關頭，將軍要背骨肉之親，違萬安之計，割同氣之膚，啖虎狼之口，為一女子，考慮易圖，失機毫厘，差以千里，豈不可惜嗎？」

孫賁聽了這番話，才停止行動。


孫權召集的會議還在進行，作為會議主持人，孫權必須最後做會議總結，但現在的情況讓他實在不知道該怎麼總結，於是中途離席去上洗手間（權起更衣）。

魯肅緊跟了出來，孫權注意到，張昭等人拋出「投降論」時，只有魯肅沒有應和。

見魯肅跟了出來，孫權緊緊握住他的手說：「先生有什麼話要說？」

魯肅對孫權說：「剛才聽了大家的議論，我認為他們都是要耽誤將軍，而不足以與他們討論大事（向察眾人之議，專欲誤將軍，不足與圖大事）。你聽我說，現在我魯肅可以投降曹操，但是將軍你不可以，為什麼呢？」

魯肅說得很着急，也很懇切，他接着說：「我魯肅要是投降了曹

操，曹操一定會給我官做，我繼續吃香的、喝辣的，最少也得弄個太守、刺史當當（累官故不失州郡也）。將軍投降曹操，曹操會怎麼對你？請早定大計，不要聽大家瞎議論！」

這些話都說到孫權心坎裏了，孫權歎息道：「剛才大家說的，很令我失望，還是先生站得高、看得遠，你的這些想法正和我一樣（今卿廓開大計，正與孤同，此天以卿賜我也）。」

孫權此時面臨了與劉琮一樣的處境，面對強敵是降是戰，都不好決策。劉琮手下的一幫人堅決主張投降，結果他們都撈到了好處，僅被曹操封了侯爵的就有十幾個，至少任命了三個朝廷的部長，其他人也是該提拔的提拔，該加薪水的加薪水。這就是魯肅所分析的，投降了曹操不會為難我們這些人，吃香的、喝辣的活得會更滋潤。

但是劉琮就不一樣了，曹操不得不提防他，即使劉琮自己不多事，但難保有人把他抬出來當大旗，所以只能弄到別處去，好的話給個閒職，其實是軟禁終生，稍有風吹草動腦袋隨時得搬家。

張昭等人的表現讓孫權很失望，從此也記在了心裏。


魯肅建議找周瑜過來商量，周瑜當時正在鄱陽湖訓練水軍，距此不遠。鄱陽湖那時叫彭蠡澤。

周瑜見到孫權，也全力支持與曹操一戰。讓孫權感到安慰的是，周瑜信心很足，認為曹操託名漢相，其實是漢賊，早應為漢室除殘去穢，現在他不請自來，這是他自己送死（況操自送死）。

周瑜替孫權分析，現在北面的形勢未定，馬超、韓遂都在關中，是曹操的後患；曹操捨棄擅長的鞍馬，改乘舟船，來與我吳越爭衡，現在天氣寒冷，北方兵士遠涉江湖之間，肯定不習水土，必然會生疾病。這些都是用兵之忌，曹操貿然行之，可以預言，擒獲曹操為時不遠！

周瑜認為曹操雖然對外揚言有水陸兩支部隊人數 80 萬，但仔細分析，也不過就是 20 多萬，其中十五六萬是自己帶來的，荊州降卒有七八萬。客觀地說，周瑜的這個分析是準確的，作為孫吳的主要軍事將領，他平時不可能不注意收集敵人的情報，他對曹軍人數的判斷應該建立在一定情報線索的基礎上，因而更準確。

周瑜同時提出了具體應對計劃，他請求率精兵數萬，進軍到夏口，以迎擊曹操。

孫權聽完周瑜的話激動地說：「曹操想廢漢自立已經很久了，只是顧忌二袁、呂布、劉表與我罷了。如今群雄已滅，只剩下了我。我與曹操勢不兩立，你說應當迎敵，這與我的想法相合。這真是上天把你賜給了我呀！（此天以君授孤也！）」

孫權再次召集會議，不再徵求大家的意見，而是直接宣佈自己的決定。為了表達決心，防止有人再反對，孫權拔出佩刀，揮刀砍向奏案。

孫權大聲宣佈：「以後有人再敢說投降曹操的，與此案相同！」

說罷，宣佈散會。


## 賈詡欲言又止

柴桑進行着激烈討論的時候，身在江陵的曹操相對輕鬆，忙完封賞的事，曹操也召集了軍事會議，研究下一步行動。

荊州之戰比想像中順利得多，除了夏口的劉琦和劉備，全部據有荊州七郡指日可待，曹操想趁熱打鐵，就在今年內出兵夏口，消滅劉琦和劉備。

這不是什麼大事，當時的局面一片大好，夏口之敵已如驚弓之鳥，只要出兵，定然不堪一擊。

但也不是沒有問題，這個問題其實還挺嚴重，那就是季節。

這已是漢獻帝建安十三年（208年）農曆十月，已進入冬季。初冬的長江一帶，氣候更加複雜多變，對於長期生活在北方的人來說，對南方的氣候還需要稍稍適應一下才行。

曹軍將士大部分人也都是第一次到這麼遠的南方來，他們不怕天寒地凍，也不怕乾旱少雨，但對於這種陰冷潮濕的冬天卻感到有點難受，歷史學家們事後用四個字來概括曹軍將士此時的狀況：水土不服。

對曹操來說，擺在面前的有兩個選項：一個是一鼓作氣，解決掉江夏郡的劉備和劉琦；另一個是暫做休整，待明年春天再開戰。

這兩種方案各有利弊，連續作戰容易陷於輕敵冒進的大忌，曹軍的主力此行雖然還沒有經歷大的戰事，但一路南下已行進1000多里，難免有所疲憊。而且，最近一下子接收了很多地盤和荊州的軍隊，還有大量的工作需要做。

但放着敵人不打容易給其造成喘息之機，劉備和劉琦聯手自不用說，他們背後的孫權也不會坐視不理，這幾股力量將聯合起來是可以預見的事，留給敵人的時間越充分，將來就越難打。

參加此次重要會議的有陸續抵達江陵的主要謀士，包括賈詡、董昭、陳群、和洽、華歆、王朗等人，還有剛剛加入曹操集團的王粲、裴潛、劉廙、桓階等，武將方面有曹仁、徐晃、任峻、滿寵、曹純，還有擔任水軍正副都督的蔡瑁和張允。

會上，武將們都主張抓緊時間打，而參謀們分成了兩派，一派主張現在就打，另一派以賈詡為代表，主張先不着急。

賈詡的理由：「明公過去打敗袁氏，如今又收服漢南，威名遠著，勢力強盛。如果藉助楚地之富饒，獎賞士卒和官吏，壯大力量，安撫百姓，使大家安居樂業（若乘舊楚之饒，以饗吏士，撫安百姓，使安土樂業），那麼不用興師動眾江東自會臣服。」

這似乎有點不好理解，因為這段話等於什麼都沒說。此時天下形勢仍然未定，荊州雖然得手，但環繞於四周的仍然到處都是敵人，伸張和平主義還遠遠沒到時候。

所以，後世有史學家認為賈詡的建議非常不符合當時的情況（詡之此謀，未合當時之宜）。


但是結果大家都知道了：賈詡是對的。

在曹操身邊的智囊裏，比較有傳奇色彩的是董昭，比董昭還傳奇的是賈詡，他的見解總高人一籌，但他來自敵方陣營，在與曹操為敵時曾讓曹操連吃大虧，本人除了被曹操欣賞之外，沒有任何根基，沒有什麼勢力，所以他自從投身曹營便格外謹慎，從不幹冒險的事，從不說過頭的話，上班按時來，下班回家門一關，不會客，不訪友。

揣測起來，賈詡上面這段話裏應該有深意，他原本想阻止曹操此時東進，但有些理由他沒有明說，而是說了一通不戰而屈人之兵的大話。

賈詡不想說的理由也許是：此戰沒有絕對的勝算。

但是，一路勢如破竹的氣勢，加上絕對實力和高昂的鬥志，說曹軍有可能打不過已如驚弓之鳥般的劉備和劉琦，這怎麼能讓人相信？所以賈詡只說了一半就不再往下說了。

此次會議也討論了劉備是否會與孫權聯手的問題，對此大多數人得出了奇怪的結論：孫權不僅不會與劉備聯合，而且會殺了劉備（論者以為孫權必殺備）。

大鬍子將軍程昱表示反對，他說：「孫權剛剛繼承權位，還沒有樹立起絕對權威（未為海內所憚）。曹公無敵於天下，佔有荊州，威震江表，孫權即使有謀略，但自知不能獨擋，劉備素有英名，關羽、張飛都是萬人敵的猛將，孫權必然會幫助他們以抵禦我們。」

事後證明，程昱的見解也是正確的。

可惜的是，這次軍事會議對賈詡和程昱的意見均未採納，會議最終做出決定，大軍即刻沿江而下去打夏口之戰。

這時候還發生了一個小插曲，看似事情不大，但對後面時局的發展卻影響不小。

之前，益州刺史劉璋先後派陰溥、張肅等兩個代表團來荊州向曹操致意，曹操到了江陵，此處離益州又近了一步，劉璋的第三個代表團也來了，代表團團長名叫張松，是益州副州長（別駕），也是張肅的弟弟。

劉璋密集地派出代表團，說是溝通感情的，更主要的是觀察事態進展，好決定下一步的行動，所以他們也是戰地觀察團。

後面的這位張團長在史書中沒有單獨的傳，只知道他字永年，益州本地人。張團長見到曹操，這個時候曹操大約剛拿下江陵，有點志得意滿，對劉璋的特使重視程度降低，對張松本人也不是太客氣（**曹公方自矜伐，不存錄松**）。這讓張團長很不舒服。

張松回到益州，說了曹操不少壞話，勸劉璋不要聯結曹操，可以轉而聯合劉備。後來，劉璋果然主動聯合劉備，給劉備奪取益州製造了機會。

這是後話，暫且放下。

決定展開夏口戰役後，曹操立即着手組織人馬。

曹操南下荊州的各路人馬眾多，目前主要集中在兩個地方，一個是襄陽附近，一個是江陵。

江陵的這一路主力是虎豹騎，主將是曹仁和曹純，許褚統率的宿衛營通常都隨曹操本人行動，此次也應該到了江陵，近來陸續到達江

陵的還有徐晃、滿寵、任峻等部，徐晃此時擔任橫野將軍，滿寵擔任奮威將軍，曹操的堂妹夫任峻擔任長水校尉。

如果按一軍一萬人左右計算，徐晃、滿寵、任峻三部接近三萬人，也就是說，曹操的江陵兵團有四至五萬人。

江陵還有數萬人馬，它們是劉表的舊部，其中相當一部分是水軍，擁有大批戰船，曹操佔領江陵後，這些人馬也聽他調遣。

至於襄陽附近，目前集結的人馬包括于禁、張遼、張郃、樂進、路招、朱靈、馮楷等部，于禁此時任虎威將軍，張遼是盪寇將軍，張郃是平狄將軍，樂進是折衝將軍，路招是揚武將軍，馮楷是奮威將軍，他們每人至少統率一軍人馬，加上其他部隊，總人數應該在 10 萬人上下。

襄陽附近劉表的舊部，應該也有數萬人，劉表生前也注意壯大軍力，對外稱有 10 萬精兵（帶甲十萬）。

也就是說，曹操在江陵有不到 5 萬人，外加數量大致相等的荆州降軍；在襄陽附近集結的曹軍近 10 萬人，荆州降軍有數萬人，曹軍加上荆州降軍，總兵力超過 20 萬。

這還不是全部，曹軍間接投入此次南征的軍隊還包括臧霸、李典、李通、曹洪、夏侯淵、夏侯惇等所部。長期駐紮於青州、徐州一帶的臧霸此時的軍銜是威虜將軍，曹操發起荆州戰役前，命他率部南下，將所部主力移至揚州的廣陵郡，也就是如今長江北岸的揚州、泰州一帶，對孫權的大本營吳郡形成戰略威脅。

李典此時的軍銜是破虜將軍，曹操命他率所部移師合肥，由那裏伺機侵擾孫權的廬江郡。

李通此時任汝南郡太守，他雖然不是曹操的嫡系，但在每次重大戰役發生時都堅定不移地站在曹操一邊，得到了曹操的信任，曹操命他率所部向南行動，從江夏郡的北面對其造成壓力。

曹洪所部在襄陽外圍，夏侯惇駐紮在許縣，他們與荀彧共同守住大後方。而後勤保障方面的艱巨任務，曹操交給了夏侯淵。

這幾路人馬加在一起，至少也有 10 萬。

曹操對外宣稱，為打這一仗他動用了 80 萬人馬，那有點言過其實。但直接和間接投入的兵力相加，40 萬應該是有的，在漢末以及三國早期的戰役中，一次單方面投入 40 萬以上的戰役，這還是第一次。

這一仗，沒有理由不贏啊！

# 第八章 赤壁之戰

## 孫權的全部家底

但是，在周瑜眼裏曹操的數十萬大軍根本不值一提。

孫權下定決心抗擊曹操後，立即召集周瑜、魯肅等人研究具體作戰方案，周瑜提出曹軍是一群疲病之卒、狐疑之眾，人數雖然佔優，戰鬥力卻不怎麼樣，只要有五萬精兵，就足以打敗敵人。

孫權大為高興，拍着周瑜的背說：「公瑾，你說得太好了（卿言至此，甚合孤心）。不過，五萬精兵難以馬上集齊，現在有三萬人，船糧戰具都已準備好，你們先出發，我隨後調集人馬，準備物資，做你們的後援。」

孫權還說了一句話，讓周瑜很感動：「你能打贏就打，打不贏你就撤回來，讓我親自上（卿能辦之者誠決，邂逅不如意，便還就孤，孤當與孟德決之）！」

君王送主帥出征一般會說「我就這點家當，全交給你了，你可得努力殺敵呀，打了敗仗提頭來見」，但現在孫權必須給周瑜減壓，畢竟拿三萬人對決幾十萬人的事沒幾個人玩過。

孫權發佈命令，任命周瑜為前敵總指揮（左都督），老將軍程普為前敵副總指揮（右都督），魯肅負責謀劃（助畫方略），率三萬主力沿江西進，迎擊曹軍。

儘管只有三萬人左右，但這支隊伍的構成主要以水軍為主，他們

其中有相當一部分接受過周瑜在彭蠡澤的訓練，裝備精良，打起仗來很有章法，戰鬥力很強。

彭蠡澤即現在的鄱陽湖，就在柴桑附近。

周瑜手下主要將領包括：

軍長孫賁（征虜將軍）；

師長呂蒙（橫野中郎將）；

師長韓當（中郎將）；

旅長黃蓋（丹陽都尉）；

旅長凌統（承烈都尉）；

師長孫匡（長水校尉）；

師長全琮（奮威校尉）；

師長呂岱（督軍校尉）；

師長陸遜（定威校尉）；

師長潘璋（武猛校尉）；

縣長甘寧（當口縣令）。

擔任後勤保障工作的是軍長（扶義將軍）朱治、副軍長（裨將）呂範。

以上基本囊括了孫吳軍隊的全部精華，他們中間有多位在孫堅時代的老將，資歷老，威望高，作戰經驗豐富。

從軍職來看他們的職務普遍不高，孫賁、朱治、呂範等人有將軍的名號，其他人大多是師長、旅長這一級，這一方面是因為孫權本人的正式名號不過是個軍長（討虜將軍），限制了手下將領的發展。

另一方面，孫吳兵團總兵力也有限，軍職與部隊編制是相關聯的。

作為這個兵團的總司令，周瑜加入孫氏陣營剛好 10 年，但相比韓當、程普、黃蓋、朱治這些跟隨孫堅南征北戰的老將來說，資歷差得

遠。從職務上看，周瑜此時擔任的是中護軍，這個職務很重要，掌握近衛部隊，但是級別不算太高，相當於師長（中郎將），赤壁之戰後他才被孫權提拔為副軍長（偏將）。

這就是孫權用人的獨到之處，不論資排輩，一切以能力和需要來決定。

周瑜指揮的孫吳兵團沿江而上，很快到達鄂縣的樊口，劉備在這裏已經等得很心焦了。

這幾天，劉備派了不少偵察兵打探長江上游的消息，得到的情報都是曹操親率大軍正乘船而來，劉備十分焦慮不安。

對於諸葛亮能否說動孫權一塊抵抗曹操，劉備心裏沒有底。說起來，孫權和曹操的關係更親，兩家還是兒女親家，孫權的弟弟孫匡娶了曹操的姪女，孫權的堂兄孫賁又是曹操之子曹彰的岳父，兩家隨時成為一家人的可能性很大。如果是那樣的話，劉備可真是叫天天不應、叫地地不靈了。

現在天下形勢已經發生了根本變化，隨着群雄一一翦滅，曹操已不需要用什麼人來向世人表達容人愛才的胸懷，作為曹操眼裏的重要對手，劉備與曹操有着數不清的恩怨糾葛，如果落入曹操手中，等待他的結局未必會比老朋友呂布好多少。

白門樓上，呂布是被人用繩子勒死的，劉備就在現場。

每當想到這些，劉備恐怕會常常從夢中驚醒，這也許是劉備一生中最難熬的一段時間。

這一天，劉備終於接到了報告說看見了孫吳的戰船。

劉備激動萬分，但仍不敢相信，他問偵察人員，這會不會是曹軍中的青徐兵團（何以知之非青徐軍邪）？

青徐兵團即奉曹操之命由長江下游威懾孫吳的臧霸所部，他們此

時應該在廣陵郡一帶，即今江蘇省揚州市、泰州市附近，距此上千里之遙，怎會突然出現在此？

可見，劉備確實給嚇怕了。

偵察人員報告說不是曹軍而是孫吳的船，因為孫吳船上標誌很明顯。

劉備這才放心，於是派人前去慰問。


但是，接下來雙方在一些禮節安排上發生了小爭執。

周瑜在自己水軍大營裏沒有等來劉備本人，只見到劉備派來的使者，有點不大痛快。

周瑜告訴來使：「在下有軍務在身，不能隨便離開，如果能讓劉將軍屈尊前來，那是最好不過。」

劉備雖然正在走下坡路，但好歹也是朝廷正式任命的左將軍，比孫權都要高得多，更何況小小的中郎將？

論年齡，劉備此時47歲，周瑜33歲，差不多差了一代人，周瑜見了劉備也應該喊聲劉叔叔才對。

但周瑜就是要給劉備擺個譜，因為這涉及下一步兩軍聯合作戰他的命令好不好使的問題。

劉備的使者回來如實報告，惹得關羽和張飛二位很不爽。

劉備給他們做了思想工作：「他想讓我去，我們如今一塊合作抗曹，如果不去，體現不出我們的誠意。」

劉備於是乘坐一條小船去見周瑜（**乃乘單舸往見瑜**）。

這個安排也是有講究的，輕舟簡從，既顯得瀟灑，同時也表明我們其實並沒有特別在意你。


劉備見到周瑜，商量拒敵之策。

劉備開門見山提出了自己眼下最關心的問題：「周將軍此次前來，帶了多少人？」

周瑜並不隱瞞，如實相告：「三萬人。」

劉備聽了大失所望：「太少了啊（恨少）！」

周瑜自信地說：「這已經足夠了，劉將軍請看我周瑜如何破敵。」

這是劉備與周瑜初次相見，看來不太投機，劉備對周瑜印象一般，此人架子挺大，口氣也不小，不知道本事如何。周瑜對劉備的印象可能也好不到哪兒去，雖然聯手，少不了各有猜疑。

劉備大概覺得跟周瑜實在沒有共同語言，於是想請周瑜把魯肅叫出來一起聊（備欲呼魯肅等共會語），哪知又碰了釘子。

周瑜對劉備說：「接受命令就不能私自離開，想見子敬的話，你可以專程前往拜訪（若欲見子敬，可別過之）。」

周瑜同時告訴劉備，諸葛亮也一塊回來了，再有兩三天即可到達。

諸葛亮出使柴桑給江東不少人留下了深刻印象，張昭就很欣賞諸葛亮的才華，把他推薦給孫權，希望他跳槽到孫吳來。

張昭欣賞諸葛亮，除了諸葛亮的才能之外還有另一層關係，張昭的兒子張承娶了諸葛亮大哥諸葛瑾的女兒，雙方是兒女親家，因為是親戚，所以感情更親近。

眼下孫權開的公司實力強、前途好、待遇高，而劉備開的公司面臨倒閉的危險，隨時可能被人兼併重組，諸葛亮如果選擇跳槽，是很容易被理解的事。

但諸葛亮不打算換老闆，有朋友不解，諸葛亮解釋說：「孫將軍算得上是個好領導（可謂人主），然而據我觀察，他能重用我，卻未必能讓我盡情施展才華，所以還是算了（能賢亮而不能盡亮，吾是以不留）。」

這才是諸葛亮的高明之處，領導信任你、重用你卻未必都能讓你

盡情發揮，真正頂尖的人才不在乎掙多少，不在乎官多大，在乎的是自我價值是否最大化。諸葛亮沒投曹操，也沒有早早地跑到劉表那裏謀差使，等了很久才等來劉備，他是不會輕易換主君的。

## 赤壁遭遇戰

劉備不太喜歡周瑜，但沒辦法，人家實力強，現在得聽人家的，劉備把所屬人馬都交給周瑜指揮。

根據聯合作戰的慣例，劉備應該把所部人馬的詳細駐防位置、人數、指揮官姓名等如實告訴周瑜，以便統一指揮。

但劉備還是留了一手，他私下裏隱藏了 2000 人，這是劉備自己的特別預備隊（將二千人與羽、飛俱，未肯係瑜，蓋為進退之計也）。

孫劉聯盟，除了孫權和劉備，其實還有一方，那就是劉琦，他手裏也有一萬多人，也由周瑜來指揮。

所以，這不是兩方聯盟，而是三方聯盟。

只是三方加在一起人馬也只有 5 萬多一點兒，相對於曹軍為此戰直接投入的 20 多萬差得還很遠。劉備跟曹操打過很多次交道了，深知曹操用兵的厲害，與曹操相比，周瑜還是個愣頭青，他能不能打敗曹操，劉備的心懸了起來。

所以劉備要留下 2000 人，萬一戰敗，真的要跑到南方找老朋友吳巨，路上也得有幾個本錢吧？

在樊口與劉備會談後，周瑜立即率孫劉聯軍西進。

漢獻帝建安十三年（208 年）冬天，有兩支大軍在長江上相向而行：一支是從上游順江而下的曹軍西路兵團，由曹操親自率領；一支是從下游逆流而上的孫劉聯軍，由周瑜指揮。

一方志在必得，一方鬥志昂揚。

兩支大軍終於在長江上相遇了，相遇的這個地方名字大家都知道了，叫赤壁。

但這個地方的具體位置歷來有爭論，歸納起來居然有 20 多種說法，比較集中的有 5 種，包括蒲圻赤壁、江夏赤壁、漢陽赤壁、漢川赤壁、嘉魚赤壁等，它們不僅有在長江上的，還有在漢水之上的。

一般來說，現在公認的地方是湖北省蒲圻縣，如今該地已改名為赤壁市。如果從曹軍出發地江陵算起，以曹操的目的地夏口為終點，蒲圻赤壁大體位於其四分之三處，曹操率水軍走了四分之三的路，眼看快到夏口，遇到了周瑜率領的孫劉聯軍。

這是一場決定天下形勢的重要戰役，如果曹軍取勝，天下大局可定，一個統一的王朝指日可待；如果曹軍不能取勝，下面的局勢如何發展很難預料。

12 年前，剛剛挑起家族事業重任的孫策向張紘求教，張紘向孫策提出了著名的江都對。前不久，劉備向諸葛亮求教，諸葛亮提出了更著名的《隆中對》。在這兩份戰略規劃書裏都提到了荊州，其支點就是佔據荊州，然後謀求發展，而眼下即將開戰的這一仗，決定他們提出的設想是現實還是空想。


在人們印象中，這是一場雲譎波詭、壯志凌霄的空前大決戰，不僅雙方投入的兵力巨大，而且其中充滿了勇氣和智謀的較量，甚至還穿插了反間計、美人計。

這一仗，可謂江山如畫，英雄如虎，美女如雲。

尤其是年輕的諸葛亮，是此次戰役的總策劃和主角，舌戰群儒、借東風、草船借箭……這些故事早已家喻戶曉，耳熟能詳。

然而，正史對這場著名的戰鬥記載得卻十分簡單。

有一部史書記載，雙方相遇於赤壁，此時曹軍中發生了疫情。剛一交戰，曹軍就敗退了，曹操下令在江北紮營，周瑜率軍在南岸。

周瑜的部將黃蓋建議：「現在敵眾我寡，難以持久。我發現曹軍船艦首尾相接，可以採取取火攻。」

周瑜同意，於是找了數十艘小戰船（蒙衝鬥艦數十艘），裏面裝上柴草，澆上油脂，外面裹上帷幕，上面再插上牙旗。

黃蓋先給曹操送去封信，要詐降。又準備輕舟，繫在大船後面，一塊前進。曹軍將士伸着脖子都在那裏觀望（公軍吏士皆延頸觀望），都以為是黃蓋來投降。

黃蓋趁機放出諸船，同時點火。這時風很大，全部燒向曹軍水營。頃刻之間，煙炎張天，人馬燒死和落水溺死的很多，曹軍大敗。

另一部史書補充了一些細節，說曹操吃不準黃蓋信中所說是真是假，還特地召見信使。

曹操親口對送信的人說：「如果這封信是真的，將大大獎賞你，封你的爵位將超過其他人（蓋若信實，當授爵賞，超於前後也）。」

還有一部史書補充說，到了交戰的那天，黃蓋先命人準備了輕舟十隻，把乾燥的荻草和枯柴堆在船上，澆上魚油，用赤色的幔布蓋着，在船上插上旌旗龍幡。這時江面上刮起了東南風，這十隻輕舟在前，到江中心時升起帆。

黃蓋手持火把，讓部下衝對面大喊：「投降了！」「投降了！」

曹軍將士聞聽都出來觀看，離曹軍還有兩里多地時，孫吳的各小船上同時點火，火烈風猛，船行如箭，燒向曹軍的戰船，並引燃了曹軍在岸邊的營寨（延及岸邊營砦）。

周瑜趁勢揮師跟進，一時間雷鼓大作，曹軍大敗。

另有一部史書記載，衝在最前面的黃蓋被流矢射中，這時是冬天，江水寒冷，幸好黃蓋被隨後趕上的韓當所部救起，不過大家並不

知道是他（**不知其蓋也**），把他放在一張牀板上。

黃蓋迷迷糊糊醒來，強打精神叫了一聲韓當。

韓當聽見了，驚訝道：「這是公覆的聲音啊！」

黃蓋字公覆，看到他，韓當忍不住垂涕，馬上為他換了衣服，黃蓋才得以生還。


僅有上面這些零星史料似乎還勾勒不出來赤壁之戰的全貌，但史書所載的確如此。

曹軍大敗，除了周瑜、黃蓋使了詐降計被打了個措手不及外，還有一些重要的原因，比如疫病。

此戰發生時，有一場嚴重的疫病正在曹操將士中蔓延，造成曹軍嚴重減員，戰鬥力下降得很厲害。

但這是一種什麼病呢？過去一般都認為是血吸蟲病。

血吸蟲是一種寄生蟲，人一旦感染，就會出現發熱、斑疹、丘疹、腹瀉、腹水、腹痛、肝腫大等一系列症狀，致死率很高。

這種病不經治療無法自癒，血吸蟲喜歡發生於多水地區，病蟲依靠水源傳播更快。湖北省的陽新縣 20 世紀 40 年代有多達 8 萬人死於血吸蟲病，毀滅村莊 7000 多個，製造了許多「無人村」「寡婦村」「棺材田」。

曹軍士兵多來自北方，水土不服，對疾病的抵抗力低，防護流行性傳染病的意識也差，一旦疫情蔓延就無法控制。

但也有人懷疑這種說法，因為血吸蟲病有一個潛伏期，在八至十周，曹軍士兵在長江上行進總共也沒有這麼長的時間，這是一個疑點。

另外，血吸蟲在寒冷的季節發育緩慢，冬天一般不是其大規模爆發的時間。

於是，有人提出了另外兩種觀點：瘧疾和流行性斑疹傷寒。對於

這個問題，目前仍在考證和研究之中。

不管是哪一種，曹軍因此受到重創是確定的，在遭到第一輪打擊之後，他們也無法組織起有效反擊。

## 「消失」的北路兵團

按照曹操之前的部署，西路兵團和北路兵團兩路夾擊，目的地是夏口，而不是要在赤壁這個地方打一仗。

直到曹操兵敗赤壁時都沒有看到北路兵團的影子，這支人數眾多的部隊在赤壁之戰發生時處於什麼位置呢？是已經到達烏林與曹操親率的西路兵團會合了，還是仍在行軍的路上？

從種種跡象來看，這支部隊應該還在預定的行軍路線上，也就是在漢水一線，他們的目的地是江夏郡的夏口，本來曹操率領的西路兵團也是奔夏口去的，他們計劃在夏口附近會師。被遲滯於赤壁是曹操沒有料到的，所以北路兵團事先並沒有接到改變行軍路線來烏林會師的命令。

曹操在長江上與周瑜的水軍一交鋒就吃了敗仗，於是退到長江北岸的烏林，在此紮寨，這個策略是正確的，他下面要做的就是重新調整部署，讓北路兵團火速向這裏靠攏。

如果兩大兵團實現會師，周瑜再聰明，老天爺再幫忙，孫劉聯軍想戰勝曹軍勝算都不會太大。

所以，當曹操在江面遭遇失敗後，他並沒有慌亂，甚至也沒有放在心上。他很快在烏林建起了水陸兩軍大營。

這時候的曹操心情還頗好，他所寫的組詩《短歌行》中的第二首《對酒當歌》就是在水營戰船上聚會時寫的，詩中寫道：

對酒當歌，人生幾何？

譬如朝露，去日苦多。

慨當以慷，憂思難忘。

何以解憂，唯有杜康。

青青子衿，悠悠我心。

但為君故，沉吟至今。

呦呦鹿鳴，食野之苹。

我有嘉賓，鼓瑟吹笙。

明明如月，何時可掇。

憂從中來，不可斷絕。

越陌度阡，枉用相存。

契闊談宴，心念舊恩。

月明星稀，烏鵲南飛。

繞樹三匝，何枝可依？

山不厭高，海不厭深。

周公吐哺，天下歸心。

　　這首詩意蘊沉雄，情調激昂，有哀傷，有沉思，但也有進取。詩的想像豐富，語言老練，渾然天成，可以說是曹操詩歌最有代表性的作品之一。

　　根據這首詩描繪的情景看，曹操直到這時候還是從容不迫的，無論對未來還是眼前，他都信心十足，一副天下盡在掌握的感覺，這種心境與官渡之戰期間的擔憂、煩悶、頭疼病時常發作的情況完全兩樣。

　　曹操甚至想到了周公，這位周文王的弟弟、周武王的叔父，被尊崇為元聖，孔子大加推崇並經常在夢中和他對話。在曹操看來，周公是個勤政愛民的典範，經常忙得一頓飯都吃不踏實，是自己學習的榜樣。

在烏林的時候，曹操還平心靜氣地等待着北路兵團的到來。

他恐怕已經做好了在這裏過年的打算，因為此時離漢獻帝建安十四年（209年）頂多只剩下一個月了。

但周瑜卻不想在長江邊上過年，這樣的年他過不起。

處於絕對劣勢的一方必須出奇才能制勝，於是周瑜給曹操安排了一出詐降計。

這不僅需要高超的表演天賦，更要有極大的冒險精神。

周瑜賭了一把，因為他沒有更好的辦法。

最後，他賭贏了。

曹軍的北路兵團也沿漢水南下，不過他們後來也與孫劉聯軍遇到了，打了一仗，儘管曹操和周瑜本人沒有參戰，這場戰鬥也很精彩，孫劉聯軍同樣採取取了火攻的辦法，燒了曹軍的竹筏，曹軍敗走。

這場戰鬥又叫浦口之戰，當時北路兵團南下，他們遇到了頭疼的問題，就是船隻太少，為此臨時造了許多竹筏，乘着這些竹筏到達浦口（無舡，乘簰從漢水下，住浦口）。

浦口位於如今何在不詳，但可以肯定的是它在漢水上，而不在長江上。

曹軍到達這裏，還沒來得及渡江，孫劉聯軍就連夜密派輕船、走舸等100多艘，每艘50人划船，手持火炬，用火燒了曹軍的戰船和竹筏，一時火大起，火光照天，曹軍敗走。


如此一來，關於赤壁之戰的一些事情也就清晰了：

關於戰役的目標，曹操設定的是攻取夏口而不是要去消滅孫權，戰前曹操的參謀人員甚至得出過孫權不會參戰的結論，這是曹操倉促決定用兵的基礎；

關於戰役的過程，這只是一場發生在長江水面上不期而遇的遭

遇戰，而不是雙方事先精密調度部署的一場大戰役，整個過程都比較簡單；

關於戰役的規模，儘管曹軍實力強大，但直接投入赤壁戰場的兵力很少，僅是曹操親自率領的西路兵團，總人數在 8 萬左右，而孫權一方投入兵力為 3 萬人，劉備、劉琦投入的兵力約 2 萬人，這是一場 5 萬人馬打贏 8 萬人馬的戰役，也可以說是以少勝多，但算不上兵力懸殊；

關於孫劉聯軍取勝的原因，曹操的大意輕敵是最主要的，曹軍將士不服水土也是重要原因，除此之外，周瑜果斷率軍由樊口、夏口西進，在赤壁迎敵，從而避免與曹軍兩大兵團同時交戰，打了個「時間差」，這也是取勝的關鍵。

對於第一點，也許有人並不同意，因為就在這場戰役打響前，曹操曾給孫權寫來一封信，按照信中透露的意思，曹操此次率兵東進是準備連孫權都一起收拾的。

這封信的具體內容已不知道，只保存下來幾句話：「最近我奉天子的命令討伐罪臣，大軍南下，劉琮束手投降。現在我已集結 80 萬水軍，想邀請將軍到孫吳會獵（今治水軍八十萬眾，方與將軍會獵於吳）。」

會獵，可不是打獵，而是邀你出來找個地方練練。

這是一封挑戰書，按照信中的口氣，曹操確實是打算進攻孫權的。但這只是曹操的恐嚇，曹操擔心孫權與劉備、劉琦聯合，所以才寫信來嚇阻。

在此前曹操召集的軍事會議上已經說得很明白，此次用兵只打夏口，從而將荊州最東邊的江夏郡收復，孫權及其主力活動的柴桑屬揚州刺史部豫章郡，距夏口有數百里，曹操如果真想在那裏跟孫權「會獵」，也應該是在夏口之戰結束以後。

況且，真要動手的話，還寫不寫信提前告知就很難說了。

# 曹操敗走華容道

對赤壁突然燒起的大火，大家都缺少必要的思想準備。

曹操當然做夢都沒有想到會在這個地方有一劫，對周瑜和劉備來說，固然想到了，但沒有想到的是這把火會燒得如此厲害，直接確定了戰役的勝負。

曹軍開始全面潰退，劉備的主力多駐紮在江北一帶，他指揮關羽、張飛、趙雲等人四處出擊，截殺曹軍。曹軍的水軍一旦棄船登岸戰鬥力大減，加上有不少人得了病，所以不少做了俘虜。

慌亂間曹操做出了一個也許比較奇怪的決定，他沒有向北撤，而是向西撤，這似乎不明智。由赤壁對岸的烏林往西，就是茫無邊際的雲夢澤，到處是河湖、沼澤濕地，行動起來很不便。西邊是江陵，有曹仁在那裏駐守，曹操大概想率敗兵儘快與曹仁會合。

但江陵距此尚遠，從地圖上看，他應該向北穿越雲夢澤，迅速向漢水方向靠攏，那裏有正在南下途中的北部兵團，與他們會師後，甚至可以迅速展開反擊，不必休整即刻可以殺個回馬槍，反敗為勝的概率也很大。

曹操是沒有地圖，還是在慌亂中來不及看？他也許因為是從江陵來的，所以只想退到江陵去。

曹操率敗軍用了四天時間才走到華容縣境內，道路泥濘，天氣條件轉壞，刮起大風，曹操下令讓士兵背着草，遇到有水的地方填上草，馬匹才能勉強通過。其間大家爭先恐後，人馬相撞，老弱病殘的士兵被戰馬踩踏，有的陷入沼澤中，又死了不少人。

曹操敗走華容道一事史書也有記錄，這裏在赤壁主戰場的西面、長江的北岸，根據孫劉聯軍的分工，這裏應該是劉備負責的方位，於是有了關羽立軍令狀守華容道但又感念當初曹操在許縣的知遇之情而

將曹操放走的故事，但這些在史書裏並無記載。

不過，不妨設想一下，假如有這樣的機會，劉備、諸葛亮是想置曹操於死地還是放他一馬？

曹操是劉備的死敵，如果有這樣的機會當然要取曹操的性命了。但這只是普通的認識，劉備已經成長為一代梟雄，諸葛亮是一位戰略家，他們不一定會這麼想。

這是因為，殺了曹操本人卻遠不能消滅曹操集團，曹操如果身死華容道，他的兒子曹丕或曹植、曹彰將很快繼位，為了統一內部意志，也為了使自己的權力更具有法理性，不管哪一個繼了位，他們要做的第一件事就是為曹操報仇，就像孫權三征黃祖為父親孫堅報仇那樣，不消滅劉備肯定不會罷休，劉備殺了曹操也就意味着喪失了戰略空間和退路。

而從孫劉聯盟來看，曹操如果真的死了，天下形勢會向着暫時混亂的一面發展，為了防止劉備趁機壯大，孫權將會改變之前對劉備的態度，從聯合劉備到防範劉備，孫劉聯盟將不復存在，至少不如現在這樣穩固。

劉備一方如果殺了曹操，將改變劉備與曹操以及與孫權的關係，聯合孫權集團對抗曹操集團的目標將成為空想，如果益州的劉璋、遼東的公孫氏以及當時仍盤踞在關中地區的馬超等人趁機搞亂天下，對於羽翼未豐的劉備來說，要在一片亂局中重新找到可靠盟友，那將是十分困難的。

所以，即使歷史真給過劉備、諸葛亮一次華容道殺曹操的機會，以他們二人的政治智慧也不會輕易地去要曹操的命，從這個意義上說，諸葛亮華容道「義釋曹操」的故事也許有一定合理性。

曹操退到江陵，此時他的西路兵團雖然損失慘重，但北路兵團卻損失不大，曹操退保江陵後，北路兵團在襄陽一帶。

荊州七郡的重心在江北的南陽郡、南郡，軍事重鎮有宛縣、襄陽、江陵，這些地方依然在曹操的控制中，赤壁之戰雖然慘敗，但要說曹操的荊州戰略徹底失敗了，還為時尚早。

對孫權和劉備來說，在赤壁打贏的只是場遭遇戰，任務才完成了三分之一，真正讓曹操慘敗的是後面的戰鬥。

孫權、周瑜、劉備和諸葛亮都意識到這一點，他們抓緊時間發起了新的攻擊，誓把曹操徹底趕走。為此他們採取取了兩項部署，逼迫曹操撤退。

一個是由周瑜、劉備指揮孫劉聯軍迅速追擊到江陵，保持戰略上的攻勢，讓曹軍新敗之後仍不得喘息；另一個是由孫權親自出馬，率孫吳的另一部主力在東線開闢戰場，出擊曹軍控制下的合肥。

江陵戰役和合肥戰役同時開打，這個戰略的確很高明，讓新敗後的曹操無法組織起有效反擊。尤其是出擊合肥，是弱勢一方挑戰強勢一方的大膽之舉，目的並不在合肥，而是把曹操從荊州請出去。

曹操當然識破了孫劉的計謀，但他很無奈，因為赤壁之敗嚴重影響到士氣，而且疫病仍在蔓延，短時期內扭轉荊州的敗局沒有把握，萬一孫權在合肥搞出了名堂，那後果就太嚴重了。

從曹操陣營內部來說，赤壁之戰是近年來曹軍敗得最慘的一次，朝廷和地方上的反曹勢力說不定已經開始蠢蠢欲動，絕不能低估他們的能量。

想到這些，曹操決定把主力從荊州撤回去。但是，江陵和襄陽兩個重鎮他仍然不想放棄。

曹操任命曹仁為南部戰區司令（征南將軍），由原屬西路兵團的橫

野將軍徐晃協助共同守衛江陵，原屬北路兵團的折衝將軍樂進守襄陽。

之後，曹操率領其餘主力北撤。

曹操剛走，周瑜率領數萬人馬就殺到了江陵城下，前鋒數千人。當時的江陵城，仍然被失敗的陰影籠罩，曹操率大部隊撤走後，這裏還能否守住，大家都有疑問。

曹仁和他的南部戰區司令部祕書長（征南將軍長史）陳矯等人登城察看敵情，曹仁覺得必須趁敵人新到未穩，打他一個措手不及，用勝利提高隊伍的士氣。

為此，曹仁徵集了一支 300 人組成的敢死隊，由部將牛金率領，主動出城迎擊敵人。

牛金衝入敵陣後，雖然殺了不少敵人，但畢竟人數懸殊，一下子被吳兵圍住，不能脫身。在城上觀戰的曹司令看到，讓人牽過戰馬，他要親自率兵解圍。

陳祕書長一看司令員要親自上陣，那還得了？趕緊跟身邊的人上來阻攔。

曹仁不理，披甲上馬，只率領數十名勇士縱馬殺出城。城外有一條小河，曹司令躍馬過了小河殺入敵人陣中，經過一番搏殺，將牛金一行救了出來。

但是，回過頭再看，還有幾個人仍然被圍敵陣中沒出來，曹司令二話不說再次殺回（餘眾未盡出，仁復直還突之）。

最後，曹仁將他們全部救了出來，吳兵被敵方主將的這種氣勢震撼，於是退兵。

陳矯他們看傻了，見到曹仁，不由得驚歎道：「將軍您真是神兵天將啊（將軍真天人也）！」

# 曹軍撤出江陵

曹仁雖然生猛，但改變不了江陵城下雙方一弱一強的態勢，總體形勢是，孫劉聯軍很強大，曹軍處於劣勢。

周瑜派甘寧佔領了江陵上游的夷陵，即今湖北省宜昌，這裏本是益州牧劉璋佔領的地盤，劉璋手下的將領襲肅率部投降，周瑜想把襲肅的人馬編入橫野中郎將呂蒙所部。呂蒙建議說襲肅是個人才，主動投奔，不宜奪其兵權，周瑜採納。

夷陵被甘寧攻佔後，曹仁受到來自上下游的夾擊，為此他分兵夷城攻打甘寧。對於救不救夷陵，吳將分歧很大，大家認為現在兵力不足，如果分兵，曹仁必來攻，首尾難顧。

呂蒙提出不同意見，他建議留下凌統防守，由周瑜親率其他人解救夷陵，只要凌統能守住十天，就不會有問題。

周瑜接受呂蒙的建議，到夷陵大破曹軍，曹軍從夷陵退還。孫權任命呂蒙為偏將軍、守尋陽令，也就是以副軍長的身份兼任尋陽縣縣長。

曹軍在江陵之戰中唯一的收穫是，在一次激戰中周瑜親自督戰，結果右臂被曹軍射中一箭，傷勢很嚴重。

曹仁得知周瑜負傷，率軍前來挑戰，為了不影響士氣，周瑜勉強掙扎着起來，到各營巡視。


而在合肥方向，仗打得同樣激烈。

漢獻帝建安十三年（208 年）十二月，孫權率一支主力由柴桑千里急行軍，突然出現在合肥方向，曹操接到報告後大吃一驚。

孫權還命令張昭率一部人馬進攻九江郡的當塗縣，做出孫吳主力在東線戰場全面反攻的架勢。

合肥的重要性一點兒都不亞於襄陽、江陵，如果孫權趁曹軍新敗赤壁的當口把合肥奪去了，曹操這一仗就成了「偷雞不成反倒蝕把米」，但合肥路途遙遠，曹軍主力此前多向荊州戰場集結，東南方向兵力薄弱，現在想馬上增兵救援都來不及。

曹操接到消息後，只命令一個叫張喜的部將前往救援。張喜事跡不詳，只知道他此前駐紮在與揚州刺史部相鄰的汝南郡，之所以現在把他派去，可能是他的防區離合肥最近，他帶來的人馬只有 2000 人左右，簡直杯水車薪。

幸好，已故揚州刺史部刺史劉馥給合肥留下不少好東西，關鍵時刻派上了用場。劉馥生前加固了合肥城牆，在城牆上堆積了不少木石，沒事時還組織人編草苫，積攢了成千上萬個草苫，還有大量魚油（魚膏），這些物資都堆在城牆上。

孫權親自率部猛攻合肥，這時老天爺幫忙，下起了連陰雨。攻城的人最喜歡下雨，而且最好是連陰雨，因為那時候城牆都是夯土結構，雨水一泡就得塌，所以過去的城牆需要經常維修。

合肥城雖然進行了整修，但也沒有防水功能，被水泡得快要倒了（時天連雨，城欲崩）。危急關頭，劉馥留下的成千上萬個草苫發揮了作用，守城軍兵把它們蓋到城上，保護城牆。

不僅如此，儲備的大量魚油和木石也派上了用場，一到晚上城上就燃起魚油火把，把城上城下照得一清二楚，讓下面的人無法趁夜偷襲。而木石是給攻城敵人準備的，招呼爬牆的敵人，沒有什麼比大木頭和石塊更過癮的了。

因為劉馥有先見之明，生前做了大量精心準備，合肥城得以不失。孫權圍住合肥前後多達 100 多天也沒有什麼進展。

劉馥死後，曹操任命原丞相府辦公室主任（主簿）溫恢為新刺史，任命蔣濟為副州長（別駕）。蔣濟字子通，後來成為曹魏的重臣之一，

他當過郡吏，實踐經驗豐富，現在大約20歲。

蔣濟悄悄建議溫恢，對外詐稱接到了張喜的書信，說有四萬人馬正往這裏趕來，目前已經到了雩婁。

蔣濟還假裝派人迎接援軍，回來時分成三個小分隊，一隊進城，告諭城內軍民，讓大家增強信心；另外兩個小分隊故意讓敵人捉去，並有意讓敵人「繳獲」偽造的張喜的書信。

孫權正因久攻合肥不下而鬱悶，張昭那邊進攻也受挫，沒有攻下當塗，進退維谷。張昭獨立帶兵似乎只有這一次，看來學者改行要格外小心，不是讀過兵書就是軍事家。

孫權急了，想親自衝鋒陷陣（權率輕騎欲身往突敵），這時接替張昭擔任孫權祕書長（長史）的張紘趕緊死死相勸，孫權才打消念頭。

恰在此時，孫權得到了俘獲的書信，這讓孫權猶豫起來，從荊州方向也傳來情報，說曹軍的主力有從江陵撤退的跡象。

孫權進攻合肥，目的就是讓曹操從江陵撤軍，孫權於是下令燒掉攻城的器具和營寨，從合肥撤退。


曹軍要想長期守住江陵，確實太難了。

曹仁在江陵前後堅持了一年多，吸引了周瑜率領的主力和一部分劉備的部隊，為減輕其他戰場的壓力做出了貢獻，到了赤壁之戰後的第二年的下半年，曹操決定把曹仁從江陵撤到襄陽。

曹仁撤走後，周瑜帶傷指揮作戰，迅速攻下江陵及其以東長江沿線的許多重要據點，從柴桑到夷陵一線的軍事要地基本上都被孫吳佔領。

孫權任命周瑜為南郡太守，駐守江陵；任命程普為江夏郡太守，駐守沙羨；任命呂範為彭澤郡太守，駐守柴桑。

也就是說，今湖北省的宜昌市、荊州市、武漢市一直到江西省的

九江市，近 2000 里的長江沿線全被孫權佔領了。

如果赤壁之戰理解為一場戰役而不只長江江面上的那場遭遇戰，那麼赤壁之戰至此才算真正結束，在前後一年多時間又發生了若干場大大小小的戰鬥，才構成了整個戰役。

戰前曹操輕而易舉地得到了荊州，實力倍增，佔有天時、地利、人和上的優勢。面對驚慌出逃的劉備以及實力明顯不足的孫權，曹操完全有必勝的把握。

這一仗本來並不難打，至少比官渡之戰好打，比北征烏桓也好打。但是，曹操在官渡贏了，在烏桓人那裏也贏了，唯獨在這裏輸了。

赤壁之戰成為一個轉折點，一路勢如破竹般攻城略地的曹操不得不放下擴張的腳步，以更大的耐心與孫權和劉備這兩個對手糾纏，這個時間還將很長很長。

對孫權和劉備來說，此時大概並沒有幻想憑一戰而「三分天下」的想法，他們現在距這個目標還挺遠。赤壁之戰的結果，只不過是「三分荊州」，曹軍退出江陵後仍佔據着荊州北部的襄陽、樊城等要地，荊州刺史部的整個南陽郡還都在曹軍手中，而孫權和劉備在戰後只是各佔了荊州的一些地方。


## 「借荊州」的真相

都在忙着打仗，有一個重要問題被孫權和劉備忽略了：作為軍事上結盟的雙方，一般都會在締結盟約前對戰後的利益如何分配做出明確的安排。

也許在當時情況下克敵才是最急迫的，不容想這些問題，但現在曹操被打敗，退出了江陵，荊州大片土地等待重新劃定勢力範圍，矛盾也慢慢產生了。

孫權的動作快，連續任命了三個太守，從夷陵到柴桑，沿長江的地帶全部納入自己的轄區，完全無視盟軍的存在。

　　孫權任命程普為江夏郡太守後，劉備的活動空間更顯侷促，之前江夏郡太守是劉琦，為了不與孫權爭鋒，劉備趕緊表奏劉琦為荊州刺史，自己主動退出夏口。

　　劉備離開夏口後將大本營安在了一個叫油江口的地方。這是長江南岸的一個小地方，屬南郡。南郡太守現在是周瑜，孫權、周瑜為了安撫劉備，「主動」把南郡長江以南的部分劃歸劉備，但作為戰勝方之一，劉備得到的回報就這麼一點兒，未免有點欺人太甚。

　　而且，南郡在長江南岸的部分與半個南郡還有很大差別，南郡的三分之二在江北，三分之一在江南，在江南的部分，至少五分之四是荒無人煙的山區，劉備得到的那一點兒，確實少得可憐。

　　由江陵沿江而下約百里就是油江口，這裏完全是在周瑜強大軍事力量的監督之下。

　　面對如此不公，劉備忍了，因為實力決定一切，他周旋於各路強人之間多年，早已習慣這些，發牢騷、擺委屈都是沒用的廢話，有本事就自己強大起來，把對手滅了。

　　現在不僅不能表露出不快，還要跟孫權搞好關係。諸葛亮建議劉備不妨再主動些，表奏孫權為車騎將軍，以換取孫權的支持。

　　表奏是報備，不是報批，車騎將軍相當於全國武裝部隊副總司令，當然得朝廷任命。可朝廷在曹操手裏，讓它任命是不可能的，只能備案了。

　　既然只是備個案，這個表奏還有價值嗎？有。

　　因為這得看是誰來表奏的，雖然理論上說任何人都可以表奏別人當官，既然程序上是非法的，區分別的也就沒有意義。但是，儘管是

一場遊戲，誰來操辦又有不同的分量。就拿這個車騎將軍來說，孫權儘管很想要，但如果是他手下的人出來表奏的話，他寧願不要，因為那將被人恥笑。

如果是劉琦表奏的，雖然路數是對的，但成色差了很多，而朝廷正式任命過的左將軍劉備出面，那就不同了。

所以，這個東西孫權最想要，而目前只有劉備能給。

劉備不僅按照諸葛亮的建議把孫權表奏為車騎將軍，而且索性把空頭人情做得更大，同時表奏孫權兼任徐州牧。

徐州是曹操的地盤，劉備除了送順水人情，還有挑事的嫌疑。

對於劉備的好意，孫權欣然接受。之前他只是朝廷正式任過的一個雜號將軍，相當於軍長，弄得他挺彆扭，手下一幫將領只能給個偏將軍、裨將軍、校尉什麼的，現在自己升了，大家也都可以跟着往前挪挪窩。

孫權從此便以車騎將軍自稱。


劉備做這些是有現實考慮的，因為劉琦的身體不好，快不行了。劉琦是劉備打的另一個招牌，他同樣以表奏的方式讓劉琦當荊州刺史，利用劉氏在荊州的影響力擴大自己的勢力範圍。劉琦也算是孫劉聯盟的重要一方，又是劉表的長子，孫權儘管不情願，也得給面子。

如果劉琦死了，這個招牌也就沒了，孫權將進一步擴大自己的勢力。現在，先對孫權做好了那些鋪墊，劉琦即使死了，孫權縱然臉皮再厚，也不好意思再把荊州牧這頂帽子拿走。

果然，劉琦不久就因病去世了，孫權作為回報，表奏劉備為荊州牧。

劉備便將荊州州政府設在油江口，將此地改名為公安，即今湖北省公安縣。名義雖然有了，但此時的荊州主要在孫權和曹操手裏，劉備這個州長（荊州牧）能有效管理的地方只有公安附近而已。

劉備現在最渴望的是孫權能讓出南郡的江北部分，讓自己有一個真正的立足點，但這樣的事必須跟孫權去談，而且只能當面談，為此劉備決定專程去見孫權一趟。

孫權現在已經回到了京口，聽劉備說要孤身深入京口，所有人都大吃一驚。諸葛亮深表憂慮，勸他不要去，以免遇到危險。

但是劉備執意前往，可見侷促於公安一地，他真有點兒急了。

接到報告說劉備想來京口，孫權也吃了一驚。孫權當然不能拒絕，劉備於是到了京口。

劉備在京口見到了孫權，赤壁戰火已熄，兩大盟主才第一次相見。劉備開門見山說出來意，孫權無法當面給出答覆。他告訴劉備先不着急，在京口好好休息休息、遊玩遊玩，他要與屬下們商量商量。


孫權是從合肥退軍後來到京口的，他沒有回柴桑，也沒有回原來的大本營吳縣，他把新的大本營就設在了京口。

宋人王安石有一首詩：「京口瓜洲一水間，鍾山只隔數重山。春風又綠江南岸，明月何時照我還？」其中的京口，就是這個地方。

此地距曲阿不遠，具體位置在今江蘇省鎮江市附近，北臨大江，南據峻嶺，形勢險要。其實那時候它並不叫京口，孫權遷大本營於此後改此地為京，也稱京城，後代修建的大運河從此地穿過，成為運河的入江之處，人們才稱它為京口。

孫權遷居京口，主要為適應形勢發展的需要，目前孫吳的地盤已跨有揚、荊二州的十來個郡，吳縣太靠東，遷到京口進出就方便多了。吳縣在蘇州，京口在鎮江，現在從鎮江到蘇州走高速公路大約160公里，那時沒有高速公路，路程應該接近200公里，相當於漢代570里，可以節省出好幾天時間。

地盤擴大，人馬增加，管理得跟上，孫權組建了車騎將軍府，除

原討逆將軍府一部分人改任外，還任命了一批新人，統一管理轄區內的軍政事務。

張昭長期擔任孫權的祕書長（長史），這個職務只有刺史、州牧或者三公、將軍開府時才有，所以張昭的長史應該是孫權討逆將軍長史。孫權改任張昭為車騎將軍軍師（劉備表權行車騎將軍，昭為軍師）。軍師不能理解為幕僚或參謀長，它是漢代一個常見的官職，可以細分為軍師祭酒、軍師中郎將、軍師將軍等，諸葛亮在劉備手下就長期擔任軍師中郎將、軍師將軍。

不過張昭的任命只是軍師，這個職務不帶兵，只掌管監察軍務，張昭從此由前台走向後台，並距孫吳的核心決策層漸行漸遠。赤壁之戰以全勝而結束，張昭內心裏恐怕多少會產生羞愧吧？

孫權任命全柔為車騎將軍府長史，接替張昭成為「大管家」，全柔是全琮的父親，全琮是孫權的女婿，他們還是親家。長史之下設有主簿，相當於辦公室主任，孫權任命了吳郡人張敦，關於他的記載並不多。

除了長史、主簿，還有兩個部門的負責人很重要，一個是西曹掾，一個是東曹掾，西曹和東曹都管人事，只是分工不同，好比人事局和組織部，孫權任命步騭為東曹掾，任命張承為西曹掾。

步騭是孫權步夫人的族人，因為步夫人也很受寵，所以步騭得到了孫權的格外關照。張承是張昭的兒子，任命他為西曹掾，多少是對老同志的安慰吧。

胡綜、是儀、徐詳等人繼續掌管機要。車騎將軍府還設有軍司馬一職，分管軍事事務，與長史地位相當，孫權任命滕耽為右司馬。滕耽是孫權另一個女婿滕胤的伯父，他和前揚州刺史劉繇是同鄉並有通家之好，依附劉繇避亂於江東，為人寬厚。

孫權剛剛在京口安頓好，劉備就找上門來提出了一個新問題，這讓孫權確實不好馬上回答，而孫權的手下們就此問題也發生了分歧。

對劉備借地盤的請求，一派主張拒絕，一派主張同意。

周瑜持堅決拒絕的態度，他還在南郡，聽說此事後立即給孫權寫了封密信，表達了自己的觀點。

周瑜在信中寫道：「劉備是個梟雄，又有關羽、張飛這樣的熊虎之將，不會久居人下。我建議把劉備留在吳地，給他修宮室，多給他安排一些美女陪伴，讓他整天吃喝玩樂（盛為築宮室，多其美女玩好，以娛其耳目），使他與關張二人分隔起來，我趁機發起挑戰，大事可定。」

周瑜認為，如果割地給劉備，劉關張三人必然如蛟龍得雲雨，一定不是池中之物。

時任彭澤郡太守呂範也建議孫權趁機把劉備扣留，不要放他走（範密請留備）。

但是魯肅卻反對這麼做。據《漢晉春秋》記載，魯肅建議把南郡的江北部分讓給劉備，理由是給曹操樹個對手，給自己添個盟友，這才是上計（多操之敵，而自為樹黨，讓之上也）魯肅的考慮是，赤壁大敗後，曹操把主攻方向放到了東線的合肥，目前正整頓人馬以譙縣、壽春、合肥等為基地向孫吳發起攻勢，荊州雖然重要，但當務之急是全力以赴保東線，現在既無力量增兵荊州，所以不能與劉備鬧翻。

只要孫劉聯盟在，曹操就不能不有所忌憚，在荊州一線就得保持足夠的兵力，這樣東線的壓力可以減輕。

孫權當然知道劉備是什麼人物，呂布、袁紹、曹操都玩不轉的人他怎敢小瞧？但孫權同意魯肅的看法，有曹操這個強敵在，他對劉備就強硬不起來。

最後，孫權同意了魯肅的建議，決定撤出南郡的江北地區，把自己佔領下的南郡讓給劉備。

孫權讓給劉備的是半個南郡，讓地盤的事也只有這一次，這就是「借荊州」的由來。

從戰略上看這的確是高明的一招，使孫劉聯盟得以鞏固，從孫權一方來說，由於受制於東線戰事，目前佔有整個荊州並徐圖益州的時機並未成熟，與其荊州讓曹操逐步蠶食，不如通過支持劉備給曹操製造一個強大的對手，對曹操進行制衡。

曹操聽說孫權撤出南郡的消息時正在給人寫信，這個消息讓他吃驚不小，一緊張筆都掉到了地上（曹公聞權以土地業備，方作書，落筆於地）。

## 成了孫家的女婿

劉備的京口之行確實是一次冒險之旅，所以他也不敢多留，趕緊回荊州。

臨行前，孫權攜張昭、魯肅等十多人乘坐飛雲大船相送，又在船上舉行宴會敍別。

宴罷，張昭、魯肅等出去，孫權單獨與劉備密談。

談話中，劉備故意感歎道：「公瑾此人文武兼備，是天下少有的俊才，我看他志向遠大，恐怕不是能久居人下之人啊（顧其器量廣大，恐不久為人臣耳）！」

後世有史學家看到這裏忍不住發出了感慨，認為劉備此言有失厚道，到人家那裏做客，目的也達到了，還不忘挑撥離間一把（劉備成欲譖之）。

劉備不喜歡周瑜，因為周瑜是江東的鷹派，看着這個人在自己眼前晃悠，劉備總感到不舒服。孫權雖然答應把南郡讓出來，但作為南郡太守的周瑜能不能順利執行這項決定，劉備感到擔憂。

但是，劉備有所不知，周瑜與孫權之間有着深厚的感情。周瑜是孫權目前最依賴的人，誰也無法挑撥他們的關係。

江東的情況比較特殊，一部人是孫堅的舊部，一部人是孫策發

現和提拔的，還有一部分是孫權自己看中和培養的，大家雖然比較團結，但難免也有心結，孫權主要倚重的是新崛起的一代，但在他們成長的過程中，需要有人承前啟後，周瑜就發揮着這樣的作用。

不知道孫權聽了劉備的話是如何反應的，但這次談話的效果似乎不佳。

劉備回來後，對親隨說：「孫將軍這個人長得上身長、下身短（孫車騎長上短下），這樣的人不可能居於人下，我可不想再見到他了。」

劉備立即離開京口，並讓手下人馬不停蹄往回趕（乃晝夜兼行）。

龐統不久後也來到京口，後來投奔了劉備。劉備聽說他了解一些江東的內部情況，就問他，聽說周瑜曾勸孫權把自己扣下，有沒有這事。

龐統如實相告：「確有此事。」

劉備深感後怕：「當時情況很嚴峻，因有求於孫權，不得不親自前往，沒想到差點兒落入周瑜之手。天下智謀之士所見略同，當時孔明竭力勸我別去，擔心的也是這個。我主要考慮到孫權最大的威脅在北面，還希望引我為外援，所以才敢去。看來這是一次冒險行動，不是萬全之策。」


周瑜的建議雖然沒有得到孫權的採納，但他仍然未放棄在荊州方向進一步發展的想法，在撤出江陵前，他回了一次京口，當面向孫權陳述自己的意見。

關於荊州問題，周瑜提出了構想：「如今曹操剛剛遭受慘敗，內部也不穩定（憂在腹心），他已沒有能力發起主動進攻。我請求和奮威將軍率兵進取西蜀，拿下西蜀後，進而取張魯，之後留下奮威將軍守在那裏，並與馬超結援，我回來和您一起佔據襄陽，北攻曹操，大事可成。」

這是一個宏大的計劃，周瑜想趁曹操無力南下之機去取益州，之

後再取漢中，這樣孫吳的勢力就連有長江的上中下游，地跨揚、荊、益州，以漢中、成都、襄陽等為依託，向北方的曹操發起全面進攻。

周瑜還提出了聯合馬超的設想，馬超是涼州軍閥馬騰的兒子，經過多年的經營，目前已整合起涼州一帶的勢力，並且聯合了盤踞在關中地區的多路割據力量，發展勢頭很猛，成為曹操眼下最頭疼的心腹大患，曹操正準備集中兵力予以討伐。

這個方案讓人覺得有點兒熟悉，它幾乎是諸葛亮向劉備提出《隆中對》的全部內容，從氣勢上說還超過了《隆中對》，在對局勢的把握分析方面，周瑜和諸葛亮可謂英雄所見略同。

奮威將軍指的是孫瑜，周瑜畢竟只是偏將軍，伐蜀這樣的大事他特意把孫瑜拉出來，讓孫權更放心。

周瑜的計劃得到了孫權的批准（權許之），孫權讓周瑜回江陵準備。如果後面的事按照周瑜的計劃進行，那天下將沒有三分，可能只有二分了。

劉璋暗弱是有目共睹的事，以孫吳此時的實力和士氣一舉拿下益州勝算還是很大的，益州被攻下，漢中的張魯要麼倒向曹操，要麼被孫吳吞併，而劉備此時還處在發展階段，正忙着到荊州南部搶地盤，獨立攻打益州還是奢望。

可惜，天不成事，年僅 36 歲的周瑜還沒有回到江陵，就病逝於途中的巴丘。一般認為他的英年早逝與當初在江陵城外所中的那一箭有關。


周瑜比孫權大 7 歲，孫權把他視為兄長，他對孫權很尊重。開始時，孫權名義上只是一個將軍，大家跟他在一起時禮節還很簡單，只有周瑜每次見孫權都畢恭畢敬，行臣子之禮（是時權位為將軍，諸將賓客為禮尚簡，而瑜獨先盡敬，便執臣節）。

周瑜對孫權忠心耿耿，所以孫權放心地把最精銳的主力交給他指

揮，在周瑜主持荊州事務期間，曹操曾產生過拉攏周瑜歸降的想法，他派蔣幹到江陵來見周瑜，做策反工作。

關於這件事，史書記載與小說故事之間也有很大不同。

根據史書的記載，蔣幹字子翼，是九江郡人，跟周瑜是老鄉，可能過去也有過交往。蔣幹儀表堂堂，口才很好（有儀容，以才辯見稱），在江淮一代無人能比。蔣幹到了周瑜那裏，周瑜已知他的來意。

沒等老朋友開口，周瑜先說道：「子翼辛苦呀，遠涉江湖是來為曹氏當說客的嗎？」

蔣幹先被將了一軍，只得說：「我跟足下是老鄉，這麼多年未見，很是想念，只來敍舊，並沒有別的意圖（故來敍闊，並觀雅規）。」

就這樣，周瑜先把蔣幹的嘴給堵上。

之後，他們一塊吃飯，飯後邀請蔣幹參觀軍營，還讓侍者拿出來服飾珍玩向蔣幹展示，周瑜還發表了一番他對人生的感悟。

周瑜對蔣幹說：「大丈夫處世，遇知己之主，對外有君臣之義，對內好比是骨肉兄弟，言聽計從，禍福與共，這樣的情誼，是什麼都無法動搖的啊！」

蔣幹始終笑而不答，也沒有說任何勸降的話。

蔣幹回去後向曹操報告了情況，說明周瑜雅量之高不是言辭所能策反了的（稱瑜雅量高致，非言辭所間也）。

周瑜不幸病逝的消息傳到京口，孫權悲慟欲絕。

孫權流着淚對大家說：「公瑾有王佐之才，卻如此短命，我今後依賴誰？」

孫權親自素服舉哀，悲傷之情讓左右感動。

周瑜歸葬，孫權親自到蕪湖迎接他的靈柩。

周瑜有兩個兒子和一個女兒，女兒後來嫁給孫權的長子孫登為妃，長子周循娶了孫權的女兒為妻，曾任騎都尉，次子周胤也娶了孫

氏宗室的女兒為妻，被授予興業都尉。

周瑜死了，他提出的西進益州計劃就暫時擱置了，孫吳的軍隊從江陵等南郡地區撤出，劉備擁有了整個南郡。

周瑜雖然只是南郡的太守，但他其實還是孫權荊州方面的總負責人，他去世後，需要有人接替他負責荊州事務。

周瑜臨終前給孫權寫信，推薦魯肅接替自己，認為魯肅為人忠烈，臨事能當機立斷，因而推薦他來代替自己（魯肅忠烈，臨事不苟，可以代瑜）。

周瑜在信中還寫道：「當今天下還有戰事，這是我內心裏早晚都憂慮的事，希望至尊思慮憂患於沒有來臨之時，然後再享安樂。（原至尊先慮未然，然後康樂）現在已經和曹操成為敵人，劉備近在公安，邊境相鄰，百姓未附，應該選拔良將鎮撫。魯肅的智慧和謀略都足以勝任，請求讓他代替我，這樣，我死後也就沒有什麼不放心的了。」

於是，孫權任命魯肅為師長（奮武校尉），在此之前，魯肅的職務是贊軍校尉，不過那是一個臨時性安排，由於魯肅資歷尚淺，所以暫時當校尉，這一職務比偏將軍低，還不如中郎將，孫吳一大批將領軍職都比他高，但就實際職權而言，魯肅此時的地位很高，實際負責着孫吳在荊州方向的事務。

魯肅赴荊州上任，南郡讓出後，魯肅將指揮部搬到江陵下游的陸口，此處在今湖北省蒲圻西北，魯肅在這裏治理地方，發展軍務，很有成效，所統率的人馬由接手時的 4000 人左右發展到 1 萬多人，後來孫權劃出自己一方佔有的長沙郡以及周邊一部分地區新設了一個漢昌郡，任命魯肅為漢昌郡太守，軍職升為副軍長（偏將軍）。

如果周瑜是鷹派，魯肅就是鴿派，在魯肅主政荊州期間，孫劉關係總體不錯。

在魯肅的促成下，孫權與劉備還聯上了姻。

就在周瑜去世前的漢獻帝建安十四年（209 年），劉備身邊也有一個重要的人去世了，她就是劉備的夫人甘氏。魯肅抓住機會，建議孫權把妹妹嫁給劉備，加深業已存在的同盟關係。

這椿政治婚姻很有名，但史書的記載卻極簡單，孫權的這個妹妹叫什麼名字無確考，有的說她叫孫仁獻，不太像女人的名字，也有叫她孫仁、孫尚香的，這些都是後人的附會。

孫堅的這個女兒實在算不上淑女，而是個女漢子。她很有才，但也很有男人氣，性格像她哥哥孫策和孫權（才捷剛猛，有諸兄之風）。身邊有 100 多名侍衛婢女，個個執刀弄槍，劉備每次見了都心驚膽戰（劉備每入，內常覺凜然驚懼）。

但不管怎麼說，這段時間是孫劉結好的蜜月期，為了對付共同的敵人曹操，雙方儘量擱置分歧，互相讓步，讓聯盟不斷鞏固，他們知道只有這樣才能與曹操真正抗衡。

## 諸葛亮走上新崗位

孫權讓了一步，儘管是一小步，但對劉備來說也是極為寶貴的，劉備抓住機會，迅速擴充地盤。

劉備當過平原相，那是公孫瓚任命的，說沒就沒了；當過徐州牧，那是地方勢力推舉的，說變就變了；當過豫州刺史，那是呂布一時不忍心送給他的，說完也就完了。

這一次是實實在在的地盤，是拚了命打出來的，所以分外珍惜。每佔一地，劉備都派自己信得過的人去管理和經營，這種感覺很踏實。

劉備不僅擁有了整個南郡，而且馬上派人到長江以南，以荊州牧的身份搶佔了荊州的江南四郡，即武陵郡、長沙郡、零陵郡、桂陽

郡。在地圖上看這四個郡的面積很大，遠遠超過北方的三個郡，範圍涉及今湖北、湖南、廣西、廣東、貴州等幾個省區。

武陵郡的太守叫金旋，長沙郡的太守叫韓玄，桂陽郡的太守叫趙範，零陵郡的太守叫劉度，他們都是劉表任命的，劉表死後曾短暫地歸服於曹操，曹操撤走後，這四個郡實際上處於自治狀態。

劉備派諸葛亮、趙雲等人收服江南各郡，進展得很順利，除武陵郡外，其他幾個郡都投降了。

武陵郡太守金旋拒不投降，戰敗被殺。

劉備提升趙雲為副軍長（偏將），兼任桂陽郡太守（領桂陽太守）。

桂陽郡原太守趙範投降後一心巴結趙雲，他的嫂子樊氏長得很漂亮（有國色），而他哥哥已死，嫂子寡居。趙範想把嫂子嫁給趙雲，被趙雲拒絕。

趙雲不想傷趙範的面子，推辭道：「我和你同姓，你的兄長就好比我的兄長一樣，怎能娶兄嫂？」

有人勸趙雲接受，趙雲說：「趙範是被迫投降的，心裏怎麼想還不知道（範迫降耳，心未可測）。天下女子多得是，不必着急。」

趙雲看來很有頭腦，因為後來趙範果然逃亡了。

在收服長沙郡的過程中，劉備又得到了一員猛將，名叫黃忠，他是荊州刺史部南陽郡人，劉表時擔任師長（中郎將），和劉表的姪子劉磐一塊駐守在長沙郡。曹操到荊州後，有意拉攏黃忠，升他為副軍長（裨將），仍然駐守原地，歸長沙郡太守韓玄指揮。

韓玄投降劉備後，黃忠也投身到劉備陣營，他作戰勇敢，戰績卓著，身為高級將領經常帶頭衝鋒陷陣（忠常先登陷陣），逐漸成為劉備手下與關羽、張飛和趙雲齊名的猛將。

這段時間，諸葛亮有了第一個正式頭銜——軍師中郎將。

這是一個武職，相當於師長這一級，關羽這時已升為軍長（盪寇將軍），張飛也是軍長（征虜將軍），下面的趙雲、黃忠相當於副軍長，中郎將比他們都低。

這與人們印象中的情況不太一樣，但以諸葛亮的年齡和資歷，中郎將一職已經不算低了，不是劉備對他不重用，相反這是劉備對諸葛亮的破格提拔。

這個職務雖然以「軍師」冠名，但它不是屬官，而是主官，劉備沒有把諸葛亮留在自己身邊，而是讓他以軍師中郎將的身份領兵駐紮在外地，讓他負責徵調零陵、桂陽、長沙三郡的賦稅，以備軍用（調其賦稅，以充軍實）。

這段時間劉備手下人馬增加很快，僅靠南郡無力保障後勤供應，新收的江南四郡面積廣大，雖然在當時農業生產尚欠發達，但如果好好經營，潛力也很大。之前諸葛亮提出過遊戶自實的建議，在他看來賦稅難收的一個重要原因是戶籍登記制度不嚴格，大量人口不在編，因而不交稅，增加稅賦要先從重新登記人口做起。

這個問題到了江南各郡更顯突出，如何解決這些問題，史書雖然未做進一步交代，但可以想見，諸葛亮到了江南後，一定想盡辦法發展當地經濟，同時加強人口管理，打牢統治基礎。


諸葛亮到了江南，長駐於臨烝這個地方。

湘水上有一條支流叫烝水，又稱承水，其與湘水交匯之處即臨烝，位置在今湖南省衡陽市附近。諸葛亮之所以選擇駐紮在此地，是因為這裏正好處在零陵、長沙、桂陽三郡交會處，方便聯絡。

但是，此地距劉備常駐的公安很遠，有 1000 多里，日常事務只能由諸葛亮臨機處理了。

劉備奪取的江南四郡裏還有武陵郡，為何不在諸葛亮所督範圍之

內？武陵郡在江南四郡的最西邊，面積幾乎相當於其他三郡的總和，但在當時這裏更為偏僻落後，是所謂蠻夷之地。在劉備奪取江南四郡的過程中，唯有在武陵郡遇到了抵抗。

推測起來，劉備可能考慮到武陵郡情況的複雜和特殊，加上位置相對其他三郡更偏遠，所以把武陵郡劃出來單獨管理，讓諸葛亮專心處理其他三郡的事務。

諸葛亮在臨烝總共居住了三年左右，這個時間不算短。

在此期間，諸葛亮以軍師中郎將的身份來往於三郡之間，他既協調監督三郡的賦稅徵調，又對地方治理提出建議，為保證他的工作能順利開展，在他常駐臨烝時，也應該有直屬於他統率的一支軍隊。

這就是赤壁之戰後的幾年裏 30 歲左右的諸葛亮所從事的主要工作，他既不是常在劉備身邊的軍師，也不是統率江南的地方大員，他所做的是一些具體而實際的工作。

至於他的地位，確實還不如關羽、張飛、趙雲等人高，甚至比不上新投降的黃忠。作為赤壁之戰的重要功臣之一，劉備對諸葛亮僅做出了這樣的安排，是不是意味着對諸葛亮的不信任和不重視呢？

恰恰相反，這說明劉備對諸葛亮很重視，也很信任，對於年輕的諸葛亮來說，中郎將的任命已經是破格提拔了。

曹操手下的首席智囊荀彧出身於潁川世家，投奔曹操時比諸葛亮現在的年紀還大，曹操把他比作自己的張良，但在職務安排上開始也僅是個司馬，相當於團長。周瑜是孫權兄長孫策的莫逆之交，輔佐孫權後屢立功勛，開始的職務也僅是個縣長。

從基層幹起，一步一個腳印，不僅曹操、孫權、劉備這些群雄如此，而且他們身邊那些左膀右臂更是如此，諸葛亮一參加工作就得到了中郎將的職務，放在哪裏都不算低了。

更何況劉備把諸葛亮派到江南執行的是重任，這既是對他的信

任，也是對他做進一步培養和鍛煉。

可惜的是，這長達三年多的時間裏諸葛亮具體做過哪些事，史書沒有更多記載，只有從一些地方文獻中可以找到一些零星的記錄：

耒陽縣有侯計山，相傳諸葛亮曾在此憩兵，故也稱此地為侯憩山；

安仁縣有相公山寨，相傳諸葛亮曾在此屯兵；

黔陽縣有諸葛營，相傳諸葛亮在此招撫過綏谿洞諸蠻；

東安縣有諸葛嶺，相傳諸葛亮曾在此地駐紮過。

在以上記載中，耒陽、安仁、黔陽、東安等地分屬各郡，除耒陽距臨烝稍近外，其他各地均較偏遠分散，說明諸葛亮督察三郡期間活動範圍很大。

黔陽縣位於零陵郡、武陵郡的交界處，那裏有一些少數民族部落，當時統稱為蠻夷或諸蠻，諸葛亮曾率兵來此招撫他們，這為日後他實施更大範圍的少數民族治理活動進行了探索。

總之，在江南的這三年時間裏，諸葛亮做的工作不僅收稅徵兵那麼簡單，還涉及民政和軍務，在這兩方面諸葛亮都有了難得的鍛煉。

在走出隆中前，儘管他讀了很多書，思考了很多問題，但書本上的知識畢竟需要與社會現實相結合。由於史料欠缺等原因，人們對諸葛亮這三年的經歷往往重視不夠，但在其成才道路上，這段經歷其實有着不可替代的作用。


# 廣招英才聚麾下


在向南發展的同時，劉備加快向北拓展的步伐。關羽升任盪寇將軍後，劉備讓他兼任襄陽郡太守，駐紮在江北；張飛升任征虜將軍後，兼任宜都郡太守，以後又轉任南郡太守。

襄陽郡、宜都郡都是劉備新設的，襄陽過去是南郡的一個縣，目

前還在曹操手中，劉備設置襄陽郡，具體所轄雖不可考，但應該是分南郡一部分地區所設，目的是加強對江北地區的管理和控制，與襄陽的曹軍抗衡。宜都郡的治所在枝城，主要轄區是原南郡的西部地區。

直到這時，荊州的總體格局才算落定，仍以荊州七個郡的版圖看，曹操佔有整個南陽郡和南郡的一小部，孫權佔有江夏郡和其他一些地方，劉備佔有大部分南郡以及零陵郡、長沙郡、桂陽郡和武陵郡，三家瓜分了荊州。

劉備新設了襄陽郡、宜都郡，孫權也設了彭澤郡、漢昌郡，曹操新設了章陵郡、南鄉郡，荊州的格局變得複雜。

「三分荊州」就這樣完成了，但還算不上三分天下。

對劉備來說，辛辛苦苦的努力總算換來了豐厚的回報，從「三分荊州」開始，他事業的轉折點才真正到來了。

除了地盤，劉備最大的收穫還有人才。

早在劉備從襄陽撤出時，就有不少荊州士人投奔他（琮左右及荊州人多歸先主），在南郡立足後，由於有荊州牧這個頭銜，可以設置辦事機構，公開任命官職，投奔他的人更多了。

諸葛亮在荊襄一帶有廣泛的人脈資源，為劉備招攬人才提供了很大幫助。諸葛亮的同學向朗之前在劉表手下做事，被劉表任命為臨沮縣長，可能也是在諸葛亮的推薦下，被劉備委以重任，讓他負責秭歸、夷道、巫縣、夷陵四個縣的軍務和民政。

這四個縣包括了南郡的整個西部地區，也是荊州的西大門，周瑜佔據南郡期間這裏是孫吳重點經營的地方，吳軍撤出南郡後，劉備加緊了對這一帶的經營，為將來西進益州做準備。

荊州有七大家族，分別是蒯、蔡、龐、黃、馬、習、楊氏，諸葛亮和他們也多有交往，除了和龐、蔡、蒯、黃氏有姻親關係外，馬氏

的馬良、馬謖兄弟，習氏的習禎，楊氏的楊顒、楊儀兄弟，受諸葛亮的影響或推薦，紛紛來到劉備身邊。

馬氏多俊才，襄陽一帶有民謠「馬氏五常，白眉最良」，說馬氏兄弟五個都是人才，其中眉宇間有一撮白毛的那個最優秀，也就是馬良，他比諸葛亮小六七歲，很早便與諸葛亮相識，諸葛亮曾在信中稱他為「尊兄」，這個稱呼只用在同輩中比自己年長者。裴松之由此推斷，馬良可能與諸葛亮結拜為兄弟，或者有某種親戚關係（良蓋與亮結為兄弟，或相與有親）。

馬謖是馬良的弟弟，那時年齡更小，他們兄弟倆投奔劉備後，都被劉備任命為州政府裏的處長（從事）。

習禎的才華也很高，比龐統差一些，但比馬良高（名亞龐統，而在馬良之右）。他的先祖習鬱稱臣於光武帝劉秀，被劉秀封為襄陽侯。習家住在襄陽城南至宜城之間的冠蓋里一帶，家世顯赫。

習禎的妹妹嫁給了龐統的弟弟龐林，龐統是諸葛亮二姐夫龐山民的從兄弟，習禎跟諸葛亮還帶點轉彎的親戚關係，他投奔劉備後，職務不詳。

出身於荊州另一大家族楊氏的楊顒和楊儀後來都在蜀漢擔任過重要職務，尤其是楊儀，名氣很大，他們也是這一時期投奔劉備的，只是開始的職務也不詳。

這一時期被劉備延攬的荊州人才，還有廖立、蔣琬、魏延等人。

廖立是荊州刺史部武陵郡人，當時還不到 30 歲，劉備很器重他，任命他為州政府裏的處長（從事），後來提拔為長沙郡太守。

蔣琬是荊州刺史部零陵郡人，少時好學，聰明過人，長得儀態軒昂，氣度不凡，因為有才學而知名於當地。

魏延是荊州刺史部江夏郡人，是一員猛將，但那時他的地位較低，入蜀時他僅以部曲的身份隨行。

諸葛亮的同學龐統也來到劉備的身邊，他護送周瑜的靈柩到江東，後來又回到了荊州，這時南郡已歸劉備所有，龐統原來擔任的南郡政府人事處長（功曹），大概劉備已任命了其他人。

龐統回來後，劉備還算客氣，改任他為耒陽縣令。龐統不是當縣令的人，在耒陽幹得不怎麼樣（縣不治），剛好諸葛亮那段時間也不在劉備身邊，龐統被免了官。

劉備對龐統應該不陌生，當初司馬徽向他推薦人才時，除了諸葛亮外還推薦了龐統，認為他們一個是龍，一個是鳳，不相上下。劉備輕視龐統，要麼是和龐統初次見面時的印象不佳，要麼是想先考驗一下這位鳳雛。

在陸口的魯肅聽說這件事覺得可惜，專門給劉備寫信：「龐士元非百里才也，最少也要讓他任治中、別駕這樣的職務，才能盡其所能（始當展其驥足耳）。」

身在外地的諸葛亮知道了這件事，也專門寫信向劉備進言，推薦龐統。有魯肅和諸葛亮的共同推薦，這才引起劉備的注意。

劉備於是單獨約龐統交談，這次談得很深入，龐統毫無保留地展示了他的才慧，談完劉備大為高興，對他深為器重，任命龐統為州政府人事處長（治中從事），對他信任的程度僅次於諸葛亮（親待亞於諸葛亮）。

在這次談話中，龐統對劉備說：「荊州已經殘破，東有孫吳，北有曹氏，想以此為鼎足之計，已難實現。益州國富民強，人口上百萬，兵強馬壯，可以藉以成大事。」

這個見解與諸葛亮的隆中對策相一致，劉備已全盤接受了諸葛亮的隆中對策，對龐統的這番話應該也是贊同的。

但劉備不想這麼早暴露戰略意圖，所以嘴上說：「我和曹操勢如水火，他急，我寬；他暴，我仁；他詭，我忠。只有與曹操不一樣，事情才能成功。所以，奪取益州難免失信義於天下，我不能取。」

龐統聽了不以為然，繼續說：「現在是講究權變謀略的時代，不是固執一面就能成就大事（權變之時，固非一道所能定也）。兼併弱小，攻取愚昧，這就是春秋五霸的事業。逆取順守，推行善政，待大局已定，給原來的主人以優厚的待遇（事定之後，封以大國），又何妨於信義呢？如果不取，終落入別人之手。」

龐統與諸葛亮不愧為同一位名師教出的兩位高足，對時局的見解異曲同工。劉備聽完雖然沒有立即表態，但心裏進一步堅定了西取益州的信念。

在江南期間，諸葛亮給劉備推薦了一個人才，但劉備對這個人的印象卻不太好。

這個人是劉巴，荊州世家出身。他的祖父劉曜曾任蒼梧郡太守，父親劉祥曾任江夏郡太守、盪寇將軍。劉巴天賦極高，少時便知名。

不知道什麼原因，劉表有點討厭劉祥，藉故把劉巴抓了起來，要殺他，後來又不知道出於什麼原因改變了主意，不僅沒殺劉巴，反而任命他為郡裏的署戶曹史，當時劉巴僅 18 歲。

劉巴官不高，在荊州的名氣卻不小，劉備寓居荊州期間曾經派一個叫周不疑的人到劉巴那裏求學，劉巴很不給面子，拒絕了。

周不疑是何人，劉備為何派他去拜劉巴為師，這些均不詳。但此事讓劉備對劉巴的第一印象嚴重不好。

劉備佔有江南，大批荊州士人紛紛投奔，但劉巴獨北上投奔了曹操，曹操徵辟他為丞相府裏的處長（丞相掾），由於他是江南人，曹操便派他回老家招納長沙、零陵、桂陽三郡。

劉備完全佔有了三郡，劉巴無法完成曹操交付的使命，於是打算遠走交州避難。劉巴知道諸葛亮在臨烝，於是給諸葛亮寫了一封信。

劉巴在信中寫道：「我雖乘危歷險，無奈此地到處是秉義之民，承

天之心、順物之性不是我能勸動的。如果已經道窮數盡，我將託命於滄海，不再回荊州了。」

從這封信推斷，劉巴奉曹操之命來江南，似乎曾試圖說服諸葛亮歸順曹操，劉巴也因此與諸葛亮相識。無奈諸葛亮意志堅決，劉巴覺得無望，便向諸葛亮告辭。

諸葛亮認為劉巴是個人才，就寫信勸他道：「劉公雄才蓋世，據有荊土，莫不歸德，天意人事該何去何從，應該能看清了（天人去就，已可知矣），先生幹嘛還要去別處？」

諸葛亮勸劉巴投奔劉備，但劉巴不肯，回覆道：「我接受任務而來，不成自然得回去，這是理所當然的事，先生何必多此一問（足下何言邪）？」

這件事讓劉備知道後，對劉巴印象更差了（先主深以為恨）。

但是，山不轉水轉，劉巴先去了交州，後又輾轉到了益州，終於來到了劉備的手下，這是後話。

總的來說，赤壁之戰改變了劉備的命運，也改變了很多人的命運。劉備有了自己的地盤，勢力不斷壯大，雖然還遠不如曹操，但逐漸向孫權追趕。

但荊州顯得有些小了，在這個有限的空間裏，劉備還得與孫權、曹操你爭我奪。

劉備的志向顯然不是「三分荊州」就能滿足的，他心中的目標，至少是諸葛亮早年為他規劃的「三分天下」……

# 三國英雄記：燃燒的江河

南門太守　著

責任編輯　黃　帆
裝幀設計　譚一清
排　　版　黎　浪
印　　務　劉漢舉

出版　　中華書局（香港）有限公司
　　　　香港北角英皇道 499 號北角工業大廈一樓 B
　　　　電話：（852）2137 2338　　傳真：（852）2713 8202
　　　　電子郵件：info@chunghwabook.com.hk
　　　　網址：http://www.chunghwabook.com.hk

發行　　香港聯合書刊物流有限公司
　　　　香港新界荃灣德士古道 220-248 號
　　　　荃灣工業中心 16 樓
　　　　電話：（852）2150 2100　　傳真：（852）2407 3062
　　　　電子郵件：info@suplogistics.com.hk

印刷　　美雅印刷製本有限公司
　　　　香港觀塘榮業街 6 號海濱工業大廈 4 樓 A 室

版次　　2022 年 1 月初版
　　　　© 2022 中華書局（香港）有限公司

規格　　16 開（230mm×150mm）

ISBN　　978-988-8760-44-2

本書繁體字版由華文出版社授權出版

三國
英雄記
（二）

群雄天子夢

南門太守 著

中華書局

# 目錄

# 第一章 獨夫終於死了

## 士人們的血

中原地區越亂，待在長安的董卓越高興。

董卓已經沒有直取中原、掌管天下的銳志，他只想在長安和他新築的郿塢裏度過一個幸福的晚年。

可是，有些人不想看到就連董卓這樣的人也有一個幸福晚年，他們無時無刻不想把這個禍國殃民的獨夫民賊除掉，他們就是從洛陽被裹挾至此的士人。

士人們認為，現在的亂局都是董卓一個人造成的，如果把他殺了，然後奪取兵權，趁着涼州軍群龍無首，佔據函谷關，「挾王朝以號令天下」，則大事可成。

所以，他們開始謀劃除掉董卓的行動。

這個小團體裏有荀攸、鄭泰、何顒、种輯、伍孚、士孫瑞、華歆等人，了解他們的計劃並給予支持的還有荀爽、王允、黃琬等。

鄭泰善於忽悠，尤其在忽悠董卓方面比較有經驗，他出了一個主意，由董卓比較信任的司徒王允出面提出一個建議，任命護羌校尉楊瓚為左將軍，朝廷祕書局副局長（尚書僕射）士孫端為南陽郡太守，領兵由武關道攻擊袁術。

武關道，是由今陝西西南部沿漢水通河南、湖北方向的古道。

士人們的想法是先抓到一部分兵權，控制武關道，說是征討袁術，實際上是放袁術由武關道進入關中。

然而董卓此時的戰略是防守，能守住就行，對於主動出擊沒有興趣，這個軍事計劃就泡湯了。

士人們等得實在有點不耐煩了，伍孚決定鋌而走險。這個伍孚，有的書上也說跟伍瓊是一個人，然而伍瓊之前已經被董卓殺了。對於伍孚，所知甚少，大概是跟伍瓊、何顒一類的俠士吧。

伍孚內穿小鎧，外套朝服，懷裏藏把刀來見董卓。

談完事，趁着跟董卓並行之機，伍孚突然拔刀直刺董卓。董卓是行伍出身，身手也不錯，躲過了這一刺，伍孚隨後被董卓的衛士拿下。

董卓氣憤地說：「你小子想造反不成？」

伍孚道：「你我不是君臣，何來造反之說？你這個亂國賊子，恨不得誅你，將你車裂於市以謝天下！」

伍孚隨後被殺。


但是，一個伍孚倒下了，又有好幾個伍孚站了起來。

在何顒的策劃下，他們又迅速制訂了新的暗殺計劃，參與的人包括鄭泰、种輯、荀攸、華歆等人，結果計劃提前暴露，鄭泰、華歆僥倖逃脫，輾轉出了武關，投奔袁術去了。

何顒、荀攸被捕。何顒不堪酷刑，在獄中自殺。

袁紹要是知道何顒死了，一定痛惜不已。袁紹早期的事業一直離不開這個俠客兼策士的輔助，作為「奔走之友」的重要成員，何顒東奔西走、南下北上，為袁紹積極聯絡各路英雄，做了大量幕後工作。

此時已身在東郡的曹操和荀彧如果知道何顒死了也會傷心，他們彼此都是老朋友了，何顒應該比他們大得多，在曹操還是小青年、荀彧還更小的時候，何顒就看出他們不是一般人物，給予高度評價，使二人的知名度大增。

荀攸在獄中倒泰然自若，該吃就吃，該喝就喝，董卓居然沒有

殺他。荀攸一坐牢直坐到董卓被殺以後，他在出獄時看到了勝利的那一刻。

三次計劃均告失敗，從伍孚到何顒，士人們付出了慘重代價，卻拿董卓無可奈何。

尤其是第三次計劃的失敗，使士人們的有生力量幾乎全部喪失，現在只剩下王允、荀爽和黃琬這幾位了，年輕人沒有幹成的事，他們能接着幹完嗎？

## 世上原本無貂蟬

看到董卓一次次躲過暗殺，有一個人心急如焚，他就是王允。

王允此時已經 50 多歲了，作為政治家是一個成熟的年齡，去搞暗殺活動就有些力不從心了，尤其是引為同志的何顒他們被殺的殺、關的關、逃的逃，王允覺得再挑戰董卓幾乎已不太可能。

難道就讓這個惡人繼續逍遙地活下去，繼續危害國家社稷？王允心裏充滿了仇恨，心緒難平。

環顧左右，能幫上忙的也就是楊彪、荀爽、黃琬等人，但他們的年齡也普遍偏大，黃琬、楊彪比自己小幾歲，但也超過了 50 歲，荀爽比自己年齡還大。搞政治還可以，搞暗殺明顯沒有經驗。勉強能幫上自己的，只有在尚書台供職的士孫瑞。

其實士人隊伍裏還有一個人，此時深得董卓的信任，可以經常出入太師府面見董卓，這個人就是蔡邕。

但是，一提起他王允就氣不打一處來。

這個蔡邕，曾經也是名滿天下的大學者，是士林中的一員，但自從來到董卓身邊，立即變了個人似的，極盡討好、奉承之能事。董卓當太師，就是蔡邕帶頭倡議的。

王允對蔡邕的成見還可以追溯到二人許多年前在胡廣府裏共事的時候。王允曾是胡廣的首席幕僚，蔡邕是胡廣的得意弟子，二人一起共事，互相知根知底，但關係卻很一般，這與他們的性格有關。

王允好激動，蔡邕好沉靜；王允路見不平一聲吼，蔡邕唯唯諾諾明哲保身。王允有點看不慣蔡邕。

現在，王允和蔡邕都深受董卓的信任，但在王允看來，這有本質的區別。自己是臥薪嘗膽，等待時機消滅董卓，而蔡邕是結結實實的士林叛徒，已經完全淪為董卓的哈巴狗。

所以，圖謀董卓的事不僅不能跟蔡邕商量，還要提防着他才行。


就在王允冥思苦想不得要領之際，他突然想到了同鄉李肅。

其實，此時長安城裏有不少并州人，丁原的并州軍投靠董卓後，他們都來到了長安，與涼州軍不同，他們在長安感受更多的是失落。

并州軍只是董卓集團的雜牌軍，急難險重的任務都交給他們，此次西遷擔任後衛任務的就是并州軍，在董卓眼裏他們的生死不值一提。

以李肅為例，不僅在并州軍倒戈事件中立有大功，而且協助涼州軍與關東聯軍作戰，在抗拒孫堅的戰鬥中再立戰功，但是他的職務升得很慢，勉強當了個旅長（騎都尉），不僅與董家的弟兄子姪不能比，與涼州軍的牛輔、李傕、郭汜、樊稠、張濟等人也差得遠。

李肅如此，并州軍的領頭人呂布也好不到哪裏去，他為董卓立下的功勞更大，職務也僅比李肅高一點兒，是個師長（中郎將），并州軍其他人的情況更可想而知。

因為同鄉的關係，李肅和王允有了一定交往，言談間常流露出來不滿和牢騷。王允腦海中靈光一閃，難道這是個機會？

王允不露聲色地與李肅開始了來往，通過李肅又聯絡上呂布，因為大家都是老鄉，來往得即使有些勤也不會引起太多注意。

三人私下相會時，呂布、李肅經常抱怨董卓處事不公，他們并州軍捨生忘死、背井離鄉來到長安，背負着忘恩負義、賣主求榮的罵名，為董卓盡心竭力，但到頭來卻沒落到什麼。

每逢這時，王允在一邊總是隨聲附和，有時還會添油加醋，讓呂布、李肅對董卓的不滿越來越強烈。


偏偏在這個時候，董卓跟呂布之間又鬧起了新的不愉快，加速了呂布反董的步伐。

董卓這個人為人粗略，喜歡發脾氣，生氣時從不計後果（憤不思難），不知為了一件怎麼樣的小事，董卓向呂布發起了脾氣，不僅大發雷霆，還拔出手戟就朝呂布扔了過去（嘗小失意，拔手戟擲布）。

幸虧呂布身手好，躲過去了。

事後呂布主動承認錯誤，董卓的氣也消了些。

董卓沒覺得這是一件嚴重的事，事後也就忘了，可呂布忘不了，一方面心有餘悸，另一方面對董卓增添了許多新的不滿（由是陰怨卓）。

除了不滿，呂布心裏有許多不安。

呂布平時負責董卓的安全保衞工作，可以經常出入董卓的內室（中），他利用這一便利，跟董卓的一個侍婢好上了。

呂布很擔心，因為這件事終究會被董卓發現，心裏很緊張（恐事發覺，心不自安）。

上面這兩件事之間並沒有聯繫，史書對這兩件事的記載也只有這些，沒有更多細節。

但是，自唐宋以來大量詩文、平話、小說、戲曲對此進行了描寫和演義，指出前一件事情的發生地點在鳳儀亭，後一件事情中和呂布私通的奴婢名叫貂蟬。

而且，兩件事其實是一件事，因為呂布和貂蟬私通，所以董卓要拿手戟擲他。

那麼，就說說貂蟬這個人。

如果不分歷史人物還是虛構人物，論起漢末三國最知名的女性，不是曹操的卞夫人，不是司馬懿的夫人張春華，也不是著名的美女大喬、小喬以及才女蔡文姬，而是貂蟬。

按照一般的說法，呂布最終下決心反董，貂蟬功不可沒，而貂蟬的出現是王允一系列「連環計」所設計的，先把她獻給董卓，再讓呂布動心，最後讓董、呂反目。

貂蟬能做到這些，是因為她有十分出眾的容貌，一曲「紅牙催拍燕飛忙，一片行雲到畫堂。眉黛促成遊子恨，臉容初斷故人腸」，讓她躋身於中國古代四大美女的行列。

但是，與西施、王昭君、楊玉環三位美女不同，貂蟬的事跡在正史中沒有留下任何記載，認為董卓的那個奴婢就是貂蟬，更多的是猜測。

有人認為貂蟬不是奴婢，而是董卓的小妾，並且有依據，在今甘肅省臨洮縣梁家村有貂蟬墓，貂蟬作為董卓的小妾，死後葬在董卓的老家，是合情合理的。

但這一說法有致命的錯誤，先不說這座墓建於何時、有沒有後人的偽託，就說這個地方都不對。董卓的家鄉確實是臨洮，但漢末的臨洮是今甘肅省岷縣，而不是現在的臨洮縣。

還有人認為貂蟬是呂布的妻子，這也不太好說。

呂布有妻子，還有女兒，這在正史裏都有記載，但他的妻子叫什麼名字，史書卻沒有說。

推測一下，呂布從家鄉五原郡出來的時候已經 20 多歲了，按照當

時的風俗他應該已經成家了，呂布手下有魏越、魏續兄弟倆，呂布對他們格外信任，史書說他們有特殊的親戚關係（有外內之親），暗示呂布的妻子或許姓魏。

當然，呂布也可以娶小妾，但還是那個問題，證據呢？

而古人的姓氏中，似乎只有姓「刁」而沒有姓「貂」的。貂和蟬都是動物，在漢代，皇帝的侍從官員們帽上經常裝飾這兩種東西，所以「貂蟬」合稱時，借指達官貴人，不太像一個人名。

這多少讓喜愛貂蟬的人失望，但史實是不能虛構的。


迄今為止，唯一和貂蟬最接近的史料來自一本叫《漢書通志》的史書，這部書是給《漢書》做注疏的，作者是誰、成書何時均不詳，該書已散佚，只有在其他典籍的引用中才能看到。

根據這部書的記載，曹操在尚未成事時想誘惑董卓，讓他喪失鬥志，給他獻上了刁蟬（曹操未得志，先誘董卓，進刁蟬以惑其君）。

根據這個記載，給董卓獻美女的事情是有的，但不是王允所獻，而是曹操。美女的名字也不叫貂蟬，而是刁蟬。

這個記載，應該說可能性是很大的，不僅因為「刁」是個姓氏，刁蟬更像個人名，從當時的具體情形來推測，也有一定的合理性。

董卓到洛陽後讓曹操改任騎兵旅旅長（騎都尉），曹操在董卓手下幹過事，有過接觸。在政治上曹操是反董卓的，史書記載過他以前曾祕密行刺大宦官張讓，說明他是個激進青年，投董卓所好，給董卓獻上美女來迷惑他，並以此接近董卓，這種事曹操完全幹得出來。

這件事其他史書均沒有提及，所以可信度也成問題，但相對於那個貂蟬，這個刁蟬畢竟還有一條像樣的記載。

不過，不管有沒有貂蟬這個人，都不影響王允的計劃。在王允的努力下，呂布、李肅被成功策反。

呂布開始還有些猶豫，對王允說：「我也想殺董卓，怎奈我們還有父子這層關係（奈如父子何）！」

王允覺得他的話可笑，勸他說：「你姓呂，不是董卓的骨肉。現在大家都愁着怎麼讓他死，還說什麼父子呢（今憂死不暇，何謂父子）？」

呂布最終答應參與王允的刺殺行動，除掉董卓。

## 唱一曲《董逃歌》

就在刺殺行動祕密進行之際，長安發生了一些詭異的事。

不知道什麼時候，社會上突然流行起一首歌謠，這首歌名叫《董逃歌》，歌詞是：

> 承樂世，董逃！遊四郭，董逃！
>
> 蒙天恩，董逃！帶金紫，董逃！
>
> 行謝恩，董逃！整車騎，董逃！
>
> 垂欲發，董逃！與中辭，董逃！
>
> 出西門，董逃！瞻宮殿，董逃！
>
> 望京城，董逃！心摧傷，董逃！

這首歌的旋律很簡單，內容也是重複的，翻來覆去只唱了一個意思：不管你在做什麼，只要看見那個姓董的家伙，趕緊逃吧！

姓董的家伙？那還能有誰？

這是對董太師的攻擊和污衊。董卓手下的爪牙趕緊報告，董卓大怒，下令徹查。

像這種民間集體創作的東西，很難查出它的作者和來源。董卓不管，只要跟這首歌沾邊的，比如說唱過或者別人揭發你朋友聚會時當成段子偷偷傳播過的，一律都抓起來審問，前後有上千人因此丟了命

（死者千數）。

　　董卓下令禁止傳唱這首歌，但很難徹底禁絕。

　　有人幫董卓想出一招，把歌詞改了，「董逃」改成「董安」，意思變成：不管你在做什麼，只要你看見了董太師，你就平安了！

　　這不是逗你玩嗎？而且欲蓋彌彰。

　　效果可想而知。


　　這首歌的事還沒完，另一首歌又傳唱開了。

　　這首歌的完整歌詞沒有保存下來，只知道其中的兩句：


　　　千里草，何青青。

　　　十日卜，不得生。


　　從字面來看，這兩句不知何意。

　　其實這個是拆字遊戲，「千里草」合起來是個「董」字，「十日卜」合起來是個「卓」字，歌詞的意思是：董卓將不得好死！

　　據說，這首歌流傳的時間更早，在漢獻帝剛繼位時就在洛陽一帶流傳起來了，對董卓不滿的人，通過這首歌表達憤懣和憎惡。

　　如果董卓下令追查，肯定也查不出來什麼名堂。

　　除了這些「反動歌謠」，董卓還收到了直接的暗殺警告。

　　有個道士見到了董卓，在一塊布上寫了個「呂」字，這分明暗示呂布有問題，要董卓注意防範，但董卓沒有看懂（卓不知其為呂布也）。

　　上面這些詭異的事，有些肯定是有的，比如歌謠，通常這些都是民意的反映，但有些卻不一定，雖然寫在史書上，也屬於傳奇一類，比如那個道士。

　　王允、呂布為刺殺董卓成功，做了大量的準備工作，但這些一定是在極其保密的情況下進行的。

李肅擔任騎兵旅旅長（騎都尉），手下有一些人，呂布又親自挑選了幾個身手好、不怕死的勇士，有秦誼、陳衛、李黑等人，讓他們具體執行刺殺行動。

呂布手下有個將領名叫秦宜祿，他的妻子後來做了曹操的夫人，他的兒子是曹魏時期有名的秦朗，有人懷疑秦宜祿或許就是參與刺殺董卓的這個秦誼。

萬事俱備，只等機會。

漢獻帝初平三年（192年）四月二十三日，機會來了。

在這之前，漢獻帝得了病，已經很久沒有舉行過朝會。漢獻帝瘳癒，按照朝廷制度，天子久病初愈也是一件大事，定於這一天舉行朝會慶賀。

王允提前得知，董卓將參加。

太師府戒備森嚴，王允、呂布肯定商量過，要在那裏完成刺殺估計很難，即使勉強得手，想要脫身更是難上加難，如果不能將董卓一擊斃命，或者被他的親信立即反擊，局面將無法控制，刺殺行動也得失敗。

所以，唯一可行的辦法就是在別處將其刺殺，之後趁着他的心腹們以及城外的涼州軍來不及反應的時候將他們一一擊破，只有這樣才能保證不僅刺殺成功，而且有奪下長安城的把握。

董卓經歷過一連幾次刺殺事件，已經學精了，他很少離開太師府。現在，他要出府進宮，那就有辦法了。

呂布安排李肅以及秦誼等十多名勇士穿上衛士的衣服守在董卓必經的宮門附近（將親兵十餘人，偽着衛士服守掖門），如果董卓過來，就地誅殺。

為做到萬無一失，王允還從漢獻帝那裏要來了一份詔書，必要時

拿出來控制局面，為做到保密，詔書由也參與了刺殺行動的朝廷祕書局副局長（尚書僕射）士孫瑞親自書寫。

# 掖門藏殺機

這一天，天是陰的，刮着風。

董卓在大批步騎的保護下向未央宮行進，進了掖門，裏面就是李肅和秦誼等事先埋伏的地方，保護董卓的人再多也不能進去，董卓的死期就要到了！

突然有匹馬嘶叫起來，怎麼都不肯進宮（馬躓不前）。

董卓很迷信，覺得這很異樣，想掉頭回去（卓心異欲止）。

準備了這麼多，拍屁股回去了，那哪成？

呂布竭力勸董卓還是進去，不知道什麼原因，董卓竟然聽了（布勸使行，乃衷甲而入）。

進了掖門，呂布就能看到李肅、秦誼他們，在眾人毫無思想準備的情況下呂布埋伏的刺客李黑率先舉戟向坐在車子上的董卓刺來，其他人跟着便上，李黑他們有的用戟叉住董卓的車，有的用戟叉馬（以長戟挾叉卓車，或叉其馬）。

董卓大吃一驚，高呼：「呂布在哪裏？」

呂布其實就在他身邊，此時手裏持矛，一矛刺向董卓，董卓應聲墜落車下。

董卓在臨死前還在衝着呂布大罵：「狗東西，好大的膽子（庸狗，敢如是邪）？」

離董卓最近的是太師府辦公室主任（主簿）田儀，見狀本能地想撲上來營救，卻被呂布殺了。

後面還殺了一個人，加上董卓，一共殺了三個人。

呂布亮出漢獻帝的詔書，剩下的人沒有再敢亂動的了。

惡貫滿盈的董卓就這樣被殺了！

史書記載，原本陰沉的天瞬間變得晴朗，原來刮着的大風頓時停歇（日月清淨，微風不起）。

連老天爺都在慶祝這件人間幸事。

沒想到一個人的死，會給另外那麼多的人帶來歡樂。董卓已死的消息傳出，壓抑已久的人們終於揚眉吐氣，大家載歌載舞，舉行了盛大的狂歡。有人賣掉了珠寶首飾和漂亮衣服，換來酒肉進行慶賀，長安城大小街道上都是歡樂的人們。

看到此情此景，呂布大概不僅自豪，更會感到慶幸，幸虧做出了正確的選擇，順應民心民意，否則他的下場比董卓好不到哪裏去，最終只能給董卓陪葬。

王允隨即下令釋放監獄裏的荀攸等人，把董卓的弟弟董旻、姪子黃璜等董氏家族成員全部誅殺，把董卓的屍體拖到長安城裏最熱鬧的集市上示眾。

又派人去郿塢，把那裏的董氏族人就地處死。

派去的人還沒到，守衛郿塢的軍士聞訊已經動手，把董家的人全部抓了起來處死，包括董卓已經 90 多歲的老母親。董卓搜刮、囤積的大量財物被充公，其中僅黃金就有 3 萬多兩，白銀八九萬斤。

董卓的屍體被拖走前，呂布專門趕了過去把他的首級割下來。

董卓沒有頭的屍體在集市上被人展覽，不知是誰點了把火，屍體燃燒起來。董卓這個人肥頭大耳、渾身流油，火燒得挺旺，一直燒了很久火都沒滅。

袁氏的門生故吏覺得還不夠解恨，等火熄滅，他們專門跑過去收集殘渣灰燼，然後揚撒在路旁。

這時，涼州軍的主力並不在長安，這也是王允、呂布刺殺行動成功的關鍵。

黑山軍從兗州方向撤回太行山區後，又有西進的勢頭，為防止黑山軍進攻關中，之前董卓命他的女婿牛輔率重兵屯駐在陝縣，涼州軍其他重要將領李傕、郭汜、張濟等分別率部在函谷關附近布防。

負責守衛長安的是徐榮、胡軫以及胡文才、楊整修等，徐榮所部雖然戰鬥力很強，但作為非涼州出身的將領，長期以來頗受壓制和排擠，董卓已死，按理他不大會做拼死反抗。

胡文才、楊整修是所謂的「涼州大人」，即涼州地方上的豪族，此行是為董卓幫場子的，他們也不會為董卓拚命，倒是胡軫，天生一個暴脾氣，做事容易衝動，如果帶頭鬧事，將不好收拾。

但是，長安民眾慶祝董卓被殺所表現出來的狂熱大概把胡軫嚇傻了，沒敢動一兵一卒，直接投降。

在王允、呂布以及并州軍的竭力維持下，董卓被殺後的長安城並沒有發生動盪。

漢獻帝下詔，讓王允以司徒的身份主持朝廷日常工作（錄尚書事），同時擢升呂布為軍長（奮威將軍），儀比三司，晉爵位為溫侯。

儀比三司的意思是享受三司的儀禮，三司就是三公。普通的將軍品秩與九卿相當，只有車騎將軍、驃騎將軍與三公相當，呂布之前是師長（中郎將），和將軍之間還有偏將、裨將，直接升為奮威將軍算是破格了。享受三公的待遇則是更高的榮譽，因為呂布只有 30 歲出頭。

呂布之前的爵位是都亭侯，晉爵為溫侯，亭侯變成了縣侯。溫縣在河內郡，司馬懿就是這個縣的人。

但呂布還不是軍隊的最高領導，在王允的推薦下，皇甫嵩被拜為全國武裝部隊副總司令（車騎將軍），統領軍事。

之所以做出這樣的安排，主要考慮到涼州軍的主力仍在，董卓的

舊將牛輔、李傕、郭汜、張濟手裏都掌握着重兵，不派一位在軍中有足夠威望的老將出馬難以壓住場面。

## 大局與私怨

為了維護長安的穩定，呂布向王允提出了兩項建議。

一個建議是，胡軫、徐榮、楊整修等人雖然投降，但他們內心是怎樣想的不清楚，對他們不能放鬆警惕。

呂布對王允分析說：「涼州軍中的一些人整個家族和全部產業都在涼州，你讓他死心塌地跟我們走，那是不可能的，他們暫時歸順，一旦有機會勢必反叛，這些人始終是朝廷的大患，我認為應該把這些人關起來。」

但王允不同意這個看法，王允認為：「那些有可能反叛的人，也僅是有可能而已，說他們反叛，現在沒有證據，如何服眾？」

王允的見解表面看起來冠冕堂皇，也顯得挺大氣，但這只是一種愚見，因為他根本不了解涼州軍的這些人。

呂布提出的第二項建議是，董卓死後被抄家，從他府中以及郿塢搜出大量金銀財寶和糧食，現在朝野都很關注這批東西，因為朝廷西遷以來群臣和將士們的生活都很艱苦，呂布提出拿出一部分東西以天子的名義賞賜給大家，用以提振士氣。

王允仍然反對這個提議，他的理由是：「這些東西是董卓貪污盤剝而來，現在應歸朝廷和國庫所有，將來東歸，這些東西也要分毫不少地運回洛陽，將來關東的那些朋友問起來，我們也要能說得清，怎能隨意處置？」

王允只會講大道理，誰都說不過他，弄得呂布沒脾氣了。

人一旦掌握絕對的大權，本性中不為人知的某一部分也會暴露無遺，讓人看到光鮮的表面下不夠陽光甚至醜陋的一面。

王允不是小人，算是個君子，但更是個書生。

書生誤起國來，一點兒不比小人惡人差。

執掌大權後王允的身上發生了很多變化，作為誅殺董卓的第一功臣，王允獲得朝廷的嘉獎和民眾的稱讚，所以不自覺地流露出一些小驕傲（每乏溫潤之色）。

王允曾自負地對人說：「連董卓這樣不可一世的大奸賊都死於我的手下，我還有什麼可懼怕的呢？」

過去群臣集會，王允都能跟大家推心置腹，共同討論，現在變得正襟危坐，一臉嚴肅，群臣慢慢地不再像以前那樣推崇和擁護他了（是以群下不甚附之）。

當時百廢待興，有很多事要處理，王允放下不管，非要治蔡邕的罪。


這件事情的起因是，蔡邕聽到董卓被殺的消息時，情不自禁地當眾歎息了一聲（殊不意言之而歎），正是這一聲歎息，最終要了蔡邕的命。

當時王允正好也在場，當即呵斥蔡邕說：「董卓是國之大賊，幾乎使漢室傾覆。你身為漢臣，理應同仇敵愾，怎麼能因為個人受到董卓的禮遇而忘記了大節！今天誅殺有罪的人，你反而感到難受，是不是跟他們是一夥的（今誅有罪，而反相傷痛，豈不共為逆哉）？」

王允當即命令把蔡邕抓起來押在廷尉處審理。

蔡邕在獄中寫信向王允表示認罪，願意像司馬遷一樣承受黥首刖足之刑以求保全一命，讓自己能夠完成正在寫作的當朝國史《後漢紀》，但王允堅決不答應。

太尉馬日磾聽說後急忙來見王允，對他說：「蔡伯喈是曠世逸才，對本朝的事情很了解，如果續成後史，肯定將是一代大典。而且他以忠孝著稱，現在要治他的罪理由也不充分（所坐無名），如果非要殺他，恐怕會失去人望！」

馬日磾是經學大師馬融的族孫，和蔡邕、盧植一起校過熹平石經，又參與過《東觀漢記》的續寫，深知蔡邕的學術地位和價值。

但是，王允不給他這個面子：「當初武帝不殺司馬遷，讓他寫出來了《史記》這樣的謗書，流於後世。現在國祚中衰，神器不固，不能讓佞臣執筆在幼主的左右，既對聖德無益，又使我們這些人受到他的無端批評（使吾黨蒙其訕議）。」

馬日磾碰了一鼻子灰，對王允很失望，下來對人說：「王公這個人，大概也活不多長了吧（王公其不長世乎）？有道德的人，是國家的綱紀；典範的著述，是國家的典籍。廢棄了綱紀與典籍，難道還能長久嗎？」

就這樣，當時最知名的大學者之一、與宦官集團堅持不懈鬥爭的蔡邕就這樣死在了長安，死時 61 歲。


以董卓的跋扈尚且對蔡邕禮遇有加，擅殺這樣有影響力的人難免招致非議。有史書說，王允下令殺蔡邕，但馬上就後悔了（允悔欲止），但沒有來得及制止。

這其實是不可能的，王允殺蔡邕的意志其實十分堅決。

有人認為蔡邕受董卓的厚遇，王允早就看不慣，或者也有一些嫉妒，這是王允執意殺害蔡邕的原因。

但是，董卓也厚待了王允，而且更給予了重用。

其實王允堅決要殺蔡邕另有原因，而蔡邕自己和馬日磾的話再一次提醒了王允。

蔡邕和馬日磾都提到寫史，這讓王允下意識想到了司馬遷。真的，如果當朝國史由蔡邕來寫，會寫成什麼樣？

這一兩年來，王允之所以深得董卓信任，自然說過不少違心的話，幹過不少違心的事，別人不太清楚，蔡邕知道的應該不少，如果讓他寫史，王允的形象算是毀了。

所以，蔡邕必須死。冠冕堂皇的理由虛晃一槍，真正的理由因為太卑鄙，往往說不出口。

王允應該沒少讀聖賢書，應該懂得辱行污名不可全推，留給自己一些，可以韜光養德；完美的名節不宜獨享，應該分些與人，這樣可以全身。

可惜，他即使讀了也做不到。

## 「西京亂無象」

蔡邕被殺，令王粲悲痛不已。

王允想招王粲擔任黃門侍郎，他堅決不從，後來王粲南下荊州投奔祖父的學生劉表去了。

王粲到荊州去最可能走的是武關道，作為當時最有才情的詩人之一，王粲在路上回過頭來又望了望長安，不禁哀從心起，寫下了著名的《七哀詩》，其中寫道：

> 西京亂無象，豺虎方遘患。
> 復棄中國去，委身適荊蠻。
> 親戚對我悲，朋友相追攀。
> 出門無所見，白骨蔽平原。
> 路有饑婦人，抱子棄草間。

顧聞號泣聲，揮涕獨不還。

未知身死處，何能兩相完？

驅馬棄之去，不忍聽此言。

南登霸陵岸，回首望長安。

悟彼下泉人，喟然傷心肝。

這首詩描繪了此時長安一帶的真實情景，算是對史書的補充：

長安城上空黑雲亂翻，那些如豺狼猛虎一樣的人還在那裏製造動盪，我忍痛告別了那裏，把一身暫時託給遙遠的荊蠻。

送行時親戚眼裏噙着淚水，朋友們依依不捨拉着車轅。走出門，滿目蕭條一無所見，只有堆堆白骨遮蔽了郊原。

一個婦人面帶饑色坐在路邊，輕輕把孩子放在細草中。嬰兒的哭聲撕裂着母親的肝肺，飢餓的母親還是忍不住回頭觀望，但終於還是灑着淚獨自走去。

我自己還不知道死在何處，誰能讓我們母子保全？這位母親痛苦地哭喊。我趕緊策馬離去，不忍聽這傷心的語言。

登上霸陵的高地，我繼續向南，回過頭我遠望長安。領悟了《詩經·下泉》詩裏思念賢明國君的心情，不由得傷心，不由得歎息！

王粲就這樣離開了長安，至於蔡邕的女兒蔡琰，她沒有跟着王粲一起走，命運的陰錯陽差，時局的動盪紛亂，又一次改變了她，讓她重新經歷了一次更加痛苦的生活。

關於她的故事，以後還要說。

# 書生好意氣

處理完蔡邕，王允依然要面對陝縣等地涼州軍怎麼辦的問題。王允開始打算以天子的名義下詔赦免他們，這本來是正確的策略，但詔書擬好後王允卻突然改變了主意，決定解散涼州軍。

這還不算，王允還決定派人到陝縣，緝拿牛輔等涼州軍主要將領，來長安進行審判。主張對涼州軍實施招撫的呂布聞聽此事，大吃一驚。

呂布趕緊來見王允，對他說：「涼州軍素來不服朝廷調遣，董卓已死，眾人正在驚亂，無所適從。如果朝廷肯既往不咎，想必他們不會鬧事，因為這些人都很看重眼前利益，董卓死了，再拼也無益，只要保證他們的安全和利益，他們是會聽命於朝廷的。現在要解散他們，並且緝拿其主要將領，為了生存他們肯定會集結造反，局面將不可收拾！」

王允不同意呂布的看法，理由是：「涼州軍跟着董卓作惡多端，關中百姓的怨氣你也看到了，如果赦免他們的罪行，百姓不答應啊！」

王允的政治智商仍然沒有跳出書獃子的範疇，呂布認為這麼做會激起兵變，局面將不可收拾。

對此，王允絲毫不擔心：「涼州軍也不過區區幾萬人，長安城內外現在也有不下幾萬人，東面又有關東聯軍的策應配合，涼州軍想造反得想想後果。現在董卓已死，群龍無首，天子的詔書下達，他們必作鳥獸散。這個我已經仔細考慮過，你不必擔心。」

有人建議派皇甫嵩親赴陝縣，統率涼州軍，以讓他們安心，對於這個建議，王允仍然不同意。

王允的理由看起來更奇怪：「不能這麼做，關東聯軍那些人都是咱們的同志（關東舉義兵者，皆吾徒耳）。派皇甫嵩去陝縣，在那裏

集結重兵，關東聯軍的諸君會怎麼想？還以為我們要憑險據守跟他們對抗呢。」

王允心裏，看來藏着好多這樣的小九九。

王允對呂布的建議一再給予否定，是因為在他內心其實是看不起呂布的，認為他不過是一名劍客而已（素輕布，以劍客遇之）。

董卓被殺後，應在第一時間明確對涼州軍的政策，是殺是留，發出的信號必須清晰，王允不僅拖延了寶貴的時間，而且搖擺不定，使外面的各種謠言四起。

長安城裏都在傳言，說王允要向涼州軍大開殺戒，把涼州軍的將士都處死（當悉誅涼州人）。

已經投降的胡軫、徐榮等人當然很緊張，留在關中地區的涼州軍轉而擁兵自守，觀望下一步形勢如何發展（其在關中者，皆擁兵自守）。

王允派李肅帶人首先來到陝縣，向牛輔宣佈天子詔書。

結果可想而知，正在猶豫不決的牛輔看到要捉拿他歸案的詔書後不再多想，立即反抗，李肅帶去的那點兒人不是牛輔的對手，李肅大敗。

一個說法是，李肅戰敗被殺；另一個說法是，李肅戰敗而回，被隨後趕來的呂布所殺。

牛輔跟朝廷鬧翻，只得一條道往下走了。

可是，還沒等他繼續往前邁出第二步，他自己卻送了命。

一天夜裏，牛輔突然聽到外面人聲大起，哭喊聲響成一片。

其實這是一場夜驚，心神越是高度緊張，這種事越有可能發生。但牛輔不明就裏，他的第一個反應是敵人來劫營了。

牛輔趕緊出帳迎敵，外面黑乎乎的，什麼都看不清，只看到營裏亂成一團。牛輔此時只求活命，他隻身騎馬向營外逃去，卻在混亂中

被人殺了。

有個機靈的手下意識到牛輔的腦袋也很值錢，就搶先上去把他的首級割下，之後送到長安，受到了朝廷的重賞。

牛輔被殺，消息傳到李傕、郭汜、張濟那裏，大家都傻了。

他們的智商比牛輔高不到哪裏去，動腦筋的事過去都是董卓替他們幹，他們只負責執行，現在要他們自己拿主意，個個都顯得六神無主。

他們能想出來的唯一出路，就是向朝廷乞降。李傕於是派人來到長安，請求朝廷赦免他們，不少人勸王允接受，王允卻再次拒絕了。

王允給出的理由看起來有些可笑：「今年已經大赦過天下，天子一年之內不可兩次大赦（一歲不可再赦），要赦免他們得等到明年。」

正月裏漢獻帝的確下詔大赦過天下，一年不能兩次大赦的制度也許是有的，但現在是什麼時候了？危機正在一步步襲來，為何還這麼教條？

有人認為，這只是王允不想赦免涼州軍的託詞。但仔細分析一下王允身上的書獃子個性，會發現這個理由也許不是藉口，在制度面前，王允就是一個格外教條的人。

要特赦，也好辦，等明年吧。

可現在才五月，王允能等，涼州軍不能等了。

## 亂世奇才賈文和

消息傳到陝縣，正在焦急等待朝廷特赦的李傕、郭汜等人絕望了。

商議了半天，也想不出什麼好辦法。

最後大家決定就地解散，各自繞道逃回涼州（欲各解散，間行歸

鄉里）。眾人收拾東西，準備散夥，這時有個人站出來說了幾句話，把大家說醒了。

這個人不同意散夥，他說：「咱們分散逃跑，半路上一個亭長就能把大家活捉了（諸君若棄軍單行，則一亭長能束君矣），此去涼州3000多里，千山萬水，不知道有幾個人能逃回家？」

大家聽完，面面相覷，心情更加低落。

這個人繼續對大家說：「不如咱們團結起來，集結在一起向西攻打長安，我們也擁戴皇上，只殺王允、呂布，替董太師報仇。事情如果成功，可以挾天子號令天下，如果不成功，再跑不遲（若其不合，走未後也）！」

眾人認為有理，決定先不散夥，先按照這個人說的做。


這個人，是當世的另一位奇才，賈詡。

賈詡字文和，涼州刺史部武威郡人，此時40多歲。

賈詡年輕的時候並不出名，只有涼州名士閻忠認為他與眾不同，說他有張良、陳平那樣的智慧（謂詡有良、平之奇）。賈詡後來被舉過孝廉，在洛陽的朝廷裏任職，後來生了病，辭官回家。

賈詡和十幾個人同行，路上遇到了叛亂的氐人，一行人被抓了。氐人經常劫掠過往商旅，財物一搶，人全都活埋，手段很殘忍，所以大家慌張壞了。

只有賈詡十分冷靜，他對氐人說：「我是段公的外孫，你們別傷害我，我家一定用重金來贖（我段公外孫也，汝別埋我，我家必厚贖之）。」

段公就是「涼州三明」之一的段熲，時任太尉，他久在涼州，威震西土，而賈詡跟段熲毫無關係，他這麼說是故意嚇唬氐人的。

氐人果然不敢害他，還和他盟誓，之後送他回去，而其餘的人都遇害了。

類似這樣隨機應變的處理，在賈詡身上還有很多。

賈詡回到涼州後到了董卓手下，並跟着董卓來到了洛陽。董卓擔任太尉時賈詡在太尉府當處長（太尉掾），後來又到黃河上的平津渡口當守備旅旅長（平津都尉）。

牛輔駐紮在陝縣，軍職是師長（中郎將），賈詡被分派到牛輔所部接受指揮，職務仍然是旅長（討虜校尉）。

賈詡現在出了這個主意，對涼州軍來說的確是一招勝負手，對朝廷來說，自然是個徹徹底底的餿主意。

所謂一謀動千危，後世多認為賈詡的這個主意闖下了大禍，使有可能出現的和平契機化為烏有，使帝國再次陷入混亂。

有人發出感歎，認為這個時候元兇已除，天地始開，但隨之國家又四分五裂，黎民百姓再次遭受塗炭，這一切難道都不是賈詡的一句話嗎（豈不由賈詡片言乎）？賈詡的罪過，竟然如此之大！

將天下重新陷入動盪的罪過全部歸於賈詡一人未免誇大其詞，沒有賈詡，天下該亂還會亂。

只不過，此時此刻賈詡的這個主意的確改變了後面時局的發展。


集結在陝縣一帶的涼州軍向長安進攻，一開始只有三四萬人，但一路行進下來，不斷有涼州軍舊部加入。

除了李傕、郭汜、張濟等人，董卓的舊部樊稠、李蒙也聞訊率部趕來，到達長安時這部分涼州軍總人數已超過了十萬（比至長安，已十餘萬）。

人多就好辦了，可以嚴嚴實實地把長安城圍起來。

王允這時傻眼了，他這才想起和談。

王允派胡文才、楊整修出城去見李傕等人，讓他們二人捎話給涼州軍，只要撤兵一切都好商量。要是早幾天，這正是李傕等人巴不得

的，但現在他們手裏已經有了十多萬人馬，已經不把朝廷和王允放在眼裏了。

胡文才、楊整修見到李傕，也不提和談的事，反而勸李傕等人加緊攻城，他們對李傕等人說，城裏防守兵力很有限，猛攻即下。

涼州軍不撤圍，王允只好硬着頭皮一戰，他派胡軫、徐榮出城迎敵，結果胡軫一出城就投降了涼州軍，而徐榮戰死。

徐榮這個人雖然出身於涼州軍，但他很有原則，他的原則只有兩個字：朝廷。

當年他在涼州追隨董卓，因為董卓代表着朝廷；他跟着董卓來到洛陽，因為這是朝廷的命令；他與關東聯軍作戰，因為那些人反抗朝廷；董卓死後他沒有造反，因為董卓雖然不在了，朝廷還在；現在他義無反顧地與李傕等人廝殺，也是因為朝廷。

表面上看徐榮很矛盾，其實他活得最清楚。

這樣的人，值得喜歡。


# 叟兵打開城門

涼州軍加緊攻城，皇甫嵩以全國武裝部隊副總司令（車騎將軍）的身份主持守城事務，他是一名有經驗的老將，長安城也相當堅固，守上一陣按說沒有困難。

王允也給大家鼓勁：「咱們頂多堅持一個月，關東方面的援軍准到！」

關東聯軍是不會到的，因為他們已經散夥了，現在互相之間正打得焦頭爛額，無力也無心管長安的事，即便守上一個月，估計也無濟於事。

結果，城裏並沒有守滿一個月，只守了八天，城裏就有守軍打開城門放涼州軍入城。

打開城門的是叟兵，叟人是西南的一個少數民族，叟兵以打仗勇猛而著稱，這支叟兵有 1000 多人，是益州牧劉焉派來協助朝廷的，董卓執政時他們就來了，董卓死後，他們歸朝廷指揮。

這是一群外形裝束很有特點的人，他們個個鬆着頭髮，耳朵上掛着環鐵，穿着奇奇怪怪的衣服，他們善使藤牌、弓箭，初次交手一般人都會吃他們的虧，但是過上幾次招，熟悉了他們的套路，他們的戰鬥力也就不怎麼樣了。

朝廷西遷後，不斷向劉焉催稅催人，劉焉大概為了應付，就派了這支叟兵來，他們不是劉焉的嫡系，更像一支僱傭兵，誰發軍餉聽誰的，在戰場上隨時會倒戈。

偏偏這群叟兵，皇甫司令讓他們擔任了防守長安城東門的重任。


叟兵打開東門，涼州軍殺入長安城。

城破時，呂布帶着幾百名騎兵殺出城去，這一行人裏應該有張遼、高順等人。呂布臨走時不忘把董卓的人頭掛在馬鞍上，這個東西他見着袁術、袁紹時還用得上。

路過青瑣門，呂布看到了王允，招呼他一塊走。

王允不想走，慷慨激昂地說：「如果社稷有靈，可以保佑國家平安，這是我最大的願望。如果這個願望無法實現，我願意為此獻出生命（奉身以死之）！」

王允讓呂布帶話給關東聯軍的諸位首領：「天子現在還年輕，現在都依靠我。災難來時我只顧自己逃命，實在不忍心啊！你見到關東聯軍的各位同志，一定要勉勵他們時刻不能忘了皇上（謝關東諸公，勤以國家為念）！」

呂布只得自己逃命，皇家禮儀部部長（太常）种拂雖然是個文臣，卻很剛烈，不願意逃生。

种拂慨然道：「身為朝廷大臣，不能禁暴禦侮，致命刀兵逼到了宮前，還能往哪裏逃？」

种拂親自與敵兵交戰，戰死。

李傕、郭汜率兵攻到未央宮南宮掖門，在這裏殺了交通部部長（太僕）魯馗、民族事務部部長（大鴻臚）周奐、長安城防司令（城門校尉）崔烈、北軍輕騎兵師師長（越騎校尉）王頎等朝廷高官。

長安城裏，涼州軍見人就殺，見東西就搶，官民死了一萬多人，在當時這是一個很大的數字。

街道上到處是屍體和燒搶的痕跡，一片混亂（狼藉滿道）。王允扶着嚇壞了的漢獻帝登上宣平門。

李傕等人來到城門下，伏地叩頭。

漢獻帝打起精神，勉強對李傕等人喊話：「你們放縱士兵，想做什麼？」

李傕等人回答：「董卓忠於陛下，而無故被呂布所殺，臣等為董卓報仇，不敢造反，請求的事批准後我們自會到有關部門請罪（請事畢詣廷尉受罪）！」

涼州兵圍住城樓，非要讓王允出來對話，他們大聲質問：「董太師犯了什麼罪？」

王允無法回答，只好下了城樓。


長安城又落入涼州軍之手。

控制了朝廷，李傕立即脅迫漢獻帝任命自己為揚武將軍，郭汜為揚烈將軍，樊稠為中郎將。

不久，李傕又升任全國武裝部隊副總司令（車騎將軍）兼司隸校尉，郭汜、樊稠分別升任右將軍和後將軍，他們三個人組成領導小組共同主持朝政（筦朝政）。

張濟也升任全國武裝部隊副總司令（驃騎將軍），按說這個職務

高於李傕的車騎將軍，但他似乎受到了排擠，率本部出屯潼關以東的弘農郡一帶。

在涼州的韓遂、馬騰等人聽說長安大亂，馬上帶兵前來湊熱鬧，想渾水摸魚。

「三人小組」只得任命韓遂為鎮西將軍，讓他駐紮在金城，即今甘肅省蘭州市，任命馬騰為征西將軍，駐紮在董卓昔日苦心經營的大本營郿塢附近。

李傕等人隨即以天子的名義大赦天下。

誰說一年不能兩赦？

朝中原有的大臣，有的留任，有的因李傕等人看着不順眼，就被殺了。

前車騎將軍皇甫嵩因為有巨大的聲望，涼州軍不敢動他，改任他為太尉，不久皇甫嵩因病去世。

王允不能再當司徒了，這一職務由趙謙接任，馬日磾被任命為太尉，楊彪擔任了司空。為涼州軍立下大功的賈詡，被擬任為左馮翊太守，並且準備給他封侯。

賈詡聽到後，馬上表示拒絕：「這不過是為救命被逼出來的，算什麼功勞呢？」

賈詡出了一個主意，雖是為保命所迫，但帶來了嚴重的後果，想必他多少有些後悔了，哪裏再敢以此居功？

賈詡表示願到朝廷祕書局（尚書台）任職，李傕想任命他當副局長（尚書僕射），賈詡又推辭。

賈詡對李傕說：「朝廷祕書局副局長（尚書僕射）是天下注意的焦點，我不孚眾望，難以擔當。」

最後賈詡擔任了一名普通尚書，他慢慢與涼州軍將領拉開了距離。

# 宋翼與王宏

李傕等人想立即殺了王允,但他們還有顧慮。

王允主持朝廷後重用了兩個和他同郡的老鄉,一個是宋翼,擔任左馮翊郡太守;一個是王宏,擔任右扶風郡太守。這兩個郡位於長安的一左一右。

李傕等人殺王允前,擔心二郡造反,就以朝廷的名義徵召宋翼和王宏。

王宏接到詔書,派心腹去找宋翼商量:「郭汜、李傕因為我們二人在外,所以沒敢殺害王公。今日如果就徵,明日就會一同赴死,可是不去不行,得想想該怎麼辦。」

宋翼膽小,回答說:「雖然禍福難測,然而這是天子的命令,不能不執行!」

看來宋太守和王先生是一路人,王太守急了:「關東義兵欲誅董卓,現在董卓已死,剩下的不過是他的黨羽,容易對付。現在,如果咱們舉兵共同討伐李傕等人,和關東聯軍呼應,不失為轉禍為福的計策!」

但宋太守是個模範公務員,他只打算接受命令去長安報到,王太守沒法單獨成事(宏不能獨立),也只好就徵。

人到齊了,李傕等人立即動手,王允、宋翼、王宏一同被殺。

王允死時 55 歲,妻子、兒女同被處死。

王宏臨死前罵宋翼:「宋翼,你這個書獃子,不足成就大事(宋翼豎儒,不足議大計)!」

應該說,王太守的計劃也只能是送死,皇甫嵩、呂布都對付不了的涼州軍,他們兩個文官上去就等於自殺;至於說依靠關東聯軍,看來他們的信息比較閉塞,不知道那夥人早就散了,他們現在只關心自己的事,幾千里之外長安城裏發生的事,對他們來說恐怕跟不存在一樣。

但是，人固有一死，唯有死法不同。與其束手就擒，像綿羊一樣被宰殺，不如奮起一擊，死也死得壯烈。

涼州軍殺完王允，屍體暴置在長安街市，沒人敢去收屍。

王允的老部下（故吏）、時任平陵縣令趙戩自願棄官，給王允收屍，為他下葬。

趙戩後來到荊州避難，最後投身於曹營。

跟王允一起被殺的還有黃琬。李傕等人認為他也參與了暗殺董卓的陰謀，黃琬死時 52 歲。

當初董卓被殺，除了王允、呂布，士孫瑞也有謀劃之功，但王允為了獨享功勞，事後不提士孫瑞，結果士孫瑞沒有因為殺董卓而被封侯，這反而救了士孫瑞一命（允自專討卓之勞，士孫瑞歸功不侯，故得免於難）。

李傕等人重新安葬董卓，董卓的屍體被燒了，腦袋在呂布手裏，他們只能把燒董卓留下的灰收集了一些，用一口棺材安葬在郿塢。

下葬的那天，突然刮起了大風，雨傾盆而下。

一道閃電擊中了董卓的墓，劈開一道口子，水瞬間流進了墓室，把董卓的棺材都漂了起來（霆震卓墓，流水入藏，漂其棺木）。

大家趕緊重新弄好，但又被風雨雷電搞了一回。

如此反覆，一共折騰了三四次（如此者三四）。

## 袁紹的長輩來了

李傕、郭汜、樊稠等人雖然都是行伍出身，但他們也想在政治上有所作為，尤其對中原地區的狀況，他們也想發揮些影響力。

漢獻帝初平三年（192 年）秋天，天子下詔派太傅馬日磾、交通

部部長（太僕）趙岐為正副特使，前往關東宣達罷兵詔，撫慰天下。

這二位都與已故著名經學大師馬融有親戚關係，馬日磾是馬融的族孫，小時候曾得到馬融的親自教導；趙岐是馬融的哥哥——馬續的女婿。

長安的「三人小組」看來是動了一番腦筋的，因為馬家跟袁家關係不一般。袁紹和袁術有一位很有名的嬸娘，也就是袁隗的妻子、一代才女——馬倫，她是馬融的女兒。按這個論法，馬日磾跟袁紹、袁術是平輩，趙岐是他們的長輩。

馬日磾此時年齡不詳，但不會小於 70 歲，而趙岐已高達 84 歲了。

兩位老同志，又都跟袁紹、袁術有親戚關係，他們還是士人的領袖，「三人小組」相信袁紹這一回不敢再開殺戒。

馬特使和趙副特使從長安出發後分成兩路：馬日磾去南陽郡找袁術，趙岐去冀州刺史部找袁紹。


馬日磾此去頗費周折，他找到了袁術，但袁術一見到馬日磾就把他扣了下來，壓根不談正事。

袁術先是要借馬日磾的符節看看，看完就耍起了無賴，不說歸還的事。

不僅如此，袁術讓馬日磾以朝廷特使的身份任命他手下人官職，名單報上來，馬日磾差點氣暈，因為候任幹部名單上有 1000 多人。

馬日磾請求袁術放他走，袁術不放。馬日磾又急又氣，最後在憂憤中死在了袁術那裏。

相比較而言，趙岐還算幸運。

聽說長輩來了，袁紹親自迎出了數百里，根據史書的記載，在迎接趙副特使的隊伍裏還有已經身為兗州牧的曹操。

趙岐除了當面向袁紹宣達天子的罷兵詔，還分別給陶謙、公孫瓚

等人寫了信，要求他們罷兵。

就在不久前，公孫瓚剛剛與袁紹打了一場大仗，結果他大敗而歸，所以現在正想休整休整，接到罷兵詔，公孫瓚立即送來一封言辭懇切的回信，表示尊重朝廷，熱愛和平，立即停戰。

袁紹也表示尊重罷兵詔，同意停戰。

袁紹還與趙岐相約，不久之後將迎漢獻帝回洛陽（與岐期會洛陽，奉迎車駕）。

袁紹送走趙岐返回鄴城，路過漳水之上的渡口薄落津時，在此大會賓客，曹操也有可能就在其中。

這時突然發生了一個意外，讓袁紹受了一場驚嚇。

正吃喝熱鬧的時候，袁紹接到情報說魏郡有人造反，叛軍與黑山軍的於毒部取得聯繫，人數多達數萬，已經把袁紹的大本營鄴縣佔領了，郡太守被殺。

在座的很多人的家都在鄴縣，聽說後頓覺五雷轟頂（皆憂怖失色），有人甚至當場哭了起來。

面對突如其來的變故，袁紹再次表現出從容不迫的氣概，他當時正在玩投壺遊戲，就是把箭投向遠處的一個壺中，看誰投得准，輸的人罰喝酒。聽到消息，袁紹仍然言談自若，催促監壺的人繼續玩（容貌自若，不改常度）。

不過這件事很快就平息了，黑山軍裏有個叫陶升的人投降了袁紹，把袁紹以及眾人的家屬送到斥丘，並幫助袁紹重新收復了鄴縣，袁紹提拔陶升當了師長（建義中郎將）。

袁紹跟趙岐約定迎天子回洛陽，對袁紹來說也就是說說而已。他現在滿腦子還是公孫瓚，送走趙岐，袁紹回去就開始謀劃新的軍事行動去了。

他們做約定的時候曹操有可能也在場，他卻認真地思考了這件事。

朝廷特使一行帶來了長安的最新消息，也表達了奉迎天子回洛陽的渴望，曹操回到鄄城，就和荀彧、程昱、毛玠等人商量此事，荀彧贊成派人出使長安，向朝廷進貢。

毛玠的看法更進一步，他提出了一個更大膽的計劃：「現在天下分崩，天子流亡，國家沒有儲備，百姓不能安居，這種狀況難以持久。袁紹、劉表等人，雖然士民眾強，但都缺乏遠大志向，不能樹基建本。當今之計，應該奉天子以令不臣，發展農業，積蓄軍資，這樣一來，霸業可成。」

曹操認為毛玠分析得很有道理（敬納其言）。

毛玠字孝先，兗州刺史部陳留郡人，當過縣吏，為人清廉公正。中原地區陷入動盪後他本想到荊州投奔劉表，後來聽說劉表政令不明，能力有限，於是轉道去了魯陽。曹操擔任兗州牧後聽說他是個人才，就徵他為州政府的治中從事，負責州裏的人事工作。

曹操發現毛玠深有謀略，而且清正無私，就改任他為奮武將軍府的功曹，從事人才選拔工作。

以後曹操的地位不斷提升，毛玠一直在人事工作崗位上。


## 擅長偽造筆跡的人

曹操說幹就幹，於初平三年（192 年）這一年冬天，派特使前往長安向朝廷進貢。

但特使一開始就不順利，剛走到河內郡時，就被張楊扣了下來。

曹操雖然沒有跟張楊發生過衝突，但張楊跟袁紹之間的關係很微妙，曹操是袁紹的人，張楊沒把曹操當成好人，他不想讓曹操的特使過境。

這時，張楊身邊出來一個人，勸道：「曹操雖然跟袁紹是同盟，但二人情況不同，不可能永遠相親近（勢不久群）。曹操現在雖然弱小，但他的確是個英雄，將軍您應當結交他。現在剛好是個機會，應該幫他完成通使長安的事，並且上書表薦他。如果事情成了，曹操一定感激將軍您。」

張楊想了想，覺得說得也是，於是同意曹操的特使過境，不僅如此，張楊還以自己的名義上表朝廷推薦曹操。

這位幫了曹操大忙的人覺得做得還不夠，因為朝廷那邊主要管事的人曹操並不熟，他怕曹操的人到了長安無法順利完成任務。於是又以曹操的名義給李傕、郭汜等人分別寫了信，信中說了他們很多好話。

這位善於偽造筆跡又主動幫助曹操的人卻不是曹操的故友，甚至沒有見過曹操。他的名字叫董昭，在漢末三國眾多出色的謀士裏是賈詡之外的另一個高才。


董昭字公仁，祖籍是漢末兗州刺史部的濟陰郡定陶縣，屬今山東省菏澤市，兗州牧曹操目前是董昭家鄉的「父母官」，但這並不是董昭要幫助曹操的原因。

董昭年輕時被舉過孝廉，獲得了當官的資格，進入仕途後當過柏人縣的縣令，該縣當時屬冀州刺史部，後來成為袁紹的地盤，董昭就這樣變成了袁紹的手下。

袁紹聽說董昭擅長出謀劃策，就調他來當一名參謀（參軍事）。那時候袁紹屬下的鉅鹿郡太守有人打算叛投公孫瓚，袁紹抽不出兵來征討，董昭自告奮勇，願隻身前往該郡把事情擺平。袁紹大喜，以為他有什麼好辦法，就問他具體如何辦。

董昭其實還沒有想好，只得說：「僅靠我一個人的力量顯然沒辦

法，我準備先迎合他們，以了解他們的想法和計劃，再想出制服他們的辦法。具體計劃要臨時去想，現在還沒法細說。」

袁紹聽了有些泄氣，但他沒有更好的選擇，只好讓董昭去試試。

董昭到了鉅鹿郡，先進行明察暗訪，發現這場反叛是由郡裏的一些大戶在背後鼓動和策劃的，董昭當機立斷，準備將這些幕後分子一網打盡。

這麼大的行動，按規定要事先得到袁紹的批准，但時間已經來不及了，董昭偽造了袁紹的公文，說抓到了敵人的間諜，他們供認與郡裏的一些大戶暗中勾通，所以發佈檄文將其逮捕，軍法處置。

殺了為首的一些人，一郡人都開始惶恐，董昭又出面安慰大家，讓眾人不要驚慌。就這樣，董昭迅速平定了鉅鹿郡，為袁紹立下大功，偽造公文的事袁紹自然不去追究了。

後來袁紹治下的魏郡又發生動亂，郡太守被叛軍所殺，袁紹派董昭代理魏郡太守，再次去化解危局。當時魏郡已經大亂，叛軍的總人數多達數萬，採取強硬手段顯然不行，董昭仔細分析他們之間的關係，找到漏洞，對各路叛軍進行分化瓦解，等他們彼此相互削弱後果斷調兵攻打，接連取得勝利，魏郡得以平定。

董昭一再立下大功，但在袁紹那裏卻待不下去了。

起因是，董昭有個弟弟叫董訪，在張邈手下任職，袁紹跟張邈因為一些事鬧翻，這一對革命戰友發展到勢不兩立的程度，袁紹欲除掉張邈而後快。這時有人在袁紹面前進讒言，說董昭不可靠，是張邈派來的臥底。董昭聽到風聲，不敢再留，他想乾脆到長安去、在朝廷裏謀個職，在路過張楊防區的時候被扣下。

董昭確實不錯，自己的事沒弄明白呢還替曹操說了話。其實董昭也是為自己鋪路，他是真的看好曹操。也正是因為有這件事，日後曹操見到他時，將其視為自己人，引為心腹智囊。

曹操的特使離開河內郡，輾轉到了長安，卻吃了閉門羹。

「三人小組」認為曹操是袁紹陣營的人，袁紹對天子的態度一向曖昧，一會兒另立天子，一會兒散佈謠言說天子不是靈帝親生的。李傕等人對袁紹、曹操都不太感冒，想把曹操的人扣下。

這時，又有一個人替曹操說了話：「現在群雄並起，大家都以天子的名義行獨斷專行之事，只有曹兗州心繫皇室，如果我們拒絕他的誠意，那些也有同樣想法的人必然感到失望。」

李傕等人想想也有道理，於是放曹操的特使回去，並給了一些回禮。

後面這個幫曹操說話的人名叫鍾繇。他和曹操倒是老相識，現在擔任皇宮高級祕書（黃門侍郎）。鍾繇不僅跟曹操熟，跟荀彧更熟，他們是潁川郡同鄉，還曾經共過事。

荀彧還沒有到朝廷任職時，有個叫陰修的人當潁川郡太守，把潁川郡的才俊都招到郡政府任職，其中鍾繇擔任人事處處長（功曹），荀彧擔任辦公室主任（主簿），荀攸擔任司法處處長（賊曹掾），郭圖擔任駐京辦主任（計吏），還有名士張禮、杜祐等人，堪稱當時天下最強的郡級領導班子。

特使回到兗州後向曹操詳述了通使的經過，曹操肯定有些失望，他原本想通過此行與朝廷建立正常聯繫。希望朝廷對他即使不升官晉爵，也會正式下達命令對他的兗州牧一職給予承認，但李傕等人壓根沒理這個茬。

其實這也合情理。曹操不是朝廷任命的，他還打跑了朝廷任命的刺史金尚，朝廷沒有追究這些事，已經算不錯了。

# 第二章　激湍與暗流

## 袁紹「十大罪狀」

在董卓被殺前後，公孫瓚與袁紹之間打了一場大仗，就是著名的界橋之戰，它發生在漢獻帝初平三年（192年）春夏之際，也就是趙岐宣達罷兵詔前的幾個月。

袁紹與公孫瓚曾聯手奪取了韓馥的冀州，但事後袁紹絕口不提分贓的事，公孫瓚憋了一肚子火，加上後來發生的劉和事件，公孫瓚更把袁紹恨得牙疼。

袁紹為了息事寧人，也做出了一些姿態，把自己擔任的渤海郡太守一職讓給了公孫瓚的另一個堂弟公孫範，等於從自己的冀州刺史部劃出一個郡給了公孫瓚，但公孫瓚的怒氣仍無法消去。

公孫瓚以打黃巾軍為藉口大肆封官，任命嚴綱為冀州刺史，田楷為青州刺史，單經為兗州刺史，還任命了郡太守、國相以及縣令等若干。

公孫瓚的做法擺明了就是跟袁紹對着幹。任命冀州刺史是成心惡心冀州牧袁紹一下，任命青州刺史是趁原青州刺史焦和的死去搶地盤，兗州雖然現在還八竿子打不着，但先派個刺史去攪和他一下，這種未經允許把筷子往別人碗裏伸的行為必然招打。

袁紹和公孫瓚的矛盾不斷激化。

袁紹和公孫瓚都意識到一場決戰不可避免，除了積極擴軍備戰，他們還都想方設法給自己拉外援，給對手製造敵人。

袁紹拉的外援是劉虞。敵人的敵人就是朋友，加上當初他曾力推

劉虞為帝，雖然事情沒弄成，但說明他對劉虞是尊重的，劉虞對他不會反感。

公孫瓚拉的是袁術，在劉和事件中他們的關係日趨緊密。

從雙方兵力對比情況看，公孫瓚的實力更勝一籌。

推測起來，公孫瓚這時可以調用的總兵力有十萬人左右，且騎兵所佔的比例較高，這與幽州跟北方少數民族地理相近有關。而袁紹人馬數量明顯不足，要守的地盤很大，能集中起來作戰的也就不到五萬人，其中騎兵的佔比不大。

袁紹一方的主力大都是韓馥原來的人馬，雖然張部、麴義、顏良、文醜都是一流的猛將，但他們大都歸順不久，忠誠度尚待考驗，萬一戰場上出現失利的情況，他們會不會落井下石不太好說；相比較而言，麴義投奔自己比較早，與韓馥曾經徹底翻臉，可靠度較高，關鍵時候可以委以重任。

除此之外，袁紹要和公孫瓚決戰還必須過一道難關，那就是白馬義從，而這又幾乎是不可能實現的。

在華北平原這樣的開闊地帶，用步兵打騎兵，且人數不佔優勢，勝算實在很小；更何況，敵人擁有白馬義從這樣的戰場終結者。

讓袁紹頭疼的事還不止這些，公孫瓚跟黑山軍的張燕聯繫上了，策反了剛剛歸順袁紹的南匈奴於單于於扶羅，還跟徐州刺史陶謙建立了聯繫，加上老盟友袁術，袁紹現在基本上四面是敵人了。

袁紹整天跟沮授、田豐、逢紀、許攸等智囊一塊商議，試圖找到一條破敵之策。

袁紹還在冥思苦想之時，公孫瓚那邊已經等不及了，他先發佈了一個「討袁檄文」，然後調集大軍向冀州殺來。

這份檄文寫得挺下功夫，儘管出自敵對方之手，所說的事難免有歪曲和無中生有的地方，或者誇大其詞、造謠中傷，但也有實事求是的內容，因而保存了一些其他史書上沒有的史料。

這份檄文列舉了袁紹的十大罪狀。

第一條，袁紹把董卓招到了洛陽，是董卓之禍的根源（招來董卓，造為亂根）；

第二條，董卓把持朝政，挾持天子，袁紹不反抗董卓，反而拍屁股走人，只顧自己逃命（棄置節傳，迸竄逃亡），沒有履行臣子向天子盡忠的責任；

第三條，袁紹當上渤海郡太守，偷偷準備兵馬反抗董卓，卻不提前告訴家裏人，結果招致 50 多位家人喪命，實在是不孝；

第四條，袁紹興兵之後，不恤國難，而是四處培植自己的勢力，又盤剝富室，搜刮百姓，弄得世人很有怨言；

第五條，和韓馥一起陰謀另立朝廷，為了能發矯命詔恩，還私刻金印玉璽一枚，上面刻着「詔書一封，邟鄉侯印」的字樣，跟過去王莽作亂情形一樣；

第六條，信任一個叫崔巨業的術士，和他同吃同住（與共飲食），什麼大事都問他，不像一個大臣的作為；

第七條，前虎牙都尉劉勳和袁紹一同起兵，劉勳立了不少功，但袁紹聽信讒言，因為很小的過失就殺了劉勳；

第八條，袁紹給前上谷郡太守高焉、前甘陵國相姚貢下命令，讓他們交錢，錢沒有按時交來，殺了他們二人；

第九條，春秋之義，子以母貴，袁紹的生母本來只是府上的一個奴僕，袁紹出身低賤（紹母親為婢使，紹實微賤）；

第十條，長沙郡太守孫堅兼任豫州刺史，驅走董卓，掃除陵廟，立下大功，袁紹命周昂盜居其位，破壞了討董行動。

這是一篇戰鬥的檄文，也是一篇很有分量的檄文。

這篇檄文不是只喊口號，而重在說事，專揭對手的傷疤，想必一經發佈，便獲得了很強的殺傷力。檄文中所說的事情，有些可考，有些已經不可考了；有些說得在理，有些強加在袁紹頭上則很勉強。

比如製造了董卓之禍，袁紹確實負主要責任，但並非全部責任；不反抗董卓、置天子於不顧，這個大家都有責任；使一家 50 多口喪命，這不是袁紹的責任，而是董卓的責任。

說袁紹起兵兩年來不對付敵人，只顧壯大自己，這倒是事實；指使韓馥立新君，這也是事實；派周昂攻打孫堅確有其事，至於說因此討董大業就失敗了，有些誇張。

檄文裏提到的崔巨業也確有其人，其實是個江湖騙子、算命先生，袁紹很迷信，打仗要挑好日子，決定重大事情要先問吉凶，至於這個算不算缺乏大臣的風範，屬於工作方法問題，是個仁者見仁的事。

檄文裏提到了劉勛，已經不可查了，漢末有個挺有名的劉勛，早年跟曹操是好朋友，後來也歸附了曹操，但袁紹殺的顯然不是此人。檄文提到的高焉、姚貢，袁紹向人家要錢，不給就翻臉殺人，這也無法考證，不過既然寫在了給天下人看的檄文裏，肯定有這兩個人，至於事情，不好說了。

檄文裏最不該的是揭了袁紹的隱私，說什麼他是丫鬟生的，這就很不厚道了。


# 大戰士揚名界橋

進行了強大的輿論宣傳後，漢獻帝初平三年（192 年）春，公孫瓚親自率大軍南下，屯兵於界橋。

界橋位於今河北省邢台市威縣城東方家營一帶，皇甫嵩討伐張角

的廣宗之戰就發生在附近。當時，這裏有一條河，名叫清河，是冀州刺史部鉅鹿郡和清河國的界河，河上有橋，故稱界橋。

從地理位置看，界橋已深入冀州刺史部之內數百里，距袁紹的大本營鄴縣只有200來里，說明這時候公孫瓚處於上風，大軍已經逼到了袁紹的家門口，袁紹不拼都不行了。袁紹傾盡所能集中起所有人馬隨後開到，兩軍在界橋以南20里的地方擺開戰場。

兩軍對陣，公孫瓚一方陣容齊整、甲盔鮮明、旌旗飄揚，很有氣勢，尤其是隊列正中的白馬義從，更是令人聞風喪膽。

而對面的袁軍卻擺出了一奇怪的陣形，也許是來不及訓練，也許是不善於打這樣的陣地戰，袁軍列在正中的只有800名步兵和1000多名弩兵，身後隱約有2萬多人，但隊列不整，鬥志不高。

看到這種情景，公孫瓚的嘴角一定露出過一絲輕蔑的微笑。

作為最擅長打騎兵突襲戰的專家，公孫瓚太熟悉接下來的陣法了，打張純、打青州黃巾軍包括打烏桓都是這樣的打法，號令一發，他的白馬義從會風捲殘雲般殺過去，下面就只等後續部隊上去給敵人收屍了。

那一刻，公孫瓚抽出指揮刀在空中劃出一道果斷且優美的曲線，他下達了總攻的命令。


5000名白馬義從席捲而出，馬蹄聲如悶雷，夾着數千人的號叫，仿佛不用刀劍僅憑這嚇人的氣勢就足以把任何敵人撕個粉碎！

當敵人數千鐵騎呼嘯而來時，袁軍的隊形仍然沒動，而列隊於最前面的800名步兵突然伏下身子，用隨身攜帶的皮盾蒙住身體，然後一動不動地等待敵人騎兵的到來。

敵人一點點近了，這些人仍然不動。白馬義從都是馬上的射箭高手，離對方還有一箭之地時，他們一邊衝鋒，一邊在馬上搭弓射箭，

雨點般的箭支射來，但袁軍有皮盾保護，沒有人受傷。

說話之間，騎兵就到了，伏在皮盾下的這 800 人突然同時躍起，揚起陣陣塵土，他們還同時大聲呼喊着（同時俱起，揚塵大叫），氣勢也足以令任何對手膽戰心驚。

白馬義從們突然受到驚嚇，正遲疑間，發現這些人手裏拿着一種樣子奇怪的武器向自己刺來。這些人似乎受過專門訓練，把這種武器用得很熟練，無論是刺人還是刺馬，一刺一個准，把把不落空。

公孫瓚不知道，這種祕密武器是袁紹專門為白馬義從設計和定製的，叫作大戟，是一種帶鈎帶刺的長槍，具體樣子可能跟宋朝時岳飛大破金人連環馬的鈎連槍比較像。

前段時間，為破白馬義從袁紹可謂絞盡了腦汁，經過和部下們反覆演練，他們發明了這種武器，並挑選了 800 名精銳士卒進行特殊訓練，具體由麴義指揮。

他們是袁紹的撒手鐧，數月來他們反覆模擬、刻苦訓練，為的就是這一天，他們被袁紹稱為「大戟士」。

白馬義從遭受了自誕生以來最殘酷的重創，但這只是噩夢的開始。守候在這 800 名步兵後面的 1000 多名弓箭手，早已為他們準備好了豐盛的禮物。

待白馬義從們接近時，弓箭怒射而出。

弓箭手通常會分撥輪換射擊，這意味着即使僥倖躲過大戟士的重創，隨之迎面而來的就是近距離射出的、密不透風的箭雨。

威名遠揚、從未有過敗績的白馬義從成了袁軍弓箭手練習射擊的移動靶，紛紛被射落馬下（強弩雷發，所中必倒）。

白馬義從遭受到了第一次，也是最後一次的慘敗，作為一個獨立完整的作戰單元，他們從此在戰場上消失了。

白馬義從神話般的覆滅震驚了公孫瓚的陣營。

還在敵人錯愕的當口，袁紹立即指揮後面的隊伍全線出擊，公孫瓚大敗。

袁軍一路追殺，公孫瓚剛任命不久的冀州刺史嚴綱未及上任即戰死。

按理說這一仗可以就此結束了，但中間卻出了驚險的一幕，險些讓勝利的天平傾倒。

袁軍雖然得勝，但指揮系統和士兵的訓練可能真有問題，在追擊過程中袁軍亂了章法，大家只顧追敵人，把主帥袁紹給忘了，此時袁紹跟前只有 100 多人。在混亂中，他們與 2000 多名敵人相遇，敗兵反而把獲勝一方的主帥團團圍住！

幸好對方不知道這裏面有敵軍主帥，所以攻擊得並不激烈。袁紹指揮手下展開防衛，等待援軍的到來。

敵人開始射箭，情況十分危險。田豐跟袁紹在一塊，拉着袁紹要到一處斷牆後面躲避。

袁紹不僅不去，索性把頭盔也摔了，喊道：「是大丈夫何懼向前戰鬥而死（大丈夫當前鬥死）！」

有人說袁紹是草包，有人說公孫瓚、董卓是一介武夫，也有人說劉表、陶謙沒本事，凡此種種其實都是誤解，犯了「勝者王侯敗者寇」的經驗主義錯誤，以為只有最終取得勝利的人才有資格被稱為英雄。

其實，能在風雲莫測的歷史舞台上嶄露頭角，能在群雄逐鹿中哪怕只是走個過場，都必然有過人之處。在袁紹的一生中，曾不止一次在危險關頭表現出大無畏的氣概，事實證明袁紹不缺英雄氣，更不是貪生怕死之徒，關鍵時刻他拉得出、頂得上，有時候也打得贏。

危急關頭，袁紹用行動給手下人做出了表率，激勵大家的鬥志。在袁紹的帶動下，袁軍士兵拼死抵抗，袁軍的後援部隊也及時趕到，

迅速化解了危機。

界橋之戰雖然沒有全殲公孫瓚主力，但也給了公孫瓚以重創。

界橋之戰前，袁紹處於被動捱打的局面，界橋之戰後二人實力取得了平衡。

這場戰鬥是以步兵戰勝騎兵的經典戰例，也是以少勝多、以弱勝強的典範，此戰的全勝，使袁紹打破了四面楚歌的被動局面。


## 呂布敗走武關道

就在袁紹與公孫瓚大戰界橋時，呂布正從長安城逃出來。

呂布走的是武關道，也叫商山路，因為要路過武關所以通常稱為武關道。這是古代一條重要的交通要道，它起自如今的陝西省長安縣，經藍田、商州，至河南省內鄉、鄧州等地，這條路是連接關中與江漢地區的重要通道，秦始皇一生共有五次出巡，其中兩次走的是武關道。

白居易當年走這條路的時候寫過一首詩：

> 高高此山頂，回望唯煙雲。
> 下有一條路，通達楚與秦。
> 或名誘其心，或利牽其身。
> 乘者及負者，來去何云云。

還有溫庭筠那句「雞聲茅店月，人跡板橋霜」也寫的是這條路。時至如今，武關道沿線仍然風光優美、山色宜人。

漢獻帝初平三年（192年）夏天，至少有兩隊重要的人馬從這條路上經過，一隊是荊州刺史劉表派來的，他們是來向天子進貢的。

不管政治多麼動盪，不管誰實際控制着朝廷，都嚴格按照過去的

制度按時進貢，向朝廷表示忠心，這樣的地方大員現在越來越少了，除了劉表，大概只有劉虞和陶謙了。

長安的「三人小組」對劉表的舉動表示歡迎，把劉表的刺史改為州牧，單從品秩來說，就由 600 石升為 2000 石，同時給劉表加上了南部戰區副司令（鎮南將軍）的頭銜，封成武侯。

沒有跟關東聯軍攪到一塊，既避免陷入聯軍內部的勢力爭奪，又從朝廷那裏撈到了好處，劉表一定覺得自己很聰明。

另一隊人馬，就是呂布率領的一支數百人的馬隊。

從長安城一路殺出來的呂布，根本沒有心情欣賞武關道兩邊的景色，他的心境應該極灰暗，回想起自己出道以來的人生經歷，呂布心裏肯定充滿了感傷。他頂着罵名連殺了丁原、董卓兩個上司，換來的仍然是逃難的命運。

所幸的是，呂布把最親近的子弟兵和主要骨幹都帶了出來，在這數百人裏有呂布手下的得力幹將張遼、高順、成廉、魏續、魏越、侯成、宋憲等人。

到了析縣，就進入南陽郡的地盤了。

袁術此時駐紮在宛縣，呂布等人便向那裏進發，在這裏見到了袁術。

袁術此時 40 多歲，比呂布大一些。

這本是一次同僚之間的相見，袁術的正式職務是後將軍，呂布的正式職務是奮威將軍，論職務袁術比呂布高，但呂布有「儀比三司」的特權，又高於後將軍。

但他們的職務已先後被朝廷剝奪了，所以他們的相見，就是一個走投無路的人去投靠另一個有實力的人。

大概呂布沒有認清這種定位，在他的心目中，他還有另一種身

份，那就是袁家的恩人，他殺了袁氏的仇人董卓，理所應當地接受袁術的謝恩（以殺卓為術報仇，欲以德之）。

袁術是個從來不做賠本生意的人，也許看在殺了董卓的面子上對呂布會忍耐一時，但時間長了肯定不會再待見他，要糧要錢沒有，要人不可能。

呂布大為不滿，這是報恩的樣子嗎？呂布表達不滿的方式是縱容手下去搶劫，或者故意在袁術的地盤上鬧事（遂恣兵鈔掠）。

袁術打仗不行，玩陰的卻很拿手，呂布想佔他的便宜，顯然打錯了主意。袁術回敬了呂布一招：策反。袁術悄悄拉攏呂布的部下，只要他們肯歸順自己，升官發財都好說，要什麼給什麼，這一下呂布扛不住了。

呂布自認倒黴，看來南陽郡不能再待下去了。

史書上還有一種說法，說袁術壓根沒有接納呂布。

按照這個說法，袁術知道呂布這個人在丁原手下殺了丁原投董卓，在董卓手下又殺了董卓，現在來投自己，莫非自己就是下一個丁原和董卓？所以給呂布吃了閉門羹（術惡其反覆，拒而不受）。

袁術這個人一向很迷信，也經常神經兮兮的，有這些想法也難怪。

不管是待不下去還是袁術不接納，對呂布來說結果都一樣，那就是只能領着人另尋出路。


## 老朋友張楊

離開袁術，呂布下一個去依靠的人是張楊。

張楊現在擁有河內郡太守的正式頭銜，同時還是朝廷任命的軍長（建義將軍）。

作為并州軍的三大猛將之一，張楊沒有隨着呂布、張遼投靠董

卓，而是選擇了在黃河北岸的河內郡一帶獨立發展，只是勢單力薄，一直沒有太大起色。

關東聯軍起兵後張楊也想加入，於是跟南匈奴首領於扶羅一起投靠了袁紹，袁紹讓他和於扶羅駐紮在漳水邊。

這時，於扶羅幹了一件大事，他突然反叛袁紹。張楊大概拒絕和他同謀，於扶羅於是把張楊劫持為人質（執楊與俱去）。

於扶羅試圖進攻袁紹的大本營鄴縣，但被麴義打敗，於扶羅劫持着張楊到了黎陽，在那裏打敗了朝廷的度遼將軍耿祉，勢力有所恢復。

張楊在於扶羅手裏做了差不多一年的人質，於扶羅沒殺他。後來於扶羅忙着和袁紹交戰顧不上張楊，張楊又得以獨立發展。張楊收拾殘部，招納各地散卒，手下也有幾千人馬。

袁紹從韓馥手裏奪取冀州前後，原河內郡太守王匡也死了，史書上說王匡死於他殺害的胡母班的親屬之手，做這件事的還有曹操，之後河內郡就被納入袁紹的勢力範圍中。

張楊沒辦法回河內郡，來到了河內郡西邊的河東郡，朝廷覺得張楊有利用價值，就任命他為河內郡太守、建義將軍，想讓他牽制袁紹。

張楊跟活躍在這一帶的黑山軍、白波軍以及南匈奴都有來往，相當於結成了一個鬆散聯盟，在諸強爭霸中爭取各自的生存空間。對袁紹張楊也不得罪，因為他為了不背叛袁紹做過人質，所以袁紹也不認為他是敵人，至於朝廷那邊，張楊也樂意保持聯繫。

所以，張楊的勢力雖然不算大，卻能左右逢源，混得還不錯。


呂布到了河東郡，見到了老同事張楊。

張楊這個人相當不錯，儘管自己也有不少困難，但還是收留了呂布一行。

河東郡緊鄰關中，離長安很近，朝廷「三人小組」對呂布恨之

入骨，一直在通緝他，張楊接到了懸賞捉拿呂布的詔令，張楊的手下看到長安那邊開出的賞金很高，就想把呂布殺了換賞錢（受催、汜購募，共圖布）。

史書上說張楊本人知道這件事，也參加了，這似乎不太可能，不符合張楊的性格，他一直視呂布為戰友，以後還為救呂布義無反顧地起兵，直至被殺，說他為了賞錢而出賣呂布，應該不會。

張楊這個人性情比較溫和，待人也很仁厚，沒有什麼架子，手段也不狠（性仁和，無威刑），即使有手下人謀反，他發覺後也只是流淚，不予追究。

這是個好人，但在亂世中成大事的必須果敢、心狠，仁愛只是婦人之仁，往往是失敗的根源。連叛亂分子都不追究，很難想像平時如何治軍，這也解釋了為什麼張楊一生沒有成就什麼大事，在群雄爭戰中始終是一個二三流的角色。

張楊的手下要對呂布下手，但在他們着手行動前，呂布提前知道了消息，呂布有點兒害怕。

呂布主動找到張楊，對他說：「我呂布跟你是老鄉，你把我殺了其實還不夠划算，不如把我押到長安，可以得到李催、郭汜的封賞（不如賣布，可極得汜、催爵寵）。」

張楊其實並不想為難呂布，他一面應付着長安那邊，一面暗中保護呂布。

還有一本史書上說，李催、郭汜等人突然改變了對呂布的態度，任命他為潁川郡太守（汜、催患之，更下大封詔書，以布為潁州太守）。

如果真是這樣的，那只能是張楊從中調和的結果，但這種可能性不大。呂布跟涼州軍之間的矛盾根本無法調和，李催、郭汜等人必置呂布於死地而後快，殺了呂布，替董卓報了仇，他們在涼州軍中的地位將會更穩固。如果放過呂布，還讓他當什麼郡太守，許多涼州軍的

將士恐怕都不會答應。

總之，老戰友這兒也待不成了，呂布還得另尋出路。

# 一戰成名赤兔馬

連續碰壁，讓呂布感歎人生無常，情義難覓。

下面再去投誰呢？呂布絕對不敢去投劉表、陶謙這樣的人，他們都打着擁護朝廷的大旗，自己去了還不得讓人家馬上綁了送長安？

呂布看了看，發現袁紹那裏倒可以走一趟。

袁紹一向不承認漢獻帝的這個朝廷，與長安方面關係冷淡，加上呂布殺的董卓是袁術的仇人，也是袁紹的仇人，看在這一點上，袁紹也不會讓他吃閉門羹。

呂布離開張楊，之後北上冀州，來到了鄴縣。

這時，袁紹與公孫瓚剛打完界橋之戰，朝廷的罷兵詔也剛剛下達。袁紹聽說呂布來了，本能上是排斥的，他不想接納呂布。

看來，做人還要講點兒口碑，牌子倒了，什麼都沒了。

呂布汲取在袁術那裏的教訓，不敢再耍大牌，只求袁紹接納自己，給安排個出路，幹什麼活都行。

而這時袁紹手裏還真有一個棘手的活，公孫瓚那邊的壓力雖然小了，但袁紹的左翼，也就是太行山一線又出了問題，黑山軍首領張燕支持公孫瓚，袁紹派兵攻打卻不見成效，袁軍的一部分主力被牽制到這一線。

袁紹看到呂布可以利用，就派呂布帶着他的人去打張燕。

袁紹打張燕費勁，但呂布一出馬情況就不一樣了。

雖然人數處於劣勢，但呂布連戰連勝，把張燕打得很是吃不消。

並非呂布比袁紹高明多少，而是情況有了變化。

　　張燕的主力是一支數千人的騎兵，戰鬥力很強，以步兵為主的袁紹也曾創造過戰勝精銳騎兵的戰例，但那是在雙方主力的對決中，給袁紹施展謀略留下了空間，現在張燕的策略是你來我走，你走我來，比誰跑得快，這樣一來袁紹就沒轍了。

　　袁紹不是張燕的對手，換成呂布就不一樣了。

　　張燕善打快攻，但呂布比他還快。張燕對太行山的地理很熟，但呂布也是土生土長的并州人，對太行山也不陌生。

　　呂布跟手下的成廉、魏越等人，再挑了幾十個身手好的，騎上快馬，組成一個突擊隊，專門衝擊敵人的核心區，一會兒閃電戰，一會兒斬首行動，來如疾風，去如閃電，無人能擋，打得黑山軍直犯迷糊（常與其親近成廉、魏越等陷鋒突陳，遂破燕軍）。

　　呂布是一員驍將，呂布的馬也是一匹好馬，打張燕不僅進一步成就了呂布的名氣，也成就了呂布坐下的這匹戰馬。

　　呂布在太行山下的出色表現，為他贏得了當時人所共知的兩句話：

　　　　馬中赤兔，人中呂布。

　　這兩句話在當時就很流行，呂布在後世裏的威名，至少一多半是這兩句話產生的影響力。


　　在這裏，赤兔馬才第一次出現在史書中。

　　用兔子來形容馬，這種比喻很獨特，因為要用「紅色的兔子」來說一匹馬的話，實在不知道說的是什麼。如果是說跑得快，兔子怎能跑過馬？如果說威猛，但大家都知道兔子最溫馴最可愛。

　　所以，兔子和馬根本不沾邊。

　　其實，這匹馬在史書上還有另外一個名字叫赤菟。「菟」是一種植

物，開一種淡紅色的花，「赤菟馬」就是像「菟花」一樣顏色的馬。

古時，人們還把老虎稱為「於菟」，「赤菟馬」就是紅色的、像老虎一樣威猛的馬。

這種解釋，顯然更為貼切。

既然是一匹著名的戰馬，不妨多說幾句。

都說這匹馬跟董卓有關，是當年董卓策反呂布殺丁原的重要條件。還有的說，這匹馬一直跟隨着呂布，呂布死後它的主人又換成了關羽，直到關羽死時仍然騎着它。

這些說法其實都站不住腳，原因很簡單。

戰馬出生一個多月可以覓食，兩個月後脫去乳毛，四到六個月斷奶，一年後成長為一歲駒，兩歲半之前發育成熟骨頭封閉，達到最佳騎乘年齡，這種狀態可以一直保持到十歲左右，再往後它的循環系統變差，關節開始腫脹，步入暮年期。

如果這匹馬是呂布殺丁原前夕董卓送給呂布的，它當時至少三歲，呂布騎着它到被殺整整十年，假如後來到了關羽手裏，關羽死時它就至少 25 歲以上了，還能不能駄動關羽都成問題。

## 袁紹玩套路

張燕打不過呂布，黑山軍再次退回太行山區。

呂布為袁紹立下大功，於是向袁紹伸手要這要那。不是呂布這個人多麼貪婪，是實在沒有辦法。他手下有一幫弟兄，卻沒有一塊屬於自己的地盤，所有補給全靠別人接濟。

袁紹比袁術強點兒，物資方面的需求，他基本上都能滿足呂布，但呂布還提出了另外的要求，他要袁紹給自己增加部隊，然後幫助自己到司隸校尉部發展，這就讓袁紹不太樂意了。

呂布大概是想明白了，待在人家的地盤上討生活，這種日子太難受，你袁紹既然能幫助曹操到兗州發展，為什麼不能也照此幫幫我呢？

但袁紹沒有答應，在袁紹的心目中大概呂布的政治操守比曹操差得遠，把這個家伙扶持起來，誰知道將來是朋友還是仇人呢？

袁紹的拒絕讓呂布惱怒不已，呂布故技重施，放縱手下的人四處搶掠（更請兵於紹，紹不許，而將士多暴橫），袁紹也怒了，他決心除掉呂布。

袁紹的做法絕對是過河拆橋，不管呂布既往的歷史怎樣，畢竟人家殺了你們袁家的仇人，更重要的是幫你打敗張燕，不答應呂布的條件，把他禮送出境就行了，下這麼重的狠手就有些過了。

袁紹祕密派出殺手，趁機去殺呂布，但呂布「飛將」的名聲不是白給的。儘管在袁紹的地盤上，儘管做得極為機密，呂布仍然躲過了這一劫（紹恐還為己害，遣壯士夜掩殺布，不獲）。

史書上還有另一種說法，說袁紹對外放出風聲，同意表奏呂布為司隸校尉（外言當遣）。司隸校尉的治所在洛陽，袁紹撥給他 30 名甲士護送其去上任（紹遣甲士三十人，辭以送布）。

這可能是史書的筆誤，30 個人護送呂布又能起到什麼作用？張遼、高順等一直跟隨呂布的嫡系將士應該一塊同行，呂布的人都不會低於 300 人，派區區 30 個人來只能送死。所以，這個「三十」可能是古籍傳抄時把「三千」少抄了一撇。

出發前，袁紹密令自己的人，在半路上幹掉呂布。

但呂布被人算計怕了，對此早有準備，他使出了一計，晚上故意讓袁紹的人住在自己大帳外，半夜裏讓人在自己的帳中彈箏（偽使人於帳中鼓箏），而自己悄悄逃走。

袁紹的人衝進來，只能向着呂布的牀亂砍一通。

袁紹得到報告，嚇得夠嗆，問左右誰願意帶兵去追呂布，飛將的威名居然讓袁紹手下眾人無人敢應徵（募遣追之，皆莫敢逼）。

袁紹害怕呂布回來報復，下令關閉鄴縣城門，嚴加防衛。

呂布雖然又逃過一劫，但下一步去哪裏，他此時已茫然無措。

在呂布的周邊有幾股力量：河內郡的張楊，南陽郡以及豫州一帶的袁術，兗州的曹操，徐州的陶謙。已經跟袁術鬧翻了，曹操是袁紹的人，陶謙那裏雖然可以去試試，但必須過曹操或袁術的地盤。

呂布發現，能容他暫時安身的只剩下老同事張楊，呂布於是準備一路向西，到河內郡的張楊那裏去（與張楊合）。

去河內郡，最便捷的路徑是沿由洛陽出來的東方大道西行，如果呂布走的是這條道，他現在就要渡過黃河。

呂布懷着沉重的心情來到黃河邊，正要渡河時，卻在這裏遇到一夥不速之客。

呂布詢問之下，得知這些人是陳留郡太守張邈派來專門迎接他的。

呂布一聽，警惕起來，因為他知道張邈現在是曹操的屬下，曹操是袁紹的人，而這個張邈早年跟袁紹還是朋友。

呂布的第一反應是，這是袁紹安排在這裏專門截擊他的。對方似乎知道呂布的心思，所以很快把他們之所以出現這裏的原因向呂布陳述了一遍，其中包括近期兗州發生的所有重大事件。呂布聽完馬上打消了心頭的顧慮。

## 袁術來搶地盤

在呂布給袁紹「打工」的這段時間，兗州的確發生了很多事，最主要的是曹操跟陶謙打了起來。對兗州士民來說，這件事影響深遠。

曹操與陶謙交惡，這件事還要先從袁術東進說起。

袁術以南陽郡為自己的大本營，但也不斷尋找機會擴張實力，大約在漢獻帝初平三年（192年）秋天，袁術突然親率主力離開了南陽郡。

袁術是要去參加一次聯合軍事行動，這場聯合軍事行動的發起人是公孫瓚，參加者除了袁術還有陶謙。

對公孫瓚來說，現在的頭等大事是對抗袁紹，他知道只靠自己的力量還不夠，於是拉袁術和陶謙做外援。公孫瓚策劃了一次大會戰，他約了袁術和陶謙同時發起一次會戰，從各個方向一起進攻袁紹和曹操。

為了參加這次會戰，袁術幾乎傾巢而出，不是他夠鐵，而是他在南陽郡的日子其實也不好過。

南陽郡離劉表的大本營襄陽太近，劉表的勢力上升得很快，不斷向北出擊，雙方在南陽郡的矛盾越來越尖銳。

二虎相爭，必有一傷。

按照當時的情況，袁術被劉表擠出南陽郡是遲早的事，劉表不斷進攻袁術，重點攻擊袁術的後勤補給線（斷術糧道），袁術在南陽郡的發展遇到了嚴重困難。

所以，公孫瓚招呼袁術北上，袁術乾脆利用這個機會來個轉場，他的想法是，如果能佔領冀州或者兗州就待在那裏不走了，省得跟劉表拚命。


漢獻帝初平四年（193年）春天，袁術親自帶兵進入兗州刺史部陳留郡境內，這裏是曹操、張邈的地盤。

幾年前，他們幾個人都還是很好的朋友，都在洛陽供職，公務之餘想必經常小聚，現在卻要在戰場上刀兵相見了。

面對不請自來的客人，張邈立即通報曹操，請求增援。

袁術開始行動後，黑山軍和於扶羅很快響應，在西北方的側翼給袁術助威。袁術的前鋒由劉詳率領，進駐到匡亭。匡亭的位置在陳留郡的平丘縣，這裏已深入陳留郡 100 多里，再往前就是曹操的後方基地東郡了。

曹操不敢大意，親自率兵來迎戰。

荀彧等人分析，劉詳北上只是袁術的試探性進攻，可以先圍住匡亭不打，看袁術下一步的反應。曹操採納，將匡亭圍住，袁術果然率主力北上增援。

曹操在平丘、東昏一帶擺下陣式，等袁軍開到，雙方展開激戰，曹軍以逸待勞，袁軍北上的只是一部，實力稍遜一籌，結果大敗，袁術退到封丘。封丘離關東聯軍會盟的酸棗不遠，也在陳留郡境內，曹操揮軍追趕，將封丘圍住。

對曹操來說這是一個機會，因為袁軍主力部隊還未趕到，袁術孤軍冒進，如果曹軍行動迅速一點兒的話，有可能將封丘城圍死，從而打死或活捉袁術。

但那將是一件很棘手的事，無論是殺掉袁術還是將他活捉，都不符合曹操的利益，所以曹操決定圍城的時候留下一個缺口（未合）。

袁術倒也識趣，知道是老朋友誠心放自己一馬，於是順着缺口突圍逃走。但是，袁術逃出來以後就停在了襄邑，此地仍在陳留郡的地盤上。

這就不夠意思了，曹操又追到襄邑。

袁術沒等到曹操趕到，主動撤到襄邑附近的太壽。

自起兵以來，這次北上說起來是袁術親自指揮的第一仗，以前打了那麼多勝仗，都是孫堅和其他手下將領打的，現在一敗再敗，袁術臉面全失。

袁術想這一回不能再跑了，必須來一場勝仗贏回面子，不然今後還怎麼在江湖上混？

但是，這只是袁術的美好願望而已。

圍攻太壽雖然不像前幾次那麼容易，曹軍仍然取得了勝利，他們採取的辦法是掘開附近的河渠，來了個水淹太壽（決渠水灌城）。袁術不敵，放棄太壽，逃到寧陵。

襄邑、寧陵相距不遠，曹操曾在這一帶募兵，這裏是曹操事業的起點，曹操帶兵再次追來。

袁術徹底在兗州沒法待了，乾脆向南面的揚州刺史部九江郡逃去。

由匡亭到寧陵，曹操現身說法地給老朋友上了一堂軍事課，把袁術打服了。

五戰五捷，曹操開始顯示出一名軍事家的風采。

曹操的勝利來自在實踐中的磨煉和個人超凡的天賦，也和荀彧等一批智囊的加盟有關。


# 打了個時間差

雄心勃勃的袁術深受打擊，這位仁兄一向很自負，但親自帶兵打仗居然水平這麼差，如喪家犬般一路奔命。

從此，袁術心中的雄圖大志銳減，不再奢望吞並中原、一統天下，到了揚州刺史部，就在壽春住了下來，能偏安於淮南一隅他已經知足了。

逃到了壽春的袁術一直想不通一個問題，在他跟曹操浴血奮戰的時候，另外兩個哥們幹嗎去了？

其實公孫瓚和陶謙都沒有失約，公孫瓚一邊與袁紹艱苦對抗，一面派他任命的兗州刺史單經、平原國相劉備等人南下，配合袁術的

行動，單經率部進駐平原國，劉備率關羽、張飛、趙雲等人進駐高唐縣，這個縣也在平原國境內，但正好位於東郡的北部，其中高唐縣距東郡的東武陽、東阿等地都不遠。

劉備當初棄官之後無處可去，聽說老同學公孫瓚在幽州幹得很大，於是投奔了老同學。那個時候公孫瓚剛被朝廷升為軍長（奮武將軍），公孫瓚接納了劉備，任命劉備為獨立團團長（別部司馬）。

公孫瓚不斷向南擴展，劉備當過平原國的高唐縣令，於是被公孫瓚派到了平原國，先是擔任高唐縣令，後升為平原國相。

單經和劉備在北面，南面的陶謙也有所行動，史書記載他親自率主力進駐到了發幹。

但是，如果對照着地圖看一下，這似乎又是不可能的。

發幹縣屬東郡，距曹操的後方基地東武陽才幾十里路，身為徐州牧的陶謙能否離開徐州，越過多個敵佔區，到千里之外的發幹縣來，這是疑問。

也許發幹縣確實有徐州的小股部隊，但不是陶謙本人率領。

陶謙如果配合袁術、公孫瓚的行動，可行的方案是攻擊徐州的北鄰，即兗州刺史部的泰山郡、任城國、東平國、山陽郡等地，給曹操製造麻煩，從後面的事態發展看，陶謙確實也這麼做了。


這是一場精心策劃的大會戰，主戰場就是曹操剛剛到手的兗州，它的北面、南面和東南面同時受敵。

從人數上說曹操明顯處於劣勢，袁紹雖然可以給他一些支援，但保衛兗州還主要靠自己。

本來曹操凶多吉少，但被他輕易就化解了，兗州不僅沒丟，而且更加鞏固，以至於史書上對這件事也只記載了隻言片語。

除了曹操高超的軍事指揮和曹軍將士英勇善戰之外，還有一個重

要因素幫了曹操的忙，這就是時間差。

作為一次聯合軍事行動，必須在時間、地點等方面都達到協同和默契，北路的單經和劉備抵達預定地點後，袁術的隊伍還在路上，這樣曹操在袁紹的支持下，很從容地先解決了北面之敵，他們主動出擊，把劉備和單經擊退。

單經撤走，劉備退保平原國，這場會戰的發起方公孫瓚方面事實上首先退出了聯合作戰。

曹操一路追擊袁術的時候陶謙本可以幫忙，但一來路途還是有點遠，二來陶謙想保存實力，抱着先看看再說的想法，想等曹操和袁術相互消耗一陣再上前幫忙。

但讓陶謙吃驚的是，呼聲一向很高的袁術軍事才能如此之差，被曹操一路打來沒有任何招架之功，只有逃命的份。

看到此情此景，陶謙放棄了增援，瞎咋呼一番，就算也參加了會戰。

就這樣，這場針對兗州的大會戰被曹操輕易瓦解，打退了劉備、單經，打跑了袁術，嚇走了陶謙。

# 第三章 兗州爭奪戰

## 不留活口的血案

打退袁術的進攻後，曹操順勢擴展了地盤。

在逐漸鞏固了兗州之後，下一步朝哪個方向發展也需要儘快定下來。北邊是袁紹，往東以及東北方向目前是公孫瓚的地盤，不可能有發展的空間；往西是殘破不堪的司隸校尉部，人口大量外逃，稍大一點的城市都成了廢墟，又處在各種勢力的交匯之處，別說不好佔，就是佔住了也沒法待；只有南邊以及東南方向的徐州適合發展。

在這個方向的敵人就是陶謙。

陶謙是一個狡猾的人，在涼州一帶打過仗，能帶兵，有些謀略，手下也有一些人，經營徐州有幾年了，這樣的敵人不是那麼好對付的。雙方雖然還沒有正面交過手，但早已經在心中把對方當成了假想敵。

下一步就要與陶謙交戰了，想到這裏，曹操突然意識到還有一件重要的事沒有辦。

徐州刺史部最北面的琅琊國是曹操的夫人卞氏的老家，它東鄰大海，遠離中原，是個避亂的好地方，曹操的父親曹嵩等人正在此避難。

曹操在己吾起兵之後，除曹操的弟弟曹德外，曹氏以及夏侯氏兄弟們紛紛離開家鄉追隨曹操去了，曹家在譙縣十分不安全。曹嵩經過考慮，決定找個地方避難，在一兩年前，在譙縣的曹家人都來到了琅琊國。

當時，從中原地區到這裏避難的人還不少，卞氏的老家在琅琊國

開陽縣，是琅琊國的治所，曹家人來琅琊國應該住在開陽縣一帶。與一般逃難的人家不同，曹家人非常富有，儘管刻意保持了低調，但從他們的吃穿住行以及隨行帶來眾多僕人等方面也能看出來。

不管怎樣，琅琊國是陶謙的地盤，在開戰之前必須把家裏人從那兒接出來。

琅琊國緊鄰兗州刺史部的泰山郡，曹操派人到琅琊國通知父親準備離開，同時命令泰山郡太守應劭派兵接應，把父親一行接到鄄城來。

但是，曹操的行動還是晚了。

有人趕在曹操的前面把曹嵩等數十口人都殺了，製造了一起轟動一時的滅門血案。

關於這個案子，歷來有不同的說法，但都與陶謙有關，說是他派的人或者他手下人幹的。具體情節大致有以下不同版本。

一個版本說，陶謙派去的人撲了個空，曹嵩一行已離開了琅琊國，他們於是追趕，在泰山郡的華縣一帶追上。曹家人在這裏等應劭來接應，還以為這是應劭的人，沒有防備，結果全部被殺。陶謙的人先把曹德殺了，曹嵩聽到外面有動靜，知道不妙就往後院跑，後院牆上有一道縫，他想從這裏鑽出去，跟他一塊兒跑的還有一個他最喜歡的妾，曹嵩想讓她先鑽，無奈這個妾長得太胖，鑽不過去，曹嵩沒辦法，只好跑到廁所裏躲起來，但被發現，一行人全部被殺。

另一個版本說，曹嵩攜曹德等一行人進入泰山郡，應劭派人已經接上了，但此時遭遇陶謙的突然襲擊，全家人被殺。

還有一個版本說，不是陶謙派人襲擊的，而是陶謙手下一個將領幹的。這位史書上沒有提及姓名的將領，此時駐紮在距事發地華縣不遠的東海郡陰平，他手下的士兵聽說曹家人很有錢，就在路上設伏，在華縣、費縣一帶把曹嵩等人殺了。

但也有的史書持完全不同的看法，認為陶謙聽說曹嵩想兒子，就派部將張闓帶領 200 人護送。曹家人很有錢，值錢的東西就裝了 100 多車，張闓等人見財起了異心，在華縣、費縣一帶將曹嵩等人殺了，搶光了東西，跑到淮南去了。

以上四個版本，眾說紛紜，莫衷一是，讓這件本來就離奇的血案變得更加撲朔迷離。根本原因是，殺人者來個了集體滅口，沒有留下倖存者，所有的記載也都變成了推測。

幾百年後，這件事給宋朝的司馬光出了道難題，他在給皇帝編《資治通鑒》時，不能把這一堆亂麻都端出去，必須有個明確可信的說法。

經過慎重分析，司馬光對這件事是這樣記述的：

「前太尉曹嵩到琅琊國避難，他的兒子曹操命令泰山郡太守應劭去接他。曹嵩隨行有各種輜重車 100 多輛，陶謙手下有一個部將守在陰平，當兵的渴望得到曹嵩的錢財，在華縣、費縣之間設下埋伏，殺害了曹嵩等人（士卒利嵩財寶，掩襲嵩於華、費間），一同被殺死的還有曹嵩最小的兒子曹德。」

不管怎樣，曹嵩、曹德等數十口之多全部被殺死在泰山郡的華縣附近，沒有留下一個活口，這已成為事實。

與此有關聯的人，一個是徐州刺史陶謙，他是重大的犯罪嫌疑人；另一個人是泰山太守應劭，這個著名的學者，害怕曹操連他一塊追究，乾脆棄官而逃，到鄴城找袁紹去了。


## 陶謙反而先動手

曹操聽到消息，震驚之餘陷入巨大的悲痛之中。

父親曹嵩擔任過朝廷的三公，因為自己的原因，近些年父親過着

整天擔驚受怕的日子，以至於不敢待在家鄉而遠避琅邪國，如今卻舉家喪命。

曹操覺得，自己是一個不孝之子，家禍是自己造成的。

沒有人活着回來，應劭不知去向，整個事件的經過究竟如何，曹操不是很清楚，但曹操不用太多思考就能得出結論：這件事只有一個人能做，也只有一個人敢做，那就是陶謙。

陶謙，我要讓你血債血償！

當時，曹軍正在休整，曹操迅速調整了計劃，命令部隊停止休整，全部進入戰備狀態，他要親自領兵殺往徐州，找陶謙報仇雪恨。

可還沒等曹操的復仇行動展開，陶謙先動了手。

在此之前，陶謙這邊發生了幾件重要的事，需要交代一下。

一件事是，陶謙此時已被長安的朝廷「三人小組」正式任命為徐州牧，而前面他一直擔任的職務是徐州刺史。

大約在曹操派王必出使長安的前後，陶謙也派人到長安進貢，他派的人叫趙昱，是當地的名士。前太尉楊賜的學生王朗也在陶謙手下，這個王朗名氣也不小，算起來跟靈帝劉宏和前大將軍何進還是師兄弟，王朗跟趙昱共同勸陶謙通使長安，陶謙接受建議，派趙昱到了長安。

與曹操的情況不一樣，陶謙的特使在長安受到歡迎，這是因為陶謙是朝廷正式任命的刺史，而曹操的兗州牧則查無出處。最後，朝廷拜陶謙為東部戰區副司令（安東將軍），由徐州刺史升格為徐州牧。

朝廷同時任命趙昱為廣陵郡太守，任命王朗為會稽郡太守，王朗就是這時候離開陶謙到江南上任的。

另一件事是，陶謙與黃巾餘部闕宣聯合，勢力大增。

漢獻帝初平四年（193年）夏天，中原及華北地區出現了罕見的自然現象：正值炎夏，卻刮起了寒風，像冬天一樣。這種神奇的自然

現象鼓勵了那些想造反或者正在造反的人，在他們看來，這是天亡劉漢的又一明證。

徐州刺史部下邳國一帶有個叫闕宣的人領頭造反，響應他的人很多，當他看到上天也出來懲戒當權者時，於是不再客氣，自稱天子，與長安的漢獻帝分庭抗禮。當時敢造反不算什麼本事，而敢於自稱天子那絕對是勇氣可嘉。

剛剛被朝廷任命為徐州牧的陶謙不僅不率兵討伐，反而跟闕宣聯合起來，勢力進一步增強。陶謙一方面派人跑到長安向天子宣誓效忠，一方面與自稱天子的人稱兄道弟，這位仁兄的務實主義作風實在可以。

後世也有很多人對此表示懷疑，一些歷史學家不相信身為徐州牧的陶謙真的會和造反分子公然攪到一塊，因為這種行為跟直接造反沒有什麼兩樣，這種說法很流行，因為在許多人眼裏陶謙是個君子而不是小人。

但是，如果結合陶謙早年在西北前線時就流露出來的獨特個性來看，說他現在已經成長為一個溫和的長者似乎有點不可能。陶謙到徐州後親信小人、打壓正直之士、玩弄手腕、大搞兩面派，一樁樁事情都有記錄，關鍵時刻與闕宣這樣的實力派結合也沒有什麼可以大驚小怪的。

得到徐州牧的頭銜，聯合闕宣，如果把這兩件事合在一起看，就可以看出這個時候的陶謙既提高了名分，又增強了實力，正是事業的上升期。他未必會把曹操完全放在眼裏，如果陶謙早就有了挑戰曹操的想法，那麼說曹嵩被殺事件是由陶謙有意策劃的，也不是沒有可能。

眼下，陶謙與闕宣組成聯軍，率先向兗州發起了進攻。

陶謙選擇的進攻方向不是曹操正面的陳留郡、濟陰郡，而是右翼

的泰山郡、任城國等地。泰山郡太守應劭已棄官逃往袁紹那裏，曹軍在這裏的防守相對薄弱，任城國以及泰山郡的很多地方被陶謙佔領。

理虧的人反而氣壯，天下還有沒有講理的地方了？

曹操迅速調集人馬，分三路對陶謙予以回擊：

一路由夏侯惇統領留守兗州刺史部，重點是鄄城、濮陽、定陶、東武陽等戰略要地，荀彧、程昱留下來協助他。

一路由曹仁率領，由東郡的北部進入東平國、任城國，進而到泰山郡迎擊那裏的徐州軍。

一路由曹操親自率領，由濟陰郡南下，進入已為陶謙所控制的豫州刺史部沛國的北部，進而攻擊徐州刺史部的彭城國、下邳國等地，直搗陶謙的大本營郯縣。

以偏師對抗陶謙的主力，而將主力向敵人之側翼發動進攻，對於已失去先發優勢的曹軍來說，不失為一個正確的選擇。但這是一場無法預料結局的戰爭，曹操離開鄄城前甚至連後事都提前交代了。

曹操告訴夫人卞氏：「如果我回不來了，就領孩子們前往陳留郡投奔張邈（我若不還，往依孟卓）。」

## 屠城不是真相

戰事從這年秋天拉開，曹操親自率領的這一路進展順利，勢如破竹，一口氣拿下兗州刺史部南部十幾座被陶謙佔領的城池，直逼徐州刺史部境內的戰略要地彭城，逼得陶謙不得不從右路撤軍，親自率主力來戰。

雙方在彭城一帶展開了激戰。

彭城是座古城，即今江蘇省徐州市，城池四周雖然被大小不等的丘陵、高地所環繞，但交通卻十分發達。東漢時有一條起自洛陽的東

方大道，基本走向在前半段約沿着現在的隴海鐵路，後半段約沿着現在的京滬鐵路，彭城就是這條大道上的交通樞紐。

彭城周邊還有泗水、汳水在此交匯，使之自古以來便成為兵家必爭之地，也是大兵團交戰的理想戰場。400 年前劉邦和項羽曾在此有一場大戰，結果劉邦完敗，項羽險些把劉邦生擒。

但是，曹操與陶謙的彭城之戰沒有楚漢相爭時打得那麼慘烈，戰事呈現出一邊倒的態勢，曹軍大勝。

陶謙撤軍，向東退到郯縣。

史書對彭城之戰的記載相當簡單，卻留下了一些疑問。

根據史書的記載，這年秋天，曹操征戰陶謙，攻下了十多處城池，陶謙守衛彭城不敢出戰。最後，曹軍還是攻下了彭城，陶謙所部被殺的有近萬人，死屍堆在泗水河的河道裏，河水因此而斷流（死者萬數，泗水為之不流）。

最早的記載也只有這麼多，到了後來，不知道是誰把「萬數」有意或無意地改為了「數萬」，事情就有點不一樣了。

死幾千人還是幾萬人，不是個數量的問題，而是性質問題。如果是幾千人，可以理解為戰爭期間的正常死亡，如果是幾萬人，那就是正常死亡之外的殺戮了。

況且，陶謙手下的人馬總數也只有那麼多，如果被曹操殺了幾萬人，只有一個解釋，就是這些被殺的人中間有大量的非武裝人員，也就是老百姓。

所以，就有了曹操屠彭城的說法。

一向治史較為嚴謹的宋朝史學家司馬光也相信屠城是存在的，所以他在《資治通鑒》中寫道：「這年秋天，曹操引兵攻擊陶謙，攻下十多座城池。打到了彭城，雙方一場大戰，陶謙兵敗，退保郯縣。當初京、洛一帶遭董卓之亂，大量平民向東遷移，來到徐州，在這裏遇到

了曹軍，曹軍在泗水河累計活埋了幾十萬名男女（坑殺男女數十萬口於泗水），河水為之不流⋯⋯連雞犬都找不到一隻，到處一片廢墟，路上看不到行人。」

一次殺了幾十萬人，還是活埋，簡直駭人聽聞！

如果這件事真是曹操幹的，漢末惡人榜第一名的帽子可以從董卓頭上拽下來直接給曹操戴上！

可是，這不是真相。

由於史料缺乏，不太清楚這件事如何從最初的「萬數」演變成「數十萬」的，但一些基本常識可以幫助我們進行推理。

在漢桓帝時期搞過一次人口普查，彭城國全部人口不到 50 萬，當時全國人口是 5000 多萬。經過黃巾起義、自然災害、戰爭屠殺，到再晚一些的時候，全國人口已銳減到 1000 多萬，如果按照這個比例算，此時彭城國的總人口也就只有 10 萬左右。

曹操一邊打仗，一邊派人四處出擊，把彭城國全國的人都抓起來，然後全部活埋？真的匪夷所思！

曹操遠途奔襲，此時用在彭城戰役的充其量也就三萬人。攻破彭城後，曹操下令先不要打掃戰場，也不忙追擊敵人，而是給每個人分配十多個敵佔區抓來的士兵和老百姓，下令把他們領到泗水河谷裏活埋了，幹不完活不給吃飯？即使被抓來的人已有人提前幫忙捆好、綁牢，即使將要被活埋的這些人也願意配合，完成這項任務所涉及的工程量也是巨大的。

坑殺男女數十萬口，在當時那種情況下，實在是無法想像如何才能做到。

但是，由於司馬光的權威，很少有人動腦筋想想，使得這樣的說法在後世很流行。

# 劉備馳援徐州

不說這樁公案，繼續說曹軍的追擊。

曹操率軍東進，在郯縣以東的武原與陶謙主力部隊又進行了一場惡戰，並再次取得勝利，兵臨郯縣城下。

從鄄城出發到郯縣，直線距離已有上千里，曹軍遠道而來，雖然節節勝利，但自身消耗也很大，士卒減員，戰鬥力下降。而對方已退無可退，拚命死守，曹軍攻城不克。

郯縣難攻的原因還有一個，城裏來了生力軍。

陶謙開始還信心滿懷，原來想至少也能跟曹操拼一拼吧，但沒想到自己的部隊在曹軍面前竟然如此不堪一擊，眼看郯縣危急，在曹軍圍上來之前，他趕緊派人向盟軍公孫瓚求救。

袁術被打跑後，陶謙如果再被消滅，公孫瓚對袁紹、曹操南北夾擊的戰略就要落空，所以對陶謙的求救他不能不管。

公孫瓚命令距離徐州最近的田楷、劉備馳援郯縣。


在各路群雄中原逐鹿的時候，劉備一直在青州刺史部的平原國，在那兒待了三年左右。

不算長，但也不算短，尤其在群雄並起的時代。

當時不僅兵荒馬亂，而且還有天災，百姓受苦，不少人活不下去，就聚眾打劫。劉備作為平原國相，對外抵禦流寇侵犯，對內廣施財物，保境安民。

有人來見劉備，無論什麼人，劉備都和他們同席而坐，一起吃飯，沒有架子，也從不挑剔，因此眾人都願意歸附他（**士之下者，必與同席而坐，同簋而食，無所簡擇，眾多歸焉**）。

「簋」，一種食器。北京有個簋街，是著名的美食街。古人用簋

來盛放煮熟的飯食，有人戲稱這是中國最早的火鍋。其實說火鍋有點兒勉強，因為吃的時候不能同時在下面加熱，說是「麻辣燙」可能更合適。

即使你是陌生的朋友，又是第一次上門，劉備也會邀請你一起吃飯，用一個鍋吃「麻辣燙」。這說明劉備完全沒有架子，對人從不挑剔，所以眾人都願意歸附他。

劉備一生都輕財好士，喜歡結交各類朋友，能跟形形色色的人打成一片，這正是他超人之處。

待人隨和，對誰都不設防，有時也會遇到危險。有一次，劉備讓刺客鑽了空子，險些喪命。

有個叫劉平的人，劉備不知道怎麼得罪了他。他一心想謀害劉備。劉平買通了一名刺客，讓他刺殺劉備。劉備不知道，還跟這個刺客見了面，而且待刺客十分盛情（備不知而待客甚厚）。

眼看劉備將面臨滅頂之災，但劉備的真誠感動了這名刺客。他不僅沒刺殺劉備，而且把實情和盤託出，之後離去（客以狀語之而去）。劉備躲過了一劫。

這個劉平到底是誰？他的後台會不會是袁紹？這些不得而知。


這個時候的劉備還沒有什麼知名度，直到他的名字被一個人提起，情況才有所改變。

這個人，其實相當了不起，他就是時任北海國相孔融。

青州刺史部的北海國在今膠東半島中部，是個大郡，治所劇縣，在今山東省昌樂縣一帶。孔融是孔子的二十世孫，漢代獨尊儒術，孔子地位很高，並在士林中享有盛名，何進主政時孔融擔任過監察部副部長（侍御史）、北軍聯席參謀長（北軍中侯）和虎賁軍指揮（虎賁中郎將）等職。

董卓把持朝政，要廢掉劉辯另立劉協，孔融與董卓爭辯，言辭激烈，董卓懷恨在心，但考慮到他有巨大聲望，不敢直接加害，而是改任他為參事室參事（議郎），隨後又暗示有關部門舉薦孔融到北海國為相。

這是董卓的陰謀，那時北海國的黃巾軍正鬧得很厲害，董卓認為孔融就是一介文人，讓他去無異於送死。

哪知道孔融不僅書讀得多，還有兩下子，到北海國後立即召集士民聚兵講武，又下發檄文討伐賊寇，給周邊郡縣長官寫信請求互相配合協同，局面很快穩住。

孔融還修城邑，建學校，大力發展文化事業，舉薦賢良，北海國的局面一時大為改觀，百姓感念恩德，稱孔融為「孔北海」。

但是，這些措施無法根本解決北海國面臨的現實威脅，後來黃巾軍管亥部攻打北海國，情勢緊急，孔融看了看周邊的情況，覺得平原國劉備有一定實力，於是派人到平原國，向劉備求救。

派來的人叫太史慈，老家在青州刺史部東萊國，他是個大高個，有一副美須髯，是個神射手，猿臂善射，弦不虛發。

太史慈在郡裏當過小吏，後來得罪上級避難遼東，孔融聽說太史慈的名氣，多次派人拜望太史慈的母親，送上厚禮。

太史慈從遼東回家看望母親，正遇上黃巾軍圍城。

母親對太史慈說：「雖然你和孔北海沒見過面，但你走後孔北海對我贍恤殷勤，比起故人舊親有過之而無不及。他如今被賊人圍困，你應赴身相助。」

當時孔融已撤出劇縣，被黃巾軍圍在都昌。太史慈乘夜突破包圍衝進城，見到孔融，請求讓他帶兵出擊敵人，孔融沒聽，黃巾軍圍城日急。孔融想派人去劉備處求援，沒人敢應，最後太史慈請求一試。

太史慈嚴裝飽食，帶上箭囊，攝弓上馬，另牽引兩匹馬隨自己身

後，馬上各撐着一個箭靶（帶鞭攝弓上馬，將兩騎自隨，各作一的持之），開門出城。圍城的黃巾軍一看，十分驚駭，不知道這個人想幹什麼。

太史慈引馬來到城壕邊，插好箭靶，不慌不忙在那裏搞起了射箭練習，射畢，入門回城（出射之，射之畢，徑入門）。

第二天還這樣，第三天仍這樣。

圍城的人放鬆了警惕，太史慈再出來射箭，外面的人都懶得再起身看，太史慈抓住機會，打馬加鞭突入重圍，趁敵人驚訝之際絕塵而去。黃巾軍追趕，被太史慈用弓箭射殺數人，箭無虛發，沒人再敢追。

到了平原國，太史慈對劉備說：「我是東萊國人，和孔北海並無骨肉之親，也不是老鄉故友，只因為慕名而相知，兼有分災共患的情義。現在管亥暴亂，孔北海被圍孤身無援，危在旦夕。久聞使君您有仁義之名，能救人急難，因此孔北海盼望着您的相助，這才讓我冒刀刃之險突出重圍，從萬死之中捎信給使君，望使君知悉！」

劉備和孔融並不相識，也沒見過面，但劉備知道他的大名，雖然同為青州刺史部的國相，但自己和孔融遠不是一個等量級的人物。

聽完太史慈的話，劉備鄭重問道：「孔北海難道真知道天下還有一個劉備嗎（孔北海知世間有劉備耶）？」

劉備有點兒激動，立即挑選 3000 名精兵跟隨太史慈返回都昌，黃巾軍知道援兵到了，解圍散走，孔融渡過一劫。

當時的青州刺史部已陷入各派紛爭的混亂局面，加上黃巾軍攪局，地方上遇到難題只能自行解決或相鄰郡縣互助，孔融作為朝廷任命的官員，又是儒士出身，他既不屬於公孫瓚一派，也不屬於袁紹一派，所以他沒有向公孫瓚任命的青州刺史田楷求援，也沒有向袁紹任命的青州刺史袁譚求援，他想到的反而是劉備。

這件事透露出一個信息，劉備在平原國已經獲得了較大的自主權，他不必請示自己的上級田楷就可以調兵。

同時還透露出，這兩三年來劉備在平原國並沒有碌碌無為、混吃等死，雖然他還人微言輕，但也在想方設法擴充自己的實力，一次可以借出 3000 名精兵，對一個郡國來說，已經相當可觀了，說明劉備擁有了幾千人的實力。

在彭城之戰期間，陶謙意識到打不過曹操，於是向盟友公孫瓚求救。

公孫瓚接到陶謙的求援沒有置之不理，他雖然不怎麼高明，但知道陶謙一旦被消滅，袁紹的勢力將倍增，自己跟袁紹爭也就徹底無望了。

為此公孫瓚做出決定，派人支援陶謙。

但是，公孫瓚捨不得派出自己的嫡系去，他給青州刺史田楷下令，讓田楷率劉備前去支援徐州。

就戰場形勢而言，派田楷、劉備去支援並沒有錯，因為他們距徐州最近。但公孫瓚給他們的人馬相當可憐，劉備帶往徐州的只有 1000 多人，對比一下當初增援孔融，劉備隨便就精選 3000 人出來，說明公孫瓚把劉備手下的大部分人馬都扣下了。

這是公孫瓚留的一手，此去徐州十分險惡，結果如何很難預料，也可能助陶謙反敗為勝，也可能肉包子打狗一去不回，少派點兒人馬，損失就小點兒。

而且，公孫瓚對老同學劉備未必十分放心，劉備投奔以來，展現出相當高的能力，但始終在公孫瓚集團核心層之外，地位還不如田楷。公孫瓚自知待劉備一般，所以老同學此去還能不能再回來很難說，扣住人馬，就是防他不回來。

如果心疼這些好不容易積攢來的人馬不去徐州，劉備可以找個理由推託掉，但今後還得在公孫瓚手下混日子，經過權衡，劉備決定去。

　　除了這 1000 多人，劉備還收攏了一些烏桓騎兵，還有數千飢民（時先主自有兵千餘人及幽州烏丸雜胡騎，又略得飢民數千人），把他們臨時編組起來，好歹也有近萬人，打仗管不管用，作為援軍至少氣勢是足的。

　　劉備率部到達徐州時，郯縣正危在旦夕。

　　劉備的到來讓驚魂未定的陶謙大喜過望，立即從手下最精銳的丹陽兵中抽出 4000 人撥給劉備，增加其實力。

　　劉備是隨田楷一塊來徐州的（楷與先主俱救之），但關於田楷的事史書記載很少。田楷後來還參加了公孫瓚的易京保衛戰，推測一下，應該是劉備的人馬增加後不再由田楷指揮，而歸陶謙直接指揮。

　　劉備等人的加入使徐州軍的戰鬥力大為提高，曹操吃驚地發現，一路順風順水，但打到郯縣卻遇到了麻煩，面前這些已潰不成軍的徐州軍突然像變了個人，任由他們輪番猛攻，郯縣巋然不動。

　　郯縣攻防戰是曹操、劉備這兩個老對手第一次正面交鋒，只是曹操的大名劉備已如雷貫耳，而劉備的事曹操未必知道多少。

　　現在，對曹操而言還要不要繼續攻城成為一個難題。從大本營鄄城到郯縣的直線距離超過上千里，曹軍遠道而來，雖然節節勝利，但自身消耗也很大，士卒減員，戰鬥力下降，將士都很疲憊。長期圍城很不現實，因為這裏畢竟是敵佔區，敵人的後援會逐漸聚集，而自己的隊伍將面臨後勤補給問題。

　　曹操最後放棄攻城，回師兗州。

# 老戰友的心結

過了年，遠在長安的漢獻帝下詔改年號為興平。

興平元年（194 年）春天，曹操回師鄄城，陳留郡太守張邈親自到州界迎接他的凱旋，兩位老戰友見面後有些激動，都流下了熱淚（垂泣相對）。但曹操不知道的是，張邈眼淚的背後卻有着一些難以覺察的東西。

曹操更不知道的是，他在前線浴血奮戰了半年，在此期間張邈偷偷地會見了呂布。

這就接上了前面所說，呂布走投無路之時張邈派人把他接到了陳留郡，他們相談甚歡，只是所談內容高度保密，除了張邈和呂布本人，誰也不清楚他們談了什麼。

二人分手時已經相當親密，還祕密約定了什麼（臨別把手共誓）。

張邈的反常行為其實有跡可循，他與曹操、袁紹雖然同屬一個陣營，早年三人還是好朋友，又是討董大業的骨幹和戰友，但他們之間的關係卻悄悄地產生了裂痕。

張邈有俠士之風，為人仗義，曹操當年隻身來到陳留郡，他傾力給予幫助，讓曹操在自己的地盤上募兵，如果沒有張邈的幫助曹操什麼都做不成。

但張邈還有一個特點，那就是為人耿直，脾氣直，說話更直，張邈很欣賞臧洪，原因就是在這方面二人脾氣相投，都屬於敢恨敢愛也敢說的人。

袁紹當了盟主後流露出驕傲自滿（有驕色），張邈心直口快，說過他（邈正義責之），這讓袁紹在眾人面前下不了台。袁紹很不高興。

袁紹為人，表面上很寬和，其實心眼很小（外寬內忌），他認為

張邈對他不敬，於是懷恨在心，竟然給曹操下達一道密令，讓曹操悄悄解決張邈（紹使太祖殺邈）。

曹操對此很反感，他回覆袁紹說：「孟卓是咱們的朋友，無論對與錯都應該寬待他（是非當容之）。現在天下未定，不應該自相殘殺！」

袁紹不聽，必除張邈而後快。

考察一下袁紹的心理，好面子、小心眼是殺張邈的一個原因，而背後的算計才是更重要的原因。

在袁紹眼裏，張邈和曹操都是他的同盟，替他緩衝着南線袁術、陶謙造成的壓力，使他可以放手與公孫瓚作戰。同時袁紹也是他們的後盾，為他們當保護傘。

正是基於這樣的形勢，袁紹不想讓張邈和曹操太弱，但也不想讓他們太強大。可張邈和曹操的發展勢頭卻正在偏離袁紹希望的這個軌道，曹操得東郡，進而得到兗州。在與袁術和陶謙的對抗中，曹操表現出非凡的戰鬥力，發展前景不可限量。

張邈也不一般，在陳留郡乃至兗州都有很強的號召力，趁着其他人大打出手之際，他一直埋頭擴充實力，陳宮在一次談話中透露，此時的張邈已擁有「十萬之眾」。這個數目可能有水分，但即使只有一半也相當可觀了。

所以，袁紹突然密令曹操殺掉張邈是經過精確算計的。要解決張邈，就要先解決張邈的「十萬之眾」；袁紹出此招，目的其實是讓曹操與張邈二人互鬥，無論最終誰勝對袁紹都有利。

兩個強大的盟友不如一個弱小的盟友，事情就是這樣。

袁紹甚至想過，曹操不接受他的這個命令，不是曹操不忍心下手，而是曹操認為自己沒有把握。但是沒有關係，袁紹還有一手，他把給曹操的密令故意泄露出去，鬧得社會上沸沸揚揚，就是要讓張邈

知道。這個直筒子不像曹操那麼有城府，說不定先動手。

這樣狠的招袁紹自己未必想得出來，但此時他手下雲集了許攸、審配、逢紀、荀諶等慣於出損招、陰招的謀士，想出這個主意並不是難事。

果然，曹操沒接招，張邈卻中招了。


張邈心裏已將袁紹視為敵人，因此也就把曹操看成對手。

張邈現在直接去找袁紹打仗，還不現實；但從曹操手中把兗州奪過來，以此與袁紹抗衡，卻是很現實的出路。

這個想法還得到了另一個重要人物的支持，這就是陳宮。

陳宮當初力推曹操為兗州牧，想法是引進一個強人來保衛自己的家鄉。曹操確實是一個強人，袁術被他打敗，陶謙也不是他的對手，但陳宮並不喜歡，因為曹操不僅是強人，而且太招事。

曹操就任兗州牧以來戰事就不斷，袁術打上門來當然該還擊，但打跑就行了幹嗎還要追？陶謙挑事，把他拒於州境之外也就行了，幹嗎要深入徐州上千里，打到陶謙的家門口？這樣的戰略不符合兗州本土派的利益，陳宮在心裏堅決反對。

因為前線一開打，兗州這邊就得供人、供糧、供支前，曹操讓陳宮在後方搞後勤，陳宮感到給家鄉人民造成的負擔很重，思想壓力很大。曹操打仗為的是他自己的事業，幹嗎讓兗州人為他買單？陳宮想不明白。

陳宮也逐漸堅定了一個決心，一定要想辦法把曹操趕走。

害怕袁紹、曹操加害於自己的張邈，與一心想把曹操趕出兗州的陳宮二人一拍即合。這個預謀或許開始的時間更早，甚至在曹操征徐州歸來二人垂泣相對時就已經有了。

呂布的陳留郡之行，就是在這個背景下發生的。

# 劉備的光榮任務

完成救援陶謙的任務後劉備按理應返回平原國，但劉備沒有這麼做，而是留了下來。

其中內情不詳，分析一下有客觀和主觀兩方面的原因。

從客觀原因上說，雖然打退了曹操的進攻，但陶謙並不敢大意，曹操遲早還會再來，以自己的實力仍然打不過曹操，陶謙需要劉備留下來。

從主觀原因上說，劉備也願意留在徐州。

公孫瓚雖然是自己的老同學，但劉備在公孫瓚那裏卻不順心，原因是公孫瓚的用人觀與眾不同，公孫瓚不喜歡用名門望族子弟，喜歡用小市民，他所寵信的大多是平庸之輩。

劉備雖然很有能力，但在公孫瓚那裏還排不上號，努力了好幾年也不過是個郡太守一級的平原國相。

在劉備看來，這位老同學打仗確實有一套，但骨子裏還是個小市民，劉備以及關羽、張飛等注定在他手下幹不出大名堂。

要幹成大事，少不了最頂尖的人才，所以袁紹、曹操等人一邊搶地盤一邊搶人才。公孫瓚靠一己之勇起家，開創了不小的局面，但發展到一定階段，就應該把人才戰略放在最突出位置，但他偏偏不重視人才，也不會識才、用才和留才，平時圍在身邊的是一幫庸碌之輩，幾乎沒有一個頂尖人才。

跟着老虎能吃肉，跟着狗只能吃屎。

看着公孫瓚一天天沉淪，劉備已經能判斷出最終的結局了，是為這個老同學陪葬還是另尋出路？這是擺在劉備面前最現實的問題。

陶謙為了拉攏劉備，表奏他為豫州刺史。

陶謙的勢力範圍主要在徐州刺史部，不過相鄰的豫州刺史部也佔了一些地方，豫州刺史部的沛國沛縣就在陶謙的控制之下，陶謙把沛縣給了劉備，讓他在那裏駐紮。

豫州刺史部是四戰之地，目前的主要勢力袁術、袁紹、曹操、陶謙都有涉足，關東聯軍起兵時豫州刺史是孔伷，孔伷死後袁術先任命了孫堅，後任命了郭貢，袁紹先任命了周㬂，後任命了陰夔，加上現在的劉備，豫州同時有好幾個刺史。

而且，陶謙給劉備的這個差事絕對算不上美差。

沛縣俗稱「小沛」，以示其與所在的沛國相區別，它的地理位置很微妙，它雖然屬於豫州刺史部，卻遠離豫州刺史部的中心地帶，像一把劍插在兗州刺史部和徐州刺史部中間。如果曹軍從南面攻徐州，進入徐州之前的第一站就是小沛。

小沛是徐州的最前線，也是目前最危險的地方，劉備的這個豫州刺史不是好當的，他得替陶謙擋箭。

這就是陶謙如此大方的原因，在他眼裏小沛是徐州戰略上的緩衝區，陶謙做夢都能踏實些。


劉備正式前往小沛上任，作為一州之長，劉備可以牽頭組建自己的辦事機構，劉備聘請豫州名士陳群為副州長（別駕）。

陳群是豫州刺史部潁川郡人，說起潁川郡陳氏家族，在當時特別有名。陳群的爺爺陳寔、父親陳紀都是當時的名士，陳寔病故時大將軍何進以下官員紛紛派人前去弔祭，海內赴祭者多達三萬人，專門負責製作孝服的就有上百人，時任司空荀爽和宮廷事務部部長（太僕）韓融等出席葬禮並披麻戴孝，執子孫禮者有上千人，大學者蔡邕撰寫碑銘，其中有「文為世範，行為士則」之句，世人又稱陳寔為文範先生。

陳群還很小的時候，爺爺陳寔就認為這個孩子與眾不同。孔融一向瞧不起人，他的年紀介於陳紀、陳群父子之間，孔融先結識陳紀，以友相稱，算是平輩。後來孔融又結交陳群，視陳群為友，再見陳紀，視為長輩（先與紀友，後與群交，更為紀拜）。

除陳群外，劉備還以豫州刺史的名義舉薦袁渙為茂才。

袁渙是豫州刺史部陳國人，父親袁滂曾做過司徒。袁渙雖是高幹子弟，卻清靜守禮，為人低調。在本郡當過人事處處長（功曹），因為看到郡中遍佈奸吏，不願與他們為伍，棄官而去。

後來袁渙還當過侍御史，譙縣縣令空缺，朝廷任命，他不去。劉備於是以豫州刺史的名義推舉他為茂才。茂才即秀才，為避劉秀的諱改稱茂才，是漢代薦舉制的另一種重要形式，推舉的都是才能優秀的人。

但袁渙後來並沒有跟着劉備幹，他先後寄身於袁術、呂布，最後到了曹操那裏，因為才幹突出被曹操賞識，成為曹魏名臣。袁渙雖然未能事奉劉備，但對劉備的推舉一直心存感激，劉備去世時，大家都跑去向魏文帝曹丕祝賀，唯獨袁渙不去。

在此期間，還有劉琰、陳到等人來到劉備身邊。

劉琰是青州刺史部魯國人，劉備在豫州開府辦公，任命他為州政府參事（從事）。劉琰也是漢室後裔，具體傳承不詳，和劉備算是同宗同姓。劉琰長得風流倜儻，善於談論，劉備對他很不錯（厚親待之）。劉備出去辦事，或者和重要人物談事，都把劉琰帶上（隨從周旋，常為賓客）。劉琰一直追隨劉備到益州，雖然能力有限，也沒有建立過特別的功績，但一直位居高位。

陳到又名陳叔，豫州刺史部汝南郡人，為人忠勇，從此時開始跟隨劉備，成為劉備手下重要將領之一。

劉備來到小沛後家庭情況也有所變化，他娶了本地人甘氏為妻。

劉備之前已經娶過妻子，但他的命不好，娶一個死一個（先主數喪嫡室），甘氏自此追隨劉備，劉備的家務事都由她來管（常攝內事）。

# 陶謙搞錯了方向

過了年，在長安的漢獻帝劉協下詔改年號為興平。

曹操回師兗州後，按說應該做一段時間的休整，但他幾乎沒有停留，春天都沒過，他又第二次南征徐州。

曹操大概認為首次南征沒達到目的，主要原因是人馬不夠，打到郯縣時自己也精疲力竭了。所以，此次再征曹操做了充分準備，他可以把攻防部隊進行調換，讓一部分參加徐州戰役的人馬留下守兗州，讓之前負責留守的部隊參加南征。

雖然時間倉促，但多少可以解決一些部隊戰鬥力的問題。

曹操覺得這樣還不夠，於是向袁紹求援。公孫瓚派田楷、劉備率部參戰後，這已經不是兗州和徐州之間的戰役了，而是演變成了整個北方的大戰，袁紹理應參與。

袁紹果然很痛快地答應了曹操的請求，給他派來了一支生力軍，帶兵的將領叫朱靈，帶來的人馬共 3 個營。之前說過，「營」是漢朝軍制的單位之一，由 5 個部組成，每部 1000 人，3 個營就是 1.5 萬人，這不是小數。

有了袁紹的大力支持，曹軍士氣大增。曹操留夏侯惇、荀彧、陳宮、程昱等人分率一部分人馬留守兗州幾處要地，其中鄄城是他的大本營，曹操自己和手下大多數人的家眷都在這裏，由荀彧、程昱留守；夏侯惇駐守在黃河上的重要渡口和戰略要地濮陽；陳宮負責處理地方日常政務，並督辦糧草，為前線提供後勤支持。

二征徐州，曹操改變了主力部隊的攻擊路線。上一次東面佯攻、

南面主攻；這一次來個顛倒，從東面主攻，南面佯攻配合。

曹操派少部分人由兗州刺史部的濟陰郡、山陽郡向徐州刺史部的彭城國、下邳國方向攻擊，主力部隊繞到泰山郡，攻擊徐州刺史部北面的琅邪國和東海郡。

陶謙的大本營郯縣就在東海郡，曹操之所以選擇這個路線，是想避開陶謙重兵把守的彭城、下邳防線，攻擊其相對薄弱的北部地區，直搗大本營，增加打下郯縣的勝算。


陶謙聽說曹軍又來了，很緊張，但搞不清楚敵人的主攻方向。劉備剛來，對徐州事還弄不明白，陶謙於是去問笮融。

笮融最大的本事其實是忽悠，陶謙問他什麼事，笮融一般會搬出所謂的佛教經義來對付陶謙，佛教有一套博大精深的理論，笮融未必搞得太明白，但忽悠陶謙足夠了。

陶謙經常被笮融弄得一頭霧水，可他偏偏吃這一套，因為越是高深不解，他越覺得有道理。這一次，陶謙問笮融曹軍主力會從哪個方向來。

笮融以他一貫的風格煞有介事地說：「我來問問佛。」

於是，笮融又昏天黑地搞了一通，之後告訴陶謙，曹操會從西方來，也就是從彭城、下邳方向來。

陶謙深信不疑，把重兵擺在了彭城、下邳一帶。為加強那裏的防守，陶謙還表奏劉備為豫州刺史，讓他率所部駐紮在小沛。

結果曹軍主力卻突然從泰山郡殺出，防守在徐州北部的陶謙守軍始料不及，徐州刺史部轄下琅邪國有五座城池被曹軍接連攻佔。

這時候的曹軍還沒有完全走向正規化，還存在軍紀差的問題，曹軍攻下這幾個地方後大搞屠殺活動，使城池一片殘破（多所殺戮，所過殘破）。

具體哪五座城池史書沒有記載，但肯定少不了距琅琊國治所開陽不遠的陽都縣。這是一座沂水河邊的小城，美麗而富庶，深得齊魯文化的滋潤，人傑地靈。可是，軍紀嚴重糟糕的曹軍打破了這裏的平靜，生靈塗炭，瞬間成為人間地獄。

　　曹軍將士不會注意到在這座縣城裏有一位 14 歲的少年，正用一雙憤怒的眼睛看着他們的所作所為。

　　少年看到的一切潛移默化地影響着他今後的人生，使曹軍在未來的歲月裏增添了一個十分可怕的對手。多年後，這個少年麾下的千軍萬馬，一次次重創曹軍。

　　這個少年，就是祖籍琅琊國陽都縣的諸葛亮。


　　陶謙聽說曹操親率大軍從琅琊國一路南下直取郯縣，驚慌至極，趕緊派人到彭城、下邳一帶調人馬過來增援，同時通知在小沛的劉備，讓他火速率部來郯縣。

　　陶謙讓人去找笮融來問問是怎麼回事，可笮融早已不知去向。一查，才發現笮融前幾天已經領着手下的人以及平時追隨他的信徒共一萬多人逃往廣陵郡去了。

　　陶謙差點沒被氣死，但也無可奈何。

　　曹軍進兵速度極快，馬上就打到郯縣，而自己的援軍還遲遲未到。在此情況下，陶謙恐怕也產生過一走了之的念頭，學一回笮融，撇下徐州百姓溜回丹陽郡老家養老去。

　　但陶謙的養老計劃最終並沒有付諸實施，眼看郯縣唾手可得，曹軍卻做出了一個出人意料的舉動。他們撤軍了。

　　陶謙不相信，派人趕緊去偵察情況。回來報告說，曹軍確實撤了，撤得還很徹底，看樣子並不是耍詐。

　　那麼原因只有一個：曹軍的後方出事了。

# 背後捅一刀

就在曹軍一路高歌猛進時，兗州方面終於出事了。

張邈、陳宮看到曹操與陶謙打得難解難分，覺得機不可失、失不再來，於是派人再次祕密迎接呂布來兗州。

上次分手後，呂布去投奔張楊，但沒有關於他這一段時間活動的任何記錄，也許呂布就沒有到達張楊那裏，而是隨便找了個地方待了起來，等待張邈、陳宮這邊的消息。

呂布到達兗州境內後，張邈派手下人劉翊通知留守鄄城的荀彧，說呂布將軍聽說曹將軍攻打陶謙，特來幫忙，請提供糧草。

張邈這樣做有點讓人無法理解。呂布的政治立場已基本明朗，他傾向於袁術一方，雖然幫袁紹打過仗，但目前是袁紹要抓的人。曹操是袁紹的盟友，目前要聽從袁紹的指揮，呂布怎麼能幫助曹操呢？不用說荀彧，就是一般人也能看出來。

張邈想要背後給曹操來一刀，最有效的方法是突然發動襲擊，同時攻佔鄄城、濮陽等戰略要地，虜獲曹操等人的家眷，生擒或殺死荀彧、夏侯惇、程昱等人，則兗州的其他地方可不攻自破。

劉翊找荀彧要糧草，東西沒要着，反而給荀彧報了信。

此時荀彧和程昱在鄄城，這裏是曹軍的後方基地。曹操的妻子卞氏以及孩子們都在這裏，而夏侯惇防守的濮陽，距鄄城約數十里路程。

荀彧跟程昱一商量，馬上判斷出情況有變，張邈可能已經反了，呂布也來到了兗州，情況十分危險。荀彧迅速做出兩項部署：一是派人火速前往徐州前線給曹操報信，二是派人通知夏侯惇放棄濮陽，率所部到鄄城會合，固守待援。


張邈、陳宮知道夏侯惇是曹操手下一員猛將，戰鬥力很強，如果

讓他率部退至鄄城，曹軍合兵一處固守待援，情況就不利了，所以他們與呂布商量後做出部署，一方面由張邈、陳宮率部攻打鄄城，並通知兗州各郡縣同時起事，另一方面由呂布率一支人馬直插濮陽至鄄城之間，在半道上截擊夏侯惇。

呂布率部馬不停蹄趕往濮陽方向，到達預定地點後發現夏侯惇的人馬還沒有通過此地。呂布便在夏侯惇的必經之路上設下埋伏，準備打一個以逸待勞。

這時候，濮陽至鄄城的大道上都是來往奔命的百姓，還有一些散兵夾在其中，場面十分混亂。

呂布能想像出來，夏侯惇一聽說張邈反了會是什麼反應。他內心一定火急火燎，曹操本人以及手下主要將領的家屬都在鄄城，一旦失守後果慘重。

呂布突然心生一計，何不利用現在這個混亂場面和夏侯惇急於回師的心理做點文章？

呂布叫過手下一個膽大的頭目，給他交代一番，讓他帶着幾十名弟兄迎着夏侯惇來的方向出發了。

這些人依計而行，還真的迎上了正往這邊趕來的曹軍。

呂布的人對曹軍說自己是附近郡縣的地方兵，看老百姓東奔西竄，不知道發生了什麼事，長官讓他們出來打探一下，問清情況，看要不要去州府請命。

夏侯惇一聽很高興，就親自過來跟他們說話。

當夏侯惇走近時，呂布手下的這個頭目一使眼色，跟前的幾個人一擁而上把夏侯惇按住，拔刀架在脖子上，曹軍將士完全沒有防備，一下子傻了。

主將被人劫持，隨時會喪命，曹軍將士皆不敢靠前。

眼看大功告成，但出了意外。

這時曹軍中出來一個人，像是位副將，他讓人守住四周，把現場控制起來。

這個人嚴詞說道：「你等兇逆之徒，竟然敢劫持我家將軍，你們還想不想活？我們受命討賊，怎麼能因為個人原因而廢了軍法，去縱容你們呢？」

這個人說完，又流着淚對夏侯惇說：「這是國法，我等無可奈何（當奈國法何）！」

說罷，這個人指揮大家發動攻擊，完全置夏侯惇生死於不顧。

這一招十分突然。呂布的人原來想，只要夏侯惇在自己手裏，無論如何曹軍都不敢動手。因為夏侯惇不是一般的將領，他與曹操關係密切，如果他有三長兩短，誰都負不起責任。

按照原來的計劃，劫持夏侯惇後，如果能讓他下令放下武器最好；如果夏侯惇寧死不肯，就採取拖延的辦法，裝扮成打家劫舍的散兵，為的是求財，勒索錢物，而實際目的是迷惑敵人，趁亂派人溜回來報告情況，這邊大軍馬上開到，曹軍不戰而敗。

不到萬不得已不能殺了夏侯惇，因為那樣一來，這幾十號弟兄也無法生還。

可是，萬沒料到曹軍中還有如此生猛的角色，敢置長官的性命於不顧，危急時刻一點都不慌亂。

轉眼一場亂戰，夏侯惇竟然脫險。

救了夏侯惇的這個人名叫韓浩，是夏侯惇的副將，河內郡人。

韓浩家鄉附近多山，天下大亂以後，賊寇很多。韓浩聚起百姓保衛鄉縣，河內太守王匡聽說後徵召他為從事。關東聯軍討伐董卓，韓浩隨王匡領兵到盟津抵禦董卓的涼州軍，韓浩的舅舅是一名縣令，被涼州軍抓獲，涼州軍威脅韓浩投降，韓浩不從。王匡失敗後，韓浩輾轉投奔了曹操的隊伍，並成為夏侯惇的副將。

曹操後來知道了韓浩臨危不亂的事，對韓浩的做法給予表揚，並頒佈命令，要求以後遇到類似的事都按這個辦法處理。

僥倖逃回的人向呂布報告了情況，呂布詢問了曹軍離此處的距離，之後命令大家做好迎敵準備。

夏侯惇經此一嚇，雖然能判斷出前方有敵情，但為了馳援鄄城，也別無選擇，只得從這條大道上過來。

夏侯惇沒有派小分隊在前面探路，大隊人馬直接與呂布的人馬接觸上了，雙方展開了混戰。

## 荀彧的隻身赴會

這是呂布第一次與曹操手下的人馬交手。

戰鬥進行得很激烈，曹軍雖然訓練有素，但他們的騎兵不多，面對擅長騎兵作戰的呂布，自然吃虧不少。

呂布也不想死拼，他心裏惦記着濮陽。至少在漢代以前，黃河沿線比長江沿線更繁盛，黃河中下游的河段基本都能通航，它上面的一些重要城市，如洛陽、朝歌、懷縣、濮陽、東武陽等都是經濟重鎮。

濮陽一帶歷來市商繁榮、農事發達，是南北要津、中原屏障，也是兵家必爭之地。晉文公在此退避三舍，春秋時期諸侯十多次在此會盟，我最崇拜的戰神吳起就是濮陽人。佔領濮陽，就擁有了一塊很有分量的地盤。

呂布下令撤出戰鬥，曹軍也不戀戰，見有機會脫身，立即向東而去。呂布指揮人馬向西行進，佔領了濮陽城。

夏侯惇指揮人馬撤向鄄城，直到這時，荀彧才感到安心一些。

陳宮等人在兗州的根基很深，此次反叛有很多人參與其中，他們

有的此時還在鄄城內，這些人都在暗中尋找機會裏應外合。

夏侯惇進入鄄城後，跟荀彧等人一道連夜查獲想謀反的幾十個人，全部處死，穩定了鄄城的局勢。

這時，兗州各郡縣紛紛起來響應張邈、陳宮和呂布，全州一共有近80個縣，沒有反叛曹操的只有三個：鄄城，東郡的范縣和東阿縣。

這種情況其實不難理解，曹操入主兗州以後，在地方治理方面是不成功的。他打敗黃巾軍保護了兗州，大家表示擁護，但此後他的主要精力在與袁術、陶謙等人的戰爭上，不符合兗州地方人士的利益，張邈和陳宮正是看中了這一點才敢公開向曹操叫板。

荀彧、夏侯惇等人佈置鄄城守軍加緊防衛、積極備戰。城外卻突然來了一支人馬，人數多達數萬人，城裏頓時緊張起來。

大家開始以為是張邈的人，或者是呂布從濮陽回擊鄄城。後來城外的人主動通報，才知道他們是豫州刺史郭貢的人，點名要見荀彧。

郭貢這個人的名氣不算大，但從他手下有數萬人馬這一點看，他絕不是一個可有可無的小角色。

郭貢擔任的豫州刺史是袁術表奏的，他是袁術的人，上次袁術來兗州搶地盤，被曹操擊退，弄得袁術很沒面子，後來他退往淮南地區，在揚州刺史部的九江郡等地發展勢力。

當時群雄逐鹿的主戰場在黃河流域，淮南地區相對來說算是權力真空地帶，這讓袁術鑽了空子。袁術除了開拓淮南以外，還派郭貢向豫州方向發展，派孫堅的兒子孫策向長江以南的吳郡、會稽郡方向發展，這兩個方向進展都比較順利，孫策在江東勢如破竹，郭貢也很快有了一定實力。

張邈本隸屬於袁紹、曹操，與袁術手下的郭貢屬於不同陣營，但造反之後敵人的敵人就成為可供借用的朋友。基於這個道理，郭貢此

番橫插一杠，可能是張邈、陳宮拉來幫場子的。

郭貢也可能是呂布聯絡的，呂布與袁術雖然鬧得不愉快，但畢竟沒有翻臉，也是基於敵人的敵人就是朋友的道理，呂布需要幫助之際，袁術也可以考慮幫一把，於是命令郭貢前來走一趟。但袁術給郭貢下的命令肯定不是全力相助，曹操的戰鬥力他有切身的領教，此番前去能站在一邊幫幫場子就不錯了，瞅着機會撈上一票更好，千萬不能動真家伙。

荀彧看到了這一點，所以當郭貢點名見他面談，大家都認為太危險勸他不要去的時候，荀彧認為可以去。

荀彧向大家分析道：「郭貢與張邈等人交情並不是很深，現在來得這麼倉促，說明他們未必是統一行動。趁着郭貢主意還沒有完全打定，可以游說他，最少讓他保持中立。如果不見，他心中起疑，倒有可能讓他跟張邈等共同行動。」

為了不讓郭貢起疑心，荀彧決定隻身出城來見郭貢。

正如荀彧所料，郭貢點名要見荀彧確實是一種試探，當他見到荀彧毫無懼意時，猜想城裏早有準備，未必好攻，於是率兵離去。


在曹操回師之前，守住鄄城倒還有些把握，但要做到這一點，范縣、東阿縣也得守住，形成呼應，分散呂布等人的兵力。

此時范縣令是靳允，東阿縣令是棗祗，不知道他們那邊的情況如何，荀彧決定派程昱和兗州從事薛悌等前往范縣。

程昱等人到時，陳宮派的范嶷也到了，程昱和靳允埋下伏兵，將范嶷刺殺，穩定了范縣的局面。范縣東臨黃河上的重要支流瓠子河，陳宮的軍隊已經抵達河對岸，程昱派人搶佔河上的重要渡口倉亭津，使敵軍暫時過不來。

安排好范縣的事，程昱又馬不停蹄趕到東阿縣，東阿縣令棗

祇——這個曹操手下日後著名的農業問題專家，此時已經率領軍民做好了在城裏堅守的準備。

程昱、薛悌、棗祗、靳允等人不僅沒有參與這次叛亂活動，而且在關鍵時刻發揮了中流砥柱的作用，協助荀彧、夏侯惇守住了鄄城、范縣、東阿縣這三個最後據點。

這一點很重要。如果連這幾個最後的據點都丟了，曹操回師反擊就失去了依託，可能就是另一個結局了。


## 曹操燒傷了左手

曹操是在徐州前線聽到後方發生叛亂的消息，張邈、陳宮反了，還摻和進來一個呂布，曹操立即判斷出問題的嚴重程度。

曹操趕緊往回撤，為了趕時間，他們走的還是來時的路。

歸途中要路過亢父（今山東省濟寧市附近，微山湖的西岸）這個地方，這裏山勢險峻，又是西去的交通要道，蘇秦稱之為「車不得方軌，騎不得並行」，是一夫當關、萬夫莫開的極險峻所在。曹操回師，這裏是必經之地，如果繞道他處，則要大大耽誤時間。

曹操特別擔心呂布已派人佔據了此處，所以督促大軍日夜行進，等過了泗水一看，這裏並沒有呂布的軍隊，才放下心來。

曹操對大家說：「呂布雖然佔得一州，但沒有乘機佔領東平國，進而佔據亢父、泰山之道，憑險地截擊我們，而是屯聚在濮陽，從這一點看，我就知道他也成不了什麼大事（吾知其無能為也）！」

有人認為曹操說這番話是自嘲，或者是在給部下打氣，其實不盡然。

呂布真要有這樣的戰略眼光，佔領濮陽之後迅速東進，趁着各地都在反叛曹操的有利時機，一舉佔領曹軍回師的必經之地東平國，以

亢父之險阻擊曹操，遲滯曹軍的行動，然後由陳宮聯合張邈全力攻擊鄄城，那將是另外一個結果。

曹操慶幸呂布沒有這樣做，一顆懸着的心總算放了下來。

曹操率軍回師兗州，按理來說應先去救援鄄城，保住自己的大本營，但他卻沒有，而是衝着濮陽來了。

曹軍開到，直接攻城。曹操這時心裏挺着急，大概想儘快結束戰鬥，所以從各個方向都發起了猛攻，呂布指揮將士在城上萬箭齊發，曹軍死傷慘重。

但曹軍攻勢不減，這讓呂布看出曹操急於結束戰鬥的心理，他覺得可以再施一計。

入夜，戰場一片死寂。

幾個黑影順着城牆上的繩子爬下來，他們悄悄摸向曹軍大營。

他們的行跡被曹軍巡夜的士兵發現，被抓了起來。

但這幾個人被抓之後並不慌張，要求直接面見曹操，曹操當夜即召見了他們。見到曹操，這幾個人說他們是濮陽城中田氏家族的成員，願做曹軍內應。

田氏是濮陽首戶，擁有大量莊園田產，佃戶奴婢成百上千。這些人向曹操解釋說，呂布等人來到濮陽，把他們的財產糧食都徵為軍用，又強徵他們的奴僕從軍，引發他們的強烈不滿，所以願意助曹刺史攻破呂賊，將其趕出濮陽。

呂布或死或逃，他們別無所求，只願發還所徵財物以及奴僕就行。對於這些話，曹操未必全信，但曹操此時太急於拿下濮陽了，他現在眼睛盯着濮陽，心裏惦記的卻是鄄城，濮陽如果陷於膠着狀態，鄄城必將不保。

所以，就連生性穩重的曹操也做出了冒險的決定，他想抓住這個機會試一試，雙方約定了動手的時間和暗號。

次日夜裏，濮陽城南面城牆突然燃起火堆，城外的曹軍見此信號，紛紛從營中殺出。

在城頭上觀察情況的呂布見此情景，知道曹操中計，於是令人把濮陽城南門打開，曹軍像潮水一樣湧入城中。

曹軍殺進城，他們不忙着殺人，卻幹了一件很奇怪的事：放火。曹軍帶着引火之物，一殺進城門，即在城門處放起一堆大火，頓時火光衝天。

這把火是曹操下令放的，以示破釜沉舟之意。

曹操本人就在衝進城的曹軍之中，他們很快遭到了呂布設置的埋伏，濮陽城內瞬時成為戰場。

曹操大概發現上了當，於是折返回來，雙方在南城門附近展開激戰。

這一戰打得很激烈，曹軍進來的都是騎兵，在街巷中完全沒有優勢，呂布早有準備，手下將士們手中的弓弩在巷戰中更為實用。

曹軍被射傷無數，但他們作戰異常頑強，尤其是中間簇擁着的一隊人馬，雖然處於劣勢，仍然猛衝猛殺，轉眼就到了南門附近。

城門處有曹軍自己放的火，此時烈焰騰起，一片火海。曹軍將士殺到此處，猶豫了一下，仍然奮不顧身衝進火海。

有人身上頓時燒了起來；有的戰馬受驚，四處亂竄。

曹操帶頭衝進火中，結果被燒傷了左掌，並且從馬上掉了下來（太祖陣亂，馳突火出，墜馬，燒左手掌），危急之中，曹操手下一個叫樓異的團長（司馬）把曹操扶到馬上，曹操這才倖免於難。

夏侯惇也衝進城中，被箭射瞎一隻眼，軍中從此送他一個「盲夏侯」的外號。

然而，這還不是最驚險的。

有一部史書說，曹操重新上馬後繼續往外逃，卻遇到呂布的人把他攔住。呂布的人大概沒想到這個小個子會是大名鼎鼎的曹操，於是問他曹操在哪裏。

曹操隨便一指，對他們說：「那個騎黃馬的就是。」

呂布的人於是放下曹操去追騎黃馬的，曹操才得以脫險。

後來有人說攔住曹操的人不是別人，正是呂布本人，但這不可能，因為呂布曾親口說過，他在洛陽的時候曾經見過曹操，是認識曹操的。

然而，即使是呂布手下的人截住了曹操，這個記載也存在疑點。如此繪聲繪色的描寫必然需要素材，而這素材究竟來自何處呢？

只能來自呂布手下那個擋住曹操的人，或者來自曹操本人。呂布手下的那個人不認識曹操很正常，那時候沒有電視，名氣再大的人沒有見過面也不會知道長什麼樣，可當時不知道，後來怎麼就能知道呢？可見來自呂布手下的可能性很小。

如果來自曹操本人的話，他說這件事也可能是炫耀一下自己的英雄事跡，看我多麼機智勇敢，要不是反應快早就掛了。可是，曹操應該知道，這一仗都輸成那樣了哪裏還值得炫耀？

所以，如果不是曹操說漏了嘴，這件事就是道聽途說得來的。

## 典韋的敢死隊

曹操忍着左手的疼痛，指揮人馬將營壘從濮陽城外後撤，雙方陷入相持狀態。

濮陽以西數十里有一處要塞，呂布分出一支人馬出城守衛此地，以形成掎角之勢，令曹軍再攻城時不得不分兵以防。同時，濮陽城內人馬太多，時間一長，糧草供應終成問題，分一部分人馬出城，可以減輕糧草供應的壓力。

果然，這支人馬分出後，曹操想專心攻它，又覺得該處戰略價值不高；不攻，它又連連製造麻煩，令曹操頭疼不已。

曹操終於忍無可忍，親率大軍來進攻這處要塞。呂布立即率兵來救，雙方展開一場激戰。

曹軍打呂布仍感到吃力，原因還是呂布手下的騎兵很厲害，而曹軍以步兵為主。

曹操大概發現步兵人數再多都是送死，於是在戰場上臨時招募敢死隊（募陷陳）來破呂布的騎兵。

曹操手下猛將典韋此時還是個中下級軍官，聽到曹操招募勇士，典韋自告奮勇應徵。

典韋挑了幾十個人，穿上兩重鎧甲，個個配備了長矛撩戟。

呂布的騎兵衝過來，一邊衝一邊在馬背上放箭，弓弩亂發，矢至如雨，典韋命人蹲伏下身體，看都不看兩邊的箭。

典韋對旁邊的人說：「敵人離我們 10 步時，再告訴我（十步乃白）！」

不一會兒，手下人報告：「只有 10 步了！」

典韋大喊：「5 步再報告！」

手下人大懼，高喊：「敵人到了！」

典韋應聲而起，他背着十幾只戟，一邊呼喊着，一邊刺向敵方騎兵，頓時有幾個人被刺倒。

被典韋的氣概所激勵，曹軍士氣得以恢復，再不像以前那樣望風而逃。

戰至天黑，仍然難分勝負。

典韋因此戰而成名，事後被曹操提拔為旅長（都尉），正式成為曹軍的高級將領。

曹操後來給了典韋親兵數百人，每次布陣時都安排他們防護在指揮所周圍（將親兵數百人，常繞大帳），擔任自己的警衛部隊。

雙方在濮陽城附近你來我往，又展開了多次激戰，但互有勝負，誰也無法擊敗對方，這種局面持續了三個多月（相守百餘日）。

那麼，這段時間裏張邈在做什麼呢？

張邈這段時間一直在陳留郡，他的弟弟、前廣陵郡太守張超也率人馬來幫他，如果真像陳宮說的那樣，張邈此時手中握着近 10 萬人馬，他這時應該有所動作，不然就太說不過去了。

但是，呂布在那邊拚命的時候，張邈這邊似乎真的沒有什麼行動，他究竟是怎麼想的？

濮陽陷入膠着狀態，雖然曹操可以抽調一些人馬去充實鄄城的防衛，但人數不會太多，因為原本負責鄄城防衛的夏侯惇已經被抽調到濮陽前線，並且在那裏負了傷。說明曹操此時力量很有限，濮陽和鄄城只能顧住一頭。

張邈如果舉全力攻擊鄄城，曹軍將陷入兩面作戰的極被動局面，在首尾不能相顧的情況下，全線潰退不是不可能。

但張邈的策略似乎只是觀望。

當初袁術進攻曹操，一口氣快打到了東郡，幾乎橫穿陳留郡全境，袁術進軍那麼快，說明張邈早已閃在了一旁。

現在，張邈又看着呂布和曹操相持於濮陽。事實證明，在張邈的戰略裏第一條就是坐山觀虎鬥，別人打的時候保存自己的實力，等別人打得差不多了再出來收拾局面。

但這種思維方式很害人，不僅害別人，最後也會害到自己頭上。

這時，已經快到漢獻帝興平元年（194 年）夏天。

春夏之交，正是青黃不接的時候，而這一年又發生大旱，還鬧起了蝗災。糧價越來越緊張，糧價暴漲到穀子一斛 50 萬錢，就連豆麥一

斛也要 20 萬錢，與太平年景相比上漲了近萬倍。

各地都出現了人吃人的慘狀，田野裏、道路邊白骨堆積。

身在長安的漢獻帝命令侍御史侯汶調出太倉的米和豆子為難民熬粥，但杯水車薪，救不了那麼多人，餓死者仍然無數。

漢獻帝懷疑有人從中克扣糧食，於是親自坐在大鍋邊看着熬粥，但根本原因其實是糧食太少，災民太多，無濟於事。在嚴重的天災面前，曹操和呂布同時陷入了糧食危機。

兗州地區夏糧嚴重減產，秋糧還未跟上，雙方都無力再打下去了，曹操從濮陽撤軍。這次糧荒嚴重的程度超乎想像，程昱是兗州本地人，他回到自己老家東阿縣弄糧食。

程昱弄糧食的方法不是向老百姓買，因為有錢也沒人肯賣，程昱的辦法是搶（略其本縣）。但即使這樣，把全縣糧食搶光了，也僅夠曹軍三天的口糧（供三日糧）。

這些糧食分發到士兵手裏，大家驚訝地發現裏面有一種恐怖的東西——人肉幹（人脯）。糧食不夠，就連軍中也到了人吃人的地步，普通百姓更可想而知。

這件事讓程昱的個人形象大受影響。曹魏建國後，程昱擔任的職務一直都是部長這一級，以他的資曆和貢獻早應該進入三公的行列，但由於程昱搶過自己的家鄉，還給部下吃過人肉，被認為是觸碰了人倫的底線，所以到死都沒有成為三公，只是死後被追贈了一個全國武裝部隊副總司令（車騎將軍）的頭銜。


## 袁紹乘人之危

要想取得勝利，先得解決生存問題。

漢獻帝興平元年（194 年）的這場糧食危機，讓曹操和呂布之間

的激烈對抗暫時得以緩和。

到了這一年九月，兗州刺史部一帶發生了一件不可思議的事，原本一年只結一次果實的桑樹，在秋天又重新結了果（桑復生椹）。

桑椹，今多寫作「桑葚」，是桑樹的果實，也叫桑實、烏葚、桑果、桑子、葚子等，可以生吃，也可以曬幹食用。中國很早便有養蠶的傳統，中原、華北地區種植桑樹更多，桑木一身是寶，正如民謠裏唱的：「人吃桑葚甜如蜜，蠶食桑葉吐黃紗；桑皮造紙文官用，桑木雕弓武將拉。」

桑樹一般春夏之季生桑葚，秋天桑葚又生出一茬來則十分罕見，它也因此救了很多人的命。

在與呂布相持的間隙，曹操趕到了鄄城，與這裏負責守城的荀彧以及養傷的夏侯惇會合。

荀彧向曹操報告了一件事，呂布、張邈的叛亂很突然，兗州州政府裏很多辦事人員的家眷都沒有轉移，呂布、張邈等人把他們的家眷抓了起來作為人質進行要挾，要他們離開曹操，荀彧感到這件事很棘手。

曹操說孝行是人之常道，不能因為我曹某人讓大家都背上不孝的罪名，凡是這種情況的，就讓他們走吧。

兗州副州長（別駕）畢諶是東平國人，呂布佔領東平國之後把畢諶的母親、弟弟以及妻子兒女都抓了起來作為人質，畢諶臨走前，曹操親自找他談話，對他前面做的工作表示感謝，讓他放心而去。

畢諶感激不已，向曹操叩首，並表示自己只是因為母親而離開，心一直會在這裏。

說的人很激動，聽的人也很激動。曹操握住畢諶的胳膊，二人都流下了眼淚。

曹操和荀彧等人分析了形勢，大家普遍覺得情況很嚴峻。因為迄今為止，曹軍佔據的地方仍然有限，雖然收復了一些地方，但兗州的大部分郡縣還掌握在張邈、呂布聯軍手中。

　　當秋糧收完，對手的後勤保障將更優於自己，長期拉鋸下去，將使自己更被動。由於有強大的後勤支持，敵人可以動員更多的人參軍，敵眾我寡的局面將進一步突出。

　　所以，於今之計是儘快發起進攻，決出勝負來。對手能等，我們不能等。

　　然而，就現在的實力對比而言，這一目標又不可能完成。

　　曹操思來想去，也許只能向袁紹求援了，但這又是曹操最不願意做的事。

　　雖然此時曹操仍被視為袁紹集團的一部分，二人有多年的交情，一塊謀殺過宦官、反對過董卓，一塊從洛陽出逃，但天底下曹操最不願意求的人，就是袁紹。

　　在曹操眼裏，袁紹是個妄自尊大、自以為是的人，頭上頂着祖上留下來的光環，儀表堂堂、談吐雍容，隨便站在哪裏手一揮，立即就有一大片人響應。在這些方面，曹操全部與他相反，出身不好，長得不俊，還常被人誤解。

　　可現在沒有更好的辦法了，只有袁紹能幫自己，也只有袁紹有實力幫自己。

　　曹操派人到鄴縣，向袁紹請求支援。


　　袁紹的回信很快到了，奇怪的是，他在信裏不談如何出兵援助曹操的事，而是大談兗州形勢如何危險，不如把弟妹、姪子等人接到鄴縣來住。

　　這明顯是趁火打劫，是給出的交換條件，目的就是讓曹操把家眷

送到鄴縣當人質。

曹操頓時覺得一種屈辱感湧上心頭。

袁紹可能有點後悔當初讓曹操輕而易舉把家眷接走。沒有人質在手裏，雖然名義上是領導，但心裏還是不踏實。袁紹可能喜歡用這樣的方法控制手下的人，多年以後當曹操的事業又一次陷入低谷時，他還提出過類似的要求。

袁紹這個人性格很執着，想幹一件事，縱使失敗了也念念不忘，一定要把事幹成。另立新帝，一次不成，又來一次；想把曹操的家眷當人質弄到自己身邊，提了一次不成，後面找機會又提。

這一次，曹操差點兒就答應了。

不是他願意，而是捨此已沒有更好的辦法。

如果不是有個人恰好從外面辦事回來，聽說了這件事，趕緊來勸他改變主意，卞氏和曹昂、曹丕、曹彰、曹植等人的戶口就要遷到鄴縣去了。


這個人，是大鬍子將軍程昱。

張邈、陳宮叛亂以來，程昱成了最忙的人。作為曹操陣營中的東郡人，程昱利用自己在本地的影響力，一邊忙着鞏固最後的幾個據點，一邊替曹軍搞後勤。最近，他被曹操任命為東平國相，一直在外地，剛回來就聽說了這件事，他認為此時萬萬不可走此下策，就趕緊來見曹操。

程昱開門見山地問曹操：「聽說您要把家眷送到袁紹那裏，有這樣的事嗎？」

曹操如實回答：「是的。」

程昱對曹操說：「我猜想您大概是因為當前的困難太多而過於憂慮了（意者將軍殆臨事而懼），否則不會考慮問題這樣不全面。袁紹佔據

燕趙之地，有吞並天下之心，但他智謀不夠，將軍您能永遠屈從於他嗎？現在兗州雖然殘破，但人馬還有上萬，依靠將軍的神武，還有文若以及我等，一樣可以成就霸業，希望您三思啊！」

為了打消曹操的念頭，程昱還對曹操說：「以前田橫在齊地稱王，與劉邦等人地位相當，後來劉邦得天下，田橫成為敗將，在這種情況下，他能夠心甘嗎？」

曹操深以為然：「是呀，這的確是對大丈夫的一種羞辱！」

程昱繼續說：「我很愚鈍，不明白將軍為何做出那樣的決定。把家眷送到袁紹那裏，就等於擁戴袁紹為主，我認為以將軍這樣的英武，不應該屈居於袁紹之下，如果真是這樣的話，我都為將軍感到羞愧！」

聽完程昱的話，曹操打消了原來的念頭。

這是一次頗為重要的談話，它的核心不是程昱講的這些道理，這些道理曹操焉能不知？最終使曹操改變想法的是程昱的態度。以程昱代表的一批東郡本地人在關鍵時刻給曹操以支持，這重新給了曹操信心和決心。曹操決定對袁紹的要求置之不理。

曹操也考慮到，現在自己需要袁紹，但袁紹何嘗不同樣需要自己？兗州處在南北對攻的要衝，自己在這裏擋住了袁術的進攻，拖住了呂布、張邈，對袁紹而言，這是相當重要的。

曹操決定跟袁紹賭一把：兗州雖然是我的，但對你豈不是一樣重要？兗州如果丟了，你難道不着急？

沒等來曹操的家眷，袁紹雖然有些生氣，可他畢竟也是個聰明人，坐視兗州的局勢不管將會帶來可怕的後果。呂布如果消滅了曹操，袁紹在南線將直接與呂布、袁術兩個強大的對手照面。

袁紹決定支援曹操。他命令青州刺史臧洪率部進入東郡，不久之後任命其為東郡太守，治所東武陽，以黃河以北為基地，伺機進攻濮

陽等方向的呂布軍主力。

原青州刺史焦和死後，臧洪與公孫瓚任命的青州刺史田楷在今天的山東半島一帶展開爭奪，參與這一地區爭奪的，前期還有平原國相劉備，後期還有北海國相孔融。孔融一度被黃巾軍趕出了青州，跑到陶謙那裏避難。劉備入主徐州後，又支持孔融回到北海國。

臧洪率領他在青州的主力進入東郡，之後袁紹任命他的兒子袁譚為青州刺史，這說明臧洪還算不上袁紹的嫡系。

袁紹命令臧洪援助曹操包藏了自己的小私心，他自以為得計，但他的這個決定馬上就將使自己付出極為慘重的代價。

袁紹下達的第二道命令是讓朱靈率領上次支援曹操的三個營的人馬直接歸曹操指揮，協助曹軍從鄄城、東阿一帶向北攻擊。

## 曹操的「空營計」

這樣一來，呂布堅守的濮陽就受到了南北兩個方向的夾擊。

而在這個關鍵的時刻，仍然沒有張邈那邊的任何消息。

呂布在濮陽又苦撐了三個月，時間到了冬天。

張邈仍然不來，呂布漸漸不支，決定放棄濮陽。

呂布對張邈已經徹底失望，所以不敢撤往西面的陳留郡方向，他決定先退往南面的濟陰郡、山陽郡一帶，做好向徐州撤退的準備。

濟陰郡太守名叫吳資，是堅定的反曹派，呂布想到那裏與他會合。

進入濟陰郡的第一站是乘氏縣，此地靠近巨野澤。巨野澤是一處面積很大的天然湖泊，周圍河網縱橫，不適於騎兵作戰，加之隨呂布撤退的還有不少家眷以及大批軍需物資，所以行動比較遲緩。

在乘氏縣境內，呂布突然遭遇一夥人的攻擊，看樣子不是曹軍主力部隊，而像是當地的大族武裝，他們人數很多，又熟悉地理，呂布

不敢戀戰，命令隊伍向東邊的山陽郡轉進。

到了山陽郡境內，發現這裏的湖泊、河流更多，泗水、濟水等川流其間，行動更加困難。

吳資在濟陰郡的定陶縣，呂布原打算繞道山陽郡去定陶與吳資會合。但是，經過這次繞道耽誤了時間，曹操親率大軍也奔向了定陶，並且跑在了呂布的前頭。

呂布決定增援定陶，關鍵時刻這位吳太守還真不賴，面對曹操本人率領的大軍，一沒有開城投降，二沒有上吊自殺，而是組織軍民頑強地抵抗住了曹軍的進攻。

看到定陶城仍在，呂布不急於進城，而是從外圍向曹軍不斷發起進攻，分散曹軍的精力。

曹操不敢放手攻城，又沒辦法一口將呂布吃掉，只好分出兵力來與呂布周旋，定陶爭奪戰就此拉開。


其間，曹軍數度攻城，都被吳資打退。

曹操不再硬拼，而是把戰場擴大到濟陰郡、山陽郡全境，派出多路人馬，逐一收復那些反曹的縣城，戰事重新陷入膠着狀態。

在此情況下，如果張邈突然率主力前來參戰，那還是一場棋逢對手的好戲，輸贏很難料定。但張邈仍然沒有來。

張邈的主力還是龜縮在陳留郡，曹操似乎也看透了這位老朋友的心思，故意不去碰他，而是專心致志地對付呂布。

曹操一面繼續圍攻定陶，一面派手下曹仁、曹洪、夏侯淵、于禁、典章等將領分兵佔領了濟陰郡的各縣，同時向山陽郡擴大。定陶成為一處孤城。

附近唯一的外援是山陽郡最北面的巨野縣，張邈當初派手下薛蘭、李封佔領此處。曹軍圍攻濮陽期間，呂布曾寫信給薛蘭和李封，

請他們率兵由曹軍身後包抄，但不知是信沒送到還是他們二人不敢，總之巨野縣方向一直按兵不動。

曹操派本地人李乾回巨野縣聚集人馬準備反攻，此人有個姪子，就是曹軍日後的名將李典。李乾的行跡被薛蘭、李封偵知，他們把李乾抓起來殺了，曹操於是率主力進攻巨野。

巨野是一處戰略要地，呂布立即集合人馬前去增援。但曹操似乎已經料到呂布會來，在路上設了埋伏。呂布不幸中計，損失頗大，只得撤回定陶附近。

薛蘭、李封二人不敵曹操，巨野被攻破，二人兵敗被殺。


呂布想繼續南撤，但曹操好像不想讓他走，一定要把他消滅在兗州。

曹軍一部分主力死死咬住呂布不放，另一部分主力攻佔了濟陰郡南面梁國的很多縣城，堵住了呂布南逃的去路。

從濮陽出來一路連吃敗仗，呂布的人馬損失慘重，不過此時陳宮突然率領一支人馬趕來了，讓呂布士氣大振。

呂布開始反攻，雙方展開了多場混戰。

一天傍晚，呂布親自帶隊進攻一處曹營，當時帶着數千人，而該處曹軍大約1000人，呂布決定把這支曹軍就地包圍、消滅。

呂布指揮人馬突然向曹營發起攻擊。面對敵人的突襲，曹操沉着應戰。他迅速調集周圍的部隊投入戰鬥，頂住了敵人的壓力。

面對數倍於己的敵人，曹操命令婦女們都登上屯營的城牆守衛，把精壯士兵集中起來迎敵。

屯營的西面有一個大堤，大堤的南面是一片茂密的樹林，呂布率軍來到，看到樹林懷疑裏面有埋伏，不是呂布生性多疑，而是他最近實在是被曹軍打怕了。

呂布不敢進攻，他對手下說：「曹操一向多詐，千萬別中了他的埋伏（曹操多譎，勿入伏中）！」

於是率軍離曹軍屯營十多里處紮寨，從而錯過了一個最佳的進攻時機。

第二天又來，此時曹操把隊伍隱藏在大堤內，派一半兵力在堤外，呂布率軍進攻，曹操派少數人迎擊，等敵人逼近，伏兵殺出堤外，呂布大敗。

曹軍繳獲了不少敵人的鼓車，一直追到呂布大營才回軍。

以上是史書對這場發生在山陽郡內的戰鬥的描寫，寫得很生動，但不符合事實。如果有人拿這個當案例指揮打仗，結果只有一個，敵人打不垮，自己反而要全軍覆沒。

打仗不能脫離一些基本常識，其中一條常識是，除非有極特殊的情況，在陣地戰中區區幾百人是打不退上萬人的，更不要說對方是呂布、張遼、高順這樣一流的猛將了。

曹軍獲勝是有可能的，但不是這樣的打法。

面對實力遠遠超過自己的敵人，曹操可選擇的只有兩條路：一條是突圍，承認自己失敗，能不能安全衝出去全靠命了；另一條是固守待援。

曹操身邊的人馬雖然不多，但附近的人馬不會離得太遠，曹操再弱智也不可能只帶幾百人深入敵後。所以，曹操應該選擇固守，等大批曹軍聞訊趕到再一舉把呂布擊退。

其實，曹操的戰績不用猛誇已經很耀眼了，在最近幾個月，他指揮大軍一路殺來，打得有章有法，完全是像給對手上戰術課。

山陽郡內的戰事進入尾聲，曹操派人攻佔了山陽郡內的各縣，兗州八個郡中的東郡、濟陰郡、山陽郡、東平國基本為曹軍控制，任城

國、濟北國、泰山郡的一部分也到了曹軍的手中。

呂布在兗州已經徹底無法立足了，只好率殘部向南逃走。

## 東武陽的悲劇

短短不到一年時間，呂布從兗州全線潰敗，結果出乎很多人的意料。

呂布沒想到，張邈沒想到，袁紹也沒有想到。

一直駐守在陳留郡的張邈這才意識到，呂布之後，曹軍的下一個攻擊目標就是自己。

曾經的摯友，反董大業中並肩作戰的盟軍，這麼快就在戰場上刀兵相見了。張邈想到這兒，一定會老淚縱橫。

張邈的年齡不詳，鄭泰曾把他稱為「東平長者」，想來他的年齡應該比曹操和袁紹都大得多吧。

果然，曹操把呂布趕出兗州後沒有追擊，而是揮師西進，衝着陳留郡這邊來了。

張邈如果跟曹操在陣前相見，真不知道該說些什麼，他自知不是曹操的對手，於是放棄了陳留郡的陳留縣，集中人馬，讓他的弟弟張超守住雍丘，他去搬救兵。

如果換一個思路或許會考慮另一種選擇，那就是放棄整個陳留郡，去追隨呂布。

但張邈在陳留郡經營了多年，鄉親、部下、家屬、財產都在這裏，棄之不顧，張邈下不了決心。

他即使能下了決心，手下的人也不幹。

現在，在張邈眼裏能給他帶來希望的只有一個人，那就是袁術。

作為袁紹和曹操的敵人，袁術是唯一有可能幫助自己的人。當年

在洛陽，張邈與袁術也有交情，事已至此，張邈只能親自跑一趟碰碰運氣了。

但是張邈沒有機會見到老朋友袁術，因為他在半路上被自己的部下殺死了（**邈詣袁術請救未至，自為其兵所殺**）。

連身邊的人都覺得大勢已去，殺了他向曹操邀功，至少也能保命吧。

史書上還有另一種說法，說張邈到了袁術那裏，但袁術並沒有派兵來，考慮到袁術的一貫作風，這也是意料之中的事。張邈就滯留在了袁術那裏，兩年後袁術在壽春稱帝，張邈還勸阻過他。


漢獻帝興平二年（195 年）八月，曹操率主力圍住了雍丘。

漢末的雍丘即今河南省杞縣，是座古城，遠古時境內即多杞柳，春秋時此地建杞國，國雖小卻延續 1000 多年，又因為杞國人是夏朝王室的後裔，存有夏禮，與越國公族同出一脈，因此小國享受了大國的榮耀。孔子曾為考察夏禮而專訪杞國，但那時杞國文獻大多散佚。

孔子感慨說：「夏禮我雖能說出來，但夏朝的後代杞國不能證明我的話；殷禮我能說出來，但殷朝的後代宋國不能證明我的話，這都是因為文字資料和熟悉夏禮、殷禮的人不足。」

與杞國有關最著名的典故當數杞人憂天，表面來看是形容庸人自擾的無謂擔憂，但深層次來看，反應的卻是杞國多經磨難而形成的憂患意識。杞縣下屬的圉鎮，漢末時稱陳留郡圉縣，是大學者蔡邕和一代才女蔡文姬的故鄉，袁紹的外甥高幹、高柔也是這個鎮子的人。

曹軍圍住雍丘城，城裏有張邈的弟弟張超及兄弟二人的家眷。

此時已氣勢如虹的曹軍，在雍丘城外卻遇到了麻煩，猛攻多日，竟沒能將這座城打下來。

不是曹軍戰鬥力突然下降，而是雍丘城異常堅固，這與它曾經做

過國都有關。

唐朝天寶年間也有一場雍丘之戰，真源令張巡率軍民 2000 多人守衛雍丘，安祿山手下的令狐潮率 4 萬多人來攻，從二月打到七月，前後 300 多戰，也沒把雍丘打下來，最後守軍利用偷襲反而將敵軍擊潰，創造了古代城防作戰以少勝多的最為經典的戰例。

如果守城的一方覺得自己已經逃無可逃、去無可去，就會拼死抵抗，激發出來的戰鬥力也會相當驚人，雍丘城裏現在的情況正是如此。

他們大都是本地人，早就聽說曹軍每攻下一座城池都會大肆殺戮，他們唯一的選擇就是誓死抵抗，把希望寄託在張邈太守搬來的救兵上。

救兵遲遲不到，張超不斷給大家鼓勁：「不要緊，很快就有人來救咱們了，別人不來，臧洪肯定會來（唯恃臧洪，當來救吾）！」

張超當廣陵郡太守時，是他發現了臧洪這個人才並延攬到自己手下，臧洪後來到袁紹那裏發展。

大家都認為臧洪現在是袁紹的手下，不可能來，張超不信：「臧子元是個義士，我相信他一定會來的！」

子元，是臧洪的字。

奉袁紹之令駐紮在黃河北岸、東武陽的臧洪聽說雍丘被圍，大吃一驚，馬上向袁紹提出請求，要袁紹給曹操下令停止進攻。

袁紹當然不予接受，讓他原地待命，不得擅自行動。

漢獻帝興平二年（195 年）十二月，曹軍在經歷了五個月的進攻後，終於將雍丘城拿下，此戰樂進立下頭功，第一個登上城牆（先登）。

張超自殺，曹操下令夷滅張邈、張超的三族。夷三族有不同的說法，根據漢代的刑法，三族包括父母、妻室兒女、同胞兄弟姐妹。

消息傳來，臧洪無比悲痛，他光着腳在地上走來走去，號啕大哭

（徒跣號泣）。一怒之下，臧洪在東武陽宣佈與袁紹正式脫離關係（絕不與通）。

袁紹聞訊也大怒，親自率兵來攻打。

奇跡又出現了，小小的東武陽也硬生生打不下來，居然讓袁軍在城下苦攻了一年之久。

其間，袁紹讓自己的大筆桿子兼首席祕書陳琳給臧洪寫了封信，責備他忘恩負義，讓他明智一些，儘早投降。

陳琳和臧洪是同鄉，都是東武陽這個地方的人。陳琳的文筆十分厲害，他寫的信一定慷慨激昂、有理有據。

但是，陳琳的這封信沒有保存下來，因為在史學家眼裏，對方的回信更精彩。

臧洪的這封回信有 1500 字，在古人的書信裏算是超長的，它完整地保留在史書中，這封信寫得聲情並茂、義正詞嚴。

袁紹看後，知道臧洪不可能投降了，於是增兵繼續攻城。

臧洪看到城肯定要破了，於是對身邊的人說：「袁紹不行大義，我反對他，此事與大家無關，連累你們遭此大禍，你們現在逃命去吧。」

可是沒有人逃，大家說：「將軍與袁紹無冤無仇，為的是申明大義，我們怎麼能離您而去呢？」

臧洪先後派了幾批人出城找救兵，其中有一個叫陳容的同鄉，是個書生，跟隨臧洪一塊從家鄉廣陵郡出來，很仰慕臧洪。陳容一出城就被袁紹抓住了，扣了起來。

東武陽被圍一年之久，城裏可吃的東西基本沒了，開始還能挖個老鼠什麼的，後來連弓上的牛筋都給煮了（掘鼠煮筋角），最後全城只剩下三斗米。

手下人想拿它煮點粥給臧洪吃，臧洪流着淚說：「我怎麼能單獨享用呢（獨食此何為）？」

臧洪讓大家一塊吃。

臧洪還做出一個驚人的舉動——把自己的愛妾殺了，分給將士們吃（殺其愛妾以食將士）！

但是，和雍丘城一樣，東武陽最終還是被攻破了。

袁軍進城後發現城裏餓死的就有七八千人，大家一個個互相枕着躺在那裏（男女七八千人相枕而死）。

臧洪被抓，押着來見袁紹。

袁紹一直很欣賞臧洪，有意留他一條生路：「臧洪，你為什麼辜負我？到了這個地步，你現在服了嗎（臧洪，何相負若此！今日服未）？」

臧洪雖然餓得發暈，但還是抖擻精神。

當着眾人的面，臧洪痛斥袁紹說：「你們袁氏事漢，四世五公，可謂受恩。今王室衰弱，你沒有扶翼之意，反而趁機有非法之想，殺忠良以立奸威。我親眼見過你把張邈稱為兄長（洪親見呼張陳留為兄），你們本應共同勠力為國除害，怎麼能擁有重兵卻坐觀兄長被人屠滅？可惜我力量有限，不能為天下報仇，哪來的服不服？」

袁紹無奈，下令把臧洪殺了。

當時陳容在座，衝袁紹叫道：「將軍舉大事，欲為天下除暴，而先誅忠義，難道合天意嗎？」

袁紹不想再殺陳容了，讓人把他拖出去。

陳容不幹，繼續喊道：「仁義是天常，遵守的人是君子，違背的人是小人，我寧願與臧洪一同死，也不願意跟你一同生（寧與臧洪同日而死，不與將軍同日而生）！」

袁紹無奈，下令把陳容也殺了。

袁紹手下有人目睹了這一場景，私下裏歎道：「這是怎麼搞的，一天之內竟然殺了兩位烈士（如何一日殺二烈士）！」

臧洪被視為烈士，他因重節義歷來受到推崇，但客觀地說，他的行為有很大問題。

張超固然是他的老領導，曾經對他有恩，但這似乎構不成他反對現任領導的理由，他的這種行為到底能不能完全算作忠義，存在疑問。

要帶好隊伍，個人利益必須服從集體利益，局部利益必須服從全局利益，看來袁紹對部下在這方面的教育還得多搞一點。

只是，這件事對袁紹的打擊是沉重的，長達一年的時間裏，袁軍主力被拖在南線，在北線只好採取守勢。

假如沒有臧洪事件，興平二年（195 年）這段時間，袁紹可以專心對付北面的公孫瓚，他解決幽州問題的時間就會提前。

一年後，當漢獻帝劉協回歸中原時，袁紹就不會因為受制於公孫瓚而無法分身了，搶得歷史先機的或許應該是他。

最終，袁紹消滅了臧洪和公孫瓚，但一步沒跟上，步步跟不上，袁紹此後的行動，在時間、進程上都剛好落後了一步。

袁紹打臧洪的時候，公孫瓚有了喘息之機；袁紹騰出手來打公孫瓚的時候，曹操迎接漢獻帝東歸就有了機會。

袁紹為當初看似高明實為敗筆的一個安排付出了沉重的代價。


## 打出來的尊嚴

從漢獻帝興平元年（194 年）下半年到興平二年（195 年）夏天，在不到一年的時間裏，曹操率軍縱橫馳騁於兗州大地，所向披靡，攻無不克、戰無不勝，與剛從徐州回師時的情形判若兩人。

造成這個結果的，首先是曹操制定了正確的戰略，在極端劣勢的情況下，他沒有被對手弄得驚慌失措，而是收縮防線，集中兵力，固守戰略要地，尋找機會發動反擊。

其次是袁紹的支持，由於袁軍在黃河北岸的行動，動搖了呂布固守濮陽的決心，在軍糧匱乏、遠離友軍的情況下，呂布決定向南運動，進入了他不擅長作戰的河湖交叉的濟陰郡、山陽郡一帶，給曹操取勝創造了條件。

再者是對手接二連三的失誤。在整個戰役中，張邈作為呂布的友軍，應該明白脣齒相依的道理，但他遲遲沒有具體的軍事行動，在與呂布的配合上態度消極，呂布被趕走，他也無法在陳留郡再待下去。

還有一個內在的原因，那就是曹軍逐漸成熟了。

曹操手下的將領經過兩次徐州之戰以及與袁術作戰，逐漸成長起來。曹軍從最早的硬衝硬打、常吃敗仗，到現在聲東擊西、遊刃有餘，對戰場形勢的把控能力已有新的躍升，此戰役期間，曹仁、樂進、于禁、李典、程昱等人均有率軍獨立作戰的記載，曹軍由最初的一支獨立的軍事力量，已經發展成為一個相互呼應、配合作戰的集團軍。

現在，呂布、陳宮被趕走，張邈、張超被殺，兗州八個郡國重新回到曹操手中。


這一年十月，被「三人小組」控制的漢獻帝下詔，正式任命曹操為兗州牧。曹操終於擁有了合法身份，這是他一仗一仗打出來的。

這是一份遲來的任命，當曹操派王比歷盡千辛萬苦前往長安進貢的時候，就是想得到這樣的確認，用自己對皇室的忠心換來一份肯定。但長安的「三人小組」對曹操沒有好感，在他們眼裏，曹操比袁術、劉表、陶謙差得遠，儘管有鍾繇等人從中斡旋，但曹操也只得到了幾句冠冕堂皇的慰問而已。

現在，曹操靠自己的實力打敗了袁術，重創了陶謙，打跑了呂布，統一了整個兗州刺史部，終於贏得了長安朝廷的重視，主動送來了任命。

這是靠實力，一仗接一仗打出來的尊嚴。

曹操接到任命後立即上謝表，在這份上表中，曹操回顧了爺爺曹騰、父親曹嵩以及自己本人深受皇恩的情況，表示將效忠帝室，繼續努力進取。

曹操還以兗州牧的身份向漢獻帝進貢，進貢的東西大體上都是兗州當地的土特產，史料裏提到的有山陽郡特產的美梨兩箱，以及一種青黑色的椑棗兩箱等。

在很多人心目中曹操是漢室的奸臣，但至少到現在，曹操的內心對漢室都是充滿敬意的。

即使在以後的歲月中，曹操也很少說漢室的壞話，相較於同時期的那些空發議論的人，曹操對漢室的貢獻更大，相較於袁術、袁紹這樣對當今天子充滿敵視的人來說，曹操似乎更應該受到尊敬。


在張邈、陳宮叛亂中，兗州有很多官民跟隨他們背叛了曹操，曹操重新取得兗州後，很多人心存不安，不知道曹操會不會追究。

針對這種心理，曹操通過重用畢諶讓他們打消了顧慮。

之前，兗州副州長（別駕）畢諶因為母親等人被叛軍扣留而離開了曹操，曹操與他話別時還流了淚，畢諶表示決不會依附呂布，但他一離開曹操，就投靠了呂布。

呂布失敗後畢諶被抓，大家都認為老畢這一回算是完了。

沒想到曹操並沒有追究他，曹操說：「一個人能做到對親人盡孝，難道能不忠君嗎，這正是我所要的人（夫人孝於其親者，豈不忠於君乎，吾所求也）！」

不僅如此，曹操還讓他做了魯國相。

曹操對畢諶的安排很恰當，不追究反而褒獎，讓過去反對過曹操的人吃了定心丸，連畢諶都能得到曹州牧的原諒，我們還怕什麼呢？

但是畢諶畢竟有過投敵行為，如果讓他繼續在自己身邊處理機要大事，曹操已經信不過他了，於是安排他到外地任職。畢諶任職的地方是魯國，孔子的故鄉。孔子主張孝，但孔子更主張忠，他有一個著名的思想就是「移孝入忠」。曹操讓畢諶到魯國去，就是讓他繼續思考忠與孝的關係。

跟畢諶情況差不多的，還有魏種。

曹操開始對魏種很賞識，擔任兗州牧後曹操有資格推薦孝廉，他推薦了魏種。

兗州反叛的時候，曹操曾經對別人說：「假如都參加叛亂，魏種也不會的。」

後來聽說魏種竟然也參加了叛亂，曹操大怒：「魏種如果沒逃到南越、北胡，我就決不放過他！」

叛亂平息，魏種也被抓了，捆着帶到了曹操面前。

但是，曹操的怒火卻不見了，他笑着說：「魏種這小子，是個人才呀！」

他親手解開了魏種的繩索，繼續用他，魏種在曹操手下一直幹到了河內郡太守。

曹操在處理畢諶和魏種事件上很理性，他知道必須儘快平息兗州人的不滿和恐懼，彌補以前處理兗州事務時的不足。

對於下一步的行動計劃，曹操汲取了第二次征徐州的教訓，考慮應該暫停軍事行動。

荀彧等人也認為，呂布被打跑，如果真的投奔了劉備，他們二人未必能真心合作；如果此時攻打徐州，他們反倒會團結起來。不如先觀察一段時間，讓他們自己內鬥。

這是一個正確的戰略選擇。

# 第四章 流血的歸途

## 「三人小組」解散

東邊打得熱鬧，西邊也不清淨。

再來看看長安的情況，在這個臨時國都裏，李傕、郭汜、樊稠等涼州軍將領仍把持着朝廷。

漢獻帝興平元年（194年），14歲的天子劉協舉行了加冠禮，下詔大赦天下。

這一年二月一日，有關部門上報，說天子行加冠禮後應迎娶皇后（奏立長秋宮）。

漢獻帝不允，他想到了自己的母親，心情很沉痛，自己的母親死後安葬在哪裏都不知道，怎麼有心情去做選美的事？

漢獻帝親自擬了一份詔書，以回覆群臣：「朕承受不弘之業，遭值禍亂，未能繼續先祖之志，光大漢室的基業。皇母先前逝世，沒有占卜選擇墓地，禮儀規章有缺，朕心裏就像有個疙瘩那樣難受（中心如結）。在三年守喪期間不能談婚事（三歲之戚，蓋不言吉），這件事等以後再說吧！」

漢獻帝的母親王美人被何皇后害死，死後屍體被抬到洛陽郊外草草埋了，14歲的劉協雖為天子，但也是一個少年，父母、弟弟這些至親的人都死了，內心充滿了孤寂感。

王美人遇害是十多年前的事了，早已過了三年守喪期，漢獻帝之所以這樣說，是想給自己的母親討個說法。

幾天後，三公同時奏請，上尊號給王美人，稱靈懷皇后，改葬文陵。文陵是靈帝的陵墓，雖然遠在洛陽，所謂改葬也只是空談，但給個說法很重要。

之後，漢獻帝選不其侯伏完的女兒伏壽為貴人，並於次年冊立為皇后。伏完是前大司徒伏湛的七世孫，徐州刺史部琅邪國人，跟諸葛亮是同鄉，當時擔任朝廷高級顧問（侍中），隨朝廷西遷到長安。

伏完還有一個特殊身份，他是漢桓帝劉志的女婿。

伏完的夫人、伏皇后的母親是漢桓帝的長女陽安公主劉華，伏完和劉華共有六個兒子，伏壽是他們唯一的女兒。

因為這層關係，東漢第 13 任皇帝成為第 11 任皇帝的外孫女婿。

隨後，伏完被升任為長安城防司令（執金吾）。

但是，長安的城防並不掌握在漢獻帝的岳父手裏，長安的一切都是李傕、郭汜、樊稠這個「三人小組」說了算，都是涼州軍閥說了算。

董卓死後，涼州軍閥已不再單指董卓的舊部，新近被朝廷收編的西部戰區司令（征西將軍）馬騰和西部戰區副司令（鎮西將軍）韓遂也應該屬於這一陣營。

馬騰駐紮在關中地區的郿塢，韓遂駐紮在金城。

漢獻帝興平元年（194 年）年初，馬騰來長安公幹，順勢率部移住到了長安東郊的灞橋。

馬騰因為私事想走一下李傕的後門，結果李傕不理。馬騰覺得很丟面子，於是翻臉（騰私有求於傕，不獲而怒）。

這是表面的，其實背後隱藏著更大的玄機，馬騰此行不是出差，而是另有陰謀。這就是之前曾提到過的劉焉的兒子劉範所參與的那場政變活動，參與的人除了馬騰、劉範，還有侍中馬宇、前涼州刺史种劭、中郎將杜稟等人。

這是一場由幾個高幹子弟和年輕軍官策劃的政變，實力派軍閥馬騰是幕後推手，那個馬宇有可能是馬騰的族人。

李傕沒給馬騰面子，馬騰便以此為由要和「三人小組」翻臉。

眼看矛盾升級，朝廷希望息事寧人，動員韓遂前來調解。

狼和狐狸幹架，不請老虎當裁判，卻請來了一隻狐狸。韓遂堂而皇之離開金城進入關中，一到這裏，就公開和馬騰站在了一起。


漢獻帝興平元年（194 年）二月，馬騰、韓遂的聯軍已經進軍到長安以西 50 里的平樂觀，這時馬宇等人的計謀敗露，馬宇、种劭等逃了出來，帶着一部分政變武裝退守到槐裏，此地在今陝西省興平市。

李傕命令郭汜、樊稠以及自己的姪子李利等人率兵與馬騰交戰。失去內應的馬騰不敢在長安周圍久留，向涼州撤退。郭汜、樊稠進攻槐裏，馬宇、种劭等參與政變的人被殺。

造成政變計謀外泄的人是劉範。事情敗露後，他先逃到了馬騰的軍營，之後又逃到了槐裏。因為這兩個地方在不同的方向，劉範此去可能是去給槐裏的政變武裝傳達馬騰的某項命令。

劉範同時還向劉焉求救，劉焉派遣校尉孫肇率領 5000 名蜀兵前來助戰。但這一來一往肯定需要很多時間，孫肇未到槐裏即被攻破，劉範跟馬宇等人一同被殺，劉焉留在長安的另一個兒子劉誕隨後也被殺。

「三人小組」既恨馬騰和韓遂，又害怕他們捲土重來，於是以漢獻帝劉協的名義，赦免了參與此次叛亂人的罪過，重新任命馬騰為安狄將軍，任命韓遂為安降將軍。

二人的軍職都降了幾級，算是警告處分吧。


在這次軍事行動中，李傕的姪子李利有點擺譜，不太聽郭汜、樊稠的招呼，讓郭汜和樊稠很看不慣。

「三人小組」雖說共同執政，但李傕常以首席領導人自居，讓他們本來就心生不滿。現在就連李傕的姪子都能在他們面前耀武揚威，他們更不能接受。

　　郭汜還有點涵養，沒有吱聲。

　　樊稠卻忍不住，教訓李利道：「現在天下人提起你老叔都恨不得殺了他，你這條狗還仗什麼人勢？難道我不敢殺你嗎？」

　　李傕與郭汜、樊稠之間的矛盾有擴大的趨勢。

　　韓遂這個老江湖在退回涼州的路上，順手又玩了一次漂亮的離間計，讓他們的矛盾一下子爆發。

　　馬騰、韓遂失敗後，樊稠追殺他們一直到陳倉，即今陝西省寶雞市，韓遂派人給樊稠送了一封密信，說你我都是同一個州的人，咱們又沒有什麼個人恩怨，雖然有一點小小的不和，但大的方面利益還是一致的，以後難免還要打交道，天下改朝換代的事誰能說得准，幹嗎不留條後路？

　　樊稠想一想也是，就命令士兵撤退。樊稠還應邀與韓遂在戰場上相見，他們各自催馬來到陣前，靠得很近，別人只能看到他們言談甚歡，卻聽不清說什麼，他們一起說了很久才完事（卻騎前接馬，交臂相加）。

　　李利恰巧也在現場，目睹了這一場面，回來後即向叔父李傕打了小報告。

　　李傕懷疑樊稠與韓遂勾結，於是通知樊稠來開軍事會議，樊稠一到，當場被誅殺，「三人小組」正式解散。

　　事實一再證明，權力是不能分享的，尤其是最高權力。那時候沒有長老院，沒有議會，唯一可行的權力模式是強人統治，失去董卓的涼州集團，最缺少的就是萬眾歸一的強人。

　　只是樊稠死得挺冤，要密謀什麼事，有當着幾萬名將士密謀的

嗎？但是，這種事往往又容易讓人相信。韓遂的這一招給一個人留下了深刻印象，此人就是賈詡，沒准當時就在現場。16 年後，曹操領兵西征潼關，面對馬超與韓遂的聯軍，曹操問計於賈詡，賈詡微微一笑，只說了「離而間之」四個字，曹操立即會意，於是兩軍陣前同樣上演了這一出，約韓遂拉家常，「交馬與移時」。事後馬超果然起了疑心。

曹操的這一招並不新鮮，發明人就是韓遂自己。

# 兩個女人的戰爭

其實，李傕未嘗沒有想過這是敵人的一計，但他與樊稠之間的矛盾素來已久。加上樊稠打仗勇猛，愛護部下，很有威望，讓李傕早就心存不滿，一場火拼早已勢所難免。

現在，李傕正好找到一個藉口，在「寧可信其有，不可信其無」和「寧可錯殺也不能漏網」思想的指導下，李傕還是下決心把樊稠幹掉了。

但他幹這些事一定沒有跟郭汜商量，郭汜素來跟樊稠關係不錯，樊稠被殺，郭汜立刻有了兔死狐悲之感。二人表面相安無事，但私底下都在做着刀兵相見的準備。

從漢獻帝興平元年（194 年）到興平二年（195 年）間，全國範圍內的大饑荒也波及關中地區，為了籌集軍糧，涼州兵在三輔一帶又殺又搶，弄得民不聊生，人口急驟下降，物資嚴重匱乏。

就連漢獻帝宮中的人以及文武百官的穿衣都成了問題，漢獻帝想從御庫裏調一些布來做衣服，李傕不同意，說宮人們已經有衣服了，幹嗎還要再做？漢獻帝無奈，只好自力更生，他下令賣掉了 100 多匹馬，又讓大司農卿想辦法弄了些絹綢，準備給大家做新衣服。

李傕聽到了，說我們家正缺這些東西呢，就把錢和絹綢截留了，賈詡聽說後勸說李傕不要這樣做，李傕不聽。

儘管相互忍耐，但李傕和郭汜還是動起手來，導火索據說跟郭汜的妻子有關。

郭汜的妻子是個有名的醋罈子，一天到晚總擔心哪個女人把她丈夫從自己身邊搶走。對於與丈夫交往過密的男人，她好像也不滿。李傕經常留郭汜在家裏過夜，這讓郭太太頭痛不已，總想找個機會離間他們，讓丈夫不再夜不歸宿。

女人有這樣的想法，倒也無可厚非，一切緣於愛，愛是沒有錯的。

但是，在目前這個階段，在雙方矛盾一觸即發的情況下，這樣的想法實在是太可怕了，弄不好就是血流成河，人頭滾滾。這些，郭太太倒沒有想過。

郭太太終於等來了機會。李傕派人送來一些食物，郭太太提前弄了些毒藥放到了裏面。

郭汜剛要吃，郭太太說：「從外面來的食物，還是檢查一下為好。」

於是查了一下，果然發現有毒藥。

郭太太進一步挑撥說：「一山難容二虎，對於李傕這個人，我早就懷疑了。」

郭太太的話，弄得郭汜也跟着疑神疑鬼起來。

剛好，沒過兩天李傕又請郭汜喝酒，郭汜因為有心事，沒喝幾下就高了。這也是常有的事，平時八兩的量，在心情不佳時也許剛喝半斤就醉了。

但郭汜不那麼想，儘管喝得暈暈乎乎，他仍然保持了高度的警惕，他懷疑又是李傕搞的鬼，於是離席偷偷跑到廁所裏，弄了點糞汁喝下去，把胃裏的東西都吐了出來。

這兩個人確實已經到了貌合神離、互相猜忌的程度，就看誰先動手了。

先動手的是郭汜，李傕迅速展開還擊。

劉協命令侍中、尚書等分別前往二人的軍營展開調解，但這二位都表示不接受，非分出你高我低不罷休。

李傕接到報告，說郭汜密謀把天子及百官劫持到自己那邊去。於是他先下手，命令另一個姪子李暹率領數千人包圍了皇宮，要把天子及百官轉移到李傕的大營裏。

太尉楊彪還想分辯：「自古以來天子就沒有住到大臣家裏的先例，你們怎麼能如此行事？」

李暹不搭理他：「李將軍的決定，任何人不能更改！」

劉協無奈，只好跟着走。但是，李暹只帶來了三輛車，漢獻帝以及伏皇后、董貴人各乘一輛，其餘宮人及百官只好徒步跟隨。

大家剛一離開，李暹的手下就蜂擁而入，到皇宮裏搶奪御用物品以及尚未離開的宮女。之後，將皇宮以及政府辦事機構一把火燒成灰燼。

李傕、李暹的思維跟董卓差不多：我把皇宮給你燒了，讓你想回都回不來！可惜那一座洛陽宮和一座長安宮，兩漢 400 年的精華，全毀於涼州軍閥之手。

漢獻帝派百官到郭汜那邊調停，郭汜趁機把大家扣下來當人質，被扣的人包括太尉楊彪、司空張喜、尚書王隆、光祿勳卿劉淵、衛尉士孫端、太僕卿韓融、廷尉宣璠、大鴻臚卿榮郃、大司農卿朱儁、將作大匠梁邵、屯騎校尉姜宣。

這批人質裏兩個三公和五個九卿，可以組成一個臨時內閣。

農業部部長（**大司農卿**）朱儁是員老將，也是帝國的功臣，從來

沒有受過這樣的窩囊氣，結果一氣之下死了。

郭汜召開大會，商議如何進攻李傕，楊彪質問道：「臣屬互鬥，一個劫持天子，一個劫持高官，你們這算什麼事？」

郭汜大怒，拔刀就要朝楊彪砍去，邊上的人趕緊上來勸住，郭汜才憤憤不平地停下手。

郭汜祕密聯繫了李傕手下的張苞，準備背後下手。


李傕那邊也沒有閒着，他招來了羌人、胡人充當僱傭軍進攻郭汜，先賞給他們一些從皇宮裏剛剛搶來的金銀財物，並承諾事成之後賞給他們宮女。

興平元年（194 年）四月二十五日，郭汜首先發起進攻，一路殺到李傕大營的門口，一陣亂箭，就連漢獻帝御帳的帷簾都被射中了，有一支箭還貫穿了李傕的左耳朵。就在混亂中，張苞反水，去燒李傕的營帳，但不知何故，死活點不着火。李傕指揮部將楊奉展開反擊，打退郭汜和張苞。

李傕看大營不安全，就把漢獻帝一行轉移到他在長安城北的另一處軍營裏，漢獻帝與外界的聯繫完全隔絕。這裏條件極差，正常的飲食都供應不上，漢獻帝還好一點，一天勉強有兩餐可吃，但其他人就有一頓沒一頓的了，餓得個個一臉菜色。

漢獻帝向李傕要五斗米、五碗牛肉，打算賞賜給身邊的人吃。

李傕不給，教訓漢獻帝說：「已經給你早晚兩頓飯了，還要米做什麼？」

漢獻帝再要，李傕就讓人送來幾根已經發臭的牛骨頭。漢獻帝大怒，打算派人質問李傕。

漢獻帝跟前有個祕書（侍中）叫楊琦，勸漢獻帝說：「我看陛下還是算了，這個李傕分明自知自己犯的錯很多了，已經不在乎了，聽說

他還要把陛下送到黃白城，陛下還是能忍則忍吧。」

　　黃白城在長安以北，今陝西省三原縣，如果到了那裏，安全就更不保了。三公中唯一留在漢獻帝身邊的是司徒趙溫，也聽說李傕有把漢獻帝送到黃白城的打算，就寫信質問李傕。李傕大怒，要殺趙溫，李傕的弟弟李應等人勸了又勸，李傕才稍微消點氣。


　　李傕找了一批巫士、神女做法術，又在軍營門口修建了一座董卓廟，經常用三牲進行祭祀。

　　李傕見到漢獻帝，一會兒稱「陛下」，一會兒又稱「明帝」，弄得劉協丈二和尚摸不着頭腦，只好含糊其詞地隨便應和。

　　李傕經常在營門口以及朝廷各辦事機構門外裝神弄鬼，完事之後進去向天子請安。大家一看李傕，他背着三把刀，手裏還拎着一條長鞭和一把刀，大家還以為他要行兇，天子的祕書們（侍中和尚書）也都抄起家伙圍到漢獻帝身邊，以防不測。

　　李傕大概挺不解：這些人要幹嗎呀？

　　李傕有點不高興，天子的祕書裏有一個叫李禎的，跟李傕是老鄉，平時挺熟，看出來李傕不高興，趕忙上前打圓場，說了不少稱讚李傕的好話，他才稍微舒服點。

　　其實李傕帶的那些家伙都是剛才祭鬼神儀式時用的，他來見天子的目的是告郭汜的黑狀，李傕每說起郭汜的不是就滔滔不絕，說得義憤填膺，別人連話都插不上。

　　每到這時，漢獻帝只有唯唯應付。

　　就這樣，李傕隔三岔五地必然要來上一回。


　　李傕這個人不僅有些神經錯亂，而且領導能力也很有問題。

　　李傕的手下張苞反水的事剛過，另一個將領楊奉也要反他，準備

直接下手把他幹掉，但這次又提前泄露，楊奉率軍叛變。

李傕和郭汜於是在長安附近打開了內戰，幾個月裏死了上萬人，看到這種局面，涼州集團另一位重量級人物坐不住了，他就是張濟。

張濟也是涼州軍中的重要將領，當初李傕、郭汜和樊稠組成「三人小組」時把張濟排斥在權力核心之外，讓他以東部戰區司令（鎮東將軍）的名義駐守在弘農郡陝縣，即今河南省陝縣。

眼看鬧成這個樣子，張濟來到長安，進行調停。

百官的調停李、郭二人可以不理，但是老朋友、老同事出面他們不能不給面子，在張濟的撮合下，李傕、郭汜同意和解，並願意互相交換愛子為人質，如此一來，和平的曙光似乎不太遠了。

但還是出了問題，這一回問題出在李太太身上。

李傕的夫人非常喜歡兒子，聽說要送到敵營裏當人質，當然不幹，如此一來交換愛子互為人質的計劃就擱淺了。

本來已經夠亂的了，經過郭太太和李太太這兩個女人一攪和，事情變得更加複雜。

## 最黑暗的時刻

看到這種情況，漢獻帝心裏很煩悶。

這一天，漢獻帝正在生悶氣，忽然聽到營門外人聲嘈雜，喊聲不斷，讓人出去一打聽，原來是李傕找的那些傭傭兵。

這些人一個個在營門外高喊：「皇上是不是在裏面？李將軍答應給我們的宮女，都在什麼地方啊？」

劉協又氣又怕，侍中劉艾出了個主意，說賈詡這個人還不錯，在涼州軍裏也有一定威望，不如請他出面擺平此事。劉艾找賈詡一說，賈詡表示沒有問題，一切包在他身上。

賈詡擺下酒宴，請傕傭軍的頭目們吃飯，代表天子允諾封給他們侯爵，又賞賜他們不少東西，這些人心滿意足之後，開始打道回府。

失去傕傭兵的支持，李傕實力大減。張濟趁勢提出了新的調解方案，雙方不再互換愛子為人質，改換女兒為人質，同時鑒於長安已經殘破，供糧也極為困難，張濟願意把天子及百官接到他的弘農郡去。

激戰了數月，李傕和郭汜都有點打不動了，對於新的調解方案，他們表示同意。這樣，被扣壓在郭汜軍營裏的百官們重新見到了天子，大家都覺得必須趁着李傕、郭汜沒有反悔，立即離開長安。

事不宜遲，要走得快！


漢獻帝興平二年（195 年）七月，大約在曹操與呂布激戰於山陽郡、任城國等地，最終把呂布趕出兗州的前後，天子劉協攜文武百官在張濟的護衛下離開長安，前往弘農郡。其路線大約相當於出西安市沿隴海鐵路一直往東走，目的地弘農郡在洛陽以西。

支持天子東遷的除了張濟外還有楊定、楊奉和董承等手握兵權的涼州軍將領。楊定在涼州軍中的地位僅次於「三人小組」，被封為安西將軍，他跟樊稠十分要好，樊稠被殺後，楊定一直心存不安，在漢獻帝東遷的問題上，他竭力支持，並願意一同東進。

楊奉原是李傕的部將，臨陣反水，自然不願意留下來。

董承是個特殊人物，他是靈帝劉宏母親董太后的姪子，算是劉協的表叔。因為董卓一度跟董太后攀過親戚，董承也就成了董卓的本家，因為這個，董卓對董承給予了特別關照，讓他到自己的女婿牛輔軍中帶兵。董承是漢獻帝目前唯一能拉上親情關係，又能和涼州軍搭上話的人。

漢獻帝對董承很看中，董承對漢獻帝也忠心耿耿。後來漢獻帝納董承的女兒為貴人，董承成了漢獻帝的岳父。

漢獻帝下詔，擢升楊定為後將軍，楊奉為興義將軍，董承為安集將軍。為了讓郭汜痛快放行，又擢升郭汜為車騎將軍。

　　漢獻帝命以上幾位將軍護駕東歸。


　　但是，漢獻帝一行剛離開長安，郭汜就反悔了。

　　郭汜不想失去對天子的控制，想把天子弄到長安以北不遠的高陵去，那裏是他的地盤。

　　但是天子以及百官們實在不想在長安這個鬼地方再待了，一致要求去弘農郡，張濟等人也表示支持。

　　雙方相持不下，劉協使出了最後一招：絕食。

　　劉協一天沒吃飯，郭汜聽到報告，擔心事態更加惡化，同意讓天子的隊伍一邊往前走，一邊再商量。

　　這樣，天子一行到達新豐，此地即今陝西省西安市臨潼區。郭汜想了幾天，還是想把天子留在關中，他提出定都郿塢的想法。郿塢在今天陝西省眉縣境內，是董卓之前修建的超級堡壘，董卓原打算在此退守。

　　郭汜的計劃被天子的高級祕書（侍中）种輯提前得知，他祕密通知楊定、楊奉、董承等人，把所部人馬悄悄集結起來，準備跟郭汜硬拼。

　　一開始，天子已經被郭汜弄到了自己的軍營裏，楊奉率兵攻打，把天子搶了回來。失敗後的郭汜驚慌失措，逃到終南山裏，後來又逃往李傕的大營。

　　雖然是仇家，但現在有了共同的敵人，李傕還是接納了郭汜。

　　天子一行在新豐住了兩個月，到十月初，才行進到華山腳下的華陰，在此迎候的是寧輯將軍段煨，他已為天子一行的到來準備了充足的食物、衣服及各種器物。

段煨是「涼州三明」之一的前太尉段熲的族弟，後來成為董卓手下的重要將領之一，也是賈詡的老領導，此時駐紮在潼關附近。聽說天子路過，特意到華陰來迎駕。

作為帝國的名將之後，段煨對天子的感情較一般的涼州軍將領深得多，所以迎駕的態度很積極。

但是，在段煨迎駕的時候發生了意外，突然有人喊了一聲：「小心，段煨要造反（段煨欲反）！」

漢獻帝很納悶，一看是朝廷高級祕書（侍中）种輯，就問他：「段將軍是來迎駕的，怎麼看出來他要造反？」

种輯回答說：「段煨不到境界迎接，迎駕又在馬上不下來（迎不至界，拜不下馬），再看他的臉色，就知道他必有異心！」

敢情种祕書都是猜的。

原來，楊定跟段煨曾有過嚴重的矛盾，段煨的心裏對楊定很忌憚，迎車駕時都不敢下馬，只是在馬上作了個揖，而种輯偏偏跟楊定關係很好。

太尉楊彪等人不同意种輯的看法，認為段煨不會造反，願意以死相保。

但是楊定和董承認為段煨會造反，楊定還神祕地說，據他的可靠情報，郭汜本人當天就會率 700 名騎兵潛入段煨的軍營。

這把漢獻帝搞糊塗了，不敢輕易進入段煨的軍營，只好露宿在路邊（遂露次於道南）。

隨即楊定等人向漢獻帝請令，要求討伐段煨。

漢獻帝說段煨還沒有謀反的跡象，為什麼要攻擊他？楊定派去的人不甘心，仍然苦苦糾纏，一直到了半夜都不走，漢獻帝仍然不鬆口。

楊定、楊奉、董承不管，直接向段煨展開攻擊，雙方勢均力敵，

打了十多天沒分出勝負來。

段煨繼續供應天子及百官飲食起居，毫無二心，漢獻帝派人從中調解，楊定等人勉強接受，暫時休兵。


這一鬧，耽誤了東歸的時間。

同時，也提醒了長安的李傕和郭汜，這二位如今已盡釋前嫌、和好如初，他們突然明白過來，當初是如此愚不可及，讓天子脫離了自己的掌握，於是揮兵向華陰殺來，要重新奪回天子。

李傕、郭汜打的旗號是援救段煨，這一招有點損，因為他們跟段煨本不是一夥的，通過造這個勢，讓段煨更加受到懷疑，把水攪得更渾。

楊定跟李傕有仇，眼看李傕氣勢洶洶殺來，有點害怕，乾脆開溜，離開部隊跑到荊州投劉表去了。

楊奉、董承保護天子一行趕緊東進，張濟不知何故，與楊奉、董承又起了矛盾，這時站在了李傕、郭汜一邊。這樣，楊奉、董承護衛天子一行在前面跑，李傕、郭汜、張濟帶兵在後面追。追到弘農郡內的一個山澗，終於追上，雙方激戰，董承、楊奉大敗，文武百官和士兵死了不計其數，天子的御用品、符節、皇家檔案丟得滿山澗都是。

天子一行逃到了附近的曹陽，經地在今河南省陝縣境內，在田野中露宿，董承、楊奉假裝與李傕、郭汜、張濟和解以爭取時間，暗地裏派人渡過黃河，向白波軍的首領李樂、韓暹、胡才以及南匈奴欒提呼廚泉求援。

這是東漢王朝歷史上最不堪回首的一幕，堂堂一國之君，不得不向曾經被視為流寇、土匪的變民首領求救。

這是無奈之舉，因為捨此已無其他更好的辦法。

# 血染黃河水

李樂、韓暹、胡才這些人有點類似黑山軍的張燕、于毒、眭固，常年在潼關、中條山和太行山一帶打游擊，現在聽說皇帝走投無路到了門口，立刻來了精神，趕緊帶兵來接應。

他們可沒有那麼好心，他們的想法很樸素：天子是奇貨，先弄到手裏再說。

李樂等人率數千人馬渡過黃河，與李傕、郭汜和張濟的聯軍交戰，結果將李傕等人打敗。董承提出邊撤邊往前趕路，李樂和董承護衛天子在前，楊奉、胡才等人斷後，開始撤退。

李傕等重新整頓人馬，又殺了上來，這一回楊奉等人大敗，死傷慘重。光祿勳卿鄧淵、廷尉宣璠、少府卿田芬、大司農卿張義戰死，司徒趙溫、太常卿王絳、衛尉周忠、司隸校尉管部被俘，李傕本來打算把他們全部處死，經過賈詡的苦苦相勸才作罷。

這個周忠值得一提，因為他是周瑜的堂叔父。

天子一行人狼狽不堪地逃到了離黃河更近的陝縣，追兵緊跟着也到了，此時天子的虎賁、羽林衛士加起來不到 100 人，李樂、董承的兵力損失也很大。

涼州軍日夜不停地在城外鼓譟，城裏的人膽戰心驚，只想早點逃出去。在商議如何逃時，大部分人主張順黃河灘東下，到河上著名的渡口孟津，由那裏登岸到達黃河以北的白波軍控制區。

從地圖上看這倒是一條捷徑，但實際上它是一條死路，因為裏面充滿了危險。

幸虧太尉楊彪是附近的弘農郡人，他對大家說：「從這裏往東，有一個地方叫『三十六灘』，那裏十分險要，根本無法通過。」

侍中劉艾曾經在陝縣當過縣令，也說那裏太危險。

於是決定直接在陝縣附近強渡渡河，命李樂先行探路，準備船隻。

隨後，漢獻帝以及百官們悄悄出城，開始向黃河邊上徒步行進。大家形跡匆匆，都怕走晚了命就沒了，所以什麼多餘的東西都沒帶，只有皇后伏壽的哥哥伏德例外，他一手攙扶着妹妹，另外一邊夾着十幾匹綢緞。

大家都有點納悶：這哥們夠貪財的，這都什麼時候了，還捨不下這點布？

可很快大家都明白過來，這些綢緞是如此重要，成為救了很多人命的那根稻草。

一行人向黃河邊上逃命，一路上擁擠不堪，就連皇后的衛士們也只顧往前跑，大家把路都堵住了。符節令孫徽急了，在人群中揮着刀，一通亂砍，皇后伏壽衣服上都濺滿了血。

不過，總算來到了黃河邊。

到了以後，大家都傻眼了：黃河的大堤太高了，離下面足有十來丈，相當於十層樓高，無法下去。

這時候，伏德把隨身攜帶的綢緞拿了過來，董承又弄來幾個馬籠頭，就用這些東西捆紮成一個簡易坐輦。行軍校尉尚弘勁大，由他背着漢獻帝劉協，坐在輦上，由上面的人拉着往下吊。

其他人把伏德剩餘的綢緞接起來陸續往下滑，排不上號的，索性跳了下去，有的當場摔死，有的摔傷。

李樂弄來的船很有限，裝不了那麼多人，大家一擁而上，都想往上擠，董承、李樂只好用暴力阻止，有人仍然不願意放棄，跳到水裏死死抓住船幫不放，船上的人舉刀亂砍，船艙裏落下了不少被砍斷的手指。

只有少數人上了船，保住了一條命。停留在岸邊的人遭到了隨

後趕來的追兵的劫殺，僥倖沒有被殺的，衣服也被亂兵給扒了。此時是十二月底，黃河中下游最冷的時候，黃河雖然沒有結冰，但異常寒冷，有人竟活活被凍死。

李傕親自來到岸邊，看到天子已經渡河，就派出偵察兵（斥候）前去追趕，董承害怕他們放箭，在船上找了條被褥當盾牌，護着漢獻帝。

經歷了這樣的驚心動魄之後，天子一行總算到達了黃河北岸，進駐了李樂在大陽的軍營。


大陽在今山西省平陸縣境內，這裏雖然暫時穩定，但糧食成了問題，李樂這裏本來就不富裕，要供應天子及百官的飲食，更是一籌莫展。

正在此時，送糧的人來了。

河內郡太守張楊聽說天子東歸，就派了一支部隊前來接應。他估計天子一行面臨的最大問題可能是沒有吃的，於是讓接應的這幾千人每人都背上足夠的軍糧（使數千人負米貢餉），這真是雪中送炭。

這裏是河東郡的地盤，河東郡太守王邑也隨後趕到，送來了一些布帛，給大家做衣服。漢獻帝下詔封王邑為列侯，拜韓暹為征東將軍，李樂為征北將軍，胡才為征西將軍，張楊為安東將軍。

就這樣，天子一行在董承、楊奉、李樂、胡才、韓暹、張楊、王邑等人護衞下，暫時停駐在黃河北岸的河東郡。河的對岸是李傕、郭汜和張濟的聯軍，他們手裏有在黃河岸邊俘虜的百官、宮人，以及此前在弘農郡俘虜的司徒趙溫等人。

漢獻帝特別惦記百官和宮人們的安危，派出使者到對岸與李傕等人談判，李傕接受和談，把俘獲的趙溫等百官以及宮人們放了回來，並送還了一部分繳獲的御用器物。

張楊雖然送來不少糧食，但此時聚集在這一帶的部隊越來越多，後勤供應很快又成為一大難題。大陽又是個很小的地方，天子日常起居及辦公只好因陋就簡。

漢獻帝議事的地方外面只圍着籬笆，他與大臣們議事時，士兵們都擠在外面看。這些兵大部分前不久還是農民起義軍，剛剛被收編，一點軍紀都沒有，一邊看，一邊嘻嘻哈哈。

司隸校尉管邵可能長得有點怪，成為軍民們取樂的對象。每次他進去向漢獻帝匯報工作，門口的人都向他扔東西，逗他開心。

曾經，司隸校尉是何等威嚴的職務，眼皮一抬就夠老百姓心驚肉跳。可現在，卻被如此戲弄。

漢獻帝一心想儘早回到洛陽，但是跟前的這些人情況很複雜，各自想法都不一樣，沒有人關心天子的意志，只想如何伸手向天子要官。不僅自己要，而且幫手下人要，就連各位將領的私人醫生、警衛員等一眨眼都成了朝廷的校尉這樣的高官，負責刻制公章的御史們忙得不可開交，供不應求，只好改用錐子畫字（御史刻印不供，乃以錐畫）。

這還不夠，這些人整天琢磨如何鬥法，如何把別人甩掉自己成為最終的受益者，終於又爆發了內訌。

河內郡太守張楊提出迅速護送漢獻帝到洛陽，但得不到其他人的響應，張楊一怒之下回到了河內郡。

對於天子下一步的行動，大家其實都沒有更好的辦法。

過了年，正月初七，漢獻帝下詔改年號為建安。

內部矛盾繼續擴大，韓暹攻擊董承，董承不敵，逃到野王找張楊去了。白波軍另外一個首領胡才聯合楊奉要攻擊韓暹，被漢獻帝勸阻。

漢獻帝周圍的這幾路人馬，面對下一步的行動計劃，個個面面相覷，不知如何是好。

# 袁紹派來考察團

漢獻帝建安元年（196 年）春天，天子一行仍滯留在大陽。

附近的幾路人馬勢均力敵，誰也不服誰，但誰也無法一口把對手吃掉，漢獻帝也不知道未來怎麼辦。

漢獻帝能做的就是給各地有實力的人寫詔書，讓他們到大陽來迎駕。漢獻帝能想到的人有劉表、陶謙、劉虞、劉焉、袁術等，至於袁紹，漢獻帝一向不喜歡此人，本不打算給他寫。

袁紹曾質疑漢獻帝的血統，一再謀求另立天子，這些事早已不是祕密。不過，袁紹現在勢力最強，又離這裏最近，所以漢獻帝還是給袁紹寫了。

漢獻帝沒有給曹操寫詔書，不是對曹操的實力有懷疑，也不是對曹操懷有敵意，而是在當時很多人看來，曹操並不是一個獨立的勢力，他只是袁紹集團的一部分。

漢獻帝還想到了呂布，是他親手殺了董卓，將自己解救出來，所以漢獻帝一向對呂布充滿好感。

也不知道呂布現在的情況如何，不管怎樣漢獻帝還是給呂布寫了詔書，詔書是漢獻帝親筆寫在一塊木板上的（**手筆版書召布來迎**）。聽說呂布在兗州、徐州一帶，漢獻帝就派人前往那裏試試。

詔書派人送往各地，最先有反應的是袁紹。

袁紹確實離這裏最近，按說，沒有漢獻帝的詔書他也應該主動來，但他最近很忙，還有點鬧心。

袁紹現在不在鄴縣，他還在東武陽，他目前正處在南北兩線同時作戰的艱難局面。東武陽當時還在臧洪手中，袁紹不肯撤兵，非把臧洪抓起來不可，所以親自在那裏督陣。

這段時間公孫瓚在北面也頻頻給袁紹製造麻煩，他大修易水防線，袁紹不敢等閒視之，命令麴義配合劉虞的兒子劉和以及劉虞的舊部鮮于輔等攻擊公孫瓚。

袁紹的主力全部壓在這兩條戰線上，沒有富餘人手。

袁紹抽不開身，就派手下謀士郭圖來大陽走一趟，名為朝貢，其實是觀察天子一行的情況，之後再做決定。

郭圖到大陽看了看，就走了。

其實郭圖還是傾向於迎駕的，在他看來，漢獻帝此時已走投無路，如果得不到妥善安置，就有可能落於他人之手，比如袁術，或者劉表，甚至是呂布和劉備，那時將對袁紹集團更加不利。所以，郭圖回到東武陽前線向袁紹報告此行情況時，建議把漢獻帝一行迎接到鄴縣來。然而這個建議被袁紹否決了（圖還說紹迎天子都鄴，紹不從）。

沮授也勸袁紹迎接漢獻帝，他對袁紹說：「將軍一家幾代人輔弼朝廷，累世倡導忠義。現在朝廷遇到困難，宗廟毀壞，各州郡嘴上說起兵為了行仁義，而內心裏真實的打算是如何滅了別人，沒有人考慮皇帝的安危和百姓的死活（外託義兵，內圖相滅，未有存主恤民者）。現在冀州初定，可以迎請大駕，來鄴縣臨時安都。」

沮授還說了一句很有名的話：「到那個時候，就能以天子為旗幟號令各地的實力派，再積蓄兵馬，誰不服就收拾誰（挾天子而令諸侯，畜士馬以討不庭），誰還能打敗我們？」

但郭圖、沮授的建議遭到不少人反對，他們的理由是：「漢室凌遲，為日已久，現在要重新振興，那是多麼困難（今欲興之，不亦難乎）！現在各路英雄據有州郡，個個人多勢眾，正所謂秦失其鹿先得者為王。如果迎接天子到自己身邊來，以後幹什麼事都要先請示報告（動輒表聞），如果聽天子的就削弱了自身的權力，不聽天子的就是違命，這實在不是什麼好主意。」

一般認為，反對迎請天子的言論看起來有些目光短淺，因為它只看到眼前的一點，沒有着眼於長遠，結果讓袁紹錯失了一次「挾天子而令諸侯」的好機會。

　　但是，這樣的觀點其實並非全無道理，「挾天子而令諸侯」固然風光，也會帶來嚴重的負作用。

　　大家都看到了天子是一個「奇貨」，掌握天子就擁有了發號施令的權力，誰反對自己形同於反對朝廷。可問題在於，當今天子不是三歲孩童，已經舉行過加冠禮，按道理應該親政而不是擺設。

　　當今天子聰明睿智，經歷了很多坎坷曲折，得到了歷練，面對兇殘的董卓和強悍的涼州軍他都能無所畏懼，有勇有謀，這樣的天子不是能輕易玩弄於股掌之上的。

　　遇到事情，你向天子匯報不匯報？

　　不匯報，說你專權。

　　匯報了，天子一高興，來個指示什麼的，執行不執行？

　　執行，當然是不可能的。

　　不執行，那就會跟天子發生衝突，那奸臣的罪名就背定了。

　　如果敢加以謀害，那就更慘了，不管你以前多麼英名蓋世，也不管你確實做了多少好事，你都將登上歷史的惡人榜，子子孫孫都不能翻身。

　　所以看似妙手，卻容易下成臭棋。

　　把天子接來之前必須做好充分的思想準備，要麼真心實意地擁戴天子，當一名漢室的忠臣；要麼橫下心去，甘背歷史的罵名；否則，天子這個燙手的山芋還是不碰為好。

　　袁紹大概也想到了這些，他沒有做好思想準備，也沒有跟天子每天周旋的耐心，加上他對劉協在潛意識裏不大接受，又有當前南北兩線戰事的困擾，所以放棄了迎接天子的打算。

到於劉表、劉焉、袁術等人，想法跟袁紹大致差不多，他們接到漢獻帝的詔書，要麼找個藉口拖着，要麼乾脆裝聾作啞。

呂布對漢獻帝相對真誠，要是有實力他倒是會去，但他打了敗仗，自身難保，長途遠行需要後勤保障，他也沒有（**布軍無畜積，不能自致**），所以遣使上書，向漢獻帝做出解釋。

漢獻帝理解呂布，雖然沒來，仍然晉升他為平東將軍，爵位晉升為平陶侯。漢獻帝還專門派使臣去給呂布頒印綬，但在路過山陽國境內時任命書丟了（**使人於山陽界亡失文字**）。

## 「奉天子以令不臣」

漢獻帝一行在大陽又待了一陣，仍沒人來迎駕。

到了夏天，糧食問題更為嚴重，大家都沒有吃的，也就顧不上內鬥了。在張楊的調停下，楊奉、韓暹重新和好，董承也回到漢獻帝的身邊。

這幾個人商量了一下，覺得大陽不能再待下去了，於是護送漢獻帝一行前往洛陽。

漢獻帝建安元年（196 年）七月初一，天子一行終於回到了洛陽。此時距上一次離開洛陽共 5 年 4 個月零 15 天。

雖然還歸舊都，但洛陽現在的狀況相當淒慘，這座當年世界上首屈一指的大都市此時到處是廢墟，南北二宮多成瓦礫堆，罕有人跡。

洛陽早已成為無人區，各路勢力四處征戰搶地盤，卻無人問津這裏，原因就是它已毫無佔領的價值。或者說，這裏已不適合人居住。

大家找了半天，發現城裏只有已故宦官頭目趙忠的住宅可住，漢獻帝一行就把這個地方作為臨時行宮。

趙忠這個人好像特別熱衷於投資房地產項目。當初韓馥讓位給袁

紹後，搬離位於鄴縣的州政府，住的也是趙忠的宅子。


七月十四日，漢獻帝下詔，大赦天下。

之後，大家又在皇宮裏找了半天，最後在南宮裏找到一處相對完整一些的宮殿，經過一番整修，讓漢獻帝搬了進去。

張楊認為自己在護駕重返洛陽一事上功勞最大，就將這座宮殿命名為楊安殿，但他還算是個比較自覺的人，按照制度，除了北軍、中央禁衛軍、守護皇城的衛尉、執金吾等部隊外，其餘武裝力量不得常駐京師；他帶頭執行這個制度，主動撤退到自己的大本營河內郡。

楊奉不想走，但怕得罪張楊，同時他手下的人馬最多，吃飯問題也最嚴峻，手下沒有吃的，快散夥了，於是只好跟着撤了出去，暫時駐紮在洛陽以南的梁縣，即今河南省臨汝縣一帶。

洛陽的守衛任務就由董承、韓暹二人負責。

漢獻帝下詔，擢升張楊為大司馬，之前說過這是一個很崇高的職務，地位超過三公。擢升韓暹為全國武裝部隊總司令（**大將軍**），同時兼任司隸校尉。擢升楊奉為全國武裝部隊副總司令（**車騎將軍**）。

官位這時其實已經不重要了，重要的是找到吃的。

漢獻帝下令尚書台祕書（**尚書郎**）以下的公職人員都到洛陽郊外挖野菜充飢，人太多，野菜都沒地方挖，有些人就這麼餓死了，有的死於亂兵之手（或饑死牆壁間，或為兵士所殺）。

如果再沒人伸出援手，漢獻帝和百官都得困死在這裏。

漢獻帝想了很多人，都沒來。

有個他沒想到的人，這時主動來了。


這個人就是曹操，雖然他沒有接到漢獻帝迎駕的詔書，但自從漢獻帝一行東歸，他就一直關注着此事。

去年年底，曹操在雍丘城外發動最後攻勢，一舉攻佔雍丘，殺了張邈的弟弟張超，鞏固了兗州的局勢，當時正是漢獻帝一行受困於河東郡的時候。

漢獻帝到了大陽，如果袁紹出手護駕，估計曹操也就沒有太多的想法了，可袁紹沒有出手，這給曹操多了一個選項。

要不要迎請天子？這的確是一個大問題，有利也有弊，問題是利多還是弊大，必須好好盤算一下。

曹操的手下對這件事的意見也不完全統一，反對迎請天子的人不在少數，他們的顧慮大體上有四方面：

一是如袁紹手下眾多謀士所考慮的那樣，把天子接來而無法和諧相處的話，就會事事掣肘，反受其累；

二是朝廷現在也是一個包袱，單就後勤保障就是個大問題，現在糧食比什麼都緊缺，已經有價無市；

三是洛陽及周圍地區如今有韓暹、楊奉、董承、張楊等勢力存在，他們這些人都不是省油的燈，插手洛陽的事務並沒有特別大的把握（未可猝制）；

四是就曹操自己面臨的形勢而言，兗州雖然初定，但周邊還有呂布、袁術這些敵人（山東未平），主力西進迎駕，這些敵人會不會趁機搞事也不好說。

這些都是很現實的問題，但也有人堅決主張迎駕。

曹操手下的謀士毛玠認為：「現今國家分裂，君主流離，民眾飢餓流亡，朝廷缺乏儲備，百姓沒有安定的生活，這種狀況難以持久。袁紹、劉表雖然人多兵強，但都沒有長遠的考慮。用兵之事合乎正義才能取勝，所以應當擁戴天子以命令那些不肯臣服的人（宜奉天子以令不臣），大力發展農業，積蓄軍資，如此霸業就可以成功了！」

沮授說「挾天子而令諸侯」，毛玠則說「奉天子以令不臣」。顯然

「奉天子」更有情懷，水平更高。

對毛玠的意見荀彧堅決支持，他認為：

「當年晉文公因為接納周襄王而使諸侯影從，漢高祖東討項羽時因為給被項羽殺害的義帝服喪而深得人心，這說明天子的號召力。之前將軍您雖然力所不及，但仍然派使者到長安朝貢，說明您心在王室，有匡扶天下的素志。

「現在天子蒙難，百姓憂愁（百姓感舊而增哀），如果奉主上以從民望，這是大順；秉至公以服天下英雄，這是大略；扶持大義以招引天下俊傑，這是大德。天下雖然也會有不服的人，但必然成不了大氣候，區區韓暹、楊奉又能怎樣？我們如果不能早做決斷，一旦其他人搶先一步，我們後悔都來不及了！」

曹操本人傾向於毛玠、荀彧的看法，決定迎接天子。


這時，曹操接到了一位故友的來信，進一步堅定了自己的想法。

這位故友名叫丁沖，他不僅是曹操的譙縣老鄉，還是親戚。曹家在譙縣關係最密切的是夏侯氏，除此之外就是丁氏。曹操的母親姓丁，他的第一任妻子也姓丁，都是這個家族的成員。

丁氏家族的代表人物是丁宮，曾在朝廷任職，丁沖是丁宮的兒子，此時任天子高級祕書（侍中），丁沖有兩個兒子叫丁儀、丁廙，他們日後都是曹魏政壇上的風雲人物。

曹操年輕時與丁沖關係就很好，丁沖一度得過精神病（狂病），後來好了，丁沖來曹家做客，時間晚了應當留宿，但曹操堅持打發他回家。

曹操故意對丁沖說：「你的病要是犯了，再拿上刀劍，我會害怕（持兵刀，我畏汝）。」

說完，二人不禁大笑。

所以，丁沖是曹操十分信得過的人，他這時派人給曹操送來書信，是要告訴曹操漢獻帝身邊的一些情況，同時建議曹操立即前來迎駕。

在這封信裏，丁沖對曹操說：「您平時常常表露出匡濟天下、輔佐皇帝的志向，現在到實現志向的時候了。」

丁沖的來信讓曹操進一步堅定了迎接漢獻帝的想法，他調整了戰略部署，對徐州的劉備、呂布暫時採取守勢，而把攻擊的重點轉向西面的豫州。

## 貴人再次相助

漢獻帝建安元年（196 年）春天的時候，那時天子一行還困在河東郡，曹軍主力便開始向西移動，進入豫州刺史部陳國境內的武平縣，這裏在今河南省柘城縣南部，當時屬於袁術的地盤。

袁術任命的陳國相是袁嗣，曹操拿下陳國，之後繼續揮師西進，進入汝南郡和潁川郡。

這兩個郡都是天下知名的大郡，但此時以何儀、劉辟、黃邵、何曼等為首的黃巾軍在此勢力很大，他們曾先後依附過孫堅和袁術，算是袁術集團的盟友。

曹操派于禁等人與黃巾軍作戰，黃邵夜襲曹操的大營，于禁率麾下人馬將其擊破，斬殺了劉辟和黃邵，何儀等人率眾投降，曹操提升于禁為旅長（平虜校尉）。

這時漢獻帝一行已經進入洛陽，曹操派曹洪為先頭部隊，向洛陽進發，前去迎接漢獻帝，但曹洪卻遭到了董承、楊奉等人的武力抵抗，無法前進。

楊奉有一些戰鬥力，因為他手下有一員猛將。

這個人名叫徐晃，字公明，是河東郡楊縣人，年輕時曾在河東郡做一員小吏，後追隨楊奉鎮壓黃巾軍的藍本部，因為戰功逐步升至騎兵旅旅長（騎都尉），成為楊奉手下一名高級將領。

西行受阻，曹操心裏有點鬱悶，他的一片忠心換來的卻是敵意，這讓他無法接受，但對方代表着朝廷，還不能硬來。

然而，也不能就此退兵，因為這樣不僅失去了一個機會，白跑一趟；而且還會因此被貼上「不受朝廷歡迎的人」這樣的標籤，今後在政治上反而被動了。

曹操的心情很低落，這在他寫於此時的一首詩裏有清楚的反映。這首詩是《善哉行》組詩的第三首，詩中有「雖懷一介志，是時其能與」的句子，還寫道：

> 我願於天窮，琅邪傾側左。
>
> 雖欲竭忠誠，欣公歸其楚。
>
> 快人由為歎，抱情不得敍。
>
> 顯行天教人，誰知莫不緒。
>
> 我願何時隨？此歎亦難處。

滿篇的感歎，濃重的愁緒，和曹操詩歌一貫的清朗、激揚的風格很不相同，表達的正是雖欲盡忠卻無法實現的失落之情。

就在這時，曹操又一次得到了貴人的暗中相助。


這個人還是那個先前幫助過曹操的董昭。

董昭在被張楊扣了一段時間後，還是找機會去了長安，被朝廷任命為參事室參事（議郎）。他也經歷了千里大逃亡，僥倖活着回到了洛陽。

董昭一向對曹操充滿好感，認為曹操的前途不可限量，聽說曹

操來了洛陽，又在東面被阻，董昭決定用自己的智慧再幫曹操一把。他看到董承、楊奉、韓暹、張楊這些人互相都有矛盾，就先從楊奉下手。

董昭偽造了一封曹操的信給楊奉，信中說：「久聞將軍大名，早就想表達敬意。現在將軍率領軍隊，不怕萬難，讓天子能重返舊都，這樣的功勛舉世無雙啊（翼佐之功，超世無雙）！」

在對楊奉大拍一頓馬屁之後，信中表示願意與楊奉結盟：「現今群兇擾攘，四海不寧，天子和朝廷至尊至重，我們的責任就是保護和輔佐，必須依靠眾位賢士來重建王朝秩序，這不是一個人能夠獨立完成的。心腹與四肢相互依賴，互為支持，缺一不可。將軍您應當作為京城內的主要力量，我願意做將軍的外援。現在我有糧食，您有軍隊，可以互通有無，互相接濟，同生死，共患難。」

董昭發揮他擅長模仿別人筆跡的特長，再一次模仿曹操的筆跡給楊奉寫信，楊奉接到信，真以為是曹操寫的，高興不已。

楊奉對手下人說：「曹將軍的人馬就在附近，有兵有糧，正是國家現在要仰仗的呀（國家所當依仰也）！」

楊奉於是向漢獻帝上書，封曹操為鎮東將軍，承襲其父曹嵩的封爵費亭侯，史籍中保存有曹操所寫的《上書讓封》《上書讓封亭侯》和《謝襲費亭侯表》等幾篇文章，都是曹操此時依照慣例所上的奏章。

楊奉態度的轉變影響着其他人，董承和韓暹因為此前就不合，曾經刀兵相見，為了扼制韓暹，董承也暗中給曹操送信，讓他帶兵來洛陽。

從被拒之門外到爭相結交，曹操的地位一下子有了徹底轉變。

曹操一掃內心的陰霾，立即率兵趕往洛陽。

# 又來一次遷都

漢獻帝建安元年（196 年）七月，曹操率兵進入洛陽。

漢獻帝在楊安殿接見了曹操，君臣們正深受糧荒困擾，曹操不僅兵力充足，還帶來許多糧食。漢獻帝很高興，宣佈由曹操主持朝廷日常工作（錄尚書事），並授予代表天子的節鉞，擁有臨時決斷之權。

曹操在洛陽除了見到老朋友丁沖以及另一位年輕時就關係密切的故友鍾繇外，還見到了神交已久卻從未謀面的董昭。

見面後，曹操讓董昭跟自己並肩而坐（引昭並坐），並向他討教下一步如何行動。當時洛陽以及周邊地區除曹操的人馬外還有董承等好幾股，董昭建議曹操利用他們之間的矛盾，分化瓦解、各個擊破。

曹操採納了董昭的建議，首先聯合董承和楊奉攻擊張楊和韓暹，曹操上書彈劾張楊、韓暹的罪狀，韓暹不安，隻身匹馬跑到張楊營中躲了起來，漢獻帝念在二人迎駕有功的分上，要曹操不必再追究。曹操對朝廷的控制力因此進一步增強。

洛陽周圍十分殘破，朝廷在此落戶，後勤保障終究是個沉重負擔，而且剩下那幾路實力派也會隨時發起挑戰。曹操問董昭下一步還應當採取什麼策略，董昭分析說：「將軍入京朝拜天子，輔佐王室，這是可以媲美春秋五霸的功績，但眼下各位將領想法各異，他們未必肯服從您，現今您留在這裏匡弼天子，情勢對您不利。」

曹操一聽感到有些緊張，問董昭：「那該怎麼辦？」

董昭提出一個建議：「可以把聖駕移到許縣去，這些問題就都解決了。當然，朝廷經過流亡遷徙後剛剛回到舊京，大家都在企望能很快安定下來，現在又一次遷移聖駕，不能讓眾人滿意，但要做非同尋常的大事就得有超越常規的舉措，希望將軍您能看清其中的利與弊。」

許縣遠離洛陽，地處中原腹地，沃土千里、氣候溫和、物產豐

富，有利於朝廷的後勤保障。它還是春秋時代許國的國都，城市建設有一定基礎。當時許縣已經被曹操掌握，聖駕移到許縣，便於曹操對朝廷的控制。

所以，董昭的這個提議非常有眼光。

曹操也贊同遷都到許縣，但有一定顧慮：「楊奉離許縣很近，就在附近的梁縣，聽說他的隊伍精良，如何才能不讓他成為隱患呢？還有董承、張楊、韓暹這幾個人，會不會從中阻撓呢？」

董昭替曹操進行了分析，認為漢獻帝應該同意遷都。原因很簡單，曹操雖然帶來一些糧食，但畢竟只能解一時之憂，長期待在洛陽，文武百官恐怕都要餓死了。只要能提供糧食，遷到哪裏去漢獻帝都不會反對，董承是董貴人的父親，也是漢獻帝最重要的支持者，漢獻帝如果不反對，董承就不會反對。

至於張楊，董昭認為他駐紮在黃河以北，可以暫時不去管他，而韓暹經過上次事件，目前已沒有太大的勢力了。

關鍵是對付楊奉。此人的確最有實力，董昭建議先找楊奉談，以洛陽殘破、糧食不足為由提出遷都，但告訴他不是遷往許縣，而是遷往魯陽，該地距楊奉的根據地梁縣很近，屬於楊奉的勢力範圍，楊奉聽說把天子和朝廷遷往自己的地盤，必然樂意。等漢獻帝一行出了洛陽，隊伍先向南行，做出去魯陽的姿態，之後突然改道向東直奔許縣，楊奉即使發覺也措手不及。

曹操認為這個主意太好了，於是找楊奉商議，楊奉果然接受了遷都魯陽的建議。

楊奉支持，漢獻帝願意，董承不反對，曹操不再徵求張楊、韓暹的意見，於漢獻帝建安元年（196 年）八月中旬開始遷都。

天子一行離開洛陽向南開進，到達轘關，再往南就是魯陽，但隊

伍卻突然改變了行進的方向，向東轉進，楊奉接到報告後大吃一驚，等派人再探的時候天子一行已經快到許縣了。

楊奉這才知道上當了，立即聯合韓暹率兵來搶漢獻帝，曹操早有準備，派兵在半路設伏，將楊奉、韓暹擊退。

待天子和朝廷在許縣稍加安頓，曹操親自率兵西征梁縣，楊奉不是對手，戰敗後投奔袁術去了，就是在此戰中，楊奉手下的第一猛將——徐晃歸順了曹操。

至此，遷都許縣的計劃順利完成。


## 新朝廷，新氣象

打敗楊奉後曹操回師許縣，着手朝廷內外的各項建設工作。

許縣這座小城，因為漢獻帝和朝廷的到來，迅速成為帝國現階段的政治中心。天子的後宮、朝廷辦事部門以及曹操的軍事指揮機構一股腦地湧到這裏。

肯定有些擁擠，但也只能因陋就簡，先安頓下來再說。

漢獻帝從長安出逃到現在，一路上只顧保命，將宮中御用之物以及文書檔案等基本上丟光了。現在不僅住的地方簡陋，連宮中專用的各類物品也奇缺。

史籍中保存有曹操所寫的兩篇奏疏，一篇是《上九醞酒法奏》，說的是曹操老家譙縣的縣令郭芝發明了一種九醞春酒，具有良好的保健功能，曹操特意上與漢獻帝，詳細介紹了這種酒的釀制方法，還說到了自己對這種釀酒方法的改造。

另一篇是《上雜物疏》，說的是曹操特意將自家保存的一些皇宮用品呈獻給皇上，這些東西大多是曹騰、曹嵩兩代在先帝朝時得到的賞賜，其中包括：

純銀參鏤帶漆畫的書桌1隻，純銀參帶硯台各1方，純銀參帶圓硯台大小各1方；

御用的漆畫皮枕頭（韋枕）2隻，貴人公主用的黑漆皮枕頭30隻；

純金香爐1隻，下面配有盤子的貴人公主用的純銀香爐4隻，皇太子用的純銀香爐4隻，西園貴人用的銅香爐30隻；

御用純金唾壺1隻，畫漆的圓唾壺4隻，貴人用的純銀參帶唾壺30隻；

御車上用的漆繪畫兩層幾大小各1隻；

御用的純銀參鏤帶漆繪畫案1隻；

御用的1尺2寸的金錯鐵鏡1面，皇后用的純銀錯鐵7寸鐵鏡4面，皇子用的純銀錯7寸鐵鏡4面，貴人公主用的9寸鐵鏡40面；

貴人公主皇子用的有純銀鑲帶子加漆的鏡子1面，貴人用的鑲有3條銀帶子的鏡子5面，皇子用的銀匣1隻，皇子用的有3條純金帶子的妝具4件；

鑲有3條銀帶子的鏡台1件，純銀鏡台7件，貴人公主用的鏡台4件；

純銀的盛洗粉用的匣子（澡豆奩）、純銀雕花匣子、純銀雕花漆匣共4隻；

漆繪狀具1件，有3條純金帶子加繪畫的妝具1件；

能盛5石水的銅澡盆1隻；

鑲銀繪畫的象牙杯盤5套；

御用雜畫象牙尺1把，貴人公主用的象牙尺30把，宮人用的象牙尺150把，骨尺50把；

雜畫象牙的藏針用的管子（雜畫象牙針管）1 隻。

......

這份名單頗為冗長、瑣碎，不過讀來也頗為有趣。

看了這份名單，不由得感歎從曹操的爺爺曹騰到他的父親曹嵩，從歷代皇帝那裏得到了不少好東西。

也說明，漢獻帝初到許縣時，條件非常艱苦，而曹操一開始對漢獻帝確實充滿了敬意，考慮得也很細緻。

這些都是小事，曹操更多的精力用在朝廷新的人事佈局上。

漢獻帝東歸期間，朝廷三公九卿等高級文官隨駕同行，有好幾個人死於戰亂，目前已有不少缺員需要補充。此外，漢獻帝一路上還封了不少將軍，根據新形勢，也要做出相應調整。

漢獻帝近一段時間來任命過的高級將領，按軍職自高到低共有：大將軍韓暹、驃騎將軍張濟、車騎將軍郭汜、征北將軍李樂、征西將軍胡才、前將軍公孫瓚、後將軍楊定、右將軍袁紹、衛將軍董承、鎮西將軍韓遂、平東將軍呂布、安南將軍劉表、安東將軍張楊、寧輯將軍段煨、輔國將軍伏完等。

曹操自己是安東將軍，和呂布的地位差不多。

袁紹雖然自稱車騎將軍，但朝廷從來沒有承認過，朝廷給他的正式的軍職是右將軍，還是不久前郭圖出使河東郡時，由漢獻帝正式任命的。

按照曹操的意思，漢獻帝下詔重新明確了帝國高級將領，該撤的撤，該留的留。

韓暹、張濟、郭汜、馬騰、韓遂、李樂、胡才、楊定、張楊、段煨這些人，多出自涼州軍和白波軍，彼一時、此一時，他們現在大多

數人已經成為朝廷的敵人，對他們的任命全部撤銷，沒有合適的人繼任就先空着。

袁紹、呂布、劉表、公孫瓚等人屬於地方實力派，雖然不在朝廷控制之中，但有個頭銜在，名義上他們都歸許縣朝廷領導，還是保留着。董承和伏完二位都是漢獻帝的老丈人，軍職自然不能撤。

韓暹空出來的全國武裝部隊總司令（大將軍）一職，漢獻帝下詔授給了曹操。

這個任命可能有點問題，因為大將軍的地位很高，已經超過了三公，這樣一來有人就會不服氣。

後來，為了這個任命，有人差點要跟曹操翻臉。


隨後，曹操還對朝廷的文官體系進行了大幅度調整。

現在的三公是太尉楊彪、司徒淳于嘉、司空張喜，他們倒是全都逃了出來，但對這幾個位置，曹操還想另做安排。在他的要求下，漢獻帝下詔將這三個人同時免職。

曹操把太尉一職送給了袁紹。畢竟，袁紹曾經是關東聯軍的總指揮，也是自己名義上的領導，現在曹操擔任了大將軍，為了安撫袁紹，就把太尉一職讓給了他。

司徒一職，曹操給了名士趙溫。

司空一職，暫空。

近一年來，死在東歸路上的部長級高官包括：文教部部長（太常）王絳，宮廷事務部部長（光祿勳）鄧淵，京師衛戍司令（衛尉）士孫瑞，司法部部長（廷尉）宣璠，農業部部長（大司農）張義、朱儁，皇家事務部部長（少府）田芬等。

在曹操的主持下，朝廷先後徵召名士趙岐、張儉、桓典、徐璆、陳紀等人補充進來，加上還在位的韓融、榮郃、楊奇等人，基本上保

證了朝廷的日常運轉。

趙岐本年快 90 多歲了，他是曾經出使過關東的老臣，當年是他與袁紹、曹操相約迎漢獻帝回洛陽。張儉是個老黨人，本年也已經 83 歲了。陳紀之前說過，本年也 71 歲了，不過他就是許縣人，在這一帶很有影響力。

這些人不大可能再做什麼實質性的工作了，比如像張儉，一到許縣來就關起自家的門不出，把公家配的專車掛了起來（闔門懸車），根本不問任何事。這倒正符合曹操的意思，把這些老同志抬出來本來就只是個招牌，目的是擴大新朝廷的影響力。

對於朝廷日常辦事機構尚書台曹操比較重視，這可不是一個虛設部門，內外溝通、隨時掌握宮內動態全都靠它了，對於由誰來掌管這個要害部門，曹操心裏早有了合適的人選。

曹操屬意的人就是荀彧。荀彧曾在天子身邊擔任過守宮令，熟悉宮內事務，性格沉穩，考慮問題周全，出身大族，容易與天子及各位老臣溝通。最重要的是，他對自己忠心耿耿，是信得過的人。

漢獻帝下詔任命荀彧為尚書令，負責處理朝廷日常事務。曹操出征在外，荀彧實際上成了後方的大管家。荀彧也不負期望，把各項事務處理得井井有條，為曹操分了不少憂。

曹操還把程昱調過來當尚書，協助荀彧工作。

程昱的任命雖然下達，但兗州那邊仍然離不開程昱。曹操讓程昱以東中郎將、濟陰郡太守的身份代替自己主持兗州的各項事務。

曹洪、曹仁以及夏侯惇、夏侯淵等人負責掌握部隊，沒有進入朝廷任職。隨着控制區範圍的擴大，曹操還讓他們兼任一些地方行政職務，如夏侯惇擔任陳留郡太守，夏侯淵擔任潁川郡太守，曹仁擔任廣陽郡太守。

朝廷遷到許縣後，洛陽方面也不能放棄。曹操此時兼任着司隸校

尉一職，洛陽屬於自己的轄區，他讓為自己立下大功的董昭以洛陽令的身份留守在舊都。

一切就緒，42 歲的曹操終於站在了一個新時代的制高點上。

在這裏，在許縣，在新的朝廷，他可以俯瞰這個大時代，可以更遠地眺望未來了！

# 第五章 風雲變幻

## 星象學家帶兵

這段時間，天下還發生了許多大事。

最重要的變化集中發生在三個州，即幽州、揚州和徐州，它們都換了新的主人，在曹操不斷壯大的同時，天下的勢力格局也在發生着新變化。

先從北方說起，說說幽州刺史部。

公孫瓚在界橋打了敗仗，但他的實力仍然相當可觀，他只是將主力暫退回幽州刺史部，在那裏積蓄力量，待機再戰。

袁紹被突如其來的勝利似乎搞得有點暈，部隊還沒有來得及好好休整就出師北伐，追擊公孫瓚。袁紹的情報工作可能做得不夠好，沒有完全摸清公孫瓚的底細，這個時候的公孫瓚仍然控制着幽州刺史部的大部分地區和冀州刺史部、青州刺史部的一部分，經過短時間動員，仍然可以徵調起十萬大軍。

而袁紹派來攻打公孫瓚的只有幾萬人，實力並不佔優勢。更為不利的是，他既沒有親自出征，也沒有派麴義、張郃這樣的猛將來，而是派了一個專業很奇怪的人當主帥，這個人的名字叫崔巨業。

界橋之戰前公孫瓚發佈的討袁檄文所列舉的袁紹「十大罪狀裏」，其中有一條就是說他與星象學家（星工）關係密切，不僅對他們深信不疑，而且整天跟他們一塊吃吃喝喝。

袁紹的確信任幾個搞星象學的人，其中最有名的就是這個崔巨業。

星象學家崔巨業率數萬人馬北上，攻入幽州刺史部的涿郡。此時公孫瓚的大本營在廣陽郡的薊縣，與涿郡緊鄰。崔巨業把軍事重鎮故安圍住，開始攻城。

故安若失，則公孫瓚的南大門洞開，這裏雖然河網密佈，但無險可守。

但是，公孫瓚沒有給星象學家留下建功立業的機會，他親自率領三萬精兵由薊縣南下，增援故安。

崔巨業圍城多日沒有進展，也不知道晚上偷偷跑出去看了多少回夜空，但腦子裏仍然沒有頭緒。正在這時，聽說公孫瓚親自來解圍，他倒知趣，趕緊下令撤軍。

公孫瓚追上去一頓猛揍，雙方交戰於巨馬水之畔，袁軍死了近萬人，遭受慘敗。

公孫瓚多少也算挽回了一些界橋失利的面子。


公孫瓚趁機把勢力範圍向南推進，田楷就是這個時候當的青州刺史，劉備也是這個時候來到了平原國，公孫瓚把冀州刺史部的渤海郡、青州刺史部的平原國等地發展成敵後根據地和遊擊區。

崔巨業敗北，袁紹心疼不已，不敢再大意，於是親自率軍北上，尋找公孫瓚的主力進行決戰。

袁軍在龍河一帶與公孫瓚軍相遇，袁紹再擺迷魂陣法，讓老弱殘兵在前面誘敵，等公孫瓚主力衝殺時袁軍主力突然殺上，又大敗了公孫瓚。

巨馬水之戰和龍河之戰，是界橋之戰後袁紹和公孫瓚又打的兩場大仗，結果是雙方一勝一負，戰成平局。

戰後，公孫瓚的主力退回薊縣，繼續派田楷、劉備等人向山東半島一帶發展。袁紹則派長子袁譚與田楷、劉備等搶地盤，雙方形成對峙局面。

在將近兩年時間裏他們分不出勝負，並且都面臨了嚴重的糧食危機。他們的辦法就是搶老百姓，結果田野裏連青草都看不到了（互掠百姓，野無青草）。

公孫瓚看到南線戰事暫時無法取得突破，就把着力點放在鞏固幽州內部、壯大自身實力上，他決定跟劉虞徹底翻臉。

自從上次公孫越被殺事件發生後，公孫瓚和劉虞之間的矛盾更加尖銳。公孫瓚這個人一向目無領導，自以為是，不執行上級決定。劉虞制定的民族政策是以懷柔為主，公孫瓚偏偏喜歡動武，劉虞為了搞統戰，經常送給少數民族首領一些禮物，公孫瓚知道後半道上就給劫了，還在劉虞跟少數民族首領之間挑撥離間。

作為公孫瓚的頂頭上司，劉虞對公孫瓚的憤怒到了無以復加的程度，老頭子一向待人謙遜，脾氣也好，就這樣，經常也被氣得要死。

劉虞通知公孫瓚來開會，公孫瓚每次都推說有病不來。劉虞跟自己的心腹、太傅府人事處處長（東曹掾）魏攸商量，想用武力解決公孫瓚，但魏攸知道若真動起手來，劉虞根本不是公孫瓚的對手。

魏攸沒有直說，而是換了個說法：「現在天下人無不對您仰望，你手下也需要謀臣、爪牙，公孫瓚文武雙全，是有用的人才。現在雖然有些小過錯，也應該遷就他一下。」

劉虞聽了，才作罷。

可是，不久後魏攸死了，劉虞因為公孫瓚的事再發火也就沒人能勸住了。


## 愛民如子劉太傅

漢獻帝初平四年（193 年）冬天，忍無可忍的劉虞調集十多萬人馬攻打公孫瓚。

大軍出發前，劉虞手下一個叫程緒的人上來勸阻說：「公孫瓚雖然幹了很多壞事，但還沒有正式的罪名，明公不先曉示天下並讓他改正就直接起兵，不是國家的幸事。另外，勝敗也不好預料，不如先用武力給他施加壓力（以武臨之），公孫瓚必然悔過謝罪，這樣就不戰而使人服了！」

這話也是好意，尤其是師出無名這一點，其實很重要。公孫瓚雖然很壞，但你得讓老百姓都知道，以朝廷的名義給他定罪，這樣就合法了，也就更容易獲得支持。

但劉虞聽了很生氣，他已經被公孫瓚氣糊塗了，任何阻止用兵的人在他看來，都是公孫瓚的同黨。

盛怒之下，劉虞以擾亂軍心的罪名，下令把程緒砍頭示眾。這種事情發生在劉虞身上確實比較罕見，可見老實人也有被惹急的時候。

公孫瓚沒料到劉虞會先向他動手，因此毫無準備，他這時在薊縣，而人馬都分散在各地，面對突然襲擊，公孫瓚再能打也凶多吉少。關鍵時刻，公孫瓚在劉虞身邊安排的臥底發揮了作用。

這個臥底名叫公孫紀，因為跟公孫瓚同姓，二人以前來往就比較多，後來發展成公孫瓚的耳目，此時在劉虞身邊擔任參謀。

劉虞發起攻擊前，公孫紀連夜跑出去，及時把情報送出，為公孫瓚防守和反擊贏得了時間。

劉虞一向愛民如子，為減少百姓的死傷，向公孫瓚發起總攻前特意在薊縣城外發佈了幾道命令。

其中一道命令是：「只殺公孫瓚一個人，不要傷及無辜（無傷餘人，殺一伯珪而已）！」

劉虞還命令士卒注意戰場紀律，不要毀壞百姓的房屋，不拿群眾一針一線。

劉太傅確實是個好人，是有德之人，是幽州人民的好領導。

但是，他不是一個好統帥。

所謂仁，還有一種叫作婦人之仁。司馬遷曾經評價項羽：「項王對人，恭敬慈愛，說話輕聲細語。人有疾病，自己一邊流淚一邊把自己吃的分給他。人有立功當封爵，刻好印反覆把玩，半天不能給出去（印刓弊，忍不能予），這就是所謂的婦人之仁。」

作為朝廷太傅和幽州牧的劉虞，理應愛民如子，行仁愛之心，但作為十幾萬大軍的統帥，此時考慮的應該是如何取勝，為十多萬條生命負責。

劉虞的人馬還沒有開打先開展了一番仁愛教育，打起仗來果然畏手畏腳（不習戰，又愛人廬舍），攻了半天也拿薊縣城沒辦法。

公孫瓚瞅準時機，晚上派精銳數百人出擊，一邊攻擊一邊順風放火，劉虞軍大亂，十多萬大軍居然一戰而潰。

劉虞只好攜帶家屬和一部分士兵退到上谷郡的居庸縣，即今北京市延慶縣一帶。公孫瓚緊追不放，不給劉虞喘息之機。

居庸縣被圍三日，城破，公孫瓚將劉虞及家人俘獲。


公孫瓚抓住了劉虞，開始沒有想殺他，因為他知道劉虞在幽州百姓心中擁有崇高的威望。

公孫瓚只是下令將劉虞軟禁起來，一開始甚至州政府的往來文件還讓他批閱（猶使領州文書）。

但後來發生了一件事，讓公孫瓚還是把劉虞給殺了。

遠在長安的朝廷不知道怎麼又想起了劉虞，派段訓為使臣前來幽州，增封劉虞的食邑，並任命劉虞一個督六州事的新職務。

這六個州指的是幽州、并州、青州、冀州、兗州、涼州，簡言之，就是整個北中國。劉虞擁有這個職務，理論上就將集這六個州的

軍政大權於一身，這是一個史無前例的職務。

但這對劉虞事實上已毫無用處，即使劉虞此時不是公孫瓚的階下囚，他也無力調度目前實際控制着這六個州的公孫瓚、袁紹、曹操、呂布、劉備、袁術等人。

當時漢獻帝還沒有東歸，朝廷還在李傕等「三人小組」手中，他們拋出這一項任命，目的是分化瓦解各地的實力派，以黨人來治黨人，以諸侯來治諸侯。

所以，「三人小組」在任命劉虞的同時還升任公孫瓚為前將軍，封易侯，督幽州、并州、青州、冀州四州，範圍比劉虞小一些。

但這四個州都跟劉虞的六個州重複，公孫瓚如果承認朝廷的任命，劉虞仍然是自己的頂頭上司；如果不承認朝廷的任命，就要給個說法。

公孫瓚想來想去，覺得留下劉虞比殺了劉虞麻煩更大，所以他舊事重提，向朝廷特使段訓提出劉虞曾與袁紹合謀造反，想自己稱帝。

這件事之前說過，完全是袁紹、韓馥等人一廂情願，和劉虞毫無關係。劉虞不僅沒有參與，還斷然與袁紹、韓馥劃清了界限，並把韓馥派來的人殺了，把首級送往長安。

這是毫無爭議的事，但公孫瓚不管，說你謀反你就謀反，朝廷特使段訓也只能幹看着。

然後，公孫瓚借用朝廷特使的名義，把劉虞斬首於集市之上。

臨刑前，公孫瓚還耍個了花招，他公開宣稱：

「如果劉虞真有天子的命，上天就會颳風下雨來救他（若虞應為天子者，天當風雨以相救）！」

這是瞎扯，此時華北地區已經旱了很久，沒有一絲下雨的意思。

劉虞於是被殺。劉虞的老部下、原常山國相孫瑾以及在州政府任職的張逸、張瓚等人忠義憤發，願意伴隨劉虞一塊赴死，公孫瓚成全

了他們，把他們一起殺了，孫瑾等人在臨死前都大罵公孫瓚。

劉虞作為漢室之胄，有修養也有能力，他忠心為國，仁心愛民，執行了正確的少數民族政策。在他執政期間，保證了北部邊疆的安定。但是，他的仁愛拿到戰場上就行不通了，戰爭就是戰爭，更何況面對公孫瓚這樣強悍的對手。

公孫瓚下令把劉虞的首級送往長安，但中途被劉虞的一個叫尾敦的故吏劫下，進行了安葬。


殺了劉虞，公孫瓚害怕民意反彈，就拉朝廷特使段訓下水，脅迫他當幽州刺史。

劉虞在幽州多年，深得民望，有不少景仰者和追隨者。公孫瓚殺了劉虞，在幽州的勢力雖然擴大了，但也因此埋下了更大的禍根。

劉虞的舊部鮮于輔、齊周、鮮于銀等人趁機反抗公孫瓚，他們知道廣陽郡人閻柔素來有很高聲望，就推舉閻柔為烏桓司馬，由閻柔出面徵召烏桓、鮮卑等少數民族的軍隊，加上漢人組成聯合軍團，人數多達數萬人，進攻公孫瓚所署的漁陽郡。

雙方戰於潞河，即今朝白河以北。漁陽郡太守鄒丹不是對手，向公孫瓚求救。

公孫瓚照例不發救兵，讓鄒丹自己看着辦。

這個鄒丹還不錯，沒有投降，最後兵敗被殺。

鮮于輔等人也得到了袁紹的響應，袁紹命令麴義和劉虞之子劉和領兵北上配合鮮于輔行動。

公孫瓚前後受敵，勢力範圍受到很大壓縮。

如果袁紹一鼓作氣，公孫瓚可能提前被消滅，但此時發生了臧洪事件，袁紹不得不抽調主力轉入南線作戰，公孫瓚得以喘息。

袁紹主力在東武陽城下被臧洪牽制達一年之久，袁軍還未強大到

能同時打贏兩場大戰的程度，在此期間北線只好暫時轉入守勢，這讓公孫瓚有了喘息之機。

公孫瓚趁機把主力集結到易水一帶，在此修築了聞名於世的易水河防線。

## 易水河防線

易水位於幽州刺史部與冀州刺史部的交界處，由上游的盧水、雹水、順水、徐水等河流交匯而成，這是條古老的河流，戰國時期燕國太子丹送荊軻刺秦王時就在此作別，高漸離擊筑而歌，使此河名揚天下。

公孫瓚不久前被封為易侯，封地易縣位於易水之上。公孫瓚趁袁紹騰不出手來進攻自己的空當，以易縣為中心，沿着易水河兩岸大修軍事工事。

公孫瓚在易水的北岸挖了十多重戰壕，每隔一段又堆起五六丈高的土山，在土山上修起樓觀，大大小小的樓觀數以千計，公孫瓚手下的將領分別居住在這些樓觀裏。

這其實就是由密網交織的交通壕所聯結的碉堡群，這種碉堡被稱為京。「京」是甲骨文裏的象形字，即築起的高丘，上面有聳起的尖端。

這上千座碉堡築起了堅固的一道防線，其核心地帶是公孫瓚居住的易京，其下的土山高達十多丈，足有十多層樓高，在上面修有樓觀，下面用鐵門封死，公孫瓚平時居住在樓上，樓裏只有婢女和女官，有需要公孫瓚批閱的公文，都通過繩子吊上來，等公孫瓚批示完再用繩子吊下去。

公孫瓚在這些堡壘裏囤積了 300 萬斛糧食，他告訴手下：「從前以

為天下事可以揮手而定，現在看來不是那麼回事。兵法上說『百樓不攻』，現在我有上千座樓觀，等到這些糧食吃完，也就能把天下事弄明白了（足知天下之事矣）！」

這番話讓人想起了董卓。看來，越是生猛的狠角色內心裏越是柔軟，也越是有逃避的一面。打了無數的仗，最後得出的結論竟然是躲起來才幸福。公孫瓚說的「百樓不攻」不知道出自哪部兵書，也許是公孫瓚個人的軍事思想。

漢代 1 斛合如今約 20 升，即 80 斤左右。300 萬斛約合 2.4 億斤，12 萬噸，載重 8 噸的卡車要拉 15000 車。這麼多的糧食不大可能都囤積在公孫瓚住的易京一座碉堡裏，應該是易水岸邊上千座碉堡屯糧的總和。

公孫瓚發明的易水河防線是對傳統城池型防禦工事的顛覆，它更注重立體作戰和協同作戰，一改拒敵於城外的戰法，把敵人放進來打，憑藉堅固的工事和充足的糧食，待敵軍進入碉堡網後四處出擊，將其擊敗。

公孫瓚在易水河畔大搞「基礎設施建設」，袁紹難道就眼看着讓他這麼大搖大擺地搞嗎？

袁紹當然不願意，但他沒有辦法。

在袁紹分兵與公孫瓚作戰的同時，在他的南面始終有一根刺紮在肉裏，讓他感到疼痛，但又一時拔不出來，

這就是東武陽，袁紹的不幸是錯誤地用臧洪去對付曹操，哪知臧洪是個「一根筋」，因為張超的事居然與袁紹徹底決裂。

袁紹費了九牛二虎之力，在付出了巨大犧牲之後終於將東武陽的臧洪解決了，等他緩過勁來重新審視自己的北部，這才吃驚地發現橫亙在他眼前的是一道數百里長從未見過的、牢不可破的超級防線。

袁紹試圖展開進攻，卻遭到了沉重打擊，進攻的部隊好不容易攻到堡壘下面，卻被佔據有利地形的敵軍以弓箭、亂石等武器打得抬不起頭來。

從此之後，不幸的袁紹把主要精力又耗在了這座巨無霸防線上了，他突破這道防線最終花了數年之久，付出了慘重代價。

袁紹一定後悔不已，當初傾全力去圍攻東武陽，真是衝動。

現在公孫瓚成了第二個董卓，他已沒了鬥志，只想待在他的超級堡壘裏，在一大群婢女和女官陪伴下舒舒服服地過日子。

從戰略上講，易水河防線遲滯了袁紹統一北方的步伐，牽制了袁紹的行動，給曹操等人的發展壯大提供了難得的戰略機遇。

所以，臧洪、公孫瓚都是袁紹的克星，也是曹操的福星。

沒有他們，曹操超越袁紹的可能性將會大大降低。

## 張弘的「江都對」

說完幽州，再來說揚州。

這段時間，揚州刺史部升起一位耀眼的新星，他就是孫堅的長子孫策。

孫策字伯符，孫堅死時他只有 17 歲，他下面還有 3 個弟弟，分別是 10 歲的孫權、8 歲的孫翊以及剛出生沒多久的孫匡。

孫堅當年辭去副縣長（下邳丞）加入朝廷的軍隊，為家眷的安全考慮，把妻子吳夫人和兒女們都放在了壽春，孫堅死時吳夫人領着兒女們剛離開壽春，來到廬江郡的舒縣，即今安徽省廬江縣。

這時孫堅的舊部大多在袁術的手下，袁術完成了由南陽郡到淮南的戰略轉移，已經佔領了揚州刺史部在江北的大部分地區，孫策母子生活在袁術的地盤上。

壽春靠近北面，離戰亂地區較近，離袁術的大本營壽縣也不遠，為了一家人更安全一些，孫策帶着母親和弟弟舉家遷往了南面的舒縣。

除了安全上的考慮，舒縣還有孫策的一個好朋友，這是孫策舉家南遷的另一個原因。

這個人就是周瑜，字公瑾，舒縣本地人。周家在舒縣是第一大戶，周瑜祖父的兄弟周景當過朝廷三公之一的太尉，周景的兒子周忠此時正在長安的朝廷任職，先擔任太尉，後改任衛尉。周瑜的父親周異當過洛陽縣令。

周瑜長得身材高大、相貌俊美，還精音律，江東有「曲有誤，周郎顧」的民謠，意思是誰如果演奏音樂時稍有一點兒錯誤，都瞞不過周瑜的耳朵，他發現錯誤以後就看演奏者一眼，用以提醒對方。

但周瑜的志向並不是當一名音樂家，當時天下已亂，周瑜有更遠大的志向。他早就聽說孫策的名氣，認為他能成大事，於是主動前往拜見。

二人談得很投機，周瑜與孫策同歲，他們互相推讓着結為異姓兄弟（推結分好，義同斷金），孫策長一個月稱為兄，周瑜為弟。周瑜勸孫策把母親等家人遷居到舒縣，以備未來隨時可以擺脫袁術，孫策同意了。

吳夫人等到舒縣後，周瑜把府裏最好的南大宅讓給他們住，兩家成為通家之好。


安頓好母親，孫策又護送父親孫堅的靈柩前往曲阿安葬。

曲阿屬今江蘇省丹陽市，當時歸吳郡管轄，距孫氏祖籍吳郡富春縣有幾百里遠，距孫堅的封地烏程縣也隔着一個太湖，孫氏的祖墳在富春。

孫堅為何安葬於曲阿？史書未交代。

孫堅烏程侯的爵位按規定可以世代繼承，繼承這一爵位的一般是嫡長子，但孫策卻主動讓給了弟弟，孫權、孫翊也不要，就給了四弟孫匡。

處理好父親的後事，孫策又帶着母親和兄弟們渡過長江，到了位於長江北岸的江都縣，周瑜曾向孫策推薦了一個人，名叫張紘，周瑜說這個人很有眼光和頭腦，建議孫策向他多請教請教。

父親死後，正在上升的孫氏事業突然中斷，下一步何去何從，孫策還沒有明確的打算，不知道該怎麼辦，正好向張紘請教。

張紘字子綱，徐州刺史部廣陵郡人，早年上過太學，拜名師韓宗專習經學，成為一名學者。但他不讀死書，喜歡把書本知識活學活用，視野開闊，看問題很有見解。

孫策大老遠跑去找張紘，正逢張紘因為母喪在家守孝，見到了張紘，說明來意後，卻被張紘婉言拒絕了。

孫策很着急，甚至流下了眼淚，對張紘說：「久聞您的大名，今天的事只有您能給拿個主意（今日事計，決之於君），請您務必給出個主意，以不負我對您的高山之望。如果我能微志得展，血仇得報，這是您的功績，也是我心中所望啊！」

孫策的真誠打動了張紘，張紘幫孫策對形勢進行了分析，指出了孫策下一步的行動方案。

張紘對孫策說：「從前周朝國運衰落，但是有齊國、晉國一起來光復它，這是諸侯王應盡的職責。現在您繼承了令尊的事業，又有驍勇善戰的名望，如果現在投奔丹陽郡，在江南的吳郡、會稽郡一帶發展，那麼揚州、荊州日後也不在話下，你的家仇也可以得報（若投丹陽，收兵吳會，則荊、揚可一，讎敵可報）。之後據守長江，奮威德，誅除郡穢，匡輔漢室，功業豈不跟當年的齊桓公、晉文公一樣？如果是這樣，我願意結盟同好，渡江輔佐將軍！」

孫策聽後如夢方醒，激動不已。

如同後來劉備在隆中的草廬向諸葛亮求教一樣，孫策與張紘的這次談話同樣極為重要，有人認為是孫吳版的「隆中對」，因為這次談話的地點在廣陵郡的江都縣，所以這次談話也被稱為「江都對」。

張紘告訴孫策，不要在袁術跟前耽誤時間了，應該儘早脫離袁術，向長江以南發展。

## 遇上不靠譜的領導

在東漢 13 個州中揚州刺史部的地盤很大，大體相當於今安徽省的淮河以南部分，江蘇省的長江以南部分，以及上海市、江西省、浙江省、福建省的全部，還有湖北省、河南省的一部分地區。

現在這些都是經濟發達、人口稠密的好地方，但在當時大部分還屬於欠發達地區，尤其是長江以南的郡縣大多還沒有充分開發。

揚州刺史部下轄六個郡，江北的廬江郡和九江郡，江南的丹陽郡、吳郡、會稽郡、豫章郡。之前朝廷任命的揚州刺史名叫陳溫，下面各郡的太守也大多是朝廷所任命的，他們在政治上多忠於朝廷，沒有參與中原地區的群雄爭戰。

後來陳溫死了，一個說法是病死的，一個說法是被袁術所殺。袁紹也想插手揚州，就表奏堂兄袁遺為揚州刺史，但袁紹的勢力達不到這裏，袁遺在揚州刺史部沒有站住腳，被亂兵所殺。

袁術表奏陳瑀當揚州刺史，後來袁術率兵北上攻擊曹操的兗州刺史部，結果被曹操打敗，袁術南下，陳瑀看到袁術打了敗仗，前途黯淡，不再接受袁術的領導，拒絕其入境（瑀拒術不納）。

袁術火了，攻擊陳瑀，陳瑀敗走。

揚州刺史部的州治原來在曆陽，即今安徽省和縣，袁術嫌這個地

方過於靠南，不利於和北方列強周旋，於是把大本營放在了九江郡的壽春縣，此地即今安徽省壽縣。

袁術在壽縣自稱揚州牧，同時兼管徐州刺史部（遂領其州，兼稱徐州伯）。「徐州伯」這個職務有點兒不倫不類，當時徐州牧陶謙還沒有死，袁術大概覺得陶謙畢竟是朝廷任命的老資格官員，自己再當徐州牧或徐州刺史都不太合適，乾脆發明了一個「徐州伯」來蓋住陶謙。

但此時，袁術還無法控制揚州刺史部全境，陳溫死後朝廷也派了個叫劉繇的人擔任揚州刺史。

袁術攻擊劉繇，把他趕到了江南。

這時揚州刺史部江南四郡的太守分別是吳景、許貢、王朗和華歆，他們多是朝廷任命的，政治上沒有明顯的傾向性，現在朝廷鞭長莫及，他們便處在各自為政的局面。

因為群龍無首，所以江南一團亂象。

袁術想一口吞下揚州，但他又有些力不從心，其他勢力相距較遠，暫時無法染指揚州，所以張紘勸孫策南渡長江，以條件較為成熟的丹陽郡為基地，統一江南，之後虎視荊、揚，成為一方霸主。

孫策認為有理，於是把母親和兄弟們安頓在了江都，託張紘照料（以老母幼弟委付），之後跑到壽春，見到袁術，想要回父親留下來的舊部，再渡江南下。

袁術其實挺欣賞孫策，他曾經對人說：「假如我有孫伯符這樣的兒子，死又何恨（使術有子如孫郎，死復何恨）？」

但從理智上說，袁術壓根不願意歸還孫堅的舊部，於是找些理由拖着不辦。

孫策就不停地去找，袁術也煩了。

袁術對孫策說，丹陽郡是個出精兵的地方，你的舅舅在那裏當郡

太守，你不如到丹陽郡去募兵吧。

孫策無奈，渡江去了丹陽郡，該郡太守吳景是孫策母親吳夫人的弟弟，也就是孫策的舅舅。孫堅起事後，孫氏族人也借勢起家，吳景因為姐夫孫堅的帶動逐漸成長為太守，推測起來，這個太守可能是袁術所表奏的。

孫策在舅舅的幫助下很快募得幾百人，但是他帶着這支隊伍到涇縣一帶時，遭到當地土匪祖郎的襲擊，隊伍被打散，孫策險些喪命。

孫策募兵無果，又回到壽春。


孫策還是去找袁術，想要回父親留下的隊伍。

袁術實在沒辦法，就把孫堅當年隊伍裏的 1000 多人還給了孫策，這麼少的一點兒人馬袁術也不是白給的，他同時開出了條件，讓孫策帶着這些人去平定九江郡。

袁術向孫策許諾說：「事成之後，我就任命你為九江郡太守！」

孫策給袁術出了力，平定了九江郡，但到後來袁術卻任命另外一個人為九江郡太守。

袁術又讓孫策幫他平定盧江郡，對他說：「沒有讓你當九江郡太守是我食言了，這一回肯定任命你為盧江郡太守！」

孫策又幫助袁術平定了盧江郡。但袁術像是得了失憶症，再也記不得當初說過的話，盧江郡太守又任命了別人。

孫策感到很傷心，對袁術也徹底失望了。

孫策想帶着自己有限的人馬去江南，不過即使這樣也要得到袁術的許可，畢竟與袁術完全決裂對今後的發展不利。

孫策又找到袁術，對他說：「我們孫家在江東一帶還有一定號召力，我願意到江南去，協助舅舅吳景平定江南各郡，到時候至少可以為您募得三萬甲士，助您完成匡輔漢室的大業（可得三萬兵，以佐明

使君匡濟漢室）！」

袁術很高興，准許孫策渡過長江去開拓江東。

江東，顧名思義指的是長江以東。

長江是條自西向東流的大河，哪兒來的「以西」「以東」呢？原來，長江流到安徽境內時有一段向東北方向斜流，古人習慣以此段長江為標準確定東西和左右，把今天安徽省蕪湖以下的長江下游南岸地區稱為江東。

古人以東為左，以西為右，故江東又被稱為江左。具體來說，當時的江東指的是今江蘇南部、浙江北部、安徽南部以及江西的東北部等地區。

大約在漢獻帝興平二年（195 年）年初，孫策率領一支人馬正式渡過長江，袁術給他的兵馬少得可憐，士卒僅 1000 多人，騎兵更少，不到百人，此外還有幾百人願意追隨他（兵財千餘，騎數十匹，賓客原從者數百人）。

不過，正如孫策說的那樣，孫氏在江東的確有不小的影響力。聽說烏程侯的兒子回來了，許多人都跑來投奔。孫策渡江的地點在九江郡的曆陽，即今安徽省和縣。孫策到達那裏時，手下已聚集起數千人。

此時，孫策的母親以及孫權等諸弟已不在江都，他們又回到了曲阿，孫策派人把他們接到了曆陽，後來安置在江北的阜陵，這樣孫策在江東的行動就沒有後顧之憂了。

精於盤算的袁術之所以答應孫策向江東發展，一方面緣於九江郡、廬江郡兩個太守都讓孫策落了空，袁術擔心孫策心裏必然不滿（術知其恨）；另一方面，袁術分析了江東的形勢，認為江東現在也是諸侯割據的局面，吳郡有劉繇，會稽郡有王朗，孫策不一定能戰勝他們，所以才答應（策未必能定，故許之）。

當時的江東，除了劉繇、王朗這些人，還有很多勢力，形勢相當複雜。

劉繇是漢室宗親，關東聯軍中的兗州刺史劉岱是他的哥哥，劉繇打不過袁術，渡江來到丹陽郡，袁術命令丹陽郡太守吳景阻擊劉繇，劉繇退到吳郡，在曲阿一帶發展。他是貨真價實的刺史，又是漢室宗親，有一定號召力。

吳郡太守本是盛憲，許貢是他手下的都尉，後來盛憲因病離職，許貢接任。盛憲的太守是朝廷任命的，許貢的太守可能也是朝廷任命的，對孫策來說，與劉繇一樣，許貢也是敵人。

會稽郡在吳郡的南面，是一個大郡，太守王朗是北方人，曾師從已故太尉楊賜，算起來他是漢靈帝和何進的同學，曾在朝中為官。楊老師去世後王朗不願在朝廷混日子，棄官回到家鄉徐州。陶謙推舉他為茂才，和張昭不同，王朗接受了陶謙的徵辟，被任命為州政府人事廳廳長（治中從事），主管人員升遷考核，後來被朝廷正式任命為會稽郡太守，在政治版圖中不屬於袁術集團。

豫章郡的郡治在南昌縣，即今江西省南昌市。這個郡面積非常大，大體相當於現在整個江西省。名士華歆在這裏當太守，他的情況有點像王朗，由朝廷所任命。袁術一直打着豫章郡的主意，表奏自己的好友諸葛玄到豫章郡任太守。

除了他們，揚州還有幾股山賊、宗帥很有實力：

一股是山賊嚴白虎，白虎是他的綽號，真名不詳，他的祖籍就是孫氏的食邑地吳郡烏程縣，他和弟弟嚴輿聚眾萬餘人，屯聚於烏程等地。

一股是地方實力派鄒他、錢銅、王晟。鄒他和錢銅也是吳郡人，王晟是嘉興人，擔任過交州刺史部合浦郡太守，跟孫堅關係還挺好（有升堂見妻之分）。這幾個人分別聚眾數千到一萬多人，結成同盟，

也盤踞於吳郡境內。

一股是丹陽郡地方宗帥祖郎，祖郎是丹陽郡人，在地方上很有勢力，擁兵自重。孫策之前到丹陽郡募兵在涇縣附近被襲擊，就是祖郎幹的。

以上這些勢力都不容小覷，而孫策所能依靠的只有丹陽郡太守吳景和擔任丹陽郡都尉的孫賁。

不僅袁術不看好孫策，在當時，大多數人也沒有把他當回事，但結果卻出人意料。

## 孫策縱橫江東

孫策渡江後，首戰目標選擇的是揚州刺史劉繇。

孫策在數股勢力中之所以選擇從劉繇下手，主要考慮的是袁術一向不滿劉繇，早有吞並之意，攻打劉繇可以獲得袁術最大程度的支持。同時，在這些割據勢力中，劉繇不僅官職最大而且影響力很大，打敗劉繇，可以迅速在江東立威。

不過，劉繇也非等閒之輩，他雖然退居曲阿，但還有兩個盟友和一個幫手，不太好對付。

兩個盟友分別是彭城相薛禮和下邳相笮融，一個幫手是名將太史慈。

彭城和下邳都屬於江北的徐州刺史部，薛禮和笮融先後跟徐州刺史陶謙鬧翻，分別率所部南下。薛禮所部屯紮在秣陵，即今江蘇省江寧縣一帶，笮融所部屯紮在秣陵縣以南。他們與曲阿的劉繇結成同盟，互為掎角之勢。

之前介紹過太史慈，他曾救過北海國相孔融，後在孔融手下做事。太史慈身高 7 尺 7 寸，合如今 1.8 米以上，在當時屬於大個子。他

美須髯，猿臂善射，弦不虛發，是個神射手，打起仗來非常勇敢，在與黃巾軍作戰中揚名。

孔融後來在北海國待不下去，跑到徐州避難，最後又被曹操召喚去了朝廷任職。太史慈無事可做，想起同郡的劉繇在揚州任刺史，就跑來找他，劉繇派他負責偵察敵情（使慈偵視輕重）。

孫策進攻劉繇，先攻擊笮融，斬首數百級，笮融閉營不出。

孫策又攻擊薛禮，薛禮突圍而走。

孫策於是回過頭來再攻笮融。

這場戰鬥進行得十分激烈，在作戰中孫策被流矢所中，傷到了大腿，不能騎馬，被大家用步輿推着回了營。

有人報告笮融說孫策中箭已死，笮融大喜，派部將於茲攻擊孫策。孫策一面派人迎戰，一面在敵人後面設伏，大破敵兵，又斬首千餘級。

打敗笮融和薛禮後，孫策率兵來攻劉繇。先後攻克了劉繇控制的海陵、湖熟、江乘等地，劉繇無法立足，率餘部從長江上乘船逃往豫章郡轄下的彭澤。

在一場交戰中孫策曾與太史慈相遇，當時太史慈是一個人，而孫策身後有13個人（策從騎十三），其中包括韓當、黃蓋等人。太史慈毫不畏懼，上來便鬥，孫策刺向太史慈的戰馬，二人互有勝負，孫策奪得太史慈掛在脖子上的手戟，而太史慈搶走了孫策的頭盔（攬得慈項上手戟，慈亦得策兜鍪）。

笮融後來也到了豫章郡，跟劉繇發生了矛盾，二人內訌。

再後來，劉繇病死，笮融被部下所殺。

太史慈則到了蕪湖山中，自稱丹陽郡太守，駐紮在涇縣，設屯立府，附近一帶的山越紛紛歸附。

站穩腳跟後，孫策又一一消滅了盤踞在吳郡各地的許貢、嚴白虎以及鄒他、錢銅、王晟等部，除王晟與孫堅有舊交，又有吳夫人幫助說話因而免於一死外，其他諸人及家族都被殺（族誅）。

　　吳郡全境被孫策控制，孫策任命部將朱治為吳郡太守，下令整頓軍紀，不得侵犯百姓，受到百姓的歡迎（民乃大悅，競以牛酒詣軍）。

　　孫策又率兵向南攻打會稽郡。

　　會稽郡太守王朗的功曹虞翻建議避其鋒銳，王朗不接納，堅持守護城池到底，領兵對抗，最後被孫策擊敗。

　　王朗從海上向南逃跑，打算去交州刺史部避難，但在東冶被孫策的人馬截住，只得投降，孫策自兼會稽郡太守。

　　王朗與嚴白虎、許貢等人不同，他是北方人，在當地沒有宗族勢力，又是名士，還是朝廷任命的官員，所以孫策沒殺他，把他軟禁在曲阿。

　　王朗手下的人事處處長（功曹）虞翻投降，孫策仍任命其為郡裏的功曹。虞氏是會稽郡大族，在當地很有影響，虞翻很有學問，在地方上知名度很高。孫策把虞翻當成朋友，並親自到府上拜望（待以交友之禮，身詣翻第）。

　　孫策在江東的進展讓袁術大吃一驚，江南四郡轉眼間孫策已據有其三，這更是袁術不願意看到的，於是在背後搞了個小動作。

　　袁術派人帶上印綬祕密潛入丹陽郡境內，與宗帥祖郎等人接上頭，讓他們挑動山越與孫策對抗。

　　祖郎還與太史慈聯起手來，結成同盟。

　　孫策率軍來攻，先擒祖郎，後收服太史慈。

　　現在只剩下一個豫章郡，笮融和劉繇已死，豫章郡還是由華歆控制着，孫策先後派太史慈和虞翻前去游說，華歆投降，被孫策禮為上賓。

孫策讓丹陽郡都尉孫賁過來擔任豫章郡太守。

現在，丹陽郡太守是舅舅吳景，吳郡太守是部將朱治，豫章郡太守是堂兄孫賁，會稽郡太守由自己兼任，揚州刺史部的江南四郡盡歸孫策掌握。

實現這一切，孫策只用了四年多一點兒的時間。


## 孫權初露頭角

在孫策掃平江東的過程中，他的二弟孫權也逐漸成長起來。

論年齡，孫權比孫策小了六歲，相差還是比較大的。父親死後，孫策挑起了家庭的重擔，而孫權由於年齡太小開始還幫不上哥哥什麼忙，15歲之前孫權一直待在母親吳夫人身邊，主要任務是讀書，先後輾轉過曲阿、江都、曆陽和阜陵等地，其中在曲阿的時間更長一些。

隨着孫權年齡的增長，他身上展露出來的聰明和才智令人耳目一新，他生性開朗，既有仁義的一面，又好結交各路俊傑，多謀善斷，慢慢有了名氣（始有知名）。

孫權15歲便結束了讀書生活，出來隨兄長征戰，他經常能提出一些很有見地的意見，讓孫策都每每感到吃驚（每參同計謀，策甚奇之）。

孫策大會賓客，經常回頭來對孫權說：「這些人，將來都是你手下的將領（此諸君，汝之將也）。」

早在讀書期間，有兩個同齡人陪孫權讀過書，一個名叫朱然，一個名叫胡綜。

朱然字義封，是孫策手下重要將領朱治的外甥，本姓施，由於朱治早年沒有兒子，便過繼為子。為此，朱治專門請示孫策，孫策命令所在的丹陽郡備厚禮前去迎接朱然，接來後又舉行儀式進行祝賀。

朱然過繼給朱治時 13 歲，與孫權年齡不差上下。孫權在曲阿讀書期間，一家人的生活主要由時任吳郡都尉、後任吳郡太守的朱治照料，朱治讓朱然陪孫權讀書，二人結下深厚情誼（然嘗與權同學書，結恩愛）。

胡綜字偉則，他的祖籍是豫州刺史部的汝南郡，從小失去父親，隨母親到江東避難，孫策兼任會稽郡太守時胡綜才 14 歲，已經來到郡政府做事，孫策看他很聰明，年齡又小，就讓他到吳郡陪孫權讀書（為門下循行，留吳與孫權共讀書）。

這兩個人日後都成為孫權手下的重要將領。


到 15 歲那年，孫策不再讓孫權讀書了，而任命他為陽羨縣縣長。陽羨縣即今江蘇省宜興市，現在是太湖西岸一座美麗的城市，當時歸吳郡管轄。

孫權在陽羨的時間不長，留下的事跡只有兩件。

一件事是，孫權當這個縣長有時錢不夠用，就去與負責本郡財務工作的功曹周谷私下商量。孫策對財務工作一向管理很嚴，經常查閱賬本，周谷就改寫賬簿，替孫權開脫（輒為傅著簿書，使無譴問）。

孫權年輕時是個花錢很大方的人，這大概與他喜歡結交朋友有關。在當縣長之前孫權就經常感到錢不夠花，那時候呂範替孫策管理財務，孫權也偷偷跑去找呂範要錢，呂範與周谷不同，每次都向孫策報告。

孫權開始挺喜歡周谷，不喜歡呂範，到後來掌了權，才體會到呂範的忠誠，對周谷反而不再重用（以谷能欺更簿書，不用也）。

另一件事是，孫權在當陽羨縣縣長期間，有個叫潘璋的人來投奔他。潘璋字文珪，北方的東郡人，性格豪爽，嗜酒，家裏很窮，經常賒酒喝，弄得債主經常堵他的家門，潘璋告訴大家等他發了財一定還。

孫權在陽羨時，潘璋開始追隨，孫權特別喜歡他（權奇愛之）。

孫策開拓江東的步伐越來越快，孫權不再當縣長，而是到軍隊裏任職，一開始軍職就挺高，相當於旅長（奉義都尉）。

為了培養孫權，孫策還讓吳郡太守朱治舉孫權為孝廉，他想從一開始就讓弟弟擁有一個較高的台階和美好的履歷。

孫權帶兵打的第一仗是隨孫策征討祖郎和太史慈之戰。孫策當時讓孫權駐軍於宣城，孫策手下有個獨立團團長（別部司馬）名叫周泰，作戰很勇敢，對孫策很忠誠（服事恭敬，數戰有功）。孫權很喜歡他，就向孫策提出把周泰調到他的手下。

孫權在宣城手下不到 1000 人，由於警惕性不夠，結果遭到山賊的襲擊，敵人多達數千人。

孫權趕緊上馬，這時敵人已來到他的身邊（始得上馬，而賊鋒刃已交於左右），孫權的馬鞍都被敵人砍中了，大家一片驚恐。

這時，周泰仍然十分鎮定，拚命來到孫權周圍以身相護，他膽氣過人，左右被他的英勇感染，並力奮戰，把敵人打退。

此戰，周泰身負重傷，傷口多達 12 處（身被十二創），搶救了半天才醒過來。

這一天如果沒有周泰，孫權也就完了（是日無泰，權幾危殆）。

周泰，日後也成長為孫權手下的重要將領。

孫策拿下盧江、豫章二郡後，地盤與江夏郡等荊州牧劉表的勢力範圍相接，劉表是孫氏的老對頭，尤其是被劉表任命為江夏郡太守的黃祖更是孫氏的仇人。孫策征討一個叫劉勳的地方實力派，劉勳不是對手，向黃祖求援，黃祖派兒子黃射率 5000 人乘船來助劉勳。

仇人不請自來，孫策揮師迎擊，把黃射打得大敗。

此戰劉表也派姪子劉虎以及部將韓晞率 5000 名長矛軍來支援，但

都不是孫策的對手。

孫權也參加了這場戰鬥，戰後孫策上表朝廷匯報作戰經過，表中列舉了參加皖城之戰將領的名字，其中有建威中郎將周瑜、征虜中郎將呂範、蕩寇中郎將程普、奉業校尉孫權、先登校尉韓當、武鋒校尉黃蓋等。根據這份名單，孫權雖然年輕，名字已經可以與程普、周瑜等人同列，職務也與韓當、黃蓋等人相當。

這份戰報還稱，此戰俘獲黃祖的親屬 7 人，斬殺劉虎、韓晞以下 2 萬餘人，另有 1 萬多人溺水身亡，繳獲各類船隻 6000 多艘。

從這些數字可以看出孫策征戰的規模，說明他的實力已經相當了得。

## 陶謙的臨終託付

說完幽州和揚州，再來說說徐州。

因為張邈、陳宮和呂布發動的叛亂，曹操當初從徐州撤了兵，之後徐州的形勢得到緩和。

對陶謙來說，這是一個難得的機遇期，曹操一時半會兒難以從與呂布、張邈的苦戰中脫身，袁紹還要對付公孫瓚，黃巾軍餘部受到重挫，目前處於低潮，唯一遊手好閒又不安分的袁術，此時在荊州牧劉表的強大壓力下離開了南陽郡，向揚州刺史部壽春方向轉移，目前一心向南拓展。

陶謙應抓住這個空當，厲兵秣馬，以備與曹操再次決戰。

可是陶謙卻提不起精神來，他病了。

這時候的陶謙已經 60 歲了，在人的平均壽命大大低於現在的古代，這個年齡已經到了暮年，是可以交代後事的年齡了。

一般人會把事業交給兒子，陶謙有兩個兒子，一個叫陶高，一個

叫陶應，但陶謙不想讓他們接班，這兩個兒子也沒有當官（謙二子，商、應，皆不仕）。

陶謙並非淡泊名利，只是他深知權力是誘惑也是陷阱，如果自己的兒子能力平平，把權力交給他們等於害了他們，所以陶謙是明智的。當前，徐州經過兩次戰火，已經成了一個爛攤子，曹操大軍注定還會再來，陶謙更不會把這樣的爛攤子交給兒子，陶謙在尋找更合適的接班人。

陶謙手下確實聚集着一批人才，這些人包括孔融、張昭、許劭、王朗、趙昱、麋竺、陳登等，他們都是漢末三國的風雲人物，他們要麼在陶謙手下供職，要麼正在陶謙這裏做客。

北海國相孔融那時是被迫無奈來到徐州做客的，當初劉備幫孔融打退管亥後，危機暫時化解，劉備表奏孔融代理青州刺史（劉備表領青州刺史）。這條記載匪夷所思，青州刺史是公孫瓚所表奏的田楷，劉備以一個國相的身份如何表奏別人當刺史，更何況這個刺史位子上還坐着自己現在的頂頭上司？

其實想想也是有可能的，史書說劉備表奏孔融是在孔融來北海國上任的第六年（在郡六年），董卓下放孔融到北海國是初平元年（190年），第六年是興平二年（195年），這時候劉備已經在陶謙的支持下當上了豫州刺史，已經脫離了公孫瓚集團，他是以豫州刺史的身份表奏孔融代理青州刺史的。

孔融雖然代理青州刺史，但手裏卻沒有實權，也沒有地盤，在政治上他既不倒向公孫瓚，也不依附袁紹、曹操，孔融的一生都是堅定的保皇派。孔融認為袁紹、曹操終究要廢除漢室，堅決不與他們合作，有個屬下勸他跟袁紹等人不妨拉拉關係，孔融大怒，把他殺了（勸融有所結納，故怒而殺之）。

但孔融只是一個文人，雖然志向頗高，一向想解除漢室的危難，卻缺乏實幹才能，所有理想沒有一件成功（才疏意廣，迄無成功）。孔融還在北海國時，袁譚來攻，從春天打到夏天，孔融手下只剩下幾百人，流矢雨集，戈矛相接，孔融仍然憑幾讀書，談笑自若。城陷，孔融出逃，家眷做了俘虜。走投無路之下孔融來到徐州，暫時在陶謙處棲身。

以後在江東揚名的張昭是徐州刺史部彭城國人，少時好學，擅長書法，精於《左氏春秋》，與琅琊國人趙昱、東海國人王朗一道聞名，互為友好，陶謙慕其名，察舉他為茂才，但被張昭拒絕。陶謙認為張昭瞧不起他，一怒之下把張昭囚禁，趙昱那時在陶謙手下供職，經他營救，張昭得以釋放。

王朗曾師從太尉楊賜，由於楊賜還教過漢靈帝和何進，所以王朗的師承關係異常顯赫，因為老師的引薦，加上他學問好，王朗曾在朝中為官。楊老師去世後，王朗不願再混日子，棄官回家。陶謙推舉他為茂才，和張昭不同，王朗接受了，被任命為州政府人事處處長（治中從事），主官員升遷考核。

許劭是豫州刺史部汝南郡人，跟袁紹是同鄉，論在當時的知名度，張昭、王朗跟他比還差不少，因為他和從兄許靖是當時最著名的評論家，以品評人物而知名當世，他們每個月都要對當下的人物進行一次品評，人稱為「月旦評」，曹操那句「清平之奸賊，亂世之英雄」就是許劭給的。

家鄉動盪，許劭想到淮南避難，經過徐州時被陶謙留下，陶謙以禮相待，照顧得十分周到。

趙昱的名氣相對小些，陶謙聘任他為副州長（別駕），趙昱不想接受，稱說有病。陶謙讓人給他帶話，要給他點兒顏色看看（欲威以刑罰），趙昱才答應做官。

陳登是徐州刺史部下邳國人，少年時便懷有扶世濟民的遠大志向，博覽群書，融會貫通。25 歲被舉為孝廉，任東陽縣縣長，有政績。陶謙提拔他為典農校尉，負責墾殖，開拓耕地，興修水利，發展農業生產，減少饑荒（巡土田之宜，盡鑿溉之利，粳稻豐積）。

漢末曹操屯田成就了霸業，其實曹操並不是漢末第一個搞屯田的，陳登搞屯田比曹操早了好幾年，曹操是向他學的。

陶謙打定主意把班交給外人，他把以上這些人都打量一番，但又都不滿意。

論名氣，許劭、孔融最大。

論學問，張昭、王朗不低。

論才幹，趙昱、陳登都不錯。

但是，名氣大的能力差，學問好的缺實踐，有實踐的又不放心。有的人有雄才卻無大略，有的人有大略但無雄才，有的人既無大略也無雄才。交班不是小事，不是一交了之，所託非人，勢必連累自己及後人。

最後，陶謙想到了劉備，這個人來徐州雖晚，但雄才大略兼具，手下人馬雖然不多，但戰鬥力很強，讓他主持徐州事務，陶謙覺得比交給其他那些人更放心。

想好後，陶謙把副州長（別駕）叫來，告訴他自己可能不行了，徐州今後的大事，只能交給劉備了（非劉備不能安此州）。

這位給陶謙當副州長（別駕）的人名叫糜竺，徐州刺史部東海國人，是個大富商，他們家世代經營墾殖、貿易，家裏有僕人、奴婢上萬人，家產好幾億（祖世貨殖，僮客萬人，貲產鉅億）。

做完這番政治交代，陶謙就死了。

儘管陶謙囚禁過張昭，張昭還是為他寫了一篇祭文。

# 劉備交好運

麋竺跟眾人商量，多數人擁護陶謙的決定，於是大家推舉麋竺率徐州官民代表團前往小沛迎接劉備，陳登、孔融等人也特意同行。

大家見到劉備，直接說明來意，劉備頗顯吃驚。

劉備沒想到陶謙會讓自己主持徐州事務，他雖然幫了陶謙一些忙，但畢竟交往還不算多，陶謙如此看中自己，讓劉備完全沒有思想準備。

而且，對於陶謙的這番好意和在別人眼中求之不得的好事，劉備也不敢貿然接受。

在徐州及其周邊一帶，劉備還算不上真正的實力派，他的手下目前只有幾千人馬，活動範圍僅限於小沛周圍，徐州外圍現在有袁紹、曹操、袁術等列強環伺，劉備根本左右不了局面。

所以劉備當即表示推讓，陳登勸道：「現在漢室陵遲，海內傾覆，立功立事在於今日，徐州戶數超過百萬，雖然有點委屈您，但仍然希望您能屈尊就任（欲屈使君撫臨州事）！」

劉備也許知道陳登的名字，但跟他也不熟，所以客氣道：「袁術先生在壽春，離這兒也不遠，袁先生的家族四世五公，海內所歸，這個位子應該由他來坐（君可以州與之）。」

陳登最看不上的人就是袁術，堅持勸劉備：「袁術這個人既驕且豪，不是治亂之主，我們可以幫助閣下組織起 10 萬軍隊，上可以匡主濟民，成就春秋五霸那樣的事業，下可以割地保境，在史冊上留下英名！」

劉備仍然猶豫，這讓孔融有些著急了：「袁術這個人不是憂國忘家的人，頂多是墳墓中的枯骨而已（塚中枯骨），又何足掛齒？現在百姓擁護的是有能力的人，天賜良機，您要不接受，將來後悔都來不及（今日之事，百姓與能，天與不取，悔不可追）！」

劉備跟孔融倒是打過交道，他一向敬重孔融，見孔融說了話，又看到徐州來的這些人個個都很急切和真誠，於是不再推辭。

劉備安頓好小沛的事，之後便隨眾人前往郯縣。

對於劉備的決定，也有人不以為然。

劉備離開小沛前，有個人找到他，勸他不要去。這個人就是陳群，他此時擔任劉備的副州長（別駕），跟孔融也是好朋友。

聽說劉備要去徐州，陳群勸道：「袁術的力量現在還很大，如果您此時去徐州就任，一定招致他的怨恨，袁術和呂布聯手，您即使得到徐州也難以成事（呂布若襲將軍之後，將軍雖得徐州，事必無成）。」

應該說，陳群的眼光是獨到的，判斷是準確的，後面的事情也正如他的預言一樣。只是陳群沒有告訴劉備怎麼做才能抓住眼前的機會趨利避害，在看得見的機會面前，不可預知的風險往往顯得不那麼重要。

而且，劉備即使放棄了這次機會，就能避免與袁術的碰撞嗎？也不一定。

人已在江湖，身不由己，沒有風險要去，有風險也要去。

一般說來，劉備離開平原國南下是事業的重要轉折點，擔任豫州刺史事業躍上了一個新台階，入主徐州才是他事業發展的里程碑。

和孫策突然崛起一樣，劉備從默默無聞到成為一方諸侯，也只用了短短幾年時間。

劉備被眾人推舉就任的是徐州刺史，而不是陶謙之前擔任的徐州牧。刺史和州牧雖然都是一州之長，但分量是不一樣的。

如前所述，刺史最早只是監察官，相當於派到各州的檢查組組長，品秩只有 600 石，跟縣令一樣，低於品秩 2000 石的郡太守。只

是後來各地局勢混亂，刺史逐漸成為一州的軍政長官，地位才日趨顯赫。

刺史雖然實權大增，但以前的制度規定都沒有改，管理一州事務多少有點兒名不正言不順，朝廷意識到這個問題，後來改刺史為州牧，品秩提高到 2000 石，但州牧只授予那些資曆老、名望高的人，資曆、名望達不到的，仍然是刺史。

劉備來到了他戰鬥過的郯縣，與徐州各界人士見面，表面淡定，內心卻有點兒激動。

不過，也只是激動了一小陣，之後劉備認真審視了徐州內部的現實情況，又有點兒高興不起來了。

徐州本來就不算太大，目前有一大半卻不是他所能控制的。


## 轉投新陣營

徐州刺史部下轄五個郡國，從北到南依次是琅邪國、東海郡、彭城國、下邳國、廣陵郡。琅邪國的大部分地區目前被臧霸、孫觀、吳敦、尹禮泰山幫控制着，臧霸和他們抱成一團，幾個人發展成一個組織，表面服從陶謙領導，其實只聽臧霸的。

陶謙在世時拿他們也沒有多少辦法，只能睜只眼閉只眼，只要他們不鬧事就行。陶謙一死，臧霸領着孫觀、吳敦、尹禮聚兵於琅邪國的開陽縣，正式打出旗號，以臧霸為首領（收兵於徐州，與孫觀、吳敦、尹禮等並聚眾，霸為帥，屯於開陽）。

現在的東海郡太守昌豨，他也跟泰山幫關係密切，雙方共進共退，如此一來，徐州的一小半就不是劉備所能控制的了。

不僅如此，最南面的廣陵郡也不在目前的控制中。

陶謙在時，王朗被朝廷徵召到江東擔任了會稽郡太守，趙昱擔任

了廣陵郡太守。趙昱頗為正直，雖然不滿陶謙，但讓他造反，無論是反朝廷還是反陶謙，他都不會幹。

但這時，廣陵郡來了不速之客。

這個人就是笮融，曹操二征徐州時，笮融率手下部從及家屬男女共一萬多人南下，到了廣陵郡。趙昱待笮融為賓客，擺下盛大酒席招待。笮融看到廣陵郡物豐民富，怦然心動，起了歹心。一次宴會上，笮融將趙昱殺害，襲取了廣陵郡。

笮融的勢力一度在下邳國南部和廣陵郡坐大，後來由於袁術的打擊，笮融又逃到江南，廣陵郡的大部分地區被袁術實際控制着。

對劉備這個徐州刺史來說，手裏能控制的，只有彭城國和下邳國而已。


更為嚴重的是，徐州還隱藏着內亂的危險。

陶謙雖然死了，他手下還有一支嫡系隊伍，陶謙是江東的丹陽郡人，那裏素來出精兵，陶謙能在徐州立足，靠的就是一支丹陽兵，他死後，這支人馬由將軍曹豹率領。

曹豹出身不詳，之前和劉備曾聯手抗擊過曹操，與糜竺、陳登等人不同，曹豹手裏掌握着軍隊，是真正的實力派，在迎請劉備的過程中，並沒有看見他的身影，這讓劉備很擔心。

除了內部的隱憂，外部形勢也很嚴峻。

在袁紹和袁術牽頭的兩大陣營中，劉備本來是袁術陣營裏的，但現在的形勢漸趨明朗，袁術陣營裏的公孫瓚和陶謙，一個走向沒落，一個已不存在，袁紹、曹操的勢頭卻正猛，何去何從，需要掂量。

如果繼續與袁術、公孫瓚聯盟，那就要和袁紹、曹操成為敵人。從曹操現在的情況看，徹底打敗呂布是遲早的事，之後曹操肯定會再戰徐州，那時公孫瓚指望不上，袁術這個老滑頭也未必會幫忙，以徐

州支離破碎的現狀，去對抗曹操以及他背後的袁紹，沒有任何取勝的可能。

對劉備來說，最理想的出路是兩邊都不參與，都不得罪，你們打你們的，我只作壁上觀。但這是幻想，各方博弈漸深，已沒有逍遙在外的空間。群雄逐鹿逐到了這個份上，沒有朋友可以，沒有敵人，是做不到的。

退而求其次，那就只能與最強大的一方結盟，這是劉備面前的現實選擇。

為此劉備以陳登等人的名義給袁紹寫信，信中說：「上天降下災禍，這場災禍橫掃我們徐州（天降災沴，禍臻鄙州），徐州主事的人已經不在了，生民無主。在這種情況下，我們擔心一旦有奸雄出現，趁隙襲取，那將有損盟主您的威名。所以，我們共同商議，準備推前平原相劉備來主事徐州（輒共奉故平原相劉備府君以為宗主），使百姓有所依歸。現在寇難縱橫，我無法親自登門解釋，特派遣下吏奔告於您。」

劉備在信中直接稱袁紹為盟主，是有精心考慮的，意思大概有兩層：一是袁紹是公認的關東聯軍盟主，是習慣相稱；二是徐州已決定投靠袁紹陣營，遵袁紹為盟主。

至於兩種解釋中袁紹願意接受其一還是都接受，就看他本人的意思了。劉備想投靠袁紹陣營，但不清楚袁紹的意思，這封信算是投石問路，避免自己直接送上門被拒絕的尷尬。

對劉備的好意袁紹當然不拒絕，袁紹馬上回了信：「劉玄德宏量大度，又很有信義，現在你們徐州人士樂於擁戴他，這實在是眾望所歸啊（今徐州樂戴之，誠副所望也）！」

袁紹的態度也表明了，他同意劉備當這個徐州刺史，也接受徐州加入他的陣營。

劉備這才鬆了口氣，這個問題解決了，北面之憂可以緩和，曹操

也不會馬上來攻徐州了，至於袁術和公孫瓚方面，走一步看一步吧。

外部的壓力舒緩了，為解決內部問題創造了條件。

劉備深知不能跟泰山幫把關係搞僵，所以他主動與臧霸等人緩和關係，承認臧霸、昌豨在琅琊國、東海郡的現實利益，臧霸、昌豨等人紛紛表態，他們會像擁戴陶謙一樣繼續擁戴劉備。

為了換取臧霸、昌豨等人的支持，也為了有一個更加穩定、安全的後方，劉備做出一項重大調整，把徐州刺史部治所由東海郡的郯縣遷往下邳國的下邳縣，此地即今江蘇省邳州市的下邳故城。

對陶謙的舊部，劉備能拉攏的就拉攏，能包容的就包容，平衡好各方面關係，讓大家都滿意，不鬧事。只要能站穩腳跟，就能慢慢擴充自己的實力。

劉備任命曹豹擔任下邳國相，以換取陶謙舊部對自己的支持，陶謙的舊部許耽等人，都擔任着師長（中郎將）一級的軍職。而劉備帶來的手下，職務都普遍不高，關羽、張飛等人目前還只是在平原國時任命的獨立團團長（別部司馬）。

做了這些事，收到的效果挺不錯，臧霸、昌豨等人表態支持劉備，許耽等人也表示服從。雖然他們從內心深處未必是這樣想的，但現在只要不公開鬧分裂、鬧事就行。

時間在劉備一邊，問題可以一件一件去解決，只要不犯錯，他就能在徐州穩紮穩打下去，最終成為徐州名副其實的主人。

## 收留喪家之犬

但劉備卻犯了一個錯，而且是大錯。

漢獻帝興平二年（195 年）春夏之交，正當劉備忙着徐州的內外

部事務時，來了一位不速之客。

這個人，就是被曹操從兗州一路打出來的呂布。

呂布、陳宮率殘部從兗州出來，無路可去，只得向南來到了徐州刺史部境內，聽說徐州已經換了新主人，州治也搬到了下邳。

在當時，呂布名氣顯然遠遠大於劉備，呂布如果看到劉備的經歷，他一定會感歎：這麼好的運氣為什麼我沒碰上？

在呂布看來，劉備先遇到良師盧植，又遇到益友公孫瓚，對他的人生、學問和事業都大有幫助，他來徐州，也僅僅打過一場郯城保衛戰，就要名有名、要實有實。

想想自己，一出道就遇上了丁原，目光短淺，不能知人善任。接著是董卓，天下公認的惡人，對自己也只加以利用而毫無感情。至於其他人，王允目光短淺，袁術冷酷無情，張楊庸庸碌碌，袁紹過河拆橋，張邈形同白癡，呂布肯定認為他打過交道的淨是這幫對自己有害無益的人。

俗話說得好，人比人氣死，貨比貨得扔。但說這些又有什麼用，具體到眼下，呂布已無路可去，還只能去投靠劉備。

對於劉備會不會接納自己，呂布大概也做過判斷，他認為劉備新取了徐州，目前最關心的是穩定局勢。陶謙昔日號稱手下有 10 萬人馬，實力一度不輸於曹操，劉備客居於此，驟然以主人的身份坐擁一州，說他有點心虛，那也屬於正常。

儘管糜竺、陳登等實力派力挺劉備，但不敢保證所有的人都對他擁戴和歡迎，有反對他的人也在所難免，所以劉備現在最想做的事就是快速擴充屬於自己的勢力，對內打壓徐州本地那些不服自己的人，對外抗拒袁術、袁紹和曹操等人。

基於這樣的分析，呂布覺得去徐州完全是可行的。

呂布、陳宮率領從兗州逃出來的隊伍直接向下邳城進發。

曹操沒有追擊他們，原因大概有兩個。

一是當時正在進行的雍丘之戰打得並不順利，本來曹操認為趁着強大的氣勢，面對孤軍，雍丘可一戰而下，出人意料的是，雍丘軍民在張邈的弟弟張超率領下鬥志昂揚，寧死不降，張邈赴袁術處搬救兵，城裏固守。後來張邈雖然沒搬來兵，但這一仗讓曹操打了好幾個月。

二是徐州這時已經是劉備在主政，劉備主動向袁紹示好，徐州由敵人變成了盟友，沒有理由向新盟友劉備開戰。曹操打了一年多，也累了，需要補充休整，曹操手下的謀士荀彧、毛玠等人建議曹操暫停軍事行動，發展地方生產，恢復元氣。至於呂布，就交給劉備了。

下邳位於沂水和泗水交匯之處，沂水由北向南經城西注入泗水，泗水由西向東經城南流過，泗水最後匯入淮水。城西北有葛嶧山，一看這裏的地勢，就相當易守難攻，下邳是座古城，楚漢相爭時在這裏屢有戰事。

呂布到了徐州，來到下邳縣，提出面見劉備。

劉備沒有過多思考，立即欣然相迎。

呂布見到劉備時一副畢恭畢敬的樣子，跟劉備還套起近乎：「我跟您都是邊地人，真是緣分呀。我殺董卓，本應該得到天下人的敬重，卻沒有人願意接納我，還都想殺我（關東諸將無安布者，皆欲殺布耳），所以來投奔您。」

呂布的老家是并州刺史部五原郡，在今河套平原一帶，劉備的老家在幽州刺史部涿郡，今北京市以南，二人本來拉不上老鄉關係，但呂布認為五原郡和涿郡都屬於邊地，相當於老鄉吧。

呂布還把劉備請到自己營帳中做客，喝完酒，邀請劉備到內帳中，請劉備坐在自己妻子的牀上，然後把自己的妻子叫出來拜見劉

備，為劉備斟酒布菜（請備於帳中坐婦牀上，令婦向拜，酌酒飲食）。

之前說過，歷史上並沒有貂蟬這個人，但呂布是有妻子的，只是他的妻子叫什麼名字，史書沒有記載。

呂布跟劉備稱兄道弟，劉備生於漢桓帝延熹四年（161 年），小曹操 5 歲，此時虛歲 35 歲。呂布生年不詳，他把劉備稱為老弟，可能比劉備年長。

對於如何安排呂布，劉備也已經想好了，他讓呂布駐紮在小沛，並且把自己擔任的豫州刺史一職讓給呂布。

小沛這個地方的特殊性前面也說過，這個地方是徐州抗擊北方強敵進攻的前哨，是頂在徐州頭上的鋼盔。


這個決定，當然是錯的。

劉備了解呂布的能力，卻不了解呂布的為人。

呂布雖然號稱「飛將」，但他先後殺了自己的上司丁原、董卓，又跟袁術、袁紹等人鬧翻，也許原因各不相同，每一次也都有自己的理由和苦衷，但從結果上看，呂布這個人缺乏政治誠信，甚至可以說他沒有基本的道德底線。

丁原、董卓、袁術、張楊、袁紹個個都算是人物，他們都跟呂布打過交道，但他們不是死於呂布之手，就是吃過呂布的大虧，至少沒落到什麼好處。

防火防盜防呂布，大概早就有人總結出來了。

即使是張邈、陳宮這些曾十分看好呂布的人，最終也沒有在呂布身上落下什麼好，他們想反曹，原來可以自己幹，因為看中了呂布的名氣所以把他拉來入夥，結果卻一事無成，反受牽連。

名氣這種東西，並不是走到哪裏都好使。

可劉備偏偏忽視了這些，被呂布幾句花言巧語就騙過了。

而且，更嚴重的現實問題劉備大概沒有考慮到，劉備剛剛跟袁紹拉上關係，未來還要依靠袁紹的照應。但呂布是袁紹的敵人，袁紹派人四處追殺他，所以絕不希望看到呂布這條鹹魚還能翻身。劉備收留呂布，顯然沒有考慮過袁紹的感受。

劉備更沒有考慮過曹操的感受。呂布還是曹操的敵人，曹操大概還寄希望於劉備替他來收拾呂布，現在呂布在劉備的幫助下起死回生，曹操會怎麼想？曹操會認為劉備公然與他為敵，曹操已經兩征徐州，未來難免會有第三次。

劉備出道以來已摸爬滾打了好多年，方方面面的經驗已經積累了不少，不算是新手了，為何還會犯這樣的低級錯誤呢？

這大概還是形勢逼的，劉備固然也想到過收留呂布會帶來的種種不利，但在劉備眼裏呂布有一個好處，那就是他仍然具備一定的戰鬥力，並且與徐州本地的這些勢力素無瓜葛。

目前，劉備可依賴的只有關羽、張飛、陳到所率領的有限兵馬，徐州各路地方勢力不會真心實意聽他指揮。一旦有大的行動，防敵人的時候還得防內部，這是劉備焦心的事。可能在劉備看來，引入呂布可以平衡徐州的各路勢力，讓自己這個徐州刺史坐得更穩。

但這只是劉備的想法，卻不是呂布的想法。

# 第六章 鞏固新朝廷

## 果然恩將仇報

劉備收留呂布的消息傳出，袁紹、曹操還沒有什麼反應，袁術卻不幹了。

眾所周知，袁術跟呂布也鬧過彆扭，但二人還算不上有仇，他之所以不幹，並非針對呂布，而是針對劉備本人。

近一段時間以來，袁術發展得還挺順利，把大本營東遷壽春後，他不斷向四周拓展勢力，基本佔據了揚州刺史的江北部分，以及豫州、兗州、徐州的一些地方，手下有了郭貢、張勳、橋蕤等將領，孫策名義上也歸他領導。

手裏有點兒實力，此兄就容易張狂。

漢獻帝當初在曹陽遇險，消息傳遍全國，有人說天子在曹陽遇難了，袁術聽到後既不着急也不悲傷，反而迫不及待地召集了一次會議。

會上，袁術對手下人說：「如今劉氏微弱，天下亂糟糟，缺乏統一領導。我們袁家連續四代人當過三公，是天下名望所歸，我想順應民意，大家看看這怎麼樣（欲應天順民，於諸君意如何）？」

大家都聽傻了，不相信自己的耳朵。

「順應民意」說得再含蓄，眾人也聽得明白，那就是袁術想自己當皇帝。漢室不幸，皇綱失統，湧現出不少覬覦大位的人，稱王稱帝的事近幾年張純幹過，王國幹過，笮融這樣的人也幹過。但「四世三公」出身的袁大公子也想幹，這把大家震住了。

震驚之餘，沒一個人吱聲。

不吱聲，那就是反對。

為打破尷尬，袁術的辦公室主任（主簿）閻象說道：「當初周朝從後稷起以至於周文王，積德累功，三分天下已經佔有其二，仍然服從商王殷紂的領導。明公您雖然出身世家，但還沒有達到周王那樣的強盛。而且現在漢室雖然微弱，還沒有像殷紂王那樣殘暴啊！」

閻主任的話相當委婉，但意思是明確的，您老人家比周文王差得遠，漢獻帝比殷紂王強得多，當初周文王那麼大的勢力了都甘願服從殷紂王的領導，您有什麼資本當皇帝呢？

袁術聽了心裏不高興，半天不說話（嘿然不悅）。

但是沒有人支持，這件事也就暫時放下了。


恰在這個時候，袁術聽說劉備取代陶謙當了徐州刺史，還收留了呂布，儼然是一顆冉冉升起的新星，這讓袁術十分不快。

更讓袁術不滿的是，陶謙主政的徐州是自己的盟友，這個劉備一接手，不問青紅皂白，也不去打聽打聽過去的歷史，馬上轉投袁紹集團，這讓袁術無法接受。

袁術決定給劉備以教訓，他對人說：「我袁術生平還從來沒有聽說過天下還有劉備這個人（術生年已來，不聞天下有劉備）！」

袁術發兵北上，想趁劉備立足未穩之際把他趕下台。

劉備聽說袁術要打他，雖然有些不理解，卻不敢怠慢，趕緊整頓人馬南下迎敵。

建安元年（196年）春天，劉備親自率兵到達徐州刺史部南部一帶與袁術交戰。

這時曹操已經把漢獻帝和朝廷接到了許縣，聽說劉備跟袁術打了起來，曹操挺高興。

曹操跟袁術交過手，從當時的陣營劃分來說，袁紹、曹操、劉虞屬同一陣營，袁術、公孫瓚、陶謙是另一陣營，劉虞被公孫瓚消滅了，雙方的平衡被打破，但陶謙隨後死了，劉備主動向自己陣營靠攏，目前又與袁術刀兵相見，這又是一個積極變化。

曹操覺得應該給劉備以支持，於是以朝廷的名義任命劉備為平東將軍，封宜城亭侯，這是一份大禮。

草根出身的劉備自此有了朝廷正式授予的爵位，同時也有了正式的軍職。此前劉備的軍職是公孫瓚授予的獨立團團長（別部司馬），不僅非法，而且非常低。平東將軍在雜號將軍之上，相當於戰區副司令，劉備連升了若干級。

劉備收留呂布，一定程度上使曹操覺得很不快，但劉備現在跟袁術打了起來，在曹操眼裏劉備又成了可以依賴的力量，所以曹操要力挺劉備。


劉備是率關羽南下的，留張飛守下邳。

張飛此時的軍職仍然是團長（司馬）。下邳城裏比張飛職務高的人有不少，比如陶謙的舊部曹豹，他的職務是下邳國相，相當於郡太守，還有陶謙的另一個舊部許耽，職務是師長（中郎將）。

張飛職務不高，但他是劉備的親信，劉備只能把後方交給他，對於這樣的安排，曹豹、許耽等人自然不服氣。

我們不是市長就是師長，聽一個小團長的，算怎麼回事？

而且，劉備率兵南下，帶走的基本上都是嫡系人馬，他得保證在與袁術交戰中取勝，這樣一來下邳城的防務就只能以陶謙的舊部為主了。如果劉備此去很快獲勝，徐州倒不會出現大的閃失，但如果打了敗仗或者陷入長期僵持，那就不好說了。

而這一仗，恰恰打成了拉鋸戰，劉備和袁術在淮陰的石亭一帶交

戰，雙方互有勝負，形成對峙的局面。

這就需要張飛有足夠的智慧和耐心處理好後方的事，但張飛是打仗在行，處理複雜微妙的局面卻不拿手。

這就危險了。


袁術看到這種情況，馬上想出了打敗劉備的辦法。

袁術想利用一個人，他就是呂布。

呂布到小沛後，並不甘心給劉備站崗放哨，他曾偷偷地給袁術寫過信（布初入徐州，書與袁術），這封信裏都寫了些什麼不詳，但袁術給他的回信卻保存了下來。

袁術在這封回信中對呂布說：

「過去董卓作亂，破壞王室，禍害我袁家門戶。袁術舉兵關東，未能殺了董卓。將軍誅殺董卓，把他的首級送來，替我袁術報仇雪恥，使袁術我明目於當世（為術掃滅讎恥，使術明目於當世），死而無愧，這是將軍的第一大功勞。

「過去金元休到兗州上任，是朝廷正式任命的兗州刺史，但被曹操這個逆臣所拒，流離而走，差一點被迫害致死，將軍你破兗州，為朝廷伸張了正義，這是將軍的第二大功勞。

「袁術有生以來沒有聽過天下還有個劉備，劉備舉兵與我對戰，憑藉將軍的神威，讓我得以攻破劉備（術憑將軍威靈，得以破備），這將是將軍的第三大功勞。」

袁術在信中最後鼓動呂布說：「將軍有 3 件大功在袁術，袁術雖不敏，願以生死相奉。我知道將軍連年攻戰，軍糧短缺，現在特送來米20 萬斛，已經出發上路，而且不止這些，後面還源源不斷提供。如果兵器戰具缺少，只管提出，將全部答應（若兵器戰具，它所乏少，大小唯命）。」

袁術誇獎呂布的三件大功，其具體情況已為世人所知，像打曹操這樣的事，算不上什麼光榮事跡，但袁術仍然拿出來當事說，目的是跟呂布套近乎。

袁術提到的金元休就是朝廷任命的兗州刺史金尚，他被曹操打跑後到了袁術那裏。問題是，袁術起兵時自己的身份也不合法，後來還扣留過朝廷的特使，隨意任命官吏。現在就連朝廷都變得很務實了，漢獻帝已經下詔承認了曹操的兗州牧身份，袁術還在舊事重提，有點兒無聊。

當然，給呂布戴高帽子並不是袁術回信的重點。

袁術和劉備開戰後本來想得很簡單，袁術認為劉備要麼望風而逃，要麼被他一戰消滅，但沒想到在他眼裏不值一提的劉備戰鬥力居然如此強悍，頂住了他的進攻，雙方打成了平手。

袁術也想到了利用呂布打垮劉備，當然讓人替自己幹活是需要付出代價的，袁術明白這個道理，所以在信中說願意提供 20 萬斛糧食給呂布。

近年來除了兵荒還有天災，糧食極為稀缺，呂布餓怕了，深知糧食的寶貴。

呂布接到袁術的信很激動（得書大喜），對袁術提出的事馬上應承了下來。


這時，下邳方面有人主動來聯絡呂布，呂布覺得更是天意。

來聯絡的人是曹豹，他與張飛的矛盾越來越深，已經到了水火不相容的程度，張飛對外放出話來，要殺曹豹（陶謙故將曹豹在下邳，張飛欲殺之）。

曹豹派人來告訴呂布，他願意充當內應。

呂布不再有任何猶豫，立即引兵由小沛殺往下邳。

小沛在下邳城的西北方向，這兩座城都臨泗水，呂布除了走陸路，還帶來一支水軍（水陸東下）。呂布來徐州時間並不長，他是逃難來的，身邊不可能有水軍，這支水軍應當是到了小沛後組建的。劉備讓呂布守小沛，是讓他替自己抵擋北方之敵，這並不需要水軍，呂布組建水軍，用意不是向北而是向南，由此也可見他早有居心。

呂布率部到了下邳城以西40里的地方紮營，負責下邳城防務的師長（中郎將）許耽派一個叫章誑的團長（司馬）來見呂布，報告了下邳城裏發生的最新情況。

張飛提前動了手，把曹豹殺了。

不過，張飛控制不了局面，城中人心惶惶，大家互不信任。

曹豹雖然死了，但許耽表示願意做內應，他手下的丹陽兵負責駐守下邳城的西門，屆時可以打開城門迎接呂布進城。

章誑轉述了許耽的意思，並對呂布說：「大家聽說呂將軍要來都特別高興，好像看到了生的希望（大小踴躍，如復更生）！」

呂布連夜進兵，清晨時分來到下邳城西門外，丹陽兵果然打開西門，呂布率兵進城。呂布把臨時指揮所設在下邳城西門城樓上，在這裏指揮手下人馬和丹陽兵四處放火，製造混亂。

城裏本來就氣氛緊張，讓呂布和丹陽兵一鬧，頓時大亂，張飛看到大勢已去，帶着少部分人逃出城去，劉備的妻子甘氏以及劉備手下將士們的家眷，還有大量軍用物資都落入呂布手中（獲備妻子軍資及部曲將吏士家口）。

呂布輕而易舉地奪取了下邳城。


## 劉備差點兒當漁民

消息傳到前線，劉備大吃一驚。

大後方丟了，還打什麼仗？劉備立即回師。

在這一點上，劉備看起來還不夠老練成熟，袁紹也曾遇到過類似的事，外出時有人把他的大本營鄴縣給佔了，妻子兒女都落在敵人手中，但為了穩定軍心，袁紹表面上泰然自若，也沒有急於回兵攻打，而是沉着冷靜地想對策。

被呂布俘虜的家眷不僅劉備一個人的，劉備手下許多將士的家屬目前都在呂布手中，這種仗沒法打。

果然，劉備在下邳城外吃了敗仗。

進不得，劉備又想到南下與袁術交戰，他想攻取廣陵郡，在這裏建立新基地，慢慢考慮反攻的事，但袁術沒有給他機會，劉備又被袁術擊敗（收殘卒東取廣陵，與袁術戰，又敗）。

進退不得，劉備只得引兵向西，來到海西縣。

海西縣屬徐州刺史部廣陵郡，漢末時這裏還不是內陸縣，它的東邊有數千平方公里的土地尚沒有沖積形成，海西縣位於海邊。

這一年秋天，劉備率領殘兵敗將來到這裏，不僅士氣低落，而且吃飯都成了問題，手下缺吃少喝，餓極了，甚至發生了人吃人的慘劇（飢餓困踧，吏士大小自相啖食）。

劉備這時一定有最深刻的反思了，對於錯誤地收留了呂布，他一定十分後悔，只是這已經不重要了。

現在最重要的是找到糧食，如果再持續幾天得不到有力支援，他手下的隊伍就將不戰自散，沒有隊伍，又進退不得，劉備的唯一出路大概就是下海當漁民。

關鍵時刻，副州長（別駕）麋竺給了劉備以最大支持。

麋竺是徐州的大富豪，家裏很有錢，他和兄弟麋芳散盡家財支持劉備，同時集合了自家的僕人、賓客以及族人共 2000 多人加入劉備的隊伍中，劉備的夫人甘氏此時落入呂布手中，生死不明，麋竺還把自

己的妹妹嫁給劉備當夫人（竟於是進妹於先主為夫人，奴客二千，金銀貨幣以助軍資）。

在麋氏兄弟的大力支持下，劉備暫時渡過了生存危機。

然而海西不可久留，必須想一個長遠之計。

劉備這時做出了一個驚人的決定：投降呂布。

這讓人不可思議，呂布正在到處找他，他卻自己送上門去，這是典型的自投羅網。

而且，事業剛邁向巔峰，現在一下子又落入低谷，還得向最恨的人低頭求饒，請求施捨，這種事一般人幹不出來。

劉備能幹出來，因為他不是一般人。

劉備帶着手下這幾千人又回到下邳，他不是來打仗的，而是來主動投降的。

呂布聽到消息，也吃了一驚。

但吃驚之後，呂布又特別理解劉備，這種求人施捨的心情別人不好懂，但他最懂，呂布決定接納劉備。

呂布手下有人反對，他們提醒道：「劉備這個人反覆無常，很難加以籠絡，必須早點兒結果他（備數反覆難養，宜早圖之）！」

用「反覆」這個詞來說劉備其實有點兒虧心，因為這個評價給他們的領導呂布才最合適不過。呂布沒有接受他們的意見，他接見了劉備，見面時還專門把這些話告訴了劉備（以狀語備）。

劉備聽完心裏肯定惴惴不安，他只想自保，別無他圖。

為了打消呂布的疑心，劉備還請人從中說和（使人說布）。是誰在呂布面前為劉備說的情不詳，但這方面的人不難找，孔融、許劭、陳登、陳群都同情劉備，呂布入主徐州後也需要這些名士的幫助，請他們幫助說說話不是難事。

劉備讓他們捎話給呂布，只要接受他投降，他願意去小沛（求屯小沛），也就是心甘情願地為呂布站崗放哨，去充當呂布頭上的那頂鋼盔。

呂布很高興，讓劉備駐紮在小沛（布乃遣之）。

呂布歸還了劉備等人的家眷，把豫州刺史的頭銜又還給了劉備，呂布按照刺史的規格為劉備準備了車馬和僕役，在泗水河上舉行了發還將士家眷的儀式，為劉備第二次擔任豫州刺史餞行（發遣備妻子部曲家屬於泗水上，祖道相樂）。

對劉備來說，雖然面子不好看，但最難的一關總算過去了，張飛也回歸了隊伍。呂布給劉備的任務是，到了豫州後和自己一道共同對付袁術（布令備還州，並勢擊術）。

初看起來，這道命令讓人摸不着頭腦，呂布能奪取徐州，袁術給他提供了幫助，此時呂布應該跟袁術站在同一陣營，怎麼又把袁術當成了敵人呢？

其實這條命令沒錯，呂布確實很快又跟袁術翻了臉，袁術事先承諾給呂布一些好處，比如 20 萬斛糧食，呂布得手後還惦記着這件事，但袁術卻不提了。

除了一貫地說話不算數，袁術大概還有另外的想法，那就是在整個事件中最大的受益人並不是他，呂布的收穫才最多，憑空得到了一個徐州，見好就收得了，還提什麼糧食？

但呂布不這樣想，答應好的事就該照辦啊！

這還不是二人交惡的全部，不久前呂布內部發生了一次嚴重的叛亂事件，差點兒要了呂布的命，這場叛亂就是袁術在背後搞的鬼。

這場叛亂發生在建安元年（196 年）六月，也就是呂布剛剛奪取

下邳城不久。

一天深夜，呂布手下將領郝萌突然反叛，當時呂布住在下邳城內的刺史府，郝萌手下的人已經攻到了府門外，大聲呼喊着向裏進攻，但府牆堅固，一時不得進（同聲大呼攻，堅不得入）。

呂布大吃一驚，不知道是誰反叛了，拉着他的妻子，亂着頭髮，衣衫也不整，在手下人護衞下由廁所後面的牆上翻了出去（直牽婦，科頭袒衣，相將從溷上排壁出）。

飛將也有這麼狼狽的時候。

呂布徑直來到高順的營中，高順問他：「您剛才發現什麼沒有（將軍有所隱不）？」

呂布想了想，說：「聽見那些人裏有河內郡一帶的口音（有河內兒聲）。」

郝萌的祖籍是河內郡，呂布、高順由此判定郝萌造反了。高順立即整頓他的陷陣營，帶兵攻入刺史府，弓弩並射，郝萌不支，逃回自己的營寨。

這時已天亮，郝萌回營，負責留守的是他的部下曹性。曹性發現異常，與郝萌對戰，郝萌刺傷了曹性，砍掉他一隻胳膊（性斫萌一臂），高順趕到，將郝萌斬首。

有人用牀輿抬着負了重傷的曹性來見呂布，呂布問郝萌為何突然反叛，曹性回答：「這是袁術背後指使的（萌受袁術謀）！」

這沒讓呂布覺得奇怪，他想知道自己手下還有哪些人被袁術收買了：「除了郝萌，還有誰參加了（謀者悉誰）？」

曹性的回答讓呂布大吃一驚：「還有陳宮（陳宮同謀）！」

陳宮隨呂布來徐州後，一直深得呂布信任，成為謀主，呂布對他言聽計從，袁術挑撥手下將領謀害自己，呂布不吃驚，說陳宮參與了，呂布吃驚萬分。

這時陳宮也在座,聽了曹性的話臉一下子紅了。他的這個反應旁邊的人也都看在眼裏(時宮在坐上,面赤,傍人悉覺之)。

但呂布沒有發作,也沒有追問陳宮,只當沒聽見,安慰曹性一番,讓他下去養傷。

曹性的話不可全信,但也不能不信。呂布這時應該對郝萌反叛事件做一次徹底調查,如果真的涉及陳宮,要果斷處置,所謂「用人不疑,疑人不用」,對於受到懷疑的人一定不能再重用。把事件壓下來,表面是平靜了,卻藏下了隱患。

這件事極大地刺激了呂布,不僅對陳宮失望,更對袁術不敢再相信。

防曹操,防袁紹,還得防袁術,防徐州地方實力派和內部的叛徒,從裏到外呂布都得提防。

這也正是呂布不能再與劉備血拚到底的原因。

## 轅門射的什麼戟

剛把劉備送走,呂布這邊的麻煩事就來了。

袁術聽說老對頭劉備不僅沒有下海當漁民,而且還搖身一變成了豫州刺史,除了暗自恨了呂布一把,還發誓不讓劉備好過。

在袁術看來,豫州其實是自己的地盤,之前他任命過孫堅為豫州刺史,孫堅死後他又任命了郭貢,別人在他的地盤上鬧事也就罷了,劉備居然堂而皇之地兩度去小沛當豫州刺史,這讓袁術不能容忍。

袁術決定發兵打劉備,以當時的總體實力而言,袁術確實有這個本錢,他輕輕鬆鬆就能集結起幾萬人馬來,而劉備新敗,手下只有幾千人。

袁術派紀靈率三萬人馬直取小沛,劉備見袁軍來勢兇猛,自料難

敵，趕緊向呂布求救。

劉備這樣做是可以理解的，他這個豫州刺史是呂布授予的，他現在是呂布的人，欺負他就是欺負你呂布。

呂布手下多數人認為不能理，因為劉備始終是個隱患，關羽、張飛和趙雲都是一流猛將，現在名為朋友，日後定是對手，不如借袁術之手將其除掉。

呂布不同意這種看法，劉備是他派去的，他現在有難還得管，如果他被袁術消滅，今後還有誰來投靠？

陳登不失時機地站出來，他支持呂布：「現在袁術勢力太盛，如果消滅了劉備，他就要橫霸於江淮，到了那時，徐州要麼臣服於他，要麼被他消滅。從戰略格局分析，劉備此時還不能滅亡，要靠他來抵消袁術的勢力。」

呂布主意打定，要去救劉備。


但是如何去救，又讓呂布頗費躊躇。

如果舉大兵相迎，紀靈也有三萬人馬，呂布至少也得帶這麼多人馬去才行，屆時是一場惡戰，把劉備救下來了，自己勢必也元氣大傷，這當然不行。

呂布想了想，決定只帶少數人馬前去，不能力拼，只能用智慧化解，眾將都很驚訝，紛紛勸他不要冒險。

呂布顯得胸有成竹，他對眾將說：「大家不必擔憂，我相信紀靈接到的命令是消滅劉備，即使我站在他的面前，他也來不及去想如何應對。沒有袁術的指令，紀靈斷然不敢加害於我，你們就放心吧！」

呂布帶着 1000 名步兵和 200 名騎兵啟程，前往小沛（嚴步兵千、騎二百，馳往赴備）。

到了小沛，呂布沒進城，而是在城外紮營。

之後，呂布分別給劉備和紀靈寫信，約他們來自己營中一敍。

劉備肯定會來，紀靈來不來就不知道了。

不過紀靈還是來了，因為他打聽清楚呂布只帶了區區 1000 多人，是自己的幾十分之一，不怕呂布來場鴻門宴。

宴會開始，劉備、紀靈各有心事，吃得並不輕鬆。

呂布放下酒杯，對二人道：「劉備是我賢弟（玄德，布弟也），我們親如手足，又都在徐州，榮辱與共，生死相依；紀將軍是公路的愛將，我與公路也如同兄弟，公路為兄，我為弟，那年在南陽郡我們相談甚歡，一見如故。呂某出身邊地，飄零在外，四海之內，唯公路兄和玄德弟與我最親近。我最不願意看到的，就是兄弟之間相殘，今日請二位前來，就是讓二位看在我的薄面之上，罷軍休兵，化干戈為玉帛，重敍兄弟友情，不知二位意下如何？」

劉備看了看呂布，又看看紀靈，見紀靈不說話。

劉備也低頭不語，心裏大概想：你這招太俗套，不好使。

呂布重新端起酒杯，繼續對二人說：「世間無常，致遠者知避讓，不爭才是真正的高強。如果二位對我剛才的話沒有意見，肯給我面子，就請滿飲此杯！」

呂布一飲而盡，劉備端起了酒杯，先不飲，斜眼看看紀靈，又把酒杯放下了。

呂布站起來走到紀靈跟前，對他說：「紀將軍，我知道你有軍令在身，不好決斷。我也不為難你，休兵與否，咱們共遵天意如何？」

紀靈不知何謂天意，這時呂布把二人請到軍營的轅門處，命人把一把鐵戟立於百步之外。

呂布高聲對眾人說：「諸君請觀百步之外的鐵戟，如果我一箭射中戟上的小支，劉刺史和紀將軍就和解，不能再打（一發中者諸君當解去，不中可留決鬥）；如果射不中，你們接着打，我一概不管！」

戟是一種長杆兵器，頭部有月牙形彎刀，可刺可砍，兩邊有月牙刀的叫方天戟，只有一邊的叫青龍戟。

　　從槓桿原理上說，戟的重量在頭部，是一種費力槓桿，只有力氣大的人才使得動，因為這個原因，戟慢慢變成了一種儀仗用兵器，有時在戟杆上還裝飾上各種花紋，稱畫戟。

　　有人認為呂布的常用兵器是方天畫戟，也就是戟杆有裝飾花紋、前部左右都有月牙形彎刀的武器。但這是誤解，根據史書的記載，呂布最常用的兵器是矛，方天畫戟只是營中用來做擺設的。

　　呂布所說戟上的小支，指的就是方天畫戟月牙形彎刀與戟杆的接合部，立於百步之外，眼神不好的話都看不清，想要一箭射中這裏，幾乎不可能。呂布怕大家看不清楚，就讓人在小支部位拴一條紅繩，繩下掛一紅色絨球。

　　呂布彎弓搭箭，站定、瞄準，一箭射去。

　　「吱」的一聲，箭矢脫手而出，直奔百步之外的鐵戟。

　　不偏不倚，正中小支綁的紅繩，絨球被射落。

　　圍觀的將士看呆了，歡聲雷動：「將軍真有天威啊（將軍真天威也）！」

　　呂布放下弓，又拉起劉備、紀靈二人的手說：「剛才二位並無意見，想必同意呂某所言，此乃天意，望二位勿違！」

　　劉備搶先答道：「願遵天意！」

　　紀靈雖然心有不甘，但在此情景下也只好說：「既然天命難違，我這就撤兵。」

　　嚴謹地張揚，示弱地霸氣，這才是呂布的風采。

　　在呂布的調停下，一場眼見要打起來的仗就這樣化解了。

# 曹操的新參謀長

再來說曹操，他把漢獻帝及朝廷接到了許縣，開啟了一個新的時代。

打退了周邊的幾股勢力，許縣穩定了下來，曹操決定着手推行他的政治改革。

為此，曹操向漢獻帝上了一份《陳損益表》，提出了他的政治改革措施，前後達 14 項之多，可惜的是這份體現曹操治國理念的重要文件現在僅存序言部分，具體內容已不可考。

曹操在這篇上表中說：「皇上即位，我承蒙重用，接受了大將軍的重任，又統轄司隸校尉部和兗州刺史部，參與國家政務，實在力所不能及。從前，韓非指出韓國被削弱，是因為不致力於富國強兵和選賢任能。我以小小的才智承擔國家的重任，以愚笨之才奉行清明政治，顧念皇恩，又考慮到所負職責，現在應該是我盡節獻身的時候了。」

曹操說，遵守舊章又權衡當前實際，現在特提出 14 條建議，希望像用眾多螢火的微光給太陽增加一點兒光輝一樣（庶以蒸螢，增明太陽）。

雖然此次改革的具體內容不得而知，但從曹操接下來推出的一系列政治、經濟措施來看，曹操的建議無外乎是選賢任能、富國強兵等方面。


人才的重要性，當然不言而喻。

在選賢任能方面曹操下了很大力氣，荀彧轉任尚書令以後，曹操深感身邊像荀彧那樣能出謀劃策的人才太少。

有一次，曹操問荀彧：「誰能代替先生為我出謀劃策？」

荀彧說有兩個人堪此重任，一個是荀攸，一個是鍾繇。

荀攸是荀彧的姪子，他在董卓之亂中困於長安，因為參與策劃刺殺董卓的行動而被關進了監獄。董卓死後，荀攸恢復了自由，作為反董鬥士，朝廷對他很重視，準備任命他為任城國相，但荀攸考慮到益州更容易躲避戰亂，所以請求到益州為官，朝廷重新任命他為蜀郡太守。

荀攸去益州上任，他跟當年劉焉走的路線一樣，先到了荊州，想溯長江而上進入益州，但是到了以後才發現路途艱險，很難到達，於是暫留在了荊州。

根據荀彧的推薦，曹操親自給荀攸寫了一封信，信中說：「現在天下大亂，正是有識之士建功立業之時，我觀察蜀地那邊的局勢，也不會太長久（顧觀變蜀漢，不宜久乎）。」

曹操勸荀攸打消避世的想法，出來幹一番事業。

荀攸接到曹操的信，立即輾轉回到許縣，曹操以朝廷的名義徵召他為汝南郡太守，但還沒有等他去上任，隨即改任他為尚書，在他叔父荀彧手下任職。曹操跟荀攸進行了長談，深感荀攸不是一般的人才，特別高興（與語大悅）。

曹操對荀彧說：「公達真是個奇才，能夠與他來共商大事，天下還有什麼可以憂慮的！」

於是，曹操重新任命荀攸為軍師，到自己身邊工作。

另一位被荀彧推薦的鍾繇，之前已做過介紹，他不僅是一位著名的書法家，而且是一個治國之才，曹操早年在洛陽即與他相識，一直以老朋友相待，曹操讓他暫時在尚書台協助荀彧工作，不久之後即將有重用。

在此之前，荀彧實際上類似於曹操身邊的參謀長，為曹操的軍事行動進行謀劃，除荀彧之外，還有程昱和戲志才等人。

戲志才也是荀彧推薦給曹操的，但是前不久不幸病故，成為曹操的一大損失。而程昱在兗州發揮着別人無法替代的作用，一時半會兒沒有辦法把他調到身邊來。

曹操急需像荀彧和戲志才這樣的人在身邊，他讓荀彧再為自己推薦幾個人。荀彧突然想到有一個人再合適不過了，於是向曹操進行了推薦。

這個人，就是郭嘉。

郭嘉字奉孝，豫州刺史部潁川郡陽翟縣人，少年時代便常有不凡見解，看到天下即將大亂，20歲左右便選擇了一種「隱居」生活，不出來做官，也不與世俗交往，只祕密結交各地英傑，所以當時大多數人並不知道他的名字。

潁川郡有不少人在冀州的袁紹那裏，希望跟着袁紹幹一番事業，郭嘉也去了，但觀察了一段時間，發現袁紹不足以成大事。

郭嘉對袁紹的謀士辛評、郭圖說：「明智的人能審慎周到地評判他的主人，所以做什麼都很周全，這樣才能立功揚名。袁紹只想仿效周公禮賢下士，卻不知道怎樣才能用好人才，他這個人思慮過多而抓不住要領，多謀少決，想跟着他建一番大業實在是很難啊！」

袁紹出身名門，勢力很大，表面上也能做到禮賢下士，但郭嘉仍不看好他，這一點與荀彧英雄所見略同。

郭嘉與荀彧不僅是同鄉，而且早年即相識，荀彧當時也曾在袁紹這裏，他後來投奔了曹操，而郭嘉回到了家鄉。

郭嘉27歲這一年被徵辟到司徒府任職，郭嘉生於漢靈帝建寧三年（170年），古人習慣以虛歲計年齡，他27歲時正是建安元年（196年）。

也就是說，郭嘉離開冀州後回到了家鄉潁川郡的陽翟縣，這裏離許縣很近，他在家賦閒了六年，漢獻帝遷都於此，朝廷各部門都在招聘人才，郭嘉正是在這個時候被司徒趙溫徵辟的。

荀彧對這個小自己七歲的老鄉很了解，讓他在趙溫手下抄抄寫寫太屈才了，於是推薦給曹操。

曹操找郭嘉來談論天下大事，談完之後更加高興：「讓我能成就大事的，必然是此人呀（使孤成大業者，必此人也）！」

這裏曹操自稱「孤」，這不是史書的錯寫，因為這是可以的。「孤」最早的意思是死了父親，死了母親稱「哀子」，在父權社會裏王、侯等爵位要繼承必須等到父親不在人世，所以王、侯就自稱為「孤」，算是一種謙稱。

至少在漢代，不僅皇帝和藩王可以稱「孤」，受封有侯爵的人也可自稱「孤」，在史書記載和一些文章裏，曹操、劉備、孫權、諸葛亮等人都曾自稱「孤」。不久前，曹操被漢獻帝封為費亭侯，可以自稱「孤」。

郭嘉也很高興，在與曹操的談話中他對曹操也有了進一步了解，深切感受到這是一個胸懷理想、想成就一番大事業的人，對時局的認識也很獨到和深刻，是一個值得為之效命的人。

出來之後，郭嘉對人說：「這正是我要找的主人呀（真吾主也）！」

曹操打破常規，直接任命郭嘉為自己的參謀長（軍謀祭酒）。


## 興噲一樣的猛將

除得到了郭嘉、荀攸兩位奇才，在曹操主持下，還以朝廷的名義多方延攬人才，這一時期來到許縣朝廷或曹操身邊任職的絡繹不絕，重要的有國淵、劉馥、杜襲、趙儼、孔融等人。

國淵字子尼，青州刺史部樂安郡蓋縣人，他是著名學者鄭玄的學生，鄭玄很賞識這個學生，曾經說過「國子尼是個人才，據我觀察，他將來一定能成為國器」。國淵跟名士管寧、邴原等人避亂到遼東，經

常在山中講學，受到推崇，後來回到內地。朝廷遷都許縣後，國淵前來報效，曹操發現他在經濟工作方面有專長，就讓他從事屯田管理方面的工作。

劉馥字符穎，是劉氏宗親，豫州刺史部沛國相縣人，他成功策反了袁術手下的戚寄、秦翊二人，率眾投奔曹操，受到曹操的重用。以后協助曹操處理揚州事務，被曹操委以揚州刺史的重任。

杜襲、趙儼二人也都是北方人，他們跑到荊州避亂，因為看不上劉表，就跑到長沙郡一帶閒住，聽說漢獻帝遷都到了許縣，他們想辦法回到中原，曹操任命他們為縣長，日後他們都成為曹魏重要的地方官員。與他們關係很好的繁欽、裴潛等人，後來也投身到曹操陣營，成為曹魏重要的行政人才和經濟人才。

有朝廷這塊招牌，以後還有更多的名士前來效命，曹操手下一大批文士都是曹操在許縣時期投奔而來的。


除了這些文士外，這一時期還有些軍事人才也來投奔曹操，重要的有李通和許褚二位。

李通字文達，江夏郡平春縣人，此時將近 30 歲。他是江南一帶的遊俠，和同郡人陳恭在汝南郡朗陵縣起兵，吸引了很多人歸附。後來，李通先後戰勝了周直、陳恭、陳郃等人，又生擒黃巾餘部首領吳霸，勢力大增。

李通愛護手下，很會帶兵，在興平年間的大饑荒中，他散盡家財，買糟糠和士卒同甘共苦，所以手下人特別肯為他賣命，勢力發展得很大，周邊的袁術、呂布、劉備等實力派不敢輕易動他。

朗陵縣在汝南郡西部，汝南郡緊鄰潁川郡，是許縣的東部屏障。曹操的勢力已深入該郡，但未能全部佔領。李通的加盟，讓曹操加強了對這裏的控制，曹操拜李通為振威中郎將，讓他繼續駐守在朗陵

縣，控制汝南郡的西南部。

　　其後，在曹操與張繡和袁紹的對抗中，汝南郡成為雙方爭奪的要點，李通堅定地支持曹操，替曹操牢牢守住了許縣的東大門，立下了大功。

　　許褚字仲康，他也是沛國譙縣人，跟曹操是同一個縣的老鄉。許褚是一個有名的壯士，史書上說他個子很高、腰很粗（**身高八尺，腰大十圍**），漢代一尺合今 23.5 厘米，許褚的身高約 1.88 米；漢代一圍合當時的 5 寸，約合如今 12 厘米，許褚的腰圍有 120 厘米，也就是 4 尺，買褲子實在有點困難。

　　許褚長得也很威武，武功超群（**容貌雄毅，勇力絕人**）。當時天下大亂，各地紛紛組織武裝尋求自保，他聚合起本地的幾千家人修築壁塢抗拒外敵入侵。汝南郡葛陂一帶的黃巾軍有一萬多人來攻打他們，許褚率眾死戰，箭射完了，就讓人撿了好多大石塊過來，待敵人近前時，許褚發力以飛石迎擊，把敵人打得粉身碎骨，不敢再靠前。

　　壁塢內糧食快吃完了，許褚假意跟敵人談判，拿牛換糧食，敵人來牽牛，結果有的牛又跑了回來，敵人上來搶，許褚趁勢跑出營去跟他們對搶，他用一隻手拽着牛尾巴硬是把牛拖行了 100 多步，把敵人看呆了，紛紛後退。

　　許褚的大名於是傳遍沛國、陳國一帶。許褚雖然是個武人，但考慮問題一向穩重謹慎（**性謹慎奉法，質重少言**），他感到這種佔山為王的日子終不能長久，聽說曹操迎漢獻帝來許縣，他就率所部投奔了曹操。

　　曹操見到這個老鄉特別高興，把他跟樊噲相提並論，以他帶來的人為基礎，組成一支近衛部隊，任命許褚為旅長（**都尉**），在以後出征時擔任總指揮部的警衛部隊。

　　擔任警衛工作的還有典韋所部，典韋此前也擔任過旅長（**都尉**），

後來升為師長（校尉），比許褚職務稍高一些。曹操現在出征，跟前就有了典韋、許褚兩位猛將護衛，可謂萬無一失。

大家願意來投奔，與其說是衝着曹操來的，不如說朝廷的吸引力更大。朝廷來到許縣，很多人正是抱着報效朝廷的想法才來到這裏。還有的像李通和許褚這樣，不想被人誤認為是流寇，想得到一個朝廷頒佈的正式名分，就投奔來了。

對曹操來說，這是「奉天子以令不臣」所收到的積極成效。但這僅是問題的一方面。朝廷大開進人之門，來到許縣的也並非都是有用的人才，裏面不免有幾個讓曹操頭疼的人。

## 也有搗亂分子

在建都許縣後，曹操可謂狂攬人才，除了有人主動投奔以外，曹操還以漢獻帝的名義四處徵召，只要有本事他都歡迎，一副來者不拒的架勢，倒也吸引了不少人才，但這項工作也並非一帆風順。

曹操曾徵召避亂遼東的管寧，但受到公孫度的阻攔，管寧未能前來。他還以漢獻帝的名義任命劉備的大舅哥兼主要助手麋竺為嬴郡太守，劉備不願意放人，這件事也只好作罷。

有一個人名氣更大，但一接到徵召馬上就來了，一點兒都不矜持一下，這個人就是孔融。

這些年來，孔融一直在徐州避難，跟陶謙、劉備處得都不錯，但徐州政局不穩，主政的人走馬燈似的換來換去，孔融又找了個機會，重新回到了青州。

孔融曾是青州刺史部北海國相，此次回去頭上多了個青州刺史的頭銜，一個說法是，這個刺史是劉備在主政徐州期間表奏給他的，但這個說法不一定可靠。

袁紹曾表奏臧洪為青州刺史，臧洪背叛袁紹，袁紹將其消滅，之後派長子袁譚為新的青州刺史，劉備主政徐州期間十分注意與袁紹處好關係，不可能支持孔融打回青州。

不管這個青州刺史是誰任命的，孔融都成了袁譚攻擊的目標。袁譚率兵進攻孔融，打了好幾個月，孔融手下只剩下了幾百人，這位老兄仍然支個几案在那兒讀書，談笑如常（憑几安坐，讀書議論自若）。

城池被攻破，孔融的妻子兒女全部被俘，孔融突圍逃走。

孔融本想去徐州找老朋友劉備，但那一陣子劉備自己的日子也不好過，正被呂布算計得四處流浪，領着一幫子人差點兒到東海裏當漁民。

孔融成了無家可歸的人，正在這時聽說朝廷徵召他，自然顧不上客套，趕緊跑到許縣。

曹操以天子的名義任命孔融為建設部部長（將作大匠）。


孔融這個人，總覺得別人都不如自己（自以當時豪俊皆不能及），其實他是個志大才疏的人，說到底，一是名門之後這頂帽子害了他，二是成名太早。

曹操接納孔融，孔融應該領情，不僅因為曹操在他走投無路的時候給了他一條出路，而且因為曹操接納孔融也是冒了一定風險的。

孔融跟袁譚刀兵相見，是袁紹的敵人，曹操作為袁紹陣營裏的人，應該把孔融抓起來送到冀州才對，現在卻讓他當部長，孔融確實應該感激曹操。

孔融到了許縣，不僅有了新工作，而且有了新的家庭。孔融逃出來的時候老婆孩子都丟在了袁譚那邊。12年後孔融被殺時，他的兒子9歲，女兒7歲，應該都是在許縣出生的。

孔融似乎也認識到這一點，所以開始跟曹操合作得很好，在朝廷

審議恢復肉刑以及是否操辦已故太傅馬日磾喪事等問題上積極發表意見，工作態度相當認真。

孔融還向曹操推薦了不少人才，著名的有謝該、盛憲和禰衡。

謝該是當世名儒，孔融以賢士上書推舉，謝該被漢獻帝拜為朝廷參事室參事（議郎）。

盛憲曾經當過吳郡太守，後來因病辭官，孔融與他關係很好，當時孫策佔有江東，接連誅殺江東英豪，孔融害怕盛憲遇害，就給曹操寫信大力推薦，曹操看在孔融的面子上，徵盛憲為騎都尉，但是任命書還沒有送到，盛憲就被殺了。

相比較而言，孔融推薦的禰衡在當時名氣更大。


禰衡字正平，青州刺史部平原國人，少年時代就很有才，而且能言善辯，但他剛強高傲，不太懂得待人接物，屬於憤青加愣頭青，此前一直避亂在荊州。

朝廷遷到許縣時禰衡24歲，他聽說這裏有機會，就跑到許縣來遊歷，當時來許縣報效朝廷的人很多，可禰衡架子大，不肯主動去應聘，老想有人哭着喊着來請自己，結果自然沒人理他。

他懷裏揣着一張名片，但好長時間過去了也沒有機會拿出來用用，以至於名片上的字跡都模糊不清了（陰懷一刺，既而無所之適，至於刺字漫滅）。

所謂清高，有的時候是裝的。

當時司馬朗等人很出名，有人勸禰衡何不找找他們，禰衡十分不屑，他認為司馬朗等人頂多是個飯店裏跑堂的小夥計（沽酒兒），甚至荀彧他都看不上，認為他只不過是個專門哭喪弔孝的人（文若可借面弔喪）。

只有孔融和楊彪的兒子楊修兩個人禰衡勉強看得上，稱他們為

「大兒孔文舉，小兒楊德祖」。

看來這小子狂得夠可以，雖然也算是個人才，但有一個超級壞脾氣，傲慢而怪誕，還動不動罵人。

就是這樣一個人，孔融卻推崇倍至，他向曹操積極推薦禰衡，把禰衡吹得一塌糊塗，拿孔融自己的話說，簡直就是當世的顏回（顏回不死）。

禰衡也吹捧孔融，稱他為當世的孔子（仲尼復生）。

孔融說得多了，曹操還真有點兒好奇，想見見禰衡，可誰知禰衡還端上架子了。

當初的我你愛搭不理，現在的我你高攀不起！

對於這個 20 多歲的年輕人，曹操心裏生出了不快。

一次，曹操大會賓客，故意把禰衡找來，讓禰衡在席上當一回鼓吏，想羞辱他一下。

鼓吏擊鼓時都會事先換上專門的服裝以示莊重，輪到禰衡擊鼓時，他擊了一通《漁陽三撾》，聲調激昂，感人至深。禰衡來到曹操面前停了下來，旁邊有人問他為什麼沒換裝，禰衡說那好吧，換就換。

於是，禰衡就在曹操的面前把衣服一件一件全脫光，然後把制服換上，態度從容，不急不慢，換完之後再去擊鼓，又擊了三遍，面不改色心不跳。

場面有些小尷尬，曹操笑着為自己解圍道：「本想教訓一下這小子，反倒讓他把我羞辱了（本欲辱衡，衡反辱孤）！」

禰衡如此耍酷就連孔融也看不下去了，一邊責備禰衡，一邊跑到曹操那裏打圓場，說禰衡有精神病（狂疾），事後也後悔了，希望當面向曹操謝罪。曹操答應了，孔融又去做禰衡的工作，最終禰衡也願意見曹操。

誰知，禰衡又玩起了新花樣。

禰衡穿着粗布衣服，手持三尺木棒，跑到曹操大營門口，坐在地上又哭又罵，曹操聞訊徹底生氣了。

如果按照曹操的脾氣，早就吩咐人把他拉出去剁了。

但是曹操明白，禰衡敢激怒他就不怕被殺頭，如果真殺了他，反而成就了禰衡的名聲。許縣朝廷新立，正是四方之士前來投奔之時，禰衡縱然有再多毛病，但這小子已經把自己的知名度炒起來了，殺一個禰衡，別人不明就裏，還以為自己不能容人呢，那將堵塞天下士人報效之路，曹操不會上當。


怎麼處理禰衡？曹操想出了一招。

曹操給劉表寫了封推薦信，把禰衡推薦給了劉表，禰衡於是到了劉表那裏。

開始，劉表挺欣賞禰衡的才能，對他也很重視，但領導一賞識，禰衡蹬鼻子上臉的勁頭又來了，不僅傲慢異常，就連劉表他也是想羞辱就羞辱。

劉表也動了氣，本想殺了他，但想法跟曹操差不多，不想落個殺名士的罪名，乾脆如法炮製，給自己的部下江夏郡太守黃祖寫了封信，把禰衡推薦到黃祖那裏。

黃祖見到禰衡，深為他的才學所吸引，讓他當自己的祕書（為作書記），有什麼事都跟他商量。黃祖那裏可能人才太稀缺，禰衡給他當智囊，深得黃祖的讚賞。

黃祖經常拉着禰衡的手說：「先生，你說的正合我意，和我心中要說的話一樣啊！」

黃祖把禰衡當成了寶貝，惹得黃祖的老部下都不大高興，黃祖的辦公室主任（主簿）就是其中一位。

黃祖的長子黃射擔任章陵郡太守，對禰衡也十分尊重。

一次，黃射宴請賓客，有人送給他一隻鸚鵡。

黃射舉着酒杯，對禰衡說：「希望先生就鸚鵡作一篇賦，讓嘉賓們高興高興（願先生賦之，以娛嘉賓）！」

禰衡提筆就寫，文不加點，一氣呵成。

這篇《鸚鵡賦》寫得寓意豐富、抒情含蓄、結構精巧，被譽為漢賦的頂級之作。


但是，狂士就是狂士，本性難移。

一次，黃祖在大船上宴請賓客，禰衡可能是喝多了，出言不遜，使黃祖很難堪，當面斥責了禰衡。

禰衡認真聽完領導的訓斥，卻回罵了一句：「你個死老頭（死公）！」

黃祖聞聽大怒，想打他。

禰衡更不幹了，破口大罵，黃祖一氣之下命人殺了禰衡。

黃祖的辦公室主任（主薄）早就看禰衡不順眼，接到領導的命令馬上執行。他擔心領導反悔，所以命人即刻動手。

黃射聽說，來不及穿鞋，光着腳跑來營救，但禰衡的死刑命令已被執行。

禰衡死時 26 歲，他安葬的地方被後人稱為鸚鵡洲。

禰衡這個人有點過於另類，他確實有才，否則劉表、黃祖也不會賞識他。但他的個性太強，甚至有些怪誕，那就不是什麼好事了。

好在像禰衡這樣的人屬於極少數，頂多是曹操任賢用能的一個小插曲。

到許縣來的大部分人都懷着一顆建功立業的心，不管是衝着朝廷而來，還是衝着曹操而來，曹操一概表示歡迎。

對曹操來說，現在沒有什麼比人才更珍貴的了。

# 袁紹的醋意

看到曹操把天子一行不僅順利地弄到了許縣，而且事情幹得紅紅火火，天下有識之士爭相投奔，有一個人心裏賊不舒服，他就是袁紹。

袁紹自己不願意做的事曹操做了，但袁紹又覺得曹操佔了便宜，心裏很不是滋味。

長期以來，袁紹一直沒拿曹操當外人，在他眼裏曹操就是自己的手下，沒有他就沒有曹操的一切，尤其在曹操幾乎走投無路的時候，是他出手相救才化解了危機。自己騰不出手來去迎接天子，曹操去了應該算是自己派去的，曹操理應向自己匯報匯報情況吧。

袁紹在鄴縣等着曹操匯報工作，曹操沒有來，也沒有派個人來，卻等來了漢獻帝措辭嚴厲的一封詔書，把袁紹臭罵一頓，袁紹的肺都快氣炸了。

在這份詔書裏，漢獻帝責備他雖然地廣兵多，但只顧培植自己的勢力，擅自征伐，不來勤王（不聞勤王之師而但擅相討伐）。

詔書雖然是以漢獻帝名義下達的，但幕後指使一定是曹操，這不是公然以下犯上嗎？地廣兵多的又不是我一個，有幾個勤王去了？

你曹操自己不也到處討伐別人嗎，為什麼只點名批評我呢？

袁紹實在想不通。

袁紹覺得既然是天子的詔書也不能不有所回應，他認真地給漢獻帝上了一份書。這份文件挺長，一看就是下了不少功夫寫的，可能出自大筆桿子陳琳之手。

這份上書的開頭部分尤其精彩，袁紹寫道：

「我以前聽說有蒙冤的人上天會五月降霜，又聽說悲聲痛哭可以讓城牆崩塌，每當看到這些我都認為是真的，但跟現在的情況一比，才知道那些都是假的！

「為何這麼說？我為國家做了那麼多事，搭上了整個家族的性命，一片忠心卻換來了這麼多的指責，怎不讓人日夜哀歎，心腸裂斷，眼裏哭出血來（晝夜長吟，剖肝泣血）？但即使這樣，也沒有見城牆霜降來應驗，可見原來那些傳聞都是假的！」

中心意思就一個，我冤枉啊！

喊完冤，袁紹就從自己參加工作開始敘起，說他如何跟張讓等宦官做鬥爭，在何進被殺後如何力挽狂瀾，如何不畏董卓的強暴，後來如何在孟津休整兵馬領導反董大業。

袁紹一再申明，自己對帝室一直忠貞不貳，一直以來都在做着匡扶漢室的努力，絲毫不敢懈怠。


這封至今仍全文保存的長篇上書是一份重要文獻，因為裏面除了袁紹不停地訴委屈外，還時不時透露出一些有趣的信息。

一個是說，曹操當初到兗州刺史部的活動是袁紹指派的，而且說曹操幾次都快要死了，是袁紹救了他（曹操當死數矣，我輒救存之）。

這些或許是某種情緒的宣泄，但對照一下這幾年發生的事，說得倒也基本符合事實。

另一個是說，袁紹跟袁術不合完全是由一個人引起的，這個人居然是朝廷特使馬日磾。

按照袁紹的說法，當初朝廷派馬日磾和趙岐出使關東，馬日磾到了袁術那裏，由於他處事不當、偏聽偏信，所以使得袁氏兄弟成為仇敵。

馬日磾剛剛去世了，袁紹說的這些都已無從查證，他和袁術矛盾的根源是利益之爭，所謂「一山不容二虎」，馬日磾既無能力，也無必要挑撥他們。

反正，袁紹想說的是，他很忠誠，很努力。

同時，也很正直，很無辜。

所以很委屈。


這份上書送到許縣，袁紹心裏的氣還沒有撒完。

這時又來了一件事把袁紹心頭的怒火徹底挑逗了起來。

袁紹接到詔書，朝廷任命他為太尉。

太尉名列三公，以袁紹的年齡和資曆能擔任太尉一職無疑是件榮耀的事，數十年來，三公已經快要成了袁家的專利，從他父輩往上數一共四代人，出了五位三公，而他這輩人裏還沒有這個榮耀，如今能當上三公，且是朝廷正式任命而非自己表奏的，在家族的三公榜上再續一筆，那將是多麼值得驕傲的事。

可是袁紹一打聽，得知曹操擔任的是大將軍，高興勁一下子沒有了，袁紹認為，曹操既然是大將軍，他這個太尉也就一錢不值了。

大將軍位在三公之上，是文武百官的首領，在設大將軍的情況下三公的地位就矮了一截。尤其是太尉，在三公里分管軍事，與大將軍的職權重疊，更是形同上下級關係。

如果接受太尉的任命，就承認曹操是自己的領導，這怎麼可以？

袁紹的不滿也有些道理，即使是現在，無論是袁紹還是其他人，都會認為曹操只不過是袁紹陣營中的一員。袁紹是上級，曹操是下級，現在居然調轉過來了。

袁紹想，即使自己肯接受，手下這些人又會怎麼想，這不是鼓勵大家以下犯上嗎？

袁紹立即上表天子，表示不接受這項任命。

袁紹還給漢獻帝推薦了一個人，認為他是太尉的合適人選，此人就是陳群的父親、剛被任命為外交部部長（**大鴻臚**）的陳紀。

這件事對曹操來說有些棘手，曹操這才發現，在處理這個問題時

他考慮得有些不周。

原本他以為，袁紹無論擔任什麼職務都是名義上的，沒有實質意義。對袁紹來說，太尉已經是很不錯的安排了，沒費一兵一卒就白得了這個職務，應該滿意。沒想到袁紹絲毫不領情，雙方的隔閡反而因此進一步加深了。

曹操雖然明白他跟袁紹遲早會有一場決戰，但不是現在。

不僅如此，袁紹還是他現階段要利用的力量，跟袁紹過早攤牌是極不明智、極不劃算的做法，曹操越想越後悔。曹操決定辭去大將軍一職，讓給袁紹，自己擔任司空。

這是很傷威望的事，換成別人，寧可錯下去也不會輕易低頭，但曹操是個務實的人，他寧願損失一些個人威望，也要把與袁紹的同盟關係繼續維持下來。

這項任命很快以漢獻帝詔書的形式下達，曹操辭去大將軍，改任司空。

可是，袁紹那邊卻毫無反應，接到詔書後，如果接受應該立即上書謝恩；如果不接受，也應該有所表示呀。

曹操明白，袁紹在面子上還有些下不來。

過了年，曹操決定派個有分量的人到鄴縣走一趟，幫袁紹找回面子，讓他消消氣，把大將軍的任命接下來。曹操想了想，覺得孔融最合適。

孔融的名氣沒有問題，目前擔任部長級的將作大匠一職，地位也沒有問題。曹操讓孔融走一趟，還有一個原因，想通過這件事讓他們緩和一下矛盾。

不久前孔融還是袁紹的敵人，他跟袁紹的長子袁譚曾經打了大半年的仗。孔融到了許縣後心裏常常不踏實，總怕曹操哪一天受袁紹之命找他的麻煩。

孔融剛一聽說曹操讓自己出這趟差，脊背上直冒涼氣。但孔融是個極聰明的人，經過簡單的分析他很快明白了曹操的用意，曹操想收拾他不會等到現在，曹操是想幫他的忙。

孔融很感激，儘管他以後成了反曹鬥士，但在建安初年他跟曹操的合作還算不錯。

孔融接受派遣，於建安二年（197年）三月來到鄴縣。

漢獻帝不僅拜袁紹為大將軍，而且封他為鄴侯，這是一個縣侯，較袁紹此前的伉鄉侯高一級。賜給袁紹天子的節鉞，以及只有天子才能擁有的虎賁衛士百名。

這還不算，漢獻帝還給了袁紹一個新的行政職務，督四州事。

這四個州指的是冀州、青州、幽州和并州。

漢獻帝下達這項任命時一定沒有查閱過近幾年的皇家檔案，也許皇家檔案已經全丟在了逃亡的路上，總之這項任命很有問題，因為幾年前漢獻帝也曾頒發過同樣的任命，就連所督的這四個州也絲毫不差，不過那是頒給另外一個人的，這個人是公孫瓚。

公孫瓚仍然健在，而且沒有被免職，這邊又重新任命了新人，如果不是技術性錯誤，那就只有一個解釋，讓舊人和新人鬥。

這可能是曹操故意安排的，當年「三人小組」能想出來的主意曹操更不在話下，袁紹和公孫瓚已經勢如水火，給他們加把柴，讓火燒得更猛些。

其實，不當大將軍對曹操來說並沒有什麼實質性損失，官位是死的，規定是活的，他擔任了司空一職，同時代理全國武裝部隊副總司令（車騎將軍）。曹操以天子的名義重新做出規定，司空在三公中地位最高，是朝官的首領（百官總己以聽），照樣把政權和軍權牢牢掌握在手中。

有時候，看似很難的事其實很好辦。

# 掀起大生產運動

解決了朝廷的人事安排問題，暫時平息了袁紹的不滿，曹操還有一系列挑戰需要面對，最突出的問題來自經濟方面。

曹操離開兗州大本營，出於戰略考慮將新首都定在許縣，在後勤保障方面就要承擔很大的壓力。近兩年來，曹操採納毛玠等人的建議，在兗州一帶積極發展生產，基本保障了自身的糧食供應問題，從而讓自己處處居於主動。

但是，曹操在許縣一帶基礎還不很紮實，許縣以及周邊的潁川郡、汝南郡雖然曾經是重要的農業區，但這些年來遭受戰爭的影響也最深，黃巾軍在這裏勢力很大，有大量人口流失到了南面的荊州地區。

朝廷正常運轉需要大量糧食、布匹等物資，軍隊也需要後勤保障，這些物資如果都依賴兗州供應，浪費會很大，兗州那邊也難以為繼。

軍糧運輸就是個很難解決的問題。從兗州運到這裏來必須組織大量人力，還要考慮運輸隊伍途中的消耗，往往運一車糧食，至少還得再準備一車糧食供路上吃，沿途安全又難以保證，這個辦法基本上不可行。

許縣的糧食供應問題必須立足於就地解決。曾在東郡任東阿縣令的棗祗和夏侯惇的副將韓浩同時向曹操建議，在許縣周邊一帶進行屯田。

棗祗是潁川郡本地人，他是陽翟縣的，跟郭嘉同縣。曹操在東郡時，棗祗在東郡下面的東阿當縣令，張邈、陳宮之叛，兗州近 80 個縣裏只有棗祗的東阿縣等三個縣沒有叛變，為曹操反敗為勝立下了大功。棗祗這時也隨曹操來到許縣，有的史料稱他此時擔任漢獻帝近衛部隊的指揮官（羽林監）。

韓浩一直擔任夏侯惇的副手，當年夏侯惇被人劫持，韓浩臨危不亂，將夏侯惇解救出來，曹操事後對他進行了表揚。

棗祗、韓浩建議曹操效仿漢初以來的經驗，把流民組織起來，開展農業生產，這項措施也就是屯田。

屯田作為制度其起源可考的是漢文帝時期，當時的著名改革家晁錯分析了秦朝守塞北失敗的教訓，認為單純以戍卒守邊的制度有很大毛病，必須實行「且屯且守」的制度，把屯田與戍邊結合起來。

漢文帝前元十一年（前169年），朝廷下令在邊郡屯田，這比漢武帝時經濟專家桑弘羊建議屯田西域還要早得多。

但是，晁錯和桑弘羊所推行的屯田都與國防建設有關，屬於半軍半民性質，許縣的情況與那時有很大不同，能不能參照前人的辦法推行，還存在着爭論。

曹操要搞屯田，反對的人也不少，對於曹軍收復的大量無主土地，有相當一部分人認為應該賞給有功之人，有人甚至提出恢復古代的井田制，大力推行土地私有化。而實行屯田實際上就是「國有化」，由於反對的人不少，曹操也不得不有所考慮。

曹操讓棗祗找荀彧等人商議，荀彧支持屯田。在當時的特殊情況下，只有實行特殊的經濟政策，才能渡過危機。

經過內部討論並逐步統一了思想後，建安元年（196年）曹操頒佈《置屯田令》，從定國安邦的戰略高度，充分肯定了秦皇漢武獎勵耕戰，實行屯田的歷史經驗，闡述了屯田積穀的重要意義，下令開始屯田，標誌着這項「戰時經濟政策」正式實施。

從建安元年到魏元帝咸熙元年（264年），這項制度推行了70年，可以說它伴隨着曹魏帝國興衰的始終，成為曹魏勢力崛起的經濟基礎。

屯田首先在許縣附近試點，具體做法是，把已經找不到主人的土地收歸國有，然後把喪失土地的流民組織起來，由國家提供耕牛、農具、種子，獲得的收成由國家和農民分成。

當時能集中起來的土地很多，流民也很多，土地資源和人力資源都不發愁，屯田很容易就搞了起來。

農業工作本應由九卿之一的大司農卿管理，為了加大推行的力度，曹操決定親自抓這件事，在許縣試點期間，他任命棗祗為屯田都尉，任命自己的堂妹夫任峻為典農中郎將，具體管理屯田事務，直接向自己負責。

也就是說，曹魏早期的屯田工作由司空府直接主導，由下面特設的屯田官來具體負責。這種體制一直保持了很多年。到曹魏時期，隨着屯田規模越來越大，這項工作轉到了尚書台管理，屯田官的職務和品級也逐漸固定下來，成為與地方行政官員並行的一個系列。

屯田剛開始推行的時候也遇到過一些波折，一開始，被組織起來的農民不太適應，他們經常逃亡。袁渙建議曹操，農民都有安土重遷的傳統，不能一下子改變，必須因勢利導，要讓他自願，不能搞強迫（宜順其意，樂之乃取）。曹操採納了他的建議，情況才有好轉。

這麼好的政策為什麼農民不願意接受呢？原因是租稅太重。

過去農民給地主扛長活，交租的標準一般是收成的一半，即五五分成。曹魏搞屯田，收租也按這個比例，國家就變成了地主。如果連耕牛一塊租，交租的比例更是提高到六成。

如此一來，大家積極性自然不高。

漢代農業稅的比例大部分時候是三十稅一，即百分之三點三，現在屯田農民的稅務負擔是此前朝廷標準的十來倍。在農業生產技術很落後、生產效率不高的情況下，這麼重的稅率農民生活之艱辛可想而知。

但不這樣又不行，軍事鬥爭每天都需要巨大的開支保障，曹魏所能聚集的財富十分有限，屯田這一塊是相對有保障的，課以重稅既是循前朝慣例，也有不得已之處。

不過，曹操還是儘可能予以改進，包括合理安置勞力、分配生產資料、取消屯田戶的徭役等，保證屯田制的健康發展。對於屯田以外的普通農戶，曹操下令重新清查戶籍和財產，據此確定繳納賦稅的額度。

這有點像劃分成分，又像是核定收入申報納稅。

這項工作在「曹統區」全面鋪開，包括曹操本人在內都要評定「成分」，然後決定納稅標準。曹操家鄉的譙縣令給曹操、曹洪二人評為同一等級。

曹洪比曹操更富有，曹操說：「我家哪裏有子廉家富有呀！」


許縣屯田開始試點後，次年就獲得了好收成，積餘糧達百萬斛。取得這樣的大豐收，除了新的農業政策發揮作用之外，還跟一種糧食品種的大面積推廣分不開。

這不是新品種，它的名字叫「稗穀」，其實就是一種雜草，它不怕旱澇，容易生長。這種雜草也結穗，只是穗比較小，一般的作物出糧率在六七成之間，而這種作物只有三四成，而且吃起來味道也不怎麼樣。但是這種作物有一個明顯優勢，那就是產量特別高。

當時一般糧食作物畝產約為 7 斛，實得糧食大約 4 斛；種稗穀一畝可收穫 20 多斛，即使出糧率低一些，實得糧食也可達到近 10 斛。

曹操下令種植這種作物，每 100 畝地可收穫 2000 斛稗穀（頃收兩千斛），即糧食單產大增。

這種糧食口味雖然不佳，但作為戰馬的飼料應該沒有問題。種這種糧食，撒把種子在地裏就能長，不用管澆水除蟲的事，不耽誤軍事

訓練，確實不錯。

曹魏屯田的規模很大，「曹統區」最興盛的時候曾控制或部分控制了 12 個州，有 91 個郡國，大約 730 個縣，而留下屯田記載的州就有 11 個，郡國有 28 個。當然，實際情況肯定比這個還要多。

除了早期的民屯，建安末年又發展出軍屯，在「曹統區」的腹地以民屯為主，在與敵人接壤的地區大興軍屯，平時耕作，戰時打仗，亦兵亦民，在發展經濟、守土護邊方面成效顯著。

曹操實行優先發展農業的政策，也培養了一批「農業幹部」，有許多曹魏名臣都曾在「農業系統」擔任過各級領導職務，「傷殘軍人」夏侯惇也是這項工作的積極倡導者，多年後，他在淮南一帶搞軍屯，組織軍民修水庫，還親自參加勞動，擔土修壩。


# 南面來了員虎將

但是遷都許縣也有不利之處，主要是其位置太靠近中央。

下圍棋講究守邊和角，因為那裏更容易成空，而正中間的位置雖然總括八方，但也是在戰略上最不利的，容易受到各個方向的攻擊。

許縣的位置，恰在天下的中央，四面都是強敵：北面是袁紹，一個老大哥，表面是盟友實際是勁敵；東面是呂布和劉備，一個是宿敵，一個是不可等閒視之的新秀；東南面是袁術，一個老朋友，更是一個老對手；正南面是劉表，一個修煉得差不多了的老滑頭，也是一個真正的實力派；西面是關中，此時已進入了「後董卓時代」，目前被一大群大大小小的割據勢力所控制。

這還只是能直接照上面的，還有雖然照不上面，卻同樣強大的公孫瓚、公孫度、孫策、劉焉、張魯等人。這些人都擁兵自重，不解決他們，許縣的朝廷就只能是個擺設。

可是，先解決誰呢？

如果曹操和他的智囊們攤開地圖去研究，一定會優先選擇東面或西面，因為和袁紹攤牌的時機不成熟，和劉表此時去決戰又太不明智。

如果解決了東面的呂布和劉備，就能把兗州刺史部、徐州刺史部以及豫州刺史部、司隸校尉部的大部分地區連成一片，先坐穩中央再說。

呂布是手下敗將，劉備是呂布的敗將，解決他們也相對容易一些。之後可徐圖西進，解決關中問題，把八百里秦川作為自己的戰略大後方。

可是，還沒等曹操對東面和西面做出部署，南面先出了狀況。


許縣的南面是荊州刺史部，荊州刺史部最北邊的郡是南陽郡，該郡治所在宛縣，即今河南省南陽市，袁術曾經在這裏盤踞過，後來受劉表擠軋轉向揚州刺史部發展。

袁術走後這裏實際上成了黃巾軍餘部的遊擊區，劉表也控制了一部分地區，但整個南陽郡的局勢比較混亂，缺少統一領導，直到有一支人馬進入這個地區，這種局面才發生了改變。

這支人馬的首領是涼州軍將領張濟，涼州軍中與昔日「三人小組」齊名的人，當初他也參加了迎奉漢獻帝東歸的行動，但中途改變了主意，倒向了反對漢獻帝東遷的李傕、郭汜一方。

張濟擔任的最高職務是全國武裝部隊副總司令（驃騎將軍），曹操把漢獻帝接到許縣後，這項任命應該被撤銷了。

張濟後來留在了關中與洛陽之間的弘農郡，經過一系列內戰和自然災害，這裏的經濟已完全崩潰，人口大量外流，張濟面臨着嚴重的生存危機，不得已，他率部離開弘農郡，轉向荊州刺史部一帶發展。

劉表聽說涼州軍悍將張濟氣勢洶洶衝着自己來了，大吃一驚，趕

緊下令在南陽郡、南郡一帶的部隊做好迎擊敵人的準備。

張濟率部進入南陽郡，一路燒殺搶掠，可能也真是餓急了，有點不擇手段，加上涼州軍素來以兇殘著稱，所以激起南陽郡人民的反抗。

在攻打穰城的戰鬥中，張濟被亂箭射死。

張濟死了，劉表的手下都來祝賀，但劉表卻有自己的打算，他知道涼州軍戰鬥力很強，張濟雖死，餘部尚在，尤其聽說張濟的姪子張繡勇猛和膽識都超過他的叔父，與其結成世仇，不如趁張濟之死其手下倉皇無措之際進行招安，反助自己一臂之力。

張繡的確是一員猛將，早年在老家武威郡時就是出名的俠士，他當時在縣裏是一名縣吏，有個叫麴勝的人造反，襲殺縣長，張繡不久就找了個機會刺殺了麴勝，從而聲名大振，張繡乾脆聚合一幫年輕人，成為當地的豪傑。

張濟戰死，這支涼州軍何去何從，張繡自己也沒有主意，劉表的使者就是這時候找到的他。

張繡出於生存的考慮接受了劉表的建議，但不是投降，而是結盟，根據雙方達成的協議，劉表支持張繡在南陽郡一帶發展。

劉表之所以願意支持張繡，看中的是涼州軍的戰鬥力，劉表已經意識到距自己不遠處安營紮寨的曹操將是一個可怕的對手，將來動起手，有人能替自己先抵擋一下是很有必要的。

劉表的這個想法很正確。

由於得到劉表的支持，張繡的勢力大增，很快在南陽郡站住了腳，把大本營放在了宛縣。

張繡覺得自己要成事，必須得到一個人的幫助，這個人就是賈詡。

作為涼州軍中最有頭腦的人，賈詡早已聲名遠播。

可是，此時的賈詡在哪裏呢？

賈詡在段煨那裏。

涼州軍閥段煨駐守在華山腳下的華陰，漢獻帝東歸路過他的防區時，段煨曾出面給予保護，引起其他涼州軍閥的不滿。

長安大亂，賈詡沒有跟漢獻帝走，他留在了長安。之所以做出這樣的選擇，或許賈詡考慮到正是他的一個主意攪亂了時局吧。

後來賈詡發現長安也不能再待，於是到了段煨這裏，段煨知道賈詡在涼州軍裏素來名望很高，擔心被他奪了權（內恐其見奪），特別提防他，但表面上尊禮有加，這讓賈詡覺得不自在。

這時，張繡悄悄派人來聯絡賈詡，希望他到南陽郡去，賈詡決定走。

有好朋友知道了，勸賈詡說：「段將軍待您不錯，您怎麼還要走？」

賈詡說出了原因：「段煨生性多疑，對我比較猜忌，待我雖厚，卻不能長久（禮雖厚，不可恃），我現在離開，他反而會高興，同時他也希望我能結下外援，所以必然厚待我的妻子兒女。張繡現在沒有出謀劃策的人，是真心想要我去，如此我自己以及我的家室都能得以保全。」

賈詡一向料事如神，這次也一樣。

他要去南陽郡，段煨果然沒有阻擋，高高興興送他走，後來又厚待賈詡的妻子兒女。

賈詡到了張繡那裏，立即受到了重用。

賈詡這時已經 50 歲了，張繡年齡不詳，大概要小得多。作為自己叔父的同事，張繡把賈詡當作長輩看待（繡執子孫禮）。

段煨後來被曹操以朝廷的名義召去，任命為民族事務部部長（大鴻臚），於赤壁之戰後的第二年故去。

張繡在南陽郡的快速崛起給曹操出了道難題。

# 曹操背上的冷汗

本來，曹操打算在許縣稍加安頓之後便向東邊的呂布、劉備發起進攻，但現在南面有了一個強大的敵人，好比在臥榻之側來了只猛虎，這讓他怎能安心勞師遠征？

涼州軍向來是不太好對付的敵人，曹操起事以來敗得最慘的一仗就是跟涼州軍打的，至今記憶猶新。張繡得到賈詡的輔佐，更是如虎添翼，背後又有劉表的支持，南陽郡的這只虎，可不是關在籠子裏供人欣賞的，它是隨時會吃人的。

如果曹操率主力東征，難保張繡、劉表不趁機襲取許縣。在這種情況下，東征呂布之事只能先放下了，漢獻帝建安二年（197 年）新年剛過，曹操決定南征張繡。

人馬準備好，按慣例曹操要到宮裏向天子報告並辭行。

曹操進了宮，還沒有見到漢獻帝，卻發生了一件事，讓他吃驚不小。

按照禮制，曹操作為司空又代理全國武裝部隊副總司令（行車騎將軍），朝見天子應該遵循以下禮儀：快見到天子時，要脫掉鞋子，解除佩帶的武器，一路小跑着去見天子。

天子身邊會站着一個司儀官，在一旁高喊：「費亭侯、司空、行車騎將軍曹操，參見皇上！」

曹操聽到後就要跪下來高聲說：「吾皇萬歲，萬萬歲！」

這一次，曹操大概剛把鞋子脫掉，突然過來兩個持戟的武士，手裏操持的鐵戟不是演戲的道具，而都是真家伙，二話不說，咔嚓一下把戟就架在了曹操的脖子上。曹操沒有防備，當時就傻了。

這二位就這樣叉着曹操往前走，曹操沒有選擇，只好跟着，來到

漢獻帝面前，跪下跟漢獻帝說話。

說了些什麼曹操一定都記不得了，那一刻他的大腦估計全是空白。從漢獻帝跟前出來，曹操脊背上的衣服都濕透了，那是緊張的。

其實，這是一套規範的宮廷禮儀，並不是漢獻帝的發明。

漢代，為了防止權臣篡權，規定了許多制衡措施，比如「五大不在邊」，就是外戚、三公等五類權臣不能到外面領兵。遇到特殊情況非領兵不可，那就執行剛才這一套程序，權臣在出兵前向天子辭行時由武士把戟交叉在頸項前而行（交戟又頸而前）。

言下之意是要試試你心裏是否有鬼，能經受考驗的是好同志，有異心的就得掂量掂量還敢不敢來。

曹操大概不知道還有這一出，或者沒有想到漢獻帝會跟他玩真的，這一驚實在非同小可。

如果漢獻帝向他下手，這就是個絕佳的機會。

何進當年是怎麼死的？竇武、梁冀又是怎麼死的？

別看你權傾天下，一個小小的細節疏忽就能讓你灰飛煙滅！

曹操越想越後怕，以後就再沒有朝見過漢獻帝（自此不復朝見）。


經過了一個小插曲，曹操率兵南下。

大軍很快到達清水附近，清水是漢水的一級支流，長江的二級支流，即如今河南省境內的白河，在襄陽附近注入漢水。

宛縣就在清水河畔，這條河上還有一個著名的地方叫新野。

聽說曹操率軍親征，張繡很緊張，曹操的大名他早有所聞，袁術、陶謙、呂布這些天下英雄都不是他的對手，如今正勢如中天，張繡覺得自己根本不是對手。

此前，張繡曾派賈詡到襄陽走了一趟，見了見劉表。

賈詡回來後對張繡說：「劉表這個人，倒是有一些才能，和平年代

做個三公應該稱職（平世三公才也）。現在他看不到形勢的變化，多疑少斷，不會有什麼大的作為。」

賈詡的襄陽之行打消了張繡依靠劉表抵抗曹操的想法，他決定投降曹操。

沒有記載顯示張繡的這項決定是不是賈詡的建議，但賈詡至少沒有反對。

就這樣，曹操原打算南下必有一場惡戰，現在看來不存在了。

曹操很高興，在淯水河畔紮下軍營，設宴招待張繡及其手下。

酒席宴前，張繡等人看到有一個大漢站在曹操左右，威武異常，不禁暗暗吃驚，他們不認識，這個武士就是典韋。

在曹操行酒時，典韋手持大斧一直跟着，斧刃有一尺多，曹操走到誰跟前典韋不僅站在後面，而且使勁拿眼睛直盯着人家看（迫視），弄得客人根本沒有心思吃好喝好。

直到酒宴終了，張繡及其部將都不敢仰視。

本來，這次南征就可以圓滿收場了。

但是發生了意外，讓形勢陡轉。

## 孰可忍，叔不可忍

張繡有個親信將領叫胡車兒，勇冠三軍，曹操對像典韋、許褚這樣的猛士歷來見一個喜歡一個，總想弄到自己手下。

這個胡車兒大概也是典韋那樣的猛人，曹操看到胡車兒後特別喜歡，想籠絡一下感情，於是親自接見，並贈給他不少錢。

曹操此時應該沒有通過胡車兒解決張繡的意思，因為此行目的已經達到，不需要把張繡徹底消滅，他拉攏胡車兒，最大的目的也只是想挖人。

但張繡知道了這件事卻不這麼想，他認為曹操此舉用心不良，是要收買胡車兒謀害自己。

此前還發生了一件事，曹操看到張繡的嬸娘、已故全國武裝部隊副總司令（驃騎將軍）張濟的遺孀長得很漂亮，就納其為妾，這件事顯然沒有征得張繡的同意。

張繡覺得，即便自己的嬸嬸同意這件事，但已故的叔父如地下有知，一定會視為奇恥大辱。

嬸可忍，叔不可忍！

而且，上面這兩件事結合起來，張繡認為曹操肯定正在設計除掉自己，張繡決定先動手。

賈詡給張繡出了個主意，讓他向曹操報告，說部隊想移防到地勢高一點的地方，中間要經過曹營。

張繡還特意對曹操說：「車輛太少，士兵都得背負着很多物資，請求允許士兵們披甲而過（車少而重，乞得使兵各被甲）。」

曹操沒多想，答應了。

結果，張繡趁自己人進到曹營之際突然發起攻擊，打了曹軍一個措手不及。


這場戰鬥發生在清水河畔，曹軍的狼狽樣超過了當年的汴水之戰和濮陽之戰。

混戰中，曹操所坐的馬被亂箭射中面部和腿，曹操自己的右臂也中了箭。

曹操失去戰馬，十分危險。

史書記載，曹操騎的這匹馬名叫絕影，是繼白鵠之後曹操騎的又一匹名馬。此刻光榮就義於清水河畔。

危難之時，有個小夥子從馬上下來，把自己的馬讓給曹操騎。

曹操一看，是自己的大兒子曹昂。

打仗親兄弟，上陣父子兵，關鍵時刻能捨身相救的，還是自己家的父子兄弟。當年汴水之戰，如果沒有曹洪讓馬，曹操可能早就沒命了，現在曹昂又把馬讓給了曹操。

但曹昂沒有曹洪那樣幸運，他戰死在亂軍之中，死時 20 歲。

曹操的正妻是丁氏，沒有生育，在娶卞氏前曹操還娶了劉氏，曹昂是劉氏所生，劉氏死得早，曹昂一直由丁氏撫養，母子感情很深。

這一仗對曹操而言不僅丟了面子，而且損失相當慘重，長子曹昂、姪子曹安民、近衛部隊指揮官典韋一同戰死。

典韋死得極為悲壯。

當時曹操率輕騎逃走，典韋為了掩護曹操撤退，留下來在營門口與敵兵激戰。

由於典韋勇猛異常，敵人無法前進，但他們分散從其他地方進入曹營。

這時，典韋周圍只有十來個人，這些人都是曹操精挑細選出來的勇士，平時主要職責就是保護中軍的安全，現在無不以一當十，殊死惡戰。但是，敵兵越來越多，他們漸漸不支，陷入重圍。

典韋手持長戟，左衝右突，一戟刺過去，敵兵十多支長矛都被折斷（一叉入，輒十餘矛摧）。

最後，典韋的左右全部陣亡，他本人也受數十處傷，但仍然與敵兵近距離格鬥。典韋一把抓過兩個敵兵，徒手就把他們給殺了，其餘敵兵吃驚不小，都不敢再靠近。

典韋又上前衝殺，殺了幾個敵人，然而傷勢嚴重，失血過多，最後怒目大罵而死。

敵兵確信典韋已死，才膽戰心驚地上前把他的頭割下，互相傳看，想觀察一下這個奇人到底為什麼如此生猛。

曹軍從淯水河邊一路慘敗，一口氣退到了宛縣以東百里之外的舞陰。曹軍各部聽說後，都想抄小道先趕到曹操那裏救駕，一路上擁擠無序，狼狽不堪。

時任旅長（平虜校尉）的于禁率數百人主動斷後，他們且戰且退，遲滯了敵人的進攻。敵人見無法繼續擴大戰果，慢慢退去。

于禁下令整頓人馬，敲着戰鼓回營。走在半道上，遇到十幾個傷兵，一個個赤身裸體，慘不忍睹。

于禁問他們怎麼了，這些人說被青州兵趁亂打劫，于禁大怒。

這個青州兵，就是曹操當年打敗青州黃巾軍後收編的部隊，這支部隊作戰勇猛，是精銳之師，但軍紀一向很差。曹操對他們平時頗為關照，反而讓他們更認為自己不得了，這次趁敗軍之際，公然搶劫到自己人頭上。

于禁下令追討青州兵，把他們收拾了一頓。之後，指揮所部安下營壘，防備敵軍再來。

這時，手下人勸他先不忙安營紮寨的事，應該先到曹公那裏報告情況，防備青州兵惡人先告狀。

于禁不以為然：「現在敵人在後，很快就會追到這裏來，不做好準備，何以對敵？曹公明察秋毫，不必申辯！」

青州兵果然搶先跑到曹操那裏告狀，曹操也果然沒聽信他們。

見到于禁，聽了于禁的匯報，曹操高興地對于禁說：「淯水之難，我方危急，將軍能亂而不亂，整治所部，懲治暴行，高築堅壘，實在有不可撼動之節，雖古代的名將，也難以超過你呀！」

於是，依據于禁前後立下的功勞，曹操上表天子封于禁為益壽亭侯。

在舞陰，曹操沒有祭奠愛子和姪子，卻為典韋盛大發喪。

曹操命人設法找回了典韋的遺體，送回老家襄邑安葬，在儀式上

流下了眼淚。曹操後來拜典韋的兒子典滿為郎中，作為自己的近侍。以後他每次經過陳留郡一帶時，都要繞道襄邑祭祀典韋。

　　之後，曹操從舞陰退回到許縣，留下曹洪駐防於南陽郡境內，與張繡對峙。張繡在劉表支持下，把曹軍曾經佔領過的舞陰等地重新收回，曹洪被壓縮到南陽郡最北面的葉縣一帶，處境十分艱難。

# 第七章 配角退場

## 袁術另立朝廷

曹操正準備整頓人馬支援南陽的曹洪，突然發生了一件大事。

漢獻帝建安二年（197年）春天，就在曹操轉戰南陽郡的同時，身在揚州的袁術突然心血來潮，自稱皇帝，此事震撼了全國。

早在兩年前，漢獻帝敗於曹陽之時，天下盛傳漢獻帝已經遇難了，舉國哀傷，但袁術心裏卻暗自高興，因為他腦子裏一直都有個可怕的念頭：自己當皇帝。

說實話，袁術此時的實力很一般，離開南陽郡後本來想到兗州一帶發展，但打不過曹操，逃到了揚州。他殺了揚州刺史陳溫，在壽春建立起基地，也曾有過興盛的時候，那時手下有孫策、郭貢、張勛、橋蕤等人，勢力也曾發展到周邊的豫州、徐州一帶。

後來，孫策離開了袁術到江東獨立發展，使袁術集團的力量大減，袁術手下再也沒有特別能打的大將，說是佔領了揚州，其實只是揚州六郡裏的兩個郡而已。

但袁術此人有個最大的特點，就是一向自我感覺良好。

之前說過，得到漢獻帝遇難的消息時袁術就迫不及待地召集過會議，暗示手下擁戴他稱帝，但手下反應冷淡，只好作罷。

可是，袁術想當皇帝的癮一旦被勾起來，不達目的他吃飯不香，睡覺不踏實。他整天都在想着要當皇帝的事。後來證實，漢獻帝遇難於曹陽純屬誤傳，但即便如此，袁術仍然沒有死心。

當時社會上流行着許多神祕預言，基本上都是一些不知所云的東西或者是別有用心之人編出來的無稽之談，但有很多人相信，有人還深信不疑，袁術就是其中的一位。在這些神祕預言裏，有一句話很知名，叫「代漢者當塗高」。

這一句話的前四個字好理解，就是接續漢朝國祚的人，滅亡漢朝的人。後兩個字卻十分費解，「塗高」是什麼，誰也說不清楚。

但袁術認為這很好理解，這個「塗高」就是指他自己。袁術字公路，「術」是城邑內的道路，「公路」指的也是路，而「塗」被他理解為「途」，也是路的意思。這種理解很牽強，但袁術認為一定是這樣的。

而且，根據「五行終始論」，漢朝屬於火德，取代漢朝的一定屬於土德，袁姓就屬於土德，是有資格取代劉漢統治的姓氏。這一條又成為上一條的佐證。

這時候河內郡人張炯又幫袁術弄出來一個符命，以兆袁術的天子之應，袁術更覺得皇帝非他莫屬了。

張炯的這個符命，史書均有提及，但都不知道具體為何物，估計跟河裏挖出個寫字的石頭、魚肚子裏發現一條寫字的綢子這些事差不多。

有了這些理論基礎，袁術覺得自己再不出來當皇帝都有點對不起上天的眷顧了。他聽說孫堅當年在洛陽宮裏得到了傳國玉璽，就把孫策的妻子軟禁起來，逼她交出玉璽。孫策這時已經到江東開闢根據地去了，無奈之下，孫夫人只好把玉璽給了袁術。

漢獻帝建安二年（197 年）春，袁術不顧眾人的反對，在壽春正式稱帝，但他這個皇帝很奇怪，既沒有宣佈國號，也沒有下詔改元，他也不自稱天子，而稱「仲家」。

後世有人認為，「仲家」就是袁術新王朝的國號或年號，也有把袁術稱為「仲家皇帝」的。但這些都是推測，「仲家」並不像個國號，更沒有「仲家」作為年號的記載。

　　兩年後，袁術走投無路之際，曾對自己稱帝的行為進行過辯解，說他當時看到天下大亂，已經到了周朝末年七國分勢的局面，自己出於一片責任心，出來替漢室管管事，自稱「仲家」，仲是第二的意思，在他心裏還是把劉氏當老大，並沒有真的想當皇帝。

　　一般認為這是袁術給自己的辯解，但對照實際情況看一下，也許並不完全是虛言，袁術想當皇帝是確定無疑的，但他也知道自己實力有限，於是留了條後路，從而弄出個不倫不類的東西來。

　　但是，除了國號、年號這些以外，其他一切方面袁術都按照真皇帝的樣子做了。他改九江太守為淮南尹，類似於西漢的京兆尹和東漢的河南尹，壽春自然成了「京師」，他在這裏任命公卿，建皇宮，設祠廟、明堂。

　　袁術在壽春大封百官，但大家似乎都不太給面子，並沒有積極踴躍地來應聘。袁術有點犯愁，心想無論如何得找幾位天下名士來撐撐門面，不能三公九卿盡是阿貓阿狗之輩。他想到了兩個人，一個是陳珪，一個是金尚。袁術想請他們來當自己的「三公」。

　　陳珪是陳登的父親，他本人也是高幹子弟，他的父親陳球當過太尉，袁術和陳珪年輕時在洛陽就是哥們，此時陳珪在徐州的呂布那裏，呂布是袁術的盟友，跟他要個人應該沒問題，袁術給陳珪寫了封信，但陳珪卻沒有來。不是呂布不放人，而是陳珪壓根不願意。

　　陳珪不僅沒來，還給袁術寫了封措辭嚴厲的信，把袁術批評了一通。陳珪說，讓我去阿附你幹那些非正義的事，就是死我也不能去（欲吾營私阿附，有犯死不能也）。

　　看了陳珪的信，袁術氣得牙痛。

金尚是個老黨人，有一定名望，當年被朝廷任命為兗州刺史，而兗州那時已被曹操控制，金尚興沖沖跑到兗州上任，結果連兗州地界都沒有進就讓曹操一路打了回來。金尚沒有地方待，跑來依附袁術。

袁術任命金尚為太尉，但金尚死活也不幹，並且準備逃跑，袁術把他抓住，一怒之下把他殺了。

袁術是個典型的小事看不上、大事做不來的人。

一般來說，對小事不感興趣的人，常常會對大事發生錯誤的興趣，這也許是他執意稱帝的內在原因。

還有一個原因，袁術是個高傲且敏感的人。一般來說，高傲使人脆弱，敏感使人自卑，袁術想稱帝，大概就是糾纏在脆弱和自卑的情結裏無法自拔，才走出了這匪夷所思的一步。

## 趁機瓦解對手

袁術稱帝，別人只是震驚，曹操卻必須出手去管一管。

因為袁術的稱帝行為不僅是叛逆，更是對曹操權威的挑戰。曹操費盡千辛萬苦，好不容易把朝廷弄到許縣，剛剛安頓下來，運轉還不到一年，東邊就突然冒出個新朝廷。如果不給予迎頭痛擊，今後勢必還會有更多的偽朝廷冒出來。

在曹操的戰略規劃裏解決袁術本來不是優先選項，他現在最需要解決的是南陽郡問題，其次是呂布和劉備，然後是關中的涼州軍閥，但現在袁術自己跳了出來，那就得先解決他了。

曹操還沒有動手，袁術的兩個盟友先表態了。

首先是孫策。名義上他還算袁術的部下，但現在在江東發展得很快，聽說袁術稱帝，孫策毫不含糊地給予反對。

袁術的僭越之舉沒有得到一個外部支持，就連他的老部下孫策也

發來了措辭強烈的抗議信，反對其僭號，並趁機向天下宣告斷絕與袁術的一切關係（以書責而絕之）。

孫策在信裏細數袁術九大罪狀，說他連董卓都不如，以董卓的狂狡，在廢主自立之事上仍然不敢擅為，而袁術竟然幹出這種大逆不道之事。

這時候的孫策已經在江南漸成氣候，實力不輸於袁術，跟袁術翻臉是遲早的事。袁術稱帝無疑給了孫策一個最合適的翻臉理由，此前袁術為得到傳國玉璽而扣押了孫策的夫人，新賬舊賬一起算了。

孫策還派高承為使者前往許縣，向朝廷進貢，再一次表明自己的政治態度。

孫策的行為舉動獲得朝廷的肯定。曹操以漢獻帝的名義，立即派議郎王為特使前往江東，對孫策進行表彰，並拜孫策為騎都尉，封吳侯。

孫策的勢力已跨有數郡，騎都尉充其量是個太守一級的官員，孫策向王暗示自己想要個將軍名號，王在來不及請示的情況下當機立斷，自己做了回主，重新拜孫策為明漢將軍。

當時，袁術手下的陳瑀屯駐在長江以北的海西一帶。曹操讓孫策討伐這股敵人。孫策領命，準備率軍渡江作戰。孫策剛要出動，陳瑀那邊先下了手，派人悄悄來到江東，結交祖郎、焦已以及嚴白虎等割據勢力，準備趁孫策主力渡江之際從背後下手。

這件事幸虧被孫策察覺，他派呂範、徐逸攻打海西的陳瑀，自己留在江東對付敵人。陳瑀最後被打敗，隻身一人逃走，跑到了袁紹那裏。

呂範、徐逸大敗陳瑀，俘獲包括陳瑀老婆、孩子在內的 4000 多人。孫策與袁術自此算是徹底鬧翻了。

相對於孫策，袁術的另一個盟友呂布一開始卻有些猶豫。

從內心深處說，袁術看不上呂布，呂布也比較討厭袁術。自郝萌叛亂發生後，呂布一直把袁術當成潛在的敵人加以防範，但在明面上二人並沒有撕破臉。

對呂布來說，這年頭還能拉上朋友關係的人已經不多了，袁術好歹算是合作過一場的人。

袁術稱帝後，派韓胤為特使，專程到徐州給呂布報信，並且提出了一個要求，想與呂布和親，娶呂布的女兒為兒媳。對於袁術結親的要求，呂布開始傾向於答應，他甚至把女兒交給了韓胤，讓他帶走。

但是，對於這項決定，呂布手下有一個人特別緊張，他想到如果真是那樣，無論於國於己都要壞事，所以趕緊來勸呂布。

這個人就是陳珪，他拒絕袁術的徵召，還把袁術譴責了一番。呂布跟袁術如果站到一塊，將來對自己很不利。這倒是其次，問題是揚州、徐州一旦結成一體，這個偽朝廷勢力就更不得了，天下就要受難了（徐楊合從，為難未已）。

陳珪急忙來勸阻呂布，他說：「曹公奉迎天子，輔助國政，將軍您應當同他合作，共圖大計。現在反而與袁術結親，必受不義之名，將來恐怕會大禍臨頭啊（有累卵之危矣）！」

陳珪認為袁術失敗是必然的，既然如此為何還要往火坑裏跳？現在是表明自己態度的重要關頭，千萬不能猶豫，也不能抱有幻想，如果真的和袁術結親，那就徹底跟袁術捆在一起了。

呂布想了想，認為陳珪說得有道理。

本來就對袁術有意見，經過陳珪一番勸說，呂布決定跟袁術劃清界限。

此時，韓胤已帶着呂布女兒上路了。

陳珪勸呂布趕緊把人追回來：「既然拒絕袁術已經把他惹了，不如索性做得更徹底些。」

呂布平時對陳珪的話還是尊重的，就問：「先生有何妙計？」

陳珪給呂布出了個主意：「袁術特使的人頭正好向朝廷和曹操表明心跡！」

呂布又想了想，一咬牙：「那就依先生所說！」

呂布派人追上韓胤，把女兒接了回來，並把韓胤抓了起來。

陳珪的兒子陳登主動請纓，願意押着韓胤去朝廷一趟，呂布於是向漢獻帝寫了一道奏疏，詳細報告了袁術試圖拉攏他的情況，表明自己的態度。

呂布還給曹操另外寫了封信，進一步向曹操表達善意。


陳登去了許縣，很快便完成使命回來，不僅帶來了漢獻帝就此事對呂布嘉許的詔書，還帶回來曹操親筆寫給呂布的一封信。曹操在信中態度友好，向呂布表達了關切和慰問之情，鼓勵他按照天子的詔書追捕公孫瓚、袁術等人。

接到曹操的信呂布很高興，但他不知道的是，陳登一到許縣就出賣了自己。陳珪、陳登父子雖然屈身事奉呂布，但一直心存不滿，所以陳登見到曹操後，力勸曹操除掉呂布。

曹操當然很高興，能在呂布身邊安插個臥底是他求之不得的事，曹操於是拜陳登為廣陵郡太守。

臨別之時，曹操又拉住陳登的手說：「東方之事，全都託付給你了！」

這些情況呂布一無所知，陳登回來後勸他不妨趁熱打鐵，再給皇上上一道奏疏，表明將遵照詔令盡臣子應盡的本分，同時再給曹操寫一封信，進一步表明立場。

呂布同意，讓陳登替他草擬詔書和信。

陳登很快擬好了，呂布拿過來一看，只見給天子奏疏裏寫道：「臣本應奉迎大駕，但知道曹公忠孝，迎接陛下遷都許縣。臣之前與曹公交兵，現在曹公保輔陛下，臣為外將，如果引兵前來，恐怕引起誤會（欲以兵自隨，恐有嫌疑），所以就以帶罪之身駐守在徐州，是進是退不敢自己妄加決定。」

這些話主要為了解釋當初為何不去迎駕，寫得還不錯，但給曹操的信寫得卻不夠分量，雖然表達了願意聽從調遣的意思，卻不夠真切。

呂布想了想，又在信中加了幾句：「我呂布是個有罪的人，按道理應當死罪（布，獲罪之人，分為誅首），您親自書寫教命加以慰勉，對我加以厚待褒獎，我一定按照詔書的指示追捕袁術等人，一定以命為效！」

奏疏和信派人送出之後，沒過多久即迎來了朝廷的特使奉車都尉王則，詔書繼續對呂布進行嘉勉，同時升呂布為左將軍。

呂布在長安時只是奮威將軍，漢獻帝東歸後升他為平東將軍，現在進一步升為四方將軍中的左將軍。

當初漢獻帝派人給呂布送平東將軍的印綬，不巧的是在半路上丟了，曹操心很細，就連這件事他也記着。

曹操專門給呂布又寫了封信，信中說：「當初在山陽郡丟失了拜封將軍的詔書和印綬，現在朝廷沒有成色好的金子，我取自己家裏存的好金給你制印（孤自取家好金更相為作印），朝廷沒有紫色綬帶，我就取自己的綬帶給你以表達我的心意。現在袁術要稱天子，將軍應當阻止他。朝廷信任將軍，將軍也應該表明自己的忠誠。」

看到曹操的信，呂布大為感動，他再次派陳登去許縣奉章謝恩，並讓陳登給曹操捎去一條最好的綬帶。

看到此情此景，誰又能想到就在不久之前他們二人還是勢不兩立

的對手？但其實，對於這個化干戈為玉帛的神奇轉變，他們二人的頭腦一直都很清醒。

他們都知道，這不是友誼，更沒有親情，這就是所謂的政治。

呂布雖然算不上是位政治家，但知道怎麼說話。

# 袁術淮水受辱

呂布的做法讓袁術不能容忍。盛怒之下，袁術分七路大軍來進攻徐州，總兵力多達十幾萬。

這大概是袁術全部的家當了。七路大軍中最重要的有四路：張勳、橋蕤、韓暹和楊奉。

張勳和橋蕤是袁術手下的大將，韓暹之前說過，跟李樂、胡才一樣都是白波軍的首領。漢獻帝在河東郡遇難，他們出過大力，韓暹被封為大將軍。

楊奉也是白波軍首領，與韓暹不同的是，他很早便投靠了李傕，成為李傕手下的部將。李傕與郭汜內訌，楊奉和宋果等人密謀欲殺李傕，但事情敗露，楊奉領兵叛走。後張濟出面護駕東行，張濟當時聯合的就是楊奉部。

楊奉一路護駕東歸，其間打敗了追上來的郭汜，漢獻帝曹陽遇險，韓暹、李樂、胡才等白波軍首領就是楊奉召來的。漢獻帝回到洛陽，楊奉因功獲授車騎將軍，曹操接管朝廷後，與楊奉發生矛盾，曹操進攻楊奉，楊奉轉投袁術。

韓暹後來的境況和楊奉差不多，率殘部四處流浪，被楊奉召來，名義上都聽袁術調遣。

白波軍雖然戰鬥力不強，但號召力很厲害，每逢哪裏有大仗，他們一聲號集，總能馬上聚集起很多人馬，烏烏泱泱，遮天蔽日，不明

就裏的人一看那場面都得被嚇住。

呂布手中充其量有三萬多人，把劉備的幾千人馬算上，都湊不夠人家的一半多，呂布知道這下子麻煩來了。

呂布一面積極備戰，一面給曹操寫信，告訴他這邊的情況，請他派兵增援，最好再聯絡袁術背後的孫策，一塊行動。

但呂布知道，大難將至，遠水解不了近渴，而且遠道來的水，是福水還是禍水往往搞不清。

還得靠自己，不能在此坐等曹操派來援軍，必須想辦法用自己的力量把敵人打敗。

呂布召集大家商議，眾人也一籌莫展。

當初有人反對與袁術翻臉，因為袁術也不是好惹的，這下子算是應驗了。曹操那邊就別指望了，聽說南陽郡張繡把他折騰了幾回，他已連吃敗仗，自己的事都還沒處理好呢，不會發兵來救咱們。退一步說，即使曹操有這個能力，他也不會來救，起碼不會立即來救，借袁術之手消滅呂布，這買賣對曹操來說簡直太劃算了。

有這種想法的人，大概眼睛都在斜視着陳珪和陳登，那意思像是說：這都是你們父子出的好主意！

陳珪見眾人在看他，出來道：「其實也沒什麼，敵人來勢雖然兇猛，但只不過是袁術倉促之間集合起來的烏合之眾罷了，不用擔心，也不必大動干戈，我自有破敵妙計。」

眾人退去，呂布把陳珪和陳登留下，問他們有何破敵之策。

陳珪這才說出了自己的辦法：「袁術人馬號稱十多萬，最能打的也就是張勳、橋蕤這兩部，還有韓暹和楊奉，如果真的拼起命來也還行，其他各部人馬只是來湊湊熱鬧，袁術不敢把所有的人馬都壓到徐州來，他還得防曹操和孫策，所以，敵人氣勢雖然很足，但抓住要

害，破之也不難。如果能讓韓暹和楊奉反戈一擊，去進攻張勛、橋蕤，不用我們出手，敵兵可自破。」

呂布聽了，並不激動：「道理是這樣的，可韓暹和楊奉都聽袁術召喚，他們怎能無端去打張勛、橋蕤呢？」

陳珪不着急，他接着說：「韓暹和楊奉都是變民出身，他們雖然曾歸順朝廷，但在朝廷和眾人眼裏仍然是流寇。他們甘願效命於袁術，也是被曹操攻打之下的權宜之計。這些人只看眼前利益，立場隨時會變。只要派人去游說他們，許他們以重金，我敢保證他們會馬上掉轉槍頭去幫我們打袁術。」

呂布從來沒見過陳珪說話如此口氣大，但看他一副胸有成竹的樣子，也想試試。呂布問誰可以擔任這個艱巨的任務，陳珪推薦他的兒子陳登。

呂布於是給韓暹、楊奉寫了一封信，信中寫道：「二位將軍大駕東來，你們都曾有大功於國，當書勛竹帛，萬世不朽。現在袁術造逆，天下共誅討，你們為何與賊臣一起伐我呂布？我呂布有殺董卓之功，與二位將軍俱為功臣，可以在此共同討伐袁術，為天下再立新功（**可因今共擊破術，建功於天下**），現在正是機不可失的時候啊！」

陳登去後不久即回，報告說事情成了。

呂布將信將疑，不敢確信。不過，很快便從前面傳來消息，說不知發生了什麼事，韓暹和楊奉突然掉轉頭，反向張勛和橋蕤進攻。

呂布既驚且喜，決定抓住戰機，立即集合全力向張勛和橋蕤發起進攻。張勛、橋蕤猝不及防，迅速敗下陣來。

呂布下令追擊，為了給袁術一個深刻教訓，呂布覺得這次一定要追得狠一點兒，打得疼一點，讓這小子吃點苦頭，多長長記性。

韓暹和楊奉表現得也不錯，按說他們的任務已完成，可以坐等收

錢了，但他們一直和呂布配合，緊追敵人不放。袁軍敗得一塌糊塗，呂布很快攻到了淮水邊上，進入揚州刺史部轄區。

呂布這才發現韓暹和楊奉為什麼願意跟着追了，他們不叫追，應該叫搶，呂布率軍在前面攻，這二位名義上在後面配合，其實是一路搶，所到之處被他們搶得十室九空。

也許這正是陳登能輕易說服他們二人的原因。這撥白波軍兄弟積極性高漲，可憐袁術辛辛苦苦積攢下來的不少好東西都被他們搶去了。

一口氣過了淮水，拿下了袁術淮水南岸的重鎮鍾離，此地離壽春不遠了。

袁術急了，親率大軍前來迎戰。

呂布看看也差不多了，袁術雖敗但實力猶存，這根又臭又硬的骨頭還是留給曹操啃吧，於是下令大軍返回淮水北岸。

袁術率領的大軍到達淮水南岸，雙方隔河相望。

為了再挫袁術的銳氣，呂布下令先不走，在北岸列陣。

呂布給袁術寫了封信，讓人送過河去，信裏寫道：「足下常吹噓自己的人馬多麼強盛，呂布我雖然無勇，但虎步淮南，一時之間，足下鼠竄壽春，不敢露頭，你的猛將武士都在哪裏？足下一向喜歡說大話，用以欺騙天下，可天下之人又怎麼那樣容易被欺騙？古者交兵都是有原因的，現在首先挑事的不是我（造策者非布先唱也），咱們現在相去不遠，你有什麼說的可隨時答覆。」

呂布告訴袁術，你幹的這事實在天怒人怨，我即使不出頭討伐你，也有人來收拾你，你好自為之吧。呂布讓人把這封信謄抄兩份送到許縣，一份上報天子，一份呈給曹操。

呂布就這樣在北岸一連待了幾日，袁術既不敢過河，也不敢撤兵，弄得很難受。

呂布這邊的將士在北岸還大聲嘲笑袁術，十分痛快。

曹操看到袁術被他的兩個小兄弟折騰得夠嗆，於是抓住時機親自東征，時間是漢獻帝建安二年（197 年）九月。

袁術跟曹操交過手，知道曹操的厲害，聽說老朋友親自來了，倒也乾脆，留下部將橋蕤、李豐、梁綱、樂就等人駐守蘄陽阻擋曹操，自己先溜了。曹操指揮于禁等部進擊，把橋蕤等四人包圍在苦縣，全部斬殺。

袁術跑到了淮河以南，徹底不敢迎戰。

曹操此時無意對袁術窮追不捨，因為南陽郡的問題還沒有解決，曹洪被張繡壓得喘不過氣來，他得儘快回師，再戰南陽郡。

曹操於是撤兵，回到許縣，準備第二次征討張繡。出師前，曹操讓有關部門對前太尉楊彪進行立案追究。

楊彪是前任三公，此時已被免職，曹操之所以突然想起他，是因為他跟袁術有姻親關係，曹操接到舉報，說袁術稱帝楊彪也有份（欲圖廢立），於是把楊彪下獄。

建設部部長（將作大匠）孔融聽說，來不及穿上朝服，跑過去見曹操。

孔副為楊彪求情：「楊家四世清德，為海內景仰。《周書》上說父子兄弟罪不相及，怎麼能以袁術之罪歸於楊彪呢？」

但曹操沒有讓步的意思，讓許縣縣令滿寵負責審理此案。

許縣縣令好比當年的洛陽令，品秩不高但權力很大，尤其是對京師地區有司法管轄權，可以審理朝廷官員及家屬，何況楊彪已不擔任公職，形同普通百姓，所以歸許縣縣令審理。

孔融和荀彧都私下裏找到滿寵，讓他不要對楊彪用刑（勿加考掠），誰知滿寵一上手就對楊彪來了個大刑伺候，把孔融和荀彧氣壞了。

滿寵把楊彪打得死去活來，幾天後來向曹操匯報：「快把楊彪打死

了，他也沒有什麼可招的。此人海內知名，如果沒有證據就治罪（罪不明白），必然大失民望。」

曹操想了想，第二天就赦免楊彪出獄，這時孔融和荀彧才明白，滿寵打楊彪正是為了救他。

曹操突然拿楊彪說事，表面上是他與袁術有瓜葛，其實是因為楊彪出身於世家，代表了某種政治勢力，雖然他已經下台，但影響力仍不同一般。

新朝廷剛建立，曹操經常在外面征戰，必須內外都樹立起絕對權威。拿楊彪開刀有殺一儆百之意，為的是樹立自己的絕對威信，袁術的事只是為他提供了一個藉口而已。

楊彪受驚一場，被放出來後，他看到漢室衰微，許縣都是曹氏的天下，於是對外稱自己腳有病（腳攣），不再出門，避免惹禍。

## 安眾突圍的祕密

曹操沒有繼續攻擊袁術，因為南陽郡的問題還沒有解決。

相對於較遠一些的袁術，眼皮子底下的張繡所造成的威脅更為直接，所以曹操無心在淮南方向擴大戰果，而是下令迅速回師許縣。

漢獻帝建安二年（197 年）十一月，曹操率軍再征南陽郡，首先抵達南陽郡最北邊的葉縣，與駐守在這裏的曹洪會合。

如果曹操再不來，曹洪可能真守不住了，張繡的部隊以涼州軍為老底子，戰鬥力很強，劉表又派鄧濟等人支援張繡，南陽郡呈現一邊倒的態勢。

曹操首先進軍湖陽，那裏是劉表的人馬駐守，曹軍攻克湖陽，生擒了劉表的部將鄧濟。之後，曹軍轉攻舞陰，將其攻克。

在肅清了宛縣這些外圍後，曹操率軍攻打張繡的大本營宛縣，進

軍到清水河畔。這裏是曹操的傷心之地，去年，他的長子曹昂、姪子曹安民以及心愛的部下典韋都戰死在這裏。

曹操在清水河畔再次舉行儀式，祭奠陣亡將士。曹操親自參加祭奠，唏噓流涕，將士們都深受感動。

但是，建安二年年底的這次軍事行動卻突然中斷了一段時間。曹軍在宛縣一帶過的年，之後又回師許縣，沒有記載顯示是張繡、劉表聯軍打退了曹軍的進攻，曹軍是自己撤回去的。

還有一種可能，曹軍沒有回師，僅是曹操帶少數人回到了許縣。曹操離開主力回到後方，一定是有重大事情需要處理，但具體何事不得而知。

後一種可能性更大，因為曹操在許縣僅停留了一個多月，就又回到了南陽郡前線，這次他還帶上荀攸一同前往。

不過，荀攸勸曹操暫時不要在南面用兵：「張繡與劉表相恃為強，然而張繡只是一股遊軍，處處要仰仗劉表的接濟，劉表一旦不給他提供資助，二人勢必分離。不如暫時緩兵，讓他們自動分開（可誘而致也）；如果我們攻得急，劉表對張繡肯定不能不管，要全力相救。」

事後證明，荀攸的這個分析是有遠見的，但曹操考慮到南面的事不能拖下去，必須儘快解決，好讓自己無後顧之憂，從而可以騰出手來對付東面的呂布和劉備。所以他沒有採納荀攸的建議，繼續進兵。

在曹軍的強大攻勢下，張繡的主力離開宛縣南撤，退到距宛縣100多里外的穰縣。

曹軍進攻穰縣，與張繡軍展開激戰，張繡頂不住，急忙向劉表求援。果然如荀攸分析的那樣，張繡之於劉表，就是一面堅固的盾牌，張繡在前面頂不住，劉表不能不管。

劉表派兵馳援張繡，劉表派了多少人馬前來不得而知，但這一次他

一定是動了老本，因為他派來的人不僅有馳援穰縣的，還悄悄分出一支人馬佔領了一處戰略要地，要給曹軍來個前後夾擊，讓曹軍有去無回。

這個地方名叫安眾，接下來將讓曹軍大吃苦頭。

穰縣城裏的張繡迎來了劉表的援軍，士氣大振，曹操攻城遇阻。張繡在城裏做着長期守城的準備，但他突然接到了報告，說曹軍主動撤退了。

張繡有些不解，從目前的形勢來看，曹軍仍然佔有優勢，何以無緣無故撤退呢？張繡害怕曹操使詐，下令先不要貿然去追。

曹軍撤得很迅速，一路向北而去，張繡看看不像有詐，於是大着膽子追了上來。

張繡有所不知，曹操下令回師並非使計，而是真的，因為許縣大後方出了問題。原來，聽說曹軍主力南下，田豐勸袁紹趁機襲擊許縣，將漢獻帝搶到自己這裏來。袁紹手下有人叛逃到曹營，提供了上述情報。曹操接報後，認為事關重大，不敢絲毫遲疑，即刻揮師北撤。

這件事很蹊蹺，要麼田豐真有此議，而袁紹確實準備發兵襲取許縣；要麼是袁紹造的謠，目的是不讓曹操太順手。還有一種可能，是賈詡的計策，為了解穰縣之圍，故意製造謠言，給曹操提供了假情報。

不過，曹操在做出回師決定時一定是有充分依據的，如果這樣看，第一種可能性應該最大。


曹軍回師許縣，最快速的推進方式是走南方大道。

東漢的南方大道跟東方大道、東北方大道一樣，是全國交通網裏的骨幹線路，它起自洛陽，連接魯陽、宛縣、穰縣、襄陽以及南郡的治所江陵、武陵郡的治所漢壽，走這條道就好比上了高速公路，直線距離最短，路也最平坦寬闊。

曹操現在只想火速回師以解許縣之危，因此想都沒有想，指揮人

馬沿着南方大道向北疾行。誰知，這條行軍路線差點讓他們全軍覆沒。

穰縣以北是一片山地，地勢很險要，南方大道穿山而過，在此形成了一處要塞，此地就是安眾。

曹操包圍穰縣時，沒有想過這麼快就會撤軍，所以忽視了背後的這處要點。劉表的援軍恰恰發現了這裏很重要，於是分重兵佔領，實際上斷了曹軍的後路。

劉表的人馬進入安眾要塞後，立即整修防禦工事，以南方大道為軸線，以山地為依託，很快建成了一條東西連綿數十里的防線。

曹操率軍抵達安眾，突然發現過不去了，如果繞道而行，無論是向西還是向東都是山區，道路不暢，費時費力不說，敵軍依託有利地形更容易襲擊自己。安眾防線就像一條鐵鏈，牢牢地縛住了急於回師的曹軍。

張繡也指揮穰縣的人馬從後面殺來，曹軍面臨前後被夾擊的不利處境。雙方陷入僵持狀態，情況對曹軍很不利。雖然人數佔優勢，但在有限的區域內兵力難以全部展開，在這種情況下，守着有利地形的一方更佔優勢，曹軍陷入了所謂的死地。

在此關鍵時刻，曹操發揮了他在軍事上的天才想像力，指揮人馬神不知鬼不覺地突破了看似牢不可破的安眾防線，並且基本上沒有什麼損失。

曹操是怎麼做到平安突圍的呢？史書沒有詳細記載。

史書只是說，曹操先是給荀彧寫了封信，說只要到了安眾，必然能打敗張繡，後來果然就把張繡打敗了。

回到許縣後，荀彧也曾向曹操討教破敵的原因，曹操說：「兵法說『歸師勿遏』，而敵人非要阻擋我們的歸師，並且跟我們爭奪死地，我所以知道他們必敗（虜遏吾歸師，而與吾死地戰，吾是以知勝矣）。」

曹操的這番話等於沒說，不是所有的歸師都能打勝仗，也不是在所有的死地裏都能起死回生。

曹軍之所以化險為夷，是因為他們採取了敵人想像不出的作戰方式：地道戰。

曹操白天與敵人對陣，晚上悄悄在最險要的地段挖掘地道（夜鑿險為地道），這項巨大工程估計頗費了些時日，絕不是一夜之間可成的。根據史書記載，曹軍到達安眾時是五月，回師到許縣荀彧向曹操討教破敵祕密的時候已經是七月了，也從側面印證了安眾地道挖掘工程量的巨大。

最後，曹軍的工兵部隊以頑強的毅力挖通了安眾防線，曹操指揮人馬趁夜遁去。


數萬曹軍一夕而遁，天亮後張繡才發現這個情況。

張繡心有不甘，下令追擊。

賈詡認為現在不能追，他勸張繡：「現在不能再追，追擊必然會失敗（不可追也，追必敗）！」

張繡覺得曹軍已成敗寇，此時追擊正可以擴大戰果，為什麼不追呢？張繡沒有聽從賈詡的建議，指揮所部人馬以及劉表的參戰部隊全軍壓上，沿着曹軍撤退路線追擊（悉軍來追）。

果然，他們吃了敗仗。

張繡率部還沒有追上撤退的曹軍，卻先後迎面遇上了曹軍新投入戰場的兩支生力軍，這兩支人馬不約而同擋住張繡、劉表聯軍，上來一頓猛打，把張繡、劉表聯軍打得大敗而回。這是曹仁、李通率領的兩支人馬，他們倒不是商量好的統一行動，而是碰巧遇到了一起。

曹仁沒有隨曹軍主力行動，曹操派他肅清宛縣附近幾個縣的殘敵，而李通駐守在南陽郡以東的汝南郡，是曹軍距此最近的部隊。這

兩個人都是得知曹軍主力被阻於安眾防線而前來解圍的。趕到時，正好遇着曹操率大隊人馬從地道裏鑽出來倉促北撤。

曹操看到他們來得正是時候，就自己帶着從安眾突圍出來的人馬繼續北上，而讓他們這兩支生力軍在此打阻擊。

張繡損失不小，後悔沒聽賈詡的勸告。

哪知，賈詡這時又出來勸張繡追擊。

賈詡對張繡說：「現在馬上去追，再戰必然能取勝（促更追之，更戰必勝）。」張繡以為聽錯了，對賈詡說：「當初沒聽您的話，結果打了敗仗（不用公言，以至於此），現在都這樣了，為什麼還要追？」

賈詡向張繡說出了追擊的理由：「現在敵情出現了新變化，去追一定能取勝。」

張繡抱着將信將疑的想法派人追擊，這一次竟然打了勝仗。

事後張繡請教賈詡勝敗的原因，賈詡說：

「曹軍開始退卻，曹操必定會派精兵斷後，我們追擊必然失敗。打敗了我們的追擊，他們又會輕軍前進，沒有料到我們會再來，所以我們就能取勝。」

張繡聽了，深表佩服。

回到許縣，曹操進行了反思，他對荀攸說：「沒有聽先生的話，才造成今天的結果呀（不用君言至是）！」

從實力對比上看，曹操的實力遠遠強於張繡，但張繡以一支弱旅反而打得曹操十分狼狽，在曹操的軍事生涯中，這是絕無僅有的事。


## 領導也需要鼓勵

在南陽郡遭遇一連串失敗，不僅讓曹操懊喪，也滋長了袁紹的驕傲情緒。

你連一個名不見經傳的張繡都打不過，豈是我的對手？

受這種情緒的支配，袁紹對曹操也越來越不客氣，他直接給曹操寫了一封信，以許縣地理位置偏僻、地勢低濕為由，要求曹操把漢獻帝遷到兗州刺史部的鄄城。

鄄城曾是曹操在兗州期間的大本營，這裏雖然還屬於「曹統區」，但距袁紹的控制區只隔一條黃河，袁紹的用心很明顯，曹操當然拒絕了袁紹的提議。

但袁紹不依不饒，多次來信催問，信中流露出對曹操的驕傲和不尊重（其辭悖慢），曹操看了大怒，但又不知如何回擊，因而行為都有些失常（出入動靜變於常）。

這些情況大家當然不知道，還以為是因征討張繡失利造成的。

鍾繇就此向荀彧詢問情況，荀彧說：「曹公是一個深謀遠慮的人，對於既往之事不會過於放在心上，現在必然是因為別的事。」

荀彧來見曹操，詢問緣由，曹操出示了袁紹的來信，並且說：「我真想討伐這個不義的人，但是力量不夠，你說該怎麼辦（今將討不義，而力不敵，何如）？」

針對曹操提出的問題，荀彧其實早有考慮。

荀彧覺得曹操也需要得到鼓勵，於是說了一段很長的話：

「古往今來面對成敗得失，對於確實有才能的人，即使暫時弱小，以後也必然會強大；如果他不是這塊料（苟非其人），即使暫時強大，將來也必然會被淘汰。劉邦、項羽的事，正好說明這一點。

「如今能與您爭奪天下的，只有袁紹罷了。袁紹這個人，外表寬和，但內心裏猜忌心很強（貌外寬而內忌），做不到用人不疑；而您明達不拘，只要有才能就大膽使用，這是在度量上勝過袁紹。袁紹遇事優柔寡斷，總是把握不住機會；而您能明斷大事，應變有方，這是謀

略上勝過袁紹。袁紹治軍寬緩，法令不立，士卒雖然多但實在難以為用；而您法令既明，賞罰必行，士卒雖少，都爭相效命，這是在武力上勝過袁紹。袁紹憑着世家的出身，經常裝模作樣以顯示自己的智慧（從容飾智），喜歡沽名釣譽，所以那些沒有真本事但喜歡虛名的人願意投奔他；而您待人真誠，推誠相見，從不華而不實，嚴格要求自己，對自己很勤儉，而獎賞有功之人從來不吝惜，所以天下忠勇之士都願意追隨您，這是德行上勝過袁紹。」

荀彧最後總結說：「以上這四勝，憑藉它們輔佐天子，匡扶正義，討伐叛逆，誰敢不從？袁紹再強大又有什麼用！」

聽了荀彧的「四勝論」，曹操心裏特別高興。因為荀彧所說並非虛言，絕不是為讓自己舒服編出來的奉承話。荀彧在袁紹身邊待過，對袁紹的分析還是比較準確的，曹操心裏的陰雲散去了大半。

與此同時，郭嘉也看出曹操的心事，在另一個場合也向曹操說出過相似的話。

郭嘉的分析更為全面，把「四勝論」擴展為「十勝論」：

「當初劉邦不敵項羽，情況大家都清楚，所以劉邦只能智取，不能力敵，而最終項羽被劉邦打敗。據我看來，袁紹有十敗，您有十勝。

「袁紹雖然強大，但他沒有什麼作為，繁禮多儀；而您做事自然，沒有形式主義，這是道勝。

「袁紹逆潮流而動，而您順天而行，這是義勝。

「桓、靈以來，政治失於寬怠，袁紹以寬治寬，手段不夠強硬；而您糾之以嚴，使上下法令順利施行，這是治勝。

「袁紹外寬內忌，用人而疑之，所重用的人都是親戚子弟；而您外易簡而內機明，用人不疑，唯才是用，不問遠近，這是度勝。

「袁紹多謀少決，抓不住機遇；而您有了計劃就大力推行，應變無窮，這是謀勝。

「袁紹是世家後代，喜歡沽名釣譽，喜歡說好話和奉承自己的人；而您待人以誠，不為虛美，忠正之士、有才之人都願意為您所用，這是德勝。

「袁紹看見有人饑寒，也能給予體恤，馬上進行接濟，但對於看不到的，他也就想不到了；而您對小事有可能忽略，但大事都考慮得周到細緻，恩之所加，都超過他們自己的期望，即使看不到的，也都有考慮，這是仁勝。

「袁紹手下大臣爭權，讒言惑亂；而您對下屬治理有方（御下以道），讒言不能通行，這是明勝。

「袁紹是非不清，而您對待正確的事以禮相待，對待壞事都以法正之，這是文勝。

「袁紹好虛張聲勢，不了解打仗的要領（不知兵要）；而您善於以少克眾，用兵如神，軍隊依仗，可使敵兵害怕，這是武勝。」

可以說，荀彧和郭嘉對袁、曹優劣的分析都一針見血，做出上述判斷雖然不乏一定的主觀因素，但基本上說的都是實話。

對於部下的溢美之詞，曹操聽得有點兒不好意思，笑着說：「怎麼可能像你們所說的那樣，我有何德何能可以勝任呀（如卿所言，孤何德以堪之也）！」


落實到具體對策上，荀彧和郭嘉的意見非常一致，他們都認為應當把南陽郡的事放一放，先取呂布。

荀彧認為如果不先取呂布，那麼以後要解決袁紹會相當困難。

郭嘉認為袁紹正北擊公孫瓚，可以趁着他主力遠征時東取呂布。如果失去這個機會，等到袁紹發起進攻時以呂布為外援，那就太危險

了（若紹為寇，布為之援，此深害也）。

曹操同意他們的看法，但心裏有一些顧慮：「我比較擔憂關中方面，如果關中處理不好，羌人、胡人加上南面的益州就會與袁紹、呂布等人聯合起來，到那時我們將四面都是敵人，雖然據有兗、豫二州，卻也頂多只佔天下的六分之一而已呀！」

就此，荀彧有自己的看法：「關中地區目前大的割據勢力有十幾支，彼此互相不服，其中韓遂和馬超最強。他們看見關內相爭，必然各自擁兵自保。現在如果主動聯合他們，示以恩德，和平的局面雖然不能維持太久，但也可以堅持到整個關東地區平定之後。」

荀彧的分析正切中要害，很有說服力，讓曹操心中頓時亮堂起來。

荀彧推薦鍾繇出鎮關中，曹操同意，於是辭去自己的司隸校尉一職，讓鍾繇以侍中的身份兼任司隸校尉，持節督關中各軍，授予鍾繇遇到有些問題可以先處理再上報的權力（特使不拘科制）。

鍾繇是當代最有成就的書法家之一，他與後世的王羲之並稱「鍾王」，他的字在當時就得到了同是書法家的曹操的喜愛，但此時鍾繇在曹操眼絕不是一個書法家協會主席的角色，他是曹營的重臣。

鍾繇處事開達理幹，意思是說通達事理、具備卓越的行政能力和才幹。鍾繇屬於實幹型人才，也是專家型領導幹部，他有膽有識，沉着勇毅，派他到關中總理那邊的各項事務，曹操十分放心。

之前曹操派朝廷機要局副局長（謁者僕射）裴茂到關中，目的也是聯絡關中諸將，裴茂到關中後，首先聯絡涼州軍中傾向於朝廷的段煨一派的支持，段煨協助裴茂討伐了李傕，夷滅其三族。

斐茂把李傕的人頭送往許縣，對這個殺害了朝廷多名重臣的劊子手，從漢獻帝到百官無不痛恨，漢獻帝下詔將李傕的人頭高懸示眾，同時下詔拜段煨為安南將軍，封為鄉侯。

鍾繇到達關中時裴茂在這裏已打下了一定基礎，當時活躍在關

中一帶的割據勢力除段煨、李催外還有很多股，其中馬騰、韓遂的勢力最為強大，鍾繇給他們寫信，表明利害（為陳禍福），勸他們忠於朝廷。

經過對形勢的分析，馬騰、韓遂選擇了向許縣朝廷靠攏，他們各送一名兒子到許縣作為人質，以表明自己的忠心。

鍾繇、裴茂開始着手經營關中，他們積極發展經濟，穩定地方局勢，爭取各派力量的支持，取得了豐碩成果。


西邊的事安頓好了，在征討呂布之前對南邊的事也得做出安排，防備劉表、張繡趁機偷襲。

曹操仍然留下曹洪負責守衛南陽郡北部的曹軍佔領區，交給他的任務是堅守不出，絕對保證許縣南線的安全。

曹操還啟用了幾個從荊州北歸的人，把他們派到敵佔區開展工作，深入敵後，發展根據地，對曹洪給予策應。

在這些人裏，杜襲、趙儼成績最大。

杜襲字子緒，也是潁川郡人，他的曾祖父杜安很有名氣，杜襲曾在荊州避難，與繁欽是好朋友，劉表待杜襲也不錯，但杜襲發現劉表難成大事，於是跑到長沙郡躲了起來，後來聽說天子來到許縣，那裏正是杜襲的老家，他於是輾轉回到了許縣。

曹操任命杜襲為南陽郡西鄂縣長，這個縣離張繡的大本營宛縣很近，基本上是頂在敵人鼻尖上的一把刺刀，在那麼惡劣的情況下，杜襲很不簡單，不僅站住了腳，而且還發動軍民一邊防衛一邊開展生產。

有一次，張繡聯合劉表的人馬上萬人來攻打鄂縣，杜襲召集身邊的骨幹共 50 多人，跟他們集體盟誓，共同率領西鄂縣的軍民拼死抵抗。

杜襲親自戰鬥在最前線（身執矢石），讓士氣受到鼓舞，大家個

個拼死抵抗，斬殺數百名敵人，而守城的這邊僅死了 30 多人。但是，敵人過於強大，最終殺進城中，杜襲率軍民突圍，傷亡慘重。突圍出去後，杜襲沒有逃到曹洪那邊求救，而是收攏散民，轉戰到摩陂。這是一個當時很著名的水庫，位於今河南省郟縣東南。杜襲領導軍民堅持敵後遊擊戰，大家聽說後紛紛趕來向他匯攏，杜襲重新組織起一支力量，不斷抗擊張繡的進攻。

趙儼字伯然，也是潁川郡人，在避亂荊州期間跟杜襲、繁欽很要好，他們三家像一家人一樣生活（通財同計），他後來也回到了故鄉，被曹操任命為朗陵縣長。

朗陵縣雖然屬於汝南郡，但這裏緊鄰着南陽郡，屬於敵我雙方開展拉鋸戰的地方，由於它位置靠南，貼在南陽郡的腰眼位置，戰略地位也相當重要。

朗陵縣有很多黑惡勢力（多豪猾），一向無所畏忌，趙儼到任後從打擊黑惡勢力入手，一下子抓了不少人，全部判處死刑，由此樹立了威望。

在曹操南征張繡行動中立下大功的李通長期駐守在汝南郡，他利用自己的影響不斷鞏固實力，有力地策應了許縣以南的安全，曹操根據李通前後立功的情況，升任他為副軍長（裨將）。

李通和趙儼在汝南郡共事，建立了良好的關係。李通妻子的伯父是朗陵縣人，因為什麼事犯了法，被趙縣長抓了起來。李通的妻子哭着向李通求情，希望李通去疏通一下，但李通說：「現在大家都全力以赴為曹公效力，不可因私廢公！」最後，李通妻子的伯父被砍了頭。

李通反而稱讚趙儼執法嚴格，跟他成為好朋友。

南面有曹洪留守，又有李通、杜襲、趙儼這樣的軍政人才，曹操可以放下心來，專心考慮東面的事。

# 呂布很開心

就在曹操準備向呂布動手時，呂布那邊的形勢也發生了變化。

近一段時間來，呂布碰上了好幾件事，件件都不順。

先是跟臧霸等人鬧翻，差點兒動起手來。

這件事由琅琊國引起，琅琊國是徐州刺史部下面的一個郡國，該國國相蕭建最早是陶謙任命的，陶謙死後徐州陷入一片亂局，蕭建慢慢與州府這邊斷絕了往來，以莒縣為中心成為一個獨立王國。

但蕭建不是臧霸的泰山幫成員，他平時不敢得罪臧霸，表面上向臧霸臣服。呂布早就看着泰山幫不順眼，就想通過蕭建來敲打敲打泰山幫。呂布派人通知蕭建，讓他歸服於自己，否則將率大軍討伐他。

呂布給蕭建寫了封信，信中寫道：

「天下舉兵，本以誅殺董卓為目標。我殺了董卓，來到關東，欲興兵西迎大駕，光復洛陽，但諸將各自相攻，莫肯念國。我呂布是五原人，家鄉在天的西北角，離徐州數千里，我不會來與大家爭奪天的東南角（**不來共爭天東南之地**）。莒縣與下邳相去不遠，應當共通。你如果按照隨心所欲的想法，認為可以郡郡做帝、縣縣自王，那就錯了。

「當年樂毅攻伐齊國，一口氣打下齊國 70 多座城池，只有莒縣、即墨二城不下，之所以如此，是因為有名將田單啊，我雖然不是樂毅，但你也未必是田單，你可以拿着我寫給你的這封信與有識之士一塊認真商量商量（**可取布書與智者詳共議之**）。」

信送出後，很快就收到了效果，蕭建派人來到下邳，呈上願意聽從調遣的信件，並送來大批禮物，其中有五匹上等好馬。

但此舉引來臧霸的嚴重不滿，他認為呂布插手到他的勢力範圍，於是興兵討伐蕭建，佔領了莒縣，蕭建向呂布緊急救援。

接到蕭建求援的報告，呂布即刻點齊一萬精兵前往莒縣。

高順建議呂布不要親自去:「將軍您親手殺了董卓,威震華夏,環顧四方,敵人無不望風臣服,如今征討一個臧霸,萬一出師不利,豈不有損威名(如或不捷,損名非小)?」

高順願意替呂布率兵前往,但呂布不同意。

可是,莒縣雖小,臧霸卻很頑強,呂布進攻接連受阻。

就在呂布進退兩難之際,臧霸突然派人前來請罪,表示今後願意聽從呂布的調遣。

呂布大喜,馬上給臧霸回了信,告訴他只要今後聽從召喚,過往之事一筆勾銷。

呂布隨後撤軍,一場仗沒打起來,但呂布心裏很清楚,泰山幫並沒有受到損失,今後他們仍然是自己的心腹大患。


辦完這件事,呂布想起有件事需要辦,就把陳登找來。

之前呂布從劉備手裏得了個徐州刺史的頭銜,但這還沒有經過朝廷的正式任命,雖然朝廷已拜他為左將軍,品秩遠在刺史之上,但行政職務不能少,否則管理地方事務多有不便。

而且,呂布認為以自己的資曆和對朝廷的貢獻,刺史有點太低,應該給個州牧,呂布讓陳登再跑一趟許縣,辦辦這件事。

陳登從許縣回來,呂布問他事情辦得怎麼樣,陳登為難地說,雖然見到曹操了,但州牧的事曹操沒有答應,只是以朝廷名義正式授呂布為徐州刺史。

呂布有些失望,陳登見狀說道:「我見到了曹公,他讓我向您解釋,袁術征徐州之時,他那邊正在處理南陽郡張繡的事,也很緊張,抽不開身,故而未曾來得及出兵相助。等到能騰出手來的時候,這邊戰局已出現轉折,袁術大敗,他也就沒有再出兵。」

呂布不關心這個,他繼續追問:「那州牧這樣的小事曹操為何也不

答應？」

陳登似乎早有準備，他回答說：「我向曹公轉達了您的請求，曹公說州牧確實是區區小事，但別人能給，唯獨呂奉先不能給。我對曹公說，奉先將軍是一隻虎，只有讓他吃飽肉，他才能為己所用，如果吃不飽，就會去咬人。曹公說，非也，呂奉先不是一隻虎，他是一隻蒼鷹，養鷹的人都有經驗，餓着它才能為己所用，如果吃飽了，就會遠翅高飛（譬如養鷹，饑則為用，飽則揚去）。」

這種話，顯然是糊弄小孩的，但呂布很吃這一套（布意乃解）。

這些都讓呂布心煩，不過最讓他煩惱的還是劉備。

劉備自從到了小沛，好像就無聲無息了，除了上次紀靈進攻時他曾向呂布求援之外，這麼長時間裏小沛方向一直風平浪靜。

劉備不是個甘於寂寞的人，越是沉寂越說明有問題。

呂布派人到小沛悄悄了解劉備的動向，經過一段時間的偵察，大體了解了劉備的動向。劉備趁着別人都在忙活的時候，自己一直在悄悄埋頭擴充勢力，對外一直宣稱自己只有幾千人馬，其實現在最少也在萬人。

這還不是最讓呂布擔心的，據情報說劉備不太跟呂布聯絡，私下裏卻跟袁紹和曹操來往密切。漢獻帝東歸以來，袁紹和曹操的關係由微妙轉為緊張，二人有大打出手之勢，但劉備跟他們都保持着來往，他給袁紹祕密寫信，又派人到許縣向曹操拉關係。

看來劉備是想撇開自己獨立發展了，這讓呂布極為不快。

但僅就這一點還不能跟他翻臉，因為跟他為此事翻臉就等於給曹操難看，呂布現在需要曹操的支持，只是對劉備的情況必須嚴加監控才行。

這件事剛過，又傳來更讓人不爽的事。

韓暹、楊奉二位自恃討伐袁術有功，事情辦完就待在了徐州一帶，呂布暗示想把他們收編了，但這二位一直不給明確答覆。這二人手下都是白波軍出身，他們一向沒有紀律觀念，走到哪兒搶到哪兒，各郡縣頻頻來告狀，讓呂布頭疼不已。

這些人就是土匪，留在身邊始終是個麻煩，但是放棄不要又有點可惜，畢竟他們人數眾多，號召力很強，一旦有事，不指望他們能出大力，在一旁造個勢還是可以的。

呂布覺得不能跟韓暹、楊奉鬧翻，他們畢竟在打袁術時出過大力，不要讓人議論自己是過河拆橋，可以讓他們向豫州、兗州和青州方向發展，打下的地盤都歸他們，只要他們有事時願意聽從調遣，其他一概不問。找韓暹、楊奉一說，他們也樂意。

就這樣，算是把這二位禮送出了境，可沒有想到，剛一去就出事了。

這二位離開徐州地界一路連殺帶搶，自然激起了不少民憤，他們不管，仍然到處搶糧食、搶地盤，打的都是呂布的旗號，說是根據呂布的命令行事。

呂布算是又背了一次黑鍋，說也說不清，乾脆就由他們去了。

誰知這二位搶急了眼，搶到劉備的地盤上去了。

劉備近來也悄悄把手伸得很長，不僅沛國北部幾乎盡歸其所有，還伸向了相鄰其他幾個縣，韓暹和楊奉大概沒有打聽清楚，或者明知是劉備，但沒把他放在眼裏，所以帶着手下人也在劉備的地盤上搶。

別人不知道韓暹、楊奉是誰的人，劉備應該清楚，縱然韓暹、楊奉上門來找事，也可以找呂布出面調解，但劉備不管，直接下手。

劉備沒有來硬的，而是假意約楊奉相見，楊奉還以為人家請他喝酒，結果就去了，到了就讓劉備給抓了起來。

劉備開始沒殺楊奉，用他做人質很快瓦解了楊奉的人馬，韓暹失

去楊奉的支援成為孤軍，他想帶着殘餘武裝回并州老家，結果走到一個叫杍秋的地方，被當地一個叫張宣的屯帥所殺。

有組織有紀律，才能叫團隊。

有組織沒紀律，只能叫團夥。

韓暹、楊奉這幫人，不僅沒紀律，組織性也很差，叫團夥都算恭維，真刀真槍幹起來，當然不堪一擊。

劉備沒費太大損失就解決了韓暹和楊奉，得了很大便宜，除了得到大批俘虜和二人這些年搶來的金銀財寶外，還得到許多上乘戰馬。別看韓暹、楊奉戰鬥力不強，但二人多年來四處轉戰，深知戰馬的重要性，所部配備有大量出自塞外的好馬，劉備悉數歸於自己。

解決掉韓暹和楊奉，劉備寫了一封信給呂布，說白波賊頭領韓、楊奉二人流竄至豫州，沿途燒殺搶掠，民憤極大。更為可氣的是，他們幹了那麼多壞事，還打着您的旗號，說是您讓他們幹的，這是公然對您的造謠污蔑，為此，我就把他們收拾了，既為民除害，又幫您洗刷了清白。

事做了，便宜得了，又跑過來氣你，這個劉備，簡直不像話。

但除了生回悶氣也沒辦法。誰讓韓暹、楊奉名聲太差，劉備畢竟幹了件老百姓擁護的事，要因此跟他計較，反而幫了劉備的忙。

至於從韓暹、楊奉二人那裏得到的那些好馬，劉備在信中隻字不提，顯然是獨吞了。


## 殺，還是不殺

這件事讓呂布耿耿於懷，一直想找個機會教訓一下劉備。

呂布還沒出手，更可氣的事情來了。

這幾年來，呂布的戰馬損耗很大，但補充渠道有限，呂布急需戰馬，尤其是好馬。兗州、徐州包括豫州一帶不產良馬，無法在當地補充。過去在并州或長安，這個問題好解決，派人到塞外或涼州去買就行，或者從那些馬販子手裏收購，可現在就困難重重，這些地方離徐州遠隔千山萬水，別說馬販子不肯來，就是派人專程去買馬，也大部分無法成功。

可戰馬一刻都不能少，尤其是好馬。

漢獻帝建安三年（198年）春天，呂布派人出去買馬，開始進展都順利，馬也買了，要帶回下邳，中間路過劉備的地盤，結果這批戰馬被人搶了。

在劉備地盤上敢搶呂布戰馬的人，不用動腦子就知道是誰幹的，大家一致認為，幕後指使肯定是劉備。


呂布決定對劉備進行懲罰。

上次高順建議呂布不必事事親征，呂布認為他說的也有道理，考慮到劉備已今非昔比，小沛未必能立即攻克，呂布命張遼和高順帶隊出征，自己留在下邳做後援。

鑒於劉備已有上萬人馬，此次攻打劉備，呂布撥出了三萬人，務求全勝而歸，但是戰事卻不順利，劉備拒不認錯和投降，堅城固守，小沛一時難以攻克。

呂布知道劉備是在做固守待援的打算，還指望曹操來救他。

為此，呂布也寫了封信給曹操，向他講述征討劉備的原因，呂布告訴曹操，據他得到的情報顯示，劉備一直跟袁術來往密切，有祕密接受袁術偽朝廷任命的可能，劉備受袁術的指使一直在他的北面製造麻煩，劫掠他的戰馬，又擅自進攻韓暹、楊奉，製造摩擦和混亂，為了阻止劉備和袁術進一步聯合，他才決定對劉備給予打擊。

呂布也知道，曹操未必會相信他的說法，但這總也是一個說法，救與不救劉備，曹操總得想一陣子吧。

呂布則抓緊時間，親自率一萬大軍增援張遼和高順。

呂布率軍到達後，攻城部隊士氣有所回升，呂布抓住機會對小沛發起猛攻，城內的劉備漸漸有點吃不消。

這時，劉備已頑強固守了近三個月，而曹操的援軍並沒有來，再這樣下去，劉備想必也有所動搖了。

就在小沛即將被攻克之時，突然傳來一支曹軍向這裏行進的消息，呂布立即感到有些緊張，難道曹操想好要救劉備了嗎？

仔細打探才得知，曹操並沒有親自來，率兵的是呂布的老對手「獨目將軍」夏侯惇，有數千人。聞此，呂布稍稍鬆口氣。呂布命高順在半道伏擊夏侯惇，夏侯惇戰敗，退回。

劉備徹底失望，趁夜突圍，小沛被呂布攻克。

劉備逃得很狼狽，只帶着關羽、張飛以及糜竺等人，劉備的兩位妻子甘氏、糜氏都沒來得及帶上。呂布命人不得騷擾她們，好好照顧。


對於劉備的求援，曹操還是很重視的。在曹操的對手榜裏排在首位的是袁紹，呂布不是第二名也是第三，而劉備是幫助他對付呂布的有力武器。

在曹操的心裏，與呂布在兗州的恩怨還沒有完，儘管前一陣二人好得有些肉麻，但那都是作戲，曹操的目標還是消滅呂布。

所以當劉備求援時曹操還是派夏侯惇前往救援，之所以來得有些遲緩，那都是可以理解的算計，實施救援的人總希望前面的雙方多打上一陣，消耗得差不多了再出場，由此收到的效果將是多方面的。

沒想到的是，呂布仍然生猛，夏侯惇根本不是對手。

漢獻帝建安三年（198年）十月，曹操親自率大軍向徐州方向進

發，走到與沛國西面相鄰的梁國時遇到了逃出小沛的劉備一行。

有一部史書曾提到，在漢靈帝末年，也就是何進、袁紹等人謀誅宦官的時候，劉備曾隨曹操赴沛國募兵，但這件事不見諸其他史書，所以歷來受到懷疑。

如果沒有這回事，那現在曹操和劉備就是第一次相見。

這一年，曹操45歲，劉備37歲。

劉備一見到曹操，就力勸他一鼓作氣殺往徐州，把呂某人徹底消滅。曹操既然出動，也不會空手而歸，他在南陽郡連輸了兩次，需要來一場勝利提振士氣。

但是，如何處理劉備，曹操有些猶豫，手下勸他藉機殺了劉備的大有人在。

負責兗州刺史部事務的大鬍子將軍程昱勸曹操：「劉備此人有雄才，而且很會贏得民心，終究不會甘居人下，應該早點兒消滅他（宜早圖之）。」

曹操想了想，沒同意：「方今正是收天下英雄之時，殺一個人而失天下英雄之心，不能這樣做呀（殺一人而失天下之心，不可）！」

曹操不僅接納了劉備，還以漢獻帝的名義正式任命劉備為豫州刺史。對劉備而言這項任命來得太遲了，因為他已先後兩次就任該職，但對朝廷而言，做出這項任命已經算破例了。

漢獻帝東歸以來，對這些年各地自行任命的官職一直採取不承認態度，當初曹操握有整個兗州，朝廷可以承認他的實力，拜他為鎮東將軍，但對於他希望得到的兗州牧一職，朝廷拖了很久才給。

曹操雖然跟劉備沒有打過交道，但承認劉備是個英雄，也不否認日後劉備會發展為一個可怕對手，但現在卻不能殺他，不是不想殺，而是擔心讓天下英雄寒心。

程昱的想法是基於戰術上的考慮，而曹操的想法是建立在戰略層

面上。從以後情況發展看，程昱的建議有一定道理，劉備確實成為曹操最重要的對手。

但曹操的想法也不錯，不久後張繡、臧霸、張楊、張燕等實力派紛紛投降曹操，在袁曹決戰中堅定地站在曹操一邊，如果現在把劉備殺了，這些人是否還會選擇投降，很不好說。

對曹操來說，收留劉備固然是一項風險投資，但也許會有超額的回報。

## 呂布是「妻管嚴」

從梁國一直往東就是小沛，但目前再去小沛意義已不大。

曹操進攻的重點是呂布的大本營下邳，所以他指揮大軍向東南方向的彭城開進。聽說曹操親自來了，呂布多少有點兒意外。

在戰術方面呂布一向感覺很准，他知道敵人擺出的陣勢哪裏最薄弱，也知道如何在最短的時間裏完成一次突擊，但在戰略方面，呂布卻經常找不着北。

所謂戰略，就是能分清誰是敵人誰是朋友，儘可能增加朋友，減少敵人，而呂布一會兒跟人稱兄道弟、親密無間，一會兒又翻臉不認人、大打出手，幾乎所有人都跟他合作過，又都動過手，他的戰略是混亂的。

到徐州後的這段時間，呂布聯手過劉備，也聯手過曹操、袁術，結果跟劉備至少打了兩仗，跟袁術打了一仗，現在曹操又親自來找他打仗，四面都是敵人，看不到一個朋友。混到這地步，已不是戰術、戰略問題了，應該在人品上找原因。

呂布長於短線操作，只重眼前利益而無長遠打算。如果決定聯合袁術，就應該堅定不移地走下去，把自己和袁術牢牢地綁在一起，沒

准也能搞出點兒什麼名堂，歷史的格局也許會重寫。

現在說什麼都沒用。呂布趕緊讓高順、張遼從小沛撤回，把主力部署到彭城一線，依託彭城周圍的低矮山丘以及汜水、濟水、泗水等河流，構築保衛徐州的第一道防線。呂布親臨前線，誓死守住彭城。

但是，曹操是他的老對手，對他相當熟悉，在以往與曹操的交手中他敗多勝少，這一次也沒出意外。

面對呂布，曹軍在心理上佔有優勢，加上對彭城這個地方也很熟悉，幾年前在這裏他們曾與陶謙的軍隊交鋒，所以打起來很順手。

漢獻帝建安三年（198 年）十月，曹軍很快取得了勝利，俘虜了呂布任命的彭城相侯楷，攻克彭城，呂布率軍退到下邳國境內，構築第二道防線。

有部史書說，曹軍攻克彭城後又搞了一回屠城（冬十月，屠彭城）。這是曹操對彭城軍民的第二次大屠殺，當年南征陶謙，曹操曾在此搞過一次屠城。實在不太清楚曹操為何對彭城這麼仇恨，如果說上一次的解釋是父親及一家幾十口人被陶謙殺害而報仇的話，這一次就有些費解了。

打江山就是佔地盤，但地盤其實是不值錢的，值錢的是地盤上的人和物，尤其是現在，人口銳減，生產凋零，無論是發展兵源還是組織生產，人口都是最重要也是最稀缺的資源。

屠城這種手段只有在一種情況下可以理解，那就是打下的地盤守不住，地盤上的人也帶不走，不想留給敵人，於是消滅。根據目前的形勢來看，曹操再屠彭城已毫無理由。

況且，曹操現在的身份相當於全國武裝部隊副總司令（車騎將軍），同時又是三公之一的司空，主持朝廷的日常工作（錄尚書事），搞屠城這種嚴重的犯罪行為，就是知法犯法了。

曹軍攻克彭城後繼續進軍，直抵下邳城外。

下邳城有泗水為依託，城池相對堅固。

這時，陳宮向呂布提出一個建議：「咱們不能這樣固守捱打，應該主動出擊，以逸待勞，一定能打敗敵人（宜逆擊之，以逸擊勞，無不克也）。」

雖然呂布想徹底扳回這局很難了，但陳宮的這個建議在戰術上還是正確的，趁曹軍尚未渡過泗水主動出擊，把敵人拒於泗水河西岸，這個打法比較主動。

可呂布好像正在研究兵法，更對兵法上說的「半渡可擊」深信不疑，覺得如果趁曹軍正渡河時發起進攻更為有利（不如待其來攻，麼著泗水中）。

呂布可能不知道，曹操才是研究兵法的大家，是公認的研究《孫子兵法》的鼻祖和權威，那時候《孫子兵法》的知名度還不是很高，曹操發現了這部兵書，愛不釋手，為了給手下將領們當教材，他最近一邊研究，一邊進行批註，連呂布這個兵法愛好者都能想到的事，曹操肯定早有準備，所以曹軍渡過的動作異常迅捷，沒有給呂布留下發動突然襲擊的機會。

曹操率大軍推進到下邳城下，沒有急於攻城，而是給呂布寫了封勸降信（遺布書，為陳禍福）。

呂布接到信以後有所猶豫，現在投降他還有點兒不甘心，投降以後曹操會不會來個秋後算賬，他也吃不准。

這時更鬧心的事傳來，呂布屬下的廣陵郡太守陳登臨陣起義，打亂了呂布的布防。

作為曹操安插的臥底，陳登隨時等待着這一天。

上次出使許縣，陳登被朝廷任命為廣陵郡太守，陳珪後來也應朝廷之召去了許縣。沒有負擔，才好反叛，呂布如果認真想一想，對陳

登就該防一手。

曹軍圍攻下邳，陳登立即率人馬從廣陵郡來了，說是支持呂布，到陣前才亮明臥底的身份，回馬一槍，呂布損失很大。

呂布恨得牙疼，盛怒之下，親率人馬冒險出城，尋找陳登的蹤跡，想將他抓住。但陳登很狡猾，逃得比泥鰍還快，轉眼到了曹軍的背後。

呂布一番苦戰，才勉強脫身回到城內。

陳登的三弟還在城中，呂布把他抓了起來，想以此為條件與陳登談判，遭到陳登的斷然拒絕，攻城反而更急。

困守孤城，呂布手下一些人信心被動搖，情報處處長（刺奸）張弘也在給自己找出路，陳登的三弟掌握在他的手裏，張弘趁夜將其護送出城，交給陳登。


呂布只有依託下邳城堅固的城防進行抵抗。

呂布打定主意，不再主動出擊了，曹操願意攻城就讓他攻去，下邳至少是個雍丘吧，自己再不濟也比張超強，守個一年半載，曹操，看誰能耗過誰！

但是曹操的大軍圍住了下邳城，卻沒有發起進攻。

曹操給呂布寫了封信射進城內，信裏是勸他投降的，呂布接到信之後有些動搖，陷入沉思。

呂布還真想投降，再打下去一定輸，不划算，投降之後曹操讓自己帶兵則帶，不讓帶兵就告老還鄉，回五原當個平民百姓。

所以，呂布還真有點想投降了。

一天，呂布帶着陳宮到城牆上觀察敵情，見城外曹軍連營密集，陣形整齊，敵兵士氣正旺，心中投降的念頭更強了。

呂布衝着城外的曹軍喊道：「曹公的信我已收到，請轉告曹公，我

將向他自首（卿曹無相困，我當自首明公）！」

話音未落，一旁的陳宮急了，厲聲道：「只有逆賊曹操，哪來的什麼曹公（逆賊曹操，何等明公）！」

陳宮苦勸呂布千萬不能投降，現在敵人聲勢雖猛，但時間有利於我們，曹操不敢在下邳城外多停留，就在不久前，以張繡區區一個南陽郡，一兩萬人馬而已，面對曹操一攻再攻，他們仍拼力死戰，兩次將曹操打敗。

戰，尚有一生；降，則必死無疑。

陳宮勸呂布丟掉幻想，還是回到如何加強防守上來，把敵人擋在下邳城下。經陳宮一說，呂布又猶豫了，心想守幾個月肯定不是大問題，幹嗎把命運交由別人擺佈呢？

於是呂布不再提投降的事，專心守城。


應該說，這是呂布最後的一次機會。

呂布這時如果肯投降，曹操殺他的可能性較小，但呂布忽略了陳宮竭力反對投降的真實原因。在曹操眼中，陳宮跟呂布不一樣，呂布投降了只是降將，而陳宮則是叛徒，曹操一向愛才，對於降將他很少殺害，而對於叛徒，他必殺無疑。

所以，呂布此時如果還有九分活路的話，陳宮僅有一分。陳宮堅決反對投降，為的是保他的命，可惜呂布沒有想到這些，還認為陳宮說得對。

為了提高士氣，陳宮提出了一個反敗為勝的計劃，他建議派兵出城偷襲曹軍的糧道。曹軍遠途作戰，糧食供應很困難，一旦糧食被劫，軍心必亂。呂布認為有道理，事先已得知曹軍的糧食主要經泗水河道運輸，距此 100 多里外的彭城國呂縣是其後勤基地，如果一舉將其搗毀，把他的糧食全部燒掉，曹軍撤退的速度就更快了。

現在最有戰鬥力的無疑是高順的陷陣營，他們人數雖不多，但戰鬥力最強，行動迅速，來去如疾風閃電，讓他們執行這次任務再合適不過。陳宮認為勝敗在此一舉，建議呂布親自率隊前往，呂布想了想，同意了這個建議。

呂布讓陷陣營做好準備，準備當天夜裏就突擊至城外。

安排完，呂布回到府中，想跟妻子再交代一下。畢竟要出城，隨時面臨危險，也許此去就回不來了。

呂布的妻子雖然不是貂蟬，但很有主見：「我對行軍打仗是外行，在此危難之時，將軍決定出城攻擊敵人想必也是深思熟慮之舉，自當全力支持。只是，將軍這個時候親自出城，我深感不安啊！」

呂布問她為什麼，她說：「我聽說陳宮與眾將不合，除張遼勉強容他以外，其他眾將對他都有意見，陳宮給將軍出主意，未必都是為了將軍，有些主意是替他自己着想。誰都知道陳宮與曹操誓不兩立，曹操對他恨之入骨。大家都在議論說陳宮為了自己非把將軍以及眾人都綁架在一起，要與曹操對抗到底。」

呂布不同意這些話，既已決定不降，就應該統一大家的意志，鼓舞鬥志，增強信心。現在敵人大軍壓境，出奇才能制勝，陳宮對局勢的見解遠在眾將之上，現在需要這樣的人。

可妻子並不認同，她問呂布：「陳宮此人是否可信？郝萌叛亂之事就那樣不了了之，如果追查下去，想必他擺脫不了干係，為了自己的榮華富貴他可以背叛將軍，此人斷不可信。如果將軍出城，他發動叛亂引曹軍入城，這種結果將軍可曾想過？」

一番話，讓呂布產生了動搖之心。

陳宮力勸自己親自出城，難道真有陰謀？一般情況下，陳宮是不會主動投降曹操的，因為他與曹操之間的積怨太深。但是，當此關頭，如果他以下邳城為獻禮投降曹操的話，就是另一回事了。

而且，除了曹操之外陳宮還可以投降袁術，他打開城門，帶着他能鼓動的一幫人去壽春投奔袁術，這也是有可能的。

呂布決定放棄出城襲取曹軍糧道的打算，還是專心防守。

陳宮聽說呂布放棄了他的作戰計劃，很失望。但陳宮沒再堅持，而是重新提出了另一個計劃。

陳宮建議，孤守下邳城不是上策，可以將人馬分出一半出城，在城外尋一立足之處，不斷向曹軍發起襲擾，與城內形成配合。敵人原來對付的是一個目標，可以傾全力來圍城，如果目標變成兩個，他們不得不分兵來攻，攻城的力量也就減少了一半。敵人如果棄城外部隊不顧，那他就會不斷受到襲擾。

這當然是上策，一半人馬出城，還可以減輕城中的糧草壓力，是目前打破僵局的一着好棋。

呂布又同意了，但仍然回家先給妻子道個別。

呂布的妻子當然繼續反對，她的理由是：「陳宮是怎樣的人將軍可以再細想一下，當初曹操待陳宮那麼好（昔曹氏待公台如赤子），事事聽他的，對他十分器重，可陳宮仍然背棄曹操。將軍想想看，現在將軍待陳宮有沒有曹操那樣好？陳宮在這裏的前途有沒有比在曹操那裏更遠大？如果想清楚了，也就知道該不該冒險了。將軍把守城的大任託付於他，孤軍遠出，一旦情況有變，我豈能再為將軍之妻呢？」

呂布聽完心裏更亂，陳宮的新計劃暫時也不再提了。

## 誰是救命稻草

曹操見勸降不成，就繼續攻城。

曹軍在攻城方面還是有一套的，他們打過雍丘那樣艱巨的攻城

戰，所以攻勢一上來就很猛，四門同時猛攻，城裏的守軍一點兒都不敢怠慢。

好在下邳城很堅固，城裏準備的弓弩等守城器具很充足，曹軍一時不能得手。但呂布也不想坐以待斃，好歹也得去找找援兵。

現在有可能給予支援的有兩個人，一個是袁術，一個是張楊。

呂布的老朋友張楊現在仍活動於河東郡、河內郡一帶，他們與黑山軍、白波軍相互呼應，因為迎請漢獻帝東歸有功，張楊有頂大司馬的頭銜，說起來這可是一項極其崇高的職務，屬於上公，比袁紹的大將軍和曹操司空地位都高。

張楊的實力雖然有限，但若能出兵來救，至少能提振呂布的士氣。呂布於是他寫了封信，派人潛出城去，送往河內郡。

對於袁術，呂布跟此人矛盾太多，不久前又拒絕了人家和親的請求，還扣留了他的特使，目前已是仇人。但是，曹操是呂布的敵人，也是袁術的敵人，敵人的敵人其實是朋友，根據這個說法，聯絡袁術並非不可能。

也沒有更好的辦法了，呂布決定試試。


入夜，呂布率一支人馬突然自城中殺出，曹軍猝不及防，倉促上來迎戰，雙方亂殺一陣。殺了一會兒，呂布下令撤回城中。

有幾人就這樣趁亂出了城，其中有許汜和王楷。他們都是呂布的謀士，呂布派他們冒死去壽春向袁術求援。

下邳去壽春有數百里路，中間隔山隔水，還有重重敵兵，情況很複雜。許汜和王楷都是文人，他們能順利到達壽春嗎？呂布也不知道。

但除了派他們去再沒有合適的人，因為此去不僅僅是給袁術送封信那麼簡單，還要想辦法說服袁術，讓他趕緊出兵來救，這是武將們不擅長的。

然而，一去多日，音信全無。

曹軍攻城一月有餘，攻勢不減反增，看來不達目的誓不罷休，還能不能堅守半年，呂布心裏沒了底。

呂布沒轍了，想出最後一招，他要親自送女兒出城前往壽春，給袁術送去當兒媳婦，以此換取袁術發兵相助。

呂布的女兒此時年齡不詳，呂布找了副軟甲給她穿上，戴上頭盔，準備讓她跟自己同騎一匹馬出城。

呂布令陷陣營與圍上來的敵兵展開激戰。過了一會兒，見他們激戰正酣，呂布下令再次悄悄打開東門，率十餘騎貼着城牆向南疾馳。

開始還順利，曹軍忙着與陷陣營廝殺，沒有注意到這支小分隊，小分隊繞過了敵人的第一重防線。

眼看突出了重圍，突然前面出現了一支曹軍人馬，呂布一行被發現。大隊敵兵向他們撲來。不能再前進了，要想不被圍住吃掉，唯一的辦法是原路返回。

呂布退回城中，送女兒出城的計劃沒能成功。


城裏陷入一片低迷氣氛中。

呂布手下原本是一支能征慣戰的隊伍，但此時被困在下邳城內，擅長的戰法施展不出來，糧草一天天快速消耗着，外面沒有援兵的消息，弄得人心惶惶。

慢慢地，城裏斷絕了消息來源，越是這樣越讓人覺得恐怖。

曹操那邊也真是奇怪，三個多月過去了，攻城的勁頭還是那麼足。

其實攻城的一方也不順利，下邳城久攻不下曹操也很頭痛，大軍長期滯留在徐州一帶，南陽郡的張繡，荊州的劉表，冀州的袁紹，關中的韓遂、馬騰，這些人此刻都在盯着徐州的戰局，會不會趁亂打劫，真的很難說。

如果出現那樣的情況，自己倉促回軍，豈不是興平元年兗州之叛的重演？曹操人在徐州，心裏一直惦記着許縣。

這時，傳來情報說張楊在東市起兵，打出支援呂布的旗號，向下邳殺了過來，這加重了曹操的擔憂。

曹操不怕張楊殺過來，他怕張楊殺到許縣去，以張楊現在的實力雖然構不成致命的威脅，但他帶頭一鬧，四周的實力派們更要蠢蠢欲動了。

張楊起兵的東市不知為何地，應該在河內郡，有人認為是下邳城的東市，那肯定是不對的，張楊此刻應該距這裏還很遠。

曹操想撤軍，這時郭嘉和荀攸都來勸他，到了這個節骨眼上一定不能鬆氣，如果讓呂布緩過這口氣，日後再解決他就更困難了。

郭嘉對曹操分析說：「當年項籍有 70 多座城池，從來沒有打過敗仗，但一朝失勢導致身死國亡，這是他恃勇無謀造成的。現在呂布每戰必敗，已經氣衰力盡，內外皆困（今布每戰輒破，氣衰力盡，內外失守）。呂布的勢力比項籍差得遠，而現在的情況比項籍還不如，如果乘勢攻之，一定可以將其擒獲！」

郭嘉的建議得到荀攸的支持，荀攸也說：「呂布自彭城以來，連戰皆敗，銳氣已衰。對三軍來說，將領是其核心，將領衰弱軍隊就喪失了鬥志（三軍以將為主，主衰則軍無奮意）。陳宮雖然有些智謀，但現在他的計謀還來不及施展，趁着這股勁猛攻，一定可以拿下呂布。」

正副參謀長都不主張退兵，這堅定了曹操打下去的意志。

為了有所突破，荀攸、郭嘉給曹操出了個大水灌城的主意。

如今下邳城所在的江蘇省睢寧縣一帶沒有太大的水系，但在漢末，附近的泗水是黃河故道的一部分，這裏水系很發達。

水不缺，也可以用來灌城，但如果實施呢？現在要修個引水工程，花費巨資不說，還曠日持久，因為土方量一般都非常巨大，時間

短了根本不行。

而且，城裏的人還得讓你灌才行，如果他們不同意，你在城下搞「水利工程」，人家在城頭弓箭、滾木、擂石不停點兒地招呼，你也幹不成啊。

但曹軍似乎很快就完成了灌城的任務，下邳城內很快成為一片汪洋。守軍叫苦不迭。

曹軍是怎麼做到的呢？這與下邳城特殊的城池結構有關。

那時，下邳城外河道縱橫，下邳城的一段城牆就沿着城外的一條河流修築。這段天然的河道也成為下邳城護城河的一部分。

這樣做一來省工，二來天然河流水量更豐富，水面也更寬闊，但也有不利的地方，那就是容易受水攻，同時也更容易引發洪水。據考古發掘，漢末的下邳城已埋在如今五米以下的泥土裏，其消失的主要原因就是發生在清朝康熙年間的一場大洪水。

現在，曹軍只要在緊鄰下邳城的這條河流的下游修起一座大壩，把河水堵住，就會形成一個堰塞湖，水量到達一定程度，就能輕鬆把水引到城裏去。

那時的城牆很少有磚石結構的，大多是夯土牆，用水一泡，時間長了就得垮塌。


在袁術方面，呂布派的人還算不錯，到了壽春，見到了袁術，但袁術還在生呂布的氣。

袁術不準備施以援手，對許汜和王楷說：「呂布不願意和親，失敗是必然的，幹嗎還要來告訴我（何為復來相聞邪）？」

許汜和王楷畢竟是謀士，能言善辯，他們勸袁術：「明上現在不救呂將軍，自己最後也得失敗。呂將軍不在了，曹操的下一個目標就是明上。」

袁術大概也想到了脣亡齒寒的道理，所以最終決定出兵。

袁術的救兵出發了，並且是由他親自率領的。不過人馬少得可憐，袁術只帶來了1000多名騎兵（術自將千餘騎出戰），分明不是來打仗的，是個戰場觀察團而已。

結果可想而知，曹軍稍一出動，袁術就退了回去，不敢再出來。袁術這麼做大概有兩種可能，一是救呂布的意志並不堅決，率兵增援，只是做做樣子；二是他想再等等，等到呂布消耗得差不多，曹操那邊也付出更大代價時自己再出手，所以沒動真格的。

張楊那邊更不順利，剛一起兵就被手下將領楊醜殺了，楊醜轉而投降曹操。但沒過多久，張楊手下另一個將領眭固又把楊醜殺了，率部投降了袁紹。

救星是指望不上了，想要解圍只有靠自己。

# 相見白門樓上

現在城裏到處是水，呂布的心情煩悶到極點。

這天，呂布回到府中，下人們呈上的飯菜較往日有點兒豐盛，不僅有肉，還有酒，呂布有些納悶，問這些東西是哪裏來的。

下人們回答說，這些是侯成將軍派人送來的，呂布一聽大怒，因為他剛剛頒了禁酒令，現在又是肉又是酒，不是公然抗命嗎？

呂布命人把侯成喚來，當面訓責。

侯成毫無思想準備，趕緊解釋道：「我部前日有15匹好馬被人偷走，有人想趁夜打開城門叛逃。事情被我偵知，把這幾個人抓起來殺了，馬也沒有丟，諸將要來為我慶賀一下，我就拿出自家之前釀的酒，又殺了幾口豬。我一向敬重您，這些酒和肉我沒敢先吃，特地奉上聊表寸心（自釀少酒，獵得豬，未敢飲食，先奉上微意）。」

雖然如此，呂布仍然不饒：「城裏被圍，糧食匱乏，我正在禁酒，你難道不知道嗎？這麼點兒事連個小勝仗都算不上，哪用得着慶賀，這點兒道理難道都不懂？」

呂布大概近來心情很壞，所以越說越離譜：「你們又吃又喝，稱兄道弟，想結夥謀殺我嗎（諸將共飲食作兄弟，共謀殺布邪）？」

侯成一聽害怕了，趕緊跪倒在地賠罪求饒。呂布的怒氣這才稍稍消解一些，但還是責備了侯成幾句，要他下不為例。

侯成回到家，把諸將送的禮都退了，把酒和肉都扔了，心裏仍然惴惴不安。

這件事寒了侯成的心，最終侯成決定投降曹操。不僅是他，呂布的部將宋憲、魏續等人也有了反水的想法。

城外，在攻城戰異常激烈之時，劉備的部將關羽私下裏來見曹操。關羽跟隨劉備來投靠曹操後，曹操對他很器重，對於特別能打的猛將，曹操一向很賞識。

有曹操另眼相看，關羽自認為也能在領導跟前說上話了，於是向曹操提了一個私人請求。

關羽請求曹操如果城破之後，想娶呂布部將秦宜祿的妻子杜氏（關羽啟公，布使秦宜祿行求救，乞娶其妻），請曹操成全。曹操想這也不是啥大事，就一口答應了。

可關羽說了一次還不夠，就在城池將要攻破前又多次向曹操請求（又屢啟於公），害怕曹操把這檔事給忘了，這反而勾起了曹操的好奇心。

下邳城還是被攻破了，不是曹軍強攻進了城，而是宋憲、魏續等人把陳宮抓了起來，打開城門，投降了曹操。

城破前，呂布帶着一部分手下登上最後一處據點白門樓，也就是

下邳城南門的城門樓。呂布看到回天無力，於是走下城樓投降（兵圍急，乃下降）。呂布投降後，被人捆了起來。

曹操攜劉備等人隨後進城，由於城裏大多數地方仍泡在水裏，所以曹操乾脆把臨時指揮所設在白門樓上，手下把呂布等人帶了上來。

呂布被五花大綁，曹操被人簇擁着上了樓，身旁不少武將和謀士，眾星捧月，氣場十足。

曹操身邊的人呂布基本上都不認識，但有一個人他很熟，那就是劉備，不過劉備現在是座上客，他是階下囚。

見了面，曹操還未說話，呂布笑着先跟他打招呼：「曹公，綁得太緊了，能不能鬆鬆？」

曹操走到呂布跟前，也笑着說：「捆猛虎不得不捆緊點兒啊（縛虎不得不急也）！」

呂布盯着曹操看了看，故意說：「您好像瘦了，為什麼啊（明公何瘦）？」

曹操聽了有點驚訝：「咱們以前見過面嗎？」

呂布提醒曹操：「當年在洛陽，我曾在溫氏園中見過您。」

曹操很認真地想了想：「有可能，我全忘了。現在是有點瘦了，那是因為一直抓不到你呀！」

談話氣氛出人意料的有些輕鬆，曹操與呂布又探討起他失敗的原因。

呂布對此還沒有清醒的認識，他說：「我待諸將不薄，但他們都叛我而去，這是失敗的原因。」

哪知曹操根本不留情面，當面揭呂布的老底：「你背着老婆，霸佔手下將領的太太，這怎麼叫厚道（卿背妻，愛諸將婦，何以為厚）？」

這也許是真的，因為呂布聽後默然無語。

這時，有人把陳宮押了上來。

見到老熟人，曹操很直接，問陳宮想不想讓老母親和女兒活命。陳宮的母親和女兒都在下邳，看來已在曹操手中。

陳宮慷慨激昂地說道：「我聽說以孝治天下的人不會絕別人之親，以仁義施於四海的人不會斷絕別人家的祭祀。老母親能不能活命，取決於曹公，不取決於陳宮！」

曹操又問：「公台，你平生計謀過人，現在怎會這樣？」

陳宮看了看旁邊的呂布：「都是這個人不聽我的，才至於此。」

陳宮自請一死，態度很堅決，他直接往外走，拉都拉不住。

曹操無奈，命人把他殺了。


但呂布還一心求生，他想做最後的努力，對曹操說：「當初齊桓公捨射鈎，用管仲為相；現在我願意效股肱之力，甘為前驅，可以嗎？」

呂布一邊說，一邊把目光投向劉備，對他說：「玄德，你現在是座上客，我是階下囚，能不能幫忙說句話，給我鬆鬆綁（不能一言以相寬乎）？」

劉備還沒有說話，曹操道：「幹嗎不跟我說，還求玄德呢（何不相語，而訴明使君乎）？」

曹操準備給呂布鬆綁，這時他手下的辦公室主任（主簿）王必上前勸道：「呂布可是個強大的敵人（勍虜也），他還有不少部下在外頭，不能寬恕他。」

曹操停了下來，無奈地對呂布說：「本來想從輕發落，但王主任不同意（主簿復不聽），怎麼辦呢？」

在曹魏陣營，王必不是特別有名的人物，但他是曹操的心腹近臣，類似家臣，很早便追隨曹操，對曹操的各種心理和意圖領會得最快最准。

劉備此時心裏很緊張，他還真怕曹操一時心軟放了呂布，那樣一來，呂布還是自己的麻煩。

看到曹操有些猶豫，劉備上前說：「明公難道忘了呂布曾經事奉過丁原和董卓嗎（明公不見呂布之事丁建陽及董太師乎）？」

曹操聞言，點頭稱是（太祖領之）。

呂布聽了，氣得破口大罵：「你這個小子讓人最不能相信（是兒最叵信者）！」

曹操下令把呂布殺了。

叱咤風雲的一代飛將，就這樣謝幕了，死時才 40 歲左右。


曹操難道真的動過不殺呂布之心？這也許有可能。

曹操很愛才，呂布作為將才在同時代幾乎無人能匹敵。他雖然不是一個帥才，卻是一把攻擊敵人的利器。當年張燕很難打，袁紹一籌莫展，呂布出馬就能迅速搞定。

曹操也不會過於在意那些過往的經歷，從給曹操造成的傷害看，呂布似乎比不過張繡，後來張繡投降曹操，曹操也欣然接納。

曹操顧忌的是呂布能否被馴服，最終為己所用。正如劉備所言，呂布這個人誠信度較低，缺少政治倫理，凡與他合作過的，丁原、董卓也罷，袁紹、袁術、劉備也罷，都吃過他的虧，這一點才是曹操所要考慮的。

所以，殺呂布是曹操早就想好的，他愛才，但不會幹養虎為患的事。至於王必的相勸，有可能是事先安排好的雙簧戲。領導經常會有些想法不能明說，或者經常說些跟心裏想法剛好相反的話，需要有人勇敢地站出來背黑鍋，王必就是替曹操背黑鍋的。

這也就是荀攸不來勸，郭嘉也不來勸，而是從未在重大場合出謀劃策過的王必出面相勸的原因。

至於劉備相勸，那正中曹操的下懷。

曹操做出動作要解呂布綁繩的時候，一定在拿眼睛瞟着劉備，他估計劉備肯定要急。劉備一急，他就順勢將這把火燒給了劉備。

劉備肯定不希望呂布有東山再起的機會，他或許也意識到曹操在把禍水往自己身上引，但他沒有別的選擇。

總之，呂布就這樣死了，而且死得很窩囊，是被勒死的（絞殺）。


隨呂布一同被殺的，還有高順。

高順一生跟隨呂布，他為人清白有威嚴，不飲酒，不受賄，訓練出一個數百人的陷陣營，攻無不克、戰無不勝。但呂布更信任魏續等人，經常把高順調教好的兵交給魏續帶，讓高順帶魏續的兵，即使如此，高順仍然毫無怨言。

像高順這樣品才皆優的將領實在難找，呂布被殺後，曹操不應該再殺高順，但最終還是殺了，一定是因為高順執意要陪呂布一死，曹操沒有辦法。高順的死法跟呂布一樣。

至此，呂布集團徹底灰飛煙滅。

呂布自追隨丁原起兵以來，先後依附過董卓、袁術、張楊、袁紹、劉備等人，除了張楊對他自始至終以兄弟相待外，其他的人要麼死在他的手裏，要麼對他恨之入骨。

呂布是一員驍將，縱橫中原、虎步天下，如果只論衝鋒陷陣，估計很少能找到對手。但他謀略有限，眼界也窄，善於短線操作，不做長遠謀劃，導致一生起起落落，沒能成就出太大的功業，英年早逝。

呂布雖然也有一些個人魅力，但成大事者僅靠魅力是不夠的，還要有一定的手段，懂得用人籠心之道，在這方面呂布與曹操、袁紹、劉備甚至袁術都有明顯差距。

呂布死後，他的首級被砍下，送往許縣示眾。

# 張遼和關羽

殺了呂布、陳宮和高順，剩下的人就該獎賞或重用了。

此次消滅呂布，最大的功臣是陳登，正是他臨陣倒戈給了致命一擊，呂布才死得這麼快。

曹操任命陳登為軍長（伏波將軍），讓他繼續以廣陵郡太守的身份主持徐州一帶的軍政事務，陳登此後便在江淮地區與袁術周旋，不斷拓展勢力，成為曹操在華東地區的重要支柱。

曹操在下邳還見到了滯留在呂布軍中的陳紀和陳群，作為潁川郡陳氏家族的重要成員，曹操一定早就聽荀彧等人講過他們的事，所以見到陳氏父子特別高興。

陳氏父子見到曹操時，都行叩拜之禮，曹操以漢獻帝的名義徵陳紀為朝廷的部長（九卿），任命陳群為自己司空府人事處副處長（司空西曹掾屬）。

陳群從此進入曹魏陣營，一開始主要從事人事工作，他是一個稱職的人事幹部。曹操後來想提拔王模、周逵兩個人，任職文件都擬好了，到了陳群這裏，陳群知道這兩個人品德很差（穢德），於是將文件退了回去（封還教）。但曹操還是堅持用了這兩個人，後來他們都犯了嚴重錯誤，為此曹操還專門向陳群道歉。

陳群真正大放光彩是在文帝曹丕和明帝曹叡時代，他由人事工作先後轉向軍事參謀以及監察工作，後來被曹丕賦予軍權，和司馬懿一起成為在曹魏陣營裏統兵的世家大族，是文帝、明帝時期的著名人物。

在陳氏父子給曹操下拜時有個人也在場，但他站着不動，只是稍稍作了個揖（高揖不為禮），這個人名叫袁渙。

袁渙字曜卿，陳郡人，在郡裏當過基層官吏，後被舉為朝廷的侍

御史。天下大亂後回到豫州，當過曹操老家譙縣的縣令。劉備擔任豫州刺史期間舉袁渙為茂才，後來袁渙又輾轉到袁術那裏，最後被呂布扣留。

呂布和劉備翻臉後，命令袁渙寫信辱罵劉備，袁渙因為劉備曾舉他為茂才，不願意寫這樣的信。

呂布大怒，拿刀架在他的脖子上（**以兵脅渙**）：「寫了就讓你活命，不寫就讓你死！」

袁渙臉色都不帶變的，笑着對呂布說：「我以前事奉劉將軍，就像現在事奉將軍您一樣，如果今後離開您，就開始罵您，可以嗎？」

呂布聽了很慚愧，不再勉強他。

曹操聽說了袁渙的事，很欣賞這樣的人，就讓他去搞屯田。袁渙後來擔任了梁國相，是曹操在豫州刺史部重要的行政官員。


呂布手下最有名的將領是張遼，論資曆一點兒都不比呂布差，曹操提拔張遼為師長（**中郎將**），把呂布集團保留下來的力量經過整編後交由張遼來統率。

這支隊伍在張遼手裏繼續保持了很強的戰鬥力，在其後的歷次大戰中均有出色表現，張遼逐漸成長為曹魏陣營裏的一流大將。

現在曹操手下至少有兩位著名的降將，一個是徐晃，一個是張遼，曹操對他們很信任，他們也很忠於曹操，這得益於曹操不同一般的識人智慧和用人膽略。曹操善於發現人才，善於辨別人才的品行和節操，一旦認定就用人不疑，讓各種人才發揮最大的潛能。

張遼和關羽一見如故，成為好朋友。

攻入下邳城後，關羽最關心的人是杜氏，但他怎麼都找不着，因為曹操已先他一步，命人把杜氏帶到了自己這裏。

關羽的一再請求勾起了曹操的好奇心，他要看看杜氏到底長得多

漂亮（公疑其有異色，先遣迎看）。一見面，曹操就看上了，沒有給關羽，自己留下了（因自留之）。這件事多少對關羽的內心有一定影響，關羽心裏很不自在（羽心不自安）。

在對待女人的問題上，曹操一向積極而開放，他一生有 25 個兒子，女兒數量不詳，想必妻妾不少，在杜氏之前，除了髮妻丁氏、已故的劉氏和最寵愛的卞氏，曹操的夫人裏至少還有環氏、孫氏和尹氏等人。

其中尹氏的身份最不平常，她有個前夫叫何咸，是已故大將軍何進的兒子。何家落難後尹氏流落民間，曹操收留了這個老上級的兒媳婦，尹氏當時還帶着一個孩子名叫何晏，是何進的孫子。

何晏隨母親到曹家時才 7 歲，是一個天才美少年。曹操很喜歡他，一度想讓他改姓曹，可何晏不幹。何晏後來在哲學上有重大貢獻，是魏晉玄學的開創者之一。

杜氏也有一個兒子名叫秦朗，他隨母親到了曹家，像何晏一樣，曹操也很喜歡他，出席一些公開活動時經常把他帶在身邊，曹操還指着秦朗對大家說：「天下有沒有像我這樣喜歡繼子的（世有人愛假子如孤者乎）？」

如何安排劉備？曹操有點躊躇。

劉備在下邳城又見到了自己的夫人甘氏和麋氏。麋氏還不太適應，甘氏已對這種當俘虜的日子習以為常了。對她們來說，這種臨陣被拋棄的事不是第一次，也不是最後一次，這種當俘虜的日子今後至少還有兩次。

其實，劉備現在是朝廷正式任命的豫州刺史，還是鎮東將軍，豫州刺史部現在大部分已在曹操控制之下，治所是曹操的老家譙縣，今安徽省亳州市，按照制度的話，讓劉備到那裏上任就行了。

但曹操不會這麼做，豫州刺史連潁川郡和許縣都管，相當於昔日的司隸校尉，也就是清代的直隸總督，這麼重要的職務怎能交給劉備？同樣的道理，徐州也不能給劉備，劉備這樣的人，論危險指數比呂布差不了多少，只能待在自己的身邊，待在自己能看見的地方。

曹操任命的徐州刺史是一個叫車冑的人，史書基本上沒有關於他的其他記載，要麼他在曹操陣營裏的地位不高，要麼因為後來死得早，事跡失傳了。

最後，曹操以漢獻帝的名義拜劉備為左將軍，這是所謂的四方將軍之一，比鎮東將軍還要高一級。此前，袁術擔任過左將軍，那是董卓主持朝廷時任命的，曹操主持朝政後又曾把左將軍給過呂布，呂布剛死，曹操又把它給了劉備。

張飛和關羽也都升了職，他們原來一直是團長（司馬），曹操提拔他們為師長（中郎將）。


曹操攻克下邳，殺掉了呂布，但並不意味着徐州乃至整個東方的局勢可以傳檄而定，其實當時的局勢還相當嚴峻。

徐州的南面是袁術，袁術的背後是正在快速崛起的孫策，他們都有向北擴張的衝動；徐州的北面雖然是相對穩定的「曹統區」兗州，但已經越來越強烈地感受到來自袁紹的壓力；徐州的東北面是青州，袁紹和公孫瓚長期在那裏經營，曹操基本上還沒有什麼影響力。

攻克下邳後，曹操也可以乘勝追擊，繼續鞏固在徐州的基礎，進而奪取青州。但那樣一來他必須冒着張繡反攻、袁紹南下襲擊許縣以及關中諸將趁機作亂的風險。曹軍的主力不能長期滯留在徐州一帶，他得儘快回師。

但曹操知道，回去之前他必須找到一個人，不管多難找，也得把

他找出來，不見着他，曹操回去心裏便不會踏實。

　　曹操要找的這個人就是臧霸，下邳城破後，臧霸躲了起來（自匿），曹操懸賞搜尋（募索），竟然把他找到了。

　　曹操見到臧霸特別高興（見而悅之），說服臧霸歸順了自己，並通過臧霸找來了昌豨、吳敦、尹禮、孫觀以及孫觀的哥哥孫康等人。

　　曹操任命臧霸為琅琊國相，昌豨為東海郡太守，吳敦為利城郡太守，孫禮為東莞郡太守，孫觀為北海國相，孫康為城陽郡太守。這些地方處於徐州、青州交界地帶，他們以臧霸為核心，泰山幫更加緊密了。

　　但曹操不擔心這樣的幫派，只要他們服從自己就行。曹操的戰略是，以陳登在南線牽制袁術，以臧霸等人在北線牽制袁紹和公孫瓚，這樣他就可以騰出手來，優先解決南面之敵。

　　臧霸從此據守於徐州、青州一帶，這裏成為曹魏勢力的「邊緣地帶」，雖然他們服從於曹操的領導，在後面的戰事中，尤其在官渡之戰中他們堅定地站在了曹操的一邊，但他們也保持了相當的獨立性。

　　臧霸等人不具備與曹操分庭抗禮的實力，但曹操也不能以武力解決他們，因為這裏不是曹操的主戰場，以和平收編的方式處理這些泰山幫無疑是明智的。

　　但是，隨着形勢的發展，曹操戰勝了袁紹，統一了整個北方，解決泰山問題就提到了議事日程。曹操多次動過徹底解決該問題的想法，但後來他遭遇了赤壁之敗，曹操敵人的名單依然很長，在這個名單上臧霸一直排在後面。

　　直到曹操去世，臧霸和泰山幫問題都沒有解決。作為具有獨立性的非嫡系武裝集團，它一直是曹魏帝國的軟肋。直到曹丕繼位，才下決心解決了這個問題。

# 公孫瓚的末日

漢獻帝建安四年（199 年）春天，曹操由徐州班師回許縣。

路上曹操又做了一件事——把眭固斬殺。

眭固和楊醜都是張楊的部將，張楊死後，楊醜掌握了他的隊伍，楊醜投降了曹操，意味着曹操不費力氣白得了一塊地盤。這塊地盤還相當重要，是張楊長期經營的河內郡。它處在曹操目前的大本營許縣與袁紹大本營鄴縣之間，在黃河岸邊，曹操如果控制此地，日後與袁紹決戰就搶佔了先機。

但是，後來眭固殺了楊醜，率張楊舊部投奔袁紹，這塊地盤又成袁紹的了。袁紹命眭固駐紮在黃河北岸的射犬。

眭固字白兔，他殺了楊醜，又屯駐於射犬，有個術士勸他：「將軍字兔而此城名犬，兔子遇到見犬，一定會被嚇着（兔見犬，其勢必驚），應該趕緊離開！」

眭固不信這個邪。

這一年四月，曹操率軍來到黃河岸邊，命曹仁率部渡河攻擊眭固，雙方交戰於犬城，將眭固斬殺，應了術士之言。

曹操隨後圍住射犬，守城的是眭固的祕書長（長史）薛洪和袁紹任命的河內郡太守繆尚。董昭這時已由洛陽令升任河南尹，當年他曾在袁紹和張楊手下都待過，跟薛洪、繆尚有交往。

董昭單身入城，勸說薛洪和繆尚率眾投降。

之後曹操還軍敖倉，任命董昭為冀州牧，任命魏種為河內郡太守。

這一仗意義重大，因為這是曹操與袁紹之間首次直接動手，標誌着「袁曹聯盟」徹底不存在了。曹操佔有了河內郡的一部分，把勢力伸到了黃河北岸，袁紹得知後一定氣急敗壞。

做完這些，曹操回到了許縣。

同行的還有劉備、關羽、張飛等人，曹操對劉備給予了充分禮遇，出去就坐一輛車，進屋就坐在一張席上（出則同輿，坐則同席）。

但其實，劉備等人被曹操軟禁在了許縣。

回到許縣，曹操遇到了袁紹派來的人，袁紹不是為眭固被殺討說法來的，而是給曹操送來一份禮物。

這份禮物盛放在一隻木匣內，曹操讓人打開木匣湊近一看，竟然是一個人的首級，把曹操嚇了一跳。

當曹操聽說這是誰的首級時，更感到了窒息和不安，以至於突然有些眩暈，看東西都模糊起來（自視忽然耳）。

這個首級，是公孫瓚的！


公孫瓚殺了劉虞，勢力一下子增強了不少。

但是此人打仗有一套，搞地方治理卻不怎麼行，尤其在用人上很失敗。在公孫瓚手下，世家大族出身的人都沒有發展的機會，無論多麼有才，都進步緩慢，不少人死於窮苦之地。

有人問公孫瓚為什麼不用世家大族子弟，公孫瓚的回答是：「對衣冠子弟以及品格高尚的人，你給他富貴他認為這是應該的，而不會感激你（皆自以為職當得之，不謝人善也）。」

看來公孫瓚的心態有點問題，像個小市民。

而公孫瓚確實喜歡小市民，他所寵信的大多是平庸之輩，其中尤其以算命先生劉緯台、布販子李移子、商人樂何當三個人最受寵，公孫瓚跟他們還結成了異姓兄弟。

公孫瓚字伯圭，據說他原來的字不是這個，這個字是他後來改的。一家如果有四個兄弟，他們的字裏應該分別有伯、仲、叔、季這幾個字，公孫瓚為了表示跟劉緯台等幾個異姓兄弟很親，所以自己把

字改成伯圭，其他幾個人則分別改為仲、叔、季（與之定兄弟之誓，自號為伯，三人者為仲、叔、季）。

有公孫瓚撐腰，這些人很快富了起來，都成了億萬富翁（富皆巨億）。公孫瓚還跟他們結成兒女親家，常把他們比作漢初的開國功臣曲周侯酈商、潁陰侯灌嬰。

用人不拘一格是對的，但過了頭就是另類，靠這幫人給他出謀劃策能有多高的水平？

有件事就很雷人，是其他割據軍閥做不出來的。

公孫瓚手下如果有部將被敵人圍困向他求援，公孫瓚一般不會出兵相救。他的理由是，如果救了這一個，以後將領們再遇到類似情況就有了依賴心理，就不會力戰了，如果不救，以後大家肯定會奮力自救（今不救此，後將當念在自勉）。

這個說法貌似有理卻不實用，因為人都有求生的本能，在生死考驗面前，有人選擇玉石俱焚，也有人會選擇投降以求活命，公孫瓚的想法未免理想化了。

面對敵人的大軍壓境，公孫瓚手下的將領肯定會想，守是守不住，又沒有救兵，乾脆投降算了。

公孫瓚的這個愚蠢決定不知道是他自己的創意還是劉緯台、李移子們的建議，但公孫瓚手下如果有荀彧、賈詡、程昱這樣的智囊，絕不會讓他幹這種傻事。

公孫瓚還重用了太原郡人關靖。此人一貫嚴刑峻法、虐待百姓，在公孫瓚面前一味逢迎拍馬，卻沒有什麼才能。

公孫瓚不識人，因而身邊沒有真正有水平的人才，即便有，也最終紛紛離他而去。劉備、關羽、張飛、趙雲等人都曾在他手下待過，但他們都很聰明，早早脫離公孫瓚自立門戶去了。

一流的人才，思想才是一流的；一流的思想，才能開創一流的事

業；庸人不可能提出一流的規劃。群雄相爭，人才是最稀缺的資源。大家都在拚命搶人才，對優秀的人才心馳神往。公孫瓚靠一己之勇起家，也開創了不小的局面，發展到一定階段時，應該把人才戰略放在最突出的位置，但他偏偏不重視人才，也不會識才、用才和留才，身邊缺少頂尖人才，這是他最終失敗的主要原因。

　　就在曹操對呂布大打出手的同時，袁紹也對公孫瓚發起了最後的猛攻，只不過他付出的代價更慘重。

　　陶謙死了，劉備走了，袁術自身難保，公孫瓚沒有了盟友。在袁紹的強大攻勢下，他乾脆待在易京防線裏不出來。這條東西綿延數百里的立體防禦網巧妙地利用河流以及人工壕、人造土丘為依託，在強大的後援保障系統支持下，通過交叉配合，足以將任何來犯之敵消滅在城下。

　　袁紹攻了幾次，收效不大，只得改打持久戰。

　　袁紹拉來了兩股勢力為自己助陣，一股是忠於劉虞的鮮于輔、閻柔等人，另一股是烏桓首領蹋頓。

　　劉虞死後，他的舊部鮮于輔、齊周、鮮于銀繼續堅持反抗公孫瓚的敵後鬥爭。鮮于輔共同推舉閻柔為烏桓司馬，領導幽州西北部一帶反抗公孫瓚的各路勢力。

　　閻柔是個漢人，小的時候被烏桓、鮮卑人俘虜，在少數民族中長大，熟悉這些民族的語言和風俗，所以得到了這些部族首領的信任。擔任烏桓司馬後，他率領反公孫瓚的武裝活躍於代郡、廣陽郡、上谷郡、右北平郡等地，攻殺公孫瓚任命的官員。

　　閻柔、鮮于輔還聯合劉虞的兒子劉和，利用劉虞的號召力不斷打擊公孫瓚。袁紹派人找到閻柔、鮮于輔，和他們結成同盟，並派麴義支援他們，雙方聯合作戰，曾取得潞河之戰的勝利，斬殺了公孫瓚的

部將鄒丹以下 4000 多人。

在袁紹與公孫瓚交戰時，烏桓首令蹋頓經過觀察，發現袁紹更有前途，於是主動聯絡，請求和親，幫助袁紹進攻公孫瓚。

袁紹在袁氏家族中選了一個女子，認作自己的女兒，把她嫁給了蹋頓（以家人子為己女，妻焉），同時矯詔拜蹋頓等烏桓首領為單于，讓他們從北面進攻公孫瓚。

得到北部少數部族首領的支持，又有閻柔等漢人武裝做呼應，袁紹對公孫瓚形成了南北夾擊之勢。


袁紹採取迂迴的辦法一點點蠶食公孫瓚的勢力，最終把公孫瓚壓縮到易水河邊的幾座高大堡壘裏。

當時唯一可能被公孫瓚引為外援的是黑山軍首領張燕，公孫瓚派兒子公孫續去聯絡張燕，沒想到張燕相當痛快，立即表示站在公孫瓚的一邊。

漢獻帝建安四年（199 年）年初，就在曹操準備從下邳回師時，張燕集合所部人馬，號稱有十萬人，兵分三路來救公孫瓚。

援兵快到時公孫瓚做了個夢，夢見昔日的大本營薊縣城門崩塌，這是一個大凶之兆。公孫瓚感到最後的時刻到了，必須絕地反擊，於是給公孫續寫了封信，讓他趕緊通知張燕，大軍到後在北面燃起烽火（到者當起烽火於北），他看到烽火，就從堡壘裏面殺出來。

公孫瓚好像對兒子也不夠放心，信中還有這樣幾句話：「現在必須奮力一搏了，不然的話，我死之後，天下雖大，你要想安身立命，恐怕也難以做到！」

要命的是，這封重要的信竟然落到了袁紹偵察兵（候者）的手裏。袁紹看到信，讓人如期在北邊燃起烽火，公孫瓚以為救兵到了，於是從堡壘裏殺出，結果中了埋伏。

公孫瓚大敗，趕緊退回堡壘，依靠堅固的城防繼續苦守。

即便大敗，易京仍固若金湯，袁軍居然奈何不了。

袁紹的智囊們最後想出了一個笨辦法，一邊正面佯攻，一邊讓人往城堡下面挖地道（分部攻者掘地為道）。

地道一直挖到公孫瓚住的超級堡壘易京的正下方，在沒有任何先進儀器指引的情況下，施工的技術難度可想而知。

袁紹的工兵一面向前掘進，一面用木頭支撐巷道，跟現在開挖平峒式小煤窯的工序差不多。經過測算，估計挖到易京的下方時，他們停了下來，儘可能擴大掘進面，在公孫瓚的屁股底下掏出個大洞來，不斷用木頭加固，差不多後，開始放火，人員撤離。

支撐的木頭被燒壞，支架坍塌，不可一世的易京終於倒了。在易京倒掉的同時，公孫瓚知道大勢已去，殺死老婆孩子，然後自殺。

呂布被殺僅三個月後公孫瓚就死了，雖然只是巧合，卻預示着群雄兼併步伐的加快。

袁紹特意把公孫瓚的人頭送往許縣，一來公孫瓚殺過大司馬劉虞，是朝廷的罪人，袁紹把他殺了歸案；二來袁紹藉機向曹操炫耀和示威。

曹操擒殺呂布威震中原，袁紹殺公孫瓚也足以威震華夏。

從此以後，北方的幽州、冀州全部以及并州、青州、司隸校尉部的一部分盡入袁紹的掌握中。


# 袁術吐血而亡

繼呂布、公孫瓚之後，袁術也死了。

這個偽皇帝的日子一點兒都不比公孫瓚強，到哪裏都被聲討。

1000多年後也有個姓袁的軍閥，勢頭比袁術還猛，也想過把皇帝

癮，結果也稱了帝，這就是袁世凱。他們的祖籍地也相同，有人考證說他們是同宗。

袁世凱跟袁術差不多，沒當皇帝時還是個人物，一宣佈當皇帝就迅速走向滅亡。袁世凱當了 80 多天的皇帝，袁術比他強一點，好歹當了一年多。

官職可以表奏，皇帝卻不是誰都能自封的，現在有好多人想打架正愁找不着對手，你當了皇帝，就給人家送上一個揍你的理由。

大家一哄而上，這些人裏既有曹操那樣本來就想打的人，也有孫策那樣的聰明人，同時也有呂布那樣心裏本不想打但也不得不跟着打的人。

當皇帝不僅要有政治資本、軍事資本，還要有經濟實力。皇宮、百官、後宮嬪妃、羽林衛隊，光是備齊這些家當也得有相當實力才行。袁術的地盤並不大，核心區域僅是揚州刺史部六郡裏的江北兩個郡，再加上豫州刺史部的一些遊擊區而已，以這點實力，別說別人打上門來，就是自己關起門來過日子都難。

袁術這個反面教材無疑給袁紹、曹操、劉備這些人上了生動的一課，袁紹也動過當皇帝的念頭，試探了一下就不敢往下進行了。曹操終其一生都堅決反對稱帝，並且一再聲明誰敢稱帝就收拾誰。

曹操從徐州撤退前，起用陳登主持徐州南部以及揚州一帶的軍務，陳登很有兩下子，在江淮一帶幹得有聲有色，整天揚言說不用曹公親自來他就能打下壽春（有吞滅江南之志）。

袁術待不下去了，下令一把火燒了壽春的宮室，前往大別山區的潛山，投靠他的部將陳簡、雷薄。皇帝當到這個份上，簡直生不如死。更不幸的是，陳簡、雷薄二人翻臉，拒絕接納老領導率領的流亡偽朝廷。

袁術很憤怒，但又無奈，身邊的人看到此情此景，有些乾脆溜之

大吉。袁術又恨又憂，不知道下一步如何辦（憂懣不知所為）。

實在不知道該往哪裏去，袁術想到了哥哥袁紹。

雖然是勢不兩立的敵人，雖然這些年中原一帶的亂仗大多數都與他們兄弟倆有關，但畢竟是同胞兄弟，別人都不管他，自家親人不能不管吧？

袁術給袁紹寫了一封信，表示願意將帝號讓給他：「漢之失天下很久了，現在是政在家門、豪雄角逐、分裂疆宇之時，和周朝末年諸國分勢沒有什麼不同，都是強者兼併弱者。我們袁氏應當接受天命稱帝，各種符瑞都兆示了這一點（袁氏受命當王，符瑞炳然）。現如今您擁有四州，民戶百萬，論勢力無比強大，論德行無人比高，曹操即使想扶衰拯弱，怎麼能延續快絕命的王朝來與我們抗衡呢？」

袁術摸准了袁紹的脈，知道這個老兄當皇帝的癮一點都不比自己小，於是專從這方面下手。他現在雖然沒落了，但手裏還有兩大法寶，一是他建立的新王朝，一是傳國玉璽。有這兩樣東西，稱帝路上的障礙會小得多，對於既要面子又要裏子的袁紹來說，這兩樣東西都相當有價值。

果然，袁紹接到這封信，動心了（陰然之）。

事情就是這樣，看別人往火坑裏跳都會覺得人家太傻，可輪到自己站在火坑邊上的時候腦子又常常犯迷糊。

袁紹立即派長子袁譚從青州刺史部動身來迎接袁術。袁術自己已沒有能力一路打到黃河以北，只能等姪子來接。

袁譚南下，必須經過已是「曹統區」的兗州刺史部和徐州刺史部。曹操已和老袁公開翻臉，自然不會放小袁過去，他命朱靈、劉備率兵攔截，袁譚南下受阻。

袁術還想冒險試試，可到了徐州刺史部境內就再也過不去了，只得折返回來，又來到了壽春。

　　壽春城裏的皇宮已被袁術自己燒得一塌糊塗，這裏也待不下去了。袁術只得繼續往南，走了 80 來里，於漢獻帝建安四年（199 年）六月到達一個叫江亭的地方。

　　壽春往南有淝水，連通著名的水利工程芍陂，這個江亭應該是淝水上的一個渡口。

　　此時，袁術身邊已經沒有多少人了，糧食也吃完了。袁術問他的「御廚」還有多少吃的，回答說只有 30 斛麥屑。這些本來是餵馬的，袁術怎能咽下去？

　　這時正是盛夏，天氣悶熱，袁術身體有些不舒服，想喝點蜜漿，手下人說找不到蜂蜜。

　　英雄一世的袁公路，就這樣窮困潦倒地坐在江亭邊的草蓆上回顧着自己的一生。想剛出道時的前途無量，剛起兵反董卓時的叱咤風雲，當了皇帝以後的錦衣玉食，想想這些，看看眼前，袁術不禁老淚縱橫。

　　袁術一生都頗為自負，他也是個有血性的人，他大叫道：「我袁術怎麼混到了這個地步（袁術至於此乎）！」

　　喊罷，癱倒在草蓆上，嘔血不止，足足吐了一斗多。

　　袁術就這樣死了。


　　袁術死時只有堂弟袁胤在身邊，袁術的後事便由袁胤來料理。

　　袁胤害怕曹操，不敢回壽春，就率領剩下沒有走的人護送着袁術的老婆、兒女投奔袁術的舊部廬江郡太守劉勳。

　　袁胤不清楚情況，這個劉勳雖然是袁術任命的，但跟曹操關係相當親密，推測起來他們應該在年輕時便相識。那時候劉勳似乎也認識

袁術，袁術待劉勳也不錯，不惜得罪孫策，讓劉勳當上了廬江郡太守。

袁術的另外一批舊部，在楊弘、張勳等人的帶領下準備渡江投奔孫策，隨身還帶着袁術積攢下來的大量珍寶。劉勳得知，在半道上對他們進行了伏擊，把他們全部俘虜，繳獲了許多珍寶。

孫策大怒，密謀除掉劉勳。他假裝與劉勳結好，並且向劉勳提供情報，說豫章郡有一塊地盤，與廬江郡隔江相望，有當地土著居民結夥聚守，孫策表示劉勳如果能打下來，這裏就歸他。

劉勳剛剛兼併了袁術不少舊部，人馬驟增，正要幹一番大事業，沒有看出來孫策動機不純，還以為他是個好人呢，於是按照孫策提供的情報渡江作戰。

孫策待劉勳到了江南，親率一支快速機動部隊（輕軍）趁夜來到江北，到達劉勳的大本營廬江郡治所皖城。

孫策沒怎麼費勁就打下了皖城，劉勳的部下全部投降。劉勳這才發現上當了，但無計可施，身邊只有幾百人，在廬江郡一帶無法立足，只好跑到許縣投奔老朋友曹操去了。

袁術的老婆孩子此時也在皖城，孫策把袁術的女兒許給了自己的弟弟孫權。而袁術的兒子袁曜後來入仕吳國，擔任過郎中等職。

但是，袁術逼吳夫人交出的傳國玉璽卻沒能找着，這件被袁術奪去的東西後來輾轉到了誓死不當袁術上公的徐璆手上，具體過程不詳。

徐璆後來也輾轉來到了許縣，獻上玉璽，使這件本該屬於漢室的東西重新回到主人手裏。徐璆成為九卿之一，在履行新職務前他把此前在汝南郡、東海國任職的印綬一併交還有關部門，司徒趙溫感歎道：「你連遭大難，還保存着這些東西呀？」

徐璆恭敬地回答說：「當初蘇武困於匈奴，不墜七尺之節，況且這方寸之印呢？」

至此，袁術集團也灰飛煙滅了。

漢末三國，袁術是個重量級人物，他出身高貴，志向也很高，自恃能力很強，從來不願意居於人後。但他奢侈、荒淫、放縱，使事業在還沒有死的時候就終結了，這實在是咎由自取。

曹操手下名臣何夔曾經評論說：「上天相助才會順利，有眾人相助才擁有信用（天之所助者順，人之所助者信），袁術無信、無順，還希望天人相助，怎能得志於天下？」

袁術不具備當皇帝的素質和實力，但一味迷信權力，妄窺神器，又被周圍的邪佞之徒包圍，結果自入歧途。西晉的司馬倫、十六國時期的石虎、金朝的海陵王完顏亮等也都是這樣的人，他們一門心思在亂世奪權，也不看看自己有沒有那個斤兩，貿然宣佈榮登大位，結果落得個被人唾棄、被歷史嘲笑的結局。

袁術的自信從心理學上分析是「優越感過盛」，心理學家認為有些人有狂妄的優越感，這種人經常不加掩飾地表現出他們的優越感目標，他們希望成為整個世界注意的中心，成為四面八方景仰膜拜的對象，成為掌握有超自然力量的主宰，並且能預言未來，能以無線電和整個世界聯絡並聆聽他人所有的對話。

心理學家還認為，人類無時無刻不在面臨自卑的壓力與挑戰，為了消除這種壓力，個人會發展出各種補償機制來戰勝自卑感，而其過分補償有可能導致優越感過剩，具體表現為自我感覺良好、自以為是、自命不凡，表現為目中無人、虛榮心強、不能反省自己、漠視他人。

對照袁術的一生，他剛好符合心理學揭示的這一切。

他就是一個自信心和優越感過盛的人，一個狂妄的自大者，一個集矯情與驕傲於一身的人。他不自量力，無法正確分析現在、把握未來，他的虛榮心極強，總想炫耀自己的門第出身，但又總顯得外強中幹。

優越感過剩就會產生寡恩刻薄、嫉賢妒能、相互拆台的情況，袁術的性格也如此，包括自己的哥哥袁紹在內，為了達到相互拆台的目的無所不用其極，對於孫堅、孫策這些為他的事業立下大功的人，他表現得寡恩而冷酷，對自己做出的承諾一變再變，讓人寒心。

不管怎麼說，袁術也像陶謙、公孫瓚、呂布一樣，先一步退出了歷史舞台。

相對於曹操、劉備等人，他們只能算歷史的配角。

至於袁紹，雖然他仍然活躍在舞台之上，雖然他氣勢如虹，勢頭如日中天，但他也是配角。

下一步，退出歷史舞台的就是他。

# 第八章 決戰前夜

## 暗夜裏的密謀

不到一年時間，呂布、公孫瓚、袁術相繼死了。

加上之前的陶謙，作為配角，他們都先一步退了場。

相對於他們，劉備的結局還算好，他跟着曹操來到許縣，除了擔任左將軍，曹操還以漢獻帝的名義給了他一個豫州牧的頭銜，但此時的豫州刺史部，大部分為曹操所控制，這個職務與左將軍一樣，只是個榮譽。

但不管怎麼說，劉備是曹操的客人，所以劉備在許縣的生活表面上還是風光的。早期追隨劉備的一些人，如關羽、張飛、簡雍、麋竺、麋芳、劉琰、陳到等人都隨劉備同行，在許縣期間唯一的新人是孫乾。

孫乾是青州刺史部北海國人，一代宗師鄭玄的學生，鄭玄和劉備的老師盧植是同學，說起來孫乾和劉備還有同門之誼。孫乾被鄭玄推薦到州裏任職，劉備在徐州時，任命他為州政府官員（從事），從此孫乾跟隨劉備。

除關羽、張飛外，其他人此時職務不詳，一種可能是在劉備的左將軍府或豫州牧府裏任職，但這種可能性似乎又不大，劉備的這兩項職務雖然顯赫，曹操卻不大會讓他真的開府治事，尤其是在戒備森嚴的許縣。

另一種可能是，他們這些人被分散在各官署中任職，關羽和張飛

以師長（中郎將）的身份領兵，除了他們以及陳到，其他人大多擔任着文職。

許縣是個是非之地，一切都在曹操的嚴密控制下。劉備知道自己目前的處境，所以來到許縣就閉門不出。劉備的老朋友孔融也在許縣，劉備連他都不見，避免曹操對自己懷疑。

劉備在自家院子裏指揮人種菜，種的是一種叫蕪青的菜。曹操派的密探來了，從門縫往裏看（窺門），想知道劉備在家幹什麼。劉備很老到，發現門外有人，但裝着沒察覺，該幹什麼幹什麼。

密探走後，劉備對張飛和關羽說：「我豈是幹種菜這種活的人？曹操必然會生疑，這裏不能再待了（曹公必有疑意，不可復留）。」

當天夜裏，他們打開後門悄悄逃出許縣，臨走前，把漢獻帝和曹操所賜予、贈送的衣物等全部整理好留下。

劉備一行逃出許縣，直接前往小沛，這裏是他多年經營的根據地。在此地，他重新聚合舊部，打出反曹的旗號。

還有的史書記載，曹操派手下人偷偷監視劉備，發現劉備在園子裏整理蔥（見其方披蔥），劉備指揮僕役幹活，僕役幹得不好，劉備生氣，拿着棍杖打那個僕役。

有人報告曹操，曹操說：「看來這個大耳朵家伙還沒有察覺（大耳翁未之覺也）。」

這也是劉備在演戲，他已發現有人監視，所以故意做給監視的人看，監視的人一走，劉備感覺不妙，連夜出走了。

其實，劉備之所以急於離開許縣，還不完全是因為曹操對他的監視，而是他牽涉進一樁大案，在事情沒有暴露前必須趕緊脫身。

這是一場預謀中的政變，發起人是董承。

之前說過，董承是漢獻帝的岳父，此時的職務是全國武裝部隊副總司令（車騎將軍）。董承還有另外一個特殊身份，他是漢獻帝的父親漢靈帝劉宏的生母董太后的姪子，算起來是漢獻帝的表舅，是貨真價實的「董皇舅」。

　　一開始，董承對曹操充滿了好感，在別人都往後退縮的情況下曹操挺身而出，使朝廷不至於陷入困頓或離散。但隨後，曹操大權獨攬的做法讓漢獻帝產生了反感。漢獻帝此時雖然不到 20 歲，但經受過的磨難已經很多了，他是個有遠大志向的皇帝，從地獄般的長安逃出來，在他的心中越來越強烈地渴望劉漢江山能在他手中重新振興。

　　如此一來，曹操和漢獻帝之間不可避免地產生了矛盾，就在不久前，還在曹操從徐州回師的途中漢獻帝突然發佈了一項人事任命，將董承由衛將軍擢升為車騎將軍。曹操把大將軍讓給袁紹後，自己一直代理車騎將軍的職務，漢獻帝把車騎將軍正式授給自己的老丈人，意味着曹操兼任的這個職務被免除了。

　　曹操通過司空抓行政權，通過車騎將軍抓軍權，還有一個算兼職的錄尚書事，抓朝廷的日常事務。車騎將軍的職務對曹操來說並不是擺設，沒有這個職務曹操直接指揮軍隊就有點兒名不正言不順了。

　　所以，漢獻帝的這項決定肯定出於自己的想法，沒有跟曹操商量過。他這樣做，可能是跟曹操置氣，對曹操獨攬大權不滿，也可能另有打算。

　　從這件事可以看出，漢獻帝與曹操之間的關係正在發生微妙的變化，而董承是漢獻帝最寄予厚望的人。

　　還有一點十分關鍵，那就是董承是武將出身，而且有一支自己的武裝。當初護駕東歸的幾個人中，張楊、楊奉、李暹等人先後謝幕了，而董承一直都在。

董承祕密籌劃着一場針對曹操的政變，他需要發展一批同志，而劉備是董承的重點發展對象。

印象中，劉備與漢獻帝劉協關係密切，幾乎所有人都知道，劉備是「劉皇叔」，也就是漢獻帝的叔叔。

根據這個說法，劉備來到許縣，見到漢獻帝，把自己的家世一說，大家都是一個大家族的，漢獻帝馬上跟劉備敍了敍家譜。

雙方共同的譜系可以從漢景帝開始算起，劉備於是跟漢獻帝一輩一輩往下敍，他們幾乎把每一代人的名字都提了一下，最後發現劉備比漢獻帝長一輩，漢獻帝很高興，立即認下了這個皇叔，並鄭重地行了叔姪之禮（帝排世譜，則玄德乃帝之叔也。帝大喜，請入偏殿敍叔姪之禮）。

但這其實是小說虛構的，真實的情況是，如果從漢景帝開始往下數，漢獻帝劉協是他的第 14 世孫，而劉備是漢景帝的第 19 世孫，劉備比漢獻帝低了 5 輩，所以任何一部嚴肅史書都不敢說劉備是當世「皇叔」。

在當時的政治氛圍下，劉備是不敢主動向漢獻帝表示親近的，即便曹操給了他許多這樣的機會，劉備也會謹慎從事。

還有一個說法，說劉備在許縣期間參加了一場漢獻帝舉行的狩獵活動，曹操攜劉備、關羽、張飛等人也參加了，狩獵過程中曹操輕慢漢獻帝，惹惱關羽，關羽要殺曹操，被劉備攔住。

這件事也是小說虛構的，推測一下不可能發生，因為劉備在許縣只待了三四個月，正面臨着各方面巨大壓力的曹操沒有時間更沒有心情去打獵，陪漢獻帝去打獵也不可能。

而且，劉備來許縣是春末夏初，離開時夏天還沒有結束，狩獵一般在秋天進行，沒有大夏天出去打獵的。

即使有這麼一場狩獵活動，劉備和關羽等人也參加了，在戒備森

嚴的環境裏，僅憑關羽一己之勇就想當場誅殺曹操，那也是開玩笑。

雖然劉備與漢獻帝的關係並沒有想像中的那麼親密，雖然劉備反抗曹操的意志也沒有想像中的那麼堅定和明顯，但董承仍認為劉備值得發展。

因為劉備也姓劉，是漢室的宗親，而從劉備與曹操的關係也不難看出，他與曹操其實並不是一條心。

在董承看來，劉備手裏尚有一定實力，他的人馬雖在小沛被打散，但收拾殘卒手下還有一些人馬，目前應該在關羽、張飛、陳到等人的指揮下，曹操想必對這些人馬看得很緊，也可能被分編於各部，可一旦有事，把這些人發動起來，就是一股力量。

所以，董承找到了劉備，策動他祕密除掉曹操，為了增加劉備的信任和信心，董承還拿出一份漢獻帝親筆寫的密詔，在這份密詔裏，漢獻帝直接表明讓劉備去誅殺曹操（漢獻帝舅車騎將軍董承辭受帝衣帶中密詔，當誅曹公）。

對劉備來說，這其實是一件棘手的事。

## 青梅煮酒論英雄

經過多年來的捶打磨煉，劉備成長得很快，他已不是意氣用事的小青年，他已經成長為一名成熟的政治家。

以劉備的眼光，不難看出董承的密謀勝算很小，許縣是個小地方，上上下下、裏裏外外都是曹操的人，周邊都是曹操的嫡系重兵，曹操的情報工作做得很細，可謂無孔不入，一旦泄密，參與的人都將萬劫難逃。

劉備此時也可以選擇向曹操告密，以換取曹操對自己的信任。但

劉備實在做不出來，一來他對曹操並無好感，如果能除掉曹操他也樂意為之；二來選擇告密就等於和漢獻帝作對，如果曹操一怒之下來個廢帝弒君，之後順勢把「功勞」往自己身上一推，那劉備可就成了千古罪人遺臭萬年了，這個劉備也不能做。

所以，劉備選擇了暫時不動（先主未發）。

可以理解為，劉備答應了董承，但沒有任何行動，既沒有去告發，也沒有再去聯絡他人，這大概也是劉備唯一能做的。

這樣可以拖一拖，但也拖不了太久，劉備不行動，董承還會聯絡其他人，一旦敗露，曹操會追查下去，結果還是一樣，為了這件事劉備恐怕每天都有如坐針氈的感覺。


劉備不行動，董承卻等不及了。

董承不斷發展新同志，他至少又成功發展了三個人：种輯，是個師長（越騎校尉）；王子服，是個副軍長（偏將）；吳碩，此時擔任朝廷參事室參事（議郎）。

這幾個人的背景史書中沒有詳細交代，從職務上看，种輯和王子服手裏大概也有一點兒兵權，而吳碩能經常接觸到曹操，別看他們名氣不大，但如果給他們機會的話，確實也能幹出驚天動地的大事來。

在動員王子服的時候，董承說：「郭汜當年只有幾百人，打敗了李傕的幾萬人，現在就看你我敢不敢幹了。過去呂不韋有了子楚之後得以富貴，現在我和你正是這樣（昔呂不韋之門，鬚子楚而後高，今吾與子由是也）。」

董承這裏提到的子楚，就是秦始皇嬴政的父親秦莊襄王，他曾在趙國做人質，後來在呂不韋幫助下成為秦國國君，秦始皇統一天下，追封其為太上皇。

但是，王子服聽完仍比較猶豫：「這事非同小可，而且咱們的兵力

也不夠啊！」

董承繼續給他打氣：「如果能殺死曹操，就能得到他的人馬，怎麼不夠（舉事訖，得曹公成兵，顧不足邪）？」

董承的計劃是給曹操來個斬首行動，曹操伏誅，他手裏人馬再多也群龍無首，漢獻帝出面徵調曹操的人馬，完全可行。

董承敢這麼想，並不是他的腦子進了水，東漢後期發生過多次政變，有宦官發起的，有外戚發起的，也有皇帝本人親自發起的，經常是以弱勝強，以不可能打敗可能，只要出其不意，再強大再堅不可摧的堡壘，瞬間也會轟然垮掉。

王子服已經有些心動了，又問：「在京師還有其他人參與嗎？」

董承直言不諱地告訴他：「長水校尉种輯、議郎吳碩都是咱的人。」

王子服最終被董承說服，雙方定下密謀。

在這裏董承沒有提到劉備，也許覺得身為左將軍的劉備與种輯、吳碩等人不同，身份更重要，所以先予以保密，也許是劉備長時間沒有動靜，董承已對他不抱太大希望。


對劉備來說，這段時間的心情想必比王子服等人緊張多了。許縣已經不能久留，儘快脫身是他唯一的出路。

正在劉備忐忑不安時機會來了，給劉備提供這個機會的，竟然是袁術。

當時袁術還沒有死，但在壽春這個「國都」裏實在待不住了，只好一把火燒了壽春的「皇宮」，之後前往大別山區的潛山投奔部下，卻被部下拒絕，走投無路之際袁術想到了袁紹，想去投奔。

袁紹派長子袁譚從青州動身南下迎接袁術，從大別山區北上青州，必須經過已是「曹統區」的徐州和兗州，曹操得到情報，決定派一支人馬前去截住袁術，不讓他北上。

劉備知道這個信息後，果斷向曹操提出，由他率兵執行這一任務。

按理說，曹操是不會答應的。

然而曹操答應了，還給劉備擺酒送行。

這是歷史上的一場著名飯局，雖然只有兩個人參加，但一樣非常有名。席間，幾杯酒下肚後，曹操突然意氣風發起來。

曹操對劉備說了一番很有名的話：「當今天下的英雄，依我看只有玄德你和我曹操罷了（今天下英雄，唯使君與操耳）。袁紹那些人，根本排不上號！」

這是誇人的話，劉備聽了卻心驚膽戰，手不由得一抖，勺子、筷子掉到了地上（先主方食，失匕箸）。

劉備是個聰明人，知道曹操最不放心什麼樣的人。

笨不怕，傻不怕，怕的是聰明過了頭，被曹操視為英雄的，危險係數顯然比傻子大得多。劉備到許縣後一直低調做人，遇事裝傻，種瓜種菜，目的就是不引起曹操的懷疑和防範。

劉備的失常行為曹操看在眼裏，好在這時，外面響起了震雷，劉備打圓場道：

「聖人說『迅雷風烈必變』，看來確實如此呀，一震之威，居然這麼厲害啊！」

這場酒桌上論英雄的片段，在史書裏確實有記載，只不過是不是以青梅煮酒已不得而知，經過小說的演繹，「青梅煮酒論英雄」的故事在後世流傳甚廣。


# 刺客在行動


劉備最終如願地領到了任務，率部在袁術北上的路上展開阻擊，隨他前往的有關羽、張飛、陳到等率領的人馬，這些都是多年追隨劉

備的舊部。

曹操對劉備並不完全放心，所以又派了一支人馬跟着劉備前往，由朱靈和路招率領。朱靈是袁紹的舊部，曹操在兗州期間朱靈曾奉袁紹之命率兵支援過曹操，一來二去就留在了曹營，路招的情況不清楚。此次行動由劉備統一指揮（曹公遣先主督朱靈、路招邀擊術），這是因為劉備的職務已經是左將軍，比朱靈、路招高得多。

程昱、董昭等人聽說曹操派劉備去下邳執行任務，趕緊跑來勸曹操收回命令，或者乾脆把劉備殺了。

程昱分析認為，放劉備走是個冒險之舉：「主公前面沒有解決劉備，考慮得很正確也很全面，是我們不能及的。但現在再讓他擁有兵權，他必然會生出異心（今借之以兵，必有異心）。」

新任冀州牧的董昭也同意這樣的看法：「劉備有大志，又有關羽、張飛為羽翼，他心裏到底怎麼想的很難說（備之心未可得論也）！」

曹操沒有採納他們的建議，而是說：「可是我已經答應他了（吾已許之矣）。」

聽口氣，曹操沒覺得這是件大事。


阻擊袁術這個任務是劉備主動爭取來的，他向曹操提出這個請求，說明他認為有把握讓曹操同意。

曹操同意，考慮的應該有以下幾點。

一是劉備對徐州、豫州一帶的情況最熟悉，對袁術也熟悉，去執行這項任務，是最合適的人選。

二是目前曹操的人手比較緊張，此時已到了建安四年（199年）夏天，袁紹那邊已開始了行動，袁紹還派人去聯絡劉表和張繡，想給曹操來個兩面夾擊，孫策所部主力也有北上的意圖。在曹操眼裏，到處都是敵人，他都得分兵應對，相對來說，阻擊袁術的任務次要一

些，能擋住最好，擋不住也改變不了大局，在派不出太多人馬的情況下，讓劉備去，利用他的名氣彌補人馬的不足，也是一個恰當的安排。

三是劉備雖然不一定可靠，但派朱靈、路招一同前往，可以起到監視作用，劉備如果有異心，也有應變之策。

四是大概曹操也分析過劉備有沒有冒險反叛的可能性，在曹操看來，這種可能性似乎並不大，在劉備的親眼見證下，自己消滅了比劉備勢力更大的呂布，呂布的下場劉備應該引以為戒。劉備也不可能與袁術合作，他跟袁術打過仗，在現在這種情況下還與袁術合作是一步險棋。

但是，至少還有兩件事曹操可能沒有料到。

一是劉備在許縣雖然待的時間不長，但並不是只在種菜、喝酒，劉備還參加了一場仍在醞釀中的政變活動，這件事一旦大白於天下，劉備就不得不反。

二是劉備雖然跟袁術關係不怎麼樣，但跟袁紹的關係卻不錯，二人素無恩怨，已經有過一些來往，只要找到了共同的利益點，隨時有站到一起的可能。

阻擊任務不複雜，很快完成了。

按理說劉備應該率部返回許縣，但劉備沒走。

這時，袁紹已完成兵力集結，準備向南運動，曹操不敢怠慢，也離開了許縣，親率主力北上迎擊袁紹。

一天夜裏，有幾個貼身衞士在徐他的帶領下突然闖進曹操的軍帳試圖行刺，這是一場蓄謀已久的刺殺活動，負責曹操保衞工作的許褚一直不離曹操左右，徐他等人害怕許褚遲遲不敢行動，今天許褚休息，所以他們身上藏着刀來殺曹操。

今天確實輪到許褚休息，他已經回到了住處，但心裏總覺得有什

麼事，於是又返回值班崗位（褚至下舍心動，即還侍）。

徐他等人不知道，進了曹操的營帳，突然看見許褚在那裏，大吃一驚，神色慌亂（入帳見褚，大驚愕）。許褚看到徐他等人的異常表現，覺得有事，立刻將他們擊殺。

現在最想刺殺曹操的恐怕是袁紹，買通曹操身邊的人把他神不知鬼不覺地幹掉，這個仗就好打了，甚至可以不打。

但是，曹操認為不是那麼簡單，所以他下令嚴格徹查。

不久，董承、王子服、种輯、吳碩等人密謀叛亂的事情敗露，所有參與這件事的人全部被誅三族，其中包括董承的女兒董貴人。

消息傳到徐州，劉備知道自己沒退路了。

曹操一定會繼續追查，遲早查出自己也是這場政變的參與者之一。劉備覺得只能跟曹操徹底撕破臉了。


## 張飛的戰地姻緣

漢獻帝建安四年年底，劉備在下邳殺了曹操任命的徐州刺史車冑，與曹操公開決裂。

朱靈、路招沒有阻止，推測起來，劉備可能在行動之前已經把他們打發走了。劉備可以假稱任務完成回軍，讓朱靈、路招先行，待他們離開徐州後就動手。

曹操怒火中燒，終於被劉備算計，讓他又惱又愧。

曹操一向識人很准，但在劉備的問題上他看走了眼，手下那麼多人勸他不要相信劉備，他都沒有聽，結果發生了今天這樣的大禍。

這件事非同小可，與袁紹決戰在即，兩翼的安全很重要，左翼關中，右翼徐州、兗州，兩邊都不能有閃失。

曹操費了好大的勁才消滅了呂布和袁術，保證了右翼的安全，如

果徐州輕易被劉備佔去，右翼就沒了，前面的努力也就白費了。

曹操的腦子裏甚至會立即浮現出一幅新的勢力版圖來，劉備在徐州站穩腳，南聯孫策，北聯袁紹，近聯臧霸、昌豨等泰山幫，呼啦就能聯成一大片來，許縣南邊的張繡、劉表趁火打劫，自己就被圍在了正中間。

這個仗，不用打就敗了。


曹操迅速做出部署，派出一支人馬去征討劉備。

但他派出去的人很奇怪，一個是劉岱，一個是王忠。

漢末有兩個劉岱，一個是關東11路聯軍之一的前兗州刺史劉岱，另一個就是這位。這個劉岱是曹操的老鄉，目前的職務是司空府祕書長（長史）。王忠是關中地區的扶風郡人，逃荒到了荊州一帶，聚眾襲擊劉表的部下婁子伯後投奔曹操，目前的職務是師長（中郎將）。

王忠後來還幹過一件恐怖的事——吃人。曹丕當皇帝后，王忠有一次隨駕出行，曹丕想跟他開開玩笑，就讓隨行的藝人（俳）找了些墳地裏的骷髏掛在王忠的馬鞍上，以此取樂。

現在派出去的這兩個人，一個是文職出身，一個是雜牌軍將領，讓他們去打劉備，夠嗆。

果然，劉備沒費多大勁兒就把劉岱、王忠打敗了。

之後，劉備還教訓他們：「像你們這樣的，來上幾十個、上百個又能把我怎麼樣？就是曹操親自來，結果怎麼樣也說不好（曹公自來，未可知耳）！」

敢臨陣起事，除考慮到董承事件外，劉備應該是經過周密思考的，他大概覺得趁着曹操在前線分不開身的時候正好大幹一場，勝算是很大的。

劉備可能認為，曹操無論如何都不敢分身來徐州，所以他佔據徐

州可以坐觀袁曹相鬥，趁機壯大自己。

如果是這樣，劉備確實走出了一步好棋，不僅一舉擺脫困境，而且可以迅速翻身，進可攻、退可守。

打敗曹操派來的人馬，劉備立即做出幾項決定，以左將軍的身份表奏關羽代理下邳國相，讓他守下邳（使羽守下邳城，行太守事），自己率張飛等人駐守小沛，做好與曹軍進一步周旋的準備。同時，派孫乾前往袁紹那裏聯絡，再次表明支持袁紹的態度，聯絡泰山幫以及徐州、兗州、青州一帶的反曹力量，結成聯盟。

袁紹此時正準備傾盡全力南下，志在必得，孫乾見到袁紹，表明來意，袁紹自然求之不得。聯絡泰山幫方面也有收穫，雖然臧霸仍然支持曹操，不願和劉備結盟，但泰山幫的二號人物東海郡太守昌豨被爭取過來，響應劉備。

有了昌豨的支持，劉備在下邳、小沛一帶的勢力迅速壯大，手下有了幾萬人馬（東海昌霸反，郡縣多叛曹公為先主，眾數萬人）。

這個數字不說是有水分，也多由烏合之眾組成，劉備的實力還沒有那麼大，不過造聲勢是足夠了。

劉備的宣傳發動工作做得很廣泛，不僅泰山幫，與徐州相鄰的豫州、兗州一帶有些地方官員也響應了劉備，其中包括豫州刺史部沛國銍縣縣長秦宜祿。

杜夫人的前夫秦宜祿奉呂布之命到袁術那裏搬救兵，後來跑了回來投降了曹操，被曹操任命為銍縣縣長。張飛到了銍縣，對秦宜祿說：「人家奪了你老婆，還讓你當這個破縣長（人取汝妻，而為之長），哪有這種難堪的事，還是跟我走吧！」

秦宜祿就跟着張飛走了，但只走了幾裏地就後悔了，想跑回來，張飛把他殺了。

張飛大概是奉劉備之命到豫州刺史部沛國一帶發展勢力的，這是

曹操的老家，說明這段時間劉備擴張的速度真的很快。

張飛在這裏還有了個人的收穫——他娶妻子了。

張飛在沛國期間，有一天領兵外出，在半路上遇見一位打柴的姑娘，十三四歲，長得特別漂亮，張飛看她是良家女子，就娶她為妻（飛知其良家女，遂以為妻）。

張飛的這個妻子，看起來是搶的，但張飛可能當時不知道，這個女子有着不凡的身世，她是夏侯霸的表妹，而夏侯霸是曹操手下重要將領夏侯淵的兒子。

夏侯淵就是沛國人，這個夏侯妹妹在兵荒馬亂之際怎麼還跑出來打柴？原因不太清楚，反正張飛就這樣把她帶走了。

夏侯妹妹是夏侯淵的表姪女，張飛就成了夏侯淵的表姪女婿。夏侯妹妹隨張飛南征北戰，後來為張飛生下一個女兒，這個女兒又嫁給了劉備的兒子劉禪，劉禪當皇帝后，張飛的女兒成為皇后。按這層關係算，劉禪是夏侯妹妹的女婿，也就是夏侯淵的表外孫女婿。

夏侯淵後來戰死在漢中，夏侯妹妹向劉備求情為她表叔安葬。再後來，夏侯霸在曹魏政治鬥爭中失利，被迫入蜀，劉禪接見了他，劉禪還把兒子叫出來與表舅夏侯霸相見。

劉禪指着兒子對夏侯霸說：「這是夏侯氏的外甥啊！」

夏侯氏和曹氏世代聯姻，再扯起來，劉備的孫子跟曹操的後代也有親戚關係。一次邂逅，製造了一起涉及幾大豪門的戰地姻緣。

現在，已經到了漢獻帝建安五年（200年）正月。

曹操決定親征徐州，對此大多數智囊和將領都表示反對：「和明公您爭奪天下的是袁紹，現在袁紹率主力剛到，您如果棄之不顧，去東面征討劉備，袁紹這時趁機抄我們的後路，到那時該怎麼辦（紹乘人

後，若何）？」

曹操不同意大家的看法：「劉備是天下豪傑，現在不打敗他，日後必是大患。袁紹雖然有大志，但他優柔寡斷，不會立即採取行動。」

曹操的想法得到了郭嘉的支持，郭嘉認為只要此次行動速度快，可以做到兩邊不耽誤。

曹操於是親率一支人馬直撲徐州。

劉備沒有料到局勢到了這種程度，曹操還有精力照顧他一下。當偵察兵向他報告說曹操親自來了，劉備大吃一驚，但還是不太相信（備大驚，然猶未信）。

劉備親自帶着幾十名騎兵到前面察看情況，看見了曹操的旗幟，於是連打一仗的信心都沒有，不戰而逃。

劉備手下大部分人馬都做了曹軍的俘虜，其中包括劉備的兩位夫人和關羽。對甘氏、糜氏來說，做俘虜快成家常便飯了，而關羽的被俘讓劉備損失巨大。曹操很喜歡關羽，升他為副軍長（偏將），待他很優厚。

劉備率張飛等殘部向北逃走，幸好之前聯絡過袁紹，現在只有去那裏了。

劉備在下邳起事，作為盟軍的袁紹卻在此次曹操征討徐州之戰中毫無作為，放任劉備被輕易消滅，似乎也不好理解，後世史學家對此做過兩點大膽假設。

一個假設是，此次曹操親征徐州是劉備主動挑起的，因為當時官渡前線戰場的形勢是袁強曹弱，在劉備看來曹操遲早要被袁紹擒獲（曹其必為紹禽），一旦那樣，自己即使掌握了天子，袁紹的勢力也會強大到不可控制，自己頂多做第二個王允，與其那樣，不如先袁紹一步挑起事端

另一個假設是，袁紹接到劉備的求援，沒有去救援劉備，也沒有

從曹操背後下手，擔心的是劉備把曹操打敗，再一舉把曹操殺了，勢必先於自己進入許縣控制天子（先主誅操入許而擁帝）。

正是劉備和袁紹各有打算，結果兩者互相牽制，最後讓曹操得利（兩相制，兩相持，而曹操之計和矣）。

不過，以劉備當時的實力和處境來說，他還想不到那麼遠。袁紹如果能打敗曹操，劉備是不會搞破壞的，因為那樣對自己並無好處。至於殺了曹操進而挾天子以令諸侯，劉備之前大概不曾想過，之後也不可能那麼去暢想。

劉備受攻，袁軍沒有來原因也簡單——時間太緊，根本來不及。曹操率領的是快速機動部隊，打的是時間差。


## 袁紹的兒子病了

解決完東邊的事，已經到了漢獻帝建安五年（200 年）年初，曹操重新回到了前線官渡。

官渡是位於鴻溝之上的一個渡口，鴻溝是溝通黃河水系與淮河水系的諸多人工運河之一。中國北方自古以來有兩大水系，即黃河水系和淮河水系，為方便交通，自戰國起人們就在兩河之間挖了很多人工運河，最後形成以鴻溝、汴渠、狼蕩渠等組成的運河體系，將南北水域連接在一起，成為溝通南北經濟和人員往來的水路交通要道。

漢末，這條水路兩岸依然很繁華，經濟、文化及軍事方面的重要性遠遠超過現在，鴻溝是其中最重要的一段。鴻溝大約呈西北至東南走向，當年楚漢相爭時曾以這條河為界，東西兩邊分別為項羽和劉邦佔有，留下了楚河漢界的典故。

袁紹的大本營是冀州刺史部魏郡的鄴縣，由此南下赴許縣有一條陸路交通大通道，它與鴻溝的交匯處就是官渡，具體位置在今河南省

中牟縣境內。

漢獻帝建安五年（200年）年初，曹操親自率兵東征劉備，很快得手，之後曹操不敢怠慢，立即回師，以防備袁紹即將發起的進攻。

劉備被打敗後無路可去，只得投奔袁紹。

離劉備最近的袁紹控制區是青州刺史部，劉備北上必須穿過曹操控制下的兗州刺史部，劉備所部被打散後，關羽被曹操俘虜，身邊只有張飛、麋竺、孫乾、簡雍、劉琰、陳到等人，不斷收攏一些殘卒，人馬只有數百。


這是一場生死考驗，只有越過兗州才能求得生存。

好在曹操這時已經把幾乎能調動的所有主力部隊都調到了官渡前線，兗州兵力薄弱。

曹軍在兗州的實際負責人是程昱，他以濟陰郡太守的身份為曹操把守東部防線。程昱還是一名軍長（振威將軍），但曹操此時能給他的只有700人，連個團長都不如。

曹操也覺得這700人實在太少，想從其他戰場擠一擠，再給程昱增加2000人，但程昱反對，曹操於是放棄了這個打算。

所以，當程昱發現劉備率一支人馬從他的防區北上時，並沒有輕易前去攔截。就這樣，劉備在建安五年（200年）二月到達了青州刺史部的轄區，青州刺史袁譚得到消息後率領一支人馬前來接應。

袁譚不僅是袁紹的兒子，和劉備之間還有一層特殊關係。

劉備擔任豫州刺史時曾推舉袁譚為茂才，按照當時的習慣看法，這種關係類似於師生之誼（青州刺史袁譚，先主故茂才也）。

劉備為什麼推舉袁紹的兒子為茂才？這是因為茂才、孝廉必須由祖籍所在地行政長官推舉，袁氏祖籍汝南郡屬豫州刺史部。

袁譚把劉備接到了青州刺史部的平原國，這裏是劉備曾經戰鬥過

四年之久的地方。

隨後，袁譚立即派人到鄴縣向袁紹報告。


在曹操閃擊徐州時，袁紹有一次絕佳的進攻機會。

曹操嘴上說不怕袁紹趁機進攻，但心裏還是發虛的，所以顧不上追擊劉備趕緊回來了。袁紹手下自然也有人看出了其中的機會，田豐就力勸袁紹立即出擊許縣，打曹操一個措手不及。

奇怪的是，袁紹對田豐的建議不說行，也沒說不行，就是沒行動。

田豐多次催促，袁紹仍然不動，他還給出了一個奇怪的理由，說兒子有病，再等等看（紹辭以子疾）。

袁紹有三個兒子，袁譚是長子，次子叫袁熙，三子叫袁尚。袁紹消滅公孫瓚後任命三個兒子以及外甥高幹各負責一個州，袁譚為青州刺史，袁熙為幽州刺史，袁尚為兗州刺史，高幹為并州刺史。

按照嫡長子繼承制，袁譚應該是袁紹的接班人，但袁紹和他的妻子劉氏更喜歡最小的兒子袁尚，所以接班人問題一直沒有明確下來。袁紹的說法是，給這幾個孩子提供一個平等競爭的機會，看看他們誰的才能更強。

對此大部分人表示反對，沮授對袁紹說：「一個兔子跑到街上就會有許多人追它，有一個人把它捕住了想逮它的人就會住手，因為這只兔子已經有主人了。希望您能看一看前人失敗的教訓，想一想逐兔分定的含義。」

但是袁紹不聽，沮授大失所望，對人說：「大禍就要從這裏開始了（禍其始此乎）！」

沮授的話並非危言聳聽，因為在一般人的心裏，嫡長子繼位是亂不得的，不管老大多笨多傻，都輕易不能另立他人，否則就會引起混亂。這種混亂，放在普通百姓家裏頂多是摔幾個碗、砸幾口鍋，但在

君王家裏，就足以引起時局的動盪。

袁紹已經是一方諸侯，他的家事已不再是普通人的家事，而與這幾個州的數百萬人的前途命運息息相關，所以沮授才那麼着急。可惜的是，袁紹看不到這一點，以為家事就是自己家裏的事，與外人無關。

袁紹打破常規的舉動果然在部下中造成了混亂，審配、逢紀等人看到袁紹偏愛袁尚，就開始聚攏到袁尚周圍；而辛評、郭圖支持袁譚。派系就此形成，並愈演愈烈。

一個集團裏一旦有派系，派系的利益就會凌駕於集團整體利益之上，就會不惜犧牲集團的利益以換取少數人的利益，歷史上很多有前途的集團都是這樣走向覆滅的。

田豐建議袁紹抓住機會南下，雖然是一個高明的謀略，但沒有得到其他人的支持。袁紹以兒子有病為藉口把田豐的建議擱置了，田豐很生氣，用手杖敲着地說：「這麼好的機會，卻因為小兒子生病而失去了，真可惜呀！」

其實袁紹並不愚蠢，否則他早就被公孫瓚消滅了，他之所以沒有採納田豐的建議，兒子生沒生病恐怕並不是主要原因，有沒有勝算才是關鍵。

大概在袁紹看來，這一仗是實力的較量，作為明顯佔優的一方，沒有必要通過突襲這種冒險的方式打亂整個戰役部署。


## 龍蛇之年元城會

就在這時，袁紹接到了袁譚的報告，說劉備到了平原國。

袁紹大喜，命令袁譚護送劉備速來與他會合。袁紹對劉備很重視，派人一路相迎（紹遣將道路奉迎）。

這時袁軍終於完成了集結，已經開始向南進發。為了節約時間，

也為了表示對劉備到來的隆重歡迎，袁紹讓大軍一邊南下，自己則由鄴縣向東去迎劉備，一口氣走出了 200 里（身去鄴二百里，與先主相見）。

這個禮儀夠隆重的，一方面是劉備的面子大，另一方面袁紹還有別的打算。

之前，袁紹曾派袁譚去接大學者鄭玄，想讓鄭玄隨自己一同出征。袁譚接到鄭玄，走到元城這個地方，也就是今河北省大名縣，鄭玄病了。

漢代 200 里約合今 70 千米，鄴縣以西 70 千米正是元城，袁紹在元城迎接劉備，同時也為了看望病中的鄭玄。

作為當代最知名的學者，鄭玄是天下讀書人心中的一個標杆。

鄭玄曾應何進的徵辟到過洛陽，何進失敗後鄭玄回到了家鄉青州刺史部的北海國居住，聚眾講學，研究經術，著書立說。他的名氣實在太大，從四面八方投到門下的有 1000 多人，日後有名氣的學生有趙商、崔琰、公孫方、孫乾、王基、國淵、郗慮等人。

北海國是袁紹控制的地盤，袁紹經常把鄭玄拉來參加聚會，出席各種活動，為自己撐門面。鄭玄在洛陽就認識袁紹，對於這個比他小得多的政壇名人他並沒有太多好感，但出於無奈，也不敢駁袁紹的面子。


一次，在袁紹主持的聚會上，大家聽說鄭大師要出席，一些自認為肚子裏有點兒學問的人不禁躍躍欲試，精心準備了一些問題想為難鄭玄一下，順便讓自己出名。

沒想到，鄭玄對所有問題都對答如流，知識之淵博、思路之敏捷讓人歎為觀止，大家無不折服。

整天迎來送往、鈎心鬥角，只是抽空看兩眼書，也敢叫板每天都

鑽在書堆裏只是偶爾出來喝回酒的鄭大師？

鄭玄給大家上了一課。

袁紹還以冀州牧的名義推薦鄭玄為茂才，並表奏他擔任師長（左中郎將）的職務。袁紹的想法有點幼稚，如果鄭玄接受，袁紹就成了鄭玄政治上的恩主，這雖然是別人巴不得的好事，但對鄭玄不好使，在此之前，被鄭玄拒絕過的類似薦舉已多達 13 次。

後來，漢獻帝在許縣徵召天下名士，詔書也到達北海國，漢獻帝還派來一輛專車，接鄭玄到許縣就任農業部部長（大司農）。鄭玄這次答應了，不為別的，能擺脫袁紹的騷擾也值得一去。

但動身不久鄭玄就感到身體不舒服，病了。

這一年是農曆的庚辰年，也是龍年，次年是辛巳年，也是蛇年。按照五行學的說法，每遇龍蛇之年會對聖人不利。

鄭玄於是請求告老還鄉，他雖然沒有正式就任大司農，但後世一般稱他為鄭司農。

這時鄭玄已經 74 歲了，在當時這已是絕對的高齡，他感覺身體越來越不適。這年春天，鄭玄夢見了孔子，在夢裏還跟他說了話。對五行學、易學也深有研究的鄭玄把這個夢與龍蛇之年聯繫在一起，總覺得預示自己將不久於人世，於是心裏悶悶不樂。

這時，青州刺史袁譚親自來到高密縣，要接他到鄴縣去，鄭玄以為袁紹又讓他陪酒吃飯，有點不想去，但小袁的態度很堅決，不去不行。


鄭玄只得收拾行李，隨袁譚出發。

但鄭玄病倒在了元城，只得停在那裏。

鄭玄跟劉備也有一些淵源，劉備的老師盧植和鄭玄是同學，論起來鄭玄是劉備的師叔。劉備手下的孫乾還是鄭玄的學生，說起來大家

都是熟人。

袁紹與劉備相見的地方應該就是元城，此前他們二人並不相識，但早已互聞大名，所以格外親熱，袁紹、袁譚對劉備也十分敬重（紹父子傾心敬重）。

此時，身在官渡前線的曹操經常發作頭疼病，內心充滿緊張苦悶，而這邊袁紹、劉備等人陪着鄭大師相會於元城，少不了談經論儒，互道寒暄，氣氛熱烈而輕鬆。

之後，袁紹攜劉備等一行由元城返回鄴縣，未做太多停留，立即南下。

四個月後，鄭玄病逝於元城，臨終前還在註釋《周易》。

在軍情相當緊急的當口，袁紹為什麼還要關照一下鄭玄呢？

袁紹這麼做是有深意的，他讓鄭玄陪他南下有重要安排。

這一仗袁紹志在必得，此行不僅帶上了全部主力，還帶着大量圖書典籍，其中不乏關於典章制度方面的資料，顯示出袁紹不僅着眼於這一仗能否打贏，而且已經開始考慮打贏之後的事。

袁紹已經在規劃打敗曹操之後，他就立即接管朝廷，如果漢獻帝肯合作，就還讓他當這個傀儡皇帝，如果不願意合作，就另立其他人。

讓鄭玄同去，着眼的是未來新政權的輿論工作和典章制度建設。


## 曹操的高血壓

袁紹看得比較遠，為做好此次南征，他還讓大筆桿子陳琳撰寫了一份檄文，向各郡縣發佈。

這份檄文約 1300 字，陳琳下了很大功夫，痛揭曹操的黑史，從曹操的爺爺曹騰開始寫起，羅列了曹操的數條罪狀：

一是曹操的祖父故中常侍曹騰與左悺、徐璜等宦官均屬妖孽，禍

害百姓。曹操的父親曹嵩是乞丐家的養子，大權在握後經常幹貪贓枉法的事。至於曹操本人，是典型的「贅閹遺醜」，無才無德，而且好興兵作亂。

二是曹操幾次陷入危機，都是袁紹出手相助，但曹操不思報答，反而趁機發展勢力，攻擊袁紹。

三是曹操喜歡亂殺人，原九江郡太守邊讓是天下名士，因為不阿附曹操，被他殺害，士林無不憤怒。

四是漢獻帝東歸時，袁紹自己受制於公孫瓚無法脫身，派從事中郎徐勛前往曹操處傳達命令，讓他保護鑾駕，修繕郊廟，但曹操卻趁機專制朝政，令百僚鉗口，公卿以下都成了擺設。

五是故太尉楊彪享有極高威望，曹操因為個人恩怨，隨意治罪，根本不顧憲章。議郎趙彥忠諫直言，引起曹操反感，擅自殺害，也不向天子報告。

六是曹操設置發丘中郎將、摸金校尉等官職，專門幹盜墓的勾當。

七是曹操統治殘暴，兗州、豫州百姓無不怨聲載道，曆觀古今書籍所載貪殘虐烈無道之臣，沒有超過曹操的。

八是袁紹與公孫瓚交戰，公孫瓚被圍一年多，曹操趁其未破，偷偷地寫信給公孫瓚，想與他勾結，共同謀害袁紹。

檄文是專門為征戰討伐造勢用的，能把敵人說得多壞就多壞。袁紹曾經被公孫瓚的檄文罵過，但對照一下，這篇檄文寫得更有氣勢，殺傷力也更強。

這篇檄文沒有空洞的口號，而是將論點與論據結合起來，說得有理有據，同時大肆爆料，專抖曹操的黑史。

文中所說曹操殺邊讓、徐勛傳達袁紹命令、曹操設盜墓機構、祕密聯絡公孫瓚等事，是別的史料中未見或少見的。一種可能是，袁紹

在造謠，無中生有、顛倒黑白；另一種可能是，確有其事。

無論真假，這些材料經過陳琳這個大筆桿子的加工，曹操的黑史立即傳佈四方，在當時就已造成了極為廣泛、極為深遠的影響，曹操在後代常被人詬病，很多素材也出自這裏。

文中把曹操稱為「贅閹遺醜」，雖屬人身攻擊，不值得提倡，但也成了一句很著名的話。這種把曹操一家三代人合在一起攻擊的罵街作風，經過陳琳的文字包裝，倒也顯得文采飛揚，很有氣勢。

曹操當時正為眼前的戰事傷神，偏頭疼的毛病又犯了，看了老朋友陳琳寫的痛罵自己的文章，脊背上開始冒冷汗，腦袋居然一下子不疼了。


關於曹操的頭痛病，史書專門有記載，稱為頭風。

站在中醫的角度看，頭是諸陽交匯之處，五臟精華之血、六腑清陽之氣都注於頭，頭痛如果經久不愈就是病症，病因可以分為外感、內傷以及經絡瘀阻等方面。這是中醫的說法，如果按照現代醫學來看，引起頭痛的疾病可能是青光眼、腦腫瘤、腦血栓、腦供血不足以及高血壓等。

曹操此時 45 歲，正值壯年，他頭痛的毛病就是在這時開始發作的，並從此落下了病根，一直伴隨了他 20 多年，中間時斷時續。根據這個狀況來判斷，曹操可能得了高血壓，不過也有人認為他得的是腦腫瘤。

曹操的壓力確實太大了，為了排解壓力，轉移頭疼帶來的痛苦，在官渡前線緊張的日子裏，在夜深人靜沒有軍情的時候，他就用閱讀《孫子兵法》來紓解心緒。

在閱讀的過程中他還開始了對《孫子兵法》進行註解的工作，在曹操之前這項工作還很少有人做過。在註解中，他就一些問題發表了

自己的見解，或者對不易理解的地方進行闡釋。

現在能看到的曹操註解的《孫子兵法》約有 300 條，這項工作完成於何時，主要判斷依據是註釋中所列舉的戰例，曹操在註解中列舉了擒呂布、平徐州等戰例，再往後就沒有了。

曹操的後半生每年都在打仗，他親身經歷的很多戰事都可以成為經典戰役教材，比如馬上要發生的烏巢之戰，就可以作為《孫子兵法》火攻篇的最好註解。但在這 300 多條註解中卻沒有提及烏巢之戰及其以後的所有戰役。根據這些情況判斷，曹操對《孫子兵法》的註解工作應該完成於擒呂布之後、火燒烏巢之前，也就是官渡之戰期間。

在《孫子兵法》的各篇中，曹操對前面幾篇註解得都很詳細，越往後面越少，最後幾篇可以說草草結束了，說明他開始想認真註解一下，但隨着自己越來越忙，這件工作也受到了影響。

以後曹操應該還有時間重新做這項工作，把自己一生親身經歷過的戰事寫進對《孫子兵法》的註解裏，但他沒有這麼做，這成了一個遺憾。

但是即使如此，曹操對《孫子兵法》的註解工作也受到了後世的推崇，在歷代難以計數的《孫子兵法》注家中，有 11 位大家被公認為最權威，曹操排第一。


## 張繡的意外舉動

袁軍雖然大舉南下了，但對這次南征內部仍然有爭論。

袁紹的主要謀士旗幟鮮明地分成了鷹派與鴿派兩個陣營，鴿派反對袁紹出兵，他們認為連年征戰，百姓已經苦不堪言，現在應該發展生產，積蓄力量，可以用三年時間而不是畢其功於一役來打垮敵人（三年之中，事可坐定也）。

這個看法遭到鷹派的反對，鷹派認為現在正是最佳的戰略機遇，機會稍縱即逝，不能慢慢拖着，應該一舉擊敗曹操，否則等曹操勢力更加壯大收拾他就難了。

鴿派的代表人物是沮授、田豐，鷹派的代表人物是審配、郭圖。

對於鷹派的言論，沮授反駁道：「救亂誅暴是義兵，恃眾憑強是驕兵，驕傲的軍隊最先失敗。曹操迎奉天子，定都許縣，現在率兵攻打他是不義。曹操推行法令，訓練軍隊，情況跟公孫瓚完全不一樣。現在發動沒有理由的戰爭，而放棄最安全可靠的策略，我真感到擔心。」

沮授搬出了戰爭的正義與非正義論題，扯得有點遠，聽起來冠冕堂皇，但在現實局面下卻顯得蒼白空洞。沮授和田豐之所以不願意打是因為他們有自己的想法，他們代表的是冀州本土人士普遍的觀點，本土派都不希望打，就像當年兗州人士不支持曹操打徐州一樣。而審配、郭圖這些外來戶普遍贊成打，他們心裏默念的就是打回老家去。

袁紹也是一個外來戶，所以他最終採納了鷹派的觀點。公孫瓚滅亡後，袁紹心裏統一天下的想法越來越強烈，甚至有點等不及了。

袁紹不僅組成了南下兵團向黃河一帶開進，還做了很多戰爭準備，其中最重要的就是連續派出多路使者，拉攏同盟軍，從而建立起一條統一戰線，給曹操搞出一個包圍圈。


袁紹拉攏的人主要是南陽郡的張繡、荊州的劉表和江東的孫策。

派往南陽郡的使者最先到達，見到了張繡，陳述了袁紹的主張。袁紹深知賈詡在張繡面前的分量，所以專門給賈詡寫了信，派使者暗中去做賈詡的工作（袁紹遣人招繡，並與賈詡書結援）。

張繡看到袁曹大戰一觸即發的形勢，在他看來，也許想都不用想應該站在袁紹這一邊，不僅因為袁紹的勢頭更猛，而且因為他與曹操之間是敵人，曹操已視自己不共戴天。

所以，袁紹的使者說明來意，張繡當場就準備答應，但就在這時，賈詡說話了。

賈詡當着張繡的面對袁紹的使者說：「請回去轉告袁本初，兄弟尚不能相容，又怎麼能容天下人呢？」

張繡聞言大吃一驚，不由得脫口而出：「這話怎麼說的呀！」

但張繡一向聽賈詡的，知道凡是聽了賈先生的話准沒錯，不聽准吃虧，所以這一次仍然按賈詡的意見辦了。

打發走袁紹的使者，張繡心中的疑問仍沒有消失，問賈詡：「既然這樣了，下一步該怎麼辦？」

賈詡的回答讓張繡十分吃驚：「投降曹操！」

張繡以為是自己聽錯了，問賈詡：「袁紹強大曹操弱小，我們又與曹操互為敵人，怎麼能歸順他呢？」

賈詡說出了其中的理由：「曹操奉天子以令天下，這是第一條理由；袁紹強大，我們弱小，在這種情況下歸順他，必然不會重視我們，曹操弱小，得到我們必然欣喜，這是第二條理由；有霸王之志的人，肯定會把個人恩怨放在一邊，而讓普天之下都知道他的寬容，這是第三條理由。希望將軍不要再遲疑！」

經過賈詡一分析，張繡認為也有道理，於是決定投降曹操。

這是一個非常大膽的決定，曹操只有如賈詡分析的那樣，是一個胸懷遠大志向、把個人恩怨拋於腦後的人，這項決定才不會後悔。張繡投降袁紹，基本上不用擔什麼風險，而投降曹操，則面臨着生死考驗。

所幸的是，一向料事如神的賈詡在這個重大問題上依舊保持了他一貫的正確，曹操在官渡前線聽說張繡投降自己，驚訝之餘，頓時感到欣喜若狂。

為了表達誠意，張繡親自攜賈詡到前線面見曹操。

曹操拉着張繡的手不放，這個人曾經差點要了他的命，而且欠他一個兒子、一個姪子加一員愛將的命，是一個他做夢都想誅滅的敵人。張繡現在就站在他的面前，只要他願意，可以輕而易舉地完成復仇的想法。

但是，現在曹操已經不那麼想了，所有的仇恨頃刻間瓦解，因為他真的很高興。

曹操設宴款待張繡和賈詡，任命張繡為軍長（揚武將軍），封列侯，將張繡帶來的人馬就地編入官渡前線兵團。為了打消張繡的顧慮，曹操主動提出兩家結為兒女親家，讓自己的兒子曹均娶張繡的女兒為妻。

曹均是曹操的夫人周姬所生，後來過繼給曹操之弟曹彬，曹丕當皇帝后封這個弟弟為樊安公。

對於賈詡，曹操更喜歡。

雖然這是一個可怕的對手，讓自己連吃了三次苦頭，但今天終於得到了他，曹操有如獲至寶的感覺。曹操拉著賈詡的手說：「是先生您讓我在天下人面前增添了信譽呀！」

曹操以漢獻帝的名義封賈詡為都亭侯，給他安排的職務更高，委任他為執金吾，這是部長級的高官，負責宮外的安全保衛工作。

但這只是個虛職，曹操不會讓賈詡在許縣給漢獻帝站崗，委任賈詡一個很高的榮譽性職務，目的是先把他從張繡身邊挖過來，他要把賈詡留在自己身邊。

董昭改任徐州牧後冀州牧一職空缺，曹操於是任命賈詡為冀州牧。

## 劉表另有打算

張繡主動來降，曹操不費一兵一卒居然解決了懸在心頭很久的一

道難題。

但是，對南邊的形勢曹操仍然不敢鬆氣。

因為南邊還有一個劉表。

如果袁紹現在是老大，曹操勉強算個老二，那劉表就是當之無愧的老三。

老大跟老二鬥，理論上坐收漁利的是老三，但很多歷史經驗都表明，老三也最容易受傷。所以，對即將發生的袁曹決戰，劉表這個「老三」內心也是相當緊張的。

二虎相爭必有一傷，但也必有一勝，誰打贏了這一仗，誰就是北方的霸主，也是天下實力最強的人，到那時不管願意不願意，自己都得跟他打交道。儘管現在與誰聯合決定權在他，但這是一個賭博，一旦押錯了寶，今後就被動了。

然而，劉表對於究竟支持誰一直猶豫不決。

袁紹派人也來到了襄陽，向劉表表達了希望結成同盟共同對付曹操的想法（**紹遣人求助**），劉表沒有拒絕，口頭上答應了，但並不做任何實際行動。他雖然更看好袁紹一些，但也不敢十分確定，萬一最後贏的是曹操呢？現在，他只準備坐山觀虎鬥，保存實力要緊。

這反映出劉表在戰略上的游移，更反映出劉表的私心。


劉表如果真心支持其中的一方，無論是袁紹還是曹操，那另一方基本就完了。如果支持曹操，袁紹在人馬、地盤上的優勢將被逆轉；如果支持袁紹，就給曹操來個前後夾擊，曹操將被包圍。

如果劉表拿出真誠與人合作，大局基本就定了。

但在劉表內心深處更關心這場決戰後的事，無論誰打贏，對他都不是好消息，最符合他的戰略利益的局面是，敗的慘敗、勝的慘勝，他好坐收漁利。

但是，這個策略受到一些部下的反對，劉表的副州長（別駕）劉先以及原來在朝廷裏擔任過天子高級侍衛（從事中郎）的韓嵩都勸劉表說：「豪傑並爭，兩雄相持，天下之重在於將軍。將軍如果想有所作為，可以乘此機崛起；如果不然，也應該選擇其中的一方給予支持（固將擇所從）。將軍擁有 10 萬之眾，怎麼能坐而觀望呢？」

在他們看來，劉表應該選擇曹操：

「看見賢能的一方卻不出面相助，袁本初和曹公必然都會埋怨將軍，中立的想法只是一廂情願（此兩怨必集於將軍，將軍不得中立矣）。

「曹公是個明是非、有遠見的人，天下賢俊紛紛歸附，他必然會打敗袁紹，之後就會舉兵來取江漢，到那時恐怕將軍您無法戰勝他。替將軍考慮，不如率荊州人馬歸附曹公（不若舉州以附曹公），曹公必然尊崇、敬重將軍，長享福祚，垂之後嗣，這才是萬全之策！」

榜樣的力量是無窮的，曹操善待了一個張繡，馬上引起了後續效應，就連劉表的手下都認為應該走張繡的路。

劉表事業上的重要支持者、老朋友蒯越也持這種觀點，他也建議劉表率部投降曹操，這讓劉表很猶豫（表狐疑）。


蒯越、劉先、韓嵩等人看好曹操，與其說曹操更有魅力，不如說天子更有號召力。

劉先的履歷不詳，但他對漢室的典籍制度非常熟悉（明習漢家典故），韓嵩、蒯越曾在朝廷任職，對漢室懷有深厚感情。他們這些人未必多麼喜歡曹操，但對漢獻帝是擁戴的。袁紹興兵討伐曹操，在他們看來討伐的是漢室，當然反對。

在這種情況下，劉表決定派人到曹操那裏走一趟，觀察一下那裏的情況，之後再做決定。

派誰去合適？劉表想了想，決定就派韓嵩去。

劉表把韓嵩找來，對他說：「現在天下未定，曹操擁天子於都許，先生替我去看看那裏的虛實（**君為我觀其釁**）。」

韓嵩卻不願意走這一趟：

「聖人達節，其次守節。我韓嵩是守節之人，事君為君，君臣名分早已確定，我願以死相守。現在派我出使北方，只要是將軍您的命令，即使赴湯蹈火也萬死不辭。

「不過，在我看來曹公是個很英明的人，必然得天下。將軍如果能上順天子、下歸曹公，必能享百世之利，而我荊州也會因此得福，如果是這樣，派我去沒問題。

「但是，如果主意還沒有拿定，我去京師，天子一高興給我一官半職的話（**天子假嵩一官**），我接受了就成為天子之臣、將軍之故吏，不能再為將軍您盡忠了，請您慎重考慮！」

言外之意，想投降就乾脆點兒，沒這打算，跑一趟純粹多餘。

劉表還以為韓嵩害怕出使，非讓他去不可（**表以為憚使，強之**）。韓嵩無奈領命，臨行懇請劉表記住他說的話，無論發生什麼事都不要懷疑自己的一片忠心（**勿負嵩**）。

漢獻帝建安五年（200年）年初，劉表的特使韓嵩一行北上，在官渡見到了曹操。

曹操對韓嵩一行十分熱情，給予了盛情接待。

韓嵩對曹操和曹軍也有了深刻的印象，之後他又去許縣拜見了天子，在曹操的授意下，漢獻帝拜韓嵩為部長級的高級顧問（**侍中**），韓嵩大概不願意接受，表示想回荊州，漢獻帝於是改任他為荊州刺史部零陵郡太守。

韓嵩回到襄陽，向劉表匯報所見所聞，對曹操大加讚揚，並勸說劉表送兒子到許縣做人質，以證明自己的誠意（**深陳太祖威德，說表**

遣子入質）。

韓嵩的話劉表特別不愛聽，不過沒發作。

這天，劉表通知大家開會，來參加這次會議的有數百名部屬（**大會僚屬數百人**），會場上還安排了帶着兵器的軍士，讓人感覺這次會議非同一般。會上，劉表突然發難，對韓嵩加以指責，認為韓嵩懷有二心。

劉表越說越激動，拿出天子頒發給自己的符節，意思是要斬殺韓嵩。眾人被嚇壞了，有好心人趕緊勸韓嵩，讓他給劉表主動認個錯。

韓嵩不幹，對劉表說：「將軍有負我，我不負將軍！」

韓嵩就把自己臨行前跟劉表的對話說了出來，劉表的面子掛不住了。

劉表非殺韓嵩不可，誰都勸不住，最後，有人情急之下搬來了劉表的妻子蔡氏。

劉表未必像呂布一樣是個「妻管嚴」，但妻子蔡氏的話在他面前很好使，因為蔡家是荊州大族，葉大根深，劉表能坐穩荊州，蔡家起了很大作用。

蔡氏也勸劉表說：「韓嵩在荊州深得民望，他所說的也是出於忠心，殺他沒有罪名啊！」

劉表只得收起盛怒，為了給自己找個台階下，下令囚禁韓嵩，同時審問和韓嵩一同出使曹營的有關人員。審問後也沒有發現什麼不妥行為，韓嵩這才撿回一條命。

這件事也就這麼平息了，不過此後勸劉表投降曹操的建議，沒人再敢提了，劉表繼續他原先制定的策略，對袁紹那邊儘量敷衍，答應結成同盟卻不做任何實質性的動作，對曹操不和不戰，繼續保持中立。

劉表突然問罪韓嵩，表面看來是疑心病犯了，看到韓嵩不加掩

飾地稱讚曹操，加之他接受了漢獻帝的任命，心裏很不痛快，所以發難。劉表雖外貌儒雅，但內心多疑忌，這樣的事發生在劉表身上並非一件兩件。

但是，實際上也許還有更深層次的原因。

作為舉足輕重的一方諸侯，劉表一開始的想法就是坐山觀虎鬥，誰都不支持，誰也不反對。投降曹操或袁紹，對於蒯越、韓嵩等人來說是無所謂的事，但對劉表來說差別就大了。

自己當老闆掙得再少也是老闆，給別人打工掙得再多也是個打工仔，劉表不糊塗。若干年後孫權也面臨了同樣的問題，孫權手下大多數人也如韓嵩、蒯越一樣主張投降，而孫權寧可冒滅亡的危險也不願意投降，道理相同。

劉表想中立，但韓嵩、劉先等人都勸他投降曹操，也許勸他的人還有不少，尤其是蒯越這樣的地方實力派，他的意見劉表不能置之不理，無奈之下，他派韓嵩到曹操那裏走一趟，說是考察情況，實際上是做給「親曹派」看的。

韓嵩是「親曹派」的一員，他考察的結果早在劉表意料之中，劉表向他發難其實是早就想好的，因為如果他對韓嵩不滿意，可以把韓嵩叫到辦公室裏來談話，也可以把他交給有關部門審查，完全沒有必要當着手下數百人的面進行。

劉表此舉，正是明告那些有同樣想法的人給我閉嘴。


## 袁紹想打回老家

被袁紹寄予厚望的兩路盟軍，一路投靠了曹操，一路態度消極，袁紹渴望給曹操來個包圍圈，這個計劃看來要歇菜了。

不過，袁紹拉攏的對象還有其他人，他的老家汝南郡也是一個重

點目標。

攤開地圖，可以看到汝南郡緊鄰許縣所在的潁川郡，位於許縣的東南方向，是曹操的後方。袁氏在汝南郡一帶很有影響力，如果能把這個地方策反過來，等於在曹操肋骨上頂了一把刀。

曹操在汝南郡的主要負責人是李通，他的職務是副軍長（裨將），為了策反他，袁紹給出很高的價碼，直接任命李通為南部戰區司令（征南將軍），刻好了印章，準備了綬帶，由使者帶給李通。

連升三級都不止，但面對袁紹的厚禮，李通卻堅定地站在曹操的一邊。

只是李通的親戚及一些手下主張投靠袁紹，他們看到袁紹勢力強大，擔心曹操沒有多少勝算。爭論得相當激烈，李通的親戚和手下人都很生氣，苦口婆心地勸他。

李通手按着劍，厲聲說道：「曹公是明哲之人，必定會贏得天下。袁紹雖然表面強盛但能力有限，最終一定會成為曹公的俘虜。我意已決，至死都會不改變（吾以死不貳）！」

李通殺了袁紹派來的使者，把使者首級以及袁紹給他的征南將軍印綬呈報給曹操。

汝南郡是袁紹的老家，聽說袁紹就要殺回來，社會上謠言亂飛，人心浮動。趙儼在汝南郡當朗陵縣縣長，李通和他關係最要好，遇事常一塊商量。

李通找趙儼商量辦法，趙儼對李通說：「現在形勢很嚴峻，人心惶惶，徵戶調一事如果照常進行的話，會不會激起叛亂？」

徵戶調就是徵稅，曹操的大軍在前線打仗，開銷很大，雖然搞了一些屯田，但目前主要的財政來源還是稅收。

李通也看到了這個問題，但他有顧慮：「曹公與袁紹相持甚急，有的郡縣正準備叛亂，如果我們不送戶調的話，會不會有人說我們也在

觀望？」

趙儼不同意他的看法，認為：「你考慮的也不是沒有道理，但事情應該分清輕重。現在還是應該暫時不徵，我替你去解釋。」

趙儼給荀彧寫信，說明了情況。荀彧立即轉報了曹操，曹操下令不僅暫停汝南郡的徵調，還把前面徵收的發還給縣民，上下皆大歡喜。

在李通、趙儼等人的努力下，汝南郡的形勢慢慢穩定，一定程度上解除了曹操的後顧之憂。


袁紹派人拉攏李通時，劉表也沒閒着，也派人去了汝南郡，想把李通拉過來，同樣被李通拒絕。

這說明劉表嘴上的中立其實也是不牢靠的，他也在觀察着形勢，像獵人一樣尋找着捕獲的機會，一有可能就會撲上去，只是這要在不損傷自身實力的前提下。

劉表還在等機會，但是不久他就遇到了麻煩。劉表任命的長沙郡太守張羨在孫堅舊部桓階的策動下反叛，周圍的零陵郡、桂陽郡、武陵郡紛紛響應，荊州的江南四郡眼看要獨立。

桓階字伯緒，長沙郡本地人，孫堅當長沙郡太守時就很賞識他，舉薦他為孝廉。後來孫堅死於襄陽城外，別人都不敢有所表示，只有他冒死為孫堅發喪，劉表感其義氣，沒有為難他。

桓階跟張羨關係很好，張羨是南陽郡人，在荊州的江南四郡很得人心，但他性格倔強，劉表不太喜歡，對他也不夠尊重（不甚禮也）。

袁曹對決，劉表坐觀，桓階認為現在是個好機會，他勸說張羨不如投降曹操，把江南四郡聯合起來，依靠地理優勢先自保，之後等待曹操方面的支援（舉四郡保三江以待其來）。

對於這個大膽的想法，張羨表示接受。於是聯絡周圍的另外三個郡同時舉兵反抗劉表，派出使者北上去見曹操。

曹操簡直不能相信天底下還有這樣的好事，劉表想給自己背後插把刀，沒有成功，劉表自己的脊梁骨上卻先被頂上了一把刀。

但是，曹操現在暫時無力分兵支援張羨，那邊只能靠他們自己扛一扛了。劉表急攻張羨，本來這一仗得打上一陣，但不巧的是張羨生了病，死了。

江南四郡對抗劉表，一多半建立在張羨個人影響力的基礎上，張羨一死，江南四郡也就瓦解了，桓階逃匿。

南方四郡叛亂雖然沒有成功，但此舉一定程度上牽制了劉表的行動，讓他在袁曹對峙時無暇顧及北方。

曹操從此記住了桓階的名字，後來南下荊州，他專門讓人找到了桓階，並把他留在自己身邊任職。曹操當丞相後桓階擔任過辦公室主任（丞相主簿），曹丕稱帝后桓階是首任朝廷祕書局局長（尚書令），深受曹丕信賴的司馬懿才是副局長（尚書僕射）。

## 左翼展開爭奪

圍繞即將打起來的官渡之戰，曹操與袁紹展開了激烈的外圍爭奪。

南邊的情況大體明了，曹操爭取到張繡，劉表中立，而袁紹幾乎一無所獲，除此之外，袁紹還向青州的臧霸、關中諸將甚至涼州那邊都派了使者，但收效都不大。

臧霸的態度很堅決，全力支持曹操，泰山幫裏除了昌豨以外也都站在了曹操一邊，他們集中精兵，布防在青州一線，防止袁軍從東面包抄徐州和兗州。

關中是此次會戰的左翼，那裏情況相對複雜一些。

之前曹操派荀彧在尚書台的助手鍾繇到關中坐鎮，職務是司隸校尉，駐紮在長安，但關中地區一直被各路大小軍閥所佔據，曹軍在那

一帶的勢力相對薄弱。

袁紹任命外甥高幹為并州刺史，負責左翼，協助高幹的有河東郡太守郭援以及南匈奴人。南匈奴人一向與袁家關係很好，在剿滅公孫瓚的戰鬥中出了大力，他們一度表示擁戴朝廷，現在卻在平陽起兵，公開響應袁紹。

平陽即今山西省臨汾市，與關中近在咫尺，鍾繇率部渡過黃河，把平陽城圍了起來，但兵力有限，未能將其攻克。


正在這時，傳來郭援率軍南下的消息。

面對敵我實力懸殊的態勢，很多人建議從平陽撤軍。

鍾繇不同意，理由是：「郭援與關中諸將暗中相通，關中諸將之所以還沒有反叛，原因是還想觀望一下。如果現在撤走，就是示弱於人，此為未戰而先自敗。」

鍾繇認為郭援剛愎好勝，喜歡輕軍冒進，一定可以找到戰勝的機會，於是曹軍繼續圍住平陽，迎戰郭援。鍾繇並不是盲目樂觀，他有祕密武器對付袁軍，這就是馬騰和韓遂。

當時關中諸將裏勢力最大的就是馬騰和韓遂這兩支隊伍，他們各擁強兵坐觀天下之變。袁紹也派了使者前來聯絡他們（發使西與關中諸將合從），但一開始馬騰和韓遂對該站在哪一邊仍舉棋不定。

鍾繇坐鎮關中後積極爭取各派勢力的支持，取得了不少成績，但馬騰和韓遂十分強大，得不到他們的真心支持，關中的事情仍然不好辦。鍾繇分別給馬騰、韓遂寫了信，陳述利害，要求他們站在朝廷一邊。

信寫好了，鍾繇想找個有膽識、有能力又有口才的人前去，他想到了新豐縣令張既。

張既字德容，關中地區的左馮翊郡人。年輕時為郡吏，工作很有

能力，得到大家的好評，曹操擔任司空後徵辟他到司空府工作，他還沒去報到鍾繇就來到了關中。鍾繇發現張既是個人才，向曹操請求把他留下來並舉薦為茂才，任命他擔任新豐縣令。張既頗有實幹能力，在年終考核時業績位居三輔地區各縣的第一名。

張既去說服馬騰時，馬騰等人其實已經暗地裏答應了袁紹（陰許之），但是有個人幫了張既的忙，說服馬騰放棄了這個打算。

這個人是傅幹，也就是為朝廷就義的漢陽郡太守傅燮的兒子，他現在的職務是扶風郡太守，

傅幹勸馬騰說：「古人說『順道者昌，逆德者亡』。曹公奉天子之命誅暴亂，法明國治，上下用命，有義必賞，無義必罰，這就是順道呀！袁氏背王命，驅使匈奴人進犯中原，他本人寬而多忌，仁而無斷，兵馬雖強，其實已失天下人心，這就是逆德呀！如今將軍您表面上站在有道者一邊，卻不盡力，暗地裏坐觀成敗，陰懷兩端，恐怕等成敗確定後，曹公必然會奉辭責罪，將軍您也得落個身敗名裂的下場！」

馬騰這個伐木工一聽就害怕了（騰懼），傅幹進一步說：「智者善於轉禍為福。今曹公與袁氏相持，而高幹、郭援陳兵河東郡，將軍引兵討伐郭援，當有勝算，將軍此舉如同斬斷了袁氏之臂，可以解曹公之急，事後曹公必重謝將軍！」

馬騰認為這個建議很好，接受了勸說，派遣時年 24 歲的兒子馬超率精兵 1 萬多人支援鍾繇，韓遂也派兵參戰，統一由馬超指揮。

鍾繇得到涼州勁旅的支援實力大增，他讓人先不要聲張，誘使郭援率軍輕進。郭援不知道對手的力量已經發生重大變化，仍然不把鍾繇放在眼裏，快速向平陽推進。

平陽的外圍是汾水，郭援抵達後下令渡河，剛渡到一半，鍾繇、馬超的聯軍立即發起攻擊，袁軍大敗，馬超手下的部將龐德親自斬殺

了郭援。

鍾繇乘勝追擊，大破南匈奴人。


這是一場關鍵戰役，戰前西線的總體形勢是袁強曹弱，此戰後雙方至少處於均勢，鍾繇雖然還沒有能力進攻袁紹控制的并州刺史部，但打掉郭援之後袁軍也沒有能力進一步攻擊長安和洛陽，保證了曹軍左翼的安全。

平陽之戰也進一步穩定了關中的形勢，同時使涼州刺史韋端下決心站在了曹操的一邊。

韋端這個涼州刺史是朝廷以前任命的，在政治上韋端一直有些模糊，對於支持袁紹還是支持曹操，韋端也曾經猶豫過，為了慎重他還派手下的從事楊阜前往許縣，名義上向漢獻帝朝奉，實際也是觀察虛實。

楊阜字義山，涼州刺史部天水郡人，很有才幹。他到了許縣，被天子拜為安定郡政府祕書長（長史）。

楊阜回來後，對韋端說：「袁紹寬而不斷，好謀而少決，現在雖強，終不能成大業。曹公有雄才遠略，決機無疑，人雖少但兵卻精，手下人各盡其力，必能成大事。」

韋端聽後有了站在曹操一邊的想法，平陽之戰結束後，韋端進一步打定了主意。

朝廷於是徵韋端為交通部部長（太僕），涼州刺史一職由韋端的兒子韋康接任，楊阜擔任韋康的副州長（別駕）。


南邊的危機解除，東有臧霸，西有鍾繇，兩翼也安全了。

在這場外交博弈中曹操一分不失，而袁紹雖然四處出擊，但顆粒無收。

不僅如此，曹操在袁紹的背後還有了意外收穫，他拉來了閻柔和鮮于輔。

袁紹雖然佔據了北方，但也並不是所有地方都是他的天下，在幽州刺史部的北部，有一支人馬掌握在閻柔、鮮于輔等人手中，他們並不聽袁紹的。

鮮于輔、閻柔當初聯合袁紹共同抗拒公孫瓚，公孫瓚死後，袁紹對閻柔、鮮于輔也竭力拉攏，給予厚遇，但閻柔、鮮于輔經過分析認為袁紹表面強大但實際上問題很多，終將被曹操戰敗，於是他們選擇支持曹操。

閻柔派人晉見曹操，曹操很高興，以朝廷的名義任命閻柔為烏桓保安司令（護烏桓校尉）。

隨後，鮮于輔又親自來到官渡前線拜見曹操，曹操以朝廷的名義任命鮮于輔為北部邊疆右翼邊防軍司令（右度遼將軍）。

曹操讓閻柔、鮮于輔仍駐守在幽州刺史部的北部，給袁紹背後頂上了一把刀。

## 一場及時的意外

袁紹發起的策反行動，基本上都以失敗告終了。

但這時卻傳來一個驚人的消息：孫策準備親自北上，趁着曹操與袁紹打得難解難分之機偷襲許縣！

相關情報被獲知，大家都感到非常擔心（眾聞皆懼）。

如果單獨面對，曹操倒不怕孫策，但現在曹操主要應對的敵人是袁紹，已經派不出任何兵力去阻擋孫策了，所以大家才感到緊張。

要不要分兵防範孫策呢？這是一個兩難的問題，防與不防都不穩妥，曹操手下的謀士們就此提出了兩種不同看法。

這時，郭嘉說了一番話：「孫策剛剛吞並了江東，誅殺的都是當地的英雄豪傑，他是個能讓人為之效死命的人。但孫策為人輕率，平時不善於防備，即使他率百萬之眾前來，也和他一個人來到中原沒什麼兩樣，如果遇到刺客的伏擊，那他也就不過是一人之敵罷了。」

郭嘉做出了一個大膽預言：孫策必定會死於刺客之手（以吾觀之，必死於匹夫之手）！

之所以說這個預言是大膽的，是因為一個人好端端的怎麼會死於刺客之手呢？但結果正如郭嘉所預言的那樣，孫策還沒有正式北上就遭到了刺客的攻擊。

更神奇的是，孫策竟不治身亡。


這段時間，孫策在江東的勢力越來越大，不僅佔有了江南的丹陽郡、吳郡、會籍郡等地，勢力還發展到江北的廬江郡和廬陵郡。曹操不斷接到報告，說孫策又打了勝仗，地盤又在不斷地擴張。

聽得多了，曹操終於忍不住說了一句話：「難以與這小子再爭鋒了啊（猘兒難與爭鋒也）！」

「猘」的意思是狂犬，曹操說這話其實並無貶義，是對孫策的羨慕嫉妒恨。

當前首要的對手是袁紹，所以曹操對孫策的策略是拉攏，通過和親、任命官職、封爵等手段先把孫策拉到自己這一邊。

曹操還給了孫策一個任務，讓他打劉表，孫策執行了，不是孫策願意給曹操當槍使，而是他要報仇。

孫堅死於劉表之手，具體來說死於黃祖之手，黃祖目前擔任着荊州刺史部所屬江夏郡的太守，守着荊州的東大門，孫策既要報仇，又要向西擴張，所以內部事務理順之後，即開始了西征黃祖之戰。

孫策一舉打敗了黃祖，他本想乘勝追擊，但考慮到廬江郡新下，

江東也不穩固，征討黃祖的時機還不成熟，於是回師吳郡。

在江東，孫策還有一個對手，就是曹操任命的廣陵郡太守陳登，他不斷出擊，給孫策製造麻煩，這說明曹操和孫策之間表面和好，下面早已動起了刀兵。

西征黃祖歸來，孫策命令二弟孫權率一支人馬進攻陳登控制下的匡琦，孫權當時手下的人馬不少，是匡琦城內守軍的 10 倍，城裏的人感到很害怕，想棄城而走。

陳登屬聲阻止道：「我受國命鎮守此土，只有以命報國，哪能逃跑？現在有天道相助，必能克敵！」

陳登下令閉城自守，示弱不戰。

陳登很有經驗，他悄悄到城上觀察形勢，找出孫權人馬的漏洞，命令將士做好準備，趁夜打開南門，直撲孫權的軍營。

孫權毫無防備，人數雖佔優，但一下子亂了起來，陳登手執軍鼓為將士鼓勁，孫權被打得大敗，陳登又乘勝追擊，孫權所部損失慘重。

孫權這一年 18 歲，這是他第一次獨立帶兵指揮作戰，出師即不利。

孫權不甘心，整頓人馬再戰，陳登不敵，一面派人向曹操求救，一面悄悄在城外 10 里的地方另立軍營，命令大家多準備柴薪，十步一堆，縱橫成行，下令夜裏同時起火，然後陳登命人在城上稱慶，好像援軍到了。

孫權的人馬望火而驚，陳登指揮曹軍殺出來，孫權再次大敗。

這時已經到了漢獻帝建安五年（200 年）年初，袁曹對決已經拉開序幕。

對形勢的判斷孫策跟劉表不一樣，他認為這是一次難得的機會，

想趁曹軍主力北上對抗袁紹之機對許縣發動突然襲擊，把天子搶到自己的手中（陰欲襲許，迎漢帝）。

還有的記載更具體，說孫策看到曹操在北面脫不開身，便聚集江東所有兵馬，自稱大司馬，準備偷襲許縣（悉起江南之眾，自號大司馬，將北襲許）。

但是，主力北上之前必須先解決後方的問題，要麼把陳登消滅，要麼把他趕到遠遠的地方。

漢獻帝建安五年（200年）春，孫策率軍來到丹徒，在這裏等待運送軍糧，打算軍糧運到後就向陳登發起總攻。

孫策喜歡打獵，在等待的幾天空閒時間裏，他只帶着幾個隨從出去打獵。對於孫策喜歡輕出微行的冒險行為，他手下的名士虞翻曾經規勸過，孫策嘴上表示接受，但總難改老毛病，這一回就出事了。

孫策發現了一隻鹿，領人去追。

孫策騎的是好馬（所乘馬精駿），手下人的馬追不上。孫策一個人在前面跑。

正在這時，突然從林中冒出來三個人。

敵方間諜時常在這一帶活動，孫策十分警覺，厲聲喝道：「你們是什麼人？」

這幾個人回答：「我們是韓當將軍的士兵，在此射鹿（是韓當兵，在此射鹿耳）。」

孫策看了看，不認識：「韓將軍手下的人我都認識，從沒有見過你們！」

孫策意識到有危險，取弓便射，其中一個人應弦而倒。剩下兩個人害怕了，舉弓與孫策對射，結果有一箭射中了孫策的面頰。

孫策手下的人隨後趕到，把這兩個人都殺了。

事後得知，這幾個人是前吳郡太守許貢的舊部，等在這裏就是為了刺殺孫策。

許貢曾經擔任過吳郡太守，一度依附於朝廷任命的揚州刺史劉繇。孫策消滅了劉繇，許貢內心不滿，多次向朝廷祕密上報，反映孫策的惡行，建議朝廷徵孫策入京，藉以削弱孫氏的勢力。許貢的上書被孫策截獲，孫策下令把許貢處死。

這幾個人是許貢的舊部，他們的暗殺行動已策劃了多時。

眾人將孫策護送回營帳，請隨行軍醫來看，發現傷勢很重（創甚），但這個傷原來還是能治好的，醫生叮囑他必須好好養護，100天之內不能刺激傷口。

孫策忍不住照了鏡子，發現自己已經破相。

孫策長得很英俊，走到哪裏都有很多粉絲，他不能接受這樣的現實。

孫策難過地對左右說：「面容毀成這樣，還能建功立業嗎（面如此，尚可復建功立事乎）？」

說完捶胸大憤，傷口崩裂。

孫策自知難過這一劫，於是忍住傷痛，把孫權以及隨行的張昭、程普等人找來交代後事。

孫策有個兒子叫孫紹，此時年齡不詳，但孫策死時只有26歲，想必他才幾歲，孫吳正在創業的關鍵時期，不能讓一個小孩接班，所以接班人只能在孫策的兄弟中找。

孫策是孫堅的長子，下面有四個弟弟，孫權是他的二弟，除此之外還有孫翊、孫匡、孫朗，孫權這時18歲，孫匡、孫朗年齡稍小，但孫翊已經16歲了，史書上說他跟孫策的性格相像（性似策），張昭等

人認為孫策應當傳位給他（當以兵屬之）。

但是，受傷後的孫策進行了反思，他殺伐果絕，順我者昌、逆我者亡，幾年間橫掃江東沒有對手，但由於殺伐過盛，在江東也樹敵過多，此次遇刺是當年種下的苦果。

在孫策看來，正是因為孫翊的性格太像自己，才不能把位子傳給他，孫策不願意讓自己的悲劇在他身上重演。

相比而言，孫權的戰績雖然不突出，之前帶兵還連打敗仗，但他的優點是氣度更大，更為仁愛，大事面前又有果斷的一面（性度弘朗，仁而多斷），還能親賢貴士，會團結人，如果讓他接班，更能以相對柔性的姿態協調江東內部，彌補之前的裂痕。

所以孫策決定傳位給孫權，他指着孫權對眾人說：「現在天下大亂，我們以吳越之眾、三江之固，足以成就大業，希望諸位能善待我的弟弟（公等善相吾弟）！」

孫策還對張昭說：「如果仲謀不堪大任，請先生取代他自任。」

這大概是孫吳版的「白帝城託孤」，時間比劉備託孤早了23年。

孫策讓人取來自己的印綬親手交給孫權，對他說：「舉江東之眾，決策於兩陣之間，與天下爭衡，你不如我；舉賢任能，各盡其心，以保江東，我不如你呀（舉賢任能，各盡其心，以保江東，我不如卿）！」

漢獻帝建安五年（200年）四月四日孫策死了，年僅26歲。

孫策死於許貢門客之手，這一點史書有明確記載，問題是，這是一場由幾個僕從為主人報仇的自發行動，還是另有隱情？

從各方面史料綜合去分析，前一種可能性更大些，但後一種可能性也不是完全沒有，畢竟孫策死得太突然，而時間點又太敏感了。

如果大膽推測一下的話，也許整個事件幕後有一個策劃者，那就是曹操，其具體執行人是郭嘉和陳登。

首先，許貢一直與曹操控制的朝廷保持祕密來往，許貢死後曹操不會就此罷休。許貢生前是吳郡太守，他接替的是盛憲，盛憲是朝廷任命的郡太守，推測一下，許貢的郡太守可能也是朝廷任命的，正因為如此一心獨佔江東的孫策才視之為眼中釘，將其趕下台。

許貢想奪回吳郡，他所依賴的還是曹操控制下的朝廷，許貢向朝廷上表，說放任孫策勢力繼續坐大無論是對朝廷還是對曹操都是大患，許貢給曹操出主意把孫策徵調到許縣，如果曹操真要這麼做，孫策將面臨棘手選擇，但這封奏表落入了孫策之手，許貢因此喪命。

曹操雖然沒能看到這封奏表，但許貢不可能只上過這一封奏表，吳郡的情況曹操是掌握的，而曹操密切聯絡許貢也是要派大用場，許貢被殺對曹操來說是損失，曹操不會不管不問。

其次，郭嘉對孫策方面的情況了如指掌，顯示他在江東有一套有效的情報系統，官渡之戰前夕，袁曹對峙正在緊要關頭，曹操忽然「聽說」孫策要祕密率軍北上偷襲許縣，這件事也比較蹊蹺。

偷襲這種事是非常機密的，事先就昭告天下那就不叫偷襲了。孫策還沒起兵，曹操為何就能偵知如此絕密的情報呢？答案只有一個，那就是曹操在江東有一套情報系統。

之後，為打消眾人顧慮郭嘉對孫策有了一段分析，可謂精準萬分，孫策是什麼性格，有什麼弱點都說得清清楚楚。不僅如此，郭嘉還給孫策安排了被刺客殺死的結局。

這不是郭嘉瞎吹，而是相關計劃已經在進行中，郭嘉時任軍師祭酒，相當於參謀長，情報系統歸他管，他就是相關計劃的幕後策劃者。

還有，孫策被殺前曹操曾指令陳登與江東的山匪進行聯絡，而這些山匪與許貢關係也很密切。陳登奉曹操指令聯絡江東的山匪嚴白虎餘黨，想在孫策背後搞點兒事（以印綬與嚴白虎餘黨，圖為後害），而許貢被孫策擊敗後投奔的正是嚴白虎。

這說明陳登與許貢之間也極有可能有交集，曹操的策劃要想成功還得有人去執行，前線的陳登最了解情況，他可以通過嚴白虎及其餘部與許貢及其門客建立長期聯繫，條件成熟後隨時實施相關計劃。

而且，從效果看曹操借許貢門客之手除掉孫策比自己直接動手更有利。對曹操來說，必欲除孫策而後快，因為這樣可以用最小的代價解除東南之憂，讓他放心地與袁紹決戰官渡。

這個目的如果能達到，而且曹操又不親自出面，那效果就更好了，因為這樣曹操可不必與江東孫氏馬上撕破臉。試想一下，如果是曹操派人找機會把孫策刺死的，江東無論誰接班，都要興兵找曹操報仇，那樣江東問題依然沒解決。

最後的結果對曹操來說簡直就是最好的：孫策死了，危機解除，曹操一臉無辜的樣子，江東可以消停好幾年了。

當然，上面這些只是推測。


從孫堅到孫策，他們身上有着共同的基因，結局也很相似。史學家評論孫堅勇摯剛毅，評論孫策英氣傑濟，都不是一般人物。但同時也指出，他們父子二人做事不夠謹慎（輕佻果躁），這是他們殞身致敗的原因。

這或許與他們的出身有關。說到底，孫氏出於社會的底層，也可以說是草根和寒門，與儒學世族崇尚禮法、家教嚴正不同，寒門較少受拘束，所以他們好馳獵，喜歡滑稽與酗酒。有時候這些是他們的魅力和凝聚部下的特長，有時候又成了致命的缺點。

曹操得知孫策死了，興奮之情難以言表。相對於眼前的劉表，孫策才是只猛虎，現在孫策死了，短時間內江東難以對他構成威脅。

曹操以漢獻帝的名義任命孫權為討虜將軍，兼任會稽郡太守，指定他屯駐於吳縣，即今江蘇省蘇州市。

最近真是多事之秋，在短短一兩年時間裏，相繼發生了公孫瓚自殺、呂布被絞死、袁術憂憤而死、劉備投降曹操又叛亂、張繡投降曹操、孫策遇襲身亡等一系列重大事件。

　　當這些塵埃落定之時，配角退場了，天下的目光完全聚焦到了袁紹和曹操這兩大主角的身上。

　　接下來，一場雙雄對決，即將上演……

# 三國英雄記：群雄天子夢

南門太守　著

責任編輯　王春永
裝幀設計　譚一清
排　　版　黎　浪
印　　務　劉漢舉

出版　　中華書局（香港）有限公司
　　　　香港北角英皇道 499 號北角工業大廈一樓 B
　　　　電話：（852）2137 2338　傳真：（852）2713 8202
　　　　電子郵件：info@chunghwabook.com.hk
　　　　網址：http://www.chunghwabook.com.hk

發行　　香港聯合書刊物流有限公司
　　　　香港新界荃灣德士古道 220-248 號
　　　　荃灣工業中心 16 樓
　　　　電話：（852）2150 2100　傳真：（852）2407 3062
　　　　電子郵件：info@suplogistics.com.hk

印刷　　美雅印刷製本有限公司
　　　　香港觀塘榮業街 6 號海濱工業大廈 4 樓 A 室

版次　　2022 年 1 月初版
　　　　© 2022 中華書局（香港）有限公司

規格　　16 開（230mm×150mm）

ISBN　　978-988-8760-44-2

本書繁體字版由華文出版社授權出版

三國英雄記

英雄記

失控的帝國

一

南門太守 著

中華書局

# 目錄

# 第一章 英雄趁亂而起

## 曹操與袁紹

漢末三國，群雄輩出。

說起那時的英雄，第一個當然是曹操，而說到曹操又不能不說袁紹，他們是眾所周知的冤家對頭。

其實，年輕時他們還是好朋友，關係相當不錯。

袁紹的母親在老家去世了，曹操專程跑去弔喪。袁紹的老家在豫州刺史部治下汝南郡的汝陽縣（今河南省周口市商水縣），當時曹操在洛陽求學，要去汝陽得走上好幾天。作為朋友，曹操寫封信慰問一下就可以了，大不了派個家人送上喪儀也算是很給面子了，曹操的舉動說明他們的關係很鐵。

曹操出生於漢桓帝永壽元年（155 年），袁紹生年不詳，比曹操大 10 歲左右，由於他字本初，有人推測他出生於漢質帝本初元年（146 年）。袁母的喪事是在熹平年間，當時曹操不到 20 歲，袁紹不到 30 歲。

但是，這一趟遠行似乎沒給曹操留下多少好印象。一路風塵僕僕，受盡顛簸，到了地方卻發現根本沒人招待，只能混在烏泱烏泱的人群裏，嚴重地被冷落了。

其實袁紹倒不是故意怠慢曹操，而是因為來弔喪的人實在太多太多了，袁紹想跟每位來賓都握一下手根本不可能。

這真不是誇張，當時袁家的客人多達三萬人（會者三萬人）。

這當然是很大的排場，當時像汝陽這樣的縣總人口通常只有幾萬人。那時沒有飛機、高鐵，不通高速公路，出一趟遠門也十分不容易。

袁紹和他的弟弟袁術雖然沉浸在喪母的悲痛中，但看到這麼多人來，心裏還是難掩激動和驕傲。曹操是個高度敏感的人，愛熱鬧，怕被別人冷落，但現在只能站在人群中看熱鬧了。

跟曹操結伴而來的還有一個人，是他的朋友王俊，比曹操大幾歲，與曹操、袁紹相比，他後來基本上默默無聞。曹操和王俊擠在人群裏，曹操個子本來就不高，要看清楚還得踮起腳尖，這讓他越看越生氣。

曹操突然對身邊的王俊冒出了一句：「天下就要大亂了，製造禍亂的就是這兩個人（為亂魁者必此二人也）！」

王俊聽了有些吃驚，誰知道曹操的話還沒完：「如果要安定天下，為百姓請命，不先把這兩個傢伙殺了，大亂就無法避免（不先誅此二子，亂今作矣）！」

「二子」指的是袁紹和袁術，王俊這才認真地盯着曹操看了看，忽然明白了曹操話裏的含意。

王俊悄悄地對曹操說：「如果真是那樣的話，能濟天下於危亡的，恐怕除了你再沒有別人了！」

二人相視而笑。


曹操和王俊的對話被記錄了下來，不過這多半是玩笑話。

曹操與袁紹相差十歲左右，說是一代人年齡差得有些多，算成兩代人又比較勉強，曹操和袁紹的關係有些不太好定位。後來曹操的兒子娶了袁紹的兒媳婦，看來曹操自認為跟袁紹還算是一代人；但再後來曹操又讓另一個兒子娶了袁紹的孫女，又差了輩分。

曹操少年時代不好好學習，喜歡東遊西逛，喜歡結交各色人等

（任俠放蕩，不治行業）。作為當時洛陽城兩位知名的「富二代」，很早他們就打成了一片，袁紹是帶頭大哥，曹操是跟班小弟。

有一次，曹操跟着袁紹去看人家結婚，看到新娘漂亮，就動了歪念頭。到了晚上，他們二人偷偷潛入人家園中，瞅準時機，大喊道：「有小偷，有小偷——」

這家人趕緊都跑出來看，趁這個機會，袁紹讓曹操到新房裏去劫新娘，為了使效果更加逼真，還給了他一把匕首。

曹操一向都執行袁紹的命令，還真去了，並且順利得手，把新娘劫了出來，但出來時卻迷路了，袁紹不慎跌到一堆枳棘裏，動不了。

眼看人家追過來了，曹操急中生智，喊了一聲：「小偷在這裏（偷兒今在此）！」

袁紹急了，「噌」的一下子從枳棘堆裏躍了起來，二人於是逃脫。

有人懷疑這件事是假的，袁紹和曹操再無賴，作為兩個高幹子弟，也不可能直接去幹搶人的事吧。其實，他們所謂的搶新娘只能理解為惡作劇，把人搶去，讓人家受受驚嚇，之後討點兒喜酒喝，以此取樂而已。

還有一次，曹操和袁紹玩崩了，袁紹派了一名刺客要殺曹操。

刺客到了曹操的臥室外，隔着窗戶玩了把飛劍，但是低了點，沒有刺中。曹操估計下一次刺客會調整尺規，所以劍來得會高一點，於是把身子儘量往下貼（揆其後來必高，因貼臥牀上），結果劍果然是飛高了。

後面這件事就有點兒玄乎了，要麼也是惡作劇，想把曹操嚇一嚇。總之，兄弟二人後來又和好了。

漢末是個講出身的時代，論出身，曹操遠比不上袁紹。

曹操的出身不太好，是宦官的後人（贅閹遺醜），這是一個曹操

想方設法要撕去的標籤，但一直到他的子孫，都還在為這件事感到困擾。

這得從曹操的爺爺曹騰說起。曹騰擔任過太后宮宦官總管（大長秋），是當時宦官的最高職務。宦官沒兒子，有個養子叫曹嵩，由於養父的庇護，在漢桓帝時擔任過司隸校尉，類似於清朝的直隸總督。

曹嵩是曹騰抱養的，關於他的身世是個謎。有一種說法是，他原來姓夏侯，但這個說法不太可靠。曹騰字季興，意味着他的上面還有三個哥哥，排下來的話，可能分別是伯興、仲興和叔興，按照當時的風俗，如果曹騰的這幾個哥哥家中有男孩，曹騰一定會從他們中間選擇養子。養子有法律意義上的繼承關係，可繼承爵位、財產，不到萬不得已是不會考慮外姓人的。即使湊巧曹騰的幾個哥哥家中沒有男孩，曹騰也會在本族其他曹姓男孩裏挑選。

曹騰去世後曹嵩的仕途仍然順利，擔任過朝廷的農業部部長（大司農），其實這個職務比農業部部長權力還要大，除農業外凡與經濟有關的，比如林業、漁業、手工業、製造業甚至財政等，都歸大司農管，曹嵩能擔任此職，說明他還是有相當能力的。

曹操是曹嵩的長子，他的生母很早就去世了。曹操從小生活環境十分優越，但作為單親家庭的孩子，頭上又貼着宦官後人的標籤，這讓他與別的士人家的孩子有所不同。

單親和有缺陷的經歷容易讓孩子在性格上出現兩種傾向，一種是自卑、嫉妒心強；另外一種是破罐子破摔，性格暴躁，有的甚至表現為殘忍。這樣的孩子在家一挨訓就唯唯諾諾，而在外面遇到弱小者就把在家受到的教育方式用到別人身上，暴躁兇狠。

曹操的少年時代情況很不妙，加上他身體發育很慢，不長個子（容貌短小），相貌平庸。這些，都註定他不是一個讓大人省心的好孩子。關於少年的曹操如何頑劣，有不少故事。總之那時的他是一個問

題少年，生性敏感、自卑，同時膽大、機靈、不安分，總想引人注目。

凡是這樣的孩子，將來要麼會成為一個敗家子，人見人煩，要麼會成為一個有個性、卓爾不群的人；若又恰逢亂世，則更容易出人頭地。

## 投身軍界當旅長

18歲前後，曹操進入洛陽的太學學習。

太學是國家的最高學府，漢代太學是個出人才的地方，西漢末年這裏培養出一個劉秀，東漢末年這裏培養出一個曹操。

20歲時曹操從太學畢業，朝廷分配工作，他想走走後門當洛陽縣令，但後門沒走成，只當了洛陽縣令屬下的洛陽北部地方公安局局長（洛陽北部尉）。

當時政治黑暗得一塌糊塗，宦官掌握着大權，皇帝只聽宦官的，曹操雖然有靠山，但幹起來也很洩氣，公安局局長這個職務不符合他的志向。

不過，曹操還是在這個不起眼的崗位上幹了一件大事，他曾以違禁夜行的罪名棒殺了大宦官蹇碩的叔父，這件事在當年絕對製造出了轟動效應，讓自己的知名度大增。

這是曹操的第一次政治冒險，儘管宦官得勢，濁流附行，但社會輿論仍以清流為標榜，身負宦官後人的枷鎖，曹操渴望打破它，公然向宦官發起挑戰，製造轟動效應，在曹操看來沒有比這更便捷的方式了。

但也有人認為曹操是耍二，這種冒險行為並不可取，弄不好自己丟命不說，還會連累家人，事後他沒有受到報復，純粹是一種僥倖。如果是這樣，曹操就太不成熟了。

但其實不然，因為曹操在做這件事之前心裏肯定進行過盤算，他有充足的把握。宦官表面強大兇殘，但骨子裏也有虛弱的一面，尤其當遇到民意的強力反彈時，宦官反而會退縮。當時有一股所謂的婞直之風，就是明知不是對手也要站出來與權貴單挑，因為他們知道背後有強大的輿論支持，儘管會面臨受迫害的危險，但同時也會獲得巨大的社會聲望，知名度一夜躥升。

宦官們在貌似強大的外表下其實都有一顆脆弱不堪的心。

對曹操來說，不怕耍一回二，怕的是二得不夠大，沒有造成聲勢。如果打幾板子放人，那就壞了，只有往死裏打，才安全。

還真讓曹操算準了，吃了大虧的蹇碩選擇了沉默。

曹操以一個驚人舉動向世人宣示了他與宦官勢不兩立的政治態度，贏得了黨人的信任，在今後的政治活動中，沒有人再懷疑他的立場問題，這筆政治財富讓他享受了一生。


當了兩年縣公安局局長，曹操改任頓丘縣令。

從職務上說是升了一級，但是不是宦官背後做的手腳把他調離洛陽，之後再慢慢收拾他，不太好說。在頓丘縣令的位子上曹操沒有遇到宦官來找麻煩，但是不久漢靈帝廢黜了他的宋皇后，曹操跟宋皇后有一點拐彎的親戚關係，因此受牽連被免官，回到家鄉豫州刺史部治下沛國譙縣專心讀書。

就在曹操對仕途一片茫然之際，突然接到朝廷的任命，讓他擔任參事室參事（議郎）。這個職務的品秩是 600 石，與縣令相同，但這個職務侍奉在皇帝身邊，可以瞭解高層政治動態，並隨時向皇帝提出建議，從影響力和重要性來說遠遠超過了一個縣令。

接到新任命的時候曹操肯定疑惑不解，沒跑官、沒活動，也沒有到西園花錢去買，是誰給自己辦的好事呢？

這個謎團，直到後來曹操才知道了答案。

曹操在這個崗位上又幹了五年，其間與同為議郎的大學者蔡邕結為忘年交。

這時已經到了漢靈帝光和年間，曹操眼看快 30 歲了。

30 歲在仕途上年齡不算大，能在機關裏混個科長就不錯了，在下面想當個鄉長都難。那時曹操已經是朝廷裏的「縣處級」幹部，有了近 10 年的從政履歷，隨時可以見到天子，是個風光又有前途的青年。

但曹操不這麼看，他一直在尋找人生的定位，他有更大的人生抱負。議郎是個閒職，適合學究來當，也適合老同志養老，卻不適合自己。

曹操自己的職業生涯規劃是什麼？多年後他寫過一篇文章，裏面談到了這個問題，他說自己年輕時不是一個避世清高的人，最怕別人把他看成凡愚之人，所以最想當一名地方官員，幹出一些政績（欲為一郡守，好作政教）。

沒想到的是，到了光和七年（184 年），參事室參事（議郎）曹操突然接到了朝廷的任命，免去他的現職，改任他為騎都尉。

按照漢朝的軍制，騎都尉介於中郎將和司馬之間，手下一般統轄數千人，相當於現在的旅長。騎都尉，就是騎兵旅旅長。

這時天下的局勢已經很緊張了，各地變民不斷起事，讓朝廷捉襟見肘、顧頭顧不了尾。為了應對，朝廷不斷徵調人馬，又臨時組建了不少新軍，這支騎兵部隊就是剛剛組建的。

一個文職幹部，一個小個子青年，沒有任何從軍經歷，被任命為高級將領，讓大家都感到有些吃驚。

其實，熟悉曹操的人並不吃驚，因為曹操除了想當一名郡太守，

他還喜歡軍事，並且有了點名聲。曹操不好讀死書，但好讀雜書，尤其是法家、兵家的著作，他酷愛一本叫《孫子兵法》的書，而且學有所得。在曹操之前，《孫子兵法》這部書影響力並不太大，很多人不知道這部兵書，曹操對《孫子兵法》極為推崇，親自進行注解。想必曹操經常跟朋友討論兵法，所以被上邊知道了。

當然還有一個原因，是朝廷也實在找不到更合適的人。

這個理由看似荒謬，但確實存在。東漢帝國的教育體系雖然發達，培養的卻都是文人，武將基本靠自學成才，或者文人棄文從武。教育結構的失衡，造成軍事人才的匱乏，到了需要的時候，還真找不到合適的人。

而且打仗並不好玩，現在面對的又是來勢兇猛的變民，免不了衝鋒陷陣、馬革裹屍，長期生活在和平環境裏的人還沒做好流血犧牲的思想準備。帶兵打仗看着威風，但危險係數極大，前途並不被看好，世家大族即使有符合條件的子弟，也大多不願意出這個頭。

無論是什麼原因，前提都得曹操本人自願。曹操是個不安分的人，喜歡軍事，不怕冒險，又渴求建立功業，機會來了自然也會主動請纓。


## 一個農民的理想

時勢造英雄，據說最早說這句話的是梁啟超。

特定的歷史條件下，人的聰明才智可以極大地被激發出來，從而得以顯露出來並相互作用，於是產生了英雄人物。梁啟超的原意是說，天下之大、古今之久，隨時隨地都有產生英雄的機會。讀《二十四史》，像李鴻章這樣由時勢造就出來的英雄可謂車載斗量，但能夠反過來造就時勢的英雄，閱千載而未見一個。

人生活在自然環境中，也生活在歷史之中，自然界沒有目的性但有規律性。春去秋來、花開花落有規律可循，日月運行、生老病死也有規律可循，英雄人物作為歷史中的個體是獨一無二的，作為群體出現時就一定有內在的規律可循。從秦皇漢武到唐宗宋祖，從拿破崙到林肯，都是時勢造就的英雄。

造就漢末三國眾多英雄的，除了時勢，似乎還與一個人有關。這個人名叫張角，是東漢冀州刺史部鉅鹿郡的一個農民。

他不是普通的農民，他有文化，還懂醫術，他利用自身的這兩項特長創建了一個叫太平道的龐大組織。

黑暗的政治，困頓的經濟，宦官專權的朝廷，宦官的爪牙遍佈各州郡，為非作歹、欺壓百姓，皇帝被宦官、外戚輪流操控，朝中即使有正直的清流官員，也被打壓或禁錮……東漢帝國已經日薄西山。

一部分人看到了現實，心裏開始有了想法，打起了推翻朝廷的主意，而一門神祕學問又為時局的動盪不安推波助瀾。

這門學問叫讖緯學，是讖與緯的合稱。讖是秦漢間的巫師、方士編造的預言吉凶的隱語，昭示未來吉凶禍福、治亂興衰；緯是緯書，是與經書相對而言的，是漢代儒生假託古代聖人製造的依附於經籍的各種著作。簡言之，讖緯學就是神祕預言學，區別於天橋上的算命先生，讖緯學家們算的一般都是天下之事。

相傳秦時流行「亡秦者胡」的神祕預言，秦始皇誤以為亡秦的是胡人，於是命蒙恬率 30 萬大軍北擊匈奴，後來才知道搞錯了，「亡秦者胡」指的是他的兒子胡亥。到了陳勝、吳廣起事時提前在綢帕上寫了「陳勝王」三個字塞進魚肚子裏，劉邦起事時斬白蛇，這些都是對讖緯學的利用。

本朝開國的光武帝劉秀也以符瑞圖讖起兵，因此在成就帝業後推崇讖緯學，讖緯學由神祕走向神聖，每遇用人、施政等各種重大決策

時，天子常依讖緯來決定。所以，在當朝，讖緯學並不是異端邪說，而是可以公開談論和研究的一門學說。

一本叫《春秋演孔圖》的讖緯書近年來引起了大家的廣泛議論，因為這部書裏有一句話，大意是說前漢和後漢加在一起的壽命只有400年（劉四百歲之際，褒漢王輔，皇王以期，有名不就）。要是從高祖劉邦建立漢朝算起，到現在已經380多年，劉漢的江山還有不到20年的光景了。

這條神祕預言讓一部分朝中大臣感到焦慮，他們紛紛向漢靈帝上書要求改革政治，並不被重視。比這個神祕預言更讓朝臣們糾心的是，現實社會已經呈現出風暴來臨前的種種跡象。


張角對讖緯學也有研究，他的眼光很敏銳，渴望改變現實。

但張角遲遲沒有行動，因為他還在思考該用什麼方式完成他的計劃，直到有一天，有個人跑來找他，給他帶來了一本書，張角看完，心中思考的問題全部找到了答案，大喜過望。

這個人名叫襄楷，給張角看的書，名叫《太平清領書》。

《太平清領書》的作者是襄楷的老師于吉，和襄楷一樣，都是一名方士。所謂方士就是精通方術之士，方術是用自然的變異現象和陰陽五行之說來推測、解釋人和國家的吉凶禍福、氣數命運的醫卜星相、遁甲、堪輿和神仙之術等的總稱。

于吉寫的這部《太平清領書》，篇幅浩大，內容龐雜，以老莊之道、鬼神信仰以及陰陽五行、神仙家的方術為基礎，創造了一套極為神祕複雜的神學體系。這部書裏既有老子的宇宙觀、《周易》的元氣論，也談長生不老的修道理論。

但這些都不是主要的，這本書真正想談的只有一個，那就是政治。

于吉在書中試圖陳述一套政治設想，也就是所謂太平盛世的建設

綱領。它不僅描繪了太平盛世的模樣，也闡述了要達到太平盛世必須做到君明、臣良、民順。

早在順帝時，于吉的另一個學生宮崇就把這部書獻給了朝廷，順帝讓大臣們討論，大家卻認為這是妖妄之經，於是把它封存了。

漢桓帝因為一直沒有兒子，聽人說于吉的學生襄楷很有法術，就下旨召他進宮，教他生兒子的方法。襄楷弄了一些所謂的靈丹妙藥，漢桓帝吃後感覺有了一定效果，很高興，認為襄楷不簡單，遇到治國理政的疑難問題也常向他請教。

襄楷為了完成于老師的心願，舊事重提，再次把《太平清領書》推薦給朝廷，但漢桓帝對這個也絲毫沒有興趣。

接連碰壁後，于吉的弟子們對朝廷徹底失望，後來在黨錮事件中襄楷因為替黨人求情被治罪，出獄後政治熱情依然不減。只是他把活動的重點轉向了民間，成為一名無政府主義者和顛覆活動的專家。

襄楷來到冀州刺史部一帶活動，認識了張角，二人志同道合，一見如故。

在襄楷的推薦下，張角看完了《太平清領書》，佩服得要命。

當時沒有科舉制，進入官員隊伍要靠察舉，主要科目是孝廉和茂才，都是推薦制。政治黑暗，吏治更是被宦官、權臣們牢牢抓在手中，像張角這樣的草根，被舉薦為孝廉或茂才的可能性為零，上太學也是遙不可及的事，這意味着他向上晉升的道路幾乎全被堵死，所以他和襄楷一樣，把實現政治抱負的舞台放在了下面。

張角有兩個弟弟，一個叫張梁，一個叫張寶，張角領着他們，手持一根九節杖，經常活動在冀州刺史部一帶，用符水、咒語等為人治病，深得窮人的擁戴。名氣一大，就有人跑來願意給他當學生，張角開始吸收徒眾。

來的人越來越多，多到讓張角都感到吃驚。不過他不害怕，因為他不僅有文化，還有膽識。受《太平清領書》中政治主張和治國方略的影響，張角創建了太平道，其綱領、目標、教義、稱號、教區組織、口號、宗教儀式、活動內容、傳教方式等都按照《太平清領書》來設計。

當時社會上有大量流民，也就是失去土地無家可歸的人。這些人都是土地兼併的受害者，看不到前途，也不被關心。太平道的出現，至少給了他們溫暖和希望，所以不用動員，這些人都追着撞着來入道。

還有一些人雖不是流民，但看到這個組織挺厲害，於是也加入進來，就跟一些有錢人願意給青紅幫老大當門生是一個道理，遇事有人罩着。這些人裏，有基層官吏，甚至還有宮裏的宦官。

為了入道，有的人甚至變賣家財遠道來投，以至於道路堵塞，在路上生病和死去的就有近萬人（未至病死者亦以萬數）。

張角自稱大賢良師，是太平道的總首領。張梁、張寶自稱大醫，是太平道的核心領導班子成員。張角派出 8 個弟子到四面八方宣傳教義、發展徒眾。

經過多年的發展，太平道勢力已遍佈東漢全部 13 個州中的 8 個州，徒眾達數十萬人。張角把這些徒眾劃分為 36 個教區（方），大的萬餘人，小的數千人，每個教區都設一個渠帥作為首領。

這樣的組織很特別，不同於陳勝、吳廣起義，也不同於綠林、赤眉，他們在起事前就有了嚴密的組織和各層級領導成員，尤其是各方的渠帥，在地方上都很有影響力。張角兄弟們失敗後為什麼各地又冒出來那麼多起義武裝，個個自稱是他們的餘部？其實相當一部分不是冒牌貨，而是太平道當年播下的種子。


弄出了這麼大的動靜，朝廷沒有覺察嗎？

朝廷是有覺察的，最早關注這件事情的是漢靈帝的老師司徒楊賜，作為朝廷的三公，楊賜瞭解到下面的這些情況後，深感問題嚴重，立即向漢靈帝上疏報告，還提出了解決辦法。

楊賜的辦法不是立即用武力清剿，而是請漢靈帝下詔向各州刺史、各郡太守提出嚴厲要求，讓他們一一清查太平道信徒們的原籍，把他們遣送回家（簡別流民，各護歸本郡），從而削弱太平道的力量，之後再誅殺他們的首領，這樣不必大動干戈，就能化解危局。

應該說，楊司徒的這一招是管用的，真要做了效果也會不錯。

但不知為何，如此緊急和重要的報告到了漢靈帝那裏竟然沒了下文，後來證實，這份報告漢靈帝居然沒有看到。當他看到這份報告時，已經是太平道起事以後了，漢靈帝還是在皇家檔案室（蘭台）看到的。

## 甲子年，甲子日

為什麼會是這樣？

可能是漢靈帝劉宏太貪玩，沒時間看。

也可能是宦官有意壓着，沒讓劉宏看。

分析起來，後一種可能性更大。太平道起事後朝廷進行過追查，宦官封諝和徐奉都是太平道的信徒，封諝不是一般的宦官，他是「十常侍」之一，有他們做臥底，楊賜的祕密報告很可能被壓了起來。

如果當初漢靈帝及時看到了這份報告，又會怎樣呢？

從各種跡象看也怎麼樣不了，太平道鬧出的動靜越來越大，漢靈帝不可能不會通過其他管道得知這些消息，但漢靈帝本人不會把太平道當回事，甚至會覺得有個民間組織把流民組織起來，教人向善做好事，還挺好。

這不是妄加揣測，漢靈帝的這種心理可以從他思想變化的蛛絲馬跡裏找到答案。漢靈帝對經學一向不感冒，這時他已經開始崇信黃老之學，對老子的思想充滿崇拜。漢靈帝可能認為，這個同樣視老子為先師的教派，與他的思想還有些吻合呢！

太平道真要鬧事，漢靈帝也不怕。

本朝自漢安帝以來，各處大小不等的變民起義頻繁爆發，安帝在位 19 年變民起事 4 次，順帝在位 19 年變民起事 13 次，沖帝、質帝在位時間都很短，也有 4 次，漢桓帝在位 21 年變民起事 14 次。從漢安帝到漢桓帝，60 來年光景，變民起事多達 35 次。

這些變民起事來勢都很迅猛，**轟轟烈烈**，動輒數萬人甚至數十萬人參加，但朝廷一旦出兵剿滅，就會很快沉寂下去，漢靈帝早已習以為常，他不怕有人鬧事。

楊賜呈交報告後因故離職了，他手下有個名叫劉陶的處長（司徒掾）沒忘這件事，他找了個機會向漢靈帝詢問此事，漢靈帝像是沒聽見，莫名其妙地岔開話題，讓劉陶給自己編一本容易閱讀的《春秋》（詔陶次第春秋條例）。

當劉處長埋頭在皇家圖書館裏完成天子交付的新工作時，張角等人的步伐卻沒有停止，前來投奔太平道的人數呈幾何倍數增長。

張角清楚地意識到，事情已經幹大了，想收手都不可能，要麼太平道消滅劉漢政權，要麼太平道被劉漢政權消滅掉。

張角召集幾個大弟子和弟弟張寶、張梁商議，大家決定發動武裝暴動，目標是推翻現政權，建立太平盛世。以冀州刺史部與司隸校尉部接合的鄴縣地區為暴動核心區，由張角全面負責，前線總指揮為大方首領馬元義。

陳勝、吳廣在大澤鄉起義，最早跟着他們幹的不到 1000 人。

劉邦斬蛇起義，當時只有 2000 人。

西漢末年綠林軍起義，努力了數月，隊伍還不到 1 萬人。

而張角籌劃中的這場起義闊氣得多，準備了十幾年，手裏僅現成的就有數十萬人，建立了嚴密的內部組織，北方主要州郡都有他們的分支和眼線，百姓發動工作更不用說。

按理說，這場起義的成功是手拿把攥的事，不成功都沒處說理去。但越是有把握的事越會求穩妥，好像越輸不起。面對日益壯大的隊伍和越來越有利的形勢，張角反而更加謹慎。

光和六年（183 年）太平道就確定了武裝暴動的事，但定下來的暴動時間卻大有問題。


這個時間是次年三月甲子日，太平道的 36 方準備在這一天同時起事（三月甲子，三十六方一旦俱發）。

即將到來的光和七年（184 年）是甲子年，在 60 年一輪迴的曆法週期中甲子年是新一輪週期的開始，讓人聯想到新天命的降臨，甲子年又逢甲子日，太平道確定的武裝暴動時間是難得一遇的「雙甲子」。

日子雖然挺有講究，但問題是距離這一天的到來還有三四個月，像暴動這樣的大事，戰線不宜拉得太長，夜長夢就多。

這成為太平道失敗的最終原因，也是張角的敗筆。

對這個問題有點兒不好理解，張角是個有頭腦的人，這樣明顯的錯誤他為什麼會犯呢？仔細想想，也許跟一個人有關。

這個人是漢安帝劉祜，東漢第六位皇帝，106 年至 125 年在位。

劉祜駕崩的前一年即 124 年，他下詔正式啟用干支紀年法，以當年作為 60 年一甲子的開始。

干支紀年法早就有了，不是劉祜的發明，相傳誕生於黃帝時代。但在劉祜之前，干支紀年法不是唯一的紀年辦法，還有歲星紀年法，

而後者的影響更大。歲星即木星，通過它 12 次入宿而定輪迴，所以當時一個輪迴不是 60 年，而是 12 年。但木星入宿在時間上有細小的誤差，劉祜後來就以詔令的形式確定更為科學的干支紀年為法定紀年法。

中國歷史有確定紀年是公元前 841 年，有人認為第一個甲子年是公元前 837 年，但那是後人倒推上去的，倒推的基點就是 124 年，因為這一年才是真正意義上的第一個甲子年。

124 年經過一個甲子正好是 184 年，在太平道看來，這不僅是一次輪迴，還是有史以來的第一次輪迴，是新時代的開始，是不容拒絕的誘惑！

## 萬事俱備，只差叛徒

太平道現在已經有幾十萬人，裏面什麼人都有，包括一些負責人和骨幹分子在內，大家的動機也不盡相同，這是一場規模盛大的集體活動，參與的人數眾多，涉及的區域廣泛，在沒有現代化通信手段的情況下，溝通資訊、協調行動、保證命令暢通本來已經十分困難，還要做到完全保密，幾乎不可能。

由於籌備時間相當充分，太平道做了很多歷史上其他起義者做不了的工作，他們建立了起義總指揮部。

太平道還制定並發佈了起義口號：

蒼天已死，黃天當立；
歲在甲子，天下大吉。

這個口號的意思是：蒼天已經死了，黃天要替代它；時間就在甲子年，屆時天下將煥然一新！

這只有十幾個字的口號相當有水準，不僅充滿氣勢、簡潔好記，

還運用了天干地支輪迴和五行輪迴兩大學說作為依據，煽動性和說服力都極強。

從口號中可以看出太平道對天干地支輪迴概念極為重視，並作為宣傳發動工作的理論基礎之一，那時的人普遍信天命，這當然很重要。

五行相生學說的運用，體現在蒼、黃兩種顏色的區分。五行學說認為，天下萬物皆由五類元素組成，分別是金、木、水、火、土，彼此之間存在相生相剋的關係，如金生水、水生木、木生火、火生土、土生金等。

所謂生，就是一種物態取代另一種物態，是此長彼消和另一種意義的輪迴。

這是古人對自然現象和規律長期觀察總結的結果。比如金生水，是因為高溫能使金屬熔化成水；水生木，因為水灌溉樹木，樹木便能欣欣向榮；木生火，因為火以木料做燃燒的材料，木燒盡，則火會自動熄滅；火生土，因為火燃燒物體後，物體化為灰燼，而灰燼便是土；土生金，因為金蘊藏於泥土石塊之中，經冶煉後才提取為金屬。

古人對這些自然規律總結之後深信不疑，認為這揭示了自然的奧祕，自然界中的一切現象均可以找到五行去對應，比如顏色，金對應的是白色，木對應的是青色，水對應的是黑色，火對應的是紅色，土對應的是黃色。

周朝是火德，秦朝取代它，所以是水德，對應的顏色是黑色，所以秦朝的官服一律是黑色的。

漢取代秦，按說它是木德，青色應該是「國色」。但是，從漢高祖劉邦到漢武帝劉徹、「新莽皇帝」王莽、漢光武帝劉秀，基於各種政治的需要，對德運和「國色」不斷進行調整。劉邦承秦制，尊水德，尚黑色；劉徹尊土德，尚黃色；王莽尊火德，尚紅色；劉秀繼續王莽的做法，尊火德，尚紅色。至於其中的背景，都比較複雜和煩瑣，在

此不一一贅述。

所以，不能說劉邦定下來的官服是黑色，兩漢幾百年所有的官服都是黑色的，中間不斷在變化，這是古裝影視劇要注意的。

現在尊崇的是火德，「國色」是紅色，所以取代它的就應該是土德，基本色是黃色。

按照現代品牌視覺識別系統理論，一個品牌的基本色很重要，從公司的商標到產品外包裝，再到職場裝修以及凡能看到、摸到的東西，都要以這個顏色或與它相近的顏色作為設計的主體色調。

太平道不懂視覺識別理論，卻明白這個道理，他們也推出了自己的視覺識別符號，給每個人發了一個黃色頭巾。後來這支起義隊伍便被稱為黃巾軍，這場起義被稱為黃巾大起義。

太平道還把起義口號編成歌謠，通過百姓傳唱的方式到處傳播，這一招很管用，不久，京城洛陽的兒童們都會唱這首歌謠了。太平道還嫌不過癮，派人祕密潛入洛陽，在朝廷各辦事機構的大門上用白土寫上「甲子」兩個字（以白土書京城寺門及州郡官府，皆作「甲子」字）。

如此大張旗鼓地鬧革命，生怕別人不知道，這恐怕是史上最高調的起義。

歷史經驗表明，但凡臨時起意的事，總能歪打正着；但凡千琢磨萬考慮的事，總得出點兒岔子。

對太平道來說，萬事俱備，只差叛徒。


叛徒，也有了。

這個人的名字只要學過中學歷史的人都應該知道，叫唐周，是張角的弟子之一，在起義軍內部應該算中高級幹部。

漢靈帝光和七年（184年）剛過了年，朝廷突然接到唐周的密報，

太平道的整個起義計劃暴露了。

漢靈帝被嚇醒了，這些人敢情不只是傳傳道、治治病，是來要他的命的，從唐周的密報中看出，他們的起義計劃相當具體詳盡，刀快架到脖子上了。

漢靈帝馬上緊急下詔，對已潛入洛陽的起義軍前敵總指揮馬元義等太平道骨幹分子實施抓捕。由於有唐周的情報，馬元義等人很快被抓到，漢靈帝下詔將其處以車裂之刑（收馬元義，車裂於洛陽）。

漢靈帝同時下詔各州郡，要他們抓捕各地的太平道徒眾。由於時間緊急，來不及一一下詔，漢靈帝採取了下達通令（周章）的方式，還派鈎盾令周斌總負責，清查在宮省直衛、朝廷各辦事機構以及百姓中的太平道信徒，很快查出來 1000 多人，全部予以誅殺。

由於處置及時，洛陽總算沒亂起來，把這場即將燒毀洛陽的大火澆滅在了未燃之時。對朝廷來說，立了大功的唐周應該給予嘉獎，封個萬戶侯都不過分，但唐周卻從此銷聲匿跡了，史書對他再沒有半個字的記載。

唐周如果聰明，什麼官、爵都別要了，人間富貴基本上和他已經無緣，要想活着，只能找個沒人的地方躲起來，來個人間蒸發。幾十萬太平道的兄弟現在已經急紅了眼，都在找他報仇。


太平道瞬間面臨滅頂之災。

好在他們目前的實力確實已經足夠大，沒有被一口吞掉，大賢良師張角決定提前起事。

漢靈帝光和七年（184 年）二月，太平道舉行了祭天儀式，並在儀式上殺活人以盟誓（殺人以祠天），張角自稱天公將軍，張寶稱地公將軍，張梁稱人公將軍，他們在冀州刺史部正式起義。民間稱起義軍為黃巾軍，但在官府文書裏一律稱他們為「蛾賊」。

雖然倉促了點兒，但黃巾軍一開始仍很順手，所過郡縣朝廷任命的官員望風而逃，僅用十來天時間，就鬧得全天下震動（長吏多逃亡，旬日之間，天下回應）。

那些黃巾軍一時還沒有到達的郡縣，老百姓也等不及了，紛紛殺了本地官吏響應黃巾軍，安平王劉續、甘陵王劉忠還被本封國的變民生擒，歸降了黃巾軍。

安平國在今河北省，甘陵國在今山東省，都是太平道最活躍的地區。東漢的王國相當於郡，不設太守，由國相掌行政權，國王都是劉漢宗室，世襲。黃巾軍把劉續和劉忠關在大本營廣宗，沒殺他們，因為知道他們身份尊貴，可以換錢。

經過討價還價，朝廷付巨資把劉續和劉忠贖回。


## 御前軍事會議

在黃巾軍面前，東漢地方政權不堪一擊。這說明黃巾軍確實經過了長期的準備，來勢迅猛，也說明東漢政權早已不得人心。

但這還不是最重要的，要說準備充足，其他朝代的造反者也能做到，要說人心向背是關鍵，又無法解釋這場起義來得猛最後也退得快這個事實。其實，黃巾軍迅速得手的最重要原因，是東漢在軍制上存在着嚴重的缺陷。

東漢沿襲了西漢的軍制架構，主要兵力集中於南軍、北軍。南軍負責四方征戰，是野戰部隊，北軍駐紮在洛陽附近，負責京師的防衛。北軍之外，天子還有一部分近衛部隊，如衛尉、虎賁、羽林等，性質與北軍差不多。

除了這些中央軍，東漢沒有嚴格意義上的地方部隊，州郡不典兵。州不用說，本身就不是正規意義上的行政單位，州刺史品秩只有

600 石，還沒有洛陽令高，只負責糾舉官員差失，相當於中央派到各州的巡視組組長。郡和縣雖設有都尉、縣尉等職，但他們的職責是維護社會治安，充其量算警察部隊，與正規軍不能同日而語。

正規軍的職責是打仗，此外一律不管。在部隊裏要升遷，得靠戰功，所以真正的軍人都不怕打仗。地方治安部隊管緝盜，管百姓糾紛，管盤查陌生人，管得很寬、權力也大，但升職靠上司，不會惦記打仗的事，加上生在本鄉本土，牽掛也多，誰會真拚命？

所以，在黃巾軍面前，郡、縣治安部隊形同虛設。

國家有事，按說應該交給南軍處理，這是朝廷的一支常備軍，也是精銳之師，但不幸的是，此時此刻這支力量卻指望不上。

漢末，南軍主力一直奮戰在西部和北部前線。在西部，東漢陷入與羌人作戰的泥潭，進不能全勝、退不得脫身，雖然也成就了「涼州三明」等一批名將，但除了無休止地花錢，至今仍未看到休兵止戈的曙光。

在北部，雖然匈奴人暫時消停下來了，但新崛起的烏桓人和鮮卑人跟當年的匈奴人一樣強悍，與朝廷你來我往，陷入膠着之中。朝廷設立了護羌校尉、護匈奴校尉、護烏桓校尉等幾大邊防區，主力都是南軍。

地方如果有軍權，怕作亂；地方沒軍權，一旦有事就會出更大的麻煩。這樣的矛盾困擾着好幾個朝代的統治者，最典型的是宋朝，國家超級富有，軍費開支也很巨大，但 80 萬禁軍擺在京師附近，地方武裝都是老弱病殘，周邊一些小政權的騎兵一個衝鋒就能輕易打到天子門前。

東漢面臨的也是同樣的問題，黃巾軍的勢力如風捲殘雲般擴散起來，眼看就要打到洛陽了，京師震動。

現在，漢靈帝慌了。

他是一個多才多藝的皇帝，吃喝玩樂、琴棋書畫他都擅長，打仗他卻不行，也沒想過。

宦官也慌了，別看他們權勢很大，鈎心鬥角有一套，但他們這些人整天生活在深宮裏，眼前就是那一畝三分地，頭上只有巴掌大的一片天，缺乏見識，更沒有真才實學，又天生膽小怕死，黃巾軍一鬧，他們被嚇住了。

三公九卿多是宦官的黨羽，在激烈的官場鬥爭中能躋身上位，靠的不是能力，而是阿諛奉承、溜鬚拍馬，關鍵時刻大多也拿不出手。

漢靈帝召開御前會議，研究如何對付黃巾軍。

參加這次會議的想必有很多人，楊賜此時已改任太尉，司徒是陳耽，司空是張濟，作為三公他們應該都在場，其他還應該有袁隗、劉焉等朝廷的部長，甚至還有趙忠、張讓等宦官。

但是，除漢靈帝之外，史書只記下了一個與會者的名字，他叫皇甫嵩。

皇甫嵩字義真，涼州刺史部安定郡人，名將皇甫規的侄子。皇甫規是「涼州三明」之一，一員宿將。在叔父的影響下，皇甫嵩少年時既好詩書，也好弓馬，是一個文武全才，仕途也很順利，目前擔任北地郡太守。

北地郡屬涼州刺史部，是邊境地區，在那裏當太守與內地不同，主要職責是配合正規軍對敵作戰。皇甫嵩是來洛陽公幹的，因為有長期邊防作戰的經驗，又是名將之後，所以被漢靈帝點名列席會議。

皇甫嵩果然不負眾望，在會上提出了化解時局危機的具體方案，這個方案包含：下詔各州郡組織地方武裝，修築防禦工事，製造軍器（修理攻守，簡練器械）；在洛陽周邊地區各個方向重點構築八個戰略據點，即八關，分別是函谷關、大谷關、廣城關、伊闕關、軒轅關、

旋門關、孟津關、小平津關，每關設一個都尉，負責軍事；對現有的軍力進行整合，從北軍及天子的御林軍中抽調人馬組建討伐兵團，分路討伐冀州刺史部和潁川郡等重點地區的黃巾軍；將西園的錢拿出來，還有西園的廄馬，用以充實軍力。

這些建議漢靈帝都同意，南軍一時半會兒抽不回來，只有看北軍的了。打仗要花錢，朝廷財政分兩部分，大司農管國家的錢，少府管皇室的錢，目前這兩個地方都快到了破產的邊緣。西園是自己的小金庫，屬於個人財產，通過賣官等積累了大量錢財，現在國庫空虛，根本拿不出來錢，只得自己出血了，這筆錢不出，啥都沒了。

但是，皇甫嵩還提出了一項建議，漢靈帝聽完卻猶豫起來。

皇甫嵩認為，要想徹底戰勝「蛾賊」，除了出錢建隊伍還不行，還得有人才，而大量的人才還都被禁錮著呢，沒有政治權利，不能出來為朝廷效力，應當立即推行政治改革，解除禁錮，重新任用黨人。

這一條讓漢靈帝很為難。對黨人實施禁錮是他做出的決定，解除黨錮在面子上有些下不來，而且他也擔心會不會因此產生混亂。

更主要的是，漢靈帝的內心裏比較討厭黨人，這些人一天到晚吵吵鬧鬧，不是對他進行批評就是找宦官的碴，與宦官比起來，漢靈帝更喜歡後者。

而且，漢靈帝會感到不解，眼前討論的是如何解決「蛾賊」的事，跟解除黨錮究竟有多大關係呢？

針對最後這一項，御前會議沒有做出決定。

散了會，有個叫呂強的宦官給漢靈帝說了句話，立即把漢靈帝的思想工作做通了。

呂強對漢靈帝說：

「黨錮施行的時間太長了，已經引起了民怨，如果不及時赦除，他

們就會跑到張角那裏，如果那樣麻煩就大了，後悔都來不及（輕與張角合謀，為變滋大，悔之無救）。」

漢靈帝的智力很正常，這麼明白的話當然聽得懂，立即下詔赦免黨人。

呂強從小就在宮裏當宦官，雖然也擔任過小黃門、中常侍等高級宦官職務，但不在「十常侍」之列，在宦官中是少有正直的人，史書裏有他的傳，稱清廉忠誠、一心為公（清忠奉公）。

漢靈帝下詔，按照皇甫嵩提出的各項建議展開對黃巾軍的全面反擊。


# 討伐兵團何司令

漢靈帝光和七年（184年）三月，討伐兵團組建完成。

帝國的武將，名頭最大的無疑是「涼州三明」，可惜的是，他們現在都掛不了這個帥。

「涼州三明」指的是皇甫規、段熲和張奐，皇甫規字威明，張奐字然明，段熲字紀明，三個人的祖籍都在涼州，表字裏都有個「明」字，又都是對羌作戰中的名將，所以並稱。

皇甫規是皇甫嵩的叔父，十年前去世，安葬時追贈農業部部長（大司農）。

段熲生前擔任過太尉，是「涼州三明」中地位最高的一個，但他最後阿附宦官，一代名將竟然甘當宦官們的爪牙，被世人詬病，於五年前死去。

張奐為人清正剛直，被宦官所忌，後來又受到戰友段熲的迫害，僥倖保住了性命，在失望中回到家鄉閉門授徒，由名將轉型為著名學者，也在三年前去世了。

張奐晚年鍾情於教育事業，成果頗豐，最讓人津津樂道的是他把兩個兒子都培養成了大書法家，一個是張芝，被譽為「草聖」，與王羲之合稱「張王」；一個是張昶，被譽為「亞聖」。

「涼州三明」以下，武將出現了斷層，皇甫嵩的名望還不足以挑起大樑，在這種情況下，漢靈帝乾脆另闢蹊徑，讓毫無帶兵經驗的何進來掛帥。

當年，漢靈帝的老師楊賜給天子講學，地點是華光殿，當時在場聽講的除漢靈帝外還有一個人，就是這個何進，他也是楊老師的學生，是漢靈帝的同學。

除此之外，何進還有一個身份，他是何皇后的哥哥，這是他能進入華光殿聽課的原因。


何皇后是荊州刺史部南陽郡人，出身於一個屠戶家庭（家本屠者）。殺豬屬個體經營，吃飯靠手藝，掙錢憑本事，說不上光明磊落但至少勞動光榮。

不過，這是現在的看法。

在那個時代，商人和個體經營者的地位十分低下，在人們普遍的輕視和國家「重農抑商」的政策下，他們總體上沒有地位。比如秦代，商人可以積累大量財富，但法律卻禁止他們穿戴絲綢衣物、乘坐華麗的車駕，所以商人雖然富貴卻一點兒都不風光（雖富無所芳華）。到漢代，商人依然不能做官，不能以自己的名義購買田地，而且需要向政府申報財產，交納財產稅，如果申報不實被人揭發，全部財產就要被沒收，還要被罰戍邊一年。

手工業者的地位還不如商人，被視為「賤民」，與商人一樣是限制民事行為能力的人，不具有完整的國民資格。這樣的家庭出身，別說當貴人、皇后，就是被選進宮，都算是奇跡。

每年八月，朝廷都會派出採選小組赴有關地區採選宮女，採選小組由宦官、地方官員和相面的術士組成，候選者的年齡介於 13 歲到 20 歲之間，標準是姿色美好、相貌端正、家庭出身好。

何氏家庭出身不好，但她有自己的長處：長得漂亮。

史書說何氏個子高挑，身高七尺一寸。漢代一尺約合今 23.5 厘米，七尺一寸約合 1.67 米，這樣的個頭打排球勉強、打籃球有些矮，但當模特是夠了，古人的平均身高普遍低於現在，可能與營養狀況有關吧。

當然，靠這些不夠，為了順利入宮，還得有其他手段。

後宮寂寞而冷酷，有些人並不願意讓自己的孩子進宮受罪，他們不惜賄賂負責採選的人讓自家孩子落選；而另一些人卻一心想進宮，幻想從此改變命運，為自己和家族博出另一種人生。

屠戶出身的何氏屬於後一種。那一年她的運氣特別好，負責採選的宦官名叫郭勝，也是南陽郡人，是老鄉。何家人拿出錢來打點了郭勝，讓他幫忙說話（后家以金帛賂遺主者以求入也）。

何氏最後順利入宮，一開始並不是貴人，可能是地位較低的采女之類，她的命運再次出現轉機，是在她給漢靈帝生下一個兒子後。

後宮佳麗如雲，漢靈帝卻一直沒有子嗣，想到前任漢桓帝劉志就是因為沒有兒子才不得不把皇位傳給了自己，漢靈帝常為此發愁。何氏不僅長得漂亮，而且生育能力也遠超後宮裏的其他女人，她生的兒子是漢靈帝的長子，取名劉辯，何氏一躍成為貴人。

後宮裏不缺大家閨秀、名門千金，缺的是會說話、能來事、跟任何人都能打成一片的市井女子，這又是何貴人的另一項特長。

通過觀察，何貴人發現，要保住地位，姿色靠不住，兒子也未必管用，能保她聖寵在握、家族永固的只有宦官。為了獲得宦官們的力挺，何貴人果斷地把親妹妹嫁給了宦官首領張讓的兒子。

宦官沒有後人，這個兒子是張讓的養子。

何貴人通過聯姻讓自己變成了張讓的晚輩，找到了靠山。

出身微賤、會來事、長得漂亮，又是自己人，在張讓等宦官眼裏沒有誰比何貴人更適合當皇后了。

有張讓幫忙說話，何貴人成了新皇后。


自從妹妹進宮得寵，原來不名一文的何進也開始了自己的仕途，先在禁衛軍中擔任了武官，後來下派到豫州刺史部潁川郡當太守。沒多久，因為妹妹被冊立為皇后，何進改任河南尹。

洛陽是個縣，長官是洛陽令，洛陽令的上級就是河南尹，管轄洛陽周邊幾個縣，再往上歸司隸校尉管。河南尹雖然相當於郡太守，但權力和影響更大，被稱為天下第一太守。

河南尹的品秩只有 2000 石，大將軍的品秩則是萬石，由河南尹直接跳升為大將軍，一步邁過了好幾個台階。

同時，也一步邁進了帝國的核心權力層。

現在，漢靈帝選擇何進擔任大將軍，何皇后的作用當然是首要的，作為何進的老師，太尉楊賜也有相當重要的建議權。按照三公的分工，主管軍事事務是太尉的職責，對於提拔自己的學生擔任大將軍，楊老師按說是不會反對的。

但這些都是次要的，更重要的是大將軍這個職位天生就是為何進準備的，除了他，目前沒有人夠格，也沒有人敢去當。

說起來有些誇張，但這是事實，還要從大將軍一職的特殊性說起。大將軍位高權重，手裏握着天下的兵權，必要時可以和天子分庭抗禮，所以這個職務很敏感，也不常設。

如果需要設立這樣一個職務，通常都是外戚來擔任，作為天子的一家人，軍權在外戚手裏還是放心的。從另外一面說，外戚如果想控

制朝廷，不擔任這個職務也無法做到，之前的梁冀、竇武皆如此。

不是外戚的權臣如果謀求大將軍一職，等於告訴世人你想謀反，所以漢靈帝讓何進擔任大將軍，大家既感到意外，也不意外。

何進的指揮部設立在洛陽城內的都亭，他同時兼任討伐兵團的司令。

漢末三國出現了一大批都亭侯，亭侯以上的爵位一般都有對應食邑，按照這個原則都亭應該是一個具體的地方，屬於鄉下面的行政建制。但是，都亭如果在洛陽，類似於洛陽的一個街道辦事處或者居民委員會，那麼它不可能是眾多都亭侯的共有食邑。

其實，都亭也大量出現在洛陽以外的其他很多地方，看來都亭應該是城市裏普遍都有的一個地方，亭的本意是驛舍，都亭或者是類似於政府開辦的賓館、招待所之類的地方。按這樣的理解，何進的司令部應該臨時設在朝廷開辦的洛陽賓館。

討伐兵團總兵力五萬人，由三支人馬組成，分別由新任命的中郎將盧植、皇甫嵩、朱儁（儁，同「俊」）指揮。

當時黃巾軍的主力有兩個方向，一個是張角的家鄉冀州刺史部，一個是何進剛剛卸了職的豫州刺史部潁川郡。討伐兵團下屬的三支人馬分別討伐這裏的黃巾軍：盧植一路負責討伐冀州刺史部的張角，皇甫嵩、朱儁兩路人馬負責討伐豫州刺史部的黃巾軍，重點是潁川郡。

這是一次緊急動員，黨錮已經解除，黨人參政參軍都再不受限制，有不少黨人也參加了討伐兵團。

讀《後漢書》和《三國志》等記述漢末三國歷史的史籍，感覺語言並不枯澀難懂，它們繼承了《史記》的傳統，在敍史時文字質樸而有文采，尤其是《三國志》，可以當成小說來讀。

但也有麻煩，最頭疼的是地名和官職名稱，古今差異太大，不弄清它們的含義就無法形成形象認識，讀起史書便像咀嚼夾生飯。

官職名稱中軍職更麻煩，更為繁亂而缺少頭緒，比如上面提到的大將軍、中郎將，還有以後會大量涉及的各類將軍、司馬、校尉、都尉等，如果不弄清它們的含義從而建立起一個相對直觀的認識，讀史的樂趣至少減少了一半。

對此，有一個簡單的辦法，未必完全精確，卻很實用。

現代軍隊編組的方法，由上到下通常是軍、師、旅、團、營、連、排、班，這些常識會下軍棋的小孩都懂。東漢軍制裏沒有這些名目，但有類似的叫法，從上到下依次是軍、營、部、曲、屯、隊、什、伍。

最下面的伍，就是五人組成的戰鬥小組，是最基層的戰鬥單位，主官為伍長。

二五為一什，主官為什長；二什為一隊，主官為隊率；二隊為一屯，主官為屯長；五屯為一曲，主官為軍候；二曲為一部，主官為司馬。

司馬是東漢軍中重要的軍職之一，許多名將軍旅生涯起始階段都擔任過該職。算下來，一曲的人數是 500 人，一部的人數為 1000 人，與現在一個團的編制相近。

所以，部的指揮官司馬可以看作團長，佐軍司馬相當於副團長，別部司馬相當於獨立團團長。

司馬往上，五部為一營，是 5000 人，主官為都尉或校尉，相當於旅長。

二營為一軍，人數為 10000 人，主官一般是各類將軍，相當於軍長，裨將、偏將相當於副軍長。史書裏說水淹七軍，意思就是淹了七個軍，也就是七萬人。

還有一個中郎將，具體統屬不詳，不過從史書記載的情況看，都尉、校尉任中郎將算升遷，中郎將任偏將、裨將也算升遷，所以它應介於都尉、校尉和偏將、裨將之間，可以看作師長。

　　中郎將的屬官裏有一個軍司馬，和司馬不是一回事，是軍事長官的主要助手，相當於文職裏的長史，即祕書長，軍以下的單位通常不設參軍，軍司馬或者乾脆理解為參謀長。


　　除此之外，東漢軍制還有各種將軍，名號多而泛濫。

　　現在軍、師及其以下都以番號相區別，如第一軍第十師等。過去沒有，打起來比較亂，為了區分，就給它們起個名號，比如盪寇軍、伏波軍，該軍的軍長就叫盪寇將軍、伏波將軍，這些被稱為雜號將軍。

　　軍以上現在稱兵團、軍區，東漢則由四方、四征、四鎮等將軍統率。四方將軍指前將軍、後將軍、左將軍、右將軍。四征將軍指征西將軍、征東將軍、征南將軍、征北將軍。四鎮將軍指鎮西將軍、鎮東將軍、鎮南將軍、鎮北將軍。

　　以上這 12 位將軍相當於東、西、南、北各軍區司令，這些軍區司令不常設，也不全設，設不設、設多少根據需要來定。

　　在地位上，四方將軍高於四征將軍，四征將軍高於四鎮將軍。同一個軍區，設哪一種司令要看任職者的資歷，不夠四方將軍的，先任命個四征、四鎮將軍。也有一種情況，同一個軍區四方、四征、四鎮將軍中設了兩位以上，那麼地位最高的相當於司令，其他的受他節制，相當於第一副司令、第二副司令。

　　這些軍區司令再往上，依次是衛將軍、車騎將軍、驃騎將軍、大將軍，到大將軍，就到頂了。

　　皇帝是天子，主宰一切，但名義上他不兼武裝部隊的統帥，全國

武裝部隊總司令是大將軍，衛將軍、車騎將軍、驃騎將軍相當於副總司令。

大將軍地位崇高，在三公之上，驃騎將軍地位與三公相當，車騎將軍、衛將軍的地位略低於三公，在朝廷的部長（九卿）之上。但這些高級軍職也都不常設，也不一定全設。

如果不設大將軍，驃騎將軍相當於全國武裝部隊的代理總司令。

如果大將軍、驃騎將軍都不設，車騎將軍就相當於全國武裝部隊的代理總司令，照此類推。

## 三個猛人當師長

經過以上的梳理，現在對討伐兵團就有了更直觀的認識。

討伐兵團司令由全國武裝部隊總司令（大將軍）何進兼任，指揮部設在洛陽城內的都亭，兵團的主力是三個師：第一師師長（北中郎將）盧植，進兵冀州刺史部；第二師師長（左中郎將）皇甫嵩，進兵豫州刺史部潁川郡；第三師師長（右中郎將）朱儁，進兵豫州刺史部。

現在，來認識這三位師長（中郎將）。

皇甫師長前面已經講了，說說盧師長和朱師長。

九年前，揚州刺史部九江郡蠻人造反，朝廷派經學大師馬融的弟子盧植去平叛。當時盧植沒有職務，還是布衣之身，朝廷因為急着用人，直接任命他為九江郡太守。盧植果然有兩下子，三下五除二就把蠻人制服了，聲名大震。

這樣的人應給予重用，但宦官一查盧植的底細，發現他跟黨人走得很近，是個剛毅有大節的人，便把他打入了冷宮。盧植失望，辭職回到家鄉涿郡辦私學，在那裏收了兩個著名的學生，一個叫公孫瓚，一個叫劉備。

過了兩年，揚州刺史部的廬江郡又發生叛亂，朝廷找不到人去平叛，又想起了盧植，再次徵召他為廬江郡太守前去平叛。盧植雖不願侍奉宦官，但朝廷有事需要自己他不能袖手旁觀，於是解散私學，再次前往南方，平息了廬江郡的叛亂。

史書記載盧植身高八尺二寸，約合現在 1.93 米，在當時絕對是大個子，所謂一白遮百醜、一高啥都有，論長相盧植沒得挑，他還聲音洪亮（音聲如鐘），酒量極好，一次能喝一石酒（能飲酒一石）。

盧植的老師馬融是東漢名將馬援的從孫，也是外戚，是當時最著名的學者，馬老師還有一個學生叫鄭玄，在學術上的名氣更大。

論文憑，名校高才生；論長相，人高馬大，長得排場，數一數二；論能力，文武全才，不是吹的；論業績，兩次為朝廷立過大功。這樣的人不管在哪個朝代，都應該是組織部門重點培養提拔的對象。

可惜，在漢末不行，因為這樣的人宦官不喜歡。

盧植第二次立功回來，被安排到朝廷參事室擔任參事，品秩只有 600 石，不到郡太守的一半，主要工作是在皇家圖書館（東觀）整天埋頭編書校書，後來雖然參與了《東觀漢記》等典籍的編撰，但顯然這不是他的特長。盧植的經歷說明現在的吏制已徹底崩壞，即使有人才，也將被埋沒。

不過，現在關鍵的時候到了，盧植被重新起用。


在人們的印象中，相對於皇甫師長和盧師長，朱師長的情況似乎弱一些，其實這完全是誤解。

朱儁也是一個牛人，他也平定過民變，並取得過不俗的戰績。

朱儁，揚州刺史部會稽郡人，史書把他和皇甫嵩合為一傳，說明了他的名氣和歷史地位。

朱儁家境較苦，小時候父親死了，母親販賣一種叫繒的紡織品為

業。類似的經歷大家一定很熟悉，劉備小時候也是這種情況。

　　儘管很苦，母親卻堅持讓朱儁接受文化教育，這一點和劉備的母親也很像。讀書能改變命運，對寒門子弟來說，這基本上也是唯一的途徑了。

　　由於有文化，朱儁年輕時到縣政府當了文書管理員（書佐）。他這個人重義氣，不計較錢財，受到大家的尊重（好義輕財，鄉閭敬之）。

　　後來發生過一件事，讓大家對他更刮目相看。

　　朱儁有個朋友叫周規，在朝廷裏找到了一份工作（為公府所辟），這是一件讓人很羨慕的事，但是他卻幹了件蠢事，差點去不成。

　　周規大概想馬上要到京城上班了，得弄點路費、置裝費，不能太寒酸，於是偷偷挪用了一筆公款，數量比較大（庫錢百萬）。當時部長級官員月薪不過一萬到兩萬錢，百萬錢當然是巨款。

　　周規原來的想法是這一去未必再回來，就是以後被發現也奈何不了自己。但是管後倉的人偏巧及時發現了，要周規歸還挪用的錢，而這筆巨款已經讓周規花掉了。

　　這個時候朱儁給他幫了忙，朱儁幹了回小偷的勾當，偷的對象是自己的母親。他們家雖然也不富，但朱儁的母親搞的是繒帛貿易，朱儁把母親的貨物偷偷賣了，拿錢為周規解困，而朱儁的母親也因此失業。

　　母親恚責朱儁，朱儁回答說：「吃點兒小虧，以後會佔大便宜；開始清貧，以後會富有，這是必然的道理（小損當大益，初貧後富，必然理也）。」

　　現在看，朱儁這事做得其實並不怎麼樣，一個挪用公款的貪污犯，你不檢舉揭發，還要去幫他，犯了包庇罪，成為同案犯。更讓人不能接受的是，下手的對象是含辛茹苦拉扯自己長大的母親。按照之前的演算法，100萬錢相當於現在300萬元，朱母後來如何賠給人家

的，不得而知。

不過，朱儁的行為在當時很受追捧，認為他講義氣。

朱儁也很快得到了回報，他供職的是揚州刺史部會稽郡上虞縣，縣長名叫度尚，官不大，但名氣不小，是個著名的黨人，聽說了朱儁的事跡不僅沒追究，而且很稱奇，把朱儁推薦給會稽郡太守韋毅；後來尹端接任韋毅，也很欣賞朱儁，任命朱儁為郡政府辦公室主任（主簿）。

熹平二年（173年），會稽郡許昭起義，尹端因討伐不力被州刺史糾舉，經過有關部門審理，判處棄市的大罪。

作為尹太守手下的辦公室主任，朱儁又幹了件讓人稱奇的事，他帶着一筆巨款到洛陽，拉關係、走後門，上下打點，費盡周折，把老領導的死罪改判為有期徒刑（輸作左校）。

行賄，這又是一件違法的事，但同樣因為義，受到史書的褒揚。兩漢以孝治國，又主張移孝於忠，又尚仁義，以道德代替法律，法被一再邊緣化，不說挪用公款、行賄受賄，就是殺人放火、打家劫舍，只要出於義，出於孝，都被認為是壯舉。東漢就是這樣一個奇怪的社會，不亂的時候看起來不錯，一亂起來就沒譜了，因為在人們的思想中，法律意識從來都很淡薄。

尹太守保住了一條命，但他自己還稀裏糊塗，不知道其中的原因，因為這件事朱儁從沒有向外人提起過（端喜於降免而不知其由，儁亦終無所言）。

後來，交州刺史部有個叫梁龍的人造反，沒人能平息，朝廷拜朱儁為交州刺史平亂。

朱儁到任後用了不到一個月就斬殺了梁龍，收降數萬人。朱儁因功被封為都亭侯，食邑1500戶，拜為品秩600石的朝廷監察專員（諫議大夫）。

看了皇甫嵩、盧植、朱儁三個人的經歷，會想到一個問題。

作為三路討伐大軍的指揮，作為已經有了不淺的資歷和擁有一定功績的朝廷官員，為什麼只被任命了個師長（中郎將）？

皇甫嵩時任北地郡太守，品秩2000石，至少也是副部級；盧植擔任過兩任郡太守，十幾年前就已官至副部級；朱儁雖然沒有當過郡太守，但他當過交州刺史，品秩雖然沒有太守高，但重要性不言而喻。

從他們的資歷看，這次被任命的軍職應該更高些，最少也是個將軍吧？國難當頭，用人之際，即使分別任命他們為征北將軍、征東將軍、征南將軍，似乎也在情理之中。

但任命下來只是個師長，從品秩上說，中郎將是比2000石，也就是比2000石略低，實際權力和影響力都比將軍差得多。

原因只有一條，那就是漢靈帝很摳門，平時這樣的官位都是拿來賣錢的，現在白給，不能太容易。

在掌權的宦官們看來，皇甫嵩、盧植都是曾跟他們作對的人，朱儁雖然沒有公開叫過板，但這樣的人在政治傾向上肯定跟他們不是一路人，現在實在沒辦法了才重用他們，官當然不能一下子給得太大。

宦官們還向漢靈帝建議，對這幾個人不能信任，得時不時派人去督促檢查，漢靈帝也同意了。

除了總司令何進和三位師長，討伐兵團裏還有一些大家熟知的人，比如曹操、孫堅、劉備、公孫瓚、陶謙、王允，還有關羽、張飛等。

他們的年齡、出身和經歷各不相同，在社會上的地位也很懸殊，但是在相同的際遇下參加了這場戰鬥，從而開始了他們人生中的第一次重要轉折。

這是漢末三國風雲人物的首次集中亮相。漢末三國這幕大戲，其

實是由他們這些人拉開的。這些人後來都成了事，對朝廷來說，他們個個都不是省油的燈。

曹操的經歷已經說過了，在瞭解討伐兵團的軍事行動之前不妨先花點兒時間再回顧一下其他人的情況。

# 副縣長孫堅

朱儁帶着人馬去了豫州刺史部，面對強大的敵人，朱儁深感人手不夠用，想方設法擴大隊伍規模。

朱師長想到一個人，給他寫了封信。這個人在千里之外的一個縣裏當副縣長（縣丞），接到朱師長的信，二話不說，辭別妻兒，立刻就來了。

這個人就是孫堅，又一個猛人。

朱師長跟孫堅其實並不熟，也沒有在一塊共過事，他給孫堅寫信，是因為孫堅官當得不大，卻早已聲名在外。

孫堅字文台，揚州刺史部吳郡富春縣人，是一名真正的猛將。

吳郡在長江以南，現在的上海、蘇州、杭州都在該郡範圍內，富春縣即今杭州市下屬的富陽市。

孫堅的父親在官署當差，不是什麼大官，是基層公務員。一次，孫堅和父親乘船去錢唐，也就是今天的杭州，路上碰到一夥海盜。海盜搶了人正在分贓，大家看到了，都不敢靠前。

孫堅觀察了一下，對父親說可以發起攻擊，父親不同意冒險。孫堅不聽，操刀隻身來到這夥海盜面前，手裏指指點點，嘴上唸唸有詞（以手東公指麾）。這種場景電影裏常看到，深入敵後的孤膽英雄都會這一手。為了鎮住敵人，往往還會虛張聲勢地喊：「一班左邊，二班右邊，三班四班跟我上！」

孫堅的這一手很奏效，海盜們被震住了，丟下搶來的東西就跑，孫堅隻身追趕，還殺了一名海盜。他的英雄壯舉驚動了官府，要知道這一年他才 17 歲。

孫堅被徵召到官府當差，第二年吳郡南面的會稽郡鬧民變，孫堅由於膽大心細不怕死，被抽調去鎮壓民變。孫堅又立下戰功，受到揚州刺史臧旻的賞識。臧刺史上報朝廷，孫堅被提拔為鹽瀆縣副縣長（縣丞）。

鹽瀆縣即今江蘇省射陽縣。年輕有為，膽識超群，戰功赫赫，又有上級領導的賞識，按說孫副縣長前途光明，但此後他卻仕途不順，幹了十年仍原地踏步，還是縣丞，先是鹽瀆縣，後來到盱眙縣，最後來到下邳縣。

官沒有當大，離家卻越來越遠了。

不是孫副縣長沒能力，更不是他的群眾基礎不好，史書上說在這三個縣他都幹得很不錯，很敬業也很親民，大家都很擁護他（*所在有稱，吏民親附*）。


孫堅仕途不順，是漢末官場的一個縮影。

由於宦官專權，再加上世族門閥制度漸行，寒門子弟的仕路被阻斷，晉階困難。憑本事、不怕吃苦，謀一份差使還不算難，但再往上就不行了。除非有其他條件，要麼在太學裏混過，有文憑，要麼在地方察舉中被推舉為孝廉或茂才，最差勁的，也得受業於名師。

這幾項孫堅都沒有，他只會苦幹，唯一的後台是揚州刺史臧旻，不湊巧的是，此人也被朝廷調到北部邊疆跟匈奴人作戰去了。

有人說孫堅其實是有來頭的，因為史書記載他是孫武的後人（*蓋孫武之後也*），在講門第出身的官場上這也許是一張有用的名片。但問題出在一個「蓋」字上，名門後人不是自己說說就管用，你得拿出家

譜來，有沒有宗祠、街坊鄰里是否承認、官方是否認可、傳了幾世幾代，都必須確鑿無誤，孫堅顯然沒有這些。這個「孫武後人」相當有水分，大概是孫氏發跡後史官給的面子。

孫堅父親由於職務太低，史書上未記載他的名字，只記載了孫堅的爺爺是個瓜農（以種瓜為業），有一年遭遇饑荒，有三個少年跑來要瓜吃，孫堅的爺爺為人厚道，就給了。

三個少年吃了瓜，對孫堅的爺爺說這座山下風水很好，往下走100步，可以作塚。

孫堅的爺爺信了，臨終前告訴家人把自己務必葬在那裏，但不知是他記錯了還是家人沒弄準，他最後葬的地方不是100步，而是30步。有人說，如果當時把距離搞準了，孫吳後來的事業幹得還會更大。

這座山名叫陽平山，不過，孫堅的爺爺埋在這裏幾十年了，孫氏還沒有發達的跡象。


孫堅來到下邳縣當縣長，這一年他已經28歲了。

該縣屬徐州刺史部的下沛國，現在的位置在江蘇省徐州市睢寧縣古邳鎮附近。這是一個挺有名的縣，秦末張良刺殺秦始皇未遂，跑到這裏躲藏，在此地的一座橋上遇到黃石公，得《太公奇門》，這就是坦橋進履的典故。如果由現在往後推16年，曹操在此擒殺呂布。

讓孫堅感到安慰的是，他的家庭比較幸福。他有一位好妻子，姓吳，也是吳郡人，老家是吳縣，即今天的江蘇省蘇州市。

吳氏很小的時候父母都去世了，她和弟弟吳景一起生活。吳氏長得很漂亮，而且是個才女，孫堅當時還是家鄉基層政府的辦事員，聽說後一定要娶到手，卻遭到了吳氏族人的一致反對。

吳家人反對的理由是這位孫辦事員為人不夠穩重（輕狡），這當然是表面理由，真實的情況可能是門第有差，吳氏雖然父母都不在

了，但家族還有一定勢力，親戚們不想把姑娘嫁入寒門。

　　但孫堅很固執，認定的事就一定要辦成，看吳家人不答應這門婚事，就放出了狠話。

　　吳氏知道後，對親戚們說：「不要因為憐惜一個女兒而招來禍患（何愛一女以取禍乎），如果嫁過去不幸福，那是我的命。」

　　孫堅娶到了才貌雙全的吳氏，而吳氏開始是抱着一種犧牲自己成全族人的悲壯嫁的孫堅。過門後，吳氏發現姓孫的這小子其實還不錯，並不像外面傳的那樣不靠譜，夫妻很恩愛。

　　來下邳縣之前，孫堅在盱眙縣當副縣長（縣丞）時，吳夫人為他生下了一個可愛的兒子。在懷這個孩子期間，吳夫人做了一個夢，夢見月亮墜入她的懷中（月入其懷），她不解其意，也沒有告訴任何人。不過，這個孩子生下來就很出眾，是一個漂亮英俊的男孩（美姿顏）。

　　到下邳縣後，吳夫人又懷孕了，這一次她又做了個夢，夢見太陽墜入懷中，她趕緊告訴了丈夫。

　　孫堅想了想，對妻子說：「日月是陰陽的精華，是大富大貴的預兆，難道預示着我們子孫必定會興旺發達嗎？」

　　等這孩子生下來，吳夫人卻有點失望，與長子相比，二兒子長得很難說英俊：大方臉，嘴特別大，眼睛有神（方頤大口，目有精光）。不僅方頤大口，而且上身長，下身短，後來還長出紫色的鬍鬚（紫髯，長上短下）。

　　臉大嘴大的人很常見，上身長下身短的人倒不是很多，因為一般人下身比上身長，那樣才顯得勻稱好看。至於長着紫色鬍鬚就更稀罕了。

　　總之，這是一個不普通的孩子。

　　孫堅大概請相面的人來看過，所以對於二兒子的長相很滿意（異之，以為有貴象），他給大兒子取名叫孫策，成年後取表字伯符；給小

兒子取名孫權，成年後取表字仲謀。

這父子三人，一個比一個厲害。


也許是孫堅在會稽郡參加鎮壓民變的事傳到了朱儁那裏，也許是孫副縣長膽大勇猛的聲名已到處傳播，朱儁主動邀請孫堅參加討伐兵團。

孫堅這一年虛歲 30 歲，正好是而立之年，他已經是三個孩子的父親，就在不久前，吳夫人又給他生下一個兒子，取名孫翊。

接到朱儁的信後，孫堅沒有猶豫，準備上戰場。對孫堅來說，打仗幾乎是他目前能建功立業、改變命運的唯一途徑，經過 10 年的基層磨礪，他已經看得很明白，如果一切按部就班下去，他也就是當個基層公務員的命了。

作為一個頗有見識的女人，吳夫人沒有阻攔丈夫的選擇。經過商量，她帶着孩子們離開下邳縣，到南面一點兒的壽春縣居住，讓孫堅沒有後顧之憂。

壽春縣即今安徽省壽縣，當時屬揚州刺史部九江郡。孫堅為什麼把家眷安頓在這裏而不是讓他們回老家富春縣？其中的原因不太清楚，也許富春縣路途遙遠，回去不容易吧。

孫堅當縣丞多年，一直幹得很認真，勤勤懇懇、任勞任怨、盡職盡責。他喜歡結交縣中少年，不管走到哪裏，老鄉也罷、知己也罷，還有氣味相投的那些年輕人，孫堅都樂意跟他們交往，他們當中有需要幫助的，孫堅從來沒有二話，把他們都像自己的子弟一樣看待（**接撫養待，有若子弟焉**）。

聽說孫副縣長要去參加朝廷的軍隊，下邳城有不少年輕人願意跟隨，孫堅又招募了些淮、泗一帶的精兵，前前後後跟着他來的將近 1000 人（**又募諸商旅及淮、泗精兵，合千許人**），日後跟隨孫堅南

征北戰的基本班底，程普、徐琨、黃蓋、韓當、朱治等人，大概就在其中。

看到孫堅不僅自己來了，還帶來了這麼多人，朱儁挺高興，立即任命孫堅為副團長（佐軍司馬）。

副縣長改任副團長，級別似乎沒怎麼變，也許朝廷只給了朱師長這麼大的人事權吧。

孫堅不在乎，只要有仗打，他就很滿足。

## 草根青年劉備

說完朱儁這一路，再說盧植這一路。

盧植負責討伐冀州刺史部的黃巾軍，該處的黃巾軍由張角兄弟三人直接指揮，勢力最大，所以朝廷對盧植這一路人馬配備得最為精強，其主力是北軍五校，並任命討伐烏桓的邊防師師長（護烏桓中郎將）宗員做盧植的副手。

之前說過，朝廷的中央軍主要由南軍和北軍構成，北軍駐紮在京師，西漢時編制為八個師（八校尉），東漢時為五個師（五校尉），分別是：

> 重騎兵師（屯騎校尉）；
>
> 輕騎兵師（越騎校尉）；
>
> 步兵師（步兵校尉）；
>
> 水軍師（長水校尉）；
>
> 弓弩兵師（射聲校尉）。

北軍這五個師的師長（五營校尉）品秩較高，為比 2000 石，略低於郡太守，與中郎將相同，體現出北軍的重要性。另設北軍聯席參謀

長（北軍中候）一人，負責監督北軍，但他的品秩不高，只有 600 石。

漢朝常幹這樣的事，讓 600 石的州刺史監察 2000 石的太守，讓 600 石的北軍中候監督比 2000 石的五營校尉，以低制高，保持一種平衡，但也容易造成混亂。

作為朝廷的禁軍，北軍裝備精良，戰鬥力是可以的。盧植帶來的人馬大部分抽調於北軍，顯示出朝廷務求將張角等人一舉剪滅的決心。

宗員的邊防師也是漢末常設軍之一，主要任務是對付日益強大的烏桓部族。匈奴人經過分裂後已經式微，北匈奴遠走漠北，南匈奴內附，對朝廷的威脅大為減輕，倒是烏桓人後來居上，代替匈奴人成為東漢帝國北部的主要敵人。

朝廷讓討伐烏桓的常備軍參加征討黃巾軍的戰鬥，說明冀州刺史部的情況比想像的還要複雜，擺在盧師長面前的任務非常艱巨。

為此，朝廷還在不斷為盧植增加人馬，徵召各郡地方武裝參戰（發天下諸郡兵征之）。

正在用人之際，有一幫人主動跑來找盧植，表示願意效力，領頭的正是他的學生劉備。


劉備字玄德，幽州刺史部涿郡涿縣人，也是一個牛人。

幽州刺史部是東漢 13 個州中最北面的一個州，轄 11 個郡國、90 個縣，治所薊縣，故址在今北京市西城區廣安門一帶，由宣武醫院到北京西站這一片都是。涿郡位於幽州刺史部的最南部，郡治涿縣即今河北省涿州市。

劉備的老家在涿縣樓桑村，其位置大體在今涿州市區東南 15 里處。那時候，樓桑村有一個很顯眼的地標——一棵非常高大的桑樹。這棵樹有 5 丈多高，相當於現在的 4 層樓，遠遠望去它枝繁葉茂像一柄車蓋（生高五丈餘，遙望見童童如小車蓋）。

有個叫李定的人善於看風水，專門跑來看了看，發現這棵樹不僅高大，而且樣子奇特，形如傘蓋。

李定看完，驚歎道：「樹下面的這戶人家將來一定有貴人出現（此家必出貴人）！」

大家羨慕又嫉妒的眼光不由得聚焦在桑樹下的這戶人家身上，可看了這家人的境況，大家又有些釋然了，因為這家人的日子過得實在不怎麼樣，說村裏別人家出貴人大家信，說這家出貴人，大家覺得戲不大。

這家人姓劉，當家人叫劉弘，他父親劉雄活着的時候家境還好，劉雄在外地當過縣令，但到了劉弘，家境就衰落了，劉弘不久前也生病死了。

據記載，其實劉家也曾顯赫過。西漢初年，彼時天子也姓劉，劉家跟天子同宗，是漢室宗親，追溯族譜，可以推到漢景帝之子 —— 中山王劉勝。

但是 200 多年過去了，現在是東漢。樓桑村這戶劉家的所謂漢室宗親其實已與普通百姓沒有兩樣。在漢末這樣的人有很多，雖然姓劉，卻享受不到任何特權、福利，有些人的日子過得還不如一般人。

劉弘只有一個兒子，那時才幾歲，和寡母一起生活，日子過得相當拮据，母子倆靠做小生意販賣鞋子或者織席子掙點錢（販履織席為業）。劉弘的這個兒子從小就很有志向，他跟小朋友們常在樹下玩耍。

一次，劉弘的兒子指着這棵桑樹對小夥伴們說：「我將來一定會坐上用鳥羽裝飾着車蓋的車子，車蓋就和這棵桑樹一樣大（吾必當乘此羽葆蓋車）！」

這句話就傳開了，有人當笑話聽，但這個孩子的叔父聽了很緊張。叔父趕緊警告說：「再不許亂說了，你是要讓咱們滿門抄斬嗎（汝勿妄語，滅吾門也）？」

這個孩子，就是劉備。

涿州雖然現在只是個縣級市，但在歷史上它相當了不起，從這裏走出了兩位開國皇帝：蜀漢的劉備、宋朝的趙匡胤。

劉備生於漢桓帝延熹四年（161年），比曹操小六歲，由於家道衰落，從小就過上了苦日子。但他有一個偉大的母親，她不想劉備將來只是一個小商販，對劉備寄予了很高的期望，堅持讓劉備讀書。

為了讓劉備在學業上有突破，在劉備15歲時母親做出了一個驚人的決定，送他到盧植開辦的私學裏讀書。

正是這項重要的決定改變了劉備的人生。

盧植當時名氣很大，他不願意在京城當官看宦官的臉，回到家鄉辦私學，學校的地址在緱氏山中，此山在何處不詳。作為一所名校，花費自然不會少，劉備得以到這裏求學，除了母親辛苦積攢的費用，還有賴於他人的資助，資助他的一個是叔父劉子敬，還有一個名叫劉元起的同宗。

作為寒門子弟，母親含辛茹苦地供養自己上學，有這樣的機會，一定會拚命學習，發奮努力，然而劉備沒做到，他不怎麼喜歡學習（不甚樂讀書）。

劉備在學習上一點兒都不刻苦，他更喜歡好吃的、好玩的、好穿的（喜狗馬、音樂、美衣服），一點兒都不像窮人家的孩子。

劉備成年後個子長到了七尺五寸，合今1.76米，也算是大高個。除個子高，他還有兩個顯著特徵，一是胳膊長，二是耳朵大。劉備站着手臂自然垂下時，手可以越過膝蓋（垂手下膝）；他的耳朵很大，自己可以看見自己的耳朵（顧自見其耳）。這種長相比較個性，甚至說有點怪異，放到現在恐怕絕不會拿出來誇耀。

胳膊長，適合當拉麵師傅。

耳朵大，那是阿凡達。

可在古代相面師看來，長成這樣，是十足的貴人相，具體來說就是帝王之相。佛家所謂三十二大人相，垂手過膝便是其一，認為凡有此相者好布施，不貪所得，是貴人。

除劉備外，歷史上垂手可過膝的帝王可以列出一大串來：晉武帝司馬炎、陳武帝陳霸先、陳高宗陳頊、前趙皇帝劉曜、後燕成武帝慕容垂、前秦皇帝苻堅、後秦姚襄⋯⋯

垂手過膝幾乎成了帝王的「標準相」，至於耳朵大，至今民間還一直在流傳，說這樣的人有福。

劉備不愛讀書，卻展露出一些與眾不同的天賦。

他平時話不太多，喜怒不形於色，卻非常懂得尊重人，喜歡結交各類豪俠，平時身邊總跟着一些追隨者（年少爭附之）。

也就是說，論智商，劉備可能一般；論情商，他絕對一流。

現在一般公認的是，智商重要，但情商比智商更重要，劉備的特長就是與各種各樣的人打交道，讓大家佩服他、追隨他。劉備的影響力超出了盧老師，開辦的私學遠播到社會上，讓他擁有了一批鐵桿粉絲。

附近的中山國有兩個大商人，一個叫張世平，一個叫蘇雙。他們常來涿郡一帶販馬，非常有錢，聽說劉備的名聲，主動前來相見。兩人覺得劉備不簡單，又主動拿出不少錢資助他（見而異之，乃多與之金財）。


推測起來，劉備到盧老師這裏求學是漢靈帝熹平四年（175年），兩年後就發生了盧江郡民變，盧老師再次受朝廷徵召，被任命為盧江郡太守前去平叛，劉備大概這時離開了盧老師的私學。

一個18歲左右的少年，在社會上晃蕩着，在其後六七年時間裏，

史書對他的記載只有三個字：合徒眾。

劉備發揮他情商出眾的優勢，在身邊聚集了一幫人，他們非官非商，整天混在一起，既不打家劫舍，也不效命官府，能掙錢的時候就掙點兒，沒事的時候就喝酒，反正就那麼混着。

說得好聽點兒這叫自由職業者，說得難聽點兒，就是混混。

不要小看混混，承平時代他們是社會不安定因素，亂世裏他們卻是強人，混得好，就是英雄。對一個胸懷遠大志向的混混來說，不差體力，不差膽量，只差機會。

在這幫人裏，劉備和兩個人最情投意合，一個是關羽，一個是張飛。

關羽原來字長生，後改字雲長，河東郡解縣人，一般認為此地在今山西省運城市解州鎮，他生年不詳，只知道他比劉備年齡小，因為犯了什麼事，亡命到涿州後與劉備相識。

正史中關羽的出身只有這些，有的說他祖父叫關審，父親叫關毅，妻子姓胡；有的說他在家鄉殺了人才逃亡的；還有的說他本不姓關。這些都是傳說，沒有依據。

史書中對張飛的記載更簡略，說他字翼德，是涿郡本地人，比關羽還小幾歲，把關羽也當兄長（羽年長數歲，飛兄事之），其他就沒有了。

劉備和關羽、張飛相遇後很投脾氣，像親生兄弟一樣，平時他們三個人寸步不離，吃在一塊、睡在一起（寢則同牀，食則同器）。

關羽、張飛和劉備私下裏是兄弟，不分彼此，但在公開場合二人就以警衛員或保鏢的身份跟隨左右，劉備坐着，他們就站着，十分恭敬，有時一站就一天（而稠人廣坐，侍立終日）。

就這樣晃蕩了六七年，今後幹啥，前途在哪裏，實在沒想好。

一直這麼晃下去，大概心也不甘。

這段時間，正是太平道逐漸成事的時期，作為太平道的活動核心區，涿州一帶想必也到處是爭先恐後加入太平道的人。劉備等人沒像其他人一樣蜂擁而去成為一名道徒，想來可能是他漢室宗親的出身以及在盧老師那裏接受經學、儒術教育的結果。

恰在這時，盧老師帶兵回來了，為了討伐黃巾軍，朝廷的軍隊還在擴充兵源，劉備知道屬於自己的機會來了。於是，劉備毫不猶豫地帶着關羽、張飛等手下一幫人參加了盧老師的討伐軍。

由於劉備等人還只是平民身份，盧植把他們編到旅長（校尉）鄒靖的隊伍裏效命，暫時沒有具體職務。


## 太守女婿公孫瓚

劉備在盧老師這裏還看到了他的同學公孫瓚。

公孫瓚字伯珪，幽州刺史部遼西郡令支縣人，即今河北省遷安市人。

遼西郡位於內地通往遼東半島乃至整個東北地區的必經之路上，大致相當於今天的遼西走廊，處於今河北省唐山市和遼寧省錦州市之間，河北省秦皇島市就在該郡範圍內。

公孫瓚是一個工作能力很強的公務員，他長得很排場，嗓門也高（有姿儀，大音聲）。

公孫瓚還有一個專長，他的歸納總結能力很強，彙報事情從不細說，而是把幾件事概括起來說，從來沒有遺漏、出錯的（常總說數曹事，無有忘誤）。

善於總結工作，能抓住要點，又會彙報，放到現在，公孫瓚一定是單位裏的「筆桿子」，給領導寫寫講話稿、先進經驗材料什麼的。

侯太守不僅器重他，還把女兒嫁給了他。為進一步培養公孫瓚，

還送他到盧植辦的私學裏讀書，給他鍍鍍金。

公孫瓚在盧老師那裏結識了劉備，二人關係很好。公孫瓚生年不詳，但他是工作、結婚後又來上學的，肯定比十五六歲的劉備年齡大，劉備把公孫瓚視為兄長。

他們二人也很投脾氣，成為很好的朋友（瓚深與先主相友）。


從盧老師那裏離開後，一個叫劉基的人擔任了遼西郡太守，他很賞識公孫瓚，讓公孫瓚擔任本郡的上計吏。

所謂上計，就是地方行政長官定期向上級呈報文書，報告地方治理狀況，包括戶口、墾田、錢穀、刑獄等，編製成集簿；縣裏呈送到郡國，郡國再根據屬縣呈報的情況編製郡的集簿上報朝廷，朝廷據此評定地方長官的政績。

這其實是一種考評地方官的方式，也是一種原始的審計制度，在秦漢時已經較為完備，漢代還頒佈了專門的法規《上計律》。負責呈報集簿的人就叫上計吏，由於每年都要到幾千里外的洛陽出差，在本郡待的時間不多，乾脆可以叫「駐京辦主任」。

這個崗位很關鍵，必然是地方長官特別信得過的人，如果他對長官有意見，到了京裏亂說一氣，那麻煩就大了。

這時發生了一件事，改變了公孫瓚的人生軌跡。

劉太守不知犯了什麼事，被廷尉抓了起來，要送到洛陽去。

遼西郡離洛陽有幾千里，弄不好就會把命丟在路上。為了保護太守的安全，公孫瓚親自駕車，一路護送前往。

後來，劉太守被判流放日南郡，公孫瓚準備了米和肉，跑到洛陽北面的邙山上禱告祖先說：「過去我是人子，如今我為人臣，我要一塊到日南郡去了，那裏瘴氣嚴重，恐怕無法生還，先在這裏祭告祖先吧！」

公孫瓚慷慨而起，周圍的人莫不唏噓感動。

日南郡屬東漢帝國最南部的交州刺史部，該郡大體範圍是今越南的北部一帶，當時被視為未開化之地，不僅路途遙遠而且氣候殊異，很難適應，能順利到達那裏就算運氣，能在那裏活下去就是運氣加運氣。

公孫瓚的行動不僅體現了義，還被視為一種大忠，這讓他在社會上知名度大增。

這是一趟凶多吉少的遠行，可他們的運氣實在很好，走到半路上遇到朝廷大赦，公孫瓚護送太守又回到了遼西郡。

公孫瓚的名聲在家鄉傳播開來，郡裏推舉他為孝廉，不久朝廷又任命他為遼東屬國長史。遼東屬國相當於一個郡，在遼西郡的北邊，介於今遼寧省錦州市到營口市之間，長史是州、郡一級政府的屬官，類似於政府祕書長。


那時，遼東屬國是邊疆地區，與鮮卑人相鄰。

鮮卑在東北地區崛起，跟烏桓人一樣，他們不斷襲擾內地，公孫瓚雖然是個祕書長，但任職期間也得經常領兵和鮮卑人周旋。

一次，公孫瓚率數十騎出巡邊關哨所，遇到了數百名鮮卑騎兵，情況十分危險。

公孫瓚命令大家退到一個空亭內，然後說：

「今天不衝過去，必死無疑！」

敵人不斷靠近，公孫瓚手持兩頭有刃的長矛突然衝出（兩頭施刃，馳出刺胡），殺死殺傷敵兵數十人，自己一方也傷亡近半，激戰半天才得脫身。

每次與敵人相對時公孫瓚都很有氣勢，他聲色俱厲，無比憤怒，像是赴死一樣（屬色憤怒，如赴讎），敵人看了卻膽寒。

公孫瓚逐漸打出了聲威，即便在夜戰時聽到他的聲音，敵人都怕得要命。遼東屬國因為有了公孫瓚這個厲害的祕書長，鮮卑人不敢隨便過來。

公孫瓚喜歡騎一匹白馬，敵人常常互相提醒：「見到騎白馬的要避讓！」

因為敵人看見白馬有恐懼心理，公孫瓚乾脆挑選了很多白馬，讓一些善騎射的戰士騎着，由此組建了一支精兵。這支精兵就是號稱漢末五大主力之一的白馬義從的雛形，成了公孫瓚的撒手鐧。公孫瓚落了個「白馬長史」的名號。

與劉備的平民身份不同，公孫瓚是朝廷正式任命的官員，又舉過孝廉，還有帶兵的經驗。公孫瓚任命劉備為自己的軍司馬。

之前說過，軍司馬不是團長，這個職務多是將軍以上將領的佐官，類似將軍府裏的祕書長，中郎將的屬官。我們乾脆理解為參謀長。


## 倔脾氣的陶謙

除了討伐兵團，地方州郡也是這次征討黃巾軍的重要力量。

當時冀州、豫州這些地方形勢最嚴峻，下面就是徐州，它境內的黃巾軍勢力也很大，朝廷於是派了個有軍事背景的人去當刺史，這就是陶謙。

陶謙字恭祖，揚州刺史部丹楊郡人，比曹操、劉備等人年齡大得多，此時已經 52 歲了。

這也是個牛人，而且是個有脾氣、有個性的牛人。

陶謙出身於小官吏之家，他的父親當過縣長，但在他很小的時候父親死了，兒時的經歷跟劉備、朱儁很相似。

缺乏管教，讓陶謙的童年處在野蠻生長的狀態，成為全縣都出名

的問題少年。都 14 歲了，還弄幾塊破布縫成旗子，整個竹竿當馬騎（綴帛為幡，乘竹馬而戲），有一群孩子跟在他屁股後頭亂跑。

看來這個孩子沒有多大出息。不過有人看出來他是個人物，這個人姓甘，曾經當過蒼梧郡太守。

甘太守一次乘車外出，剛好碰見陶謙，把他叫住，跟他聊了聊。聊完，甘太守很高興，馬上做出一個決定，要把女兒嫁給陶謙。

陶謙當然樂壞了，甘太守的夫人卻不幹：「我聽說陶家的這小子一天不幹正事，嬉戲無度，怎麼能把咱家的女兒嫁給這樣的人？」

甘太守不同意，認為他不會看走眼：「我看他容貌不俗，將來必然有大出息（彼有奇表，長必大成）。」

甘太守最後還是把女兒嫁給了陶謙。


一個人要發生質的轉變，除了量的積累，往往還需要一個契機。

陶謙的契機就是娶了甘小姐，從此之後他像變了一個人，開始發奮學習，還上了官學（為諸生）。

畢業後，陶謙先後到州郡做官，還被舉過孝廉和茂才，擔任過縣令。孝廉重德，茂才重才，都很不容易得到，說明年輕時陶謙是一個品才兼優的基層公務員。

但也有問題，他的脾氣不好，用史書上的話說，有點「剛直」。

遇事不會拐彎，有啥說啥，看不慣就掛臉上，這種人，就是一根筋。陶謙當舒縣縣令，這個縣歸揚州刺史部廬江郡管，周瑜的老家就在這個縣。廬江郡太守名叫張磐，湊巧的是，他是陶謙父親的朋友。

能跟上級領導拉上關係，在別人是求之不得的事，但陶謙毫不在意，絕不主動跟張太守套近乎。而張太守是個念舊情的人，對陶謙一直很照顧，陶謙不僅不領情，反而有些不高興（意殊親之，而謙恥為之屈）。

陶謙因公事進見，彙報完工作，張太守總會熱情地留他吃飯，陶謙經常推辭，推辭不下，吃飯的時候也總拉個臉，好像別人欠他什麼一樣。

一次，大家一塊喝酒，喝得高興就跳舞助興。

現在飯局上喝酒助興是划拳，再不然就卡拉 OK 一下，那時候不興划拳、不興唱歌，流行的是跳舞，而且是輪着跳，輪到誰誰來。

輪到張太守跳，畢竟是在座的最高領導，或者年紀比較大，張太守有些矜持，就讓陶謙替他跳。張太守大概也沒把陶謙當成純粹的下級，把他當成了晚輩，可陶謙更不高興了，開始不情願，再三催促才起身。

勉強比劃了幾下，該轉身的時候也不轉，張太守說：「該轉身了吧（不當轉邪）？」

陶謙黑着個臉，不高興地說：「不能轉，一轉就超過別人了（不可轉，轉則勝人）。」

弄得氣氛很尷尬，張太守很不高興。


年輕時的陶謙就是這個臭脾氣，這樣的人一般來說在官場上很難混出個名堂。

不講情面、不怕得罪人，腦子又一根筋，陶謙倔得出了名。陶謙後來被朝廷任命為幽州刺史，品秩雖然還是當縣令時的 600 石，但一躍成為監察郡太守的人。

陶謙在幽州幹得怎麼樣不得而知，不過推測起來應該不好，他這種橫衝直撞的脾氣做下屬還罷，大不了跟上級作作對，而當了領導實在不太適合，很容易鬧得怨聲載道。

陶謙很快被調回了朝廷，擔任參事室參事（議郎），品秩還是 600 石。陶謙可能有些失意，坐辦公室也不符合他的性格。這裏涼州一帶

發生了叛亂，朝廷派名將張溫以全國武裝部隊副總司令（車騎將軍）的身份率兵討伐，陶謙便到了張溫的手下，擔任參謀（參軍事）。

張溫也是一代名將，脾氣還特別好，他比較欣賞陶謙，對他很照顧（接遇甚厚）。但是，官場上的歷練沒有改變陶謙的性格，他還是那麼不通人情，甚至有些看不上張司令（輕其行事，心懷不服）。

一次，還是喝酒，陶謙又鬧出了事。

參加這次宴會的人很多，張司令讓陶參謀當酒司令（溫屬謙行酒），這本來是抬舉陶謙，但陶謙不知好歹，對領導十分不恭，甚至還趁著酒勁當眾以言語污辱領導。

張溫脾氣再好也無法忍受，他位比三公，權力很大，一句話就給陶參謀來了個流放邊疆（溫怒，徙謙於邊）。

陶謙被當場帶走，有人趕緊勸張溫：「您一直很欣賞陶恭祖的才幹，他現在一時喝多了犯下過失，您這麼不原諒他，把他流放到不毛之地，傳出去四方之士誰還敢來投奔您？不如摒棄怨恨，饒他這一次，也彰顯您的美德。」

張溫本來也是一時之怒，經大家一勸，火也消了不少，讓人把陶謙追回，陶參謀又被帶回來。

有好心人在陶謙還沒見到張溫前，悄悄對他說：「你輕辱三公，完全是自作自受，幸虧領導原諒了你，可見領導多麼寬宏大量，你要主動去賠禮道歉。」

陶謙嘴上倒挺知趣：「那好吧。」

這人不放心，又跑去給張溫提前打招呼：「陶恭祖已經深刻地認識了自己的錯誤，正在反省自己（深自罪責，思在變革），他肯定會主動向您道歉。」

結果，張溫根本沒等來陶謙的道歉。後來有一次，張溫在門口遇

見陶謙，陶謙還是那副德行。

他故意仰着頭，不看張溫：「我要向朝廷請罪，不是向你！」

看着陶謙的樣子，張溫哭笑不得：「恭祖，你的癡病還沒好吧？」

不過，張溫倒還是個愛才的人，他覺得陶謙就是有些不通人情世故，心直口快，有些迂，別的也沒什麼，所以還主動請他喝酒，待之如初。


# 監察專員王允

在陶謙被任命為徐州刺史的同時，王允被任命為冀州刺史。

王允字子師，并州刺史部太原郡人，比陶謙小 5 歲，也已 47 歲了。

與孫堅、劉備、陶謙等人不同，王允出身於太原王氏這個世家大族，這個家族世代都有人擔任州郡要職，在當地影響很大（世仕州郡為冠蓋）。

王允 19 歲時為郡吏，他志向遠大，一心想建功立業，每天習誦經傳，一早一晚還練習騎馬射箭（朝夕試馳射）。著名黨人郭泰見過王允，對他很稱奇，認為他是輔佐帝王的人才（王佐才也）。

太原郡所屬晉陽縣有個叫趙津的人，他和他的兄弟諂媚宦官，在地方為非作歹。還有一種說法，說趙津本身就是宦官，擔任小黃門。

趙氏兄弟在地方上沒人敢惹，王允不信邪，帶人把趙津抓起來殺了。王允當時的具體職務不詳，雖然不是郡太守，但權力也很大，可以抓人、殺人。其實這是當時司法體制的實際情況，那時的法律體系並不是特別完善，可以抓人的藉口很多，直接殺人只要有理由，也沒事，就像曹操棒殺蹇碩的叔父那樣。

趙津的兄弟通過宦官直接告到了天子那裏，當時還是漢桓帝在位，漢桓帝大怒，讓徹查。

結果王允沒事，太原郡太守劉質倒了霉，下獄而死。王允既痛又愧，劉質老家是青州刺史部的平原國，他親自送喪到平原國，在那裏又為老領導守喪三年，之後回家，繼續在郡裏為吏。

郡太守王球不怎麼樣，想錄用一個叫路佛的人，而這個人既沒有能力，品行也差，王允據理力爭，王球大怒，把王允抓了起來，要殺他。

并州刺史鄧盛聽說，趕緊點名徵王允為州政府從事，王允才躲過一劫。

這種寧死不屈、敢於和黑惡勢力做鬥爭的性格讓王允吃盡了苦頭，也讓他有了一定名聲。王允後來被朝廷發現，被任命為侍御史。

這個職務是御史中丞的屬官，主要職責是舉劾非法、受命執行辦案，可以理解為監察專員。

# 第二章 殊死之戰

## 曹旅長初上戰場

討伐兵團很快組織到位，行動之所以如此高效，是因為對朝廷來說，這是一場沒有退路的生死決戰。

在各支隊伍中，騎兵旅旅長（騎都尉）曹操開赴前線的時間比較晚，他這個騎兵旅大概是臨時徵召起來的，不要說訓練，就是把人馬湊整齊都需要一些時間。

皇甫嵩、朱儁不能等，已經領兵去了豫州刺史部前線，進攻的重點區域是潁川郡。曹操率隊出發的時候，就不斷接到皇甫嵩的催促命令，要他們加快行軍。

看來，前面的情況有些不太妙。

豫州刺史部的黃巾軍雖然不是由張角親自指揮，但戰鬥力相當強，他們有一個特別能打的頭領，名叫波才。由於是造反分子，所以史書對波才沒有太多記載，推測起來他應該是張角安排在各地的負責人之一，屬於一方的渠帥。波才很有軍事頭腦，面對朝廷的兩路大軍，他絲毫沒有畏懼，更沒有撤走的意思，在潁川郡就地展開了反擊戰。

先開打的是朱儁所部，一上手竟然被波才殺得大敗（儁前與賊波才戰，戰敗），幸虧皇甫嵩及時接應，朱儁所部才沒有被殲滅。

皇甫嵩看到戰場形勢是敵人太多，朝廷的人馬有限，他覺得不能硬拚。

潁川郡在洛陽的東南方向，範圍包括今河南省許昌市、平頂山市等地，最近的地方距離洛陽只有幾十里遠，越過郡內西北部的嵩山就是洛陽八關之一的軒轅關，如果突破此關，洛陽就無險可守了。所以，朝廷才把兩路大軍都派到這個方向，對皇甫嵩和朱儁來說，這一仗根本輸不起。

皇甫嵩想找個地方把人馬集中起來，跟波才打消耗戰。

這時，曹操率領的騎兵已在路上，大將軍何進在洛陽還在不斷地徵調人馬，隨着時間的推移，戰場形勢會逐漸向朝廷有利的方向發展。

皇甫嵩決定把人馬退往長社，在那裏堅守待援。


長社，潁川郡下面的一個縣城，在今河南省長葛市以東。春秋時，這裏是鄭國的長葛邑，相傳其社廟裏的樹木瘋長，故取名長社。

朝廷軍隊的企圖波才也看出來了，所以馬上集中人馬向長社圍了過來。黃巾軍有好幾萬人，而城裏的守軍只有幾千。

說起來，朝廷軍隊遠不止這麼一點兒，皇甫嵩和朱儁帶過來的人馬佔討伐兵團的一大半，總兵力有四萬多人（合四萬餘人），長社城裏似乎不會只有幾千人。

但是，城裏的人馬確實那麼多，因為人再多也進不來。

作為一個普通的縣級城池，長社的規模很小。去過北京西南郊宛平城的話就更容易理解這一點，通常這樣的城池只有四個門，站在其中任何一個門樓上都能看到其他各個門樓，平時城牆之內的常住人口至多也就幾千人。

長社城下，波才指揮大批黃巾軍展開了猛攻，長社危急。

皇甫嵩和朱儁都是經驗豐富的將領，一面指揮守城，一面思考如何擺脫困境。皇甫嵩看到城外黃巾軍的營寨附近都長滿樹木和草，心裏頓時有了主意。

這時大約是農曆五月，中原地區已經很熱了，黃巾軍依託樹木和草地築營，大概是因為那裏涼快，住得相對舒服一些吧。

波才可能屬於自學成才的軍事首領，並不精通兵法，不瞭解「好高而惡下，貴陽而賤陰」的道理，所以把自己的人馬駐紮在了有樹有草的低窪地帶。

皇甫嵩把大家召集起來說：「用兵有正、有奇，主要看兵法的變化，而不在人多人少（兵有奇變，不在眾寡）。現在敵人依草結營，正適合用火攻。如果趁夜縱火，敵人必大亂，我們同時四門出擊，必然建立田單之功！」

田單是戰國時齊國大臣，400 年前率兵抵抗燕軍，在劣勢情況下佈下火牛陣，一通大火大敗燕軍，收復 70 餘城。

當天夜裏，起了大風（其夕遂大風）。

這真是上天幫忙，火攻計劃更有把握了。

皇甫嵩命令軍士紮好火把登上城牆（束苣乘城），派一些作戰勇猛的士兵衝出城去，一邊縱火，一邊大喊大叫，城上的人都舉着火把呼應。

黃巾軍白天不停地在攻城，晚上都累了，本想好好睡一覺明天接着幹活，突然被驚醒，睜眼一看，到處是火。樹也着了，草也燒了，火借風勢，很快把黃巾軍的營寨吞噬。還突然衝出來大批朝廷的人馬，全都大呼大喊，令人恐懼。

黃巾軍大亂，損失慘重。恰在這時，一支騎兵殺來，迎着黃巾軍痛擊，黃巾軍徹底喪失了戰鬥力。

這支騎兵正是曹操率領的，他們日夜兼程趕赴前線，來得正是時候。

皇甫嵩、朱儁、曹操指揮人馬繼續擴大戰果，波才棄軍而走，黃

巾軍被斬殺的多達數萬（斬首數萬級）。

這個數字如果取自朝廷的檔案，那顯然有些誇張了，一戰斬首數萬，在當時絕對是一場大會戰的規模。波才手下有數萬人，但說他們全部被斬首了，也不符合戰場的規律。

但也有數千或上萬吧。對朝廷來說，那也相當不簡單了，作為雙方交手的首次大戰，取得這樣的大捷，又在洛陽附近，意義自不用多說。

## 孫副團長冒死先登

皇甫嵩又指揮朱儁、曹操以及南陽郡太守秦頡等展開對黃巾軍餘部的追擊，在南陽郡宛縣斬殺了黃巾軍首領張曼成，又在陽翟大敗波才，在西華大敗黃巾軍的首領彭脫。

黃巾軍首領張曼成起兵後自稱「神上使」，手下也有數萬人，他們殺了南陽郡太守褚貢，佔領南陽郡的郡治宛縣長達 100 多天。朝廷軍隊攻打宛縣城，這一仗打得很激烈，擔任主攻的是朱儁所部，在朱儁手下擔任副團長（佐軍司馬）的孫堅很勇猛，衝在最前面，並第一個登上城頭（登城先入，眾乃蟻附）。

冷兵器時代，攻城戰是最難打的戰鬥，靠的是不怕死的精神和前仆後繼的實力。敢於迎着敵人的箭雨、礌石等往上衝的都是漢子，而第一個攀上城頭又沒有被打死，那不僅是好漢，更是好運的人。

對這種勇猛之士有個專門的詞給予褒獎，叫先登。許多出身下層的將領都是靠一次次先登而引人矚目的。

在西華之戰中，還是孫堅表現得最突出。

這一仗，孫堅率部深入敵後，一不小心被打了埋伏，失利。

孫堅受傷墮馬，但他頭腦還很清醒，臥在草中不動，所以沒被敵

人發現。但孫堅的傷挺重，動不了，眼看就沒命了，是他的坐騎救了他。看到主人不行了，這匹馬疾馳回營，它不會說話，只是焦急地用蹄子亂刨，又不停地嘶鳴（踣地呼鳴），終於引起孫堅戰友們的注意。

大家隨這匹馬回來，在草叢中找到了孫堅。

孫堅很頑強，受了重傷，只在營中休養了十多天，沒等傷好利索就又帶兵出戰了（還營十數日，創少愈，乃復出戰）。

由於作戰勇敢，屢立戰功，孫堅升任獨立團團長（別部司馬）。

從長社到宛縣，再到陽翟、西華，皇甫嵩、朱儁取得了四連勝，穎川郡一帶的黃巾軍基本被消滅，整個豫州刺史部的黃巾軍也再掀不起高潮，洛陽的警報暫時解除。

消息傳來，漢靈帝懸着的心總算放下來了，激動之餘，漢靈帝下詔封皇甫嵩為都鄉侯。

朱儁在首戰中打了敗仗，皇甫嵩在上報功勞時特意將後面取得的功勞多分一些給朱儁（嵩乃上言其狀，而以功歸儁），漢靈帝下詔封朱儁為西鄉侯，並由右中郎將改任鎮賊中郎將。

漢末國力漸衰，軍力不振，但還是出了一批名將，「涼州三明」不用說，像皇甫嵩、張溫、盧植這些人，不僅能打，而且學問好、個人修養更好，做人做事都可圈可點。

同樣是中郎將，換了個名目而已，不過，這意味着朱儁有了新的任務。

果然，穎川一帶的黃巾軍被擊破後，朝廷根據形勢的變化，把豫州刺史部境內的朝廷軍隊一分為二，一路由皇甫嵩率領，包括曹操的騎兵部隊在內，開赴黃河下游的兗州刺史部東郡，那裏的黃巾軍在首領卜己率領下漸成氣候。

朱儁所部仍留在洛陽以南的地區，重點進攻荊州刺史部南陽郡的黃巾軍餘部。

東郡在洛陽的東面，是南下北上的重要戰略通道，黃巾軍如果在這裏坐大，影響力和對帝國的威脅一點兒不亞於潁川郡。

皇甫嵩率曹操等部趕到東郡，他們面前的這個卜己，是張角手下36方首領（渠帥）之一。皇甫嵩、曹操很快把這股黃巾軍打敗，生擒卜己，前後斬首7000餘級。

兗州刺史部境內的黃巾軍也基本平定了。

多年後，曹操重返東郡，擔任東郡太守，黃巾軍的餘部重新起事，不僅東郡，整個兗州刺史部以及相鄰的青州刺史部都是他們的活動範圍，就連兗州刺史都被黃巾軍殺了，州郡陷入恐慌，最後大家公推曹操為兗州新的刺史與黃巾軍餘部交戰。這成為曹操政治生涯的一個重要轉折點。

曹操之所以受到眾人的一致擁戴，與他隨同皇甫嵩參加這次平定卜己有關，這次戰鬥成為曹操的一筆政治資本。

## 戰地視察團

在北部戰場，盧植在冀州刺史部指揮人馬圍剿張角，幾仗下來，黃巾軍被斬殺上萬人。

張角漸漸不支，退到了廣宗，此地在今河北省威縣一帶，屬邢台市，這裏是黃巾軍的大本營。1800多年過去了，這裏仍然流傳着太平道樂、黃巾鼓等與黃巾軍有關的民間文藝形式，被列為非物質文化遺產，可見當年黃巾軍在這一帶的影響有多大。

這時，各地的黃巾軍紛紛受挫，廣宗是黃巾軍為數不多的據點之一，為了更有把握地打好這一仗，盧植命令不急於攻城，而是在廣宗

城外修堡壘、挖壕塹、造雲梯，做好攻城的準備。

　　眼看廣宗指日可下，卻發生了意外，盧植被撤職，並險些喪命，這還要從朝廷派來的一個宦官說起。

　　這個宦官名叫左豐，打仗是外行，弄權、搞錢卻很老練。他名義上是戰場視察團團長（監軍），其實就是專門來刁難和搞破壞的。

　　戰場形勢一好，漢靈帝和宦官們的老毛病又犯了，認為對黨人和跟黨人走得比較近的那些人，還得防着點兒。左豐來冀州刺史部戰線，就是上頭對盧植不放心。不過，左豐的職務只是小黃門，還不是「十常侍」那樣的大宦官，黨不黨人他倒不關心，在他看來，此行是個美差，可以好好撈一筆。

　　前線將領給宦官行賄基本上已成軍中的潛規則，左豐想，盧植你別說不懂。

　　但盧植毫無動靜，他並不是不懂，也有人好心提醒過他（或勸植以賂送豐），但盧植不肯。

　　打仗需要經費，經費預算都掌握在宦官和他們在朝中的心腹們手裏，捏着經濟命門，這比真刀真槍還厲害。不管你是一代名將還是浴血殺敵的戰士，提起宦官沒有不心存忌憚的。

　　「涼州三明」之一的段熲，戰場上殺人如草芥，在與羌人作戰中總共打了 180 多仗，斬首 3 萬多級，俘獲牛馬羊驟驢駱駝等 42 萬多頭，但前後靠的是 44 億錢軍費的支撐（凡百八十戰，斬三萬八千六百餘級，獲牛馬羊驟驢駱駝四十二萬七千五百餘頭，費用四十四億）。如果沒有軍費，他一仗都打不下去，如果經費不充足，想取勝也很難。

　　正是由於有着切身的感受，段熲在宦官面前總是低三下四，活像一條哈巴狗，戰場上下反差如此之大，都是因為權力。

　　但盧植不是段熲，他本質上是個學者，在政治上有潔癖，他打心底裏瞧不上這些宦官。盧植大概認為，到現在這種時候，漢靈帝不應

該也不會再偏信這些宦官，所以沒把左豐當回事。

盧植繼續做攻城準備，左豐空手而歸。

左豐咽不下這口氣，向漢靈帝彙報情況時說了盧植壞話：「廣宗城裏的賊兵很容易被消滅，但盧植只修營壘，不讓出兵，說什麼不用打賊兵自會被老天爺消滅（以待天誅）。」

漢靈帝大怒，他本來就不喜歡盧植這樣的人，當即下詔將盧植革職審查，派一輛囚車到冀州前線，把盧植押解回洛陽（帝怒，遂檻車徵植）。

囚車到達，盧植也傻了，只有長歎無語。

盧植離開前線，最失落的恐怕要數公孫瓚和劉備了，盧老師出事，他們也幫不上忙，老師這一走生死難料，今後他們將何去何從，心裏也感到茫然。

押回洛陽就落入了宦官之手，盧植一向瞧不上宦官，宦官早想收拾他了，這一次他真的凶多吉少，如果宦官們來點兒陰的，說盧植與黃巾軍串通一氣，不攻城是想伺機謀反，那盧植就沒命了。

幸好，接替盧植的人水準不怎麼樣，並沒有像左豐說的那樣，三兩下拿下廣宗，這才救了盧植一條命。

接替盧植的這個人名叫董卓，眾所周知的壞蛋。漢末三國，論牛人第一名還排不上他，但要論猛人、惡人，無人出其右。

通常，說起牛人是指有勇有謀，有雄才也有大略；說起猛人，是指有勇無謀，有雄才無大略，而惡人當然是人品極差，節操隨便就能碎一地的人。

董卓就是那種人品極差的猛人，是被史書罵得最狠的一個人。史書罵他罪惡滔天，冒犯了天、地、人這三個常道（干逆三才），還罵他

兇狠殘忍，暴虐而不講仁義，自打有文字記載以來，還從來沒有出過這樣的大壞蛋（狼戾賊忍，暴虐不仁，自書契以來，殆未之有也）。

客觀地說，這些話不像史學家的用語，況且，也不符合辯證法。

歷史辯證法認為，再壞的人也會有一些好的地方，再好的人也有一些缺點。但翻開董卓的傳記，記載的都是不怎麼光彩的事，英雄事跡幾乎沒有。史學家如此痛恨董卓，很大程度上緣於他對文人的兇殘和迫害，對綱常倫理和人類底線的一再突破。

其實，董卓至少是個有本事的人，他也為朝廷做過貢獻，但至少到現在為止，他幹的壞事並沒有好事多。

# 董卓的成長史

董卓字仲穎，涼州刺史部隴西郡臨洮縣人，這裏是東漢帝國的「大西北」，是少數民族聚居區，也是漢末朝廷的主要戰場之一。

當時，在這一帶居住的羌族勢力強大，屢屢起兵反抗朝廷，朝廷一次次派大軍進行鎮壓，戰事綿延百餘年。

隴西郡位於今甘肅省南部的臨夏、隴南、甘南之間，董卓的老家臨洮縣卻不是現在的臨洮縣，而是現在臨洮縣以南幾百里外的岷縣，這兩個地方都在洮河岸邊，是川渝方向去往蘭州的必由之路，在東漢時這裏相當偏僻和落後。

董卓出生在一個下級官吏之家，他的父親董君雅在潁川郡的綸氏縣當過縣公安局局長（縣尉）。綸氏縣在內地，即今河南省登封市，少林寺的所在地。不過這個著名的寺院開始建設還要到 300 多年後的南北朝時期。

董卓父親一生最大官職才是個縣尉，說明他們不是名門望族。不過，出生在遙遠的邊地，能在當時經濟文化最發達的中原地區做官，

說明董君雅有着相當的能力。

　　當時年輕人最好的前途是研習經學，之後進入太學學習，畢業後踏入仕途。但董卓沒走這條路，或許跟他涼州的出身有關，或許受他父親當公安局局長（縣尉）的影響。董卓很偏科，智育不好體育好（粗猛有謀），最終成了一個武人。

　　董卓小時候沒在老家生活，後來回老家附近的羌中一帶遊歷，並和當地少數部族首領結為朋友（嘗遊羌中，盡與豪帥相結）。

　　羌中指的是羌族聚居區，大體上是隴西郡與武都郡一帶，核心地區在今甘南、川北地區，甘肅的宕昌、武都等地以及著名的九寨溝風景區都在其內。這裏和董卓老家岷縣相鄰。

　　董卓在青少年時期就表現出一身的江湖俠氣。遊歷羌中後，他又回到中原。一次，他在田間耕作，羌族的一些豪傑專程跑來看望他，董卓扔下農具，牽着牛便帶他們回家。董卓把正在耕地的牛牽回來，因為他要殺牛款待客人。

　　家裏來了客人，有人會殺隻雞，盛情一點的殺頭豬了不得了，直接把正耕地的牛殺了待客，這不是一般人能做到的。

　　董卓的豪爽感動了這些羌族朋友，回到老家後，他們竟然搜集了1000多頭牲畜贈送給董卓，董卓也因此以豪爽義氣而聞名（由是以健俠知名）。


　　董卓擅長騎射，能在馬上用兩張弓左右開射，臂力過人。

　　一身俠氣，渾身的武力，放在洛陽恐怕很難派上用場，但在戰事不斷的隴西就有了用武之地。董卓名氣一大，很快引起了老家那邊隴西郡太守的注意，把他召為郡吏，讓他管郡裏的治安（監領盜賊）。

　　當時，隴西郡一帶除羌人外，胡人也常來劫掠百姓，幹治安工作必須是一把強手。董卓幹得不錯，不久後受到涼州刺史成就的賞識，

把他調到州政府工作，繼續揖盜抓賊（領兵騎討捕）。

董卓在州裏擔任的職務叫兵馬掾。中原地區很少設這個職務，可能是為邊境地區州郡特設的一個職務。邊境地區情況不比內地，會設有一定數目的地方部隊，負責守土衞家，配合正規軍作戰，類似於民團。

幹這種事董卓依舊得心應手，他領着這幫民團討伐胡人，打過大勝仗，俘虜過上千人。

當時，朝廷的中央軍主力幾乎常年在這一帶與羌人打仗，「涼州三明」都還健在。「涼州三明」中的張奐、皇甫規、段熲都是涼州刺史部人，其中張奐是敦煌郡人，皇甫規是安定郡人，段熲是武威郡人，他們都知道董卓的名字，並對他很賞識，在他們的提攜下，董卓轉向軍隊發展，並逐漸成長。

漢桓帝末年，董卓正式加入朝廷正規軍，先在張奐手下擔任參謀長（軍司馬），隨同張奐參加了與羌人在漢陽郡的作戰，打了勝仗。

董卓得到了9000疋縑的賞賜，當時物價起伏很大，工資和獎金常發實物，比現金更有用，這是一大筆獎金。

董卓不要，對大家說：「功勞雖然是自己的，但也是大家的（為者則己，有者則士）。」

他把所有賞賜都分給了手下，自己什麼都沒留。

正是這種豪爽義氣的性格，使一批涼州猛人始終團結在董卓的周圍，追隨他、崇拜他，不離不棄。這種人，在亂世中很可怕。

董卓因功被提拔為西域戊己校尉，成為相當於師長一級的軍官，進入帝國高級將領的行列，主要職責是屯衞、監護西域諸國。但是，董卓在這個位置上沒幹多久，就因為什麼事被免了官。

當時段熲兼任涼州刺史，他也很賞識董卓，段熲見董卓被免官

後無事可做，就把他推薦到洛陽，在司徒府裏任職，擔任司徒掾。和其他將領不同，段熲很會來事，朝廷那邊他很熟，跟宦官走得也比較近，跟三公都能拉上話，通過他的門路，董卓開始了新的仕途。

作為三公之一，司徒可以組建自己的辦事機構（開府），司徒府裏設立若干個「曹」，相當於處室，司徒掾就是其中一個「曹」的負責人，相當於處長。

這段經歷，又成了董卓的一筆政治財富。

時任司徒是袁隗，就是袁紹的叔父。汝南郡袁氏也是一個政治世家，這個家族創造了「四世五公」的傳奇，也就是先後四代人裏有五個人當上了朝廷的三公。由於他們每個人都可能組建自己的辦事機構，所用人員都是以個人名義聘任而不是朝廷任命，所以他們的門生故吏遍天下，社會上稱「袁氏故吏」。

武人董卓棄武從文，並有幸成為「袁氏故吏」的一員，從此他的官運更加亨通，隨後擔任了并州刺史、河東郡太守等職，成了地方要員。

盧植被免職時，董卓正擔任河東郡太守，漢靈帝大概看中董卓很能打，就改任他為討伐兵團的師長（東中郎將），讓他接替盧植指揮冀州刺史部境內的討伐行動。

董卓前去上任，按說他比盧植生猛，對付區區黃巾軍應該不在話下，但是一上手卻打了敗仗。不是董卓不用心，也不是黃巾軍突然變厲害了，說起來，是兩種不同戰法造成的。

董卓長期在涼州與胡人、羌人作戰，擅長騎兵和野戰，屬於速度型和力量型選手，把這種戰法拉到河網密佈的冀州大平原上，難免找不着感覺。

河網、湖泊、山林，這些都能成為黃巾軍與朝廷軍隊騰挪、纏鬥

的有利條件，你想一口吞掉我，我就用遊擊戰對付你。董卓多次試圖主動出擊尋找張角的主力決戰，但張角不跟他硬碰硬，總撲空。

漢靈帝急了，因為左豐告訴他的是，只要一頓飯工夫朝廷軍隊就能拿下廣宗。盧植怯戰，換董卓上去，難道還怯戰不成？

當時有關部門正對盧植進行審查，董卓的表現救了他一命，因為這印證了當初他穩紮穩打的戰略是正確的。於是，盧植只受到了免官的處罰。

董卓有點兒發毛，他怕自己成為盧植第二。董卓乾脆向漢靈帝上書，直接表明自己實在無能，有辱聖眷，請求治罪，並向漢靈帝推薦皇甫嵩代替自己。

在涼州，董卓也曾是皇甫規的部下，皇甫嵩算是老首長的侄子。

董卓被撤職了，不過，他很快又會復出。


## 人頭堆成一座山

冀州刺史部前線走馬換將，皇甫嵩上任。

應該說，只要皇甫嵩繼續實行盧植所採取的正確策略，對付張角還是有把握的，大不了打幾場硬仗，黃巾軍想翻盤已無可能。

而在這時，張角意外地死了。

張角是因病去世的。他是黃巾軍的主帥，是天公將軍，也是黃巾軍的精神領袖，是太平道的大賢良師。他的意外去世，讓黃巾軍一下子失去了主心骨。

皇甫嵩想趁勢一舉拿下廣宗，結束戰鬥，但這場戰鬥並沒有他想像的那麼容易。

黃巾軍在張角的弟弟張梁、張寶率領下繼續戰鬥，張梁也很精勇，廣宗城無法攻克。

皇甫嵩下令關閉營門，讓將士休整，待城裏的黃巾軍有所懈怠時，趁夜出兵，在雞鳴時分到達黃巾軍陣前，戰鬥到下午，將黃巾軍擊破（雞鳴馳赴其陳，戰至晡時，大破之）。

張梁戰死，黃巾軍共犧牲了三萬多人，還有大約五萬人投河而死，焚燒輜重車輛三萬多輛。

這是黃巾軍損失最大的一戰，投河而死的大批人員應該大多是隨軍行動的老年人、婦女和孩子，黃巾軍習慣流動作戰，走到哪裏家眷就跟到哪裏，一旦戰敗，男女老少都跟着遭殃。

皇甫嵩下令將張角剖棺戮屍，把張角、張梁的首級傳送洛陽。

張寶率黃巾軍餘部退保曲陽，皇甫嵩和鉅鹿郡太守郭典等攻擊曲陽，城破，斬殺張寶。

兩場戰役下來，朝廷軍隊共獲黃巾軍將士首級十多萬級。


在另一邊，留在南陽郡的朱儁就沒有皇甫嵩這麼好的運氣。

張曼成死後，南陽郡一帶的黃巾軍經過短暫的沉寂又重新興起，他們推舉趙弘為首領，聚集的人越來越多，達到 10 多萬，並重新佔據了宛縣。

南陽郡屬荊州刺史部，朱儁和荊州刺史徐璆、南陽郡太守秦頡等人合兵，攻打宛縣。

只從兵力數字上說，朝廷的軍隊並不佔優，黃巾軍有 10 多萬，而朝廷的軍隊只有 18000 人，按說黃巾軍是以眾擊寡，但他們的人數雖多，真正能打的人不多，10 多萬的數字可能連家屬等非戰鬥人員都算上了，面對朝廷軍隊的圍攻，他們採取了固守。

二攻宛縣，朝廷的軍隊遇挫，從這一年六月到八月，一直都沒攻下來，這讓朝中的宦官們找到了藉口，想趁機把朱儁也來個撤職查辦（有司奏欲徵儁）。

朱儁沒有重蹈盧植的命運,因為有人替他說了話。

名將張溫此時擔任司空,他上疏漢靈帝:「過去秦國任用白起,燕國任用樂毅,都是經過一年甚至幾年才打敗敵人(皆曠年歷載,乃能克敵)。朱儁之前討伐潁川郡的賊人立了功,現在引師南向,戰略已確定,臨軍易將是兵家所忌,應該再等等,督促他儘快建功。」

在「涼州三明」之後,就數張溫在軍中的影響力最大,張溫說話了,漢靈帝很給面子,沒有馬上追究朱儁。

朱儁加緊攻城,雖然沒把宛縣攻破,卻在交戰中斬殺了趙弘。

黃巾軍又推舉韓忠為首領,仍以宛縣為據點對付朱儁,朱儁手下兵力不足,只得在宛縣城外修築營壘,起土山,居高臨下,對城裏實施猛攻。

等火候差不多了,朱儁命鳴鼓,佯攻西南,看到城裏的黃巾軍都往那裏調動,朱儁親率 5000 名精兵,突然從東北方向發起猛攻,一舉入城。

宛縣城裏還有內城,稱小城,韓忠退守那裏,之後主動請降。

徐璆、秦頡以及朱儁的手下都主張接受,朱儁不同意:「用兵有形同而勢不同的,從前秦項之際,老百姓沒有定主,所以賞賜來歸附的人,用來鼓勵那些尚未來歸的人。現在海內一統,只有黃巾作亂,接受投降不能勸善,討伐才可懲辦為惡的人。現在受降會助長作亂的思想,那樣一來賊有利就進戰,不利就乞降,這樣就會放縱敵人、助長寇亂(鈍則乞降,縱敵長寇),不是好主意。」

朱儁這番話很有道理,在如何對待歸降的問題上,朱儁很講原則,認為不能輕易接受投降,不能讓乞降成為造反者的一種鬥爭手段。

這番話有個人應該好好聽一聽,那就是明朝最後一位皇帝崇禎。

這位仁兄命比較苦，大家公認他比漢靈帝劉宏聰明勤奮，也更賢明，但他的命運更差，結局更悲慘。

崇禎在位時也是遍地農民起義軍，他派了無數大軍去征剿，卻越剿越多。李自成、張獻忠等起義軍常常被打得跑路，也常陷入絕境，但他們發現一個好辦法，就是打不下去的時候就投降。朝廷似乎也樂於招撫，一投降就給錢給官給武器，等日子好過些再趁機起事，又打不下去的時候，也沒關係，那再次投降。

朱儁看出了招撫不是解決問題的好辦法，他上面的那番話記錄在史書中，崇禎真應該找出來好好讀一讀。

現在，朱儁下令繼續急攻。

可是，黃巾軍很頑強，連戰不克。

朱儁登高瞭望，看出了門道，對手下人說：「我知道了，賊人周邊堅固，但內部其實很着急，求降不得，也想不出好辦法，所以他們進行殊死戰。萬人一心，尚且不可擋，何況是 10 萬人呢？強攻不行，不如把包圍撤除，韓忠看見了一定會自己出來。只要他出來，敵人的鬥志也就散了（出則意散），就容易進攻了。」

朱儁下令解除對小城的包圍，韓忠果然出戰，朱儁指揮人馬出擊，將黃巾軍打敗。黃巾軍向北方向逃去，朱儁率軍追擊，一口氣追了幾十里，斬殺黃巾軍 1 萬多人。韓忠最後還是投降了，南陽郡太守秦頡一向痛恨韓忠，沒有請示朱儁，自作主張把韓忠殺了。

韓忠一死，黃巾餘部感到恐懼不安，他們又推舉孫夏為首領，繼續在宛縣一帶打遊擊。朱儁只得率部再攻孫夏，孫夏敗走鄂精山，被打敗，又斬殺 1 萬多人。

南陽郡一帶的黃巾軍這才被打散，無法恢復元氣（賊遂解散）。

身在洛陽的漢靈帝幾乎天天都能收到前方傳來的捷報，他挺高

興，雖然花了他西園小金庫裏不少錢，但這個錢花得不冤枉。

除了收穫捷報，各地還源源不斷地有一樣東西送來，這種東西量很大，且極恐怖，這就是敵人的首級。

南北兩個主要戰場，前後斬殺黃巾軍將士十幾萬，皇甫嵩、朱儁命人把這十多萬個首級先後呈送到了洛陽。

這些腦袋有的面目全非、有的瞋目怒對、有的披頭散髮，負責押送的人，顯然不能膽小。

這倒不是皇甫嵩、朱儁變態，這麼做是因為請功的需要。

秦代以來實行軍功制，殺多少個敵人記多大的功，多少顆腦袋可以換什麼樣的爵位，這些都有明文規定。

秦代設軍功爵位 20 級，要想一步步往上走，你就得拚死殺敵。不用走後門，不必看上司的臉色，隨時呈報，隨時兌現。秦軍能打遍天下，靠的正是這種嚴格的軍功制。

報功憑的不是紙上的數字，而是實實在在的敵人的首級。所以，將士打完仗時馬脖子上經常掛着從敵人身上割下來的腦袋。後來嫌麻煩，有以耳朵代替的，只是兩隻耳朵才能算一個人，遇到只有一隻耳朵的敵人只能算倒霉。

10 多萬個黃巾軍將士的首級先後送到洛陽，堆成了一座小山。

漢靈帝下詔把它們集中在洛陽城南，上面覆上土，真的成了一座假山，取名叫「京觀」（築京觀於城南）。


## 石碑上的故事

由太平道發動的這場轟轟烈烈的黃巾大起義，失敗了。

雖然此後其餘波仍未平息，但再也無法掀起全國性的高潮，這場大風暴讓東漢帝國受到了重創，卻沒有倒下。

從這一年二月黃巾軍起事到十一月張角的最後一個兄弟張寶被殺，只有不到九個月時間，作為一場震動天下的大起義，持續的時間相當短。

與太平道當初席捲全國的氣勢相比，與黃巾軍剛打出大旗時萬方影從的盛況相比，這個結局多少出乎人的意料。

有人將此次失敗歸結於農民起義的局限性，有人歸結於起義軍過度分散、缺乏強有力的協調和統一指揮，有人歸結於起義前叛徒的出賣，有人歸結於朝廷迅速組織起討伐部隊，而皇甫嵩、盧植、朱儁、曹操這些人在軍事上顯然比黃巾軍高出一籌。

其實，要論局限性，農民起義都不同程度地存在局限性；要論力量的分散，黃巾軍還不算最嚴重的一次。但是，有的人卻成功了，有的雖然失敗了也沒有敗得這麼迅速和徹底。

至於叛徒，這似乎是任何一次農民起義都無法避免的事，好在起義軍的損失並不大，起義仍然順利進行了。

要說皇甫嵩這些人能打，那也不是主要原因，如果東漢帝國真的大勢已去，靠他們幾個人也無力回天。

東漢帝國沒有倒，黃巾起義沒有成功，究竟是什麼原因？

也許，有一塊石碑上刻着的一個故事，能幫助人們解開這個疑團。

這塊石碑上的文字，記錄了一個叫曹全的人的故事。

曹全是誰？作為歷史人物，他微不足道。

史書裏沒有他的傳，也很少提到他。但他又是個知名度極高的人物，在某個領域，他的名字可比王羲之、柳公權，無人不知，無人不曉。

這個領域就是書法界。練書法的，問起曹全說不知道，那你完了。

曹全並不是書法家，他的知名度來自這塊石碑：《曹全碑》。

《曹全碑》現存西安碑林博物館，該館珍藏的全是貨真價實的好東西，可稱為國寶的也多不勝數，諸如《大唐三藏聖教碑》《玄祕塔碑》《唐多寶塔感應碑》等。

《曹全碑》是名碑，此碑立於中平二年（185 年），也就是黃巾起義失敗後的次年。這塊石碑早在明朝萬曆初年就出土了，那正是張居正主持國政的時期。

幾百年過去了，石碑仍然保存着，這也是不容易的事。

這塊石碑上的文字不到 1000 字，記錄了曹全的生平事跡，石碑背面還有 50 多人的題名，告訴我們上面記述的內容經過見證是真實可信的。

根據石碑上的記載，曹全的故事是這樣的：

曹全出生於敦煌名門望族，以戎馬軍功名揚河西邊陲，後來擔任關中地區的槐里縣縣令，因弟弟病故，辭官回家。後遭遇了黨錮之變，曹全被迫在家隱居七年（續遇禁罔，潛隱家巷七年）。漢靈帝光和七年（184 年）三月，曹全被重新起用，被任命為酒泉郡祿福縣縣長。

這時，張角在幽州、冀州一帶起兵，兗、豫、荊、揚諸州同時回應（妖賊張角，起兵幽冀，兗豫荊揚，同時並動），曹全家鄉合陽縣農民郭家等也起來造反，他們焚燒城中官署，使百姓受到騷擾，人人不得安寧。地方同時告急，特急的軍情頻頻傳來。

皇上徵詢臣僚的意見，群僚都說：「問問曹全吧！」

於是曹全又被任命為合陽縣令。一到任，曹全就撲滅了戰火，剿清了殘餘的叛亂者，收到了斬草除根的效果（收合餘燼，芟夷殘逆，絕其本根）。

接着，曹全又訪問本縣的三老，攜同當地人士王敞、王畢等人體恤民眾的急需，慰問年老的人，撫育鰥寡孤獨，還用自家的錢買來米

糧贈送體弱多病者和盲人。

曹全的大女兒桃斐等人還配製了由七種草藥合成的「神明膏」（**大女桃斐等合七首藥神明膏**），親自送到離城很遠的亭舍，曹全的下屬王宰、程橫等人把藥送給傷病者，傷病者大多都被治癒了。

曹全施行惠政的美名得以快速傳播。百姓們抱着孩子、背着東西紛紛返回故里，房屋得以修繕，商店重新開張，雖是多風多雨的時節，糧食也獲得了豐收，種田的農民、織布的婦女還有手工業者，對曹全無不感恩戴德。

曹全還廣聽民意，開明治事，擴充官舍。

曹全死後，合陽縣 57 名郡縣官吏在王畢、王歷、秦尚等人號召下，感恩戴德，同心合力在合陽故城為曹全豎起了這座「不朽豐碑」。

古人的碑文如同今人追悼會上的悼詞，讚美的多，批評的少。

真實的曹全肯定沒這麼「高大上」，皇帝也不會為剿滅黃巾軍的事直接問到他這個縣長，碑文所記有一定誇張和虛飾的成分。但是，作為一種公開示眾、直接記述歷史的材料，基本情況和事實也不會有太大的出入。

合陽縣是陝、晉之間黃河西岸的一個小縣，即使在東漢，這裏也是默默無聞的地方。通過一塊石碑，我們可以真切感受到，1800 多年前的那場大起義影響有多麼廣泛。可以看出，這場起義遠比正史記載的複雜得多，激烈得多。起義的不僅是張角兄弟這些人，像合陽縣郭家那樣的，各地都有不少。但是，像曹全這樣拚命鎮壓起義的人，也不少。

曹全有能力，在地方上有一定影響，在他的帶領下能形成一呼百應的局面。合陽縣的民變鎮壓下去了，根據碑文的記載，他們完全靠的是自己的力量。

東漢實行郡縣制，雖然由於軍權高度集中造成了地方軍力的空虛，但帝國的架構是完整的，各級官吏體制是有序的，一旦朝廷牽頭，可以快速組織起來。

曹全不是普通農民，更不是喪失土地的奴婢，在成分上他屬於地主階級，他們有財產，是既得利益者，是黃巾軍革命的對象，不用朝廷號召，他們也會毫不猶豫地站出來與黃巾軍作戰。

而這些人，在地方上有很強的勢力。漢末各地壁壘盛行，其實就是他們建立起的一個個堡壘，政治上服從朝廷，管理上完全獨立，他們才是撲滅黃巾起義這場大火的中堅力量。

在意識形態上，東漢帝國實行以禮治國，大力推行儒術，培養起了眾多的「鐵桿支持者」。帝國雖然衰落，但他們腦海裏的忠君思想從未泯滅，不管多少風暴來襲，帝國仍能支撐下去。

有人把這些總結為四個字：大而不倒。

## 士人們的反擊

不得不說，朝廷軍隊在撲滅黃巾軍的行動中顯示出一定的戰鬥力，這與漢靈帝解除對黨人的禁錮不無關係。

這種情況下，對宦官的不滿情緒在一部分人心裏得到重燃，他們幻想經歷了這一番變故，漢靈帝應該看清宦官的真面目，從而痛下決心推行政治革新。

這種想法當然是天真的，因為他們並不知道現在能左右帝國走向的並不是漢靈帝的一句話，在各種權力之間，漢靈帝也得不斷保持平衡，現在還無法打破宦官專權的局面。但有人已經等不及了，直接向宦官發起了挑戰。

朱儁手下有個軍官上書漢靈帝，痛陳朝政得失：

「臣聽說，天下的災禍不來自外部，而是由內部產生。所以，虞舜先除四凶，然後任用十六名賢人輔佐自己，說明惡人不除，真正的人才無法掌握權力（惡人不去，則善人無由進也）。

「現在，張角起於趙、魏，黃巾軍作亂六州，災難源自眼前，禍患波及四海，臣等受命伐罪，從潁川郡開始，戰無不克。臣認為，黃巾軍雖然強大，並不是真正需要擔心的。

「臣之所恐懼的，是治理洪水卻沒有治理源頭，結果越治理越泛濫、越嚴重（治水不自其源，末流彌增其廣）。陛下仁德寬容，對很多事情下不了狠心，所以閹豎弄權，忠臣不進。張角被梟首，黃巾馴服，我更感到憂慮，為什麼呢？

「這是因為，邪惡的人和正直的人不能同時在朝中存在，就像冷冰和火炭不可能同時盛在一個容器裏。邪惡的人會發現，正直的人將要成功之時就是自己的地位岌岌可危之際，勢必花言巧語從中挑撥。

「曾參很孝順，但不斷有人打他的小報告，就連他母親對他都起了疑心；大街上沒有虎，有三個人一口咬定有虎，大家就會相信真的有。陛下如果不能分辨真偽，忠臣義士恐怕還將死於杜郵！陛下應該效仿虞舜殺四凶，迅速鏟平奸佞，那麼人才將自進，兇惡將自息！」

可以說，這是一份極有見地、振聾發聵的上書。

上書的這個軍官是一名護軍司馬，也就是個團級軍官，但他顯然很有頭腦，看問題很深刻，他提出了兩個問題。一是黃巾之亂究竟是誰造成的？根據他的觀點，這些都是宦官們造成的。二是黃巾之亂平息後應該怎麼辦？他認為當務之急是除惡揚善，而且刻不容緩。

他還舉了白起的例子。名將白起為秦昭王征戰六國，在伊闕關大破魏韓聯軍，率兵攻陷楚國國都，長平之戰更重創趙國主力，一生經歷大小 70 餘戰沒有敗績，堪稱戰神。

白起的巨大功勳也引起一些人的不快，深受秦昭王信任的國相范睢對白起很有意見。秦昭王發兵攻打趙國的邯鄲，正趕上白起有病，不能走動。秦軍失利，秦王又增發重兵支援，結果受到更大損失。無奈之下，秦王想讓白起為將，白起經過分析後認為當時不宜出兵，秦昭王不聽，另派他人統兵。

秦軍又受挫，南面的楚國趁機派兵攻秦，秦軍傷亡慘重。秦昭王強令白起出兵，白起這時仍病重，不能立即啟程。三個月後，秦軍邯鄲戰敗的消息傳來，秦昭王遷怒於白起，命他即刻動身。白起只得帶病上路，剛出發，行至杜郵，即今陝西省咸陽市的東北，范睢進讒，秦昭王派使者將白起賜死。

這份上書想說的是，像白起這樣的將才隨時都有，但奸佞之人也無時不在，有奸惡的人在，忠良的人就不會有好下場。忠良的人取得了功績，奸惡的人就會惴惴不安，因為這將威脅到他們的地位，他們一定會反擊。

可以說，後來的事正被他言中了。

這個軍官職位雖然不高，但出身顯赫，他名叫傅燮，涼州刺史部北地郡人，他是太尉劉寬的學生，兩次被舉為孝廉，是不可多得的人才。

漢靈帝看到了這份重要的上書，但不幸的是，宦官們隨後也看到了。

中常侍趙忠看完傅燮的上書恨得咬牙切齒，想方設法陷害傅燮（忠譖訴之）。傅燮的上書也給漢靈帝留下了深刻的印象，他這次沒有治傅燮的罪，但傅燮有功本應授爵，卻最終沒了下文。

好在這次上書讓漢靈帝覺得傅燮是個人才，不久就任命他為朝廷參事室參事（議郎）。

# 王允拒絕自殺

還有一個人，就沒有這麼好的運氣了。

這個人是王允，作為豫州刺史，王允積極配合朝廷軍隊對黃巾軍的討伐，一次破敵後打掃戰場，王允意外得到一封信。

這封信是張讓的一名手下寫的，內容是如何與黃巾軍相聯通。王允看後，十分生氣，直接呈報給了朝廷。

漢靈帝看後大怒，當時就把張讓叫來，一頓訓斥。

張讓嚇壞了，趕緊叩頭請罪。

罵也罵了，氣也出了，結果竟然不了了之（竟亦不能罪也）。

漢靈帝就是這樣一個渾蛋領導，別人一片忠心，字字句句都是忠言，你愛聽就聽，不愛聽最少也替別人保個密吧。漢靈帝這麼做，等於把王允給賣了。

張讓自然對王允恨得牙痛，非出這口氣不可，而且一個時辰都不能等！

張讓指使人找個理由控告王允，王允下獄。

但還沒等審問，遇到漢靈帝下詔大赦天下，王允不僅出獄，還重任刺史，這下把張讓氣壞了。

一般來說，遇到朝廷大赦，前面的賬就一筆勾銷了，但張讓不管，還沒等十天，又以其他罪名把王允逮捕（旬日間，復以它罪被捕）。落到宦官手裏，不死也得剝層皮。

漢靈帝的老師楊賜不想讓王允受辱，派人到獄中對王允說：「你得罪張讓，一月之內兩次被捕，凶多吉少，請仔細思量（凶慝難量，幸為深計）！」

話說得有些隱晦，意思是要想不受辱，只有自裁。

還有人把毒藥都給王允準備好了，流着淚送進去（流涕奉藥而

進之）。

這個案子連楊老師都沒辦法了，看來只剩一死。換成一般人，這時候也就絕望了，一仰脖，咕嘟一聲藥下肚，來個英勇就義。

可王允不是一般人，對勸他的人厲聲道：

「我是人臣，獲罪於君，要死也應該以公開形式當街斬首（當伏大辟以謝天下），怎能自己求死？」

王允最後沒死，大將軍何進親自出面救他。何進與楊賜、袁隗聯名上疏求情，漢靈帝總算給面子，張讓也無法再固請。王允最終被判低死罪一等，好歹保住了一條命。

王允被釋放，他很感激何進，後來到何進手下效力。


## 一次祕密談話

為表彰皇甫嵩建立的巨大功勳，漢靈帝下詔提升他為全國武裝部隊副總司令（左車騎將軍），論軍職僅次於全國武裝部隊總司令（大將軍）何進。

由一名師長（中郎將）一躍成為軍界首腦之一，中間跨越了六七級，一向摳門的漢靈帝這一回算是沒小氣。

這是因為皇甫嵩的戰績實在太突出了，戰潁川、戰東郡、戰冀州，所向披靡，哪裏有困難上哪裏，一出馬就建功，挽狂瀾於既倒，扶大廈於將傾，為帝國立下赫赫戰功。

之前朝廷已封皇甫嵩為侯爵，那是一個鄉侯，才過了幾個月，漢靈帝又改封皇甫嵩為槐里侯，這是一個縣侯，是侯爵中的最高一級。

東漢的列侯共分三級，最下一級是亭侯，之上是鄉侯，再往上是縣侯，這裏的亭、鄉、縣不是虛指，都對應着具體的地名，得爵位者可以以該地作為自己的食邑，也就是享有該地稅收。

槐里縣在關中地區，屬右扶風郡，今陝西省興平市附近，皇甫嵩被封為槐里侯，意味着全縣的稅收不再上繳朝廷，而是歸皇甫嵩所有。

根據詔書，皇甫嵩享有的食邑甚至還不僅是槐里縣，還包括相鄰的美陽縣，今陝西省武功縣以北，兩縣食邑人數相加為 8000 戶。古人常說萬戶侯是人臣榮耀的頂點，皇甫嵩已經完成了 80%。漢靈帝還同時下詔任命皇甫嵩為冀州牧，負責冀州刺史的治理。

這條記載表面看起來有些問題。因為那時州裏面只有刺史，沒有州牧，刺史改州牧還是四五年後的事。刺史的品秩只有 600 石，州牧的品秩是 2000 石，雖然都能管着郡太守，但他們的具體職責有很大不同，刺史只是監察官，相當於朝廷下派的巡視組組長，而州牧是正式的一級行政官，可以直接管理各項政務。

但是，如果任命皇甫嵩的是冀州刺史，就更講不通了。左車騎將軍的具體品秩不詳，但不會低於衛將軍，也就是說論品秩皇甫嵩現在僅次於三公，高於九卿，更遠高於郡太守，讓他擔任品秩與縣令相同的州刺史，不大可能。

所以，史書的記載應是正確的，刺史改州牧雖然是後來的事，但州牧畢竟是前朝就有的官職，作為特例，臨時任命皇甫嵩擔任此職也是合情合理的。

經過一番動盪後，冀州刺史部百廢待興，黃巾軍餘部還有零星活動，需要一個強有力的領導，皇甫嵩以左車騎將軍的身份兼任冀州牧，考慮的正是冀州刺史部的穩定和發展，這大概也正是幾年後刺史改州牧的由頭。

數月後，南陽郡的大捷傳來，朱儁也得到了提拔，被任命為右車騎將軍，但是沒有封侯，也沒有兼任州牧。

當初討伐兵團的三位師長（中郎將）裏，只有盧植混得慘，雖然沒被治罪，卻被一擼到底，成了一個閒人。

皇甫嵩沒有忘記戰友，他上書漢靈帝，以盧植繼任者的身份讚揚他的軍事謀略，說自己之所以成功，都是沿用了盧植當初制訂的作戰方案（盛稱植行師方略，嵩皆資用規謀）。在皇甫嵩的不懈努力下，盧植總算重新復出，被任命為朝廷參事室參事（議郎）。

曹操、公孫瓚、孫堅、劉備等人，也都論功行賞，職務上得到了升遷，討伐行動結束後紛紛走上了新的工作崗位。

史書對皇甫嵩評價很高。

史書說，皇甫嵩能體恤士卒，每次行軍安營，必須看到將士們的營帳立好以後他才休息，關心士兵的伙食，經常親自品嚐普通士兵的飯菜（軍士皆食，爾乃嚐飯）。皇甫嵩是一員猛將，戰場上對敵人不乏霹靂手段，但對部下他卻很心軟。有人因貪污受賄被查出來，皇甫嵩一律從輕發落，又給他錢物進行安置，讓這些人感到很羞愧，有的人竟因慚愧而自殺。

擔任冀州牧後，皇甫嵩把精力都用在了冀州地方的恢復和建設上，他奏請漢靈帝，請求免除冀州刺史部一年的田租，用來救濟飢民，漢靈帝詔准。

冀州百姓感念皇甫嵩的恩德，作歌謠道：

> 天下大亂兮市為墟，
> 母不保子兮妻失夫，
> 賴得皇甫兮復安居。

意思是說，天下大亂啊城市變成了廢墟，母親不能保兒子啊妻子失去了丈夫，幸虧有了皇甫將軍啊讓我們又能安居。

皇甫嵩的個人威望達到了頂點，又手握重兵，一時威震天下。

他也成了一些有想法的人關注的對象。

這時，有個人祕密拜見了皇甫嵩，向他提出了一個讓他感到驚駭的建議。

這個人名叫閻忠，曾經擔任過信都縣令，是涼州刺史部漢陽郡人。閻忠是怎麼找到皇甫嵩的，史書沒有交代。不過找到他應該也不難，皇甫嵩的老家安定郡也屬涼州，閻忠和皇甫嵩都是西北人，算是老鄉。

信都縣屬冀州刺史部，如果閻忠是新近離的職，那麼他也是皇甫嵩的部下。閻忠之前的事跡不詳，不過他是個很有想法的人。

看到宦官當道，朝政黑暗，閻忠勸皇甫嵩：「難得到而易失去的是時運，時運有了沒有成功，是因為機會（難得而易失者，時也；時至不旋踵者，幾也）。所以聖人應順時而動，智者應因機而發，將軍現在正手握着難得的時運，腳踏着更難得的機會，但將軍卻臨機不發，不知道將來如何保全自己！」

一通話，讓皇甫嵩有些不解：「先生這話是什麼意思？」

閻忠繼續說：「天道無遠近，其實誰都能當天子（天道無親，百姓與能）。將軍受鉞於暮春三月，收功於歲末年冬，用兵如神，謀略無二，摧垮強敵比折斷枯枝還容易，消滅頑寇如同沸湯融雪，旬月之間，神兵電掃，封屍刻石，向朝廷報捷，威德震於本朝，大名馳於天下，即使商湯和周武王，他們的功業也高不過將軍。現在將軍外建不賞之功，內懷高人之德，卻侍奉着平庸的皇帝，用什麼來保全自己平安呢（而北面庸主，何以求安乎）？」

說得有些離譜了，不過是老鄉，皇甫嵩也未制止：「我每天都敬思其職，心中不忘效忠，又會有什麼不平安呢？」

皇甫嵩明顯不接受閻忠的看法，但閻忠不想放棄：

「不對，當年韓信不忍一頓飯的知遇之恩，放棄三分天下的大業，

等到利劍將刺穿自己的喉嚨才發出悔恨的歎息，這是什麼？這就是白白失去了機會而謀略不足啊（機失而謀乖也）！

「如今，主上遠不如劉邦、項羽，而將軍您權重於韓信，足以讓風雲震動，叱咤間可以興起雷電。如果赫然奮發，趁機推翻已處危弱的朝廷，推崇恩德，振奮兵威，徵召人才，發動百姓，羽檄於前，大軍其後，可以蹈流漳河，飲馬孟津，誅殺宦官，剷除兇惡！如此，少年將會為將軍奮拳致力，就連女子都會整裝而來效命，將掀起迅風掃落葉的聲威！

「到那時功業已就，天下已順，然後請告天命，天下一統，南面稱帝，推翻正在衰亡的劉漢（推亡漢於已墜），現在正是絕好的機會，是奮發而起的大好時機！

「朽木不能雕刻，衰世難以輔佐。想輔難佐之朝，雕朽敗之木，如同逆着斜坡滾動圓球，迎着風駕駛帆船（猶逆阪走丸，迎風縱棹），那是多麼困難的。如今宦官成群結隊地佔據着要職，作惡多端，天子的詔令無法施行，大權歸於近旁的奸佞，在昏君的治下，忠賢之輩難以久安，將軍您雖然建立了不世功勳，卻也正是奸佞們忌憚的對象，如果不早做打算，後悔都來不及了！」

一番話讓皇甫嵩感到恐懼不安，對閻忠說：「違反常規的圖謀，無法在正常形勢下得到成功（非常之謀，不施於有常之執）。創圖大功豈是庸才能做到的，黃巾小賊，勢力遠比不上秦朝、項羽，而我軍多是新集結起來的，容易散掉，難成大業。況且，人不能忘記主上的恩寵，天不佑造反之人，如果不切實際去做不可能的事，招來禍患那是早晚的事（若虛造不冀之功，以速朝夕之禍），不如委忠於本朝，守住臣節。即使受到讒言，也不過免職罷了，至少還有美好的名聲，死了也不朽。違反常規的言論，我不想聽。」

閻忠知道皇甫嵩不用他的計策，趕緊逃了。

這個閻忠沒有銷聲匿跡，他回到了西北家鄉，後來有人造反，又把他推出來，這是後話。

這段神祕談話很引人注目，有人認為閻忠是當年勸韓信造反的蒯通那樣的人物，具有非凡的遠見，洞悉時局。韓信也罷，皇甫嵩也罷，如果聽了他們的建議，結局都將不一樣。

韓信的情況不好說，當年他確實手握重兵，聲望如日中天，如果起兵與劉邦分庭抗禮，至少多了一條出路，不至於死得那麼窩囊。

但皇甫嵩不同，他不是韓信，或者說個人情況和外部條件都不如韓信，他雖然手握重兵，可一旦公開造反，有多少人跟他走很難說。

劉漢朝廷雖然如閻忠所說已江河日下，正走向衰亡，但會不會振臂一呼就轟然倒掉？可能性還不大，作為一個大而不倒的帝國，它至少還能撐上一陣子。

所以，皇甫嵩並不是缺乏智慧，而是很冷靜。

不過，閻忠敢於提出這樣的觀點，說明他心裏已經認定劉漢的國運已經到了盡頭，現在已到了改朝換代的時候。在上流社會和精英階層中有這種觀點的雖然還不是大多數，但經過一場黃巾大起義的洗禮，這種思潮已經開始萌動了。


## 書獃子也發怒了

漢靈帝光和七年（184年），對東漢帝國來說真是個多事之秋，不過好歹算是快過去了。

臨近年末，還有兩天就是新年，漢靈帝等不及了，於十二月二十九日下詔改年號為中平。意思是，天下將要太平了。

184年的前360多天是光和七年，只有後兩天是中平元年，但史書一般只稱這一年為中平元年，不是前363天都比不上這兩天，而是

第二年就是中平二年了。

對於政治形勢來說，這一年也顯得有些微妙，黨人被解除了禁錮，外戚何進執掌了軍權。雖然他們對宦官獨大的局面還不足以構成挑戰，但政治的風向標似乎要發生一些變化。

在黃巾民變中被揭示出來的封諝、徐奉事件，對宦官們也是一個不小的打擊。

封諝是「十常侍」之一，不是普通的宦官，徐奉雖不在「十常侍」的名單中，但也是宦官的頭目之一，以他們的地位，似乎絕不會跟太平道教徒們攪和在一起。

但是，在確鑿無疑的證據面前，封諝、徐奉祕密聯絡黃巾軍的事件被曝光，他們約定在「雙甲子」的那一天裏應外合共同起事（約以三月五日內外俱起）。

事情雖過去了很久，漢靈帝一想起來仍怒不可遏。尤其當漢靈帝想到黨人們被解除禁錮後，在前線浴血殺敵，不由得心生感慨。

漢靈帝把宦官頭目們叫來訓話：「你們整天說黨人圖謀不軌，讓把他們禁錮起來，或者殺了，現在黨人都在為國效命，而你們這些人反倒跟張角勾結，你們自己說說，應不應該去死（汝曹反與張角通，為可斬未）？」

儘管大家平時一塊玩得挺開心，但漢靈帝真翻臉了，宦官們也十分緊張。

張讓、趙忠等人趕緊跪下叩頭：「這些都是王甫、侯覽等人做的，跟我們沒關係。」

王甫、侯覽也是大宦官，在之前的鬥爭中失利，一個被殺，一個自殺，宦官們情急之下把他們拉出來做替罪羊。

宦官們被嚇得夠嗆，一下來趕緊通知各地的宗親、子弟，務必消

停點兒（各自徵還宗親、子弟在州郡者）。

趙忠、夏惲等人一商量，覺得現在這樣的局面，都是一個人造成的，這就是呂強，在趙忠、夏惲等人看來，正是他向漢靈帝建議解除黨禁，才讓黨人如此得勢，讓自己如此被動。

於是，他們對呂強展開了陷害，他們說呂強跟黨人們一向來往密切，經常共議朝政，用心可疑。還說呂強的兄弟們都是貪官，幹盡了壞事。

為置呂強於死地，他們編造說呂強經常讀史書裏的霍光傳。

霍光是霍去病的弟弟，漢昭帝時的重臣。漢昭帝駕崩，沒有兒子，在霍光主持下迎立漢武帝的孫子昌邑王劉賀即位，但 27 天後以淫亂無道的理由又把他廢了。

儘管霍光也是一代名臣，為漢室盡忠竭力，但他以人臣的身份行廢立之事還是讓人詬病，被一部分人視為權臣的代表。說呂強常讀霍光傳，就是說他也圖謀不軌，想造反。

漢靈帝居然相信，讓中黃門帶兵去召呂強。

呂強是個有血性的人，聽說來抓他，怒道：「我死，天下就更亂了！大丈夫盡忠國家，怎能面對獄吏？」於是自殺。

趙忠、夏惲仍不善罷甘休，又進讒言道：「呂強聽說被召見，還不知道什麼原因就自殺，肯定有鬼，應該繼續審查！」

審查當然由趙忠等人主持，呂強的整個宗族都遭了殃，財產被全部沒收。

儘管漢末「十常侍」等宦官專權，但也有像呂強這樣清正賢能的宦官，除呂強外，濟陰郡人丁肅、下邳國人徐衍、南陽郡人郭耽、汝陽郡人李巡、北海國人趙祐五位宦官也為人清正忠誠，不爭威權。

只是，他們是宦官裏的極少數。

在黨人看來，這是宦官掀起的內鬥，是對宦官整體實力的一次削弱，於是他們想趁機對宦官展開更猛烈的鬥爭。

朝廷高級顧問（侍中）向栩發難，上書漢靈帝，抨擊宦官。

宦官們毫不留情地展開了反擊，他們誣告向栩是張角的臥底，和封諝、徐奉是同黨。

向栩其實在政治上並不活躍，也算不上一名黨人，當然更不可能是張角的臥底，他是個學者，為人有點兒迂腐（性卓詭不倫）。他有一些名氣，當過趙國相，但是在任上不管事，以至於官衙裏都長出了野草。朝廷只得把他調回來，改任顧問（侍中）。

向栩書讀得多，學問很大，討論事情常引經據典，正色而談，讓別人沒法插話，這樣的學霸常常會讓人敬畏（每朝廷大事，侃然正色，百官憚之）。

張角起事，別人都上書如何平亂，向栩上書卻對大家的建議予以諷刺，他主張不必出兵，而是派人到黃河上向北宣讀《孝經》，黃巾軍自會退去（但遣將於河上北向讀《孝經》，賊自當消滅）。

看到連向栩這樣的書獃子都敢攻擊自己，宦官們又氣又怕，他們報告漢靈帝說，經過審訊向栩確實是張角的臥底，當初不讓朝廷出兵就是證據，他想當張角的內應。

就這樣，向栩被殺於北寺監獄。

宦官們擔心黨人和朝臣們對他們的攻擊會形成一股潮流鋪天蓋地而來，他們必須把這股可怕的潮流消滅於未形成之時。

但是，這並沒有堵住來自朝臣和黨人們的攻擊。


## 楊老師死了

向栩剛死，宮廷禁衛官（郎中）張鈞又上書，直言「十常侍」之

禍：「張角之所以能興兵作亂，萬民之所以樂於歸附他們，所有的根源都來自『十常侍』。他們把自己的父兄、子弟、親家、賓客都派到州郡當官，搜刮民間財富，欺壓百姓，百姓有冤沒處訴說，所以謀議不軌，聚為盜賊。」

張鈞提出建議：「應斬殺『十常侍』，把他們的腦袋掛在洛陽南郊，向百姓謝罪，同時派人佈告天下，我敢保證，不用大動兵戈賊寇自然就會消滅！」

漢靈帝看到了張鈞的上書，把張讓等宦官頭目叫了過來。他把張鈞的上書拿出來，讓張讓、趙忠等人傳閱，張讓、趙忠等人看罷汗流浹背。張鈞說的話並不讓他們意外，意外的是漢靈帝要拿給他們看，不知道是什麼意思。

張讓、趙忠等人都脫下官帽，赤起雙腳，叩頭不止（皆免冠徒跣頓首），哀求漢靈帝不要治他們的罪。他們表示，願意把財產都貢獻出來作為軍費。

這是宦官們常用的一招——裝可憐。大家都是自己人，玩得也開心，突然間鬧得很生分。像張讓這樣的，身為奴才，忠心耿耿，一大把年紀，鬍子都白了，一把鼻涕一把淚，漢靈帝即使再有火，也發不起來了。

漢靈帝很吃這一套，讓他們穿好衣服穿上鞋，該幹嗎幹嗎（皆冠履視事如故），之後反而遷怒於張鈞：「這個人真是狂人！『十常侍』裏難道沒有一個是好人嗎（十常侍固當有一人善者不）？」

用一個詞來形容漢靈帝這樣的昏君，那就是「反覆無常」。面對嚴肅的政治問題和國家大事，一點兒定數都沒有，被人一說就來個180度大轉彎，在這樣的昏君手下稱臣，夠倒霉的。

朝中那些宦官的爪牙趁機陷害張鈞，說他平時在家偷學太平道，把他抓起來。張鈞死於獄中。

在這輪鬥爭中，宦官們儘管處於不利地位，卻仍然化解了危機。

不過宦官們的心裏並不踏實，因為向栩、張鈞畢竟是小角色，如果再有重量級的選手上場，他們是否還能順利過關，就不好說了。

宦官們最忌憚的人莫不過太尉楊賜，黃巾起事後，楊賜作為漢靈帝的老師，多次向漢靈帝建議革新政治，說得很中肯也很直接，讓漢靈帝覺得不高興（賜所對切直，帝不悅）。

漢靈帝找了個藉口把楊賜的太尉一職免了，擢升交通部部長（太僕）鄧盛為太尉，且沒有任命楊賜新的職務。

一天，漢靈帝到朝廷檔案館（蘭台）查閱檔案，在那裏發現了楊賜以及劉陶關於張角的一些奏章，這些奏章大部分漢靈帝並沒有看到過，被宦官們壓下來了。

楊賜擔任司徒期間，在劉陶等人的協助下對太平道曾展開過調查，如果那時對楊賜的建議給予重視，黃巾軍也不會鬧得這麼大。

看着奏章，漢靈帝明白了老師的忠心，對於一時生氣免除老師的職務有些後悔，當即下詔封老師為臨晉侯，這是一個縣侯，同時封劉陶為中陵鄉侯。

接到詔書，楊賜感到不安，他認為當年自己和劉寬、張濟一塊兒擔任漢靈帝的侍講，他們二人還沒有封侯，於是上書，請求將封給自己的食邑分一部分給二人。漢靈帝同意了。

漢靈帝覺得還需要楊老師，於是任命他為朝廷祕書局局長（尚書令），幾天後又改任九卿之一的司法部部長（廷尉）。

楊賜上書，認為自己不是法律方面的專家（非法家），堅決推辭。

漢靈帝中平二年（185 年），司空張溫另有任用，楊賜接替張溫任司空。

這一年十月，楊賜去世。

漢靈帝以弟子的身份穿喪服為老師致哀，三天不上朝，贈東園棺

槨、衣物，賜 300 萬錢、500 疋布，賜諡號文烈，贈驃騎將軍、司空印綬下葬，命公卿以下全部參加葬禮。

　　楊賜是漢末清流士人的代表，是兩次黨錮之禍中沒有被打倒的少數黨人之一，他多次榮登三公之位，利用自己特殊的身份堅持着黨人的信仰，是那個特殊時期敢於和宦官進行鬥爭的少數朝臣之一。

　　楊賜利用自己的地位和影響保護了一批像劉陶那樣年輕有為的人才，孔子的第 20 世孫孔融曾受楊賜徵召在司徒府做事，楊賜命他暗訪百官中的貪污之人，準備予以貶謫、罷免，孔融在楊賜支持下檢舉了大量貪官，他們多為宦官的親族。

　　經過兩次黨錮之禍，大多數黨人對漢靈帝其實已不信任，楊賜成為漢靈帝與黨人溝通的主要橋樑，發揮了重要作用。這一點在黃巾民變中表現得十分突出，漢靈帝也感受到了黨人們盡忠為國的情懷，所以儘管楊賜讓他不高興，但他還是給了楊賜給予很高的地位和極大的尊重。

　　楊賜之死也算是一個標誌性事件。對宦官來說，因黃巾軍起義帶來的一場風暴暫時平息了，政局重新回到了之前他們專權獨大的局面。不同的是，沒有楊賜這樣的人和宦官做鬥爭，黨人們和一些有識之士對時局的不滿和憤懣再也無處發洩。

　　忍耐，有時意味着一種更大的危險和一場更猛烈的風暴。

# 第三章 艱難的仕途

## 濟南國官場

現在，來說說曹操、劉備、孫堅、公孫瓚等幾個平息黃巾民變的功臣。

漢靈帝中平元年（184 年）年底，曹操被任命為濟南國相，結束了半年多的軍旅生涯，從一名騎兵旅旅長（騎都尉）變成副省級地方要員。這一年，他 30 歲。

從品秩上說，曹操原來擔任的參事室參事（議郎）品秩只有 600 石，而國相相當於郡太守，品秩是 2000 石，算是一次仕途的飛躍。

濟南國歸青州刺史部管轄，該州的轄區大體相當於包括膠東半島在內的今山東省北半部，共有四國兩郡，即濟南國、樂安國、北海國、齊國，平原郡、東萊郡。

州所轄行政區裏有郡也有國，國是封國，國王都是劉漢宗親，他們享有所在國的食邑，但沒有行政權，封國的行政權由該國國相主持。國相雖然形同太守，但在治民之外還要考慮如何與所在國宗室處理好關係，工作難度比郡太守要大得多。

濟南國治所在東平陵縣，即今山東省濟南市附近的章丘區一帶。在距離當時最近的一次人口普查中，濟南國有戶 78544 戶，人口 45 萬多，在東漢 100 多個郡國中屬中等偏小的一個郡國。

30 歲放到現在，在各個崗位上都是剛出道的小青年，如果在機關裏能混個副處，一定會被同僚恭維為年輕有為，並且嫉妒得要死。如

果在基層工作，30 歲能當上鄉長恐怕都不多。

30 歲時容易成為被壓制、被打擊的對象，所以最容易成為憤青。

但是，30 歲的曹操已經是個資歷不算淺的公務員了，他已經有了整整 10 年的官齡，在此之前，他在基層幹過（洛陽北部尉、頓丘令），在中央幹過（議郎），也帶過兵打過仗（騎都尉），有了一份相當不錯的人生履歷。

所以，這次來濟南國上任，曹操心裏頗有點兒躊躇滿志。

年輕時的曹操很在意別人對自己的看法，在他的一再要求下，當時最善於品評人物的許劭曾給他了一個評價，說他「在亂世裏是一個英雄，在太平世道是一個能幹的大臣（亂世之英雄，治世之能臣）」，曹操對這個評價相當滿意。

黃巾民變結束了，全國的局勢逐漸平靜下來，曹操心裏又開始了關於「亂世」「治世」的思考。也許天不亡漢，只要天子經過這番震盪能振作起來，朝野上下充滿正直之士，國家的根基還是穩固的。

在治世裏做個能臣也是曹操的人生選項。要做能臣，就要積累實踐經驗、瞭解民情、增添閱歷，使自己不斷受到歷練，這次到濟南國任職，就是一個好機會。

曹操來的時候很興奮，然而到任不久，便被迎面潑來的水澆了個透心涼，心情變得很差。


理想很豐滿，現實很骨感。

濟南國下轄東平陵、歷城等 10 個縣，由於以前歷任國相疏於政務，不能嚴於治理，造成吏治的腐壞，這些縣令和縣長絕大多數存在嚴重問題。

還有現任濟南王劉康，他是河間王劉利的兒子，與當地這些官員結成了同盟，又與朝廷裏的宦官們來往密切，織成了一個複雜的關係

網。誰到這裏擔任國相，都無法施展拳腳。

一開始，大家也沒把這個 30 歲的國相放在眼裏，根據他們的經驗，對付這樣的外來戶只需要三招：一哄、二嚇、三逼。要麼合作，要麼走人。

但是，失望之後的曹操沒有氣餒，接下來的情況讓濟南國的官場為之一震。

眾人看到，這個年輕的國相很沉穩，手段也很老練，一上任先不說話，埋頭搞調查研究，兩三個月後突然出手，大颳廉政風暴。

曹國相一口氣拿下了 10 個縣官中的 8 個（於是奏免其八），罪名是貪污受賄，濫徵稅費，為地方黑惡勢力當保護傘，魚肉百姓，等等。

給這些人找罪名是很容易的，都是事實，人所共知，賴不掉也跑不了，關鍵是敢不敢。曹國相連宦官的親叔叔都敢往死裏打，收拾這些小魚小蝦更不在話下。

濟南國官場炸了營，出了事的官員家人們趕緊通過各種關係疏通，有的跑來向曹國相求情，有的去劉康那裏訴苦，還有的利用自己的關係到朝廷那裏搬救兵。

劉康一下子也傻了眼，國相雖然名義上是他的屬下，可按照朝廷的體制他根本管不了，既不用向他彙報工作，做任何事也不需要事先向他請示。劉康平時敢耍橫，是因為沒有遇到過硬人，看到曹操油鹽不進，劉康也退縮了。

還是不摻和的為好，不然這把火就會燒到自己頭上。

奸人下台，換上來的是大家公認的清正之人，百姓一片叫好。

社會上的作奸犯科之徒失去了保護傘，不用曹國相招呼，他們主動玩消失。這一下苦了周邊的幾個郡國，幹壞事的人無法在濟南國生存，就跑到周圍郡國為非作歹（奸宄遁逃，竄入他郡）。

濟南國政教大行，一郡清平。表面看來，正義戰勝了邪惡。

但是，問題絕不會這麼簡單，本朝官場上的黑暗顯然不是一次廉政風暴就能解決的，實際上曹操捅了個馬蜂窩。

表面的勝利，背後隱藏的是巨大的危機，奸惡勢力之所以奸惡，緣於那是一張看不見卻很可怕的網。你要了人家的腦袋，關了人家的人，砸了人家的飯碗，這些人能做的只有一件事，跟你拚命。

一時間，告黑狀的、搞恐嚇的、在社會上造謠的，都衝着曹操來了，主管地方官員糾舉工作的青州刺史那裏，以及朝廷主管官員廉政建設的御史們手中，都收到了大量告曹操狀的檢舉信。

但是曹國相置之不理。廉政風暴告一段落後，他又推出了下一階段工作的重點，禁淫祠。

西漢初年以來的 300 多年裏，濟南國這個地方一直盛行鬼神崇拜和淫祀之風。早在漢初呂后臨朝稱制時，呂氏拋棄高祖劉邦定下來的「非劉氏不王」的白馬之約，大封呂氏一門，劉氏社稷岌岌可危。後來，在周勃、陳平等劉邦的這些老戰友的協助下，呂氏被誅滅。在這場鬥爭中，劉邦的孫子劉章也出了大力，到漢文帝時，被封為城陽王，他去世後，諡號景王，一般稱他為城陽景王。城陽國即今天山東省莒縣一帶，與濟南國相鄰。

城陽景王作為保護劉氏皇室的功臣，逐漸演化為維護大漢統治的保護神。300 多年來，無論是西漢還是東漢，劉氏皇權每當面臨危機時，不希望改朝換代的人都會想起城陽景王來，給他修廟祭祀。

本來倒不是什麼大事，但這種祭祀之風颳得越來越厲害，比如原城陽國相鄰的濟南國，各種祭祀城陽景王的祠廟就多達 600 多座，這就是所謂的淫祠。

淫，泛濫的意思。淫祠背後隱藏着複雜的腐敗問題和社會不安定因素，因為這些祠廟都由一些地方勢力來操控，所需要的花費分攤給轄區內的百姓，百姓對此苦不堪言。這些人還以淫祠為依託結成一種

勢力，打着祈福、禳災和為百姓袪病的旗號，大搞各類非法組織，欺壓百姓，魚肉鄉里。

淫祠的存在消耗了大量社會財富，使民生更加凋敝，社會風氣更加敗壞，社會治安更加混亂。

著名黨人領袖、已故太尉陳蕃以前曾在本州的樂安國為相，他對淫祠造成的危害有深刻認識，在任期間曾下令加以禁絕。

曹國相頒佈了新的命令，禁止再建新的祠廟，對於已建的要進行評估，不符合有關要求的將強行予以拆除，禁止官民進行不法祭祀活動（毀壞祠屋，止絕官吏民不得祠祀）。

由於行動果斷，一時間濟南國內的淫祠現象不見了。

# 曹操心灰意冷

廉政風暴，禁絕淫祠，從這兩件事可以看出，曹操的身上有一些難能可貴的長處，他意志堅決，做事情方向明確，不瞻前顧後，在實際工作中又有很強的執行力。

這些都是「能臣」的基本條件，放在其他朝代，曹操都會很快脫穎而出，成為政壇的新星。

但不幸的是，現在是末世，上層政治腐爛透頂，整個官場一片黑暗，曹操颳起來的一股新風，在巨大的黑暗中根本產生不了什麼作用，你可以暫時改變濟南國，你卻無法改變整個世界。

即使在濟南國，曹操也面臨着黑惡勢力的反擊。正當他信心十足地推行他的新政時，外界的一些傳聞陸續到了他的耳朵裏，有的說朝廷正在調查他，有的說他馬上就要被撤職查辦。

曹操對此原來只是一笑置之，但不久後他突然接到詔令，改任為東郡太守。

東郡屬兗州刺史部，曹操不久前還在這裏戰鬥過，郡太守品秩和國相一樣，不存在升或降。

但他擔任濟南國相還不滿一年，意味着這是一次非正常的人事調動，明眼人一看就知道，是有人把他排擠出了濟南國。

這是誰幹的，史書沒有交代。推測起來可能是濟南王劉康，也可能是那些被曹操懲處的貪官，他們在朝中有宦官做後台，把曹操排擠走不是一件難事。

曹操的熱情被澆了一盆冷水，轉而陷入了深深的失意。

失望之餘，曹操做出了一個決定，不去東郡上任，而是找了個藉口，要求調回洛陽。

史書對此的解釋是，曹操做不到和那些地方惡勢力同流合污，又多次跟他們作對，恐怕連累家人，所以請求調離（恐為家禍，遂乞留宿衛）。

如果是這樣的話，曹操的確受到了某種威脅，而且來頭不小，就連時任九卿之一的農業部部長（大司農）的父親也無法保護他，甚至還要受他的牽連。

在父親的協調下，曹操被調回朝廷，仍然擔任參事室參事（議郎）。

曹操的心情糟糕透了，由失意轉而失望，所以他也不好好上班，經常請病假（常託疾病）。

對於改造一個世界，他感到了心灰意冷。對於成為一名「治世能臣」，他感到了力不從心。

在此情況下，曹操又做出了一個決定，他要隱居起來，認真思考社會和人生。大概在漢靈帝中平二年（185 年）的年底，曹操以生病為由辭去官職，之後回到故鄉譙縣。

這一年，曹操才 31 歲。

豫州刺史部沛國譙縣，位於京師洛陽的東南方向，與洛陽直線距離400多里。

繞縣城東邊而過的有一條大河，名為渦水，是淮水的支流。如果溯河而上，可以到達陳國境內的苦縣，那裏是老子的故鄉，所以這條河又被稱為道家的發源之河。

今天的安徽省亳州市是皖北重鎮，著名的藥都，但在漢末，譙縣的知名度和地位還遠遠超現在的亳州。譙縣是豫州刺史部的治所，豫州刺史部轄潁川郡、汝南郡、梁國、沛國、陳國、魯國兩郡四國，譙縣是該州的行政中心。

譙縣還是南北交通的要衝，秦漢以來中原地區便築起了四通八達的大道，其中一條是所謂的東方大道，由洛陽向東，經管城，通向豫州、兗州、青州等地。在這條主幹道上在一個叫浚義的地方，另有一條大道拐向正南，過陳留郡，就到達了譙縣。浚義，即現在的河南省開封市，如果不走這裏，可以走管城折向西南，也有一條等級稍低的大道直通譙縣。

那時的譙縣自然不是偏僻之地，這裏達官貴人雲集，資訊也很靈通。

曹氏族人大都集中於縣城的東邊一帶居住，這裏有一片宅院群，許多房子都沿渦河而建，背後是城郭和住宅社區，旁邊是城壕和渦水（城東有曹太祖舊宅，所在負郭對廛，側隍臨水）。

據考證，曹府在譙縣的具體位置在距今亳州市區五里的渦河岸邊，一個叫甘家村的地方。現在來到這裏，可以看到一塊牌子，上面寫着「魏武故里」幾個字，遺址所在處比周圍地面要高，當地人稱為「廟檯子」。

曹家的墓園則建在縣城之南，北魏地理學家酈道元曾親自來查看過，在《水經注》裏留下了大量翔實的記載。20世紀70年代，在這裏

陸續進行了一些考古發掘，在其中標號為「董園二號」的墓裏，發現了刻着「曹騰字季興」等字樣的漢磚，被推測為是曹操爺爺曹騰的墓。

曹操回到譙縣，他不想住在府裏，而是在城外修了一處房子（築室城外），在那裏更加安靜地讀書和思考。

曹氏是大族，從曹操父親這一支說，曹嵩至少有六個兒子：老大就是曹操，小名吉利、阿瞞；老二名叫曹德，曹操的異母弟；老三名叫曹彬，與宋代名將曹彬同名，可能早逝；老四名叫曹玉，死得也比較早，後來曹操曾把自己的一個兒子過繼給他承嗣家業；老五的名字不詳，只知道他的兒子叫曹安民，後來追隨曹操；老六的名字叫曹疾，事跡不詳。

曹操的幾個親兄弟要麼死得早，要麼在洛陽和父親住在一起，他們之間的來往似乎不怎麼多，和曹操來往密切是他的一幫堂兄弟，有曹洪、曹仁、曹純等人。

曹洪字子廉，是曹操的堂弟，這些年曹洪一直在荊州刺史部的江夏郡做官，江夏郡位於漢水和江水的交匯處，即如今的湖北省武漢市一帶，面積很大。沿着如今的武漢三鎮往下走，有一個叫蘄春的縣，曹洪在那裏當縣長。

曹仁字子孝，也是曹操的堂弟，但和曹洪不是親兄弟，曹操、曹洪、曹仁的爺爺輩是親兄弟（從祖弟），曹操的爺爺是曹騰，曹洪的爺爺不詳，曹仁的爺爺叫曹褒，當過郡太守。

曹純是曹仁的親弟弟，字子和，曹仁帶着他，這些年主要活動於南方的廣陵郡、丹陽郡、九江郡等地，最遠的到達過豫章郡，主要是做馬匹生意。

馬匹作為遠足的代步工具十分重要，但在南方，養馬的很少。曹仁他們在廣陵郡有很大的繁育基地，從涼州等地引進優良品種進行繁育，然後販賣到江南各地。

這次回鄉隱居，曹洪、曹仁、曹純等人都不在，不過曹操也不寂寞，有夏侯淵、夏侯惇、夏侯廉等人陪他。

譙縣夏侯氏的祖先可以上推到西漢初年的名臣夏侯嬰。在譙縣，曹氏和夏侯氏世代通婚，成為世交。有人甚至認為，曹騰收養的曹嵩本出自夏侯氏，但如之前分析的那樣，這種說法不靠譜。

夏侯淵字妙才，夏侯嬰的後人，先輩名字不詳，按輩分算跟曹操是同輩。曹操的生母姓丁，丁家也是譙縣的一個大族，曹操的首位夫人不是卞氏，而是丁氏，也出自丁氏一族。丁氏有個妹妹嫁給了夏侯淵，曹操和夏侯淵是連襟。

曹操跟夏侯淵關係最親密，曹操早年在家鄉曾經惹過官司，而且是重罪，夏侯淵後來替他頂了罪，曹操又通過關係把夏侯淵救了出來（淵代引重罪，太祖營救之）。

夏侯惇字元讓，和夏侯淵是本族，年紀比夏侯淵還大，夏侯廉是夏侯惇的親弟弟，不過史書上提到的不多。


譙縣縣城以東 50 里有一處林木茂盛之地，渦河從這裏流過時拐了一個彎，形成一塊三面環水的、面積很大的林帶，曹操親自動手為這裏設計了一處房子，簡單又實用，沒用多長時間就修築完成了。曹操對外稱是自己家的別墅（於譙東五十里築精舍），在此祕密居住。

這件事也帶來一個小小的插曲，近年來有人提出曹操應該是河南人而不是安徽人，原因就在這「譙東五十里」。

今安徽省亳州市是公認的漢末譙縣，但由亳州市區向東不到 20 公里即進入河南省永城市地界，也就是說，曹操修的這所別墅（精舍）是在今河南省境內。

但這改變不了曹操的祖籍地，安徽人跑到河南買套房子，也許可以順便把戶口遷過去，但祖籍地、出生地是不能改的。今安徽省亳州

市區魏武大道兩側有曹氏宗族墓群，也就是曹家的祖墳，曹操的很多長輩就埋在這裏。一般來說，為了祭祀方便，祖墳不會離自己的家太遠，曹操的老家也許在當時的譙縣縣城，也許是鄉下，即使在鄉下，也是離縣城不遠的鄉下，具體來說就是應該離曹氏宗族墓群不遠，不可能遠到河南省的永城市去。

從漢靈帝中平二年（185年）年底到中平五年（188年）年初，曹操在此生活了近三年，其間從未離開，真的過上了隱居的生活。

隱居在士人心裏是揮之不去的一種情結，尤其當人生出現挫折或對社會現實失望的時候，這種心態就更加強烈。而在那個時代，隱居還是士人的一種時尚，是受人敬重的一種生存方式。

淡泊名利，與世無爭，清靜無為，被視為一種美德，由此造就了不少名聲很大的隱士，有的人愈隱愈顯，愈顯愈隱。

曹操隱居沒有作秀和沽名釣譽的意思，他是真隱居。關於這段不算短的日子裏的心路歷程，25年後曹操在一篇回憶文章中進行過闡述。

在這篇題為《讓縣自明本志令》的文章裏，曹操說道：「辭去官職後，年紀還小，看看周圍的同事，還有50多歲的，我想自己離開20年，等到天下清平，再出來和大家共事，年齡跟資歷相當的同事相比也剛好（待天下清，乃與同歲中始舉者等耳）。」

那時沒有報紙，沒有電視和互聯網，對於隱居的人來說，一旦選擇了這種生活方式，可就真的與世隔絕了，不問人事、不問政事，沒有紛爭的煩惱，但是也沒有了社會交往，成為孤獨的存在。

曹操一心閉門讀書，他甚至想把精舍完全封閉起來，讓想來看他的人都打消念頭，從而與外界徹底隔絕（欲以泥水自蔽，絕賓客往來之望）。

精舍周邊林木綿延，也是各種動物喜歡出沒的地方，冬春季節可

以在此射獵，在秋天、夏天可以好好讀書（秋夏讀書，冬春射獵）。

別看曹操個子矮小，但對射箭和騎馬都很感興趣，現在有時間也有條件，經過反覆練習，他的騎術更精了，成了一名出色的騎士。

之後曹操南征北戰，經常親自帶隊出征或偷襲。他最喜歡帶領的就是騎兵，而成為一名優秀的騎士，在他日後的軍事生涯中發揮了重要作用。

在精舍隱居期間，曹操寫了不少詩作，保留下來的有一首叫《對酒》的詩，詩中寫道：

> 對酒歌，太平時，吏不呼門。
> 王者賢且明，宰相股肱皆忠良。
> 咸禮讓，民無所爭訟。
> 三年耕有九年儲，倉穀滿盈。
> 斑白不負載。雨澤如此，百穀用成……

這首詩是現在能看到的曹操最早的詩作，描繪的是他心中理想社會的模樣：吏役不上門叫嚷，君王聖賢，大臣們都是忠良；人民不爭鬥，人人都知道禮讓；三年耕種，夠九年的口糧，家家戶戶糧滿倉……

這是一個多麼美好的太平盛世景象，30歲剛出頭的曹操，心中依然嚮往着一個承平的社會。在這個社會裏，政治清平，君王賢明，大臣忠良，官吏愛護百姓，徭役輕薄，民風淳樸，人人都能善終。

但這些與現實的反差實在太大了。曹操當過縣令，帶兵與黃巾軍作戰，又擔任過濟南國相，在這些社會實踐中，他接觸到了社會真實的一面。作為官僚士大夫隊伍中有良知、頭腦清醒的年青一輩，他的心中一定充滿了矛盾、痛苦和無奈吧。

室外是奔流不息的渦河，周邊盡是鬱鬱蔥蔥的樹林，空氣清新，

遠離塵囂，沒有紛爭與恐懼，在精舍這一小片天地裏，正值而立之年的曹操，思考着現實，規劃着未來，卻理不出頭緒來。

夕陽一次次掛上天空，日薄西天，流水無言。

## 劉備棄官逃亡

說完曹操再說其他人，首先是劉備。

劉備在討伐黃巾軍中也立了戰功，被任命為安喜縣尉（除安喜尉）。

劉備立了什麼功，史書沒講，這不奇怪，他的職務很低，超不過團長（司馬），至於關羽、張飛等人，職務就更低了。至於大戰黃巾軍首領程志遠、救董卓、射張寶等情節，都是演義，沒有憑據。

如果盧植還在，劉備的處境會好些，盧植走後，董卓、皇甫嵩先後繼任，劉備在眾多討伐隊伍中，基本上屬於默默無聞的人。

戰後論功行賞，劉備只得了一個安喜尉的職務，相當於副縣級公安局局長。安喜縣又稱安熹縣，屬冀州刺史部中山國，縣治在今河北省定州市東南。東漢有三互法，官吏任職實行籍貫迴避制度，一般情況下不能在自己及妻子所在的郡、縣為官。

縣尉的主要職責是緝拿盜賊、維護社會治安、徵發卒役，大縣設縣尉二人，小縣設一人。縣有縣令或縣長，下面還有縣丞，縣尉頂多算縣裏的「三把手」。

基層工作雖然鍛煉人，但劉備顯然很失望，出生入死才換來個小小的縣尉，在縣裏這個巴掌大的地方，上面還有人壓着，要混個縣令，還不知道得多長時間，再往上的郡太守之類，簡直不敢想。劉備好歹還進入了公務員序列，但他手下的一幫弟兄如何安排就成了問題，關羽、張飛等人想必更感到憋屈。

再憋屈也得幹，好歹這個職務也是拚命打仗換來的。

劉備埋頭幹起了劉局長的活，一干就是四五年。其間，他沒有升職，沒有調動；不是不敬業，相反，他很敬業，甚至為了工作很玩命。

安喜縣歸中山國管，中山國國相名叫張純，野心極大，聯絡了自己的老鄉、前泰山郡太守張舉一同造反，還勾結了烏桓人首領丘力居，形成一個反叛聯盟，聲勢很大，殺了護烏桓校尉、右北平郡太守、遼東郡太守等一批朝廷任命的官員，手下人馬多達十多萬。

張舉自稱天子，張純自號彌天大將軍、安定王，勢力波及北方四州，一下子把事情鬧大了，成為黃巾軍被鎮壓後最大的一次反叛事件。

看到有人也稱天子，漢靈帝急了，下令北方各州進行討伐。

青州刺史部也接到了詔書，讓他們組織人馬來冀州、幽州參戰，州裏派一名參事（從事）率領，這支隊伍裏有個叫劉子平的，知道劉備打仗很有一套，就向從事推薦了劉備，劉備於是參加了討伐二張的行動。

這是一場苦仗，打得很慘烈，不亞於征黃巾之戰。

有一次，劉備等人與叛軍相遇，戰於曠野，劉備負了傷，躺在地上裝死（中創陽死）。叛軍退去，大夥找到他，用車把他拉走，這才撿回一條命。

有的史書認為這件事發生在劉備擔任安喜縣尉之前，但這個可能性不大，根據記載，二張叛亂發生在漢靈帝中平四年（187年），張角等人失敗已經三年了，劉備早已到了安喜縣。

儘管又立下大功，還差點兒把命丟了，劉備還是沒升官，因為他上面沒人，也沒錢。

政治黑暗導致吏治已完全崩壞，向上升遷的途徑只剩下兩條：要麼有人替你說話，要麼你有足夠的錢，可以明碼標價地去買。

基層公務員劉備的仕途一片黑暗。

劉備在安喜縣尉崗位上的時間並不短，比印象中的時間要長得多。劉備幹不上去，但也沒有別的辦法，只能帶着一幫窮哥們在縣裏混日子。

即便這樣，麻煩也會找上門來。

一天，劉備突然聽說上面正在整頓幹部，那些因為軍功而任職的，將予以淘汰（其有軍功為長吏者，當沙汰之），劉備懷疑自己就在被淘汰範圍內。

像劉備這樣在討伐黃巾軍中獲得官職的人有一大批，這些沒有按潛規則上來的人自然成為官場潛規則排斥的對象，這次幹部整頓就是要把他們清理掉，好去安插新人。劉備面臨着下崗失業的命運，但他想努力爭取一下，聽說郡裏的督郵來縣上檢查工作，便去求見，想跟督郵拉拉關係。

督郵是郡太守的屬官，漢代郡政府裏一般設有五個部門負責監督考核各縣，各部門的負責人稱督郵掾，各縣官吏的升降賞罰都掌握在這些人手裏。

劉備打聽到督郵住在縣政府招待所（傳舍），於是到那裏求見。督郵聽說劉局長來了，以生病為由不見。

劉備覺得問題更嚴重了，避而不見，肯定是因為自己的猜測是屬實的，看來這一次被裁撤的人裏一定有自己。

劉備急了，也火了。

應該說，遣散在職官吏不是督郵能做主的事，甚至也不是郡裏面能定的，這些人事大權掌握在更高一級的官員手裏，最終由當權的宦官說了算，他只是執行者，劉備求見，意圖不言自明，督郵不見是避嫌，謊稱有病是給劉備面子。

如果督郵見了劉備，收了他的錢，最後不辦事，劉備應該發火，現在劉備要發火，不應針對督郵。但劉備的火找不到其他人可發，他

只認定了這個督郵。幹了幾年縣尉已經讓他覺得不爽，上面不理解、不慰勞，反而卸磨殺驢，讓他徹底失望。

一氣之下，劉備率人來到傳舍，硬闖進去，找着督郵，把他捆起來痛打了 200 杖，之後把督郵拴在馬樁上，把自己做官的綬帶解下來繫在督郵的脖子上（直入縛督郵，杖二百，解綬繫其頸着馬柳）。

出了口惡氣，劉備逃亡。

史書上還有另一種說法，認為劉備聲稱接到了郡太守的密令要逮捕督郵（府君密教收督郵），把督郵捆了起來，押往郡裏。

劉備只是個縣尉，上面應該還有縣丞、縣令，他們能任由劉備胡來嗎？這只能說明，劉備這個縣尉很強勢，有關羽、張飛等一幫鐵桿支持者，劉備不想發作便罷，如果想發作，沒人阻擋得了。快走出安喜縣的縣界，劉備把自己的官印和綬帶解下，繫在督郵的脖子上，把他綁在一棵樹上。

劉備不打算幹了，要辭職，但咽不下這口氣，要殺督郵。督郵苦苦哀求，劉備才把他放了。

這一下惹了麻煩，從朝廷的官吏變成了逃犯，劉備只得帶着關羽、張飛等一幫追隨他的弟兄開始了逃亡生涯。

## 孫堅轉戰大西北

與曹操、劉備「轉業」到地方不同，孫堅、董卓等參加完討伐黃巾軍的戰鬥，又馬不停蹄地轉戰到了西北地方的涼州。

中平二年（185 年）春，沉寂了一段時間的涼州羌人突然發起了大規模叛亂，他們共推北宮伯玉、李文侯為將軍，殺了朝廷設置的護羌校尉泠徵和金城郡太守陳懿，攻燒州郡。

北宮伯玉、李文侯沒能成事，叛亂武裝後來逐漸落到金城郡人

邊章、韓遂手中，他們聚集了數萬騎兵向東發起攻擊，打到了關中一帶。他們學習黃巾軍，以誅殺宦官為號召鼓動大家造反。

現在，只要說殺宦官，準能一呼百應，宦官成為朝廷最大的負資產。

韓遂原名韓約，當過涼州從事；邊章原名邊允，當過新安縣令。叛軍開始通過使詐攻佔金城郡，太守陳懿以及韓約、邊允等人被劫持，後陳懿被殺，宋建、王國等把韓約、邊允釋放，因為他們在隴西一帶名氣比較大，叛軍發佈文告，下面就署韓約、邊允的名字。

朝廷通緝韓約、邊允，懸賞千戶侯（購約、允各千戶侯）。韓約、邊允便改了名字，乾脆下水，參加並逐漸掌握了叛軍，成為實際上的首領。

關中是西漢各位皇帝陵寢所在地，朝廷一下子緊張了起來。漢靈帝下詔，調皇甫嵩到長安，讓他坐鎮指揮，對付邊章、韓遂。

董卓已經被免職，西北戰事一起，董卓又有了用武之地，被朝廷任命為師長（中郎將），聽從皇甫嵩的指揮。

面對與黃巾軍打法完全不同的涼州叛軍，輪到皇甫嵩找不着北了，接連吃了敗仗。


面對嚴峻的形勢，漢靈帝召集公卿百官開會討論，研究破敵之策。

會前，司徒崔烈向漢靈帝建議，既然皇甫嵩都拿涼州叛軍沒辦法，不如把涼州放棄算了（宜棄涼州）。

會上，崔烈首先發言，堅決主張放棄涼州（烈堅執先議），大家還沒說話，剛當上參事室參事（議郎）的傅燮惱了。

傅燮厲聲說道：「請陛下把司徒斬了，天下自會安定（斬司徒，天下乃安）！」

負責會議紀律的尚書台祕書（尚書郎）楊贊馬上啟奏，認為傅燮

當廷污辱大臣，漢靈帝卻沒有接楊贊的話。

漢靈帝問傅燮剛才的話是何意，傅燮回答：

「當年匈奴單于冒頓忤逆呂太后，上將軍樊噲誇口說『願得十萬眾，橫行匈奴中』，如此忠君愛國，季布仍然說樊噲可斬。涼州為天下要衝，國家的藩衛，高祖與酈商平定隴右地區，世宗漢武帝開拓涼州，設立四個郡，當時的人都認為這樣好比斬斷了匈奴人的右臂。

「如今，涼州治理混亂，出現了叛逆，天下騷動，陛下為此寢食難安。崔烈以司徒之位，不能為國分憂，卻要割棄萬里疆土，我對此感到不解。若讓異族得到涼州，則會發動更強大的攻勢，這是最嚴重的後果。如果崔烈不知道這個道理，那就是愚昧；如果他明知而為，那麼他就是對陛下不忠（若烈不知之，是極蔽也；知而故言，是不忠也）！」

傅燮的品秩是 600 石，只相當於縣令，在公卿百官參加的國事會議上，一個「縣處級」幹部直接批評國務院總理，言辭如此犀利，讓與會者震驚。

不過，傅燮說得卻很有道理。

崔烈主張棄涼州，是因為涼州一直以來都是個無底洞，耗費了朝廷大量的賦稅，司徒在三公中分管財政稅收，打仗花錢都要找他，他深知其難。

但是，涼州問題不是一個簡單的財務問題，它是東漢帝國西部的屏障，涼州在，哪怕戰事不斷，那也是護衛朝廷的一個緩衝帶；涼州不在，朝廷將時刻面臨來自西北方向的直接威脅。

大家就棄與不棄兩種觀點進行了討論，最後漢靈帝採納了傅燮等多數人的意見，認為涼州不能放棄。

漢靈帝決定調整對羌作戰的指揮機構，任命張溫為全國武裝部隊

副總司令（車騎將軍），接替皇甫嵩到關中指揮朝廷軍隊，任命京師警備司令（執金吾）袁滂作為張溫的副手。

同時，提拔董卓為軍長（破虜將軍），與另一位軍長（盪寇將軍）周慎等歸張溫指揮，加上附近州郡的地方部隊，共集結起十多萬人，對付邊章、韓遂。

皇甫嵩在冀州時得罪過宦官，他這次去西北，路過鄴縣時看到「十常侍」之一的趙忠住宅踰制，立即向朝廷提出彈劾，趙忠的這處房產被漢靈帝沒收。另一位「十常侍」張讓曾暗地裏向皇甫嵩索賄 5000 萬錢，被皇甫嵩拒絕。

趙忠、張讓都恨皇甫嵩，現在找到了機會，不斷在漢靈帝面前說壞話，結果皇甫嵩被免去了全國武裝部隊副總司令（左車騎將軍）的職務，先前 8000 戶的食邑被減去了 6000 戶，由槐里侯改封為都鄉侯，縣侯降格為鄉侯。

皇甫嵩從此賦閒在家，不過三年後他還將出山。


張溫來到關中，把指揮部設在美陽，即今陝西省武功縣。

叛軍勢頭很猛，戰鬥力強於朝廷的軍隊，張溫面臨作戰不利的局面（溫與戰，輒不利）。

轉機出現在這一年十一月。

一天，前線突然發生了奇異的自然現象，在美陽一帶的夜空裏突然出現了流星雨，拖着如火一樣的尾巴，達十多丈長（有流星如火，光長十餘丈）。

流星雨是由降落的隕石形成的，有顆巨大的隕石正好落在叛軍的營區裏，把營寨都照亮了，營中的驢馬等動物受到驚嚇都鳴叫起來。

古人不瞭解地震、日食、流星等自然現象的原理，認為這些都是大凶之兆，是上天的某種警示，很不吉利，邊章、韓遂決定撤軍。

在前線指揮的董卓看到處於優勢的一方竟然自動撤退，大喜過望，聯合右扶風郡太守鮑鴻共同出擊，斬殺敵兵數千人，邊章、韓遂退到榆中，也就是董卓的老家隴西郡一帶。

張溫指揮大隊人馬立即乘勝追擊，命周慎率三萬人擔任對榆中的主攻，命董卓也率三萬人進討先零部落的羌人。

朱儁手下的獨立團團長（別部司馬）孫堅此時在張溫手下當參謀（參軍事），張溫命孫堅協助周慎。

在討伐黃巾軍的作戰中孫堅快速成長，戰場經驗十分豐富，他建議周軍長：「敵人困在城裏沒有糧食，肯定會到外面運糧。我請求率一萬人馬斷其糧道，將軍率大軍隨後跟進，敵人缺少糧食必然不敢出戰，最後只能撤入羌中，到那時我們並力討伐，則涼州可定。」

可是，周慎錯誤判斷了戰場形勢，內心裏又不願意分功給孫堅，執意從榆中城正面發起強攻，結果反被邊章、韓遂派兵截斷了葵園峽谷，把周慎的糧道給斷了。周慎慌了，下令放棄輜重突圍。

周慎突然撤軍，讓擔任輔攻的董卓措手不及，被邊章、韓遂所部羌胡兵圍困在望垣以北。董卓所部的糧食很快吃完了，敵人圍攻又急，情況十分危急。

不過，董卓從小在這一帶長大，對周圍環境特別熟悉，附近有一條大河，也就是洮水，董卓站在河邊突然來了主意，他命人在河上築壩把水截住，形成了長達數十里的堰塞湖（使水渟滿數十里）。

董卓命令對外說是要捕魚充飢，實際上把水斷流後人馬從壩下過河，之後突然放水，形成潰壩，沖淹下游的敵人，董卓因而解圍。

此戰，朝廷共有六支軍隊參戰，其他五支都潰不成軍，損失慘重，只有董卓率領的這一支全師而還（時六軍上隴西，五軍敗績，卓獨全眾而還）。從這一仗中可以看出，董卓不光有勇，還十分有謀，為朝廷又立下一功。

董卓因此被封為邰鄉侯，食邑 1000 戶。

但是，董卓有驕傲自大的毛病，不太聽張溫的指揮。

一次，張溫拿着天子的詔書召喚董卓，董卓過了很久才慢悠悠來了。張溫批評了董卓幾句，董卓壓根就不服氣，二人鬧得很不愉快。

孫堅實在看不下去了，走到張溫面前對他耳語道：「董卓不知錯反而態度不恭，應該治他奉詔不到的罪，按軍法把他斬了。」

張溫是出了名的好脾氣，對陶謙那樣的下屬尚且網開一面，要殺董卓，他還真下不了決心。

張溫小聲對孫堅說：「董卓向來在涼州一帶有威名，現在殺了他，再在西邊用兵就少了依託。」

孫堅仍不放棄，歷數了董卓的三條罪狀：

「明公您率王兵，威震天下，董卓算什麼？聽董卓所說，不尊重明公，輕上無禮，這是第一罪；邊章、韓遂作亂近一年，應當儘快進兵剿滅，但董卓認為不可，擾亂軍心，這是第二罪；董卓受到朝廷重用，但沒有建立相應功勳，應當謙虛謹慎，但此人軒昂自高，這是第三罪。

「凡古代名將，仗鉞臨眾，都會果斷處置斬殺不服者以示威，比如司馬穰苴斬莊賈，魏絳殺楊干，現在明公向董卓低頭，不立即誅殺，恐怕會有損您的威名啊！」

張溫聽完還是不敢，對孫堅說：「你趕快下去吧，時間長了董卓會起疑心（君且還，卓將疑人）。」

這時，叛軍發生了內訌，韓遂殺了邊章和北宮伯玉、李文侯，吞併了他們的人馬，朝廷在西北方向的威脅總算暫時解除了。

孫堅從前線回來，被任命為朝廷參事室參事（議郎），這也是朝裏沒人的結果。

不過，孫堅的仕途很快出現了轉機，荊州刺史部長沙郡發生了民

變，變民首領區星自稱將軍，手下有一萬多人，攻圍城邑。

朝廷需要有人去救火，於是起用孫堅為長沙郡太守，前去平亂。

孫堅天生是打仗的好手，只用半個月時間就平定了叛亂（旬月之間，克破星等）。

附近的零陵郡、桂陽郡又起民變，孫堅越境討伐，使長沙、零陵、桂陽三個郡都安定下來。孫堅索性就留下來當長沙郡太守，朝廷根據他平亂的功勞，封他為烏程侯。

這是一個縣侯，烏程縣在孫堅的老家吳郡。


## 公孫瓚崛起幽州

黃巾起義還有一個嚴重後果，那就是逐漸催生出漢末第一批實力派人物，公孫瓚和陶謙就是其中的代表。

討伐完黃巾軍，公孫瓚也轉業到了地方，在仕途上他也不怎麼樣，當了涿縣縣令。

之前，公孫瓚在地方上擔任的職務有郡政府駐京辦主任（上計吏）、郡國政府祕書長（遼東屬國長史）。立了軍功才改任一個縣令，似乎職務太小了。

不過，縣令在當時的地位倒是挺高的，論品秩與州刺史相同，是朝廷以詔書形式直接任命的，是所謂的「官」。

在官場上，「官」和「吏」有着嚴格的分野，「吏」無論地位再高、實權再大，也都是「官」的屬官。公孫瓚之前的身份都屬於「吏」，當了縣令以後才成為一名「官」。

當然，以公孫瓚之前的資歷和個人能力，當個郡太守、國相也無不可，之所以沒有高就，與盧植老師被免職不無關係。

兩位老同學，劉備當安喜縣公安局局長（安喜尉），公孫瓚當涿

縣縣長，這兩個縣現在都屬河北省，相距不太遠。

這時，邊章、韓遂起事，涼州那邊軍情告急，朝廷決定抽調 3000 名幽州突騎前去參戰，任命公孫瓚為臨時指揮（都督行事），讓他率領這 3000 人馬前往。

公孫瓚率領這支人馬走到幽州刺史部的薊縣也就是今天北京市附近時，發生了張純、張舉「二張」的叛亂，朝廷於是命令公孫瓚率部就地平叛。

劉備也參加了這次平叛，他們在戰場上有沒有配合過，不得而知。

以公孫瓚的幽州突騎為主力，加上地方武裝的配合，還有朝廷從青州刺史部等地調來的郡兵，很快把「二張」擊破，張舉下落不明，張純跑到北面的烏桓人那裏躲了起來。

遼西屬國的烏桓首領貪至王率眾詣降，公孫瓚因功升為師長（中郎將），封都亭侯。


官仍然不算大，不過這都是在戰場拚命換來的。

更重要的是，長期的軍旅生涯，讓公孫瓚建立了一支完全服從和效忠於自己的生力軍，這就是之前提到過的「白馬義從」。

作為一支勁旅，「白馬義從」最後的人數有幾千人，因為白色的馬也不那麼好找，就是把有些雜毛的馬都算進去，找出幾千匹來也相當不容易了，而這支隊伍有一個逐漸形成和壯大的過程，現在還不是它的鼎盛期。

公孫瓚率所部進駐遼西屬國，主要職責是防範其他烏桓部落的進攻，其中包括烏桓人的著名首領丘力居。

熟悉三國歷史的人都知道，漢末烏桓人是東漢帝國在北方的主要對手，他們最有名的首領一個是蹋頓，另一個是樓班。其實丘力居比他們都厲害，因為他是蹋頓的叔父、樓班的父親。

丘力居當時的勢力很大，活動範圍不僅在幽州，還經常深入冀州、青州甚至徐州，常常搶一把就跑，讓這些地方苦不堪言。

公孫瓚和丘力居交手，但處於下風（四州被其害，瓚不能禦）。

一次，公孫瓚與丘力居戰於管子城，公孫瓚奮力拚殺，到最後沒有吃的了（力戰乏食），馬被吃完了，連弩盾上的乾牛皮都煮煮吃了。

還有一次，公孫瓚與劉備的前上司、旅長（破虜校尉）鄒靖追擊敵人，鄒靖被圍，公孫瓚回師救援，鄒靖才得脫身。

朝廷本來想用公孫瓚對付烏桓人，發現公孫瓚不行，只得另想辦法。看來看去，只有時任宮廷事務部部長（宗正）劉虞能力最強，於是任命他為幽州刺史，前去收拾北部邊疆的局勢。

劉虞是正宗的漢室宗親，漢光武帝劉秀之子東海恭王劉強之後，從祖父到父親都是「省部級」高官，本人年輕時舉過孝廉，當過郡吏，政績突出，是個實幹家。

朝廷之所以想起劉虞，是因為此前他擔任過幽州刺史。劉虞在任期間，和鮮卑、烏桓、夫餘、濊貊等北方少數部族關係融洽，有一定威望，那時少數部族都按時朝貢，不敢侵擾，百姓中也廣為傳頌劉虞的功德。

劉虞到任後和公孫瓚的做法不同，對少數部族主張懷柔，派使者到烏桓各族曉以利害，丘力居等首領有感於劉虞的聲名和誠意，紛紛派遣使者表示願意歸附。

公孫瓚有點兒不舒服，暗中搞起了破壞。

他派人挑撥朝廷與這些少數民族的關係，甚至不惜派兵在烏桓使者必經之路上埋伏，將使者殺害。但這些辦法效果不大，烏桓各族識破了其中真相，歸意堅定，他們就是繞道也要跟劉虞保持聯繫（胡知其情，間行詣虞）。

被朝廷「下派幹部」壓着，公孫瓚感覺很不爽，這為二人日後矛

盾的徹底暴發埋下了伏筆。

但不可否認的是，公孫瓚轉戰政局、軍界，依靠在鎮壓民變和抗擊北方少數部族中建立的戰功，擁有了自己的實力，成為朝廷不得不用的地方實力派。

## 陶謙成為實力派

擊破黃巾軍後，陶謙留在徐州，不走了。

陶謙原本是個愛犯倔的憤青，自從當上地方領導，性情大變。

徐州刺史部是個很重要的州，經濟發達，人口稠密。西漢元始二年（2 年）搞過一次人口普查，如果用這次普查的資料繪製一張人口密度圖，就會發現每平方公里 150 人以上的地區，主要集中在以洛陽為中心的河洛地區以及黃河中下游地區，徐州刺史部就在這個範圍內，全國其他大部分地區人口密度相對較小，整個長江以南每平方公里的人口密度只有 10 人左右。

通常，經濟越發達、人口越稠密也就越難治理，徐州人才多，各方勢力也複雜，黃巾軍餘部又不斷鬧事。

陶謙展示出了非常的手段，他重用名士，平衡各派地方勢力，打敗了黃巾軍餘部，着力發展生產。在一片兵荒馬亂之中，徐州反而建設得有聲有色，成為一個「模範區」（是時，徐州百姓殷盛，穀米封贍，流民多歸之）。

在陶謙治理徐州的過程中，有幾件事值得一提。

一件事是，用「泰山幫」打跑了黃巾軍餘部。

黃巾軍餘部在徐州再次起事，陶謙雖然當過參謀，但本質上是個文官，不像公孫瓚那樣可以親自上陣殺敵，他得借用其他人。

陶謙借用的人名叫臧霸，兗州刺史部泰山郡人，他的父親當過縣裏面的監獄長（獄掾）。泰山郡太守喜歡隨便殺人，臧霸的父親拒絕執行命令，惹怒太守，被抓了起來，要押送到郡裏治罪。

臧霸當時只有18歲，聽說後馬上聚合了幾十個人，在半道上把父親劫下，之後帶着父親還有一幫人逃亡到徐州。

陶謙來徐州對付黃巾軍，他四處募兵，臧霸便加入陶謙的隊伍中，由於作戰勇敢，升為騎兵旅旅長（騎都尉）。

陶謙手下的孫觀、吳敦、尹禮等也都出身於泰山郡，臧霸和他們抱成一團，又拉攏了陶謙的另一個重要軍事首領昌豨，幾個人發展成為一個小組織，可以稱為「泰山幫」，表面服從陶謙領導，其實只聽臧霸的。

陶謙心裏明白，但也不干預，命令臧霸等人常駐徐州刺史部北面的開陽一帶。


另一件事是，培養了一支嫡系丹陽兵。

陶謙縱容臧霸等人，不是他太軟，而是他心裏有數，知道臧霸等人也翻不起大浪。讓陶謙擁有這份自信的，是他手裏也有一支嫡系——丹陽兵。

陶謙不是徐州人，他的老家是揚州刺史部的丹陽郡，該郡的治所在宛陵縣，即今安徽省宣城市，所轄大體包括現在的皖南、蘇南的一部和浙江西部，今天的南京、銅陵、蕪湖和黃山都在其中。丹陽郡多山地，長期生活在這裏的山民身體強健，好武習戰，自古即是出精兵的地方，所出丹陽兵自秦漢以來就揚名疆場。

漢武帝天漢二年（前99年）秋天，貳師將軍李廣利率騎兵三萬出征匈奴，在天山與右賢王相遇，發生激戰，漢武帝命令李陵出擊輔助李廣利的正面作戰，當時戰馬不足，李陵只率一支5000人組成的步

兵出征，在大漠曠野之上，面對匈奴的鐵騎，步兵單獨出戰只能是送死。但這次卻不那麼簡單，因為這 5000 名步兵的主要組成部分就是丹陽兵。

李陵率領這 5000 名丹陽兵從居延北行軍一個月，在浚稽山與且鞮侯單于的三萬騎兵遭遇，匈奴人原以為可以虎蹚羊群般結束戰鬥，但眼前這支神奇的部隊居然反敗為勝，5000 名步兵殺得三萬騎兵不斷後退。單于大驚，急調八萬餘騎來攻，李陵率領大家且戰且退，重傷患躺到車上，輕傷員推車，傷勢再輕的持兵器搏戰。

後來，由於漢軍後援遲遲不到，這支丹陽兵最後只剩 400 人突圍，此戰主帥李陵被迫投降，副帥韓延年戰死。但是，丹陽兵卻打出了威名，面對驍騎的數萬匈奴鐵騎之勇，5000 名丹陽兵竟能令單于喪膽，幾乎要撤退，後也是在得知漢軍無援兵情況下才敢進攻。丹陽兵的善戰可見一斑。

丹陽兵戰鬥力之所以這麼強，與他們擅長的一門技藝有關——弓箭。正是由於具有高超的射擊技術，才能以步兵抵擋騎步的衝擊。

陶謙主政徐州後，借着平息黃巾民變在家鄉大規模募兵，所建立的這支丹陽兵完全掌握在陶謙自己手裏，帶兵的將領有曹豹等人，完全聽從陶謙一人。


還有一件事值得說，就是陶謙在徐州率先搞了屯田。

說起漢末的屯田制就會想到曹操，但其實，在漢末首先倡導屯田的不是曹操，而是陶謙。

陶謙搞屯田的時間應該是漢靈帝在位時，比曹操早了好幾年。陶謙任命陳群為農墾旅旅長（典農校尉），在徐州境內實行屯田。那時候陳群才 20 多歲，很能幹，一上任就到處找適合屯田的地方，然後推行水利建設（巡土田之宜，盡鑿溉之利），使農業生產得到很大的恢復和

發展，獲得了良好收成（粳稻豐積）。

這件事意義重大，算是一種制度創新和實踐創新，增強了徐州的地方實力，這項創新後來被曹操、諸葛亮、司馬懿等人效仿和發展。

但陶謙也有失誤的地方，主要在用人方面。徐州是人才興盛之地，陶謙主政徐州期間，王朗、陳珪、陳登、趙昱、薛禮、麋竺、張昭、陳群等人都曾經是他的部下，孔融、鄭玄也曾投奔過他，但他用人失度，重用了曹宏、笮融等小人，為人詬病。

曹宏情況不詳，史書上說他是個喜歡進讒言內心陰險的人（讒慝小人），陶謙相當信任他。

陶謙所親信的另一個人是笮融，在歷史上是個另類人物。

笮融擔任過徐州刺史部的下邳國相，他擅長溜鬚拍馬，深得陶謙信任，手中掌握了不小的實權，他背着陶謙大搞貪污活動，積累了不少財富。有人貪錢為的是花天酒地、揮霍無度，而笮融卻不喜歡這些，他的興趣愛好是一項在當時很新鮮也很時尚的活動：信佛、禮佛。

佛教當時雖然早已傳入了中國，而且有了一定發展，但總體而言還屬於發展的初級階段，信佛的人還不是很多。笮融無疑是佛教早期的狂熱信奉者之一，他在下邳國廣修佛寺，命令人民日夜誦讀佛經，每到佛祖誕辰日就舉辦盛大的浴佛會，就好像現在舉辦這個節那個節一樣，每次活動費用多達上億錢。

但官場上的笮融是個十足的小人，在下黑同事、對上哄領導、欺壓百姓、貪污腐化。

笮融經常拿佛教經義來忽悠陶謙，把陶謙弄得一頭霧水、似是而非，覺得笮融特有本事，很多重大決策都聽笮融的意見，把很多事都交給他來管。

陶謙經營徐州，有成功經驗也有失敗教訓，但無論如何，他這個

州刺史都和之前的官員有所不同。

以前的州刺史職責很少，除了監督、監察之外，對郡縣官員不能直接領導和指揮，更不用說軍權、人事權。但是天下大亂，也讓陶謙這樣的州刺史手裏有了更大的權力，在所治範圍內，州刺史的職權從人事、經濟到軍事，似乎無所不包。

這說明中央集權正在被削弱。對於漢靈帝和朝廷來說，不管是否承認、無論是否接受，由於黃巾民變，這種改變已成為一種趨勢。

英雄趁亂而起，越來越多的像公孫瓚、陶謙這樣的人在地方上脫穎而出，成為實力派，最終演變為割據勢力。這是大動亂的後遺症，也是另一場更大動亂的先兆。

## 袁紹耍滑頭

似乎還有兩位重量級人物沒有說到。

這兩位，就是袁紹和袁術，之前雖然提到了他們，但還沒有來得及做具體介紹。

袁紹字本初，豫州刺史部汝南郡人。說起漢末的政治世家，不是風光一時的外戚，更不是污穢不堪的宦官，而要數那些黨人中的翹楚、士人中的清流。其中以汝南郡袁氏、弘農郡楊氏和潁川郡荀氏最為顯赫。這些家族，人才輩出，有許多人登上了三公的高位，被稱為「幾世幾公」，而袁氏的「四世三公」最為突出。

連續四代都有人當上三公，在政壇上活躍近百年，這不是隨便哪個家族都能做到的。

汝南郡袁氏興起於一個叫袁安的人，當時還是個厚道的基層公務員。有一年冬天發生雪災，好多人餓得沒有飯吃，手裏有點小權的都想辦法收取賄賂來活命。

一天，縣令出來視察，到袁安家看到門口沒有一點腳印，縣令想八成這個老實人給餓死了吧？於是讓人去收屍，結果發現袁安還有一口氣，就把他救活了。

寧可餓死也不收取賄賂，這是什麼精神？這是典型的廉潔自律精神。

於是，袁安被樹成廉政典型在全國進行宣傳，宣傳材料也寫得好，標題是「袁安困雪」，成為本朝一個經典，寫進了學生的教科書和官員的操行手冊裏。

袁安聲名大振，漢章帝時做到了司空。袁安的後人袁京、袁敞、袁平、袁成、袁湯、袁逢、袁隗等人都曾位至三公，這還不算下一輩的袁紹。

三公可以開府，在「門生故吏」眼裏，聘用自己的人不僅是長官還是恩師，從而結成一種特殊的政治關係。袁家連續四代人當過三公，算起來有八個人之多，聘用過的人不計其數，這些人日後轉任政府及地方高官，織成了一張龐大的關係網。

袁紹就出生在這樣的家庭，他的父親叫袁成，很有能力，當時跋扈將軍梁冀把持朝政，對袁成都禮讓三分，甚至言無不從。袁成在梁冀面前說話很好使，沒有什麼事辦不成，社會上流傳一句順口溜：

> 事不諧，詣文開。

意思是，事情擺不平，就去找袁成。文開，是袁成的字。

但也有史書說，袁成並不是袁紹的生父，袁紹的父親是袁逢，跟袁成是親兄弟，袁成死得早，袁逢就把袁紹過繼給了袁成以繼承家業（紹，逢之庶子，出後伯父成）。

古人很注重親屬之間的法律關係，袁紹一旦過繼給叔父，袁成就成為袁紹法律上的父親，袁逢是袁紹血緣上的父親。

袁逢還有一個兒子叫袁術，字公路。

論起來，袁術本來是袁紹的親弟弟，但袁紹過繼給袁成後，袁紹就成為袁術的堂哥。

這兄弟倆關係不怎麼好，原因是袁紹的生母不是袁逢的正妻而是妾，袁術的母親則是正妻，一個是庶出，一個是嫡出，二者差別很大。

如果按照嫡長子世襲制的觀點，袁紹雖然比袁術年長但沒有袁逢的繼承權，如果是這樣的話，二人日後遲早會爆發一場衝突，但這個衝突卻沒有爆發出來，原因是袁紹過繼給了他的叔父，有了另外的繼承權。

還有的說，袁紹的生母連妾都不是，其實是一名丫鬟（*紹母親為婢使，紹實微賤*），因為跟主人有了孩子才被收為妾，想必袁術的母親對這個妾很不友好，直接影響到袁術對袁紹的態度。

最後這個說法記載在公孫瓚後來討伐袁紹的檄文中。檄文是用來詆毀敵人用的，自然少不了抹黑、造謠，似乎可信度不高；但其實不然，檄文固然可以罵人，可以上綱上線，可畢竟是公開發佈的文書，基本事實不能太離譜，所以這件事的可信度相當高。

和當時大多數權貴子弟一樣，袁紹參加工作是從「郎」做起。「郎」是天子身邊的工作人員，皇宮裏不僅有宦官，而且還有不少辦事機構，如國家檔案館蘭台、朝廷的祕書局尚書台、朝廷的機要收發局謁者台等，這些辦事處機構聘用的辦事員就是「郎」。

擔任郎官既是一種歷練，借此熟悉宮裏的辦事程序以及公文處理規則，同時在天子身邊工作也是一種榮耀，表明與天子之間曾經有過親密的關係，他們一般不會任職太久，一有機會便會被授以實職，這些從天子身邊來的人大多仕途坦蕩。

袁紹不久就被任命為東郡濮陽縣縣長，這個地方位於洛陽以東幾百里外的黃河沿岸，那時候長江沿線並不發達，發達的是黃河沿線，

濮陽的地位類似於現在的武漢、南京。

袁紹擔任濮陽縣縣長的時間不太長，因為他家出了一件大事，他的母親，也就是那個被袁術瞧不起的丫鬟去世了。當朝以孝治天下，父母親去世做兒女的要守三年喪，擔任朝廷公職的必須離職守喪。袁紹於是離開濮陽回到汝南郡汝陽縣為母親守喪。

袁紹雖然只是個縣長，但作為袁家最被看好的下一代之一，他在這時候已經很有名氣，結識的朋友很多，他家辦喪事居然驚動了數萬人來參加，許多人是從幾百里、上千里之外趕來的，車子來了幾千輛。

這些人裏就有正在洛陽太學當學生的曹操以及曹操的好友王俊，不過曹操和王俊也只能在周邊看看熱鬧，暫時上不了袁家貴客的名單。

守孝是很苦的差事，不僅時間很長，而且規定很多，不能住在家裏，只能在父母墳前搭個簡易棚居住，其間不能東跑西竄，不能吃肉，不能有娛樂活動。過慣了榮華富貴日子的人根本受不了，表面上悲悲戚戚，心裏肯定如煎似熬地掰着手指頭算日子什麼時候結束。

可是，當袁紹在母親墳前守完三年孝可以回去重新工作的時候，他卻突然向朝廷請求把喪假再延長三年，他還要再為已故的父親守三年孝。

當時袁紹的生父並沒有死，他是後來死於董卓的屠刀的。袁紹要為之守孝的是他的繼父袁成，袁成死得很早，袁紹當時太小或者還沒有過繼給伯父，總之當年沒有正式為繼父守過孝。袁紹的舉動被理解為更大的孝行，因為這個孝當時並不需要追補。

袁紹又在繼父墳前搭起個簡易棚開始另一段三年清心寡欲的生活。他的孝行也毫無疑問贏得了大家的敬重。

縱觀袁紹的一生，他是有真本事的人，也很會作秀。不過放棄正在高歌猛進的仕途只為博得一個行孝的名聲，代價似乎太大。

守三年孝這個制度在以後朝代裏還經常實行，有些正在走官運

的人一到父母病情加重時，立刻提心吊膽，生怕得在關鍵時刻離開官場。在明清時代，對於那些實在不能請長假的重要人物，天子可以下詔書要求他不用守孝，這就是「奪情」。

像袁紹這樣三年還嫌不夠要求追加三年的人，在官場上不知道是不是獨一份，但肯定是極個別的案例。

問題是，袁紹為什麼要這麼做？

不是他對繼父的感情有多深，他也不是在作秀，他有難言之隱。

袁紹剛入仕的這段時間正是黨錮之禍盛行的時候，黨人被清算追索，宦官專權，袁逢、袁隗官場經驗很豐富，雖然沒有受到宦官們的直接打擊，但他們家社會關係太複雜，跟黨人還有姻親關係，自然也不安全。

宦官是政治倫理極差的一族，迫害黨人的手段也極其殘忍，動不動就株連九族，袁紹要求延長喪假就是利用人們對喪者家屬的同情心來避禍。

但守孝總是要結束的，袁紹在父母墓前臨時搭建的小屋裏住了六年（在塚廬六年），之後回到了洛陽。

按制度，他應該到有關部門銷假，再回原崗位工作或者由朝廷重新安排工作。袁紹之前擔任的是縣長，品秩雖然只有 600 石，但也是由天子直接任命的，屬於朝廷管理的幹部，他此刻應該到尚書台報到。

可是，袁紹一回到洛陽就又玩起了神祕，隱居了起來。

## 一個祕密小團體

當年，在前往汝南郡弔唁袁紹母親的人裏，除了曹操，還有幾位不速之客，其中一位大名鼎鼎，他就是朝廷通緝的政治犯何顒。

何顒字伯求，荊州刺史部南陽郡人。少年時代，他曾到洛陽太學遊學，和著名黨人郭泰等交往密切，在太學生中很有名（顯名太學）。

史書記載，他的朋友虞偉高有父仇未報，突然得了病，將死，何顒前去探望，虞偉高流涕訴說，何顒感於義氣，為他復仇。這時虞偉高已死，何顒用他仇人的頭到墓前祭奠。這說明，何顒不是一名普通的知識分子，而是遊俠一類的人物。

《史記》有遊俠列傳，司馬遷曾滿腔熱情地歌頌俠士們急人危難、守信重義、最後建立功業的品質，漢初的張良無疑是這類俠士的代表。但是，為了維護社會穩定，從漢武帝起對各類遊俠持抑制和打擊的態度，從西漢後期到東漢以來，俠士在社會上的評價越來越差，到了《漢書》已經不說他們守信重義了，而說他們是「作威作惠」的奸雄，《漢書》以後再修官史也就不再給遊俠單獨列傳了。

對朝廷來說，這樣的人是危險分子。

何顒和黨人們來往密切，黨錮之禍發生後，他也受到宦官的追捕，於是改名換姓，藏於民間。他經常與一些人祕密來往，他們都很敬重何顒的豪俠和義氣，何顒於是在荊州、豫州一帶有了名聲（所至皆親其豪桀，有聲荊豫之域）。

曹操在出道前有兩個人對他很賞識，一個是曾任司空的橋玄，一個就是何顒。還有曹操日後的首席智囊荀彧，何顒見後也稱奇。

可見何顒是一個在江湖中名氣很大，還善於識人的人。

何顒來到汝南郡，袁紹聽說後，祕密和他來往（袁紹慕之，私與往來）。

袁紹是怎麼結識何顒的，不得而知。不過，著名黨人領袖李膺和袁氏有姻親關係，而何顒與李膺關係密切，這或許是二人結交的紐帶。

他們在一起都商量過什麼，也不得而知。

何顒身邊還有一些人，他們的出身各不相同，但關係都很密切，

史書稱他們為「奔走之友」。

這些人裏，有張邈、許攸、伍孚、吳子卿等，都不是普通人物。

張邈字孟卓，兗州刺史部東平國人，家境富裕，也是一個俠士。在洛陽一邊上學，一邊交結各路英豪。

許攸字子遠，荊州刺史部南陽郡人。他是何顒的老鄉，也是一個活躍分子，交際很廣。

伍孚又名伍瓊，字德瑜，跟袁紹是同鄉，都是俠士一類的人。

這些人不是一般的黨人和士人，他們應該算黨人和士人的新生代，與前輩不同的是，他們對社會和漢室朝廷的看法更清醒、更深刻，因而也更絕望。

從他們以後的政治實踐看，他們都有參與救世的大志，但已不把希望再寄託在天子或者現有官僚體系身上，經過連續兩次的黨錮事件，他們也看到了宦官們的瘋狂和貪婪，血的事實教育了他們，使他們在鬥爭中更加理性和現實。

他們在尋找一條新的道路，不是殺幾個宦官或權臣那麼簡單，要幹就幹得徹底一點兒，改朝換代也在所不惜。

「奔走」是遊俠的特徵之一，只是時代不同，何顒等「奔走之友」與前代遊俠的單打獨鬥相比，更注重互相聯絡。

他們的主要工作是四處「奔走」，並且是有預謀、有組織、有計劃的「奔走」。他們之所以團結在袁紹的周圍，是因為在他們眼中袁紹是可以高舉的一面旗幟，不僅政治上志同道合，又具有無與倫比的號召力。

袁紹回到洛陽後，他們的活動中心也隨之到了洛陽。黃巾起義爆發時，袁紹已在洛陽，袁術在宮廷禁衛軍中任職（虎賁中郎將），他們和曹操的想法不一樣，袁紹在何顒等人的影響下，對建功立業沒有多

大興趣，心裏已經另有打算。袁術多少有點兒貪生怕死，所以沒有參加到討伐兵團。

除了幾名骨幹分子，「奔走之友」還祕密聯繫各地的豪傑志士。這樣一來，無論做得多麼祕密，也不能不引起別人的注意了。

一天，中常侍趙忠對下面的人說：「袁紹這小子故意抬高自己的身價，不出來替朝廷工作反倒養死士（坐作聲價，不應呼召而養死士），不知道這傢伙準備做什麼？」

這話傳到了袁紹的叔父袁隗的耳朵裏，袁隗立刻感覺到事態的嚴重性，他把袁紹痛責了一番，要袁紹立刻斷絕與那些江湖朋友的來往，之後應公府徵辟老老實實出來做事，以絕他人的非議，不給袁家帶來災禍。

袁紹也感到樹大招風，假意答應了叔父的要求。

正在這時，機會也來了，全國武裝部隊總司令（大將軍）何進徵辟他到大將軍府任職，擔任一名處長（辟大將軍何進掾）。

袁紹這回不再扭捏作態，而是痛快地去上班了。

# 皇宮神祕大火

一場大風暴把漢靈帝嚇得夠嗆，不過隨着風暴的迅速平息，漢靈帝漸漸把那些噩夢般的日子忘了。

黨人們希望漢靈帝能借此事件進行一番反省，遠離宦官，革新政治，重振漢室，但黨人們失望了，漢靈帝又恢復到過去那個漢靈帝。黃巾起事的這一年間，他從自己的小金庫裏撥出巨款充作軍費，這讓他心疼不已，總想找機會把損失補回來。偏偏這時，又遇上了一件燒錢的事。

黃巾民變平息的第二年，即漢靈帝中平二年（185年），二月裏

的一天，南宮的雲台突然發生了火災，這場火很大，當場根本無法撲滅，只能任由它燒，以至於竟然燒了半個月（南宮大災，火半月乃滅）。

火由雲台而起，又蔓延到靈台殿、樂成殿，燒毀了北闕度道和嘉德殿、和驩殿，南宮的中門樂成門也被燒毀。

別的地方發生火災可以視而不見，可皇宮是漢靈帝居住、辦公的地方，看着皇宮被燒得面目全非，很多地方還在不停地冒着黑煙，漢靈帝煩透了。

有關部門把重修宮殿的預算報上來，漢靈帝一看更煩心。

這又是一筆巨款，國家財政幾近崩潰，公卿百官的薪俸都成問題了，根本拿不出這筆錢，如果要修，還得從自己的小金庫裏出。

宦官張讓、趙忠很理解漢靈帝的心思，他們趁機建議把全國的田賦每畝增加 10 錢（稅天下田，畝十錢），用來重修宮室。

東漢時 1 錢可以買 1 斤多米，10 錢的購買力相當於現在人民幣 30 元左右，似乎也不太多，但那時農業技術很落後，畝產很低，大約只有 3 石，合現在的 180 斤，除去種子，實收沒有多少，不足現在平均水平的五分之一。

所以，那時種田主要以量取勝，一家一戶種上百畝甚至幾百畝都是常事，每畝加收 10 錢，對一個家庭來說，是一筆沉重的負擔。

詔令下達，招來一片反對。

不少地方官員憤而上疏，竭力陳述不能用這種辦法盤剝百姓。

在這些上疏中，樂安郡太守陸康的言辭最激烈：「過去魯宣公向農民徵收田賦，因為發生蝗災就停了，魯哀公打算增加田稅，孔子認為是一種過失，怎麼能剝奪人民的財產而去鑄造那些毫無用處的銅像？又怎能拋棄聖人的經典，而效法亡國的措施？」

樂安郡屬青州刺史部，今山東省淄博、東營一帶。陸康的祖籍是揚州刺史部吳郡，和孫堅是老鄉。陸康有個哥哥叫陸紆，陸紆有個孫子叫陸遜。

陸遜，就是後來江東的那個牛人。

宦官們看到有人公然挑戰自己，惱怒異常，就選陸康作為靶子，來個殺一儆百。宦官們說陸康上疏裏援引了亡國之語做例證來影射當今聖主，心懷險惡，犯了大不敬罪，派檻車前往樂安郡，把陸康押來交付廷尉審訊。

陸康眼看凶多吉少，幸虧朝中有人竭力相救，在漢靈帝面前替陸康百般解釋，陸康才保住一命，被解職回家。


陸康上疏中說的銅像，是漢靈帝下詔鑄造的佛像。

一向新潮的漢靈帝本來是道家的忠實粉絲，對老子深懷敬意，如今又突然對佛教產生了強烈興趣。

佛教在漢代傳入中國，一般認為首次傳入是在漢明帝時，中國第一座佛教寺院洛陽白馬寺就誕生於這個時期。不過，由於儒學的長期根植，到漢末時佛教還屬於相對新鮮的事物，像笮融那樣的忠實信徒還比較少。

「十常侍」之一的畢嵐，本身也算是個發明家，他發明了歷史上第一部灑水車（翻車渴烏），用來在洛陽南郊到北郊之間的道路上灑水；還發明了人工噴泉（天祿蝦蟆），立於平門外橋以東。

這些東西過於超前，只能算漢靈帝的玩具，沒什麼實用價值。

漢靈帝命畢嵐鑄造四座銅佛像，豎立在倉龍門、玄武門外，又鑄造四口大鐘，每口重達 2000 斛，懸掛在南宮裏的雲台和玉殿堂前。

漢靈帝搞這些玩意，除了興趣愛好外還有炫富的意思，因為銅不是普通物資，把它化成銅水，澆在另外的模具上它就變成了錢，巨量

的銅意味着一筆筆巨款，漢靈帝通過增加賦稅的手段把它們從百姓的手裏收上來，又通過鑄造銅像、銅鐘加以儲存，比放在他的西園小金庫裏還保險。

不過，這些都給別人辦了好事，僅僅幾年後，這些東西都不在了。

為了重修南宮，漢靈帝下詔徵調各州郡的木材、石料，不管路途遠近，都讓他們運到洛陽。

錢雖然由朝廷出，但負責驗收的是宦官，宦官擁有了這份權力，開始借機斂財。

各州郡辛辛苦苦送來的東西，宦官一句不合格，你就算白送了。用這種手段逼着州郡以打折價與宦官結算，有的居然打到了一折（因強折賤買，僅得本賈十分之一）。

攤派給各州郡的任務仍然不少，時間來不及，東西不能按數目送上來，宦官們就又多了筆生意，把之前廉價收購來的東西再以原價賣給各州郡（因復貨之）。

各州郡花了高價買回自己送來的東西，再呈送，宦官仍然刁難，一遍遍重演（宦官復不為即受）。

歷史上在官場中有黑的、有貪的、有無恥的，但如此公然、如此高調，恐怕只有漢末才有。

大批上等木材就在這一來一回、一回一來中被積壓、腐爛，結果也延誤了工期，宮室一連幾年都沒修完。

宦官們當然不希望修完，那樣他們就少了條發財的路子。

各州刺史、郡太守大多數也不是什麼好鳥，在上面虧了就得到下面補回來，而且還要加倍，百姓簡直沒有活路了（復增私調，百姓呼嗟）。

漢靈帝下詔，派西園衛士分赴各地，負責督辦採購事項。這些人到了下面，受賄索賄，吃、拿、卡、要不算，還動不動威脅要抓人，

給州郡造成了恐慌（恐動州郡）。

當時邊章、韓遂之亂還沒有退去，關中地區正受到嚴重威脅，帝國仍處於風雨飄搖之中，漢靈帝還有心思為自己的享受而不顧百姓死活，有個人實在看不下去了，他憤而上疏，言辭懇切。

這個人是時任諫議大夫劉陶，他在上疏中寫道：

「天下前有張角之亂，後有邊章之亂，現在西羌叛軍已攻到河東，如果不能遏止，隨時會進犯京師。百姓都想着撤退逃亡，缺少拚死相鬥的決心。敵兵逼近，張溫的大軍孤懸（西寇浸前，車騎孤危），如果失利，大局就無法收拾了。

「臣深感諫言次數很多了，已經令陛下厭煩，但我還是想不顧自己的得失進言，這是因為國家平安，臣下才能得到好處，國家敗亡，臣下自會先行毀滅。」

在這份上疏中劉陶緊急呈請八件要事，具體內容不詳，大概意思估計是說天下大亂都是由宦官所引起，所以必須立即誅殺宦官吧。

宦官們立即展開反擊，他們說：「張角事發，陛下恩威並施，叛亂分子都已改過自新，現在四方安定，但劉陶卻看不到聖政，專門揭發陰暗面（疾害聖政，專言妖孽）。劉陶說的這些事，州郡都沒有報上來，劉陶是怎麼知道的？由此可以斷定，劉陶跟那些賊寇相私通！」

劉陶因此被下黃門北寺獄，宦官們對他日夜拷打，加強審訊（掠按日急），劉陶徹底心灰意冷了。

劉陶在獄中絕食而死，臨終前說：「我最恨的是不能和伊尹、姜尚為同僚，而與微子、箕子、比干一樣落得忠臣被冤殺的命運，現在上殺忠臣，下有憔悴之民，看來這個朝代也無法長久了，到時候後悔莫及！」

前任司徒陳耽為人忠正，宦官們早已忌恨，受劉陶案的牽連，陳

耽也被下獄而死。

從楊賜到劉陶、陳耽，朝廷裏碩果僅存的幾位忠良之士紛紛離去，漢靈帝現在很少再能聽到逆耳的忠言了，宦官們一切都圍着他轉，讓他很開心。

一場黃巾風暴，幾乎改變了整個世界，可就是沒有改變漢靈帝的任性。

他，更加任性了。

## 超級宦官的誕生

一轉眼，時間到了中平三年（186 年）春天。

這一年二月，朝廷宣佈了一項重要人事任免，太尉張延被免職，改由全國武裝部隊副總司令（車騎將軍）張溫當太尉。

張溫還在關中領兵，漢靈帝派遣使者持節到長安，就地舉行了就任儀式。張溫的全國武裝部隊副總司令（車騎將軍）一職，朝廷任命了趙忠。

現在，三公任免頻繁，甚至成為漢靈帝斂財創收的一條重要途徑。比如被免職的張延，在政壇上默默無聞，不排除像崔烈一樣是花了大價錢上來的，對於這種情況，漢靈帝通常不會讓他們幹得太久。

但張溫可能是例外，因為此前他已經當過三公，沒必要再花冤枉錢給自己的仕途添這一筆彩。之所以單獨提一下這件事，是因為它創造了帝國的多項第一。

按照制度，三公的任命都在朝廷進行，在洛陽以外舉行就職典禮，張溫還是第一個（三公在外，始之於溫）。

而另一項約定俗成的規矩是，三公通常不直接帶兵在外征伐，兩漢有一項約定叫作「五大不在邊」，也就是說有五種人通常不能手握重

兵於外，究竟是哪五種人已不可考，但通常認為太子算一個，三公也在其內。

三公是宰相一級的重臣，如果再領兵，權力未免太大，一旦有異心，那將是帝國的一個重大威脅。以三公的身份統兵、打破「五大不在邊」的規矩，張溫也是第一個。

另一項第一，是趙忠以宦官的身份成為全國武裝部隊副總司令（**車騎將軍**），這在前代不僅沒有，更是無法想像的。

宦官權力很大，甚至能一手遮天，但在名義上他們的職務並不高，宦官也有品秩，大長秋是宦官中品秩最高的，不過2000石，與郡太守相同，低於九卿。張讓、趙忠等人擔任的中常侍，本來是皇帝的隨從，沒有定員，後來固定下來，品秩不過千石。

宦官掌權，靠的是對上下公文的把持，下面的彙報，無論是朝臣還是各州郡，哪些皇帝能看到，哪些看不到，基本由宦官說了算。對下面的批示，怎麼批，批給誰，也被宦官壟斷。

趙忠原來的身份是中常侍，品秩千石，一躍成為外臣，地位幾乎與三公相當，品秩升到了萬石，而且握有兵權，成為一名地地道道的「超級宦官」，這怎能不讓人吃驚？

張延免職，是給張溫騰位子；張溫改任，是給趙忠騰位子。漢靈帝為了關愛一個宦官，不惜連續打破制度，創造出多項第一。

漢靈帝突然任命趙忠為帝國的高級將領，是因為有一件工作要交給他辦，漢靈帝讓趙忠主持評定討伐黃巾的功勞（**使忠論討黃巾之功**）。這件事好奇怪，因為前年黃巾起義就被撲滅了，為何現在想起來再去評功？

結合劉備的遭遇，可以看出這是一次規模很大、牽涉面很廣的活動，不完全是論功行賞，真正的意圖或許是對已經因軍功而得到升遷

的那些人進行篩查清理。

簡單地說，就是要下去一批人，然後再上來一批。

這當然不是一項政治活動，而是一項經濟活動，趙忠能說動漢靈帝啟動這項工作，顯然打的也是創收增收的旗號。

手握組織、人事大權，自然有人主動找上門來，對於那些不肯主動表示的人，趙忠還派自己的親信上門做動員。

傅燮多次得罪宦官，已經成了標誌性人物，趙忠派當洛陽城防司令（城門校尉）的弟弟趙延前去打招呼。

趙延裝着關切的樣子對傅燮說：「南容啊，你不搭理我老哥，萬戶侯是沒戲了（南容少答我常侍，萬戶侯不足得也）！」

傅燮聽罷極為厭惡，正色道：「有功不論，這是命，傅燮怎麼能求私賞！」

趙延回來學給趙忠，趙忠更惱傅燮，但傅燮自上次朝堂上怒斥崔烈後聲望更不得了，趙忠不敢馬上加害。

不過，他還是找了個機會，把傅燮發派到涼州刺史部的漢陽郡當太守。


# 一場未遂政變

趙忠當上全國武裝部隊副總司令（車騎將軍），讓總司令（大將軍）何進不免有點兒吃醋。

按理說，要討論軍功也應該由他來主持，橫空冒出來個宦官，讓人噁心。

何進雖然出身不高貴，但也是楊賜老師親自調教出來的，智商一點兒都不差。只要他留心一下近百年來政治鬥爭的規律，就不難看出像他這樣的外戚結局都不怎麼好。

何進明白，外戚只是一個身份，實力才是一切。如果不能在朝廷內外建立起穩固的根基，自己名位越高越容易出事，一覺醒來可能會稀裏糊塗地被滿門抄斬。在他之前是竇家，竇家之前是梁家，都是血淋淋的教訓啊！

要根基牢固，必須培養自己的勢力，何進利用自己的身份，開始悄悄地培植力量，而一部分有想法的人，也主動向何進靠近，利用他的身份去達到他們各自的目的。

袁紹來到何進身邊，正是這樣的背景。

袁紹在何進的大將軍府裏當了一段時間處長（大將軍掾），很快又被提拔為朝廷監察專員（侍御史）、禁衛軍師長（虎賁中郎將）。

袁紹已經 40 歲了，之前當過一段縣長仕途後來就中斷了，何進為了培養袁紹，讓他一路小跑，不到一年品秩就由 600 石達到了比 2000 石。

何進太需要人才了，他告訴袁紹可以把朋友都介紹過來，想擔任什麼職務只管提出。

袁紹也毫不客氣，立即提出了一份有 20 多個人的名單來，上面不僅有「奔走之友」裏的何顒、張邈、許攸等人，還有袁術、荀攸、鄭泰等。袁紹的弟弟袁術此時在北軍五營裏擔任一名旅長（長水校尉），是北軍五校尉之一。鄭泰是著名黨人，而這些人裏身份最特殊的，是荀攸。

荀攸字公達，年齡比袁紹小十幾歲，比曹操小兩歲，出身於著名的潁川郡荀氏家族，他的祖父叫荀曇，做過廣陵郡太守。

荀攸外表愚鈍懦弱，內心卻機智勇敢。13 歲時祖父荀曇去世，祖父手下一個叫張權的人主動找來要為祖父守墓。

荀攸看出了異樣，對叔父說：「這個人臉上的神色反常，我猜他是犯了什麼罪，跑來在這裏躲避。」

荀攸的叔父馬上盤問張權，果然他是殺了人逃亡在外，想通過守墓隱藏身份。這件事讓大家對荀攸刮目相看。

何進利用自己的影響力，給袁紹名單上的人都分別任命了新職務，其中何顒擔任北軍聯合參謀長（北軍中候），負責監控北軍，荀攸成為漢靈帝的貼身祕書（黃門侍郎）之一，鄭泰擔任朝廷祕書局裏的部門負責人（尚書），都是要害崗位。

河南尹相當於洛陽縣上面的郡太守，這也是一個重要職務，由何進的弟弟何苗擔任，何進讓何苗把這個職務讓給袁紹，袁紹擔任的禁衛軍師長（虎賁中郎將）由袁術擔任。


只有許攸沒有被任命職務，袁紹對他另有安排。

這段時間，許攸經常到外地去四處活動，聯絡各地的實力派和豪傑，冀州刺史王芬就是他們重點聯絡的對象之一。

在鎮壓黃巾起義的過程中，王芬手裏積攢了一定實力，活躍在王芬周圍的有幾個人，包括已故太尉、著名黨人領袖陳蕃之子陳逸、張角的朋友、著名術士襄楷，還有一個叫周旌的沛國人。

這些人有一個共同特點，都夢想着改朝換代。

這一回，許攸給王芬帶來了一個重要情報，漢靈帝劉宏正打算回河間國老家看看，時間可能就在當年夏天。

由洛陽到河間國，必須路過冀州刺史部的轄區。

許攸帶來的消息讓大家一陣激動，於是讓襄楷占卜一下吉凶。襄楷的拿手好戲是星象學，他看了看天象，說天象出現了變異，預示着宦官和小人將要滅亡。

於是王芬決定幹，他們迅速制訂了一個計劃，想在漢靈帝回鄉的路上發動兵變，挾持漢靈帝，之後另立劉氏宗族裏的合肥侯為帝。

這是一個匪夷所思的計劃，以區區一個刺史部的力量完成這樣的

大事根本不可能。更不靠譜的是，這些人還鬧出來好大的動靜，一方面由王芬出面以黃巾餘部鬧事為由向朝廷上書要求擴充軍隊，另一方面由許攸、襄楷等人四處活動，拉攏更多的人參加。

許攸等人的大串聯搞得規模挺大，冀州刺史部所屬平原國有兩個人也受邀參加，一個叫華歆，一個叫陶丘洪。

華歆字子魚，比曹操小三歲，當時算是個地方名人，他跟同鄉的邴原、管寧兩人關係很好，而且都有學問，時人稱他們三個人為「一龍」：華歆為龍頭，邴原為龍腹，管寧為龍尾。

華歆的另一個好朋友陶丘洪也有名於世，當許攸找到他倆說明情況時，陶丘洪很興奮，馬上就要收拾行李出發。

華歆卻向陶丘洪潑了盆冷水：「廢立君王這樣的大事，像伊尹、霍光那樣的能臣都覺得困難，王芬生性疏而不武，必然失敗。一旦失敗，將禍及全族，千萬不要前往！」

陶丘洪聽了華歆的勸告，最終沒有去。

許攸也找到了曹操，曹操給許攸寫了一封信，這封信完整地收錄在史書裏。曹操在信中也引用了霍光、伊尹的例子，說明廢舊帝立新帝是天下最不吉祥的事，勸他們不要做此打算。

曹操心裏很明白，靠王芬、許攸等人的實力很難完成這麼大的事，其結果必然身敗名裂，所以他不會參加。

果然，這件事很快便神祕地結束了。


這一年夏天，有天夜裏，一道赤氣從東到西貫穿天際，太史令上書漢靈帝，說北方隱藏陰謀，千萬不能前往。

漢靈帝於是打消了回故居一遊的計劃，同時命令王芬解散新招募的軍隊，並徵王芬來洛陽述職。

王芬以為密謀敗露，於是棄官而逃，逃到平原國時自殺。

這段記載很蹊蹺，中間漏洞百出。

我不相信太史令看得那麼準，抬頭望望天，就能把王刺史搞的政變陰謀看出來，方位、時間、參加人員都那麼精確，這基本上不可能。

即便計劃失敗，王芬又怎麼判斷出漢靈帝已經洞悉了一切。而王芬已經逃亡，並且逃到了很遠的平原國，幹嗎還要自殺呢？

種種奇怪現象背後隱藏着一種可能，有人告密了。

王芬、許攸好像唯恐天下人不知道他們要搞政變，四處放風，到處招人，不僅曹操事先知道，連老百姓華歆、陶丘洪都知道，肯定還有更多的人知道，搞政變不保密，最後的結果必然失敗。

漢靈帝取消北行計劃，一定是得到了祕密情報，於是把王芬召回來審訊。王芬逃亡，進一步證明情報的準確。王芬逃到平原國，一種可能是朝廷派出的人從後面追來，王芬感到前途無望，於是自殺；一種可能是，別的什麼人把王芬殺了。

計劃敗露以後，一塊參與密謀的人都面臨着危險，王芬死了，可以把這些祕密都帶到地下。

現在看來，許攸顯然不是這場未遂政變的幕後主使，他的後面或許還有更大的人物。

是誰呢？容易想到的人是袁紹，這件事跑不了他，何進有沒有參與倒不好說。

又是誰告的密呢？

這個也不好說，是一個謎。

# 第四章 帝國崩潰

## 劉部長的私心

在此前後，朝廷推出了一項重要的政治改革措施，改刺史為州牧。

這件事的發起人是劉焉，劉氏宗親裏的一個響噹噹人物。

劉焉字君郎，荊州刺史部江夏郡人。皇族出身，先祖劉餘是漢景帝之子，被封為魯恭王，後來遷到竟陵縣。

劉焉出身高貴，又好學上進，在劉氏宗親裏屬於頭腦還算清醒的人。他明白劉氏這個金字招牌越來越不頂事，打算自我奮鬥、自我救贖，闖出一片新天地。

劉漢王朝氣數已盡，但宗室中也有一些精英分子，比如之前說過的劉虞，還有以後將陸續登場的劉表、劉岱、劉馥、劉曄等人。

因為出身的原因，劉焉在仕途上進步比較快，年輕時就當上了南陽郡太守，以後又先後擔任了九卿之一的宗正卿和太常卿。

太常卿管祭祀社稷、宗廟、朝會、喪葬等禮儀，在祭祀活動時充當主祭人皇帝的助手，平時活不多。另外，太常卿還負責博士以及博士弟子的考核薦舉，博士是太學的老師，太常卿在教育系統有重要的發言權，承擔着教育部部長的職責。

劉部長除一年偶爾參加幾次祭祀活動外，平時有大量時間跟太學校長（博士祭酒）、老師們搞在一塊。這其中有一個益州刺史部廣漢郡人董扶，他們的關係最密切。

董扶是個奇才，他最拿手的學問不是教育學，而和襄楷一樣，是星象學。

星象學與天文學都是研究天空的，但二者在研究目的上差得很遠。

天文學是研究距離、光度、重量、速度、運動等方面的科學，星象學是以精神分析心理學為基礎，借用了天文學、心理學、行為科學的某些方法，但從不談論任何嚴肅科學話題的唯心之學。通常來說，天文學家用望遠鏡等儀器作為觀測的基礎，星象家手裏吃飯的傢伙是酷似科學儀器的羅盤。

當時，吃香的是後者，前者甚至淪落到披着後者的外衣才能活動的地步。這是因為，星象學以其宣稱能預知未來而吸引了很多人，其中包括劉焉。

星象學占星的方法很複雜也很神祕，只有極少數人才能夠掌握。董扶不僅掌握這門學問，而且在圈子裏有了不小的知名度，有人把他推薦給大將軍何進，在何進的關照下，董扶居然當上了品秩 2000 石的侍中。

劉焉經常與董扶聊對時事的看法，董扶覺得劉焉是個有雄才大略的人，又出自皇族，前途不可限量，也有意靠攏。他勸劉焉找機會獨立發展。

當時的局面是，各地民變不斷，此起彼伏。在平亂過程中，原有行政機制的弊端不斷顯現出來。民變多是流動作戰，而郡太守、縣令等地方官員手中權力有限，沒有人去協調和組織，所以造成變民經常在各州郡間縱橫馳騁、無法阻擋的局面。

郡以上雖然設有刺史，但刺史品秩較低，其職權僅限於監察、糾舉的範圍，嚴格說來既無兵權也無行政權。

在與黃巾軍對抗的過程中，地方官吏往往像一盤散沙，缺乏組織和統一指揮。直屬於中央的討伐兵團在一定程度上彌補了這一不足，但

討伐兵團不是常規建制和常駐武裝，一旦撤走，地方重新陷入混亂，州刺史、郡太守、縣令們被變民殺死的情況比比皆是，令人觸目驚心。

董扶看到這個問題，他給劉焉出了個主意，讓劉焉上書天子，改刺史為州牧，增強州這一級機構的組織能力和控制能力。

刺史是監察官，是中央特派員，理論上說除了監察權以外不能干預地方政務，改為州牧後，成為郡太守的直接上司，負責管理本州的行政事務，成為名副其實的地方大員。

劉焉用董扶的建議上書天子，漢靈帝認為很有必要，經過討論，決定馬上付諸實施。

鑒於州牧一職舉足輕重，對於人選必須選用重臣擔當，第一步先挑幾個民變比較突出的州進行試點，試點成功，再在更大範圍內推廣。

經過一番醞釀，決定首批試點的州為豫州、益州、幽州三個州，擬任人選包括太常劉焉、宗正劉虞、太僕黃琬，三個人都是現任的九卿，品秩2000石。

詔書很快下達，任命劉焉為益州牧，劉虞為幽州牧，黃琬為豫州牧。三個人現有品秩不變，即刻到任。

劉焉之所以提出這個建議，確實有下去擔任州牧的想法，現在目的達到，劉焉卻有些失望，因為他想去的地方不是益州刺史部，而是交州刺史部。

益州這地方劉焉很清楚，由於地理原因，四面都與外界阻隔，朝廷的勢力在那裏傳統上比較薄弱。益州一向民風強悍，個個敢作敢為，最早鬧民變就是從這裏開始的，一鬧幾十年不斷。益州還有一些地方豪強，仗着有勢力，從來不習慣聽朝廷的招呼。自己單槍匹馬到那兒去，不是送死嗎？

就在劉焉要打退堂鼓的時候，董扶卻給他打氣。董扶神祕地告訴他，據他最新科研成果顯示，益州那邊有「天子氣」。劉焉一聽來了精

神，決定赴益州上任。

其實，董扶的話一大半是在忽悠。他希望劉焉去益州，因為他就是益州人，對那兒人熟地熟氣候熟，眼見京城洛陽越來越亂，不如回家鄉發展。每到亂世，益州其實都是避亂的好地方，在這一點上，董扶很有眼光。

劉焉帶着董扶赴益州上任，儘管開始有些不順利，但最終還是站住了腳，開創了一番獨立的天地。

去幽州上任的是劉虞，他在不久前還擔任着幽州刺史，後來回到朝廷擔任了宗正。

如果論東漢皇族裏誰的影響最大、口碑最好，答案一定是劉虞。

劉虞字伯安，徐州刺史部東海國人，雖然出身於皇族，但跟劉焉一樣，不全靠祖上的蔭護，靠的是專心向學、志向高遠，他從基層幹起，一步一步榮登高位，漢靈帝繼位後，他先後做過尚書令、光祿勳、宗正等要職。由於他擔任過幽州刺史，處理民政事務有一套，加上皇族出身，現任九卿，所以被選為幽州牧。

朝廷千挑萬選的人確實不賴，劉虞到了幽州，很快也控制了局面，在處理變民問題和與北方少數民族關係上功績卓著，受到朝野上下的一致稱讚。

在一般人的印象中，劉虞是一個清官、一個忠臣、也是一個能人，一個民族問題專家。

黃琬字子琰，雖沒有皇族血統，但也出身名門，是荊州刺史部江夏郡黃氏家族的成員。這個家族的黃香、黃瓊都是朝廷重臣。黃瓊是名臣，曾與李固並肩戰鬥，死的時候 79 歲，被追贈為車騎將軍。

黃琬是黃瓊的孫子，小的時候父親死了，由爺爺黃瓊帶大。他非常聰慧，進入仕途後擔任了魏郡太守、五官中郎將等職，陳蕃用事的時候，與黃琬結為同心，後遭禁錮，近 20 年沒有出仕。

漢靈帝的老師楊賜擔任太尉後，認為黃琬是撥亂之才，重新把他發掘出來，擔任青州刺史，後來又擔任侍中、將作大匠、少府、太僕等要職。

黃琬被任命為豫州牧後，首先加強軍事力量，威聲大震，政績突出，考核下來為各州第一（為天下表），黃琬因此被封為關內侯。

應該說，這幾個人選得還不錯，到任以後迅速控制了所在州的局勢，這幾個州又是民變鬧得最兇的地方，局勢的平定對於全國局面穩定起到重要作用。

但隨之而來的問題是，隨着刺史改州牧試點的逐漸推開，州牧越來越多，職權越來越重。這些人常居一方，逐漸成為中央無法控制的割據勢力。以後的劉表、陶謙、袁紹、公孫瓚、董卓、曹操、劉備、呂布等人都以州牧的身份控制了地方軍政大權。

刺史不改州牧，積重難返的東漢政權未必能再振雄風，但州牧制實行以後，東漢政權再想重振雄風，已經徹底不可能了。

所以，也有人認為劉焉當初的建議實在是個餿主意，是壓垮東漢這頭駱駝的最後一根稻草。

## 媳婦婆婆鬧矛盾

而帝國的軍界，此時已完全被外戚壟斷。

趙忠的全國武裝部隊副總司令（車騎將軍）一職幹的時間倒不長，大約不到一年時間就被免職了。推測起來，事情也辦完了，油水也撈夠了，為了避免世人的詬病，趙忠見好就收了。

還有一個原因，這個位置得讓給別人了。

漢靈帝中平四年（187 年），河南尹治下的滎陽縣發生小股農民起義，當時擔任河南尹的還不是袁紹，而是何進的弟弟何苗，何苗組織

力量鎮壓了這次起義。

這本來也算不上太大的功勞，但因為主角是何苗而被大大地渲染了一番，何苗連躍好幾級，直接接了趙忠的班。一名地方幹部一入伍就成為全國武裝部隊副總司令。

總司令和副總司令都成了何家的人，漢靈帝不傻，所以緊接着又發佈了一道命令，任命董重為驃騎將軍。

驃騎將軍也相當於全國武裝部隊副總司令，但比車騎將軍地位高，相當於第一副總司令，何苗降格為第二副總司令。

此前，皇甫嵩被免職，張溫改任，朱儁也辭去了軍職，帝國軍隊核心領導層的三位成員，兩個是皇后家的人，一個是皇太后家的人，都是外戚。

作為外戚，董重的地位甚至超過何氏兄弟，因為他是漢靈帝的母親董太后的侄子。

漢靈帝的父親是解瀆亭侯劉萇，漢靈帝繼位後追尊他為孝仁皇帝，母親董氏開始只被尊為慎園貴人，因為當時還是外戚竇氏掌權，漢靈帝的上一任漢桓帝的竇皇后被尊為太后，漢靈帝不方便把母親接到洛陽來。

後來竇氏被消滅，竇太后伏誅，漢靈帝立即把母親接來，正式尊號為孝仁皇后，平時居住在南宮的嘉德殿，對外稱永樂宮，董太后也稱永樂太后。

董太后有個哥哥叫董寵，是漢靈帝的親舅舅，擔任過京師警備司令（執金吾）。董重是董寵的兒子，算起來是漢靈帝的表兄弟。

從孩子身上也能看出父母的性格，漢靈帝貪財攬權的性格正是他媽給的。這位董太后自從由偏僻遙遠的河間國來到繁華的洛陽，立刻也享受起來。

董太后積極參與朝政，趁機斂財，有人說漢靈帝賣官鬻爵某種程度

上也是她教的（使帝賣官求貨），她也自建了小金庫，裏面藏了很多錢。

漢靈帝小時候有兩位奶媽，一個名叫趙嬈，一個稱程夫人，她們平時都圍着董太后轉（旦夕在太后側），也跟着沾了光，成為炙手可熱的人物。

名門之後崔烈任九卿多年，在外面的聲譽也不差，他想當司徒，也是走了程夫人的門路，最後花 500 萬錢才如願以償。

漢靈帝出席了崔烈的就職儀式，儀式上百官畢集，漢靈帝突然後悔了。

漢靈帝回過頭，對親近的人說：「真後悔沒有堅持到底，不然這個位子可以賣 1000 萬錢（悔不小靳，可至千萬）！」

程夫人居然也能參加這種儀式，她不屑一顧地說：「得了吧，崔先生可是冀州名士，他本來不願意花錢買官，多虧給我面子，才肯出錢，你知足吧（賴我得是，反不知姝邪）！」

這娘倆談得歡快，完全不顧及崔先生的面子，想必崔先生當時臉上肯定青一塊紫一塊，恨不得找個地縫鑽進去。

從此之後，崔烈的聲譽一落千丈（烈由是聲譽頓衰）。


漢靈帝培植舅舅一家的勢力，是針對何皇后及大將軍何進勢力膨脹而採取的對策。因為王美人事件，漢靈帝對何皇后開始有些厭煩，但由於何進在外面不斷發展勢力，漢靈帝暫時不能對她有所動作。

董太后扶持了哥哥和侄子，仍然覺得難以與兒媳婦一家相抗衡，但自己家裏的人實在有限，她把目光轉向同族，可仍然沒有什麼收穫。這時候，一個人出現在董太后的視野之內，這個人也姓董，而且手握兵權，相當有威懾力。

這個人是董卓。

張溫改任太尉後董卓也升了職，由軍長升為戰區司令（前將軍）。

前將軍屬「四方將軍」之一，地位比征西將軍、鎮西將軍還要高。儘管大家都不太喜歡此人，但這個傢伙天生是打仗的好手，目前西部有羌人為敵，又有邊章、韓遂叛亂，朝廷離不了董卓。

董卓不斷立下戰功，他為人雖有些簡單，但手下軍官都對他服服帖帖，大家不認朝廷的命令，只認董將軍的話，這支部隊成了他的私人武裝，整個隴西地區都成了他的勢力範圍。

「軍閥」這個詞通常被解釋為，「以武力作為政治資本、擁兵自重，佔有國家土地、國家資源，以擴充地盤為唯一目的，對於其他方面的建設通常少有建樹」。如果按這個定義，董卓就是不折不扣的軍閥。

而且，放眼整個古代社會，董卓很可能是史上第一個真正意義的軍閥。

董太后又是怎麼跟董卓續上家譜的呢？

董卓出生於涼州刺史部所屬的臨洮，屬西部偏遠地區，長年與西北少數民族羌人相鄰而居。董太后祖籍不詳，但作為冀州刺史部轄區內解瀆亭侯的夫人，出身於遙遠西部邊疆的可能性實在不大。

但這沒有關係，只要都姓董就好辦，而董卓更樂意結下這門親戚。

董卓是武人卻不是粗人，他在朝廷裏也歷練過。他是個有野心也有心機的人，一直想在朝廷裏找到靠山，對於董太后的主動示好，他沒有不接受的道理。

董卓的弟弟董旻此刻在京城，董太后就認下了這個晚輩，然後讓兒子漢靈帝任命他為左將軍，也是大軍區司令一級的「四方將軍」。

董太后的哥哥董寵擔任着洛陽警備司令（執金吾），在董太后看來，姓董的一家人現在有董寵、董重、董卓、董旻四位將軍。

對於兒媳婦何皇后，董太后一直很有怨言，至於雙方積怨的原因，可以用一句話來概括，那就是「一山難容二虎，除非一公一母」。

後宮就那麼大，一下子住進了兩隻母老虎，廝鬥是難免的。

在董太后看來，這個屠戶出身的兒媳婦身上有暴發戶的高調和囂張，她總是看不慣，總想教訓幾句。但兒媳婦有兩個兄弟手握兵權，董太后說話還得悠着點兒。

自此，董太后在兒媳婦面前腰桿也硬多了，經常教訓兒媳婦：「看你得意的樣兒，不就是依仗你哥哥嗎？小心我讓驃騎將軍取你哥的人頭！」

# 一幫來攪局的兄弟

天子昏庸，政治黑暗，宦官弄權，官吏腐敗，民不聊生。雖然經過一場黃巾軍大起義的洗禮，但這一切都未能改變，甚至變本加厲了。

這自然又激起了新的民變（自張角之亂，所在盜賊並起），僅原來黃巾軍活躍的地區，就有二三十股農民起義軍，包括：張牛角、黃龍、白波、左校、郭大賢、于氐根、青牛角、張白騎、劉石、左髭丈八、平漢、大計、司隸、緣城、雷公、浮雲、飛燕、白雀、楊鳳、于毒、五鹿、李大目、白繞、眭固、苦蝤等。

每支隊伍多則兩三萬人，少則六七千人，這些起義軍的頭領都出身於社會底層，從他們的名字就能看出來。

常活動在白波谷的就叫白波，騎白馬的就叫張白騎，說話嗓門大的就叫張雷公，鬍子多的就叫于氐根，眼睛大的就叫李大目。

這些人裏，最有名氣的是張牛角和褚飛燕，他們曾聯合攻擊癭陶，即今河北省寧晉縣。在這場戰鬥中張牛角被流矢射中犧牲，臨死前，他把手下頭領叫來，讓他們共推褚飛燕為主。褚飛燕為紀念張牛角，於是改名為張飛燕。

「飛燕」是個外號，意思是動作麻利，來無影、去無蹤。他的名字

原來叫褚燕，所以張飛燕以後的正式名字叫張燕，作為一個農民起義軍領袖，他在漢末歷史舞台上活躍的時間最長，影響也最大。

張燕合併了張牛角的隊伍後勢力大增。太行山一帶的各支起義軍紛紛投奔他，部眾迅速擴張，人數接近百萬（部眾寢廣，殆至百萬）。

這個數字是所有人數，既包括能作戰的將士，也包括這些將士的家屬，甚至包括來投靠他們的老百姓。

不過，在那時，這個數字也是相當驚人了。

張燕所部活動的核心區域是黑山，這個地名在漢末三國的史書中經常提及，關於它的範圍有兩種看法，一種看法認為黑山是太行山脈的南端，範圍涉及中山國、常山國、趙郡、上黨郡、河內郡等，是太行山脈南部各山谷的總稱。

另一種看法是，黑山即象山，是太行山脈向華北平原過渡的山谷地帶，它西有群山，東是平原，進可攻，退可守，自古為兵家必爭之地，戰國時燕國在此築城抗拒趙國、中山國的侵略。

由於經常在黑山一帶活動，張燕所部又被稱為黑山軍。


從勢頭上看，黑山軍一點不輸黃巾軍，大有後來居上的趨勢。

這讓漢靈帝的心情糟透了，好不容易打完仗，又要再打。

更麻煩的是，打仗得花錢，上一次出了血本，還沒有撈回來，再出血，漢靈帝心疼得要死。

但是不打又不行，現在不僅黃河以北，西南地區的益州，南面的荊州、揚州，甚至大山包圍下偏僻的漢中郡都有變民起事，如果不把最大的這股變民儘快鎮壓下去，局勢將不可收拾。

現在，比當初對付張角還要難，因為變民已遍地開花，摁下葫蘆起了瓢。

正在漢靈帝一籌莫展沒想好對策的時候，張燕突然派人到洛陽，

向朝廷請降（燕乃遣使至京師，奏書乞降）。

這真是意想不到，儘管漢靈帝對變民恨得牙疼，但他還是立即下達了招安黑山軍的詔書，把張燕所部收編為一個師，番號「平難」，任命張燕為平難師師長（平難中郎將）。

朝廷給張燕的具體職責是管理黃河以北各太行山谷的事務（使領河北諸山谷事），在隸屬關係上相對獨立。因為漢靈帝給了他們兩項特權，一是可以推薦孝廉，二是可以像郡國一樣每年直接向朝廷上報年度工作報告（歲得舉孝廉、計吏）。

不是漢靈帝大方，而極有可能是張燕投降就開出了這些條件，漢靈帝不接受也得接受。

張燕和他的黑山軍成為漢末中原地區的一支割據武裝。


# 一個伐木工的逆襲

與此同時，西北地方的局勢仍在持續惡化着。

韓遂殺了邊章、北宮伯玉、李文侯成為涼州最大的一支叛軍，手下可以輕鬆集結起十萬人馬。

韓遂指揮人馬圍攻隴西郡，當時朝廷的主力還在關中一帶，遠水解不了近渴，隴西郡太守李相如絕望了，乾脆投降了韓遂。

涼州刺史名叫耿鄙，來涼州上任時間不太長，他倒是個不怕死的人，立即組織涼州刺史部其他六個郡的兵力攻擊韓遂、李相如。

傅燮剛被宦官排擠擔任漢陽郡太守，他來涼州時間雖然更短，但看問題比較冷靜。傅燮建議耿鄙：「使君您到職時間不久，百姓對您還不是完全瞭解，叛軍聽說朝廷大軍出動，一定會齊心協力，這些邊地之人個個勇猛，勢不可當，而朝廷的軍隊來自各郡，大家互不熟悉，不如先讓部隊休整，明賞罰，樹恩威。叛軍看到我們不急於進攻，一

定會認為我們膽怯，其內部必然出現爭權的局面，最後會分崩離析，大功可成！」

傅燮的看法是，打現在是打不贏的，不過時間對朝廷軍隊有利，不如先行緩兵，再待時變。

但耿鄙不聽，作為州刺史，他手下的郡太守叛變投敵，他負有連帶責任，朝廷還沒有來得及追究，現在如果他迅速擊潰叛軍，收復失地，可以將功補過。

耿鄙平時最信任州政府人事處處長（治中）程球，對他言聽計從。程球仗着領導的信任，貪贓枉法，地方士民無不憤恨。

程球勸耿鄙進兵，耿鄙於是進軍隴西郡治所狄道，即今甘肅省臨洮縣。他本想一舉收復隴西郡，結果內部又發生了叛亂。

程球的職務是人事處處長，在州政府比他地位高的還有一個副州長（別駕），大概程球平時仗着耿鄙的信任把人家別駕也沒放在眼裏，惹惱了這位不知姓名的別駕，在陣前叛投了韓遂。

韓遂先斬程球，再斬耿鄙。


刺史被殺，群龍無首，各郡紛紛投降。

只有傅燮擔任太守的漢陽郡不降，韓遂指揮人馬包圍了漢陽郡的郡治冀縣，此地在今甘肅省天水市以西。

冀縣城內兵力單薄，糧草不足，傅燮來上任也沒幾天，叛軍拿下冀縣沒有任何懸念。

但傅燮指揮城內官民堅守。

城外的叛軍裏有數千名匈奴騎兵，他們來自傅燮的家鄉北地郡，他們都知道傅燮為人正直，所以在城外下馬叩頭，請求傅燮出城投降，願保證傅燮一家平安返回家鄉。

傅燮嚴詞拒絕。

傅燮的兒子傅幹字別成，當時只有 13 歲，勸父親：「天子昏庸，宦官當道，父親不被朝廷所容。如今涼州已經被叛軍控制，不如接納匈奴人的建議，暫時先返鄉，之後再徵募勇士，等有道的人出世，再來拯救天下！」

　　傅燮聽罷歎息道：「別成，我今天必須死在這裏！正所謂『聖達節，次守節』，就連商紂王這樣殘暴的君王都有伯夷為他絕食而死，孔子稱讚伯夷是賢人。如今，朝廷還沒有商紂王那樣殘暴，我也超不過伯夷，拿着朝廷的俸祿又怎麼不替朝廷分憂？既然到了這裏，一定要死在這裏。你聰明智慧，要努力加油（汝有才智，勉之勉之）！」

　　傅幹哽咽說不出話，一旁的人也都流出了眼淚。

　　城外的叛軍不想殺傅燮，派前酒泉郡太守黃衍進城勸降。

　　傅燮手按寶劍，斥責黃衍道：「虧你還曾是朝廷的官員，反而為逆賊做說客！」黃衍退出，傅燮率僅有的士兵出城迎戰，戰死沙場。

　　傅燮的死訊傳到洛陽，漢靈帝下詔追封傅燮為壯節侯。

　　傅幹沒死，他回到了家鄉，後來到曹操手下任職，傅幹的兒子傅玄是魏晉時期有名的文學家和思想家。


　　當初，耿鄙為對抗韓遂在涼州大規模招兵，有一個伐木工跑來報名參軍，他的名字叫馬騰。

　　馬騰，字壽成，原籍關中地區的扶風郡，據說是東漢開國元勳馬援的後代（馬援後也）。

　　馬騰父親的名字不詳，只知道他字子碩，漢桓帝時曾在天水郡的蘭干縣任縣尉，後被免官，就滯留在了隴西郡。家貧無妻，後娶了一名羌族的女人，生下馬騰。

　　由於身上有一半羌人的血統，馬騰長得人高馬大，身高合現在 1.9 米，面部輪廓粗獷，鼻樑很高（身體洪大，面鼻雄異）。

印象中馬騰是董卓一類的人物，粗俗、野蠻。但這其實不對，馬騰厚道、明事理，深受大家尊敬（性賢厚，人多敬之）。

馬騰年輕時家境不好，沒有固定職業，經常到附近的彰山中做伐木工（常從彰山中研材木），靠著這個謀生。

聽說打仗，馬騰很興奮，這比當苦力輕鬆，而且有出人頭地的可能。

馬騰參軍後作戰勇敢，職務不斷提升，當上了耿鄙的參謀長（軍司馬）。

耿鄙被韓遂殺死，韓遂發現馬騰是個打仗的好手，而且在軍中已培養起一定的勢力，為拉攏馬騰，韓遂主動和馬騰結為異姓兄弟。

以後，馬騰不斷發展自己的勢力，逐漸和韓遂並駕齊驅，他們成為朝廷未來相當長一段時間內在西北地方的兩個主要對手。

名將馬超，就是馬騰的兒子。

# 朝廷組建新軍

看到眼下仍是四方不寧，漢靈帝下決心再組建一支新的武裝。

這個計劃在全國武裝部隊總司令（大將軍）何進以及袁紹等人看來，不失為一個機遇，所以他們一開始就給予了足夠關注，想把這支新的武裝牢牢地抓在自己的手中。

何進告訴袁紹必須物色更多的人進入新軍高級將領的行列。按照袁紹的本意，許攸、張邈、荀攸等人能趁機進入軍界最好，但考慮到他們的資歷和外界對他們的熟悉程度，袁紹最終作罷了。

袁紹幫何進物色了另外一批人，有鮑鴻、趙融、馮芳、夏牟、淳于瓊等。

鮑鴻是北軍的將領，是袁術的同事，目前擔任北軍五營之一的重

騎兵師師長（屯騎營校尉）；趙融、馮芳、夏牟、淳于瓊都是文官，其中趙融、馮芳是朝廷參事室參事（議郎），夏牟、淳于瓊為諫議大夫，這些人雖然不是「奔走之友」俱樂部成員，但一向鼻息相通，都是自己人。

何進想，這支新軍的總司令肯定應該由自己來兼任。下面的將領也都安插上了自己的人，那這支新軍無疑成了他今後穩固政治根基的本錢。

但漢靈帝不傻，對這位大舅子的野心已經有了警覺。前一陣通過培植母親董氏一家的勢力平衡何進在軍中的影響力，現在將要組建的新軍，不可能讓何進一個人說了算。

漢靈帝也知道張讓、趙忠與何家的關係，所以他需要在宦官中尋找一名新的後起之秀。蹇碩成了漢靈帝培養的對象。

蹇碩，就是被曹操亂棒打死了叔父，之後屁都不敢放一個的那個宦官。

他的職務不高，小黃門，品秩只有 600 石，低於黃門侍郎，更低於中常侍。就像名字一樣，蹇碩生得身體健碩，他也很有頭腦，相當懂政治，會看風向。在別人對何皇后、何大將軍一片讚頌崇拜的時候，蹇碩敏銳地觀察到漢靈帝對何氏一族的不滿。

於是，蹇碩利用經常接觸漢靈帝的機會表達了自己堅決效忠漢靈帝的立場，並時不時在漢靈帝面前說何大將軍的壞話，支持太后對付皇后。


這時已經是漢靈帝中平五年（188 年）。八月，漢靈帝正式下詔組建新軍，這是朝廷在南軍、北軍之外獨立設置的一支軍隊，由於指揮部設在漢靈帝的後花園西園，這支新軍也稱為西園軍。

西園軍下面暫設八個營，不是現在營團的那個營，而是八支人

馬，每營配校尉一名，考慮到新軍的特殊性，西園軍下面的八個營也可以視為八個師。

漢靈帝接受何進的建議，任命鮑鴻、趙融、馮芳、夏牟、淳于瓊等人為師長（校尉），袁紹以禁衛軍師長（虎賁中郎將）的身份也成為八名校尉之一。

還有一個人選，是曹操。

曹操回家隱居，閉門讀書，本想一口氣讀上 20 年再出來，但只過了一兩年他就又被朝廷徵召了。他擔任的職務是都尉，是一個軍職，但關於這項任命史書記載模糊，推測起來應該是袁紹到了何進身邊後，向何進推薦的眾多文武官員中的一個。

曹操和袁紹早年便相識，史書對此有明確記載，而從許攸等人策劃政變時給曹操去信一事看，曹操和袁紹等人也保持着密切的來往。曹操的父親曹嵩不久前被朝廷任命為太尉，雖然是花錢買來的，雖然只當了幾個月，但曹操無疑是貨真價實的「高幹子弟」，又帶過兵，是自己人，袁紹把曹操推薦上來也是情理之中的事。


八位師長，還差一位。

前面七位都由何進說了算，最後一個人，漢靈帝要自己給出答案。

名字說出來，何進、袁紹簡直不相信他們的耳朵。

這個人，是宦官蹇碩。

漢靈帝任命蹇碩為西園軍的師長（校尉），理由是蹇碩身材高大，適合從軍，能帶兵。

西園軍的八位師長齊了，他們有不同的分工：

蹇碩為上軍師師長（上軍校尉）；

袁紹為中軍師師長（中軍校尉）；

鮑鴻為下軍師師長（下軍校尉）；

曹操為典軍師師長（典軍校尉）；

趙融為助軍左師師長（助軍左校尉）；

馮芳為助軍右師師長（助軍右校尉）；

夏牟為左師師長（左校尉）；

淳于瓊為右師師長（右校尉）。

從名稱看，這些師一旦上了戰場，承擔的任務不太一樣，有的是正面進攻的主力，有的負責側面包抄，有的負責支援，有的是第一梯隊，有的屬於第二梯隊。上軍相當於中軍，類似於司令部，典軍從名稱看類似於教導師、教導旅。

漢靈帝詔令其他七位師長都歸蹇碩這個師長指揮，蹇碩成了西園軍司令。更讓人吃驚的是，漢靈帝還詔令，大將軍何進也歸蹇碩節制（雖大將軍亦領屬焉）。

這簡直亂了套，何進是全國武裝部隊的總司令，地位高於三公九卿，品秩萬石，漢靈帝一句話，他就得給品秩 600 石的小宦官立正敬禮！

但何進只能接受，這就是皇權。

漢靈帝放進來了一隻虎，而何進麾下有一群狼，看誰能咬過誰！


# 平樂觀大閱兵

西園軍加緊了組建，之後開始了訓練。

兩個月後，漢靈帝下詔在洛陽上西門外的平樂觀舉行盛大的閱兵式，檢驗新軍組建成果。

為了把儀式搞得隆重熱烈，有關部門突擊修建了一座高台，作為

主閱兵台，台上還修建了閣樓，總高度達十多丈。離主閱兵台不遠，又修了一個小閱兵台，高九丈。

中平五年（188年）十月十六日，漢靈帝親自登上主閱兵台，站在台上的閣樓下，他一身戎裝，自稱「無上將軍」。在不遠處的小閱兵台上，是同樣一身戎裝的全國武裝部隊總司令（大將軍）何進。

閱兵開始，漢靈帝走下閱兵台，親自跨上有護裙的戰馬，檢閱整齊列隊的數萬名將士。漢靈帝縱馬疾馳，繞場三周，然後把象徵軍權的指揮刀交給何進。

這樣的場面近年來很少有過，在黃巾餘部起義仍不斷的情況下，舉行盛大的閱兵式，在漢靈帝看來可以壯大國威，讓謀反者膽寒。

漢靈帝繞場檢閱完畢回到主閱兵台上，興奮之情仍然沒有散去，他一回頭，發現身邊站着受邀參觀閱兵式的嘉賓蓋勳。

蓋勳字元固，涼州刺史部敦煌郡人。他是世家出身，在與羌人作戰中立下戰功，此時擔任西部邊防某師師長（討虜校尉），因公事回到洛陽。

漢靈帝很想知道今天的儀式夠不夠威武，於是就問蓋勳對儀式有何感想。天子正在興頭上，蓋勳應該說些讓天子聽着舒服的話，誰知道蓋師長偏偏不開竅。

蓋勳對漢靈帝說：「我聽說古代聖明的國王只展示恩德而不炫耀武力，如今盜匪集中在邊疆，卻在京師展示武力，能起到多大的作用呢？」

蓋師長不給面子，漢靈帝卻沒有生氣。

漢靈帝悄聲對蓋師長說：「說得好，只是與你相見恨晚（善，恨見君晚），群臣沒有人說過你這樣的話。」

但是，漢靈帝心裏的想法不能完全向蓋勳說出來，羌人也罷，黃巾軍、黑山軍也罷，都是遠處的敵人，近處的敵人反而更可怕。

雖然貴為天子，擁有一切，但失去了對權力的掌控，就會成為別人砧板上的魚肉。

自己身邊像蓋勳這樣有能力的人實在太少，宦官雖然聽話、可靠，但能力、名望都不足。

漢靈帝想到這兒，不禁打了個寒戰，下意識地回頭望瞭望旁邊的蹇碩。


# 何進的朋友圈

作為一支新軍，西園軍的開頭是轟轟烈烈的，但結尾卻有點兒冷清。究其原因還是領導權之爭，漢靈帝對自己大舅哥的攬權舉動不僅開始警覺，簡直有點兒厭惡。

漢靈帝發現，一向順從乖巧的何皇后也跟以前大不一樣了，開始盛氣淩人，目空一切，而且圍繞着她和她的哥哥已經形成了一個圈子。

不是小圈子，是一個很大的圈子。

對漢靈帝來說，這實在不好玩。在宦官們的幫助下，漢靈帝也建立有自己的情報系統，他開始特別關注哪些人與何進關係密切。

情報不斷報上來，漢靈帝發現何進圈子裏的人很多，平時和他來往密切之人的名單越拉越長。

除了袁紹等西園軍的那七位師長（校尉）以及「奔走之友」中的伍孚、伍瓊、荀攸、許攸、鄭泰、何顒等人，在何進的這個圈子裏還有華歆、孔融、申屠蟠、王謙、盧植、劉表、王匡、鮑信、張邈、劉岱、韓馥、蒯越、陳琳、鄭玄、逢紀、邊讓……

可以說，何進已經把洛陽的精英們一網打盡，全部收到了帳下。


這些人裏，華歆、鄭玄是名士，也是黨人。

華歆之前提到過，在民間名聲很大，但還是一個老百姓，何進把他招來，安排在朝廷祕書局（尚書台）任職。

鄭玄是當代公認的碩儒，此時已經 60 多歲了，何進為了表示敬重，為他專門設几杖，行敬老之禮。

申屠蟠是一位著名的隱士，他家境貧困，當過油漆工，卻堅持自學成才，不願意出來做官，結果名聲更大。他隱居在梁山、碭山之間，自己動手蓋房子，過起了原始人的生活，但何進就是本事大，把他都弄出來了。

知道王謙的人不多，如果說起他的兒子，則大名鼎鼎，他的兒子叫王粲，曹操後來的大筆桿子。

王謙、王粲出身於山陽郡王氏家族。王謙的祖父王龔在順帝時當過太尉，父親王暢名列黨人「八俊」之一，當過司空，這個家族後來還出了一個更牛的年輕人，名字叫王弼。

何進久慕王氏家族的大名，把王謙弄來當大將軍府祕書長（長史），視為親信。何進還想把關係搞得更近一些，向王謙提出結親的請求，但別人巴不得的好事被王祕書長一口拒絕了，完全不給領導面子。

楊賜在世時曾辟孔融為自己的下屬，何進將升任全國武裝部隊總司令（大將軍）時，楊賜曾派孔融拿着名帖（謁）前去祝賀。

孔融那時的職務只是處長這一類，所以門人未及時通報，孔融生氣了，一把奪回名帖，揚長而去。

但何進沒有記恨孔融，正式出任大將軍以後，推薦孔融擔任朝廷監察專員（侍御史）。

盧植被宦官迫害，後來被重新起用，擔任朝廷參事室參事（議郎），他能夠再就業，與何進的推薦密不可分。

大名鼎鼎的劉表也是在何進身邊開始了政治上的起步。

劉表字景升，比曹操大十多歲，跟王謙同一郡但不同縣，曾經拜

王謙的父親、王粲的爺爺王暢為師，兩家的關係很密切。

劉表不僅是名師之徒，而且長得很排場（姿貌溫偉），是個有風度的美男子，很早就聞名於世，和老師王暢同為黨人「八俊」之一。

像劉表這樣的人，上了著名黨人的排行榜，擱在以前就是朝廷重點打擊的對象，何進把他招來在大將軍府裏當了個處長（掾），後來更委以重任，接替何顒擔任了北軍聯合參謀長（北軍中候）。

王匡的情況所知不多，只知道他小的時候跟蔡邕很要好，為人輕財好施，以俠義聞名，何進把他招到大將軍府任職。

鮑信字允誠，兗州刺史部泰山郡人，屬於當地的豪強。

劉岱的情況也不太清楚，只知道他是劉漢宗室出身，袁紹和他關係密切，推測起來他可能和袁紹的妻子劉氏有親戚關係。

王匡、鮑信、劉岱的情況跟張邈差不多，尚俠義、好結交，黑白兩道都吃得開。

韓馥字文節，豫州刺史部潁川郡人，是「袁氏故吏」，被袁紹拉來入夥，此時擔任高級檢察官（御史中丞）。

蒯越字異度，荊州刺史部南郡人，蒯家是荊州數一數二的大族，西漢初的名臣蒯通之後。蒯越為人足智多謀，魁傑而有雄姿，他的弟弟蒯良也是一個人才，何進聘任他為大將軍府的處長（掾）。

劉表和蒯越在何進大將軍府裏是同事，彼此有了一定交往，為劉表後來到荊州發展奠定了重要基礎。

陳琳字孔璋，比曹操小一歲，徐州刺史部廣陵郡人。他是個大筆桿子，著名的文學家、詩人、檄賦家，被何進聘為大將軍府辦公室主任（主簿）。

逢紀字元圖，是袁紹的同鄉，大概是袁紹在家鄉守孝那段時間結識的。一直跟在袁紹的左右，是袁紹早期的追隨者之一，擅長出謀劃策，此時職務不詳。

邊讓字文禮，跟蔡邕是同鄉，很早就出名了，擅長占射、辭對，他口才極好，你跟他在一個酒桌上吃飯，你就只有吃的份，因為滿桌的話都讓他一個人說了（賓客滿坐，莫不羨其風）。

邊讓脾氣不太好，比較清高，有點兒不肯事權貴的味道。何進想讓他來，但也知道此人脾氣大，害怕他不來，就以軍令徵他（詭以軍事徵召），邊讓才不得不來。邊讓來了，成為何進身邊的智囊，何進以禮待之。

上面這個名單裏沒有王允的名字，這是因為王允此時不在洛陽。

王允確實把宦官惹急了，宦官一定要置他於死地。雖然在何進等人的營救下他保住了一條命，但他擔心宦官進一步迫害，所以改名換姓，藏匿在河內郡、陳留郡一帶（乃變易名姓，轉側河內、陳留間）。

何進特別注意禮賢下士，注意自己在士人中的形象。

漢靈帝中平四年（187 年）八月，豫州刺史部潁川郡有一個退休的縣長去世了，終年 84 歲。何進專程派人前去弔唁，並委託司空荀爽、宮廷事務部部長（太僕）韓融等重臣親自前往主持祭奠儀式。

大家都知道，潁川郡有個荀氏，但該郡還有另外一個名門，那就是陳氏。

去世的這個人他就來自陳氏家族，名叫陳寔。之前當過最大的官是太丘縣縣長，世人稱他為「陳太丘」。不當官時，他就居住在鄉里，平心率物，德冠當時，成為遠近之宗師，官府多次徵召，他都推辭了。

楊賜、陳耽等人在世時，每登公卿之位元都會說：「陳寔未登大位，我愧先登！」

三公每有缺位，大家都認為應當歸陳寔，但朝廷多次徵命陳寔都不來，後來乾脆閉門懸車，告示眾人自己已在家養老。白給個宰相都不幹，這恐怕是最牛的老百姓了。

陳寔的聲譽源自他高尚的品德。

某天晚上，一個小偷溜進陳寔家，躲在屋樑上想尋機偷竊。陳寔發覺，但沒有喊人捉拿。

陳寔把子孫們叫到面前，訓示道：「今後每個人都應努力上進，勿走邪路。做壞事的人並非生來就壞，只是平常不學好……」

小偷聽完一番教導，感慚交並，下地叩頭請罪。陳寔勉勵他改惡從善，贈他絲絹布疋。這就是「梁上君子」典故的由來，後人以「陳寔遺盜」比喻義行善舉。

陳寔有兩個兒子，分別叫陳紀、陳諶，他們都名重於世，父子一起號稱「三君」。之前提到的在陶謙手下幹屯田的那個陳群，是陳紀的兒子。

在潁川郡，陳氏和荀氏兩家關係也很好。

一天，陳寔想去荀家拜訪，因為家裏窮，僱不起僕人，就讓陳紀駕車，陳諶持杖在後，孫子陳群坐車裏。

荀爽的父親叫荀淑，有八個兒子，號稱「荀氏八龍」，荀淑命一個兒子負責在門口迎接，一個兒子敬酒，其餘六個兒子上菜。這純粹是一件民間活動，卻驚動了朝廷的史官。

朝廷史官上奏天子：「那些道德高尚的人已經向東去了（真人東行）！」


## 袁紹在挖坑

聚集在何進身邊的這些人，有的是何進找來裝點門面的，如鄭玄、華歆、申屠蟠、荀爽、邊讓；有的是實用型的人才，如王謙、陳琳、逄紀、許攸、蒯越、孔融；有的是何進的後備軍事幹部，如王匡、鮑信、劉岱、韓馥、張邈。

何進能在很短的時間裏把他們攏到一起，袁紹在幕後立了大功。

袁紹當然也不是一個人幹，他背後有一個強大的獵頭公司，就是「奔走之友」俱樂部。

什麼叫奔走，看完上面這個名單，不服都不行。

袁紹替何進張羅人才可謂不遺餘力，他這樣做其實也不吃虧，表面上看這些人都進入大將軍的囊中，其實他們當中的大多數也是袁紹的人，袁紹在別人的地盤上建起了自己的小王國。

這些人買何進的賬，也買袁紹的賬，關鍵時候更買袁紹的賬。

不久的將來，何進就會有苦說不出。


何進明目張膽地擴充勢力，不僅對反對何家的人產生了威脅，而且讓漢靈帝越來越坐臥不安。

漢靈帝已打定主意立次子劉協為太子，何進無疑是他實現這個目標的最大障礙。儘管舅舅董家那邊也提拔了幾個將軍，但與何進相比，顯得人單力薄。

即使不是為了太子，單就為自己着想，一個超級強大的外戚意味着什麼？漢靈帝當然知道，這意味着自己的帝位將無足輕重，他這個皇帝人家想廢就廢，想立就立。

梁冀這麼幹過。

竇憲也這麼幹過。

剛剛擔任西園軍總指揮（上軍校尉）的蹇碩看出了漢靈帝的苦惱，他給漢靈帝出了個主意，足以讓何進剛築起的權力王國瞬間土崩瓦解。

別看蹇碩長得五大三粗，關鍵時刻動起腦子還真有兩下子，他給漢靈帝出的主意是，以西羌戰事吃緊為由，調大將軍西征。

這一招夠狠夠毒也夠厲害。

因為何進要是服從命令率軍西征，那就不是三兩個月就能辦結的

差事，弄不好還有可能一去無還或功敗名毀；如果不服從命令，那就是抗旨，跟通敵造反差不多。

漢靈帝沒有跟何進商量，直接下達了詔書。

何進傻了，不知道該怎麼應對，飯也吃不下，覺也睡不着，急得團團轉。

天子的難題難住了何屠戶，卻難不倒袁本初。袁紹微微一笑，這有何難？袁紹給何進也出了個主意，立刻以四兩撥千斤的力道輕輕將危機化解。

同時，他也不忘順便給何大將軍挖了一個坑。


袁紹告訴何進，可以上一道奏章，說謹遵聖諭將立即着手西征的準備，但目前兵力不足，需要到京師周圍的州郡募集人馬，要有一定時間，一旦人馬齊備，即刻出征。

何進聽罷豁然開朗，心中的愁雲立即散去大半。

何進一邊上表，一邊像模像樣地派王匡、鮑信、張邈、劉岱等人赴泰山郡、并州刺史部、丹陽郡、陳留郡等地招募人馬。

這些人都是袁紹的鐵桿粉絲，袁紹正愁沒有機會擴充自己的實力，借着為何進解套，順便把自己人派到下面去抓隊伍。何進再一次被利用了。

這幾路人一撒出去就沒了音信，為了糊弄漢靈帝，袁紹還讓何進派自己帶了些兵到徐州刺史部和兗州刺史部一帶活動，號稱是打黃巾軍，其實連黃巾軍的面都沒有照過，一路瞎逛，花着公家的錢大搞旅遊活動，目的是拖時間。

王匡等人到達各地後動作倒很快，招兵工作也卓有成效。但他們不急於回洛陽報到，一切都聽從袁紹的安排。

聽說朝廷擴軍，有的地方開始有組織地參與進來，并州刺史丁原

就是個積極分子。

丁原字建陽，已經快 50 歲了，益州刺史部人，是一員武將，擔任過洛陽警備司令（執金吾），後被下派為并州刺史。

丁原招募了 1000 多人，派兩個手下帶着到洛陽報到。

這兩個手下一個名叫張楊，字稚叔，并州刺史部雲中郡人，是一員猛將。另一個名叫張遼，字文遠，并州刺史部雁門郡人，少年時擔任郡吏，因為武力過人，被丁原召為從事。

除了他們兩個，丁原手下還有一個更猛的人，現在還沒到出場的時候。

劉備也是因為朝廷的這次募兵而來到了洛陽。

劉備在安喜縣打了督郵，只好帶着關羽、張飛等人棄官跑路。他們四處流浪，聽說朝廷招兵了，覺得是個機會，就跑到了洛陽。劉備等人又參了軍，編在一個叫毌丘毅的人手下。

袁紹等人還在外面晃悠，洛陽到處是前來報名參軍的人，時局撲朔迷離，瞬息萬變。大將軍一方和漢靈帝、蹇碩一方都在加緊謀劃，從後宮到朝野，到處彌漫着一股殺氣。

誰都知道早動手可以佔據主動，但誰也不敢先動手，因為都沒有勝算的把握。正在這個緊張得讓人快要窒息的時候，帝國突然發生了大事，讓緊張的局勢一下子失了焦。

# 漢靈帝這個人

中平六年（189 年）四月十一日，漢靈帝劉宏駕崩於洛陽南宮的嘉德殿，終年 34 歲。

劉宏本是一名正走向衰落的亭侯，因為一個偶然的原因成了皇帝。

開始被外戚操控，緊接着發生了「九月政變」，宦官打倒了外戚，他又被宦官操控。他在位 21 年，不算太短，但看到的全是黨人、外戚與宦官們如何惡鬥，其間發生了第二次「黨錮之禍」，他因此為士人所不容。

說到底，他只是個傀儡，很多事是宦官們一手操辦的，他只是被作為工具加以利用。他曾嘗試着勵精圖治，但根本沒有用，從此他變得心灰意冷、耽於享樂、昧於朝政，以致帝國的政治更加黑暗，終於爆發了黃巾大起義。

劉宏死時才 30 多歲，還沒有達到那個時代人的平均壽命，這與他長期的抑鬱和不節制的縱慾不無關聯。

和他的前任漢桓帝一樣，漢靈帝在歷史上的名聲並不好。大家普遍認為，東漢帝國之所以滅亡，他們兩個人要負最主要的責任。

中國古代有 300 多位帝王，昏庸的有秦二世胡亥、漢成帝劉驁、晉惠帝司馬衷、明武宗朱厚照，荒淫的有後趙太祖石虎、北周宣帝宇文贇、隋煬帝楊廣、金海陵王完顏亮，不務正業的有「詞人皇帝」南唐後主李煜、「畫家皇帝」宋徽宗趙佶、「木匠皇帝」明熹宗朱由校，等等。而能集上面這些劣跡於一身，既昏庸又荒淫、既不務正業又最能敗家的，似乎只有漢靈帝劉宏才當之無愧。

史書對漢靈帝的描寫可以概括為：昏庸無能，荒誕不經，貪財自私，相當另類。

漢靈帝自私貪財，除了金銀財寶，他還是最關注房地產的皇帝之一。他的老家在冀州刺史部河間國，漢靈帝花錢在那裏購買了大批田產，修建了不少豪宅，成為當世最著名的房地產商。

在他的影響和帶動下，一批宦官和權貴也在房地產領域大量投資，最有名的是宦官首領趙忠，到處都有私宅。

而說到他的另類，是因為他的業餘生活相當豐富，除了是守財奴

他還是一個跨界文藝青年，一個史上最會玩的皇帝。

漢靈帝喜歡音樂、書法，詩歌、辭賦也寫得不錯，曾創作了《皇羲篇》50章，藝術水準可以達到專業作家的水準，《漢詩》中收錄有他的作品。

他不僅自己喜歡文藝，還下詔設立了一所學校，名叫鴻都門學。這所學校不研習儒家經典，探討的是辭賦、書法等漢靈帝感興趣的學科，學生達千人，十分興盛，算得上世界上創立最早的藝術專科大學之一。

在漢代太學才是最高學府，劉宏讓鴻都門學的畢業生也享受太學生的政治待遇，畢業即安排工作，在職務升遷方面還給予照顧，超過太學生，很多人擔任了刺史、尚書、侍中等高官。這讓太學的儒生羨慕嫉妒恨，同時也對鴻都門學的學生給予鄙視，他們拒絕與鴻都門學出來的人為伍。

除了喜歡文藝，他還有一些個人癖好，比如他特別喜歡驢。後宮沒有驢，宦官們便從外地精心選了幾頭驢進宮。漢靈帝愛如至寶，每天乘着四頭驢駕駛的車子在宮裏遊玩，還親自當駕乘員（躬自操轡，驅馳周旋）。消息傳到宮外，立即引起了轟動，洛陽的許多達官貴人競相模仿，成為時尚，致使民間驢價陡漲。

當人們以乘驢車為時髦時，劉宏又有了新愛好，喜歡寵物狗。

為討劉宏歡心，宦官們別出心裁，把狗打扮一番，給它們戴上進賢冠，穿上朝服，還佩上綬帶，拉着這些狗上朝。

劉宏看見大悅，拊掌大笑：「好一個狗官！」

這句話絕對只是就事論事，但分列左右的百官聽後莫不覺得是在罵自己。

劉宏還嫌不熱鬧，下令在後宮修建街市，讓一部分宮女嬪妃扮成商人叫賣，另一部分扮成客人（作列肆於後宮，使諸采女販賣），還有的扮成賣唱的、耍猴的，自己則穿上商人衣服在這個人造集市上逛來

逛去，有時飲酒作樂，有時與「店主」「顧客」吵嘴、廝鬥，不亦樂乎。

街市雖然是山寨版的，但肆中貨物卻不是道具，而是真的，並且很多都是各地搜刮來的珍寶，這些值錢的東西常被宮女嬪妃們偷走，她們經常為偷多偷少暗中爭鬥，劉宏渾然不知。

劉宏在西園大量修建室舍，讓人採來綠色的苔蘚覆蓋在台階上，引來渠水繞着各個門檻環流。渠水中種植南國進獻的荷花，花大如蓋，有一丈多高，荷葉夜舒晝捲，一莖有四蓮叢生，取名夜舒荷。

每逢盛夏，文藝青年劉宏就到這裏避暑，他挑選 14 到 18 歲之間的美女為他執篙搖櫓，陪他徹夜宴飲。

暴發戶、守財奴、典型的玩主、跨界文藝青年、敗家子，這就是人們印象中的漢靈帝劉宏。


但其實，這只是一方面。

漢靈帝劉宏還有另一面，他還是一個改革家，這一點關注的人卻不多。

漢末政治荒廢已久，傳到劉宏手裏時早已日薄西山了。作為衰世之君，劉宏並不想在皇帝的位子上混吃等死，他也有過奮發有為的時候。漢末政治中有幾項重大改革，比如「三互法」的推行、侍中寺的設立，都是他搞的。

「三互法」主要是針對吏治的。漢代還沒科舉，選官靠的是推舉，人為因素很強，很容易形成地方保護主義和朋黨政治。「三互法」規定任官必須迴避籍貫，本人不能在籍貫所在地當官。

不僅如此，官員之間籍貫上有關聯關係也不行，甲州人士在乙州為官，乙州人士就不能再到甲州為官了。如果甲州人士在乙州為官，乙州人士在丙州為官，丙州人士對甲、乙、丙三州都要迴避。「三互法」後來進一步嚴格，擴大到婚姻之家，不僅本人要迴避，本人妻子

的籍貫也要在迴避的範圍內。

不說這一套辦法的科學性和可操作性如何，能想出來，就是天才。

官員的選任由三公進行，朝廷祕書局（尚書台）負責監督，但內有宦官掌權，外有豪族政治，這一套制度逐漸形同虛設，劉宏設立侍中寺並抓在自己手裏，就是把尚書台的監督職責拿過來，試圖對局面有所扭轉。

至於鴻都門學的設立，也並非滿足一個人的愛好那麼簡單。按照劉宏本人的想法，這絕不是一所藝術大學，而是後備幹部培養基地。朝廷培養後備幹部的地方原是太學，太學生一畢業即可以作為郎官進入朝廷公務員的行列，或者到各地任職。劉宏規定鴻都門學的畢業生和太學生一樣可以當官，文憑比太學生更吃香，在職務晉升中能得到更多照顧。

鴻都門學，其實就是劉宏的黃埔軍校。

吏治除了選官，還有懲貪，這方面漢靈帝也有過行動。

當時老百姓編了很多順口溜，把一些貪官污吏的醜事編進去到處流傳，也傳到了宮裏。劉宏聽了很生氣，讓三公牽頭去查。三公中太尉許馘、司空張濟本身就是宦官的人，司徒陳耽雖然正直，但孤掌難鳴。清查結果出來了，一共 26 個人上了貪官榜，但這些都是清正廉潔、不肯與宦官合作的人，而應該在這個榜上的反倒一個沒有。

陳耽憤怒了，直接向劉宏上書揭露事實真相，與陳耽同時上書的還有朝廷參事室參事（議郎）曹操。曹操在上書中認為，三公府拿出來的這個名單，純粹是顛倒黑白，是放了鴟梟而囚禁了鸞鳳。一些榜上有名的官員也跑到宮門外上訪，反映清查活動弄虛作假，劉宏下令重查，調查結果確實把鸞鳳當成了鴟梟。

劉宏申斥了許馘和張濟等人，對這 26 名官員重新安排了工作。

所以，如果說劉宏完全是個混日子的皇帝，在一定程度上來說，

是錯怪他了。

至於最讓劉宏受到詬病的賣官鬻爵，這其實也不是他的發明。

早在漢安帝、漢桓帝時賣官鬻爵就已經有了，並且形成了制度。之所以這麼做，是因為國庫已經一貧如洗了。龐大的軍費開支、官員的薪俸、後宮的開銷，都是剛性支出，哪一項都不能少。但兩漢時期社會財富逐漸向豪族聚攏，朝廷的財政極度窘迫，形成了田野空、朝廷空、倉庫空的「三空之厄」。

漢武帝那樣的強勢帝王可以通過鹽鐵專營等一系列壟斷工商業的政策增強朝廷收入，同時打壓豪強士族，使問題得到解決。但強人之所以叫強人，就是因為他們只偶爾才出現一個。東漢中期以後，朝廷對豪強士族的優勢就已經不復存在了，已經沒法直接向他們要錢，只能通過借租稅、減官俸等形式溫和地「借錢」，賣官鬻爵跟這些差不多，也是一種「借錢」的方法，目的是擴大朝廷的財源。

劉宏延續了前朝的做法，只是他擴大了賣官的範圍，最後連三公九卿也賣，賣官的錢也沒有交給國庫，而是進了自己的小金庫，所以被詬病得最多。

制定「三互法」、設立侍中寺、開辦鴻都門學以及懲治貪官，背後的真實目的只有一個，那就是抓權。

劉宏也想當一個手握大權、有所作為的好皇帝。可惜的是，他雖然是個皇帝，卻孤掌難鳴。黨人們不信任他，宦官們欺騙他，他的改革措施不是虎頭蛇尾就是無法推行，像「三互法」，不斷有官員給他出難題，說限制太多條件合適的官員實在挑不出來了，有的州郡長官久缺不補。

劉宏也知道宦官們幹的種種醜事，但離開宦官他就更玩不轉，還得緊緊地依靠着宦官。

現在，漢靈帝劉宏死了。

帝國少了一位文藝青年，桓靈時代也結束了。

桓靈時代確實算不上一個光明的時代。這個時代，宦官當權，奸臣阻道，正義得不到伸張，人民處於水深火熱之中。這個時代，民族矛盾尖銳，土地兼併嚴重，變民頻起，國家風雨飄搖。總之，這是一個黑暗的時代、一個恐怖的時代，但它也是一個孕育新時代的時代。

作為這個時代的兩位掌門人，漢桓帝劉志和漢靈帝劉宏確實不夠稱職，他們沒有帶領國家走向振興，沒有使正義得到弘揚，反而一次次親信小人，壓制賢良。他們自己生活奢侈，大起宮殿，安於享樂，為了聚斂財富，他們不僅加重賦稅，還推行了賣官制度，使吏治徹底崩壞。

但是，他們的內心又充滿了太多的無奈。從登上皇位的那一刻起，他們就開始被別人操縱，沒有親人，沒有真正的親信，他們生活在沒有親情、沒有安全感的皇宮裏，時刻提防宦官，提防外戚，承受着黨人的不理解和人民的埋怨。

在權力的爭奪戰中，他們學會了平衡術，小心翼翼地平衡各派之間的勢力，借助一派力量打擊另一派，沒有永恆的同盟，只有不斷增加的敵人。生活在巨大的心理壓力下，他們都是在 30 多歲的年齡離開了這個世界。


# 宦官起肉訌

皇帝駕崩，如果還沒來得及立太子或者太子過於年幼，一般會緊急召見一個或幾個最親近的大臣到病牀前囑咐後事，稱託孤。

被召見的大臣，就是託孤大臣。

漢靈帝雖然一直有病，但 30 多歲就去世，也算是突然。他的兩個

兒子都還小，更重要的是，沒有正式立太子。

按照當時的情況，漢靈帝應該把何進叫來，向他託孤，但漢靈帝沒有這麼做，他祕密召來的是蹇碩。漢靈帝把蹇碩叫到病榻前，託付他照顧好愛子劉協（屬協於蹇碩），蹇碩流着淚答應了。

漢靈帝交代完遺願後就駕鶴歸西了，蹇碩還算是個有頭腦的人，他當即決定，在外界還不知道天子駕崩的消息前發起迅雷行動，果斷剷除皇后及大將軍一黨。

蹇碩召集了身邊自認為可靠的人，做了精心佈置，然後用已故天子的名義召何進入宮議事，計劃在何進入宮後立即予以誅殺。

而在宮外，何進還不知道漢靈帝已死。他絲毫沒有戒備，接到詔令，還像平時一樣進宮。如果何進踏進宮門一步，他將永遠無法回頭，任何龐大的勢力體系也阻擋不了物質上的毀滅，漢末以來發生的多次宮廷政變表明，只要找準要害處果斷一擊，螞蟻也是可以輕鬆掀翻大象的。

歷史，是可以創造的。

有條件，直接去創造。沒有條件，創造條件再去創造！


眼看大事將成，但是在最關鍵的時刻，蹇碩一方出了叛徒。

有個名叫潘隱的宦官是何進安插在宮裏的臥底，他得知蹇碩的陰謀後趕緊跑到宮門外，名義上是迎接大將軍，其實是通風報信。

何進走到宮門前，潘隱不停地向他擠眉弄眼（迎而目之），何進終於會意，掉頭就走。

蹇碩的計劃，只差最後一步。

何進躲過一劫，到外面跟大家一商量，很快得出了共同結論：天子出了意外，蹇碩等人動手了。

多年以來，袁紹這些人等的就是這一天。袁紹馬上告訴何進，宦

官弑殺天子，將要造反，得趕快採取行動將其一網打盡。

何進雖然大權在握，但他的魄力和能力頂多當個河南尹，關鍵時刻除了緊張還是緊張，所以對袁紹的任何建議都是無條件接受。

何進立即進行了部署，宮外和城外的部隊除了西園軍就是北軍，基本上都掌握在他和弟弟何苗的手中，局勢是可以控制的。為了更安全一些，何進住進城外的北軍大營，北軍聯席參謀長（北軍中候）劉表在那裏迎接他。何進一到北軍，就對外聲稱有病，拒絕進宮。

經過兩天的僵持，蹇碩知道大勢已去，只得對外發佈漢靈帝駕崩的消息。

於是，漢靈帝的長子、何進的外甥劉辯順利繼位，時年 14 歲，由於他後來中途退位，沒有廟號，故史稱少帝。少帝下詔，尊母親何皇后為皇太后，由何太后臨朝主政，改年號為光熹。

漢靈帝的另一個兒子，時年九歲的劉協被封為渤海王。

少帝還發佈詔書，擢升袁紹的叔父袁隗為太傅，與全國武裝部隊總司令（大將軍）何進同時輔政（參錄尚書事）。太傅是個不常設的職務，地位比三公高，不過偏重於榮譽。袁隗之前已擔任過三公，就任太傅前的職務是「四方將軍」之一的後將軍。

這一幕，幾乎是 21 年前的翻版，當時也是舊帝駕崩、新帝繼位，當時的外戚是竇武，職務也是全國武裝部隊總司令（大將軍），當時的黨人領袖是陳番，職務也是太傅。

當時，外戚和黨人聯手，共同對付宦官。

對蹇碩來說，現在的情況比那時還糟糕，那時候宦官雖然處於劣勢，但他們是團結的，而現在後宮的情況大不一樣。

現在宦官的實際頭目是張讓、趙忠，並不是他蹇碩，張讓跟何家是親戚，一向力挺何太后和何大將軍，雙方已結成政治同盟。而趙忠

也與何家關係良好，漢靈帝想廢后時，是他出面張羅挽回了局面。

塞碩異軍突起，張讓、趙忠看在眼裏，沒有任何表示，漢靈帝駕崩，塞碩背後的靠山倒了。

塞碩還想做最後抗爭，他分別寫信給趙忠、郭勝、宋典等宦官頭目，想把他們拉過來。

塞碩在信中寫道：「何進兄弟控制朝廷，獨斷專行，而今更與袁紹等奸黨通謀，要誅殺先帝左右的親信，消滅宦官，只因我身兼西園上軍校尉，才不敢輕舉妄動。現在情勢危急，我們應該聯合起來，關閉宮門，下詔逮捕何進，予以誅殺（今宜共閉上閣，急捕誅之）。」

這封信沒有寫給張讓，大概在塞碩看來，張讓已經和何家人結成了一體，動員他跟何進兄妹鬥，只能壞事。

但塞碩顯然還不完全瞭解後宮祕史。郭勝是什麼人？他是何太后、何大將軍的同鄉，當年何太后還是南陽郡屠戶家的女兒，因為賄賂了郭勝才進的宮，現在自然不會去理他。

趙忠更絕，乾脆把塞碩的信呈給了何進（不從碩計，而以其書示進）。何進遲早是要對塞碩動手的，現在有了人證和物證，動手就合情合法了。

四月二十五日，就在漢靈帝駕崩半個月後，何進下令逮捕塞碩及其同黨，處死。

何皇后晉升為何太后，後宮裏一時有了兩個太后，按理董太后應被稱為太皇太后，她的侄子董重仍然是全國武裝部隊副總司令（驃騎將軍），他們是漢靈帝的至親骨肉，不同於塞碩那樣的人，是殺是留，何進兄妹並沒有想好。

但是，太皇太后和驃騎將軍這一對姑侄組合並沒有看清眼下的局勢

對他們相當不利而且兇險，還試圖與太后和大將軍兄妹組合一爭高下。

結果可想而知。姑姪組合完敗於兄妹組合，何進與三公以及弟弟車騎將軍何苗聯名上奏：「孝仁皇后派前中常侍夏惲、永樂太僕封諝等人跟州郡來往，大量搜刮珍寶財物，都藏在西園。按照制度，藩王的後妃不得留在京師，車馬服飾、飲食起居也有差別，所以奏請將孝仁皇后由永樂宮遷回本國。」

孝仁皇后是漢靈帝掌權後為母親上的尊號，夏惲、封諝等人犯的事是否和她有關，無法考證，不過她和兒子漢靈帝一樣貪財好利是不爭的事實，在西園也有她專屬的小金庫，奏書上說的大致也不錯。

奏書上達，少帝批准。

五月六日，何進發兵包圍驃騎將軍府，逮捕董重，就地免職，董重自殺。次月，太皇太后在憂慮恐懼中死去，有的史書認為她是自殺，但大多數史書並不認可。在此之前，太皇太后的哥哥、曾任洛陽警備司令（執金吾）的董寵，因為打着妹妹的旗號辦私事，已被下獄處死。

河間國解瀆亭侯劉萇死後，他的妻子、兒子因為特殊的機緣走上了政治的舞台，如今又徹底退出了。

## 袁紹要搞「兵諫」

至此，何大將軍及何太后完全滿意了。

南陽屠戶出身的這一家人，此時才算有了真正的安全感。

可惜，他們想錯了。

何太后和何大將軍想的只是如何使勢力更加鞏固，維護好有血緣關係的皇帝的大統，讓宦官更加忠心耿耿，並盡可能爭取到士大夫的認同和支持。

然而，對袁紹等人來說，革命才剛剛拉開序幕，怎麼能就此收手

呢？如果僅僅換了個皇帝、換了一撥外戚，那與前朝又有什麼區別？袁紹等人的目標是誅殺全部宦官，同時也不希望再出一個梁冀一樣的外戚，把國家掌控於一人股掌之上。在追求政治理想的道路上他們實在等待得太久、太苦了，因而已經沒有了太多的耐心。

就在大將軍仍沉浸在勝利後的喜悅中時，他們接二連三地向大將軍進言，要他一鼓作氣，趁勢誅殺所有宦官，然後改革朝政。

在這個問題上，大將軍猶豫起來。他不能說袁紹等人的主張沒有道理，畢竟宦官的名聲已經差到了極點。但是，具體到行動上，何進的革命熱情顯然小得多，他也向妹妹提出了誅殺宦官的建議，但是直接遭到何太后的堅決反對，兄弟何苗也不贊成他這樣做，大將軍一時沒了主意。

如果沒有袁紹等人不依不饒地堅決要除掉宦官，何進此時肯定會選擇收手，說不定還要想點辦法與張讓、趙忠這些宦官修補一下感情，在宮裏徹底鞏固起何家的地位。

但袁紹他們的態度太堅決了，而且不是袁紹一個人，大將軍信任的人幾乎都跟袁紹一個聲音，如果不拿出實際行動來，何進擔心會失去他們的支持。

袁紹對何進說：「之前竇武欲誅除宦官但反為所害，是因為他們保密工作做得不好（坐言語漏泄），另外北軍五營的兵士提起宦官都害怕，竇武反而依靠他們，所以失敗了。現在，大將軍兄弟都掌握勁兵，麾下將領都是俊傑，而且願意盡力拚死，所以一切都在掌握，這是上天賜予的絕好時機（此天贊之時）！將軍應該立即下定決心，為天下除害，以垂名後世，機會不多，不可失啊！」

何進有些不情願，不過拗不過袁紹，只好再次進宮跟妹妹商量，按照袁紹等人的意見，向太后提出盡罷宮裏的宦官，用三署郎來頂替他們。

何太后不同意：「宦官統領禁省，自古及今都是這樣，這是漢家的傳統，不能廢。而且，先帝新棄天下，讓我在宮裏和士人共處，算怎麼回事（我奈何楚楚與士人共對事乎）？」

何進說不過妹妹，只好出來再跟袁紹商量：「能不能只誅殺其中民怨較大的宦官，對其他宦官予以寬赦？」

袁紹聽完堅決反對：「不行，要做就要斬草除根，否則後患無窮。」

大將軍為難起來：「我也同意對宦官全部誅殺，可皇太后不答應，這可如何是好？」

袁紹看出來皇太后只是大將軍的藉口，要想讓何進沒有退路，不用點狠招還真不行。


袁紹給何進出了個主意，招外兵入京以脅迫太后同意誅殺宦官。

事實證明，對何大將軍而言，這是個很餿的主意，這個主意最終要了他和他整個家族的命。

但是，在袁紹等人的面前，何進明顯智商不足，他沒有看出袁紹的私心，批准了這個行動計劃。

袁紹的私心是，把局勢弄得再混亂一些，於亂中尋找機會。他的具體計劃是，利用自己掌握的管道，迅速向京師周圍各實力派人士發出資訊，讓他們即刻帶兵入京。

這個計劃是非常冒險的。京師之所以還在可控範圍內，緣於洛陽四周設立了八個關口，像八道大門緊緊護衛着京師的安全，東漢自建國之後，還沒有一支朝廷中央軍以外的軍隊，在事先不接到命令的情況下能進入八關之內。

如果開了這個先例，大量的外軍擁入，不知道洛陽會是什麼樣？對於袁紹這個所謂的「兵諫計劃」，就連同一陣營內也有很多人反對。

在何進親自主持的一次祕密會議上，大將軍府辦公室主任（主簿）

陳琳、朝廷監察專員（侍御史）鄭泰、朝廷參事室參事（尚書）盧植等人都表示了不同意見。

陳琳不僅是著名的文學家，也很有政治頭腦，他進言：「有一句諺語叫『掩目捕雀』，意思是對於小事尚不能通過欺詐的手段解決，何況國家大事？現在將軍您總攬皇威，手握重兵，龍驤虎步，要做什麼就能做什麼，就像用烈火去燒毛髮一樣（猶鼓洪爐燎毛髮耳）。現在應當速發雷霆，行權立斷，那樣自然天人順應。現在反而放下手中的利器，向外兵求援，等到大兵會集京師，將是強者為雄，這就好像倒着拿干和戈，把槍桿子交給別人（所謂倒持干戈，授人以柄）。」

陳琳的結論是，如果非引外兵入京，絕不會成功，只能造成天下大亂，後來發生的事跟他預料的一模一樣。

但是，何進已被袁紹洗腦，或者是被袁紹纏得沒有其他更好的辦法，陳琳的建議沒有引起他的重視。

西園軍師長（典軍校尉）曹操也參加了會議，並在會上發言：「宦官制度自古就有，只不過是君王把權力交給了他們，才弄成今天這個樣子。問題不在制度本身，而在於管理疏失。當前應該懲治首惡，而做這項工作，派個獄卒就能完成，何必招外將入京呢？而且，要全部消滅宦官，這件事很容易就洩密，最後只會失敗（欲盡誅之，事必宣露，吾見其敗也）。」

這些反對意見沒能阻擋袁紹的計劃，何進還是批准了招外兵入京的方案。

袁紹高興地領了命令，他也知道這個計劃很冒險，但他大概也和「奔走之友」們仔細進行了分析，認為這個計劃能夠成功，因為他們有控制風險的辦法。那就是，他們準備招來的外兵是經過篩選的，都是在他們控制之中的。

只等這些兄弟帶兵入京，袁紹就可以實施另外一個計劃了。

這，才是他真正的目的。

漢靈帝駕崩，大將軍誅殺蹇碩和董重，太皇太后不明不白地死了，大將軍的外甥如願登上了皇位，看似風光無限的何氏一族，卻因此面臨了巨大的危機，這一切都源於民意。

漢靈帝儘管是個不稱職的皇帝，但他的地位在一般人心中還是至高無上和不可替代的，作為漢靈帝的生母，太皇太后無論有再多的過錯，也不應該在兒子屍骨未寒時被迫害致死，這件事後，何氏開始慢慢失去了人心（民間由是不附何氏）。

民意的變化進一步抬高了袁氏的聲望。袁氏幾世的積累與袁紹的個人號召力形成了完美結合，幾乎所有的人都認為，目前的局勢要穩住，看的不是大將軍，而是袁紹。

少帝繼位後，袁紹又有了一個新職務 —— 司隸校尉。

司隸校尉部是東漢 13 個州裏的一個，管轄範圍東自洛陽西至長安，是帝國的核心地帶。司隸校尉相當於天下第一州牧，是河南尹的上級。

袁紹前一陣派了不少人到各地募兵，現在大致都有了一些成果，這次引外兵入京，就是給這些人一個合法的理由來到洛陽。這些人包括張邈、鮑信、王匡，以及張楊、張遼、毌丘毅等，他們都是袁紹的鐵桿支持者。

還有并州刺史丁原、東郡太守橋瑁等地方實力派人物，經過前一陣子的祕密聯絡，也都表示支持袁紹。

所以，對袁紹來說，引外兵入京是一個必需的步驟，只有擁護袁紹的這些人帶着人馬到了洛陽，袁紹的軟實力才能成為硬實力，在與宦官的角逐中才能真正佔據上風。

而且，只有袁紹身邊最為親密的幾個人才知道，此時的袁紹並沒

有把宦官作為主要對手。正如曹操所說，殺宦官只需要派一隊人馬進宮就行了，根本不用費這麼大的事。

袁紹心中主要的對手是何進。他看得出來，何進兄妹骨子裏是想跟宦官站在一起的，只是還有些羞羞答答，一旦勢力版圖發生變化，何進和宦官佔據了上風，他們自然會走到一起，來個第三次「黨錮之禍」也不是不可能的。

袁紹的這一狠招，其實是給何大將軍準備的。

## 洛陽成了火藥桶

袁紹擔心大將軍回過味來反悔就不好辦了，於是趕緊派人分赴各地，傳達率兵進京的命令。

袁紹計劃召來的有以下幾路人馬：

并州刺史丁原所部，之前丁原的兩個手下張楊、張遼已經率 1000 人趕到了洛陽附近，現在丁原本人也將率并州軍前來；

騎兵旅旅長（騎都尉）鮑信從泰山郡招募的人馬；

大將軍府處長（大將軍掾）王匡從徐州刺史部招募的人馬；

旅長（都尉）毌丘毅從丹陽郡招募的人馬，其中包括劉備、關羽、張飛等人；

東郡太守橋瑁所部。

從當時洛陽的情況看，要引外兵入京，似乎應該先從相鄰的豫州、兗州、荊州等幾個刺史部調兵，而上面這幾路人馬，除了丁原還算是正規的「外兵」，其他都屬於臨時拼湊的隊伍。雖然不正規，但都是袁紹的人，這是召他們來洛陽的原因。

如果只有以上這幾路人馬，袁紹的計劃也就成功了。可惜，還有一路。

這一路就是董卓，一個讓袁紹又愛又恨的人。


成為軍閥的董卓，隨着實力的上升，野心也在急遽膨脹，其情形有點像發跡後的袁世凱。他們的共同之處是擁兵自重，朝廷指揮不動，得哄着才行。

隨着董太后一族在朝廷被清算，和董太后走得很近的董卓也受到了牽連，何進當然還不敢對董卓直接開殺戒，而是改任他為宮廷事務部部長（少府），想以此解除他的兵權。

這個任命被董卓公然拒絕了。

在帝國 300 多年的歷史上，這種事還很少發生。

但是，此時的朝廷拿董卓毫無辦法。為防止董卓所部譁變，跟韓遂、馬騰搞到一塊，朝廷只得放低姿態主動和董卓協商，經過一番討價還價，改任他為并州牧，還附帶一個條件，那就是允許他帶領一支部隊前去上任。

并州刺史丁原正忙着率兵南下，朝廷免去了他的刺史職務，改任他為旅長（武猛都尉）。為什麼軍職這麼低？這跟刺史的品秩有關，刺史不是州牧，論品秩跟縣令一樣。

董卓勉強接受了新任命，從嫡系人馬里挑選了 3000 名精銳，赴并州刺史部上任。他們一行慢慢悠悠，因為董卓想一邊走一邊觀察形勢。

在要不要招董卓來洛陽這個問題上，袁紹的核心智囊們曾發生過嚴重的分歧。一種觀點認為，不能讓這個涼州軍閥來，這廝一向缺乏組織紀律性，手下軍士沒有教養、野蠻成性、不好駕馭，讓他們來無異於引狼入室。另一種觀點認為，正是因為涼州軍有強悍暴虐的名聲，對宦官的壓力才足夠大。

持後一種觀點的人，肯定腦子進了水。引兵入京對付宦官只是個

幌子，這一點除了還在犯糊塗的何進外，其他人心裏都很清楚，所以這是個偽命題。

用謊言去驗證謊言，得到的一定是謊言。用偽命題推出的結論，也必是毫無價值的。涼州軍一旦來到洛陽，引狼入室才是真正要面對的現實問題。對此，一身精明的袁紹難道沒考慮過嗎？

後來發生的事證明，他招來了涼州軍人，把國家弄得大亂，他自己以及整個家族也因此遭殃。

那一刻，袁紹究竟是怎麼想的，這是一個費解的謎。

如果試圖破解一下，也許可以這麼看。

袁紹不是沒有考慮過這個問題，他的腦子也沒有進水。儘管曹操、陳琳、鄭泰等人反對他的計劃，但這幾個人並不是他的核心智囊團成員，想必有更多的意見對袁紹的計劃是支持的。

有些話，袁紹和他的核心智囊們不想明說。董卓跟剛剛死去的董太后是同宗，在感情上必然反感何進，此時的宦官並不是袁紹重點打擊的目標，袁紹的劍已經暗中指向了何進，對於這一點，一般的人尚難以覺察。

要打倒何進這頭大象，只放進幾匹狼來還不行，而且得放進來一隻餓虎。

還有一個重要原因，董卓在袁隗手下幹過，腦袋上有「袁氏故吏」這個標籤，儘管他內心未必有太多的敬意，但公開與袁家為敵，他還幹不出來。

所以，儘管有人認為把董卓招來是件不靠譜的事，袁紹還是通知了他。

袁紹想錯了，他瞭解自己，卻不瞭解別人。

現在的董卓已經不是給袁家當馬仔的董卓了，翻臉的速度比誰都快，不管是老領導還是老部下，只要惹他不痛快，舉刀就剁。

# 第五章 亂中奪權

## 大將軍的苦惱

走在半路上，董卓接到了何進簽署的命令，要他不要去并州了，而是領兵來洛陽。

儘管命令只是讓他去洛陽，並沒有告訴他此行的任務，但董卓還是馬上嗅出了其中的味道。當時隊伍已行進到河東郡的安邑，董卓下令立刻掉轉方向，向南渡過黃河，朝函谷關開來。

這支涼州軍雖然只有 3000 人，但都是騎兵，行動迅速。

直到這時，何進才冷靜下來想後面的事，當他想到董卓這個涼州大漢時，腦子一下子清醒了不少。

何進大概此時才突然想起來，這廝原來也姓董！

想到這些，何進的脊背上冒出不少冷汗，這時董卓的隊伍已開到了澠池附近，距洛陽只有 200 里路程了。

何進急了，不再跟袁紹商量，馬上派人帶着少帝劉辯的詔書迎頭擋住董卓，讓他停止前進，原地待命，聽候調遣。

何進知道董卓一向有抗命的習慣，不合他的意，不要說拒不執行命令，弄不好派去的人也回不來，所以他派了种劭前去。

种劭是已故度遼將軍种暠的孫子，董卓也曾在种暠手下幹過，是「种氏故吏」，何進抬出老領導來壓董卓，看來真是急眼了。

种劭傳達漢靈帝的詔書，命董卓所部向後撤。

但對方既然是董卓，老領導本人來了也沒用，抗詔對董卓不是第

一次了，這一回仍然沒有例外。

情況發生了變化，董卓不知道原因，但他不想放棄進入洛陽的計劃。於是，董卓耍起了流氓，鼓動手下人威逼种劭（*卓疑有變，使其軍士以兵脅劭*）。

种劭的爺爺种暠跟梁冀鬥過爭，跟羌人打過仗，當過三公，在涼州各族百姓中享有盛名，种劭不如他爺爺，但也不是能輕易能嚇住的。种劭大聲叱責涼州軍人，居然把他們鎮住了，种劭又去責問董卓，董卓一時理屈，只好答應不再前進，向後退。

這暴露出軍閥董卓的一個弱點：玩武的行，玩文的還不行。

不過，說是撤退，也沒有走遠，董卓命所部駐紮在洛陽以西的夕陽亭，靜觀京城的變化。


聽說涼州軍就在跟前了，洛陽城內人心惶惶。

在宮裏的何太后也吃了一驚，想到因為自己偏袒宦官竟然招來了外兵入京，驚嚇之餘，何太后傳下話來要遣散宮裏所有宦官，讓他們回到宮外各自家中。

戒備森嚴的皇宮目前是宦官們最後的避難所，現在的形勢已經不比以往，外面到處都在聲討宦官，一旦離開皇宮，他們無異於束手就擒、坐以待斃。

宦官們跑到大將軍府外跪了一大片，他們痛哭流涕，叩頭請罪。尤其是張讓，已經跟何家聯姻，論起來還是大將軍和太后的長輩，此時也可憐兮兮的，跪着求一條活路。

張讓還把兒媳婦，也就是何太后的妹妹叫來，跪下求情：「老臣有罪，應當和你一同回到咱們自己的家。但一想到累世受恩，現在將遠離後宮，心裏不依不捨，只想最後再進宮值班一次（*願復一入直*），再伺候一下太后、陛下，之後回到家，縱然棄屍溝壑，也可以無恨了！」

張讓的兒媳婦進宮，在母親舞陽君面前哭訴，舞陽君又去找女兒何太后，何太后以太后的名義發佈諭令，讓宦官們暫時回到宮中。

袁紹當然不甘心，他鼓動何進，無論如何要說服太后下決心誅殺宦官。

袁紹這小子軟硬兼施，在何進面前也不再那麼低三下四了。袁紹告訴何進，必須抓住機會誅殺宦官，給天下一個交代（紹勸進便可於此決之，至於再三）。

袁紹甚至威脅何進：「事情已經到了這一步，如果再猶豫就會發生變化，錯過了機會大禍就會臨頭（事留變生，後機禍至）！」

但何進仍然猶豫。為了安撫袁紹，他讓袁紹以司隸校尉的身份，安排洛陽縣派一些有謀略又配備了武裝的人員負責監視宦官們的一舉一動（令紹使洛陽方略武吏檢司諸宦者），又讓袁紹的弟弟袁術以禁衛軍師長（虎賁中郎將）的身份挑選 200 名虎賁軍，負責皇宮的守衛。

何進心裏亂糟糟的，特別煩。


一邊是宦官和妹妹，一邊是嘮嘮叨叨的袁紹一群人，雙方互不相讓，不是你死就是我活，讓他左右為難。

除了妹妹，弟弟何苗和母親舞陽君也站在了宦官這邊。宦官們經常向何苗、舞陽君行賄。聽說何進要誅殺宦官，他們都幫助宦官說話。

宦官們還在太后面前挑撥說：「大將軍專門對左右的人開刀，這是削弱自己的權力（大將軍專殺左右，擅權以弱社稷）。」

言下之意，宦官才是自己人，大將軍不分裏外，反而殺他們，這是被人利用了。對於這樣的說法，太后也相信了，所以對何進誅殺宦官的建議堅決反對。

何苗勸哥哥說：「咱們家從南陽郡來，開始既沒有錢也沒有地位（俱以貧賤），依靠着宦官才既富且貴。國家大事談何容易，水

一旦潑出去就收不回來了，你應當深思，趕緊和宦官講和（且與省內和也）！」

聽了妹妹、弟弟以及母親的這些話，何進更下不了決心了。

從何進自身來說，他對宦官本能地既敬又怕（素敬憚之），這種潛意識已深入骨髓。現在他雖然權傾一時，但仍然不能擺脫內心裏對宦官的恐懼，讓他向宦官全面開戰，他的智商縱然夠，膽商也不夠。

這時，妹妹從宮裏讓人傳出話來，要他進宮商議該怎麼辦。

## 濺在宮門上的血

這一年夏天，洛陽一連下了 80 多天的連陰雨（霖雨八十餘日），算起來，就是從夏天一直下到了秋天。

這場雨不是為漢靈帝去世而下的，這場雨更像是給五行學家們下的。因為在他們看來，此後發生的事情，如果不來點自然災害、靈異現象做注腳，那就太說不過去了。

當年外戚梁冀被誅殺時也下了幾十天連陰雨，外戚竇武被殺時，也是幾十天陰雨不斷。

如今，這個雨要為誰而下呢？

何進抬頭望瞭望洛陽的天空，心裏也像被厚厚的雲層壓着那樣輕鬆不起來。何進隱約感到他被利用了，從頭到尾都在被人操縱。但是，現在他似乎已經無計可施，如果他再偏袒宦官，就會被劃為宦官的同黨。

何進決定利用這次進宮的機會，再和妹妹商量一下。

聽說何進這時候還要進宮，袁紹趕緊來阻止，讓何進千萬別進宮（可勿入宮）。

何進開始聽從了袁紹的建議，但不久又改變了主意（進納其言，

後更狐疑），還是決定進宮一趟，其中的原因不詳。

像往常一樣，何進隻身一人從南宮的西門 —— 白虎門進宮，何太后、少帝劉辯和剛被封為陳留王的劉協，此時都住在南宮。按照規矩，何進的隨從不能進宮，於是，何進讓部將吳匡和張璋帶領隨行的警衞，在宮門外等候。

何進入了宮，宮門關閉。吳匡和張璋以及忠於大將軍的 200 名警衞列隊於白虎門外等候。

等了很久，仍然不見宮門開啟，吳匡和張璋有點兒急了。大將軍不會出事吧？

這時他們才認真地想了想，此時宮裏有上千名宦官，大將軍此次進宮，就是商議怎麼除掉他們。如果消息讓宦官們知道了……

不幸的是，宦官們確實知道了。

蹇碩死後，宦官們停止了內鬥，重新團結在張讓、趙忠、段珪等人跟前。面對宮外的殺氣，他們明白，只有擰成一股繩才能獲得一線生機。

他們一邊在張讓的帶領下繼續不停地向何太后哭訴、求情，一邊派出耳目打探宮外的消息。

消息很快傳來，何進、袁紹已下決心將他們一網打盡，一個不留，何進馬上將進宮與太后商議此事。

是福不是禍，是禍躲不過。暫時的恐懼之後，是臨死前的激憤。

袁紹想殺我們，可以理解。你何進也想來殺我們，為什麼？為什麼？！我們都是何家的恩人，沒有我們就沒有你何家的今天。

恐懼變成仇恨，就是死也要在臨死前把何進這小子剁了！

而何進居然自動送上門來了。

何進進了宮，當他路過嘉德殿的時候，事先埋伏好的宦官們一擁而上，他們手中舉着刀，連喊帶罵，群情激憤，一陣亂刀就把何進給

殺了。

何進臨死前，張讓當面責問他：「天下昏亂，也不單是我們這些人的罪過，先帝曾和太后發生不愉快的事，太后差點兒被廢，是我們流着淚向先帝求情，又出了幾千錢讓先帝高興，這才渡過危機。我們這樣做，只是想依託你們何氏而已，現在你居然要消滅我們，豈不是太過分了？」

張讓越說越氣，最後憤怒地質問道：「你說宮裏面醜陋污穢，那你說說，宮外面的公卿百官誰又是廉潔的（卿言省內穢濁，公卿以下忠清者為誰）？」

砍何進第一刀的是個叫渠穆的宦官。

這一天是中平六年（189年）八月二十五日。


## 局面頓時失控

何進被殺，留下了一個謎。

宦官們的情報是哪裏來的？誰給宦官們通的風報的信？

從何進殺宦官的計劃，到這一天何進到宮裏來的時間、路線，宦官們似乎都事先很清楚，所以讓何進死得很順利。

太順利的事，就不由得不多想。

這個謎團還沒有解開，下來的事更讓人得多想了。

何進被殺後，他的人頭被扔出宮來，守候在宮外的吳匡和張璋才知道大將軍已遭不測。

史書的另一個說法是，張讓、段珪等人殺了何進後，還試圖發動政變，扳回這一局。

他們偽造詔書，撤銷袁紹的司隸校尉職務，由原太尉樊陵擔任司隸校尉，原宮廷事務部部長（少府）許相為河南尹。

天子的詔書須由設在宮裏的朝廷祕書局（尚書台）發佈，尚書台的祕書們不敢相信，他們提出要見大將軍本人再說（請大將軍出共議）。

宦官們把何進的腦袋扔給尚書台的祕書們看：

「何進謀反，已伏誅了！」

宦官們的偽詔大概並沒來得及送出宮，守衛在宮外的吳匡、張璋得知情況發生了驟變，震驚之餘想下令攻門，但又拿不定主意，畢竟這是皇宮。


正在這時，他們的援軍神祕地出現了。

來的是袁術，他的職責就是守衛皇宮，而現在他直接下令進攻皇宮。袁術對這座宮城應該再熟悉不過，但攻打皇宮的行動開始並不順利。

當袁術指揮吳匡、張璋以及自己手下的 200 名虎賁勇士向皇宮發起進攻時，發現宮牆高大，又環繞着護城河，而他們都是輕裝而來，沒有帶攻城的裝備，費了半天勁，居然沒打進去。

這為裏面的人爭取到了逃亡的時間。張讓、段珪指揮宦官裹脅着何太后、少帝和陳留王從南北兩宮中間的復道逃往北宮。

這種復道類似於過街天橋，連接南宮和北宮。

到了復道上，發現下面有人喊話，仔細一看是朝廷祕書局部門負責人之一（尚書）盧植。

尚書台的辦公地點在北宮，聽到南宮大亂，經驗豐富的盧植先跑出北宮，不知道從哪裏找過來一把長矛，盧將軍要隻身護駕。到了南北宮之間，恰好遇到復道上逃亡的一群人。

盧將軍的威名遠遠勝過手中的長矛，張讓等人一慌，把何太后給推了下去，盧植趕緊去救何太后，上面的人趁機跑到北宮。

袁術指揮的人隨後殺到，眼見攻城不順，這小子讓人四處放火，一副唯恐不夠亂的架勢。

袁術同時下令，見到宦官就殺，一個不留。

後宮裏除了宦官還有不少由士人任職的辦事機構，如尚書台、侍中寺等，但局勢已經完全亂了，來不及辨別，只要沒鬍子的全都遭了殃。

何苗聽說哥哥死了，既悲又驚，趕緊領一部分人馬向皇宮開來，遇到了袁術指揮的人，雙方合兵一處，看到宮裏亂哄哄的，又燃起了大火，就先屯兵在朱雀闕下。

在這裏，發現了正往外逃的宦官頭目趙忠，把他殺了。

事後統計，在這場混亂中共有 2000 多人被殺。

朝中的重要官員多住在南、北兩宮周邊，這麼大的動靜當然早就被驚動了，他們都知道宮裏出了大事，但在突如其來的變故面前，都茫然不知所措。

只有兩個人很鎮定，一個是司隸校尉袁紹，一個是太傅袁隗。

何進死後，袁隗成了朝官的首領，袁紹立即與袁隗聯手，成立應急指揮部，對外發佈一道道命令，讓袁術、曹操、王允等自己人迅速掌控各要害之處。樊陵、許相是宦官的人，袁紹和叔父假傳詔書，把他們抓起來殺了。

袁紹顧不上組織人到宮裏救火，也來不及貼安民告示，他更着急辦另一件大事，他要把何進的弟弟何苗先收拾了。

這件事確實很重要，因為何苗知道很多機密，對於哥哥的被殺，日後何苗一定有話要說。袁紹不能給他機會，在他的授意和挑撥下，平時與何苗有矛盾的何進的部將吳匡，帶人趁亂把何苗殺了。

何苗的身份是全國武裝部隊副總司令（車騎將軍），何進新亡，只要何苗還在，還是一面旗幟，袁紹一定覺得何苗礙事。

何苗手下的車騎將軍府祕書長（車騎將軍長史）樂隱也一同遇害。樂隱本是個學者，他有一個學生也在洛陽，看到老師遇害，這個學生就跟人收殮起老師的遺體，然後藏起來送歸老師家鄉冀州刺史部安葬。這個人名叫牽招，日後也有一番作為。

現在，袁紹一心忙着搞這些事，宮裏那邊就相對鬆懈，居然隔了一天，到八月二十七日，仍然沒有找到天子及張讓、段珪等人。

後來發現，張讓、段珪等少數宦官帶着少帝和陳留王已經從北宮的北門穀門突圍而出，向黃河渡口小平津方向跑去了。

看來他們想要渡河北上。

過黃河不遠就是冀州的地盤，那裏黃巾軍餘黨活動頻繁，如果天子落入他們的手裏，問題就複雜了。

## 最後的宦官

袁隗、袁紹等人的主持下，迅速組成了多支搜救部隊，沿路尋找天子一行。

一位名叫閔貢的地方官帶領的搜救隊最先發現了天子一行，這時他們已到達黃河邊。

張讓、段珪等數十名宦官眼見無路可逃，紛紛跳入黃河自殺。

閔貢等保護驚慌失措的少帝和陳留王往回走。這時應該是深夜，半路上他們遇上一支疾馳而來的軍隊，帶隊的正是董卓，在董卓的保護下，天子回到洛陽。

得知天子安然無恙的消息，袁紹長長地舒了口氣。在他整個計劃中，天子的安危是最關鍵的一環，一旦天子出現不測，那將無法收場，他就可能從挽狂瀾於既倒的忠臣變成千古罪人。

天子平安地回到宮中，舅舅被殺、母親受傷、身邊的人一個個死

去，讓這個 14 歲的少年感到了從來沒有過的恐懼。

對袁紹來說，計劃出現了很多意外，但結果卻是最好的。

宦官們都死了。更重要的是，何進也死了。

長久以來，士人們心中揮不去的痛，一是宦官弄權，二是外戚當道。如今，在短短幾天時間裏，這兩座大山就被掀到了一旁。

宦官制度自周朝就有了，但一開始僅限於幹個門衛、打掃個衛生、當個勤務員什麼的。這個人群沒有太高的文化素養，加上身體有殘缺，因而有強烈的自卑感，所以沒有什麼地位。宦官得勢起於秦朝，出了一個讓同行引以為傲的人物——趙高。趙高被秦始皇信任，恰恰源於宦官的弱點——無後和卑賤。

歷史上有一些帝王，專門喜歡用無後的人。不僅限於宦官，對於一般士人，如果沒有後代也會令這些帝王格外看中，大概他們認為無後的人野心相對小，勢力相對薄弱，容易駕馭。

宦官的卑賤，決定了他們可以大權在握，可以一呼百應，卻無法站在道德的殿堂裏趾高氣揚。所以，在整個古代，有搞兵變的，有和平演變的，也有逼人禪讓的……在這些勾當裏，宦官通常是從犯，卻不是主謀，因為他們的野心還撐不起想當皇帝的夢想。

歷史上唯一的宦官皇上，據說是曹操的爺爺曹騰，是他的重孫子曹丕當了皇帝後追授的。

對君王來說，宦官即使專權，威脅也比士人小，所以宦官更容易被重用，在東漢更是如此。

東漢的皇室婚姻制度有點兒問題，專挑世家大族、功臣之後聯姻，結果造成了若干家強勢外戚的出現。外戚擔任武裝部隊總司令（大將軍）、太后臨朝稱制在東漢輪番上演，而要演好這些戲，也離不開宦官的配合。

宦官很容易爬上高位甚至權力的頂峰。這是一群缺少深厚學養和道德積澱的傢伙，他們沒有遠大的政治抱負，不在乎對富貴權勢的預期收益，只在乎當期利益的取得，所以在政治操守上，更表現為急功近利和對道德、倫理的輕視。

他們長期生活在宮裏的一畝三分地，抬頭看到的只是那一小片天，生活區域狹小，見識短淺，讓他們顯得愚蠢和狹隘。他們沒有節操，因為在後宮這樣的地方，有節操的人無法生存。他們是充滿自卑的一群人，所以更容易激起仇恨和反覆。

東漢帝國就是被這群人玩弄了上百年。儘管他們中間也曾出現過蔡倫、呂強這樣有才識和品德的人，但總體而言，這是一個禍國殃民的小群體。

物極必反，一切總有了結。

隨着張讓、段珪、趙忠等一批有名的宦官在短短幾天內死去，這個群體將暫時從歷史舞台中央的位置淡出。宦官制度還將存在，但宦官專政的事暫時沒了。

袁紹認為，這一切都是他的功勞。歷史如果是公允的，一定要記上這一筆！

現在，袁紹考慮的是如何收拾殘局。首先，一定把各路奉詔而來的外兵安頓好，包括董卓，以及王匡、橋瑁、鮑信、丁原等人，不太好辦的是董卓，這個人雖說是「袁氏故吏」，但看來政治道德較差，野心不小，還得哄着辦，實在不行就給他個車騎將軍、封個縣侯什麼的，讓他繼續待在涼州打羌人吧。

其他的事就都好辦了。叔父袁隗的這個招牌還要用，自己這些年來網羅的這批人，無論是武的還是文的，正好派上用場。在沒有外戚、沒有宦官的情況下，大漢王朝一定會走向正軌，而自己就是那個中興之臣，跟陳平、蕭何、霍光一樣青史揚名。

也許直到這個時候，袁紹還在想，這不是春秋大夢，這是現實，是絕對可以把握的未來。

## 董卓捷足先登

宦官們投河而死時正值深夜，14歲的少帝劉辯跟只有9歲的弟弟陳留王劉協，兄弟倆摸着黑，借着螢火蟲的微弱光亮往前走（逐螢火而行）。跌跌撞撞，深一腳淺一腳，又在漆黑的野外，儘管天氣還不算太冷，但對兩個從未出過皇宮的少年來說，這恐怕是最恐怖也最難忘的一夜了。

走了幾里地，才找到了一個農家。

當農人聽說眼前這兩個少年就是當今天子和他的弟弟時，差點兒被嚇死。但倆人的穿戴作不了假，農人相信了，他家裏有一輛幹農活、沒有篷子的車（露車），就用這輛車拉着少帝和陳留王回洛陽。

半路上遇到了幾個人，是本地地方官、河南尹的屬下（河南中部掾）閔貢帶着人在找他們，看到他們受到了驚嚇，又飢餓又疲憊，閔貢決定先找個地方休息一下再說。

史書還有一個說法，說閔貢是在黃河邊上遇到的少帝一行。當時宦官還在，閔貢率手下與宦官們展開了搏鬥，宦官們是一群四體不勤的人，根本不是對手，閔貢一個人就親手殺了幾名宦官（貢至，手斬數人），其餘的人見求生無望，才投河而死。

附近有一處洛陽縣管理的政府招待所（洛舍），閔貢便保護少帝和陳留王到那裏休息。此地不宜久留，短暫休息後閔貢找來兩匹馬，少帝年長一些，獨自騎一匹，閔貢抱着陳留王騎一匹，從洛舍出發回洛陽。

因救駕立了大功，閔貢後被提拔為尚書台高級祕書（郎中），封

都亭侯。

一行人走到顯陽苑時，遇到了董卓。率領3000名涼州精銳一路向東而來的董卓，與逃難中的少帝等人並非「不期而遇」，董卓是專門迎上來的。

董卓的涼州軍這兩天一直駐紮在洛陽以西的夕陽亭，聽說城裏突然亂了起來，又起了大火，董卓知道朝廷有重大事情發生，儘管沒接到任何命令，他還是立即點齊人馬向洛陽開來。

一路上董卓肯定也在不停地打探消息，大致弄清了事情的梗概，他本能地意識到，當下最重要的事情是找到小皇帝和陳留王，誰把他們掌握在手中，誰才有話語權。

聽說宦官們劫持少帝和陳留王向北去了，董卓沒有進洛陽城，而是朝東北方向急進，終於在袁紹等人的前面找到了少帝和陳留王。

這時，天亮了。

這是中平六年（189年）八月二十八日的早晨。

看到一身重裝備、長得又有些嚇人的涼州兵，少帝有些害怕，竟然哭了起來（帝望見卓兵涕泣）。

一行人繼續前進，在邙山的北坡（北邙阪）遇到了以前太尉崔烈為首的公卿百官，崔烈等人趕緊恭迎少帝和陳留王回宮。

這時，公卿百官中有人提出涼州軍不能進城，理由是少帝曾經發過詔書，讓涼州軍撤退（有詔卻兵）。對此，董卓強硬回擊：「你們這些人身為朝廷大臣，不能匡正王室，致使國家陷於動盪，還有臉讓我的人馬撤退？」

看到董卓如此無理，崔烈親自出面，讓董卓迴避。

崔烈是大學者，朝廷重臣，董卓一樣不給面子：「我們一天一夜跑了300里，你說迴避就迴避？你信不信，我能砍掉你的腦袋（我不能

斷卿頭邪）！」

大概董卓已經從前幾天跟种劭打交道的事情上回過味來了，故意在崔烈面前把話說得很難聽，簡直是在罵街。這就對了，說理不是他的特長，想要鎮住這些文人，他也就只會耍流氓了。

董卓一耍橫，再也沒人敢說話了。

回洛陽的路上，董卓還板起面孔教訓起了少帝：「聽說陛下讓那些常侍、小黃門作亂，現在自取其禍，你的責任不小啊（為負不小邪）！」這是瞎扯，宦官作亂，少帝他爹有責任，少帝並沒有責任。董卓是在給自己立威風。

少帝嚇得直哭，董卓和他說話，他有點兒前言不搭後語了（語不可了）。

路上，董卓有點兒無聊，就對陳留王說：「我叫董卓，讓我抱抱（我董卓也，從我抱來）！」說着就把陳留王抱到了自己的馬上。董卓問陳留王昨天發生的事，陳留王一一回答，思路非常清楚，情節也沒有遺漏，給董卓留下了很好的印象。

驚惶了一夜的洛陽百官及民眾聽說天子、陳留王一行平安無事即將返回城裏，都跑到穀門外。穀門外大道兩邊都是人，以太傅袁隗為首的百官及民眾在這裏迎接天子。

他們沒有看到天子的儀仗，看到的是穿戴着重甲的涼州鐵騎，這些士兵與洛陽官民平時見到的北軍和虎賁、羽林衞士不同，他們看起來更加強壯和冷血。走在涼州騎兵最前面的是威風凜凜的董卓。此人有些胖，顯得很壯碩，在他身後 3000 名甲士的幫襯下，更顯得傲慢不羈。

不知站在路旁的袁紹看到這個情形，心頭是不是掠過了某種不安？

天子被眾人迎進了南宮，何太后受傷後也在南宮休養，朝廷大事

現在就要看太傅袁隗等人如何安排了。

袁隗對主持國家大事毫無思想準備，他已是三公之上的上公，超越了同族中的前輩與同輩，足以在家族的光榮史上再續新的更耀眼的一筆，他只想在這個崗位上光榮退休，社稷江山如何治理並不在他的考慮之列。他也許不知道，僅僅不到三年，他將以叛臣家屬的名義被砍頭，在袁氏幾世幾公的歷史上，這也是獨一份。

現在，好在有侄子袁紹支撐着，袁隗還不太算慌亂。袁紹好像早有主意，他請叔父出面召開一次會議，邀請公卿以及目前在洛陽的所有重要人物參加，包括董卓在內。

對於下一步如何安排董卓，袁紹沒有想好，一切等到會上再看吧。


## 玩起了心理戰

這時，有一個人比袁紹看得更清楚，他就是剛從陳留郡募兵回來的鮑信。作為各路募兵隊伍中最先抵達洛陽的一支，鮑信建議袁紹趁董卓的人馬較少之際一舉將其拿下，免生後患。

類似的話多年前孫堅曾跟張溫講過，但結果是一樣的，袁紹的反應跟張溫差不到哪兒去，他也有些害怕董卓，不敢動手（**紹畏卓，不敢發**）。

看來，一個惡人如果惡得出了名，就是威力。

鮑信失望之下藉口回去再徵點兒兵，重返陳留郡去了。

如果採納了鮑信的建議，拿下董卓的把握還是比較大的。涼州軍再能打，畢竟只有3000人，現在袁紹能掌握的人馬比這個數字多好幾倍，北軍五營、西園軍、朝廷的禁衛部隊，還有陸續趕來洛陽的各路人馬，大家一起動手，董卓就回不去了。

但是，現在的董卓已經是一頭被餵飽的猛獸，他手下兵強馬壯，

到底有多少人馬朝廷也不掌握，3000名鐵騎顯然只是一個零頭，後面還有大批人馬將陸續趕到。

如果跟董卓翻臉，涼州軍就會以此為藉口，攻佔關中以至洛陽以西的地區，他們還會轉而跟韓遂、馬騰這些新崛起的反叛武裝聯手，整個帝國的西部將喪失。

袁紹不敢翻臉，也是對的。


由於袁紹膽氣不足，喪失了清除董卓的唯一機會。

在隨後召開的會議上，袁紹試圖向董卓妥協，維持一個良好的關係，先穩住這個武人，今後再找機會把他弄走。所以，會議的氣氛還算融洽。

太傅袁槐首先建議，為紀念少帝安全返宮，應大赦天下，同時改年號光熹為昭寧。董卓表示同意，此議通過。

司隸校尉袁紹提議由王允擔任河南尹。王允前一陣在外面流浪，最近回到了洛陽，這是個很有本事又不怕死的人，袁紹想把他安排到一個重要崗位上。董卓還人生地不熟，沒意見，通過。

袁紹接着建議，為儘快穩定洛陽城內的治安狀況，任命前并州刺史、現任旅長（武猛都尉）的丁原為洛陽警備司令（執金吾）。董卓也沒有意見，通過。

輪到董卓提條件了，董卓只提了一個要求，涼州軍遠道而來，鞍馬勞頓，現在大部分還在城外，希望安排到城內休整，同時也好協助丁原維護治安。

對於這樣的建議，袁槐大概只能習慣性地看着袁紹，而袁紹恐怕臉上也只有一副茫然。

人家就這一個議案，你能否了嗎？

也通過了。

這樣，涼州軍就合法地進駐到了洛陽城內。這其實比幾個空頭銜來得實在，董卓暫時向袁氏叔侄讓步是為了更好地進攻。

洛陽城就那麼大，一下子進來了 3000 人馬，是一件格外招搖的事，但在董卓看來，這遠遠不夠。

董卓去并州上任，按規定他只能自己去，頂多帶幾個警衛員、祕書啥的，後來經過跟朝廷討價還價，允許他帶少數涼州軍前往，所以他能公開帶出來的只有這 3000 人。此時他的舊部距這裏最近的還在長安以西的右扶風郡一帶，即使日夜趕路，沒有十天半個月都到不了洛陽。董卓不是一個一味耍橫的人，他也很有頭腦，鮑信能看出來的問題，董卓自然也了然於心。如果後援不能迅速到位，他率領的就是一支孤軍，袁紹什麼時候想動手，他都跑不了。

所以，董卓還不能跟袁氏叔侄爭權，先穩住他們，同時趕緊派人急令後續部隊快速前來。在大隊人馬沒來的這段空當裏，董卓玩了一個小花招。

入夜，洛陽城已陷入沉寂，幾隊涼州軍悄悄從各個城門出了城。次日，人們看到一隊隊涼州軍打着旗、敲着鼓進城（陳旌鼓而入），涼州軍對外放話，說他們的大隊人馬還在源源不斷地來洛陽。

這一招很管用，大家都認為，董卓的人馬要多少有多少。


董卓的心理戰迅速收到了成效，何進、何苗以前的一些舊部在吳匡、張璋等人的帶領下率先歸順了董卓。

袁紹不在意何進的死，甚至希望何進被消滅，但問題是何進死得太突然，讓他無法有效地整合起何進留下來的所有部下。

畢竟何進有一些自己的嫡系，他們對袁紹的野心也有所警覺，在這些人看來，袁紹跟大將軍並不是一條心，大將軍死得如此蹊蹺，背後有沒有陰謀，值得懷疑。

袁紹和袁術還幹了一件錯事，讓大家對他們更不信任。

何進被殺後，出於對時任全國武裝部隊副總司令（車騎將軍）何苗的擔心，袁紹和袁術鼓動何進的部下發動內訌把何苗殺了，這為袁紹試圖整合何氏勢力形成了決定性的障礙。

所以，只要董卓動動心思，不愁沒人來投靠。


腰桿硬了，說話的口氣也就硬了。董卓逐漸左右了話語權。

司空劉弘被罷免，理由是久不下雨，司空要承擔責任（以久不雨，策免司空劉弘）。這個理由顯然站不住腳，前一陣還在下雨，一口氣下了 80 多天，哪來的「久不雨」？所以，真實的理由是，有人需要他的位子。

少帝發佈詔書，任命董卓為司空。

沒過兩天，董卓覺得司空沒啥意思，因為他聽說太尉才是三公之首，於是又讓少帝下詔改任他為太尉。

袁隗仍任太傅，但主持朝廷日常工作（錄尚書事）不再提了。和曹操同鄉又有姻親關係的司徒丁宮也被免職，由楊賜的兒子楊彪接任。

袁紹仍然擔任司隸校尉，但袁術的職務有了變動，由禁衛軍師長（虎賁中郎將）改任後將軍。一名師長直接升任戰區司令，看起來挺美，實則暗降。

虎賁中郎將指揮天子的御林軍，而後將軍只是一個名號，在此時毫無意義。袁術掌握的兵權被剝奪了。

董卓還插手了西園軍的事務。曹操此前是西園軍的師長（典軍校尉），現在改任騎兵旅旅長（騎都尉）。五年前曹操第一次從軍，擔任的就是這個職務，所以這可以看作董卓奪取袁紹西園軍指揮權的一項舉動。

不敢翻臉，就得讓步。

但是，你讓一步，他就進一步；你不斷地讓，他就不斷地進。一連串危險的信號讓袁隗、袁紹明白，眼前這個董太尉已經不是昔日那個仰袁氏鼻息的小董了，對於最壞的結局，必須有充分的打算。

董卓在策反方面嚐到了甜頭，繼續暗中拉攏袁紹周圍的人。這讓袁紹找到了對策。

不久，人們就發現過去圍着袁紹轉的一幫兄弟紛紛改換門庭，到了董太尉的身邊。這些人包括何顒、鄭泰、周毖、伍瓊等，過去他們是「奔走之友」俱樂部的骨幹成員，一轉身成了董卓的幕僚。

何顒等人是如何贏得董卓信任的，細節不清楚，這是一件匪夷所思的事。如果一定要解釋的話，只能說，何顒等人是優秀的地下工作者，此前他們就藏得很深，外人不太清楚他們跟袁紹的真實關係，董卓就更摸不準了。

另一方面，董卓也確實急需這樣的人才。

董卓是個武夫，手下也都是武人，他最缺少的就是文人和謀士，幹到了這個份上，董卓肯定不願意只當一個割據軍閥或者打打殺殺的混混，他有更大的理想，需要有頭腦的人來幫助自己。這大概是何顒等人成功臥底的關鍵。

直到這時袁紹還打算跟董卓鬥鬥法，看一看將來到底誰才真的說了算。

可惜，他的這個想法隨着一個人的出場，徹底破滅了。

## 呂布閃亮登場

眾所周知，接下來要出場的人，名叫呂布。

一個扭轉時局的關鍵性人物。

呂布是丁原的部下，丁原從并州刺史部來。該州相當於現在的山西省大部外加陝北、黃河的河套地區，地處邊防區，常年有戰事，一向出精兵。作為成體系的存在，除了涼州軍就應該說是并州軍了，丁原是目前來洛陽的這支并州軍的總頭領。

所以，丁原不是一名普通的前地方官員，由於麾下有支實力不容小覷的武裝，他的政治熱情一向很高。

丁原字建陽，50多歲。他出身貧寒，會寫文章，少為縣吏，但本質上是個武人，長得外表孔武，為人粗略，當時縣境內常有賊寇出入，別人嚇得不行，他毫無畏懼，不管賊人有多少，他都勇於上前，每每大呼大叫，令人畏懼。

他的這個特長被上司發現，於是轉而從武，幹過縣丞、郡都尉等，又被派到洛陽執行過公務，從而開闊了眼界，順便也和朝廷的一些人士有了交往。

丁原被任命為并州刺史，由於經常面對鮮卑人、北匈奴人的進犯，丁原手中掌握了一定的軍隊。此前何進派人四處招募人馬，丁原積極回應，派手下張楊、張遼率一支人馬到洛陽報到。

丁原和何進如何建立的聯繫不得而知，但他和袁紹的關係似乎很一般。

何進、袁紹正式召外兵入京，丁原所部是重要的一支，丁原於是改任旅長（武猛都尉），由他親自率領南下黃河，來到洛陽。

現在，并州軍至少有三支人馬在洛陽，分別由張楊、張遼和丁原本人率領。在袁紹的支持下，丁原就任洛陽警備司令（執金吾），是唯一能和涼州軍相抗衡的軍事力量，自然成為董卓重點策反的對象。

但嘗試了幾下，丁原並不買帳。


董卓沒死心，轉換了策反的目標。

董卓分析了丁原的幾個主要手下，發現呂布是一個突破口。

呂布字奉先，并州刺史部五原郡人，關於他早年的事史書上沒有太多記載，這方面的情況主要根據的是至今流傳在他家鄉一帶的民間傳說。

據說，呂布在家中排行老五，他的姥爺姓黃，是五原郡大戶，從祖上起就在本地開設染房。五原郡那時屬邊境地區，有很多兵營，染出來的布可以賣給當兵的，所以生意不差。

呂布出生時，母親正在姥爺家的染房裏指揮染工們幹活，結果呂布迫不及待地來到了這個世界。由於事發倉促，他最後生在了一疋剛染好晾乾的紅布上，於是他被取名為呂布。

根據傳說，呂布的爺爺名叫呂浩，是邊防軍的一名高級軍官（校尉），呂布的父親名叫呂良，子隨父業，也從了軍。

以上這些都是傳說，正史不載。

正史裏不提呂布的家史，說明他不是出身於名門望族，而屬於社會的中下層。

成年後，呂布繼承了祖父、父親的職業，當起了軍人。呂布很勇猛，擅長弓馬，膂力過人，慢慢有了名氣，在整個并州刺史部都很出名（以驍武給并州）。

這時，丁原來到并州當刺史，呂布到了丁原的手下，一開始擔任什麼職務不詳。

丁原由刺史改任武猛都尉，手下需要一個辦公室主任（主簿），就讓呂布來擔任。丁原率軍南下洛陽，呂布隨丁原行動。

根據史書提供的資料推測，呂布的年齡介於劉備和曹操之間，此時 30 歲左右。

丁原率呂布等人來到黃河北岸，按計劃將從懷縣附近渡河，之後

迅速趕到洛陽城外。

渡河前，丁原給呂布交代了一個任務，讓他率部先不渡河，而是沿黃河北岸向西展開，自孟津至平陰津，在這一二百里的地區儘量多安排人馬，目的是製造聲勢，鬧出的動靜越大越好。

搶人、放火、敲鼓、吶喊，這些方法都行，而且越厲害越好，要讓河對岸看得清清楚楚，明明白白。

丁原交代呂布，為了便於行動，他們可以冒充黑山伯。黑山伯就是黑山軍，太行山裏的變民武裝。

呂布比較老實，就讓手下的人穿上了黑山軍的衣服，順着黃河北岸向西，一路又燒又搶。

他們還裝模作樣地以黑山軍的名義向朝廷上書，要求誅殺趙忠等宦官，又放火燒了黃河上平陰、河津兩個渡口的一些房子，以此恐嚇何太后（燒平陰、河津莫府人舍，以怖動太后）。

這都是些違法的事，丁原讓呂布幹，呂布一出道就學會了背黑鍋。


丁原就任洛陽警備司令（執金吾）後，呂布負責維護洛陽的治安和警備任務，是一個重要的角色。

董卓發現呂布和丁原表面關係融洽，其實並不一條心，於是策反了呂布。

董卓策反呂布是鞏固其在洛陽地位的最重要一環，隨着呂布的倒戈，并州軍被瓦解，董卓再也沒有對手了。

這也是影響政治格局的一件大事，是董卓來到洛陽後最為得意的一筆，但呂布為什麼反水？董卓給呂布承諾了什麼條件？這些細節史書沒有交代。

推測起來，無外乎是利用了呂布與丁原的分歧，外加呂布無法拒絕的誘惑。

從分歧方面說，表面上丁原和呂布關係很好，丁原對呂布非常信任（**大見親待**），但這也許只是表面，丁、呂二人的關係也許不像大家看到的那麼好，在史書中更沒有二人是義父、義子關係的記載。

呂布是一員武將，在當時已經有了「飛將」的名聲（**號為飛將**），據推測，呂布手下的幾位骨幹將領，如魏續、宋憲、高順等人，都是在并州時期就開始追隨呂布的。

在丁原來并州刺史部前，呂布已經成名，並且有了自己的嫡系，不把呂布擺平，丁原在并州軍中的地位就不會穩固，如果丁原產生了解除呂布實權的想法，也在意料之中。呂布不是辦公室主任（**主簿**）的合適人選，丁原讓他擔任主簿或許出於奪取兵權的需要。除此之外，丁原命呂布扮黑山軍殺人放火，也是呂布與丁原產生分歧的一個原因。


## 無法拒絕的誘惑

當然，只有這些還不足以讓呂布殺了領導去投敵。

董卓策反呂布，一定給他開出了充滿誘惑的條件，有人認為，這是一匹名叫赤兔的馬。

赤兔馬確實見諸史書，不過它第一次出現是多年以後的事，現在有沒有這匹馬是個很大的疑問。即使有，要辦這麼大的事，一匹馬顯然不夠分量。

呂布殺了丁原，事後被提拔為騎兵旅旅長（**騎都尉**），不久又升任師長（**中郎將**），封都亭侯，這大概算董卓事先開出的條件吧。但是，殺害頂頭上司反水，這樣的事不僅冒險而且必然留下罵名。升官、封侯只能算這椿交易的一個條件，似乎還不能構成絕對的誘惑。

董卓究竟給了呂布什麼無法拒絕的誘惑？這是一個十分關鍵又容

易被忽略的情節。

史書裏有一個記載，說呂布反水後，董卓也十分喜歡他，不僅收呂布為義子，而且為此還專門立了誓約（誓為父子）。

史書裏從來沒有記錄過董卓兒子的事，只說他有一個女婿叫牛輔。推測起來董卓應該沒有兒子，如此一來，當他死後，繼承權就成為問題。

不管董卓將來官做到多大，單就涼州軍來說，也需要有人繼承。按常理，董卓可以從董氏家族中選一個人立為後嗣，也可以把女婿牛輔確定為事業的繼承人，甚至可以在手下將領裏指定一個人將來領導涼州軍。但是，當董卓收呂布為義子並向大家宣告後，上述的可能性就不存在了，因為董卓把繼承權給了呂布。

漢代很注重法律上的繼承關係，袁紹過繼給伯父家，伯父的爵位、家產等就將由他來繼承，這種法律關係是誰都不能剝奪的。董卓為了保證能瓦解并州軍，不惜指定呂布為自己的繼承人，為了取得呂布的信任，還舉行了盟誓。

這是一件很鄭重的事，董卓至死都未曾反悔，而呂布也對這種關係深信不疑。

多年後，又有人找到呂布，策反他去殺董卓，呂布為難地表示：「我們已是父子，怎麼辦呢（奈如父子何）？」

并州軍將領不僅有呂布，還有張楊和張遼，他們都是并州人。

并州刺史部在河套地區由西向東一字排開有四個郡：朔方郡、五原郡、雲中郡、雁門郡，呂布的老家在五原郡，張楊的老家在雲中郡，張遼的老家在雁門郡。

丁原被殺，呂布反水，張楊見勢不妙，他當時駐紮的地方大概離洛陽稍遠一些，所以有機會退到了黃河以北的河內郡，後來便在那一

帶獨立發展，成了一支重要的割據勢力。

張遼所部大概就在洛陽附近，沒走得了，又在洛陽無依無靠，只得投降了董卓，被董卓編到呂布的手下。

并州軍舊部大約被整編為一個師，呂布擔任師長（中郎將）。

董卓短時間內收服了何進、何苗的舊部，策反了呂布，把并州軍歸為己有，一時間勢力大增。正在這時，他從右扶風郡趕來的後續部隊也到了，先期抵達的有兩萬人之多，兵力不足的危機完全解除。

袁紹這時才看清，被自己一向看成武夫的董卓其實很高明。在草原上奔馳，在戈壁間求生，讓這個人更明白生存的哲學，在鬥爭方式上，這個人更穩也更準，該出手時不猶豫。

袁紹明白在洛陽他鬥不過這個人，經過與許攸、逢紀等核心智囊的商議，袁紹決定保存有生力量，積極向外發展，擴充實力，尋找機會再與董卓爭高下。

在袁紹的安排下，王匡、橋瑁等人祕密離開了洛陽，到東面的冀州、兗州一帶尋求發展，加上此前離開的鮑信，袁紹在洛陽以東的周邊地帶佈下了幾顆棋子。袁紹在董卓身邊安排的臥底也發揮了作用。何顒、周毖等人告訴董卓，要想穩定局面，打打殺殺不行，白色恐怖更不行，必須重用一批黨人和名士，革新政治，樹立良好形象，這樣才能穩定權力。

這與董卓的想法吻合，人是殺不完的，說到底還是要過太平日子。他也想當一名中興名臣，成為一個政治家。所以，對何顒、周毖等人的建議，董卓全部採納。董卓讓他們開出一份名單來，全部任用。


## 無聊的政治秀

何顒等人馬上拿出了一份名單，上面有荀爽、陳紀、韓融、蔡

邕、申屠蟠等人的名字，董卓說話算話，都一一安排了職務。

這些人大多數是何進當年重用的名士，只有一個蔡邕，本朝最具知名度的大學者、音樂家，一直在外面流放。他是何顒的好朋友，何顒告訴董卓要是把他弄回來加以重用，影響力將不同一般。

董卓於是派人尋找蔡邕，竟然很快找到了，董卓把他請到洛陽來，給予重用。

蔡先生在外面流浪了 12 年，四處逃亡、躲避追殺，已心灰意冷，再也不想涉足政治了，於是以有病為由推辭。

看到蔡邕這麼不給面子，董卓大怒，讓人放出狠話：「我可以滅人一族（我力能族人）！」比宦官還惡。蔡邕恐懼，只得來報到。

董卓轉而大喜。他聽說蔡邕學問好、名氣大，於是格外籠絡，任命蔡邕為太學的校長（祭酒）。不久，又升任監察專員（侍御史），過了一天再升任高級監察官（治書御史），又過了一天，升任朝廷祕書局部門負責人（尚書）。

蔡邕剛要去尚書台報到，有人告訴他不用去了，因為朝廷當天又下了詔，升任他為部長級的皇帝高級顧問（侍中）。

尚書寺、御史寺、侍中寺都是朝廷的中樞機構，合稱「三台」。蔡邕僅用了三天時間就遊歷了「三台」（三日之間，周歷三台）。


何顒等人其實只是虛晃一下，他們的目的是取得董卓的信任，讓董卓覺得他們是真為自己着想。這個目的達到後，他們亮出了自己的真實意圖，給董卓遞上了第二份名單。

這份名單上有韓馥、劉岱、孔伷、張邈、張諮、張超等人，這些人其實董卓都不大認識，全憑何顒他們忽悠。何顒說這些都是老實人，都深得名望，如果能任用這些人當地方官，地方上的局面就能穩定下來。

韓馥、劉岱、張邈之前提到過，孔伷字公緒，陳留郡人，最初為名士符融所舉薦，在陳留郡太守馮岱手下當駐京辦主任（上計吏），能言善辯，有一定的活動能量，也有一些小名氣。關於張諮，情況所知甚少。張超，是張邈的弟弟。這些人有一個共同之處：他們都是袁紹的死黨。

　　董卓不瞭解這些情況，稀裏糊塗地就把他們全部任命了：韓馥為冀州牧，劉岱為兗州刺史，孔伷為豫州刺史，張邈為豫州刺史部陳留郡太守，張諮為豫州刺史部南陽郡太守，張超為徐州刺史部廣陵郡太守。

　　接到任命，袁紹悄悄跟這些人分別談了話，交代了下一步的行動方略。這些人就一刻不停地離開洛陽上任去了。

　　這個任命很有講究，冀州、兗州、豫州以及陳留郡、南陽郡、廣陵郡，自北向南呈一個弧狀，在洛陽以東、以南地區構成了一個完美的「C形包圍圈」。這是給董卓預備的。


　　董卓沒有心思對着地圖看，他的主要精力都放在整合洛陽的武裝上。告一段落後，又開始琢磨如何收買人心。

　　荀攸的叔父是荀彧，荀彧的叔父是荀爽，他還在老家潁川郡。一天，荀爽突然接到詔書任命自己為青州刺史部平原國相。

　　荀爽納悶極了，自己老百姓一個，怎麼會被任命到上千里之外的平原國當行政長官？但詔令很明確，不接受就是抗旨，荀爽只能動身。

　　剛出發就被人追上，讓他掉轉馬頭去洛陽，因為第二道詔令下達，他被改任為九卿之一的光祿勳，由副省長改任部長。

　　總算到了洛陽，就任部長剛三天，他再次接到職務晉升通知，改任三公之一的司空。

由一介布衣成為國家領導人之一，有人會用一輩子時間，更多的人一輩子也完不成，而荀爽前後只用了 93 天。

董卓確實有點兒求賢若渴了。


為進一步爭取黨人的支持，董卓還做了一場秀，給已故黨人陳蕃、外戚竇武平反。

陳蕃、竇武死於宦官之手已經過去 21 年了，董卓舊事重提，而且搞得極其誇張。他以太尉的身份，約了司徒黃琬、司空荀爽二人，身上套着刑具，跪到宮門外上書（俱帶鐵鎖詣闕上書），要求給陳蕃、竇武平反。

他們上書的對象是 14 歲的天子劉辯，陳蕃、竇武被殺時他還沒有出生。現在想搞平反，只是董卓一句話的事，董卓把聲勢搞得那麼大，就是讓天下人知道他是黨人的可靠朋友。

有人相信，有人冷笑，有人不以為然。

韓馥等人赴任後，袁紹整天盯着日曆表算時間，他在做最後的等待。

該走的都走得差不多了，現在洛陽的盟友只有身邊的許攸、逢紀，以及袁術、曹操等少數人，袁紹祕密告訴他們也要做好撤退的準備。

跟董卓最後攤牌的時候到了。

# 第六章 關東聯軍

## 衝突終於爆發

正當袁紹琢磨如何跟董卓攤牌時，董卓先出手了。

董卓突然提出廢掉少帝劉辯，改立陳留王劉協為帝。

其實，董卓一來到洛陽就有了這樣的想法。對此，有人認為董卓之所以產生了這樣的念頭，是因為 9 歲的陳留王劉協以機智、鎮定和回答問題大方得體給他留下了很好的印象，而劉辯在他眼裏懦弱不堪，不足以承擔天子的大任。

但這失於表像，而且在邏輯上不通。

對於董卓這樣的人而言，擁戴一個智慧、賢明的君主和擁戴一個懦弱、愚鈍的君主，哪個更有利？答案肯定是後者。如果要弄明白董卓執著地想立劉協為帝的原因，唯一靠譜的解釋可能是年齡。少帝 14 歲，陳留王 9 歲，擁戴更小一點的做傀儡，更便於掌握一些。

天子年幼，朝政由大臣或太后輔理，一旦成年必將親政，這是不得不考慮的現實問題。陳留王親政的時間還早。

但是，這仍然不是真相。

真相是，董卓要徹底肅清何進遺留下來的全部勢力。

少帝劉辯是何進的外甥。何進雖然死了，但忠於何進的人把希望還寄託在這個 14 歲的天子身上。董卓支持劉協，劉協的背後是漢靈帝劉宏和董太后。董卓跟董太后續過家譜，董太后很高興地認下了他這個「遠房的侄子」，他是劉宏的「皇兄」。如果劉協當皇帝，他就跟皇

帝有了名義上的血緣關係。

董卓對劉辯沒有好感，一心想把劉協換上去。董卓的想法可以理解，這麼做也沒有大問題。但他犯了一個錯誤，那就是——時機不對。

何進已經死了，董卓的當務之急是解決袁紹。

董卓應該繼續通過分化瓦解的辦法，對袁紹的同盟各個擊破。等袁紹沒有了活動能力，其他事情都好解決了。拉攏黨人也罷，廢立新帝也罷，盡在掌握之中。而董卓選錯了順序，把廢立的事先提了出來，這是一個戰略失誤。

董卓身邊活躍着何顒等一批新收納的謀士，這些傢伙不會在這個問題上給他支招兒，說不定還會給他支些損招，鼓動他把錯誤越犯越大。

董卓的想法一拋出，就遭到了袁紹的強烈反對。廢掉劉辯、另立劉協對袁紹而言，是不能接受的事。

作為何進政治遺產的繼承人，袁紹深知周圍一部分人之所以仍然堅定地支持他，很大程度上緣於何進。如果在這個問題上他站在董卓的一邊，這些人會從支持轉為反對。對袁紹來說，這是個政治問題也是個立場問題，更是個要命的問題，因而絲毫不能妥協。

這個問題糾纏着袁紹，不僅現在，一直到未來，它都像幽靈一樣伴隨着袁紹。

袁紹反對立劉協為帝，但劉協最後成為天下公認的皇帝。後來劉協落難，袁紹發展為天下最強的勢力集團，在要不要迎請劉協的問題上，儘管他比別人的機會和條件都好，但他一直猶豫不決，因為他不願意承認劉協的合法身份。

劉協後來被曹操迎去了，袁紹承認也罷，不承認也罷，都無法改變。於是袁紹改變了初衷，承認劉協的合法地位，接受劉協的任命，但因此也導致自己的陣營產生了思想上的混亂。

每當面對這個問題，袁紹就會陷入矛盾和混亂。

現在，面對董卓的挑戰，袁紹必須表明自己的態度。儘管反對無效，他也要堅決反對。

衝突在一次會議上爆發。

此前，儘管鬥爭很激烈，但在公開場合袁紹和董卓都還保持着和氣，沒有撕破臉。但當董卓提出廢立之事時，袁紹立即針鋒相對，二人互不相讓。

董卓先說了自己的想法和理由：「皇帝昏暗，非萬乘之主。陳留王比他強，我想改立陳留王為帝。一個人小的時候有些智慧，但長大了也許會變成白癡，不知道將來怎麼樣，現在暫且如此。你沒見漢靈帝，想起來都讓人憤恨（卿不見漢靈帝乎？念此令人憤毒）！」

董卓的意思是「老子孬種兒渾蛋」，不僅妄言廢立，還公然詆毀先帝，口氣很狂。

袁紹當場予以反擊：「漢家君臨天下 400 多年，恩澤深渥，贏得億萬民眾擁戴。當今天子雖然年幼，但也沒有做出什麼不好的事讓天下人議論，你想廢長立幼，恐怕天下人不答應吧！」

董卓一聽，大怒：「小子（豎子），天下的事現在都由我說了算，我想幹，誰敢反對？你認為董某的刀不夠鋒利嗎？」

一旁的人都嚇傻了，因為董卓這個人說殺誰就殺誰，不分場合。

可袁紹一點都不怕，他也拔出佩刀，怒吼道：「天下有膽氣的，難道只有你董卓一個（天下健者，豈唯董公）？」袁紹橫着刀，向周圍的人作了一個半圓的揖，之後揚長而去（引佩刀，橫揖而出）。

董卓暴跳如雷，想把袁紹抓回來，又擔心袁氏聲望極高，跟他們徹底鬧翻有損自己的形象，所以忍了（卓以新至，見紹大家，故不敢害）。

可見獨夫也有膽怯的時候。如果董卓內心足夠強大，來個不管不顧，把袁紹先抓起來，之後將袁氏勢力一網打盡，情況就不一樣了。

董卓沒料到後面的事，他還想慢慢來，他不相信自己鬥不過袁紹。

這件事不會發生在朝堂上，因為在那個地方，董卓和袁紹都不可能帶劍帶刀。這件事發生的地點可能是董卓的府裏，袁紹跟董卓鬧翻確實需要一點兒勇氣。有人把袁紹稱為「漂亮的草包」，但袁紹其實一點兒都不缺少英雄氣概。

袁紹從董卓那裏出來，立即叫上逢紀、許攸、陳琳、袁術、曹操等人密會，經過一番商議，他們決定馬上逃出洛陽。

此前已經有了預案，袁紹本人往北逃，去找冀州牧韓馥；曹操往東，找陳留太守張邈；袁術往南，找南陽太守張諮。逢紀、陳琳等人跟隨袁紹行動。逃到目的地後，迅速組織力量，共同起事，討伐董卓。

袁紹敢在大庭廣眾之下公然跟自己鬧翻，然後又不辭而別，這是董卓沒有料到的。董卓還在想如何讓袁紹屈服，把面子找回來，壓根沒想到袁紹不跟他玩了。

等傳來確切消息時，袁紹、曹操、袁術等人已經逃出了洛陽。

他們是如何逃出去的，史書上沒有交代，但應該不難，因為他們在洛陽還有相當大的影響力，而且早有逃亡的準備。

袁紹是司隸校尉，直接管着河南尹；袁紹的鐵桿支持者王允是河南尹，直接管着洛陽縣。袁術是軍區司令（後將軍），曹操是騎兵旅旅長（騎都尉），在沒有發佈緝拿他們的命令之前，他們的活動是自由的。

袁紹出逃時一點兒都不狼狽，應該還有不少人保駕，因為他挺從容地出了洛陽的上東門，出城門時還不忘把朝廷頒發給他的司隸校尉的印信掛在城門上（懸節於上東門）。

## 另立新天子

先不說袁紹、袁術、曹操逃亡路上的事，先來說說董卓。

董卓聽說袁紹不跟他玩了，一夜之間所有「袁黨」分子也都銷聲匿跡了，可是氣壞了，立即以天子的名義下詔書到各州郡，通緝這些人。

同時，他覺得，袁紹一走，自己倒也輕鬆了。朝廷裏更是自己說了算，再沒人敢跟自己叫板了。

可是董卓錯了，總會有人不怕死，總會有人以跟惡人鬥爭為樂。

這天，董卓召集公卿百官，粗暴地宣佈：「大者天地，次者君臣，所以為治。當今皇帝暗弱，沒有能力領導這個國家，我想效法伊尹、霍光故事，立陳留王為帝，怎麼樣？」

公卿百官聽後無不震恐，但都不敢說話。

董卓見大家不表態，那就是不支持了，於是恐嚇道：「從前霍光決定大計，田延年持劍待發，誰敢反對，軍法從事！」

還是有個人大聲地提出了抗議：「從前，子太甲身處王位但昏庸不明，伊尹才把他禁閉在桐宮；昌邑王劉賀登帝位二十七天卻犯下罪過一千多條，霍光才把它廢了。當今天子年紀雖小卻沒有過失，不能援引前代故事！」

董卓一瞧，是盧植。董卓大怒，命令撤去盧植的座席，意思是要誅殺他。

百官中蔡邕跟盧植關係最好，蔡邕受宦官迫害流放朔方郡，盧植上書為他申冤。蔡邕現在是董卓器重的人，擔任皇帝高級顧問（侍中），看到盧植有危險，趕緊上前求情。

朝廷參事室參事（議郎）彭伯也出來勸董卓：「盧尚書是海內大儒，人之所望，現在殺了他，恐怕會引起天下恐慌。」董卓這才住手，只當場宣佈把盧植撤職。

盧植下來便以年老多病為由請求回鄉，得到批准後趕緊離開洛陽，他擔心被截殺，不敢走大路，改由小路自軒轅關出關向東。

董卓果然派人追殺盧植，一直追到黃河邊上的懷縣，沒追上。

盧植回到家鄉後隱居在上谷，專心讀書做學問，不跟外界來往。

盧植的當眾頂撞讓董卓心緒難平，他覺得應該把自己的刀再磨得鋒利點兒。

一天，董卓以太尉的身份再次邀請眾臣議事，地點是他的太尉府。大家以為又是商議廢立之事，所以來的時候都心事重重，但又不敢不來。

眾人到了以後，發現已擺上了豐盛的酒宴，看樣子是請大家吃飯。

宴會上氣氛很好，董卓跟大夥又說又笑，似乎完全忘了之前的不愉快。正當人們懸着的心慢慢放下時，發生了意外。

有個叫擾龍宗的監察專員（侍御史）想跟董卓說什麼事。他剛走近董卓，還沒等開口，董卓突然從旁邊抄起一柄錘子朝擾龍宗腦袋上打去，擾龍宗頓時腦漿迸裂（立撾殺之）。

所有人都嚇得目瞪口呆。董卓卻跟沒事人一樣，用靴子底蹭蹭錘上的血水和腦漿說：「這小子到我跟前還佩着劍，肯定要刺殺我！」

說完，董卓讓大家繼續吃，又跟大家頻頻把盞，像沒發生過什麼似的。

每有朝會或其他重要會議，侍御史、尚書郎往往負責會議紀律，看看有沒有人遲到、誰的坐姿不端、該哪個人跳舞不好好跳等，擾龍宗應該算會務組成員，他接近董卓，確實有事要說。

董卓不管，正好拿你小子的腦袋樹樹威。

那一刻，很多人雖然也在吃，也在笑，但臉上的肌肉一定都是僵的，手在抖，腿在晃。

按照董卓的鬥爭經驗，對付文人就要耍點兒流氓，你一橫，他就乖了。宴會上當場殺人這種事對董卓來講只是小菜一碟，他還當着文人們的面幹過更流氓、更刺激的事。

有一次，宴會中途他突然說要表演個節目，在大家還沒明白過來怎麼回事的時候，幾個被綁着的人就帶了上來。董卓說這是剛抓到的罪犯，今天要當眾懲戒。

在董卓的命令下，當場對這幾個囚徒進行剝皮、挖眼、抽筋，凡能想到的殘酷手段全都用上一遍。

幾位老先生實在沒忍住，當場就吐了。

董卓仍然跟沒事一樣，該吃吃，該喝喝。


中平六年（189 年）九月二十八日。

董卓讓人通知在洛陽品秩 600 石以上的文武百官到崇明殿集合，特意讓人把何太后也叫來，當着何太后和少帝劉辯的面，董卓再次提出廢立之事。

董卓的理由是：「太后逼迫永樂太后，讓永樂太后在憂懼中死去，這違背了婆媳間的禮教，是不孝的表現。天子年幼軟弱，無法承擔天子的重任。過去伊尹廢太甲，霍光廢昌邑王，都在典籍上寫着，大家也都認為是對的。現在太后就是太甲，皇上就是昌邑王（今太后宜如太甲，皇帝宜如昌邑）。只有陳留王既仁又孝，應即尊皇祚！」

眾人聽完，鴉雀無聲。

董卓專門問了問袁隗：「太傅以為如何？」

袁紹跑了，袁隗知道袁氏大禍已臨頭，只能活一天是一天了，哪裏敢說不，只得答道：「悉聽尊駕之意。」

董卓回過頭來問何太后：「太后以為如何？」

就在幾天前，何太后受了傷，現在傷還沒有完全好。她悔得沒法說，當初她要是不固執己見，把宦官一網打盡，那也就用不着外兵入京，也就沒有董卓什麼事了。可是現在說什麼都晚了。

何太后戰戰兢兢地說：「您看着辦吧。」

於是，董卓命令尚書當場撰寫策書並宣讀，策書寫道：

「孝靈皇帝未能繼承皇統，早棄臣子。皇帝繼位後，海內側望，但其天姿輕佻，威儀不端，服喪期間怠慢懶惰，穿着平常的衣服，不穿喪服（衰如故焉）。他的惡劣品行已傳播四處，淫穢的行為也已眾所周知，損辱神器，有污宗廟。

「皇太后缺乏母儀，統政以來陷於荒亂。永樂太后暴崩，大家議論紛紛（眾論惑焉）。三綱之道，天地之紀，她違背了這些，罪惡是深重的！

「陳留王劉協具有聖賢的品德，才識卓越，遵守宮裏的規矩，謙虛謹慎，深得上下的擁戴，具有堯一樣的品行；他服喪期間悲傷痛苦，不說不合適的話；他從小聰明敏捷，具有周成王的德行；他的好名聲天下的人都知道，應該讓他繼承大統，繼承宗廟！陳留王繼位後，現任皇帝降為弘農王，皇太后還政。」

策書宣讀完畢，現場仍然鴉雀無聲。

剛剛被罷免了三公之位的丁宮現在被降職為尚書，走這一套儀式是他的活。

見大家都不作聲，丁宮宣佈：「天降災難於漢室，四處喪亂，請眾位朝臣為社稷着想，真心擁戴上天授意的人，請稱萬歲！」

袁隗上前，把劉辯身上掛着的皇帝印璽摘下來交給劉協，之後流着淚攙扶劉辯下殿。

劉協坐上皇帝寶座，何太后、弘農王以及眾百官跪倒稱萬歲。何太后大哭，朝臣裏也有不少人哭了出來，董卓不悅。

劉協即漢獻帝，登基後改年號為永漢，大赦天下。

這件事剛辦完，董卓就立即清算何太后，將其遷出永安宮，兩天後派人將她鴆殺。何太后的母親舞陽君也未能倖免，被殺死，屍體拋

入御花園，不允許收殮。

何進的弟弟何苗在之前洛陽亂戰中已死，董卓下令將其開棺戮屍，屍骨棄於道旁。


# 逃亡路上是非多

再來說袁紹、袁術、曹操等人是怎麼逃亡的。

袁紹帶着逢紀、許攸、陳琳等人以及夫人劉氏和三個兒子逃亡洛陽。袁紹的三個兒子名字分別是袁譚、袁熙、袁尚。

袁紹帶着老婆孩子和謀士浩浩蕩蕩地離開了洛陽，雖然他剛走董卓就開始通緝他，但沒有關於他在路上遇到麻煩的記載，說明沿途都有人暗中保駕護航。

按照出逃前商量的計劃，袁紹的目的地是冀州刺史部，該州的州治在魏郡的鄴縣，即今河北省臨漳縣，出洛陽走東北方向的大道可以直達。大體的走法是，先沿黃河往東，過河內郡到達朝歌，然後直往北。

在折往北方的時候，袁紹決定把妻子劉氏和三個兒子留在黃河以南，派人把他們送到了兗州刺史劉岱那裏。

之前說過，袁紹的夫人劉氏和劉岱是同族，有親戚關係。

袁紹此舉表明，對於冀州之行他心裏還不完全有底，得給自己留條後路。


袁紹的擔心不無道理，身為「袁氏故吏」的冀州牧韓馥對袁紹的到來並不完全歡迎。

韓馥祖籍豫州刺史部潁川郡，那是一個出人才的地方，就任冀州牧後，他馬上到家鄉一帶招募人才，荀諶、辛評、郭圖等一批潁川士

人跑到冀州投奔了他，冀州本地的實力派沮授、田豐、審配也支持韓馥，武將方面有麴義、張郃等人，一時人才興盛。

時間不長，事兒幹得挺大，朝廷已無力管下面的事，韓馥悶着頭發展自己的勢力，逐漸做大做強。

這時候公孫瓚還在受排擠，劉表還沒到南方上任，孫堅還是一個偏遠地區的郡太守，袁紹、曹操、袁術的事業連起步都算不上，劉備、呂布更不值一提，而韓馥已經要人有人，要地盤有地盤了。

照這個勢頭發展下去，韓馥才是未來的領頭大哥。

這樣一來，韓馥的想法就多了，對袁紹的態度也有了微妙的變化。

袁紹在鄴縣待了一陣子，韓馥把他安排到冀州刺史部治下的渤海郡，這是沿海地區，海岸線北起如今的天津市區，南抵山東省的利津一帶。

韓馥告訴袁紹，渤海郡是全國數得着的大郡，人口數超過涼州、并州，可以在此招兵買馬，積蓄實力。

可等到袁紹一行到了那裏，就發覺不太對勁。渤海郡已成韓馥的勢力範圍，韓馥的人整天盯着，說是搞後勤，實際上是搞監視。

袁紹想幹什麼都要事先請示，那個時候沒有電話、電報，不能上網發郵件，一請示就得等一個半月，而且往往沒有下文。

實際上，袁紹被人軟禁起來了。


按計劃，袁術往南逃。

袁術這個人的性格看來有些問題，平時不服老哥袁紹，跟曹操也不大對付，臨跑出洛陽前他還幹了件不太光彩的事。

當時情況很緊張了，但袁術還是拐到了曹操家一趟，曹操大概已經跑路了，而且沒有來得及帶上家眷。

曹操的父親曹嵩卸任太尉後看到時局動盪，就收拾了財產，帶着

曹操的弟弟曹德等家人跑到徐州刺史部琅琊國避難去了，只有卞氏跟着丈夫生活在洛陽。

兩年前，卞氏為曹操生下了一個兒子，取名曹丕，這倒不是曹操的第一個兒子。之前說過，曹操的正室是丁氏，第二位夫人是劉氏，卞氏是他的第三位夫人，丁氏無子，劉氏為曹操生下了長子曹昂，但劉氏死得早，曹昂由丁氏撫養。丁氏脾氣倔，經常跟曹操吵架，此時應該在老家譙縣。

袁術告訴曹操的妻子卞氏，說曹操已經讓董卓殺了（袁術傳太祖凶問），引起了曹府上下的恐慌。曹府的人害怕日後受株連，都想跑。

危難關頭，卞氏保持了鎮定，她對那些想各奔東西的家人說：「曹君生死未卜，如果大家今天散了，明天他回來，我們有何面目與他相見？再說，即使曹君發生了不幸，大家就是死在一起又有什麼了不起（正使禍至，共死何苦）！」

卞氏控制住了局面，曹府上下安定了下來。後來，在家人王必等人的協助下，卞氏帶着兩歲的曹丕逃出了洛陽。

袁術搗亂後也跑出了洛陽城，並且順利地到達了目的地南陽郡。

到了以後，袁術發現，這裏的工作很難開展，原因是沒人支持他。

南陽郡太守張諮倒是自己人，但他剛上任不久，沒什麼實力。南陽郡屬荊州刺史部，這時荊州的主人還不是劉表，它的刺史名叫王睿，不是袁氏一黨，不好張嘴要錢要人。

袁術一籌莫展。


往正東方向跑的曹操，運氣更差。

由於走得急，老婆孩子都沒帶，也不知道他們會不會遭到董卓的報復，離開洛陽後，曹操的心情大概已差到了極點。

曹操出逃的待遇也比袁紹差得遠。他是一個人跑出來的，身邊沒

有人，遇到事沒有照應，也沒人商量。這還是其次，關鍵是身邊沒有人，很多事情也就說不清楚了。

袁紹給曹操制定的目的地是陳留郡，他們的老朋友張邈在那裏當郡太守。

讀三國史，一些地名經常被提起，陳留、汝南、穎川等，要是一個個對照歷史地圖查，太費勁了，但不弄清楚腦子裏就是一團糨糊。

怎麼辦？有個辦法就是「不求精細求大概」，不是做歷史地理的專門研究，也不是讓繪製歷史地圖。「求大概」這個辦法其實未嘗不可。

比如這個陳留郡，它屬兗州刺史部，範圍包括今河南省東部的一些地區，河南省的長垣、延津、封丘、蘭考、民權、杞縣以及南面一點兒的尉氏、扶溝都在該郡範圍內，郡治陳留縣離今河南省開封市不遠，開封是漢末陳留郡內在今天最大的城市，那麼提到陳留郡想着開封就行了。

同理，提到穎川郡可以想着平頂山，豫州刺史部的梁國是商丘，陳國是周口，汝南郡範圍更大一些，提到它的時候可以想着漯河到阜陽，或者乾脆把它當成駐馬店。

照此理解，可以把呂布的老家九原郡看作包頭，趙雲的老家常山國看作石家莊，張飛的老家涿郡看作涿州或保定。這樣一來，就形象多了。

所以，曹操的逃跑路線最近，從洛陽到開封。那時候這條路線上交通就很便利，走的是東方大道，中途路過成皋、滎陽、中牟等地。

但是，這一路卻讓曹操走得坎坎坷坷。

路過成皋附近時，曹操突然想起有一個老朋友叫呂伯奢，家就在附近，於是去串了個門。

不巧，呂伯奢不在家，他的兒子和幾個朋友想搶曹操的馬匹和財物，結果讓曹操發覺，親手把呂伯奢的兒子等人殺了。

這是史書上的一個版本，卻不是唯一的版本。

另一個版本是：曹操到了呂伯奢家，呂伯奢不在，他有五個兒子，都出來熱情地接待了曹操，但曹操因為是逃命出來的，疑心很重，懷疑呂伯奢的兒子要殺他，於是先下手為強，親手殺了包括呂伯奢兒子在內的八個人。

但這還不是流傳最廣的版本。

最具有知名度的版本是：曹操到了呂伯奢家，呂伯奢不在，呂伯奢的兒子熱情地接待了他，曹操聽到食器相撞發出的聲音，以為是兵器相擊，此時他在跑路，疑心很重，以為呂伯奢的兒子要殺自己，於是把他們全殺死了。殺完人，曹操還自言自語地說了一句名言：「寧可讓我對不起所有人，也不能讓別人對不起我（寧我負人，毋人負我）！」

以上這三個版本都記載在史書裏，撲朔迷離，疑點重重，但都言之鑿鑿，讓曹操背上了很多罵名。


事還沒完。

曹操離開成皋繼續趕路，下一站是中牟縣，又出了意外。

當地有個基層派出所所長（亭長）工作責任心比較強，來往的可疑人等都要認真盤問，結果讓曹操給撞上了。他看着曹操的臉比較生，形跡又可疑，就帶了回去，交給了縣長。

這時朝廷通緝曹操等人的文書已經到了，縣政府人事科科長（功曹）一眼認出眼前這個人就是通緝犯曹操，但他沒有聲張，而是悄悄向縣長說情，縣長居然把曹操給放了。

這兩個東漢的基層官吏沒有想到，他們無意間處理了一件事關後世歷史走向的大事，只是他們都沒有留下名字。有人說這個縣長名叫陳宮，那是不對的，真正的陳宮還沒有出場。

曹操就這樣驚心動魄地到了陳留郡，不過接下來他比袁紹幸運得多，張邈比韓馥大氣，熱情地迎接了曹操，並安排曹操到治下的己吾縣、襄邑縣一帶展開募兵計劃。

# 董卓的一招敗筆

這時，已經到了中平六年（189 年）年底。

這一年發生了太多的大事，新的年號也不斷啟用，先後改過光熹、昭寧、永漢三個年號。大概覺得年號太亂了，所以這一年年底新帝下詔仍改年號為中平。

董卓因為擁立新帝有功，被封為郿侯，擢升為相國。

正常情況下，朝廷設三公，算是宰相。大將軍比三公的地位還高，但不常設，即使設了，普通朝臣也沒有資格擔任，因為這是外戚的專利。

三公之上還有一個太傅，也就是袁隗目前擔任的職務。這多半是個榮譽性職務，沒有具體的職權，袁隗和何進共同輔政時，必須再給一個主持朝廷日常事務（錄尚書事）的名義。

董卓當了太尉，嫌這個職務不給力，於是想起西漢初年蕭何曾被任命為相國，所以也要享受這個職務。董卓不僅上升到與蕭何同列的高度，而且同時獲得了三項特權：贊拜不名、入朝不趨、劍履上殿。

這三項特權非同小可，權威不到一定份上無法享有，整個古代歷史上有過這些特權的人臣也沒有多少，其中好幾位都集中在漢末三國時期。

現在介紹一下這些特權的內容。

按照禮儀，大臣朝見皇帝的時候旁邊要站一個司儀官，把他的官銜和名字都喊出來。比方說，此刻董卓去見皇帝，司儀官就要喊「郿

侯、相國董卓，參見皇上」，然後董卓就要跪下來，說「吾皇萬歲，萬萬歲」。「趨」是小步快走的意思，見到皇帝為表示恭敬，老遠就得一路小跑過來，這就是「趨」。見皇帝，既不能攜帶武器，也不能穿鞋子，表示誠惶誠恐。

董卓擁有三項特權後，見到皇帝司儀官喊完「鄷侯、相國」的時候可以省略董卓的名字不喊，這就是「贊拜不名」；老遠見到皇帝也不用一路小跑，可以端個架子慢慢走，這就是「入朝不趨」；上朝的時候別人光腳板，自己可以穿鞋，而且可以佩帶武器，這就是「劍履上殿」。

100 多年前有個叫王莽的兄弟享受過這些特權，他後來又往前走了一走，自己當了皇帝。


把這些事擺平，董卓騰出手來還是要收拾袁紹等人。

按照董卓的想法，對這些逃犯要繼續加大追捕力度，把他們沒有跑掉的親屬全部抓起來誅殺。

袁紹、袁術的親屬太傅袁隗等，以及曹操等人的家眷，此時都在董卓的掌握之中，眼看凶多吉少。這時，周毖、伍瓊等人出面及時阻止了董卓。

周毖此時擔任尚書，伍瓊任城門校尉。周毖是涼州刺史部武威郡人，跟董卓算是老鄉。在董卓看來，周毖很有才學，又肯聽自己驅使，所以對他言聽計從。

周毖對董卓說：「袁紹本不想跟您作對，因為在廢立的事情上得罪了您，他內心恐懼，所以才逃亡。這個人沒有多大志向，但如果追捕太急，他勢必反抗，袁家四世三公，影響力很大，如果他挑頭造反，情況很麻煩。現如今不如來軟的，赦免他的罪過，給他個郡太守當，袁紹肯定會感激，不會造反了（不如赦之，拜一郡守，紹喜於免罪，必無患矣）。」

說這些話時，周毖心裏一定在想，很久沒把假話說得這麼光輝燦爛了！

面對這番忽悠，董卓卻相信了。

董卓馬上讓人以天子的名義發佈詔令，赦免袁紹等人的罪過，任命袁紹為渤海郡太守，對袁隗等人也不加為難，給予優待。


事後看，這當然是董卓的一個敗筆。

對於袁紹這樣的人，董卓只能窮追猛打，一旦讓他們有喘息之機，自己就無法安寧。從這個意義上說，周毖等人的臥底工作簡直太成功了。

但是，董卓的腦子也不會那麼簡單，如果沒有發生其他情況，只憑周毖等人的三寸不爛之舌也沒法把董卓玩轉。董卓雖是武人，可不是白癡。董卓之所以同意這麼做，是因為在他看來也只能這麼做。

此時的董卓，有難言之隱。

就在他忙着收拾洛陽一攤子破事的時候，有一夥兄弟趁機給他搞了回亂。這些人是黃巾軍在河東郡一帶的餘部，他們號稱「白波軍」，活躍在洛陽西北至關中一線。

按照上面說的古今地名對照法，把河東郡理解成臨汾加運城就行了。

這裏連接着關中和洛陽，恰是董卓要命的地方，如果被白波軍控制了，董卓與涼州的聯絡以及後給線將被切斷。董卓不敢大意，立即派他的女婿牛輔前去剿滅。

牛輔是涼州軍裏的狠角色，戰鬥力很強，但奇怪的是，面對類似於民兵組織的白波軍，牛輔卻吃了敗仗。

更讓董卓煩心的是，在涼州軍浩浩蕩蕩開赴洛陽的時候，朝廷在西部地區仍然駐有一支重兵，統帥是董卓的老上級皇甫嵩。

這支人馬至少有四萬精兵，駐紮在關中地區的槐里，即今陝西省興平市一帶，隨時可以向自己發起攻擊。

面對左右夾擊，董卓思忖沒有同時打贏兩場甚至三場戰爭的勝算，他只能各個擊破。

當前，對他最有直接威脅的是白波軍，其次是皇甫嵩，至於袁紹等人，先讓他們鬧騰吧，等騰出手來再收拾也不晚。

所以，董卓對東面之敵來了個緩兵之計，把主要精力先用在對付西面的敵人上。

正是這一項戰略上的調整，為正處於低谷的袁紹等人的重新翻身創造了條件，也讓東部反董力量迅速壯大並聯合起來。

這一回，董卓選錯了對手。

西邊的敵人雖然讓人頭痛，但東邊的敵人更可怕。

## 曹操的警衛員

中平六年（189 年）年底，整個關東地區都被一種革命的熱情籠罩着。

革命，就是要革董卓的命。這個獨夫民賊，以武力把持朝政，擅自廢立，殺害太后，已成為輿論聲討的對象。

秦漢時普遍用地處崤山谷地的函谷關作為區分東、西兩大地域的界標，分別稱關東、關西。函谷關位於今河南省的靈寶市，在洛陽以西，如果按照這個概念區分，洛陽本身也屬關東。

所以，這裏說的關東指的是洛陽以東的關東，如果攤開地圖看，主要是兗州、徐州、青州的全部以及冀州、豫州這幾個刺史部的一部分。

距離漢末最近的一次人口普查顯示，這裏也是人口最為稠密的地區，當時人口密度能達到每平方公里 150 人以上的地區，幾乎都集中

在這裏。

儘管袁紹遠在渤海郡，但並沒有影響關東地區的討董熱情，一些早有準備的州刺史、郡太守正祕密串聯，計劃醞釀一次集體行動，製造聲勢，公開討伐董卓。

為此，許多地方都開始了募兵活動。


陳留郡下面有一個己吾縣，位置在今河南省商丘市的西南，在現在的河南省地圖上，洛陽和商丘的直線距離約 300 公里。

己吾本是個很普通的縣城，這一年年底突然熱鬧了起來。

一群外地人來到這裏，在縣城外支起了營帳，開始招募男人參軍。

中平年間民變不斷，朝廷一再招兵買馬，地方豪族也跟着招兵，招兵的還有路過的黃巾軍。招兵形式五花八門，人們開始還有些興趣，亂世生存不易，當兵至少有口飯吃。但是，隨着當了兵的本地人一個個離開這裏並從此失去了消息，大家對這種事慢慢地沒了熱情，招兵成了一件難事。

但這一天情況發生了改變，一支隊伍招兵的時候，應徵而來的人絡繹不絕，都爭着搶着要報名。原因是大家聽說本郡很有名望和實力的衛孝廉親自帶着上千人參加了這支隊伍。

衛孝廉名叫衛茲，是本郡知名人士，他曾經是何苗的部屬，何苗死後又在司徒楊彪的手下幹過，後來回到了家鄉。張邈來陳留郡當太守，雖然沒有記載說衛茲回鄉與張邈有關，但這種可能性是存在的，至少他們的政治傾向相同。

衛茲回到家鄉，利用在本地的號召力很快組織起一支上千人的隊伍。但他是個文人，缺乏軍事才能，聽說有人到己吾來招兵，立即帶着自己已經招來的這 1000 多人加入了這個陣營。

來己吾招兵的人就是曹操。

曹操和張邈是很好的朋友，到了陳留郡，張邈讓他到自己治下的己吾去招兵，此時的曹操正被朝廷通緝，原來的騎兵旅旅長（騎都尉）的軍職已被撤銷，董卓雖然又任命袁紹為渤海郡太守，但沒有提到曹操，曹操現在是平民百姓一個。

但曹操的名氣還是挺管用的，他討伐過黃巾軍，當過高級軍官，這是他招兵買馬的資本，衛茲的加入，讓曹操實力大增。不僅如此，衛茲還帶來了全部家財作為曹操的經費，讓曹操格外感動。

在衛茲帶來的這 1000 多人裏，有一個猛人，名叫典韋。

典韋是己吾本地人，史書沒有記載他字什麼，說明他出身寒門。典韋體形魁偉，膂力過人，是本地知名度很高的俠士。

離己吾縣不遠有兩個縣，一個是襄邑縣，一個是睢陽縣。襄邑縣有個姓劉的人跟睢陽縣一個叫劉永的人有仇，典韋受僱替襄邑縣這個劉氏報仇。

劉永在南方當過縣長，有些財勢，平時防範范很嚴，典韋坐着車，帶着雞和酒，偽裝成要拜訪劉永的人，門一開，他從懷裏掏出刀子就殺了進去，不僅把劉永殺了，連劉永的老婆也沒有放過。

劉永家住在集市附近，典韋出來，肯定是一身血，外面整個震動了，一下子有上百人追過來，可沒有人能靠近，一直追了四五里，接應典韋的弟兄趕到，一陣亂戰，典韋脫身。

從此，典韋在江湖上聲名大振。衛茲招募人馬，他加入了衛茲的隊伍。

說白了，典韋是黑道人物，幹的是殺人越貨的勾當，在和平年代，這樣的人遲早要被砍頭。但現在是亂世，正需要這樣的猛人。

現在典韋的職位還很低，在一個叫趙寵的團長（司馬）手下當兵。軍營裏有牙門旗，又高又沉，一般人舉不起來，典韋一隻手就能舉起，趙寵深感驚訝（牙門旗長大，人莫能勝，韋一手建之，寵異其才力）。

趙寵默默無聞，可能早早就戰死了。典章後來歸其他人指揮，多次立下戰功，慢慢升任為團長（司馬）。

有了衛茲的加盟，原本冷清的募兵活動一下子火爆起來，有人還從附近的梁國、陳國跑來應徵。

在這些應徵的人裏，曹操發現有一個人雖個子不高，但目光炯炯有神，說話、辦事乾淨利索，還有一定的武藝。曹操很喜歡他，就讓他給自己當警衛員（帳下吏）。

這個人就是日後大名鼎鼎的樂進。

樂進比典章強點兒，他有表字，字文謙，文縐縐的模樣。他的老家是兗州刺史部東郡，史書說他有膽識、辦事果敢（有膽烈）。

曹操個子不高，選警衛員不能要個子太高的，樂進大概沾了這個光。曹操後來派樂進回他的老家東郡募兵，招來了上千人，曹操任命樂進為副團長（假軍司馬）。

## 曹家兄弟來投軍

曹操的家鄉沛國譙縣歸豫州刺史部管轄，現在雖然屬安徽省，但距離河南省的商丘市很近，兩個地區是挨着的。過去亳州市還稱亳縣，京九鐵路還沒有通的時候，亳縣人坐火車出遠門都要先坐汽車到商丘，從那裏坐隴海線的火車。

曹操在己吾招兵，也算到了家門口，當然不能忘了自家的人，曹操的幾個叔伯兄弟以及夏侯家的兄弟很快都來了。曹家的兄弟裏有曹洪、曹仁、曹純，夏侯家的兄弟裏有夏侯惇、夏侯淵，此外還有曹操的侄子曹安民。

曹洪、曹仁、曹純這幾年先後回到了家鄉，時局眼看一天比一天

亂，他們和夏侯惇、夏侯淵等也悄悄地在家鄉一帶組織起了武裝。聽說曹操在己吾縣招兵，就帶着人來了，他們帶來的也有 1000 多人。

在夏侯惇的手下，有個叫史渙的人，字公劉，老家也在沛國。

曹操的侄子曹安民名不詳，安民應該是他的字，他的父親是曹操的親兄弟，叫什麼名字不太清楚。

在曹家的下一代裏，還有曹休、曹真兩個人，都是「青出於藍而勝於藍」的猛人。

曹休字文烈，是曹洪的親侄子，算是曹操的族子，也就是本族裏的下一輩子弟。

曹休的祖父曹鼎和曹操的父親曹嵩同輩，當過河間國相、吳郡太守、朝廷祕書局局長（尚書令），不是一個等閒之輩。現在安徽省亳州市南郊的曹氏宗族墓，一號墓坑埋葬的就是曹鼎，在墓坑裏曾經發現過兩顆牙齒，經考證是曹鼎的。現在誰聲稱自己是曹操的後人，很好辦，通過這兩顆牙齒做 DNA 比對就行。

曹鼎是曹騰的侄輩，他仕途亨通主要是因為曹騰，曹騰去世後，曹鼎一支逐漸衰落。曹休 10 歲時父親去世，曹休和一個門客安葬了父親，墓地都是租來的（獨與一客擔喪假葬）。後來，曹休攜老母親渡江到吳郡避難，爺爺曹鼎在這裏當過郡太守，多少有些人脈，曹休被吳郡太守收留。

一次，曹休在官邸裏看牆上掛着昔日太守的畫像，其中就有爺爺曹鼎，他跪下長拜，涕泣不已，在場的人都深受感動。

曹休聽說叔父曹操在己吾招兵，立即前來，此行很辛苦，是繞道荊州刺史部才來的。曹操見到曹休很高興，對左右說：「這是我們曹家的千里駒呀（此吾家千里駒也）！」

曹真字子丹，父親名叫曹邵，和曹操是本族的同輩人。曹邵聽說

曹操招兵，也在當地招了兵，他的想法是多招些人馬帶上投奔曹操，結果卻引起了當地官員的警惕，曹邵因此被殺。

曹真後來被人帶着輾轉找到了曹操。和曹休相比，曹真的年齡小得多，跟曹丕差不多，曹操就讓他跟曹丕一起生活學習。

史書還有一個記載，說曹真本來不姓曹，而姓秦，他的父親叫秦邵，和曹操關係很好，有一次曹操遇險，被人追殺，到秦邵家避難。追兵到了秦家，問曹操在哪裏，秦邵說我就是，結果被害。曹操感念好友的救命之恩，就收養了他的孩子，給秦真改名為曹真。


總之，雖然白手起家，但招兵很順利，曹操的手裏很快有了一支5000人左右的隊伍，相比於此時的袁紹和袁術，已經很有成就感了。

在曹操的這支隊伍裏，譙縣來的約佔三分之一，己吾縣本地的約佔三分之一，陳留郡其他縣以及附近郡國的約佔三分之一。

在沒有經過系統訓練和大戰磨煉前，這還是一支典型的民兵組織，大家參軍的積極性很高，穿上軍服腰裏別把刀走在親戚熟人面前那叫一個威風，但是戰場上的經驗明顯不足。

但不管怎麼說，「曹家軍」就此誕生了。曹操是這支隊伍的創始人，和他一同參與創立這支軍隊的，還有曹家、夏侯家的兄弟、子侄，以及樂進、典韋、史渙等人，他們算是「曹家軍」的創軍元老。

曹操當過典軍校尉，是專門負責練兵的，他對這5000來人開始了訓練，分別任命衞茲帶來的趙寵等人以及曹洪、曹仁、夏侯惇、夏侯淵當團長（司馬）、副團長（假軍司馬）。

現在最大的困難是武器不足，曹操命令支起鐵匠爐打造兵器，有時自己也親自上手，和工匠一起研究兵器如何打造。

一次，曹操正和工匠一塊打造一種叫卑手刀的武器，就是一種短刀，類似於日後說的匕首。這時，有個叫孫賓碩的朋友來看曹操，看

到他正在打鐵，孫賓碩很不解。

孫賓碩對曹操說：「你現在考慮的應當是大事，幹嗎幹工匠的活？」

這個小個子馬上回答說：「既能做大事又能做小事，有什麼不好呢（能小復能大，何苦）？」

# 神秘的公開信

這時，還是中平六年（189 年）的年底。

在張邈等人的串聯下，願意參加討伐董卓的幾支人馬陸續向陳留郡北部的酸棗縣一帶集中，預示着這裏將有重大行動。酸棗縣臨近黃河，河的北岸是司隸校尉部所屬的河內郡。

張邈既是東道主，也是這次集體行動的實際負責人。他的弟弟張超擔任廣陵郡太守，該郡屬揚州刺史部，轄區在今江蘇省揚州市一帶，現在也千里迢迢率部來到了酸棗。張超有個手下名叫臧洪，不到 30 歲，體貌魁梧，目前擔任郡政府人事處處長（功曹），是個不簡單的人。

臧洪字子原，廣陵郡本地人，父親臧旻當過太原郡太守、揚州刺史，為官有聲譽。臧洪上過太學，舉過孝廉，當過縣長，看到天下已亂，他辭官回家，被張超聘為功曹。

張邈見臧洪雖然只是個功曹，但見識不俗，口才又好，就派他為代表，負責與各路人馬進行聯絡。

很快，兗州刺史劉岱、豫州刺史孔伷、東郡太守橋瑁、山陽郡太守袁遺、濟北國相鮑信等人都明確表態，願意同時起兵討伐董卓。

還有曹操，雖然沒有正式職務，手裏也有 5000 來人，算一路。

袁紹雖然不在這裏，但這些人跟袁紹都有着密切關係，張邈、曹操不用說，過去都是朋友，橋瑁、鮑信是袁紹派出來的，劉岱是袁紹的親戚，和袁紹關係非同一般，袁遺是袁紹的從兄。

上面這些人能當上刺史、郡太守，也都是袁紹和他的朋友們祕密策劃的結果，他們都是整個討董大業中的一部分。所以，袁紹人雖然不在這裏，卻是大家的精神領袖。

事實上，酸棗方面早已派人到冀州刺史部及渤海郡聯絡過韓馥和袁紹，還去豫州刺史部和南陽郡聯絡袁術等其他人，袁紹暫時還在渤海郡不能前來，袁術等人相距較遠，可以就地起事。

各路人馬陸續到達酸棗後，張邈讓人臨時修起了一個大壇，作為會盟的場地。

就要舉行會盟儀式時，一個問題擺在了人們面前。

如此重大的活動，有什麼法律依據呢？盟約如何措辭？

這看似不是個問題，卻是一個嚴重的問題。即使大家聲明不是造反，但沒有朝廷批准的大規模軍事活動必須有個合法的理由，最好還有一個合法的程序，這樣的行動才能成為義舉，聯軍才能受到天下人的擁護。

正在大家為這個問題撓頭的時候，橋瑁很神祕地拿出了一件東西，讓即將參加會盟的人精神一振。

橋瑁拿出來的是一封當朝三公共同簽署的告天下百姓公開信（三公移書）。在這封信裏，三公告知天下，說惡徒董卓脅迫君臣，窺伺社稷，無法無天，希望天下人跟隨袁紹、袁術共舉義兵，以赴國難。

這封信來得正是時候，如此一來大家的行動就有了由頭，成了響應三公號召的義舉。剷除國賊、擁戴皇帝，這就是一身合法的外衣。

儘管大家都明白這封信不早不晚來得十分蹊蹺，但仍然有許多人相信它是真的。董卓就任相國後，朝廷的三公現在分別是太尉黃琬、司徒楊彪、司空荀爽，加上太傅袁隗，清一色的黨人，說他們連署簽發了這封公開信，不是沒有可能。

而且橋瑁不是外人，他是已故太尉橋玄的侄子，高幹子弟，與洛陽上層人士來往密切。由橋瑁拿出這封信更容易讓人相信，張邈等人於是把這封信四處散發。

這封信確實是橋瑁偽造的，他的目的一是幫聯軍的忙，二是借機捧袁紹一把，因為他是最崇拜袁紹的人之一。

不過，這傢伙只顧了一頭卻忘了另一頭，隨着這封信影響力的日益擴大，仍被董卓控制的黃琬等人恐有不利。

合法性問題解決了，隆重的會盟儀式如期舉行。

說話間就過了年，天子下詔改元為初平。

漢獻帝初平元年（190年）正月，反對董卓的各路人馬在酸棗設立壇場，共同盟誓。

誰來上壇宣讀誓文？帶頭大哥不在，大家又互相謙讓起來，誰都不敢上台（莫敢當），最後一致推舉臧洪來讀。

臧洪於是走上壇場，宣讀誓文：

「漢室不幸，皇綱失統，賊臣董卓趁機作亂，弒殺天子，殘害百姓，我們非常擔心他會滅亡整個國家，顛覆天下。兗州刺史劉岱、豫州刺史孔伷、陳留太守張邈、東郡太守橋瑁、廣陵郡太守張超等人，聚合天下義軍，共赴國難。

「凡是參加結盟的人，都要齊心協力，以臣子應有的節操，雖拋頭顱灑熱血也絕無二心。如果違背了盟約，不但讓他喪命，還要讓他斷子絕孫（有渝此盟，俾墜其命，無克遺育）！皇天后土，祖宗神靈，請共同見證！」

誓文寫得言簡意賅、擲地有聲，臧洪讀得語氣慷慨、涕泣橫下，產生了極大的感染力，無論是將校還是普通士兵，都萬分激動，為莫大的正義感所激昂。

這篇誓文裏只提到兩位刺史、三位太守，沒有曹操的名字，因為

他目前沒有合法的官銜，不方便寫進去。

幾乎與此同時，冀州牧韓馥、河內郡太守王匡在冀州刺史部起事，後將軍袁術在南陽郡的魯陽縣起事，大家推舉渤海郡太守袁紹為盟主。

聯軍共有 11 路，分為四個方向：

冀州方向：冀州牧韓馥屯鄴縣，河內郡太守王匡屯河內郡；

酸棗方向：兗州刺史劉岱、陳留郡太守張邈、廣陵郡太守張超、東郡太守橋瑁、山陽郡太守袁遺、濟北國相鮑信，曹操沒有職務，行動多有不便，袁紹後來表奏他代理奮武將軍（行奮武將軍），上述各部屯酸棗；

豫州方向：豫州刺史孔伷屯潁川郡；

南陽方向：後將軍袁術屯南陽郡魯陽縣。

這四個方向，自北向南形成一線，對洛陽構成了一個半月形的包圍圈，總兵力達 10 萬人以上。

## 韓馥面臨選擇

這時，關東聯軍公推的總指揮還遠在冀州刺史部的渤海郡。

冀州牧韓馥雖然參加了關東聯軍，但內心對酸棗會盟很有意見。會盟時大家提出要團結在袁紹的旗下，韓馥不太願意接受。別人可以拿袁紹當領導，但他不可以，因為他現在是袁紹的領導。

韓馥受命來到冀州，前期超乎尋常的順利，天時、地利、人和都讓他佔了。他雖然不是一個有雄才大略的人，但架不住運氣太好。

如果袁紹不來冀州，韓馥就會以此為基地慢慢向外擴張，成為一路諸侯。現在有袁紹，煩惱也跟着來了。

不用說他也明白，袁紹不是來投奔他的而是來接管他的。但韓馥

很鬱悶，現在所有的一切是自己奮鬥的結果，與袁本初何干呢？要把這些拱手送上，韓馥心裏實在不甘。

可袁紹這小子絲毫沒有退讓的意思，人雖然待在渤海郡，眼睛卻緊盯着鄴縣。韓馥派去監視的人報告，外面不斷有人來找袁紹，也不知道密謀些什麼。

大概既得利益者韓馥內心認為，當前袁紹才是心腹之患。至於董卓，只要他不打到冀州來，反不反他倒無所謂。

正當韓馥的階級立場搖擺不定的時候，董卓的特使到了。董卓以漢獻帝的名義詔令韓馥討伐剛剛起兵的酸棗聯軍，同時將聯軍的領袖袁紹捉拿歸案，押送到洛陽。

何去何從，必須馬上決斷。


如果接受董卓的命令，意味着自己的冀州牧將繼續合法，而且可以得到董卓集團的支援。如果拒絕接受，他就不得不把自己與袁紹等人徹底綁在一起了。

後世評價韓馥這個人保守而懦弱，不明白亂世生存法則是不進則退，他只想守住自己的地盤，不想幹任何冒險的事。

不過，韓馥的缺點裏還應該加上一條 —— 自私。他想得到，又不想失去，更不想冒險。

懦弱而自私的韓馥經過一番思考，決定站在董卓一邊。

不過，他心裏沒底，不知道手下人怎麼看，於是先徵詢了自己的心腹劉子惠的意見，問他應當幫助袁紹還是幫董卓（今當助袁氏邪，助董卓邪）。

劉子惠是中山國人，擔任冀州州政府辦公廳主任（治中從事），跟酸棗的許多人都有交情，尤其跟劉岱很熟，常有書信來往。

劉子惠回答韓馥：「現在起兵是為了國家，哪兒來的姓董還是姓袁

（興兵為國，安問袁、董）？」

這個回答讓韓馥頗感慚愧。

在劉子惠的進一步說服下，韓馥打消了倒向董卓的念頭，全力支持袁紹。

韓馥給袁紹寫了封信，轉告酸棗會盟的情況，支持他起兵。

袁紹被困在渤海郡，論實力，身邊沒有多少人。如果繼續待在這裏，他這個關東聯軍的總指揮也只是個光桿司令，沒有韓馥的允許，他無法離開這裏。

正在焦急萬分的時候，韓馥突然派人來請他去鄴縣。到了鄴縣，袁紹發現韓馥對自己的態度發生了根本轉變，韓馥表示願意聽從他的調遣，袁紹既高興又有些不安。

為避免和韓馥發生衝突，袁紹攜許攸、逢紀等人去了河內郡，相比韓馥，河內郡太守王匡更讓他放心。

袁紹一到河內郡，就自稱全國武裝部隊副總司令（車騎將軍），以此為名號令指揮整個關東聯軍。


## 不請自來的人

有個同志革命熱情一向很高，對董卓也早有意見，一心想滅了他，但會盟討董這樣的大事，居然把他漏了。

這是一個徹底的猛人，他就是董卓的老同事、現任長沙郡太守孫堅。

長沙郡的管轄範圍包括以今長沙市為中心的湖南省大部分地區，北到岳陽市，南到衡陽市，地盤很大，但在當時，這裏屬於偏遠落後地區，跟關東地區沒法比。

酸棗會盟霹靂一聲響也傳到了長沙郡，孫堅聽說大家鬧出這麼大

聲勢為的是討伐董卓，又想起了往事。

孫堅不禁拍着胸脯感歎道：「當初張司令要是聽了我的話，朝廷今天就沒有這麼大的災難了！（張公昔從吾言，朝廷今無此難也）」張司令就是張溫，之前說過孫堅給張溫當參謀，曾力勸張溫除掉董卓，張溫不敢。

孫堅二話不說，整頓人馬，即刻北上。

長沙郡歸荊州刺史部管，前面說過，此時的刺史不是劉表，而是王睿。

書聖王羲之有個曾祖父名叫王祥，是晉初名臣。王睿是王祥的伯父，在政治傾向上王睿也反對董卓，他也想起兵回應關東聯軍。

但是，王睿和孫堅平時有很深的矛盾。孫堅在王睿的指揮下討伐過零陵、桂陽等郡的變民，王睿出身的琅琊國王氏是世家大族，孫堅出身低微，在王睿眼裏孫堅只是個武夫，因此對孫堅一向輕待。

孫堅是個有血性的人，受了氣一直忍着，但總想找機會報復王睿。


長沙郡西鄰武陵郡。王刺史跟武陵郡太守曹寅也不對付。

王刺史舉兵後，揚言要殺曹寅，曹寅大為緊張，靠他的力量對付不了王睿，於是向孫堅求援。

當時朝廷正派溫毅為特派員（案行使者）在荊州刺史部視察工作，曹寅和孫堅經過密謀，由曹寅偽造溫毅的公文，列舉王睿的罪過，讓孫堅抓捕王睿。

孫堅拿了偽造的公文，立即帶兵去抓王睿。那時荊州刺史部的治所不在襄陽而在漢壽，就是今湖南省常德市以北，是武陵郡的地盤。

王睿聽說長沙郡的兵馬前來，登城觀望，在城樓上問下面的人想幹什麼。

孫堅的手下回答：「我們長年征戰，所得賞賜還不夠拿來做衣服，

只想到刺史您這裏再要點兒錢罷了。」

王睿一聽，對下面說：「本刺史豈是吝嗇鬼？」於是命令打開城門和倉庫，讓大家自己去挑。

城外的士兵進城，王睿突然發現其中還有孫堅，大吃一驚：「士兵討賞錢，孫太守為什麼也在裏面？」孫堅黑着臉，答道：「接到特派員的公文，要我殺你（被使者檄誅君）。」王睿一聽大驚失色：「我犯了什麼罪？」孫堅搖搖頭：「在下也不知道（坐無所知）。」

王睿知道無路可走，於是刮下金屑，吞服自殺（刮金飲之而死）。

孫堅繼續北上，曹寅還在武陵郡當太守。後來，劉表來荊州整合地方勢力，曹寅待不下去棄官而走，下落不詳。


若在平時，孫堅、曹寅的行為等同謀反。假冒朝廷密令，擅自處死長官，這種事一定會被嚴查。但現在局勢亂了，朝廷由董卓控制着，董卓的精力又都在如何對付關東聯軍上，根本無力過問下面的事，所以孫堅有這個膽。

孫堅率部很快到了南陽郡，郡太守張諮的情況雖然跟張邈等人差不多，也是袁紹祕密安排下來的，但他卻不在 11 路討董人馬之列，他駐紮在南陽郡的郡治宛縣，而袁術駐紮在魯陽縣。這說明，袁術對張諮的控制力有限，張諮有坐山觀虎鬥的想法。

孫堅到了南陽郡，他未必瞭解這麼多內情，遠道而來，急缺軍糧，於是給張諮寫了封信，要求提供軍糧。可能孫堅有點兒擺譜，張諮不爽，跟手下商量怎麼應對。眾人認為孫堅不過是本州相鄰的另一個郡的太守，大家平級平坐，互不隸屬，無權調發糧餉。張諮認為言之有理，對孫堅不加理睬。

這一下惹惱了孫堅，剛殺過刺史，又動了殺太守的心。

史書還有一種記載，說孫堅給張諮寫信之前已經與在魯陽的袁術

取得了聯繫，袁術以後將軍的身份表奏孫堅為代理師長（假中郎將）。由於有袁術的這項表奏，孫堅才向張諮伸手要糧。孫堅大概以為袁術是關東聯軍在南陽郡方面的總指揮，張諮也得聽他的，可是他不瞭解內情，張諮並不買袁術的賬，更不會買他的賬。

孫堅準備了牛、酒等禮物去拜訪張諮，按照禮節，張諮次日要來孫堅這裏還禮。張諮來還禮，孫堅擺下酒宴款待，開始雙方喝得都還挺高興。

突然，孫堅的辦公室主任（主簿）上前彙報：「我們移師南陽，但南陽道路也不修，又不準備軍需物資，請把南陽郡主簿抓起來問問，是什麼原因。」

張諮一聽，知道不妙，想走，但四面都是孫堅的人，走不了。

過了一會兒，孫堅的主簿又進來報告：「南陽郡太守阻礙發義兵，遲誤討賊行動，請按軍法處置！」孫堅下令，把張諮拉到營門外，就地斬首。

南陽郡為之震怖，孫堅再提什麼要求，都有求必應。

史書的另一個記載是，孫堅到南陽郡以後，張諮既不供應軍糧，也不肯見孫堅，孫堅想直接對他動刀，但又怕留下後患。

於是，孫堅詐稱得了急病，一會兒請巫醫，一會兒在軍營裏舉行儀式禱祀山川，弄得動靜特別大。孫堅還派心腹去見張諮，說自己病重，想把人馬託付給張諮。張諮聽了很高興，以為可以白得孫堅的人馬，就帶了五六百人去見孫堅。

孫堅開始躺在那裏與張諮相見，說着說着，突然跳起身，按劍怒罵張諮，親手把他殺了。

殺上級，再殺同僚，孫堅把荊州刺史部鬧了個底朝天。

孫堅敢這麼做靠的是實力，他長期在基層工作，又在軍隊裏待

過，有勇有謀，還善於拉隊伍，此時他的手下已經齊聚了程普、黃蓋、韓當、朱治等一批日後的名將，很有戰鬥力，所以才敢如此行事。

但殺人總不是好玩的，孫堅一路北上、一路殺人，弄得人心惶惶，孫堅未免有點兒心虛。

更重要的是，王睿已經打出討董的旗號，孫堅把他殺了；張諮和關東聯軍素有淵源，孫堅也把他殺了。孫堅本來是想參加關東聯軍的，現在弄不好就成了關東聯軍的對立面。考慮到這種情況，他趕緊向袁術求助。

孫堅的行動讓袁術吃驚，袁術擔心這小子殺紅了眼，會不會把刀舞到自己頭上來。正在這時孫堅主動來見他，表示願意聽從指揮，態度極為懇切。

袁術確定孫堅不是在忽悠自己後，大喜過望，又表奏孫堅為軍長（破虜將軍）兼豫州刺史。

之前袁紹任命曹操為代理軍長（行奮武將軍）用的也是「表奏」，「表奏」這種任命官員的方式就此出現。

任命職務一定要有嚴格的組織程序，地方要員和軍中的高級將領還要由天子親自以詔令的形式任命，即使基層推薦，實行的也是報批制，沒有正式批准即為非法。

可現在天子控制在董卓手中，報個請示上去讓他批基本不可能。於是，下面的人便自作主張，把報批制改為報備制，自行批准，報你備個案就行了，這就是「表奏」。具體的形式是，找塊空地，弄個條案，擺上貢品點上香，衝着洛陽方向跪下念奏書，先把董賊罵一遍，然後表表忠心，再說要任命某某擔任某某職務，最後祝天子萬壽無疆。完了，再磕幾個頭，一套程序就完事了。

這個口子一開，大家都開始「表奏」起來，但凡有點實力的，都

兼職替朝廷幹起了組織人事工作，不僅大肆封官，而且你表我、我表你，互送人情。

方便歸方便，但容易造成混亂，從此之後，經常出現同一個郡、同一個州有幾個太守或刺史、州牧同時存在的現象。

比如，袁術表奏孫堅兼任豫州刺史就大有問題，豫州刺史部並不在袁術的控制範圍內，豫州刺史也沒有空缺，又弄出來個豫州刺史的頭銜，只能添亂。

此時朝廷正式任命的豫州刺史是孔伷，11 路聯軍之一，反董陣營裏的積極分子，他目前駐紮在潁川郡，袁術讓孫堅當豫州刺史，不僅不合法，還是在故意挑事兒。


## 實力派不肯來

南面來了個孫堅，關東聯軍似乎氣勢更足了，但這只是假像。

看過關東各路聯軍的名單，就會發現一個問題，真正的實力派並不在其中。

洛陽以外的真正實力派，一個是幽州牧劉虞，他在幽州主政多年，現在還在幽州負責安撫北方少數部族，名義上歸他指揮的公孫瓚也有不小的實力；另一個是徐州刺史陶謙，黃巾軍起事時他就來到徐州，在此發展自己的勢力已經有五六年了；還有一個是益州牧劉璋，刺史改州牧的始作俑者，去益州後加緊擴充實力，目前已形成規模。

除了以上這三方面的四位實力派人物，還有兩個人，在此前後發展得很快，一個人是公孫度，一個是劉表。


公孫度字升濟，原籍幽州刺史部遼東郡，到他父親公孫延的時候為了避難逃到玄菟郡，即今遼寧省瀋陽市一帶。客居在玄菟郡的公孫

延一家人，過的是背井離鄉、四處打工、朝不保夕的生活，不可能送兒子公孫度上學。

公孫度命運的第一次改變是因為他的名字，他原來不叫公孫度，而叫公孫豹，這個名字給他帶來了好運。當時的玄菟郡太守叫公孫琙，有個兒子也叫公孫豹，跟公孫度年齡相仿，公孫太守家的兒子死得早，太守見到這個公孫豹很喜歡，就出錢送他讀書，又幫他娶了妻室，當成自己的兒子一樣。

公孫度後來被推薦到朝廷祕書局（尚書台）工作，以後靠着自己的努力步步高升，最後竟然做到了冀州刺史，但不知道什麼原因又被免了官。

董卓控制朝廷後，他手下有一員虎將叫徐榮，也是玄菟郡人，跟公孫度算是一個郡的老鄉，而且關係很好，徐榮深得董卓的信任。當時董卓考慮任命一批人到地方任職，以培養自己的勢力。徐榮得到消息，力薦老鄉公孫度擔任遼東郡太守。

遼東郡大體相當於今天整個遼東半島，治所就在公孫度的老家襄平縣，管轄面積很大。

在關東聯軍還沒起事的時候，公孫度赴東北走馬上任，開始並不順利。因為在家門口當官，很多人知根知底，覺得這家人過去在這裏見誰都點頭哈腰的，怎麼搖身一變成了人上人，有人心理上接受不了，不太服氣，襄平縣令公孫昭就是這麼一位。

公孫度想必須找點事來立威，目標就選中了公孫昭，他找了個碴，將公孫昭抓起來，於集市上公開審判並處刑，一頓板子下去，把公孫昭活活打死了。

這還不夠，公孫度還大搞掃黑行動，對於當地的不法豪強以及黑惡勢力大開殺戒，將田韶等百餘戶豪強滅族（夷滅百餘家），如此一來，舉郡震撼，沒有人再敢跟他叫板。

後來，公孫度整頓人馬，討伐玄菟郡的烏桓人和高句麗人，勢力不斷擴展。遼東一帶與內地遠隔千山萬水，與幽州刺史部的治所薊縣也遙不相聞，幽州牧劉虞雖然是公孫度的頂頭上司，但沒有力量管他。

公孫度有了實力，就搞開了地方自治，在控制區不斷新設郡縣，自行任命郡太守、縣令，成為朝廷管不了的一個獨立王國。

劉表之前被何進任命為北軍聯席參謀長（北軍中候），是何進的人，但從政治傾向上看，劉表和激進分子袁紹等人不太一樣，他對朝廷是比較忠心的。這是因為劉表還有一個身份，他是劉氏宗親。劉表是漢景帝之子劉餘之後，又是名師王暢的學生，在社會上早就有一定的知名度。

董卓掌權後重用名士，劉表被董卓看中，孫堅殺了王睿，董卓馬上就派劉表下去擔任荊州刺史。但是董卓什麼都給不了，劉表拿着一張任職詔書單人匹馬去的荊州。

荊州讓孫堅搞得一團糟，不過孫堅北上南陽郡以後便在那一帶活動，荊州除南陽郡外還有六個郡，劉表把精力放在了這些郡的整合和治理上。

在這六個郡裏也有很多強人，大的勢力有蘇代、貝羽、張虎、陳生、蒯越、龐季、蔡瑁、黃祖等，他們要麼是豪強、土匪，要麼是豪族，各把一攤，誰來當刺史都不好使。這放在一般人該愁死了，索性就撂挑子不幹了，但劉表是個很有本事的人，他並沒退縮。

劉表沒有去荊州刺史部的治所漢壽，而是去了宜城，今湖北省宜城市。他有一個好朋友在這裏。

劉表的這個好朋友就是和他一同在何進大將軍府共過事的蒯越，蒯氏是荊州大族，在宜城一帶很有勢力。在蒯越的支持下，蒯良、蔡瑁、龐季、黃祖等人都願意幫助劉表。

針對荊州紛亂如麻的形勢，劉表向蒯越和蒯良請教：「此時宗賊橫

行，民眾不附，袁術又在南陽蠢蠢欲動，禍亂發展到今天已經難以解決了。我想在這裏徵兵，又怕民眾不願從軍，二位有何高見？」

蒯良是蒯越的哥哥，對劉表說：「老百姓不願意歸附是因為仁不足，老百姓歸附後卻無法興治，是因為義不足（眾不附者，仁不足也，附而不治者，義不足也）。如果施行仁義，那麼老百姓就會像潮水一樣來歸附，又有什麼可擔憂的呢？」

仁義當然要講，但劉表是個務實主義者，他滿腦子都是現實問題。

劉表又問蒯越怎麼辦，蒯越說：「太平盛世重仁義，亂世則更重視權謀（治平者先仁義，治亂者先權謀）。」

劉表對這個更感興趣，請他詳細說說，蒯越接着說：

「兵貴精不貴多，重點是能得到他們的忠心和支持。袁術為人勇有餘而智謀不足，至於蘇代、貝羽，都不過一介武夫，不必多慮。宗賊的首領大多貪婪殘暴，其部下對他們也心存顧忌。

「我手下有一些有本事的人，只要派遣他們到宗賊首領那裏加以利誘，宗賊首領們必定率眾而來。然後你只要把握時機，誅殺那些殘暴無道的首領，安撫收編他們的部眾就可以了。

「如此一來，荊州的軍民百姓都會因為你的恩德扶老攜弱而至，到時候軍歸民附，向南佔據江陵，向北扼守襄陽，那麼荊州七郡可以傳檄而定！到了那時，即使袁術等人擁兵而至，也無能為力了！」

劉表聽完很興奮，就依蒯越的計策而行。

蒯越沒有吹牛，他派手下人去游說宗賊的首領，前後有 55 個首領前來歸附，劉表、蒯越把他們聚在一起，全部殺了（遂使越遣人誘宗賊，至者五十五人，皆斬之）。劉表把這些首領的部下進行了收編，對其中的大小頭領一一任命官職。

最後，只剩下張虎、陳生領兵守在襄陽城，蒯越和龐季二人親自進城勸說他們投降。於是，劉表佔據了以襄陽為核心的整個南郡。

劉表索性把荊州刺史部的治所遷到了襄陽，不再去漢壽就任。正如蒯越分析的那樣，南郡平定後，不費一兵一卒，荊州的江夏郡、長沙郡、武陵郡、零陵郡、桂陽郡等都先後歸附了劉表。

徐州的陶謙、益州的劉焉以及幽州的劉虞和公孫瓚，再加上遼東的公孫度、荊州的劉表這兩個後起之秀，他們個個手握重兵，佔據的地盤都很大。如果他們參加討董會盟，董卓恐怕連放手一拚的信心都沒有，只能乖乖回涼州放馬去。

但這些真正的實力派沒有參加會盟，他們仍然尊崇洛陽的天子，按時納貢，接受朝廷的詔令，言下之意也不反對董卓。

這些人裏有的是朝廷一貫的忠誠擁護者，從來沒想過造反，如劉虞；有的雖然對朝廷的感情一般，但想抱着坐山觀虎鬥的心理看熱鬧，如劉焉、陶謙；有的是董卓任命的，讓他們參加關東聯軍缺少思想基礎，如公孫度和劉表。

關東各路聯軍中，除韓馥和他們還有一比外，像孔伷、劉岱這些剛上任的地方官員，實力還都不怎麼樣。陶謙、劉焉、劉虞等人在各地深耕多年，已經擁有了一定實力，事業正蒸蒸日上，是既得利益者，對他們來說保住已得到的利益比冒險更明智。

當然，討董是民心所向，董卓已經成了臭抹布，人人都恨不得踩在地上再踹上幾腳。這些人也不會把它從地上拾起來當旗子打，所以他們也不公開與關東聯軍為敵，在政治上持中立態度。

由於實力派沒參加，聲勢浩大的關東聯軍底氣很不足。

## 弘農王別唐姬

那麼多人口口聲聲要反他、討伐他，董卓不淡定了。

雖然靠流氓手段把洛陽的局面控制住了，但背後有關中的皇甫嵩和河東郡的白波軍，眼前又有關東聯軍添堵，董卓頭痛不已。

袁紹、袁術、韓馥、張邈、橋瑁、王匡、鮑信、曹操這些人都曾經是朝廷正式任命的官員，現在公然打出了反叛的旗幟，矛頭直指自己，其中的一大罪狀是廢黜天子，另立新帝，有篡逆之心。

在董卓看來，這幫人還是對新立的漢獻帝不服，難道還做着改立劉辯的打算嗎？董卓決定把劉辯除掉。劉辯剛被廢為弘農王，董卓命宮廷警衛司令（郎中令）李儒出面，給劉辯獻上毒藥，逼其自殺。

李儒不是董卓帶來的人，他是個文人，還當過太學的教授（博士），此時也甘於被董卓驅遣，去幹這種大逆不道的事。

李儒見到劉辯，獻上毒藥，騙他說：「服下此藥可以驅病。」

沒生病有人突然給送藥，劉辯當然不信：「肯定是毒藥！」

劉辯不肯喝，李儒強迫他非喝不可。

劉辯知道死期已至，於是要求和心愛的妃子唐姬最後再飲一次酒。席間，劉辯悲傷地唱道：

> 天道易兮我何艱，棄萬乘兮退守藩。
> 逆臣見迫兮命不延，逝將棄爾兮適幽玄。

唐姬聞而起舞，邊舞邊唱：

> 皇天崩兮后土頹，身為帝王兮命夭摧。
> 死生路異兮從此乖，悼我煢獨兮中心哀。

周圍的人聽到無不流淚。

劉辯最後對唐姬說：「你是我的妃子，記着不要再嫁給吏民為妻。我走了，多保重！」說罷飲鴆而死。

弘農王劉辯，漢靈帝劉宏的長子、何進的外甥、何皇后的親生兒

子，在位不滿 7 個月，死時 15 歲。

來不及給劉辯準備陵園，已故宦官頭目趙忠在洛陽附近有一個現成的墓穴，趙忠生前想必花了很多精力和財力進行準備，想等自己百年後好好享用，但他沒有這個福氣，這個墓園讓劉辯用了（葬弘農王於故中常侍趙忠成壙中）。

劉辯安葬時，朝廷給了個懷王的諡號。

唐姬沒有死，她後來回到老家穎川郡。

至於李儒，以後隨漢獻帝西遷長安，董卓死後李傕等人專權，想推薦李儒當皇帝高級顧問（侍中），漢獻帝因為他毒殺了自己的哥哥，堅決不同意，還要治他的罪。此人後來不知所終。

董卓及時出手殺了劉辯，在政治上倒也是高明的一招。因為那些口口聲聲反對他廢帝的人，不少人心裏確實想着要恢復劉辯的帝位，現在主角沒了，戲也沒法唱了。

果然，消息傳出，袁紹等人悲痛不已，而關東聯軍陣營裏的大多數人都認為，既然漢靈帝的長子劉辯死了，次子劉協做皇帝就是順理成章的了。這是袁紹最不願意看到的結局，袁紹根本不承認漢獻帝的合法地位。

在董卓這邊，關東聯軍公開起兵後苦了兩位老兄 —— 周毖和伍瓊。

他們潛伏在董卓身邊，騙取了董卓的信任，一直在幫袁紹、袁術、韓馥、張邈等人說好話，幫助他們取得了合法地位，現在同志們真的造反了，董卓的怒火可想而知。

董卓下令把他們抓起來，咆哮道：「我剛到洛陽，你們勸我擢用能人志士，我一一聽從，可這些人一上任就公開起兵反抗我，是你們出賣了我，不是我要出賣你們！」

漢獻帝初平元年（190 年）二月十日，周毖、伍瓊二人被斬首。

# 第七章 遷都長安

## 潛伏的老黨人

周毖和伍瓊被殺，這是關東聯軍的一個重大損失，不過很快另一個臥底就補上了他們的位置。

這個人是鄭泰，一個老資格的黨人，時任朝廷參事室參事（議郎）。

鑒於關東聯軍不斷壯大，董卓想調集重兵討伐他們。鄭泰想到聯軍組建時間不長，很多隊伍剛剛完成長途跋涉，需要休整才能形成戰鬥力，這個時候董卓真的動用重兵征討，聯軍肯定吃大虧。

鄭泰於是跑到董卓那裏忽悠了一把：「政治成敗，取決於恩德，而不取決於武力，所以討伐無益。」

董卓聽了有些不爽：「照你的說法，要軍隊就沒有用了嗎？」

鄭泰不着急，慢慢說道：「不是說沒用，我只是認為關東方面不值得您動用這麼大的兵力，如果不信，請讓我為明公陳述原因。」

看到董卓專心在聽，鄭泰一口氣說道：

「現在關東合謀，州郡聯結，百姓團結一致，不可說不強盛。然而，自從光武帝以來國家平安無事，百姓生活富裕，對戰爭早已淡忘。孔子說過『不教導人民，而讓他們自己去戰，這是拋棄人民（不教人戰，是謂棄之）』，所以他們的人數雖然多，但不足以為害，這是第一點。

「您出身西州，年輕時即為國家的將帥，熟習軍事，多次參加戰

鬥，名震當世，人人怕您、服從您（人懷懾服），這是第二點。

「張邈不過是東平國的一個忠厚長者，不必多看一眼。孔伷只喜歡清談高論，沒啥見地。這些人都沒有軍事才能和打仗的經驗，臨陣決戰根本不是您的敵手，這是第三點。

「關東那邊的人向來不勇敢，沒有孟賁那樣的勇力，慶忌那樣的敏捷，沒有聊城那樣堅固的防守，張良、陳平那樣的謀略，哪能取得成功？這是第四點。

「即使那邊有可任用的人，也是尊卑不分，國家的爵位不給他們，他們依恃的人再多，也會各自獨立不前，坐觀成敗，不肯同心協力，同進同退，這是第五點。

「關西各郡多熟習軍事，近年來多次和羌人作戰，婦女都帶戟持矛、帶弓負矢，何況以壯勇的軍士來抵擋沒有受過訓練的人呢？勝利是必然的，這是第六點。

「天下的強勇之兵，老百姓所怕的有并州、涼州人，以及匈奴、屠各、湟中義從、西羌等，這些你全都擁有，以他們為爪牙，有如驅虎兕以赴犬羊，所向無敵，這是第七點。

「您手下的將領要麼是您的親戚，要麼是您的心腹，都跟隨您很久了，您對他們有恩有信，忠誠可任、智謀可恃，可以團結一心，以此對付當前散亂之敵，正如勁風掃枯葉，這是第八點。

「戰爭有三亡，用亂攻理的亡，用邪攻正的亡，用逆攻順的亡。現在您治國平正，討滅宦官，忠義已立，用此三德對付他們的三亡，奉朝廷之命，討伐有罪之人，哪一個膽敢抵禦？這是第九點。

「鄭玄的學問蓋於古今，邴原清廉正直，都是儒生所宗仰的，也是群士的楷模。關東聯軍的將領們也許會向鄭玄、邴原請教哪個強、哪個弱。從前燕、趙、齊、梁不是不強盛，終究被秦國滅亡，吳、楚七國不是兵不多，終究在滎陽被周亞夫打敗。何況現在德政昭彰，輔佐

賢良，鄭玄、邴原難道會贊成他們製造叛亂？一定不會的，這是第十點。」

當當當，一通「鄭十點」讓董卓聽得入了迷。

鄭泰最後總結說：「如果我上面所說的還有一點點值得採納，那就不要徵兵以驚擾天下，也不要讓害怕兵役的百姓們集合在一起為非作歹，千萬不能棄德恃眾，自己虧損威重啊！」

鄭泰在江湖上的名聲真不是白來的，他的這一番話雖然空洞，很多都是東拉西扯，但能正好切中董卓的心理。董卓本來就不想打，他有更重要的事要做，聽完鄭泰的建議，他決定取消軍事討伐關東聯軍的打算。

董卓發現原來鄭參事是個大才，一高興，直接任命他為將軍，擔任阻擊關東聯軍的前敵總指揮（使統諸軍討擊關東）。

如果鄭泰掌握了涼州軍的前敵指揮權，董卓死得會更快。好在有人及時提醒董卓，這個人有黨人背景，跟關東那些人的關係也說不清楚，給他軍權十分危險。

董卓一聽，驚出了冷汗，趕緊收回命令。


# 董卓玩套路


但是，鄭泰的話對董卓仍然起到了作用，董卓的確認為當前不能對關東聯軍追剿太急，要設法激化他們內部的矛盾，讓他們產生分裂。

同時，鑒於關東聯軍聲勢不小，為防備萬一，董卓想出一個萬全的辦法——遷都長安。

董卓召集朝臣們開會，宣佈了他的計劃。

原本以為經歷了廢立事件已經沒有人再會反對他，但這一次又錯了，從三公開始就集體反對他。司徒楊彪、太尉黃琬、司空荀爽以及

其他朝臣都不贊成遷都，支持遷都的聲音幾乎沒有，這讓董卓沒了脾氣，但他又是個不可能認輸或放棄的人。

董卓想了想，拿出了一本叫《石包讖》的神祕預言書，上面說自漢高祖劉邦在關中建都到最後滅亡總共經歷了 11 世，而從後漢情況看，從漢光武建都洛陽到現在也正好 11 世了，如果不遷都，將會重蹈前漢滅亡的覆轍，所以必須從洛陽遷出去。這是天意，必須順應天意。

可惜董卓又錯了，因為玩讖緯這種東西，他這個武人絕不是那些朝臣的對手。

楊彪直接斥責《石包讖》為妖書：「遷都是天下大事，盤庚遷都亳邑，百姓無不怨恨。過去關中遭王莽破壞，所以光武帝才遷都洛陽，經過這麼多年，百姓安樂。現在無故放棄宗廟、園陵，必然使百姓驚動，勢必如用滾開的水去煮稀粥一樣，造成全盤混亂（**必有糜沸之亂**）。《石包讖》是妖邪之書，豈可相信！」

楊彪是前國師楊賜的兒子，比他爹還敢說敢幹。

這些話，在董卓聽起來簡直可笑：我跟你談的是「國家大事」，你跟我講的卻是「百姓」，真是驢唇不對馬嘴！

董卓耐着性子聽楊彪說完，然後說：「關中肥沃富饒，所以秦得而併吞六國。隴右出產木材，杜陵有武帝留下來的陶器作坊，都可以利用。至於百姓議論，那算什麼？如果敢反抗，我以大兵驅之，把他們都趕到大海裏餵魚蝦！」

話裏有了威脅的意味，可是楊彪仍不理會：「天下大事發動容易，收拾殘局很難，請慎重考慮！」

董卓立即不耐煩起來，大聲喝道：「你打算破壞我制定的國策嗎（**公欲沮我計邪**）？邊章、韓約給我寫信，讓朝廷一定遷都，你們擋住不讓遷，他們如果發大兵前來，我不相救，你們幾個就跟着他們一路西去吧！」

韓約即韓遂，與邊章都是涼州的軍閥，跟董卓的關係既有競爭也有合作，董卓拿他們來嚇唬這些文臣。

哪知楊彪不僅固執，而且不吃嚇：「向西就向西，那也是我楊彪自己的道路，就是去了，天下最後會怎麼樣也未可知（西方自彪道徑也，顧未知天下何如耳）！」

這是寧死不屈的節奏，董卓聽了半晌說不出話來。

太尉黃琬又站了出來，他支持楊彪：「遷都是大事，楊公的話希望能給予考慮！」

董卓臉都氣黑了，悶着頭生氣。

董卓一向不按套路走，別看你貴為三公，不順他的意時他也會任意處置，現在的氣氛下楊彪很危險，荀爽趕緊出來打圓場：「難道相國願意這樣做嗎？崤山以東已經起兵，不是一天兩天就能平定的，所以得先遷都，再慢慢對付他們，這種情況與秦朝和漢初相似，都是借助山川之勢以控制天下！」

董卓聽了便沒有再發作，一甩袖子走了。

董卓指令司隸校尉宣璠彈劾楊彪、黃琬，免去了他們三公的職務，提拔王允當司徒，趙謙當太尉，但楊彪和黃琬在士人中名望很高，董卓冷靜下來，覺得繼續讓他們為自己裝點門面更划算，於是又任命他們二人為光祿大夫。

還有一個說法，說董卓殺了伍瓊、周珌，楊彪、黃琬感到了害怕，於是到董卓那裏謝罪（楊彪、黃琬恐懼，詣卓謝），董卓也因殺死伍瓊、周珌有些後悔，於是上表推舉楊彪、黃琬為光祿大夫。

董卓其實也明白，遷都說起來容易但做起來很難，大事小事必然成堆，他哪是操這種心的人？董卓這次提拔王允，就是想讓他做自己的助手，協助自己落實遷都計劃。

之前，董卓想讓老將軍朱儁做自己遷都的助手，朱儁在軍中素有威望，擔任過全國武裝部隊副總司令（右車騎將軍），如能為自己所用，那再好不過了。

黃巾起義被撲滅後，朱儁這位功臣的作用下降，他先是被改任為光祿大夫，後又擔任將作大匠，轉任少府、太僕，後來黑山軍進攻河內郡，朝廷任命朱儁為河內郡太守，擊退張燕後，朱儁再遭閒置，又回任光祿大夫，不久又改任為屯騎校尉、城門校尉，目前的職務是河南尹。

遇到了這麼多的不公，想必內心裏多少該有些想法吧？董卓覺得朱儁應該好拉攏，他於是派使者向朱儁宣讀委任詔書，任命他為交通部部長（太僕），雖然只是部長級，但董卓特意讓使者告訴朱儁，他是自己的副手（以為己副），但朱儁並不領情。

朱儁對董卓的使者說：「國家西遷，必然使天下人失望，而成就了山東那些人的氣勢，我覺得這並不可行！」

又來一個勸阻遷都的，使者聽着有些來氣：「現在是任命你職務，你要麼拒絕，要麼接受，又沒有讓你就遷都的事發表意見，你在這裏卻說了半天，為什麼（召君受拜而君拒之，不問徙事而君陳之，何也）？」

朱儁也是老資格的大臣了，一個小小的使者竟如此不敬，但他沒有生氣。

朱儁耐心地回答道：「副相國，我不能勝任；遷都大計，不是急事。辭去不能勝任的職務，說點不關緊急的話，正是做臣子的本分。」

這句話又讓使者抓住了把柄：「遷都的事，我從沒聽過，就算朝廷有這個打算，也還沒有透露出來，屬於機密，你是怎麼知道的呢？」

幸虧朱儁反應快，他煞有其事地說：「這是董相國告訴我的，不然怎能知道？」

不管怎麼說，朱儁就是不做這個助手，董卓只得放棄。

相對而言，王允的態度要好得多，也許是因為蹲過宦官的大獄，腦子沒有那麼頑固，說話做事讓董卓感到舒服。漢獻帝繼位後，董卓讓王允當了朝廷祕書局局長（尚書令），現在破格提拔為三公。其實，王允也是一個深不可測的人，在這一點上，他與伍瓊、周毖以及鄭泰並無兩樣。

所不同的是，王允比他們會裝。

王允看到此時正是朝廷危難之秋，外戚、宦官的惡鬥雖告一段落，但董卓這樣的豪強趁機發難，問鼎中央政權，朝廷仍在危機四伏、動盪不安之中，面對國將不國的尷尬局勢，王允內心裏悄悄樹立起恢復、革新東漢政權的志向。

而董卓現在特別欣賞王允，對此並不知情。

董卓做出的決定王允從不當面反對，不管董卓說什麼王允都積極去落實，董卓於是把遷都的具體事宜都交給了王允。

## 名將交出兵權

遷都長安的事基本確定，但比較尷尬的是，此時的長安並不在董卓的控制之下。

左將軍皇甫嵩奉朝廷之命正坐鎮於長安，董卓要想遷都，必須解決手握重兵的皇甫嵩。另外，長安要成為新首都，長安所在的京兆尹以後就相當於河南尹了，也十分重要，目前擔任京兆尹的是蓋勳，也不是董卓的人。

董卓廢掉少帝後，蓋勳一怒之下曾給董卓寫了封信：「從前伊尹、霍光建立了那麼大的功勳，就因為行廢立之事所以結局都不怎麼樣，你董卓只不過是個小醜，憑什麼下場會比他們更好（足下小醜，何以

終此）？現在，祝賀的人在你門外，而給你弔喪的人已到了你的墳前（賀者在門，吊者在廬），我看你還是小心一點！」

看完信，董卓對這個蓋勳恨得牙都疼。

董卓想了個辦法，以天子的名義徵調皇甫嵩來洛陽任城防司令（城門校尉），徵調蓋勳來朝廷任參事室參事（議郎）。詔命到達長安，幾乎所有人都能看出來這是董卓要解除皇甫嵩和蓋勳的權力，服從命令去洛陽無異於自投羅網。

蓋勳不想去，他認為皇甫嵩手裏掌握着數萬人馬，僅駐紮在扶風郡的精兵就有三萬人，完全可以與董卓一較高下。蓋勳派人暗中聯絡皇甫嵩，希望聯合討伐董卓（勳密相要結，將以討卓），但皇甫嵩不敢。

皇甫嵩手下也勸他不要去洛陽，祕書長（長史）梁衍建議：「董卓霸佔京師，擅自廢立，現在又徵將軍您，您如果去了，大則有生命之危，小則受困遇辱。趁現在董卓還在洛陽，天子即將西來，將軍可以率眾迎接至尊，奉令討逆，袁紹等人在東，將軍您在西，董卓可擒！」

上次閻忠已經密勸過皇甫嵩舉兵，現在的形勢比那時更嚴峻、更兇惡，但皇甫嵩仍不敢接受，最後他還是到洛陽就任去了。

皇甫嵩一走，蓋勳在長安孤掌難鳴，也只好隨後去了洛陽。

皇甫嵩、蓋勳自動送上門來，董卓大為高興。

去年，朝廷改任董卓為并州牧時，詔令他把手下的人馬交給皇甫嵩，董卓堅決不答應，為此跟朝廷一度陷入僵持。

那時候，皇甫嵩的侄子皇甫酈在軍中，勸叔父：「本朝失政，天下倒懸，有能力決定安危成敗的只能是大人您和董卓。現在您和董卓已經結怨，勢不俱存。董卓違抗詔令，這是大逆之行，他看到京師混亂，故躊躇不進，懷有奸心。大人您現在是西線總指揮，仗國威討之，上顯忠義，下除凶害，可無往不勝！」

皇甫嵩想了想，說：「董卓抗命雖然不對，但擅自討伐他殺他也不對，不如上書朝廷，讓朝廷定奪（不如顯奏其事，使朝廷裁之）。」皇甫嵩於是上書朝廷，朝廷下詔責讓董卓，董卓與皇甫嵩進一步結怨。現在皇甫嵩到了洛陽，董卓可以出這口氣了。

　　君子報仇，十年不晚；小人報仇，一天都長。

　　董卓馬上授意有關官員上奏朝廷，找了個藉口誣陷皇甫嵩。董卓下令把皇甫嵩抓了起來，想把他殺了。

　　皇甫嵩的兒子皇甫堅壽也在洛陽，他與董卓私下裏有些交情（嵩子堅壽與卓素善），董卓擺設酒宴大會賓朋，皇甫堅壽在席間突然搶到董卓面前和他辯理，責以大義，又叩頭落淚，為父親申冤求情。

　　皇甫堅壽說的時候一定聲情並茂，因為他的話讓在座的人都深受感動，大家紛紛離席替皇甫嵩求情（坐者感動，皆離席請之）。

　　董卓這才離席而起，拉起皇甫堅壽和自己同坐，下令釋放了皇甫嵩，又任命他為朝廷參事室參事（議郎）。


# 一場瘋狂掠奪

　　初平元年（190 年）二月十七日，朝廷正式開始遷都。

　　既然決定走，董卓也不再顧忌什麼，他要來一場大掠奪。

　　董卓下令遷都前搞一次金融改革，廢除五銖錢，改鑄小錢。

　　秦朝使用的是半兩錢，由於民間可以私鑄，錢制很亂，民間還出現剪邊半兩錢，就是把半兩錢用剪刀剪下一圈，七到八個半兩錢就可剪下半兩的青銅，用剪下的銅再鑄半兩錢。針對這個弊端，漢初朝廷大力推行幣制改革，設計了新的方孔圓錢，為防止剪邊，在半兩錢上增加了圍邊，定 5 銖為計重單位，稱五銖錢。

　　24 銖相當於 1 兩，所以這種錢也不太重。由於朝廷的大力推行，

信譽很好，兩漢一直使用，到現在已有 300 多年歷史了。董卓廢大錢改小錢，相當於主動讓貨幣貶值，是一次赤裸裸的金融掠奪。

為了鑄造更多的小錢，董卓下令到處搜刮銅，洛陽皇宮內外立有銅佛像（金人）、鹿頭龍身銅像（鐘虡）、雀頭鹿身蛇尾銅像（飛廉）以及銅馬等，董卓下令把它們都拿來化成銅水，鑄造小錢，強令推行。

百姓手裏的五銖錢為非法，只能拿來兌換董卓的小錢，收上來的五銖錢又可以鑄成更多的小錢，一來一往，董卓發了大財。

但這樣一來造成了物價的混亂，本來兵荒馬亂物價就不穩，加上幣制這麼一改，洛陽一帶的金融市場徹底崩潰，米價最後達到了驚人的幾萬錢一石（由是貨賤物貴，穀石至數萬錢）。

之前說過，漢代五銖錢有很強的購買力，1 錢約相當於現在的人民幣 3 元，米價到了現在這種程度，等於漲了幾千倍。


這麼幹，董卓都嫌太慢。他乾脆直接派兵出去搶。

涼州軍本來軍紀就差，對付老百姓以手段殘忍著稱。接到董卓的命令，大家搶得更歡了，一時間洛陽周圍地區成為人間地獄。

董卓下令把洛陽一帶所有富豪集中起來，胡亂安個罪名集體處死，財產全部沒收。普通百姓強迫遷往長安，不願意走的全都處死。洛陽周圍 200 里範圍內大行燒光、搶光、殺光政策，董卓還命令士兵開棺掘墓，盜取珍寶，邙山一帶密集排列着的本朝多位先帝的皇陵和許多貴族的墓地，大都無法倖免。

洛陽東邊有個陽城，鄉民正在舉行祭神儀式，涼州軍開到，立即大開殺戒，把男人都殺了，頭顱割下來掛在車上，載着搶來的婦女，一路敲敲打打，宣稱在前線打了勝仗。前線被抓住的俘虜情況更慘，涼州兵用布塗上油裹在他們身上，然後從腳下點火，活活燒死，圍觀的人看着取樂。

朝廷西遷的隊伍出發後，經過半個多月的長途跋涉，於當年三月五日到達長安。

此行路上，除了天子的車隊，還有數不清的百姓。為了保證長安今後的繁榮，董卓下令把洛陽周圍一帶的百姓都遷往長安，人數多達數百萬口（於是盡徙洛陽人數百萬口於長安），這個數字也許有些誇張，但即便是數十萬口也不得了。

一路上，被迫西遷的百姓不時受到董卓手下步兵和騎兵的侵擾，有的忍飢挨餓，有的遭到了搶掠，道路上隨時可以看到堆着的死屍（步騎驅蹙，更相蹈藉，飢餓寇掠）。

從洛陽到長安，一時竟成了死亡之路。

到了長安，噩夢也未完結。長安城原來有未央宮，是由漢初蕭何主持在秦章台的基礎上擴建的，規模宏大壯麗，但王莽失敗後漢軍、赤眉軍兩次攻入長安，未央宮遭到焚毀。漢獻帝此次倉促西遷，未央宮還無法居住，只能在京兆尹府臨時下榻。

至於隨遷而來的百姓，董卓只負責強令他們西遷，不負責他們的衣食住行，到長安以後住在哪裏、靠什麼生活，董卓根本不管。

董卓那時還在洛陽，司徒王允全面負責長安事務，他協調內外，儘量保證各項遷都事宜有序進行。未央宮在加緊整修下勉強可以入住，漢獻帝不久搬入未央宮。在洛陽，送走了漢獻帝後，董卓覺得有一件事該辦辦了。

董卓下令給司隸校尉宣璠，讓他斬殺太傅袁隗、交通部部長（太僕）袁基，袁紹的生父袁逢、繼父袁成都死了，袁隗、袁基是袁紹的叔父。

如果不遷都，袁家人估計還能再留一陣，至少這是與袁紹、袁術談判的籌碼，但現在西遷長安已成定局，留着他們也就只是浪費糧食了，袁家在洛陽的親屬有 50 多口，全部被殺，連嬰兒也沒逃過這

一劫。

袁氏遭滅門後，先被集中埋在洛陽城青城門以外、東都門以內的一個地方，上面做了標記。董卓後來擔心有人來盜取，把他們又都挖出來，送到關中的郿塢。

消息傳到河內郡和魯陽縣，袁紹、袁術痛哭，誓報此仇。

袁氏滅門之禍，董卓是兇手，但袁紹、袁術也無法脫去責任，他們決定興兵討伐董卓的時候就應該料到有這樣的結局。他們要麼不相信董卓敢下死手，要麼是內心太冷酷。

也許前一種成分更大，因為董卓不管多專橫殘暴，他畢竟是「袁氏故吏」，袁家人曾經對他有恩，在政壇上，他貼着袁家的標籤。然而，這種想法用在董卓這樣的人身上，就只能是一種幻想。董卓從來不知道政治操守是何物。

巨大的悲傷也為袁紹爭取來大量的同情，很多人都來投奔他們，有些人雖然沒有直接來到袁紹手下，也打着袁紹的名義（莫不以袁氏為名）。

董卓那邊，殺完袁氏一族，他知道事情當然不會完結。即使要遷都，也得先打一仗，只有這樣才能震懾住關東聯軍，如果灰溜溜地退往關中，關東聯軍的士氣必然大漲，各路人馬一窩蜂地擁向潼關，他想在長安過舒服日子，就是做夢。

所以這一仗必須打，而且得打好。

董卓把手下最精銳的人馬分成三路，在洛陽以東按北、中、南三個方向進行佈防：

北路方向，主將是牛輔，他是董卓的女婿，是董卓最信賴的人之一，對手是包括袁紹在內的河東郡、河內郡的關東聯軍，除此之外還有與關東聯軍遙相呼應的白波軍；

中路方向，主將是徐榮，他是董卓手下最能打的將領之一，董卓

派他應對酸棗方向的關東聯軍，這個方向的敵人最多，最不能大意；

南路方向，主將是胡軫，他是涼州軍裏資格最老的將領之一，董卓派他對付魯陽方面的袁術，這一路的敵人雖然人馬有限，但袁術手下有特別有戰鬥力的孫堅，董卓也不敢大意，派呂布、華雄輔助胡軫。

漢獻帝初平元年（190 年）春天，以沁水、河內、酸棗、滎陽、陽翟、魯陽等戰略要地為中界，一條長達上千里的戰線拉開了，兩邊都在往前線調集人馬，大戰一觸即發。

這一仗，將決定很多人的命運。

# 曹家軍打頭陣

最先打起來的是北線。

在河內郡屯駐的袁紹、王匡離前線最近，他們的駐紮地在黃河北岸的懷縣，與洛陽的直線距離不過 100 里左右，輕騎兵半天即可到達。

袁紹命令王匡在平陰渡口過黃河，做嘗試性進攻。牛輔率部在平陰渡口一帶與王匡對峙，暗地裏派出精銳從另一個渡口小平津渡過黃河，繞到王匡背後，抄了聯軍的後路。

王匡所部損失慘重，退回到懷縣與袁紹會合，不再出戰。

這是關東聯軍的第一仗，雖然有袁紹的親自指揮，但仍以失利告終，這讓位於中路的酸棗方向各位將領變得遲疑起來。本來，聚集酸棗的人馬最多，如果一鼓作氣往西打，也能形成一定氣勢。但大家似乎都不急着進攻，每天大吃大喝（置酒高會），只有曹操比較着急。

酸棗在陳留郡的地盤上，張邈在聯軍中說話最有分量，曹操多次找到這個老朋友，請求發起進攻。

曹操勸張邈說：「咱們共舉義兵討伐董卓，現在人馬已經聚集完畢，還等什麼呢？董卓劫持天子，焚燒宮室，海內震動，這正是天

要滅亡他的絕好時機（*此天亡之時也*），一戰而天下可定，機不可失呀！」

曹操反覆陳述，張邈也不好再拒絕，但表示無力調遣其他各部，讓曹操自己想辦法組織力量準備進攻。

在各路人馬中，曹操與濟北國相鮑信關係最好，曹操又找到他，說服鮑信一同行動。鮑信是曹操早期事業上的堅定支持者，他願意跟弟弟鮑韜一起與曹操共同行動。曹操有 5000 多人，鮑氏兄弟有 1 萬多人，雙方編成一支混合部隊。

從人數上看，這支人馬相當於 1 個軍，下面有 4 個師，分別由曹操、衞茲、鮑信、鮑韜實際掌握，曹操的這個軍長（*奮武將軍*）也算實至名歸了。


這支人馬由酸棗方向出發，向西進入司隸校尉部所屬河南尹境內，並未遇到抵抗，陽武、原武等縣甚至連地方官都找不到了。

東西軍事對峙形成後，這一帶就成了最前沿，無論誰勝誰敗這裏都將遭受戰火塗炭，地方官們早就開溜了。

中牟縣令楊原也想棄官而逃，有個人勸他不要這樣做。

這個人名叫任峻，是本縣人，他對楊原說：「董卓作亂，天下沒有一個人不恨他，但是都不敢先發，不是不想，形勢還不成熟罷了。您若能趁這個機會做一個倡導者，必然得到天下的回應。」

楊原可能是個外地人，所以想溜，而任峻是本地人，跑也沒地方跑，不如拿起武器保衞家鄉。最後，楊原聽從了任峻的建議，自稱河南尹，任命任峻為辦公室主任（*主簿*），將臨近幾個已無人管理的縣都接管起來，實行臨時地方自治，招集散勇，擴充人馬，等待時機。

正在這時，聽說曹操率一路隊伍來到，任峻與本地另一個知名人士張奮一起率數百人加入聯軍的隊伍，曹操將他們暫編為一個旅，

表奏任峻為旅長（騎都尉）。看來表奏這個東西很好使，曹操也學得很快，袁紹表奏他代理軍長（行奮武將軍），他馬上就能表奏別人當旅長。

任峻加入曹操陣營後深得曹操的信任，後來曹操把一個表妹嫁給了他。任峻以後主要負責後勤工作，成為一名出色的農業問題專家，是曹魏搞屯田的早期負責人之一。

有任峻的意外加盟，聯軍士氣大增，隊伍很快進發到滎陽、成皋一帶，他們的目標是佔領戰略要地敖倉。

敖倉之所以成為自古兵家必爭之地，是因為它是當時天下最大的糧倉。滎陽、成皋附近有一條人工運河叫汴水，用來連接黃河水系和南方的淮河等諸河道，可以把東南各郡的物資很便捷地運到這裏來。

自秦朝開始，就在附近的敖山上修建倉庫，囤積了糧食等物資，也囤積了一些軍械，成為朝廷儲備糧基地和軍隊的後勤基地。曹操率軍直奔滎陽和成皋而來，除了這裏是西征的必由之路外，攻佔敖倉意義更為重大。

開始，曹操率部一路順利，隊伍渡過汴水後，敖山隱約的山影都能看到了，大家興奮異常，以為大功告成。然而等待他們的將是一場慘敗，他們中的大多數人，將沒有機會再能渡回汴水。

因為，他們面對的是一群可怕的敵人。

## 遭遇可怕對手

涼州軍，這是一批訓練有素、在戰場上十分兇悍的敵人。曹操率領的人馬如果相當於剛剛組建的民團，涼州軍就是裝備精良、戰鬥經驗十分豐富的特種兵。這兩支人馬相遇，結果可想而知。

這裏，對涼州軍不妨再做簡單介紹。董卓集團目前由兩部分組

成，一支是自己的涼州軍，一支是歸順來的并州軍，雙方合起來有10萬多人，其中并州軍只佔很少一部分。別看董卓手下人數不算太多，但這些都是精兵悍將，說他們在戰場上能以一當十，也不算誇張。

因為他們是職業軍人，大多數出身於涼州、并州一帶，由於各民族混居形成的基因優勢，個個身體強壯。他們身經百戰，戰場經驗豐富，而且家屬子女都在老家，打起仗來沒拖累，一上戰場就死拚。

涼州軍還有一個優勢，那就是戰馬。冷兵器時代最初的戰鬥方式是車戰，後來隨着馬鞍、馬鐙等配具的發明和應用，騎兵逐漸成為新的獨立兵種，擁有戰馬的多少以及戰馬品質的高低成為衡量一支部隊戰鬥力強弱的最重要指標，盛產好馬的涼州成為精銳之師誕生的搖籃。

涼州軍就是這樣的精銳之師，他們說起來也是朝廷的部隊，但現在他們只效忠於董卓個人，成為董卓的私人武裝。董卓抓隊伍很有一套，他在涼州時最高軍職為四方將軍之一的前將軍，相當於大軍區司令或兵團司令，他便利用這一職務瘋狂擴軍，手下人馬迅速膨脹，他到底有多少人馬，朝廷都不清楚。

董卓對手下將領實行「扁平化」管理，所有的將領都聽他直接指揮，其中地位較突出的有牛輔、李傕、郭汜等三人。牛輔已做過介紹，李傕字稚然，涼州刺史部北地郡人，作戰勇猛，詭譎殘忍；郭汜又名郭多，也是涼州人，出身於馬賊，作戰非常兇悍。

以上三人可看作軍長一級的將領，在牛軍長手下比較有名的師長是張濟，出身於涼州的武威地區；在李軍長手下比較有名的師長有李暹、李利、張苞等，其中李暹、李利是兄弟倆，他們都是李傕哥哥的兒子。

其他還有一批將領，包括徐榮、董越、段煨、胡軫、楊定、李蒙、樊稠等，他們不分屬以上三位軍長，相當於師長或旅長，直接聽命於董卓。

在涼州軍將領中，徐榮的情況比較特殊。他是東北人，祖籍是幽州刺史部玄菟郡，而並非出自涼州。史書對徐榮早年的情況沒有交代，推測起來，他可能是朝廷西部兵團的下級軍官，在涼州時因為作戰勇猛職務不斷晉升，後來歸董卓指揮，是董卓信任的少數出身內地的將領之一。

徐榮雖然力量很猛，卻不硬拚，他比較喜歡動腦筋。眼看聯軍隊伍衝自己而來，徐榮考慮所部人數不足，不宜把戰線拉得太長，於是主動放棄前沿的武陽、原武、中牟等據點，在成皋一帶佈下重兵，以逸待勞，等敵人渡過汴水再發起攻擊。


戰鬥在敖倉周圍的成皋打響。

曹操指揮的聯軍人數雖然佔優勢，但多是新兵，訓練時間短，戰場經驗不足，裝備也差，騎兵人數不多，在涼州的職業軍人面前，基本上不堪一擊。

但是，在曹操、鮑信、衛茲、鮑韜、任峻等人以及曹氏、夏侯氏諸兄弟的帶領下，聯軍並未退卻，而是拚死血戰。

戰鬥進行得異常激烈，聯軍一方處於下風。曹操的戰馬被亂箭射死，失去戰馬的曹操，隨時會在混戰中被殺。緊要關頭，曹洪把自己的戰馬拉過來讓曹操騎。

曹操不願意，曹洪急了：「天下可以沒有我曹洪，不能沒有大哥你呀（天下可無洪，不可無君）！」

曹操這才上馬，殺出重圍。曹洪隨後也設法脫身。

立下大功的這匹戰馬，傳說有一個好聽的名字叫「白鵠」，不過正史沒有記載，可能只是後人的附會之言罷了。

退到汴水岸邊，看到敵人沒有再追，曹操這才把人聚攏起來。經過清點，發現衛茲和鮑韜戰死，自己和鮑信身上都掛了傷，所幸曹

洪、曹仁、曹純以及夏侯惇、夏侯淵、任峻他們倒沒有什麼大礙。

上萬人的隊伍幾乎全軍覆沒，沒有死在戰場上的人，大部分都開了小差。只有從譙縣帶出來的人還緊緊跟隨他們。

一行人趁夜渡過了汴水，回到大本營酸棗。

# 胡大人揚言殺呂布

三線作戰，北線、中線都取勝了，但董卓的心情並不輕鬆。

涼州軍雖然在汴水之戰中大勝，但對手頑強的戰鬥意志讓董卓感到了吃驚，按董卓的想法，這本算不上是場戰鬥，而是一場大屠殺，但真實的過程讓董卓驚訝。

董卓知道，和曹操相比，他的老熟人、前同事孫堅更生猛，所以之前在三路大軍的安排上特別重視南面這一路，不僅派了胡軫，還派呂布、華雄去協助。

胡軫此時擔任陳郡太守，是董卓嫡系中的嫡系。呂布屬於并州軍，雖然跟董卓以父子相稱，但手下的隊伍在董卓集團裏屬於雜牌軍。華雄也是董卓手下的一員猛將，擔任都督一職，但對他的情況所知甚少，他的實際影響力與他後來的名氣相比差得多。

本來這支人馬在三路大軍中是力量最強的一路，但涼州軍和并州軍在配合上好像出了問題，胡軫與呂布之間不大對付。

胡軫字文才，他和董卓手下另一個將領楊定關係很親密，涼州軍中有人稱他們為「涼州大人」，涼州人習慣用語中，「大人」的意思是大家豪右，也就是地方豪強。

胡軫的資歷似乎比李傕、郭汜還老，董卓對屬下經常呼來喝去，想罵就罵，想打就打，但對胡軫相當客氣，除了讓胡軫帶兵，董卓還給了他一個陳郡太守的官銜，這在涼州軍眾將領裏算是特例。

但這個人的水平比牛輔高不到哪裏去，脾氣大、嗓門大、愛擺老資格，誰都不放在眼裏。

董卓讓他指揮呂布、華雄，弄不好就得出事。

現在說說南線的戰事，與其他兩路關東聯軍一樣，袁術在南線也是主動發起的攻擊。

袁術自己本事有限，但手下有個特別能打且幹活不惜力的孫堅，放着不用白不用。袁術命令孫堅向北發起進攻，孫堅遵命，率本部人馬北上，到達梁縣境內的陽人聚。

「聚」就是壁塢，是建有防禦設施的軍事要塞，這個陽人聚位於洛陽的正南方，具體位置在霍陽山和汝水以北，距離洛陽的直線距離不到百里。

董卓還在洛陽城裏，敵人已到了洛陽的遠郊區，董卓一聽就急了，馬上派人傳令給胡軫，要他趕緊率部迎敵。胡軫不敢怠慢，指揮人馬迎擊孫堅。

也不知是涼州軍的將士還在忙着搶劫殺人一時無法收心，還是呂布、華雄暗中鬧情緒，總之胡軫着急，手下的將士卻不怎麼着急，隊伍行動遲緩，軍紀也十分渙散。軍情緊急，迫在眉睫，要是放孫堅繼續北上，洛陽就有危險了。

胡軫又氣又急，一怒之下放出了狠話：「這次行動相國給我了大權，我非斬殺一名青綬級官員，才能整頓好紀律（今此行也，要當斬一青綬，乃整齊耳）！」

在漢代，官員的品秩大小可通過官印的材質和綬帶的顏色來判斷，其中綬帶分為黃赤、赤、綠、紫、青、黑等顏色，皇帝、太后、皇后用級別最高的黃赤色，2000石級官員才能用。

在整個南線作戰的各支隊伍裏，夠這個級別的只有呂布和華雄兩

個人，胡軫的話未免說得太直白了。這些話最後傳到了呂布、華雄的耳朵裏，二人既驚又恨。

胡軫率本部緊趕慢趕，總算到達梁縣境內的另一個壁塢廣成聚，好在這時孫堅還在陽人聚，沒有進一步行動。

這時天已經黑透了，將士們在胡軫的催促下一路急行軍，人困馬乏，大家都建議在廣成聚宿營，吃頓飽飯，再好好休息一下，等天亮後再向孫堅發動攻擊。但是胡軫不同意，因為他獲得了情報，說孫堅從陽人聚已經出發了，胡軫要求大家馬上開拔，去追擊敵人。大家沒有辦法，只得從廣成聚向陽人聚方向急進。

但胡軫得到的情報是假的，孫堅不僅沒走，而且在陽人聚做好了充分的防守準備，涼州軍來攻，遭到迎頭痛擊。

孫堅手下的人馬戰鬥力顯然更強，加上以逸待勞，涼州軍吃了大虧。敗下來的涼州軍士又渴又餓，人馬疲憊至極，無力再發起進攻。

胡軫雖不情願，但也無奈，只好下令退回廣成聚。到達廣成聚已經很晚了，大家沒有任何力氣修築塹壘，將士們一個個躺在地上就睡了起來。

睡到半夜，不知道是誰，突然大喊一聲：「城裏的敵人出來了（城中賊出來）！」

這是古代行軍打仗常遇到的事，叫作夜驚，有人睡糊塗了，加上精神高度緊張，做着噩夢突然驚醒，往往會大喊大叫，行軍打仗都怕這個。

大家睡得正沉，突然被這一嗓子驚醒，來不及弄清情況，盔甲也來不及穿戴，馬跑了也顧不上追，紛紛棄營逃命。

就這樣，敵人沒來，自己嚇得潰退了十多里，天亮的時候才慢慢安定下來。這時，呂布、華雄率領的人馬才趕到。

胡軫下令，再次向陽人聚發起進攻。

孫堅加強了防備，昨夜趁敵人退出的時間又下令把陽人聚外面的城塹進行了加深，胡軫督率呂布、華雄等發起猛攻，卻無法取勝。

胡軫下令撤兵，孫堅趁勢追擊，涼州軍大敗。

打敗了胡軫、呂布、華雄這幾位名將，孫堅所部士氣大振，孫堅下令從陽人聚開拔，直取洛陽。打進洛陽，活捉董卓！

董卓這回是夠嗆了。可在這個節骨眼上，突然從東北方向殺過來一支人馬，擋住了孫堅的隊伍。

## 不同日生，乃同日亮

來的這支人馬，主將是徐榮。

在汴水打敗曹操後，徐榮接到董卓的命令，讓他趕緊增援南線。徐榮不敢怠慢，馬上率一部主力前來支援，結果正碰上孫堅。

徐榮不愧是涼州軍裏最能打的猛將，他堵住了孫堅，將其打敗。孫堅不僅敗了，而且敗得很狼狽。

孫堅最後只領着程普等幾十騎突出重圍，徐榮在後面窮追不捨，孫堅頭上戴着一個紅色頭巾，平時看着挺酷，這時候就要命了，紅頭巾成了一個標誌，涼州軍拚命追着打。

孫堅手下的將領祖茂提醒孫堅，把頭巾摘下來給自己戴上，孫堅才得以解圍。祖茂被追到一片墳地，四處是敵兵，只好下馬，把孫堅的紅頭巾綁在一根柱子上，自己趴在草中一動不動。

涼州兵看見紅頭巾，以為抓住了孫堅，就裏三層外三層包圍起來慢慢靠近，等到了跟前才發現是根柱子。

祖茂後來也設法脫了險。

孫堅被徐榮打敗的地方在梁縣以東（梁東），此地屬河南尹，但緊鄰豫州刺史部穎川郡。

孫堅於是退到了穎川郡，該郡太守名叫李昊，是豫州刺史孔伷的人，孫堅如果見到孔伷，一定有些尷尬，因為他也是豫州刺史。只是孔伷的豫州刺史才是正宗的，人家有朝廷的正式任命，而孫堅的豫州刺史是袁術表奏的，是冒牌貨。

但孔伷、李昊還是給了孫堅以支持，協助他整頓殘部，重振旗鼓，在很短的時間內又殺回了河南尹轄區。

孫堅率部一口氣殺到了大谷關，這是洛陽八關之一，距洛陽南郊只有 90 里，董卓急命華雄率部阻擋，此戰孫堅取勝，華雄被斬殺於陣前（堅出擊，大破之，梟其都督華雄）。

華雄死在大谷關，不是傳說中的汜水關。

斬華雄的是孫堅所部，不是傳說中的關羽。

對孫堅這個又猛又衝的老同事，董卓簡直沒了辦法。

董卓跟自己相國府的祕書長（長史）劉艾圍繞孫堅曾有過一次談話。在談話中，董卓回顧了當初在張溫指揮下和孫堅共事的經歷，認為當時孫堅地位並不高，但見解獨到，在打仗上經常和他自己的想法所見略同，不可小視。

劉艾看領導很發愁，就寬慰說：「孫堅看起來有些謀略，但比李傕、郭汜差得遠，據說他在美陽亭吃過大敗仗，官印、綬帶都丟了，所以算不上有能耐。」

董卓不同意這種看法：「那是孫堅有些倉促，裝備也不如敵人，而打仗也是有勝有負的。」

劉艾還想替領導寬寬心：「現在關東那幫人驅趕着老百姓跟我們搗亂，他們的鋒芒不行，兵器更不行，難以長久。」

董卓聽了才好受些：「那倒是，殺了二袁、孫堅，天下就會順從了！」

董卓下令給手下部將，讓他們小心提防孫堅。看到孫堅勢不可當，董卓想到一招，他派李傕帶上自己的親筆信去見孫堅，表示求和之意。

董卓確實充滿了誠意，因為派去談判的人是手下最重要的將領之一——李傕，董卓這樣做一方面為展示誠意；另一方面，可能考慮到早年孫堅在涼州作戰時，李傕與他相識，熟人見面好說話。

董卓還讓李傕給孫堅帶話，他願意與孫堅和親，董卓還讓孫堅把自家子弟以及部下裏願意當刺史、太守的統統列一個名單出來，他照單全部任用（列疏子弟任刺史、郡守者，許表用之）。董卓已經有了個女婿牛輔，還要再和孫堅和親，看來他的女兒不止一個。

但孫堅毫不猶豫地拒絕了：「董卓逆天無道，蕩覆王室，如不夷其三族、懸示四海，我都無法瞑目，還結哪門子親？」

拉攏不成，董卓只得親自率大軍迎擊孫堅，結果不是孫堅對手，又吃了敗仗。

但關東聯軍方面也有損失，潁川郡太守李旻在作戰中被俘，與他一起被俘的還有好友張安，董卓命人把他們押送到洛陽，在畢圭苑裏搞了個儀式，要把李旻和張安活活烹殺。

董卓慣用這種招數，此前在北線作戰中他俘虜了袁紹手下一個名叫李延的將令，就下令把他煮了。大鼎支起，爐火熊熊，一般人嚇都嚇尿了。這是一種心理戰。

李旻、張安在歷史上名氣雖不大，卻留下了瀟灑的一筆。

臨刑，二人談笑風生，毫不懼怕。入鼎前，還不忘調侃一下：「咱們倆不能同日生，卻有幸同日被煮啊（不同日生，乃同日烹）！」

# 聯軍自相殘殺

孫堅繼續前進，攻下洛陽指日可待。就在孫堅準備指揮所部向洛陽發起總攻的時候，後方卻出了問題。

孫堅一路高歌猛進，袁術心裏不踏實了，他雖然是關東聯軍南線總指揮，但他靠的是孫堅，孫堅在前面打，袁術只是在後方負責後勤。

孫堅打了敗仗他着急，打了勝仗，他更着急。

有人在袁術面前不斷挑撥：「孫堅如果攻入洛陽，就再也不好控制他了，這等於趕走了董卓這匹狼，又引進了孫堅這隻虎啊（堅若得洛，不可復制，此為除狼而得虎也）！」

袁術心眼兒本來就小，經過這一挑撥，對孫堅更不信任了，於是停止了前方的後勤供應。

孫堅一下子傻了，如果斷了軍糧，將不戰而敗。陽人聚距離魯陽縣有 100 多里，孫堅連夜騎馬趕回魯陽。

孫堅見到袁術，對他說：「我之所以不顧生死全力拚殺，上為國家討賊，下為報將軍家門的私仇。我孫堅和董卓沒有骨肉之怨，但將軍您受別人的挑撥，還對我有所懷疑！」

孫堅越說越激動：「眼看大功將成，但軍糧不繼，這就像當年吳起歎泣於西河，樂毅遭恨於垂成啊，希望將軍好好想想！」

魏文侯時吳起擔任魏國西河郡守，其間與諸侯軍隊大戰 76 次，其中大勝 64 次，其餘不分勝負。魏武侯繼位，前期對吳起還比較信任，後來受國相田公叔等人的挑唆，對吳起的忠誠產生懷疑，魏武侯決定召回吳起。吳起行至岸門，停車回望西河郡，眼淚流了下來。

車夫問吳起：「我觀察您的心志，捨棄整個天下就像扔掉一隻鞋子那樣，如今離開西河郡，您卻流下了眼淚，為什麼啊？」

吳起擦去眼淚，說道：「你不知道，如果君侯信任我，讓我盡自己的才能，那麼我就可以幫助君侯成就王業。如今君侯聽信小人的讒言不信任我，西河郡被秦國攻取的日子不會久了，魏國從此要削弱了！」

吳起於是不再回魏國，而投奔了楚國。

燕昭王時樂毅被拜為燕國上將軍，為燕國攻下 70 多座城池。燕惠王上任，對樂毅由不滿升至不信任，處處排擠。樂毅無奈，逃往趙國。

孫堅向袁術說這兩個人的例子，其實是在警告袁術，再這樣不信任自己的話，他只能像吳起、樂毅那樣離袁術而去。

袁術想了想，發現他現在還離不了孫堅。於是下令，給孫堅所部重新調撥軍糧。

再回頭說曹操。

汴水失利後，曹操、鮑信帶着從成皋前線打了敗仗的隊伍回到酸棗。他們在前方浴血奮戰，回到後方後看到的景象卻讓他們既憤怒又傷心，酸棗的這些人還在整天醉生夢死，壓根沒人關心前方的戰事。

曹操很着急，多次找張邈等人陳述自己的用兵計劃，張邈雖然能聽進去一些，但此時屯紮在酸棗的人馬並不全聽他的指揮，曹操又找到橋瑁等人做工作，但成效不大。

曹操和鮑信的聯軍幾乎全軍覆沒，這讓酸棗的其他幾支人馬更加堅信不能盲動，他們甚至想，幸好當時沒有被曹操忽悠去，否則就是鮑信今天的下場，部隊基本上打光了，還搭上了自己的親人。

在一次聯席會議上，曹操建議採取以下軍事部署：「渤海郡太守袁紹從河內郡進攻，逼近黃河上的孟津渡口；酸棗的各路聯軍攻擊成皋，佔領敖倉，封鎖軒轅關和太谷關，控制各戰略要地；後將軍袁術率領南陽郡的大軍進攻丹水和晰縣，攻入武關，擾動關中。以上各路大軍實現第一步目標後，高築壁壘，不與敵人作戰，多佈疑兵，發動輿論

和思想攻勢（示天下形勢），以正義之師討伐叛逆，天下即可平定。如果我們遲疑不敢進攻，天下人將失望，我也為諸位感到羞恥！」

曹操提出的這個行動計劃很具體，也很現實，這個計劃的關鍵是要同時行動，給敵人造成首尾難顧的態勢。從當時的形勢看，這是最有效的進攻方案。

雖然曹操把話都說到快翻臉的程度了，劉岱、橋瑁、袁遺等人還是不表態，張邈束手無策。這不由得讓人想起了鄭泰的話，雖然鄭泰的目的是忽悠董卓，但他對酸棗這幾個人的評價看來還挺準。曹操失望已極，決定離開酸棗，到外地重新募兵，東山再起。

在這段時間，曹操與鮑信結下了深厚友誼，在曹操看來，鮑信和橋瑁、劉岱等人不同，是個有理想、有遠見的人。經過汴水激戰，鮑信對曹操也有了更多瞭解，雖然他失去了弟弟，但對曹操的敬佩之情始終不渝。

二人在酸棗告別，相約重新招人馬、拉隊伍。鮑信重回濟北國，他在那裏還算有基礎，再拉起一支隊伍來問題不大。曹操決定帶着曹洪等人前往南方的揚州刺史部一帶，在那裏招募人馬。

不久之後，曹操和鮑信還會繼續合作。


在袁紹親自坐鎮的北線，自從王匡主動出擊被打敗後，就基本處於無戰事的狀態。

袁紹、王匡的態度有些消極，董卓也發現了這一點，所以把用兵的重點放在了別的地方，用重兵對付孫堅。對於袁紹，董卓想出了一個新辦法。

董卓派出了一個特使團來到懷縣，對袁紹等人進行招撫。特使團由大鴻臚韓融、少府陰修、執金吾胡母班、將作大匠吳修、越騎校尉王瓌等一批重臣組成，這些人品秩都在 2000 石上下，都是「部長級」

高官，屬重量級人物。

但是，特使團剛到河內郡，還沒有展開工作，就被袁紹下令抓了起來。袁紹以聯軍總指揮的身份命令王匡把他們收押入獄，袁紹告訴王匡，讓他做好準備，要拿董賊派來的這些特使來祭旗（欲殺以徇軍）。

王匡大吃一驚，因為這些人雖然是董卓派來的，但本質上跟董卓並非一路人，他們都是士人，有的還曾是著名的黨人，比如少數民族事務部部長（大鴻臚）韓融，在士人中聲名甚盛。還有洛陽警備司令（執金吾）胡母班，早年就曾名列黨人「八廚」之中，並且他還有一個身份，是王匡的妹夫。所以袁紹的命令讓王匡深為不解，也痛苦不已，但還是接受了命令。

胡母班更無法理解，他在獄中寫信給王匡：

「你把我抓進監獄，聽說又要拿我們祭旗，這與暴虐無道之君有什麼區別？我跟董卓有親戚關係嗎？我跟他做過什麼壞事嗎？現在，你張着虎狼之口，吐着長蛇之毒，把對董卓的憤恨遷怒於我，何其殘酷！死，不是什麼難事，但恥為狂夫所害。

「如果死後有靈，我將在皇天那裏控告足下！唉，所謂姻親，到底是福是禍，我今天算是知道了。過去是一家人，現在卻是血仇！我現有兩個小女兒，是你的外甥女，我死後，拜託你千萬不要讓她們在我的屍體旁哀哭！」

看到妹夫的信，王匡痛苦不已，只有抱着胡母班的兩個女兒痛哭。胡母班最後還是被處死了。

董卓派出的特使團，除韓融德高望重又跟袁紹的父輩、爺爺一輩都有交往而免於一死外，其他幾個人都被殺害了。

董卓其實並沒有打算真能把袁紹等人勸回頭，他知道有些事可以勸動，有些事是沒法勸的。但董卓還是派了這些人去，名單是他精心挑選的，都是一些有聲望的士人。袁紹為難他們，董卓才高興。

袁紹把這些人殺了，董卓更高興，這些人跟袁紹等人在本質上沒有區別，袁紹殺他們，就是自相殘殺。

這是董卓陰損的一招，而袁紹中招了。

王匡早年輕財好施，以任俠而聞名，和大學者蔡邕關係很好，但殺胡母班事件發生後，蔡邕對王匡的看法發生了改變，再提到王匡就稱他為「逆賊」。

胡母班被殺，他的親屬不勝憤怒，後來聯合曹操把王匡殺了以報仇（**班親屬不勝憤怒，與太祖并勢，共殺匡**）。

和曹操有關的這件事是怎樣發生的、又發生在什麼時候不詳，曹操己吾起兵後相當長一段時間都在袁紹的領導下，他為什麼去殺王匡、事後又如何向袁紹做出的交代，這些通通不詳。

不過，這件事應該是有的，它的發生說明，關東聯軍內部的分裂情況相當嚴重。

所以，袁紹殺特使團讓人實在看不明白。

有人認為，這是因為滯留在洛陽的袁氏一家剛剛被董卓滅族，袁紹出於報復，才如此殘忍。

但也許袁紹想得更多，少帝劉辯被殺後，作為漢靈帝健在的唯一繼承人，漢獻帝劉協的合法性慢慢地不再被大家提及，在袁紹看來，這將極大削弱關東聯軍的鬥志，時間長了有被對手瓦解的可能。殺了董卓派來的特使團，就是要告訴大家，關東聯軍和董卓集團勢不兩立，鬥爭沒有結束，而是剛剛開始。

但這似乎是袁紹的一廂情願，關東聯軍各支人馬都有自己的盤算，革命的堅定性也各不相同，有些事袁紹說了也不算。

不管怎麼樣，袁紹這個關東聯軍的盟主帶頭搞分裂，下面自然就亂了。兗州刺史劉岱和東郡太守橋瑁素有矛盾，他們不團結起來打董

卓，卻自己動起了手，劉岱殺了橋瑁，之後任命一個手下去擔任東郡太守。

關東聯軍的各路將領都明白，聯盟已名存實亡。再加上徵集起來的糧食也差不多吃完了，酸棗的幾路人馬於是先後悄悄撤回了各自的轄地，酸棗這個反董大本營，也只是熱鬧了幾個月而已。

## 孫堅攻入洛陽

相比而言，孫堅的討董意志更堅決。

漢獻帝初平二年（191 年）春天，涼州軍打退了孫堅對洛陽的第一次進攻，但孫堅很快便重新殺了迴來，前鋒逼近洛陽南郊。

孫堅在涼州軍面前所呈現出的超強戰鬥力，一方面來自他自身，孫堅曾久在涼州，知道涼州軍的作戰特點，他是有備而來。另一方面，涼州軍將士此時已無心戀戰，遷都已經成為定局，最終還是要撤退，他們現在只想把這一陣搶來的東西順利運回老家去，沒有人到了這種時候還去拚命死戰。

在這種情況下，董卓知道總撤退的時間到了，如果再不走，就真有可能走不了了。要保證大隊人馬順利撤退，必須安排一支人馬斷後，這個「光榮任務」自然又落到了并州軍頭上。

呂布、張遼等并州軍將領接到董卓的命令，留守洛陽。董卓本人則率大部隊一路向西，駐紮在澠池附近，隨時做好撤往長安的準備。

孫堅率領的人馬很快攻到洛陽城外，呂布、張遼指揮并州軍稍做抵抗就撤出了洛陽，孫堅由洛陽城南面的宣陽門進了城。

呈現在孫堅面前的洛陽城基本上只是一片廢墟，城裏的老百姓都跑光了，這座昔日繁華的大都會成為一座空城、死城。看到這種情況，孫堅忍不住流下淚來（堅前入城，惆悵流涕）。

進城後，孫堅讓士兵打掃南宮、北宮和太廟的衞生，又到太牢進行了祭祀，還派出一部分人馬出城，整理洛陽以北邙山一帶被破壞的漢室各皇陵。

有人向孫堅報告，說洛陽城南有一口甄官井，有人發現大白天井口不時發出異樣的光亮，各種顏色都有（旦有五色氣），大家都覺得奇怪，不敢到這口井裏打水。

孫堅派了個膽大的人下到井中，在下面發現了一枚玉質印章，有四寸見方，印上有由五條龍盤着的印紐（方圓四寸，上紐交五龍）。這枚印章缺了一個角，正面的印文是八個字：「受命於天，既壽永昌。」

孫堅一看大喜，因為這就是傳國玉璽。

相傳，這枚玉璽取材於著名的和氏璧，上面的八個字由秦朝首任丞相李斯所書，象徵授命於天，是國之重器。公元前 207 年冬天，劉邦率軍打到灞上，子嬰跪捧着這枚玉璽獻給劉邦。

秦亡，傳國玉璽歸於劉漢。

劉邦很珍視這枚玉璽，一直帶在自己的身上，並代代相傳，作為大統合法的信物。西漢末年王莽篡權，天子年幼，玉璽藏在長樂宮太后那裏，王莽派弟弟王舜來索要，遭到太后的怒斥。太后一氣之下把玉璽扔在地上，摔破一個角。後來，王莽命工匠用黃金進行了修補。王莽兵敗被殺，傳國玉璽輾轉到了劉秀手裏，又開始了世代相傳。

漢靈帝駕崩，這個玉璽神祕地消失了，董卓都沒找到。

後來得知，當時張讓、段珪等人劫持少帝倉皇出宮，宮中一片大亂，負責保管玉璽的人（掌璽者）情急之下把它投到了這口井中。

現在這枚玉璽到了孫堅手中，孫堅把它保管起來。


攻克洛陽是關東聯軍取得的最大勝利，但也是關東聯軍徹底分裂的標誌。這是因為董卓一走大家也就失去了目標，關東聯軍的各路人

馬討董的意志本來就不怎麼堅決,現在更沒有方向了。從此,關東聯軍進入各自為戰的狀態。

孫堅原打算繼續追擊,卻接到了袁術的命令,要他立即放棄洛陽回師,因為後方出了問題。問題出在豫州,製造問題的是袁術的哥哥袁紹。

孫堅被袁術表奏為豫州刺史,豫州刺史部有很大一部分地區成了孫堅的勢力範圍,朝廷任命的豫州刺史孔伷年齡較大,身體也不好,更主要的是孔伷也沒什麼野心,在袁術看來,豫州遲早是自己的勢力範圍。

沒想到的是,袁紹看着眼饞,沒跟袁術、孫堅商量,直接派了個叫周喁的人當豫州刺史,目的再明顯不過,那就是來搶地盤。關鍵是,派來的這個周喁也不是外人,他與周昕、周昂是揚州刺史部會稽郡周氏三兄弟,周昕當過丹陽郡太守,周昂當過九江郡太守,他們跟袁紹、袁術、曹操等人早年便在洛陽相識,關係一直不錯。

朋友來了本來有好酒,但非得把筷子往別人碗裏伸,這又算是什麼好朋友?袁紹這麼做非常不地道,因為他是關東聯軍的總負責人,現在帶頭鬧內訌。

孫堅氣憤難平,長歎道:「大家一同舉義兵,救社稷,董卓剛剛被打敗就幹出了這樣的事,我還能跟誰同心協力呢(逆賊垂破而各若此,吾當誰與戮力乎)!」

孫堅又流出了眼淚,作為一員猛將,他本是一個硬漢,但現實讓他無語,以至於再三落淚。

孫堅從洛陽退出後,也不客氣,直接找周喁開戰,周喁哪裏是孫堅的對手?敗走。

這時,一直有病的豫州刺史孔伷去世了,孫堅趁機在豫州進一步擴大了勢力。

# 陶謙的小算計

袁紹試圖染指豫州未能成功，但他不死心，看到洛陽一帶成為勢力真空，他馬上命令河內郡太守王匡率部抵近黃河北岸，主力集結在黃河上的重要渡口河陽津附近，隨時準備渡河。

這時董卓的人馬還在撤退途中，董卓親率董越部駐紮在澠池，段煨部駐紮在華陰，牛輔部駐紮在安邑，其他將領分駐在各個戰略要地。此時，如果袁紹、王匡突然殺往洛陽一帶，對董卓各部安全撤離也會造成不利影響。

董卓命令剛從洛陽城撤出的呂布、張遼去阻擊王匡的人馬。

看來叛徒從來都無法讓人尊敬，說是去阻擊，其實就是當墊背，并州軍的死活在董卓眼裏並不重要。

董卓自以為得計，但他日後也要為這樣的安排付出代價。

呂布、張遼迅速指揮并州軍前往黃河一線，他們控制住了黃河上的三個重要渡口，中間的是河陽津，西邊的是平陰津，東邊還有一個小平津關。

看到并州軍來了，黃河北岸的王匡又不敢動了。

呂布等了幾天，沒見敵人過河，於是有點兒不耐煩了，決定主動出擊。他把人馬分成兩部，一部從小平津關渡河，做出向河陽津發起攻擊的陣勢，另一部悄悄移動到西邊的平陰津。

王匡不知是計，率主力迎擊來犯河陽津的并州軍，但呂布率領的另一支人馬突然從平陰津方向開來，繞到王匡的背後發起攻擊。受到兩面夾擊，王匡大敗，死傷殆盡。

袁紹看到這種情況，放棄了去洛陽搶佔地盤的打算。

但是洛陽附近還有一支反董武裝，它的領頭人是老將軍朱儁。

朱儁不是一直在董卓身邊嗎？他是怎樣脫離董卓的控制又拉起了一支人馬的呢？

情況是這樣的，朱儁不肯擔任董卓的助手，這讓董卓很不高興。一次，朱儁向董卓彙報事情，陳述了自己在軍事上的一些見解，董卓聽着聽着突然翻臉。

也不管你是不是什麼名將，董卓直接開罵：「論打仗，我百戰百勝，怎麼做我心裏早就想好了，還容你在這裏胡說八道，小心髒了我的刀（我百戰百勝，決之於心，卿勿妄說，且污我刀）！」

董卓說着就要拔刀，按他的脾氣，不管你是什麼人，說殺就殺，說剁就剁，眼看朱儁就要伏屍在董卓面前，旁邊有個人趕緊上來相勸。

這個人對董卓說：「從前像武丁這樣的明君都主動求他人提建議，何況閣下，你想堵住他人的嘴巴嗎？」

董卓竟然被問得一時失語，半天才說：「我剛才是戲言（戲之耳）。」

這個人仍然不依不饒：「從沒聽說過發怒的話可以當戲言（不聞怒言可以為戲）。」

董卓趕緊向朱儁賠禮道歉，才算完事。

關鍵時刻救了朱儁的人是前京兆尹蓋勳，他被迫來到洛陽後沒有擔任原先說好的朝廷參事室參事（議郎），而是先擔任北軍五營之一的輕騎兵旅旅長（越騎校尉），但董卓不想讓他參與軍隊的事，後又讓他出任豫州刺史部潁川郡太守。蓋勳還沒到潁川郡，董卓擔心他跟關東聯軍攪在一起，又把他徵回洛陽。

朱儁畢竟軍事經驗豐富，擔任過全國武裝部隊副總司令（右車騎將軍），在軍中素有威望，所以董卓後來任命朱儁為河南尹，讓他帶領少量人馬在洛陽一帶活動，阻止敵人的進攻。

朱儁脫離了董卓的控制，很快就和關東聯軍建立了聯繫，他想趁機策應聯軍從東面進攻洛陽，但他勢力單薄，關東聯軍方面回應得也

不夠有力，朱儁失敗，被迫逃往荊州避難。

董卓隨後又任命了一個名叫楊懿的人為河南尹，接替朱儁在洛陽周圍打游擊，哪知朱儁又殺了回來，打跑了楊懿，屯兵在洛陽以東的中牟。

徐州刺史陶謙看到董卓大勢已去，突然表態支持朱儁，表奏他代理全國武裝部隊副總司令（**行車騎將軍**），並派出3000名精兵支援朱儁。

在反董的問題上，陶謙一直態度模糊，他採取的是坐山觀虎鬥的策略，現在為什麼突然表明自己的立場呢？

這背後其實有着許多算計，具體來說這是針對袁紹的。袁紹自稱車騎將軍，地位幾乎高出所有人，其中也包括陶謙。董卓在時，陶謙不跟袁紹計較，現在進入「後董卓時代」，以後關東地區誰是「帶頭大哥」呢？在陶謙看來袁紹顯然不配。

於是，陶謙把朱儁抬了出來，你自稱車騎將軍，我給你弄出一個代理車騎將軍，顯然是對你的否定。不過陶謙的這個算計並未奏效，不是袁紹反對，而是董卓不答應。

董卓聽說朱儁在洛陽一帶拉起一支反對自己的人馬，立即派尚未西撤的涼州軍主力殺過來，受到數萬涼州軍的進攻，朱儁手裏的區區幾千人馬自然不堪一擊。

# 亂棍打死老領導

漢獻帝初平二年（191年）四月，帶着從洛陽搜刮來的巨額財富，率領仍然十分精銳的涼州軍主力，董卓來到了長安。

司徒王允率三公、九卿等百官到郊外迎接，董卓所乘的車輛到達，眾人一齊參拜在車前。

雖然是被敵人趕到關中的，但董卓的霸氣一點兒不減，他睥睨着

拜伏在腳下的人們，心裏很滿意。

董卓的目光在人群中搜尋着，突然發現了一個老熟人。

這個人是他老領導的侄子，曾經也做過他的直接上級，還做過他的階下囚。

這就是皇甫嵩，撲滅黃巾民變的頭號功臣，擔任過全國武裝部隊副總司令（車騎將軍），也曾經位至三公。

前不久皇甫嵩被誣下獄，險些喪命，出獄後先擔任朝廷參事室參事（議郎），後又升為總監察官（御史中丞），隨百官先期到了長安。

皇甫嵩字義真，董卓停下車，故意對老領導說：「義真，你現在服不服氣（義真服未乎）？」

皇甫嵩實在厭惡董卓，但又不敢跟他發生衝突：「以前哪裏知道您會如此顯赫啊（安知明公乃至於是）！」

董卓也讀過一些書，看過太史公所著的《史記》，想起了裏面的一句話，於是拿來秀一下。

董卓當眾對皇甫嵩說：「鴻鵠本來有很遠大的志向，只是燕子麻雀這些凡鳥看不到罷了（鴻鵠固有遠志，但燕雀自不知耳）！」

皇甫嵩受到了羞辱，但他仍然忍住了：「過去我和明公您都是鴻鵠，沒想到今天您已變成了鳳凰啊！」

董卓大為滿意，高興地說：「看來你已經服氣了，今天你可以不用參拜啦。」

一代名將甘拜自己的下風，董卓心情很好。

董卓拉起皇甫嵩的手，還想再拿老領導開開心，故意問：「義真，說實話你心裏到底怕不怕我（義真怖未乎）？」

皇甫嵩坦然回答：「明公您如果以德能輔佐朝廷，大福剛到，何怕之有？如果濫施淫刑，那天下人都應該害怕，也不止我皇甫嵩一個人。」

董卓聽完，默然無語。

董卓把在洛陽的暴政搬到了長安，關中百姓從此生活在水深火熱之中。董卓想重新選個人當司隸校尉，問王允誰合適，王允趁機推薦了蓋勳。

蓋勳當過京兆尹，對關中事務很熟悉，倒是個合適人選。

有關部門提出建議，董卓聽了直搖頭：「這個人過於聰明，不能擔當這麼重要的職務（此人明智有餘，然不可假以雄職）。」

蓋勳確實一直對董卓不滿，要不是皇甫嵩太軟弱，他早就在長安扯起反董大旗了。蓋勳來到長安後一直鬱鬱寡歡，不久即病逝。

董卓最後選的司隸校尉名叫劉囂，這個人名氣不大，巴結奉承卻有一套，對老百姓也比較狠。劉囂上任後，規定無論官民，有為子不孝、為臣不忠、為吏不清、為弟不順的一律誅殺，財產全部沒收。

忠與不忠、孝與不孝，這些都由劉囂說了算，他說誰不忠誰就不忠，他說誰不孝誰就不孝，經常是先看中某人的家產，然後羅織罪名迫害。劉囂還鼓勵大家互相揭發，讓百姓互鬥，由此造成了大量冤假錯案，冤死的有數千人之多（更相誣引，冤死者以千數）。

隨着董卓的到來，長安成了一座恐怖之城，大家平時路上見了面只能互相看一眼，話都不敢說一句（百姓囂囂，道路以目）。


董卓變得越來越暴戾而缺乏理性，只要他看着不順眼的人，無論資格有多老、威望多高，都痛下殺手。

現在的長安城裏有兩位董卓曾經的上司，除了皇甫嵩，還有擔任國防部部長（衛尉）的張溫。之前說過，董卓和張溫早已結怨，現在張溫落在自己手裏，而且一直不太搭理自己（素不善卓），董卓就想找個機會報復。

張溫的衛尉此時也就是個頭銜而已，但董卓還是氣不順。

這時，朝廷天文台台長（太史令）夜觀天象，報告說根據天象來

看，近日將有大臣被殺。

董卓很信天命，他怕此讖應到自己身上，趕緊給張溫捏了一個祕密勾結袁術的罪名把他殺了。

初平二年（191年）十月初一日，指揮過千軍萬馬的一代名將張溫被人拖到街上，一頓亂棒之下被打死（笞殺之）。

董卓連老領導都隨便殺，而且手段如此殘忍，文武百官只能心驚膽戰地伺候着他。


董卓的另一個老領導皇甫規儘管死去多年，也受到了董卓的污辱。

皇甫規的第二任妻子長得很漂亮，還能寫文章，工草書，經常給皇甫規當祕書（時為規答書記），眾人驚訝她的才能。

皇甫規死後，妻子仍然年輕，容貌很美，被董卓看上了。

董卓用100輛彩車、20匹馬組成豪華迎親車隊，還有許多奴婢、錢財做聘禮，要娶皇甫規的這位妻子。

皇甫規的妻子穿着便衣來到董卓那裏，跪下來陳述自己的苦衷，言語哀痛。但董卓不理，命人拔出鋼刀圍住她，威脅說：「我的威嚴可使天下降服，難道在你一個婦人身上就行不通嗎（何有不行於一婦人乎）？」

皇甫規的妻子知道不能免於一死，站起來破口大罵道：「你本是野雜種，害了不少天下人，還不夠嗎？我先輩的清德舉世知道，我丈夫皇甫規文武全才，是漢室忠臣，你過去還不是他驅使的一個走卒嗎？竟敢在你上級領導的夫人面前幹出非禮的勾當（敢欲行非禮於爾君夫人邪）？」

一頓怒斥，把董卓罵得無地自容。

董卓惱羞成怒，讓人把車子推到庭院裏，把她綁在車轅上，命奴僕們用鞭子、棍棒使勁地打。

皇甫規的妻子忍受劇痛，對打手們說：「怎麼不重重下手打呢？死得越快越好（何不重乎？速盡為惠）！」

皇甫規的妻子最終死於車下，她的事跡後來被收進《列女傳》中。

# 暴君的天下

到長安後，董卓一改之前重用士人的做法，大肆封拜親屬。他的弟弟董旻被任命為軍區司令（左將軍），封鄠侯，他哥哥的兒子董璜為皇帝高級顧問（侍中），兼任中軍校尉，掌握兵權。還有不少董家的人當了大官，一上朝，董家人能站成一排（並列朝廷）。

連董氏家族抱在懷裏的嬰兒也都封了侯，頒發金印紫綬，小孩不懂那是什麼，拿着當玩具耍。

董卓被封為郿侯，郿縣在長安以西 260 里，即今陝西省眉縣，董卓在此築起高壇，邊長兩丈多，高五六尺，壇成，讓他一個外孫女乘着軒金華青蓋車來到這裏登壇。在郿縣的文武官員，包括都尉、中郎將、刺史等高級官員都到車前，引導着這個小女孩上到壇上，董卓讓侄子董璜為使者親自頒發印綬。

董卓還在郿縣修築了一座城堡，號稱郿塢，城高與長安城相等，裏面儲藏夠 30 年吃的糧食。

董卓對外宣稱：「大功如可成，就稱雄天下；如果不成，就守着它安度晚年！」

董卓還喜歡玩一些新花樣，他親自設計了一種奇特的車子，這種車用青色的傘蓋，爪畫兩輈，大家給這輛專車起了個名字叫「竿摩車」。董卓覺得很得意，也很威風，出門便坐着。

只有擔任皇帝高級顧問（侍中）的蔡邕平時還敢在董卓面前說幾句。蔡邕認為天子和大臣乘坐的車子都有規定和講究，董卓這麼胡來

很不妥，但又不知道該怎麼勸。正巧，長安這時發生了一次小規模地震，董卓有點兒緊張，問蔡邕是什麼原因。

蔡邕趁機對董卓說：「這說明地下陰氣太盛，是大臣踰制所造成的。您乘坐的青蓋車不符合制度，大家都認為有點兒不恰當。」

董卓還真虛心接受了蔡邕的批評，改乘皂色傘蓋的車子。

一個暴君，通常周圍少不了一群小人。

董卓很快被劉囂這樣的小人所包圍，大家一致認為，董太師的豐功偉績無人能比，當太師有點委屈了，於是參照周朝開國宰相姜子牙的先例，要給董卓再上一個尊稱，叫「尚父」。

人家姜子牙不僅是宰相，還是武王的岳父，才稱尚父，董卓是什麼東西，也敢把自己抬得這麼高？但心裏想歸想，沒人敢說。

董卓吃不準，怕弄出個歷史笑話來，就此向蔡邕詢問。

蔡邕又趁機勸道：「姜太公輔佐周室，受命討伐殷商，所以才加上這個尊號。今明公的威德沒有問題，不過我以為現在還不是時候，應該等平定了關東，車駕返回舊京，然後再做。」

董卓聽了，覺得有理，採納了蔡邕的建議。

在大家眼裏，蔡邕是極少數被董卓尊敬的士人之一，董卓對他的話不僅相當重視，而且平時也非常尊重他。而蔡邕似乎也甘為董卓所用，每次宴會，董卓讓蔡邕彈琴助興，蔡邕也很用心（*每集宴，輒令邕鼓琴贊事，邕亦每存匡益*）。

然而，蔡邕內心卻十分痛苦，他曾經對從弟蔡谷說：「董卓這個人性情殘暴，終究會失敗，我想回兗州，但道路太遠了，也不知道那裏的人如何看我，真不知道該怎麼辦。」

蔡谷勸慰他說：「你長得跟普通人不一樣，走在外面容易招致大家圍觀（*君狀異恆人，每行觀者盈集*），你想祕密潛逃，那也太難了。」

蔡邕究竟長成什麼樣史書沒有明確記載，聽蔡谷的意思他長得應該不是一般的特別，屬於那種見一面就忘不掉的人。

蔡邕聽了從弟的話，這才打消逃跑的念頭。


## 蔡文姬和王粲

好在蔡邕身邊有兩個年輕人給了他很大的安慰，一個是自己的女兒蔡琰，一個是王粲。

曹操小時候在河裏與蛟搏鬥的故事被梁代一個叫劉昭的人寫進了《幼童傳》中，這是當時出版的一本兒童教育讀物，裏面記錄了大量的神童故事，和曹操一同入選為「神童」的，同時代還有一個女孩。

這個女孩的父親是個音樂家，把女兒也早早培養成了音樂天才。一天晚上，女孩的父親鼓琴，琴弦斷了，女孩看都沒看就說：「斷的是第二根弦。」

她的父親很訝異：「你這是冒碰上的吧？」

於是，父親故意弄斷了另一根，問她女兒這是第幾根，女兒說：「這一回是第四根。」

答案完全正確。

這個女孩就是蔡琰，一般人稱她為蔡文姬。蔡邕當年流放朔方時，蔡文姬剛出生不久，現在才十幾歲。

順便說一句，有人認為曹操和蔡文姬從小「青梅竹馬」，那是完全靠不住的。曹操比蔡文姬大了 20 多歲，當年曹操和蔡邕同為朝廷參事室參事（議郎），二人相識，見過蔡文姬倒有可能。


王粲字仲宣，兗州刺史部山陽國人，他的父親前面提到過，就是曾任何進祕書長（長史）的王謙。

王謙這時已因病去世，王粲不知什麼原因也來到了長安。

蔡邕是名滿天下的大學者，家裏經常賓客盈坐，如果來晚了，在蔡邕家門口的街巷裏連個停車位都不好找（常車騎填巷）。

一次，蔡邕家高朋滿座，他正跟大家談話，家人遞上來一張名帖，說有人在外面求見。蔡邕看了一眼，竟慌忙從座上起來跑出去迎接，一着急把鞋子都穿反了（倒屣相迎）。

大家納悶，這是什麼樣的重量級人物，能讓蔡大師如此呢？等進來一看，都傻眼了，蔡邕陪着的是一個只有十五六歲的少年，不光年齡小，而且其貌不揚，個子不高（容狀短小），又黑又瘦，一座盡驚。

蔡邕給大家介紹：「這是王公的孫子，很有才能，我不如他。」

王公就是王暢，著名的學者，王粲的爺爺。

蔡邕同時宣佈：「我家裏的藏書，死後全部給他（吾家書籍文章，盡當與之）。」

蔡邕的反常舉動讓人十分不解。王粲即使再有才，也不至於以十幾歲的年齡就能讓名滿天下的大學者折服吧？蔡邕厚遇王粲，要猜測一下的話，或許跟他的女兒有關。

蔡文姬和王粲同齡，但這時她已經有過一次婚姻，她的丈夫出身於河東郡的世族，名叫衞仲道，是個讀書人，婚後夫婦很恩愛，但就在前不久，衞仲道病故了。

衞家人有點兒嫌棄她，認為她剛嫁進衞家的門就克死了丈夫。蔡文姬無法忍受，這才回到了父親身邊。

蔡邕刻意栽培王粲，並且說出那些不同尋常的話，也許有把女兒許配給他的意思。

當然，這是猜測。

有了兩個年輕人的陪伴，蔡邕在長安的生活才增加了一抹淡淡的色彩。

# 第八章 天下新格局

## 孫堅身死峴山

董卓在長安目空一切地當起了暴君，大家卻拿他沒有任何辦法，就在這時，一個消息傳到長安，又讓董卓大感振奮。

孫堅死了！

孫堅打跑了袁紹任命的豫州刺史周喁，局面一片大好，正要大幹一番，卻不幸死於非命。

孫堅有着豐富的軍事經驗，又特別具有親和力，帶隊伍很有一套，在他的手下凝聚了一批能力突出又對他忠貞不貳的將領。和曹操的家族一樣，孫氏家族的成員也不少，有名氣的就有孫靜、孫香、孫河、孫賁、孫輔等人，其中人數最多是孫靜一支。

孫靜是孫堅最小的弟弟，孫堅起事時他也糾合鄉曲及宗室數百人參加，追隨孫堅征戰。但他很戀家，不喜歡當官（戀墳墓宗族，不樂出仕），後來回鄉養老去了。孫靜有五個兒子，分別叫孫暠、孫瑜、孫皎、孫奐和孫謙，個個都是人物。

孫香是孫堅的遠房族弟，跟隨孫堅出來，但一直在袁術手下任職，最後死在壽春，影響不大。孫河與孫堅同族，深得孫堅信任，委以重任。孫賁的父親是孫堅的哥哥，孫賁是孫堅的侄子，孫輔是孫賁的弟弟，他們二人能力比較突出，一直跟隨在孫堅的左右。

這些孫氏族人中，除了孫堅，論輩分孫靜比較高，論能力孫賁最強。

除了孫氏族人，孫堅手下的異姓將領中，資歷和地位較高的有朱治、程普、徐琨、黃蓋、韓當等人。

朱治字君理，揚州刺史部人，早年擔任過縣吏，被舉過孝廉，後來追隨孫堅，在早期的這批將領中他最重要，曾受孫堅派遣帶領人馬幫助徐州刺史陶謙打黃巾軍的餘部（特將步騎，東助徐州牧陶謙討黃巾）。

程普字德謀，幽州刺史部人，早年在郡裏擔任官吏，史書上說他有容貌風姿、計謀策略，善於應答論對，隨孫堅四處征戰，參加了宛縣、鄧縣等地的討伐黃巾軍之戰，在陽人聚打敗過董卓的部隊，攻城野戰，屢立戰功，曾多次受傷。

徐琨的字不詳，他是孫堅的吳郡老鄉，家裏是地方豪族，他的父親徐真和孫堅關係最好，孫堅把自己的妹妹許配給了徐真，生下徐琨，徐琨是孫堅的外甥。他先在郡裏任職，舅舅孫堅起事後辭去郡職成為孫堅的部曲，跟隨孫堅征伐。

黃蓋字公覆，荊州刺史部人，少時生活艱難，但素有壯志，不同於凡庸，常在幹活的空餘學習，講兵事。當過郡吏，被舉過孝廉，徵辟於公府。孫堅舉兵，黃蓋毅然追隨。他生得很威武，善於和士卒打成一片。

韓當字義公，幽州刺史部人，擅長騎馬射箭，有膂力，受到孫堅的喜愛，跟隨孫堅征伐周旋，多次遇到危難，陷敵擒虜，立下不少戰功。

可以說，孫堅具備了亂世稱雄的所有條件，前途不可限量。


正因為如此，袁術對孫堅一直很防範。

袁術知道再這樣發展下去的話，孫堅很快就會脫離自己獨立發展，這是袁術不願意看到的。

怎樣遏制孫堅的發展勢頭呢？袁術想出了一個辦法。

袁術告訴孫堅，現在荊州劉表的勢力發展得很快，已經構成了嚴重威脅，董卓既然退往長安，就先不去管他，現在轉而要全面應對劉表。

劉表近來確實勢頭很猛，別人聯合起來對付董卓，他不參加，悶着頭擴充實力。荊州一共有七個郡，除最北邊的南陽郡以外，其他六個郡基本都被劉表控制了。

袁術的大本營魯陽屬南陽郡，嚴格來說，這裏也應該歸劉表管。隨着劉表勢力的增強，遲早要到南陽郡來發展，袁術擔憂劉表也是有道理的。

袁術這個人被評論為野心不小但能力很差（志大才疏），除了吃老本、會享受、好擺譜以外基本沒什麼特長。他來到南陽郡以後，不斷向百姓徵稅徵糧徵兵，弄得民怨沸騰，南陽郡的百姓有很多都逃亡到了外地（百姓苦之，稍稍離散）。

袁術知道，如果不主動出擊，要麼會被劉表滅掉、要麼會被孫堅取代，所以他想出了派孫堅打劉表的好主意。孫堅接到命令後沒有多想，就去了。

這意味着，討董戰役在沒有取得決定性勝利的情況下就匆匆宣告結束了。


漢獻帝初平二年（191 年）冬天，孫堅率部南下。

一路銳不可當，一口氣打到了襄陽城外，這裏是劉表的大本營。劉表派部將黃祖出戰，但黃祖不是孫堅的對手，雙方在鄧縣、樊城帶交戰，黃祖大敗。孫堅揮師前進，將襄陽城包圍起來。

但襄陽城是個很難攻取的城池，它兩面臨漢水，又背靠群山，只要劉表死守，孫堅並不容易攻破。與此同時，劉表讓黃祖組織人馬不

斷偷襲孫堅，想迫使他主動退兵。

這時已經到了年底，可孫堅仍無退兵的跡象，劉表有些着急了。

過了年，正月初七這一天，黃祖與孫堅在襄陽城外再次交戰，黃祖又被打敗，向襄陽西郊的峴山方向逃去。孫堅親自去追，哪知遇到了埋伏。

也許這是黃祖想出的計策，以詐敗引誘孫堅進入事先佈置的埋伏圈。孫堅不知，追到一片竹林裏，黃祖命手下發射暗箭，孫堅中箭，當場身亡（祖部兵從竹木間暗射堅，殺之）！

史書還有另一種說法，認為孫堅追擊的人不是黃祖，而是劉表手下另外一個名叫呂公的將領，孫堅追擊呂公，進入山中，呂公命人用石頭攻擊孫堅，孫堅頭部被石塊擊中，當場腦漿迸流（應時腦出物故）。

不管哪一種記載是正確的，反正孫堅死了，年僅 37 歲。

孫堅的死訊傳出，有人吃驚，也有人大喜。

吃驚的是袁術，他雖忌憚孫堅，但這個結果卻是他萬萬沒料到的。孫堅的死讓袁術實力大損，但也為他解除了被人從內部取代的後顧之憂。

大喜的除了遠在長安的董卓，還有眼前的劉表。對劉表來說，眼前這一劫總算平安渡過了。

當然，孫堅的死讓他的夫人、孩子瞬間陷入巨大的悲痛中，孫堅共有五個兒子，長子孫策 17 歲，次子孫權 10 歲，三子孫翊 8 歲，四子孫匡、五子孫朗年齡更小。這五個兒子中，前四個都是正妻吳夫人生的，最小的孫朗由孫堅的妾所生（庶生也）。孫堅死時，孫堅的妻子、孩子都在揚州刺史部的舒縣，距襄陽 2000 多里。

孫堅的突然死去，也讓跟隨他一路征戰的部下們不知所措。好在

大家比較團結，沒有立即散去，他們共推孫堅的侄子孫賁為首領，於是，孫賁護送着孫堅的靈柩回到南陽郡。

孫賁的父親孫羌是孫堅的哥哥，死得比較早，後來孫賁的母親也去世了，孫賁帶着還是嬰兒的弟弟孫輔艱難生活，但他能力不弱，先後擔任過郡裏的督郵、縣長，孫堅在長沙起兵後，孫賁辭去官職跟隨孫堅征戰。

一開始，袁術還沒敢直接向孫堅的舊部下手，他表奏孫賁為豫州刺史，讓他繼續帶領孫堅的人馬。

後來，袁術發現孫賁缺乏孫堅的號召力，膽子漸漸大了起來，生出了吞併之心。他用各種藉口把孫堅的隊伍打亂，把他們重新編到其他各部中。時機差不多時，袁術改任孫賁為丹陽郡都尉，把他遠遠地調離。

孫堅一路辛苦拉起來的隊伍，就這樣被袁術吞併了。

## 又上演廢立鬧劇

董卓去了長安，孫堅死了，袁術暫時也消停了。

這個時候還在不懈奮鬥的人是曹操，汴水之戰的慘敗讓曹操認識到兵源素質至關重要，一支隊伍不在於人數多少，而在於士兵的身體素質、訓練水準和戰鬥意志。為了能招募到素質精良的兵卒，曹操想到了丹陽郡。

丹陽郡屬揚州刺史部，以出精兵而聞名，該郡主要轄區在長江以南，今天的南京、馬鞍山、銅陵等都在該郡範圍內，曹操之所以想去丹陽募兵，主要是那裏有熟人。

曹洪跟現任揚州刺史陳溫很熟，而現任丹陽郡太守周昕，也就是之前提到的那位周喁的哥哥，曹操又跟他很熟。

曹操、曹洪、夏侯惇等人於是分頭南下，曹洪去揚州刺史治所歷陽找陳溫，曹操、夏侯惇去宛陵找周昕。兩位老朋友還挺給面子，很快幫助他們招募了不少士卒，其中周昕這邊幫助曹操募來 4000 人，陳溫這邊幫助曹洪募來 2000 人，周昕還派弟弟周昂隨曹操一同北上。

　　這不是小數目了，足夠曹操東山再起。但在行軍的路上卻出了事，差點兒要了曹操的命。

　　曹操率領的這一支隊伍過了淮水，進入沛國境內，到達龍亢縣，與曹洪會合。兩支隊伍順利會合，可還沒有來得及高興，當天夜裏就發生了兵變。這些丹陽兵可能不想離家太遠，覺得上當受騙了，於是發動叛亂，點火焚燒了曹操的大帳，曹操持劍，連殺數十人，才得脫身（兵謀叛，夜燒太祖帳，太祖手劍殺數十人）。

　　最後，6000 人跑得只剩下了 500 人。

　　曹操、曹洪只好整頓剩下的人馬渡過黃河，來到了河內郡懷縣，投奔袁紹。


　　剛剛失去 50 多位親人的袁紹正在忙一件大事，看到老朋友來了，趕緊招呼他一塊商量。

　　曹操這才知道，袁紹正在忙着另立新帝的事。

　　在袁紹心裏，被董卓殺掉的前少帝劉辯才是漢靈帝的法定繼承人，現任皇帝劉協不僅登基的程序不合法，而且是不是漢靈帝的血統都有疑問。袁紹曾宣稱劉協不是漢靈帝的兒子（帝非孝靈子）。

　　在這一點上，袁紹顯得有些與眾不同。別人是反董卓不反皇帝，袁紹是董卓、皇帝一塊反。袁紹本來想消滅董卓以後重新擁立劉辯復位，哪知道董卓下手更快，把劉辯毒死了。可袁紹並不甘心，劉辯死了，就在其他劉氏宗親裏尋找，反正不承認董卓挾持下的偽皇帝。

　　就當前形勢而言，消滅董卓的勢力才是當務之急，即使他這邊立

了一位新帝，也不能指望董卓讓劉協退位，結果就是兩個皇帝並立，國家將因此陷入分裂。

可袁紹並沒有考慮這些，他在這件事上的任性和執意可以理解成一種野心，他就是要另立一個朝廷，與董卓抗衡，作為這個朝廷的締造者，他應當具有無可爭辯的地位。

問題是，找誰來當這個皇帝呢？

袁紹跟他的智囊們找來找去，最終把目光停在了幽州牧劉虞的身上。劉虞是光武帝劉秀之子東海恭王劉強的五世孫，出身正統，家譜清晰可查。本人德高望重，長期擔任朝廷的九卿，資歷深厚。外任幽州牧以來，整頓地方，安撫邊界的少數民族，深得眾望。

不久前，董卓為了拉攏劉虞，派人到幽州把一個大司馬的名號送給劉虞（大司馬位在三公之上），同時晉封劉虞為襄賁侯。

方案一定，袁紹、韓馥就大造輿論，他們暗中安排一個叫王定的濟陰人，說是發現了一顆印，上面赫然寫着「虞為天子」四個字。

這當然是假的，假得有些欠水準。

袁紹還聲稱，當年光武帝劉秀登基前擔任的職務是大司馬領河北軍政，劉虞擔任的大司馬領幽州牧與其相仿，這些都是天意。

袁紹寫信給各路聯軍首領陳述自己的想法，尋求支持。但是被潑了一盆冷水。對於他的建議，除了韓馥以外，大多數人認為沒有必要，但他們也不便公開反對，都遲遲不予答覆。曹操就在這時來了。

袁紹不關心他南下募兵的情形，而是着急地向曹操徵詢意見。曹操在這種事情上一向不滑頭，這次也是明確反對：「董卓之罪暴於四海，我們合大眾、舉義兵，天下無不響應，這都是因為忠義。現在幼主微弱，受制於奸臣之手，但是還沒到亡國的地步，一旦改易天子，天下誰來安定（孰其安之）？」

曹操最後還擲下一句重話：「如果真是那樣的話，你們且北去，我獨自西行（諸君北面，我自西向）！」

劉虞在北面，漢獻帝在西面，曹操告訴袁紹，如果他另立朝廷，自己將不惜分道揚鑣。這種擲地有聲的話不排除是親曹派史學家為樹立曹操忠君形象編造的，但從上一次袁紹、許攸等人搞的另立朝廷的未遂事件中曹操堅定而鮮明的態度上看，他即使沒說過這幾句話，態度也是不容置疑的。

可是，袁紹並不打算放棄。

一次，袁紹拿着王定獻的那顆印在曹操面前晃了晃（紹又嘗得一玉印，於太祖坐中舉向其肘），故意讓曹操看。

曹操瞅了一眼，笑着說：「我不相信！」

袁紹還想說服曹操，派人去做他的思想工作，對曹操說：「現在袁公勢盛兵強，二子已長大，天下群雄，誰能超過？」

這些話其實有些威脅的意味，這讓曹操對袁紹產生了反感。曹操甚至暗中打算要誅滅袁紹（由是益不直紹，圖誅滅之）。不過以曹操當時的實力，這件事也只能想想罷了。

為什麼向來一呼百應的袁紹這一回說話這麼不好使？

因為大家都清楚，這是一個嚴肅的政治問題，另立朝廷、廢帝立帝，弄不好身敗名裂不說，還得在歷史上留下惡名，所以不表態。

除了曹操反對，袁術也寫信明確反對。

袁紹還想說服袁術，他給袁術回信，信中說：「我與韓馥共謀長久之計，要為天下另選中興之主。如今長安名義上有幼君，但不是漢家血脈，公卿百官又媚事董卓，如何信得過他們？當前，應派兵駐守關津要塞，讓董卓衰竭而亡，在東方另立聖君，則太平之日指日可待，這難道還有什麼疑問（東立聖君，太平可冀，如何有疑）？況且，我袁

家遭到屠戮，我們絕不能再北面事之！」

袁術說起來對漢獻帝的感情未必有多深，但他不希望由袁紹牽頭立一位新君。

袁術給袁紹回了封信，信中寫道：「全家被殺是董卓的主意，與天子何干？我的一片赤心，只志在消滅董卓，不知道其他的事（不識其他）！」

碰了這麼多釘子，按說該收手了，但袁紹仍不死心，決定與韓馥聯手硬幹，他們搞了個「擁戴書」，派前樂浪郡太守張岐帶着前往幽州，向劉虞奉上皇帝的尊號。

劉虞是正宗的漢室宗親，對漢室忠貞不貳，看了「擁戴書」不禁大怒。

劉虞直接當面斥責張岐：「天下分崩離析，天子蒙難，我等深受重恩，不思雪恥，反而行叛逆之事，於情於理何堪？諸君各據州郡，應該勠力同心，盡心於皇室，現在卻要做謀逆之事，不怕天下人詬病嗎？」

張岐回來對袁紹一說，袁紹徹底灰心了，決定就此收手，但韓馥的熱情不減。

劉虞不願意當皇帝，那就換個方式，韓馥又派人懇請劉虞主持朝廷日常事務，代表皇帝封爵位任官（錄尚書事，承制封拜）。

劉虞真生氣了，他不僅拒絕了韓馥的建議，而且把韓馥派去的使者給殺了。劉虞另派人去給韓馥報信，說如果再來相逼，他就去投奔匈奴人，讓大家斷絕念頭（圖奔匈奴以自絕）。韓馥討個沒趣，不敢再派人去了。


發生了這麼多的事，劉虞擔心朝廷聽到什麼對自己產生誤會，於是決定派人到長安走一趟，向朝廷表明自己的忠心。

由幽州刺史部去長安道路阻絕，一路上寇虜縱橫，是一趟苦差，也很危險。劉虞跟手下的人商量派誰去合適，眾人公推一個22歲的小夥子，說他最合適。

這個人名叫田疇，字子泰，幽州刺史部右北平郡人，好讀書，善擊劍，能文能武。劉虞把田疇找來，談話之後十分高興，就派他前往長安。田疇挑選了20個人，都騎馬，不走中原，改出塞外，從漠北、朔方繞道前往長安，最後到了那裏。

董卓見到田疇挺高興，如果劉虞真的接受了袁紹、韓馥等人送上的尊號，董卓還是挺緊張的。董卓的戰略是，不與關東聯軍死磕，而讓他們內鬥。如果群龍有首，內鬥的計劃就不好實施了，所以董卓挺感激劉虞的。

袁隗被殺後太傅的頭銜空着，董卓就把這個名號給了劉虞。

# 袁紹反客為主

韓馥給人的印象是低調和保守，但在廢立之事上他表現得甚至比袁紹還活躍。

其實，這件事背後有着韓馥的算計。

韓馥與袁紹的關係一向微妙，一開始對袁紹是防範的，後來迫於大形勢他不得不與眾人一道擁護袁紹做了關東聯軍的盟主，但韓馥心裏並不服氣。

讓韓馥不滿的是，袁紹以關東聯軍首領自居，基本上壟斷了反董陣營的發言權和表奏權，他自己任命自己為全國武裝部隊副總司令（車騎將軍），在這邊想任命誰就任命誰，簡直成了天子第二。

韓馥把劉虞抬出來，是想把反董勢力的領導權從袁紹手裏拿走，這是他甩開袁紹二度請劉虞出山的原因，可惜的是，劉虞仍不配合。

韓馥這點小心思哪能瞞得住袁紹的眼睛？但袁紹裝作若無其事，因為從實力對比來看，他現在遠不是韓馥的對手。袁紹於是悄悄積蓄力量，並盡可能多地拉攏盟友。

先是遊走於河東郡、河內郡一帶的并州軍舊部張楊率部歸降了袁紹。張楊原是丁原的部屬，應何進的派遣回州募兵，何進被殺後率領一支隊伍獨立發展。在張楊看來，只有袁紹有資格接受他的歸順，因為何進和袁紹都是老領導。

繼張楊之後，南匈奴的一支隊伍在單于於扶羅的帶領下也歸順了袁紹，有這兩支隊伍的呼應，袁紹力量壯大了很多。

但這仍不足以讓袁紹與韓馥攤牌，袁紹雖然以車騎將軍自稱，但只能屈居在河內郡的懷縣一帶，冀州的大部仍為韓馥所有。袁紹作為關東聯軍的盟主，交給韓馥的任務是擔任後勤部部長，負責軍糧供應，韓馥自然不會好好幹，常常克扣軍糧，或者以次充好（每貶節軍糧）。

袁紹不滿，但也無計可施。

韓馥手下武有麴義、張郃、顏良、文醜，文有沮授、田豐、審配、荀諶，在群雄割據時代，這是一個豪華的全明星陣容。但有道是「兵熊熊一個，將熊熊一窩」，這支隊伍的主帥不行，打起仗來也吃力。

事實上，韓馥跟部下的關係處理得也不好，領導沒本事，容易被有本事的部下欺負。


第一個跳出來的，是韓馥手下頭號大將麴義。

史書上說麴義出身於涼州，知曉羌人的戰鬥方法，手下的兵都是精銳（久在涼州，曉習羌鬥，兵皆驍銳）。但凡這樣的人，往往是個直腸子，在優柔寡斷、心思很重且懦弱無能的韓馥手下做事，心情肯定不大痛快。

麴義與韓馥最終走向決裂，但不清楚是什麼原因，總之二人以兵戎相見，結果韓馥很丟人，沒有打過自己的手下。袁紹抓住這個機會，迅速與麴義聯絡，麴義投降了袁紹。

當然還有一種可能：麴義之叛就是袁紹策反的。

袁紹手下有這種人才，除了許攸、逢紀，原來在韓馥那裏幹的荀諶、郭圖、辛評等人都或明或暗地歸了袁紹，他們都擅長做這樣的工作，這雖不見任何記載，但推斷起來並非不可能。

荀諶、郭圖、辛評等人最早可能是韓馥派來協助袁紹工作的，一來二往，與袁紹的關係倒日漸加深。其中荀諶是潁川郡荀氏家族成員，他的父親荀緄是「荀氏八龍」之一，他的叔父荀爽是當今的司空。郭圖字公則，不知道祖籍是哪裏，不太像是冀州本地人，根據他與荀諶、辛評等人關係不一般的情況判斷，他也是潁川郡人的可能性較大。辛評字仲治，潁川郡陽翟人，他有一個弟弟叫辛毗。

麴義的歸降令袁紹士氣大振，也令韓馥陷入驚慌失措之中。


然而，袁紹仍然不敢與韓馥馬上決裂，因為韓馥的實力仍然比他強大，袁紹的矛盾心理讓謀士逢紀看到了。

逢紀對袁紹說：「將軍現在舉大事，但後勤供應還仰仗別人，如果不能至少佔據一個州，將來恐怕難以保全啊！」

廢話，這個道理我還能不懂？袁紹對逢紀說：「可惜韓馥兵強馬壯，咱們人馬少，後勤供應又不足，如果辦不到，連立足之地都沒有了（設不能辦，無所容立）。」

逢紀這才說出了他的想法：

「可以和公孫瓚聯絡，讓他率兵南下取冀州。公孫瓚肯定會來，那樣韓馥就會害怕，到時候跟他陳說利害，韓馥一定會主動讓位。」

逢紀這一招還是引外兵脅迫的老辦法，有理由懷疑當初引董卓進

洛陽的餿主意就是他出的。

但是這一次，逢紀預料對了。

袁紹暗中聯絡公孫瓚，邀請他和自己一塊夾擊韓馥，事成之後平分冀州。公孫瓚這時事實上已脫離劉虞獨立發展，且勢頭很猛。接到袁紹的邀請，哪能錯過機會？

公孫瓚親自率軍南下，打的旗號是討伐董卓，要求從冀州借道，實際上是來搶地盤。韓馥當然明白，知道這一仗非打不可，於是抖擻精神，再戰公孫瓚。

韓馥連手下人都打不過，更打不過勇猛異常的幽州鐵騎，結果當然是大敗。袁紹覺得火候差不多了，便把身邊的策反專家們派了過去，游說韓馥主動讓位。


## 亂世裏的反面教材

儘管韓馥一敗再敗，但實力仍存，硬拚起來未必有把握。

而且貿然刀兵相見，也有損聯軍盟主的形象，所以袁紹還是想來文的。為了保證忽悠韓馥成功，他乾脆組了個忽悠團，團長是他的外甥高幹，副團長是剛才提到的荀諶，團員還包括辛評、郭圖等人。

這幾位果然不負袁紹之望，他們連哄帶嚇，把韓馥搞得精疲力竭，結果不費一兵一卒，居然說得韓馥願意讓位。

消息傳出，韓馥的手下一片譁然，大家跟着領導鞍前馬後，為的是奔個事業前程，你說不幹就不幹了，這不是開玩笑嗎？

耿武、閔純、沮授都跑來勸他。可韓馥實在不想硬撐下去了，他只想舒舒服服過日子，他拒絕了部下的請求。

黃河上重要渡口之一的孟津駐紮着韓馥的水軍，冀州從事趙浮、程渙二人率上萬精兵及數百條戰船在此，聽聞領導高風亮節要讓賢，

也給驚呆了。他們指揮戰船由黃河入淇水，一路向鄴縣方向回師。

當時袁紹本人在淇水岸邊的朝歌，傍晚時分趙浮等人指揮的船隊經過，袁紹看到對方聲勢浩大、軍容威整，十分緊張。

趙浮、程渙見到韓馥，苦口婆心相勸，仍然沒有效果。

韓馥主動從所住府邸搬出來，住到宦官趙忠在鄴縣的一處私宅裏，派他的兒子帶着州牧的印信，親自迎接袁紹到來。

袁紹進入鄴縣，以車騎將軍的身份兼任冀州牧。

袁紹的這兩個職務，一個是自己封的，屬於偽造；一個是搶人家的，屬於盜版。總之，都不合法。

袁紹不管這些，他給了韓馥一個奮威將軍的虛名，既不給兵也沒有官屬，掛了起來。

這就是袁紹的不對了，要麼是他的粗心，但也有可能是他的故意。既然都是贋品，純粹是瞎捏的，為何不多捏一個？袁紹的小算盤和小心思，從這件小事也可以看出一些來。

對於韓馥的手下，肯與自己合作的繼續用，不肯合作的要麼走人，要麼無情清除。袁紹任命沮授為奮威將軍，協助自己分管軍事；任命田豐為別駕，協助自己分管行政事務；任命審配為治中，協助自己分管總務。

耿武、閔純等人不肯合作，袁紹毫不客氣，直接處死。


袁紹得了冀州，不再提跟公孫瓚平分的事，公孫瓚氣得要命，這也是他們日後翻臉的原因之一。

不過，公孫瓚那邊還有跟劉虞的事沒有辦清，他主動撤回。

冀州從此改換門庭，除了被殺的耿武、閔純等少數人以外，其他人不僅沒受什麼影響，大多數反而升了官。大家心裏可能想，這樣挺好，升官漲工資，還換了個能幹的領導。

只有韓馥很難受，人情冷暖、世態炎涼看得多了不看就是，但一些別有用心的人上門來找麻煩就沒辦法了。

作為曾掌管一州的前領導人，無論自己多麼德高望重，多麼積德行善，仇人總會有的，即使沒有仇人，也有那些勢利小人，你在位時趨炎附勢，阿諛奉承，一旦你不在位、手裏也沒了權，這些人就會把昔日的屈辱加倍地找補回來。這種小人在任何時候都有很多。有個名叫朱漢的，就是這樣的小人。

此人人品不怎樣，過去韓馥可能不太待見他，現在世道變了，朱漢就想報復一下，出出氣。

朱漢擔任都官從事，負責執法方面的工作，他琢磨袁紹的心思，以為袁紹要除掉韓馥，於是找了個藉口，把韓馥的住處包圍起來，要進去搜查。韓馥嚇得跑到樓上躲起來，朱漢拔刀上樓，抓住了韓馥的大兒子，朱漢用鐵錘將他的雙腳砸斷（收得大兒，槌折兩腳）。

袁紹聽到報告，趕緊派人過來制止，還好及時，否則韓馥非把朱漢拍成肉餅不可。再怎麼說韓馥也是過去的老領導，朱漢的做法太無恥。為了不讓同情韓馥的人心寒，袁紹下令處死了朱漢。

可歎朱漢，馬屁拍得太差，豈止拍到了馬蹄子上？


但是，韓馥心膽已裂（馥猶憂怖），他的膽子本來才有核桃那麼大，現在只剩芝麻大了。韓馥懇求袁紹放自己一條生路，袁紹同意了。韓馥於是逃往陳留郡，投奔老朋友張邈。

這事還沒有完。後來袁紹派使者到張邈那裏辦什麼事，韓馥剛好也在座，使者有祕事與張邈協商，就湊在張邈的耳邊說了幾句話。

韓馥在一旁看到了，以為袁紹密囑張邈對自己下手，於是跑到洗手間，用一把刻書簡用的小刀自殺了（起至溷，以書刀自殺）。

韓馥是個窩囊人，事做得窩囊，死得也窩囊。跟着這樣的領導幹

不出大事業，當他的下屬確實挺悲哀。

韓馥不明白在亂世中只能前進不能後退，作為一方霸主，無論地盤大小，主權不能丟是基本法則。

沮授、田豐、麴義、顏良這些人，跟着韓馥幹和跟着袁紹幹沒有多大差別，但韓馥自己不行，想退是沒有後路的，擺在面前的路只有一條，就是跟袁紹一決高下。成功失敗與否，總還是有機會的，而退讓的結果只能是徹頭徹尾的失敗，而且會一敗塗地。

韓馥之死教育了很多人，無論是日後的曹操還是孫權，他們都從韓馥這個反面教材中明白了「權不能丟」這個最樸素的道理。

# 一位「下派幹部」

公孫瓚白忙活一場，什麼都沒撈着。

一回到幽州，就有讓他更煩心的事，劉虞這個朝廷「下派幹部」處處跟自己作對。

當初刺史改州牧，劉虞是朝廷首批任命的三位州牧之一，公孫瓚只是個師長（中郎將），自然歸劉虞節制。劉虞依靠懷柔手段和個人的威望讓北部少數部族紛紛歸附，朝廷表彰劉虞的功績，先後拜他為太尉，還封了襄賁侯。

幽州在劉虞的治理下局勢逐漸平和，劉虞上疏朝廷提出了一個讓公孫瓚鬱悶不已的建議 —— 裁撤軍隊。朝廷當然只在乎事情辦得怎麼樣，同樣的效果少花錢那是最好不過了。朝廷批准了劉虞的建議。

這樣一來，公孫瓚好不容易積攢來的人馬被撤得只剩下了一萬來人，朝廷同時命令公孫瓚把指揮部設在右北平郡（虞上罷諸屯兵，但留瓚將步騎萬人屯右北平）。

公孫瓚對劉虞的意見更大了，這個老頭看起來慈眉善目，但手段

挺黑,所謂裁軍其實是衝着自己來的,目的是削弱自己的勢力,還把自己趕到右北平郡,給他站崗放哨。

但懾於劉虞的巨大威望和朝廷的強力支持,公孫瓚不得不忍氣吞聲,去了右北平郡。


就在公孫瓚唉聲歎氣的時候,他的機會來了。

董卓雖然控制了朝廷,發號施令,說一不二,但面對各地風起雲湧反對他的勢力,董卓心裏也沒底,除了組織力量與關東聯軍交戰,對沒有參加關東聯軍或者沒有公開表態的其他地方勢力,他都想方設法予以拉攏。

董卓為拉攏劉虞,先給大司馬,又給太傅,都屬於史無前例的大帽子,目的就是想牢牢拉住劉虞,不讓他跟袁紹那些人攪到一起。

幽州的事董卓也很清楚,所以他一邊不斷抬高劉虞,另一邊也拉着公孫瓚,在任命劉虞為大司馬的同時,升公孫瓚為軍長(奮武將軍),封薊侯。

奮武將軍看來是個很受歡迎的頭銜,袁紹也給過曹操,如果追根溯源,只有公孫瓚的才是正宗。

由師長提拔為軍長,公孫瓚雖然還遠沒有劉虞地位高,但也算是朝廷直接管的幹部了。朝廷雖然姓劉,說了算的卻姓董。在公孫瓚看來,董卓掌權後,自己的地位在上升,對手劉虞的地位實際上下降了,他現在可以公開抗衡劉虞。

公孫瓚迅速擴充人馬,打着討伐黃巾軍的名義四處行動,不再局限於右北平郡。在與青州刺史部黃巾軍餘部的東光之戰中,公孫瓚一次就投入兵力兩萬人以上,可見實力增長很快。


對於幽州的這種情況,不少人都看得很明白。田疇當初奉命赴長

安，臨行前曾和劉虞有過一次祕密談話。

田疇對劉虞說：「現在天子幼弱，奸臣擅命，而幽州又有公孫瓚為心腹之患，如果不早點兒收拾他，以後肯定會後悔。」

對田疇的建議，劉虞沒有接受。

劉虞把精力還是用在了地方的治理上，過去因為幽州地處偏遠，財政入不敷出，朝廷每年都要從青州、冀州的賦稅裏撥出 2 億錢補貼給幽州。天下大亂後，這一部分補貼就沒了，只能靠幽州自己解決。

劉虞推行寬大政策，鼓勵農業生產，開放和北方少數部族的貿易，開發漁陽一帶豐富的鹽鐵資源，使幽州的經濟得到快速發展，糧食也不斷取得豐收，穀物 1 石只需要 30 錢，對比一下涼州軍撤出洛陽前每石糧食數萬錢的價格，簡直有天地之別。青州、徐州不少百姓為躲避兵亂都跑到幽州來避難，僅這部分人口就多達百萬。

劉虞對自己要求十分嚴格，除對朝廷忠貞不貳，他的個人品德也十分高尚，位至上公的他平時生活十分節儉，只穿破衣草鞋，每頓飯不超過兩個肉菜（敝衣繩履，食無兼肉），這讓身邊的人看了都很感動。

如果是治世，劉虞就是臣子們的楷模，但現在是亂世。

亂世裏強者為王，是公孫瓚的天下。


## 公孫瓚首鼠兩端

就在這時，發生了劉和事件，讓公孫瓚和劉虞之間的矛盾徹底爆發。

劉和是劉虞的兒子，在朝廷任職，當時地方大員都有兒子在朝廷，說是任職，其實是做人質。

漢獻帝到了長安，他雖然年幼，又被董卓控制，但他是個很有想

法的少年天子，一心想重返舊都。劉和是漢室宗親，漢獻帝對他十分倚重，派他潛出長安，從武關道出了關中，回幽州找劉虞帶兵來救駕（令將兵來迎）。

想法不錯，但路線似乎有問題，長安去幽州應該往東北方向走，捷徑是走河東郡，或者由長安往東出函谷關，武關道是往長安的東南方向走了，大致走的是現在陝南的安康、商洛，再走鄂西北。

武關道一出來就是南陽郡，這裏是袁術的地盤，袁術發現了劉和。

劉和雖然告訴袁術自己肩負的使命（為說天子意），袁術還是把他扣了起來。

作為關東聯軍的一員，袁術理應支持劉和搬兵救駕，扣留劉和的動機實在不清楚，有推測說袁術想通過扣留劉和把劉虞引為自己的外援（術利虞為援）。

袁術答應劉和自己也會出兵西進，讓劉和給父親寫信。劉虞接到信，沒有判斷出袁術的真實意圖，一心救駕，決定派數千騎兵南下。

這畢竟是大事，還得跟公孫瓚商量一下，誰知道公孫瓚反對。公孫瓚的理由是袁術此人有異志，跟他合作落不下好。

應該說，這個判斷還是相當準確的。但劉虞沒接受，仍決定派兵，這讓公孫瓚反而擔心起來，他害怕反對派兵的事被袁術知道，袁術將來恨他（瓚懼術聞而怨之）。為了彌補，公孫瓚也派從弟公孫越率一千騎兵前往南陽郡。

公孫瓚還另有盤算，他讓公孫越給袁術捎話，讓他扣留劉和，把劉虞派來的數千人馬奪去。


這樣，從幽州刺史部一時間就有兩支人馬先後到了南陽郡，本來與幽州事務毫不相干的袁術現在必須做出選擇，是支持劉虞還是按公孫瓚密信中所說的行事。

經過分析，袁術在幽州兩大勢力中更好看公孫瓚，他接受了公孫瓚的建議，吞併了劉虞派來的人馬，繼續扣留劉和。

可是劉和卻伺機逃出了袁術的控制，他想回幽州，路過冀州時又被袁紹扣下。如此一來，前面的事便真相大白了。劉虞深恨公孫瓚，二人之間的矛盾已不可調和。

可事情還沒完，公孫越雖然到南陽郡是來做客的，袁術也給他派了不少活，讓他率部去打仗，結果在一次戰鬥中公孫越被流矢射中而死。

袁術有點兒頭疼了，不知道如何向公孫瓚交代，想來想去，決定把這筆賬算在哥哥袁紹身上。袁術寫信告訴公孫瓚，說公孫越是袁紹殺害的。

公孫瓚不分青紅皂白，咆哮道：「我老弟的死，全因為他袁紹（余弟死，禍起於紹）！」

不怕神一樣的對手，就怕狐狸一樣的隊友。

經過袁術一攪和，整個北方的形勢更加亂了套，公孫瓚、劉虞、袁紹互相攻伐、不斷廝殺，同時又拉攏盟友，孤立對手。戰場角力之外，合縱、連橫的戲碼也不斷上演。

天下由混亂走向了徹底大亂，東漢帝國完全失控了。


# 益州牧劉焉

朝廷西遷，亂世變得更亂。

幽州牧劉虞的兒子在長安做「人質」，這是一個大家心知肚明的潛規則，是朝廷防止州牧和刺史們尾大不掉而採取防範措施。

除了劉虞，益州牧劉焉的兒子也在長安。

劉焉有四個兒子，其中三個兒子都不在身邊，他們分別是劉范、

劉誕和劉璋，只有最小的兒子劉瑁跟着劉焉。

當然，朝廷不可能把他們關起來派人整天看着，也都給他們任命了職務，劉范是禁衛軍的師長（左中郎將），劉誕是天子的高級祕書（治書御史），劉璋是皇家車隊隊長（奉車都尉），職務都在司局級以上。

劉焉和劉虞雖然都是劉氏宗親，但他們的志向完全不同，劉虞一心報效朝廷，劉焉整天想的是如何壯大自己的勢力，在亂世中擁兵自立。

朝廷當初派劉焉去益州，對他抱有很大的期望，當時漢靈帝還在，劉焉出發前漢靈帝專門召見他，跟他有過一次談話。

漢靈帝告訴劉焉，益州之前的刺史劉俊、郤儉都貪婪成性，待人殘忍刻薄，胡作非為，弄得聲名狼藉，益州百姓怨聲載道。漢靈帝讓劉焉一到益州就把他們抓起來依法處置，昭示百姓。

漢靈帝還專門提醒他，此事一定要做得保密，不要讓消息走漏了，以免橫生枝節，給國家造成不必要的損失（勿令漏露，使癰疽決潰，為國生梗）。

劉焉領命出發，他打算從荆州沿長江西上去益州，結果到了荆州得知益州發生了變民暴動，聲勢很大，刺史郤儉等州政府官員生死不明，嚇得劉焉不敢再去，停在荆州觀望。


益州的這次變民首領是馬相和趙祗，他們在綿竹起事，也自稱黃巾軍，起事以後一呼百應，一兩天裏就聚集了數千人，殺了綿竹縣令李升。

當時益州刺史部的治所還不在成都，而是雒縣，即今四川省廣漢市，馬相指揮人馬攻打雒縣。

益州刺史郤儉一向貪贓枉法，撈錢挺有本事，應對變民卻毫無辦

法，結果被馬相等人殺了，變民的聲勢大增，只用了一個月時間就接連攻佔了益州郡、蜀郡、犍為郡三個郡，人數發展到數萬人。

馬相乾脆自稱天子，與朝廷公開對立。

劉焉得知這些消息後後悔得要命，他原來是想去交州刺史部當州牧的，董扶勸他益州有王者之氣，他才改了主意來益州刺史部，沒想到是這種局面。

正當劉焉乾着急的時候，又有消息傳來，益州的民變基本平定了。

州政府從事賈龍率領數百名家兵堅守犍為郡的東部，在那裏集合力量反攻馬相，居然把馬相打敗了。

從事是州一級政府裏經常提到的屬官，但它是一個泛稱，具體說來有別駕從事、治中從事、部郡國從事、文學從事、武猛從事等。別駕從事簡稱加別駕，相當於副州長；治中從事職責類似於郡政府裏的功曹，以人事和政府日常工作為主，相當於人事廳廳長；部郡國從事主要管理各郡，州裏有幾個郡就設幾個部郡國從事，一人牽頭管理一個郡；文學從事不是作協主席，而是管理文化和教育事業，類似於文化教育廳廳長；武猛從事大概相當於武裝部部長。

賈龍具體的職務是什麼不詳，不過他應該是益州本地的大族，關鍵時刻有很強的號召力，因而能力挽狂瀾。

賈龍派人到荊州迎請劉焉，劉焉這才來到益州就任。

雒縣已經殘破，劉焉把治所遷往綿竹，任命賈龍為校尉，招撫離叛民眾，實行寬厚的政策，安定社會，恢復經濟。

劉焉很快發現，相對於變民，益州本地的大族更具有威脅。

賈龍能迅速平定叛亂，依靠的正是本地大族的支持，這些人可以幫你成事，必要時也能壞你的事，要想在益州站穩腳，必須解決這些大族。

劉焉的辦法是搞權力平衡，他來益州時還帶着幾個人，除了董扶，還有時任國家倉庫管理主任（**太倉令**）趙韙，他們都是益州人，都自願辭去官職隨劉焉來益州。

除了他們，劉焉在荊州滯留期間也有一部分非益州的人士跟隨他，這些人也來到了益州。益州雖然經歷了一次大規模的農民起義，但畢竟是天府之國，經濟基礎雄厚，又遠離中原戰亂，有大量外州的人逃到這裏來避難，他們中間也有不少人才。劉焉在他們中間抽調青壯年，組建了一支軍隊，名叫東州兵。

劉焉重用這些非益州的人士和東州兵，對本土勢力既用又打壓，對於那些公然違背自己意志的本土勢力，毫不留情地予以剷除。劉焉先後殺了王咸、李權等十多個益州大族，以此樹立起個人威望。

關東聯軍起兵討伐董卓，劉焉不參與，閉關自守，但他也不再向朝廷按時進貢。董卓向他徵調人員和財物，他也置之不理（**董卓所徵發，皆不至**），董卓很惱火。

不久，賈龍聯合犍為郡太守任歧反叛，合兵攻打劉焉，有的史書說這次叛亂背後有董卓的黑手，董卓派祖籍益州刺史部蜀郡的司徒趙謙前往益州，游說賈龍，讓他造劉焉的反（**使司徒趙謙將兵向州，說校尉賈龍**）。但是，這時的劉焉已經有了足夠的實力，依靠東州兵他很快打敗了任歧和賈龍，把他們殺了。

這次叛亂後，本土派勢力被進一步打壓，益州刺史部各郡中，只有最北邊的漢中郡太守蘇固不太聽他招呼，劉焉決定用武力解決漢中郡。

## 五斗米教主

劉焉派去解決漢中的人名叫張魯，是一個很特殊的人。

張魯字公祺，祖籍豫州刺史部沛國，跟曹操算是老鄉，據傳他是漢初留侯張良的十世孫，他的爺爺是天師道教祖張陵。

天師道又稱五斗米教，性質跟太平道差不多，產生時間可能比太平道還要早。張陵上過太學，他生性好學，博採五經，尤其熱衷於黃老之道，他後來在太學當教授（博士），為了研修道術，又辭去了公職專心修道，最後創建了天師道，成為天師道的第一代天師。

天師道規定，凡奉其道者須出五斗米，所以該道在民間稱為五斗米教。張陵傳道的重點地區是益州，建有 24 個分中心，與太平道的三十六方類似，稱為二十四治。

張陵的兒子叫張衡，與本朝那位著名的天文學家同名同姓，他是天師道的第二代天師，繼續傳承教義，不過死得比較早。張衡的妻子長得很漂亮，也精通道術，丈夫死後，她經常出入於劉焉的府第（兼挾鬼道，往來焉家）。這是一種比較隱晦的說法，暗指劉焉和張衡的妻子關係曖昧。

因為有這層關係，再加上覺得天師道可以借來為己所用，劉焉對張衡的兒子張魯比較重視，任命他為團長（督義司馬），讓他和獨立團團長（別部司馬）張修二人帶兵進攻漢中郡。

張魯和張修率兵北上，打敗了蘇固，把他殺了，佔據了漢中郡。

漢中與長安之間中隔了一道秦嶺，中間有多條棧道相通，劉焉為徹底閉關自守，命張魯把棧道全燒了，斷絕了與北方的聯繫。

後來，張魯把張修也殺了，自己獨據漢中，表面上仍接受劉焉的領導。


這樣，劉焉坐穩了益州。

看到天下大亂，朝廷無力顧及，劉焉的野心開始膨脹。

劉焉私自造了只有天子才能使用的車具千餘輛，但這件事不知怎

麼回事讓荊州牧劉表知道了，劉表密報了朝廷。

漢獻帝接到密報，派劉焉的兒子劉璋回益州勸說父親放棄僭越之舉。劉璋回來後，劉焉索性把他留下，不讓他再回去了。

還有一個說法是，劉璋回益州不是漢獻帝的命令，而是劉焉策劃安排的。劉焉假裝生病，讓劉璋請假回來探視，目的就是把劉璋留在自己身邊。

劉璋的身邊還有一個兒子劉瑁，但是這個劉瑁有狂疾，也就是精神病，這一直是壓在劉焉心裏的一件大事，今後自己如果真的稱王稱帝，沒有一個智力健全的兒子接班，終究是問題。

劉焉的另外兩個兒子，劉范和劉誕還在長安，後來他們捲進了馬騰、韓遂發動的一場叛亂，都被殺了。

劉范和劉誕的兒子，也就是劉焉的孫子在長安眼看有危險，朝廷參事室參事（議郎）龐羲跟劉焉有通家之好，他冒險把劉焉的孫子們帶出了長安，並輾轉送到了益州。

龐羲因此受到了劉焉的重用，成了益州舉足輕重的人物。

對劉焉來說，打擊還沒有完，雒縣突然發生了莫名其妙的火災（天火），把他辛辛苦苦置辦的車具全部燒光了，還燒毀了不少民宅。

劉焉心感不祥，雒縣已殘破，於是把治所遷到了成都。

## 曹操的新戰場

說完劉焉和張魯，再來說說曹操。

曹操從南方募兵回來後，一直待在河內郡懷縣的袁紹大本營。

在將近一年的時間裏，曹操過着無所事事的日子，他所能控制的人馬只有一千多，這些人大多數都是遠離家鄉在這裏打拚，由於看不到光明前景，隊伍中不斷有人開小差，人數在逐漸減少。

曹操也沒有到附近招募新兵的打算,畢竟這是袁紹和王匡的地盤,跟他們搶兵源必然招致猜忌。

曹操派人把卞氏接到了懷縣,一同接來的還有 16 歲的長子曹昂、5 歲的曹丕和 1 歲多的曹彰。

曹昂已經長成了大人模樣,騎馬射箭都像那麼回事,他一心想上前線打仗。作為曹家的長子,曹操覺得有必要讓他早點兒接受鍛煉,就把他放在曹仁手下,接受正規的軍事訓練。

在這段苦悶的日子裏,曹操寫下了那首題為《薤露行》的名詩,詩中寫道:

> 惟漢廿二世,所任誠不良。
>
> 沐猴而冠帶,知小而謀強。
>
> 猶豫不敢斷,因狩執君王。
>
> 白虹為貫日,己亦先受殃。
>
> 賊臣持國柄,殺主滅宇京。
>
> 蕩覆帝基業,宗廟以燔喪。
>
> 播越西遷移,號泣而且行。
>
> 瞻彼洛城郭,微子為哀傷。

「薤露」就是薤菜葉子上面的露水,意謂人的生命就像它一樣,太陽一曬,就會乾掉。《薤露行》屬於樂府《相和歌》歌詞,和曹操另一首比較流行的樂府歌《蒿里行》一樣,都是古人出喪時所唱的歌。

曹操借舊瓶裝新酒,借古樂府寫當下的時事,在詩中寫了董卓之亂,哀歎國家不幸、君王遭難、百姓受殃,寫得悲涼慷慨。

對這首詩,後人給予了極高評價,使曹操與杜甫一樣也獲得了「詩史」的稱號(漢末實錄,真詩史也)。

這段時間，袁紹正在密謀與韓馥爭權的事，顧不上曹操。

只有鮑信回到濟北國後，重新召集了不少人馬，其間曾到懷縣來過，跟曹操有過一次密談。

鮑信對袁紹有着清醒的認識，他對曹操說袁紹其人野心很大，整天謀劃自己的事，將來難免成為另一個董卓。

鮑信對曹操說：「想制止袁紹，但力量又達不到，貿然行事只有招來禍患。唯今之計，可以暫到黃河之南，等待他內部發生變化（且可規大河之南，以待其變）。」

鮑信的這些話，正說到了曹操的心裏。對於袁紹的看法，他比鮑信更清楚，但以他現在的地位和實力，還不能有任何表露。在一般人的心目中，袁紹仍是一面旗幟，可以一呼百應，而他沒有這樣的天然優勢。

不過鮑信的話提醒了他，曹操在考慮，繼續待在袁紹的身邊不會有任何前途，只能作為袁紹的附庸而存在。

曹操覺得應當尋找機會，脫離袁紹獨立發展。而黃河之南似乎是最好的也是唯一的選擇。

正當曹操苦苦尋找機會的時候，機會來了。帶給曹操這個機會的，是黑山軍。

前面說過，這夥不安分的兄弟在張燕的率領下歸附了朝廷，但後來中原大亂，朝廷無法自保，各派勢力忙於攻伐，也就沒人顧得上他們了。

黑山軍於是重新活躍起來，一方面趁勢壯大實力，另一方面逐漸向周邊的魏郡、東郡、陽平郡等地做嘗試性進攻。

# 首席智囊荀文若

初平二年（191年）秋天，于毒、白繞、眭固等率領的幾股黑山軍聯合作戰，人數約10萬，攻擊魏郡和東郡等地。

東郡屬兗州刺史部，在黃河兩岸，治所濮陽縣是黃河邊的著名城市，也是戰略要地，自古以來常有大戰在此發生。當時黃河是主要航運河道，濮陽的地位有點兒像現在長江邊的重慶、武漢或者南京。袁紹曾在此當過縣長，曹操在距此不遠的頓丘縣當過縣令。

黑山軍越過魏郡、河內郡後，迅速進入東郡境內。

當時的東郡太守是王肱，他組織人馬迎戰黑山軍，但不是對手，被打得落花流水。東郡眼看要落入黑山軍的手中，袁紹十分着急。

東郡雖屬兗州刺史部，但它與袁紹的大本營河內郡相鄰，東郡陷落後，袁紹的側翼將完全暴露在敵人面前，唯今之計是儘快收復東郡，趕走黑山軍。

但袁紹那時正與韓馥爭奪冀州，已進入白熱化階段，關鍵時刻不能鬆勁，所以他本人既抽不開身，又派不出人。

袁紹想來想去，覺得只有曹操可用。

初平二年（191年）秋天，曹操受袁紹之命率所部渡過黃河進入東郡境內，與黑山軍作戰。

袁紹給了曹操一個東郡太守的頭銜，讓他駐兵於黃河下游北岸的一座小城東武陽，此地屬兗州刺史部東郡，東郡的大部分地方在黃河以南，並不在曹操的控制下。

袁紹讓曹操到這裏來是向南拓展勢力的，當然這樣做會跟兗州刺史劉岱等人發生摩擦，所以不能明火執仗地硬來，只能用打變民的藉口偷偷去搶。

天氣逐漸冷起來了，比天氣還冷的是曹操的心境。

曹操既關心如何與黑山軍作戰，更關心自己的前途命運，袁紹那邊他沒做太多的指望，隨着這位仁兄實力越來越強，他們分手甚至翻臉也是遲早的事，脫離袁紹單幹是唯一正確的選擇。

但單幹談何容易，僅靠自己這點兒人馬，想朝哪個方向發展都難。

就在曹操整日為此苦悶的時候，一個人的到來讓他精神一振。

這個人就是荀彧，字文若，出生於漢靈帝延熹六年（163 年），此時 29 歲，比曹操小 8 歲。

荀彧是荀攸的叔父、荀爽的侄子，他的父親叫荀緄，在潁川郡「荀氏八龍」裏排行第二，雖不如弟弟荀爽那麼出名，但也做過濟南國相，曹操也幹過這個職務，時間上比荀彧的父親晚。

荀彧年輕時被郡裏舉為孝廉，得以到朝廷裏任職，後來逐漸升為守宮令。這個職務歸九卿之一的宮廷事務部部長（少府）管，具體職責是掌管皇宮所用紙筆、墨、封泥等辦公用具，相當於「司局級」幹部，對於一個 20 多歲的年輕人來說，仕途算是一路順暢。

跟曹操很熟的何顒也認識荀彧，何顒看人很毒，不僅對曹操有過高度評價，也十分看好荀彧。

何顒對荀彧的評價是：「這是一個足以輔佐君王的大才（此王佐才也）。」

何顒給曹操的評價與給荀彧的完全不同，何顒曾評價曹操：「漢室馬上就要滅亡了，今後能安定天下的必然是這個人（安天下者必此人也）！」

在何顒眼裏，曹操能成為君王，而荀彧自己成不了君王，是輔佐君王的最佳人選。一個是理想的君王，一個是理想的助手，二人如果結合，一定是最理想的創業搭檔。

如果天下仍處於治世，荀彧會慢慢幹到九卿，再往後，依靠潁川

郡荀氏的盛名,位列三公也指日可待。

可惜的是,天下出現了動亂。董卓之亂時,袁術圍攻南北宮時荀彧就在現場,但他僥倖躲過了一劫。

董卓把持朝廷後荀彧深感不妙,在叔父荀爽的幫助下,他謀得一個亢父縣令的職務。這個地方在哪裏荀彧並不關心,因為他的目的只是逃離洛陽。荀彧先回到了潁川郡老家,一看那裏的局勢就感到不能再待。

荀彧告訴父老鄉親:「潁川是四戰之地,現在天下有變,這裏是各路人馬都會爭奪的地方(常為兵衝),必然會遭到劫難,應該儘快離開,不要久留。」

然而故土難離,鄉人們心裏都很猶豫,不願走。

這時,潁川郡人冀州刺史韓馥派人來家鄉招募人才,荀彧便帶着家人到了冀州。

他們剛走,董卓的軍隊果然侵犯到潁川郡、陳留郡等地,留在家鄉沒有走的人很多都被殺了。

荀彧有個哥哥叫荀諶,已先於他到了韓馥那裏,和同郡人辛評、郭圖等人受到了韓馥的重用。

荀彧到冀州不是時候,還沒等發揮自己的能力,甚至沒等到韓馥給他安排一份工作,韓馥的位子就被袁紹搶了。

袁紹的老家也在豫州刺史部,不過是汝南郡。汝南郡和潁川郡都是出人才的地方,漢末有句話叫「汝潁多奇士」,就是說這兩個郡不僅出人才,還出奇才、怪才、大才。

但汝南郡更勝一籌,當時還有一句話叫「汝半朝」,意思是半朝文武都來自汝南郡。雖然有點誇兒張,但有人做過統計,在東漢180年裏,擔任過三公的有名可記的共226人次,其中出自汝南郡的33人

次，東漢有郡國 100 個多一點兒，汝南郡人在三公中的比例是各郡國平均水準的 10 倍以上。

冀州進入袁紹時代，也是汝南郡人的天下，潁川人有些黯然失色了。

袁紹手下人才很多，僅智囊就有逢紀、許攸、郭圖、審配、荀諶、辛評、辛毗、田豐、沮授、陳琳一大堆，和他們相比，荀彧不僅年輕，是新手，而且沒有做出過任何成績，自然也引不起袁紹的關注。

同樣的人才在不同組織裏獲取的發展空間不一樣，一個組織在創業階段雖然知名度有限，未來發展不確定，投身其中有風險，但是因為它的發展空間大，給人才預留的發展資源也多，在這樣的組織裏進步快。等到這個組織發展壯大起來，知名度、美譽度都達到一定水準，人才發展的空間也不大了，人力資源方面的活力反而降低。

袁紹掌管冀州後更喜歡用汝南郡人和早年一直跟隨自己的那幾個人，開始他還對荀諶、辛評、郭圖等人不錯，但漸漸地更加重用許攸、逢紀這些人。對沮授、田豐等人袁紹本不喜歡，但因為他們是冀州本地人，影響很大，袁紹不得不給他們面子。如此一來，潁川郡人受到了全面冷落。

荀彧的哥哥荀諶也有很才幹，在袁紹奪取冀州的過程中也出過大力，袁紹開始很欣賞荀諶，但後來他也慢慢被邊緣化了。

幹大事身邊不能沒有幾個能人，但能力紮堆也容易出事，容易互相看不上，或因爭權奪利而鬧不和。偏偏袁紹的領導風格是對內部矛盾視而不見，只要對他忠心，搞內訌他都不管。

對一個有智慧的領導來說，手下人適度的派系鬥爭不是什麼大問題，反而是領導平衡權力的契機，但必須有個度，不能太過，太過就成了雙刃劍，就會導致組織內部的不安定，形成嚴重內耗，造成關鍵時刻正確的主張往往得不到支持，錯誤的戰略卻屢屢被通過，這就是

有小智謀卻沒有大智慧。

基於這些原因，荀彧覺得自己在袁紹手下幹毫無前途。

除此之外，荀彧的內心裏還有一件難言之隱。


這件事，跟荀彧的夫人有關。

荀彧的夫人姓唐，是大宦官、漢靈帝時「五侯」之一的中常侍唐衡的女兒。宦官沒有兒女，但有一種情況除外，就是入宮前已經結婚生子，唐衡應該屬於這種情況。

那時唐衡權勢如日中天，他一心結交士林，想把女兒嫁給汝南郡人傅公明，但被傅公明拒絕。

在唐衡極度難堪時，荀彧的父親荀緄主動請求把唐小姐娶過來給兒子荀彧成親，此事影響很不好，經常被大家指指點點（或為論者所譏）。

世家大族在政治和道德上一向有潔癖，習慣以自己的清白來打擊別人的弱點，荀彧認為在袁紹集團做事，自己身上的這個污點說不定什麼時候會被突然放大。這成為壓在他內心的一塊巨石。

在這個時候荀彧想到了曹操，除了他早就聽說曹操是個胸有大志的人以外，他們之間共同的出身也是考慮的因素之一。曹操的父親是宦官的養子，在曹操那裏至少沒人敢拿這來說事。

荀彧也知道，近一段時間來曹操正處於事業的低谷，但以曹操的志氣和能力，只要戰略運用得當，很快便能重新崛起。而曹操身邊沒有什麼有名氣的智囊，也正是吸引荀彧的最重要因素。

與後來的諸葛亮一樣，荀彧投奔曹操也有着英雄所見略同的考慮，但與諸葛亮不同的是，荀彧做出這種選擇必須有更大的勇氣，畢竟捨棄勢頭如日中天的袁紹不僅有後悔的可能，而且還會遭到袁紹的報復。

經過一番思考，荀彧還是下了決心，帶着家人離開了鄴縣，來到東武陽。

## 天上掉餡餅

荀彧的到來讓曹操喜出望外，他與荀彧進行了一番長談。

這次談話應該與後來劉備與諸葛亮的隆中對策、孫策與張弘的江都對策一樣重要，但史書沒有記述他們談話的具體內容，只是說談完後曹操非常滿意和激動。

曹操很興奮，對荀彧說：「你真是我的張子房啊（吾之子房也）！」

張子房就是張良，漢高祖劉邦手下最重要的謀士，劉邦奪取天下最重要的功臣。

曹操現在只不過是個軍長（奮武將軍），還不是朝廷正式任命的，所以沒法給荀彧一個像樣的職務，先讓他當獨立團團長（別部司馬），但給荀彧的主要工作並不是帶兵打仗，而是出謀劃策。

荀彧離開袁紹，按理說袁紹應該給予追究，不僅要追究荀彧，還要追究曹操。但袁紹沒有這麼做，荀彧的離開在袁紹方面並沒有引起特別的反響。推測起來，一個原因是袁紹手下的人才實在太多，走一個也無關緊要，更何況荀彧那時還沒來得及展示才華，在袁紹眼中算不上最頂尖的人才；另一個原因，或許是在袁紹看來，去曹操那裏也是為自己效力，就連曹操去東郡都是他袁紹派去的，包括曹操本人在內都是他的人。

但對曹操來說，荀彧的到來卻意義重大。

劉備三顧茅廬，請來了諸葛亮，從此一改總是失敗的命運，開始轉機。同樣，荀彧來到曹操身邊以後，曹操也出現了轉機，連打勝仗。

荀彧建議，脫離袁紹獨立發展才是正確選擇，但當前以不與袁紹鬧翻為好，名義上接受袁紹的節制，但所有戰略必須按照自己的意圖制定和實施。

也就是說，對袁紹有利也對自己有利的事可以幹，對袁紹沒利對自己有利的事也要幹，對袁紹有利對自己沒利的事盡量不去幹。

好在袁紹當前正面臨着北面公孫瓚方向的巨大壓力，無暇顧及這邊，他反而需要曹操為其在南線做一道屏障。

對曹操來說，這是一個難得的戰略機遇期，袁紹不僅不會打這邊的主意，還會對這邊的發展給予幫助，要充分利用好袁紹的這種心態。但這個機遇期可能很短暫，等袁紹解決掉公孫瓚，馬上就是另一種格局。

荀彧建議，應該打着袁紹的旗號大膽地去搶佔地盤，可以從東武陽渡過黃河，向兗州的東郡一帶發展，立足東郡，着眼兗州，如果能佔有一州之地，那就有了逐鹿中原的基礎。


兗州刺史劉岱是袁紹的親戚，袁紹的妻子劉氏出自劉家，劉岱的弟弟叫劉繇，是揚州刺史。

這家人為什麼這樣牛？因為人家姓劉，是正宗的皇室宗親。

從劉岱手裏奪兗州，這個難度未免太大，曹操之前想過，但想想也就作罷了。其實這是有可能的，但不能去搶，需要有人來幫忙。

來幫忙的，是黃巾軍的餘部。

當時大股的黃巾軍還沒有深入兗州，但這是遲早的事，兗州各地一定心驚膽戰，現在誰能幫助他們保家衛土，誰就能得到他們的真心幫助。

黃巾軍一行動就是幾萬、十幾萬人甚至幾十萬人，但那並不可怕，因為這是把男女老少都算上的人數，他們習慣於仗打到哪裏就把

家眷也帶到哪裏。對付這樣的敵人，一定要堅決、勇敢，絕對不能示弱。如果他們看到你的意志堅決，即便有取勝的把握，他們往往也會知難而退。

恰在這時，機會來了，活躍於青州一帶的黃巾軍想跟西邊的黑山軍會合，於是集合力量向兗州、冀州一帶殺來。于毒、白繞、眭固等黑山軍各部也離開太行山基地，向東邊的河內郡、東郡進攻，策應青州黃巾軍的行動。

在荀彧的策劃下，曹操率主力離開東武陽，推進到離戰略要地濮陽不遠的頓丘縣，尋找黑山軍進行交戰。黑山軍的于毒一支見狀，悄悄集結人馬向東武陽靠近。

東武陽是曹操的後方基地，家屬和糧草輜重都在這裏，消息傳到頓丘，大家緊張起來。


曹操手下的大部分人主張立即回師救援。但荀彧認為不必，因為東武陽兵力雖然有限，但城池堅固，守上一段時間問題不大，不如趁此機會採取圍魏救趙的辦法直擊黑山軍後方。

曹操於是置東武陽不顧，向西北進擊，直撲位於太行山南部的黑山軍基地，進攻東武陽的黑山軍聞訊果然撤兵，曹操剛好在路上打了個漂亮的伏擊，擊敗了黑山軍。

回師途中，又遇到了剛剛歸順袁紹、趁袁軍北上而反叛的南匈奴單于於扶羅，曹操再次將其打敗，給了袁紹一個很大的面子。

兩場勝仗打下來，東武陽之圍應聲而解，堪稱經典戰例。

在黑山軍圍攻東武陽時，青州的黃巾軍也向這個方向運動，總人數達到百餘萬人。當然，上面說過這是總人數，而非總兵力。

青州黃巾軍首先進入兗州的任城國，任城國國相鄭遂被殺。

消息傳到山陽郡的昌邑，在此據守的兗州刺史劉岱決定出兵迎

擊，兗州刺史部濟北國相鮑信認為不妥。

鮑信勸阻劉岱說：「現在敵兵眾多，州中百姓恐懼不安，士兵毫無鬥志，我軍不能馬上與敵人硬拚。我觀察，敵人家眷很多，糧草物資極為缺乏，靠搶奪維持給養，與其貿然出擊不如養精蓄銳，先堅守，讓敵無法求戰，強攻徒增傷亡，待其氣勢低落（彼欲戰不得，攻又不能，其勢必離散），再派精銳出擊，就能打敗他們了。」

這是正確對策，但劉岱沒有採納。

劉岱貿然出擊，結果一戰而敗。劉岱竟然也戰死了。

兗州刺史部各郡國立即陷入巨大的恐慌中，州中士民一致認為，必須推舉一個有能力也有實力的人主持兗州大局，打退氣勢正盛的青州黃巾軍。

鮑信的能力和威望可以充當此任，但鮑信堅辭，他認為此時擔任兗州刺史部東郡太守的曹操更合適。

鮑信的意見得到兗州地方人士陳宮、萬潛等人的支持，曹操近期與黃巾軍和黑山軍都交過手，戰績有目共睹，請他來沒錯。

眾人推舉陳宮去東武陽迎接曹操來主持兗州事務。


## 一支能打的精兵

在漢末三國歷史上，陳宮算得上一個人物。

陳宮字公台，東郡本地人，性格剛直，足智多謀，喜歡結交各路英雄，他擁護曹操，完全出於保護家鄉的想法。

對於這個天上掉下來的機會，曹操當然樂於接受，他於是就任兗州牧。之前劉岱只是兗州刺史，按品秩說只有 600 石，很多年前曹操就是朝廷正式任命的品秩 2000 石的濟南國相了，再當刺史就有些屈就了，所以直接就任州牧。

當時的官職要麼是朝廷任命的，要麼是有人表奏的，像這種由地方人士一致推舉「民選長官」，在各刺史、州牧、郡太守中還絕無僅有。

名不一定正，有實惠就行，曹操率部渡過黃河。

到這時，曹操的地位才有了一次飛躍，成為和劉虞、劉焉、袁紹、劉表、陶謙等人並列的地方大員，曹操趁機收編了不少劉岱的舊部，實力大增。

兗州面臨着黑山軍和青州黃巾軍的兩面夾攻，好在曹操指揮人馬已經重挫了黑山軍，黑山軍退回到太行山中。但青州黃巾軍卻不打算退去，對於流動作戰的他們來說，前面是敵人，後面也是敵人，公孫瓚、袁紹在他們的後面加緊了進剿，他們除了向兗州刺史部發展，也沒有更好的出路。

曹操指揮兗州人馬與青州黃巾軍交戰，戰況十分激烈。

一次，曹操率領 1000 餘人在戰場間巡視，突然遭遇黃巾軍主力的攻擊，手下死傷近半，不得不撤退。黃巾軍不依不饒，繼續進攻，他們久經戰陣，士兵強悍，而曹軍隊伍盡是新兵，缺乏經驗，士氣也不高昂。曹操親自披甲戴冑、身臨一線、嚴明軍紀、明確賞罰，士氣才稍稍提高。

這場戰役的高潮是壽張之戰，惡戰中曹操多次陷入危境，其中一次全賴鮑信的拚死抵抗才得倖免，而鮑信卻戰死了。

鮑信是曹操事業起步時期最忠實的戰友和最可靠的盟軍，對曹操充滿敬佩，多次給曹操以幫助。鮑信的戰死是曹操的一大損失，曹操極度傷心。鮑信死後連屍首都沒有找着，曹操下令懸賞尋找，仍然無果，只能讓人用木頭刻了一個鮑信的雕像來祭拜。

對手其實打得更艱難，青州黃巾軍慢慢有點兒招架不住，他們給曹操寫了一封信，在信中他們先套近乎，從曹操當濟南相時禁淫祠開

始說起，說曹操的政治主張與他們的太平道教義其實是一致的，然後勸曹操順應天道，不要與青州黃巾軍為敵。

曹操不理，繼續攻擊，儘管打得艱難，但不斷取得勝利，青州黃巾軍開始撤退（遂設奇伏、晝夜會戰，戰輒擒獲，賊乃退走）。

青州黃巾軍向濟北國方向敗走，曹操指揮人馬追擊，青州黃巾軍沒有退路，只好請求投降。曹操接受了他們的投降，就地整編，組建了一支新的隊伍。

按照史書的說法，這次受降共有降卒 30 多萬（受降卒三十餘萬），但其實不然，青州黃巾軍能作戰的士卒肯定沒有 30 多萬人，曹操一下子也不可能增加 6 萬人的隊伍，比較可靠的數字應該在兩三萬人，這其實已經很可觀了。

這支隊伍被稱為青州兵，此後一直作為獨立建制存在於曹軍。

鮑信戰死後，曹操把他原來的隊伍以及一部分青州兵交給鮑信的老部下于禁來指揮。

于禁字文則，兗州刺史部泰山郡人，早在中平元年（184 年）鮑信起兵抗擊黃巾軍的時候就跟隨鮑信。曹操聽說于禁作戰勇猛，提拔他當了團長（軍司馬），于禁從此進入曹軍一線將領的行列。


曹操雖然當上了兗州牧，但此時兗州實際控制的地方還有限。

兗州刺史部的治所原來在山陽郡的昌邑縣，這裏距黃河太遠，與曹操的後方基地東郡也有相當距離，曹操於是把大本營遷到了濟陰郡與東郡相交的鄄城，仍然把戰略重點放在黃河一線。

劉岱死後，董卓聽到消息，也任命了一個兗州刺史，這個人名叫金尚，是一個老黨人。金尚帶人想前來上任，曹操當然不幹，就在金尚進入州界的地方佈下了兵，金尚一看打不過，跑到南陽郡投奔袁術去了。

這時，不少兗州本地的名士慕名而來，投奔曹操。除了陳宮外，還有程昱、毛玠、滿寵、呂虔等人。

在兗州站住了腳，曹操覺得有件事必須立即辦，刻不容緩。

曹操南下後，他夫人卞氏以及嫡長子曹丕、次子曹彰還在冀州，駐紮在鄄城後，曹操立即把卞氏母子接了過來。

卞氏很快給曹操又生下了第三個兒子，這就是曹植。

曹植出生時曹丕 6 歲、曹彰 3 歲，曹丕日後在回憶文章中寫道，他五六歲的時候，父親曾親自教他射箭，使他從小就養成好弓馬的習慣，說的正是在鄄城的這段生活。

曹操控制了兗州，有了自己的地盤，躋身割據群雄的行列。


現在，不妨盤點一下天下形勢，自從漢靈帝死後，天下完全大亂，發生了很多事，原來由朝廷一統的江山現在已面目全非，雖然名義上朝廷仍只有一個，但實際控制着天下的已經有了很多人。

這些人裏，有朝廷正式任命的官員，如幽州牧劉虞、益州牧劉焉、荊州刺史劉表、徐州刺史陶謙、奮武將軍公孫瓚、遼東郡太守公孫度等，也有趁亂而起的冀州牧袁紹、後將軍袁術、兗州牧曹操、「五斗米教」天師張魯等。

東漢共有 13 個州，下轄的郡國有 100 個左右，到目前為止，各州的格局大致如下：

幽州刺史部轄涿郡、上谷郡、廣陽郡、代郡、漁陽郡、右北平郡、遼東郡、遼西郡、玄菟郡、樂浪郡十郡，治所為薊縣，今北京市。幽州牧劉虞，同時擔任大司馬。在他的地盤上還有兩個難對付的人物，一個是公孫瓚，一個是公孫度。公孫瓚的正式職務是奮武將軍，公孫度的正式職務是遼東郡太守。

冀州刺史部轄魏郡、鉅鹿郡、常山國、中山國、安平國、河間

國、清河國、渤海郡等十個郡國，治所鄴縣，今河北省臨漳縣。州牧先為韓馥，後為袁紹，袁紹還以全國武裝部隊副總司令（車騎將軍）自稱，該州的地盤上也有一個難對付的角色，黑山軍首領張燕。

青州刺史部轄濟南國、平原國、樂安國、北海國、東萊郡五個郡國，治所臨淄，今山東省臨淄市，刺史焦和，兵多器銳，糧食充足，但他不善帶兵，總被弱小勢力欺負。不久前，袁紹又表奏了一個青州刺史，就是在酸棗會盟時大出風頭的臧洪。公孫瓚也不甘落後，任命了一個叫田楷的做青州刺史。這裏雖然偏了一點兒，但鬥爭形勢依然很複雜。

兗州刺史部轄陳留郡、東郡、東平國、任城國、泰山郡、濟北國、山陽郡、濟陰郡八個郡國，治所原在昌邑，今山東省金鄉縣，刺史之前是劉岱，現在主持兗州事務的是曹操，他的職務已改為州牧，治所遷往鄄城，今山東省鄄城縣。轄區內有陳留郡太守張邈、山陽郡太守袁遺等，都是之前關東聯軍的實力人物。

徐州刺史部轄東海郡、瑯琊國、彭城國、廣陵郡、下邳國五個郡國，治所郯縣，今山東省郯縣。刺史陶謙，控制着全州的主要郡縣，轄區內的廣陵郡太守張超是張邈的弟弟。

豫州刺史部轄潁川郡、汝南郡、沛國、梁國、陳國、魯國六個郡國，治所譙縣，今安徽省亳州市。前刺史有三個，朝廷任命的孔伷、袁術任命的孫堅、袁紹任命的周昂，這三個人之後繼任的是孫賁。

司隸校尉部轄河南尹、河內郡、河東郡、弘家郡、京兆尹、左馮翊、右扶風七個郡國，治所洛陽，但隨着漢獻帝西遷，治所也到了長安。司隸校尉劉囂，董卓的打手，轄區內河內郡太守是王匡，河南尹是老將軍朱儁。

并州刺史部轄上黨郡、太原郡、上郡、西河郡、五原郡、雲中郡、定襄郡、雁門郡、朔方郡九個郡，治所晉陽縣，今山西省太原

市。轄區內有大量黃巾軍餘部活動，除黑山軍外還有白波軍，并州軍舊部張楊以及南匈奴首領於扶羅等也主要活動在該地區，董卓一直兼任并州牧，未見卸任記載。

荊州刺史部轄南陽郡、南郡、江夏郡、零陵郡、長沙郡、桂陽郡、武陵郡七個郡，原治所漢壽，現治所襄陽，今湖北襄陽市。刺史為劉表，控制全部七個郡裏的六個，另外一個為南陽郡，主要由袁術控制。

揚州刺史部轄九江郡、廬江郡、丹陽郡、吳郡、會稽郡、豫章郡六個郡，治所歷陽，今安徽省和縣。刺史陳溫，曾支持曹洪募兵，轄區內丹陽郡太守周顒也支持過曹操的募兵行動。

益州刺史部轄蜀郡、漢中郡、廣漢郡、巴郡、犍為郡、牂牁郡、越嶲郡、益州郡、永昌郡九個郡，治所雒縣，後遷成都。州牧為劉焉，轄內的漢中郡被張魯實際控制。

涼州刺史部轄隴西郡、漢陽郡、武都郡、金城郡、安定郡、北地郡、武威郡、張掖郡、酒泉郡、敦煌郡十個郡，治所隴縣今甘肅省天水市附近。刺史的名字叫韋端，由朝廷任命。轄區內除董卓集團的勢力外，還有韓遂、馬騰等武裝勢力。

交州刺史部轄南海郡、蒼梧郡、九真郡、日南郡、交趾郡、郁林郡、合浦郡七個郡，治所番禺，今廣州市附近，面積包括兩廣、海南及越南的一部分，地處偏遠，與內地交往有限，常常作為流放發配之地。現任刺史的名字叫朱符。

以上這種形勢，用諸葛亮後來的一句話進行總結，就是「跨州連郡者不可勝數」。

這是一個全新的時代，是一個越來越陷入分裂的時代！

今後天下的形勢將往何處去？能不能儘快結束分裂重新統一？誰也不知道……

# 三國英雄記：失控的帝國

南門太守　著

責任編輯　蕭　健
裝幀設計　譚一清
排　　版　賴艷萍
印　　務　劉漢舉

出版　　中華書局（香港）有限公司
　　　　香港北角英皇道 499 號北角工業大廈一樓 B
　　　　電話：（852）2137 2338　傳真：（852）2713 8202
　　　　電子郵件：info@chunghwabook.com.hk
　　　　網址：http://www.chunghwabook.com.hk

發行　　香港聯合書刊物流有限公司
　　　　香港新界荃灣德士古道 220-248 號
　　　　荃灣工業中心 16 樓
　　　　電話：（852）2150 2100　傳真：（852）2407 3062
　　　　電子郵件：info@suplogistics.com.hk

印刷　　美雅印刷製本有限公司
　　　　香港觀塘榮業街 6 號海濱工業大廈 4 樓 A 室

版次　　2022 年 1 月初版
　　　　© 2022 中華書局（香港）有限公司

規格　　16 開（230mm×150mm）

ISBN　　978-988-8760-44-2

本書繁體字版由華文出版社授權出版